三句索引

新俳句大観

明治書院

はじめに

俳句は短歌とともに日本の詩歌を代表する文芸です。しかし近世・近代を通じて広く愛され続け、現在もますます実作者のふえつつあるこの短詩型の文芸も、入るは易く極めることはむつかしい言語芸術であることもまた事実です。俳句を知り、俳句に遊ぼうとする人は、たえず古今の名句・秀句に直接触れる必要があるでしょう。

そのためには、名句・秀句を一冊に収め、その正しい形を必要に応じて簡単に検索できる総合的句集が必要です。大正五年（一九一六）に小院が刊行した佐々政一（醒雪）編『三句索引俳句大観』はそのような俳書として、実作者・研究者にともに好評をもって迎えられてきました。

しかし発刊以来すでに九十年を経て、入手も困難になっております。俳句は今やHAIKUとして、国際的詩歌の域にまで発展しています。

そこで小院は創業百十周年を記念して、同書を範としつつ、古典俳句の枠をさらに拡げ、これに加えて子規・虚子から昭和二十年代までの近代俳句をも補い、およそ一三、〇〇〇句を対象とした『三句索引新俳句大観』を刊行いたすことになりました。
世界に誇れる文化遺産としての俳句の世界を示し、俳句のさらなる発展を願ってやみません。

また、佐々醒雪の旧著以後も『俳句講座』『近世俳句大索引』『俳諧大辞典』『俳句大観』『近代俳句大観』『新撰俳句歳時記』などを刊行してきた小院といたしましては、本書が広く活用され、日本の文化・学芸に寄与できれば、これにまさる喜びはありません。

平成十八年九月

明治書院 編集部

凡例

本書は、大正五年小院より発行した佐々政一編『三句索引俳句大観』を元本とし、所収作品の再点検を行い、かつ近代の代表的俳人の句も加えて再編集したものである。

一、第一句索引・第二句索引・第三句索引の三部立てとし、五七五の三句のうち、どの句からも所要の句及びその類句を調べられるようにした。

一、配列は五十音順とし

第一句索引において、第一句の同音のものは、第二句、第三句の五十音順に、

第二句索引においては、第二句・第三句の同音のものは第一句の五十音順に、

第三句索引においては、第三句の同音のものは、第一句・第二句の五十音順に配列した。

一、検索の便を考慮して、原則としてかなづかいは歴史的かなづかいに統一し、送り仮名・濁点を適宜補い、おどり字（「ゝ」「〳〵」「々」）は同一文字に改めた。また、片仮名は振り仮名も含めて原則平仮名に改め、漢文体の箇所については、返り点が施されたものも含め、これを読み下して表記した。したがって必ずしも底本通りの表記でない場合もある。

一、漢字体は現行通用字体を原則とし、異体字・あて字等は常用字体に改めたが、特別に必要と思われるものにはルビを付して残した。

一、「ほととぎす」（時鳥・郭公・子規・杜宇・杜鵑・蜀魂・蜀魄）、「あさがほ」（朝顔・朝皃・蕣）など、多くの表記の存する語は底本での表記を尊重してこれを残し、必要と思われる場合はルビを付して読み方を示した。

一、「うめ」「むめ」、「うま」「むま」などの語は「うめ」「うま」に統一した。

一、その他、難読の語句に限ってルビを付した。

一、作者名の下に（　）で囲んで、その句の出典と、テキストの背番号、テキスト中の句番号またはテキストの

ページ数（ぺと略）を示した。底本、句の表示のし方は次のごとくである。

芭蕉（続猿蓑１八七八）　明五（俳諧新選８二六ぺ）

一、使用した底本と背番号は次の通り。

1　新編日本古典文学全集『松尾芭蕉集①』（小学館、平成七年刊）
2　『蕪村全集　一　発句』（講談社、平成四年刊）
3　日本古典文学大系『蕪村・一茶集』（岩波書店、昭和三四年刊）
4　『俳句大観』（明治書院、昭和四六年刊）
5　新編日本古典文学全集『近世俳句文集』（小学館、平成七年刊）
6　新日本古典文学大系『芭蕉七部集』（岩波書店、平成二年刊）
7　俳諧叢書『名家俳句集　付　附合集』（博文館、大正二年刊）
8　古典俳文学大系『中興俳諧集』（集英社、昭和四五年刊）
9　『近代俳句大観』（明治書院、昭和四九年刊）
10　『子規全集』第一巻（講談社、昭和五〇年刊）
11　『定本高濱虚子全集』第一巻（毎日新聞、昭和四九年刊）
12　『同』第二巻（同、昭和四八年刊）
13　『同』第三巻（同、昭和四九年刊）
14　『同』第四巻（同、昭和五〇年刊）

一、出典の略号は次の通り（（　）内が正式書名）。

【あ行】
秋の声明30・1（『秋の声』明治三〇年一月）
伊勢大発句抜（伊勢俳諧大発句帳抜書）
伊勢山田集（伊勢山田俳諧集）
意専土芳宛（元禄七年九月二三日付意専・土芳宛書簡）
一字幽蘭集（誹林一字幽蘭集）
乙酉甲乙記（乙酉唫行甲乙記）
江戸衆歳旦（知足筆江戸衆歳旦写）
阿蘭陀丸（阿蘭陀丸二番船）

【か行】
海紅大8・2（『海紅』大正八年二月）
風花昭41・6（『風花』昭和四一年六月）
歌仙大坂俳諧（歌仙大坂俳諧師）
寛政版鹿島（寛政版鹿島紀行）
木因宛書簡（天和二年二月二〇日付木因宛書簡）
几董草稿（安永九年几董連句会草稿）
享保二立志歳（享保二年立志歳旦帳）

去来伊勢真蹟（去来伊勢紀行跋真蹟）
許六宛書簡（元禄六年一〇月九日付許六宛書簡）
山梔子一句集（山梔子第一句集）
荊口宛書簡（元禄六年一一月八日付荊口宛書簡）
決定木歩全集（決定版富田木歩全集「木歩句集」）
現代俳句集（現代日本文学全集「現代俳句集」）
元禄十三歳旦（元禄十三年歳旦帳）
元禄十六歳旦（元禄十六年歳旦集）
元禄四歳旦（元禄四年歳旦集）
元禄四年三物（元禄四年三物尽）
古今明題集（古今俳諧明題集）
五明句集（類題大成五明句集）

［さ行］

西鶴大句数（西鶴俳諧大句数）
杉風宛書簡①～④（元禄二年九月二二日付推定杉風宛書簡①・元禄七年閏五月二一日付杉風宛書簡②・元禄七年六月二四日付杉風宛書簡③・元禄七年九月一〇日付杉風宛書簡④）
七曜昭35・2（『七曜』昭和三五年二月）
洒堂宛書簡（元禄三年四月一六日洒堂宛書簡）
春草句集（長谷川春草句集）
小日明27・2・11（新聞「小日本」明治二七年二月一一日）
昭〇俳句年鑑（昭和〇年度角川版俳句年鑑「作品展望」）
昭和日記（昭和日記一月十九日の条）
昭和俳句集（昭和文学全集『昭和俳句集』）
貞享三其角歳（貞享三年其角歳旦帳）
貞享三歳旦（貞享三年歳旦句帖）
恕誰宛書簡①②（元禄三年九月二七日恕誰宛書簡①・元禄三（推定）年四月一〇日恕誰宛書簡②）
松窓乙二集（松窓乙二発句集）
職人尽後集（俳諧職人尽後集）
職人尽前集（俳諧職人尽前集）
新緑大6・1（『新緑』大正六年一月）
進むべき道（進むべき俳句の道）
禅寺洞句集（吉岡禅寺洞句集）
宗因蚊柱百句（西山宗因蚊柱百句）
惣七宛書簡（元禄元年四月二五日付惣七宛書簡）
草上昭4・6（『草上』昭和四年六月）
続古今手鑑（続古今誹諧手鑑）
続立子句集〇（続立子句集第〇）

［た行］

たかし句集（松本たかし句集）
獺祭句帖抄（獺祭書屋俳句帖抄上巻）
樗庵麦水集（樗庵麦水発句集）

鳥酔懐玉抄（鳥酔先師懐玉抄）
帝国明33・3（『帝国文学』明治三三年三月）
貞佐歳旦帳（享保十一年貞佐歳旦帳）
訂正蒼虬集（訂正蒼虬翁句集）
定本徂春句集（定本室積徂春句集）
定本茅舎句集（定本川端茅舎句集）
定本不器男集（定本芝不器男句集）
定本みどり女（定本みどり女句集）
天和二歳旦（天和二年歳旦発句牒）
添削大9・7（『俳句と添削』大正九年七月）
天狼昭47・1（『天狼』昭和四七年一月）
東炎昭15・9（『東炎』昭和一五年九月）
同人句集（ホトトギス同人句集）
同人第二句集（ホトトギス同人第二句集）
藤村机の裏書き（木曾馬籠の島崎藤村記念館所蔵の藤村遺愛
　の机の裏書き）
桐葉宛書簡（元禄二年二月一五日付桐葉宛書簡）
東洋城全句○（東洋城全句集○巻）
戸谷本長翠（戸谷本長翠句集）
徳元等百韻（徳元等百韻五巻）
土上昭12・1（『土上』昭和一二年一月）
寅彦全集○（寺田寅彦全集第○巻）

［な行］

七百五十韻（誹諧七百五十韻）
難波色紙（俳諧百人一句難波色紙）
ならびよよし（五百韻三哥仙ならびよよし）
日人明29・10・5（新聞「日本人」明治二九年一〇月五日）
日々昭12・1・17（「東京日々新聞」昭和一二年一月一七日）
日記の中より（漱石全集「日記の中より」修善寺温泉八月―
　十月）
日本明28・4・28（新聞「日本」明治二八年四月二八日）
ぬなは昭44・11（『ぬなは』昭和四四年一一月）
野ざらし画巻（野ざらし紀行画巻）

［は行］

俳諧風体抄（近来俳諧風体抄）
俳究昭13・4（『俳句研究』昭和一三年四月）
俳句昭48・1（『俳句』昭和四八年一月）
俳誌大7・8（『俳諧雑誌』大正七年八月）
俳味大2・12（『俳味』大正二年一二月）
馬指堂宛（元禄五年一二月付馬指堂宛書簡）
芭蕉宛去来（元禄七年五月一四日付芭蕉宛去来書簡）
芭蕉杉風百韻（芭蕉杉風両吟百韻）
芭蕉大14・2（『芭蕉』大正一四年二月）
万緑昭40・1（『万緑』昭和四〇年一月）

氷海昭47・4（『氷海』昭和四七年四月）
文人歳事記（文人俳句歳事記）
碧雲居句集（大谷碧雲居句集）
ホ明39・8（『ホトトギス』明治三九年八月）

【ま・や行】

正岡子規へ（正岡子規へ送りたる句稿）
三日月日記（芭蕉庵三日月日記）
光丘本長翠（光丘本長翠句集）
明28俳句界（明治二十八年の俳句界）
山鳩大7・7（『山鳩』大正七年七月）
読売明27・5・25（「読売新聞」明治二七年五月二五日）

【ら行】

嵐雪二十七回（嵐雪二十七回忌集）
龍之介全集九（芥川龍之介全集・第九巻）
零余子句集二（零余子句集第二）
浪化発句集（浪化上人発句集）
六百番発句合（六百番誹諧発句合）

収録作品中には、現在での使用には不適切と思われる表現のものがあるが、文化的財産としての資料的価値を重視し、また時代状況を表現するためにも不可欠なものと判断し、そのままとした。

編集協力　深沢了子
水谷隆之
堤　玄太
長尾　建

装幀　内田　欽

五十音索引

あ	3	311	619
い	22	327	640
う	33	340	648
え	46	351	658
お	48	353	660
か	56	363	669
き	78	383	691
く	86	391	700
け	94	398	708
こ	97	402	712
さ	109	418	724
し	119	426	736
す	133	442	748
せ	140	445	756
そ	144	448	758
た	146	455	760
ち	157	464	771
つ	161	469	774
て	169	478	784
と	173	483	786
な	180	491	794
に	190	502	807
ぬ	193	505	810
ね	194	506	811
の	197	510	815
は	199	514	819
ひ	220	528	840
ふ	232	542	851
へ	241	551	861
ほ	242	552	862
ま	248	556	870
み	253	564	875
む	263	576	883
め	266	578	886
も	269	580	888
や	274	585	892
ゆ	282	592	900
よ	291	597	907
ら	296	604	913
り	297	604	914
る	298	605	914
れ	298	605	914
ろ	298	606	915
わ	299	606	915
ゐ	305	612	920
ゑ	305	613	921
を	306	613	921

数字はそれぞれ一句・二句・三句のページ数を示す。

第一句索引

あ

ああたつた　ひとりたつたる　冬の宿　荷兮（6 あら野 九四九）
於(アア)春々　大いなる哉(カナ)春と　云々(うんぬん)　芭蕉（1 向之岡 一一〇）
愛あまる　猫は傾城(けいふ)の　媚を仮(かる)　才麿（4 虚栗 〇二五六）
挨拶の　傾け合へる　日傘かな　温亭（9 温亭句集 〇八二二）
あいつらも　夜永なるべし　そそり唄　一茶（3 七番日記 三四三ペ）
愛らしう　撫子の花　萎みけり　平十（8 俳諧新選 一二三ペ）
あえかなる　薔薇選りをれば　春の雷　波郷（9 鶴の眼 二六三三）
あかあかと　日は難面(つれなく)も　秋の風　芭蕉（1 奥の細道 五三七）
赤行灯　西瓜を切りて　並べけり　子規（10 獺祭句帖抄 六五九ペ）
赤い小鳥　青い小鳥の　小春かな　知十（9 鶯日 〇三四七）
赤い椿　白い椿と　落ちにけり　碧梧桐（9 碧梧桐句集 〇一〇一）
赤い葉の　栄燿にちるや　夏木立　一茶（3 おらが春 四六八ペ）
赤からん　花の白さや　蕃椒(たうがらし)　晩山（7 俳諧古選 一六三ペ）
赤き実と　見てよる鳥や　冬椿　太祇（8 俳諧新選 一四四ペ）
あか汲みて　小舟あはれむ　五月雨　蕪村（2 蕪村遺稿 一六四七）
赤毛糸　玉病褥の　夫(つま)にのせ　静塔（9 旅鶴 二三六八）
閼伽(あか)棚の　菊かざし行く　鼠かな　高政（4 京羽二重 〇一九四）
暁湖水を汲みて　そちこちとして　蜆汁　嘯山（8 俳諧新選 一四九ペ）
暁の　雨やすぐろの　薄原　蕪村（2 蕪村句集 二三五四）
暁の　うめがかふくむ　板戸哉　暁台（5 暁台句集 七六四）
暁の　蟬の聞こゆる　岬かな　普羅（9 新訂普羅句集 〇七〇二）
暁の　釣瓶(つるべ)にあがる　つばきかな　荷兮（6 あら野 五三三）
暁の　夏陰茶屋の　遅きかな　昌圭（6 波留濃日 三三九）
暁の　竈(へう)をさそふや　ほととぎす　其角（6 続猿蓑 三一一二）
暁の　めをさまさせよ　はすの花　乙州（6 炭俵 二五二九）
あかつきの　やねに矢のたつ　野分哉　蕪村（2 蕪村遺稿 二五二五）
暁の　山に門ある　さくらかな　松井（8 俳諧新選 一〇九ペ）
暁は　おのれにもどる　黄菊かな　不角（8 俳諧新選 一三四ペ）
暁も　埋めたままや　朧月　鳥酔（5 若松原 四九四）
暁や　鵜籠に眠る　鵜の労れ　子規（10 獺祭句帖抄 六三〇ペ）
暁や　鯨の吼ゆる　しもの海　暁台（5 暁台句集 七七五）
暁や　凍えも死なで　網代守(あじろもり)　子規（10 獺祭句帖抄 六三九ペ）
暁や　白帆過ぎ行く　蚊帳の外　子規（10 獺祭句帖抄 六二八ペ）
暁や　灰の中より　きりぎりす　淡々（4 淡々発句集 一二七一）
あかつきを　むつかしさうに　鳴く蛙　越人（6 あら野 五八一）
赤土の　崩れて暑し　山のはら　竹翁（7 俳諧古選 一六二ペ）
垢爪や　薺(なづな)の前も　はづかしき　一茶（3 七番日記 三二四ペ）
赤蜻蛉　筑波に雲も　なかりけり　子規（10 獺祭句帖抄 六一六ペ）
赤富士に　露滂沱たる　四辺かな　風生（9 古稀春風 一五五八）
赤みその　口を明けけり　うめの花　游刀（6 炭俵 二四〇二）
赤も淋し　緑又くらし　走馬灯　青々（9 鳥の巣 〇四七二）

明らみて一方暗し梅雨の空　虚子（13 六百五十句 二二一二ぺ）
明るしや黒部の奥の今年雪　普羅（9 新訂普羅句集 〇七〇三）
秋暑し草の実につくむら雀　鬼城（4 定本鬼城句集 二二五三）
秋あつし鼠のかける瓦屋根　完来（5 空華集 九一五）
商人（あきうど）のよき文書くや雪の朝　方絮（8 俳諧新選 一四二ぺ）
秋風に歩いて逃げる蛍かな　一茶（3 おらが春 四六八ぺ）
秋風にいつまで浴衣著る女　虚子（14 七百五十句 七二ぺ）
秋風に草の一葉のうちふるふ　虚子（11 五百句 七四ぺ）
秋風に桜咲くなり法華経寺　子規（10 獺祭句帖抄 六五四ぺ）
秋風に倒れしもののひびきかな　泊月（9 現代俳句集 〇八四八）
秋風にちるや卒都婆（そとば）の鉋（かんな）屑　蕪村（2 蕪村遺稿 二五二一）
秋風に蝶やあぶなき池の上　依々（6 炭俵 二五八五）
秋風に人ゐて火口歩き居り　汀女（9 汀女句集 一九一四）
秋風にふえてはへるや法師蟬　虚子（11 五百句 二一ぺ）
あき風に申しかねたるわかれ哉　野水（6 あら野 九三三）
秋風に向けて飯焚く小舟かな　樗堂（4 萍窓集 二一四三）
秋風に折れて悲しき桑の杖　芭蕉（1 笈日記 八〇〇）
秋風のあまさずに吹く藜（あかざ）かな　青々（9 松苗 〇四七三）
秋風の伊丹古町（いたみふるまち）今通る　虚子（14 七百五十句 一八ぺ）
秋かぜのうごかしてゆく案山子（かがし）哉　蕪村（2 蕪村句集 四五）
秋風の心動きぬ縄すだれ　嵐雪（4 続の原 〇八二四）
秋風のしごいて行きし柳かな　雁觜（8 俳諧新選 二二九ぺ）
秋風のただ中にして山を看る　別天楼（9 野老 一一七七）
秋風のだんだん荒し蘆の原　虚子（11 五百句 八四ぺ）
秋風の吹き余してやかへりばな　芝龍（8 俳諧新選 二三八ぺ）
秋風の吹きくる方に帰るなり　普羅（9 辛夷 〇七〇四）
あきかぜのふきぬけゆくや人の中　万太郎（9 草の丈 一一〇七）
秋風の吹きわたりけり人の顔　鬼貫（4 江鮭子 〇二六六）
秋風のふく程白し富士の山　李丈（8 俳諧新選 二三五ぺ）
秋風のふけども青し栗のいが　芭蕉（1 こがらし 七一七）
秋風の鑓戸（やりど）の口やとがりごゑ　芭蕉（1 続山井 一二）
秋風や相逢はざるも亦よろし　虚子（12 五百五十句 九六ぺ）
秋風や相誘うて錆びる針　月舟（9 進むべき道 〇六九二）
秋風や生きてあひ見る汝と我　子規（10 獺祭句帖抄 六三七ぺ）
秋風や火中の鶴の嘴裂けて　水巴（9 定本水巴句集 〇五七二）
秋風や壁のヘマムシヨ入道　一茶（3 七番日記 三四六ぺ）
秋風や顧みずして相別る　虚子（12 六百句 二〇〇ぺ）
秋風や唐紅の咽喉仏　漱石（9 日記の中より 〇一六七）
秋風や眼中のもの皆俳句　虚子（11 五百句 一九ぺ）
秋風や黄旗かかげし隔離船　白水郎（9 散木集 一〇七七）
秋風や桐に動いてつたの霜　芭蕉（1 三冊子 七一八）
秋風や心の中の幾山河　虚子（12 五百五十句 五四ぺ）
秋風や梢はなれぬ蟬の空　百里（4 花摘 一一二三）
秋風や侍町は塀ばかり　子規（10 獺祭句帖抄 六三六ぺ）

秋風や磁石にあてる故郷山　一茶（3 おらが春 四七一ぺ）
秋風や静かに動く萩芒　虚子（13 六百五十句 一五八ぺ）
秋風やしらきの弓に弦はらん　去来（6 あら野 七二二）
秋風や白き卒都婆（そとば）の夢に入る　星布尼（4 星布尼句集 二一三八）
秋風や祖師在すよと心急く　句仏（9 句仏句集 〇五二二）
秋風や田上山（たなかみやま）のくぼみより　尚白（6 猿蓑 二一六六）
秋風やとても薄はうごくはず　子尹（6 猿蓑 一八二五）
秋風や鶏（とり）がかへせし家鴨（あひる）の子　敦（9 古暦 三一二五）
秋風や茄子の数のあらはるる　木白（6 炭俵 二五七五）
秋かぜや二番たばこのねさせ時　游刀（6 続猿蓑 三二七六）
秋風や鼠のこかす杖の音　祇空（5 玄湖集 四五五）
秋風や蓮をちからに花一つ　作者不明（6 猿蓑 一八〇四）
秋風や干魚（ひうを）かけたる浜庇　蕪村（2 蕪村句集 一四一八）
秋風や再び渡る佐渡が島　山梔子（9 山梔子句集 一二〇七）
秋風や船の炊（かし）ぎも陸（くが）の火も　汀女（9 都鳥 一九一五）
秋風やむしりたがりし赤い花　一茶（3 おらが春 四六九ぺ）
秋風や眼を張つて啼く油蟬　水巴（9 定本水巴句集 〇五七三）
秋風や藪も畠も不破の関　芭蕉（1 野ざらし紀行 一九一）
秋風や山を食らうて継ぐ命　東洋城（9 東洋城全句中 〇三八二）
秋風をつかみ分けたる田植かな　明五（8 俳諧新選 一一六ぺ）
秋来にけり耳をたづねて枕の風　芭蕉（1 江戸広小路 七七）
秋来ぬと合点させたる嚔（くさめ）かな　蕪村（2 蕪村句集 一三三）

秋きぬと妻こふ星や鹿の革　芭蕉（1 江戸通町 九六）
秋来ぬと柱の払子動さけり　子規（10 獺祭句帖抄 六三二ぺ）
秋来ぬと目にさや豆の垣ほ哉　田福（8 俳諧新選 一二四ぺ）
秋来ぬと目にさや豆のふとりかな　大江丸（5 はいかい袋 八七二）
秋草の思ひ思ひに淋しいぞ　元（9 島村元句集 〇八九七）
あきくさをごつたにつかね供へけり　万太郎（9 草の丈 一一〇八）
秋冴えたり我鯉切らん水の色　子規（10 獺祭句帖抄 六三四ぺ）
秋淋しひとり切れたる琴の糸　杜陵（7 俳諧古選 二二七ぺ）
秋寂びの姿よろしき古人の句　余子（9 余子句抄 〇四三二）
秋寒し藤太（とうだ）が鏑（かぶら）ひびく時　蕪村（2 蕪村句集 二〇八二）
秋雨や石の仁王のあら木どり　吏登（4 吏登発句集 一一七九）
秋雨や刻々暮るる琵琶の湖（うみ）　虚子（12 五百五十句 七三ぺ）
秋雨や乳放れ馬の旅に立つ　一茶（3 七番日記 三四五ぺ）
秋雨や水底の草を踏みわたる　蕪村（2 蕪村句集 二二七）
秋雨や身をちぢめたる傘の下　虚子（11 五百句 三八ぺ）
秋雨や夕餉（ゆふげ）の箸の手くらがり　荷風（9 荷風句集 一一六二）
秋雨や我が菅蓑はまだ濡らさじ　蕪村（2 蕪村遺稿 二一八八）
秋去りていく日（か）になりぬ枯尾花　蕪村（2 蕪村遺稿 二一五二）
秋篠はげんげの畦に仏かな　虚子（11 五百句 一〇四ぺ）
秋すずし手毎にむけや瓜茄子　芭蕉（1 奥の細道 五三九）
秋蟬のこゑ澄み透り幾山河　楸邨（9 寒雷 二五六八）
秋ぞしる家に鼠の多き事　亀成（8 俳諧新選 一三五ぺ）

秋空や日和くるはす柿のいろ　洒堂（6 続猿蓑 三二八九）
秋立つ日鳥に魚を取られけり　子規（10 獺祭句帖抄 六五一ぺ）
秋立つや素湯(さゆ)香ばしき施薬院　蕪村（2 蕪村句集 一七三七）
秋たつや中に吹かるる雲の峰　左次（6 続猿蓑 三二四三）
秋立つや何におどろく陰陽師　蕪村（2 蕪村句集 九三五）
秋立つや店にころびし土人形　闌更（5 半化坊発句集 七五四）
秋立てば淋し立たねばあつくるし　子規（10 獺祭句帖抄 六三三ぺ）
秋たまたまつつじ花咲く志賀の里　蕪村（2 蕪村遺稿 一四五八）
秋ちかき心の寄(より)や四畳半　芭蕉（1 鳥の道 八六八）
秋十とせ却つて江戸を指す故郷　芭蕉（1 野ざらし紀行 一七二）
秋茄子の日に籠にあふれみつるかな　虚子（13 六百五十句 一五三ぺ）
あきなひか空(そら)ねも高き杜宇(ほととぎす)　徳元（5 犬子集 六七）
秋なれや木の間木の間の空の色　也有（4 蘿葉集 一七九〇）
秋に添うて行かばや末は小松川　芭蕉（1 陸奥鵆 七六〇）
秋のあはれわすれんとすれば初時雨　樗良（4 樗良発句集 一八三六）
秋の雨家政婦音も立てず居り　汀女（9 昭47俳句年鑑 一九一六）
秋の雨小さき角力(すまふ)通りけり　一茶（3 七番日記 三四五ぺ）
秋の雨はれて瓜よぶ人もなし　野水（6 あら野 八五二）
秋の蟻みちもつくらず二つ三つ　王城（9 同人句集 〇九一二）
秋のいろぬかみそつぼもなかりけり　芭蕉（1 柞原集 七〇四）
秋の色や見ざりし雲の赤とんばう　風虎（5 桜川 一二四）
秋の江に打ち込む杭(くひ)の響きかな　漱石（9 日記の中より 〇一六八）

秋の航一大紺円盤の中　草田男（9 長子 二五二四）
秋の風伊勢の墓原猶すごし　芭蕉（1 花摘 五八〇）
秋の風衣と膚吹き分かつ　虚子（12 五百五十句 二五〇ぺ）
秋の風書(ふみ)虫ばまず成りにけり　蕪村（2 蕪村句集 一一四七）
秋の蚊の螫(さ)さんとすなり夜明け方　漱石（9 日記の中より 〇一六九）
秋の蚊の人見て出るよ乱塔場　子規（10 獺祭句帖抄 六三七ぺ）
秋の雲奥の大湖を今見たり　桐明（9 高原 一〇〇二）
秋の雲滝をはなれて山の上　子規（10 獺祭句帖抄 六〇〇ぺ）
秋のくれいよいよかるくなる身かな　荷兮（6 炭俵 二五八一）
秋の昏鵜川鵜川の火ぶり哉　含呫（6 あら野 八七九）
秋の暮業火となりて秬(きび)は燃ゆ　波郷（9 鶴の眼 二六三四）
秋のくれ反橋越えて見たりけり　嘯山（8 俳諧新選 二三二ぺ）
秋の暮大魚の骨を海が引く　三鬼（9 変身 二三四三）
秋の暮辻の地蔵に油さす　蕪村（2 蕪村句集 二七〇四）
秋の暮人見過りてきのふけふ　月居（4 月並発句帳 二〇九九）
秋の暮男は泣かぬ物なれば　旧徳（7 俳諧古選 一七五ぺ）
秋の霜うちひらめなる石のうへ　かな女（9 遺稿 〇七八二）
秋の蟬死は恐くなしと居士はいふ　子規（10 獺祭句帖抄 六五四ぺ）
秋の空青菜車のつづきけり　蕪村（2 蕪村遺稿 二二九七）
秋の空きのふや鶴を放ちたる　蕪村（2 蕪村遺稿 一八二二）
秋の空尾上の杉に離れたり　其角（6 炭俵 二六四四）
秋の旅画壁の工夫付きにけり　自笑（8 俳諧新選 二三五ぺ）

秋の波たたみたたみて火の国へ　虚子（13六百五十句 二一九ぺ）
秋の野の其の紫の草木染　虚子（14七百五十句 二二四ぺ）
秋の野や入り日の果ての種茄子　座蓬（7俳諧古選 一八四ぺ）
秋の葉や太山（みやま）もさやに緋縮緬　宗因（4続境海草 〇一五四）
秋の灯（ひ）のどれやチエホフの仮の宿　東洋城（9東洋城全句中 〇三八三）
秋の日や柑子いろづく土の塀　犀星（9魚眠洞発句集 一一四二）
秋の灯や藍摺にせし原稿紙　知十（9鶯日 〇三四八）
秋の灯や癒えしにあらず居らぬなり　水巴（9定本水巴句集 〇五七四）
秋の灯やゆかしき奈良の道具市　蕪村（2蕪村句集 二七七六）
秋の部に入りてなかばや裸むし　琴風（4其袋 一一一八）
秋の道日かげに入りて日に出でて　草城（9人生の午後 二四四九）
秋の水湛然として日午なり　鳴雪（9鳴雪俳句集 〇一五二）
秋の夜の憤ろしき何々ぞ　波郷（9病鴈 二六三五）
秋の夜のオリヲン低し胸の上　波郷（9病鴈 二六三六）
秋の夜の灯（ひ）を呼ぶ越しの筧（かけひ）哉　蕪村（2蕪村遺稿 一二二三）
秋の夜は今宵の月に隠れ鳧（けり）　鶴英（8俳諧新選 一三〇ぺ）
秋のよやおびゆるときに起こさるる　胡及（6あら野 一〇六〇）
秋の夜やこれより岩を削る波　余子（9余子句抄 〇四三三）
秋の夜や四五丁遠き鍛冶の音　亜三（8俳諧新選 一三二ぺ）
秋の夜や障子の穴の笛をふく　一茶（3文政版発句集 三四四ぺ）
秋の夜や旅の男の針仕事　一茶（3寛政句帖 三四四ぺ）
秋の夜や古き書（ふみ）読む奈良法師　蕪村（2蕪村遺稿 一一五一）

秋の夜や夢と鼾ときりぎりす　水鷗（6続猿蓑 三二六六）
秋の夜を徒（いたづら）者（もの）の鼾かな　駒門（8俳諧新選 一三二ぺ）
秋の夜を打ち崩したる咄かな　芭蕉（1笈日記 九〇〇）
秋はこの法師姿の夕べかな　宗因（4虚栗 〇一五五）
秋はものそばの不作もなつかしき　蕪村（2蕪村句集 一七八一）
秋はものの月夜烏はいつも鳴く　鬼貫（4仏兄七久留万 〇二六七）
秋晴れて敷浪雲の平なり　子規（10獺祭句帖抄 六五二ぺ）
秋晴れてものの煙の空に入る　子規（10獺祭句帖抄 六五二ぺ）
秋晴に今も一人の海士小舟　誓子（9天狼 一四五七）
秋晴の運動会をしてゐるよ　風生（9晩涼 一五五九）
秋晴の富士まともなる机かな　飄亭（9飄亭句日記 〇一九二）
秋晴や心ゆるめば曇るべし　虚子（12五百五十句 九八ぺ）
秋晴や電車に乗つて面白き　瓊音（9瓊音句集 一〇一二）
秋ひとり琴柱（ことぢ）はづれて寝ぬ夜かな　荷兮（6波留濃日 三三五〇）
秋ひとりさべられもせぬ寝覚め哉　智月（7俳諧古選 一八一ぺ）
秋深き隣は何をする人ぞ　芭蕉（1笈日記 九〇七）
秋ふたつうきをますほの薄哉　蕪村（2蕪村句集 一二九六）
秋もはやばらつく雨に月の形（なり）　芭蕉（1笈日記 八九九）
秋や今朝一足に知るのごひえん　重頼（5名取川 三一）
明屋敷凡そ百本の柿熟す　子規（10獺祭句帖抄 六五七ぺ）
明らかに花粉とびつくうららかや　みどり女（9笹鳴 〇九六七）
秋をへて蝶もなめるや菊の露　芭蕉（1笈日記 九七二）

商人（あきんど）を吼ゆる犬ありもゝの花　蕪村（2 蕪村句集 一〇三七）
悪僧の天窓（あたま）冷やせし清水哉　大魯（5 蘆陰句選 八二三）
灰汁（あく）たれる日和成りけり桃の花　紫水（8 俳諧新選 一〇七ペ）
欠（あくび）せぬ気のをさまりや冬籠り　篤羽（8 俳諧新選 一四〇ペ）
明くるにもをかしき霧の扉（とぼそ）かな　麦翅（8 俳諧新選 一二八ペ）
明くる夜のほのかに嬉しよめが君　其角（6 続猿蓑 三〇九四）
灰汁桶の雫やみけりきりぎりす　凡兆（6 猿蓑 二〇七〇）
明けいそぐ夜のうつくしや竹の月　几董（5 井華集 七九八）
明けかかる踊りも秋のあはれかな　蕪村（2 蕪村遺稿 一一五七）
明方の蚊帳はづせども鼾かな　子規（10 獺祭句帖抄 六二八ペ）
暁烏文庫内灘秋の風　虚子（14 七百五十句 九〇ペ）
暁けきらぬ田に人見ゆれ月見草　徂春（9 定本徂春句集 〇七九七）
明けくれて大根うまし神無月　信徳（7 俳諧古選 一八八ペ）
明けさして笛に生きたり梅のはな　龍眠（8 俳諧新選 一〇二ペ）
上げ汐の氷にのぼる夜明けかな　子規（10 獺祭句帖抄 六六五ペ）
明け初めて昨日の事を笑ふ也　尺布（8 俳諧新選 一〇〇ペ）
上げ土にいつの種とて麦一穂　玄寮（6 あら野 六三二）
明けていふ御慶や船をおしながら　李流（8 俳諧新選 一〇〇ペ）
明けて我が顔の物うき踊りかな　赤羽（8 俳諧新選 一二五ペ）
明けにけり小山団（うちは）のこけぬ間に　枝栖（8 俳諧新選 一四七ペ）
明けぬれば屏風に浴衣もゝの花　淡々（8 俳諧新選 一〇七ペ）
曙のむらさきの幕や春の風　蕪村（2 蕪村句集 二四一六）

曙の人顔牡丹霞にひらきけり　杜国（6 波留濃日 三〇八）
明ぼのはたちばなくらし旅姿　我峰（6 続猿蓑 三四七六）
曙は春の初めやどうぶくら　野水（6 あら野 四九五）
曙はまだむらさきにほととぎす　芭蕉（1 伝真蹟画賛 六二五）
明ぼのや稲づま戻る雲の端　土芳（6 続猿蓑 三二八五）
あけぼのや鷺とまるはね釣瓶（つるべ）　一桐（6 あら野 五一九）
曙や伽藍（がらん）伽藍の雪見廻ひ　荷兮（6 あら野 一〇四九）
明ぼのやしら魚しろきこと一寸　芭蕉（1 野ざらし紀行 一一九八）
曙や露とくとくと山桜　亜浪（9 定本亜浪句集 一〇二二）
明ぼのや荷炭をおろす門の前　西吟（5 蓮実 二三三）
曙やまだ飛び出さぬ草の蝶　常牧（5 大湊 二〇〇）
曙や麦の葉末の春の霜　鬼貫（4 大悟物狂 〇二六八）
明け易き欅にしるす生死かな　楸邨（9 火の記憶 二五六九）
明けやすき夜や稲妻の鞘走り　蕪村（2 蕪村遺稿 八六四）
明け易き夜を抜け出る名画かな　烏栖（8 俳諧新選 一一八ペ）
明けやすき夜をかくしてや東山　蕪村（2 蕪村句集 二〇七一）
あけゆくや二十七夜も三かの月　芭蕉（1 あつめ句 二二七一）
明けんとや糸をかけたる鹿の声　潭北（8 俳諧新選 一三三ペ）
あこが餅あこが餅とて並べけり　一茶（3 おらが春 四六〇ペ）
あこがるる女猫の様や雨の暮　木雞（8 俳諧新選 一〇二ペ）
あこくその心もしらず梅の花　芭蕉（1 蕉翁句集草稿 三四三）
阿古久曾（あこくそ）のさしぬきふるふ落花哉　蕪村（2 蕪村句集 二二四七）

朝々の蚊にさも似たり市の声　友五（7俳諧古選 一六七ペ）
朝々の心はなれぬふとんかな　羽律（8俳諧新選 一三九ペ）
朝々の葉の働きや燕子花(かきつばた)　去来（7俳諧古選 一六七ペ）
朝嵐隣の幟立てにけり　子規（10獺祭句帖抄 六二七ペ）
朝市にうるやはつ声うぐひす菜　捨女（5自筆句集 九三）
朝風や薫(たきもの)姫の団(うちは)もち　乙州（6続猿蓑 三二四一）
朝川の薑を洗ふ匂ひかな　子規（10獺祭句帖抄 六一八ペ）
浅川の水も吹き散る野分かな　太祇（5太祇句選 五五一）
蕣(あさがほ)に妹が糸瓜(へちま)も下がりけり　柳居（8俳諧新選 一四七ペ）
朝皃にうすきゆかりの木槿(むくげ)哉　蕪村（2蕪村句集 二七六三）
蕣に今朝は朝寝の亭主あり　子規（10獺祭句帖抄 六一〇ペ）
蕣に今朝も手水を忘れたり　酔滴（7俳諧古選 一八一ペ）
蕣にけふは見ゆらん我が世哉　守武（7俳諧古選 一九六ペ）
朝顔に島原ものの茶の湯哉　無腸（5続あけがらす 七九〇）
朝皃にしをれし人や鬢(びん)帽子　其角（6続猿蓑 三二六二）
蕣に乳牛の乳迸(ほとばし)る　松宇（9松宇家集 〇三〇七）
朝顔に釣瓶(つるべ)とられてもらひ水　千代女（5千代尼句集 五一六）
朝皃に恥ぢて起きけり日の匂ひ　雲魚（8俳諧新選 二二六ペ）
蕣に恥ぢよ浮世のつかみ頬(づら)　滴水（7俳諧古選 一八二ペ）
蕣に夜遊びせじと誓ひけり　梅輝（8俳諧新選 二二六ペ）
朝顔に吉原の夢はさめにけり　子規（10獺祭句帖抄 六五七ペ）
あさがほに我は食(めし)くふをとこ哉　芭蕉（1虚栗 一五五）

朝顔の上から取るや金山寺　一茶（3八番日記 三四九ペ）
あさがほの裏を見せけり風の秋　許六（5五老井発句集 三八二）
蕣の香さへ恥づかし後の朝　春梶（8俳諧新選 一五二ペ）
蕣の昨日にこりぬ風情かな　百万（8俳諧新選 二二六ペ）
朝顔の紺の彼方の月日かな　波郷（9風切 二六三七）
朝顔の彩色薄き灯籠かな　子規（10獺祭句帖抄 六五七ペ）
蕣の咲き揃ひけり問ひ屋馬　五柳（8俳諧新選 二二六ペ）
あさがほの白さは露も見えぬ也　荷兮（6あら野 七一七）
蕣の折角咲いてうさ世かな　常牧（7俳諧古選 一七六ペ）
朝顔の莟かぞへむ薄月夜　田上尼（6続猿蓑 三二五九）
朝顔の苗なだれ出し畚(ふご)のふち　虚子（12五百五十句 一八ペ）
あさがほの這うてしだるる柳かな　闇指（6続猿蓑 三二六〇）
朝皃のはじくを見ばや暗きより　竹房（8俳諧新選 二二六ペ）
朝顔の花に澄みけり諏訪の湖　巣兆（4曾波可里 二〇九三）
朝顔の花より小さき母なりし　碧雲居（9碧雲居句集 一〇六二）
朝顔の引き捨てられし莟かな　子規（10獺祭句帖抄 六一七ペ）
蕣の昼さく秋と成りにけり　貫古（8俳諧新選 二二六ペ）
朝顔の双葉のどこか濡れゐたる　素十（9初鴉 一五二八）
朝顔の二葉より又はじまりし　虚子（14七百五十句 三五八ペ）
蕣の夜を押し分けて咲きにけり　乙花（8俳諧新選 二二六ペ）
朝皃は酒盛りしらぬさかりかな　芭蕉（1あら野 四二七）
朝顔は咲きならべてぞしぼみける　北枝（4卯辰集 一〇六七）

蕣(あさがほ)は少しの間にて美しや　旧徳（7俳諧古選一七五ぺ）
朝皃はする〳〵一りんに成りにけり　舟泉（6波留濃日三五一）
蕣は露干(かわ)く頃しぼみけり　祇長（7俳諧古選二三二ぺ）
朝がほは鶴眠る間のさかりかな　風麦（6猿蓑一八一八）
蕣は下手のかくさへ哀れ也　芭蕉（1いつを昔三〇四）
蕣も共にしほるるわかれかな　花雪（8俳諧新選一五三ぺ）
蕣も日影を向きて咲きにけり　五雲（8俳諧新選一四七ぺ）
蕣や上げさしてある庵の蚊屋　蘆角（8俳諧新選二二六ぺ）
朝がほや一輪深き淵の色　蕪村（2蕪村句集一三四）
朝顔やいろいろに咲いて皆萎む　子規（10獺祭句帖抄六五七ぺ）
蕣や垣ほのままのじだらくさ　文鱗（6あら野七一六）
あさがほや蚊の声残る垣ねより　湖十（4続花摘一二三九）
朝顔や机座の夜更けて開きくる　桐明（9高原一〇〇三）
朝顔やきのふの花はけふの親　祇徳（4続花摘一一五二）
朝顔や小づめ役者のひとり起き　太祇（8俳諧新選二二六ぺ）
蕣や是も又我が友ならず　芭蕉（1今日の昔七九六）
蕣やさくもしぼむも同じ朝　赤羽（8俳諧新選二二六ぺ）
蕣や其の日其の日の花の出来　杉風（7俳諧古選一八三ぺ）
朝皃や乳ぶさをはづす蚊屋の内　麻兄（8俳諧新選二二六ぺ）
朝がほや手拭のはしの藍をかこつ　蕪村（2蕪村句集一八五四）
蕣や十日戻らぬ小商人(あきうど)　子規（10獺祭句帖抄六三八ぺ）
朝顔や濁り初めたる市(まち)の空　久女（9杉田久女句集〇九三二）

蕣やぬかごの蔓のほどかれず　及肩（6猿蓑一八一九）
朝顔や盗人よける垣ならず　可風（8俳諧新選二二六ぺ）
あさがほやひくみの水に残る月　胡及（6あら野七二〇）
朝皃や人の皃(かほ)にはそつがある　一茶（3文政句帖三四九ぺ）
朝皃や日傭出て行く跡の垣　利合（6炭俵二五五六）
蕣や昼は錠おろす門の垣　芭蕉（1藤の実七九五）
朝がほや昼は美人の鳴らし物　青峨（4東風流一二六二）
朝顔や毎日咲いてあかれざる　富葉（8俳諧新選二二六ぺ）
朝皃や毎日咲いてむしらるる　富水（8俳諧新選二二六ぺ）
蕣や世につながれて花の咲く　超波（7俳諧古選二二一ぺ）
蕣や夜の間の雨の薄しめり　丑二（8俳諧新選二二六ぺ）
蕣や夜は明けきりし空の色　史邦（5藤の実三三二）
朝顔や夜舟の着きし人の背戸　寛留（8俳諧新選二二六ぺ）
朝顔をその子にやるなくらふもの　荷兮（6あら野七一八）
朝霧にまぎれて出でむ君が門　月居（5たちえ九六四）
朝霧の中に九段のともしかな　子規（4寒山落木巻一二一七一）
朝霧や起きて飯たく弟子大工　子規（10獺祭句帖抄六五四ぺ）
朝霧や杭(くひぜ)打つ音丁々(たうたう)たり　蕪村（2蕪村句集六三〇）
朝霧や舟に飯たくちよろちよろ火　練石（8俳諧新選二二八ぺ）
朝霧や村千軒の市の音　蕪村（2蕪村句集六二九）
朝霧や絵にかく夢の人通り　蕪村（2蕪村遺稿六三二）
朝ごみや月雪うすき酒の味　其角（6続猿蓑三八九）

朝寒や垣の茶笊の影法師　一茶（3題叢 三四三ぺ）
朝寒や汽缶車ぬくく顔を過ぐ　風生（9草の花 一五六〇）
朝寒や烟目につく舟上がり　孤桐（8俳諧新選 二三二ぺ）
朝寒や逆毛吹かるる馬の上　習先（8俳諧新選 二三二ぺ）
朝寒やたのもと響く内玄関　子規（10獺祭句帖抄 六三三ぺ）
朝寒や東へやりし子の事も　迁童（8俳諧新選 二三二ぺ）
朝寒を縁に見居けり泊り客　太祇（8俳諧新選 二三二ぺ）
朝霜や蔦の細炉地敷松葉　似春（4江戸弁慶 〇二〇六）
朝霜や剣（つるぎ）を握るつるべ縄　蕪村（2蕪村句集 一三三一）
朝霜や雞（にはとり）のつく若菜売り　舞雪（7俳諧古選 二二六ぺ）
朝霜や室の揚屋の納豆汁　蕪村（2蕪村句集 二三二九）
浅瀬をやうき世の月にさぐり足　立圃（7俳諧古選 一九六ぺ）
朝立ちや馬のかしらの天の川　鳴雪（4鳴雪俳句鈔 二二二〇）
朝茶のむ僧静か也菊の花　芭蕉（1芭蕉盥 六四六）
浅漬けの色や胡瓜（きうり）の深みどり　素外（4玉池雑藻 二一三一）
あさ漬けの大根あらふ月夜哉　俊似（6あら野 七九六）
朝露によごれて涼し瓜の土　芭蕉（1続猿蓑 八六三）
あさ露のぎぼう折りけむつくもがみ　舟泉（6あら野 八六二）
朝露の花透き通す桔梗かな　柳梅（6続猿蓑 三二四四）
あさ露や鬱（う）金（こん）畠の秋の風　凡兆（6猿蓑 一八一〇）
朝露やまだ霜しらぬ髪の落ち　蕪村（2蕪村句集 二五一八）
朝な朝な手習すすむきりぎりす　芭蕉（1入日記 九六五）

朝寝する人のさはりや鉢鼓　文潤（6あら野 一〇五二）
麻の種毎年踏まる桃の華　利牛（6炭俵 二四五八）
朝の茶のにがきすすりつころもがへ　月草（9わが住む里 〇九九七）
麻の露皆こぼれけり馬の路　李晨（6あら野 七〇七）
麻の中雨すいすいと見ゆるかな　虚子（12五百五十句 一九ぺ）
朝日さす弓師が見せや福寿草　蕪村（2蕪村遺稿 二一七八）
朝日二分柳の動く匂ひかな　荷兮（6波留濃日 一三二二）
あさましき桃の落葉よ菊畠　蕪村（2蕪村句集 二〇八五）
浅ましや熟柿をしやぶる体たらく　一茶（3七番日記 三五一ぺ）
浅間嶺の一つ雷計を報ず　虚子（12六百句 二四一ぺ）
浅間嶺の麓まで下り五月雲　虚子（13六百五十句 一四三ぺ）
浅間山けぶりの中の若葉哉　蕪村（2蕪村遺稿 八六一）
浅間山煙出て見よ今朝の秋　鬼城（9鬼城句集 〇六〇七）
浅水に浅黄の茎や蓼の花　太祇（8俳諧新選 二二八ぺ）
あさむつや月見の旅の明けばなれ　芭蕉（1其袋 五五四）
朝めしの湯を片膝や庭の花　孤屋（6炭俵 二四三七）
あざやかに鷺を後ろや燕子花（かきつばた）　龍眠（8俳諧新選 一一四ぺ）
朝夕がどかとよろしき残暑かな　青畝（9春の鳶 一四九八）
朝夕に見る子見たがる踊り哉　りん（7俳諧古選 一八四ぺ）
朝夕の人もめづらしけふの春　宗因（7俳諧古選 一九七ぺ）
あさよさを誰がまつしまぞ片ごころ　芭蕉（1桃舐集 四七一）
朝よりの大暑の箸をそろへおく　素逝（9暦日 一八一三）

鮮（あざ）らけき魚拾ひけり雪の中　几董（5続あけがらす 八〇四）
あさら井や小魚と遊ぶ心太（ところてん）　一茶（3題叢 三三九ぺ）
足跡に桜を曲がる庵二つ　杜国（6波留濃日 三二〇）
足跡の覚束なくも汐干かな　宋阿（7俳諧古選 一五七ぺ）
足あとのなき田わびしや落とし水　蕪村（2蕪村遺稿 六二八）
脚跡を蟹のあやしむ汐干哉　廬鳳（8俳諧新選 一〇九ぺ）
足跡を字にもよまれず閑居鳥　蕪村（2蕪村句集 五三〇）
足洗うてつひ明け安き丸寝かな　芭蕉（1真蹟拾遺 三九三）
跫（あしおと）もきえて時雨の又寝かな　朱拙（5十大根 四四四）
足軽のかたまつて行くさむさ哉　士朗（5縦のならび 九〇五）
足高に橋は残りて枯野かな　乙由（5麦林集 四五〇）
朝（あした）には雲と成り夕べにはさくらかな　五律（8俳諧新選 一〇九ぺ）
旦（あした）よりしづかに眠り春深し　草城（9旦暮 二四五〇）
足にしる闇のほこりの暑さかな　大夢（8俳諧新選 二一〇ぺ）
蘆の錐春の寒さの利がりけり　雪蕉（8俳諧新選 一一一ぺ）
足の立つ嬉しさに萩の芽を検す　子規（4俳句稿巻一 二一七三）
蘆の花魚翁が宿の煙飛ぶ　蕪村（2蕪村遺稿 一八六一）
足伸べて姫百合草をらす昼ね哉　此橋（6あら野 六五八）
蘆のほに箸うつかたや客の膳　去来（6炭俵 二五六九）
蘆の穂や皃（かほ）撫で揚ぐる夢ごころ　丈草（6炭俵 二五六八）
蘆の穂やまねく哀れよりちるあはれ　路通（6あら野 七六九）
蘆の屋の灯（ともし）ゆりこむ砧哉　立志（7俳諧古選 一八一ぺ）

蘆原や鷺の寝ぬ夜を秋の風　山川（6猿蓑 一八〇九）
馬酔木（あしび）咲く金堂の扉にわが触れぬ　秋桜子（9葛飾 一四一七）
足もとに青草見ゆる枯野かな　子規（10獺祭句帖抄 六六四ぺ）
足もとに小鮎飛ぶなり夕まぐれ　子規（10獺祭句帖抄 六〇五ぺ）
足元へいつ来たりしよ蝸牛（かたつぶり）　一茶（3父の終焉日記 四一〇ぺ）
足もとへよるや枯野の鶴の影　且水（8俳諧新選 一三七ぺ）
足もともしらけて寒し冬の月　我眉（6炭俵 二六〇九）
阿修羅迦楼羅緊那羅摩呉羅伽大火かな　迷堂（9孤輪 〇四一二）
足よわのわたりて濁る春の水　蕪村（2蕪村句集 二一八二）
翌（あす）しらで三日先見つ富士の雪　重頼（7俳諧古選 一九七ぺ）
あすと云ふ花見の宵のくらさ哉　荊口（6炭俵 二四三八）
あすの月雨占はんひなが岳　芭蕉（1荊口句帳 五五五）
あすの月きのふの月の中にけふ　子規（9寒山落木巻二 〇〇〇一）
翌の夜の月を請け合ふ爺（おやぢ）哉　一茶（3だん袋 三四五ぺ）
翌は京蠅も大津に泊りけり　卜友（8俳諧新選 一五〇ぺ）
あすは粽難波の枯葉夢なれや　芭蕉（1六百番発句合 七三）
翌見んといふ人いかにさくら花　菜根（8俳諧新選 一〇九ぺ）
翌も花僕に酒もる木陰哉　一笑（7俳諧古選 一四八ぺ）
明日よりは病忘れて菊枕　虚子（13六百五十句 一六〇ぺ）
汗入れて馬も嘶（いなな）く峠かな　雅蝶（7俳諧古選 一七三ぺ）
汗出して谷に突きこむ氷室哉　冬松（6あら野 八一六）
畔に寝て塗り込められな頭陀袋　乙由（7俳諧古選 二〇九ぺ）

汗の香に　衣ふるはん　行者堂　芭蕉（1雪満呂気 四八七）
畔一つ　越えぬ田螺（たにし）の　一期哉　無人（7俳諧古選 二三一ぺ）
畦道に　乗物すゆる　いなばかな　鷺汀（6あら野 七二四）
畦道や　苗代時の　角大師　正秀（6ひさご 一五八〇）
安蘇一見　急ぎ候ふやがて　神無月　一茶（3寛政句帖 三五一ぺ）
遊ばるる　だけは遊ぶや　秋の蝶　雨麦（7俳諧古選 二一八ぺ）
あそび来ぬ　鯲釣りかねて　七里迄　芭蕉（1皺筥物語 一九九）
遊びやう　互ひにかはる　花見かな　雅因（8俳諧新選 一〇九ぺ）
あそぶとも　ゆくともしらぬ　燕かな　去来（6あら野 六〇三）
遊ぶ日に　菊いそがしき　匂ひかな　似船（5元禄百人一句 一八二）
恰も　秋篠寺の　秋の暮　東洋城（9東洋城全句中 〇三八五）
あたたかく　たんぽぽの花　茎の上　素逝（9暦日 一八一四）
あたたかな　雨がふるなり　枯れ葎（むぐら）　子規（4寒山落木巻一 二二七五）
暖かな　園を蜜柑の　林哉　嘯山（8俳諧新選 一三三ぺ）
あたたかな　冬至の門や　大経師　月居（5発句題葉集 九六七）
あたたかに　白壁ならぶ　入江かな　子規（4寒山落木巻二 二二七六）
暖かや　大きく下げし　崖の潮　余子（9余子句抄 〇四三四）
あたたかや　皮ぬぎ捨てし　猫柳　久女（9杉田久女句集 〇九三四）
あたたかや　しきりにひかる　蜂の翅　万太郎（9流寓抄 一一〇九）
あたためて　囉（もら）へば酒を　へづりけり　召波（8俳諧新選 一三三ぺ）
あだなりと　花に五戒の　桜かな　其角（6炭俵 二四四二）
あだ花に　かかる恥なし　種ふくべ　蕪村（2蕪村句集 二一七八）
あだ花の　小瓜とみゆる　ちぎりかな　荷兮（6あら野 一〇〇〇）
あだ花は　雨にうたれて　瓜ばたけ　蕪村（2蕪村句集 二三八三）
価あらば　何か雄島の　秋の景　宗因（4佐夜中山集 〇一五六）
化人と　手拍子のあふ　踊りかな　百池（8俳諧新選 二二五ぺ）
あたふたに　蝶の出る日や　金の番　一茶（3文化句帖 三三二ぺ）
天窓（あたま）数　揃ふ江湖（がうこ）の　柚（ゆ）味噌かな　桃葉（8俳諧新選 一三三ぺ）
頭から　風邪ひくといふ　頭巾かな　青嵐（9永田青嵐句集 〇八八八）
天窓から　煮湯かけたる　柳哉　春来（8俳諧新選 一〇五ぺ）
天窓から　隙を明けけり　初ざくら　雲鼓（7俳諧古選 二〇二ぺ）
天窓から　蒲団被りし　生海鼠（なまこ）哉　清泉（7俳諧古選 二三三ぺ）
天窓出す　鮑（あはび）の穴や　つくづくし　移竹（8俳諧新選 一〇四ぺ）
頭悪き　日やげんげ田に　牛暴れ　三鬼（9今日 二三四四）
あたらしい　風こしらへる　若葉かな　白尼（4春興朗詠集 一七九五）
新しい　物の似合はぬ　かがしかな　貫古（8俳諧新選 二一八ぺ）
あたらしき　茶袋ひとつ　冬籠り　荷兮（6波留濃日 三五八）
あたらしき　釣瓶（つるべ）にかかる　葱かな　卜枝（6あら野 七八九）
あたらしき　翠簾（みす）まだ寒し　梅の花　万乎（6続猿蓑 二九九）
あたら身を　仏になすな　花に酒　一茶（3花見の記 三三三ぺ）
無為（あぢきな）や　蟵（かや）の裾ふむ　玉祭り　蕪村（2蕪村句集 一五七）
無為や　椿落ちうづむ　にはたづみ　蕪村（2蕪村句集 一〇九二）
あぢきなや　冬へ病み越す　粥の舌　東洋城（9東洋城全句中 〇三八四）
あちこちの　祠まつりや　露の秋　不器男（9定本不器男集 一七〇三）

あち東風(こち)や面々さばき柳髪　芭蕉（1 続山井 二五）
紫陽花(あぢさゐ)におもたき朝日夕日哉　乙由（5 麦林集 四四七）
紫陽花に秋冷いたる信濃かな　久女（9 杉田久女句集 〇九三三）
紫陽花に寵衰へて歌名あり　青嵐（9 永田青嵐句集 〇八八七）
紫陽草の一大輪と成りにけり　嘯山（8 俳諧新選 一一八ぺ）
紫陽花の色に咲きたる花火かな　淡路女（9 梶の葉 〇九七七）
紫陽花の申し合はせて咲きにけり　仙鶴（7 俳諧古選 二一三ぺ）
あぢさゐや余り厚さに饐(すえ)る色　素丸（4 素丸発句集 一七五七）
紫陽花や雨にも日にも物ぐるひ　諸九（5 諸九尼句集 五二三）
紫陽花や青にきまりし秋の雨　子規（4 寒山落木巻三 二二七四）
紫陽草や香山居士を名づけ親　嘯山（8 俳諧新選 一一八ぺ）
紫陽草や帷巾(かたびら)時の薄浅黄　芭蕉（1 陸奥鵆 九二三）
あぢさゐや仕舞のつかぬ昼の酒　乙二（5 松窓乙二集 九五六）
紫陽草や目につかへたる軒の雲　梅従（8 俳諧新選 一一八ぺ）
紫陽草や藪を小庭の別座敷　芭蕉（1 別座鋪 八四二）
紫陽花を盗めば水を浴びせけり　移竹（7 俳諧古選 二一五ぺ）
味はひや桜の花によめがはぎ　車来（6 続猿蓑 三〇三二）
あちらむきに鴫も立ちたり秋のくれ　蕪村（2 蕪村句集 六一〇）
あちら向きに寝た人ゆかし春の暮　蕪村（2 蕪村遺稿 四六五）
味をやる心は持たじ梅の花　夕湖（7 俳諧古選 一五五ぺ）
あつい迚(とて)つらで手習した子哉　一茶（3 おらが春 四四六ぺ）
熱燗に泣きをる上戸ほつておけ　虚子（13 六百五十句 二四二ぺ）

小豆売る小家の梅のつぼみがち　蕪村（2 蕪村句集 二四四五）
暑き日に棒突いて居る芭蕉哉　嘯山（8 俳諧新選 一五八ぺ）
暑き日の刀にかゆる扇哉　蕪村（2 蕪村句集 八九九）
あつき日や扇をかざす手のほそり　印苔（6 続猿蓑 三一七一）
暑き日や桑に抱き付くめくら鶏(どり)　淡々（4 淡々発句集 一二七二）
暑き日や実(げ)にも草木の居(すわ)り様　桃咲（7 俳諧古選 二一六ぺ）
暑き日や袋を笠の歩(かち)わたり　文誰（8 俳諧新選 一五六ぺ）
暑き日を海に入れたり最上川　芭蕉（1 奥の細道 五二四）
暑き日を返さぬ鴨の流れかな　赤羽（8 俳諧新選 一二一ぺ）
暑き夜の荷と荷の間に寝たりけり　一茶（3 嘉永版発句集 三三五ぺ）
暑き夜やいづくを足の置き所　尚白（7 俳諧古選 二〇二ぺ）
暑さ払へ手風神風扇風　玖也（5 ゆめみ草 九九）
あつちから近付き皃(がほ)の燕かな　雅因（8 俳諧新選 一〇七ぺ）
有つてなき角面白や蝸牛(かたつぶり)　露川（7 俳諧古選 一六八ぺ）
あつぱれの大わか竹ぞ見ぬうちに　一茶（3 おらが春 四二二ぺ）
あつみ山や吹浦かけて夕すずみ　芭蕉（1 継尾集 五二八）
敦盛の塚に桜もなかりけり　子規（10 獺祭句帖抄 六二六ぺ）
貴人(あてびと)の岡に立ち聞くきぬた哉　蕪村（2 蕪村遺稿 一五四）
跡かくす師の行き方や暮の秋　蕪村（2 蕪村句集 二七〇）
跡つけば人や恨みんゆきのうへ　野有（8 俳諧新選 一五九ぺ）
あどなさや草かくれつつなく鶉　文水（8 俳諧新選 一二九ぺ）
跡の方と寝なほす夜の神楽(かぐら)哉　野水（6 あら野 一〇八三）

アドバルーン　冬木はずれに　今日はなき　禅寺洞（9禅寺洞句集 二二八二）
アドバルーンの　ない空がちらす　日暮れの粉雪　禅寺洞（9禅寺洞句集 二二八一）
跡や先　気のつく野辺の　郭公（ほととぎす）　重五（6あら野 三九四）
跡や先と　子を守り行くや　親すずめ　它谷（8俳諧新選 一〇六ペ）
穴蟻の　世を明らめぬ　冬構へ　秋水（7俳諧古選 二一七ペ）
あながちに　鵜とせりあはぬ　かもめ哉　尚白（6猿蓑 一七七二）
あながちに　上手はいらぬ　さし芽哉　李収（8俳諧新選 一〇四ペ）
あなかまと　青梅ぬすむ　きぬの音　無腸（4続あけがらす 一八六一）
穴熊の　出ては引つ込む　時雨かな　為有（6続猿蓑 三三三二）
穴蔵の　中で物いふ　春の雨　一茶（3七番日記 三二六ペ）
あなたなる　夜雨の葛の　あなたかな　不器男（9定本不器男集 一七〇四）
あなたふと　茶もだぶだぶと　十夜哉　蕪村（2蕪村句集 二九四）
穴を出る　蛇を見て居る　鴉かな　虚子（11五百句 一三ペ）
嫂や　炬燵に遠く　子を膝に　風生（9草の花 一五六一）
姉甲斐に　摘草分けて　戻りけり　嘯山（8俳諧新選 一一ペ）
あの笠で　早苗取りしか　鳥驚し　初知（7俳諧古選 一八四ペ）
あの木から　人の工（たくみ）の　渋何斗　嘯山（8俳諧新選 二三ペ）
あの雲は　稲妻を待つ　たより哉　芭蕉（1あら野 四一六）
あの中に　蒔絵書きたし　宿の月　芭蕉（1更科紀行 四三二）
粟がらの　小家作らむ　松の中　団友（6続猿蓑 三三一七）
淡島へ　はだし参りや　春の雨　蕪村（2蕪村遺稿 二二〇）
袷着て　ほのかに恋し　古人の句　石鼎（9花影 〇七三八）

袷着て　身は世にありの　すさび哉　蕪村（2蕪村遺稿 二六六）
粟ぬかや　庭に片よる　今朝の秋　露川（6続猿蓑 三二四二）
逢はぬ恋　おもひ切る夜や　ふくと汁　蕪村（2蕪村遺稿 二〇一三）
粟の穂を　見あぐる時や　啼く鶉　支考（6続猿蓑 三二七四）
粟稗と　目出度くなりぬ　はつ月よ　半残（6猿蓑 一八四一）
粟稗に　とぼしくもあらず　草の庵　芭蕉（1秋の日 四二二）
淡雪の　傘がかいづか　垣を擦る　圭岳（9圭岳秀句私抄 一一八七）
あは雪の　とどかぬうちに　消えにけり　鼠弾（6あら野 一〇一〇）
淡雪や　雨に追はるる　はるの笠　風麦（6続猿蓑 三〇七二）
淡雪や　筧（かけひ）といへる　ぬくきもの　東洋城（9東洋城全句中 〇三八六）
淡雪や　下から見れば　梅の花　乾什（7俳諧古選 二三三ペ）
淡雪や　妻がゐぬ日の　蒸し鰈　亜浪（9定本亜浪句集 一〇二四）
あばら骨　なでじとすれど　夜寒哉　一茶（3七番日記 三四三ペ）
あばら家に　人の居は居て　咳きにけり　杨童（9枯蘆 〇八〇二）
あはれ鵜を　使ひて見せよ　鵜匠達　零余子（9零余子句集二 〇六七七）
あばれ蚊の　ついと古井に　忍びけり　一茶（3おらが春 四六五ペ）
あはれさや　しぐるる比の　山家集　素堂（4陸奥衛 〇七六四）
哀れさや　盲麻刈る　露のたま　槐市（6猿蓑 一七八三）
あはれ也　灯籠一つに　主コ斎　野水（6あら野 一〇〇二）
あはれなる　落葉に焼くや　島さより　荷兮（6あら野 九七一）
哀れなる　事聞かせばや　ほととぎす　貞徳（7俳諧古選 一五九ペ）
怜（あは）れめや　我で三代　ほととぎす　魚洞（7俳諧古選 二二一七ペ）

あひあひに　松なき門も　おもしろや　柳風（6 あら野 四八九）
合紙は　古き暦や　会津椀　泰里（8 俳諧新選 一四六ペ）
相蚊屋の　乳をはなれ鳴く　別れかな　似春（4 宗因七百韻 〇二〇五）
相槌の　揃ふて暑き　隣かな　明五（8 俳諧新選 二二〇ペ）
相槌の　笑うて明くる　砧かな　山川（7 俳諧古選 二〇六ペ）
逢ひ見しは　女の賊(すり)や　おぼろ月　太祇（8 俳諧新選 一〇八ペ）
相宿の　ものうき蚊帳の　鼾かな　蘆元坊（4 藤の首途 二一九六）
扇おく　こころに百事　新たなり　蛇笏（9 雪峡 〇六四五）
扇とる　手へもてなしの　うちは哉　太祇（8 俳諧新選 一一九ペ）
扇にて　酒くむかげや　ちる桜　芭蕉（1 笈の小文 三七二）
扇にて　尺を取りたる　牡丹哉　一茶（3 八番日記 三四二ペ）
扇屋の　暖簾(のうれん)白し　衣がへ　利牛（6 炭俵 二四七五）
あふぐ手も　ほねを折りぬる　扇かな　光貞妻（5 犬子集 八三）
逢坂の　かたまる頃や　初ざくら　千那（7 俳諧古選 四八ペ）
虻(あぶ)澄みて　つつと移りて　又澄みぬ　虚子（12 六百句 一六五ペ）
あぶなしや　今起きて聞く　郭公(ほととぎす)　傘下（6 あら野 四〇二）
あふのきに　寝てみむ野辺の　雲雀(ひばり)哉　除風（6 あら野 五七六）
仰のけに　落ちて鳴きけり　秋の蟬　一茶（4 八番日記 一八六九）
葵車　さながら銭も　投げられず　孤桐（8 俳諧新選 一五ペ）
近江蚊屋　汗やさざ波　夜の床　芭蕉（1 六百番発句合 七五）
近江路や　すがひに立てる　鹿の長(たけ)　土芳（6 炭俵 二五六四）
仰向きて　行く雁見るや　小田の雁　它谷（8 俳諧新選 一〇五ペ）

仰向けの　口中へ屠蘇　たらさるる　草城（9 銀 二四四八）
虻も来て　何やらうたふ　花見哉　杏村（7 俳諧古選 二三〇ペ）
油さし　油さしつつ　寝ぬ夜哉　鬼貫（7 俳諧古選 一九八ペ）
喘ぎ喘ぎ　撫し子の上に　倒れけり　子規（10 獺祭句帖抄 六〇八ペ）
雨音の　かむさりにけり　虫の宿　たかし（4 たかし全集 二六四六）
天懸かる　雪崩の跡や　永平寺　爽雨（9 雪解 一八八七）
天が下　しるは三日の　胡瓜(きうり)哉　来汲（7 俳諧古選 二二六ペ）
雨蛙　黒き仏の　宙に鳴く　誓子（9 炎昼 一四五八）
雨蛙　芭蕉にのりて　そよぎけり　其角（4 句兄弟 〇七七）
雨雲の　烏帽子に動く　御祓(みそぎ)かな　子規（10 獺祭句帖抄 六二九ペ）
雨雲の　夕栄(ばえ)すなり　稲筵　子規（10 獺祭句帖抄 六五九ペ）
雨曇り　雁聞く夜や　水の音　梨一（8 俳諧新選 一五八ペ）
雨雲を　さそふ嵐の　幟かな　子規（10 獺祭句帖抄 六〇七ペ）
雨乞ひに　曇る国司の　なみだ哉　蕪村（2 蕪村句集 一二六）
雨乞ひの　雨気こはがる　かり着哉　丈草（6 炭俵 二五三〇）
雩(あまご)ひの　神おそろしや　けふの月　丈石（7 俳諧古選 二一四ペ）
雨乞ひの　小町が果てや　おとし水　蕪村（2 蕪村句集 六二二）
雨乞ひの　しるしも見えず　百日紅(さるすべり)　子規（10 獺祭句帖抄 六四九ペ）
雨乞ひの　太鼓よわりし　夕日哉　蝶夢（5 草根発句集 八五九）
あまご群れ　卯月八日の　日に浴す　林火（9 飛花集 二七四九）
あま酒の　地獄もちかし　箱根山　蕪村（2 蕪村句集 一〇六）
甘酒屋　打出の浜に　おろしけり　青々（9 妻木 〇四七四）

雨だれにもつるる蝶やさみだるる　村家（9同人句集 〇七九二）
天津香も残るや雪の一夜松　巴人（4夜半亭発句帖 一一七二）
天日のうつりて暗し蝌蚪の水　虚子（11五百句 五四ぺ）
尼寺の髪に揃へる蕨かな　希因（7俳諧古選 二〇九ぺ）
尼寺やよき蚊屋たるる宵月夜　蕪村（2蕪村句集 五七五）
尼寺よ唯菜の花のちる径（こみち）　言水（7俳諧古選 一五一ぺ）
雨戸越す秋のすがたや灯（ひ）の狂ひ　来山（7俳諧古選 一七五ぺ）
海女とても陸（くが）こそよけれ桃の花　虚子（9六百五十句 〇〇五一）
海士の家聖よびこむやよひ哉　千閣（6あら野 一〇二四）
天の川鷹は飼はれて眠りをり　楸邨（9沙漠の鶴 二五七〇）
天の川敵陣下に見ゆるかな　子規（10獺祭句帖抄 六一五ぺ）
天の川人の世も灯に美しき　瓊音（9瓊音句集 一〇一三）
銀（あま）の川見習ふ比や月のそら　鶴声（6あら野 四三六）
海士の顔先（まつ）見らるるやけしの花　芭蕉（1笈の小文 三九二）
蜑の子の足に波うつ春日かな　子規（10獺祭句帖抄 六一二ぺ）
海士の子や夜は揃ふる海苔の幅　路通（4柏原集 一〇〇九）
尼の守る神にめで度き柳かな　存義（8俳諧新選 一〇五ぺ）
海士の屋は小海老にまじるいとど哉　芭蕉（1猿蓑 六四四）
尼ひろひためたる栗を土産かな　虚了（13六百五十句 二一七ぺ）
雨溝に流れて淋し栗の花　珍志（8俳諧新選 一二三ぺ）
あまり明かき月に寝惜しむ女かな　虚了（13六百五十句 一八一ぺ）
網あけて鰯ちらばる浜辺かな　子規（10獺祭句帖抄 六三六ぺ）
網打の肱なげちらす月夜かな　朱拙（5星会集 四四三）
網打の見えずなりゆく涼みかな　蕪村（2蕪村句集 九七）
網さらす松原ばかりしぐれかな　素堂（4とくの句合 〇七六三）
雨一斗露一升や菊ばたけ　卯雲（8俳諧新選 一三三ぺ）
雨来らむとして頻に揚がる花火哉　紅葉（9紅葉句帳 〇二六七）
雨ごとにあれものびる歟（か）袋角　孤桐（8俳諧新選 一二三ぺ）
雨そそぐ光の音の牡丹かな　水巴（9定本水巴句集 〇五七五）
天地にあやまり初の朝寝哉　雅因（8俳諧新選 一〇〇ぺ）
天地の外より行くやはなの雲　大施（8俳諧新選 一四七ぺ）
天地の手際をふさとぼたん哉　晩平（7俳諧古選 二二〇ぺ）
あめつちのはなしとだゆる時雨哉　湖春（6あら野 七七〇）
雨と成る恋はしらじな雲の峰　蕪村（2蕪村句集 七六六）
雨ながら畦に食（めし）食ふ田植哉　遥里（7俳諧古選 一六八ぺ）
飴なめて流離悴むこともなし　楸邨（9野哭 二五七一）
雨に香のよわらで哀れ花茨　五竹坊（4十二夜話 一七八〇）
雨に来てとすり取りたる月見哉　太祇（8俳諧新選 一三〇ぺ）
雨に声鬼一口か郭公（ほととぎす）　望一（4望一千句 〇〇五四）
雨にもゆる鵜飼が宿の蚊やり哉　蕪村（2蕪村遺稿 一二六七）
雨の親やそだつる花の子を大じ　安静（5崑山集 五六）
雨のくれ傘のぐるりに鳴く蚊かな　二水（6あら野 六五四）
雨の声葎（むぐら）に尽きて月白し　思覧（8俳諧新選 二三〇ぺ）
雨の鹿恋に朽ちぬは角ばかり　蕪村（2蕪村句集 七九七）

雨の鹿　人をうち見て　鳴きにけり　嵩平（8俳諧新選 一三二ぺ）
雨の月　どこともなしの　薄あかり　越人（6あら野 四一一）
雨の時　貧しき蓑の　雪に富めり　蕪村（2蕪村遺稿 一一九〇）
雨の蠅　畳の上を　歩きけり　超波（8俳諧新選 一四六ぺ）
雨の日は　歌もしめりし　田植哉　雲魚（8俳諧新選 一一六ぺ）
雨の日や　門提げて行く　かきつばた　信徳（5一橋 一一六八）
雨の日や　世間の秋を　堺町　芭蕉（1江戸広小路 九八）
雨の灯(ひ)や　咽(むせ)んで幾夜　花の肬(いぼ)　竿秋（8俳諧新選 五五ぺ）
あめの夜は　下ばかり行く　蛍かな　含咕（6あら野 六四八）
雨晴れて　月のぬれ行く　わかばかな　孤桐（8俳諧新選 一一四ぺ）
雨冷えを　さな驚きそ　きりぎりす　習先（8俳諧新選 一二七ぺ）
雨含む　上野の森や　稲日和　子規（10獺祭句帖抄 六一八ぺ）
雨ふりの　度に入りこむ　夜寒かな　一計（8俳諧新選 一三二ぺ）
雨ふりを　星に代はりて　かこちけり　習先（8俳諧新選 一二四ぺ）
雨もつて　明け行く空や　杜宇(ほととぎす)　富葉（8俳諧新選 一一三ぺ）
天ゆ落つ　華厳日輪　かざしけり　亜浪（9定本亜浪句集 一〇二三）
雨を引きて　涼しく入るや　帆掛舟　風虎（4桜川 〇一四九）
雨折々　思ふ事なき　早苗哉　芭蕉（1木曾の谿 七八六）
飴ん棒　横に咥(くは)へて　初袷　一茶（3享和句帖 三三八ぺ）
あやしさの　私雨や　はつもみぢ　嘯山（8俳諧新選 二三五ぺ）
あやに取る　木の間の月や　初嵐　太祇（8俳諧新選 一五七ぺ）
あやまたず　虫売り移す　小籠かな　汀女（9昭43俳句年鑑 一九一七）

あやまりて　ぎぎうおさゆる　鱅(かじか)哉　嵐蘭（6猿蓑 一八六〇）
あやめ売り　己が軒ほど　のこしけり　希因（8俳諧新選 二三三ぺ）
あやめ売り　葺きて迄行く　庵かな　素園（8俳諧新選 一一六ぺ）
あやめ生ひけり　軒の鰯の　されかうべ　芭蕉（1江戸広小路 九九四）
あやめ草　足に結ばん　草鞋(わらぢ)の緒　芭蕉（1奥の細道 五〇四）
あやめさす　軒さへよその　ついで哉　荷兮（6あら野 九六一）
鮎活けて　朝見んをまた　灯(ひ)ともしぬ　碧梧桐（4日本俳句鈔 二二七九）
鮎落ちて　たき火ゆかしき　宇治の里　蕪村（2蕪村遺稿 三一七三）
鮎落ちて　宮木とどまる　ふもと哉　蕪村（2蕪村遺稿 二一七二）
鮎落つを　剰(あまつさ)へなる　大雨かな　迷堂（9孤輪 〇四一三）
鮎くれて　よらで過ぎ行く　夜半の門　蕪村（2蕪村句集 一一四）
鮎死んで　瀬の細りけり　冬の川　子規（10獺祭句帖抄 六〇三ぺ）
鮎膾　藍より青き　蓼酢かな　徳元（4毛吹草 〇〇五九）
鮎の子の　心すさまじ　滝の音　土芳（6続猿蓑 三〇二）
鮎の子の　しら魚送る　別れ哉　芭蕉（1続猿蓑 四七四）
鮎の背に　一抹の朱の　ありしごとし　石鼎（9花影 〇七三七）
歩み去る　年を追ふかに　庭散歩　虚子（14七百五十句 四五七ぺ）
歩み高まり　万灯の　高まりゆく　多佳子（9命終 二九六〇）
あら暑や　味噌摺坊の　入れ黶(ぼくろ)　孤洲（8俳諧新選 一五六ぺ）
あら礒や　はしり馴れたる　友鵆(ちどり)　去来（6猿蓑 一六六一）
あら馬を　先(まつ)試むる　汐干かな　瓢水（8俳諧新選 一〇九ぺ）
荒海の　船乗達が　炬燵かな　余子（9余子句抄 〇四三五）

荒海や佐渡によこたふ天の河　芭蕉（1 奥の細道 五三四）
荒海やしまきの晴間陽落つる　句仏（9 句仏句集 ○五二三）
あら海やものに離れて秋の風　樗堂（5 萍窓集 九二一）
あら壁に蔦の始めやかざり縄　乙由（7 俳諧古選 一五五ぺ）
新壁や裏もかへさぬ軒の梅　惟然（5 惟然坊句集 三九七）
あら壁や蛼（こほろぎ）老いて懸け烟草　子規（10 獺祭句帖抄 六五九ぺ）
荒壁や柚子に階子（はしご）す武家屋敷　子規（10 獺祭句帖抄 六五六ぺ）
荒草の今は枯れつつ安らかに　草城（9 人生の午後 二四五一）
あらけなや風車売る花のとき　薄芝（6 あら野 三七九）
荒東風（あらごち）の濤（なみ）は没日（いりひ）にかぶさり落つ　楸邨（9 雪後の天 二五七二）
嵐木がらしよく堂守の寝る事よ　子英（7 俳諧古選 一八六ぺ）
嵐ふく草の中よりけふの月　樗良（5 樗良発句集 七八二）
嵐山藪の茂りや風の筋　芭蕉（1 嵯峨日記 六八五）
嵐より雨より花の日数かな　麦翅（8 俳諧新選 一五五ぺ）
あら涼し裾吹く蚊屋も根なし草　蕪村（2 蕪村句集 九一一）
あら鷹の壁にちかづく夜寒かな　畦止（6 続猿蓑 三三一八）
あらたふと青葉若葉の日の光　芭蕉（1 奥の細道 四八〇）
あらたふと大あぐらして江戸の春　蝶々子（4 俳諧三ツ物揃 ○一四四）
改めて酒に名のつくあつさ哉　利牛（6 炭俵 二五三九）
あら波の目口へはいる千鳥かな　春来（8 俳諧新選 一五三ぺ）
あら波や二日の月を捲いて去る　子規（10 獺祭句帖抄 六三六ぺ）
あら何ともなやきのふは過ぎてふくと汁　芭蕉（1 江戸三吟 八八）

あらぬ方に両国を見し花火かな　麦人（9 草笛 ○三三七）
あら猫のかけ出す軒や冬の月　丈草（6 続猿蓑 三三八二）
あら野行く身に近づくや雲の峰　蕪村（2 蕪村遺稿 一一四一）
曠野（あらの）行く我が影もなき暑さ哉　不白（5 不白翁句集 八六二）
あらはなる駕（かご）の寝ざまや夏の月　太祇（8 俳諧新選 一一九ぺ）
現れし我を点じて山眠る　たかし（9 石魂 一六五四）
あらはれて見えよ芭蕉の雪女　立圃（4 そらつぶて ○○七三）
洗ふ手の下にわりなし石路（つは）の花　長禾（8 俳諧新選 一四五ぺ）
あられきくやこの身はもとのふる柏　芭蕉（1 続深川集 一六八）
あられせば網代の氷魚を煮て出さん　芭蕉（1 花摘 五九六）
霰ふる音にも世にも聾傘　馬光（5 かさねがさ 四八一）
霰まじる帷子（かたびら）雪はこもんかな　芭蕉（1 続山井 二二）
在明となれば度々しぐれかな　許六（6 炭俵 二六〇一）
有明にふりむきがたき寒さかな　去来（4 篇突 ○九二一）
有明の油ぞ残る時鳥　宗因（4 俳諧古選 ○一五七）
有明の面おこすやほととぎす　其角（6 猿蓑 一七一〇）
有明の水仙剪るや庭の霜　子規（10 獺祭句帖抄 六六七ぺ）
有明のはつはつに咲く遅ざくら　史邦（6 猿蓑 一九七五）
ありあけも三十日にちかし餅の音　芭蕉（1 真蹟自画賛 八二五）
有明や浅間の霧が膳をはふ　一茶（3 七番日記 三四七ぺ）
有合の山ですますやけふの月　一茶（3 八番日記 三四五ぺ）
有り難きすがた拝まんかきつばた　芭蕉（1 惣七宛書簡 三九四）

ありがたや　犬にかまはぬ　寒念仏　珪琳（4百番句合 一二三九）
有りがたや　富士を見て来て　江戸の春　湖春（5蓮実 八九）
有り難や　雪をかをらす　南谷　芭蕉（1奥の細道 五一七）
有り難や　我が門松も　二本当　蜟轟（7俳諧古選 一五三ぺ）
歩き歩き　物おもふ春の　ゆくへかな　蕪村（2蕪村遺稿 四七〇）
在り次第　うす雪きやせ　今日の春　貞徳（4崑山集 〇〇三）
有りし野の　花や粧ふ　うづら籠　太祇（8俳諧新選 二二九ぺ）
有りし世の　畑の字（あざ）や　梅の花　和流（8俳諧新選 一〇二ぺ）
有りたけの　樹に響きけり　蟬の声　稲起（8俳諧新選 一一九ぺ）
ありたつた　ひとりたつたる　今年かな　貞徳（4犬子集 〇〇三四）
蟻地獄　寂寞として　飢ゑにけり　風生（9朴若葉 一五六二）
蟻地獄　ゝ（ちゅ）とゐる蠅に　よろこばず　青畝（9国原 一四九九）
蟻地獄　松風を聞く　ばかりなり　素十（9初鴉 一五二九）
蟻地獄　見て光陰を　過ごしけり　茅舎（9ホ昭4・8 一六七三）
有りつべき　物は砧の　小うた哉　氷花（7俳諧古選 一八一ぺ）
有りて過ぎて　背戸の水仙　開きけり　之房（8俳諧新選 二四一ぺ）
有りて過ぎて　踊り召されぬ　上つ方　呉雪（8俳諧新選 二二五ぺ）
有りと見えて　扇の裏絵　おぼつかな　蕪村（2蕪村句集 一〇六八）
蟻二疋　時宜する花の　樗（あふち）かな　冨天（4俳諧古選 一七一三）
蟻の道　雲の峰より　つづきけん　一茶（3おらが春 四五三ぺ）
有り侘びて　酒の稽古や　秋のくれ　太祇（8俳諧新選 二三二ぺ）
有り侘びて　這ひて出でけん　かたつぶり　太祇（8俳諧新選 一一五ぺ）

ある朝の　冬の花火が　一つあがり　敦（9歴日抄 三一二六）
歩いたる　程は跡ある　たにしかな　止角（8俳諧新選 一〇六ぺ）
有る限り　風の分け行く　すすきかな　柳（8俳諧新選 一三二ぺ）
あるが中に　物静か也　白牡丹　菜根（8俳諧新選 一一三ぺ）
歩きながらに　傘（からかさ）ほせば　ほととぎす　一茶（3八番日記 三四〇ぺ）
歩くのみの　冬蠅ナイフ　あれば舐め　三鬼（9今日 二三四五）
ある僧の　嫌ひし花の　都かな　凡兆（6猿蓑 一九八一）
ある僧の　月も待たずに　帰りけり　子規（9俳句稿巻一 〇〇〇二）
或る時の　言葉は枯れず　霜の墓　馬光（5嵐雪二十七回 四八二）
或る時は　江口の月の　さしわたり　虚子（13六百五十句 二二九ぺ）
ある時は　重ねてたたむ　ふとん哉　李流（8俳諧新選 一四〇ぺ）
ある時は　すすどかりけり　蝸牛（かたつぶり）　周木（7俳諧古選 一六二ぺ）
或る時は　谷深く折る　夏花（げばな）かな　虚子（9五百句 〇〇五二）
有ると無きと　二本さしけり　けしの花　智月（6続猿蓑 三四五八）
ある中に　下卑ぬ三十日や　御祓（みそぎ）川　心祇（8俳諧新選 一四六ぺ）
有る中に　師走の海士の　膚（はだへ）かな　一漁（4享保二立志歳 一二二五）
或る日小鳥　空を掩つて　渡りけり　五城（9五城句集 〇二二七）
有る程の　菊抛げ入れよ　棺の中　漱石（9日記の中より 〇一七〇）
有る程の　だて仕尽くして　紙子哉　その（7俳諧古選 一九一ぺ）
ある夜月に　富士大形（おほぎやう）の　寒さかな　蛇笏（9山廬集 〇六四二）
あれあれて　風も鳴くなる　千鳥かな　麦翅（8俳諧新選 一四〇ぺ）
あれあれて　末は海行く　野分かな　猿雖（6続猿蓑 三二八二）

あれあれと狐指さす枯野かな　小波（9ささら波〇二九七）
あれ聞けと時雨来る夜の鐘の声　其角（6猿蓑一六一七）
あれながら十夜は月のよかりけり　諸号（8俳諧新選一三九ぺ）
あれにけり蚤の都のおもてがへ　松意（5誹諧三ケ津一三九）
あれにける償ひもなく秋ぞ行く　斗吟（8俳諧新選一三五ぺ）
あれ春が笠着て行くは着て行くは　蓼太（8俳諧新選一一二ぺ）
あれ程の思ひ忘れ歟（か）返り花　嘯山（8俳諧新選一三八ぺ）
藍色の海の上なり須磨の月　子規（10獺祭句帖抄六三六ぺ）
藍がめにひそみたる蚊の染まりつつ　虚子（13六百五十句一四六ぺ）
青嵐お夏狂乱のたもと哉　醒雪（9帝国明29・6〇三二二）
あをあをと空を残して蝶別れ　林火（9早桃二七四八）
青海や羽白黒鴨赤がしら　忠知（6あら野八一三）
青梅に打ち鳴らす歯や貝（ばい）のごと　蕪村（2蕪村遺稿二四〇二）
青梅に眉あつめたる美人哉　蕪村（2蕪村句集九六）
青梅の花は昨日や墨ごろも　梅史（8俳諧新選一五七ぺ）
青梅や長橋殿の夜の音　南雅（8俳諧新選一二三ぺ）
青梅をうてばかつちる青葉哉　蕪村（2蕪村句集一六一七）
青高原わが変身の裸馬逃げよ　三鬼（9変身二三四二）
青蛙おのれもペンキ塗りたてか　龍之介（4龍之介全集二三六二九）
青蛙土下座ならずと高鳴ける　草田男（9美田二五二三）
青き湖畔捕虜凸凹と地に眠る　三鬼（9旗二三四一）
青きほど白魚白し苣（ちさ）の汁　重頼（5藤枝集二八）
青くさき匂ひもゆかしけしの花　嵐蘭（6猿蓑一七二九）
青草は湯入りながめんあつさかな　巴山（6猿蓑一七九五）
青草も銭だけそよぐ門涼み　一茶（3おらが春四五三ぺ）
青くても有るべき物を唐辛子　芭蕉（1深川七五九）
青くともとくさは冬の見物哉　文鱗（6あら野七八八）
青雲や舟ながしやる子規（ほととぎす）　素龍（6炭俵二四八八）
青胡桃みちのくは樹でつながるよ　静塔（9栃木二三六六）
青ざしや草餅の穂に出でつらん　芭蕉（1虚栗一六六）
青芒三尺にして乱れけり　子規（10獺祭句帖抄六五〇ぺ）
青すだれ御免蒙つてくぐりけり　洒竹（9洒竹句集〇二八七）
青簾世に隠れんとには非ず　虚子（14七百五十句八四ぺ）
青（あを）天（そら）にただよふ蔓の枯れにけり　たかし（9たかし句集一六五三）
蒼空の松の雪解や光悦寺　泊月（9現代俳句集〇八四七）
青空はどこへも逃げぬ炭を焼く　静塔（9栃木二三六七）
青竹にかがやく菊の盛りかな　樗良（5樗良発句集七八三）
青田干る民の嘆きや雨やすめ　心号（7俳諧古選一六四ぺ）
青苔は何ほどもとれ沖の石　傘下（6あら野一〇九〇）
青瓢（ひさご）ふくるる果てや秋の水　素丸（5青ひさご五二九）
青葡萄（ぶだう）熊に非ずば何通ふ　露月（9露月句集〇二〇七）
青麦に聟もたぬ身の哀れ也　令水（7俳諧古選一六二ぺ）
青麦や雲雀（ひばり）があがるありやさがる　鬼貫（5金毘羅会一二三一）
青柳にもたれて通す車哉　素秋（6あら野五六〇）

青柳のしだれくぐれや馬の曲　九節（6 続猿蓑 三〇〇七）
青柳のしだれや鯉の住み所　一咲（6 猿蓑 一九一五）
青柳の東海道は百里かな　士朗（4 枇杷園句集 二〇七七）
青柳の泥にしだるる塩干かな　芭蕉（1 炭俵 八三七）
あをやぎのながらふ影にあゆ子さばしる　涼袋（5 綾太理家の集 七三四）
青柳の眉かく岸の額かな　守武（4 守武千句 〇〇一四）
青柳や思ひ捨てたる朽木より　之房（8 俳諧新選 一〇五ぺ）
青柳や芹生(せりふ)の里の芹の中　蕪村（2 蕪村句集 一四九七）
青柳や二筋三すぢ老木より　柳居（4 柳居発句集 一一四六）
青柳や我が大君の草か木か　蕪村（2 蕪村句集 一〇一二）
鮟鱇の骨まで凍(い)ててぶちきらる　楸邨（9 起伏 二五七三）
鮟鱇もわが身の業(ごふ)も煮ゆるかな　万太郎（9 流寓抄以後 一一一〇）
庵室の木魚につるる水鶏(くひな)哉　楽水（8 俳諧新選 一一八ぺ）
行灯の油なめけり嫁が君　子規（10 獺祭句帖抄 六〇四ぺ）
行灯の煤けぞ寒き雪のくれ　越人（6 波留濃日 三五六）
行灯の蠅の寝耳に障りけり　沙月（8 俳諧新選 二二三ぺ）
行灯をかけていとまや秋のくれ　春草（9 春草句集 一〇八七）
行灯をしいてとらするすずみかな　探芝（6 炭俵 二五一六）
行灯を月の夜にせんほととぎす　嵐雪（6 炭俵 二四八五）
行灯を松に釣るして小夜砧　一茶（3 おらが春 四七二ぺ）
庵の月主を問へば芋掘りに　蕪村（2 蕪村句集 二五二九）
庵の夜もみじかくなりぬすこしづつ　嵐雪（6 あら野 六四一）

い

いうぜんとして山を見る蛙哉　一茶（3 おらが春 四四九ぺ）
いかい事餅についたるつつじ哉　麦翅（8 俳諧新選 一一〇ぺ）
烏賊(いか)売りの声まぎらはし杜宇(ほととぎす)　芭蕉（1 韻塞 九一九）
紙鳶(いか)切れて白根が岳を行衛(ゆくへ)哉　桃妖（6 猿蓑 一九五四）
毬(いが)栗の笑ひて曰く吾老矣(ぬ)　嘯山（8 俳諧新選 一四九ぺ）
筏士の陸(くが)をのぼるやきじの声　麦水（5 葛箒 七三九）
筏士の見かへる跡や鴛(をし)の中　木節（6 猿蓑 一六六六）
筏士のみのやあらしの花衣　蕪村（2 蕪村句集 二三七七）
筏にも同じ浮世の蚊やり哉　嘉栄（8 俳諧新選 一一八ぺ）
雷(いかづち)の音は身の毛もよだちかな　安静（5 崑山集 五八）
いかづちのはるかにうごく柳かな　蓼太（5 蓼太句集 五三一）
いがながら栗くれる人の誠かな　子規（10 獺祭句帖抄 六五六ぺ）
いかに仁者山なしとても武蔵の月　言水（4 初心もと柏 〇二四六）
いかに泣きし産湯の我や花菖蒲　水巴（9 定本水巴句集 〇五七六）
いかに見よと難面(つれなく)うしをうつ霰　羽笠（6 冬の日 一八一）
凧(いかのぼり)きのふの空の有り所　蕪村（2 蕪村句集 四〇三）
いかのぼりここにもすむや潦(にはたづみ)　園風（6 猿蓑 一九五五）
鳳巾(いかのぼり)裸子は見ぬ都哉　言水（7 俳諧古選 一五一ぺ）
いかほどの虫の命を瓜作り　かしく（7 俳諧古選 二〇四ぺ）

いかめしき　音や霰の　檜木笠　芭蕉（1 孤松 一九六）
伊賀大和　かさなる山や　雪の花　配力（6 続猿蓑 三三九七）
毬（いが）を出て　別るる栗の　行衛（ゆくへ）哉　几荻（8 俳諧新選 二三三ぺ）
息合の　分けても残る　角力（すまふ）哉　嘯山（8 俳諧新選 二二七ぺ）
生きかはり　死にかはりして　打つ田かな　鬼城（9 鬼城句集 ○六○八）
息杖に　石の火を見る　枯野哉　蕪村（2 蕪村句集 二○○八）
生きて帰れ　露の命と　言ひながら　子規（9 寒山落木巻三 ○○○三）
いきながら　一つに氷る　海鼠（なまこ）哉　芭蕉（1 続別座敷 八二二）
生き残る　我にかかるや　草の露　一茶（3 父の終焉日記 四二一八ぺ）
生きばやと　又思ひけり　はつ暦　野有（8 俳諧新選 一○○ぺ）
いきみたま　畳の上に　杖つかん　亀洞（6 あら野 一○九一）
生物を　捕へごころや　ところてん　柳緑（8 俳諧新選 二二三ぺ）
生きらるる　命成りけり　夕涼み　茶雷（7 俳諧古選 二二六ぺ）
幾秋か　慰めかねつ　母ひとり　来山（4 生駒堂 ○二三二）
いく落葉　それほど袖も　ほころびず　荷兮（6 あら野 九四七）
何日（いくか）とも　見さだめがたや　宵の月　一泉（6 あら野 四三五）
いくさから　便とどきし　炬燵かな　子規（10 獺祭句帖抄 六一九ぺ）
幾霜に　心ばせをの　松かざり　芭蕉（1 其角歳旦帳 二五七）
いくすべり　骨をる岸の　かはづ哉　去来（6 あら野 五八二）
いくたびも　雪の深さを　尋ねけり　子規（9 寒山落木巻五 ○○○四）
幾人（いくたり）か　しぐれかけぬく　勢田の橋　丈草（6 猿蓑 一六一九）
幾何の　寒さに耐ゆる　我が身かも　虚子（13 六百五十句 一三一ぺ）
幾春も　竹其の儘に　見ゆる哉　重五（6 あら野 一○八八）
幾春も　養老の滝　茶に汲まん　嘯山（8 俳諧新選 一五四ぺ）
池田より　炭くれし春の　寒さ哉　蕪村（2 蕪村遺稿 二○五一）
池と川と　ひとつになりぬ　春の雨　蕪村（2 蕪村遺稿 二三二○）
池に鵝（が）なし　仮名書き習ふ　柳陰　素堂（6 あら野 五四六）
池の星　またはらはらと　時雨かな　北枝（5 北枝発句集 四一一）
生けらるる　やうに咲きたり　水仙花　守大（8 俳諧新選 一四一ぺ）
生けるには　真直過ぎたり　桃のはな　雅因（8 俳諧新選 一○七ぺ）
いざ子ども　走りありかむ　玉霰　芭蕉（1 智周発句集 五九○）
いささかな　価（おひめ）乞はれぬ　暮の秋　蕪村（2 蕪村句集 二三六七）
いささかな　料理出来たり　十用干　蕪村（2 蕪村遺稿 一三一）
いざさらば　蚊遣のがれん　虎渓まで　蕪村（2 蕪村遺稿 八八○）
いざさらば　雪見にころぶ　所迄　芭蕉（1 花摘 三三三）
いざ摘まん　若菜もらすな　籠の内　すて（7 俳諧古選 一五○ぺ）
いざともに　穂麦食らはん　草枕　芭蕉（1 野ざらし紀行 二二四三）
いざのぼれ　嵯峨の鮎食ひに　都鳥　貞室（6 あら野 九○三）
いさみ立つ　鷹引きすゆる　嵐かな　里圃（6 続猿蓑 二八五六）
いざや霞　諸国一衣（いちえ）の　売僧（まいす）坊（ぼん）　三千風（5 日本行脚文集 一五六）
いざや寝ん　元日は又　翌（あす）の事　蕪村（2 蕪村遺稿 一○二二）
いざ雪見　容（かたちづく）り　す蓑と笠　蕪村（2 蕪村句集 一○八六）
いざよひの　いづれか今朝に　残る菊　芭蕉（1 笈日記 四三九）
十六夜の　きのふともなく　照らしけり　青畝（9 万両 一五○○）

いざよひの　雲吹き去りぬ　秋の風　蕪村（2蕪村遺稿 二五二）
いざよひは　闇の間もなし　そばの花　猿雖（6続猿蓑 三二三六）
いざよひも　まださらしなの　郡（こほり）哉　芭蕉（1更科紀行 四三四）
十六夜は　わづかに闇の　初め哉　芭蕉（1続猿蓑 七九九）
十六夜や　海老煎る程の　宵の闇　芭蕉（1笈日記 七〇七）
十六夜や　くぢら来そめし　熊野浦　蕪村（2蕪村遺稿 一七六一）
十六夜や　よんべあれ程　見えらせし　一鵝（7俳諧古選 二三〇ペ）
十六夜や　竜眼肉の　から衣　其角（4峠のふる畑 〇七七九）
いさり火に　影やあたためて　鳴く衛（ちどり）　李夫（8俳諧新選 一四〇ペ）
いさり火に　かじかや波の　下むせび　芭蕉（1卯辰集 五四六）
漁火や　闇をへだてて　なく衛　龍眠（8俳諧新選 一四〇ペ）
いざ折つて　人中見せん　山桜　[illegible]（7俳諧古選 一五八ペ）
石臼の　破れをかしや　つはの花　胡及（6あら野 七八七）
石垣に　はこべの花や　道普請（ぶしん）　荷風（9荷風句集 一一六三）
石籠に　施餓鬼（せがき）の棚の　くづれ哉　文里（6あら野 一〇三六）
石川は　くはらり稲妻　さらり哉　一茶（3おらが春 四六八ペ）
石枯れて　水しぼめるや　冬もなし　芭蕉（1東日記 一二六）
石切の　音も聞きけり　秋の暮　傘下（6あら野 七四〇）
石工の　飛火流るる　清水哉　蕪村（2蕪村遺稿 九三）
石工の　鑿（のみ）冷やしたる　清水かな　蕪村（2蕪村句集 九二）
石工の　指傷りたる　つつじかな　蕪村（2蕪村遺稿 二四四九）
石ころも　露けきものの　一つかな　虚子（11五百句 七七ペ）

石坂を　菓（このみ）飛ぶなり　山おろし　太祇（8俳諧新選 一三五ペ）
石台を　終（つひ）にねこぎや　唐がらし　野坡（6炭俵 二五七七）
甃（いしだたみ）に　くわつと日影や　青嵐　喜舟（9紫川 〇四五二）
石地蔵　筒一ぱいの　つつじかな　嘯山（8俳諧新選 一一〇ペ）
石釣りて　つぼみたる梅　折りしけり　玄察（6あら野 五〇九）
石手寺へ　まはれば春の　日暮れたり　子規（10獺祭句帖抄 六二三ペ）
石に置きて　香炉をぬらす　時雨哉　野荻（6続猿蓑 三三三四）
石に腰　即ち時雨　来りけり　虚子（13六百五十句 二三九ペ）
石に詩を　題して過ぐる　枯野哉　蕪村（2蕪村遺稿 六五一）
石の香や　夏草赤く　露あつし　芭蕉（1曾良旅日記 四九三）
石ぶしや　裏門明けて　夕涼み　牡年（6続猿蓑 三一五二）
石枕　してわれ蟬か　泣き時雨　茅舎（9定本茅舎句集 一六七四）
以上とも　かしく共なき　暦かな　呑江（8俳諧新選 四六ペ）
石山の　石にたばしる　あられ哉　芭蕉（1麻生 六六一）
石山の　石も磨く歟（か）　すす払　必化（8俳諧新選 四四ペ）
石山の　石より白し　秋の風　芭蕉（1奥の細道 五四九）
石山や　行かで果たせし　秋の風　羽紅（6猿蓑 二一七一）
石を打つ　狐守る夜の　きぬた哉　蕪村（2蕪村句集 二五四五）
椅子を置くや　薔薇に膝の　触るる処　子規（4俳句稿巻一 二一七九）
伊勢浦や　御木（みき）引き休む　今朝の春　亀洞（6あら野 四七〇）
伊勢近し　尾花がうへの　鰯雲　巴人（4夜半亭発句帖 一一七三）
伊勢の海　見えて菜の花　平かな　鬼城（9山鳩 〇六〇九）

いそがしき なかに聞きけり 蜀魄(ほととぎす)　釣雪（6あら野三九一）
いそがしき 中をぬけたる 涼みかな　游刀（6続猿蓑三一五八）
いそがしき 野鍛冶をしらぬ 柳哉　荷兮（6あら野五五八）
いそがしき 春を雀の かきばかま　洒堂（6炭俵二三九一）
いそがしき 雪のたまりや 水車　竹幽（7俳諧古選一九三ぺ）
いそがしや 沖の時雨の 真帆片帆　去来（6猿蓑一六二八）
いそがしや 野分の空の 夜這星　一笑（6あら野七五八）
いそがしや 昼飯頃の 親雀　子規（10獺祭句帖抄六〇五ぺ）
急げ使ひ 此の若鮎の ぬれしまま　一兎（8俳諧新選一〇六ぺ）
磯ちどり 足をぬらして 遊びけり　蕪村（2蕪村句集二六四）
磯の月 数々の貝 拾ふべく　洒竹（9洒竹句集〇二八八）
磯辺おす から櫓に響く 砧かな　嘯山（8俳諧新選一三二ぺ）
磯鷲は かならず巌に とまりけり　石鼎（9花影〇七三九）
往た脚の 跡ぞしられん 雪の朝　大涌（8俳諧新選一四七ぺ）
頂欤(か) 懐欤(か) 山ほととぎす　而章（8俳諧新選一一三ぺ）
いただける 柴をおろせば 霰かな　宗之（6あら野八〇一）
いたつきも 久しくなりぬ 柚は黄に　漱石（9日記の中より〇一七一）
いたづらに 菊咲きつらん 故郷は　漱石（9正岡子規へ〇一七二）
射たといふ 名も世に通る 矢数哉　才之（8俳諧新選一一五ぺ）
いたどりの 花月光に つめたしや　青邨（9雪国一五九三）
虎杖(いたどり)や 隧道(トンネル)透きて 朗らかに　温亭（9温亭句集〇八二三）
板の如き 帯にさされぬ 秋扇　久女（9杉田久女句集〇九三五）
板の間を かせぎなれたる 夜寒かな　梓月（9冬鶯〇三六二）
板橋の 音静かなり おぼろ月　吏登（8俳諧新選一〇八ぺ）
板橋や 顧みすれば 秋の情　寸七翁（9現代俳句集〇八七七）
板塀に よりもつかれぬ 霰かな　子規（10獺祭句帖抄六一九ぺ）
一握の 砂を蒼海に はなむけす　禅寺洞（9禅寺洞句集二二八三）
市売りの 鮒に柳の ちる日哉　長翠（5光丘本長翠九四〇）
一翳(いちえい)の 雲ゆゑいよよ 小春空　風生（9母子草一五六三）
一夏(いちげ)入る 山さばかりや 旅ねずき　魯町（6猿蓑二一六四）
いちじくの 地につく茂り 油照り　宋斤（9定本宋斤句集一一九七）
いちじくの 葉影となりぬ 宿の月　泊雲（9泊雲句集〇七七二）
無花果(いちじく)や 広葉にむかふ 夕涼み　惟然（6続猿蓑三一四九）
一順の 四句目ぶりなり 初時雨　宗因（4夢見草〇一五八）
一諾を 得て帰り行く 夜長人　素琴（9山萩一〇〇七）
一条と 二条は遠し 傘の雪　嵐山（8俳諧新選一四二ぺ）
市に入りて しばしこころを 師走かな　素堂（5素堂家集一二五〇）
一日の けふもかやりの けぶりかな　蕪村（2蕪村遺稿二一五七）
一日の 尻うち払ふ 茶つみかな　必化（8俳諧新選一一一ぺ）
一日は 花見のあてや 旦那寺　沾圃（6続猿蓑二九八七）
一日は 花を背中に 汐干哉　嘯子（7俳諧古選二三一ぺ）
一日は 嫁を忘るる 田植かな　心祇（4蕉下庵発句抄一二六三）
一日も 捨つる日はなく 春くれぬ　貝錦（8俳諧新選一一二ぺ）
一二里は 口に持ちゆく 清水哉　秋慰（7俳諧古選一六四ぺ）

一人と帳面につく寒さかな　一茶（3 寂砂子 三五七ペ）
一人前田も青ませて夕木魚　一茶（3 文政句帖 三三七ペ）
一戸（いちのへ）や衣もやぶるるこまむかへ　去来（6 猿蓑 一八五七）
一羽来て寝る鳥は何梅の月　蕪村（2 蕪村遺稿 一〇一〇）
一八に雨の降るなり屋根の上　露月（9 承露盤 〇二四七）
いちはつはをとこなるらんかきつばた　一井（6 あら野 六二四）
一羽啼き二羽なき後は千鳥かな　巴静（4 六々庵発句集 一二〇六）
市浜や鳥にまじる雁の声　御風（8 俳諧新選 二三一ペ）
一番に鹿驚（かがし）をこかす野分哉　許六（7 俳諧古選 一七九ペ）
一番に風をほめたる座敷かな　水翁（8 俳諧新選 二二一ペ）
一番に乙鳥（つばめ）のくぐるちのわ哉　一茶（3 七番日記 三四〇ペ）
一番に猫の逃げたる蚊遣かな　巴雀（4 花月の会 二二〇）
市人の物うちかたる露の中　蕪村（2 蕪村句集 一七六七）
市人のよべ問ひかはす野分かな　蕪村（2 蕪村句集 二二九六）
市人よ此の笠うらふ雪の傘　芭蕉（1 野ざらし紀行 二〇七）
一弁を仕舞ひ忘れて夕牡丹　虚子（13 六百五十句 二〇八ペ）
一僕とぼくぼくありく花見哉　季吟（5 山の井 四八）
いちまいの葉もいたまずに萩もみぢ　夜半（9 彩色 一六三三）
いちまいの朴の落葉のありしあと　素逝（9 暦日 一八一五）
一枚の餅のごとくに雪残る　茅舎（4 川端茅舎句集 二六二一）
銀杏散るまつただ中に法科あり　青邨（9 露団々 一五九四）
銀杏踏みて静かに児（ちご）の下山哉　蕪村（2 蕪村遺稿 二二五）

一夜きて三井寺うたへ初しぐれ　尚白（6 あら野 七七一）
一夜漏る時雨に骨を絞る哉　一晶（5 一楼賦 五三）
一両が花火間もなき光かな　其角（7 俳諧古選 一七八ペ）
一里行き二里行き深山ざくらかな　二柳（4 其雪影 一八五六）
一輪に一句は足らぬぼたんかな　龍眠（8 俳諧新選 一一三ペ）
一輪に御門を開く牡丹かな　其風（8 俳諧新選 一一三ペ）
一輪を五つにわけて梅ちりぬ　蕪村（2 蕪村遺稿 七二四）
一湾をたあんと開く猟銃音　誓子（9 晩刻 一四五九）
一円に一引く注連（しめ）の茅の輪かな　たかし（9 石魂 一六五五）
一行の雁や端山に月を印す　蕪村（2 蕪村句集 二二九一）
何方（いづかた）も団子佗しや盆の月　翠如（8 俳諧新選 二二五ペ）
五日迄水すみかぬるあやめかな　桃隣（6 炭俵 二四九九）
いつからの七十五日けふの月　和流（8 俳諧新選 二三〇ペ）
一休のしの字も灯（とぼ）せ玉送り　沖三（8 俳諧新選 二二五ペ）
一機還らずと言ふ水仙の白き夜なり　碧雲居（9 碧雲居句集 一〇六三）
いづく霽（しぐれ）傘を手にさげて帰る僧　芭蕉（1 東日記 一二二）
いづくにかたふれ臥すとも萩の原　曾良（6 猿蓑 一八三〇）
一句二句三句四句五句枯野の句　万太郎（9 草の丈 一一一一）
いつ暮れて水田のうへの春の月　蒼虬（5 訂正蒼虬集 一一五〇）
一家皆昔模様や節（せち）小袖　富水（8 俳諧新選 一二一ペ）
一軒屋も過ぎ落葉する風のままに行く　碧梧桐（4 碧・第一九号 一三二八〇）
いつこけし庇起こせば冬つばき　亀洞（6 あら野 八二一）

いづこより　礫(つぶて)打ちけむ　夏木立　蕪村（2 蕪村句集 五六二）
いつ咲いて　いつ散るやらん　枇杷の花　尚白（7 俳諧古選 一九一ペ）
いつ里へ　取りつく事ぞ　かんこ鳥　竹友（8 俳諧新選 一四ペ）
いつしかに　蝶追ひ勝ちぬ　土手の牛　龍眠（8 俳諧新選 一〇八ペ）
一升の　露をたたふる　小庭かな　子規（10 獺祭句帖抄 六五四ペ）
一食一菜　柚(ゆ)味噌を主とす　我が庵　瓢亭（9 ホ明35・12 〇一九三）
一酔に　正月暮れし　思ひ哉　月斗（9 昭和俳句集 〇五〇二）
一水を　指さし指さし　水論人　泊雲（9 泊雲句集 〇七七三）
一銭の　氷少なき　野茶屋かな　子規（10 獺祭句帖抄 六二八ペ）
一銭の　釣鐘撞くや　昼霞　子規（10 獺祭句帖抄 六二四ペ）
いつぞはの　心とどくや　ほととぎす　五筑（8 俳諧新選 一五四ペ）
一村は　留守のやうなり　冬籠り　子規（10 獺祭句帖抄 六一九ペ）
いつたきて　蕗の葉にもる　おぶくぞも　里東（6 猿蓑 二一五〇）
一旦の　雨にはさかぬ　椿かな　天露（8 俳諧新選 一〇六ペ）
一反は　刈り残す田の　雀かな　子規（10 獺祭句帖抄 六一八ペ）
五つむつ　茶の子にならぶ　囲炉裏哉　芭蕉（1 茶のさうし 四四六）
一点が　懐炉で熱し　季節風　草城（9 銀 二四五二）
一点の　黄色は目白　赤椿　虚子（13 六百五十句 二二四ペ）
一時に　ちる身で梅の　座論かな　来山（7 俳諧古選 一四九ペ）
いつとなく　我が座定まる　炬燵哉　孚先（7 俳諧古選 一九二ペ）
一とろに　御代の大凧　小凧哉　一茶（3 七番日記 三二四ペ）
伊豆の海や　紅梅の上に　波ながれ　秋桜子（9 霜林 一四一八）

いつの旅も　時雨さそはぬ　事ぞなき　乙二（4 松窓乙二集 二一一四）
いつの月も　あとを忘れて　哀れ也　荷兮（6 あら野 四二五）
いつの手ずれの　道中双六　なつかしき　青峰（9 青峰集 二二四四）
いつはとも　あれ初烏　初烏　大江丸（4 俳懺悔 二〇五一）
一瓢の　いんで寝よやれ　鉢たたき　蕪村（2 蕪村句集 三六四）
出づべくと　して出ずなりぬ　うめの宿　蕪村（2 蕪村句集 二〇四四）
一片の　なほ空わたす　落花かな　元（9 島村元句集 〇八九八）
一片の　パセリ掃かるる　暖炉かな　不器男（4 不器男句集 二六九八）
一本の　なすびもあまる　住(すま)ひかな　杏雨（6 あら野 九六三）
いつ迄か　雪にまぶれて　鳴く千鳥　千那（6 猿蓑 一六六四）
いつ迄歟(か)　世にふらここの　うつけ者　盛住（8 俳諧新選 一五二ペ）
いつまでの　水取冷えぞ　刻む老　東洋城（9 東洋城全句中 〇三八七）
いつまでも　我が子と葛湯　してたびぬ　麦人（9 草笛 〇三三八）
いつ見ても　年のよらざる　さくら哉　心祇（8 俳諧新選 一四六ペ）
泉鳴る　修道院は　眠るによし　静塔（9 月下の俘虜 二三六九）
泉への　道後れゆく　安けさよ　波郷（9 春嵐 二六三八）
出雲への　路銭はいかに　びんぼ神　立圃（5 犬子集 二一六）
出づる日も　入日も見えて　猶永し　涼袋（8 俳諧新選 一〇ペ）
出づる日や　こちらむきやこそ　月もあれ　雅因（8 俳諧新選 五六ペ）
いづれを歟　先(まづ)うつすべき　雪仏　九可（8 俳諧新選 一五四ペ）
出で入りの　息も消ゆかや　枯林　躑躅（9 現代俳句集 〇八五七）
いでさらば　投壺(とうこ)まゐらん　菊の花　蕪村（2 蕪村句集 六一六）

出でたちて　行かずに果たす　雪見哉　雅因（8俳諧新選 一四三ペ）
出でたちも　花見と見ゆる　妻子哉　呑獅（8俳諧新選 一五四ペ）
凍（いて）鶴（づる）を　風或るときは　疾く過ぐる　裸馬（9裸馬翁五千句 一〇九七）
出でて耕す　囚人に　鳥渡りけり　青峰（9青峰集 二三四五）
凍（いて）蝶（てふ）の　落ちたる如く　雪に立つ　普羅（9辛夷 〇七〇五）
出でて待つ　妹の出支度　秋日和　花蓑（9花蓑句集 〇八六七）
凍（い）てとけて　回ればもとの　車かな　瓢水（8俳諧新選 一五三ペ）
凍てながら　若草見ゆる　川辺哉　湖柳（8俳諧新選 一〇三ペ）
出（いで）舟や　蜂ぅち払ふ　みなれ棹　蕪村（2蕪村遺稿 二二三七）
出水の　加茂に橋なし　夏祓へ　蕪村（2蕪村句集 二六六四）
いでや我　よきぬのきたり　せみごろも　芭蕉（1あつめ句 二二九九）
糸桜　こやかへるさの　足もつれ　芭蕉（1続山井 三一）
糸桜　少しは風の　有るもよし　旭扇（8俳諧新選 二二二ペ）
糸桜　花の縫ふより　綻びぬ　為世（7俳諧古選 一九五ペ）
糸桜　見上げ見下ろす　さかり哉　衝冠（8俳諧新選 二二二ペ）
いとし子を　愛やの道や　下涼み　之孝（8俳諧新選 二二二ペ）
いとし子を　荷ふも旅や　雲の峰　麻兄（8俳諧新選 二二〇ペ）
糸のなき　糸巻に似て　月寒し　普羅（9辛夷 〇七〇六）
いとはるる　身を恨み寝や　くれの春　蕪村（2蕪村遺稿 四六六）
いとまなき　身にくれかかる　かやり哉　蕪村（2蕪村遺稿 二一二一）
いとゆふに　皃（かほ）引きのばせ　作り独活（うど）　配力（6猿蓑 一九三五）
糸遊に　結びつきたる　煙哉　芭蕉（1曾良書留 四七六）

いとゆふの　いとあそぶ也　虚（から）木（き）立（だ）て　氷固（6猿蓑 一九三二）
糸遊や　つれ立つとなく　舟の陸（をか）　孤舟（8俳諧新選 二二二ペ）
稲雀　稲を追はれて　唐秬（きび）へ　子規（10獺祭句帖抄 六一六ペ）
稲すずめ　茶の木畠や　逃げ処　芭蕉（1真蹟懐紙 七一一）
否ぞ共　螽（いなご）は口を　つぐみけり　嘯山（8俳諧新選 二二七ペ）
稲田あり　筊（ど）あり日本に　似たるかな　虚子（12五百五十句 一二ペ）
稲塚に　しばしもたれて　旅悲し　虚子（11五百句 一六ペ）
稲妻と　聞きてすがめる　座頭哉　三遊（8俳諧新選 二二五ペ）
稲妻に　枝ふみかゆる　寝鳥哉　竹友（8俳諧新選 二二五ペ）
稲妻に　追はるる瀬戸の　夜舟かな　鳳朗（4鳳朗発句集 二一五六）
稲妻に　こぼるる音や　竹の露　蕪村（2蕪村句集 二七二八）
稲妻に　さとらぬ人の　貴さよ　芭蕉（1をのが光 六四一）
稲妻に　大仏をがむ　野中哉　荷兮（6あら野 一〇四一）
稲妻に　突きこかさるる　女かな　麻兄（8俳諧新選 二二五ペ）
稲妻に　露の散る間も　なかりけり　子規（10獺祭句帖抄 六〇〇ペ）
稲妻に　はしりつきたる　別れかな　釣雪（6あら野 九三一）
稲妻に　ぴしりぴしりと　打たれしと　虚子（13六百五十句 一四四ペ）
稲妻に　へなへな橋を　渡りけり　一茶（3八番日記 三四七ペ）
いなづまの　青うぅつるや　淀の城　子一（8俳諧新選 二二五ペ）
稲妻の　かくれすまずや　年の底　宋屋（8俳諧新選 一四六ペ）
いなづまの　風にはしるや　海の上　作者不明（8俳諧新選 二二五ペ）
稲妻の　心拍子に　違（たが）ひけり　鯨童（8俳諧新選 二二五ペ）

いなづまの柴の庵や釣り上げん　蜷古（8 俳諧新選 二二五ぺ）
稲妻のするスマトラを左舷に見　虚子（12 五百五十句 一一ぺ）
いな妻の残る暑さをちらしけり　可寿（8 俳諧新選 二二五ぺ）
稲妻の一網うつやいせのうみ　蕪村（2 蕪村句集 一六五）
いなづまの一粒残る蛍哉　常牧（5 万歳楽 二〇二）
稲妻のやうに雉なく闇路哉　麦翅（8 俳諧新選 一〇四ぺ）
稲妻の山を出(で)兼(か)ぬる夜明け哉　嵐青（7 俳諧古選 一八〇ぺ）
稲妻のゆたかなる夜も寝べきころ　汀女（9 汀女句集 一九一八）
稲妻のわれて落つるや山の上　丈草（4 初蝉 〇九七六）
稲妻は蚊屋を通すか通さぬ歟(か)　和流（8 俳諧新選 二二五ぺ）
いなづまや秋きぬと目にさやの紋　立圃（5 そらつぶて 二四）
いな妻や秋津しまねのかかり舟　蕪村（2 蕪村遺稿 一六六）
いなづまや青貝の間に客ふたり　大江丸（5 はいかい袋 八七五）
稲づまや浮世をめぐる鈴鹿山　越人（6 続猿蓑 三四六九）
稲妻やうつかりひよんとした貌(かほ)へ　一茶（3 七番日記 三四七ぺ）
いなづまや堅田泊の宵の空　蕪村（2 蕪村句集 一一五八）
稲妻や門で髪梳く女かな　存義（4 東風流 一七三五）
いなづまやかほのところが薄の穂　芭蕉（1 続猿蓑 八七四）
いなづまやきのふは東けふは西　其角（6 あら野 七二八）
稲妻や雲にへりとる海の上　宗比（6 続猿蓑 三二八四）
稲妻やこぼれもの持つ長廊下　乾什（4 庭の巻 一二五一）
稲妻や扠(さて)この橋の下遥か　孤桐（8 俳諧新選 二二四ぺ）

いな妻や佐渡なつかしき舟便　蕪村（2 蕪村遺稿 一一六〇）
稲妻や障子に声の有るがごと　蘆舟（8 俳諧新選 一四七ぺ）
いなづまや杉のたち樹の五六本　嘯山（8 俳諧新選 二二五ぺ）
稲妻や少し見えたる瀬田の橋　琴台（8 俳諧新選 二二五ぺ）
いなづまや誰動かして鏡山　龍眠（8 俳諧新選 二二五ぺ）
稲妻や月も出て居て雲奇なり　鼠骨（9 新俳句 〇二五七）
いなづまやどの傾城とかり枕　去来（4 梟日記 〇九二三）
稲づまや浪もてゆへる秋津しま　蕪村（2 蕪村遺稿 一六四）
いなづまや野の人もどる後ろより　之房（8 俳諧新選 二二四ぺ）
いな妻や八丈かけてきくた摺り　蕪村（2 蕪村句集 七八五）
稲妻や一切づつに世が直る　一茶（3 おらが春 四六八ぺ）
いなづまや二折三折剣(つるぎ)沢(ざは)　蕪村（2 蕪村遺稿 七八四）
いなづまやむねうちあはす門のくれ　星布（5 星布尼句集 八八九）
稲妻や森のすきまに水を見たり　子規（10 獺祭句帖抄 六五三ぺ）
稲妻や山恋ふ猿の目のうつり　毛仏（8 俳諧新選 二二五ぺ）
いなづまや山城の川河内の川　几董（8 俳諧新選 二二五ぺ）
いなづまや闇の方行く五位の声　芭蕉（1 続猿蓑 八八〇）
いなづまや闇を引きさくまのあたり　旭扇（8 俳諧新選 二二五ぺ）
稲づまや夜は崩るる筑波山　吏登（5 吏登句集 四七六）
稲妻や世をすねてすむ竹の奥　荷風（9 荷風句集 一一六四）
いなづまやわりなき態のさし向かひ　三力（8 俳諧新選 二二五ぺ）
稲妻を渦に巻きつつ鳴戸哉　春爾（8 俳諧新選 二二五ぺ）

稲妻を傘ではね行く夜道哉　隣水（8俳諧新選 二二四ぺ）
いなづまを手にとる闇の紙燭（しそく）哉　芭蕉（1続虚栗 三〇三）
稲妻を折り返したる暗さかな　石爛（8俳諧新選 二二五ぺ）
嘶（いなな）くや時雨のうらのあらび馬　淡々（4淡々発句集 一二七三）
稲葉殿の御茶たぶ夜や時鳥　蕪村（2蕪村句集 一三六八）
いなびかり北よりすれば北を見る　多佳子（9紅糸 二九六一）
稲舟に案山子（かがし）をのせて戻りけり　極堂（9新俳句 一〇六三）
稲穂波鳴子進むが如くなり　元（9島村元句集 一〇八九九）
去（い）にしなの愛想成りけり遅桜　閑々（7俳諧古選 二一九ぺ）
犬が来て水飲む音の夜寒かな　子規（4俳句稿巻一 二一八〇一）
狗（いぬころ）に爰（いぬ）へ来よとや蟬の声　一茶（3おらが春 四五〇ぺ）
犬蓼のうきにはもれぬ野分哉　楼川（8俳諧新選 二三〇ぺ）
犬蓼のとくと淋しき盛り哉　春堂（7俳諧古選 二一五ぺ）
犬蓼の花くふ馬や茶の煙　子規（10獺祭句帖抄 六〇二ぺ）
狗の子の内からおどす野分かな　山外（8俳諧新選 二三一ぺ）
犬の子のかさなり転ぶしぐれかな　百里（4或時集 一一二四）
犬の子の厨に寝たり冬の雨　小波（9秋の声明29・12 〇二九八）
狗の子の目をぽつちりと明けの春　仙鶴（7俳諧古選 二一三ぺ）
犬の声はあちらの村歟（か）さよ時雨　季遊（8俳諧新選 二三六ぺ）
犬の舌赤く伸びたり水温む　虚子（14七百五十句 五五〇ぺ）
犬蠅のしたるく入るや毛の間ひ　嘯山（8俳諧新選 二二二ぺ）
いぬふぐり空を仰げば雲も無し　虚子（14七百五十句 一五一ぺ）
犬ふぐり星のまたたく如くなり　虚子（12六百句 二二一ぺ）
犬吠えて家に人なし蔦紅葉　言水（7俳諧古選 一七四ぺ）
犬も舌を口にをさめし涼み哉　秀山（8俳諧新選 二二一ぺ）
いねいねと人にいはれつ年の暮　路通（6猿蓑 一七〇八）
稲かけし夜より小藪は月よ哉　一茶（3文化句帖 三五〇ぺ）
稲かけて風も引かさじ老の松　蕪村（2蕪村句集 一〇六九）
稲かつぐ母に出迎ふうなゐ哉　凡兆（6猿蓑 一八七一）
稲刈りてにぶくなりたる螽（いなご）かな　子規（10獺祭句帖抄 六五五ぺ）
稲刈りて野菊おとろふ小道かな　子規（10獺祭句帖抄 六一七ぺ）
稲刈りて化けをあらはすかがしかな　蕪村（2蕪村遺稿 七八八）
稲刈りて水に飛びこむ螽かな　子規（10獺祭句帖抄 六一六ぺ）
稲刈るは父こぐは母這ふは子よ　子規（10獺祭句帖抄 六五九ぺ）
稲かれば小草に秋の日の当たる　蕪村（2蕪村遺稿 二一四九）
稲こきの姥もめでたし菊の花　芭蕉（1笈日記 七一九）
稲つけて馬が行くなり稲の中　子規（10獺祭句帖抄 六五九ぺ）
稲の雨斑鳩寺にまうでけり　子規（10獺祭句帖抄 六三九ぺ）
稲の花これを仏の土産哉　智月（6猿蓑 二一七〇）
稲の花道灌山の日和かな　子規（10獺祭句帖抄 六一八ぺ）
稲の葉の青かりしよりかかし哉　月渓（5五車反古 八三〇）
稲の穂の寝て嘶あふ機嫌哉　竿秋（7俳諧古選 二一三ぺ）
稲の穂や南に凌雲閣低し　子規（10獺祭句帖抄 六一八ぺ）
命かけて芋虫憎む女かな　虚子（12五百五十句 二〇ぺ）

命こそ芋種よ又今日の月　芭蕉（1 千宜理記 四八）
命なりわづかの笠の下涼み　芭蕉（1 江戸広小路 六一）
命二つの中に生きたる桜哉　芭蕉（1 野ざらし紀行 一二三九）
岩倉の狂女恋せよほととぎす　蕪村（2 蕪村句集 一〇五二）
いはけなやとそあめ初むる人次第　荷兮（6 あら野 八三一）
岩清水人間の唇をもて触るる　裸馬（9 裸馬翁五千句 一〇九八）
岩躑躅（つつじ）染むる涙やほととぎ朱（しゅ）　芭蕉（1 続山井 一〇）
岩なだれとまり高萩咲きにけり　冬葉（9 冬葉第一句集 一〇一七）
岩に腰我頼光の躑躅かな　蕪村（2 蕪村句集 九八〇）
岩に篠あられたばしる小手さし原　蕪村（2 蕪村遺稿 三一七）
岩はなやここにもひとり月の客　去来（5 笈日記 二九九）
巌（いはほ）にはとくなれさざれ石太郎　一茶（3 八番日記 三六二ペ）
茨老いすすき痩せ萩おぼつかな　蕪村（2 蕪村句集 二八三）
茨ゆふ垣もしまらぬ暑さかな　素覧（6 続猿蓑 三一六九）
いばりせしふとんほしたり須磨の里　蕪村（2 蕪村句集 一八九七）
岩を飛ぶ美人は愛宕杜宇（ほととぎす）　沾徳（4 沾徳随筆 〇八九一）
鼾すなり涅槃の寺の裏門に　子規（10 獺祭句帖抄 六二三ペ）
飯たかぬ朝も鶯鳴きにけり　子規（10 獺祭句帖抄 六四四ペ）
飯蛸の哀れやあれで果てるげな　来山（7 俳諧古選 一五〇ペ）
飯蛸の飯と語らん身のむかし　泉石（7 俳諧古選 二一一ペ）
飯蛸や薄紫の一（ひと）しぼり　宋阿（7 俳諧古選 二〇九ペ）
家々やかたちいやしきすす払　祐甫（6 猿蓑 一七〇〇）

家負ひて葉に隠れけり蝸牛（かたつぶり）　紫水（8 俳諧新選 一五ペ）
家買うてことし見初むる月夜哉　荷兮（6 炭俵 二五四三）
家ごとに祖父ある菊の山路哉　蓼太（8 俳諧新選 一五三ペ）
家こぼつ木立も寒し後の月　其角（6 炭俵 二五四七）
家中を浄む西日の隅にゐる　三鬼（9 変身 二三四六）
家ともに大きう成る歟（か）かたつぶり　青蒲（8 俳諧新選 一一五ペ）
家なしも江戸の元日したりけり　一茶（3 七番日記 三三二ペ）
家にあらで鶯きかぬひと日哉　蕪村（2 蕪村遺稿 二一六五）
家の子に元服させつ年のくれ　魚翁（8 俳諧新選 一四六ペ）
家は皆海に向かひて夏の月　極堂（9 新俳句 〇一六二）
家はみな杖にしら髪の墓参り　芭蕉（1 続猿蓑 八七八）
家ふたつ戸の口見えて秋の山　道彦（5 蔦本集 九七六）
家も木も皆萍（うきくさ）とさそはるる　子規（10 獺祭句帖抄 六三一ペ）
庵も浮くばかり清水をまかせけり　大夢（8 俳諧新選 二二一ペ）
今一里往て宿からん草の花　如水（8 俳諧新選 二二九ペ）
今植ゑた竹に客あり夕すずみ　柳居（5 俳諧新選 四八六）
今聞きて直（ぢき）に恋しや時鳥　風状（7 俳諧古選 二一五ペ）
いまきたといはぬばかりの燕かな　長之（6 あら野 六〇五）
今越えた山路埋もるるわかばかな　右流（8 俳諧新選 一一四ペ）
今更に思ひ過ごしのばせを哉　雞賀（7 俳諧古選 一八四ペ）
いましめた我から見たき接木哉　麦翅（8 俳諧新選 一〇四ペ）
今少し年寄見たし鉢たたき　嵐雪（4 となみ山 〇八二五）

今捨てた水に氷のはしるなり　大夢（8俳諧新選 一四三ペ）
今そこに居たかと思ふ火燵哉　寅彦（9寅彦全集六 一一七二）
今筑波や鎌倉宗鑑が犬　桜　宗因（5阿蘭陀丸 一〇四）
今に成りてしぼまれもせぬばせをかな　習先（8俳諧新選 二二六ペ）
今の世も鳥はほけ経鳴きにけり　一茶（3おらが春 四四〇ペ）
今はある虹の彼方に娘（こ）と共に　虚子（14七百五十句 一九ペ）
今は其の人とも見えぬ紙子哉　鳥栖（8俳諧新選 一四一ペ）
今は世をたのむけしきや冬の蜂　旦藁（6猿蓑 一六四八）
今春が来たやうす也たばこ盆　一茶（3八番日記 三三二ペ）
今まではいきたはごとを月夜かな　徳元（4滑稽太平記 〇〇六〇）
今迄は罰もあたらず昼寝蚊屋　一茶（3おらが春 四四一ペ）
今宮は虫　所　也聾也　来山（7俳諧古選 一九七ペ）
今や牽く富士の裾野の蝸牛（かたつぶり）　仙鶴（7俳諧古選 二一三ペ）
いもあらばいも焼かうもの古火桶　子規（10獺祭句帖抄 六六一ペ）
芋洗ふ女西行ならば歌よまむ　芭蕉（1野ざらし紀行 一七九）
いも植ゑて門は葎（むぐら）のわか葉哉　芭蕉（1笈の小文 三五一）
妹が垣根三味線草の花咲きぬ　蕪村（2蕪村句集 二〇九四）
妹が垣根古下駄朽ちて落葉かな　子規（10獺祭句帖抄 六六六ペ）
妹が子の背負うた形（なり）や配　餅　一茶（3おらが春 四六〇ペ）
いもが子は這ふ程にこそ成りにけれ　忠盛（7俳諧古選 一九五ペ）
妹がりの河辺出直す若菜哉　希因（5暮柳発句集 四八八）
芋食ひの腹へらしけり初時雨　荊口（6炭俵 二五九八）

妹と背の山につくねるふとん哉　多少（8俳諧新選 一四〇ペ）
芋の子や籠の目あらみころげ落つ　子規（10獺祭句帖抄 六五九ペ）
芋の露連山影を正しうす　蛇笏（9山廬集 〇六四三）
いものはや月待つさとの焼けばたけ　芭蕉（1鹿島詣 三一〇）
芋掘と芋の話や村夫子　俳小星（9径草 〇九〇七）
芋掘りに行けば雄鹿に出あひけり　子規（10獺祭句帖抄 六五九ペ）
芋も子をうめば三五の月夜哉　西武（5犬子集 四五）
芋を掘る手をそのままに上京す　虚子（11五百句 三二ペ）
入相の梅になり込むひびきかな　風麦（6猿蓑 一八九一）
入あひのかねもきこえずはるのくれ　芭蕉（1真蹟色紙 四七九）
入相のひびきの中やほととぎす　羽紅（6猿蓑 一七一七）
入相は上を鳴り行くぼたんかな　琴風（4焦尾琴 一一一九）
入海や碇（いかり）の筌（うけ）に啼く千鳥　闇指（6続猿蓑 三三七三）
入江とる庭も音なき氷かな　龍眠（8俳諧新選 四四三ペ）
入りかかる日も程々に春のくれ　芭蕉（1曾良書留 四七七）
入りかねて日もただよふや汐干潟　麦水（5葛箒 七三七）
入口に麦干す家や古　簾　子規（10獺祭句帖抄 六三二ペ）
入口のあいそになびく柳かな　一茶（3おらが春 四四〇ペ）
煎りつけて砂路あつし原の馬　史邦（6続猿蓑 三四七七）
入る月に今しばし行くとまり哉　玄寮（6あら野 九四二）
入る月に蓮の巻葉のゆるみけり　祇明（4たつのうら 一一六六）
入る月の跡は机の四隅哉　芭蕉（1句兄弟 八〇二）

入る月のさはるか動くむら薄　不角（4蘆分船〇八九六）
色々に温泉（いでゆ）の烟や夏木立　李有（8俳諧新選一二四ぺ）
色々に谷のこたへる雪解かな　太祇（5太祇句選五四二）
色々の石に行きあふ枯野哉　作者不明（7俳諧古選二二七ぺ）
いろいろのかたちをかしや月の雲　湍水（6あら野八八七）
色々の菊一色（ひといろ）に枯れにけり　柳水（7俳諧古選一九三ぺ）
色々の頭巾の果てや丸頭巾　柳居（7俳諧古選一九三ぺ）
いろいろの名もまぎらはし春の草　珍碩（6ひさご一四七二）
色々の穂を吹き出すや秋の風　几董（8俳諧新選二二九ぺ）
色変へぬ松と云ふ事を忘るるな　鼓舌（8俳諧新選一五〇ぺ）
色変へぬ松にもなじめ虫の声　都城（8俳諧新選一二七ぺ）
色かへぬ松や主は知らぬ人　子規（10獺祭句帖抄六〇一ぺ）
彩足らぬ蝶々出でて弥生尽　普羅（9辛夷〇七〇七）
色付くや豆腐に落ちて薄紅葉　芭蕉（1芭蕉杉風百韻八二）
色なんど兼ねて申すや衣（きぬ）配（くばり）　五鳳（8俳諧新選一四五ぺ）
鰯焼く隣憎しや窓の梅　秀和（7俳諧古選一五二ぺ）
隠者或る日つかみ出だして袷哉　大夢（8俳諧新選一四九ぺ）

う

植うる事子のごとくせよ児（ちご）桜　芭蕉（1続連珠四三）
うかうかと生きてしも夜や蟋蟀（きりぎりす）　二柳（4続あけがらす一八五七）
うかうかと来ては花見の留守居哉　丈草（6炭俵二四三四）
うかうかと海月に交じるなまこ哉　車庸（6続猿蓑三三七七）
うかうかと咲きしすがたや返り花　杜支（8俳諧新選一三八ぺ）
うかうかと末花のあるふくべかな　蓼太（8俳諧新選一三五ぺ）
うかうかと屋根に左官や後の月　貝錦（8俳諧新選一三四ぺ）
うかとして何か見てをり年の暮　虚子（12六百句二一五ぺ）
鵜飼名を勘作と申し哀れ也　漱石（9正岡子規へ〇一七三）
うかぶ瀬に沓並べけり春のくれ　蕪村（2蕪村遺稿二一〇二）
うかれ来てとまるより寝る小蝶哉　麦翅（8俳諧新選一五七ぺ）
うかれける人や初瀬の山桜　芭蕉（1続山井三〇）
うかれ出て扇しめれり星月夜　言水（7俳諧古選一六一ぺ）
うきうきと古葉隠すや春の草　有河（8俳諧新選一〇三ぺ）
萍（うきくさ）に手をうちかける蛙かな　一和（8俳諧新選一〇五ぺ）
萍に乗りて流るる蛙かな　圭左（8俳諧新選一一八ぺ）
萍に蛍しみあふ小雨かな　紫水（8俳諧新選一一六ぺ）
萍のさそひ合はせてをどり哉　蕪村（2蕪村句集九三六）
萍の花からのらんあの雲へ　一茶（3おらが春四五三ぺ）
萍の花や洞庭八百里　嘯山（8俳諧新選一一八ぺ）
うき草や動かずに居る冷し馬　紀逸（4硯の筏二一五八）
うき草や今朝はあちらの岸に咲く　乙由（5麦林集四四八）
うき草を吹きあつめてや花むしろ　蕪村（2蕪村句集一〇六二）
うき雲も月のえにしぞ憎むまじ　為允（8俳諧新選一三〇ぺ）

うき恋にたへでや猫の盗み食ひ　支考（6続猿蓑 三〇四二）
うき沈みつい蛙とぞ成りにける　睢音（8俳諧新選 一〇五ペ）
うき旅や萩の枝末（しずゑ）の雨を踏む　蕪村（2蕪村遺稿 一四一五）
うき時は灰かきちらす火鉢かな　青蘿（4青蘿発句集 一八五一）
うき友にかまれてねこの空ながめ　去来（6猿蓑 一九二〇）
浮寝鳥桜田門の日向かな　折柴（9浮寝鳥 一一五七）
浮葉巻葉此の蓮（れん）風情過ぎたらん　素堂（5虚栗 二四六）
うき人に蚊の口見せる腕（かひな）かな　召波（5春泥句集 八一二）
うき人に手をうたれたるきぬた哉　蕪村（2蕪村句集 一八八）
うき人の旅にも習へ木曽の蠅　芭蕉（1韻塞 七八八）
うきふしや竹の子となる人の果て　芭蕉（1嵯峨日記 六八四）
浮世の月見過ごしにけり末二年　西鶴（5西鶴置土産 一一一六）
うき我にきぬたうて今は又止みね　蕪村（2蕪村句集 一八五）
うき我をさびしがらせよかんこどり　芭蕉（1嵯峨日記 六八九）
うく魚の影は底行く清水かな　几董（8俳諧新選 二二ペ）
鶯と皃（かほ）を見合はす寝起き哉　浮風（8俳諧新選 一〇一ペ）
鶯菜汁になりてはくひな哉　徳元（5毛吹草 六六）
鶯に清滝の水しづかなり　士朗（4枇杷園句集 二〇七九）
鶯に薬をしへん声の文　其角（6炭俵 二四一六）
うぐひすに心の行かぬさむさ哉　蘭丈（8俳諧新選 一〇三ペ）
うぐひすに松明（たいまつ）しらむ山路哉　几董（5井華集 七九四）
鶯に橘見する羽ぶきかな　士芳（6続猿蓑 三〇九七）
鶯にちひさき藪も捨てられじ　一笑（6あら野 五二〇）
鶯に手もと休めむながしもと　智月（6続猿蓑 三〇一一）
鶯に長刀かかる承塵（なげし）かな　其角（6続猿蓑 三〇〇九）
鶯になじみもなきや新屋敷　夢々（6あら野 五二二）
鶯に二度起こされて寝覚めけり　金龍（8俳諧新選 一〇一ペ）
鶯に終日（ひねもす）遠し畑の人　蕪村（2蕪村遺稿 一三三四）
うぐひすに踏まれてうくや竹柄杓（びしやく）　鳳朗（5鳳朗発句集 一一六〇）
うぐひすにほうと息する朝（あした）哉　嵐雪（6炭俵 二四一五）
うぐひすに水汲みこぼすあした哉　梅舌（6あら野 五二三）
うぐひすの逢うて帰るや冬の梅　蕪村（2蕪村遺稿 七一四）
鶯のあかるき声や竹の奥　希因（5暮柳発句集 四八九）
うぐひすのあちこちとするや小家がち　蕪村（2蕪村句集 四一三）
鶯の淡路へわたる日和かな　子規（10獺祭句帖抄 六〇五ペ）
鶯の案じすまして初音哉　里英（7俳諧古選 二三〇ペ）
鶯の息見透かせる日南（ひなた）かな　雁觜（8俳諧新選 一〇〇ペ）
鶯のいくつも捨てて初音かな　廬元坊（5俳諧百一集 四六九）
鶯の歌や書ぞめ鳥のあと　西武（5鷹筑波 四三）
鶯の梅に下痢する余寒かな　子規（10獺祭句帖抄 六〇五ペ）
鶯の枝ふみはづすはつねかな　蕪村（2蕪村遺稿 四〇九）
鶯の及ばぬ空を雲雀（ひばり）かな　栄滝（8俳諧新選 一〇四ペ）
うぐひすの笠おとしたる椿哉　芭蕉（1猿蓑 六〇一）
鶯の気を引いて見る寒さかな　宗雨（8俳諧新選 一〇一ペ）

鶯の声かけて割る氷かな　紀逸（4吾妻舞 一一五九）
鶯の声聞きまゐれ年をとこ　昌勝（6あら野 四九一）
鶯の声遠き日も暮れにけり　蕪村（2蕪村句集 四一一）
うぐひすの声に起き行く雀かな　桃隣（6炭俵 二四一七）
鶯の声に点引くやなぎかな　柳居（8俳諧新選 一〇一ぺ）
うぐひすの声に脱ぎたる頭巾哉　市柳（6あら野 五二一）
雉鳥（うぐひす）の声は分かれて梅の花　宋屋（8俳諧新選 一〇一ぺ）
うぐひすのこゑをつつみてくもるなり　素逝（9暦日 一八一六）
鶯の蒟蒻（こんにゃく）のとて春くれぬ　卯雲（8俳諧新選 一四九ぺ）
鶯の忍びありきや夕しぐれ　太祇（8俳諧新選 一三六ぺ）
鶯の脛（すね）の寒さよ竹の中　紅葉（4紅葉句帳 三三〇）
鶯の麁相がましき初音哉　蕪村（2蕪村句集 八四五）
うぐひすのすり餌もおのが羽色哉　泰里（8俳諧新選 一〇一ぺ）
うぐひすのたまたま鳴くや花の山　蕪村（2蕪村句集 二一〇三）
鶯の馳走に掃きしかきね哉　一茶（3おらが春 四四〇ぺ）
うぐひすの氷柱落として初音哉　龍眠（8俳諧新選 一〇一ぺ）
うぐひすの鳴きそこなへる嵐かな　若風（6あら野 五一七）
鶯の啼くやあちらむきこちら向き　蕪村（2蕪村遺稿 二四三八）
うぐひすの啼くや師走の羅生門　蕪村（2蕪村句集 二〇三三）
鶯の啼くや小さき口明いて　蕪村（2蕪村句集 二四八九）
鶯の鳴くや餌ひろふ片手にも　去来（6あら野 五一八）
鶯の葉に隠るるや更衣（ころもがへ）　沙月（8俳諧新選 一一二ぺ）

鶯の日枝（ひえ）をうしろに高音哉　蕪村（2蕪村句集 二二二）
鶯の人来と妹に知らせけり　嘯山（8俳諧新選 一〇〇ぺ）
鶯の一声も念を入れにけり　利牛（6炭俵 二四一九）
鶯の日南（ひなた）設けし軒端かな　其丸（8俳諧新選 一〇一ぺ）
うぐひすの遍昭素性ほととぎす　沾涼（4綾錦 一二五四）
鶯の細脛（はぎ）よりやこぼれ梅　才麿（4よるひる 〇二五七）
鶯の身をさかさまに初音かな　其角（5初蟬 二五三）
鶯の娘か鳴かぬ時鳥　守武（4守武千句 〇〇一五）
鶯の雪踏み落とす垣穂かな　一桐（6猿蓑 一九〇六）
鶯の湯殿のぞくや春の雨　子規（10獺祭句帖抄 六二五ぺ）
鶯のをかしき皃（かほ）やかれ柳　李流（8俳諧新選 一三七ぺ）
鶯はやよ宗任が初音かな　蕪村（2蕪村遺稿 二四三七）
鶯も笠着て出でよ花の雨　利休（7俳諧古選 一九六ぺ）
黄鸝（うぐひす）も三皇の御代を初音かな　貞室（4正章千句 〇一〇八）
鶯も葉裏に声の曇りかな　卜我（8俳諧新選 二一四ぺ）
鶯も羽食ひ初る冬全かな　雲扇（7俳諧古選 二一三ぺ）
鶯も日を算（かぞ）へけんとしのくれ　楚瀾（8俳諧新選 一四六ぺ）
鶯も水あびてこよ神の梅　亀洞（6あら野 一〇六四）
鶯も余寒につれて無音（ぶいん）かな　梅盛（4口真似草 〇一二七）
鶯や朝寝を起こす人もなし　子規（10獺祭句帖抄 六〇五ぺ）
鶯や礁（いくり）へ落とす萱の径　風生（9愛日抄 一五六四）
鶯や茨くぐりて高う飛ぶ　蕪村（2蕪村句集 二〇九二）

鶯や岩を縫ひ行く水の上　淡々（8俳諧新選一〇一ぺ）
鶯や馬の糧など水張りす　三幹竹（9三幹竹句集〇五四二）
うぐひすや梅踏みこぼす糊盥　蕪村（2蕪村遺稿二三五三）
鶯や裏からはいる礼者あり　万翁（8俳諧新選一〇一ぺ）
うぐひすや嬉しき和子の朝機嫌　多少（8俳諧新選一〇〇ぺ）
鶯や縁で物縫ふ道明寺　文江（8俳諧新選一〇一ぺ）
うぐひすや老がひが耳なかりけり　蕪村（2蕪村遺稿二二三六）
うぐひすや笠ぬひの里の里はづれ　蕪村（2蕪村遺稿二四三六）
鶯や傘ほしてもどる道すがら　雁宕（8俳諧新選一〇一ぺ）
鶯や賢過ぎたる軒のうめ　蕪村（2蕪村句集一〇〇七）
鶯や柏　峠をはなれかね　蕪村（2蕪村遺稿二三二九）
うぐひすや門はたまたま豆麩売り　野坡（6炭俵二四一八）
うぐひすや家内揃うて飯時分　蕪村（2蕪村句集二三四四）
鶯や薬を秤るものしづか　静塔（9月下の俘虜二三七〇）
鶯や下駄の歯につく小田の土　凡兆（6猿蓑一九〇九）
鶯や湖水も岸へささら波　渠柳（8俳諧新選一〇一ぺ）
うぐひすや子に青年期ひらけつつ　三鬼（9夜の桃二三四七）
鶯や雑煮過ぎての里つづき　尚白（6続猿蓑三〇八九）
鶯や師走に来たは見ずしらず　柳女（8俳諧新選一〇一ぺ）
鶯や障子明けなばたちもせん　白芽（7俳諧古選二二一ぺ）
鶯や竹の子藪に老を鳴く　芭蕉（1別座鋪八四六）
鶯や地蔵かぞへて肩の上　雁宕（8俳諧新選一五三ぺ）

鶯や茶の木畑の朝月夜　丈草（5浮世の北三〇六）
うぐひすや土のこぼるる岸に啼く　涼袋（5古今明題集七二九）
うぐひすや堤をくだる竹の中　蕪村（2蕪村遺稿二二三）
鶯や手を突いて聞く女の童　秋瓜（4多少庵句集一七四七）
鶯や洞然として昼霞　虚子（11五百句六〇ぺ）
鶯や遠く重たき生木負ひ　静塔（9月下の俘虜二三七一）
うぐひすや遠路ながら礼がへし　其角（6猿蓑一九〇八）
うぐひすや庭樹の続く京の町　太祇（8俳諧新選一〇一ぺ）
うぐひすや野中の墓の竹百竿　蕪村（2蕪村遺稿二四三四）
うぐひすや野は塀越しの風呂あがり　史邦（6続猿蓑三〇一〇）
うぐひすや野へ出て見たき日の匂ひ　光江（8俳諧新選一〇一ぺ）
鶯や花の跡とふ経の声　光弘（7俳諧古選一四四ぺ）
鶯やはや一声のしたりがほ　渓石（6猿蓑一九〇七）
鶯や低い茶の木の中で鳴く　子規（10獺祭句帖抄六四四ぺ）
鶯や枕はづれし南うけ　潭北（8俳諧新選一〇一ぺ）
うぐひすや未（まだ）台所火もうたず　知石（8俳諧新選一〇一ぺ）
鶯や窓に灸（やいと）をすゑながら　魚日（6猿蓑一九一〇）
鶯や珠簾（みす）に寄り来て鳴きもせず　石泉（8俳諧新選一〇一ぺ）
うぐひすや都嫌ひの竹の奥　素園（8俳諧新選一〇一ぺ）
鶯や餅に糞（ふん）する縁のさき　芭蕉（1葛の松原七四二）
うぐひすやもののまぎれに夕鳴きす　暁台（5暁台句集七六五）
鶯や柳のうしろ藪のまへ　芭蕉（1続猿蓑九一七）

鶯や藪蕎麦までは二三町　知十（9 鶯日 〇三五〇）
鶯や雪解けしたる古御殿（ふるごたち）　太祇（7 俳諧古選 二二四ぺ）
鶯や弓にとまりて法の声　嵐雪（7 俳諧古選 二〇〇ぺ）
鶯やわれに教ゆる法のこゑ　玉芝（8 俳諧新選 一五一ぺ）
鶯を雀歟（か）と見しそれも春　蕪村（2 蕪村句集 八四一）
うぐひすを魂（たま）にねむるか嬌柳（たをやなぎ）　芭蕉（1 虚栗 一六一）
うぐひすを下手で請けとる初音哉　野有（8 俳諧新選 一〇一ぺ）
動く共なしに跡ある田螺（たにし）かな　士川（8 俳諧新選 一四八ぺ）
うごくとも見えで畑うつ麓かな　去来（6 あら野 五六七）
動く葉もなくておそろし夏木立　蕪村（2 蕪村遺稿 五六一）
雨後の月誰そや夜ぶりの脛（すね）白き　蕪村（2 蕪村句集 一六九九）
牛馬の臭みもなくて時雨哉　浪化（7 俳諧古選 一九〇ぺ）
牛馬は首も切られず年暮れぬ　嘯山（8 俳諧新選 一五九ぺ）
牛が子を生みし祝ひや桃の宿　山梔子（9 山梔子句集 一二〇八）
牛飼や寝ながら渡る春の水　嘯山（8 俳諧新選 一〇七ぺ）
牛呵（しか）る声に鳴立つ夕べかな　支考（4 枇杷園随筆 一〇九七）
牛島を猪牙（ちよき）で行く夜や銀（あま）の河　不白（5 不白翁句集 八六三）
牛滝のくらがり深し若楓　銀獅（8 俳諧新選 一一四ぺ）
牛の子の大きな顔や草の花　虚子（12 六百句 二二九ぺ）
牛の子のはぐれてもどる花野哉　捨石（8 俳諧新選 一二九ぺ）
牛の背に屋根出かしつる暑さ哉　可幸（8 俳諧新選 一二〇ぺ）
牛の行く道は枯野のはじめかな　桃酔（6 続猿蓑 三三六〇）

牛引の崩して通る踊りかな　梅仙（8 俳諧新選 一二五ぺ）
牛部屋に蚊の声闇（くら）き残暑哉　芭蕉（1 三冊子 七〇一）
牛部屋に昼みる草の蛍哉　言水（5 稲莚 一七四）
牛誉めて吸ひ付いて行く花見哉　百丸（8 俳諧新選 一四八ぺ）
牛祭り能なし女聞きや居ん　嘯山（8 俳諧新選 一三四ぺ）
牛もなし鳥羽のあたりの五月雨　一髪（6 あら野 九〇二）
うしや紙魚（しみ）払はば文字もこぼれなん　孤桐（8 俳諧新選 一二三ぺ）
うしろから寒が入る也壁の穴　一茶（3 八番日記 三五六ぺ）
うしろから山風来るや菜種蒔く　癖三酔（9 癖三酔句集 〇三七二）
うしろ寒き落葉の音や切通し　大夢（8 俳諧新選 一二七ぺ）
後手に落葉かく也男の童　嘯山（8 俳諧新選 一三六ぺ）
後屋（うしろや）の塀にすれたり村紅葉　北鯤（6 続猿蓑 三二九四）
うしろより初雪降れり夜の町　普羅（9 普羅句集 〇七〇八）
うしろより見られぬ岨（そば）の桜哉　冬松（6 あら野 五七三）
うすうすと南天赤し今朝の雪　二柳（5 津守船初編 七六三）
うす霞京はどちぞと問はれける　習先（8 俳諧新選 一五三ぺ）
うす壁の一重は何かとしの宿　去来（6 猿蓑 一七〇四）
薄絹に鴛鴦縫ふや春の風　子規（10 獺祭句帖抄 六一二ぺ）
うす霧の引つからまりし垣根哉　一茶（3 七番日記 三四六ぺ）
薄曇りけだかくはなの林かな　信徳（6 あら野 三六一）
薄月や門に稚（をさな）き踊り声　銀獅（8 俳諧新選 一二五ぺ）
舂（うすづ）くや老木の柿を五六升　蕪村（2 蕪村遺稿 一八四五）

春く(うすづく)や穂麦が中の水車　蕪村(2 蕪村句集 二六六一)
羅(うすもの)に動きて見ゆれ水の色　紫影(9 かきね草 ○二三二)
羅に遮る蓮(れん)のにほひかな　蕪村(2 蕪村句集 一四一○)
うすものや日髪日風呂に身のほそり　松浜(9 白菊 ○五五二)
羅を裁つや乱るる窓の黍(きび)　久女(9 杉田久女句集 ○九三六)
羅をゆるやかに着て崩れざる　たかし(9 たかし句集 一六五六)
薄雪や梅の際まで下駄の跡　魚日(6 続猿蓑 三○○○)
うすらひやわづかに咲ける芹の花　其角(6 猿蓑 一九○三)
うせもののうたがひはれぬ煤払　諸九(4 諸九尼続句集 一七八五)
うせ物の見えぬ納戸の暑さかな　也有(4 蟻づか 一七九一)
うそ寒や蚯蚓(みみず)の歌も一夜づつ　一茶(3 八番日記 三四三ぺ)
獺(うそ)にもとられず小鮎釣り来し夫をかし　久女(9 杉田久女句集 ○九三七)
鷽(うそ)の声ききそめてより山路かな　式之(6 猿蓑 一九九四)
うそのやうな十六日桜咲きにけり　子規(10 獺祭句帖抄 六四五ぺ)
歌いくさ文武二道の蛙哉　貞室(5 毛吹草 三五)
歌いづれ小町をどりや伊勢をどり　貞徳(5 犬子集 一八)
うたうても舞うても冬の山路哉　原水(7 俳諧古選 一九一ぺ)
うたか否連歌にあらずにし肴　文麟(6 あら野 四六二)
疑ひの明けはなれたるかがしかな　三耳(8 俳諧新選 二二八ぺ)
うたがふな潮(うしほ)の花も浦の春　芭蕉(1 いつを昔 四七○)
歌がるたにくき人かなほととぎす　智月(6 あら野 四○五)
歌屑の松に吹かれて山ざくら　蕪村(2 蕪村句集 二一二一)

うたたねに火燵消えたる別れ哉　嵐蓑(6 あら野 九九一)
うたた寝のさむれば春の日くれたり　蕪村(2 蕪村句集 二二○四)
転寝(うたたね)の瞼(まぶた)を徹す若葉かな　五明(5 五明句藻 八八二)
うたてやな桜を見れば咲きにけり　鬼貫(7 俳諧古選 一九八ぺ)
歌なくてきぬぎぬつらしほととぎす　蕪村(2 蕪村句集 二○○一)
歌によまば廻文にせんなづな哉　湖春(5 続山井 九○)
歌もなく親子植ゑ行く門田かな　貝錦(8 俳諧新選 一六ぺ)
歌よまず詩作らず自然と夜着に雪を聴く　秋風(5 うちぐもり砥 一六三)
打たんとてもの憂き蠅を只見たり　虚子(14 七百五十句 一○二ぺ)
打ち明くる心の底や店おろし　嘯山(8 俳諧新選 一五六ぺ)
打ち上げた花火ゆゆしきゆとり哉　嘯山(8 俳諧新選 二二八ぺ)
うち明けてほどこす米ぞ虫臭き　荷兮(6 あら野 八三六)
打ち網に鯎(こち)一疋や京細工　几掌(7 俳諧古選 二二六ぺ)
内海の櫂にちらりと落葉かな　几圭(4 続あけがらす 一一八五)
うち置かず着て見せらるる頭巾哉　牛行(8 俳諧新選 一五二ぺ)
打ちかけの妻もこもれり薬食　蕪村(2 蕪村遺稿 三七七)
宇治川やほつりほつりと春の雨　子規(10 獺祭句帖抄 六二四ぺ)
打ちこぼす小豆も市の師走哉　正秀(6 続猿蓑 三四一八)
打ちつづく菜の花曇り壬生祭　四方太(9 春夏秋冬 ○一九八)
うちとけて畏まり居るぼたんかな　大夢(8 俳諧新選 一一三ぺ)
内のチョマが隣のタマを待つ夜かな　子規(10 獺祭句帖抄 六四四ぺ)
団(うちは)売る侍町のあつさかな　怒風(6 炭俵 二五三五)

団扇して灯(ともし)けしたりけさの秋　蕪村（2 蕪村遺稿 二六九六）
団扇取つて廊下舞ひ出る酒興かな　子規（10 獺祭句帖抄 六四六ぺ）
団扇もてあふがん人のうしろむき　芭蕉（1 真蹟懐紙 二四五）
打ち交ぜて稲妻もちる柳かな　喜朝（8 俳諧新選 二二四ぺ）
うちまもる母のまろ寝や法師蟬　不器男（9 定本不器男集 一七〇五）
打ち水に暫く藤の雫かな　虚了（11 五百句 一七ぺ）
打ち水や蘇鉄(そてつ)の雫松の露　子規（10 獺祭句帖抄 六二八ぺ）
打ち水をよろめきよけて病犬　虚了（12 五百五十句 七一ぺ）
うちむれてわかな摘む野に脛(すね)かゆし　仙杖（6 炭俵 二四〇七）
うち山や外様(とざま)しらずの花盛り　芭蕉（1 大和順礼 三五）
打ちよする浪や千鳥の横歩き　蕪村（2 蕪村句集 二六五）
打ちよりて後住ほしがる寺の秋　蕪村（2 蕪村遺稿 八六七）
打ちよりて花入探れうめつばき　芭蕉（1 句兄弟 七七一）
打ちをりて何ぞにしたき氷柱哉　夜舟（6 あら野 八〇六）
うつかりとうつぶきゐたり時鳥　李桃（6 あら野 四〇六）
うつかりと田植見て居る筈はなし　青魚（8 俳諧新選 五三ぺ）
うつかりと春の心ぞほととぎす　市山（6 あら野 四〇七）
うづききてねぶとに鳴くや郭公(ほととぎす)　宗鑑（5 真蹟短冊 三）
うつくしき顔かく雉の距(けづめ)かな　其角（5 五元集 二五五）
うつくしき海月浮きたり春の海　子規（10 獺祭句帖抄 六二四ぺ）
うつくしき其のひめ瓜や后ざね　芭蕉（1 山下水 四一）
美しき月の光や異国まで　芋秀（8 俳諧新選 一五二ぺ）
美しき連(つれ)ほしう思ふさくら狩り　孤桐（8 俳諧新選 一〇九ぺ）
美しき鰌(どぢやう)うきけり春の水　舟泉（6 あら野員外 一六六）
美しき人いかならん薬食　如水（7 俳諧古選 一八七ぺ）
美しき人や蚕飼(こがひ)の玉襷　虚子（11 五百句 一七ぺ）
うつくしき日和になりぬ雪のうへ　太祇（5 太祇句選 五五五）
美しき老刀自なりし被布艶に　虚子（13 六百五十句 二二三ぺ）
うつくしく油の氷る灯(ともし)かな　一茶（3 文政句帖 三五六ぺ）
うつくしく人にみらるる荊哉　長虹（6 あら野 八八六）
美しの児(ちご)を抱きて絵踏かな　挿雲（9 ホ明34・3 〇三五七）
うつくしや障子の穴の天の川　一茶（3 七番日記 三四四ぺ）
うつくしや野分の後のたうがらし　蕪村（2 蕪村遺稿 一四五四）
うづくまる薬の下の寒さかな　丈草（4 枯尾花 〇九七九）
うつし身をさらしさらすや蜆掻く　迷堂（9 孤輪 〇四一四）
空蟬の背の裂目はもチヤツクなし　敦（9 午前午後 三二二七）
うつつなきつまみごころの胡蝶哉　蕪村（2 蕪村句集 一〇二九）
うつつなく水をみて居る柳哉　如泉（5 三番船 一八五）
現(うつつ)なの迷ひや蝶の遠(とほ)歩行(ありき)　昨非（7 俳諧古選 一五八ぺ）
現にて留主を遣ひし火燵哉　庭台（7 俳諧古選 二三三ぺ）
うつつに蝶となりて此の盃に身を投げむ　大魯（5 蘆陰句選 八一八）
打つて来た猪を見するや榾(ほだ)明かり　瓜流（8 俳諧新選 二三八ぺ）
うつぶくは百合草なれば也案じ癖　存義（8 俳諧新選 一五三ぺ）
うつぶして雪に沈める梢かな　泊月（9 同人句集 〇八四九）

うつぶせに　ねるくせつきし　昼寝かな　万太郎（9流寓抄 一一一二）
太秦（うづまさ）は　竹ばかりなり　夏の月　士朗（5枇杷園句集 八九八）
埋み火の　去年（こぞ）となりけり　それながら　月居（4河衡 二一〇一）
埋み火も　きゆやなみだの　烹（に）ゆる音　芭蕉（1あら野 四四八）
埋み火や　我が名をかくす　よすが哉　蕪村（2蕪村遺稿 八二七）
埋み火や　壁には客の　影ぼふし　芭蕉（1続猿蓑 七六九）
埋み火や　寒山誦じ　ジード読み　東洋城（9東洋城全句中 〇三八八）
埋み火や　白湯もちんちん　夜の雨　一茶（3文政句帖 三六〇ペ）
うづみ火や　包めど出づる　膝がしら　蝶夢（4草根発句集 一七〇三）
埋み火や　つひには煮ゆる　鍋の物　蕪村（2蕪村句集 六七六）
埋み火や　野辺なつかしき　蕗の薹　宋阿（7俳諧古選 一九四ペ）
埋み火や　春に減りゆく　夜やいくつ　蕪村（2蕪村遺稿 六七九）
埋み火や　物そこなはぬ　比丘比丘尼　蕪村（2蕪村遺稿 六七七）
埋み火や　夜学にあぶる　掌（たなごころ）　白雄（5白雄句集 八四二）
埋み火や　我がかくれ家も　雪の中　蕪村（2蕪村句集 八二八）
うつむけに　春うちあけて　藤の花　蕪村（2蕪村句集 八六〇）
埋むとも　木陰はさらじ　散るさくら　闌更（8俳諧新選 一五八ペ）
うつり来る　影も紛れぬ　ばせを哉　杜支（8俳諧新選 二二六ペ）
うで首に　蜂の巣かくる　二王哉　松芳（6あら野 一〇一六）
うとまるる　身は梶原か　厄払　芭蕉（1射水川 九七四）
独活（うど）よけん　尼が手業（わざ）の　酢味噌物　雅因（8俳諧新選 一〇四ペ）
独活よさは　背長な伸びそ　名や立たん　嘯山（8俳諧新選 一〇四ペ）

鰻とも　ならである身や　五月雨　木歩（9決定木歩全集 一〇五二）
うなぎやの　二階に居るや　秋の暮　白水郎（9白水郎句集 一〇七八）
海原を　いづち行くらん　秋の蝶　尾谷（4園圃録 一二四五）
うなゐ子が　地に引く髪や　若菜摘み　松宇（9松宇家集 〇三〇八）
鵜のつらに　篝（かがり）こぼれて　憐れ也　荷兮（6あら野 六六七）
鵜の面に　川波かかる　火影哉　闌更（5半化坊発句集 七五三）
うの花に　蘆毛の馬の　夜明け哉　許六（6炭俵 二四七八）
卯の花に　兼房見ゆる　白毛かな　曾良（4奥の細道 〇八六三）
卯の花に　叩きありくや　かづらかけ　支考（6炭俵 二四七九）
卯の花に　ばつとまばゆき　寝起きかな　杉風（4別座鋪 〇八四九）
卯の花に　一人きりの　社（やしろ）かな　一茶（3おらが春 四四二ペ）
卯の花に　仏は黒き　赤子かな　子規（9寒山落木巻一 〇〇〇五）
卯の花の　吉日もちし　後架（こうか）哉　一茶（3八番日記 三四一ペ）
卯の花の　こぼるる蕗の　広葉哉　蕪村（2蕪村句集 八八四）
うのはなの　絶え間たたかん　闇の門　去来（6炭俵 二四七七）
うの花の　中に崩れし　庵かな　樗良（5樗良発句集 七八一）
卯の花の　満ちたり月は　廿日頃　月居（5続あけがらす 九六一）
卯の花の　雪や朝気の　古布子　瓜流（8俳諧新選 一一三ペ）
卯の花の　夕べにも似よ　しかの声　蕪村（2蕪村遺稿 一四七二）
卯の花も　白し夜半の　天の河　言水（5都曲 一七五）
卯の花も　母なき宿ぞ　冷（すさま）じき　芭蕉（1続虚栗 二九四）
卯の花も　ほろりほろりや　蟇の塚　一茶（3おらが春 四四八ペ）

うの花や門田垣根の片月夜　百万（8俳諧新選　一五二ぺ）
卯の花やくらき柳の及びごし　芭蕉（1炭俵　八四一）
卯の花や玄能寮のかい曲がり　嘯山（8俳諧新選　一一三ぺ）
卯の花や草紙よまるる夜の窓　如泉（5続古今手鑑　一一八六）
卯の花や里の見えすく朝朗（あさぼらけ）　露沾（5続の原　二四〇）
卯の花や月の白さは明けて行く　梅宇（8俳諧新選　一四八ぺ）
うの花や殿上人の下屋敷　土髪（8俳諧新選　一一三ぺ）
卯の花をかざしに関の晴れ着かな　曾良（4奥の細道　一〇八六二）
鵜の真似は鵜より上手な子ども哉　一茶（3おらが春　四四九ぺ）
鵜の森のあはれにも亦騒がしく　虚子（12五百五十句　五五〇ぺ）
うは風に音なき麦をまくらもと　蕪村（2蕪村句集　一一一三）
うは風に蚊の流れゆく野河哉　蕪村（2蕪村句集　一一一〇）
乳母が目に外の踊りはなかりけり　秋水（8俳諧新選　一二五ぺ）
乳母車夏の怒濤によこむきに　多佳子（9紅糸　二九六二）
姥桜さくや老後の思ひ出（いで）　芭蕉（1佐夜中山集　二）
噂過ぐ時雨のすぐる如くにも　虚子（12六百句　一六四ぺ）
蝮の鼾も合歓（ねぶ）の葉陰哉　蕪村（2蕪村句集　一四一三）
蟒（うはばみ）の住む沼涸れて雲の峰　子規（10獺祭句帖抄　六四七ぺ）
茨はら咲き添ふものも鬼あざみ　荒雀（6続猿蓑　三〇三三）
産着から思へば遠き紙子かな　卯雲（8俳諧新選　一四一ぺ）
うぶすなに幟立てたり稲の花　子規（10獺祭句帖抄　六三八ぺ）
鵜舟漕ぐ水窮まれば照射（ともし）哉　蕪村（2蕪村句集　八九三）

産屋から独り歩きの仏かな　嘯山（8俳諧新選　一一四ぺ）
上野から庭の木へ来て蟬の声　子規（10獺祭句帖抄　六四八ぺ）
上野より根岸に下りて御慶哉　四方太（9承露盤　〇一九七）
上へまき下へまく葉の暑さ哉　懐居（8俳諧新選　一四七ぺ）
上見えぬ笠置の森やかんこ鳥　蕪村（2蕪村句集　五二九）
上行くと下くる雲や秋の天（そら）　凡兆（6猿蓑　一八六五）
上（うへ）童（わらは）実（げ）にや粽のほどきやう　西吟（7俳諧古選　一六四ぺ）
馬洗ふ川すそ闇き水鶏（くひな）哉　北枝（5鷹獅子集　四〇九）
馬売って今宵淋しき蚊遣哉　捨石（7俳諧古選　一七一ぺ）
馬売りて久しき厩栗の花　繞石（9落椿　〇二六二）
馬追の最も近く聞こゆなり　浜人（9定本浜人句集　〇八一二）
馬追や障子へ秋をたたきつけ　余子（9余子句抄　〇四三六）
馬下りて川の名問へば秋の風　子規（10獺祭句帖抄　六三六ぺ）
馬下りて高根のさくら見付けたり　蕪村（2蕪村遺稿　一九八四）
馬士（うまかた）の謂ひ次第なりさつき雨　史邦（6猿蓑　一七五二）
馬士の輪に騎りもどす霞哉　百庵（7俳諧古選　二二四ぺ）
馬かたはしらじしぐれの大井川　芭蕉（1泊船集　七三三）
馬合羽雪打ちはらふ袖もなし　令徳（5誹諧家譜　四二）
馬買ひて繋いで見たる柳かな　菜根（8俳諧新選　一〇五ぺ）
馬かへておくれたりけり夏の月　聴雪（6波留濃日　三三三）
馬借りてかはるがはるにかすみけり　蓼太（5蓼太句集　五三四）
馬かりて竹田の里や行くしぐれ　乙州（6猿蓑　一六二五）

馬かりて燕追ひ行くわかれかな　北枝（4 卯辰集 一〇七〇）
馬下踏やひけどもあがらず厚氷　常矩（5 蛇之助五百韻 一二九）
うまさうな雪がふうはりふはり哉　一茶（3 句稿消息 三五五ペ）
馬さぐりかかる裔(もすそ)やおぼろ月　菜根（8 俳諧新選 一〇八ペ）
馬呵(しか)る声も枯野の嵐哉　曲翠（7 俳諧古選 一九〇ペ）
旨(うま)過(す)ぎぬこころや月の十三夜　素堂（7 俳諧古選 一七六ペ）
うまず女の雛かしづくぞ哀れなる　嵐雪（5 玄峰集 二七六）
石女(うまずめ)も綿子にかかれ冬ごもり　楼川（8 俳諧新選 一四〇ペ）
馬と馬よばりあひけり郭公(ほととぎす)　鈍可（6 あら野 四〇四）
馬に寝て残夢月遠し茶のけぶり　芭蕉（1 野ざらし紀行 一七七）
馬の尻雪吹きつけてあはれなり　子規（10 獺祭句帖抄 六一一ペ）
馬の歯ふかれて市の葱青し　祇空（4 太郎河 一一三三）
馬の頬押しのけ摘むや菫草　杉風（4 続別座敷 〇八五〇）
馬の耳動き出したるしみづかな　直生（8 俳諧新選 二二一ペ）
馬の耳すぼめて寒し梨の花　支考（5 蓮二吟集 三六九）
馬の尾にいばらのかかる枯野哉　蕪村（2 蕪村句集 二三二〇）
馬の尾を盥にしぼる門すずし　百万（8 俳諧新選 二二一ペ）
馬はぬれ牛は夕日の村しぐれ　杜国（6 波留濃日 三五二）
馬蠅の吾にうつるや山の道　子規（10 獺祭句帖抄 六四九ペ）
馬は豆多くな刈りそ春の草　梅史（8 俳諧新選 一〇三ペ）
馬独り忽と戻りぬ飛ぶ蛍　碧梧桐（9 ホ明39・8 〇一〇二）
馬ぼくぼく我をゑに見る夏野哉　芭蕉（1 水の友 一六七）

馬程な子も一人あり鉢叩　卯雲（8 俳諧新選 一五一ペ）
馬迄もはたご泊りや春の雨　一茶（3 おらが春 四四〇ペ）
馬見えて雉子(きぎす)の逃げる枯野かな　子規（10 獺祭句帖抄 六四〇ペ）
うまや路や麦の黒穂の踏まれたる　不器男（9 定本不器男集 一七〇六）
馬屋より雪舟(そり)引き出だす朝(あした)かな　一井（6 あら野 八一〇）
馬をさへながむる雪の朝哉　芭蕉（1 野ざらし紀行 二〇二）
海くれて鴨のこゑほのかに白し　芭蕉（1 野ざらし紀行 二〇九）
海手より日は照りつけて山ざくら　蕪村（2 蕪村句集 二三三）
海にある物とは見えぬ海鼠(なまこ)かな　谷水（8 俳諧新選 一四〇ペ）
海に入りて生まれかはらう朧月　虚子（11 五百句 一〇ペ）
海に入る川の濁りや五月雨　富水（8 俳諧新選 一一七ペ）
海にすむ魚の如身を月涼し　星布（5 星布尼句集 八八八）
海に出て木枯帰るところなし　誓子（9 遠星 一四六〇）
海の中に桜さいたる日本かな　東洋城（9 東洋城全句上 〇三八九）
海の中へ日覆とられし雷雨かな　零余子（9 雑草 〇六七八）
海のなき京おそろしやふくと汁　蕪村（2 蕪村遺稿 二九一）
海は扇松島は其の絵なりけり　子規（10 獺祭句帖抄 六〇七ペ）
海はれてひえふりのこす五月哉　芭蕉（1 真蹟懐紙写 四〇一）
海は帆に埋もれて春の夕べかな　大魯（5 蘆陰句選 八一九）
海はれて春雨けぶる林かな　白雄（5 白雄句集 八三五）
海へ降る霰や雲に波の音　其角（6 炭俵 二六三〇）
海山に五月雨そふや一くらみ　凡兆（6 猿蓑 二一四六）

海山の鳥啼き立つる雪吹（ふぶき）かな　乙州（6炭俵 二六二〇）
湖を断つ夏木の幹のただ太し　虚子（14七百五十句 二五ぺ）
海を見に上れば寒し椎の雨　帰厚（8俳諧新選 一三三ぺ）
うむ日迄身もち皃（かほ）なき燕哉　イロハ（8俳諧新選 一四八ぺ）
梅一輪一輪ほどの暖かさ　嵐雪（5遠のく 二八五）
梅が香に馬の嚏（はなひ）る夜道哉　井々（8俳諧新選 一〇二ぺ）
うめが香に追ひもどさるる寒さかな　芭蕉（1荒小田 九四四）
梅が香に回廊ながし履（くつ）のおと　涼袋（4杖のさき 一七七一）
梅が香に隣りて老うるありがたし　紅緑（9紅緑句集 〇二三三七）
うめがかにのつと日の出る山路かな　芭蕉（1炭俵 八二九）
梅が香に更け行く笛や御曹子（おんざうし）　旧徳（7俳諧古選 一五〇ぺ）
梅が香に昔の一字あはれ也　芭蕉（1笈日記 八三一）
うめが香の筋に立ちよるはつ日哉　支考（6炭俵 二三九九）
梅が香や雨吹く夜の肘枕　沾洲（5絵具皿 四三三）
うめがかや風の落ちつく所迄　宗雨（8俳諧新選 一〇二ぺ）
梅が香や片枝は伽羅（きゃら）に朽ちながら　柳居（8俳諧新選 一〇二ぺ）
梅が香や客の鼻には浅黄椀　許六（4俳諧問答 一〇四二）
梅が香や暮るれば星のあらはるる　葛三（4葛三句集 二一四二）
梅が香や乞食の家ものぞかるる　其角（4続虚栗 〇七八三）
梅が香や酒のかよひのあたらしき　蝉鼠（6猿蓑 一八八五）
梅が香や障子の破も加減よし　乙由（5麦林集 四四五）
梅が香や砂利しき流す谷の奥　土芳（6猿蓑 一八八三）

梅が香やしららおちくぼ京太郎　芭蕉（1忘梅 六八三）
梅が香や宗祇の建てし蔵もなし　乾什（4庭の巻 一二五二）
梅が香や隣は荻生惣右衛門　珪琳（8俳諧新選 一四六ぺ）
梅がかや鳥は寝させて夜もすがら　素園（8俳諧新選 一〇二ぺ）
梅がかや見ぬ世の人に御意を得る　芭蕉（1続寒菊 九一〇）
梅が香や山路猟り入る犬のまね　去来（6猿蓑 一八八一）
うめが香や分け入る里は牛の角　句空（6猿蓑 一八八二）
梅嗅ぎに出たばかりなり二日月　乙二（8俳諧新選 一〇二ぺ）
梅紅白睦み連れ立つ二老媼　風生（9傘寿以後 一五六五）
梅こひて卯の花拝むなみだ哉　芭蕉（1野ざらし紀行 二四四）
梅古木石の如くにかたかりき　虚子（14七百五十句 一三五ぺ）
梅咲いて朝寝の家と成りにけり　沾洲（5友あぐら 四三四）
梅咲いて帯買ふ室（むろ）の遊女かな　蕪村（2蕪村句集 一三四七）
梅盛り手を引くほどの酔ひもなし　祇空（4四時観 一一三四）
梅咲きて人の怒りの悔ひもあり　露沾（6猿蓑 一八八〇）
梅さきて湯殿の崩れなほしけり　利牛（6炭俵 二四〇一）
梅咲きぬどれがむめやらうめぢやら　蕪村（2蕪村句集 一三四六）
うめ咲くや臼の挽木（ひきぎ）のよきまがり　曲翠（6炭俵 二三九八）
梅さくや馬の糞道江の南　無腸（4五車反古 一八六二）
梅さくや鰤（ぶり）のかしらの台所　巴人（5夜半亭発句帖 四九九）
梅さくや平親王（へいしんわう）の御月夜　一茶（3七番日記 三三二ぺ）
梅さくや水の流るる水の上　古行（8俳諧新選 一四七ぺ）

梅さくや淀川筋のささ濁り　尺布（8俳諧新選 一〇一ぺ）
梅さくら中をたるます桃の花　水鷗（6続猿蓑 三〇五六）
梅さくらふた月ばかり別れけり　利牛（6炭俵 二四六九）
梅白し昨日や鶴を盗まれし　芭蕉（1野ざらし紀行 一二三二）
梅白し白きは神のこころかな　廬元坊（4二夜歌仙 一一九七）
梅ちりてさびしく成りしやなぎ哉　蕪村（2蕪村句集 二三三六）
うめちるや糸の光の日の匂ひ　土芳（6炭俵 二四〇〇）
梅散るやなにはの夜の道具市　巣兆（5曾波可理 九八三）
うめちるや螺鈿（らでん）こぼるる卓の上　蕪村（2蕪村句集 二〇二七）
梅ちれば桃桃ちれば桜かな　京馬（8俳諧新選 一〇九ぺ）
梅つばき早咲きほめむ保美（ほび）の里　芭蕉（1真蹟懐紙 三二七）
梅でのむ茶屋も有るべし死出の山　子葉（5類柑子 四三七）
梅の奥に誰やら住んで幽かな灯（ひ）　漱石（4漱石全集 二三三八）
うめのかの立ちのぼりてや月の暈（かさ）　蕪村（2蕪村遺稿 二四四四）
梅の木に猶やどり木や梅の花　芭蕉（1笈の小文 三四六）
梅の木や御払箱を負ひながら　一茶（3おらが春 四七五ぺ）
うめの木や此の一筋を蕗のたう　其角（6猿蓑 一八八六）
うめの花赤いは赤いはあかいはな　惟然（5惟然坊句集 三九六）
梅の花香ながらうつす筆もがな　紹巴（7俳諧古選 一九六ぺ）
梅の花木場の書出し届きけり　龍雨（9龍雨句集 一五二）
梅の花後家が軒端の東風（こち）吹かば　常矩（4俳諧雑巾 〇二二六）
梅の花妛を盗めとさす月か　一茶（3おらが春 四三七ぺ）

うめの花もの気にいらぬけしき哉　越人（6あら野 五一一）
梅の花雪が降りても咲きにけり　茶雷（8俳諧新選 一〇二ぺ）
梅ばちの大挑灯やかすみから　一茶（3七番日記 三二八ぺ）
梅一木つれづれ草の姿かな　露沾（6炭俵 二三九七）
梅ひとり後ろに寒き榾火（ほたび）かな　三千風（4葱摺 〇一九九）
梅へ来て干鰯（ほしか）をねらふ烏哉　存義（8俳諧新選 一〇二ぺ）
梅むきや笊（いかき）かたぶく日の面　望翠（6続猿蓑 三一九六）
梅もどきいまだ楊家（やうけ）の娘かな　淡々（4淡々発句集 一二七四）
梅もどき鳥ゐさせじとはし居かな　蕪村（2蕪村遺稿 二二八四）
梅もどき折るや念珠（ねんじゅ）をかけながら　蕪村（2蕪村句集 二二八三）
梅柳さぞ若衆哉女かな　芭蕉（1武蔵曲 一五一）
梅柳餅あり春が今来ても　存義（8俳諧新選 一四六ぺ）
梅若菜まりこの宿のとろろ汁　芭蕉（1猿蓑 六七一）
梅若の縁起をとくや花の紐　蝶々子（4慕紫集 〇一四五）
梅遠近（をちこち）南（みんなみ）すべく北すべく　蕪村（2蕪村句集 二四九二）
梅を見て野を見て行きぬ草加迄　子規（10獺祭句帖抄 六一三ぺ）
梅折りてあたり見廻す野中かな　一髪（6あら野 五一三）
梅折りて皺手にかこつ薫りかな　蕪村（2蕪村句集 二二〇）
梅折ればおのれも動く月夜かな　二世湖十（4延享廿歌仙 一二三三）
梅折れば鼻をさし出す弟哉　沾徳（7俳諧古選 二〇三ぺ）
鵜も飼ふや白槙の這ふ屋形城　雪蕉（8俳諧新選 一一八ぺ）
浦々によい年とらす鯨かな　周蛇（8俳諧新選 一四三ぺ）

浦風や巴をくずすむら鵆(ちどり)　曾良（6猿蓑 一六六〇）
浦風やむらがる蝿のはなれぎは　岱水（6炭俵 二四九六）
うら壁やしがみ付いたる貧乏雪　一茶（3七番日記 三五五ぺ）
裏返りうら返りつつ鳴子かな　嘯山（8俳諧新選 一二八ぺ）
裏枯れに分かれ初むるや小松原　嘯山（8俳諧新選 一三五ぺ）
うら枯れの中に水なき大河かな　月居（5発句題葉集 九六三）
うら枯れやからきめみつるうるしの木　蕪村（2蕪村句集 一〇七九）
末枯や身に百千の注射痕　草城（9人生の午後 二四五三）
うら白もはみちる神の馬屋哉　胡及（6あら野 四七九）
浦ちどり草も木もなき雨夜哉　蕪村（2蕪村遺稿 二六九）
浦の春ちどりも飛ばず明けにけり　涼袋（5古今明題集 七二七）
浦の松帆に撫でられて幾春歟(か)　来山（7俳諧古選 一四九ぺ）
裏へ出て聞けば表に郭公(ほととぎす)　祇貞（7俳諧古選 一七一ぺ）
裏町の夫婦喧嘩や盆の月　紫影（9かきね草 〇二三三）
裏門の寺に逢着(ほうちゃく)す蓬かな　蕪村（2蕪村句集 二三七五）
うら門のひとりでに明く日永哉　一茶（3文化句帖 三一九ぺ）
裏門の夜明けの風やけしの花　千苓（8俳諧新選 一一三ぺ）
裏門や小さ輪飾歯朶(しだ)勝に　子規（10獺祭句帖抄 六二二ぺ）
うらやましうき世の北の山桜　芭蕉（1北の山 七四一）
うらやましおもひ切る時猫の恋　越人（6猿蓑 一九一九）
うららかに妻のあくびや壬生念仏　草城（9花氷 二四五四）
うららかや駕(かご)の中より富士を見る　四方太（9春夏秋冬 〇一九九）
売られゆくうさぎ匂へる夜店かな　平之助（9五所亭句集 一〇九二）
売り石やとつてもいなず年の暮　草士（6続猿蓑 三四一三）
売り家の天戸(あまど)明ければ穂蓼哉　休斗（7俳諧古選 一八四ぺ）
売り食ひの調度のこりて冬ごもり　蕪村（2蕪村遺稿 三〇五）
瓜小家の月にやおはす隠君子(いんくんし)　蕪村（2蕪村句集 五七八）
瓜好きの僧正山を下りけり　子規（10獺祭句帖抄 六三二ぺ）
売り出しの旗や小春の広小路　子規（10獺祭句帖抄 六六〇ぺ）
瓜作る君があれなと夕すずみ　芭蕉（1あつめ句 三〇一）
瓜投げる野中の市や暮の月　羽律（8俳諧新選 二二三ぺ）
瓜の香に美濃おもへとや宵の雨　廬元坊（5藤の首途 四七一）
瓜の皮むいたところや蓮台野　芭蕉（1笈日記 八六四）
瓜の花雫いかなる忘れ草　芭蕉（1類柑子 四五五）
売り花に全く切れぬ牡丹哉　士喬（8俳諧新選 一四八ぺ）
売る牛の村をはなるる霞かな　百池（8俳諧新選 一〇六ぺ）
漆色に似せてぬるでの紅葉かな　由己（4犬子集 〇〇二七）
漆掻く肉一塊や女なし　月舟（9進むべき道 〇六九三）
うるしせぬ琴や作らぬ菊の友　素堂（6続猿蓑 三三四六）
うれうれて一つ凍えるなまこかな　来雨（8俳諧新選 一四〇ぺ）
嬉しい歟(か)永き夜明くる馬の声　孤桐（8俳諧新選 一三二ぺ）
嬉しさに袷着たれば又寒し　林紅（7俳諧古選 一七一ぺ）
うれしさの狐手を出せ曇り花　石鼎（9花影 〇七四〇）
うれしさの箕にあまりたるむかご哉　蕪村（2蕪村句集 一七八八）

嬉しさの　山をつかむや　菌（きのこ）がり　雷車（8俳諧新選一三四ペ）
うれしさは　葉がくれ梅の　一つ哉　杜国（6波留濃日三二九）
嬉しさや　寝入らぬ先の　ほととぎす　杏雨（6あら野四〇一）
愁ひつつ　岡にのぼれば　花いばら　蕪村（2蕪村句集一二九）
鱗散る　雑魚場（ざこば）のあとや　夏の月　子規（10獺祭句帖抄五九九ペ）
植木屋の　夜店の跡や　道の露　子規（10獺祭句帖抄六五三ペ）
植ゑ竹に　河風さむし　道の端　土芳（6続猿蓑三四三一）
植ゑた田に　青々とさす　夕日かな　吐月（8俳諧新選一二二ペ）
植ゑつけし　夜は三日月の　門田かな　青蘿（5青蘿発句集八五〇）
餓ゑてだに　痩せんとすらん　女郎花（をみなへし）　太祇（8俳諧新選一五五ペ）
飢ゑ鳥の　花踏みこぼす　山ざくら　蕪村（2蕪村遺稿一〇一）
植ゑに来て　覚えて去（かへ）る　田歌かな　紙隔（7俳諧古選一二五ペ）
植半に　ふけて客あり　船遊び　知十（9鶯日〇三四九）
魚あぶる　幸ひもあれ　渋うちは　馬莧（6続猿蓑三一九五）
魚くうて　口なまぐさし　昼のゆき　成美（5成美家集九三七）
魚店や　筵うち上げて　冬の月　里東（6炭俵二六一〇）
魚どもや　桶ともしらで　門涼み　一茶（3おらが春四五一ペ）
魚鳥の　心はしらず　年わすれ　芭蕉（1流川集七三九）
魚のかげ　鵜のやるせなき　氷哉　探丸（6猿蓑一六七六）
魚肥たり　七十二灘　上り簗　子規（10獺祭句帖抄六〇五ペ）
魚舟の　寄れる蚊（か）蠅の　沖へ飛ぶ　習先（8俳諧新選一二二ペ）

え

映画出て　火事のポスター　見て立てり　虚子（12六百句一四四ペ）
えいやつと　活きた所が　秋の暮　一茶（3七番日記三四四ペ）
叡慮にて　賑ふ民の　庭竈　芭蕉（1庭竈集四四一）
駅間の　レール霧より　現れいづる　誓子（9七曜一四六一）
易（えき）水（すい）に　葱（ねぶか）流るる　寒さ哉　蕪村（2蕪村句集六五三）
蝦夷に渡る　蝦夷山もまた　焼くる夜に　碧梧桐（9三千里一〇一〇三）
枝川の　氷来にけり　野末より　赤羽（8俳諧新選一四三ペ）
枝ためて　草紙干す子や　桃の花　醒雪（9帝国明30・3〇三二三）
枝長く　伐らぬ習ひを　椿かな　湖春（6炭俵二四二七）
枝ながら　虫うりに行く　蜀漆（くさぎ）かな　含呫（6あら野八七七）
枝に庭　掃かせてすずし　糸桜　麦浪（8俳諧新選一二一ペ）
枝に葉に　花のつきけり　雨の萩　闌更（8俳諧新選一二七ペ）
枝踏むな　こここそ花の　雲の上　竿秋（8俳諧新選一五八ペ）
枝ぶりの　日ごとに替はる　芙蓉かな　芭蕉（1おくれ馳五八四）
枝もろし　緋唐紙やぶる　秋の風　芭蕉（1六百番発句合七九）
得てものの　片足立ちや　小田の雁　一茶（3おらが春四六九ペ）
江戸住みや　二階の窓の　初のぼり　一茶（3八番日記三三八ペ）
江戸つ児は　江戸で生まれて　初鰹　子規（10獺祭句帖抄六三〇ペ）
江戸へやる　鶯なくや　海のうへ　太祇（8俳諧新選一〇一ペ）

江戸を出て武蔵野広し花薄　一之（8俳諧新選 二三二ぺ）
江に添うて家々に結ふ粽かな　巣兆（5曾波可理 九八八）
榎から榎へ飛ぶや閑古鳥　蕪村（2蕪村遺稿 八三）
榎時雨して浅間の煙余所（よそ）に立つ　蕪村（2蕪村遺稿 二四七）
江の北に雲なき日なり鳥帰る　青々（9妻木 〇四七五）
榎木まで桜の遅きながめかな　荷兮（6波留濃日 三二二）
榎の実散る此の頃うとし隣の子　子規（10獺祭句帖抄 六五六ぺ）
江のひかり柱に来たりけさのあき　蒼虬（5訂正蒼虬集 一一五五）
江の舟や曲突（へつい）にとまる雪の鷺　素龍（6炭俵 二六二一）
榎（え）の実ちるむくの羽音や朝あらし　芭蕉（1笈日記 九三二）
恵比須講鶩（あひる）も鴨に成りにけり　利合（6続猿蓑 三三六九）
えびす講酢売りに袴着せにけり　芭蕉（1続猿蓑 八一九）
えぼし着て尻餅つくや小松引　存義（8俳諧新選 一〇〇ぺ）
えぼし子やなど白菊の玉（ぎよく）牡丹　濁子（6続猿蓑 三三〇九）
烏帽子脱いで升（ます）よとはかる落花哉　蕪村（2蕪村遺稿 一〇四八）
襟裏はほのぼのと赤し島ざらし　重頼（4懐子 〇〇八四）
襟につく花守憎き庵かな　伴松（7俳諧古選 一五四ぺ）
襟巻に首引き入れて冬の月　杉風（6猿蓑 一六七〇）
襟巻に深く埋もれ帰去来（かへんなん）　虚子（12五百五十句 五五八ぺ）
襟巻の狐の顔は別に在り　虚子（11五百句 九一ぺ）
艶歌師のうしろ真青に鰤（ぶり）の海　秋桜子（9霜林 一四一九）
縁側に棒ふる人や五月雨　子規（10獺祭句帖抄 六二九ぺ）
縁側へ出て汽車見るや冬籠り　子規（10獺祭句帖抄 六六一ぺ）
演習の野中の杉や鵙（もず）の声　子規（10獺祭句帖抄 六五五ぺ）
筵（えん）道（だう）は年のかすみの立ち所哉　百歳（6続猿蓑 三〇八八）
炎天にあがりて消えぬ箕（み）のほこり　龍之介（9澄江堂句集 一一三七）
炎天に巌（いはほ）の如き人なりしが　虚子（13六百五十句 二一四ぺ）
炎天に立ち出でて人またたきす　虚子（12六百句 二二六ぺ）
炎天に水無き山の登りかな　子規（9俳句稿巻二 〇〇〇六）
炎天に向いて寝返る乞食哉　李流（8俳諧新選 二二〇ぺ）
炎天の海をさますや鐘の声　東巴（7俳諧古選 一六〇ぺ）
炎天の空美しや高野山　虚子（11五百句 七九ぺ）
炎天の峠こえくる一人かな　露月（9日本明27・i・19 〇二〇八）
炎天やさし来る汐の淡の音　渡牛（8俳諧新選 二二〇ぺ）
炎天や額の筋の怒りつつ　虚子（12六百句 一七六ぺ）
艶なるやつつじの炭に火がうつる　青々（9鳥の巣 〇四七六）
艶（えん）なる奴（やつこ）今やう花にらうさいす　芭蕉（1木因宛書簡 一五三）
縁日へ押し出す菊の車かな　子規（10獺祭句帖抄 六一〇ぺ）
縁に寝る情や梅に小豆粥　支考（6続猿蓑 三四八〇）
縁に干す蒲団の上の落葉かな　子規（10獺祭句帖抄 六一一ぺ）
炎熱や勝利の如き地の明るさ　草田男（9来し方行方 二五二五）
縁ばなや二文花火も夜の体　一茶（3文政版発句集 三四八ぺ）
縁へ来て簾にかかる蛙かな　嘯山（8俳諧新選 一五一ぺ）
遠慮する人なく淋し避暑に来て　立子（9春雷 一九三五）

閻（えん）王（わう）の口や牡丹を吐かんとす　蕪村（2蕪村句集 五四七）
閻王の眉は発止と逆立てり　虚子（12六百句 一四九ぺ）

お

老が門はのり打ちしてもゆけや年　丈石（8俳諧新選 一四六ぺ）
老い朽ちて子供の友や大根馬　虚子（12五百五十句 九八ぺ）
老いし母怒濤を前に籾平（なら）す　三鬼（9変身 二三四八）
老鶴の天を忘れて水温む　蛇笏（9家郷の霧 〇六四四）
老いてここに斯く在る不思議唯涼し　虚子（14七百五十句 二八ぺ）
老なりし鵜飼ことしは見えぬ哉　蕪村（2蕪村句集 二一九）
老いぬれば西瓜に辷（すべ）る踊りかな　巣兆（4曾波可理 二〇九六）
老の名の有り共しらで四十から　芭蕉（1許六宛書簡 八〇三）
老の身は今宵の月も内でみむ　重友（6続猿蓑 三二一七）
老の夜の余るや萩の戦（そよ）ぎより　沙月（8俳諧新選 二三二ぺ）
老い果てて己が身の鳴る瓢（ひさご）哉　天海（7俳諧古選 二〇六ぺ）
老ぼれの捨てられもせで花見哉　沙月（8俳諧新選 二五九ぺ）
老を山へすてし世も有るに紙子哉　蕪村（2蕪村句集 八二四）
応々といへど敲くや雪の門　去来（5句兄弟 三〇三）
おうた子に髪なぶらるる暑さ哉　園女（5陸奥鵆 四二六）
負うた子の雲と見てとる桜哉　呑江（8俳諧新選 二〇九ぺ）
負うて来る母おろしけりねはんざう　鼠弾（6あら野 一〇一三）

おかん氷あたたかい火燵出る子かな　赤羽（8俳諧新選 一四九ぺ）
起きあがる菊ほのか也水のあと　芭蕉（1続虚栗 三一三）
起き出でていざ蓮の葉の雨聞かん　芋秀（8俳諧新選 二二二ぺ）
起き出でて事繁き身や足袋頭巾　其角（7俳諧古選 一八九ぺ）
起き起きの心うごかすかきつばた　仙化（6猿蓑 一七三一）
起き起きの欲目引つ張る青田哉　一茶（3おらが春 四四五ぺ）
起き起きや舌もつれしてはるの雨　成美（5成美家集 九二三）
起きて見る鰒食ふた人の寝顔かな　孤桐（8俳諧新選 一四〇ぺ）
起きて居てもう寝たと云ふ夜寒哉　蕪村（2蕪村句集 一四六四）
起きてをれば身にしむ朝の青嵐　桐明（9東炎昭15・9 一〇〇四）
翁草二百十日も恙（つつが）なし　蔦雫（6続猿蓑 三三〇八）
沖膾箸の雫や淡路島　言水（4江戸蛇之酢 〇二四九）
沖西の朝日くり出す時雨かな　沾圃（6続猿蓑 三三三七）
隠岐やいま木の芽をかこむ怒濤かな　楸邨（9雪後の天 二五七四）
おきよおきよわが友にせむぬるこてふ　芭蕉（1あつめ句 二二二）
起き侘びて雨の漏れきく夜寒哉　宗夢（8俳諧新選 二三二ぺ）
沖を出る月さし来るや蘆の下　作者不明（8俳諧新選 二五三ぺ）
おく霜に声からしけり物狂ひ　呑舟（7俳諧古選 一九〇ぺ）
おく霜のしれぬ寒さや海の面　稲音（8俳諧新選 二三九ぺ）
奥白根かの世の雪をかがやかす　普羅（9日々昭12・1・17 〇七一〇）
置く露の水にうつりて別れけり　李流（8俳諧新選 二二六ぺ）
おく露もさはらぬ刺や茨の花　龍眠（8俳諧新選 二二三ぺ）

おく露や小町がほねの見事さよ　釣雪（6あら野　一〇〇四）
置く露や杖つく菊も小菊にも　嘯山（8俳諧新選　一五八ぺ）
奥に鳴る扇の音も夜深けたり　赤羽（8俳諧新選　一一九ぺ）
衽形（おくみなり）に吹き込む雪や枕元　一茶（3八番日記　三五五ぺ）
おくやまは霰に滅るか岩の角　湍水（6あら野　八八九）
おく山は山鳩鳴きて花もしづけき　涼袋（5綾太理家の集　七三三）
おくられつおくりつはては木曾の秋　芭蕉（1あら野　四二五）
送り出て帰れば何も彼も寒し　紅緑（9紅緑句集　〇二三八）
送り火のあとの月夜や松落葉　水巴（9定本水巴句集　〇五七八）
送火や母が心に幾仏　虚子（11五百句　二六ぺ）
贈るべき扇も持たずうき別れ　子規（10獺祭句帖抄　六二八ぺ）
起しせし人は逃げけり蕎麦の花　車庸（6続猿蓑　三二九七）
起し人もけさは神也若恵比須　万翁（8俳諧新選　一〇〇ぺ）
御小姓の皃（かほ）に輝くぼたんかな　之房（8俳諧新選　一一三ぺ）
おこし絵に灯（ひ）をともしけり夕涼み　子規（10獺祭句帖抄　六四六ぺ）
起し絵や炎を競ふ小蠟燭　裸馬（9裸馬翁五千句　一〇九九）
御小僧の皃あたたかな十夜かな　兎流（8俳諧新選　二三九ぺ）
怠らず咲いて上りし葵哉　旧徳（7俳諧古選　一六〇ぺ）
怠りし夏書（げがき）はじめる灯（ともし）かな　瓜流（8俳諧新選　一一七ぺ）
御子良子（おこらご）の一もと床し梅の花　芭蕉（1猿蓑　三五四）
奢られて又わびらるる紙子哉　泉石（7俳諧古選　二一一ぺ）
瘧（おこり）落ちて足ふみのばす蚊帳かな　子規（10獺祭句帖抄　六〇七ぺ）

御（お）降（さがり）の流れいでけり御所の溝　子規（9寒山落木巻二　〇〇七）
お座敷を見れば大略（おほよそ）神無月　元理（4寒川入道筆記　〇〇二五）
押しあうて車やどりや地主（ぢしゅ）祭（まつ）り　瓜流（8俳諧新選　一二三ぺ）
押し合ひて紅梅さきぬ枝限り　賀瑞（8俳諧新選　一〇二ぺ）
唖蟬も鳴く蟬ほどはゐるならむ　青邨（9冬青空　一五九五）
押し出して花一輪の牡丹かな　春来（8俳諧新選　一一三ぺ）
お閑（しつ）かに御座れ夕陽（せきやう）いまだ残（のこ）んの雪　宗因（4破邪顕正返答　〇一六〇）
おしなべて祝へあふひと草の餅　丈石（8俳諧新選　一四九ぺ）
御忍びのきぬの薫りや朧月　魯雲（8俳諧新選　一〇八ぺ）
押しもどす力もない歟（か）年のくれ　頤仙（8俳諧新選　一四六ぺ）
押しやりて又引きよする火桶かな　武然（8俳諧新選　一三八ぺ）
おし割りて舟漕ぎ入るる氷かな　李流（8俳諧新選　一四三ぺ）
御炭様あら六（むつ）かしやうちくべん　嘯山（8俳諧新選　一四四ぺ）
推せば明くとがめぬ庭の菊見哉　春来（8俳諧新選　一三四ぺ）
遅き日のつもりて遠きむかし哉　蕪村（2蕪村句集　二二四六）
遅き日やあしたに遠き東山　晩平（8俳諧新選　一一〇ぺ）
遅き日や雉子の下り居る橋の上　蕪村（2蕪村句集　二二三二）
遅き日や草をくさぎる大手前（さ）き　蕪村（2蕪村遺稿　二三三五一）
遅き日や谺（こだま）聞こゆる京の隅　蕪村（2蕪村遺稿　二三三五〇）
遅き日や土に腹つく犬の伸び　嘯山（5律亭句集　七二〇）
遅桜人に待たれて咲きにけり　嘯山（8俳諧新選　一五七ぺ）
遅月の山を出でたる暗さかな　虚子（11五百句　六八ぺ）

おそろしや　きぬぎぬの比　鉢鼓　昌碧（6あら野　九九四）
おそろしや　人が食ふとは　唐辛　巴静（4六々庵発句集　一二〇七）
蝌蚪（おたまじやくし）を　見る事親も　はづれたり　嘯山（8俳諧新選　一〇五ぺ）
落ち合うて　音なくなれる　清水哉　蕪村（2蕪村句集　一二六）
落鮎や　日に日に水の　おそろしき　千代女（5俳諧百一集　五一七）
落ちかかる　日脚ももろし　冬椿　五柳（8俳諧新選　一四四ぺ）
落栗や　昨日のもあり　二つ三つ　雲魚（8俳諧新選　一三三ぺ）
落栗や　谷にながるる　蟹の甲　祐甫（6炭俵　二五七四）
落ちくるや　たかくの宿の　郭公（ほととぎす）　芭蕉（1真蹟懐紙　四九一）
落潮に　鳴門やつれて　暮の春　重頼（4藤枝集　〇〇八五）
落ち着きに　荷兮（かけい）の文や　天津雁　其角（6あら野員外　一三一〇）
おちつきは　魚やまかせや　桜がり　利牛（6炭俵　二四四九）
落ち着くや　先（まつ）夜の長い　家に来て　竹冷（9俳遊記　〇二七七）
落椿　美し平家　物語　虚子（14七百五十句　七九ぺ）
落ちつみし　椿がうへを　春の雨　青蘿（5青蘿発句集　八四六）
簗落（オチ）の　奥降らば鮎（コ）は　この尾鰭（オド）る　碧梧桐（4三昧　昭6・11　二二八三）
おち葉おち　かさなりて雨　雨をうつ　暁台（4暁台句集　一八〇五）
落ばかく　身はつぶね共　ならばやな　越人（6あら野　九七〇）
落葉掻くは　亡き母の後ろ　姿かな　乙字（9乙字句集　〇九八七）
落葉来つ　扨（さて）は島にや　よるの船　習先（8俳諧新選　一三六ぺ）
落葉して　幾日（いくか）に成りぬ　後堂　存義（4反古衾　一七三六）
落葉して　塔より低き　銀杏かな　子規（10獺祭句帖抄　六六六ぺ）
落葉して　遠く成りけり　臼の音　蕪村（2蕪村遺稿　六三九）
落葉して　見せようとふの　朝朗（あさぼらけ）　一瓢（5玉山人家集　一一四八）
落葉踏（おちぶ）むや　しばし雀と　夕焼けて　水巴（4続水巴句帖　二四二二）
零落れて　関寺謡ふ　頭巾かな　几董（8俳諧新選　一四三ぺ）
落穂拾ひ　日あたるかたへ　歩みゆく　蕪村（2蕪村句集　一〇八〇）
夫には　呵（しか）られがちぞ　雉の声　文素（7俳諧古選　二二八ぺ）
おつ晴た　夫婦（めをと）なれども　天の河　瓢水（8俳諧新選　二二四ぺ）
落つる気で　多く出来けん　柿の蔕　李流（8俳諧新選　二一三ぺ）
落つる日の　くぐりて染むる　蕎麦の茎　蕪村（2蕪村句集　二五六七）
落つる日や　吹きさらされし　大根馬　吏登（5吏登句集　四七八）
御手討の　夫婦なりしを　更衣（ころもがへ）　蕪村（2蕪村句集　七四八）
お手に一（ひと）は　すゑて高尾の　紅葉かな　元理（4犬子集　〇〇二六）
「音入」と　東司（とうす）をもどき　梅の寺　風生（9傘寿以後　一五六六）
乙訓（おとくに）の　四方の藪なり　畑打　夜半（9翠黛　一六三四）
おどけざる　祭りと誰も　覚えけり　赤羽（8俳諧新選　一一五ぺ）
音こぼし　こぼし寒柝　地の涯へ　三鬼（9西東三鬼句集　二三四九）
落とさじと　葉にかかへたる　椿哉　鶴英（8俳諧新選　一〇六ぺ）
落とし水　柳に遠く　成りにけり　蕪村（2蕪村遺稿　一四五〇）
音添うて　雨にしづまる　碪かな　千代女（5千代尼句集　五一八）
弟月　はつる廿日の　涙かな　孤桐（8俳諧新選　一五二ぺ）
音なして　畳に落つる　椿かな　呂誰（8俳諧新選　一〇六ぺ）
音なせそ　たたくは僧よ　ふくと汁　蕪村（2蕪村句集　九六四）

おとなるをのこ起きたりほととぎす　蕪村（2蕪村遺稿二〇〇）
音のした戸に人もなし夕時雨　諸九（5諸九尼句集五二四）
音のして水ふく榾(ほだ)や燃えながら　李流（8俳諧新選一三八ぺ）
音もなくここは蚊もなく蠅もなし　春来（8俳諧新選一五三ぺ）
御供のは睡たがられつ鹿の声　沙山（8俳諧新選一四八ぺ）
驚きし風をかたみに秋ぞ行く　巾糸（8俳諧新選一三五ぺ）
おどろくや門もてありく施餓鬼(せがき)棚　荷兮（6あら野一〇三四）
おとろひや小枝も捨てぬ年木樵　蕪村（2蕪村句集三八三）
衰ひや歯に食ひあてし海苔の砂　芭蕉（1をのが光六八二）
同じ事とは思はれぬ花見かな　季遊（8俳諧新選一一〇ぺ）
同じ事を廻り灯籠のまはりけり　子規（10獺祭句帖抄六三五ぺ）
同じ火の花よ涼しく覚えける　都城（8俳諧新選一二八ぺ）
同じ灯(ひ)を切籠(きりこ)に見るは哀れ也　木因（7俳諧古選一八一ぺ）
同じ道に尋ねて出たり照射(ともし)狩り　雁宕（8俳諧新選一五三ぺ）
鬼(おに)茨(いばら)踏んばたがつて枯れにけり　一茶（3七番日記三五八ぺ）
鬼(おに)貫(つら)や新酒の中の貧に処す　蕪村（2蕪村句集二七三八）
鬼の子に餅を居(す)うるもひひな哉　如行（6炭俵二四五六）
鬼(おに)茨(ばら)も添うて見よ見よ一涼み　一茶（3おらが春四五二ぺ）
鬼王が妻におくれしふすま哉　蕪村（2蕪村遺稿三二四）
おのが里仕廻うてどこへ田植笠　一茶（3おらが春四四二ぺ）
おのが袖たたんで睡る小てふ哉　写北（8俳諧新選一〇八ぺ）
おのが名の川留をかし角力(すまふ)取(とり)　稲音（8俳諧新選一二七ぺ）

己が羽の抜けしを啣(くは)へ羽抜鳥　虚子（12五百五十句五一ぺ）
己が火を木々の蛍や花の宿　芭蕉（1をのが光六二八）
己が身の闇より吼えて夜半の秋　蕪村（2蕪村句集二七〇五）
己が身を心細いか秋の蠅　隆平（7俳諧古選一八三ぺ）
おのが家を足手まとひや蝸牛(かたつぶり)　麦翅（8俳諧新選一五六ぺ）
おのづから鶯籠や園の竹　望一（5伊勢山田集七八）
おのづから草のしなへを野分哉　圃燕（6続猿蓑三二八〇）
おのづから頭が下がるなり神路山　一茶（3文政版発句集三六二ぺ）
己さへ餓鬼に似たるよ蛬(きりぎりす)　嵐雪（7俳諧古選二〇〇ぺ）
己刺あること知りて花さうび　虚子（13六百五十句一四六ぺ）
おのれひとりはいる家あり蝸牛　青蒲（8俳諧新選一五七ぺ）
おのれらも花見虱(しらみ)に候ふよ　一茶（3七番日記三二二ぺ）
御袴のはづれなつかし紅粉(べに)の花　千那（6猿蓑一七六六）
鉄漿(おはぐろ)の海の匂ひや月の町　青嵐（9永田青嵐句集〇八八九）
大原柴帰るさ軽し寒の紅　晩山（7俳諧古選一九四ぺ）
大原女の馬飛ばせ行く野分かな　花廬（8俳諧新選一三〇ぺ）
大原女の居すくまりたる野分哉　小波（9さゞら波〇二九九）
追はるるか追つて行くのか飛ぶほたる　羊素（4続花摘一二四八）
おはれてや脇にはづるる鬼の面　荷兮（6あら野八四二）
追々に来る人ごとのさくら哉　その（7俳諧古選一五四ぺ）
追々に塔の雫や春の雪　二柳（4俳諧新選一八五八）
追ひかけて霰(あられ)にころぶ千鳥かな　蔦雫（6続猿蓑三三七一）

追ひ懸けて　咄して行く　師走かな　枳義（8俳諧新選 一四五ぺ）
追ひ風に　薄刈りとる　翁かな　蕪村（2蕪村遺稿 一七六八）
お彼岸の　入日を刺して　桑古木　三汀（9返り花 一一四七）
おひし子の　口まねするや　時鳥　松下（6あら野 三九三）
笈(おひ)摺(づり)の　背(せな)さましたる　若葉哉　三甫（8俳諧新選 一四八ぺ）
追剝を　弟子に剃りけり　秋の旅　蕪村（2蕪村句集 一八七九）
帯古し　未だ旅なる　衣更　一有（7俳諧古選 一六四ぺ）
帯ほどに　川のながるる　塩干哉　沾徳（6炭俵 二四五三）
帯結ぶ　肱にさはりて　秋簾　虚子（12六百句 一六二ぺ）
帯もせで　畑見歩行(あるき)や　瓜作り　龍眠（8俳諧新選 一三三ぺ）
笈も太刀も　五月にかざれ　紙幟　芭蕉（1奥の細道 五〇一）
追ひ戻す　坊主が手にも　葵哉　太祇（8俳諧新選 一一五ぺ）
お奉行の　名さへおぼえず　とし暮れぬ　来山（5いまみや草 二一一）
お袋が　お福手ちぎる　指南哉　一茶（3おらが春 四七四ぺ）
追ふ蠅の　よくも我が座を　覚えけり　雁觜（7俳諧古選 二一九ぺ）
追へば逃げて　そして飛びたつ　きぎす哉　嘯山（8俳諧新選 一〇四ぺ）
大雨の　ふりさけ見れば　月もなし　玄札（5ゆめみ草 七五）
大蟻の　たたみをありく　あつさ哉　士朗（5枇杷園句集 八九九）
大石悼む　低き鴨居の　その低きも　多佳子（9命終 二九六三）
大石や　二つに割れて　冬ざるる　鬼城（9鬼城句集 〇六一〇）
大いなる　蟻這ふといふ　われは見えず　虚子（14七百五十句 八五五ぺ）
大いなる　池に日あたる　寒さかな　癖三酔（9癖三酔句集 〇三七三）
大いなる　一つは葉付　早桃かな　普羅（9辛夷 〇七〇九）
大いなる　ものが過ぎ行く　野分かな　虚子（11五百句 一〇〇ぺ）
大いなる　もの空翔ける　春吹雪　碧雲居（9碧雲居句集 一〇六四）
大岩が　沖へ押しゐる　野分かな　余子（9余子句抄 〇四三七）
覚えなく　あたまぞさがる　神の梅　舟泉（6あら野 一〇六八）
大風に　傷みし樹々や　渡り鳥　碧梧桐（9ホ明38・9 〇一〇四）
大風の　俄かに起こる　幟かな　子規（10獺祭句帖抄 六一四ぺ）
大川に　小川落ち合ふ　雪濁り　挿雲（9春夏秋冬 〇三五八）
大南瓜　これを敲いて　遊ばんか　鬼城（9鬼城句集 〇六一一）
大釜の　湯気立ち上る　栗の花　子規（10獺祭句帖抄 六四九ぺ）
狼に　逢はで越えけり　冬の山　子規（10獺祭句帖抄 六六五ぺ）
狼の　あと踏み消すや　浜千鳥　史邦（6猿蓑 一六六二）
狼の　跡を食はんと　祭るめり　之房（8俳諧新選 一三五ぺ）
狼の　犬誘ひよる　霜夜かな　嘯山（8俳諧新選 一三九ぺ）
狼の　糞見て寒し　白根越　子規（10獺祭句帖抄 六六〇ぺ）
狼は　糞ばかりでも　寒さかな　一茶（3おらが春 四七二ぺ）
狼を　送りかへすか　鉢たたき　沾圃（6続猿蓑 三四〇二）
大きさも　知らず鯨の　二三寸　子規（10獺祭句帖抄 六六六ぺ）
大北(きた)風に　あらがふ鷹の　富士指せり　亜浪（9定本亜浪句集 一〇二五）
大きな長い　阪を下り　店一杯なセル地　碧梧桐（9碧梧桐句集 〇一〇五）
大きな眼　二つ画けば　梟かな　月斗（9昭和俳句集 〇五〇三）
大蜘蛛の　現れ小蜘蛛　なきが如　虚子（13六百五十句 一七五ぺ）

大声や廿日過ぎての御万歳　一茶（3七番日記 三三五ペ）
大坂の坂こそ見ゆれ門の松　同来（8俳諧新選 一〇〇ペ）
大坂や見ぬよの夏の五十年　蟬吟（6猿蓑 一七四六）
大阪や屋根の上吹く秋の風　古白（9古白遺稿 〇一八七）
大勢の手に余りたる蛍かな　涼菟（7俳諧古選 一七〇ペ）
大空にうかめる如き玉　椿　虚子（13六百五十句 二二五ペ）
大空にすがりたし木の芽さかんなる　水巴（9定本水巴句集 〇五七七）
大空に取り放したり冬の月　喜水（8俳諧新選 一四一ペ）
大空に長き能登ありお花畑　青畝（9国原 一五〇一）
大空に伸び傾ける冬木かな　虚子（9五百五句 〇〇五三）
大空に羽子の白妙とどまれり　虚子（9五百五句 〇〇五四）
大空に又わき出でし小鳥かな　虚子（11五百句 四三ペ）
大空の見事に暮るる暑さ哉　一茶（3七番日記 三三四ペ）
御火焼（おほたき）の盆物とるな村がらす　智月（6炭俵 二六二五）
御火たきや犬も中々そぞろ皃（がほ）　蕪村（2蕪村句集 七〇三）
御火たきや霜うつくしき京の町　蕪村（2蕪村句集 七〇四）
大岳や笹に寝てさく藤の花　孤桐（8俳諧新選 一一一ペ）
大凧に近よる鳶もなかりけり　子規（10獺祭句帖抄 六四三ペ）
祖父（おほぢ）親まごの栄えや柿みかむ　芭蕉（1堅田集 七〇九）
大粒な雨にこたへし芥子の花　東巡（6あら野 六三九）
大粒な雨は祈りの奇特哉　蕪村（2蕪村句集 一二四）
大つぶの寒卵おく襤褸の上　蛇笏（9霊芝 〇六四六）

大津絵に糞（ふん）落としゆく燕かな　蕪村（2蕪村句集 二〇二九）
大津絵の筆のはじめは何　仏　芭蕉（1勧進牒 六六九）
大手より源氏寄せたり青　嵐　漱石（4漱石全集 二二三九）
大寺の縁広うして小春かな　子規（10獺祭句帖抄 六六〇ペ）
大寺のともし少なき夜寒かな　子規（10獺祭句帖抄 六五一ペ）
大寺や扇でしれし小僧の名　一茶（3おらが春 四六五ペ）
大寺を包みてわめく木の芽かな　虚子（11五百句 三五ペ）
大年の我が顔惜しむ鏡かな　句仏（9句仏句集 〇五二四）
大年や親子たはらの指し荷（にな）ひ　万乎（6続猿蓑 三四一五）
大どしや手のおかれたる人ごころ　羽紅（6猿蓑 一七〇六）
大猫の尻尾でなぶる小蝶哉　一茶（3おらが春 四三七ペ）
大原や木の芽すり行く牛の頬　召波（5春泥句集 八〇九）
大原やつつじが中に蔵建てて　蕪村（2蕪村遺稿 二六四五）
大はらや蝶の出てまふ朧月　丈草（6炭俵 二四〇九）
大比叡やしの字を引いて一　霞　芭蕉（1江戸広小路 六八）
大比叡やはこぶ野菜の露しげし　野童（6猿蓑 一八一二）
大髭に剃刀の飛ぶ寒さ哉　許六（5韻塞 三八七）
覆とり互ひに見ゆ寒牡丹　虚子（13六百五十句 一三〇ペ）
大服は去年（こぞ）の青葉の匂ひ哉　防川（6あら野 四九〇）
大服や一碗は我が常ながら　玄武坊（4玄武庵発句集 一八一一）
大服や城を粉になす茶磨山　貞徳（4歳旦三ツ物 〇〇三六）
大船の階子（はしご）をあげる霙かな　子規（10獺祭句帖抄 六一九ペ）

大船や波あたたかに鷗浮く　子規（10獺祭句帖抄 六二二ペ）
大蛍ゆらりゆらりと通りけり　一茶（3おらが春 四四六ペ）
大榾をかへせば裏は一面火　素十（9初鴉 一五三〇）
大晦日定めなき世の定め哉　西鶴（5誹諧三ヶ津 一一一二）
大三十日宿を立ち出て見付けたり　雅因（8俳諧新選 一五七ペ）
大水の引いて雨なし秋の空　子規（10獺祭句帖抄 六五四ペ）
大水や紅葉流るる塗足駄　二葉子（4江戸広小路 〇一四八）
大水を踏みこたえたるかかしかな　子規（10獺祭句帖抄 六五三ペ）
大峰やよしのの奥の花の果て　曾良（6猿蓑 一九八四）
大門のおもき扉や春の暮　蕪村（2蕪村遺稿 二〇三）
大門や柳かぶつて灯をともす　子規（10獺祭句帖抄 六二六ペ）
大門を押されて這入る桜かな　四方太（9春夏秋冬 〇二〇〇）
大やうに風をかかへるぼたん哉　子江（8俳諧新選 一一三ペ）
大雪と成りけり関の戸ざし比　蕪村（2蕪村遺稿 六九五）
大雪や風もそよがずほつたほた　嘯山（8俳諧新選 四二ペ）
大雪や鹿の出て来る京の町　其流（7俳諧古選 二〇ペ）
大雪や上客歩行で入りおはす　蕪村（2蕪村遺稿 六九六）
大雪や関所にかかる五六人　子規（10獺祭句帖抄 六六四ペ）
大雪や雪を見に行く所なし　李雨（7俳諧古選 二二六ペ）
大夕立来るらし由布のかきくもり　虚子（11五百句 六七ペ）
大夕焼一天をおしひろげたる　素逝（9暦日 一八一八）
朧から磨き上げたりけふの月　可兆（8俳諧新選 一三〇ペ）
朧月蛙に濁る水や空　蕪村（2蕪村遺稿 一〇九九）
おぼろ月大河をのぼる御舟かな　蕪村（2蕪村遺稿 一〇〇八）
朧月一足づつもわかれかな　去来（6炭俵 二四〇八）
おぼろ月まだはなされぬ頭巾かな　仙花（6炭俵 二四一〇）
朧とは松のくろさに月夜かな　其角（6猿蓑 一九〇四）
朧夜の底を行くなり雁の声　諸九（5諸九尼句集 五二〇）
朧夜や吉次を泊めし椀のおと　成美（5成美家集 九二四）
朧夜や氷離るる岸の音　五明（4五明句藻 二一〇八）
朧夜やながくてしろき藤の花　兼正（6あら野 六一四）
朧夜や女盗まんはかりごと　子規（10獺祭句帖抄 六四二ペ）
朧夜を白酒売りの名残かな　支考（6続猿蓑 三〇八六）
御祭りの赤い出立の蜻蛉哉　一茶（3七番日記 三四八ペ）
お前の正直な日が暮れて夏座布団　折柴（9海紅句集 一一五八）
御命講や顱のあをき新比丘尼　許六（5韻塞 三八六）
御命講や油のやうな酒五升　芭蕉（1芭蕉庵小文庫 七六七）
重々と引き行く家やかたつぶり　志昔（8俳諧新選 一五ペ）
面影の囚はれ人に似て寒し　木歩（9決定木歩全集 一〇五三）
俤のゆかしき富士や土用干　似船（7俳諧古選 一五九ペ）
俤や姨ひとりなく月の友　芭蕉（1更科紀行 四三三）
おも楫と取楫の尻や小夜時雨　米仲（7俳諧古選 二二二ペ）
重き書は手近に置いて冬籠り　紅緑（9紅緑句集 〇二三九）
重くれずさすがの一重さくら哉　晩山（7俳諧古選 一五一ペ）

おもしろい夜は昔也更衣（ころもがへ）　一茶（3句稿消息 三三七ペ）
面白う聞けば蜩（ひぐらし）夕日かな　碧梧桐（9碧梧桐句集 ○一○六）
おもしろうさうしさばくる鵜縄哉　貞室（6あら野 六六五）
おもしろう松笠もえよ薄月夜　士芳（6猿蓑 一八四三）
おもしろうてやがて悲しき鵜舟哉　芭蕉（1真蹟懐紙 四一四）
おもしろき秋の朝寝や亭主ぶり　芭蕉（1まつのなみ 九○一）
おもしろくて傘をさすならげんげん野　かな女（9牟良佐伎 ○七八三）
面白し雨のごとくに羽子の音　花蓑（9花蓑句集 ○八六八）
面白し雪にやならん冬の雨　芭蕉（1千鳥掛 三二九）
おもしろと鰯引きけり盆の月　含咕（6あら野 八七八）
面白や嚔（くさめ）うつつて鳴くうづら　西湾（8俳諧新選 二二九ペ）
面白や障子明くればうめの花　八穂（8俳諧新選 一○二ペ）
おもしろや理屈はなしに花の雲　越人（6あら野 三八二）
沢瀉（おもだか）に降るを涙歟（か）虎が雨　阿誰（8俳諧新選 一三三ペ）
沢瀉や道付けかゆる雨のあと　野童（6続猿蓑 三一九七）
沢瀉や藻の上越える水の影　太祇（8俳諧新選 一二四ペ）
おもてから見ゆや夜寒の最合風呂（もやひぶろ）　子規（10獺祭句帖抄 六三三ペ）
重荷もち丁身（よぼろ）をなく夏野哉　蕪村（2蕪村遺稿 一二○）
思はざる梢にすまふ太鼓かな　斗吟（8俳諧新選 一二七ペ）
おもはずの人に逢ひけり夕涼み　如風（6あら野 六九一）
思はずの雪見や日枝（ひえ）の前後ろ　丈草（6続猿蓑 三三九五）
思はずも親のほめたる角力（すまふ）哉　紀伊日高社中（8俳諧新選 一二七ペ）

おもはずも浪花に暮れて謡初　句仏（9句仏句集 ○五二五）
思はずもヒヨコ生まれぬ冬薔薇　碧梧桐（4新傾向句集 二二八四）
おもひ出でて物なつかしき柳かな　才麿（5続の原 二一四）
思ひかけぬ方に月出つ稲の上　巨口（9まそほ貝 一二○二）
おもひかねその里たける野猫哉　己百（6続猿蓑 三○四三）
思ひ切つて一輪おくる牡丹かな　龍眠（8俳諧新選 一五七ペ）
思ひ来て思うて帰るさくらかな　湖流（8俳諧新選 一四八ペ）
思ひ出し思ひ出し降るしぐれ哉　烏水（7俳諧古選 一八七ペ）
おもひ立つ木曾や四月のさくら狩り　芭蕉（1幽蘭集 二四八）
思ひつつ草にかがめば寒苺　久女（9杉田久女句集 ○九三八）
おもひ出て酢つくる僧よ秋のかぜ　蕪村（2蕪村遺稿 一一四八）
おもひなし木の葉ちる夜や星の数　沾徳（6続猿蓑 三三五四）
おもひ見るや我が屍にふるみぞれ　石鼎（9花影 ○七四一）
思ひやる涙はなぜに氷らぬぞ　嵐笠（7俳諧古選 二一九ペ）
おもふ事紙帳にかけと送りけり　野径（6猿蓑 二一四九）
おもふ事ながれて通るしみづ哉　荷兮（6あら野 一○三一）
思ふ事なげぶしは誰月見舟　其角（7俳諧古選 一七八ペ）
思ふ事なしや四月の山の色　雅因（8俳諧新選 一二三ペ）
思ふ人に当たれ印地の空（そら）礫（つぶて）　嵐雪（7俳諧古選 一六五ペ）
思ふまじ見まじとすれど我が家哉　一茶（3おらが春 四四四ペ）
おももちやしぐるるをききおはします　青々（9松苗 ○四七七）
おも痩せて葵付けたる髪薄し　荷兮（6あら野 八三五）

親々の中も直せしをどり哉　篤羽（8 俳諧新選 一二五ペ）
親雀人を恐れて見せにけり　虚子（13 六百五十句 一九二ペ）
おやぢのいひけむ月のあはれなるは十夜　自悦（5 空林風葉 一三三）
親鳥の巣をたち兼ねる寒さかな　可幸（8 俳諧新選 一〇五ペ）
親なくば梢に寝たき桜かな　万翁（8 俳諧新選 一〇九ペ）
親の貌(かほ)真向きに見たる夜寒かな　一瓢（5 玉山人家集 一一四七）
親の杖よわりし果てや棚麻木　常矩（7 俳諧古選 一八三ペ）
親の名に傘貸してやる時雨かな　也有（4 蟻づか 一七九二）
親の世に替はる奢りや土用干　鷺喬（8 俳諧新選 一二二ペ）
親一人子一人蛍光りけり　万太郎（9 草の丈 一一一三）
おやも子も同じ飲み手や桃の酒　傘下（6 あら野 六一一）
親も子も同じふとんや別れ霜　秋色（5 類柑子 四五七）
親も子も宿はさだめず猫の恋　鳥酔（4 鳥酔懐玉抄 一七二一）
親もなく子もなき声やかんこどり　蕪村（2 蕪村遺稿 五三四）
親もなし子もなし闇を行く蛍　春澄（5 誹諧小松原 一八九）
親よりも白き羊や今朝の秋　鬼城（9 鬼城句集 〇六二）
泳ぎ来て日本遠し不二の山　三汀（9 返り花 一一四八）
泳ぎ女の葛隠るまで羞ぢらひぬ　不器男（4 不器男句集 二六九九）
凡そ天下に去来程の小さき墓に参りけり　虚子（9 五百句 〇〇五七）
おらが世やそこらの草も餅になる　一茶（3 七番日記 三三三二ペ）
阿蘭陀(おらんだ)の文字か横たふ旅の雁　宗因（5 時勢粧 一〇七）
阿蘭陀も花に来にけり馬に鞍　芭蕉（1 江戸蛇之鮓 一〇二）
下りたつと形定まる田植かな　太祇（8 俳諧新選 一一六ペ）
下りてさへ尻の居(すわ)らぬ雲雀(ひばり)哉　雁宕（8 俳諧新選 一〇四ペ）
オリヲンの真下春立つ雪の宿　普羅（9 普羅句集 〇七一）
おれとしてにらみくらする蛙哉　一茶（3 おらが春 四三七ペ）
おれに云はしや先(まづ)御代をこそ千々の春　季吟（7 俳諧古選 一四三ペ）
おろ覚えもしや植ゑしと花の春　芳室（7 俳諧古選 一五〇ペ）
おろし置く笈に地震(なゑふる)夏野哉　蕪村（2 蕪村句集 一一九）
おろしおく鐘しづかなる霰哉　勝吉（6 あら野 七九七）
おろす帆のわかばがくれや塔の先　超波（4 ゆめ物語 二二九）
御経に似てゆかしさよ古暦　蕪村（2 蕪村句集 二二〇九）
飲酒戒破れば月は曇るべし　虚子（14 七百五十句 三〇ペ）
御岳の雪バラ色に鳥屋(とや)夜明け　青邨（9 露団々 一五九六）
温亭忌われ等のホ句も古りにけり　青峰（9 海光 二二四六）
御手の上に落葉たまりぬ立ち仏　子規（10 獺祭句帖抄 六二〇ペ）
温突(おんどる)に木版の軽き書を読めり　誓子（9 黄旗 一四六三）
御墓の四十とせ古し時雨さび　東洋城（9 東洋城全句中 〇三九〇）
おんぼりと曇りて雉の声遠し　子一（8 俳諧新選 一〇四ペ）

か

骸骨の上を粧ひて花見かな　鬼貫（5 仏兄七久留万 二二二三）
介(かい)子(し)推(すい)お七がやうになられけん　太祇（8 俳諧新選 一〇七ペ）

海棠の彩色違ふうき世哉　楮林（8 俳諧新選 一五五ぺ）
海棠の花は咲かずや夕しぐれ　蕪村（2 蕪村遺稿 二二五一）
海棠のはなは満ちたり夜の月　普船（6 猿蓑 一九八九）
海棠や雨をはらめる月二夜　紫暁（4 松のそなた 二一〇六）
海棠や白粉(おしろい)に紅をあやまてる　蕪村（2 蕪村遺稿 二二四五）
海棠や今宵ちる身が寝られう歟(か)　習先（8 俳諧新選 一五六ぺ）
街道をきちきちとぶ螇蚸(ばった)かな　鬼城（9 鬼城句集 〇六一三）
かいつまむほたるにあまる力かな　春来（4 東風流 一二六七）
海底に珊瑚花咲く鯊を釣る　虚子（13 六百五十句 二一八ぺ）
蚊いぶしもなぐさみになるひとり哉　一茶（3 七番日記 三三九ぺ）
かいま見ん茨咲く宿の隠し妻　子規（10 獺祭句帖抄 六五〇ぺ）
海楼の涼しさつひの別れかな　碧梧桐（4 新傾向句集 二二八五）
界隈のなまけ所や木下闇　一茶（3 おらが春 四五三ぺ）
斯う活きて居るも不思議ぞ花の陰　一茶（3 七番日記 三三三ぺ）
笄(かうがい)もくしも昔やちり椿　羽紅（6 猿蓑 一九六七）
航海やよるひるとなき雲の峰　虚子（12 五百五十句 一八ぺ）
孝行な子ども等にふとん一つづつ　蕪村（2 蕪村遺稿 二二七八）
講釈の眠りにつかふ扇哉　釣雪（6 あら野 八七一）
香(かう)薷(じゆ)散(さん)犬がねぶつて雲のみね　其角（5 焦尾琴 二六一）
行(かう)人(じん)にわれを見出しぬ秋の暮　泊雲（9 泊雲句集 〇七七九）
庚申やことに火燵のある座敷　残香（6 炭俵 二六二八）
香水の香にも争ふ心あり　虚子（14 七百五十句 一二二ぺ）

からた枝に余りて萩のしだれけり　孤山（8 俳諧新選 一二七ぺ）
校塔に鳩多き日や卒業す　草田男（9 長子 二五二九）
買うたほどこぼして行きし若菜かな　梅室（4 梅室家集 二一六二）
高熱の鶴青空にただよへり　草城（4 人生の午後 二七〇二）
香の火や我は炬燵に寝る事よ　大夢（8 俳諧新選 一五八ぺ）
斯うはもらじそもやかがしの人ならば　習先（8 俳諧新選 一二八ぺ）
交番やこゝにも一人花の酔ひ　子規（10 獺祭句帖抄 六四五ぺ）
河(かう)骨(ほね)に水のわれ行くながれ哉　芙水（6 あら野 六九九）
河骨の蕾乏しき流れかな　子規（10 獺祭句帖抄 六三二ぺ）
川骨の莟りりしや水ばなれ　剡山（8 俳諧新選 一二四ぺ）
河ほねの二もと咲くや雨の中　蕪村（2 蕪村句集 七六七）
河骨の水を出兼(でか)ねる莟かな　子規（10 獺祭句帖抄 六〇八ぺ）
河骨や今一輪は水の中　遷卜（8 俳諧新選 一四七ぺ）
蝙蝠(かうもり)にかなしき母の子守歌　虚子（12 六百句 二四〇ぺ）
蝙蝠のはやとぶ花の堤かな　一転（9 杉山一転句集 〇九二四）
蝙蝠も出でよ浮世の華に鳥　芭蕉（1 西華集 九一二）
蝙蝠や垢に魚わく捨小舟　周禾（8 俳諧新選 一五五ぺ）
蝙蝠や河原院のとぼし影　嘯山（8 俳諧新選 一五五ぺ）
蝙蝠や水ゞ遥かな橋のうら　之房（8 俳諧新選 一五五ぺ）
剛力は徒に見過ぎぬ山ざくら　蕪村（2 蕪村句集 二三三二）
蚊が入つて蚊屋(かや)ふるうたりや夜が明けた　来山（4 梅の嵯峨 〇二三三）
かがしかがし皃を覗けばなかりけり　雨遠（8 俳諧新選 一二八ぺ）

案山子(かがし)せぬ安さよ君が若菜畑　巴雀（4文月往来 二二一）
かがし立て親子笑うてもどりけり　文湖（8俳諧新選 二一八ぺ）
案山子翁あち見こち見や芋嵐　青畝（9万両 一五〇二）
蚊がちらりほらり是から老が世ぞ　一茶（3おらが春 四四一ぺ）
加賀殿の実も御下りよ稲の雲　嘯山（8俳諧新選 二三三ぺ）
かがなべて指のこごしき余寒かな　東洋城（9東洋城全句中 〇三九一）
かがみ磨ぎ寺町のぞくおちばかな　巣兆（5曾波可理 九八九）
鏡　山梅雨の曇りのかかるなり　嘯山（8俳諧新選 一五六ぺ）
篝火(かがりび)に藤のすすけぬ鵜舟かな　亀洞（6あら野 六一五）
篝火も更けて白ける矢数哉　沙残（8俳諧新選 一一五ぺ）
篝火も蛍もひかる源氏かな　立圃（5犬子集 二三）
かかる日のまためぐり来て野菊晴　風生（9村住 一五六七）
かかる日は中々ぬるき扇かな　鷺水（8俳諧新選 一一九ぺ）
かかる身を散つて見せたる桜かな　白芽（8俳諧新選 一〇九ぺ）
かかる夜の月も見にけり野辺送り　去来（6猿蓑 一八五二）
ががんぼを吹けば飛ぶなり形代(かたしろ)も　松浜（9白菊 〇五五三）
柿うれて鳥も問はぬ山家かな　周蛇（8俳諧新選 一三一ぺ）
柿食ふて洪水の詩を草しけり　子規（10獺祭句帖抄 六五七ぺ）
柿くふや道灌山の婆が茶屋　子規（10獺祭句帖抄 六五七ぺ）
柿食ふや俳諧我に敵多し　石鼎（9花影 〇七四二）
柿くへば鐘が鳴るなり法隆寺　子規（9獺祭句帖抄 〇〇一一）
垣越えて蟇の避け行くかやりかな　蕪村（2蕪村句集 一一二二）

垣越しに引導覗くばせを哉　卜枝（6あら野 一〇四二）
垣ごしにとらへてはなす柳哉　遠水（6猿蓑 一九一三）
垣越しにものうちかたる接木哉　蕪村（2蕪村句集 二一九四）
垣越しのしら菊侘し薄月夜　其輪（8俳諧新選 二三四ぺ）
柿崎の小寺尊し閑古鳥　蕪村（2蕪村遺稿 二一八二）
柿崎やしぶしぶ鳴きのうめもどき　一茶（3おらが春 四五三ぺ）
石花汁(かき)や平家の一門ことごとく　貝錦（8俳諧新選 一四五ぺ）
書初によき名の文字や三の朝　野有（8俳諧新選 一五六ぺ）
書初や鶯といふとりの跡　永機（8俳諧新選 一〇〇ぺ）
書初や五六枚目を初めとし　白羽（4右紫 一二八二）
書き出しや世にはさまる竹の簀戸(すど)　行雲（8俳諧新選 一四六ぺ）
書賃のみかんみいみい吉書哉　一茶（3八番日記 三二四ぺ）
柿包む日和もなしやむら時雨　露川（6続猿蓑 三三三五）
杜若(かきつばた)足駄は泥にとられけり　潭北（8俳諧新選 一一四ぺ）
杜若あやめ売る子の隠れけり　一笑（7俳諧古選 一六四ぺ）
杜若生けん絵書の来る日哉　釣雪（6あら野 八七〇）
杜若語るも旅のひとつ哉　芭蕉（1笈の小文 三八四）
杜若かれ飯に酒こぼしけり　嘯山（8俳諧新選 一五一ぺ）
杜若けふは昨日のゆかりかな　嵩平（8俳諧新選 一一四ぺ）
杜若殊に使ひは若衆なり　底元（7俳諧古選 一六二ぺ）
杜若しぼむ下から開きけり　自友（8俳諧新選 一一四ぺ）
杜若畳へ水はこぼれても　其角（7俳諧古選 一六九ぺ）

かきつばた何ものおもふ犬の舌　巴人（4夜半亭発句帖 一一七四）
杜若にたりやにたり水の影　芭蕉（1続山井 八）
杜若べたりと鳶のたれてける　蕪村（2蕪村句集 八七六）
杜若卍ほろりとひらけたり　嘯山（8俳諧新選 一一四ぺ）
杜若われに発句のおもひあり　芭蕉（1千鳥掛 二四二）
柿寺に麦穂いやしや作りどり　荊口（6炭俵 二四九一）
垣なくて妹が住居（すまひ）や白つつじ　雁宕（8俳諧新選 一一〇ぺ）
かき鳴らす枇杷の葉寒し初時雨　錘山（8俳諧新選 一三六ぺ）
垣に来て雀親呼ぶ声せはし　子規（10獺祭句帖抄 六四四ぺ）
柿ぬしや梢はちかきあらし山　去来（6猿蓑 一八七二）
垣根潜る薄ひともと真すほなる　蕪村（2蕪村句集 一四三八）
柿の木のいたり過ぎたる若葉哉　越人（6あら野 六二五）
柿の袈裟ゆすり直すや花の中　北枝（6炭俵 二四四〇）
柿の名の五助と共に月みかな　如真（6続猿蓑 三二二一）
柿のなる本を子どもの寄りどころ　利牛（6炭俵 二五七三）
柿の葉に焼きみそ盛らん薄箸　宗波（6続猿蓑 三三二二）
柿の葉の遠くちり来ぬそば畠　蕪村（2蕪村遺稿 二五六九）
垣低し番傘通る春の雨　子規（10獺祭句帖抄 六四三ぺ）
牡蠣舟に流るる塵も夜なれや　寸七翁（9現代俳句集 〇八七八）
牡蠣船にもちこむわかればなしかな　万太郎（9流寓抄 一一一四）
牡蠣船の揺るると知らず酔ひにけり　冬葉（9故郷 一〇一八）
牡蠣舟へ下りる客追ひ郭（くるわ）者　夜半（9翠黛 一六三五）

柿もぐや殊にもろ手の山落暉（らっき）　不器男（9定本不器男句集 一七〇七）
柿紅葉梢の秋と成りにけり　晩平（8俳諧新選 一三一ぺ）
掻（かき）きよする馬糞（ばふん）にまじるあられ哉　林斧（6あら野 七九九）
蠣（かき）よりは海苔をば老の売りもせで　芭蕉（1続虚栗 二八五）
限りある命のひまや秋の暮　蕪村（2蕪村遺稿 二二六八）
柿を置き日々静物に作す思念　茅舎（4白痴 二六二二）
柿を食ひをはるまでわれ幸福に　草城（9人生の午後 二四五五）
かく生きてイヌノフグリに逢（ほう）着（ちゃく）す　普羅（9辛夷 〇七一二）
かく縁の高きに上り下りにけん　虚子（13六百五十句 一八五ぺ）
かくさぬぞ宿は菜汁に唐がらし　芭蕉（1猫の耳 四二三）
学士会聖樹をともす吾等粗餐　青邨（9粗餐 一五九八）
隠し子の年かぞへ居るこたつ哉　柳（8俳諧新選 一三八ぺ）
隠し田にかかれる朦（もや）や鳥おどし　毛仏（8俳諧新選 一一八ぺ）
隠してや児（ちご）の食はんと杏かな　嘯山（8俳諧新選 一二三ぺ）
楽人の情断つ馬や加茂祭　嘯山（8俳諧新選 一一五ぺ）
閣に座して遠き蛙をきく夜哉　蕪村（2蕪村句集 二二四三）
杜父魚（かくぶつ）のえものすくなき翁哉　蕪村（2蕪村句集 一〇八二）
かくぶつや腹をならべて降る霰　拙侯（6続猿蓑 三三八〇）
かく迄も変はるすがたや干し蕪　鷺水（7俳諧古選 一八七ぺ）
学問のさびしさに堪へ炭をつぐ　誓子（9凍港 一四六五）
学問の黄昏（たそがれ）さむく物を言はず　楸邨（9寒雷 二五七五）
学問は尻からぬけるほたる哉　蕪村（2蕪村句集 九〇六）

かぐや姫の素顔を見ばや不二詣　千重（8俳諧新選 二二三ぺ）
かくれ家の柱で麦を打たれけり　一茶（3おらが春 四四二ぺ）
かくれ家は蠅も小勢でくらしけり　一茶（3おらが春 四四六ぺ）
隠家も灯(ともしび)有りて水雞(くひな)哉　楚山（7俳諧古選 二三〇ぺ）
隠家も蠅うつ音は聞こえけり　吐月（8俳諧新選 二二二ぺ）
かくれ家や月と菊とに田三反　芭蕉（1笈日記 五七〇）
かくれ家や猫にもすゑる二日灸　一茶（3おらが春 四三五ぺ）
隠家や町から見えぬ夏木立　太祇（8俳諧新選 二一四ぺ）
かくれ家やよめ菜の中に残る菊　嵐雪（6あら野 九六六）
隠家を蚊にしられたる夕べかな　杜支（8俳諧新選 二一七ぺ）
かくれけり師走の海のかいつぶり　芭蕉（1色杉原 六六四）
かくれ住みて花に真田(さなだ)が謡かな　蕪村（2蕪村句集 二一〇九）
かくれても居られぬ秋敫(か)三日の月　希因（8俳諧新選 二二九ぺ）
掛稲に螽(いなご)飛びつく夕日かな　子規（10獺祭句帖抄 六一八ぺ）
かけいねに鼠のすだく門田哉　蕪村（2蕪村遺稿 二二七六）
掛稲に山又山の飛驒路かな　虚子（12五百五十句 二三ぺ）
かけ稲のそらどけしたり草の露　蕪村（2蕪村遺稿 二五一五）
掛稲や野菊花咲く道の端(はた)　子規（10獺祭句帖抄 六一八ぺ）
影薄き日の届きてや冬牡丹　習先（8俳諧新選 一四一ぺ）
掛香やすれ違ひたる宵の闇　子規（10獺祭句帖抄 六二九ぺ）
掛香や何にとどまるせみ衣　蕪村（2蕪村句集 二六七二）
掛香や再び人の妻となり　五城（9五城句集 〇二二八）

かけ香やわすれ皃(がほ)なる袖だたみ　蕪村（2蕪村句集 二六七三）
かけ香や啞の娘の成長(ひととなり)　蕪村（2蕪村句集 九三一）
欠(かけ)々(かけ)て月もなくなる夜寒哉　蕪村（2蕪村句集 六〇四）
崖急に梅ことごとく斜なり　子規（10獺祭句帖抄 六四五ぺ）
景清は地主祭(ぢしゅまつ)りにも七兵衛(しちびやうゑ)　太祇（8俳諧新選 二二三ぺ）
かげきよも花見のざには七兵衛　芭蕉（1真蹟扇面 九五三）
かけこみし雨に酒よぶ浴衣かな　醒雪（9俳味明44・5 〇三二四）
影しばし杖に水飼ふあつさかな　春来（8俳諧新選 二一〇ぺ）
翦(かげ)鷹(たか)や人を見下ろす松の上　寛留（8俳諧新選 一四一ぺ）
影どちのもたれかかるや夏木立　未人（8俳諧新選 一一四ぺ）
賭にして降り出されけりさくら狩　支考（6続猿蓑 二九七一）
影は天の下てる姫か月のかほ　芭蕉（1続山井 一五）
桟(かけはし)やいのちをからむつたかづら　芭蕉（1更科紀行 四三〇）
桟や先(まづ)おもひいづ馬むかへ　芭蕉（1更科紀行 四三一）
影ふた夜たらぬ程見る月夜哉　杉風（6あら野 四三〇）
影法師に恥ぢよ夜寒のむだ歩き　一茶（3おらが春 四七二ぺ）
影法師の伸びて鴫たつ沢辺哉　嵩平（8俳諧新選 二二九ぺ）
影ぼふしたぶさ見送る朝月夜　卓袋（6猿蓑 一八四五）
影待や菊の香のする豆腐串　芭蕉（1杉丸太 八〇四）
翔けるものもなく天城嶺の冬日かな　平之助（9五所亭句集 一〇九三）
かげろふと共にちらつく小鮎哉　圃水（6続猿蓑 三〇二三）
野馬(かげろふ)に子供あそばす狐哉　凡兆（6猿蓑 一九三三）

陽炎に寝ても動くや虎の耳　其角（7俳諧古選　二〇一ペ）
かげろふの抱きつけばわがころも哉　越人（6あら野　八六四）
陽炎の麦ひき延ばす小昼かな　路通（5車路　三四六）
かげろふの夕日にいたきつぶり哉　舟泉（6あら野　八五九）
かげろふの我が肩に立つかみこかな　芭蕉（1真蹟懐紙　四六七）
蜉蝣（かげろふ）の笑ひやすらん薬食　楚雀（7俳諧古選　二一九ペ）
陽炎や簣（あじか）に土をめづる人　蕪村（2蕪村句集　二二四）
かげろふや巌（いはほ）に腰の掛けちから　配力（6続猿蓑　三〇七九）
かげろふや馬の眼（まなこ）のとろとろと　傘下（6あら野　五二八）
かげろふや柴胡（さいこ）の糸の薄曇り　芭蕉（1猿蓑　六〇四）
陽炎や酒にぬれたる舞扇　几董（5井華集　七九六）
陽炎や新吉原の昼の体　一茶（3七番日記　三二七ペ）
陽炎やそば屋が前の箸の山　一茶（3文政句帖　三二七ペ）
かげろふや土もこなさぬあらおこし　百歳（6猿蓑　一九三〇）
陽炎や手に下駄はいて善光寺　一茶（3八番日記　三二七ペ）
陽炎や取りつきかぬる雪の上　荷兮（6猿蓑　一九二九）
陽炎や名もしらぬ虫の白き飛ぶ　蕪村（2蕪村句集　二三一）
陽炎やひそみあへずも土竜（うぐらもち）　蕪村（2蕪村遺稿　二二五）
かげろふやほろほろ落ちる岸の砂　土芳（6猿蓑　一九三一）
駕舁（かごかき）の肩に覚えや更衣（ころもがへ）　乙由（7俳諧古選　一七一ペ）
駕舁のさくらに睡る麓かな　几鹿（8俳諧新選　一〇九ペ）
駕かきは裸で寝たり女郎花（をみなへし）　子規（10獺祭句帖抄　六五八ペ）

駕かりて淡路へ乗らん汐干潟　如泉（7俳諧古選　二五一ペ）
蚊こそしれ机の下の膝がしら　一兎（8俳諧新選　一一八ペ）
籠ながら御簾に近き若菜哉　竿秋（8俳諧新選　一〇〇ペ）
籠の目や潮（うしほ）こぼるるはつ鰹　葉拾（6続猿蓑　三一八）
籠枕頭あぐれば与謝の海　五城（9五城句集　〇二二九）
駕を出て寒月高し己が門　太祇（8俳諧新選　一四一ペ）
笠あふつ柱すずしや風の色　史邦（6猿蓑　二一五六）
風板引け鉢植の花散る程に　子規（9俳句稿巻二　〇〇一二）
風雲のよすがら月のちどり哉　蕪村（2蕪村句集　二六八）
風車夕日に燃えてまはりをり　虚子（13六百五十句　二三三一ペ）
鵲（かささぎ）の橋よりこぼす霰かな　示蜂（6猿蓑　一六八〇）
鵲の人に糞（ふん）する春日かな　子規（10獺祭句帖抄　六二二ペ）
鵲やわかれの橋は懸けねども　素園（8俳諧新選　二四ペ）
傘さして傾城なぶる春の雨　子規（10獺祭句帖抄　六四三ペ）
傘さして棹さし行くや春の雨　嘯山（8俳諧新選　一〇三ペ）
傘さして花の休みを尋ねけり　買明（8俳諧新選　一〇九ペ）
笠島はいづこさ月のぬかり道　芭蕉（1奥の細道　五〇三）
風下の黄檗（わうばく）寺や麦ほこり　大魯（5蘆陰句選　八二二）
傘たたむ玄関深き若葉かな　子規（10獺祭句帖抄　六〇八ペ）
笠塚の笠を根にして芭蕉かな　子規（10獺祭句帖抄　六〇一ペ）
笠でするさらばさらばや薄がすみ　一茶（3七番日記　三二八ペ）
笠寺やもらぬ崖（いはや）も春の雨　芭蕉（1千鳥掛　二九二）

笠とけふ　別れて見るや　山ざくら　希因（8 俳諧新選 一五一ペ）
笠とりの　山や田植も　暮れの月　素外（4 玉池雑藻 二一三二）
笠とれて　面目もなき　かがしかな　蕪村（2 蕪村遺稿 一八四〇）
重なつて　水の流るる　野分哉　麦翅（8 俳諧新選 二三〇ペ）
かさなるや　雪のある山　只の山　加生（6 あら野 四四一）
笠に子を　置いて草取る　田面哉　竹戸（7 俳諧古選 一六八ペ）
笠ぬげば　都は年の　暮れてあり　轍士（5 草刈笛 一九九）
重ねおく　袖の匂ひや　大三十日　菜根（8 俳諧新選 一四六ペ）
重ねては　ほどく足なり　暑気あたり　泊雲（9 泊雲句集 〇七七四）
かさねとは　八重撫子の　名なるべし　曾良（4 奥の細道 〇八六四）
傘張の　睡り胡蝶の　やどり哉　重五（6 波留濃日 三二七）
風袋　口ぬひとめよ　いとざくら　光貞妻（5 犬子集 八一）
暈(かさ)召した　月に夜田刈る　男かな　習先（8 俳諧新選 二三三ペ）
傘持は　月におくるる　姿也　其角（7 俳諧古選 二〇一ペ）
かさもなき　我をしぐるるか　こは何と　芭蕉（1 あつめ句 二〇四）
かざり木に　ならで年ふる　柏哉　一品（6 あら野 四六四）
かざりにと　たが思ひだす　たはら物　冬文（6 あら野 四八六）
笠を着て　みなみな蓮に　暮れにけり　古梵（6 あら野 六九八）
傘を着ば　雨にも出でよ　夜半の月　宗鑑（7 俳諧古選 一七四ペ）
かじか啼きて　袖なつかしき　火打ち石　蕪村（2 蕪村遺稿 二五五八）
悴みて　うつむきて行き　あひにけり　虚子（13 六百五十句 一三一ペ）
悴める　手は憎しみに　震へをり　虚子（12 五百五十句 六一ペ）

かしこくも　茶店出しけり　夏木立　蕪村（2 蕪村遺稿 五六四）
樫の木の　花にかまはぬ　姿かな　芭蕉（1 野ざらし紀行 一三三）
樫の実の　落ちて駆け寄る　鶏(とり)三羽　鬼城（9 鬼城句集 〇六二四）
柏木の　ひろ葉見するを　遅ざくら　蕪村（2 蕪村遺稿 二一二二）
泥炭舟と　沼田処の　祭りの灯(ひ)　碧梧桐（9 碧梧桐句集 〇一〇八）
かしましと　捨てらるる迄　瓢(ふくべ)かな　修古（7 俳諧古選 二一五ペ）
かしましや　江戸見た雁の　帰り様　一茶（3 七番日記 三三〇ペ）
歌書よりも　軍書にかなし　芳野山　支考（5 俳諧古今抄 三七三）
かしらへや　かけん裾へや　古ぶすま　蕪村（2 蕪村句集 一八）
春日野の　子(ね)の日に出たり　六歌仙　子規（10 獺祭句帖抄 六一二ペ）
春日野や　子の日も過ぎて　鶴の声　子規（10 獺祭句帖抄 六〇四ペ）
瓦斯(ガス)ストーヴ　真正面　真四角な火　裸馬（9 裸馬翁五千句 一一〇〇）
数ならぬ　身となおもひそ　玉祭り　芭蕉（1 有磯海 八七九）
霞みけり　日枝(ひえ)は近江の　山ならず　言水（7 俳諧古選 一五一ペ）
霞さへ　まだらにたつや　とらの年　貞徳（5 犬子集 一二）
かすみより　見えくる雲の　かしら哉　石口（6 猿蓑 一九六〇）
かすむ日や　さぞ天人の　御退屈　一茶（3 株番 三三七ペ）
かすむ日や　しんかんとして　大座敷　一茶（3 おらが春 四四〇ペ）
霞む日や　船を忘るる　海の上　習先（8 俳諧新選 一〇六ペ）
かすむ日や　夕山かげの　飴の笛　一茶（3 文化句帖 三二八ペ）
絣着て　いつまで老いん　破芭蕉　石鼎（9 花影 〇七四三）
風あるを　もつて尊し　雲の峰　一茶（3 おらが春 四五三ペ）

風一荷（いっか）担ふ暑さや団（うちは）り　可幸（8俳諧新選 二一〇ペ）
綛（かせ）糸の一筋づつや日のながさ　朱拙（5後ばせ集 四四一）
風色やしどろに植ゑし庭の萩　芭蕉（1猿雖本三冊子 八八一）
風旨く柳散りなす夕べ哉　士髪（8俳諧新選 二二四ペ）
風が吹く仏来給ふけはひあり　虚子（9五百句 〇〇五八）
風かをるこしの白根を国の花　芭蕉（1杵原集 五三一）
風かをる瀬戸の枯木や伽羅（きゃら）の肌　鳥酔（5夏山伏 四九六）
風かをる羽織は襟もつくろはず　芭蕉（1芭蕉庵小文庫 六九六）
風毎に長（たけ）くらべけり蔦かづら　杉下（6続猿蓑 三二五八）
風寒し破れ障子の神無月　宗鑑（5真蹟自画讃 五）
風すずし五重の塔の間ひより　卜友（8俳諧新選 二二二ペ）
風戦（そよ）ぐ光陰の矢や今年竹　五好（8俳諧新選 二一八ペ）
風ならで誰かあぐべき柳髪　末得（5毛吹草追加 七〇）
風に落葉将棋倒しぞきんかくじ　梅盛（4玉海集 〇一二九）
風に落つ楊貴妃桜房のまま　久女（9杉田久女句集 〇九三九）
風に手を当てた甲斐なし花の雪　水翁（8俳諧新選 二五七ペ）
風になびく富士のり思ふ河べ哉　徳元（5懐子 六五）
風邪熱やにがきが中の白湯の味　より江（9同人句集 〇九二七）
風邪の神或るいは風に乗りわめく　青峰（9海光 二三四七）
風の神袋を明けよ夏の月　奇仙（7俳諧古選 二一九ペ）
風の香も南に近し最上川　芭蕉（1曾良書留 五一六）
風の子の一群れ過ぎぬ虎落笛（もがりぶえ）　茅舎（9川端茅舎 一六七五）
風の出て絵を判じたる団（うちは）かな　水翁（8俳諧新選 二二〇ペ）
風の手の届かぬ花の枝もがな　安政（7俳諧古選 一四四ペ）
風の日の蟷螂（かまきり）肩に来てとまる　温亭（9温亭句集 〇八二四）
風の日の麦踏遂にをらずなりぬ　虚子（11五百句 八七ペ）
風の日は人にもつるる柳かな　一松（8俳諧新選 一〇五ペ）
風の吹く方を後ろのやなぎ哉　野水（6あら野 五四七）
風はみな松やつつみて山桜　龍眠（8俳諧新選 一〇六ペ）
風邪引きに又夕方の来りけり　虚子（12六百句 二一四ペ）
風引くな肌寒頃の臍の穴　子規（10獺祭句帖抄 六三三ペ）
かぜふかぬ日はわがなりの柳哉　校遊（6あら野 五五七）
風吹かぬ夜はもの凄き柳かな　蕪村（2蕪村遺稿 四一五）
風吹くに舞の出来たる小蝶かな　重行（6続猿蓑 三〇四七）
風吹けば尾ぼそうなるや犬桜　芭蕉（1続山井 三二）
風もなく冬の満月化に白し　和筌（8俳諧新選 一四一ペ）
風止んで隣へもどす柳かな　不角（7俳諧古選 一五〇ペ）
我善坊に車引き入れふる霰　碧梧桐（9碧梧桐句集 〇一〇九）
家族従者（ずさ）十人許り墓参り　子規（10獺祭句帖抄 六三五ペ）
かそけくも咽喉鳴る妹よ鳳仙花　木歩（9決定木歩全集 一〇五四）
かぞへ来ぬ屋敷屋敷の梅やなぎ　芭蕉（1一字幽蘭集 七四五）
数へ日の欠かしもならぬ義理ひとつ　風生（9米寿前 一五六八）
片息に成つて逃げ入る蛍かな　一茶（3おらが春 四四五ペ）
片腕にひるまぬ梅の老木かな　冨天（4俳諧家譜 一七一四）

片枝に脈や通ひて梅の花　支考(7俳諧古選 一四七ペ)
片枝の堪(こら)へてしはる若葉かな　竹宇(8俳諧新選 一四七ペ)
かたかたは氷柱をたのむ屑家哉　一茶(3文政句帖 三五六ペ)
片側は家なき町や朝の露　毛仏(8俳諧新選 一二六ペ)
片壁や雪降りかかるすさ俵　圃吟(6続猿蓑 三三九四)
肩衣(かたぎぬ)は戻子(もぢ)にてゆるせ老の夏　杉風(6あら野 九六四)
片栗をかたかごといふ今もいふ　素十(9芹 一五三二)
形代(かたしろ)やたもとかはして浮き沈み　蛇笏(9山廬集 〇六四八)
片隅に二日の月や初しぐれ　呑鳥(8俳諧新選 一三六ペ)
堅炭も其の木の葉よりおこりけり　其角(7俳諧古選 一八九ペ)
堅炭をもて堅炭を割りにけり　別天楼(9野老 一一七八)
容(かたち)して氷らぬ迄ぞ水の色　太祇(8俳諧新選 一四三ペ)
片付かぬ姿なりけり鉢たたき　冬山(7俳諧古選 一九二ペ)
肩付はいくよになりぬ長閑(のどか)也　冬文(6あら野 一〇八七)
蝸牛(かたつぶり)石に落ちたる音悲し　氷花(7俳諧古選 一六七ペ)
蝸牛いなれぬ方へにじりけり　李流(8俳諧新選 一一五ペ)
蝸牛打ちかぶせたるつばき哉　坂上氏(6猿蓑 一九六八)
かたつぶり枯葉に乗りて落ちにけり　雁觜(8俳諧新選 一一五ペ)
かたつぶり酒の肴に這はせけり　其角(4いつを昔 〇七八七)
かたつぶり折角這ひてこけにけり　移竹(8俳諧新選 一一五ペ)
蝸牛角のゆらめく機嫌哉　尺布(8俳諧新選 一一五ペ)
蝸牛つの引く藤のそよぎかな　水鷗(6続猿蓑 三一九八)

かたつぶり角ふりわけよ須磨明石　芭蕉(1猿蓑 三九〇)
蝸牛何おもふ角の長みじか　蕪村(2蕪村遺稿 一〇〇)
蝸牛何を当てなる歩みぞも　一兎(8俳諧新選 一一五ペ)
かたつぶり逃げん所をころびけり　孤桐(8俳諧新選 一一五ペ)
蝸牛渦の終はりに点をうつ　誓子(9遠星 一四六六)
肩な子を忘れてをどる競馬哉　岸指(8俳諧新選 一一六ペ)
刀さす供もつれたし今朝の春　正秀(6炭俵 二三九〇)
肩脱いで飯くふ嚊(かか)や番椒(たうがらし)　嘯山(8俳諧新選 一一八ペ)
支離馬(かたはうま)捨てし枯野の哀れ也　風洗(7俳諧古選 一九一ペ)
片兀に日の色淡し春の山　太祇(8俳諧新選 一一一ペ)
ガタ馬車のベラベラ幌や麦の秋　茅舎(9俳誌大7・8 一六七六)
かたばみや照りかたまりし庭の隅　野荻(6続猿蓑 三一六四)
帷子(かたびら)と名のみやによこと膝も肩も　嘯山(8俳諧新選 一二三ペ)
帷子に産月来ぬるわりなさよ　赤羽(8俳諧新選 一二三ペ)
かたびらに越の日数や後の月　涼菟(5山中集 四一五)
帷子のしたぬぎ懸かる袷かな　素龍(6炭俵 二五〇二)
帷子の背中ふくるる涼み哉　衛門(7俳諧古選 一六七ペ)
かたびらのちぢむや秋の夕げしき　方生(6あら野 七一三)
帷子のねがひはやすし銭五百　支考(6続猿蓑 三二〇一)
帷子の栄(はえ)は一度に限りなん　沙月(8俳諧新選 一二二ペ)
帷子の肌に食ひ入る昼寝かな　尺布(8俳諧新選 一二二ペ)
かたびらは浅黄着て行く清水哉　尚白(6あら野 七〇四)

かたびらも身はならはしの重さかな　由来（8俳諧新選 二二二ペ）
かたびらや大方これで裸虫　季遊（8俳諧新選 二二二ペ）
片町にさらさ染むるや春の風　蕪村（2蕪村句集 二四二二）
かたまつて薄き光の菫かな　水巴（4白日 二四二三）
かたまりてあはれ盛りや曼珠沙華（まんじゅさげ）　王城（9同人句集 〇九一三）
片道は日の暮れになる枯野哉　木導（7俳諧古選 一九一ペ）
かたむいて女の愛づる西瓜哉　春来（8俳諧新選 二二六ペ）
傾きて葉の間のダリヤ雨の中　温亭（9温亭句集 〇八二五）
片よりに野川のへげる氷かな　瓜流（8俳諧新選 一四三ペ）
語られぬ湯殿にぬらす袂哉　芭蕉（1奥の細道 五二〇）
片岡の萩や刈りほす稲の端（はた）　猿雖（6炭俵 二五六七）
片折戸萩をだかへて鎖しけり　尺布（8俳諧新選 一二七ペ）
搗栗（かちぐり）や餅にやはらぐそのしめり　沾圃（6続猿蓑 三一一〇）
揖とりの寝る小便か小夜千鳥　旨原（4反古衾 一七三一）
歩行（かち）ならば杖つき坂を落馬哉　芭蕉（1笈の小文 三三九）
勝の方へ花参らせん福寿草　野有（8俳諧新選 一五〇ペ）
梶の葉売る声に天下の鰥（やもめ）露けき秋也　常矩（5俳諧雑巾 一二八）
梶の葉を朗詠集のしをり哉　蕪村（2蕪村句集 七七〇）
鍛冶の火のほのかに寒し夜の雪　八僊（8俳諧新選 一四三ペ）
家中衆にさむしろ振るふももの宿　蕪村（2蕪村句集 二四四八）
かち渡る人流れんとす五月雨　子規（10獺祭句帖抄 六四七ペ）
被（かつ）き伏す蒲団や寒き夜やすごき　芭蕉（1寛政版鹿島 四四七）

かづく玉か房ざきに置く花の露　玄札（4伊勢踊 〇一三二）
がつくりとぬけ初むる歯や秋の風　杉風（6猿蓑 一八〇五）
担ぐ艪を芒の上に廻しけり　温亭（9温亭句集 〇八二六）
かつこ鳥板屋の背戸の一里塚　越人（6波留濃日 三三二八）
葛飾や桃の籬（まがき）も水田べり　秋桜子（9葛飾 一四二〇）
勝つた手を組んで見せたる角力（すまふ）哉　旭扇（8俳諧新選 二二七ペ）
勝つた共知らで起きたつ角力かな　雅因（8俳諧新選 二二七ペ）
嘗て手を握りし別れ墓参り　虚子（14七百五十句 九五八ペ）
勝手迄誰が妻子ぞふゆごもり　蕪村（2蕪村句集 三〇三）
合羽つづく雪の夕べの石部駅　子規（10獺祭句帖抄 六六四ペ）
かつまたの池は闇也けふの月　蕪村（2蕪村句集 二五三二）
かづらきの神にはふとき庭火哉　村俊（6あら野 一〇八五）
かづらきの神はいづれぞ夜の雛　其角（6炭俵 二四五五）
葛城の神鬮（みそな）はせ青さ踏む　虚子（9五百句 〇〇五九）
葛城の鳴神落ちもし給へり　誓子（9天狼 一四六七）
葛城の山懐に寝釈迦かな　青畝（9万両 一五〇三）
葛城やあられ鳴り行く伊駒山　百万（8俳諧新選 一四二二ペ）
かつら男すまずなりけり雨の月　芭蕉（1如意宝珠 三四）
鰹売りいかなる人を酔はすらん　芭蕉（1いつを昔 二九八）
合点して此の道迷へ山ざくら　二柳（8俳諧新選 一五五五ペ）
カーテンの裾に入日や人に逢はず　虚子（14七百五十句 一一一ペ）
門あかで梅の瑞籬をがみけり　重五（6あら野 一〇七〇）

首途（かどいで）や鬼のしこ草薙ぎ捨てん　雅因（8俳諧新選 一五二ぺ）
門々の下駄の泥より春立ちぬ　一茶（3七番日記 三三三ぺ）
門々の松葉や君が御代の春　貞徳（7俳諧古選 一四二ぺ）
門口に十日の雨の柳かな　子規（10獺祭句帖抄 六四五ぺ）
門口へ来て氷る也三井の鐘　一茶（3七番日記 三五六ぺ）
門涼み西瓜のごとく冷えにけり　喜舟（9小石川 ○四五三）
門砂やまきてしはすの洗ひ髪　里東（6続猿蓑 三四一二）
門並に流るる川や大根引　嘯山（8俳諧新選 一四一ぺ）
稜（かど）のない日と中よしの桜哉　沙月（8俳諧新選 一○九ぺ）
門は松芍薬（しゃくやく）園の雪さむし　舟泉（6波留濃日 三○五）
門へ来し花屋に見せる牡丹哉　太祇（8俳諧新選 一一三ぺ）
門へ出て我が家をそしる涼みかな　玄武坊（4玄武庵発句集 一八一二）
門松の梢めづらし三日の月　龍眠（8俳諧新選 一六○ぺ）
門松はたてて出でけり寒念仏　柳居（8俳諧新選 一四七ぺ）
門松やおもへば一夜三十年　芭蕉（1六百番発句合 六七）
門松をうりて蛤一荷（ひとにな）ひ　内習（6あら野 八二九）
門松を立てていよいよ淋しき町　虚子（13六百五十句 二四二ぺ）
かなかなや母と汲みし井草がくれ　躑躅（9現代俳句集 ○八五八）
かなぐりて蔦さへ霜の塩木哉　千閣（6あら野 七六六）
かなしさの胸に折れ込む枯野かな　呂丸（6炭俵 二六二二）
かなしさはひともしごろの雪山家　石鼎（9花影 ○七四四）
かなしさや釣の糸ふく秋の風　蕪村（2蕪村句集 一一四六）
かなしさや麻木（をがら）の箸もおとなみ　惟然（6続猿蓑 三四五○）
かなしまむや墨子芹焼きを見ても猶　芭蕉（1向之岡 一一二）
かなしめば鵙（もず）金色の日を負ひ来　楸邨（9寒雷 二五七六）
必ずよ迹（あと）見そはか花の雲　一茶（3浅黄空 三三三ぺ）
鉄輪（かなわ）の灯（ひ）紅葉にうつり皃（かほ）に又　之房（8俳諧新選 一五四ぺ）
香ににほへうにほる岡の梅のはな　芭蕉（1有磯海 三五九）
蟹の舎利水澄みきつてゐたりけり　青畝（9春の鳶 一五○四）
蚊に蚤に身は習はしつ百余日　其白（8俳諧新選 一四八ぺ）
鐘消えて花の香は撞く夕べ哉　芭蕉（1新撰都曲 四六一）
鐘つかぬ里は何をか春の暮　芭蕉（1曾良書留 四七八）
鐘遠く山路をはしる霜夜哉　青蒲（8俳諧新選 一三九ぺ）
鐘鳴りて春行くかたや海のいろ　素丸（5素丸発句集 五二八）
鐘の声扠（さて）は寺あり夕霞　雲魚（8俳諧新選 一○六ぺ）
鉦はるは其の子の子也魂祭り　嵐方（8俳諧新選 一二五ぺ）
鐘ひとつ売れぬ日はなし江戸の春　其角（5宝晋斎引付 二五六）
兼平の塚を案山子（かかし）の矢先かな　子規（10獺祭句帖抄 六三五ぺ）
鉦も打たで行くや枯野の小順礼　子規（10獺祭句帖抄 六六五ぺ）
銀（かね）もちのあたたかさうに亥子哉　西武（7俳諧古選 一八五ぺ）
金もつてもどる夜舟やほととぎす　嘯山（8俳諧新選 一一三ぺ）
香のあらば水くさからん雪の花　玄札（7俳諧古選 一八六ぺ）
蚊の入りし声一筋や蚊帳の中　虚子（11五百五句 五五ぺ）
香の逐ひて寝つかぬ蝶や花の上　太祇（8俳諧新選 一○八ぺ）

蚊の口や灸(やいと)はしらぬ背中にも　野有（8 俳諧新選 一五〇ペ）
蚊の声すにんどうの花の散るたびに　蕪村（2 蕪村句集 一六六五）
蚊の声のしらむに寂し軒の雨　沾徳（5 其袋 四三〇）
蚊のこゑの深(ふ)けておそろし間の宿　子一（8 俳諧新選 一一八ペ）
蚊の声や掛金かけてゆく庵　友墨（7 俳諧古選 一六一ペ）
蚊の觜の糸筋に血の通ひけり　嘯山（4 葎亭句集 一七〇八）
蚊のむれて栂(とが)の一木の曇りけり　小春（6 あら野 六五二）
蚊の痩せて鎧のうへにとまりけり　一笑（6 あら野 六五五）
狩野(かの)桶(をけ)に鹿をなつけよ秋の山　荷兮（6 あら野 九四〇）
川ありと見えてつらなる柳かな　子規（10 獺祭句帖抄 六〇六ペ）
獺(かはうそ)の月になく音や崩れ簗　蕪村（2 蕪村遺稿 一七九四）
獺の祭り見て来よ瀬田のおく　芭蕉（1 花摘 六〇〇）
川音に心のしまる夜寒哉　管了（7 俳諧古選 二一七ペ）
川音に更けて分かるる砧かな　千伮（8 俳諧新選 二三二ペ）
川音は天に乾きてさくらかな　瓢水（4 瓢水句選 二一八九）
川音や心覚えの山ざくら　祇峰（7 俳諧古選 二一八ペ）
川音や木槿(むくげ)さく戸はまだ起きず　北枝（5 北枝発句集 四一〇）
川風の幣(ぬさ)を奪ひ行く御祓(みそぎ)かな　雁宕（8 俳諧新選 二三三ペ）
川かぜや薄がききたる夕すずみ　芭蕉（1 をのが光 六三二）
川風や団扇持ちて人遠ありきす　子規（10 獺祭句帖抄 六四六ペ）
川々は水底にあり五月雨　紀伊日高社中（8 俳諧新選 一一七ペ）
川上とこの川しもや月の友　芭蕉（6 続猿蓑 三二三四）

川上の三味線更けて千鳥哉　如泉（5 北之筥 一八七）
川上の空まづ焦げて鵜舟かな　梓月（9 冬鶯 〇三六三）
川狩りの主は岸にながめけり　龍眠（8 俳諧新選 一五四ペ）
川狩りの流れを尽くすつかみつら　嘯山（8 俳諧新選 二三三ペ）
川狩りや帰去来(きこらい)といふ声す也　蕪村（2 蕪村句集 八九）
川狩りや人におどろく夜の鳥　子規（10 獺祭句帖抄 六二八ペ）
川狩りや楼上の人の見しり皃(がほ)　蕪村（2 蕪村句集 一七〇三）
河黒し暑さ群集に友を見ず　三鬼（9 三鬼百句 二三五一）
川烟柳をつたふ冬至かな　周禾（8 俳諧新選 一四四ペ）
川越えて落ちつく旅や五月雨　一和（8 俳諧新選 一一七ペ）
川径(こみち)むかふは畠草の露　雅因（8 俳諧新選 二二六ペ）
川島や舟で給仕の夕すずみ　杜支（8 俳諧新選 二二二ペ）
かはし行く水鳥どちの温和也　赤羽（8 俳諧新選 一四一ペ）
蚊柱に大鋸(おが)屑(くづ)誘ふ夕べかな　宗因（4 宗因蚊柱百句 〇一六二）
蚊柱に夢の浮はしかかる也　其角（5 葛の松原 二一六二）
蚊柱の吹きこかされつ初嵐　一之（8 俳諧新選 二二六ペ）
蚊柱や草に蒸せたるくさり水　土髪（8 俳諧新選 二一八ペ）
蚊ばしらや棗(なつめ)の花の散るあたり　暁台（5 暁台句集 七七〇）
蚊柱や夕栄(ばえ)広き須磨の浦　子規（10 獺祭句帖抄 六四八ペ）
川筋を行きはなれたるあつさかな　南鳥（8 俳諧新選 二二〇ペ）
翡翠(かはせみ)の影こんこんと溯り　茅舎（9 川端茅舎句集 一六七七）
翡翠の来らずなりぬ秋の水　子規（10 獺祭句帖抄 六五五ペ）

翡翠(かはせみ)の紅一点につづまりぬ　虚子（12 五百五十句 二二ぺ）
川せみやおのれみめよくて魚沈む　子規（10 獺祭句帖抄 六四八ぺ）
翡翠やひねもす一二三の淵　東洋城（4 東洋城全句集 二二四六）
翡翠や水澄んで池の魚深し　子規（10 獺祭句帖抄 六ぺ一四）
川底に蝌蚪の大国ありにけり　鬼城（9 鬼城句集 ○六一六）
川沿ひの畠を歩く月見かな　杉風（4 泊船集 ○八五三）
川滝の瀕に落つる野分哉　之房（8 俳諧新選 二三○ぺ）
河童(かはたろ)の恋する宿や夏の月　蕪村（2 蕪村句集 二六五八）
河内路や東風(こち)吹き送る巫女の袖　蕪村（2 蕪村句集 二○四二）
河内女の宿に居ぬ日やきじの声　蕪村（2 蕪村遺稿 二三二五）
蛙蛙を咥へて入りぬ草の秋　枴童（9 枯蘆 ○八○三）
蛙啼く方は杭(くひ)ある野原哉　泉明（8 俳諧新選 一○五ぺ）
蛙のみききてゆゆしき寝覚めかな　野水（6 波留濃日 一二五九）
川留の向かふへ越えぬほととぎす　移竹（8 俳諧新選 一一三ぺ）
皮とらぬ内や茄子の馳走ぶり　吟水（7 俳諧古選 一七二ぺ）
川波も泣く泣く過ぐるもみぢ哉　移竹（8 俳諧新選 一三五ぺ）
川にそひ行くまま草の枯るるまま　虚子（12 六百句 二一○ぺ）
川の名は有りて流れぬおちばかな　五始（8 俳諧新選 二三六ぺ）
川端にけしき落ちつく柳かな　移竹（8 俳諧新選 一○五ぺ）
皮一重下はしられぬ西瓜哉　婆東（7 俳諧古選 二二六ぺ）
川(かは)舟や手をのべてつむ土筆(つくづくし)　冬文（6 あら野 五四四）
蝙蝠(かはほり)にみだるる月の柳哉　荷兮（6 あら野 五五九）
かはほりのたつやしづまる麦埃　麦里（8 俳諧新選 一一五ぺ）
かはほりのふし木かくれや朝の月　禀笙（8 俳諧新選 一一五ぺ）
かはほりのふためき飛ぶや梅の月　蕪村（2 蕪村遺稿 二○二六）
かはほりやさらば汝と両国へ　一茶（3 七番日記 三三九ぺ）
かはほりや鵆(ちどり)も通ふ蔵やしき　荘丹（5 能静草 八九四）
蝙蝠や鳥にも恥ぢず飛びあがり　如礫（7 俳諧古選 二一八ぺ）
かはほりやむかひの女房こちを見る　蕪村（2 蕪村句集 七五八）
川床に憎き法師の立ち居かな　蕪村（2 蕪村句集 一○六五）
河床や蓮からまたぐ便りにも　蕪村（2 蕪村句集 五七七）
川淀や淡をやすむるあしの角　猿雖（6 続猿蓑 三○三○）
川淀や霧の下這ふ水けぶり　太祇（8 俳諧新選 二二八ぺ）
かはらけの手ぎは見せばや菊の花　其角（6 あら野 七六三）
土器(かはらけ)も沈む愛宕の暑さ哉　五始（7 俳諧古選 二二六ぺ）
土器を咬へ来し犬盆の月　泊雲（9 泊雲句集 ○七七五）
瓦ふく家も面白や秋の月　野水（6 波留濃日 三四七）
川原迄瘧(おこり)まぎれに御祓(みそぎ)哉　荷兮（6 あら野 一○七八）
瓦見るのみの障子ぞ開けずあれ　圭岳（9 太白星 二一八八）
かはら焼く松のにほひや春の雨　抱一（5 屠竜之技 九九○）
代はる代はる寝鳥を水のゆぶりけり　李流（8 俳諧新選 一四○ぺ）
獺(かはをそ)に灯(ひ)をぬすまれて明け易き　万太郎（9 流寓抄 一一一六）
獺の祭りに恥ぢよ魚の店　蝶夢（7 俳諧古選 二一七ぺ）
鞄あけ物探す人冬木中　虚子（12 六百句 一八六ぺ）

飼犬の綱にまつはるなるこかな　維駒（8俳諧新選二一八ぺ）
飼犬の我が家吠ゆるやすす払　子（8俳諧新選一四四ぺ）
甲斐がねに雲こそかかれ梨の花　蕪村（2蕪村句集二三六六）
甲斐がねやほたでの上を塩車　蕪村（2蕪村句集二三二六三）
貝殻に秋の灯(ひ)細し蜑が家　漱石（9落椿〇二六三）
買ひ食ひをして来よと子に祭り銭　虚了（12五百五十句九一ぺ）
飼ひ猿も呼び出す庭の月見哉　残香（7俳諧古選一七九ぺ）
かびたんもつくばはせけり君が春　芭蕉（1江戸通町九〇）
蚊ひとつに寝られぬ夜半ぞ春のくれ　重五（6波留濃日三三五）
飼鳥の子も持たずして春暮れぬ　赤羽（8俳諧新選一一二ぺ）
飼鳥の寝心覗く夜寒哉　涼袋（7俳諧古選二一九ぺ）
甲斐なしや富士の高根の一時雨　合浦（8俳諧新選一三六ぺ）
黴の中わがつく息もかびて行く　虚了（12六百句一七四ぺ）
貝むきが手もとまぎるる落葉かな　成美（5成美家集九三五）
貝寄せや愚な貝も寄せて来る　青々（9鳥の巣〇四七八）
甲賀衆のしのびの賭や夜半の秋　蕪村（2蕪村句集二三二四）
蚊ふすべの中に声あり念仏講　来山（7俳諧古選二一一ぺ）
買ふ時に捨てる皃(かほ)なし魂祭り　琴風（7俳諧古選一八三ぺ）
買ふ人を門徒とさすや梅もどき　存義（8俳諧新選一三三ぺ）
かぶりつく熟柿や髯を汚しけり　子規（9俳句稿巻二〇〇一三）
壁隣聞き合はせばやほととぎす　野夫（7俳諧古選一六三ぺ）
壁隣ものごとつかす夜寒哉　蕪村（2蕪村句集六〇六）

壁に耳ありとやなかぬ蛬(きりぎりす)　望一（5毛吹草八〇）
帰らずば都の人やうれしかり　令徳（4崑山集〇〇九九）
帰り咲く八重の桜や法隆寺　子規（10獺祭句帖抄六四一ぺ）
帰り花それにもしかん筵切れ　其角（6猿蓑一六三二）
帰る雁田ごとの月の曇る夜に　蕪村（2蕪村句集二六一九）
蝌蚪(かへるこ)にうつすな己がふつつかさ　竹亭（7俳諧古選一五二ぺ）
帰るさに宵の雨知る十夜哉　竹冷（9竹冷句鈔〇二七八）
帰るさの夕日桜や胸に杖　宋阿（7俳諧古選一五七ぺ）
かへるさや酒のみによる秋の里　舟泉（6あら野八六一）
皃撫でて仰向く猿や今朝の秋　羽律（8俳諧新選一二四ぺ）
顔に似ぬほつ句も出でよはつ桜　芭蕉（1続猿蓑八九〇）
皃の汗子が拭いて遣る田植哉　冬木（7俳諧古選一六四ぺ）
顔みせや暁いさむ下邳(かひ)の橋　其角（4白馬〇七八五）
顔見せや老椀久が花衣　青々（9松苗〇四七九）
顔見せや鏡に見ゆる皺の数　子規（9俳句稿巻二〇〇一〇）
皃見(かほみ)せや舌のだみざる吾妻人　士蝶（8俳諧新選一四七ぺ）
皃見世や既にうき世の飯時分　蕪村（2蕪村句集三三三八）
顔見世や積樽の上の江戸の月　癖三酔（9癖三酔句集〇三七四）
皃見せや蒲団をまくる東山　蕪村（2蕪村句集三三三六）
顔見せや燕脂(べに)ほのぼのと朝朗(あさぼらけ)　荘丹（5能静草八九五）
皃見世や夜着を離るるいもがもと　蕪村（2蕪村句集三三三七）
蟷螂(かまきり)にくんで落ちたるぬかごかな　為有（6炭俵二五六〇）

蟷螂(かまきり)の　いはで仕てやる　工面かな　嘯山（8 俳諧新選 一二七ペ）
蟷螂の　己もみぢて　人を恋ふ　青々（9 鳥の巣 〇四八〇）
蟷螂の　腹をひやすか　石の上　蔦雫（6 続猿蓑 三二六九）
蟷螂も　鳥の觜に　かかりけり　其化（8 俳諧新選 一二七ペ）
鎌倉が　遠くなりけり　花ぐもり　青邨（9 粗餐 一五九九）
鎌倉　右大臣実朝の　忌なりけり　迷堂（9 孤輪 〇四一五）
鎌倉の　山茶花日和　大人(うし)の門も　爽雨（9 雁列 一八九〇）
鎌倉や　牡丹の根に　蟹遊ぶ　虚子（13 六百五十句 二三三ペ）
鎌倉を　生きて出でけむ　初鰹　芭蕉（1 葛の松原 七四九）
鎌倉を　驚かしたる　余寒あり　虚子（9 五百句 〇〇六〇）
かまけるな　柳の枝に　もちがなる　一茶（3 おらが春 四七四ペ）
雁来紅(かまつか)に　たちよりときぬ　洗ひ髪　淡路女（9 梶の葉 〇九七九）
鎌とげば　藜(あかざ)悲しむ　けしきかな　虚子（11 五百句 二一ペ）
竃火の　俄かにはげし　夕みぞれ　徂春（9 定本徂春句集 〇七九八）
蒲の穂や　葉末にのぼる　水(みづ)鼬(いたち)　白羽（4 右紫 一二八三）
構はねば　蜂も螫(さ)すもので　無かりけり　嘯山（8 俳諧新選 一〇七ペ）
釜破ろの　声や通して　蝸牛(かたつぶり)　百里（8 俳諧新選 一五ペ）
紙あます　日記も春の　なごりかな　子規（10 獺祭句帖抄 六四二ペ）
上市は　灯(ひ)をともしけり　夕霞　子規（10 獺祭句帖抄 六四三ペ）
髪置に　牽き馬ゆゆし　国の守　孤洲（8 俳諧新選 一四五ペ）
髪置や　三つ子に云はす　思ひ夫(づま)　太祇（8 俳諧新選 一四五ペ）
神送り　荒れたる宵の　土(つち)大(おほ)根(ね)　洒堂（6 炭俵 二六〇五）

神垣や　おもひもかけず　涅槃像　芭蕉（1 あら野 三五三）
神垣や　幸茸は　人の笠　子葉（5 類柑子 四三九）
噛(か)み噛(か)める　飯のほとびぞ　五月雨　東洋城（9 東洋城全句中 〇三九二）
紙ぎぬの　ぬるともをらん　雨の花　芭蕉（1 笈日記 三四七）
上京に　しらぬ路あり　おぼろ月　管鳥（8 俳諧新選 一〇八ペ）
上京や　霞の奥に　雪白し　嘯山（5 葎亭句集 七二六）
紙屑も　ぼたん皃(がほ)ぞよ　葉がくれに　一茶（3 おらが春 四四八ペ）
紙くべし　煙はなれず　今年竹　普羅（9 辛夷 〇七二四）
紙子着て　引かかる袖も　無かりけり　常世（8 俳諧新選 一四二ペ）
上下の　さはらぬやうに　神の梅　昌碧（6 あら野 一〇六五）
上下の　寄り添ひわろき　炬燵哉　喜円（7 俳諧古選 二二一ペ）
紙漉きの　この婆死ねば　一人減る　林火（9 潺潺集 二七五〇）
髪剃は　降り来る雪か　比良のたけ　陽和（6 続猿蓑 三三九六）
髪剃や　一夜に金精(さび)て　五月雨　凡兆（6 猿蓑 一七五五）
神無月　鶉に痰の　かかりけり　雁宕（8 俳諧新選 一四五ペ）
雷に　小家はやかれて　瓜の花　蕪村（2 蕪村句集 六八）
神に灯(ひ)を　あげて戻れば　鹿の声　子規（10 獺祭句帖抄 六〇一ペ）
神の梅　烏帽子に似たる　烏かな　月渓（5 続一夜松後 八二九）
神の梅　鼻であしらふは　慮外也　且水（8 俳諧新選 一五一ペ）
髪の先　蛇の如くに　洗ひをり　虚子（13 六百五十句 一七六ペ）
神の旅　酒匂(さかわ)は橋と　成りにけり　其角（7 俳諧古選 一八九ペ）
神の田や　三絃(さみせん)の手で　植ゑに来る　青牛（8 俳諧新選 一一六ペ）

神の灯（ひ）や餅を定木に餅をきる　一茶（3 文政版発句集 三三六一ぺ）
髪はえて容顔（ようがん）蒼し五月雨　芭蕉（1 続虚栗 二九六）
紙雛やつんとすねたる膳の先　野逸（4 野逸句集 一七六二）
紙ぶすま折目正しくあはれ也　蕪村（2 蕪村句集 二二〇〇）
神迎へ水口だちか馬の鈴　珍碩（6 猿蓑 一六四五）
髪結にわけてやりたる目刺かな　白水郎（9 白水郎句集 一〇七九）
髪ゆふたところへ雪の水菜売り　青々（9 松苗 〇四八一）
亀座して痺（しびれ）いとはじ御代の春　不卜（7 俳諧古選 一四八ぺ）
亀の甲烹（に）らるる時は鳴きもせず　乙州（6 ひさご 一五四四）
亀山へ通ふ大工やきじの声　蕪村（2 蕪村句集 二三二四）
瓶破るるよるの氷の寝覚め哉　芭蕉（1 真蹟詠草 一二七三）
かも川に魂残るあつさかな　素白（7 俳諧古選 二一八ぺ）
加茂河のかじかしらずや都人　蕪村（2 蕪村遺稿 一八六九）
かもじ売り柳の門や職敵　調和（4 富士石 〇二二三）
鴨とぶや少しおくれて妻の鳥　春来（7 俳諧古選 二二一ぺ）
鴨遠く鍬そそぐ水のうねり哉　蕪村（2 蕪村遺稿 八三二）
鴨啼いてともし火消すや長蛇亭　子規（10 獺祭句帖抄 六六六ぺ）
鴨啼くや弓矢を捨てて十余年　去来（4 いつを昔 〇九三二）
鴨の巣の見えたりあるはかくれたり　路通（6 あら野 六七一）
鴨の中の一つの鴨を見てゐたり　虚子（12 五百五十句 九ぺ）
鴨引きて高野へ移る小鮎哉　李流（8 俳諧新選 一〇六ぺ）
加茂人の火を燧（き）る音や小夜鵆（ちどり）　蕪村（2 蕪村句集 一九三八）

加茂人の都泊りやさつき雨　習先（8 俳諧新選 一一七ぺ）
鴨渡る明らかにまた明らかに　素十（9 初鴉 一五三三）
蚊屋出でて寝がほまたみる別れかな　長虹（6 あら野 九八〇）
蚊屋くぐる女は髪に罪深し　太祇（5 太祇句選 五四七）
蚊屋臭き寝覚めうつつや時鳥　一髪（6 あら野 三九八）
蚊屋ごしに蕣（あさがけ）見ゆる旅ね哉　士朗（5 枇杷園句集 九〇〇）
蚊屋越しに障子を明けるあつさ哉　子一（8 俳諧新選 一二〇ぺ）
蚊屋越しに従者（ずさ）起こすなる旅寝哉　召波（8 俳諧新選 一一七ぺ）
蚊屋つらぬ山里をかし旅の空　菜根（8 俳諧新選 一一七ぺ）
蚊屋釣りて草も守るや塚の上　佳由（8 俳諧新選 一五八ぺ）
蚊屋つりて食ひに出る也夕茶漬け　一茶（3 八番日記 三三九ぺ）
蚊屋つりて翠微つくらむ家の内　蕪村（2 蕪村句集 二一六〇）
蚊屋釣るや夜学を好（この）む真裸　太祇（8 俳諧新選 一一七ぺ）
蚊屋の内に朧月夜の内侍哉　蕪村（2 蕪村遺稿 一六六六）
蚊屋の内にほたるはなしてアア楽や　蕪村（2 蕪村句集 五五〇）
蚊屋の裾硯によごす思ひかな　百万（8 俳諧新選 一五七ぺ）
蚊帳の釣手一つはづして炊（かし）ぎけり　喜舟（9 小石川 〇四五四）
蚊帳の中人々立ちて歩きけり　鬼城（9 鬼城句集 〇六一五）
かやはらの中を出かぬるこてふかな　炊玉（6 あら野 五八八）
蚊遣して盗人待つや御曹司（おんざうし）　子規（10 獺祭句帖抄 六二八ぺ）
蚊やりしてまゐらす僧の座右哉　蕪村（2 蕪村句集 八八一）
蚊遣鉢応量器とは見えぬかな　迷堂（9 孤輪 〇四一六）

かやり火に　寝所せまく　なりにけり　杏雨（6あら野　六五三）
かやり火の　烟にそるる　ほたるかな　許六（6続猿蓑　三一四六）
蚊遣火や　軒にまじまじ　洗ひ馬　富葉（8俳諧新選　一一七ぺ）
蚊遣火や　道より低き　軒の妻　百里（4或時集　一一二五）
蚊遣火や　折々燃えて　君が顔　杉侯（7俳諧古選　一六八ぺ）
蚊屋を出て　内に居ぬ身の　夜は明けぬ　蕪村（2蕪村句集　五四九）
蚊屋を出て　奈良を立ちゆく　若葉哉　蕪村（2蕪村句集　五六三）
蚊屋を出て　又障子あり　夏の月　丈草（5志津屋敷　三一三）
かゆ杖や　馬の内侍を　しとどうつ　大江丸（5俳懺悔　八六六）
粥杖や　後は御末に　どよむ声　龍眠（8俳諧新選　二一一ぺ）
粥柱　しづかに老を　養はむ　風生（9古稀春風　一五六九）
通はする　文に呼びなん　からす瓜　馳舟（8俳諧新選　一三三ぺ）
辛い物　なくて雛の　料理哉　固有（8俳諧新選　一〇八ぺ）
傘（からかさ）に　押しわけみたる　柳かな　芭蕉（1炭俵　八三二）
傘に　歯朶（しだ）かかりけり　え方だな　夕道（6あら野　四九二）
傘に　塒（ねぐら）かさうよ　ぬれ燕　其角（5五元集　二五四）
傘の　にほうてもどる　あつさかな　涼袋（4古今明題集　一七七二）
傘や　是をかうして　鳥おどし　賈友（8俳諧新選　一二八ぺ）
傘を　袈裟に背負ふや　鉢叩　安里（8俳諧新選　一四四ぺ）
傘を　たたまで蛍　みる夜哉　舟泉（6波留濃日　三三一）
から風や　埃に成りし　霜ばしら　龍眠（8俳諧新選　二三九ぺ）
からからに　身は成り果てて　何と蟬　西武（7俳諧古選　一五九ぺ）

からくりの　首尾のわるさよ　鳳巾（いかのぼり）　太祇（8俳諧新選　一一〇ぺ）
辛崎の　松は花より　朧にて　芭蕉（1野ざらし紀行　二三六）
から崎や　とまりあはせて　初しぐれ　随友（6あら野　九一二）
辛崎や　一つ年よる　松の春　珪琳（8俳諧新選　一〇〇ぺ）
からざけに　腰する市の　翁哉　蕪村（2蕪村句集　四八三）
からざけの　片荷や小野の　炭俵　蕪村（2蕪村遺稿　一九六六）
干鮭も　空也の痩せも　寒の中　芭蕉（1元禄四年三物　六五七）
乾鮭（からざけ）も　のぼるけしきや　冬木立　蕪村（2蕪村遺稿　八三三）
乾鮭や　琴（きん）に斧うつ　ひびき有り　蕪村（2蕪村句集　一一九六）
からざけや　帯刀殿（たちはきどの）の　台所　蕪村（2蕪村句集　二三三五）
乾鮭や　判官（はうぐわん）どのの　上がり太刀　蕪村（2蕪村遺稿　二三三六）
乾鮭や　世を憚らぬ　市の中　鳥酔（4鳥酔懐玉抄　一七二二）
からざけや　小野の薄も　かれてのち　蕪村（2蕪村遺稿　一九六七）
からし酢に　ふるは泪か　桜だひ　宗因（5懐子　一〇三）
から尻に　尻軽き身の　袷かな　之房（8俳諧新選　一五三ぺ）
から尻の　馬にみてゆく　千鳥哉　傘下（6あら野　九五一）
からじりの　蒲団ばかりや　冬の旅　暮年（6猿蓑　一六七二）
烏瓜　蔓に曳かれて　下り来る　温亭（9温亭句集　〇八二七）
烏子の　だみたる声や　花曇り　成意（8俳諧新選　一一〇ぺ）
烏鳶を　かへり見て曰く　しぐれんか　子規（10獺祭句帖抄　六六二ぺ）
烏飛んで　そこに通草（あけび）の　ありにけり　虚子（11五百句　四一ぺ）
烏啼く　日も暮れかかる　野分かな　簣山（8俳諧新選　一四七ぺ）

烏にも老の寝覚めやけふの月　楼川（8俳諧新選 一三〇ぺ）
烏丸一条下る今日の月　霽月（9新俳句 ○二四八）
烏稀に水又遠しせみの声　蕪村（2蕪村遺稿 一二九）
鴉我に皺嗄れ鳴きしよりの風邪心地　一転（9杉山一転句集 ○九二三）
からたちの其の身はやがてきこく哉　玄旨（7俳諧古選 一九五ぺ）
からたちの花のほそみち金魚売り　夜半（9翠黛 一六三六）
からたちはやがてそのままきこくかな　幽斎（4鷹筑波集 ○○二九）
からながら師走の市にうるさざい　越人（6あら野 八八一）
雀（から）の字や揃ふて渡る鳥の声　馬莧（6続猿蓑 二八二○）
から花に月雪こぼす扉哉　嵐雪（7俳諧古選 二○○ぺ）
唐破風（からはふ）の入り日や薄き夕涼み　芭蕉（1流川集 七五二）
からびたる三井の二王や冬木立　其角（5いつを昔 二七○）
唐人も渡るや霜の日本橋　徳元（4塵塚誹諧集 ○○六一）
唐人よ此の花過ぎてのちの月　蕪村（2蕪村句集 一三一九）
唐松のひとり遁るる師走哉　淡々（7俳諧古選 二二四ぺ）
からまつは淋しき木なり赤蜻蛉　碧梧桐（9碧梧桐句集 ○一一○）
刈りあとのするどき篠やきじのこゑ　蒼虬（5訂正蒼虬集 一一五一）
刈跡の田毎を見ばや十三夜　惟善（8俳諧新選 二三四ぺ）
刈りあとや早稲（わせ）かたがたの鴫の声　芭蕉（1笈日記 四二一）
かり家を貪るきくの垣穂かな　暁鼯（6あら野 九六七）
刈り入れてうらやまれけり早稲作り　嵐青（7俳諧古選 一八○ぺ）
猟人の家をつらぬくや雉の声　大夢（8俳諧新選 一○四ぺ）

刈り置きの柴もしめらん鹿の声　沙月（8俳諧新選 一三二ぺ）
借りかけし庵の噂やけふの菊　丈草（6続猿蓑 三三一二）
かりかけしたづらのつるやさとの秋　芭蕉（1鹿島詣 三○八）
雁（かりがね）がねにゆらつく浦の苫（とま）屋（や）哉　馬莧（6続猿蓑 三二七二）
雁の声のしばらく空に満ち　素十（9初鴉 一五三四）
雁の束の間に蕎麦刈られけり　波郷（9雨覆 二六三九）
雁がねもしづかに聞けばからびずや　越人（6あら野員外 一二七四）
刈株に螽（いなご）老い行く日数かな　子規（10獺祭句帖抄 六一六ぺ）
かりかりと残雪を食み橇をひく　蛇笏（9田園の霧 ○六四九）
雁ききてまた一寝入りする夜かな　雨桐（6波留濃日 三四四）
雁聞きに京（みやこ）の秋におもむかむ　芭蕉（1怒誰宛書簡② 六四五）
借着して深（ふか）す一夜の鹿のこゑ　篤羽（8俳諧新選 二三二ぺ）
狩ぎぬの袖の裏這ふほたる哉　蕪村（2蕪村句集 八五）
狩衣の袖より捨つるあふぎかな　蕪村（2蕪村遺稿 一八四六）
刈り草の馬屋に光るほたるかな　一髪（6あら野 六四四）
雁くはぬ心仏にならはぬぞ　荷兮（6あら野 一○四三）
狩りくらの露におもたきうつぼかな　蕪村（2蕪村句集 一七六六）
仮御所の夜寒に遠し漁りの火　盞流（8俳諧新選 二三二ぺ）
刈りこみし麦の匂ひや宿の内　利牛（6炭俵 二四九四）
刈り込めし穂屋に衰ふや虫の声　冷五（8俳諧新選 二二七ぺ）
雁さわぐ鳥羽の田づらや寒の雨　芭蕉（1西華集 七三八）
刈り蕎麦の跡の霜ふむすずめ哉　桐奚（6炭俵 二五九二）

かりそめに　早百合生けたり　谷の坊　蕪村（蕪村句集 2一七二四）
かりそめの　娵入(よめり)月夜や　啼く蛙　一茶（享和句帖 3三三二ぺ）
雁立ちて　驚破(そよや)田にしの　戸を閉づる　蕪村（蕪村句集 2二三六二）
かりて寝む　案山子(かがし)の袖や　夜半の霜　芭蕉（其木がらし 1九三八）
雁鳴いて　大粒な雨　落しけり　乙字（乙字句集 9○九八八）
雁啼くや　ひとつ机に　兄いもと　敦（古暦 9三一二八）
雁啼くや　明星しづむ　雪の原　長翠（光丘本長翠 5九四一）
雁にきけ　いなおほせ鳥と　いへるあり　春澄（七百五十韻 5一九○）
かり寝する　いとまを花の　あるじ哉　蕪村（蕪村遺稿 2二一三）
雁の声　屋根へ下りたと　思ひけり　士髪（俳諧新選 8二三二ぺ）
仮の家の　塵を掃き取る　うちは哉　蕪村（蕪村遺稿 2一三四）
仮橋の　ま一つほしき　涼みかな　親継（俳諧古選 7一六四ぺ）
仮橋や　蛛手に渡す　世の師走　闌月（俳諧古選 7一九一ぺ）
仮橋や　人に抱きつく　五月川　宋屋（俳諧新選 8一一七ぺ）
雁はまだ　落ちついてゐるに　御かへりか　大江丸（はいかい袋 5八六九）
雁行きて　門田も遠く　おもはるる　蕪村（蕪村句集 2三五二）
かり侘びた　宿に寝兼ぬる　野分哉　雅因（俳諧新選 8二三○ぺ）
かるがると　笹のうへゆく　月夜哉　梅舌（あら野 6四○八）
軽き身に　あぐみし様や　風の蝶　習先（俳諧新選 8一五五ぺ）
軽口に　任せて鳴けよ　時鳥　西鶴（大坂独吟集 4○一七九）
軽ければ　病む身もよしや　日向ぼこ　寸七翁（現代俳句集 9○八七九）
かるた程　門のなの花　咲きにけり　一茶（七番日記 3三三二ぺ）

刈る人の　手を切り返す　薄かな　正利（俳諧古選 7一七四ぺ）
枯るるほど　草にしみこむか　冬の月　諸九（諸九尼句集 5五二六）
かるる世に　ぬらりとしたる　生海鼠(なまこ)哉　作者不明（俳諧古選 7二一○ぺ）
軽井沢で　汽車を捨てけり　夏の朝　松宇（松宇家集 9○三○九）
枯蘆の　日に日に折れて　流れけり　闌更（半化坊発句集 5七五八）
枯蘆や　難波入江の　ささら波　鬼貫（大悟物狂 4○二七一）
枯蘆や　はたはたと立つ　何の鳥　寅彦（寅彦全集 9一七三六）
枯蘆や　低う鳥たつ　水の上　麦水（葛箒 5七四五）
彼一語　我一語　秋深みかも　虚子（六百五十句 9○○六一）
餉(かれいひ)に　からきなみだや　たうがらし　蕪村（蕪村句集 2四五一）
枯色は　麦ばかり見る　夏の哉　生林（あら野 6六三三）
かれ枝に　烏のとまりけり　秋の暮　芭蕉（あら野 1一一八）
枯れ枯れて　日影も寒き　柳かな　大簀（俳諧新選 8一三七ぺ）
枯菊と　言ひ捨てんには　情あり　たかし（たかし全集 4二六四七）
枯菊に　尚色といふ　もの存す　虚子（六百句 12二三五ぺ）
枯菊に　筵のはしの　かかりけり　虚子（六百句 12二四七ぺ）
枯菊の　終(つひ)に刈られぬ　妹が手に　松浜（白菊 9○五五四）
枯木中　仏に礼し　僧帰る　虚子（六百五十句 13二○五○ぺ）
枯木びっしり　囲む明治の　赤煉瓦　裸馬（裸馬翁五千句 9一一○一）
枯草の　そよげどそよげど　富士端(ただ)しき　亜浪（定本亜浪句集 9一○二七）
彼是と　いふも当座ぞ　雪仏　一茶（おらが春 3四七三ぺ）
彼是と　八朔過ぎて　秋の風　杉古（俳諧古選 7二一八ぺ）

枯柴に昼皃あつし足のまめ　斜嶺（6炭俵 二五〇四）
枯芝に老後のごとくさす日かな　風生（9喜寿以後 一五七〇）
枯芝ややかげろふの一二寸　芭蕉（1笈の小文 三四四）
かれ芝や若葉たづねて行く胡蝶　百歳（6あら野 五八九）
枯れ尽くす葵の末や花一つ　子規（10獺祭句帖抄 六五〇ペ）
枯蔦や石につまづく宇都の山　子規（10獺祭句帖抄 六二一ペ）
枯蔓の尖(さき)は左の目にありて　虚子（12六百句 二四六ペ）
枯野哉つばなの時の女櫛　西鶴（5渡し船 一一七）
枯野はも縁の下までつゞきをり　万太郎（9草の丈 一一一五）
枯野原団子の茶屋もなかりけり　子規（10獺祭句帖抄 六六四ペ）
枯れのぼる葉は物うしや鶏頭花　万乎（6続猿蓑 三二五二）
枯野ゆくうちに一本白髪伸び　静塔（9旅鶴 二三七二）
枯萩や日和定まる伊良古崎　子規（10獺祭句帖抄 六二一ペ）
枯蓮のうごく時きてみなうごく　三鬼（9夜の桃 二三五〇）
枯蓮の水を犬飲むおびえつつ　虚子（12六百句 二〇七ペ）
枯蓮や鯉を丸煮の支那料理　喜舟（9小石川 〇四五五）
枯れはてしものにある日のやすらかに　素逝（9暦日 一八二〇）
枯れ果てて一段低き野面かな　月居（4月並発句帳 二一〇三）
枯れはてて霜にはぢずやをみなへし　杉風（6続猿蓑 三三五九）
枯れ果てて空遥かなる野末かな　李院（8俳諧新選 一三七ペ）
枯葉鳴るくぬ木林の月夜かな　子規（10獺祭句帖抄 六六七ペ）
枯れ光り見ゆ野となれば笹鳴いて　折柴（9海紅大4・3 一一六〇）

枯柳いかめしき風の辷(すべ)りけり　浦玉（8俳諧新選 一三七ペ）
枯柳八卦を画く行灯あり　子規（10獺祭句帖抄 六六七ペ）
枯柳ひたりし水をはなれたり　鷺喬（8俳諧新選 一三七ペ）
枯れゆけばおのれ光りぬ冬木みな　楸邨（9寒雷 二五七七）
枯荻に添ひ立てば我幽なり　虚子（12五百五十句 九ペ）
枯尾花犬も狐に似たりけり　文素（8俳諧新選 一三七ペ）
枯尾花野守が鬢(びん)にさはりけり　蕪村（2蕪村遺稿 一一七二）
かわかわと大きくゆるく寒鴉　虚子（11五百句 一〇六ペ）
かわくとき清水見付くる山辺哉　胡及（6あら野 一〇五九）
蚊をころすうちに夜明くる旅ね哉　昌碧（6あら野 九二八）
香を探る梅に蔵見る軒端哉　芭蕉（1笈の小文 三三六）
蚊をたたくいそがはしさよ写し物　子規（10獺祭句帖抄 六〇八ペ）
香をのこす蘭帳蘭のやどり哉　芭蕉（1鹿子の渡 九六九）
我をはらぬ姿なりけり春の雪　汀松（7俳諧古選 一四八ペ）
香を持つて掘り起こさるる芽独活(うど)哉　来山（7俳諧古選 一四九ペ）
蚊を焼いて蠟燭臭き夜明けかな　竹冷（4俳遊記 二二三四）
蚊をやくや褒姒(はうじ)が閨の私語(ささめごと)　其角（5虚栗 二六三）
蚊を焼くや人もなげなる丸裸　月渓（4松のそなた 一八六五）
薫り来るは浄土の風の便りかな　重頼（7俳諧古選 一九七ペ）
薫る風思はず足の留まりけり　岸指（8俳諧新選 一二一ペ）
薫る風や諸越(もろこし)かけて七の緒に　菊舎（5手折菊 九五〇）
雁(がん)行(かう)のととのひし天の寒さかな　水巴（9定本水巴句集 〇五七九）

寒港を見るや軍港下敷に　多佳子（9 七曜昭35・2 二九六四）
寒鴉嘴あけてやがて鳴く　立子（9 続立子句集二 一九三六）
寒（かん）雁（がん）の声岬風に消えにけり　乙字（9 乙字句集 ○九八九）
寒菊錦着て百菊の跡おさへけり　嘯山（8 俳諧新選 一二三七ペ）
寒菊の咲きも違（たが）へぬ黄色哉　斗吟（8 俳諧新選 一二三七ペ）
寒菊の装束急ぐ嵐かな　淡々（8 俳諧新選 一二三七ペ）
寒菊の隣もありやいけ大根　許六（4 笈日記 一○四五）
寒菊や醴（あまざけ）造る窓の前（さき）　芭蕉（1 荊口宛書簡 八一二）
寒菊や暮れに彳（たたず）む中の君　白羽（4 右紫 一二八四）
寒菊や粉糠のかかる臼の端（はた）　芭蕉（1 炭俵 八一三）
寒菊や畠めきたる庵の簀戸（すど）　赤羽（8 俳諧新選 一二三七ペ）
寒菊や紅葉せぬ物を竹の筒　宗古（7 俳諧古選 二一九ペ）
寒菊や湯気たつ水の朝ぼらけ　李流（8 俳諧選 一三七ペ）
寒行僧早め来つるよ夕しまき　只川（7 俳諧古選 二一九ペ）
看（かん）経（きん）の片手は娑婆（しゃば）の団（うちは）哉　蝶衣（9 蝶衣句稿 ○五六二）
看経の間を蕣（あさがほ）の盛りかな　去来（7 俳諧古選 一八○ペ）
看経や鉦はやめたる秋の暮　子規（10 獺祭句帖抄 六五二ペ）
寒月に木を割る寺の男哉　蕪村（2 蕪村遺稿 三三○）
寒月に立つや仁王のからつ脛（すね）　一茶（3 八番日記 三五六ペ）
寒月や厭で見ぬではなけれ共　沙月（8 俳諧新選 一四二ペ）
寒月や枯木の中の竹三竿　蕪村（2 蕪村句集 二三二）
寒月や此の堂守のひとり言　之祐（8 俳諧新選 一四二ペ）

寒月や衆徒の群議の過ぎて後　蕪村（2 蕪村句集 二七八七）
寒月や石塔の影杉の影　子規（10 獺祭句帖抄 六四○ペ）
寒月や旅人こつこつ関が原　嘯山（8 俳諧新選 一四二ペ）
寒月や鋸岩のあからさま　蕪村（2 蕪村句集 二七八六）
寒月や門なき寺の天高し　蕪村（2 蕪村句集 三二八）
寒月や門をたたけば沓の音　蕪村（2 蕪村遺稿 三三六）
寒月や留主頼まれし奥の院　太祇（8 俳諧新選 一四二ペ）
神事の跡は仏の二月かな　蓼太（8 俳諧新選 一○四ペ）
かんこどり可もなく不可もなく音哉　蕪村（2 蕪村句集 二三八九）
閑居鳥きのふもここに来啼きぬる　蕪村（2 蕪村遺稿 五三七）
かんこ鳥木の股よりや生まれけん　蕪村（2 蕪村遺稿 五三六）
諫（かん）子（こ）鳥（どり）桜の枝も踏んでゐる　蕪村（2 蕪村句集 八七七）
かんこ鳥しなのの桜咲きにけり　一茶（3 文化句帖 三四○ペ）
閑居鳥寺見ゆ麦林寺とやいふ　蕪村（2 蕪村句集 二三八七）
閑居鳥招けども来ず柳には　蕪村（2 蕪村遺稿 二三八八）
諫鼓（かんこ）鳥（どり）我もさびしいか飛んで行く　乙由（5 麦林集 四四九）
かんこ鳥は賢にして賤し寒苦鳥　蕪村（2 蕪村句集 二一九八）
寒鯉の一擲したる力かな　虚子（12 六百句 一八九ペ）
寒鯉はしづかなるかな鰭を垂れ　秋桜子（9 秋苑 一四二一）
寒ごりに尻背けたるつなぎ馬　蕪村（2 蕪村遺稿 三七四）
寒垢離（ごり）にせなかの竜の披露哉　一茶（3 おらが春 四七四ペ）
寒ごりやいざまゐりさう一手桶　蕪村（2 蕪村句集 三七三）

寒垢離(ごり)や上の町迄来りけり　蕪村（2蕪村句集 三七二）
寒垢離を休む其の日の寒さかな　楮林（8俳諧新選 一四四ぺ）
寒声の空へかれ行く嵐かな　麦翅（8俳諧新選 一四五ぺ）
寒声の遣ひ余りや寝言にも　文水（8俳諧新選 一四五ぺ）
寒声や凡そしらるる人の品　幸佐（7俳諧古選 一九三ぺ）
寒声や名乗をしつつ誰が子供　風虎（4六百番発句合 〇一五〇）
寒声や古うたうたふ誰が子ぞ　蕪村（2蕪村句集 二三三二）
寒声や皆女房をもたぬ人　遊也（7俳諧古選 一八八ぺ）
寒声や山伏村の長つつみ　仙杖（6続猿蓑 三四三三）
甘草(かんざう)の芽のとびとびのひとならび　素十（9初鴉 一五三五）
寒山か拾得か蜂に螫(さ)されしは　漱石（9正岡子規へ 〇一七五）
寒食(かんじき)やいはけなき子にすねらるる　琴風（7俳諧古選 一五三ぺ）
寒食や長者の夜の仕拵(こしら)へ　赤羽（8俳諧新選 一〇七ぺ）
寒食や飯の左太郎名に立つる　嘯山（8俳諧新選 一〇七ぺ）
寒雀身を細うして闘へり　普羅（9普羅句集 〇七一五）
寒施行北へ流るる野川あり　波郷（9酒中花 二六四〇）
勘当の子を思ひ出す夜の雪　子規（10獺祭句帖抄 六六三ぺ）
神田川祭りの中を流れけり　万太郎（9草の丈 一一一七）
邯鄲(かんたん)の市に鰒見る雪の朝　蕪村（2蕪村遺稿 一九二一）
邯鄲の音は湖上にも満ちにけり　風生（9傘寿以後 一五七一）
眼中の人老いにけり桃青忌　青々（4妻木 二三五〇）
噛(か)んで見て馬の嘶(いなな)くやなぎ哉　嘯山（5葎亭句集 七一八）

寒灯の一つ一つよ国敗れ　三鬼（9夜の桃 二三五二）
巫女(かんなぎ)に狐恋する夜寒哉　蕪村（2蕪村遺稿 一四六五）
寒念仏六条は来る夜来ぬ夜あり　三幹竹（9三幹竹句集 〇五四三）
寒の月川風岩をけづるかな　樗良（5樗良発句集 七八八）
寒梅に濺(そそ)ぎし水の苔みけり　尺布（8俳諧新選 一四四ぺ）
寒梅や出(いで)羽の人の駕(かご)の内　蕪村（2蕪村遺稿 一二五九）
寒梅や薄き日のさす藪の末　玉指（8俳諧新選 一四四ぺ）
寒梅や梅の花とは見つれども　蕪村（2蕪村遺稿 八三四）
寒梅や熊野の温泉(でゆ)の長(をさ)がもと　蕪村（2蕪村遺稿 二三三七）
寒梅や苔で待てる日の寛(ゆる)み　赤羽（8俳諧新選 一四四ぺ）
寒梅や火の迸(ほとばし)る鉄(まがね)より　蕪村（2蕪村句集 二三二八）
寒梅を手折るひびきや老が肘　蕪村（2蕪村句集 二一五）
寒波急日本は細くなりしまま　青畝（9甲子園 一五〇五）
かんばせに蘆辺をどりのはねの雨　夜半（9翠黛 一六三七）
顔や葎(むぐら)の中の花うつぎ　怒誰（6猿蓑 二一五二）
甲板に霰の音の暗さかな　子規（10獺祭句帖抄 六一九ぺ）
甲板に寝る人多し夏の月　子規（10獺祭句帖抄 六二九ぺ）
看病の耳に更けゆくをどり哉　蕪村（2蕪村遺稿 九三七）
雁(がん)風呂にカンテラ灯(とも)す廂かな　左衛門（9現代俳句集 〇八一七）
寒夜読むや灯(ともしび)潮の如く鳴る　月舟（9進むべき道 〇六九四）
寒雷やびりりびりりと真夜(まよ)の玻璃　楸邨（9寒雷 二五七八）
寒林を咳へうへうとかけめぐる　茅舎（9白痴 一六七八）

き

気相よき青葉の麦の嵐かな　仙華（6炭俵二四六）
紀伊殿の御評の内や和布苔刈（わかめがり）　它谷（8俳諧新選一五八ペ）
旧友を見れば襟巻旧の如し　巨口（9つは蕗一二〇三）
旧皇居梅の山家と異ならず　青畝（9紅葉の賀一五〇七）
旧景が闇を脱ぎゆく大旦（おほあした）　草田男（9万緑昭35・1二五二八）
旧城市柳絮とぶことしきりなり　虚子（11五百句七六ペ）
旧道や人も通らず草茂る　子規（10獺祭句帖抄六五〇ペ）
灸のない背中流すや夏はらへ　蕪村（2蕪村句集五八四）
消え残る御廟の香やきりぎりす　孤桐（8俳諧新選二二七ペ）
木から物のこぼるる音や秋の風　素園（8俳諧新選二二九ペ）
聞き得しは下戸の命ぞ時鳥　九穂（7俳諧古選二一六ペ）
黄菊白菊其の外の名はなくも哉　嵐雪（5其袋二八二）
ききしらぬ歌も妙也神神楽（かぐら）　利重（6あら野一〇八二）
聞きて行く舟路や本の虫ならず　野有（8俳諧新選二二七ペ）
聞き馴れてよう寝入る子や小夜砧　珍志（8俳諧新選二三一ペ）
樹々の葉も艶を失ふ暑さ哉　管子（8俳諧新選二二〇ペ）
木々の芽や地を動かして杭（くひ）を打つ　月舟（9進むべき道一〇六九五）
聞きをればたたくでもなき水鶏（くひな）哉　野水（6あら野六六一）
菊市の町筋城に尽きてあり　たかし（9火明一六五七）

菊売るや十二街道の塵の中　子規（10獺祭句帖抄六一〇ペ）
菊植ゑて雷盆（すりばち）鳴るをやめにけり　百万（8俳諧新選一五九ペ）
菊川に公家衆泊まりけり天の川　蕪村（2蕪村遺稿二〇七六）
菊刈るや冬たく薪の置き所　杉風（6続猿蓑三四三八）
ぎくぎくと乳のむあかごや春の潮　石鼎（9花影〇七四五）
菊鶏頭きり尽くしけり御命講（おめいかう）　芭蕉（1忘梅四四四）
菊さいてけふ迄の世話忘れけり　素園（8俳諧新選二三四ペ）
菊咲けり陶淵明の菊咲けり　青邨（9雪国一六〇〇）
木薬の袋流るる御祓（みそぎ）川　蕪村（2蕪村遺稿五八八）
菊園や歩きながらの小盃　一茶（3おらが春四七二ペ）
菊つくり汝はきくのやつこなる　蕪村（2蕪村句集一一六三）
菊に出て奈良と難波は宵月夜　芭蕉（1意専土芳宛八九六）
菊の香にくらがり登る節句かな　芭蕉（1菊の香八九五）
菊の香やならには古き仏達　芭蕉（1杉風宛書簡④八九三）
菊の香やならは幾代の男ぶり　芭蕉（1杉風宛書簡④八九四）
菊の香や庭行水の山に似たり　嘯山（8俳諧新選二三四ペ）
菊の香や庭に切れたる履（くつ）の底　芭蕉（1続猿蓑八一一）
菊の気味ふかき境や藪の中　桃隣（6続猿蓑三三四二）
きくの露受けて硯のいのち哉　蕪村（2蕪村句集六一三）
きくの露落ちて拾へばぬかごかな　芭蕉（1芭蕉庵小文庫五八三）
菊のつゆ凋（しを）るる人や鬢（びん）帽子　其角（6あら野七六四）
菊の露手折らば花も消えぬべし　樗良（8俳諧新選二三四ペ）

菊の名は忘れたれども植ゑにけり　生林（6あら野 五六二）
菊の後大根の外更になし　芭蕉（1陸奥鵆 九二九）
菊の花咲くや石屋の石の間　芭蕉（1翁草 八〇五）
菊の花天長節は過ぎにけり　子規（10獺祭句帖抄 六三八ぺ）
菊の日も暮れ方になり疲れけり　虚子（14七百五十句 六〇ぺ）
聞く馬鹿に聞かぬ馬鹿あり鹿の声　卯雲（8俳諧新選 一三二ぺ）
菊は黄に雨疎かに落ばかな　蕪村（2蕪村句集 一九一四）
菊畑おくある霧のくもり哉　杉風（6炭俵 二五七一）
菊畠客も円座をにじりけり　馬莧（6続猿蓑 三三四五）
菊畠南の山は上野なり　子規（10獺祭句帖抄 六五八ぺ）
菊畠に干竿躍りおちにけり　久女（9杉田久女句集 〇九四〇）
聞くほどの小うた睡たき夏野哉　其諺（7俳諧古選 一六一ぺ）
聞くまでは二階にねたりほととぎす　桃隣（6炭俵 二四八三）
聞くやうに唱歌付けけり虫の声　左釣（8俳諧新選 一二七ぺ）
機関車は裾も湯げむり初詣　誓子（9激浪 一四六九）
菊を切る跡まばらにもなかりけり　其角（6猿蓑 一八六八）
きけば又見たき望みや郭公（ほととぎす）　孤桐（8俳諧新選 一一四ぺ）
機嫌よき父の顔見ん初鰹　珪琳（8俳諧新選 一四六ぺ）
象潟（きさかた）の欠けを摑んで鳴く千鳥　一茶（3七番日記 三五九ぺ）
象潟や雨に西施がねぶの花　芭蕉（1奥の細道 五二五）
象潟や料理何食ふ神祭り　曾良（4奥の細道 〇八六五）
木豇豆（きささげ）の実は豇豆に似何かに似　虚子（13六百五十句 一五八ぺ）

衣更着のかさねや寒き蝶の羽　惟然（6続猿蓑 三〇四五）
きさらぎの溲瓶つめたく病ひにけり　草城（9日暮 二四五六）
きさらぎや亀の子寺の畳替　万太郎（9流寓抄 一一一八）
きさらぎや大黒棚もうめの花　野水（6続猿蓑 二九九四）
衣更着やちよつちよつと門が見たうなる　轍士（5真蹟短冊 一一九六）
如月や手の付かぬ炭ま一俵　好春（7俳諧古選 一五三ぺ）
きさらぎや廿四日の月の梅　荷兮（6あら野 一〇六二）
如月やまだ夕暮れの気に成らず　古柳（7俳諧古選 一五四ぺ）
雉子うちてもどる家路の日は高し　蕪村（2蕪村遺稿 二二二九）
岸打てば又泊船の砧かな　東洋城（9東洋城全句上 〇三九四）
雉追ひて呵（しか）られて出る畠かな　太祇（8俳諧新選 一〇四ぺ）
きしきしと帯を纏きをり枯るる中　多佳子（9海彦 二九六五）
雉子啼いて跡は鍬うつ光かな　青蘿（5青蘿発句集 八四七）
雉子鳴くや宇佐の盤境（いはさか）禰宜（ねぎ）ひとり　久女（9杉田久女句集 〇九四一）
きじ啼くや御里御坊（おさとごばう）の苣（ちさ）畠　蕪村（2蕪村遺稿 二〇四九）
雉子啼くや草の武蔵の八平氏　蕪村（2蕪村句集 一〇三〇）
雉子啼くやここいなのめの朝日山　蕪村（2蕪村遺稿 二〇五〇）
雉子啼くや坂を下りの駅（たび）舎（やどり）　蕪村（2蕪村句集 二二一六）
きじ鳴くや山の藁屋はうす霞　麦水（5葛箒 七三八）
岸根行く帆はおそろしき若葉哉　蕪村（2蕪村遺稿 二一一七）
雉の声つかへる空や雨ぐもり　孤桐（8俳諧新選 一〇四ぺ）
雉の羽を透けて光は矢の如し　西武（4水車 〇一〇四）

雉子の眸の　かうかうとして　売られけり　楸邨（9 二五七九 野哭）
雉の尾の　つつじにさはる　長さ哉　子規（9 ○○一五 俳句稿巻一）
雉子の尾の　やさしくさはる　菫かな　秋色（5 四五九 花摘）
雉子羽うつて　琴の緒きれし　夕べ哉　星布（5 八八七 星布尼句集）
雉ばかり　濡れぬ声也　春の雨　麦浪（8 一〇三ペ 俳諧新選）
雉はしる　小坊主はしる　枯野哉　康工（8 一四八ペ 俳諧新選）
汽車過ぎて　烟うづまく　若葉かな　子規（10 六三一ペ 獺祭句帖抄）
汽車たてば　そこに極暑の　浪の群れ　禅寺洞（9 二二八四 禅寺洞句集）
汽車におどろく　鴨におどろく　旅人われ　亜浪（9 一〇二九 定本亜浪句集）
喜捨人も　寒念仏も　合掌す　王城（9 〇九一四 同人句集）
汽車道に　鳩の下り居る　枯野かな　子規（10 六六四ペ 獺祭句帖抄）
汽車道に　低く雁飛ぶ　月夜かな　子規（10 六五五ペ 獺祭句帖抄）
汽車道の　一段高き　冬田かな　子規（10 六四〇ペ 獺祭句帖抄）
汽車道の　一筋長し　冬木立　子規（10 六〇三ペ 獺祭句帖抄）
着せ合うて　余念なく寝し　なまこ哉　大夢（8 一四〇ペ 俳諧新選）
着せる世話の　うちにをかしき　かがし哉　孤桐（8 一二八ペ 俳諧新選）
木曽川の　今こそ光れ　渡り鳥　虚子（9 〇〇六二 五百句）
木曽谷の　日裏日表　霜を解かず　たかし（9 一六五八 火明）
木曽路行きて　いざ年寄らん　秋独り　蕪村（2 一八八〇 蕪村句集）
木曽路ゆく　我も旅人　散る木の葉　亜浪（9 一〇三〇 定本亜浪句集）
昨日ぬくし　今日寒き日の　暮れ急ぐ　徂春（9 〇七九九 定本徂春句集）
木曽の情　雪や生えぬく　春の草　芭蕉（1 六七〇 芭蕉庵小文庫）

木曽のとち　浮世の人の　みやげ哉　芭蕉（1 四三六 更科紀行）
木曽の痩せも　まだなほらぬに　後の月　芭蕉（1 四四〇 笈日記）
着(き)衣(そ)始(はじめ)　老のしわをも　のしめかな　幽斎（4 〇〇三〇 俳諧古選）
きそ始　祇園の華表(とりゐ)　撫でて見む　如泉（7 一五一ペ 俳諧古選）
木曽山に　流れ入りけり　天の川　一茶（3 三四四ペ 七番日記）
北風に　人細り行き　曲がり消え　虚子（12 一〇三ペ 五百五十句）
北風の　吹き出だしたる　紙子かな　嘯雨（8 一四一ペ 俳諧新選）
北風や　石を敷きたる　ロシア町　虚子（11 五六ペ 五百句）
北上の　空へ必死の　冬の蝶　みどり女（9 〇九六八 微風）
北国の　しぐるる汽車の　混み合ひて　虚子（12 二一〇ペ 六百句）
北国の　照り降り雪も　名残かな　繞石（9 〇二六四 落椿）
来た時の　山に迷ふな　かへる雁　麦翅（8 一〇五ペ 俳諧新選）
来た程は　帰らぬ声や　夜の雁　太祇（8 一〇五ペ 俳諧新選）
北山や　しざりしざりて　残る雪　太祇（8 一〇一ペ 俳諧新選）
きちからも　見ゆる花屋が　持仏堂　蕪村（2 一八一八 蕪村句集）
起重機の　見えて暮らしぬ　釣忍　汀女（9 一九一九 汀女句集）
木賃とは　花の下臥の　名なるべし　信安（7 二〇二ペ 俳諧古選）
樹作りの　作り作りや　衣更　巴江（7 二二八ペ 俳諧古選）
きつたり此の　つつけりかな蘭　秀づる花　宗因（4 〇一六三 俳諧太平記）
きつちりと　夜なべのものを　片し終へ　汀女（9 一九二〇 昭39俳句年鑑）
木つつきが　目利して居る　庵哉　一茶（3 四六八ペ おらが春）
木つつきに　わたして明くる　水鶏(くひな)哉　泥土（6 二一五五 猿蓑）

木啄(きつつき)のやめて聞くかよ夕木魚　一茶（3おらが春 四六八ぺ）
木啄(きつつき)も庵はやぶらず夏木立　芭蕉（1奥の細道 四八五）
啄木鳥(きつつき)や落葉をいそぐ牧の木々　秋桜子（9葛飾 一四二）
啄木(きつつき)や枯木をさがす花の中　丈草（7俳諧古選 一四七ぺ）
きつと来て啼きて去りけり蟬のこゑ　胡故（6続猿蓑 三一八五）
急度(きつと)使者ついて紀国みかん哉　孤桐（8俳諧新選 一三三ぺ）
狐啼いて新酒の酔ひのさめにけり　子規（10獺祭句帖抄 六三五ぺ）
狐啼く内裏の跡や冬木立　沙月（8俳諧新選 二三七ぺ）
狐火のおどろき消ゆる初音かな　冨天（4熱田日記 一七一五）
狐火の燃えつくばかり枯尾花　蕪村（2蕪村句集 二一七一）
狐火やいづこ河内の麦畠　蕪村（2蕪村句集 二四〇四）
きつね火や五助新田の麦の雨　蕪村（2蕪村遺稿 二四〇五）
狐火や髑髏(どくろ)に雨のたまる夜に　蕪村（2蕪村句集 二三三三）
狐火やまこと顔にも一とくさり　青畝（9万両 一五〇六）
狐よぶ女猫にくしやのら心　かしく（7俳諧古選 二〇四ぺ）
着て起てば夜の衾(ふすま)もなかりけり　丈草（4幻の庵 〇九八二）
着ては見て今年も着ざる紙子哉　貝錦（8俳諧新選 一四一ぺ）
来て見れば牡丹半ばや十日町　柳几（4布袋庵発句集 一七二六）
来て見れば夕べのさくら実と成りぬ　蕪村（2蕪村句集 二五二）
きてもみよ甚べが羽織花ごろも　芭蕉（1貝おほひ 三八）
気に入りの調度有りけり冬籠り　存義（7俳諧古選 二三二ぺ）
黄に咲くは何の花ぞも蓼の中　蕪村（2蕪村遺稿 二六四）

気にすむ日はひとりちる柳哉　篤羽（8俳諧新選 二二四ぺ）
黄に染みし梢を山のたたずまひ　蕪村（2蕪村遺稿 二一七六）
木に倚れば枝葉まばらに星月夜　子規（10獺祭句帖抄 六五五ぺ）
きぬきせぬ家中ゆゆしき更衣(ころもがへ)　蕪村（2蕪村句集 四七）
きぬぎぬや余のことよりも時鳥　除風（6あら野 九七九）
きぬぎぬを霰見よとて戻りけり　冬松（6あら野 九九三）
碪打ちて我にきかせよや坊が妻　芭蕉（1野ざらし紀行 一八五）
砧きく夕暮れもあり揚屋町　泉旭（8俳諧新選 二三一ぺ）
砧けば我が内ながら旅寝哉　珪琳（8俳諧新選 一四七ぺ）
碪ひとりよき染物の匂ひかな　洒堂（6炭俵 二五八〇）
驥(き)の歩み二万句の蠅あふぎけり　其角（5五元集 二六四）
柝の入りてひきしまる灯(ひ)や初芝居　秋桜子（9殉教 一四二三）
紀の海の阿波へ流るる月夜かな　它谷（8俳諧新選 二二九ぺ）
紀の雁の岸うつ波にわかれけり　嘯山（8俳諧新選 一〇五ぺ）
茸狩り山浅くいくちばかりなり　子規（10獺祭句帖抄 六一七ぺ）
木の下に杓子取る也花の糧　春来（7俳諧古選 二二一ぺ）
紀の路にもおりず夜を行く雁ひとつ　蕪村（2蕪村句集 一四五六）
木のはしの坊主のはしや鉢たたき　蕪村（2蕪村句集 三六二）
昨日逢ふた人に又あふ花見かな　稲音（8俳諧新選 一〇九ぺ）
昨日有りてけふなき道の覆盆子(いちご)哉　亀石（8俳諧新選 一四八ぺ）
きのふ去にけふいに雁のなき夜哉　蕪村（2蕪村句集 七四一）
昨日置いた土にもめづら霜ばしら　茶雷（8俳諧新選 一三九ぺ）

木の股の抱ける暗さや秋の風　虚子（12 六百句 一七八ペ）
木のもとに鮓の口切るあるじかな　蕪村（2 蕪村遺稿 八九八）
牙寒き梁（うつばり）の月の鼠かな　蕪村（2 蕪村句集 二〇一八）
際墨の空の曇りやなしの花　毛仏（8 俳諧新選 一一一ペ）
騎馬一人従者（ずさ）五六人紅葉狩り　子規（10 獺祭句帖抄 六五六ペ）
黍（きび）からや鶏（にはとり）遊ぶ土間の隅　子規（10 獺祭句帖抄 六一七ペ）
貴船出て立ち寄る柿の円通寺　虚子（14 七百五十句 七三ペ）
ぎぼうしの傍に経よむいとどかな　可南（6 続猿蓑 三二六三）
木仏の箔の兀（はげ）たる寒さかな　白鴉（8 俳諧新選 一四二ペ）
木枕のあかや伊吹にのこる雪　丈草（5 鳥の道 三一一）
君今来ん新酒の燗のわき上がる　子規（10 獺祭句帖抄 六三五ペ）
君が来し門椿咲きつづきをり　虚子（14 七百五十句 九六ペ）
君がても まじる成るべしはな薄　去来（6 猿蓑 一八二八）
君が春蚊屋は萌黄に極まりぬ　越人（4 去来抄 〇九一〇）
君還るなかれ灯下の桜餅　躑躅（9 現代俳句集 〇八五九）
君が代は御馬の先でさくらかな　木虎（8 俳諧新選 一四八ペ）
君が代や畳の上の明けの春　京馬（8 俳諧新選 一〇〇ペ）
君が代や調子のそろふ落とし水　子規（9 寒山落木巻一 〇〇一六）
君が代や筑摩（つくま）祭も鍋一つ　越人（6 猿蓑 一七四一）
君が代やみがくことなき玉つばき　越人（6 あら野 一〇八九）
君来ませ笹の蛍の羽繕ひ　言水（7 俳諧古選 一六一ペ）
君来ねば円座さみしくしまひけり　鬼城（9 鬼城句集 〇六一八）
君と共に再び須磨の涼にあらん　虚子（14 七百五十句 三七ペ）
君ならで誰にとふても千代の春　梅盛（5 俳諧三部抄 五二）
君は君我は我なり年の暮　虚子（14 七百五十句 一三一ペ）
きみ火をたけよき物見せん雪まろげ　芭蕉（1 雪満呂気 二七九）
君見よや我が手入るるぞ茎の桶　嵐雪（4 其袋 〇八三〇）
君やてふ我や荘子が夢心　芭蕉（1 怒誰宛書簡① 六一四）
君行かば山海関の梅開く　鳴雪（9 日本明28・4・28 〇一五三）
樹も草もしづかにて梅雨はじまりぬ　草城（9 旦暮 二四五七）
着もやらず人にも呉れず土用干　嘯山（8 俳諧新選 一二二ペ）
京入や鳥羽の田植の帰る中　卯七（6 続猿蓑 三一四〇）
行々子（ぎやうぎやうし）どこが葛西の行き留り　一茶（3 文化句帖 三四〇ペ）
狂句こがらしの身は竹斎に似たる哉　芭蕉（1 冬の日 二〇五）
狂居士の首にかけた歟（か）鞨鼓鳥（かっこどり）　蕪村（2 蕪村句集 二三八五）
行水の捨てどころなきむしのこゑ　鬼貫（5 鬼貫句選 二三二六）
行水も日まぜになりぬむしのこゑ　来山（5 続いま宮草 二一〇九）
行水もやがてと示す仏かな　青魚（8 俳諧新選 一一四ペ）
行水や二人に還る老夫婦　躑躅（9 現代俳句集 〇八六〇）
峡大観にをればしぐるる紅葉かな　桐明（9 高原 一〇〇五）
兄弟のいろはあげけり花のとき　鼠弾（6 あら野 三七一）
兄弟の子供に見せそ河津がけ　湖柳（8 俳諧新選 一五四ペ）
京筑紫去年（こぞ）の月とふ僧中間　丈草（6 猿蓑 一八四七）
京といへば嵯峨とおもほゆ竹の春　竹冷（9 竹冷句鈔 〇二七九）

京にあきて此の木がらしや冬住(ずま)ひ　芭蕉（1笈日記 七二八）
京に此の日南(ひなた)は足らじ大根引　孤舟（8俳諧新選 一四一ぺ）
京にさへ茶をもむ人はもみにけり　松春（7俳諧古選 一六二ぺ）
京にても京なつかしやほととぎす　芭蕉（1をのが光 六三一）
京に田舎ゐなかに有るや都鳥　重頼（5犬子集 三三）
京の衆よ好きな折らしやれ桃の花　孤洲（8俳諧新選 一〇七ぺ）
京の水遣うて嬉し冬ごもり　太祇（8俳諧新選 一四〇ぺ）
京は雨小野は雪ふる此の日かな　反古（8俳諧新選 一四二ぺ）
京は九万九千くんじゆの花見哉　芭蕉（1詞林金玉集 四）
京人のいつはり多き柳かな　子規（10獺祭句帖抄 六二六ぺ）
京へ出て旅の休みや花ざかり　太祇（8俳諧新選 一〇九ぺ）
京町のねこ通ひけり揚屋町　其角（5焦尾琴 二五八）
京まではまだ半空(なかぞら)や雪の雲　芭蕉（1笈の小文 三二七）
行列のすいと捻ぢ向く桜かな　雄山（8俳諧新選 一四七ぺ）
行列の槍五六本麦の秋　子規（10獺祭句帖抄 六三三ぺ）
京を出し日は面白き鳴子かな　蘆角（8俳諧新選 二二八ぺ）
祇や鑑や花に香炷(た)かん草むしろ　蕪村（2蕪村遺稿 二〇六一）
客暑し亭主勿論(もちろん)祇園の会　嘯山（8俳諧新選 二二三ぺ）
客あるじ共に蓮の蠅おはん　良品（6続猿蓑 三一三六）
逆上の人蕣(あさがほ)に遊ぶべし　子規（10獺祭句帖抄 六三八ぺ）
客僧の狸寝入りやくすり食　蕪村（2蕪村句集 一〇一七）
客僧の二階下り来る野分哉　蕪村（2蕪村句集 二七二七）

客ぶりや居処かゆる蟬の声　探志（6猿蓑 一七八一）
客を待つ夏座蒲団の小さきが　虚子（13六百五十句 二一三ぺ）
木屋町の旅人訪はん雪の朝　蕪村（2蕪村遺稿 一九六四）
伽羅(きやら)焚いて暮れ行く年を看経(かんきん)す　句仏（9句仏句集 〇五二六）
キャンプ寝て太白(たいはく)西に落ちゆけり　誓子（9凍港 一四七〇）
きゆる時は氷もきえてはしる也　路通（6あら野 九五五）
木揺れなき夜の一つ時や霜の声　乙字（9乙字句集 〇九九〇）
御衣櫃(ぎよいひつ)や蓋合はぬ程配り物　龍眠（8俳諧新選 一四五ぺ）
漁家寒し酒に頭の雪を焼(た)く　蕪村（2蕪村句集 二三二五）
御忌の鐘傍で聞いても霞みけり　移竹（8俳諧新選 一〇二ぺ）
御忌の鐘ひびくや谷の氷まで　蕪村（2蕪村句集 二三三一）
御忌よりも多し涅槃の樒(しきみ)売り　春澄（5前後園 一八八）
曲江に篝(かがり)の見えぬうぶねかな　梅餌（6あら野 六七〇）
清く聞かん耳に香焼(た)いて郭公(ほととぎす)　芭蕉（1虚栗 一六四）
曲水の宴下戸はつくねんとして居たり　雅因（8俳諧新選 一四九ぺ）
曲水や足迄酔ひし都鳥　楼川（8俳諧新選 一五二ぺ）
曲水や何れの君の長柄傘　随古（8俳諧新選 一〇九ぺ）
曲水や鳰(にほ)もうかれて出つ入りつ　龍眠（8俳諧新選 一〇九ぺ）
虚子一人銀河と共に西へ行く　虚子（9六百五十句 〇〇六三）
馭者あふぐ見れば寒雁(かんがん)わたるなり　爽雨（9雪解 一八九一）
魚城移るにや寒月の波さざら　三汀（9返り花 一一四九）
虚子留守の鎌倉に来て春惜しむ　久女（9杉田久女句集 〇九四二）

清輔は　花に袋を　烏帽子哉　蕪村（2蕪村遺稿 二三六九）
清滝の　水くませてや　ところてん　芭蕉（1泊船集 八六〇）
清滝や　波に散り込む　青松葉　芭蕉（1追善之日記 八五九）
去年より　又さびしいぞ　秋の暮　蕪村（2蕪村句集 一四四四）
清水の　上から出たり　春の月　許六（5正風彦根躰 三七六）
清水の　阪のぼり行く　日傘かな　子規（10獺祭句帖抄 六二八ぺ）
清水へ　ちかき御堂の　矢数かな　呉郷（8俳諧新選 一五ぺ）
清盛の　文張つてある　火桶かな　大江丸（4俳懺悔 二〇五三）
去来去り　移竹うつりぬ　幾秋ぞ　蕪村（2蕪村句集 一三二）
木より木に　通へる風の　春浅き　亜浪（9定本亜浪句集 一〇三二）
きよろりとし　雪松が枝の　緑哉　丈石（8俳諧新選 一三七ぺ）
機雷がもうない　花屑魚(かなぎ)の　海である　禅寺洞（9禅寺洞句集 二二八五）
きらきらと　音に日のさす　鳴子哉　鳳朗（5鳳朗発句集 一六三）
きらきらと　してなくなりぬ　朝鵆(ちどり)　月居（5発句題葉集 九六六）
きらきらと　若葉に光る　午時(ごじ)の風　子規（10獺祭句帖抄 六三一ぺ）
嫌はるる　物とはしらじ　茨の花　呂誰（8俳諧新選 一二三ぺ）
雲母(きらら)坂(ざか)　下りて来つるよ　寒念仏　碧梧桐（9碧梧桐句集 〇一一一）
切られたる　夢は誠か　蚤の跡　其角（5五元集 二六五）
霧脚の　すばやき裾野　芒かな　乙字（9乙字句集 〇九九一）
霧如何に　濃ゆくとも嵐　強くとも　虚子（13六百五十句 一九八八ぺ）
切り売りの　西瓜くふなり　市の月　子規（10獺祭句帖抄 六三八ぺ）
切かぶの　わか葉を見れば　桜哉　不交（6あら野 六二六）

霧黄なる　市に動くや　影法師　漱石（4漱石全集 二二四〇）
きりきりしやん　としてさく　桔梗哉　一茶（3七番日記 三五〇ぺ）
蛬(きりぎりす)　溺るる声歟(か)　夜の露　陸史（8俳諧新選 二二七ぺ）
きりぎりす　灯台消えて　鳴きにけり　素秋（6あら野 七二六）
蛬　鳴くや湯殿の　戸のゆるみ　麦翅（8俳諧新選 二二七ぺ）
きりぎりす　な侘びそ夜の　裾貸さん　調和（7俳諧古選 一八三ぺ）
蛬　髭をかつぎて　鳴きにけり　一茶（3七番日記 三四九ぺ）
蛬　やまめの枕　はづれたり　子曳（8俳諧新選 二二七ぺ）
きりぎりす　わすれ音になく　こたつ哉　芭蕉（1伝土芳筆全伝 六五〇）
切籠(きりこ)左に　廻りつくせば　又右に　泊雲（9泊雲句集 〇七七六）
きりさめの　空をふようの　天気かな　芭蕉（1真蹟画賛 七五八）
霧しぐれ　富士をみぬ日ぞ　面白き　芭蕉（1野ざらし紀行 一七三）
霧しづしづ　とほりて山上　白夜なる　蝶衣（9蝶衣句稿 〇五六三）
霧たつや　大橋越えて　又小橋　雅因（8俳諧新選 二一八ぺ）
霧に日は　暮れなりけりの　峠哉　存義（8俳諧新選 二一八ぺ）
霧の海の　底なる月は　くらげ哉　立圃（5誹諧発句帳 二二五）
桐の木に　うづら鳴くなる　塀の内　芭蕉（1猿蓑 六四〇）
桐の木や　雨のながるる　蟬の腹　梅室（5梅室家集 一一六九）
霧の中　小鳥頻りに　渡りけり　虚子（12五百五十句 九五四ぺ）
霧の中　舟の掃除を　はじめけり　虚子（12六百句 一七八ぺ）
梧の葉に　光広げる　蛍かな　士芳（5小柑子 三五六）
桐の葉の　思ひ有りげに　散りにけり　鯨童（8俳諧新選 二二四ぺ）

桐の葉は落ちつくすなるを木芙蓉　蕪村（2一八六〇 蕪村遺稿）
梧の葉やひとつかぶらん秋の風　円解（6七一一 あら野）
桐の実のふかれふかれて初しぐれ　希因（4一二〇二 暮柳発句集）
霧晴るる田の面や鷺に旭（ひ）のあたる　子規（10六五四ぺ 獺祭句帖抄）
霧晴れて高砂のまちまのあたり　蕪村（2一八〇三 蕪村遺稿）
霧はれよすがたを松に見えぬ迄　鼠弾（6九三五 あら野）
桐一葉日当たりながら落ちにけり　虚子（9〇〇六四 五百句）
霧深き広野に千々の砧かな　蕪村（2一八〇四 蕪村遺稿）
霧吹けり朝のミルクを飲みむせぶ　波郷（9二六四一 鶴の眼）
霧降れば霧に炉を焚きいのち護る　多佳子（9二九六六 信濃）
切干もあらば供へよ翁の忌　虚子（12二〇九ぺ 六百句）
切干やいのちの限り妻の恩　草城（9二四五八 人生の午後）
切飯に他人交ぜずの花見かな　嘯山（8一一〇ぺ 俳諧新選）
裂（きれ）々（ぎれ）のしぐれや錦綾小路　五楼（7二二六ぺ 俳諧古選）
きれ凧（だこ）の広野の中に落ちにけり　子規（10六二三ぺ 獺祭句帖抄）
祇王祇女仏も籠る十夜哉　嘯山（8二三九ぺ 俳諧新選）
木を落ちて蛇の地を這ふ暑さかな　支鳩（8二二〇ぺ 俳諧新選）
木をきりて本口みるやけふの月　芭蕉（1八一 江戸通町）
木をつみて夜の明けやすき小窓かな　子規（9〇〇一四 寒山落木巻一）
祇園会やこれ程の人むさからず　鶴英（8二二三ぺ 俳諧新選）
ぎをん会や僧の訪ひよる梶が許　蕪村（2一六七五 蕪村句集）
祇園会や錦の上に京の月　子規（10六〇七ぺ 獺祭句帖抄）
祇園会や真葛が原の風かをる　蕪村（2一〇六〇 蕪村句集）
銀閣に浪花の人や大文字　蕪村（2一八二四 蕪村遺稿）
銀河西へ人は東へ流れ星　虚子（13二一三ぺ 六百五十句）
金柑はまだ盛りなり桃の花　介我（6三〇五四 続猿蓑）
金魚売り水を零（こぼ）して去りにけり　麦人（9〇三四〇 俳諧新潮）
金魚大鱗夕焼の空の如きあり　たかし（4二六四八 たかし全集）
金魚玉かがやき昼寝人さめず　枴童（9〇八〇四 枯蘆）
金魚玉天神祭映りそむ　夜半（9一六三八 翠黛）
金魚玉に聚まる山の翠微かな　月斗（9〇五〇五 昭和俳句集）
金州の城門高き柳かな　子規（10六二六ぺ 獺祭句帖抄）
金獅子の歯がみや花に比叡おろし　三千風（5一五五 仙台大矢数）
公（きん）達（だち）に狐化けたり宵の春　蕪村（2二三六〇 蕪村句集）
金殿のともし火細し夜の雪　子規（10六四〇ぺ 獺祭句帖抄）
金時も熊も来てのむ清水かな　子規（10五九九ぺ 獺祭句帖抄）
銀杏にちりぢりの空暮れにけり　不器男（9一七〇八 定本不器男集）
金の間の人物云はぬ若葉哉　蕪村（2七六二 蕪村遺稿）
金屏に畳の縁け流れゐる　虚子（12一八七ぺ 六百句）
金屏に灯（とも）さぬ間あり猫の恋　石鼎（9〇七四六 花影）
金屏の羅（うすもの）は誰が秋のかぜ　蕪村（2一四一七 蕪村句集）
金屏の松の古さよ冬籠り　芭蕉（1六八〇八 許六宛書簡）
銀屏の夕べ明りにひそと居し　久女（9〇九四三 杉田久女句集）

く

愚案ずるに　冥途もかくや　秋の暮　芭蕉（1 向之岡 一一九）
空山へ　板一枚を　荻の橋　石鼎（9 花影 〇七四七）
空襲の　灯(ひ)を消しおくれ　花の寺　久女（9 杉田久女句集 〇九四四）
食うて寝て　牛にならばや　桃の花　蕪村（2 蕪村句集 八五九）
空をはさむ　蟹死にをるや　雲の峰　碧梧桐（9 ホ明39・8 〇一一二）
茎右往　左往菓子器の　さくらんぼ　虚子（13 六百五十句 一七六ぺ）
くきの葉に　霜置きおもし　庭の菊　未得（4 寛永古誹諧 〇一三六）
くくりあげて　片そよぎする　芒かな　子規（10 獺祭句帖抄 六五八ぺ）
九月尽　遥かに能登の　岬かな　暁台（5 暁台句集 七七三）
九月来　箸をつかんで　また生きる　多佳子（9 命終 二九六七）
草いきれ　人死に居ると　札の立つ　蕪村（2 蕪村句集 一七二五）
草いきれ　忘れて水の　流るるや　青々（9 松苗 〇四八二）
草市や　夕べまで聞く　風の音　乾什（4 親うぐひす 一二五三）
草いろいろ　おのおの花の　手柄かな　芭蕉（1 笈日記 四二六）
草霞み　水に声なき　日ぐれ哉　蕪村（2 蕪村句集 二五九六）
草刈りて　菫選り出す　童かな　鷗歩（6 あら野 五九四）
くさかりの　袖より出づる　ほたる哉　卜枝（6 あら野 六四九）
草刈りの　道々こぼす　野菊かな　露川（4 本朝文選 〇九一七）
草刈よ　それが思ひか　萩の露　李由（6 猿蓑 一八二九）
草枯るる　猫の墓辺に　猫遊び　たかし（9 火明 一六五九）
草枯れて　牛も仰向く　時雨哉　麦水（7 俳諧古選 二二七ぺ）
草枯れて　狐の飛脚　通りけり　蕪村（2 蕪村句集 六四八）
草枯に　手うつてたたぬ　鴫もあり　利牛（6 続猿蓑 三三六二）
草枯や　海士が墓皆　海に向く　露月（9 露月句集 〇二〇九）
草茎を　失ふ鵙(もず)の　高音哉　蕪村（2 蕪村遺稿 二三二二）
くさぐさの　色目や夏の　おもむきに　梨葉（9 梨葉句集第一 一〇七三）
草に置いて　提灯ともす　蛙かな　虚子（11 五百句 二四ぺ）
草にかう　薫れと散るや　梅の花　射牛（8 俳諧新選 一〇一ぺ）
草の雨　祭りの車　過ぎてのち　蕪村（2 蕪村句集 九八五）
草の露　馬も夜討の　支度かな　子規（10 獺祭句帖抄 六五三ぺ）
草の露　野飼の角に　なだれけり　赤羽（8 俳諧新選 二二六ぺ）
草の戸に　小さき蔵や　納豆汁　百万（8 俳諧新選 一四五ぺ）
草の戸に　なじめて置くや　盆の月　毛仏（8 俳諧新選 二二九ぺ）
草の戸に　我は蓼くふ　蛍かな　其角（4 虚栗 〇七九四）
草の戸の　草もゆかしや　花の雲　了超（7 俳諧古選 一九七ぺ）
草の戸の　寝物語りに　蚤ちくと　青邨（9 花宰相 一六〇一）
草の戸も　住み替はる代ぞ　ひなの家　芭蕉（1 奥の細道 四七三）
草の戸や　暑さを月に　取りかへす　我峰（6 続猿蓑 三一七〇）
草の戸や　こたつの中も　風の行く　太祇（8 俳諧新選 一三八ぺ）
草の戸や　日暮れてくれし　菊の酒　芭蕉（1 笈日記 七一三）
草の戸を　しれや穂蓼に　唐がらし　芭蕉（1 笈日記 六四二）

草の名の皆かくれたる枯野かな　可鉛（8俳諧新選 一三七ペ）
草の花大きく咲いて単かな　一転（9杉山一転句集 〇九二三）
草の花駕（かご）におくるる小者哉　山肆（8俳諧新選 一四八ペ）
草の花水水車場へ分かれ行く　子規（10獺祭句帖抄 六五八ペ）
草の葉や足のをれたるきりぎりす　荷兮（6あら野 八三九）
草の葉を落つるより飛ぶ蛍哉　芭蕉（1いつを昔 四〇〇）
草の実の色をつくして懸りけり　普羅（9辛夷 〇七一六）
草の実や笠がさはればほろほろと　子規（10獺祭句帖抄 六一七ペ）
草のめや去年（こぞ）に変はりし遠干潟　嘯山（5葎亭句集 七一五）
草ばうばうからぬも荷（にな）ふ花野哉　任口（6あら野 七三二）
草花の一筋道や湯元迄　子規（10獺祭句帖抄 六五八ペ）
草花やアイヌ在らばと思ひけり　句仏（9句仏句集 〇五二八）
草花や御廟まうでの竹の筒　李流（8俳諧新選 一二九ペ）
草花や露あたたかに温泉（ゆ）の流れ　子規（10獺祭句帖抄 六五三ペ）
草花や小川にそふて王子まで　子規（10獺祭句帖抄 六一七ペ）
草原や夜々に濃くなる天の川　亜浪（9定本亜浪句集 一〇三三）
菌（くさびら）の匂ひや朱の鳥居前　陶花（8俳諧新選 一五七ペ）
草枕犬も時雨るかよるのこゑ　芭蕉（1野ざらし紀行 一二〇六）
草枕汝床とれ女郎花（をみなへし）　雁宕（8俳諧新選 一二九ペ）
くさまくらまことの華見しても来よ　芭蕉（1茶のさうし 五九九）
叢や野分の朝の月一つ　都夕（8俳諧新選 一二九ペ）
草むらや百合は中々はなの貝（かほ）　半残（6猿蓑 一七七三）

草萌えぬ地もなし吾子懐はぬ日も　露月（9露月句集 〇二二〇）
草も木も音なき霧のしはれ哉　雋否（8俳諧新選 一二八ペ）
草も木も人の声ある野分かな　羅人（4俳諧古選 一二七八）
草餅や雛に子供の問ひ答ふ　古舟（8俳諧新選 一四八ペ）
草餅やマリア観音秘めらるる　喜舟（9紫川 〇四五七）
草屋二軒赤白の桃咲けるかな　子規（10獺祭句帖抄 六一三ペ）
草山や潮（うしほ）じめりにかへる雁　成美（5成美家集 九二六）
草ゆれて風にかまはぬ虫の声　羊素（4園圃録 一二四九）
腐儒者（くされじゅしゃ）韮（にら）の羹（あつもの）くらひけり　蕪村（2蕪村遺稿 一八九〇）
串柿の甘いに苦い野老（ところ）かな　珪琳（8俳諧新選 一四六ペ）
くしの山倒れ死すべき岩根哉　長明（7俳諧古選 一九五ペ）
楠も動くやう也蟬の声　昌碧（6あら野 六八四）
楠の根を静かにぬらすしぐれ哉　蕪村（2蕪村句集 一二四四）
葛の葉のうらみ貝（がほ）なる細雨（こさめ）哉　蕪村（2蕪村句集 二七六六）
葛の葉の面見せけり今朝の霜　芭蕉（1きさらぎ 七三七）
葛の葉や直（ただ）に云はねば糠に釘　卯雲（8俳諧新選 一五二ペ）
国栖人の面を焦がす夜振かな　夜半（9翠黛 一六三九）
葛水に高足師より老いにけり　蝶衣（9蝶衣句稿 〇五六四）
葛水に松風塵を落とすなり　虚子（11五百句 一八ペ）
葛水や入江の御所にまうづれば　蕪村（2蕪村遺稿 二六八〇）
葛水や旅にある子の思はるる　守一（8俳諧新選 一二三ペ）
薬食生きても松の十分一　滴水（7俳諧古選 一八八ペ）

薬食隣の亭主箸持参　蕪村（2 蕪村句集 三七九）
薬食盗んだ豕(ぶた)の尻が来たり　尺布（8 俳諧新選 二四四ぺ）
くすり食人にかたるな鹿が谷　蕪村（2 蕪村句集 三七五）
薬盗む女やは有るおぼろ月　蕪村（2 蕪村句集 八五八）
薬のむさらでも霜の枕かな　芭蕉（1 如行子 三三〇）
薬掘りけふは蛇骨を得たり鳧(けり)　蕪村（2 蕪村遺稿 一七五八）
薬掘る人恨しき夕べかな　京馬（8 俳諧新選 一五七ぺ）
葛を得て清水に遠きうらみ哉　蕪村（2 蕪村句集 一六八一）
具足着て顔のみ多し月見舟　野水（6 波留濃日 三四八）
草臥(くたび)れて宿かる比や藤の花　芭蕉（1 猿蓑 三八三）
くだら野を見てゐる葉巻なほすてず　禅寺洞（9 禅寺洞句集 二二八六）
下り簗ただ漏れ熊野川通る　誓子（9 方位 一四七一）
口あいて落花眺むる子は仏　句仏（9 句仏句集 〇五二九）
口明けてやうやく啼きぬ寒鴉　虚子（13 六百五十句 一六九ぺ）
口明けて笑はぬ花やをみなへし　超波（8 俳諧新選 二二九ぺ）
朽臼にあはれ寝にもどる蟇の子よ　泊雲（9 泊雲句集 〇七七七）
口切に境の庭ぞなつかしき　芭蕉（1 深川 七六四）
口切に時雨を知らぬ青茶かな　徳元（4 犬子集 〇〇六二）
口切の隣も飯のけぶりかな　蕪村（2 蕪村遺稿 一二五〇）
口切や喜多(きた)も召されて四畳半　蕪村（2 蕪村遺稿 八一七）
口切や心ひそかに罫えらび　太祇（8 俳諧新選 二三八ぺ）
口切や五山衆(ござんしゅ)なんどほのめきて　蕪村（2 蕪村句集 六四三）

口切や小城下ながらただならね　蕪村（2 蕪村句集 六四二）
口切や梢ゆかしき塀どなり　蕪村（2 蕪村遺稿 一二五一）
口切やたしか内儀は小紫　春来（8 俳諧新選 二三八ぺ）
口切や羽柴明智の膝頭　嘯山（8 俳諧新選 二三八ぺ）
口切や世にかくれたる器(うつはもの)　和流（8 俳諧新選 二三八ぺ）
口癖の吉野も春の行衛(ゆくへ)かな　淡々（5 淡々発句集 四六五）
蛇(くちなは)の見返りもせぬ袴かな　杜口（7 俳諧古選 二一七ぺ）
蛇の水のみ居けり雲の峰　沙龍（8 俳諧新選 二一〇ぺ）
口に袖あててゆく人冬めける　虚子（12 六百句 一八三ぺ）
口に手を当てて心の月見哉　言水（7 俳諧古選 一七四ぺ）
唇で冊子かへすやふゆごもり　涼袋（5 古今明題集 七三二）
唇に墨つく児(ちご)のすずみかな　千那（6 猿蓑 一八〇〇）
口紅や四十の顔も松の内　子規（10 獺祭句帖抄 六〇四ぺ）
愚痴(ぐち)無知(むち)に逆(さか)とんぼりや御忌詣　嘯山（8 俳諧新選 一〇二ぺ）
愚痴無知のあまざけ造る松が岡　蕪村（2 蕪村句集 一〇五）
朽ちもせぬ落葉に澄むや春の水　太祇（8 俳諧新選 一〇七ぺ）
鯨売り市に刀を鼓(なら)しけり　蕪村（2 蕪村句集 二八二七）
鯨とれて茶にも酒にも油哉　之房（8 俳諧新選 一四三ぺ）
靴凍(い)てて墨ぬるべくもあらぬかな　子規（10 獺祭句帖抄 六六〇ぺ）
沓音もしづかにかざすさくら哉　荷兮（6 あら野 八三三）
ぐづぐづと夜に入りにけり五月雨　三笑（8 俳諧新選 一一七ぺ）
くつさめの跡しづか也なつの山　野水（6 猿蓑 二一四四）

沓作り藁うつ宵の蚊遣哉　其角（7俳諧古選 二〇一ぺ）
沓脱へ蚊屋のこぼるる小家かな　雨谷（8俳諧新選 一一八ぺ）
崩れ簗水徒（いたづ）らに激しをり　虚子（12六百句 二〇八ぺ）
ぐどぐどと二日に成りぬ更衣（ころもがへ）　和及（7俳諧古選 一六三ぺ）
国替に売らぬ石あり神無月　越闌（7俳諧古選 一九二ぺ）
国々の露けさ語れ女郎花（をみなへし）　廬鳳（8俳諧新選 二五〇ぺ）
国々の八景更に気比（けひ）の月　芭蕉（1荊口句帳 五五九）
愚にくらく棘をつかむ蛍哉　芭蕉（1東日記 一三五）
愚に耐へよと窓を暗うす雪の竹　蕪村（2蕪村句集 一一九七）
櫟（くぬぎ）原ささやく如く木の芽かな　虚子（11五百句 六六ぺ）
九年母（くねんぼ）の秋を急がぬ青みかな　孤桐（8俳諧新選 一三三ぺ）
鍬さげてしかりに出るや桃の花　涼菟（4東華集 一一一二）
鍬さげて神農臭（がほ）や菊の花　一茶（3おらが春 四七一ぺ）
鍬濯（そそ）ぐ水や田螺（たにし）の戸々に倚る　蕪村（2蕪村遺稿 二三六〇）
ぐはたぐはたと崩れて仕廻ふ牡丹哉　恭以（7俳諧古選 一七三ぺ）
桑の葉の照るに堪へゆく帰省かな　秋桜子（9葛飾 一四二四）
桑の実や父を従へ村娘　虚子（12五百五十句 三二ぺ）
椹（くはのみ）や花なき蝶の世すて酒　芭蕉（1虚栗 一六五）
桑畑に食らひつぶしの毛虫かな　五律（8俳諧新選 一二四ぺ）
くはれもす八雲（やくも）旧居の秋の蚊に　虚子（9五百句 〇〇六五）
首入れて落葉をかぶる家鴨（あひる）かな　子規（10獺祭句帖抄 六二〇ぺ）
首出してはつ雪見ばや此の衾（ふすま）　竹戸（6猿蓑 一六七四）

首出して岡の花見よ鮑（あはび）とり　荷兮（6あら野 三八六）
食ひたてて葉を移り行く毛虫哉　嘯山（8俳諧新選 一五九ぺ）
首立てて鵜のむれのぼる早瀬哉　浪化（5浪化発句集 三九一）
食ひつみや木曾のにほひの檜物　岱水（6炭俵 二三九二）
首共は二度はえず春の草　許六（7俳諧古選 二〇五ぺ）
食ひながら尻居（す）ゑて居ぬ螽（いなご）かな　玉壺（8俳諧新選 一五一ぺ）
水鶏（くひな）啼いて星うく草のはやまかな　長翠（5戸谷本長翠 九三九）
水鶏啼くと人のいへばや佐屋（さや）泊（どまり）　芭蕉（1笈日記 八五四）
首の座は稲妻のするその時か　木節（6続猿蓑 三四五二）
首のべて日を見る雁や蘆の中　石鼎（9花影 〇七四八）
食物もみな水くさし魂まつり　嵐雪（6続猿蓑 三四四六）
食ものや門売りありく冬の月　里圃（6続猿蓑 三三八一）
九百九十九羽もやおのが友千鳥　未得（5夜錦 七二）
食ふ事も浜の真砂や冬籠り　乙由（7俳諧古選 一九三ぺ）
食ふた時の暑さはどこへ枇杷の花　乙鼠（7俳諧古選 一九〇ぺ）
くふよりも気の薬哉鹿の声　貞徳（5犬子集 一九）
熊坂が長刀あぶる霜夜かな　湖十（4たつのうら 一二三〇）
熊坂がゆかりやいつの玉まつり　芭蕉（1笈日記 五三八）
隈篠（くまざさ）の広葉うるはし餅粽　岩翁（6猿蓑 一七四四）
隈もなき空にかくるるひばり哉　六渡（8俳諧新選 一〇四ぺ）
杓む汐にころび入るべき生海鼠（なまこ）かな　利雪（6続猿蓑 三三七六）
蜘蛛打つて暫く心静まらず　虚子（11五百句 七九ぺ）

雲霞どこまで行くもおなじ事　野坡（6炭俵 二四六八）
雲霧の暫時百景をつくしけり　芭蕉（1句選拾遺 一七四）
蜘殺すあとの淋しき夜寒かな　子規（10獺祭句帖抄 六三三ペ）
蜘何と音をなにと鳴く秋の風　芭蕉（1向之岡 一一四）
雲に明けて月夜あとなし秋の風　水巴（9定本水巴句集 〇五八〇）
蜘蛛に生まれ網をかけねばならぬかな　虚子（14七百五十句 八五ペ）
雲に月やふせ屋に生ふる名のうさぎ　季吟（5桜川 四九）
雲に乗る翼や出来ていかのぼり　盧元坊（5藤の首途 四七〇）
蜘の網かけて夜に入る木槿（むくげ）かな　希因（5ながら川 四九一）
くもの糸一すぢよぎる百合の前　素十（9初鴉 一五三六）
蜘蛛の糸顔にかからぬ日とてなし　虚子（14七百五十句 五三ペ）
蜘の子はみなちりぢりの身すぎ哉　一茶（3文政句帖 三四一ペ）
蜘の巣にうつりて戻る蛍かな　孤桐（8俳諧新選 一七ペ）
蜘の巣に棒縛りなるとんぼ哉　太祇（8俳諧新選 二六ペ）
蜘の巣のきれ行く冬や小松原　斜嶺（6炭俵 二五九一）
蜘の巣の是も散り行く秋のいほ　路通（6あら野 九三九）
蛛の巣は暑き物也夏木立　鬼貫（7俳諧古選 一六〇ペ）
雲の中滝かがやきて音もなし　青邨（9雪国 一六〇二）
雲のひまに夜は明けて有るしぐれ哉　蕪村（2蕪村遺稿 二五〇）
雲の峰幾つ崩れて月の山　芭蕉（1奥の細道 五一九）
雲の峰いとど小さき我が栖　素郷（4柴の戸発句集 二二六）
雲のみね今のは比叡に似た物か　之道（6猿蓑 一八〇三）

雲の嶺心のたけをくづしけり　路通（4鷹獅子集 一〇一二）
雲の峰腰かけ所たくむなり　野水（6あら野 六八五）
雲の峰これにも鳶の舞ふ事よ　之房（8俳諧新選 二〇ペ）
雲のみね四沢（したく）の水の涸れてより　蕪村（2蕪村句集 一四二）
雲の峰白帆南にむらがれり　子規（10獺祭句帖抄 六二九ペ）
雲の峰低き瞰るなり夕心　碧梧桐（9三千里 〇一三）
雲の峰雷を封じて聳えけり　漱石（4漱石全集 二二四一）
雲の峰に肘する酒呑（しゅてん）童子かな　蕪村（2蕪村遺稿 一七一九）
蛛の井に春雨かかる雫かな　奇生（6あら野 五三八）
雲早し峰吹き尖る雪おろし　瓢二（8俳諧新選 四三ペ）
雲程に川の濁らぬしぐれかな　八好（8俳諧新選 三六ペ）
雲見えて雨ふらぬ間の暑さかな　江橋（8俳諧新選 二〇ペ）
曇り来ぬ誰も手つだへ菊植ゑん　嘯山（8俳諧新選 〇八ペ）
曇り来ぬ何が降るやら冬の空　水翁（8俳諧新選 四五ペ）
くもる日や野中の花の北面　猿雖（6続猿蓑 二九七三）
雲を根に富士は杉なりの茂りかな　芭蕉（1続連珠 六〇）
雲を吐く口つきしたり引蟇（ひきがへる）　一茶（3おらが春 四六八ペ）
雲折々人をやすむる月見哉　芭蕉（1春の日 二五四）
悔いふ人のとぎれやきりぎりす　丈草（6炭俵 二五五九）
苦労した水礼いふて落としけり　土髪（8俳諧新選 五四ペ）
くらがりに供養の菊を売りにけり　素十（9初鴉 一五三七）
闇（くら）がりに座頭忘れて涼みかな　也有（4五車反古 一七九三）

くらがりや　力がましき　ほととぎす　傘下（6あら野 四〇三）
暗き夜に　地の利を捜る　照射(ともし)哉　宅谷（8俳諧新選 一一六ペ）
くらき夜に　物陰見たり　雪の隈(くま)　二水（6あら野 四四六）
闇きより　くらき人呼ぶ　蛍かな　風笛（6あら野 六四六）
暗く暑く　大群集と　花火待つ　三鬼（9変身 二三五三）
鞍壺に　小坊主乗るや　大根引　芭蕉（1炭俵 八一七）
鞍とれば　寒き姿や　馬の尻　碧梧桐（9碧梧桐句集 〇一一四）
蔵並ぶ　裏は燕の　かよひ道　凡兆（6猿蓑 一九三九）
くらべ馬　おくれし一騎　あはれなり　子規（10獺祭句帖抄 六二七ペ）
鞍馬参り　山二つ越す　夜寒かな　三幹竹（9三幹竹句集 〇五四四）
繰り返し　教へて飽かぬ　夜長かな　五城（9五城句集 〇二三〇）
くり返し　ヤツオン花の　御能哉　赤羽（8俳諧新選 一五六ペ）
クリスマス　地に来ちちはは　舟を漕ぐ　不死男（9街 二三六四）
栗供ふ　恵心の作の　み　だ仏　蕪村（2蕪村句集 一八七一）
栗はねて　大入道と　化けても見よ　露月（9露月句集 〇二二一）
栗飯や　糸瓜(へちま)の花の　黄なるあり　子規（9俳句稿巻二 〇〇一七）
厨すぐる　主人目刺に　目落として　泊雲（9泊雲句集 〇七七八）
九輪草　四五りん草で　仕廻ひけり　一茶（3おらが春 四六六ペ）
来る秋の　きりぎは見する　一葉かな　捨女（4続山井 〇二二七）
くる秋は　風ばかりでも　なかりけり　北枝（6炭俵 二五八四）
来る雁や　何処(いづく)の秋を　当てにぞも　丹波西条社中（8俳諧新選 一四八ペ）
くるしさも　茶にはかつゑぬ　盆の旅　曾良（6続猿蓑 三四七四）
来る蟬の　身を打ち付けて　とまりけり　嘯山（8俳諧新選 一一九ペ）
来る年や　末たのみある　中の秋　梅盛（5花見車 五三）
来ると往くと　逢うて月見や　渡し舟　淡々（5淡々発句集 四六七）
来るのみか　裾より蠅の　折節は　嵐雪（7俳諧古選 一六六ペ）
来る人の　気を預かりし　柳　哉　一海（7俳諧古選 一五六ペ）
狂ふ也　竹も雀も　若いどし　存義（8俳諧新選 一一八ペ）
車降り　我と夏木と　佇みぬ　虚子（14七百五十句 一〇二ペ）
車座に　直(なほ)りて牛を　食はれけり　蘭丈（8俳諧新選 一四四ペ）
車座に　箸の揃はぬ　鷹野かな　竹牙（8俳諧新選 一四一ペ）
車　道　雪なき冬の　あした哉　小春（6あら野 四四二）
暮るる共なく　暮るる夜や　朧　月　渡牛（8俳諧新選 一〇八ペ）
暮るる春　戸や明けて置かん　此の夕べ　子一（8俳諧新選 一一二ペ）
暮るる日の　偽りがまし　けふの月　羊素（4友あぐら 一二五〇）
暮れいかに　月の気もなし　海の果て　荷兮（6あら野 四三一）
暮れ遅き　加茂の川添　下りけり　鳳朗（5鳳朗発句集 一一五九）
暮れ遅き　屋根を下りたる　屋根屋哉　麦人（9俳諧新潮 〇三四一）
暮れかかる　日をたたみけり　荻の裾　周砥（8俳諧新選 一三二ペ）
暮れかかる　山の名残や　鹿の声　文山（7俳諧古選 二一九ペ）
くれかぬる　日や山鳥の　おとしざし　蕪村（2蕪村遺稿 四五一）
くれくれて　餅を木魂の　わびね哉　芭蕉（1天和二歳旦 一四二）
暮れ淋し　花の後ろの　鬼　瓦　友五（6あら野 三六三）
くれて行く　年のまうけや　伊勢くまの　去来（6猿蓑 一七〇五）

紅もかくては淋しからす瓜　蓼太（8 俳諧新選 二三三ぺ）
暮の秋有職の人は宿に在す　蕪村（2 蕪村句集 二二六九）
暮の月蟬をすかして寝させけん　梅四（8 俳諧新選 一一九ぺ）
くれ行くやあしたの人の初ざくら　羅人（7 俳諧古選 二一四ぺ）
暮れ惜しむや泥へ日のさす二の替　呑獅（8 俳諧新選 一一一ぺ）
暮れんとす春をしほの山ざくら　蕪村（2 蕪村句集 二三五九）
黒虻（あぶ）の尻の黄色が逆立ちぬ　虚子（12 五百五十句 六六ぺ）
黒い牛赤い牛居る花野かな　露月（9 露月句集 〇二一二）
くろがねの秋の風鈴鳴りにけり　蛇笏（9 霊芝 〇六五〇）
黒き縞は無頼のジヤケツ熱帯魚　青邨（9 粗餐 一六〇三）
くろこげの餅見失ふどんどかな　犀星（9 魚眠洞発句集 一一四三）
黒谷の隣はしろしそばの花　蕪村（2 蕪村句集 一四七四）
黒蝶の何の誇りも無く飛びぬ　虚子（13 六百五十句 一七六ぺ）
黒栄（くろはえ）や浪に打たれて天の在り　喜舟（9 小石川 〇四五八）
黒ぼこの松のそだちやわか緑　士芳（6 続猿蓑 三〇七八）
黒みけり沖の時雨の行くところ　丈草（6 炭俵 二五九九）
黒森をなにといふともけさの雪　芭蕉（1 五十四郡 二二三二）
黒門に丸の跡あり山ざくら　子規（10 獺祭句帖抄 五九八ぺ）
回国の夜着に出会ひし仏事哉　文湖（8 俳諧新選 一三九ぺ）
懐紙なら身や二の折の花の春　玖也（5 桜川 九七）
外套の裏は緋なりき明治の雪　青邨（9 露団々 一五九七）
外套の手深く迷へるを言ひつつまず　碧梧桐（9 碧梧桐句集 〇一〇七）

怪談の後ろ更け行く夜寒哉　召波（5 春泥句集 八一四）
外聞に蕣（あさがほ）咲かす町家哉　一茶（3 文化句帖 三四九ぺ）
傀儡師（くわいらいし）日暮れて帰る羅生門　古白（9 古白遺稿 〇一八八）
黄砂（くわうさ）降り台湾メール沖をゆく　禅寺洞（9 禅寺洞句集 二二八七）
光琳の襖ひとへや虫の声　南雅（8 俳諧新選 一二七ぺ）
科学自体は残酷ならず寒の月　草田男（9 万緑昭40・1 二五二七）
化学とは花火を造る術ならん　漱石（9 正岡子規へ 〇一七四）
郭公の啼き啼き来り止りけり　普羅（9 辛夷 〇七一三）
郭公も唯の鳥ぞと聞き馴れし　虚子（14 七百五十句 二九ぺ）
郭公や韃靼の日の没るなべに　誓子（9 凍港 一四六四）
郭公や何処（どこ）までゆかば人に逢はむ　亜浪（9 定本亜浪句集 一〇二六）
活僧のふとんをたたむ魔風哉　太祇（8 俳諧新選 一四〇ぺ）
榠樝（くわりん）咲くと見て眠りたり霽（は）れてをり　亜浪（4 白道 二六〇六）
観音で雨に逢ひけり花盛り　子規（10 獺祭句帖抄 六二六ぺ）
観音のいらかみやりつ花の雲　芭蕉（1 末若葉 二六二）
観音の尾上のさくら咲きにけり　俊似（6 あら野 一〇二二）
観音へ行かず寄居虫（がうな）に遊ぶかな　喜舟（9 小石川 〇四五六）
観音を用事にぬける年の市　梨葉（9 梨葉句集第一 一〇七二）
萱草（くわんざう）は随分暑き花の色　荷兮（6 波留濃日 三三七）
元日に問はば隠しそ人のとし　二夕（7 俳諧古選 一五六ぺ）
元日の心わすれぬよるの雨　雅因（8 俳諧新選 一〇〇ぺ）
元日の木の間の競馬足ゆるし　重五（6 波留濃日 三〇二）

元日の人通りとはなりにけり　子規（4 寒山落木巻五 二二八五）
元日の枕安らかにはなれけり　青峰（9 青峰集 二二四八）
元日は明けすましたるかすみ哉　一笑（6 あら野 四六六）
元日は一日朝のこころかな　卯雲（8 俳諧新選 一〇〇ぺ）
元日は大晦日（おほつごもり）のはじめかな　吟笑（7 俳諧古選 一五二ぺ）
元日は田毎の日こそこひしけれ　芭蕉（1 真蹟懐紙 四六六）
元日へ種やこぼるるくれの鐘　羅人（8 俳諧新選 一二二ぺ）
元日も立ちのままなる屑家哉　一茶（3 八番日記 三三二ぺ）
元日も旅人を見る駅（うまや）かな　沾徳（7 俳諧古選 一五四ぺ）
元日や一系の天子不二の山　鳴雪（4 鳴雪俳句鈔 二三二一）
元日や家にゆづりの太刀帯（は）かん　去来（5 去来発句集 二一八六）
元日や梅にうぐひす古からず　篤羽（8 俳諧新選 一〇〇ぺ）
元日や置きどころなき猫の五器　竹戸（6 続猿蓑 三一〇八）
元日や鬼ひしぐ手も膝の上　梅室（4 梅室家集 二一六一）
元日やおもへばさびし秋の暮　芭蕉（1 真蹟短冊 二二一）
元日や神代の事も思はるる　守武（4 柿衛文庫真蹟 〇〇一六）
元日や昨日に遠き朝ぼらけ　移竹（7 俳諧古選 二一五ぺ）
元日やされば野川の水の音　来山（5 続いま宮草 二〇四）
元日や上々吉の浅黄空　一茶（3 浅黄空 三二二ぺ）
元日や煤の中なる蹲（うづくま）り　東洋城（9 東洋城全句中 〇三九三）
元日や手を洗ひをる夕ごころ　龍之介（9 澄江堂句集 一一三八）
元日や何に譬へん朝ぼらけ　忠知（7 俳諧古選 一四八ぺ）

元日や何やら人のしたり皃（がほ）　春来（8 俳諧新選 一〇〇ぺ）
元日やはれてすずめのものがたり　嵐雪（5 其袋 二七四）
元日や人の妻子の美しき　梅室（5 梅室家集 二一六六）
元日や非を改むる非のはじめ　紹簾（4 俳諧古選 一二八六）
元日やまだ片なりの梅の花　猿雖（6 続猿蓑 三〇九九）
元日や未（まだ）分別に手もつけず　大施（8 俳諧新選 一四七ぺ）
元日や松静かなる東山　闌更（5 半化坊発句集 七四七）
元日や夜ぶかき衣のうら表　千川（6 続猿蓑 三〇九二）
元日や稚（をさな）き時のものおぼえ　湖十（8 俳諧新選 一〇〇ぺ）
完全に接岸遊船より上がる　誓子（9 青銅 一四六八）
元旦や大樹のもとの人ごころ　白雄（5 白雄句集 八三三）
元旦やふどしたたんで枕上み　鬼城（9 鬼城句集 〇六二七）
元朝の日がさす縁をふみあるく　亜浪（9 定本亜浪句集 一〇二八）
元朝の見る物にせん富士の山　宗鑑（4 俳諧古選 〇〇〇七）
元朝も茶漬けくふとて名はたてそ　団水（5 元禄四歳旦 二三四）
元朝や何となけれど遅ざくら　路通（6 あら野 四六五）
観念の皃（かほ）を照らせし蛍かな　松樹（8 俳諧新選 一一六ぺ）
灌仏の其の比清ししらがさね　尚白（6 あら野 一〇二八）
灌仏の裸も近し更衣（ころもがへ）　童平（7 俳諧古選 二二八ぺ）
灌仏の日に生まれあふ鹿の子哉　芭蕉（1 笈の小文 三八〇）
灌仏や釈迦と提婆は従弟どし　之道（6 続猿蓑 三四四五）
灌仏や皺手合はする珠数（じゅず）の音　芭蕉（1 三冊子 九一八）

灌仏やつつじならぶる井戸のやね　曲翠（6続猿蓑 三四四三）
灌仏や目出度事に寺参り　支考（7俳諧古選 一六九ペ）
倶会一処墓地に茨咲き葵咲く　句仏（9句仏句集 〇五二七）
群青に川の流るる桜かな　喜舟（9紫川 〇四五九）
訓読の経をよすがや秋のくれ　蕪村（2蕪村遺稿 一四四二）
薫風やともし立てかねついつくしま　蕪村（2蕪村句集 一六七二）
薫風や鳥居の下を波走る　句仏（9句仏句集 〇五三〇）
薫風や裸の上に松の影　子規（10獺祭句帖抄 六二九ペ）

け

けいこ笛田はことごとく青みけり　一茶（3七番日記 三三七ペ）
稽古矢の先に女やつくづくし　沾洲（8俳諧新選 一〇四ペ）
稽古矢を又失ひし花野哉　雪蕉（8俳諧新選 二二九ペ）
京城の七つの丘の秋日かな　普羅（9辛夷 〇七一七）
渓水に添ふ菊白し見るも見るも　太祇（8俳諧新選 二三四ペ）
傾城の蚊屋にきのふの蛍かな　瓢水（4瓢水句選 二二九〇）
傾城の夏書（げがき）やさしや仮の宿　其角（7俳諧古選 二〇一ペ）
傾城の名には未（まだ）なし花の春　布門（8俳諧新選 一〇〇ペ）
傾城の畠見たがるすみれかな　涼菟（5皮籠摺 四一三）
傾城はのちの世かけて花見かな　蕪村（2蕪村句集 二一〇六）
境内に汝も伽藍（がらん）持つ蝸牛かな　迷堂（9孤輪 〇四一七）

啓蟄の河鹿に水を湛えけり　寸七翁（9現代俳句集 〇八八〇）
鶏頭の黒きにそそぐ時雨かな　子規（4俳句稿巻二 二一八六）
鶏頭の十四五本もありぬべし　子規（9俳句稿巻一 〇〇一八）
鶏頭の散る事しらぬ日数哉　至暁（6続猿蓑 三二五四）
鶏頭のとうとう枯れてしまひけり　子規（9俳句稿巻一 〇〇一九）
鶏頭のまだいとけなき野分かな　子規（4仰臥漫録 二一八一）
鶏頭の雪になる迄紅きかな　市山（6あら野 八八四）
雞頭や片山里の門廁　嘯山（8俳諧新選 一三三ペ）
鶏頭や雁の来る時なほあかし　芭蕉（1続猿蓑 九三〇）
鶏頭や汽車を見てゐる村童　句仏（9句仏句集 〇五三一）
鶏頭を伐るにものうし初時雨　子規（10獺祭句帖抄 六六二ペ）
鶏頭を抜き棄てしより秋の暮　敦（9歴日抄 三一二九）
鶏頭を抜けばくるもの風と雪　林火（9青水輪 二七五一）
けうときは鷲の栖や雲の峰　祐甫（6炭俵 二五三六）
けうとさに少し脇むく月夜哉　昌碧（6あら野 四一二）
激情を日焼の顔の皺に見し　立子（9春雷 一九三七）
激雷のその後青し北の海　汀女（9風花昭41・6 一九二一）
激流を鮎の竿にて撫でてをり　青畝（9春の鳶 一五〇八）
下々の下の客といはれん花の宿　越人（6あら野 三六八）
下々も下々下々の下国の涼しさよ　一茶（3七番日記 三三六ペ）
下戸庵が疵也こんな菊の花　一茶（3おらが春 四七二ペ）
下戸の立つたる蔵もなし年の暮　一茶（3八番日記 三六二ペ）

家子（けご）もとく　ゐねつめる夜の　静か也　嘯山（8 俳諧新選 一〇〇ぺ）
毳（けごろも）に　つつみてぬくし　鴨の足　芭蕉（1 続猿蓑 八一五）
今朝秋と　しらで門掃く　男哉　存義（7 俳諧古選 二三二ぺ）
けさ秋や　瘧（おこり）の落ちた　やうな空　一茶（3 八番日記 三四二ぺ）
今朝秋や　見入る鏡に　親の顔　鬼城（4 鬼城句集 二二五六）
今朝からの　しまつをかしや　大三十日　瓜流（8 俳諧新選 一四六ぺ）
今朝きつる　鶯と見しに　啼かで去る　蕪村（2 蕪村遺稿 三三二八）
今朝国土　笑はせ初めぬ　俳諧師　高政（5 おくれ双六 一一八）
今朝ちりし　甲斐の木の葉や　田子の浦　布仙（7 俳諧古選 一九三ぺ）
今朝と起きて　縄ぶしほどく　柳哉　鼠弾（6 あら野 四八一）
今朝の秋　朝精進の　はじめ哉　蕪村（2 蕪村遺稿 二一四四）
けさの春　海はほどあり　麦の原　雨桐（6 波留濃日 三〇四）
けさの春　寂しからざる　閑（しづ）かかな　冬松（6 あら野 四八八）
今朝の雪　虚子市に蓑を　得しや如何に　左衛門（9 現代俳句集 〇八一八）
今朝の雪　根深を薗の　枝折哉　芭蕉（1 坂東太郎 一〇九）
今朝は猶　そらばかり見る　しぐれ哉　落梧（6 あら野 七七四）
けさ程や　こそりとおちて　ある一葉　一茶（3 七番日記 三五〇ぺ）
今朝見れば　風に靡きつ　今年竹　斗吟（8 俳諧新選 一一八ぺ）
今朝見れば　淋しかりし夜の　一葉かな　古白（9 古白遺稿 〇一八九）
今朝向かふ　東（あづま）鑑（かがみ）の　餅かな　光広（4 鷹筑波集 〇〇五二）
けしからぬ　月夜となりし　みぞれ哉　一茶（3 享和句帖 三五三ぺ）
夏至今日と　思ひつつ書を　閉ぢにけり　虚子（14 七百五十句 一〇二ぺ）

芥子咲いて　其の日の風に　散りにけり　子規（10 獺祭句帖抄 六三一ぺ）
芥子咲けば　まぬかれがたく　病みにけり　たかし（4 たかし全集 二六四九）
けし炭に　薪わる音か　をののおく　芭蕉（1 続深川集 一二一）
けし散りて　直に実を見る　夕べ哉　李桃（6 あら野 六三八）
罌粟（けし）ちりて　二つの蝶の　行衛（ゆくへ）哉　子一（8 俳諧新選 一五六ぺ）
けしの散る　光ひまなし　枕元　梅室（5 梅室家集 一一六八）
けしの花　籬（まがき）すべくも　あらぬ哉　蕪村（2 蕪村句集 一二二五）
夏至の日や　町ゆく馬の　白（かほ）迄も　賈友（8 俳諧新選 一一九ぺ）
けし畑や　散りしづまりて　仏在世（ぶつざいせ）　乙州（6 続猿蓑 三四五九）
罌粟ひらく　髪の先まで　寂しきとき　多佳子（9 紅糸 二九六八）
芥子蒔くと　畑まで行かむ　月見哉　空牙（6 続猿蓑 三二二〇）
化粧の間　秋海棠の　風寒し　子規（10 獺祭句帖抄 六五八ぺ）
夏断せん　我も浪化の　世ぞ恋し　句仏（9 句仏句集 〇五三二）
下駄の歯に　沙（すな）の金（こがね）や　はるの雨　丑二（8 俳諧新選 一五〇ぺ）
下駄の歯を　蹴欠いて戻る　師走かな　鳳朗（5 鳳朗発句集 一一六五）
下駄はいて　行くや焼野の　薄月夜　子規（10 獺祭句帖抄 六二五ぺ）
潔戒の　山静か也　ふゆがまへ　它谷（8 俳諧新選 一四〇ぺ）
結構な　雨や野山も　錦着ん　嘯山（8 俳諧新選 一六〇ぺ）
月光に　いのち死にゆく　ひとと寝る　多佳子（9 海燕 二九六九）
月光に　深雪の創の　かくれなし　茅舎（4 華厳 二六二四）
月前に　高き煙や　市の空　碧梧桐（9 ホ明38・10 〇一一五）
ケツデキが　逃げたもしらぬ　かがし哉　蕪村（2 蕪村遺稿 一九二）

月明に沖の火一箇村をなす　誓子（9和服 一四七二）
藝(け)形(なり)では逢はじ云ふても花の春　去来（7俳諧古選 一四六ぺ）
実(げ)にもとは請けて寝冷の暑さかな　正秀（6続猿蓑 三一六六）
実(げに)や月間口千金の通り町　芭蕉（1江戸通町 九七）
化粧して麦うつ宿の女かな　坡仄（8俳諧新選 一一六ぺ）
化粧へたる顔の落ちつくこたつかな　青蒲（8俳諧新選 一三八ぺ）
夏(げ)百日墨もゆがまぬ心かな　蕪村（2蕪村句集 七五二）
けふからは正月分んぞ麦の色　一茶（3おらが春 四七五ぺ）
けふからは日本の雁ぞ楽に寝よ　一茶（3迹祭 三四八ぺ）
今日限りの春の行方や帆かけ船　許六（4本朝文選 一〇四六）
けふここの江戸にや匂ふ八重桜　玄札（5夜錦 七四）
けふさくはうれしき菊のこころかな　雅因（8俳諧新選 一三三ぺ）
けふ汐干淡路の鐘も聞こゆべし　渭白（8俳諧新選 一〇九ぺ）
けふとても小松負ふらん牛の夢　聴雪（6波留濃日 三二一）
けふになりて菊作らうとおもひけり　二水（6あら野 七六五）
けふ子日(ねのひ)小松摺せよ被(かづき)にも　龍眠（8俳諧新選 一〇〇ぺ）
けふの今宵寝る時もなき月見哉　芭蕉（1続連珠 四七）
けふの月勢至(せいし)と聞くぞ恨みなれ　竹亭（7俳諧古選 一七六ぺ）
今日の月若衆捨てたる山もがな　不角（4蘆分船 〇八九七）
けふの日も棒ふり虫よ翌(あす)も又　一茶（3おらが春 四四五ぺ）
けふの日や心にかかる霧もなし　守紀（8俳諧新選 一五四ぺ）
けふの日やついでに洗ふ仏達　荷兮（6あら野 八三四）

けふのみの春を歩いて仕舞ひけり　蕪村（2蕪村句集 四六九）
けふばかり人も年よれ初時雨　芭蕉（1韻塞 七六三）
けふ計(ばか)り外の月出し心かな　羅人（8俳諧新選 一五二ぺ）
けふも暑う生き飽きたりな又の飯　東洋城（9東洋城全句中 〇三九五）
今日も暮るる吹雪の底の大日輪　亜浪（9定本亜浪句集 一〇三一）
けふもけふもかすんで暮らす小家哉　一茶（3句稿消息 三二八ぺ）
けふも蟬聞きて暮れ行く山路哉　一敬（8俳諧新選 一四八ぺ）
けふも又一里暮れけり鹿の声　雲魚（8俳諧新選 一三二ぺ）
けふも又暮れて桜に分かれけり　栄滝（8俳諧新選 一〇九ぺ）
けふも亦長(をさ)の見めぐる早苗哉　麦翅（8俳諧新選 一一六ぺ）
けふよりや書付消さん笠の露　芭蕉（1奥の細道 五四八）
毛見(けみ)の衆の舟さし下だせ最上川　蕪村（2蕪村句集 一八八三）
煙にもすすけず白し富士の雪　徳元（4犬子集 〇〇六三）
けろりくわんとして烏と柳哉　一茶（3文政版発句集 三三四ぺ）
玄海の冬浪を大と見て寝ねき　誓子（9黄旗 一四七三）
兼好も莚織りけり花ざかり　嵐雪（6炭俵 二二一四）
牽牛の勢田を渡るか烟草の火　宋阿（7俳諧古選 一八四ぺ）
喧嘩すなあひみたがひの渡り鳥　一茶（3おらが春 四七二ぺ）
玄関に弓矢飾りて牡丹かな　東季（8俳諧新選 一四七ぺ）
乾坤に夕立癖のつきにけり　虚子（13六百五十句 一五五〇ぺ）
源氏ならで上下に祝ふ若菜かな　立圃（4犬子集 〇〇七六）
源氏絵は屋根なき家の月見哉　必化（8俳諧新選 一三〇ぺ）

厳といふ字 寒といふ字を 身にひたと 虚子（13六百五十句 一三二ぺ）
賢にして みごもる妻や 春の雷 青々（9妻木 〇四八三）
原爆図中 口あくわれも 口あく寒 楸邨（9まぼろしの鹿 二五八〇）
源八を わたりてうめの あるじかな 蕪村（2蕪村句集 二〇九三）

こ

小鮎汲み 月黄昏（たそがれ）に もどりけり 臨風（9帝国明33・3 〇三一七）
故友また 故友青きも 踏みあへず 爽雨（9三露 一八九二）
工事残務 百舌鳥（もず）晴れに 住みつくがごと 碧梧桐（4新傾向句集 二二八八）
口上を うけうけ結ぶ 粽かな 蘆舟（7俳諧古選 一七三ぺ）
口上を 虫に云はせて 売りにけり 秋十（8俳諧新選 一二七ぺ）
小路行けば ちかく聞こゆる きぬた哉 蕪村（2蕪村句集 二七四〇）
工女等に 遅日めぐれる 機械かな 青峰（9青峰集 二二四九）
紅塵を 吸うて肉とす 五月鯉 しづの女（9颱 〇九六二）
鴻（こう）の巣の 網代にかかる 野分哉 蕪村（2蕪村遺稿 一九九）
紅梅に 青く横たふ 筧（かけひ）かな 柳居（5柳居発句集 四八四）
紅梅に 時めく家の 光かな 毛仏（8俳諧新選 一〇二ぺ）
紅梅の ちるや童の 紙づつみ 太祇（8俳諧新選 一〇二ぺ）
紅梅の つぼみいよいよ けはしけれ 素逝（9暦日 一八二一）
紅梅の 光野でなし 山でなし 其芳（7俳諧古選 一四八ぺ）
紅梅の 落花燃ゆらむ 馬の糞 蕪村（2蕪村句集 二三五六）

紅梅は 娘すまする 妻戸哉 杉風（6炭俵 二四〇四）
紅梅や 入日の襲ふ 松かしは 蕪村（2蕪村遺稿 二三五八）
紅梅や かの銀公の からごろも 貞徳（5紅梅千句 一三）
紅梅や 二三度迷ふ 築地裏 風之（8俳諧新選 一〇二ぺ）
紅梅や 比丘より劣る 比丘尼寺 蕪村（2蕪村句集 二二一）
紅梅や 町家につづく 古御殿 貝錦（8俳諧新選 一〇二ぺ）
紅梅や 見ぬ恋作る 玉すだれ 芭蕉（1桐葉宛書簡 四六八）
小うるさい 花が咲く沖（とて） 寝釈迦かな 一茶（3おらが春 四三五ぺ）
肥えたとて 自慢はさせぬ 暑さ哉 長流（7俳諧古選 二一六ぺ）
小海老飛ぶ 汐干の跡の 忘れ水 二柳（5津守船初編 七六〇）
埆（こえ）舟（ぶね）を 隠して荻の 戦（そよ）ぎけり 水翁（8俳諧新選 一三三ぺ）
木がくれて 茶摘も聞くや ほととぎす 芭蕉（1炭俵 八四〇）
金（こがね）掘る 山本遠し 閑居鳥 蕪村（2蕪村遺稿 五三二）
金亀子 擲つ闇の 深さかな 虚子（9五百句 〇〇六六）
こがね虫 葉かげを歩す 風雨かな 久女（9杉田久女句集 〇九四五）
蚕飼（こがひ）する 人は古代の 姿かな 曾良（4卯辰集 〇八六六）
胡笳（こか）ふけば 空へ飛びけり 蘆の花 嘯山（8俳諧新選 一五三ぺ）
御家老の 短き袖や 初袷 之房（8俳諧新選 一一三ぺ）
木枯すぎ 日暮れの赤き 木となれり 三鬼（9今日 二三五四）
凩に 鰓（あぎと）ふかるるや 鉤の魚 蕪村（2蕪村句集 二二九九）
木枯に 浅間の煙 吹き散るか 虚子（12六百句 二三三ぺ）
凩に 一僧帰る 山路かな 心祇（4たつのうら 一一六四）

木枯に岩吹きとがる杉間かな　芭蕉（1 笈日記 七三〇）
凩に追はるる如く任地去る　青嵐（9 永田青嵐句集 〇八九〇）
凩に匂ひやつけし帰り花　芭蕉（1 後の旅 七二五）
凩に吹き出だされたる野寺かな　止角（8 俳諧新選 二三八ぺ）
凩に吹きちりさうな山家かな　石爛（8 俳諧新選 二三八ぺ）
こがらしに吹きとられけり鷹の巾　杏雨（6 あら野 七九三）
こがらしに二日の月のふきちるか　荷兮（6 あら野 七七七）
凩によく聞けば千々の響きかな　子規（4 寒山落木巻三 二一八九）
凩の一日吹いて居りにけり　涼菟（5 伊勢新百韻 四一六）
こがらしの落葉にやぶる小ゆび哉　杜国（6 あら野 九六九）
木がらしの音を着て来る紙子哉　素丸（5 藪うぐひす 五三〇）
凩の聞き草臥（くたび）れや旅の暮　太祇（8 俳諧新選 二三八ぺ）
凩の機嫌直して明けにけり　雁觜（8 俳諧新選 二三九ぺ）
凩の浄林の釜恙（つつが）なきや　子規（10 獺祭句帖抄 六六三ぺ）
凩の地迄落とさぬしぐれかな　去来（5 いつを昔 三〇二）
木枯の根にすがり付く檜皮かな　桃隣（6 炭俵 二五九六）
凩の果てはありけり海の音　言水（5 都曲 一七九）
凩の笛かもしらず蟬のから　旨原（4 反古衾 一七三二）
凩の吹きあるる中の午砲かな　鳴雪（4 鳴雪俳句鈔 二二二二）
木がらしの吹き行くうしろすがたかな　嵐雪（4 続虚栗 〇八三二）
こがらしの松の葉かきとつれ立ちて　舟泉（6 あら野 八六三）
凩の藪にとどまる小家かな　残香（6 炭俵 二五九三）

凩の我も寒気に吹きにけり　杜支（8 俳諧新選 二三八ぺ）
凩の侵す疆（かぎ）りや九月尽　嘯山（8 俳諧新選 二三六ぺ）
凩の風干葉は窓をうがつて去る　杉風（4 常盤屋の句合 〇八五四）
こがらしもしばし息つく小春哉　野水（6 あら野 八五六）
凩も人の付けたる名成りけり　几圭（8 俳諧新選 二五二ぺ）
凩も松もあぐみし声す也　孤桐（8 俳諧新選 二三八ぺ）
木枯や脂がかりし魚の味　露月（9 露月句集 〇二二三）
凩や雨もあるかの夜の音　鼓舌（8 俳諧新選 二三八ぺ）
木枯や市に業（たつき）の琴をきく　白雄（5 白雄句集 八四三）
凩やいづれが月のあり所　射道（8 俳諧新選 二三八ぺ）
こがらしや岩に裂け行く水の声　蕪村（2 蕪村句集 二三〇一）
凩や彩らぬ先の歌がるた　寛留（7 俳諧古選 二一六ぺ）
木がらしや色にも見えず散りもせず　智月（6 続猿蓑 三三六四）
凩や海から見ゆる道の末　麻兄（8 俳諧新選 二三八ぺ）
凩や沖よりさむき山のきれ　其角（6 炭俵 二五八七）
こがらしや鐘に小石を吹き当てる　蕪村（2 蕪村句集 一九四一）
凩や鐘引きすてし道の端　子規（10 獺祭句帖抄 六四〇ぺ）
木がらしやから呼びされし按摩坊　一茶（3 おらが春 四七三ぺ）
木枯や刈田の畔（くろ）の鉄（かな）気（け）水　惟然（6 続猿蓑 三三六六）
凩やこの頃までは荻の風　蕪村（2 蕪村句集 三〇一）
木枯や小橋危き汐そこり　野逸（4 野逸句集 一七六三）
木枯や胡麻煎れば鍋はじく音　東洋城（9 東洋城全句中 〇三九六）

こがらしや里の子覗く神輿（みこし）部屋　尚白（6あら野 一〇七九）
凩や里をはなれて里遠し　許適（8俳諧新選 二三八ぺ）
凩や渋柿の渋もぬけぬべし　乙総（8俳諧新選 二三九ぺ）
凩や背中吹かるる牛の声　風斤（6続猿蓑 三三六五）
木がらしや大河の水の鳴りてたつ　嘯山（4律亭句集 一七〇九）
木枯やたけにかくれてしづまりぬ　芭蕉（1鳥の道 九七五）
木がらしや地びたに暮るる辻諷（うた）ひ　一茶（3文化句帖 三五三ぺ）
こがらしや隣といふもゐちご山　一茶（3八番日記 三五三ぺ）
こがらしや何に世わたる家五軒　蕪村（2蕪村句集 一一九八）
凩や何をたよりの猿をがせ　蕪村（2蕪村遺稿 二一六八）
木がらしや廿四文の遊女小屋　一茶（3おらが春 四七四ぺ）
こがらしや野河の石を踏みわたる　蕪村（2蕪村遺稿 二三〇〇）
凩や軒へ雀のくぐむ音　柳水（8俳諧新選 二三八ぺ）
こがらしや覗いて逃ぐる淵のいろ　蕪村（2蕪村遺稿 一一九七）
凩やはじめはわづか荻の音　其汀（7俳諧古選 二一七ぺ）
凩や畠の小石目に見ゆる　蕪村（2蕪村句集 七〇二）
凩や飛脚ひとりの渡し舟　田兼（7俳諧古選 二一九ぺ）
凩やひたとつまづくもどり馬　蕪村（2蕪村句集 七〇〇）
こがらしや日に日に鴛鴦（をし）の美しき　士朗（4枇杷園句集 二〇八三）
凩やひびきの添はぬ鐘一つ　雨谷（8俳諧新選 二三八ぺ）
凩や広野にどうと吹き起こる　蕪村（2蕪村遺稿 一一九九）
こがらしや頬腫れ痛む人の顔　芭蕉（1猿蓑 六六五）

凩や瞼（まだたき）しげき猫の面　八桑（6炭俵 二五九五）
凩や身籠る犬の眼になみだ　蛾眉（8俳諧新選 二三九ぺ）
凩や目刺に残る海のいろ　龍之介（9澄江堂句集 一一三九）
木枯や谷中の道を塔の下　碧梧桐（4ホ明33・二二八・九12）
凩や宵からふけし松の音　玉指（7俳諧古選 二一九ぺ）
こがらしや藁まきちらす牛の角　塵生（6続猿蓑 三三六七）
木がらしや折介帰る寒さ橋　一茶（3おらが春 四七三ぺ）
こがれてや琴を鳴らせる猫の爪　龍眼（8俳諧新選 一〇二ぺ）
漕ぎ出でて遠き心や虫の声　亜浪（9定本亜浪句集 一〇三四）
濃き色や雨にも朽ちず花樗（あふち）　子雨（8俳諧新選 一二三ぺ）
小菊なら縄日の恥はなかるべし　一茶（3おらが春 四七二ぺ）
小木曾女（こきそめ）やはつ雪たわむ額髪　素檗（5素檗句集 九八一）
漕ぎ出せや円山寺を花のうへ　淡々（8俳諧新選 一一〇ぺ）
小狐の何にむせけむ小萩はら　蕪村（2蕪村句集 一六一）
五器の飯ほとびる猫の思ひかや　子規（10獺祭句帖抄 五九八ぺ）
黒雲から黒鮮やかに初燕　草田男（9美田 二五三〇）
漕（こぐ）川（かは）に竹垂れかかる氷かな　子規（10獺祭句帖抄 六四〇ぺ）
刻々と増水いつぴきいそいでいるヲケラ　禅寺洞（9禅寺洞句集 二二八九）
穀象の一匹だにもふりむかず　三鬼（9夜の桃 二三五五）
酷暑にも堪へつつ功を争はず　花蓑（9花蓑句集 〇八六九）
穀直段くつくとさがるあつさかな　一茶（3真蹟 三三四ぺ）
極楽のちか道いくつ寒念仏　蕪村（2蕪村句集 一三五〇）

極楽を覚えてもどる涅槃かな　超波（8俳諧新選一四六ぺ）
小冠者（こくわじや）出て花見る人をとがめけり　蕪村（2蕪村句集二三五一）
小傾城行きてなぶらん年の暮　其角（4雑談集〇七九七）
苔埋む蔦のうつつの念仏哉　芭蕉（1花の市一九二）
こけ落ちて田螺（たにし）つぶやくや水の音　嘯山（8俳諧新選一〇六ぺ）
こけさうな男は見えぬすまふ哉　杜支（8俳諧新選一二七ぺ）
苔清水馬の口籠をはづしけり　子規（10獺祭句帖抄六四八ぺ）
苔寺を出てその辺の秋の暮　虚子（14七百五十句三五〇ぺ）
苔濡れていなづま伝ふ軒端哉　習先（8俳諧新選一二五ぺ）
苔の上落花しづまる一つ一つ　虚子（14七百五十句六五四ぺ）
後家の君たそかれがほのうちは哉　蕪村（2蕪村遺稿一三三三）
苔の無き石や焼野の爰かしこ　武然（8俳諧新選一一一ぺ）
苔の花門に車の跡もなし　子規（10獺祭句帖抄六五〇ぺ）
小言いふ相手もあらばけふの月　一茶（3文政句帖三四五ぺ）
ここに咲けばここの仏の椿かな　別天楼（9野老一一七九）
九のたび起きても月の七つ哉　芭蕉（1雑談集七一六）
小米花（こごめばな）奈良のはづれや鍛冶が家　万乎（6続猿蓑三〇八〇）
ここらかとのぞくあやめの軒端哉　秋芳（6あら野六五一）
心当てに早く遅しや此の菌（きのこ）　它谷（8俳諧新選一三四ぺ）
心ある海人の灯籠やみをつくし　藤躬（7俳諧古選一八二ぺ）
心得て居れ共淋し秋の暮　魯雲（8俳諧新選一五二ぺ）
心からしなのの雪に降られけり　一茶（3文化句帖三五四ぺ）

心爰になきか鳴かぬか郭公（ほととぎす）　西鶴（5遠近集一二四）
こころすむ老のながめや春の雨　千仭（8俳諧新選一〇三ぺ）
心なき代官殿やほととぎす　去来（6猿蓑一七一九）
心にもかからぬ市のきぬたかな　暁鼯（6あら野七五五）
心細く野分のつのる日暮れかな　子規（10獺祭句帖抄六五四ぺ）
こころほど牡丹の撓（たわ）む日数かな　太祇（5太祇句選五四六）
ここをせに中立売りやほととぎす　嵐山（8俳諧新選一五四ぺ）
小ざかしきさまやつぎ木の花盛り　羽幸（8俳諧新選一一〇ぺ）
小座頭の天窓（あたま）にかぶる扇かな　一茶（3おらが春四四一ぺ）
御座舟や霧間もれたる須磨明石　重頼（4藤枝集〇〇八六）
小雨にも流さで梅の匂ひかな　祇川（8俳諧新選一〇一ぺ）
古更紗の炬燵蒲団や窓の梅　嘯山（8俳諧新選一〇二ぺ）
御祝儀に雪も降るなりどんどやき　一茶（3七番日記三二四ぺ）
腰押すや片手におのが汗拭ひ　鳥酔（5夏山伏四九七）
腰かけて中に涼しき階子（はしご）哉　洒堂（6続猿蓑三一五四）
腰架の角ならびたり受難節　青畝（9甲子園一五〇九）
来し方や馬酔木（あしび）咲く野の日のひかり　秋桜子（9葛飾一四二五）
乞食にも斯は成られぬかがし哉　笠翁（7俳諧古選一八三ぺ）
五七日九月日和やきくの花　五松（8俳諧新選一三四ぺ）
腰てらす元日里の睡りかな　犀夕（6波留濃日三〇九）
腰に笛高麗橋の月見哉　呉郷（8俳諧新選一五〇ぺ）
腰ぬけの妻うつくしき火燵哉　蕪村（2蕪村句集六六七）

腰のあふぎ　礼義ばかりの　御山哉　一雪（6 一〇二九 あら野）
腰のして　けふは山見ん　菊作り　布門（8 一三四ぺ 俳諧新選）
来し春よ　人にあかれず　人あかず　丈石（8 一〇〇ぺ 俳諧新選）
五十年　振舞食うて　くれにけり　雲裡坊（7 二二七ぺ 俳諧古選）
御所跡に　其の名の柿の　盛りかな　富葉（8 二三一ぺ 俳諧新選）
御所柿に　たのまれ皃（がほ）の　かがしかな　蕪村（2 七九〇 蕪村句集）
五所柿や　おのれが葉さへ　落つるのに　存義（4 一七三八 かなあぶら）
拵（こしら）へし　時から古き　かがし哉　如風（7 ぺ一八二 俳諧古選）
子雀や　連翹（れんげう）にとまり　竹にとまり　霽月（9 〇二四九 明28俳句界）
コスモスの　花あそびをる　虚空かな　虚子（14 五九ぺ 七百五十句）
コスモスや　結城大事に　しんし張　喜舟（9 〇四六〇 紫川）
梢から　来て梢から　行く秋ぞ　乙由（7 一八三ぺ 俳諧古選）
梢から　折りては落とす　柳かな　太祇（8 一〇五ぺ 俳諧新選）
梢まで　来てゐる秋の　あつさかな　支考（4 一一〇〇 梟日記）
梢より　あだに落ちけり　蟬のから　芭蕉（1 七六 江戸広小路）
梢より　崩す音あり　よるの雪　支鳩（8 一四三ぺ 俳諧新選）
小僧きけ　夜寝ぬ鳥ぞ　郭公（ほととぎす）　存義（4 一七三九 東風流）
小僧来たり　上野は谷中の　初桜　素堂（4 〇七六六 江戸新道）
去年（こぞ）今年　貫く棒の　如きもの　虚子（9 〇〇六七 六百五十句）
去年残し　置きたるここの　蠅叩　虚子（14 六九ぺ 七百五十句）
去年の巣の　土ぬり直す　燕かな　俊似（6 六〇四 あら野）
去年の春　ちひさかりしが　芋の頭　元広（6 四七二 あら野）

こぞりては　又流れのく　田螺（たにし）哉　歌ト（8 一四七ぺ 俳諧新選）
子宝が　きやらきやら笑ふ　榾火（ほたび）哉　一茶（3 四五九ぺ おらが春）
炬燵熱や　老に冊（かしづ）く　老あはれ　東洋城（9 〇三九七 東洋城全句中）
炬燵して　語れ真田（さなだ）が　冬の陣　子規（10 六一八ぺ 獺祭句帖抄）
炬燵出て　はや足もとの　野河哉　蕪村（2 七五 蕪村句集）
火燵なき　蒲団や足の　のべ心　子規（10 六〇五ぺ 獺祭句帖抄）
火燵より　寝に行く時は　夜半哉　雪芝（6 三四三五 続猿蓑）
小鯛さす　柳涼しや　海士がつま　芭蕉（1 五三〇 曽良書留）
谺（こだま）して　山ほととぎす　ほしいまま　久女（9 〇九四六 杉田久女句集）
こちの梅も　隣のうめも　咲きにけり　蕪村（2 一四八五 蕪村遺稿）
東風（こち）の空　雲一筋に　南（みんなみ）へ　虚子（14 二三六ぺ 七百五十句）
東風吹くと　語りもぞ行く　主と従者（ずさ）　太祇（4 一八一六 太祇句選）
こちらむけ　我もさびしき　秋の暮　芭蕉（1 六二二 笈日記）
蚕づかれの　身をいたはりの　小盃　楊童（9 〇八〇五 枯蘆）
国境の　駅の両替　遅日かな　虚子（12 一四ぺ 五百五十句）
こつこつと　臼の目きるや　秋の雨　梨一（8 二三五ぺ 俳諧新選）
乞食の　有りし世語る　月見かな　胡餅（8 二三〇ぺ 俳諧新選）
乞食の　其の日を背負ふ　暑さかな　麦翅（8 二二〇ぺ 俳諧新選）
こつちから　蠅に手をする　昼寝哉　文石鬲（7 二二八ぺ 俳諧古選）
骨拾ふ　人にしたしき　菫かな　蕪村（2 二四五〇 蕪村句集）
御亭主の　大黒耳や　蛭子（えびす）講（かう）　嘯山（8 一四五ぺ 俳諧新選）
胡蝶にも　ならで秋ふる　菜虫哉　芭蕉（1 五七一 をのが光）

小でまりの　愁ふる雨と　なりにけり　敦（9歴日抄 三一三一）
子といくは　亡き夫(つま)といく　月真澄　しづの女（9颱 〇九六三）
ことされて　なほ邯鄲(かんたん)の　うすみどり　風生（9米寿前 一五七二）
異草に　我がちがほや　園の紫蘇　蔦雫（6続猿蓑 三一九三）
異草も　刈り捨てぬ家の　ぼたん哉　蕪村（2蕪村遺稿 二二四八）
悉(ことごと)く　師走に成りぬ　市のさま　卯雲（8俳諧新選 一四五ぺ）
ことごとく　藁を掛けたる　冬木かな　子規（10獺祭句帖抄 六四一ぺ）
ことごとを　心に刻み　秋扇　汀女（9半生 一九二二）
ことしから　丸儲けぞよ　娑婆(しゃば)遊び　一茶（3八番日記 三三三ぺ）
事しげく　臼ふむ軒や　懸け烟草　太祇（8俳諧新選 一五九ぺ）
今年竹　日々に身幅の　あはばこそ　周禾（8俳諧新選 一八ぺ）
ことしより　堅気のセルを　着たりけり　万太郎（9草の丈 一一一九）
ことしより　蚕はじめぬ　小百姓　蕪村（2蕪村遺稿 四九八）
琴の音に　猫睡らせよ　秋の暮　野有（8俳諧新選 一五六ぺ）
こと葉多く　早瓜くるる　女かな　蕪村（2蕪村句集 二〇六八）
琴箱や　古物店の　背戸の菊　芭蕉（1蕉翁句集 八〇六）
詞さへ　なくて月見る　寒さかな　子曳（8俳諧新選 一四二ぺ）
ことぶきの　名をつけて見む　宿の梅　昌碧（6あら野 四七一）
子供には　まづ惣領や　蔵びらき　蔦雫（6続猿蓑 三一〇〇）
子供等は　すぐに外に出て　松の花　立子（9続立子句集二 一九三八）
子ども等よ　昼皃咲きぬ　瓜むかん　芭蕉（1藤の実 七九〇）
子どもらを　心でをがむ　夜寒哉　一茶（3おらが春 四七二ぺ）

事よせて　蚊屋へさし出す　腕(かひな)かな　太祇（8俳諧新選 一五七ぺ）
小鳥来る　音うれしさよ　板庇　蕪村（2蕪村句集 一八六）
小鳥このごろ　音もさせずに　来て居りぬ　鬼城（9鬼城句集 〇六一九）
断りて　野へ出る道や　けしのはな　大夢（8俳諧新選 一五六ぺ）
子なければ　蚊屋に蛍も　蚊も入れず　百万（8俳諧新選 一一六ぺ）
子に飽くと　申す人には　花もなし　芭蕉（1類柑子 九一六）
子に恥ぢて　伽羅(きゃら)こそとめね　きそはじめ　如泉（5元禄四歳旦 一八四）
五人でも　百に足らぬや　とし忘れ　李流（8俳諧新選 一四五ぺ）
五人ぶち　とりてしだるる　柳かな　野坡（6炭俵 二四二二）
こぬ殿を　唐黍(きび)高し　見おろさん　荷兮（6波留濃日 三四九）
来ぬ人よ　爐中に烟る　椎のから　言水（7俳諧古選 二〇七ぺ）
こねかへす　道も師走の　市のさま　曾良（6続猿蓑 三四一一）
子鼠の　ちちよと啼くや　夜半の秋　蕪村（2蕪村句集 二一五〇）
こねりをも　へらして植ゑし　柳かな　湖春（6炭俵 二四二〇）
此の秋風の　もて来る雪を　思ひけり　虚子（11五百句 三九ぺ）
此の秋の　骨あらはるる　かがし哉　春山（8俳諧新選 一二八ぺ）
此の秋は　何で年よる　雲に鳥　芭蕉（1笈日記 九〇四）
この秋は　膝に子のない　月見かな　鬼貫（4仏兄七久留万 〇二七四）
此のあたり　目に見ゆるものは　皆涼し　芭蕉（1笈日記 四一二）
このあたりに　珍しい三味線の音の　三日月　癖三酔（9新緑大6・1 〇三七五）
此の扇　禿(かぶろ)をのせて　流さなん　嘯山（8俳諧新選 一九ぺ）
此の雨に　腐らぬ花よ　かきつばた　漁焉（8俳諧新選 一四ぺ）

此の雨に　のつ引きならじ　時鳥　一茶（3 七番日記 三四〇ぺ）
この池の　愛蔵の水　温みけり　不死男（9 氷海昭47・4 二二六五）
此の凍(い)てに　空や砕けし　むつの花　井々（7 俳諧古選 二一七ぺ）
此の家に　是はと思ふ　牡丹哉　専吟（7 俳諧古選 一六七ぺ）
此の庵　京へしらすな　時鳥　三千風（7 俳諧古選 一六〇ぺ）
此の庵　此の日和にも　しぐれかな　春楼（8 俳諧新選 一五九ぺ）
此の入は　どなたの庵ぞ　苔清水　一茶（3 おらが春 四四二ぺ）
此の中の　古木はいづれ　柿の花　此筋（6 続猿蓑 三一二二）
此の上に　落花つもれと　思ふかな　子規（10 獺祭句帖抄 六四五ぺ）
此の上は　足とも易し　百千鳥　紀逸（7 俳諧古選 二三三ぺ）
此の海に　大きう見える　くぢらかな　篤羽（8 俳諧新選 一四三ぺ）
此の海に　草鞋(わらんぢ)すてん　笠しぐれ　芭蕉（1 皺筥物語 二〇一）
この海の　供養にともす　灯籠かな　碧梧桐（9 ホ明38・9 〇一一六）
此の梅に　牛も初音と　鳴きつべし　芭蕉（1 江戸両吟集 五七）
此の梅や　摩耶(まや)ふく夕べ　海にほふ　大魯（5 蘆陰句選 八二〇）
此の魚を　親に上げたや　魂祭り　氷花（7 俳諧古選 二〇四ぺ）
この落葉　どこ迄まろび　行くやらん　虚了（13 六百五十句 二三六ぺ）
此の風に　不足いふ也　夏座敷　一茶（3 おらが春 四四五ぺ）
この木戸や　鎖のさされて　冬の月　其角（6 猿蓑 一六七一）
此の草を　海人はしらずや　ところてん　烏暁（8 俳諧新選 二二三ぺ）
このくれも　又くり返し　同じ事　杉風（6 炭俵 二六三六）
此のこころ　推せよ花に　五器一具　芭蕉（1 葛の松原 七四三）

此の瘤は　さるの持つべき　柳かな　卜宅（6 猿蓑 一九一二）
この頃の　朝顔藍に　定まりぬ　子規（4 俳句稿巻一 二一九〇）
頃日(このごろ)の　いろはも星の　手向けかな　李収（8 俳諧新選 二二四ぺ）
この比(ごろ)の　おもはるる哉　稲の秋　士芳（6 猿蓑 一八七〇）
この比の　垣の結目や　はつ時雨　野坡（6 続猿蓑 三三二四）
この比の　氷ふみわる　名残かな　杜国（6 波留濃日 三五七）
この比は　小粒になりぬ　五月雨　尚白（6 あら野 六六三）
此の頃は　ほぼ其の頃の　萩の月　虚子（12 六百句 二二八ぺ）
この比は　先(まづ)挨拶も　さむさ哉　示蜂（6 炭俵 二六〇七）
此の頃は　女畑うつ　いくさかな　鳴雪（9 鳴雪俳句集 〇一五四）
この寒さ　牡丹のはなの　まつ裸　車来（6 猿蓑 一六四三）
木の下が　蹄(ひづめ)のかぜや　散るさくら　蕪村（2 蕪村句集 七三二）
木の下に　古き瓦や　八重ざくら　泰里（8 俳諧新選 一五〇ぺ）
此の僧も　出代いそぐ　すがたかな　京馬（8 俳諧新選 一五六ぺ）
子の僧を　見送る母や　衣更　雲扇（8 俳諧新選 一一三ぺ）
この空を　蛇ひつさげて　雉子とぶと　素十（9 桐の葉 一五三八）
此のたねと　おもひこなさじ　たうがらし　芭蕉（1 岨の古畑 六〇八）
この旅の　いづこの宿に　更衣(ころもがへ)　虚子（14 七百五十句 三七ぺ）
この度は　ぬたにとりあへよ　紅葉鮒　重頼（4 毛吹草 〇〇八七）
此の月の　恵比須はこちに　います哉　松芳（6 あら野 一〇八〇）
此の槌の　むかし椿歟(か)　梅の木歟(か)　芭蕉（1 粟津文庫抄 九四六）
この杖の　末枯野行き　枯野行く　虚子（13 六百五十句 一六一ぺ）

此の寺は　庭一盃の　ばせを哉　芭蕉（1 誹諧曾我 九七〇）
このぬくさ　下総人の　寒がるや　余子（9 余子句抄 〇四三八）
この野分　さらにやむべくも　なかりけり　子規（10 獺祭句帖抄 六五四ペ）
木の葉さへ　嘘を月夜の　時雨哉　日能（7 俳諧古選 一八六ペ）
このはたく　跡は淋しき　囲炉裏哉　一髪（6 あら野 七七九）
木の葉たく　烟のうへの　おちば哉　暁台（5 暁台句集 七七四）
木の葉散る　桜は軽し　檜木笠　芭蕉（1 真蹟懐紙 一八九）
此の花に　酒千斛と　つもりけり　子規（10 獺祭句帖抄 六四五ペ）
此の花や　誰に答ふる　一枝禅　淡々（4 淡々発句集 一二七五）
木の葉はらはら　幼子に逢ふ　小阪かな　子規（10 獺祭句帖抄 六二〇ペ）
この蠅に　よくよく盧生　寝坊なり　大江丸（4 はいかい袋 二〇五四）
木の葉やく　寺のうしろや　普請（ふしん）小屋　子規（10 獺祭句帖抄 六〇三ペ）
此の春は　子にかざる雛と　成りにけり　一兎（8 俳諧新選 一〇八ペ）
此の人に　暑さ一日　忘れけり　亀文（7 俳諧古選 二二二ペ）
この人や　時雨のみにて　律する非　虚子（12 六百句 一八四ペ）
此のふた日　きぬた聞こえぬ　隣かな　蕪村（2 蕪村遺稿 二五四六）
此の藤や　見る程絵とは　覚束な　卯雲（8 俳諧新選 一五五ペ）
此の舟に　一歩が酒や　けふの月　移竹（7 俳諧古選 二一六ペ）
此の冬は　嘸（さぞ）ふところの　拍子ぬけ　移竹（8 俳諧新選 一五〇ペ）
此のふゆや　紙衣着ようと　おもひけり　蕪村（2 蕪村句集 三五五）
子のほしと　晒布（さらし）搗き搗き　唄ひけり　樗堂（5 萍窓集 九一九）
この榾（ほだ）の　燃え尽きるまで　読むとせん　紅緑（9 紅緑句集 〇二四〇）

此のほたる　田ごとの月に　くらべみん　芭蕉（1 みつのかほ 三九六）
この牡丹　咲く頃家を　売らんとは　紅緑（9 紅緑句集 〇二四一）
この程の　忌日子規庵　無事なりき　露月（9 露月句集 〇二二四）
このほどを　花に礼いふ　わかれ哉　芭蕉（1 真蹟懐紙 三六二）
小幟や　狸を祭る　枯榎　子規（10 獺祭句帖抄 六六七ペ）
此の松の　下に佇めば　露の我　虚子（11 五百句 四五ペ）
此の松の　みばへせし代や　神の秋　芭蕉（1 鹿島詣 三〇七）
子のまねを　親もする也　節（せ）き候（ざふらふ）　一茶（3 おらが春 四七四ペ）
この道の　富士になり行く　芒かな　碧梧桐（4 春夏秋冬 二二九〇）
この路は　馬糞に習へ　閑子鳥　希因（5 俳諧新選 四九〇）
此の道や　行く人なしに　秋の暮　芭蕉（1 其便 九〇二）
此の道を　夜は通らぬ　やなぎ哉　雨谷（8 俳諧新選 一〇五ペ）
このむらの　人は猿也　冬木だち　蕪村（2 蕪村句集 九九六）
木の芽して　やや奔流を　なしにけり　余子（9 余子句選 〇四三九）
木の芽だつ　雀がくれや　ぬけ参り　均水（6 続猿蓑 三〇八二）
木のもとに　汁も鱠（なます）も　桜かな　芭蕉（1 ひさご 六〇二）
木の下に　狸出むかふ　穂懸けかな　買山（6 続猿蓑 三二九八）
このもより　かのも色こき　紅葉哉　蕪村（2 蕪村遺稿 二一九三）
此の森も　とかく過ぎけり　百舌（もず）おとし　蕪村（2 蕪村句集 一八七）
此のやうな　末世を桜　だらけ哉　一茶（3 七番日記 三三三ペ）
此の痩せを　招かずとおけ　薄の穂　木節（7 俳諧古選 一七九ペ）
此の宿は　水鶏（くひな）もしらぬ　扉かな　芭蕉（1 笈日記 九二二）

此の山に　家が有るかや　蕎麦の花　八川（8俳諧新選二三五ぺ）
此の山の　かなしさ告げよ　野老(ところ)掘り　芭蕉（1笈の小文三四八）
この雪に　昨日はありし　声音かな　普羅（9辛夷〇七一八）
此の蘭や　五助が庭に　きのふまで　蕪村（2蕪村遺稿二二六九）
海鼠腸(このわた)に　秋風ぞふく　海雲(もづく)売り　仙鶴（7俳諧古選二一三ぺ）
海鼠腸の　壺埋めたき　氷室哉　利重（6あら野八一七）
近衛殿の　大物入りや　いとざくら　尺布（8俳諧新選一一二ぺ）
児は畦に　松明(たいまつ)振れる　田植かな　泊雲（9泊雲句集〇七八〇）
子は衣裳　親は常なり　蛭子(えびす)講(かう)　其角（7俳諧古選二〇一ぺ）
小坊主や　松にかくれて　山ざくら　其角（6猿蓑一九七一）
子は蚊屋に　寝せて夫(つま)まつ　砧哉　沙月（8俳諧新選二三二ぺ）
小萩ちれ　ますほの小貝　小盃　芭蕉（1鷹獅子集五六七）
小博奕に　まけて戻れば　砧かな　子規（10獺祭句帖抄六五三ぺ）
古白とは　秋につけたる　名なるべし　漱石（9正岡子規へ〇一七七）
強霜(こはじも)に　今日来る人を　心待ち　虚子（12六百句二三三ぺ）
子は背中　前も大事の　蚕かな　文下（8俳諧新選一一一ぺ）
碁は妾(せふ)に　崩されてきく　ちどりかな　言水（5初心もと柏一七七）
子は裸　父(てて)はててれで　早苗舟　利牛（6炭俵二三二八六）
子は母と　麦の月夜の　ねむい径　素逝（9ふるさと一八二四）
小春凪　真帆も七合　五勺かな　蕪村（2蕪村句集二三〇二）
小春日や　あかざを杖に　干しかため　喜舟（9紫川〇四六一）
小春日や　石を噛(か)み居る　赤蜻蛉　鬼城（4鬼城句集二二五七）

五羽六羽　庵とりまはす　かんこ鳥　元志（6猿蓑二一五四）
鯉生けて　人まつ庭の　ぼたん哉　多少（8俳諧新選一二三ぺ）
恋風は　どこを吹いたぞ　鹿の角　蕪村（2蕪村遺稿九四七）
御秘蔵に　墨をすらせて　梅見かな　其角（4焦尾琴〇七九九）
恋さまざま　願ひの糸も　白きより　蕪村（2蕪村句集一七三八）
こひ死なば　我が塚でなけ　ほととぎす　奥州（6猿蓑一七二〇）
恋知りと　我のみおもふ　紙子かな　存義（4東風流一七三七）
恋猫の　身も世もあらず　啼きにけり　敦（9古暦三一三〇）
恋猫や　つながれて居る　そぞろ声　之房（8俳諧新選一〇二ぺ）
鯉の音　水ほの闇(ぐら)く　梅白し　羽笠（6波留濃日三〇六）
コーヒーのんで　ねむらない夜の　おかめこほろぎ　禅寺洞（9禅寺洞句集二二八八）
鯉はねて　画室ぬらせし　雪夜かな　石鼎（9定本石鼎句集〇七四九）
鯉はねて　水弾く灯(ひ)や　泉殿　孤桐（8俳諧新選一二二ぺ）
恋ひとり　折々だまる　田うゑかな　麦水（4葛箒一七九九）
恋聟の　引出の山や　夏木立　多少（8俳諧新選一一四ぺ）
小屏風に　囲ひし雛の　灯(ともし)かな　極堂（9新俳句〇一六四）
小屏風に　茶を挽きかかる　寒さ哉　斜嶺（6続猿蓑三四三〇）
小百姓　鶉を取る老と　なりにけり　蕪村（2蕪村句集一八三〇）
小百姓の　梅したたかに　干しにけり　鬼城（9鬼城句集〇六二〇）
恋ひわたる　鎌倉武士の　あふぎ哉　蕪村（2蕪村遺稿一一二四）
小服綿(こぶくめ)に　光をやどせ　玉つばき　角上（6続猿蓑三〇五八）
昆布だしや　花に気のつく　庫裏(くり)坊主　利牛（6炭俵二四四八）

小舟にて僧都(そうづ)送るや春の水　蕪村（2蕪村遺稿 二一八四）
鸛(こふ)の巣に嵐の外のさくら哉　芭蕉（1焦尾琴 二八八）
鸛の巣もみらるる花の葉越し哉　芭蕉（1続虚栗 二八七）
業(ごふ)の鳥罠を巡るやむら時雨　一茶（3おらが春 四六六ペ）
御廟年経て忍ぶは何をしのぶ草　芭蕉（1野ざらし紀行 一八七）
胡へ行く歟(か)思ひみだれの夏柳　富天（8俳諧新選 一五二ペ）
こぼさじと動かぬ湖(うみ)やけふの月　文素（8俳諧新選 一三〇ペ）
こぼさずに鷺も着添ふる寒さかな　竿秋（8俳諧新選 一五一ペ）
古法眼(ほふげん)出どころあはれ年の暮　芭蕉（1みつのかほ 九三七）
小法師に心ゆるすな女郎花(をみなへし)　子規（10獺祭句帖抄 六一七ペ）
こほらねど水ひきとづる懐紙哉　守武（5守武千句 一〇）
氷伐る人かしがまし朝嵐　子規（10獺祭句帖抄 六六五ペ）
氷りけり下行く水の友うつり　古津（8俳諧新選 一四三ペ）
凍りたる土の日なたのほかになし　素逝（9暦日 一八二）
氷解く朝日の上やうきみ堂　鳥酔（5鳥酔懐玉抄 四九三）
氷解けて古藻に動く小海老かな　子規（10獺祭句帖抄 六二五ペ）
氷苦く偃鼠(えんそ)が咽をうるほせり　芭蕉（1虚栗 一四一）
氷挽く音こきこきと杉間かな　亜浪（4亜浪句鈔 二六〇九）
氷りゐし添水(そふづ)またなる春の風　野水（6あら野 八四三）
凍る断層黄河(くわうが)文明起こりし地　素逝（9砲車 一八二三）
氷る灯(ひ)の油うかがふ鼠かな　蕪村（2蕪村句集 二一〇二）
氷る夜や旅行の粥の雫より　雁觜（8俳諧新選 一四三ペ）

こほろぎのこの一徹の貌(かほ)を見よ　青邨（9庭にて 一六〇四）
蟋蟀(こほろぎ)のとぶや唐箕(たうみ)のほこり先　一茶（3おらが春 四七二ペ）
蟋蟀の髭ほのかなり夕まぐれ　春来（4東風流 一二六八）
竈馬(こほろぎ)や顔に飛びつくふくろ棚　北枝（6続猿蓑 三二六四）
蟋蟀や相如(しやうじよ)が絃のきるる時　蕪村（2蕪村遺稿 一八四二）
こほろぎや箸で追ひやる膳の上　孤屋（6炭俵 二五六一）
小町より蛙の歌や春の雨　麦浪（4裸噺 一七六六）
こま鳥の音ぞ似合はしき白銀屋　長虹（6続猿蓑 三〇一六）
駒鳥の目のさやはづす高ね哉　傘下（6続猿蓑 三〇一五）
駒の鼻ふくれて動く泉かな　虚子（11五百句 二九ペ）
高麗(こま)舟のよらで過ぎ行く霞かな　蕪村（2蕪村句集 四〇一）
駒迎へ殊にゆゆしや額白　蕪村（2蕪村句集 一八三六）
小筵へ按摩も来たり門涼み　雲岫（8俳諧新選 一四八ペ）
虚無僧(こむそう)に忍びの供の長閑(のどか)也　赤羽（8俳諧新選 一五三ペ）
米かせば寒し雀の羽の音　せん（7俳諧古選 一九二ペ）
米買ひに雪の袋や投頭巾　芭蕉（1路通真蹟 四五〇）
米春きの師走やさしや覚え書　米仲（8俳諧新選 一四六ペ）
子も乳も余所(よそ)へやりたき田植かな　秋瓜（4多少庵句集 一七四八）
隠口(こもりく)のはつかなりけり薬食　高政（5誹諧中庸姿 一二一）
こもり居て雨うたがふや蝸牛(かたつぶり)　蕪村（2蕪村句集 五三六）
こもり居て木の実草のみひろはばや　芭蕉（1後の旅 五七三）
薦(こも)を着て誰人ゐます花のはる　芭蕉（1其袋 五九八）

御門主の女倶したる蓮見かな　子規（10獺祭句帖抄 六五〇ぺ）
五文づつに分けて淋しや草の花　子規（10獺祭句帖抄 六一〇ぺ）
子やなかん其の子の母も蚊の食はん　嵐蘭（6猿蓑 一七七六）
子や待たん余り雲雀（ひばり）の高あがり　杉風（6猿蓑 一九六一）
今宵城に灯（ひ）がとぼりゐつ三日の月　月斗（9昭和俳句集 〇五〇六）
今宵誰よし野の月も十六里　芭蕉（1笈日記 八八五）
今宵の月磨ぎ出せ人見出雲守　芭蕉（1六百番発句合 八〇）
樵りすつる年木の枝に雀哉　蕪村（2蕪村遺稿 三八四）
是がまああつひの栖か雪五尺　一茶（3句稿消息 三五五ぺ）
是からは男ばかりや山ざくら　富水（8俳諧新選 一〇六ぺ）
これきりに小道つきたり芹の中　蕪村（2蕪村句集 四二一）
是なりで正月もするかれ野哉　鶴英（8俳諧新選 二三七ぺ）
是のみに売る酒もなしうめの花　武然（8俳諧新選 一〇二ぺ）
是は是は這ふ子立つたり衣更　宗瑞（7俳諧古選 一六〇ぺ）
これはこれはとばかり花の芳野山　貞室（6あら野 三五九）
これは実にあらはれにけり梅嫌（うめもどき）　五好（8俳諧新選 二三三ぺ）
是程と牡丹の仕方する子哉　一茶（3七番日記 三四二ぺ）
是程の莟にけしの一重かな　斗吟（8俳諧新選 二一三ぺ）
これ程の花に築地の静か也　斗吟（8俳諧新選 二一〇ぺ）
これみつが蜘捨てにたつ扇かな　大江丸（5俳懺悔 八七〇）
これや世の煤にそまらぬ古（ふる）合子（がふし）　芭蕉（1勧進牒 五九五）
これよりは二上時雨なつかしき　虚子（12六百句 一八六ぺ）
これよりは山陰道の月暗し　虚子（12六百句 二三〇ぺ）
これよりや時雨落葉と忙がしき　虚子（12五百五十句 五六ぺ）
コレラ船いつまで沖に繋り居る　虚子（11五百句 三九ぺ）
ころがりて住む世の中や田の田螺（たにし）　子規（9寒山落木巻五 〇〇二〇）
五六十海老つひやして鯊（はぜ）一つ　之道（6続猿蓑 三三一六）
五六尺飛んで見するや親雲雀（ひばり）　龍眠（8俳諧新選 一〇四ぺ）
五六升芋煮る坊の月見哉　蕪村（2蕪村遺稿 二五三〇）
五六日雪つむ上や朝日かげ　梧人（8俳諧新選 一四三ぺ）
五六人熊担ひ来る雪の森　子規（10獺祭句帖抄 六六三ぺ）
ころころと焼野に雉の卵哉　龍眠（8俳諧新選 一〇四ぺ）
五六疋馬干しておく枯野哉　一茶（3八番日記 三五八ぺ）
衣うつ人も裸で生まれけり　鋤立（7俳諧古選 一八一ぺ）
衣うつや夫（つま）の仕事の片明かり　之房（8俳諧新選 二三二ぺ）
更衣（ころもがへ）いやしからざるはした銭　蕪村（2蕪村句集 五一八）
更衣いわけなき身の田むし哉　蕪村（2蕪村遺稿 五一六）
更衣印籠買ひに所化（しよけ）二人　蕪村（2蕪村句集 五一九）
更衣うしと見し世をわすれ皃（がほ）　蕪村（2蕪村遺稿 七四九）
更衣襟もをらずやだだくさに　傘下（6あら野 六二〇）
ころもがへ刀もさして見たき哉　鼠弾（6あら野 六二一）
更衣狂女の眉毛いはけなき　蕪村（2蕪村遺稿 一〇五一）
衣更雑巾一つ出来にけり　之道（7俳諧古選 一六六ぺ）
衣更外面の噂きき合はせ　羅人（4俳諧古選 二一七九）

衣更　其の日の空に　任すべし　祇徳（7俳諧古選 二二二ペ）
ころもがへ　塵打ち払ふ　朱の沓　蕪村（2蕪村遺稿 一〇五〇）
衣がへ　十日はやくば　花ざかり　野坡（6炭俵 二四七一）
更衣（ころもがへ）　布子の恩の　おもさ哉　蕪村（2蕪村遺稿 五一〇）
更衣　野路の人　はつかに白し　蕪村（2蕪村句集 五一二）
衣がへ　人も五尺の　からだ哉　蕪村（2蕪村遺稿 五〇七）
衣更　みづから織らぬ　罪深し　その（7俳諧古選 二〇八ペ）
ころもがへや　白きは物に　手のつかず　路通（6あら野 六一九）
衣着て　小貝拾はん　いろの月　芭蕉（1荊口句帳 五六八）
衣着て　又はなしけり　一時雨　鼠弾（6あら野 一〇四七）
衣手は　露の光や　紙雛　蕪村（2蕪村遺稿 七三六）
古往今来　切つて血の出ぬ　海鼠（なまこ）かな　漱石（9正岡子規へ 〇一七六）
五位鷺（ごゐさぎ）が　餌（あば）みを得たり　馬手葉椎（まてばしひ）　不角（5米の守後集 四六三）
五位（ごゐ）鷺の居る　田中の松や　朧月　旧国（8俳諧新選 一〇八ペ）
五位六位　色こきまぜよ　青簾　嵐雪（4其袋 〇八三一）
声合はす　妻戸の関や　猫の恋　嘯山（8俳諧新選 一〇二ペ）
声あらば　鮎も鳴くらん　鵜飼舟　越人（6あら野 六六八）
声かけて　鵜縄をさばく　早瀬かな　涼菟（4皮籠摺 一一一四）
声かけて　鯨に向かふ　小舟かな　子規（10獺祭句帖抄 六六六ペ）
声かれて　猿の歯白し　峰の月　其角（5五元集 二六八）
声暗し　松のそなたを　行く千どり　紫暁（5松のそなた 九一一）
声毎に　独活（うど）や野老（ところ）や　市の中　苔蘇（6続猿蓑 三〇八一）
声すみて　北斗にひびく　砧哉　芭蕉（1新撰都曲 四六四）
声せぬは　誰粥食はす　鉢叩　法三（7俳諧古選 九一ペ）
声なくて　花や梢の　高笑ひ　立圃（4そらつぶて 〇〇七七）
声濡れて　ゆくや雨夜の　杜鵑（ほととぎす）　二夕房（8俳諧新選 一一三ペ）
声細う　吹き切る風や　小夜千鳥　不白（4不白翁句集 二一二七）
声まねる　丁稚（でつち）をかしや　猫のこひ　太祇（8俳諧新選 一〇二ペ）
声もせで　暗き夜舟や　綿ぼうし　太祇（8俳諧新選 一四三ペ）
声も羽も　やすめにおりる　雲雀（ひばり）哉　長禾（8俳諧新選 一〇四ペ）
声よくば　うたはうものを　さくら散る　芭蕉（1砂燕 三七三）
声を呑む　群集に常の　秋日照る　月草（9わが住む里 〇九九八）
子を置きし　其の空ならめ　鳴く雲雀　眠柳（8俳諧新選 一〇四ペ）
子を置きて　戻る郭（くるわ）や　さよ砧　胡丈（8俳諧新選 一三一ペ）
子を起こす　約束もあり　若蛭子（えびす）　茶雷（8俳諧新選 一〇〇ペ）
子をかくす　藪の廻りや　鳴く雲雀　一茶（3おらが春 四六一ペ）
子を食はれ　何とか竹の　親心　槐枝（7俳諧古選 二三一ペ）
子を捨つる　藪さへなくて　かれ野哉　蕪村（2蕪村句集 八一九）
子を抱いて　老いたる蜑や　猫柳　虚子（12五百五十句 八六ペ）
ごを焼いて　手拭あぶる　寒さ哉　芭蕉（1笈日記 三二〇）
子をつれて　花に寝ころぶ　野馬哉　喜招（8俳諧新選 一一九ペ）
小男を　雛の奏者に　選びけり　鑑水（7俳諧古選 一五五ペ）
子を寝させ　妻を寝させて　月見哉　麗白（8俳諧新選 二三〇ペ）
子を寝せて　出て行く闇や　はちたたき　蕪村（2蕪村遺稿 一三六三）

子をのせて舟に引きなすふとん哉　嘯山（8 俳諧新選 一三九ペ）
子を独り守りて田を打つ孀(やもめ)かな　快宣（6 あら野 九五六）
子を誉めて親に及べる踊りかな　胡餅（8 俳諧新選 一二五ペ）
子をもてばあらぬ寝覚めや濡れ蒲団　鶴英（8 俳諧新選 一三九ペ）
金剛の露ひとつぶや石の上　茅舎（9 川端茅舎句集 一六七九）
紺菊も色に呼び出す九日かな　桃隣（6 炭俵 二五七二）
勤行のすんで灯(ひ)を消す夜寒かな　子規（10 獺祭句帖抄 六五一ペ）
金銀瑠璃(こんごんるり)硨磲瑪瑙琥珀(しゃこめなうこはく)葡萄(ぶだう)かな　東洋城（9 東洋城全句上 ○三九八）
こんな形(なり)にあんな形(なり)ある花見哉　沙龍（8 俳諧新選 一○九ペ）
蒟蒻(こんにやく)にけふは売りかつ若菜哉　芭蕉（1 芭蕉一周忌 七七六）
蒟蒻につつじの名あれ太山寺　子規（10 獺祭句帖抄 五九九ペ）
菎蒻のさしみもすこし梅の花　芭蕉（1 芭蕉庵小文庫 七八○）
蒟蒻の名物とはんやま桜　李里（6 続猿蓑 二九八○）
金輪際牛の笑はぬ冬日かな　蛇笏（9 家郷の霧 ○六五一）
金輪際わりこむ婆や迎鐘　茅舎（4 川端茅舎句集 二六二六）

さ

才覚な隣のかかや煤見舞　馬莧（6 続猿蓑 三四○五）
西鶴の女みな死ぬ夜の秋　かな女（9 胡笛 ○七八四）
西行の庵もあらん花の庭　芭蕉（1 泊船集 九五二）
西行のすがたは秋の夕べかな　宗因（7 俳諧古選 一九七ペ）
西行の夜具も出て有る紅葉哉　蕪村（2 蕪村句集 二四○八）
西行の草鞋(わらぢ)もかかれ松の露　芭蕉（1 笈日記 五七六）
西行も虎もしぐれておはしけり　子規（10 獺祭句帖抄 六六二ペ）
細工にもならぬ桔梗のつぼみ哉　随友（6 続猿蓑 三二四五）
在庫米蝕づきゐたり台風裡　圭岳（9 太白星 一一八九）
宰(さい)相(しやう)の詩会催す牡丹かな　子規（10 獺祭句帖抄 六四九ペ）
採(さい)蓴(じゆん)をうたふ彦根の傖(さう)夫(ぶ)哉　蕪村（2 蕪村句集 二○七四）
才色の才の明るき白牡丹　不死男（9 天狼昭47・1 二二六六）
妻子を担ふ片眼片肺枯手足　草城（4 銀 二七○三）
咲いた程嚶(もら)ひ人(て)もなしももの花　麻兄（8 俳諧新選 一○七ペ）
咲いたりな人のさがさぬ梅の花　李雨（8 俳諧新選 一○一ペ）
西念はもう寝た里を鉢たたき　蕪村（2 蕪村句集 二四七九）
西方の浄土へ今日や雪仏　卜養（4 誹諧独吟集 ○一三九）
サイレンの遠ち近ちよりすタンポポに　裸馬（9 裸馬翁五千句 一一○二）
相阿弥の宵寝おこすや大もんじ　蕪村（2 蕪村句集 一八二五）
草庵や夜の間に降りし秋の雨　鼠骨（9 春夏秋冬 ○二五九）
さう云ひて大木もなし桃の花　作者不詳（7 俳諧古選 二○七ペ）
蒼海の浪酒臭しけふの月　芭蕉（1 坂東太郎 一○五）
窓外に椿ある故淋しからず　虚子（14 七百五十句 四九ペ）
早春や枯木常盤木たばこ店　水巴（9 定本水巴句集 ○五八五）
早春や多摩の横山曳くばかり　迷堂（9 芙蕖 ○四二○）
早梅や御室の里の売りやしき　蕪村（2 蕪村句集 一三二六）

早梅や油断の人に教へ顔　嶺兎（8俳諧新選 一四四ペ）
さうぶ入る湯をもらひけり一盥　荷兮（6あら野 九六二）
さうぶ懸けてみばやさつきの風の色　洒堂（6炭俵 二四九八）
さうぶ湯やさうぶ寄りくる乳のあたり　白雄（5白雄句集 八三七）
草履（ざうり）の尻折りてかへらん山桜　芭蕉（1江戸蛇之鮓 一〇三）
さえざえと雪後の天の怒濤かな　楸邨（9雪後の天 二五八一）
冴えながら〆（しめ）出されけり冬の月　龍池（8俳諧新選 一四一ペ）
冴える夜や代はる宿直（とのゐ）のゆがみづら　孤桐（8俳諧新選 一四二ペ）
冴える夜や宵から深し片山家　金刀（8俳諧新選 一四二ペ）
坂下りて月夜も闇し鴨の声　諸九（5諸九尼句集 五二五）
酒瓶を洗うてさすや菊の花　龍眠（8俳諧新選 一三四ペ）
さかさまに枯木倒れて山桜　超波（7俳諧古選 二二一ペ）
嵯峨寒しいざ先（まつ）下れ都鳥　蕪村（2蕪村句集 八二一）
嵯峨近う柿四五本の主かな　万古（8俳諧新選 一五四ペ）
嵯峨中の淋しさくくる薄かな　嵐雪（7俳諧古選 一七八ペ）
盃に泥な落としそむら燕　芭蕉（1笈日記 三四九）
盃にミつの名をのむこよひかな　芭蕉（1真蹟懐紙 二五五）
盃の下ゆく菊や朽木（くつき）盆　芭蕉（1誹諧当世男 五五）
盃や山路の菊と是を干す　芭蕉（1坂東太郎 一〇六）
嵯峨野嵯峨野どこらに座して虫聞かん　尺布（8俳諧新選 一五七ペ）
逆（さか）のぼる鮭に月飛ぶはやせかな　五明（5五明句藻 八八三）
嵯峨一と日閑院様のさくら哉　蕪村（2蕪村句集 一九八五）
嵯峨へ帰る人はいづこの花に暮れし　蕪村（2蕪村句集 二二一五）
酒部屋に琴（きん）の音せよ窓の花　惟然（6続猿蓑 二九七〇）
嵯峨へゆく道問はれけり春の暗　松宇（9松宇家集 〇三一〇）
嵯峨までは見事あゆみぬ花盛り　荷兮（6あら野 八九五）
坂道や桜を見つつ下りて橋　楽天（9新俳句 〇三二七）
月代（さかやき）もしみるほど也梅の露　雨桐（6あら野 一〇六九）
盛りぢや花に座浮法師（そぞろうきぼふし）ぬめり妻　芭蕉（1東日記 一二九）
さかりとてしづかに照るや水引草　水巴（9定本水巴句集 〇五八一）
盛りなる梅にす手引く風もがな　芭蕉（1続山井 二四）
さかる猫跡しら波の鼠かな　青楓（8俳諧新選 一〇二ペ）
さかる猫有るにあられぬ声と声　鶴英（7俳諧古選 二一八ペ）
さかる猫うたてよごれて戻りけり　土髪（8俳諧新選 一〇二ペ）
さかる猫人の居るのも忘れけり　嘯山（8俳諧新選 一五五ペ）
さかる猫猪早太（ゐのはやた）つと参りけり　子曳（8俳諧新選 一〇二ペ）
酒桶の背中ほす日や桐の花　蓼太（5蓼太句集 五三七）
咲き出でてゆらるる雪や糸桜　嘯山（8俳諧新選 一一二ペ）
鷺落ちて夕月細し蘆の花　子規（10獺祭句帖抄 六五八ペ）
咲きかかる花や飯米五十石　桃首（6続猿蓑 二九八一）
崎風はすぐれて涼し五位の声　智月（6炭俵 二五一七）
咲き代へたやうにも見えぬ木槿（むくげ）かな　龍眠（8俳諧新選 一三五ペ）
先々へ出てまつ杖や今年竹　正以（8俳諧新選 一五二ペ）
さきだてる鵞鳥踏まじと帰省かな　不器男（9定本不器男集 一七〇九）

咲きつ散りつ　ひまなきけしの　畠哉　傘下（6 あら野 九九六）
先な人も　足早に行く　かれ野かな　雲魚（8 俳諧新選 一三七ぺ）
咲きにけり　ふべんな寺の　紅牡丹　一井（6 あら野 一〇二五）
鷺に乗る　工夫もできず　夕涼み　鳥酔（4 鳥酔懐玉抄 一七二三）
鷺ぬれて　鶴に日の照る　時雨哉　蕪村（2 蕪村遺稿 八〇五）
鷺の巣の　鷺の王国　見に来よと　虚子（14 七百五十句 五五三ぺ）
先ぶねの　親もかまはぬ　鵜舟哉　淳児（6 あら野 六六九）
咲き乱す　桃の中より　初桜　芭蕉（1 芳里袋 九五〇）
咲き満ちて　これより椿　汚なけれ　虚子（14 七百五十句 一一四ぺ）
岬宮の　芽芝青きを　汐干きし　碧梧桐（9 碧梧桐句集 〇一一七）
鷺も今　巣に閙（さわ）がしき　田植哉　廬鳳（8 俳諧新選 一一六ぺ）
咲きやらで　雨や面目　なしの花　重頼（4 犬子集 〇〇八八）
咲く梅に　光あはすや　貝の殻　成美（4 成美家集 二〇六四）
さくさくと　藁食ふ馬や　夜の雪　大江丸（5 俳懺悔 八七六）
さく花の　兄は兄ほどの　色香哉　望一（7 俳諧古選 一四三ぺ）
さく花の　見えぬ眼（まなこ）や　有財餓鬼（うざいがき）　子一（8 俳諧新選 一五七ぺ）
咲く花を　むつかしげなる　老木哉　木節（6 続猿蓑 二九七六）
咲くべくも　おもはで有るを　石蕗（つは）の花　蕪村（2 蕪村句集 一九七七）
さくもさくも　うつぶく藤の　一図哉　它谷（8 俳諧新選 一一一ぺ）
さくや此の　いまをはるべと　冬至梅　季吟（5 新続犬筑波集 五一）
桜がり　きどくや日々に　五里六里　芭蕉（1 笈の小文 三七〇）
さくら狩り　美人の腹や　減却す　蕪村（2 蕪村句集 一五〇六）

さくら狩り　灸（やいと）千にも　むかふべし　水翁（8 俳諧新選 一〇九ぺ）
さくら木の　板も焼かれて　古暦　蕪村（2 蕪村遺稿 一九七五）
桜木や　菰（こも）張りまはす　冬がまへ　支梁（6 炭俵 二五九〇）
桜咲く　里を眠りて　通りけり　夕楓（6 あら野 九二二）
桜さく　夜や寝はぐれて　なく烏　廬元坊（8 俳諧新選 一五〇ぺ）
桜々　散つて佳人の　夢に入る　無腸（5 続あけがらす 七八九）
さくらさくらと　唄はれし　老木哉　一茶（3 おらが春 四三五ぺ）
さくらさへ　紅葉しにけり　鹿の声　蕪村（2 蕪村遺稿 九四六）
さくら散りて　刺ある草の　見ゆるかな　蕪村（2 蕪村遺稿 一〇四九）
さくら散る　苗代水や　星月夜　蕪村（2 蕪村遺稿 一〇一三）
桜なら　喧嘩なら雲　江戸の月　青峨（4 東風流 一二六三）
桜にも　一重着せ度　寒さかな　麦翅（8 俳諧新選 一〇二ぺ）
桜ぬれて　うろうろとなる　独り哉　秋風（7 俳諧古選 二〇八ぺ）
桜花　桜の実にぞ　成りにける　雪蕉（8 俳諧新選 二二三ぺ）
さくら一木　春に背ける　けはひ哉　蕪村（2 蕪村遺稿 二三三四）
桜へと　見えてじんじん　端折（はしより）哉　一茶（3 おらが春 四三五ぺ）
桜迄　悪く云はする　藪蚊哉　一茶（3 おらが春 四五三ぺ）
桜見て　行きあたりたる　乞食哉　梅舌（6 あら野 九五九）
桜より　松は二木を　三月越し　芭蕉（1 奥の細道 五〇二）
さくらより　桃にしたしき　小家哉　蕪村（2 蕪村句集 二六二八）
探れども　暗さはくらし　梅椿　土芳（4 蓑虫庵集 一〇六五）
作男　はらたてて居る　夜なべかな　俳小星（9 径草 〇九〇八）

咲くをほめ　散るを誉めたる　桜かな　竹友（8俳諧新選一四八ペ）
酒あたためて　兄やと呼ぶや　母の声　嘯山（8俳諧新選一三三ペ）
酒浴びて　帰る山路や　花雪吹（ふぶき）　士髪（8俳諧新選一〇九ペ）
酒あらば　其の社に入らん　くすり食　嘯山（8俳諧新選一四四ペ）
酒十駄　ゆりもて行くや　夏木立　蕪村（2蕪村句集八六六）
酒好の　頬猶たれる　あつさかな　太祇（8俳諧新選二二〇ペ）
酒尽きて　しんの座につく　月見哉　一茶（3おらが春四七〇ペ）
酒造る　隣に菊の　日和かな　白雄（5白雄句集八四〇）
酒のあらたならん　よりは蕎麦の　あらたなれ　子規（9寒山落木巻三〇〇二一）
酒の燗　あたため返し　花の冷　知十（9鶯日〇三五一）
鮭の簀（す）の　寒気をほどく　初日哉　左柳（6続猿蓑三一〇三）
酒の瀑布（たき）　冷麦の九天より　落ちるならん　其角（5虚栗二五九）
酒の徳　何と云ふても　花にあり　任口（7俳諧古選一四九ペ）
酒のみに　語らんかかる　滝の花　芭蕉（1笈の小文三六七）
酒のみは　幾人前も　花見かな　赤羽（7俳諧古選二二〇ペ）
酒のみは　淋しうもないか　秋の暮　飄二（8俳諧新選一三二ペ）
酒のめば　いとど寝られね　夜の雪　芭蕉（1勧進牒二七八）
酒をつぎ　こぼるる火燵蒲団の　膝に重くも　碧梧桐（9碧梧桐句集〇一一八）
ささ栗の　柴に刈らるる　小春かな　鬼貫（4仏兄七久留万〇二七五）
ささげめし　妹が垣ねは　荒れにけり　心棘（6あら野九八三）
笹鳴きが　初音となりし　頃のこと　虚子（13六百五十句二一六ペ）
さざ波の　縫ひ目縫ひ目や　かきつばた　阿誰（8俳諧新選一一四ペ）
さざ波や　風の薫りの　相拍子　芭蕉（1笈日記八六九）
さざ波や　都にちれば　さくら鮒　廬元坊（4三千化一一九八）
篠の露　袴にかけし　しげり哉　芭蕉（1後の旅七八三）
笹のはに　枕付けてや　ほしむかへ　其角（6炭俵二五四九）
笹の葉の　露に音ある　しほれかな　郷今（8俳諧新選一二六ペ）
笹舟や　野菊の渚　蓼の岸　子規（9寒山落木巻三〇〇二二）
私語（ささめごと）　頭巾にかづく　羽織哉　蕪村（2蕪村句集一一八七）
細雪　妻に言葉を　待たれをり　波郷（9雨覆二六四二）
ささやかば　曇りもぞする　春の月　成美（4成美家集二〇六五）
さざれ蟹　足はひのぼる　清水哉　芭蕉（1続虚栗三〇二）
笹折りて　白魚の　たえだえ青し　才麿（5東日記二一二）
山茶花に　犬の子眠る　日向かな　子規（10獺祭句帖抄六二一ペ）
山茶花に　囮（をとり）鳴く日の　夕べかな　言水（4京日記〇二五一）
山茶花の　木の間見せけり　後の月　蕪村（2蕪村句集二七一七）
山茶花の　紅つきまぜよ　ゐのこ餅　久女（9杉田久女句集〇九四七）
山茶花は　元より開く　帰り花　車庸（6続猿蓑三三五一）
山茶花も　落ちてや雪の　散り椿　露笠（6続猿蓑三三五三）
山茶花や　いくさに敗れ　たる国の　草城（9旦暮二四五九）
山茶花や　暫く絶えて　また一つ時　一転（9杉山一転句集〇九二五）
山茶花を　雀のこぼす　日和かな　子規（10獺祭句帖抄六四一ペ）
さし足も　月に目あらば　恥づかしや　山川（7俳諧古選二〇六ペ）
さし当たる　用に任せて　書初めん　左釣（8俳諧新選一〇〇ペ）

さし木ぞと聞けばおそろしき柳哉　自笑（8俳諧新選一〇五ぺ）
さしこもる葎(むぐら)の友かふゆなうり　芭蕉（1雪満呂気四五一）
さし汐に雨のほそ江のほたる哉　蕪村（2蕪村遺稿二三九四）
さし汐に湯気の伝ふや月の沢　楓里（8俳諧新選二二九ぺ）
さし出した物にはづるる霰哉　之房（8俳諧新選四二ぺ）
さして行く牛島黒し月見舟　不白（4不白翁句集二一二八）
さしぬきを足でぬぐ夜や朧月　蕪村（2蕪村句集二〇三九）
さし柳ただ直なるもおもしろし　一笑（6あら野五四九）
さす汐に跡しざりする鵆(ちどり)かな　紙隔（8俳諧新選四〇ぺ）
さぞ砧孫六やしき志津屋敷　其角（6あら野七五六）
嘸(さぞ)な星ひじき物には鹿の革　芭蕉（1句稿断簡一四七）
嘸涙まんぢゆう見ても菊見ても　方山（7俳諧古選二〇二ぺ）
誘はれた文につつむや土筆(つくづくし)　蘆洲（8俳諧新選一〇四ぺ）
定家に手向けむ花やはつか草　良保（5崑山集六二）
定家の手を出す閨の落葉かな　不角（7俳諧古選一八七ぺ）
沙汰なしに食はれて腹のたつ蚊哉　李流（8俳諧新選一八ぺ）
五月雨雨とて空をかざす哉　一茶（3父の終焉日記四〇五ぺ）
五月雨大井の橋はなかりけり　子規（10獺祭句帖抄六二九ぺ）
五月雨更に名の有る川もなし　玄貞（7俳諧古選一六三ぺ）
さつき雨田毎の闇となりにけり　蕪村（2蕪村句集一四〇六）
五月雨何を茶に汲む淀の人　弁石（7俳諧古選一六〇ぺ）
五月の雨岩ひばの緑いつ迄ぞ　芭蕉（1向之岡一一三）
五月闇水鶏(くひな)ではなし人の家　舟泉（6あら野八六〇）
五月闇真に寝たる狸かな　比松（8俳諧新選一一七ぺ）
雑沓の中に草市立つらしき　虚子（12五百五十句五二ぺ）
さつぱりと水さへ氷る庵哉　木因（7俳諧古選二〇五ぺ）
猟人も犬もぬれたり草の露　子規（10獺祭句帖抄六五三ぺ）
樵夫二人だまつて霧を現るる　子規（10獺祭句帖抄六〇ぺ）
扠(さて)と先(まつ)天窓(あたま)は剃りつ衣更　良道（7俳諧古選二三一ぺ）
扠はあの月が啼いたかほととぎす　藻風（7俳諧古選一七一ぺ）
扠は雁折節渡りに船もなし　似春（4六百番発句合〇二〇七）
里犬や枯野の迹(あと)を覰(か)ぎありき　才麿（5渡し船二一九）
座頭かと人に見られて月見哉　芭蕉（1こがらし九六三）
里親とも知らで紙鳶の子育ちけり　雉子郎（9現代俳句集〇六八七）
里下りのしくを見て居るふとん哉　赤羽（8俳諧新選四〇ぺ）
里下りや野一つ越える綿ばうし　召波（8俳諧新選四三ぺ）
さとかすむ夕べをまつの盛りかな　野水（6あら野五二四）
里方の田をなつかしみちよと植ゑし　左衛門（9現代俳句集〇八一九）
里々の姿かはりぬなつ木だち　野荻（6続猿蓑三一二一）
里過ぎて古江に鴛(をし)を見つけたり　蕪村（2蕪村句集一一七九）
里過ぎて又見えわたる火串(ほぐし)哉　御風（8俳諧新選一一六ぺ）
里の子が燕(つばくら)握る早苗かな　支考（6続猿蓑三一四五）
里の子の肌まだ白しももの花　千代女（5千代尼句集五一四）
里の子も覚えて所まだら神　太祇（8俳諧新選一三四ぺ）

さとのこよ　梅をりのこせ　うしのむち　芭蕉（1あつめ句 二八四）
里の名も　尋ねて通る　桜かな　子巾（8俳諧新選 一〇九ペ）
里はいま　夕めしどきの　あつさ哉　何処（6猿蓑 二一七三）
里坊に　碓（からうす）きくや　うめの花　昌房（6続猿蓑 二九九六）
里人に　雪見の人と　云はれけり　召波（8俳諧新選 一四三ペ）
里人の　臍落としたる　田螺（たにし）かな　嵐推（6猿蓑 一九五二）
里人の　わたり候ふか　はしの霜　宗因（6あら野 九五二）
里人は　さともおもはじ　女郎花（をみなへし）　蕪村（2蕪村句集 一五三）
里人よ　八橋つくれ　春の水　蕪村（2蕪村遺稿 二一八七）
里ふりて　江の鳥白し　冬木立　蕪村（2蕪村遺稿 一〇八四）
里ふりて　柿の木もたぬ　家もなし　芭蕉（1蕉翁句集 八八二）
里町や　乾（から）鮭（さけ）の上に　木の葉散る　子規（10獺祭句帖抄 六六六ペ）
早苗饗の　御あかし上ぐる　素つ裸　素十（9初鴉 一五三九）
早苗籠　負うて歩きぬ　僧のあと　虚子（11五百句 五三ペ）
早苗とる　手もとやむかし　しのぶ摺　芭蕉（1奥の細道 五〇〇）
早苗見て　命の長き　心せり　木因（7俳諧古選 二六六ペ）
座に着かぬ　うちに目の行く　牡丹哉　花雪（8俳諧新選 二一三ペ）
座に名して　童争ふ　こたつかな　嘯山（8俳諧新選 二三八ペ）
障ったる　跡はづかしき　暑さかな　雅睡（8俳諧新選 一二〇ペ）
沢水や　傘召す月に　なく蛙　百里（8俳諧新選 一〇五ペ）
障り人の　なくて老いけり　種ふくべ　習先（8俳諧新選 一五四ペ）
さはれども　髪のゆがまぬ　柳哉　杏雨（6あら野 五五三）

寂しくも　鳩吹きながら　見えずなんぬ　紅葉（9紅葉句帳 〇二六八）
淋しさが　好きならばあれ　かんこ鳥　百童（8俳諧新選 二五八ペ）
さびしさに　花さきぬめり　山ざくら　蕪村（2蕪村遺稿 一九八二）
さびしさに　客人（まらうど）やとふ　まつり哉　尚白（6猿蓑 一七四五）
淋しさに　飯をくふ也　秋の風　一茶（3文政句帖 三四六ペ）
淋しさに　やがて出で来る　枯野かな　百万（8俳諧新選 二三七ペ）
さびしさの　色はおぼえず　かつこ鳥　野水（6あら野 六四二）
さびしさの　うれしくも有り　秋のくれ　蕪村（2蕪村遺稿 一四四三）
淋しさの　急には見えぬ　薄　哉　鬼貫（7俳諧古選 一七六ペ）
淋しさの　底ぬけてふる　みぞれかな　丈草（5篇突 三一六）
さびしさの　何処（どこ）まで広く　秋のくれ　土芳（4花の市 一〇六六）
さびしさの　昼へまはるや　虫のこゑ　玄武坊（4玄武庵発句集 一八一三）
淋しさの　故に清水に　名をもつけ　虚子（12五百五十句 七四ペ）
さびしさは　秋むかうから来る　我がすがた　自悦（5空林風葉 一三二）
淋しさは　橿（かし）の実落つる　ね覚め哉　蘆夕（6あら野 七六七）
さびしさは　木をつむあそび　つもる雪　万太郎（9草の丈 一一二〇）
淋しさは　船一つ居る　土用浪　石鼎（9花影 〇七五〇）
淋しさも　二つの鴫に　笑ひけり　言水（7俳諧古選 一七四ペ）
さびしさや　一尺消えて　ゆくほたる　北枝（5北枝発句集 四〇六）
淋しさや　釘にかけたる　きりぎりす　芭蕉（1草庵集 七〇二）
淋しさや　けさ立ちし神の　小柴垣　田社（7俳諧古選 二二四ペ）
さびしさや　すまにかちたる　浜の秋　芭蕉（1奥の細道 五六五）

淋しさや 寝て又覚めて 夜ぞ永き　衝冠（8俳諧新選 一三二ぺ）
淋しさを こぼれて見せつ 萩の露　不角（7俳諧古選 一八三ぺ）
淋し身に 杖わすれたり 秋の暮　蕪村（2蕪村句集 二二六）
ざぶざぶと 枕に寒き 水棹哉　之房（8俳諧新選 一四二ぺ）
雑水（さふすい）に 琵琶きく軒の 霰哉　芭蕉（1有磯海 九四二）
雑水の などころならば 冬ごもり　其角（6猿蓑 一六四二）
雑炊を このみしゆゑに 遁世し　虚子（14七百五十句 四五ぺ）
侍を 見馴れぬ犬や もゝの花　羅雲（8俳諧新選 一〇七ぺ）
囀つて 囀つて野を 曇らしぬ　月斗（9昭和俳句集 〇五〇七）
囀りの しばらく前後 なかりけり　汀女（9都鳥 一九二三）
囀りの 中の小家に 入りにけり　裸馬（9裸馬翁五千句 一一〇三）
囀りの 斑雪の上に はじまれり　林火（9潺潺集 二七五二）
囀りの 二日がかりに 伐る木かな　癖三酔（9癖三酔句集 〇三七六）
囀りや 絶えず二三羽 こぼれ飛び　虚子（11五百句 九四ぺ）
囀りや 天地金泥に 塗りつぶし　喜舟（9小石川 〇四六二）
囀りや 野は薄月の さしながら　嘯山（4五車反古 一七一〇）
囀りや ピアノの上の 薄埃　元（9島村元句集 〇九〇一）
佐保姫の 男いそぎや 年のうち　淡々（4淡々発句集 一二七六）
さほ姫や ふかゐの面 いかならむ　鼠弾（6あら野 四八二）
様々と 説き草臥（くたび）れて ねはんかな　孤桐（8俳諧新選 一〇四ぺ）
さまざまの 事おもひ出す 桜かな　芭蕉（1真蹟懐紙 三六〇）
さまざまの 過ぎしをおもふ 年のくれ　除風（6あら野 九七六）

さまたげる 道もにくまじ 畦の稲　如雪（6続猿蓑 三二九九）
様見えて 土になりゐる 落葉かな　東洋城（9東洋城全句上 〇三九九）
淋しさに 扇かりけり 早泊り　素檗（5素檗句集 九七九）
さみしさに 早飯食ふや 秋の暮　鬼城（4鬼城句集 二二五八）
さみだるる 一灯ながき 坂を守り　林火（9冬青 二七五三）
五月雨に 家ふり捨てて なめくじり　凡兆（6猿蓑 一七五〇）
五月雨に 御（おん）物（もの）遠（どほ）や 月の皃（かほ）　芭蕉（1続山井 六）
五月雨に かくれぬものや 瀬田の橋　芭蕉（1あら野 三九八）
五月雨に 蛙のおよぐ 戸口哉　杉風（5別座鋪 三三五）
さみだれに 小鮒をにぎる 子供哉　野坡（6炭俵 二五一〇）
五月雨に 鶴の足 みじかくなれり　芭蕉（1東日記 一三四）
五月雨に 出駕（かご）も釣の 小舟哉　由平（7俳諧古選 一五九ぺ）
五月雨に 隣も遠く 成りにけり　如行（7俳諧古選 一六八ぺ）
五月雨に 鳰（にほ）の浮巣を 見に行かむ　芭蕉（1笈日記 二九七）
五月雨に 柳きはまる 汀かな　一龍（6あら野 六六二）
さみだれの あまだればかり 浮御堂　青畝（9万両 一五一〇）
五月雨の 色やよど川 大和川　桃隣（6炭俵 二五〇九）
さみだれの うつほばしらや 老が耳　蕪村（2蕪村句集 五五八）
さみだれの 大井越したる かしこさよ　蕪村（2蕪村句集 六五三）
五月雨の 隅田見に出る 戸口かな　子規（10獺祭句帖抄 六〇八ぺ）
さみだれの 空吹きおとせ 大井川　芭蕉（1真蹟懐紙 八五〇）
五月雨の 力や雲を うごかさず　心祇（8俳諧新選 一四六ぺ）

五月雨の晴れて犬なく日和かな　徳元（4毛吹草追加〇〇六四）
五月雨の降り残してや光堂　芭蕉（1奥の細道五〇七）
五月雨は明けた儘にて暮れにけり　淡々（7俳諧古選二二四ぺ）
五月雨は傘に音なきを雨間哉　亀洞（6あら野六六四）
五月雨は滝降りうづむみかさ哉　芭蕉（1荵摺四九九）
五月雨も仕廻のはらりはらりかな　一茶（3おらが春四四一ぺ）
五月雨も瀬ぶみ尋ねぬ見馴河　芭蕉（1大和順礼三六）
五月雨も中休みかよ今日は　一茶（3おらが春四四一ぺ）
さみだれやあぶなう見える竹生島　喜水（8俳諧新選一一七ぺ）
五月雨やある夜ひそかに松の月　蓼太（4蓼太句集一七四二）
五月雨や請けつ流しつ竹の音　原水（7俳諧古選一七三ぺ）
五月雨や上野の山も見あきたり　子規（4俳句稿巻二二一九一）
五月雨や起き上がりたる根無草　鬼城（9鬼城句集〇六二一）
五月雨や思へば内はあかぬ物　有佐（7俳諧古選一七一ぺ）
五月雨や踵（かかと）よごれぬ礒づたひ　沾圃（6続猿蓑三一七九）
五月雨や傘に付けたる小人形　其角（6炭俵二四九七）
五月雨や肩など叩く火吹竹　一茶（3八番日記三三五ぺ）
さみだれや蚕煩ふ桑の畑　芭蕉（1続猿蓑八四八）
五月雨や顔も枕ももの　の本　岱水（6炭俵二五一二）
さみだれや樹々さへ闇を助くれば　龍眠（8俳諧新選一一七ぺ）
五月雨や此の世の外の船の中　水翁（8俳諧新選一一七ぺ）
五月雨や是にも外を通る人　其角（7俳諧古選一六九ぺ）

五月雨や猿も居眠る洞の中　羅月（8俳諧新選二一七ぺ）
五月雨や色紙へぎたる壁の跡　芭蕉（1嵯峨日記六九三）
さみだれや頻りに暮るる水の上　太祇（8俳諧新選一一七ぺ）
五月雨や墨のにじみし手紙共　土髪（7俳諧古選二一六ぺ）
五月雨やせめてあかるき傘の下　超波（8俳諧新選一一七ぺ）
さみだれや大河を前に家二軒　蕪村（2蕪村句集六六四）
さみだれや叩かれもせぬ蠅の様　大夢（8俳諧新選一一七ぺ）
五月雨や露の葉にもる蔏薩（やまごばう）　嵐蘭（6炭俵二五一一）
さみだれやとなりへ懸ける丸木橋　素龍（6炭俵二五〇八）
さみだれや名もなき川のおそろしき　蕪村（2蕪村遺稿九〇二）
五月雨や鶏（にはとり）とまるはね作り　釣雪（6あら野八七四）
五月雨や庭迄来る雲の脚　河星（8俳諧新選一一七ぺ）
五月雨や野中の杉のつくねんたり　醒雪（9帝国明29・6〇三二五）
五月雨や柱目を出す市の家　松芳（6あら野九二九）
さみだれや仏の花を捨てに出る　蕪村（2蕪村句集六三六）
五月雨や道はるばるのかたつぶり　貝明（8俳諧新選一五四ぺ）
五月雨や美豆（みづ）の寝覚めの小家がち　蕪村（2蕪村遺稿五五七）
五月雨や水を囉（もら）ひに峰の寺　雅因（8俳諧新選一一七ぺ）
さみだれや蚯蚓（みみず）の徹す鍋のそこ　嵐雪（5玄峰集二八〇）
五月雨や山少しづつ崩れゐる　喜舟（9小石川〇四六三）
五月雨や竜灯揚ぐる番太郎　芭蕉（1江戸新道七四）
五月雨や我が宿ながらかかり船　竿秋（7俳諧古選二一三ぺ）

五月雨や桶の輪きるる夜の声　芭蕉（1真蹟懐紙 二九五）
さみだれをあつめて早し最上川　芭蕉（1奥の細道 五一四）
寒いぞよ軒の蜩（ひぐらし）唐がらし　一茶（3句稿消息 三五〇ぺ）
寒い程梅の白さや野の夕べ　鼓舌（8俳諧新選 一〇二ぺ）
寒からぬ露や牡丹の花の蜜　芭蕉（1別座鋪 八三九）
寒き日の風にのり行く童かな　太祇（8俳諧新選 一四二ぺ）
寒き日や関の衆中の膝頭　它谷（8俳諧新選 一四二ぺ）
寒き日や春失へる鳥のさま　習先（8俳諧新選 一〇二ぺ）
寒き夜や子の寝に上がる階子段（はしごだん）　龍雨（9龍雨句集 一一五三）
寒き夜や肉そがれたる豕（ぶた）の声　嘯山（8俳諧新選 一四二ぺ）
寒くとも三日月見よと落葉哉　素堂（7俳諧古選 一八七ぺ）
寒けれど二人寝る夜ぞ頼もしき　芭蕉（1笈の小文 三二九）
さむしろやすずしさしらぬ高鼾　几圭（7俳諧古選 二一五ぺ）
さむしろや飯食ふ上の天の川　樗堂（5萍窓集 九二〇）
さむしろを畠に敷いて梅見かな　蕪村（2蕪村遺稿 三三五五）
寒空や筏にのせし鍋の跡　乙二（4松窓乙二集 二一二六）
侍の家をはさむや蛭子講（えびすかう）　瓜流（8俳諧新選 一四五ぺ）
武士や鶯に迄つかはるる　一茶（3志多良 三三〇ぺ）
遮莫（さもあらばあれ）餅搗けて来りけり　万太郎（9流寓抄 一一二一）
鞘走る友切丸やほととぎす　蕪村（2蕪村句集 五四四）
さや豆の斯くも割なくはじけけり　和旦（8俳諧新選 一四八ぺ）
さや豆のはじけてけふの別れ哉　冠那（8俳諧新選 一三五ぺ）
さや豆や在二釜中一（ふちゅうにありて）月を鳴る　似船（5安楽音 一八一）
さゆる夜のともし火すごし眉の剣（けん）　園女（4菊の塵 一〇九〇）
小夜時雨上野を虚子の来つつあらん　子規（10獺祭句帖抄 六六三ぺ）
小夜時雨電信と呼ばる声すなり　臨風（9帝国明33・10 〇三一八）
小夜霎（しぐれ）となりの臼は挽きやみぬ　野坡（6炭俵 二六〇二）
小夜しぐれなくは子のない鹿にがな　一茶（3おらが春 四六一ぺ）
小夜ちどり庚申まちの舟屋形　丈草（6続猿蓑 三三七二）
さよちどり加茂川越ゆる貸し蒲団　無腸（4五車反古 一八六四）
小夜千鳥未（ま）だ寝ぬ船の咄し声　抱一（5屠竜之技 九九四）
小夜の月慰めかねつ捨子泣く　才麿（4坂東太郎 〇二六〇）
さよ姫のなまりも床しつまね花　史邦（6続猿蓑 三二五一）
小夜ふけて拍子の沈む砧かな　支鳩（8俳諧新選 一三二ぺ）
さらさらと又落衣や土用干　爽雨（9雪解 一八九三）
更級の月は二人に見られけり　荷兮（6あら野 九三六）
更科や三夜さの月見雲もなし　越人（4更科紀行 〇九一一）
さらし布霞の足しに聳えけり　一茶（3おらが春 四三六ぺ）
晒井や酒買ひに行く集め銭　松宇（9松宇家集 〇三二一）
皿鉢もほのかに闇の宵涼み　芭蕉（1其便 八七一）
去られたる身を踏ん込んで田植哉　蕪村（2蕪村句集 四一）
皿を踏む鼠の音の寒さ哉　蕪村（2蕪村句集 六五二）
猿沢は古への水歟（か）朧月　宜中（8俳諧新選 一五二ぺ）
百日紅（さるすべり）うつる障子や御経迄　李流（8俳諧新選 一二三ぺ）

百日紅（さるすべり）さかり共なき盛りかな　貝錦（8俳諧新選 二二三ペ）
猿辷（さるすべり）毎日散りてさかりなり　習先（8俳諧新選 二三二ペ）
猿どのの夜寒訪ひゆく兎かな　蕪村（2蕪村句集 二四）
猿の尻木枯知らぬ紅葉かな　宗長（4犬筑波集 〇〇〇四）
猿曳の唄を投げこむ師走哉　栖鶴（7俳諧古選 二二四ペ）
猿引の杖は櫂とも成りにけり　山城田原社中（8俳諧新選 一〇〇ペ）
猿引は猿の小袖をきぬた哉　芭蕉（1続有磯海 九二七）
猿引や家を分けたる弟へも　赤羽（8俳諧新選 一〇〇ペ）
猿引や猿に劣らぬ色上戸　左釣（8俳諧新選 一〇〇ペ）
猿引や猿のきよろつく日本橋　子規（9寒山落木巻三 〇〇二三）
さる人の忍び姿や花の下　左釣（8俳諧新選 一五九ペ）
猿蓑にもれたる霜の松露哉　沾圃（6続猿蓑 二八九二）
猿蓑の秋の部あけて読む夜かな　子規（10獺祭句帖抄 六三四ペ）
猿も木にのぼりすますやとしの暮　車来（6続猿蓑 三四一四）
猿を聞く人捨子に秋の風いかに　芭蕉（1野ざらし紀行 一七五）
さればここに談林の木あり梅の花　宗因（5談林十百韻 一〇一）
さればこそ暑さを綿の花盛り　黒人（8俳諧新選 一四八ペ）
さればこそあれたきままの霜の宿　芭蕉（1あら野 三二五）
さればこそ賢者は富まず敗荷（やれはちす）　蕪村（2蕪村遺稿 一七八五）
早蕨や笠とり山の柱うり　正秀（6続猿蓑 三〇三七）
さをしかに手拭かさん角の迹（あと）　一茶（3七番日記 三三〇ペ）
棹鹿のかさなり臥せる枯野かな　土芳（6猿蓑 一六三七）

さをしかの食ひこぼしけり萩の花　一茶（3おらが春 四六九ペ）
小男鹿（さをしか）も寝に来よ萩に一夜庵　廬元坊（8俳諧新選 一五八ペ）
小男鹿や僧都（そうづ）が軒も細柱　蕪村（2蕪村遺稿 一八二六）
小男鹿や鳴くごとに身の細るべき　御風（8俳諧新選 一三三ペ）
さをしかやゑひしてなめるけさの霜　一茶（3おらが春 四七二ペ）
棹添へて置かぬ舟あり杜若（かきつばた）　助叟（7俳諧古選 一六二ペ）
早乙女にかへてとりたる菜飯哉　嵐雪（6炭俵 二五二五）
早乙女に結んでやらん笠の紐　闇指（6続猿蓑 三一四一）
早乙女やけふは向かふに小松原　存義（8俳諧新選 一一六ペ）
早乙女や泣く子の方へ植ゑて行く　乗捨（7俳諧古選 一七〇ペ）
早乙女や先（まつ）ひいやりと庭の土　超波（4たつのうら 一二二〇）
早乙女やよごれぬ物は歌計（ばかり）　来山（7俳諧古選 一六〇ペ）
棹の歌はやうら涼しめじか舟　湖春（6炭俵 二四八〇）
棹の雁行衛（ゆくへ）は雲と成りにけり　柳浪（8俳諧新選 一三一ペ）
棹の手にかいつかみ行く柳かな　一兎（8俳諧新選 一〇五ペ）
山家集顔へ当てけり秋の雨　珪琳（8俳諧新選 一四七ペ）
三韓王者日本狗也　これを石摺りにせん御代の春　嘯山（8俳諧新選 一五五ペ）
三月や人に薬な風がふく　貫友（8俳諧新選 一〇七ペ）
三月やモナリザを売る石畳　不死男（9万座 二二六七）
三径の十歩に尽きて蓼の花　蕪村（2蕪村句集 一八〇九）
三軒家大坂人のかやりかな　蕪村（2蕪村句集 五四〇）
山骨に日のさしてきし時雨かな　月斗（9昭和俳句集 〇五〇八）

三冊の句集よすがに黍(きび)の窓　迷堂（9ぬなは昭44・11 〇四一八）
さんさりと若葉に曇る書院哉　麦翅（8俳諧新選 一一四ペ）
三山の香具は霞に辛うじて　爽雨（9緑蔭 一八九四）
三十を老いのはじめやすまふ取　五律（8俳諧新選 一二七ペ）
三尺の鯉はぬる見ゆ春の池　仙化（6続猿蓑 三〇八四）
三尺の山も嵐の木の葉哉　芭蕉（1をのが光 六六〇）
算術の少年しのび泣けり夏　三鬼（9旗 二三五六）
三介が敲く木魚もしぐれけり　一茶（3おらが春 四七三ペ）
山桝のからく皮はぐ浮世哉　路通（7俳諧古選 一九一ペ）
三夕ももとやひとつのけさの秋　元隣（5新続犬筑波集 八七）
残雪やごうごうと吹く松の風　鬼城（9鬼城句集 〇六二二）
三千の俳句を閲し柿二つ　子規（9俳句稿巻一 〇〇二四）
三千の兵たてこもる若葉かな　子規（10獺祭句帖抄 六四九ペ）
散銭も用意顔なり森の花　去来（4去来発句集 〇九三六）
山中の相(しやう)雪中のぼたんかな　蕪村（2蕪村句集 二〇二三）
山中の蛍を呼びて知己となす　蛇笏（9椿花集 〇六五二）
三条の人通り見ん更衣(ころもがへ)　只丸（7俳諧古選 一六二ペ）
三度くふ旅もつたいな時雨雲　一茶（3享和句帖 三五二ペ）
惨として日をとどめたる大夏木　虚子（13六百五十句 一七七ペ）
ざんなやな蚊をやく婆々の真裸　迂童（8俳諧新選 一一七ペ）
三人に枕二つや秋の暮　泉石（7俳諧古選 二一一ペ）
三方は山城の国やくものみね　丑二（8俳諧新選 二二〇ペ）
三伏の骨折り赤し雞頭花　乙語（8俳諧新選 二三三ペ）
ざんぶりと水に漬けたる柳かな　文素（8俳諧新選 一〇五ペ）
三文が霞見にけり遠眼鏡　一茶（3霞の碑 三二七ペ）
山門に雲を吹きこむ若葉かな　子規（4寒山落木巻五 二一九四）
山門にのぼれば京の小春かな　瓊音（9瓊音句集 一〇一四）
山門に花ものものし木のふとり　一桐（6続猿蓑 二九八二）
山門や木の枝垂れて五月雨　子規（10獺祭句帖抄 六一四ペ）
山門をぎいと鎖すや秋の暮　子規（10獺祭句帖抄 六五二ペ）
山門を出て下りけり秋の山　子規（10獺祭句帖抄 六三七ペ）
山門を出れば日本ぞ茶摘うた　菊舎（5手折菊 九四九）
算用をしらでも見事歳取りぬ　団水（5四国猿 二三八）
三匣の風呂で風引く夜寒かな　子規（10獺祭句帖抄 六五一ペ）
三椀の雑煮かゆるや長者ぶり　蕪村（2蕪村句集 一〇〇五）

し

自由さや月を追ひ行く置火燵　洞木（6続猿蓑 三三八七）
秋海棠西瓜の色に咲きにけり　芭蕉（1東西夜話 六九八）
秋霜の威や今更にはつかなる　麦水（4樗庵麦水集 一八〇一）
獣屍の蛆如何に如何にと口を挙ぐ　草田男（9母郷行 二五三三）
秋天一碧潜水者(ダイバー)のごと目をみひらく　草田男（9母郷行 二五三四）
秋天の下に野菊の花弁欠く　虚子（11五百句 四九ペ）

秋天や海原などは片隅へ　余子（9余子句選〇四〇）
秋灯や談は天下のはかりごと　瓢亭（9瓢亭句日記〇一九四）
秋灯や夫婦互ひに無き如く　虚子（13六百五十句一五五四ぺ）
姑やあかがりの手の恐ろしき　子規（9寒山落木巻四〇〇二五）
秋旻（しうびん）や金竜昼の月争ふ　亜浪（9定本亜浪句集一〇三七）
秋風の呉人はしらじふくと汁　蕪村（2蕪村句集一二九〇）
秋風や酒肆（しゆし）に詩うたふ漁者樵者　蕪村（2蕪村句集一一四九）
而（しかう）して蕃茄（あかなす）の酸味口にあり　青峰（9青峰集二二五〇）
而して又ででむしの這ひにけり　作者不明（8俳諧新選一一五ぺ）
鹿聞くや一樹の陰の木挽小屋　蘭亭（8俳諧新選一三三ぺ）
鹿小屋の火にさし向くや庵の窓　丈草（4猿舞師〇九八八）
鹿寒し角も身に添ふ枯木哉　蕪村（2蕪村句集七九三）
似我似我（じがじが）と世話やく蜂の往き来哉　嘯山（8俳諧新選一五一ぺ）
史家村の入口見ゆる柳かな　子規（10獺祭句帖抄六一三ぺ）
鹿ながら山影門に入る日哉　蕪村（2蕪村句集一一七五）
鹿啼きてははその木末あれにけり　蕪村（2蕪村句集二五五一）
鹿啼くや宵の雨暁の月　蕪村（2蕪村遺稿一四七〇）
鹿の親笹吹く風にもどりけり　一茶（3おらが春四六二ぺ）
鹿の子や横にくはへし萩の花　一茶（3おらが春四六七ぺ）
鹿の声心に角はなかりけり　乙由（7俳諧古選一八三ぺ）
鹿の声小坊主に角なかりけり　蕪村（2蕪村句集一四五九）
鹿の声鹿や見ゆると戸を明ける　子規（10獺祭句帖抄六五五ぺ）
鹿の角先（まつ）一節のわかれかな　芭蕉（1笈の小文三八二）
鹿の音に人の皃（かほ）みる夕べ哉　一髪（6あら野七四二）
鹿の音も遠く隔てる追風（おひて）哉　勝波（8俳諧新選一四九ぺ）
鹿のふむ跡や硯の躬恒形（みつねがた）　素龍（6炭俵二五六三）
志賀は今軒の足らぬやむら燕　希因（7俳諧古選一五七ぺ）
鹿も来る寺のぐるりや蕗の薹　孤桐（8俳諧新選一〇三ぺ）
しがらきや茶山しに行く夫婦づれ　正秀（6猿蓑一七六〇）
呵（しか）られて次の間へ出る寒さ哉　支考（5蓮二吟集三七二）
しかれども海道一の草の露　富天（7俳諧古選二二五ぺ）
然れども節句をもてりもものはな　嘯山（8俳諧新選一〇七ぺ）
しかれ共餅では寒き亥子哉　鼓舌（8俳諧新選一三八ぺ）
子規庵のユスラの実お前達も貰うて来た　碧梧桐（9碧梧桐句集〇一一九）
子規忌へと無月の海をわたりけり　虚子（14七百五十句一一七ぺ）
食堂に雀啼くなり夕時雨　支考（6続猿蓑三四六二）
鴫たちて秋天ひくきながめかな　蕪村（2蕪村句集一八三一）
鴫立つてあとにものなき入日かな　子規（10獺祭句帖抄六三三七ぺ）
鴫突の馬やり過ごす鳥羽田哉　胡及（6あら野九〇八）
鴫突の行く影長き日あし哉　児竹（6あら野八七六）
鴫突は萱津のあまのむまご哉　淵支（6あら野九〇九）
鴫啼くや蘆より低い家一つ　可風（7俳諧古選二二八ぺ）
櫁（しきみ）売る婆々の茶店や木下闇　子規（10獺祭句帖抄六四九ぺ）
しきりなる落花の中に幹はあり　素逝（9ふるさと一八二五）

しぐるるや　湖（うみ）にすみたる　鐘の声　貞至（8 俳諧新選 一三六ペ）
しぐるるや　駅に西口　東口　敦（9 古暦 三一三二）
しぐるるや　閻浮檀金の　実一つ　茅舎（9 ホ昭5・4 一六八〇）
しぐるるや　門田の鶴の　つくり付け　羅雲（8 俳諧新選 一三六ペ）
時雨るや　黒木つむ屋の　窓あかり　凡兆（6 猿蓑 一六二四）
しぐるるや　腰湯ぬるみて　雁の声　子規（10 獺祭句帖抄 六四〇ペ）
時雨るや　小鳥影抜き　透き葎（むぐら）　東洋城（4 東洋城全句集 二二二四七）
しぐるるや　蒟蒻（こんにやく）冷えて　臍の上　子規（10 獺祭句帖抄 六六三ペ）
しぐるるや　僧も嗜む　実母散　茅舎（4 川端茅舎句集 二一六二七）
しぐるるや　田の新株の　黒むほど　芭蕉（1 記念題 六四九）
しぐるるや　鼠のわたる　琴の上　蕪村（2 蕪村句集 九五七）
時雨るや　軒にもさがる　鼠の尾　巴人（5 夜半亭発句帖 五〇三）
しぐるるや　誠の昏れは　鳥騒ぐ　几圭（4 新雑談集 一一八六）
時雨るや　町屋の中の　薬師堂　野坡（5 続別座敷 三六六）
しぐるるや　松に手燭の　灯（ひ）の光　南雅（8 俳諧新選 一三六ペ）
時雨るや　松をかざしの　家一つ　駒門（8 俳諧新選 一三六ペ）
時雨るや　蓑買ふ人の　まことより　蕪村（2 蕪村句集 八〇八）
しぐるるや　目鼻もわかず　火吹竹　茅舎（4 川端茅舎句集 二一六二八）
時雨るや　我も古人の　夜に似たる　蕪村（2 蕪村句集 一〇八一）
しぐれ来て　水しわだちぬ　湖（うみ）の暮　完来（5 空華集 九一六）
時雨きや　並びかねたる　魦（いさざ）ぶね　千那（6 猿蓑 一六一八）
時雨来と　栴檀林に　あそびけり　茅舎（9 ホ昭5・5 一六八一）
時雨時雨　時雨と惟然　走りけり　小波（9 ささら波 〇三〇〇）
しぐれして　ねぢけぬ菊の　枝もなし　子規（10 獺祭句帖抄 六六三ペ）
時雨初め　黒木になるは　何（なに）々（なに）ぞ　才麿（5 仮橋 二一八）
時雨たり　干（から）びたり我が　旅すがた　涼菟（7 俳諧古選 一九〇ペ）
しぐれねば　又松風の　只おかず　北枝（6 続猿蓑 三三二五）
時雨をや　もどかしがりて　松の雪　芭蕉（1 続山井 一九）
しげもりに　成るや子（ね）の日の　小松原　未得（5 毛吹草追加 六九）
茂り葉や　青女房の　加茂詣　尺布（8 俳諧新選 一一四ペ）
四絃一斉　霰たばしる　畳かな　子規（10 獺祭句帖抄 六六三ペ）
四五間の　木太刀をかつぐ　袷かな　一茶（3 おらが春 四六五ペ）
四五軒の　ごもく捨てけり　桃の花　几圭（8 俳諧新選 一〇七ペ）
四五軒の　山里こぞる　月見かな　李院（8 俳諧新選 一三〇ペ）
四五寸の　葎（むぐら）に雉の　見えずなりぬ　子規（10 獺祭句帖抄 六四四ペ）
四五日は　松も痩せたり　花ざかり　写北（8 俳諧新選 一〇九ペ）
四五人に　月落ちかかる　をどり哉　蕪村（2 蕪村句集 一三七）
四五人の　月夜となりぬ　梅若忌　龍雨（9 龍雨句集 一五四）
四五歩して　夏山の景　変はりけり　虚子（12 六百句 二二七ペ）
四五本の　柳とりまく　小家かな　子規（10 獺祭句帖抄 六二六ペ）
しししし　若子の寝覚めの　時雨かな　西鶴（5 両吟一日千句 一一一一）
鹿笛の　上手を尽くす　あはれさよ　樹水（6 あら野 八七五）
獅子舞や　海の彼方の　安房上総　平之助（9 五所亭句集 一〇九四）
蜆川　うもれて今の　夜寒かな　青々（9 松苗 〇四八四）

蜆貝とられてじゆじゆと鳴き居れり　作者不明（8 俳諧新選 一一二ぺ）
使者の声遠く聞き居る火燵哉　孤桐（8 俳諧新選 一三八ぺ）
二千里の外事やめて月見哉　調和（5 夜錦 一四八）
紙燭（しそく）して垣の卯の花暗うすな　鳳朗（4 鳳朗発句集 二一六〇）
紫蘇の実を鋏の鈴の鳴りて摘む　虚子（12 五百五十句 五三ぺ）
下庵の暮るるをしらぬもみぢ哉　宗専（8 俳諧新選 二三四ぺ）
下書も緑の紙や梶の歌　存義（8 俳諧新選 二二四ぺ）
下草に菫咲くなり小松原　子規（10 獺祭句帖抄 六二七ぺ）
したたかに稲荷（にな）ひゆく法師哉　蕪村（2 蕪村遺稿 二二九八）
したたかに水をうちたる夕ざくら　万太郎（9 草の丈 一一二二）
下露の小はぎがもとや蓼の花　蕪村（2 蕪村遺稿 二二七四）
歯朶（しだ）の葉に見よ包尾の鯛のそり　耕雪（6 続猿蓑 三一〇二）
下萌えぬ人間それに従ひぬ　立子（9 笹目 一九三九）
下萌の乞食にかはすことばかな　一瓢（5 玉山人家集 一一四二）
下萌を催す頃の地震かな　子規（10 獺祭句帖抄 六四六ぺ）
下闇に組んで落ちけり蝸牛（かたつぶり）　喜円（8 俳諧新選 一五〇ぺ）
下闇や地虫ながらの蟬の声　嵐雪（6 猿蓑 一七八〇）
下闇や蛇を彫りたる蛇の塚　子規（10 獺祭句帖抄 六四九ぺ）
じだらくにねれば涼しき夕べかな　宗次（6 猿蓑 一七九八）
しだり尾の長屋長屋に菖蒲かな　嵐雪（4 玄峰集 〇八三四）
七十の腰もそらすか鳴子引　其角（7 俳諧古選 一七八ぺ）
七湯の烟淋しや枯芒　子規（10 獺祭句帖抄 六六七ぺ）

七福神詣路或るは溝に沿ひ　秋桜子（9 晩華 一四二六）
詩腸枯れて病骨を護す蒲団かな　子規（10 獺祭句帖抄 六六一ぺ）
自嘲して暦の果ての落首かな　知十（9 鶯日 〇三五二）
仕丁達烏帽子に若菜摘まれけり　蘆風（8 俳諧新選 一〇〇ぺ）
静かさに耐へずして降る落葉かな　虚子（12 五百五十句 三七ぺ）
静かさに堪へで田螺（たにし）の移りけり　鬼城（9 鬼城句集 〇六二三）
静かさに庭を覗けば柳かな　希因（7 俳諧古選 一五七ぺ）
しづかさは栗の葉沈む清水哉　柳陰（6 猿蓑 二一五八）
閑（しづ）かさは吾が遠耳のいとどかな　東洋城（9 東洋城全句中 〇四〇〇）
閑かさや獃子（あほう）つかうて冬籠り　寛留（8 俳諧新選 一四〇ぺ）
閑かさや岩にしみ入る蟬の声　芭蕉（1 奥の細道 五一三）
静かさや梅の苔吸ふあきの蜂　野坡（5 野坡吟草 三六四）
しづかさや湖水の底の雲のみね　一茶（3 寛政句帖 三三六ぺ）
静かさや水鳥眠るうしろ付き　之房（8 俳諧新選 一四一ぺ）
しづかさを数珠（ずず）もおもはず網代守（あじろもり）　丈草（6 猿蓑 一六七七）
静かなるかしの木原や冬の月　蕪村（2 蕪村句集 三二九）
静かなる自在の揺れや十三夜　たかし（9 たかし句集 一六六〇）
しづかなる力満ちゆき螇蚸（はたはた）とぶ　楸邨（9 山脈 二五八二）
閑かなる世や柊（ひらぎ）さす門がまへ　季吟（4 新続犬筑波集 〇一二一）
静かにも近づく火ある夜振かな　杪童（9 枯蘆 〇八〇六）
賤が家も軒に切籠（きりこ）やはら鼓　東舟（8 俳諧新選 二二六ぺ）
静けさに堪へて水澄む田にしかな　蕪村（2 蕪村句集 二三六三）

静けさも家老の城や冬木立　旨原（4 鞆随筆 一七三三）
静けさや清水ふみわたる武者草鞋（わらぢ）　蕪村（2 蕪村遺稿 一一二七）
静けさや蓮の実の飛ぶあまたたび　麦水（4 樗庵麦水集 一八〇〇）
しづしづと五徳居（す）ゑけりくすりぐひ　子規（10 獺祭句帖抄 六五六ぺ）
十軒の長屋とりまく木槿（むくげ）かな　蕪村（2 蕪村句集 三七八）
賤のこやいね摺りかけて月をみる　芭蕉（1 鹿島詣 三〇九）
しづまれば流るる脚や水馬（みづすまし）　太祇（8 俳諧新選 一二三ぺ）
しづやしづ御階（みはし）にけふの麦厚し　荷兮（6 あら野 四九八）
しとしとと夜に入りにけり春の雨　支鳩（8 俳諧新選 一〇三ぺ）
衾（しとね）敷きて又壁人（かげぼし）と二人寝む　嘯山（8 俳諧新選 一五一ぺ）
淑やかや磨きしごとき新小豆　草田男（9 美田 二五三二）
品川に富士の影なきしほひ哉　闇指（6 続猿蓑 三〇七五）
しなの路の山が荷になる暑さ哉　一茶（3 文政版発句集 三三五ぺ）
しなのぢやそばの白さもぞつとする　一茶（3 七番日記 三五〇ぺ）
信濃なる僕（しもべ）置きけり冬ごもり　蕪村（2 蕪村遺稿 一九五二）
信濃なる歳暮車や湖（うみ）の上　沾涼（7 俳諧古選 一九三ぺ）
死なば秋露のひぬ間ぞ面白き　紅葉（4 紅葉句帳 二三三一）
自南来と奈良の団（うちは）に書かれたり　習先（8 俳諧新選 一九ぺ）
指南車を胡地に引き去る霞哉　蕪村（2 蕪村句集 二一八）
死際に無益の蜂の剣（つるぎ）かな　心咲（7 俳諧古選 五〇ぺ）
死にさうな人ひとりなし花の山　祇徳（7 俳諧古選 二二二ぺ）
死にし虻（あぶ）蘇らんとしつつあり　虚子（13 六百五十句 二二三ぺ）

師に侍して吉書の墨をすりにけり　久女（9 杉田久女句集 〇九四八）
死に死にてここに涼しき男かな　鬼城（9 鬼城句集 〇六二四）
しにもせぬ旅寝の果てよ秋の暮　芭蕉（1 野ざらし紀行 一九三）
死ぬ迄の命は捨てぬ砧かな　沙月（7 俳諧古選 二二九ぺ）
死ぬものは死にゆく躑躅（つつじ）燃えてをり　亜浪（9 定本亜浪句集 一〇三五）
死ぬるまで操（みさを）成るらん鷹のかほ　旦藁（6 猿蓑 一六六九）
死ねと思ふ親もあるかな相撲取　馬光（4 新句兄弟 一一四九）
じねんごの藪ふく風ぞあつかりし　野童（6 猿蓑 一七九三）
師の浅間梅雨晴間得て見に出づる　風生（9 母子草 一五七三）
信田への栞と成るやかきつばた　瓢水（8 俳諧新選 一四ぺ）
師の杖に二本生ひたつ藜（あかざ）哉　丈石（8 俳諧新選 一五七ぺ）
師の床に葱参らせん願ひかな　嘯山（8 俳諧新選 一四五ぺ）
しののめに小雨ふり出すやけ野哉　蕪村（2 蕪村句集 四四〇）
しののめや鵜をのがれたる魚浅し　蕪村（2 蕪村句集 五六八）
しののめや雲見えなくに蓼の雨　蕪村（2 蕪村句集 一六六八）
しののめや露の近江の麻畠　蕪村（2 蕪村句集 一五八八）
東雲（しののめ）やまいら戸はづすかざり松　濁子（6 炭俵 二三八七）
忍び音に忘れし琴や春の雨　雁觜（8 俳諧新選 一〇三ぺ）
しのぶさへ枯れて餅かふやどり哉　芭蕉（1 野ざらし紀行 二〇三）
葱釣る軒に寄り添ふ女かな　闌更（4 半化坊発句集 一八四九）
忍ぶれど声に出でにけり猫の恋　五仙（8 俳諧新選 一〇二ぺ）
死はいやぞ其のきさらぎの二日灸　子規（10 獺祭句帖抄 五九八ぺ）

柴上で寝て流るるや梅の花　淡々（8 俳諧新選 一〇一ぺ）
四方より花吹き入れてにほの波　芭蕉（1 白馬 六一五）
芝浦や車の上にはつ霞　超波（7 俳諧古選 二二二ぺ）
柴売りの声和らげて若菜哉　可風（8 俳諧新選 一〇〇ぺ）
柴売りやいでてしぐれの幾廻り　闇指（6 続猿蓑 三三三〇）
柴刈に砦を出るや雉子の声　蕪村（2 蕪村句集 二二二三）
芝栗を八つ焼きぬ八つはじけけり　碧雲居（9 碧雲居句集 一〇六五）
しばしまもまつやほととぎす千年　芭蕉（1 続山井 一一一）
柴付けし馬のもどりや田植樽　芭蕉（1 伝土芳筆全伝 八五六）
芝でした休み所や夏木立　一茶（3 おらが春 四四三ぺ）
柴にまた餅花咲くや二度の春　令徳（4 崑山集 〇一〇〇）
しばの戸にちやをこの葉かくあらし哉　芭蕉（1 続深川集 一二三）
柴の戸に鞠きく花の夕べ哉　幸佐（7 俳諧古選 一五二ぺ）
しばのとの月やそのままあみだ坊　芭蕉（1 真蹟懐紙 九二五）
柴の戸を明けて春なら春じやまで　萊入（7 俳諧古選 一五八ぺ）
柴の戸をほどく間にやむ霰哉　杏雨（6 あら野 八〇〇）
柴人の道々こぼす桜かな　動楽（7 俳諧古選 一五六ぺ）
しはぶけば四方より幹のかこみ立つ　素逝（9 暦日 一八二六）
柴舟におくれてもどる蛍かな　里楓（8 俳諧新選 一一六ぺ）
柴舟の花咲きにけり宵の雨　卜枝（6 あら野 三七五）
しばらくはあたり隣の炬燵哉　漆桶（7 俳諧古選 二一六ぺ）
暫時（しばらく）は滝にこもるや夏（げ）の初め　芭蕉（1 奥の細道 四八一）

しばらくは鳥なき里や春の雪　涼袋（5 俳諧百一集 七二八）
暫くは花の上なる月夜かな　芭蕉（1 真蹟短冊 六七八）
しばられる共よき花を盗まなん　竹房（8 俳諧新選 一〇九ぺ）
芝居出て吹かるる人や春の風　季遊（8 俳諧新選 一〇七ぺ）
椎樫も祝福す桃紅らむを　波郷（9 春嵐 二六四三）
慈悲心鳥母亡き吾に鳴くなめり　冬葉（9 望郷 一〇一九）
慈悲すれば糞（はこ）をする也雀の子　一茶（3 文政句帖 三三〇ぺ）
椎の木を伐り倒しけり秋の空　子規（10 獺祭句帖抄 六五四ぺ）
椎の木をたがへて啼くや蟬の声　朴水（6 猿蓑 二一六〇）
椎の花人もすさめぬ匂ひかな　蕪村（2 蕪村句集 二三九二）
椎ひろふあとに団栗哀れなり　子規（10 獺祭句帖抄 六〇一ぺ）
椎拾ふ横河の児（ちご）のいとまかな　蕪村（2 蕪村句集 二五七五）
椎洩りて鼠の移るあき家哉　孤桐（8 俳諧新選 一三三ぺ）
死病得て爪美しき火鉢かな　蛇笏（9 山廬集 〇六五三）
十一人一人になりて秋の暮　子規（10 獺祭句帖抄 六三四ぺ）
渋柿にけふも暮れ行く烏かな　二柳（4 あけ烏 一八五九）
渋柿の赤きに迷ふこころかな　旭峰（8 俳諧新選 一三一ぺ）
渋柿の如きものにては候へど　東洋城（9 東洋城全句上 〇四〇一）
しぶ柿のしづかに秋を送りけり　吏登（4 吏登発句集 一一八二）
渋柿の取り残されし冬木哉　鷺助（7 俳諧古選 一八八ぺ）
渋柿の滅法生りし愚さよ　たかし（9 野守 一六六一）
渋柿や街道中へ枝をたれ　蝶夢（4 草根発句集 一七〇四）

しぶ柿や渋に成る迄憎まるる　尺布（8 俳諧新選 一三二ぺ）
渋柿やどうなりとして甘う成る　李流（8 俳諧新選 一五六ぺ）
渋柿やよろこび烏門ちがへ　赤羽（8 俳諧新選 一三二ぺ）
渋柿をながめて通る十夜哉　裾道（6 猿蓑 一六三八）
渋糟やからすも食はず荒畠　正秀（6 猿蓑 一八五九）
十月の今宵はしぐれ後の月　蕪村（2 蕪村句集 二七一八）
十月や秋ををさむる蔵一つ　巴静（4 六々庵発句集 一二〇八）
十五から酒をのみ出でてけふの月　其角（4 浮世の北 〇八〇一）
十五日立つや睦月の古手売り　之道（6 炭俵 二四一二）
十五夜に出でし月かも十三夜　百庵（8 俳諧新選 一三四ぺ）
十五夜の豪雨しぶくや洗ひ鯉　水巴（9 定本水巴句集 〇五八三）
十丈の杉六尺の薄かな　子規（10 獺祭句帖抄 六五七ぺ）
十二月八日の霜の屋根幾万　楸邨（9 雪後の天 二五八四）
十年の耳ご掻きけり冬籠り　子規（10 獺祭句帖抄 六六一ぺ）
十分の底に雨ある霞かな　雅因（8 俳諧新選 一〇六ぺ）
十薬に失せんと蛇の尾を残す　圭岳（9 太白星 一一九〇）
十四日月明らかに君は逝く　虚子（14 七百五十句 一〇九ぺ）
潮浴びの声ただ瑠璃の水こだま　草田男（9 来し方行方 二五三一）
塩うをの裏ほす日也衣がへ　嵐雪（6 炭俵 二四七〇）
塩魚の歯にはさかふや秋の暮　荷兮（6 猿蓑 一八七九）
汐落ちて氷の高き渚かな　子規（10 獺祭句帖抄 六六五ぺ）
塩買ひてかへる径（こみち）や落葉時　乙二（5 斧の柄草稿 九五九）

塩貝の水の濁りや五月雨　嘯山（8 俳諧新選 一一七ぺ）
汐越や鶴はぎぬれて海涼し　芭蕉（1 奥の細道 五二七）
汐先やよしきり騒ぐいなさ東風（こち）　道彦（5 蔦本集 九七一）
汐去つて干潟の広さ陽炎へる　温亭（9 温亭句集 〇八二八）
塩鯛の歯ぐきも寒し魚の店　芭蕉（1 薦獅子集 七六六）
塩にしてもいざことづてん都鳥　芭蕉（1 江戸十歌仙 九九）
汐のよい船脚を瀬戸の鷗は鷗づれ　碧梧桐（4 三昧昭3・3 二二九一）
潮引いて泥に日の照る暑さかな　子規（4 寒山落木巻五 二二一九五）
塩引きて藻の花しぼむ暑さかな　児竹（6 あら野 六五七）
潮干より今帰りたる隣かな　子規（4 俳句稿巻一 二一九六）
塩やかぬ須磨よ此のうみ秋の月　一晶（5 自画賛 一五二）
しほれふすや世はさかさまの雪の竹　芭蕉（1 続山井 二〇）
島々や千々にくだきて夏の海　芭蕉（1 蕉翁全伝付録 五〇五）
島に住めば柑子たくさんな正月日和　碧梧桐（4 三昧昭3・2 二二九三）
島原のうらへも回れ鉢たたき　宋阿（7 俳諧古選 二〇九ぺ）
島原の夜は明けにけり雉の声　買友（8 俳諧新選 一〇四ぺ）
島原は中に汚れて菜種哉　麗白（7 俳諧古選 二一八ぺ）
島原も暫（しばし）は秋の夕べかな　丹巵（7 俳諧古選 二三〇ぺ）
島ゆ島へ渡る夜涼の恋もあらむ　亜浪（9 定本亜浪句集 一〇三六）
しみじみと秋を惜しみぬ二三人　嘯山（8 俳諧新選 一三六ぺ）
しみじみと子は肌へつくみそれ哉　秋色（5 三上吟 四六〇）
紙魚（しみ）のあと久しのひの字しの字かな　虚子（12 六百句 二三九ぺ）

飾縄（しめなは）や御代の直なと丸いのと　移竹（8俳諧新選 九九ペ）
霜あれて韮（にら）を刈り取る翁かな　蕪村（2蕪村句集 一八八六）
詩も書かで主ゆかしき扇かな　砧舟（8俳諧新選 一一九ペ）
霜枯れに咲くは辛気の花野哉　芭蕉（1続山井 二一）
霜枯れの佐倉見あぐる野道かな　子規（10獺祭句帖抄 六二一ペ）
霜がれやおれを見かけて鉦たたく　一茶（3八番日記 三五八ペ）
霜がれや鍋の墨かく小傾城　一茶（3八番日記 三五八ペ）
下京や雪つむ上の夜の雨　凡兆（6猿蓑 一六八七）
下京を廻りて火燵行脚かな　丈草（4記念題 〇九八九）
耳目肺腸（じもくはいちやう）ここに玉まく芭蕉庵　蕪村（2蕪村句集 一三九七）
霜寒き旅寝に蚊屋を着せ申し　如行（6波留濃日 三三五三）
下々に産まれて嬉し花の陰　珪琳（4絵具皿 一一四〇）
下々に生まれて夜もさくら哉　一茶（3七番日記 三三三ペ）
下々の働き見ゆる袷かな　龍眠（8俳諧新選 一一二ペ）
霜月や鸛（こふ）の彳々（つくづく）ならびゐて　荷兮（6冬の日 一四五）
下野や奥底もなき花の形（なり）　宋阿（8俳諧新選 一四九ペ）
霜解けや草履（ざうり）と下駄の飛鳥川　在色（5江戸新道 一四五）
霜に嘆ず蟀（こほろぎ）髭を握りけり　大魯（4蘆陰句選 一八三一）
霜の朝せんだんの実のこぼれけり　杜国（6あら野 八〇二）
下の関夜芝居過ぎぬさよちどり　召波（8俳諧新選 一四〇ペ）
霜の鶴土にふとんも被されず　其角（4五元集 〇八〇〇）
霜の後撫子さける火桶哉　芭蕉（1勧進牒 六五二）

霜のふる様子を見たる人もがな　一言（7俳諧古選 一九一ペ）
霜ばしらおのがあげしや土竜（うごろもち）　圃仙（6続猿蓑 三四三四）
霜　柱　俳句は切字響きけり　波郷（9風切 二六四四）
霜百里舟中に我月を領す　蕪村（2蕪村句集 一三〇四）
下総や冬あたたかに麦畠　子規（10獺祭句帖抄 六一八ペ）
霜降れば霜を楯とす法の城　虚子（11五百句 三四ペ）
僕等のよよと盛りけりねぶか汁　召波（5春泥句集 八一六）
霜や置きしけさのふとんの離れ際　亀石（8俳諧新選 一三九ペ）
霜やけの手を吹いてやる雪まろげ　羽紅（6猿蓑 一六八五）
別荘（しもやしき）僧都（そうづ）の花も隣なり　蕪村（2蕪村遺稿 一三五〇）
霜除のその勢ひのくくり縄　虚子（13六百五十句 二〇二ペ）
霜除をとりし牡丹のうひうひし　虚子（13六百五十句 二〇五ペ）
霜夜子は泣く父母よりはるかなものを呼び　楸邨（9起伏 二五八三）
霜夜ぞと見上ぐる星の光かな　沾々（8俳諧新選 一三九ペ）
霜を着て風を敷寝の捨子哉　芭蕉（1六百番発句合 八五）
霜をふんでちんば引くまで送りけり　芭蕉（1茶のさうし 一〇八）
車胤（しやいん）が窓今この席に飛ばされたり　かな女（9胡笛 〇七八五）
生涯の影ある秋の天地かな　宗因（4阿蘭陀丸 〇一六六）
常香を盛りて出代はる親仁かな　紫水（8俳諧新選 一〇八ペ）
生姜湯に顔しかめけり風邪の神　虚子（13六百五十句 一八七ペ）
正月の魚のかしらや炭だはら　傘下（6あら野 四八七）
正月の皃（かほ）で二月の礼者かな　它谷（8俳諧新選 一一一ペ）

正月や梅のかはりの大吹雪　一茶（3七番日記 三二三ペ）
正月や塵も落とさぬ侘籠り　寸七翁（9現代俳句集 〇八八一）
正月や三日過ぐれば人古し　闌更（5半化坊発句集 七四八）
正月や宵寝の町を風のこゑ　荷風（9荷風句集 一六五）
正月や夜はよる迚(とて)うめの月　一茶（3おらが春 四四〇ペ）
正月を馬鹿にくらして二月哉　秋風（5俳諧吐綬雞 一六〇）
障子今しまり春の灯(ひ)ほとともり　虚子（13六百五十句 二二七ペ）
障子ごし月のなびかす柳かな　素龍（6炭俵 二四二一）
障子には鳥影見えて時雨かな　楮林（8俳諧新選 一三六ペ）
常寂光浄土に落葉敷きつめて　虚子（13六百五十句 一八六ペ）
精進の布袋は淋し恵比須講　巴雀（4高鼾 一二一二）
常住と見えて関屋の団(うちは)かな　白芽（8俳諧新選 一九ペ）
昇天の竜の如くに咳く時に　茅舎（4定本茅舎句集 二六二九）
城頭に大阪を観る霞かな　月斗（9昭和俳句集 〇五一一）
常灯の油尊き夜長かな　蕪村（2蕪村遺稿 二七〇七）
常灯の眠る計(ばか)りやかんこ鳥　志流（7俳諧古選 二一七ペ）
城頭の井を晒しけり空は秋　月斗（9昭和俳句集 〇五一二）
常斎(とき)にはづれてけふは花の鳥　千那（6猿蓑 一九七六）
菖蒲見に寂しき夫婦行きにけり　喜舟（9小石川 〇四六四）
醤油もて目ざしぬらすや煻(をき)の上　重頼（4藤枝集 〇〇九〇）
上臈の落葉侘びゆく齎(もすそ)かな　貝錦（8俳諧新選 一三六ペ）
上臈のむかふ川辺や山ざくら　嘯山（8俳諧新選 一六〇ペ）

昌陸(しやうりく)の松とは尽きぬ御代の春　利重（6波留濃日 三〇一）
聖霊(しやうりやう)に挨拶するや口の中　青魚（8俳諧新選 二二五ペ）
聖霊も杓子果報の有る世哉　不角（7俳諧古選 二〇三ペ）
聖霊も出て仮の世の旅寝哉　丈草（7俳諧古選 一八〇ペ）
聖霊や送り先立つ袖の露　似春（4続連珠 〇二〇八）
浄瑠璃は遠くにてきけ山桜　羅雲（8俳諧新選 一〇六ペ）
聖霊(しやうれい)に留主と答へて盆の旅　存義（8俳諧新選 一五八ペ）
釈迦如来云ひた皃(かほ)せず寝られたり　習先（8俳諧新選 一〇四ペ）
借銭の淵や瀬となるあすの春　蝶々子（4知足書留歳旦帖 〇一四六）
寂として残る土階や花茨　虚子（11五百句 二五ペ）
尺ばかりはやたわみぬる柳哉　小春（6あら野 五五〇）
寂寞(しやくまく)と湯婆(たんぽ)に足をそろへけり　水巴（9定本水巴句集 〇五八二）
芍薬(しやくやく)の蘂の湧きたつ日南(ひなた)哉　太祇（8俳諧新選 一五ペ）
芍薬や殿下ほほ笑みておはしける　嘯山（8俳諧新選 一五ペ）
芍薬を如意にもち行く御僧哉　龍眠（8俳諧新選 一五ペ）
蛇之すけがうらみの鐘や花の暮　常矩（5蛇之助五百韻 一二六）
邪魔な時は取りおく角やかたつぶり　白芽（8俳諧新選 一五ペ）
三弦(しやみせん)で鳴を立たする潮来(いたこ)哉　一茶（3八番日記 三四八ペ）
三み線も小歌ものらず梅の花　来山（7俳諧古選 一四九ペ）
三みせんを杖に突きけり虫の声　伴松（7俳諧古選 一八二ペ）
沙弥(しやみ)律師ころりころりと衾(ふすま)哉　蕪村（2蕪村句集 一八三）
舎利となる身の朝起きや草の露　蕪村（2蕪村遺稿 二五一六）

上海の梅雨懐しく上陸す　虚子（12五百五十句 一六ペ）
上海の霙(みぞ)るる波止場後にせり　虚子（12五百五十句 一〇ペ）
主持ちのとく参りぬる野分哉　蘆鶴（8俳諧新選 一三〇ペ）
酒狂乱醒めて我ある千鳥かな　泊月（9現代俳句集 〇八五〇）
熟柿こそ子供の中のみやげなれ　紹巴（4鷹筑波集 〇〇三二）
宿老の紙子の肩や朱陳村　蕪村（2蕪村遺稿 一三五八）
出家して親子ます里の若葉かな　蕪村（2蕪村遺稿 二四〇六）
朱の鞍や佐野へわたりの雪の駒　北枝（6炭俵 二六一七）
朱の椀にすこし飯盛る霜夜哉　露月（9露月句集 〇二一五）
寿福寺はおくつきどころ実朝忌　虚子（12五百五十句 八五ペ）
撞(しゅ)木(もく)町(まち)うぐひす西に飛び去りぬ　蕪村（2蕪村遺稿 二一六四）
修(しゅ)理(り)寮(れう)の雨にくれゆく木(む)槿(くげ)哉　蕪村（2蕪村遺稿 二四一九）
棕櫚の花こぼれて掃くも五六日　虚子（11五百句 五四ペ）
椶(しゅ)櫚(ろ)の葉にとまらで過ぐる胡蝶哉　梅餌（6あら野 五八七）
椶櫚の葉の霰に狂ふあらし哉　野童（6猿蓑 一六七九）
棕櫚の葉のばさりばさりとみぞれけり　子規（10獺祭句帖抄 六六四ペ）
朱を研ぐや蓬萊の黄精(おとろ)人間(じんかん)に落つ　太祇（8俳諧新選 一四九ペ）
春耕のひとりは鳶に掠はれん　碧雲居（9碧雲居句集 一〇六六）
春寒の旅や絹夜具滑りがち　温亭（9温亭句集 〇八二九）
春寒や日闌(た)けて美女の嗽(くちすす)ぐ　紅葉（9紅葉句集 〇二六九）
春空に虚子説法図描きけり　青畝（9甲子園 一五一一）
春慶の膳据(す)ゑ渡す花見かな　許六（4韻塞 一〇四八）

春暁やひとこそ知らね木々の雨　草城（9花氷 二四六〇）
春暁や欄前過ぐる帆一片　月斗（9昭和俳句集 〇五〇九）
春月や印金堂の木の間より　蕪村（2蕪村句集 一二三九）
蓴(じゅん)菜(さい)に氷柱も見せて氷室哉　三四坊（7俳諧古選 二二八ペ）
春愁や草を歩めば草青く　月斗（9昭和俳句集 〇五一〇）
逡巡として繭ごもらざる蚕かな　虚子（11五百句 一三ペ）
春水や四条五条の橋の下　蕪村（2蕪村句集 二一九三）
春水や蛇籠の目より源五郎　素十（9初鴉 一五四〇）
春水や矗(ちく)々(ちく)として菖蒲の芽　虚子（11五百句 四四ペ）
春睡やこくりこくりと心づき　余子（9余子句抄 〇四四一）
春水をたたけばいたく窪むなり　虚子（12五百五十句 六三ペ）
春星や女性浅間は夜も寝ねず　普羅（9春寒浅間山 〇七一九）
春雪の繽紛として舞ふを見よ　虚子（12五百五十句 八六ペ）
春雪三日祭りの如く過ぎにけり　波郷（9酒中花 二六四五）
春昼や魔法の利かぬ魔法壜　敦（9歴日抄 三一三三）
春泥の鏡の如く光りをり　虚子（14七百五十句 一三五ペ）
春泥は足袋の白きをにくみけり　東洋城（9東洋城全句上 〇四〇二）
春泥や嘴を浄めて枝に鳥　露月（9露月句集 〇二一六）
春泥を人罵りてゆく門辺　虚子（14七百五十句 四九ペ）
春潮といへば必ず門司を思ふ　虚子（9五百句 〇〇七〇）
春潮や根といふ長きかくれ礁　余子（9余子句抄 〇四四二）
春潮や窓一杯のローリング　虚子（12五百五十句 一〇ペ）

春潮や和寇(わこう)の子孫汝と我　虚子（13 六百五十句 二一九ペ）
順風也頭巾御免と立ちわかる　宋屋（8 俳諧新選 一四九ペ）
春眠のこの家つつみし驟雨かな　立子（9 笹目 一九四〇）
春雷や布団の上の旅衣　元（9 島村元句集 〇九〇二）
巡礼の島のぐるりの砂の浜　誓子（9 天狼 一四七四）
順礼の着く旅籠屋のあつさ哉　麗白（8 俳諧新選 二二〇ペ）
順礼の手数にぬるむ清水かな　百万（8 俳諧新選 二〇七ペ）
順礼の棒ばかり行く夏野かな　重頼（5 藤枝集 三〇）
順礼の目鼻書きゆくふくべ哉　蕪村（2 蕪村句集 四九）
春嶺を重ねて四万といふ名あり　風生（9 朴若葉 一五七四）
巡礼を戻れば丁と麦の秋　淀社中（8 俳諧新選 二一六ペ）
勝負せずして七十九年老の春　風生（9 喜寿以後 一五七五）
松籟に単衣の衿をかき合はす　みどり女（9 微風 〇九七〇）
鐘楼あり扠(さて)は桜もちる合点　蓮之（7 俳諧古選 一五七ペ）
鐘楼のまはりは桜ばかりなり　楽天（9 承露盤 〇三二八）
初学徳に入のもんじを試筆哉　信徳（5 知足書留歳旦帖 一六四）
書記典主(でんす)故園に遊ぶ冬至哉　蕪村（2 蕪村句集 三四〇）
諸行無常聞くや林の鐘の声　徳元（4 徳元等百韻 〇〇六五）
職人の帷子(かたびら)きたる夕すずみ　士芳（6 続猿蓑 三一六一）
食罰の紫にがき葡萄(ぶだう)かな　紅葉（4 紅葉句帳 二二三二）
所化(しよけ)も減らで残暑の雨に講了す　句仏（9 句仏句集 〇五三三）
初春先(まづ)酒に梅売るにほひかな　芭蕉（1 真蹟懐紙 二二二九）

書生来て鳥屋に鷓鴣(しやこ)を尋ねけり　嘯山（8 俳諧新選 二二九ペ）
世帯持つて蚊帳の香の新しき　臨風（9 帝国明33・8 〇三一九）
書に倦みて灯下に柿をむく半夜　子規（10 獺祭句帖抄 六五七ペ）
書に水に望みは足れり冬籠り　龍眠（8 俳諧新選 四〇ペ）
書に向かふうしろに妻に夜寒かな　極堂（9 春夏秋冬 〇一六五）
初夜と四つ争ふ秋に成りにけり　来山（7 俳諧古選 一七五ペ）
除夜の灯(ひ)のどこも人住む野山かな　水巴（4 続水巴句帖 二四二六）
初夜迄は物に紛るる夜寒かな　鷺喬（8 俳諧新選 三三二ペ）
しよんしよんと植ゑて二日の田面哉　安元（7 俳諧古選 一七二ペ）
しよんぼりと嵐や侘ぶる夜の鹿　都水（7 俳諧古選 一八二ペ）
白糸の滝の陰晴常ならず　虚子（14 七百五十句 一一五ペ）
白梅にうすもの著せん煤払　子規（9 寒山落木巻一 〇〇二六）
白梅に過ぎゆく七日七日かな　白水郎（9 散木集 一〇八〇）
しら梅のかれ木に戻る月夜哉　蕪村（2 蕪村句集 七二三）
白梅や藍しぼる手は藍に入る　樊川（8 俳諧新選 二〇二ペ）
しら梅や北野の茶店にすまひ取　蕪村（2 蕪村句集 二〇二八）
白梅やされば其の事蠅嫌ひ　波光（7 俳諧古選 二一五ペ）
しら梅や誰がむかしより垣の外　蕪村（2 蕪村句集 二三三八）
しら梅やたしかな家もなきあたり　千川（6 続猿蓑 三〇〇一）
白梅やわすれ花にも似たる哉　蕪村（2 蕪村遺稿 二四四二）
白魚に有明月のうるみかな　大江丸（4 俳懺悔 二〇五五）
白魚のいかで遊ばぬ京の水　宋屋（8 俳諧新選 一〇二ペ）

白魚のしろき噂もつきぬべし　山蜂（6続猿蓑 三〇二五）
白うをのしろき匂ひや杉の箸　之道（6炭俵 二六二六）
しら魚の一かたまりや汐たるみ　子珊（6続猿蓑 三〇二四）
しら魚の骨や式部が大江山　荷兮（6あら野 八九二）
しら魚やあさまに明くる舟の中　吏登（5吏登句集 四七三）
白魚や石にさはらば消えぬべし　枳風（7俳諧古選 一五六ぺ）
白魚や香車も猛き岸通り　貞佐（4桑々畔発句集 一二一六）
白魚や黒き目を明く法の網　芭蕉（1韻塞 七七九）
白魚や古人灯（ともし）を花と見し　碧雲居（9碧雲居句集 一〇六七）
しら魚や子にまよひゆく隅田川　吏登（4吏登発句集 一一八三）
白魚やさながらうごく水の色　来山（5続いま宮草 二〇五）
白魚や譬ひ鯲（どぢやう）の恋す共　赤羽（8俳諧新選 一〇二ぺ）
白魚や海苔は下部のかひ合はせ　其角（6猿蓑 一九二六）
白魚や憚りながら江戸の水　竹冷（9竹冷句鈔 〇二八〇）
しら魚や水もつまめばつままるる　一漁（4絵具皿 一二三六）
しら魚をふるひ寄せたる四手（よつで）哉　其角（6続猿蓑 三〇二六）
白笠を少しさますや木下陰　一茶（3おらが春 四六七ぺ）
白髪ぬく枕の下やきりぎりす　芭蕉（1泊船集 六三七）
白樺に月照りつつも馬柵の霧　秋桜子（9葛飾 一四二七）
白河を越ゆるや夏の小商人（あきんど）　子規（10獺祭句帖抄 六一四ぺ）
白壁に消えも入らずに毛糸編み　静塔（9月下の俘虜 二三七三）
白壁の誹（そし）られながらかすみけり　一茶（3おらが春 四三五ぺ）

白壁の日は上面（うはつら）に秋よさて　路通（4土大根 一〇一三）
白粥に梅干おとす春のあさ　月草（9わが住む里 〇九九九）
白粥の茶碗くまなし初日影　丈草（4柿表紙 〇九九〇）
白菊に幾つ姉君なりしかと　虚子（14七百五十句 四六ぺ）
しら菊のちらぬぞ少し口をしき　昌碧（6あら野 七六〇）
しら菊の目に立てて見る塵もなし　芭蕉（1追善之日記 九〇五）
しら菊は露もきはつくけしき哉　存義（8俳諧新選 二三四ぺ）
白菊や呉山の雪を笠の下　蕪村（2蕪村句集 九五三）
白菊や素顔で見むを秋の霜　野水（6あら野 八五五）
しら菊や庭に余りて畠まで　蕪村（2蕪村遺稿 六一七）
白ぎくや籬（まがき）をめぐる水の音　二柳（5津守船初編 七六二）
白菊よ白菊よ恥長髪よ長髪よ　芭蕉（1真蹟短冊 二一八）
白雲と冬木と終（つひ）にかかはらず　虚子（11五百句 九八ぺ）
白雲に鮓の石迄小荷駄哉　百万（8俳諧新選 一四九ぺ）
白雲の空ゆりすゑてぼたん哉　蓼太（5蓼太句集 五三六）
白雲のたつや四月のよしの山　灯外（7俳諧古選 一七〇ぺ）
しら雲は遠いものなり菊の上　乙二（4をののえ草稿 二一一七）
しら雲やかきねを渡る百合の花　支考（6続猿蓑 三一二五）
しら雲を吹き尽くしたる新樹かな　才麿（5難波の枝折 二一六）
しら芥子に焚火移ふや嵯峨の町　暁台（5暁台句集 七六八）
白罌粟（げし）に照りあかしたる月夜哉　青蘿（5青蘿発句集 八四九）
しら芥子にはかなや蝶の鼠いろ　嵐蘭（6あら野 六三六）

白げしにはねもぐ蝶の形見哉　芭蕉（1野ざらし紀行 二四七）
白芥子や時雨の花の咲きつらん　芭蕉（1鵲尾冠 九五九）
白鷺の羽袖よごるるしほひ哉　土髪（8俳諧新選 一〇九ぺ）
白鷺の干川に光るあつさかな　尺布（8俳諧新選 二二〇ぺ）
白鷺も柳に従ひて吹かれけり　尺布（8俳諧新選 一〇五ぺ）
しら鷺や青くもならず黴雨（つゆ）の中（うち）　不玉（6続猿蓑 三一七七）
白鷺や友におくるる雪の暮　文山（8俳諧新選 一四三ぺ）
しらじらと今年になりぬ雪の上　松宇（9松宇家集 〇三一二）
しらじらと羽に日のさすや秋の蝶　青蘿（5青蘿発句集 八五四）
白玉の露にきはつく椿かな　車来（6猿蓑 一九六六）
白露に阿吽の旭（あさひ）さしにけり　茅舎（9川端茅舎句集 一六八三）
白露にざぶとふみ込む烏哉　一茶（3七番日記 三四六ぺ）
しら露の明かりへ出ると落ちにけり　几圭（4新雑談集 一一八七）
白露のしらけ仕舞ひや淀の水　言水（7俳諧古選 一七四ぺ）
白露の力の程や草のたけ　万翁（8俳諧新選 二二六ぺ）
白露の無分別なる置き所　宗因（4俳諧温故集 〇一六七）
しら露もこぼさぬ萩のうねり哉　芭蕉（1真蹟自画賛 七九三）
しら露もまだあらみのの行衛（ゆくへ）哉　北枝（6猿蓑 二一六七）
白露や茨の刺にひとつづつ　蕪村（2蕪村句集 五九六）
白露や家こぼちたる萱のうへ　蕪村（2蕪村遺稿 一一七七）
白露や蚊帳釣草の稜々と　喜舟（9紫川 〇四六五）
白露やきたない中を遁れ出で　雅因（7俳諧古選 二一八ぺ）
しらつゆやさつ男の胸毛ぬるるほど　蕪村（2蕪村句集 二二七二）
白露や染めん物とは思はれず　嘯山（8俳諧新選 二二六ぺ）
しら露や月のこぼるる砂の上　富水（8俳諧新選 二二六ぺ）
白鶴の声も白しや雪の中　麻斎（8俳諧新選 一四二ぺ）
しらで猶よそに聞きなすくひな哉　太祇（8俳諧新選 一一八ぺ）
しら浪とつれてたばしる霰哉　重治（6あら野 七九八）
白波も消えて翳りぬ鴨の湖（うみ）　浜人（9定本浜人句集 〇八一三）
しら浪やゆらつく橋の下紅葉　塵生（6猿蓑 一八七三）
しらぬどし夫婦と妖（ば）けて踊りかな　宋屋（4瓢簞集 一六九四）
しらぬ人と物いひて見る紅葉哉　東順（6あら野 七四六）
しらぬ間につもりし雪のふかさかな　万太郎（9流寓抄 一一二三）
白萩のしきりに露をこぼしけり　子規（4寒山落木巻二 二一九八）
白萩や人まつ夜の俤（おもかげ）に　舎来（8俳諧新選 一五二ぺ）
白萩や細（ほそ）渓（たに）川（がは）の波頭　羅人（8俳諧新選 二二八ぺ）
白萩やよごれた花は捨てて咲く　射牛（8俳諧新選 二二七ぺ）
白萩を春わかちとるちぎり哉　蕪村（2蕪村句集 一四一四）
白浜に鳥も鳴かぬ暑さかな　沾山（4庭の巻 二二五八）
白浜に交り物なき暑さかな　篤羽（8俳諧新選 二二〇ぺ）
しら浜や何を木陰にほととぎす　曾良（6続猿蓑 三一一四）
しら藤や風に吹かるる天の川　巴人（4夜半亭発句帖 一一七五）
白藤や猶さかのぼる淵の鮎　几董（5井華集 七九七）
白藤や揺りやみしかばうすみどり　不器男（9定本不器男集 一七一〇）

白桃やしづくも落ちず水の色　桃隣（6 続猿蓑 三〇五三）
白ゆりの己が匂ひによごれけり　孤桐（8 俳諧新選 一一八ペ）
紫蘭咲き満つ毎年の今日のこと　虚子（13 六百五十句 二一一ペ）
尻重き業（わざ）の秤や冬ごもり　太祇（8 俳諧新選 一四〇ペ）
尻すぼに夜明けの鹿や風の音　風睡（6 続猿蓑 三二九五）
しりながら薄に明くるつまどかな　小春（6 あら野 九八七）
寺領顔に守るは山田の僧都（そうづ）かな　未得（4 毛吹草追加 〇一三七）
しるしらず花にもの云ひて通りけり　習先（8 俳諧新選 一〇九ペ）
汁鍋に笠の雫や早苗取り　其角（7 俳諧古選 一六九ペ）
知る人にあはじあはじと花見かな　去来（6 猿蓑 一九八〇）
知れぬ世や釈迦の死に跡にかねがある　西鶴（4 白根草 〇一八二）
城あとや古井の清水先（まづ）問はむ　芭蕉（1 笈日記 四〇八）
白う咲きてきのふけふなき蓮かな　水巴（9 定本水巴句集 〇五八四）
白団扇隣の羲之（ぎし）に書かれたり　大江丸（4 はいかい袋 二〇五六）
白馬の青野をかくるあらし哉　五明（5 五明句藻 八八一）
代馬（しろうま）の泥の鞭あと一二本　素十（9 初鴉 一五四一）
代馬は大きく津軽富士小さし　虚子（12 五百五十句 六七ペ）
白馬を少女瀆れて下りにけむ　三鬼（9 旗 二三五七）
銀の河も妹背の中に落つる　万翁（8 俳諧新選 二二四ペ）
白き足の草鞋（わらんぢ）いとし年の暮　春朝（7 俳諧古選 一九二ペ）
白き猫今あらはれぬ青芒　虚子（13 六百五十句 二三一ペ）
白炭の骨にひびくや後夜の鐘　蕪村（2 蕪村遺稿 一九七〇）
白炭やかの浦島が老の箱　芭蕉（1 江戸通町 八七）
白足袋にいとうすき紺のゆかりかな　碧梧桐（9 碧梧桐句集 〇一二〇）
白塗の浅き夢みし蝶の昼　不死男（9 万座 二二六八）
城一つ暮れ残したるもみぢかな　寥和（4 茶話稿 一一五五）
白芙蓉の白きより白きは無し　虚子（13 六百五十句 二三五ペ）
しろ水の流るる末や苔の花　可幸（8 俳諧新選 一二三ペ）
しわしわと鴉飛びゆく田植かな　虚子（14 七百五十句 一〇一ペ）
しをらしき名や小松吹く萩薄　芭蕉（1 真蹟懐紙 五四一）
しをり戸の手ざはり重し夜の霧　支鳩（8 俳諧新選 一二八ペ）
しをるるは何かあんずの花の色　貞徳（5 犬子集 一五）
新学士白足袋はいて来りけり　瓊音（9 瓊音句集 一〇一五）
新月の中の曇りや女郎花（をみなへし）　春来（7 俳諧古選 二二一ペ）
新月や内侍所の棟の草　嵐雪（7 俳諧古選 二〇〇ペ）
震災忌萩のうねりのうき思ひ　青嵐（9 永田青嵐句集 〇八九一）
神事田を寄りて植ゑるや曾我贔負　百万（8 俳諧新選 一五八ペ）
新酒酌むは中山寺の僧どもか　子規（10 獺祭句帖抄 六五三ペ）
寝所見る程は卯の花明かりかな　一茶（3 おらが春 四四三ペ）
しんしんと梅散りかかる庭火哉　荷兮（6 あら野 一〇六三）
しんしんと野は昼皃の盛り哉　瓜流（7 俳諧古選 二一七ペ）
しんしんと雪降る空に鳶の笛　茅舎（9 川端茅舎句集 一六八四）
新そばを碓氷の雷に啜りけり　徂春（9 定本徂春句集 〇八〇〇）
新茶よし碧瑠璃と云はんには薄し　虚子（14 七百五十句 八一ペ）

新田に稗殻煙るしぐれ哉　昌房（6猿蓑 一六二七）
新田に人も出来てや桃の花　雲裡坊（7俳諧古選 二二七ぺ）
神殿や鏡に向かふ鹿のふり　子規（9寒山落木巻一 ○○二七）
辛抱を婆々の咄や土用干　我即（8俳諧新選 二二三ぺ）
新米の酒田ははやし最上川　蕪村（2蕪村句集 一八八四）
新米のもたるる腹や穀（ごく）潰（つぶ）し　太祇（8俳諧新選 一三三ぺ）
神妙に梅見る人や野の往き来　光江（8俳諧新選 一○二ぺ）
神力の半分ほしき角力（すまふ）哉　瓢水（8俳諧新選 一五三ぺ）
新涼に己が肌を感じけり　虚子（14七百五十句 五五七ぺ）
新涼の驚き貌（がほ）に来りけり　虚子（11五百句 三一ぺ）
新涼の月こそかかれ槙柱　虚子（11五百句 五二ぺ）
新涼の身にそふ灯影ありにけり　万太郎（9草の丈 一一二四）
新涼や白きてのひらあしのうら　茅舎（9川端茅舎句集 一六八五）
新涼や仏にともし奉る　虚子（11五百句 七二ぺ）
神慮今鳩をたたしむ初詣　虚子（9五百句 ○○七一）
新藁の出初てはやき時雨哉　芭蕉（1伝土芳筆全伝 八八八）
新わらの屋根の雫や初しぐれ　許六（5五老井発句集 三八五）
新藁を葺いて野壺の露じめり　青峰（9海光 二二五一）
新右衛門蛇（じや）足（そく）を誘ふ冬至哉　蕪村（2蕪村句集 三四一）

す

水学も乗物かさんあまの川　芭蕉（1江戸広小路 九五）
酸い風の梅のあなたや閑居鳥　梅風（8俳諧新選 一四七ぺ）
水干も扇も兼ねて小てふかな　雁宕（8俳諧新選 一五三ぺ）
酔顔や西瓜の雫もちながら　太祇（8俳諧新選 一二六ぺ）
西瓜太郎躍り出でよと割ってけり　瓊音（9瓊音句集 一○一六）
西瓜ひとり野分をしらぬあした哉　素堂（5素堂家集 二四七）
水上機夏の日輪を濡れて過ぐ　誓子（9炎昼 一四七五）
水晶の山路ふけ行く清水哉　蕪村（2蕪村遺稿 九一一）
水仙に狐あそぶや宵月夜　蕪村（2蕪村遺稿 二三三四）
水仙に我は茶をせぬあるじ哉　嘯山（8俳諧新選 一五七ぺ）
水仙の落葉彼（かつ）いて開きけり　秀山（8俳諧新選 一四一ぺ）
水仙の莟に星の露を孕む　子規（10獺祭句帖抄 六六七ぺ）
水仙の花の日なたも凍（い）ての中　素逝（9暦日 一八二七）
水仙の花のみだれや藪屋しき　惟然（6続猿蓑 三三四九）
水仙の見る間を春に得たりけり　路通（6あら野 五二九）
水仙の世におくれたる姿かな　文山（8俳諧新選 一四一ぺ）
水仙や馬から横に抱きおろす　暮四（8俳諧新選 一四一ぺ）
水仙や寒天に人堪ふる時　五明（4五明句藻 二一○九）
水仙や古（こ）鏡（きやう）の如く花をかかぐ　たかし（4たかし全集 二六五一）
水仙や寒き都のここかしこ　蕪村（2蕪村句集 一九四六）
水仙や白き障子のとも移り　芭蕉（1笈日記 七二六）
水仙や素足で通ふ長廊下　以楽（8俳諧新選 一四二ぺ）

水仙や練(ねり)塀(べい)われし日の透き間　曲翠（6続猿蓑 三三四七）
水仙や美人かうべをいたむらし　蕪村（2蕪村句集 九九九）
水仙や鵙(もず)の草ぐき花咲きぬ　蕪村（2蕪村句集 一三二三）
水仙や門を出づれば江の月夜　支考（6続猿蓑 三三八四）
水仙や藪の付いたる売り屋敷　浪化（5草刈笛 三九四）
水仙を切る音の歯に障つたり　土髪（8俳諧新選 一四一ぺ）
翠黛とひもすがらある桜狩り　夜半（9翠黛 一六四〇）
翠黛の時雨いよいよはなやかに　素十（9雪片 一五四二）
翠帳にさしこむ春の朝日かな　子規（10獺祭句帖抄 六四二ぺ）
水飯や簾捲いたる日の夕べ　紅葉（9紅葉句帳 〇二七〇）
水飯や弁慶殿の食ひ残し　子規（10獺祭句帖抄 六〇七ぺ）
水風呂の下や案山子(かがし)の身の終はり　丈草（6炭俵 二五七九）
衰老は簾もあげず庵の雪　其角（6猿蓑 一六九〇）
菅菰の皆寝て噺す団扇哉　宋阿（8俳諧新選 一一九ぺ）
透かしたる鹿と添寝の団(うちは)かな　依貞（8俳諧新選 一一九ぺ）
すかし見て星にさびしき柳哉　樗良（5樗良発句集 七七九）
すがたみにうつる月日や更衣(ころもがへ)　也有（5蘿葉集 五〇七）
酢瓶(すがめ)いくつ最昔(そのかみ)八岐(やまた)の大生海鼠(なまこ)　松意（5軒端の独活 一四一）
眇なる医師(くすし)わびしき頭巾哉　蕪村（2蕪村遺稿 一一八六）
すがりゐて草と枯れゆく冬の蠅　亜浪（9定本亜浪句集 一〇三八）
すがれすがれ柳は風にとりつかむ　一笑（6あら野 五五一）
すきあげて鬢(びん)紙のごとし蠅ひびく　茅舎（9川端茅舎 一六八六）

杉垣を摘みぬ隣の立葵　子規（10獺祭句帖抄 六五〇ぺ）
透き通る山の限りや秋の色　吾友（8俳諧新選 一三五ぺ）
杉の木のたわみ見て居る野分かな　子規（10獺祭句帖抄 六〇〇ぺ）
杉のはの雪朧なり夜の鶴　支考（6炭俵 二六一六）
杉の雪一町奥に仁王門　子規（10獺祭句帖抄 六一一ぺ）
杉箸で火をはさみけり夷(えびす)講(かう)　一茶（3七番日記 三五九ぺ）
修行者(すぎやうざ)の径(こみち)にめづる桔梗かな　蕪村（2蕪村遺稿 一八一七）
すくからにむせるもうれし青山椒　風虎（5夜錦 一二三）
菅(すげ)笠の影もひづまぬ暑さかな　不白（4不白翁句集 二一二九）
祐成(すけなり)鰒を食ふ時も時致(ときむね)は食はざりけり　曲翠（7俳諧古選 二〇七ぺ）
凄かりし月の団蔵七代目　虚子（12六百句 二〇二ぺ）
少しばかり誉めて置かれぬ桜かな　卯雲（8俳諧新選 一〇九ぺ）
すごすごと親子摘みけりつくづくし　舟泉（6あら野 五四〇）
すごすごと案山子のけけり土筆(つくづくし)　蕉笠（6あら野 五四二）
すごすごと摘むやつまずや土筆　其角（6あら野 五四一）
すごすごと山やくれけむ遅ざくら　一髪（6あら野 五七四）
すこやかに人とわれある暖炉かな　より江（9同人句集 〇九二八）
スコールの波窪まして進み来る　虚子（12五百五十句 一五六ぺ）
双六のあひてよびこむついり哉　胡及（6あら野 一〇五六）
冷(すさま)じや灯(ともしび)のこる夏のあさ　藤羅（6あら野 六七六）
すさまじや女のめがねとしのくれ　信徳（5元禄四歳旦 一四七〇）
鮓うりを垣からまねく穂蓼哉　也有（5蘿葉集 五一一）

鮓漬けて誰待つとしもなき身哉　蕪村（2 蕪村句集 八九四）
鮓になる間を配る枕哉　一茶（3 文政句帖 三三九ぺ）
鮨鮒や終（つひ）は五輪の下紅葉　高政（4 誹諧師手鑑 〇一九六）
鮓を圧すわれ亦石を愛す也　百万（8 俳諧新選 一二三ぺ）
鮓桶に小魚より来る流れかな　鼠骨（9 新俳句 〇二五八）
鮓桶をこれへと樹下に床几哉　蕪村（2 蕪村句集 八九七）
鈴鹿川夜明けの旅の神楽（かぐら）哉　昌碧（6 あら野 一〇八四）
すずかけやしでゆく空の衣川　商露（6 波留濃日 三三二）
篠掛や露に声あるかけはづし　蕪村（2 蕪村遺稿 二五一七）
涼風に月をも添へて五文哉　一茶（3 七番日記 三三五ぺ）
すず風の通りて竹の葉音哉　嘯雨（8 俳諧新選 一二二ぺ）
涼風の吹く木へ縛る我が子哉　一茶（3 おらが春 四六〇ぺ）
涼風の曲がりくねつて来りけり　一茶（3 七番日記 三三六ぺ）
涼風も今は身になる我が家哉　一茶（3 七番日記 三三六ぺ）
涼風も出来（でか）した壁のこはれ哉　游刀（6 続猿蓑 三一五七）
涼風や青田の上の雲のかげ　許六（5 五老井発句集 三七九）
すず風や構へは戦（そよ）ぐ物ばかり　以哉坊（8 俳諧新選 一五八ぺ）
涼風や力一ぱいきりぎりす　一茶（3 七番日記 三三五ぺ）
涼風や何食はせても二人前　一茶（3 文政句帖 三三六ぺ）
すず風や我より先に百合の花　乙州（6 猿蓑 一七七五）
鈴鴨の虚空に消ゆる日和哉　蒼虬（5 訂正蒼虬句集 一一五七）
薄刈る童に逢ひぬ箱根山　子規（10 獺祭句帖抄 六五八ぺ）

芒創見えねど痛し舐め歩く　零余子（9 零余子句集 〇六八〇二）
芒塚程遠からじ守るべし　虚子（14 七百五十句 六六ぺ）
鱸（すずき）釣りて後ろめたさよ浪の月　蕪村（2 蕪村遺稿 一八二一）
薄見つ萩やなからむこのほとり　蕪村（2 蕪村句集 一〇七五）
すすけ障子日影も遅し朝霞　調和（5 富士石 一四六）
煤さがる日盛りあつし台所　怒風（6 続猿蓑 三一六八）
涼しい歟（か）川越す顔のにつたにた　子一（8 俳諧新選 一五六ぺ）
涼しくも野山にみつる念仏哉　去来（6 続猿蓑 三四五七）
すずしさに榎もやらぬ木陰哉　玄旨（6 あら野 六八七）
すずしさに外に蚊屋ほしと思ひけり　雁觜（8 俳諧新選 一二二ぺ）
すずしさに月も睡る歟（か）水の中　柳水（8 俳諧新選 一一九ぺ）
涼しさに四橋を四つ渡りけり　来山（7 俳諧古選 一六〇ぺ）
涼しさのかたまりなれやよはの月　貞室（5 鷹筑波集 三六）
涼しさの淋し走馬灯灯（ひ）をつがん　水巴（4 水巴句帖 二四二七）
涼しさは下品下生の仏かな　虚子（12 五百五十句 九〇ぺ）
涼しさは座敷より釣る鱸かな　昌長（6 あら野 七二三）
涼しさは錫の色なり水茶碗　信徳（4 信徳十百韻 〇二一二）
すずしさや朝草門（も）んに荷（にな）ひ込む　凡兆（6 猿蓑 一七九九）
涼しさや熱き茶を飲み下したる　虚子（13 六百五十句 一四六ぺ）
すずしさや扇流れぬ宵もなし　存義（8 俳諧新選 一一九ぺ）
すずしさや雨を露なる竹の月　太祇（8 俳諧新選 一一九ぺ）
涼しさや石灯籠の穴も海　子規（9 寒山落木巻四 〇〇二九）

すずしさや　浮洲のうへの　ざこくらべ　去来（6炭俵 二五一九）
涼しさや　縁より足を　ぶらさげる　支考（6続猿蓑 三一五五）
涼しさや　駕籠を出での　縄手みち　望翠（6続猿蓑 三一五一）
涼しさや　鐘を離るる　鐘の声　蕪村（2蕪村句集 二六七〇）
すずしさや　川を飛び越す　市の声　錦水（8俳諧新選 二二〇ペ）
すずしさや　髪結ひ直す　朝機嫌　りん（7俳諧古選 一七三ペ）
すずしさや　腰を掛尾の　峰の風　井々（8俳諧新選 一五四ペ）
涼しさや　此の庵をさへ　住み捨てし　曾良（6猿蓑 二一七七）
涼しさや　この手柏に　四方の縁　三四坊（7俳諧古選 二二八ペ）
すずしさや　鷺も流るる　早瀬川　春魚（8俳諧新選 二二一ペ）
すずしさや　島かたふきて　松一つ　子規（10獺祭句帖抄 六〇七ペ）
涼しさや　直に野松の　枝の形(なり)　芭蕉（1笈日記 八五五）
すずしさや　惣身わするる　水の音　青蘿（5青蘿発句集 八五一）
すずしさや　袖にさし入る　海の月　樗良（5樗良発句集 七八〇）
涼しさや　竹握り行く　藪づたひ　半残（6続猿蓑 三一四八）
涼しさや　田に水かけて　もどりけり　元来（7俳諧古選 一六二ペ）
涼しさや　小さき舟の　振り回し　風叩（7俳諧古選 一七二ペ）
涼しさや　ともに米かむ　椎が本　如行（6猿蓑 二一五九）
涼しさや　どれ置き直す　山もなし　乙由（7俳諧古選 一七一ペ）
涼しさや　荷を下ろしたる　馬の声　石夫（7俳諧古選 一七〇ペ）
すずしさや　根笹に牛も　つながれて　蒼虬（5訂正蒼虬集 一一五四）
すずしさや　寝たい所は　仏あり　曲庵（7俳諧古選 二二一ペ）

すずしさや　寝て居て楫の　あいしらひ　渓梁（8俳諧新選 二二一ペ）
涼しさや　糊のかわかぬ　小行灯　一茶（3八番日記 三三六ペ）
涼しさや　裸でこゆる　箱根山　子規（10獺祭句帖抄 六〇七ペ）
すずしさや　恥づかしい程　行きもどり　素園（8俳諧新選 二二一ペ）
涼しさや　一重羽織の　風だまり　我眉（6続猿蓑 三一六二）
すずしさや　冬のいたさを　忘れ水　冬扇（7俳諧古選 二三〇ペ）
涼しさや　ほの三か月の　羽黒山　芭蕉（1奥の細道 五一八）
すずしさや　又舞ひもどる　釣　荵　篤羽（8俳諧新選 二二一ペ）
涼しさや　都を竪(たつ)に　流れ川　蕪村（2蕪村句集 九九）
すずしさや　藪蚊の多い　庵ながら　市仙（8俳諧新選 二二一ペ）
すずしさや　山のうなづく　帆懸船　梅史（8俳諧新選 二二一ペ）
涼しさや　夢もぬけ行く　籠　枕　乙由（4麦林集 一九二）
涼しさや　楼の下ゆく　水の音　俊似（6あら野 六九三）
涼しさよ　牛の尾振りて　川の中　万乎（6続猿蓑 三一五三）
涼しさよ　塀にまたがる　竹の枝　卯七（6炭俵 二五一五）
涼しさよ　白雨(ゆふだち)ながら　入日影　去来（6あら野 六八八）
涼しさを　極めて雁の　渡りけり　菜根（8俳諧新選 二三一ペ）
すずしさを　四文にまけて　渡し守　子規（10獺祭句帖抄 六〇六ペ）
すずしさを　しれと杓(ひさく)の　雫かな　兀峰（6炭俵 二五一八）
涼しさを　裸にしたり　座禅堂　子規（9寒山落木巻二 〇〇二八）
涼しさを　飛騨の工(たくみ)が　指図かな　芭蕉（1杉風宛書簡② 八五三）
涼しさを　見よと長柄に　桁もなし　我黒（7俳諧古選 二〇七ペ）

涼しさを我が宿にしてねまる也　芭蕉（1奥の細道五一〇）
すずしさをわすれてもどる川辺哉　未学（6あら野六九五）
すずしさを絵にうつしけり嵯峨の竹　芭蕉（1住吉物語八六一）
煤掃いて何やらたらず家の内　月下（7俳諧古選一九〇ぺ）
煤掃いて楼に上れば川広し　子規（10獺祭句帖抄六六二ぺ）
煤掃に内儀はしろし梅の花　五竹坊（4三千化一七八一）
煤掃のけふや思へば仮の宿　望友（7俳諧古選一八七ぺ）
煤はきは己が棚つる大工かな　芭蕉（1炭俵八二四）
煤掃は杉の木の間の嵐哉　芭蕉（1をのが光六五六）
煤掃は年の内なる霞哉　一松（7俳諧古選二一七ぺ）
煤掃やあたまにかぶるみなと紙　黄逸（6続猿蓑三四〇四）
煤掃や青砥（あをと）左衛門（ざゑもん）耳に銭　烏暁（7俳諧古選二一六ぺ）
煤掃や辛螺（にし）の奥に水の音　宋屋（7俳諧古選二一四ぺ）
煤掃や第一嫁のおき所　超波（4貞佐歳旦帳一二二一）
すす掃や調度少なき家は誰　蕪村（2蕪村遺稿二一〇七）
煤はきや鼠追ひ込む黄楊（つげ）の中　残香（6続猿蓑三四〇三）
煤掃や餅の序（つい）でに撫でておく　加生（7俳諧古選一九四ぺ）
煤はきやわすれて出づる鉢ひらき　誾如（6続猿蓑三四〇六）
すす掃や童の時の筆すさみ　嘯雨（8俳諧新選一四四ぺ）
煤掃や折敷一枚踏みくだく　惟然（6続猿蓑三四〇七）
煤はらひ梅にさげたる瓢（ふくべ）かな　一髪（6あら野八二七）
煤払しやうじをはくは手代かな　万乎（6炭俵二六三二）
すす払鼠の先へ鼬（いたち）かな　移竹（8俳諧新選一四四ぺ）
進み出でて坊主をかしや月の舟　一井（6あら野一〇四五）
涼みけり後ろへ月の回るまで　栄五（8俳諧新選一四八ぺ）
すずみ取る筵をまはす木陰哉　梅有（8俳諧新選一二一ぺ）
すずみ寝や秋を夢見る懸かり舟　楮林（8俳諧新選一二一ぺ）
涼み舟舳（へ）にたちつくす列子哉　蕪村（2蕪村遺稿九一三）
鈴虫は鳴きやすむなり虫時雨　たかし（9たかし句集一六六二）
鈴虫松虫こんやも状袋を張つておこう　禅寺洞（9禅寺洞句集二二九〇）
雀色時雪は光輪持ちて降る　林火（9白幡南町二七五四）
雀子と声鳴きかはす鼠の巣　芭蕉（1韻塞九一四）
雀子の立たせて囉（もら）ひ立ちにけり　圭山（8俳諧新選一四八ぺ）
雀子の髭も黒むや秋の風　式之（6続猿蓑三二七七）
雀子やあかり障子の笹の影　其角（4続虚栗〇八〇二）
雀子や姉にもらひし雛の櫃　槐市（6続猿蓑三〇一九）
雀子や走りなれたる鬼瓦　鳴雪（4鳴雪俳句鈔二二二三）
雀子や羽ありたけのうれし皃（がほ）　赤羽（8俳諧新選一〇五ぺ）
涼めとて切りぬきにけり北のまど　野水（6あら野八五〇）
雀の子そこのけそこのけ御馬が通る　一茶（3おらが春四四〇ぺ）
雀の巣かの紅糸をまじへをらむ　多佳子（9紅二九七〇）
涼めよとのゆるしの出たり門の月　一茶（3父の終焉日記四〇九ぺ）
雀よりやすき姿や衣がへ　雪芝（6炭俵二四七三）
硯かと拾ふやくぼき石の露　芭蕉（1杉風宛書簡五八一①）

硯　墨　蠅の食物　なかりけり　百里（7俳諧古選 二〇八ぺ）
硯の中に　ちちははは見ゆる　合歓(ねむ)の花　楸邨（9まぼろしの鹿 二五八五）
煤を掃く　音は我が家歟(か)　舟上がり　伊流（8俳諧新選 一四四ぺ）
裾　袂　濡らして雪の　わか菜哉　之祐（8俳諧新選 一〇〇ぺ）
裙に置いて　心に遠き　火桶哉　蕪村（2蕪村句集 三二一）
すそ野暑く　頭寒足熱　富士の雪　貞徳（4崑山集 〇〇四〇）
裾折りて　菜をつみしらん　草枕　嵐雪（6猿蓑 一八九九）
巣だちした　其の日は戻る　燕かな　半魯（8俳諧新選 一〇六ぺ）
巣だちして　寝る夜の床や　雀の子　鼠孫（8俳諧新選 一〇五ぺ）
簾越す　柳の雨や　袂まで　作者不明（8俳諧新選 一五五ぺ）
簾して　涼しや宿の　はひりくち　荷兮（6あら野 六八九）
筋(すぢ)違(かひ)に　ふとん敷きたり　宵の春　蕪村（2蕪村句集 一九九一）
すつかりと　折れて呉れけり　山ざくら　孤桐（8俳諧新選 一〇六ぺ）
ずつと来て　袖に入りたる　蛍　哉　杉風（5別座鋪 三三六）
すつぽんも　時や作らん　春の月　一茶（3おらが春 四三四ぺ）
捨つる共　易き家居を　かたつぶり　雁宕（8俳諧新選 一一五ぺ）
捨団扇　ありて遊船　雨ざらし　花蓑（9花蓑句集 〇八七〇）
捨ててある　八坂の塔や　けふの月　田福（8俳諧新選 一三〇ぺ）
捨てて久しき　庵とこそ見ゆれ　今年竹　露月（9日本明27・7・21 〇二五〇）
既に得し　鯨や逃げて　月ひとり　蕪村（2蕪村遺稿 三四六）
捨て人や　木草に掛けて　土用干　其角（7俳諧古選 一六九ぺ）
捨舟の　落葉掃き出す　日和かな　子規（10獺祭句帖抄 六二〇ぺ）

捨てやらで　柳さしけり　雨のひま　蕪村（2蕪村句集 二三六）
沙(すな)熱し　沈黙世界　影あるき　楸邨（9死の塔 二五八六）
砂川や　或るいは蓼を　流れ越す　蕪村（2蕪村句集 七六四）
砂川や　小鮎ちろつく　日の光　子規（10獺祭句帖抄 四四ぺ）
砂の如き　雲流れ行く　朝の秋　子規（10獺祭句帖抄 六五二ぺ）
砂浜に　足跡長き　春日かな　子規（10獺祭句帖抄 六二二ぺ）
砂浜や　残る暑さを　ほのめかす　子規（10獺祭句帖抄 六三三ぺ）
砂日傘　一つ大きく　賑かに　青峰（9海光 二二五二）
砂村の　能登恋しさよ　蚊の日暮　青々（9松苗 〇四八五）
砂よけや　蜑のかたへの　冬木立　凡兆（6猿蓑 一六三六）
巣の声に　親もやるせや　なく雀　習先（8俳諧新選 一〇五ぺ）
簀(す)の外の　路照り白む　心太(ところてん)　木歩（9決定木歩全集 一〇五五）
巣の燕　朝寝の内に　鳴きにけり　嘯山（8俳諧新選 一〇六ぺ）
巣の中に　蜂のかぶとの　動く見ゆ　虚子（11五百句 六五ぺ）
巣の中や　身を細うして　おや燕　峰嵐（6続猿蓑 三〇一八）
洲の松の　見ごろも涼し　袖の浦　柳居（5夏山伏 四八七）
素咄に　魂入るや　ほととぎす　等舟（7俳諧古選 一六八ぺ）
吸殻の　うき葉にけぶる　蓮見哉　蕪村（2蕪村句集 一二八）
すびつさへ　すごきに夏の　炭俵　其角（6あら野 六七八）
吸物を　客から足すや　土筆(つくづくし)　丁梅（8俳諧新選 一〇四ぺ）
ずぶ濡れに　ぬれてまじまじ　蜻蛉哉　一茶（3七番日記 三四九ぺ）
ずぶ濡れの　大名を見る　炬燵哉　一茶（3八番日記 三六〇ぺ）

辷（すべ）る跡へ又取りつきぬ竹のゆき　孤洲（8 俳諧新選 一四二ぺ）
須磨明石師走の果てにながめ行く　一鉄（7 俳諧古選 一八六ぺ）
須磨寺の門を過ぎ行く夜寒かな　子規（10 獺祭句帖抄 六三三ぺ）
須磨寺やふかぬ笛きく木下やみ　芭蕉（1 笈の小文 三九一）
須磨のあまの矢先に鳴くか郭公（ほととぎす）　芭蕉（1 笈の小文 三八八）
須磨の浦の年取りものや柴一把　芭蕉（1 茶のさうし 九四一）
須磨の浦や松に涼しき裸蝨　子規（10 獺祭句帖抄 六一三ぺ）
須磨の山の後ろに何をかんこ鳥　其角（7 俳諧古選 一六九ぺ）
角力取（すまひとり）つげの小櫛をかりの宿　蕪村（2 蕪村遺稿 二五四一）
すまひ取皆酒のみの宿禰（すくね）哉　嘯山（8 俳諧新選 一四九ぺ）
角力（すまふ）老いてやどもつ京の月夜かな　大江丸（5 はいかい袋 八七三）
すまふ取古郷へ帰る枯野かな　白羽（8 俳諧新選 一三七ぺ）
相撲取小さき妻を持ちてけり　子規（10 獺祭句帖抄 六五三ぺ）
相撲取投げて置きけり蚊屋の内　希因（8 俳諧新選 一一七ぺ）
相撲取ならぶや秋のからにしき　嵐雪（6 炭俵 二五七八）
角力取の裸壱歩や厄落とし　孤桐（8 俳諧新選 一四四ぺ）
相撲乗せし便船のなど時化となり　碧梧桐（4 新傾向句集 二二九五）
相撲場は三室の岸の夕べかな　惟中（4 次郎五百韻 〇二一八）
須磨を出て明石は見えず春の月　子規（10 獺祭句帖抄 五九八ぺ）
角（すみ）いれし人をかしらや花の友　丈草（6 続猿蓑 二九六八）
炭うりに鏡見せたる女かな　蕪村（2 蕪村句集 三〇七）
炭売りに日のくれかかる師走哉　蕪村（2 蕪村遺稿 九七一）
炭売りのおのがつまこそ黒からめ　重五（6 冬の日 一〇九）
炭売りの横町さかる雪吹（ふぶき）哉　湖夕（6 炭俵 二六一九）
炭竈に手負ひの猪の倒れけり　凡兆（6 猿蓑 一六五三）
炭竈に塗り込めし火や山眠る　たかし（4 たかし全集 二六五二）
炭竈の穴ふさぐやら薄けぶり　亀洞（6 あら野 八一八）
炭竈の烟の中やせみのこゑ　鶴女（8 俳諧新選 一一九ぺ）
炭竈の烟ゆがまぬ霜夜かな　水翁（8 俳諧新選 一四四ぺ）
炭竈や鹿の見て居る夕煙　宋阿（7 俳諧古選 一九四ぺ）
炭竈や花のさく木は匂ふべし　桃葉（8 俳諧新選 一四四ぺ）
炭竈や深雪の中にたつ烟　玉里（8 俳諧新選 一四四ぺ）
炭消えて膝と膝との別れ哉　木節（7 俳諧古選 一九一ぺ）
すみきりて塩干の沖の清水哉　俊似（6 あら野 七〇一）
住みけりな五器洗ふ水もありす川　太祇（8 俳諧新選 一六〇ぺ）
炭こふや通夜申す婆々のしや切り声　瓜流（8 俳諧新選 一四四ぺ）
すみずみにのこる寒さや梅の花　蕪村（2 蕪村句集 二一七六）
墨染の夜のにしきや鉢たたき　蕪村（2 蕪村遺稿 一四八一）
角町（すみちやう）やおでんかん酒冬の月　臨風（9 帝国明31・12 〇三二〇）
住みつかぬ旅のこころや置火燵　芭蕉（1 勧進牒 六五五）
墨付けし行灯を泣くきりぎりす　越人（4 鵲尾冠 〇九一二）
炭取のひさご火桶に並び居る　蕪村（2 蕪村句集 二一〇三）
炭斗のふくべの形見飽きたり　虚子（14 七百五十句 三三ぺ）
炭斗の蓋を静かにとざす音　夜半（9 彩色 一六四一）

炭斗や一夏のままの蠅たたき　梓月（9冬扇〇三六四）
住み馴れし宿を疑ふあつさかな　玉芝（8俳諧新選二二〇ペ）
隅にあれど先（まつ）目のわたるばせを哉　竹房（8俳諧新選二二六ペ）
炭の香をすぐにすすむる火桶かな　梓月（9冬鶯〇三六五）
墨の袖洗ひてほしの天の河　宗養（7俳諧古選一九六ペ）
炭の火や朝の祝儀の咳ばらひ　一茶（3おらが春四七三ペ）
住み果てぬすがた成りけり冬の蠅　文水（8俳諧新選一四五ペ）
炭焼に渋柿たのむ便りかな　玄虎（6続猿蓑三二八八）
住吉に天満神（あまみつかみ）のうめ咲きぬ　蕪村（2蕪村遺稿二四四三）
住吉の雪にぬかづく遊女哉　蕪村（2蕪村遺稿一九六五）
住吉や河堀添へて春の海　凡兆（4百曲〇九六三）
菫草小鍋洗ひしあとやこれ　曲水（6猿蓑一九六三）
菫咲き千手の誓左右なく咲き　迷堂（9芙蕖〇四一九）
菫つめばちひさき春のこころかな　暁台（5暁台句集七六六）
菫程な小さき人に生まれたし　漱石（9正岡子規へ〇一七八）
炭を挽く静かな音にありにけり　虚子（12六百句二一四ペ）
棲む魚の砂走りせる清水かな　汀女（9汀女句集一九二四）
住むかたの秋の夜遠き灯影哉　蕪村（2蕪村遺稿二〇八三）
李（すもも）盛る見世のほこりの暑さ哉　万乎（6続猿蓑三一六五）
すらすらと昇りて望の月ぞ照る　草城（9人生の午後二四六一）
すらすらと安くも立てり門の竹　嵐蘭（7俳諧古選一五八ペ）
雷木（すりこぎ）の減りつつも亦春ちかし　宋屋（4瓢簞集一六九五）
すりこ木もけしきにならぶ夜永哉　一茶（3文化句帖三四三ペ）
すりこ木ももみぢしにけり唐辛子　宗因（5難波草一〇六）
摺り溜る籾掻くことや子供の手　不器男（9定本不器男集一七一一）
擂盆（すりばち）のみそみめぐりや寺の霜　蕪村（2蕪村句集七）
摺ばちやうごき出でたる山のいも　惟中（5難波色紙一三六）
すり針や涼しくもちる蓬髪　敬雨（7俳諧古選二〇六ペ）
するが地や花　橘　も茶の匂ひ　芭蕉（1炭俵八四七）
するが野や大きな富士が麦の上　亜浪（9定本亜浪句集一〇三九）
するすると花の花産む杜若（かきつばた）　林鴻（7俳諧古選一六二ペ）
居（すわ）つたる心も軽き袷かな　玉壺（8俳諧新選一二二ペ）
居りたる舟に寝て居る暑さ哉　蕪村（2蕪村句集五七五）
居りたる舟を上がればすみれ哉　蕪村（2蕪村句集九八一）
末刈りぬ木賊（とくさ）に月のとがま哉　龍眠（8俳諧新選一四九ペ）
居風呂（すゑふろ）に後夜きく花のもどり哉　蕪村（2蕪村句集二一〇〇）
居風呂に棒の師匠や春の暮　蕪村（2蕪村遺稿二二〇五）
居風呂へ流し込んだる清水かな　一茶（3おらが春四四二ペ）
ずんずんと日に秋深むおもひかな　石鼎（9石鼎句集〇七五一）

せ

鮬（せいご）釣る比も有るらし鱸（すずき）つり　半残（6猿蓑一八六六）
聖燭祭工人ヨセフ我が愛す　三鬼（9旗二三五八）

背高き法師にあひぬ冬の月　梅室（4梅室家集 二一六三）
精出して摘むとも見えぬ若菜哉　野水（6あら野 五〇四）
精出せばあたたかになる砧かな　嘯山（8俳諧新選 一五五ぺ）
精出せば氷る間もなし水車　珪琳（4水ぐるま 一一四一）
青天に雪の遠山見えにけり　士朗（5枇杷園句集 九〇四）
青天のとつぱづれ也汐干潟　一茶（3八番日記 三三九ぺ）
姓名は何子か号は案山子（かがし）哉　蕪村（2蕪村句集 一一六八）
西洋の草花赤し明屋敷　子規（10獺祭句帖抄 六一七ぺ）
小柑子栗やひろはむまつのかど　舟泉（6あら野 四七三）
昭君の柳を山谷堤かな　才麿（4虚栗 〇二六一）
少将のあまの咄や志賀の雪　芭蕉（1智月真蹟写 五九四）
瀟湘の雁のなみだやおぼろ月　蕪村（2蕪村句集 二三八）
瀟湘の夜昼なしや五月雨　卯雲（8俳諧新選 一一七ぺ）
蕭条（せうでう）として石に日の入る枯野かな　蕪村（2蕪村句集 二八〇八）
少年に愛す沼あり花すすき　平之助（9五所亭句集 一〇九五）
少年の犬走らすよ夏の月　召波（4春泥句集 一八二六）
少年の見遣るは少女鳥雲に　草田男（9万緑 二五三五）
小便所爰と馬よぶ夜寒哉　一茶（3おらが春 四七二ぺ）
小便の数もつもるや夜の雪　貞室（4玉海集 〇一一一）
施餓鬼（せがき）棚我が影ぼしも哀れ也　一吹（7俳諧古選 一八一ぺ）
石経（せききやう）の墨を添へけり初しぐれ　丈草（5喪の名残 三二五）
石公（せきこう）へ五百目もどすとしのくれ　蕪村（2蕪村句集 八三六）

関こえて爰も藤しろみさか哉　宗祇（6あら野 八九七）
関越えて又柿かぶる袂かな　太祇（8俳諧新選 一三一ぺ）
咳き込めば谺（こだま）返しや杉襖　茅舎（9ホ昭15・5 一六八七）
咳き込めば夜半の松籟また乱れ　茅舎（4定本茅舎句集 二六三二）
節季候（せきぞろ）に又のぞむべき事もなし　順琢（6猿蓑 一六九九）
節季候の来れば風雅も師走哉　芭蕉（1勧進牒 六五四）
節季候の拍子をぬかす明屋哉　桃後（6続猿蓑 三四二七）
節季候や句切りみじかき諷（うたひ）もの　移竹（8俳諧新選 一四六ぺ）
節季候や弱りて帰る藪の中　尚白（6続猿蓑 三四二六）
節季候を雀のわらふ出立ちかな　芭蕉（1深川 七七四）
石陣のほとり過ぎけり夏の月　蕪村（2蕪村遺稿 一一三五）
寂（せき）として客の絶え間のぼたん哉　蕪村（2蕪村句集 二一三一）
関の戸に水雞（くひな）のそら音なかりけり　蕪村（2蕪村句集 九五）
関の灯（ひ）をともせば消ゆる野分哉　蕪村（2蕪村遺稿 二七二四）
赤飯の湯気あたたかに野の小店　子規（10獺祭句帖抄 六四二ぺ）
関守の灸点はやる梅の花　一茶（3おらが春 四五二ぺ）
関守の宿を水鶏（くひな）にとはふもの　芭蕉（1伊達衣 四九七）
夕陽（せきやう）に馬洗ひけり秋の海　子規（10獺祭句帖抄 六〇九ぺ）
関屋にも仏壇有りてつつじ哉　雁宕（7俳諧古選 二三〇ぺ）
鶺鴒（せきれい）の刈株つたふ氷かな　子規（10獺祭句帖抄 六四〇ぺ）
せきれいの尾は見付けざる柳哉　一風（6炭俵 二四二三）
鶺鴒や堅い皃（かほ）して岩の上　超波（8俳諧新選 二二九ぺ）

鶺鴒（せきれい）や走り失せたる白川原　氷固（6 三二七三 続猿蓑）
鶺鴒よこの笠叩くことなかれ　子規（10 六〇一ペ 獺祭句帖抄）
世間かなせちりもすだも玉祭り　西武（5 四四 五条之百句）
せこの者来べき宵なり泊り狩り　守武（4 〇〇一八 懐子）
膳所米（ぜぜまい）や早苗のたけに夕涼み　半残（6 二一六二 猿蓑）
世田谷の市どろどろの襤褸かな　麦人（9 〇三四二 草笛）
瀬田降りて志賀の夕日や江鮭（あめのうを）　蕪村（2 一七五九 蕪村句集）
背たらおふ物を見せばや花の春　野童（6 三一〇一 続猿蓑）
瀬違ひの堰や其のまま蓼の花　孤舟（8 一二八ペ 俳諧新選）
せつかれて年忘れするきげんかな　芭蕉（1 九七六 芭蕉庵小文庫）
絶景の骨あらはるるしぐれかな　富水（8 一三六ペ 俳諧新選）
雪渓は立ちて汚れて人間味　静塔（9 二三七四 栃木集）
雪渓をかなしと見たり夜もひかる　秋桜子（9 一四二八 秋苑）
雪月花一度に見する卯木（うつぎ）かな　貞徳（4 〇〇四一 崑山集）
雪山を匐ひまはりゐる谺（こだま）かな　蛇笏（9 〇六五四 霊芝）
雪舟（せつしゅう）の不二雪信（ゆきのぶ）が佐野いづれ歟（か）寒き　蕪村（2 九六八 蕪村遺稿）
摂待にきせるわすれて西へ行く　蕪村（2 一五三 蕪村句集）
摂待にただ行く人をとどめけり　俊似（6 一〇四〇 あら野）
摂待のはしら見たてん松の陰　釣雪（6 一〇三九 あら野）
摂待の礼の念仏や二三遍　鶴英（8 二二五ペ 俳諧新選）
接待へよらで過ぎ行く狂女哉　蕪村（2 二五三八 蕪村遺稿）
摂待や田も世の中の嬉し声　嘯山（8 二二五ペ 俳諧新選）
接待や菩提樹陰の片庇　蕪村（2 一八五〇 蕪村遺稿）
舌端に追ひ廻さるる瓜の種　普羅（9 〇七二〇 辛夷）
絶頂の城たのもしき若葉哉　蕪村（2 一〇五四 蕪村句集）
雪隠（せつちん）へ行くかと見れば蛍かな　在色（5 一四三 誹諧解脱抄）
節分に大豆（まめ）二合食ふやり手哉　金瓦（7 一八八ペ 俳諧古選）
節分も仏と誓ひ老いにけり　宋屋（8 一四四ペ 俳諧新選）
絶壁に眉つけて飲む清水かな　東洋城（9 〇四〇三 東洋城全句上）
絶壁の巌（いはほ）をしぼる清水かな　子規（10 六三〇ペ 獺祭句帖抄）
絶壁のつららは淵の色をなす　茅舎（9 一六八八 華厳）
雪片のつれ立ちてくる深空かな　素十（9 一五四四 初鴉）
雪嶺に汽車現れてやや久し　汀女（9 一九二五 汀女句集）
雪嶺の悠久年のあらたまる　みどり女（9 〇九七一 光陰）
雪嶺より稜駆けりきて春の岬　林火（9 二七五五 潺潺集）
背戸門の分からぬ家やもものの花　蘭更（8 一〇七ペ 俳諧新選）
背門口の入江にのぼる千鳥かな　丈草（6 一六六三 猿蓑）
背戸口や芥（あくた）を潜る春の水　蝶夢（5 八五五 草根発句集）
背戸に鳴く鶯の子や御影講　習先（8 二三九ペ 俳諧新選）
背戸の畑なすび黄ばみてきりぎりす　旦藁（6 三四二 波留濃日）
背戸畑やいかに尼前（あまぜ）の茶摘歌　さかふ（8 一一一ペ 俳諧新選）
背（せな）の子も田歌覚えつつ少しづつ　之房（8 一一六ペ 俳諧新選）
銭買うて入るやよしのの山ざくら　蕪村（2 二三五七 蕪村句集）
銭銀（かね）に縁なき顔のかがし哉　乙由（7 一八三ペ 俳諧古選）

銭銀（かね）の中で酒飲む師走哉　郷今（8 俳諧新選 一四五ペ）
銭銀の寝かかる頃やはつ霞　春来（7 俳諧古選 二二一ペ）
瀬に変はる舟のばくちの布子かな　習先（8 俳諧新選 一五九ペ）
銭亀や青砥もしらぬ山清水　蕪村（2 蕪村句集 二〇七五）
銭臭き人にあふ夜はおぼろなり　成美（5 成美家集 九二五）
銭なくてたもとふたつも長閑（のどか）なり　一瓢（5 玉山人家集 一一四四）
銭蒔きて通る駕（かご）あり山ざくら　随古（8 俳諧新選 一〇六ペ）
瀬の音に負けてや蟬の飛んで行く　翠行（8 俳諧新選 一一九ペ）
背の順に座り並びぬ糸取女　虚子（12 五百五十句 九一ペ）
せはしなき身は痩せにけり作り独活（うど）　嵐雪（7 俳諧古選 一四五ペ）
是非もなや足を蚊のさす写し物　子規（10 獺祭句帖抄 六三〇ペ）
妾（せふ）が家は江の西にあり菰（こも）粽　太祇（8 俳諧新選 一五五ペ）
蟬涼し朴の広葉に風の吹く　碧梧桐（9 碧梧桐句集 〇一二一）
蟬鳴いて夕日の瀑（たき）の五色かな　洒竹（9 俳味 大2・12 〇二九〇）
せみ啼くや行者の過ぐる午の刻　蕪村（2 蕪村句集 二六二）
蟬なくや古郷に近き一里塚　愚水（8 俳諧新選 一九ペ）
蟬啼くや僧正坊の浴（ゆあ）み時　蕪村（2 蕪村句集 一七二一）
蟬鳴くや大河をあゆむ砂ほこり　紫暁（5 己西句録 九〇八）
蟬啼くやぬの織る窓の暮れ時分　暁烏（6 続猿蓑 三一八七）
蟬なくや見かけて遠き峰の寺　二柳（8 俳諧新選 二一九ペ）
蟬なくや我が家も石になるやうに　一茶（3 七番日記 三四二ペ）
蟬に活きて翌（あす）におそるる夕べかな　羅人（4 熱田日記 二二八〇）

蟬の経衣を脱ぐとはじめけり　古津（8 俳諧新選 一一九ペ）
蟬の声共に吹かるる梢かな　子規（10 獺祭句帖抄 六四八ペ）
せみのこゑもゆふだつあとや晴の歌　元隣（5 新続犬筑波集 八六）
蟬の空松籟塵を漲らし　茅舎（4 華厳 二六三三）
蟬の音に薄雲かかる林かな　巣兆（5 曾波可理 九八六）
蟬の音に武家の夕食（めし）過ぎにけり　釣雪（6 あら野 八七三）
せめて魚の骨選るのみぞ生身魂（いきみたま）　方山（7 俳諧古選 一七六ペ）
せめて袖の長いを孝に蚊を追はん　刈山（8 俳諧新選 一五七ペ）
背山より今かも飛雪寒牡丹　爽雨（9 泉声 一八九五）
芹摘むとこけて酒なき瓢（ふくべ）哉　旦藁（6 波留濃日 三二四）
芹焼きやすそわの田井の初氷　芭蕉（1 其便 八二〇）
セルを着て病ありとも見えぬかな　虚子（11 五百句 六六ペ）
世話聞かぬ耳に薄の騒ざけり　五好（8 俳諧新選 二三二ペ）
瀬を聞いて橋へかかるや五月雨　未人（8 俳諧新選 一一七ペ）
泉岳寺他人ぞ多き墓参り　瓢水（8 俳諧新選 一三五ペ）
千刈の田をかへすなり難波人　一鷺（6 続猿蓑 三〇五二）
選句淋し病妻我に柿を剝く　浜人（9 定本浜人句集 〇八一四）
選句しつつ火種なくしぬ寒雀　水巴（4 続水巴句帖 二四二八）
先ぐりに風ぞ見え行く薄原　赤羽（8 俳諧新選 一三一ペ）
千観が馬もかせはし年のくれ　其角（6 あら野 一〇五三）
僭上に月の欠けるを目利かな　一茶（3 おらが春 四七〇ペ）
全身を現じて土の霞むかな　青々（9 松苗 〇四八六）

泉水に篝（かがり）くづるる桜かな　繞石（9落椿　〇二六五）
先生の銭かぞへゐる霜夜かな　寅彦（9寅彦全集六　一一七四）
先生の前に夜学の煙草盆　温亭（9温亭句集　〇八三〇）
先生はふるさとの山風薫る　草城（9銀　二四六二）
洗足の盥もりてゆく春や　蕪村（2蕪村句集　四五九）
銭湯で上野の花の噂かな　子規（10獺祭句帖抄　六二六ぺ）
洗濯やきぬにもみ込む柿の花　薄芝（6猿蓑　一七三五）
旃檀の実ばかりになる寒さかな　子規（10獺祭句帖抄　六一〇ぺ）
禅寺に思ひの外の桜　哉　蝶車（7俳諧古選　二一七ぺ）
禅寺の松の落葉や神無月　凡兆（6猿蓑　一六三三）
船頭の喧嘩は済んで蛙かな　遊也（7俳諧古選　一五六ぺ）
船頭の棹とられたる野分哉　蕪村（2蕪村遺稿　一九七）
船頭の耳の遠さよ桃のはな　支考（5蓮二吟集　三六八）
船頭も鱸を横たへて月見哉　珪琳（8俳諧新選　二三〇ぺ）
せんどまで目の舞うた谷も若葉哉　専吟（7俳諧古選　一六八ぺ）
扇風機重役椅子に給仕ゐて　圭岳（9太白星　一一九二）
煎餅干す日影短し冬の町　子規（10獺祭句帖抄　六六一ぺ）
煎餅を鹿に食はせて月見かな　故角（8俳諧新選　一四八ぺ）
鉄条（ぜんまい）に似て蝶の舌暑さかな　龍之介（9澄江堂句集　一一四〇）
狗背（ぜんまい）の塵にえらるるわらびかな　嵐雪（6猿蓑　一九三六）
ぜんまいののの字ばかりの寂光土　茅舎（9華厳　一六八九）
膳まはり外に物なし赤　柏　良品（6猿蓑　一六四六）
膳持ちて座敷を逃ぐる暑さ哉　万翁（8俳諧新選　二一〇ぺ）
禅門の革足袋おろす十夜哉　許六（6炭俵　二六二四）
禅林の廊下うれしきしぐれ哉　蕪村（2蕪村遺稿　二四六）

そ

僧朝顔幾死にかへる法の松　芭蕉（1野ざらし紀行　一八四）
宗鑑に葛水給ふ大臣（おとど）かな　蕪村（2蕪村句集　二一四〇）
僧死してのこりたるもの一炉かな　素十（9野花集　一五四五）
僧正が野糞遊ばす日傘哉　一茶（3文化句帖　三三八ぺ）
僧正のいもとの小屋のきぬたかな　尚白（6猿蓑　一八五五）
僧房を借りて人住む萩の花　子規（10獺祭句帖抄　六五七ぺ）
息災で御目にかかるぞ草の露　一茶（3七番日記　三四六ぺ）
賊舟をよせぬ御船や夏の月　蕪村（2蕪村遺稿　五八二）
そこそこに京見過ごしぬ田にし売り　蕪村（2蕪村句集　五一）
底たたく音や余寒の炭俵　召波（5春泥句集　八〇七）
底なしや玉にもぬけるあられ酒　惟中（5俳諧三部抄　一三七）
そこに居て爰叩かれな梅の花　几圭（7俳諧古選　二一五ぺ）
底の石ほと動き湧く清水かな　虚子（11五百句　六二ぺ）
そこもよし又爰もよき花野哉　志昔（8俳諧新選　二一九ぺ）
そこらうちこぼれて萩の盛り哉　之房（8俳諧新選　二二七ぺ）
麁相なる膳は出されぬ牡丹哉　風弦（6続猿蓑　三一三九）

そそのかして　跡へ居代はる　蝶々かな　之房（8俳諧新選 一〇八ペ）
育てられ　来りしものを　萩桔梗　虚子（13六百五十句 二一四ペ）
袖口に　日の色うれし　今朝の春　樗良（5樗良発句集 七七六）
袖すりて　松の葉契る　今朝の春　梅舌（6あら野 四九三）
袖の色　よごれて寒し　こいねずみ　芭蕉（1蕉翁句集 九三五）
袖の下に　小坊主つれて　雪見哉　風律（8俳諧新選 一四二ペ）
袖払ふ　雪の往き来や　別座敷　太祇（8俳諧新選 一五四ペ）
袖よごすらん　田螺（たにし）の蜑の　隙をなみ　芭蕉（1木因宛書簡 一五二）
外に寝る　身を忘れたる　寒さかな　既白（8俳諧新選 一四二ペ）
そのあたり　似た草もなし　曼珠沙華（まんじゅしゃげ）　子規（10獺祭句帖抄 六〇二ペ）
其の迹（あと）は　子どもの声や　鬼やらひ　一茶（3おらが春 四七四ペ）
その親を　しりぬその子は　秋の風　支考（6続猿蓑 三四五一）
其のかたち　見ばや枯木の　杖の長（たけ）　芭蕉（1芭蕉庵小文庫 四四三）
其の門に　天窓（あたま）用心　ころもがへ　一茶（3おらが春 四四二ペ）
そのかみは　谷地（やち）なりけらし　小夜碪　公羽（6続猿蓑 三四七一）
園くらき　夜を静かなる　牡丹かな　白雄（4白雄句集 一七五三）
其の事よ　碑に不作は　なかりけり　友元（7俳諧古選 一八二ペ）
其の種も　染めてこぼす歟（か）　葉雞頭　嘯山（8俳諧新選 二三三ペ）
其の玉や　羽黒にかへす　法の月　芭蕉（1真蹟懐紙 五二一）
そのつるや　西瓜上戸の　花の種　沾圃（6続猿蓑 三三〇七）
其の中で　遊ばうとする　師走哉　士髪（8俳諧新選 一四六ペ）
其の中に　そよりと長し　ことし竹　季遊（8俳諧新選 一一八ペ）

其の形（なり）で　添寝はいかに　かたつぶり　赤羽（8俳諧新選 一一五ペ）
其のにほひ　桃より白し　水仙花　芭蕉（1笈日記 七二七）
其のはてが　萩と薄の　心中かな　子規（10獺祭句帖抄 六六〇ペ）
其の春の　石ともならず　木曽の馬　乙州（6猿蓑 一九九五）
その日その日　死ぬる此の身と　蒲団かな　虚子（11五百句 三四ペ）
その人の　鼾さへなし　秋のくれ　其角（6あら野 一〇〇七）
其の人の　心の形や　夕涼み　鶴女（7俳諧古選 二二〇ペ）
其の人花に　酒のみしが位牌　臭からず　一笑（7俳諧古選 二〇七ペ）
其のままよ　月もたのまじ　伊吹山　芭蕉（1真蹟懐紙 五七二）
其のむかし　鎌倉の海に　鰒やなき　蕪村（2蕪村遺稿 一九二六）
其の業（わざ）の　宇治の汲み鮎や　暮るる迄　嘯山（8俳諧新選 一〇六ペ）
そばあしき　京をかくして　穂麦哉　蕪村（2蕪村句集 二三九六）
そば刈りて　居るや我が行く　道のはた　蕪村（2蕪村遺稿 二五六八）
蕎麦切に　吸物もなき　寒さ哉　利牛（6炭俵 二六〇八）
蕎麦国の　たんを切りつつ　月見哉　一茶（3おらが春 四七一ペ）
傍で聞く　声も遠しや　雪の中　士髪（8俳諧新選 一四二ペ）
側濡れて　袂のおもき　儀菜かな　藤羅（6あら野 五〇七）
蕎麦はあれど　夜寒の温飩　きこしめせ　子規（10獺祭句帖抄 六三三ペ）
蕎麦はまだ　花でもてなす　山路かな　芭蕉（1続猿蓑 八八七）
蕎麦もみて　けなりがらせよ　野良の萩　芭蕉（1続寒菊 七一四）
岨（そば）行けば　音空を行く　落葉哉　太祇（8俳諧新選 二三六ペ）
祖父祖母の　京にも多き　十夜哉　乙由（7俳諧古選 一九三ペ）

祖母立子声麗かに子守唄　虚子（14七百五十句 四八ぺ）
そぼぬれて鴫鳴き居れり杭(くひ)の上　習先（8俳諧新選 一二九ぺ）
祖母の世の裏打ちしたる絵双六　虚子（14七百五十句 一一二ぺ）
そぼふりて木下にくくむ蛍哉　魯堂（8俳諧新選 一一七ぺ）
そぼ降るや猶傘さして山桜　不卜（7俳諧古選 四八ぺ）
染めあへぬ尾のゆかしさよ赤蜻蛉　蕪村（2蕪村遺稿 一四一）
染めかねて我と引きさく芭蕉かな　蓼太（8俳諧新選 一二六ぺ）
染汁の紫氷る小溝かな　子規（10獺祭句帖抄 六二〇ぺ）
そよそよや藪の内より初あらし　旦藁（6猿蓑 一八二四）
そよと吹きばばさりと請くる芭蕉哉　習先（8俳諧新選 一二六ぺ）
そよりともせいで秋立つことかいの　鬼貫（4とてしも 〇二七六）
そら言の空の海道下すずみ　沾徳（4沾徳随筆 〇八九四）
空(そら)つりやかしらふらつく百合の花　何処（6猿蓑 一七七四）
空に知るや雨の望みの秋の雲　肖柏（7俳諧古選 一九五ぺ）
空は太初の青さ妻より林檎受く　草田男（9来し方行方 二五三六）
そら豆の戦(そよ)ぐは白し春の風　青魚（8俳諧新選 一〇七ぺ）
空豆の花さきにけり麦の縁(へり)　孤屋（6炭俵 二二五〇）
空見るや一時先のほととぎす　定宗（7俳諧古選 一六三ぺ）
橇馬の臀毛少なに老いにけり　蛇笏（9家郷の霧 〇六五五）
剃りこかす若衆のもめや年の暮　太祇（8俳諧新選 一四五ぺ）
剃り捨てて黒髪山に衣更　曾良（4奥の細道 〇八六七）
反(そり)鷹(たか)や根性骨の直らずも　嘯山（8俳諧新選 一五二ぺ）
反橋や越えて蚊一つなき所　方山（7俳諧古選 一六四ぺ）
雪舟(そり)引くや休むも直に立ちてゐる　亀洞（6あら野 八一一）
剃るからに蚊の食ひ所倍(ふ)えにけり　正与（7俳諧古選 二二三ぺ）
それ鯵は目の前日和江戸生まれ　貞佐（4桑々畔発句集 一二二七）
それ虻(あぶ)に世話をやかすな障子窓　一茶（3七番日記 三三一ぺ）
それがしも月見る中の独りかな　湍水（6あら野 四〇九）
それぞれの朧のなりやうめ柳　千那（6続猿蓑 三〇〇四）
それと聞くそら耳もがな郭公(ほととぎす)　望一（5犬子集 七九）
それとなき中に音あり夜の雪　貝錦（8俳諧新選 一四二ぺ）
それなりに蚊屋もはづさで老いにけり　一瓢（5玉山人家集 一一四六）
それ程に月日のたたぬ暑さ哉　貝錦（8俳諧新選 一二〇ぺ）
それも応是もおうなり老の春　涼菟（5一幅半 四一二）
それを売れ茄子の蓋の萩の花　左次（7俳諧古選 一七〇ぺ）
そんじよそこ爰と青田のひいき哉　一茶（3おらが春 四四九ぺ）
存分や内のこたつの火あんばい　沙月（8俳諧新選 一三八ぺ）

た

大行進の中の一人の汗の顔　碧雲居（9碧雲居句集 一〇六八）
大寒と敵のごとく対ひけり　風生（9松籟 一五七六）
大旱の赤牛となり声となる　三鬼（9夜の桃 二三五九）
大旱の月も湖水を吸ふと見ゆ　蝶衣（9蝶衣句稿 〇五六六）

大幹の裏の寒さのしづかなり　素逝（9暦日一八二八）
大寒の埃の如く人死ぬる　虚子（9五百五十句〇〇七二）
大寒やあぶりて食らふ酒の粕　鬼城（9鬼城句集〇六二六）
退屈なガソリンガール柳の芽　風生（9十三夜一五七七）
大工先（まつ）遊んで見せつ春日影　太祇（8俳諧新選一六〇ペ）
太鼓鉦我や尋ねん山ざくら　如泉（7俳諧古選一五一ペ）
大国の山皆低きかすみかな　子規（10獺祭句帖抄六二四ペ）
醍醐寺へ留守居に行くや昼砧　三幹竹（9三幹竹句集〇五四五）
大根引大根で道を教へけり　一茶（3七番日記三五九ペ）
大根引く拍子にころり小僧かな　一茶（3おらが春四七三ペ）
大根といふ味方あり神無月　珪琳（8俳諧新選一四一ペ）
大根に実の入る旅の寒さかな　園女（5小弓俳諧集四二八）
大根のこんと鳴りたる実入りかな　它谷（8俳諧新選一四一ペ）
大根を洗ふ手に水従へり　虚子（12六百句一六六ペ）
大根を鷲づかみにし五六本　虚子（12六百句二四三ペ）
大根を煮た夕飯の子供達の中にをる　碧梧桐（4碧・第二九号二三二九六）
大慈咲き大悲咲きたる桜かな　迷堂（9孤輪〇四二一）
大小の木の実を人にたとへたり　虚子（11五百句九一ペ）
待春の留学画信ふくれ着く　爽雨（9寒柝一八九六）
大切に秋を守れと去りにけり　漱石（9日記の中より〇一七九）
橙（だいだい）や裏白がくれなつかしき　子規（10獺祭句帖抄六〇四ペ）
橙や日にこがれたる夏木立　闇指（6続猿蓑三一二〇）

田一枚一枚づつに残る雪　虚子（13六百五十句二三六ペ）
田一枚植ゑて立ち去る柳かな　芭蕉（1奥の細道四九四）
抱いて寝ても肌はゆるさぬ火桶哉　貞室（7俳諧古選一八六ペ）
大とこの屎ひりおはす枯野哉　蕪村（2蕪村句集二三二九）
台共に妾囉（もら）はん夕すずみ　百万（8俳諧新選一五三ペ）
大兵のかり寝あはれむふとん哉　蕪村（2蕪村句集二一七七）
大兵の廿ちあまりや更衣（ころもがへ）　蕪村（2蕪村句集五一五）
颱風の空飛ぶ花や百日紅（さるすべり）　秋桜子（9霜林一四二九）
大幅はいとどかなしきねはんかな　素丸（8俳諧新選一四七ペ）
大仏の足もとに寝る夜寒かな　子規（10獺祭句帖抄六三三ペ）
大仏のあなた宮様せみの声　蕪村（2蕪村句集五八）
大仏の優な御皃（かほ）や雪の窓　百万（8俳諧新選一四二ペ）
大仏の柱くぐるや春の風　二柳（5津守船初編七五九）
大仏の冬日は山に移りけり　立子（9立子句集一九四一）
大木の見上ぐるたびに落葉かな　虚子（12六百句一六四ペ）
大木を見てもどりけり夏の山　闌更（5半化坊発句集七五二）
松明（たいまつ）に落武者探す夜寒かな　子規（10獺祭句帖抄六五二ペ）
松明にやま吹うすし夜のいろ　野水（6あら野五九九）
松明の火かげをはしるちどり哉　三笑（8俳諧新選一四〇ペ）
大名の通る木曽路やかんこ鳥　可猩（8俳諧新選一一四ペ）
大名の寝間にもねたる夜寒哉　許六（6続猿蓑三四七三）
大名の舟には鳴かぬ千鳥哉　能移（7俳諧古選二三〇ペ）

題目やかんに堪へたる踊り節　嘯山（8俳諧新選一五〇ぺ）
大文字やあふみの空もただならね　蕪村（2蕪村句集一五八）
大文字や慈照寺の僧も出て遊ぶ　三幹竹（9三幹竹句集〇五四六）
大(だい)裏(り)雛人形天皇の御宇(ぎょう)とかや　芭蕉（1江戸広小路九一）
内裏へも蓑着て入りぬあやめ売り　桜叟（7俳諧古選一七〇ぺ）
大輪の白菊生けん月の雨　龍眠（8俳諧新選一五四ぺ）
唐音も少し云ひたき牡丹哉　管鳥（8俳諧新選一三ぺ）
たうきびにかげろふ軒や玉まつり　洒堂（6炭俵二五五二）
唐きびのおどろき易し秋の風　蕪村（2蕪村遺稿九四〇）
唐秬(きび)の殻(から)でたく湯や山の宿　子規（10獺祭句帖抄六〇一ぺ）
唐黍(きび)のさわぎ立てたる野分かな　光甫（8俳諧新選一三〇ぺ）
唐秬や軒端の荻の取りちがへ　芭蕉（1江戸広小路七八）
当帰(たうき)よりあはれは塚の菫草　芭蕉（1泊船集七八一）
道灌や花はその代を嵐哉　嵐蘭（6猿蓑一九八五）
峠迄硯抱へて月見かな　任他（6あら野四一六）
峠より雪舟(そり)乗りおろす塩木哉　鼠弾（6あら野八〇七）
桃源の路次の細さよ冬ごもり　蕪村（2蕪村遺稿六七一）
たうたうと滝の落ちこむ茂り哉　士朗（5枇杷園句集八九七）
堂立てて幾世の鴫の魂まつり　三千風（5小弓俳諧集一五八）
道中に百万遍や村の月　鼓舌（8俳諧新選一二九ぺ）
南瓜(たうなす)やずつしりと落ちて暮れ淋し　素堂（4とくくの句合〇七七〇）
堂の鳩追々下りる霰かな　可幸（8俳諧新選一四二ぺ）

堂守の小草ながめつ夏の月　蕪村（2蕪村句集八四）
蟷螂の怒りまろびて掃かれけり　王城（9同人句集〇九一七）
蟷螂のすぐに鎌振る卑怯かな　子規（10獺祭句帖抄六五五ぺ）
蟷螂や蟹のいくさにも参りあはず　子規（10獺祭句帖抄六五五ぺ）
蟷螂や五分の魂是見よと　一茶（3おらが春四七一ぺ）
田植歌まてなる顔の謳(うた)ひ出し　重行（6続猿蓑三一四三）
田植見に西蒲原に来し我等　虚子（12六百句二四〇ぺ）
絶えず人いこふ夏野の石一つ　子規（10獺祭句帖抄六一四ぺ）
絶え絶えの雲しのびずよ初しぐれ　蕪村（2蕪村遺稿二〇〇七）
高鼾小凄き庵の茂り哉　如帆（7俳諧古選一六一ぺ）
たかうなの皮に臍(ほぞ)の緒包みけり　其角（7俳諧古選一六九ぺ）
たかうなや雫もよよの篠の露　芭蕉（1続連珠四四）
鷹狩りの跡にひきたる蕪哉　蕉笠（6あら野七九四）
高きに登る日月星晨皆西へ　虚子（14七百五十句七二ぺ）
高黍の上に短き白帆かな　子規（10獺祭句帖抄六一七ぺ）
高く灯のうつる若葉や城のうへ　孤桐（8俳諧新選一四ぺ）
誰が事に水に浸すぞ蜂の剣　瓜流（8俳諧新選〇七ぺ）
高声につらをあかむる雉子(きぎす)かな　一雪（6あら野五七七）
高沙の夫婦(めをと)誰がせん魂祭り　十人（7俳諧古選一八二ぺ）
鷹匠は鼻のかまれぬ寒さ哉　乙由（7俳諧古選一九三ぺ）
高過ぎて哀れにもなし秋の不二　不角（5続の原四六四）
鷹居ゐて石けつまづくかれ野哉　松芳（6あら野七九二）

鷹居ゑて折るにもどかし梅の花　鷗歩（6あら野五一〇）
高々と枯れ了せたる芒かな　虚子（12五百五十句七八ペ）
高々と蝶こゆる谷の深さかな　石鼎（9花影〇七五二）
誰がための低きまくらぞ春の暮　蕪村（2蕪村句集二一二六）
誰が妻とならむとすらむ春着の子　草城（9銀二四六三）
誰が杖の取り替はりけん年わすれ　秋水（8俳諧新選一四五ペ）
高どうろ滅えなんとするあまたたび　蕪村（2蕪村句集一五四）
高灯籠惣検校の母の宿　蕪村（2蕪村遺稿一八二九）
高灯炉露にしほれて眠りけり　都夕（8俳諧新選二二六ペ）
高灯籠ひるは物うき柱かな　千那（6猿蓑一八二二）
高灯炉夜すがら露の油かな　渭北（8俳諧新選二二六ペ）
高土手に鶸の鳴く日や雲ちぎれ　珍碩（6猿蓑一八六九）
楼の屋根に人あり雲の峰　嘯山（5葎亭句集七二三）
高取の城高々と月寒し　雅因（8俳諧新選一四一ペ）
高浪にかくるる秋のつばめかな　蛇笏（9白岳〇六五六）
高念仏申す峠の清水哉　翁扇（7俳諧古選一六一ペ）
高嶺星蚕飼の村は寝しづまり　秋桜子（9葛飾一四三〇）
誰がのぞくならの都の閨の桐　千那（6猿蓑一七三四）
鷹のつらきびしく老いて哀れなり　鬼城（4続鬼城句集二二六一）
鷹の目の枯野にすわるあらしかな　丈草（5菊の香三一七）
鷹の目の佇む人に向かはざる　虚子（11五百句八六ペ）
鷹の目も今や暮れぬと鳴くうづら　芭蕉（1真蹟懐紙七一二）

違はざる始め終はりや百日紅　玉芝（8俳諧新選二三二ペ）
誰が母ぞ花に珠数くる遅ざくら　祐甫（6炭俵二四四六）
鷹一つ見付けてうれしいらご崎　芭蕉（1笈の小文三一三）
誰が布施の昔小袖や壬生念仏　召波（8俳諧新選二一一ペ）
高水に星も旅寝や岩の上　芭蕉（1真蹟懐紙七九二）
高みよりしぐれて里は寝る時分　里圃（6続猿蓑三三三六）
誰が聟ぞ歯朶に餅おふうしの年　芭蕉（1野ざらし紀行一二一五）
篁にうぐひす啼くやわすれ時　蕪村（2蕪村遺稿一四八四）
耕して天に到りぬ麦二寸　余子（9余子句抄〇四四三）
耕しの彼を見たりし早あらず　虚子（13六百五十句一三八ペ）
耕すにつけ読むにつけ唯独り　虚子（13六百五十句一三七ペ）
耕すや五石の粟のあるじ皃　蕪村（2蕪村句集二三七七）
耕すやむかし右京の土の艶　太祇（5太祇句選五四三）
耕せとあけてわたすや帰る雁　兆亮（8俳諧新選一〇五ペ）
耕せば祟りある野や啼く鶉　雅因（8俳諧新選二二九ペ）
田刈る頃かれも色づく螽かな　習先（8俳諧新選二二七ペ）
だかれてもをのこごいきる花見哉　斜嶺（6炭俵二四三九）
滝落ちて群青世界とどろけり　秋桜子（9帰心一四三一）
滝落つる天の破れや時鳥　東洋城（9東洋城全句中〇四〇四）
抱き下ろす君が軽みや月見船　嘯山（5葎亭句集七二五）
抱籠の明け方凄きすがた哉　伴松（7俳諧古選一六三ペ）
抱籠の世は変はり行く火桶哉　樊川（7俳諧古選二二五ペ）

抱籠や一年ぶりの中直り　希因（俳諧古選 7一七二ペ）
抱籠や夢を吹かるる仮まくら　禽秀（俳諧新選 8一四八ペ）
抱籠を踏み出して寝る暑さ哉　都夕（俳諧古選 7二一七ペ）
薪火の足元暗き御能かな　挿雲（春夏秋冬 9〇三五九）
滝口に灯（ひ）を呼ぶ声やはるの雨　蕪村（蕪村句集 2一〇九四）
多喜二忌や糸きりきりとハムの腕　不死男（万座 9二二六九）
抱き〆（しめ）る子に稲妻のひびきかな　貝錦（俳諧新選 8二二四ペ）
滝つぼに命打ちこむ小あゆ哉　為有（炭俵 6二四六一）
滝壺に瓢簞うけて涼みけり　尺布（俳諧新選 8一二一ペ）
滝壺もひしげと雉のほろろ哉　去来（続猿蓑 6三〇一三）
滝鼕々知らぬ鳥なく新樹かな　松宇（小日 明27・5・15 9〇三一三）
滝とどろとどろと桂はや散るか　亜浪（定本亜浪句集 9一〇四〇）
滝殿や葉のしたたらぬ樹々もなし　嘯山（俳諧新選 8一二一ペ）
滝殿を別るる鳥の雫かな　尺布（俳諧新選 8一二一ペ）
滝鳴らずなりたり鳴らずなりにけり　不死男（氷海 昭43・6 9二二七〇）
滝の上に水現れて落ちにけり　夜半（翠黛 9一六四二）
焚火かなし消えんとすれば育てられ　虚子（五百五十句 12四二ペ）
焚火そだてながら心は人を追ふ　虚子（五百五十句 12五七ペ）
焼火にも黒木小野炭とこそきけ　千川（俳諧古選 7二〇五ペ）
焚火のみして朽ち果つる徒に非ず　虚子（五百句 11一〇二ペ）
滝冷ややか生きて濁りてゆく眼には　静塔（月下の俘虜 9二三七五）
滝水の遅るるごとく落つるあり　夜半（翠黛 9一六四三）

薫（たきもの）や花に小蝶の袖だたみ　二夕坊（俳諧新選 8一五二ペ）
たぎりてや湯玉たばしる霰釜　徳元（山の井 4〇〇六六）
滝を見る良久し手に夏蕨　露月（露月句集 9〇二二七）
沢庵の墓をわかれの秋の暮　文鱗（あら野 6九四四）
橐駄師（たくだし）の口にふくめる接穂かな　佳小星（径草 9〇九〇九）
類なく唯白かれや蝶よ蝶　雅因（俳諧新選 8一〇八ペ）
啄木忌いくたび職を替へてもや　敦（古暦 9三一三四）
炊くほどの流れもたりぬ梅の花　枝栖（俳諧新選 8一四七ペ）
焚くほどは風がくれたるおち葉哉　一茶（七番日記 3三五八ペ）
工（たくみ）なき枝の左右やももの花　太祇（俳諧新選 8一〇七ペ）
竹馬やいろはにほへとちりぢりに　万太郎（草の丈 9一一二五）
竹売りて酒代にわびむ秋時雨　北枝（東西夜話 4一〇七六）
竹植ゑてけふかあらぬ歟（か）試みん　嘯山（俳諧新選 8一二三ペ）
竹垣や雨の山吹土に臥す　子規（獺祭句帖抄 10六四六ペ）
茸狩らん似（じ）雲（うん）が鍋の煮ゆるうち　蕪村（蕪村遺稿 2一七七〇）
茸狩りし今日暮れにけり今日遠し　迷堂（孤輪 9〇四二二）
茸狩りのから手でもどる騒ぎかな　一茶（おらが春 3四六九ペ）
茸狩りのもどりは遠き山路かな　雲魚（俳諧新選 8二三四ペ）
茸狩りやあぶなきことにゆふしぐれ　芭蕉（真蹟画賛 1五八五）
茸狩りや黄蕈（いくち）も児（ちご）は嬉し皃（がほ）　利合（炭俵 6二五八二）
茸狩りや頭を挙ぐれば峰の月　蕪村（蕪村句集 2一〇七六）
茸狩りや取り得し傘も雫たる　可幸（俳諧新選 8一五二ペ）

茸狩りや鳥啼いて女淋しがる　子規（10獺祭句帖抄 六一〇ぺ）
茸狩りや鼻のさきなる歌がるた　其角（6炭俵 二五七〇）
竹伐るやうち倒れゆく竹の中　王城（9同人句集 〇九一五）
竹たてておけば取りつくささげかな　胡及（6あら野 一〇五七）
竹立てて蠟燭さしぬ菊の中　子規（10獺祭句帖抄 六五八ぺ）
竹の落葉誰まつとしもなきゆふべ　松宇（9松宇家集 〇三一四）
竹の風ひねもす騒ぐ小春かな　犀星（9魚眠洞発句集 一一四四）
竹の皮日陰日向と落ちにけり　虚了（13六百五十句 二二九ぺ）
竹の子と品よく遊べ雀の子　一茶（3おらが春 四四一ぺ）
竹の子に行灯さげてまはりけり　長虹（6あら野 六五九）
竹のこに小坂の土の崩れけり　園女（5住吉物語 四二五）
筍にぬはるる岸の崩れかな　可誠（6続猿蓑 三一七五）
笋のうんぷてんぷの出所哉　一茶（3七番日記 三四一ぺ）
筍の香も土の香も新しく　別天楼（9野老 一一八〇）
竹の子の力を誰にたとふべき　凡兆（6猿蓑 一七三六）
笋の時よりしるし弓の竹　去来（6あら野 六六〇）
筍のへんてつもなく伸びにけり　子規（10獺祭句帖抄 六三一ぺ）
竹の子のやするをこやせ藪くすし　光貞妻（5伊勢大発句抜 八二）
笋の藪の案内やおとしざし　蕪村（2蕪村句集 九八四）
竹の子は産の儘なる育ち哉　久住（7俳諧古選 一六三ぺ）
竹の子やあまりてなどか人の庭　大江丸（4はいかい袋 二〇五七）
笋や石原を出る首の骨　嘯山（8俳諧新選 一一五ぺ）

笋や親し避けずば隣まで　多少（8俳諧新選 一五ぺ）
筍や親の質気（かたぎ）を習ひけん　香杏（8俳諧新選 四七ぺ）
笋や柑子をしむ垣の外　蕪村（2蕪村遺稿 二二六一）
竹の子や児（ちご）の歯ぐきのうつくしき　嵐雪（6炭俵 二五三八）
たけの子や畠隣に悪太良（あくたらう）　去来（6猿蓑 一七三七）
筍や日脚に連る影ぼふし　武然（8俳諧新選 二一五ぺ）
筍や三度思ひて起こしけり　来几（7俳諧古選 一七二ぺ）
竹の子や身の毛ぞよだつ星明かり　吏登（5吏登句集 四七五）
笋や妙義の神巫（みこ）が小風呂敷　道彦（5蔦本集 九七二）
筍や桶と柄杓（ひしゃく）のまさな事　龍眠（8俳諧新選 二一五ぺ）
たけのこや稚（をさな）き時の絵のすさび　芭蕉（1猿蓑 六八八）
笋や甥の法師が寺訪はん　蕪村（2蕪村句集 一〇五五）
笋よ人の子なくば花咲かん　一茶（3おらが春 四四三ぺ）
竹の葉の何を囁く雪月夜　兎流（7俳諧古選 二二〇ぺ）
竹の腹に何某の年と書かれたり　習先（8俳諧新選 一一八ぺ）
竹の雪落ちて夜なく雀かな　塵交（6あら野 四四〇）
竹の雪勧学院もこのあたり　麦水（5葛箒 七四六）
茸も得で君が手いとし茨掻き　鷺喬（8俳諧新選 二三四ぺ）
竹も起きて音吹きかはす初日かな　素園（8俳諧新選 一〇〇ぺ）
竹藪の奥もの深く春の雨　虚子（14七百五十句 三五六ぺ）
竹ゆらり堀の向かうへかたつぶり　瓜流（8俳諧新選 一五五ぺ）
竹を伐る人にやむなし雪解雨　普羅（9新訂普羅句集 〇七二一）

鳳巾(たこ)揚げて　引かるる様や　おぼろ舟　杜支（8俳諧新選 一一〇ペ）
蛸壺に　つつじ入りけり　須磨の宿　桃葉（8俳諧新選 一四八ペ）
蛸壺や　はかなき夢を　夏の月　芭蕉（1猿蓑 三八五）
凧(たこ)見るや　我もむかしは　男の子　太祇（8俳諧新選 一一〇ペ）
出しておけば　自堕落に成る　海鼠(なまこ)哉　尺布（8俳諧新選 一四〇ペ）
出す手より　引く手や罪に　鳴子綱　弾月（8俳諧新選 一二八ペ）
黄昏(たそかれ)に　たてだされたる　燕　哉　鼠弾（6あら野 六〇七）
黄昏の　物とや団(うちは)　一重帯　なか（7俳諧古選 一七三ペ）
黄昏や　萩に鼬(いたち)の　高台寺　蕪村（2蕪村遺稿 一六二）
ただ暑し　籬(まがき)によれば　髪の落ち　木節（6猿蓑 一七九二）
戦ひの　あとに少なき　燕かな　子規（10獺祭句帖抄 六二五ペ）
叩かれて　昼の蚊を吐く　木魚かな　漱石（4漱石全集 二二四三）
叩きては　塵を吹きやる　団扇かな　文誰（8俳諧新選 一一九ペ）
イ(たたず)めば　遠きも聞こゆ　蛙かな　蕪村（2蕪村遺稿 一二四四）
只頼む　湯婆(たうば)一つの　寒さかな　鳴雪（9子規時代の人々 〇一五五）
ただならぬ　夕べや須磨の　蚊遣迄　梅史（8俳諧新選 一一七ペ）
唯一つ　殊更白し　帰り花　明水（7俳諧古選 一八七ペ）
たたみながら　見やつた計(ばかり)　更衣(ころもがへ)　来山（7俳諧古選 一九八ペ）
畳めは　我が手のあとぞ　紙衾(ぶすま)　曾良（6猿蓑 一六七五）
たたらふむ　火の宵々や　冬木立　温亭（9温亭句集 〇八三一）
立ち合うて　牛売る軒の　暑さ哉　探芝（7俳諧古選 一六六ペ）
立ちありく　人にまぎれて　すずみかな　去来（6続猿蓑 三一五九）

立ち出づる　秋の夕べや　風ぼろし　凡兆（6猿蓑 一八七七）
立ち出でて　後ろあゆみや　秋の暮　嵐雪（7俳諧古選 ペ一七八）
立臼の　ぐるりは暗し　夕しぐれ　子規（10獺祭句帖抄 六二四ペ）
立ち出でて　蕎麦屋の門の　朧　月　樗良（5樗良発句集 七八六）
たち聞きの　ここちこそすれ　しかの声　蕪村（2蕪村遺稿 一四六八）
裁(たち)屑(くづ)は　末の子がもつ　きぬ配り　山蜂（6続猿蓑 三四二八）
立ちざまや　蚊屋もはづさぬ　旅の宿　里東（6猿蓑 一七七七）
立ち去る事一里　眉毛に秋の　峰寒し　蕪村（2蕪村句集 二五）
立ちさわぐ　今や紀の雁　いせの雁　沢雉（6猿蓑 一九四〇）
建ちてすぐ　薪割る水辺　初夏の家　月舟（9進むべき道 〇六九六）
立ちならぶ　辛夷(こぶし)の蕾　行く如し　虚子（11五百句 九二ペ）
橘の　かごとがましき　あはせ哉　蕪村（2蕪村句集 二〇六七）
橘の　香にせせられて　寝ぬ夜哉　宗長（7俳諧古選 一九六ペ）
たちばなの　かはたれ時や　古(ふる)館(やかた)　蕪村（2蕪村句集 一一三九）
橘の　香もや朽ちなん　五月雨　一歩（8俳諧新選 一一七ペ）
橘の　かをり顔見ぬ　ばかり也　荷兮（6あら野 九九八）
橘や　いつの野中の　郭公(ほととぎす)　芭蕉（1卯辰集 六二六）
橘や　蚊屋に碁をうつ　老二人　田福（8俳諧新選 一一八ペ）
橘や　定家机の　ありどころ　杉風（6炭俵 二五二二）
忽(たちま)ちに　通夜の利生や　時　鳥　沙月（8俳諧新選 一二三ペ）
太刀持は　雪にころんで　見えぬ也　旨原（7俳諧古選 二三三ペ）
太刀持を　犬や嗅ぐらん　うめの花　几圭（4新雑談集 二一八八）

立ちよりて仰ぐや鉾の綾錦　王城（9同人句集 〇九一六）
立ち寄ればむつとかぢやの暑さかな　沾圃（6続猿蓑 三一七四）
たつ鴨を犬追ひかくるつつみかな　乍木（6続猿蓑 三三七五）
立つ雁のあしもとよりぞ春の水　蕪村（2蕪村遺稿 四四四）
田作に鼠追ふよの寒さ哉　亀洞（6あら野 八三〇）
立つ鴨に眠る鴨ありふた法師　蕪村（2蕪村句集 九九二）
たつた今来た子が強し雪転(こか)し　亀文（8俳諧新選 四八ぺ）
立つ年の頭もかたい翁かな　宗因（4宗因千句 〇一六九）
たつ鳥の水動かして又すずし　桃山（8俳諧新選 一二二ぺ）
尋ね来る人音寒し夜の雪　亀卜（8俳諧新選 一四二ぺ）
竜の玉つかむ牡丹の莟かな　五明（4五明集 二一一〇）
たつ腹をおさへて居(すわ)る夏書(げがき)哉　嘯山（8俳諧新選 一一七ぺ）
立(たて)臼(うす)に若草見たる明屋哉　亀助（6あら野 五三九）
蓼売りや片荷に見ゆるさざれ石　移竹（8俳諧新選 一二三ぺ）
立て具みな鳴る夜嵐や神帰り　燕石（8俳諧新選 一四五ぺ）
建付の合はぬ障子や山ざくら　賀瑞（8俳諧新選 一〇六ぺ）
たてて見む霞やうつる大かがみ　野水（6あら野 四九四）
たてて居る親仁の形(なり)もかがし哉　雅因（8俳諧新選 一二八ぺ）
蓼の花豊の落穂のかかりたる　素十（9初鴉 一五四六）
蓼の葉を此の君と申せ雀ずし　蕪村（2蕪村句集 一七一二）
蓼の穂を真壺に蔵(かく)す法師哉　蕪村（2蕪村遺稿 二三六一）
天蓼(たでのみ)に花見顔なる小猫哉　存義（8俳諧新選 一二三ぺ）

たどたどし峰に下駄はく五月闇　探志（6猿蓑 二一五三）
田と畑を独りにたのむ案山子(かがし)哉　一泉（6あら野 七四三）
たとふれば独楽のはぢける如くなり　虚子（9五百五十句 〇〇七三）
炭団(たどん)法師火桶の窓より覗ひけり　蕪村（2蕪村句集 三二二）
棚かげにこぼれてひとりねむる蚕も　爽雨（9雲板 一八九七）
棚経や小僧面白さうに読む　子規（10獺祭句帖抄 六三五ぺ）
棚経やこれとても師は走り月　寛留（8俳諧新選 二二五ぺ）
棚作るはじめさびしき葡萄(ぶだう)哉　作者不明（6あら野 七三一）
棚端に押し重なりて垂れし藤　花蓑（9花蓑句集 〇八七一）
七夕竹惜命の文字隠れなし　波郷（9惜命 二六四六）
七夕のあはぬこころや雨中天　芭蕉（1続山井 一三）
七夕の疑ひ晴るる汐干哉　矩州（7俳諧古選 二二五ぺ）
七夕の子女と遊んで家にあり　花蓑（9花蓑句集 〇八七二）
七夕の仲人なれや宵の月　貞徳（4犬子集 〇〇四二）
七夕の橋やくづれてなく鴉　子規（10獺祭句帖抄 六〇〇ぺ）
七夕の夢の浮はしは烏鵲(うじやく)かな　宗鑑（5源氏鬢鏡 四）
たなばたや秋をさだむる夜のはじめ　芭蕉（1笈日記 八七七）
七夕やあまりいそがばころぶべし　杜若（6猿蓑 一八一六）
七夕や妹が唱へに次句せん　浮白（8俳諧新選 二二四ぺ）
七夕や対の娘に対の竹　太祇（8俳諧新選 二二四ぺ）
七夕やふりかはりたるあまの川　嵐雪（6炭俵 二五五一）
七夕よ物かすこともなきむかし　越人（6あら野 八八二）

たなばたを　いかなる神に　いはふべき　沾圃（続猿蓑 6三二四〇）
田に落ちて　田を落ちゆくや　秋の水　蕪村（蕪村遺稿 2六二五）
谷川に　雪げの水や　丸木橋　蘭風（俳諧新選 8一四八ぺ）
谷川や　鮎に手を出す　馬の上　雄山（俳諧新選 8一四七ぺ）
谷川や　茶袋そそぐ　秋のくれ　益音（あら野 6七三九）
谷雲に　それてながるる　破魔矢かな　蛇笏（山廬集 9〇六五七）
渓越して　樋水走りぬ　今年竹　青峰（海光 9二二五三）
田螺(たにし)拾ふ　より拙きは　なかりけり　迷堂（孤輪 9〇四二三）
田にならぬ　はづれはづれや　かきつばた　超波（俳諧新選 8一四六ぺ）
渓に下りし　人戻り来る　紅葉かな　零余子（零余子句集二 9〇六八一）
田に畠に　てんてん舞ひの　小てふ哉　一茶（句稿消息 3三三一ぺ）
谷深う　まこと一人や　漆掻　碧梧桐（ホ明38・9 9〇一二二）
谷水の　尽きてこがるる　もみぢ哉　蕪村（蕪村句集 2二七五三）
谷水を　包んでこぼす　紅葉哉　麦水（葛箒 5七四三）
谷水を　撒きてしづむる　とんどかな　不器男（定本不器男句集 9一七一二）
種芋や　花のさかりに　売りありく　芭蕉（をのが光 1六〇九）
種漬けて　濁し始める　野川かな　弁石（俳諧古選 7一五二ぺ）
種蒔いて　明日さへ知らず　遠きをや　秋桜子（霜林 9一四三二）
種蒔ける　者の足あと　洽しや　草田男（来し方行方 9二五三七）
田の畝の　豆つたひ行く　蛍かな　万乎（猿蓑 6一七六七）
田の雁や　里の人数は　けふもへる　一茶（七番日記 3三四八ぺ）
楽しみの　蕗のとうとう　得たりけり　麦翅（俳諧新選 8一〇三ぺ）

楽しみは　鯊釣る閑を　つくること　青嵐（永田青嵐句集 9〇八九二）
他の花に　手をさへにけり　引きにけり　花雪（俳諧新選 8一一〇ぺ）
田の人は　生きて戻るか　涸れ清水　大圭（俳諧古選 7二一三ぺ）
たのもしき　矢数のぬしの　袷哉　蕪村（蕪村句集 2五一一）
たのもしや　てんつるてんの　初袷　一茶（おらが春 3四五九ぺ）
たのもしや　まだうす暑き　三日の月　一茶（嘉永版発句集 3三四三ぺ）
たばしるや　鵙(もず)叫喚(けうくわん)す　胸形(きやうぎやう)変(へん)　波郷（惜命 9二六四七）
俵して　蔵めたくはへぬ　たうがらし　蕪村（蕪村句集 2一四五二）
旅かなし　馬酔木(あしび)の雨に　はぐれ鹿　久女（杉田久女句集 9〇九四九）
鯛買ひて　土産のうそや　汐干狩り　太祇（俳諧新選 8一〇九ぺ）
旅がらす　古巣はうめに　成りにけり　芭蕉（鳥の道 1二二七）
旅芝居　穂麦がもとの　鏡たて　蕪村（蕪村句集 2八七二）
首途(たびだち)の　用意して寝る　夜寒かな　子規（獺祭句帖抄 10六三三ぺ）
旅だちや　顔見せの灯(ひ)も　見ゆるなる　蕪村（蕪村遺稿 2三三九）
足袋つぐや　ノラともならず　教師妻　久女（杉田久女句集 9〇九五〇）
旅馴れて　見ゆる馬上の　団(うちは)かな　万翁（俳諧新選 8二一〇ぺ）
旅なれぬ　刀ぅたてや　村しぐれ　常秀（あら野 6九四六）
たびにあきて　けふ幾日(いくか)やら　秋の風　芭蕉（真蹟集覧 1四一五）
旅日記に　雨と紅葉と　並べたり　百万（俳諧新選 8一五九ぺ）
旅に炬燵　求めてあたれ　住み所　信海（俳諧古選 7一八六ぺ）
旅に病んで　夢は枯野を　かけ廻る　芭蕉（笈日記 1九〇八）
旅寝して　みしやうき世の　煤はらひ　芭蕉（笈の小文 1三三八）

たびねして我が句をしれや秋の風　芭蕉（1 野ざらし画巻 四五七）
たび寝よし宿は師走の夕月夜　芭蕉（1 熱田三歌仙 三三五）
旅の空蒲団も夜々にかはりけり　赤羽（8 俳諧新選 一五六ぺ）
旅の旅つひに宗祇の時雨哉　素堂（5 枯尾花 二四九）
足袋はいて寝る夜物うき夢見哉　蕪村（2 蕪村句集 三八七）
鯛は花は江戸に生まれてけふの月　其角（4 句兄弟 ○八○三）
鯛は花は見ぬ里も有りけふの月　西鶴（5 阿蘭陀丸 一一五）
旅人となりにけるより新酒哉　才麿（5 椎の葉 二一七）
旅人と我が名よばれん初しぐれ　芭蕉（1 笈の小文 三一五）
旅人に笠脱がせけり山ざくら　岩海（7 俳諧古選 一五三ぺ）
旅人の兎追ひ出す夏野かな　子規（10 獺祭句帖抄 六二九ぺ）
旅人の垣根にはさむおち穂哉　一茶（3 文政版発句集 三五○ぺ）
旅人のこころにも似よ椎の花　芭蕉（1 続猿蓑 七八七）
旅人のつつじ引き抜く山路かな　子規（10 獺祭句帖抄 六四五ぺ）
旅人の鼻まだ寒し初ざくら　蕪村（2 蕪村句集 二二四四）
旅人の火を打ちこぼす萩の露　蕪村（2 蕪村遺稿 二五六三）
旅人の蜜柑くひ行く枯野かな　子規（10 獺祭句帖抄 六一一ぺ）
旅人や鐘に石打つ遅ざくら　紫暁（5 松のそなた 九○六）
旅一夜草履（ざうり）もとめる月見哉　宋屋（8 俳諧新選 二三○ぺ）
旅人よ笠島かたれ雨の月　蕪村（2 蕪村句集 二二八一）
旅二た夜一と夜時雨てたのしくて　淡路女（9 雲母 ○九八○）
旅へ出て刀にずれる袷かな　尺布（8 俳諧新選 一一二ぺ）

旅枕鹿のつき合ふ軒の下　千里（6 猿蓑 一八六三）
旅宿の雨戸の透きや朝の霜　周砥（8 俳諧新選 二三九ぺ）
たふとがる涙やそめてちる紅葉　芭蕉（1 笈日記 七二○）
尊さに皆おしあひぬ御遷宮　芭蕉（1 真蹟懐紙 五七九）
たふとさの涙や直に氷るらん　越人（6 あら野 一○四八）
貴さや雪降らぬ日も蓑と笠　芭蕉（1 をのが光 六六六）
塔に上れば南住吉春の海　子規（10 獺祭句帖抄 六四三ぺ）
塔の中の寝釈迦は淋し涅槃寺　巨口（9 つは路 一二○四）
玉霰漂母（へうぼ）が鍋をみだれうつ　蕪村（2 蕪村句集 一○八三）
玉霰夜たかは月に帰るめり　一茶（3 七番日記 三五三ぺ）
玉川に高野の花や流れ去る　蕪村（2 蕪村句集 二一一一）
玉河のうた口ずさむ鰒の友　蕪村（2 蕪村遺稿 二一八七）
玉川や小鮎たばしる晒し布　子規（10 獺祭句帖抄 六○五ぺ）
玉川や夜毎の月に砧打つ　子規（10 獺祭句帖抄 六三五ぺ）
だまされし星の光や小夜時雨　羽紅（6 猿蓑 一六二六）
欺された事歌によむ水雞（くひな）かな　宗雨（8 俳諧新選 一一八ぺ）
だまされな寝覚めを招く春の風　轍士（7 俳諧古選 二○二ぺ）
玉しきの衣かへよとかへり花　荷兮（6 あら野 八四○）
たましひのたとへば秋のほたるかな　蛇笏（9 山廬集 ○六五八）
魂の一と揺るぎして秋の風　虚子（13 六百五十句 一九七ぺ）
たましひを盗まれにゆく花見哉　常矩（5 真蹟短冊 一二七）
玉人（たますり）の座右にひらく椿かな　蕪村（2 蕪村句集 二○四五）

魂棚に　淋しさ見せぬ　心かな　春来（8 二二五ぺ 俳諧新選）
魂棚に　灯(とぼ)すも親の　光かな　吐月（8 二二五ぺ 俳諧新選）
魂棚の　奥なつかしや　親の顔　去来（5 二九八 韻塞）
魂棚の　飯に露おく　夕べかな　子規（10 六〇一ぺ 獺祭句帖抄）
魂棚や　飾りたてたり　とも思ふ　迷堂（9 〇四二四 孤輪）
魂棚や　飾り立てても　うそ暗き　季人（8 一四八ぺ 俳諧新選）
魂棚や　皆こまごまと　茄子あへ　嵐雪（7 一七八ぺ 俳諧古選）
魂棚を　ほどけばもとの　座敷哉　蕪村（2 一五五 蕪村句集）
玉に成る　石や露けき　日の移り　赤羽（8 一五九ぺ 俳諧新選）
玉の如き　小春日和を　授かりし　たかし（4 二六五三 たかし全集）
玉の緒よ　絶えなばたえね　ふくと汁　春澄（5 一九一 六百番発句合）
玉箒　雪はく朝の　名なるべし　隆志（7 二二三ぺ 俳諧古選）
玉祭り　けふも焼場の　けぶり哉　芭蕉（1 六三五 蕉翁句集）
魂祭り　常好(この)まれし　物や何　子一（8 二二五ぺ 俳諧新選）
玉まつり　柱にむかふ　夕べかな　越人（6 三四三 波留濃日）
魂祭り　舟より酒を　手向けけり　亀洞（6 一〇三七 あら野）
たままつり　道ふみあくる　野菊哉　卜枝（6 一〇三八 あら野）
魂祭り　物の問ひたき　火かげかな　梅史（8 二二五ぺ 俳諧新選）
魂祭り　母屋(もや)の妻戸の　音は何　嵐雪（7 一七八ぺ 俳諧古選）
魂祭り　王孫いまだ　帰り来ず　蕪村（2 一八二三 蕪村遺稿）
玉虫の　厨子により見る　薄暑かな　青々（9 〇四八七 鳥の巣）
玉虫の　羽のみどりは　推古より　青邨（9 一六〇五 露団々）

玉虫の　光残して　飛びにけり　虚子（11 一〇〇ぺ 五百句）
玉虫の　光を引きて　飛びにけり　虚子（12 三五二ぺ 五百五十句）
だまり雀　又来しか　花八ツ手降る　素琴（9 一〇〇八 山萩）
田水沸くや　小家もれ来る　子守唄　句仏（9 〇五三四 句仏句集）
手向くべき　線香もなくて　暮の秋　漱石（9 〇一八〇 漱石全集）
手向けけり　芋ははちすに　似たるとて　芭蕉（1 四六三 続深川集）
ためつけて　雪見にまかる　かみこ哉　芭蕉（1 三三二 笈の小文）
田やかへす　べたらべたらと　谷の底　巣兆（5 九八四 曾波可理）
田や麦や　中にも夏の　ほととぎす　芭蕉（1 四八六 雪満呂気）
たゆみなく　ふればおそろし　夜の雪　嘯山（8 一四二ぺ 俳諧新選）
便りなげに　出代はる老の　荷物哉　之房（8 一〇八ぺ 俳諧新選）
太郎冠者(くわじや)　あるか酒もて　花ざかり　月草（9 一〇〇一 草上 昭4・6）
太郎冠者　まがひに通る　扇かな　一茶（3 四六五ぺ おらが春）
太郎月に　つぐ紅梅や　次郎君　季吟（4 〇一二三 独琴）
たらたらと　縁に滴る　いなびかり　誓子（9 一四七六 激浪）
たらたらと　地に落ちにじむ　紅さうび　虚子（13 二一五一ぺ 六百五十句）
たらたらと　日が真赤ぞよ　大根引　茅舎（4 二六三五 川端茅舎句集）
たらちねの　抓まずありや　雛の鼻　蕪村（2 三三六五 蕪村句集）
たらちめの　暖甫(たんぽ)や冷えん　鐘の声　鼠弾（6 九七二 あら野）
樽柿を　握るところを　写生かな　子規（4 二二〇〇一 俳句稿巻一）
樽さげて　酒屋おこさん　夜の雪　二柳（8 一四三ぺ 俳諧新選）
達磨忌や　油揚の棒　くらはせん　春来（8 一三七ぺ 俳諧新選）

達磨忌を壁の名残やきりぎりす　嵐山（8俳諧新選二三七ぺ）
誰追ひて誰に告げ行く蟬の声　瓜流（8俳諧新選一一九ぺ）
たれかが鶴の墓を建ててゐるやうな気がする　禅寺洞（9禅寺洞句集二二九一）
誰彼もあらず一天自尊の秋　蛇笏（9椿花集〇六六〇）
誰住みて樒(しきみ)流るる鵜川哉　蕪村（2蕪村句集五六五）
垂れた腹を蚋(ぶと)に食はれそ歩(かち)渡り　之房（8俳諧新選一五六ぺ）
誰と誰が縁組すんでさと神楽(かぐら)　其角（6炭俵二六二九）
誰とても健やかならば雪のたび　卯七（6猿蓑一六九二）
たれ人の手がらもからじ花の春　古梵（6あら野四五九）
誰もなし釣る隅もなし恵方棚　由平（7俳諧古選八六ぺ）
誰も居らぬと思ふとき炭を挽く音す　蝶衣（9蝶衣句稿〇五六七）
誰やらが形に似たりけさの春　芭蕉（1続虚栗二八）
たれやらに似し雪だるま見て過ぎる　月草（9わが住む里一〇〇〇）
たわみては雪まつ竹のけしきかな　芭蕉（1真蹟自画賛八五一）
田を売りていとど寝られぬ蛙哉　北枝（5喪の名残四〇五）
手弱女の高髻にして十二月　蛇笏（9家郷の霧〇六五九）
手折らせて手を花瓶や御駕(かご)脇　百万（8俳諧新選一〇九ぺ）
痰一斗糸瓜(へちま)の水も間に合はず　子規（9絶筆〇〇三〇）
団子坂上り下りや鷗外忌　虚子（14七百五十句一二二ぺ）
短冊の旗管城の固め前は花　惟中（5破邪顕正返答一三四）
断食の腹あんばいやよるの霜　李流（8俳諧新選一三九ぺ）
短日のつくばひ乾き切りゐたり　白水郎（9散木集一〇八一）

短日や国へみやげの泉岳寺　万太郎（9草の丈一一二六）
短日や八瀬へ使ひの片便り　句仏（9句仏句集〇五三五）
誕生の時こそ見たれ釈迦の指似(しじ)　不角（4篗纑輪前集〇八九九）
談笑の中(うち)鉦叩ききゐたり　立子（9実生一九四二）
誕生をはや頼み行く仏かな　山水（8俳諧新選一四八ぺ）
たんだすめ住めば都ぞけふの月　芭蕉（1続山井一四）
だんだらのかつきに逢ひぬ朧月　子規（10獺祭句帖抄六二四ぺ）
探梅のこころもとなき人数かな　夜半（9翠黛一六四四）
煖房や八階にして窓に不二　花蓑（9花蓑句集〇八七三）
蒲公英(たんぽぽ)のかたさや海の日も一輪　草田男（9火の島二五三八）
たんぽぽの黄が眼に残り障子に黄　虚子（12六百句一七一ぺ）
たんぽぽの白くしぼむや暮れの鐘　祇明（4四時観一一六七）
蒲公(たんぽぽ)のわすれ花あり路の霜　蕪村（2蕪村句集一八九三）
たんぽぽは蕨手のうつ鼓かな　為春（4野犴集〇〇七一）
たんぽぽもけふ白頭に暮の春　召波（4春泥句集一八二七）
たんぽぽや荒田に入るる水の上　祇空（5住吉物語四五一）
たんぽぽや長江(ちやうかう)濁るとこしなへ　青邨（9雪国一六〇六）
蒲公英や葉にはそぐはぬ花ざかり　圃萡（6続猿蓑三〇四〇）
煖炉もえ末子は父のひざにある　多佳子（9海燕二九七一）

ち

地階の灯(ひ)　春の雪降る　樹のもとに　汀女(9汀女句集 一九二六)
近付に　成りて別るる　案山子(かがし)かな　惟然(4其便 一〇二三)
ちか付の　角力(すまひ)に逢ひぬ　繡師(ぬひものし)　蕪村(2蕪村遺稿 二五四二)
ちか道へ　出てうれし野の　つつじ哉　蕪村(2蕪村句集 二三七五)
ちか道や　木の股くぐる　花の山　洞木(6続猿蓑 二九六七)
ちか道を　教へぢからや　古柳　李由(6続猿蓑 三〇〇六)
ぢか焼きや　麦からくべて　柳鮠(やなぎばえ)　文鳥(6続猿蓑 三一九二)
近よつて　扇をたたむ　牡丹かな　其流(8俳諧新選 一一三ぺ)
近よつて　身を顕せし　かがし哉　玉芝(8俳諧新選 二二八ぺ)
力つくして　山越えし夢　露か霜か　波郷(9惜命 二六四八)
力でも　いけぬ師走や　すまひ取　乙由(4麦林集 一一九三)
力なう　くれかかる日や　須磨の秋　涼菟(7俳諧古選 ぺ一七九)
力なく　降る雪なれば　なぐさまず　波郷(9惜命 二六四九)
ちからなや　麻刈るあとの　秋の風　越人(6あら野 七一〇)
力なや　鳥は子を呼ぶ　此の暮れを　飛良(7俳諧古選 二二八ぺ)
力なや　雌は伸びて居る　雞(とり)合はせ　文十(7俳諧古選 一五八ぺ)
ちぎりきな　かたみに渋き　柿二つ　大江丸(5はいかい袋 八七四)
竹外の　一枝は霜の　山椿　秋桜子(9緑雲 一四三三)
軸の好き　天窓(あたま)の好きや　つくづくし　太祇(8俳諧新選 一〇四ぺ)
ちぐはぐに　つるる砧や　壁隣　移竹(8俳諧新選 二三二ぺ)
地車に　おつぴしがれし　菫哉　一茶(3文化句帖 三三二ぺ)
地車の　とどろとひびく　ぼたんかな　蕪村(2蕪村句集 二一三〇)

児(ちご)消えぬ　奥はさざんか　花崩れ壁　言水(5初心もと柏 一七六)
地獄痣　なく老いにけり　四月馬鹿　みどり女(9雪嶺 〇九六九)
児連れて　花見にまかり　帽子哉　太祇(8俳諧新選 一四九ぺ)
地蔵会や　芒の中に　灯(ひ)のともる　零余子(9雑草 〇六七九)
地蔵会や　ちか道を行く　祭り客　蕪村(2蕪村遺稿 一七五一)
地下りに　暮れ行く野辺の　薄哉　蕪村(2蕪村遺稿 一四三七)
小さき目を　据(す)ゑて目高は　居りにけり　淡路女(9梶の葉 〇九八一)
苣(ちさ)の木に　雀囀る　春日かな　子規(10獺祭句帖抄 六〇五ぺ)
ちさはまだ　青ばながらに　なすび汁　芭蕉(1真蹟懐紙 八四九)
地主(ぢしゅ)からは　木の間の花の　都哉　季吟(5花千句 四七)
父ありて　明ぼの見たし　青田原　一茶(3父の終焉日記 四三〇ぺ)
ぢぢ生きて　廿ちの親の　魂祭り　百万(8俳諧新選 二二五ぺ)
父来れば　母たち出づる　火燵かな　家足(8俳諧新選 一四八ぺ)
父恋し　とはおれが身の　虫の声　季吟(7俳諧古選 一九七ぺ)
乳垂れて　水汲む賤の　暑さかな　尚白(7俳諧古選 一六八ぺ)
父母の　ことのみおもふ　秋のくれ　蕪村(2蕪村句集 一二四二)
ちちははの　しきりにこひし　雉の声　芭蕉(1笈の小文 三七六)
父母の　夜長くおはし　給ふらん　虚子(11五百句 六〇ぺ)
チチポポと　鼓打たうよ　花月夜　たかし(9鷹 一六六三)
父を恋ふ　心小春の　日に似たる　虚子(13六百五十句 一六三ぺ)
ちとたらぬ　僕や隣の　雪もはく　一茶(3文政句帖 三五六ぺ)
ちとの間は　我が宿めかず　おこり炭　一茶(3文化句帖 三六〇ぺ)

千鳥立ち更け行く初夜の日枝（ひえ）おろし　芭蕉（1伊賀産湯 六五八）
鵆（ちどり）啼く川洲の芒枯れにけり　楞堂（5萍窓集 九二二）
ちどり啼くや内裡は鴨にも遠からず　嘯山（8俳諧新選 一四〇ぺ）
千鳥鳴けばいつもの夜着を掛けるなり　碧梧桐（9三千里 〇一二三）
地にあらば連木すり鉢猫の恋　大江丸（5俳懺悔 八六七）
地に下りて啄（つつ）かぬ至りや杜宇（ほととぎす）　龍眠（8俳諧新選 一一四ぺ）
地にたふれ根により花のわかれかな　芭蕉（1花声集 二六五）
地に近く咲きて椿の花おちず　蛇笏（9椿花集 〇六六一）
地につかぬ蹄（ひづめ）の風やくらべ馬　孤桐（8俳諧新選 一一六ぺ）
地につもる物ならいかに五月雨　簾風（8俳諧新選 一四八ぺ）
乳のみ子に世を渡したる師走哉　尚白（6猿蓑 一六九四）
乳呑子の風よけに立つかかし哉　一茶（3おらが春 四六八ぺ）
千葉どのの仮家引けたり枯尾花　蕪村（2蕪村句集 一九〇〇）
小さうもならでありけり茎の石　鬼城（9鬼城句集 〇六二七）
持仏より人の煤けて冬山家　蝶衣（9蝶衣句稿 〇五六五）
粽解きて蘆ふく風の音聞かん　蕪村（2蕪村句集 一二五九）
粽ほどくことにも心ときめきぬ　別天楼（9野老 一一八一）
粽迄都女の物着かな　鶴英（8俳諧新選 一一六ぺ）
粽結ふかた手にはさむ額髪　芭蕉（1猿蓑 六九四）
ちまちまとした海もちぬ石蕗（つは）の花　一茶（3七番日記 三五八ぺ）
乳囉（ちもら）ひの其の手に代はる砧かな　雅因（8俳諧新選 一三一ぺ）
鎖あけて月さし入れよ浮み堂　芭蕉（1笈日記 七〇八）

定斎屋の渡り来る橋や行々子（ぎやうぎやうし）　茅舎（9川端茅舎 一六八二）
丈山の口が過ぎたり夕すずみ　蕪村（2蕪村句集 一〇六六）
長時間ゐる山中にかなかなかな　誓子（9構橋 一四七八）
長嘯の墓もめぐるかはち敲　芭蕉（1いつを昔 五九三）
提灯で大仏見るや時鳥　子規（10獺祭句帖抄 六四八ぺ）
提灯で飯食ふ舟やほととぎす　它谷（8俳諧新選 一一三ぺ）
挑灯の空に詮なしほととぎす　杉風（6炭俵 二四八六）
挑灯のどこやらゆかし涼み舟　卜枝（6あら野 六九四）
提灯の一つ家に入る枯野かな　子規（10獺祭句帖抄 六六五ぺ）
提灯の小田原過ぎて蛙かな　竹冷（9竹冷句鈔 〇二八一）
提灯を蛍が襲ふ谷を来り　石鼎（9花影 〇七五三）
町内の花見の連中行きにけり　喜舟（9小石川 〇四六六）
長文を唇に操るこたつかな　嘯山（8俳諧新選 一三八ぺ）
長松が親の名で来る御慶哉　野坡（6炭俵 二三九六）
丈六にかげろふ高し石の上　芭蕉（1笈の小文 三五八）
着は雨其の着迄のあつさ哉　泉石（7俳諧古選 二一一ぺ）
茶摘歌も巽（たつみ）上がりや宇治の里　尺布（8俳諧新選 一一一ぺ）
茶摘子や夜干し朝干し暇なみ　青々（9鳥の巣 〇四八八）
茶鳴子のやたらに鳴るや春がすみ　一茶（3句稿消息 三三九ぺ）
茶に湧けば熱いもほめるしみづ哉　野有（8俳諧新選 一二二ぺ）
茶の花に暖かき日のしまひかな　虚子（9五百句 〇〇七四）
茶の花に梅の枯木を愛すかな　子規（10獺祭句帖抄 六六六ぺ）

茶の花の香や冬枯れの興聖寺　許六（4草苅笛 一〇五二）
茶の花はもののついでに見たる哉　李晨（6あら野 七八一）
茶の花や幾日(いくか)たつても蝶は来ず　寿松（8俳諧新選 一三八ぺ）
茶の花や石をめぐりて路を取る　蕪村（2蕪村句集 二〇一九）
茶の花や川岸高く又低し　嘯山（8俳諧新選 一三八ぺ）
茶の花や黄にも白にもおぼつかな　蕪村（2蕪村句集 一三六九）
茶の花や乞食も覗く寺の門　露沾（5露沾俳諧集 二四二）
茶の花や庭にもあらず野にもあらず　子規（10獺祭句帖抄 六二一ぺ）
ちやのはなやほるる人なき霊(れい)聖(しやう)女(ちよ)　越人（6猿蓑 一六三九）
茶の花や利休が目にはよしの山　素堂（4六百番発句合 〇七六九）
茶の花をかかへて虻(あぶ)の生きにけり　樗堂（4萍窓集 二一四四）
茶の湯とてつめたき日にも稽古哉　亀翁（6猿蓑 一六五二）
茶袋を捨つるところも落ば哉　蕪村（2蕪村遺稿 一二六三）
茶屋むらの一夜にわきし桜かな　一茶（3おらが春 四四〇ぺ）
茶をする桶屋の弟子の寒さかな　惟然（4藤の実 一〇二四）
仲秋や花園のものみな高し　青邨（9雑草園 一六〇七）
重の物酒にはならぬ彼岸哉　赤羽（8俳諧新選 一一一ぺ）
重箱の銭四五文や夕時雨　一茶（3おらが春 四七三ぺ）
猪牙(ちよき)舟や春のゆくへを追ふごとし　蝶夢（5草根発句集 八五七）
直線の堂曲線の春の山　虚子（14七百五十句 一一四ぺ）
直立の壁をのぼれる油虫　誓子（9和服 一四七九）
千代の秋にほひにしるしことし米　亀洞（6あら野 一〇九二）

ちらちらとつもらで雪の果てにけり　赤羽（8俳諧新選 一〇四ぺ）
ちらちらと伏勢見ゆる夏野かな　子規（10獺祭句帖抄 六〇八ぺ）
ちらちらと夕日こぼるる一葉かな　菊巵（8俳諧新選 一二四ぺ）
ちらちらといふ雪程寒い物はなし　凡阿（8俳諧新選 一四二ぺ）
ちらちらや淡雪かかる酒(さか)強(こ)飯(はひ)　荷兮（6あら野 四五四）
ちらぬ葉も大分もつた柳かな　麦翅（8俳諧新選 一二四ぺ）
散りしくや谷々さかり又茗　淡々（8俳諧新選 一五一ぺ）
散り透きて筋骨見ゆる柳かな　它谷（8俳諧新選 一三五ぺ）
散り初むる柳にふるふ暑さかな　太祇（8俳諧新選 一二四ぺ）
散り初むる柳や斯くて冬迄も　嘯山（8俳諧新選 一二四ぺ）
ちり椿あまりもろさに続ぎて見る　野坡（6続猿蓑 三〇六一）
ちりつみて筏も花の梢哉　蕪村（2蕪村遺稿 一五〇八）
ちりて後おもかげにたつぼたん哉　蕪村（2蕪村句集 一三八三）
塵取に押し込む桐の広葉かな　子規（9俳句稿巻二 〇〇三一）
散りながら姿ありける柳かな　吾友（8俳諧新選 一五一ぺ）
散り残るつつじの蘂(しべ)や二三本　子珊（6炭俵 二四六三）
ちりの身とともにふはふは紙帳哉　一茶（3おらが春 四四一ぺ）
散りはてて跡なきものは花火哉　桂夕（6あら野 八八三）
塵浜にたたぬ日もなし浦鵆(ちどり)　句空（6続猿蓑 三三七〇）
散り牡丹どどと崩れしごとくなり　淡路女（9梶の葉 〇九八二）
ちり牡丹元の容(かたち)に並べ見ん　尺布（8俳諧新選 一一三ぺ）
散るあとは風吹かば吹け山ざくら　麦浪（4一字題 一七六七）

ちるからに　梅はわすれず　けふの雪　廬元坊（5文星観 四七二）
ちる事を　しって墨染　桜　哉　雁立（8俳諧新選 一〇九ぺ）
ちる　芒　寒くなるのが　目にみゆる　一茶（3寂砂子 三五一ぺ）
散るだけは　寒さも減るや　うめの花　万裏（8俳諧新選 一〇二ぺ）
散るたびに　老いゆく梅の　木末かな　蕪村（2蕪村遺稿 二四四六）
散るたびに　児（ちご）ぞ拾ひぬ　芥子（けし）の花　吉次（6あら野 六四〇）
ちるときの　心やすさよ　米嚢花（けしのはな）　越人（6猿蓑 一七二六）
ちる時は　家の内也　冬牡丹　万翁（8俳諧新選 一四一ぺ）
ちるはさくら　落つるは花の　ゆふべ哉　蕪村（2蕪村遺稿 二一〇七）
散るは散るは　酔ひのさめたる　夕桜　自悦（5空林風葉 一三〇）
散る花に　たぶさ恥ぢけり　奥の院　杜国（6あら野 九五八）
散る花の　間はむかし　ばなし哉　越人（6あら野 一〇二〇）
ちるはなは　酒ぬす人よ　ぬす人よ　舟泉（6あら野 三七二）
ちるはなや　鳥も驚く　琴の塵　芭蕉（1真蹟画賛 九五六）
散る花や　仏うまれて　二三日　不王（6続猿蓑 三四四）
ちる花や　紛れてしれぬ　人の顔　樗良（8俳諧新選 一〇九ぺ）
ちる花を　追ひかけて行く　嵐哉　定家（7俳諧古選 一九五ぺ）
ちる花を　思案して見る　蛙哉　東鵝（7俳諧古選 二二八ぺ）
散る花を　南無阿弥陀仏と　夕べ哉　守武（6あら野 九九五）
ちる程は　流れていぬる　柳かな　水翁（8俳諧新選 二二四ぺ）
ちる迄も　ちらぬけしきを　椿かな　且栖（7俳諧古選 一五五ぺ）
ちる尾花　動かぬ水を　走りけり　大夢（8俳諧新選 二三二ぺ）

ちる尾花　風も白けて　吹かれけり　習先（8俳諧新選 二三二ぺ）
治聾酒の　酔ふほどもなく　さめにけり　鬼城（9鬼城句集 〇六二五）
知恵粥や　都の富士に　たつ烟　青蒲（8俳諧新選 一四五ぺ）
知慧きざし　牛乳飲みつつも　雪を見る　誓子（9七曜 一四七七）
知恵の有る　人には見せじ　けしの花　珍碩（6猿蓑 一七二七）
乳を隠す　泥手わりなき　田植かな　梅室（4梅室家集 二一六四）
血を吐けば　現（うつつ）も夢も　冴え返る　寸七翁（9現代俳句集 〇八八二）
地をはへる　ものの巣になる　落葉かな　秋瓜（4つくば紀行 一七四九）
陣笠の　そりや狂はん　玉霰　子規（10獺祭句帖抄 六一一ぺ）
陳さんの　処方の験や　牡丹の芽　秋桜子（9殉教 一四三四）
陣中の　夜は毛布を　被て足りぬ　圭岳（9大江 一一九一）
狆（ちん）の毛の　流石（さすが）うるさき　こたつ哉　雅因（8俳諧新選 二三八ぺ）

つ

つい聞けば　きたなし庭は　梅だらけ　泉石（7俳諧古選 二二一ぺ）
追従の　此の上はなし　厄払　羅人（8俳諧新選 一四四ぺ）
付いて来て　犬も高きに　登りけり　嘯山（8俳諧新選 一三三ぺ）
通天や　しぐれやどりの　俳諧師　茅舎（9ホ昭3・3 一六九〇）
づかづかと　来て踊子に　ささやける　素十（9初鴉 一五四三）
つかはれぬ　牛に食ものの　宿の春　青蛾（8俳諧新選 一〇〇ぺ）
遣ふとも　なしや美人の　箔（はく）団（うちは）　嘯山（8俳諧新選 一一九ぺ）

塚へ引く松や子(ね)の日に似たれ共　巴江（7俳諧古選 二二八ぺ）
仕る手に笛もなし古雛　たかし（9たかし句集 一六六四）
つかみ合ふ子供のたけや麦畠　游刀（6猿蓑 一七六一）
塚もうごけ我が泣く声は秋の風　芭蕉（1奥の細道 五四〇）
つがもない狂歌やられし団(うちは)かな　土髪（8俳諧新選 一一九ぺ）
疲れたれば眠りぬ氷河見たるあと　青邨（9雪国 一六〇八）
突き上げて仔鹿乳呑む緑の森　三鬼（9変身 二三六〇）
月あらば乳房にほはめ雪をんな　徂春（9定本徂春句集 〇八〇一）
月幾世照らせし鴟尾に今日の月　秋桜子（9緑雲 一四三五）
月一輪凍(いて)湖一輪光りあふ　多佳子（9海彦 二九七二）
月いづく鐘は沈める海のそこ　芭蕉（1真蹟短冊 五六三）
月出でて牡鹿の角の影長し　楽天（9新俳句 〇三二九）
月入りて朧をかぶる柳かな　是計（8俳諧新選 一〇五ぺ）
月入りぬ闇に成りたる我がこころ　鼓舌（8俳諧新選 二五七ぺ）
月浮けて吹きよる水の夕すずみ　作者不明（8俳諧新選 二一〇ぺ）
舂(つき)臼(うす)の心落ちつく落葉哉　蕪村（2蕪村遺稿 六四〇）
月大きく枯木の山を出でにけり　鼠骨（9新俳句 〇二六〇）
月おぼろ高野の坊の夜食時　蕪村（2蕪村遺稿 二〇四〇）
付きかけた道のなくなる夏野哉　竹冷（9読売明27・5・25 〇二八二）
月影にうごく夏木や葉の光　可南（6炭俵 二五一四）
月影に若きも籠る十夜哉　百万（8俳諧新選 二三九ぺ）
月影のひた栽ゑ替ふる桜かな　不卜（7俳諧古選 二〇五ぺ）

月影や海の音聞く長廊下　牧童（6続猿蓑 三二三三）
月影や柏手もるる膝の上　史邦（6猿蓑 一八四四）
月影や四門四宗も只一つ　芭蕉（1更科紀行 四三七）
月影をくみこぼしけり手水鉢　立圃（4そらつぶて 〇〇七八）
月暈(かさ)あり雞頭の影化けぬべく　露月（4新俳句 二二七五）
撞き鐘もひびくやうなり蟬の声　芭蕉（1笈日記 四〇九）
月か花かとへど四睡の鼾哉　芭蕉（1真蹟画賛 五二二）
接木して物なつかしきあした哉　可幸（8俳諧新選 一〇四ぺ）
月清し遊行のもてる砂の上　芭蕉（1猿蓑 五六〇）
次句せん此の夜硯の氷るまで　太祇（8俳諧新選 一六〇ぺ）
月暮れて朧に絹のかかりけり　楚雀（8俳諧新選 一〇八ぺ）
月今宵あるじの翁舞ひ出でよ　蕪村（2蕪村句集 四二四）
月今宵松にかへたるやどりかな　蕪村（2蕪村句集 七一）
月桜目にしばらるる一期哉　孤岫（7俳諧古選 二〇三ぺ）
月さびよ明智が妻の咄せん　芭蕉（1勧進牒 五七八）
月時雨かはるがはる漏れて明けにけり　習先（8俳諧新選 二三六ぺ）
月十四日今宵三十九の童部　芭蕉（1真蹟短冊 一五七）
月白き師走は子路が寝覚め哉　芭蕉（1孤松 二七七）
月白し雪のうへ飛ぶもののかげ　長翠（5光丘本長翠 九四二）
月しろにかかる烟や大文字　南浦（8俳諧新選 二二五ぺ）
月魄にけぶりそむなり天の川　夜半（9翠黛 一六四五）
月しろの上れど暗き柳かな　南雅（8俳諧新選 一〇五ぺ）

月しろや膝に手を置く宵の宿 芭蕉（1笈日記 六三九）
月代やむかしに近き須磨の浦 鬼貫（7俳諧古選 一七六ペ）
月代やをさめし松を土の上 春草（9春草句集 一〇八八）
月澄むや狐こはがる児（ちご）の供 芭蕉（1其便 九〇六）
月ぞしるべこなたへ入らせ旅の宿 芭蕉（1佐夜中山集 一）
月高き頃を酔ひけり十三夜 温亭（9温亭句集 〇八三二）
つきたかと児のぬき見るさし木哉 舟泉（6あら野 五三一）
搗き立ての餅つつじ哉粘り哉 土髪（8俳諧新選 一四九ペ）
月近し夜寒に馴れぬ舟の中 嘯山（8俳諧新選 一三三ペ）
月天心貧しき町を通りけり 蕪村（2蕪村句集 一七七）
月と日の度重なれば師走哉 蓮谷（7俳諧古選 二三三ペ）
月と日の中に出来てや梅の花 半魯（8俳諧新選 一〇二ペ）
月と日は男の手なる夏書（げがき）かな 太祇（8俳諧新選 一一七ペ）
月に遊ぶおのが世はありみなし蟹 無腸（5也哉抄 七九一）
月に柄をさしたらばよき団（うちは）哉 宗鑑（6あら野員外 一二三八）
月に聞きて蛙ながむる田面哉 蕪村（2蕪村句集 二四二）
月にさへ撓（たわ）む風情や今年竹 盧鳳（8俳諧新選 一一八ペ）
月に対す君に投網の水煙り 蕪村（2蕪村句集 一七〇〇）
月に遠くおぼゆる藤の色香哉 蕪村（2蕪村遺稿 一一一九）
月に名を包みかねてやいもの神 芭蕉（1ひるねの種 五五六）
月に寝ぬや一度にこりず二度にこりず 季吟（7俳諧古選 二〇七ペ）
月に日にかざすも蟹は鋏かな 野有（8俳諧新選 二一九ペ）
月に行く脇差つめよ馬のうへ 野水（6あら野 九三七）
月の梅の酢のこんにやくのとけふも過ぎぬ 一茶（3浅黄空 三三二ペ）
月の宴秋津が声の高き哉 蕪村（2蕪村遺稿 一八七五）
月の鏡小春にみるや目正月 芭蕉（1続山井 一八）
月の雲船はあやなし女声 白羽（4右紫 一二八五）
月の今宵我が里人の藁うたん 去来（4続虚栗 〇九四〇）
月の比隣の榎木きりにけり 胡及（6あら野 一〇五八）
月のさす門と蚊屋との噺かな 麻兄（8俳諧新選 一一九ペ）
月の下ごんずいは釣り捨てらるる 白水郎（9散木集 一〇八二）
月の下生なきものの如く行く 虚子（13六百五十句 一八二ペ）
月上る大仏殿の足場かな 子規（10獺祭句帖抄 六三六ペ）
次の間へ湯を飲みに立つ夜長かな 癖三酔（9癖三酔句集 〇三七七）
月のみか雨に相撲もなかりけり 芭蕉（1ひるねの種 五六二）
月の山大国主命かな 青畝（9紅葉の賀 一五一二）
次の夜は唯ひとり行く涼みかな 江水（7俳諧古選 一六四ペ）
月はあれど留主のやう也須磨の夏 芭蕉（1笈の小文 三八六）
月は十日花はつぼみや初蛙 梓月（9冬鶯 〇三六六）
月花に悲しき下手の蛙哉 許六（7俳諧古選 二〇五ペ）
月花に┐（まはし）〃（まち）ろ（のみ）舞ひうたふ 宋屋（8俳諧新選 一五六ペ）
月花の愚に針たてん寒の入 芭蕉（1薦獅子集 七七〇）
月華の是やまことのあるじ達 芭蕉（1皺筥物語 二四六）
月花の初めは琵琶の木どり哉 釣雪（6あら野 四七七）

月花も　なくて酒のむ　ひとり哉　芭蕉（1 あら野 四七二）
月花や　四十九年の　むだ歩き　一茶（3 七番日記 三六一ぺ）
月はやし　こずゑはあめを　持ちながら　芭蕉（1 かしま真蹟 三〇五）
月ひとつ　ばひとりがちの　今宵哉　一雪（6 あら野 四一〇）
月一つ　我もつつぽりと　独りかな　井々（8 俳諧新選 二二九ぺ）
月ひとり　澄めりうき世の　濁り水　吐月（8 俳諧新選 一五〇ぺ）
月ひとり　柳ちり残る　木の間より　素堂（7 俳諧古選 一七六ぺ）
月ひらひら　落ち来る雁の　翅かな　闌更（5 半化坊発句集 七五五）
月更けて　朧の底の　野風かな　太祇（8 俳諧新選 一〇八ぺ）
月鉾や　児（ちご）の額の　薄粧　曾良（6 猿蓑 一八〇一）
月待ちや　梅かたげ行く　小山伏　芭蕉（1 伝土芳筆全伝 六七三）
月待つや　海を尻目に　夕すずみ　正秀（6 猿蓑 二二五七）
月見えぬ　暦の末と　成りにけり　赤羽（8 俳諧新選 一四五ぺ）
月見して　如来の月光　三昧や　青々（9 松苗 〇四八九）
月見する　水より音の　尖りけり　吏登（5 吏登句集 四七七）
月見せよ　玉江の蘆を　刈らぬ先　芭蕉（1 ひるねの種 五五三）
月見せん　伏見の城の　捨郭（すてぐるわ）　去来（6 猿蓑 一八四二）
月見ても　物たらはずや　須磨の夏　芭蕉（1 笈の小文 三八七）
月見るや　庭四五間の　空（そら）の主　杉風（4 西国曲 〇八六〇）
月見れば　なみだに砕く　千々の玉　蕪村（2 蕪村句集 一八七七）
月見れば　人の砧に　いそがはし　羽紅（6 猿蓑 一八五四）
月もあり　黄菊白菊　暮るる秋　子規（10 獺祭句帖抄 六三四ぺ）

月も無く　沙漠暮れ行く　心細そ　虚子（12 五百五十句 一二二ぺ）
月も亦　とどむるすべも　無かりけり　虚子（12 五百五十句 七二ぺ）
月も洩り　稲妻もちる　庵かな　舞閣（8 俳諧新選 一二五ぺ）
月森を　出づるや上野の　九時の鐘　子規（10 獺祭句帖抄 六五五ぺ）
月やあらぬ　我が身一つの　影法師　貞徳（7 俳諧古選 一七四ぺ）
月や霰　其の夜の更けて　川千鳥　無腸（5 去年の枝折 七九三）
月やその　鉢木の日の　した面　芭蕉（1 翁草 八一〇）
月や空に　いよげに見ゆる　すだれごし　捨女（5 俳集良材 九四）
築山に　通ふ野川や　啼く蛙　土髪（8 俳諧新選 一〇五ぺ）
月雪と　のさばりけらし　としの昏　芭蕉（1 続虚栗 二八一）
月雪に　淋しがられし　紙子哉　許六（7 俳諧古選 二〇五ぺ）
月雪の　ためにもしたし　門の松　去来（6 あら野 四六三）
月雪の　外に霞の　朝ぼらけ　道彦（4 蔦本集 二〇八八）
月雪や　春来夏来て　七めぐり　龍眠（8 俳諧新選 一五四ぺ）
つぎ侘びぬ　世になき一穂　得てしより　太祇（8 俳諧新選 一〇四ぺ）
つきわりて　まつ葉かきけり　薄氷　除風（6 あら野 八〇五）
月を思ひ　人を思ひて　須磨にあり　虚子（14 七百五十句 一七ぺ）
月を待つ　人皆ゆるく　歩きをり　虚子（12 六百句 二〇二ぺ）
月を見る　又二三歩を　移しけり　泊月（9 同人句集 〇八五一）
月折々　雲に休みて　躍りかな　宗瑞（4 鏡の裏 一一四三）
頭巾着て　声こもりくの　泊瀬法師　蕪村（2 蕪村句集 二〇〇九）
頭巾着て　人行きかふや　山の道　子規（10 獺祭句帖抄 六六一ぺ）

尽くさずも　作りなしたり　雛の皃(かほ)　之房(8 俳諧新選 一〇九ぺ)
土筆煮て　これつぱかりと　なりにけり　青嵐(9 永田青嵐句集 〇八九三)
土筆(つくづくし)　座頭の手にも　摘まれけり　一兎(8 俳諧新選 一〇三ぺ)
土筆　長(た)けたは誰も　手に合はず　来山(7 俳諧古選 一五〇ぺ)
つくづくし　頭巾にたまる　ひとつより　青江(6 あら野 五四五)
土筆　矢立の墨や　こぼれけん　龍眠(8 俳諧新選 一〇四ぺ)
つくづくと　蚊に吸はせ見る　此の身哉　雁宕(8 俳諧新選 一一七ぺ)
つくづくと　絵を見る秋の　扇哉　小春(6 あら野 七三八)
つくばうた　禰宜(ねぎ)で事済む　御祓(みそぎ)哉　蕪村(2 蕪村句集 九三三)
筑波から　土用見舞の　夕立かな　梁直(8 俳諧新選 一二二ぺ)
鶫死して　翅拡ぐるに　任せたり　誓子(9 晩刻 一四八〇)
九十九谷(つくもだに)　一谷ともる　良夜かな　碧雲居(9 碧雲居句集 一〇六九)
つくり置きて　こはされもせじ　雪仏　一井(6 あら野 一〇五一)
つくり木の　糸をゆるすや　秋の風　嵐雪(4 句兄弟 〇八三八)
作りなす　庭をいさむる　しぐれかな　芭蕉(1 真蹟懐紙 七二二)
繕はぬ　垣の穴より　初嵐　寅彦(9 寅彦全集六 一一七五)
つけかへて　おくるる雪舟(そり)の　はや緒哉　含咕(6 あら野 八一二)
つけ芝の　いつか腐れて　五月雨　湖十(4 続花摘 一二三四)
つげて明けぬ　玉子乃親ぢ　世界の春　似船(5 三ッ物揃 一八〇)
つけて行け　草花売りが　帰る方　如泉(7 俳諧古選 一七五ぺ)
漬けながら　藤商へる　流れかな　瓜流(8 俳諧新選 一一一ぺ)
晦日(つごもり)も　過ぎ行くうばが　ゐのこかな　尚白(6 猿蓑 一六四四)

晦日や　林の鐘の　つき納め　惟中(4 伊勢踊 〇二二)
辻駕(かご)に　よき人のせつ　ころもがへ　蕪村(2 蕪村句集 五一四)
蔦植ゑて　竹四五本の　あらし哉　芭蕉(1 野ざらし紀行 一八一)
蔦かづら　月まだたらぬ　梢哉　里東(6 続猿蓑 三三二)
蔦枯れて　恋のかけ橋　中絶えぬ　子規(9 寒山落木巻五 〇〇三二)
蔦さがる　岩の凹みや　堂一つ　子規(10 獺祭句帖抄 六一七ぺ)
蔦の手の　垣にからみて　別れかな　芋秀(8 俳諧新選 一五二ぺ)
蔦の葉は　むかしめきたる　紅葉哉　芭蕉(1 蕊摺 四二九)
蔦の葉や　残らず動く　秋の風　荷兮(6 続猿蓑 三二五六)
蔦の葉や　見回す中(うち)の　重(おも)道(だう)具(ぐ)　木因(7 俳諧古選 二〇五ぺ)
土塊に　蜂歩み居る　地震かな　月舟(9 進むべき道 〇六九七)
塊(つちくれ)に　笞うつうめの　あるじかな　蕪村(2 蕪村遺稿 一二三)
土ともに　崩るる崖の　霜柱　子規(10 獺祭句帖抄 六四〇ぺ)
土に這ふ　いづれ露草　小朝皃　より江(9 同人句集 〇九二九)
土はこぶ　籮(ふご)にちり込む　椿かな　孤屋(6 炭俵 二四二六)
土橋や　よこにはえたる　つくづくし　塩車(6 あら野 五四三)
土不踏　ゆたかに涅槃　し給へり　茅舎(4 華厳 二六三六)
筒音に　白雪卍　巴かな　飄亭(9 日本人明29・10・5 〇一九五)
恙(つつが)なき　帆柱寝せる　野分かな　蕪村(2 蕪村遺稿 二五二七)
恙なく　咲くやうつ木の　穴かしこ　重頼(7 俳諧古選 一五九ぺ)
つづくりも　はてなし坂や　五月雨　去来(6 猿蓑 一七五四)
つづけさまに　嚔(くさめ)して威儀　くづれけり　虚子(11 五百句 九二ぺ)

つつじいけて　其の陰に干鱈（ひだら）さく女　芭蕉（1 泊船集 二三七）
つつじ咲いて　石移したるうれしさよ　蕪村（2 蕪村句集 二三五三）
つつじ咲いて　片山里の飯白し　蕪村（2 蕪村句集 二三七六）
つつじ野や　あらぬ所に麦畠　蕪村（2 蕪村句集 二一〇〇）
つつじしめや　炬燵にて手の障る事　春澄（7 俳諧古選 二〇二ぺ）
つつじ分ける　あたり隣や夕月夜　嘯山（8 俳諧新選 一一〇ぺ）
つつぽりと　勝負の楓照りにけり　枝芳（8 俳諧新選 二三四ぺ）
つつぽりと　地蔵の顔も枯野哉　臀風（8 俳諧新選 一四七ぺ）
つつみかねて　月とり落とす霽（しぐれ）かな　杜国（6 冬の日 七三）
堤行く　歩行荷（かちに）の息や油照り　沾涼（4 綾錦 一二五五）
堤より　ころび落つればすみれ哉　馬莧（6 続猿蓑 三〇三四）
九折（つづらをり）　海へ鳴り行くおちばかな　瓜流（8 俳諧新選 二三六ぺ）
つと入や　しる人に逢ふ拍子ぬけ　蕪村（2 蕪村句集 二七四九）
つと入や　既に浮雲きたばこ盆　野逸（4 野逸句集 二七六四）
つと入るや　納戸の暖簾ゆかしさよ　蕪村（2 蕪村遺稿 二七四八）
勤よと　親もあたらぬ火燵哉　嵐雪（7 俳諧古選 二〇〇ぺ）
繋がれし　犬が退屈蝶が飛び　虚子（13 六百五十句 二〇五ぺ）
繋がれし　馬の眼細し合歓（ねむ）の花　松宇（9 松宇家集 〇三一五）
繋ぎ馬　雪一双の鐙（あぶみ）かな　蕪村（2 蕪村遺稿 八二二）
綱立つて　綱が噂の雨夜哉　其角（7 俳諧古選 二〇一ぺ）
角あげて　牛人を見る夏野かな　青蘿（4 青蘿発句集 一八五二）
角落ちて　あちら向いたる男鹿かな　子規（10 獺祭句帖抄 六二五ぺ）

角落ちて　やすくも見ゆる小鹿哉　蕉笠（6 あら野 六〇九）
つの国の　何を申すも枯木立　一茶（3 おらが春 四六七ぺ）
角文字の　いざ月もよし牛祭り　蕪村（2 蕪村句集 六一二）
角文字の　いぶり見せけり蝸牛（かたつぶり）　召波（8 俳諧新選 一一五ぺ）
椿落ち　鶏（とり）鳴き椿また落つる　梅室（4 梅室家集 二一六五）
椿落ちて　一僧笑ひ過ぎ行きぬ　麦水（4 落葉拾 一八〇二）
椿落ちて　昨日の雨をこぼしけり　蕪村（2 蕪村遺稿 七一九）
椿子に　絵日傘もたせやるべきか　虚子（13 六百五十句 二一二ぺ）
椿子も　萩も芒も焼き捨てよ　虚子（14 七百五十句 五九ぺ）
椿ころり　邪魔に成る樹を伐ふとて　李流（8 俳諧新選 一五六ぺ）
つばきまで　折りそへらるるさくらかな　越人（6 あら野 五六九）
燕（つばくら）に　道で逢ふた歟（か）わたり鳥　栄滝（8 俳諧新選 一二九ぺ）
燕の　うしろも向かぬ別れかな　子規（10 獺祭句帖抄 六四四ぺ）
燕の　門ちがへする階子（はしご）かな　露香（8 俳諧新選 一〇七ぺ）
燕の　巣を覗き行くすずめかな　長虹（6 あら野 六〇六）
燕の　居なじむそらやほととぎす　蘆本（6 続猿蓑 三一一七）
つばくらの　餌にぬすまぬや人の物　鶴英（8 俳諧新選 一〇七ぺ）
つばくらは　土で家する木曾路哉　猿雖（6 続猿蓑 三四七五）
燕も　乾く色なし五月雨　其角（7 俳諧古選 二〇一ぺ）
燕も　御寺の鼓かへりうて　其角（6 あら野 一〇四四）
燕や　田ををりかへす馬のあと　野童（6 続猿蓑 三〇一七）
燕や　なき二親の思はるる　嘯山（8 俳諧新選 一〇六ぺ）

燕や　人変はりたる　去年(こぞ)の家　百万（8俳諧新選 一〇七ぺ）
乙鳥(つばくら)や　水田の風に　ふかれ皃(がほ)　蕪村（2蕪村句集 一〇九六）
燕の　普請(ふしん)仕舞へば　子持哉　乙由（7俳諧古選 一五五ぺ）
つばくろや　人が笛吹く　生くるため　不死男（9万座 二二七一）
石蕗(つは)に虻(あぶ)　来る日よ四辺　澄みわたり　立子（9昭48俳句年鑑 一九四三）
石蕗の花　咲いてほいなき　姿かな　雲外（8俳諧新選 一四五ぺ）
石蕗の葉の　霜に尿する　小僧かな　子規（10獺祭句帖抄 六六三ぺ）
石蕗(つはぶき)の　日陰は寒し　猫の鼻　抱一（4屠竜之技 二一三三）
燕啼きて　夜蛇をうつ　小家哉　蕪村（2蕪村句集 一〇三二）
兵(つはもの)の　よごれてをかし　傀儡師(くわいらいし)　卯雲（8俳諧新選 一一一ぺ）
つひに戦死　一匹の蟻　ゆけどゆけど　楸邨（9颱風眼 二五八七）
終(つひ)に見ぬ　物からやまし　夏の雪　聴雨（8俳諧新選 一四八ぺ）
終に夜を　家路に帰る　鉢たたき　蕪村（2蕪村遺稿 三六六）
つぶつぶと　江に寝る鳥や　朧月　文素（8俳諧新選 一〇八ぺ）
つぶつぶと　箒をもるる　榎(えの)み哉　望翠（6続猿蓑 三二九〇）
壺の底　たたくや古き　茶の名残　子規（9寒山落木巻二 〇〇三三）
莟まずも　さくや雞頭の　はじめより　赤羽（8俳諧新選 一二三ぺ）
莟とは　なれもしらずよ　蕗の薹　蕪村（2蕪村句集 二〇四八）
妻起こす　きぎすの声歟(か)　朝ぼらけ　羽律（8俳諧新選 一〇四ぺ）
妻が持つ　薊(あざみ)の棘を　手に感ず　草城（9人生の午後 二四六四）
妻恋ふて　啼くかもしらず　時鳥　嵐山（8俳諧新選 一一四ぺ）
つまなしと　家主やくれし　女郎花(をみなへし)　荷兮（6あら野 九八六）
妻にもと　幾人(いくたり)思ふ　桜狩　破笠（7俳諧古選 一五三ぺ）
つまの下　かくしかねたる　継ぎ穂かな　傘下（6あら野 五三二）
妻の手に　撫子咲ける　日数かな　白芽（8俳諧新選 一二三ぺ）
妻の名の　あらばけし給へ　神送り　越人（6あら野 九八八）
褄ふみて　ころびやすさに　秋の風　成美（5成美家集 九三一）
夫(つま)へ戻す　子等の衣縫ふ　冬夜かな　久女（9杉田久女句集 〇九五一）
つまみ食ひ　一日花の　乞食かな　春来（4東風流 一二六九）
つまみ菜に　まうけ事せん　草の庵　召波（8俳諧新選 一三五ぺ）
妻も有り　子も有る家の　暑さ哉　氷花（7俳諧古選 一六七ぺ）
妻も子も　寺で物くふ　野分かな　蕪村（2蕪村遺稿 二七二六）
妻もちて　鈍にこそあれ　冬籠り　鼓舌（8俳諧新選 一四〇ぺ）
妻や子の　寝皃(がほ)も見えつ　薬食　蕪村（2蕪村句集 三八〇）
積みあげて　暑さいやます　畳かな　卓袋（6続猿蓑 三一七二）
つみかけし　夕立あとの　ささげ摘む　花蓑（9花蓑句集 〇八七四）
摘みけんや　茶を凩の　秋ともしらで　芭蕉（1東日記 一三一）
つみすてて　踏み付けがたき　若な哉　路通（6猿蓑 一九〇〇）
罪のなき　藪うぐひすの　高音哉　可幸（8俳諧新選 一〇一ぺ）
罪深き　女めでたし　土用干　布門（7俳諧古選 二二五ぺ）
つみ綿か　ぬり桶なりの　庭の雪　貞徳（4貞徳永代記 〇〇四三）
摘むとても　暮らすな此の野　盗人あり　嘯山（8俳諧新選 一五〇ぺ）
つむ雪も　よごれ初めけん　梅の花　沖三（8俳諧新選 一〇二ぺ）
爪髪も　旅のすがたや　こまむかへ　荷兮（6あら野 八三八）

つめたかれ着る帷子(かたびら)の袖の雪　正直（7 俳諧古選 一六三ぺ）
爪取りて心やさしや年ごもり　素龍（6 炭俵 二六四二）
積る雪柳の形(なり)を定めけり　鳥酔（5 乙酉甲乙記 四九八）
通夜堂の前に粟干す日向かな　子規（10 獺祭句帖抄 六三九ぺ）
つやつやと梅ちる夜の瓦かな　樗堂（5 萍窓集 九一七）
露凍(い)てて筆に汲み干す清水哉　芭蕉（1 みつのかほ 三三七）
露おきて月入るあとや塀のやね　馬莧（6 続猿蓑 三二三一）
露草や飯噴くまでの門歩き　久女（9 杉田久女句集 〇九五二）
入梅曇(つゆぐも)り思ひ古さぬ袷かな　富天（8 俳諧新選 一一七ぺ）
梅雨暗し床の花瓶の花白し　虚子（14 七百五十句 八五ぺ）
露けさの一つの灯(ひ)さへ消えにけり　松浜（9 白菊 〇五五）
露けさやちぎれて落ちし小挑灯　孤桐（8 俳諧新選 一二六ぺ）
露けしや庵低き灯の壁人(かげぼふし)　作者不明（8 俳諧新選 一二六ぺ）
露凝りて流るる菊の障子哉　月斗（9 昭和俳句集 〇五一三）
梅雨寒や尼の肋骨数うべう　普羅（9 新訂普羅句集 〇七二二）
露しぐれ宇治を離れて路細し　嘯山（8 俳諧新選 一三三ぺ）
露時雨森を出る日に濺(そそ)ぎけり　季遊（8 俳諧新選 一三三ぺ）
つゆじもに冷えてはぬるむ通草(あけび)かな　不器男（9 定本不器男句集 一七一三）
露霜の沙汰なかりけり富士の山　常牧（5 蓮実 二一〇三）
露涼し夜と別るる花のさま　露月（4 露月句集 二二七六）
露とくとく心みに浮夜すすがばや　芭蕉（1 野ざらし紀行 一八六）
露ながら草食ひあらす野馬哉　素竹（8 俳諧新選 一二二六ぺ）
露の菊さはらば花もきえぬべし　樗良（4 樗良発句集 一八四〇）
露の玉つまんで見たるわらは哉　一茶（3 おらが春 四六九ぺ）
露の中毛虫よろぼひ歩きけり　虚子（12 六百句 一五六ぺ）
露の中万相うごく子の寝息　楸邨（9 穂高 二五八八）
露の幹静かに蟬の歩きをり　虚子（9 五百句 〇〇七五）
露の世は露の世ながらさりながら　一茶（3 おらが春 四六二ぺ）
梅雨晴の夕茜してすぐ消えし　虚子（13 六百五十句 一四五ぺ）
入梅晴(つゆばれ)や二軒並んで煤払　一茶（3 おらが春 四四一ぺ）
露深く育てし虫の高音かな　虚子（14 七百五十句 一二三ぺ）
露深けぬ両国橋のかたつぶり　嘯山（8 俳諧新選 一一五ぺ）
梅雨見つめをればうしろに妻も立つ　林火（9 早桃 二七五六）
強かりし昼の北風(ならひ)もやみの梅　龍眠（8 俳諧新選 一〇一ぺ）
強弓を引きしぼりたる袷かな　子規（10 獺祭句帖抄 六二七ぺ）
頬悪(つらにく)し蛙が物か燕子花(かきつばた)　反木（7 俳諧古選 一六二ぺ）
釣り上げし鱸(すずき)の巨口玉や吐く　蕪村（2 蕪村句集 二四四六）
吊り柿や障子にくるふ夕日影　丈草（4 国の華 〇九九三）
釣鐘草後に付けたる名なるべし　越人（6 あら野 七〇八）
釣鐘にとまりてねむるこてふ哉　蕪村（2 蕪村遺稿 二六二三）
釣鐘の寄進につくや葉鶏頭　子規（10 獺祭句帖抄 六五八ぺ）
釣がねの下降りのこすしぐれかな　炊玉（6 あら野 七七五）
つり鐘の蔕のところが渋かりき　子規（4 俳句稿巻一 二二〇二）
つりがねを扇で鼓く花の寺　冬松（6 あら野 一〇一八）

釣しのぶ幮（かや）にさはらぬ住居（すまひ）かな　蕪村（2 蕪村句集 二二五八）
釣台と行くや八月の空の下　白水郎（9 白水郎句集 一〇八三）
釣殿の下へはいりぬ鴛（をし）二つ　子規（10 獺祭句帖抄 六六六ペ）
釣り人の情のこはさよ夕しぐれ　蕪村（2 蕪村遺稿 八〇六）
釣船や帆ながら通る橋涼み　常仙（4 友あぐら 二二四二）
鶴食ひて朝顔見たる命かな　心祇（8 俳諧新選 一四六ペ）
鶴子最も亡兄の墓をふし拝む　虚子（13 六百五十句 二一九ペ）
つるされて尾のなき鴨の尻淋し　子規（10 獺祭句帖抄 六一一ペ）
鶴鳴くや其の声に芭蕉やれぬべし　芭蕉（1 曾良書留 四八九）
鶴の影舞ひ下りる時大いなる　久女（9 杉田久女句集 〇九五三）
鶴の毛の黒き衣や花の雲　芭蕉（1 句選拾遺 七八二）
鶴の子の千代も一日はやへりぬ　一茶（3 株番 三六二ペ）
鶴の羽の抜けて残りぬ力草　子規（10 獺祭句帖抄 六六二ペ）
つる引けば遥かに遠しからす瓜　抱一（5 屠竜之技 九九三）
蔓物の垣を離るるあつさかな　巾糸（8 俳諧新選 二二〇ペ）
鶴わたる大群のいま大環に　爽雨（9 泉声 一八九八）
連（つれ）あまた待たせて結ぶし水哉　文瀾（6 あら野 七〇二）
連立ちて入らばや花のむかし道　宗瑞（4 柿むしろ 一一四四）
連れだつや従弟はをかし花の時　荷兮（6 あら野 三七七）
連れて来た寒さと共や帰る雁　稲音（8 俳諧新選 一〇五ペ）
連れてきて子にまはせけり万歳楽　一井（6 あら野 四七八）
連れてふる雨に打たるるみぞれかな　万翁（8 俳諧新選 一四三ペ）
連れのある所へ掃くぞきりぎりす　丈草（4 その花 〇九九四）
連もなく野に捨てられし冬の月　露尺（7 俳諧古選 一九一ペ）
杖借りて其のあかるさや夜の雪　鳥暁（8 俳諧新選 一四二ペ）
杖先で画解（ゑと）きする也きくの花　一茶（3 おらが春 四七一ペ）
杖捨てて菊も参るや大内山　茶雷（8 俳諧新選 一三三ペ）
杖わつて暮れなば焼（た）かん桜狩り　如泉（7 俳諧古選 二〇六ペ）
杖をつく友は誰々けふの菊　宋屋（8 俳諧新選 一三三ペ）

て

定家にも剃れとすすむる秋の暮　古道（8 俳諧新選 一四七ペ）
庭訓（ていきん）の往来誰が文庫より今朝の春　芭蕉（1 江戸広小路 八八九）
停車場に夜寒の子守旅の我　虚子（12 六百句 二三〇ペ）
亭主の夜すこし残りてほととぎす　百里（4 綾錦 一一二六）
庭前に白く咲いたる椿かな　鬼貫（4 大悟物狂 〇二七七）
朝鮮を見たもあるらん友千鳥　村俊（6 あら野 八一五）
朝々暮々雲の夢見るや花の陰　惟中（4 俳諧三部抄 〇二二一）
手鏡も笠のうちなる遍路かな　泊月（9 同人第一句集 〇八五二）
出かけには一樹にきそふ花見哉　太祇（8 俳諧新選 一〇九ペ）
手形書く硯洗うて手向けなん　雁宕（8 俳諧新選 一五六ペ）
出代はりて聞くや遠寺の鐘の声　嵐山（8 俳諧新選 一〇八ペ）
出代の櫛忘れたる棚の上　挿雲（9 春夏秋冬 〇三六〇）

出替や明くる借屋にかる借屋　友元（7俳諧古選 二〇五ペ）
出がはりやあはれ勧むる奉加帳　許六（6続猿蓑 三〇七六）
出代や傘（からかさ）提げて夕ながめ　許六（5韻塞 三七七）
出代や櫛笥をさがす窓の月　移竹（8俳諧新選 一〇八ペ）
出代やけさの枕のはなれ際　梅松（8俳諧新選 一四八ペ）
出代や此の半年は川の水　蘆蒿（8俳諧新選 一〇八ペ）
出がはりや四月へまたぐ大男　蓼太（4蓼太句集 一七四三）
出替や春さめざめと古葛籠（つづら）　蕪村（2蕪村句集 九七六）
出がはりや櫃にあまれるござのたけ　亀翁（6猿蓑 一九二三）
出代や聟が迎ひの馬の声　大夢（8俳諧新選 一〇八ペ）
出替や幼ごころに物あはれ　嵐雪（6猿蓑 一九二四）
出代をけふもあやなくながめけり　諸号（8俳諧新選 一〇八ペ）
出代はるな可愛がらるる花の宿　嘯山（8俳諧新選 一五六ペ）
手から手へさす杯や舟遊び　迂童（8俳諧新選 一二四ペ）
手から手へ銭突いて買ふほたる哉　瓜流（8俳諧新選 一一七ペ）
手から手へ蕨に山路送られん　野有（8俳諧新選 一五八ペ）
出来合の宮鳥井あり江戸の春　沾涼（4鳥山彦 一二五六）
出くすみやいの字の付いた桂の名　紹廉（8俳諧新選 一三〇ペ）
出稽古にゆく夏足袋をはきにけり　白水郎（9散木集 一〇八四）
手答へは落つる椿歟（か）夜の傘　龍眠（8俳諧新選 一〇六ペ）
弟子尼の鬼灯（ほほづき）植ゑておきにけり　一茶（3八番日記 三五一ペ）
てしがなと朝皃ははす柳哉　湖春（6炭俵 二五五七）
手燭して色失へる黄菊かな　蕪村（2蕪村句集 一八三七）
手燭して能きふとん出す夜寒哉　蕪村（2蕪村遺稿 六〇五）
手燭袖に芭蕉の廊を通りけり　子規（10獺祭句帖抄 六五九ペ）
手すさびの団（うちは）画かん草の汁　蕪村（2蕪村句集 九〇）
手遊（てすさ）びの中に匂ふや菊の塵　土髪（8俳諧新選 一三四ペ）
手すさみの御城女中の紅脂（べに）畠　湖暁（8俳諧新選 一二四ペ）
徹（てつ）書記のゆかりの宿や玉祭り　蕪村（2蕪村遺稿 一五〇）
鉄線（てつせん）の花は豪雨に堪へゐしか　虚子（14七百五十句 一四ペ）
鉄砲に怖ぢぬ鳥也時鳥　呂雄（7俳諧古選 二二六ペ）
鉄炮の遠音（とほと）に曇る卯月哉　野径（6ひさご 一五〇八）
鉄板を踏めば叫ぶや冬の溝　虚子（12五百五十句 三九ペ）
鉄瓶の蓋きりて年惜しみけり　万太郎（9流寓抄 一一二七）
手で顔を撫づれば鼻の冷たさよ　虚子（9六百五十句 〇〇七六）
出て月を見ることのあり松の内　別天楼（9野老 一一八二）
出て三日人ならいかに猫の恋　貞佐（7俳諧古選 一五二ペ）
蝸牛（ででむし）の喧嘩見に出ん五月雨　子規（10獺祭句帖抄 六〇八ペ）
ででむしの住みはてし宿やうつせ貝　蕪村（2蕪村句集 一二五一）
蝸牛の遠く到りしが如くかな　東洋城（9東洋城全句上 〇四〇五）
蝸牛の葉裏へ回るあつさ哉　珍志（8俳諧新選 一二〇ペ）
ででむしや其の角文字のにじり書　蕪村（2蕪村句集 一一〇一）
手取りにやせんとのり出すくぢら舟　蕪村（2蕪村遺稿 三四五）
手にうけて開け見て落花なかりけり　虚子（12六百句 一九五ペ）

手にさはる　夕日つめたし　散る紅葉　文江（8俳諧新選一四五ペ）
手にとらば消えん　なみだぞあつき　秋の霜　芭蕉（1野ざらし紀行一八二）
手にとれば　歩行(あるき)たく成る　扇哉　一茶（3七番日記三三八ペ）
手にのせて　富士を憐れむ　かれ野哉　春来（8俳諧新選二三七ペ）
手にもつを　捨てて又折る　つつじ哉　母斛（7俳諧古選二五五ペ）
手拭に　桔梗をしぼれ　水の色　子葉（5丁丑紀行四三八）
手のあれを　潜かに佗ぶる　粽かな　丑二（8俳諧新選一一六ペ）
手の内に　蛍つめたき　光かな　子規（10獺祭句帖抄六〇〇ペ）
手のうへに　かなしく消ゆる　蛍かな　去来（6あら野九九九）
手のとどく　ほどはをらるる　桜哉　一橋（6あら野五七二）
手のとどく　水際うれし　杜若(かきつばた)　宇多都（6続猿蓑三一二八）
手の中に　水を切りとる　蓮かな　凡阿（8俳諧新選二二三ペ）
てのひらに　柴栗妻が　のこしけり　波郷（9酒中花二六五〇）
掌にのせて子猫の品定め　風生（9母子草一五七九）
手始めも　昨日になりぬ　初昔　蘭丈（8俳諧新選一一一ペ）
手鼻かむ　音さへ梅の　さかり哉　芭蕉（1蕉翁句集草稿三四五）
出羽人も　知らぬ山見ゆ　今朝の冬　碧梧桐（9三千里〇一二六）
蝶軽し　頃はきる物　一つかな　湖春（7俳諧古選一四三ペ）
手袋の　十本の指を　深く組めり　誓子（9炎昼一四八二）
蝶そそくさと　飛ぶ田あり　森は祭りにや　碧梧桐（9碧梧桐句集〇一二四）
てふてふの　雨を佗び行く　軒端かな　貝錦（8俳諧新選一〇八ペ）
蝶々の　ふはりととんだ　茶釜哉　一茶（3おらが春四五三ペ）
蝶々の　夫婦(めをと)寝余る　牡丹かな　素園（8俳諧新選一二三ペ）
てふてふの　我がかげろふに　そばへけり　大夢（8俳諧新選一〇八ペ）
てふてふや　今神様の　鞠ついて　余子（9余子句選〇四四四）
蝶々や　つかみ合ひつつ　吹かれ行く　嘯山（8俳諧新選一〇八ペ）
てふてふや　逃げる時にも　たよたよと　季遊（8俳諧新選一〇八ペ）
蝶々や　野山の花の　乳房より　嘯雨（8俳諧新選一〇八ペ）
てふてふや　埃の中を　もつれゆく　之房（8俳諧新選一〇七ペ）
蝶々や　をなごの道の　跡や先　素園（8俳諧新選一〇八ペ）
蝶とまり　獅子の睡りを　醒ましけり　虚子（12六百句一六六ペ）
蝶鳥の　遊び敵や　春の風　嘯山（8俳諧新選一〇七ペ）
蝶鳥の　うはつきたつや　花の雲　芭蕉（1やどりの松九五四）
蝶鳥も　雨にへだてて　春ぞ行く　大夢（8俳諧新選一一二ペ）
蝶鳥を　待てるけしきや　ものの枝　荷兮（6あら野五三〇）
蝶飛んで　皃(かほ)に白粉(おしろい)　こぼしけり　嘯山（8俳諧新選一五五ペ）
蝶とんで　我が身も塵の　たぐひ哉　一茶（3七番日記三三一ペ）
蝶の来て　一夜寝にけり　葱のぎぼ　半残（6猿蓑一九五三）
蝶の飛ぶ　ばかり野中の　日かげ哉　芭蕉（1笈日記二四一）
蝶の羽に　ばかり風ある　日和哉　卯雲（8俳諧新選一〇八ペ）
蝶の羽の　厚うもならで　春暮れぬ　沾津（7俳諧古選一五三ペ）
てふの羽の　幾度越ゆる　塀のやね　芭蕉（1句選拾遺六一三）
蝶の羽の　さはれば切るる　紙衣哉　吏登（5吏登句集四七四）
蝶の舞　おつる椿に　うたるるな　闇指（6続猿蓑三〇四六）

蝶低し葵の花の低ければ　風生（9 草の花 一五七八）
蝶むれて登る吉野の日和かな　楼川（8 俳諧新選 一〇七ぺ）
てふも来て酢をすふ菊の鱠（なます）哉　芭蕉（1 蕉翁句集 六四八）
蝶よ蝶よ唐土のはいかい問はむ　芭蕉（1 真蹟画賛 一二三）
蝶を見る身の傾きや酒の酔ひ　太祇（8 俳諧新選 一〇八ぺ）
手まくらの夢はかざしのさくら哉　蕪村（2 蕪村句集 一〇二八）
手まはしに朝の間涼し夏念仏　野坡（6 続猿蓑 三四六）
手毬唄かなしきことをうつくしく　虚子（12 五百五十句 七六ぺ）
手毬子よ三つと数へてあとつがず　亜浪（9 定本亜浪句集 一〇四一）
手も出さず物荷（にな）ひ行く冬野哉　来山（7 俳諧古選 一八六ぺ）
寺子屋の庭も後架（こうか）も鴨脚（いちやう）かな　嘯山（4 葎亭句集 一七一）
寺寒く樒（しきみ）はみこぼす鼠哉　蕪村（2 蕪村句集 一八〇）
寺大破炭割る音の聞こえけり　碧梧桐（9 三千里 〇一二五）
寺に寝て縁の高さよきりぎりす　二柳（8 俳諧新選 一二七ぺ）
寺にねて誠がほなる月見哉　芭蕉（1 続虚栗 三〇六）
てり年やおとろしげなる雲の峰　移竹（8 俳諧新選 一二〇ぺ）
てりながら日のちる空や初嵐　嘯山（8 俳諧新選 一五九ぺ）
出る杭（くひ）をうたうとしたりや柳哉　蕪村（2 蕪村句集 八四六）
出る時の傘に落ちたる菖蒲かな　子規（10 獺祭句帖抄 六二七ぺ）
照るは花か雨かやぬるる秋海棠　水巴（4 新月 二四二九）
出る山はなくて海より江戸の月　沾涼（4 鳥山彦 一二五七）
手を挙げて走る女や山桜　虚子（12 六百句 二二二ぺ）

手をうてば木魂に明くる夏の月　芭蕉（1 嵯峨日記 六九〇）
手を懸けてをらで過ぎ行く木槿（むくげ）哉　杉風（6 猿蓑 一八二）
手を代はり行脚引き見る鳴子哉　阿誰（7 俳諧古選 二三〇ぺ）
手を組んだ梢の猿や秋のくれ　希因（8 俳諧新選 二三五ぺ）
手をすりて蚊屋の小すみを借りにけり　一茶（3 八番日記 三三九ぺ）
手をちぢめ足をちぢめて冬籠り　子規（10 獺祭句帖抄 六〇二ぺ）
手をついて歌申しあぐる蛙かな　宗鑑（6 あら野 五七九）
手を執つて白き娼婦を泳がしむ　誓子（9 青女 一四八一）
手をとめて春を惜しめりタイピスト　草城（9 青芝 二四六五）
手を握り富士の花野に別れけるが　虚子（14 七百五十句 八六ぺ）
手を延べて折り行く春の草木哉　園女（5 其袋 四二四）
手をはなつ中（うち）に落ちけりおぼろ月　去来（4 泊船集 〇九四一）
手を頬に話ききをり目は百合に　虚子（14 七百五十句 一三ぺ）
出女が風引き声の夜寒かな　子規（10 獺祭句帖抄 六五一ぺ）
出女の厚き化粧や朧月　之祐（8 俳諧新選 一〇八ぺ）
出女の客あふちとる団（うちは）かな　嘯山（8 俳諧新選 一一九ぺ）
出女の口紅惜しむ西瓜かな　支考（4 東華集 一一〇五）
出女の化粧の中やとぶ燕　木導（7 俳諧古選 一五四ぺ）
出女の声の中飛ぶ燕かな　子規（10 獺祭句帖抄 六四四ぺ）
出女の出がはり時や木瓜（ぼけ）の花　露川（4 誹諧曾我 〇九一八）
天下矢数二度の大願四千句なり　西鶴（4 西鶴大矢数 〇一八四）
天狗風のこらず蔦の葉裏哉　蕪村（2 蕪村遺稿 一七九一）

天井の天女の煤を払ひけり　鳴雪（9鳴雪俳句集 〇一五六）
天墨の如し大雷になるやらん　月斗（9昭和俳句集 〇五一四）
てんと虫一兵われの死なざりし　敦（9古暦 三一三五）
てん長くち人誉むるや秋の月　貞徳（4玉海集 〇〇四四）
天にあらば比翼の籠や竹婦人　蕪村（2蕪村遺稿 九一四）
天に星地に夕顔の黄昏（たそがれ）や　紫影（9かきね草 〇二三四）
天人も泣き顔わろし涅槃像　己百（7俳諧古選 一四八ぺ）
天の蒼さ見つつ飯盛る目刺かな　水巴（9定本水巴句集 〇五八六）
天の裂目巌の裂目の滝落つる　青邨（9乾燥花 一六〇九）
天秤や京江戸かけて千代の春　芭蕉（1誹諧当世男 五六）
天渺々（べうべう）海漫々中にひよつくり鰹船　紅葉（9紅葉句帳 〇二七一）
天窓の若葉日のさすうがひかな　子規（10獺祭句帖抄 六一四ぺ）
天目に小春の雲の動きかな　菊舎（5手折菊 九五二）
天も花によへるか雲の乱れ足　立圃（5犬子集 二一）
天も春を惜しむと見ゆる日脚哉　孤桐（7俳諧古選 二一九ぺ）
顛落す水のかたまり滝の中　虚子（13六百五十句 一六一ぺ）
天竜でたたかれたまへ雪の暮　越人（6あら野 九五〇）

と

とある家にむかひ火見えて降る雨か　道彦（5蔦本集 九七四）
籐椅子に背中合はせに相識らず　虚子（12六百句 一五三ぺ）
籐椅子にはや秋草をまのあたり　躑躅（9同人第二句集 〇八六一）
どう追はれても人里を渡り鳥　一茶（3おらが春 四七一ぺ）
泥亀（どうがめ）や苗代水の畦づたひ　史邦（6猿蓑 一九四六）
等閑に香焚（た）く春のゆふべ哉　蕪村（2蕪村遺稿 二二九）
冬瓜（とうぐわん）や青きをおのが秋の色　雅因（8俳諧新選 一三五ぺ）
冬瓜やたがひにかはる顔の形（なり）　芭蕉（1西華集 八九一）
闘鶏の眼（まなこ）つぶれて飼はれけり　鬼城（9鬼城句集 〇六二八）
慟哭せしは昔となりぬ明治節　虚子（11五百五句 八五ぺ）
童子追ふ家鴨（あひる）の嘴や杜若（かきつばた）　喜舟（9紫川 〇四六七）
胴炭も置き心よし除夜の鐘　不白（5不白翁句集 八六五）
灯台は低く霧笛は峙てり　虚子（11五百句 九六ぺ）
冬帝先（まづ）日を投げかけて駒が岳　虚子（9五百句 〇〇七七）
どうどうと滝の鳴りこむ闇夜かな　鬼城（9続鬼城句集 〇六二九）
灯籠にしばらくのこる匂ひかな　林火（9海門 二七五七）
灯籠のわかれては寄る消えつつも　亜浪（9旅人 一〇四二）
灯籠二つ掛けて淋しき大家かな　子規（10獺祭句帖抄 六五三ぺ）
灯籠をともして留守の小家かな　子規（10獺祭句帖抄 六三五ぺ）
灯籠を灯（とも）すもやさし姉二人　虚子（13六百五十句 一九六ぺ）
とうろうを三たびかかげぬ露ながら　蕪村（2蕪村句集 一〇七〇）
どう居ても痩せ脛（はぎ）寒しきりぎりす　乙人（7俳諧古選 二〇五ぺ）
とかくして一把に折りぬ女郎花（をみなへし）　蕪村（2蕪村遺稿 四三三）
兎角（とかく）して卯の花つぼむ弥生哉　山川（6猿蓑 一九九三）

とかくして笠になしつる扇かな　蕪村（2 蕪村句集 九二七）
とかくして今朝と成りけり門の松　宋屋（8 俳諧新選 一〇〇ペ）
どかと解く夏帯に句を書けとこそ　虚子（9 五百句 〇〇七九）
時々は水にかちけり川やなぎ　意元（6 続猿蓑 三〇〇五）
ときどきは蓑干すさくら咲きにけり　除風（6 あら野 五七一）
時となく快よき屁や冬ごもり　嘯山（8 俳諧新選 一四〇ペ）
磨ぎなほす鏡も清し雪の花　芭蕉（1 笈の小文 三三一）
斎（とき）に来て庵一日の清水哉　一笑（6 あら野 一〇三〇）
時は秋吉野をこめし旅のつと　露沾（5 伊賀餞別 二二四一）
常盤樹は時宜して返す時雨哉　信徳（7 俳諧古選 一八八ペ）
時は弥生ひさご枕に鼾かな　竹冷（9 竹冷句鈔 〇二八四）
夙く起きて花の露降る朝歩き　たかし（9 火明 一六六五）
とくかすめとくとくかすめ放ち鳥　一茶（3 おらが春 四五一ペ）
とく散つて見る人帰せ山桜　惟中（7 俳諧古選 一五三ペ）
戸口より人影さしぬ秋の暮　青蘿（4 青蘿発句集 一八五三）
徳本の門も過ぎたり薬掘り　蕪村（2 蕪村遺稿 一七五七）
毒虫を必死になりて打擲す　虚子（14 七百五十句 五五六ペ）
解けて行く物みな青しはるの雪　菊舎（5 手折菊 九四八）
何処（どこ）で夜を明かす共なき蛍哉　支鳩（8 俳諧新選 一一七ペ）
どことなく地にはふ蔦の哀れ也　越水（6 あら野 七四八）
とことはに下見てくらす柳哉　去音（7 俳諧古選 二一四ペ）
どこ迄も追ひつめて見ん舟の蚤　子規（10 獺祭句帖抄 六三〇ペ）
どこまでも見とほす月の野中哉　長虹（6 あら野 四一五）
どこ見ても涼し神の灯（ひ）仏の灯（ひ）　子規（10 獺祭句帖抄 五九九ペ）
ところてん煙のごとく沈みをり　草城（9 花氷 二四六六）
心太（ところてん）さかしまに銀河三千尺　蕪村（2 蕪村句集 一七一八）
心太手自（てつから）にせんとおぼしめす　蕪村（2 蕪村遺稿 一七一七）
土蔵から筋違（すぢかひ）にさすはつ日哉　一茶（3 八番日記 三三三ペ）
十棹とはあらぬ渡しや水の秋　たかし（4 たかし全集 二六五五）
登山口鳥居の額の俯向くも　誓子（9 天狼 一四八三）
年が十若くて憎き紙子かな　龍眠（8 俳諧新選 一四一ペ）
年木樵ると云ふこと知りぬ寺持ちて　迷堂（9 孤輪 〇四二五）
年木にも樵られず肥る楞（あふち）かな　文貫（8 俳諧新選 一四五ペ）
年切の老木も柿の若葉哉　千川（6 続猿蓑 三一二三）
年暮れて人物くれぬ今宵かな　宗鑑（4 寒川入道筆記 〇〇一〇）
年暮れぬ笠きて草鞋（わらぢ）はきながら　芭蕉（1 野ざらし紀行 二一〇）
年くれぬ又我が癖の癖ながら　秋水（8 俳諧新選 一四五ペ）
年越や常も苫屋（とまや）の灯は有れど　軽舟（7 俳諧古選 一九三ペ）
としごとに鳥居の藤のつぼみ哉　荷兮（6 あら野 八三二）
年玉に傾城の香のうつりけり　青々（9 鳥の巣 〇四九〇）
年玉の物の名よめり家の集　米仲（8 俳諧新選 一〇一ペ）
年玉や隠家しるる此の夕べ　太祇（8 俳諧新選 一〇一ペ）
年玉や何ともしれぬ紙包み　子規（10 獺祭句帖抄 六〇四ペ）
年徳の御社（やしろ）ならぬ宿もなし　重供（7 俳諧古選 一四四ペ）

年徳へ四方の霞や引出物　令徳（5犬子集 三九）
年々に桜すくなき故郷かな　素檗（5素檗句集 九七八）
としどしのふる根に高き薄哉　俊似（6あら野 七三六）
としどしや桜をこやす花のちり　芭蕉（1蕉翁句集 六七七）
年々や猿に着せたる猿の面　芭蕉（1鷹獅子集 七七五）
年問へば片手出す子や更衣（ころもがへ）　一茶（3おらが春 四五九ぺ）
年とるも若きはをかし妹が下　太祇（8俳諧新選 一四四ぺ）
とし波の中に桜の日数かな　嘯山（8俳諧新選 一四六ぺ）
年の市線香買ひに出でばやな　芭蕉（1続虚栗 二八〇）
年の市誰を呼ぶらん羽織どの　其角（6続猿蓑 三四一七）
年の市何しに出たと人のいふ　一茶（3文化句帖 三六一ぺ）
年の市絵本ならべて一むしろ　松浜（9白菊 〇五五六）
年の内に春来る此処は子等紙鳶に　繞石（9落椿 〇二六六）
年の内へ踏み込む春の日脚かな　季吟（4山の井 〇一二四）
としの暮亀はいつ迄釣るさるる　一茶（3文化句帖 三六一ぺ）
年のくれ互ひにこすき銭つかひ　野坡（6炭俵 二六四一）
としのくれ杼（とち）の実一つころころと　荷兮（6あら野 八二八）
年のくれ破れ袴の幾くだり　杉風（6猿蓑 一七〇九）
年の一夜王子の狐見にゆかん　素堂（5続虚栗 二五一）
年の箭のよごれ布子に留まりけり　嘯山（8俳諧新選 一四六ぺ）
としの行くにつれ立つや我が不調法　丈石（7俳諧古選 二一四ぺ）
としの夜は豆はしらかす俵かな　猿雖（6炭俵 二六四〇）
歳の夜や曾祖父（ひぢぢ）を聞けば小手枕　長和（6猿蓑 一七〇三）
としの尾に春の木魂の付きにけり　嘯山（8俳諧新選 一四六ぺ）
年は人にとらせていつも若夷（えびす）　芭蕉（1千宜理記 三）
としひとつ積もるや雪の小町寺　蕪村（2蕪村句集 一〇八八）
年もはや半ば流れつ御祓（みそぎ）川　素堂（7俳諧古選 一六五ぺ）
年守るや乾鮭（からざけ）の太刀鱈（たら）の棒　蕪村（2蕪村句集 八三八）
年守るや松山五里の峡の里　東洋城（9東洋城全句中 〇四〇六）
とし守る夜老はたふとく見られたり　蕪村（2蕪村句集 一三三七）
戸障子の外を明けたき暑さ哉　乙貫（7俳諧古選 二一九ぺ）
年よりて牛に乗りけり蔦の路　木節（6続猿蓑 三四六八）
としよりと見るや鳴く蚊の耳のそば　一茶（3おらが春 四四二ぺ）
年寄は合点の外の寒さ哉　寿仙（7俳諧古選 一九三ぺ）
年よれば声はかるるぞきりぎりす　智月（6炭俵 二五五八）
年忘れかくさず語れ加田の恋　丑二（8俳諧新選 一四五ぺ）
年忘れむかし念者と若衆哉　春来（7俳諧古選 二二一ぺ）
とし男千秋楽をならひけり　舟泉（6あら野 四七四）
年を以て巨人としたり歩み去る　虚子（9五百句 〇〇八〇）
屠蘇うけて九十の祖母にまみえけり　王城（9同人句集 〇九一八）
屠蘇の酔ひ金短冊に覚束な　月斗（9昭和俳句集 〇五一五）
怒濤岩を噛（か）む我を神かと朧の夜　虚子（11五百句 一〇ぺ）
戸棚にも瓢箪枯れて夜寒哉　山魂（7俳諧古選 二三〇ぺ）
どち風歟（か）しらず戸の鳴る寒さ哉　篤羽（8俳諧新選 一四二ぺ）

どちからも　田中の神や　かざり焚く　道彦（5 蔦本集 九六八）
どちへゆく　水ともさらに　朧月　希因（4 暮柳発句集 一二〇三）
どちらへも　動かぬ雲や　五月雨　富水（8 俳諧新選 一一七ぺ）
土地を売った　うつろの中に　とんでゐる雀　禅寺洞（9 禅寺洞句集 二二九二）
とつくりと　起こして水雞(くひな)　飛びにけり　露秀（8 俳諧新選 一一八ぺ）
独鈷(とつこ)かま首　水かけ論の　蛙かな　蕪村（2 蕪村句 八四九集）
とつぷりと　後ろ暮れゐし　焚火かな　たかし（9 たかし句集 一六六七）
土手一里　依々恋々(れんれん)と　柳かな　子規（10 獺祭句帖抄 六一三ぺ）
土手につく　花見疲れの　片手かな　より江（9 同人句集 〇九三〇）
土手の松　花や木深き　殿造り　芭蕉（1 伝土芳筆全伝 六〇五）
迚(とて)もならよきを参らせん　花の枝　玄昌（7 俳諧古選 一五六ぺ）
轟くや　門の車の　牡丹まで　由林（7 俳諧古選 二二三ぺ）
唱へても　仏にうとき　師走哉　旬児（7 俳諧古選 一九二ぺ）
隣から　ともしのうつる　ばせをかな　子規（10 獺祭句帖抄 六一〇ぺ）
隣々　雛見舞はるる　小家哉　嵐雪（7 俳諧古選 一四五ぺ）
隣なき　天文台の　寒さかな　貝錦（8 俳諧新選 一四二ぺ）
隣なる　あさがほ竹に　うつしけり　鷗歩（6 あら野 七一九）
隣にも　柴折る音や　夜の雪　冬扇（8 俳諧新選 一四三ぺ）
隣る木も　なくて銀杏の　落葉かな　道彦（4 蔦本集 二〇九〇）
となん一つ　手紙のはしに　雪のこと　宗因（4 宗因発句集 〇一七〇）
兎(と)に角(かく)に　揃はぬものや　菱の餅　天露（8 俳諧新選 一〇八ぺ）
外にも出よ　触るるばかりに　春の月　汀女（9 半生 一九二七）
利根の帆の　のさばり出たり　夏木立　一瓢（5 玉山人家集 一一四五）
どの馬で　神は帰らせ　たまふらん　子規（10 獺祭句帖抄 六〇二ぺ）
戸の口に　宿札なのれ　ほととぎす　芭蕉（1 五十四郡 二二〇）
戸の隙に　月蝕すみし　月明かり　虚子（14 七百五十句 四一ぺ）
扉の隙や　土三尺の　秋の雨　久女（9 杉田久女句集 〇九五四）
殿原に　此の野知らせそ　小鷹狩り　嘯山（8 俳諧新選 一五六ぺ）
殿原の　名古屋皃(がほ)なる　鵜川哉　蕪村（2 蕪村句集 一五五〇）
殿守(とのゐ)の　そこらを行くや　夏の月　蕪村（2 蕪村遺稿 五八〇）
宿直すと　雛もる子や　深くる迄　嘯山（8 俳諧新選 一〇九ぺ）
筊は沈む　静かな月の　水の面　普羅（9 能登蒼し 〇七二三）
とばしるも　顔に匂へる　薺(なつな)哉　其角（6 炭俵 二四〇五）
鳥羽殿へ　五六騎いそぐ　野分哉　蕪村（2 蕪村句集 一九六）
飛び倦きて　又麦に寝る　雲雀(ひばり)かな　剡山（8 俳諧新選 〇四ぺ）
飛びあへぬ　子をよぶ声や　親すずめ　召波（8 俳諧新選 〇五ぺ）
飛石の　石竜(とかげ)や草の　下涼み　俊似（6 あら野 六九二）
飛石も　三つ四つ蓮の　うき葉哉　蕪村（2 蕪村句集 九二〇）
飛石を　腹ほどぬらす　蛙哉　秋航（7 俳諧古選 一五三ぺ）
飛び入りて　しばし水ゆく　蛙かな　落梧（6 あら野 五八三）
飛び入りの　客に手をうつ　月見哉　正秀（6 続猿蓑 三二二七）
飛び入りの　力者あやしき　角力(すまひ)哉　蕪村（2 蕪村句集 七七六）
飛梅や　かろがろしくも　神の春　守武（5 守武千句 六）
飛魚と　なる子育つる　つばめ哉　蕪村（2 蕪村遺稿 一〇三四）

飛びおくれ　追はゆる雁や　鳴きながら　青蒲（8俳諧新選 一三二ぺ）
とび下りて　弾みやまずよ　寒雀　茅舎（4華厳 二六三七）
飛びかうて　初手の蝶々の　紛れけり　嘯山（8俳諧新選 一〇八ぺ）
飛びかはす　やたけごころや　親雀　蕪村（2蕪村句集 二一二〇）
飛び越えて　岩に乾くや　鹿の爪　沾徳（5把菅 四三二）
飛びこんで　脚ふみ伸ばす　蛙かな　為文（8俳諧新選 一〇五ぺ）
土庇に　梓の月の　くらさかな　梓月（9冬鶯 〇三六七）
飛びたつも　我が身ばかりや　片鶉　半魯（8俳諧新選 一五〇ぺ）
鳶の顔　柿にむきけり　松の上　風律（4紙魚日記 一七一七）
鳶のなく　日のさびしさよ　草の花　士朗（5枇杷園句集 九〇一）
鳶の羽の　力見せ行く　野分哉　玉志（8俳諧新選 一三〇ぺ）
鳶の羽も　刷(かいつくろ)ひぬ　はつしぐれ　去来（6猿蓑 一九九八）
飛びのりの　戻り飛脚や　雲の峰　蕪村（2蕪村遺稿 六五）
鳶ヒヨロ　ヒヒヨロ神の　御立ちげな　一茶（3七番日記 三五九ぺ）
訪ひよりし　すまひうれしき　端居(はしゐ)哉　蕪村（2蕪村遺稿 二五四〇）
訪ひ寄れば　病者癒えたり　夕立ちて　竹冷（9聴雨窓俳話 〇二八三）
溝板の　上につういと　風花が　虚子（13六百五十句 一三五ぺ）
飛ぶいづみ　ここにも石に　走るなり　嘯山（8俳諧新選 一二一ぺ）
飛ぶ鳥の　空につまづく　鷹野哉　它谷（8俳諧新選 一四一ぺ）
問ふ人や　答ふる人や　むしの声　卜我（8俳諧新選 一二七ぺ）
飛ぶ蛍　其の手はくはぬ　くはぬとや　一茶（3おらが春 四六七ぺ）
飛ぶ蛍　露も力に　成るもの歟(か)　愚水（8俳諧新選 一一六ぺ）
飛ぶ蛍　鳴けば悲しき　声ならめ　只義（8俳諧新選 一一六ぺ）
飛ぶほたる　蠅につけても　可愛けれ　移竹（8俳諧新選 一二六ぺ）
飛ぶほたる　柳の底に　もつれけり　嘯山（8俳諧新選 一一六ぺ）
どぶりこと　瓜は流れに　枕かな　嘯山（8俳諧新選 一二三ぺ）
とべよ蚤　同じ事なら　蓮の上　一茶（3おらが春 四四六ぺ）
遠浅や　浪にしめさす　蜊(あさり)とり　亀洞（6あら野員外 一一三〇）
遠火事に　物売り通る　静かかな　木歩（9決定木歩全集 一〇五六）
遠からぬ　雪を一重や　月の色　存義（8俳諧新選 一四一ぺ）
遠き家の　叩かるる音や　夜半の冬　癖三酔（9癖三酔句集 〇三七八）
遠く高き木　夏近き立てり　畳む屋根に　碧梧桐（9碧梧桐句集 〇一二七）
遠く見えて　鵜飼の陣の　篝(かがり)かな　鬼城（9鬼城句集 〇六三〇）
遠里の　灯(ひ)を振りほどく　薄かな　文江（8俳諧新選 一三一ぺ）
遠のけば　烟に続く　柳かな　麦翅（8俳諧新選 一〇五ぺ）
遠(とほ)騎(のり)の　重地に入るや　閑居鳥　子曳（8俳諧新選 一一五ぺ）
遠目鏡　何処(どこ)へ当てても　わかば哉　卯雲（8俳諧新選 一一四ぺ）
遠山に　日の当たりたる　枯野かな　虚子（9五百句 〇〇七八）
遠山の　くつがへるさま　郭公鳴く　青邨（9粗餐 一六一〇）
通りぬけ　せよと垣から　柳かな　一茶（3おらが春 四三八ぺ）
苫(とま)あれて　したたる星の　夜寒哉　孤桐（8俳諧新選 一三二ぺ）
苫吹きて　皃(かほ)に霜ちる　夜舟かな　赤羽（8俳諧新選 一三九ぺ）
苫(とま)船(ぶね)を　刷(かいつくろ)ひ　はるの雨　蕪村（2蕪村遺稿 一〇九五）
泊まられよ　連衆百人　ひとつ蚊屋　雁宕（8俳諧新選 一五一ぺ）

とまらんと　水にも望む　とんぼ哉　鼓舌（8俳諧新選 一二六ぺ）
とまりても　翅は動く　胡蝶かな　柳梅（6続猿蓑 三〇四四）
とまりとまり　稲すり歌も　替はりけり　ちね（6あら野 九四一）
泊まる気で　ひとり来ませり　十三夜　蕪村（2蕪村句集 二七九）
とまる間も　羽に遣はるる　蝶々哉　鶴甫（8俳諧新選 一〇八ぺ）
と見ればぞ　伏見は桃の　よしの山　作者不明（7俳諧古選 二三一ぺ）
どむみりと　あふちや雨の　花曇り　芭蕉（1芭蕉翁行状記 八四五）
とめた日の　鶯さそへ　菱の水　楮林（8俳諧新選 一五五ぺ）
とも色に　枯野かくすや　縄簾　平沙（7俳諧古選 二二二ぺ）
ともかくも　あなた任せの　としの暮　一茶（3おらが春 四七六ぺ）
ともかくも　ならでや雪の　かれを花　芭蕉（1雪の尾花 七三五）
友鹿の　啼くを見かへる　小鹿かな　車来（6炭俵 二五六二）
灯（ともしび）の　影にかざさん　軒の松　富天（8俳諧新選 一四五ぺ）
灯の　かすかなりけり　梅の中　釣雪（6あら野 一〇六六）
灯の　とどかぬ庫裏（くり）や　きりぎりす　太祇（8俳諧新選 一二七ぺ）
灯や　ひとり居眠る　あじろ守　文狸（8俳諧新選 一四五ぺ）
ともしびを　見れば風あり　夜の雪　蓼太（5蓼太句集 五四〇）
ともし行く　灯（ひ）や凍らんと　禰宜（ねぎ）が袖　子規（10獺祭句帖抄 六一八ぺ）
ともすれば　菊の香寒し　病み上がり　乙二（5松窓乙二集 九五八）
友なきは　おのが仕合せ　ほととぎす　瓢水（8俳諧新選 一一三ぺ）
友憎や　翌（あす）と云ふたが　花の雨　みね（7俳諧古選 一五二ぺ）
ともに裸身　ともに浪聴き　父子なる　林火（9早桃 二七五八）
供部屋に　尻の突きあふ　いろりかな　歌口（8俳諧新選 一三八ぺ）
友減りて　鳴く音かひなや　夜の雁　旦藁（6あら野 六〇八）
とや角（かく）と　烟草選みや　冬ごもり　富葉（8俳諧新選 一四〇ぺ）
とやせまし　蚊のとまりゐる　子の寝皃（がほ）　嘯山（8俳諧新選 一一七ぺ）
鳥屋それて　鳥屋それて　鳥渡りけり　爽雨（9雪解 一八九九）
土用干　うその鎧も　ならびけり　子規（10獺祭句帖抄 五九九ぺ）
豊国や　夜の椿の　落つる音　良詮（7俳諧古選 二〇七ぺ）
豊の秋　よろこばしげな　かがしかな　柳糸（8俳諧新選 一四八ぺ）
虎が雨　暗き鏡に　むかひけり　巨口（9つは蕗 一二〇五）
とらが雨　など軽んじて　ぬれにけり　一茶（3おらが春 四五〇ぺ）
虎の尾を　ふみつつ裙に　ふとん哉　蕪村（2蕪村句集 二八〇）
取りあげて　見るや椿の　ほぞの穴　洞木（6続猿蓑 三〇六〇）
取揚婆々（とりあげばば）の　手を引きてゆきの　夜道哉　百里（8俳諧新選 一四二ぺ）
鶏（とり）合　蒔絵の桜　吹雪かな　余子（9余子句選 〇四四五）
取りあへず　臂かいて見る　胡瓜（きうり）かな　素丸（4素丸発句集 一七五八）
鳥籠の　憂目見つらん　郭公（ほととぎす）　季吟（6あら野 三八九）
鳥帰る　いづこの空も　さびしからむに　敦（9歴日抄 三一三六）
鳥銜へ　去りぬ花野の　わが言葉　静塔（9栃木集 二三七六）
鳥ぐもり　子が嫁してあと　妻残る　敦（9午前午後 三二三七）
鳥さしの　来ては柳を　憎みけり　漁焉（8俳諧新選 一〇五ぺ）
鳥さしの　西へ過ぎけり　秋のくれ　蕪村（2蕪村遺稿 二二六五）
鳥さしも　竿や捨てけん　ほととぎす　芭蕉（1千鳥掛 二五〇）

鳥さしを　尻目に藪の　梅咲きぬ　蕪村（2蕪村遺稿 二二四）
とりつかぬ　力で浮かむ　かはづかな　丈草（5鳥の道 三〇八）
とりつきて　筏をとむる　柳　哉　昌碧（6あら野 五五二）
とりつきて　やまぶきのぞく　いはね哉　蓬雨（6あら野 六〇二）
捕りて売る　人あればこそ　放し鳥　止角（8俳諧新選 一三五ぺ）
鳥飛びて　あぶなきけしの　一重哉　落梧（6あら野 六三七）
鳥共も　寝入つてゐるか　余吾の海　路通（6猿蓑 一六六八）
鳥啼いて　赤き木の実を　こぼしけり　子規（10獺祭句帖抄 六一七ぺ）
鳥鳴いて　谷静かなり　夏　蕨　子規（10獺祭句帖抄 六五一ぺ）
鳥啼くや　藪は菜種の　こぼれ咲き　麦水（5葛箒 七三六）
鳥の気も　休む朝寝や　葉の茂り　廬元坊（8俳諧新選 一五八ぺ）
雞(とり)の声　つもりし耳や　時　鳥　素園（8俳諧新選 一一四ぺ）
鳥の巣や　そこらあたりの　小竹(ささ)の風　不器男（9定本不器男句集 一七一四）
鳥の巣や　唯ならぬ身の　飛ぶに倦く　嘯山（8俳諧新選 一〇五ぺ）
鳥の巣や　手してやりたき　塵　芥　麦翅（7俳諧古選 二二〇ぺ）
鶏の音の　隣も遠し　夜の雪　支考（4文星観 一一〇六）
鳥のねも　絶えず家陰の　赤　椿　支考（6炭俵 二四三〇）
鶏の嘴に　氷こぼるる　菜屑かな　白雄（5白雄句集 八四四）
鳥の行く　やけのの隈(くま)や　風の末　猿雖（6炭俵 二四六五）
雞の居る　足軽町や　葉雞頭　武然（8俳諧新選 一三三ぺ）
取り葺きの　内のあつさや　棒つかひ　乙州（6続猿蓑 三一六七）
鳥辺野の　かたや念仏の　冬の月　小春（6あら野 一〇一一）

鳥めらが　来ては屋根ふむ　落葉かな　成美（4成美家集 二〇六六）
鳥も稀の　冬の泉の　青水輪　林火（9青水輪 二七五九）
取り分けて　雲介黒し　桜　陰　叙夕（7俳諧古選 二二六ぺ）
鳥わたる　こきこきこきと　缶切れば　不死男（9瘤 二二一七二）
鳥わたる　梢の底や　市の声　麦水（5葛箒 七四四）
採る茄子の　手籠にきゆァと　なきにけり　蛇笏（9霊芝 〇六六二）
とろとろと　扇も眠る　すずみ哉　宋屋（8俳諧新選 一二一ぺ）
泥の上に　田草かきけん　指のあと　東皐（5奥美人 九四四）
泥　水　や　ばさりとかへる　田植縄　鬼城（4定本鬼城句集 二二一六二）
とろろ汲む　音なしの滝や　夏木立　蕪村（2蕪村遺稿 八九一）
戸を明けて　あれど留主也　桃の花　素園（8俳諧新選 一〇七ぺ）
戸を明けて　蚊帳に蓮の　あるじ哉　蕪村（2蕪村遺稿 一四〇九）
戸を明けて　蝶を宿さん　春の雨　陸史（8俳諧新選 一〇三ぺ）
戸を明けて　寝た夜積りぬ　虫の声　太祇（8俳諧新選 一二七ぺ）
十団子(とをだご)も　小つぶになりぬ　秋の風　許六（6続猿蓑 三四七二）
戸を叩く　音は狸か　薬　食　子規（10獺祭句帖抄 六三九ぺ）
戸をたたく　狸と秋を　をしみけり　蕪村（2蕪村遺稿 一二四〇）
十ながら　同じ形(なり)なき　ふくべかな　半魯（8俳諧新選 一三五ぺ）
団栗の　落ちて沈むや　山の池　子規（4寒山落木巻四 二二〇三）
団栗の　落ちて飛びけり　石ぼとけ　為有（6続猿蓑 三二八七）
団栗の　広葉つきぬく　音すなり　子規（10獺祭句帖抄 六一六ぺ）
団栗も　かきよせらるる　落葉かな　子規（10獺祭句帖抄 六〇一ぺ）

団栗やそれも音なき萱が軒　嘯山（8 俳諧新選 一三三ぺ）
団栗や松子やひよんな夕べ哉　雨遠（7 俳諧古選 二一八ぺ）
団栗や見上ぐる欲もなかりけり　瓜流（8 俳諧新選 一三三ぺ）
とんばうの薄羽ならしし虚空かな　石鼎（9 花影 〇七五四）
蜻蛉の逆立ち杭（くひ）の笑ひをり　虚子（13 六百五十句 一五四ぺ）
蜻蛉の四羽うち行く自在かな　嘯山（8 俳諧新選 一二六ぺ）
とんばうや河原の石をかぞへ行く　柳居（4 鏡の裏 一一四八）
とんばうや声なきもののさわがしく　大魯（4 蘆陰句選 一八三二）
蜻蛉や飛び直しても元の枝　超波（4 紙蚕 一二三二）
蜻蜓やとりつきかねし草の上　芭蕉（1 笈日記 六三六）
蜻蛉や何の味ある竿の先　探丸（6 続猿蓑 三二六八）
蜻蛉や日は入りながら鳰（にほ）のうみ　惟然（5 北の山 四〇〇）
蜻蛉うまれ緑眼煌とすぎゆけり　秋桜子（9 緑雲 一四三六）

な

泣いて行くウヱルテルに逢ふ朧哉　紅葉（9 紅葉句帳 〇二七二）
ないらひそ花の王様なりけるぞ　嘯山（8 俳諧新選 一一三ぺ）
長き根に秋風を待つ鴨下草（ゆきのした）　虚子（11 五百句 一八ぺ）
長き日にましろに咲きぬなしの花　蕪村（2 蕪村遺稿 四五二）
永き日の脚や障子の三段目　子規（9 寒山落木巻四 〇〇三四）
永き日のにはとり柵を越えにけり　不器男（9 定本不器男集 一七一五）
永き日のわれ等が為の観世音　虚子（14 七百五十句 二三三ぺ）
永き日も囀りたらぬひばり哉　芭蕉（1 続虚栗 二九〇）
永き日や油しめ木のよわる音　野水（6 あら野 六一七）
永き日や同じ流れをわたし守　可風（8 俳諧新選 一一〇ぺ）
永き日や鐘突く跡もくれぬ也　卜枝（6 あら野 六一六）
永き日や山王の猿のうつけ皃（がほ）　嘯山（8 俳諧新選 一一〇ぺ）
永き日や太鼓のうらの虻（あぶ）の音　浪化（5 浪化発句集 三八九）
永き日や羽惜しむ鷹の嘴使ひ　碧梧桐（4 日本俳句鈔 二二九八）
永き日や人集めたる居合抜　子規（10 獺祭句帖抄 六四二ぺ）
永き日や人なき家の売りつつじ　大夢（8 俳諧新選 一一〇ぺ）
永き日や舳先（へさき）へ出ても海の上　孤桐（8 俳諧新選 一一〇ぺ）
永き日や驢馬を追ひ行く鞭の影　子規（10 獺祭句帖抄 六二三ぺ）
永き日や絵馬をみてゐる旅の人　不白（5 不白翁句集 八六一）
永き日を云はでくるるや壬生念仏　蕪村（2 蕪村遺稿 四四八）
長き藻も秋行く筋や水の底　召波（5 春泥句集 八一五）
永き夜や得手へもどりし無分別　太祇（8 俳諧新選 一三二ぺ）
永き夜や起きた子をもる忍び声　嘯山（8 俳諧新選 一三二ぺ）
長き夜や思ひあまりの泣寝入り　星布（5 星布尼句集 八九〇）
長き夜や千年の後を考へる　子規（10 獺祭句帖抄 六五二ぺ）
長き夜や通夜の連歌のこぼれ月　蕪村（2 蕪村句集 二五一一）
長き夜や人灯（ひ）を取つて庭を行く　子規（10 獺祭句帖抄 六三三ぺ）
長き夜を白髪の生える思ひあり　子規（10 獺祭句帖抄 六五二ぺ）

長き夜を　月取る猿の　思案かな　子規（10獺祭句帖抄 六三四ペ）
中切の　梨に気のつく　月み哉　配力（6続猿蓑 三二一）
長崎の　土産や秋の　唐錦　童平（8俳諧新選 一五〇ペ）
中下も　それ相応の　花見かな　素龍（6炭俵 二四三五）
長尻の　秋に驚く　蛍かな　乙由（7俳諧古選 二〇九ペ）
永尻の　道のあかりや　夜のゆき　左釣（8俳諧新選 一四二ペ）
流す菊　流るるに降り　いでにけり　秋桜子（9残鐘 一四三七）
中空を　芭蕉葉飛べる　野分かな　茅舎（9華厳 一六九一）
長旅や　駕（かご）なき村の　麦ぼこり　蕪村（2蕪村句集 八七一）
長月や　父に語らぬ　初寝覚め　春澄（7俳諧古選 二〇九ペ）
長月や　寮の灯（ひ）更けて　うつりあふ　文湖（8俳諧新選 二三五ペ）
長梅雨の　明けて大きな　月ありぬ　虚子（14七百五十句 四〇ペ）
ながながと　川一筋や　雪の原　凡兆（6猿蓑 一六八八）
中々に　落穂拾はずや　尉（じやう）と姥　蕪村（2蕪村遺稿 一八五五）
中々に　心をかしき　臘月（しはす）哉　芭蕉（1馬指堂宛 七七二）
中々に　火燵が明いて　寒さ哉　来山（7俳諧古選 二一一ペ）
中々に　ひとりあればぞ　月を友　蕪村（2蕪村句集 一四三五）
永の暑さを　凌ぎし甲斐や　けふの月　呉雪（7俳諧古選 二二〇ペ）
長の夏の　尻持ちけりな　猿すべり　嘯山（8俳諧新選 二三三ペ）
永の日に　尻もくさらぬ　田螺（たにし）かな　麻兄（8俳諧新選 一〇六ペ）
長の日を　かわく間もなし　誕生仏　一茶（3おらが春 四四二ペ）
永の日を　食ふやくはずや　池の亀　一茶（3七番日記 三二一九ペ）

長櫃に　鬱々たる菊の　かをりかな　蕪村（2蕪村遺稿 一四六三）
仲丸の　魂祭りせむ　けふの月　蕪村（2蕪村句集 一四二三）
ながむとて　花にもいたし　くびの骨　宗因（5誹諧独吟集 一〇二）
詠むるや　江戸にはまれな　山の月　芭蕉（1伝土芳筆全伝 六五）
眺めつつ　選りつつ手折る　つつじ哉　孤桐（8俳諧新選 一二〇ペ）
長持に　鶏啼きぬ　煤払　古白（9古白遺稿 〇一九〇）
長持に　春ぞくれ行く　更衣（ころもがへ）　西鶴（5歌仙大坂俳諧 一一〇）
中山や　越路も月は　また命　芭蕉（1荊口句帳 五五八）
長病の　耳がなくなる　すまふ取　超波（4ひとりずまふ 一二二三）
中よかれ　路の姑　嫁がはぎ　道職（7俳諧古選 一四四ペ）
菜殻火に　皆立ちたまふ　仏達　茅舎（9俳究昭14・10 一六九二）
菜殻火の　襲へる観世　音寺かな　茅舎（9俳究昭14・10 一六九三）
菜殻火よ　風袋より　風貫ひ　静塔（9栃木集 二三七七）
菜殻焼く　火柱負ひぬ　牛車　茅舎（9俳究昭14・10 一六九四）
流るるや　我が抱籠け　嵐山　瓢水（7俳諧古選 二二九ペ）
流るるを　流さぬ夜の　氷かな　霞洲（8俳諧新選 一四三ペ）
流れうと　すれば風ふく　氷かな　二柳（8俳諧新選 一四三ペ）
流れ来て　池をもどるや　春の水　蕪村（2蕪村遺稿 二一九二）
ながれ来て　氷を砕く　氷かな　五明（5五明句藻 八七九）
流れ来て　清水も春の　水に入る　蕪村（2蕪村遺稿 二一八三）
ながれ木の　根やあらはるる　花の滝　如雪（6続猿蓑 二九八三）
流れたる　花屋の水の　氷りけり　碧梧桐（4春夏秋冬 二二一九九）

流れても　いなず涼しき　水の音　一質（8 俳諧新選 一二二ぺ）
ながれ行く　落葉の末や　淡路島　露洲（8 俳諧新選 一三六ぺ）
流れ行く　大根の葉の　早さかな　虚子（9 五百句 〇〇八一）
中わろき　人なつかしや　秋のくれ　和及（5 雀の森 一九三）
啼きあへで　うぐひす飛ぶや　山おろし　蕪村（2 蕪村遺稿 二四三三）
なき影は　うつらで寒き　鏡　哉　木因（7 俳諧古選 二〇五ぺ）
なきがらを　笠に隠すや　枯尾花　其角（4 枯尾花 〇八〇五）
鳴きさうな　夜の静かさや　ほととぎす　雪蕉（8 俳諧新選 一一四ぺ）
泣きじやくり　して髪洗ふ　娘かな　虚子（12 五百五十句 五三ぺ）
啼き出して　米こぼしけり　稲　雀　智月（7 俳諧古選 二〇四ぺ）
鳴き立てて　いりあひ聞かぬ　かはづかな　落梧（6 あら野 五八〇）
亡き妻や　灯籠の陰に　裾をつかむ　子規（10 獺祭句帖抄 六五二ぺ）
鳴きながら　川飛ぶ蟬の　日影かな　巴人（5 夜半亭発句帖 五〇〇）
なきなきて　袂にすがる　秋の蟬　一井（6 あら野 九三二）
無き人の　小袖も今や　土用干　芭蕉（1 猿蓑 四〇五）
なき人の　ゆかしき文や　すす払　ちか（8 俳諧新選 一四四ぺ）
泣きやうを　画き尽くしたり　涅槃像　稲音（8 俳諧新選 一〇四ぺ）
鳴きやめて　飛ぶ時蟬の　見ゆるなり　子規（10 獺祭句帖抄 六三〇ぺ）
鳴きわたる　鶯　も　枝　も　雨の中　石鼎（9 定本石鼎句集 〇七五五）
なくうちは　水の動かぬ　蛙かな　凡阿（8 俳諧新選 一〇五ぺ）
泣く声の　獄屋に高き　霜夜かな　孤桐（8 俳諧新選 二三九ぺ）
鳴く声の　つくろひもなき　うづら哉　鼠弾（6 あら野 八八八）

なく声は　蚊の臑(はぎ)に似ぬ　夕べ哉　望一（7 俳諧古選 一五九ぺ）
慰　みに　うき世捨てばや　花の山　風律（4 続あけがらす 一七一八）
なぐさみに　わらを打つ也　夏の月　一茶（3 おらが春 四四〇ぺ）
鳴く鹿の　別れかねてや　一　所　龍眠（8 俳諧新選 一三二ぺ）
鳴　く　雀　其の大根も　今引くぞ　一茶（3 題叢 三五九ぺ）
なく蟬の　中に老いたる　声も有り　雲魚（8 俳諧新選 一一九ぺ）
菜屑など　散らかしておけば　鷦鷯(みそさざい)　子規（10 獺祭句帖抄 六六六ぺ）
鳴くにさへ　笑はばいかに　ほととぎす　みつ（7 俳諧古選 一六一ぺ）
鳴く猫に　赤ん目をして　手まり哉　一茶（3 八番日記 三二四ぺ）
泣く母も　笑ふ其の子も　秋の風　子規（10 獺祭句帖抄 六三七ぺ）
啼くものの　影　顕　るる　枯野かな　麦茂（7 俳諧古選 二二七ぺ）
啼くものは　鳥　斗　りか　雪月夜　中輔（7 俳諧古選 二一六ぺ）
啼くやいとど　塩にほこりの　たまる迄　越人（6 猿蓑 二一七四）
なぐりても　萌たつ世話や　春の草　正秀（6 続猿蓑 三〇二七）
投　入　や　梅の相手は　蕗のたう　良品（6 続猿蓑 二九九七）
投げ棄てし　マツチの火らし　霧濃ゆし　虚子（12 六百句 一五九ぺ）
投げ出すや　已に引き得し　胴ふぐり　太祇（8 俳諧新選 一〇一ぺ）
投げつべき　身ををし鳥の　島　輪　哉　雁宕（8 俳諧新選 一五三ぺ）
啼けば啼く　妹鳥もがもな　時　鳥　知徳（7 俳諧古選 一六三ぺ）
投げぶしや　秋　の　蛍　の　飛ぶに似たり　乙澄（8 俳諧新選 一四九ぺ）
鳴けや鹿　鳴かずば皮を　はぎの坊　宗祇（4 犬筑波集 〇〇〇一）
投げられて　坊主なりけり　辻　相　撲　其角（4 花摘 〇八〇六）

投げられて礼して這入る角力哉（すまひ）　立吟（7 俳諧古選 二〇九ぺ）
投げわたす更帷子（かへかたびら）や水の上　嘯山（8 俳諧新選 二二二ぺ）
梨老いて花まばらなり韮（にら）畠　子規（10 獺祭句帖抄 六二六ぺ）
梨咲くと葛飾の野はとの曇り　秋桜子（9 葛飾 一四三八）
梨咲くやいくさのあとの崩れ家　子規（10 獺祭句帖抄 六二六ぺ）
梨壺のむかしや今に帰り花　廬元坊（4 歌まくら 一一九九）
梨の香や物うき留主の窓の月　瓜流（8 俳諧新選 一五一ぺ）
梨の園に人イ（たたず）めりおぼろ月　蕪村（2 蕪村遺稿 五〇三）
梨の花うるはし尼が念仏迄　言水（7 俳諧古選 二〇七ぺ）
梨の花しぐれにぬれて猶淋し　野水（6 あら野 七八二）
梨の花大工の酒に散りにけり　御風（8 俳諧新選 一一一ぺ）
梨の花散りけり原の山おろし　羅嵐（8 俳諧新選 一五二ぺ）
梨の花月に書（ふみ）よむ女あり　蕪村（2 蕪村句集 五〇四）
なじみある榎も撫でて花見かな　千仭（8 俳諧新選 一一〇ぺ）
梨むくや甘き雫の刃を垂るる　子規（9 寒山落木巻五 〇〇三五）
梨むくやひとの夫とひとの妻　喜舟（9 小石川 〇四六八）
なしよせて鶯一羽としのくれ　智月（6 炭俵 二六三八）
なす事の怠り易きこたつかな　習先（8 俳諧新選 二三八ぺ）
那須七騎弓矢に遊ぶ袷哉　蕪村（2 蕪村遺稿 五一三）
茄子売る揚屋が門やあきの雨　太祇（5 太祇句選 五四九）
なだらなる岡の片側蕎麦の花　子規（10 獺祭句帖抄 六五九ぺ）
夏嵐机上の白紙飛び尽くす　子規（10 獺祭句帖抄 六四七ぺ）

夏かけて名月あつきすずみ哉　芭蕉（1 萩の露 七九八）
夏陰の昼寝はほんの仏哉　愚益（6 あら野 一〇三二）
なつかしき枝のさけ目や梅の花　其角（7 俳諧古選 一四六ぺ）
なつかしきしのぶの里のきぬた哉　蕪村（2 蕪村遺稿 二七三九）
なつかしきしをにがもとの野菊哉　蕪村（2 蕪村句集 二七六四）
なつかしき月の栖や大三十日　移竹（7 俳諧古選 二一六ぺ）
なつかしき津守の里や田にしあへ　蕪村（2 蕪村句集 二三六一）
なつかしやいやや都のとしの暮　雅因（8 俳諧新選 一四六ぺ）
なつかしや奈良の隣の一時雨　曾良（6 猿蓑 一六二三）
夏がすみ曇り行くへや時鳥　木節（6 猿蓑 一七一一）
夏川のあなたに友を訪ふ日かな　子規（10 獺祭句帖抄 六四八ぺ）
夏川の音に宿かる木曽路哉　重五（6 波留濃日 三四〇）
夏川の水美しく物捨つる　虚子（13 六百五十句 二〇九ぺ）
夏川や草で足ふく時も有り　来山（7 俳諧古選 一六〇ぺ）
夏川や小橋たわわに水を打つ　子規（10 獺祭句帖抄 六二九ぺ）
夏川や中流にしてかへり見る　子規（10 獺祭句帖抄 六四八ぺ）
夏川や橋はあれど馬水を行く　子規（10 獺祭句帖抄 六四八ぺ）
夏川や吾君を負ふて渡るべし　子規（10 獺祭句帖抄 六四七ぺ）
夏河を越すうれしさよ手に草履（ざうり）　蕪村（2 蕪村句集 三六）
夏菊に薬の露もなかりけり　子規（10 獺祭句帖抄 六五〇ぺ）
夏菊や茄子の花は先へさく　拙侯（6 続猿蓑 三一二九）
夏来てもただひとつ葉の一葉哉　芭蕉（1 笈日記 四〇七）

夏霧にぬれてつめたし白い花　乙二（5松窓乙二集 九五七）
夏草に延びてからまる牛の舌　虚子（12六百句 二三九ぺ）
夏草に這ひ上がりたる捨蚕かな　鬼城（9鬼城句集 〇六三一）
夏草に富貴を飾れ蛇の衣　芭蕉（1洒堂宛書簡 六一八）
夏草に埃の如き蝶の飛ぶ　虚子（14七百五十句 一〇一ぺ）
夏草や馬に嗅がれてたつ雲雀(ひばり)　素雪（8俳諧新選 一一九ぺ）
夏草や暮れても暑き日のゆかり　栄滝（8俳諧新選 一一九ぺ）
夏草や兵(つはもの)共がゆめの跡　芭蕉（1猿蓑 五〇六）
夏草や物失へる水(みつ)鼬(いたち)　嘯山（8俳諧新選 一一九ぺ）
夏草や行く先暑き蛇の声　光甫（8俳諧新選 一一九ぺ）
夏草や我先達ちて蛇からむ　芭蕉（1洒堂宛書簡 六一九）
夏雲は湧き諸滝は鳴りに鳴る　浜人（9定本浜人句集 〇八一五）
夏雲むるるこの峡中に死ぬるかな　蛇笏（9山響集 〇六六三）
夏木立幻住庵は無かりけり　子規（10獺祭句帖抄 六四九ぺ）
なつ木立はくやみ山のこしふさげ　芭蕉（1伊勢踊音頭集 四〇）
夏木立初瀬らんもりと物深し　嘯山（8俳諧新選 一一四ぺ）
夏衣いまだ虱(しらみ)をとりつくさず　芭蕉（1野ざらし紀行 二五三）
夏衣たつや錦の小路より　風状（8俳諧新選 一四九ぺ）
夏衣旅日記も京に着きにけり　重頼（4誹諧時勢粧 〇〇九一）
夏潮の今退く平家亡ぶ時も　虚子（9六百句 〇〇八二）
夏旅や母のなき子がうしろかげ　白雄（4白雄句集 一七五四）
なつちかし其の口たばへ花の風　芭蕉（1続山井 二九）

夏月や終(つひ)に焼けざる寺の縁　嘯山（8俳諧新選 一一九ぺ）
夏月や葉の影動く長廊下　守一（8俳諧新選 一一八ぺ）
夏蝶翔ぶや杉に流れ来て真一文字　元（9島村元句集 〇九〇三）
夏蝶の高く上りぬ大仏　虚子（14七百五十句 一一五ぺ）
夏と秋と行き交ふ空や流星　東皐（5奥美人 九四六）
納豆きる音しばしまて鉢叩　芭蕉（1韻塞 六六七）
夏葱に鶏裂くや山の宿　子規（10獺祭句帖抄 六五一ぺ）
夏の海あるかれさうに思ひけり　沙月（8俳諧新選 一二三ぺ）
夏の月かかりて色もねずが関　虚子（12五百五十句 六八ぺ）
夏の月蚊を疵にして五百両　其角（4五元集拾遺 〇八〇七）
夏の月ごゆより出でて赤坂や　芭蕉（1向之岡 六二）
夏の月皿の林檎の紅を失す　虚子（11五百句 四八ぺ）
夏の月十囲の樹下の主哉　烏栖（8俳諧新選 一一八ぺ）
夏の月水盗人をやるまいぞ　它谷（8俳諧新選 一一九ぺ）
夏の蝶眼(まなこ)鋭く駆けり来し　虚子（13六百五十句 一九四ぺ）
夏の夜これは奢りぞ荒筵　惟然（4鷹獅子集 一〇二六）
夏の夜は明くれどあかぬまぶた哉　守武（5誹諧初学抄 八）
夏の夜は山鳥の首明けにけり　言水（4江戸広小路 〇二五二）
夏の夜も酒気の果てを寝覚め哉　来山（5蓮実 二〇八）
夏の夜や崩れて明けし冷し物　芭蕉（1続猿蓑 八六七）
夏の夜やたき火に簾見ゆる里　旦藁（6あら野 六七七）
夏羽織懐にして戻りけり　四方太（9春夏秋冬 〇二〇一）

夏萩や六十一の涼しくて　水巴（9 定本水巴句集 〇五八七）
夏ぶしに孤（みなしご）青しるうだ草　二世湖十（4 続花摘 一二三五）
夏冬と元日やよき有り所　定武（7 俳諧古選 一五六ぺ）
夏帽子人帰省すべきでたちかな　子規（10 獺祭句帖抄 六四七ぺ）
夏帽も取りあへぬ辞誼（じぎ）の車上かな　子規（10 獺祭句帖抄 六四七ぺ）
夏帽や鍔広ければ風を負ひ　余子（9 余子句抄 〇四四六）
夏帽や吹き飛ばされて濠に落つ　子規（10 獺祭句帖抄 六四七ぺ）
夏帽をかぶつて来たり探訪者　子規（10 獺祭句帖抄 六四六ぺ）
夏虫の死んで落ちけり本の上　子規（10 獺祭句帖抄 六三〇ぺ）
夏館異人住むかや赤い花　子規（10 獺祭句帖抄 六二九ぺ）
夏痩の身の雲に入る一詩かな　余子（9 余子句選 〇四四七）
夏痩のわがほねさぐる寝覚めかな　蓼太（4 蓼太句集 一七四四）
夏痩もせず重き荷を背負ひけり　虚子（14 七百五十句 一一八ぺ）
夏痩もせずて昼皃咲きにけり　嘯雨（8 俳諧新選 一二三ぺ）
夏痩もねがひの中のひとつなり　如真（6 続猿蓑 三一九一）
夏痩や二つ並べて膝がしら　紅緑（9 紅緑句集 〇二四二）
夏痩柳家鴨（あひる）養ふ小池かな　子規（10 獺祭句帖抄 六一五ぺ）
夏山に足駄をがむ首途（かどで）哉　芭蕉（1 奥の細道 四八八）
夏山の大木倒す谺（こだま）かな　鳴雪（4 鳴雪俳句鈔 二二二四）
夏山やうちかたぶいてろくろ引く　蕪村（2 蕪村遺稿 二六六七）
夏山や通ひなれにし若狭人　蕪村（2 蕪村句集 二三九五）
夏山や木陰木陰の江湖（がうこ）部屋　蕪葉（6 あら野 一〇二六）
夏山や又大川にめぐりあふ　蛇笏（9 山廬集 〇六六四）
夏蓬瓦礫をふみて虔みぬ　風生（9 晩涼 一五八〇）
撫子に馬けつまづく河原かな　子規（10 獺祭句帖抄 六五〇ぺ）
なでし子にかかるなみだや楠の露　芭蕉（1 芭蕉庵小文庫 九六〇）
撫子に蝶々白し誰の魂　子規（10 獺祭句帖抄 六三二ぺ）
なでしこに二文が水を浴びせけり　一茶（3 おらが春 四五三ぺ）
なでしこの暑さわするる野菊かな　芭蕉（1 旅館日記 七五七）
撫子のふしぶしにさすゆふ日かな　成美（5 成美家集 九三〇）
撫子や海の夜明けの草の原　碧梧桐（4 春夏秋冬 二三〇〇）
撫子や照るも曇るも花の為　希因（8 俳諧新選 一五一ぺ）
撫子や夏野の原の落とし種　守武（4 誹諧初学抄 〇〇二二）
撫子や腹をいためて胤をつぎ　静塔（9 栃木集 二三七八）
撫子や蒔絵書く人をうらむらん　越人（6 あら野 六七五）
なでしこやままはは木々の日陰花　一茶（3 おらが春 四五五ぺ）
撫でられた恩思ひ出す蕨かな　尺布（8 俳諧新選 一五四ぺ）
七浦の夕雲赤し鰯引　子規（10 獺祭句帖抄 六五五ぺ）
七株の萩の千本や星の秋　芭蕉（1 真蹟横物 七五三）
な泣きそと拭へば胼や吾子の頬　久女（9 杉田久女句集 〇九五五）
なくさの惣代として薺（なづな）かな　瓢水（8 俳諧新選 一〇〇ぺ）
七草も昼に成りけり上手下手　太祇（7 俳諧古選 二二四ぺ）
七種や跡にうかるる朝がらす　其角（6 猿蓑 一九〇一）
七草や傾城買ひのはやし様　巻中（8 俳諧新選 一四八ぺ）

七草や　粧ひしかけて　切り刻み　野坡（6炭俵 二四〇六）
七草や　何に懸けても　左利　必化（8俳諧新選 一〇〇ぺ）
七草や　日本国の　台所　其村（8俳諧新選 一〇〇ぺ）
七くさや　はかまの紐の　片結び　蕪村（2蕪村句集 二三三九）
七草や　花ではしらぬ　人あらん　桐雨（8俳諧新選 一〇〇ぺ）
七草や　よその聞こえも　余り下手　太祇（8俳諧新選 一〇〇ぺ）
七草を　たたきたがりて　泣く子かな　俊似（6あら野 五〇五）
七つ子に　問ひつめられつ　天の河　珪琳（8俳諧新選 二二四ぺ）
七つより　花見におこる　女中哉　陽和（6続猿蓑 二九七四）
何魚の　かざしに置かん　菊の枝　曾良（6続猿蓑 三三四四）
何某の　屋根へ出られつ　聖廟忌　瓜流（8俳諧新選 一一一ぺ）
何着ても　うつくしうなる　月見かな　千代（4千代尼句集 一七七七）
なに食うて　小家は秋の　柳陰　芭蕉（1茶のさうし 九六八）
何食うて　居るかもしらじ　かんこ鳥　蕪村（2蕪村遺稿 五三一）
何事ぞ　花みる人の　長刀　去来（6あら野 三六五）
何事の　見たてにも似ず　三かの月　芭蕉（1あら野 四一七）
何事も　しまひをさめて　としのくれ　似船（5元禄十六歳旦 一八三）
何事も　なくて冬の夜　明けにけり　梓月（9冬扇 〇三六八）
何事も　なしと過ぎ行く　柳哉　越人（6あら野 五四八）
何事も　寝入るまでなり　紙ぶすま　小春（6続猿蓑 三三八三）
何事も　古りにけるかな　古浴衣　虚子（14七百五十句 二二七ぺ）
何ごとも　まねき果てたる　すすき哉　芭蕉（1続深川集 四六五）
何桜　かざくら銭の　世也けり　一茶（3文化句帖 三三三ぺ）
名にしおはば　さむさをよきよ　衾（ふすま）雪　元隣（5新続犬筑波集 八八）
何積みて　来る大船ぞ　遠霞　孤桐（8俳諧新選 一〇六ぺ）
何といふ　鳥かしらねど　梅の枝　子規（10獺祭句帖抄 六〇六ぺ）
なにとなう　女さびしき　袷かな　大江丸（5はいかい袋 八七一）
なにとなく　植ゑしが菊の　白き哉　巴丈（6あら野 七五九）
何と見ん　夫（つま）諸共の　寒念仏　蝸夫（8俳諧新選 一四四ぺ）
何とやら　をがめば寒し　梅の花　越人（6あら野 一〇六七）
何なりと　からめかし行く　秋の風　支考（6続猿蓑 三二七八）
何に此の　師走の市に　ゆくからす　芭蕉（1花摘 五九七）
何にすれて　端々青し　山ざくら　素園（8俳諧新選 一〇六ぺ）
何の木の　花とはしらず　匂ひ哉　芭蕉（1笈の小文 三五五）
何の木の　もとともあらず　栗拾ふ　虚子（11五百句 四七ぺ）
何の気も　つかぬに土手の　菫哉　忠知（6あら野 五九〇）
難波江の　水すむ程の　寒さかな　雁宕（8俳諧新選 一四二ぺ）
難波津や　田螺（たにし）の蓋も　冬ごもり　芭蕉（1市の庵 八〇九）
難波女や　京を寒がる　御忌詣　蕪村（2蕪村句集 四一八）
何人の　戻す座頭ぞ　小夜時雨　珪琳（4続江戸筏 一一四二）
何もかも　あつけらかんと　西日中　万太郎（9草の丈 一一二八）
何もかも　知つてをるなり　竈猫　風生（9十三夜 一五八一）
何笑ふ　声ぞ夜長の　台所　子規（10獺祭句帖抄 六一五ぺ）
何をけふ　へんてつもなき　衣更　西武（7俳諧古選 一五九ぺ）

名の高き遊女聞こえず御代の春　宋阿（7俳諧古選一五七ペ）
名の付かぬ所かはゆし山ざくら　湖春（7俳諧古選一四三ペ）
菜の花にくるりくるりと入る日哉　蒼虬（5訂正蒼虬集一一五二）
菜の花に大名うねる麓かな　士朗（5枇杷園句集八九六）
菜の花に半ばや埋む塔ひとつ　和及（5雀の森一九二）
菜の花に帆も染めて行く入日かな　雪蕉（8俳諧新選一一〇ペ）
菜の花にまぶれて犬の出でにけり　尺布（8俳諧新選一一〇ペ）
菜の花の雨後の労れや朝朗（あさぼらけ）　賀瑞（8俳諧新選一一〇ペ）
菜の花の畦ぅち残すながめ哉　清洞（6あら野五六六）
菜の花の香に起こりしか日和地震（なゐ）　月居（4河衡二一〇四）
菜の花の小村ゆたかに見ゆるかな　子規（10獺祭句帖抄六一三ペ）
なの花の座敷にうつる日影哉　傘下（6あら野五六五）
菜の花の四角に咲きぬ麦の中　子規（10獺祭句帖抄六二七ペ）
菜の花の世界にけふも入日かな　淡々（8俳諧新選一一〇ペ）
なの花の中に城あり郡山　許六（5五老井発句集三七五）
菜の花の中や手にもつ獅子頭　乙二（4松窓乙二集二一二九）
菜の花や油乏しき小家がち　蕪村（2蕪村遺稿一〇三五）
菜の花や雨のかさいのにしひがし　祇徳（4江戸名物かのこ一一五三）
菜の花や遊女わけ行く野の稲荷　闌更（5半化坊発句集七五〇）
菜の花や海少し見ゆ山の肩　五明（4五明句藻二一一一）
菜の花やかすみの裾に少しづつ　一茶（3句稿消息三三二ペ）
菜の花や門々覗く神楽（かぐら）獅子　柳几（4布袋庵発句集一七二七）

菜の花や川へ出でたる人の声　大夢（8俳諧新選一一〇ペ）
菜の花や鯨もよらず海くれぬ　蕪村（2蕪村句集一九九七）
菜の花や小蝶の種は蒔かねども　未史（8俳諧新選一一〇ペ）
菜の花や小窓の内にかぐや姫　巣兆（4曽波可理二〇九七）
菜の花や嵯峨を限りの東山　竿秋（8俳諧新選一一〇ペ）
菜の花や杉菜の土手のあひあひに　長虹（6あら野五六四）
菜の花や小学校の昼餉（ひるげ）時　子規（4俳句稿巻二二二〇五）
なの花や箏見ゆる小風呂しき　蕪村（2蕪村句集二一九九）
なの花や月は東に日は西に　蕪村（2蕪村句集一一〇二）
菜の花やてかつきわたる多武峰（たふのみね）　休酔（8俳諧新選一一〇ペ）
菜の花や遠山鳥の尾上まで　蕪村（2蕪村遺稿四九六）
菜の花や何を印の国堺　沙月（8俳諧新選一一〇ペ）
菜の花や野中の寺の縁の下　子規（10獺祭句帖抄六〇六ペ）
菜の花や日の色さへも蝶さへも　可祥（8俳諧新選一一〇ペ）
なの花や昼一しきり海の音　蕪村（2蕪村遺稿一一〇三）
菜の花や法師が宿を訪はで過ぎし　蕪村（2蕪村遺稿三四八）
なのはなや摩耶（まや）を下れば日のくるる　蕪村（2蕪村遺稿一〇三六）
菜の花やみな出はらひし矢走船（やばせぶね）　蕪村（2蕪村遺稿二一九八）
菜の花や行き当たりたる桂川　蝶夢（5草根発句集八五六）
菜の花や吉野下り来る向かふ山　太祇（8俳諧新選一一〇ペ）
菜の花や淀も桂も忘れ水　言水（5珠洲之海一一七三）
菜のはなを出るや塗笠菅の笠　団水（5くやみ草一一三五）

なのりてや　そもそもこよひ　秋の月　守武（5守武千句　九）
名のれ名のれ　雨篠はらの　ほととぎす　蕪村（2蕪村句集　九〇九）
苗代に　落ち一塊の　畦の土　素十（9初鴉　一五四七）
苗代の　雨緑なり　三坪程　子規（10獺祭句帖抄　六二七ぺ）
苗代の　鳥をおどす　雀かな　釣壺（7俳諧古選　一五二ぺ）
苗代の　色紙に遊ぶ　蛙哉　蕪村（2蕪村句集　八五一）
苗代の　水にちりうく　さくらかな　許六（5五老井発句集　三七四）
苗代は　庵のかざりに　青みけり　一茶（3おらが春　四三五ぺ）
苗代や　影さす山は　未(まだ)白し　驢井（8俳諧新選　一四八ぺ）
苗代や　鞍馬のさくら　散りにけり　蕪村（2蕪村句集　四八六）
苗代や　背戸へぬけたる　夕日影　尾谷（4園圃録　一二四六）
苗代や　二王のやうな　あしの跡　野坡（5野坡吟草　三六一）
苗代や　水を離るる　針の尖　子規（9俳句稿巻二　〇〇三六）
苗代を　見てゐる森の　烏かな　支考（4続五論　一一〇七）
菜畠に　きせるわするる　接木哉　蕪村（2蕪村遺稿　二一九五）
菜畠に　花見白(がほ)なる　雀哉　芭蕉（1泊船集　二三八）
菜畠の　霜夜ははやし　鹿の声　蕪村（2蕪村句集　二五五二）
菜畑や　小村をめぐる　冬木立　子規（10獺祭句帖抄　六二〇ぺ）
菜畠や　二葉の中の　虫の声　尚白（6猿蓑　一八三七）
菜畠を　通してくれる　十夜哉　一茶（3おらが春　四七三ぺ）
名はへちま　ゆふがほに似て　哀れ也　長虹（6あら野　六八三）
なびかぬは　吹き折られたり　鶏頭花　一漁（4新句兄弟　二二三七）

鍋釜の　煤まで掃いて　別れかな　乙由（7俳諧古選　二〇九ぺ）
鍋釜も　ゆかしき宿や　けさの露　蕪村（2蕪村遺稿　二五二四）
鍋さげて　淀の小橋を　雪の人　蕪村（2蕪村句集　二一九二）
鍋敷に　山家集有り　冬ごもり　蕪村（2蕪村遺稿　六七二）
苗床や　風に解けたる　頬かむり　みどり女（9笹鳴　〇九七二）
鍋の尻　ほしならべたる　雪解かな　一茶（3嘉永版発句集　三二五ぺ）
鍋ぶたの　けばけばしさよ　年のくれ　孤屋（6炭俵　二六三九）
苗札や　笠縫ひおきの　宵月夜　此筋（6続猿蓑　三〇五一）
鍋焼の　行灯を打つ　霰かな　子規（10獺祭句帖抄　六六三ぺ）
なほ暑し　今来た山を　寝て見れば　一茶（3おらが春　四四六ぺ）
猶いきれ　門徒坊主の　水祝ひ　沾圃（6炭俵　二三九三）
なほ清く　咲くや葉がちの　水仙花　氷固（6続猿蓑　三三四八）
直(なほ)き世や　小銭程でも　蓮の花　一茶（3おらが春　四四五ぺ）
猶見たし　花に明け行く　神の顔　芭蕉（1泊船集　三七八）
生魚の　切目の塩や　秋の風　重頼（4藤枝集　〇〇九二）
生皮の　城に火燵の　やぐらかな　五竹坊（4桃の首途　一七八二）
なまくさき　漁村の月の　踊りかな　子規（10獺祭句帖抄　六三五ぺ）
腥(なまぐさ)き　はな最中の　ゆふべ哉　長眉（6猿蓑　一九八三）
なまぐさし　小なぎが上の　鮠(はえ)の腸(わた)　芭蕉（1笈日記　七九七）
海鼠(なまこ)今　松葉しぐれて　桶の中　青々（9松苗　〇四九一）
海鼠(なまこ)食ふは　きたない物か　御僧達　嵐雪（7俳諧古選　一八九ぺ）
生海鼠(なまこ)とも　ならで流石(さすが)に　平家也　涼菟（7俳諧古選　二〇八ぺ）

生海鼠(なまこ)にも　鍼こころむる　書生哉　蕪村（2 蕪村遺稿 二三三）
恐(なまじひ)に　繁華は近し　鶻鳩(かんこどり)　和流（8 俳諧新選 一二五ペ）
鱠得て　帰る田植の　男かな　蕪村（2 蕪村句集 一六五七）
なま中の　実は腹のたつ　桜哉　梨節（7 俳諧古選 二三三ペ）
なまめける　内らの声や　五加木(うこぎ)垣　巴東（8 俳諧新選 一一一ペ）
生酔ひを　ねぢすくめたる　涼みかな　雪芝（6 続猿蓑 三一五六）
波荒く　港といへど　蕗繁り　多佳子（9 海燕 二九七三）
浪うつて　よせ来る勢子や　花薄　不白（5 不白翁句集 八六四）
波風の　上をわたるや　鹿の声　宋阿（8 俳諧新選 一四九ペ）
波越えぬ　契りありてや　みさごの巣　曾良（4 奥の細道 〇八六九）
浪白う　干潟に消ゆる　秋日和　乙字（9 乙字句集 〇九九二）
波絶えず　打つや秋風の　船料理　三允（9 三允句集拾遺 〇三三二）
浪高き　夜や衣うつ　蜑が軒　闌更（5 半化坊発句集 七五六）
涙ぐみて　馬もゆくなり　かれのはら　諸九（4 諸九尼続集 一七八六）
波たてず　ゆく大鯉の　寒さかな　水巴（9 定本水巴句集 〇五八八）
波の花と　雪もや水に　かへり花　芭蕉（1 如意宝珠 三三）
波の間や　小貝にまじる　萩の塵　芭蕉（1 奥の細道 五六六）
並松を　みかけて町の　あつさかな　臥高（6 炭俵 二五〇三）
波間より　見えし小島や　はつくぢら　玖也（5 桜川 一〇〇）
なむあみだ　仏の方より　鳴く蚊哉　一茶（3 おらが春 四四六ペ）
南無や空　ただ有明の　ほととぎす　元順（6 あら野 九九七）
嘗(な)めて見て　御振まひあれ　春の草　存義（8 俳諧新選 一五三ペ）

名もしらぬ　小草花咲く　野菊哉　素堂（6 あら野 七三五）
南(な)もほとけ　草のうてなも　涼しかれ　芭蕉（1 続深川集 四五四）
なら坂や　畑うつ山の　八重ざくら　旦藁（6 波留濃日 一二三三）
鳴らし来て　我が夜あはれめ　鉢たたき　蕪村（2 蕪村句集 五〇）
なら漬けに　親よぶ浦の　塩干哉　越人（6 あら野 六一〇）
奈良七重　七堂伽藍(がらん)　八重ざくら　芭蕉（1 泊船集 九五一）
奈良の月　山出て寺の　上に来る　誓子（9 青銅 一四八四）
楢(なら)の葉の　朝からちるや　とうふ槽(ぶね)　一茶（3 文化句帖 三五七ペ）
習はうと　思ふ夜もあり　はち叩　蓼太（8 俳諧新選 一四四ペ）
並べけり　火燵の上の　小人形　子規（10 獺祭句帖抄 六六一ペ）
並べるも　植ゑる心の　木の子哉　麦翅（8 俳諧新選 二三四ペ）
奈良法師　若菜摘みにや　白小袖　春澄（7 俳諧古選 一五二ペ）
奈良道や　当帰(たうき)畠の　花一木　蕪村（2 蕪村句集 二四六）
成り合ひに　鳥遊ばせる　柳哉　髪二（8 俳諧新選 一〇五ペ）
なりあひや　はつ花よりの　物わすれ　野水（6 あら野 三八三）
なりかかる　蟬がら落とす　李(すもも)かな　残香（6 炭俵 二五三三）
成りにけり　なりにけり迄　年の暮　芭蕉（1 江戸広小路 六六）
業平も　此の川筋や　夏の舟　轍士（5 伊達衣 一九八）
鳴る音は　添水(そふづ)なるべし　月の中　乙二（4 松窓乙二集 二一二〇）
鳴滝の　植木屋が梅　咲きにけり　蕪村（2 蕪村遺稿 二三四〇）
鳴滝の　名にやせりあふ　ほととぎす　如雪（6 続猿蓑 三一一六）
鳴海にて　しぐれそめけり　草鞋(わらぢ)の緒　士朗（4 枇杷園句集 二〇八五）

鳴る物は　人の手でなし　けさの秋　麦浪（4 俳諧古選 一七六八）
なれ過ぎた　鮓をあるじの　遺恨哉　蕪村（2 蕪村句集 八九五）
汝に謝す　我が眼明らか　いぬふぐり　虚子（14 七百五十句 一〇ぺ）
馴れぬれば　みごとねむるか　網代守(あじろもり)　和及（5 ひこばえ 一九五）
地震(なゐ)ふるに　慣れて飲み食ふ　秋の草　裸馬（9 裸馬翁五千句 一一〇四）
名をえしや　さながら富士を　雪うつし　玄札（4 俳家奇人談 〇一三四）
菜を負ひて　帰りをりしが　子罵る　虚子（12 六百句 二一二ぺ）
名をしらで　知つた皃(かほ)ある　花見かな　沙月（8 俳諧新選 一一〇ぺ）
名を呼びて　けふも暮れけり　蟬の声　孤山（8 俳諧新選 一一九ぺ）
な折りそと　ほる薯(やま)蕷(いも)の　折られけり　赤羽（8 俳諧新選 一三五ぺ）
南縁の　焦げんばかりの　菊日和　たかし（9 たかし句集 一六六八）
難航の　梅雨の舟見て　アイヌ立つ　虚子（13 六百五十句 一九三ぺ）
南岸の茶屋　北岸の寺や　むら紅葉　子規（10 獺祭句帖抄 六五六ぺ）
南宗の　貧しき寺や　冬木だち　月渓（5 五車反古 八三二）
難船の　物干す秋の　浜日和　鳴雪（4 鳴雪俳句鈔 二二二五）
爾(なん)等が　灌ぐ甘茶に　御像(すがた)　温亭（9 温亭句集 〇八三三）
何(なん)でやは　独り笑ひは　涼しいか　惟然（4 三河小町 一〇二七）
南天に　雪吹きつけて　雀鳴く　子規（10 獺祭句帖抄 六六四ぺ）
南天の　実をこぼしたる　目白かな　子規（10 獺祭句帖抄 六五九ぺ）
なんとけふの　暑さはと石の　塵を吹く　鬼貫（5 仏兄七久留万 二二二五）
何となく　冬夜隣を　聞かれけり　其角（7 俳諧古選 一八九ぺ）
何と世に　桜も咲かず　下戸ならば　西鶴（5 真蹟懐紙 一〇九）
なんにもはや　楊梅の実　むかし口　宗因（4 阿蘭陀丸 〇一七二）
何のあれ　かのあれけふは　大師講　如行（6 続猿蓑 三四五六）
何の木と　問ふ迄もなし　帰り花　来山（7 俳諧古選 一八六ぺ）
何の木と　分からぬ嶺の　茂りかな　麻兄（8 俳諧新選 一一四ぺ）
なんぼ往ても　おんなじ事の　枯野哉　孤山（8 俳諧新選 一三七ぺ）
何本と　見た目を花の　みやげかな　楮林（8 俳諧新選 一一〇ぺ）

に

似合はしき　けしの一重や　須磨の里　杜国（6 猿蓑 一七二八）
似あはしや　白髪にかつぐ　麻木(をがら)売り　亀洞（6 あら野 九六五）
似あはしや　豆の粉めしに　さくら狩り　芭蕉（1 伝土芳筆全伝 六〇六）
似合はぬと　言ふさへうれし　丸頭巾　瓢水（4 瓢水句選 二二九一）
似合ふ迄　世にもまれたる　紙子哉　大夢（8 俳諧新選 一四二ぺ）
にがにがし　いつまで嵐　ふきのたう　宗鑑（5 真蹟短冊 一）
二季に咲く　彼岸桜の　種もがな　貞徳（7 俳諧古選 一九六ぺ）
賑はしや　今朝大雪の　門の声　呑獅（8 俳諧新選 一四二ぺ）
賑やかな　内を出て来る　月見哉　利牛（7 俳諧古選 一七九ぺ）
荷鞍ふむ　春のすずめや　縁の先　士芳（6 猿蓑 一九五七）
逃ぐる時　おのれ恨みん　くぢらかな　支鳩（8 俳諧新選 一四三ぺ）
逃ぐる時　火をつつみたる　蛍かな　李流（8 俳諧新選 一一七ぺ）
逃ぐる時　男鹿の角も　隠れけり　左釣（8 俳諧新選 一三二ぺ）

逃げしなや　水祝はるる　五十聟　一茶（3七番日記　三二四ペ）
二軒茶屋　二軒立ちたる　幟かな　麻兄（8俳諧新選　一一六ペ）
煮凍（にこご）りや　格子のひまを　洩る月夜　雁宕（4続あけがらす　一六九九）
煮凝（にこごり）を　探し当てたる　燭暗し　虚子（13六百五十句　一三三二ペ）
にこにこと　呉服屋呵（しか）る　師走哉　羅人（8俳諧新選　一四六ペ）
にこにこと　笑うて叩く　西瓜哉　玉壺（8俳諧新選　一二六ペ）
濁り江の　それを楽しむ　蛙かな　桃有（8俳諧新選　一〇五ペ）
濁り鮒　腹をかへして　沈みけり　虚子（12五百五十句　一一七ペ）
二三軒　つと入りし行く　旅の人　蕪村（2蕪村遺稿　一七五〇）
二三子と　出て菜の花に　宵ごころ　宋斤（9定本宋斤句集　一一九八）
二三尺　秋の響きや　落とし水　月渓（5続あけがらす　八三一）
二三尺　残る日脚や　紅葉狩り　水蛙（8俳諧新選　一三四ペ）
二三日　蚊屋のにほひや　五月闇　浪化（5住吉物語　三九〇）
二三人　くらがりに飲む　新酒かな　鬼城（9鬼城句集　〇六三二）
二三番　鶏（とり）は鳴けども　あつさ哉　魯町（6炭俵　二五〇五）
二三遍　人をきよくつて　行く蛍　一茶（3おらが春　四六七ペ）
二三文　銭もけしきや　花御堂　一茶（3文政句帖　三三八ペ）
二三里に　足らぬ旅寝や　おぼろ月　牛行（8俳諧新選　一〇八ペ）
虹かかる　行衛（ゆくへ）かくれぬ　枯野かな　司鱸（8俳諧新選　一三七ペ）
西か東か　先（まづ）早苗にも　風の音　芭蕉（1葱摺　四九五）
虹消えて　忽ち君の　無き如し　虚子（12六百句　二三〇ペ）
にしきぎの　門をめぐりて　をどりかな　蕪村（2蕪村遺稿　一八一〇）

錦木の　立ち聞きもなき　雑魚寝（ざこね）哉　蕪村（2蕪村句集　一〇一八）
錦木の　主に聞かすな　田植歌　二柳（8俳諧新選　一一六ペ）
錦木は　吹き倒されて　けいとう花　蕪村（2蕪村句集　二五六五）
にしき木を　立てぬ垣根や　たうがらし　蕪村（2蕪村句集　九三八）
錦する　野にことことと　かがし哉　蕪村（2蕪村遺稿　一九一）
西須磨を　通る野分の　あした哉　蕪村（2蕪村遺稿　二七二五）
虹立ちて　忽ち君の　在る如し　虚子（12六百句　二三〇ペ）
虹の根を　かくす野中の　樗（あふち）哉　鈍可（6あら野　六七三）
虹の橋　渡り交して　相見舞　虚子（13六百五十句　一七三ペ）
西日今　沈み終はりぬ　大対馬　虚子（12六百句　一五二ペ）
西日負ふ　雉の光や　大原野　瓜流（8俳諧新選　一〇四ペ）
西吹けば　東にたまる　落ば哉　蕪村（2蕪村句集　六四一）
廿五の　暁起きや　ころもがへ　蕪村（2蕪村遺稿　五〇八）
虹渡り　来と言ひし人　虹は消え　虚子（13六百五十句　一八〇ペ）
虹を吐いて　ひらかんとする　牡丹哉　蕪村（2蕪村遺稿　二〇七三）
虹を見て　思ひ思ひに　美しき　虚子（13六百五十句　一四八ペ）
似た顔の　あらば出てみん　一躍り　落梧（6あら野　一〇〇三）
似たりとは　古人の麁相　杜若（かきつばた）　嘯山（8俳諧新選　一一四ペ）
日輪と　われの間の　春田かな　みどり女（9雪嶺　〇九七三）
日輪の　北を極めし　ゆとりかな　瓜流（8俳諧新選　一一九ペ）
日輪は　筏にそそぎ　牡蠣育つ　青峰（9海光　二二五四）
日光の　向かふ上りに　燕かな　子規（10獺祭句帖抄　六四四ペ）

日中の盃把りぬ洗ひ鯉　紅葉（9紅葉句帳〇二七三）
日本の外が浜までおち穂哉　一茶（3七番日記三五〇ぺ）
日本は海なり机上菊白し　水巴（9定本水巴句集〇五八九）
似てゐても似てゐなくても時雨かな　虚子（13六百五十句二一八ぺ）
二の膳やさくら吹き込む鯛の鼻　子珊（6続猿蓑二九七八）
二の富は郭(くるわ)へおちて初がつを　沾洲（4職人尽前集一二三七）
俄か川とんで見せけり鹿の親　一茶（3おらが春四六五ぺ）
鶏(にはとり)の蚊にせせらるる羽音かな　尺布（8俳諧新選一一八ぺ）
鶏の声もきこゆるやま桜　凡兆（6猿蓑一九七三）
鶏の空(そら)時(とき)つくる野分かな　虚子（11五百句一二ぺ）
雞の屋根に声あり五月晴　李夫（8俳諧新選一一七ぺ）
雞の尾の上伝ふ霰かな　耕雲（7俳諧古選一九三ぺ）
雞はしらず顔也放生会　十章（8俳諧新選一三五ぺ）
雞は馴るる門田のかがしかな　水狐（7俳諧古選一八三ぺ）
鶏もばらばら時か水鶏(くひな)なく　去来（6猿蓑二一四五）
庭にさへ嘸(さぞ)な落葉は東山　立圃（7俳諧古選一八五ぺ）
庭に寝て月孕む雲怖ろしき　青嵐（9永田青嵐句集〇八九四）
場(には)に居て月見ながらや筵(むしろ)機(ばた)　利合（6続猿蓑三二二四）
庭のもの急ぎ枯るるを見てゐたり　虚子（13六百五十句二二一ぺ）
庭掃きて出でばや寺にちる柳　芭蕉（1奥の細道五五〇）
庭はきて雪を忘るる箒哉　芭蕉（1真蹟自画賛七六八）
庭塀に今日も雀がさかりしか　百閒（9百鬼園俳句一一六七）

庭程の空を持ちけり夕すずみ　龍眠（8俳諧新選二二ぺ）
二番座の斎(とき)すむ幕や春の風　随古（8俳諧新選一〇七ぺ）
入道の大鉢巻できくの花　一茶（3おらが春四七一ぺ）
入道のよよとまゐりぬ納豆汁　蕪村（2蕪村句集三八一）
にべもなくついたつ蟬や旅の宿　野径（6続猿蓑三四七〇）
鳰(にほ)二三浮かびて湖(うみ)をなしにけり　喜舟（9紫川〇四六九）
鳰の頭伸びしと見しが潜りけり　虚子（12六百句一八七ぺ）
鳰の子に家分けて遣る柳哉　作者不明（7俳諧古選二一〇ぺ）
鳰の巣の数定めばや八百八崎(やほやさき)　鳥酔（8俳諧新選一五四ぺ）
匂ひ有るきぬもたたまず春の暮　蕪村（2蕪村句集二一二四）
匂ひ立つ蒲焼よわが前にのみ　草城（9旦暮二四六七）
匂ふ梅翌(あす)来て見んと思ひけり　既白（8俳諧新選一〇一ぺ）
日本紀や銀杏に埋む神無月　調和（5俳林不改楽一五〇）
二本づつ菊まゐらする仏達　蕪村（2蕪村遺稿一二一〇）
日本には先(まつ)つくり候ふ初鰹　菜陽（8俳諧新選一一五ぺ）
煮木綿の雫に寒し菊の花　支考（6続猿蓑三三一〇）
二文投げて寺の縁借る涼みかな　子規（10獺祭句帖抄六二八ぺ）
乳麺(にゅうめん)の下たきたつる夜寒哉　芭蕉（1葛の松原六九九）
煮ゆる時蕪汁とぞ匂ひける　虚子（11五百句二八ぺ）
女房に見られて出るや更衣(ころもがへ)　干皐（7俳諧古選一七〇ぺ）
女房の江戸絵顔なり種物屋　禅寺洞（9禅寺洞句集二二九三）
女房は未(まだ)袷をもきぬたかな　龍眠（8俳諧新選二三一ぺ）

女房を酒の相手やさよ時雨　蜷古（8俳諧新選 二三六ぺ）
にょこと出す鼻や扇の骨の間　雅因（8俳諧新選 二一九ぺ）
女嬬達の物驚きや今朝の秋　雁宕（4俳諧新選 一七〇〇）
にょつぽりと秋の空なる不尽の山　鬼貫（5大悟物狂 二二七）
二里来ても我にかぶさる雲の峰　成美（4はらはら傘 二〇六八）
人形に茶をはこばせて門涼み　一茶（3おらが春 四四一ぺ）
人形まだ生きて動かず傀儡師（くわいらいし）　虚子（9五百句 〇〇八三）
人間のやもめを思へ鴛（をし）二つ　子規（10獺祭句帖抄 六六六ぺ）
人間吏となるも風流胡瓜（きうり）の曲がるも亦　虚子（11五百句 四四ぺ）
任口に白き団（うちは）をまゐらせむ　蕪村（2蕪村遺稿 一七一五）

ぬ

脱いだ時大きな足袋と思ひけり　富水（8俳諧新選 一四三ぺ）
糠漬けの茄子紫に明け易き　子規（10獺祭句帖抄 六五一ぺ）
ぬかづけばわれも善女や仏生会　久女（9杉田久女句集 〇九五六）
額にはり頬にはりて子の椿姫　禅寺洞（9禅寺洞句集 二三一九四）
脱ぎ更（か）へて旅を忘るる袷かな　貝錦（8俳諧新選 一一二ぺ）
脱ぎかゆる梢もせみの小河かな　蕪村（2蕪村句集 一〇五七）
脱ぎ捨つる朧や月の衣更　寄蘭（7俳諧古選 二二七ぺ）
脱ぎすてて角力（すまふ）になりぬ草の上　太祇（4太祇句選 一八一七）
ぬき菜売り覗くや四百八十寺（はつしんじ）　鳥酔（4鳥酔懐玉抄 一七二四）
ぬくもりてきたなき蒲団忘れけり　孤桐（8俳諧新選 一四〇ぺ）
ぬけがけの浅瀬わたるや夏の月　蕪村（2蕪村句集 五七九）
ぬけがらにならびて死ぬる秋のせみ　丈草（6続猿蓑 三二七一）
ぬけがらの君うつせみのうつつなや　子規（10獺祭句帖抄 六四八ぺ）
ぬけて行く茅の輪の先や夜の秋　青蘿（5青蘿発句集 八五二）
主しれぬ扇手に取る酒宴哉　蕪村（2蕪村遺稿 一一三）
塗師の手を今はなれてや初茄子　右丸（7俳諧古選 二一〇ぺ）
主や誰明け行く橋のぬれ団扇　孤桐（8俳諧新選 二一九ぺ）
盗人とならで過ぎけり虫の門　普羅（9普羅句集 〇七二四）
盗人に逢ふたよも有り年のくれ　芭蕉（1有磯海 八二六）
盗人に鐘つく寺や冬木立　太祇（5太祇句選 五五四）
盗人の首領歌よむけふの月　蕪村（2蕪村遺稿 一四二六）
ぬす人も妹とぬる夜やなく乳鳥　成美（5成美家集 九三六）
ぬす人や市に隠れて門飾り　孤洲（8俳諧新選 一五六ぺ）
盗まれて笑ふも花のあるじかな　近江朽木社中（8俳諧新選 一〇九ぺ）
盗み得て来る間匂はぬ花もがな　慶我（7俳諧古選 一四四ぺ）
ぬつくりと雪舟（そり）に乗りたるにくさ哉　荷兮（6あら野 八〇八）
蓴（ぬなは）生ふ池のみかさや春の雨　蕪村（2蕪村句集 二二四〇）
縫ひにこす薬袋や萩の露　扇（6猿蓑 二一六九）
縫物の背中にしたる炬燵かな　子規（10獺祭句帖抄 六三九ぺ）
縫物や着もせでよごす五月雨　羽紅（6猿蓑 一七五七）
縫ものをたたみてあたる火燵哉　落梧（6あら野 七八六）

塗畦に　尾をつけてゐる　鳥かな　虚子（13六百五十句　一四四ペ）
ぬり立ての　畔をゆり出る　田螺（たにし）哉　十丈（7俳諧古選　一四九ペ）
ぬり直す　壁のしめりや　軒の花　卓袋（6続猿蓑　二九八六）
ぬるい火に　足を並べて　継（つぎ）句（く）哉　嘯山（8俳諧新選　一五四ペ）
ぬるみ来る　筧（かけひ）の水や　比丘尼御所　一標（8俳諧新選　一〇七ペ）
ぬる鴛（をし）や　流れては又　向かひ合ふ　龍眠（8俳諧新選　一四一ペ）
濡れ色に　落葉の雨や　月の下　自友（8俳諧新選　一三六ペ）
濡れ色の　風吹いて行く　しぐれかな　白芽（8俳諧新選　一三六ペ）
濡いろや　大かはらけの　初日影　任行（6続猿蓑　三一〇七）
濡縁に　雨の後なる　一葉かな　虚子（11五百句　四〇ペ）
濡縁や　薺（なづな）こぼるる　土ながら　嵐雪（6続猿蓑　二九八九）
濡れし手に　水仙売つた　壱歩かな　一兎（8俳諧新選　一四一ペ）
濡れたまま　けふも亦出る　田植かな　支鳩（8俳諧新選　一一六ペ）
ぬれて行くや　人もをかしき　あめの萩　芭蕉（1真蹟懐紙　五四二）
濡れながら　ゆるゆるともす　蛍かな　水柳（8俳諧新選　一一七ペ）
濡れ雪の　瞼（まぶた）に重し　もどり馬　五明（5五明句藻　八八六）

ね

寝いらぬに　食（めし）焼（た）く宿ぞ　明けやすき　冬松（6あら野　九二七）
寝入りなば　もの引きさせよ　花の下　野水（6あら野　八四六）
ね入りばなの　園や萌黄の　蚊やの内　令徳（5鷹筑波集　四〇）
寝起きから　団扇とりけり　老いにけり　道彦（5蔦本集　九七三）
寝遅れし　良夜の鹿の　歩みかな　梨葉（9梨葉句集第一　一〇七四）
寝かさなき　母になられし　蒲団かな　松浜（9白菊　〇五五七）
寝勝手の　よさに又見る　柳かな　梅室（5梅室家集　一一六七）
寝がへりに　鹿おどろかす　鳴子哉　一酌（6続猿蓑　三二九六）
寝がへりの　方になじむや　きりぎりす　丈草（4青筵　〇九九六）
葱切つて　潑剌たる香　悪の中　楸邨（9まぼろしの鹿　二五八九）
禰（ね）宜（ぎ）達の　足袋だぶだぶと　はきにけり　鬼城（9鬼城句集　〇六三三）
寝ぐるしき　窓の細目や　闇の梅　乙州（6猿蓑　一八九二）
寝ごころや　火燵蒲団の　さめぬ内　其角（6猿蓑　一六五五）
猫抱きて　呼ばれて行かん　納豆汁　文誰（8俳諧新選　一五七ペ）
猫逃げて　梅匂ひけり　朧月　言水（5かり座敷　一七二）
猫にさへ　飽かれた春の　こたつ哉　知二（8俳諧新選　一五一ペ）
ねこのうき名　飼ひおく人に　立ちにけり　大石（8俳諧新選　一〇二ペ）
猫の子に　嗅がれて居るや　蝸牛（かたつぶり）　才麿（5陸奥鵆　二一五）
ねこの子の　くんづほぐれつ　胡蝶哉　其角（6炭俵　二四一四）
猫の子の　ちよつと押さへる　木の葉哉　一茶（3八番日記　三五七ペ）
猫の恋　初手から鳴きて　哀れ也　野坡（6炭俵　二四一三）
猫の恋　鼠もとらず　あはれなり　琴風（4其袋　一一二〇）
猫の恋　やむとき閨の　朧月　芭蕉（1をのが光　七四四）
猫の子や　秤にかかり　つつじやれる　一茶（3おらが春　四三五ペ）
猫の塚　お伝の塚や　木下闇　子規（10獺祭句帖抄　六一五ペ）

猫の妻　かの生ぶしを　取早（とりをはんぬ）　太祇（8俳諧新選 一四九ペ）
猫の妻　へついの崩れより　通ひけり　芭蕉（1江戸広小路 六九）
猫の目の　まだ昼過ぎぬ　春日かな　鬼貫（5鬼貫句選 二二二）
寝させぬは　御身いかなる　杜宇（ほととぎす）　松意（5江戸談林三百韻 一四〇）
寝覚めた歟（か）　角有りたけの　蝸牛　田福（8俳諧新選 一五ペ）
寝時分に　又みむ月か　初ざくら　其角（6続猿蓑 二九六五）
寝すがたの　蠅追ふもけふが　かぎり哉　一茶（3父の終焉日記 四二四ペ）
寝すがたを　ここに残すや　草の鹿　雁宕（8俳諧新選 一五八ペ）
鼠ども　出立ちの芋を　こかしけり　丈草（6続猿蓑 三四六六）
鼠共　春の夜あれそ　花靫（はなうつぼ）　半残（6猿蓑 一九八二）
鼠共　宿はと問はば　煤払　幽山（7俳諧古選 一八六ペ）
鼠とる　思案の外や　猫の恋　楼川（8俳諧新選 一〇二ペ）
寝た家の　外から白し　冬の月　母斛（7俳諧古選 一九二ペ）
寝道具の　かたかたやうき　魂祭り　去来（6続猿蓑 三四四七）
寝た下を　凩づうん　づうん哉　一茶（3文政句帖 三五三ペ）
寝た程は　羽のせはしき　小蝶哉　ちか（8俳諧新選 一〇八ペ）
寝た間にも　月日の移る　氷哉　沙月（8俳諧新選 一四三ペ）
寝たる萩や　容顔（ようがん）無礼（ぶれい）　花の顔　芭蕉（1続山井 一七）
ねぢけたる　木に花もなき　今年かな　零余子（9雑草 〇六八二）
捻ぢ直る　日にそり出る　蝶々かな　孤桐（8俳諧新選 一〇八ペ）
捻ぢもこぢも　ならぬ岩間の　つつじ哉　南浦（8俳諧新選 一一〇ペ）
根木打と　云へる子供の　遊びありし　虚子（14七百五十句 六一ペ）
根付きしと　見ゆる早苗や　風のうけ　龍眠（8俳諧新選 一一六ペ）
熱帯の　海に落ち込む　日のごとく　虚子（13六百五十句 一四八ペ）
熱帯の　海は日を呑み　終はりたる　虚子（12五百五十句 一五五ペ）
寝て起きて　幾日（いくか）に成りぬ　花千本　菜根（8俳諧新選 一五一ペ）
寝て聞くは　是も奢りか　鹿の声　風竹（7俳諧古選 二一〇ペ）
寝て食ふは　盗人共歟（か）　村しぐれ　几圭（8俳諧新選 一三六ペ）
寝ても寝ても　目さむる夏の　青み哉　団水（5俳諧京羽二重 一三三六）
寝て休む　日ぞ暫くの　釈迦如来　片路（7俳諧古選 二一六ペ）
寝て居ても　世は形々（なりなり）や　長瓢（ながふくべ）　桃妖（7俳諧古選 一八四ペ）
寝て居よか　起きて居ようか　花の春　西吟（5柏崎 一二三〇）
寝所の　松に雪ふる　鳥哉　吏明（7俳諧古選 一九四ペ）
寝所へ　傘の谺（こだま）や　よるの雪　可幸（8俳諧新選 一四二ペ）
寝所や　梅のにほひを　たて籠めん　大舟（6続猿蓑 三〇〇二）
寝ながらに　吹き落とさるる　小てふかな　雅因（8俳諧新選 一〇八ペ）
寝ならぶや　しなのの山も　夜の雪　一茶（3文化句帖 三五四ペ）
寝並んで　遠夕立の　評議哉　一茶（3おらが春 四五〇ペ）
根に帰る　花やよしのの　そば畠　蕪村（2蕪村遺稿 二五七〇）
寝ぬくもる　間にごそつく　紙子哉　敬雨（7俳諧古選 一九一ペ）
子（ね）の日しに　都へ行かん　友もがな　芭蕉（1蕉翁句集 二二六）
寝咄の　足でをりをり　鳴子哉　一茶（3文政句帖 三四八ペ）
ねばりひきでも　あろかと田向こふの　初蛙　かな女（9胡笛 〇七八六）
涅槃像　あかき表具も　目にたたず　沾圃（6続猿蓑 三四三九）

涅槃西風(にし)吹くわたましの甕を負ふ　栂童（9枯蘆 〇八〇七）
ねはんの夜耆婆(きば)ははづして見えぬ也　百万（8俳諧新選 一〇四ぺ）
涅槃会や蚯蚓(みみず)ちぎれし鍬の先　子規（9寒山落木巻一 〇〇三七）
ねはん会や柳に暮れて梅の朝　大施（8俳諧新選 一四七ぺ）
寝冷せし人不機嫌に我を見し　虚子（11五百句 五〇ぺ）
葱(ねぶか)洗ふ流れもちかし井手の里　蕪村（2蕪村遺稿 一九三〇）
葱買うて枯木の中を帰りけり　蕪村（2蕪村句集 一九三一）
葱白く洗ひたてたるさむさ哉　芭蕉（1韻塞 七二三）
根府川や石切る山の青蜜柑　子規（10獺祭句帖抄 六一六ぺ）
眠たさの春は御室の花よりぞ　蕪村（2蕪村句集 二〇六三）
ねぶたしと馬には乗らぬ菫草　荷兮（6あら野 五九一）
念仏すれば報恩講の鐘が鳴る　句仏（9句仏句集 〇五三六）
ねぶらせて養ひたてよ花のあめ　貞徳（4犬子集 〇〇四五）
寝仏を刻み仕舞へば春くれぬ　蕪村（2蕪村遺稿 四六七）
子(ね)祭りにしわき祝詞(のりと)を参らせん　雅因（8俳諧新選 一五五ぺ）
子祭りや黒う光れる家の風　赤羽（8俳諧新選 一四五ぺ）
合歓(ねむ)咲くや河水を汲む桔槹(はねつるべ)　碧梧桐（9三千里 〇一二八）
寝筵にさつと時雨の明かり哉　一茶（3七番日記 三五二ぺ）
寝むしろや野分に吹かす足のうら　一茶（3句稿消息 三四六ぺ）
眠たがる人にな見えそ朝桜　その（7俳諧古選 一五四ぺ）
睡たさを我が守る引板(ひた)にさましけん　赤羽（8俳諧新選 一三三ぺ）
眠たさを我に移す歟(か)茶挽草　巴東（8俳諧新選 一二三ぺ）

合歓(ねむ)の木の葉ごしもいとへ星のかげ　芭蕉（1猿蓑 六三四）
眠らんとす汝静かに蠅を打て　子規（4俳句稿巻一 二二〇六）
ねむりても旅の花火の胸にひらく　林火（9冬雁 二七六〇）
眠れども扇は動く暑さ哉　富国（7俳諧古選 一六三ぺ）
眠れねば足の先冷えまさりつつ　虚子（14七百五十句 六二ぺ）
寝やと言ふ禿(かむろ)まだ寝ず今日の月　抱一（4屠竜之技 二一三四）
閨の蚊のぶんとばかりに焼かれけり　一茶（3おらが春 四四九ぺ）
寝やの蚊や御仏供(おぶく)焼(た)く火に出でて行く　釣雪（6あら野 八六九）
寝よかろと見上ぐる空や天の河　篤羽（8俳諧新選 二二四ぺ）
寝よとすれば門叩くなり春の宵　子規（10獺祭句帖抄 六四二ぺ）
ねられずやかたへひえゆく北おろし　去来（6あら野 一〇〇六）
練塀(ねりべい)の内迄も来るかれ野哉　移竹（8俳諧新選 二三七ぺ）
寝る時はどうでも下りる雲雀(ひばり)哉　明水（7俳諧古選 一五六ぺ）
寝るとなく寝る水主(かこ)もあり夏の月　沙月（8俳諧新選 一一九ぺ）
寝る外に分別はなし花木槿(むくげ)　一茶（3文化句帖 三四九ぺ）
寝れば寝るあの薦(こも)一重霜一重　泉石（7俳諧古選 一二一ぺ）
寝忘れた野寺の門や雉のこゑ　嘯山（8俳諧新選 一〇四ぺ）
寝忘れて飛びゆく鹿や草の霜　嘯山（8俳諧新選 一三二ぺ）
念入れて冬からつぼむ椿かな　曲翠（6炭俵 二四二八）
懇ろな飛脚過ぎゆく深雪哉　蕪村（2蕪村遺稿 六九二）
念仏に睡らぬ月や御忌ながら　鶴英（8俳諧新選 一〇二ぺ）
念力のゆるみし小春日和かな　虚子（13六百五十句 一八六ぺ）

念力のゆるめば死ぬる大暑かな　鬼城（4鬼城句集 二二六四）

の

野遊びや肱つく草の日の匂ひ　乙字（4乙字句集 二三二七）
能因にくさめさせたる秋はここ　大江丸（4はいかい袋 二〇五九）
凌霄(のうぜん)の花や鐘楼を巻かんとす　野逸（4野逸句集 一七六五）
能なしの寝(ね)たし我をぎやうぎやうし　芭蕉（1嵯峨日記 六九二）
能なしは罪も又なし冬籠り　一茶（3おらが春 四七三ぺ）
能舞台地裏に夏の山入り来　虚了（13六百五十句 二二九ぺ）
のうれんに東風(こち)吹く伊勢の出店哉　蕪村（2蕪村句集 二〇四一）
のうれんの奥物ぶかし北の梅　芭蕉（1菊の塵 三五二）
野霞のこぼす小雨や蓬摘み　不器男（9定本不器男集 一七一六）
野鳥の腹に蹴て行く春の水　祇空（5玄湖集 四五二）
野鳥は牛にとまるや梅のはな　淡々（8俳諧新選 一五二ぺ）
遁れても袷着る日は袷哉　珪琳（8俳諧新選 一二ぺ）
遁れても苦きや汲まぬ山清水　孤岫（7俳諧古選 二〇三ぺ）
遁れても世にかしましき紙子哉　立吟（7俳諧古選 一九四ぺ）
軒裏に去年(こぞ)の蚊動く桃の花　鬼貫（4仏の兄 〇二八〇）
軒落ちし雪窮巷を塞ぎけり　碧梧桐（4続春夏秋冬 二三〇一）
軒口やあられ食ひこぼし食ひこぼし　嘯山（8俳諧新選 一四二ぺ）
軒ちかき岩梨をるな猿のあし　千那（6猿蓑 二一四七）
野狐ほどもなし我が身がさ春嵐　かな女（9川の灯 〇七八七）
鋸にからきめみせて花つばき　嵐雪（6炭俵 二四二九）
鋸の音貧しさよ夜半の冬　蕪村（2蕪村句集 二一六〇）
残る蚊や忘れ時出る秋の雨　四友（6続猿蓑 三三一九）
残る葉と染めかはす柿や二つ三つ　太祇（8俳諧新選 二三一ぺ）
残る花人にいはばや水鶏(くひな)塚　鳥酔（5風字吟行 四九五）
残る葉にせはしき風やかれ柳　麦翅（8俳諧新選 二三七ぺ）
残る葉ものこらずちれや梅もどき　加生（6あら野 七六八）
残る雪あつたら顔がよごれけり　嘯山（8俳諧新選 一五五ぺ）
残れるも人にはくれず菊の苗　瓜流（8俳諧新選 一〇八ぺ）
野ざらしを心に風のしむ身哉　芭蕉（1野ざらし紀行 一七一）
野仕事の仕舞ひ嬉しき月夜哉　羽律（8俳諧新選 二九ぺ）
熨斗(のし)むくや磯菜すずしき島がまへ　正秀（6炭俵 二五二三）
後シテの面や月の痩男　几董（8俳諧新選 二三四ぺ）
野路の梅白くも赤くもあらぬ哉　蕪村（2蕪村遺稿 四〇五）
後の月かしこき人を訪ふ夜哉　蕪村（2蕪村遺稿 二一七五）
後の月鴫たつあとの水の中　蕪村（2蕪村遺稿 二一七四）
後の月薄の白髪けづりあへず　子規（10獺祭句帖抄 六五五ぺ）
後の月つくねんとして庵にあり　子規（10獺祭句帖抄 六五四ぺ）
のちの月葡萄(ぶだう)に核のくもりかな　成美（5成美家集 九三三）
野路の月寝ながらいぬる足もがな　它谷（8俳諧新選 二二九ぺ）
後の世の薬食也寒念仏　九水（7俳諧古選 二一八ぺ）

野幌の　原始林より　秋来たり　みどり女（9微風〇九七四）
長閑(のどか)さに　おさへ歩行(ありく)や　膝の皿　鳳朗（5鳳朗発句集一一五八）
長閑さや　寒の残りも　三が一　利牛（6炭俵二四一）
長閑さや　煠はいた夜の　小行灯　一茶（3八番日記三六〇ぺ）
長閑さや　簀(す)にはじかるる　海苔の音　大江丸（5俳懺悔八六八）
のどけしや　湊の昼の　生ざかな　荷兮（6あら野九二四）
のどけしや　麦まく比の　衣がへ　一井（6あら野七八五）
野とともに　焼くる地蔵の　樒(しきみ)　哉　蕪村（2蕪村句集四四三）
能登の畑　打つ運命にや　生まれけん　虚子（13六百五十句二〇七ぺ）
能登人の　高称名に　霙(みぞ)れゆく　句仏（9句仏句集〇五三七）
野に嬉し　虫待つ宵の　小行灯　重頼（5藤枝集三二）
野に似よと　萩の主は　思ひけり　嘯山（8俳諧新選二一八ぺ）
野にも寝ず　今年も明けぬ　福寿草　二柳（8俳諧新選一〇〇ぺ）
野のうへに　短き富士や　ほととぎす　沾洲（4ふる琴集二三三八）
野の馬の　韮(にら)をはみ折る　霜の朝　蕪村（2蕪村遺稿一八九一）
野の梅の　ちりしほ寒き　二月哉　尚白（6猿蓑一九二二）
野の風や　小松が上も　尾花吹く　太祇（8俳諧新選一三一ぺ）
野の茶屋に　蜜柑並べし　小春かな　子規（10獺祭句帖抄六六〇ぺ）
野の蝶の　大坂へ出る　日和哉　来草（7俳諧古選二二七ぺ）
野の春を　さらばけふこそ　握り飯　同来（8俳諧新選一一二ぺ）
野の広さ　見えて月夜の　寒さ哉　天露（8俳諧新選一四二ぺ）
野の道や　童蛇打つ　麦の秋　子規（10獺祭句帖抄六五一ぺ）

野の宮の　後ろに灯(とぼ)す　椿かな　雁觜（8俳諧新選一五〇ぺ）
のの宮や　としの旦(あした)は　いかならん　朴什（6あら野四八五）
野袴の　法師が旅や　春の風　蕪村（2蕪村句集二四一八）
野はかれて　何(なん)ぞ食ひたき　庵哉　一茶（3文化句帖三五八ぺ）
野は枯れて　のばす物なし　鶴の首　支考（6続猿蓑三三六三）
野ばくちが　打つちらかりて　鳴く雲雀(ひばり)　一茶（3七番日記三三〇ぺ）
野ばくちや　灯(ともし)によるの　鹿の角　習先（8俳諧新選一五九ぺ）
野畠や　雁(がん)追ひのけて　摘む若菜　史邦（6猿蓑一八九六）
野は人に　踏み捨てられて　寒さ哉　買明（7俳諧古選二二二ぺ）
野火遂に　風のまにまに　とめどなく　俳小星（9径草〇九一〇）
野ぶせりの　枕に烈(い)てる　氷かな　嘯山（8俳諧新選一四三ぺ）
信長の　榎残りて　枯野かな　子規（10獺祭句帖抄六一一ぺ）
野へ見せる　額は誰が宿　花五加木(うこぎ)　竿秋（8俳諧新選一三五ぺ）
のぼせ目の　兎を放せ　蓼の園　百万（8俳諧新選一五八ぺ）
野仏の　によろりと高き　冬野かな　紫水（8俳諧新選一三七ぺ）
上り来て　念仏泣きけり　御霜月　左釣（8俳諧新選一四五ぺ）
幟たてて　嵐のほしき　日なりけり　子規（10獺祭句帖抄六〇七ぺ）
のぼり帆の　淡路はなれぬ　汐干哉　去来（6続猿蓑三〇七四）
呑みあかす　年を忘れて　よいもの歟(か)　良能（8俳諧新選一四五ぺ）
のみあけて　花生にせん　二升樽　芭蕉（1伝土芳筆全伝六七六）
蚤虱(しらみ)　馬の尿する　枕もと　芭蕉（1奥の細道五〇九）
蚤に似て　押さへし虫の　哀れなり　百里（4或時集一一二七）

蚤の迹(あと)かぞへながらに添(そへ)乳(ち)哉　一茶（3おらが春四五九ぺ）
蚤の迹それもわかきはうつくしき　一茶（3七番日記三四一ぺ）
のみ止まうとぞ鳴きにける寒苦鳥　千澄（8俳諧新選一四五ぺ）
のむ程に三日月かかる桜かな　万子（7俳諧古選二一〇ぺ）
野山より市のものなり夏の月　蓼太（4蓼太句集一七四五）
のらくらが遊びかげんの夜寒哉　一茶（3おらが春四六九ぺ）
のらくらも御代のけしきぞ更衣(ころもがへ)　一茶（3七番日記三三七ぺ）
のら猫も人目の関にそら寝哉　里鳥（8俳諧新選一〇二ぺ）
のら猫や思ふがままに恋ひわたる　子規（9寒山落木巻二〇〇三八）
乗り移る人玉ならし蓮の露　望一（4犬子集〇〇五七）
海苔掻(のりかき)の眼はをみならし円き岩　水巴（9定本水巴句集〇五九〇）
乗(のり)懸(かけ)や炬燵しまふて敷いて行く　希因（8俳諧新選一一二ぺ）
海苔買ふや追はるる如く都去る　禅寺洞（9禅寺洞句集二二九五）
海苔人の寒苦にしののめす　碧雲居（9碧雲居句集一〇七〇）
粘ごはな帷子(かたびら)かぶるひるねかな　惟然（6続猿蓑三二〇〇）
苔汁の手ぎは見せけり浅黄椀　芭蕉（1茶のさうし九四七）
海苔粗朶にゆたのたゆたの小舟かな　虚子（13六百五十句一九八ぺ）
苔とりし跡には土もなかりけり　湍水（6あら野八九〇）
粘になる鮑(あはび)も夜のあつさかな　里東（6続猿蓑三一七三）
糊の干ぬ行灯ともす寒さかな　梅室（5梅室家集一一七二）
法の山や蛇もうき世を捨衣　一茶（3おらが春四四三ぺ）
糊箱に躍る鼠の夜寒かな　零余子（9雑草〇六八三）

乗物をしづかに居(す)うる落葉かな　蕪村（2蕪村遺稿二六〇）
呪ふ人は好きな人なり紅芙蓉　かな女（9雨月〇七八八）
野分跡倒れし木々も皆仏　虚子（14七百五十句四五四ぺ）
野分して上野の鳶の庭に来る　子規（10獺祭句帖抄六五四ぺ）
野分して樹々の葉も戸も流れけり　太祇（8俳諧新選二三〇ぺ）
野分して其の夜止めけり旅芝居　鼓舌（8俳諧新選二三二ぺ）
野分して鼠のわたるにはたづみ　蕪村（2蕪村遺稿一〇〇）
野分してはせ出でし水や所々　尺布（8俳諧新選二三〇ぺ）
野分過ぎて気楽にさくや菊の花　篤羽（8俳諧新選二三四ぺ）
野分する夕べや萩の真つさかり　適斎（8俳諧新選二二七ぺ）
野分の夜書(ふみ)読む心定まらず　子規（10獺祭句帖抄六五四ぺ）
野を撫でて盲のほめる春べかな　梅史（8俳諧新選一一一ぺ）
野を焼いて帰れば灯下母やさし　虚子（9五百句〇〇八四）
野をよこに馬牽きむけよ郭公(ほととぎす)　芭蕉（1奥の細道四九〇）
野をわたる雲を蹴て立つきぎす哉　嘯山（5葎亭句集七一九）

は

歯豁(あらは)に筆の氷を噛(か)む夜哉　蕪村（2蕪村句集二一〇五）
羽蟻とぶや富士の裾野の小家より　蕪村（2蕪村句集二二五九）
飛蟻みな柱叩けば散りぞ行く　季遊（8俳諧新選一五二ぺ）
俳諧の隣むなしき余寒かな　鳴雪（4鳴雪俳句鈔二二二六）

梅天と長汀とありうまし国　青畝（9国原　一五一三）
海贏(ばい)の子の郭(くるわ)ともりてわかれけり　万太郎（9草の丈　一一二九）
売文や夜出て髭のあぶらむし　不死男（9万座　二二七三）
拝領の手からこぼるる氷かな　杉下（8俳諧新選　一二三ぺ）
梅林へ梅林へ私は裏山へ　みどり女（9定本みどり女　〇九七五）
羽色とは心おとりやきじの声　晩平（8俳諧新選　一〇四ぺ）
抱一の観たるがごとく葛の花　風生（9母子草　一五八五）
箒目にあやまつ足や若楓　蕪村（2蕪村遺稿　八八八）
箒目に霜の蘇鉄(そてつ)のさむさ哉　游刀（6炭俵　二五九七）
龐居士(はうこじ)はかたい親父よ竹婦人　蕪村（2蕪村句集　九一五）
疱瘡の跡まだ見ゆるはな見哉　傘下（6あら野　三七八）
芳草や黒き烏も濃紫　虚子（11五百句　二四ぺ）
放生会かがし崩して戻りけり　白芽（8俳諧新選　一三五ぺ）
茫然と覚め蚊屋あさがほの繍(ぬひもの)せり　秋風（4俳諧吐綬鶏　〇二三〇）
庖丁の片袖くらし月の雲　其角（6炭俵　二五八六）
方丈の大庇より春の蝶　素十（9初鴉　一五五二）
茫(ばう)々(ばう)と明けはなれたる野分かな　白芽（8俳諧新選　一三一ぺ）
羽織着て綱もきく夜や河ちどり　蕪村（2蕪村句集　二七〇）
墓生きて我を迎へぬ久しぶり　虚子（11五百句　五九ぺ）
墓一塊土筆長けなばかくれなむ　青邨（9露団々　一六一一）
墓起こす一念草をむしるなり　亜浪（9定本亜浪句集　一〇四三）
葉隠れに賢き花や冬椿　方山（7俳諧古選　二〇二ぺ）

葉隠れに人まち顔や初茄子　梅史（7俳諧古選　二二九ぺ）
葉がくれぬ花を牡丹の姿哉　全峰（6猿蓑　一七二五）
葉がくれの機嫌うかがふ蚕哉　太祇（8俳諧新選　一一一ぺ）
葉がくれの枕さがせよ瓜ばたけ　蕪村（2蕪村句集　一〇六一）
葉がくれをこけ出て瓜の暑さかな　去来（4となみ山　〇九四五）
妖(ば)かされたやうに暮れたるかれ野哉　呑鳥（8俳諧新選　一三七ぺ）
歯固めに梅の花かむにほひかな　如行（6あら野　四六七）
馬鹿に付ける薬とならば屠蘇酌まん　存義（8俳諧新選　一四九ぺ）
墓原のつづきや寺の蕎麦畠　子規（10獺祭句帖抄　六一七ぺ）
はか原や稲妻やどる桶の水　支梁（6続猿蓑　三四五三）
墓原や墓低くして草茂る　子規（10獺祭句帖抄　六五〇ぺ）
袴着て鰒食うて居る町人よ　蕪村（2蕪村句集　一九二五）
袴着ぬこころの友や初鰹　宗瑞（8俳諧新選　一四七ぺ）
袴着ぬ膝恥づかしき牡丹かな　嘯浦（8俳諧新選　一一三ぺ）
はかまきぬ聟入もあり年のくれ　李由（6炭俵　二六三七）
葉から葉へ伝ぅて涼し竹の雨　羽幸（8俳諧新選　一二一ぺ）
葉から葉へ露分けてやる柳かな　文素（8俳諧新選　一二六ぺ）
はかられじ雪の見所有り所　野水（6あら野　四五六）
はき掃除してから椿散りにけり　野坡（6炭俵　二四三一）
萩咲かば鹿の替はりに寝に行かん　来山（7俳諧古選　一七五ぺ）
萩咲きてよしある筆を拾ひけり　山竺（8俳諧新選　一四八ぺ）
萩その他糸の如くに枯れにけり　虚子（14七百五十句　九二ぺ）

掃初の臼をめぐりて掃きにけり　村家（9同人句集 〇七九三）
掃溜の赤元結や春の雨　一茶（3八番日記 三三六ぺ）
萩散るや女机の愚案抄　子規（10獺祭句帖抄 六一〇ぺ）
掃きとるや落葉にまじる石の音　淡路女（9梶の葉 〇九八五）
萩に移り松にてり行くや秋の月　越燕（8俳諧新選 二二九ぺ）
萩（はぎ）にくれて玉田横野へわかれ行く　蕪村（2蕪村遺稿 二五六一）
脛に立つ水田の晩稲（おくて）刈る日かな　子規（10獺祭句帖抄 六一八ぺ）
萩に露我が身に杖の撓（たわ）み哉　楼川（8俳諧新選 二二七ぺ）
はき庭の砂あつからぬ曇り哉　荷兮（6あら野 六九〇）
萩の露米つく宿の隣かな　芭蕉（1泊船集書入 九六七）
萩の戸の月や雲井へ雲井より　卯雲（8俳諧新選 二二七ぺ）
萩の花追々こけて盛り哉　孤舟（7俳諧古選 二一七ぺ）
萩の花取り乱したる盛りかな　貝錦（8俳諧新選 一二七ぺ）
萩の昼月の句も一つ袋かな　子規（10獺祭句帖抄 六五七ぺ）
萩原や一（ひと）よはやどせ山のいぬ　芭蕉（1鹿島詣 三一一）
萩黄葉しぬ朽葉しぬ落葉しぬ　夜半（9彩色 一六四六）
萩ゆつて拳（こぶし）の珠数（じゅず）の濡れにけり　大夢（8俳諧新選 二二七ぺ）
萩折りて名所の人の箸にせん　鳥暁（8俳諧新選 一五一ぺ）
幕営の暗き灯（ひ）あかつきに及ぶ　誓子（9青女 一四八五）
白焔に冬日の玉の隠れ燃ゆ　たかし（4たかし全集 二六五六）
麦秋の中なるが悲し聖廃墟　秋桜子（9残鐘 一四三九）
白日は我が霊なりし落葉かな　水巴（9定本水巴句集 〇五九一）

白扇を捨てて手だけになりて舞ふ　誓子（9天狼 一四八六）
白昼に雑拾ひけり年の暮　言水（7俳諧古選 一八七ぺ）
白頭の吟を書きけり捨団扇　子規（10獺祭句帖抄 六三五ぺ）
白梅の花と莟と莟がち　素逝（9暦日 一八二九）
白梅や墨芳しき鴻臚館（こうろくわん）　蕪村（2蕪村句集 二三五）
白馬寺に如来うつしてけさの秋　召波（4春泥句集 一八二八）
白馬の眼繞る癇脈雪の富士　草田男（9万緑昭36・1 二五三九）
白ぼたん崩れんとして二日見る　成美（5成美家集 九二八）
白牡丹只一輪の盛りかな　闌更（5半化坊発句集 七五一）
白牡丹といふといへども紅ほのか　虚子（9五百句 〇〇八五）
伯楽が鍼（はり）に血を見る冬野かな　召波（4春泥句集 一八二九）
白れむの的皪と我が朝は来ぬ　亜浪（9臼田亜浪先生 一〇四四）
葉雞頭これにも裏の有りける歟（か）　富水（8俳諧新選 一三三ぺ）
化けさうな傘かす寺の時雨哉　蕪村（2蕪村遺稿 九六〇）
妖（ば）けながら狐貧しき師走哉　其角（7俳諧古選 一八九ぺ）
兀山（はげやま）に隣りて暗き若葉哉　志昔（8俳諧新選 一一四ぺ）
はげ山の力及ばぬあつさかな　猿雖（6炭俵 二五〇六）
兀山のてかてかとして麦の秋　子規（10獺祭句帖抄 六三二ぺ）
兀山や生まれのままに秋くれぬ　枝芳（8俳諧新選 一三五ぺ）
はげ山や朧の月のすみ所　式之（6あら野 五九七）
はげ山や下行く水の沢卯木（うつぎ）　夢々（6あら野 六三一）
兀山や何にかくれてきじの声　蕪村（2蕪村句集 四三〇）

羽子板の重きが嬉し突かで立つ　かな女（9雨月〇七八九）
羽子板や子はまぼろしのすみだ川　秋桜子（9俳句昭48・1一四四〇）
羽子板を口にあてつつ人を呼ぶ　虚子（12五百五十句七九ペ）
箱根こす人も有るらし今朝の雪　芭蕉（1笈の小文三三四）
はこべらや焦土の色の雀ども　波郷（9雨覆二六五一）
箱を出る皃(かほ)わすれめや雛二対　蕪村（2蕪村句集三三六八）
葉桜に意地のわろさは風もなし　丈石（7俳諧古選二一四ペ）
葉ざくらや碁気(ごけ)に成り行く奈良の京　蕪村（2蕪村遺稿四九一）
はさむ時心つくしの生海鼠(なまこ)哉　五鳳（7俳諧古選二二〇ペ）
橋裏を皆打ち仰ぐ涼み舟　虚子（11五百句六一ペ）
橋落ちてうしろ淋しき柳かな　子規（10獺祭句帖抄六〇六ペ）
橋杭(ぐひ)や御祓ひかかる煤はらひ　卜枝（6あら野一〇八六）
橋桁のしのぶは月の名残哉　芭蕉（1をのが光七一五）
橋桁や日はさしながら夕霞　北枝（4卯辰集一〇七七）
橋高しもみぢを埋む雨のくも　樗良（5樗良発句集七八五）
はし鷹の拳(こぶし)はなれぬ嵐かな　子規（10獺祭句帖抄六二〇ペ）
はしたなき女嬬のくさめや時鳥　蕪村（2蕪村遺稿一九九八）
箸で食ふ花の弁当来て見よや　虚子（12五百五十句一五三ペ）
橋なくて日くれんとする春の水　蕪村（2蕪村句集二二二八）
橋に立てば春水我に向かつて来　虚子（12五百五十句四六ペ）
橋の上とまられはせぬ涼み哉　貞秋（7俳諧古選一六二ペ）
橋は見て草履(ざうり)で渡る暑さ哉　法策（7俳諧古選二一五ペ）
橋踏めば魚沈みけり春の水　子規（10獺祭句帖抄六二四ペ）
始めのは落葉成りけり小夜時雨　望友（7俳諧古選一八七ペ）
橋もなし鵲(かささぎ)飛んでしまひけり　子規（10獺祭句帖抄六三五ペ）
羽虱(じらみ)を花に落とすなむら烏　正秀（7俳諧古選一四八ペ）
走る程風の追はゆる寒さかな　退笑（8俳諧新選一四八ペ）
端居(はしゐ)して鶯に顔見しらせん　蓼太（8俳諧新選一〇一ペ）
端居してげに長かりし旅路かな　虚子（14七百五十句三九ペ）
端居して妻子を避くる暑さかな　蕪村（2蕪村句集一七三一）
端居とは我が膝抱いて蝶が飛び　虚子（13六百五十句一四五ペ）
蓮池に生まれて本の蛙哉　言水（7俳諧古選一五一ペ）
蓮池の浮葉水こす五月雨　子規（10獺祭句帖抄六四七ペ）
蓮池のかたちは見ゆる枯葉哉　一髪（6あら野七九一）
蓮池の田風にしらむ葉裏哉　蕪村（2蕪村遺稿一一三七）
蓮池のふかさわするる浮葉かな　荷兮（6波留濃日三三八）
蓮池や願はくならば流れ川　友元（7俳諧古選一六三ペ）
蓮池や折らで其のまま玉まつり　芭蕉（1千鳥掛四二〇）
蓮咲いて百か日とはなりにけり　子規（10獺祭句帖抄六三二ペ）
蓮の香も行水したる気色哉　野水（6あら野八四九）
蓮の香や旭(あさひ)のかかる勅使門　大夢（8俳諧新選一二三ペ）
蓮の香や水を離るる茎一寸　蕪村（2蕪村句集九二一）
蓮のかを目にかよはすや面の鼻　芭蕉（1真蹟短冊八七三）
蓮の露ころがる度にふとりけり　子規（9寒山落木巻一〇〇三九）

蓮の花少し曲がるもうき世哉　一茶（3おらが春 四五二ぺ）
蓮の葉に此の世の露は曲がりけり　一茶（3おらが春 四五〇ぺ）
蓮の葉や心もとなき水離れ　白雪（6続猿蓑 三一三五）
蓮の実に軽さくらべん蟬の空　示峰（6続猿蓑 三二七〇）
蓮の実の供に飛び入る庵かな　等哉（6猿蓑 二一七五）
はすの実のぬけつくしたる蓮のみか　越人（6あら野 七五一）
蓮の実や飛んでも同じ池の中　尺草（7俳諧古選 二〇八ぺ）
蓮の実を飛ばせて殻（から）はしなびける　子規（10獺祭句帖抄 六五九ぺ）
バスを待ち大路の春をうたがはず　波郷（9鶴の眼 二六五二）
沙魚（はぜ）釣りの小舟漕ぐなる窓の前　蕪村（2蕪村句集 二二九〇）
はぜつるや水村（すいそん）山郭（さんくわく）酒旗の風　嵐雪（5虚栗 二八一）
沙魚釣るや鼻おごめきて百とよむ　太祇（8俳諧新選 二三五ぺ）
初瀬の鐘よい物近し冬籠り　希因（7俳諧古選 一九四ぺ）
葩煎（はぜ）蒔きて童這はする遊びかな　銀獅（8俳諧新選 二一二ぺ）
ばせを植ゑてまづにくむ荻の二ば哉　芭蕉（1続深川集 一三二）
芭蕉忌に芭蕉の像もなかりけり　子規（10獺祭句帖抄 六六一ぺ）
芭蕉忌の燭の芯剪る坊が妻　虚子（14七百五十句 一〇八ぺ）
芭蕉忌や遠く宗祇に溯る　虚子（12五百五十句 二三ぺ）
芭蕉様の脛（すね）をかじって夕涼み　一茶（3句稿消息 三三五ぺ）
芭蕉去りてそののちいまだ年くれず　蕪村（2蕪村句集 二四八七）
芭蕉野分して盥に雨を聞く夜哉　芭蕉（1武蔵曲 一三九）
芭蕉葉の陰に小鹿の昼寝哉　羅嵐（8俳諧新選 一二三ぺ）
ばせを葉は柴にも成らず朽ちにけり　朴音（7俳諧古選 一八二ぺ）
芭蕉葉は何になれとや秋の風　路通（6猿蓑 一八〇六）
ばせを葉や打ちかへし行く月の影　乙州（6猿蓑 一八四六）
ばせを葉や風なきうちの朝涼み　史邦（6続猿蓑 三一五〇）
芭蕉葉を柱にかけん庵の月　芭蕉（1蕉翁文集 七五五）
芭蕉破れて繕ふべくもあらぬかな　子規（10獺祭句帖抄 六三八ぺ）
畑打の霞むもしらで霞みけり　素檗（4素檗句集 二一四一）
畠打の目にはなれずよ摩耶（まや）が岳　蕪村（2蕪村遺稿 二三七四）
畠打や子が這ひ歩くつくし原　一茶（3八番日記 三二九ぺ）
畑打や木の間の寺の鐘供養　蕪村（2蕪村句集 二四三一）
畑うちや法三章の札のもと　蕪村（2蕪村句集 二三六九）
畑打や我が家も見えて暮れ遅し　蕪村（2蕪村遺稿 二四三二）
畑打よこちの在所の鐘が鳴る　蕪村（2蕪村句集 二四三〇）
畑うつやうごかぬ雲もなくなりぬ　蕪村（2蕪村句集 二四二九）
畑打つや太閤様も死んだげな　紫影（9かきね草 〇二三五）
畠うつや鳥さへ啼かぬ山陰に　蕪村（2蕪村句集 二三七八）
畑うつや道問ふ人の見えずなりぬ　蕪村（2蕪村遺稿 二六一三）
畠打つや峰の御坊の鶏（とり）のこゑ　蕪村（2蕪村遺稿 二三七二）
畑打つや耳うとき身の只一人　蕪村（2蕪村遺稿 二三七〇）
機織虫の鳴り響きつつ飛びにけり　虚子（12六百句 一六四ぺ）
はたおりや壁に来て鳴く夜は月よ　風麦（6猿蓑 一八三八）
裸子をひつさげ歩く温泉（ゆ）の廊下　虚子（13六百五十句 一五五六ぺ）

裸にて時打ちゆくや夏の月　維駒（8俳諧新選一二九ペ）
裸にて黙礼をかし門すずみ　孤桐（8俳諧新選二二二ペ）
はだかにはまだ衣更着のあらし哉　芭蕉（1其袋三五六）
裸身にいなづま請くる夜水哉　士髪（8俳諧新選二二五ペ）
はだか身に神うつりませ夏神楽（かぐら）　蕪村（2蕪村句集一七〇七）
裸身の壁にひつつくあつさ哉　子規（9寒山落木巻二〇〇四〇）
裸身をゆるし色也角力（すまふ）とり　雪峰（8俳諧新選二二七ペ）
裸虫大晦（おほつごもり）日のなく音かな　超波（8俳諧新選一四六ペ）
畠（はたけ）主（うし）かがしに逢うてもどりけり　蕪村（2蕪村遺稿一九四）
畑打つ音やあらしのさくら麻　芭蕉（1花摘六〇三）
畠にもならでかなしき枯野哉　蕪村（2蕪村遺稿八一八）
畠みな蝶に成りたる日和かな　多少（8俳諧新選一〇八ペ）
畑見ゆる杉垣低し春の雨　子規（10獺祭句帖抄六四三ペ）
肌寒き始めにあかし蕎麦のくき　惟然（6続猿蓑三三〇五）
肌寒きはじめや星の別れより　乙由（4麦林集一一九四）
肌さむし竹切る山のうす紅葉　凡兆（6猿蓑一八七四）
肌寒や湯ぬるうして人こぞる　子規（10獺祭句帖抄六五一ペ）
肌寒を苦にせぬ白（かほ）の哀れなり　雨谷（8俳諧新選一五一ペ）
畑中にひとり吉野の柳哉　左菊（7俳諧古選二二七ペ）
肌脱いで髪すく庭や木瓜（ぼけ）の花　虚子（11五百句一七ペ）
旗のごとくなびく冬日をふと見たり　虚子（9五百五十句〇〇八六）
肌のよき石にねむらん花の山　路通（4いつを昔一〇一七）

馬（ば）盥（だらひ）にさみだれ傘や数十本　必化（8俳諧新選一一七ペ）
蜂出でて巣を回りけり雨の朝　作者不明（8俳諧新選一〇七ペ）
鉢植の椿落ちけり鉢の中　子規（10獺祭句帖抄六四五ペ）
鉢植も家（や）越（こ）し車や唐がらし　太祇（8俳諧新選一二八ペ）
蓮みむ日にさかやきはわるるとも　晨風（6あら野六九七）
鉢たたき憐れは顔に似ぬものか　乙州（6猿蓑一六九六）
鉢たたき干鮭売りをすすめけり　馬莧（6続猿蓑三四〇〇）
鉢叩きたはあかつきころも哉　波光（8俳諧新選一四九ペ）
鉢たたきこぬよとなれば朧なり　去来（6猿蓑一九〇五）
鉢たたき出もこぬむらや雪のかり　野水（6あら野八五七）
鉢叩都の夜のやはらかさ　仙鶴（8俳諧新選一四四ペ）
鉢たたき女夫出でぬも哀れ也　其角（7俳諧古選二〇一ペ）
鉢叩惟然丈草恋しさよ　迷堂（9孤輪〇四二六）
八丈は伊豆の内なるかすみかな　宗瑞（4百番句合一二四五）
蜂とまる木舞（こまひ）の竹や虫の糞（ふん）　昌房（6猿蓑一九四七）
八人の子供むつまじクリスマス　子規（10獺祭句帖抄六六二ペ）
鉢の梅待つも二粒三粒かな　移竹（8俳諧新選一〇二ペ）
鉢の子に木綿をうくる法師哉　卜枝（6あら野一〇四六）
蜂の巣のいつの間にやら出来にけり　晩平（8俳諧新選一〇七ペ）
蜂の巣や十四五軒の竈数　魯孔（8俳諧新選一〇七ペ）
蜂の巣やそと出る親の羽繕ひ　志帥（7俳諧古選二二〇ペ）
蜂の巣や焼（た）きよごれたる萱が軒　不染（8俳諧新選一四七ペ）

蜂の巣や蜜にうるほふ八庄司　楼川（7俳諧古選 二二四ペ）
鉢坊が手にもわたるや今年米　飛良（8俳諧新選 二三三ペ）
蜂一つついてゐたりし干菜かな　禅寺洞（9禅寺洞句集 二二九六）
八兵衛がぬかと剃りたる十夜かな　鼓舌（8俳諧新選 二三九ペ）
鉢まきをとれば若衆ぞ大根引　野坡（6炭俵 二六〇四）
恥ぢもせず我がなり秋とおごりけり　北枝（6あら野 七五〇）
葉ちりぢり友なし小鳥うづくまる　乙字（9乙字句集 〇九九三）
はつ秋や海も青田の一みどり　芭蕉（1千鳥掛 四一九）
初秋や蚊帳に透き来る銀(あま)の河　嘯山（5葎亭句集 七二四）
初秋や心に高し空の鳶　抱一（4屠竜之技 二二三五）
初秋やそろりと顔へ蚊屋の脚　盧元坊（4文月往来 二二〇〇）
初秋や畳みながらの蚊屋の夜着　芭蕉（1真蹟懐紙 六九七）
初秋や合歓(ねむ)の葉ごしの流れ星　子規（10獺祭句帖抄 六五一ペ）
初秋や夕立長びく夜の雨　太祇（8俳諧新選 二二四ペ）
初秋や余所(よそ)の灯(ひ)見ゆる宵のほど　蕪村（2蕪村句集 二〇〇五）
はつ袷にくまれ盛りにはやくなれ　一茶（3七番日記 三三七ペ）
初嵐昨日の肌を忘れたり　水翁（8俳諧新選 二二六ペ）
初嵐屋根草も取らず住(すま)ひけり　三酔（9三酔句集 〇三七九）
はつ市や雪に漕ぎ来る若菜船　嵐蘭（6猿蓑 一八九七）
はつうまに狐のそりし頭哉　芭蕉（1末若葉 七七八）
初午や飯綱使(いづなつか)ひの内の体　嘯山（8俳諧新選 一〇四ペ）
初午やその家々の袖だたみ　蕪村（2蕪村句集 四二二四）
初午や鳥羽四塚の鶏(とり)の声　蕪村（2蕪村句集 一九八〇）
初午やものだね売りに日の当たる　蕪村（2蕪村句集 四二二）
初午や与右衛門家内寝言きく　宗専（7俳諧古選 二一五ペ）
初午や和銅の銭の稀に今　存義（8俳諧新選 一〇四ペ）
はつ瓜や道にわづらふ枕もと　支考（6続猿蓑 三四八一）
はつ瓜を引つとらまへて寝た子哉　一茶（3おらが春 四四一ペ）
初鏡五十の面剃りにけり　月斗（9昭和俳句集 〇五一六）
はづかしき朝寝の薺(なづな)はやしけり　淡路女（9梶の葉 〇九八三）
恥づかしと送り火捨てぬ女顔　言水（4大湊 〇二五五）
恥づかしや蓮に見られて居る心　湖春（7俳諧古選 一六六ペ）
はづかしやまかり出てとる江戸のとし　一茶（3おらが春 四七四ペ）
廿日路の背中に立つや雲の峰　蕪村（2蕪村句集 六四）
初松魚(かつを)聞きをよんだるばかりなり　知十（9鶯日 〇三五三）
歯塚とはあらはづかしの落葉塚　虚子（14七百五十句 一一八ペ）
初かまど燃え立ち家人起き起くる　躑躅（9同人第二句集 〇八六二）
初蟵(かや)に昔の人の匂ひかな　東皐（5奥美人 九四五）
初雁に行灯とるなまくらもと　落梧（6猿蓑 一八三三）
初雁に国の訛はなかりけり　如石（8俳諧新選 二三二ペ）
初雁や何がなうても飯旨し　杜口（8俳諧新選 二三二ペ）
初雁や湊の空のそぞろ声　春来（8俳諧新選 二三二ペ）
初雁やもとの閾(しきゐ)に入る障子　梅四（8俳諧新選 二三二ペ）
初雁よ日本は竪の長からず　嘯山（8俳諧新選 二三二ペ）

葉月也矢橋(やばせ)に渡る人とめん　千子（6 猿蓑 一八三九）
はつきりと有明残る桜かな　荷兮（6 あら野 一〇一四）
八九間空で雨ふる柳哉　芭蕉（1 こがらし 八三三）
八朔は歌の博士の誕生日　素十（9 野花集 一五四八）
八朔や扨(さて)明日よりは二日月　蕪村（2 蕪村句集 七八三）
八朔や町に行灯の一つづつ　団水（7 俳諧古選 一八二ぺ）
初ざくら泣くまい所で泣きにけり　其来（8 俳諧新選 一五〇ぺ）
初ざくら花のこころもけふ成る歟(か)　仏仙（8 俳諧新選 一一二ぺ）
はつざくらまだ追々にさけばこそ　利雪（6 猿蓑 一九七〇）
初ざくら八重の一重の好(この)みなし　和及（7 俳諧古選 二〇七ぺ）
初桜折しもけふは能き日なり　芭蕉（1 伝土芳筆全伝 三五七）
初しぐれ風も濡れずに通りけり　素園（8 俳諧新選 一三六ぺ）
初しぐれ小鍋の芋の煮え加減　馬莧（6 続猿蓑 三三二八）
初しぐれ猿も小蓑をほしげ也　芭蕉（1 猿蓑 五八六）
はつしぐれ何おもひ出すこの夕べ　湍水（6 あら野 七七二）
初時雨初の字を我が時雨哉　芭蕉（1 粟津原 九三四）
初時雨二夜の月の雪解かも　嵐山（8 俳諧新選 二三六ぺ）
初時雨真昼の道をぬらしけり　大魯（5 蘆陰句選 八二六）
初しぐれ眉にえぼしの雫　哉　蕪村（2 蕪村句集 一九二六）
初芝居三吉賽を振りにけり　龍雨（9 龍雨句集 一一五五）
初汐に追はれてのぼる小魚かな　蕪村（2 蕪村句集 二五三七）
初潮に沈みて深き四つ手かな　虚子（11 五百句 八四ぺ）

初汐に松四五本の小島かな　子規（10 獺祭句帖抄 六三七ぺ）
初潮や鳴門の浪の飛脚舟　凡兆（6 猿蓑 一八五六）
はつしもに何とおよるぞ船の中　其角（6 猿蓑 一六三一）
はつ霜に行くや北斗の星の前　百歳（6 猿蓑 一六二九）
はつ霜や犬の土かく爪の跡　北鯤（6 続猿蓑 三三三八）
初霜や菊冷え初むる腰の綿　芭蕉（1 荒小田 七六二）
初霜や茎の歯ぎれも去年迄　一茶（3 文化句帖 三五三ぺ）
初霜や束ねよせたる菊の花　子規（10 獺祭句帖抄 六一九ぺ）
初霜や猫の毛も立つ台　所　楚舟（6 炭俵 二五九四）
初霜や寝ながらあぶる舟の底　雁宕（4 反古衾 一七〇一）
はつしもや飯の湯あまき朝日和　樗良（5 樗良発句集 七八七）
初しもや煩ふ鶴を遠く見る　蕪村（2 蕪村遺稿 九九八）
八専の雨やあつまる菊の露　沾圃（6 続猿蓑 三三四三）
八専の降りをな似(げに)せそ花の雨　立圃（7 俳諧古選 一四二ぺ）
初空や実神路山神路山　麻斎（8 俳諧新選 一〇〇ぺ）
初空や静かにわたる大まつり　呑江（8 俳諧新選 一〇〇ぺ）
初空やその薄色の三枚着　紅葉（4 紅葉句帳 二三三三）
初空や地に水あれば山の影　完来（5 空華集 九一二）
麨(はったい)や縁辺よりの二三升　躑躅（9 現代俳句集 〇八六三）
はつ茸や塩にも漬けず一盛り　沾圃（6 続猿蓑 三二九一）
初茸やまだ日数へぬ秋の露　芭蕉（1 芭蕉庵小文庫 七九四）
ばつたりと跡の淋しき花火かな　可幸（8 俳諧新選 一五一ぺ）

はつ露や　猪(ゐ)の臥す芝の　起きあがり　去来（6猿蓑 一八一）
初蝶来　何色と問ふ　黄と答ふ　虚子（9六百五十句 〇〇八七）
初蝶の　こぼるるばかり　黄厚く　青邨（9露団々 一六一二）
初蝶の　流れ光陰　流れけり　みどり女（9光陰 〇九七六）
はつ蝶や　骨なき身にも　梅の花　半残（6猿蓑 一八八四）
初蝶や　吾が三十の　袖袂　波郷（9風切 二六五三）
はつ蝶を　児(ちご)の見出だす　笑ひ哉　柳風（6あら野 五八六）
初蝶を　見たといふまだ　見ぬといふ　虚子（13六百五十句 二二四ペ）
初蝶を　夢の如くに　見失ふ　虚子（12五百五十句 六五ペ）
ばつとして　寝られぬ蚊屋の　わかれ哉　胡及（6あら野 七五四）
法度場の　垣より内は　すみれ哉　野坡（6炭俵 二四六七）
初寅や　欲つら赤き　山おろし　太祇（8俳諧新選 一〇一ペ）
初鶏や　動きそめたる　山かづら　虚子（11五百句 八五ペ）
はつ音皆　心に対ふ　是春か　麦水（5新みなし栗 七三五）
初花に　命七十　五年ほど　芭蕉（1江戸通町 九二）
はつ花に　誰が傘(からかさ)ぞ　いまいまし　長虹（6あら野 三七四）
初花や　むかし横浜に　断腸花　迷堂（9芙蕖 〇四二七）
初春の　遠里牛の　なき日哉　昌圭（6波留濃日 三〇三）
はつ春の　めでたき名なり　堅魚(かつを)魚(いを)　越人（6あら野 四九六）
はつ春や　けぶり立つるも　世間むき　一茶（3文化句帖 三二三ペ）
はつ春や　年は若狭の　白比丘尼　前川（6続猿蓑 三一〇四）
はつ春や　よく仕て過ぐる　無調法　風睡（6続猿蓑 三〇九八）

初日影　五尺の庵に　入れ申す　古白（9古白遺稿 〇一九一）
初日影　我茎(くくたち)立と　つまればや　利牛（6炭俵 二三九五）
初日さす　松はむさし野に　のこる松　秋桜子（9蘆刈 一四四一）
初日の出　海一杯の　御旗哉　小波（9ささら波 〇三〇一）
初冬の　竹緑なり　詩仙堂　鳴雪（9鳴雪俳句集 〇一五八）
初冬の　萩も芒も　たばねけり　子規（10獺祭句帖抄 六三九ペ）
初冬や　日和になりし　京はづれ　蕪村（2蕪村句集 二五二）
はつ蛍　其の手はくはぬ　とびぶりや　一茶（3おらが春 四五二ペ）
初真桑　四つにや断たん　輪に切らん　芭蕉（1真蹟懐紙 五二九）
初物に　食はれてをかし　三月蚊　布門（7俳諧古選 二二五ペ）
初山の　頂に立つ　男かな　石鼎（9花影 〇七五六）
初雪に　此の小便は　何奴ぞ　其角（7俳諧古選 二〇一ペ）
初雪に　鷹部屋のぞく　朝朗(あさぼらけ)　史邦（6猿蓑 一六八四）
はつ雪に　戸明けぬ留守の　庵かな　是幸（6あら野 四四四）
はつ雪に　となりを顔で　教へけり　野坡（6炭俵 二六一一）
はつ雪の　落ち付かぬこそ　姿なれ　吟角（8俳諧新選 二三九ペ）
はつ雪の　覚束なくも　降りにけり　舎人（8俳諧新選 二三九ペ）
初雪の　雲をしぼつて　降りにけり　嘯山（8俳諧新選 二三九ペ）
はつ雪の　こととしも袴　きてかへる　野水（6冬の日 三七）
初雪の　底をたたけば　竹の月　蕪村（2蕪村句集 八一四）
初雪の　はや酒に　成り済したり　赤羽（8俳諧新選 二三九ペ）
はつ雪の　降り捨ててある　家(や)尻(じり)哉　一茶（3おらが春 四七三ペ）

初雪の見事や馬の鼻ばしら　利牛（6炭俵 二六一二）
初雪や蕣(あさがほ)は翌(あす)の頼み有り　佃坊（7俳諧古選 二二八ぺ）
初雪や余り囃さばふり止まん　鼓舌（8俳諧新選 二三九ぺ）
初雪や歩行(あるい)て遊ぶ念はなし　武然（8俳諧新選 二三九ぺ）
初雪やいかさま草の有り所　宋屋（8俳諧新選 二三九ぺ）
初雪やいつ大仏の柱立て　芭蕉（1真蹟懐紙 五九一）
はつ雪や内に居さうな人は誰　其角（6猿蓑 一六八三）
初雪や海を隔てて何処(どこ)の山　子規（10獺祭句帖抄 六一九ぺ）
初ゆきや縁から落ちし上草履(うはざうり)　一茶（3嘉永版発句集 三五四ぺ）
初雪やおしにぎる手の寄麗也　傘下（6あら野 四五〇）
初雪やかけかかりたる橋の上　芭蕉（1其便 八二一）
初雪や門に橋あり夕間暮　其角（6続猿蓑 三三八八）
初雪や消ゆればぞ又草の露　蕪村（2蕪村句集 八一五）
初雪や今朝は手水も田子の浦　馬州（7俳諧古選 二二七ぺ）
初雪や獄屋見舞の重の内　銭芷（7俳諧古選 一九〇ぺ）
初雪やことしのびたる桐の木に　野水（6あら野員外 一三六四）
はつゆきや幸庵にまかりある　芭蕉（1あつめ句 一二七四）
初雪や水仙のはのたはむまで　芭蕉（1あつめ句 一二七五）
初雪や少し眉毛のしめる程　季遊（8俳諧新選 二三九ぺ）
初雪や袖笠などは人による　超波（8俳諧新選 一四六ぺ）
初雪や竹に戻りし稲雀　芳菊（7俳諧古選 二二八ぺ）
初雪や俵の上の小行灯　一茶（3文政版発句集 三五四ぺ）
初雪や疾くに雪見し旅もどり　太祇（8俳諧新選 二三九ぺ）
はつ雪や波のとどかぬ岩のうへ　淡々（5淡々発句集 四六八）
初雪や恥づかしさうに降り仕舞ふ　梅布（7俳諧古選 二三〇ぺ）
はつ雪や聖小僧の笈の色　芭蕉（1勧進牒 六五一）
初雪や人の機嫌は朝の内　桃隣（7俳諧古選 一九〇ぺ）
初雪や古郷見ゆる壁の穴　一茶（3文化句帖 三五四ぺ）
はつ雪や塀の崩れの蔦の上　買山（6炭俵 二六一三）
はつ雪や先(まつ)馬やから消えそむる　許六（6炭俵 二六一八）
はつ雪や先草履(ざうり)にて隣まで　路通（6あら野 四五五）
初雪やみな暖かな人ばかり　自東（8俳諧新選 二三九ぺ）
初雪や峰に旭(あさひ)も置きながら　嘯雨（8俳諧新選 二三九ぺ）
初ゆきや都の今朝はいかならん　雲魚（8俳諧新選 二三九ぺ）
はつ雪や物は足らぬが花なれば　文江（8俳諧新選 二三九ぺ）
初雪や雪にもならで星月夜　宋阿（7俳諧古選 一九四ぺ）
初雪や拝む旭を忘れたり　宗専（8俳諧新選 二三九ぺ）
初雪をおそろしういふ越路かな　亀卜（8俳諧新選 二三九ぺ）
はつ雪を見てから顔を洗ひけり　越人（6あら野 四四三）
初夢の唯空白を存したり　虚子（12六百句 一八九ぺ）
初夢も無く穿く足袋の裏白し　水巴（9定本水巴句集 〇五九二）
初夢や浜名の橋の今のさま　越人（6あら野 四九七）
初笑ひ深く蔵してほのかなる　虚子（13六百五十句 一二九ぺ）
果ては皆仏の道へ落葉かな　蓮之（7俳諧古選 一九三ぺ）

はてもなく瀬のなる音や秋黴雨(あきついり)　史邦（6 猿蓑 一八二三）
伴天連(バテレン)の墓をめぐりて野茨かな　寅彦（9 寅彦全集六 一一七六）
鳩来れば日差しももどり水温む　汀女（9 昭49俳句年鑑 一九二九）
鳩鳴くや大提灯に春の風　子規（10 獺祭句帖抄 六一二ぺ）
鳩の声肩にとどくや夏木立　麦水（5 葛箒 七四二）
鳩の声身に入みわたる岩戸哉　芭蕉（1 漆島 五六九）
鳩ふくや渋柿原の蕎麦畠　珍碩（6 猿蓑 一八六四）
鳩呼べば鳥来るなり雪の朝　瓜流（8 俳諧新選 一五七ぺ）
花楞(あふち)見えず散りゐる夕月夜　たかし（4 たかし全集 二六五七）
花あやめ一夜にかれし求馬(きうま)哉　芭蕉（1 蕉翁句集 三九五）
花有りて犬のそだたぬ山もなし　常矩（7 俳諧古選 一五二ぺ）
花杏受胎告知の翅音びび　茅舎（4 定本茅舎句集 二二六三八）
花烏賊(いか)の腹ぬくためや女の手　石鼎（9 花影 〇七五七）
鼻息の嵐も白し今朝の冬　松意（4 江戸新道 〇一九一）
花茨故郷の路に似たるかな　蕪村（2 蕪村句集 一一二八）
花売りに留主たのまるる隣哉　野水（6 あら野 八四五）
花売りの手にはかからぬ紅葉かな　鶴英（8 俳諧新選 二三四ぺ）
花覆(はなおほひ)まくれば蝶のこぼれ鳧(けり)　社支（8 俳諧新選 一〇八ぺ）
花重し鳥はつれ飛び人に屑　祇空（5 雨の集 四五四）
花がいふ芝居見て来る人憎し　如泉（7 俳諧古選 一五一ぺ）
花笠をきせて似合はむ人は誰　其角（6 続猿蓑 二九八四）
花歟(か)実歟(か)水にちりうかむ夏木立　蕪村（2 蕪村遺稿 一一二〇）

鼻紙で鹿を叩くや山桜　鳥窓（7 俳諧古選 二二六ぺ）
鼻紙の間にしをるるすみれかな　園女（4 住吉物語 一〇九四）
花瓶の氷る音きく寝覚めかな　練石（8 俳諧新選 一四三ぺ）
花桐の琴屋を待てば下駄屋かな　子規（10 獺祭句帖抄 六四九ぺ）
花葛の谿より走る筧(かけひ)かな　久女（9 杉田久女句集 〇九五七）
花曇り小雀の嘴の苔一片　元（9 島村元句集 〇九〇四）
花曇り扠(さて)は時雨のさくらよな　臘扇（8 俳諧新選 一五三ぺ）
花げしのふはつくやうな前歯哉　一茶（3 七番日記 三四二ぺ）
花芥子の無常すすむる夕べ哉　親当（7 俳諧古選 一九五ぺ）
花衣ぬぐや纏る紐いろいろ　久女（9 杉田久女句集 〇九五八）
花咲いて死にともないが病かな　来山（7 俳諧古選 一四九ぺ）
花さかぬ身はなくばかり犬ざくら　元隣（5 身楽千句 八五）
花さかぬ身をすぼめたる柳かな　乙由（5 麦林集 四四六）
花ざかり神もほとけもあちらむけ　一瓢（5 玉山人家集 一一四三）
花盛り子であるかるる夫婦哉　其角（7 俳諧古選 一四六ぺ）
花ざかり山は日ごろのあさぼらけ　芭蕉（1 芭蕉庵小文庫 三七五）
花盛り六波羅禿(かむろ)見ぬ日なき　蕪村（2 蕪村遺稿 二一〇四）
花盛りわれもうき世の独りかな　趙平（8 俳諧新選 一一〇ぺ）
花咲きて七日鶴見る麓哉　芭蕉（1 ひとつ橋 二六六）
花咲くや見て置くべきは因果経　武然（7 俳諧古選 二一五ぺ）
花咲くや渉しのつまる重ね笠　乙澄（7 俳諧古選 二一六ぺ）
花柘榴大雨に明けて白き空　百閒（9 百鬼園俳句 一一六八）

花さけと　打ちぬる雨や　親の杖　休安（7俳諧古選 一四四ペ）
花さそふ　桃や歌舞妓の　脇躍り　其角（6続猿蓑 三〇五七）
咄さへ　調子合ひけり　春のあめ　乃龍（6続猿蓑 三〇六八）
話のせて　車まつしぐら　暮れの町　虚子（12五百五十句 四〇ペ）
花過ぎの　心安さよ　嵐山　月斗（9昭和俳句集 〇五一七）
花　薄　刈りのこすとは　あらなくに　蕪村（2蕪村遺稿 一七六九）
花すすき　大名衆を　まつり哉　嵐雪（6猿蓑 一八七五）
花　薄　誰にあかれて　炭俵　任口（7俳諧古選 一九七ペ）
花すすき　とらへぢからや　村すずめ　野童（6炭俵 二五六六）
花すすき　ひと夜はなびけ　武蔵坊　蕪村（2蕪村句集 九五二）
花　種を　蒔く古妻や　子等左右　泊雲（9泊雲句集 〇七八一）
洟（はな）たれて　独り碁をうつ　夜寒かな　蕪村（2蕪村遺稿 二〇八六）
花散つて　世上に風は　なかりけり　重軌（7俳諧古選 一四八ペ）
花ちらば　夜の別るべし　吉野山　茶雷（8俳諧新選 一五〇ペ）
花ちりて　青きつぶりや　美人草　嘯山（8俳諧新選 一五七ペ）
花ちりて　この間の寺と　成りにけり　蕪村（2蕪村句集 四五五）
花散りて　竹見る軒の　やすさかな　洒堂（6続猿蓑 二九六九）
花散りて　又閑（しづ）かなり　園城寺　鬼貫（5高砂子 二三四）
花ちるや　重たき笈の　うしろより　蕪村（2蕪村句集 二一二）
はなちるや　伽（が）藍（らん）の枢（くるる）　おとし行く　凡兆（6猿蓑 一九八八）
花ちるや　とある木陰も　小開帳　一茶（3おらが春 四三八ペ）
花散るや　耳ふつて馬の　おとなしき　鬼城（4鬼城句集 二二六五）

花　莟む　ずは枝の鞭や　郭（くるわ）迄　孤桐（8俳諧新選 一五三ペ）
花つむや　扇をちよいと　ぼんのくぼ　一茶（3おらが春 四四二ペ）
花と実と　一度に瓜の　さかりかな　芭蕉（1こがらし 九二四）
花と実の　心問ひたき　茨かな　素園（8俳諧新選 二二三ペ）
花と実を　守りつかれてや　雨落葉　子一（8俳諧新選 二三六ペ）
花　鳥と　こけら葺きゐる　尾上かな　冬文（6あら野 三八五）
花　鳥の　彩色のこす　かがしかな　蕪村（2蕪村遺稿 七八九）
花　鳥の　果てや柊（ひらぎ）に　赤鰯　珪琳（8俳諧新選 一四四ペ）
花　鳥や　誰送られて　誰がわかれ　千梅（8俳諧新選 一五三ペ）
花　鳥や　ちらば鳴子の　独りぼし　菊峰（7俳諧古選 一五三ペ）
花ながら　植ゑかへらるる　牡丹かな　越人（6あら野 八六七）
花なくて　かくれよき木や　かんこ鳥　蕪村（2蕪村遺稿 五三九）
花ならば　一声折らん　ほととぎす　古道（8俳諧新選 一四七ペ）
花にあかぬ　嘆きやこちの　うたぶくろ　芭蕉（1如意宝珠 二二七）
花にあそぶ　虻（あぶ）なくらひそ　友　雀　芭蕉（1続の原 二八六）
花にあふぞ　浮（ふ）木（ぼく）の亀の　一万句　令徳（4崑山集 〇一〇一）
花に去ぬ　雁の足跡　よめかぬる　蕪村（2蕪村遺稿 二二四七）
花にいやよ　世間口より　風のくち　芭蕉（1真蹟短冊 四二）
花にうき世　我が酒白く　食（めし）黒し　芭蕉（1虚栗 一六二）
花にうづもれて　夢より直に　死なんかな　越人（6波留濃日 三三一九）
花にきて　うつくしく成る　心　哉　たつ（6あら野 三八〇）
花に来て　歯朶（しだ）かざり見る　社（やしろ）哉　鈍可（6あら野 一〇七二）

花に来て鱠(なます)をつくるおうなかな　蕪村（2 蕪村遺稿 二二一〇）
花に来て花にゐねぶるいとまかな　蕪村（2 蕪村句集 二〇九八）
花に来て飯くふひまや松の風　月居（5 花鳥篇 九六〇）
花に来てや科(とが)はいちやが折りまする　西鶴（4 西鶴大句数 〇一八六）
花にくれて首筋さむき野風かな　月渓（4 十二月俳画巻 一八六七）
花に暮れて火とぼし法師酔はせけり　大夢（8 俳諧新選 一〇九ぺ）
花にくれて我が家遠き野道哉　蕪村（2 蕪村句集 一〇四五）
花に暮れぬ我がすむ京に帰(かへ)去来(りなん)　蕪村（2 蕪村遺稿 一〇四四）
花に来よと笠叩かるる一葉哉　三千風（7 俳諧古選 一七四ぺ）
花に酒僧とも侘びん塩ざかな　其角（6 あら野 一〇一九）
花にそむき水に臨みて書斎あり　泊月（9 同人第二句集 〇八五三）
花に遠く桜に近しよしの川　蕪村（2 蕪村句集 二二四八）
花に啼く声ともしもなき乙鳥(つばめ)哉　蕪村（2 蕪村遺稿 一五〇一）
花にねぬ此もたぐひか鼠の巣　芭蕉（1 有磯海 七四六）
花に俵太(へうた)雪に君有り鉢たたき　蕪村（2 蕪村句集 一四八〇）
花にほふ梅は無双の梢かな　宗祇（4 畳字百韻連歌 〇〇〇二）
花に舞はで帰るさにくし白拍子　蕪村（2 蕪村句集 二一〇五）
花にやどり瓢箪斎と自らいへり　芭蕉（1 向之岡 一一一）
花に行き踵(きびす)見てやる別れかな　千梅（8 俳諧新選 一五三ぺ）
花に酔へり羽織着てかたな指す女　芭蕉（1 真蹟集覧 一四五）
花に寄る蜂追ひにけり追はれけり　無関（7 俳諧古選 一五六ぺ）
花の跡けさはよほどの茂りかな　子珊（6 炭俵 二四七四）
花の雨床几の前を流れそむ　泊月（9 同人句集 〇八五四）
花の雨強くなりつつ明るさよ　虚子（14 七百五十句 九五八ぺ）
花のいろはからびはてたる冬木立　鬼貫（5 七車 二三九）
花の御能過ぎて夜を泣く浪花人　蕪村（2 蕪村句集 二一〇八）
花の陰あかの他人はなかりけり　一茶（3 おらが春 四三五ぺ）
花の陰うき世に何か膝枕　宗甫（7 俳諧古選 一九六ぺ）
はなのかげうたひに似たるたび寝哉　芭蕉（1 真蹟懐紙 三六八）
花の数倍にも見えて風椿　虚子（14 七百五十句 四九ぺ）
花の顔に晴れうてしてや朧月　芭蕉（1 続山井 二三）
花の香や嵯峨の灯火(ともし)消ゆる時　蕪村（2 蕪村句集 一五〇九）
花の木の花をしまへば若葉哉　田福（8 俳諧新選 一四ぺ）
花の雲鐘は上野か浅草歟(か)　芭蕉（1 続虚栗 二八九）
花の如く月の如くにもてなさん　虚子（12 五百五十句 二九ぺ）
花の頃はみな杖突かんの菊の苗　孤洲（8 俳諧新選 〇八ぺ）
花の咲く木はいそがしき二月哉　支考（7 俳諧古選 二〇二ぺ）
花野過ぎて紺屋の前に出でに鳧(けり)　百閒（9 百鬼園俳句 一六九）
花の露ぼたぼたぼたんの雫かな　卜養（4 毛吹草 〇一四〇）
はなのなか下戸引きて来るかひな哉　亀洞（6 あら野 三六七）
花の昼夫婦はものの淋しけれ　春草（9 春草句集 〇八九）
花の文猶(なほ)々(なほ)書(がき)もつつじかな　休酔（8 俳諧新選 一〇ぺ）
花の幕兼好を覗く女あり　蕪村（2 蕪村句集 四五三）
花の幹を打つて盃微塵かな　一転（9 杉山一転句集 〇九二六）

花野やはらか移動文庫の車輪過ぎ　静塔（9 月下の俘虜 二三七九）
はなの山常折りくぶる枝もなし　一井（6 あら野 三六九）
はなのやまどことらまへて歌よまむ　晨風（6 あら野 三六二）
花の山どちら向きてもよかりけり　是計（8 俳諧新選 一〇九ぺ）
花の山まことの下戸は松ばかり　沾山（4 江戸名物かのこ 一二五九）
花の雪やふりをかへたる雪の花　安静（5 狭細布 五九）
花野行く耳にきのふの峡の声　露月（9 露月句集 〇二二八）
花の夢聞きたき蝶に声もなし　鈴竿（7 俳諧古選 一五三ぺ）
花の夢このみを留主に置きけるか　嵐雪（7 俳諧古選 二〇〇ぺ）
花の世を無官の狐鳴きにけり　一茶（3 おらが春 四三五ぺ）
花は賤のめにもみえけり鬼薊(おにあざみ)　芭蕉（1 続山井 五）
花　花花花花かな　秋風（5 俳諧吐綬雞 一六一）
花は無いとふるうて見せる柳かな　嵐山（8 俳諧新選 一〇五ぺ）
花は都物くるる友はなかりけり　其角（7 俳諧古選 一四六ぺ）
花は吉野伽藍(がらん)一つを木の間かな　重頼（4 藤枝集 〇〇九五）
花はよも毛虫にならじ家桜　嵐雪（6 炭俵 二四四三）
花冷や机の下の膝小僧　三允（9 中野三允句集 〇三三三）
花火せよ淀の御茶屋の夕月夜　蕪村（2 蕪村句集 一七五五）
花火尽きて美人は酒に身投げけむ　几董（5 井華集 八〇二）
花ひとつたもとにすがる童(わらべ)かな　立圃（4 句兄弟 〇〇八〇）
花人を泊めて衣桁をつらねけり　蝶衣（9 蝶衣句稿 〇五六八）
花火見えて湊がましき家百戸　蕪村（2 蕪村遺稿 一七五六）

はなびらの欠けて久しき野菊かな　夜半（9 翠黛 一六四七）
花吹雪すさまじかりし天地かな　素十（9 芹 一五四九）
花ほつほつ夢見のさくらしだれけり　林火（9 雪華 二七六一）
花見酒凡夫の旨ひ所かな　嘯山（8 俳諧新選 一一〇ぺ）
花見せに来る萍(うきくさ)や水のまし　鶴英（8 俳諧新選 一一八ぺ）
花水にうつしかへたる茂り哉　其角（6 猿蓑 一七二四）
花皆枯れて哀れをこぼす草の種　芭蕉（1 孤松 二七六）
花見にと馬に鞍置く心あり　虚子（14 七百五十句 一一五ぺ）
花見にとさす船遅し柳原　芭蕉（1 伝土芳筆全伝 八三六）
花見戻り丹波の鬼のすだく夜に　蕪村（2 蕪村遺稿 二一〇一）
花見れば匂ふ涙のこぼれけり　習先（8 俳諧新選 一五五ぺ）
花木槿(むくげ)一輪さして兄はゐる　青邨（9 庭にて 一六一三）
花むくげはだか童のかざし哉　芭蕉（1 東日記 一一六）
花も今口切つてさく茶園かな　半魯（8 俳諧新選 一三七ぺ）
花も其の皃(かほ)はせぬ也返り咲き　赤羽（8 俳諧新選 一三八ぺ）
華もなきうめのずはいぞ頼もしき　冬松（6 あら野 五一四）
花も実もうたひ尽くしてかれ野哉　信徳（5 こがらし 一七一）
花も実も共に盛りの茄子かな　丈石（8 俳諧新選 一三三ぺ）
花守の翌(あす)をしらざる機嫌哉　可幸（8 俳諧新選 一五六ぺ）
花守の花も漏るべき住居(すまひ)哉　湖月（8 俳諧新選 一一〇ぺ）
花守の役にさされてかり烏帽子　松阿（7 俳諧古選 一一九ぺ）
花守は野守に劣るけふの月　蕪村（2 蕪村句集 一八七三）

花守や　白きかしらを　突きあはせ　去来（6炭俵 二四三六）
花守や　児(ちご)に折らせて　知らず顔　重頼（4藤枝集 〇〇九四）
花やつった　跡もやっぱり　若葉哉　吾雪（8俳諧新選 一一四ぺ）
花嫁と　呼ばれしはいつ　姥桜　季重（7俳諧古選 一五三ぺ）
花よりも　団子やありて　帰る雁　貞徳（5犬子集 一四）
花よりも　実こそほしけれ　桜鯛　兼載（4犬子集 〇〇〇三）
はなれ鵜が　子のなく舟に　もどりけり　一茶（3おらが春 四四六ぺ）
離れがたし　宵と旦(あした)の　鮓の圧　貞佐（7俳諧古選 二〇三ぺ）
離れじと　呼びつぐ声歟(か)　闇の雁　闌更（8俳諧新選 一三一ぺ）
花を拾へば　はなびらとなり　沙羅双樹　楸邨（9まぼろしの鹿 二五九〇）
花を踏みし　草履(ざうり)も見えて　朝寝かな　蕪村（2蕪村句集 一三六五）
華をふんで　十八の春　なつかしき　東皐（5奥美人 九四三）
花を踏んで　洗足をしき　夕べかな　在色（5一字幽蘭集 一四二）
花を見し　目を休めけり　若楓　其丸（8俳諧新選 一一四ぺ）
花をやどに　はじめをはりや　はつかほど　芭蕉（1真蹟懐紙 三六一）
花をやる　桜や夢の　うき世もの　すて（7俳諧古選 二〇八ぺ）
葉にそむく　椿や花の　よそ心　芭蕉（1放鳥集 九四九）
葉に蔓に　いとはれ皃(がほ)や　種(たね)瓢(ふくべ)　蕪村（2蕪村遺稿 一二七七）
羽抜鳥　卒然として　駆けりけり　虚子（12五百五十句 九二ぺ）
羽抜鳥　身を細うして　かけりけり　虚子（11五百句 八六ぺ）
羽痛め　たる蝶々の　憂き眉毛　虚子（13六百五十句 一九一ぺ）
羽色も　鼠に染めつ　かんこどり　蕪村（2蕪村遺稿 五三八）

はねつくや　世ごころしらぬ　大またげ　太祇（5太祇句選 五四一）
羽子つこか　手毬つこかと　もてなしぬ　虚子（14七百五十句 九九ぺ）
羽ひらき　たるまま流れ　寒鴉　虚子（12五百五十句 二二六ぺ）
母馬が　番して呑ます　清水哉　一茶（3おらが春 四五三ぺ）
婆々が来て　灯(ひ)ともす秋の　夕べかな　子規（10獺祭句帖抄 六五二ぺ）
母方の　紋めづらしや　きそ始　山蜂（6続猿蓑 三〇九一）
葉ばかりの　薊(あざみ)ものうき　暑さかな　嘯山（8俳諧新選 二二〇ぺ）
葉は枯れて　冬瓜(とうぐわん)寒し　屋根の上　五鳳（8俳諧新選 一四七ぺ）
箒木の　微雨(こさめ)こぼれて　鳴く蚊哉　柳雨（6波留濃日 三三五）
箒木は　五尺になりぬ　雲の峰　洒竹（9洒竹句集 〇二九三）
ははき木は　ながむる中に　昏れにけり　塵交（6波留濃日 三三六）
帚来せ　真似ても見せん　鉢叩　去来（7俳諧古選 二〇六ぺ）
母慕ふ　こと綴りけん　手毬唄　山梔子（9山梔子句集 一二〇九）
婆々ぞとは　更に思はれぬ　砧かな　水翁（8俳諧新選 一三一ぺ）
羽搏きて　覚めもやらざる　浮寝鳥　虚子（12五百五十句 一〇一ぺ）
婆々連れた　爺も来にけり　二の替　太祇（8俳諧新選 一一一ぺ）
母と二人　いもうとを待つ　夜寒かな　子規（4仰臥漫録一 二二〇七）
母ともに　泣く夜は寒き　乳房哉　琴蔵（7俳諧古選 一九三ぺ）
母なくて　面々に食ふ　雑煮かな　温亭（9温亭句集 〇八三四）
母の忌の　後も雨ふる　薔薇かな　躑躅（9同人第一句集 〇八六四）
母の日や　大きな星が　やや下位に　草田男（9母郷行 二五四〇）
母の世の　雛片隅に　ましましけり　赤羽（8俳諧新選 一〇九ぺ）

葉は花の　台(うてな)にのぼれ　仏の座　貞室（4俳諧百韻之抄 〇一一三）
這ひ出でよ　かひやが下の　ひきの声　芭蕉（1奥の細道 五一一）
はびこりて　風の苦になる　芭蕉哉　洞水（7俳諧古選 一八二ぺ）
灰捨てて　白梅うるむ　垣ねかな　凡兆（6猿蓑 一八八九）
這ひ出ても　付きまとふ家や　蝸牛(かたつぶり)　才之（8俳諧新選 一二五ぺ）
這ひても行き　ころんでも行く　田螺(たにし)哉　雁宕（8俳諧新選 一〇六ぺ）
灰猫の　やうな柳も　お花かな　一茶（3おらが春 四三五ぺ）
灰蒔けば　遊人(あそびて)ちりぬ　畑の桃　李夫（8俳諧新選 一〇七ぺ）
這入りても　残るからだや　蝸牛　半魯（8俳諧新選 一二五ぺ）
はひるより　先(まつ)取りてみる　落葉哉　一道（6続猿蓑 三三五八）
這ひわたる　橋の下より　ほととぎす　一茶（3おらが春 四四二ぺ）
蠅いとふ　身を古郷に　昼寝哉　蕪村（2蕪村句集 二六九六）
蠅打ちて　つくさんとおもふ　こころかな　成美（5成美家集 九二九）
蠅うちに　なるる雀の　子飼ひ哉　河瓢（6続猿蓑 三〇二〇）
蠅打つて　しばらく安し　四畳半　子規（10獺祭句帖抄 六三〇ぺ）
蠅追ふに　妹忘れめや　瓜作り　其角（7俳諧古選 一六八ぺ）
蠅憎し　打つ気になれば　よりつかず　子規（10獺祭句帖抄 六〇〇ぺ）
はへ山や　人もすさめぬ　生くるみ　北鯤（6炭俵 二五二八）
這へ笑へ　二つになるぞ　けさからは　一茶（3おらが春 四三四ぺ）
蠅をうつ　音もきびしや　関の人　太祇（8俳諧新選 一二二ぺ）
はまぐりの　いけるかひあれ　としのくれ　芭蕉（1真蹟自画賛 一七七三）
蛤の　つひのけぶりや　冬時雨　一茶（3七番日記 三五二ぺ）
蛤の　ふたみに別れ　行く秋ぞ　芭蕉（1奥の細道 五七七）
蛤や　昨日雀の　こころなし　瓢水（8俳諧新選 二三五ぺ）
蛤や　三日の月吐く　けふの海　由平（7俳諧古選 一四四ぺ）
はまなすの　棘が悲しや　美しき　虚子（13六百五十句 一九三ぺ）
玫瑰(はまなす)や　今も沖には　未来あり　草田男（9長子 二五四一）
浜の家の　寝心かはる　汐干かな　赤羽（8俳諧新選 一〇九ぺ）
浜道や　砂から松の　若みどり　蝶夢（4草根発句集 一七〇五）
浜木綿や　落ちて飼はるる　鳶の雛　秋桜子（9残鐘 一四四二）
浜荻に　筆を結はせて　としの暮　惟然（6続猿蓑 三四二二）
刃物置いて　盗人防ぐ　夜寒かな　子規（10獺祭句帖抄 六五二ぺ）
はや秋の　柳をすかす　朝日かな　成美（4成美家集 二〇七二）
早う寝て　次へ譲りし　こたつ哉　季遊（8俳諧新選 二三八ぺ）
はや風に　吹かれ心の　袷かな　呉雪（8俳諧新選 一一二ぺ）
はや悲し　よし原出でて　麦ばたけ　氷花（7俳諧古選 二〇三ぺ）
早かろが　やかましかろが　蕣(なつな)かな　立島（7俳諧古選 一五三ぺ）
はやくさけ　九日も近し　菊の花　芭蕉（1蕉翁句集 五七四）
早瀬ゆく　鵜綱のもつれ　もつるるまま　多佳子（9命終 二九七四）
葉柳に　ふり出されけり　蟬の声　春来（8俳諧新選 一一九ぺ）
葉柳や　病の窓の　夕ながめ　子規（10獺祭句帖抄 六三一ぺ）
はやぶさの　尻つまげたる　白尾哉　野水（6あら野 五三七）
はやぶさの　地にさす影か　風のきく　巴人（5夜半亭発句帖 五〇一）
葉より葉に　ものいふやうや　露の音　鼠弾（6あら野 七二一）

腹あしき僧こぼしゆく施米哉　蕪村（2 一二五 蕪村句集）
腹あしき隣同士のかやりかな　蕪村（2 八七九 蕪村遺稿）
腹懸は母の教への寝まき哉　湖十（7 一七一ぺ 俳諧古選）
薔薇食ふ虫聖母見たまふ高きより　秋桜子（9 一四四三 残鐘）
茨さくや根岸の里の貸本屋　子規（10 六〇八ぺ 獺祭句帖抄）
腹筋をよりてや笑ふ糸桜　季吟（4 〇一二五 綾錦）
バラックに一幅かけぬ月の秋　青嵐（9 〇八九五 永田青嵐句集）
原中や物にもつかず鳴く雲雀(ひばり)　芭蕉（1 二九一 続虚栗）
薔薇のくえひろひて秘書の今日終はる　圭岳（9 一一九三 太白星）
腹の中へ歯はぬけけらし種ふくべ　蕪村（2 一四四 蕪村句集）
はらばうた足に砧の拍子かな　桃鏡（8 二三一ぺ 俳諧新選）
腹這ひにのみて舌うつ飴湯かな　蛇笏（9 〇六六五 山廬集）
はらはらと音して淋し雨落葉　可鉛（8 二三六ぺ 俳諧新選）
はらはらとしみづに松の古葉哉　長虹（6 七〇〇 あら野）
ばらばらとあられ降り過ぐる椿哉　蕪村（2 二〇四七 蕪村遺稿）
孕(はら)ませし馬の弱りやくれの秋　太祇（8 二三五ぺ 俳諧新選）
孕み鹿肘にて起ちしことも見る　誓子（9 一四八七 構橋）
腸(はらわた)に春滴るや粥の味　漱石（9 〇一八一 漱石全集）
腸をさぐりて見れば納豆汁　許六（6 三四五五 続猿蓑）
玻璃内の眼を感じつつ親雀　虚子（13 一四三ぺ 六百五十句）
針立の撫で撫で這入るふくべ哉　許六（7 一七九ぺ 俳諧古選）
針立てや肩に槌うつから衣　芭蕉（1 五三 江戸新道）
張りつめし氷の中の巌(いはほ)かな　露月（9 〇二九 露月句集）
はりぬきの猫もしる也今朝の秋　芭蕉（1 一〇四 知足伝来書留）
ばりばりと霊柩車ゆく氷かな　水巴（9 〇五九三 定本水巴句集）
張番に庵とられけり夜の霜　一茶（3 四七三ぺ おらが春）
春曙潮汲ら松間出て来るよ　蝶衣（9 〇五六九 蝶衣句稿）
春麻布永坂布屋太兵衛かな　万太郎（9 一一三〇 草の丈）
春霰鶴は飛ばむと檻の中　宋斤（9 一一九九 定本宋斤句集）
春いかん鶯鳴かで内裏がた　西武（4 〇一〇六 貞徳誹諧記）
春老いてたんぽぽの花吹けば散る　子規（10 六〇六ぺ 獺祭句帖抄）
春かけて旅すれば白ら紙の残りなくまう　碧梧桐（4 二三〇二 三昧昭2・2）
春がすみ鍬とらぬ身のもつたいな　一茶（3 三二七ぺ 文化句帖）
春風に阿闍梨(あじゃり)の笠の匂ひかな　蕪村（2 二四二〇 蕪村遺稿）
はる風に帯ゆるみたる寝貌(がほ)哉　越人（6 八六五 あら野）
春風にこかすな雛の駕籠の衆　荻子（6 一九四九 猿蓑）
春風にこぼれて赤し歯磨粉　子規（10 六四三ぺ 獺祭句帖抄）
春風に尻を吹かるる屋根屋哉　一茶（3 三二七ぺ 七番日記）
はる風にちからくらぶる雲雀(ひばり)哉　野水（6 五七五 あら野）
春風にぬぎもさだめぬ羽織哉　亀翁（6 一九二一 猿蓑）
春風に吹き出し笑ふ花も哉　芭蕉（1 二八 続山井）
春風のつまかへしたり春曙(しゅんしょ)抄　蕪村（2 二四一七 蕪村遺稿）
春風や赤前垂が出て招く　飄亭（9 〇一九六 小日明27・2・12）
春風や牛に引かれて善光寺　一茶（3 三二六ぺ 七番日記）

春風や障子の桟の人形屑埃　木歩（9決定木歩全集一〇五八）
春風や闘志いだきて丘に立つ　虚子（11五百句三五ペ）
春風や鼠のなめる角田川　一茶（3七番日記三二六ペ）
春風や日影流るる麦のうへ　孤桐（8俳諧新選一〇七ペ）
春風や船伊予によりて道後の湯　極堂（9春夏秋冬〇一六六）
春風や仏を刻むかんな屑　句仏（9句仏句集〇五三八）
春来ること疑はず逝かれけん　虚子（14七百五十句三六ペ）
春駒や胡弓の糸のより心　嘯山（8俳諧新選一〇一ペ）
春駒や男顔なる女の子　太祇（8俳諧新選一〇一ペ）
春寒し水田の上の根なし雲　碧梧桐（9碧梧桐句集〇一三〇）
春寒といひたげな淋しかりし顔　癖三酔（9藻の花〇三八〇）
春さむや買うてすぐさすふだん櫛　淡路女（9梶の葉〇九八四）
春寒や机の下のおきこたつ　梓月（9藤村机の裏書き〇三六九）
春雨に下駄買ふ泊瀬の法師かな　蕪村（2蕪村遺稿二二六）
春雨にたたき出したりつくづくし　元志（6猿蓑一九二八）
春雨にぬるる麏（くじか）の背中かな　蕪村（2蕪村遺稿二二五）
春雨にぬれつつ屋根の手毬哉　蕪村（2蕪村遺稿四〇四）
はるさめのあがるや軒になく雀　羽紅（6猿蓑一九四五）
春雨の衣桁に重し恋衣　虚子（11五百句九ペ）
春雨の音滋き中今我あり　虚子（13六百五十句二二六ペ）
春雨のかくまで暗くなるものか　虚子（13六百五十句一七三ペ）
春雨のくらくなりゆき極まりぬ　虚子（12六百句二二二ペ）
春雨のこしたにつたふ清水哉　芭蕉（1笈の小文三七四）
春雨のとまれと降るや初瀬の町　達三（7俳諧古選二一六ペ）
春雨の中におぼろの清水哉　蕪村（2蕪村句集三二九）
春雨の中を流るる大河哉　蕪村（2蕪村遺稿三二二）
春雨のふれど手紙は来ざりけり　篤羽（8俳諧新選一五八ペ）
はる雨はいせの望一（もいち）がこより哉　湍水（6あら野五三五）
春雨や家鴨（あひる）よちよち門歩き　一茶（3文化句帖三三二五ペ）
春雨や嵐落ち来る夜明け方　移竹（8俳諧新選一〇三ペ）
春雨やあらしも果てず戸のひづみ　嵐蘭（6猿蓑二二七六）
春雨やいざよふ月の海半ば　蕪村（2蕪村句集一〇九三）
はるさめやうつくしうなる物ばかり　素園（8俳諧新選一〇三ペ）
春雨や遅きに馴るる朝の供御（くご）　随古（8俳諧新選一〇三ペ）
春雨や傘さしつれて清水へ　松宇（9松宇家集〇三一六）
春雨や傘高低に渡し舟　子規（10獺祭句帖抄六四三ペ）
春雨や蛙の腹はまだぬれず　蕪村（2蕪村遺稿三二一七）
春雨や菊も植ゑたし寝てもよし　桐之（7俳諧古選一五四ペ）
春雨や金箔はげし粟田御所　子規（10獺祭句帖抄六四三ペ）
春雨や食はれ残りの鴨が鳴く　一茶（3七番日記三三二六ペ）
春雨や暮れなんとしてけふも有り　蕪村（2蕪村句集三二〇九）
春雨や小磯の小貝ぬるるほど　蕪村（2蕪村句集四三一）
春雨や炬燵の外へ足を出し　来山（7俳諧古選二一一ペ）
春雨や木の間に見ゆる海の道　乙二（4松窓乙二集二一二一）

春雨や　静かに暮るる　鐘の声　三好（8俳諧新選 一四八ペ）
春雨や　障子明くれば　未（まだ）暮れず　練否（7俳諧古選 二三〇ペ）
春雨や　珠数（じゆず）落としたる　にはたづみ　蕪村（2蕪村遺稿 一五〇三）
春雨や　唐丸あがる　台どころ　游刀（6続猿蓑 三〇六九）
春雨や　畳の上の　かくれんぼ　久女（9杉田久女句集 〇九五九）
春さめや　狸の伽の　待たれぬる　一漁（4鳥山彦 一二二八）
春雨や　田蓑のしまの　鮗（どぢやう）売り　史邦（6猿蓑 一九四四）
春雨や　土の笑ひも　野に余り　千代女（5千代尼句集 五一三）
春雨や　綱が袂に　小挑灯　蕪村（2蕪村句集 四三四）
春雨や　椿崩るる　塀の雨　周蛇（8俳諧新選 一〇三ペ）
春雨や　鶴の七日を　降りくらす　蕪村（2蕪村遺稿 二二一四）
春雨や　手品に当たる　置炬燵　巴静（7俳諧古選 一五五ペ）
春雨や　ぬけ出たままの　夜着の穴　丈草（5笈日記 三一〇）
春雨や　ぬれてゆたけき　鐘の声　稲太（7俳諧古選 二一六ペ）
春雨や　鼠の落とす　つつみ熨斗（のし）　富葉（8俳諧新選 一〇三ペ）
春雨や　寝て捨つる日も　惜しからず　写北（8俳諧新選 一〇三ペ）
春雨や　寝る気では寝ぬ　夕つ方　季遊（7俳諧古選 二三〇ペ）
春雨や　蜂の巣つたふ　屋ねの漏り　芭蕉（1炭俵 八三八）
はる雨や　光うつろふ　鍛冶が鎚　桃首（6続猿蓑 三〇七一）
春雨や　人住みてけぶり　壁を洩る　蕪村（2蕪村句集 四三七）
春雨や　檜は霜に　焦げながら　龍之介（9澄江堂句集 一一四一）
春雨や　火の燃え出づる　野路の塚　班霞（8俳諧新選 一〇三ペ）

春雨や　ふた葉にもゆる　茄子種　芭蕉（1岨の古畑 六〇七）
春雨や　降るとも知らず　牛の目に　来山（4夢の名残 〇二三七）
はるさめや　褌（ふんどし）かへん　足袋脱がん　車庸（8俳諧新選 一〇三ペ）
春雨や　枕くづるる　うたひ本　支考（6続猿蓑 三〇七〇）
春雨や　待つも惜しむも　あらし山　宋屋（8俳諧新選 一〇三ペ）
春雨や　窓も一人に　一つづつ　一茶（3文化句帖 三二六ペ）
春雨や　身に古頭巾　着たりけり　蕪村（2蕪村句集 四三二）
春雨や　蓑につつまん　雉子の声　洒堂（6続猿蓑 三〇一四）
春雨や　蓑吹きかへす　川柳　芭蕉（1裸麦 九一三）
春雨や　目鼻の付きし　茄子苗　楼川（8俳諧新選 一〇三ペ）
春雨や　もの書かぬ身の　あはれなる　蕪村（2蕪村句集 一五〇四）
春雨や　ものがたりゆく　蓑と傘　蕪村（2蕪村句集 三二一三）
春雨や　屋ねの小草に　花咲きぬ　嵐虎（6猿蓑 一九四一）
春雨や　山より出づる　雲の門　猿雖（6猿蓑 一九四二）
春雨や　行く約束は　幾（いく）所（ところ）　武然（8俳諧新選 一〇三ペ）
春雨や　蓬をのばす　草の道　芭蕉（1草の道 八三四）
春雨や　絵馬の柳も　したふ程　孤山（8俳諧新選 一〇三ペ）
春過ぎて　かかる物あり　初鰹　宋阿（8俳諧新選 一一五ペ）
春過ぎて　なつかぬ鳥や　杜鵑（ほととぎす）　蕪村（2蕪村句集 五六）
春蟬の　鳴いて明るき　峠かな　素琴（9山萩 一〇〇九）
春たちて　まだ九日の　野山かな　芭蕉（1初蟬 三四二）
春立つと　わらはも知るや　かざり縄　芭蕉（1藪香物 三七）

春たつは衣の棚の霞かな　貞徳（4〇〇四七　玉海集）
春立つや今日着て登るしろはかま　卜養（4〇一四一　誹諧洗濯物）
春たつや梢の雪にひかりさす　青蘿（5八四五　青蘿発句集）
春たつや静かに鶴の一歩より　召波（5八〇六　春泥句集）
はる立つや新年ふるき米五升　芭蕉（1一六九　真蹟短冊）
春立つやにほんめでたき門の松　徳元（5六四　犬子集）
はる近く榾(ほた)つみかゆる菜畑哉　亀洞（6八二六　あら野）
春といふ下女にうかれて待つ夜哉　珪琳（8一四七ペ　俳諧新選）
榛名山大霞して真昼かな　鬼城（9〇六三五　鬼城句集）
春なれや名もなき山の薄霞　芭蕉（1一二二八　野ざらし紀行）
春にする迄の大義や年の暮　半魯（8一四六ペ　俳諧新選）
春の雨穴一の穴にたまりけり　蕪村（2四三九　蕪村遺稿）
春の雨弟どもを呼びてこよ　鼠弾（6五三六　あら野）
春の雨寒さを淀へ落としけり　青眣（8一〇三ペ　俳諧新選）
春の雨居るかといへば居るといふ　小波（9〇三〇二　ささら波）
春の海終日(ひねもす)のたりのたりかな　蕪村（2四六　蕪村句集）
春の風おまんが布のなりに吹く　一茶（3三二六ペ　句稿消息）
春の風二つ帆のある小舟かな　子規（10六二四ペ　獺祭句帖抄）
春の蚊のひとたび過ぎしまゆの上　草城（4二七〇五　昨日の花）
春の夕たえなむとする香をつぐ　蕪村（2二二五三　蕪村句集）
春のくれつくしの人と別れけり　蕪村（2二一〇五　蕪村遺稿）
春の寒さたとへば蕗の苦みかな　成美（4二〇七三　成美家集）
春の空人仰ぎゐる何も無し　虚子（14六二ペ　七百五十句）
春の月ありしところに梅雨の月　素十（9一五五〇　雪片）
春の月およその時を戻りけり　碧雲居（9一〇七一　碧雲居句集）
春の月枯木がくれに黄にけぶり　水巴（9〇五九四　定本水巴句集）
春の月一重の雲にかくれけり　子規（9〇〇四一　寒山落木巻一）
春の野に心ある人の素貞(がほ)哉　一有妻（6九七八　あら野）
春の野に蛇の出るこそ恨なれ　李夫（8一一一ペ　俳諧新選）
春の野やいづれの草にかぶれけん　羽紅（6三〇二九　続猿蓑）
春の野や人行く方へ機嫌かひ　孤山（8一一一ペ　俳諧新選）
春の浜大いなる輪が画いてある　虚子（11八八ペ　五百句）
春の日のつるつる辷(すべ)る樒(しきみ)かな　一茶（3三二九ペ　七番日記）
春の日の威光を見する雪間哉　重頼（5二七　犬子集）
春の日や雪隠(せっちん)草履(ざうり)の新しき　一茶（3三二九ペ　文化句帖）
春の日や達磨大師も尻もだえ　調和（4〇二二四　富士石）
春の日や茶の木の中の小室節　正秀（6三〇八三　続猿蓑）
春の日や日永の宿の霞酒　秀吉（4〇〇二八　鷹筑波集）
春の日や松葉掻いても遊ばるる　道彦（4二〇九二　蔦本集）
春の灯や女は持たぬのどぼとけ　草城（4二七〇六　花氷）
春の日を竿にうち行くや雁の声　季遊（8一〇五ペ　俳諧新選）
春の水滄浪秋の水滄浪　虚子（13二〇六ペ　六百五十句）
春の水すみれつばなをぬらし行く　蕪村（2二一八八　蕪村遺稿）
春の水背戸に田つくらんとぞ思ふ　蕪村（2二一八五　蕪村句集）

春の水出茶屋の前を流れけり　子規（10獺祭句帖抄 六二五ペ）
春の水所々に見ゆるかな　鬼貫（5大悟物狂 一二二〇）
春の水にうたた鵜縄のけいこ哉　蕪村（2蕪村句集 二一九一）
春の山屍をうめて空しかり　虚子（14七百五十句 一三六ペ）
春の山又候(またぞろ)老の隠れけり　嘯山（8俳諧新選 一一一ペ）
春の雪人事ならず消えにけり　三汀（9文壇句会今昔 一一五〇）
はるの雪女の裾にふりきゆる　長翠（5光丘本長翠 九三八）
春の夕かのきぬ羽織着たりけり　蕪村（2蕪村遺稿 二三七四）
春の夢気の違はぬが恨めしい　来山（4俳諧古選 〇二三八）
春の夜に尊き御所を守る身かな　蕪村（2蕪村句集 四七二）
春の夜によき女嬬見たりさし油　五鳳（8俳諧新選 一一一ペ）
春の夜の三味線箱を枕かな　子規（10獺祭句帖抄 六二三ペ）
春の夜の長きは翌(あす)の花見哉　立外（7俳諧古選 一四四ペ）
春の夜は桜に明けてしまひけり　芭蕉（1翁草 九一一）
春の夜はたれか初瀬の堂籠り　曾良（6猿蓑 一九九六）
春の夜や狐の誘ふ上童(うへわらは)　蕪村（2蕪村遺稿 二三五九）
春の夜や心の隅に恋つくる　五明（5五明句集 八八〇）
春の夜や籠り人ゆかし堂の隅　芭蕉（1笈の小文 三六四）
春の夜や側で見て居る針仕事　三允（9中野三允句集 〇三三四）
春の夜や机の上の肱まくら　虚子（11五百句 一六ペ）
春の夜や奈良の町家の懸行灯　子規（10獺祭句帖抄 六二三ペ）
春の夜や宵あかつきのその中に　蕪村（2蕪村句集 一〇二七）

春の夜を肱に判ある女かな　百万（8俳諧新選 一五五ペ）
春は曙濤声籬をしさりつつ　風生（9傘寿以後 一五八二）
はるばると来てわかるるやすまの秋　几董（5井華集 八〇三）
春火鉢宇治の瀬音を座にたたへ　裸馬（9裸馬翁五千句 一一〇五）
春更けて諸鳥啼くや雲の上　普羅（9普羅句集 〇七二五）
春迄の塩買ふ里や峰の雪　古行（8俳諧新選 一四七ペ）
春めくと覚えつつ読み耽るかな　立子（9笹目 一九四四）
春めくや人さまざまの伊勢まゐり　荷兮（6波留濃日 一八七）
春もはや山吹しろく苣(ちさ)苦し　素堂（4続虚栗 〇七七一）
春も未(まだ)馬に寝られぬ寒さ哉　温故（7俳諧古選 二二七ペ）
春もややあなうぐひすよむかし声　蕪村（2蕪村遺稿 一四九〇）
春もやや重りのかかる柳哉　雲裡坊（7俳諧古選 二二七ペ）
春もややけしきととのふ月と梅　芭蕉（1鷹獅子集 七七七）
春もやや遠眼に白し梅の花　太祇（8俳諧新選 一〇二ペ）
春や祝ふ丹波の鹿も帰るとて　去来（6炭俵 二三八九）
春やこし年や行きけん小晦日(こつごもり)　芭蕉（1千宜理記 一四九）
春惜しむおんすがたこそとこしなへ　秋桜子（9葛飾 一四四四）
春惜しむ句をめいめいに作りけり　漱石（9漱石全集 〇一八二）
春をしむ座主(ざす)の聯句に召されけり　蕪村（2蕪村句集 二一二八）
春惜しむ深大寺蕎麦一とすすり　爽雨（9遅日 一九〇〇）
春をしむ人や榎にかくれけり　蕪村（2蕪村遺稿 四六八）
春惜しむ宿やあふみの置火燵　蕪村（2蕪村句集 二五九三）

晴れちぎる　空鳴き行くや　ほととぎす　落梧（6 あら野 三九七）
晴れにけり　又曇りけり　富士日記　其角（7 俳諧古選 一六九ぺ）
はればれと　たとへば野菊　濃き如く　風生（9 松籟 一五八三）
晴間まで　葉裏にゆふる　蛍　哉　都雪（7 俳諧古選 一六二ぺ）
はれ物に　さはる柳の　しなへ哉　芭蕉（1 宇陀法師 八三〇）
はれやかに　置床なほす　花の春　一鷺（6 続猿蓑 二九八五）
晴れ行くや　波にはなるる　よこしぐれ　風虎（5 桜川 一二五）
羽をこぼす　梢の鳶や　小六月　蒼虬（4 訂正蒼虬集 二一四九）
晩秋の　園燃ゆるもの　みな余燼　青邨（9 粗餐 一六一四）
半日の　閑を榎や　せみの声　蕪村（2 蕪村句集 五七）
半日は　神を友にや　年忘れ　芭蕉（1 八重桜集 六五九）
磐石を　ぬく灯台や　夏近し　石鼎（9 花影 〇七五八）
半焼の　家に人住む　寒さかな　子規（10 獺祭句帖抄 六六〇ぺ）
盤台に　鰹生きたり　若　楓　子規（10 獺祭句帖抄 六四九ぺ）
パン種の　生きてふくらむ　夜の霜　楸邨（9 野哭 二五九一）
榛の木の　花見に来ませ　しじみ汁　道彦（5 蔦本集 九六九）
番屋有る　村は更けたり　けふの月　蕪村（2 蕪村遺稿 一七六）
氾濫の　黄河（くわうが）の民の　粟しづむ　素逝（9 砲車 一八三〇）
晩涼に　池の　萍（うきくさ）　皆　動　く　虚子（11 五百句 五四ぺ）
晩涼や　火焔樹並木　斯くは行く　虚子（12 五百五十句 一一ぺ）
万緑の　中や吾子の歯　生え初むる　草田男（9 火の島 二五四二）
万緑の　万物の中　大　仏　虚子（13 六百五十句 二一二ぺ）

ひ

灯（ひ）あかあかと　会すれば千鳥　鳴くといふ　碧梧桐（9 三千里 〇一三一）
火遊びの　我一人ゐしは　枯野かな　乙字（9 乙字句集 〇九九四）
日あたつて　来ぬ綿入の　膝の上　亜浪（4 旅人 二六一〇）
日当たりの　梅咲くころや　屑牛房　支幽（6 猿蓑 一八九〇）
日当たりは　地に落ち付かぬ　しぐれ哉　風子（7 俳諧古選 一八八ぺ）
ひいき鵜は　又もから身で　浮かみけり　一茶（3 おらが春 四四六ぺ）
ひいき目に　見てさへ寒い　そぶりかな　一茶（3 真蹟 三五七ぺ）
ひい様の　花見車や　花の中　臨風（9 帝国明29・8 〇三二一）
日　一　日　同じ処に　畠　打　つ　子規（10 獺祭句帖抄 六二四ぺ）
引いて来し　夜店車を　まだ解かず　虚子（12 五百五十句 三三ぺ）
秀でたる　詞の花は　これや蘭　宗因（4 懐子 〇一七三）
びいと啼く　尻声悲し　夜の鹿　芭蕉（1 杉風宛書簡④ 八九二）
硝子（びいどろ）の　魚おどろきぬ　今朝の秋　蕪村（2 蕪村遺稿 二六九五）
灯（ひ）うつりや　白く見て伏る　女郎花（をみなへし）　赤羽（8 俳諧新選 一五六ぺ）
冷汁に　散りてもよしや　花の陰　胡及（6 あら野 三七三）
冷え尽くす　湯婆（たんぽ）に足を　ちぢめけり　子規（10 獺祭句帖抄 六六一ぺ）
鵯（ひえどり）の　うたた来啼くや　うめもどき　蕪村（2 蕪村遺稿 一七七九）
鵯　の　こぼし去りぬる　実の赤き　蕪村（2 蕪村遺稿 一二九二）
比叡の雲　近江に神の　鳴り給ふ　露月（9 承露盤 〇二五一）

稗の穂の馬逃がしたる気色哉　越人（6猿蓑一八五八）
ひえびえと闇のさだまる初秋かな　蛇笏（9白岳〇六六六）
稗蒔や百姓鶴に語つて曰く　子規（10獺祭句帖抄六二八ぺ）
日枝も早貝作りけり秋の雲　賦山（7俳諧古選一八二ぺ）
日蔽が出来て暗さと静かさと　虚子（13六百五十句二一四ぺ）
日かがやく諏訪の氷の人馬かな　子規（10獺祭句帖抄六六五ぺ）
昃（ひかげ）れば春水の心あともどり　立子（9立子句集一九四五）
東にしあはれさひとつ秋の風　芭蕉（1去来伊勢真蹟二六八）
東山静かに羽子の舞ひ落ちぬ　虚子（11五百句七〇ぺ）
東より世はをさまるき春日かな　梅盛（4口真似草〇一三〇）
ひかひかとずは枝の梅の莟けり　移竹（7俳諧古選二一五ぺ）
日帰りの兀山（はげやま）越ゆるあつさ哉　蕪村（2蕪村句集五七四）
光ある檜皮の破風（はふ）や糸桜　蘭丈（8俳諧新選一二ぺ）
光ささぬうちにをがむや雪仏　玄札（5犬子集七六）
光堂かの森にあり銀夕立　青邨（9乾燥花一六一五）
光りつつ冬雲消えて失せんとす　虚子（14七百五十句一二六ぺ）
曳かれる牛が辻でずつと見廻した秋空だ　碧梧桐（4八年間二三〇四）
彼岸とて慈悲に折らする花もがな　重頼（4犬子集〇〇九六）
彼岸まへさむさも一夜二夜哉　路通（6猿蓑一九三七）
蟾蜍（ひきがへる）長子（ちやうし）家去る由もなし　草田男（9長子二五四三）
引きこうで耳をあはれむ頭巾哉　蕪村（2蕪村句集六五八）
弾き捨ての琴のゆるみや五月雨　比松（8俳諧新選一一七ぺ）
抽出しの数のあるじよ冬ごもり　梨葉（9梨葉句集第一一〇七五）
引き立てて馬にのまするし水かな　潦月（6あら野七〇三）
引鶴や笏をかざして日を仰ぐ　蝶衣（9蝶衣句稿〇五七〇）
蟾（ひき）どのの妻や待つらん子鳴くらん　一茶（3八番日記三四〇ぺ）
引鳥の中に交じるや田螺（たにし）とり　支浪（6続猿蓑三〇八五）
蟇鳴いて唐招提寺春いづこ　秋桜子（9葛飾一四四五）
蟇の背に通ふ雫やはるの雨　移竹（8俳諧新選一〇三ぺ）
曳舟の綱にゆきあひ蓬摘む　村家（9同人句集〇七九四）
引き結ぶ一つぶ銀やとしの暮　荻子（6続猿蓑三四一九）
日限り来る嘘の湯治や暮の春　孤桐（8俳諧新選一一二ぺ）
引くいきに後ろへころぶ柳かな　鷗歩（6あら野五六一）
低きかたへ水のあはづや初あらし　沾徳（5五子稿四三一）
低き木に馬繋ぎたる夏野かな　子規（10獺祭句帖抄六四七ぺ）
低き木に鳶の下り居る春日かな　子規（10獺祭句帖抄六四二ぺ）
引く波に貝殻鳴りて実朝忌　不死男（9万座二二七四）
非蔵人（くらうど）や御階（みはし）に出でて花見顔　鼓舌（8俳諧新選一一〇ぺ）
ひぐらしに灯火はやき一と間かな　万太郎（9草の丈一一三一）
蜩（ひぐらし）の日を鳴きつめて月夜かな　瓜流（8俳諧新選二二七ぺ）
日ぐらしや急に明るき湖（うみ）の方　一茶（3日記断篇三四九ぺ）
日くるるに雉子うつ春の山辺哉　蕪村（2蕪村句集三一〇一）
日くれたり三井寺下りる春のひと　暁台（4暁台句集一八〇八）
日暮れ日暮れ春やむかしのおもひ哉　蕪村（2蕪村遺稿一〇四六）

髭風を吹いて暮秋嘆ずるは誰が子ぞ　芭蕉（1虚栗 一五八）
髭宗祇池に蓮ある心かな　素堂（6炭俵 二四八一）
鬚剃るや上野の鐘の霞む日に　子規（4仰臥漫録二 二二〇九）
髭に焼く香もあるべしころもがへ　荷兮（6あら野 六二二）
髯のびて襟巻の如くあたたかし　左衛門（9現代俳句集 〇八二〇）
日頃気の付かぬ松有り揚灯籠　湖春（7俳諧古選 一七四ぺ）
日ごろ仲よくて恥あるすまひ哉　蕪村（2蕪村句集 七七五）
ひごろにくき烏も雪の朝（あした）哉　芭蕉（1鷹獅子集 六六三）
膝頭抱いて遠稲妻に居り　三汀（9文人歳事記 一一五一）
日盛りに蝶のふれ合ふ音すなり　青々（9松苗 〇四九二）
日ざかりに水やる畑の暑さかな　瓜流（8俳諧新選 一二〇ぺ）
日盛りの岩よりしぼる清水哉　常牧（5物見車 二〇一）
日盛りや枝の蛙の落つる音　秋房（7俳諧古選 二一九ぺ）
日盛りや汽車と汽車とがすれちがふ　洒竹（9俳味大2・12 〇二九一）
日盛りや樽の茶運ぶ瓜畑　理右（7俳諧古選 一六三ぺ）
日盛りや人の呵（しか）りし草の原　富葉（8俳諧新選 二二〇ぺ）
日盛りやふと金色の大真鯉　王城（9同人句集 〇九一九）
日盛りを書庫のにほひにゐて静か　圭岳（9太白星 一一九四）
膝抱きて昔をおもふ寒さかな　練石（8俳諧新選 一四二ぺ）
膝つきにかしこまり居る霰かな　史邦（6猿蓑 一六七八）
膝に来て稲妻うすく消ゆるかな　虚子（13六百五十句 一五四ぺ）
膝（ひざ）節（ぶし）をつつめど出づるさむさ哉　塩車（6あら野 八一九）

犇々と八重大輪のつばき咲く　蛇笏（9椿花集 〇六六七）
避暑の宿寂寞として寝まるなり　虚子（14七百五十句 四〇ぺ）
避暑人に花咲き満ちぬ峰の原　零余子（9零余子句集二 〇六八四）
ピストルがプールの硬き面にひびき　誓子（9炎昼 一四八八）
ひそやかに来て居る鳥や枇杷の花　東残（8俳諧新選 一三八ぺ）
引（ひ）板（た）打つに寝られぬ祖父の代はりけり　之房（8俳諧新選 一三三ぺ）
日高には能登の国迄や刺鯖（さしさば）売り　西鶴（4糸屑 〇一八七）
鶲（ひたき）来て色つくりたる枯木かな　石鼎（9花影 〇七五九）
日たけ起きて畠歩めば秋の風　守愚庵（7俳諧古選 二二一ぺ）
飛驒涼し北さして川流れをり　林火（9白幡南町 二七六二）
直垂（ひたたれ）をぬがずに結ぶしみづかな　一髪（6あら野 七〇五）
ひたと犬の啼く町越えてをどり哉　蕪村（2蕪村句集 一三六）
飛驒の生まれ名はとうといふほととぎす　虚子（11五百句 八二ぺ）
ひたひたと風も光るやけし畠　修古（8俳諧新選 一三三ぺ）
ひたひたと寒九の水や厨甕　蛇笏（9山廬集 〇六六八）
ひたひたと春の潮打つ鳥居かな　碧梧桐（4新俳句 二三〇五）
ひたぶりや夜はよもすがら五月雨　万橋（8俳諧新選 一一七ぺ）
ひたぶるに旅僧とめけり納豆汁　月居（5続あけがらす 九六五）
飛驒山の質屋戸ざしぬ夜半の冬　蕪村（2蕪村句集 二一六二）
干鱈（ひだら）やくつつじの柴や燃えんとす　几董（4井華集 一八四二）
ひだるさに馴れてよく寝る霜夜哉　惟然（5惟然坊句集 四〇二）
肘白き僧の仮寝や宵の春　蕪村（2蕪村句集 四七三）

ひつかけて行くや雪吹（ふぶき）のてしまござ　去来（6猿蓑 一六九三）
ひつぢ田にもみぢちりかかるゆふ日哉　蕪村（2蕪村句集 二四〇七）
穭田（ひつぢだ）や青葉折り込む薄氷　五明（5五明句藻 八八五）
穭田や痩せて慈姑（くわゐ）の花一つ　子規（10獺祭句帖抄 六一五ペ）
穭細く鳥海の裏おろす風　露月（9露月句集 〇二二〇）
匹夫にして神と祭られ雲の峰　子規（10獺祭句帖抄 六四七ペ）
灯（ひ）照らせば灯に微妙音涅槃かな　碧梧桐（9碧梧桐句集 〇一三三）
日照年伏水の小菊もらひけり　蕪村（2蕪村句集 二二九）
日照るとき金を横たふ寝釈迦かな　青畝（9国原 一五一四）
一（ひと）畦はしばし鳴きやむ蛙かな　去来（4蛙合 〇九四八）
人（ひと）間（あひ）に鶯啼くや山ざくら　蕪村（2蕪村遺稿 一三五六）
一（ひと）いきれ蝶もうろつくわか葉哉　楚舟（6炭俵 二五三二）
人卑しく扇の疵を見出しけり　月舟（9進むべき道 〇六九八）
一いろも動く物なき霜夜かな　野水（6猿蓑 一六三〇）
一（ひと）色（いろ）や作らぬ菊のはなざかり　暁鼂（6あら野 七六二）
一枝の椿を見むと故郷に　石鼎（9定本石鼎句集 〇七六〇）
一枝の槇の青さよ魂まつり　武然（8俳諧新選 一二五ペ）
一枝の紅葉投げある壁炉かな　より江（9同人句集 〇九三一）
一枝はすげなき竹のわかば哉　仙花（6炭俵 二五三七）
一枝は鼠の道の柊かな　宗雨（8俳諧新選 一四四ペ）
一枝はをらぬもわろし山ざくら　尚白（6猿蓑 一九七二）
一枝やくさり抜けても梅の花　竿秋（7俳諧古選 二一三ペ）
人影や月になりゆく夕桜　抱一（4屠竜之技 二二三六）
人数は月より先へ欠けにけり　一茶（3おらが春 四七〇ペ）
人霞む舟と陸（くが）との塩干かな　友重（6あら野 六一二）
一方は梅さく桃の継ぎ木かな　越人（6あら野 八八〇）
一かぶの牡丹は寒き若菜かな　尾頭（6続猿蓑 二九九二）
人柄もしるき家居や蓮の花　它谷（8俳諧新選 一二二ペ）
人来たら蛙となれよ冷し瓜　一茶（3七番日記 三三九ペ）
一口鉢犬西行に時鳥　三千風（4日本行脚文集 〇二〇〇）
人こころ幾度鰒を洗ひけん　太祇（8俳諧新選 一四〇ペ）
一言の忘れ扇に及ぶなき　元（9島村元句集 〇九〇五）
人毎の口に有る也した栬（もみぢ）　芭蕉（1千宜理記 五〇）
人恋し灯（ひ）ともしごろをさくらちる　白雄（5白雄句集 八三六）
人恋し雪の朝けをただひとり　星布（5星布尼句集 八九一）
人込みを歌舞妓役者や夏の月　荘丹（5能静草 八九三）
一声に此の世の鬼は逃げるよな　一茶（3おらが春 四七五ペ）
人声にうなづきにけり春の水　雁宕（8俳諧新選 一〇七ペ）
人声に子を引きかくす女鹿かな　一茶（3おらが春 四五二ペ）
人声にほつとしたやら夕桜　一茶（3七番日記 三三三ペ）
人声に尾のなき秋の夕べ哉　和及（7俳諧古選 一七五ペ）
人声の夜半を過ぐる寒さ哉　野坡（6炭俵 二六〇六）
一さかり萩くれなゐの秋の風　青蘿（5青蘿発句集 八五三）
一里の炭売りはいつ冬籠り　一井（6あら野 一四〇〇）

一里はみな花守の子孫かや　芭蕉（1 猿蓑 六一〇）
一竿は死装束や土用干　許六（7 俳諧古選 一六六ぺ）
一(ひと)しきり啼きて静けし除夜の鶏(とり)　利合（6 続猿蓑 三四二九）
ひとしきりひだるうなりて夜ぞ長き　野水（6 あら野 八五三）
一しきり矢だねの尽くるあられ哉　蕪村（2 蕪村句集 七〇八）
一しぐれさつと海鳴る音遠し　南露（8 俳諧新選 一三六ぺ）
一時雨礫(つぶて)や降つて小石川　芭蕉（1 江戸広小路 八四）
一時雨またくづをるる日陰哉　露沾（6 続猿蓑 三三二七）
一雫天窓(あたま)なでけり引がへる　一茶（3 おらが春 四四九ぺ）
一雫こぼして延びる木の芽かな　諸九（5 諸九尼句集 五一九）
一塩にはつ白魚や雪の前　杉風（6 続猿蓑 三三七九）
一霜の寒さや芋のずんど刈　支考（6 続猿蓑 三三〇四）
一筋の川引きのばす枯野かな　潭蛟（8 俳諧新選 一三七ぺ）
一筋は花野にちかし畑道　烏栗（6 続猿蓑 三二四八）
人住まぬ島山畑や落つる雁　太祇（8 俳諧新選 一三一ぺ）
人誹(そし)る会が立つなり冬籠り　一茶（3 文政句帖 三六〇ぺ）
人それぞれ書を読んでゐる良夜かな　青邨（9 雑草園 一六一六）
一田(ひとた)づつ落ち来て秋の流れけり　桂舟（8 俳諧新選 一三五ぺ）
一田づつ行きめぐりてや水の音　北枝（6 続猿蓑 三一四四）
一束の葉生姜ひたす野川かな　子規（10 獺祭句帖抄 六五九ぺ）
人魂か魂祭る野に飛ぶ蛍　徳元（4 犬子集 〇〇六八）
人足らぬ畠の末の花野かな　赤羽（8 俳諧新選 一二九ぺ）

一つ家に遊女も寝たり萩と月　芭蕉（1 奥の細道 五三二）
一つ籠になきがら照らす蛍かな　水巴（9 定本水巴句集 〇五九五）
一つ蚊のだまつてしくりしくりかな　一茶（3 おらが春 四四二ぺ）
一つかみ塗(ぬり)樽(だる)拭ふ紅葉哉　一茶（3 おらが春 四七三ぺ）
一月は我に米かせはちたたき　丈草（6 猿蓑 一六九七）
一つとは思はぬ夜也けふの月　蓼太（8 俳諧新選 一三〇ぺ）
一つぬひで後ろに負ひぬ衣がへ　芭蕉（1 笈の小文 三七九）
一つ根に離れ浮く葉や春の水　虚子（9 五百句 〇〇八九）
ひとつばや一葉一葉の今朝の霜　支考（6 続猿蓑 三三三九）
一つ二つ三しまつりのおみきかな　知十（9 鶯日 〇三五四）
一粒も思ひは掛けずさくらの実　何声（7 俳諧古選 二二七ぺ）
一つ家に鉦打ち鳴らす枯野かな　子規（10 獺祭句帖抄 六六五ぺ）
一つ家に鴨の毛むしる夕べかな　子規（10 獺祭句帖抄 六一一ぺ）
一つ家の灯(ひ)を中にしてしぐれかな　鳥酔（4 百一集 一七二五）
一つ家の居心問はん花野原　天露（8 俳諧新選 一二九ぺ）
一つ屋やいかいこと見るけふのつき　亀洞（6 あら野 四一七）
一つ行く橇に浪うつ最上川　普羅（9 辛夷 〇七二六）
一露もこぼさぬ菊の氷かな　芭蕉（1 続猿蓑 八一四）
一と所いつも涼しき板間あり　紅緑（9 紅緑句集 〇二四三）
一とせに一度つまるる菜づなかな　芭蕉（1 泊船集 八二八）
一とせの心拍子は薺(なづな)かな　無倫（7 俳諧古選 一五五ぺ）
一とせの花の手鏡明けにけり　作者不明（7 俳諧古選 二一九ぺ）

人と蝶美しく又はかなけれ　虚子（13 六百五十句 一三九ぺ）
人問はば露と答へよ合点か　一茶（3 文政版発句集 三四六ぺ）
人訪へば梅干してゐる内儀かな　紅葉（9 紅葉句帳 ○二七四）
一(ひと)とろに袷に成るや黒木売り　其角（7 俳諧古選 一六九ぺ）
人中も馴れつつ蘭の静か也　鶴英（8 俳諧新選 二三五ぺ）
一長屋錠をおろして踊り哉　其角（7 俳諧古選 一七八ぺ）
人なき日藤に培ふ法師かな　蕪村（2 蕪村句集 二六四六）
人眠(なつ)き鶴よどちらに箭(や)があたる　一茶（3 おらが春 四六六ぺ）
人並にかがしの影や月の下　龍眠（8 俳諧新選 二二八ぺ）
人ならば添はれう物か雉の声　利角（7 俳諧古選 一五○ぺ）
人に家をかはせて我は年忘れ　芭蕉（1 猿蓑 六六八）
人に倦み青鬼灯(ほほづき)を覗くところ　躑躅（9 同人第二句集 ○八六五）
人に成る鹿歟(か)閼伽井(あかゐ)を水鏡　鯉洲（8 俳諧新選 一五○ぺ）
人に似て猿も手を組む秋のかぜ　珍碩（6 猿蓑 一八○七）
一(ひと)念仏申すだけしく芒哉　一茶（3 おらが春 四六八ぺ）
人の顔に似た顔もなし月の顔　梅盛（5 鸚鵡集 五四）
人の気もかく窺はじはつ桜　沾徳（6 続猿蓑 二九七二）
人のこと心にとめぬ故涼し　夜半（9 彩色 一六四八）
人のためしぐれておはす仏哉　一茶（3 七番日記 三五二ぺ）
人の妻小者で見しる花見かな　琴風（4 陸奥衛 一一二一）
人の妻の琴の指南や沈丁花　楽天（9 ホ明32・5 ○三三○）
人の妻の菖蒲葺くとて階子(はしご)かな　子規（10 獺祭句帖抄 六二七ぺ）
人の手にとられて後や桜海苔　杉峰（6 猿蓑 一九二七）
人の出る方へ吹きけり春のかぜ　孤舟（8 俳諧新選 一○七ぺ）
人の振りに我がふり見るけ踊りかな　普求（7 俳諧古選 二一四ぺ）
人の物を是ほどをしき桜哉　専跡（7 俳諧古選 一五三ぺ）
人の世に尻を居ゑたるふくべ哉　蕪村（2 蕪村句集 一四三）
人の世の影ばかりなり走馬灯　青邨（9 粗餐 一六一七）
人の世の悲し悲しと蜩(ひぐらし)が　虚子（14 七百五十句 七一ぺ）
人の世の今日は高野の牡丹見る　虚子（14 七百五十句 二六ぺ）
人の世の虹物語うすれつつ　虚子（14 七百五十句 四三ぺ）
人の世は月もなやませ給ひけり　一茶（3 おらが春 四七○ぺ）
人の世もから暮らしけりくらべ馬　山川（7 俳諧古選 一六七ぺ）
人の代や懐に在す若恵比須　信徳（5 元禄四歳旦 一六七）
人はいざ戻りともなし秋の暮　祖扇（8 俳諧新選 二三二ぺ）
一箸に程よき石花(かき)の一つかな　鶴英（8 俳諧新選 一四五ぺ）
人肌に合はす湯婆(たんぽ)や加減物　玄流（8 俳諧新選 一四五ぺ）
一葉散つて声おどろしやさらし売り　団水（4 秋津島 ○二○四）
一葉ちりて細う日のさすや渓の水　素竹（8 俳諧新選 二二四ぺ）
一葉散る音かしましきばかり也　仙化（6 あら野 七一二）
一葉散る咄(とつ)ひとはちる風の上　嵐雪（5 風の上 二八三）
一葉づつ柿の葉みなに成りにけり　一髪（6 あら野 七七八）
一葉出て一葉ふり行くばせをかな　嘯山（8 俳諧新選 二二六ぺ）
人はなど散るを見て居ぬけしの花　萍水（7 俳諧古選 一七○ぺ）

人は何に化くるかもしらじ秋のくれ　蕪村（2一七九七 蕪村遺稿）
人は皆衣など更（か）へて来りけり　子規（9〇〇四二 寒山落木巻五）
一と引きに余の田を越して鳴子かな　龍眠（8一二八ぺ 俳諧新選）
人々の中の主や牡丹園　花蓑（9〇八七五 花蓑句集）
人々をしぐれよやどは寒くとも　芭蕉（1五八七 伝土芳筆全伝）
一日一日麦あからみて啼く雲雀（ひばり）　芭蕉（1六九一 嵯峨日記）
一袋これや鳥羽田のことし麦　之道（6二一六三 猿蓑）
一重かと山吹のぞくゆふべ哉　襟雪（6六〇一 あら野）
ひとへもの径（こみち）の麦に刺されたり　亜浪（4二六一一 旅人）
火とぼして幾日（いくか）になりぬ冬椿　一笑（6八二〇 あら野）
一先（ひとまづ）は蓑を投りけり稲雀　沾洲（5四三五 橋南）
一回りまつ人遅き踊り哉　尚白（7一八〇ぺ 俳諧古選）
ひとむしろ内儀ばかりや門涼み　月居（5九六二 発句題葉集）
一めぐり人待ちかぬるをどりかな　尚白（6九八五 あら野）
灯（ひ）ともして鰤（ぶり）洗ふ人や星月夜　子規（10六六六ぺ 獺祭句帖抄）
灯ともして御影祭るや菊の花　子規（10六五九ぺ 獺祭句帖抄）
灯ともして夜行く人や梅の中　鳴雪（9〇一五九 鳴雪俳句集）
ひともじの北へ枯れ臥す古葉哉　蕪村（2一九二八 蕪村句集）
灯ともすや露のしたたる石灯籠　子規（10六三六ぺ 獺祭句帖抄）
灯ともせと云ひつつ出るや秋の暮　蕪村（2二七〇三 蕪村遺稿）
灯（ひとも）せば忽ち仏寒からず　虚子（12一八六ぺ 六百句）
一本の蘆の穂痩せしゐせき哉　防川（6七五二 あら野）

一もとの榎枯れたり六地蔵　子規（10六二一ぺ 獺祭句帖抄）
一もとはちらで夜明けぬけしの花　大魯（5八二一 蘆陰句選）
人もなし木陰の椅子の散り松葉　子規（10六三一ぺ 獺祭句帖抄）
人も見ぬ春や鏡のうらの梅　芭蕉（1七四〇 をのが光）
人ゆくは道筋なる歟（か）原の雪　蘿菱（8一四三ぺ 俳諧新選）
一夜さに桜はささらほさら哉　一茶（3三三四ぺ 文政版発句集）
一よさの若葉の伸びの母の許　汀女（9一九三〇 昭40俳句年鑑）
一夜さも免して寝せぬかがし哉　卯七（7二〇三ぺ 俳諧古選）
一夜づつ淋しさ変はる時雨哉　宋阿（7一九三ぺ 俳諧古選）
一夜とめしけさや板間のこぼれ萩　太祇（8二一七ぺ 俳諧新選）
一夜一夜さむき姿や釣り干菜　探丸（6一六五〇 猿蓑）
一夜経て物書きにくし雪の面　孤桐（8一四二ぺ 俳諧新選）
独り遊ぶ狗や松もる夏の月　大夢（8一一八ぺ 俳諧新選）
ひとり尼わら家すげなし白つつじ　芭蕉（1六二七 句選拾遺）
独りかもねんがける子や柿の下　嘯山（8一四九ぺ 俳諧新選）
独り来て友選びけり花のやま　冬松（6三八四 あら野）
ひとり来て一人を訪ふや秋のくれ　蕪村（2三二七一 蕪村遺稿）
一人してやたけ心や麦の秋　乗槎（8一一六ぺ 俳諧新選）
独り住む人も一つの火桶かな　石爛（8二三八ぺ 俳諧新選）
一人立ち障子をあけぬ薬食　虚子（12二一七ぺ 六百句）
ひとり旅のよいもよけれど秋淋し　李雪（8二三五ぺ 俳諧新選）
一人づつ子に白湯のます深雪かな　春草（9一〇九〇 春草句集）

独り出て傾く迄や夏の月　舞閣（8俳諧新選 一一八ペ）
一人通ると壁に書く秋の暮　一茶（3おらが春 四六八ペ）
独り寝のあら壁寒し冬の月　芙玉（8俳諧新選 一四一ペ）
独り寝の姿教へて涅槃かな　涼袋（7俳諧古選 二二九ペ）
独り寝も肌やあはする紙ぶすま　梅盛（5誹諧三ケ津 五五）
ひとり寝も能き宿とらん初子日（ねのび）　去来（6猿蓑 一八九五）
独り寝や梅がかは来ぬ夜もなし　信応（8俳諧新選 一〇二ペ）
独り寝や泣きたる皃（かほ）にまどの月　野水（6あら野 八五四）
独り寝や更けて出て見る天の河　宋屋（8俳諧新選 二二四ペ）
独り寝や夜わたる男蚊の声佗し　智月（5孤松 四二〇）
独り乗る舟作らせん杜若（かきつばた）　周也（7俳諧古選 一七〇ペ）
一人花にさまよひ居しが遂に去る　虚子（14七百五十句 三五七ペ）
一人一人に焚く据風呂（すゑぶろ）や暮の秋　蚋魚（9ホ大8・1 〇八四二）
独り焼く目刺や切に打ち返し　温亭（9温亭句集 〇八三五）
ひとり行く長柄堤や冬の月　篤羽（8俳諧新選 一四一ペ）
ひとり行く橋の長さよ五月闇　嘯浦（7俳諧古選 二一七ペ）
独りゐて留守ものすごし稲の殿　一東（6続猿蓑 三二八三）
ひとわたりわたり終はりしちまき盆に　立子（9続立子句集一 一九四六）
人を恐れ野分を恐れ住めりけり　虚子（14七百五十句 五五八ペ）
一桶の藍流しけり春の川　子規（10獺祭句帖抄 六二五ペ）
一尾根はしぐるる雲かふじのゆき　芭蕉（1泊船集 三一六）
人を前人を後ろや冬ごもり　大施（8俳諧新選 一四七ペ）

日半路（ひなかぢ）をてられて来るや桃の花　野坡（6炭俵 二四五七）
雛の跡柳ばかりが残りけり　白堂（8俳諧新選 一〇五ペ）
雛の様宮腹々にましましける　其角（7俳諧古選 二〇一ペ）
雛の主や嫁に行くのと来て居ると　孤桐（8俳諧新選 一〇九ペ）
雛の盃投ぐれば畳にながれけり　嘯山（8俳諧新選 一五四ペ）
雛の灯（ひ）にいぬきが袂かかるなり　蕪村（2蕪村遺稿 二三六四）
雛の皆動くと見えて静まれり　温亭（9温亭句集 〇八三六）
雛まつる小家に著きぬ磯路来て　松浜（9白菊 〇五五八）
雛祭る都はづれや桃の月　蕪村（2蕪村句集 二六一〇）
雛見世の灯を引くころや春の雨　蕪村（2蕪村句集 四三六）
日にかかる雲やしばしのわたりどり　芭蕉（1渡鳥集 九六四）
日にそふて蝶のさはらぬ草もなし　赤羽（8俳諧新選 一〇八ペ）
火になりて松毬（まつかさ）見ゆる焚火かな　禅寺洞（9禅寺洞句集 二二九七）
日ねもすの風花淋しからざるや　虚子（12五百五十句 二二五ペ）
ひね麦の味なき空や五月雨　木節（6猿蓑 一七五一）
日の脚の顔にこぼるるわかばかな　渠柳（8俳諧新選 一一四ペ）
日の脚をさされて寒きこたつ哉　梅史（8俳諧新選 二三八ペ）
日のあたる石にさはればつめたさよ　子規（10獺祭句帖抄 六一八ペ）
日の暑さ盥の底の蠛（うんか）かな　凡兆（6猿蓑 一七八九）
日の出でて葉末の露の皆動く　虚子（12六百句 二〇〇ペ）
日の入りや舟に見て行く桃の花　一髪（6あら野 九二三）
日の入りや星のあたりの高灯籠　子規（10獺祭句帖抄 六三五ペ）

日の色や　野分しづまる　朝ぼらけ　大江丸（4 俳懺悔 二〇六〇）
火の奥に　牡丹崩るる　さまを見つ　楸邨（9 火の記憶 二五九二）
日の落ちて　樹になく鳶や　秋の風　其雷（8 俳諧新選 二二九ぺ）
日の影に　猫の抓き出す　独活(うど)芽哉　一桐（6 続猿蓑 三〇三九）
日の影の　石にこぼるる　瓢(ひさご)かな　巴人（4 夜半亭発句帖 一一七六）
日の影や　ごもくの上の　親すずめ　珍碩（6 猿蓑 一九五六）
日の影や　眠れる蝶に　透き通り　闌更（5 半化坊発句集 七四九）
火の影や　人にてすごき　網代守(あじろもり)　言水（5 都曲 一七八）
火の消えて　胴にまよふか　虫の声　正秀（6 続猿蓑 三二六五）
日の暮れや　大根掛けたる　格子窓　子規（10 獺祭句帖抄 六一九ぺ）
日のさして　とろりとなりぬ　小田の雁　乙二（4 松窓乙二集 二一二二）
灯(ひ)の冴ゆる　机の上の　夜半かな　四方太（9 春夏秋冬 〇二〇二）
日の障子　太鼓の如し　福寿草　たかし（4 たかし全集 二六五八）
火の玉の　如くに咳きて　隠れ栖む　茅舎（9 定本茅舎句集 一六九五）
日のたらぬ　人様々や　としの暮　鶴英（8 俳諧新選 一四六ぺ）
日の出前　五月のポスト　町に町に　波郷（9 鶴の眼 二六五四）
灯のともる　東照宮や　杉の雪　子規（10 獺祭句帖抄 六六三ぺ）
日の春を　さすがに鶴の　歩み哉　其角（5 続虚栗 二五二）
日の光　沖中川の　雪解かな　太祇（8 俳諧新選 一〇一ぺ）
日の光　今朝や鰯の　かしらより　蕪村（2 蕪村句集 一〇〇六）
日の午(ひる)は　水の負けたる　暑さかな　信徳（7 俳諧古選 一六一ぺ）
日の前の　雲すわりけり　花樗(あふち)　鳳朗（5 鳳朗発句集 一一六二）

日の道や　葵傾く　さ月あめ　芭蕉（1 猿蓑 六二四）
日の本の　土に合ひたる　さくらかな　古鳳（8 俳諧新選 一四八ぺ）
日の本や　さりとては又　五月雨　社笛（7 俳諧古選 二二六ぺ）
日の本や　鯛を食らうて　さくら狩り　沙月（8 俳諧新選 一〇九ぺ）
火の山の　裾に夏帽　振る別れ　虚子（9 五百句 〇〇九〇）
日の岡や　こがれて暑き　牛の舌　正秀（6 猿蓑 一七九一）
琵琶行の　夜や三味線の　音霰　芭蕉（1 後の旅 一九四）
琵琶琴の　あうてあはざる　夜寒哉　嘯山（8 俳諧新選 一五五ぺ）
枇杷さくや　涼しい事の　思はるる　古津（8 俳諧新選 二三八ぺ）
日半(はし)たは　翌(あす)の為也　山ざくら　我黒（7 俳諧古選 一五一ぺ）
日は過ぐる　梢の柿と　見あひつつ　成美（5 成美家集 九三四）
日は斜　関屋の鎗に　とんぼかな　蕪村（2 蕪村句集 一八一九）
日は西へ　行くとも見えぬ　暑さかな　古行（8 俳諧新選 二四七ぺ）
枇杷の花　鳥もすさめず　日くれたり　蕪村（2 蕪村句集 二三一五）
枇杷の花　人のわするる　木陰かな　一髪（6 あら野 七八〇）
枇杷の葉に　霰落ちけり　とまりけり　巴水（7 俳諧古選 一九一ぺ）
枇杷の葉の　なほ慥か也　初霞　斜嶺（6 続猿蓑 三一〇五）
日は花に　暮れてさびしや　あすならふ　芭蕉（1 笈の小文 三七一）
日は日くれよ　夜は夜明けよと　啼く蛙　蕪村（2 蕪村句集 三三六一）
ひばりなく　中の拍子や　雉子の声　芭蕉（1 猿蓑 六一二）
雲雀(ひばり)より　空にやすらふ　峠哉　芭蕉（1 笈の小文 三六五）
日々是好日　就中(なかんづく)此の日　紅葉濃し　三允（9 中野三允句集 〇三三五）

日々過ぎて秋深くなりゆくばかり　立子（9続立子句集二 一九四七）
日々立てて露の戸となる国旗かな　爽雨（9雪解 一九〇一）
灯(ひ)一つを厨にも向けて蕪汁　蚋魚（9ホ大4・3 〇八四三）
雛無しただ掃除せしばかりなり　虚子（13六百五十句 一七二ペ）
日々にさく花に追はるる瓢(ひさご)かな　瓢水（8俳諧新選 二二三ペ）
日々に見て日々に興ある青田かな　近江朽木社中（8俳諧新選 二二二ペ）
柊(ひひらぎ)させもしや築地の崩れより　逸志（7俳諧古選 二二三ペ）
柊の花のこぼれや四十雀(しじふから)　浪化（5浪化発句集 三九三）
ひびわれる音や旭(ひ)のさす田の氷　子規（10獺祭句帖抄 六四〇ペ）
美服して牡丹に媚びる心あり　子規（10獺祭句帖抄 六四九ペ）
隙明くや蚤の出て行く耳の穴　丈草（6猿蓑 一七七九）
隙人や蚊が出た出たと触れ歩く　一茶（3文政句帖 三四〇ペ）
向日葵の蘂(しべ)を見るとき海消えし　不器男（9定本不器男句集 一七一七）
向日葵の空かがやけり波の群　秋桜子（9岩礁 一四四六）
向日葵の月に遊ぶや漁師達　普羅（9普羅句集 〇七二七）
隙故にやらいそがしや桜狩　雲鼓（7俳諧古選 一五一ペ）
氷室の戸白雲深く閉しけり　碧梧桐（9三千里 〇一三四）
姫瓜や三千の林檎顔色なし　自悦（5洛陽集 一三一）
ひめ始八重垣つくる深雪かな　龍雨（9龍雨句集 一一五六）
姫ふりや袖に入れても重からず　至暁（6続猿蓑 三一三八）
姫松のかたびら雪やだてうすぎ　捨女（5続山井 九五）
姫百合や上よりさがる蛛の糸　素龍（6続猿蓑 三一二四）

灯(ひ)もおかでよく寝る客や神無月　道彦（5蔦本集 九七七）
灯も消えて煤のふる家の野分哉　大夢（8俳諧新選 二三一ペ）
灯も消えて柱の多き野分哉　菜根（8俳諧新選 二三〇ペ）
日もささず雨もこぼれぬ暑さ哉　龍眠（8俳諧新選 二二〇ペ）
氷上や雲茜して暮れまどふ　石鼎（9花影 〇七六一）
病牀を三里離れて土筆取　子規（9俳句稿巻二 〇〇四三）
病僧の庭はく梅のさかり哉　曾良（6続猿蓑 二九九八）
病人と撞木に寝たる夜寒かな　丈草（4韻塞 〇九九八）
病人に寒き旦暮や猫柳　寸七翁（9現代俳句集 〇八八三）
病人の駕(かご)も過ぎけり麦の秋　蕪村（2蕪村句集 八六九）
百艘の舟にとりまく鯨かな　子規（10獺祭句帖抄 六四〇ペ）
百姓の鍬かたげ行くさむさかな　乙由（4俳諧世説 一一九五）
百姓の烟草は臭し梅の花　嵐山（8俳諧新選 一〇一ペ）
百姓の血筋の吾に麦青む　素十（9初鴉 一五五一）
百姓の茶の濃いうちや桃の花　沾徳（7俳諧古選 一五四ペ）
百姓の弓矢ふりたる照(とも)射(し)哉　召波（8俳諧新選 一一六ペ）
百姓の夜は静か也門の月　富水（8俳諧新選 一二九ペ）
百姓も麦に取りつく茶摘歌　去来（6猿蓑 一七五九）
百なりていくらが物ぞ唐がらし　木節（6続猿蓑 三三〇六）
百生りの瓢箪を見よ蔓一つ　作者不明（7俳諧古選 二〇八ペ）
百日の鯉切り尽きて鱸(すずき)かな　蕪村（2蕪村句集 二七四七）
百八のかねて迷ひや闇のうめ　其角（6猿蓑 一八九四）

百里来たりほどは雲井の下涼み　芭蕉（1伝土芳筆全伝 六四）
白蓮を切らんとぞおもふ僧のさま　蕪村（2蕪村句集 八八）
日焼田や時々つらく鳴く蛙　乙州（6猿蓑 一七八八）
日焼田や二反はからき落とし水　子規（10獺祭句帖抄 六三五ぺ）
冷やされて牛の貫禄しづかなり　不死男（9万座 二二七五）
冷汁はひえすましたり杜若（かきつばた）　沾圃（6続猿蓑 三一二七）
ひやひやと壁をふまへて昼寝哉　芭蕉（1笈日記 八七五）
ひやひやと積木が上に海見ゆる　碧梧桐（9ホ明38・10 〇一三五）
冷やかにその行く末を見守りぬ　虚子（14七百五十句 四一ぺ）
鵯（ひよどり）の言葉わかりて椿落つ　青畝（9国原 一五一五）
鵯の木の間伝ひて現れず　虚子（14七百五十句 一五〇ぺ）
鵯のそれきり啼かず雪の暮　亜浪（9旅人 一〇四五）
鵯の鳴きてつい行きぬ枇杷の花　巳白（8俳諧新選 一三八ぺ）
鵯や昼の朝顔花細し　子規（10獺祭句帖抄 六一六ぺ）
日和見てつぎ木の花の開きけん　之房（8俳諧新選 一〇四ぺ）
日和見る習ひにもなし花曇り　原水（7俳諧古選 一五八ぺ）
ひよろひよろと猶露けしや女郎花（をみなへし）　芭蕉（1あら野 四二八）
開いても開いても散るけしの花　子規（10獺祭句帖抄 六〇〇ぺ）
平押しに五反田くもる時雨かな　野明（6続猿蓑 三三二九）
柊（ひらぎ）さす果てしや外の浜びさし　蕪村（2蕪村遺稿 一九七三）
平地行きてことに遠山ざくら哉　蕪村（2蕪村遺稿 二一九七）
閃々（ひらひら）と挙ぐるあふぎやくものみね　芭蕉（1真蹟短冊 八七二）

ひらひらと朝霧乾くすすきかな　道彦（5蔦本集 九七五）
ひらひらと蛾の飛ぶ藪の小道かな　子規（10獺祭句帖抄 六四八ぺ）
ひらひらと月光降りぬ貝割菜　茅舎（9華厳 一六九六）
ひらひらと蝶々黄なり水の上　子規（10獺祭句帖抄 六二五ぺ）
ひらひらと深きが上の落葉かな　虚子（11五百句 五六ぺ）
ひらひらとわか葉にとまる胡蝶哉　竹洞（6あら野 六二九）
比良みかみ雪指しわたせ鷺の橋　芭蕉（1翁草 六六二）
比良村をいでて澄む水みづうみへ　爽雨（9雲板 一九〇二）
翻る蟬の諸羽や比枝おろし　蕪村（2蕪村遺稿 二二六四）
ひるがほに足投げかけし植女（うゑめ）かな　巣兆（5曾波可理 九八七）
昼顔に米つき涼むあはれ也　芭蕉（1続の原 二一七）
ひるがほに昼寝せうもの床の山　芭蕉（1韻塞 四〇四）
昼顔にまかれて旅の野伏かな　道子（8俳諧新選 二二三ぺ）
昼顔の咲くや砂地の麦畑　子規（10獺祭句帖抄 六三二ぺ）
鼓子花（ひるがほ）の短夜ねぶる昼間哉　芭蕉（1尚白筆懐紙 四〇二）
昼皃は恋も無常も離れけり　我吉（7俳諧古選 一六三ぺ）
昼顔や安達太郎雨を催さず　子規（10獺祭句帖抄 六五〇ぺ）
ひるがほや雨降りたらぬ花の皃（かほ）　智月（6炭俵 二五二七）
昼皃や肩ぬぐ女笑ひけん　此山（8俳諧新選 二二三ぺ）
昼がほや此の道唐の三十里　蕪村（2蕪村句集 六三）
昼皃や反椀（そりわん）洗ふ橋の下　梅従（8俳諧新選 二二三ぺ）
昼がほやどちらの露も間に合はず　也有（5蘿葉集 五〇八）

昼皃や野川小牛を放し飼　亀卜（8俳諧新選 一二三ぺ）
昼顔や畠に人も旅人も　孤山（8俳諧新選 一二三ぺ）
昼がほや日はくもれども花盛り　沾圃（6続猿蓑 三一三〇）
昼皃やぽつぽと燃える石ころへ　一茶（3おらが春 四五二ぺ）
昼がほや町に成り行く杭（くひ）の数　蕪村（2蕪村遺稿 六二）
午時（ひる）過ぎに竈将軍の御慶哉　貝錦（8俳諧新選 一〇〇ぺ）
昼寄席（ひるせき）に晒井の声きこえけり　水巴（9定本水巴句集 〇五九六）
昼中にやねからおつるふくべ哉　呂国（5有磯海 四六六）
昼中のあからあからとしぐれけり　子規（9寒山落木巻二 〇〇四四）
昼中や雲いらいらと蟬の声　子規（10獺祭句帖抄 六四八ぺ）
昼寝ざめ大事去りたる西日かな　青峰（9青峰集 二二五五）
昼寝して覚めて乾坤新たなり　虚子（14七百五十句 四五〇ぺ）
昼寝して手の動きやむ団扇（うちは）かな　杉風（6続猿蓑 三一八九）
昼ねして花にせはしき胡蝶哉　雪窓（6続猿蓑 三〇四八）
昼寝して見せばや庵の若葉風　丈草（4住吉物語 〇九九九）
昼の蚊の夢や一筋薯蕷（いも）の蔓　涼袋（4三疋猿 一七七三）
昼の月あはれいろなき祭りかな　敦（9古暦 三一三八）
昼の昼夜の夜しる冬至哉　乙州（7俳諧古選 一九一ぺ）
昼ばかり日のさす洞の菫哉　舟泉（6あら野 五九三）
昼舟に狂女のせたり春の水　蕪村（2蕪村遺稿 二一九〇）
昼舟に乗るやふしみの桃の花　桃隣（6炭俵 二四五四）
昼間から錠さす門の落葉かな　荷風（9荷風句集 一一六六）

ひる迄はさのみいそがず時鳥　智月（6猿蓑 一七一五）
昼を蚊のこがれてとまる徳利かな　蕪村（2蕪村遺稿 一〇八）
ひれふりてめじかもよるや男鹿島　芭蕉（1五十四郡 二三一）
緋連雀一斉に立つてもれもなし　青畝（9万両 一五一六）
天鵞毛（びろうど）のさいふさがして年の暮　惟然（6続猿蓑 三四二一）
広き程霞も広き野原哉　梅雪（7俳諧古選 一五六ぺ）
拡ごれる春曙の水輪かな　虚子（14七百五十句 六五五ぺ）
広沢や背負うて帰る秋の暮　野水（6続猿蓑 三三一三）
広沢やひとり時雨る沼太良　史邦（6猿蓑 一六二一）
広庭に一本植ゑしさくら哉　笑草（6あら野 五七〇）
広庭のぼたんや天の一方に　蕪村（2蕪村句集 二六九二）
拾はるる物に成れかし草の露　岸松（7俳諧古選 一八五ぺ）
ひろびろと露曼陀羅の芭蕉かな　茅舎（9川端茅舎句集 一六九七）
拾ふ物みなうごく也汐干潟　素園（8俳諧新選 一〇九ぺ）
火を挙げて関のゆるみや飛ぶ蛍　太祇（8俳諧新選 一一六ぺ）
灯（ひ）を置かで人あるさまや梅が宿　蕪村（2蕪村句集 二二四〇）
日を追ひて風を刃の寒さ哉　練石（7俳諧古選 二一三ぺ）
日を負ひて田螺（たにし）滑りに上る也　大夢（8俳諧新選 一〇六ぺ）
火桶抱いておとがひ臍（ほぞ）をかくしける　路通（5いつを昔 三四八）
火桶炭団（たどん）を食らふ事 夜ごと夜ごとにひとつづつ　蕪村（2蕪村遺稿 一七）
火桶には灰の山河や夜半の冬　迷堂（9孤輪 〇四二八）
日をさます月なき宵の暑さ哉　楼川（8俳諧新選 一二〇ぺ）

日を吸へる　吾亦紅（われもかう）あり　山静か　杉童（9枯蘆〇八〇八）
火を焚いて　今宵は屋根の　霜消さん　芭蕉（1ばせを略伝二二四）
灯（ひ）をとぼす　村を過ぎれば　蛙かな　孤桐（8俳諧新選一〇五ペ）
灯をともす　掌にある　春の闇　虚子（14七百五十句一三四ペ）
灯をともす　指の間の　春の闇　虚子（14七百五十句一三四ペ）
日を以て　数ふる筆の　夏書（げがき）哉　蕪村（2蕪村句集七五四）
貧山の　釜霜に啼く　声寒し　芭蕉（1虚栗一四〇）
貧僧の　仏をきざむ　夜寒かな　蕪村（2蕪村遺稿二〇八七）
貧なる八百屋　半焼の屋根繕はずして　大根なんど売る　楽天（9承露盤〇三三一）
鬢（びん）に霜　おくやかかへの　菊作り　而章（8俳諧新選一三三ペ）
貧福の　まことをしるや　涅槃像　山蜂（6続猿蓑三四四二）
貧乏な　儒者訪ひ来ぬる　冬至哉　蕪村（2蕪村遺稿三四二）
貧乏に　追ひつかれけり　けさの秋　蕪村（2蕪村句集九三四）

ふ

ふいふいと　目のちる野路や　まんじゆ沙花（しやげ）　瓜流（8俳諧新選二三五ペ）
風狂の　夏まけの夏　惜しむかな　余子（9余子句抄〇四四八）
風月の　財も離れよ　深見草　芭蕉（1雪の棟七八五）
封〆（ふうしめ）を　蝶の尋ぬる　ぼたんかな　潭蛟（8俳諧新選一一三ペ）
風生（ふうせい）と　死の話して　涼しさよ　虚子（14七百五十句一〇五ペ）
風鳥の　くらひこぼしや　梅の風　蕪村（2蕪村遺稿八四二）

風流の　初めやおくの　田植うた　芭蕉（1奥の細道四九六）
楓林に　落とせし鬼の　歯なるべし　虚子（14七百五十句一一九ペ）
笛ありて　捨つる命や　鹿の声　為邦（4新句兄弟一一六九）
笛方の　かくれ貌（がほ）なり　薪　能　碧梧桐（4春夏秋冬二三〇七）
笛聞きて　合はする鹿の　命かな　龍眠（8俳諧新選二三三ペ）
笛の音に　波もより来る　須磨の秋　蕪村（2蕪村句集八〇三）
深川や　蠣殼（かきがら）山の　秋の月　一茶（3文政句帖三四四ペ）
深き池　氷のときに　覗きけり　俊似（6あら野八〇四）
深草の　梅の月夜や　竹の闇　月渓（5夜半楽八二八）
吹かぬ日は　ぶらりと暮るる　鳴子かな　宗雨（8俳諧新選二一八ペ）
吹かれ居る　鳥の痩せや　冬木立　孤桐（8俳諧新選一三七ペ）
吹きおこる　秋風鶴を　あゆましむ　波郷（9鶴の眼二六五五）
吹き落ちて　一葉もちらぬ　寒さ哉　里丸（7俳諧古選二二九ペ）
吹きかへて　程よく野火の　すさり梟（けり）　遅笑（8俳諧新選一一一ペ）
吹き切られ　又なく声や　さよ千鳥　孤桐（8俳諧新選一四〇ペ）
吹き越して　松風白き　月夜かな　古行（8俳諧新選一四七ペ）
吹きさます　海の匂ひや　夏の月　富水（8俳諧新選一一九ペ）
吹き出した　浅間の石や　枯野原　嘯山（8俳諧新選一三七ペ）
吹き出しの　水葛餅を　流れけり　子規（10獺祭句帖抄六四七ペ）
吹きたまる　落葉や町の　行き止まり　子規（10獺祭句帖抄六二〇ペ）
吹きちりて　水のうへゆく　蓮かな　秀正（6あら野六九六）
吹き付くる　風の筋たつ　氷かな　沙龍（8俳諧新選一四三ペ）

吹きとばす石はあさまの野分哉　芭蕉（1 更科紀行真蹟 四三八）
吹き流し一旒(りう)幟も一樹立つ　秋桜子（9 緑雲 一四四八）
蕗の薹庵有りたけの馳走哉　左釣（8 俳諧新選 一〇三ぺ）
蕗の薹舌を逃げゆくにがさかな　虚子（11 五百句 八一ぺ）
蕗の葉にいわしを配る田植哉　一茶（3 七番日記 三三七ぺ）
蕗の葉にぽんと穴明く暑さ哉　一茶（3 七番日記 三三四ぺ）
吹きよせた形(なり)に片づく落葉かな　篤羽（8 俳諧新選 一三七ぺ）
不器量な娘わりなき花見哉　凹玉（8 俳諧新選 一四七ぺ）
鰒洗ふ水の溜りや下河原　其角（7 俳諧古選 一八九ぺ）
鰒生きて腹の中にてあれるかな　子規（10 獺祭句帖抄 六六六ぺ）
鰒売りの請け合ひて行く命かな　永吟（7 俳諧古選 一九四ぺ）
ふくかぜに牛のわきむく柳哉　杏雨（6 あら野 五五五）
吹く風に鷹かたよするやなぎ哉　松芳（6 あら野 五五六）
吹く風の相手や空に月一つ　凡兆（6 猿蓑 一八四八）
ふく風のぎぎと鳴き行く芋梗(ずいき)哉　孤桐（8 俳諧新選 一三五ぺ）
吹く風の手をはなしたる枯野哉　鼓舌（8 俳諧新選 一三七ぺ）
ふくかぜの中をうを飛ぶ御祓(みそぎ)かな　芭蕉（1 真蹟画賛 四五六）
吹く風も共に押し合ふすすきかな　止角（8 俳諧新選 一三二ぺ）
ふく風を抱きて水のぬるみけり　羽律（8 俳諧新選 一〇七ぺ）
鰒食ひし人の寝言の念仏かな　太祇（8 俳諧新選 一四〇ぺ）
鰒さげて心と人にかくれけり　百庵（8 俳諧新選 一四〇ぺ）
鰒呵(しか)る女房に物なのたまひそ　之房（8 俳諧新選 一四〇ぺ）

ふく汐の入日にかかる鯨かな　赤羽（8 俳諧新選 一四三ぺ）
福聖霊(しやうりやう)子の家多し身は一つ　我笑（7 俳諧古選 二一六ぺ）
福寿草の少し開いて亭午なり　洒竹（9 秋の声 明30・1 〇二九二）
鰒汁に幾度誓ひ破りけん　漁焉（8 俳諧新選 一四〇ぺ）
ふく汁の君よ我等よ子期伯牙(しきはくが)　蕪村（2 蕪村遺稿 一九二）
ふく汁の亭主と見えて上座哉　蕪村（2 蕪村遺稿 一八八）
ふく汁の宿赤々と灯(とも)しけり　蕪村（2 蕪村句集 一八五）
鰒汁の我活きて居る寝覚め哉　蕪村（2 蕪村句集 一九三）
ふく汁やおのれ等が夜は朧なる　蕪村（2 蕪村遺稿 三〇六）
鰒汁や小家に似ざる灯(ひ)の光　支鳩（8 俳諧新選 一四〇ぺ）
ふく汁や五侯の家のもどり足　蕪村（2 蕪村遺稿 三〇七）
ふぐ汁や椀から覗く皃(かほ)と皃　赤羽（8 俳諧新選 一四〇ぺ）
鰒汁を忌める夫婦や薬食　水翁（8 俳諧新選 一四四ぺ）
腹中に吹矢立ちけり雀の子　子規（10 獺祭句帖抄 六二五ぺ）
鰒釣らん李陵七里の浪の雪　芭蕉（1 桜下文集 二〇〇）
ふくと汁鼎(かなへ)に伽羅(きやら)をたく夜哉　蕪村（2 蕪村遺稿 一九二）
河豚汁(ふくとじる)鯛は凡にてましましける　召波（4 春泥句集 八三〇）
ふく中をつき行く鷹の習風(ならひ)かな　篤羽（8 俳諧新選 一四一ぺ）
河豚(ふぐ)の味をかしな頬(つら)を忘れけり　買明（7 俳諧古選 二三二ぺ）
福の神を今日乗せ来るや午の年　令徳（4 犬子集 〇一〇二）
魨(ふく)の賛先生文をふろはれたり　蕪村（2 蕪村遺稿 二八九）
鰒の面世上の人をにらむ哉　蕪村（2 蕪村句集 九六三）

鰒の腹に　食ふなと書きて　戻りけり　銀獅（8 俳諧新選 一四〇ペ）
ふくふくと　乗らばぼたんの　台(うてな)　哉　一茶（3 八番日記 三四二ペ）
鰒止めて　小夜の中山　又越えん　雪蕉（8 俳諧新選 一四〇ペ）
茯苓(ぶくりやう)は　伏しかくれ松露は　あらはれぬ　蕪村（2 蕪村句集 一〇七八）
ふくる夜に　幽玄体や　鉢たたき　嘯山（8 俳諧新選 一四四ペ）
更くる夜に　氷を刻む　蹄(ひづめ)かな　是計（8 俳諧新選 一四三ペ）
深くる夜に　母の使ひや　泉　殿　赤羽（8 俳諧新選 一二一ペ）
更くる夜や　稲こく家の　笑ひ声　万乎（6 続猿蓑 三三二一）
更くる夜や　鏡にうつる　一しぐれ　鶏口（6 続猿蓑 三三三三）
更くる夜や　炭もて炭を　くだく音　蓼太（5 蓼太句集 五三九）
梟　の　啼きやむ岨(そば)の　若菜かな　曲翠（6 続猿蓑 二九九〇）
梟　の　身をまかせたる　時雨かな　成美（4 成美家集 二〇七四）
梟　を　なぶるや寺の　昼　狐　子規（10 獺祭句帖抄 六二〇ペ）
福わらや　塵さへ今朝の　うつくしき　千代女（5 千代尼句集 五一二）
更けけりな　燧(ひうち)の冴ゆる　網(あ)代(じろ)守(もり)　常仙（4 鳥山彦 一二四三）
ふけ過ぎて　炭にも酒の　匂ひ哉　之孝（8 俳諧新選 一四四ペ）
ふけ行くや　飾こぼしの　柿の霜　呑江（8 俳諧新選 一四六ペ）
更け行くや　水田の上の　あまの河　惟然（6 続猿蓑 三二三七）
分限者に成りたくば。　秋　の　夕　昏　をも捨てよ　其角（5 田舎の句合 二六六）
ふさぐかと　目をいらひけり　蛬(きりぎりす)　移竹（8 俳諧新選 一二七ペ）
不自由なる　手で候ふよ　花の下　太祇（8 俳諧新選 一五七ペ）
不　二　颪　十　三　州　の　やなぎかな　蕪村（2 蕪村遺稿 四一六）

富士行者　白衣に雲の　匂ひあり　子規（9 俳句稿巻一 〇〇四五）
柴(ふし)漬けに　見るもかなしき　小魚かな　虚子（11 五百句 一四ペ）
柴漬けの　悲しき小魚　ばかりかな　虚子（12 五百五十句 三八ペ）
柴づけの　沈みもやらで　春の雨　蕪村（2 蕪村句集 二二八）
臥して見る　ものに冬夜の　屏風かな　青峰（9 青峰集 二二五六）
富士にある　雪の隣や　雲の峰　可幸（8 俳諧新選 一二〇ペ）
富士に傍うて　三月七日　八日かな　信徳（5 一楼賦 一六六）
富士の風や　扇にのせて　江戸土産　芭蕉（1 伝土芳筆全伝 六三）
武士の子の　眠さも堪へる　ともしかな　太祇（8 俳諧新選 一一六ペ）
富士の雪　盧生が夢を　つかせたり　芭蕉（1 六百番発句合 八六）
不二ひとつ　うづみのこして　若　葉　哉　蕪村（2 蕪村句集 五二五）
武士町や　四角四面に　水を蒔く　一茶（3 文政句帖 三三九ペ）
伏見かと　菜種の上の　桃の花　雪芝（6 続猿蓑 三〇五五）
伏見田に　友や待つらん　月の雁　無腸（5 発句題葉集 七九二）
不性さや　かき起こされし　春の雨　芭蕉（1 猿蓑 六七四）
不精にて　年賀を略す　他意あらず　虚子（14 七百五十句 九二ペ）
伏　勢　の　袖引きあふや　ほととぎす　嘯山（8 俳諧新選 一三三ペ）
蓋あけし　如く極暑の　来りけり　立子（9 笹目 一九四八）
葡萄(ぶだう)垂れ　さがる如くに　教へたし　静塔（9 月下の俘虜 二三八〇）
ふたたびす　夕　立　月　の　うしろより　大魯（4 蘆陰句選 一八三三）
ふたたびは　来ることもなき　栗の路　夜半（9 翠黛 一六四九）
ふたつあらば　いさかひやせむ　けふの月　智月（6 続猿蓑 三二〇七）

ふたつ社(こそ)老にはたらねとしの春　落梧（6 あら野 四六八）
ふたつ子も草鞋(わらぢ)を出すやけふの雪　支考（6 続猿蓑 三三九三）
二つぬる蝶を弾くや琴の爪　習先（8 俳諧新選 一五五ぺ）
二つ三つよき名たまはる角力(すまひ)取　蕪村（2 蕪村遺稿 一七四六）
二つ三つ夜に入りさうな雲雀(ひばり)かな　素園（8 俳諧新選 一〇四ぺ）
二年や獄出て湯豆腐肩ゆする　不死男（9 瘤 二二七六）
蓋とれば魚は雲間のいな光　湖十（4 続花摘 一二三一）
二冬木立ちて互ひにかかはらず　虚子（13 六百五十句 一六六ぺ）
二見まで庵地(いほち)たづぬる月見哉　支考（6 続猿蓑 三二一九）
両(ふた)村(むら)に質屋一軒冬木立　蕪村（2 蕪村句集 九九五）
二村は刈田二枚に三世帯　虚子（14 七百五十句 一〇八ぺ）
ふためいて金の間を出る燕かな　蕪村（2 蕪村遺稿 一〇三三）
二もとのうめに遅速を愛すかな　蕪村（2 蕪村句集 一〇九一）
二夜啼くひと夜は寒しきりぎりす　紀逸（4 江戸返事 一一六〇）
二人してむすべば濁る清水哉　蕪村（2 蕪村句集 一六九二）
ふたり寝の蚊屋もる月のせうと達　蕪村（2 蕪村遺稿 一〇〇三）
二人見し雪は今年も降りけるか　芭蕉（1 笈日記 四四九）
藤咲いて眼やみ籠るや薬師堂　子規（10 獺祭句帖抄 六四六ぺ）
藤垂れてわが誕生日むらさきに　青邨（9 雪国 一六一八）
藤灯(とも)りぬ暮色月下を歩み去る　零余子（9 零余子句集二 〇六八五）
藤の雨漸(やうや)く上がり薄暑かな　虚子（13 六百五十句 一四二ぺ）
藤の花ただうつぶいて別れ哉　越人（6 波留濃日 三二三）

藤の花長うて連れにおくれけり　素園（8 俳諧新選 一一ぺ）
藤の実は俳諧にせん花の跡　芭蕉（1 藤の実 五七五）
二日月神州狭くなりにけり　水巴（9 定本水巴句集 〇五九七）
二日月ちるべき桐のかかへたり　千仞（8 俳諧新選 一二四ぺ）
二日にもぬかりはせじな花の春　芭蕉（1 笈の小文 三四一）
二日酔ものかは花のあるあひだ　芭蕉（1 真蹟短冊 一四六）
仏壇の柑子を落とす鼠かな　子規（10 獺祭句帖抄 六三八ぺ）
仏(ぶっ)印(ちん)の古きもたへや蓮の花　蕪村（2 蕪村遺稿 一一三八）
降つてゐるその春雨を感じをり　虚子（14 七百五十句 三三六ぺ）
仏名の礼(らい)に腰懐く白髪哉　野水（6 あら野 八五八）
仏名ややごとなき身の罪は何　鷺喬（8 俳諧新選 一四五ぺ）
仏名会腰のぬけたるおはしけり　之房（8 俳諧新選 一四五ぺ）
筆にてくふにもかむや土筆(つくづくし)　良保（5 崑山集 六一）
筆の鞘焼いてまつ夜の蚊遣哉　芳樹（7 俳諧古選 二〇一ぺ）
筆ひぢてむすびし文字の吉書かな　宗鑑（4 小町躍 〇〇一二）
懐に落ちてつめたき木の葉哉　孤岫（7 俳諧古選 二〇三ぺ）
不図(ふと)とびて後に居なほる蛙哉　松下（6 あら野 五八四）
太幹に露やおりると耳よする　躑躅（9 同人第二句集 〇八六六）
ふとる身の植ゑおくれたる早苗哉　魚日（6 続猿蓑 三一四二）
ふとん着て今宵寝初むる汐路哉　太祇（8 俳諧新選 一三九ぺ）
蒲団着て寝たる姿や東山　嵐雪（5 枕屏風 二八四）
船足も休む時あり浜の桃　芭蕉（1 船庫集 二四〇）

鯰鮓の便りも遠き夏野哉　蕪村（2蕪村遺稿一二八）
鯰ずしや彦根の城に雲かかる　蕪村（2蕪村句集一五九六）
舟出せしと思ひし夢や荻の宿　大夢（8俳諧新選一三二ペ）
舟乗りの一浜留守ぞけしの花　去来（4けし合〇九四九）
舟橋のゆさつく音や五月闇　嘯山（8俳諧新選一一七ペ）
船ばたや履（くつ）ぬぎ捨つる水の月　青蘿（4青蘿発句集一八五四）
舟引の肩に湯気たつ霙（みぞれ）哉　武然（8俳諧新選一四三ペ）
舟引の尻こそばがる尾花かな　烏石（8俳諧新選一三一ペ）
舟引の妻の唱歌か合歓（ねむ）の花　千那（6猿蓑一七八五）
舟引の手もちぎるべき霜夜哉　糸遊（8俳諧新選一三九ペ）
舟引の道かたよけて月見哉　丈草（6続猿蓑三二二八）
舟人にぬかれて乗りし時雨かな　尚白（6猿蓑一六二二）
舟鉾や都の町をゆられ行く　李流（8俳諧新選一二三ペ）
舟虫やすこし荒れての夜の波　春草（9春草句集一〇九一）
舟あり川の隈（くま）に夕涼む少年歌うたふ　素堂（5武蔵曲二四四）
舟かけていくかふれども海の雪　芳川（6あら野四五七）
舟からは遠寺の鐘や夏木立　柳居（5夏山伏四八五）
舟漕いで海の寒さの中を行く　誓子（9和服一四八九）
舟慕ふ淀野の犬やかれ尾花　几董（4井華集一八四三）
船涼し己が煙に包まれて　虚子（11五百句九五ペ）
船涼し左右に迎ふる対馬壱岐　虚子（12五百五十句一七ペ）
舟つけて闇へまたげば蟋蟀（きりぎりす）　沾山（4かなあぶら一二六〇）

船（ふね）形（なり）の雲しばらくやほしの影　東潮（6続猿蓑三二三九）
舟にたく火に声たつる鵆（ちどり）哉　亀洞（6あら野八一四）
船になり帆になる風の芭蕉かな　一晶（5我が庵一五一）
船の名の月に読まるる港かな　草城（4花氷二七〇七）
舟の火の草にうつるや岸の露　雨谷（8俳諧新選二二六ペ）
舟々の小松に雪の残りけり　旦藁（6波留濃日三〇七）
ふはとぬぐ羽織も月のひかりかな　成美（5成美家集九三二）
不破の雪さながら昼の色ならず　暁台（4暁台句集一八〇九）
踏まじ猶師の影うむる松の雪　貞室（4玉海集〇一一四）
ふまれてもなほうつくしや萩の花　舟泉（6あら野七二九）
踏出した豆もをかしや後の月　麦翅（8俳諧新選一五二ペ）
ふみたふす形（なり）に花さく土（つち）大（おほ）根（ね）　乃龍（6続猿蓑三〇三六）
文月に尚（なほ）々（なほ）書（がき）の暑さ哉　貫友（7俳諧古選二一五ペ）
文月の十六夜もよし大文字　存義（8俳諧新選二二五ペ）
文月の来たるも風の便りかな　才之（8俳諧新選一四九ペ）
文月や一字目にたつ大文字　嵐山（8俳諧新選二二五ペ）
文月や一人はほしき娘の子　其角（7俳諧古選一七八ペ）
文月や六日も常の夜には似ず　芭蕉（1奥の細道五三三）
踏みつ蹴つ跡も見ずして年ぞ行く　仙鶴（7俳諧古選二一三ペ）
書（ふみ）つづる師の鼻赤き夜寒哉　蕪村（2蕪村遺稿二五二〇）
文ならぬいろはもかきて火中哉　芭蕉（1千宜理記四九）
踏脱いだ足にて着るや今朝の秋　瓢水（4瓢水句選二一九二）

踏み脱いで居（すわ）つて見たるあつさ哉　凡阿（8 俳諧新選 一二〇ぺ）
文は跡に桜さし出す使ひかな　其角（7 俳諧古選 一四六ぺ）
ふみはづす蝗（いなご）の顔の見ゆるかな　虚子（11 五百句 七四ぺ）
踏みまたぐ土堤の切れ目や蕗の塔　拙侯（6 続猿蓑 三〇三五）
文持つて禿（かぶろ）付けけり蘭の舟　言水（7 俳諧古選 一七四ぺ）
文もなく口上もなし粽五把　嵐雪（6 炭俵 二五〇〇）
麓から日のくれて行く寒さ哉　雁宕（8 俳諧新選 一四二ぺ）
麓　寺かくれぬものはさくらかな　李風（6 波留濃日 三二一）
麓なる我が蕎麦存す野分哉　蕪村（2 蕪村句集 二二九五）
麓より足ざはりよき木の葉哉　枳風（6 続猿蓑 三三五七）
冬梅のひとつふたつや鳥の声　土芳（6 続猿蓑 三三五二）
冬川に鴨の毛かかる芥かな　子規（10 獺祭句帖抄 六四〇ぺ）
冬河に新聞全紙浸り浮く　誓了（9 方位 一四九〇）
冬川の涸れて蛇籠の寒さかな　子規（10 獺祭句帖抄 六〇二ぺ）
冬川の菜屑啄む家鴨（あひる）かな　子規（10 獺祭句帖抄 六一九ぺ）
冬川や家鴨四五羽に足らぬ水　子規（10 獺祭句帖抄 六六五ぺ）
冬川や魚の群れ居る水たまり　子規（10 獺祭句帖抄 六六五ぺ）
冬川や木の葉は黒き岩の間　惟然（6 続猿蓑 三三五六）
冬川やほとけの花の流れ去る　蕪村（2 蕪村遺稿 二五三）
冬雁に水を打つたるごとき夜空　林火（9 冬雁 二七六三）
冬枯れて那須野は雲の溜るところ　水巴（9 定本水巴句集 〇五九八）
冬枯れてよく分かりたる柳かな　水翁（8 俳諧新選 一三七ぺ）

冬枯れに風の休みもなき野哉　洞雪（6 あら野 七九〇）
冬枯れに去年（こぞ）きて見たる友もなし　乃龍（6 続猿蓑 三三六一）
冬枯れの庭に又照るぼたんかな　卜我（8 俳諧新選 一四一ぺ）
冬枯れや巡査に吠ゆる里の犬　子規（10 獺祭句帖抄 六一一ぺ）
冬枯れや雀のありく戸樋の中　太祇（5 太祇句選 五五三）
冬枯れや蛸ぶら下げる煮売り茶店　子規（10 獺祭句帖抄 六〇三ぺ）
冬枯れや遠く成り行く加茂と鴨　水翁（8 俳諧新選 一三七ぺ）
冬枯れや平等院の庭の面　鬼貫（4 大悟物狂 〇二八三）
冬枯れや姨捨に月も捨てて有り　自笑（8 俳諧新選 一四一ぺ）
冬木切り倒しぬ犬は尾を垂れて　虚子（12 六百句 一八七ぺ）
冬菊のまとふはおのがひかりのみ　秋桜子（9 霜林 一四四九）
冬来てはかがしにとまる鳥哉　其角（7 俳諧古選 一八九ぺ）
冬草や黙々たりし父の愛　風生（9 米寿前 一五八四）
冬雲の明るき処なかりけり　露月（9 露月句集 〇二三一）
冬木立いかめしや山のたたずまひ　旧徳（7 俳諧古選 一八六ぺ）
冬木立家居ゆゆしき麓哉　蕪村（2 蕪村遺稿 二一八五）
冬木立北の家かげの韮（にら）を刈る　蕪村（2 蕪村遺稿 一八八七）
冬木立するどき庵の後ろかな　蜘柳（8 俳諧新選 二三七ぺ）
冬こだち月にあはれをわすれたり　蕪村（2 蕪村句集 九九七）
冬木立一木一木と分かれたり　青蒲（8 俳諧新選 二三七ぺ）
冬籠り悪く物食ひを習ひけり　一茶（3 おらが春 四七五ぺ）
冬籠り家人の警句耳に立つ　素琴（9 山萩 一〇一〇）

冬ごもり　壁をこころの　山に倚る　蕪村（蕪村句集 2 二三〇八）
冬こもり　顔も洗はず　書に対す　子規（獺祭句帖抄 10 六三九ぺ）
冬ごもり　煙のもるる　壁の穴　子規（獺祭句帖抄 10 六三九ぺ）
冬ごもり　心の奥の　よしの山　蕪村（蕪村遺稿 2 二三〇九）
冬ごもり　澗水の音　夜に入りぬ　白雄（白雄句集 4 一七五六）
冬　籠　り　其の夜に聞くや　山の雨　一茶（文化句帖 3 三五九ぺ）
冬ごもり　妻にも子にも　かくれん坊　蕪村（蕪村遺稿 2 六七四）
冬ごもり　灯下に書すと　書かれたり　蕪村（蕪村句集 2 六七〇）
冬ごもり　灯光虱（しらみ）の　眼（まなこ）を射る　蕪村（蕪村遺稿 2 一九五一）
冬　籠　り　日記に夢を　書きつける　子規（獺祭句帖抄 10 六〇二ぺ）
冬ごもり　仏にうとき　こころかな　蕪村（蕪村句集 2 一九四）
冬　籠　り　またよりそはん　此のはしら　芭蕉（あら野 1 四四五）
冬　籠　り　虫けら迄も　あなかしこ　貞徳（犬子集 5 二〇）
冬ごもり　母屋（もや）へ十歩の　縁伝ひ　蕪村（蕪村遺稿 2 一九三）
冬ごもり　わづかに石蕗（つは）の　花を見る　大江丸（俳懺悔 4 二〇六一）
冬　籠　り　われを動かす　ものあらば　虚子（六百五十句 13 一六八ぺ）
冬ごもる　庵の調度や　燧（ひうち）箱（ばこ）　多少（俳諧新選 8 一四〇ぺ）
冬　籠　る　我が家を出でて　眺めけり　温亭（温亭句集 9 〇八三七）
冬ざれの　独り轆轤（ろくろ）を　ののおく　一笑（あら野 6 九一五）
冬ざれや　石に腰かけ　我孤独　虚子（六百五十句 13 二三九ぺ）
冬されや　狐もくはぬ　小豆飯　子規（獺祭句帖抄 10 六六〇ぺ）
冬ざれや　小鳥のあさる　韮（にら）畠　蕪村（蕪村句集 2 一八八八）
冬ざれや　韮にかくるる　鳥ひとつ　蕪村（蕪村遺稿 2 一八八九）
冬ざれや　禰宜（ねぎ）のさげたる　油筒　落梧（あら野 6 一〇八一）
ふゆしほの　音の昨日を　わすれよと　万太郎（流寓抄 9 一一三二）
冬しらぬ　宿やもみする　音あられ　芭蕉（夏炉一路 1 一八八）
冬　滝　の　きけば相つぐ　こだまかな　蛇笏（心像 9 〇六六九）
冬ちかし　時雨の雲も　ここよりぞ　蕪村（蕪村句集 2 一八七八）
冬に生まれ　ばつた遅すぎる　早すぎる　三鬼（変身 9 二三六一）
冬　庭　や　月もいとなる　むしの吟　芭蕉（伝土芳筆全伝 1 五八八）
冬に向きて　開くを菊の　性根かな　赤羽（俳諧新選 8 二三四ぺ）
冬の浅間は　胸を張れよと　父のごと　楸邨（山脈 9 二五九三）
冬　の　雨　なほ母たのむ　夢に覚め　汀女（昭48俳句年鑑 9 一九三一）
冬　の　梅　きのふやちりぬ　石の上　蕪村（蕪村句集 2 一五八）
冬　の　空　少し濁りし　かと思ふ　虚子（六百句 12 一六五ぺ）
冬の野は　世わたる人の　外もなし　如竹（俳諧古選 7 一九四ぺ）
冬の日の　この土太古の　匂ひかな　蛇笏（山廬集 9 〇六七〇）
冬の日や　馬上に氷る　影法師　芭蕉（笈の小文 1 三三一）
冬　の　水　一枝の影も　欺かず　草田男（長子 9 二五四四）
冬　の　水　木の葉四五枚　渦巻ける　別天楼（野老 9 一一八三）
冬の夜や　おとろへうごく　天の川　水巴（定本水巴句集 9 〇五九九）
ふゆの夜や　針うしなうて　おそろしき　梅室（梅室家集 5 一一七三）
冬　蜂　の　死にどころなく　歩きけり　鬼城（鬼城句集 9 〇六三六）
冬　は　猶　奈良の習ひで　朝茶哉　宗祇（俳諧古選 7 一九六ぺ）

冬は又夏がましぢやと言ひにけり　鬼貫（4 大悟物狂 〇二八四）
冬晴の虚子我ありと思ふのみ　虚子（14 七百五十句 七四ぺ）
冬晴や朝かと思ふ昼寝ざめ　草城（4 銀 二七〇八）
冬日和誓子が近くなりにけり　草城（9 銀 二四六八）
冬牡丹千鳥よ雪のほととぎす　芭蕉（1 野ざらし紀行 一九七）
冬待つや寂然として四畳半　子規（10 獺祭句帖抄 六三四ぺ）
冬やことしよき裘（かはごろも）得たりけり　蕪村（2 蕪村遺稿 一一九五）
冬山路俄かにぬくきところあり　虚子（9 六百句 〇〇九一）
冬山に枯木を折りて音を聞く　蛇笏（9 椿花集 〇六七一）
冬山に両三歩かけ引き返し　虚子（13 六百五十句 二〇四ぺ）
冬山の殺（そ）き立てば雪大照る日　温亭（9 温亭句集 〇八三八）
芙蓉さく今朝一天に雲もなし　紫暁（5 雁風呂 九一〇）
芙蓉見て立つうしろ灯（とも）るや　碧梧桐（9 碧梧桐句集 〇一三六）
鞦韆（ぶらここ）の影静かなり梨花の月　子規（10 獺祭句帖抄 六二六ぺ）
ぶらここの会釈こぼるるや高みより　太祇（5 太祇句選 五四四）
降らざりし菜の花曇り京に入る　露月（9 露月句集 〇二二二）
降らずとも竹植うる日は蓑と笠　芭蕉（1 笈日記 九二一）
プラタナス夜もみどりなる夏は来ぬ　波郷（9 石田波郷句集 二六五六）
振りあぐる鍬の光や春の野ら　杉風（5 小柑子 三三四）
鰤（ぶり）網を越す大浪の見えにけり　普羅（9 新訂普羅句集 〇七二八）
振り売りの雁あはれ也えびす講　芭蕉（1 炭俵 八一八）
鰤売りの娘も見たく上りけん　一扇（8 俳諧新選 一四五ぺ）

振りおとし行くや広野の鹿の角　沢雉（6 続猿蓑 三〇四九）
ふりかねてこよひになりぬ月の雨　尚白（6 猿蓑 一八四九）
降り変はり寒さも変はる雨雪（みぞれ）かな　沙月（8 俳諧新選 一四三ぺ）
降り替へて日枝（ひえ）を廿ちの化粧かな　蕪村（2 蕪村句集 七六九）
振りかへる谷の戸もなし郭公（ほととぎす）　馬光（5 松の答 四八〇）
ふりくらす雪の相手や水車　蓼太（8 俳諧新選 一四二ぺ）
降りしきる雪にあやしや御忌の鐘　雅因（8 俳諧新選 一〇二ぺ）
振袖の一つ着物や山ざくら　武然（8 俳諧新選 一〇六ぺ）
振袖を又折り返す花野かな　止角（8 俳諧新選 一二九ぺ）
降りためて大地へ落つる雪の音　巴人（4 夜半亭発句帖 一一七七）
降り遂げぬ雨をかこつや内花見　瓜流（8 俳諧新選 一〇九ぺ）
降り遂げぬ雨を誘へる野分哉　瓜流（8 俳諧新選 一三〇ぺ）
振り向けと呼ぶや枯野の鳥の声　武然（7 俳諧古選 二一五ぺ）
振り向けば後ろのこはい暑さかな　鶴女（8 俳諧新選 一二〇ぺ）
ふりむけば障子の桟に夜の深さ　素逝（4 砲車 二六六七）
ふりむけば灯（ひ）とぼす関や夕霞　太祇（4 太祇句選 一八一九）
古袷傾城人の妻となり　醒雪（9 春夏秋冬 〇三二六）
古扇白きがままに持たれけり　三允（9 中野三允句集 〇三三六）
ふる雨の霙（みぞれ）から雪と成りにけり　其来（8 俳諧新選 一四五ぺ）
降る雨をつたふて下りる雲雀（ひばり）かな　之房（8 俳諧新選 一〇四ぺ）
古池に草履（ざうり）沈みてみぞれかな　蕪村（2 蕪村句集 六九八）
古池の雪間の水となりにけり　村家（9 同人句集 〇七九五）

古池の鴛鴦（をし）に雪降る夕べかな　子規（10獺祭句帖抄 六二〇ぺ）
古池や蛙飛びこむ水のおと　芭蕉（1蛙合 二六七）
古池や柳枯れて鴨石に在り　子規（10獺祭句帖抄 六二一ぺ）
古家にみな主つかん飛蟻（はあり）かな　宋屋（8俳諧新選 一四九ぺ）
古家のキキキキと鳴るにや籐椅子鳴るにや　虚子（13六百五十句 二二八ぺ）
古家や累々として柚子黄なり　子規（10獺祭句帖抄 六五六ぺ）
降る音や耳もすう成る梅の雨　芭蕉（1続山井 七）
古傘の婆娑（ばさ）と月夜のしぐれ哉　蕪村（2蕪村句集 九六一）
古川にこびて目を張る柳かな　芭蕉（1矢矧堤 九一五）
古河の流れを引きつ種おろし　蕪村（2蕪村句集 二〇九六）
古きさま寛（ゆたけ）し。門松に丁（よぼろ）の烏帽子着たる　信徳（4歳旦三物集 〇二一四）
ふるき名の角鹿（つぬが）や恋し秋の月　芭蕉（1荊口句帳 五六四）
古君の昆布結びけり年の暮　柳志（7俳諧古選 二二一ぺ）
古鍬を研ぎすましたる飾かな　鬼城（9鬼城句集 〇六三七）
古御所の軒掃き下ろす落花哉　赤羽（8俳諧新選 二五二ぺ）
古郷に一夜は更くるふとんかな　蕪村（2蕪村句集 一八九六）
故郷にわが植ゑ置きし柳かな　子規（10獺祭句帖抄 六二六ぺ）
古郷の子をかけて見よわれもかう　潭北（7俳諧古選 二〇八ぺ）
故さとの座頭に逢ふや角力（すまふ）取　蕪村（2蕪村遺稿 七七四）
ふるさとの茅の輪魯（おろ）かに立てりける　青畝（9甲子園 一五一七）
ふるさとの月の港をよぎるのみ　虚子（9五百句 〇〇九二）
故郷の目に見えてただ桜散る　子規（9寒山落木巻四 〇〇四六）
古郷の留守居も一人月見哉　一茶（3おらが春 四七〇ぺ）
古郷は蝿迄人をさしにけり　一茶（3おらが春 四四五ぺ）
故郷も今はかり寝や渡り鳥　去来（4けふの昔 〇九五〇）
故郷や酒はあしくとそばの花　蕪村（2蕪村句集 一一六一）
ふるさとや添水（そふづ）かけたる道の端（はた）　冬葉（9望郷 一〇二〇）
旧里や臍の緒に泣くとしの暮　芭蕉（1笈の小文 三四〇）
古郷を二つ荷（にな）ふて袷かな　宋阿（8俳諧新選 一二二ぺ）
古巣只あはれなるべき隣かな　芭蕉（1続深川集 一二六四）
古　狸工夫して見ん花火かな　其丸（8俳諧新選 二二八ぺ）
古頭巾烏帽子に捻ぢん花の春　春来（8俳諧新選 一〇〇ぺ）
古寺にきび殻（がら）をたく暮日哉　蕪村（2蕪村遺稿 二七七一）
古寺の簀子（すのこ）も青し冬がまへ　凡兆（6猿蓑 一六四一）
古寺の藤あさましき落ばかな　蕪村（2蕪村句集 一九〇八）
古寺やつるさぬかねの菫草　一井（6あら野 一〇二三）
古寺やはうろく捨つる芹の中　蕪村（2蕪村句集 一九九六）
降るとても薺（なづな）つむ日に翌（あす）はなし　九可（8俳諧新選 一〇〇ぺ）
ふる中へ降りこむ音や小夜しぐれ　五明（5五明句藻 八八四）
古庭に有り来りたる牡丹哉　嵐雪（7俳諧古選 一六六ぺ）
古庭に茶筌花咲く椿哉　蕪村（2蕪村句集 四二八）
古庭に月みむとての薄かな　祇明（4かなあぶら 一一六八）
古庭のでてむしの皆動きをり　虚子（13六百五十句 一九二ぺ）
古庭を魔になかへしそ蟇（ひきがへる）　虚子（11五百句 三六ぺ）

古沼の芥(あくた)に春の小魚かな　子規（10 獺祭句帖抄 六一三ぺ）
古畑や薺(なづな)摘み行く男ども　芭蕉（1 柱暦 二五八）
ふる春の雫も長き柳哉　如全（8 俳諧新選 一〇五ぺ）
古びなやむかしの人の袖几帳　蕪村（2 蕪村句集 二三六七）
ふるひ寄せて白魚崩れんばかりなり　漱石（9 正岡子規へ 一〇一八三）
ふるまはん深草殿に玉子酒　子規（10 獺祭句帖抄 六〇二ぺ）
振舞や下座になほる去年(こぞ)の雛　去来（6 猿蓑 一九四八）
古道へ行く人淋しもみぢがり　石爛（8 俳諧新選 一三四ぺ）
古宮や雪じるかかる獅子頭　釣雪（6 あら野 一〇六一）
降るも侘び照るも侘びたる田植かな　都友（8 俳諧新選 一四八ぺ）
降る雪や玉のごとくにランプ拭く　蛇笏（9 雪峡 〇六七二）
降る雪や明治は遠くなりにけり　草田男（9 長子 二五四五）
降る雪を裾から払ふ柳かな　鶴（8 俳諧新選 一四二ぺ）
古井戸や蚊に飛ぶ魚の音くらし　蕪村（2 蕪村句集 一〇九）
古桶にほとびて青き和布かな　鬼城（4 定本鬼城句集 二二七〇）
降るをさへわするる雪のしづかさよ　素檗（5 素檗句集 九八〇）
風呂汲みも昼寝も一人花の雨　久女（9 杉田久女句集 〇九六〇）
風呂敷に落ちよつつまむ鳴く雲雀(ひばり)　惟然（5 鳥の道 三九八）
風呂敷に乾鮭(からざけ)と見しは卒都婆(そとば)哉　蕪村（2 蕪村遺稿 一九六八）
風呂敷に猿の着せ更(か)へ猿まはし　它谷（8 俳諧新選 一〇〇ぺ）
風呂敷を忍びかねたる西瓜かな　春来（8 俳諧新選 一二六ぺ）
風呂の蓋取るやほつほつ春の雨　子規（10 獺祭句帖抄 六四三ぺ）
風呂吹に集まる法師誰々ぞ　子規（10 獺祭句帖抄 六六二ぺ）
風呂吹の一きれづつや四十人　子規（4 俳句稿巻一 二二一一）
風呂吹や小窓を圧す雪曇り　子規（10 獺祭句帖抄 六六二ぺ）
風呂吹を食ひに浮世へ百年目　子規（10 獺祭句帖抄 六六二ぺ）
訃を聞いて暫くありて百舌鳥(もず)高音　たかし（4 たかし全集 二六五九）
不男の鹿に代はりて添寝かな　竿秋（8 俳諧新選 一五一ぺ）
文台の扇ひらけば秋涼し　呂丸（6 続猿蓑 三四七八）
蚊(ぶ)ゝといふ声も焦げたり蚊屋の内　白芽（8 俳諧新選 一一八ぺ）
ふんどしに笛つつさして星迎へ　一茶（3 七番日記 三四七ぺ）
褌(ふんどし)の切れて分かるるすまふかな　孤桐（8 俳諧新選 一二七ぺ）
褌は竿にかかせつ冬籠り　木節（7 俳諧古選 二〇六ぺ）
ふんばるや野分にむかふはしら売り　九節（6 続猿蓑 三二八一）
糞(ふん)ひとつ鼠のこぼすふすま哉　蕪村（2 蕪村遺稿 二一八二）
分別の底たたきけり年の昏　芭蕉（1 翁草 九三六）

へ

平安の山眠るごと大遷化　三幹竹（9 三幹竹句集 〇五四七）
平家也太平記には月も見ず　其角（7 俳諧古選 一七八ぺ）
塀こけて家あらはなる野分かな　子規（10 獺祭句帖抄 六五四ぺ）
べい独楽のおどけがましう廻りけり　麦人（9 草笛 〇三四三）
閉帳の錦たれたり春のくれ　蕪村（2 蕪村句集 二二〇〇）

兵どもに大将瓜をわかたれし　蕪村（2 蕪村遺稿 六〇）
瓢箪の流れわたりや水の上　芋秀（8 俳諧新選 一五二ぺ）
瓢箪は物にせぬ気や鉢叩　子葉（7 俳諧古選 一八八ぺ）
雹（へう）のあと蘂（しべ）真青に梅こぼれ　秋桜子（9 霜林 一四四七）
雹晴れて豁然とある山河かな　鬼城（4 鬼城句集 二二六八）
渺々（べうべう）と月陰もなきかれ野かな　雷車（8 俳諧新選 二三七ぺ）
渺々と人のなき野や雲の峰　李文（8 俳諧新選 二一〇ぺ）
へこみたる腹に臍あり水中り　虚子（12 五百五十句 三三三ぺ）
下手にさへ道はつくなり雪の人　青峨（4 たつのうら 一二六四）
下手笛によつくきけとやしかの声　一茶（3 おらが春 四六九ぺ）
べたべたに田も菜の花も照りみだる　秋桜子（9 霜林 一四五〇）
糸瓜（へちま）忌や付添つれて一作者　寸七翁（9 現代俳句集 〇八八四）
糸瓜咲いて痰のつまりし仏かな　子規（4 絶筆 二二一二）
紅さいた口もわするるしみづかな　千代（4 千代尼句集 一七七八）
舳（へ）にしづむ花をあなやと蓮見舟　爽雨（9 緑蔭 一九〇三）
蛇穴を出でて石垣の春の水　碧梧桐（4 春夏秋冬 二三〇八）
蛇くふと聞けばおそろし雉の声　芭蕉（1 花摘 六一一）
蛇逃げて山静かなり百合の花　子規（10 獺祭句帖抄 六一五ぺ）
蛇逃げて我を見し眼の草に残る　虚子（11 五百句 四四ぺ）
蛇のきぬかけしすすきのみだれ哉　暁台（5 暁台句集 七七一）
蛇を追ふ鱒（ます）のおもひや春の水　蕪村（2 蕪村句集 二一八九）
蛇を截（き）つてわたる谷路の若葉哉　蕪村（2 蕪村句集 二六八八）

へヤピンを前歯でひらく雪降り出す　三鬼（9 変身 二三六二）
返歌なき青女房よくれの春　蕪村（2 蕪村句集 二五八九）

ほ

本意（ほい）なげに木も吹かれ居る落花哉　赤羽（8 俳諧新選 二一〇ぺ）
本意なしや女を入れぬ山ざくら　原松（8 俳諧新選 一〇六ぺ）
ほいほいとからだを捨てる暑さ哉　雲鼓（7 俳諧古選 一六三ぺ）
牡丹の日々の衰へ見つつあり　虚子（14 七百五十句 一二二ぺ）
牡丹を風雨に任せつつ嘆く　虚子（13 六百五十句 一九一ぺ）
蓬髪の人過ぎゆきし花野かな　石鼎（9 花影 〇七六二）
宝引や麻上下の酔ふたんぼ　一兎（8 俳諧新選 一〇一ぺ）
宝引や今度は阿子（わご）に参らせん　之房（8 俳諧新選 一〇一ぺ）
宝引やどれか結んで有らうやら　李流（8 俳諧新選 一五三ぺ）
宝引やめまぜをねだる娘どち　嘯山（4 葎亭句集 一七一二）
宝引や和君裸にして見せん　嘯山（8 俳諧新選 一〇一ぺ）
孑孑（ぼうふら）の天上したり三かの月　一茶（3 おらが春 四四三ぺ）
孑々の振るや金魚の鼻の先　湖十（7 俳諧古選 二二二ぺ）
ぼうふらや斯くも荒れにし志賀の里　二柳（8 俳諧新選 一三五ぺ）
孑孑や汲んで幾日の閼伽（あか）の水　子規（10 獺祭句帖抄 六三〇ぺ）
孑孑や又取り直す水の尺　雲外（8 俳諧新選 一二三ぺ）
孑孑や松葉の沈む手水鉢　子規（10 獺祭句帖抄 六四九ぺ）

蓬莱に聞かばや伊勢の初便　芭蕉（1 炭俵 八二七）
蓬莱になんむなんむといふ子哉　一茶（3 おらが春 四五九ぺ）
蓬莱に寝て短夜は無念也　千梅（7 俳諧古選 二三一ぺ）
蓬莱の具につかひたし螺(にし)の貝　圃沾（6 続猿蓑 三〇九〇）
蓬莱の橙(だいだい)あかき小家かな　蒼虬（4 訂正蒼虬集 二一五〇）
蓬莱の麓に年の埃かな　其流（8 俳諧新選 一四六ぺ）
蓬莱のやまと島根や江戸の春　風虎（4 六百番発句合 〇一五三）
ほうらいの山まつりせむ老の春　蕪村（2 蕪村句集 二二二〇）
蓬莱や舟の匠(たくみ)のかんなくづ　湍水（6 あら野 四八三）
ほうろくの土とる跡は菫かな　野水（6 あら野 五九二）
鳳凰か今朝鳥が啼く吾妻の春　風虎（5 江戸弁慶 一二二）
鳳凰も出でよのどけきとりの年　貞徳（5 犬子集 一一）
外の樹と同じ桜の若葉哉　可鉛（7 俳諧古選 二一七ぺ）
外の樹におされし痩せや山桜　雨谷（8 俳諧新選 一〇六ぺ）
朗(ほがら)かに吹くや夜明けの秋のかぜ　柊花（8 俳諧新選 二二九ぺ）
ぽきぽきとふたもと手折る黄ぎく哉　蕪村（2 蕪村遺稿 二一六四）
北欧の船腹垂るる冬鷗　不死男（9 万座 二三二七七）
ほくほくとかすんで来るはどなた哉　一茶（3 句稿消息 三二八ぺ）
木履(ぼくり)ぬぐ傍(わき)に生えけり蓼の花　木節（6 猿蓑 二一六八）
木履はく僧も有りけり雨の花　杜国（6 あら野 一〇一七）
木瓜(ぼけ)薊(あざみ)旅して見たく野はなりぬ　山店（6 猿蓑 一九六四）
木瓜の陰に皃(かほ)類ひ住むきぎす哉　蕪村（2 蕪村句集 二二三〇）

鉾鬮(くじ)やいづれかちんの布袴　習先（8 俳諧新選 二三二ぺ）
鉾処々にゆふ風そよぐ囃子かな　太祇（4 太祇句選後篇 一八二〇）
ほこ長し天が下照る姫はじめ　望一（5 望一千句 一七七）
鉾に出た児(ちご)によんべの夢問はん　比松（8 俳諧新選 二三二ぺ）
ほこほこと朝日さしこむ火燵かな　丈草（4 そこの花 一〇〇〇）
ほこほこと落葉が土になりしかな　虚子（14 七百五十句 一一二ぺ）
反古焼いて鶯待たん夕心　乙二（5 松窓乙二集 九五五）
綻びてありたる梅のうてなかな　夜半（9 翠黛 一六五〇）
ほころびや僧の縫ひをる夏衣　鼠弾（6 あら野 一〇三三）
ほころぶや尻もむすばぬ糸桜　立圃（5 犬子集 二二）
墓参して直ちに海に浮かびけり　虚子（13 六百五十句 二一九ぺ）
星合にもえ立つ紅やかやの縁(へり)　孤屋（6 炭俵 二五五〇）
星あひや今朝床崩す筏乗　青峨（4 続福寿 一二六五）
星合や樟脳匂ふかし小袖　如江（8 俳諧新選 二二四ぺ）
星合や柳も眉をとらぬうち　麦浪（4 七化集 一七六九）
星合を見置きて語れ朝がらす　涼葉（6 続猿蓑 三二三八）
干網に烏の見ゆる月夜かな　蘆角（8 俳諧新選 二二九ぺ）
星屑や鬱然として夜の新樹　草城（4 花氷 二七〇九）
星さえて江の鮒ひらむ落葉哉　露沾（6 続猿蓑 三三五五）
星冴えて寒菊白う成りにけり　唄子（8 俳諧新選 二三七ぺ）
星崎の闇を見よとや啼く千鳥　芭蕉（1 笈の小文 三二八）
干鮭に脇指かへんとしの暮　楼川（8 俳諧新選 一四五ぺ）

干竿の落ちて流るる秋出水　温亭（9温亭句集　〇八三九）
星空に藪また撓む野分かな　村家（9同人句集　〇七九六）
干足袋の日南に氷る寒さかな　乙字（4乙字句集　二三三九）
干足袋の夜のまま日のままとなり　碧梧桐（9碧梧桐句集　〇一三七）
干足袋を飛ばせし湖の深さかな　普羅（9普羅句集　〇七二九）
星月夜星を見に行く岡の茶屋　子規（10獺祭句帖抄　六五五ぺ）
星のとぶもの音もなし芋の上　青畝（9万両　一五一八）
星はらはらかすまぬ先の四方の色　呑霞（6波留濃日　三二〇）
星一つ残して落つる花火かな　抱一（5屠竜之技　九九二）
干物に影のあそぶや鶏頭花　柳几（4布袋庵発句集　一七二八）
干物に母はとしよるしぐれかな　可興（8俳諧新選　二三六ぺ）
蔕おちの柿のおときく深山かな　素堂（4素堂家集　〇七七二）
細き音に人を動かす竈馬かな　五百郷（7俳諧古選　二二〇ぺ）
細き身を子に寄り添ふる燕哉　蕪村（2蕪村遺稿　一〇九七）
細腰の法師すずろにをどり哉　蕪村（2蕪村遺稿　一一五六）
細脛に夕かぜさはるたかむしろ　蕪村（2蕪村句集　九二四）
細脛のやすめ処や夏のやま　珍碩（6猿蓑　二一四八）
ほそぼそとごみ焼く門のつばめ哉　怒誰（6炭俵　二四六四）
細道になりゆく声や寒念仏　蕪村（2蕪村句集　三四九）
細道の窪みを均す落葉かな　由至（8俳諧新選　二三六ぺ）
菩提樹の実は身の秋の念珠哉　寿松（8俳諧新選　二三五ぺ）
榾さかん灯をともすまでもなし　紅緑（9紅緑句集　〇二四四）

榾の火に親子足さす侘びね哉　去来（6あら野　九七三）
榾の火に髪赤き子の寝貌哉　守愚庵（7俳諧古選　二二一ぺ）
榾の火にけなるき様や馬のつら　龍眠（8俳諧新選　二三八ぺ）
榾の火の大旆のごとはためきぬ　虚子（12六百句　二三五ぺ）
榾の火やあかつき方の五六尺　丈草（6炭俵　二六二七）
榾の火や咄も見えて寝入られず　桃葉（8俳諧新選　二三八ぺ）
ほだはらや拵へて売る買ひもする　法策（8俳諧新選　二四五ぺ）
榾火焚き呉るる女はかはりをり　虚子（12五百五十句　八八ぺ）
ほたほたと椿の落つる朧月　団水（7俳諧古選　二五一ぺ）
ほたほたと桃の花さく垣根かな　紀逸（4茶話稿　一一六一）
ぼたぼたと地に咲き揃ふ椿かな　呉郷（8俳諧新選　一〇六ぺ）
ぼた餅の来べき空也初時雨　一茶（3七番日記　三五二ぺ）
牡丹餅の昼夜を分かつ彼岸かな　子規（10獺祭句帖抄　六四三ぺ）
ぼたもちも御好きなりしが萩の花　金龍（8俳諧新選　一五四ぺ）
ぼた餅や藪の仏も春の風　一茶（3おらが春　四五七ぺ）
蛍獲て少年の指みどりなり　誓子（9青女　一四九一）
蛍籠大きな月が覗きけり　茅舎（9川端茅舎　一六九九）
蛍籠われに安心あらしめよ　波郷（9酒中花以後　二六五七）
蛍ぐさき人の手をかぐ夕明り　犀星（9魚眠洞発句集　一一四五）
蛍飛ぶ畳の上もこけの露　乙州（6猿蓑　二一五一）
蛍とぶや山翠黛といふも暮れ　迷堂（9ぬなは昭44・9　〇四二九）
蛍の死弔ふ水をそそぎけり　敦（9午前午後　三一三九）

蛍火となり鉄門を洩れ出でし　静塔（9月下の俘虜 二三八一）
蛍火の青きにおびえそめむとす　草城（9人生の午後 二四六九）
蛍火の昼は消えつつ柱かな　芭蕉（1奥の細道 五〇八）
蛍火や草の底なる水の音　赤羽（8俳諧新選 一一六ぺ）
蛍火やここおそろしき八鬼尾谷（やきをだに）　田上尼（6猿蓑 一七七一）
蛍火や吹きとばされて鳰（にほ）のやみ　去来（6猿蓑 一七六八）
蛍みし雨の夕べや水葵（みづあふひ）　仙花（6炭俵 二五三一）
蛍見もしりの間ぞ京と宇治　梅盛（4玉海集 〇一三一）
蛍見や羅（うすもの）寒き舟の中　珊雫（8俳諧新選 一一六ぺ）
ほたる見や船頭酔うておぼつかな　芭蕉（1猿蓑 六二七）
蛍呼ぶ子の首丈（た）けの磧草（かはらぐさ）　亜浪（4亜浪句鈔 二六二三）
牡丹有る寺ゆき過ぎしうらみ哉　蕪村（2蕪村遺稿 二五五八）
ぼたん切つて気のおとろひしゆふべ哉　蕪村（2蕪村句集 二三八四）
牡丹蘂（しべ）ふかく分け出づる蜂の名残哉　芭蕉（1野ざらし紀行 二一四九）
牡丹すく人もや花見とはさくら　湖春（6炭俵 二四四一）
牡丹散つて心も置かず別れけり　北枝（4卯辰集 一〇七八）
牡丹散つて四辺華やぐものを断つ　敦（9午前午後 三一四〇）
牡丹散りて打ちかさなりぬ二三片　蕪村（2蕪村句集 五四六）
牡丹載せて今戸へ帰る小舟かな　子規（10獺祭句帖抄 六三一ぺ）
牡丹百二百三百門一つ　青畝（9紅葉の賀 一五二九）
牡丹見て大寺の日に酔ひにけり　浜人（9定本浜人句集 〇八一六）
牡丹見の又我を折るや台所　紀逸（8俳諧新選 一一三ぺ）
牡丹雪林泉鉄のごときかな　茅舎（4川端茅舎句集 二六四一）
牡丹折りし父の怒りぞなつかしき　大魯（4蘆陰句選 一八三四）
ほちやほちやと雪にくるまる在所哉　一茶（3句稿消息 三五五ぺ）
ほつかりと梢に日あり霜の朝　虚子（13六百五十句 一九二ぺ）
北海の梅雨の港にかかり船　虚子（11五百句 七八ぺ）
ぽつかりと日のあたりけり霜の塔　子規（10獺祭句帖抄 六一九ぺ）
発句也松尾桃青宿の春　芭蕉（1江戸衆歳旦 一〇一）
ほつごんと笑うて栗の落ちにけり　沙龍（8俳諧新選 一三三ぺ）
ほつ立てろ今や枳殻（きこく）の花の時　春来（8俳諧新選 一五三ぺ）
ぼつたりと反箭（そりや）の落ちし柳哉　魚道（8俳諧新選 一〇五ぺ）
ほつちりと落ちぬ牡丹の一雫　蒼虬（4訂正蒼虬集 二一五一）
ほつてやる鬼灯（ほほづき）吹きて渡しけり　麦翅（8俳諧新選 一二八ぺ）
ほつりんと年はくれけり諏訪の湖（うみ）　素檗（5素檗句集 九八二）
ホトギ打つて鰒になき世の人訪はん　蕪村（2蕪村句集 九六二）
仏共下駄ともならで榾火（ほたび）哉　休粋（8俳諧新選 一三八ぺ）
仏へと梨十ばかりもらひけり　子規（10獺祭句帖抄 六五六ぺ）
仏より神ぞたふとき今朝の春　とめ（6あら野 四八四）
ほととぎす暁傘を買はせけり　其角（4類柑子 〇八一〇）
時鳥雨の箱根の甘酒屋　露月（9新俳句 〇二五二）
時鳥いかな太子の耳とても　羅人（8俳諧新選 一一三ぺ）
郭公（ほととぎす）いかに鬼人も慥にきけ　宗因（5誹諧当世男 一〇五）
ほととぎす一二の橋の夜明けかな　其角（6炭俵 二四八四）

ほととぎす今は俳諧師なき世哉　芭蕉（1かしま紀行付録　九五七）
時鳥今一足の遅参かな　芋秀（7俳諧古選　二二〇ぺ）
時鳥上野でぬれし人あらん　子規（10獺祭句帖抄　六〇八ぺ）
ほととぎすうらみの滝のうらおもて　芭蕉（1誹諧曾我　四八二）
ほととぎす大竹藪をもる月夜　芭蕉（1嵯峨日記　六八七）
ほととぎす神楽（かぐら）の中を通りけり　玄察（6あら野　一〇七五）
ほととぎす駕（かご）から覗く行衛（ゆくへ）哉　太祇（8俳諧新選　一一四ぺ）
郭公かさいの森や中やどり　沾圃（6続猿蓑　三一一九）
時鳥鰹を染めにけりけらし　芭蕉（1真蹟短冊　二二一四）
ほととぎすかならず来鳴く午後三時　虚子（14七百五十句　三三九ぺ）
時鳥厠半ばに出かねたり　漱石（9漱石全集　〇一八四）
子規（ほととぎす）顔の出されぬ格子哉　野坡（6炭俵　二四九〇）
郭公鳥と成りて明けにけり　常之（7俳諧古選　一六八ぺ）
ほととぎす消え行く方や島一つ　芭蕉（1笈の小文　三八九）
時鳥聞きに出でしか今に留主　宋阿（7俳諧古選　二〇九ぺ）
時鳥樹を選みてや鳴き過ぎる　阿誰（8俳諧新選　一一四ぺ）
時鳥けふにかぎりて誰もなし　尚白（6猿蓑　一七一三）
時鳥声きく空の名成るべし　只人（8俳諧新選　一一三ぺ）
時鳥声遣へかし寒の中　貞徳（7俳諧古選　一八五ぺ）
子規声はよかろかわるかろか　貝錦（8俳諧新選　一一三ぺ）
郭公声横たふや水の上　芭蕉（1藤の実　七八四）
時鳥さくらは杣（そま）に伐られけり　言水（7俳諧古選　一六一ぺ）

郭公さゆのみ焼（た）きてぬる夜哉　李風（6波留濃日　三二七）
郭公呪咀の釘うつ梢より　几董（8俳諧新選　一一三ぺ）
ほととぎす新墾に火を走らする　多佳子（9信濃　二九七五）
時鳥背中見てやる麓かな　曲水（6猿蓑　二一四三）
ほととぎすその山鳥の尾は長し　九白（6波留濃日　三三二六）
郭公太閤様をぢらしけり　子規（10獺祭句帖抄　六〇〇ぺ）
ほととぎす滝よりかみのわたりかな　丈草（6猿蓑　一七一八）
蜀魄（ほととぎす）たちまち野山面白し　野有（8俳諧新選　一一三ぺ）
杜宇（ほととぎす）烟草に腹のふくれけり　希因（8俳諧新選　一一四ぺ）
ほととぎす猪牙（ちょき）の布団の朝じめり　抱一（5屠竜之技　九九一）
ほととぎすどれからきかむ野の広き　柳風（6あら野　三九五）
ほととぎす十日もはやき夜舟哉　風泉（6あら野　四〇〇）
蜀魄啼かぬ夜しろし朝熊山（あさまやま）　支考（6続猿蓑　三一一五）
ほととぎす鳴きやむ時をしりにけり　一井（6あら野　八八五）
時鳥鳴く時杜若（かきつばた）白し　子規（10獺祭句帖抄　六四八ぺ）
時鳥啼く啼く風が雨になる　利牛（6炭俵　二四八九）
ほととぎすなくなくとぶぞいそがはし　芭蕉（1あつめ句　二九三）
杜鵑（ほととぎす）鳴く音や古き硯ばこ　芭蕉（1陸奥衛　七四八）
ほととぎす啼くや五尺の菖草（あやめぐさ）　芭蕉（1葛の松原　七五〇）
ほととぎす啼くや湖水のささ濁　丈草（6続猿蓑　三一一三）
蜀魄（ほととぎす）なくや木の間の角櫓（すみやぐら）　史邦（6猿蓑　一七一六）
郭公なくや雲雀（ひばり）と十文字　去来（5をのが光　二九一）

時鳥　啼くや夜汐の　ひたひたと　蒼虬（5 訂正蒼虬集 一一五三）
ほととぎす　何もなき野の　門(も)ん構　凡兆（6 猿蓑 一七一四）
ほととぎす　なみだおさへて　笑ひけり　除風（6 あら野 九二六）
時鳥　ぬれて帷子(かたびら)　一つ也　来山（7 俳諧古選 一六〇ぺ）
時鳥　裸で起きて　橋二つ　来山（7 俳諧古選 一六〇ぺ）
ほととぎす　はばかりもなき　鳥かな　鼠弾（6 あら野 三九六）
時鳥　蠅虫めらも　よつく聞け　一茶（3 おらが春 四六七ぺ）
時鳥　柩をつかむ　雲間より　蕪村（2 蕪村句集 七四七）
ほととぎす　一声夏を　定めけり　蓼太（7 俳諧古選 二二一ぺ）
時鳥　ひとへに声を　姿かな　之園（8 俳諧新選 一四八ぺ）
ほととぎす　平安城を　筋違(すぢかひ)に　蕪村（2 蕪村句集 八六七）
子規　子規とて　寝入りけり　調和（5 蓮実 一四七）
ほととぎす　待たぬ心の　折もあり　荷兮（6 あら野員外 一二〇二）
ほととぎす　待つや都の　そらだのめ　蕪村（2 蕪村句集 一三六七）
郭公　まねくか麦の　むら尾花　芭蕉（1 おくれ双六 一一三三）
ほととぎす　麦の月夜は　薄曇り　麦水（5 葛箒 七四一）
ほととぎす　正月は梅の　花咲けり　芭蕉（1 虚栗 一六三）
時鳥　夜さとき母の　念仏かな　珪琳（8 俳諧新選 一四七ぺ）
時鳥　我も気相の　よき日也　一茶（3 父の終焉日記 四〇九ぺ）
時鳥　絵に啼け東　四郎次郎　蕪村（2 蕪村句集 三三）
ほとばかり　とぎすは聞かぬ　初音かな　光広（4 甲子夜話 〇〇五三）
帆にたらぬ　風にすずしき　早苗哉　沙月（8 俳諧新選 一一六ぺ）

帆に連れて　行きたさうなる　柳哉　篤羽（8 俳諧新選 一〇五ぺ）
骨柴の　かられながらも　木の芽かな　凡兆（6 猿蓑 一九二五）
骨のなき　身をちぢめたる　なまこ哉　富水（8 俳諧新選 一四〇ぺ）
ほのかなる　黄鳥(うぐひす)ききつ　羅生門　来山（5 海陸前集 一二〇七）
ぼのくぼに　雁落ちかかる　霜夜かな　路通（4 鳥の道 一〇一九）
ほのぼのと　鴉黒むや　窓の春　野坡（5 野坡吟草 三六〇）
穂は枯れて　台に花咲く　椿かな　残香（6 続猿蓑 三〇五九）
墓碑雪を　被てぬくからめ　とも思ふ　圭岳（9 太白星 一一九五）
法然の　珠数(じゅず)もかかるや　軒のふぢ　蕪村（2 蕪村遺稿 七三七）
頬凍(い)てし　児を子守より　奪ひけり　雉子郎（9 現代俳句集 〇六八八）
頬冠が　淋しかりし人　田植にも　青峰（9 青峰集 二二五七）
朴散華　而(しか)して逝きし　茅舎(ばうしゃ)はも　虚子（14 七百五十句 一五四ぺ）
朴散華　即ちしれぬ　行方かな　茅舎（9 定本茅舎句集 一六九八）
頬白の　丸いぞけさは　寒いやら　一瓢（5 西歌仙 一一四九）
鬼灯(ほほづき)の　様な小僧が　生まれけり　句仏（9 句仏句集 〇五三九）
鬼灯は　実も葉もからも　紅葉哉　芭蕉（1 芭蕉庵小文庫 九三一）
鬼灯も　女三人に　姦しき　百万（8 俳諧新選 一二八ぺ）
鬼灯や　清原の女が　生写し　蕪村（2 蕪村句集 一八四七）
鬼灯や　つかみ出したる　袖土産　太祇（8 俳諧新選 一二八ぺ）
鬼灯や　袋に色の　あらはるる　嘯山（8 俳諧新選 一二八ぺ）
鬼灯や　よく育ちたる　男の子　有我（8 俳諧新選 一二八ぺ）
鬼灯を　取つてつぶすや　せなかの子　一茶（3 八番日記 三五一ぺ）

頬に笑ひて　弓引つたくる　角力(すまふ)哉　水翁（8俳諧新選 一二七ペ）
頬ぺたに　あてなどしたる　真瓜哉　一茶（3おらが春 四七一ペ）
頬骨逞しく　灯(つ)けては灯籠　流しけり　月舟（9進むべき道 〇六九九）
頬を掻いて　白き瞼(まぶた)の　露の鳥　宋斤（9定本宋斤句集 一二〇〇）
頬を掌に　おきてしんじつ　虫の夜　蛇笏（9家郷の霧 〇六七三）
穂麦原　日は光輪を　懸けにけり　亜浪（9定本亜浪句集 一〇四六）
ほむらとも　我が心とも　牡丹の芽　虚子（14七百五十句 四九ペ）
峒(ほら)熊(くま)の　先(まつ)覗くらん　春の艶　丈竹（7俳諧古選 一五二ペ）
掘りおこす　つつじの株や　蟻のより　雪芝（6続猿蓑 三〇六四）
堀ばかり　残る砦や　ちり柳　雅因（8俳諧新選 一二四ペ）
堀割の　道じくじくと　落葉かな　子規（10獺祭句帖抄 六四一ペ）
ほれぼれと　日を抱く庭の　落葉哉　吏登（5吏登句集 四七九）
ほろび行く　ものの姿や　松の内　虚子（14七百五十句 二二二ペ）
ほろほろと　雨添ふ須磨の　蚊やりかな　瓢水（4瓢水句選 二一九三）
ほろほろと　落つるなみだや　へびの玉　越人（6あら野 一〇二一）
ほろほろと　泣き合ふ尼や　山葵漬け　虚子（9五百句 〇〇九三）
ほろほろと　山吹ちるか　滝の音　芭蕉（1笈の小文 三六九）
ぼろぼろと　雨も柳も　枯れにけり　駒門（8俳諧新選 一三七ペ）
本阿弥の椿生けて　扠(さて)こそ水の　切れる如　赤羽（8俳諧新選 一四四ペ）
本馬の　しやんしやん渡る　氷哉　一茶（3文政句帖 三五六ペ）
盆栽の　小桜早し　京の市　子規（10獺祭句帖抄 六二六ペ）
盆山の　奇石峨々たり　福寿草　素琴（9山萩 一〇一一）
盆の月　ねたかと門を　たたきけり　野坡（6炭俵 二五五四）
本箱に　成るべき桐の　若芽かな　許六（7俳諧古選 一四六ペ）
本船の　陰に小舟の　すずみけり　它谷（8俳諧新選 一二一ペ）
盆ほどに　子を洗はぬや　大三十日　青魚（7俳諧古選 一二九ペ）
盆ほどに　成るてふ菊の　莟かな　移竹（8俳諧新選 一三四ペ）
本読めば　本の中より　虫の声　風生（9冬霞 一五八六）

ま

真がねはむ　鼠の牙の　音寒し　蕪村（2蕪村遺稿 一一八二）
まがはしや　花吸ふ蜂の　往き還り　園風（6猿蓑 一九七九）
まがまがと　皃(かほ)のしらけし　踊り哉　百丈（8俳諧新選 一二五ペ）
まかり出でたるは　此の藪の　蟇にて候ふ　一茶（3おらが春 四六七ペ）
曲がりこむ　藪の綾瀬や　行く蛍　巣兆（5曽波可理 九八五）
まき鮓に　僧の手へ来る　鶵(ひよこ)かな　橙雨（8俳諧新選 一二三ペ）
まき捨てて　朝たつ宿の　ふとん哉　召波（8俳諧新選 一三九ペ）
薪をわる　いもうと一人　冬籠り　子規（10獺祭句帖抄 六一〇ペ）
秣(まぐさ)負ふ　人を枝折の　夏野哉　芭蕉（1陸奥鵆 四八三）
秣煮る　窓の灯(ともし)や　虫のこゑ　士髪（8俳諧新選 一二七ペ）
撒く手見せずに　街道へ　水を撒く　誓子（9天狼 一四九二）
幕吹いて　伶人見ゆる　紅葉かな　子規（10獺祭句帖抄 六五六ペ）
負くまじき　角力(すまひ)を寝もの　がたり哉　蕪村（2蕪村句集 一一六〇）

枕上　秋の夜を守る　かたな哉　蕪村（2蕪村句集一二五）
枕にと　きぬた寄せたる　たはれかな　蕪村（2蕪村遺稿二五四七）
枕にも　ならぬ物なり　春の水　漁焉（8俳諧新選一〇七ぺ）
枕辺の　春の灯（ともし）は　妻が消しぬ　草城（9昨日の花二四七〇）
枕辺や　星別れんと　する晨（あした）　漱石（9正岡子規へ〇一八五）
負（まけ）腹（ばら）の　守敏（しゅびん）も降らす　旱かな　蕪村（2蕪村句集一二五）
馬士（まご）うたへ　海より盈（こぼ）す　初しぐれ　冨天（4熱田日記一七一六）
まこと人に　負き得てんや　冬籠り　青峰（9青峰集二二五八）
まさな事　てり葉を舟に　作りけり　五鳳（8俳諧新選一三四ぺ）
まざまざと　いますが如し　魂祭り　季吟（4独琴〇一二六）
政宗の　眼（まなこ）もあらん　土用干　子規（10獺祭句帖抄六〇七ぺ）
まさをなる　空よりしだれ　ざくらかな　風生（9松籟一五八七）
魔事なくて　納経すみし　花の昼　三幹竹（9三幹竹句集〇五四八）
交はりの　加減も鮓に　しられけり　提山（7俳諧古選二一七ぺ）
まじはりは　紙子の切を　譲りけり　丈草（6猿蓑一六五九）
雑（まじ）りなき　一門衆や　御影講　嘯山（8俳諧新選一三九ぺ）
真白なる　紙に包みて　新茶かな　蚋魚（9ホ大7・7〇八四四）
升（ます）買うて　分別かはる　月見かな　芭蕉（1笈日記八九八）
ますぐなる　音の木の実の　前に落つ　素逝（9暦日一八三一）
升呑の　価はとらぬ　新酒かな　蕪村（2蕪村遺稿一七八九）
ますらをの　ねらひをかくす　時雨哉　竿秋（8俳諧新選二三六ぺ）
又雉の　鳴きもしさうな　花野哉　車児（8俳諧新選二一九ぺ）

まだきとも　散りしとも見ゆれ　山ざくら　蕪村（2蕪村句集一九八三）
胯（またぐら）を　舟の往き来や　橋すずみ　春来（8俳諧新選二二一ぺ）
又けふも　涼しき道へ　誰が柩　子規（10獺祭句帖抄六四六ぺ）
又ことし　娑婆（しゃば）塞げぞよ　草の家　一茶（3文化句帖三三三ぺ）
又越ゆる　せせらぎ川や　春の草　季遊（8俳諧新選一〇三ぺ）
又来よと　蕨うる子を　撫でにけり　支鳩（8俳諧新選一一一ぺ）
又しては　滝を吹き切る　野分かな　習先（8俳諧新選一三〇ぺ）
またたきの　音静かなる　蒲団かな　月舟（9進むべき道〇七〇〇）
又ただの　一人になりぬ　さみだれん　碧梧桐（9三千里〇一三八）
木天蓼（またたび）の　花は誰見る　独り見る　水巴（9定本水巴句集〇六〇〇）
未（まだ）飛ばぬ　草の小蝶や　朝しめり　鼓舌（8俳諧新選一〇八ぺ）
まだ長う　成る日に春の　かぎりかな　蕪村（2蕪村句集一三七九）
またぬのに　菜売りに来たか　時鳥　芭蕉（1六百番発句合七二）
又春の　来る共見えぬ　おちば哉　蓼太（8俳諧新選一三六ぺ）
又一つ　病身に添ふ　春寒し　たかし（9野守一六六九）
又人に　かけ抜かれけり　秋の暮　一茶（3文化句帖補遺三四四ぺ）
また一人　遠くの蘆を　刈りはじむ　素十（9初鴉一五五三）
又平に　逢ふや御室の　花盛り　蕪村（2蕪村遺稿二六三三）
又水に　もどるも早し　初氷　超雪（7俳諧古選二二二ぺ）
又もとの　大路へ出たり　松の春　白尼（4氷餅一七九六）
又やたぐひ　長良の川の　鮎なます　芭蕉（1笈日記四一三）
又往かん　さくらに皃（かほ）は　売れる共　嘯山（8俳諧新選一〇九ぺ）

又留主歟（か）されど孤山の夕霞　淡々（8俳諧新選一五一ぺ）
町医師や屋敷がたより駒迎へ　芭蕉（1五十番句合五二）
町空のつばくらめのみ新しや　草田男（9長子二五四六）
市（まち）中（なか）は物のにほひや夏の月　凡兆（6猿蓑二〇三四）
町なかへしだるる宿の柳かな　利牛（6炭俵二四二四）
市中や木の葉も落ちずふじ颪　桃隣（6炭俵二五八八）
街に出て蠅わしづかむ農歌人　不死男（9万座二三二七八）
町はづれいでや頭巾は小風呂敷　蕪村（2蕪村句集六五九）
待人の足音遠き落葉かな　蕪村（2蕪村句集一九一三）
先（まつ）明けて野の末ひくき霞哉　荷兮（6波留濃日三二三）
先祝へ梅を心の冬籠り　芭蕉（1あら野三二八）
待つ中の正月もはやくだり月　揚水（6猿蓑一九一七）
松が枝に末望みあり十七夜　休粋（8俳諧新選二三〇ぺ）
松陰におち葉を着よと捨子かな　素堂（4とくくの句合〇七七三）
松影に膳組したる田植かな　千皐（7俳諧古選一七一ぺ）
松陰に寝てくふ六十余州哉　一茶（3株番三六二ぺ）
松陰や生（いけ）船（ぶね）揚げに江の月見　里東（6炭俵二五四五）
松陰やここにおく共冷し瓜　嘯山（8俳諧新選一五〇ぺ）
松陰や寝（ね）蓙（ござ）一つの夏座敷　一茶（3おらが春四四五ぺ）
松笠の緑を見たる夏野哉　卜枝（6あら野六七二）
松笠も流れて寒き川辺哉　蓬洲（8俳諧新選一四二ぺ）
松かざり伊勢が家買ふ人は誰　其角（6あら野四六一）

松風に誘はれて鳴く蟬一つ　草城（9花氷二四七一）
松風に新酒を澄ます山路かな　支考（4笈日記一一〇九）
松風の落葉か水の音涼し　芭蕉（1蕉翁句集九五八）
松風の鉢を聞きしる歟（か）蟬の声　宋屋（8俳諧新選一四九ぺ）
松風や氷に穴をあけの春　宋阿（8俳諧新選一〇〇ぺ）
松風や時うつりして海苔の寄る　乙二（5斧の柄草稿九五四）
松風や軒をめぐつて秋暮れぬ　芭蕉（1笈日記九〇三）
真赤に内の暑さよ土用干　胡餅（8俳諧新選二三二ぺ）
松（ま）明（っ）消えて海少し見ゆる花野かな　蕪村（2蕪村遺稿一七四三）
先（まつ）木曾の舎（やど）り心ぞ葉の茂り　以哉坊（8俳諧新選一五八ぺ）
松朽葉かからぬ五百木無かりけり　石鼎（9定本石鼎句集〇七六三）
待つ恋や蠅の障子を叩くにも　鷺水（7俳諧古選二〇二ぺ）
真つ先に見し枝ならんちる桜　丈草（6猿蓑一九七四）
貧しきは得見ぬ桜の世でもなし　知石（7俳諧古選二一三ぺ）
まつしぐら炉にとび込みし如くなり　虚子（13六百五十句一六一ぺ）
松島の紀行直すや春の雨　子規（10獺祭句帖抄六二四ぺ）
松島の小隅は暮れて鳴く雲雀（ひばり）　一茶（3おらが春四三七ぺ）
松島や何処（いづこ）の山も笑へども　泉明（8俳諧新選一五四ぺ）
松島や鶴に身をかれほととぎす　曾良（6猿蓑一七二一）
松島や物調ひしけふの月　呂丸（7俳諧古選一八一ぺ）
先（まつ）しるや宜（ぎ）竹（ちく）が竹に花の雪　芭蕉（1江戸広小路七一）
真つ白く冬木はぢきし斧入るる　汀女（9花影一九二八）

まつ白にうめの咲きたつみなみ哉　胡及（6あら野 一〇五四）
真白に真四角也蔵の月　泉石（7俳諧古選 二一一ぺ）
松杉の上野を出れば師走かな　馬光（5古衾 四八三）
松杉や枯野の中の不動堂　子規（10獺祭句帖抄 六〇三ぺ）
松すぎをほめてや風のかをる音　芭蕉（1笈日記 八六五）
真直な小便穴や門の雪　一茶（3八番日記 三五五ぺ）
真つすぐにあがる燕や嵐山　王城（9同人句集 〇九二〇）
松高し引馬つるる年をとこ　釣雪（6あら野 四七六）
松茸やかたちもなさぬ始めより　駒門（8俳諧新選 二三四ぺ）
松茸やかぶれた程は松の形（なり）　芭蕉（1誹諧曾我 九三三）
まつ茸やしらぬ木の葉のへばりつく　芭蕉（1続猿蓑 八八六）
松茸や都にちかき山の形　惟然（6続猿蓑 三二九二）
先たのむ椎の木も有り夏木立　芭蕉（1猿蓑 六二〇）
待つとなき二日灸（やいと）の来りけり　大夢（8俳諧新選 一一一ぺ）
松とりて常の旭（あさひ）となりにけり　不角（5続の原 四六一）
松なれや霧ゑいさらゑいと引くほどに　芭蕉（1翁草 一五〇）
松にかけし笠とんでなし心太（ところてん）　冬葉（9冬葉第一句集 一〇二一）
松にすめ月も三五夜中納言　貞室（5玉海集 三七）
松の雨ついついと吸ひ蟻地獄　虚子（12五百五十句 九二ぺ）
松の影昨日の月を今宵又　流斜（8俳諧新選 一三〇ぺ）
松の木に吹きあてられな秋の蝶　舟泉（6あら野 七五三）
松の事は松にと枝の霞かな　東洋城（9東洋城全句中 〇四〇七）
松の蝉どこ迄鳴いて昼になる　一茶（3おらが春 四四六ぺ）
松の月枝に懸けたりはづしたり　来山（7俳諧古選 一七五ぺ）
松の中時雨る旅のよめり哉　俊似（6あら野 九八九）
松の葉や細きにも似ず秋の声　風国（6続猿蓑 三二七九）
松の外友のとぼしきしぐれかな　湖十（4鳥山彦 一二三二）
松葉掻く人かすかなる花野かな　信徳（5花見弁慶 一六九）
待つ花や藤三郎がよしの山　芭蕉（1誹諧玉手筥 一四四）
待つ花や寝苦しき夜の明ける程　雅因（8俳諧新選 一一〇ぺ）
松原は飛脚小さし雪の暮　一晶（5虚栗 一五四）
松原や田舎祭りの昼休み　其角（7俳諧古選 二〇〇ぺ）
待つ春は髪もゆたかに結ひ上げて　桐明（9草上大15・1 一〇〇六）
待つ春や氷にまじるちりあくた　智月（6炭俵 二六三五）
松吹くや茶釜のたぎり諫鼓鳥（かんこどり）　調和（4富士石 〇二三六）
先（まつ）ふたつ瓦ふくもの野分かな　蕪村（2蕪村遺稿 二五二六）
松明（まつ）ふりて舟橋わたる夜の霜　蕪村（2蕪村遺稿 一八九四）
待つ程や花に返さん夜のもの　凧虎（7俳諧古選 一四四ぺ）
まつむしは通る跡より鳴きにけり　一髪（6あら野 七二五）
先以つて尻の軽さや更衣（ころもがへ）　麁線（7俳諧古選 一七二ぺ）
松やにはただかうやくの子（ね）の日かな　守武（4伊勢正直集 〇〇二三）
松山や見えわたりゆく一と時雨　王城（9同人句集 〇九二一）
待つ宵の月に床しや定飛脚（ぢやうびきやく）　景桃（6続猿蓑 三二二九）
待つ宵の戸にはさまる木の葉哉　祇空（5玄湖集 四五六）

待つ宵の　晴れ過ぎて扠(さて)　あしたかな　子規（10 獺祭句帖抄 六〇〇ぺ）
待つ宵や　翌(あす)の命は　翌(あす)の事　原松（7 俳諧古選 一八四ぺ）
待宵や　満ちん満ちんと　潮(しほ)かしら　嘯山（8 俳諧新選 一三〇ぺ）
待つ宵や　女主に　女客　蕪村（2 蕪村遺稿 一八七〇）
祭りまで　あそぶ日なくて　花見哉　野坡（6 炭俵 二四五一）
窓あけて　見ゆる限りの　春惜しむ　蝶衣（9 蝶衣句稿 〇五七一）
窓くらき　障子をのぼる　蛍哉　不交（6 あら野 六四五）
窓形(なり)に　昼寝の台や　簟(たかむしろ)　芭蕉（1 続猿蓑 七九一）
窓の影　夕日の落葉　頻なり　子規（10 獺祭句帖抄 六四一ぺ）
窓の灯(ひ)の　梢にのぼる　若葉哉　蕪村（2 蕪村句集 七六〇）
窓の灯や　折に芭蕉の　茂みより　富水（7 俳諧古選 二二〇ぺ）
窓の雪　つんでこそこそ　ばくち哉　一茶（3 八番日記 三五五ぺ）
まとふどな　犬ふみつけて　猫の恋　芭蕉（1 茶のさうし 九四八）
俎に　すべりとどまる　桜烏賊(いか)　虚子（13 六百五十句 一四〇ぺ）
俎板に　人参の根の　寒さ哉　沾圃（6 続猿蓑 三四三七）
まなかひに　雲ぞ春めく　吸入器　禅寺洞（9 禅寺洞句集 二二九八）
学びする　机の上の　かやり哉　蕪村（2 蕪村遺稿 八八二）
まねきまねき　椢(あふご)の先の　薄かな　凡兆（6 猿蓑 一八二七）
まのあたり　鳥もふくるる　寒さかな　麦翅（8 俳諧新選 一四二ぺ）
廻らぬは　魂ぬけし　風車　虚子（12 五百五十句 八九ぺ）
間引菜を　貰うて今日も　先(まづ)過ぎつ　紅緑（9 紅緑句集 〇二四五）
舞ひ猿の　人を見る眼ぞ　いとけなき　亜浪（9 定本亜浪句集 一〇四七）

舞仕まふ　猿時宜しけり　這ひにけり　孤桐（8 俳諧新選 一〇〇ぺ）
舞ひつめて　三十日に成りし　雲雀(ひばり)哉　存義（8 俳諧新選 一二ぺ）
舞ひながら　鳶の目早き　師走哉　超波（8 俳諧新選 一四六ぺ）
舞姫に　幾たび指を　折りにけり　荷兮（6 あら野 八四一）
舞々の　場(には)まうけたり　梅がもと　蕪村（2 蕪村句集 一三四二）
まひまひや　雨後の円光　とりもどし　茅舎（4 華厳 二六四二）
まふくだが　はかまよそふか　つくづくし　芭蕉（1 花声集 二六〇）
舞ふは舞ひ　眠るは眠る　小蝶かな　社柳（8 俳諧新選 〇八ぺ）
前うしろ　ありや火桶の　撫心　存義（4 東風流 一七四〇）
前髪の　旧地あれけり　置頭巾　万立（7 俳諧古選 二三三ぺ）
前髪も　まだ若草の　匂ひかな　芭蕉（1 翁草 九四五）
真帆に吹く　唐土船の　薫りかな　牛行（8 俳諧新選 二二一ぺ）
まぼろしの　反(はん)魂(ごん)香(かう)や　雉のこゑ　露川（4 北国曲 〇九一九）
まま子とて　へだてぬ中の　寒さかな　為邦（4 かなあぶら 一一七〇）
まま事の　飯もおさいも　土筆かな　立子（9 立子句集 一九四九）
豆植うる　畑も木べ屋も　名処哉　凡兆（6 猿蓑 一七三二）
豆の蔓　月にさ迷ふ　如くなり　虚子（13 六百五十句 一七七七ぺ）
豆飯食ふ　舌にのせ舌に　力入れ　波郷（9 酒中花以後 二六五八）
まめやかに　母の砧や　更くるまで　志昔（8 俳諧新選 一三一ぺ）
摩耶(まや)晴れて　帆棚を招く　霰哉　雅因（8 俳諧新選 一四二ぺ）
繭買ひの　逸早く黄帷子(きびら)　著て来たり　左衛門（9 現代俳句集 〇八二一）
黛(まゆずみ)に　月を定めん　けふの雛　龍眠（8 俳諧新選 一五七ぺ）

黛（まゆずみ）を濃うせよ草は芳しき　東洋城（9 東洋城全句上 ○四○八）
まゆ玉や一度こじれし夫婦仲　万太郎（9 流寓抄 一一三三）
眉に白きを交へて夜を秋といふ　林火（9 潺潺集 二七六四）
まゆはきを俤（おもかげ）にして紅粉（べに）の花　芭蕉（1 奥の細道 五一二）
迷ひ子の親のこころやすすき原　羽紅（6 猿蓑 一八二六）
迷ひ子の泣く泣く抓む蛍かな　流水（7 俳諧古選 一六二ぺ）
迷ひ子を呼べばうちやむきぬた哉　蕪村（2 蕪村遺稿 一八九）
迷ひゐる雲や浅間は雪ならん　虚子（12 六百句 二三一ぺ）
丸からぬ丸さに仕なす団（うちは）哉　鶴英（7 俳諧古選 二一八ぺ）
丸盆の椎にむかしの音聞かん　蕪村（2 蕪村句集 二○七八）
榲桲（まるめろ）や二つ囉（もら）うて両の袖　文誰（8 俳諧新選 二三三ぺ）
まろびたる娘より転がる手毬かな　虚子（12 五百五十句 八三ぺ）
参りたる墓は黙して語らざる　虚子（14 七百五十句 六○ぺ）
間をかへて御寝成りけり郭公（ほととぎす）　雅因（8 俳諧新選 一一三ぺ）
万菊や十分咲きて譏らるる　可幸（8 俳諧新選 二三四ぺ）
満月を生みし湖山の息づかひ　風生（9 喜寿以後 一五八八）
万才の佇み見るは紙芝居　虚子（12 五百五十句 八二ぺ）
万歳のやどを隣に明けにけり　荷兮（6 あら野 四九九）
万歳やかぞへ立てても竹柱　黒露（7 俳諧古選 二二三ぺ）
万歳や黒き手を出し足を出し　子規（9 寒山落木巻二 ○○四七）
万歳や左右にひらいて松の陰　去来（6 続猿蓑 三○九六）
万歳や十三文の足拍子　存義（8 俳諧新選 一○一ぺ）
万歳や舞ふもうたふも欲の事　梅盛（7 俳諧古選 一四三ぺ）
万歳を仕舞うてうてる春田哉　昌碧（6 あら野 五六八）
万歳を呼べばこそ来れ三の朝　安静（7 俳諧古選 一四三ぺ）
まんじゆさげ蘭に類ひて狐啼く　蕪村（2 蕪村遺稿 一八六五）
曼珠沙華（まんじゅしゃげ）落暉（らっき）も蘂（しべ）をひろげたり　草田男（9 長子 二五四七）
饅頭で人をたづねよ山桜　其角（4 末若葉 ○八一二）
満潮に身を横たへて泳ぎけり　温亭（9 温亭句集 ○八四○）
真中へ床几並べつなつの月　亀卜（8 俳諧新選 一一九ぺ）
まんべんに御降（おさがり）受ける小家哉　一茶（3 八番日記 三二三ぺ）
満丸に出てもながき春日哉　宗鑑（5 誹諧初学抄 二）

み

見あげしがふもとに成りぬ花の滝　俊似（6 あら野 三七○）
見上げたる枝をはなれし一葉かな　泊月（9 現代俳句集 ○八五五）
見歩行（みありき）て本の座敷や花の宴　随古（8 俳諧新選 一一○ぺ）
身うちから泪をこぼす暑さ哉　羅人（7 俳諧古選 二一四ぺ）
御影講の花のあるじや女形　太祇（8 俳諧新選 一三九ぺ）
見え透くや子持ひらめのうす氷　岱水（6 続猿蓑 三三七八）
見送りのうしろや寂し秋の風　芭蕉（1 みつのかほ 四二四）
見おぼえむこや新玉の年の海　長虹（6 あら野 四八○）
未開紅見とれて念仏落としけり　弁石（7 俳諧古選 一五二ぺ）

御格子に　切髪かくる　寒さかな　子規（10 獺祭句帖抄 六〇二ぺ）
御垣守　出て行く跡も　蚊やりかな　翠如（8 俳諧新選 一一八ぺ）
見限るな　桜も人も　春逢はん　雅因（7 俳諧古選 二一八ぺ）
三日月に　草の蛍は　明けにけり　野荻（6 続猿蓑 三一四七）
三か月に　地はおぼろ也　蕎麦の花　芭蕉（1 浮世の北 一七五四）
三か月に　鱶（ふか）のあたまを　かくしけり　之道（6 猿蓑 一八四〇）
三日月に　見付けられけり　溜り水　丈石（8 俳諧新選 二一九ぺ）
三か月の　隠にてすずむ　哀れかな　素堂（6 炭俵 二五二一）
三日月の　上から下りる　ひばり哉　嘯山（8 俳諧新選 一〇四ぺ）
三日月の　かどにそこねる　木槿（むくげ）かな　希因（4 暮柳発句集 一二〇四）
三日月の　頃より肥ゆる　子芋かな　子規（10 獺祭句帖抄 六五九ぺ）
三日月の　光を散らす　野分かな　成美（4 成美家集 二〇七六）
三日月は　梅にをかしき　ひづみかな　不角（4 続の原 〇九〇一）
三か月は　そるぞ寒さは　冴えかへる　一茶（3 七番日記 三二五ぺ）
三日月も　うごく様なる　柳かな　水翁（8 俳諧新選 一〇五ぺ）
三日月も　罠にかかりて　枯野哉　蕪村（2 蕪村遺稿 六四九）
三か月や　朝皃の夕べ　つぼむらん　芭蕉（1 虚栗 一五六）
三日月や　蘆の葉先の　一あらし　多代女（4 晴霞句集 二一六九）
三日月や　暮れぬに暮るる　波の上　太祇（8 俳諧新選 一三〇ぺ）
三日月や　この頃萩の　咲きこぼれ　碧梧桐（9 碧梧桐句集 〇一三九）
三日月や　なく子をすかす　縁の端　湖暁（8 俳諧新選 一三〇ぺ）
三日月や　はや手にさはる　草の露　桃隣（4 三日月日記 〇八八八）

見返れば　跡隠れけり　初がすみ　嘯山（8 俳諧新選 一六〇ぺ）
見かへれば　うしろを覆ふ　桜かな　樗良（5 樗良発句集 七七七）
見返れば　暮れの淋しき　もみぢ哉　菜根（8 俳諧新選 一三四ぺ）
見返れば　寒し日暮れの　山桜　来山（4 平包 〇二四一）
みかへれば　白壁いやし　夕がすみ　越人（6 波留濃日 三一五）
蜜柑剝いで　皮を投げ込む　冬田かな　子規（10 獺祭句帖抄 六二〇ぺ）
蜜柑山　晴れたり君よ　初島見ゆ　青峰（9 土上昭12・1 二三五九）
水草生ふ　田舟は橋と　横たはり　宋斤（9 定本宋斤句集 一二〇一）
三声ほど　跡のをかしや　郭公（ほととぎす）　一髪（6 あら野 三九九）
実桜に　重き曇りや　よしの山　如猿（8 俳諧新選 二三三ぺ）
実ざくらや　死にのこりたる　庵の主　蕪村（2 蕪村句集 二一五三）
実桜や　忘れて通る　人ばかり　是水（7 俳諧古選 一六〇ぺ）
みじかくて　垣にのがるる　柳哉　此橋（6 あら野 五五四）
短さに　蒲団をひけば　猫の声　子規（10 獺祭句帖抄 六三九ぺ）
短夜に　竹の風癖　直りけり　一茶（3 文化句帖 三三四ぺ）
みじか夜に　憎い程合ふ　時計哉　麦翅（8 俳諧新選 一一八ぺ）
短夜に　我が目たらして　起きにけり　李流（8 俳諧新選 一一八ぺ）
短夜の　明けゆく水の　匂ひかな　万太郎（9 流寓抄 一一三四）
短夜の　かあと明けたる　烏かな　子規（10 獺祭句帖抄 六二七ぺ）
みじか夜の　闇より出でて　大ゐ河　蕪村（2 蕪村遺稿 一一〇九）
みじか夜の　夜の間に咲ける　ぼたん哉　蕪村（2 蕪村遺稿 五四八）
短夜は　大門に明けて　しまひけり　子規（9 寒山落木巻二 〇〇四八）

短夜も　蒸されて長き　一夜かな　楮林（8俳諧新選 一八ぺ）
みじか夜や　浅瀬にのこる　月一片　蕪村（2蕪村遺稿 二四九）
みじか夜や　浅井に柿の　花を汲む　蕪村（2蕪村遺稿 二三八〇）
みじか夜や　蘆間流るる　蟹の泡　蕪村（2蕪村句集 八六二）
みじか夜や　吾妻の人の　嵯峨泊　蕪村（2蕪村遺稿 二一一〇）
短夜や　一寸のびる　桐の苗　子規（10獺祭句帖抄 六二七ぺ）
みじか夜や　いとま給はる　白拍子　蕪村（2蕪村句集 二二五〇）
短夜や　幽霊消えて　鶏(とり)の声　子規（10獺祭句帖抄 六四六ぺ）
短夜や　駅(うまや)の飯に　朝日さす　嘯山（8俳諧新選 一一八ぺ）
みじか夜や　おもひがけなき　夢の告　蕪村（2蕪村遺稿 八六三）
短夜や　かくも咲きゐし　花薺(なづな)　水巴（9定本水巴句集 〇六〇一）
みじか夜や　金も落とさぬ　狐つき　蕪村（2蕪村遺稿 五五五）
みじか夜や　今朝未(まだ)すまぬ　小田の水　移竹（8俳諧新選 一一八ぺ）
みじか夜や　毛むしの上に　露の玉　蕪村（2蕪村句集 五五六）
みじか夜や　小見世明けたる　町はづれ　蕪村（2蕪村句集 二三八一）
短夜や　四十にして　学に志す　子規（10獺祭句帖抄 六四六ぺ）
短夜や　乳ぜり泣く児を　須可捨焉乎(すてっちまおか)　しづの女（9颱 〇九六四）
みじか夜や　同心衆の　河手水　蕪村（2蕪村句集 七五七）
短夜や　纜(ともづな)濡れて　草の中　青峰（9青峰集 二二六〇）
みじか夜や　浪うちぎはの　捨(すて)篝(かがり)　蕪村（2蕪村句集 二一一二）
みじか夜や　二尺落ちゆく　大井川　蕪村（2蕪村句集 五五三）
みじか夜や　一つあまりて　志賀の松　蕪村（2蕪村句集 九八七）
みじか夜や　伏見の戸ぼそ　淀の窓　蕪村（2蕪村句集 二〇七二）
みじか夜や　枕にちかき　銀屏風　蕪村（2蕪村句集 七五六）
短夜や　未(まだ)濡色の　洗ひ髪　嘯山（5律亭句集 七二一）
短夜や　淀のわたりに　雀鳴く　周鮑（7俳諧古選 二二九ぺ）
みじか夜や　六里の松に　更けたらず　蕪村（2蕪村句集 三八）
短夜や　若葉分けゆく　眠り馬　布門（7俳諧古選 二二五ぺ）
みじか夜を　吉次が冠者(くわじゃ)に　名残哉　其角（6猿蓑 一七七八）
みじか夜を　しらで明けけり　草の雨　召波（5春泥句集 八一一）
短夜を　旅の終はりの　朝寝かな　虚子（14七百五十句 二二七ぺ）
短夜を　二階へたしに　上がりけり　来山（7俳諧古選 二一一ぺ）
みじか夜を　眠らでもるや　翁丸　蕪村（2蕪村句集 八八三）
見し日先(まづ)　返り花とは　知りながら　阿中（7俳諧古選 二三〇ぺ）
実生に奇(く)しき花を得て　菊のあるじの　目も合ひぬ　嘯山（8俳諧新選 一四九ぺ）
みしやその　七日は墓の　三日の月　芭蕉（1笈日記 八〇一）
見しられぬ　衣装を借りて　踊りなん　自東（8俳諧新選 二二五ぺ）
見しり逢ふ　人のやどりの　時雨哉　荷兮（6あら野 七七三）
みじろぎに　きしむ木椅子や　秋日和　不器男（9定本不器男句集 一七一八）
翠簾(みす)越しの　蘭を尋ぬる　小蝶哉　冬鯉（7俳諧古選 一八二ぺ）
簾(みす)下げて　誰が妻ならん　涼み舟　秋色（4陸奥衡 一一三一）
見すまして　角を出しけり　蝸牛(かたつぶり)　土髪（8俳諧新選 一一五ぺ）
見せ物の　熊も棚がへ　師走かな　寥和（4寝言 一一五六）
みそか月なし　千とせの杉を　抱くあらし　芭蕉（1野ざらし紀行 一七八）

味噌可なり　菜漬け妙なり　濁り酒　四方太（9〇二〇四 春夏秋冬）
鷦鷯（みそさざい）　家はとぎるる　はだれ雪　祐甫（6三三九一 続猿蓑）
みそさざい　ちつといふても　日の暮れる　一茶（3三五九ペ 文化句帖）
みそさざいが　生きてゐるので　我もよし　青々（9〇四九三 松苗）
御園守る　翁が庭や　たうがらし　蕪村（2一四五三 蕪村遺稿）
みそ萩や　水につければ　風の吹く　一茶（3三五〇ペ 文化句帖）
みそ部屋の　にほひに肥ゆる　三葉哉　夕可（6三〇三八 続猿蓑）
見初むると　日々に蝶見る　旅路哉　太祇（8一〇八ペ 俳諧新選）
見初めけり　冬木せぬ木に　冬の色　丈石（8二三七ペ 俳諧新選）
御空より　発止と鵙（もず）や　菊日和　茅舎（4二二六四三 川端茅舎句集）
みぞるるや　続く暗礁（いくり）の　さらし波　青峰（9二二二六一 海光）
みぞるるや　拝賀の供の　沓の音　如松（8一四七ペ 俳諧新選）
みぞれ降る　音や朝飯（あさげ）の　出来る迄　画好（6一六八二 猿蓑）
見たいもの　花もみぢより　継穂かな　嵐雪（4〇八四四 其袋）
弥陀が原　漾（ただよ）ふばかり　春の雪　普羅（9〇七三〇 俳究昭13・4）
弥陀経も　しらぬ庵主や　けしの花　雨谷（8一一三ペ 俳諧新選）
身だしなみ　むつかしやとて　野菊かな　巴雀（4二二一三 父の道）
弥陀頼む　肩衣（かたぎぬ）古し　初袷　五始（8一一二ペ 俳諧新選）
三たび啼きて　聞こえずなりぬ　鹿の声　蕪村（2一四六七 蕪村句集）
御手洗（みたらし）の　木の葉の中の　蛙哉　好葉（6一〇七四 あら野）
見足らぬを　初雪とこそ　申すなれ　雅因（8二三九ペ 俳諧新選）
乱れあうて　咲きもおくれぬ　花野哉　午炊（8二一九ペ 俳諧新選）

乱れては　鬼に降る矢の　蛍かな　沾洲（4一二三九 綾錦）
道くさの　手はよせ付けぬ　薊（あざみ）哉　周禾（7二二六ペ 俳諧古選）
道くだり　拾ひあつめて　案山子（かかし）かな　桃隣（6二六七六 炭俵）
路絶えて　香にせまり咲く　茨かな　蕪村（2二二五四 蕪村句集）
道問へば　露路に裸子　充満す　楸邨（9二五九四 寒雷）
道に立ち　見てゐる人に　早苗とる　虚子（12二二四ペ 六百句）
みちのくに　田螺（たにし）取り食ひ　在りと知れ　たかし（9一六七〇 石魂）
みちのくの　けふ関越えん　箱の海老　杉風（6二三八八 炭俵）
みちのくの　如くしなのも　田植寒　青邨（9一六一九 花宰相）
みちのくの　伊達の郡（こほり）の　春田かな　風生（9一五八九 草の花）
みちのくの　町はいぶせき　氷柱かな　青邨（9一六二〇 雑草園）
道のべに　阿波の遍路の　墓あはれ　虚子（9〇〇九四 五百句）
道のべに　牡丹散りて　かくれなし　夜半（9一六五一 翠黛）
路の辺の　刈藻花さく　宵の雨　蕪村（2二六四四 蕪村句集）
道のべの　低きにほひや　茨の花　召波（5八一〇 春泥句集）
道のべの　木槿（むくげ）は馬に　くはれけり　芭蕉（1一七六 野ざらし紀行）
道のべや　手よりこぼれて　そばの花　蕪村（2一七八二 蕪村句集）
路ばたに　饂飩くふ人や　川千鳥　子規（10六六五ペ 獺祭句帖抄）
道端に　栗売り並ぶ　祭りかな　子規（10六五六ペ 獺祭句帖抄）
みちばたに　多賀の鳥井の　寒さ哉　尚白（6一六五一 猿蓑）
道ばたに　富士を拝むや　梅の客　白水郎（9一〇八六 続白水郎句集）
道ばたに　まゆ干すかざの　あつさ哉　許六（5三八〇 五老井発句集）

道ばたの木槿(むくげ)にたまるほこりかな　子規(10獺祭句帖抄 六三八ぺ)
道細く追はれぬ沢の蛍かな　青江(6あら野 六四七)
道ほそし相撲とり草の花の露　芭蕉(1笈日記 八七六)
満る時扠(さて)は海ぞと夕べかな　瓢水(7俳諧古選 二二九ぺ)
道を切る鼬(いたち)ふりむく枯野かな　紫影(9かきね草 〇二三六)
道を切る船虫人をはかりけり　余子(9余子句抄 〇四四九)
水赤く泡流れけり蓼の花　子規(10獺祭句帖抄 六一七ぺ)
水垢の白けてへげる暑さかな　青畂(8俳諧新選 一二〇ぺ)
水あびよ藍干す上を踏まずとも　釣雪(6あら野 八七二)
水祝に知らぬ男も来りけり　四方太(9承露盤 〇二〇三)
光氏(みつうぢ)と紫と寝る布団かな　東洋城(9東洋城全句上 〇四〇九)
水うてや蟬も雀もぬるる程　其角(4花摘 〇八一三)
湖につづくと思ふ雪間かな　素十(9野花集 一五五四)
湖にもたれかかりし稲の花　几圭(4右紫 一一八九)
湖に指漬けて見る暑さかな　篤羽(8俳諧新選 二二〇ぺ)
湖の魚は世にある節句哉　岡成(7俳諧古選 二二九ぺ)
湖の寒さを知りぬ翁の忌　虚子(12六百句 二一一ぺ)
湖の水かたぶけて田植かな　几董(5井華集 七九九)
湖の水にも忍ぶ田螺かな　鶴英(8俳諧新選 一〇六ぺ)
湖のみづのひくさよ稲のはな　士朗(5枇杷園句集 九〇二)
湖の水まさりけり五月雨　去来(6あら野 九〇一)
湖の蘆荻(ろてき)漸く枯れんとす　虚子(13六百五十句 一八五ぺ)

湖は里へ広がる青田かな　麦水(5葛箒 七四〇)
湖へ富士をもどすや五月雨　蕪村(2蕪村句集 一〇六三)
湖もぬるむと見ゆる日脚哉　左釣(8俳諧新選 一〇七ぺ)
湖やあつさをしむ雲のみね　芭蕉(1笈日記 八七〇)
湖や堅田わたりを春の水　蕪村(2蕪村遺稿 二一八六)
湖や少しの草になく蛙　士巧(8俳諧新選 一四八ぺ)
湖を屋ねから見せん村しぐれ　尚白(6あら野 九一一)
水落ちて田の面をはしる鼠かな　蝶夢(5草根発句集 八六〇)
水落ちてほそ脛(はぎ)高きかがしかな　蕪村(2蕪村句集 一一六九)
水音や野咲きのうめの右左　宋屋(8俳諧新選 一〇一ぺ)
三日程富士も見えけり松の内　小波(9さゝら波 〇三〇三)
水かれがれ蓼歟(か)あらぬ歟(か)蕎麦歟(か)否歟(か)　蕪村(2蕪村句集 二七六八)
水かれて池のひづみや後の月　蕪村(2蕪村句集 二七一六)
水ぎはもなくて古江のしぐれ哉　蕪村(2蕪村遺稿 一二四五)
水草に生えた花とぶ蛍かな　貞恕(7俳諧古選 一六一ぺ)
水草の花まだ白し秋の風　子規(10獺祭句帖抄 六三七ぺ)
水汲みて濡れたる袖のほたるかな　鷗歩(6あら野 六五〇)
水くらく菜の花白く日暮れたり　紫暁(5この時雨 九〇七)
水車氷の釘や打ちにけん　千仭(8俳諧新選 一四三ぺ)
水さしもこぼしも春の野川哉　五始(7俳諧古選 二二六ぺ)
水寒く寝入りかねたるかもめかな　芭蕉(1あつめ句 一二七二)
水馬(みづすまし)足を伸ばして休みけり　麦翅(8俳諧新選 一二三ぺ)

水清めば　かはづうきあがる　小田の泥(ひぢりこ)　涼袋（4 古今明題集 一七七四）
水棚の　菜の葉に見たる　氷かな　勝吉（6 あら野 八〇三）
見つつゆけば　茄子腐れて　往昔(むかし)道　暁台（5 暁台句集 七七二）
水鳥に　狐が付いて　寝ぬ夜哉　紀逸（7 俳諧古選 二二三ぺ）
水鳥の　浮くも潜るも　浄土かな　露月（4 露月句集 二二七七）
水鳥の　下に泳げる　赤き足　温亭（9 温亭句集 〇八四一）
水鳥の　雫に曇る　夕日かな　圭山（8 俳諧新選 一四一ぺ）
水鳥の　月も濁さず　游(およ)ぐ也　習先（8 俳諧新選 一四一ぺ）
水鳥の　はしに付きたる　梅白し　野水（6 あら野 八四四）
水鳥の　水をはなれし　重さ哉　麦翅（8 俳諧新選 一四一ぺ）
水鳥の　胸に分けゆく　桜かな　浪化（5 卯辰集 三八八）
水鳥の　岡に住む日の　寒さかな　州山（7 俳諧古選 二一九ぺ）
水鳥も　寝あたたまるか　静か也　李由（7 俳諧古選 一九〇ぺ）
水鳥も　見えぬ江渡る　寒さ哉　蕪村（2 蕪村遺稿 一九〇六）
水鳥や　巨椋(おぐら)の舟に　木綿売り　蕪村（2 蕪村遺稿 一九〇三）
水鳥や　かぞへるうちに　つぶりつぶり　之房（7 俳諧古選 二二〇ぺ）
水鳥や　枯木の中に　駕(かご)二挺　蕪村（2 蕪村句集 七一一）
水とりや　氷の僧の　沓の音　芭蕉（1 野ざらし紀行 二三一）
水鳥や　ちやうちんひとつ　城を出る　蕪村（2 蕪村遺稿 七一二）
水鳥や　菜屑につれて　二間程　子規（10 獺祭句帖抄 六六五ぺ）
水鳥や　百姓ながら　弓矢取り　蕪村（2 蕪村句集 七一〇）
水鳥や　舟に菜を洗ふ　女有り　蕪村（2 蕪村句集 一九〇二）
水鳥や　帆のない方へ　浮いて行く　李夕（7 俳諧古選 二二八ぺ）
水鳥や　むかふの岸へ　つういつうい　惟然（5 惟然坊句集 四〇三）
水鳥や　夕日江に入る　垣のひま　蕪村（2 蕪村遺稿 一九〇四）
水鳥や　藁火焼(た)きさす　片明かり　李有（8 俳諧新選 一四〇ぺ）
水梨の　水も満つらん　月今宵　渭北（8 俳諧新選 一三〇ぺ）
水にちりて　花なくなりぬ　岸の梅　蕪村（2 蕪村遺稿 一四九五）
水に輪を　残して早し　鮎の様　宇鹿（8 俳諧新選 一五八ぺ）
水の奥　氷室尋ぬる　柳哉　芭蕉（1 曾良書留 五一五）
水の音を　底に聞きなす　茂りかな　思情（8 俳諧新選 一一四ぺ）
水のこの　きのふに尽きぬ　草の庵　蕪村（2 蕪村句集 一〇二）
水の粉や　あるじかしこき　後家の君　蕪村（2 蕪村句集 一〇三）
水の月　やよ望にふる　雪歟(か)とぞ　蕪村（2 蕪村遺稿 二〇七七）
水の中に　捨子の育つ　蛙かな　不斐（8 俳諧新選 一〇五ぺ）
水の中へ　銭やりけらし　ところてん　太祇（8 俳諧新選 一三三ぺ）
水のめば　葱のにほひや　小料亭　不器男（9 定本不器男集 一七一九）
水の輪を　振り向いて行く　千鳥哉　田社（7 俳諧古選 二二四ぺ）
水飲んで　淋しくも有るか　鹿の頬(つら)　芳室（7 俳諧古選 一八五ぺ）
水一筋　月よりうつす　桂河　蕪村（2 蕪村句集 一四七五）
水深く　利鎌(とかま)鳴らす　真菰刈　蕪村（2 蕪村句集 二六八〇）
水枕　ガバリと寒い　海がある　三鬼（9 旗 二三六三）
水むけて　跡とひたまへ　道明寺　芭蕉（1 江戸広小路 九三）
水も有り　あさがほたもて　錫の舟　風麦（6 続猿蓑 三二六一）

水餅や渾沌として甕の中　石鼎（9定本石鼎句集〇七六四）
水餅をあげそこねたり深き水　喜舟（9紫川〇四七〇）
水も皆人に馴れ行くすずみかな　古橋（8俳諧新選一二二ペ）
水羊羹行儀正しき夫婦かな　白水郎（9散木集一〇八五）
水ゆれて鳳凰堂へ蛇の首　青畝（9春の鳶一五二〇）
三つ輪ぐみ寝て足袋はくや横（よぎ）の内　百万（8俳諧新選一四三ペ）
水を借る船も互ひや雲の峰　沙月（8俳諧新選一二〇ペ）
水桶にうなづきあふや瓜茄　蕪村（2蕪村句集一六）
見て聞くと江戸者は云ふ歟（か）時鳥　之房（8俳諧新選一一三ペ）
見てのみや御城の素足菊の露　祇空（4金竜山一一三六）
見て回す代々の道具やけふの月　青魚（8俳諧新選一三〇ペ）
見ても見ぬ心通ふや末開紅　呉郷（8俳諧新選一五五ペ）
み所のあれや野分の後の菊　芭蕉（1真蹟自画賛九二八）
見とどけぬ姿なつかしほととぎす　賀瑞（8俳諧新選一一三ペ）
見通しに菊作りけりな問はれ㒵（がほ）　太祇（8俳諧新選一三四ペ）
みどり子の頭巾眉深きいとほしみ　蕪村（2蕪村句集六六〇）
皆在らぬ歯を弔ふやごまめの香　東洋城（9東洋城全句中〇四一〇）
みな出でて橋をいただく霜路哉　芭蕉（1泊船集書入八二三）
水な上の神召し給ふ小鮎かな　迷堂（9孤輪〇四三〇）
水上の涼みながるる扇かな　百万（8俳諧新選一一九ペ）
水口へよりてものうき田螺（たにし）哉　移竹（8俳諧新選一〇六ペ）
水底に風のかくるる落葉かな　浮石（8俳諧新選一三六ペ）

水底に昼のとどかぬ蓮かな　文江（7俳諧古選二三〇ペ）
水底の岩に落ちつく木の葉かな　丈草（4青筵一〇〇三）
水底を見て来た㒵（かほ）の小鴨哉　丈草（6猿蓑一六六七）
水無月の桐の一葉と思ふべし　野水（6あら野一〇〇一）
水無月の木陰によれば落葉かな　水巴（9定本水巴句集〇六〇二）
水無月の水を種にや水仙花　不玉（6猿蓑一六四七）
みな月はふくべうやみの暑さかな　芭蕉（1葛の松原六九五）
水無月も鼻つきあはす数寄屋（すきや）哉　凡兆（6猿蓑一七九〇）
水無月や朝めしくはぬ夕すずみ　嵐蘭（6猿蓑一七九七）
水無月や鯛はあれども塩くじら　芭蕉（1葛の松原七五一）
皆人の昼寝の種や秋の月　貞徳（4犬子集〇〇五〇）
みなみなに咲きそろはねど梅の花　野坡（6炭俵二四〇三）
皆嫁になる顔揃ふ踊りかな　八百彦（7俳諧古選二一四ペ）
皆拝め二見の七五三（しめ）をとしの暮　芭蕉（1幽蘭集四五二）
見に来る人かしましや須磨の秋　言水（7俳諧古選二〇七ペ）
身に更にちりかかる花や下り坂　蕪村（2蕪村遺稿二一〇二）
身に沁みて死にき遺るは誇らるる　楸邨（9野哭二五九五）
身にしみて大根からし秋の風　芭蕉（1更科紀行四三五）
身にしむやなき妻のくしを閨に踏む　蕪村（2蕪村句集八〇八）
身にしむや横川のきぬをすます時　蕪村（2蕪村句集八二七）
身に入むや宵暁の舟じめり　其角（7俳諧古選一七八ペ）
身につけと祈るや梅の籬（まがき）ぎは　遊糸（6続猿蓑三〇〇三）

身に冷えて早き泊りや秋の雨　太祇（8俳諧新選二三五ぺ）
箕(み)に干して窓にとちふく綿の桃　孤屋（6炭俵二五七六）
身に骨のなくばとおもふ躍りかな　存義（4東風流一七四一）
峰入りて護摩たく上や雲の露　作者不明（8俳諧新選二二九ぺ）
峰入や笈に用意の鬼殺し　嘯山（8俳諧新選二五二ぺ）
峰造る雲に突き当たる帽子哉　竹冷（9俳遊記○二八五）
峰に添うて鳥も羽をする雪吹(ふぶき)哉　福原社中（8俳諧新選一四三ぺ）
峰の霧夕日にしめりかかる也　卜友（8俳諧新選二二八ぺ）
みねの雲すこしは花もまじるべし　野水（6あら野三六六）
峰の茶屋に壮士餉(かれひ)す若葉哉　蕪村（2蕪村遺稿二五二七）
身の秋やあつ燗好(この)む胸赤し　太祇（5太祇句選五四八）
身の秋やこよひをしのぶ翌(あす)も有り　蕪村（2蕪村句集一〇七二）
実の入つて夕皃の宿ひづみけり　埋角（7俳諧古選一八二ぺ）
身の内の道を覚ゆる清水かな　麦翅（8俳諧新選二二ぺ）
身の上を只しをれけり女郎花(をみなへし)　涼菟（7俳諧古選一七九ぺ）
蓑笠の衣鉢(いはつ)つたへて時雨哉　蕪村（2蕪村句集二三〇三）
蓑笠の果てやかがしのひとり役　乙総（8俳諧新選二二八ぺ）
蓑笠を蓬萊にして草の庵　子規（10獺祭句帖抄五九七ぺ）
身の皮の干エプロンに雪ちらつく　静塔（9旅鶴二三八二）
実の時の姿に似ずよ栗の花　晩平（8俳諧新選二二三ぺ）
巳のとしやむかしの春のおぼつかな　荷兮（6あら野五〇〇）
蓑に炷(た)く香をな咎めそ桜守　山川（7俳諧古選二〇六ぺ）

蓑干して朝々振るう蛍哉　嵐雪（7俳諧古選一六五ぺ）
身のほどを見るや冬菜の青鵐(あをしとど)　祇空（4六物集一一三七）
みのむしとしれつる梅のさかり哉　蕉笠（6あら野五一五）
蓑虫のいつから見るや帰り花　昌碧（6あら野七八三）
みのむしの得たりかしこし初しぐれ　蕪村（2蕪村句集九五八）
みのむしの此奴は萩の花衣　青畝（9甲子園一五二一）
蓑虫の父よと鳴きて母もなし　虚子（11五百句一五ぺ）
みのむしの茶の花ゆゑに折られける　猿雖（6猿蓑一六四〇）
蓑虫の出方にひらく桜かな　卓袋（6続猿蓑二九七九）
蓑虫の鳥啄まぬいのちかな　不器男（9定本不器男集一七二〇）
蓑虫の音を聞きに来よ草の庵　芭蕉（1続虚栗三一二）
みのむしのぶらと世にふる時雨哉　蕪村（2蕪村遺稿九五四）
みの虫の古巣に添うて梅二輪　蕪村（2蕪村遺稿二三四一）
蓑虫の身の上かけて鳴く音哉　春来（8俳諧新選二五八ぺ）
蓑虫の蓑の雨ほす朝日かな　梓月（9冬鶯○三七〇）
みのむしはちちとも啼くをかたつぶり　蕪村（2蕪村遺稿二五三七）
みのむしや秋ひだるしと鳴くなめり　蕪村（2蕪村句集二五五七）
みの虫や笠置の寺の麁朶(そだ)の中　蕪村（2蕪村遺稿一八五二）
蓑虫や足袋穿けば子もはきたがり　水巴（9定本水巴句集○六○三）
みのむしや常のなりにて涅槃像　野水（6猿蓑一九三八）
みの虫や形(なり)に似合ひし月の影　杜若（6続猿蓑三二六七）
身の闇の頭巾も通る月見かな　蕪村（2蕪村句集一七一）

三葉ちりて跡はかれ木や桐の苗　凡兆（6猿蓑 一八一三）
身一つの置所なきあつさかな　卜我（8俳諧新選 一二〇ぺ）
身ぶるひに露のこぼるる靭（うつぼ）哉　荻子（6続猿蓑 三三二〇）
御仏に昼そなへけりひと夜酒　蕪村（2蕪村句集 一七二二）
御仏は淋しき盆とおぼすらん　一茶（3希杖本句集 三四七ぺ）
御仏や生まるるまねに銭が降る　一茶（3文政句帖 三三八ぺ）
み仏や寝ておはしても花と銭　一茶（3おらが春 四三五ぺ）
御仏を見し眼に竹の枯るるなり　普羅（9辛夷 〇七三一）
見ほれてや花の下なる忘れ杖　龍眠（8俳諧新選 一〇九ぺ）
耳嚙（か）んで踊るや暑き死の太鼓（ボンゴ）　三鬼（9西東三鬼句集 二三六四）
耳しひし人と寝ねけり秋の蚊帳　蚋魚（9ホ大3・11 〇八四五）
耳立てて馬のきよろつく落葉哉　蘭丈（8俳諧新選 一三六ぺ）
耳立てて虫も聞くらん人の音　赤羽（8俳諧新選 一二七ぺ）
耳塚に月ぞかかれるほととぎす　露吹（8俳諧新選 一二四ぺ）
木兎（みみづく）の目にはさやかにほととぎす　青蛾（8俳諧新選 一一三ぺ）
みみづくは眠る処をさされけり　半残（6猿蓑 一六五八）
木兎やおもひ切つたる昼の面（つら）　芥境（6猿蓑 一六五七）
耳袋とりて物音近きかも　虚子（13六百五十句 一三三ぺ）
ミモーザを活けて一日留守にしたベットの白く　碧梧桐（9碧梧桐句集 〇一四〇）
明星に人の皮脱ぐ仏かな　万翁（8俳諧新選 一五九ぺ）
明星は松より低しほととぎす　尾谷（4親うぐひす 一二四七）
明星や桜定めぬ山かづら　其角（4続の原 〇八一四）

名代にわか水浴びる鳥かな　一茶（3おらが春 四三四ぺ）
宮遷（うつ）し樹に寝ぬ鳥や終夜（よもすがら）　乙河（8俳諧新選 二三五ぺ）
命婦（みやうぶ）よりぼた餅たばす彼岸哉　蕪村（2蕪村句集 二六〇七）
名聞を離れずもあり更衣（ころもがへ）　露沾（7俳諧古選 一六六ぺ）
宮城野の萩更科のそばにいづれ　蕪村（2蕪村句集 一四二六）
宮城野の萩や夏より秋の花　桃隣（6炭俵 二五六五）
宮木引く山路暗しや露時雨　雅因（8俳諧新選 二三三ぺ）
脈のあがる手を合はしてよ無常鳥　西鶴（5独吟一日千句 一一一三）
都いでて神も旅寝の日数哉　芭蕉（1雨の日数 七三四）
都出てもはやかなしき碪哉　和及（5前後園 一九四）
みやこにも住みまじりけり相撲取　去来（6猿蓑 一八一七）
宮島の神殿はしる小鹿かな　子規（10獺祭句帖抄 六〇一ぺ）
宮の後川渡り見るさくら哉　李桃（6あら野 一〇七三）
深山木の底に水澄む五月かな　鳳朗（5鳳朗発句集 一一六一）
深山とは思はずに居るさくらかな　守一（8俳諧新選 一〇九ぺ）
宮守の灯（ともし）をわくる火串（ほぐし）かな　亀洞（6あら野 一〇七六）
宮守よわが名をちらせ木の葉川　芭蕉（1桜下文集 一九五）
見やる雨見返る野路やなく蛙　雅因（8俳諧新選 一〇五ぺ）
見やるさへ旅人さむし石部山　智月（6猿蓑 一六七三）
御幸にも編笠脱がぬかがし哉　団水（7俳諧古選 一八二ぺ）
みよし野に花盗人はなかりけり　蕪村（2蕪村遺稿 二二四五）
みよしののちか道寒し山ざくら　蕪村（2蕪村句集 二二四三）

みよしのは　いかに秋立つ　貝の音　破笠（6あら野 九〇四）
三吉野は　花をつくねて　山もなし　友静（7俳諧古選 一四四ぺ）
三よし野も　草の軒端の　烟草哉　嗅洞（8俳諧新選 一三五ぺ）
三吉野や　花の何処（いづこ）に　人の家　麻父（8俳諧新選 一一〇ぺ）
みよしのや　もろこしかけて　冬木立　蕪村（2蕪村遺稿 三五九）
みよし野や　よその春ほど　返り花　素園（7俳諧古選 二一七ぺ）
未来記に　有つたか花の　出開帳　八百彦（7俳諧古選 二一四ぺ）
見らるるも　忘るる計（ばか）り　をどりかな　太祇（8俳諧新選 一二五ぺ）
見るうちに　多くなりけり　菊の虻（あぶ）　虚子（14七百五十句 一九ぺ）
見るうちに　咲く花もあり　春の雨　さかふ（8俳諧新選 一〇九ぺ）
見るうちに　薔薇たわたわと　散り積もる　虚子（12五百五十句 三二ぺ）
見る中に　降り失ふや　雪の梅　蘭更（8俳諧新選 一四二ぺ）
見るうちの　柳に溜まる　嵐哉　去留（7俳諧古選 一五八ぺ）
見る影や　まだ片なりも　宵月夜　芭蕉（1鳥の道 四六）
見る菊の　外に折り菊　さかせけり　石爛（8俳諧新選 一三四ぺ）
見る度に　薬ともおもふ　さくらかな　宋屋（8俳諧新選 一〇九ぺ）
見る度に　手の行きにけり　菊の主　眠柳（8俳諧新選 一三四ぺ）
見る時は　咲けりと思ふ　枇杷の花　守愚庵（7俳諧古選 二二一ぺ）
見る　所　おもふところや　はつ桜　乙州（6続猿蓑 二九七五）
見る中に　月の影減る　落葉哉　素園（8俳諧新選 一三六ぺ）
見るに我も　をれる計りぞ　女郎花（をみなへし）　芭蕉（1続連珠 四五）
見る人に　少しそよぎて　萩の花　虚子（13六百五十句 二三四ぺ）
見る人も　たしなき月の　夕べかな　荷兮（6あら野 四三二）
見る人も　回り灯籠に　回りけり　其角（7俳諧古選 一七八ぺ）
見るものと　覚えて人の　月見哉　野水（6あら野 四二三）
見ればはや　葉にこぼれけり　けしの花　鶴英（8俳諧新選 一一三ぺ）
見わたせば　蒼生（あをひとぐさ）　よ　田植時　蕪村（2蕪村遺稿 九〇五）
見渡せば　出来不出来ある　かがし哉　呂洞（7俳諧古選 一八三ぺ）
見渡せば　詠むれば見れば　須磨の秋　芭蕉（1芝肴 一〇七）
三輪の田に　頭巾着てゐる　かがし哉　蕪村（2蕪村句集 二五四三）
三輪を出て　初瀬に暮れたる　桜　哉　歌求（8俳諧新選 一四八ぺ）
三井寺に　緞子（どんす）の夜着や　後の月　蕪村（2蕪村遺稿 二二八〇）
三井寺の　門たたかばや　けふの月　芭蕉（1雑談集 七〇三）
三井寺や　月の詩つくる　踏み落とし　蕪村（2蕪村遺稿 二〇八一）
三井寺や　日は午にせまる　若　楓　蕪村（2蕪村句集 二五九二）
身を捨てよ　下駄はく雨の　鉢　叩　氷花（7俳諧古選 一九一ぺ）
身を抱けば　又いきどしき　夜寒かな　来山（4彼これ集 〇二四〇）
身を遣ふ　燕の産の　安さかな　麦翅（8俳諧新選 一五九ぺ）
身を投げて　蝗（いなご）死なんとす　冬田かな　子規（10獺祭句帖抄 六二〇ぺ）
みをのやは　首の骨こそ　甲なれ　仙花（6炭俵 二五〇一）
身を恥ぢよ　くねるとあれば　女郎花　秋色（4たまも集 一一三〇）
子（み）を結ぶ　竹に日くるる　しぐれ哉　蕪村（2蕪村遺稿 一九一七）

む

六日には塵の部に入る菖蒲(あやめ)哉　悟夕（7俳諧古選 一六三ぺ）
むかしきけちちぶ殿さへすまふとり　芭蕉（1芭蕉庵小文庫 九二六）
むかし男なまこの様におはしけむ　大江丸（5はいかい袋 八七八）
百足虫の頭くだきし鋏まだ手にす　多佳子（9海彦 二九七六）
むかばきやかかる山路の菊の露　兀峰（6続猿蓑 三三一一）
向かふ日の昨日にかはる若葉哉　柳女（8俳諧新選 一一四ぺ）
迎へ火を焚くや吹き添ふ夜の風　麦人（9草笛 〇三四四）
麦秋に先(まつ)豊かなる年嬉し　大夢（8俳諧新選 一一六ぺ）
麦秋のはしかさもなき早苗哉　卜友（8俳諧新選 一一六ぺ）
麦秋や子を負ひながらいわし売り　一茶（3おらが春 四四三ぺ）
麦秋や何におどろく屋ねの鶏(とり)　蕪村（2蕪村遺稿 八七〇）
麦秋やはしかき中に寝所も　嘯山（8俳諧新選 一一六ぺ）
麦秋や一夜は泊まる甥法師　蕪村（2蕪村遺稿 一一一五）
麦跡の田植や遅き蛍とき　許六（6炭俵 二四九三）
麦うたや誰と明かして睡た声　移竹（8俳諧新選 一一六ぺ）
麦打や歌も連れなる姉妹　太祇（8俳諧新選 一一六ぺ）
麦うつや内外もなき志賀のさと　重五（6あら野 八九九）
麦刈つて近江の湖(うみ)の碧さかな　露月（9露月句集 〇二二三）
むぎからにしかるる里の葵かな　鈍可（6あら野 六三五）
麦刈りて鶉の朝寝見られけり　乙由（7俳諧古選 二〇九ぺ）
麦かりて桑の木ばかり残りけり　作者不明（6あら野 六三四）
麦刈りて遠山見せよ窓の前　蕪村（2蕪村遺稿 一〇五八）
麦刈に利き鎌もてる翁哉　蕪村（2蕪村遺稿 一一一四）
麦刈りぬ近道来ませ法の杖　蕪村（2蕪村句集 二二五六）
麦食ひし雁と思へど別れ哉　野水（7俳諧古選 一四八ぺ）
麦車馬におくれて動き出づ　不器男（9定本不器男句集 一七二一）
むき蜆石山のさくら散りにけり　蕪村（2蕪村遺稿 四八七）
麦出来て鰹迄食ふ山家哉　花紅（6猿蓑 一七六三）
麦ぬかに餅屋の見世の別れかな　荷兮（6続猿蓑 三四六三）
麦の葉に慰み行くや小山伏　才麿（4陸奥衡 〇二六四）
麦の葉に菜のはなかかる嵐哉　不悔（6あら野 五六三）
麦の穂と共にそよぐや筑波山　千川（6炭俵 二四九二）
麦の穂のしよりりと秋を含みけり　白芽（8俳諧新選 一一六ぺ）
麦の穂を便りにつかむ別れかな　芭蕉（1蕉翁句集草稿 八四三）
向きの能き宿も月見る契かな　曾良（6猿蓑 一八五〇）
麦はえてよき隠家や畠村　芭蕉（1笈日記 三二六）
麦ばかり色にのび行く枯野哉　沙月（8俳諧新選 一三七ぺ）
麦畑の人見るはるの塘(つつみ)かな　杜国（6あら野 五九六）
麦畑や出ぬけても猶麦の中　野坡（6炭俵 二四九五）
麦畑や刻みあげたる春の山　子規（10獺祭句帖抄 六二五ぺ）
麦畑や驢馬の耳より揚(あげ)雲雀(ひばり)　子規（10獺祭句帖抄 六二五ぺ）

麦踏のこち見て畝をふみはづし　俳小星（9径草 〇九一一）
麦踏のこちら向いてもただひとり　夜半（9翠黛 一六五二）
麦蒔きて通ふ島あり夕霞　太祇（8俳諧新選 一〇六ぺ）
麦まきて奇麗に成りし庵哉　昌碧（6あら野 七八四）
麦蒔の罔両（かげぼし）長き夕日哉　蕪村（2蕪村遺稿 二〇一五）
麦蒔や妹が湯をまつ頬かぶり　鬼貫（7俳諧古選 一八七ぺ）
麦蒔やたばねあげたる桑の枝　子規（10獺祭句帖抄 六〇三ぺ）
麦蒔や住持は日和誉めに出る　夏友（8俳諧新選 一四五ぺ）
麦蒔や百まで生きる皃（かほ）ばかり　蕪村（2蕪村句集 一〇〇一）
むきむきに蛙のいとこはとこ哉　一茶（3七番日記 三三二ぺ）
麦めしにやつるる恋か猫の妻　芭蕉（1猿蓑 六七九）
麦飯のいつまでも熱き大暑かな　鬼城（9鬼城句集 〇六三八）
麦藁の家してやらん雨蛙　智月（6猿蓑 一七六二）
麦藁の笛の音悲し浜嵐　歳人（7俳諧古選 一六一ぺ）
麦をわすれ華におぼれぬ雁ならし　素堂（6あら野員外 一〇九四）
むく犬の年と共にや老の春　玄札（4知足書留歳旦帖 〇一三五）
木槿（むくげ）垣人も通らぬ小道かな　子規（10獺祭句帖抄 六一六ぺ）
木槿咲いて里の社（やしろ）の普請（ふしん）かな　子規（10獺祭句帖抄 六一六ぺ）
木槿咲く土手の人馬や酒田道　子規（10獺祭句帖抄 六〇九ぺ）
むくつけき生海鼠（なまこ）ぞ動く朝渚　露沾（7俳諧古選 一八七ぺ）
むくと起きて雉追ふ犬や宝でら　蕪村（2蕪村句集 二六一七）
椋鳥と人に呼ばるる寒さかな　一茶（3おらが春 四七四ぺ）

葎（むぐら）からあんな胡蝶の生まれけり　一茶（3おらが春 四三五ぺ）
むぐらさへ若葉はやさし破れ家　芭蕉（1後の旅 四六九）
無月なり芒惜しまず患者たち　波郷（9酒中花以後 二六五九）
聟舅さくらかたげて別れけり　大夢（8俳諧新選 一〇九ぺ）
聟殿の律義な皃（かほ）や榾（ほだ）明かり　貝錦（8俳諧新選 一三八ぺ）
聟になる人美しき師走かな　紀逸（4吾妻舞 一一六二）
聟らしき人の這入りぬ門の松　呦軒（7俳諧古選 一五六ぺ）
無掃除のせめて取り得や虫の声　光甫（8俳諧新選 二二七ぺ）
むささびの小鳥はみ居る枯野哉　蕪村（2蕪村句集 二三二一）
むさしのとおもへど冬の日あし哉　洗悪（6あら野 九一三）
武蔵野に今朝一ぱいの霞かな　作者不明（7俳諧古選 一九五ぺ）
武蔵野の月の山端や時鳥　三千風（5日本行脚文集 一五七）
武蔵野の月の若ばへや松島種　芭蕉（1松島眺望集 一四八）
武蔵野の月見に当はなかりけり　覚邦（8俳諧新選 一三〇ぺ）
むさし野の鳥来る松の芯無限　かな女（9川の灯 〇七九〇）
武蔵野の雪ころばしか富士の山　徳元（5犬子集 六八）
武蔵野やいく所にも見る時雨　舟泉（6あら野 九一〇）
武蔵野や一寸ほどな鹿の声　芭蕉（1誹諧当世男 五四）
武蔵野や雲吹き出して薄ちる　枝芳（8俳諧新選 一三二ぺ）
むさし野やさはるものなき君が笠　芭蕉（1続寒菊 九七一）
武蔵野や薄の丈（たけ）の桃のはな　潭北（7俳諧古選 一五七ぺ）
武蔵野をけさ一ぺんや秋の風　呑那（8俳諧新選 一二四ぺ）

武蔵野を　見ぬ人多し　江戸の月　超波（8俳諧新選一四六ペ）
むざんやな　幾世活きんと　薬ぐひ　素丸（4素丸発句集一七五九）
むざんやな　甲の下の　きりぎりす　芭蕉（1猿蓑五四三）
虫売りの　かごとがましき　朝寝哉　蕪村（2蕪村句集五九二）
虫狩りや　下緒にぬける　露の玉　移竹（8俳諧新選二二七ペ）
虫聞きの　果ては嵯峨野の　鳥かな　其諺（7俳諧古選一八四ペ）
虫螻蛄と　侮られつつ　生を享く　虚子（12五百五十句六五九ペ）
虫時雨　銀河いよいよ　撓（たわ）んだり　たかし（4たかし全集二六六〇）
蒸し立てて　秋へ甑（こしき）や　今朝の露　青魚（8俳諧新選二二四ペ）
むしつては　むしつては捨て　春の草　来山（5われ貝二〇六）
むし啼くや　河内通ひの　小ぢやうちん　蕪村（2蕪村句集一八六六）
虫鳴くや　灯（ひ）のまはり飛ぶ　小さき鬼　月舟（9進むべき道〇七〇一）
虫に迄　尺とられけり　此のはしら　一茶（3おらが春四四二ペ）
虫の食ふ　夏菜とぼしや　寺の畑　荆口（6続猿蓑三一九〇）
虫の声　野路の暑さの　さめにけり　湖月（8俳諧新選二二七ペ）
虫の卵を　育ててゐたる　冬の芝　かな女（9雨月〇七九一）
虫のために　害（そこな）はれ落つ　柿の花　蕪村（2蕪村句集二六九三）
虫の庭　何時しか雨の　止みてあり　青嵐（9永田青嵐句集〇八九六）
虫の音の　中に咳き出す　寝覚めかな　丈草（4渡鳥集一〇〇四）
虫の音や　京のぐるりも　物淋し　喜水（8俳諧新選二二七ペ）
虫の音や　月ははつかに　書の小口　白雄（5白雄句集八三九）
虫の屁を　指さして笑ひ　仏哉　一茶（3おらが春四六八ペ）

蠹（むしば）みて　下葉ゆかしき　たばこ哉　蕪村（2蕪村句集二七七二）
虫干に　小袖着て見る　女かな　冬文（6あら野九八二）
虫干に　雪沓かかる　垣根かな　太祇（8俳諧新選二二三ペ）
虫ぼしの　その日に似たり　蔵びらき　圃角（6続猿蓑三一一）
むし干の　目に立つ枕　ふたつかな　文瀾（6あら野九八一）
虫干や　地黒も主も　九十九髪（つくもがみ）　孤舟（8俳諧新選二二三ペ）
虫干や　花見月見の　衣の数　子規（9寒山落木巻一〇〇四九）
虫ぼしや　幕をふるへば　さくら花　卜枝（6あら野七〇六）
虫干や　甥の僧訪ふ　東大寺　蕪村（2蕪村句集七〇）
虫ほろほろ　草にこぼるる　音色かな　樗良（5樗良発句集七八四）
結ぶより　早歯にひびく　泉かな　芭蕉（1新撰都曲四六二）
結んでは　清水聞き居る　座頭哉　大夢（7俳諧古選二一九ペ）
鞭うつや　又もしぐれの　牛車　蘭所（8俳諧新選二三六ペ）
鞭提げて　禿（かぶろ）追ひ来ぬ　さくら陰　習先（8俳諧新選二五三ペ）
むつかしき　要はもたぬ　団（うちは）かな　卯雲（8俳諧新選二一九ペ）
むつかしき　中に香もあり　花茨　嵐雪（7俳諧古選二〇〇ペ）
むつかしき　鳩の礼儀や　かんこどり　蕪村（2蕪村句集五三三）
六（むつ）かしき　葉も添へけるよ　市の枇杷　瓜流（8俳諧新選二三三ペ）
むつかしき　拍子も見えず　里神楽（かぐら）　曽良（6猿蓑一八六二）
むつかしと　月を見る日は　火も焼（た）かじ　荷兮（6あら野四二四）
むつかしや　花の上にも　小ごとあり　嘯山（8俳諧新選二六〇ペ）
むづかしや　嵯峨にもおかず　虫の声　尚白（7俳諧古選一八〇ペ）

むづかれば梅に抱きゆきほうらほうら　枴童（9枯蘆 ○八○九）
むつきてふいづれ始めの御ん時　貞徳（7俳諧古選 一四二ペ）
むつとしてもどれば庭に柳かな　蓼太（5蓼太句集 五三二）
睦じや火燵の上の小盃　召波（8俳諧新選 一三八ペ）
無刀にて菊に隠るる住居哉　雪蕉（8俳諧新選 一三四ペ）
胸苦し箱根にかかる雲の峰　嘯山（8俳諧新選 一二○ペ）
胸涼しきえをまつ期の水の淡　未得（5一本草 七一）
胸出して鳩のぼり来る落葉坂　虚子（12六百句 一六一ペ）
宗任に水仙見せよ神無月　蕪村（2蕪村句集 一二五八）
胸に子の名呼びをり落葉急なるとき　楸邨（9穂高 二五九六）
棟々に見越の日枝や薄霞　丑二（8俳諧新選 一○六ペ）
宗盛の車も見ゆれ地主祭り　紫暁（5ももちどり 九○九）
無分別に投げ出す声や夜の鹿　嘯山（8俳諧新選 一三二ペ）
紫の灯をともしけり春の宵　子規（10獺祭句帖抄 六二三ペ）
紫の夕山つつじ家もなし　子規（10獺祭句帖抄 六一三ペ）
村雨の跡につづくや秋の風　龍眠（8俳諧新選 一二九ペ）
むらしぐれ幾たび馬の躓きぬ　露月（9露月句集 ○二二四）
むらしぐれ猫の瞳子のかはり行く　旨原（4反古衾 一七三四）
むら千鳥そつと申せばはつと立つ　一茶（3おらが春 四七三ペ）
村中に椿の塵の殖えにけり　たかし（9鷹 一六七一）
村中にひよつと寺あり椶櫚の花　也有（5蘿葉集 五○九）
村の名も法隆寺なり麦を蒔く　虚子（11五百句 二三ペ）
村人に微笑仏ありほととぎす　不死男（9天狼昭49・1 二二七九）
村百戸菊なき門も見えぬ哉　蕪村（2蕪村句集 二○八四）
村々の寝ごころ更けぬ落とし水　蕪村（2蕪村句集 六二六）
村々は茶色に霞む小春かな　涼袋（5六行会 七三一）
村紅葉会津商人なつかしき　蕪村（2蕪村句集 二二九二）
群れつつも皆言はざるや壬生念仏　嘯山（8俳諧新選 一一一ペ）
室咲きの非義は習ひそ窓の梅　鷺水（7俳諧古選 一五一ペ）

め

明月にかくれし星の哀れなり　泥芹（6続猿蓑 三二一八）
名月に何を急ぐぞ帆かけ船　貝錦（8俳諧新選 一三○ペ）
名月に麓の霧や田のくもり　芭蕉（1続猿蓑 八八三）
名月にもたれて回る柱哉　野童（7俳諧古選 一七九ペ）
名月に屋敷どなりの囃子かな　浪化（5浪化発句集 三九二）
名月にゑのころ捨つる下部哉　蕪村（2蕪村句集 一七二）
明月の出づるや五十一か条　芭蕉（1庭竈集 四四二）
名月の海より冷ゆる田蓑かな　洒堂（6続猿蓑 三二○四）
名月の花かと見えて綿畠　芭蕉（1続猿蓑 八八四）
名月の見所問はん旅寝せむ　芭蕉（1荊口句帳 五五二）
名月の夜やおもおもと茶臼山　芭蕉（1射水川 九六二）
めいげつはありきもたらぬ林かな　釣雪（6あら野 四二八）

名月はふたつ過ぎても瀬田の月　芭蕉（1西の雲 一七一〇）
名月は夜明くるきはもなかりけり　越人（6あら野 四一八）
名月や雨を溜めたる池のうへ　蕪村（2蕪村句集 九四一）
名月や池をめぐりて夜もすがら　芭蕉（1孤松 二六九）
名月や兎の糞(ふん)のあからさま　超波（4五車反古 二三二四）
名月やうさぎのわたる諏訪の海　蕪村（2蕪村句集 九四二）
名月や馬より下りる勢田の橋　如元（7俳諧古選 一七九ぺ）
名月や海もおもはず山も見ず　去来（6あら野 四二六）
名月や縁取りまはす黍(きび)の虚(から)　去来（6炭俵 二五四二）
名月やかいつきたててつなぐ舟　昌碧（6あら野 四二〇）
名月や風さへ見えて花薄　希因（7俳諧古選 一八四ぺ）
名月や草木に劣る人のかげ　梅室（5梅室家集 一一七〇）
名月や草のくらみに白き花　左柳（6続猿蓑 三二一二）
名月や暗き所は虫の声　汶水（7俳諧古選 一八五ぺ）
名月や蔵なき寺を尋ね見ん　淡々（8俳諧新選 一三〇ぺ）
めいげつや下戸と下戸とのむつまじき　胡及（6あら野 四二七）
名月やけふはあなたも御急ぎ　一茶（3七番日記 三四五ぺ）
名月や煙這ひ行く水の上　嵐雪（4萩の露 〇八四五）
名月や琴柱(ことぢ)にさはる栗の皮　園女（4菊の塵 一〇九六）
名月や今宵生まるる子も有らん　信徳（7俳諧古選 一七五ぺ）
明月や声かしましき女中方　丹楓（6続猿蓑 三二二五）
名月や里のにほひの青手柴　木枝（6続猿蓑 三二二三）

明月や座にうつくしき皃(かほ)もなし　芭蕉（1初蟬 六三八）
明月や更科よりのとまり客　涼葉（6続猿蓑 三二〇九）
名月や四五人乗りし艜(ひらだ)ぶね　雷笑（6続猿蓑 三二一六）
名月や釈迦の牽頭(たいこ)は五百人　渭北（7俳諧古選 二二三ぺ）
名月や神泉苑の魚躍る　蕪村（2蕪村句集 二七一四）
名月や背は高うても低うても　紀伊日高社中（8俳諧新選 一三〇ぺ）
名月や誰が吹き起こす森の鳩　洒堂（6炭俵 二五四四）
名月や竹に雀の小宿迄　鸞窗（8俳諧新選 一三〇ぺ）
名月や畳の上に松の影　其角（5雑談集 二六七）
名月や地にも水にも唯白し　太乙（8俳諧新選 一三〇ぺ）
名月や鼓の声と犬のこゑ　二水（6あら野 四二二）
名月やつもれば屈む影ぼふし　野有（8俳諧新選 一三〇ぺ）
名月や露にぬれぬは露斗　蕪村（2蕪村遺稿 一四二九）
明月や処は寺の茶の木はら　昌房（6猿蓑 一八五三）
名月やとしに十二は有りながら　文鱗（6あら野 四一九）
明月や遠見の松に人もなし　圃水（6続猿蓑 三二一三）
名月や長屋の陰を人の行く　闇指（6続猿蓑 三二〇八）
明月や何もひろはず夜の道　野荻（6続猿蓑 三二二六）
名月や奈良にも翌(あす)は朝寝せん　雲魚（8俳諧新選 一三〇ぺ）
名月や西にかかれば蚊屋のつき　如行（6続猿蓑 三二〇五）
明月や寝ぬ処には門しめず　風国（6続猿蓑 三二一五）
名月や残らず聞きし鐘の声　尹周（8俳諧新選 一三〇ぺ）

めいげつや　はだしでありく　草の中　傘下（6あら野四二一）
明月や　灰吹き捨つる　陰もなし　不玉（6続猿蓑三二一〇）
名月や　人定まつて　秋の月　矩州（7俳諧古選二一六ぺ）
名月や　人に寝兼ねて　鳥の声　涼袋（8俳諧新選二三〇ぺ）
明月や　不二みゆるかと　するが町　素龍（6炭俵二五四八）
名月や　船を上がれば　朝清め　羅月（8俳諧新選二三〇ぺ）
名月や　北国日和　定めなき　芭蕉（1奥の細道五六一）
名月や　ます穂の芒　風もなし　子規（10獺祭句帖抄六五四ぺ）
名月や　松をこぼるる　風の隈（くま）　練石（8俳諧新選二三〇ぺ）
名月や　水のしたたる　瓦葺　嘯山（8俳諧新選二三〇ぺ）
明月や　見つめても居ぬ　夜一よさ　湖春（6炭俵二五四一）
名月や　目に置きながら　遠（とほ）歩行（あるき）　素園（8俳諧新選二三〇ぺ）
名月や　もそつと足らぬ　長縄手　五竹坊（4三福対一七八三）
名月や　門に指しくる　潮（しほ）頭（がしら）　芭蕉（1三日月日記七五六）
名月や　柳の枝を　空へふく　嵐雪（7俳諧古選二一〇ぺ）
名月や　夜は人住まぬ　峰の茶屋　蕪村（2蕪村句集一四三六）
名月や　宵は女の　声ばかり　木節（7俳諧古選一七九ぺ）
名月を　取つてくれろと　なく子哉　一茶（3おらが春四五九ぺ）
明眸や　藍襟巻の　一抹に　元（9島村元句集〇九〇六）
めいめいに　松明（たいまつ）を持つ　枯野かな　子規（10獺祭句帖抄六六四ぺ）
妙高の　雲動かねど　秋の風　乙字（9乙字句集〇九九五）
妙福の　こころあて有り　さくら麻　木節（6続猿蓑三〇五〇）
目覚えの　幹より知れる　木の芽哉　赤羽（8俳諧新選一〇三ぺ）
目利して　わろい宿とる　月見哉　如行（7俳諧古選一七九ぺ）
めきめきと　年をよせたる　芭蕉哉　枝芳（8俳諧新選二二六ぺ）
恵み雨深し　独活（うど）の大木　一夜松　松意（5軒端の独活一三八）
芽ぐむなる　大樹の幹に　耳を寄せ　虚子（9五百句〇〇九五）
めくら子の　端居（はしゐ）さびしき　木槿（むくげ）哉　白雄（5白雄句集八三八）
めぐり来る　笠や踊りの　花車　楮林（8俳諧新選二二五ぺ）
めくり暦　今一枚と　なりにけり　麝月（9麝月句集〇二五三一）
めぐる間に　一人欠けたる　踊りかな　青魚（8俳諧新選一五三ぺ）
眼先切る　鳥も無う海　照り霞む　亜浪（4亜浪句鈔二六二四）
目ざす敵は　鶏頭よ　横時雨　一茶（3七番日記三五二ぺ）
目さむるや　湯婆（たんぽ）わづかに　暖かき　子規（10獺祭句帖抄六六一ぺ）
目さむれば　貴船の芒　生けてありぬ　虚子（12五百五十句二二一ぺ）
目覚むれば　元日暮れて　ゐたりけり　松浜（9白菊〇五五九）
飯あふぐ　かかが馳走や　夕涼み　芭蕉（1笈日記八六六）
囚人（めしうど）も　髪月代（さかやき）や　花一日　嘯山（8俳諧新選一五六ぺ）
目下にも　中の詞や　年の時宜　孤屋（6炭俵二三九四）
めしつぎの　底たたく音や　かんこ鳥　蕪村（2蕪村句集七五五）
めしつぶで　紙子の破れ　ふたぎけり　蕪村（2蕪村句集三五三）
食（めし）時や　かならず下手の　鉢叩　路草（6続猿蓑三九九）
飯盗む　狐追ひうつ　麦の秋　蕪村（2蕪村遺稿一一六）
食の時　みなあつまるや　山ざくら　野坡（6炭俵二四五二）

雌もなれず　雛をも連れず　時　鳥　雁宕（8 俳諧新選 一一三ペ）
目高浮く　最中へ落つる　椿　哉　素丸（5 素丸発句集 五二七）
眼つむれば　若き我あり　春の宵　虚了（11 五百句 七五ペ）
珍しき　一夜の冬や　富士詣　翠如（8 俳諧新選 一二三ペ）
めづらしと　生海鼠（なまこ）を焼くや　小のの奥　俊似（6 あら野 九一四）
めづらしや　内で花見の　はつめじか　杉風（6 炭俵 二四三三）
めづらしや　山をいで羽の　初茄子　芭蕉（1 曾良書留 五二三）
めでたき人の　かずにも入らむ　老のくれ　芭蕉（1 あつめ句 二五六）
めでたさの　まことはさびし　松の色　玄武坊（4 玄武庵発句集 一八一四）
目出度さは　ことしの蚊にも　食はれけり　一茶（3 七番日記 三四〇ペ）
目出度さも　ちゆう位也　おらが春　一茶（3 おらが春 四三四ペ）
目にあやし　麦藁一把　飛ぶ蛍　高政（5 誹諧中庸姿 一一九）
目にうれし　恋君の扇　真白なる　蕪村（2 蕪村遺稿 一二三）
目にかかる　時やことさら　五月富士　芭蕉（1 芭蕉翁行状記 八四四）
目にたつや　卯月八日の　花くらべ　一休（7 俳諧古選 一九五ペ）
目に遠き　背戸の草木や　五月雨　麦翅（8 俳諧新選 一一七ペ）
めに残る　よしのをせたの　蛍　哉　芭蕉（1 真蹟懐紙写 三九九）
目には青葉　山ほととぎす　初がつを　素堂（6 あら野 三九〇）
目の先へ　来てから早き　競馬哉　李流（8 俳諧新選 一一六ペ）
目の先へ　月のこぼるる　落葉哉　李流（8 俳諧新選 一三六ペ）
女の鹿は　驚きやすし　吾のみかは　多佳子（9 紅糸 二九七七）
目の下や　手洗ふ程に　海涼し　市隠（6 猿蓑 二一六一）
目の星や　花をねがひの　糸　桜　芭蕉（1 千宜理記 五一）
目の前の　岩に雲立つ　涼しさよ　三幹竹（9 三幹竹句集 〇五四九）
目の前を　むかしに見する　時雨哉　蕪村（2 蕪村遺稿 二九六）
女星とて　男星にまさる　光かな　梓月（9 冬鶯 〇三七一）
目も鼻も　つけて清水を　むさぼりぬ　別天楼（9 野老 一一八四）
芽も春の　八百屋物也　萱草（わすれぐさ）　太祇（8 俳諧新選 一〇三ペ）
目や遠う　耳やちかよる　としのくれ　西武（6 あら野 九七四）
めりめりと　落葉は何を　神無月　貞徳（7 俳諧古選 一九六ペ）
目を明けて　聞いて居る也　四方の春　太祇（8 俳諧新選 一〇〇ペ）
女をと鹿や　毛に毛がそろうて　毛むつかし　芭蕉（1 貝おほひ 三九）
目を閉ぢて　四方の花見る　歌人哉　芳重（7 俳諧古選 一四四ペ）
夫婦（めをと）にも　二つ有りたき　こたつ哉　沙月（8 俳諧新選 一三八ペ）
夫婦雛　娘の問はば　いかがせん　達暑（7 俳諧古選 二〇四ペ）
夫婦別れ　あるは七月　八日哉　田鶴樹（7 俳諧古選 二二六ペ）

も

毛氈（もうせん）に　ちりまどはせる　つつじ哉　多少（8 俳諧新選 一一〇ペ）
もうもうと　牛鳴く星の　別れかな　子規（10 獺祭句帖抄 六五二ペ）
もえきれて　紙燭（しそく）をなぐる　薄哉　荷兮（6 あら野 七三三）
燃えたつや　夕日おどしの　鎧草（よろひぐさ）　雅因（8 俳諧新選 一四九ペ）
藻がくれの　海月に昼の　おぼろ哉　二柳（5 几董草稿 七六一）

木食や　こずゑの秋に　なりにけり　高政（5洛陽集一二〇）
木犀の　香は秋の蚊を　近づけず　虚子（12六百句二〇五ぺ）
木犀の　落花微塵の　金十字　青邨（9冬青空一六二一）
木犀や　母が教ふる　二絃琴　子規（10獺祭句帖抄六五六ぺ）
黙笑先生　あらず枕上　花舞へり　亜浪（9定本亜浪句集一〇四八）
木母寺が　見ゆる見ゆると　日傘哉　一茶（3享和句帖三三八ぺ）
木母寺は　反吐だらけ也　けふの月　一茶（3七番日記三四五ぺ）
黙礼に　こまる涼みや　石の上　正秀（6続猿蓑三一六〇）
木蓮は　普賢の象の　真白かな　迷堂（9孤輪〇四三一）
百舌鳥なくや　入日さし込む　女松原　凡兆（6猿蓑一八三二）
百舌鳥のゐる　野中の杭よ　十月　嵐蘭（6猿蓑一六三四）
もしほぐさ　柿のもと成る　落葉さへ　蕪村（2蕪村句集二〇二二）
もしや来て　食ひなば呵れ　かがし共　它谷（8俳諧新選一二八ぺ）
鵙鳴いて　妙義赤城の　日和かな　子規（10獺祭句帖抄六一六ぺ）
鵙啼くや　一番高い　木のさきに　子規（10獺祭句帖抄六〇一ぺ）
鵙鳴くや　晩稲掛けたる　大師道　子規（10獺祭句帖抄六一五ぺ）
鵙なくや　雑木の中の　古社　子規（10獺祭句帖抄六〇九ぺ）
鵙鳴くや　十日の雨の　晴れ際を　子規（10獺祭句帖抄六一五ぺ）
鵙鳴くや　藪のうしろの　蕎麦畑　子規（10獺祭句帖抄六一五ぺ）
鵙啼くや　夕日の残る　杉の末　也有（5蘿葉集五一〇）
鵙の声　かんにん袋　きれたりな　一茶（3おらが春四七一ぺ）
鵙の昼　こほろぎの夜と　分かれけり　子規（10獺祭句帖抄六五六ぺ）

勿体なや　祖師は紙衣の　九十年　句仏（9句仏句集〇五四〇）
持ち掛けて　膳ひかへけり　蜀魂　朱拙（5初蟬四四二）
望汐の　遠くも響く　かすみ哉　召波（5春泥句集八〇八）
もち汐の　橋のひくさよ　けふの月　利牛（6炭俵二五四六）
餅搗が　隣へ来たと　いふ子哉　一茶（3おらが春四七四ぺ）
もち搗の　手伝ひするや　小山伏　馬仏（6続猿蓑三四一〇）
望月の　影手馴れけり　十三夜　龍眠（8俳諧新選一三四ぺ）
もち月の　其のきさらぎに　鰒はなし　蕪村（2蕪村遺稿一九二三）
餅つきや　あがりかねたる　鶏のとや　嵐蘭（6続猿蓑三四〇九）
餅つきや　内にもをらず　酒くらひ　李下（6あら野八二三）
餅つきや　元服さする　草履取り　野坡（6炭俵二六三三）
餅搗や　月の兎に　覗かるる　柳居（8俳諧新選一四四ぺ）
餅つきや　火をかいて行く　男部屋　岱水（6続猿蓑三四〇八）
もちの葉の　落ちたる土に　うらがへる　素十（9初鴉一五五五）
餅花に　子供が年は　明けにけり　一松（8俳諧新選一四四ぺ）
餅花の　木陰にてうち　あはは哉　一茶（3おらが春四六〇ぺ）
もち花の　後はすすけて　ちりぬべし　野水（6あら野八二五）
餅花は　根も葉ももたぬ　姿かな　吾雪（8俳諧新選一四四ぺ）
餅花や　かざしにさせる　娌が君　芭蕉（1堺絹一四三）
餅花や　鼠が目には　よしの山　其角（7俳諧古選二〇一ぺ）
餅花を　柳につけて　春待たん　赤羽（8俳諧新選一四四ぺ）
餅腹を　こなしがてらの　つぎ穂哉　一茶（3おらが春四三八ぺ）

餅屋から餅搗き初めて夜ごと夜ごと　貝錦（8俳諧新選一四四ぺ）
餅雪をしら糸となす柳哉　芭蕉（1続山井二六）
餅を夢に折りむすぶ歯朶（しだ）の草枕　芭蕉（1真蹟短冊一二七）
もとのいく連翹（れんげう）の花散りにけり　菫谺（8俳諧新選一二二ぺ）
藻にすだく白魚やとらば消えぬべき　芭蕉（1東日記一二八）
物荒れて時めく柿の梢哉　蓼太（7俳諧古選二二一ぺ）
物いはじたださへ秋のかなしさよ　舟泉（6あら野九三四）
物いはで此の日しをらし鉢の児（ちご）　鼓舌（8俳諧新選一二二ぺ）
もの言ひて露けき夜と覚えたり　虚子（11五百句七九ぺ）
物いへば唇寒し秋の風　芭蕉（1芭蕉庵小文庫九六六）
物うげに回り灯炉の回りけり　作者不明（8俳諧新選一二六ぺ）
もの置けばそこに生まれぬ秋の陰　虚子（12五百五十句五四ぺ）
物音のせぬ舟も行く月見かな　瓜流（8俳諧新選一三〇ぺ）
物おもひ火燵を明けていかならむ　舟泉（6あら野九〇九）
物書かぬ銀屏淋し春の雨　許適（8俳諧新選一〇三ぺ）
物書きて扇引きさく名残哉　芭蕉（1奥の細道五五一）
物書くに葉うらにめづる芭蕉哉　蕪村（2蕪村句集一七九九）
もの書くに夜はこのもし金魚玉　青峰（9海光二二六二）
物かげに雉の光や春の雨　涼袋（5俳諧新選七三〇）
ものかげのふらぬも雪の一つ哉　松芳（6あら野四四五）
物堅き老の化粧や衣更　太祇（8俳諧新選一一二ぺ）
物堅き庭のしまりや菊のはな　隣水（8俳諧新選二三四ぺ）

物嗅き合羽や今日の更衣（ころもがへ）　桃隣（4陸奥鵆〇八八九）
物くるる人来ましけり更衣　蕪村（2蕪村遺稿五〇九）
物事の満つるはいやし十三夜　巴人（4夜半亭発句帖一一七八）
物毎の見る程暑き女かな　談中（7俳諧古選一七一ぺ）
物指で背（せな）かくことも日短　虚子（11五百句九七ぺ）
物舗（し）きて見るには寒し梅の花　卯雲（8俳諧新選一〇二ぺ）
物しばし匂うて止みぬ枯野原　鳳朗（5鳳朗発句集一一六四）
もの知りの長き面輪に秋立ちぬ　虚子（11五百句二二ぺ）
物好きや匂はぬ草にとまる蝶　芭蕉（1新撰都曲四六〇）
もの数寄（ずき）やむかしの春の儘ならん　越人（6あら野八六六）
物凄き平家の墓や木下闇　子規（10獺祭句帖抄六三一ぺ）
物凄く男計（ばか）りの田植哉　不卜（7俳諧古選一七〇ぺ）
物凄やあら面白の返り花　鬼貫（7俳諧古選一八七ぺ）
物捨てに出でて干潟の寒さかな　碧梧桐（9ホ明38・12〇一四一）
物焚いて花火に遠きかかり舟　蕪村（2蕪村句集五九四）
物種の袋ぬらしつ春の雨　蕪村（2蕪村句集四三八）
物種よ菊もこちらも枯れ残り　鬼貫（7俳諧古選一八七ぺ）
物問へば手を払ひけり大根引　瓜流（8俳諧新選一四一ぺ）
物に飽くこころはづかし茄子汁　太祇（8俳諧新選一三三ぺ）
物の音ひとりたふるる案山子（かがし）哉　凡兆（6猿蓑一八六一）
ものの香のきのこあるべく思ふかな　子規（10獺祭句帖抄六一七ぺ）
物の名を先（まづ）とふ蘆のわか葉哉　芭蕉（1笈の小文三五〇）

物の葉に　初手はつつみし　茄子哉　芳室（8俳諧新選　一五五ペ）
もののふに　川越し問ふや　富士まうで　望翠（6続猿蓑　三四六〇）
もののふの　大根苦き　はなし哉　芭蕉（1真蹟懐紙　八一六）
もののふの　露はらひ行く　弰(ゆはず)かな　蕪村（2蕪村句集　二二七三）
もののふの　河豚にくはるる　悲しさよ　子規（10獺祭句帖抄　六〇三ペ）
もののふの　紅葉に懲りず　女とは　秋色（4たまも集　二一三二）
もののふの　八十宇治川の　秋の水　虚子（13六百五十句　一八六ペ）
物の本　西瓜の汁を　こぼしたる　虚子（13六百五十句　一五二ペ）
藻の花に　鷺彳(たたず)んで　昼永し　子規（10獺祭句帖抄　六五〇ペ）
藻の花や　かたわれからの　月もすむ　蕪村（2蕪村句集　二五〇五）
藻の花や　藤太(とうだ)が鐘の　水離れ　蕪村（2蕪村遺稿　九〇三）
藻の花や　水ゆるやかに　手長鰕　子規（10獺祭句帖抄　六五〇ペ）
藻の花を　かづける蟹の　鬘(かつら)かな　胡及（6あら野　六五六）
藻の花を　ちぢみ寄せたる　入江哉　残香（6続猿蓑　三一三三）
物ひとつ　鳥の落とすや　夏木立　馬光（4其袋　一一五〇）
もの一つ　我がよはかろき　ひさご哉　芭蕉（1あつめ句　二七〇）
物干の　影に測りし　冬至かな　子規（10獺祭句帖抄　六六〇ペ）
物ほしや　袋のうちの　月と花　芭蕉（1続別座敷　九四三）
物申す　いざよふ門を　明くるべう　洒竹（9洒竹句集　〇二九四）
物見車　引くの山のと　春くれぬ　嘯山（8俳諧新選　一一二ペ）
もののもの　心根とはん　月見哉　露沾（6続猿蓑　三二〇六）
物やらば　手も出だすべし　夏の雲　蘆洲（7俳諧古選　二二九ペ）

物やれど　うたがひ皃(がほ)の　蛙かな　嘯山（8俳諧新選　一〇五ペ）
物よわき　草の座とりや　春の雨　荊口（6続猿蓑　三〇六七）
揉みあうて　旭(あさひ)に霧の　こぼれけり　嘯山（8俳諧新選　一二八ペ）
籾かゆし　大和をとめは　帯を解く　青畝（9国原　一五二二）
紅葉する　木立もなしに　山深し　子規（10獺祭句帖抄　六〇一ペ）
紅葉散りて　竹の中なる　清閑寺　闌更（5半化坊発句集　七五七）
紅葉には　たがをしへける　酒の間　其角（6あら野　七四五）
紅葉には　未(まだ)人声や　神の留主　湖夕（7俳諧古選　二二八ペ）
紅葉の賀　わたしら火鉢　あつても無くても　青畝（9紅葉の賀　一五二三）
紅葉見て　戻れば柴の　哀れ也　貞春（7俳諧古選　一八三ペ）
紅葉見の　岩に水取る　弰(ゆはず)かな　蕪村（2蕪村遺稿　二七五二）
紅葉見や　用意かしこき　傘弐本　蕪村（2蕪村遺稿　二七五一）
紅葉焼く　法師は知らず　酒の燗　子規（10獺祭句帖抄　六三八ペ）
紅葉折りて　夕日寒がる　女かな　子規（10獺祭句帖抄　六〇九ペ）
もみぢ折りに　つめたい水を　渡りけり　嘯山（8俳諧新選　一三四ペ）
揉みに揉んで　夜嵐わたる　鳴子かな　太祇（8俳諧新選　一二八ペ）
木綿着て　豪華はすてぬ　牡丹かな　青々（9妻木　〇四九四）
桃咲きて　水仙もさく　寒さかな　瓢水（8俳諧新選　一〇三ペ）
桃さきぬ　三年三月　三日の今　沙龍（8俳諧新選　一〇七ペ）
桃さくや　湖水のへりの　十箇村　碧梧桐（9碧梧桐句集　〇一四二）
桃さくや　山を背負ひし　村つづき　潭蛟（8俳諧新選　一〇七ペ）
桃さけば　桃に成りけり　人ごころ　赤羽（8俳諧新選　一〇七ペ）

桃尻や暑さにたへぬ御百姓　之房（8俳諧新選 二二〇ぺ）
股立のささ田雄(だを)ちぬ雄(を)春の雨　蕪村（2蕪村遺稿 二三二一）
百歳の気色を庭の落葉哉　芭蕉（1真蹟画賛 七二一）
桃の木の其の葉ちらすな秋の風　芭蕉（1泊船集 五四五）
桃のはな一条殿の覚えかな　嘯山（8俳諧新選 一〇七ぺ）
もものはな境しまらぬかきね哉　烏巣（6猿蓑 一九五一）
ももの花ちるや任口去りて後　蕪村（2蕪村遺稿 二〇三八）
桃の花春やむかしの蔵の跡　踈文（7俳諧古選 二二一八ぺ）
桃の花を満面に見る女かな　青々（9松苗 〇四九五）
股引の女稲刈る水深み　子規（10獺祭句帖抄 六五九ぺ）
桃柳くばりありくやをんなの子　羽紅（6猿蓑 一九五〇）
桃折れば皮むくれけり花ながら　士髪（8俳諧新選 一〇七ぺ）
朦(もや)こめて明け惑ふ夏や鹿の声　習先（8俳諧新選 二三二ぺ）
曜(もら)うたる昨日恋しき芙蓉かな　孤桐（8俳諧新選 五五ぺ）
もらぬほど今日は時雨よ草の庵　斜嶺（6炭俵 二六〇〇）
貰ふよりはやくうしなふ扇かな　一茶（3おらが春 四六四ぺ）
森の鵜のうきをうらやむ篝(かがり)哉　淡々（7俳諧古選 二二四ぺ）
森の蟬涼しき声やあつき声　乙州（6続猿蓑 三一八六）
森の中に池あり氷厚きかな　子規（10獺祭句帖抄 六六五ぺ）
守る梅のあそび業(わざ)なり野老(ところ)売り　其角（6続猿蓑 二九九五）
守るとなき山路の関や冬木立　習先（8俳諧新選 二三七ぺ）
莫児比涅(モルヒネ)の量増せ月の今宵也　紅葉（9紅葉句帳 〇二七五）

莫児比涅も利かで悲しき秋の夜や　紅葉（9紅葉句帳 〇二七六）
もろき人にたとへむ花も夏野哉　芭蕉（1笈日記 四一一）
唐土に富士あらばけふの月もみよ　素堂（6あら野 九〇七）
諸声に山や動かす樹々の蟬　楚江（8俳諧新選 一一九ぺ）
諸ともに蚊の啼く鶴の林哉　分川（7俳諧古選 二二七ぺ）
諸(もろ)鳥の渡り了せし夜となりぬ　石鼎（9定本石鼎句集 〇七六五）
師直(もろなほ)が見とれし時や萩の露　沾山（4園圃録 一二六一）
諸人のあふぐ扇や風の神　令徳（5犬子集 四一）
もろもろの木に降る春の霙(みぞれ)かな　石鼎（9花影 〇七六六）
門洗ふ扉に年もながれけり　百万（8俳諧新選 一四四ぺ）
門ありて国分寺はなし草の花　梅室（5梅室家集 一一七一）
門からも遠い家也ほととぎす　猪草（8俳諧新選 一一四ぺ）
門しめに出て聞いて居る蛙かな　子規（10獺祭句帖抄 五九八ぺ）
門跡に我も端居(はしゐ)や大文字　碧梧桐（9ホ明38・10 〇一四三）
門前に舟繋ぎけり蓼の花　子規（10獺祭句帖抄 六五八ぺ）
門前の嫗(うば)がやなぎの糸かけぬ　蕪村（2蕪村遺稿 二二二七）
門前の小家もあそぶ冬至哉　凡兆（6猿蓑 一六五六）
門前の老婆子(らうばす)薪貪る野分哉　蕪村（2蕪村句集 一九八）
門とぢて良夜の石と我は居り　秋桜子（9重陽 一四五一）
門に入ればそてつに蘭のにほひ哉　芭蕉（1笈日記 五八二）
門番の持仏も浅しけしの花　珍碩（7俳諧古選 二六六ぺ）
門を出づれば我も行く人秋のくれ　蕪村（2蕪村句集 一一六五）

門を出て故人に逢ひぬ秋の暮　蕪村（2蕪村遺稿 一一六六）

や

やあしばらく蛼（こほろぎ）だまれ初時雨　一茶（3七番日記 三三五二ペ）
やあしばらく花に対して鐘つくこと　重頼（5貞徳誹諧記 二九）
楊貴妃や踏皮（たび）迄脱がすたいこ持ち　来山（4元の水 ○二四三）
揚州の津も見えそめて雲の峰　蕪村（2蕪村句集 二六六○）
漸（やうや）くに寝所出来ぬ年の中　士芳（6続猿蓑 三四二五）
夜学寺遊行の杖を床に置く　別天楼（9野老 一一八五）
夜学人何かは心激しゐる　雉子郎（9現代俳句集 ○六八九）
やがてあく物のうつくし木草の芽　鷺喬（8俳諧新選 一○三ペ）
楼（やかた）船（ぶね）花見ぬ女中出でにけり　其角（7俳諧古選 二○一ペ）
頓て死ぬけしきは見えず蟬の声　芭蕉（1猿蓑 六三○）
やがて着く都の空や夕がすみ　孤桐（8俳諧新選 一○六ペ）
やがて手に回る雉子（きぎす）や草の原　赤羽（8俳諧新選 一○四ペ）
焼栗のはねて驚く一人かな　子規（10獺祭句帖抄 六三八ペ）
焼米や其の家々の伊勢の神　召波（8俳諧新選 一三五ペ）
約束の寒の土筆を煮て下さい　茅舎（4白痴 二六四四）
約束のごと椿咲き庵の春　風生（9晩涼 一五九○）
約束の吉野又出づとし忘れ　梅史（8俳諧新選 一四五ペ）
厄払呼びに歩いて云はせけり　雅因（8俳諧新選 一六○ペ）
厄払女あるじに呼ばれけり　松浜（9白菊 ○五六○）
疫病神蚤も負はせて流しけり　一茶（3おらが春 四五三ペ）
薬（やく）欄（らん）にいづれの花をくさ枕　芭蕉（1曾良書留 五三五）
矢車に朝風強き幟かな　鳴雪（9鳴雪俳句集 ○一六○）
薬園の風露に秋の近づきぬ　月斗（9昭和俳句集 ○五一八）
焼跡に遺る三和土（たたき）や手毬つく　草田男（9来し方行方 二五四八）
火傷して物に狂ふや冬ごもり　超波（8俳諧新選 一四○ペ）
焼けにけりされども花はちりすまし　北枝（6猿蓑 一九八七）
焼野原江戸へやる子の通りけり　雁宕（8俳諧新選 一一一ペ）
夜業人に調帯（ベルト）たわたわたわたわす　青畝（9国原 一五二四）
焼け屋敷茄子も植ゑず建ちにけり　行雲（8俳諧新選 一五九ペ）
焼山の大石ころりころりかな　子規（10獺祭句帖抄 六四四ペ）
夜越えして麓に近き蛙かな　子規（10獺祭句帖抄 六二五ペ）
養ひつ殺す歟（か）花の雨おろし　宋屋（8俳諧新選 一五八ペ）
安く寝て枕いただくはじめ哉　瓢水（8俳諧新選 一○○ペ）
休みもてゆく蜻蛉や飛びながら　李流（8俳諧新選 一二六ペ）
やすやすと出でていざよふ月の雲　芭蕉（1笈日記 七○六）
安良（やすらひ）や嘸（さぞ）一休のわらひ顔　羅人（8俳諧新選 一一二ペ）
痩馬のあはれ機嫌や秋高し　鬼城（9鬼城句集 ○六三九）
痩馬の老尼載せ行く野菊かな　子規（10獺祭句帖抄 六五八ペ）
痩蛙まけるな一茶是に有り　一茶（3七番日記 三三三一ペ）
痩肉の寝ごころかはる袷かな　志昔（8俳諧新選 一一二ペ）

痩せ臑(ずね)の　毛に微風有り　更衣(ころもがへ)　蕪村（2蕪村句集 五二〇）
痩せながら　わりなき菊の　つぼみ哉　芭蕉（1続虚栗 三一四）
痩せ脛(はぎ)や　病より起つ　鶴寒し　蕪村（2蕪村句集 二〇二一）
痩藪や　作りたふれの　軒の梅　千那（6猿蓑 一八八）
耶蘇と言へば　辞儀してさりぬ　寒念仏　雉子郎（9現代俳句集 〇六九〇）
八十(やそ)八(はち)は　子供の名也　若みどり　宋阿（7俳諧古選 二〇九ペ）
夜盗にも　天の与へや　ほととぎす　宋屋（8俳諧新選 一一四ペ）
矢田の野や　浦のなぐれに　鳴く千鳥　凡兆（6猿蓑 一六六五）
八橋や　雲井の庭の　畳さし　宗専（7俳諧古選 二一五ペ）
宿かさぬ　灯影や雪の　家つづき　蕪村（2蕪村句集 二三二四）
宿かせと　刀投げ出す　雪吹(ふぶき)哉　蕪村（2蕪村句集 二三九三）
宿がへに　寝られぬ夜や　杜宇(ほととぎす)　虎友（8俳諧新選 一一三ペ）
宿借りて　置いて出て聞く　砧かな　孤桐（8俳諧新選 二三二ペ）
宿かりて　名を名乗らする　しぐれ哉　芭蕉（1真蹟懐紙 七三二）
宿取りて　山路の雪吹　覗きけり　太祇（8俳諧新選 一四三ペ）
宿ならぬ　宿かる旅や　鹿の声　沙月（8俳諧新選 二三三ペ）
宿の梅　折り取るほどに　なりにけり　蕪村（2蕪村句集 二〇四三）
宿の菊　水のやうなる　酒買はむ　風律（4紙魚日記 一七一九）
宿引の　宿を指さす　桜かな　宋阿（8俳諧新選 一一〇ペ）
やどり木の　目を覚ましたる　若葉哉　蕪村（2蕪村遺稿 五二二四）
やどりせむ　あかざの杖に　なる日まで　芭蕉（1笈日記 四〇六）
宿れとは　御身いかなる　ひと時雨　宗因（4蛙井集 〇一七五）

柳あり　舟待つ牛の　二三匹　子規（10獺祭句帖抄 六四五ペ）
柳陰　何所(どこ)への旅か　いとま乞　樗堂（5萍窓集 九一八）
柳から　日のくれかかる　野路哉　蕪村（2蕪村遺稿 一四九六）
柳から　ももんぐああと　出る子哉　一茶（3おらが春 四五九ペ）
柳枯れて　とほんと長き　堤かな　習先（8俳諧新選 二三七ペ）
柳小折　片荷は涼し　初真瓜　芭蕉（1市の庵 八五七）
柳桜　柳桜と　栽ゑにけり　子規（10獺祭句帖抄 六二七ペ）
柳さへ　取り静めたる　あつさかな　其柳（8俳諧新選 二二〇ペ）
柳散り　清水涸れ　石処々(ところどころ)　蕪村（2蕪村句集 一二）
柳散り　菜屑流るる　小川かな　子規（10獺祭句帖抄 六一六ペ）
柳にも　やどり木は有り　柳下恵　蕪村（2蕪村遺稿 一〇一一）
柳短く　梅一輪竹門　誰がために青き　秋風（4俳諧吐綬鶏 〇二三一）
簗(やな)をうつ　漁翁が嘘や　今年(ことし)限(ぎり)　太祇（8俳諧新選 一三五ペ）
屋根瓦　ずれ落ちんとして　昼寝かな　水巴（9定本水巴句集 〇六〇四）
屋根に寝る　主なし猫や　春の雨　太祇（8俳諧新選 一〇三ペ）
屋根の上に　火事見る人や　冬の月　子規（10獺祭句帖抄 六六二ペ）
屋ね葺きと　並んでふける　菖蒲哉　其角（6猿蓑 一七四二）
屋根ふきの　落葉を踏むや　閨のうへ　蕪村（2蕪村遺稿 二五九）
屋ね葺きや　小歌もならず　ほととぎす　轍士（5花見車 一九七）
屋根へ打ちて　天狗礫(つぶて)や　さよしぐれ　嘯山（8俳諧新選 二三六ペ）
箭(や)の下に　母の乳をのむ　鹿子(かのこ)哉　立志（7俳諧古選 一七〇ペ）
矢橋(やばせ)乗る　嫁よ娘よ　春の風　太祇（8俳諧新選 一〇七ペ）

やはらかき　餅の如くに　冬日かな　虚子（13六百五十句　二〇一ぺ）
やはらかな　蘆にあやめは　咲いてをり　青畝（9国原　一五二六）
和らかなるやうにて弱からず　水仙は花の　若衆たらん　信徳（5五百韻　一六五）
やはらかに　人分け行くや　勝角力(ずまふ)　几董（5井華集　八〇一）
夜半来て　鼠の啼きし　冬至哉　嘯山（8俳諧新選　一四四ぺ）
藪畦や　穂麦にとどく　藤の花　荊口（6続猿蓑　三〇六五）
藪入に　うれし母や　常乙女　青々（9鳥の巣　〇四九六）
藪入に　母の戯(たは)れや　長(たけ)くらべ　李丈（8俳諧新選　一〇三ぺ）
藪いりに　持つや袋の　唐錦　馬光（4百番句合　一二五一）
やぶ入の　寝るやひとりの　親の側　太祇（4太祇句選　一八二一）
やぶ入の　またいで過ぎぬ　几巾(いか)の糸　蕪村（2蕪村句集　二四二六）
やぶ入の　三寸(みき)をてるてる　法師哉　龍眠（8俳諧新選　一〇三ぺ）
やぶ入の　宿は狂女の　隣哉　蕪村（2蕪村遺稿　二〇三六）
藪入の　夢や小豆の　にえる中　蕪村（2蕪村句集　四〇八）
やぶ入の　我が家を荻に　惑ひけり　一兎（8俳諧新選　一三二ぺ）
やぶ入の　我が夜たのしく　更けにけり　咫尺（8俳諧新選　一四七ぺ）
養(や)父(ぶ)入(いり)は　中山寺の　男かな　蕪村（2蕪村句集　二〇三二）
藪入や　思ひは同じ　姉妹　子規（10獺祭句帖抄　六〇四ぺ）
やぶいりや　鉄漿(かね)もらひ来る　傘の下　蕪村（2蕪村句集　二四二五）
やぶいりや　琴かきならす　親の前　太祇（8俳諧新選　一〇三ぺ）
やぶ入や　手にもたまらず　二三日　百吾（7俳諧古選　二一九ぺ）
やぶ入や　何処(どこ)のお山と　なぶられる　嘯山（8俳諧新選　一〇三ぺ）
やぶ入や　隣を先へ　音信(おとづ)る　支鳩（8俳諧新選　一〇三ぺ）
やぶ入や　二三日もとの　娘共　文誰（8俳諧新選　一〇三ぺ）
やぶ入や　鳩にめでつつ　男山　蕪村（2蕪村遺稿　二四二八）
やぶ入や　花なき里へ　でも扨(さて)も　珪琳（8俳諧新選　一〇三ぺ）
藪入や　母の箒の　ありがたき　巴静（4六々庵発句集　一二〇九）
藪入や　早いにろくな　頬(つら)はなし　其角（7俳諧古選　二〇一ぺ）
藪入や　守り袋を　わすれ草　蕪村（2蕪村句集　二四二三）
やぶ入や　皆見覚えの　木槿(むくげ)垣　子規（10獺祭句帖抄　六〇〇ぺ）
やぶ入や　筵の上も　親の内　休影（8俳諧新選　一四八ぺ）
藪いりや　余所目(よそめ)ながらの　愛宕山　蕪村（2蕪村句集　二〇三一）
やぶ入を　誘ふ闇あり　猫の恋　加十（8俳諧新選　一〇二ぺ）
やぶ入を　守る子安の　地蔵尊　蕪村（2蕪村遺稿　二四二七）
藪垣や　馬の皃(かほ)かく　ももの花　孤屋（6炭俵　二四五九）
藪陰に　背中兀たり　うめのはな　嘯山（8俳諧新選　一〇二ぺ）
藪主に　あやしめられて　水雞(くひな)哉　十磨（7俳諧古選　二三〇ぺ）
藪の中に　紅葉みじかき　立枝哉　林斧（6あら野　七四七）
藪の蜂　来ん世も我に　あやかるな　一茶（3文化句帖　三三〇ぺ）
やぶの雪　柳ばかりは　すがた哉　探丸（6猿蓑　一九一一）
藪深く　蝶気のつかぬ　つばき哉　卜枝（6あら野　五三四）
藪吹きて　烏ただよふ　のわきかな　紫水（8俳諧新選　一三〇ぺ）
藪ふして　どほんと広し　雪の原　孤桐（8俳諧新選　一四二ぺ）
藪見しれ　もどりに折らん　梅の花　落梧（6あら野　五一二）

藪村やまぐれあたりも梅の花　一茶（3おらが春 四四〇ぺ）
藪百合草ののびて已にあぐみけり　赤羽（8俳諧新選 一一八ぺ）
破れ葉の石蕗（つは）に頬（つら）出す鼬（いたち）哉　調柳（7俳諧古選 二〇二ぺ）
八重がすみ奥迄見たる竜田哉　杜国（6あら野 八九一）
八重桜京にも移る奈良茶哉　沾圃（6続猿蓑 二九八）
八重葎（むぐら）君が木履（ぼくり）にかたつぶり　月渓（4丙午月並句集 一八六八）
弥兵衛とは聞けど哀れや鉢たたき　素堂（7俳諧古選 一八七ぺ）
八百屋物の通りの中や山ざくら　猪草（8俳諧新選 一〇六ぺ）
山あひに日のあたりゐるしぐれかな　犀星（9魚眠洞発句集 一一四六）
山あひのはなを夕日に見出したり　心苗（6あら野 三八一）
山蟻のあからさま也白牡丹　蕪村（2蕪村句集 一五七〇）
山青しかへるでの花ちりみだり　不器男（9定本不器男句集 一七二二）
山犬のがばと起きゆくすすき哉　召波（5春泥句集 八一三）
山うどに木賃の飯ぞ忘られね　太祇（8俳諧新選 一〇四ぺ）
山おろし一二の鋝（もり）の幟かな　蕪村（2蕪村遺稿 三四八）
山颪早苗を撫でてゆくへかな　蕪村（2蕪村遺稿 八六）
山陰に夏はけなりや海人の家　流水（7俳諧古選 一七二ぺ）
山陰や猿が尻抓く冬日向　コ谷（6続猿蓑 三四三六）
山陰や誰よぶこどり引板（ひた）の音　蕪村（2蕪村句集 二二八八）
山かげや菜の花咲きぬ春過ぎぬ　大魯（4蘆陰句選 一八三五）
山陰や身を養はん瓜畑　芭蕉（1いつを昔 四一〇）
山駕（かご）に運ばれ来り瀑（たき）の前　月斗（9昭和俳句集 〇五一九）

山風に吹きさらされて昼寝かな　虚子（14七百五十句 一五五ぺ）
山風の出ぬけた跡やかんこ鳥　友山（8俳諧新選 一一四ぺ）
山風の奴ぶらするかがしかな　雁宕（8俳諧新選 一二八ぺ）
山風は氷柱を曲げてしまひけり　余子（9余子句抄 〇四五〇）
山風や霰ふき込む馬の耳　大魯（5蘆陰句選 八二七）
山風を取り分けて聞く幟かな　鳥門（7俳諧古選 二一八ぺ）
山賤（やまがつ）が鹿驚（かがし）作りて笑ひけり　重五（6あら野 七四四）
山賤に殿付けて請ふ桜かな　龍眠（8俳諧新選 一〇九ぺ）
山賤のおとがひ閉づるむぐらかな　芭蕉（1続虚栗 二五二）
山蛙けけらけけらと夜が移る　亜浪（9定本亜浪句集 一〇四九）
山川に高浪も見し野分かな　石鼎（9花影 〇七六七）
山川にひとり髪洗ふ神ぞ知る　虚子（9六百句 〇九六）
山川の凍れる上の竹の影　普羅（9辛夷 〇七三二）
山川の果てなき音や村ちどり　它谷（8俳諧新選 一四〇ぺ）
やまかはをながるる鴛鴦（をし）に松過ぎぬ　蛇笏（9山響集 〇六七四）
山雀（やまがら）のどこやらに啼く霜の稲　斗従（6続猿蓑 三三〇二）
山雀の輪抜けしながらわたりけり　一茶（3おらが春 四七一ぺ）
山がらや椢の老木に寝にもどる　蕪村（2蕪村句集 二二九三）
山奇にして雲又更に奇なり夏　小波（9ささら波 〇三〇四）
山霧や宮を守護なす螺（ほら）の音　太祇（8俳諧新選 一二九ぺ）
山国の虚空日わたる冬至かな　蛇笏（9山廬集 〇六七五）
山国の蝶を荒しと思はずや　虚子（9六百句 〇〇九七）

山苔も花さく世話はもちにけり　一茶（おらが春 3四四三ぺ）
山こぞるなかにも坊主山笑ふ　裸馬（裸馬翁五千句 9一一〇六）
山兀（こつ）として凩の夜明けかな　柳几（布袋庵発句集 4一七二九）
山桜あさくせはしく女の鍬　草田男（銀河依然 9二五四九）
やまざくら瓦ふくもの先（まづ）ふたつ　芭蕉（笈日記 1二六三）
山桜丹波の風は未（まだ）寒し　雅因（俳諧新選 8一〇六ぺ）
やまざくらちるや小川の水車　智月（炭俵 6二四四）
山ざくらもと来し路を迷ひけり　鈍鳥（俳諧新選 8一四七ぺ）
山桜小川飛びこすをなご哉　普全（炭俵 6二四七）
山里に食ものしふる花見かな　尚白（あら野 6三六四）
山里に世々の家居や牡丹畑　呑獅（俳諧新選 8一一三ぺ）
山里は汁の中迄名月ぞ　一茶（七番日記 3三四四ぺ）
やまざとはまんざい遅し梅の花　芭蕉（真蹟懐紙 1六七二）
山里や丈（たけ）に見上ぐる赤椿　嘯山（俳諧新選 8一〇六ぺ）
山里や頭巾取るべき人もなし　観水（俳諧古選 7一八七ぺ）
山里や屋根より上に落とし水　麻兄（俳諧新選 8二三五ぺ）
山猿の眠り落ちけりかんこどり　花眠（俳諧新選 8一一四ぺ）
山柴にうら白まじる竈かな　重五（あら野 6四七五）
山城の谷や久しき菊の露　宋屋（俳諧新選 8二三四ぺ）
山城の山の真沙や門の松　雲扇（俳諧古選 7二一三ぺ）
山城へ井出の駕籠かるしぐれ哉　芭蕉（焦尾琴 1五九二）
山田守る僧都（そうづ）はわらは姿かな　卜養（犬子集 4〇一四二）

山路来て何やらゆかしすみれ草　芭蕉（野ざらし紀行 1二三五）
山路きてむかふ城下や凧（たこ）の数　太祇（太祇句選 4一八二二）
山路来て夕がほみたるのなか哉　市柳（あら野 6六八二）
山路のきく野菊とも又ちがひけり　越人（あら野 6七六一）
山路行く人幽か也あきの雨　蝶我（俳諧新選 8二三五ぺ）
やまつつじ海に見よとや夕日影　智月（猿蓑 6一九九二）
山寺に米つくほどの月夜哉　越人（波留濃日 6三四六）
山寺に仏も我も黴びにけり　虚子（七百五十句 14五四ぺ）
山寺の隠れて烟る若葉哉　嘯山（俳諧新選 8一一四ぺ）
山寺の碓（からうす）ぬるし秋のくれ　晩山（俳諧古選 7一八四ぺ）
山寺や縁の上なる鹿の声　一茶（おらが春 3四六九ぺ）
山寺や落葉掃くなる雲の中　歌口（俳諧新選 8二三六ぺ）
山寺やしたたかさます心太（ところてん）　鬼城（鬼城句集 9〇六四〇）
山寺や誰も参らぬねはん像　樗良（樗良発句集 5七七八）
山寺や猫守り居るねはん像　不撤（続猿蓑 6三四四一）
山寺や蜂にさされて更衣（ころもがへ）　巣兆（曽波可理 4二〇九八）
大和路の宮もわら屋もつばめ哉　蕪村（蕪村句集 2二〇五六）
山鳥と小松の残る焼野哉　洞木（俳諧古選 7二五二ぺ）
山鳥の枝踏みかゆる夜長哉　蕪村（蕪村句集 2六一九）
山鳥の影うつしたる清水かな　子規（獺祭句帖抄 10六三三〇ぺ）
山鳥の樵夫を化かす雪間かな　支考（其便 4一一〇一）
山鳥のちつとも寝ぬや峰の月　宗比（続猿蓑 6三二二二）

山鳥の尾をふむ春の入日哉　蕪村（2 蕪村句集 四五〇）
山鳥や躑躅(つつじ)よけ行く尾のひねり　探丸（6 猿蓑 一九九一）
大和岡寺菩薩の子なり蛙子も　青々（9 松苗 〇四九七）
山中や笠に落葉の音ばかり　菊舎（5 手折菊 九五一）
山中や菊はたをらぬ湯の匂ひ　芭蕉（1 奥の細道 五四四）
山に添うて小舟漕ぎ行く若ばかな　蕪村（2 蕪村句集 二〇六六）
山猫の下に昼餉(ひるげ)や傀儡師(くわいらいし)　雁宕（8 俳諧新選 一一一ぺ）
山眠るや山彦凍(い)てし巌一つ　東洋城（9 東洋城全句中 〇四一一）
山の色釣り上げし鮎に動くかな　石鼎（9 花影 〇七六八）
山の湖(うみ)の風雨雷霆常ならず　虚子（13 六百五十句 一九三ぺ）
山の腰にはく夕だちや雲の帯　貞徳（5 犬子集 一七）
山のすがた蚤が茶臼の覆ひかな　芭蕉（1 伝土芳筆全伝 五九）
山の背をころげ廻りぬ春の雷　虚子（14 七百五十句 八〇ぺ）
山の月ぐんぐん昇り荒々し　虚子（13 六百五十句 一八三ぺ）
山の月花盗人をてらし給ふ　一茶（3 おらが春 四三四ぺ）
山の蝶コックが堰きし扉に挑む　しづの女（9 颱 〇九六五）
山の名を覚えし頃は雪の来し　虚子（12 六百句 二三三ぺ）
山の端に残る暑さや大文字　宋屋（8 俳諧新選 二二五ぺ）
山の端に見とどけて寝ん後の月　三枝（8 俳諧新選 二三四ぺ）
山の端のかしこの花も見てゆかん　泊月（9 同人句集 〇八五六）
山の端や海を離るる月も今　蕪村（2 蕪村句集 一四二七）
山の端をちから皃(がほ)なり春の月　魯町（6 続猿蓑 三〇六六）

山の日は暑しといへど秋の風　虚子（12 五百五十句 七二ぺ）
山の日は鏡の如し寒桜　虚子（13 六百五十句 一六五ぺ）
山の温泉(ゆ)や裸の上の天の川　子規（10 獺祭句帖抄 六〇九ぺ）
山の井に蓋する音や朧月　蒼虬（4 訂正蒼虬句集 二一五二）
山は暮れて野は黄昏(たそかれ)の薄哉　蕪村（2 蕪村句集 一〇七三）
山畑にもの思はばや蕪引き　松芳（6 あら野 九九二）
山畑の茶つみぞかざす夕日かな　重五（6 波留濃日 三二四）
山蜂や木(き)の丸殿(まるどの)の雨の軒　蕪村（2 蕪村遺稿 二三六）
山鼻や渡りつきたる鳥の声　丈草（4 渡鳥集 一〇〇五）
山は猫ねぶりていくや雪のひま　芭蕉（1 五十四郡 二二九）
山はへの字蕨はのの字のの字哉　小波（9 さざら波 〇三〇五）
山は未(まだ)大日枝(ひえ)なれや消えぬ雪　李流（8 俳諧新選 一〇一ぺ）
山番の爺が祈りし清水かな　一茶（3 おらが春 四五〇ぺ）
病(やまひ)気(げ)のない匂ひ也きくのはな　千梅（8 俳諧新選 二三四ぺ）
山彦の南はいづち春のくれ　蕪村（2 蕪村遺稿 二一二五）
山彦もぬれん木の間ぞ雪雫　乙二（5 松窓乙二集 九五三）
山ひとつ背中に重し田草取　蓼太（5 蓼太句集 五三八）
山人の昼寝をしばれ蔦かづら　桃妖（6 続猿蓑 三二五七）
山人は人也かんこ鳥は鳥なりけり　蕪村（2 蕪村句集 二三八六）
病にも色あらば黄や春の風邪　虚子（12 五百五十句 四五ぺ）
山姫に恋や教ふる鹿の声　泰里（8 俳諧新選 二三二ぺ）
山吹とてふのまぎれぬあらし哉　卜枝（6 あら野 六〇〇）

山吹に犬の欠(あくび)の日脚かな　沾涼（8俳諧新選 一一一ぺ）
山吹のあぶなき岨(そま)のくづれ哉　越人（6波留濃日 一一九五）
山吹のうの花の後や花いばら　蕪村（2蕪村遺稿 二二五五）
山吹の下へはいるや鰌(どぢやう)取り　子規（10獺祭句帖抄 六〇六ぺ）
山吹の七重八重さへ淋しさよ　虚子（14七百五十句 五〇ぺ）
山吹の三ひら二ひら名残かな　青畝（9甲子園 一五二五）
山吹の露菜の花のかこち顔なるや　芭蕉（1東日記 一三〇）
山吹も散るか祭りの鱶(ふか)なます　洒堂（6続猿蓑 三〇六三）
やまぶきも巴も出づる田うゑかな　許六（6炭俵 二五二六）
山吹やあぶなき岸の花盛り　為邦（4四時観 一一七一）
山吹や池をへだてて入日さす　青蘿（5青蘿発句集 八四八）
山吹や宇治の焙炉(ほいろ)の匂ふ時　芭蕉（1猿蓑 六八一）
山吹やおのが花とて持ちこたへ　諸九（4諸九尼句集 一七八七）
山吹や垣に干したる蓑一重　闇指（6続猿蓑 三〇六二）
山吹や笠に指すべき枝の形(なり)　芭蕉（1蕉翁句集 六七五）
山吹や竹を年貢の一在所　蒼虬（4訂正蒼虬句集 二一五三）
山吹や何処(どこ)でも水に咲いたふり　五筑坊（8俳諧新選 一一一ぺ）
山吹や人形かはく一むしろ　子規（10獺祭句帖抄 六〇六ぺ）
山吹や葉に花に葉に花に葉に　太祇（4太祇句選 一八二三）
山吹や昼をあざむく夜半の月　普羅（9春寒浅間山 〇七三三）
山吹や水のこころを受け流し　五竹坊（4十二夜話 一七八四）
山吹や井手を流るる鉋(かんな)屑　蕪村（2蕪村句集 二三四五）

山吹や女師匠の片折戸　梅史（8俳諧新選 二一一ぺ）
山伏の火をきりこぼす花野かな　野坡（5野坡吟草 三六三）
山臥の見事に出立つ師走哉　嵐雪（6炭俵 二六三四）
やま伏や坊主をやとふ玉祭り　沾圃（6続猿蓑 三四四八）
山藤や短き房の花ざかり　子規（10獺祭句帖抄 六四六ぺ）
山ほとときずいはいかに今一声　惟中（5俳諧風体抄 一三五）
山まゆに花咲きかぬる躑躅(つつじ)かな　荷兮（6あら野 六一三）
山道や人去つて雉あらはるる　子規（10獺祭句帖抄 六一三ぺ）
山水のへるほど減りて氷かな　蕪村（2蕪村句集 三二四）
山もえにのがれて咲くやかきつばた　尾頭（6続猿蓑 三一二六）
山持のよい住みなしや柿林　漁焉（8俳諧新選 二三二ぺ）
山もとに米踏む音や藤のはな　蕪村（2蕪村句集 二六四七）
山もとの里と申してこたつかな　風律（4五車反古 一七二〇）
山も庭にうごきいるるや夏ざしき　芭蕉（1曾良書留 四八四）
山桃の日陰と知らで通りけり　普羅（9辛夷 〇七三四）
山守のひやめし寒きさくら哉　蕪村（2蕪村遺稿 二三五八）
山守の月夜野守の霜夜しかの声　蕪村（2蕪村遺稿 二二九四）
山やうやく左右に迫りて田植かな　虚子（14七百五十句 八一ぺ）
山や花墻根(かきね)墻根の酒ばやし　亀洞（6波留濃日 三二一八）
山々の肌あらはなる落葉かな　粗岡（8俳諧新選 二三六ぺ）
山々や一こぶしづつ秋の雲　涼菟（5山中集 四一四）
山をぬく力も折れて松の雪　子葉（5沾徳随筆 四四〇）

山姥(やまんば)と終(つひ)には名にやたつ田姫　立圃（7俳諧古選 一七四ぺ）
山姥の二人出あふや清水影　宋阿（7俳諧古選 一七二ぺ）
病み起きて鬼をむちうつ今朝の秋　蕪村（2蕪村遺稿 二六九七）
病みしとき夢かよひしはこの冬田　秋桜子（9残鐘 一四五二）
闇汁や何の会にも不参せず　花蓑（9花蓑句集 〇八七六）
闇中に山ぞ峙つ鵜川かな　碧梧桐（9碧梧桐句集 〇一四四）
闇の香を手折れば白し梅の花　也有（5蘿葉集 五〇五）
闇夜(ヤミノヨトスゴク)きつね下ばふ玉真桑　芭蕉（1東日記 一三六）
闇の夜に頭巾を落とすうき身哉　蕪村（2蕪村遺稿 六六一）
闇の夜に終はる暦の表紙かな　蕪村（2蕪村遺稿 三九二）
闇の夜のはつ雪らしやぼんの凹(くぼ)　一茶（3七番日記 三五四ぺ）
闇の夜は吉原ばかり月夜かな　其角（4武蔵曲 〇八一六）
闇の夜や子供泣き出す蛍ぶね　凡兆（6猿蓑 一七六九）
闇の夜や桜ゆすりて手に受けん　何堂（8俳諧新選 一〇九ぺ）
闇の夜や巣をまどはしてなく鵆(ちどり)　芭蕉（1猿蓑 六八〇）
闇ばかり春に似たりや梅の雨　沙残（8俳諧新選 一一七ぺ）
病む雁の夜さむに落ちて旅ね哉　芭蕉（1猿蓑 六四三）
病む人の蚊帳にすがる起居かな　子規（10獺祭句帖抄 六二七ぺ）
病む人の顔にかけたる蚊帳かな　子規（10獺祭句帖抄 六二八ぺ）
病む人の蚊遣見てゐる蚊帳の中　虚子（11五百句 一一ぺ）
病む六人一寒灯を消すとき来　波郷（9惜命 二六六〇）
ややありて午砲気付きぬ森のどか　雉子郎（9現代俳句集 〇六九一）

やや有りて月の居所かはりたり　嘯雨（8俳諧新選 二一九ぺ）
やや老いて初子育つる夜寒かな　太祇（8俳諧新選 二三二ぺ）
やや寒みちりけ打たする温泉(いでゆ)かな　子規（10獺祭句帖抄 六五一ぺ）
やや寒み灯(ひ)による虫もなかりけり　子規（10獺祭句帖抄 六五一ぺ）
ややしばしけぶりをふくむやなぎかな　暁台（5暁台句集 七六七）
児(やや)の親手笠いとはぬしぐれかな　夕霧（7俳諧古選 一九四ぺ）
やよ雲雀(ひばり)暮らされぬ日を上がりけり　常牧（7俳諧古選 一五二ぺ）
鑓(やり)梅(うめ)の散らしかかれるこだちかな　徳元（4犬子集 〇〇七〇）
やりくれて又やさむしろ歳の暮　其角（6猿蓑 一七〇七）
鎗先を明かりにしてや闇の梅　雁宕（8俳諧新選 一五三ぺ）
槍立てて通る人なし花薄　子規（10獺祭句帖抄 六〇二ぺ）
遣羽子に束髪ばかり集ひけり　四方太（9承露盤 〇二〇五）
やり羽子や油のやうな京言葉　虚子（11五百句 六九ぺ）
遣羽子や下宿の窓の品定め　子規（10獺祭句帖抄 六一二ぺ）
遣水もぬるみ来にけり東より　多少（8俳諧新選 一〇七ぺ）
鑓持のかたげて走る花野哉　団水（5京の水 二三七）
鑓持の猶振りたつるしぐれ哉　正秀（6猿蓑 一六二〇）
鑓持の振りまはさるる野分かな　琴風（4陸奥鵆 一一二二）
やる鷹に犬の眼(まなこ)のしたひけり　文湖（8俳諧新選 一四一ぺ）
やる筈の今更悔し園の花　習先（8俳諧新選 一五五ぺ）
破扇一度にながす御祓(みそぎ)かな　末学（6あら野 一〇七七）
やれ打つな蝿が手を摺り足をする　一茶（3八番日記 三四一ぺ）

破垣や　わざと鹿子(かのこ)の　かよひ道　曾良（6猿蓑　一七三三）
破れ尽くす　貧乏寺の　芭蕉かな　子規（10獺祭句帖抄　六三八ぺ）
やれめより　人に見られん　文紙子　百万（8俳諧新選　一四九ぺ）
屋わたりの　宵はさびしや　月の影　市柳（6あら野　四一三）
已矣(やんぬるかな)　市に五勺の　升(ます)あらば　龍眠（8俳諧新選　一四九ぺ）

ゆ

湯上がりの　尻にぺつたり　菖蒲哉　一茶（3七番日記　三三八ぺ）
湯あがりの　身に陽炎や　梅の花　野有（8俳諧新選　一〇二ぺ）
ゆあびして　若葉見に行く　夕べかな　鈍可（6あら野　六三〇）
勇気こそ　地の塩なれや　梅真白　草田男（9来し方行方　二五五〇）
床涼み　笠着(かさぎ)連歌の　もどり哉　蕪村（2蕪村遺稿　二六七五）
浴衣着た　道者恐ろし　雲の峰　宋屋（7俳諧古選　二一四ぺ）
浴衣著て　あぐらかく　それぎりなのだ　碧梧桐（9碧梧桐句集　〇一四五）
雪明り　一切経を　蔵したる　素十（9野花集　一五五六）
雪あられ　心のかはる　寒さ哉　夕菊（6続猿蓑　三三九〇）
行きかかり　輪縄(わな)解きてやる　雉子(きぎす)哉　塩車（6あら野　五七八）
雪　搔　立てかけし二人　にて育ち　碧梧桐（9碧梧桐句集　〇一四六）
雪垣や　しらぬ人には　霜のたて　蔦雫（6続猿蓑　三三九二）
往き来待ちて　吹田(すいた)をわたる　落ば哉　蕪村（2蕪村句集　一九〇七）
雪沓を　はかんとすれば　鼠ゆく　蕪村（2蕪村遺稿　六九一）
雪国へ　もう御いきやる歟(か)　さらばさらば　嘯山（8俳諧新選　一四九ぺ）
雪国や　粮(かて)たのもしき　小家がち　蕪村（2蕪村遺稿　三三五）
行き暮れし　身は雲水の　寄居虫(かみな)哉　因石（7俳諧古選　二一四ぺ）
ゆきくれて　雨もる宿や　糸ざくら　蕪村（2蕪村句集　一〇四七）
行き暮れて　うめに動くや　馬の鼻　宋屋（4瓢簞集　一六九六）
行き暮れて　霧に巻かるる　旅寝哉　里鳥（8俳諧新選　一二八ぺ）
雪解風と　いふ風吹きし　小諸はも　虚子（14七百五十句　二三三ぺ）
雪解水　林へだてて　二流れ　虚子（12六百句　二三八ぺ）
雪菰(こも)や　投げ込んで行く　とどけ状　一茶（3文政句帖　三六一ぺ）
行き先の　分別替はる　しぐれ哉　祇函（7俳諧古選　二二二ぺ）
雪汁や　蛤いかす　場(には)のすみ　木白（6猿蓑　一九一六）
雪白し　加茂の氏人　馬でうて　蕪村（2蕪村句集　二〇一一）
行き過ぎて　低う見えたる　蛍かな　左釣（8俳諧新選　一一七ぺ）
行き過ぎて　もどる人あり　藤の花　李流（8俳諧新選　一一一ぺ）
雪だるま　星のおしやべり　ぺちやくちやと　たかし（4たかし全集　二六六一）
雪ちらり　ちらり見事な　月夜哉　一茶（3文政句帖　三五四ぺ）
雪ちるや　おどけもいへぬ　しなの空　一茶（3おらが春　四七三ぺ）
雪ちるや　きのふは見えぬ　借家札　一茶（3七番日記　三五四ぺ）
雪散るや　千曲の川音　立ち来り　亜浪（9旅人　一〇五〇）
雪ちるや　穂屋の薄の　刈り残し　芭蕉（1猿蓑　六五三）
雪月夜　裸婦の屍　伏し伏して　水巴（9定本水巴句集　〇六〇五）
ゆきつくす　江南の春の　光哉　貞徳（5山の井　一六）

行きつくや蛙の居[すわ]る石の直[ろく]　風睡（6続猿蓑 三〇七三）
雪つけし飛驒の国見ゆ春の夕　普羅（9普羅句集 〇七三五）
雪　続く都や川も有りながら　莖帑（8俳諧新選 一四三ぺ）
行きつつも笠にや葺かん菖蒲草[あやめぐさ]　瀾湖（8俳諧新選 一一五ぺ）
雪で富士か不尽にて雪か不二の雪　鬼貫（5庵桜 二三八）
雪解くるささやき滋し小笹原　虚子（11五百句 九二ぺ）
雪とけてくりくりしたる月夜哉　一茶（3七番日記 三二五ぺ）
雪とけて村一ぱいの子ども哉　一茶（3七番日記 三二五ぺ）
雪どけの子等笛を吹き笛を持ち　素十（9まはぎ 一五五七）
雪解けの盛り上がり来る流れかな　赤羽（8俳諧新選 一〇一ぺ）
雪解けや妹が炬燵に足袋片し　蕪村（2蕪村遺稿 二六〇一）
雪解けや碓井を越ゆる馬の痩せ　鼓舌（7俳諧古選 二二〇ぺ）
雪解けや坂になれたるめくら馬　完来（5空華集 九一三）
ゆきどけや深山曇りを啼く鳥　暁台（4暁台句集 一八一〇）
雪　と　波岩に打ちけり降りにけり　赤羽（8俳諧新選 一四二ぺ）
雪とのみ思へば月の寝覚め哉　仏仙（8俳諧新選 二二九ぺ）
雪　と　雪今宵師走の名月歟[か]　芭蕉（1笈日記 二〇八）
雪にあふて吉野得見ぬぞ花盛り　貞室（7俳諧古選 一九七ぺ）
雪に来て見事な鳥のだまり居る　石鼎（9花影 〇七六九）
雪に道理付けて寝にけり疝気持　孤舟（8俳諧新選 一四三ぺ）
行き抜けの園のもみぢや山つづき　嘯山（8俳諧新選 二三四ぺ）
雪の朝から鮭わくる声高し　冬文（6あら野 四五二）

雪の朝二の字二の字の下駄のあと　捨女（5続近世畸人伝 九六）
雪の朝独り干鮭を噛[か]み得たり　芭蕉（1東日記 一二五）
雪の旦[あした]母屋[もや]のけぶりのめでたさよ　蕪村（2蕪村遺稿 一〇八七）
雪の上に流しかけをり麦の肥　虚子（13六百五十句 一三五ぺ）
雪の上にぽつたり来たり鶯が　茅舎（4華厳 二六四五）
雪の江の大舟よりは小舟かな　芳川（6あら野 四五一）
雪の昏馬もひとつけほしきもの　蝶夢（4草根発句集 一七〇七）
雪の暮鴫はもどつて居るやうな　蕪村（2蕪村句集 二八〇〇）
雪の暮猶さやけしや鷹の声　桂夕（6あら野 四五三）
雪残る頂一つ国境　子規（4俳句稿巻一 二二一六）
雪残る鬼岳[おにだけ]さむき弥生かな　含咕（6あら野 八九六）
雪の旅それらではなし秋の空　野水（6あら野 八五一）
雪の戸に格を当てゆく木履[ぼくり]哉　蕪村（2蕪村遺稿 八二三）
雪の中声あげゆくは我が子かな　亜浪（9定本亜浪句集 一〇五一）
雪の中に兎の皮の髭作れ　芭蕉（1いつを昔 五八九）
雪の中は昼顔かれぬ日影哉　芭蕉（1真蹟懐紙 二二六）
雪の果てあられ備へんねはん像　宇治田原社中（8俳諧新選 一〇四ぺ）
雪のはら蕣[あさがほ]の子の薄かな　昌碧（6波留濃日 三五四）
雪の日に庵借さふぞ鷦鷯[みそさざい]　依々（6炭俵 二六一四）
雪の日の浴身一指一趾愛し　多佳子（9命終 二九七八）
雪の日は竹の子笠ぞまさりける　羽笠（6猿蓑 一六九一）
ゆきの日や浅黄にあふる四十雀[しじふから]　貞佐（4桑々畔発句集 一二一八）

雪の日や近江の鐘も聞こゆなる　羅人（4俳諧古選 一二八一）
雪の日やうすやうくもるうつし物　猿雖（6炭俵 二六一五）
ゆきの日や川筋ばかりほそぼそと　鷺汀（6あら野 四四九）
雪の日や酒樽拾ふあまの家　胡及（6あら野 一〇五五）
雪の日や船頭どのの顔の色　其角（6あら野 四三八）
雪の日や大名ひとり春日山　稲起（7俳諧古選 二一六ペ）
雪の日や寝に行く鳥身すぼらし　珍志（8俳諧新選 一五〇ペ）
雪の日や四角よごれしはり枕　諸九（8俳諧新選 一四三ペ）
雪の日や六里は近き淡路島　呉郷（8俳諧新選 一四二ペ）
雪(ゆき)信(のぶ)が蠅打ち払ふ硯かな　蕪村（2蕪村句集 五八三）
雪の鈍(ふく)　左　勝　水無月の鯉　芭蕉（1虚栗 一五四）
雪の富士藁屋一つにかくれけり　湍水（6あら野 九一六）
雪の松をれ口みれば尚寒し　杉風（6炭俵 二七四八）
雪の山詩の子を抱きかへさざる　虚子（13六百五十句 二〇二ペ）
雪の夜の紅茶の色を愛しけり　草城（4花氷 二七一〇）
雪はげし抱かれて息のつまりしこと　多佳子（9紅糸 二九七九）
雪はしづかにゆたかにはやし屍室　波郷（9惜命 二六六一）
雪は申さず先(まづ)むらさきの筑波かな　嵐雪（4鹿島紀行 〇八四六）
雪払ふ傘(からかさ)の音更けにけり　子一（8俳諧新選 一四二ペ）
雪晴れて湖北へ貫けり　嘯山（5律亭句集 七二六）
雪深く心はずみて唯歩く　虚子（12六百句 二三六ペ）
雪踏みて乾ける落葉現れぬ　虚子（12六百句 二三五ペ）

雪ふらば雀もたのめ傘の下　野有（8俳諧新選 一五〇ペ）
雪降りけり明け放しけり食らひけり　雅因（8俳諧新選 一四三ペ）
雪降りて馬屋にはひる雀かな　梟仙（6あら野 四四七）
雪ふりや留主の様なる家計(ばか)り　羽律（8俳諧新選 一四二ペ）
雪ふるよ障子の穴を見てあれば　子規（10獺祭句帖抄 六六四ペ）
雪間より薄紫の芽独活(うど)哉　芭蕉（1翁草 九〇九）
雪満目温泉(ゆ)を出し女燃えかがやき　たかし（9石魂 一六七二）
雪満ちて華厳の煙りあたたかき　茅舎（9定本茅舎句集 一七〇〇）
雪見には行く人もなし吉野山　道澄（7俳諧古選 一八八ペ）
雪見るや必らず富士の物がたり　正甫（7俳諧古選 一八六ペ）
ゆきや砂うまより落ちよ酒の酔ひ　芭蕉（1真蹟詠草 三三二）
雪山に猶ふる雪や初鴉　霽月（9芭蕉大14・2 〇二五四）
雪山に雪の降り居る夕べかな　普羅（9新訂普羅句集 〇七三六）
雪山はうしろに聳ゆ花御堂　露月（9露月句集 〇二二五）
行き行きてここに行き行く夏野哉　蕪村（2蕪村句集 一二二）
行き行きて倒れ伏すとも萩の原　曾良（4奥の細道 〇八七二）
行き行きてひらりと返す燕かな　子規（10獺祭句帖抄 五九八ペ）
行き行きて程のかはらぬ霞哉　塵交（6あら野 五二五）
行き行きて又山里やはつざくら　菜根（8俳諧新選 一〇六ペ）
雪よりも真白き春の猫二匹　虚子（12六百句 二一八ペ）
雪をまつ上戸の皃(かほ)やいなびかり　芭蕉（1茶のさうし 七二九）
雪折も聞こえてくらき夜なる哉　蕪村（2蕪村遺稿 二〇二五）

雪折やかかる二王の片腕(かひな)　俊似（6あら野 一〇五〇）
雪折や昔に帰る笠の骨　松意（4談林十百韻 〇一九三）
雪折や雪を湯に焚く釜の下　蕪村（2蕪村句集 九六七）
雪折やよしのゆめのさめる時　蕪村（2蕪村句集 二〇二四）
雪を渡りてまた薫風の草花踏む　碧梧桐（4新傾向句集 二三一一）
雪女旅人雪に埋もれけり　子規（10獺祭句帖抄 六六四ぺ）
行く秋にかぶりふり居る雞頭哉　井潦（8俳諧新選 一三三ぺ）
行く秋の鐘つき料を取りに来る　子規（10獺祭句帖抄 六五二ぺ）
行く秋の鳥も飛んでしまひけり　子規（10獺祭句帖抄 六三四ぺ）
行く秋の着るほどもなき袷哉　牡年（7俳諧古選 一七九ぺ）
行く秋の草にかくるる流れかな　白雄（5白雄句集 八四一）
行く秋のけしにせまりてかくれけり　芭蕉（1芭蕉宛去来 八〇七）
行く秋の四五日弱るすすき哉　丈草（6猿蓑 一八七六）
行く秋のなほたのもしや青蜜柑　芭蕉（1浮世の北 七六一）
行く秋や雨に際つく紫野　帰風（8俳諧新選 一四八ぺ）
行く秋や河原よもぎの白枯れし　五明（4五明句藻 二一一三）
行く秋や淋(す)しさも亦惜しいもの　赤羽（8俳諧新選 一三五ぺ）
行く秋や数奇屋(すきや)の咳は畳さし　秋瓜（4多少庵句集 一七五〇）
行く秋や抱けば身に添ふ膝頭　太祇（5太祇句選 五五二）
行くあきや手をひろげたる栗のいが　芭蕉（1続猿蓑 八八九）
行く秋や二十日の水に星の照り　園女（5菊の塵 四二七）
行く秋や身に引きまとふ三布蒲団(みのぶとん)　芭蕉（1韻塞 九七三）

行く秋やもて来た風け置きながら　素園（8俳諧新選 二三五ぺ）
ゆく秋やよききぬ着たるかかり人　蕪村（2蕪村句集 一二三九）
行く秋を鼓弓(こきゅう)の糸の恨みかな　乙州（6続猿蓑 三三一四）
行く秋をしぐれかけたり法隆寺　子規（10獺祭句帖抄 六三四ぺ）
行く秋をぶらりと蚊帳の釣手哉　史邦（7俳諧古選 一七九ぺ）
行く秋を道々こぼす紅葉哉　乙由（7俳諧古選 一八三ぺ）
行く牛の脚はやめたる霰かな　孤桐（8俳諧新選 一四二ぺ）
行く馬の人を身にする枯野かな　太祇（8俳諧新選 一三七ぺ）
行く鴨や東風(こち)につれての磯惜しみ　釣箒（6続猿蓑 三〇二一）
行く雁の足からこぼす涙かな　移竹（8俳諧新選 一〇五ぺ）
ゆく雁の眼に見えずしてとどまらず　誓子（9七曜 一四九四）
行く雁や預かった子も有りぬべし　赤羽（8俳諧新選 一〇五ぺ）
行く雲や犬の欠尿(かけばり)むらしぐれ　芭蕉（1六百番発句合 八三）
行く雲をねてゐてみるや夏座敷　野坡（6炭俵 二五四〇）
行く駒の麦に慰むやどり哉　芭蕉（1野ざらし紀行 二五一）
行く先も目に欲のなき枯野哉　其口（7俳諧古選 二二七ぺ）
行く末に牧のある野や朝霞　嘯山（8俳諧新選 一〇六ぺ）
行く旅を寝ずて案じる衾(しとね)哉　赤羽（8俳諧新選 一五五ぺ）
行く月に物の障らぬ海辺哉　都水（7俳諧古選 一八三ぺ）
行く蝶のとまり残さぬあざみ哉　燭遊（6あら野 五九五）
ゆく年の瀬田を廻るや金飛脚(かねびきゃく)　蕪村（2蕪村句集 二七八一）
行く年の空に日の照る御城かな　露月（9ホ明30・12 〇二五五）

行くとしの　山は見えけり　武蔵野も　野有（8俳諧新選一四六ペ）
ゆく年の　女歌舞妓や　夜の梅　蕪村（2蕪村遺稿一〇二一）
行く年や　空地の草に　雨が降る　月斗（9昭和俳句集〇五二〇）
ゆく年や　今結うて来し　髪容（かたち）　麦人（9草笛〇三四五）
行く年や　親にしらがを　かくしけり　越人（6あら野九七七）
ゆく年や　顔のさびしき　古手鍋　寥和（4職人尽後集一一五七）
行く年や　鷺は田地を　買うた皃（かほ）　卯雲（8俳諧新選一四五ペ）
行くとしや　連れだつ物は　何と何　素園（8俳諧新選一四五ペ）
行くとしや　根が我が物に　あらざれば　李雨（8俳諧新選一四六ペ）
行く年や　歴史の中に　今我あり　虚子（12五百五十句四一ペ）
行くとしや　我が目に僅　鼻の先　青蛾（4たつのうら一二六六）
行く年よ　京へとならば　状ひとつ　湖春（6炭俵二六四三）
行くとなき　足の運びや　花の下　太祇（8俳諧新選一〇九ペ）
行くな雁　住めばどつちも　秋の暮　一茶（3おらが春四七二ペ）
行くに先（まづ）　反橋嬉し　山桜　可休（7俳諧古選一五六ペ）
行く春に　かたる風情や　野路の蝶　蛾眉（8俳諧新選一一二ペ）
ゆく春に　すがりて咲くや　藤の花　青蒲（7俳諧古選二二〇ペ）
行く春に　わかの浦にて　追ひ付いたり　芭蕉（1笈の小文三七七）
行く春の　あみ塩からを　残しけり　野水（6あら野六一八）
行く春の　いづち去りけむ　かかり舟　蕪村（2蕪村遺稿四六三）
行く春の　くれぐれをしき　夕べ哉　弘永（7俳諧古選一四四ペ）
行く春の　酒をたまはる　陣屋かな　子規（10獺祭句帖抄六二三ペ）
行く春も　こころえがほの　野寺かな　野水（6あら野八四七）
行く春や　うしろ向けても　京人形　水巴（9定本水巴句集〇六〇六）
ゆく春や　歌も聞こえず　宇佐の宮　蕪村（2蕪村遺稿四六〇）
行く春や　海を見て居る　鴉の子　諸九（5諸九尼句集五二一）
ゆく春や　おもきかしらを　もたげぬる　蕪村（2蕪村遺稿四六二）
ゆく春や　おもたき琵琶の　抱き心　蕪村（2蕪村遺稿一一〇六）
ゆく春や　小袖にのこる　酒のしみ　知十（9鶯日〇三五五）
行く春や　商人船の　立烏帽子　子規（10獺祭句帖抄六〇五ペ）
ゆく春や　逡巡として　遅ざくら　蕪村（2蕪村句集二二五二）
ゆく春や　白き花見ゆ　垣のひま　蕪村（2蕪村句集一九九四）
行く春や　選者をうらむ　歌の主　蕪村（2蕪村句集四五八）
行く春や　竹のふし見と　成りにけり　烏西（8俳諧新選一一二ペ）
ゆくはるや　同車の君の　さざめごと　蕪村（2蕪村遺稿一一二七）
行く春や　鳥啼き魚の　目は泪　芭蕉（1奥の細道四七五）
ゆく春や　花によごれし　荷（にな）ひ茶や　也有（5蘿葉集五〇六）
行く春や　一声青き　すだれうり　蓼太（5蓼太句集五三五）
行く春や　灯（ひ）は常明の　観世音　茅舎（9川端茅舎一七〇一）
行く春や　ほうほうとして　蓬原　子規（10獺祭句帖抄六四二ペ）
行く春や　牡丹に移る　人ごころ　買友（8俳諧新選一一二ペ）
ゆく春や　むらさきさむる　筑波山　蕪村（2蕪村句集一一〇四）
行く春や　眼に合はぬめがね　失ひぬ　蕪村（2蕪村遺稿四六一）
ゆく春や　横河へのぼる　いもの神　蕪村（2蕪村句集一五二一）

行く春を近江の人とをしみける　芭蕉（1猿蓑 六一六）
行く春を大わらはなる柳かな　嘯山（8俳諧新選 一一二ぺ）
行く春を翠帳の鸚鵡（あうむ）黙りけり　子規（10獺祭句帖抄 六二三ぺ）
逝く人に留まる人に来る雁　漱石（9日記の中より 〇一八六）
行く人の蓑をはなれぬ霞かな　冬文（6あら野 五二六）
行く人や堀にはまらんむら薄　胡及（6あら野 七三四）
行く人を皿でまねくや薬食　一茶（3文政句帖 三六〇ぺ）
行くべしのけふも闌（たけ）たるこたつかな　斗吟（8俳諧新選 二三八ぺ）
行衛（ゆくへ）なき雲に組して野分哉　来山（7俳諧古選 一七五ぺ）
ゆく蛍畑も立てず明けにけり　河星（8俳諧新選 一一六ぺ）
行く程に都の塔や秋の空　太祇（5太祇句選 五五〇）
行くほどにもはや山なし時鳥　和及（7俳諧古選 一六三ぺ）
行く路の細らばほそれ山ざくら　嬉水（7俳諧古選 二一〇ぺ）
ゆく水に口すすぎけり白椿　山夕（7俳諧古選 一五八ぺ）
行く水に塵も氷のやどり哉　大圭（7俳諧古選 二一三ぺ）
ゆく水の跡や片寄る菱の花　桃隣（4別座鋪 〇八九〇）
行く水や汗も埃も夕祓へ　立圃（7俳諧古選 一五九ぺ）
行く水や竹に蟬鳴く相国寺（しゃうこくじ）　鬼貫（4仏兄七久留万 〇二八六）
ゆく水や何にとどまる海苔の味　其角（4花摘 〇八一九）
ゆくゆくは出家さす子も幟かな　嘯山（8俳諧新選 一一六ぺ）
ゆくゆくは鳥と添寝の木の芽哉　宋阿（7俳諧古選 一五七ぺ）
行く我にとどまる汝に秋二つ　子規（10獺祭句帖抄 六三五ぺ）

行く女袷着なすや憎きまで　太祇（5太祇句選 五四五）
行けば又逃ぐる山あり雲の峰　麻兄（8俳諧新選 一五四ぺ）
ゆさゆさと大枝ゆるる桜かな　鬼城（9鬼城句集 〇六四一）
ゆさゆさと風に身を漕ぐ蟷螂かな　喜舟（9紫川 〇四七一）
ゆさゆさと桜もてくる月夜哉　道彦（5蔦本集 九七〇）
柚子の玉味噌の火焔を吐かんとす　子規（10獺祭句帖抄 六五七ぺ）
油断なく花の跡追ふ若葉哉　雁宕（8俳諧新選 一一四ぺ）
湯婆や忘じてとほき医師の業（わざ）　秋桜子（9帰心 一四五三）
ゆつくりと寝たる在所や冬の梅　惟然（4梅桜 一〇三一）
楪（ゆづりは）の世阿弥（ぜあみ）まつりや青かづら　嵐雪（6続猿蓑 三〇九五）
ゆで栗の畑や今宵雨と成り　在色（5誹諧当世男 一四四四）
茹栗や胡座（あぐら）巧者なちひさい子　一茶（3七番日記 三五一ぺ）
茹蛸の碇（いかり）たのもし舟すずみ　百万（8俳諧新選 一二一ぺ）
湯豆腐やいのちのはてのうすあかり　万太郎（9流寓抄以後 一一三五）
湯殿山銭踏む道の泪かな　曾良（4奥の細道 〇八七三）
柚（ゆ）の色や起きあがりたる菊の露　其角（6続猿蓑 三三四一）
温泉（ゆ）の底に我が足見ゆる今朝の秋　蕪村（2蕪村遺稿 一三二）
湯のたきも同じ音也五月雨　一茶（3八番日記 三三五ぺ）
温泉の通る間々や霜ばしら　庭台（8俳諧新選 二三九ぺ）
湯の名残今宵は肌の寒からむ　芭蕉（1柞原集 五四七）
柚の花や昔しのばん料理の間　芭蕉（1嵯峨日記 六八六）
温泉の町に紅梅早き宿屋かな　子規（10獺祭句帖抄 六二六ぺ）

温泉(ゆ)の道の　一筋凄し　雲の峰　茶裡(8俳諧新選 二二〇ペ)
ゆび嚙(か)みて　まつ人やなき　山桜　二柳(8俳諧新選 一五二ペ)
夕鰺を　妻が値ぎりて　瓜の花　虚子(11五百句 五〇ペ)
夕影は　流るる藻にも　濃かりけり　虚子(11五百句 八三ペ)
夕がすみ　都の山は　みな丸し　蝶夢(4草根発句集 一七〇六)
夕風に　跡なく成りぬ　雲の峰　鶴英(7俳諧古選 二一八ペ)
夕風に　撫でられて居る　涼みかな　琴和(8俳諧新選 二二一ペ)
夕風の　鷺吹き飛ばす　青田かな　子規(10獺祭句帖抄 六三〇ペ)
夕風や　是もひとりは　涼まれず　移竹(7俳諧古選 二一五ペ)
夕風や　白薔薇の花　皆動く　子規(10獺祭句帖抄 六四九ペ)
夕風や　野川を蝶の　越えしより　白雄(5白雄句集 八三四)
夕風や　水青鷺の　脛(はぎ)をうつ　蕪村(2蕪村句集 一一一八)
ゆふがほに　秋風そよぐ　御祓(みそぎ)川　蕪村(2蕪村句集 一〇六七)
ゆふがほに　足さはりけり　すずみ床　蝶夢(5草根発句集 八五八)
夕顔に　干瓢(かんぺう)むいて　遊びけり　芭蕉(1有磯海 八六二)
夕がほに　雑水(ざふすい)あつき　藁屋哉　越人(6波留濃日 三三四)
夕貌に　尻を揃へて　寝たりけり　一茶(3七番日記 三四二ペ)
夕皃に　狸の出づる　小雨かな　賀瑞(8俳諧新選 二二三ペ)
夕皃に　みとるるや身も　うかりひよん　芭蕉(1続山井 九)
夕がほに　よばれてつらき　暑さ哉　羽紅(6猿蓑 一七九四)
夕顔に　女湯あみす　あからさま　子規(10獺祭句帖抄 六五〇ペ)
ゆふがほの　しぼむは人の　しらぬ也　野水(6あら野 六八〇)

夕皃の　汁は秋しる　夜寒かな　支考(6炭俵 二五八三)
ゆふがほの　それは髑髏(どくろ)歟(か)　鉢たたき　蕪村(2蕪村句集 八一六)
夕皃の　内裏しらぬぞ　無念なる　素狂(8俳諧新選 二二三ペ)
夕皃の　花嚙(か)む猫や　余所(よそ)ごころ　蕪村(2蕪村句集 五七〇)
夕皃の　花で涕(はな)かむ　おばば哉　一茶(3おらが春 四四五ペ)
夕皃の　花に不形(ぶなり)は　なかりけり　乙由(7俳諧古選 一七一ペ)
夕顔の　一つの花に　夫婦かな　風生(9村住 一五九一)
夕皃の白く　夜の後架(こうか)に　紙燭(しそく)とりて　芭蕉(1武蔵曲 一三七)
夕皃は　蚊の鳴くほどの　くらさ哉　偕雪(6あら野 六八一)
夕顔は　白光仏に　おはすかや　梨葉(9梨葉第二句集 一〇七六)
夕がほや　秋はいろいろの　瓢(ふくべ)かな　芭蕉(1あら野 四〇三)
ゆふがほや　黄に咲きたるも　有るべかり　蕪村(2蕪村句集 六七九)
夕顔や　客載せて来る　女馬士(まご)　子規(10獺祭句帖抄 六五〇ペ)
夕皃や　竹焼く寺の　薄　煙　蕪村(2蕪村遺稿 二六八)
夕顔や　たしかに白き　花一つ　蒼虬(4訂正蒼虬句集 二一五四)
夕皃や　蔓の自由も　花の時　杜陵(7俳諧古選 二一七ペ)
夕皃や　名を落としたる　花の形(なり)　去来(7俳諧古選 二〇六ペ)
夕顔や　雞(にはとり)も一二羽　襁褓(むつき)ちる　周禾(8俳諧新選 二二三ペ)
夕皃や　寝るにも誘ふ　隣どし　沙月(8俳諧新選 二二三ペ)
夕がほや　裸でおきて　夜半過ぎ　嵐蘭(6続猿蓑 三一三二)
夕がほや　武士一腰の　裏つづき　蕪村(2蕪村遺稿 五七一)
夕皃や　風呂におくれし　木賃宿　沢翁(7俳諧古選 二一八ペ)

夕顔や酔うてかほ出す窓の穴　芭蕉（1 続猿蓑 七八九）
夕顔や女子の肌の見ゆる時　千代女（5 千代尼句集 五一五）
夕皃や女の手にて借屋札　文鳴（7 俳諧古選 二一五ぺ）
夕鳥一羽おくれてしぐれけり　子規（10 獺祭句帖抄 六六二ぺ）
夕鳥啼き啼き帰る枯野哉　汀雨（7 俳諧古選 二一八ぺ）
夕霧や馬の覚えし橋の穴　一茶（3 おらが春 四六八ぺ）
夕霧より伊左さま参る師走かな　子規（10 獺祭句帖抄 六三九ぺ）
夕暮れの薄暗がりに茄子のぞき　虚子（13 六百五十句 一五〇ぺ）
夕暮れの小雨に似たり水すまし　子規（10 獺祭句帖抄 六三〇ぺ）
夕ぐれのものうき雲やいかのぼり　才麿（5 其袋 二一三）
夕暮れの男鹿や角の有るものか　風水（7 俳諧古選 一八二ぺ）
夕暮れや土とかたればちる木の葉　一茶（3 七番日記 三五七ぺ）
夕ぐれや兀並びたる雲のみね　去来（6 猿蓑 一八〇二）
夕暮れを集めて早し年の暮　珪琳（8 俳諧新選 一四六ぺ）
夕桜城の石崖裾濃なる　草田男（9 長子 二五五一）
夕ざくら旅重ねきて衿に手を　平之助（9 五所亭句集 一〇九六）
夕しぐれ蟇ひそみ音に愁ふかな　蕪村（2 蕪村句集 二九八）
夕しぐれ古江に沈む木の実哉　召波（5 春泥句集 八一七）
夕涼み明かずの門を開かれたり　毛仏（8 俳諧新選 二二ぺ）
夕すずみあぶなき石にのぼりけり　野坡（6 炭俵 二五二〇）
夕涼み炬燵の恩は忘れけり　珍志（7 俳諧古選 二一七ぺ）
夕すずみよくぞ男に生まれける　其角（7 俳諧古選 一六九ぺ）

夕立ちて野飼の牛の戻りけり　雲魚（8 俳諧新選 二二ぺ）
夕立にうたるる鯉のかしらかな　子規（10 獺祭句帖抄 六〇八ぺ）
ゆふ立に傘かる家やま一町　圃水（6 続猿蓑 三一八三）
夕立に傘（からかさ）の亭（ちん）ゆられけり　嘯山（8 俳諧新選 二二三ぺ）
夕立にさし合はせけり日（ひ）傘（からかさ）　拙侯（6 続猿蓑 三一八〇）
夕立にどの大名か一（ひと）しぼり　傘下（6 あら野 九三〇）
夕立に走り下るや竹の蟻　丈草（4 篇突 一〇〇六）
夕立に火を奪はれし鵜飼かな　素行（8 俳諧新選 一一八ぺ）
夕立に干し傘ぬるる垣穂かな　傘下（6 あら野 六八六）
夕立（ゆふだち）の跡柚（ゆ）の薫る日陰哉　北枝（5 猿丸宮集 四〇八）
白雨の隈（くま）しる蟻のいそぎかな　秋風（5 元禄百人一句 一六二）
ゆふだちの空ざやぬけてふる日かな　為春（4 犬俤 〇〇七二）
夕立のとりおとしたる出村哉　一茶（3 文政句帖 三三七ぺ）
夕立の又やいづくに下駄はかん　鬼貫（7 俳諧古選 一六〇ぺ）
夕立は貧しき町を洗ひ去る　青々（9 妻木 〇四九八）
白雨や家を回りて家鴨（あひる）啼く　其角（7 俳諧古選 一六八ぺ）
夕立や下りても行かず牛の主　吏登（4 吏登発句集 一一八四）
白雨や傘と日傘の川向かひ　其峰（8 俳諧新選 一四八ぺ）
夕立や数の子供の捨て育ち　可幸（8 俳諧新選 一二三ぺ）
ゆふだちや門脇どのの人だまり　蕪村（2 蕪村句集 一四二二）
白雨や鐘ききはづす日の夕べ　史那（6 猿蓑 一七八六）
夕立や草葉をつかむ群雀　蕪村（2 蕪村句集 一四二一）

夕立や雲の流るる鳰(にほ)のうみ　魯玉（8俳諧新選 一四八ぺ）
ゆふだちや烟逆(さか)だつ浅間山　嘯山（5律亭句集 七二二）
夕立や四山とどろく水の上　竹冷（4聴雨窓俳話 二二三五）
白雨や水晶のずずのきるる音　几董（5井華集 八〇〇）
夕立や膳最中の大書院　太祇（8俳諧新選 一二二ぺ）
夕立や田を見めぐりの神ならば　其角（4五元集 〇八一七）
白雨や中戻りして蟬の声　正秀（6続猿蓑 三一八四）
夕だちやちらしかけたる竹の皮　暁鳥（6続猿蓑 三一八二）
夕立や知恵さまざまのかぶり物　乙由（7俳諧古選 二〇九ぺ）
夕立やぬれて戻りて欄に倚る　虚子（11五百句 九ぺ）
白雨や蓮一枚の捨てあたま　嵐蘭（6猿蓑 一七八七）
白雨や蓮の葉たたく池の蘆　苔蘇（6続猿蓑 三一八一）
白雨や人も助かる田の戦(そよ)ぎ　風鶴（8俳諧新選 一二三ぺ）
夕立や檜木の臭(かざ)の一(ひと)しきり　及肩（6猿蓑 二一六五）
白雨や筆もかわかず一千言　蕪村（2蕪村句集 一〇六四）
夕立や物云ひたげに草も木も　篤羽（8俳諧新選 一二二ぺ）
夕立や物見車の崩れより　心祇（4続一花摘 一一六五）
夕立や森を出て来る馬車一つ　虚子（11五百句 七六ぺ）
夕月の白髪交りや糸すすき　里泉（8俳諧新選 一三三ぺ）
夕月の細殿に梅薫る也　作者不詳（8俳諧新選 一〇二ぺ）
夕月や大肌ぬいでかたつむり　一茶（3七番日記 三四一ぺ）
夕月や京のはづれの辻角力(すまふ)　子規（9寒山落木巻二 〇〇五〇）

夕月や杖に水なぶる角田川　越人（6あら野 九〇六）
夕月や流れ残りのきりぎりす　一茶（3文化句帖 三四九ぺ）
夕月や納屋も厩も梅の影　鳴雪（9鳴雪俳句集 〇一六一）
夕月夜あんどんけしてしばしみむ　卜枝（6あら野 四三四）
夕燕我には翌(あす)のあてはなき　一茶（3文化句帖 三三〇ぺ）
夕露の葉を見すまして上りけり　大夢（8俳諧新選 二二六ぺ）
夕露や伏見の角力(すまひ)ちりぢりに　蕪村（2蕪村句集 一五九）
夕露を旦(あした)にこぼす牡丹哉　尺布（7俳諧古選 二一九ぺ）
夕凪や垂乳あらはにゆきかへる　禅寺洞（9禅寺洞句集 二二九九）
夕凪や仏づとめも真つ裸　寸七翁（9現代俳句集 〇八八五）
夕波の船にきこゆるなづな哉　孤屋（6続猿蓑 二九九一）
ゆふばれや桜に涼む波の花　芭蕉（1継尾集 五二六）
夕晴や山をかぞへて門すずみ　春歩（8俳諧新選 二二一ぺ）
夕日影のせて落ちたる椿かな　卯雲（8俳諧新選 一〇六ぺ）
夕日影町中に飛ぶ胡蝶かな　其角（4続虚栗 〇八一八）
夕日さす波の鯨や片しぐれ　巴人（5夜半亭発句帖 五〇二）
夕雲雀(ひばり)いざふしどへと真さかさま　蘭丸（8俳諧新選 一〇四ぺ）
夕べにも朝にもつかず瓜の花　芭蕉（1佐郎山 六二三）
夕飯はいやと寝転ぶあつさ哉　珪琳（8俳諧新選 一二〇ぺ）
夕鵙(もず)によごれし電球(たま)の裡ともる　誓子（9七曜 一四九三）
夕焼や鰯の網に人だかり　子規（10獺祭句帖抄 六三六ぺ）
夕山やけぶりの末の春の雲　長翠（4水薦苅 二一二五）

ゆふやみの唐網にいる蛙かな　一井（6あら野五八五）
夕闇の迷ひ来にけり吊葱　虚子（12六百句一五七ペ）
夕闇はほたるもしるや酒ばやし　水鷗（6続猿蓑三一九四）
夕わかれする子供らに山の雪　杉童（9枯蘆〇八一〇）
弓固めとる比なれや藤ばかま　支浪（6続猿蓑三二四九）
柚(ゆ)味噌買ふて吉田の里に帰りけり　子規（10獺祭句帖抄六五六ペ）
柚味噌にも伽羅(きゃら)の匂ひや冬籠り　貝錦（8俳諧新選一四〇ペ）
弓取に歌とはれけり秋のくれ　蕪村（2蕪村句集二一八二）
弓取の帯の細さよたかむしろ　蕪村（2蕪村句集六一）
弓始千年のつるをはる日哉　良保（5崑山集六〇）
弓張の月も落ちたり関角力(せきずまふ)　蘭交（8俳諧新選一四八ペ）
弓張や狩りに出る子の壁人(かげぼふし)　嘯山（8俳諧新選一四五ペ）
夢かれて初秋犬の遠音哉　西吟（5庵桜二三二）
夢さつて又一匂ひ宵の梅　嵐蘭（6猿蓑一八九三）
夢さめてあはやとひらく一夜ずし　蕪村（2蕪村遺稿一七一三）
夢さめて本の独りやかんこ鳥　鼓舌（8俳諧新選一一四ペ）
夢殿の戸へな障りそ煤払　太祇（8俳諧新選一四四ペ）
夢殿へなびく草戸の蚊遣かな　別天楼（9野老一一八六）
夢殿を出て町角や種蒔きぬ　青々（9松苗〇四九九）
夢なりとすれば寒灯明るすぎ　立子（9昭46俳句年鑑一九五〇）
夢にきけ明けなば問はん鹿の声　蘆洲（8俳諧新選一五七ペ）
夢に舞ふ能美しや冬籠り　たかし（4たかし全集二六六二）

夢に見し羽織は綿の入りにけり　野水（6あら野九四八）
夢に見れば死もなつかしや冬木風　木歩（9決定木歩全集一〇五九）
夢の如くががんぼ来り膝の上　松浜（9白菊〇五六一）
夢のやうにきけば砧をうつつ哉　良保（5毛吹草追加六三）
夢よりも現(うつつ)の鷹ぞ頼母(たのも)しき　芭蕉（1鵲尾冠三二四）
柚(ゆ)も柿も御法にもれぬ十夜哉　漁焉（8俳諧新選一三九ペ）
柚も柿もをがまれにけり御影講(おめいかう)　沾圃（6続猿蓑三四五四）
百合咲くや汗もこぼさぬ身だしなひ　諸九（5諸九尼句集五二二）
ゆりの花雨をたたへてゆふりけり　尺布（8俳諧新選一一八ペ）
百合は過ぎ芙蓉を語る命かな　風麦（6続猿蓑三二五〇）
揺れもどる牡丹桜に朝雀　汀女（9昭44俳句年鑑一九三二）
湯をむすぶ誓ひも同じ石清水　芭蕉（1曾良旅日記四九二）

よ

夜明けからけふはと思ふあつさ哉　菜陽（8俳諧新選一二〇ペ）
夜あそびの目蓋(まぶた)におもし朧月　白尼（4春興朗詠集一七九七）
夜嵐の雨に日たけぬ枇杷の花　巴人（5夜半亭発句帖五〇四）
夜嵐や太閤様のさくら狩り　その（7俳諧古選一五四ペ）
夜歩行(よありき)の恥づかしうなる砧かな　土髪（8俳諧新選一三一ペ）
夜歩行の子に門であふ十夜哉　太祇（8俳諧新選一三九ペ）
夜あるきを母寝ざりける水鶏(くひな)哉　其角（7俳諧古選一六九ペ）

よい風も　移り変はるや　十三夜　几圭（8俳諧新選 二三四ぺ）
能い声に　驚かされて　踊る也　千之（7俳諧古選 一八一ぺ）
よい聟を　願ひの糸や　親ごころ　雁觜（8俳諧新選 二二四ぺ）
よい夢の　さめても嬉し　もちの音　五筑（8俳諧新選 一四四ぺ）
よい踊り　わるい踊りに　おされけり　大夢（8俳諧新選 一二五ぺ）
酔うて泣く　ことのよろしき　濁酒かな　山梔子（9山梔子句集 一二一〇）
酔うて寝た　日のかずかずや　古暦　几董（5あけ烏 八〇五）
酔うて寝む　なでしこ咲ける　石の上　芭蕉（1あつめ句 三〇〇）
夜神楽（かぐら）に　歯も食ひしめぬ　寒さ哉　史邦（6続猿蓑 三三九八）
夜神楽や　鼻息白し　面の内　其角（6猿蓑 一六九八）
世がよくば　も一つ止まれ　飯の蠅　一茶（3おらが春 四四二ぺ）
よき家や　雀よろこぶ　背戸の粟　芭蕉（1千鳥掛 四一八）
よき角力（すまふ）　いでこぬ老の　うらみ哉　蕪村（2蕪村遺稿 七七八）
よき炭の　よき灰になる　あはれさよ　虚子（14七百五十句 一二八ぺ）
余儀なしや　傾城買ひの　冬籠り　瓜流（8俳諧新選 一四〇ぺ）
余儀なしや　みどり子に扇　かす風情　移竹（8俳諧新選 一一九ぺ）
夜着の内　広ぅ覚ゆる　寒さかな　大涌（8俳諧新選 一四七ぺ）
夜着の肌　余所（よそ）も合はぬか　春の雨　雅因（7俳諧古選 二一八ぺ）
夜着は重し　呉天に雪を　見るあらん　芭蕉（1虚栗 一六〇）
夜着ひとつ　祈り出だして　旅寝かな　芭蕉（1真蹟 七三一）
よき人の　脚の堅めや　山　桜　岸指（7俳諧古選 二二〇ぺ）
よき人を　宿す小家や　おぼろ月　蕪村（2蕪村句集 一〇九八）

能きふとん　宗祇とめたる　うれしさに　蕪村（2蕪村遺稿 二七九）
能きほどに　はなして帰る　月夜哉　一髪（6あら野 四三七）
能きものを　笑ひ出したり　山桜　乙由（7俳諧古選 一五五ぺ）
よく上げて　鳳巾（たこ）参らする　御階（みはし）哉　瓜流（8俳諧新選 一一〇ぺ）
翌朝は　雨降つてゐる　鵜川かな　虚子（14七百五十句 五五三ぺ）
能くきけば　親舟に打つ　礁（きぬた）かな　一井（6あら野 九四三）
よくしれる　菊のあるじや　苗ながら　嘯山（8俳諧新選 一〇八ぺ）
欲どしう　二度くぐりたる　茅輪哉　嘯山（8俳諧新選 一二三ぺ）
夜桑摘む　提灯高き　垣根かな　蚋魚（9山鳩大7・7 〇八四六）
よく見れば　雨には遠し　朧月　嘯山（8俳諧新選 一〇八ぺ）
よくみれば　薺（なつな）花さく　垣ねかな　芭蕉（1続虚栗 二五九）
横雲の　夕焼をして　一二片　虚子（14七百五十句 九一ぺ）
よこた川　植ゑ処なき　柳かな　尚白（6猿蓑 一九一四）
横町や　按摩昼行く　雲の峰　四方太（9ホ明31・7 〇二〇六）
横にくみ　竪にほぐれて　蝶二つ　子規（10獺祭句帖抄 六〇五ぺ）
横になれ　他人はまぜぬ　うちはかな　紹簾（4俳諧新選 一二八七）
横に降る　心直るや　春の雪　林紅（7俳諧古選 一五二ぺ）
横に行く　双びなきこそ　雲雀（ひばり）なれ　正興（7俳諧古選 一五〇ぺ）
夜興（よこ）の狸　銭にしてこれに妖（ば）けたと　笑ひけり　作者不明（8俳諧新選 一四九ぺ）
横乗りの　馬のつづくや　夕雲雀　一茶（3おらが春 四四〇ぺ）
横乗りは　牛の事なる　花野哉　買友（8俳諧新選 一二九ぺ）
夜興引（よこひき）の　袂わびしき　はした銭　蕪村（2蕪村遺稿 二三三〇）

夜興引(よこひき)や犬心得て山の道　子規（10獺祭句帖抄 六六二ぺ）
夜興引や犬のとがむる塀の内　蕪村（2蕪村句集 二三三一）
夜桜にあやしやひとり須磨の蜑(あま)　言水（7俳諧古選 二〇七ぺ）
夜桜に留主する妻の心もて　蓮之（7俳諧古選 一五七ぺ）
夜寒さや吹けば居すくむ油虫　木歩（9決定木歩全集 一〇六〇）
夜雨しばしば照り極つて秋近し　乙字（9乙字句集 〇九九六）
よしあしも思へばをかし古暦　五筑（8俳諧新選 一四六ぺ）
よし切の声も坂東太郎かな　諸九（4諸九尼句集 一七八九）
よし雀の拍子揃ふや船大工　荘丹（5能静草 八九二）
葭切の遠(をち)の鋭声や朝ぐもり　秋桜子（9葛飾 一四五四）
葭切や饑饉の村を照りつけて　挿雲（9添削大9・7 〇三六一）
夜しぐれに小鮠(こばえ)焼くなる匂ひかな　士朗（5枇杷園句集 九〇三）
義朝の心に似たり秋の風　芭蕉（1野ざらし紀行 一九〇）
義仲の寝覚めの山か月悲し　芭蕉（1荊口句帳 五五七）
芳野出でて布子売りをし更衣(ころもがへ)　杜国（6あら野 八九八）
吉野川の落花ふくみし鮎なる歟(か)　月斗（9昭和俳句集 〇五二一）
吉野気を離れて白し秋の雲　鬼貫（7俳諧古選 一七六ぺ）
吉野出て虻(あぶ)の離れぬ袂かな　宋屋（4瓢簞集 一六九七）
吉野とも我が隠家ぞ置火燵　笛十（8俳諧新選 二三八ぺ）
よし野にて桜見せうぞ檜木笠　芭蕉（1笈の小文 三六三）
吉野見た足可愛がる炬燵かな　希因（5俳諧新選 四九二）
よしの山又ちる方に花めぐり　去来（7俳諧古選 一四六ぺ）

よし野山も唯大雪の夕べ哉　野水（6あら野 九一七）
吉野よく見よとはくどし花盛り　玖也（5夜錦 九八）
よし一夜うしろ見よとやちる木の葉　一茶（3七番日記 三五七ぺ）
吉原の木賃も留めず砧哉　千虎（7俳諧古選 二一六ぺ）
よしや君弟御達もちる桜　此筋（7俳諧古選 二〇五ぺ）
よしや花の雨此の杯を笠にせん　一笑（7俳諧古選 二〇七ぺ）
よしや身は申し合はする罌粟(けし)坊主　宗且（7俳諧古選 一六〇ぺ）
夜すがらや竹こほらするけさのしも　芭蕉（1真蹟短冊 九三九）
夜涼みやむかひの見世は月がさす　里圃（6続猿蓑 三一六三）
夜角力(ずまふ)の草にすだくや裸虫　蕪村（2蕪村遺稿 七八〇）
寄せ鍋の大きな瀬戸の蓋を開く　立子（9続立子句集 一九五一）
よそからの谺(こだま)に煤を掃かせけり　乙由（7俳諧古選 一九三ぺ）
余所(よそ)に寝てどんすの夜着のとし忘れ　支考（6続猿蓑 三四二四）
よその音聞いてこちにも砧哉　召波（7俳諧古選 二一八ぺ）
余所の田の蛙入れぬも浮世かな　落梧（6あら野 九五七）
余所の田へ螽(いなご)のうつる日和かな　子規（10獺祭句帖抄 六一六ぺ）
よその夜に我が夜おくるる砧かな　大魯（5蘆陰句選 八二四）
粧へる浅間連山町の上　虚子（13六百五十句 二三六ぺ）
四つごきのそろはぬ花見心哉　芭蕉（1炭俵 八三五）
ヨット来ぬさをのまなじの鱶(ふか)の海を　禅寺洞（9禅寺洞句集 二三〇〇）
四つに組んで贔屓の多き角力(すまふ)かな　子規（10獺祭句帖抄 六五三ぺ）
四橋の下や燕の十文字　南雅（8俳諧新選 一〇六ぺ）

よつ引いて　ひよろついて居る　かがし哉　大夢（8 俳諧新選 一二八ぺ）
淀川の　大三日月や　時鳥　子規（10 獺祭句帖抄 六一四ぺ）
淀舟に　聞きしや得手に　帆ととぎす（ほととぎす）　似春（4 続山井 ○二○九）
淀舟や　喧嘩にまじる　子規（ほととぎす）　立志（7 俳諧古選 一七○ぺ）
淀よりも　勢田になけかし　子規　蘆本（6 続猿蓑 三一一八）
世に合はぬ　濃き紅や　蔓珠沙華（まんじゅしゃげ）　祇川（8 俳諧新選 二三五ぺ）
世にさかる　花にも念仏　申しけり　芭蕉（1 蕉翁句集 九五五）
世に住まば　聞けと師走の　碪かな　西鶴（4 蓮実 ○一八八）
世にちれど　地獄へ落ちぬ　木の葉哉　宗鑑（7 俳諧古選 一九六ぺ）
世に出ろと　われに蛙の　鳴きたつる　余子（9 余子句抄 ○四五一）
世ににほへ　梅花一枝の　みそさざい　芭蕉（1 住吉物語 二三○）
世にふるも　さらに宗祇の　やどり哉　芭蕉（1 虚栗 一五九）
四人して　御蚊屋つるらん　女房達　好春（7 俳諧古選 一六二ぺ）
米くるる　友を今宵の　月の客　芭蕉（1 笈日記 七○五）
夜の雨の　篠つく降りや　焼芋屋　癖三酔（9 癖三酔句集 ○三八一）
四布五布　身の隠れ家の　ふとん哉　存義（7 俳諧古選 二二二ぺ）
よの木にも　まぎれぬ冬の　柳哉　越人（6 あら野 八六八）
余の事は　思ひ捨てた歟（か）　猫の恋　可幸（8 俳諧新選 一○二ぺ）
よの中は　稲かる頃か　草の庵　芭蕉（1 続深川集 四五八）
世の中は　鶺鴒（せきれい）の尾の　ひまもなし　凡兆（6 猿蓑 一八七八）
世の中は　三日見ぬ間に　桜かな　蓼太（5 蓼太句集 五三三）
世の中や　年貢畠の　けしの花　里東（6 炭俵 二五二四）

世の中よ　蝶々とまれ　かくもあれ　宗因（4 小町躍 ○一七六）
世の中を　紙子羽織や　妖（ば）けの皮　存義（8 俳諧新選 四一ぺ）
世の中を　暫（しば）し忘れつ　蚊屋の内　柳居（7 俳諧古選 一七二ぺ）
世の中を　這入り兼ねてや　蛇の穴　惟然（7 俳諧古選 二○三ぺ）
世の夏や　湖水にうかぶ　波の上　芭蕉（1 真蹟懐紙写 三九七）
世の人の　見付けぬ花や　軒の栗　芭蕉（1 奥の細道 四九八）
夜の町に　雪ふり積もり　川の音　知十（9 鶯日 ○三五六）
夜の雪の　田をしろくしぬ　鴫のこゑ　秋桜子（9 古鏡 一四五五）
夜の雷雨　砲車に光り　ては消ゆる　素逝（4 砲車 二六六八）
世の業（わざ）や　髭はあれども　若夷（えびす）　山蜂（6 続猿蓑 三一○六）
夜ばかりの　国も有るかに　けふの月　多少（8 俳諧新選 二三○ぺ）
夜半過ぎて　暑さを月に　極めけり　菜根（8 俳諧新選 二二○ぺ）
夜半過ぎて　すがすが雪の　積りけり　赤羽（8 俳諧新選 一四二ぺ）
世は地獄　よしはらすずめ　ほととぎす　石鼎（9 花影 ○七七一）
世は照るや　満花の中の　ひとり酒　沾洲（4 よめり東風 一二四○）
夜は夜とて　忘れぬ凧（たこ）の　置き所　乙二（4 松窓乙二集 二一二四）
呼びかへす　鮒売り見えぬ　あられ哉　凡兆（6 猿蓑 一六八一）
酔ひ狂ひ　なきを牡丹の　花見かな　赤羽（8 俳諧新選 一一三ぺ）
宵越しの　豆麩明かりに　なく蚊哉　一茶（3 題叢 三四一ぺ）
酔ひさめぬ　腹も立ちやむ　胸の月　百里（7 俳諧古選 二○六ぺ）
酔ひざめの　顔洗ひたる　さくらかな　弾月（8 俳諧新選 一○九ぺ）
宵過ぎや　柱みりみり　寒が入る　一茶（3 文政句帖 三五六ぺ）

酔ひたんぼ提げてなくする木の子哉　尺布（8 俳諧新選 二三四ぺ）
酔ひたんぼ先(まつ)流したるあふぎかな　之房（8 俳諧新選 一一九ぺ）
宵月夜門に添乳(そへぢ)の暑さかな　宋阿（7 俳諧古選 一七二ぺ）
酔ひて寝る人を叱(しか)つて月見哉　晩鈴（7 俳諧古選 二二六ぺ）
宵ながら人なき里や冬の月　文水（8 俳諧新選 一四一ぺ）
宵に見し橋はさびしや月の影　一髪（6 あら野 四二九）
宵の雨しるや土筆の長みじか　闇指（6 続猿蓑 三〇三一）
宵の月西になづなのきこゆ也　如行（6 猿蓑 一八九八）
宵の間は笹にみだるる蛍かな　元輔（6 あら野 六四三）
宵闇の稲妻消すや月の顔　長虹（6 あら野 九八四）
宵々に見へりもするか炭俵　一茶（3 文化句帖 三六〇ぺ）
宵々に雪踏む旅も半ばなり　亜浪（4 亜浪句鈔 二六一六）
宵々の雨に音なし杜若(かきつばた)　蕪村（2 蕪村句集 八七三）
酔ふた天けふみよしの盛りかな　万翁（8 俳諧新選 一五二ぺ）
酔ふ人やあらぬ口をもきくの酒　西武（5 犬子集 四六）
よべ寝たる都は遠しなく蛙　牛行（8 俳諧新選 一〇五ぺ）
よべの雨に家々ぬれて二月尽　百閒（9 百鬼園俳句 一一七一）
夜見が浜も由比が浜も同じ蜻蛉かな　石鼎（9 花影 〇七七〇）
よみさしの本に団(うちは)の栞かな　季遊（8 俳諧新選 一一九ぺ）
よみ初や金ひらへりと橋の札　百万（8 俳諧新選 一〇〇ぺ）
夜水とる里人の声や夏の月　蕪村（2 蕪村句集 一一三六）
よみもせず人も寝させず蛙哉　雨律（7 俳諧古選 二三〇ぺ）

よみ終はる文にうなづくたのもかな　布門（8 俳諧新選 一三五ぺ）
娵入の門も過ぎけり鉢たたき　許六（6 続猿蓑 三四〇一）
嫁入の行列囃せ鳴子引け　青峰（9 青峰集 二二六三）
嫁入の鈴の音過ぎてちどりかな　東皐（5 奥美人 九四七）
夜目遠目扠(さて)やかがしの笠の内　麦翅（8 俳諧新選 一二八ぺ）
蓬生や三度選んで麻の中　吐月（8 俳諧新選 一五六ぺ）
蓬生や讐ひ菖蒲(あやめ)は葺かず共　富水（8 俳諧新選 一一六ぺ）
終夜(よもすがら)秋風きくや裏の山　曾良（6 猿蓑 一八〇八）
よもすがら音なき雨や種俵　蕪村（2 蕪村句集 二〇九七）
よもに打つ薺(なづな)もしどろもどろ哉　芭蕉（1 続深川集 四五九）
四方の戸のがたがた鳴りて雪解風　虚子（12 六百句 二三七ぺ）
四方の春ぬらりくらりでやるじやまで　雲鼓（7 俳諧古選 一五一ぺ）
夜やいつの長良の鵜舟曾(かつ)て見し　蕪村（2 蕪村遺稿 一四〇一）
夜々月の雫や凝つて蔓ぶだう　素丸（4 素丸発句集 一七六〇）
よらで過ぐる藤沢寺のもみぢ哉　蕪村（2 蕪村句集 二二九一）
寄りきけば又向かふ也むしの声　嘯山（8 俳諧新選 一二七ぺ）
より添ふも石たく宿の寒さかな　蘆元坊（8 俳諧新選 一五八ぺ）
夜寒の千本通り鉢敲　子規（10 獺祭句帖抄 六一九ぺ）
夜桃林を出でて暁嵯峨の桜人　蕪村（2 蕪村句集 一三六四）
よるとしのをかしく似合ふ紙子哉　篤羽（8 俳諧新選 一四一ぺ）
夜長く灯下に手足伸ばすなり　碧梧桐（9 ホ明38・9 〇一四七）
よる波の心落ちつく氷かな　二柳（8 俳諧新選 一五八ぺ）

夜の旅互ひにこはき頭巾かな　古津（8俳諧新選 一四三ペ）
夜の蠅人を忘れて何処（いづこ）へ歟（か）　之房（8俳諧新選 一二二ペ）
夜の日や不破の小家の煤はらひ　如行（6あら野 九一九）
夜の間に一尺たまる桜かな　座神（7俳諧古選 一五七ペ）
夜の雪おとさぬやうに枝折らん　除風（6あら野 四四八）
夜の雪晴れて藪木のひかりかな　浪化（4続別座敷 一〇八八）
夜の蘭香にかくれてや花白し　蕪村（2蕪村句集 一七八四）
夜窃かに虫は月下の栗を穿つ　芭蕉（1東日記 一一七）
夜昼の跡戻りする冬至哉　孤桐（8俳諧新選 四四ペ）
よるべをいつ一葉に虫の旅ねして　芭蕉（1東日記 一一五）
夜も半ば真上の月や冬木立　嘯山（8俳諧新選 一三七ペ）
夜々にかまけられたる蚤蚊哉　一茶（3父の終焉日記 四二九ペ）
夜々は欲も氷りて師走かな　春来（4東風流 一二七〇）
鎧（よろひ）着て疲れためさん土用干　去来（4続虚栗 〇九五四）
弱法師（よろぼふし）我が門ゆるせ餅の札　其角（6猿蓑 一七〇二）
よろよろと棹がのぼりて柿挟む　虚子（9五百五十句 〇〇九九）
世渡りにわたらぬ橋や燕子花（かきつばた）　孤山（8俳諧新選 一一四ペ）
よわよわと日の行きとどく枯野かな　麦水（4樗庵麦水集 一八〇三）
夜を秋の何踏ませけん水　車　烏栖（8俳諧新選 一三二ペ）
世をうしと花なる身をや捨て坊主　立圃（7俳諧古選 一九六ペ）
世を恋うて人を恐るる余寒かな　鬼城（4鬼城句集 二二七二）
夜をこめて新米春くや大法事　雅因（8俳諧新選 一三三ペ）
夜をこめて雪舟（そり）に乗りたるよめり哉　長虹（6あら野 八〇九）
夜をこめて山への使者や衣配（きぬくばり）　嘯山（8俳諧新選 一四五ペ）
夜をこめて雪落つる音や雪の上　野冬（8俳諧新選 一四三ペ）
夜を寒み小冠者（こくわじや）臥したり北枕　蕪村（2蕪村句集 一四六六）
世をすてし身の自慢日や大晦日　三千風（5三千風笛探 一五九）
世を旅に代（しろ）かく小田の行きもどり　芭蕉（1杉風宛書簡② 八五二）
夜を寝ぬと見ゆる歩みや蝸牛（かたつぶり）　太祇（8俳諧新選 一五五ペ）
夜を春に伏見の芝居灯（とぼ）しけり　田福（8俳諧新選 一一一ペ）
世を渡る人はそちらへ花の道　隆志（7俳諧古選 一二三ペ）

ら・り・る・れ・ろ

来山やおにつらわせてかぶら汁　大江丸（5はいかい袋 八七七）
来年は来年はとて暮れにけり　露川（7俳諧古選 一九四ペ）
老眼に炎天濁りあるごとし　虚子（13六百五十句 二一一ペ）
老犬の我を嗅ぎ去る枯木中　虚子（12六百句 二三六ペ）
老妻若やぐと見るゆふべの金婚（こと）に話頭（かた）りつぐ　碧梧桐（9昭和日記 〇一五〇）
老僧に死に嫌ひありねはん像　乙由（7俳諧古選 一五五ペ）
老僧の爪の長さよ冬籠り　子規（10獺祭句帖抄 六六一ペ）
老僧も袈裟かづきたる花見哉　之道（6炭俵 二四四五）
老僧や手底（て）に柚味噌の味噌を点す　子規（10獺祭句帖抄 六五七ペ）
老衲（らうだふ）炬燵に在り立春の禽獣裏山に　虚子（11五百句 四七ペ）

老梅の穢（きたな）き迄に花多し　虚子（14 七百五十句 一三四ペ）
落雁の声のかさなる夜寒かな　許六（5 韻塞 三八三）
洛中をひとりの声歟（か）鉢叩　泰里（8 俳諧新選 一四四ペ）
ラグビーのジヤケツちぎれて闘へる　誓子（9 黄旗 一四九五）
落々と賀正の二字や状至る　山梔子（9 山梔子句集 一二一一）
ラヂヲの除夜正光寺さん生の鐘　草城（9 銀 二四七二）
落花枝にかへると見れば胡蝶哉　守武（5 菊の塵 七）
落花生食ひつつ読むや罪と罰　虚子（12 五百五十句 三六ペ）
ラバ深みよる瀬の汐のド黒口に釣れて　碧梧桐（4 三昧昭4・1 二三一二）
らふそくの泪氷るや夜の鶴　蕪村（2 蕪村句集 八三五）
蠟燭のひかりにくしやほととぎす　越人（6 あら野 三九二）
臘（らふ）八（はち）に只座し明かす人もがな　不有（8 俳諧新選 一四五ペ）
臘八や和尚漸（やうや）くねびまさり　雁宕（4 五車反古 一七〇二）
欄干にのぼるや菊の影法師　許六（4 本朝文選 一〇五九）
欄干に夜ちる花の立ちすがた　羽紅（6 猿蓑 一九八六）
嵐雪とふとん引き合ふ侘寝哉　蕪村（2 蕪村句集 二三一八）
ランチの煙吹き煽る雪になつた　碧梧桐（9 碧梧桐句集 〇一四八）
蘭の香の袋を出でぬ師走かな　田鶴樹（8 俳諧新選 一四六ペ）
蘭の香の留主と答ふる庵　哉　二柳（8 俳諧新選 一五六ペ）
蘭の香も閑を破るに似たりけり　青蘿（4 青蘿発句集 一八五五）
蘭の香や菊よりくらき辺りより　蕪村（2 蕪村遺稿 二二七一）
蘭の香や焼香消えし夜にもし　太祇（8 俳諧新選 一五七ペ）

蘭の香やてふの翅にたき物す　芭蕉（1 野ざらし紀行 一八〇）
らんぷ売るひとつらんぷを霧にともし　敦（9 古暦 三一四一）
欄間には二十五菩薩春の風　子規（10 獺祭句帖抄 六四三ペ）
蘭夕べ狐のくれし奇楠を炷（た）かむ　蕪村（2 蕪村句集 一二七〇）
爛々と暁の明星浮寝鳥　虚子（12 五百五十句 四三ペ）
爛々と昼の星見え菌（きのこ）生え　虚子（9 六百五十句 〇一〇〇）
流灯や一つにはかにさかのぼる　蛇笏（9 山廬集 〇六七六）
流木の行くを天日寒く瞰る　たかし（4 たかし全集 二六六三）
立春の米こぼれをり葛西橋　波郷（9 雨覆 二六六二）
立春の鳶しばし在り殿づくり　青畝（9 万両 一五二七）
律僧の紺足袋穿つ掃除かな　子規（10 獺祭句帖抄 六一〇ペ）
李白いかに樽次（たるつぐ）はなにと花の滝　素堂（5 江戸広小路 二四三）
両国の花火聞こゆる月夜かな　子規（10 獺祭句帖抄 六五三ペ）
両国の両方ともに夜寒哉　一茶（3 文政版発句集 三四三ペ）
両の掌にすくひてこぼす蝌蚪の水　虚子（11 五百句 七〇ペ）
両の手に桃とさくらや草の餅　芭蕉（1 桃の実 七四七）
両の手の握り拳（こぶし）や五月闇　之房（8 俳諧新選 一七ペ）
両方に髭があるなり猫の妻　来山（4 今宮草 〇二四四）
竜宮もけふの塩路や土用干　芭蕉（1 六百番発句合 七〇）
竜骨車の煤は回して掃きにけり　春雄（7 俳諧古選 二一四ペ）
竜門の花や上戸の土産（つと）にせん　芭蕉（1 笈の小文 三六六）
隆々と一流木の焚火かな　不死男（9 万座 二二八〇）

緑陰にありて一歩も出でずをり　虚子（七百五十句 14 六五七ぺ）
緑陰に入るより励む心得し　立子（昭46俳句年鑑 9 一九五二）
緑陰や矢を獲ては鳴る白き的　しづの女（颱 9 〇九六六）
緑陰を出れば明るし芥子の実に　虚子（五百句 11 一〇五ぺ）
慮外ながら紅梅殿と申さうか　吾心（俳諧古選 7 二〇四ぺ）
竜胆や入船見入る小笹原　久女（杉田久女句集 9 〇九六一）
りんとした寒さなりけり今朝の春　祇徳（ちくば集 4 一一五四）
留守勝の妻をもてなす花見哉　春来（俳諧新選 8 一一〇ぺ）
留守中も釣り放しなる紙帳かな　一茶（おらが春 3 四五〇ぺ）
るすにきて梅さへよそのかきほかな　芭蕉（あつめ句 1 四五三）
留主のまに荒れたる神の落葉哉　芭蕉（芭蕉庵小文庫 1 七三六）
留主もりて鶯遠く聞く日かな　蕪村（蕪村遺稿 2 一二三二）
瑠璃光の瑠璃よりあをきつららかな　茅舎（俳究昭14・2 9 一〇七二）
霊運も今宵はゆるせとしわすれ　蕪村（蕪村句集 2 二二〇八）
礼状は書きぬ虫食ひの栗ながら　紅緑（紅緑句集 9 〇二四六）
冷水を湛ふ水甕の底にまで　誓子（遠星 9 一四九六）
励精に風呂の賞与や小六月　寸七翁（現代俳句集 9 〇八八六）
黎明を思ひ軒端の秋簾見る　虚子（六百句 12 二四一ぺ）
玲瓏と玉を噴き居る清水かな　麦人（ホ明32・8 9 〇三四六）
料理あり銭に冬なし旅もなし　重頼（俳諧古選 7 一八五ぺ）
烈日の下に不思議の露を見し　虚子（六百五十句 13 一五二ぺ）
連歌師かふすは何人(なにひと)花の本　卜養（犬子集 4 〇一四三）

連歌してもどる夜鳥羽の蛙かな　蕪村（蕪村句集 2 二三六二）
連翹(れんげう)に一閑張の机かな　子規（獺祭句帖抄 10 六四五ぺ）
連翹に糸いろいろや染めて干す　巨口（つは路 9 一二〇六）
連翹やかくれ住むとにあらねども　万太郎（流寓抄 9 一一三六）
連翹や其の望月としをれけり　胡及（あら野 6 一〇一五）
連翹やたばねられたる庭の隅　子規（獺祭句帖抄 10 六四五ぺ）
聯隊に祭る遺骨や日の盛り　碧梧桐（碧梧桐句集 9 〇一四九）
恋々(れんれん)として古都に住みたき柳かな　句仏（句仏句集 9 〇五四一）
恋々として柳遠のく舟路かな　几董（井華集 4 一八四五）
陋巷に生きて目刺に飯うまし　楞童（枯蘆 9 〇八一一）
籠城の水の手きれぬ雲の峰　子規（獺祭句帖抄 10 六四七ぺ）
六月の汗ぬぐひ居る台(うてな)かな　越人（波留濃日 6 一三四一）
六月の花歟(か)吉野の雲の峰　孟遠（俳諧新選 8 一二〇ぺ）
六月の人の事かや裸虫　来川（俳諧古選 7 一七一ぺ）
六月の氷菓一盞の別れかな　草田男（長子 9 二五五二）
六月や峰に雲置くあらし山　芭蕉（杉風宛書簡③ 1 八五八）
六十年踊る夜もなく過ごしけり　一茶（文政句帖 3 三四七ぺ）
六尺の人追ふ蜂のこころかな　闌更（俳諧新選 8 一〇七ぺ）
六尺も力おとしや五月あめ　其角（猿蓑 6 一七五八）
六部おき猪おきぬ村すすき　之房（俳諧新選 8 一三一ぺ）
六門徒今に栄えて大根焚　三幹竹（三幹竹句集 9 〇五五〇）
路次口に油こぼすや初しぐれ　子規（獺祭句帖抄 10 六一一ぺ）

路次の闇親子除け合ふ頭巾かな　蕪村（2蕪村遺稿九七〇）
露人ワシコフ叫びて石榴打ち落とす　三鬼（9夜の桃二三六五）
露台人胸に薔薇さし人を恋ふ　零余子（9零余子句集二〇六八六）
艪と聞きて窓を開けば雪の竹　井々（8俳諧新選一四三ぺ）
炉に焼き(た)てけぶりを握る紅葉哉　蕪村（2蕪村句集一一八四）
櫓の声波をうつて腸(はらわた)氷る夜やなみだ　芭蕉（1武蔵曲一二四）
炉開いて灰つめたく火の消えんとす　碧梧桐（9碧梧桐句集〇一五一）
炉開や雨しめやかに女客　露月（9露月句集二〇二五六）
炉開や裏町かけて角屋しき　蕪村（2蕪村遺稿二二四九）
炉開や左官老い行く鬢(びん)の霜　芭蕉（1韻塞七六五）
炉開や雪中庵のあられ酒　蕪村（2蕪村句集一九四二）
炉塞いで君をしぞ思ふ此の夕べ　洒竹（9洒竹句集〇二一九五）
ろふさいで立ち出づる旅のいそぎ哉　蕪村（2蕪村遺稿二一八一）
炉ふさいで南阮(なんげん)の風呂に入る身哉　蕪村（2蕪村句集二一八〇）
炉塞ぎしあとや机の置き所　白尼（4庵たから一七九八）
炉ふさぎや床は維摩(ゆいま)に掛け替はる　蕪村（2蕪村句集七四六）
炉塞や裸櫓(やぐら)の十日ほど　嘯山（8俳諧新選一二二ぺ）
炉閉げば狸にかへる茶釜哉　小波（9ささら波〇三〇六）
炉を出でて度々月ぞ面白き　野水（6あら野七九五）
倫敦(ロンドン)の濃霧の話日向ぼこ　虚子（12五百五十句二六ぺ）

わ

我が足にかうべぬかるる案山子(かがし)哉　蕪村（2蕪村句集四八）
わが足にからまる一葉大いなり　虚子（13六百五十句一六四ぺ）
若鮎の浅瀬を越ゆる光かな　李収（8俳諧新選一〇六ぺ）
若鮎の二手になりて上りけり　子規（10獺祭句帖抄五九八ぺ）
若鮎やうつつ心に石の肌　祇空（5住吉物語四五三）
若鮎や川瀬に雨の降るがごと　貝錦（8俳諧新選一〇六ぺ）
わが生きる心音トトと夜半の冬　風生（9愛日抄一五九二）
我が息を吹きとどめたる野分かな　虚子（12五百五十句二二一ぺ）
若い時ののら友達や寒念仏　紫水（8俳諧新選一四四ぺ）
我がいはふは大ぶく辰巳宇治茶哉　玄札（5懐子七三）
我が家に恰好鳥の鳴きにけり　一茶（3おらが春四六七ぺ）
我が家に居所捜すあつさかな　宋屋（4瓢箪一六九八）
我が庵は隣もちけり秋のくれ　竹冷（9竹冷句鈔〇二八六）
我が庵は冬を構へず山河あり　露月（9露月句集〇二二六）
我が庵や都の茶つみ宇治の里　安静（5鄙諺五七）
我が内へ呼ばれて来たり三の朝　風状（7俳諧古選二一四ぺ）
若人の眼鏡かけたり絹袷　子規（10獺祭句帖抄六一四ぺ）
我が馬に拍子知らする砧哉　巴風（7俳諧古選一八一ぺ）
吾がうらも残しておかぬ若菜哉　素秋（6あら野五〇八）

我が影に追ひ付きかぬるこてふかな　不角（5 続の原 四六二）
我が影に叫べる雉や水の面　梨冠（8 俳諧新選 一五二ぺ）
我が影にぬれかかる蝶や潦（にはたづみ）　孤桐（8 俳諧新選 一〇八ぺ）
我が影もかみな月なり石の上　祇空（4 見かへり松 一一三八）
我が影や月になほ啼く猫の恋　探丸（6 続猿蓑 三〇四一）
我が肩に蜘蛛の糸張る秋の暮　木歩（9 決定木歩全集 一〇六一）
我が門に富士のなき日の寒さ哉　沾洲（5 玄々前集 四三六）
我が門へ来さうにしたり配餅　一茶（3 おらが春 四七五ぺ）
我が門をよそに見て行くや猫の恋　貝錦（8 俳諧新選 一〇二ぺ）
若　楓茶いろに成るも一さかり　曲水（6 猿蓑 一七二三）
我が顔に薺（なづな）とばしるうれしさよ　青々（9 鳥の巣 〇五〇〇）
我がきぬにふしみの桃の雫せよ　芭蕉（1 野ざらし紀行 二三四）
わか草に育てらるるかきりぎりす　松堅（7 俳諧古選 一四三ぺ）
若草に根をわすれたる柳かな　蕪村（2 蕪村句集 二三二）
若草や翌（あす）も野飼の牛連れん　自友（8 俳諧新選 一〇三ぺ）
わか草や牛の寝た跡の薄烟　瓜流（8 俳諧新選 一〇三ぺ）
わか草や音せぬ雨の朝朗（あさぼらけ）　直井（8 俳諧新選 一〇三ぺ）
若草やこけ所よき酒の酔ひ　沙月（8 俳諧新選 一〇三ぺ）
わか草やここにも酒の流るめり　嘯山（8 俳諧新選 一五七ぺ）
わか草や背をする馬の真仰向け　太祇（8 俳諧新選 一〇三ぺ）
若くさや人の来ぬ野の深みどり　嘯山（5 律亭句集 七一七）
若草や人の裾ふむ舟上がり　樊川（8 俳諧新選 一〇三ぺ）

わか草や帆のゆらめける堤越し　嘯山（8 俳諧新選 一〇三ぺ）
若草やまたぎ越えたる桐の苗　風睡（6 続猿蓑 三〇七七）
若草や松につけたる蟻の道　此筋（6 続猿蓑 三〇二八）
わか草や社（やしろ）へ遠き大鳥居　雅因（8 俳諧新選 一〇三ぺ）
若草や余寒を恨むよぢれもぢれ　素丸（4 素丸発句集 一七六一）
若草や居よげに見ゆる鶴の脚　龍眠（8 俳諧新選 一〇三ぺ）
我が心春潮にありいざ行かむ　虚子（12 五百五十句 一〇ぺ）
我が事と鯲（どぢやう）のにげし根芹哉　丈草（6 猿蓑 一九〇二）
我が子なら供にはやらじ夜の雪　とめ（7 俳諧古選 二〇七ぺ）
我が恋の松島も嘸（さぞ）はつ霞　西鶴（7 俳諧古選 一四四ぺ）
我が恋は鰒も食はれぬ命かな　嵐夕（7 俳諧古選 二〇三ぺ）
我が駒の沓あらためん橋の霜　湖春（7 俳諧古選 一九七ぺ）
我が声を蹴て飛ぶ鵙（もず）や夕日かげ　嵐方（8 俳諧新選 一二九ぺ）
我が里はどうかすんでもいびつなり　一茶（3 七番日記 三二八ぺ）
我が捨てしふくべが啼く歟（か）かんこ鳥　蕪村（2 蕪村遺稿 五三五）
我が生の美しき虹皆消えぬ　虚子（14 七百五十句 一〇四ぺ）
我が生は淋しからずや日記買ふ　虚子（12 五百五十句 一〇一ぺ）
我が咳の谺（こだま）にむかふ霜夜哉　祇峰（8 俳諧新選 一三九ぺ）
わが袖にふと現れし秋の蝶　虚子（14 七百五十句 一一〇ぺ）
我が染めた幟見に来る紺屋哉　沙月（8 俳諧新選 一一六ぺ）
若竹に重うかかりし曇り哉　近江朽木社中（8 俳諧新選 一一八ぺ）
若竹に窓の灯（ひ）きらりきらり哉　洒竹（9 小日明27・4・19 〇二九六）

若竹のうらふみたるる雀かな　亀洞（6波留濃日　一三三〇）
わか竹の日毎にかはる戦（そよ）ぎかな　尺布（8俳諧新選　一一八ぺ）
若たけや一宇の灯（ともし）深からず　暁台（5暁台句集　七六九）
若竹や影も障子にのびて行く　乙二（8俳諧新選　一四七ぺ）
若竹や烟のいづる庫裏（くり）の窓　曲翠（6続猿蓑　三一七六）
若竹や子と云はれたもきのふけふ　玉里（8俳諧新選　一四七ぺ）
若竹や四五寸茂る縁の下　子規（10獺祭句帖抄　六三一ぺ）
わか竹や筑波に雲のかかる時　宋阿（8俳諧新選　一一八ぺ）
若竹や雞（にはとり）鳴きて午（ひる）時の月　移竹（8俳諧新選　一一八ぺ）
若竹やはしもとの遊女ありやなし　蕪村（2蕪村句集　二六五）
若竹や雪の重みは未（まだ）知らず　乙由（7俳諧古選　一七一ぺ）
若竹や夕日の嵯峨と成りにけり　蕪村（2蕪村句集　一〇五六）
わか竹を辷（すべ）る光や風の月　孤桐（8俳諧新選　一一八ぺ）
我がたつるけむりは人の秋の暮　蒼虬（5訂正蒼虬句集　一一五六）
我がためか鶴はみのこす芹の飯　芭蕉（1続深川集　一二三三）
我が頭巾うき世のさまに似ずもがな　蕪村（2蕪村句集　一一八八）
我がつまや肌にそへとてあはせ物　山人（4阿波手集　〇一四七）
我が手足ひきつれ出たり門すずみ　完来（5空華集　九一四）
我が朝は草もさくらを咲きにけり　一茶（3真蹟　三三二ぺ）
我が手さへ只は遊ばぬ火燵哉　立志（7俳諧古選　一九一ぺ）
我が友を雪とや見らんすくみ鷺　光貞妻（5犬子集　八四）
若菜つむ跡は木を割る畑哉　越人（6あら野　五〇三）

わか菜より七夕草ぞ覚えよき　荷兮（6あら野　八三七）
我が形（なり）に蓋をして居るなまこ哉　可幸（8俳諧新選　一四〇ぺ）
我が形も哀れに見ゆる枯野哉　智月（7俳諧古選　一九〇ぺ）
我が形もかがしに似たり小鳥狩り　丶水（8俳諧新選　一四七ぺ）
我が形を見失うたる雪吹（ふぶき）かな　比松（8俳諧新選　一四三ぺ）
我が庭に床几二つやほし迎へ　召波（8俳諧新選　一二四ぺ）
我が庭の良夜の薄湧く如し　たかし（4たかし全集　二六六四）
我が庭や木ぶり見直すはつ桜　沾荷（6続猿蓑　二九七七）
我が軒に長柄の菖蒲（あやめ）ふきにけり　西吟（5元禄百人一句　二三三一）
わが墓に散華供養を受くるところ　虚子（14七百五十句　四三ぺ）
若葉からすぐにながめの冬木哉　藤羅（6あら野　六二七）
我が臑（はぎ）も火箸に似たり冬籠り　有佐（7俳諧古選　二三三ぺ）
若葉して御めの雫ぬぐはばや　芭蕉（1笈の小文　三八一）
若葉して烟のたたぬ砦かな　子規（10獺祭句帖抄　六三一ぺ）
若葉して水白く麦黄みたり　蕪村（2蕪村句集　二六八七）
我が畑に翌（あす）あさつての茄子哉　五鳳（8俳諧新選　一四七ぺ）
我が額冬日兜の如くなり　虚子（14七百五十句　一二八ぺ）
我が蒲団いただく旅の寒さかな　沾圃（6続猿蓑　三四七九）
我が骨のふとんにさはる霜夜哉　蕪村（2蕪村遺稿　一八九五）
わが孫の村嬢と群れて入学す　秋桜子（9霜林　一四五六）
我がまへに雲行く影やころもがへ　成美（5成美家集　九二七）
我がままをいはする花のあるじ哉　路通（6あら野　三六〇）

我が道を　付けしよ壁の　蛞蝓(なめくじり)　半魯（8 俳諧新選 一五〇ペ）
わか水や　凡そ千年の　つるべ縄　風鈴軒（6 あら野 四六〇）
若水や　手にうつくしき　薄氷　武仙（6 続猿蓑 三〇八七）
若水を　幾たび頬(つら)へ　ひきがへる　紹簾（4 俳諧家譜 二二八八）
若水を　うちかけて見よ　雪の梅　亀洞（6 あら野 四六九）
我が身にも　夕暮れ有りて　すずみ哉　座神（7 俳諧古選 一七〇ペ）
若者は　どこにでもゐる　炎天にも　立子（9 昭46俳句年鑑 一九五三）
我がやうに　どつさり寝たよ　菊の花　一茶（3 おらが春 四六九ペ）
我が痩せを　驚き声や　きりぎりす　支鳩（8 俳諧新選 二二七ペ）
我が僕(やつこ)　落花に朝寝　ゆるしけり　其角（4 虚栗 〇八二一）
我が宿に　いかに引くべき　山清水　蕪村（2 蕪村句集 二六九三）
我が宿に　腰かけて居る　暑さかな　宗専（8 俳諧新選 二二〇ペ）
我が宿に　泊り定めん　十三夜　春来（8 俳諧新選 二三四ペ）
我が宿に　物わすれ来て　照射(ともし)哉　蕪村（2 蕪村遺稿 二六四〇）
我が宿の　うぐひす聞かむ　野に出でて　蕪村（2 蕪村遺稿 二〇八九）
我が宿の　こたつもあたり　勝手哉　瓜流（8 俳諧新選 二三八ペ）
我が宿は　かづらに鏡　すゑにけり　是楽（6 続猿蓑 三一〇九）
わが宿は　蚊のちひさきを　馳走也　芭蕉（1 芭蕉庵小文庫 六二九）
わが宿は　四角な影を　窓の月　芭蕉（1 芭蕉庵小文庫 九六一）
わが宿は　どこやら秋の　草葉哉　宗和（6 あら野 七四九）
我がやねを　はづれて嬉し　天の河　超波（7 俳諧古選 二二一ペ）
我が雪と　おもへばかろし　笠の上　其角（5 雑談集 二七二）

我が留主に　竹の子簀戸(すのこ)を　押さへけり　右丸（7 俳諧古選 二〇九ペ）
別る時の　雪舟(そり)鈴(すず)もしばし　耳に立つ　三幹竹（9 三幹竹句集 〇五五一）
別るるや　柿食ひながら　坂の上　惟然（6 続猿蓑 三四六四）
別ればや　笠手に提げて　夏羽織　芭蕉（1 白馬 九二〇）
脇差も　我も錆けり　冬籠り　正秀（7 俳諧古選 一九二ペ）
わぎも子が　爪紅(べに)粉のこす　雪まろげ　探丸（6 猿蓑 一六八六）
吾妹子に　仇波よする　汐干かな　鼠骨（9 新俳句 〇二六一）
我妹子の　膝にとりつく　竈馬(いとど)かな　青々（4 鳥の巣 二二五二）
わく泉　石に道して　流れけり　麦翅（8 俳諧新選 一五七ペ）
わくら葉に　取り付いて蟬の　もぬけ哉　蕪村（2 蕪村遺稿 二二六三）
わくらばの　梢あやまつ　林檎かな　蕪村（2 蕪村遺稿 一〇四）
わけ入れば　人の背戸なり　山ざくら　希因（4 暮柳発句集 一二〇五）
わけもなく　その木その木の　若葉哉　亀洞（6 あら野 六二八）
わざくれや　三百出して　年忘れ　涼菟（7 俳諧古選 一九〇ペ）
鷲の巣の　樟の枯枝に　日は入りぬ　凡兆（6 猿蓑 一九五九）
忘るなと　又行く音や　寒念仏　赤羽（8 俳諧新選 一五四ペ）
わするなよ　ほどは雲助　ほととぎす　蕪村（2 蕪村句集 二一四一）
忘るなよ　藪の中なる　うめの花　芭蕉（1 初蟬 二八三）
わすれ草　菜飯につまん　年の暮　芭蕉（1 江戸蛇之鮓 一〇〇）
忘れずば　佐夜の中山にて　涼め　芭蕉（1 丙寅紀行 一七〇）
早稲(わせ)晩稲(おくて)　皆こちからの　仕向け也　来山（7 俳諧古選 一九七ペ）
早稲刈りて　落ちつきがほや　小百姓　乃龍（6 続猿蓑 三三〇一）

わせの香や分け入る右は有(あ)りそ海(うみ)　芭蕉(1奥の細道 五三六)
綿(わた)入に夜は寝取らるる給かな　孤桐(8俳諧新選 一二二ぺ)
綿殻(わたがら)の干かねる軒やむら時雨　寒烏(8俳諧新選 二三六ぺ)
私に夜関を越ゆる時雨かな　楼川(8俳諧新選 一五八ぺ)
綿くりや嵯峨にも浮世有ればこそ　雲鼓(7俳諧古選 一八八ぺ)
渡し場は一人も渡し秋のくれ　常仙(4金台 一二四四録)
渡し守ばかり蓑着るしぐれ哉　傘下(6あら野 七七六)
渡し呼ぶ草のあなたの扇かな　蕪村(2蕪村句集 九二六)
わたし呼ぶ女の声や小夜ちどり　蕪村(2蕪村遺稿 二七四)
綿摘みてあとは枯木や綿畠　鬼城(4続鬼城句集 二二七三)
わだつみに物の命のくらげかな　虚子(11五百句 六八ぺ)
綿つみやたばこの花を見て休む　蕪村(2蕪村句集 一四三一)
綿とりてねびまさりけり雛の顔　其角(5其袋 二五七)
海中(わだなか)に都ありとぞ鯖火もゆ　たかし(4たかし全集 二六六五)
綿脱(わたぬ)きは松かぜ聞きに行くころか　野水(6あら野 八四八)
綿の花たまたま蘭に似たるかな　素堂(6あら野 七〇九)
綿の実を摘みゐてうたふこともなし　楸邨(9寒雷 二五九七)
移徙(わたまし)や先へ来てゐるきりぎりす　露川(7俳諧古選 一七九ぺ)
綿虫とぶ大徳寺にて飼へるもの　誓子(9天狼 一四九七)
綿弓の音収まつて蛍哉　蘆文(7俳諧古選 二二六ぺ)
わた弓や琵琶になぐさむ竹のおく　芭蕉(1野ざらし紀行 一八三)
渡り懸けて藻の花のぞく流れ哉　凡兆(6猿蓑 一七八四)
渡り鳥雲の機手(はたて)のにしきかな　蕪村(2蕪村句集 一七七一)
渡り鳥ここをせにせよ寺林　蕪村(2蕪村句集 一七七二)
わたり鳥田舎酌婦の眼の光　青々(9松苗 〇五〇一)
わたる世を捨てたる如し網代守(あじろもり)　巾糸(8俳諧新選 一四五ぺ)
綿をぬく旅ねはせはし衣更　九節(6炭俵 二四七二)
煩へば餅をも食はず桃の花　芭蕉(1夜話ぐるひ 二六一)
吾に返り見直す隅に寒菊赤し　汀女(9汀女句集 一九三)
鰐の居る夕汐みちぬ椰子の浜　虚子(12五百五十句 一五六ぺ)
佗び声に蛙の中のたにしかな　存義(8俳諧新選 一〇六ぺ)
佗しさは夜着を懸けたる火燵かな　桃先(6続猿蓑 三三八六)
わび禅師乾鮭(からさけ)に白頭の吟を彫(ゑ)る　蕪村(2蕪村句集 二三三四)
佗びつつも椿をながめ落としけり　瓜流(8俳諧新選 一五五ぺ)
佗びてすめ月佗斎がなら茶歌　芭蕉(1武蔵曲 一三八)
吾も老いぬ汝も老いけり大根馬　虚子(12五百五十句 九八ぺ)
わやくやと霰を佗びる雀哉　一茶(3七番日記 三五三ぺ)
藁一把かりて花見る阿波手(あはで)哉　湍水(6あら野 八九四)
藁さがるけふは二筋雀の巣　虚子(12六百句 一九四ぺ)
藁店や寄席の帰りの冬の月　五城(9五城句集 〇二三一)
草鞋(わらぢ)薄し枯野の小道茨を踏む　子規(10獺祭句帖抄 六六四ぺ)
童気に赤いも嬉し菊の花　五筑(8俳諧新選 一三三ぺ)
藁灰にまぶれてしまふ霰かな　子規(10獺祭句帖抄 六六三ぺ)
童べの明くる小祠や神無月　嘯山(8俳諧新選 一四五ぺ)

童べの　嚙(か)みて音なす　氷かな　楚古（8俳諧新選 一四七ペ）
童べも　菊も育ちが　大事かな　珪琳（8俳諧新選 一四七ペ）
わらび野や　いざもの焚かむ　枯れつつじ　蕪村（2蕪村句集 四四一）
藁葺の　御家人町や　菊の花　魯貢（8俳諧新選 一四八ペ）
藁葺きの　法華の寺や　鶏頭花　子規（10獺祭句帖抄 六三八ペ）
笑ふにも　泣くにもにざる　木槿(むくげ)かな　嵐蘭（6猿蓑 一八二〇）
わらふべし泣くべし　我が朝顔の　凋む時　芭蕉（1真蹟懐紙 二一五）
童子呼べば　答へなし只　蚯蚓(みみず)鳴く　子規（10獺祭句帖抄 六三七ペ）
わらんべの　犬抱いて行く　枯野かな　子規（10獺祭句帖抄 六六五ペ）
我老いぬ　好きに成りぬる　納豆汁　雪峰（8俳諧新選 一四五ペ）
われ老いぬ　人も老いぬと　明け易き　虚子（14七百五十句 六八ペ）
我書いて　紙魚(しみ)くふ程に　なりにけり　子規（10獺祭句帖抄 六〇八ペ）
我画きて　人の名を書く　扇かな　五鳳（8俳諧新選 一一九ペ）
吾書きて　よめぬもの有り　年の暮　尚白（6あら野 八二四）
われが住む　下より棺　冬の雨　青邨（9雪国 一六二二）
我がでに　我をまねくや　秋の暮　蕪村（2蕪村句集 二一〇）
われが身に　故郷ふたつ　秋の暮　大魯（5蘆陰句選 八二五）
我が行く　天地万象　凍(い)てし中　虚子（14七百五十句 九五ペ）
我着しと　音にな立ちそ　染紙子　多少（8俳諧新選 一四一ペ）
我ここに　かくれ終はりし　大冬木　虚子（13六百五十句 一八八ペ）
我先に　穂に出て田草　ぬかれけり　子規（10獺祭句帖抄 五九九ペ）
我しらず　笠を脱ぎけり　舞ふ雲雀(ひばり)　鄽决（8俳諧新選 一〇四ペ）

我しれり　富隠しける　門柳　嘯山（8俳諧新選 一〇五ペ）
我と来て　遊べや親の　ない雀　一茶（3おらが春 四五六ペ）
われとわが　驚く嚏(くさめ)　寝るとせん　圭岳（9太白 一一九六）
我汝を　待つこと久し　ほととぎす　一茶（3おらが春 四六七ペ）
我に枝　くれ行く年の　かたみかな　風状（8俳諧新選 一四六ペ）
我に似るな　ふたつにわれし　真桑瓜　芭蕉（1真蹟懐紙 六三三）
破れぬべき　年も有りしを　古火桶　蕪村（2蕪村句集 一九三五）
我寝たを　首あげて見る　寒さ哉　来山（5海陸後集 二一〇）
我ねぶり　彼なめる柚(ゆ)味噌　一つかな　子規（10獺祭句帖抄 六五七ペ）
我のせて　郭(くるわ)を出でよ　鳳巾(いかのぼり)　たま（7俳諧古選 一五六ペ）
我のみ歎(か)　来るとて元の　春ならず　心祇（8俳諧新選 一四六ペ）
我のみ歎　子にも教へて　鵜飼舟　直生（8俳諧新選 一一八ペ）
我のみの　柴折りくべる　そば湯哉　蕪村（2蕪村句集 一一九九）
我は春　目かどに立つる　まつ毛哉　般斎（6あら野 五〇一）
我他の　身に余所(よそ)ならぬ　田植哉　嘯山（8俳諧新選 一一六ペ）
吾亦紅(われもかう)　さして夫(つま)の忌　古りにけり　淡路女（9淡路女百句 〇九八六）
我も神の　ひさうやあふぐ　梅の花　芭蕉（1続連珠 五八）
我も死して　碑に辺りせむ　枯尾花　蕪村（2蕪村句集 一八八五）
我もらじ　新酒は人の　醒めやすき　嵐雪（6あら野員外 一三四六）
我や来ぬ　ひと夜よし原　天の川　嵐雪（4虚栗 〇八四八）
我行けば　枝一つ下り　寒鴉　虚子（13六百五十句 一三四ペ）
我等式が　宿にも来るや　今朝の春　貞室（6あら野 五〇二）

我等蝸牛（ででむし）角がすつべり肉で候ふ　嘯山（8俳諧新選 一五六ぺ）
我を厭ふ隣家寒夜に鍋を鳴らす　蕪村（2蕪村句集 二二〇四）
我を指す人の扇をにくみけり　虚子（11五百句 五〇ぺ）
われを慕ふ少女あはれや黄鶺鴒（せきれい）　虚子（13六百五十句 二〇一ぺ）
我を連れて我が影帰る月夜哉　素堂（7俳諧古選 二〇四ぺ）
我を招く玉むし出でよ涼みぶね　几董（4井華集 一八四六）
我を見て舌を出したる大蜥蜴　虚子（14七百五十句 七五一ぺ）
和を入れて女使ひの兜かな　存義（8俳諧新選 一一六ぺ）
輪をかけて馬乗り通る柳かな　巴丈（6続猿蓑 三〇〇八）
椀売りも出でよ芳野の初時雨　空牙（6続猿蓑 三三三一）
わんぱくや縛られながらよぶ蛍　一茶（3おらが春 四六〇ぺ）

ゐ・ゑ

遺教経（ゐけうぎやう）は子故の闇よ世のかたみ　巴東（7俳諧古選 二一七ぺ）
井堰うつ槌のひびきや夏木立　雅因（8俳諧新選 一一四ぺ）
胃痛やんで足のばしたる湯婆（たんぽ）かな　子規（10獺祭句帖抄 六六一ぺ）
井戸替の綱曳きに出る長屋哉　麦人（9俳諧新潮 〇三三九）
井戸にさへ錠のかかりし寒さ哉　一茶（3享和句帖 三五七ぺ）
井戸ばたの桜あぶなし酒の酔ひ　秋色（5江戸砂子 四五八）
ゐなか間のうすべり寒し菊の宿　尚白（6猿蓑 一八六七）
居眠りてうつらうつらん砧かな　調和（5夜錦 一四九）
居眠りて我にかくれん冬ごもり　蕪村（2蕪村句集 二三二〇）
猪に吹きかへさるるともしかな　正秀（6猿蓑 一七三九）
猪の牙にもげたる茄子かな　為有（6炭俵 二五三四）
猪の狸ね入りやしかの恋　蕪村（2蕪村遺稿 九五一）
猪の露折りかけてをみなへし　蕪村（2蕪村句集 二二七五）
猪の床にも入るやきりぎりす　芭蕉（1三冊子 八九七）
猪の寝に行く方や明けの月　去来（4旅寝論 〇九二四）
猪もともに吹かるる野分かな　芭蕉（1江鮭子 六二一）
井のすゑに浅々清し杜若（かきつばた）　半残（6猿蓑 一七三〇）
藺（ゐ）の花にひたひた水の濁り哉　此筋（6続猿蓑 三一三四）
藺の花や泥によごるる宵の雨　鈍可（6あら野 六七四）
井の水のあたたかになる寒さ哉　李下（6続猿蓑 三四三二）
絵団扇のそれも清十郎にお夏哉　蕪村（2蕪村句集 九一九）
絵馬見る人の後ろのさくら哉　玄察（6あら野 一〇七一）
絵草紙に鎮（しづ）おく店や春の風　几董（5井華集 七九五）
恵心寺に奉公はせで網代守（あじろもり）　支考（7俳諧古選 一八九ぺ）
越後屋に衣さく音や衣更　其角（5浮世の北 二六〇）
絵にかかば朝のうち也樹々の雪　巴東（8俳諧新選 一四二ぺ）
絵に似たる顔やヘマムシ夜半の月　立圃（4そらつぶて 〇〇七四）
絵屏風の倒れかかりし火桶かな　子規（10獺祭句帖抄 六一九ぺ）
円光を着て鴛鴦の目をつむり　素逝（9暦日 一八一七）
園丁や胸に抱き来しヒヤシンス　元（9島村元句集 〇九〇〇）

を

岡あれば宮宮あれば梅の花　子規（10獺祭句帖抄 六〇六ペ）
をかしげにほめて詠むる月夜哉　一髪（6あら野 四一四）
をかしさに腸（はらわた）たちぬ壬生の猿　尺布（8俳諧新選 一一一ペ）
をかしさのそら寝こそぐるなまこかな　貞佐（4桑々畔発句集 一二二四）
をかし蜜柑中に筋あり袋あり　珪山（8俳諧新選 一四八ペ）
尾頭のこころもとなき海鼠（なまこ）哉　去来（6猿蓑 一六四九）
岡の上に馬ひかえたり青嵐　子規（10獺祭句帖抄 六二九ペ）
岡の家に絵むしろ織るや萩の花　蕪村（2蕪村遺稿 二五六〇）
をがむ気もなくてたふとやけふの月　山蜂（6続猿蓑 三二一四）
荻にふく風とて外にあらばこそ　雅因（8俳諧新選 一三三ペ）
荻の風いとさぅざぅしき男かな　蕪村（2蕪村遺稿 一七七四）
荻の風獺の夫婦の通りけり　洒竹（9洒竹句集 〇二八九）
荻の風寝余る夜さへせはしけれ　麻兄（8俳諧新選 一三三ペ）
荻の声こや秋風の口ぅつし　芭蕉（1続山井 一六）
荻の穂や頭をつかむ羅生門　芭蕉（1蕉翁句集草稿 七〇〇）
荻吹くやそよや土用も秋の風　季吟（4独琴 〇一一八）
荻分けて木曾の道ぐさかくばかり　大夢（8俳諧新選 一五〇ペ）
小国町南小国村芋水車　虚子（14七百五十句 三三一ペ）
桶の輪のひとつあたらし年のくれ　猿雖（6続猿蓑 三四二〇）

桶の輪やきれて鳴きやむきりぎりす　昌房（6猿蓑 二一七二）
稚子（をさなご）の太鼓ではやす時雨かな　ちか（8俳諧新選 一三六ペ）
稚子の寺なつかしむ銀杏哉　蕪村（2蕪村句集 一二二四）
稚子の二人親しき夜寒かな　旨原（4五車反古 一七三〇）
幼子や青きを踏みし足の裏　子規（9俳句稿巻二 〇〇八二）
をさな子やひとり食（めし）くふ秋の暮　尚白（6あら野 一〇〇八）
をさな名やしらぬ翁の丸頭巾　芭蕉（1菊の塵 九四〇）
をさまりし蟻地獄変日もかげり　爽雨（9遅日 一八八八）
鴛（をし）鴦あそぶ水玉水の上をまろび　素逝（9暦日 一八一九）
惜しさうに夜の明くる也朧月　孤桐（8俳諧新選 一〇八ペ）
鴛（をしどり）に美をつくしてや冬木立　蕪村（2蕪村句集 二八）
鴛鴦の濡れて居るなり春の雨　子規（10獺祭句帖抄 六二四ペ）
鴛鴦の向かひあふたり並んだり　子規（10獺祭句帖抄 六六六ペ）
鴛や国師の沓もにしき革　蕪村（2蕪村遺稿 六八九）
鴛（をし）や花の君子は殺（かれ）てのち　蕪村（2蕪村遺稿 六八八）
鴛（をし）なくや夕月かかる寺の門　嘯山（8俳諧新選 一四〇ペ）
鴛鴦の羽に薄雪つもる静かさよ　子規（10獺祭句帖抄 六六四ペ）
鴛鴦の水古鏡のごとく夕づきぬ　淡路女（9淡路女百句 〇九七八）
鴛鴦の画の襖にこもる狂女哉　子規（9俳句稿巻 〇〇九一）
雄島のを出して見せばや袖の月　黒露（8俳諧新選 一五三ペ）
惜しまれてとくちれ花の昼時分　晩山（7俳諧古選 一五一ペ）
をしみ人を慕ふて散るや山桜　羽幸（8俳諧新選 一〇六ペ）

惜しみ居し　春を捨てよとや　ほととぎす　龍眠（8俳諧新選一五四ペ）
惜しめども　寝たら起きたら　春であろ　鬼貫（4仏兄七久留万〇二六九）
和尚とは　しらで誉めけり　田植笠　貞佐（4桑々畔発句集一二一五）
をしや花　そだたぬ土へ　栽ゑかへる　孤桐（8俳諧新選一五五ペ）
をしや春　一杯のめば　其程減る　留鶯亭（7俳諧古選二〇七ペ）
小田原で　合羽買うたり　五月雨　蕪村（2蕪村句集一六三四）
遠近（をちこち）をちこちと打つきぬた哉　蕪村（2蕪村句集一二〇八）
遠近の　鐘に夕山　桜かな　月斗（9昭和俳句集〇五〇四）
遠近へ　香をやり梅の　嵐かな　望一（4犬子集〇〇五五）
折つて帰り　色も返らぬ　紅葉哉　梅盛（7俳諧古選一七四ペ）
折つて後　貰ふ声あり　垣の梅　沾徳（5五子稿四二九）
男くさき　羽織を星の　手向け哉　杏雨（6あら野七一四）
男なき　寝覚めはこはい　蚊帳哉　花崎（7俳諧古選一七三ペ）
をととひの　へちまの水も　取らざりき　子規（4絶筆二一八三）
一昨日は　あの山越えつ　花盛り　去来（5花摘二九〇）
乙女草や　しばしとどめん　霜覆ひ　梅盛（4口真似草〇一二八）
踊りけり　腰にぶらつく　奉加帳　子規（10獺祭句帖抄六〇九ペ）
踊子の　跡しら波や　迎ひ舟　沾徳（7俳諧古選一八二ペ）
踊子の　夜食に母の　給仕哉　沙月（8俳諧新選二二五ペ）
踊子や　父の好みも　何処（どこ）にやら　里由（8俳諧新選一四八ペ）
をどり子や　渡しの船の　夕あらし　祇空（4住吉物語一一三五）
踊場に　遣水ほしく　思ひけり　季遊（8俳諧新選二二五ペ）

踊り見に　引くためしなし　御所車　烏玉（7俳諧古選一八五ペ）
踊り見の　夜の簾も　うき世哉　原水（7俳諧古選一八四ペ）
踊るべき　ほどには酔うて　盆の月　李由（6炭俵二五五三）
尾根わたる　杖もさだかに　遍路かな　爽雨（9雪解一八八九）
斧入れて　香におどろくや　冬木立　蕪村（2蕪村句集一〇八五）
をのこなる　かがしや藁で　たばねても　貝錦（8俳諧新選一二八ペ）
尾の下に　我が想ふ人や　鳳巾（いかのぼり）　吏登（4吏登発句集一一八一）
小野炭や　手習ふ人の　灰ぜせり　芭蕉（1向之岡一二〇）
小野の炭　匂ふ火桶の　穴めかな　蕪村（2蕪村句集一九三七）
斧のねや　蝙蝠（かはほり）出づる　あきのくれ　卜枝（6あら野七四一）
男（を）の童と　女（め）の童と遊ぶ　炬燵かな　子規（10獺祭句帖抄六六一ペ）
姨捨は　あれに候ふと　かがし哉　一茶（3七番日記三四八ペ）
姨捨を　闇にのぼるや　けふの月　沾圃（6続猿蓑三二三〇）
尾房にも　馬冷し場の　蛍かな　楼川（8俳諧新選一一七ペ）
をみなへし　鵜坂の杖に　たたかれな　馬莧（6続猿蓑三二四七）
をみなへし　しでの里人　それたのむ　自悦（6あら野一〇〇五）
女良花（をみなへし）　そも茎ながら　花ながら　蕪村（2蕪村句集一一五二）
女郎花　たとへばあはの　内侍かな　季吟（5師走の月夜五〇）
女郎花　誰と寝てやら　しほれけり　嘯山（8俳諧新選一二九ペ）
女郎花　ねびぬ馬骨の　姿哉　濁子（6続猿蓑三二四六）
女郎花　婆々に成りてや　後の月　帯雨（8俳諧新選二三四ペ）
女郎花　二もと折りぬ　けさの秋　蕪村（2蕪村遺稿二〇〇四）

女郎花　宮守ならば　物語れ　子規（10獺祭句帖抄 六五八ぺ）
女郎花　男郎花（をとこへし）恋の　はじめなり　子規（10獺祭句帖抄 六六〇ぺ）
女郎花　折るや観世が　駕（かご）のうち　宋阿（7俳諧古選 一八四ぺ）
をみな等も　涼しきときは　遠（をち）を見る　草田男（9銀河依然 二五二六）
折あしく　門こそたたけ　鹿の声　蕪村（2蕪村句集 一四七一）
折り枝の　ひびきよりちる　小蝶哉　一兎（7俳諧古選 二一九ぺ）
折り得たる　紅葉扨（さて）しも　横ひらた　蕪村（2蕪村遺稿 六三六）
折り懸けし　藤やふらりと　捻ぢながら　嘯山（8俳諧新選 一一ぺ）
折りかけの　火をとるむしの　かなしさよ　探丸（6あら野 一〇三五）
居り替はる　羽音涼しや　森の蟬　北枝（5北枝発句集 四〇七）
折りかへる　桜でふくや　台所　孤屋（6炭俵 二四五〇）
折り釘に　烏帽子かけたり　春の宿　蕪村（2蕪村句集 三七〇）
折口は　さすがに生きし　冬木立　支鳩（8俳諧新選 三七ぺ）
折りくるる　心こぼさじ　梅もどき　蕪村（2蕪村句集 二八一）
折りくれし　霧の蕨の　つめたさよ　素十（9野花集 一五三一）
折りし皮　ひとりで開く　柏餅　誓子（9天狼 一四六二）
折敷て　御室に見ばや　後の月　嘯山（8俳諧新選 三四ぺ）
折柴の　なほ細かれや　炉の煙　乙二（4松窓乙二集 二二一五）
折鶴の　羽も動くや　けさの秋　茶雷（8俳諧新選 二四ぺ）
折りとりて　はらりとおもき　芒かな　蛇笏（9山廬集 〇六四七）
折りとれば　見しより薄し　紅つつじ　井々（8俳諧新選 一〇ぺ）
折りに来る　人なしとてや　合歓（ねむ）の花　棹里（8俳諧新選 二三ぺ）

折節は　急いで回り　灯籠哉　雁宕（7俳諧古選 二三〇ぺ）
折ふしは　ひぞるもをかし　竹婦人　希因（4暮柳発句集 一二〇一）
折りもてる　わらび凋（しを）れて　暮れ遅し　蕪村（2蕪村遺稿 二一一八）
居りよさに　河原鶸（かはらひは）来る　小菜畠　支考（6続猿蓑 三三〇三）
折々に　伊吹をみては　冬ごもり　芭蕉（1後の旅 七二四）
折々は　酢になるきくの　さかなかな　芭蕉（1真蹟自画賛 六四七）
折々は　睡る声きく　砧哉　尚白（7俳諧古選 一八〇ぺ）
折々や　雨戸にさはる　荻のこゑ　雪芝（6続猿蓑 三二五五）
折る事も　高根の花や　見た計（ばか）り　来山（7俳諧古選 一九八ぺ）
をるときに　なりて逃げけり　花の枝　鷗歩（6あら野 三七六）
折る人を　こそぐる萩の　うねりかな　柳居（4柳居発句集 一一四七）
折れ釘の　笠に雫や　梅雨のうち　可幸（7俳諧古選 二一七ぺ）
折れつくす　秋に彳（たたず）む　かがしかな　蕪村（2蕪村遺稿 二一七〇）
尾をかくす　にはよき庵の　薄かな　射道（8俳諧新選 五一ぺ）
尾を捨てて　狐の寝たる　あつさかな　沾洲（4続花摘 一二三六）
尾を引けば　草に取らるる　雉子（きぎす）哉　言水（7俳諧古選 五一ぺ）
温石（をんじやく）の　あかるる夜半や　はつ桜　露沾（6続猿蓑 二九六四）
女倶して　内裏拝まん　おぼろ月　蕪村（2蕪村句集 一〇〇九）
女連れて　春の野ありき　日は暮れぬ　子規（10獺祭句帖抄 六一三ぺ）
女出て　鶴たつあとの　若菜哉　小春（6あら野 五〇六）
女見る　春も余波や　渡し守　太祇（8俳諧新選 一一二ぺ）

第二句索引

あ

この池の　愛蔵の水　温みけり　不死男（9 氷海昭47・4 二二六五）
聖霊（しやうりやう）に　挨拶するや　口の中　青魚（8 俳諧新選 一二五ぺ）
少年に　愛す沼あり　花すすき　平之助（9 五所亭句集 一〇九五）
去にしなの　愛想成りけり　遅桜　閑々（7 俳諧古選 二一九ぺ）
入口の　あいそになびく　柳かな　一茶（3 おらが春 四四〇ぺ）
草花や　アイヌ在らばと　思ひけり　句仏（9 句仏句集 〇五二八）
いとし子を　愛やの道や　下涼み　之孝（8 俳諧新選 二二二ぺ）
琵琶琴の　あうてあはざる　夜寒哉　嘯山（8 俳諧新選 一五五ぺ）
うぐひすの　逢うて帰るや　冬の梅　蕪村（2 蕪村遺稿 七一四）
来ると往くと　逢うて月見や　渡し舟　淡々（5 淡々発句集 四六七）
白露に　阿吽の旭（あさひ）　さしにけり　茅舎（9 川端茅舎句集 一六八三）
黒い牛　赤い牛居る　花野かな　露月（9 露月句集 〇二二二）
御祭りの　赤い出立の　蜻蛉哉　一茶（3 七番日記 三四八ぺ）
うめの花　赤いは赤いは　あかいはな　惟然（5 惟然坊句集 三九六）
童気に　赤いも嬉し　菊の花　五筑（8 俳諧新選 一三三ぺ）
大旱の　赤牛となり　声となる　三鬼（9 夜の桃 二三五九）
姑や　あかがりの手の　恐ろしき　子規（9 寒山落木巻四 〇〇二五）
鳥啼いて　赤き木の実を　こぼしけり　子規（10 獺祭句帖抄 六一七ぺ）
渋柿の　赤きに迷ふ　こころかな　旭峰（8 俳諧新選 一二三ぺ）

涅槃像　あかき表具も　目にたたず　沾圃（6 続猿蓑 三四三九）
犬の舌　赤く伸びたり　水温む　虚子（14 七百五十句 五五〇ぺ）
鎌とげば　藜（あかざ）悲しむ　けしきかな　虚子（11 五百句 二一ぺ）
やどりせむ　あかざの杖に　なる日まで　芭蕉（1 笈日記 四〇六）
小春日や　あかざを杖に　干しかため　喜舟（9 紫川 〇四六一）
須磨を出て　明石は見えず　春の月　子規（10 獺祭句帖抄 五九八ぺ）
草屋二軒　赤白の桃　咲けるかな　子規（10 獺祭句帖抄 六一三ぺ）
何処（どこ）で夜を　明かす共なき　蛍哉　支鳩（8 俳諧新選 一七ぺ）
夕涼み　明かずの門を　開かれたり　毛仏（8 俳諧新選 二二ぺ）
顔みせや　暁いさむ　下邳（かひ）の橋　其角（4 白馬 〇七八五）
廿五の　暁起きや　ころもがへ　蕪村（2 蕪村遺稿 五〇八）
ほととぎす　暁傘を　買はせけり　其角（4 類柑子 〇八一〇）
榾（ほだ）の火や　あかつき方の　五六尺　丈草（6 炭俵 二六二七）
夜桃林を出でて　暁嵯峨の　桜人　蕪村（2 蕪村句集 二三六四）
而（しかう）して　蕃茄（あかなす）の酸味　口にあり　青峰（9 青峰集 二二五〇）
蝙蝠（かうもり）や　垢に魚わく　捨小舟　周禾（8 俳諧新選 一一五ぺ）
花の陰　あかの他人は　なかりけり　一茶（3 おらが春 四三五ぺ）
春風や　赤前垂が　出て招く　飄亭（9 小日明27・2・12 〇一九六）
掃溜の　赤元結や　春の雨　一茶（3 八番日記 三二六ぺ）
木枕の　あかや伊吹に　のこる雪　丈草（5 鳥の道 三一一）
昼中の　あからあからと　しぐれけり　子規（9 寒山落木巻二 〇〇四四）
山蟻の　あからさま也　白牡丹　蕪村（2 蕪村句集 一五七〇）

餅つきや　あがりかねたる　鶏(とり)のとや　嵐蘭（6続猿蓑 三四〇九）
雀子や　あかり障子の　笹の影　其角（4続虚栗 〇八〇二）
炎天に　あがりて消えぬ　箕(み)のほこり　龍之介（9澄江堂句集 一一三七）
鎗先を　明かりにしてや　闇の梅　雁宕（8俳諧新選 一五三ぺ）
しら露の　明かりへ出ると　落ちにけり　几圭（4新雑談集 一一八七）
鶯の　あかるき声や　竹の奥　希因（5暮柳発句集 四八九）
冬雲の　明るき処　なかりけり　露月（9露月句集 〇二二一）
真つすぐに　あがる燕や　嵐山　王城（9同人句集 〇九二〇）
はるさめの　あがるや軒に　なく雀　羽紅（6猿蓑 一九四五）
温石(をんじゃく)の　あかるる夜半や　はつ桜　露沾（6続猿蓑 二九六四）
猫にさへ　飽かれた春の　こたつ哉　知二（8俳諧新選 一五二ぺ）
鳴く猫に　赤ん目をして　手まり哉　一茶（3八番日記 三三二四ぺ）
終夜(よもすがら)　秋風きくや　裏の山　曾良（6猿蓑 一八〇八）
海鼠腸(このわた)に　秋風ぞふく　海雲(もづく)売り　仙鶴（7俳諧古選 二一三ぺ）
ゆふがほに　秋風そよぐ　御祓(みそぎ)川　蕪村（2蕪村句集 一〇六七）
吹きおこる　秋風鶴を　あゆましむ　波郷（9鶴の眼 二六五五）
長き根に　秋風を待つ　鴨下草(ゆきのした)　虚子（11五百句 一八ぺ）
いなづまや　秋きぬと目に　さやの紋　立圃（5そらつぶて 二四）
恰もや　秋篠寺の　秋の暮　東洋城（9東洋城全句中 〇三八五）
行く年や　空地の草に　雨が降る　月斗（9昭和俳句集 〇五二〇）
月の宴　秋津が声の　高き哉　蕪村（2蕪村遺稿 一八七五）
いな妻や　秋津しまねの　かかり舟　蕪村（2蕪村遺稿 一六六）

凩に　鰓(あぎと)ふかるるや　鉤の魚　蕪村（2蕪村句集 二一九九）
長尻の　秋に驚く　蛍かな　乙由（7俳諧古選 二〇九ぺ）
折れつくす　秋に彳(たたず)む　かがしかな　蕪村（2蕪村遺稿 一一七〇）
古白とは　秋につけたる　名なるべし　漱石（9正岡子規へ 〇一七七）
おもしろき　秋の朝寝や　亭主ぶり　芭蕉（1まつのなみ 九〇一）
雨戸越す　秋のすがたや　灯(ひ)の狂ひ　来山（7俳諧古選 一七五ぺ）
によつぽりと　秋の空なる　不尽の山　鬼貫（5大悟物狂 二二七）
二三尺　秋の響きや　落とし水　月渓（5続あけがらす 八三一）
貝殻に　秋の灯細し　蜑が家　繞石（9落椿 〇二六三）
猿蓑の　秋の部あけて　読む夜かな　子規（10獺祭句帖抄 六三四ぺ）
くろがねの　秋の風鈴　鳴りにけり　蛇笏（9霊芝 〇六五〇）
投げぶしや　秋の蛍の　飛ぶに似たり　乙澄（8俳諧新選 一四九ぺ）
分限者に成りたくば。　秋の夕昏　をも捨てよ　其角（5田舎の句合 二六六）
立ち出づる　秋の夕べや　風ぼろし　凡兆（6猿蓑 一八七七）
住むかたの　秋の夜遠き　灯影哉　蕪村（2蕪村遺稿 二〇八三）
枕上　秋の夜を守る　かたな哉　蕪村（2蕪村句集 一二二五）
夕がほや　秋はいろいろの　瓢(ふくべ)かな　芭蕉（1あら野 四〇三）
みのむしや　秋ひだるしと　鳴くなめり　蕪村（2蕪村句集 二五五七）
日々過ぎて　秋深くなり　ゆくばかり　立子（9続立子句集二 一九四七）
蒸し立てて　秋へ甑(こしき)や　今朝の露　青魚（8俳諧新選 二二四ぺ）
さびしさは　秋むからから来る　我がすがた　自悦（5空林風葉 一三二）
長き藻も　秋行く筋や　水の底　召波（5春泥句集 八一五）

鴨渡る　明らかにまた　明らかに　素十（9初鴉一五三三）
九年母の　秋を急がぬ　青みかな　孤桐（8俳諧新選一三三ぺ）
たなばたや　秋をさだむる　夜のはじめ　芭蕉（1笈日記八七七）
大切に　秋を守れと　去りにけり　漱石（9日記の中より〇一七九）
すずみ寝や　秋を夢見る　懸かり舟　楮林（8俳諧新選一二一ぺ）
十月や　秋ををさむる　蔵一つ　巴静（4六々庵発句集一二〇八）
しみじみと　秋を惜しみぬ　二三人　嘯山（8俳諧新選一三六ぺ）
古沼の　芥（あくた）に春の　小魚かな　子規（10獺祭句帖抄六一三ぺ）
背戸口や　芥を潜る　春の水　蝶夢（5草根発句集八五五）
軽き身に　あぐみし様や　風の蝶　習先（8俳諧新選一五五ぺ）
冬籠り　悪く物食ひを　習ひけり　一茶（3おらが春四七五ぺ）
茹栗や　胡座（あぐら）巧者な　ちひさい子　一茶（3七番日記三五一ぺ）
浴衣著て　あぐらかく　それぎりなのだ　碧梧桐（9碧梧桐句集〇一四五）
閃々（ひらひら）と　挙ぐるあふぎや　くものみね　芭蕉（1真蹟短冊八七二）
出替や　明くる借屋に　かる借屋　友元（7俳諧古選二〇五ぺ）
童べの　明くる小祠や　神無月　嘯山（8俳諧新選一四五ぺ）
夏の夜は　明くれどあかぬ　まぶた哉　守武（5誹諧初学抄八）
抱籠の　明け方凄き　すがた哉　伴松（7俳諧古選一六三ぺ）
蕣（あさがほ）や　上げさしてある　庵の蚊屋　蘆角（8俳諧新選一二六ぺ）
元日は　明けすましたる　かすみ哉　一笑（6あら野四六六）
水餅を　あげそこねたり　深き水　喜舟（9紫川〇四七〇）
五月雨は　明けた儘にて　暮れにけり　淡々（7俳諧古選二一四ぺ）

月さびよ　明智が妻の　咄せん　芭蕉（1勧進牒五七八）
長梅雨の　明けて大きな　月ありぬ　虚子（14七百五十句四〇ぺ）
柴の戸を　明けて春なら　春じやまで　萊入（7俳諧古選一五八ぺ）
神に灯（ひ）を　あげて戻れば　鹿の声　子規（10獺祭句帖抄六〇一ぺ）
耕せと　あけてわたすや　帰る雁　兆亮（8俳諧新選一〇五ぺ）
夢にきけ　明けなば問はん　鹿の声　蘆洲（8俳諧新選一五七ぺ）
爛々と　暁の明星　浮寝鳥　虚子（12五百五十句四三ぺ）
雪降りけり　明け放しけり　食らひけり　雅因（8俳諧新選一四三ぺ）
疑ひの　明けはなれたる　かがしかな　三耳（8俳諧新選一二八ぺ）
茫々と　明けはなれたる　野分かな　白芽（8俳諧新選一三一ぺ）
父ありて　明ぼの見たし　青田原　一茶（3父の終焉日記四三〇ぺ）
朦（もや）こめて　明け惑ふ夏や　鹿の声　習先（8俳諧新選一三二ぺ）
手にうけて　開け見て落花　なかりけり　虚子（12六百句一九五ぺ）
茄子売る　揚屋が門や　あきの雨　太祇（5太祇句選五四九）
雨もつて　明け行く空や　杜宇（ほととぎす）　富葉（8俳諧新選一三三ぺ）
主や誰　明け行く橋の　ぬれ団扇　孤桐（8俳諧新選一一九ぺ）
短夜の　明けゆく水の　匂ひかな　万太郎（9流寓抄一一三四）
あこが餅　あこが餅とて　並べけり　一茶（3おらが春四六〇ぺ）
井のすゑに　浅々清し　杜若（かきつばた）　半残（6猿蓑一七三〇）
蓑干して　朝々振るう　蛍哉　嵐雪（7俳諧古選一六五ぺ）
矢車に　朝風強き　幟かな　鳴雪（9鳴雪俳句集〇一六〇）
冬晴や　朝かと思ふ　昼寝ざめ　草城（4銀二七〇八）

この頃の　朝顔藍に定まりぬ　子規（4俳句稿巻一　二一九〇）
外聞に　蕣（あさがほ）咲かす町家哉　一茶（3文化句帖　三四九ぺ）
隣なる　あさがほ竹にうつしけり　鷗歩（6あら野　七一九）
水も有り　あさがほたもて錫の舟　風麦（6続猿蓑　三二六一）
雪のはら　蕣の子の薄かな　昌碧（6波留濃日　三五四）
三か月や　朝皃の夕べつぼむらん　芭蕉（1虚栗　一五六）
初雪や　蕣は翌（あす）の頼み有り　佃坊（7俳諧古選　二一八ぺ）
てしがなと　朝皃ははす柳　哉　湖春（6炭俵　二五五七）
鶴食ひて　朝顔見たる命かな　心祇（8俳諧新選　一四六ぺ）
蚊屋ごしに　蕣見ゆる旅ね哉　士朗（5枇杷園句集　九〇〇）
宝引や　麻上下の酔ふたんぼ　一兎（8俳諧新選　一〇一ぺ）
楢（なら）の葉の　朝からちるやとうふ槽（ぶね）　一茶（3文化句帖　三五七ぺ）
ちからなや　麻刈るあとの秋の風　越人（6あら野　七一〇）
かたびらは　浅黄着て行く清水哉　尚白（6あら野　七〇四）
ゆきの日や　浅黄にあふる四十雀（しじふから）　貞佐（4桑々畔発句集　二一一八）
浅水に　浅黄の茎や蓼の花　太祇（8俳諧新選　二一八ぺ）
白塗の　浅き夢みし蝶の昼　不死男（9万座　二二六八）
ひらひらと　朝霧乾くすすきかな　道彦（5蔦本集　九七五）
すずしさや　朝草門（も）んに荷（にな）ひ込む　凡兆（6猿蓑　一七九九）
山　桜　あさくせはしく女の鍬　草田男（9銀河依然　二五四九）
今朝の秋　朝精進のはじめ哉　蕪村（2蕪村遺稿　二一四四）
みじか夜や　浅瀬にのこる月一片　蕪村（2蕪村遺稿　二一四九）
ぬけがけの　浅瀬わたるや夏の月　蕪村（2蕪村句集　五七九）
若鮎の　浅瀬を越ゆる光かな　李収（8俳諧新選　一〇六ぺ）
まき捨てて　朝たつ宿のふとん哉　召波（8俳諧新選　一三九ぺ）
夕べにも　朝にもつかず瓜の花　芭蕉（1佐郎山　六二三）
梅咲いて　朝寝の家と成りにけり　沾洲（5友あぐら　四三四）
巣の燕　朝寝の内に鳴きにけり　嘯山（8俳諧新選　一〇六ぺ）
はづかしき　朝寝の薺（なづな）はやしけり　淡路女（9梶の葉　〇九八三）
鶯　や　朝寝を起こす人もなし　子規（10獺祭句帖抄　六〇五ぺ）
絵にかかば　朝のうち也樹々の雪　巴東（8俳諧新選　一四二ぺ）
炭の火や　朝の祝儀の咳ばらひ　一茶（3おらが春　四七三ぺ）
手まはしに　朝の間涼し夏念仏　野坡（6続猿蓑　三四六一）
霧吹けり　朝のミルクを飲みむせぶ　波郷（9鶴の眼　二六四一）
沖　西の　朝日くり出す時雨かな　沾圃（6続猿蓑　三三三七）
ほこほこと　朝日さしこむ火燵かな　丈草（4そこの花　一〇〇〇）
揉みあうて　旭（あさひ）に霧のこぼれけり　嘯山（8俳諧新選　一二八ぺ）
氷解く　朝日の上やうきみ堂　鳥酔（5鳥酔懐玉抄　四九三）
蓮の香や　旭のかかる勅使門　大夢（8俳諧新選　一二二ぺ）
しら魚や　あさまに明くる舟の中　吏登（5吏登句集　四七三）
吹き出した　浅間の石や枯野原　嘯山（8俳諧新選　一三七ぺ）
有明や　浅間の霧が膳をはふ　一茶（3七番日記　三四七ぺ）
木枯に　浅間の煙吹き散るか　虚子（12六百句　二三三ぺ）
榎時雨して　浅間の煙余所（よそ）に立つ　蕪村（2蕪村遺稿　二一四七）

粧へる	浅間連山町の上	虚子	(13 六百五十句 二三六ペ)
妻が持つ	薊（あざみ）の棘を手に感ず	草城	(9 人生の午後 二四六四)
葉ばかりの	薊ものうき暑さかな	嘯山	(8 俳諧新選 一二〇ペ)
鮎活けて	朝見んをまた灯（ひ）ともしぬ	碧梧桐	(4 日本俳句鈔 二二七九)
水無月や	朝めしくはぬ夕すずみ	嵐蘭	(6 猿蓑 一七九七)
飯たかぬ	朝も鶯鳴きにけり	子規	(10 獺祭句帖抄 六四四ペ)
みじか夜や	浅井に柿の花を汲む	蕪村	(2 蕪村遺稿 二三八〇)
砂浜に	足跡長き春日かな	子規	(10 獺祭句帖抄 六二二ペ)
待人の	足音遠き落葉かな	蕪村	(2 蕪村句集 一九一三)
陽炎や	簣（あじか）に土をめづる人	蕪村	(2 蕪村句集 二一二四)
吉野見た	足可愛がる炬燵かな	希因	(5 俳諧新選 四九二)
行く雁の	足からこぼす涙かな	移竹	(8 俳諧新選 一〇五ペ)
雞（とり）の居る	足軽町や葉雞頭	武然	(8 俳諧新選 一三三ペ)
うの花に	蘆毛の馬の夜明け哉	許六	(6 炭俵 二四七八)
ゆふがほに	足さはりけりすずみ床	蝶夢	(5 草根発句集 八五八)
麓より	足ざはりよき木の葉哉	枳風	(6 続猿蓑 三三五七)
夕露を	旦（あした）にこぼす牡丹哉	尺布	(7 俳諧古選 二一九ペ)
遅き日や	あしたに遠き東山	晩平	(8 俳諧新選 一一〇ペ)
くれ行くや	あしたの人の初ざくら	羅人	(7 俳諧古選 二一四ペ)
杜若（かきつばた）	足駄は泥にとられけり	潭北	(8 俳諧新選 一一四ペ)
夏山に	足駄ををがむ首途（かどで）哉	芭蕉	(1 奥の細道 四八八)
さしぬきを	足でぬぐ夜や朧月	蕪村	(2 蕪村句集 二〇三九)
おのが家を	足手まとひや蝸牛（かたつぶり）	麦翅	(8 俳諧新選 一五六ペ)
寝咄の	足でをりをり鳴子哉	一茶	(3 文政句帖 三四八ペ)
此の上は	足とも易し百千鳥	紀逸	(7 俳諧古選 二二三ペ)
ひるがほに	足投げかけし植女かな	巣兆	(5 曾波可理 九八七)
やはらかな	蘆にあやめけ咲いてをり	青畝	(9 国原 一五二六)
はらばうた	足に砧の拍子かな	桃鏡	(8 俳諧新選 一三一ペ)
踏脱いだ	足にて着るや今朝の秋	瓢水	(4 瓢水句選 二二九二)
蜑の子の	足に波うつ春日かな	子規	(10 獺祭句帖抄 六一二ペ)
あやめ草	足に結ばん草鞋（わらぢ）の緒	芭蕉	(1 奥の細道 五〇四)
よき人の	脚の堅めや山桜	岸指	(7 俳諧古選 二一〇ペ)
眠れねば	足の先冷えまさりつつ	虚子	(14 七百五十句 六二ペ)
行くとなき	足の運びや花の下	太祇	(8 俳諧新選 一〇九ペ)
三日月や	蘆の葉先の一あらし	多代女	(4 晴霞句集 二一六九)
胃痛やんで	足のばしたる湯婆（たんぽ）かな	子規	(10 獺祭句帖抄 六六一ペ)
一本の	蘆の穂痩せしゐせき哉	防川	(6 あら野 七五二)
草の葉や	足のをれたるきりぎりす	荷兮	(6 あら野 八三九)
さざれ蟹	足はひのぼる清水哉	芭蕉	(1 続虚栗 三〇二)
先な人も	足早に行くかれ野かな	雲魚	(8 俳諧新選 一三七ペ)
行く牛の	脚はやめたる霰かな	孤桐	(8 俳諧新選 一四二ペ)
来し方や	馬酔木（あしび）咲く野の日のひかり	秋桜子	(9 葛飾 一四二五)
旅かなし	馬酔木の雨にはぐれ鹿	久女	(9 杉田久女句集 〇九四九)
粽解きて	蘆ふく風の音聞かん	蕪村	(2 蕪村句集 二一五九)

瘧（おこり）落ちて　足ふみのばす　蚊帳かな　子規（10獺祭句帖抄 六〇七ぺ）
飛びこんで　脚ふみ伸ばす　蛙かな　為文（8俳諧新選 一〇五ぺ）
かんばせに　蘆辺をどりの　はねの雨　夜半（9翠黛 一六三七）
曲水や　足迄酔ひし　都鳥　楼川（8俳諧新選 一五二ぺ）
みじか夜や　蘆間流るる　蟹の泡　蕪村（2蕪村句集 八六二）
薪火の　足元暗き　御能かな　挿雲（9春夏秋冬 〇三五九）
大仏の　足もとに寝る　夜寒かな　子規（10獺祭句帖抄 六三三ぺ）
立つ雁の　あしもとよりぞ　春の水　蕪村（2蕪村遺稿 四四四）
永き日の　脚や障子の　三段目　子規（9寒山落木巻四 〇〇三四）
春風に　阿闍梨（あじゃり）の笠の　匂ひかな　蕪村（2蕪村遺稿 二四二〇）
鴫啼くや　蘆より低い　家一つ　可風（7俳諧古選 二二八ぺ）
鴻（こう）の巣の　網代にかかる　野分哉　蕪村（2蕪村遺稿 一九九）
あられせば　網代の氷魚を　煮て出さん　芭蕉（1花摘 五九六）
是非もなや　足を蚊のさす　写し物　子規（10獺祭句帖抄 六三〇ぺ）
手をちぢめ　足をちぢめて　冬籠り　子規（10獺祭句帖抄 六〇二ぺ）
ぬるい火に　足を並べて　継句（つぎく）哉　嘯山（8俳諧新選 一五四ぺ）
磯ちどり　足をぬらして　遊びけり　蕪村（2蕪村句集 二六四）
水馬（みずすまし）　足を伸ばして　休みけり　麦翅（8俳諧新選 一三三ぺ）
我が畑に　翌（あす）あさつての　茄子哉　五鳳（8俳諧新選 一四七ぺ）
匂ふ梅　翌来て見んと　思ひけり　既白（8俳諧新選 一〇一ぺ）
種蒔いて　明日さへ知らず　遠きをや　秋桜子（9霜林 一四三二）
友憎や　翌と云ふたが　花の雨　みね（7俳諧古選 一五二ぺ）

蟬に活きて　翌におそるる　夕べかな　羅人（4熱田日記 二二八〇）
待つ宵や　翌の命は　翌の事　原松（7俳諧古選 一八四ぺ）
日半（はし）たは　翌の為也　山ざくら　我黒（7俳諧古選 一五一ぺ）
若草や　翌も野飼の　牛連れん　自友（8俳諧新選 一〇三ぺ）
花守の　翌をしらざる　機嫌哉　可幸（8俳諧新選 一五六ぺ）
雨ながら　畦に食（めし）食ふ　田植哉　遥里（7俳諧古選 一六八ぺ）
六月の　汗ぬぐひ居る　台（うてな）かな　越人（6波留濃日 三四一）
百合咲くや　汗もこぼさぬ　身だしなひ　諸九（5諸九尼句集 五二二）
行く水や　汗も埃も　夕祓へ　立圃（7俳諧古選 一五九ぺ）
近江蚊屋　汗やさざ波　夜の床　芭蕉（1六百番発句合 七五）
ぬり立ての　畔をゆり出る　田螺（たにし）哉　十丈（7俳諧古選 一四九ぺ）
其の中で　遊ばうとする　師走哉　土髪（8俳諧新選 一四六ぺ）
のらくらが　遊びかげんの　夜寒哉　一茶（3おらが春 四六九ぺ）
蝶鳥の　遊び敵や　春の風　嘯山（8俳諧新選 一〇七ぺ）
灰蒔けば　遊人（あそびて）ちりぬ　畑の桃　李夫（8俳諧新選 一〇七ぺ）
守る梅の　あそび業（わざ）なり　野老（ところ）売り　其角（6続猿蓑 二九九五）
祭りまで　あそぶ日なくて　花見哉　野坡（6炭俵 二四五一）
我と来て　遊べや親の　ない雀　一茶（3おらが春 四五六ぺ）
大工先（まつ）　遊んで見せつ　春日影　太祇（8俳諧新選 一六〇ぺ）
おかん氷　あたたかい火燵　出る子かな　赤羽（8俳諧新選 一四九ぺ）
茶の花に　暖かき日の　しまひかな　虚子（9五百句 〇〇七四）
銀（かね）もちの　あたたかさうに　亥子哉　西武（7俳諧古選 一八五ぺ）

精出せば　あたたかになる　砧かな　嘯山（8俳諧新選 一五五ぺ）
井の水の　あたたかになる　寒さ哉　李下（6続猿蓑 三四三二）
酒の燗　あたため返し　花の冷　知十（9鶯日 ○三五一）
昼顔や　安達太郎雨を　催さず　子規（10獺祭句帖抄 六五○ぺ）
吾妹子に　仇波よする　汐干かな　鼠骨（9新俳句 ○二六一）
梢より　あだに落ちけり　蟬のから　芭蕉（1江戸広小路 七六）
升(ます)呑の　価はとらぬ　新酒かな　蕪村（2蕪村遺稿 一七八九）
籠枕　頭あぐれば　与謝の海　五城（9五城句集 ○二二九）
覚えなく　あたまぞさがる　神の梅　舟泉（6あら野 一○六八）
一雫　天窓(あたま)なでけり　引がへる　一茶（3おらが春 四四九ぺ）
小座頭の　天窓にかぶる　扇かな　一茶（3おらが春 四四一ぺ）
煤掃や　あたまにかぶる　みなと紙　黄逸（6続猿蓑 三四○四）
御命講(おめいかう)や　顱(あたま)のあをき　新比丘尼　許六（5韻塞 三八六）
軸の好き　天窓の好きや　つくづくし　太祇（8俳諧新選 一○四ぺ）
扨(さて)と先(まづ)　天窓は剃りつ　衣更　良道（7俳諧古選 二三一ぺ）
悪僧の　天窓冷やせし　清水哉　大魯（5蘆陰句選 八二三）
其の門に　天窓用心　ころもがへ　一茶（3おらが春 四四二ぺ）
しばらくは　あたり隣の　炬燵哉　漆桶（7俳諧古選 二二六ぺ）
つつじ分ける　あたり隣や　夕月夜　嘯山（8俳諧新選 一一○ぺ）
梅折りて　あたり見廻す　野中かな　一髪（6あら野 五一三）
思ふ人に　当たれ印地の　空(そら)礫(つぶて)　嵐雪（7俳諧古選 一六五ぺ）
うぐひすの　あちこちとするや　小家がち　蕪村（2蕪村句集 四一三）

ひね麦の　味なき空や　五月雨　木節（6猿蓑 一七五一）
案山子(かかし)翁　あち見こち見や　芋嵐　青畝（9万両 一五○二）
犬の声は　あちらの村歟(か)　さよ時雨　季遊（8俳諧新選 一三六ぺ）
角落ちて　あちら向いたる　男鹿かな　子規（10獺祭句帖抄 六二五ぺ）
茶に湧けば　熱いもほめる　しみづ哉　野有（8俳諧新選 一二一ぺ）
蝶の羽の　厚うもならで　春暮れぬ　沾津（7俳諧古選 一五三ぺ）
行く雁や　預かつた子も　有りぬべし　赤羽（8俳諧新選 一○五ぺ）
身の秋や　あつ燗好(この)む　胸赤し　太祇（5太祇句選 五四八）
河黒し　暑さ群集に　友を見ず　三鬼（9三鬼百句 二三五一）
出女の　厚き化粧や　朧月　之祐（8俳諧新選 一○八ぺ）
涼しさや　熱き茶を飲み　下したる　虚子（13六百五十句 一四六ぺ）
打ちこぼす　小豆も市の　師走哉　正秀（6続猿蓑 三四一八）
蛛の巣は　暑き物也　夏木立　鬼貫（7俳諧古選 一六○ぺ）
何もかも　あつけらかんと　西日中　万太郎（9草の丈 一一二八）
此の人に　暑さ一日　忘れけり　亀文（7俳諧古選 二三三ぺ）
積みあげて　暑さいやます　畳かな　卓袋（6続猿蓑 三一七二）
桃尻や　暑さにたへぬ　御百姓　之房（8俳諧新選 一二○ぺ）
土庇に　梓の月の　くらさかな　梓月（9冬鶯 ○三六七）
なんとけふの　暑さはと石の　塵を吹く　鬼貫（5仏兄七久留万 二二五）
食ふた時の　暑さはどこへ　枇杷の花　乙鼠（7俳諧古選 一九○ぺ）
なでしこの　暑さわするる　野菊かな　芭蕉（1旅館日記 七五七）
夜半過ぎて　暑さを月に　極めけり　菜根（8俳諧新選 二一○ぺ）

草の戸や　暑さを月に　取りかへす　我峰（6続猿蓑三一七〇）
さればこそ　暑さを綿の　花盛り　黒人（8俳諧新選一四八ぺ）
湖や　あつさをしむ　雲のみね　芭蕉（1笈日記八七〇）
山の日は　暑しといへど　秋の風　虚子（12五百五十句七二ぺ）
未来記に　有つたか花の　出開帳　八百彦（7俳諧古選二一四ぺ）
残る雪　あつたら顔が　よごれけり　嘯山（8俳諧新選一五五ぺ）
今朝向かふ　東（あつま）鑑（かがみ）の　餅かな　光広（4鷹筑波集〇〇五二）
みじか夜や　吾妻の人の　嵯峨泊　蕪村（2蕪村遺稿一一一〇）
風呂吹に　集まる法師　誰々ぞ　子規（10獺祭句帖抄六六二ぺ）
金魚玉に　聚まる山の　翠微かな　月斗（9昭和俳句集〇五〇五）
夕暮れを　集めて早し　年の暮　珪琳（8俳諧新選一四六ぺ）
さみだれを　あつめて早し　最上川　芭蕉（1奥の細道五二四）
風に手を　当てた甲斐なし　花の雪　水翁（8俳諧新選一五七ぺ）
口に手を　当てて心の　月見哉　言水（7俳諧古選一七四ぺ）
口に袖　あててゆく人　冬めける　虚子（12六百句一八三ぺ）
頬ぺたに　あてなどしたる　真瓜哉　一茶（3おらが春四七一ぺ）
見返れば　跡隠れけり　初がすみ　嘯山（8俳諧新選一六〇ぺ）
さす汐に　跡しざりする　鵆（ちどり）かな　紙隔（8俳諧新選一四〇ぺ）
くつさめの　跡しづか也　なつの山　野水（6猿蓑二一四四）
さかる猫　跡しら波の　鼠かな　青楓（8俳諧新選一〇二ぺ）
踊子の　跡しら波や　迎ひ舟　沾徳（7俳諧古選一八二ぺ）
往た脚の　跡ぞしられん　雪の朝　大涌（8俳諧新選一四七ぺ）

水むけて　跡とひたまへ　道明寺　芭蕉（1江戸広小路九三）
散りはてて　跡なきものは　花火哉　桂夕（6あら野八八三）
夕風に　跡なく成りぬ　雲の峰　鶴英（7俳諧古選二一八ぺ）
七種や　跡にうかるる　朝がらす　其角（6猿蓑一九〇一）
戦ひの　あとに少なき　燕かな　子規（10獺祭句帖抄六二五ぺ）
村雨の　跡につづくや　秋の風　龍眠（8俳諧新選一二九ぺ）
椎ひろふ　あとに団栗　哀れなり　子規（10獺祭句帖抄六〇一ぺ）
苔とりし　跡には土も　なかりけり　湍水（6あら野八九〇）
鷹狩りの　跡にひきたる　蕪哉　蕉笠（6あら野七九四）
鴫立つて　あとにものなき　入日かな　子規（10獺祭句帖抄六三七ぺ）
ばつたりと　跡の淋しき　花火かな　可幸（8俳諧新選一五一ぺ）
蜘殺す　あとの淋しき　夜寒かな　子規（10獺祭句帖抄六三三ぺ）
刈り蕎麦の　跡の霜ふむ　すずめ哉　桐奚（6炭俵二五九二）
送り火の　あとの月夜や　松落葉　水巴（9定本水巴句集〇五七八）
三声ほど　跡のをかしや　郭公（ほととぎす）　一髪（6あら野三九九）
三葉ちりて　跡はかれ木や　桐の苗　凡兆（6猿蓑一八一三）
綿摘みて　あとは枯木や　綿畠　鬼城（4続鬼城句集二二七三）
若菜つむ　跡は木を割る　畑哉　越人（6あら野五〇三）
雉子啼いて　跡は鍬うつ　光かな　青蘿（5青蘿発句集八四七）
このはたく　跡は淋しき　囲炉裏哉　一髪（6あら野七七九）
障つたる　跡はづかしき　暑さかな　雅睡（8俳諧新選二一〇ぺ）
入る月の　跡は机の　四隅哉　芭蕉（1句兄弟八〇二）

神事の　跡は仏の　二月かな　蓼太（8俳諧新選 一〇四ペ）
狼の　あと踏み消すや　浜千鳥　史邦（6猿蓑 一六六二）
そそのかして　跡へ居代はる　蝶々かな　之房（8俳諧新選 一〇八ペ）
疱瘡の　跡まだ見ゆる　はな見哉　傘下（6あら野 三七八）
菊を切る　跡まばらにも　なかりけり　其角（6猿蓑 一八六八）
必ずよ　迹（あと）見そはか　花の雲　一茶（3浅黄空 三三三ペ）
母の忌の　後も雨ふる　薔薇かな　躑躅（9同人第二句集 〇八六四）
夜昼の　跡戻りする　冬至哉　孤桐（8俳諧新選 一四四ペ）
踏みつ蹴つ　跡も見ずして　年ぞ行く　仙鶴（7俳諧古選 二一三ペ）
花やつた　跡もやつぱり　若葉哉　吾雪（8俳諧新選 一一四ペ）
ゆく水の　跡や片寄る　菱の花　桃隣（4別座鋪 〇八九〇）
鹿のふむ　跡や硯の　躬（み）恒（つね）形（がた）　素龍（6炭俵 二五六三）
炉塞ぎし　あとや机の　置き所　白尼（4庵たから 一七九八）
夕立の　跡柚（ゆ）の薫る　日陰哉　北枝（5猿丸宮集 四〇八）
狼の　跡を食はんと　祭るめり　之房（8俳諧新選 一三五ペ）
いつの月も　あとを忘れて　哀れ也　荷兮（6あら野 四二五）
春の雨　穴一の穴に　たまりけり　蕪村（2蕪村遺稿 四三九）
春もやや　あなうぐひすよ　むかし声　蕪村（2蕪村遺稿 一四九〇）
夏川の　あなたに友を　訪ふ日かな　子規（10獺祭句帖抄 六四八ペ）
ともかくも　あなた任せの　としの暮　一茶（3おらが春 四七六ペ）
大仏の　あなた宮様　せみの声　蕪村（2蕪村句集 五八）
虫螻蛄と　侮られつつ　生を享く　虚子（12五百五十句 六六九ペ）

炭竈の　穴ふさぐやら　薄けぶり　亀洞（6あら野 八一八）
さく花の　兄は兄ほどの　色香哉　望一（7俳諧古選 一四三ペ）
酒あたためて　兄やと呼ぶや　母の声　嘯山（8俳諧新選 一三三ペ）
雀子や　姉にもらひし　雛の櫃　槐市（6続猿蓑 三〇一九）
寝れば寝る　あの鳶一重　霜一重　泉石（7俳諧古選 二一一ペ）
一昨日は　あの山越えつ　花盛り　去来（5花摘 二九〇）
知る人に　あはじあはじと　花見かな　去来（6猿蓑 一九八〇）
褻（け）形（なり）では　逢はじ云ふても　花の春　去来（7俳諧古選 一四六ペ）
人肌に　合はす湯婆（たんぼ）や　加減物　玄流（8俳諧新選 一四五ペ）
笛聞きて　合はする鹿の　命かな　龍眠（8俳諧新選 二三二ペ）
嬉しさに　袷着たれば　又寒し　林紅（7俳諧古選 一七一ペ）
行く女　袷着なすや　憎きまで　太祇（5太祇句選 五四五）
遁れても　袷着る日は　袷哉　珪琳（8俳諧新選 一一二ペ）
一ところに　袷に成るや　黒木売り　其角（7俳諧古選 一六九ペ）
けふ汐干　淡路の鐘も　聞こゆべし　渭白（8俳諧新選 一〇九ペ）
のぼり帆の　淡路はなれぬ　汐干哉　去来（6続猿蓑 三〇七四）
駕（かご）かりて　淡路へ乗らん　汐干潟　如泉（7俳諧古選 一五一ペ）
鶯の　淡路へわたる　日和かな　子規（10獺祭句帖抄 六〇五ペ）
狼に　逢はで越えけり　冬の山　子規（10獺祭句帖抄 六六五ペ）
七夕の　あはぬこころや　雨中天　芭蕉（1続山井 一三）
建付の　合はぬ障子や　山ざくら　賀瑞（8俳諧新選 一〇六ペ）
道のべに　阿波の遍路の　墓あはれ　虚子（9五百句 〇〇九四）

天窓（あたま）出す　鮑（あはび）の穴や　つくづくし　移竹（8俳諧新選一〇四ぺ）
粘になる　鮑（あはび）も夜の　あつさかな　里東（6続猿蓑三一七三）
紀の海の　阿波へ流るる　月夜かな　它谷（8俳諧新選二二九ぺ）
夢さめて　あはやとひらく　一夜ずし　蕪村（2蕪村遺稿一七一三）
ちらちらや　淡雪かかる　酒強飯（さかこはひ）　荷兮（6あら野四五四）
昼の月　あはれいろなき　祭りかな　敦（9古暦三一三八）
痩馬の　あはれ機嫌や　秋高し　鬼城（9鬼城句集〇六三九）
かたまりて　あはれ盛りや　曼珠沙華（まんじゆさげ）　王城（9同人句集〇九一三）
東にし　あはれさひとつ　秋の風　芭蕉（1去来伊勢真蹟二一六八）
出がはりや　あはれ勧むる　奉加帳　許六（6続猿蓑三〇七六）
古巣只　あはれなるべき　隣かな　芭蕉（1続深川集二一六四）
我が形（なり）も　哀れに見ゆる　枯野哉　智月（7俳諧古選一九〇ぺ）
高過ぎて　哀れにもなし　秋の不二　不角（5続の原四六四）
鵜の森の　あはれにも亦　騒がしく　虚子（12五百五十句五〇ぺ）
朽臼に　あはれ寝にもどる　蟇の子よ　泊雲（9泊雲句集〇七七七）
鉢たたき　憐れは顔に　似ぬものか　乙州（6猿蓑一六九六）
当帰（たうき）より　あはれは塚の　菫草　芭蕉（1泊船集七八一）
飯蛸の　哀れやあれで　果てるげな　来山（7俳諧古選一五〇ぺ）
花皆枯れて　哀れをこぼす　草の種　芭蕉（1孤松二七六）
川淀や　淡をやすむる　あしの角　猿雖（6続猿蓑三〇三〇）
秋風や　相逢はざるも　亦よろし　虚子（12五百五十句九六ぺ）
秋風や　相誘ぅて　錆びる針　月舟（9進むべき道〇六九二）

温泉（ゆ）の通る　間々や　霜ばしら　庭台（8俳諧新選二三九ぺ）
散る花の　間はむかし　ばなし哉　越人（6あら野一〇二〇）
鮓になる　間を配る　枕哉　一茶（3文政句帖三三九ぺ）
村紅葉　会津商人（あきんど）　なつかしき　蕪村（2蕪村句集二一九二）
小言いふ　相手もあらば　けふの月　一茶（3文政句帖三四五ぺ）
吹く風の　相手や空に　月一つ　凡兆（6猿蓑一八四八）
双六の　あひてよびこむ　ついり哉　胡及（6あら野一〇五六）
寝ぬくもる　間にごそつく　紙子哉　敬雨（7俳諧古選一九一ぺ）
鼻紙の　間にしをるる　すみれかな　園女（4住吉物語一〇九四）
喧嘩すな　あひみたがひの　渡り鳥　一茶（3おらが春四七二ぺ）
冬川や　家鴨（あひる）四五羽に　足らぬ水　子規（10獺祭句帖抄六六五ぺ）
童子追ふ　家鴨の嘴や　杜若（かきつばた）　喜舟（9紫川〇四六七）
恵比須講　鵞（あひる）も鴨に　成りにけり　利合（6続猿蓑三三六九）
夏柳　家鴨養ふ　小池かな　子規（10獺祭句帖抄六一五ぺ）
春雨や　家鴨よちよち　門歩き　一茶（3文化句帖三二五ぺ）
団扇もて　あふがん人の　うしろむき　芭蕉（1真蹟懐紙二四五）
淋しさに　扇かりけり　早泊り　素檗（5素檗句集九七九）
うかれ出て　扇しめれり　星月夜　言水（7俳諧古選一六一ぺ）
大寺や　扇でしれし　小僧の名　一茶（3おらが春四六五ぺ）
つりがねを　扇で敲く　花の寺　冬松（6あら野一〇一八）
主しれぬ　扇手に取る　酒宴哉　蕪村（2蕪村遺稿一一一三）
すずしさや　扇流れぬ　宵もなし　存義（8俳諧新選一一九ぺ）

富士の風や　扇にのせて　江戸土産　芭蕉（1伝土芳筆全伝　六三）
有りと見えて　扇の裏絵　おぼつかな　蕪村（2蕪村句集　一〇六八）
奥に鳴る　扇の音も　夜深けたり　赤羽（8俳諧新選　一一九ペ）
人卑しく　扇の疵を　見出しけり　月舟（9進むべき道　〇六九八）
眠れども　扇は動く　暑さ哉　富国（7俳諧古選　一六三ペ）
物書きて　扇引きさく　名残哉　芭蕉（1奥の細道　五五一）
文台の　扇ひらけば　秋涼し　呂丸（6続猿蓑　三四七八）
水干も　扇も兼ねて　小てふかな　雁宕（8俳諧新選　一五三ペ）
とろとろと　扇も眠る　すずみ哉　宋屋（8俳諧新選　一二一ペ）
贈るべき　扇も持たず　うき別れ　子規（10獺祭句帖抄　六二八ペ）
あつき日や　扇をかざす　手のほそり　印苔（6続猿蓑　三一七一）
近よつて　扇をたたむ　牡丹かな　其流（8俳諧新選　一一三ペ）
花つむや　扇をちよいと　ぼんのくぼ　一茶（3おらが春　四四二ペ）
諸人の　あふぐ扇や　風の神　令徳（5犬子集　四一）
立ちよりて　仰ぐや鉾の　綾錦　王城（9同人句集　〇九一六）
まねきまねき　朸（あふご）の先の　薄かな　凡兆（6猿蓑　一八二七）
盗人に　逢ふたよも有り　年のくれ　芭蕉（1有磯海　八二六）
どむみりと　あふちや雨の　花曇り　芭蕉（1芭蕉翁行状記　八四五）
さみだれや　あぶなう見える　竹生島　喜水（8俳諧新選　一一七ペ）
夕すずみ　あぶなき石に　のぼりけり　野坡（6炭俵　二五二〇）
山吹や　あぶなき岸の　花盛り　為邦（4四時観　一一七一）
鳥飛びて　あぶなきけしの　一重哉　落梧（6あら野　六三七）
茸狩りや　あぶなきことに　ゆふしぐれ　芭蕉（1真蹟画賛　五八五）
山吹の　あぶなき岨（そま）の　くづれ哉　越人（6波留濃日　二九五）
花にあそぶ　虻（あぶ）なくらひそ　友雀　芭蕉（1続の原　二八六）
吉野出て　虻の離れぬ　袂かな　宋屋（4瓢箪集　一六九七）
日の道や　葵傾く　さ月あめ　芭蕉（1猿蓑　六二四）
おも痩せて　葵付けたる　髪薄し　荷兮（6あら野　八三五）
枯れ尽くす　葵の末や　花一つ　子規（10獺祭句帖抄　六五〇ペ）
蝶低し　葵の花の　低ければ　風生（9草の花　一五七八）
比叡の雲　近江に神の　鳴り給ふ　霽月（9承露盤　〇二五一）
麦刈つて　近江の湖（うみ）の　碧さかな　露月（9露月句集　〇二二三）
雪の日や　近江の鐘も　聞こゆなる　羅人（4俳諧古選　二一八一）
大文字や　あふみの空も　ただならね　蕪村（2蕪村句集　一五八）
行く春を　近江の人と　をしみける　芭蕉（1猿蓑　六一六）
皃（かほ）撫でて　仰向く猿や　今朝の秋　羽律（8俳諧新選　二二四ペ）
又平に　逢ふや御室の　花盛り　蕪村（2蕪村遺稿　二六三三）
氷る灯（ひ）の　油うかがふ　鼠かな　蕪村（2蕪村句集　二一〇二）
木枯や　脂がかりし　魚の味　露月（9露月句集　〇二一三）
達磨忌や　油揚の棒　くらはせん　春来（8俳諧新選　二三七ペ）
路次口に　油こぼすや　初しぐれ　子規（10獺祭句帖抄　六一一ペ）
油さし　油さしつつ　寝ぬ夜哉　鬼貫（7俳諧古選　一九八ペ）
永き日や　油しめ木の　よわる音　野水（6あら野　六一七）
有明の　油ぞ残る　時鳥　宗因（4俳諧古選　〇一五七）

常灯の　油尊き　夜長かな　蕪村（2 二七〇 蕪村遺稿）
菜の花や　油乏しき　小家がち　蕪村（2 一〇三五 蕪村遺稿）
行灯の　油なめけり　嫁が君　子規（10 六〇四ぺ 獺祭句帖抄）
うつくしく　油の氷る　灯(ともし)かな　一茶（3 三五六ぺ 文政句帖）
やり羽子や　油のやうな　京言葉　虚子（11 六九ぺ 五百句）
御命講(おめいこ)や　油のやうな　酒五升　芭蕉（1 七六七 芭蕉庵小文庫）
大寒や　あぶりて食らふ　酒の粕　鬼城（9 〇六二六 鬼城句集）
閑(しづ)かさや　獃子(あほう)つかうて　冬籠り　寛留（8 一四〇ぺ 俳諧新選）
串柿の　甘いに苦い　野老(ところ)かな　珪琳（8 一四六ぺ 俳諧新選）
独活(うど)よけん　尼が手業(わざ)の　酢味噌物　雅因（8 一〇四ぺ 俳諧新選）
草枯や　海士が墓皆　海に向く　露月（9 〇二〇九 露月句集）
梨むくや　甘き雫の　刃を垂るる　子規（9 〇〇三五 寒山落木巻五）
雨乞ひの　雨気こはがる　かり着哉　丈草（6 二五三〇 炭俵）
愚痴無知(ぐちむち)の　あまざけ造る　松が岡　蕪村（2 一〇五 蕪村句集）
寒菊や　醴(あまざけ)造る　窓の前(さき)　芭蕉（1 八一二 荆口宛書簡）
秋風の　あまさずに吹く　藜(あかざ)かな　青々（9 〇四七三 松苗）
さみだれの　あまだればかり　浮御堂　青畝（9 一五一〇 万両）
鮎落つを　剰へなる　大雨かな　迷堂（9 〇四一三 孤輪）
売り家の　天戸(あまど)明ければ　穂蓼哉　休斗（7 一八四ぺ 俳諧古選）
折々や　雨戸にさはる　荻のこゑ　雪芝（6 三二五五 続猿蓑）
旅宿の　雨戸の透きや　朝の霜　周砥（8 一三九ぺ 俳諧新選）
砂よけや　蜑のかたへの　冬木立　凡兆（6 一六三六 猿蓑）

心ある　海人の灯籠や　みをつくし　藤躬（7 一八二ぺ 俳諧古選）
少将の　あまの咄や　志賀の雪　芭蕉（1 五九四 智月真蹟写）
梅雨寒や　尼の肋骨　数ふべう　普羅（9 〇七二二 新訂普羅句集）
此の草を　海人はしらずや　ところてん　烏暁（8 一二三ぺ 俳諧新選）
住吉に　天満神(あまみつかみ)の　うめ咲きぬ　蕪村（2 二四四三 蕪村遺稿）
あぢさゐや　余り厚さに　饐(すえ)る色　素丸（4 一七五七 素丸発句集）
七夕や　あまりいそがば　ころぶべし　杜若（6 一八一六 猿蓑）
竹の子や　あまりてなどか　人の庭　大江丸（4 二〇五七 はいかい袋）
かうた杖に　余りて萩の　しだれけり　孤山（8 一二七ぺ 俳諧新選）
初雪や　余り囃さば　ふり止まん　鼓舌（8 一三九ぺ 俳諧新選）
子や待たん　余り雲雀(ひばり)の　高あがり　杉風（6 一九六一 猿蓑）
ちり椿　あまりもろさに　続ぎて見る　野坡（6 三〇六一 続猿蓑）
老の夜の　余るや萩の　戦(そよ)ぎより　沙月（8 一三二ぺ 俳諧新選）
御幸にも　編笠脱がぬ　かがし哉　団水（7 一八二ぺ 俳諧古選）
行く春の　あみ塩からを　残しけり　野水（6 六一八 あら野）
蜘蛛に生まれ　網をかけねば　ならぬかな　虚子（14 八五五ぺ 七百五十句）
こもり居て　雨うたがふや　蝸牛(かたつぶり)　蕪村（2 五三六 蕪村句集）
あすの月　雨占はん　ひなが岳　芭蕉（1 五五五 荆口句帳）
菊は黄に　雨疎かに　落ばかな　蕪村（2 一九一四 蕪村句集）
ほこ長し　天が下照る　姫はじめ　望一（5 七七 望一千句）
あたたかな　雨がふるなり　枯れ葎(むぐら)　子規（4 二一七五 寒山落木巻一）
照るは花か　雨かやぬるる　秋海棠　水巴（4 二四二九 新月）

よしや花の　雨此の杯を　笠にせん　一笑（7俳諧古選　二〇七ペ）
名のれ名のれ　雨篠はらの　ほととぎす　蕪村（2蕪村句集　九〇九）
炉開や　雨しめやかに　女客　霽月（9霽月句集二　〇二五六）
麻の中　雨すいすいと　見ゆるかな　虚子（12五百五十句　一九ペ）
ほろほろと　雨添ふ須磨の　蚊やりかな　瓢水（4瓢水句選　二二九三）
五月雨　雨とて空を　かざす哉　一茶（3父の終焉日記　四〇五ペ）
旅日記に　雨と紅葉と　並べたり　百万（8俳諧新選　一五九ペ）
観音で　雨に逢ひけり　花盛り　子規（10獺祭句帖抄　六二二六ペ）
連れてふる　雨に打たるる　みぞれかな　万翁（8俳諧新選　一四三ペ）
あだ花は　雨にうたれて　瓜ばたけ　蕪村（2蕪村句集　二三八三）
宵々の　雨に音なし　杜若（かきつばた）　蕪村（2蕪村句集　八七三）
淡雪や　雨に追はるる　はるの笠　風表（6続猿蓑　三〇七二）
行く秋や　雨に際つく　紫野　帰風（8俳諧新選　一四八ペ）
修理寮（しゅりれう）の　雨にくれゆく　木槿（むくげ）哉　蕪村（2蕪村遺稿　一四一九）
大粒な　雨にこたへし　芥子の花　東巡（6あら野　六三九）
かけこみし　雨に酒よぶ　浴衣かな　醒雪（9俳味明44・5　〇三二四）
音添うて　雨にしづまる　碪かな　千代女（5千代尼句集　五一八）
月のみか　雨に相撲も　なかりけり　芭蕉（1ひるねの種　五六二）
象潟（きさがた）や　雨に西施が　ねぶの花　芭蕉（1奥の細道　五二五）
一旦の　雨にはさかぬ　椿かな　天露（8俳諧新選　一〇六ペ）
よく見れば　雨には遠し　朧月　嘯山（8俳諧新選　一〇八ペ）
夜嵐の　雨に日たけぬ　枇杷の花　巴人（5夜半亭発句帖　五〇四）

蝶鳥も　雨にへだてて　春ぞ行く　大夢（8俳諧新選　二一二ペ）
傘を着ば　雨にも出でよ　夜半の月　宗鑑（7俳諧古選　一七四ペ）
濃き色や　雨にも朽ちず　花樗（あふち）　子雨（8俳諧新選　二二三ペ）
紫陽花（あぢさゐ）や　雨にも日にも　物ぐるひ　諸九（5諸九尼句集　五二三）
濡縁に　雨の後なる　一葉かな　虚子（11五百句　四〇ペ）
菜の花や　雨のかさいの　にしひがし　祇徳（4江戸名物かのこ　一一五三）
面白し　雨のごとくに　羽子の音　花蓑（9花蓑句集　〇八六八）
桐の木や　雨のながるる　蟬の腹　梅室（5梅室家集　一一六九）
空に知るや　雨の望みの　秋の雲　肖柏（7俳諧古選　一九五ペ）
時　鳥　雨の箱根の　甘酒屋　霽月（9新俳句　〇二五二）
一八に　雨の降るなり　屋根の上　霽月（9承露盤　〇二四七）
さし汐に　雨のほそ江の　ほたる哉　蕪村（2蕪村遺稿　二三九四）
起き侘びて　雨の漏れきく　夜寒哉　宗夢（8俳諧新選　二三二ペ）
竹垣や　雨の山吹　土に臥す　子規（10獺祭句帖抄　六四六ペ）
蛍みし　雨の夕べや　水葵（みづあふひ）　仙花（6炭俵　二五三一）
大粒な　雨は祈りの　奇特哉　蕪村（2蕪村句集　一二四）
梅が香や　雨吹く夜の　肘枕　沾洲（5絵具皿　四三三）
翌朝は　雨降つてゐる　鵜川かな　虚子（14七百五十句　五三ペ）
雲見えて　雨ふらぬ間の　暑さかな　江橋（8俳諧新選　二一〇ペ）
ひるがほや　雨降りたらぬ　花の皃（かほ）　智月（6炭俵　二五二七）
苗代の　雨緑なり　三坪程　子規（10獺祭句帖抄　六二七ペ）
凩や　雨もあるかの　夜の音　鼓舌（8俳諧新選　二三八ペ）

日もささず　雨もこぼれぬ　暑さ哉　龍眠（8俳諧新選　一二〇ぺ）
ぼろぼろと　雨も柳も　枯れにけり　駒門（8俳諧新選　一三七ぺ）
ゆきくれて　雨もる宿や　糸ざくら　蕪村（2蕪村句集　一〇四七）
八専の　雨やあつまる　菊の露　沾圃（6続猿蓑　三三四三）
暁の　雨やすぐろの　薄原　蕪村（2蕪村句集　二三五四）
結構な　雨や野山も　錦着ん　嘯山（8俳諧新選　一六〇ぺ）
咲きやらで　雨や面目　なしの花　重頼（4犬子集　〇〇八八）
嵐より　雨より花の　日数かな　麦翅（8俳諧新選　一五五ぺ）
降り遂げぬ　雨をかこつや　内花見　瓜流（8俳諧新選　一〇九ぺ）
降り遂げぬ　雨を誘へる　野分哉　瓜流（8俳諧新選　一三〇ぺ）
ゆりの花　雨をたたへて　ゆふりけり　尺布（8俳諧新選　一一八ぺ）
名月や　雨を溜めたる　池のうへ　蕪村（2蕪村句集　九四一）
すずしさや　雨を露なる　竹の月　太祇（8俳諧新選　一一九ぺ）
海棠や　雨をはらめる　月二夜　紫暁（4松のそなた　二一〇六）
てふてふの　雨を侘び行く　軒端かな　貝錦（8俳諧新選　一〇八ぺ）
藪主に　あやしめられて　水雛（くひな）哉　十磨（7俳諧古選　一三〇ぺ）
夜桜に　あやしやひとり　須磨の蜑　言水（7俳諧古選　二〇七ぺ）
篝目に　あやまつ足や　若楓　蕪村（2蕪村遺稿　八八八）
天地に　あやまり初の　朝寝哉　雅因（8俳諧新選　一〇〇ぺ）
杜若（かきつばた）　あやめ売る子の　隠れけり　一笑（7俳諧古選　一六四ぺ）
谷川や　鮎に手を出す　馬の上　雄山（8俳諧新選　一四七ぺ）
激流を　鮎の竿にて　撫でてをり　青畝（9春の鳶　一五〇八）

声あらば　鮎も鳴くらん　鵜飼舟　越人（6あら野　六六八）
酒瓶を　洗うてさすや　菊の花　龍眠（8俳諧新選　一三四ぺ）
物凄や　あら面白の　返り花　鬼貫（7俳諧古選　一八七ぺ）
大北風（きた）に　あらがふ鷹の　富士指せり　亜浪（9定本亜浪句集　一〇二五）
独り寝の　あら壁寒し　冬の月　芙玉（8俳諧新選　一四一ぺ）
春雨や　嵐落ち来る　夜明け方　移竹（8俳諧新選　一〇三ぺ）
鶚（こふ）の巣に　嵐の外の　さくら哉　芭蕉（1焦尾琴　二八八）
幟たてて　嵐のほしき　日なりけり　子規（10獺祭句帖抄　六〇七ぺ）
鼻息の　嵐も白し　今朝の冬　松意（4江戸新道　〇一九一）
春雨や　あらしも果てず　戸のひづみ　嵐蘭（6猿蓑　二一七六）
しよんぼりと　嵐や侘ぶる　夜の鹿　都水（7俳諧古選　一八二ぺ）
誰彼も　あらず一天　自尊の秋　蛇笏（9椿花集　〇六六〇）
黙笑先生　あらず枕上　花舞へり　亜浪（9定本亜浪句集　一〇四八）
初夜と四つ　争ふ秋に　成りにけり　来山（7俳諧古選　一七五ぺ）
たんぽぽや　荒田に入るる　水の上　祇空（5住吉物語　四五一）
酔ふ人や　あらぬ口をも　きくの酒　西武（5犬子集　四六）
つつじ野や　あらぬ所に　麦畠　蕪村（2蕪村句集　一一〇〇）
子をもてば　あらぬ寝覚めや　濡れ蒲団　鶴英（8俳諧新選　一三九ぺ）
十棹とは　あらぬ渡しや　水の秋　たかし（4たかし全集　二六五五）
妻の名の　あらばけし給へ　神送り　越人（6あら野　九八八）
切干も　あらば供へよ　翁の忌　虚子（12六百句　二〇九ぺ）
歯塚とは　あらはづかしの　落葉塚　虚子（14七百五十句　一一八ぺ）

似た顔の　あらば出てみん　一躍り　落梧（6 あら野 一〇〇三）
大蜘蛛の　現れ小蜘蛛　なきが如　虚子（13 六百五十句 一七五ぺ）
これは実に　あらはれにけり　梅嫌（うめもどき）　五好（8 俳諧新選 一三三ぺ）
葱（ねぶか）白く　洗ひたてたる　さむさ哉　芭蕉（1 韻塞 七二三）
墨の袖　洗ひてほしの　天の河　宗養（7 俳諧古選 一九六ぺ）
大根を　洗ふ手に水　従へり　虚子（12 六百句 一六六ぺ）
御炭様　あら六（むつ）かしや　うちくべん　嘯山（8 俳諧新選 一四四ぺ）
枇杷の葉に　霰落ちけり　とまりけり　巴水（7 俳諧古選 一九一ぺ）
軒口や　あられ食ひこぼし　食ひこぼし　嘯山（8 俳諧新選 一四二ぺ）
雪の果て　あられ備へん　ねはん像　宇治田原社中（8 俳諧新選 一〇四ぺ）
岩に篠　あられたばしる　小手さし原　蕪村（2 蕪村遺稿 一三七）
四絃一斉　霰たばしる　畳かな　子規（10 獺祭句帖抄 六六三ぺ）
葛城や　あられ鳴り行く　伊駒山　百万（8 俳諧新選 一四二ぺ）
櫻櫚（しゅろ）の葉の　霰に狂ふ　あらし哉　野童（6 猿蓑 一六七九）
追ひかけて　雹（あられ）にころぶ　千鳥かな　蔦雫（6 続猿蓑 三三七一）
おくやまは　霰に減るか　岩の角　湍水（6 あら野 八八九）
甲板に　霰の音の　暗さかな　子規（10 獺祭句帖抄 六一九ぺ）
山風や　霰ふき込む　馬の耳　大魯（5 蘆陰句選 八二七）
ばらばらと　あられ降り過ぐる　椿哉　蕪村（2 蕪村遺稿 二〇四七）
きぬぎぬを　霰見よとて　戻りけり　冬松（6 あら野 九九三）
海へ降る　霰や雲に　波の音　其角（6 炭俵 二六三〇）
わやくやと　霰を侘びる　雀哉　一茶（3 七番日記 三五三ぺ）

白魚に　有明月の　うるみかな　大江丸（4 俳懺悔 二〇五五）
はつきりと　有明残る　桜かな　荷兮（6 あら野 一〇一四）
古庭に　有り来りたる　牡丹哉　嵐雪（7 俳諧古選 一六六ぺ）
めいげつは　ありきもたらぬ　林かな　釣雪（6 あら野 四二八）
春の月　ありしところに　梅雨の月　素十（9 雪片 一五五〇）
乞食の　有りし世語る　月見かな　胡餅（8 俳諧新選 一三〇ぺ）
綻びて　ありたる梅の　うてなかな　夜半（9 翠黛 一六五〇）
をさまりし　蟻地獄変　日もかげり　爽雨（9 遅日 一八八八）
捨団扇　ありて遊船　雨ざらし　花蓑（9 花蓑句集 〇八七〇）
緑陰に　ありて一歩も　出でずをり　虚子（14 七百五十句 六七ぺ）
川の名は　有りて流れぬ　おちばかな　五始（8 俳諧新選 一三六ぺ）
老の名の　有り共しらで　四十から　芭蕉（1 許六宛書簡 八〇三）
壁に耳　ありとやなかぬ　蛬（きりぎりす）　望一（5 毛吹草 八〇〇）
大いなる　蟻這ふといふ　われは見えず　虚子（14 七百五十句 八五ぺ）
前うしろ　ありや火桶の　撫心　存義（4 東風流 一七四〇）
初雪や　歩行（あるい）て遊ぶ　念はなし　武然（8 俳諧新選 一三九ぺ）
秋風に　歩いて逃げる　蛍かな　一茶（3 おらが春 四六八ぺ）
風邪の神　或るいは風に　乗りわめく　青峰（9 海光 二三四七）
砂川や　或るいは蓼を　流れ越す　蕪村（2 蕪村句集 七六四）
太郎冠者（くわじゃ）　あるか酒もて　花ざかり　月草（9 草上 昭4・6 一〇〇一）
夏の海　あるかれさうに　思ひけり　沙月（8 俳諧新選 一二三ぺ）
手にとれば　歩行（あるき）たく成る　扇哉　一茶（3 七番日記 三三八ぺ）

菊園や　歩きながらの　小盃　一茶（3 おらが春 四七一ペ）
己刺　あること知りて　花さうび　虚子（13 六百五十句 一四六ペ）
水の粉や　あるじかしこき　後家の君　蕪村（2 蕪村句集 一〇三）
月今宵　あるじの翁　舞ひ出でよ　蕪村（2 蕪村句集 四二四）
川狩りの　主は岸に　ながめけり　龍眠（8 俳諧新選 五四ペ）
詩も書かで　主ゆかしき　扇かな　砧舟（8 俳諧新選 一九ペ）
庵の月　主を問へば　芋掘りに　蕪村（2 蕪村句集 五二九）
さかる猫　有るにあられぬ　声と声　鶴英（7 俳諧古選 二一八ペ）
夫婦（めをと）別れ　あるは七月　八日哉　田鶴樹（7 俳諧古選 二二六ペ）
青くても　有るべき物を　唐辛子　芭蕉（1 深川 七五九）
五月雨や　ある夜ひそかに　松の月　蓼太（4 蓼太句集 一七四二）
されぱこそ　あれたきままの　霜の宿　芭蕉（1 あら野 三二五）
留主のまに　荒れたる神の　落葉哉　芭蕉（1 芭蕉庵小文庫 七三六）
神送り　荒れたる宵の　土大根　洒堂（6 炭俵 二六〇五）
戸を明けて　あれど留主也　桃の花　素園（8 俳諧新選 一〇七ペ）
姨捨は　あれに候ふと　かがし哉　一茶（3 七番日記 三四八ペ）
いつはとも　あれ初鳥　初鳥　大江丸（4 俳懺悔 二〇五一）
雨ごとに　あれものびる歟（か）　袋角　孤桐（8 俳諧新選 一二三ペ）
み所の　あれや野分の　後の菊　芭蕉（1 真蹟自画賛 九二八）
ねばりひきでも　あろかと田向こふの　初蛙　かな女（9 胡笛 〇七八六）
水赤く　泡流れけり　蓼の花　子規（10 獺祭句帖抄 六一七ペ）
明眸や　藍襟巻の　一抹に　元（9 島村元句集 〇九〇六）

白梅や　藍しぼる手は　藍に入る　樊川（8 俳諧新選 一〇一ペ）
秋の灯（ひ）や　藍摺にせし　原稿紙　知十（9 鶯日 〇三四八）
一桶の　藍流しけり　春の川　子規（10 獺祭句帖抄 六二五ペ）
水あびよ　藍干す上を　踏まずとも　釣雪（6 あら野 八七二）
鮎膾　藍より青き　蓼酢かな　徳元（4 毛吹草 〇〇五九）
植ゑた田に　青々とさす　夕日かな　吐月（8 俳諧新選 一二二ペ）
赤い小鳥　青い小鳥の　小春かな　知十（9 鶯日 〇三四七）
いなづまの　青うつるや　淀の城　子一（8 俳諧新選 一二五ペ）
あなかまと　青梅ぬすむ　きぬの音　無腸（4 続あけがらす 一八六一）
いなづまや　青貝の間に　客ふたり　大江丸（5 はいかい袋 八七五）
稲の葉の　青かりしより　かかし哉　月渓（5 五車反古 八三〇）
花ちりて　青きつぶりや　美人草　嘯山（8 俳諧新選 一五七ペ）
蛍火の　青きにおびえ　そめむとす　草城（9 人生の午後 二四六九）
冬瓜（とうぐわん）や　青きをおのが　秋の色　雅因（8 俳諧新選 一三五ペ）
幼子や　青きを踏みし　足の裏　子規（9 俳句稿巻二 〇〇〇八）
足もとに　青草見ゆる　枯野かな　子規（10 獺祭句帖抄 六六四ペ）
しら鷺や　青くもならず　黴雨（つゆ）の中（うち）　不玉（6 続猿蓑 三一七七）
紅梅に　青く横たふ　筧（かけひ）かな　柳居（5 柳居発句集 四八四）
空は太初の　青さ妻より　林檎受く　草田男（9 来し方行方 二五三六）
涼風や　青田の上の　雲のかげ　許六（5 五老井発句集 三七九）
煤掃や　青砥左衛門（あをとざゑもん）　耳に銭　烏暁（7 俳諧古選 二一六ペ）
銭亀や　青砥もしらぬ　山清水　蕪村（2 蕪村句集 二〇七五）

秋の空　青菜車のつづきけり　子規（10獺祭句帖抄　六五四ぺ）
紫陽花（あぢさゐ）や　青にきまりし秋の雨　子規（4寒山落木巻三　二二七四）
茂り葉や　青女房の加茂詣　尺布（8俳諧新選　一一四ぺ）
返歌なき　青女房よくれの春　蕪村（2蕪村句集　二五八九）
白馬の　青野をかくるあらし哉　五明（5五明句藻　八八一）
ちさはまだ　青ばながらになすび汁　芭蕉（1真蹟懐紙　八四九）
気相よき　青葉の麦の嵐かな　仙華（6炭俵　二四六六）
あらたふと　青葉若葉の日の光　芭蕉（1奥の細道　四八〇）
ひつぢ田や　青葉折り込む薄氷　五明（5五明句藻　八八五）
見わたせば　蒼生（あをひとぐさ）よ田植時　蕪村（2蕪村遺稿　九〇五）
人に倦み　青鬼灯（ほほづき）を覗くところ　躑躅（9同人第二句集　〇八六五）
手を代はり　行脚引き見る鳴子哉　阿誰（7俳諧古選　二三〇ぺ）
鶯の　案じすまして初音哉　里英（7俳諧古選　二三〇ぺ）
夕月夜　あんどんけしてしばしみむ　卜枝（6あら野　四三四）
竹の子に　行灯さげてまはりけり　長虹（6あら野　六五九）
糊の干ぬ　行灯ともす寒さかな　梅室（5梅室家集　一一七二）
初雁に　行灯とるなまくらもと　落梧（6猿蓑　一八三三）
鍋焼の　行灯を打つ霰かな　子規（10獺祭句帖抄　六六三ぺ）
墨付けし　行灯を泣くきりぎりす　越人（4鵲尾冠　〇九一二）
葎（むぐら）から　あんな胡蝶の生まれけり　一茶（3おらが春　四三五ぺ）
こんな形（なり）に　あんな形（なり）ある花見哉　沙龍（8俳諧新選　一〇九ぺ）
借りかけし　庵の噂やけふの菊　丈草（6続猿蓑　三三一二）
横町や　按摩昼行く雲の峰　四方太（9ホ明31・7　〇二〇六）
小筵へ　按摩も来たり門涼み　雲岫（8俳諧新選　一一四八ぺ）

い

土手一里　依々恋々（れんれん）と柳かな　子規（10獺祭句帖抄　六一三ぺ）
雪嶺の　悠久年のあらたまる　みどり女（9光陰　〇九七一）
ふくる夜に　幽玄体や鉢たたき　嘯山（8俳諧新選　一四四ぺ）
暮の秋　有職の人は宿に在す　蕪村（2蕪村句集　二二六九）
名の高き　遊女聞こえず御代の春　宋阿（7俳諧古選　一五七ぺ）
一つ家に　遊女も寝たり萩と月　芭蕉（1奥の細道　五三二）
菜の花や　遊女わけ行く野の稲荷　闌更（5半化坊発句集　七五〇）
大仏の　優な御皃（かほ）や雪の窓　百万（8俳諧新選　一四二ぺ）
秋の灯（ひ）や　癒えしにあらず居らぬなり　水巴（9定本水巴句集　〇五七四）
一つ屋や　いかいこと見るけふのつき　亀洞（6あら野　四一七）
春雨の　衣桁に重し恋衣　虚子（11五百句　九ぺ）
梅むきや　笊（いかき）かたぶく日の面　望翠（6続猿蓑　三一九六）
初雪や　いかさま草の有り所　宋屋（8俳諧新選　一三九ぺ）
日輪は　筏にそそぎ牡蠣育つ　青峰（9海光　二三五四）
寒空や　筏にのせし鍋の跡　乙二（4松窓乙二集　二一一六）
ちりつみて　筏も花の梢哉　蕪村（2蕪村遺稿　一五〇八）
とりつきて　筏をとむる柳哉　昌碧（6あら野　五五二）

白魚の　いかで遊ばぬ　京の水　宋屋（8俳諧新選 一〇二ぺ）
時鳥　いかな太子の　耳とても　羅人（8俳諧新選 一一三ぺ）
たなばたを　いかなる神に　いはふべき　沾圃（6続猿蓑 三二四〇）
鰹売り　いかなる人を　酔はすらん　芭蕉（1いつを昔 二九八）
みよしのは　いかに秋立つ　貝の音　破笠（6あら野 九〇四）
背戸畑や　いかに尼前の　茶摘歌　さかふ（8俳諧新選 一一一ぺ）
獣屍の蛆　如何に如何にと　口を挙ぐ　草田男（9母郷行 二五三三）
郭公（ほととぎす）　いかに鬼人も　慥にきけ　宗因（5誹諧当世男 一〇五）
我が宿に　いかに引くべき　山清水　蕪村（2蕪村句集 一六九三）
枯柳　いかめしき風の　辷（すべ）りけり　浦玉（8俳諧新選 二三七ぺ）
冬木立　いかめしや山の　たたずまひ　旧徳（7俳諧古選 一八六ぺ）
茹蛸の　碇（いかり）たのもし　舟すずみ　百万（8俳諧新選 二一二ぺ）
入海や　碇の筌（うけ）に　啼く千鳥　闇指（6続猿蓑 三三七三）
蟷螂の　怒りまろびて　掃かれけり　王城（9同人句集 〇九一七）
稲の雨　斑鳩寺に　まうでけり　子規（10獺祭句帖抄 六三九ぺ）
けふも暑う　生き飽きたりな　又の飯　東洋城（9東洋城全句中 〇三九五）
えいやつと　活きた所が　秋の暮　一茶（3七番日記 三四四ぺ）
今までは　いきたはごとを　月夜かな　徳元（4滑稽太平記 〇〇六〇）
秋風や　生きてあひ見る　汝と我　子規（10獺祭句帖抄 六三七ぺ）
鎌倉を　生きて出でけむ　初鰹　芭蕉（1葛の松原 七四九）
人形まだ　生きて動かず　傀儡師（くわいらいし）　虚子（9五百句 〇〇八三）
うかうかと　生きてしも夜や　蟋蟀（きりぎりす）　二柳（4続あけがらす 一八五七）
滝冷ややか　生きて濁りて　ゆく眼には　静塔（9月下の俘虜 二三七五）
パン種の　生きてふくらむ　夜の霜　楸邨（9野哭 二五九一）
陋巷に　生きて目刺に　飯うまし　杉童（9枯蘆 〇八一一）
田の人は　生きて戻るか　涸れ清水　大圭（7俳諧古選 二一三ぺ）
薬食　生きても松の　十分一　滴水（7俳諧古選 一八八ぺ）
みそさざいが　生きてゐるので　我もよし　青々（9松苗 〇四九三）
秋の夜の　憤ろしき　何々ぞ　波郷（9病鴈 二六三五）
鶯の　息見透かせる　日南（ひなた）かな　雁觜（8俳諧新選 一〇〇ぺ）
出で入りの　息も消ゆかや　枯林　躑躅（9現代俳句集 〇八五七）
茶の花や　幾日（いくか）たつても　蝶は来ず　寿松（8俳諧新選 一三八ぺ）
落葉して　幾日に成りぬ　後の堂　存義（4反古衾 一七三六）
秋去りて　いく日（か）になりぬ　枯尾花　蕪村（2蕪村遺稿 一一五二）
寝て起きて　幾日に成りぬ　花千本　菜根（8俳諧新選 一五一ぺ）
火とぼして　幾日になりぬ　冬椿　一笑（6あら野 八二〇）
舟かけて　いくかふれども　海の雪　芳川（6あら野 四五七）
山茶花や　いくさに敗れたる　国の　草城（9旦暮 二四五九）
梨咲くや　いくさのあとの　崩れ家　子規（10獺祭句帖抄 六二六ぺ）
僧朝顔　幾死にかへる　法の松　芭蕉（1野ざらし紀行 一八四）
むらしぐれ　幾たび馬の　躓きぬ　露月（9露月句集 〇二二四）
てふの羽の　幾度越ゆる　塀のやね　芭蕉（1句選拾遺 六二三）
啄木忌　いくたび職を　替へてもや　敦（9古暦 三一三四）
鰒汁に　幾度誓ひ　破りけん　漁焉（8俳諧新選 一四〇ぺ）

若水を　幾たび頬（つら）へ　ひきがへる　紹簾（4俳諧家譜 二一八八）
人こころ　幾度鰒を　洗ひけん　太祇（8俳諧新選 一四〇ぺ）
舞姫に　幾たび指を　折りにけり　荷兮（6あら野 八四一）
妻にもと　幾人（いくたり）思ふ　桜狩　破笠（7俳諧古選 一五三ぺ）
茸狩りや　黄蕈（いくち）も児（ちご）は　嬉し皃（がほ）　利合（6炭俵 二五八二）
白菊に　幾つ姉君　なりしかと　虚子（14七百五十句 四四六ぺ）
雲の峰　幾つ崩れて　月の山　芭蕉（1奥の細道 五一九）
鶯の　いくつも捨てて　初音かな　廬元坊（5俳諧百一集 四六九）
武蔵野や　いく所にも　見る時雨　舟泉（6あら野 九一〇）
酒のみは　幾人前も　花見かな　赤羽（7俳諧古選 二二〇ぺ）
むざんやな　幾世活きんと　薬ぐひ　素丸（4素丸発句集 一七五九）
眉付は　いくよになりぬ　長閑（のどか）也　冬文（6あら野 一〇八七）
堂立てて　幾世の鴫の　魂まつり　三千風（5小弓俳諧集 一五八）
百なりて　いくらが物ぞ　唐がらし　木節（6続猿蓑 三三〇六）
鶯や　礁（いくり）へ落とす　萱の径　風生（9愛日抄 一五六四）
森の中に　池あり氷　厚きかな　子規（10獺祭句帖抄 六六五ぺ）
髭宗祇　池に蓮ある　心かな　素堂（6炭俵 二四八一）
大いなる　池に日あたる　寒さかな　癖三酔（9癖三酔句集 〇三七三）
力でも　いけぬ師走や　すまひ取　乙由（4麦林集 一一九三）
晩涼に　池の萍（うきくさ）　皆動く　虚子（11五百句 五四ぺ）
水かれて　池のひづみや　後の月　蕪村（2蕪村句集 二七一六）
蕁（ぬなは）生ふ　池のみかさや　春の雨　蕪村（2蕪村句集 二二四〇）

かつまたの　池は闇也　けふの月　蕪村（2蕪村句集 二五三二）
松陰や　生船（いけぶね）揚げに　江の月見　里東（6炭俵 二五四五）
はまぐりの　いけるかひあれ　としのくれ　芭蕉（1真蹟自画賛 七七三）
山吹や　池をへだてて　入日さす　青蘿（5青蘿発句集 八四八）
名月や　池をめぐりて　夜もすがら　芭蕉（1孤松 二六九）
流れ来て　池をもどるや　春の水　蕪村（2蕪村遺稿 一一九二）
杜若（かきつばた）　生けん絵書の　来る日哉　釣雪（6あら野 八七〇）
絶えず人　いこふ夏野の　石一つ　子規（10獺祭句帖抄 六一四ぺ）
ふたつあらば　いさかひやせむ　けふの月　智月（6続猿蓑 三二〇七）
塩にしても　いざことづてん　都鳥　芭蕉（1江戸十歌仙 九九）
夕霧より　伊左さま参る　師走かな　子規（10獺祭句帖抄 六三九ぺ）
角文字の　いざ月もよし　牛祭り　蕪村（2蕪村句集 六一二）
木曾路行きて　いざ年寄らん　秋独り　蕪村（2蕪村句集 一八八〇）
起き出でて　いざ蓮の葉の　雨聞かん　芋秀（8俳諧新選 二三二ぺ）
夕雲雀（ひばり）　いざふしどへと　真さかさま　蘭丸（8俳諧新選 一〇四ぺ）
嵯峨寒し　いざ先（まづ）下れ　都鳥　蕪村（2蕪村句集 八二一）
寒ごりや　いざまゐりさう　一手桶　蕪村（2蕪村句集 三七三）
わらび野や　いざもの焚かむ　枯れつつじ　蕪村（2蕪村句集 四四一）
文月の　十六夜もよし　大文字　存義（8俳諧新選 二二五ぺ）
春雨や　いざよふ月の　海半ば　蕪村（2蕪村句集 一〇九三）
物申す　いざよふ門を　明くるべう　洒竹（9洒竹句集 〇二九四）
つつじ咲いて　石移したる　うれしさよ　蕪村（2蕪村句集 二三五三）

根府川や　石切る山の青蜜柑　子規（10獺祭句帖抄 六一六ペ）
鷹居ゑて　石けつまづくかれ野哉　松芳（6あら野 七九二）
より添ふも　石たく宿の寒さかな　廬元坊（8俳諧新選 一五八ペ）
涼しさや　石灯籠の穴も海　子規（9寒山落木巻四 〇〇二九）
其の春の　石ともならず木曾の馬　乙州（6猿蓑 一九九五）
蝸牛（かたつぶり）　石に落ちたる音悲し　氷花（7俳諧古選 一六七ペ）
冬ざれや　石に腰かけ我孤独　虚子（13六百五十句 二三九ペ）
日の影の　石にこぼるる瓢（ひさご）かな　巴人（4夜半亭発句帖 一一七六）
白魚や　石にさはらば消えぬべし　枳風（7俳諧古選 一五六ペ）
日のあたる　石にさはればつめたさよ　子規（10獺祭句帖抄 六一八ペ）
石山の　石にたばしるあられ哉　芭蕉（1麻生 六六一）
枯薦や　石につまづく宇都の山　子規（10獺祭句帖抄 六二一ペ）
肌のよき　石にねむらん花の山　路通（4いつを昔 一〇一七）
蕭条（せうでう）として　石に日の入る枯野かな　蕪村（2蕪村句集 二八〇八）
わく泉　石に道して流れけり　麦翅（8俳諧新選 一五七ペ）
色々の　石に行きあふ枯野哉　作者不明（7俳諧古選 二二七ペ）
梅古木　石の如くにかたかりき　虚子（14七百五十句 一三五ペ）
秋雨や　石の仁王のあら木どり　吏登（4吏登発句集 一一七九）
息杖に　石の火を見る枯野哉　蕪村（2蕪村句集 二〇〇八）
吹きとばす　石はあさまの野分哉　芭蕉（1更科紀行真蹟 四三八）
笋や　石原を出る首の骨　嘯山（8俳諧新選 一二五ペ）
石山の　石も磨く歟（か）すす払　必化（8俳諧新選 一四四ペ）

見しられぬ　衣装を借りて踊りなん　自東（8俳諧新選 一二五ペ）
玉に成る　石や露けき日の移り　赤羽（8俳諧新選 一五九ペ）
むき蜆　石山のさくら散りにけり　蕪村（2蕪村遺稿 四八七）
苔の無き　石や焼野の妛かしこ　武然（8俳諧新選 一二一ペ）
石山の　石より白し秋の風　芭蕉（1奥の細道 五四九）
小春日や　石を嚙（か）み居る赤蜻蛉　鬼城（4鬼城句集 二二五七）
北風や　石を敷きたるロシア町　虚子（11五百句 五六ペ）
茶の花や　石をめぐりて路を取る　蕪村（2蕪村句集 二〇一九）
夏館　異人住むかや赤い花　子規（10獺祭句帖抄 六二九ペ）
松かざり　伊勢が家買ふ人は誰　其角（6あら野 四六一）
秋の風　伊勢の墓原猶すごし　芭蕉（1花摘 五八〇）
はる雨は　いせの望一（もいち）がこより哉　湍水（6あら野 五三五）
折節は　急いで回り灯籠哉　雁宕（7俳諧古選 二三〇ペ）
蚊をたたく　いそがはしさよ写し物　子規（10獺祭句帖抄 六〇八ペ）
庭のもの　急ぎ枯るるを見てゐたり　虚子（13六百五十句 二二一ペ）
安蘇一見　急ぎ候ふやがて神無月　一茶（3寛政句帖 三五一ペ）
熨斗（のし）むくや　磯菜すずしき島がまへ　正秀（6炭俵 二五二三）
空山へ　板一枚を荻の橋　石鼎（9花影 〇七四七）
ふく風を　抱きて水のぬるみけり　羽律（8俳諧新選 一〇七ペ）
初山の　頂に立つ男かな　石鼎（9花影 〇七五六）
雪残る　頂一つ国境　子規（4俳句稿巻一 二二二一六）
我が蒲団　いただく旅の寒さかな　沾圃（6続猿蓑 三四七九）

道を切る　鼬（いたち）ふりむく　枯野かな　紫影（9かきね草〇二三六）
秋の夜を　徒（いたづら）者（もの）の　鼾かな　駒門（8俳諧新選一三三ぺ）
大風に　傷みし樹々や　渡り鳥　碧梧桐（9ホ明38・9〇一〇四）
秋風の　伊丹（いたみ）古町（ふるまち）　今通る　虚子（14七百五十句一八ぺ）
かつこ鳥　板屋の背戸の　一里塚　越人（6波留濃日三二八）
柿の木の　いたり過ぎたる　若葉哉　越人（6あら野六二五）
若たけや　一宇の灯（ともし）　深からず　暁台（5暁台句集七六九）
病む六人　一寒灯を　消すとき来　波郷（9惜命二六六〇）
去来去り　移竹うつりぬ　幾秋ぞ　蕪村（2蕪村句集一三二）
文月や　一字目にたつ　大文字　嵐山（8俳諧新選二二五ぺ）
出かけには　一樹にきそふ　花見哉　太祇（8俳諧新選一〇九ぺ）
鹿聞くや　一樹の陰の　木挽小屋　蘭亭（8俳諧新選二三二ぺ）
秋の航　一大紺円盤の中　草田男（9長子二五二四）
紫陽草（あぢさゐ）の　一大輪と　成りにけり　嘯山（8俳諧新選一一八ぺ）
汽車道の　一段高き　冬田かな　子規（10獺祭句帖抄六四〇ぺ）
枯れ果てて　一段低き　野面かな　月居（4月並発句帖二一〇三）
烏丸　一条下る　今日の月　霽月（9新俳句〇二四八）
桃のはな　一条殿の　覚えかな　嘯山（8俳諧新選一〇七ぺ）
まゆ玉や　一度こじれし　夫婦仲　万太郎（9流寓抄一一三三）
一とせに　一度つまるる　菜づなかな　芭蕉（1泊船集八二八）
花と実と　一度に瓜の　さかりかな　芭蕉（1こがらし九二四）
月に寝ぬや　一度にこりず　二度にこりず　季吟（7俳諧古選二〇七ぺ）

破扇　一度にながす　御祓（みそぎ）かな　末学（6あら野一〇七）
雪月花　一度に見する　卯木（うつぎ）かな　貞徳（4崑山集〇〇四一）
世田谷の　市どろどろの　襤褸かな　麦人（9草笛〇三四二）
霧黄なる　市に動くや　影法師　漱石（4漱石全集二二四〇）
ぬす人や　市に隠れて　門飾り　孤洲（8俳諧新選一五六ぺ）
鯨売り　市に刀を　鼓しけり　蕪村（2蕪村句集二八二七）
已矣（やんぬるかな）　市に五勺の　升（ます）あらば　龍眠（8俳諧新選一四九ぺ）
木枯や　市に業（たつき）の　琴をきく　白雄（5白雄句集八四三）
元日は　一日朝の　こころかな　卯雲（8俳諧新選一〇〇ぺ）
つまみ食ひ　一日花の　乞食かな　春来（4東風流一二六九）
凩の　一日吹いて　居りにけり　涼菟（5伊勢新百韻四一六）
ミモーザを活けて　一日留守にした　ベットの白く　碧梧桐（9碧梧桐句集〇一四〇）
ほととぎす　一二の橋の　夜明けかな　其角（6炭俵二四八四）
山おろし　一二の鈁（もり）の　幟かな　蕪村（2蕪村遺稿三四八）
邯鄲（かんたん）の　市に鰒見る　雪の朝　蕪村（2蕪村遺稿一九二一）
墓起こす　一念草を　むしるなり　亜浪（9定本亜浪句集一〇四三）
抱籠や　一年ぶりの　中直り　希因（7俳諧古選一七二ぺ）
野山より　市のものなり　夏の月　蓼太（4蓼太句集一七四五）
葉桜に　意地のわろさは　風もなし　丈石（7俳諧古選二一四ぺ）
夕鳥　一羽おくれて　しぐれけり　子規（10獺祭句帖抄六六二ぺ）
とかくして　一把に折りぬ　女郎花（をみなへし）　蕪村（2蕪村遺稿四三）
繭買ひの　逸早く黄帷子（きびら）　著て来たり　左衛門（9現代俳句集〇八二一）

鵙(もず)啼くや　一番高い　木のさきに　子規（10獺祭句帖抄 六〇一ぺ）
一円に　一引く注連の　茅の輪かな　たかし（9石魂 一六五五）
此の舟に　一歩が酒や　けふの月　移竹（7俳諧古選 二一六ぺ）
田一枚　一枚づつに　残る雪　虚子（13六百五十句 一三六ぺ）
鮎の背に　一抹の朱の　ありしごとし　石鼎（9花影 〇七三七）
雑(まじ)りなき　一門衆や　御影講　嘯山（8俳諧新選 一三九ぺ）
日本紀や　銀杏に埋む　神無月　調和（5俳林不改楽 一五〇）
髪剃や　一夜に金精(さび)て　五月雨　凡兆（6猿蓑 一七五五）
茶屋むらの　一夜にわきし　桜かな　一茶（3おらが春 四四〇ぺ）
珍しき　一夜の冬や　富士詣　翠如（8俳諧新選 一三三ぺ）
吹き流し　一旒幟も　一樹立つ　秋桜子（9緑雲 一四四八）
隆々と　一流木の　焚火かな　不死男（9万座 二二八〇）
けふも又　一里暮れけり　鹿の声　雲魚（8俳諧新選 一三二ぺ）
思ひ切つて　一輪おくる　牡丹かな　龍眠（8俳諧新選 一五七ぺ）
花木槿(むくげ)　一輪さして　兄はゐる　青邨（9庭にて 一六一三）
朝がほや　一輪深き　淵の色　蕪村（2蕪村句集 一三四）
梅一輪　一輪ほどの　暖かさ　嵐雪（5遠のく 二八五）
大服や　一碗は我が　常ながら　玄武坊（4玄武庵発句集 一八一）
つけ芝の　いつか腐れて　五月雨　二世湖十（4続花摘 一二三四）
炭斗や　一夏のままの　蠅たたき　梓月（9冬扇 〇三六四）
蓑虫の　いつから見るや　帰り花　昌碧（6あら野 七八三）
連翹(れんげう)に　一閑張の　机かな　子規（10獺祭句帖抄 六四五ぺ）

足元へ　いつ来たりしよ　蝸牛(かたつぶり)　一茶（3父の終焉日記 四一〇ぺ）
来る雁や　何処(いづく)の秋を　当てにぞも　丹波西条社中（8俳諧新選 一四八ぺ）
一輪に　一句は足らぬ　ぼたんかな　龍眠（8俳諧新選 一一三ぺ）
暑き夜や　いづくを足の　置き所　尚白（7俳諧古選 二〇二ぺ）
元日や　一系の天子　不二の山　鳴雪（4鳴雪俳句鈔 二二二一）
狐火や　いづこ河内の　麦畠　蕪村（2蕪村句集 一四〇四）
九十九谷(つくもだに)　一谷ともる　良夜かな　碧雲居（9碧雲居句集 一〇六九）
笠島は　いづこさ月の　ぬかり道　芭蕉（1奥の細道 五〇三）
鳥帰る　いづこの空も　さびしからむに　敦（9歴日抄 三一三六）
この旅の　いづこの宿に　更衣(ころもがへ)　虚子（14七百五十句 三三七ぺ）
松島や　何処(いづこ)の山も　笑へども　泉明（8俳諧新選 一五四ぺ）
雪明り　一切経を　蔵したる　素十（9野花集 一五五六）
虫の庭　何時しか雨の　止みてあり　青嵐（9永田青嵐句集 〇八九六）
冬の水　一枝の影も　欺かず　草田男（9長子 二五四四）
竹外の　一枝は霜の　山椿　秋桜子（9緑雲 一四三三）
さびしさや　一尺消えて　ゆくほたる　北枝（5北枝発句集 四〇六）
夜の間に　一尺たまる　桜かな　座神（7俳諧古選 一五七ぺ）
短夜や　一寸のびる　桐の苗　子規（10獺祭句帖抄 六二七ぺ）
武蔵野や　一寸ほどな　鹿の声　芭蕉（1誹諧当世男 五四）
緋連雀　一斉に立つて　もれもなし　青畝（9万両 一五一六）
凩に　一僧帰る　山路かな　心祇（4たつのうら 一一六四）
椿落ちて　一僧笑ひ　過ぎ行きぬ　麦水（4落葉掐 一八〇二）

初雪や　いつ大仏の　柱立て　芭蕉（1 真蹟懐紙 五九一）
行く春の　いづち去りけむ　かかり舟　蕪村（2 蕪村遺稿 四六三）
杉の雪　一町奥に　仁王門　子規（10 獺祭句帖抄 六一一ぺ）
海原を　いづち行くらん　秋の蝶　尾谷（4 園圃録 一二四五）
いつ咲いて　いつ散るやらん　枇杷の花　尚白（7 俳諧古選 一九一ぺ）
一輪を　五つにわけて　梅ちりぬ　蕪村（2 蕪村遺稿 七二四）
寒鯉の　一擲したる　力かな　虚子（12 六百句 一八九ぺ）
大夕焼　一天をおし　ひろげたる　素逝（9 暦日 一八一八）
さみだるる　一灯ながき　坂を守り　林火（9 冬青集 二七五三）
空見るや　一時先の　ほととぎす　定宗（7 俳諧古選 一六三ぺ）
初午や　飯(い)綱(づな)使(つか)ひの　内の体　嘯山（8 俳諧新選 一〇四ぺ）
八丈は　伊豆の内なる　かすみかな　宗瑞（4 百番句合 一一四五）
上げ土に　いつの種とて　麦一穂　玄寮（6 あら野 六三二）
橘や　いつの野中の　郭公(ほととぎす)　芭蕉（1 卯辰集 六二六）
蜂の巣の　いつの間にやら　出来にけり　晩平（8 俳諧新選 一〇七ぺ）
をしや春　一杯のめば　其程減る　留鶯亭（7 俳諧古選 二〇七ぺ）
明らみて　一方暗し　梅雨の空　虚了（13 六百五十句 二一二ぺ）
京人の　いつはり多き　柳かな　子規（10 獺祭句帖抄 六二六ぺ）
暮るる日の　偽りがまし　けふの月　羊素（4 友あぐら 一二五〇）
刻々と増水　いつぴきいそいで　いるヲケラ　禅寺洞（9 禅寺洞句集 二二八九）
穀象の　一匹だにも　ふりむかず　三鬼（9 夜の桃 二三五五）
つひに戦死　一匹の蟻　ゆけどゆけど　楸邨（9 颱風眼 二五八七）

バラツクに　一幅かけぬ　月の秋　青嵐（9 永田青嵐句集 〇八九五）
てんと虫　一兵われの　死なざりし　敦（9 古暦 三一三五）
にがにがし　いつまで嵐　ふきのたう　宗鑑（5 真蹟短冊 一）
絣着て　いつまで老いん　破芭蕉　石鼎（9 花影 〇七四三）
コレラ船　いつまで沖に　繋り居る　虚子（11 五百句 三九ぺ）
麦飯の　いつまでも熱き　大暑かな　鬼城（9 鬼城句集 〇六三八）
秋風に　いつまで浴衣　著る女　虚子（14 七百五十句 七二ぺ）
一と所　いつも涼しき　板間あり　紅緑（9 紅緑句集 〇二四三）
千鳥鳴けば　いつもの夜着を　掛けるなり　碧梧桐（9 三千里 〇一二三）
明月の　出づるや　五十一か条　芭蕉（1 庭竈集 四四二）
月森を　出づるや上野の　九時の鐘　子規（10 獺祭句帖抄 六五五ぺ）
いざよひの　いづれか今朝に　残る菊　芭蕉（1 笈日記 四三九）
鉾鬮(くじ)や　いづれかちんの　布袴　習先（8 俳諧新選 一二二ぺ）
凩や　いづれが月の　あり所　射道（8 俳諧新選 一三八ぺ）
土に這ふ　いづれ露草　小朝皃　より江（9 同人句集 〇九二九）
曲水や　何れの君の　長柄傘　随古（8 俳諧新選 一〇九ぺ）
春の野や　いづれの草に　かぶれけん　羽紅（6 続猿蓑 三〇二九）
薬欄に　いづれの花を　くさ枕　芭蕉（1 曾良書留 五三五）
むつきてふ　いづれ始めの　御ん時　貞徳（7 俳諧古選 一四二ぺ）
月一輪　凍(いて)湖一輪　光りあふ　多佳子（9 海彦 二九七二）
よき角力(すまふ)　いでこぬ老の　うらみ哉　蕪村（2 蕪村遺稿 七七八）
十五夜に　出でし月かも　十三夜　百庵（8 俳諧新選 一三四ぺ）

やすやすと　出でていざよふ　月の雲　芭蕉（1笈日記 七〇六）
蛇穴を　出でて石垣の　春の水　碧梧桐（4春夏秋冬 二三〇八）
柴売りや　いでてしぐれの　幾廻り　闇指（6続猿蓑 三三三〇）
比良村を　いでて澄む水　みづうみへ　爽雨（9雲板 一九〇二）
物捨てに　出でて干潟の　寒さかな　碧梧桐（9ホ明38・12 〇一四一）
満丸に　出でてもながき　春日哉　宗鑑（5誹諧初学抄 二）
寒梅や　出羽の人の　駕(かご)の内　蕪村（2蕪村遺稿 二一五九）
庭掃きて　出でばや寺に　ちる柳　芭蕉（1奥の細道 五五〇）
町はづれ　いでや頭巾は　小風呂敷　蕪村（2蕪村句集 六五九）
今一里　往(いで)て宿からん　草の花　如水（8俳諧新選 二二九ペ）
色々に　温泉(いでゆ)の烟や　夏木立　李有（8俳諧新選 一一四ペ）
蝙蝠(かうもり)も　出でよ浮世の　華に鳥　芭蕉（1西華集 九一二）
鳳凰も　出でよのどけき　とりの年　貞徳（5犬子集 一一）
椀売りも　出でよ芳野の　初時雨　空牙（6続猿蓑 三三三一）
いとゆふの　いとあそぶ也　虚木立(からきだち)　氷固（6猿蓑 一九三二）
連翹(れんげう)に　糸いろいろや　染めて干す　巨口（9つは路 一二〇六）
白足袋に　いとうすき紺の　ゆかりかな　碧梧桐（9碧梧桐句集 〇一二〇）
花野やはらか　移動文庫の　車輪過ぎ　静塔（9月下の俘虜 二三七九）
多喜二忌や　糸きりきりと　ハムの腕　不死男（9万座 二二六九）
連れだつや　従弟はをかし　花の時　荷兮（6あら野 三七七）
荻の風　いとさうざうしき　男かな　蕪村（2蕪村遺稿 二七七四）
蚊の觜の　糸筋に血の　通ひけり　嘯山（4葎亭句集 一七〇八）

大幅は　いとどかなしき　ねはんかな　素丸（8俳諧新選 一四七ペ）
雲の峰　いとど小さき　我が栖　素郷（4柴の戸発句集 二一二六）
田を売りて　いとど寝られぬ　蛙哉　北枝（5喪の名残 四〇五）
酒のめば　いとど寝られね　夜の雪　芭蕉（1勧進牒 二七八）
萩その他　糸の如くに　枯れにけり　虚子（14七百五十句 九二ペ）
うめちるや　糸の光の　日の匂ひ　士芳（6炭俵 二四〇〇）
葉に蔓に　いとはれ貌(がほ)や　種(たね)瓢(ふくべ)　蕪村（2蕪村遺稿 二二七七）
糸のなき　糸巻に似て　月寒し　普羅（9辛夷 〇七〇六）
みじか夜や　いとま給はる　白拍子　蕪村（2蕪村句集 二二五〇）
かり寝する　いとまを花の　あるじ哉　蕪村（2蕪村遺稿 二一一三）
明けんとや　糸をかけたる　鹿の声　潭北（8俳諧新選 一三二ペ）
つくり木の　糸をゆるすや　秋の風　嵐雪（4句兄弟 〇八三八）
雁にきけ　いなおほせ鳥と　いへるあり　春澄（5七百五十韻 一九〇）
刈株に　蝗(いなご)老い行く　日数かな　子規（10獺祭句帖抄 六一六ペ）
身を投げて　蝗死なんとす　冬田かな　子規（10獺祭句帖抄 六二〇ペ）
掛稲に　蝗飛びつく　夕日かな　子規（10獺祭句帖抄 六一八ペ）
余所(よそ)の田へ　蝗のうつる　日和かな　子規（10獺祭句帖抄 六一六ペ）
ふみはづす　蝗の顔の　見ゆるかな　虚子（11五百句 七四ペ）
否ぞ共　蝗は口を　つぐみけり　嘯山（8俳諧新選 二二七ペ）
流れても　いなず涼しき　水の音　一簣（8俳諧新選 二二一ペ）
裸身に　いなづま請くる　夜水哉　士髪（8俳諧新選 二二五ペ）
膝に来て　稲妻うすく　消ゆるかな　虚子（13六百五十句 一五四ペ）

宵闇の　稲妻消すや　月の顔　長虹（6あら野　九八四）
苔濡れて　いなづま伝ふ　軒端哉　習先（8俳諧新選　一二五ぺ）
首の座は　稲妻のする　その時か　木節（6続猿蓑　三四五二）
月も洩り　稲妻もちる　庵かな　舞閣（8俳諧新選　一二五ぺ）
打ち交ぜて　稲妻もちる　柳かな　喜朝（8俳諧新選　一二四ぺ）
明ぼのや　稲づま戻る　雲の端　土芳（6続猿蓑　三二八五）
はか原や　稲妻やどる　桶の水　支梁（6続猿蓑　三四五三）
あの雲は　稲妻を待つ　たより哉　芭蕉（1あら野　四一六）
蝸牛（かたつぶり）　いなれぬ方へ　にじりけり　李流（8俳諧新選　一一五ぺ）
猿沢は　古への水歟（か）　朧月　宜中（8俳諧新選　一五二ぺ）
たつ鴨を　犬追ひかくる　つつみかな　乍木（6続猿蓑　三三七五）
繋（かう）がれし　犬が退屈　蝶が飛び　虚子（13六百五十句　二〇五ぺ）
香薷（じゅ）散（さん）　犬がねぶつて　雲のみね　其角（5焦尾琴　二六一）
雛の灯（ひ）に　いぬきが袂　かかるなり　蕪村（2蕪村遺稿　二三六四）
夜（よ）興（こ）引（ひき）や　犬心得て　山の道　子規（10獺祭句帖抄　六六二ぺ）
一口鉢　犬西行に　時鳥　三千風（4日本行脚文集　〇二〇〇）
狼の　犬誘ひよる　霜夜かな　嘯山（8俳諧新選　二三九ぺ）
わらんべの　犬抱いて行く　枯野かな　子規（10獺祭句帖抄　六六五ぺ）
ありがたや　犬にかまはぬ　寒念仏　珪琳（4百番句合　一二三九）
山吹に　犬の欠（あくび）の　日脚かな　沾涼（8俳諧新選　一一一ぺ）
行く雲や　犬の欠（かけ）尿（ばり）　むらしぐれ　芭蕉（1六百番発句合　八三）
山茶花に　犬の子眠る　日向かな　子規（10獺祭句帖抄　六二一ぺ）

花有りて　犬のそだたぬ　山もなし　常矩（7俳諧古選　一五二ぺ）
はつ霜や　犬の土かく　爪の跡　北鯤（6続猿蓑　三三三八）
夜（よ）興（こ）引（ひき）や　犬のとがむる　塀の内　蕪村（2蕪村句集　一三三一）
かく生きて　イヌノフグリに　逢（はう）着（ちゃく）す　普羅（9辛夷　〇七一二）
やる鷹に　犬の眼（まなこ）の　したひけり　文湖（8俳諧新選　一四二ぺ）
少年の　犬走らすよ　夏の月　召波（4春泥句集　一八二六）
まとふどな　犬ふみつけて　猫の恋　芭蕉（1茶のさうし　九四八）
枯尾花　犬も狐に　似たりけり　文素（8俳諧新選　一三七ぺ）
草枕　犬も時雨るか　よるのこゑ　芭蕉（1野ざらし紀行　一二〇六）
付いて来て　犬も高きに　登りけり　嘯山（8俳諧新選　一三三ぺ）
御（お）火（ほ）たきや　犬も中々　そぞろ㒵（がほ）　蕪村（2蕪村句集　七〇三）
猟人も　犬もぬれたり　草の露　子規（10獺祭句帖抄　六五三ぺ）
太刀持を　犬や嗅ぐらん　うめの花　几圭（4新雑談集　一一八八）
独り遊ぶ　狗や松もる　夏の月　大夢（8俳諧新選　一一八ぺ）
よの中は　稲かる頃か　草の庵　芭蕉（1続深川集　四五八）
更くる夜や　稲こく家の　笑ひ声　万乎（6続猿蓑　三三二一）
とまりとまり　稲すり歌も　替はりけり　ちね（6あら野　九四一）
賤のこや　いね摺りかけて　月をみる　芭蕉（1鹿島詣　三〇九）
したたかに　稲荷（にな）ひゆく　法師哉　蕪村（2蕪村遺稿　二二九八）
稲雀　稲を追はれて　唐柜（きび）へ　子規（10獺祭句帖抄　六一六ぺ）
出くすみや　いの字の付いた　桂の名　紹廉（8俳諧新選　二三〇ぺ）
滝つぼに　命打ちこむ　小あゆ哉　為有（6炭俵　二四六一）

初花に命七十五年ほど　芭蕉（1江戸通町九二）
月光にいのち死にゆくひとと寝る　多佳子（9海燕二九六九）
生きらるる命成りけり夕涼み　茶雷（7俳諧古選二二六ぺ）
切干やいのちの限り妻の恩　草城（9人生の午後二四五八）
早苗見て命の長き心せり　木因（7俳諧古選一六六ぺ）
湯豆腐やいのちのはてのうすあかり　万太郎（9流寓抄以後一一三五）
限りある命のひまや秋の暮　蕪村（2蕪村遺稿二二六八）
死ぬ迄の命は捨てぬ砧かな　沙月（7俳諧古選二二九ぺ）
桟（かけはし）やいのちをからむつたかづら　芭蕉（1更科紀行四三〇）
夜着ひとつ祈り出だして旅寝かな　芭蕉（1真蹟七三一）
身につけと祈るや梅の籬（まがき）は　遊糸（6続猿蓑三〇〇三）
寒（かん）食（じき）やいはけなき子にすねらるる　琴風（7俳諧古選一五三ぺ）
我がままをいはする花のあるじ哉　路通（6あら野三六〇）
蓑笠の衣（い）鉢（はつ）つたへて時雨哉　蕪村（2蕪村句集二三〇三）
永き日を云はでくるるや壬生念仏　蕪村（2蕪村遺稿四四八）
蟷螂（かまきり）のいはで仕てやる工面かな　嘯山（8俳諧新選二二七ぺ）
軒ちかき岩梨をるな猿のあし　千那（6猿蓑二二四七）
雪と波岩に打ちけり降りにけり　赤羽（8俳諧新選一四二ぺ）
水底の岩に落ちつく木の葉かな　丈草（4青筵一〇〇三）
飛び越えて岩に乾くや鹿の爪　沾徳（5把菅四三二）
目の前の岩に雲立つ涼しさよ　三幹竹（9三幹竹句集〇五四九）
こがらしや岩に裂け行く水の声　蕪村（2蕪村句集二三〇一）
閑（しづ）かさや岩にしみ入る蟬の声　芭蕉（1奥の細道五一三）
紅葉見の岩に水取る弭（ゆはず）かな　蕪村（2蕪村遺稿二七五二）
いまきたといはぬばかりの燕かな　長之（6あら野六〇五）
蔦さがる岩の凹みや堂一つ　子規（10獺祭句帖抄六一七ぺ）
天の裂目巌の裂目の滝落つる　青邨（9乾燥花一六〇九）
五月の雨岩ひばの緑いつ迄ぞ　芭蕉（1向之岡一一三）
木枯に岩吹きとがる杉間かな　芭蕉（1笈日記七三〇）
おしなべて祝へあふひと草の餅　丈石（8俳諧新選一四九ぺ）
かげろふや巌（いはほ）に腰の掛けちから　配力（6続猿蓑三〇七九）
炎天に巌の如き人なりしが　虚子（13六百五十句二一四ぺ）
絶壁の巌をしぼる清水かな　子規（10獺祭句帖抄六三〇ぺ）
日盛りの岩よりしぼる清水哉　常牧（5物見車二〇一）
鶯や茨くぐりて高う飛ぶ　蕪村（2蕪村句集二〇九二）
馬の尾にいばらのかかる枯野哉　蕪村（2蕪村句集二三二〇）
白露や茨の刺にひとつづつ　蕪村（2蕪村句集五九六）
愚にくらく棘をつかむ蛍哉　芭蕉（1東日記一三五）
鶯や岩を縫ひ行く水の上　淡々（8俳諧新選一〇一ぺ）
その人の鼾さへなし秋のくれ　其角（6あら野一〇〇七）
蝮の鼾も合歓（ねぶ）の葉陰哉　蕪村（2蕪村句集四一三）
馬士の謂ひ次第なりさつき雨　史邦（6猿蓑一七五二）
枯菊と言ひ捨てんには情あり　たかし（4たかし全集二六四七）
釈迦如来云ひた皃（かほ）せず寝られたり　習先（8俳諧新選一〇四ぺ）

春寒と　いひたげな淋し　かりし顔　癖三酔（9 藻の花 〇三八〇）
灯(ひ)ともせと　云ひつつ出るや　秋の暮　蕪村（2 蕪村遺稿 二七〇三）
飯蛸の　飯と語らん　身のむかし　泉石（7 俳諧古選 二一一ぺ）
嚙(か)み嚙める　飯のほとびぞ　五月雨　東洋城（9 東洋城全句中 〇三九二）
露草や　飯噴くまでの　門歩き　久女（9 杉田久女句集 〇九五二）
まま事の　飯もおさいも　土筆かな　立子（9 立子句集 一九四九）
雪解風と　いふ風吹きし　小諸はも　虚子（14 七百五十句 二三ぺ）
折々に　伊吹をみては　冬ごもり　芭蕉（1 後の旅 七二四）
年木樵ると　云ふこと知りぬ　寺持ちて　迷堂（9 孤輪 〇四二五）
似合はぬと　言ふさへられし　丸頭巾　瓢水（4 瓢水句選 一二九一）
一機還らずと　言ふ水仙の　白き夜なり　碧雲居（9 碧雲居句集 一〇六三）
白牡丹と　いふといへども　紅ほのか　虚子（9 五百句 〇〇八五）
翌(あす)見んと　いふ人いかに　さくら花　菜根（8 俳諧新選 一〇九ぺ）
大根と　いふ味方あり　神無月　珪琳（8 俳諧新選 一四一ぺ）
彼是と　いふも当座ぞ　雪仏　一茶（3 おらが春 四七三ぺ）
角文字の　いぶり見せけり　蝸牛(かたつぶり)　召波（8 俳諧新選 一一五ぺ）
短夜や　幽霊消えて　鶏(とり)の声　子規（10 獺祭句帖抄 六四六ぺ）
塀こけて　家あらはなる　野分かな　子規（10 獺祭句帖抄 六五四ぺ）
江に添うて　家々に結ふ　粽かな　巣兆（5 曽波可理 九八八）
よべの雨に　家々ぬれて　二月尽　百閒（9 百鬼園俳句 一一七一）
此の山に　家が有るかや　蕎麦の花　八川（8 俳諧新選 一三五ぺ）
白露や　家こぼちたる　萱のうへ　蕪村（2 蕪村遺稿 一一七七）

麦藁の　家してやらん　雨蛙　智月（6 猿蓑 一七六二）
終(つひ)に夜を　家路に帰る　鉢たたき　蕪村（2 蕪村遺稿 三六六）
応々と　いへど敲くや　雪の門　去来（5 句兄弟 三〇三）
片側は　家なき町や　朝の露　毛仏（8 俳諧新選 二二六ぺ）
秋ぞしる　家に鼠の　多き事　亀成（8 俳諧新選 二三五ぺ）
半焼の　家に人住む　寒さかな　子規（10 獺祭句帖抄 六六〇ぺ）
犬吠えて　家に人なし　蔦紅葉　言水（7 俳諧古選 一七四ぺ）
元日や　家にゆづりの　太刀帯かん　去来（5 去来発句集 二八六）
ちる時は　家の内也　冬牡丹　万翁（8 俳諧新選 一四一ぺ）
春潮と　いへば必ず　門司を思ふ　虚子（9 五百句 〇〇七〇）
鷦鷯(みそさざい)　家はとぎるる　はだれ雪　祐甫（6 続猿蓑 三三九一）
五月雨に　家ふり捨てて　なめくじり　凡兆（6 猿蓑 一七五〇）
根木打と　云へる子供の　遊びありし　虚子（14 七百五十句 六六一ぺ）
鳰(にほ)の子に　家分けて遣る　柳哉　作者不明（7 俳諧古選 二一〇ぺ）
冬木立　家居ゆゆしき　麓哉　蕪村（2 蕪村遺稿 一八五）
猟人の　家をつらぬくや　雉の声　大夢（8 俳諧新選 一〇四ぺ）
侍の　家をはさむや　蛭子(えびす)講(かう)　瓜流（8 俳諧新選 一四五ぺ）
白雨(ゆふだち)や　家を回りて　家鴨(あひる)啼く　其角（7 俳諧古選 一六八ぺ）
猿引や　家を分けたる　弟へも　赤羽（8 俳諧新選 一〇〇ぺ）
蕗の薹　庵有りたけの　馳走哉　左釣（8 俳諧新選 一〇三ぺ）
斎(とき)に来て　庵一日の　清水哉　一笑（6 あら野 一〇三〇）
二見まで　庵地(いほち)たづぬる　月見哉　支考（6 続猿蓑 三二一九）

捨てて久しき　庵とこそ見ゆれ　今年竹　露月（9 ○二五○ 日本 明27・7・21）
張番に　庵とられけり　夜の霜　一茶（3 四七三ぺ おらが春）
五羽六羽　庵とりまはす　かんこ鳥　元志（6 二一五四 猿蓑）
苗代は　庵のかざりに　青みけり　一茶（3 四三五ぺ おらが春）
冬ごもる　庵の調度や　燧箱（ひうちばこ）　多少（8 一四○ぺ 俳諧新選）
木啄（きつつき）も　庵はやぶらず　夏木立　芭蕉（1 四八五 奥の細道）
露けしや　庵低き灯（ひ）の　壁人（かげぼふし）　作者不明（8 二二六ぺ 俳諧新選）
雪の日に　庵借さふぞ　鷦鷯（みそさざい）　依々（6 二六一四 炭俵）
西行の　庵もあらん　花の庭　芭蕉（1 九五二 泊船集）
白き猫　今あらはれぬ　青芒　虚子（13 二三一ぺ 六百五十句）
めくり暦　今一枚と　なりにけり　露月（9 ○二五三 露月句集一）
河骨（かうほね）や　今一輪は　水の中　遷卜（8 一四七ぺ 俳諧新選）
あぶなしや　今起きて聞く　郭公（ほととぎす）　傘下（6 四○二 あら野）
潮干より　今帰りたる　隣かな　子規（4 二一九六 俳句稿巻一）
てふてふや　今神様の　鞠ついて　余子（9 ○四四四 余子句選）
背山より　今かも飛雪　寒牡丹　爽雨（9 一八九五 泉声）
なほ暑し　今来た山を　寝て見れば　一茶（3 四四六ぺ おらが春）
木曾川の　今こそ光れ　渡り鳥　虚子（9 ○○六二 五百句）
車胤が窓　今この席に　飛ばされたり　宗因（4 ○一六六 阿蘭陀丸）
やる筈の　今更悔し　園の花　習先（8 一五五ぺ 俳諧新選）
入る月に　今しばし行く　とまり哉　玄寮（6 九四二 あら野）
まざまざと　いますが如し　魂祭り　季吟（4 ○一二六 独琴）

夏衣　いまだ虱（しらみ）を　とりつくさず　芭蕉（1 二一五三 野ざらし紀行）
帯古し　未だ旅なる　衣更　一有（7 一六四ぺ 俳諧古選）
梅もどき　いまだ楊家（やうけ）の　娘かな　淡々（4 一二七四 淡々発句集）
牡丹載せて　今戸へ帰る　小舟かな　子規（10 六三一ぺ 獺祭句帖抄）
六門徒　今に栄えて　大根焚　三幹竹（9 ○五五○ 三幹竹句集）
雲のみね　今のは比叡に　似た物か　之道（6 一八○三 猿蓑）
故郷も　今はかり寝や　渡り鳥　去来（4 ○九五○ けふの昔）
荒草の　今は枯れつつ　安らかに　草城（9 二四五一 人生の午後）
塗師の手を　今はなれてや　初茄子　右丸（7 二一○ぺ 俳諧古選）
ほととぎす　今は俳諧師　なき世哉　芭蕉（1 九五七 かしま紀行付録）
涼風も　今は身になる　我が家哉　一茶（3 三三六ぺ 七番日記）
夏潮の　今退く平家　亡ぶ時も　虚子（9 ○○八二 六百句）
時鳥　今一足の　遅参かな　芋秀（7 二二○ぺ 俳諧古選）
玫瑰（はまなす）や　今も沖には　未来あり　草田男（9 二五四一 長子）
秋晴に　今も一人の　海士小舟　誓子（9 一四五七 天狼）
艶（えんなる）奴（やっこ）　今やう花に　らうさいす　芭蕉（1 一五三 木因宛書簡）
ほつ立てろ　今や枳殻（きこく）の　花の時　春来（8 一五三ぺ 俳諧新選）
立ちさわぐ　今や紀の雁　いせの雁　沢雉（6 一九四○ 猿蓑）
鷹の目も　今や暮れぬと　鳴くうづら　芭蕉（1 七一二 真蹟懐紙）
ゆく年や　今結うて来し　髪容（かたち）　麦人（9 ○三四五 草笛）
さくや此の　いまをはるべと　冬至梅　季吟（5 五一 新続犬筑波集）
鰒汁を　忌める夫婦（めをと）や　薬食　水翁（8 一四四ぺ 俳諧新選）

薪をわる　いもうと一人　冬籠り　子規（10獺祭句帖抄 六一〇ぺ）
母と二人　いもうとを待つ　夜寒かな　子規（4仰臥漫録 二二〇七一）
ささげめし　妹が垣ねは　荒れにけり　心棘（6あら野 九八三）
雪解けや　妹が炬燵に　足袋片し　蕪村（2蕪村遺稿 二六〇一）
垣なくて　妹が住居（すまひ）や　白つつじ　雁宕（8俳諧新選 一一〇ぺ）
七夕や　妹が唱へに　次句せん　浮白（8俳諧新選 二二四ぺ）
蕣（あさがほ）に　妹が糸瓜（へちま）も　下がりけり　柳居（8俳諧新選 一四七ぺ）
麦蒔や　妹が湯をまつ　頬かぶり　鬼貫（7俳諧古選 一八七ぺ）
命こそ　芋種よ又　今日の月　芭蕉（1千宜理記 四八）
啼けば啼く　妹鳥もがもな　時　鳥　知徳（7俳諧古選 一六三ぺ）
ぬす人も　妹とぬる夜や　なく乳鳥　成美（5成美家集 九三六）
僧正の　いもとの小屋の　きぬたかな　尚白（6猿蓑 一八五五）
五六升　芋煮る坊の　月見哉　蕪村（2蕪村遺稿 二五三〇）
出でて待つ　妹の出支度　秋日和　花蓑（9花蓑句集 〇八六七）
芋掘と　芋の話や　村夫子　俳小星（9径草 〇九〇七）
手向けけり　芋ははちすに　似たるとて　芭蕉（1続深川集 四六三）
命かけて　芋虫憎む　女かな　虚子（12五百五十句 二二〇ぺ）
いもあらば　いも焼からもの　古火桶　子規（10獺祭句帖抄 六六一ぺ）
蝿追ふに　妹忘れめや　瓜作り　其角（7俳諧古選 一六八ぺ）
更衣（ころもがへ）　いやしからざる　はした銭　蕪村（2蕪村句集 五二八）
寒月や　厭で見ぬでは　なけれ共　沙月（8俳諧新選 一四二ぺ）
夕飯は　いやと寝転ぶ　あつさ哉　珪琳（8俳諧新選 二一〇ぺ）

なつかしや　いややや都の　としの暮　雅因（8俳諧新選 一四六ぺ）
秋のくれ　いよいよかるく　なる身かな　荷兮（6炭俵 二五八一）
月や空に　いよげに見ゆる　すだれごし　捨女（5俳集良材 九四）
観音の　いらかみやりつ　花の雲　芭蕉（1末若葉 二六二）
連（つれ）立ちて　いらばや花の　むかし道　宗瑞（4柿むしろ 一一四四）
鳴き立てて　いりあひ聞かぬ　かはづかな　落梧（6あら野 五八〇）
背門口の　入江にのぼる　千鳥かな　丈草（6猿蓑 一六六三）
葛水や　入江の御所に　まうづれば　蕪村（2蕪村遺稿 一六八〇）
史家村の　入口見ゆる　柳かな　子規（10獺祭句帖抄 六一三ぺ）
秋の部に　入りてなかばや　裸むし　琴風（4其袋 二一一八）
百舌鳥（もず）なくや　入日さし込む　女松原　凡兆（6猿蓑 一八三二）
ふく汐の　入日にかかる　鯨かな　赤羽（8俳諧新選 一四三ぺ）
紅梅や　入日の襲ふ　松かしは　蕪村（2蕪村遺稿 二三五八）
秋の野や　入り日の果ての　種茄子　座蓬（7俳諧古選 一八四ぺ）
出づる日も　入日も見えて　猶永し　涼袋（8俳諧新選 一一〇ぺ）
唐破風（からはふ）の　入り日や薄き　夕涼み　芭蕉（1流川集 七五二）
お彼岸の　入日を刺して　桑古木　三汀（9返り花 一一四七）
竜胆や　入船見入る　小笹原　久女（9杉田久女句集 〇九六一）
初学徳に　入のもんじを　試筆哉　信徳（5知足書留歳旦帖 一六四）
銭買うて　入るやよしのの　山ざくら　蕪村（2蕪村句集 二三五七）
緑陰に　入るより励む　心得し　立子（9昭46俳句年鑑 一九五二）
病にも　色あらば黄や　春の風邪　虚子（12五百五十句 四五五ぺ）

朝顔や　いろいろに咲いて　皆萎む　子規（10 獺祭句帖抄 六五七ペ）
手燭して　色失へる　黄菊かな　蕪村（2 蕪村句集 一八三七）
五位六位　色こきまぜよ　青簾　嵐雪（4 其袋 〇八三一）
鶲（ひたき）来て　色つくりたる　枯木かな　石鼎（9 花影 〇七五九）
凧や　彩らぬ先の　歌がるた　寛留（7 俳諧古選 二一六ペ）
紫陽花（あぢさゐ）の　色に咲きたる　花火かな　淡路女（9 梶の葉 〇九七七）
麦ばかり　色にのび行く　枯野哉　沙月（8 俳諧新選 一三七ペ）
木がらしや　色にも見えず　散りもせず　智月（6 続猿蓑 三三六四）
紺菊も　色に呼び出す　九日かな　桃隣（6 炭俵 二五七二）
兄弟の　いろはあげけり　花のとき　鼠弾（6 あら野 三七一）
さびしさの　色はおぼえず　かつこ鳥　野水（6 あら野 六四二）
竹馬や　いろはにほへと　ちりぢりに　万太郎（9 草の丈 一一二五）
文ならぬ　いろはもかきて　火中哉　芭蕉（1 千宜理記 四九）
頃日（このごろ）の　いろはも星の　手向けかな　李収（8 俳諧新選 二二四ペ）
くさぐさの　色目や夏の　おもむきに　梨葉（9 梨葉句集第一 一〇七三）
折つて帰り　色も返らぬ　紅葉哉　梅盛（7 俳諧古選 一七四ペ）
浅漬けの　色や胡瓜（きうり）の　深みどり　素外（4 玉池雑藻 二一三一）
五月雨の　色やよど川　大和川　桃隣（6 炭俵 二五〇九）
草の実の　色をつくして　懸りけり　普羅（9 辛夷 〇七一六）
更衣（ころもがへ）　いわけなき身の　田むし哉　蕪村（2 蕪村遺稿 五一六）
網あけて　鰯ちらばる　浜辺かな　子規（10 獺祭句帖抄 六三六ペ）
夕焼や　鰯の網に　人だかり　子規（10 獺祭句帖抄 六三六ペ）
おもしろと　鰯引きけり　盆の月　含咕（6 あら野 八七八）
蕗の葉に　いわしを配る　田植哉　一茶（3 七番日記 三三七ペ）
春月や　印金堂の　木の間より　蕪村（2 蕪村句集 二三九）
垣越しに　引導覗く　ばせを哉　卜枝（6 あら野 一〇四二）
一瓢の　いんで寝よやれ　鉢たたき　蕪村（2 蕪村句集 三六四）
三か月の　隠にてすずむ　哀れかな　素堂（6 炭俵 二五二一）
更衣（ころもがへ）　印籠買ひに　所化（しよけ）二人　蕪村（2 蕪村句集 五一九）

う

泣いて行く　ウヱルテルに逢ふ　朧哉　紅葉（9 紅葉句帳 〇二七二）
暁や　鵜籠に眠る　鵜の労れ　子規（10 獺祭句帖抄 六三〇ペ）
秋の昏　鵜川鵜川の　火ぶり哉　含咕（6 あら野 八七九）
雨にもゆる　鵜飼が宿の　蚊やり哉　蕪村（2 蕪村遺稿 二一六七）
老なりし　鵜飼ことしは　見えぬ哉　蕪村（2 蕪村句集 一一九）
鳰（にほ）二三　浮かびて湖（うみ）を　なしにけり　喜舟（9 紫川 〇四六九）
遠く見えて　鵜飼の陣の　篝（かがり）かな　鬼城（9 鬼城句集 〇六三〇）
大空に　うかめる如き　玉椿　虚子（13 六百五十句 二二五ペ）
すずしさや　浮洲のうへの　ざこくらべ　去来（6 炭俵 二五一九）
犬蓼の　うきにはもれぬ　野分哉　楼川（8 俳諧新選 二三〇ペ）
吸殻の　うき葉にけぶる　蓮見哉　蕪村（2 蕪村句集 一一二八）
蓮池の　浮葉水こす　五月雨　子規（10 獺祭句帖抄 六四七ペ）

鳥籠の　憂目見つらん　郭公（ほととぎす）　季吟（6あら野 三八九）
慰みに　うき世捨てばや　花の山　風律（4続あけがらす 一七一八）
花の陰　うき世に何か　膝枕　宗甫（7俳諧古選 一九六ぺ）
うらやまし　うき世の北の　山桜　芭蕉（1北の山 七四一）
我が頭巾　うき世のさまに　似ずもがな　蕪村（2蕪村句集 一一八八）
浅瀬をや　うき世の月に　さぐり足　立圃（7俳諧古選 一九六ぺ）
木曾のとち　浮世の人の　みやげ哉　芭蕉（1更科紀行 四三六）
稲づまや　浮世をめぐる　鈴鹿山　越人（6続猿蓑 三四六九）
森の鵜の　うきをうらやむ　篝（かがり）哉　淡々（7俳諧古選 二二四ぺ）
秋ふたつ　うきをますほの　薄哉　蕪村（2蕪村句集 二一九六）
なしよせて　鶯一羽　としのくれ　智月（6炭俵 二六三八）
おのづから　鶯籠や　園の竹　望一（5伊勢山田集 七八）
家にあらで　鶯きかぬ　ひと日哉　蕪村（2蕪村遺稿 二一六五）
我が宿の　うぐひす聞かむ　野に出でて　蕪村（2蕪村遺稿 一〇八九）
ほのかなる　黄鳥（うぐひす）ききつ　羅生門　来山（5海陸前集 一二〇七）
とめた日の　鶯さそへ　菱の水　楮林（8俳諧新選 一五五ぺ）
書初や　鶯といふ　とりの跡　永機（8俳諧新選 一〇〇ぺ）
啼きあへで　うぐひす飛ぶや　山おろし　蕪村（2蕪村遺稿 二四三三）
留主もりて　鶯遠く　聞く日かな　蕪村（2蕪村遺稿 二二三二）
あけぼのや　鶯とまる　はね釣瓶（つるべ）　一桐（6あら野 五一九）
今朝きつる　鶯と見しに　啼かで去る　蕪村（2蕪村遺稿 二二二八）
春いかん　鶯鳴かで　内裏がた　西武（4貞徳誹諧記 〇一〇六）

江戸へやる　鶯なくや　海のうへ　太祇（8俳諧新選 一〇一ぺ）
人間（ひとあひ）に　鶯啼くや　山ざくら　蕪村（2蕪村遺稿 二三五六）
篁（たかむら）に　うぐひす啼くや　わすれ時　蕪村（2蕪村遺稿 二四八四）
端居（はしゐ）して　鶯に顔　見しらせん　蓼太（8俳諧新選 一〇一ぺ）
撞木町（しゅもくまち）　うぐひす西に　飛び去りぬ　蕪村（2蕪村遺稿 二一六四）
武士や　鶯に迄　つかはるる　一茶（3志多良 三三〇ぺ）
背戸に鳴く　鶯の子や　御影講　習先（8俳諧新選 一三九ぺ）
反古焼いて　鶯待たん　夕心　乙二（5松窓乙二集 九五五）
鳴きわたる　鶯も枝も　雨の中　石鼎（9定本石鼎句集 〇七五五）
水鳥の　浮くも潜るも　浄土かな　露月（4露月句集 二二七七）
鰒売りの　請け合ひて行く　命かな　永吟（7俳諧古選 一九四ぺ）
口上を　うけうけ結ぶ　粽かな　蘆舟（7俳諧古選 一七三ぺ）
五月雨や　請けつ流しつ　竹の音　原水（7俳諧古選 一七三ぺ）
きくの露　受けて硯の　いのち哉　蕪村（2蕪村句集 六一三）
実（げ）にもとは　請けて寝冷の　暑さかな　正秀（6続猿蓑 三一六六）
秋かぜの　うごかしてゆく　案山子（かがし）哉　蕪村（2蕪村句集 四五）
うき草や　動かずに居る　冷し馬　紀逸（4硯の五 一一八）
こぼさじと　動かぬ湖（うみ）や　けふの月　文素（8俳諧新選 一三〇ぺ）
畑うつや　うごかぬ雲も　なくなりぬ　蕪村（2蕪村句集 二四二九）
どちらへも　動かぬ雲や　五月雨　富水（8俳諧新選 一一七ぺ）
ちる尾花　動かぬ水を　走りけり　大夢（8俳諧新選 一三三ぺ）
摺ばちや　うごき出でたる　山のいも　惟中（5難波色紙 一三六）

山も庭に　うごきいるるや　夏ざしき　芭蕉（1曾良書留 四八四）
初鶏（どり）や　動きそめたる　山かづら　虚子（11五百句 八五ぺ）
馬の耳　動き出したる　しみづかな　直生（8俳諧新選 一二一ぺ）
羅（うすもの）に　動きて見ゆれ　水の色　紫影（9かきね草 ○二三二）
枯蓮の　うごく時きて　みなうごく　三鬼（9夜の桃 二三五○）
雛の皆　動くと見えて　静まれり　温亭（9温亭句集 ○八三六）
月影に　うごく夏木や　葉の光　可南（6炭俵 二五一四）
一（ひと）いろも　動く物なき　霜夜かな　野水（6猿蓑 一六三○）
楠も　動くやう也　蟬の声　昌碧（6あら野 六八四）
三日月も　うごく様なる　柳かな　水翁（8俳諧新選 一○五ぺ）
菜の花の　雨後の労れや　朝朗（あさぼらけ）　賀瑞（8俳諧新選 一一○ぺ）
まひまひや　雨後の円光　とりもどし　茅舎（4華厳 二六四二）
あさ露や　鬱金（うこん）畠の　秋の風　凡兆（6猿蓑 一八一○）
をみなへし　鵜坂の杖に　たたかれな　馬莧（6続猿蓑 三二四七）
旅人の　兎追ひ出す　夏野かな　子規（10獺祭句帖抄 六二九ぺ）
売られゆく　うさぎ匂へる　夜店かな　平之助（9五所亭句集 一○九二）
雪の中に　兎の皮の　髭作れ　芭蕉（1いつを昔 五八九）
名月や　兎の糞（ふん）の　あからさま　超波（4五車反古 二二二四）
名月や　うさぎのわたる　諏訪の海　蕪村（2蕪村句集 九四二）
のぼせ目の　兎を放せ　蓼の園　百万（8俳諧新選 一五八ぺ）
雉子鳴くや　宇佐の盤境（いはさか）　禰宜（ねぎ）ひとり　久女（9杉田久女句集 ○九四一）
立ち合うて　牛売る軒の　暑さ哉　探芝（7俳諧古選 一六六ぺ）

さして行く　牛島黒し　月見舟　不白（4不白翁句集 二一二八）
更衣（ころもがへ）　うしと見し世を　わすれ貝（がひ）　蕪村（2蕪村遺稿 七四九）
もうもうと　牛鳴く星の　別れかな　子規（10獺祭句帖抄 六五二ぺ）
草茎を　失ふ鵙（もず）の　高音哉　蕪村（2蕪村遺稿 二三三二）
つかはれぬ　牛に食もの　宿の春　青蛾（8俳諧新選 一○○ぺ）
野鳥は　牛にとまるや　梅のはな　淡々（8俳諧新選 一五二ぺ）
食うて寝て　牛にならばや　桃の花　蕪村（2蕪村句集 八五九）
年よりて　牛に乗りけり　蔦の路　木節（6続猿蓑 三四六八）
春風や　牛に引かれて　善光寺　一茶（3七番日記 三二六ぺ）
冷やされて　牛の貫禄　しづかなり　不死男（9万座 二二七五）
横乗りは　牛の事なる　花野哉　買友（8俳諧新選 一二九ぺ）
わか草や　牛の寝た跡の　薄烟　瓜流（8俳諧新選 一○三ぺ）
ふくかぜに　牛のわきむく　柳哉　杏雨（6あら野 五五五）
金輪際　牛の笑はぬ　冬日かな　蛇笏（9家郷の霧 ○六五一）
涼しさよ　牛の尾振りて　川の中　万乎（6続猿蓑 三一五三）
馬はぬれ　牛は夕日の　村しぐれ　杜国（6波留濃日 三五二）
角あげて　牛人を見る　夏野かな　青蘿（4青蘿発句集 一八五二）
籠の目や　潮（うしほ）こぼるる　はつ鰹　葉拾（6続猿蓑 三一八八）
草山や　潮じめりに　かへる雁　成美（5成美家集 九二六）
うたがふな　潮の花も　浦の春　芭蕉（1いつを昔 四七○）
草枯れて　牛も仰向く　時雨哉　麦水（7俳諧古選 二二七ぺ）
此の梅に　牛も初音と　鳴きつべし　芭蕉（1江戸両吟集 五七）

立ち出でて　後ろあゆみや　秋の暮　嵐雪（7俳諧古選　ぺ一七八）
とつぷりと　後ろ暮れゐし　焚火かな　たかし（9たかし句集　一六六七）
橋落ちて　うしろ淋しき　柳かな　子規（10獺祭句帖抄　六〇六ぺ）
一つぬひで　後ろに負ひぬ　衣がへ　芭蕉（1笈の小文　三七九）
梅ひとり　後ろに寒き　榾火（ほたび）かな　三千風（4蕊摺　〇一九九）
雪山は　うしろに聳ゆ　花御堂　露月（9露月句集　〇二二五）
書に向かふ　うしろに妻に　夜寒かな　極堂（9春夏秋冬　〇一六五）
野の宮の　後ろに灯（とぼ）す　椿かな　雁宕（8俳諧新選　二五〇ぺ）
須磨の山の　後ろに何を　かんこ鳥　其角（7俳諧古選　二六九ぺ）
振り向けば　後ろのこはい　暑さかな　鶴女（8俳諧新選　二二〇ぺ）
怪談の　後ろ更け行く　夜寒哉　召波（5春泥句集　八二四）
引くいきに　後ろへころぶ　柳かな　鷗歩（6あら野　五六一）
涼みけり　後ろへ月の　回るまで　栄五（8俳諧新選　一四八ぺ）
艶歌師の　うしろ真青に　鰤（ぶり）の海　秋桜子（9霜林　一四一九）
吉原の　うしろ見よとや　ちる木の葉　一茶（3七番日記　三五七ぺ）
行く春や　うしろ向けても　京人形　水巴（9定本水巴句集　〇六〇六）
鱸（すずき）釣りて　後ろめたさよ　浪の月　蕪村（2蕪村遺稿　一八二一）
燕（つばくら）の　うしろも向かぬ　別れかな　子規（10獺祭句帖抄　六四四ぺ）
見送りの　うしろや寂し　秋の風　芭蕉（1みつのかほ　四二四）
見かへれば　うしろを覆ふ　桜かな　樗良（5樗良発句集　七七七）
川かぜや　薄がききたる　夕すずみ　芭蕉（1をのが光　六三二）
かたまつて　薄き光の　菫かな　水巴（4白日　二四二三）

寒梅や　薄き日のさす　藪の末　玉指（8俳諧新選　一四四ぺ）
朝皃に　うすきゆかりの　木槿（むくげ）哉　蕪村（2蕪村句集　二七六三）
蟬の音に　薄雲かかる　林かな　巣兆（5曾波可理　九八六）
夕暮れの　薄暗がりに　茄子のぞき　虚子（13六百五十句　一五〇ぺ）
うめ咲くや　臼の挽木（ひきぎ）の　よきまがり　曲翠（6炭俵　二三九八）
こつこつと　臼の目きるや　秋の雨　梨一（8俳諧新選　一三五ぺ）
とんばうの　薄羽ならし　虚空かな　石鼎（9花影　〇七五四）
新そばを　碓氷の雷に　啜りけり　徂春（9定本徂春句集　〇八〇〇）
雪解けや　碓井を越ゆる　馬の痩せ　鼓舌（7俳諧古選　二二〇ぺ）
事しげく　臼ふむ軒や　懸け烟草　太祇（8俳諧新選　一五九ぺ）
ゐなか間の　うすべり寒し　菊の宿　尚白（6猿蓑　一八六七）
飯蛸や　薄紫の　一（ひと）しぼり　宋阿（7俳諧古選　二〇九ぺ）
雪間より　薄紫の　芽（め）独活（うど）哉　芭蕉（1翁草　九〇九）
白梅に　うすもの著せん　煤払　子規（9寒山落木巻一　〇〇二六）
蛍見や　羅（うすもの）寒き　舟の中　珊雫（8俳諧新選　一一六ぺ）
金屏の　羅は誰が　秋のかぜ　蕪村（2蕪村句集　一四一七）
雪の日や　うすやうくもる　うつし物　猿雖（6炭俵　二六一五）
在り次第　うす雪きやせ　今日の春　貞徳（4崑山集　〇〇三三）
鴛鴦（をし）の羽に　薄雪つもる　静かさよ　子規（10獺祭句帖抄　六六四ぺ）
掃初の　臼をめぐりて　掃きにけり　村家（9同人句集　〇七九三）
十薬に　失せんと蛇の　尾を残す　圭岳（9太白星　一一九〇）
日限り来る　嘘の湯治や　暮の春　孤桐（8俳諧新選　一一二ぺ）

荻の風　獺の夫婦の通りけり　洒竹（9 洒竹句集 〇二八九）
土用干　うその鎧もならびけり　子規（10 獺祭句帖抄 五九九ぺ）
木の葉さへ　嘘を月夜の時雨哉　日能（7 俳諧古選 一八六ぺ）
鎌倉　右大臣実朝の忌なりけり　迷堂（9 孤輪 〇四一五）
出る杭（くひ）を　うたうとしたりや柳哉　蕪村（2 蕪村句集 八四六）
物やれど　うたがひ皃（がほ）の蛙かな　嘯山（8 俳諧新選 一〇五ぺ）
七夕の　疑ひ晴るる汐干哉　矩州（7 俳諧古選 二二五ぺ）
うせものの　うたがひはれぬ煤払　諸九（4 諸九尼続句集 一七八五）
玉河の　うた口ずさむ鰒の友　蕪村（2 蕪村遺稿 一一八七）
春の水に　うたた鵜縄のけいこ哉　蕪村（2 蕪村句集 二一九一）
鵯（ひえどり）の　うたた来啼くやうめもどき　蕪村（2 蕪村遺稿 一七七九）
さかる猫　うたてよごれて戻りけり　土髪（8 俳諧新選 一〇二ぺ）
弓取に　歌とはれけり秋のくれ　蕪村（2 蕪村句集 二一八二）
八朔は　歌の博士の誕生日　素十（9 野花集 一五四八）
声よくば　うたはうものをさくら散る　芭蕉（1 砂燕 三七三）
さくらさくらと　唄はれし老木哉　一茶（3 おらが春 四三五ぺ）
花も実も　うたひ尽くしてかれ野哉　信徳（5 こがらし 一七一）
はなのかげ　うたひに似たるたび寝哉　芭蕉（1 真蹟懐紙 二三六八）
採蓴（さいじゅん）を　うたふ彦根の傖夫（さうぶ）哉　蕪村（2 蕪村句集 二〇七四）
手をついて　歌申しあぐる蛙かな　宗鑑（6 あら野 五七九）
ゆく春や　歌も聞こえず宇佐の宮　蕪村（2 蕪村遺稿 四六〇）
雨の日は　歌もしめりし田植哉　雲魚（8 俳諧新選 一二一六ぺ）

ききしらぬ　歌も妙也神神楽（かぐら）　利重（6 あら野 一〇八二）
麦打や　歌も連れなる姉妹　太祇（8 俳諧新選 二一六ぺ）
鶯の　歌や書ぞめ鳥のあと　西武（5 鷹筑波集 四三）
夕立に　うたるる鯉のかしらかな　子規（10 獺祭句帖抄 六〇八ぺ）
猿曳の　唄を投げこむ師走哉　栖鶴（7 俳諧古選 二二四ぺ）
若水を　うちかけて見よ雪の梅　亀洞（6 あら野 四六九）
牡丹散りて　打ちかさなりぬ二三片　蕪村（2 蕪村句集 五四六）
夏山や　うちかたぶいてろくろ引く　蕪村（2 蕪村遺稿 一六六七）
談笑の　中（うち）鉦叩ききゐたり　立子（9 実生 一九四二）
蝸牛（かたつぶり）　打ちかぶせたるつばき哉　坂上氏（6 猿蓑 一九六八）
ばせを葉や　打ちかへし行く月の影　乙州（6 猿蓑 一八四六）
狗の子の　内からおどす野分かな　山外（8 俳諧新選 一三一ぺ）
秋の夜を　打ち崩したる咄かな　芭蕉（1 笈日記 九〇〇）
秋の江に　打ち込む杭（くひ）の響きかな　漱石（9 日記の中より 〇一六八）
麦うつや　内外もなき志賀のさと　重五（6 あら野 八九九）
竹伐るや　うち倒れゆく竹の中　王城（9 同人句集 〇九一五）
甘酒屋　打出の浜におろしけり　青々（9 妻木 〇四七四）
めづらしや　内で花見のはつめじか　杉風（6 炭俵 二四三三）
青梅に　打ち鳴らす歯や貝（ばい）のごと　蕪村（2 蕪村遺稿 二四〇二）
枯野ゆく　うちに一本白髪伸び　静塔（9 旅鶴 二三七二）
手をはなつ　中（うち）に落ちけりおぼろ月　去来（4 泊船集 〇九四一）
座に着かぬ　うちに目の行く牡丹哉　花雪（8 俳諧新選 一一三ぺ）

餅つきや　内にもをらず　酒くらひ　李下（6あら野八二三）
蚊をころす　うちに夜明くる　旅ね哉　昌碧（6あら野九二八）
はつ雪や　内に居さうな　人は誰　其角（6猿蓑一六八三）
蚊屋を出て　内に居ぬ身の　夜は明けぬ　蕪村（2蕪村句集五四九）
着せる世話の　うちにをかしき　かがし哉　孤桐（8俳諧新選一二八ぺ）
光ささぬ　うちにをがむや　雪仏　玄札（5犬子集七六）
花さけと　打ちぬる雨や　親の杖　休安（7俳諧古選一四四ぺ）
取り葺きの　内のあつさや　棒つかひ　乙州（6続猿蓑三一六七）
真赤に　内の暑さよ　土用干　胡餅（8俳諧新選一二三ぺ）
其の業（わざ）の　宇治の汲み鮎や　暮るる迄　嘯山（8俳諧新選一〇六ぺ）
存分や　内のこたつの　火あんばい　沙月（8俳諧新選一三八ぺ）
春火鉢　宇治の瀬音を　座にたたへ　裸馬（9裸馬翁五千句一一〇五）
山吹や　宇治の焙炉（ほいろ）の　匂ふ時　芭蕉（1猿蓑六八一）
ちどり啼くや　内裡は鴨にも　遠からず　嘯山（8俳諧新選一四〇ぺ）
寝起きから　団扇とりけり　老いにけり　道彦（5蔦本集九七三）
川風や　団扇持ちて人　遠ありきす　子規（10獺祭句帖抄六四六ぺ）
手すさびの　団（うちは）画かん　草の汁　蕪村（2蕪村句集九〇）
秋の霜　うちひらめなる　石のうへ　蕪村（2蕪村遺稿二二九七）
練（ねり）塀（べい）の　内迄も来る　かれ野哉　移竹（8俳諧新選一三七ぺ）
皮とらぬ　内や茄子の　馳走ぶり　吟水（7俳諧古選一七二ぺ）
なまめける　内らの声や　五加木（うこぎ）垣　巴東（8俳諧新選一二一ぺ）
賑やかな　内を出て来る　月見哉　利牛（7俳諧古選一七九ぺ）

露しぐれ　宇治を離れて　路細し　嘯山（8俳諧新選一三三ぺ）
長櫃に　鬱々たる菊の　かをりかな　蕪村（2蕪村遺稿一四六三）
稲妻や　うつかりひよんと　した貌（かほ）へ　一茶（3七番日記三四七ぺ）
蠅憎し　打つ気になれば　よりつかず　一休（7俳諧古選一九五ぺ）
目にたつや　卯月八日の　花くらべ　子規（10獺祭句帖抄六〇〇ぺ）
あまご群れ　卯月八日の　日に浴す　林火（9飛花集二七四九）
何着ても　うつくしうなる　月見かな　千代（4千代尼句集一七七七）
はるさめや　うつくしうなる　物ばかり　素園（8俳諧新選一〇三ぺ）
我が生の　美しき虹　皆消えぬ　虚子（14七百五十句一〇四ぺ）
花にきて　うつくしく成る　心哉　たつ（6あら野三八〇）
人と蝶　美しく又　はかなけれ　虚子（13六百五十句一三九ぺ）
落椿　美し平家　物語　虚子（14七百五十句七九ぺ）
能登の畑　打つ運命にや　生まれけん　虚子（13六百五十句二〇七ぺ）
花水に　うつしかへたる　茂り哉　其角（6猿蓑一七二四）
蝌蚪（かへるこ）に　うつすな己が　ふつつかさ　竹亭（7俳諧古選一五二ぺ）
星屑や　欝然として　夜の新樹　草城（4花氷二七〇九）
野ばくちが　打つちらかりて　鳴く雲雀（ひばり）　一茶（3七番日記三三〇ぺ）
若鮎や　うつつ心に　石の肌　祇空（5住吉物語四五三）
夢よりも　現（うつつ）の鷹ぞ　頼母（たのも）しき　芭蕉（1鵲尾冠三二四）
血を吐けば　現も夢も　冴え返る　寸七翁（9現代俳句集〇八八二）
花の幹を　打つて盃　微塵かな　一転（9杉山一転句集〇九二六）
早瀬ゆく　鵜綱のもつれ　もつるるまま　多佳子（9命終二九七四）

稲妻を　渦に巻きつつ　鳴戸哉　春爾（8俳諧新選 二二五ペ）
蝸牛　渦の終はりに　点をうつ　誓子（9遠星 一四六六）
牙寒き　梁(うつばり)の月の　鼠かな　蕪村（2蕪村句集 二〇一八）
うつかりと　うつぶきゐたり　時鳥　李桃（6あら野 四〇六）
さくもさくも　うつぶく藤の　一図哉　它谷（8俳諧新選 二一一ペ）
さみだれの　うつほばしらや　老が耳　蕪村（2蕪村句集 五五八）
不二ひとつ　うづみのこして　若葉哉　蕪村（2蕪村句集 五二五）
悴みて　うつむきて行き　あひにけり　虚子（13六百五十句 一三一ペ）
暁も　埋めたままや　朧月　鳥酔（5若松原 四九四）
波絶えず　打つや秋風の　船料理　三允（9三允句集拾遺 〇三三二）
居眠りて　うつらうつらん　砧かな　調和（5夜錦 一四九）
なき影は　うつらで寒き　鏡哉　木因（7俳諧古選 二〇五ペ）
桐の木に　うづら鳴くなる　塀の内　芭蕉（1猿蓑 六四〇）
神無月　鶉に痰の　かかりけり　雁宕（8俳諧新選 四五ペ）
麦刈りて　鶉の朝寝　見られけり　乙由（7俳諧古選 二〇九ペ）
小百姓　鶉を取る老と　なりにけり　蕪村（2蕪村句集 一八三〇）
よい風も　移り変はるや　十三夜　几圭（8俳諧新選 三四ペ）
天日の　うつりて暗し　蝌蚪の水　虚子（11五百句 五四ペ）
蜘の巣に　うつりて戻る　蛍かな　孤桐（8俳諧新選 一七ペ）
百日紅(さるすべり)　うつる障子や　御経迄　李流（8俳諧新選 二二ペ）
すがたみに　うつる月日や　更衣(ころもがへ)　也有（5蘿葉集 五〇七）
高く灯(ひ)の　うつる若葉や　城のうへ　孤桐（8俳諧新選 二一四ペ）

土地を売った　うつろの中に　とんでゐる雀　禅寺洞（9禅寺洞句集 二二九二）
葉は花の　台(うてな)にのぼれ　仏の座　貞室（4俳諧百韻之抄 〇一一三）
青梅を　うてばかつちる　青葉哉　蕪村（2蕪村句集 一六一七）
あながちに　鵜とせりあはぬ　かもめ哉　尚白（6猿蓑 一七七二）
恵み雨深し　独活(うど)の大木　一夜松　松意（5軒端の独活 一三八）
声毎に　独活や野老(ところ)や　市の中　苔蘇（6続猿蓑 三〇八一）
路ばたに　饂飩くふ人や　川千鳥　子規（10獺祭句帖抄 六六五ペ）
水桶に　うなづきあふや　瓜茄　蕪村（2蕪村句集 一六）
人声に　うなづきにけり　春の水　雁宕（8俳諧新選 一〇七ペ）
秋天や　海原などは　片隅へ　余子（9余子句選 〇四四〇）
声かけて　鵜縄をさばく　早瀬かな　涼菟（4皮籠摺 一一一四）
香ににほへ　うにほる岡の　梅のはな　芭蕉（1有磯海 三五九）
菜の花の　畦うち残す　ながめ哉　清洞（6あら野 五六六）
兎角(とかく)して　卯の花つぼむ　弥生哉　山川（6猿蓑 一九九三）
山吹の　うの花の後や　花いばら　蕪村（2蕪村遺稿 二二五五）
梅こひて　卯の花拝む　なみだ哉　芭蕉（1野ざらし紀行 二四四）
首立てて　鵜のむれのぼる　早瀬哉　浪化（5浪化発句集 三九一）
魚のかげ　鵜のやるせなき　氷哉　探丸（6猿蓑 一六七六）
門前の　嫗(うば)がやなぎの　糸かけぬ　蕪村（2蕪村遺稿 二二二七）
蝶鳥の　うはつきたつや　花の雲　芭蕉（1やどりの松 九五四）
俤(おもかげ)や　姨ひとりなく　月の友　芭蕉（1更科紀行 四三三）
稲こきの　姥もめでたし　菊の花　芭蕉（1笈日記 七一九）

やや老いて　初子育つる　夜寒かな　太祇（8 俳諧新選 一三二ペ）
いかに泣きし　産湯の我や　花菖蒲　水巴（9 定本水巴句集 ○五七六）
三日月の　上から下りる　ひばり哉　嘯山（8 俳諧新選 一○四ペ）
清水の　上から出たり　春の月　許六（5 正風彦根躰 三七六）
朝顔の　上から取るや　金山寺　一茶（3 八番日記 三四九ペ）
溝板の　上につういと　風花が　虚子（13 六百五十句 一三五五ペ）
高黍（きび）の　上に短き　白帆かな　子規（10 獺祭句帖抄 六一七ペ）
時鳥　上野でぬれし　人あらん　子規（10 獺祭句帖抄 六○八ペ）
鬚剃るや　上野の鐘の　霞む日に　子規（4 仰臥漫録 二二○九二）
野分して　上野の鳶の　庭に来る　子規（10 獺祭句帖抄 六五四ペ）
銭湯で　上野の花の　噂かな　子規（10 獺祭句帖抄 六二六ペ）
雨含む　上野の森や　稲日和　子規（10 獺祭句帖抄 六一八ペ）
五月雨や　上野の山も　見あきたり　子規（4 俳句稿巻一 二一九二）
小僧来たり　上野は谷中の　初桜　素堂（4 江戸新道 ○七六六）
小夜時雨　上野を虚子の　来つつあらん　子規（10 獺祭句帖抄 六六三ペ）
松杉の　上野を出れば　師走かな　馬光（5 古衾 四八三）
姫百合や　上よりさがる　蛛の糸　素龍（6 続猿蓑 三一二四）
入相は　上を鳴り行く　ぼたんかな　琴風（4 焦尾琴 一一一九）
骸骨の　上を粧ひて　花見かな　鬼貫（5 仏兄七久留万 二二三）
波風の　上をわたるや　鹿の声　宋阿（8 俳諧新選 一四九ペ）
夕陽に　馬洗ひけり　秋の海　子規（10 獺祭句帖抄 六○九ペ）
稲つけて　馬が行くなり　稲の中　子規（10 獺祭句帖抄 六五九ペ）

水仙や　馬から横に　抱きおろす　暮四（8 俳諧新選 一四一ペ）
撫子に　馬けつまづく　河原かな　子規（10 獺祭句帖抄 六五○ペ）
低き木に　馬繋ぎたる　夏野かな　子規（10 獺祭句帖抄 六四七ペ）
大原女の　馬飛ばせ行く　野分かな　花廬（8 俳諧新選 一三○ペ）
麦車　馬におくれて　動き出づ　不器男（9 定本不器男句集 一七二一）
夏草や　馬に嗅がれて　たつ雲雀（ひばり）　素雪（8 俳諧新選 一一九ペ）
稗の穂の　馬逃がしたる　気色哉　越人（6 猿蓑 一八五八）
花見にと　馬に鞍置く　心あり　虚子（14 七百五十句 一一五五ペ）
春も未（まだ）　馬に寝られぬ　寒さ哉　温故（7 俳諧古選 二二七ペ）
引き立てて　馬にのまする　清水かな　潦月（6 あら野 七○三）
ねぶたしと　馬には乗らぬ　菫草　荷兮（6 あら野 五九一）
から尻の　馬にみてゆく　千鳥哉　傘下（6 あら野 九五一）
噛（か）んで見て　馬の嘶（いなな）くや　やなぎ哉　嘯山（5 葎亭句集 七一八）
夕霧や　馬の覚えし　橋の穴　一茶（3 おらが春 四六八ペ）
朝立ちや　馬のかしらの　天の川　鳴雪（4 鳴雪俳句鈔 二二二○）
鶯や　馬の糧など　水張りす　三幹竹（9 三幹竹句集 ○五四二）
藪垣や　馬の臭（かほ）かく　ももの花　孤屋（6 炭俵 二四五九）
耳立てて　馬のきよろつく　落葉哉　蘭丈（8 俳諧新選 一三六ペ）
梅さくや　馬の糞道　江の南　無腸（4 五車反古 一八六二）
苔清水　馬の口籠を　はづしけり　子規（10 獺祭句帖抄 六四八ペ）
蚤虱（しらみ）　馬の尿する　枕もと　芭蕉（1 奥の細道 五○九）
横乗りの　馬のつづくや　夕雲雀（ひばり）　一茶（3 おらが春 四四○ペ）

かゆ杖や　馬の内侍を　しとどうつ　大江丸（5 俳懺悔 八六六）
梅が香に　馬の嚔(はなひ)る　夜道哉　井々（8 俳諧新選 一〇二ペ）
かげろふや　馬の眼(まなこ)の　とろとろと　傘下（6 あら野 五二八）
繋がれし　馬の眼細し　合歓(ねむ)の花　松宇（9 松宇家集 〇三一五）
柴付けし　馬のもどりや　田植樽　芭蕉（1 伝土芳筆全伝 八五六）
孕(はら)ませし　馬の弱りや　くれの秋　太祇（8 俳諧新選 一三五ペ）
輪をかけて　馬乗り通る　柳かな　巴丈（6 続猿蓑 三〇〇八）
岡の上に　馬ひかえたり　青嵐　子規（10 獺祭句帖抄 六二九ペ）
野をよこに　馬牽きむけよ　郭公(ほととぎす)　芭蕉（1 奥の細道 四九〇）
尾房にも　馬冷し場の　蛍かな　楼川（8 俳諧新選 一一七ペ）
五六疋　馬干しておく　枯野哉　一茶（3 八番日記 三五八ペ）
汗入れて　馬も嘶(いなな)く　峠かな　雅蝶（7 俳諧古選 一七三ペ）
千観が　馬もかせはし　年のくれ　其角（6 あら野 一〇五三）
雪の昏　馬もひとつは　ほしきもの　蝶夢（4 草根発句集 一七〇七）
涙ぐみて　馬もゆくなり　かれのはら　諸九（4 諸九尼続集 一七八六）
草の露　馬も夜討の　支度かな　子規（10 獺祭句帖抄 六五三ペ）
雪降りて　馬屋にはひる　雀かな　凫仙（6 あら野 四四七）
刈り草の　馬屋に光る　ほたるかな　一髪（6 あら野 六四四）
短夜や　駅(うまや)の飯に　朝日さす　嘯山（8 俳諧新選 一一八ペ）
鳴突の　馬やり過ごす　鳥羽田哉　胡及（6 あら野 九〇八）
ゆきや砂　うまより落ちよ　酒の酔ひ　芭蕉（1 真蹟詠草 三二二）
名月や　馬より下りる　勢田の橋　如元（7 俳諧古選 一七九ペ）

御仏や　生まるるまねに　銭が降る　一茶（3 文政句帖 三三八ペ）
海に入りて　生まれかはらう　朧月　虚子（11 五百句 一〇ペ）
下々に　産まれて嬉し　花の陰　珪琳（4 絵具皿 一一四〇）
蓮池に　生まれて本の　蛙哉　言水（7 俳諧古選 一五一ペ）
下々に　生まれて夜も　さくら哉　一茶（3 七番日記 三三三ペ）
兀山(はげやま)や　生まれのままに　秋くれぬ　枝芳（8 俳諧新選 一三五ペ）
初日の出　海一杯の　御旗哉　小波（9 ささら波 〇三〇一）
凩や　海から見ゆる　道の末　麻兄（8 俳諧新選 一三八ペ）
牛が子を　生みし祝ひや　桃の宿　山梔子（9 山梔子句集 一二〇八）
満月を　生みし湖山の　息づかひ　風生（9 喜寿以後 一五八八）
菜の花や　海少し見ゆ　山の肩　五明（4 五明句藻 二二一一）
松明(まつ)消えて　海少し見ゆる　花野かな　蕪村（2 蕪村遺稿 一七四三）
帷子(かたびら)に　産月来ぬる　わりなさよ　赤羽（8 俳諧新選 一二三二ペ）
日本は　海なり机上　菊白し　水巴（9 定本水巴句集 〇五八九）
暑き日を　海に入れたり　最上川　芭蕉（1 奥の細道 五二四）
熱帯の　海に落ち込む　日のごとく　虚子（13 六百五十句 一四八ペ）
しぐるるや　湖(うみ)にすみたる　鐘の声　貞至（8 俳諧新選 一三六ペ）
やまつつじ　海に見よとや　夕日影　智月（6 猿蓑 一九九二）
家は皆　海に向かひて　夏の月　極堂（9 新俳句 〇一六二）
藍色の　海の上なり　須磨の月　子規（10 獺祭句帖抄 六三六ペ）
月影や　海の音聞く　長廊下　牧童（6 続猿蓑 三二三三）
獅子舞や　海の彼方の　安房上総　平之助（9 五所亭句集 一〇九四）

舟漕いで　海の寒さの　中を行く　誓子（9 和服 一四八九）
鉄漿（おはぐろ）の　海の匂ひや　月の町　青嵐（9 永田青嵐句集 〇八八九）
吹きさます　海の匂ひや　夏の月　富水（8 俳諧新選 一一九ぺ）
撫子や　海の夜明けの　草の原　碧梧桐（4 春夏秋冬 二三〇〇）
熱帯の　海は日を呑み　終はりたる　虚子（12 五百五十句 一一五ぺ）
けさの春　海はほどあり　麦の原　雨桐（6 波留濃日 三〇四）
九折（つづらをり）　海へ鳴り行く　おちばかな　瓜流（8 俳諧新選 一三六ぺ）
はつ秋や　海も青田の　一みどり　芭蕉（1 千鳥掛 四一九）
名月や　海もおもはず　山も見ず　去来（6 あら野 四二六）
馬士（まご）うたへ　海より盈（こぼ）す　初しぐれ　冨天（4 熱田日記 一七一六）
名月の　海より冷ゆる　田蓑かな　洒堂（6 続猿蓑 三二〇四）
炎天の　海をさますや　鐘の声　東巴（7 俳諧古選 一六〇ぺ）
月待つや　海を尻目に　夕すずみ　正秀（6 猿蓑 二一五七）
山の端や　海を離るる　月も今　蕪村（2 蕪村句集 一四二七）
初雪や　海を隔てて　何処（どこ）の山　子規（10 獺祭句帖抄 六一九ぺ）
行く春や　海を見て居る　鴉の子　諸九（5 諸九尼句集 五二一）
柳短く　梅一輪竹門　誰がために青き　秋風（4 俳諧吐綬鶏 〇二三一）
独り寝や　梅がかは来ぬ　夜もなし　信応（8 俳諧新選 一〇二ぺ）
暁の　うめがかふくむ　板戸哉　暁台（5 暁台句集 七六四）
月待ちや　梅かたげ行く　小山伏　芭蕉（1 伝土芳筆全伝 六七三）
崖急に　梅ことごとく　斜なり　子規（10 獺祭句帖抄 六四五ぺ）
日当たりの　梅咲くころや　屑牛房　支幽（6 猿蓑 一八九〇）

一方は　梅さく桃の　継ぎ木かな　越人（6 あら野 八八〇）
るすにきて　梅さへよその　かきほかな　芭蕉（1 あつめ句 四五三）
小百姓の　梅したたかに　干しにけり　鬼城（9 鬼城句集 〇六二〇）
しんしんと　梅散りかかる　庭火哉　荷兮（6 あら野 一〇六三）
つやつやと　梅ちる夜の　瓦かな　樗堂（5 萍窓集 九一七）
元日や　梅にうぐひす　古からず　篤羽（8 俳諧新選 一〇〇ぺ）
行き暮れて　うめに動くや　馬の鼻　宋屋（4 瓢簞集 一六九六）
香を探る　梅に蔵見る　軒端哉　芭蕉（1 笈の小文 三三三六）
鶯の　梅に下痢する　余寒かな　子規（10 獺祭句帖抄 六〇五ぺ）
煤はらひ　梅にさげたる　瓢（ふくべ）かな　一髪（6 あら野 八二七）
盛りなる　梅にす手引く　風もがな　芭蕉（1 続山井 二四）
むづかれば　梅に抱きゆき　ほうらほうら　杪童（9 枯蘆 〇八〇九）
二もとの　うめに遅速を　愛すかな　蕪村（2 蕪村句集 一〇九一）
入相の　梅になり込む　ひびきかな　風麦（6 猿蓑 一八九一）
猫逃げて　梅匂ひけり　朧月　言水（5 かり座敷 一七二）
三日月は　梅にをかしき　ひづみかな　不角（4 続の原 〇九〇一）
酸い風の　梅のあなたや　閑居鳥　梅風（8 俳諧新選 一四七ぺ）
投入や　梅の相手は　蕗のたう　良品（6 続猿蓑 二九九七）
正月や　梅のかはりの　大吹雪　一茶（3 七番日記 三二三ぺ）
茶の花に　梅の枯木を　愛すかな　子規（10 獺祭句帖抄 六六六ぺ）
薄雪や　梅の際まで　下駄の跡　魚日（6 続猿蓑 三〇〇）
静かさや　梅の苔吸ふ　あさの蜂　野坡（5 野坡吟草 三六四）

まつ白に　うめの咲きたつ　みなみ哉　胡及（6あら野 一〇五四）
寒い程　梅の白さや　野の夕べ　鼓舌（8俳諧新選 一〇二ペ）
華もなき　うめのずはいぞ　頼もしき　冬松（6あら野 五一四）
深草の　梅の月夜や　竹の闇　月渓（5夜半楽 八二八）
寝所や　梅のにほひを　たて籠めん　大舟（6続猿蓑 三〇〇二）
歯固めに　梅の花かむ　にほひかな　如行（6あら野 四六七）
寒梅や　梅の花とは　見つれども　蕪村（2蕪村遺稿 八三四）
門あかで　梅の瑞籬　をがみけり　重五（6あら野 一〇七〇）
旧皇居　梅の山家と　異ならず　青畝（9紅葉の賀 一五〇七）
芋も子を　うめば三五の　月夜哉　西武（5犬子集 四五）
花にほふ　梅は無双の　梢かな　宗祇（4畳字百韻連歌 〇〇〇二）
ちるからに　梅はわすれず　けふの雪　廬元坊（5文星観 四七二）
うぐひすや　梅踏みこぼす　糊盥　蕪村（2蕪村遺稿 二三五三）
白粥に　梅干おとす　春のあさ　月草（9わが住む里 〇九九九）
人訪へば　梅干してゐる　内儀かな　紅葉（9紅葉句帳 〇二七四）
神妙に　梅見る人や　野の往き来　光江（8俳諧新選 一〇二ペ）
先（まつ）祝へ　梅を心の　冬籠り　芭蕉（1あら野 三二八）
さとのこよ　梅をりのこせ　うしのむち　芭蕉（1あつめ句 二八四）
蜆川　うもれて今の　夜寒かな　青々（9松苗 〇四八四）
海は帆に　埋もれて春の　夕べかな　大魯（5蘆陰句選 八一九）
鵜の真似は　鵜より上手な　子ども哉　一茶（3おらが春 四四九ペ）
祖母の世の　裏打ちしたる　絵双六　虚子（14七百五十句 一一二ペ）
裏返り　うら返りつつ　鳴子かな　嘯山（8俳諧新選 一二八ペ）
鶯や　裏からはいる　礼者あり　万翁（8俳諧新選 一〇一ペ）
この杖の　末枯野行き　枯野行く　虚子（13六百五十句 一六一ペ）
橙（だいだい）や　裏白がくれ　なつかしき　子規（10獺祭句帖抄 六〇四ペ）
山柴に　うら白まじる　竈かな　重五（6あら野 四七五）
国替に　売らぬ石あり　神無月　越闌（7俳諧古選 一九二ペ）
大幹の　裏の寒さの　しづかなり　素逝（9暦日 一八二八）
矢田の野や　浦のなぐれに　鳴く千鳥　凡兆（6猿蓑 一六六五）
蔵並ぶ　裏は燕の　かよひ道　凡兆（6猿蓑 一九三九）
外套の　裏は緋なりき　明治の雪　青邨（9露団々 一五九七）
若竹の　うらふみたるる　雀かな　亀洞（6波留濃日 三三〇）
島原の　うらへも回れ　鉢たたき　宋阿（7俳諧古選 二〇九ペ）
塩うをの　裏ほす日也　衣がへ　嵐雪（6炭俵 二四七〇）
炉開や　裏町かけて　角屋しき　蕪村（2蕪村遺稿 一二四九）
葛の葉の　うらみ皃（がほ）なる　細雨（こさめ）哉　蕪村（2蕪村句集 二七六六）
蛇之すけが　うらみの鐘や　花の暮　常矩（5蛇之助五百韻 一二六）
ほととぎす　うらみの滝の　うらおもて　芭蕉（1誹諧曾我 四八二）
新壁や　裏もかへさぬ　軒の梅　惟然（5惟然坊句集 三九七）
石ぶしや　裏門明けて　夕涼み　牡年（6続猿蓑 三一五二）
刈り入れて　うらやまれけり　早稲（わせ）作り　嵐青（7俳諧古選 一八〇ペ）
あさがほの　裏を見せけり　風の秋　許六（5五老井発句集 三八二）
門松を　うりて蛤　一荷（ひとにな）ひ　内習（6あら野 八二九）

どぶりここ　瓜は流れに　枕かな　嘯山（8俳諧新選 二三ぺ）
是のみに　売る酒もなし　うめの花　武然（8俳諧新選 一〇二ぺ）
梨の花　うるはし尼が　念仏迄　言水（7俳諧古選 二〇七ぺ）
朝市に　うるやはつ声　うぐひす菜　捨女（5自筆句集 九三）
けふさくは　うれしき菊の　こころかな　雅因（8俳諧新選 二三ぺ）
うぐひすや　嬉しき和子の　朝機嫌　多少（8俳諧新選 一〇〇ぺ）
さびしさの　うれしくも有り　秋のくれ　蕪村（2蕪村遺稿 一四四三）
足の立つ　嬉しさに萩の　芽を検す　子規（4俳句稿巻一 二一七三一）
藪入に　うれし母や　常乙女　青々（9鳥の巣 〇四九六）
鐘ひとつ　売れぬ日はなし　江戸の春　其角（5宝晋斎引付 二五六）
小でまりの　愁ふる雨と　なりにけり　敦（9歴日抄 三一三一）
桜ぬれて　うろうろとなる　独り哉　秋風（7俳諧古選 二〇八ぺ）
ふとる身の　植ゑおくれたる　早苗哉　魚口（6続猿蓑 三一四二）
花ながら　植ゑかへらるる　牡丹かな　越人（6あら野 八六七）
鳴滝の　植木屋が梅　咲きにけり　蕪村（2蕪村遺稿 二三四〇）
なにとなく　植ゑしが菊の　白き哉　巴丈（6あら野 七五九）
田一枚　植ゑて立ち去る　柳かな　芭蕉（1奥の細道 四九四）
しょんしょんと　植ゑて二日の　田面哉　安元（7俳諧古選 一七二ぺ）
よこた川　植ゑ処なき　柳かな　尚白（6猿蓑 一九一四）
並べるも　植ゑる心の　木の子哉　麦翅（8俳諧新選 二三四ぺ）
硝子（びいどろ）の　魚おどろきぬ　今朝の秋　蕪村（2蕪村遺稿 二六九五）
橋踏めば　魚沈みけり　春の水　子規（10獺祭句帖抄 六二四ぺ）

正月の　魚のかしらや　炭だはら　傘下（6あら野 四八七）
しののめや　鵜をのがれたる　魚浅し　蕪村（2蕪村句集 五六八）
海にすむ　魚の如身を　月涼し　星布（5星布尼句集 八八八）
冬川や　魚の群れ居る　水たまり　子規（10獺祭句帖抄 六六五ぺ）
蓋とれば　魚は雲間の　いな光　湖十（4続花摘 二二三一）
湖の　魚は世にある　節句哉　岡成（7俳諧古選 二二九ぺ）
鮮（あざ）らけき　魚拾ひけり　雪の中　几董（5続あけがらす 八〇四）
おちつきは　魚やまかせや　桜がり　利牛（6炭俵 二四四九）
秋晴の　運動会を　してゐるよ　風生（9晩涼 一五五九）
笋の　うんぷてんぷの　出所哉　一茶（3七番日記 三四一ぺ）

え

しぐるるや　駅に西口　東口　敦（9古暦 三一三二）
国境の　駅の両替　遅日かな　虚子（12五百五十句 一四ぺ）
或る時は　江口の月の　さしわたり　虚子（13六百五十句 二二九ぺ）
蝦夷に渡る　蝦夷山もまた　焼くる夜に　碧梧桐（9三千里 〇一〇三）
松の月　枝に懸けたり　はづしたり　来山（7俳諧古選 一七五ぺ）
日盛りや　枝の蛙の　落つる音　秋房（7俳諧古選 二二九ぺ）
工（たくみ）なき　枝の左右や　ももの花　太祇（8俳諧新選 一〇七ぺ）
なつかしき　枝のさけ目や　梅の花　其角（7俳諧古選 一四六ぺ）
木に倚れば　枝葉まばらに　星月夜　子規（10獺祭句帖抄 六五五ぺ）

我行けば 枝一つ下り 寒鴉　虚子（13六百五十句 一二三四ぺ）
稲妻に 枝ふみかゆる 寝鳥哉　竹友（8俳諧新選 一二五ぺ）
山鳥の 枝踏みかゆる 夜長哉　蕪村（2蕪村句集 六一九）
鶯の 枝ふみはづす はつねかな　蕪村（2蕪村遺稿 四〇九）
みのむしの 得たりかしこし 初しぐれ　蕪村（2蕪村句集 九五八）
見上げたる 枝をはなれし 一葉かな　泊月（9現代俳句集 〇八五五）
一諾を 得て帰り行く 夜長人　素琴（9山萩 一〇〇七）
永き夜や 得手へもどりし 無分別　太祇（8俳諧新選 一三二ぺ）
江戸つ児は 江戸で生まれて 初鰹　子規（10獺祭句帖抄 六三〇ぺ）
鯛は花は 江戸に生まれて けふの月　其角（4句兄弟 〇八〇三）
詠むるや 江戸にはまれな 山の月　芭蕉（1伝土芳筆全伝 六五）
けふここの 江戸にや匂ふ 八重桜　玄札（5夜錦 七四）
家なしも 江戸の元日 したりけり　一茶（3七番日記 三三二ぺ）
焼野原 江戸へやる子の 通りけり　雁宕（8俳諧新選 一二一ぺ）
かしましや 江戸見た雁の 帰り様　一茶（3七番日記 三三〇ぺ）
見て聞くと 江戸者は云ふ歟(か) 時鳥　之房（8俳諧新選 一一三ぺ）
女房の 江戸絵顔なり 種物屋　禅寺洞（9禅寺洞句集 二二九三）
つぶつぶと 江に寝る鳥や 朧月　文素（8俳諧新選 一〇八ぺ）
一もとの 榎枯れたり 六地蔵　子規（10獺祭句帖抄 六二一ぺ）
信長の 榎残りて 枯野かな　子規（10獺祭句帖抄 六一一ぺ）
榎から 榎へ飛ぶや 閑古鳥　蕪村（2蕪村遺稿 八三）
なじみある 榎も撫でて 花見かな　千仭（8俳諧新選 一一〇ぺ）

すずしさに 榎もやらぬ 木陰哉　玄旨（6あら野 六八七）
里ふりて 江の鳥白し 冬木立　蕪村（2蕪村遺稿 一〇八四）
妾(せふ)が家は 江の西にあり 菰粽　太祇（8俳諧新選 一五五ぺ）
星さえて 江の鮒ひらむ 落葉哉　露沾（6続猿蓑 三三五五）
十六夜や 海老煎る程の 宵の闇　芭蕉（1笈日記 七〇七）
此の月の 恵比須はこちに います哉　松芳（6あら野 一〇八〇）
五六十 海老つひやして 鯊(はぜ)一つ　之道（6続猿蓑 三三一六）
折り釘に 烏帽子かけたり 春の宿　蕪村（2蕪村句集 一三七〇）
雨雲の 烏帽子に動く 御祓(みそぎ)かな　子規（10獺祭句帖抄 六二九ぺ）
神の梅 烏帽子に似たる 烏かな　月渓（5続一夜松後 八二九）
古頭巾 烏帽子に捻ぢん 花の春　春来（8俳諧新選 一〇〇ぺ）
仕丁達 烏帽子に若菜 摘まれけり　蘆風（8俳諧新選 一〇〇ぺ）
貧しきは 得見ぬ桜の 世でもなし　知石（7俳諧古選 二一三ぺ）
杜父魚(かくぶつ)の えものすくなき 翁哉　蕪村（2蕪村句集 一〇八二）
赤い葉の 栄耀にちるや 夏木立　一茶（3おらが春 四六八ぺ）
眺めつつ 選りつつ手折る つつじ哉　孤桐（8俳諧新選 一一〇ぺ）
髯のびて 襟巻の如く あたたかし　左衛門（9現代俳句集 〇八二〇）
更衣(ころもがへ) 襟もをらずや だだくさに　傘下（6あら野 六二〇）
初ゆきや 縁から落ちし 上草履(うざうり)　一茶（3嘉永版発句集 三五四ぺ）
梅若の 縁起をとくや 花の紐　蝶々子（4慕紫集 〇一四五）
誰と誰が 縁組すんで さと神楽(かぐら)　其角（6炭俵 二六二九）
鶯や 縁で物縫ふ 道明寺　文江（8俳諧新選 一〇一ぺ）

老眼に　炎天濁りあるごとし　虚子（六百五十句 13二一一ペ）
名月や　縁取りまはす黍(きび)の虚(から)　去来（炭俵 6二五四二）
銭銀(かね)に　縁なき顔のかがし哉　乙由（俳諧古選 7一八三ペ）
たらたらと　縁に滴るいなびかり　誓子（激浪 9一四七六）
朝寒を　縁に見居けり泊り客　太祇（俳諧新選 8一三三二ペ）
山寺や　縁の上なる鹿の声　一茶（おらが春 3四六九ペ）
枯野はも　縁の下までつづきをり　万太郎（草の丈 9一一一五）
寺に寝て　縁の高さよきりぎりす　二柳（俳諧新選 8一二七ペ）
大寺の　縁広うして小春かな　子規（獺祭句帖抄 10六六〇ペ）
しぐるるや　閻浮檀金の実一つ　茅舎（ホ昭5・4 9一六八〇）
麨(はったい)や　縁辺よりの二三升　躑躅（現代俳句集 9〇八六三）
涼しさや　縁より足をぶらさげる　支考（続猿蓑 6三一五五）

お

うぐひすや　老がひが耳なかりけり　蕪村（蕪村遺稿 2二二二六）
舂(うすづ)くや　老木の柿を五六升　蕪村（蕪村遺稿 2一八四五）
年切の　老木も柿の若葉哉　千川（続猿蓑 6三一二三）
子を抱いて　老いたる蟹や猫柳　虚子（五百五十句 12八六ペ）
笠に子を　置いて草取る田面哉　竹戸（俳諧古選 7一六八ペ）
宿借りて　置いて出て聞く砧かな　孤桐（俳諧新選 8一三一ペ）
炬燵熱や　老に冊(かしづ)く老あはれ　東洋城（東洋城全句中 9〇三九七）

ふたつ社(こそ)　老にはたらねとしの春　落梧（あら野 6四六八）
物堅き　老の化粧や衣更　太祇（俳諧新選 8一一二ペ）
着(き)衣(そ)始(はじめ)　老のしわをものしめかな　幽斎（俳諧古選 4〇〇三〇）
こころすむ　老のながめや春の雨　千仭（俳諧新選 8一〇三ペ）
鳥にも　老の寝覚めやけふの月　楼川（俳諧新選 8二三〇ペ）
三十を　老いのはじめやすまふ取　五律（俳諧新選 8二二七ペ）
とし守る夜　老はたふとく見られたり　蕪村（蕪村句集 2二三三七）
散るたびに　老いゆく梅の木末かな　蕪村（蕪村遺稿 2二四四六）
顔見せや　老椀久が花衣　青々（松苗 9〇四七九）
早苗籠　負うて歩きぬ僧のあと　虚子（五百五十句 11五三ペ）
君が代は　御馬の先でさくらかな　木虎（俳諧新選 8一四八ペ）
蚊遣鉢　応量器とは見えぬかな　迷堂（孤輪 9〇四一六）
蚊柱に　大鋸屑(おがくづ)誘ふ夕へかな　宗因（宗因蚊柱百句 4〇一六二）
棹添へて　置かぬ舟あり杜若(かきつばた)　助叟（俳諧古選 7一六二ペ）
柚(ゆ)の色や　起きあがりたる菊の露　其角（続猿蓑 6三三四一）
五月雨や　起き上がりたる根無草　鬼城（鬼城句集 9〇六二一）
胴炭も　置き心よし除夜の鐘　不白（不白翁句集 5八六五）
永き夜や　起きた子をもる忍び声　嘯山（俳諧新選 8一三二ペ）
去年(こぞ)残し　置きたるここの蠅叩　虚子（七百五十句 14六九ペ）
頬を掌に　おきてしんじつ虫の夜　蛇笏（家郷の霧 9〇六七三）
朝霧や　起きて飯たく弟子大工　子規（獺祭句帖抄 10六五四ペ）
九のたび　起きても月の七つ哉　芭蕉（雑談集 1七一六）

寝て居よか　起きて居ようか　花の春　西吟（5柏崎 二三〇）
はれやかに　置床なほす　花の春　一鷺（6続猿蓑 二九八五）
身一つの　置所なき　あつさかな　卜我（8俳諧新選 一二〇ぺ）
元日や　置きどころなき　猫の五器　竹戸（6続猿蓑 三一〇八）
日の光　沖中川の　雪解かな　太祇（8俳諧新選 一〇一ぺ）
御園守る　翁が庭や　たうがらし　蕪村（2蕪村遺稿 一四五三）
黒みけり　沖の時雨の　行くところ　丈草（6炭俵 二五九九）
いそがしや　沖の時雨の　真帆片帆　去来（6猿蓑 一六二八）
月明に　沖の火一箇　村をなす　誓子（9和服 一四七二）
大岩が　沖へ押しゐる　野分かな　余子（9余子句抄 〇四三七）
凩や　沖よりさむき　山のきれ　其角（6炭俵 二五八七）
菊畑　おくある霧の　くもり哉　杉風（6炭俵 二五七一）
下野や　奥底もなき　花の形(なり)　宋阿（8俳諧新選 一四九ぺ）
寿福寺は　おくつきどころ　実朝忌　虚子（12五百五十句 八五ぺ）
鵙(もず)鳴くや　晩稲(おくて)掛けたる　大師道　子規（10獺祭句帖抄 六一五ぺ）
魂棚の　奥なつかしや　親の顔　去来（5韻塞 二九八）
秋の雲　奥の大湖を　今見たり　桐明（9高原 一〇〇二）
児(ちご)消えぬ　奥はさざん花　崩れ壁　言水（5初心もと柏 一七六）
簗(オ)落(チ)の　奥降らば鮎(コ)は　この尾鰭(オド)る　碧梧桐（4三昧昭6・11 二二八三）
八重がすみ　奥迄見たる　竜田哉　杜国（6あら野 八九一）
竹藪の　奥もの深く　春の雨　虚子（14七百五十句 三六ぺ）
のうれんの　奥物ぶかし　北の梅　芭蕉（1菊の塵 三五二）

鬢(びん)に霜　おくやかかへの　菊作り　而章（8俳諧新選 一三三ぺ）
水鳥や　巨椋(おぐら)の舟に　木綿売り　蕪村（2蕪村遺稿 一九〇三）
狼を　送りかへすか　鉢たたき　沾圃（6続猿蓑 三四〇二）
聖(しやう)霊(りやう)や　送り先立つ　袖の露　似春（4続連珠 〇二〇八）
おくられつ　おくりつはては　木曽の秋　芭蕉（1あら野 四二五）
恥づかしと　送り火捨てぬ　女顔　言水（4大湊 〇二五五）
滝水の　遅るるごとく　落つるあり　夜半（9翠黛 一六四三）
つけかへて　おくるる雪舟(そり)の　はや緒哉　含咕（6あら野 八一二）
くらべ馬　おくれし一騎　あはれなり　子規（10獺祭句帖抄 六二七ぺ）
馬かへて　おくれたりけり　夏の月　聴雪（6波留濃日 三三三）
柴舟に　おくれてもどる　蛍かな　里楓（8俳諧新選 一一六ぺ）
竹たてて　おけば取りつく　ささげかな　胡及（6あら野 一〇五七）
とつくりと　起こして水雞(くひな)　飛びにけり　露秀（8俳諧新選 一一八ぺ）
なす事の　怠り易き　こたつかな　習先（8俳諧新選 一三八ぺ）
けさ秋や　瘧(おこり)の落ちた　やうな空　一茶（3八番日記 三四二ぺ）
川原迄　瘧まぎれに　御(み)祓(そぎ)哉　荷兮（6あら野 一〇七八）
まんべんに　御(お)降(さがり)受ける　小家哉　一茶（3八番日記 三三三ぺ）
きじ啼くや　御里御坊の　苣(ちさ)畠　蕪村（2蕪村遺稿 二〇四九）
長閑(のどか)さに　おさへ歩行(ありく)や　膝の皿　鳳朗（5鳳朗発句集 一一五八）
蚤に似て　押さへし虫の　哀れなり　百里（4或時集 一一二七）
たつ腹を　おさへて居(すわ)る　夏(げ)書(がき)哉　嘯山（8俳諧新選 一一七ぺ）
外の樹に　おされし痩せや　山桜　雨谷（8俳諧新選 一〇六ぺ）

大門を　押されて這入る　桜かな　四万太（9 春夏秋冬 〇二〇〇）
棚端に　押し重なりて　垂れし藤　花蓑（9 花蓑句集 〇八七一）
塵取に　押し込む桐の　広葉かな　子規（9 俳句稿巻二 〇〇三一）
縁日へ　押し出す菊の　車かな　子規（10 獺祭句帖抄 六一〇ぺ）
介子推(かいしすい)に　お七がやうに　なられけん　太祇（8 俳諧新選 一〇七ぺ）
初雪や　おしにぎる手の　寄麗也　傘下（6 あら野 四五〇）
馬の頬　押しのけ摘むや　菫草　杉風（4 続別座敷 〇八五〇）
繰り返し　教へて飽かぬ　夜長かな　五城（9 五城句集 〇二三〇）
海棠や　白粉(おしろい)に紅を　あやまてる　蕪村（2 蕪村遺稿 二二四五）
手すさみの　御城女中の　紅脂(べに)畠　湖暁（8 俳諧新選 二二四ぺ）
見てのみや　御城の素足　菊の露　祇空（4 金竜山 一一三六）
傘(からかさ)に　押しわけみたる　柳かな　芭蕉（1 炭俵 八三二）
ぼたもちも　御好きなりしが　萩の花　金龍（8 俳諧新選 二五四ぺ）
春雨や　遅きに馴るる　朝の供御(くご)　随古（8 俳諧新選 一〇三ぺ）
菜殻火の　襲へる観世　音寺かな　茅舎（9 俳究昭14・10 一六九三）
初雪を　おそろしういふ　越路かな　亀卜（8 俳諧新選 二三九ぺ）
苗代に　落ち一塊の　畦の土　素十（9 初鴉 一五四七）
一田(ひとた)づつ　落ち来て秋の　流れけり　桂舟（8 俳諧新選 二三五ぺ）
月ひらひら　落ち来る雁の　翅かな　闌更（5 半化坊発句集 七五五五）
凍蝶(いててふ)の　落ちたる如く　雪に立つ　普羅（9 辛夷 〇七〇五）
もちの葉の　落ちたる土に　うらがへる　素十（9 初鴉 一五五五）
雁はまだ　落ちついてゐるに　御かへりか　大江丸（5 はいかい袋 八六九）

はつ雪の　落ち付かぬこそ　姿なれ　吟角（8 俳諧新選 二三九ぺ）
早稲(わせ)刈りて　落ちつきがほや　小百姓　乃龍（6 続猿蓑 三三〇一）
桐の葉は　落ちつくすなるを　木芙蓉　蕪村（2 蕪村遺稿 一八六〇）
川越えて　落ちつく旅や　五月雨　一和（8 俳諧新選 一二七ぺ）
樫の実の　落ちて駆け寄る　鶏(とり)三羽　鬼城（9 鬼城句集 〇六一四）
浜木綿や　落ちて飼はるる　鳶の雛　秋桜子（9 残鐘 一四四二）
団栗の　落ちて沈むや　山の池　子規（4 寒山落木巻四 二二〇三）
懐に　落ちてつめたき　木の葉哉　孤岫（7 俳諧古選 二〇三ぺ）
団栗の　落ちて飛びけり　石ぼとけ　為有（6 続猿蓑 三二八七）
干竿の　落ちて流るる　秋出水　温亭（9 温亭句集 〇八三九）
仰のけに　落ちて鳴きけり　秋の蟬　一茶（4 八番日記 一八六九）
きくの露　落ちて拾へば　ぬかごかな　芭蕉（1 芭蕉庵小文庫 五八三）
山茶花も　落ちてや雪の　散り椿　露笠（6 続猿蓑 三三五三）
竹の雪　落ちて夜なく　雀かな　塵交（6 あら野 四四〇）
鉄砲に　怖ぢぬ鳥也　時鳥　呂雄（7 俳諧古選 二一六ぺ）
ほつちりと　落ちぬ牡丹の　一雫　蒼虬（4 訂正蒼虬集 二一五一）
後手に　落葉かく也　男の童　嘯山（8 俳諧新選 二三六ぺ）
水仙の　落葉被(かつ)いて　開きけり　秀山（8 俳諧新選 一四一ぺ）
ほこほこと　落葉が土に　なりしかな　虚子（14 七百五十句 一一二ぺ）
松風の　落葉か水の　音涼し　芭蕉（1 蕉翁句集 九五八）
一軒屋も過ぎ　落葉する風の　ままに行く　碧梧桐（4 碧・第一九号 二二八〇）
御手の上に　落葉たまりぬ　立ち仏　子規（10 獺祭句帖抄 六二〇ぺ）

始めのは　落葉成りけり　小夜時雨　望友（7俳諧古選　一八七ぺ）
朽ちもせぬ　落葉に澄むや　春の水　太祇（8俳諧新選　一〇七ぺ）
あはれなる　落葉に焼く(た)や　島さより　荷兮（6あら野　九七一）
掃きとるや　落葉にまじる　石の音　淡路女（9梶の葉　〇九八五）
こがらしの　落葉にやぶる　小ゆび哉　杜国（6あら野　九六九）
濡れ色に　落葉の雨や　月の下　自友（8俳諧新選　一三六ぺ）
うしろ寒き　落葉の音や　切通し　大夢（8俳諧新選　一三七ぺ）
ながれ行く　落葉の末や　淡路島　露洲（8俳諧新選　一三六ぺ）
捨舟の　落葉掃き出す　日和かな　子規（10獺祭句帖抄　六二〇ぺ）
山寺や　落葉掃くなる　雲の中　歌口（8俳諧新選　一三六ぺ）
めりめりと　落葉は何を　神無月　貞徳（7俳諧古選　一九六ぺ）
吹きたまる　落葉や町の　行き止まり　子規（10獺祭句帖抄　六二〇ぺ）
上臈の　落葉侘びゆく　裔(もすそ)かな　貝錦（8俳諧新選　一三六ぺ）
啄木鳥(きつつき)や　落葉をいそぐ　牧の木々　秋桜子（9葛飾　一四二二）
首入れて　落葉をかぶる　家鴨(あひる)かな　子規（10獺祭句帖抄　六二〇ぺ）
松陰に　おち葉を着よと　捨子かな　素堂（4とくくの句合　〇七七三）
屋根ふきの　落葉を踏むや　闉のうへ　蕪村（2蕪村遺稿　一二五九）
中々に　落穂拾はずや　尉(じやう)と姥　蕪村（2蕪村遺稿　一八五五）
松明(たいまつ)に　落武者探す　夜寒かな　子規（10獺祭句帖抄　六五二ぺ）
稲葉殿の　御茶たぶ夜や　時鳥　蕪村（2蕪村句集　二三六八）
風呂敷に　落ちよつつまむ　鳴く雲雀(ひばり)　惟然（5鳥の道　三九八）
追はるるか　追つて行くのか　飛ぶほたる　羊素（4続花摘　一二四八）

地車に　おつぴしがれし　菫哉　一茶（3文化句帖　三三二ぺ）
手答へは　落つる椿歟(か)　夜の傘　龍眠（8俳諧新選　一〇六ぺ）
蝶の舞　おつる椿に　うたるるな　闇指（6続猿蓑　三〇四六）
ほろほろと　落つるなみだや　へびの玉　越人（6あら野　一〇二一）
ちるはさくら　落つるは花の　ゆふべ哉　蕪村（2蕪村遺稿　二一〇七）
草の葉を　落つるより飛ぶ　蛍哉　芭蕉（1いつを昔　四〇〇）
角町(すみちやう)や　おでんかん酒　冬の月　臨風（9帝国明31・12　〇三二〇）
猫の塚　お伝の塚や　木下闇　子規（10獺祭句帖抄　六一五ぺ）
春の雨　弟どもを　呼びてこよ　鼠弾（6あら野　五三六）
小鳥来る　音うれしさよ　板庇　蕪村（2蕪村句集　一八六）
綿弓の　音収まつて　蛍哉　蘆文（7俳諧古選　二二六ぺ）
一葉散る　音かしましき　ばかり也　仙化（6あら野　七一二）
山賤(やまがつ)の　おとがひ閉づる　むぐらかな　芭蕉（1続虚栗　二五二）
火桶抱いて　おとがひ臍(ほぞ)を　かくしける　路通（5いつを昔　三四八）
べい独楽の　おどけがましう　廻りけり　麦人（9草笛　〇三四三）
雪ちるや　おどけもいへぬ　しなの空　一茶（3おらが春　四七三ぺ）
氷挽く　音こきこきと　杉間かな　亜浪（4亜浪句鈔　二六〇九）
煖炉もえ　末子は父の　ひざにある　多佳子（9海燕　二九七一）
夜の雪　おとさぬやうに　枝折らん　除風（6あら野　四四八）
手鼻かむ　音さへ梅の　さかり哉　芭蕉（1蕉翁句集草稿　三四五）
春雨の　音滋き中　今我あり　虚子（13六百五十句　二二六ぺ）
板橋の　音静かなり　おぼろ月　吏登（8俳諧新選　一〇八ぺ）

またたきの　音静かなる　蒲団かな　月舟（9進むべき道 〇七〇〇）
はらはらと　音して淋し　雨落葉　可鈴（8俳諧新選 一三六ぺ）
納豆きる　音しばしまて　鉢叩　芭蕉（1韻塞 六六七）
楓林に　落とせし鬼の　歯なるべし　虚子（14七百五十句 一一九ぺ）
わか草や　音せぬ雨の　朝朗（あさぼらけ）　直井（8俳諧新選 一〇三ぺ）
岨（そば）行けば　音空を行く　落葉哉　太祇（8俳諧新選 一三六ぺ）
よしや君　弟御達も　ちる桜　此筋（7俳諧古選 一〇五ぺ）
よもすがら　音なき雨や　種俵　蕪村（2蕪村句集 一〇九七）
草も木も　音なき霧の　しほれ哉　作者不明（8俳諧新選 一二八ぺ）
うは風に　音なき麦を　まくらもと　蕪村（2蕪村句集 一一一三）
落ち合うて　音なくなれる　清水哉　蕪村（2蕪村句集 一一二六）
とろろ汲む　音なしの滝や　夏木立　蕪村（2蕪村遺稿 八九一）
我着しと　音にな立ちそ　染紙子　多少（8俳諧新選 一四一ぺ）
きらきらと　音に日のさす　鳴子哉　鳳朗（5鳳朗発句集 一一六三）
霰ふる　音にも世にも　聾傘　馬光（5かさねがさ 四八一）
夏川の　音に宿かる　木曾路哉　重五（6波留濃日 三四〇）
ふゆしほの　音の昨日を　わすれよと　万太郎（9流寓抄 一一三二）
ますぐなる　音の木の実の　前に落つ　素逝（9暦日 一八三一）
邯鄲（かんたん）の　音は湖上にも　満ちにけり　風生（9傘寿以後 一五七一）
戸を叩く　音は狸か　薬食　子規（10獺祭句帖抄 六三九ぺ）
雷（いかづち）の　音は身の毛も　よだちかな　安静（5崑山集 五八）
煤を掃く　音は我が家歟（か）　舟上がり　伊流（8俳諧新選 一四四ぺ）

竹も起きて　音吹きかはす　初日かな　素園（8俳諧新選 一〇〇ぺ）
鋸の　音貧しさよ　夜半の冬　蕪村（2蕪村句集 一一六〇）
石切の　音も聞きけり　秋の暮　傘下（6あら野 七四〇）
蝿をうつ　音もきびしや　関の人　太祇（8俳諧新選 一二三ぺ）
小鳥このごろ　音もさせずに　来て居りぬ　鬼城（9鬼城句集 〇六九）
みぞれ降る　音や朝飯の　出来る迄　画好（6猿蓑 一六八二）
畑打つ　音やあらしの　さくら麻　芭蕉（1花摘 六〇三）
いかめしき　音や霰の　檜木笠　芭蕉（1孤松 一九六）
ひびわれる　音や旭（ひ）のさす　田の氷　子規（10獺祭句帖抄 六四〇ぺ）
底たたく　音や余寒の　炭俵　召波（5春泥句集 八〇七）
能い声に　驚かされて　踊る也　千之（7俳諧古選 一八一ぺ）
鎌倉を　驚かしたる　余寒あり　虚子（9五百句 〇〇六〇）
新涼の　驚き貌（がほ）に　来りけり　虚子（11五百句 三一ぺ）
狐火の　おどろき消ゆる　初音かな　冨天（4熱田日記 一七一五）
我が痩せを　驚き声や　きりぎりす　支鳩（8俳諧新選 一二七ぺ）
唐きびの　おどろき易し　秋の風　蕪村（2蕪村遺稿 九四〇）
女の鹿は　驚きやすし　吾のみかは　多佳子（9紅糸 二九七七）
われとわが　驚く嚏（くさめ）　寝るとせん　圭岳（9太白星 一一九六）
てり年や　おとろしげなる　雲の峰　移竹（8俳諧新選 一二〇ぺ）
冬の夜や　おとろへうごく　天の川　水巴（9定本水巴句集 〇五九九）
木がらしの　音を着て来る　紙子哉　素丸（5藪うぐひす 五三〇）
筏にも　同じ浮世の　蚊やり哉　嘉栄（8俳諧新選 一一八ぺ）

湯のたきも　同じ音也　五月雨　一茶（3 八番日記 三三五ぺ）
とべよ蚤　同じ事なら　蓮の上　一茶（3 おらが春 四四六ぺ）
外の樹と　同じ桜の　若葉哉　可鉛（7 俳諧古選 二一七ぺ）
日一日　同じ処に　畠打つ　子規（10 獺祭句帖抄 六二四ぺ）
永き日や　同じ流れを　わたし守　可風（8 俳諧新選 一一〇ぺ）
十ながら　同じ形（なり）なき　ふくべかな　半魯（8 俳諧新選 一三五ぺ）
おやも子も　同じ飲み手や　桃の酒　傘下（6 あら野 六一一）
親も子も　同じふとんや　別れ霜　秋色（5 類柑子 四五七）
青嵐　お夏狂乱の　たもと哉　醒雪（9 帝国明29・6 〇三二二）
雪残る　鬼岳（おにだけ）さむき　弥生かな　含咕（6 あら野 八九六）
来山や　おにつらわせて　かぶら汁　大江丸（5 はいかい袋 八七七）
乱れては　鬼に降る矢の　蛍かな　沾洲（4 綾錦 一二三九）
首途（かどいで）や　鬼のしこ草　薙ぎ捨てん　雅因（8 俳諧新選 一五二ぺ）
元日や　鬼ひしぐ手も　膝の上　梅室（4 梅室家集 二一六一）
雨に声　鬼一口か　郭公（ほととぎす）　望一（4 望一千句 〇〇五四）
病み起きて　鬼をむちうつ　今朝の秋　蕪村（2 蕪村遺稿 二六九七）
草いろいろ　おのおの花の　手柄かな　芭蕉（1 笈日記 四二六）
霜ばしら　おのがあげしや　土竜（うごろもち）　圃仙（6 続猿蓑 三四三四）
船涼し　己が煙に　包まれて　虚子（11 五百句 九五ぺ）
友なきは　おのが仕合せ　ほととぎす　瓢水（8 俳諧新選 一一三ぺ）
煤はきは　己が棚つる　大工かな　芭蕉（1 炭俵 八二四）
炭売りの　おのがつまこそ　黒からめ　重五（6 冬の日 一〇九）
白ゆりの　己が匂ひに　よごれけり　孤桐（8 俳諧新選 一一八ぺ）
あやめ売り　己が軒ほど　のこしけり　希因（8 俳諧新選 一二三ぺ）
新涼に　己が肌を　感じけり　虚子（14 七百五十句 五五七ぺ）
山吹や　おのが花とて　持ちこたへ　諸九（4 諸九尼句集 一七八七）
老い果てて　己が身の鳴る　瓢（ひさご）哉　天海（7 俳諧古選 二〇六ぺ）
月に遊ぶ　おのが世はあり　みなし蟹　無腸（5 也哉抄 七九一）
逃ぐる時　おのれ恨みん　くぢらかな　支鳩（8 俳諧新選 一四三ぺ）
五所柿や　おのれが葉さへ　落つるのに　存義（4 かなあぶら 一七三八）
暁は　おのれにもどる　黄菊かな　不角（8 俳諧新選 一三四ぺ）
枯れゆけば　おのれ光りぬ　冬木みな　楸邨（9 寒雷 二五七七）
川せみや　おのれみめよくて　魚沈む　子規（10 獺祭句帖抄 六四八ぺ）
梅折れば　おのれも動く　月夜かな　二世湖十（4 延享廿歌仙 一二三三）
青蛙　おのれもペンキ　塗りたてか　龍之介（4 龍之介全集九 二三六二）
蟷螂（かまきり）の　己もみぢて　人を恋ふ　青々（9 鳥の巣 〇四八〇）
ふく汁や　おのれ等が夜は　朧なる　蕪村（2 蕪村遺稿 一三〇六）
飛びおくれ　追はゆる雁や　鳴きながら　青蒲（8 俳諧新選 一三一ぺ）
橋杭（くひ）や　御祓ひかかる　煤はらひ　卜枝（6 あら野 一〇八六）
梅の木や　御払箱を　負ひながら　一茶（3 おらが春 四七五ぺ）
凩に　追はるる如く　任地去る　青嵐（9 永田青嵐句集 〇八九〇）
海苔買ふや　追はるる如く　都去る　禅寺洞（9 禅寺洞句集 二二九五）
稲妻に　追はるる瀬戸の　夜舟かな　鳳朗（4 鳳朗発句集 二一五六）
初汐に　追はれてのぼる　小魚かな　蕪村（2 蕪村句集 二五三七）

道細く　追はれぬ沢の　蛍かな　青江（6あら野四六七）
堂の鳩　追々下りる　霰かな　可幸（8俳諧新選一四二ぺ）
萩の花　追々こけて　盛り哉　孤舟（7俳諧古選二一七ぺ）
ちる花を　追ひかけて行く　嵐哉　定家（7俳諧古選一九五ぺ）
梅咲いて　帯買ふ室(むろ)の　遊女かな　蕪村（2蕪村句集三四七）
貧乏に　追ひつかれけり　けさの秋　蕪村（2蕪村句集九三四）
我が影に　追ひ付きかぬる　こてふかな　不角（5続の原四六二）
どこ迄も　追ひつめて見ん　舟の蚤　子規（10獺祭句帖抄六三〇ぺ）
板の如き　帯にさされぬ　秋扇　久女（9杉田久女句集〇九三五）
おろし置く　笈に地震(なゐふる)　夏野哉　蕪村（2蕪村句集一一九）
峰入や　笈に用意の　鬼殺し　嘯山（8俳諧新選一五二ぺ）
弓取の　帯の細さよ　たかむしろ　蕪村（2蕪村句集六一）
舌端に　追ひ廻さるる　瓜の種　普羅（9辛夷〇七二〇）
いささかな　価(おひめ)乞はれぬ　暮の秋　蕪村（2蕪村句集二二六七）
うめが香に　追ひもどさるる　寒さかな　芭蕉（1荒小田九四四）
秋のよや　おびゆるときに　起こさるる　胡及（6あら野一〇六〇）
はる風に　帯ゆるみたる　寝皃(がほ)哉　越人（6あら野八六五）
きしきしと　帯を纏きをり　枯るる中　多佳子（9海彦二九六五）
寝やの蚊や　御仏供(おぶく)焼(た)く火に　出でて行く　釣雪（6あら野八六九）
お袋が　お福手ちぎる　指南哉　一茶（3おらが春四七四ぺ）
嘗めて見て　御振まひあれ　春の草　存義（8俳諧新選一五三ぺ）
あらたふと　大あぐらして　江戸の春　蝶々子（4俳諧三ッ物揃〇一四四）

焼山の　大石ころり　ころりかな　子規（10獺祭句帖抄六四四ぺ）
於(アア)春々　大いなる哉(カナ)春と　云(うん)々(ぬん)　芭蕉（1向之岡一一〇）
春の浜　大いなる輪が　画いてある　虚子（11五百句八八ぺ）
山の名を　覚えし頃は　雪の来し　虚子（12六百句二三二ぺ）
ゆさゆさと　大枝ゆるる　桜かな　鬼城（9鬼城句集〇六四一）
春めくと　覚えつつ読み　耽るかな　立子（9笹目一九四四）
植ゑに来て　覚えて去(かへ)る　田歌かな　紙隔（7俳諧古選二一五ぺ）
里の子も　覚えて所　まだら神　太祇（8俳諧新選二三四ぺ）
見るものと　覚えて人の　月見哉　野水（6あら野四二三）
極楽を　覚えてもどる　涅槃かな　超波（8俳諧新選一四六ぺ）
榛名山　大霞して　真昼かな　鬼城（9鬼城句集〇六三五）
かたびらや　大方これで　裸虫　季遊（8俳諧新選二二一ぺ）
濡いろや　大かはらけの　初日影　任行（6続猿三一〇七）
家ともに　大きう成る歟(か)　かたつぶり　青蒲（8俳諧新選一一五ぺ）
此の海に　大きう見える　くぢらかな　篤羽（8俳諧新選一四三ぺ）
草の花　大きく咲いて　単かな　一転（9杉山一転句集〇九二三）
暖かや　大きく下げし　崖の潮　余子（9余子句抄〇四三四）
代(しろ)馬(うま)は　大きく津軽　富士小さし　虚子（12五百五十句六六七ぺ）
かわかわと　大きくゆるく　寒鴉　虚子（11五百句一〇六ぺ）
牛の子の　大きな顔や　草の花　虚子（12六百句二二九ぺ）
寄せ鍋の　大きな瀬戸の　蓋を開く　立子（9続立子句集一九五一）
脱いだ時　大きな足袋と　思ひけり　富水（8俳諧新選一四三ぺ）

蛍籠　大きな月が覗きけり　茅舎（9 川端茅舎 一六九九）
するが野や　大きな富士が麦の上　亜浪（9 定本亜浪句集 一〇三九）
母の日や　大きな星がやや下位に　草田男（9 母郷行 二五四〇）
落つる気で　多く出来けん柿の蔕　李流（8 俳諧新選 二三三ぺ）
馬は豆　多くな刈りそ春の草　梅史（8 俳諧新選 一〇三ぺ）
見るうちに　多くなりけり菊の虻（あぶ）　虚子（14 七百五十句 一九ぺ）
月の山　大国主命かな　青畝（9 紅葉の賀 二五二二）
三軒家　大坂人のかやりかな　蕪村（2 蕪村句集 五四〇）
野の蝶の　大坂へ出る日和哉　来草（7 俳諧古選 二二七ぺ）
城頭に　大阪を観る霞かな　月斗（9 昭和俳句集 〇五一一）
御忌よりも　多し涅槃の樒（しきみ）売り　春澄（5 前後園 一八八）
ほととぎす　大竹藪をもる月夜　芭蕉（1 嵯峨日記 六八七）
バスを待ち　大路の春をうたがはず　波郷（9 鶴の眼 二六五二）
又もとの　大路へ出たり松の春　白尼（4 氷餅集 一七九六）
鳩鳴くや　大提灯に春の風　子規（10 獺祭句帖抄 六一二ぺ）
梅ばちの　大挑灯やかすみから　一茶（3 七番日記 三二八ぺ）
足跡の　覚束なくも汐干かな　宋阿（7 俳諧古選 一五七ぺ）
はつ雪の　覚束なくも降りにけり　舎人（8 俳諧新選 一三九ぺ）
裸虫　大晦日（おほつごもり）のなく音かな　超波（8 俳諧新選 一四六ぺ）
元日は　大晦日のはじめかな　吟笑（7 俳諧古選 一五二ぺ）
雁鳴いて　大粒な雨落としけり　乙字（9 乙字句集 〇九八八）
牡丹見て　大寺の日に酔ひにけり　浜人（9 定本浜人句集 〇八一六）

栗はねて　大入道と化けても見よ　露月（9 露月句集 〇二二一）
霧たつや　大橋越えて又小橋　雅因（8 俳諧新選 二二八ぺ）
夕月や　大肌ぬいでかたつむり　一茶（3 七番日記 三四二ぺ）
入道の　大鉢巻できくの花　一茶（3 おらが春 四七二ぺ）
山は未（まだ）　大日枝（ひえ）なれや消えぬ雪　李流（8 俳諧新選 一〇一ぺ）
方丈の　大庇より春の蝶　素十（9 初鴉 一五五二）
我がいはふは　大ぶく辰巳宇治茶哉　玄札（5 懐子 七三）
雪の江の　大舟よりは小舟かな　芳川（6 あら野 四五一）
淀川の　大三日月や時鳥　子規（10 獺祭句帖抄 六一四ぺ）
近衛殿の　大物入りやいとざくら　尺布（8 俳諧新選 一二二ぺ）
短夜は　大門に明けてしまひけり　子規（9 寒山落木巻二 〇〇四八）
月に遠く　おぼゆる藤の色香哉　蕪村（2 蕪村遺稿 二一一九）
蛬（きりぎりす）　溺るる声歟（か）夜の露　陸史（8 俳諧新選 二二七ぺ）
蚊屋の内に　朧月夜の内侍哉　蕪村（2 蕪村遺稿 一六六六）
月暮れて　朧に絹のかかりけり　楚雀（8 俳諧新選 一〇八ぺ）
月更けて　朧の底の野風かな　太祇（8 俳諧新選 一〇八ぺ）
はげ山や　朧の月のすみ所　式之（6 あら野 五九七）
それぞれの　朧のなりやうめ柳　千那（6 続猿蓑 三〇〇四）
脱ぎ捨つる　朧や月の衣更　寄蘭（7 俳諧古選 二二七ぺ）
月入りて　朧をかぶる柳かな　是計（8 俳諧新選 一〇五ぺ）
あつぱれの　大わか竹ぞ見ぬうちに　一茶（3 おらが春 四四二ぺ）
行く春を　大わらはなる柳かな　嘯山（8 俳諧新選 一一二ぺ）

さみだれの　大井越したる　かしこさよ　蕪村（2蕪村句集　一六五三）
五月雨　大井の橋は　なかりけり　子規（10獺祭句帖抄　六二九ぺ）
春の風　おまんが布の　なりに吹く　一茶（3句稿消息　三二六ぺ）
折敷て　御室に見ばや　後の月　嘯山（8俳諧新選　二三四ぺ）
早梅や　御室の里の　売りやしき　蕪村（2蕪村句集　二三二六）
息災で　御目にかかるぞ　草の露　一茶（3七番日記　三四六ぺ）
若竹に　重うかかりし　曇り哉　近江朽木社中（8俳諧新選　一一八ぺ）
思ひ来て　思うて帰る　さくらかな　湖流（8俳諧新選　一四八ぺ）
まゆはきを　俤(おもかげ)にして　紅粉(べに)の花　芭蕉（1奥の細道　五二二）
ちりて後　おもかげにたつ　ぼたん哉　蕪村（2蕪村句集　二三八三）
羽子板の　重きが嬉し　突かで立つ　かな女（9雨月　〇七八九）
ゆく春や　おもきかしらを　もたげぬる　蕪村（2蕪村遺稿　四六二）
実桜に　重き曇りや　よしの山　如猿（8俳諧新選　二二三ぺ）
大門の　おもき扉や　春の暮　蕪村（2蕪村遺稿　三二〇三）
紫陽花(あぢさゐ)に　おもたき朝日　夕日哉　乙由（5麦林集　四四七）
花ちるや　重たき笈の　うしろより　蕪村（2蕪村句集　二一一二）
ゆく春や　おもたき琵琶の　抱き心　蕪村（2蕪村遺稿　一一〇六）
有明の　面おこすや　ほととぎす　其角（6猿蓑　一七一〇）
葛の葉の　面見せけり　今朝の霜　芭蕉（1きさらぎ　七三七）
後シテの　面や月の　痩男　几董（8俳諧新選　二三四ぺ）
国栖人の　面を焦がす　夜振かな　夜半（9翠黛　一六三九）
薫る風　思はず足の　留まりけり　岸指（8俳諧新選　二一二ぺ）

深山とは　思はずに居る　さくらかな　守一（8俳諧新選　一〇九ぺ）
咲くべくも　おもはで有るを　石蕗(つは)の花　蕪村（2蕪村句集　一九七七）
一つとは　思はぬ夜也　けふの月　蓼太（8俳諧新選　一三〇ぺ）
この比(ごろ)の　おもはるる哉　稲の秋　土芳（6猿蓑　一八七〇）
長き夜や　思ひあまりの　泣寝入り　星布（5星布尼句集　八九〇）
桐の葉の　思ひ有りげに　散りにけり　鯨童（8俳諧新選　一二四ぺ）
虹を見て　思ひ思ひに　美しき　虚子（13六百五十句　一四八ぺ）
秋草の　思ひ思ひに　淋しいぞ　元（9島村元句集　〇八九七）
みじか夜や　おもひがけなき　夢の告　蕪村（2蕪村遺稿　八六三）
木兎(みみづく)や　おもひ切ったる　昼の面　芥境（6猿蓑　一六五七）
うらやまし　おもひ切る時　猫の恋　越人（6猿蓑　一九一九）
逢はぬ恋　おもひ切る夜や　ふくと汁　蕪村（2蕪村遺稿　二〇一三）
此のたねと　おもひこなさじ　たうがらし　芭蕉（1岨の古畑　六〇八）
舟出せしと　思ひし夢や　荻の宿　大夢（8俳諧新選　二三二ぺ）
今更に　思ひ過ごしの　ばせを哉　雞賀（7俳諧古選　一八四ぺ）
余の事は　思ひ捨てた歟(か)　猫の恋　可幸（8俳諧新選　一〇二ぺ）
青柳や　思ひ捨てたる　朽木より　之房（8俳諧新選　一〇五ぺ）
思ひ出し　思ひ出し降る　しぐれ哉　烏水（7俳諧古選　一八七ぺ）
夏至今日と　思ひつつ書を　閉ぢにけり　虚子（14七百五十句　一〇二ぺ）
黎明を　思ひ軒端の　秋簾見る　虚子（12六百句　二四一ぺ）
禅寺に　思ひの外の　桜哉　蝶車（7俳諧古選　二一七ぺ）
藪入や　思ひは同じ　姉妹　子規（10獺祭句帖抄　六〇四ぺ）

一粒も　思ひは掛けず　さくらの実　何声（7俳諧古選 二二七ペ）
入梅曇り　思ひ古さぬ　袷かな　富天（8俳諧新選 一一七ペ）
胡へ行く歟(か)　思ひみだれの　夏柳　富天（8俳諧新選 一五二ペ）
神垣や　おもひもかけず　涅槃像　芭蕉（1あら野 三五三）
あれ程の　思ひ忘れ歟(か)　返り花　嘯山（8俳諧新選 一三八ペ）
のら猫や　思ふがままに　恋ひわたる　子規（9寒山落木巻二 ○○三八）
雨折々　思ふ事なき　早苗哉　芭蕉（1木曾の谿 七八六）
誰も居らぬと　思ふとき炭を　挽く音す　蝶衣（9蝶衣句稿 ○五六七）
見る所　おもふところや　はつ桜　乙州（6続猿蓑 二九七五）
習はうと　思ふ夜もあり　はち叩　蓼太（8俳諧新選 一四四ペ）
むさしのと　おもへど冬の　日あし哉　洗悪（6あら野 九一三）
門松や　おもへば一夜　三十年　芭蕉（1六百番発句合 六七）
五月雨や　思へば内は　あかぬ物　有佐（7俳諧古選 一七一ペ）
我が雪と　おもへばかろし　笠の上　其角（5雑談集 二七二）
元日や　おもへばさびし　秋の暮　芭蕉（1真蹟短冊 二二一）
雪とのみ　思へば月の　寝覚め哉　仏仙（8俳諧新選 一二九ペ）
産着から　思へば遠き　紙子かな　卯雲（8俳諧新選 一四一ペ）
よしあしも　思へばをかし　古暦　五筑（8俳諧新選 一四六ペ）
春もやや　重りのかかる　柳哉　雲裡坊（7俳諧古選 二二七ペ）
榾(ほた)の火に　親子足さす　侘びね哉　去来（6あら野 九七三）
歌もなく　親子植ゑ行く　門田かな　貝錦（8俳諧新選 一一六ペ）
大年や　親子たはらの　指し荷(にな)ひ　万乎（6続猿蓑 三四一五）
すごすごと　親子摘みけり　つくづくし　舟泉（6あら野 五四○）
路次の闇　親子除け合ふ　頭巾かな　蕪村（2蕪村遺稿 九七○）
かがし立て　親子笑うて　もどりけり　文湖（8俳諧新選 一二八ペ）
筝や　親し避けずば　隣まで　多少（8俳諧新選 一一五ペ）
たてて居る　親仁の形(なり)も　かがし哉　雅因（8俳諧新選 一二八ペ）
此の魚を　親に上げたや　魂祭り　氷花（7俳諧古選 二○四ペ）
子を誉めて　親に及べる　踊りかな　胡餅（8俳諧新選 一二五ペ）
行く年や　親にしらがを　かくしけり　越人（6あら野 九七七）
筍や　親の質気(かたぎ)を　習ひけん　香杏（8俳諧新選 一四七ペ）
迷ひ子の　親のこころや　すすき原　羽紅（6猿蓑 一八二六）
長松が　親の名で来る　御慶哉　野坡（6炭俵 二三九六）
思はずも　親のほめたる　角力(すまふ)哉　紀伊日高社中（8俳諧新選 一二七ペ）
子は衣裳　親は常なり　蛭子(えびす)講(かう)　其角（7俳諧古選 二○一ペ）
能くきけば　親舟に打つ　碪かな　一井（6あら野 九四三）
勤よと　親もあたらぬ　火燵哉　嵐雪（7俳諧古選 二○○ペ）
死ねと思ふ　親もあるかな　相撲取　馬光（4新句兄弟 一四九）
先ぶねの　親もかまはぬ　鵜舟哉　淳児（6あら野 六六九）
子のまねを　親もする也　節(せ)き候(ざふらふ)　一茶（3おらが春 四七四ペ）
巣の声に　親もやるせや　なく雀　習先（8俳諧新選 一○五ペ）
なら漬けに　親よぶ浦の　塩干哉　越人（6あら野 六一○）
寒声や　凡そしらるる　人の品　幸佐（7俳諧古選 一九三ペ）
わか水や　凡そ千年の　つるべ縄　風鈴軒（6あら野 四六○）

春の月　およその時を　戻りけり　碧雲居（9 碧雲居句集 一〇七一）
明屋敷　凡そ百本の　柿熟す　子規（10 獺祭句帖抄 六五七ぺ）
鶯の　及ばぬ空を　雲雀(ひばり)かな　栄滝（8 俳諧新選 一〇四ぺ）
紀の路にも　おりず夜を行く　雁ひとつ　蕪村（2 蕪村句集 一四五六）
雲母(きらら)坂(ざか)　下りて来つるよ　寒念仏　碧梧桐（9 碧梧桐句集 〇一一一）
夕立や　下りても行かず　牛の主　吏登（4 吏登発句集 一一八四）
牡蠣舟へ　下りる客追ひ　郭(くるわ)者　夜半（9 翠黛 一六三五）
秋の夜の　オリヲン低し　胸の上　波郷（9 病鴈 二六三六）
霜がれや　おれを見かけて　鉦たたく　一茶（3 八番日記 三五八ぺ）
貝寄せや　愚な貝も　寄せて来る　青々（9 鳥の巣 〇四七八）
撫でられた　恩思ひ出す　蕨かな　尺布（8 俳諧新選 一五四ぺ）
四人して　御蚊屋つるらん　女房達　好春（7 俳諧古選 一六二ぺ）
春惜しむ　おんすがたこそ　とこしなへ　秋桜子（9 葛飾 一四四四）
なんぼ往ても　おんなじ事の　枯野哉　孤山（8 俳諧新選 二三七ぺ）
宿れとは　御身いかなる　ひと時雨　宗因（4 蛙井集 〇一七五）
寝させぬは　御身いかなる　杜宇(ほととぎす)　松意（5 江戸談林三百韻 一四〇）
若葉して　御めの雫　ぬぐはばや　芭蕉（1 笈の小文 三八一）
五月雨に　御物遠や　月の皃(かほ)　芭蕉（1 続山井 六）

か

短夜の　かあと明けたる　烏かな　子規（10 獺祭句帖抄 六二七ぺ）
しかれども　海道一の　草の露　富天（7 俳諧古選 二二五ぺ）
渋柿や　街道中へ　枝をたれ　蝶夢（4 草根発句集 一七〇四）
撒く手見せずに　街道へ　水を撒く　誓子（9 天狼 一四九二）
棹の手に　かいつかみ行く　柳かな　一兎（8 俳諧新選 一〇五ぺ）
名月や　かいつきたてて　つなぐ舟　昌碧（6 あら野 四二〇）
鳶の羽も　刷(かいつくろ)ひぬ　はつしぐれ　去来（6 猿蓑 一九九八）
苫(とま)船(ぶね)を　刷ひぬ　はるの雨　蕪村（2 蕪村遺稿 一〇九五）
内海の　櫂にちらりと　落葉かな　几圭（4 続あけがらす 一一八五）
十五夜の　豪雨しぶくや　洗ひ鯉　水巴（9 定本水巴句集 〇五八三）
雉子の眸の　かうかうとして　売られけり　楸邨（9 野哭 二五七九）
人の世も　から暮らしけり　くらべ馬　山川（7 俳諧古選 一六七ぺ）
木綿着て　豪華はすてぬ　牡丹かな　青々（9 妻木 〇四九四）
紫陽草(あぢさゐ)や　香山居士を　名づけ親　嘯山（8 俳諧新選 一一八ぺ）
秋の日や　柑子いろづく　土の塀　犀星（9 魚眠洞発句集 一一四二）
島に住めば　柑子たくさんな　正月日和　碧梧桐（4 三昧昭3・2 二二九三）
煮凍(にこごり)や　格子のひまを　洩る月夜　雁宕（4 続あけがらす 一六九九）
能登人の　高称名に　霙(みぞ)れゆく　句仏（9 句仏句集 〇五三七）
筝や　柑子ををしむ　垣の外　蕪村（2 蕪村遺稿 二二六一）
小夜ちどり　庚申まちの　舟屋形　丈草（6 続猿蓑 三三七二）
葛水に　高足師より　老いにけり　蝶衣（9 蝶衣句稿 〇五六四）
等閑に　香灶(た)く春の　ゆふべ哉　蕪村（2 蕪村遺稿 二二一九）
ゆきつくす　江南の春の　光哉　貞徳（5 山の井 一六）

乞食にも　斯は成られぬ　かがし哉　笠翁（7俳諧古選 一八三ぺ）
我が足に　かうべぬかるる　案山子(かがし)哉　蕪村（2蕪村句集 四八）
茸狩りや　頭を挙ぐれば　峰の月　蕪村（2蕪村句集 一〇七六）
髭に焼(た)く　香もあるべし　ころもがへ　荷兮（6あら野 六二二）
月おぼろ　高野の坊の　夜食時　蕪村（2蕪村遺稿 二〇四〇）
玉川に　高野の花や　流れ去る　蕪村（2蕪村句集 二一一一）
鴫引きて　高野へ移る　小鮎哉　李流（8俳諧新選 一〇六ぺ）
腰に笛　高麗橋の　月見哉　呉郷（8俳諧新選 一五〇ぺ）
石に置きて　香炉をぬらす　時雨哉　野荻（6続猿蓑 三三三四）
飯あふぐ　かかが馳走や　夕涼み　芭蕉（1笈日記 八六六）
放生会　かがし崩して　戻りけり　白芽（8俳諧新選 一三五ぺ）
山(やま)賤(がつ)が　鹿驚(かがし)作りて　笑ひけり　重五（6あら野 七四四）
畠(はたけ)主(ぬし)　かがしに逢うて　もどりけり　蕪村（2蕪村遺稿 一九四）
冬来ては　かがしにとまる　鳥哉　其角（7俳諧古選 一八九ぺ）
我が形(なり)も　かがしに似たり　小鳥狩り　ゝ水（8俳諧新選 一四七ぺ）
人並に　かがしの影や　月の下　龍眠（8俳諧新選 一二八ぺ）
すごすごと　案山子(かがし)のけけり　土筆(つくづくし)　蕉笠（6あら野 五四二）
かりて寝む　案山子の袖や　夜半の霜　芭蕉（1其木がらし 九三八）
数へ日の　欠かしもならぬ　義理ひとつ　風生（9米寿前 一五六八）
をのこなる　かがしや藁で　たばねても　貝錦（8俳諧新選 一二八ぺ）
一番に　鹿驚をこかす　野分哉　許六（7俳諧古選 一七九ぺ）
稲舟に　案山子をのせて　戻りけり　極堂（9新俳句 〇一六三）

隙人や　蚊が出た出たと　触れ歩く　一茶（3文政句帖 三四〇ぺ）
五月雨や　踵(かかと)よごれぬ　礒づたひ　沾圃（6続猿蓑 三一七九）
茶の花を　かかへて虻(あぶ)の　生きにけり　樗堂（4萍窓集 二一四四）
更くる夜や　鏡にうつる　一しぐれ　鶏口（6続猿蓑 三三三三）
顔見せや　鏡に見ゆる　皺の数　子規（9俳句稿巻二 〇〇一〇）
神殿や　鏡に向かふ　鹿のふり　子規（9寒山落木巻一 〇〇二七）
春泥の　鏡の如く　光りをり　虚子（14七百五十句 一三五ぺ）
山の日は　鏡の如し　寒桜　虚子（13六百五十句 一六五ぺ）
炭うりに　鏡見せたる　女かな　蕪村（2蕪村句集 三〇七）
磨ぎなほす　鏡も清し　雪の花　芭蕉（1笈の小文 三三一）
金魚玉　かがやき昼寝　人さめず　枴童（9枯蘆 〇八〇四）
青竹に　かがやく菊の　盛りかな　樗良（5樗良発句集 七八三）
心にも　かからぬ市の　きぬたかな　暁臺（6あら野 七五五）
松杉葉　かからぬ五百木　無かりけり　石鼎（9定本石鼎句集 〇七六三）
泉水に　篝(かがり)くづるる　桜かな　繞石（9落椿 〇二六五）
鵜のつらに　篝こぼれて　憐れ也　荷兮（6あら野 六六七）
夏の月　かかりて色も　ねずが関　虚子（12五百五十句 六八ぺ）
曲江に　篝の見えぬ　うぶねかな　梅餌（6あら野 六七〇）
月しろに　かかる烟や　大文字　南浦（8俳諧新選 一二五ぺ）
なでし子に　かかるなみだや　楠の露　芭蕉（1芭蕉庵小文庫 九六〇）
雪折や　かかる二王の　片腕(かひな)　俊似（6あら野 一〇五〇）
あだ花に　かかる恥なし　種ふくべ　蕪村（2蕪村句集 二二七八）

馬さぐり　かかる裔(もすそ)や　おぼろ月　菜根（8俳諧新選　一〇八ぺ）
春過ぎて　かかる物あり　初鰹　宋阿（8俳諧新選　一一五ぺ）
むかばきや　かかる山路の　菊の露　兀峰（6続猿蓑　三三一）
猫の子に　嗅がれて居るや　蝸牛(かたつぶり)　才麿（5陸奥鵆　二一五）
隠し田に　かかれる朦(もや)や　鳥おどし　毛仏（8俳諧新選　二一八ぺ）
夢の如く　ががんぼ来り　膝の上　松浜（9白菊　〇五六一）
不性さや　かき起こされし　春の雨　芭蕉（1猿蓑　六七四）
鮓うりを　垣からまねく　穂蓼哉　也有（5蘿葉集　五一一）
深川や　蠣殻(かきがら)山の　秋の月　一茶（3文政句帖　三四四ぺ）
別るるや　柿食ひながら　坂の上　惟然（6続猿蓑　三四六四）
嵯峨近う　柿四五本の　主かな　万古（8俳諧新選　一五四ぺ）
泣きやうを　画き尽くしたり　涅槃像　稲音（8俳諧新選　一〇四ぺ）
けふよりや　書付消さん　笠の露　芭蕉（1奥の細道　五四八）
蔦の手の　垣にからみて　別れかな　芋秀（8俳諧新選　一五二ぺ）
己さへ　餓鬼に似たるよ　蛬(きりぎりす)　嵐雪（7俳諧古選　二〇〇ぺ）
みじかくて　垣にのがるる　柳哉　此橋（6あら野　五五四）
山吹や　垣に干したる　蓑一重　闇指（6続猿蓑　三〇六二）
鳶の顔　柿にむきけり　松の上　風律（4紙魚日記　一七一七）
山や花　墻根(かきね)墻根の　酒ばやし　亀洞（6波留濃日　三一八）
旅人の　垣根にはさむ　おち穂哉　一茶（3文政版発句集　三五〇ぺ）
しら雲や　かきねを渡る　百合の花　支考（6続猿蓑　三一二五）
繕はぬ　垣の穴より　初嵐　寅彦（9寅彦全集　一一七五六）

紙燭(しそく)して　垣の卯の花　暗うすな　鳳朗（4鳳朗発句集　二一六〇）
蔕(ほぞ)おちの　柿のおときく　深山かな　素堂（4素堂家集　〇七七二）
里ふりて　柿の木もたぬ　家もなし　芭蕉（1蕉翁句集　八八二）
朝寒や　垣の茶笊の　影法師　一茶（3題叢　三四三ぺ）
一葉づつ　柿の葉みなに　成りにけり　一髪（6あら野　七七八）
もしほぐさ　柿のもと成る　落葉さへ　蕪村（2蕪村句集　二〇二二）
この比(ごろ)の　垣の結目や　はつ時雨　野坡（6続猿蓑　三三二四）
蕣(あさがほ)や　垣ほのままの　じだらくさ　文鱗（6あら野　七一六）
茨ゆふ　垣もしまらぬ　暑さかな　素覧（6続猿蓑　三一六九）
団栗も　かきよせらるる　落葉かな　子規（10獺祭句帖抄　六〇一ぺ）
法度場の　垣より内は　すみれ哉　野坡（6炭俵　二四六七）
蔓物の　垣を離るる　あつさかな　巾糸（8俳諧新選　二二〇ぺ）
老いてここに　斯く在る不思議　唯涼し　虚子（14七百五十句　二八ぺ）
人の気も　かく窺はじ　はつ桜　沾徳（6続猿蓑　二九七二）
年忘れ　かくさず語れ　加田の恋　丑二（8俳諧新選　一四五ぺ）
つまの下　かくしかねたる　継ぎ穂かな　傘下（6あら野　五三二）
埇(こえ)舟(ぶね)を　隠して荻の　戦(そよ)ぎけり　水翁（8俳諧新選　一三三ぺ）
虹の根を　かくす野中の　樗(あふち)哉　鈍可（6あら野　六七三）
紅も　かくては淋し　からす瓜　蓼太（8俳諧新選　一三三ぺ）
三山の　香具は霞に　辛うじて　爽雨（9緑蔭　一八九四）
春雨の　かくまで暗く　なるものか　虚子（13六百五十句　一七三ぺ）
ぼうふらや　斯くも荒れにし　志賀の里　二柳（8俳諧新選　一三五ぺ）

短夜や　かくも咲きゐし　花（はな）薺（なづな）　水巴（定本水巴句集 9 〇六〇一）
さや豆の　斯くも割なく　はじけけり　和旦（俳諧新選 8 一四八ぺ）
ほととぎす　神楽（かぐら）の中を　通りけり　玄察（あら野 6 一〇七五）
高浪に　かくるる秋の　つばめかな　蛇笏（白岳 9 〇六五六）
年玉や　隠家しるる　此の夕べ　太祇（俳諧新選 8 一〇一ぺ）
笛方の　かくれ貌（がほ）なり　薪能　碧梧桐（春夏秋冬 4 二三〇七）
明月に　かくれし星の　哀れなり　泥芹（続猿蓑 6 三二一八）
稲妻の　かくれすまずや　年の底　宋屋（俳諧新選 8 一四六ぺ）
連翹（れんげう）や　かくれ住むとに　あらねども　万太郎（流寓抄 9 一一三六）
山寺の　隠れて烟る　若葉哉　嘯山（俳諧新選 8 一一四ぺ）
麓寺　かくれぬものは　さくらかな　李風（波留濃日 6 三三二一）
五月雨に　かくれぬものや　瀬田の橋　芭蕉（あら野 1 三九八）
花なくて　かくれよき木や　かんこ鳥　蕪村（蕪村遺稿 2 五三九）
我ここに　かくれ終はりし　大冬木　虚子（六百五十句 13 一八八ぺ）
雪の戸に　格を当てゆく　木履（ぼくり）哉　蕪村（蕪村遺稿 2 八二三）
啼くものの　影顕るる　枯野かな　麦茂（俳諧古選 7 二二七ぺ）
生涯の　影ある秋の　天地かな　かな女（胡笛 9 〇七八五）
落ち着きに　荷兮（かけい）の文や　天津雁　其角（あら野員外 6 一三一〇）
山鳥の　影うつしたる　清水かな　子規（獺祭句帖抄 10 六三〇ぺ）
初雪や　かけかかりたる　橋の上　芭蕉（其便 1 八二一）
蚊の声や　掛金かけて　ゆく庵　友墨（俳諧古選 7 一六一ぺ）
翡翠（かはせみ）の　影こんこんと　溯り　茅舎（川端茅舎句集 9 一六七七）

苗代や　影さす山は　未（まだ）白し　驢井（俳諧新選 8 一四八ぺ）
蛇のきぬ　かけしすすきの　みだれ哉　暁台（暁台句集 5 七七一）
鞦韆（ぶらここ）の　影静かなり　梨花の月　子規（獺祭句帖抄 10 六二六ぺ）
あら猫の　かけ出す軒や　冬の月　丈草（続猿蓑 6 三三八二）
行灯を　かけていとまや　秋のくれ　春草（春草句集 9 一〇八七）
灯籠二つ　掛けて淋しき　大家かな　子規（獺祭句帖抄 10 六五三ぺ）
望月の　影手馴れけり　十三夜　龍眠（俳諧新選 8 一三四ぺ）
はなびらの　欠けて久しき　野菊かな　夜半（翠黛 9 一六四七）
蜘の網　かけて夜に入る　木槿（むくげ）かな　希因（ながら川 5 四九一）
灯（ともしび）の　影にかざさん　軒の松　富天（俳諧新選 8 一四五ぺ）
本船の　陰に小舟の　すずみけり　它谷（俳諧新選 8 一二一ぺ）
物干の　影に測りし　冬至かな　子規（獺祭句帖抄 10 六六〇ぺ）
芭蕉葉の　陰に小鹿の　昼寝哉　羅嵐（俳諧新選 8 一三二ぺ）
又人に　かけ抜かれけり　秋の暮　一茶（文化句帖補遺 3 三四四ぺ）
干物に　影のあそぶや　鶏頭花　柳几（布袋庵発句集 4 一七二八）
人の世の　影ばかりなり　走馬灯　青邨（粗餐 9 一六一七）
うく魚の　影は底行く　清水かな　几董（俳諧新選 8 一二一ぺ）
淡雪や　筧（かけひ）といへる　ぬくきもの　東洋城（東洋城全句中 9 〇三八六）
ぬるみ来る　筧の水や　比丘尼御所　一標（俳諧新選 8 一〇七ぺ）
麦蒔の　図両（かげぼし）長き　夕日哉　蕪村（蕪村遺稿 2 二〇一五）
若竹や　影も障子に　のびて行く　乙二（俳諧新選 8 一四七ぺ）
菅笠の　影もひづまぬ　暑さかな　不白（不白翁句集 4 二一二九）

うつり来る　影も紛れぬ　ばせを哉　杜支（8 俳諧新選 二二六ペ）
いさり火に　影やあたためて　鳴く鵆(ちどり)　李夫（8 俳諧新選 二四〇ペ）
丈六に　かげろふ高し　石の上　芭蕉（1 笈の小文 三五八）
たうきびに　かげろふ軒や　玉まつり　洒堂（6 炭俵 二五五二）
象潟(きさかた)の　欠けを摑んで　鳴く千鳥　一茶（3 七番日記 三五九ペ）
かしらへや　かけん裾へや　古ぶすま　蕪村（2 蕪村句集 一八）
交はりの　加減も酢に　しられけり　提山（7 俳諧古選 二二七ペ）
ほととぎす　駕(かご)から覗く　行衛(ゆくへ)哉　太祇（8 俳諧新選 二一四ペ）
虫売りの　かごとがましき　朝寝哉　蕪村（2 蕪村句集 五九二）
橘の　かごとがましき　あはせ哉　蕪村（2 蕪村句集 二〇六七）
長旅や　駕なき村の　麦ぼこり　蕪村（2 蕪村句集 八七一）
草の花　駕におくるる　小者哉　山肆（8 俳諧新選 二四八ペ）
うららかや　駕の中より　富士を見る　四方太（9 春夏秋冬 〇一九九）
あらはなる　駕の寝ざまや　夏の月　太祇（8 俳諧新選 二一九ペ）
芋の子や　籠の目あらみ　ころげ落つ　子規（10 獺祭句帖抄 六五九ペ）
小屏風に　囲ひし雛の　灯(ともし)かな　極堂（9 新俳句 〇一六四）
枯木びつしり　囲む明治の　赤煉瓦　裸馬（9 裸馬翁五千句 一一〇一）
病人の　駕も過ぎけり　麦の秋　蕪村（2 蕪村句集 八六九）
涼しさや　駕籠を出ての　縄手みち　望翠（6 続猿蓑 三一五一）
郭公(ほととぎす)　かさいの森や　中やどり　沾圃（6 続猿蓑 三一一九）
うぐひすの　笠おとしたる　椿哉　芭蕉（1 猿蓑 六〇一）
淡雪の　傘がかいづか　垣を擦る　圭岳（9 圭岳秀句私抄 一一八七）

草の実や　笠がさはれば　ほろほろと　子規（10 獺祭句帖抄 六一七ペ）
親の名に　傘貸してやる　時雨かな　也有（4 蟻づか 一七九二）
化けさうな　傘かす寺の　時雨哉　蕪村（2 蕪村遺稿 九六〇）
ゆふ立に　傘かる家や　ま一町　圃水（6 続猿蓑 三一八三）
鶯も　笠着て出でよ　花の雨　利休（7 俳諧古選 一九六ペ）
あれ春が　笠着て行くは　着て行くは　蓼太（8 俳諧新選 一一二ペ）
年暮れぬ　笠きて草鞋(わらぢ)　はきながら　芭蕉（1 野ざらし紀行 二一〇）
みの虫や　笠置の寺の　麁朶(そだ)の中　蕪村（2 蕪村遺稿 一八五二）
上見えぬ　笠置の森や　かんこ鳥　蕪村（2 蕪村句集 五二九）
床涼み　笠(かさ)着(ぎ)連歌の　もどり哉　蕪村（2 蕪村遺稿 二六七五）
何桜　かざくら銭の　世也けり　一茶（3 文化句帖 三三三ペ）
あらけなや　風車売る　花のとき　薄芝（6 あら野 三七九）
橋もなし　鵲(かささぎ)飛んで　しまひけり　子規（10 獺祭句帖抄 六三五ペ）
春雨や　傘さしつれて　清水へ　松宇（9 松宇家集 〇三一六）
何魚の　かざしに置かん　菊の枝　曾良（6 続猿蓑 三三四四）
餅花や　かざしにさせる　娌が君　芭蕉（1 堺絹 一四三）
卯の花を　かざしに関の　晴れ着かな　曾良（4 奥の細道 〇八六二）
旅人よ　笠島かたれ　雨の月　蕪村（2 蕪村句集 二一八一）
月に日に　かざすも蟹は　鋏かな　野有（8 俳諧新選 一二九ペ）
春雨や　傘高低に　渡し舟　子規（10 獺祭句帖抄 六四三ペ）
花に来よと　笠叩かるる　一葉哉　三千風（7 俳諧古選 一七四ペ）
別ればや　笠手に提げて　夏羽織　芭蕉（1 白馬 九二〇）

稲妻を　傘ではね行く　夜道哉　隣水（8俳諧新選一二四ぺ）
白雨(ゆふだち)や　傘と日傘の　川向かひ　其峰（8俳諧新選一四八ぺ）
早蕨や　笠とり山の　柱うり　正秀（6続猿蓑三〇三七）
松にかけし　笠とんでなし　心太(ところてん)　冬葉（9冬葉第一句集一〇二一）
犬の子の　かさなり転ぶ　しぐれかな　百里（4或時集一一二四）
おち葉おち　かさなりて雨　雨をうつ　暁台（4暁台句集一八〇五）
棹鹿の　かさなり臥せる　枯野かな　土芳（6猿蓑一六三七）
伊賀大和　かさなる山や　雪の花　配力（6続猿蓑三三九七）
出る時の　傘に落ちたる　菖蒲かな　子規（10獺祭句帖抄六二七ぺ）
山中や　笠に落葉の　音ばかり　菊舎（5手折菊九五一）
なきがらを　笠に隠すや　枯尾花　其角（4枯尾花〇八〇五）
山吹や　笠に指すべき　枝の形(なり)　芭蕉（1蕉翁句集六七五）
折れ釘の　笠に雫や　梅雨のうち　可幸（7俳諧古選二一七ぺ）
五月雨や　傘に付けたる　小人形　其角（6炭俵二四九七）
とかくして　笠になしつる　扇かな　蕪村（2蕪村句集九二七）
五月雨は　傘に音なきを　雨間哉　亀洞（6あら野六六四）
行きつつも　笠にや葺かん　菖蒲草(あやめぐさ)　瀾湖（8俳諧新選一一五ぺ）
旅人に　笠脱がせけり　山ざくら　岩海（7俳諧古選一五三ぺ）
苗札や　笠縫ひおきの　宵月夜　此筋（6続猿蓑三〇五一）
うぐひすや　笠ぬひの里の　里はづれ　蕪村（2蕪村遺稿二四三六）
春嶺を　重ねて四万と　いふ名あり　風生（9朴若葉一五七四）
ある時は　重ねてたたむ　ふとん哉　李流（8俳諧新選一四〇ぺ）

衣更着の　かさねや寒き　蝶の羽　惟然（6続猿蓑三〇四五）
手鏡も　笠のうちなる　遍路かな　泊月（9同人第二句集〇八五二）
雨のくれ　傘のぐるりに　鳴く蚊かな　二水（6あら野六五四）
寝所へ　傘の谺(こだま)や　よるの雪　可幸（8俳諧新選一四二ぺ）
汁鍋に　笠の雫や　早苗取り　其角（7俳諧古選一六九ぺ）
日ねもすの　風花淋し　からざるや　虚子（12五百五十句二五ぺ）
菜殻火よ　風袋より　風貫ひ　静塔（9栃木集二三七七）
蕣(あさがほ)の　香さへ恥づかし　後の朝　春梶（8俳諧新選一五二ぺ）
鶯や　傘ほしてもどる　道すがら　雁宕（8俳諧新選一〇一ぺ）
沢水や　傘召す月に　なく蛙　百里（8俳諧新選一〇五ぺ）
めぐり来る　笠や踊りの　花車　楮林（8俳諧新選一二五ぺ）
ふけ行くや　飾こぼしの　柿の霜　呑江（8俳諧新選一四六ぺ）
魂棚や　飾りたてたり　とも思ふ　迷堂（9孤輪〇四二四）
魂棚や　飾り立てても　うそ暗き　季人（8俳諧新選一四八ぺ）
おもしろくて　傘をさすなら　げんげん野　かな女（9牟良佐伎〇七八三）
いづく霽(しぐれ)　傘を手にさげて　帰る僧　芭蕉（1東日記一一二）
我しらず　笠を脱ぎけり　舞ふ雲雀(ひばり)　鄽決（8俳諧新選一〇四ぺ）
笠塚の　笠を根にして　芭蕉かな　子規（10獺祭句帖抄六〇一ぺ）
加茂河の　かじかしらずや　都人　蕪村（2蕪村遺稿一八六九）
啓蟄の　河鹿に水を　湛えけり　寸七翁（9現代俳句集〇八八〇）
いさり火に　かじかや波の　下むせび　芭蕉（1卯辰集五四六）
以上とも　かしく共なき　暦かな　呑江（8俳諧新選一四六ぺ）

葉隠れに　賢き花や　冬椿　方山（7俳諧古選　二〇二ぺ）
後の月　かしこき人を　訪ふ夜哉　蕪村（2蕪村遺稿　二二七五）
鶯や　賢過ぎたる　軒のうめ　蕪村（2蕪村句集　一〇〇七）
山の端の　かしこの花も　見てゆかん　泊月（9同人句集　〇八五六）
膝つきに　かしこまり居る　霰かな　史邦（6猿蓑　一六七八）
うちとけて　畏まり居る　ぼたんかな　大夢（8俳諧新選　一一三ぺ）
鯉はねて　画室ぬらせし　雪夜かな　石鼎（9定本石鼎句集　〇七四九）
静かなる　かしの木原や　冬の月　蕪村（2蕪村句集　三二九）
淋しさは　橿（かし）の実落つる　ね覚め哉　蘆夕（6あら野　七六七）
鶯や　柏峠を　はなれかね　蕪村（2蕪村遺稿　二三二九）
月影や　柏手もるる　膝の上　史邦（6猿蓑　一八四四）
空つりや　かしらふらつく　百合の花　何処（6猿蓑　一七七四）
立つ年の　頭もかたい　翁かな　宗因（4宗因千句　〇一六九）
荻の穂や　頭をつかむ　羅生門　芭蕉（1蕉翁句集草稿　七〇〇）
冬籠り　家人の警句　耳に立つ　素琴（9山萩　一〇一〇）
磯の月　数々の貝　拾ふべく　洒竹（9洒竹句集　〇二二八）
灯（ともしび）の　かすかなりけり　梅の中　釣雪（6あら野　一〇六六）
鳰（にほ）の巣の　数定めばや　八百八崎（やほやさき）　鳥酔（8俳諧新選　一五四ぺ）
めでたき人の　かずにも入らむ　老のくれ　芭蕉（1あつめ句　一二五六）
抽出しの　数のあるじよ　冬ごもり　梨葉（9梨葉句集第一　一〇七五）
夕立や　数の子供の　捨て育ち　可幸（8俳諧新選　一二三ぺ）
星はらはら　かすまぬ先の　四方の色　呑霞（6波留濃日　三二〇）

上京や　霞の奥に　雪白し　嘯山（5葎亭句集　七二六）
菜の花や　かすみの裾に　少しづつ　一茶（3句稿消息　三三二ぺ）
さらし布　霞の足しに　聳えけり　一茶（3おらが春　四三六ぺ）
三文が　霞見にけり　遠眼鏡　一茶（3霞の碑　三二七ぺ）
広き程　霞も広き　野原哉　梅雪（7俳諧古選　一五六ぺ）
たてて見む　霞やうつる　大かがみ　野水（6あら野　四九四）
畑打の　霞むもしらで　霞みけり　素檗（4素檗句集　二一四一）
小便の　数もつもるや　夜の雪　貞室（4玉海集　〇一一一）
けふもけふも　かすんで暮らす　小家哉　一茶（3句稿消息　三二八ぺ）
ほくほくと　かすんで来るは　どなた哉　一茶（3句稿消息　三二八ぺ）
凍鶴（いてづる）を　風或るときは　疾く過ぐる　裸馬（9裸馬翁五千句　一〇九七）
落々と　賀正の二字や　状至る　山梔子（9山梔子句集　一二一一）
秋の雨　家政婦音も　立てず居り　汀女（9昭47俳句年鑑　一九一六）
焚くほどは　風がくれたる　おち葉哉　一茶（3七番日記　三五八ぺ）
板の間を　かせぎなれたる　夜寒かな　梓月（9冬鶯　〇三六二）
あたらしい　風こしらへる　若葉かな　白尼（4春興朗詠集　一七九五）
名月や　風さへ見えて　花薄　希因（7俳諧古選　一八四ぺ）
先ぐりに　風ぞ見え行く　薄原　赤羽（8俳諧新選　一三一ぺ）
荻にふく　風とて外に　あらばこそ　雅因（8俳諧新選　一三三ぺ）
ばせを葉や　風なきうちの　朝涼み　史邦（6続猿蓑　三一五〇）
草ゆれて　風にかまはぬ　虫の声　羊素（4園圃録　一二四九）
帆にたらぬ　風にすずしき　早苗哉　沙月（8俳諧新選　一一六ぺ）

苗床や　風に解けたる　頰かむり　みどり女（9 笹鳴 〇九七二）
今朝見れば　風に靡きつ　今年竹　斗吟（8 俳諧新選 一一八ぺ）
寒き日の　風にのり行く　童かな　太祇（8 俳諧新選 一四二ぺ）
いなづまの　風にはしるや　海の上　作者不明（8 俳諧新選 一二五ぺ）
しら藤や　風に吹かるる　天の川　巴人（4 夜半亭発句帖 一一七五）
ゆさゆさと　風に身を漕ぐ　蟷螂かな　喜舟（9 紫川 〇四七一）
うめがかや　風の落ちつく　所迄　宗雨（8 俳諧新選 一〇二ぺ）
走る程　風の追はゆる　寒さかな　退笑（8 俳諧新選 一四八ぺ）
水底に　風のかくるる　落葉かな　浮石（8 俳諧新選 一三六ぺ）
さざ波や　風の薫りの　相拍子　芭蕉（1 笈日記 八六九）
はびこりて　風の苦になる　芭蕉哉　洞水（7 俳諧古選 一八二ぺ）
吹き付くる　風の筋たつ　氷かな　沙龍（8 俳諧新選 一四三ぺ）
野火遂に　風のまにまに　とめどなく　俳小星（9 径草 〇九一〇）
冬枯れに　風の休みも　なき野哉　洞雪（6 あら野 七九〇）
有る限り　風の分け行く　すすきかな　柳（8 俳諧新選 一三一ぺ）
くる秋は　風ばかりでも　なかりけり　北枝（6 炭俵 二五八四）
出女が　風引き声の　夜寒かな　子規（10 獺祭句帖抄 六五一ぺ）
頭から　風邪ひくといふ　頭巾かな　青嵐（9 永田青嵐句集 〇八八八）
濡れ色の　風吹いて行く　しぐれかな　白芽（8 俳諧新選 一三六ぺ）
散るあとは　風吹かば吹け　山ざくら　麦浪（4 一字題 一七六七）
ちる尾花　風も白けて　吹かれけり　習先（8 俳諧新選 一三三ぺ）
大雪や　風もそよがず　ほつたほた　嘯山（8 俳諧新選 一四二ぺ）

あれあれて　風も鳴くなる　千鳥かな　麦翅（8 俳諧新選 一四〇ぺ）
初しぐれ　風も濡れずに　通りけり　素園（8 俳諧新選 一三六ぺ）
稲かけて　風も引かさじ　老の松　蕪村（2 蕪村句集 一〇六九）
ひたひたと　風も光るや　けし畠　修古（8 俳諧新選 一一三ぺ）
乳呑子の　風よけに立つ　かかし哉　一茶（3 おらが春 四六八ぺ）
大やうに　風をかかへる　ぼたん哉　子江（8 俳諧新選 一一三ぺ）
驚きし　風をかたみに　秋ぞ行く　巾糸（8 俳諧新選 一三五ぺ）
霜を着て　風を敷寝の　捨子哉　芭蕉（1 六百番発句合 八五）
一番に　風をほめたる　座敷かな　水翁（8 俳諧新選 一二一ぺ）
日を追ひて　風を刃の　寒さ哉　練石（7 俳諧古選 一二三ぺ）
日を以て　数ふる筆の　夏書（げがき）哉　蕪村（2 蕪村句集 七五四）
万歳や　かぞへ立てても　竹柱　黒露（7 俳諧古選 一二三ぺ）
蚤の跡（あと）　かぞへながらに　添乳（そへぢ）哉　一茶（3 おらが春 四五九ぺ）
水鳥や　かぞへるうちに　つぶりつぶり　之房（7 俳諧古選 一二〇ぺ）
退屈な　ガソリンガール　柳の芽　風生（9 十三夜 一五七七）
得てものの　片足立ちや　小田の雁　一茶（3 おらが春 四六九ぺ）
龐居士（はうこじ）は　かたい親父よ　竹婦人　蕪村（2 蕪村句集 九一五）
鶺鴒（せきれい）や　堅い白（かほ）して　岩の上　超波（8 俳諧新選 一二九ぺ）
梅が香や　片枝は伽羅（きやら）に　朽ちながら　柳居（8 俳諧新選 一〇二ぺ）
片栗を　かたかごといふ　今もいふ　素十（9 芹 一五三二）
四方の戸の　がたがた鳴りて　雪解風　虚子（12 六百句 二三七ぺ）
寝道具の　かたかたやうき　魂祭り　去来（6 続猿蓑 三四四七）

弥陀頼む　肩衣(かたぎぬ)古し　初袷　五始（8俳諧新選 一二二ペ）
大寒と　敵のごとく　対ひけり　風生（9松籟 一五七六）
ことしより　堅気のセルを　着たりけり　万太郎（9草の丈 一一一九）
鑓持の　かたげて走る　花野哉　団水（5京の水 二三七）
蒲公英(たんぽぽ)の　かたさや海の　日も一輪　草田男（9火の島 二五三八）
庖丁の　片袖くらし　月の雲　其角（6炭俵 二五八六）
くくりあげて　片そよぎする　芒かな　子規（10獺祭句帖抄 六五八ペ）
いなづまや　堅田泊の　宵の空　蕪村（2蕪村句集 一五八）
湖や　堅田わたりを　春の水　蕪村（2蕪村遺稿 二一八六）
家々や　かたちいやしき　すす払　祐甫（6猿蓑 一七〇〇）
下りたつと　形定まる　田植かな　太祇（8俳諧新選 一一六ペ）
いざ雪見　容(かたちづく)りす　蓑と笠　蕪村（2蕪村句集 一〇八六）
誰やらが　形に似たり　けさの春　芭蕉（1続虚栗 二八二）
蓮池の　かたちは見ゆる　枯葉哉　一髪（6あら野 七九一）
松茸や　かたちもなさぬ　始めより　駒門（8俳諧新選 三四ペ）
いろいろの　かたちをかしや　月の雲　湍水（6あら野 八八七）
年問へば　片手出す子や　更衣(ころもがへ)　一茶（3おらが春 四五九ペ）
腰押すや　片手におのが　汗拭ひ　鳥酔（5夏山伏 四九七）
粽結ふ　かた手にはさむ　額髪　芭蕉（1猿蓑 六九四）
看経(かんきん)の　片手は娑婆(しゃば)の　団(うちは)哉　只川（7俳諧古選 二二九ペ）
旅なれぬ　刀うたてや　村しぐれ　常秀（6あら野 九四六）
五月雨や　肩など叩く　火吹竹　一茶（3八番日記 三三五ペ）
宿かせと　刀投げ出す　雪吹(ふぶき)哉　蕪村（2蕪村句集 三九三）
暑き日の　刀にかゆる　扇哉　蕪村（2蕪村句集 八九九）
旅へ出て　刀にずれる　袷かな　尺布（8俳諧新選 一二二ペ）
ころもがへ　刀もさして　見たき哉　鼠弾（6あら野 六二一）
駕(かご)舁(かき)の　肩に覚えや　更衣　乙由（7俳諧古選 一七一ペ）
思ひかけぬ　方に月出つ　稲の上　巨口（9まそほ貝 一二〇二）
針立てや　肩に槌うつ　から衣　芭蕉（1江戸新道 五三）
鳩の声　肩にとどくや　夏木立　麦水（5葛箒 七四二）
寝がへりの　方になじむや　きりぎりす　丈草（4青筵 〇九九六）
蓼売りや　片荷に見ゆる　さざれ石　移竹（8俳諧新選 一二三ペ）
柳小折　片荷は涼し　初真瓜　芭蕉（1市の庵 八五七）
からざけの　片荷や小野の　炭俵　蕪村（2蕪村遺稿 一九六六）
舟引の　肩に湯気たつ　霙哉　武然（8俳諧新選 一四三ペ）
昼皃や　肩ぬぐ女　笑ひけん　此山（8俳諧新選 一二三ペ）
蛙啼く　方は杭(くひ)ある　野原哉　泉明（8俳諧新選 一〇五ペ）
粘ごはな　帷子(かたびら)かぶる　ひるねかな　惟然（6続猿蓑 三二〇〇）
職人の　帷子きたる　夕すずみ　土芳（6続猿蓑 三一六一）
紫陽草(あぢさゐ)や　帷巾(かたびら)時の　薄浅黄　芭蕉（1陸奥衛 九二三）
霰まじる　帷子雪は　こもんかな　芭蕉（1続山井 二二）
姫松の　かたびら雪や　だてうすぎ　捨女（5続山井 九五）
独り出て　傾く迄や　夏の月　舞閣（8俳諧新選 一一八ペ）
ねられずや　かたへひえゆく　北おろし　去来（6あら野 一〇〇六）

人の出る　方へ吹きけり　春のかぜ　孤舟（8俳諧新選一〇七ペ）
足軽の　かたまつて行く　さむさ哉　士朗（5縦のならび九〇五）
涼しさの　かたまりなれや　よはの月　貞室（5鷹筑波集三六）
逢坂の　かたまる頃や　初ざくら　千那（7俳諧古選一四八ペ）
ちぎりきな　かたみに渋き　柿二つ　大江丸（5はいかい袋八七四）
挨拶の　傾け合へる　日傘かな　温亭（9温亭句集〇八二）
妻子を担ふ　片眼片肺　枯手足　草城（4銀二七〇三）
鳥辺野の　かたや念仏の　冬の月　小春（6あら野一〇一一）
つつじ咲いて　片山里の　飯白し　蕪村（2蕪村句集二三七六）
雞頭や　片山里の　門　厠　嘯山（8俳諧新選二三三ペ）
酒のみに　語らんかかる　滝の花　芭蕉（1笈の小文三六七）
東風（こち）吹くと　語りもぞ行く　主と従者（ずさ）　太祇（4太祇句選一八一六）
行く春に　かたる風情や　野路の蝶　蛾眉（8俳諧新選一一二ペ）
杜若（かきつばた）　語るも旅の　ひとつ哉　芭蕉（1笈の小文三八四）
炬燵して　語れ真田（さなだ）が　冬の陣　子規（10獺祭句帖抄六一八ペ）
藻の花や　かたわれからの　月もすむ　蕪村（2蕪村句集二五〇五）
風の吹く　方を後ろの　やなぎ哉　野水（6あら野五四七）
堤行く　歩行（かち）荷の息や　油照り　沾涼（4綾錦一二五五）
病む人の　蚊帳にすがる　起居かな　子規（10獺祭句帖抄六二七ペ）
秋風や　火中の鶴の　嘴裂けて　水巴（9定本水巴句集〇五七二）
きぬきせぬ　家中ゆゆしき　更衣（ころもがへ）　蕪村（2蕪村句集四七）
我が家に　恰好鳥の　鳴きにけり　一茶（3おらが春四六七ペ）

だんだらの　かつきに逢ひぬ　朧月　子規（10獺祭句帖抄六二四ペ）
藻の花を　かづける蜑の　鬘（かつら）かな　胡及（6あら野六五六）
梨咲くと　葛飾の野は　との曇り　秋桜子（9葛飾一四三八）
年寄は　合点の外の　寒さ哉　寿仙（7俳諧古選一九三ペ）
小田原で　合羽買うたり　五月雨　蕪村（2蕪村句集一六三四）
物嗅き　合羽や今日の　更衣　桃隣（4陸奥鵆〇八八九）
我が宿は　かづらに鏡　するゑにけり　是楽（6続猿蓑三一〇九）
盤台に　鰹生きたり　若楓　子規（10獺祭句帖抄六四九ペ）
麦出来て　鰹迄食ふ　山家哉　花紅（6猿蓑一七六三）
時鳥　鰹を染めに　けりけらし　芭蕉（1真蹟短冊二一四）
さきだてる　鵞鳥踏まじと　帰省かな　不器男（9定本不器男集一七〇九）
雪国や　粮たのもしき　小家がち　蕪村（2蕪村遺稿三三二五）
秋来ぬと　合点させたる　嚔（くさめ）かな　蕪村（2蕪村句集一三三）
食ものや　門売りありく　冬の月　里圃（6続猿蓑三三八一）
菜の花や　門々覗く　神楽（かぐら）獅子　柳几（4布袋庵発句集一七二七）
折あしく　門こそたたけ　鹿の声　蕪村（2蕪村句集一四七一）
雨の日や　門提げて行く　かきつばた　信徳（5一橋一六八）
うの花や　門田垣根の　片月夜　百万（8俳諧新選一五二ペ）
しぐるるや　門田の鶴の　つくり付け　羅雲（8俳諧新選一三六ペ）
雁行きて　門田も遠く　おもはるる　蕪村（2蕪村句集一三五二）
燕（つばくら）の　門ちがへする　階子（はしご）かな　露香（8俳諧新選一〇七ペ）
稲妻や　門で髪梳く　女かな　存義（4東風流一七三五）

月のさす　門と蚊屋との　噺かな　麻兄（8俳諧新選 一一九ぺ）
腰架の　角ならびたり　受難節　青畝（9甲子園 一五〇九）
三日月の　かどにそこねる　木槿(むくげ)かな　希因（4暮柳発句集 一二〇四）
宵月夜　門に添乳(そへぢ)の　暑さかな　宋阿（7俳諧古選 一七二ぺ）
初雪や　門に橋あり　夕間暮　其角（6続猿蓑 三三八八）
薄月や　門に稚(をさな)き　踊り声　銀獅（8俳諧新選 一二五ぺ）
轟くや　門の車の　牡丹まで　由林（7俳諧古選 二三三ぺ）
かるた程　門のなの花　咲きにけり　一茶（3七番日記 三三三二ぺ）
うぐひすや　門はたまたま　豆麩売り　野坡（6炭俵 二四一八）
いも植ゑて　門は葎(むぐら)の　わか葉哉　芭蕉（1笈の小文 三五一）
古きさま寛(ゆたけ)し。　門松に丁(よぼろ)の　烏帽子着たる　信徳（4歳旦三物集 〇二一四）
娵入の　門も過ぎけり　鉢たたき　許六（6続猿蓑 三四〇一）
徳本の　門も過ぎたり　薬掘り　蕪村（2蕪村遺稿 一七五七）
おどろくや　門もてありく　施餓鬼棚　荷兮（6あら野 一〇三四）
ゆふだちや　門脇どのの　人だまり　蕪村（2蕪村句集 一四一二）
にしきぎの　門をめぐりて　をどりかな　蕪村（2蕪村遺稿 一八一〇）
うぐひすや　家内揃うて　飯時分　蕪村（2蕪村句集 一三四四）
池に鵝なし　仮名書き習ふ　柳陰　素堂（6あら野 五四六）
梅の花　香ながらうつす　筆もがな　紹巴（7俳諧古選 一九六ぺ）
機雷がもうない　花屑魚(かなぎ)の　海である　禅寺洞（9禅寺洞句集 二二八五）
人の世の　悲し悲しと　蜩(ひぐらし)が　虚子（14七百五十句 七一ぺ）
柴(ふし)漬けの　悲しき小魚　ばかりかな　虚子（12五百五十句 三五八ぺ）

手毬唄　かなしきことを　うつくしく　虚子（12五百五十句 七六六ぺ）
蝙蝠(かうもり)に　かなしき母の　子守歌　虚子（12六百句 二四〇ぺ）
月花に　悲しき下手の　蛙哉　許六（7俳諧古選 二〇五ぺ）
手のうへに　かなしく消ゆる　蛍かな　去来（6あら野 九九九）
此の山の　かなしさ告げよ　野老(ところ)掘り　芭蕉（1笈の小文 三四八）
雪渓を　かなしと見たり　夜もひかる　秋桜子（9秋苑 一四二八）
ふくと汁　鼎(かなへ)に伽羅(きやら)を　たく夜哉　蕪村（2蕪村遺稿 一九二二）
むつかしき　要はもたぬ　団(うちは)かな　卯雲（8俳諧新選 一一九ぺ）
磯鷲は　かならず巌に　とまりけり　石鼎（9花影 〇七三九）
ほととぎす　かならず来鳴く　午後三時　虚子（14七百五十句 三九ぺ）
雪見るや　必らず富士の　物がたり　正甫（7俳諧古選 一八六ぺ）
食(めし)時や　かならず下手の　鉢叩　路草（6続猿蓑 三三九九）
菜の花の　香に起こりしか　日和地震(なゐ)　月居（4河鵆 二一〇四）
斧入れて　香におどろくや　冬木立　蕪村（2蕪村句集 一〇八五）
夜の蘭　香にかくれてや　花白し　蕪村（2蕪村句集 一七八四）
朝々の　蚊にさも似たり　市の声　友五（7俳諧古選 一六七ぺ）
空をはさむ　蟹死にをるや　雲の峰　碧梧桐（9ホ明39・8 〇一一二）
隠家を　蚊にしられたる　夕べかな　杜支（8俳諧新選 一一七ぺ）
つくづくと　蚊に吸はせ見る　此の身哉　雁宕（8俳諧新選 一一七ぺ）
雞(にはとり)の　蚊にせせらるる　羽音かな　尺布（8俳諧新選 一一八ぺ）
橘の　香にせせられて　寝ぬ夜哉　宗長（7俳諧古選 一九六ぺ）
路絶えて　香にせまり咲く　茨かな　蕪村（2蕪村句集 二一五四）

古井戸や　蚊に飛ぶ魚の　音くらし　蕪村（2蕪村句集　一〇九）
脚跡を　蟹のあやしむ　汐干哉　盧鳳（8俳諧新選　一〇九ペ）
蟷螂や　蟹のいくさにも　参りあはず　子規（10獺祭句帖抄　六五五ペ）
香水の　香にも争ふ　心あり　虚子（14七百五十句　一二一ペ）
一つ家に　鉦打ち鳴らす　枯野かな　子規（10獺祭句帖抄　六六五ペ）
柿くへば　鐘が鳴るなり　法隆寺　子規（9獺祭句帖抄　〇〇一一）
白雨（ゆふだち）や　鐘ききはづす　日の夕べ　史那（6猿蓑　一七八六）
おろしおく　鐘しづかなる　霰哉　勝吉（6あら野　七九七）
行く秋の　鐘つき料を　取りに来る　子規（10獺祭句帖抄　六五二ペ）
永き日や　鐘突く跡も　くれぬ也　卜枝（6あら野　六一六）
盗人に　鐘つく寺や　冬木立　太祇（5太祇句選　五五四）
色なんど　兼ねて申すや　衣配（きぬくばり）　五鳳（8俳諧新選　一四五ペ）
百八の　かねて迷ひや　闇のうめ　其角（6猿蓑　一八九四）
旅人や　鐘に石打つ　遅ざくら　紫暁（5松のそなた　九〇六）
こがらしや　鐘に小石を　吹き当てる　蕪村（2蕪村句集　一九四一）
遠近（をちこち）の　鐘に夕山　桜かな　月斗（9昭和俳句集　〇五〇四）
花の雲　鐘は上野か　浅草歟（か）　芭蕉（1続虚栗　二八九）
月いづく　鐘は沈める　海のそこ　芭蕉（1真蹟短冊　五六三）
看経（かんぎん）や　鉦はやめたる　秋の暮　子規（10獺祭句帖抄　六五二ペ）
困　や　鐘引きすてし　道の端　子規（10獺祭句帖抄　六四〇ペ）
よみ初や　金ひらへりと　橋の札　百万（8俳諧新選　一〇〇ペ）
卯の花に　兼房見ゆる　白毛かな　曾良（4奥の細道　〇八六三）

みじか夜や　金も落とさぬ　狐つき　蕪村（2蕪村遺稿　五五五）
入あひの　かねもきこえず　はるのくれ　芭蕉（1真蹟色紙　四七九）
やぶいりや　鉄漿（かね）もらひ来る　傘の下　蕪村（2蕪村句集　二四二五）
涼しさや　鐘を離るる　鐘の声　蕪村（2蕪村句集　一六七〇）
雀の巣　かの紅糸を　まじへをらむ　多佳子（9紅糸　二九七〇）
何のあれ　かのあれけふは　大師講　如行（6続猿蓑　三四五六）
白炭や　かの浦島が　老の箱　芭蕉（1江戸通町　八七）
春の夕　かのきぬ羽織　着たりけり　蕪村（2蕪村遺稿　二三七四）
紅梅や　かの銀公の　からごろも　貞徳（5紅梅千句　一三）
うき人に　蚊の口見せる　腕（かひな）かな　召波（5春泥句集　八一二）
剃るからに　蚊の食ひ所　倍えにけり　正与（7俳諧古選　二三三ペ）
牛部やに　蚊の声闇（くら）き　残暑哉　芭蕉（1三冊子　七〇一）
あさがほや　蚊の声残る　垣ねより　湖十（4続花摘　一二二九）
わが宿は　蚊のちひさきを　馳走也　芭蕉（1芭蕉庵小文庫　六二九）
ひらひらと　蛾の飛ぶ藪の　小道かな　子規（10獺祭句帖抄　六四八ペ）
とやせまし　蚊のとまりゐる　子の寝皃（がほ）　嘯山（8俳諧新選　一一七ペ）
うは風に　蚊の流れゆく　野河哉　蕪村（2蕪村句集　一一〇）
諸ともに　蚊の啼く鶴の　林　哉　分川（7俳諧古選　二一七ペ）
夕皃は　蚊の鳴くほどの　くらさ哉　偕雪（6あら野　六八一）
猫の妻　かの生ぶしを　取（とりを）早（はんぬ）　太祇（8俳諧新選　一四九ペ）
なく声は　蚊の臑（はぎ）に似ぬ　夕べ哉　望一（7俳諧古選　二五九ペ）
このもより　かのも色こき　紅葉哉　蕪村（2蕪村遺稿　二三一九三）

光　堂　かの森にあり　銀夕立　青邨（9乾燥花 一六一五）
奥白根　かの世の雪を　かがやかす　普羅（9日々昭12・1・17 〇七一〇）
木犀の　香は秋の蚊を　近づけず　虚子（12六百句 二〇五ぺ）
出代はるな　可愛がらるる　花の宿　嘯山（8俳諧新選 一五六ぺ）
寒の月　川風岩を　けづるかな　樗良（5樗良発句集 七八八）
植ゑ竹に　河風さむし　道の端（はた）　士芳（6続猿蓑 三四三一）
茶の花や　川岸高く　又低し　嘯山（8俳諧新選 一三八ぺ）
もののふに　川越し問ふや　富士まうで　望翠（6続猿蓑 三四六〇）
涼しい皺（か）　川越す顔の　につたにた　子・（8俳諧新選 一五六ぺ）
馬洗ふ　川すそ闇き　水鶏（くひな）哉　北枝（5鷹獅子集 四〇九）
ゆきの日や　川筋ばかり　ほそぼそと　鷺汀（6あら野 四四九）
鵆（ちどり）啼く　川洲の芒　枯れにけり　樗堂（5萍窓集 九二二）
人に家を　かはせて我は　年忘れ　芭蕉（1猿蓑 六六八）
若鮎や　川瀬に雨の　降るがごと　貝錦（8俳諧新選 一〇六ぺ）
禅門の　革足袋おろす　十夜哉　許六（6炭俵 二六二四）
たちばなの　かはたれ時や　古（ふる）館（やかた）　蕪村（2蕪村句集 一一三九）
むし啼くや　河内通ひの　小ぢやうちん　蕪村（2蕪村句集 一八六六）
余所（よそ）の田の　蛙入れぬも　浮世かな　落梧（6あら野 九五七）
水清めば　かはづうきあがる　小田の泥（ひぢりこ）　涼袋（4古今明題集 一七七四）
頬（つら）悪（にく）し　蛙が物か　燕子花（かきつばた）　反木（7俳諧古選 一六二ぺ）
人来たら　蛙となれよ　冷し瓜　一茶（3七番日記 三三九ぺ）
古池や　蛙飛びこむ　水のおと　芭蕉（1蛙合 二六七）
月に聞きて　蛙ながむる　田面哉　蕪村（2蕪村句集 二四二）
朧　月　蛙に濁る　水や空　蕪村（2蕪村遺稿 一〇九九）
むきむきに　蛙のいとこ　はとこ哉　一茶（3七番日記 三三二ぺ）
小町より　蛙の歌や　春の雨　麦浪（4裸噺 一七六六）
五月雨に　蛙のおよぐ　戸口哉　杉風（5別座鋪 三三五）
行きつくや　蛙の居（すわ）る　石の直（ろく）　風睡（6続猿蓑 三〇七三）
侘び声に　蛙の中の　たにしかな　存義（8俳諧新選 一〇六ぺ）
春雨や　蛙の腹は　まだぬれず　蕪村（2蕪村遺稿 二二二七）
山犬の　がばと起きゆく　すすき哉　召波（5春泥句集 八一三）
鳴きながら　川飛ぶ蟬の　日影かな　巴人（5夜半亭発句帖 五〇〇）
おのが名の　川留をかし　角力（すまふ）取　稲音（8俳諧新選 一二七ぺ）
鵜の面に　川波かかる　火影哉　闌更（5半化坊発句集 七五三）
たかうなの　皮に臍（ほぞ）の緒　包みけり　其角（7俳諧古選 一六九ぺ）
あたたかや　皮ぬぎ捨てし　猫　柳　久女（9杉田久女句集 〇九三四）
春の山　屍をうめて　空しかり　虚子（14七百五十句 一三六ぺ）
舟あり　川の隈（くま）に夕涼む少年　歌うたふ　素堂（5武蔵曲 二四四）
群青に　川の流るる　桜かな　喜舟（9紫川 〇四五九）
帯ほどに　川のながるる　塩干哉　沾徳（6炭俵 二四五三）
馬下りて　川の名問へば　秋の風　子規（10獺祭句帖抄 六三六ぺ）
雲程に　川の濁らぬ　しぐれかな　八好（8俳諧新選 一三六ぺ）
海に入る　川の濁りや　五月雨　富水（8俳諧新選 一一七ぺ）
一　筋の　川引きのばす　枯野かな　潭蛟（8俳諧新選 一三七ぺ）

ながながと　川一筋や　雪の原　凡兆（6猿蓑一六八八）
菜の花や　川へ出でたる　人の声　大夢（8俳諧新選一〇ぺ）
妹がりの　河辺出直す　若菜哉　希因（5暮柳発句集四八八）
斧のねや　蝙蝠（かはほり）出づる　あきのくれ　卜枝（6あら野七四一）
住吉や　河堀添へて　春の海　凡兆（4百曲〇九六三）
合歓（ねむ）咲くや　河水を汲む　桔槹（はねつるべ）　碧梧桐（9三千里〇一二八）
桃折れば　皮むくれけり　花ながら　士髪（8俳諧新選一〇七ぺ）
銀の　河も妹背の　中に落つる　万翁（8俳諧新選二四ぺ）
匂ひ立つ　蒲焼よわが　前にのみ　草城（9旦暮二四六七）
時鳥　厠半ばに　出かねたり　漱石（9漱石全集〇一八四）
とんばうや　河原の石を　かぞへ行く　柳居（4鏡の裏一一四八）
蝙蝠（かうもり）や　河原院の　とぼし影　嘯山（8俳諧新選一五ぺ）
居りよさに　河原鶸（かはらひは）来る　小菜畠　支考（6続猿蓑三三〇三）
先（まつ）ふたつ　瓦ふくもの　野分かな　蕪村（2蕪村遺稿二五二六）
やまざくら　瓦ふくもの　先ふたつ　芭蕉（1笈日記二六三）
行く秋や　河原よもぎの　白枯れし　五明（4五明句藻二一一三）
水枕　ガバリと寒い　海がある　三鬼（9旗二三六三）
親の世に　替はる奢りや　土用干　鷺喬（8俳諧新選二三二ぺ）
馬借りて　かはるがはるに　かすみけり　蓼太（5蓼太句集五三四）
月時雨　かはるがはる漏れて　明けにけり　習先（8俳諧新選二三六ぺ）
かく迄も　変はるすがたや　干し蕪　鷺水（7俳諧古選一八七ぺ）
冴える夜や　代はる宿直（とのゐ）の　ゆがみづら　孤桐（8俳諧新選一四二ぺ）

宮の後　川渡り見る　さくら哉　李桃（6あら野一〇七三）
すずしさや　川を飛び越す　市の声　錦水（8俳諧新選二〇ぺ）
蜜柑剝いで　皮を投げ込む　冬田かな　子規（10獺祭句帖抄六二〇ぺ）
ねこのうき名　飼ひおく人に　立ちにけり　大石（8俳諧新選一〇二ぺ）
引く波に　貝殻鳴りて　実朝忌　不死男（9万座二三七四）
ことしより　蚕はじめぬ　小百姓　蕪村（2蕪村遺稿四九八）
さみだれや　蚕煩ふ　桑の畑　芭蕉（1続猿蓑八四八）
日枝（ひえ）も早　貝作りけり　秋の雲　賦山（7俳諧古選一八二ぺ）
今朝ちりし　甲斐の木の葉や　田子の浦　布仙（7俳諧古選一九三ぺ）
這ひ出でよ　かひやが下の　ひきの声　芭蕉（1奥の細道五一一）
人込みを　歌舞妓役者や　夏の月　荘丹（5能静草八九三）
夏帽を　かぶつて来たり　探訪者　子規（10獺祭句帖抄六四六ぺ）
むざんやな　甲の下の　きりぎりす　芭蕉（1猿蓑五四三）
煮ゆる時　蕪汁とぞ　匂ひける　虚子（11五百句二八ぺ）
行く秋に　かぶりふり居る　雞頭哉　井潦（8俳諧新選二三三ぺ）
松茸や　かぶれた程は　松の形（なり）　芭蕉（1誹諧曾我九三三）
鞭提げて　禿（かぶろ）追ひ来ぬ　さくら陰　習先（8俳諧新選一五三ぺ）
文持つて　禿付けけり　蘭の舟　言水（7俳諧古選一七四ぺ）
此の扇　禿をのせて　流さなん　嘯山（8俳諧新選一一九ぺ）
投げわたす　更（かへ）帷子（かたびら）や　水の上　嘯山（8俳諧新選二二ぺ）
暑き日を　返さぬ鴨の　流れかな　赤羽（8俳諧新選二二ぺ）
大榾（ほだ）を　かへせば裏は　一面火　素十（9初鴉一五三〇）

秋十とせ　却つて江戸を　指す故郷　芭蕉（1野ざらし紀行 一七二）
早乙女に　かへてとりたる　菜飯哉　嵐雪（6炭俵 二五二五）
はたおりや　壁に来て鳴く　夜は月よ　風麦（6猿蓑 一八三八）
あら鷹の　壁にちかづく　夜寒かな　畦止（6続猿蓑 三三一八）
埋み火や　壁には客の　影ぼふし　芭蕉（1続猿蓑 七六九）
裸身の　壁にひつつく　あつさ哉　子規（9寒山落木巻二 〇〇四〇）
ぬり直す　壁のしめりや　軒の花　卓袋（6続猿蓑 二九八六）
達磨忌を　壁の名残や　きりぎりす　嵐山（8俳諧新選 一三七ぺ）
秋風や　壁のヘマムシヨ　入道　一茶（3七番日記 三四六ぺ）
来た程は　帰らぬ声や　夜の雁　太祇（8俳諧新選 一〇五ぺ）
見し日先（まつ）　返り花とは　知りながら　阿中（7俳諧古選 二三〇ぺ）
秋風や　顧みずして　相別る　虚子（12六百句 二〇〇ぺ）
板橋や　顧みすれば　秋の情　寸七翁（9現代俳句集 〇八七）
烏鳶を　かへり見て曰く　しぐれんか　子規（10獺祭句帖抄 六六二ぺ）
菜を負ひて　帰りをりしが　子罵る　虚子（12六百句 二一二ぺ）
塩買ひて　かへる径（こみち）や　葉時　乙二（5斧の柄草稿 九五九）
大原柴　帰るさ軽し　寒の紅　晩山（7俳諧古選 一九四ぺ）
花に舞はで　帰るさにくし　白拍子　蕪村（2蕪村句集 二一〇五）
鱠得て　帰る田植の　男かな　蕪村（2蕪村句集 一六五七）
山青し　かへるでの花　ちりみだり　不器男（9定本不器男句集 一七二二）
落花枝に　かへると見れば　胡蝶哉　守武（5菊の塵 七）
酒浴びて　帰る山路や　花雪吹（ふぶき）　土髪（8俳諧新選 一〇九ぺ）

野を焼いて　帰れば灯下　母やさし　虚子（9五百句 〇〇八四）
送り出て　帰れば何も　彼も寒し　紅緑（9紅緑句集 〇二三八）
冬ごもり　壁をこころの　山に倚る　蕪村（2蕪村句集 二三〇八）
直立の　壁をのぼれる　油虫　誓子（9和服 一四七九）
ひやひやと　壁をふまへて　昼寝哉　芭蕉（1笈日記 八七五）
御小僧の　皃（かほ）あたたかな　十夜かな　兎流（8俳諧新選 二三九ぺ）
酔ひざめの　顔洗ひたる　さくらかな　弾月（8俳諧新選 一〇九ぺ）
うつくしき　顔かく雉の　距（けづめ）かな　其角（5五元集 二五五）
生姜湯に　顔しかめけり　風邪の神　虚子（13六百五十句 一八七ぺ）
木瓜（ぼけ）の陰に　皃類ひ住む　きぎす哉　蕪村（2蕪村句集 二三三〇）
正月の　皃で二月の　礼者かな　它谷（8俳諧新選 一一一ぺ）
蘆の穂や　皃撫で揚ぐる　夢ごころ　丈草（6炭俵 二五六八）
蝶飛んで　皃に白粉（おしろい）　こぼしけり　嘯山（8俳諧新選 一五五ぺ）
御小姓の　皃に輝く　ぼたんかな　之房（8俳諧新選 一一三ぺ）
蜘蛛の糸　顔にかからぬ　日とてなし　虚子（14七百五十句 五三ぺ）
病む人の　顔にかけたる　蚊帳かな　子規（10獺祭句帖抄 六二八ぺ）
日の脚の　顔にこぼるる　わかばかな　渠柳（8俳諧新選 一一四ぺ）
苫（とま）吹きて　皃に霜ちる　夜舟かな　赤羽（8俳諧新選 一三九ぺ）
竃馬（こほろぎ）や　顔に飛びつく　ふくろ棚　北枝（6続猿蓑 三二六四）
とばしるも　顔に匂へる　薺（なづな）哉　其角（6炭俵 二四〇五）
化粧へたる　顔の落ちつく　こたつかな　青蒲（8俳諧新選 一三八ぺ）
ゆく年や　顔のさびしき　古手鍋　寥和（4職人尽後集 一一五七）

まがまがと　皃(かほ)のしらけし　踊り哉　百丈（8俳諧新選 一二五ぺ）
子規(ほととぎす)　顔の出されぬ　格子哉　野坡（6炭俵 二四九〇）
いなづまや　かほのところが　薄の穂　芭蕉（1続猿蓑 八七四）
具足着て　顔のみ多し　月見舟　野水（6波留濃日 三四八）
明けて我が　顔の物うき　踊りかな　赤羽（8俳諧新選 二二五ぺ）
花も其の　皃はせぬ也　返り咲き　赤羽（8俳諧新選 二三八ぺ）
いとゆふに　皃引きのばせ　作り独活(うど)　配力（6猿蓑 一九三五）
山家集　顔へ当てけり　秋の雨　珪琳（8俳諧新選 一四七ぺ）
旅だちや　顔見せの灯(ひ)も　見ゆるなる　蕪村（2蕪村遺稿 三三九）
冬こもり　顔も洗はず　書に対す　子規（10獺祭句帖抄 六三九ぺ）
五月雨や　顔も枕も　ものの本　岱水（6炭俵 二五一二）
絵に似たる　顔やヘマムシ　夜半の月　立圃（4そらつぶて 〇〇七四）
箱を出る　皃わすれめや　雛二対　蕪村（2蕪村句集 三三六八）
観念の　皃を照らせし　蛍かな　松樹（8俳諧新選 一一六ぺ）
かがしかがし　皃を覗けば　なかりけり　雨遠（8俳諧新選 二一八ぺ）
鶯と　皃を見合はす　寝起き哉　浮風（8俳諧新選 一〇二ぺ）
風の日の　蟷螂(かまきり)肩に　来てとまる　温亭（9温亭句集 〇八二四）
今筑波や　鎌倉宗鑑が　犬桜　宗因（5阿蘭陀丸 一〇四）
虚子留守の　鎌倉に来て　春惜しむ　久女（9杉田久女句集 〇九四二）
其のむかし　鎌倉の海に　鰒やなき　蕪村（2蕪村遺稿 一九二六）
恋ひわたる　鎌倉武士の　あふぎ哉　蕪村（2蕪村遺稿 一二二四）
夜々に　かまけられたる　蚤蚊哉　一茶（3父の終焉日記 四二九ぺ）

貧山の　釜霜に啼く　声寒し　芭蕉（1虚栗 一四〇）
午時過ぎに　竈将軍の　御慶哉　貝錦（8俳諧新選 一〇〇ぺ）
すず風や　構へは戦(そよ)ぐ　物ばかり　以哉坊（8俳諧新選 一五八ぺ）
うき友に　かまれてねこの　空ながめ　去来（6猿蓑 一九二〇）
榾(ほだ)の火に　髪赤き子の　寝皃(がほ)哉　守愚庵（7俳諧古選 二二一ぺ）
はだか身に　神うつりませ　夏神楽(かぐら)　蕪村（2蕪村句集 一七〇七）
雩(あまご)ひの　神おそろしや　けふの月　丈石（7俳諧古選 二一四ぺ）
此のふゆや　紙衣着ようと　おもひけり　蕪村（2蕪村句集 三五五）
宿老の　紙子の肩や　朱陳村　蕪村（2蕪村遺稿 三五八）
まじはりは　紙子の切を　譲りけり　丈草（6猿蓑 一六五九）
めしつぶで　紙子の破れ　ふたぎけり　蕪村（2蕪村句集 三五三）
世の中を　紙子羽織や　妖(ば)けの皮　存義（8俳諧新選 一四一ぺ）
囧人(めしうど)も　髪月代(さかやき)や　花一日　嘯山（8俳諧新選 一五六ぺ）
肌脱いで　髪すく庭や　木瓜(ぼけ)の花　虚子（11五百句 一七ぺ）
仏より　神ぞたふとき　今朝の春　とめ（6あら野 四八四）
大髭に　剃刀の飛ぶ　寒さ哉　許六（5韻塞 三八七）
童べの　嚙(か)みて音なす　氷かな　楚古（8俳諧新選 一四七ぺ）
匹夫にして　神と祭られ　雲の峰　子規（10獺祭句帖抄 六四七ぺ）
我が影も　かみな月なり　石の上　祇空（4見かへり松 一一三八）
おうた子に　髪なぶらるる　暑さ哉　園女（5陸奥鵆 四二六）
尼寺の　髪に揃へる　蕨かな　希因（7俳諧古選 二〇九ぺ）
真白なる　紙に包みて　新茶かな　蝌魚（9ホ大7・7 〇八四四）

かづらきの　神にはふとき　庭火哉　村俊（6 あら野 一〇八五）
尼の守る　神にめで度き　柳かな　存義（8 俳諧新選 一〇五ぺ）
罌粟(けし)ひらく　髪の先まで　寂しきとき　多佳子（9 紅糸 二九六八）
寒垢離(ごり)や　上の町迄　来りけり　蕪村（2 蕪村句集 三七二）
さはれども　髪のゆがまぬ　柳哉　杏雨（6 あら野 五五三）
かづらきの　神はいづれぞ　夜の雛　其角（6 炭俵 二四五五）
どの馬で　神は帰らせ　たまふらん　子規（10 獺祭句帖抄 六〇二ぺ）
葛城の　神饌(みそな)はせ　青き踏む　虚子（9 五百句 〇〇五九）
水な上の　神召し給ふ　小鮎かな　迷堂（9 孤輪 〇四三〇）
都いでて　神も旅寝の　日数哉　芭蕉（1 雨の日数 七三四）
花ざかり　神もほとけも　あちらむけ　一瓢（5 玉山人家集 一一四三）
待つ春は　髪もゆたかに　結ひ上げて　桐明（9 草上大15・1 一〇〇六）
すずしさや　髪結ひ直す　朝機嫌　りん（7 俳諧古選 一七三ぺ）
元日や　神代の事も　思はるる　守武（4 柿衛文庫真蹟 〇〇一六）
半日は　神を友にや　年忘れ　芭蕉（1 八重桜集 六五九）
雨音の　かむさりにけり　虫の宿　たかし（4 たかし全集 二六四六）
寝やと言ふ　禿(かむろ)まだ寝ず　今日の月　抱一（4 屠竜之技 二一三四）
きさらぎや　亀の子寺の　畳替　万太郎（9 流寓抄 一一一八）
としの暮　亀はいつ迄　釣るさるる　一茶（3 文化句帖 三六二ぺ）
さよちどり　加茂川越ゆる　貸し蒲団　無腸（4 五車反古 一八六四）
筍の　香も土の香も　新しく　別天楼（9 野老 一一八〇）
かんこどり　可もなく不可も　なく音哉　蕪村（2 蕪村句集 二三八九）

汽車におどろく　鴨におどろく　旅人われ　亜浪（9 定本亜浪句集 一〇二九）
出(いで)水(みづ)の　加茂に橋なし　夏祓へ　蕪村（2 蕪村句集 二六六四）
雪白し　加茂の氏人　馬じうて　蕪村（2 蕪村句集 二〇一一）
暮れ遅き　加茂の川添　下りけり　鳳朗（5 鳳朗発句集 一一五九）
冬川に　鴨の毛かかる　芥(あくた)かな　子規（10 獺祭句帖抄 六四〇ぺ）
一つ家に　鴨の毛むしる　夕べかな　子規（10 獺祭句帖抄 六一一ぺ）
海くれて　鴨のこゑ　ほのかに白し　芭蕉（1 野ざらし紀行 二〇九）
橘の　香もや朽ちなん　五月雨　一歩（8 俳諧新選 一七ぺ）
茫然と覚め　蚊屋あさがほの　繡(ぬひもの)せり　秋風（4 俳諧吐綬鶏 〇二三〇）
鴫突は　萱津のあまの　むまご哉　淵支（6 あら野 九〇九）
白露や　蚊帳釣草の　稜々と　喜舟（9 紫川 〇四六五）
傾城の　蚊屋にきのふの　蛍かな　瓢水（4 瓢水句選 二二九〇）
橘や　蚊屋に碁をうつ　老二人　田福（8 俳諧新選 一一八ぺ）
釣しのぶ　幮(かや)にさはらぬ　住居(すまひ)かな　蕪村（2 蕪村句集 二二五八）
初秋や　蚊帳に透き来る　銀(あま)の河　嘯山（5 葎亭句集 七二四）
戸を明けて　蚊帳に蓮の　あるじ哉　蕪村（2 蕪村遺稿 四〇九）
子なければ　蚊屋に蛍も　蚊も入れず　百万（8 俳諧新選 一六ぺ）
山がらや　榧の老木に　寝にもどる　蕪村（2 蕪村句集 二二九三）
世帯持って　蚊帳の香の　新しき　臨風（9 帝国明33・8 〇三二九）
手をすりて　蚊屋の小すみを　借りにけり　一茶（3 八番日記 三三九ぺ）
杳脱へ　蚊屋のこぼるる　小家かな　雨谷（8 俳諧新選 一一八ぺ）
無為(あぢきな)や　幮(かや)の裾ふむ　玉祭り　蕪村（2 蕪村句集 一五七）

二三日　蚊屋のにほひや　五月闇　浪化（5住吉物語 三九〇）
明方の　蚊帳はづせども　鼾かな　子規（10獺祭句帖抄 六二八ぺ）
君が春　蚊屋は萌黄に　極まりぬ　越人（4去来抄 〇九一〇）
茶の花の　香や冬枯れの　興聖寺　許六（4草苅笛 一〇五二）
蚊が入つて　蚊屋ふるうたりや　夜が明けた　来山（4梅の嵯峨 〇二三三）
事よせて　蚊屋へさし出す　腕(かひな)かな　太祇（8俳諧新選 一五七ぺ）
それなりに　蚊屋もはづさで　老いにけり　一瓢（5玉山人家集 一一四六）
立ちざまや　蚊屋もはづさぬ　旅の宿　里東（6猿蓑 一七七七）
ふたり寝の　蚊屋もる月の　せうと達　蕪村（2蕪村遺稿 二〇〇三）
いざさらば　蚊遣のがれん　虎渓まで　蕪村（2蕪村遺稿 八八〇）
病む人の　蚊遣見てゐる　蚊帳の中　虚子（11五百句 一一ぺ）
稲妻は　蚊屋を通すか　通さぬ歟(か)　和流（8俳諧新選 二二五ぺ）
夏山や　通ひなれにし　若狭人　蕪村（2蕪村句集 二三九五）
蟇の背に　通ふ雫や　はるの雨　移竹（8俳諧新選 一〇三ぺ）
麦蒔きて　通ふ島あり　夕霞　太祇（8俳諧新選 一〇六ぺ）
亀山へ　通ふ大工や　きじの声　蕪村（2蕪村句集 二三二四）
簗山に　通ふ野川や　啼く蛙　士髪（8俳諧新選 一〇五ぺ）
木より木に　通へる風の　春浅き　亜浪（9定本亜浪句集 一〇三二）
里坊に　碓(からうす)きくや　うめの花　昌房（6続猿蓑 二九九六）
山寺の　碓ぬるし　秋のくれ　晩山（7俳諧古選 一八四ぺ）
静けさも　家老の城や　冬木立　旨原（4靭随筆 一七三三）
出代や　傘(からかさ)提げて　夕ながめ　許六（5韻塞 三七七）

雪払ふ　傘の音　更けにけり　子一（8俳諧新選 一四二ぺ）
夕立に　傘の亭　ゆられけり　嘯山（8俳諧新選 二三二ぺ）
歩きながらに　傘ほせば　ほととぎす　一茶（3八番日記 三四〇ぺ）
餉(かれいひ)に　からきなみだや　たうがらし　蕪村（2蕪村句集 一四五一）
鋸に　からきめみせて　花つばき　嵐雪（6炭俵 二四二九）
うら枯れや　からきめみつる　うるしの木　蕪村（2蕪村句集 一〇七九）
山桝の　からく皮はぐ　浮世哉　路通（7俳諧古選 一九一ぺ）
秋風や　唐紅の　咽喉仏　漱石（9日記の中より 〇一六七）
鉢たたき　干鮭売りを　すすめけり　馬莧（6続猿蓑 三四〇〇）
風呂敷に　乾鮭(からざけ)と見しは　卒都婆(そとば)哉　蕪村（2蕪村遺稿 一九六八）
わび禅師　乾鮭に白頭の　吟を彫(ゑ)る　蕪村（2蕪村句集 二三三四）
里町や　乾鮭の上に　木の葉散る　子規（10獺祭句帖抄 六六六ぺ）
年守るや　乾鮭の太刀　鱈(たら)の棒　蕪村（2蕪村句集 八三八）
雪の朝　から鮭わくる　声高し　冬文（6あら野 四五二）
鳩呼べば　鳥来るなり　雪の朝　瓜流（8俳諧新選 二五七ぺ）
ほのぼのと　鴉黒むや　窓の春　野坡（5野坡吟草 三六〇）
藪吹きて　鳥ただよふ　のわきかな　紫水（8俳諧新選 二三〇ぺ）
郭公(ほととぎす)　鳥と成りて　明けにけり　常之（7俳諧古選 一六八ぺ）
しわしわと　鴉飛びゆく　田植かな　虚子（14七百五十句 一〇一ぺ）
秋立つ日　鳥に魚を　取られけり　子規（10獺祭句帖抄 六五一ぺ）
市浜や　鳥にまじる　雁の声　御風（8俳諧新選 二三二ぺ）
かれ枝に　鳥のとまりけり　秋の暮　芭蕉（1あら野 一一八）

蟷螂(かまきり)も　烏の背に　かかりけり　其化（8俳諧新選 二一七ぺ）
干網に　烏の見ゆる　月夜かな　蘆角（8俳諧新選 二一九ぺ）
吹かれ居る　烏の痩せや　冬木立　孤桐（8俳諧新選 二三七ぺ）
啼くものは　烏斗りか　雪月夜　申輔（7俳諧古選 二一六ぺ）
渋糟や　からすも食はず　荒畠　正秀（6猿蓑 一八五九）
柿ぅれて　烏も問はぬ　山家かな　周蛇（8俳諧新選 二三一ぺ）
行く秋の　烏も飛んで　しまひけり　子規（10獺祭句帖抄 六三四ぺ）
白浜に　烏も鳴かぬ　暑さかな　沾山（4庭の巻 一二五八）
ひごろにくき　烏も雪の　朝(あした)哉　芭蕉（1鷹獅子集 六六三）
苗代の　烏をおどす　雀かな　釣壺（7俳諧古選 一五二ぺ）
ほいほいと　からだを捨てる　暑さ哉　雲鼓（7俳諧古選 一六三ぺ）
唐秬(きび)の　殻(から)でたく湯や　山の宿　子規（10獺祭句帖抄 六〇一ぺ）
茸狩りの　から手でもどる　騒ぎかな　一茶（3おらが春 四六九ぺ）
煤掃や　辛螺(にし)の奥に　水の音　宋屋（7俳諧古選 二一四ぺ）
草ばうばう　からぬも荷(にな)ふ　花野哉　任口（6あら野 七三二）
時雨たり　干(から)びたり我が　旅すがた　涼菟（7俳諧古選 一九〇ぺ）
花のいろは　からびはてたる　冬木立　鬼貫（5七車 二二九）
わが足に　からまる一葉　大いなり　虚了（13六百五十句 一六四ぺ）
何なりと　からめかし行く　秋の風　支考（6続猿蓑 三二七八）
木がらしや　から呼びされし　按摩坊　一茶（3おらが春 四七三ぺ）
骨柴の　かられながらも　木の芽かな　凡兆（6猿蓑 一九二五）
磯辺おす　から櫓に響く　砧かな　嘯山（8俳諧新選 二三二ぺ）

曙や　伽(が)藍(らん)伽藍の　雪見廻ひ　荷兮（6あら野 一〇四九）
はなちるや　伽藍の枢(くるる)　おとし行く　凡兆（6猿蓑 一九八八）
花は吉野　伽藍一つを　木の間かな　重頼（4藤枝集 〇〇九五）
ぼのくぼに　雁落ちかかる　霜夜かな　路通（4鳥の道 一〇一九）
鶺鴒(せきれい)の　刈株つたふ　氷かな　子規（10獺祭句帖抄 六四〇ぺ）
雨曇り　雁聞く夜や　水の音　梨一（8俳諧新選 一五八ぺ）
異草も　刈り捨てぬ家の　ぼたん哉　蕪村（2蕪村遺稿 一二四八）
二村は　刈田二枚に　三世帯　虚子（14七百五十句 一〇八ぺ）
木枯や　刈田の畔の　鉄気(かなけ)水　惟然（6続猿蓑 三三六六）
藁一把　かりて花見る　阿波手哉　湍水（6あら野 八九四）
僧房を　借りて人住む　萩の花　子規（10獺祭句帖抄 六五七ぺ）
麦食ひし　雁と思へど　別れ哉　野水（7俳諧古選 一四八ぺ）
弓張や　狩りに出る子の　壁人(かげぼふし)　嘯山（8俳諧新選 一四五ぺ）
大兵の　かり寝あはれむ　ふとん哉　蕪村（2蕪村句集 二七七）
花に去ぬ　雁の足跡　よめかぬる　蕪村（2蕪村遺稿 一二四七）
鶏頭や　雁の来る時　なほあかし　芭蕉（1続猿蓑 九三〇）
一反は　刈り残す田の　雀かな　子規（10獺祭句帖抄 六一八ぺ）
花薄　刈りのこすとは　あらなくに　蕪村（2蕪村遺稿 一七六九）
瀟湘の　雁のなみだや　おぼろ月　蕪村（2蕪村句集 一三三八）
千葉どのの　仮家引けたり　枯尾花　蕪村（2蕪村句集 一九〇〇）
蓮の実に　軽さくらべん　蟬の空　示峰（6続猿蓑 三二七〇）
路の辺の　刈藻花さく　宵の雨　蕪村（2蕪村句集 一六四四）

杜若(かきつばた)　かれ飯に酒　こぼしけり　嘯山（8俳諧新選 一五一ぺ）
高々と　枯れ了せたる　芒かな　虚子（12五百五十句 七八ぺ）
春の月　枯木がくれに　黄にけぶり　水巴（9定本水巴句集 〇五九四）
さかさまに　枯木倒れて　山桜　超波（7俳諧古選 二二一ぺ）
早春や　枯木常盤木　たばこ店　水巴（9定本水巴句集 〇五八五）
しら梅の　かれ木に戻る　月夜哉　蕪村（2蕪村句集 七二三）
水鳥や　枯木の中に　駕(かご)二挺　蕪村（2蕪村句集 七一一）
寒月や　枯木の中の　竹三竿　蕪村（2蕪村句集 二三一二）
葱(ねぶか)買うて　枯木の中を　帰りけり　蕪村（2蕪村句集 一九三一）
月大きく　枯木の山を　出でにけり　鼠骨（9新俳句 〇二六〇）
啄木(きつつき)や　枯木をさがす　花の中　丈草（7俳諧古選 一四七ぺ）
夏　蓬　瓦礫をふみて　虔みぬ　風生（9晩涼 一五八〇）
冬山に　枯木を折りて　音を聞く　蛇笏（9椿花集 〇六七一）
冬川の　涸れて蛇籠の　寒さかな　子規（10獺祭句帖抄 六〇二ぺ）
しのぶさへ　枯れて餅かふ　やどり哉　芭蕉（1野ざらし紀行 二〇三）
我ねぶり　彼なめる柚(ゆ)味噌　一つかな　子規（10獺祭句帖抄 六五七ぺ）
とも色に　枯野かくすや　縄　簾　平沙（7俳諧古選 二二二ぺ）
鷹の目の　枯野にすわる　あらしかな　丈草（5菊の香 三一七）
里犬や　枯野の迹(あと)を　齅(か)ぎありき　才麿（5渡し船 二一九）
草鞋(わらぢ)薄し　枯野の小道　茨を踏む　子規（10獺祭句帖抄 六六四ぺ）
松杉や　枯野の中の　不動堂　子規（10獺祭句帖抄 六〇三ぺ）
かたつぶり　枯葉に乗りて　落ちにけり　雁觜（8俳諧新選 一一五ぺ）

田刈る頃　かれも色づく　螽(いなご)かな　習先（8俳諧新選 二一七ぺ）
耕しの　彼を見たりし　早あらず　虚子（13六百五十句 一三八ぺ）
飛梅や　かろがろしくも　神の春　守武（5守武千句 六）
燕(つばくら)も　乾く色なし　五月雨　其角（7俳諧古選 二〇一ぺ）
長の日を　かわく間もなし　誕生仏　一茶（3おらが春 四四一ぺ）
雪踏みて　乾ける落葉　現れぬ　虚子（12六百句 二三五ぺ）
夏の月　蚊を疵にして　五百両　其角（4五元集拾遺 〇八〇七）
蓑に炷(た)く　香をな咎めそ　桜守　山川（7俳諧古選 二〇六ぺ）
ざんなやな　蚊をやく婆々の　真裸　迂童（8俳諧新選 一一七ぺ）
遠近(をちこち)へ　香をやり梅の　嵐かな　望一（4犬子集 〇〇五五）
橘の　かをり顔見ぬ　ばかり也　荷兮（6あら野 九九八）
草にかう　薫れと散るや　梅の花　射牛（8俳諧新選 一〇一ぺ）
振り売りの　雁(がん)あはれ也　えびす講　芭蕉（1炭俵 八一八）
野畠や　雁追ひのけて　摘む若菜　史邦（6猿蓑 一八九六）
うしろから　寒が入る也　壁の穴　一茶（3八番日記 三五六ぺ）
星冴えて　寒菊白う　成りにけり　唄子（8俳諧新選 二三七ぺ）
鮭の簀(す)の　寒気をほどく　初日哉　左柳（6続猿蓑 三一〇三）
ひたひたと　寒九の水や　厨甕　蛇笏（9山廬集 〇六六八）
駕(かご)を出て　寒月高し　己が門　太祇（8俳諧新選 一四一ぺ）
魚城移るにや　寒　月の　波さざら　三汀（9返り花 一一四九）
山人は人也　かんこ鳥は　鳥なりけり　蕪村（2蕪村句集 二三八六）
鵜飼名を　勘作と申し　哀れ也　漱石（9正岡子規へ 〇一七三）

埋み火や　寒山誦じ　ジード読み　東洋城（東洋城全句中 9〇三八八）
大つぶの　寒卵おく　襤褸の上　蛇笏（霊芝 9〇六四六）
秋風や　眼中のもの　皆俳句　虚子（五百句 11一九ぺ）
雁風呂（がんぶろ）に　カンテラ灯（とも）す　厠かな　左衛門（現代俳句集 9〇八一七）
水仙や　寒天に人　堪ふる時　五明（五明句藻 4二一〇九）
厳といふ字　寒といふ字を　身にひたと　虚子（六百五十句 13二三二ぺ）
題目や　かんに堪へたる　踊り節　嘯山（俳諧新選 8一五〇ぺ）
鵙（もず）の声　かんにん袋　きれたりな　一茶（おらが春 3四七一ぺ）
喜捨人も　寒念仏も　合掌す　王城（同人句集 9〇九一四）
約束の　寒の土筆を　煮て下さい　茅舎（白痴 4二六四）
長閑（のどか）さや　寒の残りも　三が一　利牛（炭俵 6二四一）
夕顔に　干瓢むいて　遊びけり　芭蕉（有磯海 1八六二）
一行の　雁や端山に　月を印す　蕪村（蕪村句集 2二九一）
嵯峨一と日　閑院様の　さくら哉　蕪村（蕪村句集 2一九八五）
半日の　閑を榎や　せみの声　蕪村（蕪村句集 2五七）
蘭の香も　閑を破るに　似たりけり　青蘿（青蘿発句集 4一八五五）

き

よその音　聞いてこちにも　砧哉　召波（俳諧古選 7二二八ぺ）
目を明けて　聞いて居る也　四方の春　太祇（俳諧新選 8一〇〇ぺ）
山門を　ぎいと鎖すや　秋の暮　子規（獺祭句帖抄 10六五二ぺ）

一点の　黄色は目白　赤椿　虚子（六百五十句 13二二四ぺ）
関守の　灸点はやる　梅の花　一茶（おらが春 3四五二ぺ）
白波も　消えて翳りぬ　鴨の湖　浜人（定本浜人句集 9〇八一三）
跫（あしおと）も　きえて時雨の　又寝かな　朱拙（土大根 5四四四）
高どうろ　滅えなんとする　あまたたび　蕪村（蕪村句集 2一五四）
白壁に　消えも入らずに　毛糸編み　静塔（月下の俘虜 9二三七三）
ほととぎす　消え行く方や　島一つ　芭蕉（笈の小文 1三八九）
胸涼し　きえをまつ期の　水の淡　未得（一本草 5一七一）
焚火かなし　消えんとすれば　育てられ　虚子（五百五十句 12四二ぺ）
松島の　紀行直すや　春の雨　子規（獺祭句帖抄 10六二四ぺ）
莫児比涅（モルヒネ）も　利かで悲しき　秋の夜や　紅葉（紅葉句帳 9〇二七六）
聞く馬鹿に　聞かぬ馬鹿あり　鹿の声　卯雲（俳諧新選 8一三二ぺ）
蓬莱に　聞かばや伊勢の　初便　芭蕉（炭俵 1八二七）
たんぽぽの　黄が眼に残り　障子に黄　虚子（六百句 12一七一ぺ）
壁隣　聞き合はせばや　ほととぎす　野夫（俳諧古選 7一六三ぺ）
あやまりて　ぎぎうおさゆる　鰍（かじか）哉　嵐蘭（猿蓑 6一八六〇）
古家の　キキキキと鳴るにや　籐椅子鳴るにや　虚子（六百五十句 13二二八ぺ）
月もあり　黄菊白菊　暮るる秋　子規（獺祭句帖抄 10六三四ぺ）
凩の　聞き草臥（くたび）れや　旅の暮　太祇（俳諧新選 8一三八ぺ）
さみだれや　樹々さへ闇を　助くれば　龍眠（俳諧新選 8一一七ぺ）
淀舟に　聞きしや得手に　帆ととぎす　似春（続山井 4〇二〇九）
妻起こす　きぎすの声歟（か）　朝ぼらけ　羽律（俳諧新選 8一〇四ぺ）

馬見えて　雉子(きぎす)の逃げる　枯野かな　子規（10獺祭句帖抄 六四〇ぺ）
鷽(うそ)の声　ききそめてより　山路かな　式之（6猿蓑 一九九四）
花の夢　聞きたき蝶に　声もなし　鈴竿（7俳諧古選 一五三ぺ）
けふも蝉　聞きて暮れ行く　山路哉　一敬（8俳諧新選 一四八ぺ）
稲妻と　聞きてすがめる　座頭哉　三遊（8俳諧新選 二二五ぺ）
蛙のみ　ききてゆゆしき　寝覚めかな　野水（6波留濃日 一二五九）
ふく風の　ぎぎと鳴き行く　芋梗(ずいき)哉　孤桐（8俳諧新選 二三五ぺ）
時鳥　聞きに出でしか　今に留主　宋阿（7俳諧古選 二〇九ぺ）
野分して　樹々の葉も戸も　流れけり　太祇（8俳諧新選 二三〇ぺ）
己が火を　木々の蛍や　花の宿　芭蕉（1をのが光 六二八）
手拭に　桔梗をしぼれ　水の色　子葉（5丁丑紀行 四三八）
初松魚(かつを)　聞きをよんだる　ばかりなり　知十（9鶯日 〇三五三）
葭切や　饑饉の村を　照りつけて　挿雲（9添削大9・7 〇三六一）
遊ぶ日に　菊いそがしき　匂ひかな　似船（5元禄百人一句 一八二）
閼伽(あか)棚の　菊かざし行く　鼠かな　高政（4京羽二重 〇一九四）
いたづらに　菊咲きつらん　故郷は　漱石（9正岡子規へ 〇一七二）
捨て人や　木草に掛けて　土用干　其角（7俳諧古選 一六九ぺ）
けふになりて　菊作らうと　おもひけり　二水（6あら野 七六五）
見通しに　菊作りけりな　問はれ皃(がほ)　太祇（8俳諧新選 二三四ぺ）
村百戸　菊なき門も　見えぬ哉　蕪村（2蕪村句集 二〇八四）
有る程の　菊抛げ入れよ　棺の中　漱石（9日記の中より 〇一七〇）
無刀にて　菊に隠るる　住居(すまひ)哉　雪蕉（8俳諧新選 二三四ぺ）

実生に奇しき花を得て　菊のあるじの　目も合ひぬ　嘯山（8俳諧新選 一四九ぺ）
よくしれる　菊のあるじや　苗ながら　嘯山（8俳諧新選 一〇八ぺ）
ともすれば　菊の香寒し　病み上がり　乙二（5松窓乙二集 九五八）
影待や　菊の香のする　豆腐串　芭蕉（1杉丸太 八〇四）
山中や　菊はたをらぬ　湯の匂ひ　芭蕉（1奥の細道 五四四）
初霜や　菊冷え初むる　腰の綿　芭蕉（1荒小田 七六二）
色々の　菊一(ひと)色(いろ)に　枯れにけり　柳水（7俳諧古選 一九三ぺ）
起きあがる　菊ほのか也　水のあと　芭蕉（1続虚栗 三一三）
二本づつ　菊まゐらする　仏達　蕪村（2蕪村遺稿 二二〇）
春雨や　菊も植ゑたし　寝てもよし　桐之（7俳諧古選 一五四ぺ）
物種よ　菊もこちらも　枯れ残り　鬼貫（7俳諧古選 一八七ぺ）
童べも　菊も育ちが　大事かな　珪琳（8俳諧新選 一四七ぺ）
杖捨てて　菊も参るや　大内山　茶雷（8俳諧新選 一三三ぺ）
諸行無常　聞くや林の　鐘の声　徳元（4徳元等百韻 〇〇六五）
出代はりて　聞くや遠寺の　鐘の声　嵐山（8俳諧新選 一〇八ぺ）
蘭の香や　菊よりくらき　辺りより　蕪村（2蕪村遺稿 二二七一）
朝寒や　汽缶車ぬくく　顔を過ぐ　風生（9草の花 一五六〇）
弥兵衛とは　聞けど哀れや　鉢たたき　素堂（7俳諧古選 一八七ぺ）
世に住まば　聞けと師走の　碪かな　西鶴（4蓮実 〇一八八）
冬滝の　きけば相つぐ　こだまかな　蛇笏（9心像 〇六六九）
蛇くふと　聞けばおそろし　雉の声　芭蕉（1花摘 六一一）
さし木ぞと　聞けばおそろしき　柳哉　自笑（8俳諧新選 一〇五ぺ）

裏へ出て　聞けば表に　郭公(ほととぎす)　祇貞（7俳諧古選一七一ペ）
夢のやうに　きけば砧を　うつつ哉　良保（5毛吹草追加六三）
面白う　聞けば蜩(ひぐらし)　夕日かな　碧梧桐（9碧梧桐句集〇一〇六）
葉がくれの　機嫌うかがふ　蚕哉　太祇（8俳諧新選一一一ペ）
凩の　機嫌直して　明けにけり　雁宕（8俳諧新選一三九ペ）
三たび啼きて　聞えずなりぬ　鹿の声　蕪村（2蕪村句集一四六七）
雪折も　聞こえてくらき　夜なる哉　蕪村（2蕪村遺稿二〇二五）
川狩りや　帰去来(きこらい)といふ　声す也　蕪村（2蕪村句集八九）
山鳥の　樵夫を化かす　雪間かな　支考（4其便一一〇一）
我が門へ　来さうにしたり　配り餅　一茶（3おらが春四七五ペ）
朝顔や　机座の夜更けて　開きくる　桐明（9高原一〇〇三）
麦畑や　刻みあげたる　春の山　子規（10獺祭句帖抄六二五ペ）
寝仏を　刻み仕舞へば　春くれぬ　蕪村（2蕪村遺稿四六七）
紀の雁の　岸うつ波に　わかれけり　嘯山（8俳諧新選一〇五ペ）
日くるるに　雉子うつ春の　山辺哉　蕪村（2蕪村句集二〇一）
むくと起きて　雉追ふ犬や　宝でら　蕪村（2蕪村句集二六二七）
この程の　忌日子規庵　無事なりき　露月（9露月句集〇二二四）
遅き日や　雉子の下り居る　橋の上　蕪村（2蕪村句集二三二二）
西日負ふ　雉の光や　大原野　瓜流（8俳諧新選一〇四ペ）
物かげに　雉の光や　春の雨　涼袋（5俳諧新選七三〇）
白昼に　雉拾ひけり　年の暮　言水（7俳諧古選一八七ペ）
みじろぎに　きしむ木椅子や　秋日和　不器男（9定本不器男句集一七一八）

雪嶺に　汽車現れて　やや久し　汀女（9汀女句集一九二五）
夏嵐　机上の白紙　飛び尽くす　子規（10獺祭句帖抄六四七ペ）
日盛りや　汽車と汽車とが　すれちがふ　洒竹（9俳味大2・12〇二九一）
軽井沢で　汽車を捨てけり　夏の朝　松宇（9松宇家集〇三〇九）
鶏頭や　汽車を見てゐる　村童　句仏（9句仏句集〇五三一）
釣鐘の　寄進につくや　葉鶏頭　子規（10獺祭句帖抄六五八ペ）
山ほととぎす　きずいはいかに　今一声　惟中（5俳諧風体抄一三五）
下戸庵が　疵也こんな　菊の花　一茶（3おらが春四七一ペ）
盆山の　奇石峨々たり　福寿草　素琴（9山萩一〇一一）
花笠を　きせて似合はむ　人は誰　其角（6続猿蓑二九八四）
菜畠に　きせるわするる　接木哉　蕪村（2蕪村遺稿二一九五）
摂待に　きせるわすれて　西へ行く　蕪村（2蕪村句集一五三）
食ひつみや　木曾のにほひの　檜物　岱水（6炭俵二三九二）
荻分けて　木曾の道ぐさ　かくばかり　大夢（8俳諧新選一五〇ペ）
おもひ立つ　木曾や四月の　さくら狩り　芭蕉（1幽蘭集二四八）
たつた今　来た子が強し　雪転し　亀文（8俳諧新選一四八ペ）
飛騨涼し　北さして川　流れをり　林火（9白幡南町二七六二）
四五間の　木太刀をかつぐ　袷かな　一茶（3おらが春四六五ペ）
白露や　きたない中を　遁れ出で　雅因（7俳諧古選二一八ペ）
海鼠(なまこ)食ふは　きたない物か　御僧達　嵐雪（7俳諧古選一八九ペ）
ぬくもりて　きたなき蒲団　忘れけり　孤桐（8俳諧新選一四〇ペ）
老梅の　穢(きた)なき迄に　花多し　虚子（14七百五十句一三四ペ）

つい聞けば　きたなし庭は　梅だらけ　泉石（7俳諧古選　二一一ぺ）
しら梅や　北野の茶店に　すまひ取　蕪村（2蕪村句集　二〇二八）
冬木立　北の家かげの　韮(にら)を刈る　蕪村（2蕪村遺稿　一八八七）
鉢叩　きたはあかつき　ころも哉　波光（8俳諧新選　一四九ぺ）
ひともじの　北へ枯れ臥す　古葉哉　蕪村（2蕪村句集　一九二八）
寒施行　北へ流るる　野川あり　波郷（9酒中花　二六四〇）
口切や　喜多(きた)も召されて　四畳半　蕪村（2蕪村遺稿　八一七）
今春が　来たやうす也　たばこ盆　一茶（3八番日記　三二二ぺ）
いなびかり　北よりすれば　北を見る　多佳子（9紅糸　二九六一）
翡翠(かはせみ)の　来らずなりぬ　秋の水　子規（10獺祭句帖抄　六五五ぺ）
育てられ　来りしものを　萩桔梗　虚子（13六百五十句　二一四ぺ）
文月の　来たるも風の　便りかな　才之（8俳諧新選　一四九ぺ）
日輪の　北を極めし　ゆとりかな　瓜流（8俳諧新選　一一九ぺ）
街道を　きちきちとぶ　螇蚸(ばった)かな　鬼城（9鬼城句集　〇六一三）
先(まつ)しるや　宜竹(ぎちく)が竹に　花の雪　芭蕉（1江戸広小路　七一）
みじか夜を　吉次が冠者(くわじや)に　名残哉　其角（6猿蓑　一七七八）
朧夜や　吉次を泊めし　椀のおと　成美（5成美家集　九二四）
卯の花の　吉日もちし　後架(こうか)哉　一茶（3八番日記　三四一ぺ）
山うどに　木賃の飯ぞ　忘られね　太祇（8俳諧新選　一〇四ぺ）
よし一夜　木賃も留めず　砧哉　千虎（7俳諧古選　二一六ぺ）
師に侍して　吉書の墨を　すりにけり　久女（9杉田久女句集　〇九四八）
古往今来　切つて血の出ぬ　海鼠(なまこ)かな　漱石（9正岡子規へ　〇一七六）

水仙に　狐あそぶや　宵月夜　蕪村（2蕪村遺稿　二三二四）
飯盗む　狐追ひうつ　麦の秋　蕪村（2蕪村遺稿　二一一六）
水鳥に　狐が付いて　寝ぬ夜哉　紀逸（7俳諧古選　二三三ぺ）
月澄むや　狐こはがる　児(ちご)の供　芭蕉（1其便　九〇六）
巫女(かんなぎ)に　狐恋する　夜寒哉　蕪村（2蕪村遺稿　一四六五）
闇夜(ヤミノヨトスゴク)　きつね下ばふ　玉真桑　芭蕉（1東日記　一三六）
うれしさの　狐手を出せ　曇り花　石鼎（9花影　〇七四〇）
襟巻の　狐の顔は　別に在り　虚子（11五百句　九一ぺ）
蘭夕べ　狐のくれし　奇楠を炷(た)かむ　蕪村（2蕪村句集　二二七〇）
春の夜や　狐の誘ふ　上童　蕪村（2蕪村遺稿　二三五九）
はつうまに　狐のそりし　頭哉　芭蕉（1末若葉　七七八）
尾を捨てて　狐の寝たる　あつさかな　沾洲（4続花摘　一二三六）
草枯れて　狐の飛脚　通りけり　蕪村（2蕪村句集　六四八）
公達(きんだち)に　狐化けたり　宵の春　蕪村（2蕪村句集　二三六〇）
妖(ば)けながら　狐貧しき　師走哉　其角（7俳諧古選　一八九ぺ）
冬されや　狐もくはぬ　小豆飯　子規（10獺祭句帖抄　六六〇ぺ）
石を打つ　狐守る夜の　きぬた哉　蕪村（2蕪村句集　二五四五）
あれあれと　狐指さす　枯野かな　小波（9さゝら波　〇二九七）
目の先へ　来てから早き　競馬哉　李流（8俳諧新選　一一六ぺ）
梢から　来て梢から　行く秋ぞ　乙由（7俳諧古選　一八三ぺ）
門口へ　来て氷る也　三井の鐘　一茶（3七番日記　三五六ぺ）
墓碑雪を　被てぬくからめ　とも思ふ　圭岳（9太白星　一一九五）

うかうかと　来ては花見の　留守居哉　丈草（6炭俵二四三四）
鳥さしの　来ては柳を　憎みけり　漁焉（8俳諧新選一〇五ぺ）
鳥めらが　来ては屋根ふむ　落葉かな　成美（4成美家集二〇六六）
うち置かず　着て見せらるる　頭巾哉　牛行（8俳諧新選一五一ぺ）
はるばると　来てわかるるや　すまの秋　几董（5井華集八〇三）
梢まで　来てゐる秋の　あつさかな　支考（4梟日記一一〇〇）
ひそやかに　来て居る鳥や　枇杷の花　東残（8俳諧新選二三八ぺ）
円光を　着て鴛鴦の　目をつむり　素逝（9暦日一八一七）
づかづかと　来て踊子に　ささやける　素十（9初鴉一五四三）
桜がり　きどくや日々に　五里六里　芭蕉（1笈の小文三七〇）
ゆふがほや　黄に咲きたるも　有るべかり　蕪村（2蕪村句集二六七九）
日の落ちて　樹になく鳶や　秋の風　其雷（8俳諧新選一二九ぺ）
宮遷し　樹に寝ぬ鳥や　終夜（よもすがら）　乙河（8俳諧新選二三五ぺ）
ねぢけたる　木に花もなき　今年かな　零余子（9雑草〇六八二）
有りたけの　樹に響きけり　蟬の声　稲起（8俳諧新選一一九ぺ）
もろもろの　木に降る春の　霙（みぞれ）かな　石鼎（9花影〇七六六）
茶の花や　黄にも白にも　おぼつかな　蕪村（2蕪村句集一三六九）
歌なくて　きぬぎぬつらし　ほととぎす　蕪村（2蕪村句集二〇〇一）
おそろしや　きぬぎぬの比　鉢鼓　昌碧（6あら野九九四）
越後屋に　衣さく音や　衣更　其角（5浮世の北一二六〇）
うき我に　きぬたうて今は　又止みね　蕪村（2蕪村句集二一八五）
此のふた日　きぬた聞こえぬ　隣かな　蕪村（2蕪村遺稿二五四六）

枕にと　きぬた寄せたる　たはれかな　蕪村（2蕪村遺稿二五四七）
洗濯や　きぬにもみ込む　柿の花　薄芝（6猿蓑一七三五）
御忍びの　きぬの薫りや　朧月　魯雲（8俳諧新選一〇八ぺ）
匂ひ有る　きぬもたたまず　春の暮　蕪村（2蕪村句集二一二四）
一戸や　衣もやぶる　こまむかへ　去来（6猿蓑一八五七）
日あたつて　来ぬ綿入の　膝の上　亜浪（4旅人二六一〇）
山門や　木の枝垂れて　五月雨　子規（10獺祭句帖抄六一四ぺ）
ぼたん切つて　気のおとろひし　ゆふべ哉　蕪村（2蕪村句集二三八四）
くふよりも　気の薬哉　鹿の声　貞徳（5犬子集一九）
ものの香の　きのこあるべく　思ふかな　子規（10獺祭句帖抄六一七ぺ）
春の夢　気の違はぬが　恨めしい　来山（4俳諧古選〇二三八）
跡や先　気のつく野辺の　郭公（ほととぎす）　重五（6あら野三九四）
白う咲きて　きのふけふなき　蓮かな　水巴（9定本水巴句集〇五八四）
囉（もら）うたる　昨日恋しき　芙蓉かな　孤桐（8俳諧新選一五五ぺ）
蛤や　昨日雀の　こころなし　瓢水（8俳諧新選二三五ぺ）
十六夜の　きのふともなく　照らしけり　青畝（9万両一五〇〇）
向かふ日の　昨日にかはる　若葉哉　柳女（8俳諧新選一一四ぺ）
蕣（あさがほ）の　昨日にこりぬ　風情かな　百万（8俳諧新選二二六ぺ）
水のこの　きのふに尽きぬ　草の庵　蕪村（2蕪村句集一一〇二）
元日や　昨日に遠き　朝ぼらけ　移竹（7俳諧古選二一五ぺ）
手始めも　昨日になりぬ　初昔　蘭丈（8俳諧新選一一一ぺ）
椿落ちて　昨日の雨を　こぼしけり　蕪村（2蕪村遺稿一七一九）

明け初めて昨日の事を笑ふ也　尺布（8俳諧新選一〇〇ぺ）
凧巾（いかのぼり）きのふの空の有り所　蕪村（2蕪村句集四〇三）
あすの月きのふの月の中にけふ　子規（9寒山落木巻二〇〇〇一）
松の影昨日の月を今宵又　流斜（8俳諧新選一三〇ぺ）
初嵐昨日の肌を忘れたり　水翁（8俳諧新選一二六ぺ）
朝顔やきのふの花はけふの親　祇徳（4続花摘一一五二）
落栗や昨日のもあり二つ三つ　雲魚（8俳諧新選一三三ぺ）
この雪に昨日はありし声音かな　普羅（9辛夷〇七一八）
あら何ともなやきのふは過ぎてふくと汁　芭蕉（1江戸三吟八八）
いなづまやきのふは東けふは西　其角（6あら野七二八）
雪ちるやきのふは見えぬ借家札　一茶（3七番日記三五四ぺ）
閑居鳥きのふもここに来啼きぬる　蕪村（2蕪村遺稿五三七）
冬の梅きのふやちりぬ石の上　蕪村（2蕪村句集二一五八）
梅白し昨日や鶴を盗まれし　芭蕉（1野ざらし紀行一三二）
秋の空きのふや鶴を放ちたる　蕪村（2蕪村遺稿一八二二）
ちか道や木の股くぐる花の山　洞木（6続猿蓑二九六七）
かんこ鳥木の股よりや生まれけん　蕪村（2蕪村遺稿五三六）
山蜂や木丸殿（きのまるどの）の雨の軒　蕪村（2蕪村遺稿二三六）
欠（あくび）せぬ気のをさまりや冬籠り　篤羽（8俳諧新選一四〇ぺ）
花の咲く木はいそがしき二月哉　支考（7俳諧古選二〇二ぺ）
秋風や黄旗かかげし隔離船　白水郎（9散木集一〇七七）
猪の牙にもげたる茄子かな　為有（6炭俵二五三四）

梅の花木場の書出し届きけり　龍雨（9龍雨句集一一五二）
ねはんの夜耆婆（きば）ははづして見えぬ也　百万（8俳諧新選一〇四ぺ）
涼しさを極めて雁の渡りけり　菜根（8俳諧新選一三二ぺ）
古寺にきび殻（がら）をたく暮日哉　蕪村（2蕪村遺稿二七七一）
鷹のつらきびしく老いて哀れなり　鬼城（4続鬼城句集二二六一）
花に行き踵（きびす）見てやる別れかな　千梅（8俳諧新選一五三ぺ）
日ぐらしや急に明るき湖（うみ）の方　一茶（3日記断篇三四九ぺ）
淋しさの急には見えぬ薄哉　鬼貫（7俳諧古選一七六ぺ）
目さむれば貴船の芒生けてありぬ　虚子（12五百五十句二一ぺ）
我が庭や木ぶり見直すはつ桜　沾荷（6続猿蓑二九七七）
あさ露のぎぼう折りけむつくもがみ　舟泉（6あら野八六二）
ぬけがらの君うつせみのうつつなや　子規（10獺祭句帖抄六四八ぺ）
瓜作る君があれなと夕すずみ　芭蕉（1あつめ句三〇一）
抱き下ろす君が軽みや月見船　嘯山（5葎亭句集七二五）
茸も得で君が手いとし茨掻き　鷺喬（8俳諧新選一三四ぺ）
八重葎（むぐら）君が木履（ぼくり）にかたつぶり　月渓（4丙午月並句集一八六八）
月に対す君に投網の水煙り　蕪村（2蕪村句集一七〇〇）
ふく汁の君よ我等よ子期伯牙（しきはくが）　蕪村（2蕪村遺稿二九二）
炉塞いで君をしぞ思ふ此の夕べ　洒竹（9洒竹句集〇二九五）
縫物や着もせでよごす五月雨　羽紅（6猿蓑一七五七）
本意なげに木も吹かれ居る落花哉　赤羽（8俳諧新選一一〇ぺ）
天秤や京江戸かけて千代の春　芭蕉（1誹諧当世男五六）

海のなき 京おそろしや ふくと汁 蕪村（2蕪村遺稿 二九一）
つがもない 狂歌やられし 団（うちは）かな 士髪（8俳諧新選 一一九ぺ）
水羊羹 行儀正しき 夫婦かな 白水郎（9散木集 一〇八五）
せみ啼くや 行者の過ぐる 午の刻 蕪村（2蕪村句集 二二六二）
白魚や 香車も猛き 岸通り 貞佐（4桑々畔発句集 一二一六）
蓮の香も 行水したる 気色哉 野水（6あら野 八四九）
岩倉の 狂女恋せよ ほととぎす 蕪村（2蕪村句集 一〇五二）
昼舟に 狂女のせたり 春の水 蕪村（2蕪村遺稿 二一九〇）
更衣（ころもがへ） 狂女の眉毛 いはけなき 蕪村（2蕪村遺稿 一〇五一）
京にても 京なつかしや ほととぎす 芭蕉（1をのが光 六三一）
八重桜 京にも移る 奈良茶哉 沾圃（6続猿蓑 二九八八）
祖父祖母の 京にも多き 十夜哉 乙由（7俳諧古選 一九三ぺ）
虫の音や 京のぐるりも 物淋し 喜水（8俳諧新選 一二七ぺ）
夕月や 京のはづれの 辻角力（すまふ） 子規（9寒山落木巻二 〇〇五〇）
うす霞 京はどちぞと 問はれける 習先（8俳諧新選 一五三ぺ）
此の庵 京へしらすな 時鳥 三千風（7俳諧古選 一六〇ぺ）
行く年よ 京へとならば 状ひとつ 湖春（6炭俵 二六四三）
そこそこに 京見過ごしぬ 田にし売り 蕪村（2蕪村句集 五一）
嫁入の 行列囃せ 鳴子引け 青峰（9青峰集 二二六三）
そばあしき 京をかくして 穂麦哉 蕪村（2蕪村句集 一三九六）
難波女や 京を寒がる 御忌詣 蕪村（2蕪村句集 四一八）
訓読の 経をよすがや 秋のくれ 蕪村（2蕪村遺稿 一四四二）

出女の 客あふちとる 団（うちは）かな 嘯山（8俳諧新選 一一九ぺ）
吸物を 客から足すや 土筆（つくづくし） 丁梅（8俳諧新選 一〇四ぺ）
下々の下の 客といはれん 花の宿 越人（6あら野 三六八）
飛び入りの 客に手をうつ 月見哉 正秀（6続猿蓑 三二二七）
夕顔や 客載せて来る 女馬士（まご） 子規（10獺祭句帖抄 六五〇ぺ）
寂として 客の絶え間の ぼたん哉 蕪村（2蕪村句集 一一三一）
梅が香や 客の鼻には 浅黄椀 許六（4俳諧問答 一〇四二）
菊畠 客も円座を にじりけり 馬莧（6続猿蓑 三三四五）
子宝が きやらきやら笑ふ 榾火（ほたび）哉 一茶（3おらが春 四五九ぺ）
子に恥ぢて 伽羅（きやら）こそとめね きそはじめ 如泉（5元禄四歳旦 一八四）
柚（ゆ）味噌にも 伽羅の匂ひや 冬籠り 貝錦（8俳諧新選 一四〇ぺ）
埋み火も きゆやなみだの 烹ゆる音 芭蕉（1あら野 四四八）
初雪や 消ゆればぞ又 草の露 蕪村（2蕪村句集 八一五）
明けていふ 御慶や船を おしながら 李流（8俳諧新選 一〇〇ぺ）
今朝の雪 虚子市に蓑を 得しや如何に 左衛門（9現代俳句集 〇八一八）
春空に 虚子説法図 描きけり 青畝（9甲子園 一五一一）
冬晴の 虚子我ありと 思ふのみ 虚子（14七百五十句 七七四ぺ）
年を以て 巨人としたり 歩み去る 虚子（9五百句 〇〇八〇）
間をかへて 御寝成りけり 郭公（ほととぎす） 雅因（8俳諧新選 一一三ぺ）
なまくさき 漁村の月の 踊りかな 子規（10獺祭句帖抄 六三五ぺ）
鶯に 清滝の水 しづかなり 士朗（4枇杷園句集 二〇七九）
鬼灯（ほほづき）や 清原の女が 生写し 蕪村（2蕪村句集 一八四七）

家中を　浄む西日の　隅にゐる　三鬼（9変身　二三四六）
凡そ天下に　去来程の小さき墓に　参りけり　虚子（9五百句　一〇五七）
籠ながら　御簾に近き　若菜哉　竿秋（8俳諧新選　一〇〇ぺ）
簗をうつ　漁翁が噓や　今年限（ことしぎり）　太祇（8俳諧新選　一三五ぺ）
蘆の花　魚翁が宿の　煙飛ぶ　蕪村（2蕪村遺稿　一八六一）
野分過ぎて　気楽にさくや　菊の花　篤羽（8俳諧新選　一三四ぺ）
枝長く　伐らぬ習ひを　椿かな　湖春（6炭俵　二四二七）
ある僧の　嫌ひし花の　都かな　凡兆（6猿蓑　一九八一）
年木にも　樵られず肥る　樗（あふち）かな　文貫（8俳諧新選　一四五ぺ）
白蓮を　切らんとぞおもふ　僧のさま　蕪村（2蕪村句集　八八）
御格子に　切髪かくる　寒さかな　子規（10獺祭句帖抄　六〇二ぺ）
来る秋の　きりぎは見する　一葉かな　捨女（4続山井　〇二二七）
同じ灯（ひ）を　切籠（きりこ）に見るは　哀れ也　木因（7俳諧古選　一八一ぺ）
椎の木を　伐り倒しけり　秋の空　子規（10獺祭句帖抄　六五四ぺ）
菊鶏頭　きり尽くしけり　御命講（おめいかう）　芭蕉（1忘梅　四四四）
秋風や　桐に動いて　つたの霜　芭蕉（1三冊子　七一八）
行き暮れて　霧に巻かるる　旅寝哉　里鳥（8俳諧新選　一二八ぺ）
霧降れば　霧に炉を焚き　いのち護る　多佳子（9信濃　二九六六）
涼めとて　切りぬきにけり　北のまど　野水（6あら野　八五〇）
川淀や　霧の下這ふ　水けぶり　太祇（8俳諧新選　一二八ぺ）
水無月の　桐の一葉と　思ふべし　野水（6あら野　一〇〇一）
折りくれし　霧の蕨の　つめたさよ　素十（9野花集　一五三一）

御座舟や　霧間もれたる　須磨明石　重頼（4藤枝集　〇〇八六）
生魚の　切目の塩や　秋の風　重頼（4藤枝集　〇〇九二）
松なれや　霧ゑいさらゑいと　引くほどに　芭蕉（1翁草　一五〇）
水仙を　切る音の歯に　障ったり　土髪（8俳諧新選　一四一ぺ）
つめたかれ　着る帷子（かたびら）の　袖の雪　正直（7俳諧古選　一六三ぺ）
鶏頭を　伐るにものうし　初時雨　子規（10獺祭句帖抄　六六二ぺ）
行く秋の　着るほどもなき　袷哉　牡年（7俳諧古選　一七九ぺ）
麦まきて　奇麗に成りし　庵哉　昌碧（6あら野　七八四）
桶の輪や　きれて鳴きやむ　きりぎりす　昌房（6猿蓑　二一七二）
褌（ふんどし）の　切れて分かるる　すまふかな　孤桐（8俳諧新選　一二七ぺ）
蜘の巣の　きれ行く冬や　小松原　斜嶺（6炭俵　二五九一）
鉢の子に　木綿をうくる　法師哉　卜枝（6あら野　一〇四六）
来る人の　気を預かりし　柳哉　一海（7俳諧古選　一五六ぺ）
時鳥　樹を選みてや　鳴き過ぎる　阿誰（8俳諧新選　一一四ぺ）
さびしさは　木をつむあそび　つもる雪　万太郎（9草の丈　一一二〇）
鶯の　気を引いて見る　寒さかな　宗雨（8俳諧新選　一〇一ぺ）
寒月に　木を割る寺の　男哉　蕪村（2蕪村遺稿　三三〇）
きそ始　祇園の華表（とりゐ）　撫でて見む　如泉（7俳諧古選　一五一ぺ）
虫時雨　銀河いよいよ　撓（たわ）んだり　たかし（4たかし全集　二六六〇）
虚子一人　銀河と共に　西へ行く　虚子（9六百五十句　〇〇六三）
屠蘇の酔ひ　金短冊に　覚束な　月斗（9昭和俳句集　〇五一五）
阿修羅迦楼羅　緊那羅摩呉羅伽　大火かな　迷堂（9孤輪　〇四一二）

乾(から)鮭(ざけ)や　琴に斧うつ　ひびき有り　蕪村（2蕪村句集 一一九六）
酒部屋に　琴の音せよ　窓の花　惟然（6続猿蓑 二九七〇）
ふためいて　金の間を出る　燕かな　蕪村（2蕪村遺稿 一〇三三）
春雨や　金箔はげし　粟田御所　子規（10獺祭句帖抄 六四三ぺ）
物書かぬ　銀屏淋し　春の雨　許適（8俳諧新選 一〇三ぺ）
白頭の　吟を書きけり　捨団扇　子規（10獺祭句帖抄 六三五ぺ）
日照るとき　金を横たふ　寝釈迦かな　青畝（9国原 一五一四）

く

干鮭も　空也の痩せも　寒の中　芭蕉（1元禄四年三物 六五七）
海女とても　陸(くが)こそよけれ　桃の花　虚子（9六百五十句 〇〇五一）
筏士の　陸をのぼるや　きじの声　麦水（5葛箒 七三九）
淋しさや　釘にかけたる　きりぎりす　芭蕉（1草庵集 七〇二）
初霜や　茎の歯ぎれも　去年迄　一茶（3文化句帖 三五三ぺ）
節(せ)季(き)候(ぞろ)や　句切りみじかき　諷(うたひ)も　移竹（8俳諧新選 一四六ぺ）
落つる日の　くぐりて染むる　蕎麦の茎　蕪村（2蕪村句集 二五六七）
五七日　九月日和や　きくの花　五松（8俳諧新選 二三四ぺ）
菊川に　公家衆泊まりけり　天の川　蕪村（2蕪村遺稿 二〇七六）
あどなさや　草かくれつつ　なく鶉　文水（8俳諧新選 二九ぺ）
名月や　草木に劣る　人のかげ　梅室（5梅室家集 二七〇）
露ながら　草食ひあらす　野馬哉　素竹（8俳諧新選 二六ぺ）

夏川や　草で足ふく　時も有り　来山（7俳諧古選 一六〇ぺ）
すがりゐて　草と枯れゆく　冬の蠅　亜浪（9定本亜浪句集 一〇三八）
舟の火の　草にうつるや　岸の露　雨谷（8俳諧新選 二六ぺ）
思ひつつ　草にかがめば　寒苺　久女（9杉田久女句集 〇九三八）
行く秋の　草にかくるる　流れかな　白雄（5白雄句集 八四一）
虫ほろほろ　草にこぼるる　音色かな　樗良（5樗良発句集 七八四）
枯るるほど　草にしみこむ　冬の月　諸九（5諸九尼句集 五二六）
夜角力(ずまふ)の　草にすだくや　裸虫　蕪村（2蕪村遺稿 七八〇）
尾を引けば　草に取らるる　雉子(きぎす)哉　言水（7俳諧古選 五一ぺ）
蚊柱や　草に蒸せたる　くさり水　士髪（8俳諧新選 一八ぺ）
渡し呼ぶ　草のあなたの　扇かな　蕪村（2蕪村句集 九二六）
南もほとけ　草のうてなも　涼しかれ　芭蕉（1続深川集 四五四）
名月や　草のくらみに　白き花　左柳（6続猿蓑 三二一二）
未(まだ)飛ばぬ　草の小蝶や　朝しめり　鼓舌（8俳諧新選 一〇八ぺ）
物よわき　草の座とりや　春の雨　荊口（6続猿蓑 三〇六七）
おのづから　草のしなへを　野分哉　圃燕（6続猿蓑 三二八〇）
蛍火や　草の底なる　水の音　赤羽（8俳諧新選 一一六ぺ）
嵐ふく　草の中より　けふの月　樗良（5樗良発句集 七八二）
三よし野も　草の軒端の　烟草哉　嗅洞（8俳諧新選 一三五ぺ）
秋風に　草の一葉の　うちふるふ　虚子（11五百句 七四ぺ）
三日月に　草の蛍は　明けにけり　野荻（6続猿蓑 三一四七）
秋暑し　草の実につく　むら雀　鬼城（4定本鬼城句集 二二一五三）

雉子啼くや　草の武蔵の　八平氏（はちへいじ）　蕪村（2 蕪村句集 一〇三〇）
西洋の　草花赤し　明屋敷　子規（10 獺祭句帖抄 六一七ペ）
つけて行け　草花売りが　帰る方　如泉（7 俳諧古選 一七五ペ）
夕立や　草葉をつかむ　群雀　蕪村（2 蕪村句集 二四一一）
牛馬の　臭みもなくて　時雨哉　浪化（7 俳諧古選 一九〇ペ）
面白や　嚔（くさめ）うつつて　鳴くうづら　西湾（8 俳諧新選 二二九ペ）
能因に　くさめさせたる　秋はここ　大江丸（4 はいかい袋 二〇五九）
つづけさまに　嚔して威儀　くづれけり　虚子（11 五百句 九二ペ）
浦ちどり　草も木もなき　雨夜哉　蕪村（2 蕪村遺稿 二六九）
我が朝は　草もさくらを　咲きにけり　一茶（3 真蹟 三三二ペ）
青ざしや　草餅の穂に　出でつらん　芭蕉（1 虚栗 一六六）
蚊屋釣りて　草も守るや　塚の上　佳由（8 俳諧新選 二五八ペ）
草の戸の　草もゆかしや　花の雲　了超（7 俳諧古選 一九七ペ）
此の雨に　腐らぬ花よ　かきつばた　漁焉（8 俳諧新選 一一四ペ）
一枝や　くさり抜けても　梅の花　竿秋（7 俳諧古選 二一三ペ）
春愁や　草を歩めば　草青く　月斗（9 昭和俳句集 〇五一〇）
遅き日や　草をくさぎる　大手前（さ）き　蕪村（2 蕪村遺稿 二三五一）
出代や　櫛笥をさがす　窓の月　移竹（8 俳諧新選 一〇八ペ）
屠蘇うけて　九十の祖母に　まみえけり　王城（9 同人句集 〇九一八）
三冊の　句集よすがに　黍（きび）の窓　迷堂（9 ぬなは 昭44・11 〇四一八）
笄（かうがい）も　くしも昔や　ちり椿　羽紅（6 猿蓑 一九六七）
出代の　櫛忘れたる　棚の上　挿雲（9 春夏秋冬 〇三六〇）

泳ぎ女の　葛隠るまで　羞ぢらひぬ　不器男（4 不器男句集 二六九九）
眇（すがめ）なる　医師（くすし）わびしき　頭巾哉　蕪村（2 蕪村遺稿 二一八六）
鷲の巣の　樟の枯枝に　日は入りぬ　凡兆（6 猿蓑 一九五九）
宗鑑に　葛水給ふ　大臣かな　蕪村（2 蕪村句集 二一四〇）
後の世の　薬食也　寒念仏　九水（7 俳諧古選 二一八ペ）
馬鹿に付ける　薬とならば　屠蘇酌まん　存義（8 俳諧新選 一四九ペ）
見る度に　薬ともおもふ　さくらかな　宋屋（8 俳諧新選 一〇九ペ）
夏菊に　薬の露も　なかりけり　子規（10 獺祭句帖抄 六五〇ペ）
うづくまる　薬の下の　寒さかな　丈草（4 枯尾花 〇九七九）
縫ひにこす　薬袋や　萩の露　扇（6 猿蓑 二一六九）
鶯に　薬をしへん　声の文　其角（6 炭俵 二四一六）
鶯や　薬を秤る　ものしづか　静塔（9 月下の俘虜 二三七〇）
京は九万　九千くんじゆの　花見哉　芭蕉（1 詞林金玉集 四）
狼は　糞ばかりでも　寒さかな　一茶（3 おらが春 四七二ペ）
大とこの　屎ひりおはす　枯野哉　蕪村（2 蕪村句集 二三一九）
狼の　糞見て寒し　白根越　子規（10 獺祭句帖抄 六六〇ペ）
百足虫の頭　くだきし鋏　まだ手にす　多佳子（9 海彦 二九七六）
原爆図中　口あくわれも　口あく寒　楸邨（9 まぼろしの鹿 二五八〇）
丈山の　口が過ぎたり　夕すずみ　蕪村（2 蕪村句集 一〇六六）
花も今　口切つてさく　茶園かな　半魯（8 俳諧新選 二三七ペ）
ゆく水に　口すすぎけり　白椿　山夕（7 俳諧古選 一五八ペ）
雲を吐く　口つきしたり　引蟇（ひきがへる）　一茶（3 おらが春 四六八ペ）

魚くらて　口なまぐさし　昼のゆき　成美（5成美家集　九三七）
羽子板を　口にあてつつ　人を呼ぶ　虚子（12五百五十句　七九ペ）
人毎の　口に有る也　した椛（もみぢ）　芭蕉（1千宜理記　五〇）
橐駝師（たくだし）の　口にふくめる　接穂かな　俳小星（9径草　〇九〇九）
一二里は　口に持ちゆく　清水哉　秋慰（7俳諧古選　一六四ペ）
犬も舌を　口にをさめし　涼み哉　秀山（8俳諧新選　一二一ペ）
風　袋　口ぬひとめよ　いとざくら　光貞妻（5犬子集　八一）
寒　鴉　嘴あけて　やがて鳴く　立子（9続立子句集二　一九三六）
萩黄葉しぬ　朽葉しぬ　落葉しぬ　夜半（9彩色　一六四六）
物いへば　唇寒し　秋の風　芭蕉（1芭蕉庵小文庫　九六六）
長文を　唇に操る　こたつかな　嘯山（8俳諧新選　一三八ペ）
出女の　口紅惜しむ　西瓜かな　支考（4東華集　一一〇五）
おひし子の　口まねするや　時　鳥　松下（6あら野　三九三）
紅さいた　口もわするる　しみづかな　千代（4千代尼句集　一七七八）
閻（えん）王（わう）の　口や牡丹を　吐かんとす　蕪村（2蕪村句集　五四七）
十六夜や　くぢら来そめし　熊野浦　蕪村（2蕪村遺稿　一七六一）
声かけて　鯨に向かふ　小舟かな　子規（10獺祭句帖抄　六六六ペ）
暁や　鯨の吼ゆる　しもの海　暁台（5暁台句集　七七五）
菜の花や　鯨もよらず　海くれぬ　蕪村（2蕪村句集　一九九七）
既に得し　鯨や逃げて　月ひとり　蕪村（2蕪村遺稿　三四六）
赤みその　口を明けけり　うめの花　游刀（6炭俵　二四〇二）
春泥や　嘴を浄めて　枝に鳥　露月（9露月句集　〇二二六）

我が駒の　沓あらためん　橋の霜　湖春（7俳諧古選　一九七ペ）
遠山の　くつがへるさま　郭公鳴く　青邨（9粗餐　一六一〇）
穀直段　くつくとさがる　あつさかな　一茶（3真蹟　三三四ペ）
碁は妾（せふ）に　崩されてきく　ちどりかな　言水（5初心もと柏　一七七）
牛引の　崩して通る　踊りかな　梅仙（8俳諧新選　一二五ペ）
梢より　崩す音あり　よるの雪　支鳩（8俳諧新選　一四三ペ）
うかぶ瀬に　沓並べけり　春のくれ　蕪村（2蕪村遺稿　二二〇二）
船ばたや　履ぬぎ捨つる　水の月　青蘿（4青蘿発句集　一八五四）
土ともに　崩るる崖の　霜柱　子規（10獺祭句帖抄　六四〇ペ）
夏の夜や　崩れて明けし　冷し物　芭蕉（1続猿蓑　八六七）
赤土の　崩れて暑し　山のはら　竹翁（7俳諧古選　一六二ペ）
ぐはたぐはたと　崩れて仕廻ふ　牡丹哉　恭以（7俳諧古選　一七三ペ）
白ぼたん　崩れんとして　二日見る　成美（5成美家集　九二八）
虹渡り　来と言ひし人　虹は消え　虚子（13六百五十句　一八〇ペ）
肌寒を　苦にせぬ皃（かほ）の　哀れなり　雨谷（8俳諧新選　一五一ペ）
はやくさけ　九日も近し　菊の花　芭蕉（1蕉翁句集　五七四）
蓬萊の　具につかひたし　螺（にし）の貝　圃箔（6続猿蓑　三〇九〇）
初雁に　国の訛は　なかりけり　如石（8俳諧新選　一三一ペ）
月花の　愚に針たてん　寒の入　芭蕉（1鷹獅子集　七七〇）
短日や　国へみやげの　泉岳寺　万太郎（9草の丈　一一二六）
夜ばかりの　国も有るかに　けふの月　多少（8俳諧新選　一三〇ペ）
枯葉鳴る　くぬ木林の　月夜かな　子規（10獺祭句帖抄　六六七ペ）

身を恥ぢよ　くねるとあれば　女郎花(をみなへし)　秋色（4 たまも集 一二三〇）
百姓の　鍬かたげ行く　さむさかな　乙由（4 俳諧世説 一一九五）
鴨遠く　鍬そそぐ水の　うねり哉　蕪村（2 蕪村遺稿 八三二）
春がすみ　鍬とらぬ身の　もつたいな　一茶（3 文化句帖 三二七ぺ）
暑き日や　桑に抱き付く　めくら鶏(どり)　淡々（4 淡々発句集 一二七二）
麦かりて　桑の木ばかり　残りけり　作者不明（6 あら野 六三四）
振りあぐる　鍬の光や　春の野ら　杉風（5 小柑子 三三四）
土器(かはらけ)を　咬へ来し犬　盆の月　泊雲（9 泊雲句集 〇七七五）
蛙蛙を　咥(くは)へて入りぬ　草の秋　枴童（9 枯蘆 〇八〇三）
九百九十　九羽もやおのが　友千鳥　未得（5 夜錦 七二）
石川は　くはらり稲妻　さらり哉　一茶（3 おらが春 四六八ぺ）
桃　柳　くばりありくや　をんなの子　羽紅（6 猿蓑 一九五〇）
沙汰なしに　食はれて腹の　たつ蚊哉　李流（8 俳諧新選 一一八ぺ）
初物に　食はれてをかし　三月蚊　布門（7 俳諧古選 二二五ぺ）
春雨や　食はれ残りの　鴨が鳴く　一茶（3 七番日記 三二六ぺ）
我寝たを　首あげて見る　寒さ哉　来山（5 海陸後集 一二二〇）
さをしかの　食ひこぼしけり　萩の花　一茶（3 おらが春 四六九ぺ）
花にくれて　首筋さむき　野風かな　月渓（4 十二月俳画巻 一八六七）
朝霧や　杭(くひぜ)打つ音　丁々(たうたう)たり　蕪村（2 蕪村句集 六三〇）
落花生　食ひつつ読むや　罪と罰　虚子（12 五百五十句 三六ぺ）
五月闇　水鶏(くひな)ではなし　人の家　舟泉（6 あら野 八六〇）
関の戸に　水雞のそら音　なかりけり　蕪村（2 蕪村句集 九五）
もしや来て　食ひなば呵(しか)れ　かがし共　它谷（8 俳諧新選 一二八ぺ）
此の宿は　水鶏もしらぬ　扉(とぼそ)かな　芭蕉（1 笈日記 九二二）
風呂吹を　食ひに浮世へ　百年目　子規（10 獺祭句帖抄 六六二ぺ）
狂居士の　首にかけた歟(か)　鶻鴣鳥(かっこどり)　蕪村（2 蕪村句集 一三八五）
蚊屋つりて　食ひに出る也　夕茶漬け　一茶（3 八番日記 三三九ぺ）
みをのやは　首の骨こそ　甲なれ　仙花（6 炭俵 二五〇一）
襟巻に　首引き入れて　冬の月　杉風（6 猿蓑 一六七〇）
牛馬は　首も切られず　年暮れぬ　嘯山（8 俳諧新選 一五九ぺ）
山里に　食ものしふる　花見かな　尚白（6 あら野 三六四）
古　狸　工夫して見ん　花火かな　其丸（8 俳諧新選 一二八ぺ）
鷺に乗る　工夫もできず　夕涼み　鳥酔（4 鳥酔懐玉抄 一七二三）
祐成(すけなり)鰒を　食ふ時も時致(ときむね)は　食はざりけり　曲翠（7 俳諧古選 二〇七ぺ）
鰒の腹に　食ふなと書きて　戻りけり　銀獅（8 俳諧新選 一四〇ぺ）
筆にて　くふにもかむや　土筆(つくづくし)　良保（5 崑山集 六一）
永の日を　食ふやくはずや　池の亀　一茶（3 七番日記 三二九ぺ）
ぼた餅の　来べき空也　初時雨　一茶（3 七番日記 三五二ぺ）
せこの者　来べき宵なり　泊り狩り　守武（4 懐子 〇〇一八）
細道の　窪みを均(なら)す　落葉かな　由至（8 俳諧新選 一三六ぺ）
白雨(ゆふだち)の　隈(くま)しる蟻の　いそぎかな　秋風（5 元禄百人一句 一六二）
青葡萄(ぶだう)　熊に非ずば　何通ふ　露月（9 露月句集 〇二〇七）
五六人　熊担ひ来る　雪の森　子規（10 獺祭句帖抄 六六三ぺ）
寒梅や　熊野の温泉(でゆ)の　長(をさ)がもと　蕪村（2 蕪村遺稿 一二三七）

金時も　熊も来てのむ　清水かな　子規（10獺祭句帖抄 五九九ペ）
見せ物の　熊も棚がへ　師走かな　寥和（4寝言 一一五六）
月影を　くみこぼしけり　手水鉢　立圃（4そらつぶて ○○七八）
氷上や　雲茜して　暮れまどふ　石鼎（9花影 ○七六一）
昼中や　雲いらいらと　蟬の声　子規（10獺祭句帖抄 六四八ペ）
妙高の　雲動かねど　秋の風　乙字（9乙字句集 ○九九五）
甲斐がねに　雲こそかかれ　梨の花　蕪村（2蕪村句集 二三六六）
絶え絶えの　雲しのびずよ　初しぐれ　蕪村（2蕪村遺稿 二○○七）
船（ふね）形（なり）の　雲しばらくや　ほしの影　東潮（6続猿蓑 三二三九）
取り分けて　雲介黒し　桜陰　叙夕（7俳諧古選 二二六ペ）
これみつが　蜘捨てにたつ　扇かな　大江丸（5俳懺悔 八七○）
日の前の　雲すわりけり　花樗（あふち）　鳳朗（5鳳朗発句集 一六二）
まなかひに　雲ぞ春めく　吸入器　禅寺洞（9禅寺洞句集 二二九八）
仮橋や　蛛手に渡す　世の師走　闌月（7俳諧古選 一九一ペ）
朝（あした）には　雲と成り夕べには　さくらかな　五律（8俳諧新選 一○九ペ）
負うた子の　雲と見てとる　桜哉　呑江（8俳諧新選 一○九ペ）
砂の如き　雲流れ行く　朝の秋　子規（10獺祭句帖抄 六五二ペ）
江の北に　雲なき日なり　鳥帰る　青々（9妻木 ○四七五）
行衛（ゆくへ）なき　雲に組して　野分哉　来山（7俳諧古選 一七五ペ）
峰造る　雲に突き当たる　帽子哉　竹冷（9俳遊記 ○二八五）
稲妻や　雲にへりとる　海の上　宗比（6続猿蓑 三二八四）
月折々　雲に休みて　躍りかな　宗瑞（4鏡の裏 一一四三）

我が肩に　蜘蛛の糸張る　秋の暮　木歩（9決定木歩全集 一○六一）
夕立や　雲の流るる　鳰（にほ）のうみ　魯玉（8俳諧新選 一四八ペ）
渡り鳥　雲の機手（はたて）の　にしきかな　蕪村（2蕪村句集 一七七一）
蟻の道　雲の峰より　つづきけん　一茶（3おらが春 四五三ペ）
朝々暮々　雲の夢見るや　花の陰　惟中（4俳諧三部抄 ○二二一）
東風（こち）の空　雲一筋に　南（みんなみ）へ　虚子（14七百五十句 一三六ペ）
いざよひの　雲吹き去りぬ　秋の風　蕪村（2蕪村遺稿 二五二二）
武蔵野や　雲吹き出して　薄ちる　枝芳（8俳諧新選 一三二ペ）
山奇にして　雲又更に　奇なり夏　小波（9ささら波 ○三○四）
しののめや　雲見えなくに　蓼の雨　蕪村（2蕪村句集 一六六八）
迷ひゐる　雲や浅間は　雪ならん　虚子（12六百句 二三一ペ）
日にかかる　雲やしばしの　わたりどり　芭蕉（1渡鳥集 九六四）
我がまへに　雲行く影や　ころもがへ　成美（5成美家集 九二七）
一翳の　雲ゆゑいよよ　小春空　風生（9母子草 一五六三）
おんぼりと　曇りて雉の　声遠し　子一（8俳諧新選 一○四ペ）
ささやかば　曇りもぞする　春の月　成美（4成美家集 二○六五）
夏がすみ　曇り行くへや　時鳥　木節（6猿蓑 一七一一）
雨乞ひに　曇る国司の　なみだ哉　蕪村（2蕪村句集 一二二六）
八橋や　雲井の庭の　畳さし　宗専（7俳諧古選 二一五ペ）
野をわたる　雲を蹴て立つ　きぎす哉　嘯山（5葎亭句集 七一九）
初雪の　雲をしぼつて　降りにけり　嘯山（8俳諧新選 一三九ペ）
山門に　雲を吹きこむ　若葉かな　子規（4寒山落木巻五 二一九四）

この海の　供養にともす　灯籠かな　碧梧桐（9 ホ明38・9 〇一一六）
くらがりに　供養の菊を　売りにけり　素十（9 初鴉 一五三七）
二三人　くらがりに飲む　新酒かな　鬼城（9 鬼城句集 〇六三二）
菊の香に　くらがり登る　節句かな　芭蕉（1 菊の香 八九五）
牛滝の　くらがり深し　若楓　銀獅（8 俳諧新選 一一四ぺ）
虎が雨　暗き鏡に　むかひけり　巨口（9 つは路 一二〇五）
名月や　暗き所は　虫の声　汶水（7 俳諧古選 一八五ぺ）
幕営の　暗き灯(ひ)　あかつきに及ぶ　誓子（9 青女 一四八五）
闇(くら)きより　くらき人呼ぶ　蛍かな　風笛（6 あら野 六四六）
卯の花や　くらき柳の　及びごし　芭蕉（1 炭俵 八四一）
声もせで　暗き夜舟や　綿ぼうし　太祇（8 俳諧新選 一四三ぺ）
春雨の　くらくなりゆき　極まりぬ　虚子（12 六百句 二二二ぺ）
うつくしき　海月浮きたり　春の海　子規（10 獺祭句帖抄 六二四ぺ）
藻がくれの　海月に昼の　おぼろ哉　二柳（5 几董草稿 七六一）
うかうかと　海月に交じる　なまこ哉　車庸（6 続猿蓑 三三七七）
探れども　暗さはくらし　梅椿　土芳（4 蓑虫庵集 一〇六五）
やよ雲雀(ひばり)　暮らされぬ日を　上がりけり　常牧（7 俳諧古選 一五二ぺ）
摘むとても　暮らすな此の野　盗人あり　嘯山（8 俳諧新選 一五〇ぺ）
名月や　蔵なき寺を　尋ね見ん　淡々（8 俳諧新選 一三〇ぺ）
風鳥の　くらひこぼしや　梅の風　蕪村（2 蕪村遺稿 八四二）
桑畑に　食らひつぶしの　毛虫かな　五律（8 俳諧新選 二二四ぺ）
苗代や　鞍馬のさくら　散りにけり　蕪村（2 蕪村句集 四八六）

下戸の立つたる　蔵もなし　年の暮　一茶（3 八番日記 三六一ぺ）
道端に　栗売り並ぶ　祭りかな　子規（10 獺祭句帖抄 六五六ぺ）
雪とけて　くりくりしたる　月夜哉　一茶（3 七番日記 三二五ぺ）
いがながら　栗くれる人の　誠かな　子規（10 獺祭句帖抄 六五六ぺ）
しづかさは　栗の葉沈む　清水哉　柳陰（6 猿蓑 二一五八）
犬の子の　厨に寝たり　冬の雨　小波（9 秋の声明29・12 〇二九八）
灯(ひ)一つを　厨にも向けて　蕪汁　蚋魚（9 ホ大4・3 〇八四三）
小柑子　栗やひろはむ　まつのかど　舟泉（6 あら野 四七三）
花見せに　来る萍(うきくさ)や　水のまし　鶴英（8 俳諧新選 一一八ぺ）
何積みて　来る大船ぞ　遠霞　孤桐（8 俳諧新選 一〇六ぺ）
ふたたびは　来ることもなき　栗の路　夜半（9 翠黛 一六四九）
我のみ歟(か)　来るとて元の　春ならず　心祇（8 俳諧新選 一四六ぺ）
又春の　来る共見えぬ　おちば哉　蓼太（8 俳諧新選 一三六ぺ）
追々に　来る人ごとの　さくら哉　その（7 俳諧古選 一五四ぺ）
石蕗(つは)に虻(あぶ)　来る日よ四辺　澄みわたり　立子（9 昭48俳句年鑑 一九四三）
盗み得て　来る間匂はぬ　花もがな　慶我（7 俳諧古選 一四四ぺ）
芝浦や　車の上に　はつ霞　超波（7 俳諧古選 二二一ぺ）
我善坊に　車引き入れ　ふる霰　碧梧桐（9 碧梧桐句集 〇一〇九）
話のせて　車まつしぐら　暮れの町　虚子（12 五百五十句 四〇ぺ）
宗盛の　車も見ゆれ　地主祭(ぢしゅまつ)り　紫暁（5 ももちどり 九〇九）
押しあうて　車やどりや　地主祭り　瓜流（8 俳諧新選 二二三ぺ）
大夕立　来るらし由布の　かきくもり　虚子（11 五百句 六七ぺ）

菜の花に　くるりくるりと　入る日哉　蒼虬（5 訂正蒼虬句集 一一五二）
立臼の　ぐるりは暗し　夕しぐれ　樗良（5 樗良発句集 七八六）
暮るる共なく　暮るる夜や　朧月　渡牛（8 俳諧新選 一〇八ぺ）
下庵の　暮るるをしらぬ　もみぢ哉　宗専（8 俳諧新選 一三四ぺ）
榾火（ほたび）焚き　呉るる女は　かはりをり　虚子（12 五百五十句 八八ぺ）
梅が香や　暮るれば星の　あらはるる　葛二（4 葛三句集 二一四二）
海贏（ばい）の子の　郭（くるわ）ともりて　わかれけり　万太郎（9 草の丈 一一二九）
二の富は　郭へおちて　初がつを　沾洲（4 職人尽前集 一二三七）
我のせて　郭を出でよ　鳳巾（いかのぼり）　たま（7 俳諧古選 一五六ぺ）
力なう　くれかかる日や　須磨の秋　涼菟（7 俳諧古選 ぺ一七九）
菊の日も　暮れ方になり　疲れけり　虚子（14 七百五十句 六〇ぺ）
行く春の　くれぐれをしき　夕べ哉　弘永（7 俳諧古選 一四四ぺ）
けふも又　暮れて桜に　分かれけり　栄滝（8 俳諧新選 一〇九ぺ）
日は花に　暮れてさびしや　あすならふ　芭蕉（1 笈の小文 三七一）
夏草や　暮れても暑き　日のゆかり　栄滝（8 俳諧新選 一一九ぺ）
杖わつて　暮れなば焼（た）かん　桜狩り　如泉（7 俳諧古選 二〇六ぺ）
霧に日は　暮れなりけりの　峠　哉　存義（8 俳諧新選 一二八ぺ）
春雨や　暮れなんとして　けふも有り　蕪村（2 蕪村句集 二一〇九）
寒菊や　暮れに彳（たたず）む　中の君　白羽（4 右紫 一二八四）
三日月や　暮れぬに暮るる　波の上　太祇（8 俳諧新選 一三〇ぺ）
城一つ　暮れ残したる　もみぢかな　寥和（4 茶話稿 一一五五）
見返れば　暮れの淋しき　もみぢ哉　菜根（8 俳諧新選 一三四ぺ）

節季候（せきぞろ）の　来れば風雅も　師走哉　芭蕉（1 勧進牒 六五四）
我に杖　くれ行く年の　かたみかな　風状（8 俳諧新選 一四六ぺ）
伽羅（きゃら）焚いて　暮れ行く年を　看経（かんきん）す　句仏（9 句仏句集 〇五二六）
地下りに　暮れ行く野辺の　薄　哉　蕪村（2 蕪村遺稿 一四三七）
黒雲から　黒鮮やかに　初　燕　草田男（9 美田 二五三〇）
子（ね）祭りや　黒う光れる　家の風　赤羽（8 俳諧新選 一四五ぺ）
剃り捨てて　黒髪山に　衣　更　曾良（4 奥の細道 〇八六七）
芳草や　黒き鳥も　濃　紫　虚子（11 五百句 二四ぺ）
鶴の毛の　黒き衣や　花の雲　芭蕉（1 句選拾遺 七八二）
時雨るや　黒木つむ屋の　窓あかり　凡兆（6 猿蓑 一六二四）
万歳や　黒き手を出し　足を出し　子規（9 寒山落木巻二 〇〇四七）
鶏頭の　黒きにそそぐ　時雨かな　子規（4 俳句稿巻二 二一八六）
時雨初め　黒木になるは　何々（なになに）ぞ　才麿（5 仮橋 二一八）
雨　蛙　黒き仏の　宙に鳴く　誓子（9 炎昼 一四五八）
白魚や　黒き目を明く　法の網　芭蕉（1 韻塞 七七九）
焼火にも　黒木小野炭　とこそきけ　千川（7 俳諧古選 二〇五ぺ）
明るしや　黒部の奥の　今年雪　普羅（9 新訂普羅句集 〇七〇三）
人誹（そし）る　会が立つなり　冬籠り　一茶（3 文政句帖 三六〇ぺ）
灯（ひ）あかあかと　会すれば千鳥　鳴くといふ　碧梧桐（9 三千里 〇一三一）
歌によまば　廻文にせん　なづな哉　湖春（5 続山井 九〇）
梅が香に　回廊ながし　履（くつ）のおと　涼袋（4 杖のさき 一七七一）
一点が　懐炉で熱し　季節風　草城（9 銀 二四五二）

風戦(そよ)ぐ　光陰の矢や　今年竹　五好（8俳諧新選 一一八ぺ）
氾濫の　黄河(くわうが)の民の　粟しづむ　素逝（9砲車 一八三〇）
凍る断層　黄河文明　起こりし地　素逝（9砲車 一八二三）
晩涼や　火焔樹並木　斯くは行く　虚子（12五百五十句 一一ぺ）
映画出て　火事のポスター　見て立てり　虚子（12六百句 一四四ぺ）
屋根の上に　火事見る人や　冬の月　子規（10獺祭句帖抄 六六二ぺ）
雹(へう)晴れて　豁然とある　山河かな　鬼城（4鬼城句集 二二六八）
甃(いしだたみ)に　くわつと日影や　青嵐　喜舟（9紫川 〇四五二）
川底に　蝌蚪の大国　ありにけり　鬼城（9鬼城句集 〇六一六）
明らかに　花粉とびつく　うららかや　みどり女（9笹鳴 〇九六七）
秋の旅　画壁の工夫　付きにけり　自笑（8俳諧新選 一三五ぺ）
竹の雪　勧学院も　このあたり　麦水（5葛箒 七四六）
目覚むれば　元日暮れて　ゐたりけり　松浜（9白菊 〇五五九）
腰てらす　元日里の　睡りかな　犀夕（6波留濃日 三〇九）
いざや寝ん　元日は又　翌(あす)の事　蕪村（2蕪村遺稿 一〇二二）
夏冬と　元日やよき　有り所　定武（7俳諧古選 一五六ぺ）
短冊の旗　管城の固め　前は花　惟中（5破邪顕正返答 一三三四）
春惜しむ　句をめいめいに　作りけり　漱石（9漱石全集 〇一八二）
山の月　ぐんぐん昇り　荒々し　虚子（13六百五十句 一八三ぺ）
滝落ちて　群青世界　とどろけり　秋桜子（9帰心 一四三一）
声を呑む　群集に常の　秋日照る　月草（9わが住む里 〇九九八）
歌書よりも　軍書にかなし　芳野山　支考（5俳諧古今抄 三七三）
ねこの子の　くんづほぐれつ　胡蝶哉　其角（6炭俵 二四一四）
孑孑(ぼうふら)や　汲んで幾日の　閼伽(あか)の水　子規（10獺祭句帖抄 六三〇ぺ）
下闇に　組んで落ちけり　蝸牛(かたつぶり)　喜円（8俳諧新選 一五〇ぺ）
蟷螂(かまきり)に　くんで落ちたる　ぬかごかな　為有（6炭俵 二五六〇）
勝つた手を　組んで見せたる　角力(すまふ)哉　旭扇（8俳諧新選 一二七ぺ）

け

七草や　傾城買ひの　はやし様　巻中（8俳諧新選 一四八ぺ）
余儀なしや　傾城買ひの　冬籠り　瓜流（8俳諧新選 一四〇ぺ）
傘さして　傾城なぶる　春の雨　子規（10獺祭句帖抄 六四三ぺ）
年玉に　傾城の香の　うつりけり　青々（9鳥の巣 〇四九〇）
古袷　傾城人の　妻となり　醒雪（9春夏秋冬 〇三二六）
月暈(かさ)あり　雞頭の影　化けぬべく　露月（4新俳句 二二七五）
目ざす敵は　鶏頭よ　横時雨　一茶（3七番日記 三五二ぺ）
下駄の歯を　蹴欠いて戻る　師走かな　鳳朗（5鳳朗発句集 一一六五）
怠りし　夏書(げがき)はじめる　灯(ともし)かな　瓜流（8俳諧新選 一一七ぺ）
傾城の　夏書やさしや　仮の宿　其角（7俳諧古選 二〇一ぺ）
下々も下々　下々の下国の　涼しさよ　一茶（3七番日記 三三六ぺ）
山蛙　けけらけけらと　夜が移る　亜浪（9定本亜浪句集 一〇四九）
めいげつや　下戸と下戸との　むつまじき　胡及（6あら野 四二七）
聞き得しは　下戸の命ぞ　時鳥　九穂（7俳諧古選 二一六ぺ）

曲水の宴　下戸はつくねんと　して居たり　雅因（8俳諧新選一四九ペ）
はなのなか　下戸引きて来る　かひな哉　亀洞（6あら野三六七）
天ゆ落つ　華厳日輪　かざしけり　亜浪（9定本亜浪句集一〇二三）
雪満ちて　華厳の煙り　あたたかき　茅舎（9定本茅舎句集一七〇〇）
芙蓉さく　今朝一天に　雲もなし　紫暁（5雁風呂九一〇）
武蔵野に　今朝一ぱいの　霞かな　作者不明（7俳諧古選一九五ペ）
武蔵野を　けさ一ぺんや　秋の風　呑那（8俳諧新選二一四ペ）
賑はしや　今朝大雪の　門の声　呑獅（8俳諧新選四二ペ）
老僧も　袈裟かづきたる　花見哉　之道（6炭俵二四四五）
淋しさや　けさ立ちし神の　小柴垣　田社（7俳諧古選二二四ペ）
星あひや　今朝床崩す　筏乗　青峨（4続福寿一二六五）
とかくして　今朝と成りけり　門の松　宋屋（8俳諧新選一〇〇ペ）
鳳凰か　今朝鳥が啼く　吾妻の春　風虎（5江戸弁慶一一二二）
傘（からかさ）を　袈裟に背負ふや　鉢叩　安里（8俳諧新選一四四ペ）
霜や置きし　けさのふとんの　離れ際　亀石（8俳諧新選一三九ペ）
出代や　けさの枕の　はなれ際　梅松（8俳諧新選一四八ペ）
蕣（あさがほ）に　今朝は朝寝の　亭主あり　子規（10獺祭句帖抄六一〇ペ）
うき草や　今朝はあちらの　岸に咲く　乙由（5麦林集四四八）
起し人も　けさは神也　若恵比須　万翁（8俳諧新選一〇〇ペ）
初雪や　今朝は手水も　田子の浦　馬州（7俳諧古選二二七ペ）
花の跡　けさはよほどの　茂りかな　子珊（6炭俵二四七四）
みじか夜や　今朝未（まだ）すまぬ　小田の水　移竹（8俳諧新選一一八ペ）

蕣に　今朝も手水を　忘れたり　酔滴（7俳諧古選一八一ペ）
一夜とめし　けさや板間の　こぼれ萩　太祇（8俳諧新選二二七ペ）
日の光　今朝や鰯の　かしらより　蕪村（2蕪村句集一〇〇六）
川端に　けしき落ちつく　柳かな　移竹（8俳諧新選一〇五ペ）
春もやや　けしきととのふ　月と梅　芭蕉（1鷹獅子集七七七）
すりこ木も　けしきにならぶ　夜永哉　一茶（3文化句帖三四三ペ）
頓（やが）て死ぬ　けしきは見えず　蟬の声　芭蕉（1猿蓑六三〇）
百歳の　気色を庭の　落葉哉　芭蕉（1真蹟画賛七二一）
行く秋の　けしにせまりて　かくれけり　芭蕉（1芭蕉宛去来八〇七）
似合はしき　けしの一重や　須磨の里　杜国（6猿蓑一七二八）
遣羽子や　下宿の窓の　品定め　子規（10獺祭句帖抄六一二ペ）
薄曇り　けだかくはなの　林かな　信徳（6あら野三六一）
春雨に　下駄買ふ泊瀬の　法師かな　蕪村（2蕪村遺稿二一二六）
仏共　下駄ともならで　榾（ほた）火（び）哉　休粋（8俳諧新選二三八ペ）
門々の　下駄の泥より　春立ちぬ　一茶（3七番日記三三三ペ）
鶯や　下駄の歯につく　小田の土　凡兆（6猿蓑一九〇九）
身を捨てよ　下駄はく雨の　鉢叩　氷花（7俳諧古選一九一ペ）
春といふ　下女にうかれて　待つ夜哉　珪琳（8俳諧新選一四七ペ）
ひらひらと　月光降りぬ　貝割菜　茅舎（9華厳一六九六）
戸の隙に　月蝕すみし　月明かり　虚子（14七百五十句四一ペ）
我が声を　蹴て飛ぶ鵙（もず）や　夕日かげ　嵐方（8俳諧新選一二九ペ）
蕎麦もみて　けなりがらせよ　野良の萩　芭蕉（1続寒菊七一四）

榾(ほだ)の火に　けなるき様や馬のつら　龍眠（8 俳諧新選 一三八ペ）
初空や　実(げに)神路山神路山　麻斎（8 俳諧新選 一〇〇ペ）
女をと鹿や　毛に毛がそろうて毛むつかし　芭蕉（1 貝おほひ 三九）
端(はし)居(ゐ)して　げに長かりし旅路かな　虚子（14 七百五十句 三九ペ）
痩せ臑の　毛に微風有り更衣(ころもがへ)　蕪村（2 蕪村句集 五二〇）
暑き日や　実(げ)も草木の居(すわ)り様　桃咲（7 俳諧古選 二一六ペ）
上(うへ)童(わらは)　実にや粽のほどきやう　西吟（7 俳諧古選 一六四ペ）
鍋ぶたの　けばけばしさよ年のくれ　孤屋（6 炭俵 二六三九）
七草や　粧ひしかけて切り刻み　野坡（6 炭俵 二四〇六）
出女の　化粧の中やとぶ燕　木導（7 俳諧古選 一五四ペ）
ある中に　下卑ぬ三十日や御(み)祓(そぎ)川　心祇（8 俳諧新選 一四六ペ）
たびにあきて　けふ幾(いく)日(か)やら秋の風　芭蕉（1 真蹟集覧 四一五）
きのふ去に　けふいに雁のなき夜哉　蕪村（2 蕪村句集 七四一）
竹植ゑて　けふかあらぬ歟(か)試みん　嘯山（8 俳諧新選 一二三ペ）
春立つや　今日着て登るしろはかま　卜養（4 誹諧洗濯物 〇一四一）
強(こは)霜(じも)に　今日来る人を心待ち　虚子（12 六百句 二三三ペ）
茸狩りし　今日暮れにけり今日遠し　迷堂（9 孤輪 〇四二二）
昨日ぬくし　今日寒き日の暮れ急ぐ　徂春（9 定本徂春句集 〇七九九）
みちのくの　けふ関越えん箱の海老　杉風（6 炭俵 二三八八）
昨日有りて　けふなき道の覆盆子(いちご)哉　亀石（8 俳諧新選 一四八ペ）
時鳥　けふにかぎりて誰もなし　尚白（6 猿蓑 一七一三）
竜宮も　けふの塩路や土用干　芭蕉（1 六百番発句合 七〇）

福の神を　今日乗せ来るや午の年　令徳（4 犬子集 〇一〇二）
名月や　けふはあなたも御急ぎ　一茶（3 七番日記 三四五ペ）
蒟(こん)蒻(にやく)に　けふは売りかつ若菜哉　芭蕉（1 芭蕉一周忌 七七六）
人の世の　今日は高野の牡丹見る　虚子（14 七百五十句 二六ペ）
杜(かき)若(つばた)　けふは昨日のゆかりかな　嵩平（8 俳諧新選 一四ペ）
たんぽぽも　けふ白頭に暮の春　召波（4 春泥句集 一八二七）
もらぬほど　今日は時雨よ草の庵　斜嶺（6 炭俵 二六〇〇）
薬掘り　けふは蛇骨を得たり鳧(けり)　蕪村（2 蕪村遺稿 一七五八）
夜明けから　けふはと思ふあつさ哉　菜陽（8 俳諧新選 一二〇ペ）
蔂さがる　けふは二筋雀の巣　虚子（12 六百句 一九四ペ）
蕣(あさがほ)に　けふは見ゆらん我が世哉　守武（7 俳諧古選 一九六ペ）
早乙女や　けふは向かふに小松原　存義（8 俳諧新選 一一六ペ）
腰のして　けふは山見ん菊作り　布門（8 俳諧新選 一三四ペ）
菊さいて　けふ迄の世話忘れけり　素園（8 俳諧新選 一三四ペ）
酔ふた天　けふみよしのの盛りかな　万翁（8 俳諧新選 一五二ペ）
出代を　けふもあやなくながめけり　諸号（8 俳諧新選 一〇八ペ）
一日の　けふもかやりのけぶりかな　蕪村（2 蕪村遺稿 一二五七）
名を呼びて　けふも暮れけり蟬の声　孤山（8 俳諧新選 一一九ペ）
渋柿に　けふも暮れ行く烏かな　二柳（4 あけ烏 一八五九）
庭塀に　今日も雀がさかりしか　百閒（9 百鬼園俳句 一一六七）
行くべしの　けふも蘭たるこたつかな　斗吟（8 俳諧新選 一三八ペ）
濡れたまま　けふも亦出る田植かな　支鳩（8 俳諧新選 一一六ペ）

玉祭り　けふも焼場の　けぶり哉　芭蕉（1 蕉翁句集 六三五）
煤掃の　けふや思へば　仮の宿　望友（7 俳諧古選 一八七ぺ）
月魄に　けぶりそむなり　天の川　夜半（9 翠黛 一六四五）
はつ春や　けぶり立つるも　世間むき　一茶（3 文化句帖 三三三ぺ）
蚊遣火の　烟にそるる　ほたるかな　許六（6 続猿蓑 三一四六）
若竹や　烟のいづる　庫裏(くり)の窓　曲翠（6 続猿蓑 三一七六）
夕山や　けぶりの末の　春の雲　長翠（4 水薦苅 二一二五）
浅間山　けぶりの中の　若葉哉　蕪村（2 蕪村遺稿 八六一）
炉に焼(た)きて　けぶりを握る　紅葉哉　蕪村（2 蕪村句集 一一八四）
ややしばし　けぶりをふくむ　やなぎかな　暁台（5 暁台句集 七六七）
涼しさは　下品下生の　仏かな　虚子（12 五百五十句 九〇ぺ）
花はよも　毛虫にならじ　家桜　嵐雪（6 炭俵 二四四三）
みじか夜や　毛むしの上に　露の玉　蕪村（2 蕪村句集 五五六）
露の中　毛虫よろぼひ　歩きけり　虚子（12 六百句 一五六ぺ）
汽車過ぎて　烟うづまく　若葉かな　子規（10 獺祭句帖抄 六三一ぺ）
ゆふだちや　烟逆(さか)だつ　浅間山　嘯山（5 葎亭句集 七二二）
七湯の　烟淋しや　枯芒　子規（10 獺祭句帖抄 六六七ぺ）
浅間山の　煙出て見よ　今朝の秋　鬼城（9 鬼城句集 〇六〇七）
遠のけば　烟に続く　柳かな　麦翅（8 俳諧新選 一〇五ぺ）
木の葉たく　烟のうへの　おちば哉　暁台（5 暁台句集 七七四）
ところてん　煙のごとく　沈みをり　草城（9 花氷 二四六六）
若葉して　烟のたたぬ　砦かな　子規（10 獺祭句帖抄 六三一ぺ）

炭竈の　烟の中や　せみのこゑ　鶴女（8 俳諧新選 一一九ぺ）
冬こもり　煙のもるる　壁の穴　子規（10 獺祭句帖抄 六三九ぺ）
紙くべし　煙はなれず　今年竹　普羅（9 辛夷 〇七一四）
我がたつる　けむりは人の　秋の暮　蒼虬（5 訂正蒼虬句集 一一五六）
名月や　煙這ひ行く　水の上　嵐雪（4 萩の露 〇八四五）
朝寒や　烟目につく　舟上がり　孤桐（8 俳諧新選 一三二ぺ）
ゆく蛍　烟も立てず　明けにけり　河星（8 俳諧新選 一一六ぺ）
ゆで栗の　烟や今宵　雨と成り　在色（5 誹諧当世男 一四四）
炭竈の　烟ゆがまぬ　霜夜かな　水翁（8 俳諧新選 一四四ぺ）
明け易き　欅にしるす　生死かな　楸邨（9 火の記憶 二五六九）
花の幕　兼好を覗く　女あり　蕪村（2 蕪村句集 四五三）
桜なら　喧吪なら雲　江戸の月　青峨（4 東風流 一二六三）
淀舟や　喧嘩にまじる　子規(ほととぎす)　立志（7 俳諧古選 一七〇ぺ）
船頭の　喧嘩は済んで　蛙かな　遊也（7 俳諧古選 一五六ぺ）
蝸牛(でで むし)の　喧嘩見に出ん　五月雨　子規（10 獺祭句帖抄 六〇八ぺ）
傘たたむ　玄関深き　若葉かな　子規（10 獺祭句帖抄 六〇八ぺ）
秋篠は　げんげの畦に　仏かな　虚子（11 五百句 一〇四ぺ）
全身を　現じて土の　霞むかな　青々（9 松苗 〇四八六）
さればこそ　賢者は富まず　敗荷(やれはちす)　蕪村（2 蕪村遺稿 一七八五）
大手より　源氏寄せたり　青嵐　漱石（4 漱石全集 二三三九）
野幌の　原始林より　秋来たり　みどり女（9 微風 〇九七四）
夏木立　幻住庵は　無かりけり　子規（10 獺祭句帖抄 六四九ぺ）

かんこ鳥は　賢にして賎し　寒苦鳥　蕪村（2蕪村句集 二一九八）
卯の花や　玄能寮の　かい曲がり　嘯山（8俳諧新選 一一三ぺ）
餅つきや　元服さする　草履（ざうり）取り　野坡（6炭俵 二六三三）
家の子に　元服させつ　年のくれ　魚翁（8俳諧新選 一四六ぺ）

こ

玉川や　小鮎たばしる　晒し布　子規（10獺祭句帖抄 六〇五ぺ）
砂川や　小鮎ちろつく　日の光　子規（10獺祭句帖抄 六四四ぺ）
獺にもとられず　小鮎釣り来し　夫をかし　久女（9杉田久女句集 〇九三七）
足もとに　小鮎飛ぶなり　夕まぐれ　子規（10獺祭句帖抄 六〇五ぺ）
故友また　故友青きも　踏みあへず　爽雨（9三露 一八九二）
春雨や　小磯の小貝　ぬるるほど　蕪村（2蕪村句集 四三一）
栗がらの　小家作らむ　松の中　団友（6続猿蓑 三三一七）
雛まつる　小家に著きぬ　磯路来て　松浜（9白菊 〇五五八）
鰒汁や　小家に似ざる　灯（ひ）の光　支鳩（8俳諧新選 一四〇ぺ）
小豆売る　小家の梅の　つぼみがち　蕪村（2蕪村句集 二四四五）
なに食うて　小家は秋の　柳陰　芭蕉（1茶のさうし 九六八）
門前の　小家もあそぶ　冬至哉　凡兆（6猿蓑 一六五六）
田水沸くや　小家もれ来る　子守唄　句仏（9句仏句集 〇五三四）
翡翠（かはせみ）の　紅一点に　つづまりぬ　虚子（12五百五十句 二二二ぺ）
残雪や　ごうごうと吹く　松の風　鬼城（9鬼城句集 〇六二二）

文もなく　口上もなし　粽五把　嵐雪（6炭俵 二五〇〇）
仏壇の　柑子を落とす　鼠かな　子規（10獺祭句帖抄 六三八ぺ）
聖燭祭　工人ヨセフ　我が愛す　三鬼（9旗 二三五八）
柿食ふて　洪水の詩を　草しけり　子規（10獺祭句帖抄 六五七ぺ）
黛（まゆずみ）を　濃うせよ草は　芳しき　東洋城（9東洋城全句上 〇四〇八）
聞くほどの　小うた睡たき　夏野哉　其諺（7俳諧古選 一六一ぺ）
屋ね葺きや　小歌もならず　ほととぎす　轍士（5花見車 一九七）
三み線も　小歌ものらず　梅の花　来山（7俳諧古選 一四九ぺ）
雪の夜の　紅茶の色を　愛しけり　草城（4花氷 二七一〇）
仰向けの　口中へ屠蘇　たらさるる　草城（9銀 二四四八）
春さむや　買うてすぐさす　ふだん櫛　淡路女（9梶の葉 〇九八四）
押し合ひて　紅梅さきぬ　枝限り　賀瑞（8俳諧新選 一〇二ぺ）
慮外ながら　紅梅殿と　申さうか　吾心（7俳諧古選 二〇四ぺ）
伊豆の海や　紅梅の上に　波ながれ　秋桜子（9霜林 一四一八）
温泉（ゆ）の町に　紅梅早き　宿屋かな　子規（10獺祭句帖抄 六二六ぺ）
あだ花の　小瓜とみゆる　ちぎりかな　荷兮（6あら野 一〇〇〇）
あさら井や　小魚と遊ぶ　心太（ところてん）　一茶（3題叢 三三九ぺ）
鮓桶に　小魚より来る　流れかな　鼠骨（9新俳句 〇二五八）
おとろひや　小枝も捨てぬ　年木樵　蕪村（2蕪村句集 三八三）
反橋や　越えて蚊一つ　なき所　方山（7俳諧古選 一六四ぺ）
畔一つ　越えぬ田螺（たにし）の　一期哉　無人（7俳諧古選 二三一ぺ）
海士の屋は　小海老にまじる　いとど哉　芭蕉（1猿蓑 六四四）

鳥ぐもり　子が嫁してあと　妻残る　敦（9午前午後 三一三七）
夏山や　木陰木陰の　江湖(がうこ)部屋　蕪葉（6あら野 一〇二六）
餅花の　木陰にてうち　あはは哉　一茶（3おらが春 四六〇ペ）
水無月の　木陰によれば　落葉かな　水巴（9定本水巴句集 〇六〇二）
人もなし　木陰の椅子の　散り松葉　子規（10獺祭句帖抄 六三一ペ）
埋むとも　木陰はさらじ　散るさくら　闌更（8俳諧新選 一五八ペ）
春風に　こかすな雛の　駕籠の衆　荻子（6猿蓑 一九四九）
畠打や　子が這ひ歩く　つくし原　一茶（3八番日記 三三一九ペ）
波の間や　小貝にまじる　萩の塵　芭蕉（1奥の細道 五六六六）
高嶺星　蚕飼(こがひ)の村は　寝しづまり　秋桜子（9葛飾 一四三〇）
衣着て　小貝拾はん　いろの月　芭蕉（1荊口句帳 五六八）
皃(かほ)の汗　子が拭いて遣る　田植哉　冬木（7俳諧古選 一六四ペ）
海に出て　木枯帰る　ところなし　誓子（9遠星 一四六〇）
猿の尻　木枯知らぬ　紅葉かな　宗長（4犬筑波集 〇〇〇四）
寝た下を　凩づうん　づうん哉　一茶（3文政句帖 三五三ペ）
日の岡や　こがれて暑き　牛の舌　正秀（6猿蓑 一七九一）
昼を蚊の　こがれてとまる　徳利かな　蕪村（2蕪村遺稿 一〇八）
住みけりな　五器洗ふ水も　ありす川　太祇（8俳諧新選 一六〇ペ）
世に合はぬ　濃き紅や　蔓珠沙華(まんじゅしゃげ)　祇川（8俳諧新選 一三五ペ）
鳥わたる　こきこきこきと　缶切れば　不死男（9瘤 二二七二）
蟬なくや　古郷に近き　一里塚　愚水（8俳諧新選 一一九ペ）
水仙や　古鏡の如く　花をかかぐ　たかし（4たかし全集 二六五一）

鴛鴦(をし)の水　古鏡のごとく　夕づきぬ　淡路女（9淡路女百句 〇九七八）
花茨　故郷の路に　似たるかな　蕪村（2蕪村句集 一一二八）
すまふ取　古郷へ帰る　枯野かな　白羽（8俳諧新選 一三七ペ）
行く秋を　鼓弓(こきゅう)の糸の　恨みかな　乙州（6続猿蓑 三三一四）
春駒や　胡弓の糸の　より心　嘯山（8俳諧新選 一〇一ペ）
鈴鴨の　虚空に消ゆる　日和哉　蒼虬（5訂正蒼虬集 一一五七）
山国の　虚空日わたる　冬至かな　蛇笏（9山廬集 〇六七五）
秋雨や　刻々暮るる　琵琶の湖(うみ)　虚子（12五百五十句 七三ペ）
堂守の　小草ながめつ　夏の月　蕪村（2蕪村句集 八四）
鴛(をしどり)や　国師の沓も　にしき革　蕪村（2蕪村遺稿 六八九）
二年や　獄出て湯豆腐　肩ゆする　不死男（9瘤 二二七六）
稲刈るは父　こゞは母　這ふは子よ　子規（10獺祭句帖抄 六五九ペ）
門ありて　国分寺はなし　草の花　梅室（5梅室家集 一一七一）
泣く声の　獄屋に高き　霜夜かな　孤桐（8俳諧新選 二三九ペ）
初雪や　獄屋見舞の　重の内　銭芷（7俳諧古選 一九〇ペ）
春睡や　こくりこくりと　心づき　余子（9余子句抄 〇四四一）
夜を寒み　小冠者(こくわじや)臥したり　北枕　蕪村（2蕪村句集 一四六六）
日の出前　五月のポスト　町に町に　波郷（9鶴の眼 二六五四）
梅の花　後家が軒端の　東風(こち)吹かば　常矩（4俳諧雑巾 〇二二六）
芹摘むとて　こけて酒なき　瓢(ふくべ)哉　旦藁（6波留濃日 三二一四）
葉がくれを　こけ出て瓜の　暑さかな　去来（4となみ山 〇九四五）
若草や　こけ所よき　酒の酔ひ　沙月（8俳諧新選 一〇三ペ）

葉ざくらや　碁気（ごけ）に成り行く　奈良の京　蕪村（2蕪村遺稿 四九一）
藁葺の　御家人町や　菊の花　魯貢（8俳諧新選 一四八ぺ）
花鳥と　こけら葺きゐる　尾上かな　冬文（6あら野 三八五）
南縁の　焦げんばかりの　菊日和　たかし（9たかし句集 一六六八）
雉子啼くや　ここいなのめの　朝日山　蕪村（2蕪村遺稿 二〇五〇）
ふく汁や　五侯の家の　もどり足　蕪村（2蕪村遺稿 三三〇七）
暁や　凍えも死なで　網代守（あじろもり）　子規（10獺祭句帖抄 六三九ぺ）
蛍火や　ここおそろしき　八鬼尾谷（やきをだに）　田上尼（6猿蓑 一七七一）
耕すや　五石の粟の　あるじ皃（がほ）　蕪村（2蕪村句集 三三七七）
枝踏むな　こここそ花の　雲の上　竿秋（8俳諧新選 一五八ぺ）
そこに居て　爰叩かれな　梅の花　几圭（7俳諧古選 二一五ぺ）
たち聞きの　ここちこそすれ　しかの声　蕪村（2蕪村遺稿 一四六八）
そんじよそこ　爰と青田の　ひいき哉　一茶（3おらが春 四四九ぺ）
小便所　爰と馬よぶ　夜寒哉　一茶（3おらが春 四七二ぺ）
松陰や　ここにおく共　冷し瓜　嘯山（8俳諧新選 一五〇ぺ）
死に死にて　ここに涼しき　男かな　鬼城（9鬼城句集 〇六二四）
耳目肺腸（じもくはいちやう）　ここに玉まく　芭蕉庵　蕪村（2蕪村句集 三三九七）
寝すがたを　ここに残すや　草の鹿　雁宕（8俳諧新選 一五八ぺ）
飛ぶいづみ　ここにも石に　走るなり　嘯山（8俳諧新選 一二二ぺ）
わか草や　ここにも酒の　流るめり　嘯山（8俳諧新選 一五七ぺ）
いかのぼり　ここにもすむや　潦（にはたづみ）　園風（6猿蓑 一九五五）
岩はなや　ここにもひとり　月の客　去来（5笈日記 二九九）

交番や　ここにも一人　花の酔ひ　子規（10獺祭句帖抄 六四五ぺ）
行き行きて　ここに行き行く　夏野哉　蕪村（2蕪村句集 一二二）
ここに咲けば　ここの仏の　椿かな　別天楼（9野老 一一七九）
音もなく　ここは蚊もなく　蝿もなし　春来（8俳諧新選 一五三ぺ）
狗（いぬころ）に　爰へ来よとや　蝉の声　一茶（3おらが春 四五〇ぺ）
夕風や　是もひとりは　涼まれず　移竹（7俳諧古選 二一五ぺ）
関こえて　爰も藤しろ　みさか哉　宗祇（6あら野 八九七）
妙福の　こころあて有り　さくら麻　木節（6続猿蓑 三〇五〇）
春の野に　心ある人の　素皃（がほ）哉　一有妻（6あら野 九七八）
起き起きの　心うごかす　かきつばた　仙化（6猿蓑 一七三一）
秋風の　心動きぬ　縄すだれ　嵐雪（4続の原 〇八二四）
行く春も　こころえがほの　野寺かな　野水（6あら野 八四七）
春（つき）臼（うす）の　心落ちつく　落葉哉　蕪村（2蕪村遺稿 六四〇）
よる波の　心落ちつく　氷かな　二柳（8俳諧新選 一五八ぺ）
羽色とは　心おとりや　きじの声　晩平（8俳諧新選 一〇四ぺ）
川音や　心覚えの　山ざくら　祇峰（7俳諧古選 二一八ぺ）
見ても見ぬ　心通ふや　未開紅　呉郷（8俳諧新選 一五五ぺ）
父を恋ふ　心小春の　日に似たる　虚子（13六百五十句 一六三ぺ）
折りくるる　心こぼさじ　梅もどき　蕪村（2蕪村句集 三二八一）
鮎の子の　心すさまじ　滝の音　土芳（6続猿蓑 三〇二二）
はさむ時　心つくしの　生海鼠（なまこ）哉　五鳳（7俳諧古選 二二〇ぺ）
子どもらを　心でをがむ　夜寒哉　一茶（3おらが春 四七二ぺ）

いつぞはの　心とどくや　ほととぎす　五筑（8俳諧新選一五四ぺ）
花と実の　心問ひたき　茨かな　素園（8俳諧新選一二三ぺ）
鰒さげて　心と人に　かくれけり　百庵（8俳諧新選一四〇ぺ）
横に降る　心直るや　春の雪　林紅（7俳諧古選一五二ぺ）
けふの日や　心にかかる　霧もなし　守紀（8俳諧新選一五四ぺ）
野ざらしを　心に風の　しむ身哉　芭蕉（1野ざらし紀行一七一）
ことごとを　心に刻み　秋扇　汀女（9半生一九二二）
はつ音皆　心に対ふ　是春か　麦水（5新みなし栗七三五）
初秋や　心に高し　空の鳶　抱一（4屠竜之技二一三五）
鹿の声　心に角は　なかりけり　乙由（7俳諧古選一八三ぺ）
裾に置いて　心に遠き　火桶哉　蕪村（2蕪村句集三二一）
人のこと　心にとめぬ　故涼し　夜半（9彩色一六四八）
義朝の　心に似たり　秋の風　芭蕉（1野ざらし紀行一九〇）
扇おく　こころに百事　新たなり　蛇笏（9雪峡〇六四五）
旅人の　こころにも似よ　椎の花　芭蕉（1続猿蓑七八七）
ものものの　心根とはん　月見哉　露沾（6続猿蓑三二〇六）
冬ごもり　心の奥の　よしの山　蕪村（2蕪村遺稿二三〇九）
雪あられ　心のかはる　寒さ哉　夕菊（6続猿蓑三三九〇）
川音に　心のしまる　夜寒哉　管子（7俳諧古選二一七ぺ）
春の夜や　心の隅に　恋つくる　五明（5五明句集八八〇）
打ち明くる　心の底や　店おろし　嘯山（8俳諧新選一五六ぺ）
雲の嶺　心のたけを　くづしけり　路通（4鷹獅子集二〇一二）

袴着ぬ　こころの友や　初鰹　宗瑞（8俳諧新選一四七ぺ）
秋風や　心の中の　幾山河　虚子（12五百五十句五五四ぺ）
其の人の　心の形（なり）や　夕涼み　鶴女（7俳諧古選二二〇ぺ）
うぐひすに　心の行かぬ　さむさ哉　蘭丈（8俳諧新選一〇三ぺ）
秋ちかき　心の寄（より）や　四畳半　芭蕉（1鳥の道八六八）
魚鳥の　心はしらず　年わすれ　芭蕉（1流川集七三九）
雪深く　心はずみて　唯歩く　虚子（12六百句二三六ぺ）
幾霜に　心ばせをの　松かざり　芭蕉（1其角歳旦帳二五七）
物に飽く　こころはづかし　茄子汁　太祇（8俳諧新選一二三ぺ）
朝々の　心はなれぬ　ふとんかな　羽律（8俳諧新選一三九ぺ）
味をやる　心は持たじ　梅の花　夕湖（7俳諧古選一五五ぺ）
口切や　心ひそかに　撰えらび　太祇（8俳諧新選一三八ぺ）
稲妻の　心拍子に　違（たが）ひけり　鯨童（8俳諧新選一二五ぺ）
一とせの　心拍子は　薺（なづな）かな　無倫（7俳諧古選一五五ぺ）
己が身を　心細いか　秋の蠅　隆平（7俳諧古選一八三ぺ）
雁くはぬ　心仏に　ならはぬぞ　荷兮（6あら野一〇四三）
露とくとく　心みに浮夜　すすがばや　芭蕉（1野ざらし紀行一八六）
牡丹散つて　心も置かず　別れけり　北枝（4卯辰集一〇七八）
居（すわ）つたる　心も軽き　袷かな　玉壺（8俳諧新選一二二ぺ）
あこくその　心もしらず　梅の花　芭蕉（1蕉翁句集草稿三四三）
尾頭の　こころもとなき　海鼠（なまこ）哉　去来（6猿蓑一六四九）
探梅の　こころもとなき　人数かな　夜半（9翠黛一六四四）

蓮の葉や　心もとなき　水離れ　白雪（6続猿蓑 三一三五）
爪取りて　心やさしや　年ごもり　素龍（6炭俵 二六四二）
花過ぎの　心安さよ　嵐山　月斗（9昭和俳句集 〇五一七）
ちるときの　心やすさよ　米嚢花（けしのはな）　越人（6猿蓑 一七二六）
旨（うま）過ぎぬ　こころや月の　十三夜　素堂（7俳諧古選 一七六ぺ）
小法師に　心ゆるすな　女郎花（をみなへし）　子規（10獺祭句帖抄 六一七ぺ）
秋晴や　心ゆるめば　曇るべし　虚子（12五百五十句 九八ぺ）
時となく　快よき屁や　冬ごもり　嘯山（8俳諧新選 一四〇ぺ）
元日の　心わすれぬ　よるの雨　雅因（8俳諧新選 一〇〇ぺ）
中々に　心をかしき　臘月（しはす）哉　芭蕉（1馬指堂宛 七七二）
渡り鳥　ここをせにせよ　寺林　蕪村（2蕪村句集 一七七二）
梅の花　妥を盗めと　さす月か　一茶（3おらが春 四三七ぺ）
竹のこに　小坂の土の　崩れけり　園女（5住吉物語 四二二五）
盆栽の　小桜早し　京の市　子規（10獺祭句帖抄 六二六ぺ）
篝木の　微雨（こさめ）こぼれて　鳴く蚊哉　柳雨（6波留濃日 三三三五）
夕暮れの　小雨に似たり　水すまし　子規（10獺祭句帖抄 六三〇ぺ）
しののめに　小雨ふり出す　やけ野哉　蕪村（2蕪村句集 四四〇）
口切や　五山衆なんど　ほのめきて　蕪村（2蕪村句集 六四三）
白菊や　呉山の雪を　笠の下　蕪村（2蕪村句集 九五三）
我が宿に　腰かけて居る　暑さかな　宗専（8俳諧新選 二一〇ぺ）
雲の峰　腰かけ所　たくむなり　野水（6あら野 六八五）
突き上げて　仔鹿乳呑む　緑の森　三鬼（9変身 二三六〇）

下萌の　乞食にかはす　ことばかな　一瓢（5玉山人家集 一一四二）
梅が香や　乞食の家も　のぞかるる　其角（4続虚栗 〇七八三）
茶の花や　乞食も覗く　寺の門　露沾（5露沾俳諧集 二二四二）
からざけに　腰する市の　翁哉　蕪村（2蕪村句集 一四八三）
そぼふりて　木下にくくむ　蛍哉　魯堂（8俳諧新選 一一七ぺ）
春雨の　こしたにつたふ　清水哉　芭蕉（1笈の小文 三七四）
中山や　越路も月は　また命　芭蕉（1荊口句帳 五五八）
踊りけり　腰にぶらつく　奉加帳　子規（10獺祭句帖抄 六〇九ぺ）
風かをる　こしの白根を　国の花　芭蕉（1柞原集 五三一）
仏名会　腰のぬけたる　おはしけり　之房（8俳諧新選 一四五ぺ）
かたびらに　越の日数や　後の月　涼菟（5山中集 四一五）
初鏡　五十の面　剃りにけり　月斗（9昭和俳句集 〇五一六）
冬ごもり　漉水の音　夜に入りぬ　白雄（4白雄句集 一七五六）
七十の　腰もそらすか　鳴子引　其角（7俳諧古選 一七八ぺ）
口切や　小城下ながら　ただならね　蕪村（2蕪村句集 六四二）
篝木は　五尺になりぬ　雲の峰　洒竹（9洒竹句集 〇二九三）
初日影　五尺の庵に　入れ申す　古白（9古白遺稿 〇一九一）
しぐるるや　腰湯ぬるみて　雁の声　子規（10獺祭句帖抄 六四〇ぺ）
ほだはらや　拵（こしら）へて売る　買ひもする　法策（8俳諧新選 一四五ぺ）
すずしさや　腰を掛尾の　峰の風　井々（8俳諧新選 一五四ぺ）
白魚や　古人灯（ともし）を　花と見し　碧雲居（9碧雲居句集 一〇六七）
門を出でて　故人に逢ひぬ　秋の暮　蕪村（2蕪村遺稿 一一六六）

似たりとは　古人の麁相　杜若(かきつばた)　嘯山（8俳諧新選 一一四ぺ）
世の夏や　湖水にうかぶ　波の上　芭蕉（1真蹟懐紙写 三九七）
しづかさや　湖水の底の　雲のみね　一茶（3寛政句帖 三三六ぺ）
桃さくや　湖水のへりの　十箇村　碧梧桐（9碧梧桐句集 ○一四二）
鶯や　湖水も岸へ　ささら波　渠柳（8俳諧新選 一○一ぺ）
夏河を　越すうれしさよ　手に草履(ざうり)　蕪村（2蕪村句集 三六）
鰤(ぶり)網を　越す大浪の　見えにけり　普羅（9新訂普羅句集 ○七二八）
此の蘭や　五助が庭に　きのふまで　蕪村（2蕪村遺稿 一二六九）
きつね火や　五助新田の　麦の雨　蕪村（2蕪村遺稿 一四○五）
柿の名の　五助と共に　月みかな　如真（6続猿蓑 三二一）
高　鼾　小妻き庵の　茂り哉　如帆（7俳諧古選 一六一ぺ）
花曇り　小雀の嘴の　苔一片　元（9島村元句集 ○九○四）
松島の　小隅は暮れて　鳴く雲雀(ひばり)　一茶（3おらが春 四三七ぺ）
わくらばの　梢あやまつ　林檎かな　蕪村（2蕪村遺稿 一○四）
思はざる　梢にすまふ　太鼓かな　斗吟（8俳諧新選 一二七ぺ）
親なくば　梢に寝たき　桜かな　万翁（8俳諧新選 一○九ぺ）
窓の灯(ひ)の　梢にのぼる　若葉哉　蕪村（2蕪村句集 七六○）
ほつかりと　梢に日あり　霜の朝　虚子（11五百句 七八ぺ）
柿紅葉　梢の秋と　成りにけり　晩平（8俳諧新選 一三二ぺ）
木食(もくじき)や　こずゑの秋に　なりにけり　高政（5洛陽集 一二○）
日は過ぐる　梢の柿と　見あひつつ　成美（5成美家集 九三四）
手を組んだ　梢の猿や　秋のくれ　希因（8俳諧新選 一三五ぺ）

鳥わたる　梢の底や　市の声　麦水（5葛箒 七四四）
羽をこぼす　梢の鳶や　小六月　蒼虬（4訂正蒼虬句集 二一四九）
春たつや　梢の雪に　ひかりさす　青蘿（5青蘿発句集 八四五）
月はやし　こずゑはあめを　持ちながら　芭蕉（1かしま真蹟 三○五）
柿ぬしや　梢はちかき　あらし山　去来（6猿蓑 一八七二）
秋風や　梢はなれぬ　蟬の空　百里（4花摘 一一二三）
門松の　梢めづらし　三日の月　蕪村（2蕪村句集 一○五七）
脱ぎかゆる　梢もせみの　小河かな　蕪村（2蕪村遺稿 一二五一）
口切や　梢ゆかしき　塀どなり　蕪村（2蕪村遺稿 一一七六）
黄に染みし　梢を山の　たたずまひ　龍眠（8俳諧新選 一六○ぺ）
直き世や　小銭程でも　蓮の花　一茶（3おらが春 四四五ぺ）
棚経や　小僧面白　さらに読む　子規（10獺祭句帖抄 六三五ぺ）
冬枯れに　去年(こぞ)きて見たる　友もなし　乃龍（6続猿蓑 三三六）
折る人を　こそぐる萩の　うねりかな　柳居（4柳居発句集 一一四七）
虫干に　小袖着て見る　女かな　冬文（6あら野 九八二）
ゆく春や　小袖にのこる　酒のしみ　知十（9鶯日 ○三五五）
無き人の　小袖も今や　土用干　芭蕉（1猿蓑 四○五）
埋み火の　去年となりけり　それながら　月居（4河觴 二一○一）
草のめや　去年に変はりし　遠干潟　嘯山（5律亭句集 七一五）
大服は　去年の青葉の　匂ひ哉　防川（6あら野 四九○）
軒裏に　去年の蚊動く　桃の花　鬼貫（4仏の兄 ○二八○）
京筑紫　去年の月とふ　僧中間　丈草（6猿蓑 一八四七）

けさ程や　こそりとおちて　ある一葉　一茶（3七番日記 三五〇ペ）
家こぼつ　木立も寒し　後の月　其角（6炭俵 二五四七）
紅葉する　木立もなしに　山深し　子規（10獺祭句帖抄 六〇一ペ）
中々に　火燵が明いて　寒さ哉　来山（7俳諧古選 二一一ペ）
うたたねに　火燵消えたる　別れ哉　嵐蓑（6あら野 九九一）
乗(のり)懸(かけ)や　炬燵しまふて　敷いて行く　希因（8俳諧新選 一一二ペ）
つつしめや　炬燵にて手の　障る事　春澄（7俳諧古選 二〇二ペ）
嫂や　炬燵に遠く　子を膝に　風生（9草の花 一五六一）
睦じや　火燵の上の　小盃　召波（8俳諧新選 一三八ペ）
並べけり　火燵の上の　小人形　子規（10獺祭句帖抄 六六一ペ）
夕涼み　炬燵の恩は　忘れけり　珍志（7俳諧古選 二一七ペ）
春雨や　炬燵の外へ　足を出し　来山（7俳諧古選 二一一ペ）
草の戸や　こたつの中も　風の行く　太祇（8俳諧新選 二三八ペ）
寝ごころや　火燵蒲団の　さめぬ内　其角（6猿蓑 一六五五）
古更紗の　炬燵蒲団や　窓の梅　嘯山（8俳諧新選 一〇二ペ）
我が宿の　こたつもあたり　勝手哉　瓜流（8俳諧新選 一三八ペ）
物おもひ　火燵を明けて　いかならむ　舟泉（6あら野 九九〇）
問ふ人や　答ふる人や　むしの声　卜我（8俳諧新選 一二七ペ）
童子呼べば　答へなし只　蚯蚓(みみず)鳴く　子規（10獺祭句帖抄 六三七ペ）
咳き込めば　谺(こだま)返しや　杉襖　茅舎（9ホ昭15・5 一六八七）
遅き日や　谺聞こゆる　京の隅　蕪村（2蕪村遺稿 二三五〇）
手をうてば　木魂に明くる　夏の月　芭蕉（1嵯峨日記 六九〇）

よそからの　谺に煤を　掃かせけり　乙由（7俳諧古選 一九三ペ）
我が咳の　谺にむかふ　霜夜哉　祇峰（8俳諧新選 一三九ペ）
平押しに　五反田くもる　時雨かな　野明（6続猿蓑 三三二九）
打ち網に　鮲(こち)一疋や　京細工　几掌（7俳諧古選 二二六ペ）
行く鴨や　東風(こち)につれての　磯惜しみ　釣篝（6続猿蓑 三〇二一）
指南車を　胡地に引き去る　霞哉　蕪村（2蕪村句集 二一二八）
畑打よ　こちの在所の　鐘が鳴る　蕪村（2蕪村句集 二四三〇）
河内路や　東風吹き送る　巫女の袖　蕪村（2蕪村句集 二〇四二）
のうれんに　東風吹く伊勢の　出店哉　蕪村（2蕪村句集 二〇四一）
麦踏の　こち見て畝を　ふみはづし　俳小星（9径草 〇九一一）
風すずし　五重の塔の　間ひより　卜友（8俳諧新選 一二二ペ）
打ちよりて　後住ほしがる　寺の秋　蕪村（2蕪村遺稿 一八六七）
麦踏の　こちら向いても　ただひとり　夜半（9翠黛 一六五二）
出づる日や　こちらむきやこそ　月もあれ　雅因（8俳諧新選 一五六ペ）
山の蝶　コックが堰きし　扉に挑む　しづの女（9颯 〇九六五）
あきくさを　ごつたにつかね　供へけり　万太郎（9草の丈 一一〇八）
馬独り　忽と戻りぬ　飛ぶ蛍　碧梧桐（9ホ明39・8 〇一〇二）
十(とを)団子(だご)も　小つぶになりぬ　秋の風　許六（6続猿蓑 三四七二）
この比(ころ)は　小粒になりぬ　五月雨　尚白（6あら野 六六三）
朝顔や　小づめ役者の　ひとり起き　太祇（8俳諧新選 一二六ペ）
花盛り　子であるかるる　夫婦(めをと)哉　其角（7俳諧古選 一四六ペ）
菜の花や　小蝶の種は　蒔かねども　未史（8俳諧新選 一一〇ペ）

柿崎の　小寺尊し　うめもどき　蕪村（2蕪村遺稿 二一八二）
夜着は重し　呉天に雪を　見るあらん　芭蕉（1虚栗 一六〇）
若竹や　子と云はれたも　きのふけふ　玉里（8俳諧新選 一四七ぺ）
春来る　こと疑はず　逝かれけん　虚子（14七百五十句 三六ぺ）
欺された　事歌によむ　水雞（くひな）かな　宗雨（8俳諧新選 一八ぺ）
さまざまの　事おもひ出す　桜かな　芭蕉（1真蹟懐紙 三六〇）
やぶいりや　琴かきならす　親の前　太祇（8俳諧新選 一〇三ぺ）
哀れなる　事聞かせばや　ほととぎす　貞徳（7俳諧古選 一五九ぺ）
渋柿の　如きものにては　候へど　東洋城（9東洋城全句上 〇四〇一）
蓋あけし　如く極暑の　来りけり　立子（9笹目 一九四八）
みちのくの　如くしなのも　田植寒　青邨（9花宰相 一六一九）
しづしづと　五徳居ゑけり　くすりぐひ　蕪村（2蕪村句集 三七八）
火の玉の　如くに咳きて　隠れ栖む　茅舎（9定本茅舎句集 一六九五）
唯一つ　殊更白し　帰り花　明水（7俳諧古選 一八七ぺ）
起き出でて　事繁き身や　足袋頭巾　其角（7俳諧古選 一八九ぺ）
天墨の　如し大雷に　なるやらん　月斗（9昭和俳句集 〇五一四）
しらじらと　今年になりぬ　雪の上　松宇（9松宇家集 〇三二二）
目出度さは　ことしの蚊にも　食はれけり　一茶（3七番日記 三四〇ぺ）
初雪や　ことしのびたる　桐の木に　野水（6あら野員外 一三六四）
家買うて　ことし見初むる　月夜哉　荷兮（6炭俵 二五四三）
野にも寝ず　今年も明けぬ　福寿草　二柳（8俳諧新選 一〇〇ぺ）
着ては見て　今年も着ざる　紙子哉　貝錦（8俳諧新選 一四一ぺ）

はつ雪の　ことしも袴　きてかへる　野水（6冬の日 三七）
名月や　琴柱（ことぢ）にさはる　栗の皮　園女（4菊の塵 一〇九六）
秋ひとり　琴柱はづれし　寝ぬ夜かな　荷兮（6波留濃日 三五〇）
母慕ふ　こと綴りけん　手毬唄　山梔子（9山梔子句集 一二〇九）
約束の　ごと椿咲き　庵の春　風生（9晩涼 一五九〇）
庚申や　ことに火燵の　ある座敷　残香（6炭俵 二六二八）
恋々（れんれん）として　古都に住みたき　柳かな　句仏（9句仏句集 〇五四一）
杜若（かきつばた）　殊に使ひは　若衆なり　底元（7俳諧古選 一六二ぺ）
平地行きて　ことに遠山　ざくら哉　蕪村（2蕪村遺稿 二一九七）
粽ほどく　ことにも心　ときめきぬ　別天楼（9野老 一一八一）
柿もぐや　殊にもろ手の　山落暉（らっき）　不器男（9定本不器男集 一七〇七）
駒迎へ　殊にゆゆしや　額白　蕪村（2蕪村句集 一八三六）
人の妻の　琴の指南や　沈丁花　楽天（9ホ明32・5 〇三三〇）
父母の　ことのみおもふ　秋のくれ　蕪村（2蕪村句集 二四二）
弾き捨ての　琴のゆるみや　五月雨　比松（8俳諧新選 一七ぺ）
酔うて泣く　ことのよろしき　濁酒かな　山梔子（9山梔子句集 一二一〇）
雉子羽うって　琴の緒きれし　夕べ哉　星布（5星布尼句集 八八七）
秀でたる　詞の花は　これや蘭　宗因（4懐子 〇一七三）
或る時の　言葉は枯れず　霜の墓　馬光（5嵐雪二十七回 四八二）
鵯（ひよどり）の　言葉わかりて　椿落つ　青畝（9国原 一五一五）
野馬（かげろふ）に　子供あそばす　狐哉　凡兆（6猿蓑 一九三三）
餅花に　子供が年は　明けにけり　一松（8俳諧新選 一四四ぺ）

闇の夜や　子供泣き出す　蛍ぶね　凡兆（6 猿蓑 一七六九）
兄弟の　子供に見せそ　河津がけ　湖柳（8 俳諧新選 一五四ペ）
熟柿こそ　子供の中の　みやげなれ　紹巴（4 鷹筑波集 ○○三二）
其の迹(あと)は　子どもの声や　鬼やらひ　一茶（3 おらが春 四七四ペ）
つかみ合ふ　子供のたけや　麦畠　游刀（6 猿蓑 一七六一）
老い朽ちて　子供の友や　大根馬　虚子（12 五百五十句 九八八ペ）
八十八(やそはち)は　子供の名也　若みどり　宋阿（7 俳諧古選 二○九ペ）
八人の　子供むつまし　クリスマス　子規（10 獺祭句帖抄 六六二ペ）
孝行な　子ども等にふとん　一つづつ　蕪村（2 蕪村遺稿 二七八）
うるしせぬ　琴や作らぬ　菊の友　素堂（6 続猿蓑 三三四六）
花桐の　琴屋を待てば　下駄屋かな　子規（10 獺祭句帖抄 六四九ペ）
時雨るや　小鳥影抜き　透き葎(むぐら)　東洋城（4 東洋城全句集 二二四七）
霧の中　小鳥頻りに　渡りけり　虚子（12 五百五十句 九四ペ）
冬ざれや　小鳥のあさる　韮(にら)畠　蕪村（2 蕪村句集 一八八八）
むささびの　小鳥はみ居る　枯野哉　蕪村（2 蕪村句集 一三二一）
こがれてや　琴を鳴らせる　猫の爪　龍眼（8 俳諧新選 一○二ペ）
なまぐさし　小なぎが上の　鮠(はえ)の腸　芭蕉（1 笈日記 七九七）
餅腹を　こなしがてらの　つぎ穂哉　一茶（3 おらが春 四三八ペ）
月ぞしるべ　こなたへ入らせ　旅の宿　芭蕉（1 佐夜中山集 一）
菫草　小鍋洗ひし　あとやこれ　曲水（6 猿蓑 一九六三）
初しぐれ　小鍋の芋の　煮え加減　馬莧（6 続猿蓑 三三二八）
抱き〆(しめ)る　子に稲妻の　ひびきかな　貝錦（8 俳諧新選 二二四ペ）

此の春は　子にかざる雛と　成りにけり　一兎（8 俳諧新選 一○八ペ）
夜歩行(あるき)の　子に門であふ　十夜哉　太祇（8 俳諧新選 一三九ペ）
一人づつ　子に白湯のます　深雪かな　春草（9 春草句集 一○九○）
うぐひすや　子に青年期　ひらけつつ　三鬼（9 夜の桃 二三四七）
連れてきて　子にまはせけり　万歳楽　一井（6 あら野 四七八）
しら魚や　子にまよひゆく　隅田川　吏登（4 吏登発句集 一一八三）
我のみ歟(か)　子にも教へて　鵜飼舟　直生（8 俳諧新選 一一八ペ）
細き身を　子に寄り添ふる　燕哉　蕪村（2 蕪村遺稿 一○九七）
寒菊や　粉糠のかかる　臼の端(はた)　芭蕉（1 炭俵 八一三）
鉢たたき　こぬよとなれば　朧なり　去来（6 猿蓑 一九○五）
こほろぎの　この一徹の　貌(かほ)を見よ　青邨（9 庭にて 一六○四）
福聖霊(しやうりやう)　子の家多し　身は一つ　我笑（7 俳諧古選 二一六ペ）
涼しさや　此の庵をさへ　住み捨てし　曾良（6 猿蓑 二一七七）
追従の　此の上はなし　厄払　羅人（8 俳諧新選 一四四ペ）
市人よ　此の笠うらふ　雪の傘　芭蕉（1 野ざらし紀行 二○七）
鶺鴒(せきれい)よ　この笠叩く　ことなかれ　子規（10 獺祭句帖抄 六○一ペ）
川上と　この川しもや　月の友　芭蕉（6 続猿蓑 三二三四）
業平も　此の川筋や　夏の舟　轍士（5 伊達衣 一九八）
蓼の葉を　此の君と申せ　雀ずし　蕪村（2 蕪村句集 一七二二）
夏雲むるる　この峡中に　死ぬるかな　蛇笏（9 山響集 ○六六三）
蛍呼ぶ　子の首丈(たけ)の　磧草(かはらぐさ)　亜浪（4 亜浪句鈔 二六二三）
京にあきて　此の木がらしや　冬住(ずま)ひ　芭蕉（1 笈日記 七二八）

植うる事　子のごとくせよ　児（ちご）桜　芭蕉（1続連珠 四三）
榎の実散る　此の頃うとし　隣の子　子規（10獺祭句帖抄 六五六ぺ）
三日月や　この頃萩の　咲きこぼれ　碧梧桐（9碧梧桐句集 〇一三九）
凩や　この頃までは　荻の風　蕪村（2蕪村句集 三〇一）
うつつに蝶となりて　此の盃に　身を投げむ　大魯（5蘆陰句選 八一八）
初雪に　此の小便は　何奴ぞ　其角（7俳諧古選 二〇一ぺ）
寒月や　此の堂守の　ひとり言　之祐（8俳諧新選 一四一ぺ）
冬の日の　この土太古の　匂ひかな　蛇笏（9山廬集 〇六七〇）
涼しさや　この手柏に　四方の縁　三四坊（7俳諧古選 二二八ぺ）
はなれ鵜が　子のなく舟に　もどりけり　一茶（3おらが春 四四六ぺ）
寒き夜や　子の寝に上がる　階子（はしご）段　龍雨（9龍雨句集 一二五三）
殿原に　此の野知らせそ　小鷹狩り　嘯山（8俳諧新選 一五六ぺ）
冬の水　木の葉四五枚　渦巻ける　別天楼（9野老 二一八三）
おもひなし　木の葉ちる夜や　星の数　沾徳（6続猿蓑 三三五四）
唐人よ　此の花過ぎて　のちの月　蕪村（2蕪村句集 二二九）
御手洗（みたらし）の　木の葉の中の　蛙哉　好葉（6あら野 一〇七四）
冬川や　木の葉は黒き　岩の間　惟然（6続猿蓑 三三五六）
紙漉きの　この婆死ねば　一人減る　林火（9潺潺集 二七五〇）
市中や　木の葉も落ちず　ふじ凪　桃隣（6炭俵 二五八八）
出代や　此の半年は　川の水　蘆蒿（8俳諧新選 一〇八ぺ）
物いはで　此の日しをらし　鉾の児（ちご）　鼓舌（8俳諧新選 二二二ぺ）
うめの木や　此の一筋を　蕗のたう　其角（6猿蓑 一八八六）

此の庵　此の日和にも　しぐれかな　春楼（8俳諧新選 一五九ぺ）
秋なれや　木の間木の間の　空の色　也有（4蘿葉集 一七九〇）
鵯（ひよどり）の　木の間伝ひて　現れず　虚子（14七百五十句 一〇ぺ）
春雨や　木の間に見ゆる　海の道　乙二（4松窓乙二集 二一二一）
元日の　木の間の競馬　足ゆるし　重五（6波留濃日 三〇二）
あやに取る　木の間の月や　初嵐　太祇（8俳諧新選 二五七ぺ）
花ちりて　この間の寺と　成りにけり　蕪村（2蕪村句集 四五五）
畑打や　木の間の寺の　鐘供養　蕪村（2蕪村句集 二四三一）
地主（ぢしゅ）からは　木の間の花の　都哉　季吟（5花千句 四七）
山茶花の　木の間見せけり　後の月　蕪村（2蕪村句集 二七一七）
こもり居て　木の実草のみ　ひろはばや　芭蕉（1後の旅 五七三）
雑炊（ざふすい）を　このみしゆゑに　遁世し　虚子（14七百五十句 四五五ぺ）
昼がほや　此の道唐の　三十里　蕪村（2蕪村句集 六三）
合点して　此の道迷へ　山ざくら　二柳（8俳諧新選 一五五ぺ）
石坂を　菓（このみ）飛ぶなり　山おろし　太祇（8俳諧新選 二三五ぺ）
あられきくや　この身はもとの　ふる柏　芭蕉（1続深川集 一六八）
大小の　木の実を人に　たとへたり　虚子（11五百句 九一ぺ）
花の夢　このみを留主に　置きけるか　嵐雪（7俳諧古選 二〇〇ぺ）
大原や　木の芽すり行く　牛の頬　召波（5春泥句集 八〇九）
隠岐やいま　木の芽をかこむ　怒濤かな　楸邨（9雪後の天 二五七四）
春眠の　この家つつみし　驟雨かな　立子（9笹目 一九四〇）
まかり出でたるは　此の藪の　蟇にて候ふ　一茶（3おらが春 四六七ぺ）

次句せん　此の夜硯の　氷るまで　太祇（8俳諧新選一六〇ペ）
一声に　此の世の鬼は　逃げるよな　一茶（3おらが春四七五ペ）
蓮の葉に　此の世の露は　曲がりけり　一茶（3おらが春四五〇ペ）
五月雨や　此の世の外の　船の中　水翁（8俳諧新選一一七ペ）
浮葉巻葉　此の蓮（れん）風情　過ぎたらん　素堂（5虚栗二四六）
急げ使ひ　此の若鮎の　ぬれしまま　一兎（8俳諧新選一〇六ペ）
ややありて　午砲気付きぬ　森のどか　雉子郎（9現代俳句集〇六九一）
袖の下に　小坊主つれて　雪見哉　風律（8俳諧新選一四二ペ）
鹿の声　小坊主に角　なかりけり　蕪村（2蕪村句集四五九）
鞍壺に　小坊主乗るや　大根引　芭蕉（1炭俵八一七）
雉はしる　小坊主はしる　枯野哉　康工（8俳諧新選一四八ペ）
夜しぐれに　小鮠（こばえ）焼くなる　匂ひかな　士朗（5枇杷園句集九〇三）
下露の　小はぎがもとや　蓼の花　蕪村（2蕪村遺稿二七四）
つくり置きて　こはされもせじ　雪仏　一井（6あら野一〇五一）
木枯や　小橋危き　汐そこり　野逸（4野逸句集一七六三）
夏川や　小橋たわわに　水を打つ　子規（10獺祭句帖抄六二九ペ）
しみじみと　子は肌へつく　みぞれ哉　秋色（5三上吟四六〇）
羽子板や　子はまぼろしの　すみだ川　秋桜子（9俳句昭48・1一四四〇）
月の鏡　小春にみるや　目正月　芭蕉（1続山井一八）
天目に　小春の雲の　動きかな　菊舎（5手折菊九五二）
玉の如き　小春日和を　授かりし　たかし（4たかし全集二六五三）
目にうれし　恋君の扇　真白なる　蕪村（2蕪村遺稿一一二三）

百日の　鯉切り尽きて　鱸（すずき）かな　蕪村（2蕪村句集二七四七）
河童（かはたろ）の　恋する宿や　夏の月　蕪村（2蕪村句集二六五八）
古川に　こびて目を張る　柳かな　芭蕉（1矢矧堤九一五）
秋風の　呉人はしらじ　ふくと汁　蕪村（2蕪村句集二九〇）
親一人　子一人蛍　光りけり　万太郎（9草の丈一一一三）
雨の鹿　恋に朽ちぬは　角ばかり　蕪村（2蕪村句集七九七）
蔦枯れて　恋のかけ橋　中絶えぬ　子規（9寒山落木巻五〇〇三二）
雨と成る　恋はしらじな　雲の峰　蕪村（2蕪村句集七六六）
三尺の　鯉はぬる見ゆ　春の池　仙化（6続猿蓑三〇八四）
昼白は　恋も無常も　離れけり　我吉（7俳諧古選一六三三ペ）
紀伊殿の　御評の内や　和布（わかめ）苔刈　它谷（8俳諧新選一五八ペ）
石公（せきこう）へ　五百目もどす　としのくれ　蕪村（2蕪村句集八三六）
山姫に　恋や教ふる　鹿の声　泰里（8俳諧新選一三二ペ）
枯蓮や　鯉を丸煮の　支那料理　喜舟（9小石川〇四五五）
にこにこと　呉服屋呵（しか）る　師走哉　羅人（8俳諧新選一四六ペ）
秋の暮　業火となりて　秬（きび）は燃ゆ　波郷（9鶴の眼二六三四）
萩ゆって　拳（こぶし）の珠数（じゅず）の　濡れにけり　大夢（8俳諧新選一二七ペ）
立ちならぶ　辛夷（こぶし）の莟　行く如し　虚子（11五百句九二ペ）
はし鷹の　拳はなれぬ　嵐かな　子規（10獺祭句帖抄六二〇ペ）
さみだれに　小鮒をにぎる　子供哉　野坡（6炭俵二五一〇）
あか汲みて　小舟あはれむ　五月雨　蕪村（2蕪村遺稿一六四七）
山に添うて　小舟漕ぎ行く　若ばかな　蕪村（2蕪村句集一〇六六）

沙魚（はぜ）釣りの　小舟漕ぐなる　窓の前　蕪村（2 蕪村句集 二一九〇）
蟷螂や　五分の魂　是見よと　一茶（3 おらが春 四七一ぺ）
霜月や　鸛（こふ）の彳々（つくづく）　ならびゐて　荷兮（6 冬の日 一四五）
古君の　昆布結びけり　年の暮　柳志（7 俳諧古選 二二一ぺ）
消え残る　御廟の香や　きりぎりす　孤桐（8 俳諧新選 二二七ぺ）
草花や　御廟までの　竹の筒　李流（8 俳諧新選 二二九ぺ）
此の中の　古木はいづれ　柿の花　此筋（6 続猿蓑 三一二二）
一露も　こぼさぬ菊の　氷かな　芭蕉（1 続猿蓑 八一四）
しら露も　こぼさぬ萩の　うねり哉　芭蕉（1 真蹟自画賛 七九三）
音こぼし　こぼし寒柝　地の涯へ　三鬼（9 西東三鬼句集 二三四九）
鵯（ひえどり）の　こぼし去りぬる　実の赤き　蕪村（2 蕪村遺稿 二一九二）
一雫　こぼして延びる　木の芽かな　諸九（5 諸九尼句集 五一九）
買うたほど　こぼして行きし　若菜かな　梅室（4 梅室家集 二一六二）
水さしも　こぼしも春の　野川哉　五始（7 俳諧古選 二二六ぺ）
野霞の　こぼす小雨や　蓬摘み　不器男（9 定本不器男句集 一七一六）
容（かたち）して　氷らぬ迄ぞ　水の色　太祇（8 俳諧新選 一四三ぺ）
枝川の　氷来にけり　野末より　赤羽（8 俳諧新選 一四三ぺ）
鶏（とり）の嘴に　氷こぼるる　菜屑かな　白雄（5 白雄句集 八四四）
一銭の　氷少なき　野茶屋かな　子規（10 獺祭句帖抄 六二八ぺ）
松風や　氷に穴を　あけの春　宋阿（8 俳諧新選 一〇〇ぺ）
上げ汐の　氷にのぼる　夜明けかな　子規（10 獺祭句帖抄 六六五ぺ）
待つ春や　氷にまじる　ちりあくた　智月（6 炭俵 二六三五）

水車　氷の釘や　打ちにけん　千仭（8 俳諧新選 一四三ぺ）
水とりや　氷の僧の　沓の音　芭蕉（1 野ざらし紀行 一二三一）
汐落ちて　氷の高き　渚かな　子規（10 獺祭句帖抄 六六五ぺ）
深き池　氷のときに　覗きけり　俊似（6 あら野 八〇四）
張りつめし　氷の中の　巌（いはほ）かな　露月（9 露月句集 〇二二九）
朧夜や　氷離るる　岸の音　五明（4 五明句藻 二一〇八）
この比（ごろ）の　氷ふみわる　名残かな　杜国（6 波留濃日 三五七）
きゆる時は　氷もきえて　はしる也　路通（6 あら野 九五五）
更くる夜に　氷を刻む　蹄（ひづめ）かな　是計（8 俳諧新選 一四三ぺ）
ながれ来て　氷を砕く　氷かな　五明（5 五明句藻 八七九）
花瓶の　氷る音きく　寝覚めかな　練石（8 俳諧新選 一四三ぺ）
精出せば　氷る間もなし　水車　珪琳（4 水ぐるま 二一四一）
木から物の　こぼるる音や　秋の風　素園（8 俳諧新選 二二九ぺ）
稲妻に　こぼるる音や　竹の露　蕪村（2 蕪村句集 二七二八）
酒をつぎ　こぼるる火燵蒲団の　膝に重くも　碧梧桐（9 碧梧桐句集 〇一一八）
初蝶の　こぼるるばかり　黄厚く　青邨（9 露団々 一六一二）
卯の花の　こぼるる蕗の　広葉哉　蕪村（2 蕪村句集 八八四）
春風に　こぼれて赤し　歯磨粉　子規（10 獺祭句帖抄 六四三ぺ）
そこらうち　こぼれて萩の　盛り哉　之房（8 俳諧新選 二二七ぺ）
棕櫚の花　こぼれて掃くも　五六日　虚子（11 五百句 五四ぺ）
棚かげに　こぼれてひとり　ねむる蚕も　爽雨（9 雲板 一八九七）
淋しさを　こぼれて見せつ　萩の露　不角（7 俳諧古選 一八三ぺ）

稲妻や　こぼれもの持つ　長廊下　乾什（4庭の巻一二五一）
山川の　凍れる上の　竹の影　普羅（9辛夷〇七三二）
あら壁や　蟀(こほろぎ)老いて　懸け烟草　子規（10獺祭句帖抄六五九ぺ）
やあしばらく　蟀だまれ　初時雨　一茶（3七番日記三五二ぺ）
鵙(もず)の昼　こほろぎの夜と　分かれけり　子規（10獺祭句帖抄六五六ぺ）
霜に嘆ず　蟀髭を　握りけり　大魯（4蘆陰句選一八三一）
木枯や　胡麻煎れば鍋　はじく音　東洋城（9東洋城全句中〇三九六）
峰入りて　護摩たく上や　雲の露　作者不明（8俳諧新選二二九ぺ）
雨乞ひの　小町が果てや　おとし水　蕪村（2蕪村句集六二二）
おく露や　小町がほねの　見事さよ　釣雪（6あら野一〇〇四）
歌いづれ　小町をどりや　伊勢をどり　貞徳（5犬子集一八）
けふとても　小松負ふらん　牛の夢　聴雪（6波留濃日三二一）
野の風や　小松が上も　尾花吹く　太祇（8俳諧新選二三二ぺ）
けふ子日(ねのひ)　小松摺せよ　袖にも　龍眠（8俳諧新選一〇〇ぺ）
舟々の　小松に雪の　残りけり　旦藁（6波留濃日三〇七）
山鳥と　小松の残る　焼野哉　洞木（7俳諧古選二五二ぺ）
菜の花や　小窓の内に　かぐや姫　巣兆（4曽波可理二〇九七）
風呂吹や　小窓を圧す　雪曇り　子規（10獺祭句帖抄六六二ぺ）
たとふれば　独楽のはぢける　如くなり　虚子（9五百五十句〇〇七三）
蜂とまる　木舞の竹や　虫の糞(ふん)　昌房（6猿蓑一九四七）
黙礼に　こまる涼みや　石の上　正秀（6続猿蓑三一六〇）
みじか夜や　小見世明けたる　町はづれ　蕪村（2蕪村句集二三八一）

ほそぼそと　ごみ焼(た)く門の　つばめ哉　怒誰（6炭俵二四六四）
これきりに　小道つきたり　芹の中　蕪村（2蕪村句集四二一）
修行者(すぎやうざ)の　径(こみち)にめづる　桔梗かな　蕪村（2蕪村遺稿一八一七）
ひとへもの　径の麦に　刺されたり　亜浪（4旅人二六一一）
菜の花の　小村ゆたかに　見ゆるかな　子規（10獺祭句帖抄六一三ぺ）
菜畑や　小村をめぐる　冬木立　子規（10獺祭句帖抄六二〇ぺ）
啼き出して　米こぼしけり　稲雀　智月（7俳諧古選二〇四ぺ）
立春の　米こぼれをり　葛西橋　波郷（9雨覆二六六二）
昼顔に　米つき涼む　あはれ也　芭蕉（1続の原二一七）
山寺に　米つくほどの　月夜哉　越人（6波留濃日三四六）
萩の露　米つく宿の　隣かな　芭蕉（1泊船集書入九六七）
山もとに　米踏む音や　藤のはな　蕪村（2蕪村句集二六四七）
青すだれ　御免蒙つて　くぐりけり　洒竹（9洒竹句集〇二八七）
妻も有り　子も有る家の　暑さ哉　氷花（7俳諧古選一六七ぺ）
魚店や　筵うち上げて　冬の月　里東（6炭俵二六一〇）
四五軒の　ごもく捨てけり　桃の花　几圭（8俳諧新選一〇七ぺ）
日の影や　ごもくの上の　親すずめ　珍碩（6猿蓑一九五六）
見え透くや　子持ひらめの　うす氷　岱水（6続猿蓑三三七八）
親もなく　子もなき声や　かんこどり　蕪村（2蕪村遺稿五三四）
親もなし　子もなし闇を　行く蛍　春澄（5誹諧小松原一八九）
人の妻　小者で見しる　花見かな　琴風（4陸奥鵆一二一）
桜木や　菰(こも)張りまはす　冬がまへ　支梁（6炭俵二五九〇）

馬程な　子も一人あり　鉢叩　卯雲（8俳諧新選　一五二ペ）
飼鳥の　子も持たずして　春暮れぬ　赤羽（8俳諧新選　二一二ペ）
春の夜や　籠り人ゆかし　堂の隅　芭蕉（1笈の小文　三六四）
一輪に　御門を開く　牡丹かな　其風（8俳諧新選　一一三ペ）
荻の声　こや秋風の　口うつし　芭蕉（1続山井　一六）
見おぼえむ　こや新玉の　年の海　長虹（6あら野　四八〇）
糸桜　こやかへるさの　足もつれ　芭蕉（1続山井　三一）
居風呂（すゐふろ）に　後夜きく花の　もどり哉　蕪村（2蕪村句集　二一〇〇）
みのむしの　此奴は萩の　花衣　青畝（9甲子園　一五二一）
雷に　小家はやかれて　瓜の花　蕪村（2蕪村句集　六八）
明けにけり　小山団（うちは）の　こけぬ間に　枝栖（8俳諧新選　一四七ペ）
霧如何に　濃ゆくとも嵐　強くとも　虚子（13六百五十句　一九八ペ）
夏の月　ごゆより出でて　赤坂や　芭蕉（1向之岡　六二）
白河を　越ゆるや夏の　小商人（あきんど）　子規（10獺祭句帖抄　六一四ペ）
遺教経（ゐけうぎやう）は　子故の闇よ　世のかたみ　巴東（7俳諧古選　二一七ペ）
名月や　今宵生まるる　子も有らん　信徳（7俳諧古選　一七五ペ）
馬売つて　今宵淋しき　蚊遣哉　捨石（7俳諧古選　一七一ペ）
月十四日　今宵三十九の　童部　芭蕉（1真蹟短冊　一五七）
雪と雪　今宵師走の　名月歟（か）　芭蕉（1笈日記　二〇八）
海棠や　今宵ちる身が　寝られう歟　習先（8俳諧新選　一五六ペ）
ふりかねて　こよひになりぬ　月の雨　尚白（6猿蓑　一八四九）
ふとん着て　今宵寝初むる　汐路哉　太祇（8俳諧新選　二三九ペ）

秋の夜は　今宵の月に　隠れ皃（けり）　鶴英（8俳諧新選　二三〇ペ）
老の身は　今宵の月も　内でみむ　重友（6続猿蓑　三二一七）
十月の　今宵はしぐれ　後の月　蕪村（2蕪村句集　二七一八）
湯の名残　今宵は肌の　寒からむ　芭蕉（1柞原集　五四七）
火を焚いて　今宵は屋根の　霜消さん　芭蕉（1ばせを略伝　二三四）
霊運も　今宵はゆるせ　としわすれ　蕪村（2蕪村句集　二一〇八）
身の秋や　こよひをしのぶ　翌（あす）も有り　蕪村（2蕪村句集　一〇七二）
月見えぬ　暦の末と　成りにけり　赤羽（8俳諧新選　一四五ペ）
自嘲して　暦の果ての　落首かな　知十（9鶯日　〇三五二）
まろびたる　娘（こ）より転がる　手毬かな　虚子（12五百五十句　八三ペ）
夫（つま）へ戻す　子等の衣縫ふ　冬夜かな　久女（9杉田久女句集　〇九五一）
雪どけの　子等笛を吹き　笛を持ち　素十（9まはぎ　一五五七）
片枝の　堪（こら）へてしはる　若葉かな　竹宇（8俳諧新選　一四七ペ）
土筆煮て　これつぱかりと　なりにけり　青嵐（9永田青嵐句集　〇八九三）
棚経や　これとても師は　走り月　寛留（8俳諧新選　二二五ペ）
葉雞頭　これにも裏の　有りける歟（か）　富水（8俳諧新選　一三三ペ）
五月雨や　是にも外を　通る人　其角（7俳諧古選　一六九ペ）
雲の峰　これにも鳶の　舞ふ事よ　之房（8俳諧新選　二一〇ペ）
夏の夜の　これは奢りぞ　荒筵　惟然（4鷹獅子集　一〇二六）
此の家に　是はと思ふ　牡丹哉　専吟（7俳諧古選　一六七ペ）
鮓桶を　これへと樹下に　床几哉　蕪村（2蕪村句集　八九七）
祇園会や　これ程の人　むさからず　鶴英（8俳諧新選　二二三ペ）

人の物を　是ほどをしき　桜哉　専跡（7俳諧古選　一五三ぺ）
それも応　是もおうなり　老の春　涼菟（5一幅半　四一二）
寝て聞くは　是も奢りか　鹿の声　風竹（7俳諧古選　二一〇ぺ）
花にねぬ　此もたぐひか　鼠の巣　芭蕉（1有磯海　七四六）
蜘の巣の　是も散り行く　秋のいほ　路通（6あら野　九三九）
蕣（あさがほ）や　是も又我が　友ならず　芭蕉（1今日の昔　七九六）
一袋　これや鳥羽田の　ことし麦　之道（6猿蓑　二一六三）
月華の　是やまことの　あるじ達　芭蕉（1皺筥物語　二四六）
秋の夜や　これより岩を　削る波　余子（9余子句抄　〇四三三）
咲き満ちて　これより椿　汚なけれ　虚子（14七百五十句　一一四ぺ）
三韓王者日本狗也　これを石摺りにせん　御代の春　嘯山（8俳諧新選　五五ぺ）
傘（からかさ）や　是をかうして　鳥おどし　買友（8俳諧新選　二八ぺ）
大南瓜　これを敲いて　遊ばんか　鬼城（9鬼城句集　〇六一）
稲の花　これを仏の　土産哉　智月（6猿蓑　二一七〇）
蓮の露　ころがる度に　ふとりけり　子規（9寒山落木巻一　〇〇三九）
書初や　五六枚目を　初めとし　白羽（4右紫　一二八二）
山の背を　ころげ廻りぬ　春の雷　虚子（14七百五十句　八〇ぺ）
養ひつ　殺す歟（か）花の　雨おろし　宋屋（8俳諧新選　一五八ぺ）
鳥羽殿へ　五六騎いそぐ　野分哉　蕪村（2蕪村句集　一九六）
蝶軽し　頃はきる物　一つかな　湖春（7俳諧古選　四三ぺ）
杓む汐に　ころび入るべき　生海鼠（なまこ）かな　利雪（6続猿蓑　三三七六）
堤より　ころび落つれば　すみれ哉　馬莧（6続猿蓑　三〇三四）

褄ふみて　ころびやすさに　秋の風　成美（5成美家集　九三一）
鮬（せいご）釣る　比（ころ）も有るらし　鱸（すずき）つり　半残（6猿蓑　一八六六）
玉しきの　衣かへよと　かへり花　荷兮（6あら野　八四〇）
秋の風　衣と膚（はだへ）　吹き分かつ　虚子（12五百五十句　二五〇ぺ）
人は皆　衣など更（か）へて　来りけり　子規（9寒山落木巻五　〇〇四二）
春たつは　衣の棚の　霞かな　貞徳（4玉海集　〇〇四七）
汗の香に　衣ふるはん　行者堂　芭蕉（1雪満呂気　四八七）
蟬の経　衣を脱ぐと　はじめけり　古津（8俳諧新選　一一九ぺ）
三日月の　頃より肥ゆる　子芋かな　子規（10獺祭句帖抄　六五九ぺ）
沙弥（しゃみ）律師　ころりころりと　衾（ふすま）哉　蕪村（2蕪村句集　二八三）
月高き　頃を酔ひけり　十三夜　温亭（9温亭句集　〇八三二）
這ひても行き　ころんでも行く　田螺（たにし）哉　雁宕（8俳諧新選　一〇六ぺ）
雪の中　声あげゆくは　我が子かな　亜浪（9定本亜浪句集　一〇五一）
祖母立子　声麗かに　子守唄　虚子（14七百五十句　四八ぺ）
一葉散つて　声おどろしや　さらし売り　団水（4秋津島　〇二〇四）
鶯の　声かけて割る　氷かな　紀逸（4吾妻舞　一一五九）
明月や　声かしましき　女中方　丹楓（6続猿蓑　三二二五）
おく霜に　声からしけり　物狂ひ　呑舟（7俳諧古選　一九〇ぺ）
鶯の　声聞きまゐれ　年をとこ　昌勝（6あら野　四九一）
時鳥　声きく空の　名成るべし　只人（8俳諧新選　一一三ぺ）
頭巾着て　声こもりくの　泊瀬法師　蕪村（2蕪村句集　二〇〇九）
寒（かん）雁（がん）の　声岬風に　消えにけり　乙字（9乙字句集　〇九八九）

秋蟬のこゑ澄み透り幾山河　楸邨（9寒雷　二五六八）
何笑ふ声ぞ夜長の台所　子規（10獺祭句帖抄　六一五ペ）
潮浴びの声ただ瑠璃の水こだま　草田男（9来し方行方　二五三一）
時鳥声遣へかし寒の中　貞徳（7俳諧古選　一八五ペ）
花に啼く声としもなき乙鳥（つばめ）哉　蕪村（2蕪村遺稿　二五〇一）
鶯の声遠き日も暮れにけり　蕪村（2蕪村句集　四二一）
雀子と声鳴きかはす鼠の巣　芭蕉（1韻塞　九一四）
とんばうや声なきもののさわがしく　大魯（4蘆陰句選　一八三二）
忍ぶれど声に出でにけり猫の恋　五仙（8俳諧新選　一〇二ペ）
うぐひすの声に起き行く雀かな　桃隣（6炭俵　二四一七）
牛呵（しか）る声に鴫立つ夕べかな　支考（4枇杷園随筆　一〇九七）
鶯の声に点引くやなぎかな　柳居（8俳諧新選　一〇一ペ）
うぐひすの声に脱ぎたる頭巾哉　市柳（6あら野　五二一）
落雁の声のかさなる夜寒かな　許六（5韻塞　三八三）
雁（かりがね）の声のしばらく空に満ち　素十（9初鴉　一五三四）
出女の声の中飛ぶ燕かな　子規（10獺祭句帖抄　六四四ペ）
年よれば声はかるるぞきりぎりす　智月（6炭俵　二五五八）
子規（ほととぎす）声はよかろかわるかろか　貝錦（8俳諧新選　一一三ペ）
雑鳥（うぐいす）の声は分かれて梅の花　宋屋（8俳諧新選　一〇一ペ）
蚊の入りし声一筋や蚊帳の中　虚子（11五百句　五五ペ）
烏賊（いか）売りの声まぎらはし杜宇（ほととぎす）　芭蕉（1韻塞　九一九）
馬呵（しか）る声も枯野の嵐哉　曲翠（7俳諧古選　一九〇ペ）

鶏の声もきこゆるやま桜　凡兆（6猿蓑　一九七三）
蚊（ぶ）ンといふ声も焦げたり蚊屋の内　白芽（8俳諧新選　一一八ペ）
白鶴の声も白しや雪の中　麻斎（8俳諧新選　一四二ペ）
傍で聞く声も遠しや雪の中　土髪（8俳諧新選　一四二ペ）
よし切の声も坂東太郎かな　諸九（4諸九尼句集　一七八九）
釜破ろの声や通して蝸牛（かたつぶり）　百里（8俳諧新選　一一五ペ）
柴売りの声和らげて若菜哉　可風（8俳諧新選　一〇〇ペ）
郭公（ほととぎす）声横たふや水の上　芭蕉（1藤の実　七八四）
うぐひすのこゑをつつみてくるるなり　素逝（9暦日　一八一六）
書記典主（でんす）故園に遊ぶ冬至哉　蕪村（2蕪村句集　三四〇）
盆ほどに子を洗はぬや大三十日　青魚（7俳諧古選　二一九ペ）
麦秋や子を負ひながらいわし売り　一茶（3おらが春　四四三ペ）
勘当の子を思ひ出す夜の雪　子規（10獺祭句帖抄　六六三ペ）
古郷の子をかけて見よわれもかう　潭北（7俳諧古選　二〇八ペ）
頬凍（い）てし児を子守より奪ひけり　雉子郎（9現代俳句集　〇六八八）
人声に子を引きかくす女鹿かな　一茶（3おらが春　四五二ペ）
跡や先と子を守り行くや親すずめ　它谷（8俳諧新選　一〇六ペ）
飛びあへぬ子をよぶ声や親すずめ　召波（8俳諧新選　一〇五ペ）
反鷹（そりたか）や根性骨の直らずも　嘯山（8俳諧新選　一五二ペ）
月の下ごんずいは釣り捨てらるる　白水郎（9散木集　一〇八二）
馬酔木（あしび）咲く金堂の扉にわが触れぬ　秋桜子（9葛飾　一四一七）
律僧の紺足袋穿つ掃除かな　子規（10獺祭句帖抄　六一〇ペ）

大根の　こんと鳴りたる　実入りかな　它谷（俳諧新選 8 一四二ぺ）
宝引や　今度は阿子(わこ)に　参らせん　之房（俳諧新選 8 一〇一ぺ）
水餅や　渾沌として　甕の中　石鼎（定本石鼎句集 9 〇七六四）
鶯の　蒟蒻(こんにやく)のとて　春くれぬ　卯雲（俳諧新選 8 一四九ぺ）
しぐるるや　蒟蒻冷えて　臍の上　子規（獺祭句帖抄 10 六六三ぺ）
朝顔の　紺の彼方の　月日かな　波郷（風切 9 二六三七）
花野過ぎて　紺屋の前に　出でに鳬(けり)　百閒（百鬼園俳句 9 一一六九）
鈴虫松虫　こんやも状袋を　張っておこう　禅寺洞（禅寺洞句集 9 二二九〇）
藪の蜂　来ん世も我に　あやかるな　一茶（文化句帖 3 三三〇ぺ）
秋旻(しうびん)や　金竜昼の　月争ふ　亜浪（定本亜浪句集 9 一〇三七）

さ

玉人(たますり)の　座右にひらく　椿かな　蕪村（蕪村句集 2 二〇四五）
芋洗ふ女　西行ならば　歌よまむ　芭蕉（野ざらし紀行 1 一七九）
かげろふや　柴胡(さいこ)の糸の　薄曇り　芭蕉（猿蓑 1 六〇四）
海棠の　彩色違ふ　うき世哉　楮林（俳諧新選 8 二五五ぺ）
花鳥の　彩色のこす　かがしかな　蕪村（蕪村遺稿 2 七八九）
朝顔の　彩色薄き　灯籠かな　子規（獺祭句帖抄 10 六五七ぺ）
端居(はしゐ)して　妻子を避くる　暑さかな　蕪村（蕪村句集 2 一七三一）
怠らず　咲いて上りし　葵哉　旧徳（俳諧古選 7 二六〇ぺ）
石蕗(つは)の花　咲いてほいなき　姿かな　雲外（俳諧新選 8 一四五ぺ）
才色の　才の明るき　白牡丹　不死男（天狼昭47・1 9 二二六六）
はつゆきや　幸庵に　まかりある　芭蕉（あつめ句 1 二七四）
神垣や　幸茸は　人の笠　子葉（類柑子 5 四三九）
魚あぶる　幸ひもあれ　渋うちは　馬莧（続猿蓑 6 三一九五）
天鵝毛(びろうど)の　さいふさがして　年の暮　惟然（続猿蓑 6 三四二一）
風月の　財も離れよ　深見草　芭蕉（雪の棟 1 七八五）
唇で　冊子かへすや　ふゆごもり　涼袋（古今明題集 5 七三二）
峰の茶屋に　壮士餉(かれひ)す　若葉哉　蕪村（蕪村遺稿 2 一五二七）
おもしろう　さうしさばくる　鵜縄哉　貞室（あら野 6 六六五）
枝ためて　草紙干す子や　桃の花　醒雪（帝国明30・3 9 〇三三三）
卯の花や　草紙よまるる　夜の窓　如泉（続古今手鑑 5 一八六）
山やうやく　左右に迫りて　田植かな　虚子（七百五十句 14 八一ぺ）
万歳や　左右にひらいて　松の陰　去来（続猿蓑 6 三〇九六）
船涼し　左右に迎ふる　対馬壱岐　虚子（五百五十句 12 一五七ぺ）
椅子を置くや　薔薇に膝の　触るる処　子規（俳句稿巻一 4 二一七九）
さらぶ湯や　さらぶ寄りくる　乳のあたり　白雄（白雄句集 5 八三七）
春の水　滄浪秋の　水滄浪　虚子（六百五十句 13 二〇六ぺ）
古池に　草履(ざうり)沈みて　みぞれかな　蕪村（蕪村句集 2 六九八）
橋は見て　草履で渡る　暑さ哉　法策（俳諧古選 7 二二五ぺ）
霜解けや　草履と下駄の　飛鳥川　在色（江戸新道 5 一四五）
旅一夜　草履もとめる　月見哉　宋屋（俳諧新選 8 二三〇ぺ）
花を踏みし　草履も見えて　朝寝かな　蕪村（蕪村句集 2 二三六五）

夏の夜も　酒気の果てを　寝覚め哉　来山（5蓮実 二〇八）
朝寒や　逆毛吹かるる　馬の上　習先（8俳諧新選 一二三ペ）
大坂の　坂こそ見ゆれ　門の松　同来（8俳諧新選 一〇〇ペ）
煮凝（にこごり）を　探し当てたる　燭暗し　虚子（13六百五十句 一三三二ペ）
心太（ところてん）　さかしまに銀河　三千尺　蕪村（2蕪村句集 一七一八）
蜻蛉の　逆立ち杭（くひ）の　笑ひをり　虚子（13六百五十句 一五五四ペ）
新米の　酒田ははやし　最上川　蕪村（2蕪村句集 一八八四）
雪の日や　酒樽拾ふ　あまの家　胡及（6あら野 一〇五五）
日中の　盃把りぬ　洗ひ鯉　紅葉（9紅葉句帳 〇二七三）
竹売りて　酒代にわびむ　秋時雨　北枝（4東西夜話 一〇七六）
京といへば　嵯峨とおもほゆ　竹の春　竹冷（9竹冷句鈔 〇二七九）
愚痴無知（ぐちむち）に　逆（さか）とんぼりや　御忌詣　嘯山（8俳諧新選 一〇二ペ）
雪解けや　坂になれたる　めくら馬　完来（5空華集 九一三）
綿くりや　嵯峨にも浮世　有ればこそ　雲鼓（7俳諧古選 一八八ペ）
むづかしや　嵯峨にもおかず　虫の声　尚白（7俳諧古選 一八〇ペ）
いざのぼれ　嵯峨の鮎食ひに　都鳥　貞室（6あら野 九〇三）
花の香や　嵯峨の灯火　消ゆる時　蕪村（2蕪村句集 一五〇九）
清水の　阪のぼり行く　日傘かな　子規（10獺祭句帖抄 六二八ペ）
ももの花　境しまらぬ　かきね哉　烏巣（6猿蓑 一九五一）
口切に　境の庭ぞ　なつかしき　芭蕉（1深川 七六四）
朝皃は　酒盛りしらぬ　さかりかな　芭蕉（1あら野 四二七）
樽さげて　酒屋おこさん　夜の雪　二柳（8俳諧新選 一四三ペ）

百日紅（さるすべり）　さかり共なき　盛りかな　貝錦（8俳諧新選 一二三ペ）
葡萄（ぶだう）垂れ　さがる如くに　教へたし　静塔（9月下の俘虜 二三八〇）
神の旅　酒匂（さかわ）は橋と　成りにけり　其角（7俳諧古選 一八九ペ）
菜の花や　嵯峨を限りの　東山　竿秋（8俳諧新選 一一〇ペ）
大きな長い　阪を下り　店一杯なセル地　碧梧桐（9碧梧桐句集 〇一〇五）
雉子啼くや　坂を下りの　駅舎（たびやどり）　蕪村（2蕪村句集 二二六）
うかうかと　咲きしすがたや　返り花　杜支（8俳諧新選 一三八ペ）
茨はら　咲き添ふものも　鬼あざみ　荒雀（6続猿蓑 三〇三三）
みなみなに　咲きそろはねど　梅の花　野坡（6炭俵 二四〇三）
蕣（あさがほ）の　咲き揃ひけり　問ひ屋馬　五柳（8俳諧新選 一二六ペ）
藻の花に　鷺佇（たたず）んで　昼永し　子規（10獺祭句帖抄 六五〇ペ）
地に近く　咲きて椿の　花おちず　蛇笏（9椿花集 〇六六一）
朝顔は　咲きならべてぞ　しぼみける　北枝（4卯辰集 一〇六七）
稽古矢の　先に女や　つくづくし　沾洲（8俳諧新選 一〇四ペ）
蘆原や　鷺の寝ぬ夜を　秋の風　山川（6猿蓑 一八〇九）
鷺の巣の　鷺の王国　見に来よと　虚子（14七百五十句 五五三ペ）
行く年や　鷺は田地を　買うた皃（かほ）　卯雲（8俳諧新選 一四五ペ）
枯蔓の　尖は左の　目にありて　虚子（12六百句 二四六ペ）
夕風の　鷺吹き飛ばす　青田かな　子規（10獺祭句帖抄 六三〇ペ）
移徙（わたまし）や　先へ来てゐる　きりぎりす　露川（7俳諧古選 一七九ペ）
乱れあうて　咲きもおくれぬ　花野哉　午炊（8俳諧新選 一二九ペ）
こぼさずに　鷺も着添ふる　寒さかな　竿秋（8俳諧新選 一五一ペ）

寒菊の　咲きも違（たが）へぬ　黄色哉　斗吟（8俳諧新選 一三七ペ）
すずしさや　鷺も流るる　早瀬川　春魚（8俳諧新選 一二一ペ）
あざやかに　鷺を後ろや　燕子花（かきつばた）　龍眠（8俳諧新選 一一四ペ）
この牡丹　咲く頃家を　売らんとは　紅緑（9紅緑句集 ○二四一）
霜枯れに　咲くは辛気の　花野哉　芭蕉（1続山井 二一）
見るうちに　咲く花もあり　春の雨　さかふ（8俳諧新選 一○九ペ）
蕣（あさがほ）や　さくもしぼむも　同じ朝　赤羽（8俳諧新選 一二六ペ）
菊の花　咲くや石屋の　石の間　芭蕉（1翁草 八○五）
恙（つつが）なく　咲くやうつ木の　穴かしこ　重頼（7俳諧古選 一五九ペ）
莟まずも　さくや雛頭の　はじめより　赤羽（8俳諧新選 一三三ペ）
昼顔の　咲くや砂地の　麦畑　子規（10獺祭句帖抄 六三二ペ）
なほ清く　咲くや葉がちの　水仙花　氷固（6続猿蓑 三三四八）
姥桜　さくや老後の　思ひ出（いで）　芭蕉（1佐夜中山集 二）
井戸ばたの　桜あぶなし　酒の酔ひ　秋色（5江戸砂子 四五八）
聟舅　さくらかたげて　別れけり　大夢（8俳諧新選 一○九ペ）
海の中に　桜さいたる　日本かな　東洋城（9東洋城全句上 ○三八九）
秋風に　桜咲くなり　法華経寺　子規（10獺祭句帖抄 六五四ペ）
文は跡に　桜さし出す　使ひかな　其角（7俳諧古選 一四六ペ）
明星や　桜定めぬ　山かづら　其角（4続の原 ○八一四）
年々に　桜すくなき　故郷かな　素檗（5素檗句集 九七八）
浮寝鳥　桜田門の　日向かな　折柴（9浮寝鳥 一一五七）
折りかへる　桜でふくや　台所　孤屋（6炭俵 二四五○）

春の夜は　桜に明けて　しまひけり　芭蕉（1翁草 九一一）
又往かん　さくらに皃（かほ）は　売れる共　嘯山（8俳諧新選 一○九ペ）
ゆふばれや　桜に涼む　波の花　芭蕉（1継尾集 五二六）
花に遠く　桜に近し　よしの川　蕪村（2蕪村句集 二二四八）
駕舁（かごかき）の　さくらに睡る　麓かな　几鹿（8俳諧新選 一○九ペ）
諫子鳥（かんこどり）　桜の枝も　踏んでゐる　蕪村（2蕪村句集 八七七）
榎木まで　桜の遅き　ながめかな　荷兮（6波留濃日 三二二）
味はひや　桜の花に　よめがはぎ　車来（6続猿蓑 三○三二）
桜花　桜の実にぞ　成りにける　雪蕉（8俳諧新選 一二三ペ）
木の葉散る　桜は軽し　檜木笠　芭蕉（1真蹟懐紙 一八九）
一夜さに　桜はささら　ほさら哉　一茶（3文政版発句集 三三四ペ）
時鳥　さくらは杣に　伐られけり　言水（7俳諧古選 一六一ペ）
二の膳や　さくら吹き込む　鯛の鼻　子珊（6続猿蓑 二九七八）
霜枯れの　佐倉見あぐる　野道かな　子規（10獺祭句帖抄 六二一ペ）
よし野にて　桜見せうぞ　檜木笠　芭蕉（1笈の小文 三六三）
何と世に　桜も咲かず　下戸ならば　西鶴（5真蹟懐紙 一○九）
ゆさゆさと　桜もてくる　月夜哉　道彦（5蔦本集 九七○）
見限るな　桜も人も　春逢はん　雅因（7俳諧古選 二一八ペ）
花をやる　桜や夢の　うき世もの　すて（7俳諧古選 二○八ペ）
闇の夜や　桜ゆすりて　手に受けん　何堂（8俳諧新選 一○九ペ）
としどしや　桜をこやす　花のちり　芭蕉（1蕉翁句集 六七七）
足跡に　桜を曲がる　庵二つ　杜国（6波留濃日 三二一○）

坂道や　桜を見つつ　下りて橋　楽天（9 新俳句 〇三二七）
うたてやな　桜を見れば　咲きにけり　鬼貫（7 俳諧古選 一九八ぺ）
腸（はらわた）を　さぐりて見れば　納豆汁　許六（6 続猿蓑 三四五五）
炉開や　左官老い行く　鬢（びん）の霜　芭蕉（1 韻塞 七六五）
晒井や　酒買ひに行く　集め銭　松宇（9 松宇家集 〇三二一）
扇にて　酒くむかげや　ちる桜　芭蕉（1 笈の小文 三七二）
此の花に　酒　千斛と　つもりけり　子規（10 獺祭句帖抄 六四五ぺ）
酔ひたんぼ　提げてなくする　木の子哉　尺布（8 俳諧新選 二三四ぺ）
初春先（まつ）　酒に梅売る　にほひかな　芭蕉（1 真蹟懐紙 一二二九）
漁家寒し　酒に頭の　雪を焼（た）く　蕪村（2 蕪村句集 二三二五）
逆（さか）のぼる　鮭に月飛ぶ　はやせかな　五明（5 五明句藻 八八三）
改めて　酒に名のつく　あつさ哉　利牛（6 炭俵 二五三九）
陽炎や　酒にぬれたる　舞　扇　几董（5 井華集 七九六）
重の物　酒にはならぬ　彼岸哉　赤羽（8 俳諧新選 二一一ぺ）
ちるはなは　酒ぬす人よ　ぬす人よ　舟泉（6 あら野 三七二）
女房を　酒の相手や　さよ時雨　蜷古（8 俳諧新選 二三六ぺ）
梅が香や　酒のかよひの　あたらしき　蟬鼠（6 猿蓑 一八八五）
有り侘びて　酒の稽古や　秋のくれ　太祇（8 俳諧新選 二三二ぺ）
かたつぶり　酒の肴に　這はせけり　其角（4 いつを昔 〇七八七）
其の人花に　酒のみしが位牌　臭からず　一笑（7 俳諧古選 二〇七ぺ）
かへるさや　酒のみによる　秋の里　舟泉（6 あら野 八六一）
故郷や　酒はあしくと　そばの花　蕪村（2 蕪村句集 一一六一）

露人ワシコフ　叫びて石榴　打ち落とす　三鬼（9 夜の桃 二三六五）
我が影に　叫べる雉や　水の面　梨冠（8 俳諧新選 一五二ぺ）
見る時は　咲けりと思ふ　枇杷の花　守愚庵（7 俳諧古選 二二一ぺ）
行く春の　酒をたまはる　陣屋かな　子規（10 獺祭句帖抄 六二三ぺ）
虫狩りや　下緒にぬける　露の玉　移竹（8 俳諧新選 二二七ぺ）
十五から　酒をのみ出て　けふの月　其角（4 浮世の北 〇八〇一）
鱗散る　雑魚（ざこ）場（ば）のあとや　夏の月　子規（10 獺祭句帖抄 五九九ぺ）
股立の　ささ田雄（だを）ちぬ雄（を）　春の雨　蕪村（2 蕪村遺稿 二二二一）
大岳や　笹に寝てさく　藤の花　孤桐（8 俳諧新選 二一一ぺ）
宵の間は　笹にみだるる　蛍かな　元輔（6 あら野 六四三）
かるがると　笹のうへゆく　月夜哉　梅舌（6 あら野 四〇八）
君来ませ　笹の蛍の　羽繕ひ　言水（7 俳諧古選 一六一ぺ）
鹿の親　笹吹く風に　もどりけり　一茶（3 おらが春 四六一ぺ）
雪解くる　ささやき滋し　小笹原　虚子（11 五百句 九二一ぺ）
檞　原　ささやく如く　木の芽かな　虚子（11 五百句 六六ぺ）
日の脚を　さされて寒き　こたつ哉　梅史（8 俳諧新選 二三八ぺ）
鎌倉の　山茶花日和　大人（うし）の門も　爽雨（9 雁列 一八九〇）
秋の蚊の　螫（さ）さんとすなり　夜明け方　漱石（9 日記の中より 〇一六九）
夕立に　さし合はせけり　日（ひ）傘（からかさ）　拙侯（6 続猿蓑 三一八〇）
なの花の　座敷にうつる　日影哉　傘下（6 あら野 五六五）
涼しさは　座敷より釣る　鱸（すずき）かな　昌長（6 あら野 七二三）
膳持ちて　座敷を逃ぐる　暑さ哉　万翁（8 俳諧新選 二二〇ぺ）

炎天や　さし来る汐の淡の音　渡牛（8俳諧新選一二〇ぺ）
翠帳に　さしこむ春の朝日かな　子規（10獺祭句帖抄六四二ぺ）
月に柄を　さしたらばよき団（うちは）哉　宗鑑（6あら野員外一二三八）
吾亦紅（われもかう）　さして夫（つま）の忌古りにけり　淡路女（9淡路女百句〇九八六）
阿古久曾（あこくそ）の　さしぬきふるふ落花哉　蕪村（2蕪村句集二二四七）
蒟蒻（こんにやく）の　さしみもすこし梅の花　芭蕉（1芭蕉庵小文庫七八〇）
狆（ちん）の毛の　流石（さすが）うるさきこたつ哉　雅因（8俳諧新選二三八ぺ）
折口は　さすがに生きし冬木立　支鳩（8俳諧新選二三七ぺ）
日の春を　さすがに鶴の歩み哉　其角（5続虚栗二五二）
重くれず　さすがの一重さくら哉　晩山（7俳諧古選一五一ぺ）
手から手へ　さす杯や舟遊び　迂童（8俳諧新選二四ぺ）
春をしむ　座主（ざす）の聯句に召されけり　蕪村（2蕪村句集二二一八）
花見にと　さす船遅し柳原　芭蕉（1伝土芳筆全伝八三六）
安良（やすらひ）や　嘸（さぞ）一休のわらひ顔　羅人（8俳諧新選一二二ぺ）
かすむ日や　さぞ天人の御退屈　一茶（3株番三三七ぺ）
庭にさへ　嘸な落葉は東山　立圃（7俳諧古選一八五ぺ）
松風に　誘はれて鳴く蟬一つ　草城（9花氷二四七一）
萍（うきくさ）の　さそひ合はせてをどり哉　蕪村（2蕪村句集九三六）
雨雲を　さそふ嵐の幟かな　子規（10獺祭句帖抄六〇七ぺ）
此の冬は　嘸ふところの拍子ぬけ　移竹（8俳諧新選一五〇ぺ）
やぶ入を　誘ふ闇あり猫の恋　加十（8俳諧新選一〇二ぺ）
梅柳　さぞ若衆哉女かな　芭蕉（1武蔵曲一五一）

露霜の　沙汰なかりけり富士の山　常牧（5蓮実二〇三）
大晦日　定めなき世の定め哉　西鶴（5誹諧三ヶ津一一二）
笈も太刀も　五月にかざれ紙幟　芭蕉（1奥の細道五〇一）
一しぐれ　さつと海鳴る音遠し　南露（8俳諧新選二三六ぺ）
寝筵に　さつと時雨の明かり哉　一茶（3七番日記三五二ぺ）
しらつゆや　さつ男の胸毛ぬるるほど　蕪村（2蕪村句集二二七二）
八朔や　扨（さて）明日よりは二日月　蕪村（2蕪村句集七八三）
本阿弥の椿生けて　扨こそ水の切れる如　赤羽（8俳諧新選一四四ぺ）
稲妻や　扨この橋の下遥か　孤桐（8俳諧新選二二四ぺ）
満る時　扨は海ぞと夕べかな　瓢水（7俳諧古選二一九ぺ）
鐘楼あり　扨は桜もちる合点　蓮之（7俳諧古選一五七ぺ）
花曇り　扨は時雨のさくらよな　臘扇（8俳諧新選一五三ぺ）
落葉来つ　扨は島にやよるの船　習先（8俳諧新選二三六ぺ）
鐘の声　扨は寺あり夕霞　雲魚（8俳諧新選一〇六ぺ）
夜目遠目　扨やかがしの笠の内　麦翅（8俳諧新選二二八ぺ）
故さとの　座頭に逢ふや角力（すまふ）取　蕪村（2蕪村遺稿七七四）
土筆（つくづくし）　座頭の手にも摘まれけり　一兎（8俳諧新選一〇三ぺ）
闇（くら）がりに　座頭忘れて涼みかな　也有（4五車反古一七九三）
山もとの　里と申してこたつかな　風律（4五車反古一七二〇）
いな妻や　佐渡なつかしき舟便　蕪村（2蕪村遺稿一一六〇）
荒海や　佐渡によこたふ天の河　芭蕉（1奥の細道五三四）
こがらしや　里の子覗く神輿（みこし）部屋　尚白（6あら野一〇七九）

名月や　里のにほひの　青手柴　木枝（6続猿蓑 三二三）
田の雁や　里の人数は　けふもへる　一茶（3七番日記 三四八ぺ）
卯の花や　里の見えすく　朝朗（あさぼらけ）　露沾（5続の原 二〇四）
木槿（むくげ）咲いて　里の社（やしろ）の　普請（ふしん）かな　子規（10獺祭句帖抄 六一六ぺ）
鐘つかぬ　里は何をか　春の暮　芭蕉（1曾良書留 四七八）
夜水とる　里人の声や　夏の月　蕪村（2蕪村句集 一三六）
湖は　里へ広がる　青田かな　麦水（5葛箒 七四〇）
里人は　さともおもはじ　女郎花（をみなへし）　蕪村（2蕪村句集 一五三）
稲妻に　さとらぬ人の　貴さよ　芭蕉（1をのが光 六四一）
桜咲く　里を眠りて　通りけり　夕楓（6あら野 九二二）
凩や　里をはなれて　里遠し　許適（8俳諧新選 二三八ぺ）
雨冷えを　さな驚きそ　きりぎりす　習先（8俳諧新選 二二七ぺ）
白魚や　さながらうごく　水の色　来山（5続いま宮草 二〇五）
葵車　さながら銭も　投げられず　孤桐（8俳諧新選 一五ぺ）
不破の雪　さながら昼の　色ならず　暁台（4暁台句集 一八〇九）
名をえしや　さながら富士を　雪うつし　玄札（4俳家奇人談 〇一三四）
あの笠で　早苗取りしか　鳥驚し　初知（7俳諧古選 一八四ぺ）
膳所（ぜぜ）米や　早苗のたけに　夕涼み　半残（6猿蓑 二一六二）
山颪　早苗を撫でて　ゆくへかな　蕪村（2蕪村遺稿 八六）
明月や　座にうつくしき　皃（かほ）もなし　芭蕉（1初蟬 六三八）
朱の鞍や　佐野へわたりの　雪の駒　北枝（6炭俵 二六一七）
ひる迄は　さのみいそがず　時鳥　智月（6猿蓑 一七一五）

月も無く　沙漠暮れ行く　心細そ　虚子（12五百五十句 一一二ぺ）
おく露も　さはらぬ刺や　茨の花　龍眠（8俳諧新選 一二三ぺ）
上下の　さはらぬやうに　神の梅　昌碧（6あら野 一〇六五）
露の菊　さはらば花も　きえぬべし　樗良（4樗良発句集 一八四〇）
入る月の　さはるか動く　むら薄　不角（4蘆分船 〇八九六）
むさし野や　さはるものなき　君が笠　芭蕉（1続寒菊 九七一）
はれ物に　さはる柳の　しなへ哉　芭蕉（1宇陀法師 八三〇）
蝶の羽の　さはれば切るる　紙衣哉　吏登（5吏登句集 四七四）
酒のみは　淋しうもないか　秋の暮　飄二（8俳諧新選 二三二ぺ）
けさの春　寂しからざる　閑（しづ）かかな　冬松（6あら野 四八八）
我が生は　淋しからずや　日記買ふ　虚子（12五百五十句 一〇一ぺ）
うき我を　さびしがらせよ　かんこどり　芭蕉（1嵯峨日記 六八九）
月雪に　淋しがられし　紙子哉　許六（7俳諧古選 二〇五ぺ）
頬冠が　淋しかりし人　田植にも　青峰（9青峰集 二二五七）
今朝見れば　淋しかりし夜の　一葉かな　古白（9古白遺稿 〇一八九）
からまつは　淋しき木なり　赤蜻蛉　碧梧桐（9碧梧桐句集 〇一一〇）
菖蒲見に　寂しき夫婦　行きにけり　喜舟（9小石川 〇四六四）
御仏は　淋しき盆と　おぼすらん　一茶（3希杖本句集 三四七ぺ）
梅ちりて　さびしく成りし　やなぎ哉　蕪村（2蕪村句集 二三三六）
水飲んで　淋しくも有るか　鹿の頬（つら）　芳室（7俳諧古選 一八五ぺ）
一夜づつ　淋しさ変はる　時雨哉　宋阿（7俳諧古選 一九三ぺ）
嵯峨中の　淋しさくくる　薄かな　嵐雪（7俳諧古選 一七八ぺ）

学問の　さびしさに堪へ　炭をつぐ　誓子（9凍港 一四六五）
魂棚に　淋しさ見せぬ　心かな　春来（8俳諧新選 一二五ぺ）
行く秋や　淋しさも亦　惜しいもの　赤羽（8俳諧新選 一三五ぺ）
涼しさの　淋し走馬灯　灯(ひ)をつがん　水巴（4水巴句帖 二四二七）
秋立てば　淋し立たねば　あつくるし　子規（10獺祭句帖抄 六三三ぺ）
鵙(もず)なくや　雑木の中の　古社(やしろ)　子規（10獺祭句帖抄 六〇九ぺ）
衣更　雑巾一つ　出来にけり　之道（7俳諧古選 一六六ぺ）
夕がほに　雑(ざふ)水(すい)あつき　藁屋哉　越人（6波留濃日 三三四）
白露に　ざぶとふみ込む　烏哉　一茶（3七番日記 三四六ぺ）
三椀の　雑煮かゆるや　長者ぶり　蕪村（2蕪村句集 一〇五）
鶯や　雑煮過ぎての　里つづき　尚白（6続猿蓑 三〇八九）
羅(うすもの)に　遮る蓮(れん)の　にほひかな　蕪村（2蕪村句集 一四一〇）
囀つて　囀つて野を　曇らしぬ　月斗（9昭和俳句集 〇五〇七）
永き日も　囀りたらぬ　ひばり哉　芭蕉（1続虚栗 二九〇）
秋ひとり　さべられもせぬ　寝覚め哉　智月（7俳諧古選 一八一ぺ）
小ざかしき　さまやつぎ木の　花盛り　羽幸（8俳諧新選 一一〇ぺ）
一人花に　さまよひ居しが　遂に去る　虚子（14七百五十句 三五七ぺ）
妹が垣根　三味線草の　花咲きぬ　蕪村（2蕪村句集 二〇九四）
神の田や　三(さみ)絃(せん)の手で　植ゑに来る　青牛（8俳諧新選 一一六ぺ）
馬(ば)盥(だらひ)に　さみだれ傘や　数十本　必化（8俳諧新選 一一七ぺ）
海山に　五月雨そふや　一くらみ　凡兆（6猿蓑 二二四六）
鞍とれば　寒き姿や　馬の尻　碧梧桐（9碧梧桐句集 〇一一四）
一夜一夜　さむき姿や　釣り干菜　探丸（6猿蓑 一六五〇）
病人に　寒き旦暮や　猫柳　十七翁（9現代俳句集 〇八八三）
水仙や　寒き都の　ここかしこ　蕪村（2蕪村句集 一九四六）
ちる芒　寒くなるのが　目にみゆる　一茶（3寂砂子 三五一ぺ）
連れて来た　寒さと共や　帰る雁　稲音（8俳諧新選 一〇五ぺ）
りんとした　寒さなりけり　今朝の春　祇徳（4ちくば集 一一五四）
幾(いく)何(ばく)の　寒さに耐ゆる　我が身かも　虚子（13六百五十句 一三一ぺ）
降り変はり　寒さも変はる　雨(み)雪(ぞれ)かな　沙月（8俳諧新選 一四三ぺ）
彼岸まへ　さむさも一夜　二夜哉　路通（6猿蓑 一九三七）
散るだけは　寒さも減るや　うめの花　万裏（8俳諧新選 一〇二ぺ）
一霜の　寒さや芋の　ずんど刈　支考（6続猿蓑 三三〇四）
湖の　寒さを知りぬ　翁の忌　虚子（12六百句 二一一ぺ）
名にしおはば　さむさをよきよ　衾(ふすま)雪　元隣（5新続犬筑波集 八八）
春の雨　寒さを淀へ　落としけり　青畉（8俳諧新選 一〇三ぺ）
米かせば　寒し雀の　羽の音　せん（7俳諧古選 一九二ぺ）
見返れば　寒し日暮れの　山桜　来山（4平包 〇二四一）
家中衆に　さむしろ振るふ　ももの宿　蕪村（2蕪村句集 二四四八）
団(うちは)売る　侍町の　あつさかな　怒風（6炭俵 二五三五）
秋風や　侍町は　塀ばかり　子規（10獺祭句帖抄 六三六ぺ）
うたた寝の　さむれば春の　日くれたり　蕪村（2蕪村句集 二二〇四）
昼寝して　覚めて乾坤　新たなり　虚子（14七百五十句 四五〇ぺ）
よい夢の　さめても嬉し　もちの音　五筑（8俳諧新選 一四四ぺ）

酒狂乱　醒めて我ある　千鳥かな　泊月（0 現代俳句集 ○八五○）
羽搏きて　覚めもやらざる　浮寝鳥　虚子（12 五百五十句 一○一ペ）
秋立つや　素湯（さゆ）香ばしき　施薬院　蕪村（2 蕪村句集 一七三七）
郭公（ほととぎす）　さゆのみ焼（た）きて　ぬる夜哉　李風（6 波留濃日 三三七）
埋み火や　白湯もちんちん　夜の雨　一茶（3 文政句帖 三六○ペ）
かりそめに　早百合生けたり　谷の坊　蕪村（2 蕪村句集 一七二四）
鰒止めて　小夜の中山　又越えん　雪蕉（8 俳諧新選 一四○ペ）
忘れずば　佐夜の中山にて　涼め　芭蕉（1 丙寅紀行 一七○）
片町に　さらさ染むるや　春の風　蕪村（2 蕪村句集 二四二二）
うつし身を　さらしさらすや　蜆掻く　迷堂（9 孤輪 ○四一四）
子のほしと　晒布（さらし）搗き搗き　唄ひけり　楞堂（5 萍窓集 九一九）
明月や　更科よりの　とまり客　涼葉（6 続猿蓑 三二○九）
昼寄席（ひるせき）に　晒井の声　きこえけり　水巴（9 定本水巴句集 ○五九六）
行く人を　皿でまねくや　薬食　一茶（3 文政句帖 三六○ペ）
薬のむ　さらでも霜の　枕かな　芭蕉（1 如行子 三三○）
婆々ぞとは　更に思はれぬ　砧かな　水翁（8 俳諧新選 一三二ペ）
世にふるも　さらに宗祇の　やどり哉　芭蕉（1 虚栗 一五九）
五月雨　更に名の有る　川もなし　玄貞（7 俳諧古選 一六三ペ）
この野分　さらにやむべくも　なかりけり　子規（10 獺祭句帖抄 六五四ペ）
夏の月　皿の林檎の　紅を失す　虚子（11 五百句 四八ペ）
野の春を　さらばけふこそ　握り飯　同来（8 俳諧新選 一二二ペ）
笠でする　さらばさらばや　薄がすみ　一茶（3 七番日記 三二一八ペ）

かはほりや　さらば汝と　両国へ　一茶（3 七番日記 三三九ペ）
日の本や　さりとては又　五月雨　社笛（7 俳諧古選 二二六ペ）
鳥銜へ　去りぬ花野の　わが言葉　静塔（9 栃木集 二三七六）
山陰や　猿が尻抓く　冬日向　コ谷（6 続猿蓑 三四三六）
舞仕まふ　猿時宜しけり　這ひにけり　孤桐（8 俳諧新選 一○○ペ）
猿引や　猿に劣らぬ　色上戸　左釣（8 俳諧新選 一○○ペ）
年々や　猿に着せたる　猿の面　芭蕉（1 鷹獅子集 七七五）
風呂敷に　猿の着せ更（か）へ　猿まはし　它谷（8 俳諧新選 一○○ペ）
猿引や　猿のさよろつく　日本橋　子規（9 寒山落木巻三 ○○二三）
猿引は　猿の小袖を　きぬた哉　芭蕉（1 続有磯海 九二七）
声かれて　猿の歯白し　峰の月　其角（5 五元集 二六八）
此の瘤は　さるの持つべき　柳かな　卜宅（6 猿蓑 一九一二）
初しぐれ　猿も小蓑を　ほしげ也　芭蕉（1 猿蓑 五八六）
人に似て　猿も手を組む　秋のかぜ　珍碩（6 猿蓑 一八○七）
五月雨や　猿も居眠る　洞の中　羅月（8 俳諧新選 一一七ペ）
又留主歟（か）　されど孤山の　夕霞　淡々（8 俳諧新選 一五一ペ）
焼けにけり　されども花は　ちりすまし　北枝（6 猿蓑 一九八七）
白梅や　されば其の事　蠅嫌ひ　波光（7 俳諧古選 二一五ペ）
元日や　されば野川の　水の音　来山（5 続いま宮草 二○四）
茎右往　左往菓子器の　さくらんぼ　虚子（13 六百五十句 一七六ペ）
唐黍（きび）の　さわぎ立てたる　野分かな　光甫（8 俳諧新選 一三○ペ）
よろよろと　棹がのぼりて　柿挟む　虚子（9 五百五十句 ○○五九）

傘さして　棹さし行くや　春の雨　嘯山（8俳諧新選 一〇三ペ）
船頭の　棹とられたる　野分哉　蕪村（2蕪村遺稿 一九七）
春の日を　竿にうち行くや　雁の声　季遊（8俳諧新選 一〇五ペ）
褌（ふんどし）は　竿にかかせつ　冬籠り　木節（7俳諧古選 二〇六ペ）
ヨット来ぬ　さをのまなじの　鱶（ふか）の海を　禅寺洞（9禅寺洞句集 二三〇）
鳥さしも　竿や捨てけん　ほととぎす　芭蕉（1千鳥掛 二五〇）
鹿ながら　山影門に　入る日哉　蕪村（2蕪村句集 二一七五）
君行かば　山海関の　梅開く　鳴雪（9日本明28・4・28 〇一五三）
鍋敷に　山家集有り　冬ごもり　蕪村（2蕪村遺稿 六七二）
初芝居　三吉賽を　振りにけり　龍雨（9龍雨句集 二一五五）
一句二句　三句四句五句　枯野の句　万太郎（9草の丈 一一一）
黄鸝（うぐひす）も　三皇の御代を　初音かな　貞室（4正章千句 〇一〇八）
富士に傍うて　三月七日　八日かな　信徳（5一楼賦 一六六）
わが墓に　散華供養を　受くるところ　虚子（14七百五十句 四三ペ）
科学自体は　残酷ならず　寒の月　草田男（9万緑昭40・1 二五二七）
海底に　珊瑚花咲く　鯊を釣る　虚子（13六百五十句 二一八ペ）
雲霧の　暫時百景を　つくしけり　芭蕉（1句選拾遺 一七四）
青芒　三尺にして　乱れけり　子規（10獺祭句帖抄 六五〇ペ）
所化（しよけ）も減らで　残暑の雨に　講了す　句仏（9句仏句集 〇五三三）
かりかりと　残雪を食み　橇をひく　蛇笏（9田園の霧 〇六四九）
姫瓜や　三千の林檎　顔色なし　自悦（5洛陽集 一三一）
蓬生や　三度選んで　麻の中　吐月（8俳諧新選 一五六ペ）

桃さきぬ　三年三月　三日の今　沙龍（8俳諧新選 一〇七ペ）
竹の子は　産の儘なる　育ち哉　久住（7俳諧古選 一六三ペ）
わざくれや　三百出して　年忘れ　涼菟（7俳諧古選 一九〇ペ）
馬に寝て　残夢月遠し　茶のけぶり　芭蕉（1野ざらし紀行 一七七）
病牀を　三里離れて　土筆取　子規（9俳句稿巻二 〇〇四三）
永き日や　山王の猿の　うつけ皃（がは）　嘯山（8俳諧新選 一一〇ペ）

し

ちる花を　思案して見る　蛙哉　東鵝（7俳諧古選 二一八ペ）
鼠とる　思案の外や　猫の恋　楼川（8俳諧新選 一〇二ペ）
行灯を　しいてとらする　すずみかな　探芝（6炭俵 二五一六）
化粧の間　秋海棠の　風寒し　子規（10獺祭句帖抄 六五八ペ）
出でて耕す　囚人に鳥　渡りけり　青峰（9青峰集 二二四五）
泉鳴る　修道院は　眠るによし　静塔（9月下の俘虜 二三三六九）
霜百里　舟中に我　月を領す　蕪村（2蕪村句集 二三〇四）
鳴たちて　秋天ひくき　ながめかな　蕪村（2蕪村句集 一八三一）
紫陽花（あぢさゐ）に　秋冷いたる　信濃かな　久女（9杉田久女句集 〇九三三）
茸狩らん　似（じ）雲（うん）が鍋の　煮ゆるうち　蕪村（2蕪村遺稿 一七七〇）
寝がへりに　鹿おどろかす　鳴子哉　一酌（6続猿蓑 三二九六）
人に成る　鹿敷（か）閼（あ）伽（か）井（ゐ）を　水鏡　鯉洲（8俳諧新選 一五〇ペ）
武士町や　四角四面に　水を蒔く　一茶（3文政句帖 三三三九ペ）

わが宿は　四角な影を　窓の月　芭蕉（1 芭蕉庵小文庫 九六一）
菜の花の　四角に咲きぬ　麦の中　子規（10 獺祭句帖抄 六二七ぺ）
朴散華　而(しか)して逝きし　茅舎(ばうしや)はも　虚子（14 七百五十句 一四ぺ）
透かしたる　鹿と添寝の　団(うちは)かな　依貞（8 俳諧新選 一一九ぺ）
不男の　鹿に代はりて　添寝かな　竿秋（8 俳諧新選 一五一ぺ）
煎餅を　鹿に食はせて　月見かな　故角（8 俳諧新選 一四八ぺ）
萩咲かば　鹿の替はりに　寝に行かん　来山（7 俳諧古選 一七五ぺ）
旅枕　鹿のつき合ふ　軒の下　千里（6 猿蓑 一八六三）
大雪や　鹿の出て来る　京の町　其流（7 俳諧古選 二二〇ぺ）
炭竈や　鹿の見て居る　夕煙　宋阿（7 俳諧古選 一九四ぺ）
瀬田降りて　志賀の夕日や　江鮭(あめのうを)　蕪村（2 蕪村句集 一七五九）
うら壁や　しがみ付いたる　貧乏雪　一茶（3 七番日記 三五五ぺ）
鹿の声　鹿(しか)や見ゆると　戸を明ける　子規（10 獺祭句帖抄 六五五ぺ）
夫には　呵られがちぞ　雉の声　文素（7 俳諧古選 二二八ぺ）
雉追ひて　呵られて出る　畠かな　太祇（8 俳諧新選 一〇四ぺ）
鍬さげて　しかりに出るや　桃の花　涼菟（4 東華集 一一一二）
むぎからに　しかるる里の　葵かな　鈍可（6 あら野 六三五）
鼻紙で　鹿を叩くや　山桜　鳥窓（7 俳諧古選 二二六ぺ）
狩野桶に　鹿をなつけよ　秋の山　荷兮（6 あら野 九四〇）
常盤樹は　時宜して返す　時雨哉　信徳（7 俳諧古選 一八八ぺ）
耶蘇と言へば　辞儀してさりぬ　寒念仏　雉子郎（9 現代俳句集 〇六九〇）
苗代の　色紙に遊ぶ　蛙哉　蕪村（2 蕪村句集 八五一）

五月雨や　色紙へぎたる　壁の跡　芭蕉（1 嵯峨日記 六九三）
蟻二疋　時宜する花の　樗(あふち)かな　冨天（4 俳諧古選 一七一三）
後の月　鴫たつあとの　水の中　蕪村（2 蕪村遺稿 二二七四）
そぼぬれて　鴫鳴き居れり　杭(くひ)の上　習先（8 俳諧新選 一二九ぺ）
秋晴れて　敷浪雲の　平なり　子規（10 獺祭句帖抄 六五二ぺ）
雪の暮　鴫はもどつて　居るやうな　蕪村（2 蕪村句集 二八〇〇）
誰住みて　樒(しきみ)流るる　鵜川哉　蕪村（2 蕪村句集 五六五）
寺寒く　樒はみこぼす　鼠哉　蕪村（2 蕪村句集 二一八〇）
あちらむきに　鴫も立ちたり　秋のくれ　蕪村（2 蕪村句集 六二〇）
雨来らむとして　頻に揚がる　花火哉　紅葉（9 紅葉句帳 〇二六七）
川滝の　頻に落つる　野分哉　之房（8 俳諧新選 二三〇ぺ）
さみだれや　頻りに暮るる　水の上　太祇（8 俳諧新選 一一七ぺ）
ちちははの　しきりにこひし　雉の声　芭蕉（1 笈の小文 三七六）
白萩の　しきりに露を　こぼしけり　子規（4 寒山落木巻二 二一九八）
あたたかや　しきりにひかる　蜂の翅　万太郎（9 流寓抄 一一〇九）
三弦(しやみせん)で　鴫を立たする　潮来(いたこ)哉　一茶（3 八番日記 三四八ぺ）
一順の　四句目ぶりなり　初時雨　宗因（4 夢見草 〇一五八）
北国の　しぐるる汽車の　混み合ひて　虚子（12 六百句 二一〇ぺ）
一尾根は　しぐるる雲か　ふじのゆき　芭蕉（1 泊船集 三一六）
あはれさや　しぐるる比の　山家集　素堂（4 陸奥衛 〇七六四）
松の中　時雨る旅の　よめり哉　俊似（6 あら野 九八九）
おももちや　しぐるるをきき　おはします　青々（9 松苗 〇四七七）

翠黛の　時雨いよいよ　はなやかに　素十（雪片 9一五四二）
これよりや　時雨落葉と　忙がしき　虚子（五百五十句 12五六ぺ）
行く秋を　しぐれかけたり　法隆寺　子規（獺祭句帖抄 10六三四ぺ）
幾人（いくたり）か　しぐれかけぬく　勢田の橋　丈草（猿蓑 6一六一九）
あれ聞けと　時雨来る夜の　鐘の声　其角（猿蓑 6一六一七）
いつの旅も　時雨さそはぬ　事ぞなき　乙二（松窓乙二集 4二一一四）
鳴海にて　しぐれそめけり　草鞋（わらぢ）の緒　士朗（枇杷園句集 4二〇八五）
人のため　しぐれておはす　仏哉　一茶（七番日記 3三五二ぺ）
高みより　しぐれて里は　寝る時分　里圃（続猿蓑 6三三三六）
時雨時雨　時雨と惟然　走りけり　小波（ささら波 9〇三〇〇）
梨の花　しぐれにぬれて　猶淋し　野水（あら野 6七八二）
一夜漏る　時雨に骨を　絞る哉　一晶（一楼賦 5一五三）
嘶（いなな）くや　時雨のうらの　あらび馬　淡々（淡々発句集 4一二七三）
冬ちかし　時雨の雲も　ここよりぞ　蕪村（蕪村句集 2一八七八）
噂過ぐ　時雨のすぐる　如くにも　虚子（六百句 12一六四ぺ）
白芥子や　時雨の花の　咲きつらん　芭蕉（鵲尾冠 1九五九）
この人や　時雨のみにて　律する非　虚子（六百句 12一八四ぺ）
通天や　しぐれやどりの　俳諧師　茅舎（ホ昭3・3 9一六九〇）
裂々（きれぎれ）の　しぐれや錦　綾小路　五楼（俳諧古選 7二二六ぺ）
人々を　しぐれよやどは　寒くとも　芭蕉（伝土芳筆全伝 1五八七）
口切に　時雨を知らぬ　青茶かな　徳元（犬子集 4〇〇六二）
宰相（さいしやう）の　詩会催す　牡丹かな　子規（獺祭句帖抄 10六四九ぺ）

出がはりや　四月へまたぐ　大男　蓼太（蓼太句集 4一七四三）
里下りの　しくを見て居る　ふとん哉　赤羽（俳諧新選 8一四〇ぺ）
秋風の　しごいて行きし　柳かな　雁觜（俳諧新選 8一二九ぺ）
若竹や　四五寸茂る　縁の下　子規（獺祭句帖抄 10六三一ぺ）
秋の夜や　四五丁遠き　鍛冶の音　亜三（俳諧新選 8一三二ぺ）
行く秋の　四五日弱る　すすき哉　丈草（猿蓑 6一八七六）
名月や　四五人乗りし　艜（ひらだ）ぶね　需笑（続猿蓑 6三二一六）
九輪草　四五りん草で　仕廻ひけり　一茶（おらが春 3四六六ぺ）
静かなる　自在の揺れや　十三夜　たかし（たかし句集 9一六六〇）
北山や　しざりしざりて　残る雪　太祇（俳諧新選 8一〇一ぺ）
夕立や　四山とどろく　水の上　竹冷（聴雨窓俳話 4二二三五）
寒き夜や　肉そがれたる　豕（ぶた）の声　嘯山（俳諧新選 8一四二ぺ）
蝶とまり　獅子の睡りを　醒ましけり　虚子（六百句 12一六六ぺ）
月花や　四十九年の　むだ歩き　一茶（七番日記 3三六一ぺ）
短夜や　四十にして　学に志す　子規（獺祭句帖抄 10六四六ぺ）
口紅や　四十の顔も　松の内　子規（獺祭句帖抄 10六〇四ぺ）
大文字や　慈照寺の僧も　出て遊ぶ　三幹竹（三幹竹句集 9〇五四六）
秋風や　磁石にあてる　故郷山　一茶（おらが春 3四七一ぺ）
打つて来た　猪を見するや　榾（ほだ）明かり　瓜流（俳諧新選 8一三八ぺ）
歌よまず詩作らず　自然と夜着に　雪を聴く　秋風（うちぐもり砥 5一六三）
もえきれて　紙燭（しそく）をなぐる　薄哉　荷兮（あら野 6七三三）
ちまちまと　した海もちぬ　石蕗（つは）の花　一茶（七番日記 3三五八ぺ）

傘(からかさ)に 歯朶(しだ)かかりけり え方だな 夕道（6あら野 四九二）
花に来て 歯朶かざり見る 社(やしろ)哉 鈍可（6あら野 一〇七二）
淡雪や 下から見れば 梅の花 乾什（7俳諧古選 二三三ぺ）
雲のみね 四沢(したく)の水の 涸れてより 蕪村（2蕪村句集 一四二）
上行くと 下くる雲や 秋の天(そら) 凡兆（6猿蓑 一八六五）
山寺や したたかさます 心太(ところてん) 鬼城（9鬼城句集 〇六四〇）
乳麺(にゅうめん)の 下たきたつる 夜寒哉 芭蕉（1葛の松原 六九九）
苫(とま)あれて したたる星の 夜寒哉 孤桐（8俳諧新選 二三二ぺ）
影は天の 下てる姫か 月のかほ 芭蕉（1続山井 一五）
水鳥の 下に泳げる 赤き足 温亭（9温亭句集 〇八四一）
此の松の 下に佇めば 露の我 虚子（11五百句 四五ぺ）
秋天の 下に野菊の 花弁欠く 虚子（11五百句 四九ぺ）
豆飯食ふ 舌にのせ舌に 力入れ 波郷（9酒中花以後 二六五八）
山猫の 下に昼餉(ひるげ)や 傀儡師(くわいらいし) 雁宕（8俳諧新選 一一一ぺ）
烈日の 下に不思議の 露を見し 虚子（13六百五十句 一五二ぺ）
誰が聟ぞ 歯朶(しだ)に餅おふ うしの年 芭蕉（1野ざらし紀行 二二五）
洗ふ手の 下にわりなし 石蕗(つは)の花 長木（8俳諧新選 一四五ぺ）
帷子(かたびら)の したぬぎ懸かる 袷かな 素龍（6炭俵 二五〇二）
皃見(かほみ)せや 舌のだみざる 吾妻人 士蝶（8俳諧新選 一四七ぺ）
あめの夜は 下ばかり行く 蛍かな 含咕（6あら野 六四八）
皮一重 下はしられぬ 西瓜哉 婆東（7俳諧古選 二二六ぺ）
蠹(むしば)みて 下葉ゆかしき たばこ哉 蕪村（2蕪村句集 二七七二）

をしみ人(て)を 慕ふて散るや 山桜 羽幸（8俳諧新選 一〇六ぺ）
釣がねの 下降りのこす しぐれかな 炊玉（6あら野 七七五）
釣殿の 下へはいりぬ 鴛(をし)二つ 子規（10獺祭句帖抄 六六六ぺ）
山吹の 下へはいるや 鰌(どぢやう)取り 子規（10獺祭句帖抄 六〇六ぺ）
上へまき 下へまく葉の 暑さ哉 懐居（8俳諧新選 一四七ぺ）
とことはに 下見てくらす 柳哉 去音（7俳諧古選 二二四ぺ）
起き起きや 舌もつれして はるの雨 成美（5成美家集 九二三）
水風呂の 下や案山子(かがし)の 身の終はり 丈草（6炭俵 二五七九）
四橋の 下や燕の 十文字 南雅（8俳諧新選 一〇六ぺ）
盃の 下ゆく菊や 朽木(くつき)盆 芭蕉（1誹諧当世男 五五）
はげ山や 下行く水の 沢卯木(うつぎ) 夢々（6あら野 六三一）
氷りけり 下行く水の 友うつり 古津（8俳諧新選 一四三ぺ）
われが住む 下より棺 冬の雨 青邨（9雪国 一六二二）
出しておけば 自堕落に成る 海鼠(なまこ)哉 尺布（8俳諧新選 一四〇ぺ）
犬蠅の したるく入るや 毛の間ひ 嘯山（8俳諧新選 一二二ぺ）
町なかへ しだるる宿の 柳かな 利牛（6炭俵 二四二四）
青柳の しだれくぐれや 馬の曲 九節（6続猿蓑 三〇〇七）
青柳の しだれや鯉の 住み所 一咲（6猿蓑 一九一五）
我を見て 舌を出したる 大蜥蜴 虚子（14七百五十句 七一ぺ）
蕗の薹 舌を逃げゆく にがさかな 虚子（11五百句 八一ぺ）
勝負せずして 七十九年 老の春 風生（9喜寿以後 一五七五）
いつからの 七十五日 けふの月 和流（8俳諧新選 一三〇ぺ）

魚肥たり　七十二灘上り簗　子規（10 獺祭句帖抄 六〇五ぺ）
奈良七重　七堂伽(が)藍(らん)八重ざくら　芭蕉（1 泊船集 九五一）
両(ふた)村(むら)に　質屋一軒冬木立　蕪村（2 蕪村句集 九九五）
おもふ事　紙帳にかけと送りけり　野径（6 猿蓑 二二四九）
飛騨山の　質屋戸ざしぬ夜半の冬　蕪村（2 蕪村句集 二二六二）
七夕の　子女と遊んで家にあり　花蓑（9 花蓑句集 〇八七二）
絵草紙に　鎮(しづ)おく店や春の風　几董（5 井華集 七九五）
炭を挽く　静かな音にありにけり　虚子（12 六百句 二一四ぺ）
筏は沈む　静かな月の水の面　普羅（9 能登蒼し 〇七二三）
寒鯉は　しづかなるかな鰭を垂れ　秋桜子（9 秋苑 一四二一）
しぶ柿の　しづかに秋を送りけり　吏登（4 吏登発句集 一一八二）
秋風や　静かに動く萩芒　虚子（13 六百五十句 一五八ぺ）
粥柱　しづかに老を養はむ　風生（9 古稀春風 一五六九）
沓音も　しづかにかざすさくら哉　荷兮（6 あら野 八三三）
雁がねも　しづかに聞けばからびずや　越人（6 あら野員外 一二七四）
春雨や　静かに暮るる鐘の声　三好（8 俳諧新選 一四八ぺ）
乗物を　しづかに居(す)うる落葉かな　蕪村（2 蕪村遺稿 二二六〇）
露の幹　静かに蟬の歩きをり　虚子（9 五百句 〇〇七五）
銀杏踏みて　静かに児(ちご)の下山哉　蕪村（2 蕪村遺稿 二二二五）
春たつや　静かに鶴の一歩より　召波（5 春泥句集 八〇六）
樹も草も　しづかにて梅雨はじまりぬ　草城（9 旦暮 二四五七）
さかりとて　しづかに照るや水引草　水巴（9 定本水巴句集 〇五八一）

楠の根を　静かにぬらすしぐれ哉　蕪村（2 蕪村句集 二二四四）
旦(あした)より　しづかに眠り春深し　草城（9 旦暮 二四五〇）
東山　静かに羽子の舞ひ落ちぬ　虚子（11 五百句 七〇ぺ）
初空や　静かにわたる大まつり　呑江（8 俳諧新選 一〇〇ぺ）
瓜の花　雫いかなる忘れ草　芭蕉（1 類柑子 四五五）
水鳥の　雫に曇る夕日かな　圭山（8 俳諧新選 一四一ぺ）
煮木綿の　雫に寒し菊の花　支考（6 続猿蓑 三三一〇）
白桃や　しづくも落ちず水の色　桃隣（6 続猿蓑 三〇五三）
ふる春の　雫も長き柳哉　如全（8 俳諧新選 一〇五ぺ）
たかうなや　雫もよよの篠の露　芭蕉（1 続連珠 四四）
夜々月の　雫や凝つて蔓ぶだう　素丸（4 素丸発句集 一七六〇）
灰(あ)汁(く)桶の　雫やみけりきりぎりす　凡兆（6 猿蓑 二〇七〇）
高きに登る　日月星晨皆西へ　虚子（14 七百五十句 七二ぺ）
名をしらで　知つた皃(かほ)ある花見かな　沙月（8 俳諧新選 一〇ぺ）
ちる事を　しつて墨染桜哉　雁立（8 俳諧新選 一〇九ぺ）
何もかも　知つてをるなり竈猫　風生（9 十三夜 一五八一）
寒山か　拾得か蜂に螫(さ)されしは　漱石（9 正岡子規へ 〇一七五）
大猫の　尻尾でなぶる小蝶哉　一茶（3 おらが春 四三七ぺ）
三径の　十歩に尽きて蓼の花　蕪村（2 蕪村句集 一八〇九）
初潮に　沈みて深き四つ手かな　虚子（11 五百句 八四ぺ）
柴(ふし)づけの　沈みもやらで春の雨　蕪村（2 蕪村句集 二二一八）
西日今　沈み終はりぬ大対馬　虚子（12 六百句 一五二ぺ）

土器(かはらけ)も　沈む愛宕の　暑さ哉　五始（7俳諧古選　二二六ペ）
春水や　四条五条の　橋の下　蕪村（2蕪村句集　二一九三）
泣きじやくり　して髪洗ふ　娘かな　虚子（12五百五十句　五三ペ）
けろりくわんと　して烏と　柳哉　一茶（3文政版発句集　三三四ペ）
はき掃除　してから椿　散りにけり　野坡（6炭俵　二四三一）
焚火のみ　して朽ち果つる　徒に非ず　虚子（11五百句　一〇二ペ）
山兀(こつ)と　して凩の　夜明けかな　柳几（4布袋庵発句集　一七二九）
買ひ食ひを　して来よと子に　祭り銭　虚子（12五百五十句　九一ペ）
出づべくと　して出ずなりぬ　うめの宿　蕪村（2蕪村句集　二〇四四）
きらきらと　してなくなりぬ　朝鵆(ちどり)　月居（5発句題葉集　九六六）
をみなへし　しでの里人　それたのむ　自悦（6あら野　一〇〇五）
いうぜんと　して山を見る　蛙哉　一茶（3おらが春　四四九ペ）
すずかけや　しでゆく空の　衣川　商露（6波留濃日　三三二）
石枕　してわれ蟬か　泣き時雨　茅舎（9定本茅舎句集　一六七四）
風色や　しどろに植ゑし　庭の萩　芭蕉（1猿雖本三冊子　八八一）
かんこ鳥　しなのの桜　咲きにけり　一茶（3文化句帖　三四〇ペ）
寝ならぶや　しなのの山も　夜の雪　一茶（3文化句帖　三五四ペ）
心から　しなのの雪に　降られけり　一茶（3文化句帖　三五四ペ）
竹の子と　品よく遊べ　雀の子　一茶（3おらが春　四四二ペ）
生きかはり　死にかはりして　打つ田かな　鬼城（9鬼城句集　〇六〇八）
身に沁みて　死にき遺るは　謗(そし)らるる　楸邨（9野哭　二五九五）
老僧に　死に嫌ひあり　ねはん像　乙由（7俳諧古選　一五五ペ）

一竿は　死装束や　土用干　許六（7俳諧古選　一六六ペ）
冬蜂の　死にどころなく　歩きけり　鬼城（9鬼城句集　〇六三六）
花咲いて　死にともないが　病かな　来山（7俳諧古選　一四九ペ）
実ざくらや　死にのこりたる　庵の主　蕪村（2蕪村句集　二一五三）
足跡を　字にもよまれず　閑居鳥　蕪村（2蕪村句集　五三〇）
死ぬものは　死にゆく躑躅(つつじ)　燃えてをり　亜浪（9定本亜浪句集　一〇三五）
その日その日　死ぬる此の身と　蒲団かな　虚子（11五百句　三四ペ）
踏まじ猶　師の影うむる　松の雪　貞室（4玉海集　〇一四）
永の暑さを　凌ぎし甲斐や　けふの月　呉雪（7俳諧古選　二〇ペ）
雪の山　詩の子を抱き　かへさざる　虚子（13六百五十句　二〇二ペ）
一休の　しの字も灯(とぼ)せ　玉送り　沖三（8俳諧新選　一二五ペ）
大比叡や　しの字を引いて　一霞　芭蕉（1江戸広小路　六八）
夜の雨の　篠つく降りや　焼芋屋　癖三酔（9癖三酔句集　〇三八一）
書(ふみ)つづる　師の鼻赤き　夜寒哉　蕪村（2蕪村遺稿　二五一〇）
風生(ふうせい)と　死の話して　涼しさよ　虚子（14七百五十句　一〇五ペ）
鶯の　忍びありきや　夕しぐれ　太祇（8俳諧新選　一三六ペ）
風呂敷を　忍びかねたる　西瓜かな　春来（8俳諧新選　一二六ペ）
さる人の　忍び姿や　花の下　左釣（8俳諧新選　一五九ペ）
甲賀衆の　しのびの賭や　夜半の秋　蕪村（2蕪村句集　一二四）
虚無僧(こむそう)に　忍びの供の　長閑(のどか)也　赤羽（8俳諧新選　一五三ペ）
なつかしき　しのぶの里の　きぬた哉　蕪村（2蕪村遺稿　二七三九）
橋桁の　しのぶは月の　名残哉　芭蕉（1をのが光　七一五）

御廟年経て　忍ぶは何を　しのぶ草　芭蕉（1野ざらし紀行 一八七）
跡かくす　師の行き方や　暮の秋　蕪村（2蕪村句集 二二七〇）
てのひらに　柴栗妻が　のこしけり　波郷（9酒中花 二六五〇）
こがらしも　死は恐くなしと　居士はいふ　かな女（9遺稿 〇七八二）
秋の蟬　しばし息つく　小春哉　野水（6あら野 八五六）
市に入りて　しばしこころを　師走かな　素堂（5素堂家集 二二五〇）
落葉踏むや　しばし雀と　夕焼けて　水巴（4続水巴句帖 二四二二）
乙女草や　しばしとどめん　霜覆ひ　梅盛（4口真似草 〇一二八）
一畦は　しばし鳴きやむ　蛙かな　去来（4蛙合 〇九四八）
島原も　暫（しばし）は秋の　夕べかな　丹佢（7俳諧古選 二三〇ぺ）
飛び入りて　しばし水ゆく　蛙かな　落梧（6あら野 五八三）
稲塚に　しばしもたれて　旅悲し　虚子（11五百句 一六ぺ）
世の中を　暫（しば）し忘れつ　蚊屋の内　柳居（7俳諧古選 一七二ぺ）
鶯や　師走に来たは　見ずしらず　柳女（8俳諧新選 一〇一ぺ）
悉（ことごと）く　師走に成りぬ　市のさま　卯雲（8俳諧新選 一四五ぺ）
有る中に　師走の海士の　膚（はだへ）かな　一漁（4享保二二立志歳 一二二二五）
からながら　師走の市に　うるさざい　越人（6あら野 八八一）
何に此の　師走の市に　ゆくからす　芭蕉（1花摘 五九七）
かくれけり　師走の海の　かいつぶり　芭蕉（1色杉原 六六四）
須磨明石　師走の果てに　ながめ行く　一鉄（7俳諧古選 一八六ぺ）
月白き　師走は子路が　寝覚め哉　芭蕉（1孤松 二七七）
米春きの　師走やさしや　覚え書　米仲（8俳諧新選 一四六ぺ）

ささ栗の　柴に刈らるる　小春かな　鬼貫（4仏兄七久留万 〇二七五）
ばせを葉は　柴にも成らず　朽ちにけり　朴音（7俳諧古選 一八二ぺ）
いなづまの　柴の庵や　釣り上げん　蜷古（8俳諧新選 一二五ぺ）
刈り置きの　柴もしめらん　鹿の声　沙月（8俳諧新選 一三三ぺ）
訃を聞いて　暫（しばら）くありて　百舌鳥（もず）高音　たかし（4たかし全集 二六五九）
蜘蛛打つて　暫く心　静まらず　虚子（11五百句 七九ぺ）
囀りの　しばらく前後　なかりけり　汀女（9都鳥 一九二三）
山茶花や　暫く絶えて　また一つ時　一転（9杉山一転句集 〇九二五）
灯籠に　しばらくのこる　匂ひかな　林火（9海門 二七五七）
打ち水に　暫く藤の　雫かな　虚子（11五百句 一七ぺ）
蠅打つて　しばらく安し　四畳半　子規（10獺祭句帖抄 六三〇ぺ）
わんぱくや　縛られながら　よぶ蛍　一茶（3おらが春 四六〇ぺ）
花がいふ　芝居見て来る　人憎し　如泉（7俳諧古選 一五一ぺ）
いただける　柴をおろせば　霰かな　宗之（6あら野 八〇一）
我のみの　柴折りくべる　そば湯哉　蕪村（2蕪村句集 二一九九）
隣にも　柴折る音や　夜の雪　冬扇（8俳諧新選 一四三ぺ）
丸盆の　椎にむかしの　音聞かん　蕪村（2蕪村句集 二〇七八）
彼岸とて　慈悲に折らする　花もがな　重頼（4犬子集 〇〇九六）
先（まつ）たのむ　椎の木も有り　夏木立　芭蕉（1猿蓑 六二〇）
亀座して　痺（しびれ）いとはじ　御代の春　不卜（7俳諧古選 一四八ぺ）
炭焼に　渋柿たのむ　便りかな　玄虎（6続猿蓑 三二八八）
凩や　渋柿の渋も　ぬけぬべし　乙総（8俳諧新選 二三九ぺ）

鳩ふくや　渋柿原の蕎麦畠　珍碩（6猿蓑 一八六四）
不二颪　十三州のやなぎかな　蕪村（2蕪村遺稿 四一六）
万歳や　十三文の足拍子　存義（8俳諧新選 一〇一ぺ）
蜂の巣や　十四五軒の竈　数　魯孔（8俳諧新選 一〇七ぺ）
鶏頭の　十四五本もありぬべし　子規（9俳句稿巻二 〇〇一八）
柿崎や　しぶしぶ鳴きの閑古鳥　一茶（3おらが春 四五三ぺ）
菊売るや　十二街道の塵の中　子規（10獺祭句帖抄 六一〇ぺ）
しぶ柿や　渋に成る迄憎まるる　尺布（8俳諧新選 一三一ぺ）
家族従者（ずさ）　十人許（ばか）り墓参り　子規（10獺祭句帖抄 六三五ぺ）
華をふんで　十八の春なつかしき　東皐（5奥美人 九四三）
万菊や　十分咲きて譏らるる　可幸（8俳諧新選 一三四ぺ）
あれながら　十夜は月のよかりけり　諸弓（8俳諧新選 一三九ぺ）
うそのやうな　十六日桜咲きにけり　子規（10獺祭句帖抄 六四五ぺ）
夏の月　十囲の樹下の主　哉　烏栖（8俳諧新選 一一八ぺ）
雹（へう）のあと　蘂（しべ）真青に梅こぼれ　秋桜子（9霜林 一四四七）
向日葵の　蘂を見るとき海消えし　不器男（9定本不器男集 一七一七）
牡丹散って　四辺華やぐものを断つ　敦（9午前午後 三一四〇）
春迄の　塩買ふ里や峰の雪　古行（8俳諧新選 一四七ぺ）
春　曙　潮汲ら松間出て来るよ　蝶衣（9蝶衣句稿 〇五六九）
啼くやいとど　塩にほこりのたまる迄　越人（6猿蓑 二一七四）
はつ茸や　塩にも漬けず一盛り　沾圃（6続猿蓑 三二九一）
小海老飛ぶ　汐干の跡の忘れ水　一柳（5津守船初編 七六〇）

すみきりて　塩干の沖の清水哉　俊似（6あら野 七〇一）
今に成りて　しぼまれもせぬはせをかな　習先（8俳諧新選 一二六ぺ）
杜若（かきつばた）　しぼむ下から開きけり　自友（8俳諧新選 一一四ぺ）
ゆふがほの　しぼむは人のしらぬ也　野水（6あら野 六八〇）
万歳を　仕舞うてうてる春田哉　昌碧（6あら野 五六八）
おのが里　仕廻うてどこへ田植笠　一茶（3おらが春 四四二ぺ）
すずしさや　島かたふきて松一つ　子規（10獺祭句帖抄 六〇七ぺ）
荒海や　しまきの晴間陽落つる　句仏（9句仏句集 〇五二三）
今朝からの　しまつをかしや大三十日　瓜流（8俳諧新選 一四六ぺ）
巡礼の　島のぐるりの砂の浜　誓子（9天狼 一四七四）
朝顔に　島原ものの茶の湯哉　無腸（5続あけがらす 七九〇）
野仕事の　仕舞ひ嬉しき月夜哉　羽律（8俳諧新選 一二九ぺ）
あぢさゐや　仕舞のつかぬ昼の酒　乙二（5松窓乙二集 九五六）
五月雨も　仕廻のはらりはらりかな　一茶（3おらが春 四四一ぺ）
一弁を　仕舞ひ忘れて夕牡丹　虚子（13六百五十句 二〇八ぺ）
何事も　しまひをさめてとしのくれ　似船（5元禄十六歳旦 一八三）
人住まぬ　島山畑や落つる雁　太祇（8俳諧新選 一三一ぺ）
障子今　しまり春の灯（ひ）ほとともり　虚子（13六百五十句 二二七ぺ）
肥えたとて　自慢はさせぬ暑さ哉　長流（7俳諧古選 二一六ぺ）
我書いて　紙魚（しみ）くふ程になりにけり　子規（10獺祭句帖抄 六〇八ぺ）
柳散り　清水涸れ石処々（ところどころ）　蕪村（2蕪村句集 一一二）
結んでは　清水聞き居る座頭哉　大夢（7俳諧古選 二一九ぺ）

葛を得て　清水に遠き　うらみ哉　蕪村（2蕪村句集 二六八一）
はらはらと　しみづに松の　古葉哉　長虹（6あら野 七〇〇）
静けさや　清水ふみわたる　武者草鞋(わらぢ)　蕪村（2蕪村遺稿 一一二七）
かわくとき　清水見付くる　山辺哉　胡及（6あら野 一〇五九）
流れ来て　清水も春の　水に入る　蕪村（2蕪村遺稿 二一八三）
月代(さかやき)も　しみるほど也　梅の露　雨桐（6あら野 一〇六九）
冴えながら　〆(しめ)出されけり　冬の月　龍池（8俳諧新選 一四二ぺ）
このぬくさ　下総人の　寒がるや　余子（9余子句抄 〇四三八）
御火(おほ)たきや　霜うつくしき　京の町　蕪村（2蕪村句集 七〇四）
くきの葉に　霜置きおもし　庭の菊　未得（4寛永古誹諧 〇一三六）
振舞や　下座になほる　去年(こぞ)の雛　去来（6猿蓑 一九四八）
夢に見れば　死もなつかしや　冬木風　木歩（9決定木歩全集 一〇五九）
石蕗(つは)の葉の　霜に尿する　小僧かな　子規（10獺祭句帖抄 六六三ぺ）
枯れはてて　霜にはぢずや　をみなへし　杉風（6続猿蓑 三三五九）
篝目に　霜の蘇鉄(そてつ)の　さむさ哉　游刀（6炭俵 二五九七）
信濃なる　僕置きけり　冬ごもり　蕪村（2蕪村遺稿 一九五二）
菜畠の　霜夜はやし　鹿の声　蕪村（2蕪村句集 二五五二）
霜降れば　霜を楯とす　法の城　虚子（11五百句 三四ぺ）
月影や　四門四宗も　只一つ　芭蕉（1更科紀行 四三七）
すずしさを　四文にまけて　渡し守　子規（10獺祭句帖抄 六〇六ぺ）
聞くやうに　唱歌付けけり　虫の声　左釣（8俳諧新選 二二七ぺ）
朝川の　薑を洗ふ　匂ひかな　子規（10獺祭句帖抄 六一八ぺ）

風に落葉　将棋倒しぞ　きんかくじ　梅盛（4玉海集 〇一二九）
真中へ　床几並べつ　なつの月　亀卜（8俳諧新選 一一九ぺ）
花の雨　床几の前を　流れそむ　泊月（9同人句集 〇八五四）
我が庭に　床几二つや　ほし迎へ　召波（8俳諧新選 二二四ぺ）
大雪や　上客歩行(かち)で　入りおはす　蕪村（2蕪村遺稿 六九六）
ラヂヲの除夜　正光寺さん　生の鐘　草城（9銀 二四七二）
一酔に　正月暮れし　思ひ哉　月斗（9昭和俳句集 〇五〇二）
けふからは　正月分んぞ　麦の色　一茶（3おらが春 四七五ぺ）
是なりで　正月もする　かれ野哉　鶴英（8俳諧新選 一三七ぺ）
待つ中の　正月もはや　くだり月　揚水（6猿蓑 一九一七）
源氏ならで　上下に祝ふ　若菜かな　立圃（4犬子集 〇〇七六）
雪をまつ　上戸の臭(かほ)や　いなびかり　芭蕉（1茶のさうし 七二九）
面白や　障子明くれば　うめの花　八穂（8俳諧新選 一〇二ぺ）
春雨や　障子明くれば　未(まだ)暮れず　練石（7俳諧古選 二三〇ぺ）
鶯や　障子明けなば　たちもせん　白芽（7俳諧古選 二二一ぺ）
吊り柿や　障子にくるふ　夕日影　丈草（4国の華 〇九九三）
稲妻や　障子に声の　有るがごと　蘆舟（8俳諧新選 一四七ぺ）
うつくしや　障子の穴の　天の川　一茶（3七番日記 三四四ぺ）
秋の夜や　障子の穴の　笛をふく　一茶（3文政版発句集 三四四ぺ）
雪ふるよ　障子の穴を　見てあれば　子規（10獺祭句帖抄 六六四ぺ）
ふりむけば　障子の桟に　夜の深さ　素逝（4砲車 二六六七）
春風や　障子の桟の　人形屑埃(へち)　木歩（9決定木歩全集 一〇五八）

梅が香や障子の破も加減よし　乙由（5麦林集 四四五）
馬追や障子へ秋をたたきつけ　余子（9余子句抄 〇四三六）
元日や上々吉の浅黄空　一茶（3浅黄空 三二二ペ）
蛼（こほろぎ）や相如（しやうじよ）が絃のきるる時　蕪村（2蕪村遺稿 一八四二）
一人立ち障子をあけぬ薬食　虚子（12六百句 二二一七ペ）
蚊屋越しに障子を明けるあつさ哉　子一（8俳諧新選 一二〇ペ）
窓くらき障子をのぼる蛍哉　不交（6あら野 六四五）
煤払しやうじをはくは手代かな　万乎（6炭俵 二六三二）
あながちに上手はいらぬさし芽哉　李収（8俳諧新選 一〇四ペ）
鹿笛の上手（しやう）を尽くすあはれさよ　樹水（6あら野 八七五）
山中の相（しやう）雪中のぼたんかな　蕪村（2蕪村句集 二〇三）
寒菊の装束急ぐ嵐かな　淡々（8俳諧新選 二三七ペ）
楽人の情断つ馬や加茂祭　嘯山（8俳諧新選 一五ペ）
常寂光浄土に落葉敷きつめて　虚子（13六百五十句 一八六ペ）
はこべらや焦土の色の雀ども　波郷（9雨覆 二六五一）
薫り来るは浄土の風の便りかな　重頼（7俳諧古選 一九七ペ）
西方の浄土へ今日や雪仏　卜養（4誹諧独吟集 一〇三九）
星合や樟脳匂ふかし小袖　如江（8俳諧新選 二二四ペ）
行く春や商人船の立烏帽子　子規（10獺祭句帖抄 六〇五ペ）
釣り人の情のこはさよ夕しぐれ　蕪村（2蕪村遺稿 八〇六）
人の妻の菖蒲葺くとて階子（はしご）かな　子規（10獺祭句帖抄 六二七ペ）
金州の城門高き柳かな　子規（10獺祭句帖抄 六二六ペ）

凩の浄林の釜恙（つつが）なきや　子規（10獺祭句帖抄 六六三ペ）
春水や蛇籠の目より源五郎　素十（9初鴉 一五四〇）
灌仏や釈迦と提婆は従弟どし　之道（6続猿蓑 三四四五）
知れぬ世や釈迦の死に跡にかねがある　西鶴（4白根草 〇一八二）
名月や釈迦の牽頭（たいこ）は五百人　渭北（7俳諧古選 二二二ペ）
鴉我に皺嗄れ鳴きしよりの風邪心地　一転（9杉山一転句集 〇九二三）
聖霊（しやうりやう）も杓子果報の有る世哉　不角（7俳諧古選 二〇三ペ）
木の下に杓子取る也花の糧　春来（7俳諧古選 二二一ペ）
冬待つや寂然として四畳半　子規（10獺祭句帖抄 六三四ペ）
虫に迄尺とられけり此のはしら　一茶（3おらが春 四四二ペ）
避暑の宿寂寞として寝まるなり　虚子（14七百五十句 四五〇ペ）
蟻地獄寂寞として飢ゑにけり　風生（9朴若葉 一五六二）
七夕竹惜命の文字隠れなし　波郷（9惜命 二六四六）
門は松芍薬（しやくやく）園の雪さむし　舟泉（6波留濃日 三〇五）
引鶴や笏をかざして日を仰ぐ　蝶衣（9蝶衣句稿 〇五七〇）
扇にて尺を取りたる牡丹哉　一茶（3八番日記 三四二ペ）
ラグビーのジヤケツちぎれて闘へる　誓子（9黄旗 一四九五）
金（こん）銀（ごん）瑠璃（るり）硨磲（しやこ）瑪瑙（めなう）琥珀（こはく）葡萄（ぶだう）かな　東洋城（9東洋城全句上 〇三九八）
新右衛門蛇足（じやそく）を誘ふ冬至哉　蕪村（2蕪村句集 三四一）
又ことし娑婆（しやば）塞げぞよ草の家　一茶（3文化句帖 三三三ペ）
椿ころり邪魔に成る樹を伐ふとて　李流（8俳諧新選 一五六ペ）
春の夜の三味線箱を枕かな　子規（10獺祭句帖抄 六二三ペ）

川上の　三味線更けて　千鳥哉　如泉（5北之笘一八七）
梅が香や　砂利しき流す　谷の奥　士芳（6猿蓑一八八三）
本馬の　しやんしやん渡る　氷哉　一茶（3文政句帖三五六ぺ）
かぶりつく　熟柿や髯を　汚しけり　子規（9俳句稿巻二○○一三）
浅ましや　熟柿をしやぶる　体たらく　一茶（3七番日記三五一ぺ）
椎樫も　祝福す桃　紅らむを　波郷（9春嵐二六四三）
秋風や　酒肆（しゆし）に詩うたふ　漁者樵者　蕪村（2蕪村句集一四九）
貧乏な　儒者訪ひ来ぬる　冬至哉　蕪村（2蕪村遺稿三四二）
厨すぐる　主人目刺に　目落として　泊雲（9泊雲句集○七七八）
春雨や　珠数（じゆず）落としたる　にはたづみ　蕪村（2蕪村遺稿一五○三）
法然の　珠数もかかるや　軒のふぢ　蕪村（2蕪村遺稿七三七）
郭公（ほととぎす）　呪咀の釘うつ　梢より　几董（8俳諧新選一一三ぺ）
花杏　受胎告知の　翅音びび　茅舎（4定本茅舎句集二六三八）
ゆくゆくは　出家さす子も　幟かな　嘯山（8俳諧新選一一六ぺ）
手袋の　十本の指を　深く組めり　誓子（9炎昼一四八二）
寒月や　衆徒の群議の　過ぎて後　蕪村（2蕪村句集二七八七）
からくりの　首尾のわるさよ　鳳巾（いかのぼり）　太祇（8俳諧新選一一○ぺ）
きさらぎの　溲瓶（しゆびん）つめたく　病みにけり　草城（9旦暮二四五六）
負腹（まけばら）の　守敏も降らす　旱かな　蕪村（2蕪村句集一二五）
病人と　撞木に寝たる　夜寒かな　丈草（4韻塞○九九八）
盗人の　首領歌よむ　けふの月　蕪村（2蕪村遺稿一四二六）
冬枯れや　巡査に吠ゆる　里の犬　子規（10獺祭句帖抄六一一ぺ）

ゆく春や　逡巡として　遅ざくら　蕪村（2蕪村句集二二五二）
昃（ひかげ）れば　春水の心　あともどり　立子（9立子句集一九四五）
橋に立てば　春水我に　向かつて来　虚子（12五百五十句四六ぺ）
我が心　春潮にあり　いざ行かむ　虚子（12五百五十句一○ぺ）
葛水に　松風塵を　落とすなり　虚子（11五百句一八ぺ）
つつぽりと　勝負の楓　照りにけり　枝芳（8俳諧新選一三四ぺ）
蟬の空　松籟塵を　漲らし　茅舎（4華厳二六三三）
炎熱や　勝利の如き　地の明るさ　草田男（9来し方行方二五二五）
芭蕉忌の　燭の芯剪る　坊が妻　虚子（14七百五十句一○八ぺ）
いざや霞　諸国一衣（いちえ）の　売僧（まいす）坊（ぼん）　三千風（5日本行脚文集一五六）
日盛りを　書庫のにほひに　ゐて静か　圭岳（9太白星一一九四）
猫の恋　初手から鳴きて　哀れ也　野坡（6炭俵二四一三）
飛びかうて　初手の蝶々の　紛れけり　嘯山（8俳諧新選一○八ぺ）
物の葉に　初手はつつみし　茄子哉　芳室（8俳諧新選一五五ぺ）
陳さんの　処方の験や　牡丹の芽　秋桜子（9殉教一四三四）
麦の穂の　しよりりと秋を　含みけり　白芽（8俳諧新選一一六ぺ）
人それそれ　書を読んでゐる　良夜かな　青邨（9雑草園一六一六）
餅雪を　しら糸となす　柳哉　芭蕉（1続山井二六）
鮎の子の　しら魚送る　別れ哉　芭蕉（1続猿蓑四七四）
明ぼのや　しら魚しろき　こと一寸　芭蕉（1野ざらし紀行一九八）
笹折りて　白魚の　たえだえ青し　才麿（5東日記二一二）
藻にすだく　白魚やとらば　消えぬべき　芭蕉（1東日記一二八）

似あはしや　白髪にかつぐ　麻木(をがら)売り　亀洞（6あら野　九六五）
長き夜を　白髪の生える　思ひあり　子規（10獺祭句帖抄　六五二ぺ）
みかへれば　白壁いやし　夕がすみ　越人（6波留濃日　三一五）
あたたかに　白壁ならぶ　入江かな　子規（4寒山落木巻二　二一七六）
夕月の　白髪交りや　糸すすき　里泉（8俳諧新選　一三二ぺ）
大輪の　白菊生けん　月の雨　其輪（8俳諧新選　一三四ぺ）
垣越しの　しら菊侘し　薄月夜　龍眠（8俳諧新選　一五四ぺ）
秋風や　しらきの弓に　弦はらん　去来（6あら野　七二二）
白露の　しらけ仕舞ひや　淀の水　言水（7俳諧古選　一七四ぺ）
足もとも　しらけて寒し　冬の月　我眉（6炭俵　二六〇九）
水垢の　白けてへげる　暑さかな　青畉（8俳諧新選　一二〇ぺ）
馬かたは　しらじしぐれの　大井川　芭蕉（1泊船集　七三三）
雞(にはとり)は　しらず顔也　放生会　十章（8俳諧新選　一三五ぺ）
大きさも　知らず鯨の　二三寸　子規（10獺祭句帖抄　六六六ぺ）
どち風歟(か)　しらず戸の鳴る　寒さ哉　篤羽（8俳諧新選　一四二ぺ）
みじか夜を　しらで明けけり　草の雨　召波（5春泥句集　八一一）
勝つた共　知らで起きたつ　角力(すまふ)かな　雅因（8俳諧新選　一二七ぺ）
今朝秋と　しらで門掃く　男哉　存義（7俳諧古選　二二二ぺ）
里親とも　知らで紙鳶の子　育ちけり　雉子郎（9現代俳句集　〇六八七）
和尚とは　しらで誉めけり　田植笠　貞佐（4桑々畔発句集　一二二五）
算用を　しらでも見事　歳取りぬ　団水（5四国猿　二三八）
弥陀経も　しらぬ庵主や　けしの花　雨谷（8俳諧新選　一一三ぺ）
をさな名や　しらぬ翁の　丸頭巾　芭蕉（1菊の塵　九四〇）
まつ茸や　しらぬ木の葉の　へばりつく　芭蕉（1続猿蓑　八八六）
滝鬖々　知らぬ鳥なく　新樹かな　松宇（9小日明27・5・15　〇三一三）
雪垣や　しらぬ人には　霜のたて　蔦雫（6続猿蓑　三三九二）
上京に　しらぬ路あり　おぼろ月　管鳥（8俳諧新選　一〇八ぺ）
出羽人も　知らぬ山見ゆ　今朝の冬　碧梧桐（9三千里　〇一二六）
水祝に　知らぬ男も　来りけり　四方太（9承露盤　〇二〇三）
紙鳶(いか)切れて　白根が岳を　行衛(ゆくへ)哉　桃妖（6猿蓑　一九五四）
暁や　白帆過ぎ行く　蚊帳の外　子規（10獺祭句帖抄　六二八ぺ）
雲の峰　白帆南に　むらがれり　子規（10獺祭句帖抄　六二九ぺ）
鵜も飼ふや　白槙の這ふ　屋形城　雪蕉（8俳諧新選　一一八ぺ）
蚊の声の　しらむに寂し　軒の雨　沾徳（5其袋　四三〇）
梅が香や　しららおちくぼ　京太郎　芭蕉（1忘梅　六八三）
ふるひ寄せて　白魚崩れん　ばかりなり　漱石（9正岡子規へ　〇一八三）
一日の　尻ぅち払ふ　茶つみかな　必化（8俳諧新選　一一一ぺ）
学問は　尻からぬける　ほたる哉　蕪村（2蕪村句集　九〇六）
から尻に　尻軽き身の　袷かな　之房（8俳諧新選　一五三ぺ）
橇馬の　臀毛少なに　老いにけり　蛇笏（9家郷の霧　〇六五五）
舟引の　尻こそばがる　尾花かな　烏石（8俳諧新選　一三一ぺ）
びいと啼く　尻声悲し　夜の鹿　芭蕉（1杉風宛書簡④　八九二）
食ひながら　尻居(す)ゑて居ぬ　螽(いなご)かな　玉壺（8俳諧新選　一五一ぺ）
寒ごりに　尻背けたる　つなぎ馬　蕪村（2蕪村遺稿　三七四）

はやぶさの　尻つまげたる　白尾哉　野水（6あら野 五三七）
湯上がりの　尻にぺつたり　菖蒲哉　一茶（3七番日記 三三八ぺ）
その親を　しりぬその子は　秋の風　支考（6続猿蓑 三四五一）
蛍見も　しりの間ぞ　京と宇治　梅盛（4玉海集 〇一三一）
先以（まづ）つて　尻の軽さや　更衣（ころもがへ）　麁線（7俳諧古選 一七二ぺ）
黒虻（あぶ）の　尻の黄色が　逆立ちぬ　虚子（12五百五十句 六六ぺ）
下りてさへ　尻の居（すわ）らぬ　雲雀（ひばり）哉　雁宕（8俳諧新選 一〇四ぺ）
供部屋に　尻の突きあふ　いろりかな　歌口（8俳諧新選 二三八ぺ）
鳥さしを　尻目に藪の　梅咲きぬ　蕪村（2蕪村遺稿 二二二四）
永の日に　尻もくさらぬ　田螺（たにし）かな　麻兄（8俳諧新選 一〇六ぺ）
長の夏の　尻持ちけりな　猿すべり　嘯山（8俳諧新選 二二三ぺ）
えぼし着て　尻餅つくや　小松引　存義（8俳諧新選 一〇〇ぺ）
ほころぶや　尻もむすばぬ　糸桜　立圃（5犬子集 二二）
人の世に　尻を居（す）ゑたる　ふくべ哉　蕪村（2蕪村句集 一四三）
夕貌に　尻を揃へて　寝たりけり　一茶（3七番日記 三四二ぺ）
春風に　尻を吹かるる　屋根屋哉　一茶（3七番日記 三二七ぺ）
人柄も　しるき家居や　蓮の花　它谷（8俳諧新選 二二二ぺ）
雨乞ひの　しるしも見えず　百日紅（さるすべり）　子規（10獺祭句帖抄 六四九ぺ）
鶯菜　汁になりては　くひな哉　徳元（5毛吹草 六六）
山里は　汁の中迄　名月ぞ　一茶（3七番日記 三四四ぺ）
夕皃の　汁は秋しる　夜寒かな　支考（6炭俵 二五八三）
天が下　しるは三日の　胡瓜（きうり）哉　来汲（7俳諧古選 二二六ぺ）

つと入や　しる人に逢ふ　拍子ぬけ　蕪村（2蕪村句集 一七四九）
木のもとに　汁も鱠（なます）も　桜かな　芭蕉（1ひさご 六〇二）
宵の雨　しるや土筆の　長みじか　闇指（6続猿蓑 三〇三一）
みのむしと　しれつる梅の　さかり哉　蕉笠（6あら野 五一五）
すずしさを　しれと杓（ひさく）の　雫かな　兀峰（6炭俵 二五一八）
おく霜の　しれぬ寒さや　海の面　稲音（8俳諧新選 一三九ぺ）
草の戸を　しれや穂蓼に　唐がらし　芭蕉（1笈日記 六四二）
赤い椿　白い椿と　落ちにけり　碧梧桐（9碧梧桐句集 〇一〇一）
青きほど　白魚白し　苣（ちさ）の汁　重頼（5藤枝集 二八）
世を旅に　代（しろ）かく小田の　行きもどり　芭蕉（1杉風宛書簡 八五二②）
任口に　白き団（うちは）を　まゐらせむ　蕪村（2蕪村遺稿 一七一五）
白魚の　しろき噂も　つきぬべし　山蜂（6続猿蓑 三〇二五）
花守や　白きかしらを　突きあはせ　去来（6炭俵 二四三六）
古扇　白きがままに　持たれけり　三允（9中野三允句集 〇三三六）
水仙や　白き障子の　とも移り　芭蕉（1笈日記 七二六）
手を執つて　白き娼婦を　泳がしむ　誓子（9青女 一四八一）
秋風や　白き卒都婆（そとば）の　夢に入る　星布尼（4星布尼句集 二一三八）
新涼や　白きてのひら　あしのうら　茅舎（9川端茅舎句集 一六八五）
白うをの　しろき匂ひや　杉の箸　之道（6炭俵 二六二六）
梅白し　白きは神の　こころかな　廬元坊（4二夜歌仙 一一九七）
あさがほの　白きは露も　見えぬ也　荷兮（6あら野 七一七）
ゆく春や　白き花見ゆ　垣のひま　蕪村（2蕪村句集 一九九四）

ころもがへや白きは物に手のつかず　路通（6あら野 六一九）
親よりも白き羊や今朝の秋　鬼城（9鬼城句集 〇六二）
頰を掻いて白き瞼（まぶた）の露の鳥　宋斤（9定本宋斤句集 一二〇〇）
白芙蓉の白きより白きは無し　虚子（13六百五十句 二三五ペ）
庭前に白く咲いたる椿かな　鬼貫（4人悟物狂 〇二七七）
たんぽぽの白くしぼむや暮れの鐘　祇明（4四時観 一一六七）
灯（ひ）うつりや白く見て伐る女郎花（をみなへし）　赤羽（8俳諧新選 一五六ペ）
野路の梅白くも赤くもあらぬ哉　蕪村（2蕪村遺稿 四〇五）
朧夜を白酒売りの名残かな　支考（6続猿蓑 三〇八六）
卯の花も白し夜半の天の河　言水（5都曲 一七五）
高取の城高々と月寒し　雅因（8俳諧新選 四一ペ）
絶頂の城たのもしき若葉哉　蕪村（2蕪村句集 一〇五四）
新学士白足袋はいて来りけり　瓊音（9瓊音句集 一〇一五）
生皮の城に火燵のやぐらかな　五竹坊（4桃の首途 一七八二）
夕桜城の石崖裾濃なる　草田男（9長子 二五五一）
夕風や白薔薇の花皆動く　子規（10獺祭句帖抄 六四九ペ）
大服や城を粉になす茶磨山　貞徳（4歳旦三ツ物 〇〇三六）
子（ね）祭りにしわき祝詞（のりと）を参らせん　雅因（8俳諧新選 一五五ペ）
灌仏や皺手合はする珠数（じゅず）の音　芭蕉（1三冊子 九一八）
梅折りて皺手にかこつ薫りかな　蕪村（2蕪村句集 二二〇）
なつかしきしをにがもとの野菊哉　蕪村（2蕪村句集 二七六四）
信田への栞と成るやかきつばた　瓢水（8俳諧新選 一一四ペ）

菊のつゆ凋（しを）る人や鬢帽子（びんぼうし）　其角（6あら野 七六四）
朝皃にしをれし人や鬢帽子　其角（6続猿蓑 三二六二）
わが生きる心音トトと夜半の冬　風生（9愛日抄 一五九二）
かすむ日やしんかんとして大座敷　一茶（3おらが春 四四〇ペ）
ほととぎす新墾に火を走らする　多佳子（9信濃 二九七五）
二日月神州狭くなりにけり　水巴（9定本水巴句集 〇五九七）
君今来ん新酒の燗のわき上がる　子規（10獺祭句帖抄 六三五ペ）
鬼貫（おにつら）や新酒の中の貧に処す　蕪村（2蕪村句集 二七三八）
狐啼いて新酒の酔ひのさめにけり　子規（10獺祭句帖抄 六三五ペ）
我もらじ新酒は人の醒めやすき　嵐雪（6あら野員外 一三四六）
松風に新酒を澄ます山路かな　支考（4笈日記 一一〇九）
名月や神泉苑の魚躍る　蕪村（2蕪村句集 二七一四）
春惜しむ深大寺蕎麦一とすすり　爽雨（9遅日 一九〇〇）
夏虫の死んで落ちけり本の上　子規（10獺祭句帖抄 六三〇ペ）
宮島の神殿はしる小鹿かな　子規（10獺祭句帖抄 六〇一ペ）
はる立つや新年ふるき米五升　芭蕉（1真蹟短冊 一六九）
鍬さげて神農皃（がほ）や菊の花　一茶（3おらが春 四七一ペ）
酒尽きてしんの座につく月見哉　一茶（3おらが春 四七〇ペ）
芍薬（しやくやく）の蘂の湧きたつ日南（ひなた）哉　太祇（8俳諧新選 一一五ペ）
冬河に新聞全紙浸り浮く　誓子（9方位 一四九〇）
きてもみよ甚べが羽織花ごろも　芭蕉（1貝おほひ 三八）
夜をこめて新米舂くや大法事　雅因（8俳諧新選 二三三ペ）

陽炎や　新吉原の昼の体　一茶（3 七番日記 三二七ペ）

す

水仙や　素足で通ふ長廊下　以楽（8 俳諧新選 一四二ペ）
切り売りの　西瓜くふなり市の月　子規（10 獺祭句帖抄 六三八ペ）
そのつるや　西瓜上戸の花の種　沾圃（6 続猿蓑 三三〇七）
老いぬれば　西瓜に辷（すべ）る踊りかな　巣兆（4 曾波可理 二〇九六）
秋海棠　西瓜の色に咲きにけり　芭蕉（1 東西夜話 六九八）
門涼み　西瓜のごとく冷えにけり　喜舟（9 小石川 〇四五三）
酔顔や　西瓜の雫もちながら　太祇（8 俳諧新選 一二六ペ）
物の本　西瓜の汁をこぼしたる　虚子（13 六百五十句 一五二ペ）
赤行灯　西瓜を切りて並べけり　子規（10 獺祭句帖抄 六五九ペ）
白雨（ゆふだち）や　水晶のずずのきるる音　几董（5 井華集 八〇〇）
此のこころ　推せよ花に五器一具　芭蕉（1 葛の松原 七四三）
濡れし手に　水仙売つた壱歩かな　一兎（8 俳諧新選 一四一ペ）
有明の　水仙剪るや庭の霜　子規（10 獺祭句帖抄 六六七ペ）
初雪や　水仙のはのたはむまで　芭蕉（1 あつめ句 二七五）
和らかなるやうにて弱からず　水仙は花の若衆たらん　信徳（5 五百韻 一六五）
宗任（むねたふ）に　水仙見せよ神無月　蕪村（2 蕪村句集 二五八）
桃咲きて　水仙もさく寒さかな　瓢水（8 俳諧新選 一〇三ペ）
はぜつるや　水（すい）村（そん）山（さん）郭（くわく）酒旗の風　嵐雪（5 虚栗 二八一）

往き来待ちて　吹田（すいた）をわたる落ば哉　蕪村（2 蕪村句集 一九〇七）
行く春を　翠帳の鸚鵡（あうむ）黙りけり　子規（10 獺祭句帖抄 六二三ペ）
行列の　すいと捻ぢ向く桜かな　雄山（8 俳諧新選 一四七ペ）
蚊屋つりて　翠微つくらむ家の内　蕪村（2 蕪村句集 二二六〇）
萱草（くわんざう）は　随分暑き花の色　荷兮（6 波留濃日 三三七）
紅塵を　吸うて肉とす五月鯉　しづの女（9 颱 〇九六二）
えびす講　酢売りに袴着せにけり　芭蕉（1 続猿蓑 八一九）
夜半過ぎて　すがすが雪の積りけり　赤羽（8 俳諧新選 一四二ペ）
散りながら　姿ありける柳かな　吾友（8 俳諧新選 一五一ペ）
里々の　姿かはりぬなつ木だち　野荻（6 続猿蓑 三二一）
見とどけぬ　姿なつかしほととぎす　賀瑞（8 俳諧新選 一一三ペ）
片付かぬ　姿なりけり鉢たたき　冬山（7 俳諧古選 一九二ペ）
我をはらぬ　姿なりけり春の雪　汀松（7 俳諧古選 一四八ペ）
住み果てぬ　すがた成りけり冬の蠅　文水（8 俳諧新選 一四五ペ）
実の時　姿に似ずよ栗の花　晩平（8 俳諧新選 一二三ペ）
西行の　すがたは秋の夕べかな　宗因（7 俳諧古選 一九七ペ）
秋寂びの　姿よろしき古人の句　余子（9 余子句抄 〇四三二）
有り難き　すがた拝まんかきつばた　芭蕉（1 惣七宛書簡 三三九四）
独り寝の　姿教へて涅槃かな　涼袋（7 俳諧古選 二二九ペ）
霧はれよ　すがたを松に見えぬ迄　鼠弾（6 あら野 九三五）
近江路や　すがひに立てる鹿の長（たけ）　土芳（6 炭俵 二五六四）
白菊や　素顔で見むを秋の霜　野水（6 あら野 八五五）

かぐや姫の　素顔を見ばや　不二詣　千重（8俳諧新選 一二三ペ）
大空に　すがりたし木の芽　さかんなる　水巴（9定本水巴句集 〇五七七）
ゆく春に　すがりて咲くや　藤の花　青蒲（7俳諧古選 二二〇ペ）
畑見ゆる　杉垣低し　春の雨　子規（10獺祭句帖抄 六四三ペ）
さまざまの　過ぎしをおもふ　年のくれ　除風（6あら野 九七六）
花の御能　過ぎて夜を泣く　浪花人　蕪村（2蕪村句集 二一〇八）
菜の花や　杉菜の土手の　あひあひに　長虹（6あら野 五六四）
呪ふ人は　好きな人なり　紅芙蓉　かな女（9雨月 〇七八八）
淋しさが　好きならばあれ　かんこ鳥　百童（8俳諧新選 一五八ペ）
京の衆よ　好きな折らしやれ　桃の花　孤洲（8俳諧新選 一〇七ペ）
夏蝶翔ぶや　杉に流れ来て　真一文字　元（9島村元句集 〇九〇三）
我老いぬ　好きに成りぬる　納豆汁　雪峰（8俳諧新選 一四五ペ）
煤掃は　杉の木の間の　嵐哉　芭蕉（1をのが光 六五六）
いなづまや　杉のたち樹の　五六本　嘯山（8俳諧新選 一二五ペ）
行く秋や　数奇屋（すきや）の咳は　畳さし　秋瓜（4多少庵句集 一七五〇）
晦日（つごもり）も　過ぎ行くらばが　ゐのこかな　尚白（6猿蓑 一六四四）
白梅に　過ぎゆく七日　七日かな　白水郎（9散木集 一〇八〇）
十丈の　杉六尺の　薄かな　子規（10獺祭句帖抄 六五七ペ）
蟷螂の　すぐに鎌振る　卑怯かな　子規（10獺祭句帖抄 六五五ペ）
炭の香を　すぐにすすむる　火桶かな　梓月（9冬鶯 〇三六五）
子供等は　すぐに外に出て　松の花　立子（9続立子句集二 一九三八）
若葉から　すぐにながめの　冬木哉　藤羅（6あら野 六二七）

涼しさや　直に野松の　枝の形（なり）　芭蕉（1笈日記 八五五）
けし散りて　直に実を見る　夕べ哉　李桃（6あら野 六三八）
両の掌に　すくひてこぼす　蝌蚪の水　虚子（11五百句 七〇ペ）
崎風は　すぐれて涼し　五位の声　智月（6炭俵 二五一七）
雉の羽を　透けて光は　矢の如し　西武（4水車 〇一〇四）
一枝は　すげなき竹の　わかば哉　仙花（6炭俵 二五三七）
すびつさへ　すごさに夏の　炭俵　其角（6あら野 六七八）
舟虫や　すこし荒れての　夜の波　春草（9春草句集 一〇九一）
唐音も　少し云ひたき　牡丹哉　管鳥（8俳諧新選 一一三ペ）
朱の椀に　すこし飯盛る　霜夜哉　露月（9露月句集 〇二二五）
鴨とぶや　少しおくれて　妻の鳥　春来（7俳諧古選 二二一ペ）
白笠を　少しさますや　木下陰　一茶（3おらが春 四六七ペ）
見る人に　少しそよぎて　萩の花　虚子（13六百五十句 二三四ペ）
冬の空　少し濁りし　かと思ふ　虚子（12六百句 一六五ペ）
湖や　少しの草に　なく蛙　士巧（8俳諧新選 一四八ペ）
亭主の夜　すこし残りて　ほととぎす　百里（4綾錦 一一二六）
蕣（あさがほ）は　少しの間にて　美しや　旧徳（7俳諧古選 一七五ペ）
糸桜　少しは風の　有るもよし　旭扇（8俳諧新選 一一二ペ）
みねの雲　すこしは花も　まじるべし　野水（6あら野 三六六）
福寿草の　少し開いて　亭午なり　洒竹（9秋の声 明30・1 〇二九二）
蓮の花　少し曲がるも　うき世哉　一茶（3おらが春 四五二ペ）
初雪や　少し眉毛の　しめる程　季遊（8俳諧新選 一三九ペ）

稲妻や　少し見えたる　瀬田の橋　琴台（8俳諧新選二二五ぺ）
けうとさに　少し脇むく　月夜哉　昌碧（6あら野四一二）
誰とても　健やかならば　雪のたび　卯七（6猿蓑一六九二）
蚊屋越しに　従者(ずさ)起こすなる　旅寝哉　召波（8俳諧新選二一七ぺ）
騎馬一人　従者五六人　紅葉狩り　子規（10獺祭句帖抄六五六ぺ）
花吹雪　すさまじかりし　天地かな　素十（9芹一五四九）
玉虫の　厨子により見る　薄暑かな　青々（9鳥の巣○四八七）
白雲に　鮓の石迄　小荷駄哉　百万（8俳諧新選二四九ぺ）
木のもとに　鮓の口切る　あるじかな　蕪村（2蕪村遺稿八九八）
なれ過ぎた　鮓をあるじの　遺恨哉　蕪村（2蕪村句集八九五）
追ひ風に　薄刈りとる　翁かな　蕪村（2蕪村遺稿一七六八）
しりながら　薄に明くる　つまどかな　小春（6あら野九八七）
担ぐ艪を　芒の上に　廻しけり　温亭（9温亭句集○八二六）
釣り上げし　鱸(すずき)の巨口　玉や吐く　蕪村（2蕪村句集一四四六）
後の月　薄の白髪　けづりあへず　子規（10獺祭句帖抄六五五ぺ）
武蔵野や　薄の丈(たけ)の　桃のはな　潭北（7俳諧古選一五七ぺ）
地蔵会や　芒の中に　灯(ひ)のともる　零余子（9雑草○六七九）
垣根潜る　薄ひともと　真すほなる　蕪村（2蕪村句集一四三八）
茨老い　すすき痩せ萩　おぼつかな　蕪村（2蕪村句集一二八三）
無月なり　芒惜しまず　患者たち　波郷（9酒中花以後二六五九）
煙にも　すすけず白し　富士の雪　徳元（4犬子集○○六三）
行灯の　煤けぞ寒き　雪のくれ　越人（6波留濃日三五六）

枇杷さくや　涼しい事の　思はるる　古津（8俳諧新選一三八ぺ）
どこ見ても　涼し神の灯(ひ)　仏の灯　子規（10獺祭句帖抄五九九ぺ）
森の蟬　涼しき声や　あつき声　乙州（6続猿蓑三一八六）
をみな等も　涼しきときは　遠(をち)を見る　草田男（9銀河依然二五二六）
又けふも　涼しき道へ　誰が柩　子規（10獺祭句帖抄六四六ぺ）
雨を引きて　涼しく入るや　帆掛舟　風虎（4桜川○一四九）
すり針や　涼しくもちる　蓬髪　敬雨（7俳諧古選二○六ぺ）
さむしろや　すずしさしらぬ　高鼾　几圭（7俳諧古選二一五ぺ）
海楼の　涼しさつひの　別れかな　碧梧桐（4新傾向句集二二八五）
簾して　涼しや宿の　はひりくち　荷兮（6あら野六八九）
ある時は　すすどかりけり　蝸牛(かたつぶり)　周木（7俳諧古選一六二ぺ）
これや世の　煤にそまらぬ　古合子(ふるがふし)　芭蕉（1勧進牒五九五）
涼しさは　錫の色なり　水茶碗　信徳（4信徳十百韻○二一二）
元日や　煤の中なる　蹲り　東洋城（9東洋城全句中○三九三）
嫁入の　鈴の音過ぎて　ちどりかな　東皐（5奥美人九四七）
灯も消えて　煤のふる家の　野分哉　大夢（8俳諧新選二三一ぺ）
長閑(のどか)さや　煤はいた夜の　小行灯　一茶（3八番日記三六○ぺ）
竜骨車の　煤は回して　掃きにけり　春雄（7俳諧古選二一四ぺ）
鍋釜の　煤まで掃いて　別れかな　乙由（7俳諧古選二○九ぺ）
水上の　涼みながるる　扇かな　百万（8俳諧新選二一九ぺ）
垣に来て　雀親呼ぶ　声せはし　子規（10獺祭句帖抄六四四ぺ）
木の芽だつ　雀がくれや　ぬけ参り　均水（6続猿蓑三○八二）

鶯を　雀歟(か)と見し　それも春　蕪村（2蕪村句集　八四一）
苣(ちさ)の木に　雀　囀る　春日かな　子規（10獺祭句帖抄　六〇五ぺ）
食堂に　雀啼くなり　夕時雨　支考（6続猿蓑　三四六二）
冬枯れや　雀のありく　戸樋の中　太祇（5太祇句選　五五三）
山茶花を　雀のこぼす　日和かな　子規（10獺祭句帖抄　六四一ぺ）
節季候(せきぞろ)を　雀のわらふ　出立ちかな　芭蕉（1深川　七七四）
雪ふらば　雀もたのめ　傘の下　野有（8俳諧新選　一五〇ぺ）
よき家や　雀よろこぶ　背戸の粟　芭蕉（1十鳥掛　四一八）
しづかさを　数珠(ずず)もおもはず　網代(あじろ)守(もり)　丈草（6猿蓑　一六七七）
手形書く　硯洗うて　手向けなん　雁宕（8俳諧新選　一五六ぺ）
峠　迄　硯抱へて　月見かな　任他（6あら野　四一六）
蚊屋の裾　硯によごす　思ひかな　百万（8俳諧新選　一五七ぺ）
降る雪を　裾から払ふ　柳かな　鶴（8俳諧新選　一四二ぺ）
カーテンの　裾に入日や　人に逢はず　虚子（14七百五十句　一一一ぺ）
火の山の　裾に夏帽　振る別れ　虚子（9五百句　〇〇九〇）
あら涼し　裾吹く蚊屋も　根なし草　蕪村（2蕪村句集　九一一）
機関車は　裾も湯げむり　初詣　誓子（9激浪　一四六九）
来るのみか　裾より蠅の　折節は　嵐雪（7俳諧古選　一六六ぺ）
芹焼きや　すそわの田井の　初氷　芭蕉（1其便　八二〇）
水飯や　簾捲いたる　日の夕べ　紅葉（9紅葉句帳　〇二七〇）
衰老は　簾もあげず　庵の雪　其角（6猿蓑　一六九〇）
土蔵から　筋違(すぢかひ)にさす　はつ日哉　一茶（3八番日記　三二三ぺ）

うめが香の　筋に立ちよる　はつ日哉　支考（6炭俵　二三九九）
散り透きて　筋骨見ゆる　柳かな　它谷（8俳諧新選　二三五ぺ）
おもひ出て　酢つくる僧よ　秋のかぜ　蕪村（2蕪村遺稿　一一四八）
南瓜(たうなす)や　ずつしりと落ちて　暮れ淋し　素堂（4とくとくの句合　〇七七〇）
曳かれる牛が辻で　ずつと見廻した　秋空だ　碧梧桐（4八年間　二三〇四）
笛ありて　捨つる命や　鹿の声　為邦（4新句兄弟　一一六九）
茶袋を　捨つるところも　落ば哉　蕪村（2蕪村遺稿　一二六三）
一日も　捨つる日はなく　春くれぬ　貝錦（8俳諧新選　一一二ぺ）
猿を聞く人　捨子に秋の　風いかに　芭蕉（1野ざらし紀行　一七五）
水の中に　捨子の育つ　蛙かな　不斐（8俳諧新選　一〇五ぺ）
支離馬(かたはうま)　捨てし枯野の　哀れ也　風洗（7俳諧古選　一九一ぺ）
老を山へ　すてし世も有るに　紙子哉　蕪村（2蕪村句集　八二四）
わたる世を　捨てたる如し　網代(あじろ)守(もり)　巾糸（8俳諧新選　一四五ぺ）
白扇を　捨てて手だけに　なりて舞ふ　誓子（9天狼　一四八六）
手にもつを　捨てて又折る　つつじ哉　母斛（7俳諧古選　一五五ぺ）
行水の　捨てどころなき　むしのこゑ　鬼貫（5鬼貫句選　一二二六）
つと入や　既に浮雲　たばこ盆　野逸（4野逸句集　一七六四）
皃見世(かほみせ)や　既にうき世の　飯時分　蕪村（2蕪村句集　一三三八）
投げ出すや　已に引き得し　胴ふぐり　太祇（8俳諧新選　一〇一ぺ）
かしましと　捨てらるる迄　瓢(ふくべ)かな　修古（7俳諧古選　二一五ぺ）
老ぼれの　捨てられもせで　花見哉　沙月（8俳諧新選　一五九ぺ）
買ふ時に　捨てる皃(かほ)なし　魂祭り　琴風（7俳諧古選　一八三ぺ）

はき庭の　砂あつからぬ　曇り哉　荷兮（6 あら野 六九〇）
浜道や　砂から松の　若みどり　蝶夢（4 草根発句集 一七〇五）
下駄の歯に　沙（すな）の金や　はるの雨　丑二（8 俳諧新選 一五〇ペ）
棲む魚の　砂走りせる　清水かな　汀女（9 汀女句集 一九二四）
石に腰　即ち時雨　来りけり　虚子（13 六百五十句 二三九ペ）
朴散華　即ちしれぬ　行方かな　茅舎（9 定本茅舎句集 一六九八）
煎りつけて　砂路あつし　原の馬　史邦（6 続猿蓑 三四七）
一握の　砂を蒼海に　はなむけす　禅寺洞（9 禅寺洞句集 二二八三）
鷺も今　巣に閙（さわ）がしき　田植哉　盧鳳（8 俳諧新選 一一六ペ）
折々は　酢になるきくの　さかなかな　芭蕉（1 真蹟自画賛 六四七）
長閑（のどか）さや　簀（すね）にはじかるる　海苔の音　大江丸（5 俳懺悔 八六八）
鶯の　脛の寒さよ　竹の中　紅葉（4 紅葉句帳 二二三〇）
芭蕉様の　脛をかじつて　夕涼み　一茶（3 句稿消息 三三五ペ）
古寺の　簀子（すのこ）も青し　冬がまへ　凡兆（6 猿蓑 一六四一）
月の梅の　酢のこんにやくのと　けふも過ぎぬ　一茶（3 浅黄空 三三二ペ）
ひかひかと　ずは枝の梅の　莟けり　移竹（7 俳諧古選 二一五ペ）
花莟む　ずは枝の鞭や　郭（くるわ）迄　孤桐（8 俳諧新選 一五三ペ）
日かがやく　諏訪の氷の　人馬かな　子規（10 獺祭句帖抄 六六五ペ）
霧脚の　すばやき裾野　芒かな　乙字（9 乙字句集 〇九九一）
牛誉めて　吸ひ付いて行く　花見哉　百丸（8 俳諧新選 一四八ペ）
蕎麦切に　吸物もなき　寒さ哉　利牛（6 炭俵 二六〇八）
俎に　すべりとどまる　桜烏賊（いか）　虚子（13 六百五十句 一四〇ペ）

わか竹を　辷（すべ）る光や　風の月　孤桐（8 俳諧新選 一一八ペ）
馬の耳　すぼめて寒し　梨の花　支考（5 蓮二吟集 三六九）
かつら男　すまずなりけり　雨の月　芭蕉（1 如意宝珠 三四）
さびしさや　すまにかちたる　浜の秋　芭蕉（1 奥の細道 五六五）
訪ひよりし　すまひうれしき　端居（はしゐ）哉　蕪村（2 蕪村遺稿 二五四〇）
ちか付の　角力（すまひ）に逢ひぬ　繡（ぬひもの）師　蕪村（2 蕪村遺稿 二五四二）
負くまじき　角力を寝もの　がたり哉　蕪村（2 蕪村句集 一六〇）
道ほそし　相撲（すまふ）とり草の　花の露　芭蕉（1 笈日記 八七六）
脱ぎすてて　角力になりぬ　草の上　太祇（4 太祇句選 一八一七）
塩やかぬ　須磨よ此のうみ　秋の月　一晶（5 自画賛 一五二）
一里の　炭売りはいつ　冬籠り　一井（6 あら野員外 一四〇〇）
草の戸も　住み替はる代ぞ　ひなの家　芭蕉（1 奥の細道 四七三）
白梅や　墨芳しき　鴻臚館（こうろくわん）　蕪村（2 蕪村句集 二三五）
池田より　炭くれし春の　寒さ哉　蕪村（2 蕪村遺稿 二〇五一）
五月雨の　隅田見に出る　戸口かな　子規（10 獺祭句帖抄 六〇八ペ）
唇に　墨つく児（ちご）の　すずみかな　千那（6 猿蓑 一八〇〇）
ふけ過ぎて　炭にも酒の　匂ひ哉　之孝（8 俳諧新選 一四四ペ）
靴凍（い）てて　墨ぬるべくも　あらぬかな　子規（10 獺祭句帖抄 六六〇ペ）
五月雨や　墨のにじみし　手紙共　土髪（7 俳諧古選 二一六ペ）
ででむしの　住みはてし宿や　うつせ貝　蕪村（2 蕪村句集 二二五一）
みやこにも　住みまじりけり　相撲取　去来（6 猿蓑 一八一七）
更くる夜や　炭もて炭を　くだく音　蓼太（5 蓼太句集 五三九）

夏(げ)百日　墨もゆがまぬ　心かな　蕪村（蕪村句集 2七五二）
下草に　菫咲くなり　小松原　子規（獺祭句帖抄 10六二七ぺ）
春の水　すみれつばなを　ぬらし行く　蕪村（蕪村遺稿 2二一八八）
草刈りて　菫選り出す　童かな　鷗歩（あら野 6五九四）
寺大破　炭割る音の　聞こえけり　碧梧桐（二千里 9〇一二五）
御秘蔵に　墨をすらせて　梅見かな　其角（焦尾琴 4〇七九九）
石経(せききやう)の　墨を添へけり　初しぐれ　丈草（喪の名残 5三一五）
蟒(うはばみ)の　住む沼涸れて　雲の峰　子規（獺祭句帖抄 10六四七ぺ）
ころがりて　住む世の中や　田の田螺(たにし)　子規（寒山落木巻五 9〇〇二〇）
行くな雁　住めばどつちも　秋の暮　一茶（おらが春 3四七二ぺ）
たんだすめ　住めば都ぞ　けふの月　芭蕉（続山井 1一四）
月ひとり　澄めりうき世の　濁り水　吐月（俳諧新選 8一五〇ぺ）
菊植ゑて　雷盆(すりばち)鳴るを　やめにけり　百万（俳諧新選 8一五九ぺ）
うぐひすの　すり餌もおのが　羽色哉　泰里（俳諧新選 8一〇一ぺ）
夕わかれ　する子供らに　山の雪　枴童（枯蘆 9〇八一〇）
稲妻の　するスマトラを　左舷に見　虚子（五百五十句 12一五一ぺ）
冬木立　するどき庵の　後ろかな　蜘柳（俳諧新選 8一三七ぺ）
刈りあとの　するどき篠や　きじのこゑ　蒼虬（訂正蒼虬句集 5一一五一）
屋根瓦　ずれ落ちんとして　昼寝かな　水巴（定本水巴句集 9〇六〇四）
掛香や　すれ違ひたる　宵の闇　子規（獺祭句帖抄 10六二九ぺ）
流れうと　すれば風ふく　氷かな　二柳（俳諧新選 8一四三ぺ）
夢なりと　すれば寒灯　明るすぎ　立子（昭46俳句年鑑 9一九五〇）
踏み脱いで　居(すわ)つて見たる　あつさ哉　凡阿（俳諧新選 8一二〇ぺ）
背の順に　座り並びぬ　糸取女　虚子（五百五十句 12九一ぺ）
朝皃は　すゑ一りんに　成りにけり　舟泉（波留濃日 6三五一）
来る年や　末たのみある　中の秋　梅盛（花見車 5五三）
お手に一(ひと)は　すゑて高尾の　紅葉かな　元理（犬子集 4〇〇二六）
小さき目を　据ゑて目高は　居りにけり　淡路女（梶の葉 9〇九八一）
裁屑(たちくづ)は　末の子がもつ　きぬ配り　山蜂（続猿蓑 6三四二八）
松が枝に　末望みあり　十七夜　休粋（俳諧新選 8一三〇ぺ）
あれあれて　末は海行く　野分かな　猿雖（続猿蓑 6三二八二）
うかうかと　末花のある　ふくべかな　蓼太（俳諧新選 8一三五ぺ）
てふも来て　酢をすふ菊の　鱠(なます)哉　芭蕉（蕉翁句集 1六四八）
親鳥の　巣をたち兼ねる　寒さかな　可幸（俳諧新選 8一〇五ぺ）
燕(つばくら)の　巣を覗き行く　すずめかな　長虹（あら野 6六〇六）
闇の夜や　巣をまどはして　なく鵆(ちどり)　芭蕉（猿蓑 1六八〇）
蜂出でて　巣を回りけり　雨の朝　作者不明（俳諧新選 8一〇七ぺ）
勤行の　すんで灯(ひ)を消す　夜寒かな　子規（獺祭句帖抄 10六五一ぺ）

せ

楪(ゆづりは)の　世阿弥(ぜあみ)まつりや　青かづら　嵐雪（続猿蓑 6三〇九五）
冬日和　誓子(せいし)が近く　なりにけり　草城（銀 9二四六八）
けふの月　勢至と聞くぞ　恨みなれ　竹亭（俳諧古選 7一七六ぺ）

学士会 聖樹をともす 吾等粗餐 青邨（9 粗餐 一五九八）
そよりとも せいで秋立つ ことかいの 鬼貫（4 とてしも 〇二七六）
月の下 生なきものの 如く行く 虚子（13 六百五十句 一八二ペ）
信濃なる 歳暮車や 湖（うみ）の上 沾涼（7 俳諧古選 一九三ペ）
薔薇食ふ虫 聖母見たまふ 高きより 秋桜子（9 残鐘 一四四三）
蘭の香や 焼香消えし 夜にもし 太祇（8 俳諧新選 一五七ペ）
菜の花や 小学校の 昼餉（ひるげ）時 子規（4 俳句稿巻二 二二〇五）
われを慕ふ 少女あはれや 黄鶺鴒（せきれい） 虚子（13 六百五十句 二〇一ペ）
白馬を 少女瀆れて 下りにけむ 三鬼（9 旗 二三五七）
算術の 少年しのび 泣けり夏 三鬼（9 旗 二三五六）
蛍獲て 少年の指 みどりなり 誓子（9 青女 一四九一）
真直な 小便穴や 門の雪 一茶（3 八番日記 三五五ペ）
妹が子の 背負うた形（なり）や 配餅 一茶（3 おらが春 四六〇ペ）
広沢や 背負うて帰る 秋の暮 野水（6 続猿蓑 三三一三）
菜の花の 世界にけふも 入日かな 淡々（8 俳諧新選 一一〇ペ）
石籠に 施餓鬼（せがき）の棚の くづれ哉 文里（6 あら野 一〇三六）
大雪や 関所にかかる 五六人 子規（10 獺祭句帖抄 六六四ペ）
寒月や 石塔の影 杉の影 子規（10 獺祭句帖抄 六四〇ペ）
零落（おちぶ）れて 関寺謡ふ 頭巾かな 几董（8 俳諧新選 一四三ペ）
寒き日や 関の衆中の 膝頭 它谷（8 俳諧新選 一四二ペ）
火を挙げて 関のゆるみや 飛ぶ蛍 太祇（8 俳諧新選 一一六ペ）
寒林を 咳へうへうと かけめぐる 茅舎（9 白痴 一六七八）

お閑（しづ）かに御座れ 夕陽（せきやう）いまだ 残（のこ）んの雪 宗因（4 破邪顕正返答 〇一六〇）
瀬違ひの 堰や其のまま 蓼の花 孤舟（8 俳諧新選 二二八ペ）
日は斜 関屋の鎗に とんぼかな 蕪村（2 蕪村句集 一八一九）
世の中は 鶺鴒（せきれい）の尾の ひまもなし 凡兆（6 猿蓑 一八七八）
花にいやよ 世間口より 風のくち 芭蕉（1 真蹟短冊 四二）
雨の日や 世間の秋を 堺町 芭蕉（1 江戸広小路 九八）
花散つて 世上に風は なかりけり 重軌（7 俳諧古選 一四八ペ）
鰒の面 世上の人を にらむ哉 蕪村（2 蕪村句集 九六三）
夏痩も せず重き荷を 背負ひけり 虚子（14 七百五十句 一一八ペ）
夏痩も せずて昼皃 咲きにけり 嘯雨（8 俳諧新選 二二ペ）
又越ゆる せせらぎ川や 春の草 季遊（8 俳諧新選 一〇三ペ）
独活（うど）よさは 背長（たけ）な伸びそ 名や立たん 嘯山（8 俳諧新選 一〇四ペ）
淀よりも 勢田になけかし 子規（ほととぎす） 蘆本（6 続猿蓑 三一一八）
ゆく年の 瀬田を廻るや 金（かね）飛脚（びきやく） 蕪村（2 蕪村句集 二七八一）
牽牛の 勢田を渡るか 烟草の火 宋阿（7 俳諧古選 一八四ペ）
世間かな せちりもすだも 玉祭り 西武（5 五条之百句 四四）
蕣（あさがほ）の 折角咲いて うき世かな 常牧（7 俳諧古選 一七六ペ）
かたつぶり 折角這ひて こけにけり 移竹（8 俳諧新選 一一五ペ）
完全に 接岸遊船 より上がる 誓子（9 青銅 一四六八）
然れども 節句をもてり もものはな 嘯山（8 俳諧新選 一〇七ペ）
さえざえと 雪後の天の 怒濤かな 楸邨（9 雪後の天 二五八一）
炉開や 雪中庵の あられ酒 蕪村（2 蕪村句集 一九四二）

春の日や　雪隠草履(せっちんざうり)の新しき　一茶（3文化句帖 三一九ペ）
春の水　背戸に田つくらんとぞ思ふ　蕪村（2蕪村句集 二一八五）
風かをる　瀬戸の枯木や伽羅(きゃら)の肌　鳥酔（5夏山伏 四九六）
目に遠き　背戸の草木や五月雨　麦翅（8俳諧新選 二一七ペ）
有りて過ぎて　背戸の水仙開きけり　之房（8俳諧新選 一四一ペ）
苗代や　背戸へぬけたる夕日影　尾谷（4園圃録 一二四六）
籐椅子に　背中合はせに相識らず　虚子（12六百句 一五三ペ）
物指で　背(せな)かくことも日短　虚子（11五百句 九七ペ）
灸のない　背中流すや夏はらへ　蕪村（2蕪村句集 五八四）
山ひとつ　背中に重し田草取　蓼太（5蓼太句集 五三八）
縫物の　背中にしたる炬燵かな　子規（10獺祭句帖抄 六三九ペ）
廿日路の　背中に立つや雲の峰　蕪村（2蕪村句集 六四）
寒垢離(ごり)に　せなかの竜の披露哉　一茶（3おらが春 四七四ペ）
藪陰に　背中兀たりうめのはな　嘯山（8俳諧新選 一〇二ペ）
凩や　背中吹かるる牛の声　風斤（6続猿蓑 三三六五）
帷子(かたびら)の　背中ふくるる涼み哉　衛門（7俳諧古選 一六七ペ）
酒桶の　背中ほす日や桐の花　蓼太（5蓼太句集 五三七）
時鳥　背中見てやる麓かな　曲水（6猿蓑 二一四三）
笈摺(おひづり)の　背さましたる若葉哉　三甫（8俳諧新選 一四八ペ）
先生の　銭かぞへゐる霜夜かな　寅彦（9寅彦全集六 一一七四）
重箱の　銭四五文や夕時雨　一茶（3おらが春 四七三ペ）
青草も　銭だけそよぐ門涼み　一茶（3おらが春 四五三ペ）

手から手へ　銭突いて買ふはたる哉　瓜流（8俳諧新選 二一七ペ）
夜興(よこ)の狸　銭にしてこれに妖(ば)けたと笑ひけり　作者不明（8俳諧新選 一四九ペ）
料理あり　銭に冬なし旅もなし　重頼（7俳諧古選 一八五ペ）
湯殿山　銭踏む道の涙かな　曾良（4奥の細道 〇八七三）
二三文　銭もけしきや花御堂　一茶（3文政句帖 三三八ペ）
水の中へ　銭やりけらしところてん　太祇（8俳諧新選 二三三ペ）
物音の　せぬ舟も行く月見かな　瓜流（8俳諧新選 二三〇ペ）
空蟬の　背の裂目はもチヤックなし　敦（9午前午後 三一二七）
はてもなく　瀬のなる音や秋黴雨(あきついり)　史邦（6猿蓑 一八二三）
鮎死んで　瀬の細りけり冬の川　子規（10獺祭句帖抄 六〇三ペ）
残る葉に　せはしき風やかれ柳　麦翅（8俳諧新選 二三七ペ）
名月や　背は高うても低うても　紀伊日高社中（8俳諧新選 二三〇ペ）
それ虻(あぶ)に　世話をやかすな障子窓　一茶（3七番日記 三三二ペ）
五月雨も　瀬ぶみ尋ねぬ見馴河　芭蕉（1大和順礼 三六）
なりかかる　蟬がら落とす李(すもも)かな　残香（6炭俵 二五三三）
暁の　蟬の聞こゆる岬かな　普羅（9新訂普羅句集 〇七〇二）
翻る　蟬の諸羽や比枝おろし　蕪村（2蕪村遺稿 二二六四）
水うてや　蟬も雀もぬるる程　其角（4花摘 〇八一三）
暮の月　蟬をすかして寝させけん　梅四（8俳諧新選 一一九ペ）
五月雨や　せめてあかるき傘の下　超波（8俳諧新選 一一七ペ）
無掃除の　せめて取り得や虫の声　光甫（8俳諧新選 二二七ペ）
通りぬけ　せよと垣から柳かな　一茶（3おらが春 四三八ペ）

青柳や　芹生（せりふ）の里の　芹の中　蕪村（2蕪村句集　二四九七）
似我似我（じがじが）と　世話やく蜂の　往き来哉　嘯山（8俳諧新選　一五一ぺ）
わか草や　背をする馬の　真仰向け　太祇（8俳諧新選　一〇三ぺ）
年の市　線香買ひに　出でばやな　芭蕉（1続虚栗　二八〇）
手向くべき　線香もなくて　暮の秋　漱石（9漱石全集　〇一八〇）
松影に　膳組したる　田植かな　干皐（7俳諧古選　一七一ぺ）
夕立や　膳最中の　大書院　太祇（8俳諧新選　一二三ぺ）
とし男　千秋楽を　ならひけり　舟泉（6あら野　四七四）
行く春や　選者をうらむ　歌の主　蕪村（2蕪村句集　四五八）
菫咲き　千手の誓　左右なく咲き　迷堂（9芙蕖　〇四一九）
春慶の　膳据ゑ渡す　花見かな　許六（4韻塞　一〇四八）
魨（ふく）の賛　先生文を　ふるはれたり　蕪村（2蕪村遺稿　二八九）
花を踏んで　洗足をしき　夕べかな　在色（5一字幽蘭集　一四二）
霜の朝　せんだんの実の　こぼれけり　杜国（6あら野　八〇二）
時雨来と　栴檀林に　あそびけり　茅舎（9ホ昭5・5　一六八一）
雪の日や　船頭どのの　顔の色　其角（6あら野　四三八）
ほたる見や　船頭酔うて　おぼつかな　芭蕉（1猿蓑　六二七）
手取りにや　せんとのり出す　くぢら舟　蕪村（2蕪村遺稿　三四五）
麁相なる　膳は出されぬ　牡丹哉　風弦（6続猿蓑　三一三九）
持ち掛けて　膳ひかへけり　蜀魂（ほととぎす）　朱拙（5初蟬　四四二）
北欧の　船腹垂るる　冬鷗　不死男（9万座　二二七七）
夜寒の　千本通り　鉢敲　子規（10獺祭句帖抄　六一九ぺ）

そ

能きふとん　宗祇とめたる　うれしさに　蕪村（2蕪村遺稿　二七九）
梅が香や　宗祇の建てし　蔵もなし　乾什（4庭の巻　一二五二）
高灯籠　惣検校（そうけんぎやう）の　母の宿　蕪村（2蕪村遺稿　一八二九）
腹あしき　僧こぼしゆく　施米哉　蕪村（2蕪村句集　一一五）
朝茶のむ　僧静か也　菊の花　芭蕉（1芭蕉盥　六四六）
蟬啼くや　僧正坊の　浴（ゆあ）み時　蕪村（2蕪村句集　一七二一）
瓜好きの　僧正山を　下りけり　子規（10獺祭句帖抄　六三二ぺ）
ななくさの　惣代として　薺（なつな）かな　瓢水（8俳諧新選　一〇〇ぺ）
小舟にて　僧都（そうづ）送るや　春の水　蕪村（2蕪村遺稿　二一八四）
小男鹿（さをしか）や　僧都が軒も　細柱　蕪村（2蕪村遺稿　一八二六）
別荘（しもやしき）　僧都の花も　隣なり　蕪村（2蕪村遺稿　二三五〇）
山田守る　僧都はわらは　姿かな　卜養（4犬子集　〇一四二）
鬼茨（おにばら）も　添うて見よ見よ　一涼み　一茶（3おらが春　四五二ぺ）
花に酒　僧とも侘びん　塩ざかな　其角（6あら野　一〇一九）
肘白き　僧の仮寝や　宵の春　蕪村（2蕪村句集　四七三）
まき鮓に　僧の手へ来る　鶵（ひよこ）かな　橙雨（8俳諧新選　一二三ぺ）
ぎをん会や　僧の訪ひよる　梶が許　蕪村（2蕪村句集　一六七五）
ほころびや　僧の縫ひをる　夏衣　鼠弾（6あら野　一〇三三）
すずしさや　惣身わするる　水の音　青蘿（5青蘿発句集　八五一）

木履（ぼくり）はく　僧も有りけり　雨の花　杜国（6あら野 一〇一七）
しぐるるや　僧も嗜む　実母散　茅舎（4川端茅舎句集 二六二七）
冬山の　殺（そ）き立てば雪　大照る日　温亭（9温亭句集 〇八三八）
遺羽子に　束髪ばかり　集ひけり　四方太（9承露盤 〇二〇五）
分別の　底たたきけり　年の昏　芭蕉（1翁草 九三六）
めしつぎの　底たたく音や　かんこ鳥　蕪村（2蕪村句集 七五五）
虫のために　害（そこな）はれ落つ　柿の花　蕪村（2蕪村句集 二六九三）
霧の海の　底なる月は　くらげ哉　立圃（5誹諧発句帳 二五）
鳥飛んで　そこに通草（あけび）の　ありにけり　虚子（11五百句 四一ぺ）
十分の　底に雨ある　霞かな　雅因（8俳諧新選 一〇六ぺ）
もの置けば　そこに生まれぬ　秋の陰　虚子（12五百五十句 五四ぺ）
水の音を　底に聞きなす　茂りかな　思情（8俳諧新選 一一四ぺ）
汽車たてば　そこに極暑の　浪の群れ　禅寺洞（9禅寺洞句集 二二八四）
深山木の　底に水澄む　五月かな　鳳朗（5鳳朗発句集 一一六一）
淋しさの　底ぬけてふる　みぞれかな　丈草（5篇突 三一六）
雀の子　そこのけそこのけ　御馬が通る　一茶（3おらが春 四四〇ぺ）
鳥の巣や　そこらあたりの　小竹（ささ）の風　不器男（9定本不器男句集 一一七一四）
おらが世や　そこらの草も　餅になる　一茶（3七番日記 三三二ぺ）
殿守の　そこらを行くや　夏の月　蕪村（2蕪村遺稿 五八〇）
初雪の　底をたたけば　竹の月　蕪村（2蕪村句集 八一四）
朧夜の　底を行くなり　雁の声　諸九（5諸九尼句集 五二〇）
鶯の　麁相がましき　初音哉　蕪村（2蕪村句集 八四五）

秋風や　祖師在すよと　心急く　句仏（9句仏句集 〇五二）
追へば逃げて　そして飛びたつ　きぎす哉　嘯山（8俳諧新選 一〇四ぺ）
勿体なや　祖師は紙衣の　九十年　句仏（9句仏句集 〇五四〇）
白壁の　誹（そし）られながら　かすみけり　一茶（3おらが春 四三五ぺ）
寒梅に　濺（そそ）ぎし水の　莟みけり　尺布（8俳諧新選 一四四ぺ）
爾等が　灌ぐ甘茶に　御像（すがた）　温亭（9温亭句集 〇八三三）
盛りぢや花に　座（そぞろ）浮（うき）法師（ぼふし）　ぬめり妻　芭蕉（1東日記 一一二九）
をしや花　そだたぬ土へ　栽ゑかへる　孤桐（8俳諧新選 一五五ぺ）
雨の親や　そだつる花の　子を大じ　安静（5崑山集 五六）
露深く　育てし虫の　高音かな　虚子（14七百五十句 一二三ぺ）
虫の卵を　育ててゐたる　冬の芝　かな女（9雨月 〇七九一）
わか草に　育てらるるか　きりぎりす　松堅（7俳諧古選 一四三ぺ）
暁湖水を汲みて　そちこちとして　蜆汁　嘯山（8俳諧新選 一四九ぺ）
羽抜鳥　卒然として　駆けりけり　虚子（12五百五十句 九二ぺ）
むら千鳥　そつと申せば　はつと立つ　一茶（3おらが春 四七三ぺ）
初雪や　袖笠などは　人による　超波（8俳諧新選 一四六ぺ）
門に入れば　そてつに蘭の　にほひ哉　芭蕉（1笈日記 五八二）
打ち水や　蘇（そ）鉄（てつ）の雫　松の露　子規（10獺祭句帖抄 六二八ぺ）
かじか啼きて　袖なつかしき　火打ち石　蕪村（2蕪村遺稿 二五五八）
ずつと来て　袖に入りたる　蛍哉　杉風（5別座鋪 三三六）
姫ふりや　袖に入れても　重からず　至暁（6続猿蓑 三一三八）
すずしさや　袖にさし入る　海の月　樗良（5樗良発句集 七八〇）

狩ぎぬの　袖の裏這ふ　ほたる哉　蕪村（2 蕪村句集 八五）
重ねおく　袖の匂ひや　大三十日　菜根（8 俳諧新選 一四六ぺ）
伏勢の　袖引きあふや　ほととぎす　嘯山（8 俳諧新選 一一三ぺ）
くさかりの　袖より出づる　ほたる哉　卜枝（6 あら野 六四九）
狩衣の　袖より捨つる　あふぎかな　蕪村（2 蕪村遺稿 一八四六）
日本の　外が浜まで　おち穂哉　一茶（3 七番日記 三五〇ぺ）
寝た家の　外から白し　冬の月　母斛（7 俳諧古選 一九二ぺ）
蜂の巣や　そと出る親の　羽繕ひ　志帥（7 俳諧古選 二一〇ぺ）
すずしさに　外に蚊屋ほしと　思ひけり　雁觜（8 俳諧新選 二一二ぺ）
衣更　外面の噂　きき合はせ　羅人（4 俳諧古選 二一七九）
天地の　外より行くや　はなの雲　大施（8 俳諧新選 一四七ぺ）
戸障子の　外を明けたき　暑さ哉　乙貫（7 俳諧古選 二一九ぺ）
杖借りて　其のあかるさや　夜の雪　鳥暁（8 俳諧新選 一四二ぺ）
激雷の　その後青し　北の海　汀女（9 風花 昭41・6 一九二一）
霜除の　その勢ひの　くくり縄　虚子（13 六百五十句 二〇二ぺ）
焼米や　其の家々の　伊勢の神　召波（8 俳諧新選 一三五ぺ）
初午や　その家々の　袖だたみ　蕪村（2 蕪村句集 四二四）
初空や　その薄色の　三枚着　紅葉（4 紅葉句帳 二二三三）
つつじいけて　其の陰に干鱈（ひだら）　さく女　芭蕉（1 泊船集 二三七）
酢瓶いくつ　最昔（そのかみ）八岐（やまた）の　大生海鼠（なまこ）　松意（5 軒端の独活 一四一）
もち月の　其のきさらぎに　鰒はなし　蕪村（2 蕪村遺稿 一九二三）
死はいやぞ　其のきさらぎの　二日灸　子規（10 獺祭句帖抄 五九八ぺ）

わけもなく　その木その木の　若葉哉　亀洞（6 あら野 六二八）
なつちかし　其の口たばへ　花の風　芭蕉（1 続山井 二九）
朝顔を　その子にやるな　くらふもの　荷兮（6 あら野 七一八）
鉦はるは　其の子の子也　魂祭り　嵐方（8 俳諧新選 二二五ぺ）
子やなかん　其の子の母も　蚊の食はん　嵐蘭（6 猿蓑 一七七六）
堅炭も　其の木の葉より　おこりけり　其角（7 俳諧古選 一八九ぺ）
灌仏の　其の比清し　しらがさね　尚白（6 あら野 一〇二八）
鶴鳴くや　其の声に芭蕉　やれぬべし　芭蕉（1 曽良書留 四八九）
おもひかね　その里たける　野猫哉　己百（6 続猿蓑 三〇四三）
酒あらば　其の社に入らん　くすり食　嘯山（8 俳諧新選 一四四ぺ）
子を置きし　其の空ならめ　鳴く雲雀（ひばり）　眠柳（8 俳諧新選 一〇四ぺ）
鳴く雀　其の大根も　今引くぞ　一茶（3 題叢 三五九ぺ）
着は雨　其の着迄の　あつさ哉　泉石（7 俳諧古選 二二一ぺ）
ででむしや　其の角文字の　にじり書　蕪村（2 蕪村句集 一〇一）
乳曜（ちもら）ひの　其の手に代はる　砧かな　雅因（8 俳諧新選 二三二ぺ）
飛ぶ蛍　其の手はくはぬ　くはぬとや　一茶（3 おらが春 四六七ぺ）
はつ蛍　其の手はくはぬ　とびぶりや　一茶（3 おらが春 四五二ぺ）
御所跡に　其の名の柿の　盛りかな　富葉（8 俳諧新選 二三一ぺ）
芭蕉去りて　そののちいまだ　年くれず　蕪村（2 蕪村句集 一四八七）
行き抜けの　園のもみぢや　山つづき　嘯山（8 俳諧新選 二三四ぺ）
桃の木の　其の葉ちらすな　秋の風　芭蕉（1 泊船集 五四五）
降つてゐる　その春雨を　感じをり　虚子（14 七百五十句 三六ぺ）

蕣(あさがほ)や　其の日其の日の　花の出来　杉風（7俳諧古選一八三ぺ）
虫ぼしの　その日に似たり　蔵びらき　圃角（6続猿蓑三一一）
芥子咲いて　其の日の風に　散りにけり　子規（10獺祭句帖抄六三一ぺ）
衣　更　其の日の空に　任すべし　祇徳（7俳諧古選二三二ぺ）
巣だちした　其の日は戻る　燕かな　半魯（8俳諧新選一〇六ぺ）
うつくしき　其のひめ瓜や　后ざね　芭蕉（1山下水四一）
乞食の　其の日を背負ふ　暑さかな　麦翅（8俳諧新選二二〇ぺ）
黄菊白菊　其の外の名は　なくも哉　嵐雪（5其袋二八二）
からたちの　其の身はやがて　きこく哉　玄旨（7俳諧古選一九五ぺ）
秋の野の　其の紫の　草木染　虚子（14七百五十句二二四ぺ）
連翹(れんげう)や　其の望月と　しをれけり　胡及（6あら野一〇一五）
晩秋の　園燃ゆるもの　みな余燼　青邨（9粗餐一六一四）
ほととぎす　その山鳥の　尾は長し　九白（6波留濃日三二六）
ね入りばなの　園や萌黄の　蚊やの内　令徳（5鷹筑波集四〇）
冷やかに　その行く末を　見守りぬ　虚子（14七百五十句四一ぺ）
野分して　其の夜止めけり　旅芝居　鼓舌（8俳諧新選二三二ぺ）
冬籠り　其の夜に聞くや　山の雨　一茶（3文化句帖三五九ぺ）
月や霰　其の夜の更けて　川千鳥　無腸（5去年の枝折七九三）
暖かな　園を蜜柑の　林哉　嘯山（8俳諧新選二三三ぺ）
御忌の鐘　傍で聞いても　霞みけり　移竹（8俳諧新選一〇二ぺ）
春の夜や　側で見て居る　針仕事　三允（9中野三允句集〇三三四）
しなのぢや　そばの白さも　ぞつとする　一茶（3七番日記三三五〇ぺ）
秋はものの　そばの不作も　なつかしき　蕪村（2蕪村句集一七八一）
陽炎や　そば屋が前の　箸の山　一茶（3文政句帖三三七ぺ）
立ち出でて　蕎麦屋の門の　朧月　子規（10獺祭句帖抄六二四ぺ）
人ならば　添はれう物か　雉の声　利角（7俳諧古選一五〇ぺ）
枯荻に　添ひ立てば我　幽なり　虚子（12五百五十句九ぺ）
其の形(なり)で　添寝はいかに　かたつぶり　赤羽（8俳諧新選一五ぺ）
家ごとに　祖父ある菊の　山路哉　蓼太（8俳諧新選一五三ぺ）
渓水に　添ふ菊白し　見るも見るも　太祇（8俳諧新選二三四ぺ）
ふるさとや　添水(そふづ)かけたる　道の端(はた)　冬葉（9望郷一〇二〇）
鳴る音は　添水なるべし　月の中　乙二（4松窓乙二集二一二〇）
氷りゐし　添水またなる　春の風　野水（6あら野八四三）
まこと人に　負き得てんや　冬籠り　青峰（9青峰集二三五八）
岩躑躅(つつじ)　染むる涙や　ほととぎ朱(しゆ)　芭蕉（1続山井一〇）
残る葉と　染めかはす柿や　二つ三つ　太祇（8俳諧新選二三二ぺ）
其の種も　染めてこぼす歟(か)　葉鶏頭　嘯山（8俳諧新選二三三ぺ）
白露や　染めん物とは　思はれず　嘯山（8俳諧新選二二六ぺ）
女良花(をみなへし)　そも茎ながら　花ながら　蕪村（2蕪村句集二一五二）
なのりてや　そもそもこよひ　秋の月　守武（5守武千句九）
斯うはもらじ　そもやかがしの　人ならば　習先（8俳諧新選二二八ぺ）
そら豆の　戦(そよ)ぐは白し　春の風　青魚（8俳諧新選一〇七ぺ）
枯草の　そよげどそよげど　富士端(ただ)しき　亜浪（9定本亜浪句集一〇二七）
雁立ちて　鷲(そよや)破田にしの　戸を閉づる　蕪村（2蕪村句集二三六二）

荻吹くや　そよや土用も　秋の風　季吟（4独琴〇一一八）
其の中に　そよりと長し　ことし竹　季遊（8俳諧新選一一八ぺ）
炎天の　空美しや　高野山　虚子（11五百句七九ぺ）
向日葵の　空かがやけり　波の群　秋桜子（9岩礁一四四六）
ゆふだちの　空ざやぬけて　ふる日かな　為春（4犬俤〇〇七二）
八九間　空で雨ふる　柳哉　芭蕉（1こがらし八三三）
鶏の　空時つくる　野分かな　虚子（11五百句一二ぺ）
かけ稲の　そらどけしたり　草の露　蕪村（2蕪村遺稿二五一五）
颱風の　空飛ぶ花や　百日紅（さるすべり）　秋桜子（9霜林一四二九）
晴れちぎる　空鳴き行くや　ほととぎす　落梧（6あら野三九七）
限もなき　空にかくるる　ひばり哉　六渡（8俳諧新選一〇四ぺ）
挑灯の　空に詮なし　ほととぎす　杉風（6炭俵二四八六）
飛ぶ鳥の　空につまづく　鷹野哉　它谷（8俳諧新選一四一ぺ）
行く年の　空に日の照る　御城かな　霽月（9ホ明30・12〇二五五）
雲雀（ひばり）より　空にやすらふ　峠哉　芭蕉（1笈の小文三六五）
をかしさの　そら寝こそぐる　なまこかな　貞佐（4桑々畔発句集一二二四）
あきなひか　空（そら）ねも高き　杜宇（ほととぎす）　徳元（5犬子集六七）
そら言の　空の海道　下すずみ　沾徳（4沾徳随筆〇八九四）
際墨の　空の曇りや　なしの花　毛仏（8俳諧新選一一一ぺ）
今朝は猶　そらばかり見る　しぐれ哉　落梧（6あら野七七四）
枯れ果てて　空遥かなる　野末かな　李院（8俳諧新選一三七ぺ）
さみだれの　空吹きおとせ　大井川　芭蕉（1真蹟懐紙八五〇）

寒声の　空へかれ行く　嵐かな　麦翅（8俳諧新選一四五ぺ）
胡笳（こか）ふけば　空へ飛びけり　蘆の花　嘯山（8俳諧新選一五三ぺ）
北上の　空へ必死の　冬の蝶　みどり女（9微風〇九六八）
川上の　空まづ焦げて　鵜舟かな　梓月（9冬鶯〇三六三）
それと聞く　そら耳もがな　郭公（ほととぎす）　望一（5犬子集七九）
此の凍（い）てに　空や砕けし　むつの花　井々（7俳諧古選二一七ぺ）
白雲の　空ゆりすゑて　ぼたん哉　蓼太（5蓼太句集五三六）
まさをなる　空よりしだれ　ざくらかな　風生（9松籟一五八七）
いぬふぐり　空を仰げば　雲も無し　虚子（14七百五十句一一ぺ）
或る日小鳥　空を掩つて　渡りけり　五城（9五城句集〇二二七）
あをあをと　空を残して　蝶別れ　林火（9早桃二七四八）
きりさめの　空をふようの　天気かな　芭蕉（1真蹟画賛七五八）
庭程の　空を持ちけり　夕すずみ　龍眠（8俳諧新選一二一ぺ）
別る時の　雪舟（そり）鈴もしばし　耳に立つ　三幹竹（9三幹竹句集〇五五一）
一つ行く　橇に浪うつ　最上川　普羅（9辛夷〇七二六）
ぬつくりと　雪舟に乗りたる　にくさ哉　荷兮（6あら野八〇八）
夜をこめて　雪舟に乗りたる　よめり哉　長虹（6あら野八〇九）
峠より　雪舟乗りおろす　塩木哉　鼠弾（6あら野八〇七）
行くに先（まづ）　反橋嬉し　山桜　可休（7俳諧古選二五六ぺ）
秋のくれ　反橋越えて　見たりけり　嘯山（8俳諧新選一三二ぺ）
馬屋より　雪舟引き出だす　朝（あした）かな　一井（6あら野八一〇）
陣笠の　そりや狂はん　玉霰　子規（10獺祭句帖抄六一一ぺ）

ぼつたりと　反箭(そりや)の落ちし　柳　哉　魚道(8俳諧新選一〇五ぺ)
昼皃や　反椀(そりわん)洗ふ　橋の下　梅従(0俳諧新選二二ぺ)
三か月は　そるぞ寒さは　冴えかへる　一茶(3七番日記三二五ぺ)
草刈よ　それが思ひか　萩の露　李由(6猿蓑一八二九)
鵯(ひよどり)の　それきり啼かず　雪の暮　亜浪(9旅人一〇四五)
中下も　それ相応の　花見かな　素龍(6炭俵二四三五)
谷雲に　それてながるる　破魔矢かな　蛇笏(9山廬集〇六五七)
定家にも　剃れとすむる　秋の暮　古道(8俳諧新選一四七ぺ)
帰り花　それにもしかん　筵切れ　其角(6猿蓑一六三二)
ゆふがほの　それは髑髏(どくろ)歟(か)　鉢たたき　蕪村(2蕪村句集八一六)
いく落葉　それほど袖も　ほころびず　荷兮(6あら野九四七)
団栗や　それも音なき　萱が軒　嘯山(8俳諧新選二三三ぺ)
絵団扇の　それも清十郎に　お夏哉　蕪村(2蕪村句集九一九)
蚤の迹(あと)　それもわかきは　うつくしき　一茶(3七番日記三四一ぺ)
雪の旅　それらではなし　秋の空　野水(6あら野八五一)
濁り江の　それを楽しむ　蛙かな　桃有(8俳諧新選一〇五ぺ)
四つごきの　そろはぬ花見　心　哉　芭蕉(1炭俵八三五)
兎(と)に角(かく)に　揃はぬものや　菱の餅　天露(8俳諧新選一〇八ぺ)
天窓(あたま)数　揃ふ江湖(がうこ)の　柚(ゆ)味噌かな　桃葉(8俳諧新選二三三ぺ)
相槌の　揃ふて暑き　隣かな　明五(8俳諧新選二二〇ぺ)
雀(から)の字や　揃ふて渡る　鳥の声　馬莧(6続猿蓑二八二〇)
初秋や　そろりと顔へ　蚊屋の脚　廬元坊(4文月往来二二〇〇)
わが孫の　村嬢と群れて　入　学　す　秋桜子(9霜林一四五六)

た

一湾を　たあんと開く　猟銃音　誓子(9晩刻一四五九)
煤掃や　第一嫁の　おさ所　超波(4貞佐歳旦帳一二二一)
花柘榴　大雨に明けて　白さ空　百閒(9百鬼園俳句一一六八)
木がらしや　大河の水の　鳴りてたつ　嘯山(4律亭句集一七〇九)
夜嵐や　太閤様の　さくら狩り　その(7俳諧古選一五四ぺ)
畑打つや　太閤様も　死んだげな　紫影(9かきね草〇二三五)
郭公(ほととぎす)　太閤様を　ぢらしけり　子規(10獺祭句帖抄六〇〇ぺ)
蟬鳴くや　大河をあゆむ　砂ほこり　紫暁(5己酉句録九〇八)
おぼろ月　大河をのぼる　御舟(ぎよしう)かな　蕪村(2蕪村遺稿一〇〇八)
さみだれや　大河を前に　家二軒　蕪村(2蕪村句集一六六四)
秋の暮　大魚の骨を　海が引く　三鬼(9変身二三四三)
梨の花　大工の酒に　散りにけり　御風(8俳諧新選一一一ぺ)
心なき　代官殿や　ほととぎす　去来(6猿蓑一七一九)
暗く暑く　大群集と　花火待つ　三鬼(9変身二三五三)
鶴わたる　大群のいま　大環に　爽雨(9泉声一八九八)
日の暮れや　大根掛けたる　格子窓　子規(10獺祭句帖抄六一九ぺ)
きさらぎや　大黒棚も　うめの花　野水(6続猿蓑二九九四)
御亭主の　大黒耳や　蛭子(えびす)講(かう)　嘯山(8俳諧新選一四五ぺ)

稚子（をさなご）の　太鼓ではやす　時雨かな　ちか（8俳諧新選一二三六ぺ）
大根引　大根で道を　教へけり　一茶（3七番日記三五九ぺ）
永き日や　太鼓のうらの　虻（あぶ）の音　浪化（5浪化発句集三八九）
日の障子　太鼓の如し　福寿草　たかし（4たかし全集二六五八）
雨乞ひの　太鼓よわりし　夕日哉　蝶夢（5草根発句集八五九）
あさ漬けの　大根あらふ　月夜哉　俊似（6あら野七九六）
明けくれて　大根うまし　神無月　信徳（7俳諧古選一八八ぺ）
身にしみて　大根からし　秋の風　芭蕉（1更科紀行四三五）
もののふの　大根苦き　はなし哉　芭蕉（1真蹟懐紙八一六）
流れ行く　大根の葉の　早さかな　虚子（9五百句〇〇八一）
菊の後　大根の外　更になし　芭蕉（1陸奥鵆九二九）
昼寝ざめ　大事去りたる　西日かな　青峰（9青峰集二二五五）
石に詩を　題して過ぐる　枯野哉　蕪村（2蕪村遺稿六五一）
兵どもに　大将瓜を　わかたれし　蕪村（2蕪村遺稿六〇）
芽ぐむなる　大樹の幹に　耳を寄せ　虚子（9五百句〇〇九五）
元旦や　大樹のもとの　人ごころ　白雄（5白雄句集八三三）
朝よりの　大暑の箸を　そろへおく　素逝（9暦日一八一三）
蓬萊の　橙（だいだい）あかき　小家かな　蒼虬（4訂正蒼虬集二二五〇）
降りためて　大地へ落つる　雪の音　巴人（4夜半亭発句帖一一七七）
膝頭　抱いて　遠稲妻に居り　三汀（9文人歳事記一一五一）
綿虫とぶ　大徳寺にて　飼へるもの　誓子（9天狼一四九七）
穂は枯れて　台に花咲く　椿かな　残香（6続猿蓑三〇五九）
榾（ほた）の火の　大旆のごと　はためきぬ　虚子（12六百句二三五ぺ）
キャンプ寝て　太白西に　落ちゆけり　誓子（9凍港一四七〇）
秋天一碧　潜水者（ダイバー）のごと　目をみひらく　草田男（9母郷行二五三四）
大慈咲き　大悲咲きたる　桜かな　迷堂（9孤輪〇四二一）
月上る　大仏殿の　足場かな　子規（10獺祭句帖抄六三六ぺ）
提灯で　大仏見るや　時鳥　子規（10獺祭句帖抄六四八ぺ）
稲妻に　大仏をがむ　野中哉　荷兮（6あら野一〇四一）
ちらぬ葉も　大分もつた　柳かな　麦翅（8俳諧新選一二四ぺ）
平家也　太平記には　月も見ず　其角（7俳諧古選一七八ぺ）
夏山の　大木倒す　谺（こだま）かな　鳴雪（4鳴雪俳句鈔二二二四）
さう云ひて　大木もなし　桃の花　作者不明（7俳諧古選二〇七ぺ）
うぐひすに　松明（たいまつ）しらむ　山路哉　几董（5井華集七九四）
児は畦に　松明振れる　田植かな　泊雲（9泊雲句集〇七八〇）
めいめいに　松明を持つ　枯野かな　子規（10獺祭句帖抄六六四ぺ）
菜の花に　大名うねる　麓かな　士朗（5枇杷園句集八九六）
花すすき　大名衆を　まつり哉　嵐雪（6猿蓑一八七五）
雪の日や　大名ひとり　春日山　稲起（7俳諧古選二一六ぺ）
ずぶ濡れの　大名を見る　炬燵哉　一茶（3八番日記三六〇ぺ）
夕皃の　内裏しらぬぞ　無念なる　素狂（8俳諧新選二二二ぺ）
狐啼く　内裏の跡や　冬木立　沙月（8俳諧新選二三七ぺ）
女倶して　内裏拝まん　おぼろ月　蕪村（2蕪村句集一〇〇九）
黄砂（くわうさ）降り　台湾メール　沖をゆく　禅寺洞（9禅寺洞句集二二八七）

ゆふやみの　唐網にいる　蛙かな　一井（6 あら野 五八五）
奈良道や　当帰（たうき）畠の　花一木　蕪村（2 蕪村句集 二一四六）
こぬ殿を　唐黍（きび）高し　見おろさん　荷兮（6 波留濃日 三四九）
直線の　堂曲線の　春の山　虚子（14 七百五十句 一一四ぺ）
柿くふや　道灌山の　婆が茶屋　子規（10 獺祭句帖抄 六五七ぺ）
稲の花　道灌山の　日和かな　子規（10 獺祭句帖抄 六一八ぺ）
炎天の　峠こえくる　一人かな　露月（9 日本 明27・1・19 〇二〇八）
蟇鳴いて　唐招提寺　春いづこ　秋桜子（9 葛飾 一四四五）
浴衣着た　道者恐ろし　雲の峰　宋屋（7 俳諧古選 二一四ぺ）
蚊遣して　盗人待つや　御曹司（おんざうし）　子規（10 獺祭句帖抄 六二八ぺ）
春は曙　濤声籬を　しさりつつ　風牛（9 傘寿以後 一五八二）
背（せな）の子も　田歌覚えつ　少しづつ　之房（8 俳諧新選 一一六ぺ）
いつの手ずれの　道中双六　なつかしき　青峰（9 青峰集 二二四四）
只頼む　湯婆（たうば）一つの　寒さかな　鳴雪（9 子規時代の人々 〇一五五）
春雨や　唐丸あがる　台どころ　游刀（6 続猿蓑 三〇六九）
うつかりと　田植見て居る　筈はなし　青魚（8 俳諧新選 一五三ぺ）
麦跡の　田植や遅き　蛍とき　許六（6 炭俵 二四九三）
菊咲けり　陶淵明の　菊咲けり　青邨（9 雪国 一六〇〇）
囀りや　絶えず二三羽　こぼれ飛び　虚子（11 五百句 九四ぺ）
鳥のねも　絶えず家陰の　赤椿　支考（6 炭俵 二四三〇）
玉の緒よ　絶えなばたえね　ふくと汁　春澄（5 六百番発句合 一九一）
春の夕　たえなむとする　香をつぐ　蕪村（2 蕪村句集 二二五三）

うのはなの　絶え間たたかん　闇の門　去来（6 炭俵 二四七七）
かざりにと　たが思ひだす　たはら物　冬文（6 あら野 四八六）
吹く風に　鷹かたよする　やなぎ哉　松芳（6 あら野 五五六）
はつ花に　誰が傘（からかさ）ぞ　いまいまし　長虹（6 あら野 三七四）
月前に　高き煙や　市の空　碧梧桐（9 ホ明38・10 〇一一五）
かく縁の　高きに上り　下りにけん　虚子（13 六百五十句 一八五ぺ）
落ちくるや　たかくの宿の　郭公（ほととぎす）　芭蕉（1 真蹟懐紙 四九一）
夏蝶の　高く上りぬ　人仏　虚子（14 七百五十句 一一五ぺ）
霧晴れて　高砂のまち　まのあたり　蕪村（2 蕪村遺稿 一八〇三）
手弱女の　高臀にして　十二月　蛇笏（9 家郷の霧 〇六五九）
蓮池の　田風にしらむ　葉裏哉　蕪村（2 蕪村遺稿 一一三七）
簾（みす）下げて　誰が妻ならん　涼み舟　秋色（4 陸奥鵆 一一三一）
山川に　高浪も見し　野分かな　石鼎（9 花影 〇七六七）
馬下りて　高根のさくら　見付けたり　蕪村（2 蕪村遺稿 一九八四）
折る事も　高根の花や　見た計（ばか）り　来山（7 俳諧古選 一九八ぺ）
みちばたに　多賀の鳥井の　寒さ哉　尚白（6 猿蓑 一六五一）
天の川　鷹は飼はれて　眠りをり　楸邨（9 沙漠の鶴 二五七〇）
いさみ立つ　鷹引きすゆる　嵐かな　里圃（6 続猿蓑 二八五六）
冬瓜（とうぐわん）や　たがひにかはる　顔の形（なり）　芭蕉（1 西華集 八九一）
遊びやう　互ひにかはる　花見かな　雅因（8 俳諧新選 一〇九ぺ）
年のくれ　互ひにこすき　銭つかひ　野坡（6 炭俵 二六四一）
夜の旅　互ひにこはき　頭巾かな　古津（8 俳諧新選 一四三ぺ）

覆とり　互ひに見ゆ　寒牡丹　虚子（13六百五十句　一三〇ぺ）
名月や　誰が吹き起こす　森の鳩　洒堂（6炭俵　二五四四）
庭訓(ていきん)の往来　誰が文庫より　今朝の春　芭蕉（1江戸広小路　八九）
椎の木を　たがへて啼くや　蟬の声　朴水（6猿蓑　二一六〇）
初雪に　鷹部屋のぞく　朝朗(あさぼらけ)　史邦（6猿蓑　一六八四）
あさよさを　誰がまつしまぞ　片ごころ　芭蕉（1桃舐集　四七一）
しら梅や　誰がむかしより　垣の外　蕪村（2蕪村句集　二三三八）
雪はげし　抱かれて息の　つまりしこと　多佳子（9紅糸　二九七九）
紅葉には　たがをしへける　酒の間　其角（6あら野　七四五）
雲の中　滝かがやきて　音もなし　青邨（9雪国　一六〇二）
門前の老婆子(らうばす)　薪貪る　野分哉　蕪村（2蕪村句集　一九八）
かげろふの　抱きつけばわが　ころも哉　越人（6あら野　八六四）
暫時(しばらく)は　滝にこもるや　夏(げ)の初め　芭蕉（1奥の細道　四八一）
白糸の　滝の陰晴　常ならず　虚子（14七百五十句　一一五ぺ）
たうたうと　滝の落ちこむ　茂り哉　士朗（5枇杷園句集　八九七）
どうどうと　滝の鳴りこむ　闇夜かな　鬼城（9続鬼城句集　〇六二九）
しら芥子に　焚火移ふや　嵯峨の町　暁台（5暁台句集　七六八）
夏の夜や　たき火に簾　見ゆる里　旦藁（6あら野　六七七）
鮎落ちて　たき火ゆかしき　宇治の里　蕪村（2蕪村遺稿　二二七三）
五月雨は　滝降りうづむ　みかさ哉　芭蕉（1芯摺　四九九）
朝風や　薫(たきもの)姫の　団(うちは)もち　乙州（6続猿蓑　三二四一）
蜂の巣や　焼(た)きよごれたる　萱が軒　不染（8俳諧新選　一四七ぺ）

ほととぎす　滝よりかみの　わたりかな　丈草（6猿蓑　一七一八）
秋の雲　滝をはなれて　山の上　子規（10獺祭句帖抄　六〇〇ぺ）
又しては　滝を吹き切る　野分かな　習先（8俳諧新選　一三〇ぺ）
泥の上に　田草かきけん　指のあと　東皐（5奥美人　九四四）
一人一人に　焚く据風呂(すゐぶろ)や　暮の秋　蚋魚（9ホ大8・1　〇八四二）
迎へ火を　焚くや吹き添ふ　夜の風　麦人（9草笛　〇三四四）
降らずとも　竹植うる日は　蓑と笠　芭蕉（1笈日記　九二一）
肌さむし　竹切る山の　うす紅葉　凡兆（6猿蓑　一八七四）
風毎に　長(たけ)くらべけり　蔦かづら　杉下（6続猿蓑　三三五八）
夜すがらや　竹こほらする　けさのしも　芭蕉（1真蹟短冊　九三九）
蔦植ゑて　竹四五本の　あらし哉　芭蕉（1野ざらし紀行　一八一）
幾春も　竹其の儘に　見ゆる哉　重五（6あら野　一〇八八）
馬かりて　竹田の里や　行くしぐれ　乙州（6猿蓑　一六二五）
土筆(つくづくし)　長(た)けたは誰も　手に合はず　来山（7俳諧古選　一五〇ぺ）
漕川に　竹垂れかかる　氷かな　子規（10獺祭句帖抄　六四〇ぺ）
木枯や　たけにかくれて　しづまりぬ　芭蕉（1鳥の道　九七五）
今植ゑた　竹に客あり　夕すずみ　柳居（5俳諧新選　四八六）
涼しさや　竹握り行く　藪づたひ　半残（6続猿蓑　三一四八）
名月や　竹に雀の　小宿迄　鸞窗（8俳諧新選　一三〇ぺ）
行く水や　竹に蟬鳴く　相国寺(しゃうこくじ)　鬼貫（4仏兄七久留万　〇二八六）
子(み)を結ぶ　竹に日くるる　しぐれ哉　蕪村（2蕪村遺稿　一九一七）
山里や　丈(たけ)に見上ぐる　赤椿　嘯山（8俳諧新選　一〇六ぺ）

初雪や　竹に戻りし　稲雀　芳菊（7俳諧古選 一二八ペ）
短夜に　竹の風癖　直りけり　一茶（3文化句帖 三三四ペ）
雪の日は　竹の子笠ぞ　まさりける　羽笠（6猿蓑 一六九一）
我が留主に　竹の子簀戸（すのこ）を　押さへけり　右丸（7俳諧古選 二〇九ペ）
うきふしや　竹の子となる　人の果て　芭蕉（1嵯峨日記 六八四）
なの花や　笋見ゆる　小風呂しき　蕪村（2蕪村句集 二一九九）
鶯や　竹の子藪に　老を鳴く　芭蕉（1別座鋪 八四六）
紅葉散りて　竹の中なる　清閑寺　闌更（5半化坊発句集 七五七）
行く春や　竹のふし見と　成りにけり　鳥西（8俳諧新選 一二二ペ）
遊ばるる　だけは遊ぶや　秋の蝶　雨麦（7俳諧古選 二二八ペ）
太秦（うつまさ）は　竹ばかりなり　夏の月　士朗（5枇杷園句集 八九八）
行く秋や　抱けば身に添ふ　膝頭　太祇（5太祇句選 五五二）
初冬の　竹緑なり　詩仙堂　鳴雪（9鳴雪俳句集 〇一五八）
花散りて　竹見る軒の　やすさかな　洒堂（6続猿蓑 二九六九）
狂ふ也　竹も雀も　若いどし　存義（8俳諧新選 一八ペ）
夕皃や　竹焼く寺の　薄煙　蕪村（2蕪村遺稿 二二六八）
木の股の　抱ける暗さや　秋の風　虚子（12六百句 一七八ペ）
山吹や　竹を年貢の　一在所　蒼虬（4訂正蒼虬集 二一五三）
此のほたる　田ごとの月に　くらべみん　芭蕉（1みつのかほ 三九六）
帰る雁　田ごとの月の　曇る夜に　蕪村（2蕪村句集 二六一九）
元日は　田毎の日こそ　こひしけれ　芭蕉（1真蹟懐紙 四六六）
さつき雨　田毎の闇と　なりにけり　蕪村（2蕪村句集 一四〇六）

刈跡の　田毎を見ばや　十三夜　惟善（8俳諧新選 一三四ペ）
冬枯れや　蛸ぶら下げる　煮売り茶店　子規（10獺祭句帖抄 六〇三ペ）
よく上げて　鳳巾（たこ）参らする　御階（みはし）哉　瓜流（8俳諧新選 一一〇ペ）
口切や　たしか内儀は　小紫　春来（8俳諧新選 一三八ペ）
しら梅や　たしかな家も　なきあたり　千川（6続猿蓑 三〇〇一）
夕顔や　たしかに白き　花一つ　蒼虬（4訂正蒼虬集 二一五四）
雄島のを　出して見せばや　袖の月　黒露（8俳諧新選 一五三ペ）
見る人も　たしなき月の　夕べかな　荷兮（6あら野 四三二）
後家の君　たそかれがほの　うちは哉　蕪村（2蕪村遺稿 一一三三）
学問の　黄昏（たそがれ）さむく　物を言はず　楸邨（9寒雷 二五七五）
雨後の月　誰そや夜ぶりの　脛（すね）白き　蕪村（2蕪村句集 一六九九）
南無や空　ただ有明の　ほととぎす　元順（6あら野 九九七）
白牡丹　只一輪の　盛りかな　闌更（5半化坊発句集 七五一）
藤の花　ただうつぶいて　別れ哉　越人（6波留濃日 三三三）
よし野山も　唯大雪の　夕べ哉　野水（6あら野 九一七）
松やには　ただかうやくの　子（ね）の日かな　守武（4伊勢正直集 〇〇二三）
遠き家の　叩かるる音や　夜半の冬　癖三酔（9癖三酔句集 〇三七八）
天竜で　たたかれたまへ　雪の暮　越人（6あら野 九五〇）
さみだれや　叩かれもせぬ　蠅の様　大夢（8俳諧新選 一一七ペ）
卯の花に　叩きありくや　かづらかけ　支考（6炭俵 二四七九）
七草を　たたきたがりて　泣く子かな　俊似（6あら野 五〇五）
春雨に　たたき出したり　つくづくし　元志（6猿蓑 一九二八）

初夢の　唯空白を　存したり　虚子（12 六百句 一八九ぺ）
聞きをれば　たたくでもなき　水鶏(くひな)哉　野水（6 あら野 六六一）
音なせそ　たたくは僧よ　ふくと汁　蕪村（2 蕪村句集 九六四）
三介が　敲く木魚も　しぐれけり　一茶（3 おらが春 四七三ぺ）
壺の底　たたくや古き　茶の名残　子規（9 寒山落木巻二 〇〇三三）
春水を　たたけばいたく　窪むなり　虚子（12 五百五十句 六三ぺ）
雛無し　ただ掃除せし　ばかりなり　虚子（13 六百五十句 一七二ぺ）
臘八(らふはち)に　只座し明かす　人もがな　不有（8 俳諧新選 一四五ぺ）
物いはじ　ただささへ秋の　かなしさよ　舟泉（6 あら野 九三四）
類なく　唯白かれや　蝶よ蝶　雅因（8 俳諧新選 一〇八ぺ）
身の上を　只しをれけり　女郎花(をみなへし)　涼菟（7 俳諧古選 一七九ぺ）
さし柳　ただ直なるも　おもしろし　一笑（6 あら野 五四九）
万才の　佇み見るは　紙芝居　虚子（12 五百五十句 八二ぺ）
鷹の目の　佇む人に　向かはざる　虚子（11 五百句 八六ぺ）
雀子の　立たせて囉(もら)ひ　立ちにけり　圭山（8 俳諧新選 一四八ぺ）
墓参して　直ちに海に　浮かびけり　虚子（13 六百五十句 二一九ぺ）
秋風の　ただ中にして　山を看る　別天楼（9 野老 一一七七）
尼寺よ　唯菜の花の　ちる径(こみち)　言水（7 俳諧古選 一五一ぺ）
鳥の巣や　唯ならぬ身の　飛ぶに倦く　嘯山（8 俳諧新選 一〇五ぺ）
葛の葉や　直(ただ)に云はねば　糠に釘　卯雲（8 俳諧新選 一五一ぺ）
剛力は　徒に見過ぎぬ　山ざくら　蕪村（2 蕪村句集 一二三二）
塵浜に　たたぬ日もなし　浦鵆(ちどり)　句空（6 続猿蓑 三三七〇）

郭公も　唯の鳥ぞと　聞き馴れし　虚子（14 七百五十句 二九ぺ）
我が手さへ　只は遊ばぬ　火燵哉　立志（7 俳諧古選 一九一ぺ）
夏来ても　ただひとつ葉の　一葉哉　芭蕉（1 笈日記 四〇七）
次の夜は　唯ひとり行く　涼みかな　江水（7 俳諧古選 一六四ぺ）
冷水を　湛ふ水甕の　底にまで　誓子（9 遠星 一四九六）
傘(からかさ)を　たたまで蛍　みる夜哉　舟泉（6 波留濃日 三三三一）
秋の波　たたみたたみて　火の国へ　虚子（13 六百五十句 二一九ぺ）
縫ものを　たたみてあたる　火燵哉　落梧（6 あら野 七八六）
初秋や　畳みながらの　蚊屋の夜着　芭蕉（1 真蹟懐紙 六九七）
音なして　畳に落つる　椿かな　呂誰（8 俳諧新選 一〇六ぺ）
いきみたま　畳の上に　杖つかん　亀洞（6 あら野 一〇九一）
名月や　畳の上に　松の影　其角（5 雑談集 二六七）
君が代や　畳の上の　明けの春　京馬（8 俳諧新選 一〇〇ぺ）
春雨や　畳の上の　かくれんぼ　久女（9 杉田久女句集 〇九五九）
蛍飛ぶ　畳の上も　こけの露　乙州（6 猿蓑 二一五一）
雨の蠅　畳の上を　歩きけり　超波（8 俳諧新選 一四六ぺ）
金屏に　畳の縁は　流れゐる　虚子（12 六百句 一八七ぺ）
杜若(かきつばた)　畳へ水は　こぼれても　其角（7 俳諧古選 一六九ぺ）
大蟻の　たたみをありく　あつさ哉　士朗（5 枇杷園句集 八九九）
下り簗　だだ漏れ　熊野川通る　誓子（9 方位 一四七一）
摂待に　ただ行く人を　とどめけり　俊似（6 あら野 一〇四〇）
青天(あをぞら)に　ただよふ蔓の　枯れにけり　たかし（9 たかし句集 一六五三）

弥陀が原　漾ふばかり　春の雪　普羅（9 俳究昭13・4 〇七三〇）
耕せば　祟りある野や　啼く鶉　雅因（8 俳諧新選 一二九ぺ）
おのが袖　たたんで睡る　小てふ哉　写北（8 俳諧新選 一〇八ぺ）
ろふさいで　立ち出づる旅の　いそぎ哉　蕪村（2 蕪村遺稿 一二八一）
炎天に　立ち出でて人　またたきす　虚子（12 六百句 二二六ぺ）
錦木の　立ち聞きもなき　雑魚寝（ざこね）哉　蕪村（2 蕪村句集 一〇一八）
二冬木　立ちて互ひに　かかはらず　虚子（13 六百五十句 一六六ぺ）
雪渓は　立ちて汚れて　人間味　静塔（9 栃木集 二三七四）
うめのかの　立ちのぼりてや　月の暈　蕪村（2 蕪村遺稿 二四四四）
元日も　立ちのままなる　屑家哉　一茶（3 八番日記 三三二ぺ）
からざけや　帯刀（たちはき）殿（どの）の　台所　蕪村（2 蕪村句集 一三三五）
明ぼのは　たちばなくらし　旅姿　我峰（6 続猿蓑 三四七六）
鶯に　橘見する　羽ぶきかな　土芳（6 続猿蓑 三〇九七）
虹立ちて　忽（たちま）ち君の　在る如し　虚子（12 六百句 二三〇ぺ）
虹消えて　忽ち君の　無き如し　虚子（12 六百句 二三〇ぺ）
蜀魄（ほととぎす）　たちまち野山　面白し　野有（8 俳諧新選 一三ぺ）
灯（ひとも）せば　忽ち仏　寒からず　虚子（12 六百句 一八六ぺ）
雁来紅（かまつか）に　たちよりときぬ　洗ひ髪　淡路女（9 梶の葉 〇九七九）
貴船出て　立ち寄る柿の　円通寺　虚子（14 七百五十句 七三ぺ）
芙蓉見て　立つうしろ　灯（とも）るや　碧梧桐（9 碧梧桐句集 〇一三六）
郭公や　韃靼の日の　没るなべに　誓子（9 凍港 一四六四）
同じ道に　尋ねて出たり　照射（ともし）狩り　雁宕（8 俳諧新選 一五三ぺ）

里の名も　尋ねて通る　桜かな　子巾（8 俳諧新選 一〇九ぺ）
茶摘歌も　巽（たつみ）上がりや　宇治の里　尺布（8 俳諧新選 一二一ぺ）
白雲の　たつや四月の　よしの山　灯外（7 俳諧古選 一七〇ぺ）
かはほりの　たつやしづまる　麦埃　麦里（8 俳諧新選 一一五ぺ）
夏衣　たつや錦の　小路より　風状（8 俳諧新選 一四九ぺ）
寒月に　立つや仁王の　からつ脛（すね）　一茶（3 八番日記 三五六ぺ）
羅（うすもの）を　裁つや乱るる　窓の黍（きび）　久女（9 杉田久女句集 〇九三六）
十五日　立つや睦月の　古手売り　之道（6 炭俵 二四一二）
かりかけし　たづらのつるや　さとの秋　芭蕉（1 鹿島詣 三〇八）
水かれがれ　蓼歟（か）あらぬ歟　蕎麦歟（か）否歟　蕪村（2 蕪村句集 二七六八）
雪搔　立てかけし二人　にて育ち　碧梧桐（9 碧梧桐句集 〇一四六）
有る程の　だて仕尽くして　紙子哉　その（7 俳諧古選 一九一ぺ）
黄昏（たそかれ）に　たてだされたる　燕哉　鼠弾（6 あら野 六〇七）
門松は　たてて出でけり　寒念仏　柳居（8 俳諧新選 一四七ぺ）
門松を　立てていよいよ　淋しき町　虚子（13 六百五十句 二四二ぺ）
横にくみ　竪にほぐれて　蝶二つ　子規（10 獺祭句帖抄 六〇五ぺ）
にしき木を　立てぬ垣根や　たうがらし　蕪村（2 蕪村句集 九三八）
みちのくの　伊達の郡（こほり）の　春田かな　風生（9 草の花 一五八九）
蓬生や　譬ひ菖蒲（あやめ）は　葺かず共　富水（8 俳諧新選 一一六ぺ）
白魚や　譬ひ鯲（どぢやう）の　恋す共　赤羽（8 俳諧新選 一〇二ぺ）
たましひの　たとへば秋の　ほたるかな　蛇笏（9 山廬集 〇六五八）
女郎花（をみなへし）　たとへばあはの　内侍かな　季吟（5 師走の月夜 五〇）

はればれと　たとへば野菊　濃き如く　風生（松籟　9一五八三）
春の寒さ　たとへば蕗の　苦みかな　成美（成美家集　4二〇七三）
もろき人に　たとへむ花も　夏野哉　芭蕉（笈日記　1四一一）
どちからも　田中の神や　かざり焚く　道彦（蔦本集　5九六八）
五位鷺(ごゐ)の居る　田中の松や　朧月　旧国（俳諧新選　8一〇八ペ）
秋風や　田(たな)上(かみ)山(やま)の　くぼみより　尚白（猿蓑　6二一六六）
わか菜より　七夕草ぞ　覚えよき　荷兮（あら野　6八三七）
日を負ひて　田(た)螺(にし)滑りに　上る也　大夢（俳諧新選　8一〇六ペ）
鳥鳴いて　谷静かなり　夏蕨　子規（獺祭句帖抄　10六五一ペ）
こけ落ちて　田螺つぶやくや　水の音　嘯山（俳諧新選　8一〇六ペ）
みちのくに　田螺取り食ひ　在りと知れ　たかし（石魂　9一六七〇）
袖よごすらん　田螺の蜑の　隙をなみ　芭蕉（木因宛書簡　1一五二）
難波津や　田螺の蓋も　冬ごもり　芭蕉（市の庵　1八〇九）
散りしくや　谷々さかり　又苔　淡々（俳諧新選　8一五一ペ）
汗出して　谷に突きこむ　氷室哉　冬松（あら野　6八一六）
落栗や　谷にながるる　蟹の甲　祐甫（炭俵　6二五七四）
色々に　谷のこたへる　雪解かな　太祇（太祇句選　5五四二）
振りかへる　谷の戸もなし　郭公(ほととぎす)　馬光（松の答　5四八〇）
暁けきらぬ　田に人見ゆれ　月見草　徂春（定本徂春句集　9〇七九七）
或る時は　谷深く折る　夏花(げばな)かな　虚子（五百句　9〇〇五二）
涼しさや　田に水かけて　もどりけり　元来（俳諧古選　7一六二ペ）
山城の　谷や久しき　菊の露　宋屋（俳諧新選　8一三四ペ）

花葛の　谿より走る　筧(かけひ)かな　久女（杉田久女句集　9〇九五七）
泉岳寺　他人ぞ多き　墓参り　瓢水（俳諧新選　8一三五ペ）
横になれ　他人はまぜぬ　うちはかな　紹簾（俳諧新選　4二一八七）
切飯に　他人交ぜずの　花見かな　嘯山（俳諧新選　8一一〇ペ）
木の下に　狸出むかふ　穂懸けかな　買山（続猿蓑　6三二九八）
戸をたたく　狸と秋を　をしみけり　蕪村（蕪村遺稿　2一四〇）
炉閉げば　狸にかへる　茶釜哉　蕪村（蕪村句集　2一〇一七）
客僧の　狸寝入りや　くすり食　小波（ささら波　9〇三〇六）
猪の　狸ね入りや　しかの恋　蕪村（蕪村遺稿　2九五一）
夕皃に　狸の出づる　小雨かな　賀瑞（俳諧新選　8一二三ペ）
春さめや　狸の伽の　待たれぬる　一漁（鳥山彦　4一二二八）
小幟や　狸を祭る　枯榎　子規（獺祭句帖抄　10六六七ペ）
元日へ　種やこぼるる　くれの鐘　羅人（俳諧新選　8一一二ペ）
しぐるるや　田の新株の　黒むほど　芭蕉（記念題　1六四九）
御所柿に　たのまれ皃(かほ)の　かがしかな　蕪村（蕪村句集　2七九〇）
今は世を　たのむけしきや　冬の蜂　旦藁（猿蓑　6一六四八）
朝寒や　たのもと響く　内玄関　子規（獺祭句帖抄　10六三三ペ）
霧晴るる　田の面や鷺に　旭(ひ)のあたる　子規（獺祭句帖抄　10六五四ペ）
水落ちて　田の面をはしる　鼠かな　蝶夢（草根発句集　5八六〇）
とや角(かく)と　烟草選みや　冬ごもり　富葉（俳諧新選　8一四〇ペ）
けいこ笛　田はことごとく　青みけり　一茶（七番日記　3三三七ペ）
杜宇(ほととぎす)　烟草に腹の　ふくれけり　希因（俳諧新選　8一一四ペ）

綿つみや　たばこの花を見て休む　蕪村（2 蕪村句集 一四三一）
百姓の　烟草は臭し梅の花　嵐山（8 俳諧新選 一〇一ぺ）
麦蒔や　たばねあげたる桑の枝　子規（10 獺祭句帖抄 六〇三ぺ）
初霜や　束ねよせたる菊の花　子規（10 獺祭句帖抄 六一九ぺ）
連翹（れんげう）や　たばねられたる庭の隅　子規（10 獺祭句帖抄 六四五ぺ）
初雪や　俵の上の小行灯　一茶（3 文政版発句集 三五四ぺ）
月と日の　度重なれば師走哉　蓮谷（7 俳諧古選 二二三ぺ）
夕ざくら　旅重ねきて衿に手を　平之助（9 五所亭句集 一〇九六）
木瓜（ぼけ）薊（あざみ）　旅して見たく野はなりぬ　山店（6 猿蓑 一九六四）
春かけて　旅すれば白ら紙の残りなくまう　碧梧桐（4 三昧昭2・2 二三〇二）
炉を出でて　度々月ぞ面白き　野水（6 あら野 七九五）
禰宜（ねぎ）達の　足袋だぶだぶとはきにけり　鬼城（9 鬼城句集 〇六三三）
葛水や　旅にある子の思はるる　守一（8 俳諧新選 一二三ぺ）
雨ふりの　度に入りこむ夜寒かな　一計（8 俳諧新選 一二三ぺ）
夏衣　旅日記も京に着きにけり　重頼（4 誹諧時勢粧 〇〇九一）
うき人の　旅にも習へ木曾の蠅　芭蕉（1 韻塞 七八八）
霜寒き　旅寝に蚊屋を着せ申し　如行（6 波留濃日 三五三）
しにもせぬ　旅寝の果てよ秋の暮　芭蕉（1 野ざらし紀行 一九三）
綿をぬく　旅ねはせはし衣更　九節（6 炭俵 二四七二）
住みつかぬ　旅のこころや置火燵　芭蕉（1 勧進牒 六五五）
春泥は　足袋の白きをにくみけり　東洋城（9 東洋城全句上 〇四〇二）
爪髪も　旅のすがたやこまむかへ　荷兮（6 あら野 八三八）

ねむりても　旅の花火の胸にひらく　林火（9 冬雁 二七六〇）
京へ出て　旅の休みや花ざかり　太祇（8 俳諧新選 一〇九ぺ）
秋の夜や　旅の男の針仕事　一茶（3 寛政句帖 三四四ぺ）
短夜を　旅の終はりの朝寝かな　虚子（14 七百五十句 二二七ぺ）
水無月や　鯛はあれども塩くじら　芭蕉（1 葛の松原 七五一）
蓑虫や　足袋穿けば子もはきたがり　水巴（9 定本水巴句集 〇六〇三）
河豚汁（ふくとじる）　鯛は凡にてましましける　召波（4 春泥句集 一八三〇）
寒月や　旅人こつこつ関が原　嘯山（8 俳諧新選 一四一ぺ）
見やるさへ　旅人さむし石部山　智月（6 猿蓑 一六七三）
木屋町の　旅人訪はん雪の朝　蕪村（2 蕪村遺稿 一九六四）
雪女　旅人雪に埋もれけり　子規（10 獺祭句帖抄 六六四ぺ）
元日も　旅人を見る駅（うまや）かな　沾徳（7 俳諧古選 一五四ぺ）
楊貴妃や　踏皮（たび）迄脱がすたいこ持ち　来山（4 元の水 〇二四三）
三度くふ　旅もつたいな時雨雲　一茶（3 享和句帖 三五二ぺ）
春寒の　旅や絹夜具滑りがち　温亭（9 温亭句集 〇八二九）
日の本や　鯛を食らうてさくら狩り　沙月（8 俳諧新選 一〇九ぺ）
脱ぎ更（か）へて　旅を忘るる袷かな　貝錦（8 俳諧新選 一一二ぺ）
散る花に　たぶさ恥ぢけり奥の院　杜国（6 あら野 九五八）
影ぼふし　たぶさ見送る朝月夜　卓袋（6 猿蓑 一八四五）
冬木切り　倒しぬ犬は尾を垂れて　虚子（12 六百句 一八七ぺ）
春の夜に　尊き御所を守る身かな　蕪村（2 蕪村句集 四七二）
水草生ふ　田舟は橋と横たはり　宋斤（9 定本宋斤句集 一二〇一）

追々に　塔の雫や　春の雪　二柳（4俳諧新選一八五八）
落葉して　塔より低き　銀杏かな　子規（10獺祭句帖抄六六六ぺ）
絵屏風の　倒れかかりし　火桶かな　子規（10獺祭句帖抄六一九ぺ）
野分跡　倒れし木々も　皆仏　虚子（14七百五十句四四四ぺ）
くしの山　倒れ死すべき　岩根哉　長明（7俳諧古選一九五ぺ）
秋風に　倒れしものの　ひびきかな　泊月（9現代俳句集〇八四八）
いづくにか　たふれ臥すとも　萩の原　曾良（6猿蓑一八三〇）
静かさに　耐へずして降る　落葉かな　虚子（12五百五十句三七ぺ）
酷暑にも　堪へつつ功を　争はず　花蓑（9花蓑句集〇八六九）
静かさに　堪へで田螺（たにし）の　移りけり　鬼城（9鬼城句集〇六二三）
静けさに　堪へて水澄む　田にしかな　蕪村（2蕪村句集一三六三）
うき恋に　たへでや猫の　盗み食ひ　支考（6続猿蓑三〇四二）
月見せよ　玉江の蘆を　刈らぬ先　芭蕉（1ひるねの種五五三）
つげて明けぬ　玉子乃親ぢ　世界の春　似船（5三ツ物揃一八〇）
素咄に　魂入るや　ほととぎす　等舟（7俳諧古選一六八ぺ）
廻らぬは　魂ぬけし　風車　虚子（12五百五十句八九ぺ）
かも川に　魂残る　あつさかな　素白（7俳諧古選一二八ぺ）
うぐひすの　たまたま鳴くや　花の山　蕪村（2蕪村句集一一〇三）
綿の花　たまたま蘭に　似たるかな　素堂（6あら野七〇九）
萩にくれて　玉田横野へ　わかれ行く　蕪村（2蕪村遺稿二五六一）
樵夫二人　だまつて霧を　現るる　子規（10獺祭句帖抄六〇〇ぺ）
一つ蚊の　だまつてしくり　しくりかな　一茶（3おらが春四四二ぺ）

うぐひすを　魂にねむるか　嬌柳（たをやなぎ）　芭蕉（1虚栗一六一）
底なしや　玉にもぬける　あられ酒　惟中（5俳諧三部抄一三七）
降る雪や　玉のごとくに　ランプ拭く　蛇笏（9雪峡〇六七二）
早春や　多摩の横山　曳くばかり　迷堂（9芙蓉〇四二〇）
仲丸の　魂祭りせむ　けふの月　蕪村（2蕪村句集一四二三）
人魂か　魂祭る野に　飛ぶ蛍　徳元（4犬子集〇〇六八）
我を招く　玉むし出でよ　涼みぶね　几董（4井華集一八四六）
玲瓏と　玉を噴き居る　清水かな　麦人（9ホ明32・8〇三四六）
烏子の　だみたる声や　花曇り　成意（8俳諧新選一一〇ぺ）
青田干る　民の嘆きや　雨やすめ　心号（7俳諧古選一六四ぺ）
春雨や　田蓑のしまの　鯲売（どぢやううり）　史邦（6猿蓑一九四四）
定家に　手向けむ花や　はつか草　良保（5崑山集六二）
尼ひろひ　ためたる栗を　土産かな　虚子（13六百五十句二一七ぺ）
月雪の　ためにもしたし　門の松　去来（6あら野四六三）
一人前　田も青ませて　夕木魚　一茶（3文政句帖三三七ぺ）
形代（かたしろ）や　たもとかはして　浮き沈み　蛇笏（9山廬集〇六四八）
なきなきて　袂にすがる　秋の蝉　一井（6あら野九三二）
花ひとつ　たもとにすがる　童かな　立圃（4句兄弟〇〇八〇）
側濡れて　袂のおもき　礒菜かな　藤羅（6あら野五〇七）
銭なくて　たもとふたつも　長閑（のどか）なり　一瓢（5玉山人家集一一四四）
夜興引（よこひき）の　袂わびしき　はした銭　蕪村（2蕪村遺稿二三三〇）
べたべたに　田も菜の花も　照りみだる　秋桜子（9霜林一四五〇）

摂待や　田も世の中の　嬉し声　嘯山（8俳諧新選　一二五ぺ）
いくさから　便とどきし　炬燵かな　子規（10獺祭句帖抄　六一九ぺ）
麦の穂を　便りにつかむ　別れかな　芭蕉（1蕉翁句集草稿　八四三）
鮒鮓の　便りも遠き　夏野哉　蕪村（2蕪村遺稿　一一八）
二三里に　足らぬ旅寝や　おぼろ月　牛行（8俳諧新選　一〇八ぺ）
影ふた夜　たらぬ程見る　月夜哉　杉風（6あら野　四三〇）
芭蕉野分して　盥に雨を　聞く夜哉　芭蕉（1武蔵曲　一三九）
馬の尾を　盥にしぼる　門すずし　百万（8俳諧新選　一二一ぺ）
日の暑さ　盥の底の　蟻（うんか）かな　凡兆（6猿蓑　一七八九）
洗足の　盥ももりて　ゆく春や　蕪村（2蕪村句集　四五九）
夕凪や　垂乳あらはに　ゆきかへる　禅寺洞（9禅寺洞句集　二二九）
李白いかに　樽次（たるつぐ）はなにと　花の滝　素堂（5江戸広小路　二四三）
羽痛めたる蝶々の　憂き眉毛　虚子（13六百五十句　一九一ぺ）
日盛りや　樽の茶運ぶ　瓜畑　理右（7俳諧古選　一六三ぺ）
春の日や　達磨大師も　尻もだえ　調和（4富士石　〇二二四）
羽ひらき　たるまま流れ　寒鴉　虚了（12五百五十句　二六ぺ）
いなづまや　誰動かして　鏡山　龍眠（8俳諧新選　一二五ぺ）
花鳥や　誰送られて　誰がわかれ　千梅（8俳諧新選　一五三ぺ）
風ならで　誰かあぐべき　柳髪　未得（5毛吹草追加　七〇）
勝手迄　誰が妻子ぞ　ふゆごもり　蕪村（2蕪村句集　三〇三）
春の夜は　たれか初瀬の　堂籠り　曾良（6猿蓑　一九九六）
声せぬは　誰粥食はす　鉢叩　法三（7俳諧古選　一九一ぺ）

麦うたや　誰と明かして　睡た声　移竹（8俳諧新選　一一六ぺ）
女郎花（をみなへし）　誰と寝てやら　しほれけり　嘯山（8俳諧新選　一二九ぺ）
花薄　誰にあかれて　炭俵　任口（7俳諧古選　一九七ぺ）
此の花や　誰に答ふる　一枝禅　淡々（4淡々発句集　一二七五）
誰追ひて　誰に告げ行く　蟬の声　瓜流（8俳諧新選　一一九ぺ）
君ならで　誰にとふても　千代の春　梅盛（5俳諧三部抄　五二）
薦（こも）を着て　誰人ゐます　花のはる　芭蕉（1其袋　五九八）
鮓漬けて　誰待つとしも　なき身哉　蕪村（2蕪村句集　八九四）
竹の落葉　誰まつとしも　なきゆふべ　松宇（9松宇家集　〇三二四）
曇り来ぬ　誰も手つだへ　菊植ゑん　嘯山（8俳諧新選　一〇八ぺ）
山寺や　誰も参らぬ　ねはん像　樗良（5樗良発句集　七七八）
梅の奥に　誰やら住んで　幽かな灯（ひ）　漱石（4漱石全集　二三三八）
山陰や　誰よぶこどり　引板（ひた）の音　蕪村（2蕪村句集　二一八八）
年の市　誰を呼ぶらん　羽織どの　其角（6続猿蓑　三四一七）
杉の木の　たわみ見て居る　野分かな　子規（10獺祭句帖抄　六〇〇ぺ）
月にさへ　撓（たわ）む風情や　今年竹　盧鳳（8俳諧新選　一一八ぺ）
田に落ちて　田を落ちゆくや　秋の水　蕪村（2蕪村遺稿　六二五）
千刈の　田をかへすなり　難波人　一鷺（6続猿蓑　三〇五二）
夜の雪の　田をしろくしぬ　鴨のこゑ　秋桜子（9古鏡　一四五五）
里方の　田をなつかしみ　ちよと植ゑし　左衛門（9現代俳句集　〇八一九）
夕立や　田を見めぐりの　神ならば　其角（4五元集　〇八一七）
菊の露　手折らば花も　消えぬべし　樗良（8俳諧新選　一三四ぺ）

寒梅を　手折るひびきや　老が肘　蕪村（2 蕪村句集 二一五）
闇の香を　手折れば白し　梅の花　也有（5 蘿葉集 五〇五）
燕（つばくら）や　田ををりかへす　馬のあと　野童（6 続猿蓑 三〇一七）
枯野原　団子の茶屋も　なかりけり　子規（10 獺祭句帖抄 六六四ぺ）
花よりも　団子やありて　帰る雁　貞徳（5 犬子集 一一四）
何方（いづかた）も　団子侘しや　盆の月　翠如（8 俳諧新選 一二五ぺ）
秋の水　湛然として　日午（ご）なり　鳴雪（9 鳴雪俳句集 〇一五二）
秋風の　だんだん荒し　蘆の原　虚子（11 五百句 八四ぺ）
糸瓜（へちま）咲いて　痰のつまりし　仏かな　子規（4 絶筆 二二一二）
秋灯や　談は天下の　はかりごと　飄亭（9 飄亭句日記 〇一九四）
花見戻り　丹波の鬼の　すだく夜に　蕪村（2 蕪村遺稿 二一〇一）
山桜　丹波の風は　未（まだ）寒し　雅因（8 俳諧新選 一〇六ぺ）
春や祝ふ　丹波の鹿も　帰るとて　去来（6 炭俵 二三八九）
寂寞と　湯婆（たんぽ）に足を　そろへけり　水巴（9 定本水巴句集 〇五八二）
冷え尽くす　湯婆に足を　ちぢめけり　子規（10 獺祭句帖抄 六六一ぺ）
あたたかく　たんぽぽの花　茎の上　素逝（9 暦日 一八一四）
春老いて　たんぽぽの花　吹けば散る　子規（10 獺祭句帖抄 六〇六ぺ）
たらちめの　暖甫（たんぽ）や冷えん　鐘の声　鼠弾（6 あら野 九七二）
目さむるや　湯婆わづかに　暖かき　子規（10 獺祭句帖抄 六六一ぺ）
さればここに　談林の木あり　梅の花　宗因（5 談林十百韻 一一〇一）
蕎麦国の　たんを切りつつ　月見哉　一茶（3 おらが春 四七一ぺ）

ち

牡丹餅の　昼夜を分かつ　彼岸かな　子規（10 獺祭句帖抄 六四三ぺ）
能舞台　地裏に夏の　山入り来　虚子（13 六百五十句 二二九ぺ）
清水へ　ちかき御堂の　矢数かな　呉郷（8 俳諧新選 一一五ぺ）
小路行けば　ちかく聞こゆる　きぬた哉　蕪村（2 蕪村句集 二七四〇）
あつちから　近付き皃（がほ）の　燕かな　雅因（8 俳諧新選 一〇七ぺ）
静かにも　近づく火ある　夜振かな　枴童（9 枯蘆 〇八〇六）
湯をむすぶ　誓ひも同じ　石清水　芭蕉（1 曾良旅日記 四九二）
極楽の　ちか道いくつ　寒念仏　蕪村（2 蕪村句集 三三五〇）
麦刈りぬ　近道来ませ　法の杖　蕪村（2 蕪村句集 二二五六）
みよしのの　ちか道寒し　山ざくら　蕪村（2 蕪村句集 二二四三）
地蔵会や　ちか道を行く　祭り客　蕪村（2 蕪村遺稿 二七五一）
大凧に　近よる鳶も　なかりけり　子規（10 獺祭句帖抄 六四三ぺ）
涼風や　力一ぱい　きりぎりす　一茶（3 七番日記 三三五ぺ）
六尺も　力おとしや　五月あめ　其角（6 猿蓑 一七五八）
はげ山の　力及ばぬ　あつさかな　猿雖（6 炭俵 二五〇六）
山の端を　ちから皃なり　春の月　魯町（6 続猿蓑 三〇六六）
くらがりや　力がましき　ほととぎす　傘下（6 あら野 四〇三）
はる風に　ちからくらぶる　雲雀（ひばり）哉　野水（6 あら野 五七五）
とりつかぬ　力で浮かむ　かはづかな　丈草（5 鳥の道 三〇八）

白露の　力の程や　草のたけ　万翁（8俳諧新選　二二六ペ）
鳶の羽の　力見せ行く　野分哉　玉志（8俳諧新選　二三〇ペ）
しづかなる　力満ちゆき　螇蚸(はたはた)とぶ　楸邨（9山脈　二五八二）
押しもどす　力もない歟(か)　年のくれ　頤仙（8俳諧新選　一四六ペ）
山をぬく　力も折れて　松の雪　子葉（5沾徳随筆　四四〇）
五月雨の　力や雲を　うごかさず　心祇（8俳諧新選　一四六ペ）
竹の子の　力を誰に　たとふべき　凡兆（6猿蓑　一七三六）
今聞きて　直(ちき)に恋しや　時鳥　風状（7俳諧古選　二二五ペ）
波越えぬ　契りありてや　みさごの巣　曾良（4奥の細道　〇八六九）
露けさや　ちぎれて落ちし　小挑灯　孤桐（8俳諧新選　二二六ペ）
春水や　矗々(ちくちく)として　菖蒲の芽　虚子（11五百句　四四ペ）
雪散るや　千曲の川音　立ち来り　亜浪（9旅人　一〇五〇）
虫干や　地黒も主も　九十九髪(つくもがみ)　孤舟（8俳諧新選　二二二ペ）
世にちれど　地獄へ落ちぬ　木の葉哉　宗鑑（7俳諧古選　一九六ペ）
あま酒の　地獄もちかし　箱根山　蕪村（2蕪村句集　一〇六）
散るたびに　児(ちご)ぞ拾ひぬ　芥子の花　吉次（6あら野　六四〇）
鉾に出た　児によんべの　夢問はん　比松（8俳諧新選　二二三ペ）
花守や　児に折らせて　知らず顔　重頼（4藤枝集　〇〇九四）
隠してや　児の食はんと　杏かな　嘯山（8俳諧新選　一二三ペ）
つきたかと　児のぬき見る　さし木哉　舟泉（6あら野　五三一）
竹の子や　児の歯ぐきの　うつくしき　嵐雪（6炭俵　二五三八）
月鉾や　児の額の　薄粧　曾良（6猿蓑　一八〇一）

はつ蝶を　児の見出だす　笑ひ哉　柳風（6あら野　五八六）
美しの　児を抱きて　絵踏かな　挿雲（9ホ明34・3　〇三五七）
鶯や　地蔵かぞへて　肩の上　雁宕（8俳諧新選　一五三ペ）
つつぽりと　地蔵の顔も　枯野哉　翳風（8俳諧新選　一四七ペ）
工女等に　遅日めぐれる　機械かな　青峰（9青峰集　二二四九）
景清は　地主(ちしゅ)祭(まつ)りにも　七兵衛(しちびやうゑ)　太祇（8俳諧新選　一二三ペ）
百姓の　血筋の吾に　麦青む　素十（9初鴉　一五五一）
短夜や　乳ぜり泣く児を　須可捨焉乎(すてつちまおか)　しづの女（9颱　〇九六四）
鶯の　馳走に掃きし　かきね哉　一茶（3おらが春　四四〇ペ）
蕣(あさがほ)に　乳牛の乳　迸(ほとばし)る　松宇（9松宇家集　〇三〇七）
山番の　爺が祈りし　清水かな　一茶（3おらが春　四五〇ペ）
みのむしは　ちちとも啼くを　かたつぶり　蕪村（2蕪村遺稿　一五三七）
長月や　父に語らぬ　初寝覚め　春澄（7俳諧古選　二〇九ペ）
島々や　千々にくだきて　夏の海　芭蕉（1蕉翁全伝付録　五〇五）
牡丹折りし　父の怒りぞ　なつかしき　大魯（4蘆陰句選　一八三四）
機嫌よき　父の顔見ん　初鰹　珪琳（8俳諧新選　一四六ペ）
踊子や　父の好みも　何処(どこ)にやら　里由（8俳諧新選　一四八ペ）
知慧きざし　牛乳飲みつつも　雪を見る　誓子（9七曜　一四七七）
硯の中に　ちちはは見ゆる　合歓(ねむ)の花　楸邨（9まぼろしの鹿　二五八五）
むかしきけ　ちちぶ殿さへ　すまふとり　芭蕉（1芭蕉庵小文庫　九二六）
藻の花を　ちぢみ寄せたる　入江哉　残香（6続猿蓑　三一三三）
かたびらの　ちぢむや秋の　夕げしき　方生（6あら野　七一三）

婆々連れた　爺も来にけり　二の替　太祇（8俳諧新選 一二一ぺ）
蓑虫の　父よと鳴きて　母もなし　虚子（11五百句 一五ぺ）
子鼠の　ちちよと啼くや　夜半の秋　蕪村（2蕪村句集 一一五〇）
桑の実や　父を従へ　村娘　虚子（12五百五十句 三三二ぺ）
桜々　散つて佳人の　夢に入る　無腸（5続あけがらす 七八九）
かかる身を　散つて見せたる　桜かな　白芽（8俳諧新選 一〇九ぺ）
みそさざい　ちつといふても　日の暮れる　一茶（3文化句帖 三五九ぺ）
山鳥の　ちつとも寝ぬや　峰の月　宗比（6続猿蓑 三二二）
みそか月なし　千とせの杉を　抱くあらし　芭蕉（1野ざらし紀行 一七八）
弓始　千年のつるを　はる日哉　良保（5崑山集 六〇）
長き夜や　千年の後を　考へる　子規（10獺祭句帖抄 六五二ぺ）
かはほりや　鵆（ちどり）も通ふ　蔵やしき　荘丹（5能静草 八九四）
浦の春　ちどりも飛ばず　明けにけり　涼袋（5古今明題集 七二七）
冬牡丹　千鳥よ雪の　ほととぎす　芭蕉（1野ざらし紀行 一九七）
日当たりは　地に落ち付かぬ　しぐれ哉　風子（7俳諧古選 一八八ぺ）
たらたらと　地に落ちにじむ　紅さうび　虚子（13六百五十句 二一一ぺ）
クリスマス　地に来ちちはは　舟を漕ぐ　不死男（9街 二二六四）
ぼたぼたと　地に咲き揃ふ　椿かな　呉郷（8俳諧新選 一〇六ぺ）
はやぶさの　地にさす影か　風のきく　巴人（5夜半亭発句帖 五〇一）
いちじくの　地につく茂り　油照り　宋斤（9定本宋斤句集 一一九七）
どことなく　地にはふ蔦の　哀れ也　越水（6あら野 七四八）
うなゐ子が　地に引く髪や　若菜摘み　松宇（9松宇家集 〇三〇八）
初空や　地に水あれば　山の影　完来（5空華集 九一二）
名月や　地にも水にも　唯白し　太乙（8俳諧新選 一三〇ぺ）
天に星　地に夕顔の　黄昏（たそがれ）や　紫影（9かきね草 〇二三四）
勇気こそ　地の塩なれや　梅真白　草田男（9来し方行方 二五五〇）
ぎくぎくと　乳のむあかごや　春の潮　石鼎（9花影 〇七四五）
暗き夜に　地の利を捜る　照射（ともし）哉　它谷（8俳諧新選 一一六ぺ）
ふるさとの　茅の輪魯かに　立てりける　青畝（9甲子園 一五一七）
ぬけて行く　茅の輪の先や　夜の秋　青蘿（5青蘿発句集 八五二）
三日月に　地はおぼろ也　蕎麦の花　芭蕉（1浮世の北 七五四）
秋雨や　乳放れ馬の　旅に立つ　一茶（3七番日記 三四五ぺ）
去年（こぞ）の春　ちひさかりしが　芋の頭　元広（6あら野 四七二）
草の戸に　小さき蔵や　納豆汁　百万（8俳諧新選 一四五ぺ）
秋の雨　小さき角力（すまふ）　通りけり　一茶（3七番日記 三四五ぺ）
相撲取　小さき妻を　持ちてけり　子規（10獺祭句帖抄 六五三ぺ）
菫つめば　ちひさき春の　こころかな　暁台（5暁台句集 七六六）
菫程な　小さき人に　生まれたし　漱石（9正岡子規へ 〇一七八）
涼しさや　小さき舟の　振り回し　風叩（7俳諧古選 一七二ぺ）
鶯に　ちひさき藪も　捨てられじ　一笑（6あら野 五二〇）
裏門や　小さ輪飾　歯朶（しだ）勝に　子規（10獺祭句帖抄 六二二ぺ）
木がらしや　地びたに暮るる　辻諷（うた）ひ　一茶（3文化句帖 三五三ぺ）
てん長く　ち人誉むるや　秋の月　貞徳（4玉海集 〇〇四四）
月あらば　乳房にほはめ　雪をんな　徂春（9定本徂春句集 〇八〇一）

朝皃や　乳ぶさをはづす　蚊屋の内　麻兄（8俳諧新選 二二六ぺ）
門番の　持仏も浅し　けしの花　珍碩（7俳諧古選 一六六ぺ）
凩の　地迄落とさぬ　しぐれかな　去来（5いつを昔 三〇二）
下闇や　地虫ながらの　蟬の声　嵐雪（6猿蓑 一七八〇）
草萌えぬ　地もなし吾子　懐はぬ日も　露月（9露月句集 〇二二〇）
村々は　茶色に霞む　小春かな　涼袋（5六行会 七三一）
若楓　茶いろに成るも　一さかり　曲水（6猿蓑 一七二三）
紫陽花(あぢさゐ)に　寵衰へて　歌名あり　青嵐（9水田青嵐句集 〇八八七）
たんぽぽや　長江(ちやうかう)濁る　とこしなへ　青邨（9雪国 一六〇六）
昼間から　錠さす門の　落葉かな　荷風（9荷風句集 一一六六）
蟾蜍(ひきがへる)　長子(ちやうし)家去る　由もなし　草田男（9長子 二二五四三）
君が代や　調子のそろふ　落とし水　子規（9寒山落木巻一 〇〇一六）
寒食(かんじき)や　長者の夜の　仕拵(こしら)へ　赤羽（8俳諧新選 一〇七ぺ）
夜桑摘む　提灯高き　垣根かな　蚋魚（9山鳩大7・7 〇八四六）
草に置いて　提灯ともす　蛙かな　虚子（11五百句 二四ぺ）
水鳥や　ちやうちんひとつ　城を出る　蕪村（2蕪村遺稿 七一二）
梅天と　長汀とあり　うまし国　青畝（9国原 一五一三）
井戸にさへ　錠のかかりし　寒さ哉　一茶（3享和句帖 三五七ぺ）
この木戸や　鎖のさされて　冬の月　其角（6猿蓑 一六七一）
一人と　帳面につく　寒さかな　一茶（3寂砂子 三五七ぺ）
一(ひと)長屋　錠をおろして　踊り哉　其角（7俳諧古選 一七八ぺ）
松吹くや　茶釜のたぎり　諫鼓鳥(かんこどり)　調和（4富士石 〇二二六）

古庭に　茶筌花咲く　椿哉　蕪村（2蕪村句集 四二八）
元朝も　茶漬けくふとて　名はたてそ　団水（5元禄四歳旦 二三四）
山畑の　茶つみぞかざす　夕日かな　重五（6波留濃日 三二四）
木がくれて　茶摘も聞くや　ほととぎす　芭蕉（1炭俵 八四〇）
くるしさも　茶にはかつゑぬ　盆の旅　曾良（6続猿蓑 三四七四）
鯨とれて　茶にも酒にも　油哉　之房（8俳諧新選 一四三ぺ）
春の日や　茶の木の中の　小室節　正秀（6続猿蓑 三〇八三）
鶯や　茶の木畑の　朝月夜　丈草（5浮世の北 三〇六）
稲すずめ　茶の木畠や　逃げ処　芭蕉（1真蹟懐紙 七一一）
百姓の　茶の濃いうちや　桃の花　沾徳（7俳諧古選 一五四ぺ）
五つむつ　茶の子にならぶ　囲炉裏哉　芭蕉（1茶のさうし 四四六）
みのむしの　茶の花ゆゑに　折られける　猿雖（6猿蓑 一六四〇）
谷川や　茶袋そそぐ　秋のくれ　益音（6あら野 七三九）
あたらしき　茶袋ひとつ　冬籠り　荷兮（6波留濃日 三五八）
かしこくも　茶店出しけり　夏木立　蕪村（2蕪村遺稿 五六四）
あなたふと　茶もだぶだぶと　十夜哉　蕪村（2蕪村句集 二九四）
しがらきや　茶山しに行く　夫婦(めをと)づれ　正秀（6猿蓑 一七六〇）
梅でのむ　茶屋も有るべし　死出の山　子葉（5類柑子 四三七）
白粥の　茶碗くまなし　初日影　丈草（4柿表紙 〇九九〇）
摘みけんや　茶を凩の　秋ともしらで　芭蕉（1東日記 一三一）
しばの戸に　ちやをこの葉かく　あらし哉　芭蕉（1続深川集 一二三）
人形に　茶をはこばせて　門涼み　一茶（3おらが春 四四二ぺ）

小屏風に　茶を挽きかかる　寒さ哉　斜嶺（6続猿蓑　三四三〇）
京にさへ　茶をもむ人は　もみにけり　松春（7俳諧古選　一六二ぺ）
目出度さも　ちゆう位也　おらが春　一茶（3おらが春　四三四ぺ）
遠騎の　重地に入るや　閑居鳥　子曳（8俳諧新選　一一五ぺ）
麦蒔や　住持は日和　誉めに出る　夏友（8俳諧新選　一四五ぺ）
腰かけて　中に涼しき　階子(はしご)哉　洒堂（6続猿蓑　三一五四）
秋たつや　中に吹かるる　雲の峰　左次（6続猿蓑　三二四三）
目下にも　中の詞や　年の時宜　孤屋（6炭俵　二三九四）
白雨(ゆふだち)や　中戻りして　蟬の声　正秀（6続猿蓑　三一八四）
扇風機　重役椅子に　給仕ゐて　圭岳（9太白星　一一九二）
夏川や　中流にして　かへり見る　子規（10獺祭句帖抄　六四八ぺ）
蟻地獄　ゝ(ちゆ)とゐる蠅に　よろこばず　青畝（9国原　一四九九）
牛島を　猪牙(ちよき)で行く夜や　銀(あま)の河　不白（5不白翁句集　八六三）
ほととぎす　猪牙の布団の　朝じめり　抱一（5屠竜之技　九九一）
衣更着や　ちよつちよつと門が　見たうなる　轍士（5真蹟短冊　一九六）
猫の子の　ちよつと押さへる　木の葉哉　一茶（3八番日記　三五七ぺ）
鶴の子の　千代も一日　はやへりぬ　一茶（3株番　三六二ぺ）
菜屑など　散らかしておけば　鷦鷯(みそさざい)　子規（10獺祭句帖抄　六六六ぺ）
鑓(やり)梅(うめ)の　散らしかかれる　こだちかな　徳元（4犬子集　〇〇七〇）
夕だちや　ちらしかけたる　竹の皮　暁鳥（6続猿蓑　三一八二）
一もとは　ちらで夜明けぬ　けしの花　大魯（5蘆陰句選　八二一）
ちる迄も　ちらぬけしきを　椿かな　且栖（7俳諧古選　一五五ぺ）

しら菊の　ちらぬぞ少し　口をしき　昌碧（6あら野　七六〇）
花鳥や　ちらば鳴子の　独りぼし　菊峰（7俳諧古選　一五三ぺ）
雪ちらり　ちらり見事な　月夜哉　一茶（3文政句帖　三五四ぺ）
ころもがへ　塵打ち払ふ　朱の沓　蕪村（2蕪村遺稿　一〇五〇）
身に更に　ちりかかる花や　下り坂　蕪村（2蕪村遺稿　二一〇二）
やや寒み　ちりけ打たする　温泉(いでゆ)かな　子規（10獺祭句帖抄　六五一ぺ）
梨の花　散りけり原の　山おろし　羅嵐（8俳諧新選　一五二ぺ）
福わらや　塵さへ今朝の　うつくしき　千代女（5千代尼句集　五一二）
けし畑や　散りしづまりて　仏在世(ぶつざいせ)　乙州（6続猿蓑　三四五九）
まだきとも　散りしとも見ゆれ　山ざくら　蕪村（2蕪村句集　一九八三）
野の梅の　ちりしほ寒き　二月哉　尚白（6猿蓑　一九二二）
銀杏に　ちりぢりの空　暮れにけり　不器男（9定本不器男句集　一七〇八）
冷汁に　散りてもよしや　花の陰　胡及（6あら野　三七三）
狗背(ぜんまい)の　塵にえらるる　わらびかな　嵐雪（6猿蓑　一九三六）
六日には　塵の部に入る　菖蒲(あやめ)哉　悟夕（7俳諧古選　一六三ぺ）
毛氈(もうせん)に　ちりまどはせる　つつじ哉　多少（8俳諧新選　一一〇ぺ）
正月や　塵も落とさぬ　佗籠り　寸七翁（9現代俳句集　〇八八一）
行く水に　塵も氷の　やどり哉　大圭（7俳諧古選　一二三ぺ）
仮の家の　塵を掃き取る　うちは哉　蕪村（2蕪村遺稿　一一三四）
叩きては　塵を吹きやる　団扇かな　文誰（8俳諧新選　一一九ぺ）
山吹も　散るか祭りの　鱶(ふか)なます　洒堂（6続猿蓑　三〇六三）
鶏頭の　散る事しらぬ　日数哉　至暁（6続猿蓑　三二五四）

二日月　ちるべき桐の　かかへたり　千仭（8俳諧新選 二二四ペ）
一時に　ちる身で梅の　座論かな　来山（7俳諧古選 一四九ペ）
秋風に　ちるや卒都婆（そとば）の　鉋（かんな）屑　蕪村（2蕪村遺稿 二五二一）
ももの花　ちるや任口　去りて後　蕪村（2蕪村遺稿 一〇三八）
紅梅の　ちるや童の　紙づつみ　太祇（8俳諧新選 一〇二ペ）
やまざくら　ちるや小川の　水車　智月（6炭俵 二四四）
咲くをほめ　散るを誉めたる　桜かな　竹友（8俳諧新選 一四八ペ）
人はなど　散るを見て居ぬ　けしの花　萍水（7俳諧古選 一七〇ペ）
夕立や　知恵さまざまの　かぶり物　乙由（7俳諧古選 二〇九ペ）
木々の芽や　地を動かして　杭（くひ）を打つ　月舟（9進むべき道 〇六九五）
相蚊屋の　乳をはなれ鳴く　別れかな　似春（4宗因七百韻 〇二〇五）
霜をふんで　ちんば引くまで　送りけり　芭蕉（1茶のさうし 一〇八）
沙（すな）熱し　沈黙世界　影あるき　楸邨（9死の塔 二五八六）

つ

うき沈み　つい蛙とぞ　成りにける　雎音（8俳諧新選 一〇五ペ）
にべもなく　ついたつ蟬や　旅の宿　野径（6続猿蓑 三四七〇）
松の雨　ついついと吸ひ　蟻地獄　虚子（12五百五十句 九二ペ）
急度使者　ついて紀国　みかん哉　孤桐（8俳諧新選 一三三ペ）
けふの日や　ついでに洗ふ　仏達　荷兮（6あら野 八三四）
蜂一つ　ついてゐたりし　干菜かな　禅寺洞（9禅寺洞句集 二二九六）
あばれ蚊の　ついと古井に　忍びけり　一茶（3おらが春 四六五ペ）
七夕や　対の娘に　対の竹　太祇（8俳諧新選 二二四ペ）
京の水　遣うて嬉し　冬ごもり　太祇（8俳諧新選 一四〇ペ）
おのづから　頭が下がるなり　神路山　一茶（3文政版発句集 三六二ペ）
敦盛の　塚に桜も　なかりけり　子規（10獺祭句帖抄 六二六ペ）
何の気も　つかぬに土手の　菫哉　忠知（6あら野 五九〇）
日頃気の　付かぬ松有り　揚灯籠　湖春（7俳諧古選 一七四ペ）
雁（かりがね）の　束の間に蕎麦　刈られけり　波郷（9雨覆 二六三九）
寒声の　遣ひ余りや　寝言にも　文水（8俳諧新選 一四五ペ）
あはれ鵜を　使ひて見せよ　鵜匠達　零余子（9零余子句集二 〇六七七）
雉の声　つかへる空や　雨ぐもり　孤桐（8俳諧新選 一〇四ペ）
蝶々や　つかみ合ひつつ　吹かれ行く　嘯山（8俳諧新選 一〇八ペ）
隠者或る日　つかみ出だして　袷哉　大夢（8俳諧新選 一四九ペ）
鬼灯（ほほづき）や　つかみ出したる　袖土産　太祇（8俳諧新選 二二八ペ）
秋風を　つかみ分けたる　田植かな　明五（8俳諧新選 一一六ペ）
竜の玉　つかむ牡丹の　苔かな　五明（4五明集 二一一〇）
鎧着て　疲れためさん　土用干　去来（4続虚栗 〇九五四）
兼平の　塚を案山子（かかし）の　矢先かな　子規（10獺祭句帖抄 六三五ペ）
すそ野暑く　頭寒足熱　富士の雪　貞徳（4崑山集 〇〇四〇）
十四日　月明らかに　君は逝く　虚子（14七百五十句 一〇九ペ）
露おきて　月入るあとや　塀のやね　馬莧（6続猿蓑 三二三一）
四五人に　月落ちかかる　をどり哉　蕪村（2蕪村句集 一三七）

渺々（べうべう）と　月陰もなき　かれ野かな　雷車（8俳諧新選 二三七ペ）
扨（さて）はあの　月が啼いたか　ほととぎす　藻風（7俳諧古選 一七一ペ）
日和見て　つぎ木の花の　開きけん　之房（8俳諧新選 一〇四ペ）
稲妻に　突きこかさるる　女かな　麻兄（8俳諧新選 一二五ペ）
新涼の　月こそかかれ　槙　柱　虚子（11五百五句 二ペ）
鎖あけて　月さし入れよ　浮み堂　芭蕉（1笈日記 七〇八）
沖を出る　月さし来るや　蘆の下　作者不明（8俳諧新選 一五三ペ）
耳塚に　月ぞかかれる　ほととぎす　露吹（8俳諧新選 一一四ペ）
糸瓜（へちま）忌や　付添つれて　一作者　寸七翁（9現代俳句集 〇八八四）
小鮎汲み　月黄昏（たそがれ）に　もどりけり　臨風（9帝国明33・3 〇三一七）
谷水の　尽きてこがるる　もみぢ哉　蕪村（2蕪村句集 二七五三）
白樺に　月照りつつも　馬柵の霧　秋桜子（9葛飾 一四二七）
かくれ家や　月と菊とに　田三反　芭蕉（1笈日記 五七〇）
つつみかねて　月とり落とす　霽（しぐれ）かな　杜国（6冬の日 七三）
長き夜を　月取る猿の　思案かな　子規（10獺祭句帖抄 六三四ペ）
日をさます　月なき宵の　暑さ哉　楼川（8俳諧新選 一二〇ペ）
向日葵の　月に遊ぶや　漁師達　普羅（9普羅句集 〇七二七）
冬こだち　月にあはれを　わすれたり　蕪村（2蕪村句集 九九七）
傘持は　月におくるる　姿　也　其角（7俳諧古選 二〇一ペ）
豆の蔓　月にさ迷ふ　如くなり　虚子（13六百五十句 一七七ペ）
獺（かはうそ）の　月になく音や　崩れ簗　蕪村（2蕪村遺稿 一七九四）
我が影や　月になほ啼く　猫の恋　探丸（6続猿蓑 三〇四一）

人影や　月になりゆく　夕　桜　抱一（4屠竜之技 二一三六）
あまり明かき　月に寝惜しむ　女かな　虚子（13六百五十句 一八一ペ）
梨の花　月に書（ふみ）よむ　女あり　蕪村（2蕪村句集 五〇四）
さし足も　月に目あらば　恥づかしや　山川（7俳諧古選 二〇六ペ）
瓜小家の　月にやおはす　隠君子（いんくんし）　蕪村（2蕪村句集 五七八）
待つ宵の　月に床しや　定飛脚（ぢやうびきやく）　景桃（6続猿蓑 三二九）
暈召した　月に夜田刈る　男かな　習先（8俳諧新選 一三三ペ）
船の名の　月に読まるる　港かな　草城（4花氷 二七〇七）
おやぢのいひけむ　月のあはれなるは　十　夜　自悦（5空林風葉 一三三）
餅搗や　月の兎に　覗かるる　柳居（8俳諧新選 一四四ペ）
うき雲も　月のえにしぞ　憎むまじ　為允（8俳諧新選 一三〇ペ）
見る中に　月の影減る　落葉哉　素園（8俳諧新選 一三六ペ）
借上に　月の欠けるを　目利かな　一茶（3おらが春 四七〇ペ）
萩の昼　月の句も一つ　袋かな　子規（10獺祭句帖抄 六五七ペ）
暮れいかに　月の気もなし　海の果て　荷兮（6あら野 四三一）
花の如く　月の如くに　もてなさん　虚子（12五百五十句 二九ペ）
目の先へ　月のこぼるる　落葉哉　李流（8俳諧新選 一三六ペ）
しら露や　月のこぼるる　砂の上　富水（8俳諧新選 一二六ペ）
三井寺や　月の詩つくる　踏み落とし　蕪村（2蕪村遺稿 二〇八一）
卯の花や　月の白さは　明けて行く　梅宇（8俳諧新選 一四八ペ）
なつかしき　月の栖や　大三十日　移竹（7俳諧古選 二一六ペ）
妻かりし　月の団蔵　七代目　虚子（12六百句 二〇二ペ）

障子ごし　月のなびかす　柳かな　素龍（6炭俵二四二一）
雨晴れて　月のぬれ行く　わかばかな　孤桐（8俳諧新選一一四ペ）
美しき　月の光や　異国まで　芋秀（8俳諧新選一五二ペ）
呵（しか）られて　次の間へ出る　寒さ哉　支考（5蓮二吟集三七二）
ふるさとの　月の港を　よぎるのみ　虚子（9五百句〇〇九二）
武蔵野の　月の山端や　時鳥　三千風（5日本行脚文集一五七）
行灯を　月の夜にせん　ほととぎす　嵐雪（6炭俵二四八五）
武蔵野の　月の若ばへや　松島種　芭蕉（1松島眺望集一四八）
やや有りて　月の居所　かはりたり　嘯雨（8俳諧新選二二九ペ）
虫の音や　月ははつかに　書の小口　白雄（5白雄句集八三九）
なの花や　月は東に　日は西に　蕪村（2蕪村句集一一〇二）
更級の　月は二人に　見られけり　荷兮（6あら野九三六）
庭に寝て　月孕む雲　怖ろしき　青嵐（9永田青嵐句集〇八九四）
寝た間にも　月日の移る　氷哉　沙月（8俳諧新選一四三ペ）
それ程に　月日のたたぬ　暑さ哉　貝錦（8俳諧新選二一〇ペ）
早う寝て　次へ譲りし　こたつ哉　季遊（8俳諧新選一三八ペ）
蔦かづら　月まだたらぬ　梢哉　里東（6続猿蓑三二三二）
いものはや　月待つさとの　焼けばたけ　芭蕉（1鹿島詣三一〇）
這ひ出ても　付きまとふ家や　蝸牛（かたつぶり）　才之（8俳諧新選一一五ペ）
場（には）に居て　月見ながらや　筵（むしろ）機（ばた）　利合（6続猿蓑三二二四）
武蔵野の　月見に当は　なかりけり　覚邦（8俳諧新選一三〇ペ）
あさむつや　月見の旅の　明けばなれ　芭蕉（1其袋五五四）

古庭に　月みむとての　溥かな　祇明（4かなあぶら一一六八）
それがしも　月見る中の　独りかな　湍水（6あら野四〇九）
冬庭や　月もいとなる　むしの吟　芭蕉（1伝土芳筆全伝五八八）
弓張の　月も落ちたり　関（せき）角力（ずまふ）　蘭交（8俳諧新選一四八ペ）
大旱の　月も湖水を　吸ふと見ゆ　蝶衣（9蝶衣句稿〇五六六）
松にすめ　月も三五夜　中納言　貞室（5玉海三七）
其のままよ　月もたのまじ　伊吹山　芭蕉（1真蹟懐紙五七二）
稲妻や　月も出て居て　雲奇なり　鼠骨（9新俳句〇二五七）
欠（かけ）々（かけ）て　月もなくなる　夜寒哉　蕪村（2蕪村句集六〇四）
人の世は　月もなやませ　給ひけり　一茶（3おらが春四七〇ペ）
水鳥の　月も濁さず　游（およ）ぐ也　習先（8俳諧新選一四一ペ）
すずしさに　月も睡る歟（か）　水の中　柳水（8俳諧新選一一九ペ）
ある僧の　月も待たずに　帰りけり　子規（9俳句稿巻一〇〇〇二）
かかる夜の　月も見にけり　野辺送り　去来（6猿蓑一八五二）
萩の戸の　月や雲井へ　雲井より　卯雲（8俳諧新選二二七ペ）
しばのとの　月やそのまま　あみだ坊　芭蕉（1真蹟懐紙九二五）
朝ごみや　月雪うすき　酒の味　其角（6続猿蓑三三八九）
から花に　月雪こぼす　扉哉　嵐雪（7俳諧古選二〇〇ペ）
ふく中を　つき行く鷹の　習（なら）ひ風かな　篤羽（8俳諧新選一四一ペ）
雲に明けて　月夜あとなし　秋の風　水巴（9定本水巴句集〇五八〇）
秋はものの　月夜鳥は　いつも鳴く　鬼貫（4仏兄七久留万〇二六七）
けしからぬ　月夜となりし　みぞれ哉　一茶（3享和句帖三五三ペ）

四五人の　月夜となりぬ　梅若忌　龍雨（9龍雨句集 一一五四）
坂下りて　月夜も闇し　鴫の声　諸九（5諸九尼句集 五二五）
水一筋　月よりうつす　桂河　蕪村（2蕪村句集 一四七五）
人数は　月より先へ　欠けにけり　一茶（3おらが春 四七〇ぺ）
侘びてすめ　月侘斎が　なら茶歌　芭蕉（1武蔵曲 一三八）
翌（あす）の夜の　月を請け合ふ　爺（おやぢ）哉　一茶（3だん袋 三四五ぺ）
自由さや　月を追ひ行く　置火燵　洞木（6続猿蓑 三三八七）
黛（まゆずみ）に　月を定めん　けふの雛　龍眠（8俳諧新選 一五七ぺ）
むつかしと　月を見る日は　火も焼（た）かじ　荷兮（6あら野 四二四）
涼風に　月をも添へて　五文哉　一茶（3七番日記 三三五ぺ）
三輪の田に　頭巾着てゐる　かがし哉　蕪村（2蕪村句集 二五四三）
順風也　頭巾御免と　立ちわかる　宋屋（8俳諧新選 一四九ぺ）
山里や　頭巾取るべき　人もなし　観水（7俳諧古選 一八七ぺ）
私語（さゝめごと）　頭巾にかづく　羽織哉　蕪村（2蕪村句集 一一八七）
つくづくし　頭巾にたまる　ひとつより　青江（6あら野 五四五）
色々の　頭巾の果てや　丸頭巾　柳居（7俳諧古選 一九三ぺ）
みどり子の　頭巾眉深き　いとほしみ　蕪村（2蕪村句集 六六〇）
身の闇の　頭巾も通る　月見かな　蕪村（2蕪村句集 一一七一）
闇の夜に　頭巾を落とす　うき身哉　蕪村（2蕪村遺稿 六六一）
学びする　机の上の　かやり哉　蕪村（2蕪村遺稿 八八二）
春の夜や　机の上の　肱まくら　虚子（11五百句 一六ぺ）
灯（ひ）の冴ゆる　机の上の　夜半かな　四万太（9春夏秋冬 〇二〇二）
春寒や　机の下の　おきこたつ　梓月（9藤村机の裏書き 〇三六九）
蚊こそしれ　机の下の　膝がしら　一兎（8俳諧新選 一一八ぺ）
花冷や　机の下の　膝小僧　三允（9中野三允句集 〇三三三）
太郎月に　つぐ紅梅や　次郎君　季吟（4独琴 〇一二三）
蠅打ちて　つくさんとおもふ　こころかな　成美（5成美家集 九二九）
墓一塊　土筆長（た）けなば　かくれなむ　青邨（9露団々 一六一一）
春のくれ　つくしの人と　別れけり　蕪村（2蕪村遺稿 一一〇五）
あれにける　償ひもなく　秋ぞ行く　斗吟（8俳諧新選 一三五ぺ）
後の月　つくねんとして　庵にあり　子規（10獺祭句帖抄 六五四ぺ）
順礼の　着く旅籠屋の　あつさ哉　麗白（8俳諧新選 一二〇ぺ）
わか竹や　筑波に雲の　かかる時　宋阿（8俳諧新選 一一八ぺ）
赤蜻蛉　筑波に雲も　なかりけり　子規（10獺祭句帖抄 六一六ぺ）
かびたんも　つくばはせけり　君が春　芭蕉（1江戸通町 九〇）
短日の　つくばひ乾き　切りゐたり　白水郎（9散木集 一〇八一）
君が代や　筑摩（つくま）祭も　鍋一つ　越人（6猿蓑 一七四一）
一色（ひといろ）や　作らぬ菊の　はなざかり　暁鼯（6あら野 七六二）
痩藪や　作りたふれの　軒の梅　千那（6猿蓑 一八八八）
樹作りの　作り作りや　衣更　巴江（7俳諧古選 二二八ぺ）
尽くさずも　作りなしたり　雛の皃（かほ）　之房（8俳諧新選 一〇九ぺ）
鳴く声の　つくろひもなき　うづら哉　鼠弾（6あら野 八八八）
芭蕉破れて　繕ふべくも　あらぬかな　子規（10獺祭句帖抄 六三八ぺ）
我が道を　付けしよ壁の　蛞蝓（なめくじり）　半魯（8俳諧新選 一五〇ぺ）

目も鼻も　つけて清水を　むさぼりぬ　別天楼（9野老一一八四）
雪に道理　付けて寝にけり　疝気持　孤舟（8俳諧新選一四三ぺ）
頬骨逞しく　灯けては灯籠　流しけり　月舟（9准むべき道〇六九九）
角力（すまひ）取　つげの小櫛を　かりの宿　蕪村（2蕪村遺稿二五四一）
秋の暮　辻の地蔵に　油さす　蕪村（2蕪村句集二七〇四）
葉から葉へ　伝うて涼し　竹の雨　羽幸（8俳諧新選二二一ぺ）
かなぐりて　蔦さへ霜の　塩木哉　千閣（6あら野七六六）
苔埋む　蔦のうつつの　念仏哉　芭蕉（1花の市一九二）
あら壁に　蔦の始めや　かざり縄　乙由（7俳諧古選一五五ぺ）
朝霜や　蔦の細炉地　敷松葉　似春（4江戸弁慶〇二〇六）
降る雨を　つたふて下りる　雲雀（ひばり）かな　之房（8俳諧新選一〇四ぺ）
扉の隙や　土三尺の　秋の雨　久女（9杉田久女句集〇九五四）
つばくらは　土で家する　木曾路哉　猿雖（6続猿蓑三四七五）
夕暮れや　土とかたれば　ちる木の葉　一茶（3七番日記三五七ぺ）
ほうろくの　土とる跡は　菫かな　野水（6あら野五九二）
日の本の　土に合ひたる　さくらかな　古鳳（8俳諧新選一四八ぺ）
様見えて　土になりゐる　落葉かな　東洋城（9東洋城全句上〇三九九）
遅き日や　土に腹つく　犬の伸び　嘯山（5律亭句集七二〇）
霜の鶴　土にふとんも　被されず　其角（4五元集〇八〇〇）
昨日置いた　土にもめづら　霜ばしら　茶雷（8俳諧新選一三九ぺ）
去年（こぞ）の巣の　土ぬり直す　燕かな　俊似（6あら野六〇四）
うぐひすや　土のこぼるる　岸に啼く　涼袋（5古今明題集七二九）
凍りたる　土の日なたの　はかになし　素逝（9暦日一八二二）
井堰うつ　槌のひびきや　夏木立　雅因（8俳諧新選一一四ぺ）
春雨や　土の笑ひも　野に余り　千代女（5千代尼句集五一三）
かげろふや　土もこなさぬ　あらおこし　百歳（6猿蓑一九三〇）
石地蔵　筒一ぱいの　つつじかな　嘯山（8俳諧新選一一〇ぺ）
地に下りて　啄（つつ）かぬ至りや　杜宇（ほととぎす）　龍眠（8俳諧新選一一四ぺ）
墓原の　つづきや寺の　蕎麦畠　子規（10獺祭句帖抄六一七ぺ）
みぞるるや　続く暗礁（いくり）の　さらし波　青峰（9海光二二六一）
湖に　つづくと思ふ　雪間かな　素十（9野花集一五五四）
きつたり此の　つつけりかな蘭　秀づる花　宗因（4俳諧太平記〇一六三）
蛸壺に　つつじ入りけり　須磨の宿　桃葉（8俳諧新選一四八ぺ）
大原や　つつじが中に　蔵建てて　蕪村（2蕪村遺稿二六四五）
灌仏や　つつじならぶる　井戸のやね　曲翠（6続猿蓑三四四三）
雉の尾の　つつじにさはる　長さ哉　子規（9俳句稿巻一〇〇五一）
掘りおこす　つつじの株や　蟻のより　雪芝（6続猿蓑三〇六四）
干鱈（ひだら）やく　つつじの柴や　燃えんとす　几董（4井華集一八四二）
散り残る　つつじの蘂（しべ）や　二三本　子珊（6炭俵二四六三）
艶なるや　つつじの炭に　火がうつる　青々（9鳥の巣〇四七六）
蒟蒻（こんにゃく）に　つつじの名あれ　太山寺　子規（10獺祭句帖抄五九九ぺ）
秋たまたま　つつじ花咲く　志賀の里　蕪村（2蕪村遺稿一四五八）
旅人の　つつじ引き抜く　山路かな　子規（10獺祭句帖抄六四五ぺ）
山鳥や　躑躅（つつじ）よけ行く　尾のひねり　探丸（6猿蓑一九九一）

虻（あぶ）澄みて　つつと移りて　又澄みぬ　虚子（12六百句　一六五ぺ）
チチポポと　鼓打たうよ　花月夜　たかし（9鷹　一六六三）
月に名を　包みかねてや　いもの神　芭蕉（1ひるねの種　五五六）
髦（けごろも）に　つつみてぬくし　鴨の足　芭蕉（1続猿蓑　八一五）
大寺を　包みてわめく　木の芽かな　虚子（11五百句　三五ぺ）
名月や　鼓の声と　犬のこゑ　二水（6あら野　四二二）
うぐひすや　堤をくだる　竹の中　蕪村（2蕪村遺稿　二二三）
膝節（ひざぶし）を　つつめど出づる　さむさ哉　塩車（6あら野　八一九）
うづみ火や　包めど出づる　膝がしら　蝶夢（4草根発句集　一七〇三）
谷水を　包んでこぼす　紅葉哉　麦水（5葛箒　七四三）
二三軒　つと入りし行く　旅の人　蕪村（2蕪村遺稿　一七五〇）
馬買ひて　繋いで見たる　柳かな　菜根（8俳諧新選　一〇五ぺ）
綱立つて　綱が噂の　雨夜哉　其角（7俳諧古選　二〇一ぺ）
春雨や　綱が袂に　小挑灯　蕪村（2蕪村句集　四三四）
恋猫や　つながれて居る　そぞろ声　之房（8俳諧新選　一〇二ぺ）
飼犬の　綱にまつはる　なるこかな　維駒（8俳諧新選　二二八ぺ）
曳舟の　綱にゆきあひ　蓬摘む　村家（9同人句集　〇七九四）
井戸替の　綱曳きに出る　長屋哉　麦人（9俳諧新潮　〇三三九）
羽織着て　綱もきく夜や　河ちどり　蕪村（2蕪村句集　二七〇）
ふるき名の　角鹿（つぬが）や恋し　秋の月　芭蕉（1荊口句帳　五六四）
魂祭り　常好（この）まれし　物や何　子一（8俳諧新選　二二五ぺ）
松とりて　常の旭（あさひ）と　なりにけり　不角（5続の原　四六一）

みのむしや　常のなりにて　涅槃像　野水（6猿蓑　一九三八）
年越や　常も苫屋（とまや）の　灯（ひ）は有れど　軽舟（7俳諧古選　一九三ぺ）
はなの山　常折りくぶる　枝もなし　一井（6あら野　三六九）
寝覚めた歟（か）　角有りたけの　蝸牛（かたつぶり）　田福（8俳諧新選　二一五ぺ）
有つてなき　角面白や　蝸牛　露川（7俳諧古選　二六八ぺ）
我等蝸牛（でで むし）　角がすつべり　肉で候ふ　嘯山（8俳諧新選　二五六ぺ）
蝸牛　角のゆらめく　機嫌哉　尺布（8俳諧新選　二一五ぺ）
蝸牛　つの引く藤の　そよぎかな　水鷗（6続猿蓑　三一九八）
かたつぶり　角ふりわけよ　須磨明石　芭蕉（1猿蓑　三九〇）
鹿寒し　角も身に添ふ　枯木哉　蕪村（2蕪村句集　七九三）
見すまして　角を出しけり　蝸牛　士髪（8俳諧新選　二一五ぺ）
窓外に　椿ある故　淋しからず　虚子（14七百五十句　四九ぺ）
無為（あぢきな）や　椿落ちうづむ　にはたづみ　蕪村（2蕪村句集　一〇九二）
鉢植の　椿落ちけり　鉢の中　子規（10獺祭句帖抄　六四五ぺ）
落ちつみし　椿がうへを　春の雨　青蘿（5青蘿発句集　八四六）
春雨や　椿崩るる　塀の雨　周蛇（8俳諧新選　一〇三ぺ）
ほたほたと　椿の落つる　朧月　団水（7俳諧古選　一五一ぺ）
村中に　椿の塵の　殖えにけり　たかし（9鷹　一六七一）
葉にそむく　椿や花の　よそ心　芭蕉（1放鳥集　九四九）
侘びつつも　椿をながめ　落としけり　瓜流（8俳諧新選　一五五ぺ）
一枝の　椿を見むと　故郷に　石鼎（9定本石鼎句集　〇七六〇）
里の子が　燕（つばくら）握る　早苗かな　支考（6続猿蓑　三一四五）

町空の　つばくらめのみ　新しや　草田男（9長子 二五四六）
とまりても　翅は動く　胡蝶かな　柳梅（6続猿蓑 三〇四四）
雲に乗る　翼や出来て　いかのぼり　盧元坊（5藤の首途 四七〇）
枯野哉　つばなの時の　女櫛　西鶴（5渡し船 一一七）
破れ葉の　石蕗（つは）に頬（つら）出す　鼬（いたち）哉　調柳（7俳諧古選 二〇二ぺ）
夏帽や　鍔広ければ　風を負ひ　余子（9介子句抄 〇四四六）
馬かりて　燕追ひ行く　わかれかな　北枝（4卯辰集 一〇七〇）
一番に　乙鳥（つばめ）のくぐる　ちのわ哉　一茶（3七番日記 三四〇ぺ）
身を遣ふ　燕の産の　安さかな　麦翅（8俳諧新選 一五九ぺ）
夏草や　兵（つはもの）共が　ゆめの跡　芭蕉（1猿蓑 五〇六）
足洗うて　つひ明け安き　丸寝かな　芭蕉（1真蹟拾遺 三九三）
枯菊の　終に刈られぬ　妹が手に　松浜（9白菊 〇五五四）
旅の旅　つひに宗祇の　時雨哉　素堂（5枯尾花 二四九）
石台を　終にねこぎや　唐がらし　野坡（6炭俵 二五七七）
山姥（やまんば）と　終には名にや　たつ田姫　立圃（7俳諧古選 一七四ぺ）
埋み火や　つひには煮ゆる　鍋の物　蕪村（2蕪村句集 六七六）
夏月や　終に焼けざる　寺の縁　嘯山（8俳諧新選 一九ぺ）
蛤の　つひのけぶりや　冬時雨　一茶（3七番日記 三五二ぺ）
是がまあ　つひの栖か　雪五尺　一茶（3句稿消息 三五五ぺ）
鮨鮒や　終は五輪の　下紅葉　高政（4誹諧師手鑑 〇一九六）
いづこより　礫（つぶて）打ちけむ　夏木立　蕪村（2蕪村句集 五六二）
一（ひと）時雨　礫や降つて　小石川　芭蕉（1江戸広小路 八四）

海鼠腸（このわた）の　壺埋めたき　氷室哉　利重（6あら野 八一七）
紅梅の　つぼみいよいよ　けはしけれ　素逝（9暦日 一八二一）
朝顔の　莟かぞへむ　薄月夜　田上尼（6続猿蓑 三二五九）
石釣りて　つぼみたる梅　折りしけり　玄察（6あら野 五〇九）
寒梅や　莟で待てる　日の覓み　赤羽（8俳諧新選 一四四ぺ）
河骨（かうほね）の　蕾乏しき　流れかな　子規（10獺祭句帖抄 六三二ぺ）
是程の　莟にけしの　一重かな　斗吟（8俳諧新選 一一三ぺ）
水仙の　莟に星の　露を孕む　子規（10獺祭句帖抄 六六七ぺ）
川骨（かうほね）の　莟りりしや　水ばなれ　剡山（8俳諧新選 二二四ぺ）
腰ぬけの　妻うつくしき　火燵哉　蕪村（2蕪村句集 六六七）
夕鰺を　妻が値ぎりて　瓜の花　虚子（11五百句 五〇ぺ）
春風の　つまかへしたり　春曙抄（しゅんしょせう）　蕪村（2蕪村遺稿 二四一七）
淡雪や　妻がゐぬ日の　蒸し鰈　亜浪（9定本亜浪句集 一〇二四）
秋きぬと　妻こふ星や　鹿の革　芭蕉（1江戸通町 九六）
声合はす　妻戸の関や　猫の恋　嘯山（8俳諧新選 一〇二ぺ）
鬼王が　妻におくれし　ふすま哉　蕪村（2蕪村遺稿 二三一四）
細雪　妻に言葉を　待たれをり　波郷（9雨覆 二六四二）
冬ごもり　妻にも子にも　かくれん坊　蕪村（2蕪村遺稿 六七四）
うららかに　妻のあくびや　壬生念仏　草城（9花氷 二四五四）
衣うつや　夫（つま）の仕事の　片明かり　之房（8俳諧新選 二三一ぺ）
舟引の　妻の唱歌か　合歓（ねむ）の花　千那（6猿蓑 一七八五）
わぎも子が　爪紅粉（べに）のこす　雪まろげ　探丸（6猿蓑 一六八六）

たらちねの　抓まずありや　雛の鼻　蕪村（2 蕪村句集 二三六五）
うつつなき　つまみごころの　胡蝶哉　蕪村（2 蕪村句集 一〇二九）
打ちかけの　妻もこもれり　薬食　蕪村（2 蕪村遺稿 三七七）
何と見ん　夫（つま）諸共の　寒念仏　蝸夫（8 俳諧新選 一四四ペ）
蟾（ひき）どのの　妻や待つらん　子鳴くらん　一茶（3 八番日記 三四〇ペ）
子を寝させ　妻を寝させて　月見哉　麗白（8 俳諧新選 一三〇ペ）
留守勝の　妻をもてなす　花見哉　春来（8 俳諧新選 一一〇ペ）
露の玉　つまんで見たる　わらは哉　一茶（3 おらが春 四六九ペ）
ひやひやと　積木が上に　海見ゆる　碧梧桐（9 ホ明38・10 〇一三五）
姉甲斐に　摘草分けて　戻りけり　嘯山（8 俳諧新選 一一一ペ）
顔見世や　積樽の上の　江戸の月　癖三酔（9 癖三酔句集 〇三七四）
杉垣を　摘みぬ隣の　立葵　子規（10 獺祭句帖抄 六五〇ペ）
能なしは　罪も又なし　冬籠り　一茶（3 おらが春 四七三ペ）
綿の実を　摘みゐてうたふ　こともなし　楸邨（9 寒雷 二五九七）
精出して　摘むとも見えぬ　若菜哉　野水（6 あら野 五〇四）
すごすごと　摘むやつまずや　土筆（つくづくし）　其角（6 あら野 五四一）
死病得て　爪美しき　火鉢かな　蛇笏（9 山廬集 〇六五三）
もみぢ折りに　つめたい水を　渡りけり　嘯山（8 俳諧新選 一三四ペ）
茶の湯とて　つめたき日にも　稽古哉　亀翁（6 猿蓑 一六五二）
老僧の　爪の長さよ　冬籠り　子規（10 獺祭句帖抄 六六一ペ）
揚州の　津も見えそめて　雲の峰　蕪村（2 蕪村句集 二六六〇）
ちらちらと　つもらで雪の　果てにけり　赤羽（8 俳諧新選 一〇四ペ）

雛（とり）の声　つもりし耳や　時鳥　素園（8 俳諧新選 一一四ペ）
しらぬ間に　つもりし雪の　ふかさかな　万太郎（9 流寓抄 一一二三）
遅き日の　つもりて遠き　むかし哉　蕪村（2 蕪村句集 二一四六）
なつかしき　津守の里や　田にしあへ　蕪村（2 蕪村句集 二三六一）
としひとつ　積もるや雪の　小町寺　蕪村（2 蕪村句集 一〇八八）
名月や　つもれば屈む　影ぼふし　野有（8 俳諧新選 一三〇ペ）
忽（たちま）ちに　通夜の利生や　時鳥　沙月（8 俳諧新選 一一三ペ）
長き夜や　通夜の連歌の　こぼれ月　蕪村（2 蕪村句集 二五一一）
炭こふや　通夜申す婆々の　しや切り声　瓜流（8 俳諧新選 一四四ペ）
樹々の葉も　艶を失ふ　暑さ哉　管子（8 俳諧新選 一二〇ペ）
草花や　露あたたかに　温泉（ゆ）の流れ　子規（10 獺祭句帖抄 六五三ペ）
雨一斗　露一升や　菊ばたけ　卯雲（8 俳諧新選 一三三ペ）
蕣（あさがほ）は　露干（かわ）く頃　しぼみけり　祇長（7 俳諧古選 二二二ペ）
石ころも　露けきものの　一つかな　虚子（11 五百句 七七ペ）
もの言ひて　露けき夜と　覚えたり　虚子（11 五百句 七九ペ）
国々の　露けさ語れ　女郎花（をみなへし）　盧鳳（8 俳諧新選 一五〇ペ）
曙や　露とくとくと　山桜　亜浪（9 定本亜浪句集 一〇二二）
人間はば　露と答へよ　合点か　一茶（3 文政版発句集 三四六ペ）
上海（シャンハイ）の　梅雨懐しく　上陸す　虚子（12 五百五十句 一六ペ）
笹の葉の　露に音ある　しほれかな　郷今（8 俳諧新選 一二六ペ）
狩りくらの　露におもたき　うつぼかな　蕪村（2 蕪村句集 一七六六）
白玉の　露にきはつく　椿かな　車来（6 猿蓑 一九六六）

篠掛や　露に声ある　かけはづし　蕪村（2 蕪村遺稿 一五一七）
高灯炉　露にしほれて　眠りけり　都夕（8 俳諧新選 二二六ペ）
名月や　露にぬれぬは　露斗　蕪村（2 蕪村遺稿 一四二九）
しののめや　露の近江の　麻畠　蕪村（2 蕪村句集 一五八八）
生きて帰れ　露の命と　言ひながら　子規（9 寒山落木巻三 〇〇〇三）
鏡山　梅雨の曇りの　かかるなり　嘯山（8 俳諧新選 一五六ペ）
身ぶるひに　露のこぼるる　靭（うつぼ）哉　荻子（6 続猿蓑 三三二〇）
灯（ひ）ともすや　露のしたたる　石灯籠　子規（10 獺祭句帖抄 六三六ペ）
稲妻に　露の散る間も　なかりけり　子規（10 獺祭句帖抄 六〇〇ペ）
日々立てて　露の戸となる　国旗かな　爽雨（9 雪解 一九〇一）
五月雨や　露の葉にもる　薩蒡（やまごばう）　嵐蘭（6 炭俵 二五一一）
衣手は　露の光や　紙雛　蕪村（2 蕪村遺稿 七三六）
死なば秋　露のひぬ間ぞ　面白き　紅葉（4 紅葉句帳 二三三一）
難航の　梅雨の舟見て　アイヌ立つ　虚子（13 六百五十句 一九三ペ）
北海の　梅雨の港に　かかり船　虚子（13 六百五十句 一九二ペ）
露の世は　露の世ながら　さりながら　一茶（3 おらが春 四六二ペ）
赤富士に　露滂沱たる　四辺かな　風生（9 古稀春風 一五五八）
もののふの　露はらひ行く　弰（ゆはず）かな　蕪村（2 蕪村句集 一二七三）
師の浅間　梅雨晴間得て　見に出づる　風生（9 母子草 一五七三）
金剛の　露ひとつぶや　石の上　茅舎（9 川端茅舎句集 一六七九）
ひろびろと　露曼陀羅の　芭蕉かな　茅舎（9 川端茅舎句集 一六九七）
しら菊は　露もきはつく　けしき哉　存義（8 俳諧新選 一三四ペ）

飛ぶ蛍　露も力に　成るもの歟（か）　愚水（8 俳諧新選 一一六ペ）
太幹に　露やおりると　耳よする　躑躅（9 同人第二句集 〇八六六）
寒からぬ　露や牡丹の　花の蜜　芭蕉（1 別座鋪 八三九）
葉から葉へ　露分けてやる　柳かな　文素（8 俳諧新選 一二六ペ）
一升の　露をたたふる　小庭かな　子規（10 獺祭句帖抄 六五四ペ）
猪の　露折りかけて　をみなへし　蕪村（2 蕪村句集 一二七五）
花の雨　強くなりつつ　明るさよ　虚子（14 七百五十句 九八ペ）
あつい迚（とて）　つらで手習　した子哉　一茶（3 おらが春 四四六ペ）
去年今年（こぞことし）　貫く棒の　如きもの　虚子（9 六百五十句 〇〇六七）
うぐひすの　氷柱落として　初音哉　龍眠（8 俳諧新選 一〇一ペ）
絶壁の　つららは淵の　色をなす　茅舎（9 華厳 一六八八）
蓴菜（じゅんさい）に　氷柱も見せて　氷室哉　三四坊（7 俳諧古選 二二八ペ）
かたかたは　氷柱をたのむ　屑家哉　一茶（3 文政句帖 三五六ペ）
山風は　氷柱を曲げて　しまひけり　余子（9 余子句抄 〇四五〇）
高声に　つららをあかむる　雉子（きぎす）かな　一雪（6 あら野 五七七）
山の色　釣り上げし鮎に　動くかな　石鼎（9 花影 〇七六八）
一銭の　釣鐘撞くや　昼霞　子規（10 獺祭句帖抄 六二四ペ）
かなしさや　釣の糸ふく　秋の風　蕪村（2 蕪村句集 一一四六）
留守中も　釣り放しなる　紙帳かな　一茶（3 おらが春 四五〇ペ）
高熱の　鶴青空に　ただよへり　草城（4 人生の午後 二七〇二）
朝霜や　剣（つるぎ）を握る　つるべ縄　蕪村（2 蕪村句集 三三一）
古寺や　つるさぬかねの　菫草　一井（6 あら野 一〇二三）

誰もなし　釣る隅もなし　恵方棚　由平（7俳諧古選 一八六ペ）
女出て　鶴たつあとの　若菜哉　小春（6あら野 五〇六）
春の日の　つるつる辿(すべ)る　樒(しきみ)かな　一茶（3七番日記 三二九ペ）
鳥　瓜　蔓に曳かれて　下り来る　温亭（9温亭句集 一〇八二七）
鷺ぬれて　鶴に日の照る　時雨哉　蕪村（2蕪村遺稿 八〇五）
松島や　鶴に身をかれ　ほととぎす　曾良（6猿蓑 一七二一）
朝がほは　鶴眠る間の　さかりかな　風麦（6猿蓑 一八一八）
五月雨に　鶴の　足　みじかくなれり　芭蕉（1東日記 一三四）
夕皃や　蔓の自由も　花の時　杜陵（7俳諧古選 二二七ペ）
春雨や　鶴の七日を　降りくらす　蕪村（2蕪村遺稿 二二一四）
たれかが　鶴の墓を建てゐるやうな　気がする　禅寺洞（9禅寺洞句集 二二九一）
汐越や　鶴はぎぬれて　海涼し　芭蕉（1奥の細道 五二七）
春　霰　鶴は飛ばむと　檻の中　宋斤（9定本宋斤句集 一一九九）
我がためか　鶴はみのこす　芹の飯　芭蕉（1続深川集 二二三）
朝顔に　釣瓶(つるべ)とられて　もらひ水　千代女（5千代尼句集 五一六）
暁の　釣瓶にあがる　つばきかな　荷兮（6あら野 五三三）
あたらしき　釣瓶にかかる　葱かな　卜枝（6あら野 七八九）
人眠(なつ)き　鶴よどちらに　箭(や)があたる　一茶（3おらが春 四六六ペ）
ちぐはぐに　つるる砧や　壁　隣　移竹（8俳諧新選 一三一ペ）
雪片の　つれ立ちてくる　深空かな　素十（9初鴉 一五四四）
糸遊や　つれ立つとなく　舟の陸(をか)　孤舟（8俳諧新選 一一二ペ）
行くとしや　連れだつ物は　何と何　素園（8俳諧新選 一四五ペ）
としの行くに　つれ立つや我が　不調法　丈石（7俳諧古選 二一四ペ）
梅　一　木　つれづれ草の　姿かな　露沾（6炭俵 二三九七）
しら浪と　つれてたばしる　霰　哉　重治（6あら野 七九八）
いかに見よと　難面(つれなく)うしを　うつ霰　羽笠（6冬の日 一八一）
美　し　き　連ほしう思ふ　さくら狩り　孤桐（8俳諧新選 一〇九ペ）
歩行(かち)ならば　杖つき坂を　落馬哉　芭蕉（1笈の小文 三三九）
置く露や　杖つく菊も　小菊にも　嘯山（8俳諧新選 一五八ペ）
家はみな　杖にしら髪の　墓参り　芭蕉（1続猿蓑 八七八）
三みせんを　杖に突きけり　虫の声　伴松（7俳諧古選 一八二ペ）
影しばし　杖に水飼ふ　あつさかな　春来（8俳諧新選 二一〇ペ）
夕月や　杖に水なぶる　角田川　越人（6あら野 九〇六）
猿引の　杖は櫂とも　成りにけり　山城田原社中（8俳諧新選 一〇〇ペ）
尾根わたる　杖もさだかに　遍路かな　爽雨（9雪解 一八八九）
淋し身に　杖わすれたり　秋の暮　蕪村（2蕪村句集 二二六六）
窓の雪　つんでこそこそ　ばくち哉　一茶（3八番日記 三五五ペ）
紙雛や　つんとすねたる　膳の先　野逸（4野逸句集 一七六二）

て

目の下や　手洗ふ程に　海涼し　市隠（6猿蓑 二一六一）
橘　や　定家机の　ありどころ　杉風（6炭俵 二五二二）
ふく汁の　亭主と見えて　上座哉　蕪村（2蕪村遺稿 一一八八）

客暑し　亭主勿論(もちろん)　祇園の会　嘯山（8 俳諧新選 一二三ペ）
穭(ひつぢ)細く　鳥海の裏　おろす風　露月（9 露月句集 〇二二〇）
咄さへ　調子合ひけり　春のあめ　乃龍（6 続猿蓑 三〇六八）
草枯に　手うつてたたぬ　鴫もあり　利牛（6 続猿蓑 三三六二）
気に入りの　調度有りけり　冬籠り　存義（7 俳諧古選 二二二ペ）
すす掃や　調度少なき　家は誰　蕪村（2 蕪村遺稿 二一〇七）
売り食ひの　調度のこりて　冬ごもり　蕪村（2 蕪村遺稿 一三〇五）
炭竈に　手負ひの猪の　倒れけり　凡兆（6 猿蓑 一六五三）
採る茄子の　手籠にきゆァと　なきにけり　蛇笏（9 霊芝 〇六六二）
五月雨に　出駕も釣の　小舟哉　由平（7 俳諧古選 一五九ペ）
児(やや)の親　手笠いとはぬ　しぐれかな　夕霧（7 俳諧古選 一九四ペ）
涼風も　出来(でか)した壁の　こはれ哉　游刀（6 続猿蓑 三一五七）
順礼の　手数にぬるむ　清水かな　百万（8 俳諧新選 一〇七ペ）
暑さ払へ　手風神風　扇風　玖也（5 ゆめみ草 九九）
蓑虫の　出方にひらく　桜かな　卓袋（6 続猿蓑 二九七九）
菜の花や　てかつきわたる　多武峰(たふのみね)　休酔（8 俳諧新選 一一〇ペ）
兀山(はげやま)の　てかてかとして　麦の秋　子規（10 獺祭句帖抄 六三二ペ）
此の僧も　出代いそぐ　すがたかな　京馬（8 俳諧新選 一五六ペ）
出女の　出がはり時や　木瓜(ぼけ)の花　露川（4 誹諧曽我 〇九一八）
便りなげに　出代はる老の　荷物哉　之房（8 俳諧新選 一〇八ペ）
となん一つ　手紙のはしに　雪のこと　宗因（4 宗因発句集 〇一七〇）
拝領の　手からこぼるる　氷かな　杉下（8 俳諧新選 一二三ペ）

たれ人の　手がらもからじ　花の春　古梵（6 あら野 四五九）
天の川　敵陣下に　見ゆるかな　子規（10 獺祭句帖抄 六一五ペ）
日蔽が　出来て暗さと　静かさと　虚子（13 六百五十句 二一四ペ）
苔汁の　手ぎは見せけり　浅黄椀　芭蕉（1 茶のさうし 九四七）
かはらけの　手ぎは見せばや　菊の花　其角（6 あら野 七六三）
天地の　手際をふさと　ぼたん哉　晩平（7 俳諧古選 二一〇ペ）
見渡せば　出来不出来ある　かがし哉　呂洞（7 俳諧古選 一八三ペ）
白れむの　的皪と我が　朝は来ぬ　亜浪（9 臼田亜浪先生 一〇四四）
秋すずし　手毎にむけや　瓜茄子　芭蕉（1 奥の細道 五三九）
しをり戸の　手ざはり重し　夜の霧　支鳩（8 俳諧新選 一二八ペ）
鳥の巣や　手してやりたき　塵芥　麦翅（7 俳諧古選 二二〇ペ）
春雨や　手品に当たる　置炬燵　巴静（7 俳諧古選 一五五ペ）
追剝を　弟子に剃りけり　秋の旅　蕪村（2 蕪村句集 一八七九）
新藁の　出初てはやき　時雨哉　芭蕉（1 伝土芳筆全伝 八八八）
鼠ども　出立ちの芋を　こかしけり　丈草（6 続猿蓑 三四六六）
梅嗅ぎに　出たばかりなり　二日月　乙二（8 俳諧新選 一〇二ペ）
重き書は　手近に置いて　冬籠り　紅緑（9 紅緑句集 〇二三九）
春の水　出茶屋の前を　流れけり　子規（10 獺祭句帖抄 六二五ペ）
心太(ところてん)　手自(てづから)にせんと　おぼしめす　蕪村（2 蕪村遺稿 一七一七）
もち搗の　手伝ひするや　小山伏　馬仏（6 続猿蓑 三四一〇）
声まねる　丁稚(でっち)をかしや　猫のこひ　太祇（8 俳諧新選 一〇二ペ）
ちか道へ　出てうれし野の　つつじ哉　蕪村（2 蕪村句集 二三七五）

聖霊（しやうりやう）も　出て仮の世の　旅寝哉　丈草（7俳諧古選一八〇ぺ）
門しめに　出て聞いて居る　蛙かな　子規（10獺祭句帖抄五九八ぺ）
縁側へ　出て汽車見るや　冬籠り　子規（10獺祭句帖抄六六一ぺ）
山門を　出て下りけり　秋の山　子規（10獺祭句帖抄六三七ぺ）
不自由なる　手で候ふよ　花の下　太祇（8俳諧新選一五七ぺ）
苔寺を　出てその辺の　秋の暮　虚子（14七百五十句三〇ぺ）
二三子と　出て菜の花に　宵ごころ　宋斤（9定本宋斤句集一一九八）
子は裸　父（てて）はててれで　早苗舟　利牛（6炭俵二二八六）
穴熊の　出ては引つ込む　時雨かな　為有（6続猿蓑三三三二）
夢殿を　出て町角（かど）や　種蒔きぬ　青々（9松苗〇四九九）
先々へ　出てまつ杖や　今年竹　正以（8俳諧新選一五二ぺ）
古庭の　でてむしの皆　動きをり　虚子（13六百五十句一九二ぺ）
御垣守　出て行く跡も　蚊やりかな　翠如（8俳諧新選一一八ぺ）
子を寝せて　出て行く闇や　はちたたき　蕪村（2蕪村遺稿三六三）
古法眼　出どころあはれ　年の暮　芭蕉（1みつのかほ九三七）
朝な朝な　手習すすむ　きりぎりす　芭蕉（1入日記九六五）
小野炭や　手習ふ人の　灰ぜせり　芭蕉（1向之岡一二〇）
大勢の　手に余りたる　蛍かな　涼菟（7俳諧古選一七〇ぺ）
若水や　手にうつくしき　薄氷　武仙（6続猿蓑三〇八七）
陽炎や　手に下駄はいて　善光寺　一茶（3八番日記三二七ぺ）
いなづまを　手にとる闇の　紙燭（しそく）哉　芭蕉（1続虚栗三〇三）
花売りの　手にはかからぬ　紅葉かな　鶴英（8俳諧新選一三四ぺ）

仕る　手に笛もなし　古雛　たかし（9たかし句集一六六四）
やぶ入や　手にもたまらず　二三日　百吾（7俳諧古選二一九ぺ）
鉢坊が　手にもわたるや　今年米　飛良（8俳諧新選一三三ぺ）
老僧や　手底（て）に柚味噌の　味噌を点す　子規（10獺祭句帖抄六五七ぺ）
ごを焼いて　手拭あぶる　寒さ哉　芭蕉（1笈日記三二〇）
さをしかに　手拭かさん　角の迹（あと）　一茶（3七番日記三三〇ぺ）
朝がほや　手拭のはしの　藍をかこつ　蕪村（2蕪村句集一八五四）
山風の　出ぬけた跡や　かんこ鳥　友山（8俳諧新選一一四ぺ）
麦畑や　出ぬけても猶　麦の中　野坡（6炭俵二四九五）
昼寝して　手の動きやむ　団（うちは）かな　杉風（6続猿蓑三一八九）
大どしや　手のおかれたる　人ごころ　羽紅（6猿蓑一七〇六）
如月や　手の付かぬ炭　ま一俵　好春（7俳諧古選一五三ぺ）
灯（ひ）をともす　掌にある　春の闇　虚子（14七百五十句一三四ぺ）
見る度に　手の行きにけり　菊の主　眠柳（8俳諧新選一三四ぺ）
悴める　手は憎しみに　震へをり　虚子（12五百五十句六一ぺ）
道くさの　手はよせ付けぬ　薊（あざみ）哉　周禾（7俳諧古選二一六ぺ）
化人と　手拍子のあふ　踊りかな　百池（8俳諧新選二二五ぺ）
いつしかに　蝶追ひ勝ちぬ　土手の牛　龍眠（8俳諧新選一〇八ぺ）
外套の　手深く迷へるを　言ひつつまず　碧梧桐（9碧梧桐句集〇一〇七）
藪深く　蝶気のつかぬ　つばき哉　卜枝（6あら野五三四）
高々と　蝶こゆる谷の　深さかな　石鼎（9花影〇七五二）
彩足らぬ　蝶々出でて　弥生尽　普羅（9辛夷〇七〇七）

ひらひらと　蝶々黄なり　水の上　子規（10獺祭句帖抄 八二五ペ）
撫子に　蝶々白し　誰の魂　子規（10獺祭句帖抄 六三二ペ）
世の中よ　蝶々とまれ　かくもあれ　宗因（4小町踊 〇一七六）
畠みな　蝶に成りたる　日和かな　多少（8俳諧新選 一〇八ペ）
日にそふて　蝶のさはらぬ　草もなし　赤羽（8俳諧新選 一〇八ペ）
封〆（ふうしめ）を　蝶の尋ぬる　ぼたんかな　潭蛟（8俳諧新選 一一三ペ）
蘭の香や　てふの翅に　たき物す　芭蕉（1野ざらし紀行 一八〇）
大はらや　蝶の出てまふ　朧月　丈草（6炭俵 二四〇九）
あたふたに　蝶の出る日や　金の番　一茶（3文化句帖 三三一ペ）
日盛りに　蝶のふれ合ふ　音すなり　青々（9松苗 〇四九二）
山吹と　てふのまぎれぬ　あらし哉　卜枝（6あら野 六〇〇）
一いきれ　蝶もうろつく　わか葉哉　楚舟（6炭俵 二五三二）
秋をへて　蝶もなめるや　菊の露　芭蕉（1笈日記 九七二）
秋風に　蝶やあぶなき　池の上　依々（6炭俵 二五八五）
山国の　蝶を荒しと　思はずや　虚子（9六百句 〇〇九七）
二つぬる　蝶を弾くや　琴の爪　習先（8俳諧新選 一五五ペ）
戸を明けて　蝶を宿さん　春の雨　陸史（8俳諧新選 一〇三ペ）
扇とる　手へもてなしの　うちは哉　太祇（8俳諧新選 一一九ペ）
羽子つこか　手毬つこかと　もてなしぬ　虚子（14七百五十句 九ペ）
物やらば　手も出だすべし　夏の雲　蘆洲（7俳諧古選 二二九ペ）
鉢たたき　出もこぬむらや　雪のかり　野水（6あら野 八五七）
舟引の　手もちぎるべき　霜夜哉　糸遊（8俳諧新選 一三九ペ）

貝むきが　手もとまぎるる　落葉かな　成美（5成美家集 九三五）
鶯に　手もと休めむ　ながしもと　智月（6続猿蓑 三〇一）
早苗とる　手もとやむかし　しのぶ摺　芭蕉（1奥の細道 五〇〇）
どう追はれ　ても人里を　渡り鳥　一茶（3おらが春 四七一ペ）
道のべや　手よりこぼれて　そばの花　蕪村（2蕪村句集 一七八二）
月幾世　照らせし鴟尾に　今日の月　秋桜子（9緑雲 一四三五）
妻も子も　寺で物くふ　野分かな　蕪村（2蕪村遺稿 二七二六）
稚子（をさなご）の　寺なつかしむ　銀杏哉　蕪村（2蕪村句集 一二四）
裏門の　寺に逢着（ほうちゃく）す　蓬かな　蕪村（2蕪村句集 二三七五）
木の葉やく　寺のうしろや　普請（ふしん）小屋　子規（10獺祭句帖抄 六〇三ペ）
二文投げて　寺の縁借る　涼みかな　子規（10獺祭句帖抄 六二八ペ）
鹿も来る　寺のぐるりや　蕗の薹　孤桐（8俳諧新選 一〇三ペ）
かがみ磨ぎ　寺町のぞく　おちばかな　巣兆（5曾波可理 九八九）
閑居鳥　寺見ゆ麦林　寺とやいふ　蕪村（2蕪村句集 二三八七）
牡丹有る　寺ゆき過ぎし　うらみ哉　蕪村（2蕪村遺稿 一五五八）
日半路（ひなかぢ）を　てられて来るや　桃の花　野坡（6炭俵 二四五七）
白罌粟（げし）に　照りあかしたる　月夜哉　青蘿（5青蘿発句集 八四九）
かたばみや　照りかたまりし　庭の隅　野荻（6続猿蓑 三一六四）
夜雨しばしば　照り極って　秋近し　乙字（9乙字句集 〇九九六）
まさな事　てり葉を舟に　作りけり　五鳳（8俳諧新選 一三四ペ）
北国の　照り降り雪も　名残かな　繞石（9落椿 〇二六四）
桑の葉の　照るに堪へゆく　帰省かな　秋桜子（9葛飾 一四二四）

撫子や　照るも曇るも　花の為　希因（8俳諧新選一五二ぺ）
降るも侘び　照るも侘びたる　田植かな　都友（8俳諧新選一四八ぺ）
菜のはなを　出るや塗笠　菅の笠　団水（5くやみ草二三五）
緑陰を　出れば明るし　芥子の実に　虚子（11五百句一〇五ぺ）
山門を　出れば日本ぞ　茶摘うた　菊舎（5手折菊九四九）
脈のあがる　手を合はしてよ　無常鳥　西鶴（5独吟一日千句一一三）
元日や　手を洗ひをる　夕ごころ　龍之介（9澄江堂句集一一三八）
うき人に　手をうたれたる　きぬた哉　蕪村（2蕪村句集一八八）
萍（うきくさ）に　手をうちかける　蛙かな　一和（8俳諧新選一〇五ぺ）
刈る人の　手を切り返す　薄かな　正利（7俳諧古選一七四ぺ）
他の花に　手をさへにけり　引きにけり　花雪（8俳諧新選一一〇ぺ）
芋を掘る　手をそのままに　上京す　虚子（11五百句三二ぺ）
定家の　手を出す闇の　落葉かな　不角（7俳諧古選一八七ぺ）
鶯や　手を突いて聞く　女の童　秋瓜（4多少庵句集一七四七）
川舟や　手をのべてつむ　土筆（つくづくし）　冬文（6あら野五四四）
手折らせて　手を花瓶や　御駕（かご）脇　百万（8俳諧新選一〇九ぺ）
吹く風の　手をはなしたる　枯野哉　鼓舌（8俳諧新選一三七ぺ）
物問へば　手を払ひけり　大根引　瓜流（8俳諧新選一四一ぺ）
取揚婆々（とりあげばば）の　手を引きてゆきの　夜道哉　百里（8俳諧新選一四二ぺ）
梅盛り　手を引くほどの　酔ひもなし　祇空（4四時観一一三四）
行くあきや　手をひろげたる　栗のいが　芭蕉（1続猿蓑八八九）
霜やけの　手を吹いてやる　雪まろげ　羽紅（6猿蓑一六八五）

梶の葉売る声に　天下の鰥（やもめ）　露けき秋也　常矩（5俳諧雑巾一二八）
芍薬（しゃくやく）や　殿下ほほ笑みて　おはしける　嘯山（8俳諧新選一二五ぺ）
屋根へ打ちて　天狗礫（つぶて）や　さよしぐれ　嘯山（8俳諧新選一三六ぺ）
孑孑（ぼうふら）の　天上したり　三かの月　一茶（3おらが春四四三ぺ）
うの花や　殿上人の　下屋敷　士髪（8俳諧新選一二三ぺ）
秋晴や　電車に乗つて　面白き　瓊音（9瓊音句集一〇一二）
小夜時雨　電信と呼ばる　声すなり　臨風（9帝国明33・10〇三二八）
金魚玉　天神祭　映りそむ　夜半（9翠黛一六三八）
囀りや　天地金泥に　塗りつぶし　喜舟（9小石川〇四六二）
我が行く　天地万象　凍（い）てし中　虚子（14七百五十句九五ぺ）
菊の花　天長節は　過ぎにけり　子規（10獺祭句帖抄六三八ぺ）
たのもしや　てんつるてんの　初袷　一茶（3おらが春四五九ぺ）
田に畠に　てんてん舞ひの　小てふ哉　一茶（3句稿消息三三一ぺ）
耕して　天に到りぬ　麦二寸　余子（9余子句抄〇四四三）
川音は　天に乾きて　さくらかな　瓢水（4瓢水句選一二八九）
天井の　天女の煤を　払ひけり　鳴雪（9鳴雪俳句集〇一五六）
夜盗にも　天の与へや　ほととぎす　宋屋（8俳諧新選一一四ぺ）
滝落つる　天の破れや　時鳥　東洋城（9東洋城全句中〇四〇四）
隣なき　天文台の　寒さかな　貝錦（8俳諧新選一四二ぺ）
老鶴の　天を忘れて　水温む　蛇笏（9家郷の霧〇六四四）

と

はつ雪に　戸明けぬ留守の　庵かな　是幸（6あら野 四四四）
稲田あり　筊あり日本に　似たるかな　虚子（12五百五十句 一二ぺ）
花ちるや　とある木陰も　小開帳　一茶（3おらが春 四三八ぺ）
青柳の　東海道は　百里かな　士朗（4枇杷園句集 二〇七七）
我が里は　どうかすんでも　いびつなり　一茶（3七番日記 三二八ぺ）
書に倦みて　灯下に柿を　むく半夜　子規（10獺祭句帖抄 六五七ぺ）
冬ごもり　灯下に書すと　書かれたり　蕪村（2蕪村句集 六七〇）
夜長く　灯下に手足　伸ばすなり　碧梧桐（9ホ明38・9 〇一四七）
冬ごもり　灯光（とうくわう）虱（しらみ）の　眼（まなこ）を射る　蕪村（2蕪村遺稿 一九五一）
葉は枯れて　冬瓜（とうぐわ）寒し　屋根の上　五鳳（8俳諧新選 一四七ぺ）
いでさらば　投壺（とうこ）まゐらん　菊の花　蕪村（2蕪村句集 六一六）
待つ花や　藤三郎が　よしの山　芭蕉（1誹諧玉手筥 一四四）
春風や　闘志いだきて　丘に立つ　虚子（11五百句 三五ぺ）
あたたかな　冬至の門や　大経師　月居（5発句題葉集 九六七）
ゆくはるや　同車の君の　ささめごと　蕪村（2蕪村遺稿 二一二七）
みじか夜や　同心衆の　河手水　蕪村（2蕪村句集 七五七）
「音入」と　東司（とうす）をもどき　梅の寺　風生（9傘寿以後 一五六六）
灯（ひ）のともる　東照宮や　杉の雪　子規（10獺祭句帖抄 六六三ぺ）
鶯や　洞然として　昼霞　虚子（11五百句 六〇ぺ）
きりぎりす　灯台消えて　鳴きにけり　素秋（6あら野 七二六）
藻の花や　藤太（とうだ）が鐘の　水離れ　蕪村（2蕪村遺稿 九〇三）
秋寒し　藤太が鏑（かぶら）　ひびく時　蕪村（2蕪村句集 二〇八二）
寝る時は　どうでも下りる　雲雀（ひばり）哉　明水（7俳諧古選 一五六ぺ）
鶏頭の　とうとう枯れて　しまひけり　子規（9俳句稿巻一 〇〇一九）
渋柿や　どうなりとして　甘う成る　李流（8俳諧新選 一五六ぺ）
火の消えて　胴にまよふか　虫の声　正秀（6続猿蓑 三二六五）
宵越しの　豆麩明かりに　なく蚊哉　一茶（3題叢 三四一ぺ）
色付くや　豆腐に落ちて　薄紅葉　芭蕉（1芭蕉杉風百韻 八二）
何となく　冬夜隣を　聞かれけり　其角（7俳諧古選 一八九ぺ）
亡き妻や　灯籠の陰に　裾をつかむ　子規（10獺祭句帖抄 六五二ぺ）
あはれ也　灯籠一つに　主コ斎　野水（6あら野 一〇〇二）
此の森も　とかく過ぎけり　百舌（もず）おとし　蕪村（2蕪村句集 一八七）
飛石の　石竜（とかげ）や草の　下涼み　俊似（6あら野 六九二）
朝夕が　どかとよろしき　残暑かな　青畝（9春の鳶 一四九八）
蚊のむれて　栂（とが）の一木の　曇りけり　小春（6あら野 六五二）
花に来てや　科（とが）はいちやが　折りまする　西鶴（4西鶴大句数 〇一八六）
一人通る　と壁に書く　秋の暮　一茶（3おらが春 四六八ぺ）
推せば明く　とがめぬ庭の　菊見哉　春来（8俳諧新選 一三四ぺ）
裸にて　時打ちゆくや　夏の月　維駒（8俳諧新選 一一九ぺ）
松風や　時うつりして　海苔の寄る　乙二（5斧の柄草稿 九五四）
水深く　利鎌（とかま）鳴らす　真菰刈　蕪村（2蕪村句集 二六八〇）

麦刈に　利き鎌もてる　翁哉　蕪村（2蕪村遺稿一一四）
拵（こしら）へし　時から古き　かがし哉　如風（7俳諧古選ペ一八二）
様々と　説き草臥（くたび）れて　ねはんかな　孤桐（8俳諧新選一〇四ペ）
誕生の　時こそ見たれ　釈迦の指似（しじ）　不角（4篗纑輪前集〇八九九）
ほとばかり　とぎすは聞かぬ　初音かな　光広（4甲子夜話〇〇五三）
古鍬を　研ぎすましたる　飾かな　鬼城（9鬼城句集〇六三七）
二番座の　斎（とき）すむ幕や　春の風　随古（8俳諧新選一〇七ペ）
今宵の月　磨ぎ出せ人見　出雲守　芭蕉（1六百番発句合八〇）
日焼田や　時々つらく　鳴く蛙　乙州（6猿蓑一七八八）
紅梅に　時めく家の　光かな　毛仏（8俳諧新選一〇二ペ）
物荒れて　時めく柿の　梢哉　蓼太（7俳諧古選二二一ペ）
目にかかる　時やことさら　五月富士　芭蕉（1芭蕉翁行状記八四四）
すつぽんも　時や作らん　春の月　一茶（3おらが春四三四ペ）
筝の　時よりしるし　弓の竹　去来（6あら野六六〇）
末刈りぬ　木賊（とくさ）に月の　とがま哉　龍眠（8俳諧新選一四九ペ）
青くとも　とくさは冬の　見物哉　文鱗（6あら野七八八）
惜しまれて　とくちれ花の　昼時分　晩山（7俳諧古選一五一ペ）
とくかすめ　とくとくかすめ　放ち鳥　一茶（3おらが春四五一ペ）
犬蓼の　とくと淋しき　盛り哉　春堂（7俳諧古選二一五ペ）
巌（いはほ）には　とくなれさざれ　石太郎　一茶（3八番日記三六二ペ）
初雪や　疾くに雪見し　旅もどり　太祇（8俳諧新選二三九ペ）
主持ちの　とく参りぬる　野分哉　蘆鶴（8俳諧新選二三〇ペ）

狐火や　髑髏（どくろ）に雨の　たまる夜に　蕪村（2蕪村句集三三三）
はまなすの　棘が悲しや　美しき　虚子（13六百五十句一九三ペ）
青蛙　土下座ならずと　高鳴ける　草田男（9美田二五二三）
行々子（ぎやうぎやうし）　どこが葛西の　行き留り　一茶（3文化句帖三四〇ペ）
山吹や　何処（どこ）でも水に　咲いたふり　五筑坊（8俳諧新選一一一ペ）
雨の月　どこともなしの　薄あかり　越人（6あら野四一一）
はなのやま　どことらまへて　歌よまむ　晨風（6あら野三六二）
若者は　どこにでもゐる　炎天にも　立子（9昭46俳句年鑑一九五三）
猪の　床にも入るや　きりぎりす　芭蕉（1三冊子八九七）
やぶ入や　何処のお山と　なぶられる　嘯山（8俳諧新選一〇三ペ）
梅雨暗し　床の花瓶の　花白し　虚子（14七百五十句八五ペ）
炉ふさぎや　床は維摩（ゆゐま）に　掛け替はる　蕪村（2蕪村句集七四六）
遠目鏡　何処へ当てても　わかば哉　卯雲（8俳諧新選一四ペ）
柳陰　何所（どこ）への旅か　いとま乞　樗堂（5萍窓集九一八）
青空は　どこへも逃げぬ　炭を焼く　静塔（9栃木集二三六七）
松の蟬　どこ迄鳴いて　昼になる　一茶（3おらが春四四六ペ）
さびしさの　何処まで広く　秋のくれ　土芳（4花の市一〇六六）
この落葉　どこ迄まろび　行くやらん　虚子（13六百五十句二三六ペ）
郭公や　何処までゆかば　人に逢はむ　亜浪（9定本亜浪句集一〇二六）
雲霞　どこまで行くも　おなじ事　野坡（6炭俵二四六八）
除夜の灯（ひ）の　どこも人住む　野山かな　水巴（4続水巴句帖二四二六）
わが宿は　どこやら秋の　草葉哉　宗和（6あら野七四九）

山雀の　どこやらに啼く　霜の稲　斗従（6続猿蓑 三三〇）
挑灯の　どこやらゆかし　涼み舟　卜枝（6あら野 六九四）
嵯峨野嵯峨野　どこらに座して　虫聞かん　尺布（8俳諧新選 一五七ぺ）
名の付かぬ　所かはゆし　山ざくら　湖春（7俳諧古選 一四三ぺ）
春の水　所々に　見ゆるかな　鬼貫（5大悟物狂 二二〇）
明月や　処は寺の　茶の木はら　昌房（6猿蓑 一八五三）
連れのある　所へ掃くぞ　きりぎりす　丈草（4そこの花 〇九九四）
髪ゆふた　ところへ雪の　水菜売り　青々（9松苗 〇四八一）
恋風は　どこを吹いたぞ　鹿の角　蕪村（2蕪村遺稿 九四七）
うち山や　外様（とざま）しらずの　花盛り　芭蕉（1大和順礼 三五）
隠し子の　年かぞへ居る　こたつ哉　柳（8俳諧新選 二三八ぺ）
樵りすつる　年木の枝に　雀哉　蕪村（2蕪村遺稿 三八四）
きりきりしやん　としてさく　桔梗哉　一茶（3七番日記 三五〇ぺ）
むく犬の　年と共にや　老の春　玄札（4知足書留歳旦帖 〇一三五）
須磨の浦の　年取りものや　柴一把　芭蕉（1茶のさうし 九四一）
名月や　としに十二は　有りながら　文鱗（6あら野 四一九）
のの宮や　としの旦（あした）は　いかならん　朴什（6あら野 四八五）
煤掃は　年の内なる　霞哉　一松（7俳諧古選 二一七ぺ）
筵道（えんだう）は　年のかすみの　立ち所哉　百歳（6続猿蓑 三〇八）
くれて行く　年のまうけや　伊勢くまの　去来（6猿蓑 一七〇五）
いつ見ても　年のよらざる　さくら哉　心祇（8俳諧新選 一四六ぺ）
ほつりんと　年はくれけり　諏訪の湖　素檗（5素檗句集 九八二）
はつ春や　年は若狭の　白比丘尼　前川（6続猿蓑 三一〇四）
破れぬべき　年も有りしを　古火桶　蕪村（2蕪村句集 一九三五）
春やこし　年や行きけん　小晦日（こつごもり）　芭蕉（1千宜理記 一四九）
今少し　年寄見たし　鉢たたき　嵐雪（4となみ山 〇八二五）
せつかれて　年忘れする　きげんかな　芭蕉（1芭蕉庵小文庫 九七六）
歩み去る　年を追ふかに　庭散歩　虚子（14七百五十句 四七ぺ）
めきめきと　年をよせたる　芭蕉哉　枝芳（8俳諧新選 二二六ぺ）
呑みあかす　年を忘れて　よいもの歟（か）　良能（8俳諧新選 一四五ぺ）
いはけなや　とそあめ初むる　人次第　荷兮（6あら野 八三一）
のみ止まう　とぞ鳴きにける　寒苦鳥　千澄（8俳諧新選 一四五ぺ）
老いし母　怒濤を前に　籾平す　三鬼（9変身 二三四八）
としのくれ　杼の実一つ　ころころと　荷兮（6あら野 八二八）
美しき　鰌（どぢやう）うきけり　春の水　舟泉（6あら野員外 一一六六）
我が事と　鯲（どぢやう）のにげし　根芹哉　丈草（6猿蓑 一九〇二）
昼がほや　どちらの露も　間に合はず　也有（5蘿葉集 五〇八）
花の山　どちら向きても　よかりけり　是計（8俳諧新選 一〇九ぺ）
我がやうに　どつさり寝たよ　菊の花　一茶（3おらが春 四六九ぺ）
名月を　取つてくれろと　なく子哉　一茶（3おらが春 四五九ぺ）
鬼灯（ほほづき）を　取つてつぶすや　せなかの子　一茶（3八番日記 三五一ぺ）
売り石や　とつてもいなず　年の暮　草士（6続猿蓑 三四一三）
青天の　とつぱづれ也　汐干潟　一茶（3八番日記 三二九ぺ）
一葉散る　咄（とつ）ひとはちる　風の上　嵐雪（5風の上 二八三）

踏みまたぐ　土堤の切れ目や　蕗の塔　拙侯（6 続猿蓑 三〇三五）
木槿(むくげ)咲く　土手の人馬や　酒田道　子規（10 獺祭句帖抄 六〇九ぺ）
秋風や　とても薄は　うごくはず　子尹（6 猿蓑 一八二五）
あは雪の　とどかぬうちに　消えにけり　鼠弾（6 あら野 一〇一〇）
灯(ともしび)の　とどかぬ庫裏(くり)や　きりぎりす　太祇（8 俳諧新選 二一七ぺ）
風の手の　届かぬ花の　枝もがな　安政（7 俳諧古選 一四四ぺ）
散り牡丹　どどと崩れし　ごとくなり　淡路女（9 梶の葉 〇九八二）
雁行(がんかう)の　ととのひし天の　寒さかな　水巴（9 定本水巴句集 〇五七九）
行く我に　とどまる汝に　秋二つ　子規（10 獺祭句帖抄 六三五ぺ）
逝く人に　留まる人に　来る雁　漱石（9 日記の中より 〇一八六）
月も亦　とどむるすべも　無かりけり　虚子（12 五百五十句 七二ぺ）
滝とどろ　とどろと桂　はや散るか　亜浪（9 定本亜浪句集 一〇四〇）
地車の　とどろとひびく　ぼたんかな　蕪村（2 蕪村句集 一三〇）
此の入は　どなたの庵ぞ　苔清水　一茶（3 おらが春 四四二ぺ）
梅が香に　隣りて老うる　ありがたし　紅緑（9 紅緑句集 〇二三七）
兀山(はげやま)に　隣りて暗き　若葉哉　志昔（8 俳諧新選 一一四ぺ）
こがらしや　隣といふも　ゐちご山　一茶（3 八番日記 三五三ぺ）
腹あしき　隣同士の　かやりかな　蕪村（2 蕪村遺稿 八七九）
酒造る　隣に菊の　日和かな　白雄（5 白雄句集 八四〇）
鰯焼く　隣憎しや　窓の梅　秀和（7 俳諧古選 一五二ぺ）
小夜霎(しぐれ)　となりの臼は　挽きやみぬ　野坡（6 炭俵 二六〇二）
こちの梅も　隣のうめも　咲きにけり　蕪村（2 蕪村遺稿 一四八五）

月の比　隣の榎木　きりにけり　胡及（6 あら野 一〇五八）
才覚な　隣のかかや　煤見舞　馬莧（6 続猿蓑 三四〇五）
白団扇　隣の羲之(ぎし)に　書かれたり　大江丸（4 はいかい袋 二〇五六）
内のチヨマが　隣のタマを　待つ夜かな　子規（10 獺祭句帖抄 六四四ぺ）
薬食　隣の亭主　箸持参　蕪村（2 蕪村句集 三七九）
朝嵐　隣の幟　立てにけり　子規（10 獺祭句帖抄 六二七ぺ）
黒谷の　隣はしろし　そばの花　蕪村（2 蕪村句集 一四七四）
秋深き　隣は何を　する人ぞ　芭蕉（1 笈日記 九〇七）
梅が香や　隣は荻生　惣右衛門　珪琳（8 俳諧新選 一四六ぺ）
さみだれや　となりへ懸ける　丸木橋　素龍（6 炭俵 二五〇八）
餅搗が　隣へ来たと　いふ子哉　一茶（3 おらが春 四七四ぺ）
風止んで　隣へもどす　柳かな　不角（7 俳諧古選 一五〇ぺ）
俳諧の　隣むなしき　余寒かな　鳴雪（4 鳴雪俳句鈔 二二二六）
寒菊の　隣もありや　いけ大根　許六（4 笈日記 一〇四五）
我が庵は　隣もちけり　秋のくれ　竹冷（9 竹冷句鈔 〇二八六）
五月雨に　隣も遠く　成りにけり　如行（7 俳諧古選 一六八ぺ）
鶏(とり)の音の　隣も遠し　夜の雪　支考（4 文星観 一一〇六）
口切の　隣も飯の　けぶりかな　蕪村（2 蕪村遺稿 一二五〇）
はつ雪に　となりを顔で　教へけり　野坡（6 炭俵 二六一一）
やぶ入や　隣を先へ　音信るる　支鳩（8 俳諧新選 一〇三ぺ）
待つ宵の　戸にはさまるる　木の葉哉　祇空（5 玄湖集 四五六）
音のした　戸に人もなし　夕時雨　諸九（5 諸九尼句集 五二四）

家ふたつ　戸の口見えて　秋の山　道彦（5蔦本集　九七六）
いなづまや　どの傾城と　かり枕　去来（4梟日記　〇九二三）
夕立に　どの大名か　一(ひと)しぼり　傘下（6あら野　九三〇）
山賤(やまがつ)に　殿付けて請ふ　桜かな　龍眠（8俳諧新選　一〇九ペ）
同じ事　とは思はれぬ　花見かな　季遊（8俳諧新選　一一〇ペ）
父恋し　とはおれが身の　虫の声　季吟（7俳諧古選　一九七ペ）
干足袋を　飛ばせし湖(うみ)の　深さかな　普羅（9普羅句集　〇七二九）
蓮の実を　飛ばせて殻(から)は　しなびける　子規（10獺祭句帖抄　六五九ペ）
牛もなし　鳥羽のあたりの　五月雨　一髪（6あら野　九〇二）
京入や　鳥羽の田植の　帰る中　卯七（6続猿蓑　三一四〇）
雁さわぐ　鳥羽の田づらや　寒の雨　芭蕉（1西華集　七三八）
元日に　問はば隠しそ　人のとし　二夕（7俳諧古選　一五六ペ）
初午や　鳥羽四塚の　鶏(とり)の声　蕪村（2蕪村句集　一九八〇）
立春の　鳶しばし在り　殿づくり　青畝（9万両　一五二七）
七つ子に　問ひつめられつ　天の河　珪琳（8俳諧新選　一二四ペ）
蜻蛉や　飛び直しても　元の枝　超波（4紙蚕　一二三二）
低き木に　鳶の下り居る　春日かな　子規（10獺祭句帖抄　六四二ペ）
舞ひながら　鳶の目早き　師走哉　超波（8俳諧新選　一四六ペ）
石工の　飛火流るる　清水哉　蕪村（2蕪村遺稿　九三）
寝忘れて　飛びゆく鹿や　草の霜　嘯山（8俳諧新選　一三二ペ）
門洗ふ　扉に年も　ながれけり　百万（8俳諧新選　一四四ペ）
蝶そそくさと　飛ぶ田あり　森は祭りにや　碧梧桐（9碧梧桐句集　〇一二四）

鳴きやめて　飛ぶ時蟬の　見ゆるなり　子規（10獺祭句帖抄　六三〇ペ）
何の木と　問ふ迄もなし　帰り花　来山（7俳諧古選　一八六ペ）
蜱(こほろぎ)の　とぶや唐箕(たうみ)の　ほこり先　一茶（3おらが春　四七二ペ）
月か花か　とへど四睡の　鼾哉　芭蕉（1真蹟画賛　五二二）
夢殿の　戸へな障りそ　煤払　太祇（8俳諧新選　一四四ペ）
門からも　遠い家也　ほととぎす　猪草（8俳諧新選　一四ペ）
しら雲は　遠いものなり　菊の上　乙二（4をののえ草稿　二二一七）
閣に座して　遠き蛙を　きく夜哉　蕪村（2蕪村句集　一二四三）
漕ぎ出でて　遠き心や　虫の声　亜浪（9定本亜浪句集　一〇三四）
イ(たたず)めば　遠きも聞こゆ　蛙かな　蕪村（2蕪村遺稿　一二四四）
蝸牛(ででむし)の　遠く到りしが　如くかな　東洋城（9東洋城全句上　〇四〇五）
鶯や　遠く重たき　生木負ひ　静塔（9月下の俘虜　二三七一）
使者の声　遠く聞き居る　火燵哉　孤桐（8俳諧新選　一三八ペ）
芭蕉忌や　遠く宗祇に　溯る　虚子（12五百五十句　二二二ペ）
柿の葉の　遠くちり来ぬ　そば畠　蕪村（2蕪村遺稿　二五六九）
落葉して　遠く成りけり　臼の音　蕪村（2蕪村遺稿　六三九）
鎌倉が　遠くなりけり　花ぐもり　青邨（9粗餐　一五九九）
冬枯れや　遠く成り行く　加茂と鴨　水翁（8俳諧新選　一三七ペ）
浄瑠璃は　遠くにてきけ　山桜　羅雲（8俳諧新選　一〇六ペ）
また一人　遠くの蘆を　刈りはじむ　素十（9初鴉　一五五三）
鹿の音も　遠く隔てる　追風(おひて)哉　勝波（8俳諧新選　一四九ペ）
望汐の　遠くも響く　かすみ哉　召波（5春泥句集　八〇八）

初春の　遠里牛の　なき日哉　昌圭（6波留濃日　三〇三）
粟稗に　とぼしくもあらず　草の庵　芭蕉（1秋の日　四二二）
菜畠を　通してくれる　十夜哉　一茶（3おらが春　四七三ぺ）
魂棚に　灯(とぼ)すも親の　光かな　吐月（8俳諧新選　一二五ぺ）
鉄炮の　遠音に曇る　卯月哉　野径（6ひさご　一五〇八）
うぐひすや　遠路ながら　礼がへし　其角（6猿蓑　一九〇八）
明月や　遠見の松に　人もなし　圃水（6続猿蓑　三二一三）
春もやや　遠眼に白し　梅の花　太祇（8俳諧新選　一〇二ぺ）
菜の花や　遠山鳥の　尾上まで　蕪村（2蕪村遺稿　四九六）
麦刈りて　遠山見せよ　窓の前　蕪村（2蕪村遺稿　一〇五八）
寝並んで　遠夕立の　評議哉　一茶（3おらが春　四五〇ぺ）
霧しづしづ　とほりて山上　白夜なる　蝶衣（9蝶衣句稿　〇五六三）
すず風の　通りて竹の　葉音哉　嘯雨（8俳諧新選　一二二ぺ）
八百屋物の　通りの中や　山ざくら　猪草（8俳諧新選　一〇六ぺ）
まつむしは　通る跡より　鳴きにけり　一髪（6あら野　七二五）
銭蒔きて　通る駕(かご)あり　山ざくら　随古（8俳諧新選　一〇六ぺ）
大名の　通る木曾路や　かんこ鳥　可猩（8俳諧新選　一一四ぺ）
西須磨を　通る野分の　あした哉　蕪村（2蕪村遺稿　二七二五）
槍立てて　通る人なし　花薄　子規（10獺祭句帖抄　六〇二ぺ）
柳枯れて　とほんと長き　堤かな　習先（8俳諧新選　一三七ぺ）
藪ふして　どほんと広し　雪の原　孤桐（8俳諧新選　一四二ぺ）
椶櫚(しゅろ)の葉に　とまらで過ぐる　胡蝶哉　梅餌（6あら野　五八七）
橋の上　とまられはせぬ　涼み哉　貞秋（7俳諧古選　一六二ぺ）
から崎や　とまりあはせて　初しぐれ　随友（6あら野　九一二）
我が宿に　泊り定めん　十三夜　春来（8俳諧新選　一三四ぺ）
岩なだれ　とまり高萩　咲きにけり　冬葉（9冬葉第一句集　一〇一七）
釣鐘に　とまりてねむる　こてふ哉　蕪村（2蕪村遺稿　二六二三）
雨に来て　とまり取りたる　月見哉　太祇（8俳諧新選　一三〇ぺ）
行く蝶の　とまり残さぬ　あざみ哉　燭遊（6あら野　五九五）
うかれ来て　とまるより寝る　小蝶哉　麦翅（8俳諧新選　一五七ぺ）
春雨の　とまれと降るや　初瀬の町　達三（7俳諧古選　二一六ぺ）
我しれり　富隠しける　門柳　嘯山（8俳諧新選　一〇五ぺ）
蛍の死　弔ふ水を　そそぎけり　敦（9午前午後　三一三九）
花人を　泊めて衣桁を　つらねけり　蝶衣（9蝶衣句稿　〇五六八）
独り来て　友選びけり　花のやま　冬松（6あら野　三八四）
鞘走る　友切丸や　ほととぎす　蕪村（2蕪村句集　五四四）
金屏に　灯(とも)さぬ間あり　猫の恋　石鼎（9花影　〇七四六）
団扇して　灯(ともし)けしたり　けさの秋　蕪村（2蕪村遺稿　二六九六）
大寺の　ともし少なき　夜寒かな　子規（10獺祭句帖抄　六五一ぺ）
薫風や　ともし立てかねつ　いつくしま　蕪村（2蕪村句集　一六七二）
灯籠を　ともして留守の　小家かな　子規（10獺祭句帖抄　六三五ぺ）
野ばくちや　灯によるの　鹿の角　習先（8俳諧新選　一五九ぺ）
隣から　ともしのうつる　ばせをかな　子規（10獺祭句帖抄　六一〇ぺ）
隠家も　灯(ともしび)有りて　水雞(くひな)哉　楚山（7俳諧古選　二三〇ぺ）

鴨啼いて　ともし火消すや　長蛇亭　子規（10獺祭句帖抄 六六六ぺ）
寒夜読むや　灯（ともしび）　潮の如く鳴る　月舟（9進むべき道 〇六九四）
さゆる夜の　ともし火すごし　眉の剣　園女（4菊の塵 一〇九〇）
冷（すさま）じや　灯のこる　夏のあさ　藤羅（6あら野 六七六）
ひぐらしに　灯火はやき　一と間かな　万太郎（9草の丈 一一三一）
金殿の　ともし火細し　夜の雪　子規（10獺祭句帖抄 六四〇ぺ）
蘆の屋の　灯（ともし）ゆりこむ　砧哉　立志（7俳諧古選 一八一ぺ）
榾（ほだ）さかん　灯をともす　までもなし　紅緑（9紅緑句集 〇二四四）
宮守の　灯をわくる　火串（ほぐし）かな　亀洞（6あら野 一〇七六）
灯籠を　灯（とも）すもやさし　姉二人　虚子（13六百五十句 一九六ぺ）
関の灯（ひ）を　ともせば消ゆる　野分哉　蕪村（2蕪村遺稿 二七二四）
短夜や　纜（ともづな）濡れて　草の中　青峰（9青峰集 二二六〇）
葉ちりぢり　友なし小鳥　うづくまる　乙字（9乙字句集 〇九九三）
白鷺や　友におくるる　雪の暮　文山（8俳諧新選 一四三ぺ）
吹く風も　共に押し合ふ　すすきかな　止角（8俳諧新選 一三二ぺ）
涼しさや　ともに米かむ　椎が本　如行（6猿蓑 二一五九）
花も実も　共に盛りの　茄子かな　丈石（8俳諧新選 一二三ぺ）
蕣（あさがほ）も　共にしほるる　わかれかな　花雪（8俳諧新選 一五三ぺ）
麦の穂と　共にそよぐや　筑波山　千川（6炭俵 二四九二）
かげろふと　共にちらつく　小鮎哉　圃水（6続猿蓑 三〇二三）
蓮の実の　供に飛び入る　庵かな　等哉（6猿蓑 二一七五）
ともに裸身　ともに浪聴き　父子なる　林火（9早桃 二七五八）

客あるじ　共に蓮の　[illegible]おはん　良品（6続猿蓑 三一三六）
我が子なら　供にはやらじ　夜の雪　とめ（7俳諧古選 二〇七ぺ）
蟬の声　共に吹かるる　梢かな　子規（10獺祭句帖抄 六四八ぺ）
猪も　ともに吹かるる　野分かな　芭蕉（1江鮭子 六二一）
ちりの身と　ともにふはふは　紙帳哉　一茶（3おらが春 四四一ぺ）
松の外　友のとぼしき　しぐれかな　湖十（4鳥山彦 一二三二）
杖をつく　友は誰々　けふの菊　宋屋（8俳諧新選 一三三ぺ）
刀さす　供もつれたし　今朝の春　正秀（6炭俵 二三九〇）
伏見田に　友や待つらん　月の雁　無腸（5発句題葉集 七九二）
やまぶきも　巴も出づる　田うゑかな　許六（6炭俵 二五二六）
浦風や　巴をくづす　むら鵆（ちどり）　曾良（6猿蓑 一六六〇）
米くるる　友を今宵の　月の客　芭蕉（1笈日記 七〇五）
暮るる春　戸や明けて置かん　此の夕べ　子一（8俳諧新選 一二二ぺ）
鳥屋それて　鳥屋それて　鳥渡りけり　爽雨（9雪解 一八九九）
筑波から　土用見舞の　夕立かな　梁直（8俳諧新選 一二二ぺ）
蓼の花　豊の落穂の　かかりたる　素十（9初鴉 一五四六）
年は人に　とらせていつも　若夷（えびす）　芭蕉（1千宜理記 三）
面影の　囚はれ人に　似て寒し　木歩（9決定木歩全集 一〇五三）
生物を　捕へごころや　ところてん　柳緑（8俳諧新選 一二三ぺ）
花すすき　とらへぢからや　村すずめ　野童（6炭俵 二五六六）
垣ごしに　とらへてはなす　柳哉　遠水（6猿蓑 一九一三）
西行も　虎もしぐれて　おはしけり　子規（10獺祭句帖抄 六六二ぺ）

蜆貝　とられてじゆじゆと　鳴き居れり　作者不明（8 俳諧新選 一一二ぺ）
人の手に　とられて後や　桜海苔　杉峰（6 猿蓑 一九二七）
成り合ひに　鳥遊ばせる　柳哉　髪二（8 俳諧新選 一〇五ぺ）
夏帽も　取りあへぬ辞誼（じぎ）の　車上かな　子規（10 獺祭句帖抄 六四七ぺ）
茸狩りや　取り得し傘も　雫たる　可幸（8 俳諧新選 一五二ぺ）
邪魔な時は　取りおく角や　かたつぶり　白芽（8 俳諧新選 一一五ぺ）
夕立の　とりおとしたる　出村哉　一茶（3 文政句帖 三三七ぺ）
秋風や　鶏（とり）がかへせし　家鴨（あひる）の子　敦（9 古暦 三一二五）
障子には　鳥影見えて　時雨かな　楮林（8 俳諧新選 一三六ぺ）
何といふ　鳥かしらねど　梅の枝　子規（10 獺祭句帖抄 六〇六ぺ）
おも楫と　取楫の尻や　小夜時雨　米仲（7 俳諧古選 二三二ぺ）
誰が杖の　取り替はりけん　年わすれ　秋水（8 俳諧新選 一四五ぺ）
むさし野の　鳥来る松の　芯無限　かな女（9 川の灯 〇七九〇）
畠うつや　鳥さへ啼かぬ　山陰に　蕪村（2 蕪村句集 二三七八）
柳さへ　取り静めたる　あつさかな　其柳（8 俳諧新選 一二〇ぺ）
霜除を　とりし牡丹の　うひうひし　虚子（13 六百五十句 二〇五ぺ）
わくら葉に　取り付いて蟬の　もぬけ哉　蕪村（2 蕪村遺稿 二一六三）
蓑虫の　鳥啄まぬ　いのちかな　不器男（9 定本不器男句集 一七二〇）
陽炎や　取りつきかぬる　雪の上　荷兮（6 猿蓑 一九二九）
蜻蜒や　とりつきかねし　草の上　芭蕉（1 笈日記 六三六）
いつ里へ　取りつく事ぞ　かんこ鳥　竹友（8 俳諧新選 一四ぺ）
五人ぶち　とりてしだるる　柳かな　野坡（6 炭俵 二四二二）

耳袋　とりて物音　近きかも　虚子（13 六百五十句 一三三ぺ）
柴刈に　砦を出るや　雉子の声　蕪村（2 蕪村句集 二二三）
ゆくゆくは　鳥と添寝の　木の芽哉　宋阿（7 俳諧古選 一五七ぺ）
茸狩りや　鳥啼いて女　淋しがる　子規（10 獺祭句帖抄 六一〇ぺ）
行く春や　鳥啼き魚の　目は泪　芭蕉（1 奥の細道 四七五）
しばらくは　鳥なき里や　春の雪　涼袋（5 俳諧百一集 七二八）
海山の　鳥啼き立つる　雪吹（ふぶき）かな　乙州（6 炭俵 二六二〇）
椿落ち　鶏（とり）鳴き椿　また落つる　梅室（4 梅室家集 二二六五）
蝙蝠（かはほり）や　鳥にも恥ぢず　飛びあがり　如礫（7 俳諧古選 二一八ぺ）
物ひとつ　鳥の落とすや　夏木立　馬光（4 其袋 一一五〇）
渋柿の　取り残されし　冬木哉　鷺助（7 俳諧古選 一八八ぺ）
力なや　鳥は子を呼ぶ　此の暮れを　飛良（7 俳諧古選 二二八ぺ）
花重し　鳥はつれ飛び　人に屑　祇空（5 雨の集 四五四）
二三番　鶏は鳴けども　あつさ哉　魯町（6 炭俵 二五〇五）
大空に　取り放したり　冬の月　喜水（8 俳諧新選 一四二ぺ）
梅がかや　鳥は寝させて　夜もすがら　素園（8 俳諧新選 一〇二ぺ）
今の世も　鳥はほけ経　鳴きにけり　一茶（3 おらが春 四四〇ぺ）
萩の花　取り乱したる　盛りかな　貝錦（8 俳諧新選 二二七ぺ）
ちるはなや　鳥も驚く　琴の塵　芭蕉（1 真蹟画賛 九五六）
枇杷の花　鳥もすさめず　日くれたり　蕪村（2 蕪村句集 二三二五）
眼先切る　鳥も無う海　照り霞む　亜浪（4 亜浪句鈔 二六二四）
峰に添うて　鳥も羽をする　雪吹哉　福原祜中（8 俳諧新選 一四三ぺ）

まのあたり　鳥もふくるる　寒さかな　麦翅（8俳諧新選　一四二ペ）
書生来て　鳥屋に鷓鴣を　尋ねけり　嘯山（8俳諧新選　二二九ペ）
山風を　取り分けて聞く　幟かな　鳥門（7俳諧古選　二一八ペ）
梅もどき　鳥ゐさせじと　はし居かな　蕪村（2蕪村遺稿　二三八四）
登山口　鳥居の額の　俯向くも　誓子（9天狼　一四八三）
薫風や　鳥居の下を　波走る　句仏（9句仏句集　〇五三〇）
としごとに　鳥居の藤の　つぼみ哉　荷兮（6あら野　八三二）
弓固め　とる比なれや　藤ばかま　支浪（6続猿蓑　三二四九）
風呂の蓋　取るやほつほつ　春の雨　子規（10獺祭句帖抄　六四三ペ）
涼しさや　どれ置き直す　山もなし　乙由（7俳諧古選　一七一ペ）
宝引や　どれか結んで　有らうやら　李流（8俳諧新選　一五三ペ）
梅咲きぬ　どれがむめやら　うめぢややら　蕪村（2蕪村句集　一三四六）
ほととぎす　どれからきかむ　野の広き　柳風（6あら野　三九五）
鉢まきを　とれば若衆ぞ　大根引　野坡（6炭俵　二六〇四）
秋の灯の　どれやチエホフの　仮の宿　東洋城（9東洋城全句中　〇三八三）
乳を隠す　泥手わりなき　田植かな　梅室（4梅室家集　二一六四）
盃に　泥な落としそ　むら燕　芭蕉（1笈日記　三四九）
青柳の　泥にしだるる　塩干かな　芭蕉（1炭俵　八三七）
潮引いて　泥に日の照る　暑さかな　子規（4寒山落木巻五　二一九五）
藺の花や　泥によごるる　宵の雨　鈍可（6あら野　六七四）
代馬の　泥の鞭あと　一二本　素十（9初鴉　一五四一）
暮れ惜しむや　泥へ日のさす　二の替　呑獅（8俳諧新選　一一一ペ）
日のさして　とろりとなりぬ　小田の雁　乙二（4松窓乙二集　二一二二）
鵙鳴くや　十日の雨の　晴れ際を　子規（10獺祭句帖抄　六一五ペ）
門口に　十日の雨の　柳かな　子規（10獺祭句帖抄　六四五ペ）
衣がへ　十日はやくば　花ざかり　野坡（6炭俵　二四七一）
蕣や　十日戻らぬ　小商人　子規（10獺祭句帖抄　六三八ペ）
ほととぎす　十日もはやき　夜舟哉　風泉（6あら野　四〇〇）
余所に寝て　どんすの夜着の　とし忘れ　支考（6続猿蓑　三四二四）
三井寺に　緞子の夜着や　後の月　蕪村（2蕪村遺稿　二二八〇）
五六尺　飛んで見するや　親雲雀　龍眠（8俳諧新選　一〇四ペ）
俄か川　とんで見せけり　鹿の親　一茶（3おらが春　四六五ペ）
蓮の実や　飛んでも同じ　池の中　尺草（7俳諧古選　二〇八ペ）
妻もちて　鈍にこそあれ　冬籠り　鼓舌（8俳諧新選　一四〇ペ）
虎杖や　隧道透きて　朗らかに　温亭（9温亭句集　〇八二三）

な

ひとむしろ　内儀ばかりや　門涼み　月居（5発句題葉集　九六二）
煤掃に　内儀はしろし　梅の花　五竹坊（4三千化　一七八一）
新月や　内侍所の　棟の草　嵐雪（7俳諧古選　二〇〇ペ）
アドバルーンの　ない空がちらす　日暮れの粉雪　禅寺洞（9禅寺洞句集　二二八一）
春蟬の　鳴いて明るき　峠かな　素琴（9山萩　一〇〇九）
病気の　ない匂ひ也　きくのはな　千梅（8俳諧新選　一三四ペ）

魔事なくて　納経すみし　花の昼　三幹竹（9三幹竹句集〇五四八）
またぬのに　菜売りに来たか　時鳥　芭蕉（1六百番発句合七二）
せめて袖の　長いを孝に　蚊を追はん　剡山（8俳諧新選一五七ぺ）
藤の花　長うて連れに　おくれけり　素園（8俳諧新選一一一ぺ）
七夕の　仲人なれや　宵の月　貞徳（4犬子集〇〇四二）
もの知りの　長き面輪に　秋立ちぬ　虚子（11五百句二二ぺ）
大空に　長き能登あり　お花畑　青畝（9国原一五〇一）
春の夜の　長きは翌（あす）の　花見哉　立外（7俳諧古選一四四ぺ）
嬉しい歟（か）　永き夜明くる　馬の声　孤桐（8俳諧新選一三二ぺ）
朧夜や　ながくてしろき　藤の花　兼正（6あら野六一四）
春麻布　永坂布屋　太兵衛かな　万太郎（9草の丈一一三〇）
小雨にも　流さで梅の　匂ひかな　祇川（8俳諧新選一〇一ぺ）
流るるを　流さぬ夜の　氷かな　霞洲（8俳諧新選一四三ぺ）
雪の上に　流しかけをり　麦の肥　虚子（13六百五十句一三五ぺ）
居風呂（すゑふろ）へ　流し込んだる　清水かな　一茶（3おらが春四四二ぺ）
鳴けや鹿　鳴かずば皮を　はぎの坊　宗祇（4犬筑波集〇〇〇一）
ここをせに　中立売りや　ほととぎす　嵐山（8俳諧新選一五四ぺ）
銭銀（かね）の　中で酒飲む　師走哉　郷今（8俳諧新選一四五ぺ）
穴蔵の　中で物いふ　春の雨　一茶（3七番日記三三六ぺ）
かかる日は　中々ぬるき　扇かな　鷺水（8俳諧新選一一九ぺ）
麦秋の　中なるが悲し　聖廃墟　秋桜子（9残鐘一四三九）
命二つの　中に生きたる　桜哉　芭蕉（1野ざらし紀行一二三九）

なく蟬の　中に老いたる　声も有り　雲魚（8俳諧新選一一九ぺ）
それとなき　中に音あり　夜の雪　貝錦（8俳諧新選一四二ぺ）
春雨の　中におぼろの　清水哉　蕪村（2蕪村句集二二一九）
むつかしき　中に香もあり　花茨　嵐雪（7俳諧古選二〇〇ぺ）
いそがしき　なかに聞きけり　蜀魄（ほととぎす）　釣雪（6あら野三九一）
雑沓の　中に草市　立つらしき　虚子（12五百五十句五二ぺ）
朝霧の　中に九段の　ともしかな　子規（4寒山落木巻一二一七一）
うの花の　中に崩れし　庵かな　樗良（5樗良発句集七八一）
蚊ふすべの　中に声あり　念仏講　来山（7俳諧古選二一一ぺ）
とし波の　中に桜の　日数かな　嘯山（8俳諧新選一四六ぺ）
なの花の　中に城あり　郡山　許六（5五老井発句集三七五）
をかし蜜柑　中に筋あり　袋あり　珪山（8俳諧新選一四八ぺ）
虫の音の　中に咳き出す　寝覚めかな　丈草（4渡鳥集一〇〇四）
月と日の　中に出来てや　梅の花　半魯（8俳諧新選一〇二ぺ）
手遊（てすさ）びの　中に匂ふや　菊の塵　士髪（8俳諧新選一三四ぺ）
天渺々（べうべう）海漫々　中にひよつくり　鰹船　紅葉（9紅葉句帳〇二七一）
引鳥の　中に交じるや　田螺（たにし）とり　支浪（6続猿蓑三〇八五）
うら枯れの　中に水なき　大河かな　月居（5発句題葉集九六三）
田や麦や　中にも夏の　ほととぎす　芭蕉（1雪満呂気四八六）
山こぞる　なかにも坊主　山笑ふ　裸馬（9裸馬翁五千句一一〇六）
島原は　中に汚れて　菜種哉　麗白（7俳諧古選二一八ぺ）
蜀魄（ほととぎす）　啼かぬ夜しろし　朝熊山（あさまやま）　支考（6続猿蓑三一一五）

人々の 中の主や 牡丹園　花蓑（9 花蓑句集 〇八七五）
新月の 中の曇りや 女郎花（をみなへし）　春来（7 俳諧古選 二二一ぺ）
囀りの 中の小家に 入りにけり　裸馬（9 裸馬翁五千句 一一〇三）
大行進の 中の一人の 汗の顔　碧雲居（9 碧雲居句集 一〇六八）
ひばりなく 中の拍子や 雉子の声　芭蕉（1 猿蓑 六一二）
青梅や 長橋殿の 夜の音　南雅（8 俳諧新選 二二三ぺ）
年もはや 半ば流れつ 御祓（みそぎ）川　素堂（7 俳諧古選 一六五ぺ）
菜の花に 半ばや埋む 塔ひとつ　和及（5 雀の森 一九二）
ははき木は ながむる中に 昏れにけり　塵交（6 波留濃日 三三六）
馬をさへ ながむる雪の 朝（あした）哉　芭蕉（1 野ざらし紀行 二〇二）
見渡せば 詠むれば見れば 須磨の秋　芭蕉（1 芝肴 一〇七）
渋柿を ながめて通る 十夜哉　裾道（6 猿蓑 一六三八）
親々の 中も直せし をどり哉　篤羽（8 俳諧新選 一二五ぺ）
万緑の 中や吾子の歯 生え初むる　草田男（9 火の島 二五四二）
五月雨も 中休みかよ 今日は　一茶（3 おらが春 四四一ぺ）
菜の花の 中や手にもつ 獅子頭　乙二（4 松窓乙二集 二一一九）
十軒の 長屋とりまく 木槿（むくげ）かな　子規（10 獺祭句帖抄 六五六ぺ）
しだり尾の 長屋長屋に 菖蒲かな　嵐雪（4 玄峰集 〇八三四）
名月や 長屋の陰を 人の行く　闌指（6 続猿蓑 三二〇八）
新酒酌むは 中山寺の 僧どもか　子規（10 獺祭句帖抄 六五三ぺ）
養父入（やぶいり）は 中山寺の 男かな　蕪村（2 蕪村句集 二〇三二）
焚火そだて ながら心は 人を追ふ　虚子（12 五百五十句 五五七ぺ）

ひとり行く 長柄堤や 冬の月　篤羽（8 俳諧新選 一四一ぺ）
我が軒に 長柄の菖蒲（あやめ） ふきにけり　西吟（5 元禄百人一句 二三一）
夜やいつの 長良の鵜舟 曾（かつ）て見し　蕪村（2 蕪村遺稿 一四〇一）
又やたぐひ 長良の川の 鮎なます　芭蕉（1 笈日記 四一三）
あをやぎの ながらふ影に あゆ子さばしる　涼袋（5 綾太理家の集 七三四）
しづまれば 流るる脚や 水馬（みづすまし）　太祇（8 俳諧新選 二二三ぺ）
門並に 流るる川や 大根引　嘯山（8 俳諧新選 一四一ぺ）
露凝りて 流るる菊の 障子哉　月斗（9 昭和俳句集 〇五一三）
しろ水の 流るる末や 苔の花　可幸（8 俳諧新選 二二三ぺ）
牡蠣舟に 流るる塵も 夜なれや　寸七翁（9 現代俳句集 〇八七八）
流す菊 流るるに降り いでにけり　秋桜子（9 残鐘 一四三七）
夕影は 流るる藻にも 濃かりけり　虚子（11 五百句 八三ぺ）
やまかはを ながるる鴛鴦（をし）に 松過ぎぬ　蛇笏（9 山響集 〇六七四）
御降（おさがり）の 流れいでけり 御所の溝　子規（9 寒山落木巻二 〇〇七）
木曾山に 流れ入りけり 天の川　一茶（3 七番日記 三四四ぺ）
初蝶の 流れ光陰 流れけり　みどり女（9 光陰 〇九七六）
ちる程は 流れていぬる 柳かな　水翁（8 俳諧新選 二二四ぺ）
雨溝に 流れて淋し 栗の花　珍志（8 俳諧新選 二二三ぺ）
松笠も 流れて寒さ 川辺哉　蓬洲（8 俳諧新選 一四二ぺ）
おもふ事 ながれて通る しみづ哉　荷兮（6 あら野 一〇三一）
ぬる鴛（をし）や 流れては又 向かひ合ふ　龍眠（8 俳諧新選 一四一ぺ）
君還る なかれ灯下の 桜餅　躑躅（9 現代俳句集 〇八五九）

夕月や　流れ残りの　きりぎりす　一茶(3文化句帖 三四九ペ)
炊くほどの　流れもたりぬ　梅の花　枝栖(8俳諧新選 一四七ペ)
葱(ねぶか)洗ふ　流れもちかし　井手の里　蕪村(2蕪村遺稿 一九三〇)
瓢簞の　流れわたりや　水の上　芋秀(8俳諧新選 一五二ペ)
川狩りの　流れを尽くす　つかみつら　嘯山(8俳諧新選 一二三ペ)
古河の　流れを引きつ　種おろし　蕪村(2蕪村句集 二〇九六)
ふくかぜの　中をうを飛ぶ　御祓(みそぎ)かな　芭蕉(1真蹟画賛 四五六)
梅さくら　中をたるます　桃の花　水鷗(6続猿蓑 三〇五六)
かやはらの　中を出かぬる　こてふかな　炊玉(6あら野 五八八)
春雨の　中を流るる　大河哉　蕪村(2蕪村遺稿 二二一二)
いそがしき　中をぬけたる　涼みかな　游刀(6続猿蓑 三一五八)
日々是好日　就中(なかんづく)此の日　紅葉濃し　三允(9中野三允句集 〇三三五)
ほろほろと　泣き合ふ尼や　山葵漬け　虚子(9五百句 〇〇九三)
心爰に　なきか鳴かぬか　郭公(ほととぎす)　西鶴(5遠近集 一一四)
天人も　泣き顔わろし　涅槃像　己百(7俳諧古選 一四八ペ)
一つ籠に　なきがら照らす　蛍かな　水巴(9定本水巴句集 〇五九五)
うぐひすの　鳴きそこなへる　嵐かな　若風(6あら野 五一七)
独り寝や　泣きたる皃(かほ)に　まどの月　野水(6あら野 八五四)
足あとの　なき田わびしや　落とし水　蕪村(2蕪村遺稿 六二八)
子といくは　亡き夫といく　月真澄　しづの女(9颱 〇九六三)
身にしむや　なき妻のくしを　閨に踏む　蕪村(2蕪村句集 一八〇八)
きつと来て　啼きて去りけり　蟬のこゑ　胡故(6続猿蓑 三一八五)

一(ひと)しきり　啼きて静けし　除夜の鶏(とり)　利合(6続猿蓑 三四二九)
鵯(ひよどり)の　鳴きてつい行きぬ　枇杷の花　巳白(8俳諧新選 一三八ペ)
夕鳥　啼き啼き帰る　枯野哉　汀雨(7俳諧古選 二二八ペ)
郭公の　啼き啼き来り　止りけり　普羅(9辛夷 〇七一三)
熊坂が　長刀あぶる　霜夜かな　湖十(4たつのうら 一二三〇)
鶯に　長刀かかる　承塵(なげし)かな　其角(6続猿蓑 三〇〇九)
落葉掻くは　亡き母の後ろ　姿かな　乙字(9乙字句集 〇九八七)
燕(つばくら)や　なき二親の　思はるる　嘯山(8俳諧新選 一〇六ペ)
又雉の　鳴きもしさうな　花野哉　車児(8俳諧新選 一二九ペ)
鈴虫は　鳴きやすむなり　虫時雨　たかし(9たかし句集 一六六二)
梟の　啼きやむ岨(そば)の　若菜かな　曲翠(6続猿蓑 二九九〇)
ほととぎす　鳴きやむ時を　しりにけり　一井(6あら野 八八五)
酔ひ狂ひ　なきを牡丹の　花見かな　赤羽(8俳諧新選 一一三ペ)
熱燗に　泣きをる上戸　ほつておけ　虚子(13六百五十句 二四二ペ)
翔けるものも　なく天城嶺の　冬日かな　平之助(9五所亭句集 一〇九三)
地獄痣　なく老いにけり　四月馬鹿　みどり女(9雪嶺 〇九六九)
妻恋ふて　啼くかもしらず　時鳥　嵐山(8俳諧新選 一一四ペ)
小男鹿や　鳴くごとに身の　細るべき　御風(8俳諧新選 一三三ペ)
早乙女や　泣く子の方へ　植ゑて行く　乗捨(7俳諧古選 一七〇ペ)
三日月や　なく子をすかす　縁の端　湖暁(8俳諧新選 一三〇ペ)
蚊いぶしも　なぐさみになる　ひとり哉　一茶(3七番日記 三三九ペ)
麦の葉に　慰み行くや　小山伏　才麿(4陸奥衛 〇二六四)

小夜の月　慰めかねつ　捨子泣く　才麿（4坂東太郎 〇二六〇）
幾秋か　慰めかねつ　母ひとり　来山（4生駒堂 〇二三二）
啞蟬も　鳴く蟬ほどは　ゐるならむ　青郁（9冬青空 一五九五）
冬川の　菜屑啄む　家鴨（あひる）かな　子規（10獺祭句帖抄 六一九ぺ）
柳散り　菜屑流るる　小川かな　子規（10獺祭句帖抄 六一六ぺ）
水鳥や　菜屑につれて　二間程　子規（10獺祭句帖抄 六六五ぺ）
隣る木も　なくて銀杏の　落葉かな　道彦（4蔦本集 二〇九〇）
出る山は　なくて海より　江戸の月　沾涼（4鳥山彦 一二五七）
障り人の　なくて老いけり　種ふくべ　習先（8俳諧新選 一五四ぺ）
動く葉も　なくておそろし　夏木立　蕪村（2蕪村遺稿 五六一）
月花も　なくて酒のむ　ひとり哉　芭蕉（1あら野 四七二）
をがむ気も　なくてたふとや　けふの月　山蜂（6続猿蓑 三二一四）
詞さへ　なくて月見る　寒さかな　子曳（8俳諧新選 一四二ぺ）
辛い物　なくて雛の　料理哉　固有（8俳諧新選 一〇八ぺ）
何事も　なくて冬の夜　明けにけり　梓月（9冬扇 〇三六八）
水ぎはも　なくて古江の　しぐれ哉　蕪村（2蕪村遺稿 二四五）
時鳥　鳴く時　杜若（かきつばた）白し　子規（10獺祭句帖抄 六四八ぺ）
時鳥　啼く啼く風が　雨になる　利牛（6炭俵 二四八九）
川波も　泣く泣く過ぐる　もみぢ哉　移竹（8俳諧新選 一三五ぺ）
迷ひ子の　泣く泣く抓む　蛍かな　流水（7俳諧古選 一六二ぺ）
ほととぎす　なくなくとぶぞ　いそがはし　芭蕉（1あつめ句 二九三）
笑ふにも　泣くにもにざる　木槿（むくげ）かな　嵐蘭（6猿蓑 一八二〇）

友減りて　鳴く音かひなや　夜の雁　旦藁（6あら野 六〇八）
杜鵑（ほととぎす）　鳴く音や古き　硯ばこ　芭蕉（1陸奥鵆 七四八）
初夢も　無く穿く足袋の　裏白し　水巴（9定本水巴句集 〇五九二）
小夜しぐれ　なくは子のない　鹿にがな　一茶（3おらが春 四六一ぺ）
身に骨の　なくばとおもふ　躍りかな　存義（4東風流 一七四一）
初ざくら　泣くまい所で　泣きにけり　其来（8俳諧新選 二五〇ぺ）
ひたと犬の　啼く町越えて　をどり哉　蕪村（2蕪村句集 一三六）
鶯の　啼くやあちらむき　こちら向き　蕪村（2蕪村遺稿 二四三八）
ほととぎす　啼くや五尺の　菖草（あやめぐさ）　芭蕉（1葛の松原 七五〇）
ほととぎす　啼くや湖水の　ささ濁　丈草（6続猿蓑 三一一三）
蜀魂（ほととぎす）　なくや木の間の　角櫓（すみやぐら）　史邦（6猿蓑 一七一六）
うぐひすの　啼くや師走の　羅生門　蕪村（2蕪村句集 二〇三三）
鶯の　啼くや小さき　口明いて　蕪村（2蕪村句集 一四八九）
郭公（ほととぎす）　なくや雲雀（ひばり）と　十文字　去来（5をのが光 二九一）
蛬（きりぎりす）　鳴くや湯殿の　戸のゆるみ　麦翅（8俳諧新選 一二七ぺ）
時鳥　啼くや夜汐の　ひたひたと　蒼虬（5訂正蒼虬句集 一一五三）
鶯の　鳴くや餌ひろふ　片手にも　去来（6あら野 五一八）
母ともに　泣く夜は寒さ　乳房哉　琴蔵（7俳諧古選 一九三ぺ）
雛の盃　投ぐれば畳に　なかれけり　嘯山（8俳諧新選 一五四ぺ）
友鹿の　啼くを見かへる　小鹿かな　車来（6炭俵 二五六二）
金亀子　擲つ闇の　深さかな　虚子（9五百句 〇〇六六）
花にあかぬ　嘆きやこちの　うたぶくろ　芭蕉（1如意宝珠 二七）

雪菰や　投げ込んで行く　とどけ状　一茶（3文政句帖 三六二ぺ）
無分別に　投げ出す声や　夜の鹿　嘯山（8俳諧新選 二三三ぺ）
相撲取　投げて置きけり　蚊屋の内　希因（8俳諧新選 二一七ぺ）
飛ぶ蛍　鳴けば悲しき　声ならめ　只義（8俳諧新選 二一六ぺ）
思ふ事　なげぶしは誰　月見舟　其角（7俳諧古選 一七八ぺ）
殿原の　名古屋皃(がほ)なる　鵜川哉　蕪村（2蕪村句集 一五五〇）
縁に寝る　情や梅に　小豆粥　支考（6続猿蓑 三四八〇）
お奉行の　名さへおぼえず　とし暮れぬ　来山（5いまみや草 二一一）
何事も　なしと過ぎ行く　柳哉　越人（6あら野 五四八）
仏へと　梨十ばかり　もらひけり　子規（10獺祭句帖抄 六五六ぺ）
動く共　なしに跡ある　田螺(たにし)かな　士川（8俳諧新選 一四八ぺ）
中切の　梨に気のつく　月み哉　配力（6続猿蓑 三二一一）
鶯に　なじみもなきや　新屋敷　夢々（6あら野 五二二）
草の戸に　なじめて置くや　盆の月　毛仏（8俳諧新選 二二九ぺ）
思ふ事　なしや四月の　山の色　雅因（8俳諧新選 二二三ぺ）
遣ふとも　なしや美人の　箔団(うちは)　嘯山（8俳諧新選 二一九ぺ）
野狐ほども　なし我が身がさ　春嵐　かな女（9川の灯 〇七八七）
冬枯れて　那須野は雲の　溜るところ　水巴（9定本水巴句集 〇五九八）
背戸の畑　なすび黄ばみて　きりぎりす　旦藁（6波留濃日 三四二）
見つつゆけば　茄子腐れて　往昔(むかし)道　暁台（5暁台句集 七七二）
秋風や　茄子の数の　あらはるる　木白（6炭俵 二五七五）
夏菊や　茄子の花は　先へさく　拙侯（6続猿蓑 三一二九）

それを売れ　茄子の蓋の　萩の花　左次（7俳諧古選 一七〇ぺ）
一本の　なすびもあまる　住(すま)ひかな　杏雨（6あら野 九六三）
焼け屋敷　茄子も植ゑず　建ちにけり　行雲（8俳諧新選 一五九ぺ）
糠漬けの　茄子紫に　明け易き　子規（10獺祭句帖抄 六五一ぺ）
伏見かと　菜種の上の　桃の花　雪芝（6続猿蓑 三〇五）
天懸かる　雪崩の跡や　永平寺　爽雨（9雪解 一八八七）
どかと解く　夏帯に句を　書けとこそ　虚子（9五百句 〇〇七九）
暁の　夏陰茶屋の　遅きかな　昌圭（6波留濃日 三三九）
春過ぎて　なつかぬ鳥や　杜鵑(ほととぎす)　蕪村（2蕪村句集 五六）
冬は又　夏がましぢやと　言ひにけり　鬼貫（4大悟物狂 〇二八四）
湖(うみ)を断つ　夏木の幹の　ただ太し　虚子（14七百五十句 二五ぺ）
石の香や　夏草赤く　露あつし　芭蕉（1曾良旅日記 四九三）
味噌可なり　菜漬け妙なり　濁り酒　四方太（9春夏秋冬 〇二〇四）
客を待つ　夏座蒲団の　小さきが　虚子（13六百五十句 二一三ぺ）
遠く高き木　夏近き立てり　畳む屋根に　碧梧桐（9碧梧桐句集 〇一二七）
片息に　成つて逃げ入る　蛍かな　一茶（3おらが春 四四五ぺ）
濡縁や　薺(なつな)こぼるる　土ながら　嵐雪（6続猿蓑 二九八九）
古畑や　薺摘み行く　男ども　芭蕉（1柱暦 二五八）
降るとても　薺つむ日に　翌(あす)はなし　九可（8俳諧新選 一〇〇ぺ）
我が顔に　薺とばしる　うれしさよ　青々（9鳥の巣 〇五〇〇）
虫の食ふ　夏菜とぼしや　寺の畑　荊口（6続猿蓑 三一九〇）
垢爪や　薺の前も　はづかしき　一茶（3七番日記 二二四ぺ）

よくみれば　薺花さく　垣ねかな　芭蕉（1続虚栗　二五九）
よもに打つ　薺もしどろ　もどろ哉　芭蕉（1続深川集　四五九）
乳母車　夏の怒濤に　よこむきに　多佳子（9紅糸　二九六二）
水上機　夏の日輪を　濡れて過ぐ　誓子（9炎昼　一四七五）
撫子や　夏野の原の　落とし種　守武（4誹諧初学抄　〇〇二二）
山陰に　夏はけなりや　海人の家　流水（7俳諧古選　一七二ぺ）
風狂の　夏まけの夏　惜しむかな　余子（9余子句抄　〇四四八）
蚊ばしらや　棗の花の　散るあたり　暁台（5暁台句集　七七〇）
四五歩して　夏山の景　変はりけり　虚子（12六百句　二二七ぺ）
手で顔を　撫づれば鼻の　冷たさよ　虚子（9六百五十句　〇〇七六）
酔うて寝む　なでしこ咲ける　石の上　芭蕉（1あつめ句　三〇〇）
妻の手に　撫子咲ける　日数かな　白芽（8俳諧新選　二二三ぺ）
霜の後　撫子さける　火桶哉　芭蕉（1勧進牒　六五二）
喘ぎ喘ぎ　撫し子の上に　倒れけり　子規（10獺祭句帖抄　六〇八ぺ）
愛らしう　撫子の花　萎みけり　平十（8俳諧新選　二二三ぺ）
あばら骨　なでじとすれど　夜寒哉　一茶（3七番日記　三四三ぺ）
針立の　撫で撫で這入る　ふくべ哉　許六（7俳諧古選　一七九ぺ）
夕風に　撫でられて居る　涼みかな　琴和（8俳諧新選　二二二ぺ）
とらが雨　など軽んじて　ぬれにけり　一茶（3おらが春　四五〇ぺ）
雑水（ざふすい）の　などころならば　冬ごもり　其角（6猿蓑　一六四二）
えぼし子や　など白菊の　玉（ぎよく）牡丹　濁子（6続猿蓑　三三〇九）
京城の　七つの丘の　秋日かな　普羅（9辛夷　〇七一七）

山吹の　七重八重さへ　淋しさよ　虚子（14七百五十句　五五〇ぺ）
初蝶来　何色と問ふ　黄と答ふ　虚子（9六百五十句　〇〇八七）
はつしぐれ　何おもひ出す　この夕べ　湍水（6あら野　七七二）
蝸牛（かたつぶり）　何おもふ角の　長みじか　蕪村（2蕪村遺稿　一〇〇）
しをるるは　何かあんずの　花の色　貞徳（5犬子集　一五）
竹の腹に　何某の年と　書かれたり　習先（8俳諧新選　一一八ぺ）
初雁や　何がなうても　飯旨し　杜口（8俳諧新選　一三一ぺ）
夜学人　何かは心　激しゐる　雉子郎（9現代俳句集　〇六八九）
曇り来ぬ　何が降るやら　冬の空　水翁（8俳諧新選　一四五ぺ）
うかとして　何か見てをり　年の暮　虚子（12六百句　二一五ぺ）
価あらば　何か雄島の　秋の景　宗因（4佐夜中山集　〇一五六）
涼風や　何食はせても　二人前　一茶（3文政句帖　三三六ぺ）
姓名は　何子か号は　案山子（かがし）哉　蕪村（2蕪村句集　二一六八）
年の市　何しに出たと　人のいふ　一茶（3文化句帖　三六二ぺ）
打ちをりて　何ぞにしたき　氷柱哉　夜舟（6あら野　八〇六）
黒森を　なにといふとも　けさの雪　芭蕉（1五十四郡　二三二）
子を食はれ　何とか竹の　親心　槐枝（7俳諧古選　二三一ぺ）
元朝や　何となけれど　遅ざくら　路通（6あら野　四六五）
年玉や　何ともしれぬ　紙包み　子規（10獺祭句帖抄　六〇四ぺ）
秋たつや　何におどろく　陰陽師　蕪村（2蕪村句集　九三五）
麦秋や　何におどろく　屋ねの鶏（とり）　蕪村（2蕪村遺稿　八七〇）
兀山（はげやま）や　何にかくれて　きじの声　蕪村（2蕪村句集　四三〇）

七草や　何に懸けても　左利　必化（8俳諧新選一〇〇ぺ）
元日や　何に譬へん　朝ぼらけ　忠知（7俳諧古選一四八ぺ）
掛香や　何にとどまる　せみ衣　蕪村（2蕪村句集二六七二）
ゆく水や　何にとどまる　海苔の味　其角（4花摘〇八一九）
芭蕉葉は　何になれとや　秋の風　路通（6猿蓑一八〇六）
小狐の　何にむせけむ　小萩はら　蕪村（2蕪村句集一六一）
こがらしや　何に世わたる　家五軒　蕪村（2蕪村句集二九八）
蜻蛉や　何の味ある　竿の先　探丸（6続猿蓑三二六八）
黒蝶の　何の誇りも　無く飛びぬ　虚子（13六百五十句一七六ぺ）
枯蘆や　難波入江の　ささら波　鬼貫（4大悟物狂〇二七一）
おもはずも　浪花に暮れて　謡（うたひ）初　句仏（9句仏句集〇五二五）
あすは粽　難波の枯葉　夢なれや　芭蕉（1六百番発句合七三）
銀閣に　浪花の人や　大文字　蕪村（2蕪村遺稿一八二四）
梅散るや　なにはの夜の　道具市　巣兆（5曾波可理九八三）
傾城の　名には未（まだ）なし　花の春　布門（8俳諧新選一〇〇ぺ）
夜を秋の　何踏ませけん　水車　烏栖（8俳諧新選一三二ぺ）
青苔は　何ほどもとれ　沖の石　傘下（6あら野一〇九〇）
ほととぎす　何もなき野の　門（も）ん構　凡兆（6猿蓑一七一四）
かきつばた　何ものおもふ　犬の舌　巴人（4夜半亭発句帖一一七四）
明月や　何もひろはず　夜の道　野荻（6続猿蓑三二二六）
鳴滝の　名にやせりあふ　ほととぎす　如雪（6続猿蓑三一一六）
虻（あぶ）も来て　何やらうたふ　花見哉　杏村（7俳諧古選二三〇ぺ）

煤掃いて　何やらたらず　家の内　月下（7俳諧古選一九〇ぺ）
元日や　何やら人の　したり皃（がほ）　春来（8俳諧新選一〇〇ぺ）
山路来て　何やらゆかし　すみれ草　芭蕉（1野ざらし紀行一二三五）
蝸牛（かたつぶり）　何を当てなる　歩みぞも　一兎（8俳諧新選一一五ぺ）
名月に　何を急ぐぞ　帆かけ船　貝錦（8俳諧新選一三〇ぺ）
しら浜や　何を木陰に　ほととぎす　曾良（6続猿蓑三一一四）
竹の葉の　何を囁く　雪月夜　兎流（7俳諧古選二二〇ぺ）
菜の花や　何を印の　国堺　沙月（8俳諧新選一一〇ぺ）
凩や　何をたよりの　猿をがせ　蕪村（2蕪村遺稿二一六八）
五月雨　何を茶に汲む　淀の人　弁石（7俳諧古選一六〇ぺ）
つの国の　何を申すも　枯木立　一茶（3おらが春四六七ぺ）
花咲きて　七日鶴見る　麓哉　芭蕉（1ひとつ橋二六六）
みしやその　七日は墓の　三日の月　芭蕉（1笈日記八〇一）
麦の葉に　菜のはなかかる　嵐哉　不悔（6あら野五六三）
降らざりし　菜の花曇り　京に入る　露月（9露月句集〇三二二）
打ちつづく　菜の花曇り　壬生祭　四方太（9春夏秋冬〇一九八）
山かげや　菜の花咲きぬ　春過ぎぬ　大魯（4蘆陰句選一八三五）
水くらく　菜の花白く　日暮れたり　紫暁（5この時雨九〇七）
山吹の露　菜の花のかこち　顔なるや　芭蕉（1東日記一三〇）
水棚の　菜の葉に見たる　氷かな　勝吉（6あら野八〇三）
帷子（かたびら）と　名のみやによこと　膝も肩も　嘯山（8俳諧新選一二二ぺ）
寒声や　名乗をしつつ　誰が子供　風虎（4六百番発句合〇一五〇）

畦道や　苗代時の角大師　正秀（6 ひさご 一五八〇）
泥亀（どうがめ）や　苗代水の畦づたひ　史邦（6 猿蓑 一九四六）
さくら散る　苗代水や星月夜　蕪村（2 蕪村遺稿 一〇一三）
飛騨の生まれ　名はとうといふほととぎす　虚子（11 五百句 八二ぺ）
今朝と起きて　縄ぶしほどく柳哉　鼠弾（6 あら野 四八一）
小菊なら　縄目の恥はなかるべし　一茶（3 おらが春 四七二ぺ）
夢殿へ　なびく草戸の蚊遣かな　別天楼（9 野老 一一八六）
旗のごとく　なびく冬日をふと見たり　虚子（9 五百五十句 〇〇八六）
梟を　なぶるや寺の昼狐　子規（10 獺祭句帖抄 六二〇ぺ）
朝顔の　苗なだれ出し畚（ふご）のふち　虚子（12 五百五十句 一八ぺ）
霜がれや　鍋の墨かく小傾城　一茶（3 八番日記 三五八ぺ）
枯菊に　尚色といふもの存す　虚子（12 六百句 二三五ぺ）
ふまれても　なほうつくしや萩の花　舟泉（6 あら野 七二九）
そぼ降るや　猶傘さして山桜　不卜（7 俳諧古選 一四八ぺ）
ことされて　なほ邯鄲（かんたん）のうすみどり　風生（9 米寿前 一五七二）
白藤や　猶さかのぼる淵の鮎　几董（5 井華集 七九七）
雪の暮　猶さやけしや鷹の声　桂夕（6 あら野 四五三）
一片の　なほ空わたす落花かな　元（9 島村元句集 〇八九八）
枇杷の葉の　なほ慥か也初霞　斜嶺（6 続猿蓑 三一〇五）
行く秋の　なほたのもしや青蜜柑　芭蕉（1 浮世の北 七六一）
ひよろひよろと　猶露けしや女郎花（をみなへし）　芭蕉（1 あら野 四二八）
文月に　尚々書（なほなほがき）の暑さ哉　買友（7 俳諧古選 二一五ぺ）
花の文　猶々書（なほなほがき）もつつじかな　休酔（8 俳諧新選 一一〇ぺ）
冬の雨　なほ母たのむ夢に覚め　汀女（9 昭48俳句年鑑 一九三一）
鐺持の　猶振りたつるしぐれ哉　正秀（6 猿蓑 一六二〇）
雪山に　猶ふる雪や初鴉　霽月（9 芭蕉大14・2 〇二五四）
折柴の　なほ細かれや炉の煙　乙二（4 松窓乙二集 二一一五）
梅の木に　猶やどり木や梅の花　芭蕉（1 笈の小文 三四六）
車座に　直りて牛を食はれけり　蘭丈（8 俳諧新選 一四四ぺ）
界隈の　なまけ所や木下闇　一茶（3 おらが春 四五三ぺ）
むくつけき　生海鼠（なまこ）ぞ動く朝渚　露沾（7 俳諧古選 一八七ぺ）
むかし男　なまこの様におはしけむ　大江丸（5 はいかい袋 八七八）
めづらしと　生海鼠を焼くや小のの奥　俊似（6 あら野 九一四）
花に来て　鱠（なます）をつくるおうなかな　蕪村（2 蕪村遺稿 二一〇）
さよ姫の　なまりも床しつまね花　史邦（6 続猿蓑 三二五一）
大船や　波あたたかに鷗浮く　子規（10 獺祭句帖抄 六二二ぺ）
みじか夜や　浪うちぎはの捨（すて）篝（かがり）　蕪村（2 蕪村句集 一一一二）
スコールの　波窪まして進み来る　虚子（12 五百五十句 一六ぺ）
蒼海の　浪酒臭しけふの月　芭蕉（1 坂東太郎 一〇五）
ほととぎす　なみだおさへて笑ひけり　除風（6 あら野 九二六）
らふそくの　泪氷るや夜の鶴　蕪村（2 蕪村句集 八三五）
手にとらば消えん　なみだぞあつき秋の霜　芭蕉（1 野ざらし紀行 一八二）
月見れば　なみだに砕く千々の玉　蕪村（2 蕪村句集 一八七七）
思ひやる　涙はなぜに氷らぬぞ　嵐笠（7 俳諧古選 二二九ぺ）

たふとさの　涙や直に氷るらん　越人（6 あら野 一〇四八）
たふとがる　涙やそめてちる紅葉　芭蕉（1 笈日記 七二〇）
身うちから　泪をこぼす暑さ哉　羅人（7 俳諧古選 二二四ペ）
黒栄(くろはえ)や　浪に打たれて天の在り　喜舟（9 小石川 〇四五八）
遠浅や　浪にしめさす蜊(あさり)とり　亀洞（6 あら野員外 一一三〇）
清滝や　波に散り込む青松葉　芭蕉（1 追善之日記 八五九）
晴れ行くや　波にはなるるよこしぐれ　風虎（5 桜川 一二五）
夕日さす　波の鯨や片しぐれ　巴人（5 夜半亭発句帖 五〇二）
はつ雪や　波のとどかぬ岩のうへ　淡々（5 淡々発句集 四六八）
荒東風(ごち)の　濤(なみ)は没日(いりひ)にかぶさり落つ　楸邨（9 雪後の天 二五七二）
稲づまや　浪もてゆへる秋津しま　蕪村（2 蕪村遺稿 一六四）
笛の音に　波もより来る須磨の秋　蕪村（2 蕪村句集 八〇三）
打ちよする　浪や千鳥の横歩(あり)き　蕪村（2 蕪村句集 二六五）
散る花を　南無阿弥陀仏と夕べ哉　守武（6 あら野 九九五）
わすれ草　菜飯につまん年の暮　芭蕉（1 江戸蛇之鮓 一〇〇）
境内に　汝も伽藍(がらん)持つ蝸牛かな　迷堂（9 孤輪 〇四一七）
陽炎や　名もしらぬ虫の白き飛ぶ　蕪村（2 蕪村句集 二三一）
さみだれや　名もなき川のおそろしき　蕪村（2 蕪村遺稿 九〇二）
春なれや　名もなき山の薄霞　芭蕉（1 野ざらし紀行 二二八）
いろいろの　名もまぎらはし春の草　珍碩（6 ひさご 一四七二）
射たといふ　名も世に通る矢数哉　才之（8 俳諧新選 一一五ペ）
しをらしき　名や小松吹く萩薄　芭蕉（1 真蹟懐紙 五四一）

夕月や　納屋も厩も梅の影　鳴雪（9 鳴雪俳句集 〇一六一）
胡蝶にも　ならで秋ふる菜虫哉　芭蕉（1 をのが光 五七一）
小さうも　ならでありけり茎の石　鬼城（9 鬼城句集 〇六二七）
鰻とも　ならである身や五月雨　木歩（9 決定木歩全集 一〇五二）
畠にも　ならでかなしき枯野哉　蕪村（2 蕪村遺稿 八一八）
生海鼠(なまこ)とも　ならで流石(さすが)に平家也　涼菟（7 俳諧古選 二〇八ペ）
盗人と　ならで過ぎけり虫の門　普羅（9 普羅句集 〇七二四）
かざり木に　ならで年ふる柏哉　一晶（6 あら野 四六四）
ともかくも　ならでや雪のかれを花　芭蕉（1 雪の尾花 七三五）
菊に出て　奈良と難波は宵月夜　芭蕉（1 意専土芳宛 八九六）
菊の香や　ならには古き仏達　芭蕉（1 杉風宛書簡④ 八九三）
名月や　奈良にも翌(あす)は朝寝せん　雲魚（8 俳諧新選 一三〇ペ）
捻ぢもこぢも　ならぬ岩間のつつじ哉　南浦（8 俳諧新選 一一〇ペ）
細工にも　ならぬ桔梗のつぼみ哉　随友（6 続猿蓑 三二四五）
枕にも　ならぬ物なり春の水　漁焉（8 俳諧新選 一〇七ペ）
自南来と　奈良の団(うちは)に書かれたり　習先（8 俳諧新選 一一九ペ）
なつかしや　奈良の隣の一時雨　曾良（6 猿蓑 一六二三）
冬は猶　奈良の習ひで朝茶哉　宗祇（7 俳諧古選 一九六ペ）
小(こ)米(ごめ)花(ばな)　奈良のはづれや鍛冶が家　万乎（6 続猿蓑 三〇八〇）
春の夜や　奈良の町家の懸行灯　子規（10 獺祭句帖抄 六二三ペ）
誰がのぞく　ならの都の閨の桐　千那（6 猿蓑 一七三四）
菊の香や　ならは幾代の男ぶり　芭蕉（1 杉風宛書簡④ 八九四）

時雨きや　並びかねたる　魦(いさざ)ぶね　千那（6猿蓑 一六一八）
ぬけがらに　ならびて死ぬる　秋のせみ　丈草（6続猿蓑 三三七一）
横に行く　双びなきこそ　雲雀(ひばり)なれ　正興（7俳諧古選 一五〇ぺ）
日和見る　習ひにもなし　花曇り　原水（7俳諧古選 一五八ぺ）
相撲取　ならぶや秋の　からにしき　嵐雪（6炭俵 二五七八）
誰が妻と　ならむとすらむ　春着の子　草城（9銀 二四六三）
蚊屋を出て　奈良を立ちゆく　若葉哉　蕪村（2蕪村句集 五六三）
屋ね葺きと　並んでふける　菖蒲哉　其角（6猿蓑 一七四二）
大雪と　成りけり関の　戸ざし比(ごろ)　蕪村（2蕪村遺稿 六九五）
滝鳴らず　なりたり鳴らず　なりにけり　不死男（9氷海昭43・6 二二七〇）
蛍火と　なり鉄門を　洩れ出でし　静塔（9月下の俘虜 二三八一）
をるときに　なりて逃げけり　花の枝　鴎歩（6あら野 三七六）
近付に　成りて別るる　案山子(かがし)かな　惟然（4其便 一〇二三）
吹きよせた　形(なり)に片づく　落葉かな　篤羽（8俳諧新選 一三七ぺ）
成りにけり　なりにけり迄　年の暮　芭蕉（1江戸広小路 六六）
旅人と　なりにけるより　新酒哉　才麿（5椎の葉 二一七）
みの虫や　形に似合ひし　月の影　杜若（6続猿蓑 三二六七）
ふみたふす　形に花さく　土(つち)大(おほ)根(ね)　乃龍（6続猿蓑 三〇三六）
機織虫の　鳴り響きつつ　飛びにけり　虚子（12六百句 一六四ぺ）
細道に　なりゆく声や　寒念仏　蕪村（2蕪村句集 三四九）
皆嫁に　なる顔揃ふ　踊りかな　八百彦（7俳諧古選 二二四ぺ）
葛城の　鳴神落ちも　し給へり　誓子（9天狼 一四六七）

稲穂波　鳴子進むが　如くなり　元（9島村元句集 〇八九）
飛魚と　なる子育つる　つばめ哉　蕪村（2蕪村遺稿 一〇三四）
盆ほどに　成るてふ菊の　莟かな　移竹（8俳諧新選 一三四ぺ）
初潮や　鳴門の浪の　飛脚舟　凡兆（6猿蓑 一八五六）
落潮に　鳴門やつれて　暮の春　重頼（4藤枝集 〇〇八五）
まだ長う　成る日に春の　かぎりかな　蕪村（2蕪村句集 二三七九）
本箱に　成るべき桐の　若芽かな　許六（7俳諧古選 一四六ぺ）
しげもりに　成るや子(ね)の日の　小松原　未得（5毛吹草追加 六九）
立て具みな　鳴る夜嵐や　神帰り　燕石（8俳諧新選 一四五ぺ）
雞(にはとり)は　馴るる門田の　かがしかな　水狐（7俳諧古選 一八三ぺ）
蠅うちに　なるる雀の　子飼ひ哉　河瓢（6続猿蓑 三〇二〇）
人中も　馴れつつ蘭の　静か也　鶴英（8俳諧新選 二三五ぺ）
地震(なゐ)ふるに　慣れて飲み食ふ　秋の草　裸馬（9裸馬翁五千句 一一〇四）
ひだるさに　馴れてよく寝る　霜夜哉　惟然（5惟然坊句集 四〇二）
在明と　なれば度々　しぐれかな　許六（6炭俵 二六〇一）
吾も老いぬ　汝も老いけり　大根馬　虚子（12五百五十句 九八ぺ）
莟とは　なれもしらずよ　蕗の薹　蕪村（2蕪村句集 二〇四八）
きりぎりす　な侘びそ夜の　裾貸さん　調和（7俳諧古選 一八三ぺ）
夕皃や　名を落としたる　花の形(なり)　去来（7俳諧古選 二〇六ぺ）
ことぶきの　名をつけて見む　宿の梅　昌碧（6あら野 四七一）
裾折りて　菜をつみしらん　草枕　嵐雪（6猿蓑 一八九九）
宿かりて　名を名乗らする　しぐれ哉　芭蕉（1真蹟懐紙 七三二）

炉ふさいで　南阮（なんげん）の風呂に　入る身哉　蕪村（2蕪村句集二八〇）
野はかれて　何（なん）ぞ食ひたき　庵哉　一茶（3文化句帖三五八ぺ）
眠らんとす　汝静かに　蠅を打て　子規（4俳句稿巻一二二〇六）
草枕　汝床とれ　女郎花（をみなへし）　雁宕（8俳諧新選一二九ぺ）
菊つくり　汝はきくの　やつこなる　蕪村（2蕪村句集一一六三）
此の秋は　何で年よる　雲に鳥　芭蕉（1笈日記九〇四）
うすうすと　南天赤し　今朝の雪　二柳（5津守船初編七六三）
酒の徳　何と云ふても　花にあり　任口（7俳諧古選一四九ぺ）
はつしもに　何とおよるぞ　船の中　其角（6猿蓑一六三一）
つと入るや　納戸の暖簾　ゆかしさよ　蕪村（2蕪村遺稿一七四八）
闇汁や　何の会にも　不参せず　花蓑（9花蓑句集〇八七六）
黄に咲くは　何の花ぞも　蓼の中　蕪村（2蕪村遺稿一二六四）
蓬莱に　なんむなんむと　いふ子哉　一茶（3おらが春四五九ぺ）

に

天窓（あたま）から　煮湯かけたる　柳哉　春来（8俳諧新選一〇五ぺ）
客僧の　二階下り来る　野分哉　蕪村（2蕪村句集二七二七）
聞くまでは　二階にねたり　ほととぎす　桃隣（6炭俵二四八三）
うなぎやの　二階に居るや　秋の暮　白水郎（9白水郎句集一〇七八）
江戸住みや　二階の窓の　初のぼり　一茶（3八番日記三三八ぺ）
短夜を　二階へたしに　上がりけり　来山（7俳諧古選一一一ぺ）
風邪熱や　にがきが中の　白湯の味　より江（9同人句集〇九二七）
朝の茶の　にがきすすりつ　ころもがへ　月草（9わが住む里〇九九七）
遁れても　苦きや汲まぬ　山清水　孤岫（7俳諧古選二〇三ぺ）
叡慮にて　賑ふ民の　庭竈　芭蕉（1庭竈集四四一）
両の手の　握り拳（こぶし）や　五月闇　之房（8俳諧新選一一七ぺ）
嘗て手を　握りし別れ　墓参り　虚子（14七百五十句九八ぺ）
樽柿を　握るところを　写生かな　子規（4俳句稿巻一二二〇〇）
漆掻く　肉一塊や　女なし　月舟（9進むべき道〇六九三）
みじか夜に　憎い程合ふ　時計哉　麦翅（8俳諧新選一一八ぺ）
歌がるた　にくき人かな　ほととぎす　智月（6あら野四〇五）
川床に　憎き法師の　立ち居かな　蕪村（2蕪村句集一〇六五）
はつ袷　にくまれ盛りに　はやくなれ　一茶（3七番日記三三七ぺ）
行けば又　逃ぐる山あり　雲の峰　麻兄（8俳諧新選一五四ぺ）
ケツデキが　逃げたもしらぬ　かがし哉　蕪村（2蕪村遺稿一九二）
てふてふや　逃げる時にも　たよたよと　季遊（8俳諧新選一〇八ぺ）
二軒茶屋　二軒立ちたる　幟かな　麻兄（8俳諧新選一一六ぺ）
かたつぶり　逃げん所を　ころびけり　孤桐（8俳諧新選一一五ぺ）
入梅晴（つゆばれ）や　二軒並んで　煤払　一茶（3おらが春四四一ぺ）
種漬けて　濁し始める　野川かな　弁石（7俳諧古選一五二ぺ）
朝顔や　濁り初めたる　市（まち）の空　久女（9杉田久女句集〇九三二）
紅梅や　二三度迷ふ　築地裏　風之（8俳諧新選一〇二ぺ）
やぶ入や　二三日もとの　娘共　文誰（8俳諧新選一〇三ぺ）

田植見に　西蒲原に　来し我等　虚子（12六百句 二四〇ペ）
閉帳の　錦たれたり　春のくれ　蕪村（2蕪村句集 二二〇）
祇園会や　錦の上に　京の月　子規（10獺祭句帖抄 六〇七ペ）
名月や　西にかかれば　蚊屋のつき　如行（6続猿蓑 三二〇五）
宵の月　西になづなの　きこゆ也　如行（6猿蓑 一八九八）
今はある　虹の彼方に　娘（こ）と共に　虚子（14七百五十句 一九〇ペ）
欄間には　二十五菩薩　春の風　子規（10獺祭句帖抄 六四三ペ）
あけゆくや　二十七夜も　三かの月　芭蕉（1あつめ句 二七一）
木がらしや　廿四文の　遊女小屋　一茶（3おらが春 四七四ペ）
きさらぎや　廿四日の　月の梅　荷兮（6あら野 一〇六二）
鳥さしの　西へ過ぎけり　秋のくれ　蕪村（2蕪村遺稿 二二六五）
人の世の　虹　物　語　うすれつつ　虚子（14七百五十句 四三〇ペ）
みじか夜や　二尺落ちゆく　大井川　蕪村（2蕪村句集 五五三）
たれやらに　似し雪だるま　見て過ぎる　月草（9わが住む里 一〇〇〇）
明ぼのや　荷炭をおろす　門の前　西吟（5蓮実 二三三）
漆色に　似せてぬるでの　紅葉かな　由己（4犬子集 〇〇二七）
人の顔に　似た顔もなし　月の顔　梅盛（5鸚鵡集 五四）
そのあたり　似た草もなし　曼珠沙華（まんじゅしゃげ）　子規（10獺祭句帖抄 六〇二ペ）
杜若（かきつばた）　にたりやにたり　水の影　芭蕉（1続山井 八）
日焼田や　二反はからき　落とし水　子規（10獺祭句帖抄 六三五ペ）
冬籠り　日記に夢を　書きつける　子規（10獺祭句帖抄 六〇二ペ）
紙あます　日記も春の　なごりかな　子規（10獺祭句帖抄 六四二ペ）

七草や　日本国の　台所　其村（8俳諧新選 一〇〇ペ）
泳ぎ来て　日本遠し　不二の山　三汀（9返り花 一一四八）
一条と　二条は遠し　傘の雪　嵐山（8俳諧新選 一四二ペ）
鉄条（ぜんまい）に　似て蝶の舌　暑さかな　龍之介（9澄江堂句集 一一四〇）
御経に　似てゆかしさよ　古暦　蕪村（2蕪村句集 二二〇九）
似てゐても　似てゐなくても　時雨かな　虚子（13六百五十句 二一八ペ）
鶯に　二度起こされて　寝覚めけり　金龍（8俳諧新選 一〇一ペ）
欲どしう　二度くぐりたる　茅輪哉　嘯山（8俳諧新選 一二三ペ）
暑き夜の　荷と荷の間に　寝たりけり　一茶（3嘉永版発句集 三三五ペ）
天下矢数　二度の大願　四千句なり　西鶴（4西鶴大矢数 〇一八四）
風一荷（いっか）　担ふ暑さや　団（うちは）うり　可幸（8俳諧新選 一二〇ペ）
いとし子を　荷（にな）ふも旅や　雲の峰　麻兄（8俳諧新選 一二〇ペ）
雪の朝　二の字二の字の　下駄のあと　捨女（5続近世畸人伝 九六）
此の寺は　庭一盃の　ばせを哉　芭蕉（1誹諧曾我 九七〇）
大風の　俄かに起こる　幟かな　子規（10獺祭句帖抄 六一四ペ）
冬山路　俄かにぬくき　ところあり　虚子（9六百句 〇〇九一）
竈火の　俄かにはげし　夕みぞれ　徂春（9定本徂春句集 〇七九八）
うぐひすや　庭樹の続く　京の町　太祇（8俳諧新選 一〇一ペ）
菊の香や　庭行水の　山に似たり　嘯山（8俳諧新選 一三四ペ）
月見るや　庭四五間の　空の主　杉風（4西国曲 〇八六〇）
黍（きび）からや　鶏遊ぶ　土間の隅　子規（10獺祭句帖抄 六一七ペ）
夏葱に　鶏裂くや　山の宿　子規（10獺祭句帖抄 六五一ペ）

永き日の　にはとり柵を　越えにけり　不器男（9定本不器男集 一七一五）
五月雨や　鶏とまる　はね作り　釣雪（6あら野 八七四）
若竹や　雞(にはとり)鳴きて　午(ひる)時の月　移竹（8俳諧新選 一一八ぺ）
長持に　鶏啼きぬ　煤払　古白（9古白遺稿 一〇一九〇）
朝霜や　雞のつく　若菜売り　舞雪（7俳諧古選 二二六ぺ）
夕顔や　雞も一二羽　襁褓(むつき)ちる　周禾（8俳諧新選 一二三ぺ）
一羽啼き　二羽なき後は　千鳥かな　巴静（4六々庵発句集 一二〇六）
しら菊や　庭に余りて　畠まで　蕪村（2蕪村遺稿 六一七）
粟ぬかや　庭に片よる　今朝の秋　露川（6続猿蓑 三三四二）
菊の香や　庭に切れたる　履(くつ)の底　芭蕉（1続猿蓑 八一一）
冬枯れの　庭に又照る　ぼたんかな　卜我（8俳諧新選 一四一ぺ）
茶の花や　庭にもあらず　野にもあらず　子規（10獺祭句帖抄 六二一ぺ）
上野から　庭の木へ来て　蟬の声　子規（10獺祭句帖抄 六四八ぺ）
物堅き　庭のしまりや　菊のはな　隣水（8俳諧新選 一三四ぺ）
病僧の　庭はく梅の　さかり哉　曾良（6続猿蓑 二九九八）
舞々の　場(には)まうけたり　梅がもと　蕪村（2蕪村句集 二三四二）
五月雨や　庭迄来る　雲の脚　河星（8俳諧新選 一一七ぺ）
入江とる　庭も音なき　氷かな　龍眠（8俳諧新選 一四三ぺ）
寺子屋の　庭も後架(こうか)も　鴨脚(いちやう)かな　嘯山（4律亭句集 一七二一）
尾をかくす　にはよき庵の　薄かな　射道（8俳諧新選 一五一ぺ）
作りなす　庭をいさむる　しぐれかな　芭蕉（1真蹟懐紙 七二二）
静かさに　庭を覗けば　柳かな　希因（7俳諧古選 一五七ぺ）

秋かぜや　二番たばこの　ねさせ時　游刀（6続猿蓑 三二七六）
牡丹百　二百三百　門一つ　青畝（9紅葉の賀 一五一九）
翁草　二百十日も　恙(つつが)なし　蔦雫（6続猿蓑 三三〇八）
稲刈りて　にぶくなりたる　螽(いなご)かな　子規（10獺祭句帖抄 六五五ぺ）
傘(からかさ)の　にほうてもどる　あつさかな　涼袋（4古今明題集 一七七二）
物しばし　匂うて止みぬ　枯野原　鳳朗（5鳳朗発句集 一一六四）
五月雨に　鳰(にほ)の浮巣を　見に行かむ　芭蕉（1笈日記 二九七）
物好きや　匂はぬ草に　とまる蝶　芭蕉（1新撰都曲 四六〇）
みそ部屋の　にほひに肥ゆる　三葉哉　夕可（6続猿蓑 三〇三八）
千代の秋　にほひにしるし　ことし米　亀洞（6あら野 一〇九二）
青くさき　匂ひもゆかし　けしの花　嵐蘭（6猿蓑 一七二九）
菌(くさびら)の　匂ひや朱の　鳥居前　陶花（8俳諧新選 一五七ぺ）
凩に　匂ひやつけし　帰り花　芭蕉（1後の旅 七二五）
花見れば　匂ふ涙の　こぼれけり　習先（8俳諧新選 一五五ぺ）
小野の炭　匂ふ火桶の　穴めかな　蕪村（2蕪村句集 一九三七）
曲水や　鳰(にほ)もうかれて　出つ入りつ　龍眠（8俳諧新選 一〇九ぺ）
師の杖に　二本生ひたつ　藜(あかざ)哉　丈石（8俳諧新選 一五七ぺ）
有ると無きと　二本さしけり　けしの花　智月（6続猿蓑 三四五八）
けふからは　日本の雁ぞ　楽に寝よ　一茶（3迹祭 三四八ぺ）
初雁よ　日本は竪の　長からず　嘯山（8俳諧新選 一三一ぺ）
寒波急　日本は細く　なりしまま　青畝（9甲子園 一五〇五）
春立つや　にほんめでたき　門の松　徳元（5犬子集 六四）

驥(き)の歩み　二万句の蠅　あふぎけり　其角（5 二六四 五元集）
なでしこに　二文が水を　浴びせけり　一茶（3 四五三ぺ おらが春）
縁ばなや　二文花火も　夜の体　一茶（3 三四八ぺ 文政版発句集）
芍薬(しやくやく)を　如意にもち行く　御僧哉　龍眠（8 一一五ぺ 俳諧新選）
鰒呵(しか)る　女房に物な　のたまひそ　之房（8 一四〇ぺ 俳諧新選）
春星や　女性浅間は　夜も寝ねず　普羅（9 〇七一九 春寒浅間山）
はしたなき　女嬬のくさめや　時鳥　蕪村（2 一九九八 蕪村遺稿）
白馬寺に　如来うつして　けさの秋　召波（4 一八二八 春泥句集）
月見して　如来の月光　三昧や　青々（9 〇四八九 松苗）
野仏の　によろりと高き　冬野かな　紫水（8 二三七ぺ 俳諧新選）
冬ざれや　韮(にら)にかくるる　鳥ひとつ　蕪村（2 一八八九 蕪村遺稿）
腐儒者(くされじゆしや)　韮の羹(あつもの)　くらひけり　蕪村（2 一八九〇 蕪村遺稿）
おれとして　にらみくらする　蛙哉　一茶（3 四三七ぺ おらが春）
亀の甲　烹らるる時は　鳴きもせず　乙州（6 一五四四 ひさご）
霜あれて　韮を刈り取る　翁かな　蕪村（2 一八八六 蕪村句集）
野の馬の　韮をはみ折る　霜の朝　蕪村（2 一八九一 蕪村遺稿）
一里行き　二里行き深山　ざくらかな　二柳（4 一八五六 其雪影）
苗代や　二王のやうな　あしの跡　野坡（5 三六一 野坡吟草）
涼しさや　荷を下ろしたる　馬の声　石大（7 一七〇ぺ 俳諧古選）
山吹や　人形かはく　一むしろ　子規（10 六〇六ぺ 獺祭句帖抄）
大裏雛(だいりびな)　人形天皇の　御宇(ぎよう)とかや　芭蕉（1 九一 江戸広小路）
下萌えぬ　人間それに　従ひぬ　立子（9 一九三九 笹目）
岩清水　人間の唇を　もて触るる　裸馬（9 一〇九八 裸馬翁五千句）
俎板に　人参の根の　寒さ哉　沾圃（6 三四三七 続猿蓑）
蚊の声す　にんどうの花の　散るたびに　蕪村（2 一六六五 蕪村句集）

ぬ

蕣(あさがほ)や　ぬかごの蔓の　ほどかれず　及肩（6 一八一九 猿蓑）
直垂(ひたたれ)を　ぬがずに結ぶ　しみづかな　一髪（6 七〇五 あら野）
八兵衛が　ぬかと剃りたる　十夜かな　鼓舌（8 一三九ぺ 俳諧新選）
秋のいろ　ぬかみそつぼも　なかりけり　芭蕉（1 七〇四 柞原集）
二日にも　ぬかりはせじな　花の春　芭蕉（1 三四一 笈の小文）
舟人に　ぬかれて乗りし　時雨かな　尚白（6 一六二二 猿蓑）
鶏頭を　抜き棄てしより　秋の暮　敦（9 三一二九 歴日抄）
春風に　ぬぎもさだめぬ　羽織哉　亀翁（6 一九二一 猿蓑）
磐石を　ぬく灯台や　夏近し　石鼎（9 〇七五八 花影）
な泣きそと　拭へば胼や　吾子の頬　久女（9 〇九五五 杉田久女句集）
花衣　ぬぐや纏る　紐いろいろ　久女（9 〇九五八 杉田久女句集）
己が羽の　抜けしを啣(くは)へ　羽抜鳥　虚子（12 五一ぺ 五百五十句）
がつくりと　ぬけ初むる歯や　秋の風　杉風（6 一八〇五 猿蓑）
はすの実の　ぬけつくしたる　蓮のみか　越人（6 七五一 あら野）
春雨や　ぬけ出たままの　夜着の穴　丈草（5 三一〇 笈日記）
鶴の羽の　抜けて残りぬ　力草　子規（10 六六二ぺ 獺祭句帖抄）

鶏頭を　抜けばくるもの　風と雪　林火（9青水一輪 二七五）
川風の　幣(ぬさ)を奪ひ行く　御祓(みそぎ)かな　雁宕（8俳諧新選 二二三ぺ）
屋根に寝る　主なし猫や　春の雨　太祇（8俳諧新選 一〇三ぺ）
錦木の　主に聞かすな　田植歌　二柳（8俳諧新選 一一六ぺ）
寝て食ふは　盗人共歟(か)　村しぐれ　几圭（8俳諧新選 二三六ぺ）
刃物置いて　盗人防ぐ　夜寒かな　子規（10獺祭句帖抄 六五二ぺ）
朝顔や　盗人よける　垣ならず　可風（8俳諧新選 二二六ぺ）
たましひを　盗まれにゆく　花見哉　常矩（5真蹟短冊 一二七）
紫陽花(あぢさゐ)を　盗めば水を　浴びせけり　移竹（7俳諧古選 二一五ぺ）
薬食　盗んだ豕(ぶた)の　尻が来たり　尺布（8俳諧新選 一四四ぺ）
この度は　ぬたにとりあへよ　紅葉鮒　重頼（4毛吹草 〇〇八七）
蟬啼くや　ぬの織る窓の　暮れ時分　暁鳥（6続猿蓑 三一八七）
芳野出て　布子売りをし　更衣(ころもがへ)　杜国（6あら野 八九八）
更衣　布子の恩の　おもさ哉　蕪村（2蕪村遺稿 五一〇）
筍に　ぬはるる岸の　崩れかな　可誠（6続猿蓑 三一七五）
さざ波の　縫ひ目縫ひ目や　かきつばた　阿誰（8俳諧新選 一一四ぺ）
泥炭舟と　沼田処の　祭りの灯(ひ)　碧梧桐（9碧梧桐句集 〇一〇八）
裾袂　濡らして雪の　わか菜哉　之祐（8俳諧新選 一〇〇ぺ）
四方の春　ぬらりくらりで　やるじやまで　雲鼓（7俳諧古選 一五一ぺ）
かるる世に　ぬらりとしたる　生海鼠(なまこ)哉　作者不明（7俳諧古選 二一〇ぺ）
炭竈に　塗り込めし火や　山眠る　たかし（4たかし全集 二六五二）
畔に寝て　塗り込められな　頭陀袋　乙由（7俳諧古選 二〇九ぺ）

一つかみ　塗(ぬり)樽(だる)拭ふ　紅葉哉　一茶（3おらが春 四七三ぺ）
つみ綿か　ぬり桶なりの　庭の雪　貞徳（4貞徳永代記 〇〇四三）
紙ぎぬの　ぬるともをらん　雨の花　芭蕉（1笈日記 三四七）
遣水も　ぬるみ来にけり　東より　多少（8俳諧新選 一〇七ぺ）
湖も　ぬるむと見ゆる　日脚哉　左釣（8俳諧新選 一〇七ぺ）
春雨に　ぬるる麏(くじか)の　背中かな　蕪村（2蕪村遺稿 三二五）
我が影に　ぬれかかる蝶や　潦(にはたづみ)　孤桐（8俳諧新選 一〇八ぺ）
水汲みて　濡れたる袖の　ほたるかな　鷗歩（6あら野 六五〇）
春雨に　ぬれつつ屋根の　手毬哉　蕪村（2蕪村遺稿 四〇四）
時鳥　ぬれて帷子(かたびら)　一つ也　来山（7俳諧古選 一六〇ぺ）
夏霧に　ぬれてつめたし　白い花　乙二（5松窓乙二集 九五七）
ずぶ濡れに　ぬれてまじまじ　蜻蛉哉　一茶（3七番日記 三四九ぺ）
夕立や　ぬれて戻りて　欄に倚る　虚子（11五百句 九ぺ）
春雨や　ぬれてゆたけき　鐘の声　稲太（7俳諧古選 二一六ぺ）
鴛鴦の　濡れて居るなり　春の雨　子規（10獺祭句帖抄 六二四ぺ）
雉ばかり　濡れぬ声也　春の雨　麦浪（8俳諧新選 一〇三ぺ）
山彦も　ぬれん木の間ぞ　雪雫　乙二（5松窓乙二集 九五三）

ね

水鳥も　寝あたたまるか　静か也　李由（7俳諧古選 一九〇ぺ）
荻の風　寝余る夜さへ　せはしけれ　麻兄（8俳諧新選 一三三ぺ）

鳥共も　寝入つてゐるか　余吾の海　路通（6猿蓑 一六六八）
嬉しさや　寝入らぬ先の　ほとゝぎす　杏雨（6あら野 四〇一）
水寒く　寝入りかねたる　かもめかな　芭蕉（1あつめ句 二七二）
何事も　寝入るまでなり　紙ぶすま　小春（6続猿蓑 三八三）
銭銀(かね)の　寝かかる頃や　はつ霞　春来（7俳諧古選 二二ぺ）
蓮池や　願はくならば　流れ川　友元（7俳諧古選 一六三ぺ）
恋さまざま　願ひの糸も　白きより　蕪村（2蕪村句集 七三八）
よい聟を　願ひの糸や　親ごころ　雁觜（8俳諧新選 二四ぺ）
夏痩も　ねがひの中の　ひとつなり　如真（6続猿蓑 三一九一）
帷子(かたびら)の　ねがひはやすし　銭五百　支考（6続猿蓑 三二〇一）
蚊屋出でて　寝がほまたみる　別れかな　長虹（6あら野 九八〇）
妻や子の　寝皃(がほ)も見えつ　薬食　蕪村（2蕪村句集 三八〇）
行くとしや　根が我が物に　あらざれば　李雨（8俳諧新選 一四六ぺ）
上野より　根岸に下りて　御慶哉　四方太（9承露盤 〇一九七）
茨さくや　根岸の里の　貸本屋　子規（10獺祭句帖抄 六〇八ぺ）
つくばうた　禰(ね)宜で事済む　御(み)祓(そぎ)哉　蕪村（2蕪村句集 九三三）
冬ざれや　禰宜のさげたる　油筒　落梧（6あら野 一〇八一）
水のめば　葱のにほひや　小料亭　不器男（9定本不器男句集 一七一九）
師の床に　葱参らせん　願ひかな　嘯山（8俳諧新選 一四五ぺ）
傘(からかさ)に　塒かさうよ　ぬれ燕　其角（5五元集 二五四）
待つ花や　寝苦しき夜の　明ける程　雅因（8俳諧新選 一一〇ぺ）
京町の　ねこ通ひけり　揚屋町　其角（5焦尾琴 二五八）

痩肉の　寝ごころかはる　袷かな　志昔（8俳諧新選 一二二ぺ）
浜の家の　寝心かはる　汐干かな　赤羽（8俳諧新選 一〇九ぺ）
飼鳥の　寝心覗く　夜寒哉　涼袋（7俳諧古選 二一九ぺ）
村々の　寝(ね)ごころ更けぬ　落とし水　蕪村（2蕪村句集 六二六）
松陰や　寝蓙(ござ)一つの　夏座敷　一茶（3おらが春 四四五ぺ）
かくれ家や　猫にもすゑる　一日灸　一茶（3おらが春 四三五ぺ）
琴の音に　猫睡らせよ　秋の暮　野有（8俳諧新選 一五六ぺ）
日の影に　猫の抓き出す　独活(うど)芽哉　一桐（6続猿蓑 三〇三九）
初霜や　猫の毛も立つ　台所　楚舟（6炭俵 二五九四）
一番に　猫の逃げたる　蚊遣かな　巴雀（4花月の会 一二一〇）
草枯るる　猫の墓辺に　猫遊び　たかし（9火明 一六五九）
むらしぐれ　猫の瞳子の　かはり行く　旨原（4反古衾 一七三四）
愛あまる　猫は傾婦の　媚を仮(かる)　才麿（4虚栗 〇二五六）
山寺や　猫守り居る　ねはん像　不撤（6続猿蓑 三四四一）
はりぬきの　猫もしる也　今朝の秋　芭蕉（1知足伝来書留 一〇四）
すずしさや　根笹に牛も　つながれて　蒼虬（5訂正蒼虬句集 一一五四）
蚊屋臭き　寝覚めうつつや　時鳥　一髪（6あら野 三九八）
義仲の　寝覚めの山か　月悲し　芭蕉（1荊口句帳 五五七）
男なき　寝覚めはこはい　蚊帳哉　花崎（7俳諧古選 一七三ぺ）
だまされな　寝覚めを招く　春の風　轍士（7俳諧古選 二〇二ぺ）
塔の中の　寝釈迦は淋し　涅槃寺　巨口（9つは路 一二〇四）
行く旅を　寝ずて案じる　衾(しとね)哉　赤羽（8俳諧新選 一五五ぺ）

煤はきや　鼠追ひ込む　黄楊(つげ)の中　残香（6続猿蓑 三四〇三）
田作に　鼠追ふよの　寒さ哉　亀洞（6あら野 八三〇）
餅花や　鼠が目には　よしの山　其角（7俳諧古選 二〇一ぺ）
羽色も　鼠に染めつ　かんこどり　蕪村（2蕪村遺稿 五三八）
椎洩りて　鼠の移る　あき家哉　孤桐（8俳諧新選 二三三ぺ）
春雨や　鼠の落とす　つつみ熨斗(のし)　富葉（8俳諧新選 一〇三ぺ）
皿を踏む　鼠の音の　寒さ哉　蕪村（2蕪村句集 六五二）
秋あつし　鼠のかける　瓦屋根　完来（5空華集 九一五）
真がねはむ　鼠の牙の　音寒し　蕪村（2蕪村遺稿 一一八二）
秋風や　鼠のこかす　杖の音　祇空（5玄湖集 四五五）
糞(ふん)ひとつ　鼠のこぼす　ふすま哉　蕪村（2蕪村遺稿 一一八二）
すす払　鼠の先へ　鼬(いたち)かな　移竹（8俳諧新選 一四四ぺ）
かけいねに　鼠のすだく　門田哉　蕪村（2蕪村遺稿 一二七六）
夜半来て　鼠の啼きし　冬至哉　嘯山（8俳諧新選 一四四ぺ）
春風や　鼠のなめる　角田川　一茶（3七番日記 三二六ぺ）
一枝は　鼠の道の　柊(ひらぎ)かな　宗雨（8俳諧新選 一四四ぺ）
しぐるるや　鼠のわたる　琴の上　蕪村（2蕪村句集 九五七）
野分して　鼠のわたる　にはたづみ　蕪村（2蕪村遺稿 一〇〇）
猫の恋　鼠もとらず　あはれなり　琴風（4其袋 一一二〇）
子は蚊屋に　寝せて夫(つま)まつ　砧哉　沙月（8俳諧新選 一三二ぺ）
こま鳥の　音ぞ似合はしき　白銀屋　長虹（6続猿蓑 三〇一六）
すずしさや　寝たい所は　仏あり　曲庵（7俳諧古選 二二一ぺ）

盆の月　ねたかと門を　たたきけり　野坡（6炭俵 二五五四）
あちら向きに　寝た人ゆかし　春の暮　蕪村（2蕪村遺稿 四六五）
戸を明けて　寝た夜積りぬ　虫の声　太祇（8俳諧新選 一二七ぺ）
惜しめども　寝たら起きたら　春であろ　鬼貫（4仏兄七久留万 〇二六九）
ゆつくりと　寝たる在所や　冬の梅　惟然（4梅桜 一〇三一）
蒲団着て　寝たる姿や　東山　嵐雪（5枕屏風 二八四）
しぐれして　ねぢけぬ菊の　枝もなし　子規（10獺祭句帖抄 六六三ぺ）
生酔ひを　ねぢすくめたる　涼みかな　雪芝（6続猿蓑 三一五六）
香の逐ひて　寝つかぬ蝶や　花の上　太祇（8俳諧新選 一〇八ぺ）
み仏や　寝ておはしても　花と銭　一茶（3おらが春 四三五ぺ）
松陰に　寝てくふ六十　余州哉　一茶（3株番 三六二ぺ）
春雨や　寝て捨つる日も　惜しからず　写北（8俳諧新選 一〇三ぺ）
三つ輪ぐみ　寝て足袋はくや　横(よぎ)の内　百万（8俳諧新選 一四三ぺ）
柴上で　寝て流るるや　梅の花　淡々（8俳諧新選 一〇一ぺ）
稲の穂の　寝て噺あふ　機嫌哉　竿秋（7俳諧古選 二一三ぺ）
淋しさや　寝て又覚めて　夜ぞ永き　衡冠（8俳諧新選 一三二ぺ）
蓬萊に　寝て短夜は　無念也　千梅（7俳諧古選 二三一ぺ）
あふのきに　寝てみむ野辺の　雲雀(ひばり)哉　除風（6あら野 五七六）
陽炎に　寝ても動くや　虎の耳　其角（7俳諧古選 二〇一ぺ）
すずしさや　寝て居て楫の　あいしらひ　渓梁（8俳諧新選 一二二ぺ）
行く雲を　ねてゐてみるや　夏座敷　野坡（6炭俵 二五四〇）
春潮や　根といふ長き　かくれ礁　余子（9余子句抄 〇四四二）

かやり火に　寝所せまく　なりにけり　杏雨（6あら野　六五三）
漸（やうや）くに　寝所出来ぬ　年の中　土芳（6続猿蓑　三四二五）
代はる代はる　寝鳥を水の　ゆぶりけり　李流（8俳諧新選　一四〇ぺ）
初霜や　寝ながらあぶる　舟の底　雁宕（4反古衾　一七〇一）
野路の月　寝ながらいぬる　足もがな　它谷（8俳諧新選　一二九ぺ）
牛飼や　寝ながら渡る　春の水　嘯山（8俳諧新選　一〇七ぺ）
跡の方と　寝なほす夜の　神楽（かぐら）哉　野水（6あら野　一〇八三）
小男鹿（さをしか）も　寝に来よ萩に　一夜庵　廬元坊（8俳諧新選　一五八ぺ）
木枯の　根にすがり付く　檜皮かな　桃隣（6炭俵　二五九六）
猪の　寝に行く方や　明けの月　去来（4旅寝論　〇九二四）
雪の日や　寝に行く鳥　身すぼらし　珍志（8俳諧新選　一五〇ぺ）
火燵より　寝に行く時は　夜半哉　雪芝（6続猿蓑　三四三五）
地にたふれ　根により花の　わかれかな　芭蕉（1花声集　二六五）
明月や　寝ぬ処には　門しめず　風国（6続猿蓑　三二一五）
春日野の　子（ね）の日に出たり　六歌仙　子規（10獺祭句帖抄　六一二ぺ）
春日野や　子の日も過ぎて　鶴の声　子規（10獺祭句帖抄　六〇四ぺ）
鼾すなり　涅槃の寺の　裏門に　子規（10獺祭句帖抄　六二三ぺ）
女郎花（をみなへし）　ねびぬ馬骨の　姿哉　濁子（6続猿蓑　三二四六）
綿とりて　ねびまさりけり　雛の顔　其角（5其袋　二五七）
易水（えきすい）に　葱（ねぶか）流るる　寒さ哉　蕪村（2蕪村句集　六五三）
今朝の雪　根深を薗の　枝折哉　芭蕉（1坂東太郎　一〇九）
上り来て　念仏泣きけり　御霜月　左釣（8俳諧新選　一四五ぺ）

うづきてて　ねぶとに鳴くや　郭公（ほととぎす）　宗鑑（5真蹟短冊　三）
傘張の　睡り胡蝶の　やどり哉　重五（6波留濃日　三二七）
山は猫　ねぶりていくや　雪のひま　芭蕉（1五十四郡　二二九）
講釈の　眠りにつかふ　扇哉　釣雪（6あら野　八七一）
大名の　寝間にもねたる　夜寒哉　許六（6続猿蓑　三四七三）
武士の子の　眠さも堪へる　ともしかな　太祇（8俳諧新選　一一六ぺ）
御供のは　睡（ねむ）たがられつ　鹿の声　沙山（8俳諧新選　一四八ぺ）
能なしの　寝たし我を　ぎやうぎやうし　芭蕉（1嵯峨日記　六九二）
初秋や　合歓（ねむ）の葉ごしの　流れ星　子規（10獺祭句帖抄　六五一ぺ）
みじか夜を　眠らでもるや　翁丸　蕪村（2蕪村句集　八八三）
コーヒーのんで　ねむらない夜の　おかめこほろぎ　禅寺洞（9禅寺洞句集　二二八八）
念仏に　睡らぬ月や　御忌ながら　鶴英（8俳諧新選　一〇二ぺ）
山猿の　眠り落ちけり　かんこどり　花眠（8俳諧新選　一一四ぺ）
疲れたれば　眠りぬ氷河　見たるあと　青邨（9雪国　一六〇八）
折々は　睡る声きく　砧哉　尚白（7俳諧古選　一八〇ぺ）
立つ鴫に　眠る鴫あり　ふた法師　蕪村（2蕪村句集　九九二）
みみづくは　眠る処を　さされけり　半残（6猿蓑　一六五八）
常灯の　眠る計（ばか）りや　かんこ鳥　志流（7俳諧古選　二一七ぺ）
舞ふは舞ひ　眠るは眠る　小蝶かな　社柳（8俳諧新選　一〇八ぺ）
日の影や　眠れる蝶に　透き通り　闌更（5半化坊発句集　七四九）
草の戸の　寝物語りに　蚤ちくと　青邨（9花宰相　一六〇一）
餅花は　根も葉ももたぬ　姿かな　吾雪（8俳諧新選　一四四ぺ）

ながれ木の　根やあらはるる　花の滝　如雪（6続猿蓑二九八三）
ますらをの　ねらひをかくす　時雨哉　竿秋（8俳諧新選一三六ペ）
ばつとして　寝られぬ蚊屋の　わかれ哉　胡及（6あら野七五四）
引板（ひた）打つに　寝られぬ祖父の　代はりけり　之房（8俳諧新選一三三ペ）
蚊ひとつに　寝られぬ夜半ぞ　春のくれ　重五（6波留濃日三三五）
宿がへに　寝られぬ夜や　杜宇（ほととぎす）　虎友（8俳諧新選一一三ペ）
水仙や　練塀（ねりべい）われし　日の透き間　曲翠（6続猿蓑三三四七）
寝るとなく　寝る水主（かこ）もあり　夏の月　沙月（8俳諧新選一一九ペ）
春雨や　寝る気では寝ぬ　夕つ方　季遊（7俳諧古選二二〇ペ）
うつぶせに　ねるくせつきし　昼寝かな　万太郎（9流寓抄一一一二）
揖とりの　寝る小便か　小夜千鳥　旨原（4反古衾一七三一）
けふの今宵　寝る時もなき　月見哉　芭蕉（1続連珠四七）
一羽来て　寝る鳥は何　梅の月　蕪村（2蕪村遺稿一〇一〇）
夕皃や　寝るにも誘ふ　隣どし　沙月（8俳諧新選二二三ペ）
甲板に　寝る人多し　夏の月　子規（10獺祭句帖抄六二九ペ）
やぶ入の　寝るやひとりの　親の側　太祇（4太祇句選一八二一）
巣だちして　寝る夜の床や　雀の子　鼠孫（8俳諧新選一〇五ペ）
足袋はいて　寝る夜物うき　夢見哉　蕪村（2蕪村句集三八七）
じだらくに　ねれば涼しき　夕べかな　宗次（6猿蓑一七九八）
蓑虫の　音を聞きに来よ　草の庵　芭蕉（1続虚栗三一二）
蜘何と　音をなにと鳴く　秋の風　芭蕉（1向之岡一一四）
若草に　根をわすれたる　柳かな　蕪村（2蕪村句集二三三二）

独りかも　ねんがける子や　柿の下　嘯山（8俳諧新選一四九ペ）
不精にて　年賀を略す　他意あらず　虚子（14七百五十句九二ペ）
世の中や　年貢畠の　けしの花　里東（6炭俵二五二四）

の

夢に舞ふ　能美しや　冬籠り　たかし（4たかし全集二六六二）
牛祭り　能なし女　聞きや居ん　嘯山（8俳諧新選一三四ペ）
倫敦（ロンドン）の　濃霧の話　日向ぼこ　虚子（12五百五十句二六ペ）
扇屋の　暖簾（のれん）白し　衣がへ　利牛（6炭俵二四七五）
いそがしき　野鍛冶をしらぬ　柳哉　荷兮（6あら野五五八）
昼皃や　野川小牛を　放し飼　亀卜（8俳諧新選二二三ペ）
こがらしや　野河の石を　踏みわたる　蕪村（2蕪村遺稿二三〇〇）
片よりに　野川のへげる　氷かな　瓜流（8俳諧新選一四三ペ）
夕風や　野川を蝶の　越えしより　白雄（5白雄句集八三四）
夕立ちて　野飼の牛の　戻りけり　雲魚（8俳諧新選二三二ペ）
草の露　野飼の角に　なだれけり　赤羽（8俳諧新選二二六ペ）
山もえに　のがれて咲くや　かきつばた　尾頭（6続猿蓑三一二六）
稲刈りて　野菊おとろふ　小道かな　子規（10獺祭句帖抄六一七ペ）
山路のきく　野菊とも又　ちがひけり　越人（6あら野七六一）
笹舟や　野菊の渚　蓼の岸　子規（9寒山落木巻三〇〇二二）
掛稲や　野菊花咲く　道の端（はた）　子規（10獺祭句帖抄六一八ペ）

あやめさす　軒さへよその　ついで哉　荷兮（6あら野 九六一）
賤が家も　軒に切籠（きりこ）や　はら鼓　東舟（8俳諧新選 一二六ぺ）
蚊遣火や　軒にまじまじ　洗ひ馬　富葉（8俳諧新選 一一七ぺ）
時雨るや　軒にもさがる　鼠の尾　巴人（5夜半亭発句帖 五〇三）
葱釣る　軒に寄り添ふ　女かな　闌更（4半化坊発句集 一八四九）
あやめ生ひけり　軒の鰯の　されかうべ　芭蕉（1江戸広小路 九四）
志賀は今　軒の足らぬや　むら燕　希因（7俳諧古選 一五七ぺ）
寒いぞよ　軒の蜩（ひぐらし）　唐がらし　一茶（3句稿消息 三五〇ぺ）
古御所の　軒掃き下ろす　落花哉　赤羽（8俳諧新選 一五一ぺ）
唐秬（きび）や　軒端の荻の　取りちがへ　芭蕉（1江戸広小路 七八）
凩や　軒へ雀の　くぐむ音　柳水（8俳諧新選 一三八ぺ）
松風や　軒をめぐつて　秋暮れぬ　芭蕉（1笈日記 九〇三）
僧正が　野糞遊ばす　日傘哉　一茶（3文化句帖 三三八ぺ）
寒月や　鋸岩の　あからさま　蕪村（2蕪村句集 二七八六）
吾がうらも　残しておかぬ　若菜哉　素秋（6あら野 五〇八）
星一つ　残して落つる　花火かな　抱一（5屠竜之技 九九二）
水に輪を　残して早し　鮎の様　宇鹿（8俳諧新選 一五八ぺ）
蔦の葉や　残らず動く　秋の風　荷兮（6続猿蓑 三二五六）
名月や　残らず聞きし　鐘の声　尹周（8俳諧新選 一三〇ぺ）
残る葉も　のこらずちれや　梅もどき　加生（6あら野 七六八）
天狗風の　のこらず蔦の　葉裏哉　蕪村（2蕪村遺稿 一七九一）
僧死して　のこりたるもの　一炉かな　素十（9野花集 一五四五）

山の端に　残る暑さや　大文字　宋屋（8俳諧新選 一二五ぺ）
稲妻の　残る暑さを　ちらしけり　可寿（8俳諧新選 一二五ぺ）
砂浜や　残る暑さを　ほのめかす　子規（10獺祭句帖抄 六三三ぺ）
這入りても　残るからだや　蝸牛（かたつぶり）　半魯（8俳諧新選 一一五ぺ）
すみずみに　のこる寒さや　梅の花　蕪村（2蕪村句集 二一七六）
焼跡に　遺る三和土（たたき）や　手毬つく　草田男（9来し方行方 二五四八）
寂として　残る土階や　花茨　虚子（11五百句 二五ぺ）
堀ばかり　残る砦や　ちり柳　雅因（8俳諧新選 一二四ぺ）
二三尺　残る日脚や　紅葉狩り　水蛙（8俳諧新選 一三四ぺ）
天津香も　残るや雪の　一夜松　巴人（4夜半亭発句帖 一一七二）
水音や　野咲きのうめの　右左　宋屋（8俳諧新選 一〇一ぺ）
月雪と　のさばりけらし　としの昏　芭蕉（1続虚栗 二八一）
利根の帆の　のさばり出たり　夏木立　一瓢（5玉山人家集 一一四五）
夕日影　のせて落ちたる　椿かな　卯雲（8俳諧新選 一〇六ぺ）
掌に　のせて子猫の　品定め　風生（9母子草 一五七九）
こがらしや　覗いて逃ぐる　淵のいろ　蕪村（2蕪村遺稿 二九七）
ここらかと　のぞくあやめの　軒端哉　秋芳（6あら野 六五一）
ぬき菜売り　覗くや四百　八十寺（はっしんじ）　鳥酔（4鳥酔懐玉抄 一七二四）
書に水に　望みは足れり　冬籠り　龍眠（8俳諧新選 一四〇ぺ）
釣鐘草　後に付けたる　名なるべし　越人（6あら野 七〇八）
不図（ふと）とびて　後に居なほる　蛙哉　松下（6あら野 五八四）
虫の声　野路の暑さの　さめにけり　湖月（8俳諧新選 一二七ぺ）

更衣(ころもがへ)　野路の人　はつかに白し　蕪村（2蕪村句集 五二）
傾城は　のちの世かけて　花見かな　蕪村（2蕪村句集 二一〇六）
粥杖や　後は御末に　どよむ声　龍眠（8俳諧新選 二一一ぺ）
もち花の　後はすすけて　ちりぬべし　野水（6あら野 八二五）
うめがかに　のつと日の出る　山路かな　芭蕉（1炭俵 八二九）
此の雨に　のつ引きならじ　時　鳥　一茶（3七番日記 三四〇ぺ）
寝忘れた　野寺の門や　雉のこゑ　嘯山（8俳諧新選 一〇四ぺ）
砂村の　能登恋しさよ　蚊の日暮　青々（9松苗 〇四八五）
かそけくも　咽喉鳴る妹よ　鳳仙花　木歩（9決定木歩全集 一〇五四）
日高には　能登の国迄や　刺鯖(さしさば)売り　西鶴（4糸屑 〇一八七）
瓜投げる　野中の市や　暮の月　羽律（8俳諧新選 二二三ぺ）
百舌鳥(もず)のゐる　野中の杭(くひ)よ　十　月　嵐蘭（6猿蓑 一六三四）
五月雨や　野中の杉の　つくねんたり　醒雪（9帝国明29・6 〇三二五）
演　習　の　野中の杉や　鵙(もず)の声　子規（10獺祭句帖抄 六〇六ぺ）
菜の花や　野中の寺の　縁の下　子規（10獺祭句帖抄 六五五ぺ）
うぐひすや　野中の墓の　竹百竿　蕪村（2蕪村遺稿 二四三四）
くもる日や　野中の花の　北　面　猿雖（6続猿蓑 二九七三）
錦　す　る　野にことことと　かがし哉　蕪村（2蕪村遺稿 一九一）
連(つれ)もなく　野に捨てられし　冬の月　露尺（7俳諧古選 一九一ぺ）
ぜんまいの　のの字ばかりの　寂光土　茅舎（9華厳 一六八九）
先(まつ)明けて　野の末ひくき　霞　哉　荷兮（6波留濃日 三二三）
いなづまや　野の人もどる　後ろより　之房（8俳諧新選 二二四ぺ）

囀　り　や　野は薄月の　さしながら　嘯山（4五車反古 一七〇）
野は枯れて　のばす物なし　鶴の首　支考（6続猿蓑 三三六三）
山は暮れて　野は黄昏(たそかれ)の　薄　哉　蕪村（2蕪村句集 一〇七三）
しんしんと　野は昼皃の　盛り　哉　瓜流（7俳諧古選 二一七ぺ）
うぐひすや　野は塀越しの　風呂あがり　史邦（6続猿蓑 三〇一〇）
大空に　伸び傾ける　冬木かな　虚子（9五百句 〇〇五三）
鳰(にほ)の頭　伸びしと見しが　潜りけり　虚子（12六百句 一八七ぺ）
藪百合草の　のびて己に　あぐみけり　赤羽（8俳諧新選 一一八ぺ）
夏　草　に　延びてからまる　牛の舌　虚子（12六百句 二三九ぺ）
影法師の　伸びて鴫たつ　沢辺哉　嵩平（8俳諧新選 二一九ぺ）
里下りや　野一つ越える　綿ぼうし　召波（8俳諧新選 四三ぺ）
うぐひすや　野へ出て見たき　日の匂ひ　光江（8俳諧新選 一〇一ぺ）
断　り　て　野へ出る道や　けしのはな　大夢（8俳諧新選 一五六ぺ）
埋み火や　野辺なつかしき　蕗の薹　宋阿（7俳諧古選 一九四ぺ）
団　子　坂　上り下りや　鷗外忌　虚子（14七百五十句 一二二ぺ）
猿も木に　のぼりすますや　としの暮　車来（6続猿蓑 三四一四）
うぶすなに　幟立てたり　稲の花　子規（10獺祭句帖抄 六三八ぺ）
すらすらと　昇りて望の　月ぞ照る　草城（9人生の午後 二四六一）
我が染めた　幟見に来る　紺屋哉　沙月（8俳諧新選 一一六ぺ）
乾(から)鮭(ざけ)も　のぼるけしきや　冬木立　蕪村（2蕪村遺稿 八三三）
欄　干　に　のぼるや菊の　影法師　許六（4本朝文選 〇五九）
蝶むれて　登る吉野の　日和かな　楼川（8俳諧新選 一〇七ぺ）

月しろの　上れど暗き　柳かな　南雅（8俳諧新選一〇五ペ）
山門に　のぼれば京の　小春かな　瓊音（9瓊音句集一〇二四）
海を見に　上れば寒し　椎の雨　帰厚（8俳諧新選一三三ペ）
山のすがた　蚤が茶臼の　覆ひかな　芭蕉（1伝土芳筆全伝五九）
腹這ひに　のみて舌うつ　飴湯かな　蛇笏（9山廬集一〇六六五）
瓦見る　のみの障子ぞ　開けずあれ　圭岳（9太白星一一八八）
隙明くや　蚤の出て行く　耳の穴　丈草（6猿蓑一七七九）
あれにけり　蚤の都の　おもてがへ　松意（5誹諧三ケ津一三三九）
石工の　鑿（のみ）冷やしたる　清水かな　蕪村（2蕪村句集九二）
疫病神　蚤も負はせて　流しけり　一茶（3おらが春四五三ペ）
枯尾花　野守が鬢（びん）に　さはりけり　蕪村（2蕪村遺稿二一七二）
花守は　野守に劣る　けふの月　蕪村（2蕪村句集一八七三）
山守の月夜　野守の霜夜　しかの声　蕪村（2蕪村遺稿二二九四）
涼しくも　野山にみつる　念仏哉　去来（6続猿蓑三四五七）
蝶々や　野山の花の　乳房より　嘯雨（8俳諧新選一〇八ペ）
若い時の　のら友達や　寒念仏　紫水（8俳諧新選一四四ペ）
足袋つぐや　ノラともならず　教師妻　久女（9杉田久女句集〇九五〇）
ふくふくと　乗らばぼたんの　台（うてな）哉　一茶（3八番日記三四二ペ）
老が門は　のり打ちしても　ゆけや年　丈石（8俳諧新選一四六ペ）
萍（うきくさ）に　乗りて流るる　蛙かな　圭左（8俳諧新選一一八ペ）
涼しさや　糊のかわかぬ　小行灯　一茶（3八番日記三三六ペ）
白魚や　海苔は下部の　かひ合はせ　其角（6猿蓑一九二六）
水学も　乗物かさん　あまの川　芭蕉（1江戸広小路九五）
畦道に　乗物すゆる　いなばかな　鷺汀（6あら野七二四）
蠣（かき）よりは　海苔をば老の　売りもせで　芭蕉（1続虚栗二八五）
昼舟に　乗るやふしみの　桃の花　桃隣（6炭俵二四五四）
日の色や　野分しづまる　朝ぼらけ　大江丸（4俳懺悔二〇六〇）
寝むしろや　野分に吹かす　足のうら　一茶（3句稿消息三四六ペ）
ふんばるや　野分にむかふ　はしら売り　九節（6続猿蓑三二八一）
叢や　野分の朝の　月一つ　都夕（8俳諧新選二二九ペ）
うつくしや　野分の後の　たうがらし　蕪村（2蕪村遺稿一四五四）
いそがしや　野分の空の　夜這星　一笑（6あら野七五八）
心細く　野分のつのる　日暮れかな　子規（10獺祭句帖抄六五四ペ）
人を恐れ　野分を恐れ　住めりけり　虚子（14七百五十句五五八ペ）
西瓜ひとり　野分をしらぬ　あした哉　素堂（5素堂家集二四七）
梅を見て　野を見て行きぬ　草加迄　子規（10獺祭句帖抄六一三ペ）

は

藤の実は　俳諧にせん　花の跡　芭蕉（1藤の実五七五）
柿食ふや　俳諧我に　敵多し　石鼎（9花影〇七四二）
みぞるるや　拝賀の供の　沓の音　如松（8俳諧新選一四七ペ）
霜柱　俳句は切字　響きけり　波郷（9風切二六四四）
世にほへ　梅花一枝の　みそさざい　芭蕉（1住吉物語一二三〇）

三千の　俳句を閲し　柿二つ　子規（9俳句稿巻一〇〇二四）
花の数　倍にも見えて　風椿　虚子（14七百五十句四九ペ）
梅林へ　梅林へ私は　裏山へ　みどり女（9定本みどり女〇九七五）
おのれひとり　はいる家あり　蝸牛（かたつぶり）　青蒲（8俳諧新選一五七ペ）
念仏すれば　報恩講の　鐘が鳴る　句仏（9句仏句集〇五三六）
縁へ来て　箒にかかる　蛙かな　嘯山（8俳諧新選一五一ペ）
つぶつぶと　箒をもるる　榎（えの）み哉　望翠（6続猿蓑三二九〇）
乾鮭（からざけ）や　判官（はうぐわん）どのの　上がり太刀　蕪村（2蕪村遺稿一三三六）
鶴子最も　亡兄の墓を　ふし拝む　虚子（13六百五十句二一九ペ）
蚊をやくや　褒姒（はうじ）が閨の　私語（さざめごと）　其角（5虚栗二六三）
湯婆や　忘じてとほき　医師の業（わざ）　秋桜子（9帰心一四五三）
蜘の巣に　棒縛りなる　とんぼ哉　太祇（8俳諧新選一二六ペ）
夜の雷雨　砲車に光り　ては消ゆる　素逝（4砲車二六六八）
追ひ戻す　坊主が手にも　葵哉　太祇（8俳諧新選一一五ペ）
投げられて　坊主なりけり　辻相撲　其角（4花摘〇八〇六）
木のはしの　坊主のはしや　鉢たたき　蕪村（2蕪村句集三六二）
進み出でて　坊主をかしや　月の舟　一井（6あら野一〇四五）
やま伏や　坊主をやとふ　玉祭り　沾圃（6続猿蓑三四四八）
暑き日に　棒突いて居る　芭蕉哉　嘯山（8俳諧新選一五八ペ）
あさがほの　這うてしだるる　柳かな　闇指（6続猿蓑三二六〇）
居風呂（すゑぶろ）に　棒の師匠や　春の暮　蕪村（2蕪村遺稿二二〇五）
順礼の　棒ばかり行く　夏野かな　重頼（5藤枝集三〇）

けふの日も　棒ふり虫よ　翌（あす）も又　一茶（3おらが春四四五ペ）
縁側に　棒ふる人や　五月雨　子規（10獺祭句帖抄六二九ペ）
鶯も　葉裏に声の　曇りかな　卜我（8俳諧新選一四ペ）
物書くに　葉うらにめづる　芭蕉哉　蕪村（2蕪村句集一七九九）
晴間まで　葉裏にゆふる　蛍哉　都雪（7俳諧古選一六二ペ）
蝸牛（ででむし）の　葉裏へ回る　あつさ哉　珍志（8俳諧新選二二〇ペ）
古寺や　はうろく捨つる　芹の中　蕪村（2蕪村句集一九九六）
水草に　生えた花とぶ　蛍かな　貞恕（7俳諧古選一六一ペ）
帷子（かたびら）の　栄（はえ）は一度に　限りなん　沙月（8俳諧新選二二一ペ）
居り替はる　羽音涼しや　森の蟬　北枝（5北枝発句集四〇七）
花に酔へり　羽織着てかたな　指す女　芭蕉（1真蹟集覧一四五）
風かをる　羽織は襟も　つくろはず　芭蕉（1芭蕉庵小文庫六九六）
夢に見し　羽織は綿の　入りにけり　野水（6あら野九四八）
ふはとぬぐ　羽織も月の　ひかりかな　成美（5成美家集九三二）
男くさき　羽織を星の　手向け哉　杏雨（6あら野七一四）
うれしさは　葉がくれ梅の　一つ哉　杜国（6波留濃日三三九）
いちじくの　葉影となりぬ　宿の月　泊雲（9泊雲句集〇七七二）
こがね虫　葉かげを歩む　風雨かな　久女（9杉田久女句集〇九四五）
枝に庭　掃かせてすずし　糸桜　麦浪（8俳諧新選二二ペ）
蛸壺や　はかなき夢を　夏の月　芭蕉（1猿蓑三八五）
しら芥子に　はかなや蝶の　鼠いろ　嵐蘭（6あら野六三六）
正月を　馬鹿にくらして　二月哉　秋風（5俳諧吐綬雞一六〇）

参りたる 墓は黙して 語らざる 虚子（14 七百五十句 六〇ペ）
墓原や 墓低くして 草茂る 子規（10 獺祭句帖抄 六五〇ペ）
篠の露 袴にかけし しげり哉 芭蕉（1 後の旅 七八三）
七くさや はかまの紐の 片結び 蕪村（2 蕪村句集 二三三九）
まふくだが はかまよそふか つくづくし 芭蕉（1 花声集 二六〇）
金獅子の 歯がみや花に 比叡おろし 三千風（5 仙台大矢数 一五五）
長嘯の 墓もめぐるか はち敲 芭蕉（1 いつを昔 五九三）
蝶の羽に ばかり風ある 日和哉 卯雲（8 俳諧新選 一〇八ペ）
庵も浮く ばかり清水を まかせけり 大夢（8 俳諧新選 一二二ペ）
猫の子や 秤にかかり つつじやれる 一茶（3 おらが春 四三五ペ）
蝶の飛ぶ ばかり野中の 日かげ哉 芭蕉（1 笈日記 二四一）
これはこれはと ばかり花の 芳野山 貞室（6 あら野 三五九）
渡し守 ばかり蓑着る しぐれ哉 傘下（6 あら野 七七六）
伴天連（バテレン）の 墓をめぐりて 野茨かな 寅彦（9 寅彦全集 一一七六六）
沢庵の 墓をわかれの 秋の暮 文鱗（6 あら野 九四四）
雪沓を はかんとすれば 鼠ゆく 蕪村（2 蕪村遺稿 六九一）
一さかり 萩くれなゐの 秋の風 青蘿（5 青蘿発句集 八五三）
宮城野の 萩更科の そばにいづれ 蕪村（2 蕪村句集 二四一六）
其のはてが 萩と薄の 心中かな 子規（10 獺祭句帖抄 六六〇ペ）
黄昏（たそかれ）や 萩に鼬（いたち）の 高台寺 蕪村（2 蕪村遺稿 一六二）
野に似よと 萩の主は 思ひけり 嘯山（8 俳諧新選 一二八ペ）
震災忌 萩のうねりの うき思ひ 青嵐（9 永田青嵐句集 〇八九一）
うき旅や 萩の枝末（ずゑ）の 雨を踏む 蕪村（2 蕪村遺稿 二四一五）
七株の 萩の千本や 星の秋 芭蕉（1 真蹟横物 七五三）
初冬の 萩も芒も たばねけり 子規（10 獺祭句帖抄 六三九ペ）
椿子も 萩も芒も 焼き捨てよ 虚子（14 七百五十句 五五九ペ）
片岡の 萩や刈りほす 稲の端 猿雖（6 炭俵 二五六七）
薄見つ 萩やなからむ このほとり 蕪村（2 蕪村句集 一〇七五）
宮城野の 萩や夏より 秋の花 桃隣（6 炭俵 二五六五）
片折戸 萩をだかへて 鎖しけり 尺布（8 俳諧新選 一二七ペ）
富士行者 白衣に雲の 匂ひあり 子規（9 俳句稿巻一 〇〇四五一）
氷室の戸 白雲深く 閉しけり 碧梧桐（9 三千里 〇一三四）
塩鯛の 歯ぐきも寒し 魚の店 芭蕉（1 薦獅子集 七六六）
筒音に 白 雪 卍巴かな 飄亭（9 日本人明29・10・5 〇一九五）
木仏の 箔の兀たる 寒さかな 白鴉（8 俳諧新選 一四二ペ）
灰捨てて 白梅うるむ 垣ねかな 凡兆（6 猿蓑 一八八九）
なつ木立 はくやみ山の こしふさげ 芭蕉（1 伊勢踊音頭集 四〇）
山の腰に はく夕だちや 雲の帯 貞徳（5 犬子集 一七）
人は何に 化くるかもしらじ 秋のくれ 蕪村（2 蕪村遺稿 一七九七）
牛の子の はぐれてもどる 花野哉 捨石（8 俳諧新選 一二九ペ）
其の玉や 羽黒にかへす 法の月 芭蕉（1 真蹟懐紙 五二一）
夕ぐれや 兀並びたる 雲のみね 去来（6 猿蓑 一八〇二）
日帰りの 兀山（はげやま）越ゆる あつさ哉 蕪村（2 蕪村句集 五七四）
稲刈りて 化けをあらはす かがしかな 蕪村（2 蕪村遺稿 七八八）

合歓(ねむ)の木の　葉ごしもいとへ　星のかげ　芭蕉（1猿蓑 六三四）
胸苦し　箱根にかかる　雲の峰　嘯山（8俳諧新選 一二〇ペ）
山鴬に　運ばれ来り　瀑(たき)の前　月斗（9昭和俳句集 〇五一九）
大比叡や　はこぶ野菜の　露しげし　野童（6猿蓑 一八一二）
石垣に　はこべの花や　道普請(ぶしん)　荷風（9荷風句集 一一六三）
慈悲すれば　糞(はこ)をする也　雀の子　一茶（3文政句帖 三三〇ペ）
古傘の　婆娑(ばさ)と月夜の　しぐれ哉　蕪村（2蕪村句集 九六一）
紫蘇の実を　鋏の鈴の　鳴りて摘む　虚子（12五百五十句 五三ペ）
泥水や　ばさりとかへる　田植縄　鬼城（4定本鬼城句集 二二六二）
棕櫚の葉の　ばさりばさりと　みぞれけり　子規（10獺祭句帖抄 六六四ペ）
蘆のほに　箸うつかたや　客の膳　去来（6炭俵 二五六九）
麦秋や　はしかき中に　寝所も　嘯山（8俳諧新選 一一六ペ）
麦秋の　はしかさもなき　早苗哉　卜友（8俳諧新選 一一六ペ）
朝皃の　はじくを見ばや　暗きより　竹房（8俳諧新選 一二六ペ）
さや豆の　はじけてけふの　別れ哉　冠那（8俳諧新選 一三五ペ）
大船の　階子(はしご)をあげる　霙かな　子規（10獺祭句帖抄 六一九ペ）
こほろぎや　箸で追ひやる　膳の上　孤屋（6炭俵 二五六一）
水鳥の　はしに付きたる　梅白し　野水（6あら野 八四四）
這ひわたる　橋の下より　ほととぎす　一茶（3おらが春 四四一ペ）
沖　膾　箸の雫や　淡路島　言水（4江戸蛇之酢 〇二四九）
車座に　箸の揃はぬ　鷹野かな　竹牙（8俳諧新選 一四一ペ）
ひとり行く　橋の長さよ　五月闇　嘯浦（7俳諧古選 二一七ペ）

もち汐の　橋のひくさよ　けふの月　利牛（6炭俵 二五四六）
口切や　羽柴明智の　膝　頭　嘯山（8俳諧新選 一三八ペ）
夏川や　橋はあれど馬　水を行く　子規（10獺祭句帖抄 六四八ペ）
宵に見し　橋はさびしや　月の影　一髪（6あら野 四二九）
何にすれて　端々青し　山ざくら　素園（8俳諧新選 一〇六ペ）
足高に　橋は残りて　枯野かな　乙由（5麦林集 四五〇）
瀬を聞いて　橋へかかるや　五月雨　未人（8俳諧新選 一一七ペ）
棚作る　はじめさびしき　葡萄(ぶだう)哉　作者不明（6あら野 七三一）
肌寒き　始めにあかし　蕎麦のくき　惟然（6続猿蓑 三三〇五）
月花の　初めは琵琶の　木どり哉　釣雪（6あら野 四七七）
凩や　はじめはわづか　荻の音　其汀（7俳諧古選 二二七ペ）
風流の　初めやおくの　田植うた　芭蕉（1奥の細道 四九六）
肌寒き　はじめや星の　別れより　乙由（4麦林集 一一九四）
違(たが)はざる　始め終はりや　百日紅(さるすべり)　玉芝（8俳諧新選 一二二ペ）
花をやどに　はじめをはりや　はつかほど　芭蕉（1真蹟懐紙 三六一）
若竹や　はしもとの遊女　ありやなし　蕪村（2蕪村句集 二二六五）
一束の　葉生姜ひたす　野川かな　子規（10獺祭句帖抄 六五九ペ）
冬の日や　馬上に氷る　影法師　芭蕉（1笈の小文 三三二一）
七夕の　橋やくづれて　なく鴉　子規（10獺祭句帖抄 六〇〇ペ）
鵲(かささぎ)の　橋よりこぼす　霰かな　示蜂（6猿蓑 一六八〇）
大仏の　柱くぐるや　春の風　二柳（5津守船初編 七五九）
笠あふつ　柱すずしや　風の色　史邦（6猿蓑 二一五六）

飛蟻（はあり）みな　柱叩けば　散りぞ行く　季遊（8 俳諧新選 一五二ペ）
かくれ家の　柱で麦を　打たれけり　一茶（3 おらが春 四四二ペ）
芭蕉葉を　柱にかけん　庵の月　芭蕉（1 蕉翁文集 七五五）
江のひかり　柱に来たり　けさのあき　蒼虬（5 訂正蒼虬集 一一五五）
玉まつり　柱にむかふ　夕べかな　越人（6 波留濃日 三四三）
灯（ひ）も消えて　柱の多き　野分哉　菜根（8 俳諧新選 一三〇ペ）
秋来ぬと　柱の払子　動きけり　子規（10 獺祭句帖抄 六三二ペ）
摂待の　はしら見たてん　松の陰　釣雪（6 あら野 一〇三九）
宵過ぎや　柱みりみり　寒が入る　一茶（3 文政句帖 三五六ペ）
五月雨や　柱目を出す　市の家　松芳（6 あら野 九二九）
いざ子ども　走りありかむ　玉霰　芭蕉（1 智周発句集 五九〇）
鶺鴒（せきれい）や　走り失せたる　白川原　氷固（6 続猿蓑 三二七三）
夕立に　走り下るや　竹の蟻　丈草（4 篇突 一〇〇六）
稲妻に　はしりつきたる　別れかな　釣雪（6 あら野 九三一）
雀子や　走りなれたる　鬼瓦　鳴雪（4 鳴雪俳句鈔 二二二三）
あら礒や　はしり馴れたる　友鵆（ちどり）　去来（6 猿蓑 一六六一）
手を挙げて　走る女や　山桜　虚子（12 六百句 二二二ペ）
青海や　羽白黒鴨　赤がしら　忠知（6 あら野 八一三）
めくら子の　端居（はしゐ）さびしき　木槿（むくげ）哉　白雄（5 白雄句集 八三八）
みな出でて　橋をいただく　霜路哉　芭蕉（1 泊船集書入 八二三）
九月来　箸をつかんで　また生きる　多佳子（9 命終 二九六七）
白雨（ゆふだち）や　蓮一枚の　捨てあたま　嵐蘭（6 猿蓑 一七八七）

河床や　蓮からまたぐ　便りにも　蕪村（2 蕪村句集 五七七）
恥づかしや　蓮に見られて　居る心　湖春（7 俳諧古選 一六六ペ）
白雨や　蓮の葉たたく　池の蘆　苔蘇（6 続猿蓑 三一八一）
入る月に　蓮の巻葉の　ゆるみけり　祇明（4 たつのうら 一一六六）
静けさや　蓮の実の飛ぶ　あまたたび　麦水（4 樗庵麦水集 一八〇〇）
とび下りて　弾みやまずよ　寒雀　茅舎（4 華厳 二六三七）
蒲の穂や　葉末にのぼる　水鼬（みづいたち）　白羽（4 右紫 一二八三）
日の出でて　葉末の露の　皆動く　虚子（12 六百句 二〇〇ペ）
秋風や　蓮をちからに　花一つ　作者不明（6 猿蓑 一八〇四）
野分して　はせ出でし水や　所々　尺布（8 俳諧新選 一三〇ペ）
楽しみは　鯊釣る閑を　つくること　青嵐（9 永田青嵐句集 〇八九二）
三輪を出て　初瀬に暮れたる　桜哉　歌求（8 俳諧新選 一四八ペ）
夏木立　初瀬らんもりと　物深し　嘯山（8 俳諧新選 一一四ペ）
一片の　パセリ掃かるる　暖炉かな　不器男（4 不器男句集 二六九八）
雨　蛙　芭蕉にのりて　そよぎけり　其角（4 句兄弟 〇七七）
芭蕉忌に　芭蕉の像も　なかりけり　子規（10 獺祭句帖抄 六六一ペ）
手燭袖に　芭蕉の廊を　通りけり　子規（10 獺祭句帖抄 六五九ペ）
中空を　芭蕉葉飛べる　野分かな　茅舎（9 華厳 一六九一）
白鷺の　羽袖よごるる　しほひ哉　士髪（8 俳諧新選 一〇九ペ）
山々の　肌あらはなる　落葉かな　粗岡（8 俳諧新選 一三六ペ）
なら坂や　畑うつ山の　八重ざくら　旦藁（6 波留濃日 一二三三）
角力（すまふ）取の　裸壱歩や　厄落とし　孤桐（8 俳諧新選 一四四ペ）

鳳巾（いかのぼり）裸子は見ぬ都哉　言水（7俳諧古選一五一ぺ）
時鳥裸で起きて橋二つ　来山（7俳諧古選一六〇ぺ）
夕がほや裸でおきて夜半過ぎ　嵐蘭（6続猿蓑三一三二）
涼しさや裸でこゆる箱根山　子規（10獺祭句帖抄六〇七ぺ）
駕（かご）かきは裸で寝たり女郎花（をみなへし）　子規（10獺祭句帖抄六五八ぺ）
涼しさを裸にしたり座禅堂　子規（9寒山落木巻二〇〇二八）
薫風や裸の上に松の影　子規（10獺祭句帖抄六二九ぺ）
山の温泉（ゆ）や裸の上の天の川　子規（10獺祭句帖抄六〇九ぺ）
灌仏の裸も近し更衣（ころもがへ）　童平（7俳諧古選二二八ぺ）
炉塞や裸櫓（やぐら）の十日ほど　嘯山（8俳諧新選一一二ぺ）
花むくげはだか童のかざし哉　芭蕉（1東日記一一六）
日たけ起きて畠歩めば秋の風　守愚庵（7俳諧古選二二二ぺ）
たけの子や畠隣に悪太良（あくたらう）　去来（6猿蓑一七三七）
さむしろを畠に敷いて梅見かな　蕪村（2蕪村遺稿三三五五）
昼顔や畠に人も旅人も　孤山（8俳諧新選二三二ぺ）
有りし世の畑の字（あざ）や梅の花　和流（8俳諧新選一〇二ぺ）
凩や畠の小石目に見ゆる　蕪村（2蕪村句集七〇二）
人足らぬ畠の末の花野かな　赤羽（8俳諧新選一二九ぺ）
傾城の畠見たがるすみれかな　涼菟（5皮籠摺四一三）
寒菊や畠めきたる庵の簀戸（すど）　赤羽（8俳諧新選一三七ぺ）
川沿ひの畠を歩く月見かな　杉風（4泊船集〇八五三）
馬迄もはたご泊りや春の雨　一茶（3おらが春四四〇ぺ）

風引くな肌寒頃の臍の穴　子規（10獺祭句帖抄六三三ぺ）
めいげつやはだしでありく草の中　傘下（6あら野四二一）
淡島へはだし参りや春の雨　蕪村（2蕪村遺稿二三二〇）
大兵の廿ちあまりや更衣（ころもがへ）　蕪村（2蕪村句集五一五）
ぢぢ生きて廿ちの親の魂祭り　百万（8俳諧新選二二五ぺ）
ぎぼうしの傍に経よむいとどかな　可南（6続猿蓑三二六三）
帷子（かたびら）の肌に食ひ入る昼寝かな　尺布（8俳諧新選二二一ぺ）
我がつまや肌にそへとてあはせ物　山人（4阿波手集〇一四七）
枯蘆やはたはたと立つ何の鳥　寅彦（9寅彦全集六一一七三）
抱いて寝ても肌はゆるさぬ火桶哉　貞室（7俳諧古選一八六ぺ）
里の子の肌まだ白しももの花　千代女（5千代尼句集五一四）
芥子蒔くと畑まで行かむ月見哉　空牙（6続猿蓑三二二〇）
帯もせで畑見歩行や瓜作り　龍眠（8俳諧新選二三三ぺ）
豆植うる畑も木べ屋も名処哉　凡兆（6猿蓑一七三二）
独り寝も肌やあはする紙ぶすま　梅盛（5誹諧三ケ津五五）
売り出しの旗や小春の広小路　子規（10獺祭句帖抄六六〇ぺ）
下々の働き見ゆる袷かな　龍眠（8俳諧新選一一二ぺ）
囀りの斑雪の上にはじまれり　林火（9潺潺集二七五二）
土塊に蜂歩み居る地震かな　月舟（9進むべき道〇六九七）
出（いで）舟や蜂うち払ふみなれ棹　蕪村（2蕪村遺稿二三三七）
風板引け鉢植の花散る程に　子規（9俳句稿巻二〇〇一二）
花に寄る蜂追ひにけり追はれけり　無関（7俳諧古選一五六ぺ）

煖房や　八階にして　窓に不二　花蓑（9 〇八七三 花蓑句集）
いな妻や　八丈かけて　きくた摺り　蕪村（2 七八五 蕪村句集）
朝皃に　恥ぢて起きけり　日の匂ひ　雲魚（8 二二六ぺ 俳諧新選）
白菊よ白菊よ　恥　長髪よ　長髪よ　芭蕉（1 二二八 真蹟短冊）
山寺や　蜂にさされて　更衣（ころもがへ）　巣兆（4 二〇九八 曽波可理）
巣の中に　蜂のかぶとの　動く見ゆ　虚子（11 六五ぺ 五百句）
月やその　鉢木の日の　した面　芭蕉（1 八一〇 翁草）
うで首に　蜂の巣かくる　二王哉　松芳（6 一〇一六 あら野）
春雨や　蜂の巣つたふ　屋ねの漏り　芭蕉（1 八三八 炭俵）
今迄は　罰もあたらず　昼寝蚊屋　一茶（3 四四二ぺ おらが春）
構はねば　蜂も螫（さ）すもので　無かりけり　嘯山（8 一〇七ぺ 俳諧新選）
蕣（あさがほ）に　恥ぢよ浮世の　つかみ頬（づら）　滴水（7 一八二ぺ 俳諧古選）
影法師に　恥ぢよ夜寒の　むだ歩き　一茶（3 四七二ぺ おらが春）
松風の　鉢を聞きしる歟（か）　蟬の声　宋屋（8 一四九ぺ 俳諧新選）
夢かれて　初秋犬の　遠音哉　西吟（5 二三二 庵桜）
すずしさや　恥づかしい程　行きもどり　素園（8 二二ぺ 俳諧新選）
夜歩行（よありき）の　恥づかしうなる　砧かな　土髪（8 二三一ぺ 俳諧新選）
初雪や　恥づかしさうに　降り仕舞ふ　梅布（7 二三〇ぺ 俳諧古選）
大声や　廿日過ぎての　御万歳　一茶（3 三二五ぺ 七番日記）
隠口（こもりく）の　はつかなりけり　薬食　高政（5 一二一 誹諧中庸姿）
行く秋や　二十日の水に　星の照り　園女（5 四二七 菊の塵）
国々の　八景更に　気比（けひ）の月　芭蕉（1 五五九 荊口句帳）

枯柳　八卦を画く　行灯あり　子規（10 六六七ぺ 獺祭句帖抄）
彼是と　八朔過ぎて　秋の風　杉古（7 二一八ぺ 俳諧古選）
葱切って　潑剌たる香　悪の中　楸邨（9 二五八九 まぼろしの鹿）
御空より　発止と鵙（もず）や　菊日和　茅舎（4 二六四三 川端茅舎句集）
一塩に　はつ白魚や　雪の前　杉風（6 三三七九 続猿蓑）
冬に生まれ　ばつた遅すぎる　早すぎる　三鬼（9 二三六一 変身）
卯の花に　ばつとまばゆき　寝起さかな　杉風（4 〇八四九 別座鋪）
笹鳴きが　初音となりし　頃のこと　虚子（13 二一六ぺ 六百五十句）
初時雨　初の字を我が　時雨哉　芭蕉（1 九三四 栗津原）
有明の　はつはつに咲く　遅ざくら　史邦（6 一九七五 猿蓑）
なりあひや　はつ花よりの　物わすれ　野水（6 三八三 あら野）
小木曾女や　はつ雪たわむ　額髪　素檗（5 九八一 素檗句集）
見足らぬを　初雪とこそ　申すなれ　雅因（8 二三九ぺ 俳諧新選）
うしろより　初雪降れり　夜の町　普羅（9 〇七〇八 普羅句集）
首出して　はつ雪見ばや　此の衾（ふすま）　竹戸（6 一六七四 猿蓑）
闇の夜の　はつ雪らしや　ぼんの凹　一茶（3 三五四ぺ 七番日記）
弟月　はつる廿日の　涙かな　孤桐（8 一五二ぺ 俳諧新選）
我がやねを　はづれて嬉し　天の河　超波（7 二二一ぺ 俳諧古選）
常斎（とき）に　はづれてけふは　花の鳥　千那（6 一九七六 猿蓑）
御袴の　はづれなつかし　紅粉（べに）の花　千那（6 一七六六 猿蓑）
田にならぬ　はづれはづれや　かきつばた　超波（8 一四六ぺ 俳諧新選）
柊（ひらぎ）さす　果てしや外の　浜びさし　蕪村（2 一九七三 蕪村遺稿）

山川の　果てなき音や　村ちどり　它谷（8俳諧新選 一四〇ペ）
つづくりも　はてなし坂や　五月雨　去来（6猿蓑 一七五四）
困の　果てはありけり　海の音　言水（5都曲 一七九）
虫聞きの　果ては嵯峨野の　鳥かな　其諺（7俳諧古選 一八四ペ）
蓑笠の　果てやかがしの　ひとり役　乙総（8俳諧新選 一二八ペ）
花鳥の　果てや柊（ひらぎ）に　赤鰯　珪琳（8俳諧新選 一四四ペ）
校塔に　鳩多き日や　卒業す　草田男（9長子 二五二九）
やぶ入や　鳩にめでつつ　男山　蕪村（2蕪村遺稿 二四二八）
汽車道に　鳩の下り居る　枯野かな　子規（10獺祭句帖抄 六六四ペ）
胸出して　鳩のぼり来る　落葉坂　虚子（12六百句 一六一ペ）
むつかしき　鳩の礼儀や　かんこどり　蕪村（2蕪村句集 五三三）
寂しくも　鳩吹きながら　見えずなんぬ　紅葉（9紅葉句帳 ○二六八）
神慮今　鳩をたたしむ　初詣　虚子（9五百句 ○○七一）
コスモスの　花あそびをる　虚空かな　虚子（14七百五十句 五五九ペ）
夜神楽（かぐら）や　鼻息白し　面の内　其角（6猿蓑 一六九八）
のみあけて　花生にせん　二升樽　芭蕉（1伝土芳筆全伝 六七六）
押し出して　花一輪の　牡丹かな　春来（8俳諧新選 一一三ペ）
打ちよりて　花入探れ　うめつばき　芭蕉（1句兄弟 七七一）
沙魚（はぜ）釣るや　鼻おごめきて　百とよむ　太祇（8俳諧新選 一三五ペ）
小うるさい　花が咲く迚（とて）　寝釈迦かな　一茶（3おらが春 四三五ペ）
名月の　花かと見えて　綿畠　芭蕉（1続猿蓑 八八四）
夕皃の　花嚙（か）む猫や　余所（よそ）ごころ　蕪村（2蕪村句集 五七〇）

六月の　花歟（か）吉野の　雲の峰　孟遠（8俳諧新選 一二〇ペ）
萍（うきくさ）の　花からのらん　あの雲へ　一茶（3おらが春 四五三ペ）
犬蓼の　花くふ馬や　茶の煙　子規（10獺祭句帖抄 六〇二ペ）
いたどりの　花月光に　つめたしや　青邨（9雪国 一五九三）
腥（なまぐさ）き　はな最中の　ゆふべ哉　長眉（6猿蓑 一九八三）
山まゆに　花咲きかぬる　躑躅（つつじ）かな　荷兮（6あら野 六一三）
空豆の　花さきにけり　麦の縁（へり）　孤屋（6炭俵 二二五〇）
柴舟の　花咲きにけり　宵の雨　卜枝（6あら野 三七五）
さびしさに　花さきぬめり　山ざくら　蕪村（2蕪村遺稿 一九八二）
避暑人に　花咲き満ちぬ　峰の原　零余子（9零余子句集 ○六八四）
山苔も　花さく世話は　もちにけり　一茶（3おらが春 四四三ペ）
手を頬に　話ききをり　目は百合に　虚子（14七百五十句 一五三ペ）
追ひ懸けて　咄して行く　師走かな　枳義（8俳諧新選 一四五ペ）
能きほどに　はなして帰る　月夜哉　一髪（6あら野 四三七）
あめつちの　はなしとだゆる　時雨哉　湖春（6あら野 七七〇）
榾（ほだ）の火や　咄も見えて　寝入られず　桃葉（8俳諧新選 一三八ペ）
朝露の　花透き通す　桔梗かな　柳梅（6続猿蓑 三二四四）
まがはしや　花吸ふ蜂の　往き還り　園風（6猿蓑 一九七九）
仲秋や　花園のもの　みな高し　青邨（9雑草園 一六〇七）
するが地や　花橘も　茶の匂ひ　芭蕉（1炭俵 八四七）
水無月も　鼻つきあはす　数寄屋（すきや）哉　凡兆（6猿蓑 一七九〇）
神の梅　鼻であしらふは　慮外也　且水（8俳諧新選 一五一ペ）

七草や　花ではしらぬ　人あらん　桐雨（8俳諧新選 一〇〇ペ）
夕皃の　花で涕（はな）かむ　おばば哉　一茶（3おらが春 四四五ペ）
蕎麦はまだ　花でもてなす　山路かな　芭蕉（1続猿蓑 八八七）
白梅の　花と莟と　莟がち　素逝（9暦 一八二九日）
何の木の　花とはしらず　匂ひ哉　芭蕉（1笈の小文 三五五）
やぶ入や　花なき里へ　でも扨（さて）も　珪琳（8俳諧新選 一〇三ペ）
椹（くはのみ）や　花なき蝶の　世すて酒　芭蕉（1虚栗 一六五）
水にちりて　花なくなりぬ　岸の梅　蕪村（2蕪村遺稿 四九五）
世をうしと　花なる身をや　捨て坊主　立圃（7俳諧古選 一九六ペ）
猶見たし　花に明け行く　神の顔　芭蕉（1泊船集 三七八）
羽虱（じらみ）を　花に落とすな　むら烏　正秀（7俳諧古選 一四八ペ）
日々にさく　花に追はるる　瓢（ひさご）かな　瓢水（8俳諧新選 一二三ペ）
麦をわすれ　華におぼれぬ　雁ならし　素堂（6あら野員外 一〇九四）
祇や鑑や　花に香炷（た）かん　草むしろ　蕪村（2蕪村遺稿 二〇六一）
待つ程や　花に返さん　夜のもの　凪虎（7俳諧古選 一四四ペ）
樫の木の　花にかまはぬ　姿かな　芭蕉（1野ざらし紀行 二三三）
阿蘭陀（おらんだ）も　花に来にけり　馬に鞍　芭蕉（1江戸蛇之鮓 一〇二）
昆布だしや　花に気のつく　庫裏（くり）坊主　利牛（6炭俵 二四四八）
あだなりと　花に五戒の　桜かな　其角（6炭俵 二四四二）
薫（たきもの）や　花に小蝶の　袖だたみ　二夕坊（8俳諧新選 一五一ペ）
かくれ住みて　花に真田（さなだ）が　謡かな　蕪村（2蕪村句集 二一〇九）
誰が母ぞ　花に珠数（じゅず）くる　遅ざくら　祐甫（6炭俵 二四四六）

朝顔の　花に澪みけり　諏訪の湖　巣兆（4曽波可里 二〇九三）
昼ねして　花にせはしき　胡蝶哉　雪窓（6続猿蓑 三〇四八）
やあしばらく　花に対して　鐘つくこと　重頼（5貞徳誹諧記 二二九）
これ程の　花に築地の　静か也　斗吟（8俳諧新選 一一〇ペ）
子をつれて　花に寝ころぶ　野馬哉　喜招（8俳諧新選 二二九ペ）
清輔は　花に袋を　烏帽子哉　蕪村（2蕪村遺稿 二三六九）
夕皃の　花に不形（ぶなり）は　なかりけり　乙由（7俳諧古選 一七一ペ）
ながむとて　花にもいたし　くびの骨　宗因（5誹諧独吟集 一〇二）
世にさかる　花にも念仏　申しけり　芭蕉（1蕉翁句集 九五五）
しるしらず　花にもの云ひて　通りけり　習先（8俳諧新選 一〇九ペ）
ゆく春や　花によごれし　荷ひ茶や　也有（5蘿葉集 五〇六）
このほどを　花に礼いふ　わかれ哉　芭蕉（1真蹟懐紙 三六二）
花に来て　花にゐねぶる　いとまかな　蕪村（2蕪村句集 一〇九八）
みよし野に　花盗人は　なかりけり　蕪村（2蕪村遺稿 二二四五）
山の月　花盗人を　てらし給ふ　一茶（3おらが春 四三四ペ）
油断なく　花の跡追ふ　若葉哉　雁觜（8俳諧新選 一一四ペ）
鶯や　花の跡とふ　経の声　光弘（7俳諧古選 一四四ペ）
御影講の　花のあるじや　女形　太祇（8俳諧新選 二三九ペ）
三吉野や　花の何処（いづこ）に　人の家　麻父（8俳諧新選 一一〇ペ）
暮れ淋し　花の後ろの　鬼瓦　友五（6あら野 三六三）
暫くは　花の上なる　月夜かな　芭蕉（1真蹟短冊 六七八）
むつかしや　花の上にも　小ごとあり　嘯山（8俳諧新選 一六〇ペ）

鐘消えて　花の香は撞く　夕べ哉　芭蕉（1新撰都曲 四六一）
鷹匠は　鼻のかまれぬ　寒さ哉　乙由（7俳諧古選 一九三ぺ）
鴛（をしどり）や　花の君子は　殺（かれ）てのち　蕪村（2蕪村遺稿 六八八）
初ざくら　花のこころも　けふ成る歟（か）　仏仙（8俳諧新選 一一二ぺ）
柊（ひひらぎ）の　花のこぼれや　四十雀（しじふから）　浪化（5浪化発句集 三九三）
種芋や　花のさかりに　売りありく　芭蕉（1をのが光 六〇九）
茸狩りや　鼻のさきなる　歌がるた　其角（6炭俵 二五七〇）
炭竈や　花のさく木は　匂ふべし　桃葉（8俳諧新選 一四四ぺ）
木賃とは　花の下臥の　名なるべし　信安（7俳諧古選 二〇二ぺ）
赤からん　花の白さや　蕃椒（たうがらし）　晩山（7俳諧古選 一六三ぺ）
枝に葉に　花のつきけり　雨の萩　闌更（8俳諧新選 一二七ぺ）
夙く起きて　花の露降る　朝歩き　たかし（9火明 一六六五）
一とせの　花の手鏡　明けにけり　作者不明（7俳諧古選 二一九ぺ）
一筋は　花野にちかし　畑道　烏栗（6続猿蓑 三二四八）
糸　桜　花の縫ふより　綻びぬ　為世（7俳諧古選 一九五ぺ）
するすると　花の花産む　杜若（かきつばた）　林鴻（7俳諧古選 一六二ぺ）
水仙の　花の日なたも　凍（い）ての中　素逝（9暦日 一八二七）
箸で食ふ　花の弁当　来て見よや　虚子（12五百五十句 一五三ぺ）
からたちの　花のほそみち　金魚売り　夜半（9翠黛 一六三六）
水仙の　花のみだれや　藪屋しき　惟然（6続猿蓑 三三四九）
見ほれてや　花の下なる　忘れ杖　龍眠（8俳諧新選 一〇九ぺ）
傘さして　花の休みを　尋ねけり　買明（8俳諧新選 一〇九ぺ）

ないらひそ　花の王様　なりけるぞ　嘯山（8俳諧新選 一一三ぺ）
鉄線（てつせん）の　花は豪雨に　堪へゐしか　虚子（14七百五十句 一四ぺ）
青梅の　花は昨日や　墨ごろも　梅史（8俳諧新選 一五七ぺ）
海棠の　花は咲かずや　夕しぐれ　蕪村（2蕪村遺稿 二一五一）
道灌や　花はその代を　嵐哉　嵐蘭（6猿蓑 一九八五）
木天蓼（またたび）の　花は誰見る　独り見る　水巴（9定本水巴句集 〇六〇〇）
月は十日　花はつぼみや　初　蛙　梓月（9冬鶯 〇三六六）
花　花　花　花　花　花　花かな　秋風（5俳諧吐綬雞 一六一）
海棠の　はなは満ちたり　夜の月　普船（6猿蓑 一九八九）
両国の　花火聞こゆる　月夜かな　子規（10獺祭句帖抄 六五三ぺ）
物焚いて　花火に遠き　かかり舟　蕪村（2蕪村句集 五九四）
一　両が　花火間もなき　光かな　其角（7俳諧古選 一七八ぺ）
打ち上げた　花火ゆゆしき　ゆとり哉　嘯山（8俳諧新選 一二八ぺ）
花を拾へば　はなびらとなり　沙羅双樹　楸邨（9まぼろしの鹿 二五九〇）
化学とは　花火を造る　術ならん　漱石（9正岡子規へ 〇一七四）
四方より　花吹き入れて　にほの波　芭蕉（1白馬 六一五）
飢ゑ鳥の　花踏みこぼす　山ざくら　蕪村（2蕪村遺稿 一〇一）
旅人の　鼻まだ寒し　初ざくら　蕪村（2蕪村句集 二四四）
水草の　花まだ白し　秋の風　子規（10獺祭句帖抄 六三七ぺ）
梨老いて　花まばらなり　韮（にら）畠　子規（10獺祭句帖抄 六二六ぺ）
勝の方へ　花参らせん　福寿草　野有（8俳諧新選 一五〇ぺ）
天蓼（たでのみ）に　花見顔なる　小猫哉　存義（8俳諧新選 一二三ぺ）

菜畠に　花見皃(がほ)なる雀哉　芭蕉（1泊船集 二三八）
ひい様の　花見車や花の中　臨風（9帝国明29・8 〇三二一）
おのれらも　花見虱(しらみ)に候ふよ　一茶（3七番日記 三三二ペ）
土手につく　花見疲れの片手かな　より江（9同人句集 〇九三〇）
虫干や　花見月見の衣の数　子規（9寒山落木巻一 〇〇四九）
出でたちも　花見と見ゆる妻子哉　呑獅（8俳諧新選 一五四ペ）
七つより　花見におこる女中哉　陽和（6続猿蓑 二九七四）
榛の木の　花見に来ませしじみ汁　道彦（5蔦本集 九六九）
児(ちご)連れて　花見にまかり帽子哉　太祇（8俳諧新選 一四九ペ）
楼船(やかたぶね)　花見ぬ女中出でにけり　其角（7俳諧古選 二〇一ペ）
一日は　花見のあてや旦那寺　沾圃（6続猿蓑 二九八七）
かげきよも　花見のざには七兵衛(しちびやうゑ)　芭蕉（1真蹟扇面 九五三）
あすと云ふ　花見の宵のくらさ哉　荊口（6炭俵 二四三八）
町内の　花見の連中行きにけり　喜舟（9小石川 〇四六六）
何事ぞ　花みる人の長刀　去来（6あら野 三六五）
小冠者(くわじや)出て　花見る人をとがめけり　蕪村（2蕪村句集 一三五一）
山門に　花ものものし木のふとり　一桐（6続猿蓑 二九八二）
見たいもの　花もみぢより継穂かな　嵐雪（4其袋 〇八四四）
花守の　花も漏るべき住居(すまひ)哉　湖月（8俳諧新選 一一〇ペ）
襟につく　花守憎き庵かな　伴松（7俳諧古選 一五四ペ）
によこと出す　鼻や扇の骨の間　雅因（8俳諧新選 一一九ペ）
声なくて　花や梢の高笑ひ　立圃（4そらつぶて 〇〇七七）

土手の松　花や木深き殿造り　芭蕉（1伝土芳筆全伝 六〇五）
竜門の　花や上戸の土産(つと)にせん　芭蕉（1笈の小文 三六六）
凌霄(のうぜん)の　花や鐘楼を巻かんとす　野逸（4野逸句集 一七六五）
萍(うきくさ)の　花や洞庭八百里　嘯山（8俳諧新選 一一八ペ）
門へ来し　花屋に見せる牡丹哉　太祇（8俳諧新選 一一三ペ）
流れたる　花屋の水の氷りけり　碧梧桐（4春夏秋冬 二二九九）
咲きかかる　花やよしのの五十石　桃首（6続猿蓑 二九八一）
根に帰る　花やよしののそば畠　蕪村（2蕪村遺稿 二五七〇）
有りし野の　花や粧ふうづら籠　太祇（8俳諧新選 一二九ペ）
同じ火の　花よ涼しく覚えける　都城（8俳諧新選 一二八ペ）
朝顔の　花より小さき母なりし　碧雲居（9碧雲居句集 一〇六二）
一つ根に　離れ浮く葉や春の水　虚子（9五百句 〇〇八九）
名聞を　離れずもあり更衣(ころもがへ)　露沾（7俳諧古選 一六六ペ）
吉野気を　離れて白し秋の雲　鬼貫（7俳諧古選 一七六ペ）
舳(へ)にしづむ　花をあなやと遣見舟　爽雨（9緑蔭 一九〇三）
梅折れば　鼻をさし出す弟哉　沾徳（7俳諧古選 二〇三ペ）
花の木の　花をしまへば若葉哉　田福（8俳諧新選 一一四ペ）
一日は　花を背中に汐干哉　嘯子（7俳諧古選 二三一ペ）
三吉野は　花をつくねて山もなし　友静（7俳諧古選 一四四ペ）
目の星や　花をねがひの糸桜　芭蕉（1千宜理記 五一）
葉がくれぬ　花を牡丹の姿哉　全峰（6猿蓑 一七二五）
山あひの　はなを夕日に見出したり　心苗（6あら野 三八一）

落とさじと　葉にかかへたる　椿哉　鶴英（8俳諧新選 一〇六ぺ）
鶯の　葉に隠るるや　更衣（ころもがへ）　沙月（8俳諧新選 一二二ぺ）
家負ひて　葉に隠れけり　蝸牛（かたつぶり）　紫水（8俳諧新選 一二五ぺ）
衰ひや　歯に食ひあてし　海苔の砂　芭蕉（1をのが光 六八二）
見ればはや　葉にこぼれけり　けしの花　鶴英（8俳諧新選 一二三ぺ）
塩魚の　歯にはさかふや　秋の暮　荷兮（6猿蓑 一八七九）
蒲公英（たんぽぽ）や　葉にはそぐはぬ　花ざかり　圃莒（6続猿蓑 三〇四〇）
山吹や　葉に花に葉に　花に葉に　太祇（4太祇句選 一八二三）
しらじらと　羽に日のさすや　秋の蝶　青蘿（5青蘿発句集 八五四）
雀子や　羽ありたけの　うれし皃（がほ）　赤羽（8俳諧新選 一〇五ぺ）
鶯も　羽食ひ初る　冬至かな　雲扇（7俳諧古選 二一三ぺ）
焼栗の　はねて驚く　一人かな　子規（10獺祭句帖抄 六三八ぺ）
とまる間も　羽に遣はるる　蝶々哉　鶴甫（8俳諧新選 一〇八ぺ）
大空に　羽子の白妙　とどまれり　虚子（9五百句 〇〇五四）
寝た程は　羽のせはしき　小蝶哉　ちか（8俳諧新選 一〇八ぺ）
玉虫の　羽のみどりは　推古より　青邨（9露団々 一六〇五）
鶫死して　翅拡ぐるに　任せたり　誓子（9晩刻 一四八〇）
折鶴の　羽も動くや　けさの秋　茶雷（8俳諧新選 一二四ぺ）
白げしに　はねもぐ蝶の　形見哉　芭蕉（1野ざらし紀行 二四七）
永き日や　羽惜しむ鷹の　嘴使ひ　碧梧桐（4日本俳句鈔 二三九八）
夏月や　葉の影動く　長廊下　守一（8俳諧新選 一二八ぺ）
滝殿や　葉のしたたらぬ　樹々もなし　嘯山（8俳諧新選 一二二ぺ）

朝々の　葉の働きや　燕子花（かきつばた）　去来（7俳諧古選 一六七ぺ）
傾きて　葉の間のダリヤ　雨の中　温亭（9温亭句集 〇八二五）
負うて来る　母おろしけり　ねはんざう　鼠弾（6あら野 一〇一三）
送火や　母が心に　幾仏　虚子（11五百句 二六ぺ）
白魚や　憚りながら　江戸の水　竹冷（9竹冷句鈔 〇二八〇）
ほととぎす　はばかりもなき　鳥かな　鼠弾（6あら野 三九六）
木犀や　母が教ふる　二絃琴　子規（10獺祭句帖抄 六五六ぺ）
そよと吹き　ばばさりと請くる　芭蕉哉　習先（8俳諧新選 一二六ぺ）
鹿啼きて　ははその木末　あれにけり　蕪村（2蕪村句集 二五一）
父来れば　母たち出づる　火燵かな　家足（8俳諧新選 一四八ぺ）
かなかなや　母と汲みし井　草がくれ　躑躅（9現代俳句集 〇八五八）
卯の花も　母なき宿ぞ　冷じき　芭蕉（1続虚栗 二九四）
慈悲心鳥　母亡き吾に　鳴くなめり　冬葉（9望郷 一〇一九）
稲かつぐ　母に出迎ふ　うなゐ哉　凡兆（6猿蓑 一八七一）
寝かさなき　母になられし　蒲団かな　松浜（9白菊 〇五五七）
女郎花（をみなへし）　婆々に成りてや　後の月　帯雨（8俳諧新選 一三四ぺ）
腹の中へ　歯はぬけけらし　種ふくべ　蕪村（2蕪村句集 一四四）
夜あるきを　母寝ざりける　水雞（くひな）哉　其角（7俳諧古選 一六九ぺ）
腹懸は　母の教への　寝まき哉　湖十（7俳諧古選 一七一ぺ）
まめやかに　母の砧や　更くるまで　志昔（8俳諧新選 一三二ぺ）
藪入に　母の戯れや　長（たけ）くらべ　李丈（8俳諧新選 一〇三ぺ）
檻（しきみ）売る　婆々の茶店や　木下闇　子規（10獺祭句帖抄 六四九ぺ）

箭(や)の下に　母の乳をのむ　鹿(かのこ)の子哉　立志（7 俳諧古選 一七〇ペ）
深くる夜に　母の使ひや　泉殿　赤羽（8 俳諧新選 二二二ペ）
夏旅や　母のなき子が　うしろかげ　白雄（4 白雄句集 一七五四）
藪入や　母の箒の　ありがたき　巴静（4 六々庵発句集 二二〇九）
辛抱を　婆々の咄や　土用干　我即（8 俳諧新選 二二二ペ）
うちまもる　母のまろ寝や　法師蟬　不器男（9 走本不器男集 一七〇五）
干物に　母はとしよる　しぐれかな　可興（8 俳諧新選 一三六ペ）
枯れのぼる　葉は物うしや　鶏頭花　万乎（6 続猿蓑 三二五二）
夏草に　這ひ上がりたる　捨蚕かな　鬼城（9 鬼城句集 〇六三一）
うき時は　灰かきちらす　火鉢かな　青蘿（4 青蘿発句集 一八五一）
炉開いて　灰つめたく　火の消えんとす　碧梧桐（9 碧梧桐句集 〇一五一）
有り侘びて　這ひて出でけん　かたつぶり　太祇（8 俳諧新選 一一五ペ）
月ひとつ　ばひとりがちの　今宵哉　一雪（6 あら野 四一〇）
火桶には　灰の山河や　夜半の冬　迷堂（9 孤輪 〇四二八）
暁や　灰の中より　きりぎりす　淡々（4 淡々発句集 一二七一）
明月や　灰吹き捨つる　陰もなし　不玉（6 続猿蓑 三二一〇）
雪山を　匐ひまはりゐる　谺(こだま)かな　蛇笏（9 霊芝 〇六五四）
世の中を　這入り兼ねてや　蛇の穴　惟然（7 俳諧古選 二〇三ペ）
是は是は　這ふ子立つたり　衣更　宗瑞（7 俳諧古選 一六〇ペ）
いもが子は　這ふ程にこそ　成りにけれ　忠盛（7 俳諧古選 一九五ペ）
掻きよする　馬糞(ばふん)にまじる　あられ哉　林斧（6 あら野 七九九）
雪信(ゆきのぶ)が　蠅打ち払ふ　硯かな　蕪村（2 蕪村句集 五八三）

隠家も　蠅うつ音は　聞こえけり　吐月（8 俳諧新選 二二二ペ）
寝すがたの　蠅追ふもけふが　かぎり哉　一茶（3 父の終焉日記 四二四ペ）
やれ打つな　蠅が手を摺り　足をする　一茶（3 八番日記 三四一ペ）
飛ぶほたる　蠅につけても　可愛けれ　移竹（8 俳諧新選 一一六ペ）
こつちから　蠅に手をする　昼寝哉　文右衛門（7 俳諧古選 二二八ペ）
硯墨　蠅の食物　なかりけり　百里（7 俳諧古選 二〇八ペ）
待つ恋や　蠅の障子を　叩くにも　鷺水（7 俳諧古選 二〇二ペ）
行灯の　蠅の寝耳に　障りけり　沙月（8 俳諧新選 二二二ペ）
古郷は　蠅迄人を　さしにけり　一茶（3 おらが春 四四五ペ）
時鳥　蠅虫めらも　よつく聞け　一茶（3 おらが春 四六七ペ）
翌(あす)は京　蠅も大津に　泊りけり　卜友（8 俳諧新選 一五〇ペ）
かくれ家は　蠅も小勢で　くらしけり　一茶（3 おらが春 四四六ペ）
街に出て　蠅わしづかむ　農歌人　不死男（9 万座 二二七八）
雪汁や　蛤いかす　場のすみ　木白（6 猿蓑 一九一六）
初夢や　浜名の橋の　今のさま　越人（6 あら野 四九七）
食ふ事も　浜の真砂や　冬籠り　乙由（7 俳諧古選 一九三ペ）
うら白も　はみちる神の　馬屋哉　胡及（6 あら野 四七九）
いちまいの　葉もいたまずに　萩もみぢ　夜半（9 彩色 一六三三）
夜神楽(かぐら)に　歯も食ひしめぬ　寒さ哉　史邦（6 続猿蓑 三三九八）
六(むつ)かしき　葉も添へけるよ　市の枇杷　瓜流（8 俳諧新選 二二三ペ）
籐椅子に　はや秋草を　まのあたり　躑躅（9 同人第二句集 〇八六一）
炬燵出て　はや足もとの　野河哉　蕪村（2 蕪村句集 七五）

藪入や　早いにろくな　頰(つら)はなし　其角（7俳諧古選 二〇一ぺ）
棹の歌　はやうら涼し　めじか舟　湖春（6炭俵 二四八〇）
こと葉多く　早瓜くるる　女かな　蕪村（2蕪村句集 二〇六八）
身に冷えて　早き泊りや　秋の雨　太祇（8俳諧新選 二三五ぺ）
貰ふより　はやくうしなふ　扇かな　一茶（3おらが春 四六四ぺ）
心当てに　早く遅しや　此の菌(きのこ)　它谷（8俳諧新選 二三四ぺ）
梅つばき　早咲きほめむ　保美(ほび)の里　芭蕉（1真蹟懐紙 三二七）
初雪の　はや酒に　成り済したり　赤羽（8俳諧新選 二三九ぺ）
晦日(つごもり)や　林の鐘の　つき納め　惟中（4伊勢踊 〇二二二）
雪解水　林へだてて　二流れ　虚子（12六百句 二三八ぺ）
誕生を　はや頼み行く　仏かな　山水（8俳諧新選 一四八ぺ）
尺ばかり　はやたわみぬる　柳哉　小春（6あら野 五五〇）
三日月や　はや手にさはる　草の露　桃隣（4三日月日記 〇八八八）
蝙蝠(かうもり)の　はやとぶ花の　堤かな　一転（9杉山一転句集 〇九二四）
結ぶより　早歯にひびく　泉かな　芭蕉（1新撰都曲 四六二）
鶯や　はや一声の　したりがほ　渓石（6猿蓑 一九〇七）
寒行僧　早め来つるよ　夕しまき　蝶衣（9蝶衣句稿 〇五六二）
さみしさに　早飯食ふや　秋の暮　鬼城（4鬼城句集 二二五八）
断食の　腹あんばいや　よるの霜　李流（8俳諧新選 一三九ぺ）
あえかなる　薔薇選りをれば　春の雷　波郷（9鶴の眼 二六三三）
かいま見ん　茨咲く宿の　隠し妻　子規（10獺祭句帖抄 六五〇ぺ）
作男　はらたてて居る　夜なべかな　俳小星（9径草 〇九〇八）

見るうちに　薔薇たわたわと　散り積もる　虚子（12五百五十句 三二ぺ）
秋もはや　ばらつく雨に　月の形(なり)　芭蕉（1笈日記 八九九）
野鳥の　腹に蹴て行く　春の水　祇空（5玄湖集 四五二）
へこみたる　腹に臍あり　水中り　虚子（12五百五十句 三三ぺ）
花烏賊(いか)の　腹ぬくためや　女の手　石鼎（9花影 〇七五七）
鰒生きて　腹の中にて　あれるかな　子規（10獺祭句帖抄 六六六ぺ）
うしや紙魚　払はば文字も　こぼれなん　孤桐（8俳諧新選 二二三ぺ）
鶏も　ばらばら時か　水鶏(くひな)なく　去来（6猿蓑 二一四五）
芋食ひの　腹へらしけり　初時雨　荊口（6炭俵 二五九八）
飛石を　腹ほどぬらす　蛙哉　秋航（7俳諧古選 一五三ぺ）
酔ひさめぬ　腹も立ちやむ　胸の月　百里（7俳諧古選 二〇六ぺ）
折りとりて　はらりとおもき　芒かな　蛇笏（9山廬集 〇六四七）
櫓の声波をうって　腸(はらわた)氷る　夜やなみだ　芭蕉（1武蔵曲 一二四）
をかしさに　腸たちぬ　壬生の猿　尺布（8俳諧新選 一一一ぺ）
撫子や　腹をいためて　胤をつぎ　静塔（9栃木集 二三七八）
濁り鮒　腹をかへして　沈みけり　虚子（12五百五十句 一七ぺ）
かくぶつや　腹をならべて　降る霰　拙侯（6続猿蓑 三三八〇）
蟷螂(かまきり)の　腹をひやすか　石の上　蔦雫（6続猿蓑 三二六九）
さくら散りて　刺ある草の　見ゆるかな　蕪村（2蕪村遺稿 一〇四九）
ふゆの夜や　針うしなうて　おそろしき　梅室（5梅室家集 二一七三）
生海鼠(なまこ)にも　鍼(はり)こころむる　書生哉　蕪村（2蕪村遺稿 三二三）
伯楽が　鍼に血を見る　冬野かな　召波（4春泥句集 一八二九）

拡ごれる　春曙の　水輪かな　虚子（14七百五十句 六五ぺ）
寒き日や　春失へる　鳥のさま　習先（8俳諧新選 一〇二ぺ）
うつむけに　春うちあけて　藤の花　蕪村（2蕪村句集 八六〇）
いかづちの　はるかにうごく　柳かな　蓼太（5蓼太句集 五三一）
つる引けば　遥かに遠し　からす瓜　抱一（5屠竜之技 九九三）
九月尽　遥かに能登の　岬かな　暁台（5暁台句集 七七三）
月雪や　春来夏来て　七めぐり　龍眠（8俳諧新選 二五四ぺ）
年の内に　春来る此処は　子等紙鳶（たこ）に　繞石（9落椿 〇二六六）
蛛の井に　春雨かかる　雫かな　奇生（6あら野 五三八）
海はれて　春雨けぶる　林かな　白雄（5白雄句集 八三五）
出替や　春さめざめと　古葛籠（つづら）　蕪村（2蕪村句集 九七六）
腸（はらわた）に　春滴るや　粥の味　漱石（9漱石全集 〇一八一）
長持に　春ぞくれ行く　更衣（ころもがへ）　西鶴（5歌仙大坂俳諧 一一一〇）
さくら一木　春に背ける　けはひ哉　蕪村（2蕪村遺稿 二二三四）
闇ばかり　春に似たりや　梅の雨　沙残（8俳諧新選 二一七ぺ）
埋み火や　春に減りゆく　夜やいくつ　蕪村（2蕪村遺稿 六七九）
うつかりと　春の心ぞ　ほととぎす　市山（6あら野 四〇七）
としの尾に　春の木魂の　付きにけり　嘯山（8俳諧新選 一四六ぺ）
蘆の錐　春の寒さの　利がりけり　雪蕉（8俳諧新選 一一一ぺ）
ひたひたと　春の潮打つ　鳥居かな　碧梧桐（4新俳句 二三〇五）
荷鞍ふむ　春のすずめや　縁の先　十芳（6猿蓑 一九五七）
枕辺の　春の灯（ともし）は　妻が消しぬ　草城（9昨日の花 二四七〇）

女連れて　春の野ありき　日は暮れぬ　子規（10獺祭句帖抄 六一三ぺ）
曙は　春の初めや　どうぶくら　野水（6あら野 四九五）
地階の灯（ひ）　春の雪降る　樹のもとに　汀女（9汀女句集 一九二六）
今日限りの　春の行方や　帆かけ船　許六（4本朝文選 一〇四六）
猪牙（ちょき）舟や　春のゆくへを　追ふごとし　蝶夢（5草根発句集 八五七）
鼠共　春の夜あれそ　花靫（うつぼ）　半残（6猿蓑 一九八二）
眠たさの　春は御室の　花よりぞ　蕪村（2蕪村句集 二〇六三）
女見る　春も余波や　渡し守　太祇（8俳諧新選 二一二ぺ）
人も見ぬ　春や鏡の　うらの梅　芭蕉（1をのが光 七四〇）
日暮れ日暮れ　春やむかしの　おもひ哉　蕪村（2蕪村遺稿 一〇四六）
桃の花　春やむかしの　蔵の跡　踈文（7俳諧古選 二一八ぺ）
鐘鳴りて　春行くかたや　海のいろ　素丸（5素丸発句集 五二八）
白萩を　春わかちとる　ちぎり哉　蕪村（2蕪村句集 一四一四）
けふのみの　春を歩いて　仕舞ひけり　蕪村（2蕪村句集 四六九）
いそがしき　春を雀の　かきばかま　洒堂（6炭俵 二三九一）
惜しみ居し　春を捨てよとや　ほととぎす　龍眠（8俳諧新選 一五四ぺ）
暮れんとす　春ををしほの　山ざくら　蕪村（2蕪村句集 一三五九）
手をとめて　春を惜しめり　タイピスト　草城（9青芝 二四六五）
花の顔に　晴れうてしてや　朧月　芭蕉（1続山井 二三）
待つ宵の　晴れ過ぎて扨（さて）　あしたかな　子規（10獺祭句帖抄 六〇〇ぺ）
蜜柑山　晴れたり君よ　初島見ゆ　青峰（9土上昭12・1 二三五九）
五月雨の　晴れて犬なく　日和かな　徳元（4毛吹草追加 〇〇六四）

秋の雨　はれて瓜よぶ　人もなし　野水（6あら野　八五二）
元日や　はれてすずめの　ものがたり　嵐雪（5其袋　二七四）
夜の雪　晴れて藪木の　ひかりかな　浪化（4続別座敷　一〇八八）
食ひたてて　葉を移り行く　毛虫哉　嘯山（8俳諧新選　一五九ぺ）
皆在らぬ　歯を弔ふや　ごまめの香　東洋城（9東洋城全句中　〇四一〇）
夕露の　葉を見すまして　上りけり　大夢（8俳諧新選　一二六ぺ）
垣低し　番傘通る　春の雨　子規（10獺祭句帖抄　六四三ぺ）
憖（なまじひ）に　繁華は近し　鳫鳩（かんこどり）　和流（8俳諧新選　一一五ぺ）
まぼろしの　反魂香（はんごんかう）や　雉のこゑ　露川（4北国曲　〇九一九）
露の中　万相うごく　子の寝息　楸邨（9穂高　二五八八）
母馬が　番して呑ます　清水哉　一茶（3おらが春　四五三ぺ）
貧なる八百屋　半焼の屋根繕はずして　大根なんど売る　楽天（9承露盤　〇三三一）
万緑の　万物の中　大仏　虚子（13六百五十句　二一二ぺ）
神力の　半分ほしき　角力（すまふ）哉　瓢水（8俳諧新選　一五三ぺ）
さくら木の　板も焼かれて　古暦　蕪村（2蕪村遺稿　一九七五）

ひ

筍や　日脚に連るる　影ぼふし　武然（8俳諧新選　一一五ぺ）
落ちかかる　日脚ももろし　冬椿　五柳（8俳諧新選　一四四ぺ）
桐一葉　日当たりながら　落ちにけり　虚子（9五百句　〇〇六四）
落穂拾ひ　日あたるかたへ　歩みゆく　蕪村（2蕪村句集　一〇八〇）
囀りや　ピアノの上の　薄埃　元（9島村元句集　〇九〇一）
四つに組んで　贔屓の多き　角力（すまふ）かな　子規（10獺祭句帖抄　六五三ぺ）
大水の　引いて雨なし　秋の空　子規（10獺祭句帖抄　六五四ぺ）
更けけりな　燧（ひうち）の冴ゆる　網代守（あじろもり）　常仙（4鳥山彦　一二四三）
木曾谷の　日裏日表　霜を解かず　たかし（9火明　一六五八）
秋風や　干魚（ひうを）かけたる　浜庇　蕪村（2蕪村句集　一四一八）
新田に　稗殻煙る　しぐれ哉　昌房（6猿蓑　一六二七）
冷汁は　ひえすましたり　杜若（かきつばた）　沾圃（6続猿蓑　三一二七）
つゆじもに　冷えてはぬるむ　通草（あけび）かな　不器男（9定本不器男集　一七一三）
其の事よ　稗（ひえ）に不作は　なかりけり　友元（7俳諧古選　一八二ぺ）
霞みけり　日枝（ひえ）は近江の　山ならず　言水（7俳諧古選　一五一ぺ）
海ははれて　ひえふりのこす　五月哉　芭蕉（1真蹟懐紙写　四〇一）
鶯の　日枝をうしろに　高音哉　蕪村（2蕪村句集　二一二）
降り替へて　日枝を廿ちの　化粧かな　蕪村（2蕪村句集　七六九）
海の中へ　日覆とられし　雷雨かな　零余子（9雑草　〇六七八）
お前の正直な　日が暮れて　夏座布団　折柴（9海紅句集　一一五八）
山桃の　日陰と知らで　通りけり　普羅（9辛夷　〇七三四）
春風や　日影流るる　麦のうへ　孤桐（8俳諧新選　一〇七ぺ）
秋の道　日かげに入りて　日に出でて　草城（9人生の午後　二四四九）
石蕗（つはぶき）の　日陰は寒し　猫の鼻　抱一（4屠竜之技　二一三三）
竹の皮　日陰日向と　落ちにけり　虚子（13六百五十句　二二九ぺ）
煎餅干す　日影短し　冬の町　子規（10獺祭句帖抄　六六一ぺ）

すすけ障子　日影も遅し朝霞　調和（5富士石　一四六）
枯れ枯れて　日影も寒き柳かな　大簀（8俳諧新選　一三七ペ）
蕣（あさがほ）も　日影を向きて咲きにけり　五雲（8俳諧新選　一四七ペ）
元朝の　日がさす縁をふみあるく　亜浪（9定本亜浪句集　一〇二八）
西吹けば　東にたまる落ば哉　蕪村（2蕪村句集　六四一）
朝寒や　東へやりし子の事も　迂童（8俳諧新選　一三三ペ）
浪白う　干潟に消ゆる秋日和　乙字（9乙字句集　〇九九二）
汐去つて　干潟の広さ陽炎へる　温亭（9温亭句集　〇八二八）
今宵城に　灯（ひ）がとぼりゐつ三日の月　月斗（9昭和俳句集　〇五〇六）
綿殻（わたがら）の　干かねる軒やむら時雨　寒鳥（8俳諧新選　一三六ペ）
白鷺の　干川に光るあつさかな　尺布（8俳諧新選　一二〇ペ）
たらたらと　日が真赤ぞよ大根引　茅舎（4川端茅舎句集　二六三五）
うすものや　日髪日風呂に身のほそり　松浜（9白菊　〇五五二）
咲く梅に　光あはすや貝の殻　成美（4成美家集　二〇六四）
はる雨や　光うつろふ鍛冶が鎚　桃首（6続猿蓑　三〇七一）
蠟燭の　ひかりにくしやほとゝぎす　越人（6あら野　三九二）
雨そそぐ　光の音の牡丹かな　水巴（9定本水巴句集　〇五七五）
玉虫の　光残して飛びにけり　虚子（11五百句　一〇〇ペ）
紅梅の　光野でなし山でなし　其芳（7俳諧古選　一四八ペ）
けしの散る　光ひまなし枕元　梅室（5梅室家集　一一六八）
梧の葉に　光広げる蛍かな　七芳（5小柑子　三五六）
三日月の　光を散らす野分かな　成美（4成美家集　二〇七六）
玉虫の　光を引きて飛びにけり　虚子（12五百五十句　三三二ペ）
小服綿（こぶくめ）に　光をやどせ玉つばき　角上（6続猿蓑　三〇五八）
鳳巾（たこ）揚げて　引かゝる様やおぼろ舟　杜支（8俳諧新選　一一〇ペ）
紙子着て　引かゝる袖も無かりけり　常世（8俳諧新選　一四一ペ）
二季に咲く　彼岸桜の種もがな　貞徳（7俳諧古選　一九六ペ）
松高し　引馬つるゝ午をとこ　釣雪（6あら野　四七六）
髪置に　牽き馬ゆゆし国の守　孤洲（8俳諧新選　一四五ペ）
強弓を　引きしぼりたる袷かな　子規（10獺祭句帖抄　六二七ペ）
柝の入りて　ひきしまる灯（ひ）や初芝居　秋桜子（9殉教　一四二三）
朝顔の　引き捨てられし苔かな　子規（10獺祭句帖抄　六一七ペ）
我が手足　ひきつゝれ出たり門すずみ　完来（5空華集　九一四）
恋聟の　引出の山や夏木立　多少（8俳諧新選　二一四ペ）
垣越えて　蟇の避け行くかやりかな　蕪村（2蕪村句集　一一二二）
室（むろ）咲きの　非義は習ひそ窓の梅　鷺水（7俳諧古選　一五一ペ）
夕しぐれ　蟇ひそみ音に愁ふかな　蕪村（2蕪村句集　二一九八）
懇ろな　飛脚過ぎゆく深雪哉　蕪村（2蕪村遺稿　六九二）
松原は　飛脚小さし雪の暮　一晶（5虚栗　一五四）
凩や　飛脚ひとりの渡し舟　田兼（7俳諧古選　二一九ペ）
重々と　引き行く家やかたつぶり　志昔（8俳諧新選　一一五ペ）
鶯や　低い茶の木の中で鳴く　子規（10獺祭句帖抄　六四四ペ）
枯蘆や　低う鳥たつ水の上　麦水（5葛箒　七四五）
行き過ぎて　低う見えたる蛍かな　左釣（8俳諧新選　一一七ペ）

大石悼む　低き鴨居の　その低きも　多佳子（9命終 二九六三）
道のべの　低きにほひや　茨の花　召波（5春泥句集 八二〇）
誰がための　低きまくらぞ　春の暮　蕪村（2蕪村句集 二一二六）
雲の峰　低き瞰るなり　夕心　碧梧桐（9三千里 〇一一三）
汽車道に　低く雁飛ぶ　月夜かな　子規（10獺祭句帖抄 六五五ぺ）
灯台は　低く霧笛は　峙てり　虚子（11五百句 九六ぺ）
踊り見に　引くためしなし　御所車　烏玉（7俳諧古選 一八五ぺ）
出す手より　引く手や罪に　鳴子綱　弾月（8俳諧新選 二二八ぺ）
物見車　引くの山のと　春くれぬ　嘯山（8俳諧新選 一一二ぺ）
あさがほや　ひくみの水に　残る月　胡及（6あら野 七二〇）
紅梅や　比丘より劣る　比丘尼寺　蕪村（2蕪村句集 二一二一）
傀儡（くわいらい）師　日暮れて帰る　羅生門　古白（9古白遺稿 〇一八八）
草の戸や　日暮れてくれし　菊の酒　芭蕉（1笈日記 七一三）
木枯すぎ　日暮れの赤き　木となれり　三鬼（9今日 二三五四）
橋なくて　日くれんとする　春の水　蕪村（2蕪村句集 二二三八）
両方に　髭があるなり　猫の妻　来山（4今宮草 〇二四四）
馬下踏や　ひけどもあがらず　厚氷　常矩（5蛇之助五百韻 一二九）
世の業（わざ）や　髭はあれども　若夷（えびす）　山蜂（6続猿蓑 三一〇六）
蛼（こほろぎ）の　髭ほのかなり　夕まぐれ　春来（4東風流 一二六八）
雀子の　髭も黒むや　秋の風　式之（6続猿蓑 三二七七）
蛬（きりぎりす）　髭をかつぎて　鳴きにけり　一茶（3七番日記 三四九ぺ）
わか竹の　日毎にかはる　戦（そよ）ぎかな　尺布（8俳諧新選 一一八ぺ）

枝ぶりの　日ごとに替はる　芙蓉かな　芭蕉（1おくれ馳 五八四）
鮒ずしや　彦根の城に　雲かかる　蕪村（2蕪村句集 一五九六）
我も神の　ひさうやあふぐ　梅の花　芭蕉（1続連珠 五八）
煤さがる　日盛りあつし　台所　怒風（6続猿蓑 三一六八）
炭取の　ひさご火桶に　並び居る　蕪村（2蕪村句集 二一〇三）
時は弥生　ひさご枕に　鼾かな　竹冷（9竹冷句鈔 〇二八四）
いつこけし　庇起こせば　冬つばき　亀洞（6あら野 八二一）
馬売りて　久しき厩　栗の花　繞石（9落椿 〇二六二）
いたつきも　久しくなりぬ　柚は黄に　漱石（9日記の中より 〇一七一）
紙魚（しみ）のあと　久しのひの字　しの字かな　虚子（12六百句 二三九ぺ）
鳩来れば　日差しももどり　水温む　汀女（9昭49俳句年鑑 一九二九）
炭消えて　膝と膝との　別れ哉　木節（7俳諧古選 一九一ぺ）
この秋は　膝に子のない　月見かな　鬼貫（4仏兄七久留万 〇二七四）
月しろや　膝に手を置く　宵の宿　芭蕉（1笈日記 六三九）
我妹子の　膝にとりつく　竈馬（いとど）かな　青々（4鳥の巣 二二五二）
袴着ぬ　膝恥づかしき　牡丹かな　嘯浦（8俳諧新選 一二三ぺ）
嘸（さぞ）な星　ひじき物には　鹿の革　芭蕉（1句稿断簡 一四七）
滝壺も　ひしげと雉の　ほろろ哉　去来（6続猿蓑 三〇一三）
はつ雪や　聖小僧の　笈の色　芭蕉（1勧進牒 六五一）
稲妻に　ぴしりぴしりと　打たれしと　虚子（13六百五十句 一四四ぺ）
海士の家　聖よびこむ　やよひ哉　千閣（6あら野 一〇二四）
水仙や　美人かうべを　いたむらし　蕪村（2蕪村句集 九九九）

さくら狩り　美人の腹や　減却す　蕪村（2 蕪村句集 一五〇六）
岩を飛ぶ　美人は愛宕　杜宇（ほととぎす）　沾徳（4 沾徳随筆 〇八九一）
花火尽きて　美人は酒に　身投げけむ　几董（5 井華集 八〇二）
渓越して　樋水走りぬ　今年竹　青峰（9 海光 二三五三）
手のあれを　潜かに侘ぶる　粽かな　丑二（8 俳諧新選 一一六ぺ）
寝て休む　日ぞ暫くの　釈迦如来　片路（7 俳諧古選 二一六ぺ）
陽炎や　ひそみあへずも　土竜（うぐらもち）　蕪村（2 蕪村遺稿 二二一五）
藍がめに　ひそみたる蚊の　染まりつつ　虚子（13 六百五十句 一四六ぺ）
折ふしは　ひぞるもをかし　竹婦人　希因（4 暮柳発句集 一二〇一）
枝もろし　緋唐紙やぶる　秋の風　芭蕉（1 六百番発句合 七九）
月影の　ひた栽ゑ替ふる　桜かな　不卜（7 俳諧古選 二〇五ぺ）
春寒や　日闌けて美女の　嗽ぐ　紅葉（9 紅葉句集 〇二六九）
凩や　ひたとつまづく　もどり馬　蕪村（2 蕪村句集 七〇〇）
選句しつつ　火種なくしぬ　寒雀　水巴（4 続水巴句帖 二四二八）
雪つけし　飛驒の国見ゆ　春の夕　普羅（9 普羅句集 〇七三五）
涼しさを　飛驒の工が　指図かな　芭蕉（1 杉風宛書簡② 八五三）
藺（ゐ）の花に　ひたひた水の　濁り哉　此筋（6 続猿蓑 三一三四）
炎天や　額の筋の　怒りつつ　虚子（12 六百句 一七六ぺ）
野へ見せる　額は誰が宿　花五加木（うこぎ）　竿秋（8 俳諧新選 二三五ぺ）
雪の鮏（ふく）　左　勝　水無月の鯉　芭蕉（1 虚栗 一五四）
枯柳　ひたりし水を　はなれたり　鷺喬（8 俳諧新選 二三七ぺ）
ひとしきり　ひだるうなりて　夜ぞ長き　野水（6 あら野 八五三）
取りあへず　臂かいて見る　胡瓜（きうり）かな　素丸（4 素丸発句集 一七五八）
雲の峰に　肘する酒呑　童子かな　蕪村（2 蕪村遺稿 一七一九）
歳の夜や　曾祖父（ひぢぢ）を聞けば　小千枕　長和（6 猿蓑 一七〇三）
野遊びや　肱つく草の　日の匂ひ　乙字（4 乙字句集 二三二七）
網打の　肱なげちらす　月夜かな　朱拙（5 星会集 四四三）
帯結ぶ　肱にさはりて　秋簾　虚子（12 六百句 一六二ぺ）
孕み鹿　肘にて起ちし　ことも見る　誓子（9 構橋 一四八七）
春の夜を　肱に判ある　女かな　百万（8 俳諧新選 一五五ぺ）
うす霧の　引つからまりし　垣根哉　一茶（3 七番日記 三四六ぺ）
時鳥　柩をつかむ　雲間より　蕪村（2 蕪村句集 七四七）
裸子を　ひつさげ歩く　温泉（ゆ）の廊下　虚子（13 六百五十句 一五六ぺ）
毒虫を　必死になりて　打擲す　虚子（14 七百五十句 五六ぺ）
はつ瓜を　引つとらまへて　寝た子哉　一茶（3 おらが春 四四一ぺ）
出がはりや　櫃にあまれる　ござのたけ　亀翁（6 猿蓑 一九二三）
地につかぬ　蹄の風や　くらべ馬　孤桐（8 俳諧新選 一一六ぺ）
木の下が　蹄のかぜや　散るさくら　蕪村（2 蕪村句集 七三二）
逆上の　人　蕣（あさがほ）に　遊ぶべし　子規（10 獺祭句帖抄 六三八ぺ）
朧月　一足づつも　わかれかな　去来（6 炭俵 二四〇八）
秋や今朝　一足に知る　のごひえん　重頼（5 名取川 三一）
永き日や　人集めたる　居合抜　子規（10 獺祭句帖抄 六四二ぺ）
春の空　人仰ぎゐる　何も無し　虚子（14 七百五十句 六二ぺ）
いな妻の　一網うつや　いせのうみ　蕪村（2 蕪村句集 一六五）

灯(ひ)を置かで　人あるさまや　梅が宿　蕪村（2 蕪村句集 二二四〇）
捕りて売る　人あればこそ　放し鳥　止角（8 俳諧新選 二三五ぺ）
美しき　人いかならん　薬食　如水（7 俳諧古選 一八七ぺ）
聟になる　人美しき　師走かな　紀逸（4 吾妻舞 一一六二）
薬掘る　人恨しき　夕べかな　京馬（8 俳諧新選 一五七ぺ）
眼中の　人老いにけり　桃青忌　青々（4 妻木 二二三五〇）
尋ね来る　人音寒し　夜の雪　亀卜（8 俳諧新選 一四二ぺ）
六尺の　人追ふ蜂の　こころかな　闌更（8 俳諧新選 一〇七ぺ）
おそろしや　人が食ふとは　唐辛　巴静（4 六々庵発句集 一二二〇七）
戸口より　人影さしぬ　秋の暮　青蘿（4 青蘿発句集 一八五三）
氷伐る　人かしがまし　朝嵐　子規（10 獺祭句帖抄 六六五ぺ）
見に来る　人かしましや　須磨の秋　言水（7 俳諧古選 二〇七ぺ）
山路行く　人幽か也　あきの雨　蝶我（8 俳諧新選 二三五ぺ）
松葉掻く　人かすかなる　花野かな　信徳（5 花見弁慶 一六九）
しら魚の　一かたまりや　汐たるみ　子珊（6 続猿蓑 三〇二四）
燕(つばくら)や　人変はりたる　去年(こぞ)の家　百万（8 俳諧新選 一〇七ぺ）
つばくろや　人が笛吹く　生くるため　不死男（9 万座 二二七一）
夏帽子　人帰省すべき　でたちかな　子規（10 獺祭句帖抄 六四七ぺ）
冬木立　一木一木と　分かれたり　青蒲（8 俳諧新選 二三七ぺ）
物くるる　人来ましけり　更衣(ころもがへ)　蕪村（2 蕪村遺稿 五〇九）
稲妻や　一切づつに　世が直る　一茶（3 おらが春 四六八ぺ）
風呂吹の　一きれづつや　四十人　子規（4 俳句稿巻一 二二一一）

鶯の　人来と妹に　知らせけり　嘯山（8 俳諧新選 一〇〇ぺ）
春暁や　ひとこそ知らね　木々の雨　草城（9 花氷 二四六〇）
春の雪　人事ならず　消えにけり　三汀（9 文壇句会今昔 一一五〇）
山々や　一こぶしづつ　秋の雲　涼菟（5 山中集 四一四）
行く春や　一声青き　すだれうり　蓼太（5 蓼太句集 五三五）
ほととぎす　一声夏を　定めけり　蓼太（7 俳諧古選 二二一ぺ）
鶯の　一声も念を　入れにけり　利牛（6 炭俵 二四一九）
花ならば　一声折らん　ほととぎす　古道（8 俳諧新選 一四七ぺ）
名月や　人定まつて　秋の月　矩州（7 俳諧古選 二二六ぺ）
山道や　人去つて雉　あらはるる　子規（10 獺祭句帖抄 六一三ぺ）
春めくや　人さまざまの　伊勢まゐり　荷兮（6 波留濃日 一八七）
日のたらぬ　人様々や　としの暮　鶴英（8 俳諧新選 一四六ぺ）
草いきれ　人死に居ると　札の立つ　蕪村（2 蕪村句集 一七二五）
蓬髪の　人過ぎゆきし　花野かな　石鼎（9 花影 〇七六二）
温泉(ゆ)の道の　一筋凄し　雲の峰　茶裡（8 俳諧新選 二二〇ぺ）
絈(かせ)糸の　一筋づつや　日のながさ　朱拙（5 後ばせ集 四四一）
汽車道の　一筋長し　冬木立　子規（10 獺祭句帖抄 六〇三ぺ）
草花の　一筋道や　湯元迄　子規（10 獺祭句帖抄 六五八ぺ）
くもの糸　一すぢよぎる　百合の前　素十（9 初鴉 一五三六）
春雨や　人住みてけぶり　壁を洩る　蕪村（2 蕪村句集 四三七）
梨の園に　人イ(たたず)めり　おぼろ月　蕪村（2 蕪村遺稿 五〇三）
春の蚊の　ひとたび過ぎし　まゆの上　草城（4 昨日の花 二七〇五）

乗り移る　人玉ならし　蓮の露　望一（4犬子集〇〇五七）
桶の輪の　ひとつあたらし　年のくれ　猿雖（6続猿蓑三四二〇）
みじか夜や　一つあまりて　志賀の松　蕪村（2蕪村句集九八七）
砂日傘　一つ大きく　賑かに　青峰（9海光二三五二）
梧の葉や　ひとつかぶらん　秋の風　円解（6あら野七一一）
浅間嶺の　一つ　雷　訃を報ず　虚子（12六百句二四一ぺ）
振袖の　一つ着物や　山ざくら　武然（8俳諧新選一〇六ぺ）
うれうれて　一つ凍える　なまこかな　来雨（8俳諧新選一四〇ぺ）
雁啼くや　ひとつ机に　兄いもと　敦（9古暦三一二八）
辛崎や　一つ年よる　松の春　珪琳（8俳諧新選一〇〇ぺ）
いきながら　一つに氷る　海鼠(なまこ)哉　芭蕉（1続別座敷八二二）
池と川と　ひとつになりぬ　春の雨　蕪村（2蕪村遺稿二二一〇）
流灯や　一つにはかに　さかのぼる　蛇笏（9山廬集〇六七六）
鴨の中の　一つの鴨を　見てゐたり　虚子（12五百五十句九ぺ）
夕顔の　一つの花に　夫婦かな　風生（9村住一五九一）
露けさの　一つの灯(ひ)さへ　消えにけり　松浜（9白菊〇五五五）
蚊帳の釣手　一つはづして　炊(かし)ぎけり　喜舟（9小石川〇四五四）
大いなる　一つは葉付　早桃かな　普羅（9辛夷〇七〇九）
寒灯の　一つ一つよ　国敗れ　三鬼（9夜の桃二三五二）
引き結ぶ　一つぶ銀や　としの暮　荻子（6続猿蓑三四一九）
冬梅の　ひとつふたつや　鳥の声　十芳（6続猿蓑三三五二）
いなづまの　一粒残る　蛍哉　常牧（5万歳楽二〇二）

提灯の　一つ家に入る　枯野かな　子規（10獺祭句帖抄六六五ぺ）
らんぷ売る　ひとつらんぷを　霧にともし　敦（9古暦三一四一）
耳しひし　人と寝ねけり　秋の蚊帳　蚋魚（9ホ大3・11〇八四五）
元日の　人通りとは　なりにけり　子規（4寒山落木巻五二一八五）
三条の　人通り見ん　更衣(ころもがへ)　只丸（7俳諧古選一六二ぺ）
今は其の　人とも見えぬ　紙子哉　鳥栖（8俳諧新選一四一ぺ）
すこやかに　人とわれある　暖炉かな　より江（9同人句集〇九二八）
いざ折つて　人中見せん　山桜　作者不明（7俳諧古選一五八ぺ）
稜(かど)のない　日と中よしの　桜哉　沙月（8俳諧新選一〇九ぺ）
かち渡る　人流れんとす　五月雨　子規（10獺祭句帖抄六四七ぺ）
永き日や　人なき家の　売りつつじ　大夢（8俳諧新選一一〇ぺ）
宵ながら　人なき里や　冬の月　文水（8俳諧新選一四一ぺ）
遠慮する　人なく淋し　避暑に来て　立子（9春雷一九三五）
折りに来る　人なしとてや　合歓(ねむ)の花　棹里（8俳諧新選一二三ぺ）
中わろき　人なつかしや　秋のくれ　和及（5雀の森一九三）
出て三日　人ならいかに　猫の恋　貞佐（7俳諧古選一五二ぺ）
来し春よ　人にあかれず　人あかず　丈石（8俳諧新選一〇〇ぺ）
おもはずの　人に逢ひけり　夕涼み　如風（6あら野六九一）
銭臭き　人にあふ夜は　おぼろなり　成美（5成美家集九二五）
残る花　人にいはばや　水鶏(くひな)塚　鳥酔（5風字吟行四九五）
いねいねと　人にいはれつ　年の暮　路通（6猿蓑一七〇八）
川狩りや　人におどろく　夜の鳥　子規（10獺祭句帖抄六二八ぺ）

くすり食　人にかたるな　鹿が谷　蕪村（2蕪村句集三七五）
三月や　人に薬な　風がふく　買友（8俳諧新選一〇七ぺ）
骨拾ふ　人にしたしき　菫かな　蕪村（2蕪村句集二四五〇）
仮橋や　人に抱きつく　五月川　宋屋（8俳諧新選一一七ぺ）
火の影や　人にてすごき　網代守（あじろもり）　言水（5都曲一七八）
眠たがる　人にな見えそ　朝桜　その（7俳諧古選一五四ぺ）
水も皆　人に馴れ行く　すずみかな　古橋（8俳諧新選一二二ぺ）
名月や　人に寝兼ねて　鳥の声　涼袋（8俳諧新選一三〇ぺ）
残れるも　人にはくれず　菊の苗　瓜流（8俳諧新選一〇八ぺ）
知恵の有る　人には見せじ　けしの花　珍碩（6猿蓑一七二七）
鵲（かささぎ）の　人に糞（ふん）する　春日かな　子規（10獺祭句帖抄六二二ぺ）
立ちありく　人にまぎれて　すずみかな　去来（6続猿蓑三一五九）
昨日逢ふた　人に又あふ　花見かな　稲音（8俳諧新選一〇九ぺ）
遅桜　人に待たれて　咲きにけり　嘯山（8俳諧新選一五七ぺ）
うつくしく　人にみらるる　荊哉　長虹（6あら野八八六）
座頭かと　人に見られて　月見哉　芭蕉（1こがらし九六三）
やれめより　人に見られん　文紙子　百万（8俳諧新選一四九ぺ）
着もやらず　人にも呉れず　土用干　嘯山（8俳諧新選一二三ぺ）
風の日は　人にもつるる　柳かな　一松（8俳諧新選一〇五ぺ）
竹を伐る　人にやむなし　雪解雨　普羅（9新訂普羅句集〇七二一）
椋鳥と　人に呼ばるる　寒さかな　一茶（3おらが春四七四ぺ）
我を指す　人の扇を　にくみけり　虚子（11五百句五〇ぺ）
梅咲きて　人の怒りの　悔ひもあり　露沾（6猿蓑一八八〇）
水鶏（くひな）啼くと　人のいへばや　佐屋泊（さやどまり）　芭蕉（1笈日記八五四）
絵馬見る　人の後ろの　さくら哉　玄察（6あら野一〇七一）
明星に　人の皮脱ぐ　仏かな　万翁（8俳諧新選一五九ぺ）
朝白や　人の白（かほ）には　そつがある　一茶（3文政句帖三四九ぺ）
鹿の音に　人の白みる　夕べ哉　一髪（6あら野七四二）
海苔砧　人の寒苦に　しののめす　碧雲居（9碧雲居句集一〇七〇）
初雪や　人の機嫌は　朝の内　桃隣（7俳諧古選一九〇ぺ）
月見れば　人の砧に　いそがはし　羽紅（6猿蓑一八五四）
六月の　人の事かや　裸虫　来川（7俳諧古選一七一ぺ）
筝よ　人の子なくば　花咲かん　一茶（3おらが春四四三ぺ）
若くさや　人の来ぬ野の　深みどり　嘯山（5律亭句集七一七）
草も木も　人の声ある　野分かな　羅人（4俳諧古選二七八）
元日や　人の妻子の　美しき　梅室（5梅室家集一六六）
咲いたりな　人のさがさぬ　梅の花　李雨（8俳諧新選一〇一ぺ）
朝寝する　人のさはりや　鉢鼓　文潤（6あら野一〇五二）
日盛りや　人の呵（しか）りし　草の原　富葉（8俳諧新選一二〇ぺ）
持仏より　人の煤けて　冬山家　蝶衣（9蝶衣句稿〇五六五）
若草や　人の裾ふむ　舟上がり　樊川（8俳諧新選一〇三ぺ）
わけ入れば　人の背戸なり　山ざくら　希因（4暮柳発句集一二〇五）
あの木から　人の工（たくみ）の　渋何斗　嘯山（8俳諧新選一三一ぺ）
凩も　人の付けたる　名成りけり　几圭（8俳諧新選一五二ぺ）

鳴る物は　人の手でなし　けさの秋　麦浪（4 俳諧古選 一七六八）
蛍ぐさき　人の手をかぐ　夕明り　犀星（9 魚眠洞発句集 一一四五）
悔いふ　人のとぎれや　きりぎりす　丈草（6 炭俵 二五五九）
渺（べう）々（べう）と　人のなき野や　雲の峰　李文（8 俳諧新選 二二〇ぺ）
我画きて　人の名を書く　扇かな　五鳳（8 俳諧新選 二一九ぺ）
鰒食ひし　人の寝言の　念仏かな　太祇（8 俳諧新選 一四〇ぺ）
春泥を　人罵りて　ゆく門辺　虚子（14 七百五十句 四九ぺ）
聟らしき　人の這入りぬ　門の松　呦軒（7 俳諧古選 一五六ぺ）
見しり逢ふ　人のやどりの　時雨哉　荷兮（6 あら野 七七三）
天の川　人の世も灯（ひ）に　美しき　瓊音（9 瓊音句集 一〇一三）
枇杷の花　人のわするる　木陰かな　一髪（6 あら野 七八〇）
あばら家に　人の居は居て　咳きにけり　枴童（9 枯蘆 〇八〇二）
さかる猫　人の居るのも　忘れけり　嘯山（8 俳諧新選 一五五ぺ）
梨むくや　ひとの夫と　ひとの妻　喜舟（9 小石川 〇四六八）
嵯峨へ帰る　人はいづこの　花に暮れし　蕪村（2 蕪村句集 二一一五）
蚕（こ）飼（がひ）する　人は古代の　姿かな　曾良（4 卯辰集 〇八六六）
このむらの　人は猿也　冬木だち　蕪村（2 蕪村句集 九九六）
世を渡る　人はそちらへ　花の道　隆志（7 俳諧古選 二一三ぺ）
起しせし　人は逃げけり　蕎麦の花　車庸（6 続猿蓑 三二九七）
よるべをいつ　一葉に虫の　旅ねして　芭蕉（1 東日記 一一五）
銀河西へ　人は東へ　流れ星　虚子（13 六百五十句 二一三ぺ）
ひとつばや　一葉一葉の　今朝の霜　支考（6 続猿蓑 三三三九）
一葉出て　一葉ふり行く　ばせをかな　嘯山（8 俳諧新選 二一六ぺ）
舟乗りの　一浜留守ぞ　けしの花　去来（4 けし合 〇九四九）
吹き落ちて　一葉もちらぬ　寒さ哉　里丸（7 俳諧古選 二二九ぺ）
蚊帳の中　人々立ちて　歩きけり　鬼城（9 鬼城句集 〇六一五）
死にさうな　人ひとりなし　花の山　祇徳（7 俳諧古選 二二二ぺ）
長き夜や　人灯（ひ）を取つて　庭を行く　子規（10 獺祭句帖抄 六三三ぺ）
寝冷せし　人不機嫌に　我を見し　虚子（11 五百句 五〇ぺ）
桜にも　一重着せ度　寒さかな　麦翅（8 俳諧新選 一〇二ぺ）
時　鳥　ひとへに声を　姿かな　之園（8 俳諧新選 一四八ぺ）
松籟に　単衣の衿を　かき合はす　みどり女（9 微風 〇九七〇）
春の月　一重の雲に　かくれけり　子規（9 寒山落木巻一 〇〇四一）
涼しさや　一重羽織の　風だまり　我眉（6 続猿蓑 三一六二）
うす壁の　一重は何か　としの宿　去来（6 猿蓑 一七〇四）
花に暮れて　火（ひ）とぼし法師　酔はせけり　大夢（8 俳諧新選 一〇九ぺ）
ふりむけば　灯とぼす関や　夕　霞　太祇（4 太祇句選 一八一九）
北風に　人細り行き　曲がり消え　虚子（12 五百五十句 一〇三ぺ）
一めぐり　人待ちかぬる　をどりかな　尚白（6 あら野 九八五）
葉隠れに　人まち顔や　初茄子　梅史（7 俳諧古選 二一九ぺ）
鯉生けて　人まつ庭の　ぼたん哉　多少（8 俳諧新選 一一三ぺ）
白萩や　人まつ夜の　俤（おもかげ）に　舎来（8 俳諧新選 一五二ぺ）
秋の暮　人見過りて　きのふけふ　月居（4 月並発句帖 二〇九九）
秋の蚊の　人見て出るよ　乱塔場　子規（10 獺祭句帖抄 六三七ぺ）

月を待つ　人皆ゆるく　歩きをり　虚子（12六百句 二〇二ぺ）
麦畑の　人見るはるの　塘（つつみ）かな　杜国（6あら野 五九六）
風の子の　一群れ過ぎぬ　虎落笛（もがりぶえ）　茅舎（9川端茅舎 一六七五）
のら猫も　人目の関に　そら寝哉　里鳥（8俳諧新選 一〇二ぺ）
箱根こす　人も有るらし　今朝の雪　芭蕉（1笈の小文 三三四）
われ老いぬ　人も老いぬと　明け易き　虚子（14七百五十句 六八ぺ）
衣がへ　人も五尺の　からだ哉　蕪村（2蕪村遺稿 五〇七）
かなしさは　ひともしごろの　雪山家　石鼎（9花影 〇七四四）
人恋し　灯（ひ）ともしごろを　さくらちる　白雄（5白雄句集 八三六）
婆々が来て　灯ともす秋の　夕べかな　子規（10獺祭句帖抄 六五二ぺ）
はへ山や　人もすさめぬ　生くるみ　北鯤（6炭俵 二五二八）
椎の花　人もすさめぬ　匂ひかな　蕪村（2蕪村句集 二三九二）
白雨（ゆふだち）や　人も助かる　田の戦（そよ）ぎ　風鶴（8俳諧新選 二三二ぺ）
新田に　人も出来てや　桃の花　雲裡坊（7俳諧古選 二二七ぺ）
広庭に　一本植ゑし　さくら哉　笑草（6あら野 五七〇）
けふばかり　人も年よれ　初時雨　芭蕉（1韻塞 七六三）
旧道や　人も通らず　草茂る　子規（10獺祭句帖抄 六五〇ぺ）
木槿（むくげ）垣　人も通らぬ　小道かな　子規（10獺祭句帖抄 六一六ぺ）
御子良子（おこらご）の　一もと床し　梅の花　芭蕉（1猿蓑 三五四）
渓に下りし　人戻り来る　紅葉かな　零余子（9零余子句集二 〇六八一）
蚊を焼くや　人もなげなる　丸裸　月渓（4松のそなた 一八六五）
よみもせず　人も寝させず　蛙哉　雨律（7俳諧古選 二三〇ぺ）

金の間の　人物云はぬ　若葉哉　蕪村（2蕪村遺稿 七六二）
年暮れて　人物くれぬ　今宵かな　宗鑑（4寒川入道筆記 〇〇一〇）
衣うつ　人も裸で　生まれけり　鋤立（7俳諧古選 八一ぺ）
独り住む　人も一つの　火桶かな　石爛（8俳諧新選 三八ぺ）
朝夕の　人もめづらし　けふの春　宗因（7俳諧古選 九七ぺ）
牡丹すく　人もや花見　とはさくら　湖春（6炭俵 二四四一）
ぬれて行くや　人もをかしき　あめの萩　芭蕉（1真蹟懐紙 五四二）
跡つけば　人や恨みん　ゆきのうへ　野有（8俳諧新選 五九ぺ）
春をしむ　人や榎に　かくれけり　蕪村（2蕪村遺稿 四六八）
美しき　人や蚕飼（こがひ）の　玉襷　虚子（11五百句 一七ぺ）
うかれける　人や初瀬の　山桜　芭蕉（1続山井 三〇）
頭巾着て　人行きかふや　山の道　子規（10獺祭句帖抄 六六一ぺ）
春の野や　人行く方へ　機嫌かひ　孤山（8俳諧新選 一一ぺ）
魂の　一と揺るぎして　秋の風　虚子（13六百五十句 一九七ぺ）
旅二た夜　一と夜時雨て　たのしくて　淡路女（9雲母 〇九八〇）
花あやめ　一夜にかれし　求馬（きうま）哉　芭蕉（1蕉翁句集 三九五）
蝶の来て　一夜寝にけり　葱のぎぼ　半残（6猿蓑 一九五三）
二夜啼く　ひと夜は寒し　きりぎりす　紀逸（4江戸返事 一一六〇）
麦秋や　一夜は泊まる　甥法師　蕪村（2蕪村遺稿 一一五）
花すすき　ひと夜はなびけ　武蔵坊　蕪村（2蕪村句集 九五二）
古郷に　一夜は更くる　ふとんかな　蕪村（2蕪村句集 一八九六）
萩原や　一よはやどせ　山のいぬ　芭蕉（1鹿島詣 三一一）

我や来ぬ　ひと夜よし原　天の川　嵐雪（4虚栗〇八四八）
産屋から　独り歩きの　仏かな　嘯山（8俳諧新選一一四ぺ）
中々に　ひとりあればぞ　月を友　蕪村（2蕪村句集二四三五）
めぐる間に　一人欠けたる　踊りかな　青魚（8俳諧新選一五三ぺ）
山川に　ひとり髪洗ふ　神ぞ知る　虚子（9六百句〇〇九六）
雪の朝　独り干鮭を　噛（か）み得たり　芭蕉（1東日記一二五）
泊まる気で　ひとり来ませり　十三夜　蕪村（2蕪村句集二二七九）
卯の花に　一人きりの　社（やしろ）かな　一茶（3おらが春四四二ぺ）
秋淋し　ひとり切れたる　琴の糸　杜陵（7俳諧古選二二七ぺ）
洟（はな）たれて　独り碁をうつ　夜寒かな　蕪村（2蕪村遺稿二〇八六）
広沢や　ひとり時雨るる　沼太良　史邦（6猿蓑一六二一）
ありたつた　ひとりたつたる　今年かな　貞徳（4犬子集〇〇三四）
ああたつた　ひとりたつたる　冬の宿　荷兮（6あら野九四九）
物の音　ひとりたふるる　案山子（かがし）哉　凡兆（6猿蓑一八六一）
うら門の　ひとりでに明く　日永哉　一茶（3文化句帖三二九ぺ）
折りし皮　ひとりで開く　柏餅　誓子（9天狼一四六二）
田と畑を　独りにたのむ　案山子哉　一泉（6あら野七四三）
十一人　一人になりて　秋の暮　子規（10獺祭句帖抄六三四ぺ）
又ただの　一人になりぬ　さみだれん　碧梧桐（9三千里〇一三八）
唐松の　ひとり遁るる　師走哉　淡々（7俳諧古選二二四ぺ）
洛中を　ひとりの声歟（か）　鉢叩　泰里（8俳諧新選一四四ぺ）
春耕の　ひとりは鳶に　掠はれん　碧雲居（9碧雲居句集一〇六六）

文月や　一人はほしき　娘の子　其角（7俳諧古選一七八ぺ）
をさな子や　ひとり食（めし）くふ　秋の暮　尚白（6あら野一〇〇八）
渡し場は　一人も渡し　秋のくれ　常仙（4金台録一二四四）
畑中に　ひとり吉野の　柳哉　左菊（7俳諧古選二二七ぺ）
冬ざれの　独り轆轤（ろくろ）や　をののおく　一笑（6あら野九一五）
何でやは　独り笑ひは　涼しいか　惟然（4三河小町一〇二七）
灯（ともしび）や　ひとり居眠る　あじろ守　文狸（8俳諧新選一四五ぺ）
ひとり来て　一人を訪ふや　秋のくれ　蕪村（2蕪村遺稿二二七一）
やはらかに　人分け行くや　勝角力（すまふ）　几董（5井華集八〇一）
秋風に　人ゐて火口　歩き居り　汀女（9汀女句集一九一四）
細き音に　人を動かす　竈馬（いとど）かな　吾郷（7俳諧古選二二〇ぺ）
人を前　人を後ろや　冬ごもり　大施（8俳諧新選一四七ぺ）
雨の鹿　人をうち見て　鳴きにけり　嵩平（8俳諧新選二三二ぺ）
世を恋うて　人を恐るる　余寒かな　鬼城（4鬼城句集二一七二）
親雀　人を恐れて　見せにけり　虚子（13六百五十句一九二ぺ）
月を思ひ　人を思ひて　須磨にあり　虚子（14七百五十句一七ぺ）
角（すみ）いれし　人をかしらや　花の友　丈草（6続猿蓑二九六八）
二三遍　人をきよくつて　行く蛍　一茶（3おらが春四六七ぺ）
酔ひて寝る　人を呵（しか）つて　月見哉　晩鈴（7俳諧古選二二六ぺ）
秣（まぐさ）負ふ　人を枝折の　夏野哉　芭蕉（1陸奥鵆四八三）
饅頭で　人をたづねよ　山桜　其角（4末若葉〇八一二）
翳（かげ）鷹（たか）や　人を見下ろす　松の上　寛留（8俳諧新選一四一ぺ）

行く馬の　人を身にする　枯野かな　太祇（8 俳諧新選 一三七ぺ）
舞ひ猿の　人を見る眼ぞ　いとけなき　亜浪（9 定本亜浪句集 一〇四七）
雲折々　人をやすむる　月見哉　芭蕉（1 春の日 二五四）
夜の蠅　人を忘れて　何処(いづこ)へ歟(か)　之房（8 俳諧新選 二二ぺ）
うまず女の　雛かしづくぞ　哀れなる　嵐雪（5 玄峰集 二七六）
母の世の　雛片隅に　ましましけり　赤羽（8 俳諧新選 一〇九ぺ）
春の日や　日永の宿の　霞酒　秀吉（4 鷹筑波集 〇〇二八）
干足袋の　日南(ひなた)に氷る　寒さかな　乙字（4 乙字句集 二三二九）
京に此の　日南は足らじ　大根引　孤舟（8 俳諧新選 一四一ぺ）
鶯の　日南設けし　軒端かな　其丸（8 俳諧新選 一〇一ぺ）
草餅や　雛に子供の　問ひ答ふ　古舟（8 俳諧新選 一四八ぺ）
小男を　雛の奏者に　選びけり　鑑水（7 俳諧古選 一五五ぺ）
隣々　雛見舞はるる　小家哉　嵐雪（7 俳諧古選 一四五ぺ）
雌もなれず　雛をも連れず　時鳥　雁宕（8 俳諧新選 一一三ぺ）
ずんずんと　日に秋深む　おもひかな　石鼎（9 石鼎句集 〇七五一）
灌仏の　日に生まれあふ　鹿の子哉　芭蕉（1 笈の小文 三八〇）
橙(だいだい)や　日にこがれたる　夏木立　闇指（6 続猿蓑 三一二〇）
秋茄子の　日に籠にあふれ　みつるかな　虚子（13 六百五十句 一五五三ぺ）
舟にたく　火に声たつる　鵆(ちどり)哉　亀洞（6 あら野 八一四）
蓮みむ　日にさかやきは　わるるとも　晨風（6 あら野 六九七）
鹿小屋の　火にさし向くや　庵の窓　丈草（4 猿舞師 〇九八八）
捻ぢ直る　日にそそり出る　蝶々かな　孤桐（8 俳諧新選 一〇八ぺ）
落鮎や　日に日に水の　おそろしき　千代女（5 俳諧百一集 五一七）
こがらしや　日に日に鴛鴦(をし)の　美しき　士朗（4 枇杷園句集 二〇八三）
枯蘆の　日に日に折れて　流れけり　闌更（5 半化坊発句集 七五八）
我も死して　碑に辺りせむ　枯尾花　蕪村（2 蕪村句集 一八八五）
灯(ひ)照らせば　灯に微妙音　涅槃かな　碧梧桐（9 碧梧桐句集 〇一三三）
やや寒み　灯による虫も　なかりけり　子規（10 獺祭句帖抄 六五一ぺ）
翡翠(かはせみ)や　ひねもす一二　三の淵　東洋城（4 東洋城全句集 二二四六）
竹の風　ひねもす騒ぐ　小春かな　犀星（9 魚眠洞発句集 一一四四）
鶯に　終日(ひねもす)遠し　畑の人　蕪村（2 蕪村遺稿 二三四三）
春の海　終日のたり　のたりかな　蕪村（2 蕪村句集 四六）
ぽつかりと　日のあたりけり　霜の塔　子規（10 獺祭句帖抄 六一九ぺ）
遠山に　日の当たりたる　枯野かな　虚子（9 五百句 〇〇七八）
山あひに　日のあたりゐる　しぐれかな　犀星（9 魚眠洞発句集 一一四六）
片兀に　日の色淡し　春の山　太祇（8 俳諧新選 一一一ぺ）
袖口に　日の色うれし　今朝の春　樗良（5 樗良発句集 七七六）
菜の花や　日の色さへも　蝶さへも　可祥（8 俳諧新選 一〇ぺ）
酔うて寝た　日のかずかずや　古暦　几董（5 あけ烏 八〇五）
夕立や　檜木の臭(かざ)の　一(ひと)しきり　及肩（6 猿蓑 二一六五）
春雨や　檜は霜に　焦げながら　龍之介（9 澄江堂句集 一一四一）
炭売りに　日のくれかかる　師走哉　蕪村（2 蕪村遺稿 九七一）
柳から　日のくれかかる　野路哉　蕪村（2 蕪村遺稿 一四九六）
麓から　日のくれて行く　寒さ哉　雁觜（8 俳諧新選 一四二ぺ）

片道は　日の暮れになる　枯野哉　木導（7俳諧古選一九一ペ）
山骨に　日のさしてきし　時雨かな　月斗（9昭和俳句集〇五〇八）
昼ばかり　日のさす洞の　菫哉　舟泉（6あら野五九三）
鳶のなく　日のさびしさよ　草の花　士朗（5枇杷園句集九〇一）
てりながら　日のちる空や　初嵐　嘯山（8俳諧新選一五九ペ）
影薄き　日の届きてや　冬牡丹　習先（8俳諧新選一四一ペ）
寒梅や　火の迸（ほとばし）る　鉄より　蕪村（2蕪村句集一三二八）
虫鳴くや　灯（ひ）のまはり飛ぶ　小さき鬼　月舟（9進むべき道〇七〇一）
春雨や　火の燃え出づる　野路の塚　斑霞（8俳諧新選一〇三ペ）
よわよわと　日の行きとどく　枯野かな　麦水（4樗庵麦水集一八〇三）
たたらふむ　火の宵々や　冬木立　温亭（9温亭句集〇八三一）
蜻蛉や　日は入りながら　鳰（にほ）のうみ　惟然（5北の山四〇〇）
白壁の　日は上面（うはつら）に　秋よさて　路通（4土大根一〇一三）
京を出し　日は面白き　鳴子かな　蘆角（8俳諧新選一二八ペ）
雑水（ざふすい）に　琵琶きく軒の　霰哉　芭蕉（1有磯海九四二）
昼がほや　日はくもれども　花盛り　沾圃（6続猿蓑三一三〇）
穂麦原　日は光輪を　懸けにけり　亜浪（9定本亜浪句集一〇四六）
三井寺や　日は午にせまる　若楓　蕪村（2蕪村句集一五九二）
橋桁や　日はさしながら　夕霞　北枝（4卯辰集一〇七七）
我が臑（はぎ）も　火箸に似たり　冬籠り　有佐（7俳諧古選二二三ペ）
行く春や　灯は常明の　観世音　茅舎（9川端茅舎一七〇一）
菜殻焼く　火柱負ひぬ　牛車　茅舎（9俳究昭14・10一六九四）

光ある　檜皮の破風（はふ）や　糸桜　蘭丈（8俳諧新選一二二ペ）
あかあかと　日は難面（つれなく）も　秋の風　芭蕉（1奥の細道五三七）
海手より　日は照りつけて　山ざくら　蕪村（2蕪村句集一二三三）
わた弓や　琵琶になぐさむ　竹のおく　芭蕉（1野ざらし紀行一八三）
高土手に　鶸（ひは）の鳴く日や　雲ちぎれ　珍碩（6猿蓑一八六九）
かき鳴らす　枇杷の葉寒し　初時雨　鍾山（8俳諧新選二三六ペ）
気にすすむ　日はひとりちる　柳哉　篤羽（8俳諧新選一二四ペ）
青麦や　雲雀（ひばり）があがる　ありやさがる　鬼貫（5金毘羅会二二二一）
かぜふかぬ　日はわがなりの　柳哉　校遊（6あら野五五七）
困や　ひびきの添はぬ　鐘一つ　雨谷（8俳諧新選二三八ペ）
入相の　ひびきの中や　はととぎす　羽紅（6猿蓑一七一七）
折り枝の　ひびきよりちる　小蝶哉　一兎（7俳諧古選二一九ペ）
撞き鐘も　ひびくやうなり　蟬の声　芭蕉（1笈日記四〇九）
御忌の鐘　ひびくや谷の　氷まで　蕪村（2蕪村句集二一三一）
柿を置き　日々静物に　作す思念　茅舎（4白痴二六二二）
宿直（とのゐ）すと　雛もる子や　深くる迄　嘯山（8俳諧新選一〇九ペ）
日々に見て　日々に興ある　青田かな　近江朽木社中（8俳諧新選二二三ペ）
見初むると　日々に蝶見る　旅路哉　太祇（8俳諧新選一〇八ペ）
今年竹　日々に身幅の　あはばこそ　周禾（8俳諧新選一一八ペ）
牡丹の　日々の衰へ　見つつあり　虚子（14七百五十句一二二ペ）
鳶ヒヨロ　ヒヒヨロ神の　御立ちげな　一茶（3七番日記三五九ペ）
行水も　日まぜになりぬ　むしのこゑ　来山（5続いま宮草二〇九）

咲きつ散りつ　ひまなきけしの　畠哉　傘下（6あら野 九九六）
天窓（あたま）から　隙を明けけり　初ざくら　雲鼓（7俳諧古選 二〇二ぺ）
水の奥　氷室尋ぬる　柳哉　芭蕉（1曾良書留 五一五）
足伸べて　姫百合草をらす　昼ね哉　此橘（6あら野 六五八）
烏啼く　日も暮れかかる　野分かな　篗山（8俳諧新選 一四七ぺ）
翠黛と　ひもすがらある　桜狩り　夜半（9翠黛 一六四〇）
入りかねて　日もただよふや　汐干潟　麦水（5葛箒 七三七）
入りかかる　日も程々に　春のくれ　芭蕉（1曾良書留 四七七）
詩腸枯れて　病骨を護す　蒲団かな　子規（10獺祭句帖抄 六六一ぺ）
選句淋し　病妻我に　柿を剝く　浜人（9定本浜人句集 〇八一四）
我が馬に　拍子知らする　砧哉　巴風（7俳諧古選 一八一ぺ）
よし雀の　拍子揃ふや　船大工　荘丹（5能静草 八九二）
大根引く　拍子にころり　小僧かな　一茶（3おらが春 四七三ぺ）
小夜ふけて　拍子の沈む　砧かな　支鳩（8俳諧新選 一三二ぺ）
むつかしき　拍子も見えず　里神楽（かぐら）　曾良（6猿蓑 一八六二）
訪ひ寄れば　病者癒えたり　夕立ちて　竹冷（9聴雨窓俳話 〇二八三）
赤毛糸玉　病蓐の　夫（つま）にのせ　静塔（9旅鶴 二三六八）
節季候（せきぞろ）の　拍子をぬかす　明屋哉　桃後（6続猿蓑 三四二七）
冬枯れや　平等院の　庭の面　鬼貫（4大悟物狂 〇二八三）
明けぬれば　屛風に浴衣　ももの花　淡々（8俳諧新選 一〇七ぺ）
夕顔は　白光仏に　おはすかや　梨葉（9梨葉第二句集 一〇七六）
稗蒔や　百姓鶴に　語つて曰く　子規（10獺祭句帖抄 六二八ぺ）
水鳥や　百姓ながら　弓矢取り　蕪村（2蕪村句集 七一〇）
五人でも　百に足らぬや　とし忘れ　李流（8俳諧新選 一四五ぺ）
麦蒔や　百まで生きる　皃（かほ）ばかり　蕪村（2蕪村句集 一〇〇一）
道中に　百万遍や　村の月　鼓舌（8俳諧新選 一二九ぺ）
激情を　日焼の顔の　皺に見し　立子（9春雷 一九三七）
頭悪き　日やげんげ田に　牛暴れ　三鬼（9今日 二三四四）
ともし行く　灯（ひ）や凍らんと　禰宜（ねぎ）が袖　子規（10獺祭句帖抄 六一八ぺ）
蓮咲いて　百か日とは　なりにけり　子規（10獺祭句帖抄 六三二ぺ）
酒の瀑布（たき）　冷麦の九天より　落ちるならん　其角（5虚栗 二五九）
山守の　ひやめし寒き　さくら哉　蕪村（2蕪村遺稿 二三五八）
くれかぬる　日や山鳥の　おとしざし　蕪村（2蕪村遺稿 四五一）
六月の　氷菓一盞の　別れかな　草田男（9長子 二五五二）
朝皃や　日傭出て行く　跡の垣　利合（6炭俵 二五五六）
天にあらば　比翼の籠や　竹婦人　蕪村（2蕪村遺稿 九一四）
思はずも　ヒヨコ生まれぬ　冬薔薇　碧梧桐（4新傾向句集 二二八四）
村中に　ひよつと寺あり　椶櫚（しゅろ）の花　也有（5蘿葉集 五〇九）
秋空や　日和くるはす　柿のいろ　洒堂（6続猿蓑 三二八九）
枯萩や　日和定まる　伊良古崎　子規（10獺祭句帖抄 六二一ぺ）
灰汁（あく）たれる　日和成りけり　桃の花　紫水（8俳諧新選 一〇七ぺ）
初冬や　日和になりし　京はづれ　蕪村（2蕪村句集 一二五二）
うつくしき　日和になりぬ　雪のうへ　太祇（5太祇句選 五五五）
柿包む　日和もなしや　むら時雨　露川（6続猿蓑 三三三五）

よつ引いて　ひよろついて居る　かがし哉　大夢（8俳諧新選 一二八ペ）
開いても　開いても散る　けしの花　子規（10獺祭句帖抄 六〇〇ペ）
虹を吐いて　ひらかんとする　牡丹哉　蕪村（2蕪村遺稿 二〇七三）
冬に向きて　開くを菊の　性根かな　赤羽（8俳諧新選 一三四ペ）
行き行きて　ひらりと返す　燕かな　子規（10獺祭句帖抄 五九八ペ）
寒雷や　びりりびりりと　真夜の玻璃　楸邨（9寒雷 二五七八）
枯柴に　昼皃あつし　足のまめ　斜嶺（6炭俵 二五〇四）
雪の中は　昼顔かれぬ　日影哉　芭蕉（1真蹟懐紙 二一六）
子ども等よ　昼皃咲きぬ　瓜むかん　芭蕉（1藤の実 七九〇）
蕣（あさがほ）の　昼さく秋と　成りにけり　貫古（8俳諧新選 二二六ペ）
御仏に　昼そなへけり　ひと夜酒　蕪村（2蕪村句集 一七二二）
七草も　昼に成りけり　上手下手　太祇（7俳諧古選 二二四ペ）
ひるがほに　昼寝せうもの　床の山　芭蕉（1韻塞 四〇四）
窓形（なり）に　昼寝の台や　簟（たかむしろ）　芭蕉（1続猿蓑 七九一）
皆人の　昼寝の種や　秋の月　貞徳（4犬子集 〇〇五〇）
夏陰の　昼寝はほんの　仏哉　愚益（6あら野 一〇三二）
風呂汲みも　昼寝も一人　花の雨　久女（9杉田久女句集 〇九六〇）
山人の　昼寝をしばれ　蔦かづら　桃妖（6続猿蓑 三二五七）
鵯（ひよどり）や　昼の朝顔　花細し　子規（10獺祭句帖抄 六一六ペ）
叩かれて　昼の蚊を吐く　木魚かな　漱石（4漱石全集 二三四三）
水底に　昼のとどかぬ　蓮かな　文江（7俳諧古選 二三〇ペ）
強かりし　昼の北風（ならひ）も　やみの梅　龍眠（8俳諧新選 一〇一ペ）

爛々と　昼の星見え　菌（きのこ）生え　虚子（9六百五十句 〇一〇〇）
蛍火の　昼は消えつつ　柱かな　芭蕉（1奥の細道 五〇八）
蕣（あさがほ）や　昼は錠おろす　門の垣　芭蕉（1藤の実 七九五）
朝がほや　昼は美人の　鳴らし物　青峨（4東風流 一二六二）
高灯籠　ひるは物うき　柱かな　千那（6猿蓑 一八二二）
なの花や　昼一しきり　海の音　蕪村（2蕪村遺稿 一一〇三）
さびしさの　昼へまはるや　虫のこゑ　玄武坊（4玄武庵発句集 一八一三）
片腕に　ひるまぬ梅の　老木かな　冨天（4俳諧家譜 一七一四）
牛部屋に　昼みる草の　蛍哉　言水（5稲筵 一七四）
いそがしや　昼飯頃の　親雀　子規（10獺祭句帖抄 六〇五ペ）
山吹や　昼をあざむく　夜半の月　普羅（9春寒浅間山 〇七三三）
夜着の内　広う覚ゆる　寒さかな　大涌（8俳諧新選 一四七ペ）
霧深き　広野に千々の　砧かな　蕪村（2蕪村遺稿 一八〇四）
凩や　広野にどうと　吹き起こる　蕪村（2蕪村遺稿 二一九九）
きれ凧の　広野の中に　落ちにけり　子規（10獺祭句帖抄 六二三ペ）
隈篠（くまざさ）の　広葉うるはし　餅粽　岩翁（6猿蓑 一七四四）
団栗の　広葉つきぬく　音すなり　子規（10獺祭句帖抄 六一六ペ）
無花果（いちじく）や　広葉にむかふ　夕涼み　惟然（6続猿蓑 三一四九）
柏木の　ひろ葉見するを　遅さくら　蕪村（2蕪村遺稿 二一二二）
道くだり　拾ひあつめて　案山子（かかし）かな　桃隣（6炭俵 二六七六）
薔薇のくえ　ひろひて秘書の　今日終はる　圭岳（9太白星 一一九三）
硯かと　拾ふやくぼき　石の露　芭蕉（1杉風宛書簡 五八一①）

元日や　非を改むる　非のはじめ　紹簾（4 俳諧古選 二二八六）
旅人の　火を打ちこぼす　萩の露　蕪村（2 蕪村遺稿 二二五六三）
夕立に　火を奪はれし　鵜飼かな　素行（8 俳諧新選 二一八ぺ）
餅つきや　火をかいて行く　男部屋　岱水（6 続猿蓑 三四〇八）
鶯も　日を筭(かぞ)へけん　としのくれ　楚瀾（8 俳諧新選 二四六ぺ）
山伏の　火をきりこぼす　花野かな　野坡（5 野坡吟草 三三六三）
加茂人の　火を燧(き)る音や　小夜衛(ちどり)　蕪村（2 蕪村句集 一九三八）
空襲(たどん)の　灯(ひ)を消しおくれ　花の寺　久女（9 杉田久女句集 〇九四四）
炭団法師　火桶の窓より　覗ひけり　蕪村（2 蕪村句集 三三二二）
ほれぼれと　日を抱く庭の　落葉哉　吏登（5 吏登句集 四七九）
暮れかかる　日をたたみけり　荻の裾　周砥（8 俳諧新選 二三三ぺ）
鴛(をしどり)に　美をつくしてや　冬木立　蕪村（2 蕪村句集 二八）
逃ぐる時　火をつつみたる　蛍かな　李流（8 俳諧新選 二一七ぺ）
惨として　日をとどめたる　大夏木　虚子（13 六百五十句 一七七ぺ）
紫の　灯をともしけり　春の宵　子規（10 獺祭句帖抄 六二三ぺ）
上市は　灯をともしけり　夕霞　子規（10 獺祭句帖抄 六四三ぺ）
おこし絵に　灯をともしけり　夕涼み　子規（10 獺祭句帖抄 六四六ぺ）
折りかけの　火をとるむしの　かなしさよ　探丸（6 あら野 一〇三五）
一つ家の　灯を中にして　しぐれかな　鳥酔（4 百一集 一七二五）
蜩(ひぐらし)の　日を鳴きつめて　月夜かな　瓜流（8 俳諧新選 二二七ぺ）
冬帝先(まづ)　日を投げかけて　駒が岳　虚子（9 五百句 〇〇七七）
獺(かはをそ)に　灯をぬすまれて　明け易き　万太郎（9 流寓抄 一一一六）
杉箸で　火をはさみけり　夷(えびす)講(かう)　一茶（3 七番日記 三五九ぺ）
雛見世の　灯を引くころや　春の雨　蕪村（2 蕪村句集 四三六）
遠里の　灯を振りほどく　薄かな　文江（8 俳諧新選 二三一ぺ）
首のべて　日を見る雁や　蘆の中　石鼎（9 花影 〇七四八）
秋の夜の　灯を呼ぶ越しの　筧(かけひ)哉　蕪村（2 蕪村遺稿 二三三）
滝口に　灯を呼ぶ声や　はるの雨　蕪村（2 蕪村句集 一〇九四）
すきあげて　鬢(びん)紙のごとし　蠅ひびく　茅舎（9 川端茅舎 一六八六）
相撲乗せし　便船のなど　時化となり　碧梧桐（4 新傾向句集 二二九五）
春雪の　繽紛として　舞ふを見よ　虚子（12 五百五十句 八六ぺ）
破れ尽くす　貧乏寺の　芭蕉かな　子規（10 獺祭句帖抄 六三八ぺ）

ふ

新藁を　葺いて野壺の　露じめり　青峰（9 海光 二二五一）
牡丹を　風雨に任せ　つつ嘆く　虚子（13 六百五十句 一九一ぺ）
山の湖(うみ)の　風雨雷霆　常ならず　虚子（13 六百五十句 一九三ぺ）
夏草に　富貴を飾れ　蛇の衣　芭蕉（1 洒堂宛書簡 六一八）
裏町の　夫婦喧嘩や　盆の月　紫影（9 かきね草 〇二三三）
秋(しう)灯(とう)や　夫婦互ひに　無き如く　虚子（13 六百五十句 一五四ぺ）
しらぬどし　夫婦と妖(ば)けて　踊りかな　宋屋（4 瓢簞 一六九四）
花の昼　夫婦はものの　淋しけれ　春草（9 春草句集 一〇八九）
人間吏となるも　風流胡瓜(きうり)の　曲がるも亦　虚子（11 五百句 四四ぺ）

薬園の　風露に秋の　近づきぬ　月斗（9昭和俳句集〇五一八）
凩の　笛かもしらず　蟬のから　旨原（4反古衾一七三二）
ふんどしに　笛つつさして　星迎へ　一茶（3七番日記三四七ぺ）
秋風に　ふえてはへるや　法師蟬　虚子（11五百句二一ぺ）
明けさして　笛に生きたり　梅のはな　龍眠（8俳諧新選一〇二ぺ）
麦藁の　笛の音悲し　浜嵐　歳人（7俳諧古選一六一ぺ）
ひらひらと　深きが上の　落葉かな　虚子（11五百句五六ぺ）
菊の気味　ふかき境や　藪の中　桃隣（6続猿蓑三三四二）
襟巻に　深く埋もれ　帰去来（かへんなん）　虚子（12五百五十句五五八ぺ）
初笑ひ　深く蔵して　ほのかなる　虚子（13六百五十句一二九ぺ）
ふるまはん　深草殿に　玉子酒　子規（10獺祭句帖抄六〇二ぺ）
蓮池の　ふかさわするる　浮葉かな　荷兮（6波留濃日三三八）
借着して　深（ふか）す一夜の　鹿のこゑ　篤羽（8俳諧新選二三二ぺ）
須磨寺や　ふかぬ笛きく　木下やみ　芭蕉（1笈の小文三九一）
三か月に　鱶（ふか）のあたまを　かくしけり　之道（6猿蓑一八四〇）
芝居出て　吹かるる人や　春の風　季遊（8俳諧新選一〇七ぺ）
はや風に　吹かれ心の　袷かな　呉雪（8俳諧新選一一二ぺ）
馬の歯も　ふかれて市の　葱青し　祇空（4太郎河一一三三）
桐の実の　ふかれふかれて　初しぐれ　希因（4暮柳発句集一二〇二）
さほ姫や　ふかゐの面　いかならむ　鼠弾（6あら野四八二）
うき草を　吹きあつめてや　花むしろ　蕪村（2蕪村句集一〇六二）
松の木に　吹きあてられな　秋の蝶　舟泉（6あら野七五三）

ランチの煙　吹き煽る　雪になつた　碧梧桐（9碧梧桐句集〇一四八）
秋風の　吹き余してや　かへりばな　芝龍（8俳諧新選一三八ぺ）
凩の　吹きあるる中の　午砲かな　鳴雪（4鳴雪俳句鈔二二二二）
凩に　吹き出だされたる　野寺かな　止角（8俳諧新選一三八ぺ）
北風の　吹き出だしたる　紙子かな　嘯雨（8俳諧新選一四一ぺ）
寝ながらに　吹き落とさるる　小てふかな　雅因（8俳諧新選一〇八ぺ）
猪に　吹きかへさるる　ともしかな　正秀（6猿蓑一七三九）
声細う　吹き切る風や　小夜千鳥　不白（4不白翁句集二一二七）
秋風の　吹きくる方に　帰るなり　普羅（9辛夷〇七〇四）
蚊柱の　吹きこかされつ　初嵐　一之（8俳諧新選二二六ぺ）
衽（おくみ）形（なり）に　吹き込む雪や　枕元　一茶（3八番日記三五五ぺ）
落つる日や　吹きさらされし　人根馬　吏登（5吏登句集四七八）
山風に　吹きさらされて　昼寝かな　虚子（14七百五十句一五一ぺ）
春風に　吹き出し笑ふ　花も哉　芭蕉（1続山井二八）
錦木は　吹き倒されて　けいとう花　蕪村（2蕪村句集二五六五）
凩に　吹きちらりさうな　山家かな　石爛（8俳諧新選一三八ぺ）
しら雲を　吹き尽くしたる　新樹かな　才麿（5難波の枝折二一六）
あやめ売り　葺きて迄行く　庵かな　素園（8俳諧新選一一六ぺ）
我が息を　吹きとどめたる　野分かな　虚子（12五百五十句二二一ぺ）
夏帽や　吹き飛ばされて　濠に落つ　子規（10獺祭句帖抄六四七ぺ）
蛍火や　吹きとばされて　鳰（にほ）のやみ　去来（6猿蓑一七六八）
こがらしに　吹きとられけり　鷹の巾　杏雨（6あら野七九三）

あきかぜの　ふきぬけゆくや　人の中　万太郎（9草の丈一一〇七）
中よかれ　蕗の姑　嫁がはぎ　道職（7俳諧古選一四四ぺ）
楽しみの　蕗のとうとう　得たりけり　麦翅（8俳諧新選一〇三ぺ）
いつたきて　蕗の葉にもる　おぶくぞも　里東（6猿蓑二一五〇）
腹中に　吹矢立ちけり　雀の子　子規（10獺祭句帖抄六二五ぺ）
木がらしの　吹き行くうしろ　すがたかな　嵐雪（4続虚栗〇八三二）
月浮けて　吹きよる水の　夕すずみ　作者不明（8俳諧新選二二〇ぺ）
秋風の　吹きわたりけり　人の顔　鬼貫（4江鮭子〇二六六）
なびかぬは　吹き折られたり　鶏頭花　一漁（4新句兄弟二三二七）
あつみ山や　吹浦かけて　夕すずみ　芭蕉（1継尾集五二八）
涼風の　吹く木へ縛る　我が子哉　一茶（3おらが春四六〇ぺ）
袴着て　鰒食うて居る　町人よ　蕪村（2蕪村句集一九二五）
起きて見る　鰒食ふた人の　寝顔かな　孤桐（8俳諧新選一四〇ぺ）
あそび来ぬ　鯀釣りかねて　七里迄　芭蕉（1皺筥物語一九九）
もののふの　河豚にくはるる　悲しさよ　子規（10獺祭句帖抄六〇三ぺ）
ホトギ打つて　鰒になき世の　人訪はん　蕪村（2蕪村句集九六二）
みな月は　ふくべうやみの　暑さかな　芭蕉（1葛の松原六九五）
我が捨てし　ふくべが啼く歟(か)　かんこ鳥　蕪村（2蕪村遺稿五三五）
炭斗の　ふくべの形　見飽きたり　虚子（14七百五十句三三三ぺ）
秋風の　ふく程白し　富士の山　李丈（8俳諧新選二三五ぺ）
我が恋は　鰒も食はれぬ　命かな　嵐夕（7俳諧古選二〇三ぺ）
朗(ほがら)かに　吹くや夜明けの　秋のかぜ　柊花（8俳諧新選二一九ぺ）

青瓢(ひさご)　ふくるる果てや　秋の水　素丸（5青ひさご五二九）
駒の鼻　ふくれて動く　泉かな　虚子（11五百句二九ぺ）
木薬の　袋流るる　御祓(みそぎ)川　蕪村（2蕪村遺稿五八八）
鬼灯(ほほづき)や　袋に色の　あらはるる　嘯山（8俳諧新選二八ぺ）
物種の　袋ぬらしつ　春の雨　蕪村（2蕪村句集四三八）
物ほしや　袋のうちの　月と花　芭蕉（1続別座敷九四三）
風の神　袋を明けよ　夏の月　奇仙（7俳諧古選二一九ぺ）
蘭の香の　袋を出でぬ　師走かな　田鶴樹（8俳諧新選一四六ぺ）
暑き日や　袋を笠の　歩わたり　文誰（8俳諧新選一五六ぺ）
涅槃西風(にし)　吹くわたましの　甕を負ふ　枴童（9枯蘆〇八〇七）
蚊のこゑの　深けておそろし　間の宿　子一（8俳諧新選一一八ぺ）
植半に　ふけて客あり　船遊び　知十（9鶯日〇三四九）
篝(かがり)火も　更けて白ける　矢数哉　沙残（8俳諧新選一一五ぺ）
独り寝や　更けて出て見る　天の河　宋屋（8俳諧新選二二四ぺ）
川音に　更けて分かるる　砧かな　千仭（8俳諧新選二三二ぺ）
秋風の　ふけども青し　栗のいが　芭蕉（1こがらし七一七）
蟬の音に　武家の夕食(めし)　過ぎにけり　釣雪（6あら野八七三）
ががんぼを　吹けば飛ぶなり　形代(かたしろ)も　松浜（9白菊〇五五三）
夜寒さや　吹けば居すくむ　油虫　木歩（9決定木歩全集一〇六〇）
千鳥立ち　更け行く初夜の　日枝(ひえ)おろし　芭蕉（1伊賀産湯六五八）
梅が香に　更け行く笛や　御(おん)曹(ざう)子(し)　旧徳（7俳諧古選二五〇ぺ）
木蓮は　普賢(ふげん)の象の　真白かな　迷堂（9孤輪〇四三一）

土はこぶ　籠(ふご)にちり込む　椿かな　孤屋(6炭俵 二四二六)
かづく玉か　房ざきに置く　花の露　玄札(4伊勢踊 〇一三二)
唐土に　富士あらばけふの　月もみよ　素堂(6あら野 九〇七)
ある夜月に　富士大形の　寒さかな　蛇笏(9山盧集 〇六四二)
茯苓(ぶくりやう)は　伏しかくれ松露は　あらはれぬ　蕪村(2蕪村句集 一〇七八)
かはほりの　ふし木かくれや　朝の月　簟笙(8俳諧新選 一一五ペ)
雪で富士か　不尽にて雪か　不二の雪　鬼貫(5庵桜 二三八)
この道の　富士になり行く　芒かな　碧梧桐(4春夏秋冬 二二九〇)
品川に　富士の影なき　しほひ哉　闇指(6続猿蓑 三〇七五)
今や牽く　富士の裾野の　蝸牛(かたつぶり)　仙鶴(7俳諧古選 二一三ペ)
羽蟻とぶや　富士の裾野の　小家より　蕪村(2蕪村句集 二二五九)
甲斐なしや　富士の高根の　一時雨　合浦(8俳諧新選 二三六ペ)
我が門に　富士のなき日の　寒さ哉　沾洲(5玄々前集 四三六)
手を握り　富士の花野に　別れけるが　虚子(14七百五十句 八六ペ)
風になびく　富士のり思ふ　河べ哉　徳元(5懐子 六五)
雲を根に　富士は杉なりの　茂りかな　芭蕉(1続連珠 六〇)
夕がほや　武士一腰の　裏つづき　蕪村(2蕪村遺稿 五七一)
撫子の　ふしぶしにさす　ゆふ日かな　成美(5成美家集 九三〇)
秋晴の　富士まともなる　机かな　飄亭(9飄亭句日記 〇一九二)
日照年　伏水の小菊　もらひけり　蕪村(2蕪村句集 二二九)
夜を春に　伏見の芝居　灯(とぼ)しけり　田福(8俳諧新選 一一一ペ)
月見せん　伏見の城の　捨(すて)郭(ぐるわ)　去来(6猿蓑 一八四二)

夕露や　伏見の角力(すまひ)　ちりぢりに　蕪村(2蕪村句集 一五九)
みじか夜や　伏見の戸ぼそ　淀の窓　蕪村(2蕪村句集 二〇七二)
我がきぬに　ふしみの桃の　雫せよ　芭蕉(1野ざらし紀行 一三四)
と見ればぞ　伏見は桃の　よしの山　作者不明(7俳諧古選 二三一ペ)
明月や　不二みゆるかと　するが町　素龍(6炭俵 二五四八)
三日程　富士も見えけり　松の内　小波(9ささら波 〇三〇三)
手にのせて　富士を憐れむ　かれ野哉　春来(8俳諧新選 一三七ペ)
有りがたや　富士を見て来て　江戸の春　湖春(5蓮実 八九)
霧しぐれ　富士をみぬ日ぞ　面白き　芭蕉(1野ざらし紀行 一七三)
湖へ　富士をもどすや　五月雨　蕪村(2蕪村句集 一〇六三)
道ばたに　富士を拝むや　梅の客　白水郎(9続白水郎句集 一〇八六)
燕(つばくろ)の　普請(ふしん)仕舞へば　子持哉　乙由(7俳諧古選 一五五ペ)
連歌師か　ふすは何人　花の本　卜養(4犬子集 〇一四三)
鴛鴦(をし)の画の　襖にこもる　狂女哉　子規(9俳句稿巻一 〇〇〇九)
光琳の　襖ひとへや　虫の声　南雅(8俳諧新選 一二七ペ)
ちらちらと　伏勢見ゆる　夏野かな　子規(10獺祭句帖抄 六〇八ペ)
雲に月や　ふせ屋に生ふる　名のうさぎ　季吟(5桜川 四九)
此の風に　不足いふ也　夏座敷　一茶(3おらが春 四四五ペ)
御衣櫃(ぎよいひつ)や　蓋合はぬ程　配り物　龍眠(8俳諧新選 一四五ペ)
のちの月　葡萄(ぶだう)に核の　くもりかな　成美(5成美家集 九三三)
これよりは　二上時雨　なつかしき　虚子(12六百句 一八六ペ)
鉄瓶の　蓋きりて年　惜しみけり　万太郎(9流寓抄 一一二七)

青柳や　二筋三すぢ　老木より　柳居（4 柳居発句集 一一四六）
山の井に　蓋する音や　朧月　蒼虬（4 訂正蒼虬集 二一五二）
君と共に　再び須磨の　涼にあらん　虚子（14 七百五十句 三七ペ）
首共は　二度はえず　春の草　許六（7 俳諧古選 二〇五ペ）
掛香や　再び人の　妻となり　五城（9 五城句集 〇二二八）
秋風や　再び渡る　佐渡が島　山梔子（9 山梔子句集 一二一〇七）
夫婦(めをと)にも　二つ有りたき　こたつ哉　沙月（8 俳諧新選 一三八ペ）
梅さくら　ふた月ばかり　別れけり　利牛（6 炭俵 二四六九）
名月は　ふたつ過ぎても　瀬田の月　芭蕉（1 西の雲 七一〇）
夏痩や　二つ並べて　膝がしら　紅緑（9 紅緑句集 〇二四二）
古郷を　二つ荷(にな)ふて　袷かな　宋阿（8 俳諧新選 一二一ペ）
這へ笑へ　二つになるぞ　けさからは　一茶（3 おらが春 四三三四ペ）
我に似るな　ふたつにわれし　真桑瓜　芭蕉（1 真蹟懐紙 六三三）
大石や　二つに割れて　冬ざるる　鬼城（9 鬼城句集 〇六二〇）
淋しさも　二つの鳴に　笑ひけり　言水（7 俳諧古選 一七四ペ）
罌粟(けし)ちりて　二つの蝶の　行衛(ゆくへ)哉　子一（8 俳諧新選 一五六ペ）
春の風　二つ帆のある　小舟かな　子規（10 獺祭句帖抄 六二四ペ）
榲桲(まるめろ)や　二つ囉(もら)うて　両の袖　文誰（8 俳諧新選 一三三ペ）
大きな眼　二つ画けば　梟かな　月斗（9 昭和俳句集 〇五〇三）
若鮎の　二手になりて　上りけり　子規（10 獺祭句帖抄 五九八ペ）
春雨や　ふた葉にもゆる　茄子種　芭蕉（1 岨の古畑 六〇七）
朝顔の　双葉のどこか　濡れゐたる　素十（9 初鴉 一五二八）

菜畠や　二葉の中の　虫の声　尚白（6 猿蓑 一八三七）
朝顔の　二葉より又　はじまりし　虚子（14 七百五十句 三八ペ）
蛤の　ふたみに別れ　行く秋ぞ　芭蕉（1 奥の細道 五七七）
皆拝め　二見の七五三(しめ)を　としの暮　芭蕉（1 幽蘭集 四五二）
かはほりの　ふためき飛ぶや　梅の月　蕪村（2 蕪村遺稿 二〇二六）
河(かう)ほねの　二もと咲くや　雨の中　蕪村（2 蕪村句集 七六七）
ぽきぽきと　ふたもと手折る　黄ぎく哉　蕪村（2 蕪村遺稿 二一六四）
女郎花(をみなへし)　二もと折りぬ　けさの秋　蕪村（2 蕪村遺稿 二〇〇四）
初時雨　二夜の月の　雪解かも　嵐山（8 俳諧新選 一三六ペ）
稚子(をさなご)の　二人親しき　夜寒かな　旨原（4 五車反古 一七三〇）
山姥(やまんば)の　二人出あふや　清水影　宋阿（7 俳諧古選 一七二ペ）
行水や　二人に還る　老夫婦　躑躅（9 現代俳句集 〇八六〇）
寒けれど　二人寝る夜ぞ　頼もしき　芭蕉（1 笈の小文 三一九）
炭斗の　蓋を静かに　とざす音　夜半（9 彩色 一六四一）
我が形(なり)に　蓋をして居る　なまこ哉　可幸（8 俳諧新選 一四〇ペ）
いなづまや　二折三折　剣(つるぎ)沢(ざは)　蕪村（2 蕪村遺稿 七八四）
漬けながら　藤商へる　流れかな　瓜流（8 俳諧新選 一二一ペ）
古寺の　藤あさましき　落ばかな　蕪村（2 蕪村句集 一九〇八）
よらで過ぐる　藤沢寺の　もみぢ哉　蕪村（2 蕪村句集 二三二九一）
人なき日　藤に培ふ　法師かな　蕪村（2 蕪村句集 二二六四六）
篝(かがり)火に　藤のすすけぬ　鵜舟かな　亀洞（6 あら野 六一五）
借銭の　淵や瀬となる　あすの春　蝶々子（4 知足書留歳旦帖 〇一四六）

折り懸けし　藤やふらりと　捻ぢながら　嘯山（8俳諧新選　一一一ぺ）
さや豆や　在釜中（ふちゆうにありて）　月を鳴る　似船（5安楽音　一八一）
囀りの　二日がかりに　伐る木かな　癖三酔（9癖三酔句集　〇三七六）
ぐどぐどと　二日に成りぬ　更衣（ころもがへ）　和及（7俳諧古選　一六三ぺ）
こがらしに　二日の月の　ふきちるか　荷兮（6あら野　七七七）
片隅に　二日の月や　初しぐれ　呑鳥（8俳諧新選　一三六ぺ）
あら波や　二日の月を　捲いて去る　子規（10獺祭句帖抄　六三六ぺ）
待つとなき　二日灸（やいと）の　来りけり　大夢（8俳諧新選　一一一ぺ）
関屋にも　仏壇有りて　つつじ哉　雁宕（7俳諧古選　二三〇ぺ）
なむあみだ　仏の方より　鳴く蚊哉　一茶（3おらが春　四四六ぺ）
露凍（い）てて　筆に汲み干す　清水哉　芭蕉（1みつのかほ　三三七）
歯豁（あらは）に　筆の氷を　噛（か）む夜哉　蕪村（2蕪村句集　二二〇五）
大津絵の　筆のはじめは　何仏　芭蕉（1勧進牒　六六九）
白雨（ゆふだち）や　筆もかわかず　一千言　蕪村（2蕪村句集　一〇六四）
浜荻に　筆を結はせて　としの暮　惟然（6続猿蓑　三四二二）
わが袖に　ふと現れし　秋の蝶　虚子（14七百五十句　一一一〇ぺ）
頂歟（か）　懐歟（か）山　ほととぎす　而章（8俳諧新選　一一三ぺ）
夏羽織　懐にして　戻りけり　四方太（9春夏秋冬　〇二〇一）
人の代や　懐に在す　若恵比須　信徳（5元禄四歳旦　一六七）
日盛りや　ふと金色の　大真鯉　王城（9同人句集　〇九一九）
元旦や　ふどしたたんで　枕上み　鬼城（9鬼城句集　〇六二七）
垂れた腹を　蚋（ぶと）に食はれそ　歩（かち）渡り　之房（8俳諧新選　一五六ぺ）

天窓（あたま）から　蒲団被りし　生海鼠（なまこ）哉　清泉（7俳諧古選　二三三ぺ）
筋違（すぢかひ）に　ふとん敷きたり　宵の春　蕪村（2蕪村句集　一九九一）
我が骨の　ふとんにさはる　霜夜哉　蕪村（2蕪村遺稿　一八九五）
縁に干す　蒲団の上の　落葉かな　子規（10獺祭句帖抄　六一一ぺ）
春雷や　布団の上の　旅衣　元（9島村元句集　〇九〇二）
からじりの　蒲団ばかりや　冬の旅　暮年（6猿蓑　一六七二）
嵐雪と　ふとん引き合ふ　侘寝哉　蕪村（2蕪村句集　二三一八）
いばりせし　ふとんほしたり　須磨の里　蕪村（2蕪村句集　一八九七）
旅の空　蒲団も夜々に　かはりけり　赤羽（8俳諧新選　一五六ぺ）
火燵なき　蒲団や足の　のべ心　子規（10獺祭句帖抄　六〇五ぺ）
被（かつ）き伏す　蒲団や寒き　夜やすごき　芭蕉（1寛政版鹿島　四四七）
活僧の　ふとんをたたむ　魔風哉　太祇（8俳諧新選　一四〇ぺ）
短さに　蒲団をひけば　猫の声　子規（10獺祭句帖抄　六三九ぺ）
皃（かほ）見せや　蒲団をまくる　東山　蕪村（2蕪村句集　三三六）
汐のよい　船脚を瀬戸の　鷗は鷗づれ　碧梧桐（4三昧昭3・3　二二九一）
呼びかへす　鮒売り見えぬ　あられ哉　凡兆（6猿蓑　一六八一）
聞きて行く　舟路や本の　虫ならず　野有（8俳諧新選　一二七ぺ）
市売りの　鮒に柳の　ちる日哉　長翠（5光丘本長翠　九四〇）
荒海の　船乗達が　炬燵かな　余子（9余子句抄　〇四三五）
松明（まつ）ふりて　舟橋わたる　夜の霜　蕪村（2蕪村遺稿　一八九四）
道を切る　船虫人を　はかりけり　余子（9余子句抄　〇四四九）
春風や　船伊予によりて　道後の湯　極堂（9春夏秋冬　〇一六六）

おし割りて　舟漕ぎ入るる　氷かな　李流（8俳諧新選 一四三ぺ）
毛見の衆の　舟さし下だせ　最上川　蕪村（2蕪村句集 一八八三）
独り乗る　舟作らせん　杜若（かきつばた）　周也（7俳諧古選 一七〇ぺ）
門前に　舟繋ぎけり　蓼の花　子規（10獺祭句帖抄 六五八ぺ）
川島や　舟で給仕の　夕すずみ　杜支（8俳諧新選 一二一ぺ）
人霞む　舟と陸（くが）との　塩干かな　友重（6あら野 六一二）
青雲や　舟ながしやる　子規（ほととぎす）　素龍（6炭俵 二四八八）
夕波の　船にきこゆる　なづな哉　孤屋（6続猿蓑 二九九一）
百艘の　舟にとりまく　鯨かな　子規（10獺祭句帖抄 六四〇ぺ）
水鳥や　舟に菜を洗ふ　女有り　蕪村（2蕪村句集 一九〇二）
居（すわ）りたる　舟に寝て居る　暑さ哉　蕪村（2蕪村句集 五七五）
大名の　舟には鳴かぬ　千鳥哉　能移（7俳諧古選 二三〇ぺ）
子をのせて　舟に引きなす　ふとん哉　嘯山（8俳諧新選 二三九ぺ）
日の入りや　舟に見て行く　桃の花　一髪（6あら野 九二三）
朝霧や　舟に飯たく　ちよろちよろ火　練石（8俳諧新選 一二八ぺ）
秋風や　船の炊（かし）ぎも　陸（くが）の火も　汀女（9都鳥 一九一五）
霧の中　舟の掃除を　はじめけり　虚子（12六百句 一七八ぺ）
蓬莱や　舟の匠（たくみ）の　かんなくづ　湍水（6あら野 四八三）
瀬に変はる　舟のばくちの　布子かな　習先（8俳諧新選 一五九ぺ）
胯（またぐら）を　舟の往き来や　橋すずみ　春来（8俳諧新選 一二一ぺ）
月の雲　船はあやなし　女声　白羽（4右紫 一二八五）
淋しさは　船一つ居る　土用浪　石鼎（9花影 〇七五〇）

柳あり　舟待つ牛の　二三匹　子規（10獺祭句帖抄 六四五ぺ）
水を借る　船も互ひや　雲の峰　沙月（8俳諧新選 一二〇ぺ）
魂祭り　舟より酒を　手向けけり　亀洞（6あら野 一〇三七）
名月や　船を上がれば　朝清め　羅月（8俳諧新選 一三〇ぺ）
居（すわ）りたる　舟を上がれば　すみれ哉　蕪村（2蕪村句集 九八一）
霞む日や　船を忘るる　海の上　習先（8俳諧新選 一〇六ぺ）
花げしの　ふはつくやうな　前歯哉　一茶（3七番日記 三四二ぺ）
夜の日や　不破の小家の　煤はらひ　如行（6あら野 九一九）
蝶々の　ふはりとんだ　茶釜哉　一茶（3おらが春 四五三ぺ）
今日も暮るる　吹雪の底の　大日輪　亜浪（9定本亜浪句集 一〇三一）
咲きにけり　ふべんな寺の　紅牡丹　一井（6あら野 一〇二五）
花にあふぞ　浮木（ふぼく）の亀の　一万句　令徳（4崑山集 〇一〇一）
霜夜子は泣く　父母よりはるかな　ものを呼び（び）　楸邨（9起伏 二五八三）
うぐひすに　踏まれてうくや　竹柄杓（びしやく）　鳳朗（5鳳朗発句集 一一六〇）
大水を　踏みこたえたる　かかしかな　子規（10獺祭句帖抄 六五三ぺ）
年の内へ　踏み込む春の　日脚かな　季吟（4山の井 〇一二四）
野は人に　踏み捨てられて　寒さ哉　買明（7俳諧古選 二二二ぺ）
抱籠を　踏み出して寝る　暑さ哉　都夕（7俳諧古選 二一七ぺ）
つみすてて　踏み付けがたき　若な哉　路通（6猿蓑 一九〇〇）
虎の尾を　ふみつつ裙に　ふとん哉　蕪村（2蕪村句集 一八〇）
よみ終はる　文にうなづく　たのもかな　布門（8俳諧新選 二三五ぺ）
誘はれた　文につつむや　土筆（つくづくし）　蘆洲（8俳諧新選 一〇四ぺ）

通はする　文に呼びなん　からす瓜　馳舟（8俳諧新選 一三三ペ）
清盛の　文張つてある　火桶かな　大江丸（4俳懺悔 二〇五三）
秋の風　書(ふみ)虫ばまず　成りにけり　蕪村（2蕪村句集 一四七）
野分の夜　書読む心　定まらず　子規（10獺祭句帖抄 六五四ペ）
鉄板を　踏めば叫ぶや　冬の溝　虚子（12五百五十句 三九ペ）
夜越えして　麓に近き　蛙かな　子規（10獺祭句帖抄 六二五ペ）
蓬莱の　麓に年の　埃かな　其流（8俳諧新選 一四六ペ）
見あげしが　ふもとに成りぬ　花の滝　俊似（6あら野 三七〇）
名月に　麓の霧や　田のくもり　芭蕉（1続猿蓑 八八三）
浅間嶺の　麓まで下り　五月雲　虚子（13六百五十句 一四三ペ）
下総や　冬あたたかに　麦畠　子規（10獺祭句帖抄 六一八ペ）
念入れて　冬からつぼむ　椿かな　曲翠（6炭俵 二四二八）
見初めけり　冬木せぬ木に　冬の色　丈石（8俳諧新選 一三七ペ）
白雲と　冬木と終(つひ)に　かかはらず　虚子（11五百句 九八ペ）
アドバルーン　冬木はずれに　今日はなき　禅寺洞（9禅寺洞句集 二二八二）
真つ白く　冬木はぢきし　斧入るる　汀女（9花影 一九二八）
光りつつ　冬雲消えて　失せんとす　虚了（14七百五十句 一二六ペ）
菊刈るや　冬たく薪の　置き所　杉風（6続猿蓑 三四三八）
玄海の　冬浪を大と　見て寝ねき　誓子（9黄旗 一四七三）
すずしさや　冬のいたさを　忘れ水　冬扇（7俳諧古選 二三〇ペ）
鳥も稀の　冬の泉の　青水輪　林火（9青水輪 二七五九）
ある朝の　冬の花火が　一つあがり　敦（9歴日抄 三一二六）

風もなく　冬の満月　化に白し　和笙（8俳諧新選 一四一ペ）
歩くのみの　冬蠅ナイフ　あれば舐め　三鬼（9今日 二三四五）
我が額　冬日兜の　如くなり　虚子（14七百五十句 一二八ペ）
白焔に　冬日の玉の　隠れ燃ゆ　たかし（4たかし全集 二六五六）
大仏の　冬日は山に　移りけり　立子（9立子句集 一九四一）
あぢきなや　冬へ病み越す　粥の舌　東洋城（9東洋城全句中 〇三八四）
我が庵は　冬を構へず　山河あり　露月（9露月句集 〇二二六）
百合は過ぎ　芙蓉を語る　命かな　風麦（6続猿蓑 三二五〇）
黒き縞は　無頼のジヤケツ　熱帯魚　青邨（9粗餐 一六〇三）
みのむしの　ぶらと世にふる　時雨哉　蕪村（2蕪村遺稿 九五四）
ものかげの　ふらぬも雪の　一つ哉　松芳（6あら野 四四五）
行く秋を　ぶらりと蚊帳の　釣手哉　史邦（7俳諧古選 一七九ペ）
吹かぬ日は　ぶらりと暮るる　鳴子かな　宗雨（8俳諧新選 一二八ペ）
灯(ひ)ともして　鰤(ぶり)洗ふ人や　星月夜　子規（10獺祭句帖抄 六六六ペ）
見る中に　降り失ふや　雪の梅　蘭更（8俳諧新選 一四二ペ）
七夕や　ふりかはりたる　あまの川　嵐雪（6炭俵 二五五一）
髪剃は　降り来る雪か　比良のたけ　陽和（6続猿蓑 三三九六）
ふる中へ　降りこむ音や　小夜しぐれ　五明（5五明句藻 八八四）
大雨の　ふりさけ見れば　月もなし　玄札（5ゆめみ草 七五）
はつ雪の　降り捨ててある　家(や)尻(じり)哉　一茶（3おらが春 四七三ペ）
賭にして　降り出されけり　さくら狩り　支考（6続猿蓑 二九七一）
葉柳に　ふり出されけり　蟬の声　春来（8俳諧新選 一一九ペ）

何事も　古りにけるかな　古浴衣　虚子（14七百五十句 二五七ぺ）
梅さくや　鰤（ぶり）のかしらの　台所　巴人（5夜半亭発句帖 四九九）
五月雨の　降り残してや　光堂　芭蕉（1奥の細道 五〇七）
鑓持の　振りまはさるる　野分かな　琴風（4陸奥鵆 一一二二）
水の輪を　振り向いて行く　千鳥哉　田社（7俳諧古選 二二四ぺ）
有明に　ふりむきがたき　寒さかな　去来（4篇突 〇九二一）
花の雪や　ふりをかへたる　雪の花　安静（5狭細布 五九）
八専の　降りをな似せそ　花の雨　立圃（7俳諧古選 一四二ぺ）
寒声や　古うたうたふ　誰が子ぞ　蕪村（2蕪村句集 一三三二）
花は無いと　ふるうて見せる　柳かな　嵐山（8俳諧新選 一〇五ぺ）
夕しぐれ　古江に沈む　木の実哉　召波（5春泥句集 八一七）
里過ぎて　古江に鴛（をし）を　見つけたり　蕪村（2蕪村句集 一一七九）
木の下に　古き瓦や　八重ざくら　泰里（8俳諧新選 一五〇ぺ）
合紙は　古き暦や　会津椀　泰里（8俳諧新選 一四六ぺ）
秋の夜や　古き書（ふみ）読む　奈良法師　蕪村（2蕪村遺稿 一一五一）
仏印（ぶつちん）の　古きもたへや　蓮の花　蕪村（2蕪村遺稿 一一三八）
妹が垣根　古下駄朽ちて　落葉かな　子規（10獺祭句帖抄 六六六ぺ）
先生は　ふるさとの山　風薫る　草城（9銀 二四六二）
われが身に　故郷ふたつ　秋の暮　大魯（5蘆陰句選 八二二五）
初雪や　古郷見ゆる　壁の穴　一茶（3文化句帖 三五四ぺ）
みの虫の　古巣に添うて　梅二輪　蕪村（2蕪村遺稿 一三四一）
旅がらす　古巣はうめに　成りにけり　芭蕉（1鳥の道 二二七）

前髪の　旧地あれけり　置頭巾　万立（7俳諧古選 二三三ぺ）
春雨や　降るとも知らず　牛の目に　来山（4夢の名残 〇二三七）
としどしの　ふる根に高き　薄　哉　俊似（6あら野 七三六）
ピストルが　プールの硬き　面にひびき　誓子（9炎昼 一四八八）
うきうきと　古葉隠すや　春の草　有河（8俳諧新選 一〇三ぺ）
からし酢に　ふるは泪か　桜だひ　宗因（5懐子 一〇三）
しら魚を　ふるひ寄せたる　四手（よつで）哉　其角（6続猿蓑 三〇二六）
五十年　振舞食うて　くれにけり　雲裡坊（7俳諧古選 二二七ぺ）
氷解けて　古藻に動く　小海老かな　子規（10獺祭句帖抄 六二五ぺ）
琴箱や　古物店の　背戸の菊　芭蕉（1蕉翁句集 八〇六）
子々（ぼうふら）の　振るや金魚の　鼻の先　湖十（7俳諧古選 二二三ぺ）
力なく　降る雪なれば　なぐさまず　波郷（9惜命 二六四九）
外にも出よ　触るるばかりに　春の月　汀女（9半生 一九二七）
城あとや　古井の清水　先（まづ）問はむ　芭蕉（1笈日記 四〇八）
沢瀉（おもだか）に　降るを涙歟（か）　虎が雨　阿誰（8俳諧新選 一二三ぺ）
春雨の　ふれど手紙は　来ざりけり　篤羽（8俳諧新選 一五八ぺ）
たゆみなく　ふればおそろし　夜の雪　嘯山（8俳諧新選 一四二ぺ）
三厘の　風呂で風引く　夜寒かな　子規（10獺祭句帖抄 六五一ぺ）
夕皃や　風呂におくれし　木賃宿　沢翁（7俳諧古選 二一八ぺ）
励精に　風呂の賞与や　小六月　十七翁（9現代俳句集 〇八八六）
大津絵に　糞（ふん）落としゆく　燕かな　蕪村（2蕪村句集 二〇二九）
暁　烏　文庫内灘　秋の風　虚子（14七百五十句 九〇ぺ）

はるさめや　褌（ふんどし）かへん　足袋脱がん　車庸（8俳諧新選 一〇三ぺ）
闇の蚊の　ぶんとばかりに　焼かれけり　一茶（3おらが春 四四九ぺ）
鬼（おに）茨（いばら）　踏んばたがつて　枯れにけり　一茶（3七番日記 三五八ぺ）
歌いくさ　文武二道の　蛙哉　貞室（5毛吹草 三五）
行き先の　分別替はる　しぐれ哉　祇函（7俳諧古選 二二二ぺ）
升（ます）買うて　分別かはる　月見かな　芭蕉（1笈日記 八九八）
寝る外に　分別はなし　花木（む）槿（くげ）　一茶（3文化句帖 三四九ぺ）

へ

ほととぎす　平安城を　筋（すぢ）違（かひ）に　蕪村（2蕪村句集 八六七）
石花（かき）汁や　平家の一門　ことごとく　貝錦（8俳諧新選 一四五ぺ）
物凄き　平家の墓や　木下闇　子規（10獺祭句帖抄 六三一ぺ）
梅さくや　平（へい）親（しん）王（わう）の　御月夜　一茶（3七番日記 三三二ぺ）
三千の　兵たてこもる　若葉かな　子規（10獺祭句帖抄 六四九ぺ）
後（うしろ）屋（や）の　塀にすれたり　村紅葉　北鯤（6続猿蓑 三二九四）
涼しさよ　塀にまたがる　竹の枝　卯七（6炭俵 二五一五）
はつ雪や　塀の崩れの　蔦の上　買山（6炭俵 二六一三）
滝壺に　瓢簞うけて　涼みけり　尺布（8俳諧新選 二二二ぺ）
戸棚にも　瓢簞枯れて　夜寒哉　山魂（7俳諧古選 二三〇ぺ）
花にやどり　瓢簞斎と　自らいへり　芭蕉（1向之岡 一一一）
百生りの　瓢簞を見よ　蔓一つ　作者不明（7俳諧古選 二〇八ぺ）

玉霰　漂（へう）母（ぼ）が鍋を　みだれうつ　蕪村（2蕪村句集 一〇八三）
暁の　竈（へう）をさそふや　ほととぎす　其角（6続猿蓑 三一一二）
新茶よし　碧瑠璃と云はん　には薄し　虚子（14七百五十句 八一ぺ）
永き日や　舳（へ）先（さき）へ出ても　海の上　孤桐（8俳諧新選 一一〇ぺ）
里人の　臍落としたる　田（た）螺（にし）かな　嵐推（6猿蓑 一九五二）
旧里や　臍の緒に泣く　としの暮　芭蕉（1笈の小文 三四〇）
うぐひすを　下手で請けとる　初音哉　野有（8俳諧新選 一〇一ぺ）
まま子とて　へだてぬ中の　寒さかな　為邦（4かなあぶら 一一七〇）
蕣（あさがほ）は　下手のかくさへ　哀れ也　芭蕉（1いつを昔 三〇四）
つり鐘の　蔕のところが　渋かりき　子規（4俳句稿巻二 二二〇一）
田やかへす　べたらべたらと　谷の底　巣兆（5曾波可理 九八四）
杜（かき）若（つばた）　べたりと鳶の　たれてける　蕪村（2蕪村句集 八七六）
栗飯や　糸瓜（へちま）の花の　黄なるあり　子規（9俳句稿巻二 〇〇一七）
をととひの　へちまの水も　取らざりき　子規（4絶筆 二一八三）
痰一斗　糸瓜の水も　間に合はず　子規（9絶筆 〇〇三〇）
江の舟や　曲突（へつい）にとまる　雪の鷺　素龍（6炭俵 二六二一）
猫の妻　へついの崩れより　通ひけり　芭蕉（1江戸広小路 六九）
木（もく）母（ぼ）寺（じ）は　反（へ）吐（ど）だらけ也　けふの月　一茶（3七番日記 三四五ぺ）
稲妻に　へなへな橋を　渡りけり　一茶（3八番日記 三四七ぺ）
涼み舟　舳（へ）にたちつくす　列子哉　蕪村（2蕪村遺稿 九一三）
山茶花の　紅つきまぜよ　ゐのこ餅　久女（9杉田久女句集 〇九四七）
顔見せや　燕（べ）脂（に）ほのぼのと　朝（あさ）朗（ぼらけ）　荘丹（5能静草 八九五）

髪の先　蛇の如くに　洗ひをり　虚子（13 六百五十句 一七六ペ）
木を落ちて　蛇の地を這ふ　暑さかな　支鳩（8 俳諧新選 一二〇ペ）
春の野に　蛇の出るこそ　恨なれ　李夫（8 俳諧新選 一一一ペ）
この空を　蛇ひつさげて　雉子とぶと　素十（9 桐の葉 一五三八）
法の山や　蛇もうき世を　捨衣　一茶（3 おらが春 四四三ペ）
下闇や　蛇を彫りたる　蛇の塚　子規（10 獺祭句帖抄 六四九ペ）
穴を出る　蛇を見て居る　鴉かな　虚子（11 五百句 一三ペ）
こねりをも　へらして植ゑし　柳かな　湖春（6 炭俵 二四二〇）
ガタ馬車の　ベラベラ幌や　麦の秋　茅舎（9 俳誌大7・8 一六七六）
雷木(すりこぎ)の　減りつつも亦　春ちかし　宋屋（4 瓢簞集 一六九五）
夜業人に　調帯(ベルト)たわたわ　たわたわす　青畝（9 国原 一五二四）
山水の　へるほど減りて　氷かな　蕪村（2 蕪村句集 三一四）
水飯や　弁慶殿の　食ひ残し　子規（10 獺祭句帖抄 六〇七ペ）
うぐひすの　遍昭素性　ほととぎす　沾涼（4 綾錦 一二五四）
何をけふ　へんてつもなき　衣更　西武（7 俳諧古選 一五九ペ）
筍の　へんてつもなく　伸びにけり　子規（10 獺祭句帖抄 六三一ペ）

ほ

恵心寺に　奉公はせで　網代(あじろ)守(もり)　支考（7 俳諧古選 一八九ペ）
道のべに　牡丹散りて　かくれなし　夜半（9 翠黛 一六五一）
鎌倉や　牡丹の根に　蟹遊ぶ　虚子（13 六百五十句 二三三ペ）
うぐひすに　ほうと息する　朝(あした)哉　嵐雪（6 炭俵 二四一五）
行く春や　ほうほうとして　蓬原　子規（10 獺祭句帖抄 六四二ペ）
蓑笠を　蓬萊にして　草の庵　子規（10 獺祭句帖抄 五九七ペ）
朱を研ぐや　蓬萊の黄精(おとろ)　人間に落つ　太祇（8 俳諧新選 一四九ペ）
水ゆれて　鳳凰堂へ　蛇の首　青畝（9 春の鳶 一五二〇）
宿かさぬ　灯影や雪の　家つづき　蕪村（2 蕪村句集 三二四）
松明(たいまつ)の　火かげをはしる　ちどり哉　三笑（8 俳諧新選 一四〇ペ）
二千里の　外事やめて　月見哉　調和（5 夜錦 一四八）
月雪の　外に霞の　朝ぼらけ　道彦（4 蔦本集 二〇八八）
膳まはり　外に物なし　赤柏　良品（6 猿蓑 一六四六）
見る菊の　外に折り菊　さかせけり　石爛（8 俳諧新選 一三四ペ）
けふ計(ばか)り　外の月出し　心かな　羅人（8 俳諧新選 一五二ペ）
乳母が目に　外の踊りは　なかりけり　秋水（8 俳諧新選 一二五ペ）
南岸の茶屋　北岸の寺や　むら紅葉　子規（10 獺祭句帖抄 六五六ペ）
かなしまむや　墨子芹焼きを　見ても猶　芭蕉（1 向之岡 一一二）
声すみて　北斗にひびく　砧哉　芭蕉（1 新撰都曲 四六四）
翌(あす)も花　僕に酒もる　木陰哉　一笑（7 俳諧古選 一四八ペ）
一僕と　ぼくぼくありく　花見哉　季吟（5 山の井 四八）
ちとたらぬ　僕や隣の　雪もはく　一茶（3 文政句帖 三五六ペ）
あちこちの　祠まつりや　露の秋　不器男（9 定本不器男集 一七〇三）
から風や　埃に成りし　霜ばしら　龍眠（8 俳諧新選 一三九ペ）
夏草に　埃の如き　蝶の飛ぶ　虚子（14 七百五十句 一〇一ペ）

大寒の　埃の如く　人死ぬる　虚子（9五百五十句 〇〇七二）
てふてふや　埃の中を　もつれゆく　之房（8俳諧新選 一〇七ぺ）
大和岡寺　菩薩の子なり　蛙子も　青々（9松苗 〇四九七）
水鶏(くひな)啼いて　星ぅく草の　はやまかな　長翠（5戸谷本長翠 九三九）
髭風を吹いて　暮秋嘆ずるは　誰が子ぞ　芭蕉（1虚栗 一五八）
身の皮の　干エプロンに　雪ちらつく　静塔（9旅鶴 二三八二）
夕立に　干し傘ぬるる　垣穂かな　傘下（6あら野 六八六）
梅へ来て　干鰯(ほしか)をねらふ　鳥哉　存義（8俳諧新選 一〇二ぺ）
菊畠に　干竿躍り　おちにけり　久女（9杉田久女句集 〇九四〇）
鍋の尻　ほしならべたる　雪解かな　一茶（3嘉永版発句集 三三五ぺ）
雨ふりを　星に代はりて　かこちけり　習先（8俳諧新選 一二四ぺ）
すかし見て　星にさびしき　柳哉　樗良（5樗良発句集 七七九）
日の入りや　星のあたりの　高灯籠　子規（10獺祭句帖抄 六三五ぺ）
だまされし　星のおしやべり　ぺちやくちやと　たかし（4たかし全集 二六六一）
雪だるま　星の光や　小夜時雨　羽紅（6猿蓑 一六二六）
犬ふぐり　星のまたたく　如くなり　虚子（12六百句 二二一ぺ）
凩の風　干葉は窓を　うがつて去る　杉風（4常盤屋の句合 〇八五四）
高水に　星も旅寝や　岩の上　芭蕉（1真蹟懐紙 七九二）
藤灯(とも)りぬ　暮色月下を　歩み去る　零余子（9零余子句集二 〇六八五）
枕辺や　星別れんと　する晨(あした)　漱石（9正岡子規へ 〇一八五）
星月夜　星を見に行く　岡の茶屋　子規（10獺祭句帖抄 六五五ぺ）
一葉ちりて　細う日のさすや　渓の水　素竹（8俳諧新選 一二四ぺ）

松の葉や　細きにも似ず　秋の声　風国（6続猿蓑 三七九）
白萩や　細(ほそ)渓(たに)川(がは)の　波頭　羅人（8俳諧新選 二八ぺ）
夕月の　細殿に梅　薫る也　作者不明（8俳諧新選 一〇二ぺ）
水落ちて　ほそ脛(はぎ)高き　かがしかな　蕪村（2蕪村句集 一六九）
鶯の　細脛よりや　こぼれ梅　才麿（4よるひる 〇二五七）
行く路の　細らばほそれ　山ざくら　嬉水（7俳諧古選 二一〇ぺ）
接待や　菩提樹陰の　片庇　蕪村（2蕪村遺稿 一八五〇）
はる近く　榾(ほた)つみかゆる　菜畑哉　亀洞（6あら野 八二六）
甲斐がねや　ほたでの上を　塩車　蕪村（2蕪村句集 二六三）
摩耶(まや)晴れて　帆棚を招く　霰哉　雅因（8俳諧新選 四二ぺ）
花の露　ぼたぼたぼたんの　雫かな　卜養（4毛吹草 〇一四〇）
命婦(みやうぶ)より　ぼた餅たばす　彼岸哉　蕪村（2蕪村句集 二六〇七）
提灯を　蛍が襲ふ　谷を来り　石鼎（9花影 〇七五三）
萍(うきくさ)に　蛍しみあふ　小雨かな　紫水（8俳諧新選 一一六ぺ）
手の内に　蛍つめたき　光かな　子規（10獺祭句帖抄 六〇〇ぺ）
かいつまむ　ほたるにあまる　力かな　春来（4東風流 一二六七）
蚊屋の内に　ほたるはなして　アア楽や　蕪村（2蕪村句集 五五〇）
夕闇は　ほたるもしるや　酒ばやし　水鷗（6続猿蓑 三一九四）
篝(かがり)火も　蛍もひかる　源氏かな　立圃（5犬子 二三）
山中の　蛍を呼びて　知己となす　蛇笏（9椿花集 〇六五二）
曙の人顔　牡丹霞に　ひらきけり　杜国（6波留濃日 三〇八）
紙屑も　ぼたん皃(がほ)ぞよ　葉がくれに　一茶（3おらが春 四四八ぺ）

火の奥に　牡丹崩るる　さまを見つ　楸邨（9火の記憶 二五九二）
揺れもどる　牡丹桜に　朝雀　汀女（9昭44俳句年鑑 一九三二）
来て見れば　牡丹半ばや　十日町　柳几（4布袋庵発句集 一七二六）
行く春や　牡丹に移る　人ごころ　貫友（8俳諧新選 一一二ぺ）
美服して　牡丹に媚びる　心あり　子規（10獺祭句帖抄 六四九ぺ）
是程と　牡丹の仕方　する子哉　一茶（3七番日記 三四二ぺ）
こころほど　牡丹の撓（たわ）む　日数かな　太祇（5太祇句選 五四六）
この寒さ　牡丹のはなの　まつ裸　車来（6猿蓑 一六四三）
一かぶの　牡丹は寒き　若菜かな　尾頭（6続猿蓑 二九九二）
広庭の　ぼたんや天の　一方に　蕪村（2蕪村句集 二六九二）
倶会一処　墓地に茨咲き　葵咲く　句仏（9句仏句集 〇五二七）
顔に似ぬ　ほつ句も出でよ　はつ桜　芭蕉（1続猿蓑 八九〇）
藁葺きの　法華の寺や　鶏頭花　子規（10獺祭句帖抄 六三八ぺ）
名月や　北国日和　定めなき　芭蕉（1奥の細道 五六一）
雪の上に　ぽつたり来たり　鶯が　茅舎（4華厳 二六四五）
人声に　ほつとしたやら　夕桜　一茶（3七番日記 三三三ぺ）
昼皃や　ぽつぽと燃える　石ころへ　一茶（3おらが春 四五二ぺ）
宇治川や　ほつりほつりと　春の雨　子規（10獺祭句帖抄 六二四ぺ）
精進の　布袋は淋し　恵比須講　巴雀（4高骭 一二二一二）
底の石　ほと動き湧く　清水かな　虚子（11五百句 六二ぺ）
重ねては　ほどく足なり　暑気あたり　泊雲（9泊雲句集 〇七七四）
柴の戸を　ほどく間にやむ　霰哉　杏雨（6あら野 八〇〇）

散る花や　仏うまれて　二三日　不玉（6続猿蓑 三四四四）
風が吹く　仏来給ふ　けはひあり　虚子（9五百句 〇〇五八）
夕凪や　仏づとめも　真つ裸　寸七翁（9現代俳句集 〇八八五）
節分も　仏と誓ひ　老いにけり　宋屋（8俳諧新選 一四四ぺ）
冬ごもり　仏にうとき　こころかな　蕪村（2蕪村句集 一一九四）
唱へても　仏にうとき　師走哉　旬児（7俳諧古選 一九二ぺ）
新涼や　仏にともし　奉る　虚子（11五百句 七二ぺ）
あたら身を　仏になすな　花に酒　一茶（3花見の記 三三三ぺ）
枯木中　仏に礼し　僧帰る　虚子（13六百五十句 二〇〇ぺ）
冬川や　ほとけの花の　流れ去る　蕪村（2蕪村遺稿 一二五三）
さみだれや　仏の花を　捨てに出る　蕪村（2蕪村句集 一六三六）
果ては皆　仏の道へ　落葉かな　蓮之（7俳諧古選 一九三ぺ）
卯の花に　仏は黒き　赤子かな　子規（9寒山落木巻一 〇〇〇五）
魂棚を　ほどけばもとの　座敷哉　蕪村（2蕪村句集 一五五）
祇王祇女　仏も籠る　十夜哉　嘯山（8俳諧新選 一三九ぺ）
山寺に　仏も我も　黴びにけり　虚子（14七百五十句 五四ぺ）
春風や　仏を刻む　かんな屑　句仏（9句仏句集 〇五三八）
貧僧の　仏をきざむ　夜寒かな　蕪村（2蕪村遺稿 二〇八七）
うち明けて　ほどこす米ぞ　虫臭き　荷兮（6あら野 八三六）
子規（ほととぎす）　子規とて　寝入りけり　調和（5蓮実 一四七）
芒塚　程遠からじ　守るべし　虚子（14七百五十句 六六ぺ）
踊るべき　ほどには酔うて　盆の月　李由（6炭俵 二五五三）

行き行きて　程のかはらぬ　霞　哉　塵交（6あら野　五二五）
歩いたる　程は跡ある　たにしかな　止角（8俳諧新選　一〇六ペ）
寝所見る　程は卯の花　明かりかな　一茶（3おらが春　四四三ペ）
わするなよ　ほどは雲助　ほととぎす　蕪村（2蕪村句集　二二四一）
百里来たり　ほどは雲井の　下涼み　芭蕉（1伝土芳筆全伝　六四）
手のとどく　ほどはをらるる　桜　哉　一橋（6あら野　五七二）
古桶に　ほとびて青き　和布かな　鬼城（4定本鬼城句集　二二七〇）
五器の飯　ほとびる猫の　思ひかや　子規（10獺祭句帖抄　五九八ペ）
一箸に　程よき石花の　一つかな　鶴英（8俳諧新選　一四五ペ）
吹きかへて　程よく野火の　すさり鳬（けり）　遅笑（8俳諧新選　一一一ペ）
石陣の　ほとり過ぎけり　夏の月　蕪村（2蕪村遺稿　一一三五）
釣船や　帆ながら通る　橋涼み　常仙（4友あぐら　一二四二）
我先に　穂に出て田草　ぬかれけり　子規（10獺祭句帖抄　五九九ペ）
浦の松　帆に撫でられて　幾春歟（か）　来山（7俳諧古選　一四九ペ）
船になり　帆になる風の　芭蕉かな　一晶（5我が庵　一五一）
此の秋の　骨あらはるる　かがし哉　春山（8俳諧新選　一二八ペ）
絶景の　骨あらはるる　しぐれかな　富水（8俳諧新選　一三六ペ）
せめて魚の　骨選るのみぞ　生身魂（いきみたま）　方山（7俳諧古選　一七六ペ）
はつ蝶や　骨なき身にも　梅の花　半残（6猿蓑　一八八四）
白炭の　骨にひびくや　後夜の鐘　蕪村（2蕪村遺稿　一九七〇）
鮟鱇の　骨まで凍（い）てて　ぶちきらる　楸邨（9起伏　二五七三）
しら魚の　骨や式部が　大江山　荷兮（6あら野　八九二）

三伏の　骨折り赤し　雛頭花　乙語（8俳諧新選　一三三ペ）
いくすべり　骨をる岸の　かはづ哉　去来（6あら野　五八二）
あふぐ手も　ほねを折りぬる　扇かな　光貞妻（5犬子集　八三）
明くる夜の　ほのかに嬉し　よめが君　其角（6続猿蓑　三〇九四）
給着て　ほのかに恋し　古人の句　石鼎（9花影　〇七三八）
鍛冶の火の　ほのかに寒し　夜の雪　八衢（8俳諧新選　一四三ペ）
皿鉢も　ほのかに闇の　宵涼み　芭蕉（1其便　八七一）
水鳥や　帆のない方へ　浮いて行く　李夕（7俳諧古選　二二八ペ）
襟裏は　ほのぼのと赤し　島ざらし　重頼（4懐子　〇〇八四）
起し絵や　炎を競ふ　小蠟燭　裸馬（9裸馬翁五千句　一〇九九）
涼しさや　ほの三か月の　羽黒山　芭蕉（1奥の細道　五一八）
わか草や　帆のゆらめける　堤越し　嘯山（8俳諧新選　一〇三ペ）
岸根行く　帆はおそろしき　若葉哉　蕪村（2蕪村遺稿　一一七）
恙（つつが）なき　帆柱寝せる　野分かな　蕪村（2蕪村遺稿　二五二七）
畑うちや　法三章の　札のもと　蕪村（2蕪村句集　二三六九）
野袴の　法師が旅や　春の風　蕪村（2蕪村句集　二四一八）
菜の花や　法師が宿を　訪はで過ぎし　蕪村（2蕪村遺稿　二三四八）
秋はこの　法師姿の　夕べかな　宗因（4虚栗　〇一五五）
細腰の　法師すずろに　をどり哉　蕪村（2蕪村遺稿　一一五六）
背高き　法師にあひぬ　冬の月　梅室（4梅室家集　二一六三）
紅葉焼く　法師は知らず　酒の燗　子規（10獺祭句帖抄　六三八ペ）
村の名も　法隆寺なり　麦を蒔く　虚子（11五百句　二三ペ）

此の頃は　ほぼ其の頃の　萩の月　虚子（12六百句　二二八ペ）
弟子尼の　鬼灯（ほほづき）植ゑて　おきにけり　一茶（3八番日記　三五一ペ）
ほつてやる　鬼灯吹きて　渡しけり　麦翅（8俳諧新選　一二八ペ）
酒好の　頬猶たれる　あつさかな　太祇（8俳諧新選　一二〇ペ）
額にはり　頬にはりて子の　椿姫　禅寺洞（9禅寺洞句集　二二九四）
いちまいの　朴の落葉の　ありしあと　素逝（9暦日　一八一五）
蟬涼し　朴の広葉に　風の吹く　碧梧桐（9碧梧桐句集　〇一二一）
こがらしや　頬腫れ痛む　人の顔　芭蕉（1猿蓑　六六五）
舂（うすづ）くや　穂麦が中の　水車　蕪村（2蕪村句集　一六六一）
旅芝居　穂麦がもとの　鏡たて　蕪村（2蕪村句集　八七二）
いざともに　穂麦食らはん　草枕　芭蕉（1野ざらし紀行　二四三）
藪畦や　穂麦にとどく　藤の花　荊口（6続猿蓑　三〇六五）
少しばかり　誉めて置かれぬ　桜かな　卯雲（8俳諧新選　一〇九ペ）
をかしげに　ほめて詠むる　月夜哉　一髪（6あら野　四一四）
松すぎを　ほめてや風の　かをる音　芭蕉（1笈日記　八六五）
菜の花に　帆も染めて行く　入日かな　雪蕉（8俳諧新選　一一〇ペ）
刈り込めし　穂屋に衰ふや　虫の声　冷五（8俳諧新選　二二七ペ）
雪ちるや　穂屋の薄の　刈り残し　芭蕉（1猿蓑　六五三）
商人（あきんど）を　吼ゆる犬あり　ももの花　蕪村（2蕪村句集　一〇三七）
蚊がちらり　ほらり是から　老が世ぞ　一茶（3おらが春　四四一ペ）
香を持つて　掘り起こさるる　芽独活（うど）哉　来山（7俳諧古選　一四九ペ）
行く人や　堀にはまらん　むら薄　胡及（6あら野　七三四）
竹ゆらり　堀の向かうへ　かたつぶり　瓜流（8俳諧新選　一五五ペ）
青き湖畔　捕虜凸凹と　地に眠る　三鬼（9旗　二三四一）
な折りそと　ほる薯蕷（やまいも）の　折られけり　赤羽（8俳諧新選　二三五ペ）
ちやのはなや　ほるる人なき　霊聖女（れいしやうぢよ）　越人（6猿蓑　一六三九）
かげろふや　ほろほろ落ちる　岸の砂　土芳（6猿蓑　一九三一）
卯の花も　ほろりほろりや　蟇の塚　一茶（3おらが春　四四八ペ）
色々の　穂を吹き出すや　秋の風　几董（8俳諧新選　二二九ペ）
蕗の葉に　ぽんと穴明く　暑さ哉　一茶（3七番日記　三三四ペ）
よみさしの　本に団（うちは）の　栞かな　季遊（8俳諧新選　一一九ペ）
本読めば　本の中より　虫の声　風生（9冬霞　一五八六）
花見酒　凡夫の旨ひ　所かな　嘯山（8俳諧新選　一一〇ペ）
御火焼（おほたき）の　盆物とるな　村がらす　智月（6炭俵　二六二五）

ま

麻の種　毎年踏まる　桃の華　利牛（6炭俵　二四五八）
朝顔や　毎日咲いて　あかれざる　富葉（8俳諧新選　二二六ペ）
朝皃や　毎日咲いて　むしらるる　富水（8俳諧新選　二二六ペ）
猿辷（さるすべり）や　毎日散りて　さかりなり　習先（8俳諧新選　二三二ペ）
東雲（しののめ）や　まいら戸はづす　かざり松　濁子（6炭俵　二三八七）
つまみ菜に　まうけ事せん　草の庵　召波（8俳諧新選　二三五ペ）
よしや身は　申し合はする　罌粟（けし）坊主　宗且（7俳諧古選　一六〇ペ）

紫陽花（あぢさゐ）の　申し合はせて　咲きにけり　仙鶴（7俳諧古選 二一三ぺ）
あき風に　申しかねたる　わかれ哉　野水（6あら野 九三三）
高念仏　申す峠の　清水哉　翁扇（7俳諧古選 一六一ぺ）
一（ひと）念仏　申すだけしく　芒哉　一茶（3おらが春 四六八ぺ）
子に飽くと　申す人には　花もなし　芭蕉（1類柑子 九一六）
七福神　詣路或るは　溝に沿ひ　秋桜子（9晩華 一四二六）
うたうても　舞うても冬の　山路哉　原水（7俳諧古選 一九一ぺ）
夜も半ば　真上の月や　冬木立　嘯山（8俳諧新選 一三七ぺ）
けしの花　籬（まがき）すべくも　あらぬ哉　蕪村（2蕪村句集 一一二五）
ただ暑し　籬によれば　髪の落ち　木節（6猿蓑 一七九二）
白ぎくや　籬をめぐる　水の音　二柳（5津守船初編 七六二）
軽口に　任せて鳴けよ　時鳥　西鶴（4大坂独吟集 〇一七九）
太郎冠者（くわじゃ）に　まがひに通る　扇かな　一茶（3おらが春 四六五ぺ）
涼風の　曲がりくねつて　来りけり　一茶（3七番日記 三三三六ぺ）
はづかしや　まかり出てとる　江戸のとし　一茶（3おらが春 四七四ぺ）
昼顔に　まかれて旅の　野伏かな　道子（8俳諧新選 一二二ぺ）
谷水を　撒きてしづむる　とんどかな　不器男（9定本不器男集 一七一二）
門砂や　まきてしはすの　洗ひ髪　里東（6続猿蓑 三四一二）
行く末に　牧のある野や　朝霞　嘯山（8俳諧新選 一〇六ぺ）
一枝の　槙の青さよ　魂まつり　武然（8俳諧新選 一二五ぺ）
朝霧に　まぎれて出でむ　君が門　月居（5たちえ 九六四）
ちる花や　紛れてしれぬ　人の顔　樗良（8俳諧新選 一〇九ぺ）

よの木にも　まぎれぬ冬の　柳哉　越人（6あら野 八六八）
けし炭に　薪わる音か　をののおく　芭蕉（1続深川集 一二一）
建ちてすぐ　薪割る水辺　初夏の家　月舟（9進むべき道 〇六九六）
あの中に　蒔絵書きたし　宿の月　芭蕉（1更科紀行 四三二）
撫子や　蒔絵書く人を　うらむらん　越人（6あら野 六七五）
鶏（とり）合　蒔絵の桜　吹雪かな　余子（9余子句選 〇四四五）
祇園会や　真葛が原の　風かをる　蕪村（2蕪村句集 一〇六〇）
この路は　馬糞に習へ　閑子鳥　希因（5俳諧新選 四九〇）
実（げに）や月　間口千金の　通り町　芭蕉（1江戸通町 九七）
花種を　蒔く古妻や　子等左右　泊雲（9泊雲句集 〇七八一）
安く寝て　枕いただく　はじめ哉　瓢水（8俳諧新選 一〇〇ぺ）
春雨や　枕くづるる　うたひ本　支考（6続猿蓑 三〇七〇）
葉がくれの　枕さがせよ　瓜ばたけ　蕪村（2蕪村句集 一〇六一）
笹のはに　枕付けてや　ほしむかへ　其角（6炭俵 二五四九）
野ぶせりの　枕に烈てる　氷かな　嘯山（8俳諧新選 一四三ぺ）
ざぶざぶと　枕に寒き　水棹哉　之房（8俳諧新選 一四二ぺ）
みじか夜や　枕にちかき　銀屏風　蕪村（2蕪村句集 七五六）
白髪ぬく　枕の下や　きりぎりす　芭蕉（1泊船集 六三七）
鶯や　枕はづれし　南うけ　潭北（8俳諧新選 一〇一ぺ）
三人に　枕二つや　秋の暮　泉石（7俳諧古選 二一一ぺ）
元日の　枕安らかに　はなれけり　青峰（9青峰集 二二四八）
藪村や　まぐれあたりも　梅の花　一茶（3おらが春 四四〇ぺ）

花覆（はなおほひ）　まくれば蝶の　こぼれ梟（けり）　社支（8 俳諧新選 一〇八ペ）
虫ぼしや　幕をふるへば　さくら花　卜枝（6 あら野 七〇六）
小博奕に　まけて戻れば　砧かな　子規（10 獺祭句帖抄 六五三ペ）
瀬の音に　負けてや蟬の　飛んで行く　翠行（8 俳諧新選 一一九ペ）
痩蛙　まけるな一茶　是に有り　一茶（3 七番日記 三三一ペ）
寺にねて　誠がほなる　月見哉　芭蕉（1 続虚栗 三〇六）
狐火や　まこと顔にも　一とくさり　青畝（9 万両 一五〇六）
五月闇　真に寝たる　狸かな　比松（8 俳諧新選 一一七ペ）
しぐるるや　誠の昏れは　鳥騒ぐ　几圭（4 新雑談集 一一八六）
花の山　まことの下戸は　松ばかり　沾山（4 江戸名物かのこ 一二五九）
くさまくら　まことの華見　しても来よ　芭蕉（1 茶のさうし 五九九）
めでたさの　まことはさびし　松の色　玄武坊（4 玄武庵発句集 一八一四）
谷深う　まこと一人や　漆掻　碧梧桐（9 ホ明38・9 〇一二二）
貧福の　まことをしるや　涅槃像　山蜂（6 続猿蓑 三四四二）
祖父（おほぢ）親　まごの栄えや　柿みかむ　芭蕉（1 堅田集 七〇九）
さぞ砧　孫六やしき　志津屋敷　其角（6 あら野 七五六）
オリヲンの　真下春立つ　雪の宿　普羅（9 普羅句集 〇七一）
眉に白きを　交へて夜を　秋といふ　林火（9 潺潺集 二七六四）
瓦斯（ガス）ストーヴ　真正面　真四角な火　裸馬（9 裸馬翁五千句 一一〇〇）
白浜に　交り物なき　暑さかな　篤羽（8 俳諧新選 一二〇ペ）
君がても　まじる成るべし　はな薄　去来（6 猿蓑 一八二八）
雪よりも　真白き春の　猫二匹　虚子（12 六百句 二一八ペ）

長き日に　ましろに咲きぬ　なしの花　蕪村（2 蕪村遺稿 四五二）
生けるには　真直過ぎたり　桃のはな　雅因（8 俳諧新選 一〇七ペ）
蛇を追ふ　鱒（ます）のおもひや　春の水　蕪村（2 蕪村句集 二一八九）
小萩ちれ　ますほの小貝　小盃　芭蕉（1 薦獅子集 五六七）
名月や　ます穂の芒　風もなし　子規（10 獺祭句帖抄 六五四ペ）
烏帽子脱いで　升（ます）よとはかる　落花哉　蕪村（2 蕪村遺稿 一〇四八）
女房は　未（まだ）袷をも　きぬたかな　龍眠（8 俳諧新選 二三一ペ）
しら露も　まだあらみの　行衛（ゆくへ）哉　北枝（6 猿蓑 二一六七）
身を抱けば　又いきどしき　夜寒かな　来山（4 彼これ集 〇二四〇）
やぶ入の　またいで過ぎぬ　几巾（いか）の糸　蕪村（2 蕪村句集 二四二六）
鶏頭の　まだいとけなき　野分かな　子規（4 仰臥漫録一 二一八八）
稽古矢を　又失ひし　花野哉　雪蕉（8 俳諧新選 一二九ペ）
たのもしや　まだうす暑き　三日の月　一茶（3 嘉永版発句集 三四三ペ）
さらさらと　又落衣や　土用干　爽雨（9 雪解 一八九三）
はつざくら　まだ追々に　さけばこそ　利雪（6 猿蓑 一九七〇）
夏山や　又大川に　めぐりあふ　蛇笏（9 山廬集 〇六六四）
生きばやと　又思ひけり　はつ暦　野有（8 俳諧新選 一〇〇ペ）
関越えて　又柿かぶる　袂かな　太祇（8 俳諧新選 一三二ペ）
衾（しとね）敷きて　又壁人（かげぼし）と　二人寝む　嘯山（8 俳諧新選 一五一ペ）
元日や　まだ片なりの　梅の花　猿雖（6 続猿蓑 三〇九九）
見る影や　まだ片なりも　宵月夜　芭蕉（1 鳥の道 四六）
牡丹見の　又我を折るや　台所　紀逸（8 俳諧新選 一一三ペ）

若草や　またぎ越えたる　桐の苗　風睡（6続猿蓑 三〇七）
はだかには　まだ衣更着の　あらし哉　芭蕉（1其袋 三五六）
だまり雀　又来しか　花八ツ手降る　素琴（9山萩 一〇〇八）
一時雨　またくづをるる　日陰哉　露沾（6続猿蓑 三三二七）
晴れにけり　又曇りけり　富士日記　其角（7俳諧古選 一六九ぺ）
このくれも　又くり返し　同じ事　杉風（6炭俵 二六三六）
雪を渡りて　また薫風の　草花踏む　碧梧桐（4新傾向句集 二三一一）
春たちて　まだ九日の　野山かな　芭蕉（1初蟬 三四二）
そこもよし　又爰もよき　花野哉　志昔（8俳諧新選 二二九ぺ）
金柑は　まだ盛りなり　桃の花　介我（6続猿蓑 三〇五四）
去年より　又さびしいぞ　秋の暮　蕪村（2蕪村句集 一四四四）
いざよひも　まださらしなの　郡(こほり)哉　芭蕉（1更科紀行 四三四）
花散りて　又閑(しづ)かなり　園城寺　鬼貫（5高砂子 二二四）
朝露や　まだ霜しらぬ　髪の落ち　蕪村（2蕪村句集 二五一八）
蚊屋を出て　又障子あり　夏の月　丈草（5志津屋敷 三二三）
連(つ)れあまた　待たせて結ぶ　し水哉　文瀾（6あら野 七〇二）
春の山　又(また)候(ぞろ)老の　隠れけり　嘯山（8俳諧新選 一一二ぺ）
うぐひすや　未(まだ)台所　火もうたず　知石（8俳諧新選 一〇二ぺ）
凩や　瞻(まだたき)しげき　猫の面　八桑（6炭俵 二五九五）
よしの山　又ちる方に　花めぐり　去来（7俳諧古選 一四六ぺ）
而(しかう)して　又ででむしの　這ひにけり　作者不明（8俳諧新選 一一五ぺ）
曙や　まだ飛び出さぬ　草の蝶　常牧（5大湊 二〇〇）

辷(すべ)る跡へ　又取りつきぬ　竹のゆき　孤洲（8俳諧新選 一四二ぺ）
孑孑(ぼうふら)や　又取り直す　水の尺　雲外（8俳諧新選 二三三ぺ）
京までは　まだ半空や　雪の雲　芭蕉（1笈の小文 三一七）
こぞりては　又流れのく　田(た)螺(にし)哉　歌卜（8俳諧新選 一四七ぺ）
吹き切られ　又なく声や　さよ千鳥　孤桐（8俳諧新選 一四〇ぺ）
木曾の痩せも　まだなほらぬに　後の月　芭蕉（1笈日記 四四〇）
月を見る　又二三歩を　移しけり　泊月（9同人句集 〇八五一）
ほととぎす　待たぬ心の　折もあり　荷兮（6あら野員外 一二〇二）
短夜や　未(まだ)濡色の　洗ひ髪　嘯山（5律亭句集 七二一）
小夜千鳥　未だ寝ぬ船の　咄声　抱一（5屠竜之技 九九四）
節(せ)季(き)候(ぞろ)に　又のぞむべき　事もなし　順琢（6猿蓑 一六九九）
岸打てば　又泊船の　砧かな　東洋城（9東洋城全句上 〇三九四）
おぼろ月　まだはなされぬ　頭巾かな　仙花（6炭俵 二四一〇）
衣着て　又はなしけり　一時雨　鼠弾（6あら野 一〇四七）
池の星　またはらはらと　時雨かな　北枝（5北枝発句集 四一一）
初茸や　まだ日数へぬ　秋の露　芭蕉（1芭蕉庵小文庫 七九四）
押しやりて　又引きよする　火桶かな　武然（8俳諧新選 一三八ぺ）
紅葉には　未人声や　神の留主　湖夕（7俳諧古選 二二八ぺ）
夢さつて　又一匂ひ　宵の梅　嵐蘭（6猿蓑 一八九三）
雁ききて　また一寝入り　する夜かな　雨桐（6波留濃日 三四四）
猫の目の　まだ昼過ぎぬ　春日かな　鬼貫（5鬼貫句選 一三二）
元日や　未分別に　手もつけず　大施（8俳諧新選 一四七ぺ）

しぐれねば　又松風の　只おかず　北枝（6続猿蓑　三三二五）
すずしさや　又舞ひもどる　釣葱　篤羽（8俳諧新選　一二二ぺ）
里過ぎて　又見えわたる　火串(ほぐし)哉　御風（8俳諧新選　一一六ぺ）
寝時分に　又みむ月か　初ざくら　其角（6続猿蓑　二九六五）
寄りきけば　又向かふ也　むしの声　嘯山（8俳諧新選　一二七ぺ）
飛び倦きて　又麦に寝る　雲雀(ひばり)かな　剡山（8俳諧新選　一〇四ぺ）
曙は　まだむらさきに　ほととぎす　芭蕉（1伝真蹟画賛　六二五）
かかる日の　まためぐり来て　野菊晴　風生（9村住　一五六七）
ひいき鵜は　又もから身で　浮かみけり　一茶（3おらが春　四四六ぺ）
鞭うつや　又もしぐれの　牛車　蘭所（8俳諧新選　二三六ぺ）
夕立の　又やいづくに　下駄はかん　鬼貫（7俳諧古選　一六〇ぺ）
やりくれて　又やさむしろ　歳の暮　其角（6猿蓑　一七〇七）
行き行きて　又山里や　はつざくら　菜根（8俳諧新選　一〇六ぺ）
忘るなと　又行く音や　寒念仏　赤羽（8俳諧新選　一五四ぺ）
風邪引きに　又夕方の　来りけり　虚子（12六百句　二一四ぺ）
如月や　まだ夕暮れの　気に成らず　古柳（7俳諧古選　一五四ぺ）
冬籠り　またよりそはん　此のはしら　芭蕉（1あら野　四四五）
霞さへ　まだらにたつや　とらの年　貞徳（5犬子集　一二）
前髪も　まだ若草の　匂ひかな　芭蕉（1翁草　九四五）
年くれぬ　又我が癖の　癖ながら　秋水（8俳諧新選　一四五ぺ）
大空に　又わき出でし　小鳥かな　虚子（11五百句　四三ぺ）
奢られて　又わびらるる　紙子哉　泉石（7俳諧古選　二一一ぺ）

振袖を　又折り返す　花野かな　止角（8俳諧新選　二二九ぺ）
隠家や　町から見えぬ　夏木立　太祇（8俳諧新選　一一四ぺ）
菊市の　町筋城に　尽きてあり　たかし（9火明　一六五七）
夕日影　町中に飛ぶ　胡蝶かな　其角（4続虚栗　〇八一八）
八朔や　町に行灯の　一つづつ　団水（7俳諧古選　一八二ぺ）
昼がほや　町に成り行く　杭(くひ)の数　蕪村（2蕪村遺稿　六二）
みちのくの　町はいぶせき　氷柱かな　青邨（9雑草園　一六二〇）
紅梅や　町家につづく　古御殿　貝錦（8俳諧新選　一〇二ぺ）
時雨るや　町屋の中の　薬師堂　野坡（5続別座敷　二三六六）
夏至の日や　町ゆく馬の　皃(かほ)迄も　買友（8俳諧新選　一一九ぺ）
この比(ころ)は　先(まつ)挨拶も　さむさ哉　示蜂（6炭俵　二六〇七）
いづれを歟(か)　先うつすべき　雪仏　九可（8俳諧新選　一五四ぺ）
はつ雪や　先馬やから　消えそむる　許六（6炭俵　二六一八）
桟(かけはし)や　先おもひいづ　馬むかへ　芭蕉（1更科紀行　四三一）
火になりて　松毬(まつかさ)見ゆる　焚火かな　禅寺洞（9禅寺洞句集　二二九七）
おもしろう　松笠もえよ　薄月夜　土芳（6猿蓑　一八四三）
綿脱(わたぬ)きは　松かぜ聞きに　行くところか　野水（6あら野　八四八）
吹き越して　松風白き　月夜かな　古行（8俳諧新選　一四七ぺ）
蟻地獄　松風を聞く　ばかりなり　素十（9初鴉　一五二九）
あら馬を　先試むる　汐干かな　瓢水（8俳諧新選　一〇九ぺ）
我汝を　待つこと久し　ほととぎす　一茶（3おらが春　四六七ぺ）
団栗や　松子やひよんな　夕べ哉　雨遠（7俳諧古選　二一八ぺ）

はつ雪や　先草履（まつざうり）にて　隣まで　路通（6 あら野 四五五）
西か東か　先早苗にも　風の音　芭蕉（1 荵摺 四九五）
真白に　真四角也　蔵の月　泉石（7 俳諧古選 二一一ぺ）
南宗の　貧しき寺や　冬木だち　月渓（5 五車反古 八三二）
夕立は　貧しき町を　洗ひ去る　青々（9 妻木 ○四九八）
月天心　貧しき町を　通りけり　蕪村（2 蕪村句集 一七七）
雨の時　貧しき蓑の　雪に富めり　蕪村（2 蕪村遺稿 一一九○）
初汐に　松四五本の　小島かな　子規（10 獺祭句帖抄 六三七ぺ）
元日や　松静かなる　東山　闌更（5 半化坊発句集 七四七）
海は扇　松島は其の　絵なりけり　子規（10 獺祭句帖抄 六○七ぺ）
我が恋の　松島も嘸（さぞ）　はつ霞　西鶴（7 俳諧古選 一四四ぺ）
此のやうな　末世を桜　だらけ哉　一茶（3 七番日記 三三三ぺ）
子供には　まづ惣領や　蔵びらき　蔦雫（6 続猿蓑 三一○○）
売り花に　全く切れぬ　牡丹哉　士喬（8 俳諧新選 一四八ぺ）
銀杏散る　まつただ中に　法科あり　青邨（9 露団々 一五九四）
投げ棄てし　マツチの火らし　霧濃ゆし　虚子（12 六百句 一五九ぺ）
日本には　先つくり候ふ　初鰹　菜陽（8 俳諧新選 一一五ぺ）
色変へぬ　松と云ふ事を　忘るるな　鼓舌（8 俳諧新選 一五○ぺ）
昌陸（しやうりく）の　松とは尽きぬ　御代の春　利重（6 波留濃日 三○一）
物の名を　先とふ蘆の　わか葉哉　芭蕉（1 笈の小文 三五○）
はひるより　先取りてみる　落葉哉　一道（6 続猿蓑 三三五八）
酔ひたんぼ　先流したる　あふぎかな　ウ房（8 俳諧新選 一一九ぺ）

あひあひに　松なき門も　おもしろや　柳風（6 あら野 四八九）
小坊主や　松にかくれて　山ざくら　其角（6 猿蓑 一九七一）
月今宵　松にかへたる　やどりかな　蕪村（2 蕪村句集 七一）
ばせを植ゑて　まづにくむ荻の　二げ哉　芭蕉（1 続深川集 一三二）
須磨の浦や　松に涼しき　裸蟹　子規（10 獺祭句帖抄 六一三ぺ）
若草や　松につけたき　蟻の道　此筋（6 続猿蓑 三○二八）
行灯を　松に釣るして　小夜砧　一茶（3 おらが春 四七二ぺ）
しぐるるや　松に手燭の　灯（ひ）の光　南雅（8 俳諧新選 二三六ぺ）
萩に移り　松にてり行くや　秋の月　越蕪（8 俳諧新選 二一九ぺ）
松の事は　松にと枝の　霞かな　東洋城（9 東洋城全句中 ○四○七）
歌屑の　松に吹かれて　山ざくら　蕪村（2 蕪村句集 二一二一）
色変へぬ　松にもなじめ　虫の声　都城（8 俳諧新選 二一七ぺ）
寝所の　松に雪ふる　鳥哉　吏明（7 俳諧古選 一九四ぺ）
禅寺の　松の落葉や　神無月　凡兆（6 猿蓑 一六三三）
朧とは　松のくろさに　月夜かな　其角（6 猿蓑 一九○四）
峒（ほら）熊（ぐま）の　先（まつ）覗くらん　春の艶　丈竹（7 俳諧古選 一五二ぺ）
黒ぼこの　松のそだちや　わか緑　土芳（6 続猿蓑 三○七八）
声暗し　松のそなたを　行く千どり　紫暁（5 松のそなた 九一一）
かはら焼く　松のにほひや　春の雨　抱一（5 屠竜之技 九九○）
こがらしの　松の葉かきと　つれ立ちて　舟泉（6 あら野 八六三）
袖すりて　松の葉契る　今朝の春　梅舌（6 あら野 四九三）
金屏の　松の古さよ　冬籠り　芭蕉（1 許六宛書簡 六八○八）

蒼空の　松の雪解や　光悦寺　泊月（9現代俳句集〇八四七）
春の日や　松葉掻いても　遊ばるる　道彦（4蔦本集二〇九二）
つきわりて　まつ葉かきけり　薄氷　除風（6あら野八〇五）
海鼠(なまこ)今　松葉しぐれて　桶の中　青々（9松苗〇四九一）
孑孑(ぼうふら)や　松葉の沈む　手水鉢　子規（10獺祭句帖抄六四九ぺ）
辛崎の　松は花より　朧にて　芭蕉（1野ざらし紀行二三六）
桜より　松は二木を　三月越し　芭蕉（1奥の細道五〇二）
初日さす　松はむさし野に　のこる松　秋桜子（9蘆刈一四四一）
門々の　松葉や君が　御代の春　貞徳（7俳諧古選一四二ぺ）
網さらす　松原ばかり　しぐれかな　素堂（4とくくの句合〇七六三）
早乙女や　先(まつ)ひいやりと　庭の土　超波（4たつのうら一二二〇）
一回り　まつ人遅き　踊り哉　尚白（7俳諧古選一八〇ぺ）
鹿の角　先一節の　わかれかな　芭蕉（1笈の小文三八二）
ゆび嚙(か)みて　まつ人やなき　山桜　二柳（8俳諧新選一五二ぺ）
蓼の穂を　真壺に蔵す　法師哉　蕪村（2蕪村遺稿二二六一）
おれに云はしや　先御代をこそ　千々の春　季吟（7俳諧古選一四三ぺ）
海士の顔　先見らるるや　けしの花　芭蕉（1笈の小文三九二）
雪は申さず　先むらさきの　筑波かな　嵐雪（4鹿島紀行〇八四六）
隅にあれど　先目のわたる　ばせを哉　竹房（8俳諧新選一二六ぺ）
凩も　松もあぐみし　声す也　孤桐（8俳諧新選一三八ぺ）
鉢の梅　待つも二粒　三粒かな　移竹（8俳諧新選一〇二ぺ）
四五日は　松も痩せたり　花ざかり　写北（8俳諧新選一〇九ぺ）
春雨や　待つも惜しむも　あらし山　宋屋（8俳諧新選一〇三ぺ）
色かへぬ　松や主は　知らぬ人　子規（10獺祭句帖抄六〇一ぺ）
風はみな　松やつつみて　山桜　龍眠（8俳諧新選一〇六ぺ）
塚へ引く　松や子(ね)の日に　似たれ共　巴江（7俳諧古選二二八ぺ）
しばしまも　まつやほととぎす　千年　芭蕉（1続山井一一）
年守るや　松山五里の　峡の里　東洋城（9東洋城全句中〇四〇六）
ほととぎす　待つや都の　そらだのめ　蕪村（2蕪村句集二三六七）
麦秋に　先(まつ)豊かなる　年嬉し　大夢（8俳諧新選一一六ぺ）
落ち着くや　先夜の長い　家に来て　竹冷（9俳遊記〇二七七）
明星は　松より低し　ほととぎす　尾谷（4親うぐひす一二四七）
おどけざる　祭りと誰も　覚えけり　赤羽（8俳諧新選一一五ぺ）
獺(かはをそ)の　祭りに恥ぢよ　魚の店　蝶夢（7俳諧古選二一七ぺ）
草の雨　祭りの車　過ぎてのち　蕪村（2蕪村句集九八五）
春雪三日　祭りの如く　過ぎにけり　波郷（9酒中花二六四五）
神田川　祭りの中を　流れけり　万太郎（9草の丈一一一七）
獺の　祭り見て来よ　瀬田のおく　芭蕉（1花摘六〇〇）
聯隊に　祭る遺骨や　日の盛り　碧梧桐（9碧梧桐句集〇一四九）
時雨るや　松をかざしの　家一つ　駒門（8俳諧新選一三六ぺ）
名月や　松をこぼるる　風の隈(くま)　練石（8俳諧新選一三〇ぺ）
発句也　松尾桃青　宿の春　芭蕉（1江戸衆歳旦一〇一）
田植歌　まてなる顔の　謳(うた)ひ出し　重行（6続猿蓑三一四三）
春にする　迄の大義や　年の暮　半魯（8俳諧新選一四六ぺ）

蝶鳥を待てるけしきやものの枝　荷兮（6あら野 五三〇）
春潮や窓一杯のローリング　虚子（12五百五十句 一〇ペ）
箕(み)に干して窓にとちふく綿の桃　孤屋（6炭俵 二五七六）
鶯や窓に灸(やいと)をすゑながら　魚日（6猿蓑 一九一〇）
秣(まぐさ)煮る窓の灯(ともし)や虫のこゑ　土髪（8俳諧新選 一二七ペ）
若竹に窓の灯(ひ)きらりきらり哉　洒竹（9小日本明27・4・19 〇二九六）
寝ぐるしき窓の細目や闇の梅　乙州（6猿蓑 一八九二）
冬菊のまとふはおのがひかりのみ　秋桜子（9霜林 一四四九）
春雨や窓も一人に一つづつ　一茶（3文化句帖 三二六ペ）
愚に耐へよと窓を暗うす雪の竹　蕪村（2蕪村句集 二一九七）
鵂と聞きて窓を開けば雪の竹　井々（8俳諧新選 一四三ペ）
夏の蝶眼(まなこ)鋭く駆けり来し　虚子（13六百五十句 一九四ペ）
闘鶏の眼つぶれて飼はれけり　鬼城（9鬼城句集 〇六二八）
政宗の眼もあらん土用干　子規（10獺祭句帖抄 六〇七ペ）
古庭を魔になかへしそ蟇(ひきがへる)　虚子（11五百句 三六ペ）
芥子咲けばまぬがれがたく病みにけり　たかし（4たかし全集 二六四九）
此の痩せを招かずとおけ薄の穂　木節（7俳諧古選 一七九ペ）
何ごともまねき果てたるすすき哉　芭蕉（1続深川集 四六五）
蘆の穂やまねく哀れよりちるあはれ　路通（6あら野 七六九）
郭公(ほととぎす)まねくか麦のむら尾花　芭蕉（1おくれ双六 一三三六）
閑居鳥招けども来ず柳には　蕪村（2蕪村遺稿 二三八八）
帚来せ真似ても見せん鉢叩　去来（7俳諧古選 二〇六ペ）

月花に┐(まはし)〃(まち)㇇(のみ)舞ひうたふ　宋屋（8俳諧新選 一五六ペ）
春昼や魔法の利かぬ魔法壜　敦（9歴日抄 三一三）
切籠(きりこ)左に廻りつくせば又右に　泊雲（9泊雲句集 〇七七六）
見る人も回り灯籠に回りけり　其角（7俳諧古選 一七八ペ）
同じ事を廻り灯籠のまはりけり　子規（10獺祭句帖抄 六三五ペ）
物うげに回り灯炉の回りけり　作者不明（8俳諧新選 一二六ペ）
鐘楼のまはりは桜ばかりなり　楽天（9承露盤 〇三二八）
やがて手に回る雉子(きぎす)や草の原　赤羽（8俳諧新選 一〇四ペ）
石手寺へまはれば春の日暮れたり　子規（10獺祭句帖抄 六二三ペ）
凍(い)てとけて回ればもとの車かな　瓢水（8俳諧新選 一五三ペ）
鶴の影舞ひ下りる時大いなる　久女（9杉田久女句集 〇九五三）
仮橋のま一つほしき涼みかな　親継（7俳諧古選 一六四ペ）
風吹くに舞の出来たる小蝶かな　重行（6続猿蓑 三〇四七）
初時雨真昼の道をぬらしけり　大魯（5蘆陰句選 八二六）
夜あそびの目蓋(まぶた)におもし朧月　白尼（4春興朗詠集 一七九七）
濡れ雪の瞼(まぶた)に重しもとり馬　五明（5五明句藻 八八六）
転寝(うたたね)の瞼を徹す若葉かな　五明（5五明句藻 八八二）
万歳や舞ふもうたふも欲の事　梅盛（7俳諧古選 一四三ペ）
菜の花にまぶれて犬の出でにけり　尺布（8俳諧新選 一一〇ペ）
藁灰にまぶれてしまふ霰かな　子規（10獺祭句帖抄 六六三ペ）
通夜堂の前に粟干す日向かな　子規（10獺祭句帖抄 六三九ペ）
先生の前に夜学の煙草盆　温亭（9温亭句集 〇八三〇）

ヘヤピンを　前歯でひらく　雪降り出す　三鬼（9 変身 二三六二）
子は背中　前も大事の　蚕かな　文下（8 俳諧新選 一二一ペ）
小春凪　真帆も七合　五勺かな　蕪村（2 蕪村句集 二三〇二）
なでしこや　ままはは木々の　日陰花　一茶（3 おらが春 四五五ペ）
親の貌（かほ）　真向きに見たる　夜寒かな　一瓢（5 玉山人家集 一一四七）
田の畝の　豆つたひ行く　蛍かな　万乎（6 猿蓑 一七六七）
節分に　大豆（まめ）二合食ふ　やり手哉　金瓦（7 俳諧古選 一八八ペ）
似あはしや　豆の粉めしに　さくら狩り　芭蕉（1 伝土芳筆全伝 六〇六）
としの夜は　豆はしらかす　俵かな　猿雖（6 炭俵 二六四〇）
踏出した　豆もをかしや　後の月　麦翅（8 俳諧新選 一五二ペ）
藪入や　守り袋を　わすれ草　蕪村（2 蕪村句集 二四二三）
やぶ入を　守る子安の　地蔵尊　蕪村（2 蕪村遺稿 二四二七）
此の梅や　摩耶（まや）ふく夕べ　海にほふ　大魯（5 蘆陰句選 八二〇）
なのはなや　摩耶を下れば　日のくるる　蕪村（2 蕪村遺稿 一〇三六）
青梅に　眉あつめたる　美人哉　蕪村（2 蕪村句集 九六）
青柳の　眉かく岸の　額かな　守武（4 守武千句 〇〇一四）
立ち去る事一里　眉毛に秋の　峰寒し　蕪村（2 蕪村句集 二五）
逡巡として　繭ごもらざる　蚕かな　虚子（11 五百句 一三ペ）
絶壁に　眉つけて飲む　清水かな　東洋城（9 東洋城全句上 〇四〇三）
初しぐれ　眉にえぼしの　雫哉　蕪村（2 蕪村句集 九一六）
閻（えん）王（わう）の　眉は発止と　逆（さか）立てり　虚子（12 六百句 一四九ペ）
道ばたに　まゆ干すかざの　あつさ哉　許六（5 五老井発句集 三八〇）

夕闇の　迷ひ来にけり　吊葱　虚子（12 六百句 一五七ペ）
現（うつつ）なの　迷ひや蝶の　遠（とほ）歩行（ありき）　昨非（7 俳諧古選 一五八ペ）
さびしさに　客（まら）人（うと）やとふ　まつり哉　尚白（6 猿蓑 一七四五）
草餅や　マリア観音　秘めらるる　喜舟（9 紫川 〇四五七）
柴の戸に　鞠きく花の　夕べ哉　幸佐（7 俳諧古選 一五二ペ）
梅若菜　まりこの宿の　とろろ汁　芭蕉（1 猿蓑 六七一）
頬白の　丸いぞけさは　寒いやら　一瓢（5 西歌仙 一一四九）
丸からぬ　丸さに仕なす　団（うちは）哉　鶴英（7 俳諧古選 二一八ペ）
黒門に　丸の跡あり　山ざくら　子規（10 獺祭句帖抄 五九八ペ）
ことしから　丸儲けぞよ　娑（しゃ）婆（ば）遊び　一茶（3 八番日記 三三三ペ）
漕ぎ出せや　円山寺を　花のうへ　淡々（8 俳諧新選 一二〇ペ）
蚊やりして　まゐらす僧の　座右哉　蕪村（2 蕪村句集 八八一）
看（かん）経（きん）の　間を蕣（あさがほ）の　盛りかな　去来（7 俳諧古選 一八〇ペ）
世は照るや　満花の中の　ひとり酒　沾洲（4 よめり東風 一二四〇）
やまざとは　まんざい遅し　梅の花　芭蕉（1 真蹟懐紙 六七二）
杜（か）若（きつばた）　卍ほろりと　ひらけたり　嘯山（8 俳諧新選 一一四ペ）
嘸（さぞ）涙　まんぢゆう見ても　菊見ても　方山（7 俳諧古選 二〇二ペ）
歩み高まり　万灯の　高まりゆく　多佳子（9 命終 二九六〇）
桃の花を　満面に見る　女かな　青々（9 松苗 〇四九五）

み

早苗饗の　御あかし上ぐる　素つ裸　素十（9初鴉 一五三九）
寝よかろと　見上ぐる空や　天の河　篤羽（8俳諧新選 一二四ぺ）
大木の　見上ぐるたびに　落葉かな　虚子（12六百句 一六四ぺ）
栗の穂を　見あぐる時や　啼く鶉　支考（6続猿蓑 三二七四）
霜夜ぞと　見上ぐる星の　光かな　沾々（8俳諧新選 一三九ぺ）
団栗や　見上ぐる欲も　なかりけり　瓜流（8俳諧新選 一三三ぺ）
糸　桜　見上げ見下ろす　さかり哉　衝冠（8俳諧新選 一一二ぺ）
今朝秋や　見入る鏡に　親の顔　鬼城（4鬼城句集 一二五六）
我が形(なり)を　見失うたる　雪吹(ふぶき)かな　比松（8俳諧新選 一四三ぺ）
かすみより　見えくる雲の　かしら哉　石口（6猿蓑 一九六〇）
波間より　見えし小島や　はつくぢら　玖也（5桜川 一〇〇）
花　樗(あふち)　見えず散りゐる　夕月夜　たかし（4たかし全集 二六五七）
網　打の　見えずなりゆく　涼みかな　蕪村（2蕪村句集 九七）
鴨の巣の　見えたりあるは　かくれたり　路通（6あら野 六七一）
起重機の　見えて暮らしぬ　釣忍　汀女（9汀女句集 一九一九）
桜へと　見えてじんじん　端折(はしより)哉　一茶（3おらが春 四三五ぺ）
常住と　見えて関屋の　団(うちは)かな　白芽（8俳諧新選 一一九ぺ）
野の広さ　見えて月夜の　寒さ哉　天露（8俳諧新選 一四二ぺ）
川ありと　見えてつらなる　柳かな　子規（10獺祭句帖抄 六〇六ぺ）
伊勢の海　見えて菜の花　平かな　鬼城（9山鳩 〇六〇九）
うごくとも　見えで畑うつ　麓かな　去来（6あら野 五六七）
水　鳥も　見えぬ江渡る　寒さ哉　蕪村（2蕪村遺稿 一九〇六）

うせ物の　見えぬ納戸の　暑さかな　也有（4蟻づか 一七九一）
さく花の　見えぬ眼(まなこ)や　有財(うざい)餓鬼(がき)　子一（8俳諧新選 一五七ぺ）
芒　創　見えねど痛し　舐め歩く　零余子（9零余子句集二 〇六八〇）
あらはれて　見えよ芭蕉の　雪女　立圃（4そらつぶて 〇〇七三）
松山や　見えわたりゆく　一と時雨　王城（9同人句集 〇九二一）
星合を　見置きて語れ　朝がらす　涼葉（6続猿蓑 三二三八）
子の僧を　見送る母や　衣更　雲扇（8俳諧新選 一一三ぺ）
朧から　磨き上げたり　けふの月　可兆（8俳諧新選 一三〇ぺ）
淑やかや　磨きしごとき　新小豆　草田男（9美田 二五三二）
君が代や　みがくことなき　玉つばき　越人（6あら野 一〇八九）
蟬なくや　見かけて遠き　峰の寺　二柳（8俳諧新選 一一九ぺ）
並松を　みかけて町の　あつさかな　臥高（6炭俵 二五〇三）
灯(ひ)ともして　御影祭るや　菊の花　子規（10獺祭句帖抄 六五九ぺ）
のむ程に　三日月かかる　桜かな　万子（7俳諧古選 二一〇ぺ）
寒くとも　三日月見よと　落葉哉　素堂（7俳諧古選 一八七ぺ）
蛤や　三日の月吐く　けふの海　由平（7俳諧古選 一四四ぺ）
蛇(くちなは)の　見返りもせぬ　袴かな　杜口（7俳諧古選 二一七ぺ）
筏士の　見かへる跡や　鴛(をし)の中　木節（6猿蓑 一六六六）
見やる雨　見返る野路や　なく蛙　雅因（8俳諧新選 一〇五ぺ）
旅人の　蜜柑くひ行く　枯野かな　子規（10獺祭句帖抄 六一一ぺ）
野の茶屋に　蜜柑並べし　小春かな　子規（10獺祭句帖抄 六六〇ぺ）
書賃の　みかんみいみい　吉書哉　一茶（3八番日記 三二四ぺ）

伊勢浦や　御木(みき)引き休む　今朝の春　亀洞（6あら野　四七〇）
目覚えの　幹(みき)より知れる　木の芽哉　赤羽（8俳諧新選　一〇三ぺ）
やぶ入の　三寸(みき)をてるてる　法師哉　龍眠（8俳諧新選　一〇三ぺ）
楝々に　見越の日枝(ひえ)や　薄霞　丑二（8俳諧新選　一〇六ぺ）
花よりも　実こそほしけれ　桜鯛　兼載（4犬子集　〇〇〇三）
嵯峨までは　見事あゆみぬ　花盛り　荷兮（6あら野　八九五）
雪に来て　見事な鳥の　だまり居る　石鼎（9花影　〇七六九）
大空の　見事に暮るる　暑さ哉　一茶（3七番日記　三三四ぺ）
山臥の　見事に出立つ　師走哉　嵐雪（6炭俵　二六三四）
馴れぬれば　みごとねむるか　網代(あじろ)守(もり)　和及（5ひこばえ　一九五）
初雪の　見事や馬の　鼻ばしら　利牛（6炭俵　二六一二）
出家して　親子ます里の　若葉かな　蕪村（2蕪村遺稿　二四〇六）
夙や　身籠る犬の　眼になみだ　蛾眉（8俳諧新選　一三九ぺ）
賢にして　みごもる妻や　春の雷　青々（9妻木　〇四八三）
洲の松の　見ごろも涼し　袖の浦　柳居（5夏山伏　四八七）
何日(いくか)とも　見さだめがたや　宵の月　一泉（6あら野　四三五）
秋の色や　見ざりし雲の　赤とんばう　風虎（5桜川　一二四）
死ぬるまで　操(みさを)成るらん　鷹のかほ　旦藁（6猿蓑　一六六九）
真つ先に　見し枝ならん　ちる桜　丈草（6猿蓑　一九七四）
御家老の　短き袖や　初袷　之房（8俳諧新選　一一三ぺ）
山藤や　短き房の　花ざかり　子規（10獺祭句帖抄　六四六ぺ）
野のうへに　短き富士や　ほととぎす　沾洲（4ふる琴集　一二三八）

庵の夜も　みじかくなりぬ　すこしづつ　嵐雪（6あら野　六四一）
鼓子花(ひるがほ)の　短夜ねぶる　昼間哉　芭蕉（1尚白筆懐紙　四〇二）
一つ二つ　三しままつりの　おみきかな　知十（9鶯日　〇三五四）
御仏を　見し眼に竹の　枯るるなり　普羅（9辛夷　〇七三一）
旅寝して　みしやうき世の　煤はらひ　芭蕉（1笈の小文　三三八）
村人に　微笑仏あり　ほととぎす　不死男（9天狼昭49・1　二二七九）
折りとれば　見しより薄し　紅つつじ　井々（8俳諧新選　一一〇ぺ）
浮世の月　見過ごしにけり　末二年　西鶴（5西鶴置土産　一一六）
鶯や　珠簾(みす)に寄り来て　鳴きもせず　石泉（8俳諧新選　一〇一ぺ）
あたらしき　翠簾(みす)まだ寒し　梅の花　万乎（6続猿蓑　二九九）
秋立つや　店にころびし　土人形　闌更（5半化坊発句集　七五四）
李(すもも)盛る　見世のほこりの　暑さ哉　万乎（6続猿蓑　三六五）
昼寝して　見せばや庵の　若葉風　丈草（4住吉物語　〇九九）
落葉して　見せようとうふの　朝朗(あさぼらけ)　一瓢（5玉山人家集　一一四八）
ありあけも　三十日にちかし　餅の音　芭蕉（1真蹟自画賛　八二五）
舞ひつめて　三十日に成りし　雲雀(ひばり)哉　存義（8俳諧新選　一二二ぺ）
あら暑や　味噌摺坊の　入れ黶(ぼくろ)　孤洲（8俳諧新選　一五六ぺ）
柚子の玉　味噌の火焔を　吐かんとす　子規（10獺祭句帖抄　六五七ぺ）
擂盆(すりばち)の　みそみめぐりや　寺の霜　蕪村（2蕪村句集　七）
上海(シャンハイ)の　霙(みぞ)るる波止場　後にせり　虚子（12五百五十句　一〇ぺ）
ふる雨の　霙から雪と　成りにけり　其来（8俳諧新選　一四五ぺ）
きけば又　見たき望みや　郭公(ほととぎす)　孤桐（8俳諧新選　一一四ぺ）

何事の　見たてにも似ず　三かの月　芭蕉（1 あら野 四一七）
初蝶を　見たといふまだ　見ぬといふ　虚子（13 六百五十句 二二四ぺ）
筍や　三度思ひて　起こしけり　来几（7 俳諧古選 一七二ぺ）
とうろうを　三たびかかげぬ　露ながら　蕪村（2 蕪村句集 一〇七〇）
何本と　見た目を花の　みやげかな　楮林（8 俳諧新選 一一〇ぺ）
朝鮮を　見たもあるらん　友千鳥　村俊（6 あら野 八一五）
抱一の　観たるがごとく　葛の花　風生（9 母子草 一五八五）
蝙蝠（かはほり）に　みだるる月の　柳哉　荷兮（6 あら野 五五九）
泉への　道後れゆく　安けさよ　波郷（9 春嵐 二六三八）
舟引の　道かたよけて　月見哉　丈草（6 続猿蓑 三二二八）
堀割の　道じくじくと　落葉かな　子規（10 獺祭句帖抄 六四一ぺ）
人ゆくは　道筋なる敟（か）　原の雪　蘿蔆（8 俳諧新選 一四三ぺ）
卯の花の　満ちたり月は　廿日頃　月居（5 続あけがらす 九六一）
沢瀉（おもだか）や　道付けかゆる　雨のあと　野童（6 続猿蓑 三一九七）
燕（つばくら）に　道で逢ふた敟　わたり鳥　栄滝（8 俳諧新選 一二九ぺ）
簀（す）の外の　路照り白む　心太（ところてん）　木歩（9 決定木歩全集 一〇五五）
嵯峨へゆく　道問はれけり　春の暗　松宇（9 松宇家集 〇三二〇）
畑うつや　道問ふ人の　見えずなりぬ　蕪村（2 蕪村遺稿 二六一三）
はつ瓜や　道にわづらふ　枕もと　支考（6 続猿蓑 三四八一）
永尻の　道のあかりや　夜のゆき　左釣（8 俳諧新選 一四二ぺ）
青胡桃　みちのくは樹で　つながるよ　静塔（9 栃木集 二三六六）
付きかけた　道のなくなる　夏野哉　竹冷（9 読売明27・5・25 〇二八二）

牛の行く　道は枯野の　はじめかな　桃酔（6 続猿蓑 三三六〇）
下手にさへ　道はつゞくなり　雪の人　青峨（4 たつのうら 一二六四）
五月雨や　道はるばるの　かたつぶり　貝明（8 俳諧新選 一五四ぺ）
たままつり　道ふみあくる　野菊哉　卜枝（6 あら野 一〇三八）
柴人の　道々こぼす　桜かな　動楽（7 俳諧古選 一五六ぺ）
草刈りの　道々こぼす　野菊かな　露川（4 本朝文選 〇九一七）
行く秋を　道々こぼす　紅葉哉　乙由（7 俳諧古選 一八三ぺ）
これかへす　道も師走の　市のさま　曾良（6 続猿蓑 三四一一）
秋の蟻　みちもつくらず　二つ三つ　王城（9 同人句集 〇九一二）
さまたげる　道もにくまじ　畦の稲　如雪（6 続猿蓑 三二九九）
蚊遣火や　道より低き　軒の妻　百里（4 或時集 一一二五）
身の内の　道を覚ゆる　清水かな　麦翅（8 俳諧新選 一二一ぺ）
待宵や　満ちん満ちんと　潮（しほ）かしら　嘯山（8 俳諧新選 一三〇ぺ）
鶯も　水あびてこよ　神の梅　亀洞（6 あら野 一〇六四）
滝の上に　水現れて　落ちにけり　夜半（9 翠黛 一六四二）
夕風や　水青鷺の　脛（はぎ）をうつ　蕪村（2 蕪村句集 一一一八）
崩れ簗　水徒（いたづ）らに　激しをり　虚子（12 六百句 二〇八ぺ）
逃げしなや　水祝はるる　五十聟　一茶（3 七番日記 三三四ぺ）
たつ鳥の　水動かしで　又すずし　桃山（8 俳諧新選 一二一ぺ）
夏川の　水美しく　物捨つる　虚子（13 六百五十句 二〇九ぺ）
雪晴れて　湖北へ　貫けり　嘯山（5 律亭句集 七二六）
独鈷（とっこ）かま首　水かけ論の　蛙かな　蕪村（2 蕪村句集 八四九）

翌(あす)しらで　三日先見つ　富士の雪　重頼（7俳諧古選 一九七ペ）
正月や　三日過ぐれば　人古し　闌更（5半化坊発句集 七四八）
湖の　水かたぶけて　田植かな　几董（5井華集 七九九）
世の中は　三日見ぬ間に　桜かな　蓼太（5蓼太句集 五三三）
衣更　みづから織らぬ　罪深し　その（7俳諧古選 二〇八ペ）
手のとどく　水際うれし　杜若(かきつばた)　宇多都（6続猿蓑 三一二八）
鵜舟漕ぐ　水窮まれば　照射(ともし)哉　蕪村（2蕪村句集 八九三）
香のあらば　水くさからん　雪の花　玄札（7俳諧古選 一八六ペ）
吹き出しの　水葛餅を　流れけり　子規（10獺祭句帖抄 六四七ペ）
清滝の　水くませてや　ところてん　芭蕉（1泊船集 八六〇）
うぐひすに　水汲みこぼす　あした哉　梅舌（6あら野 五二三）
乳垂れて　水汲む賤の　暑さかな　尚白（7俳諧古選 一六八ペ）
鷹一つ　見付けてうれし　いらご崎　芭蕉（1笈の小文 三二三）
世の人の　見付けぬ花や　軒の栗　芭蕉（1奥の細道 四九八）
三日月に　見付けられけり　溜り水　丈石（8俳諧新選 二九ペ）
髪置や　三つ子に云はす　思ひ夫　太祇（8俳諧新選 一四五ペ）
さつぱりと　水さへ氷る　庵哉　木因（7俳諧古選 二〇五ペ）
石枯れて　水しぼめるや　冬もなし　芭蕉（1東日記 一二六）
若葉して　水白く麦　黄みたり　蕪村（2蕪村句集 二六八七）
しぐれ来て　水しわだちぬ　湖(うみ)の暮　完来（5空華集 九一六）
草の花　水水車場へ　分かれ行く　子規（10獺祭句帖抄 六五八ペ）
五日迄　水すみかぬる　あやめかな　桃隣（6炭俵 二四九九）
蟹の舎利　水澄みきつて　ゐたりけり　青畝（9春の鳶 一五〇四）
難波江の　水すむ程の　寒さかな　雁宕（8俳諧新選 一四二ペ）
翡翠(かはせみ)や　水澄んで池の　魚深し　子規（10獺祭句帖抄 六ペ一四）
更け行くや　水田の上の　あまの河　惟然（6続猿蓑 三二三七）
春寒し　水田の上の　根なし雲　碧梧桐（9碧梧桐句集 〇一三〇）
いつ暮れて　水田のうへの　春の月　蒼虬（5訂正蒼虬集 一一五〇）
脛(はぎ)に立つ　水田の晩稲(おくて)　刈る日かな　子規（10獺祭句帖抄 六一八ペ）
乙鳥(つばくら)や　水田の風に　ふかれ㒵(がほ)　蕪村（2蕪村句集 一〇九六）
鴛鴦(をし)あそぶ　水玉水の　上をまろび　素逝（9暦日 一八一九）
天の蒼さ　見つつ飯盛る　目刺かな　水巴（9定本水巴句集 〇五八六）
手毬子よ　三つと数へて　あとつがず　亜浪（9定本亜浪句集 一〇四一）
どちへゆく　水ともさらに　朧月　希因（4暮柳発句集 一二〇三）
かはし行く　水鳥どちの　温和也　赤羽（8俳諧新選 一四一ペ）
静かさや　水鳥眠る　うしろ付き　之房（8俳諧新選 一四一ペ）
いつまでの　水取冷えぞ　刻む老　東洋城（9東洋城全句中 〇三八七）
炎天に　水無き山の　登りかな　子規（9俳句稿巻二 〇〇〇六）
置く露の　水にうつりて　別れけり　李流（8俳諧新選 二二六ペ）
蜂の巣や　蜜にうるほふ　八庄司　楼川（7俳諧古選 二二四ペ）
時々は　水にかちけり　川やなぎ　意元（6続猿蓑 三〇〇五）
今捨てた　水に氷の　はしるなり　大夢（8俳諧新選 一四三ペ）
草霞み　水に声なき　日ぐれ哉　蕪村（2蕪村句集 二五九六）
花歟(か)実歟(か)　水にちりうかむ　夏木立　蕪村（2蕪村遺稿 一一二〇）

苗代の　水にちりうく　さくらかな　許六（5五老井発句集 三七四）
ざんぶりと　水に漬けたる　柳かな　文素（8俳諧新選 一〇五ペ）
みそ萩や　水につければ　風の吹く　一茶（3文化句帖 三五〇ペ）
稲刈りて　水に飛びこむ　螽（いなご）かな　子規（10獺祭句帖抄 六一六ペ）
花にそむき　水に臨みて　書斎あり　泊月（9同人第二句集 〇八五三）
誰が事に　水に浸すぞ　蜂の剣（けん）　瓜流（8俳諧新選 一〇七ペ）
湖の　水にも忍ぶ　田螺（たにし）かな　鶴英（8俳諧新選 一〇六ペ）
とまらんと　水にも望む　とんぼ哉　鼓舌（8俳諧新選 一二六ペ）
夏の月　水盗人を　やるまいぞ　它谷（8俳諧新選 一一九ペ）
低きかたへ　水のあはづや　初あらし　沾徳（5五子稿 四三一）
なくうちは　水の動かぬ　蛙かな　凡阿（8俳諧新選 一〇五ペ）
吹きちりて　水のうへゆく　蓮かな　秀正（6あら野 六九六）
顚落す　水のかたまり　滝の中　虚子（13六百五十句 一六一ペ）
山吹や　水のこころを　受け流し　五竹坊（4十二夜話 一七八四）
名月や　水のしたたる　瓦葺　嘯山（8俳諧新選 一三〇ペ）
鰒洗ふ　水の溜りや　下河原　其角（7俳諧古選 一八九ペ）
籠城の　水の手きれぬ　雲の峰　子規（10獺祭句帖抄 六四七ペ）
重なつて　水の流るる　野分哉　麦翅（8俳諧新選 一三〇ペ）
梅さくや　水の流るる　水の上　古行（8俳諧新選 一四七ペ）
盃に　ミつの名をのむ　こよひかな　芭蕉（1真蹟懐紙 一五五）
塩貝の　水の濁りや　五月雨　嘯山（8俳諧新選 一一七ペ）
五月雨や　美豆（みづ）の寝覚めの　小家がち　蕪村（2蕪村遺稿 五五七）

湖の　みづのひくさよ　稲のはな　士朗（5枇杷園句集 九〇二）
日の午（ひる）は　水の負けたる　暑さかな　信徳（7俳諧古選 一六一ペ）
蛇（くちなは）の　水のみ居けり　雲の峰　沙龍（8俳諧新選 一二〇ペ）
犬が来て　水飲む音の　夜寒かな　子規（4俳句稿巻一 二一八〇）
宿の菊　水のやうなる　酒買はむ　風律（4紙魚日記 一七一九）
河骨（かうほね）に　水のわれ行く　ながれ哉　芙水（6あら野 六九九）
鯉はねて　水弾く灯（ひ）や　泉殿　孤桐（8俳諧新選 一二二ペ）
こほらねど　水ひきとづる　懐紙哉　守武（5守武千句 一〇）
音のして　水ふく榾（ほだ）や　燃えながら　李流（8俳諧新選 一三八ペ）
蝙蝠（かうもり）や　水へ遥かな　橋のうら　之房（8俳諧新選 一一五ペ）
鯉の音　水ほの闇（ぐら）く　梅白し　羽笠（6波留濃日 三〇六）
紫蘭咲き　満つ毎年の　今日のこと　虚子（13六百五十句 二一一ペ）
湖の　水まさりけり　五月雨　去来（6あら野 九〇一）
烏稀に　水又遠し　せみの声　蕪村（2蕪村遺稿 一二九）
明月や　見つめても居ぬ　夜一よさ　湖春（6炭俵 二五四一）
しら魚や　水もつまめば　つままるる　一漁（4絵具皿 二二三六）
浅川の　水も吹き散る　野分かな　太祇（5太祇句選 五五一）
水梨の　水も満つらん　月今宵　渭北（8俳諧新選 一三〇ペ）
鍬濯（そそ）ぐ　水や田螺（たにし）の　戸々に倚る　蕪村（2蕪村遺稿 二三六〇）
日ざかりに　水やる畑の　暑さかな　瓜流（8俳諧新選 一二〇ペ）
藻の花や　水ゆるやかに　手長鰕　子規（10獺祭句帖抄 六五〇ペ）
飛石も　三つ四つ蓮の　うき葉哉　蕪村（2蕪村句集 九二〇）

月見する　水より音の　尖りけり　吏登（5吏登句集 四七七）
物事の　満つるはいやし　十三夜　巴人（4夜半亭発句帖 一一七八）
苦労した　水礼いふて　落としけり　土髪（8俳諧新選 一五四ぺ）
枯蓮の　水を犬飲む　おびえつつ　虚子（12六百句 二〇七ぺ）
したたかに　水をうちたる　夕ざくら　万太郎（9草の丈 一一二二）
冬雁に　水を打つたる　ごとき夜空　林火（9冬雁 二七六三）
手の中に　水を切りとる　蓮かな　凡阿（8俳諧新選 一二二ぺ）
金魚売り　水を零(こぼ)して　去りにけり　麦人（9俳諧新潮 〇三四〇）
水無月の　水を種にや　水仙花　不玉（6猿蓑 一六四七）
河骨(かうほね)の　水を出(で)兼ねる　莟かな　子規（10獺祭句帖抄 六〇八ぺ）
蓮の香や　水を離るる　茎一寸　蕪村（2蕪村句集 九二一）
苗代や　水を離るる　針の尖　子規（9俳句稿巻二 〇〇三六）
水鳥の　水をはなれし　重さ哉　麦翅（8俳諧新選 一四一ぺ）
うつつなく　水をみて居る　柳哉　如泉（5三番船 一八五）
五月雨や　水を囉(もら)ひに　峰の寺　雅因（8俳諧新選 一一七ぺ）
花咲くや　見て置くべきは　因果経　武然（7俳諧古選 二一五ぺ）
はつ雪を　見てから顔を　洗ひけり　越人（6あら野 四四三）
水底を　見て来た皃(かほ)の　小鴨哉　丈草（6猿蓑 一六六七）
蟻地獄　見て光陰を　過ごしけり　茅舎（9ホ昭4・8 一六七三）
ひいき目に　見てさへ寒い　そぶりかな　一茶（3真蹟 三五七ぺ）
榠櫨(くわりん)咲くと　見て眠りたり　霽(は)れてをり　亜浪（4白道 二六〇六）
大木を　見てもどりけり　夏の山　闌更（5半化坊発句集 七五二）

赤き実と　見てよる鳥や　冬椿　太祇（8俳諧新選 一四四ぺ）
燕(つばくら)も　御寺の鼓　かへりうて　其角（6あら野 一〇四四）
くだら野を　見てゐる葉巻　なほすてず　禅寺洞（9禅寺洞句集 二二八六）
道に立ち　見てゐる人に　早苗とる　虚子（12六百句 二二四ぺ）
苗代を　見てゐる森の　烏かな　支考（4続五論 一一〇七）
名月の　見所問はん　旅寝せむ　芭蕉（1荊口句帳 五五二）
山の端に　見とどけて寝ん　後の月　三枝（8俳諧新選 一三四ぺ）
数ならぬ　身となおもひそ　玉祭り　芭蕉（1有磯海 八七九）
どこまでも　見とほす月の　野中哉　長虹（6あら野 四一五）
余儀なしや　みどり子に扇　かす風情　移竹（8俳諧新選 一一九ぺ）
下書も　緑の紙や　梶の歌　存義（8俳諧新選 一二四ぺ）
赤も淋し　緑又くらし　走馬灯　青々（9鳥の巣 〇四七二）
松笠の　緑を見たる　夏野哉　卜枝（6あら野 六七二）
夕皃に　みとるるや身も　うかりひよん　芭蕉（1続山井 九）
師(もろ)直(なほ)が　見とれし時や　萩の露　沾山（4園圃録 一二六一）
未開紅　見とれて念仏　落としけり　弁石（7俳諧古選 一五二ぺ）
初雪や　みな暖かな　人ばかり　自東（8俳諧新選 一三九ぺ）
食(めし)の時　みなあつまるや　山ざくら　野坡（6炭俵 二四五二）
群れつつも　皆言はざるや　壬生念仏　嘯山（8俳諧新選 一一一ぺ）
家も木も　皆萍(うきくさ)と　さそはるる　子規（10獺祭句帖抄 六三一ぺ）
拾ふ物　みなうごく也　汐干潟　素園（8俳諧新選 一〇九ぺ）
橋裏を　皆打ち仰ぐ　涼み舟　虚子（11五百句 六一ぺ）

尊さに　皆おしあひぬ　御遷宮　芭蕉（1真蹟懐紙　五七九）
草の名の　皆かくれたる　枯野かな　可鉛（8俳諧新選　二三七ぺ）
神迎へ　水口だちか　馬の鈴　珍碩（6猿蓑　一六四五）
早稲晩稲（わせおくて）　皆こちからの　仕向け也　来山（7俳諧古選　一九七ぺ）
麻の露　皆こぼれけり　馬の路　李晨（6あら野　七〇七）
魂棚や　皆こまごまと　茄子（なすび）あへ　嵐雪（7俳諧古選　一七八ぺ）
すまひ取　皆酒のみの　宿禰（すくね）哉　嘯山（8俳諧新選　一四九ぺ）
夏ぶしに　孤（みなしご）青し　るうだ草　二世湖十（4続花摘　一二三五）
川々は　水底にあり　五月雨　紀伊日高社中（8俳諧新選　一一七ぺ）
秋雨や　水底の草を　踏みわたる　蕪村（2蕪村句集　一二三七）
菜殻火に　皆立ちたまふ　仏達　茅舎（9俳究昭14・10　一六九二）
蜘の子は　みなちりぢりの　身すぎ哉　一茶（3文政句帖　三四一ぺ）
花の頃は　みな杖突かん　菊の苗　孤洲（8俳諧新選　一〇八ぺ）
菜の花や　みな出はらひし　矢走船（やばせぶね）　蕪村（2蕪村遺稿　二一九八）
花火見えて　湊がましき　家百戸　蕪村（2蕪村遺稿　一七五六）
波荒く　港といへど　蕗繁り　多佳子（9海燕　二九七三）
初雁や　湊の空の　そぞろ声　春来（8俳諧新選　二三一ぺ）
のどけしや　湊の昼の　生ざかな　荷兮（6あら野　九二四）
寒声や　皆女房を　もたぬ人　遊也（7俳諧古選　一八八ぺ）
古家に　みな主つかん　飛蟻（はあり）かな　宋屋（8俳諧新選　一四九ぺ）
菅菰の　皆寝て噺す　団扇哉　宋阿（8俳諧新選　二一九ぺ）
一里は　みな花守の　子孫かや　芭蕉（1猿蓑　六一〇）

吾に返り　見直す隅に　寒菊赤し　汀女（9汀女句集　一九三三）
やぶ入や　皆見覚えの　木槿（むくげ）垣　子規（10獺祭句帖抄　六〇〇ぺ）
塔に上れば　南　住吉　春の海　子規（10獺祭句帖抄　六四三ぺ）
食物も　みな水くさし　魂まつり　嵐雪（6続猿蓑　三四四六）
笠を着て　みなみな蓮に　暮れにけり　古梵（6あら野　六九八）
風の香も　南に近し　最上川　芭蕉（1曽良書留　五一六）
稲の穂や　南に凌雲閣　低し　子規（10獺祭句帖抄　六一八ぺ）
菊　畠　南の山は　上野なり　子規（10獺祭句帖抄　六五八ぺ）
山彦の　南はいづち　春のくれ　蕪村（2蕪村遺稿　二一二五）
小国町　南小国村　芋水車　虚子（14七百五十句　三一ぺ）
銀（あま）の川　見習ふ比や　月のそら　鶴声（6あら野　四三六）
侍を　見馴れぬ犬や　ももの花　羅雲（8俳諧新選　一〇七ぺ）
うれしさの　箕（み）にあまりたる　むかご哉　蕪村（2蕪村句集　一七八八）
湯あがりの　身に陽炎や　梅の花　野有（8俳諧新選　一〇二ぺ）
いとまなき　身にくれかかる　かやり哉　蕪村（2蕪村遺稿　二一二一）
鳩の声　身に入みわたる　岩戸哉　芭蕉（1漆島　五六九）
起きてをれば　身にしむ朝の　青嵐　桐明（9東炎昭15・9　一〇〇四）
新涼の　身にそふ灯影　ありにけり　万太郎（9草の丈　一一二四）
曠野（あらの）行く　身に近づくや　雲の峰　蕪村（2蕪村遺稿　二一四一）
行く秋や　身に引きまとふ　三布蒲団（みのぶとん）　芭蕉（1韻塞　九七三）
末枯や　身に百千の　注射痕　草城（9人生の午後　二四五三）
春雨や　身に古頭巾　着たりけり　蕪村（2蕪村句集　四三二）

我他の	身に余所（よそ）ならぬ	田植哉	嘯山	（8俳諧新選 一一六ペ）
紅梅や	見ぬ恋作る	玉すだれ	芭蕉	（1桐葉宛書簡 四六八）
鯛は花は	見ぬ里も有り	けふの月	西鶴	（5阿蘭陀丸 一一五）
武蔵野を	見ぬ人多し	江戸の月	超波	（8俳諧新選 一四六ペ）
大坂や	見ぬよの夏の	五十年	蟬吟	（6猿蓑 一七四六）
梅がかや	見ぬ世の人に	御意を得る	芭蕉	（1続寒菊 九一〇）
初雪や	峰に旭（あさひ）も	置きながら	嘯雨	（8俳諧新選 一三九ペ）
六月や	峰に雲置く	あらし山	芭蕉	（1杉風宛書簡③ 八五八）
たどたどし	峰に下駄はく	五月闇	探志	（6猿蓑 二一五三）
畠打つや	峰の御坊の	鶏（とり）のこゑ	蕪村	（2蕪村遺稿 二三七二）
雲早し	峰吹き尖る	雪おろし	瓢二	（8俳諧新選 一四三ペ）
舎利となる	身の朝起きや	草の露	蕪村	（2蕪村遺稿 二五一六）
大根に	実の入る旅の	寒さかな	園女	（5小弓俳諧集 四二八）
蓑虫の	身の上かけて	鳴く音哉	春来	（8俳諧新選 一五八ペ）
瓜の香に	美濃おもへとや	宵の雨	廬元坊	（5藤の首途 四七一）
四布五布	身の隠れ家の	ふとん哉	存義	（7俳諧古選 二三二ペ）
蝶を見る	身の傾きや	酒の酔ひ	太祇	（8俳諧新選 一〇八ペ）
時雨るや	蓑買ふ人の	まことより	蕪村	（2蕪村句集 八〇八）
内裏へも	蓑着て入りぬ	あやめ売り	桜叟	（7俳諧古選 一七〇ペ）
夏痩の	身の雲に入る	一詩かな	余子	（9余子句選 〇四四七）
竹の子や	身の毛ぞよだつ	星明かり	吏登	（5吏登句集 四七五）
世をすてし	身の自慢日や	大晦日	三千風	（5三千風笛探 一五九）
春雨や	蓑につつまん	雉子の声	洒堂	（6続猿蓑 三〇一四）
蓑虫の	蓑の雨ほす	朝日かな	梓月	（9冬鶯 〇三七〇）
春雨や	蓑吹きかへす	川柳	芭蕉	（1裸麦 九一三）
ときどきは	蓑干すさくら	咲きにけり	除風	（6あら野 五七一）
筏士の	みのやあらしの	花衣	蕪村	（2蕪村句集 二三七七）
柚（ゆ）も柿も	御法にもれぬ	十夜哉	漁焉	（8俳諧新選 一三九ペ）
行く人の	蓑をはなれぬ	霞かな	冬文	（6あら野 五二六）
一（ひと）先（まづ）は	蓑を投りけり	稲雀	沾洲	（5橋南 四三五）
行き暮れし	身は雲水の	寄居虫（かみな）哉	因石	（7俳諧古選 二一四ペ）
うとまるる	身は梶原か	厄払	芭蕉	（1射水川 九七四）
旃檀の	実（み）ばかりになる	寒さかな	子規	（10獺祭句帖抄 六一〇ペ）
木豇豆（きささげ）の	実（み）は豇豆に似	何かに似	虚子	（13六百五十句 一五八ペ）
非蔵人（くらうど）や	御階（みはし）に出でて	花見顔	鼓舌	（8俳諧新選 一一〇ペ）
しづやしづ	御階にけふの	麦厚し	荷兮	（6あら野 四九八）
狂句こがらしの	身は竹斎に	似たる哉	芭蕉	（1冬の日 二〇五）
落ばかく	身はつぶね共	ならばやな	越人	（6あら野 九七〇）
花さかぬ	身はなくばかり	犬ざくら	元隣	（5身楽千句 八五）
蚊に蚤に	身は習はしつ	百余日	其白	（8俳諧新選 一四八ペ）
かたびらも	身はならはしの	重さかな	由来	（8俳諧新選 一二二ペ）
からからに	身は成り果てて	何と蟬	西武	（7俳諧古選 一五九ペ）
なま中の	実は腹のたつ	桜哉	梨節	（7俳諧古選 二二三ペ）
此の松の	みばへせし代や	神の秋	芭蕉	（1鹿島詣 三〇七）

菩提樹の　実は身の秋の　念珠(ねんじゅ)哉　寿松（8俳諧新選 一三五ぺ）
其のかたち　見ばや枯木の　杖の長(たけ)　芭蕉（1芭蕉庵小文庫 四四三）
さらぶ懸けて　みばやさつきの　風の色　洒堂（6炭俵 二四九八）
せはしなき　身は痩せにけり　作り独活(うど)　嵐雪（7俳諧古選 一四五ぺ）
袷着て　身は世にありの　すさび哉　蕪村（2蕪村遺稿 二六六六）
山吹の　三ひら二ひら　名残かな　青畝（9甲子園 一五二五）
宵々に　見へりもするか　炭俵　一茶（3文化句帖 三六〇ぺ）
思ふまじ　見まじとすれど　我が家哉　一茶（3おらが春 四四四ぺ）
蔦の葉や　見回す中(うち)の　重道具(おもだうぐ)　木因（7俳諧古選 二〇五ぺ）
畑打つや　耳うとき身の　只一人　蕪村（2蕪村遺稿 二三七〇）
長病の　耳がなくなる　すまふ取　超波（4ひとりずまふ 一二二三）
十年の　耳ご掻きけり　冬籠り　子規（10獺祭句帖抄 六六一ぺ）
涅槃会や　蚯蚓(みみず)ちぎれし　鍬の先　子規（9寒山落木巻一 〇〇三七）
うそ寒や　蚯蚓の歌も　一夜づつ　一茶（3八番日記 三四三ぺ）
さみだれや　蚯蚓の徹す　鍋のそこ　嵐雪（5玄峰集 二八〇）
清く聞かん　耳に香焼(た)いて　郭公(ほととぎす)　芭蕉（1虚栗 一六四）
花野行く　耳にきのふの　峡の声　露月（9露月句集 〇二二八）
世話聞かぬ　耳に薄の　騒ぎけり　五好（8俳諧新選 一三二ぺ）
看病の　耳に更けゆく　をどり哉　蕪村（2蕪村遺稿 九三七）
船頭の　耳の遠さよ　桃のはな　支考（5蓮二吟集 三三六八）
花散るや　耳ふつて馬の　おとなしき　鬼城（4鬼城句集 二二六五）
降る音や　耳もすう成る　梅の雨　芭蕉（1続山井 七）

目や遠う　耳やちかよる　としのくれ　西武（6あら野 九七四）
引きこうで　耳をあはれむ　頭巾哉　蕪村（2蕪村句集 六五八）
秋来にけり　耳をたづねて　枕の風　芭蕉（1江戸広小路 七七）
相撲場は　三室の岸の　夕べかな　惟中（4次郎五百韻 〇二一八）
加賀殿の　実も御下りよ　稲の雲　嘯山（8俳諧新選 一三三ぺ）
うむ日迄　身もら皃(かほ)なき　燕哉　イロハ（8俳諧新選 一四八ぺ）
鬼灯(ほほづき)は　実も葉もからも　紅葉哉　芭蕉（1芭蕉庵小文庫 九三一）
恋猫の　身も世もあらず　啼きにけり　敦（9古暦 三一三〇）
雁啼くや　明星しづむ　雪の原　長翠（5光丘本長翠 九四一）
鮎落ちて　宮木とどまる　ふもと哉　蕪村（2蕪村遺稿 二一七二）
片枝に　脈や通ひて　梅の花　支考（7俳諧古選 一四七ぺ）
鯛買ひて　土産のうそや　汐干狩り　太祇（8俳諧新選 一〇九ぺ）
長崎の　土産や秋の　唐錦　童平（8俳諧新選 一五〇ぺ）
海中(わだなか)に　都ありとぞ　鯖火もゆ　たかし（4たかし全集 二六六五）
うぐひすや　都嫌ひの　竹の奥　素園（8俳諧新選 一〇一ぺ）
加茂人の　都泊りや　さつき雨　習先（8俳諧新選 一一七ぺ）
松茸や　都にちかき　山の形(なり)　惟然（6続猿蓑 三二九二）
さざ波や　都にちれば　さくら鮒　廬元坊（4三千化 一一九八）
雁聞きに　京(みやこ)の秋に　おもむかむ　芭蕉（1怒誰宛書簡② 六四五）
初ゆきや　都の今朝は　いかならん　雲魚（8俳諧新選 一三九ぺ）
やがて着く　都の空や　夕がすみ　孤桐（8俳諧新選 一〇六ぺ）
行く程に　都の塔や　秋の空　太祇（5太祇句選 五五〇）

我が庵や　都の茶つみ　宇治の里　安静（5鄙諺集 五七）
帰らずば　都の人や　うれしかり　令徳（4崑山集 ○○九九）
知恵粥や　都の富士に　たつ烟　青蒲（8俳諧新選 一四五ぺ）
舟鉾や　都の町を　ゆられ行く　李流（8俳諧新選 一二二ぺ）
夕がすみ　都の山は　みな丸し　蝶夢（4草根発句集 一七○六）
鉢叩　都の夜の　やはらかさ　仙鶴（8俳諧新選 一四四ぺ）
雛祭る　都はづれや　桃の月　蕪村（2蕪村句集 二六一○）
笠ぬげば　都は年の　暮れてあり　轍士（5草刈笛 一九九）
よべ寝たる　都は遠し　なく蛙　牛行（8俳諧新選 一○五ぺ）
子(ね)の日しに　都へ行かん　友もがな　芭蕉（1蕉翁句集 一二二六）
雪続く　都や川も　有りながら　菫移（8俳諧新選 一四三ぺ）
涼しさや　都を竪(たつ)に　流れ川　蕪村（2蕪村句集 九九）
粽迄　都女の　物着かな　鶴英（8俳諧新選 一一六ぺ）
年徳の　御社(やしろ)ならぬ　宿もなし　重供（7俳諧古選 一四四ぺ）
たたみながら　見やつた計(ばかり)　更衣(ころもがへ)　来山（7俳諧古選 一九八ぺ）
出来合の　宮鳥井あり　江戸の春　沾涼（4鳥山彦 一二五六）
懐紙なら　身や二の折　花の春　玖也（5桜川 九七）
雛の様　宮腹々に　ましましける　其角（7俳諧古選 二○一ぺ）
ゆきどけや　深山曇りを　啼く鳥　暁台（4暁台句集 一八一○）
秋の葉や　太山(みやま)もさやに　緋縮緬　宗因（4続境海草 ○一五四）
岡あれば　宮宮あれば　梅の花　子規（10獺祭句帖抄 六○六ぺ）
女郎花(をみなへし)　宮守ならば　物語れ　子規（10獺祭句帖抄 六五八ぺ）

大和路の　宮もわら屋も　つばめ哉　蕪村（2蕪村句集 二○五六）
少年の　見遣るは少女　鳥雲に　草田男（9万緑 二五三五）
山霧や　宮を守護なす　螺(ほら)の音　太祇（8俳諧新選 一二九ぺ）
月光に　深雪の創の　かくれなし　茅舎（4華厳 二六二四）
炭竈や　深雪の中に　たつ烟　玉里（8俳諧新選 一四四ぺ）
枯れ光り　見ゆ野となれば　笹鳴いて　折柴（9海紅大4・3 一一六○）
おもてから　見ゆや夜寒の　最合風呂(もやひぶろ)　子規（10獺祭句帖抄 六三三ぺ）
夜を寝ぬと　見ゆる歩みや　蝸牛(かたつぶり)　太祇（8俳諧新選 一一五ぺ）
窓あけて　見ゆる限りの　春惜しむ　蝶衣（9蝶衣句稿 ○五七一）
根付きしと　見ゆる早苗や　風のうけ　龍眠（8俳諧新選 一一六ぺ）
旅馴れて　見ゆる馬上の　団(うちは)かな　万翁（8俳諧新選 二二○ぺ）
きちかうも　見ゆる花屋が　持仏堂　蕪村（2蕪村句集 一八二八）
木母寺(もくぼじ)が　見ゆる見ゆると　日傘哉　一茶（3享和句帖 三三八ぺ）
更科や　三夜さの月見　雲もなし　越人（4更科紀行 ○九一一）
歯朶(しだ)の葉に　見よ包尾の　鯛のそり　耕雪（6続猿蓑 三一○二）
涼しさを　見よと長柄に　桁もなし　我黒（7俳諧古選 二○七ぺ）
吉野よく　見よとはくどし　花盛り　玖也（5夜錦 九八）
一ところに　御代の大凧　小凧哉　一茶（3七番日記 三二四ぺ）
のらくらも　御代のけしきぞ　更衣(ころもがへ)　一茶（3七番日記 三三七ぺ）
飾縄(しめなは)や　御代の直なと　丸いのと　移竹（8俳諧新選 九九ぺ）
鸛(こふ)の巣も　みらるる花の　葉越し哉　芭蕉（1続虚栗 二八七）
女房に　見られて出るや　更衣　干皐（7俳諧古選 一七○ぺ）

うしろより　見られぬ岨(そば)の　桜　哉　冬松(6あら野五七三)
蝌蚪(おたまじやくし)を　見る事親も　はづれたり　嘯山(8俳諧新選一〇五ペ)
出て月を　見ることのあり　松の内　別天楼(9野老一一八二)
朝夕に　見る子見たがる　踊り哉　りん(7俳諧古選一八四ペ)
物舗きて　見るには寒し　梅の花　卯雲(8俳諧新選一〇二ペ)
とく散つて　見る人帰せ　山　桜　惟中(7俳諧古選一五三ペ)
物毎の　見る程暑き　女かな　談中(7俳諧古選一七一ペ)
此の藤や　見る程絵とは　覚束な　卯雲(8俳諧新選一五五ペ)
水仙の　見る間を春に　得たりけり　路通(6あら野五二九)
柴(ふし)漬けに　見るもかなしき　小魚かな　虚子(11五百句一四ペ)
元朝の　見る物にせん　富士の山　宗鑑(4俳諧古選〇〇七)
寒港を　見るや軍港　下敷に　多佳子(9七曜昭35・2二九六四)
取りあげて　見るや椿の　ほぞの穴　洞木(6続猿蓑三〇六〇)
としよりと　見るや鳴く蚊の　耳のそば　一茶(3おらが春四四二ペ)
身のほどを　見るや冬菜の　青(あを)鵐(しとど)　祇空(4六物集一一三七)
老妻若やぐと　見るゆふべの金婚(こと)に　話頭(かた)りつぐ　碧梧桐(9昭和日記〇一五〇)
旧友を　見れば襟巻　旧の如し　巨口(9つは蕗一二〇三)
お座敷を　見れば大略(おほよそ)　神無月　元理(4寒川入道筆記〇〇二五)
ともしびを　見れば風あり　夜の雪　蓼太(5蓼太句集五四〇)
駁者あふぐ　見れば寒雁(かんがん)　わたるなり　爽雨(9雪解一八九一)
一夜きて　三井寺うたへ　初しぐれ　尚白(6あら野七七一)
日くれたり　三井寺下りる　春のひと　暁台(4暁台句集一八〇八)

からびたる　三井の二王や　冬木立　其角(5いつを昔一二七〇)
近よつて　身を顕せし　かがし哉　玉芝(8俳諧新選二一八ペ)
蚕づかれの　身をいたはりの　小　盃　枵童(9枯蘆〇八〇五)
来る蝉の　身を打ち付けて　とまりけり　嘯山(8俳諧新選二一九ペ)
いとはるる　身を恨み寝や　くれの春　蕪村(2蕪村遺稿四六六)
南天の　実をこぼしたる　目白かな　子規(10獺祭句帖抄六五九ペ)
鶯の　身をさかさまに　初音かな　其角(5初蝉二五三)
花さかぬ　身をすぼめたる　柳かな　乙由(5麦林集四四六)
秋雨や　身をちぢめたる　傘の下　虚子(11五百句三八ペ)
骨のなき　身をちぢめたる　なまこ哉　富水(8俳諧新選一四〇ペ)
蠅いとふ　身を古郷に　昼寝哉　蕪村(2蕪村句集一六九六)
去られたる　身を踏ん込んで　田植哉　蕪村(2蕪村句集四一)
巣の中や　身を細うして　おや燕　峰嵐(6続猿蓑三〇一八)
羽抜鳥　身を細うして　かけりけり　虚子(11五百句八六ペ)
寒雀　身を細うして　闘へり　普羅(9普羅句集〇七一五)
梟の　身をまかせたる　時雨かな　成美(4成美家集二〇七四)
山陰や　身を養はん　瓜　畑　芭蕉(1いつを昔四一〇)
満潮に　身を横たへて　泳ぎけり　温亭(9温亭句集〇八四〇)
外に寝る　身を忘れたる　寒さかな　既白(8俳諧新選一四二ペ)
投げつべき　身ををし鳥の　島輪哉　雁宕(8俳諧新選一五三ペ)
梅遠(をち)近(こち)　南(みんなみ)すべく　北すべく　蕪村(2蕪村句集一四九二)

む

文月や　六日も常の　夜には似ず　芭蕉（1奥の細道五三三）
瓜の皮　むいたところや　蓮台野　芭蕉（1笈日記八六四）
炎天に　向いて寝返る　乞食哉　李流（8俳諧新選二二〇ぺ）
耕すや　むかし右京の　土の艶　太祇（5太祇句選五四三）
誰が布施の　昔小袖や　壬生念仏　召波（8俳諧新選二一一ぺ）
柚（ゆ）の花や　昔しのばん　料理の間　芭蕉（1嵯峨日記六八六）
此の槌の　むかし椿歟（か）　梅の木歟（か）　芭蕉（1粟津文庫抄九四六）
慟哭せしは　昔となりぬ　明治節　虚子（11五百句八五ぺ）
雪折や　昔に帰る　笠の骨　松意（4談林十百韻〇一九三）
月代（しろ）や　むかしに近き　須磨の浦　鬼貫（7俳諧古選一七六ぺ）
目の前を　むかしに見する　時雨哉　蕪村（2蕪村遺稿一二九六）
年忘れ　むかし念者と　若衆哉　春来（7俳諧古選三二一ぺ）
梅が香に　昔の一字　あはれ也　芭蕉（1笈日記八三一）
巳のとしや　むかしの春の　おぼつかな　荷兮（6あら野五〇〇）
もの数寄（ずき）や　むかしの春の　儘ならん　越人（6あら野八六六）
古びなや　むかしの人の　袖几帳　蕪村（2蕪村句集三三六七）
初蟵（かや）に　昔の人の　匂ひかな　東皐（5奥美人九四五）
蔦の葉は　むかしめきたる　紅葉哉　芭蕉（1茘摺四二九）
一家皆　昔模様や　節小袖　富水（8俳諧新選二一一ぺ）
梨壺の　むかしや今に　帰り花　廬元坊（4歌まくら一一九九）
初花や　むかし横浜に　断腸花　迷堂（9芙蕖〇四二七）
膝抱きて　昔をおもふ　寒さかな　練石（8俳諧新選一四二ぺ）
鴛鴦の　向かひあふたり　並んだり　子規（10獺祭句帖抄六六六ぺ）
かはほりや　むかひの女房　こちを見る　蕪村（2蕪村句集七五八）
夜涼みや　むかひの見世は　月がさす　里圃（6続猿蓑三一六三）
とある家に　むかひ火見えて　降る雨か　道彦（5蔦本集九七四）
上﨟の　むかふ川辺や　山ざくら　嘯山（8俳諧新選一六〇ぺ）
山路きて　むかふ城下や　凧（たこ）の数　太祇（4太祇句選一八二二）
水鳥や　むかふの岸へ　つういつうい　惟然（5惟然坊句集四〇三）
日光の　向かふ上りに　燕かな　子規（10獺祭句帖抄六四四ぺ）
川径（こみち）の　むかふは畠　草の露　雅因（8俳諧新選二二六ぺ）
川留の　向かふへ越えぬ　ほととぎす　移竹（8俳諧新選一二三ぺ）
一日一日　麦あからみて　啼く雲雀（ひばり）　芭蕉（1嵯峨日記六九一）
化粧して　麦うつ宿の　女かな　坡仄（8俳諧新選一二六ぺ）
ぢか焼きや　麦からくべて　柳鮠（やなぎばえ）　文鳥（6続猿蓑三一九二）
百姓も　麦に取りつく　茶摘歌　去来（6猿蓑一七五九）
行く駒の　麦に慰む　やどり哉　芭蕉（1野ざらし紀行二二五一）
うまや路や　麦の黒穂の　踏まれたる　不器男（9定本不器男集一七〇六）
子は母と　麦の月夜の　ねむい径　素逝（9ふるさと一八二四）
ほととぎす　麦の月夜は　薄曇り　麦水（5葛箒七四一）
刈りこみし　麦の匂ひや　宿の内　利牛（6炭俵二四九四）

曙や 麦の葉末の 春の霜　鬼貫（4大悟物狂 〇二六八）
枯色は 麦ばかり見る 夏の哉　生林（6あら野 六三三）
陽炎の 麦ひき延ばす 小昼かな　路通（5車路 三四六）
風の日の 麦踏遂に をらずなりぬ　虚子（11五百句 八七ぺ）
柿寺に 麦穂いやしや 作りどり　荊口（6炭俵 二四九一）
入口に 麦干す家や 古簾　子規（10獺祭句帖抄 六三二ぺ）
のどけしや 麦まく比（ころ）の 衣がへ　一井（6あら野 七八五）
目にあやし 麦藁一把 飛ぶ蛍　高政（5誹諧中庸姿 一一九）
川音や 木槿（むくげ）さく戸は まだ起きず　北枝（5北枝発句集 四一〇）
道ばたの 木槿にたまる ほこりかな　子規（10獺祭句帖抄 六三八ぺ）
道のべの 木槿は馬に くはれけり　芭蕉（1野ざらし紀行 一七六）
榎（え）の実ちる むくの羽音や 朝あらし　芭蕉（1笈日記 九三二）
四五寸の 葎（むぐら）に雉の 見えずなりぬ　子規（10獺祭句帖抄 六四四ぺ）
雨の声 葎に尽きて 月白し　思覧（8俳諧新選 一三〇ぺ）
さしこもる 葎の友か ふゆなうり　芭蕉（1雪満呂気 四五一）
顔や 葎の中の 花うつぎ　怒誰（6猿蓑 二一五二）
花の世を 無官の狐 鳴きにけり　一茶（3おらが春 四三五ぺ）
子規忌へと 無月の海を わたりけり　虚子（14七百五十句 一七ぺ）
秋風に 向けて飯焚く 小舟かな　樗堂（4萍窓集 二一四三）
はかまきぬ 聟入もあり 年のくれ　李由（6炭俵 二六三七）
出代や 聟が迎ひの 馬の声　大夢（8俳諧新選 一〇八ぺ）
青麦に 聟もたぬ身の 哀れ也　令水（7俳諧古選 一六二ぺ）

江戸を出て 武蔵野広し 花薄　一之（8俳諧新選 一三二ぺ）
かり家を 貪るきくの 垣穂かな　暁鼯（6あら野 九六七）
短夜も 蒸されて長き 一夜かな　楮林（8俳諧新選 一一八ぺ）
あやまたず 虫売り移す 小籠かな　汀女（9昭43俳句年鑑 一九一七）
枝ながら 虫うりに行く 蜀漆（くさぎ）かな　含咕（6あら野 八七七）
礼状は書きぬ 虫食ひの 栗ながら　紅緑（9紅緑句集 〇二四六）
冬籠り 虫けら迄も あなかしこ　貞徳（5犬子集 二〇）
在庫米 蝕づきゐたり 台風裡　圭岳（9太白星 一一八九）
むしつては むしつては捨て 春の草　来山（5われ貝 二〇六）
今宮は 虫所也 聾也　来山（7俳諧古選 一九七ぺ）
口上を 虫に云はせて 売りにけり　秋士（8俳諧新選 二二七ぺ）
いかほどの 虫の命を 瓜作り　かしく（7俳諧古選 二〇四ぺ）
夜窃かに 虫は月下の 栗を穿つ　芭蕉（1東日記 一一七）
野に嬉し 虫待つ宵の 小行灯　重頼（5藤枝集 三二）
耳立てて 虫も聞くらん 人の音　赤羽（8俳諧新選 二二七ぺ）
花芥子の 無常すすむる 夕べ哉　親当（7俳諧古選 一九五ぺ）
秋風や むしりたがりし 赤い花　一茶（3おらが春 四六九ぺ）
兼好も 筵織りけり 花ざかり　嵐雪（6炭俵 二二一四）
やぶ入や 筵の上も 親の内　休影（8俳諧新選 一四八ぺ）
枯菊に 筵のはしの かかりけり　虚子（12六百句 二四七ぺ）
すずみ取る 筵をまはす 木陰哉　梅有（8俳諧新選 二二ぺ）
筆ひぢて むすびし文字の 吉書かな　宗鑑（4小町躍 〇〇一二）

糸遊に　結びつきたる　煙哉　芭蕉（1曾良書留　四七六）
二人して　むすべば濁る　清水哉　蕪村（2蕪村句集　二六九二）
鶯の　娘か鳴かぬ　時鳥　守武（4守武千句　〇〇一五）
紅梅は　娘すまする　妻戸哉　杉風（6炭俵　二四〇四）
夫婦（めをと）雛　娘の問はば　いかがせん　達暑（7俳諧古選　二〇四ぺ）
鰤（ぶり）売りの　娘も見たく　上りけん　一扇（8俳諧新選　一四五ぺ）
不器量な　娘わりなき　花見哉　凹玉（8俳諧新選　一四七ぺ）
早乙女に　結んでやらん　笠の紐　闇指（6続猿蓑　三一四一）
すくからに　むせるもうれし　青山椒　風虎（5夜錦　一二三）
雨の灯（ひ）や　咽（むせ）んで幾夜　花の肬（いぼ）　竿秋（8俳諧新選　一五五ぺ）
塊（つちくれ）に　答うつうめの　あるじかな　蕪村（2蕪村遺稿　二一一三）
咲く花を　むつかしげなる　老木哉　木節（6続猿蓑　二九七六）
あかつきを　むつかしさうに　鳴く蛙　越人（6あら野　五八一）
身だしなみ　むつかしやとて　野菊かな　巴雀（4父の道　一二一三）
ほとときす　正月は梅の　花咲けり　芭蕉（1虚栗　一六三）
立ち寄れば　むつとかぢやの　暑さかな　沾圃（6続猿蓑　三一七四）
梅紅白　睦み連れ立つ　二老嫗　風生（9傘寿以後　一五六五）
いなづまや　むねうちあはす　門のくれ　星布（5星布尼句集　八八九）
園丁や　胸に抱き来し　ヒヤシンス　元（9島村元句集　〇九〇〇）
露台人　胸に薔薇さし　人を恋ふ　零余子（9零余子句集二　〇六八六）
水鳥の　胸に分けゆく　桜かな　浪化（5卯辰集　三八八）
かなしさの　胸に折れ込む　枯野かな　呂丸（6炭俵　二六二二）
冬の浅間は　胸を張れよと　父のごと　楸邨（9山脈　二五九三）
白露の　無分別なる　置き所　宗因（4俳諧温故集　〇一六七）
死際に　無益の蜂の　剣（つるぎ）かな　心咲（7俳諧古選　一五〇ぺ）
雪とけて　村一ぱいの　子ども哉　一茶（3七番日記　三三二五ぺ）
浦風や　むらがる蠅の　はなれぎは　岱水（6炭俵　二四九六）
染汁の　紫氷る　小溝かな　子規（10獺祭句帖抄　六二〇ぺ）
ゆく春や　むらさきさむる　筑波山　蕪村（2蕪村句集　二一〇四）
光（みつ）氏（うぢ）と　紫と寝る　布団かな　東洋城（9東洋城全句上　〇四〇九）
食罰の　紫にがき　葡萄（ぶだう）かな　紅葉（4紅葉句帳　二三三二）
曙の　むらさきの幕や　春の風　蕪村（2蕪村句集　二四一六）
朝霧や　村千軒の　市の音　蕪村（2蕪村句集　六二九）
番屋有る　村は更けたり　けふの月　蕪村（2蕪村遺稿　一七六）
灯（ひ）をとぼす　村を過ぎれば　蛙かな　孤桐（8俳諧新選　一〇五ぺ）
売る牛の　村をはなるる　霞かな　百池（8俳諧新選　一〇六ぺ）
朝霜や　室（むろ）の揚屋の　納豆汁　蕪村（2蕪村句集　二三二九）

め

夏かけて　名月あつき　すずみ哉　芭蕉（1萩の露　七九八）
萩折りて　名所の人の　箸にせん　烏暁（8俳諧新選　一五一ぺ）
降る雪や　明治は遠く　なりにけり　草田男（9長子　二五四五）
愚案ずるに　冥途もかくや　秋の暮　芭蕉（1向之岡　一一九）

蒟蒻(こんにやく)の　名物とはんやま桜　李里(6続猿蓑 二九八〇)
鵙(もず)鳴いて　妙義赤城の日和かな　子規(10獺祭句帖抄 六一六ぺ)
箏や　妙義の神巫(みこ)が小風呂敷　道彦(5蔦本集 九七二)
台共に　妾囉(もら)はん夕すずみ　百万(8俳諧新選 一五三ぺ)
我は春　目かどに立つるまつ毛哉　般斎(6あら野 五〇一)
若人の　眼鏡かけたり絹袷　子規(10獺祭句帖抄 六一四ぺ)
木つつきが　目利して居る庵哉　一茶(3おらが春 四六八ぺ)
あら波の　目口へはいる千鳥かな　春来(8俳諧新選 一五三ぺ)
哀れさや　盲麻刈る露のたま　槐市(6猿蓑 一七八三)
野を撫でて　盲のほめる春べかな　梅史(8俳諧新選 一一一ぺ)
下京を　廻りて火燵行脚かな　丈草(4記念題 〇九八九)
白馬の　眼繞る癲脈雪の富士　草田男(9万緑昭36・1 二五三九)
凩や　目刺に残る海のいろ　龍之介(9澄江堂句集 一一三九)
醤油もて　目ざしぬらすや塘の上　重頼(4藤枝集 〇〇九〇)
独り焼く　目刺や切に打ち返し　温亭(9温亭句集 〇八三五)
寝ても寝ても　目さむる夏の青み哉　団水(5俳諧京羽二重 一三三六)
ひれふりて　めじかもよるや男鹿島　芭蕉(1五十四郡 一二二一)
さむしろや　飯食ふ上の天の川　樗堂(5萍窓集 九二〇)
肩脱いで　飯くふ嚊(かか)や番椒(たうがらし)　嘯山(8俳諧新選 一二八ぺ)
花に来て　飯くふひまや松の風　月居(5花鳥篇 九六〇)
提灯で　飯食ふ舟やほととぎす　它谷(8俳諧新選 一一三ぺ)
寝いらぬに　食焼(た)く宿ぞ明けやすき　冬松(6あら野 九二七)

魂棚の　飯に露おく夕べかな　子規(10獺祭句帖抄 六〇一ぺ)
寒食(かんじき)や　飯の左太郎名に立つる　嘯山(8俳諧新選 一〇七ぺ)
はつしもや　飯の湯あまき朝日和　樗良(5樗良発句集 七八七)
岬宮の　芽芝青きを汐干きし　碧梧桐(9碧梧桐句集 〇一一七)
淋しさに　飯をくふ也秋の風　一茶(3文政句帖 三四六ぺ)
渋柿の　滅法生りし愚さよ　たかし(9野守 一六六一)
このあたりに　珍しい三味線の音の三日月　癖三酔(9新緑大6・1 〇三七五)
灌仏や　目出度事に寺参り　支考(7俳諧古選 一六九ぺ)
はつ春の　めでたき名なり堅魚(かつを)魚(いを)　越人(6あら野 四九六)
粟稗と　目出度くなりぬはつ月よ　半残(6猿蓑 一八四一)
行く春や　眼に合はぬめがね失ひぬ　蕪村(2蕪村遺稿 四六一)
名月や　目に置きながら遠(とほ)歩行(あるき)　素園(8俳諧新選 一三〇ぺ)
蓮のかを　目にかよはすや面の鼻　芭蕉(1真蹟短冊 八七三)
秋来ぬと　目にさや豆の垣ほ哉　田福(8俳諧新選 一二四ぺ)
秋来ぬと　目にさや豆のふとりかな　大江丸(5はいかい袋 八七二)
月桜　目にしばらるる一期哉　孤岫(7俳諧古選 二〇三ぺ)
むし干の　目に立つ枕ふたつかな　文瀾(6あら野 九八一)
しら菊の　目に立てて見る塵もなし　芭蕉(1追善之日記 九〇五)
紫陽草(あぢさゐ)や　目につかへたる軒の雲　梅従(8俳諧新選 一一八ぺ)
木兎(みみづく)の　目にはさやかにほととぎす　青蛾(8俳諧新選 一一三ぺ)
畠打の　目にはなれずよ摩耶(まや)が岳　蕪村(2蕪村遺稿 二三七四)
ゆく雁の　眼に見えずしてとどまらず　誓子(9七曜 一四九四)

故郷の　目に見えてただ　桜散る　子規（9寒山落木巻四 ○○四六）
此のあたり　目に見ゆるものは　皆涼し　芭蕉（1笈日記 四一二）
花は賎の　めにもみえけり　鬼（おに）薊（あざみ）　芭蕉（1続山井 五）
行く先も　目に欲のなき　枯野哉　其口（7俳諧古選 二二七ぺ）
あこがるる　目のさやはづす　雨の暮　木雞（8俳諧新選 一○二ぺ）
駒鳥の　女猫の様や　高ね哉　傘下（6続猿蓑 三○一五）
ふいふいと　目のちる野路や　まんじゆ沙花（しゃげ）　瓜流（8俳諧新選 一三五ぺ）
甘草の　芽のとびとびの　ひとならび　素十（9初鴉 一五三五）
せんどまで　目の舞うた谷も　若葉哉　専吟（7俳諧古選 一六八ぺ）
それ鯵は　目の前日和　江戸生まれ　貞佐（4桑々畔発句集 一二一七）
男の童と　女の童と遊ぶ　炬燵かな　子規（10獺祭句帖抄 六六一ぺ）
順礼の　目鼻書きゆく　ふくべ哉　蕪村（2蕪村句集 四九）
春雨や　目鼻の付きし　茄子苗　楼川（8俳諧新選 一○三ぺ）
しぐるるや　目鼻もわかず　火吹竹　茅舎（4川端茅舎句集 二六二八）
力なや　雌は伸びて居る　雞（とり）合はせ　文十（7俳諧古選 一五八ぺ）
海苔掻きの　眼はをみならし　円き岩　水巴（9定本水巴句集 ○五九○）
宝引や　めまぜをねだる　娘どち　嘯山（4律亭句集 一七一二）
藤咲いて　眼やみ籠るや　薬師堂　子規（10獺祭句帖抄 六四六ぺ）
ふさぐかと　目をいらひけり　蛬（きりぎりす）　移竹（8俳諧新選 一二七ぺ）
玻璃内の　眼を感じつつ　親雀　虚子（13六百五十句 一四三ぺ）
暁の　めをさまさせよ　はすの花　乙州（6炭俵 二五二九）
やどり木の　目を覚ましたる　若葉哉　蕪村（2蕪村遺稿 五二四）
鉢たたき　女夫出でぬも　哀れ也　其角（7俳諧古選 二○一ぺ）
高沙の　夫婦（めをと）誰がせん　魂祭り　十人（7俳諧古選 一八二ぺ）
御手討の　夫婦なりしを　更衣（ころもがへ）　蕪村（2蕪村句集 七四八）
おつ晴た　夫婦なれども　天の河　瓢水（8俳諧新選 二一四ぺ）
蝶々の　夫婦寝余る　牡丹かな　素園（8俳諧新選 一一三ぺ）
秋風や　眼を張つて啼く　油蟬　水巴（9定本水巴句集 ○五七三）
狗の子の　目をぽつちりと　明けの春　仙鶴（7俳諧古選 二一三ぺ）
花を見し　目を休めけり　若楓　其丸（8俳諧新選 一一四ぺ）
笠とれて　面目もなき　かがしかな　蕪村（2蕪村遺稿 一八四○）
あち東風（こち）や　面々さばき　柳髪　芭蕉（1続山井 二五）
母なくて　面々に食ふ　雑煮かな　温亭（9温亭句集 ○八三四）

も

雪国へ　もう御いきやる歟（か）　さらばさらば　嘯山（8俳諧新選 一四九ぺ）
西念は　もう寝た里を　鉢たたき　蕪村（2蕪村句集 一四七九）
起きて居て　もう寝たと云ふ　夜寒哉　蕪村（2蕪村句集 一四六四）
初かまど　燃え立ち家人　起き起くる　躑躅（9同人第一句集 ○八六二）
なぐりても　萌たつ世話や　春の草　正秀（6続猿蓑 三○二七）
星合に　もえ立つ紅や　かやの縁（へり）　孤屋（6炭俵 二五五○）
この榾（ほだ）の　燃え尽きるまで　読むとせん　紅緑（9紅緑句集 ○二四○）
狐火の　燃えつくばかり　枯尾花　蕪村（2蕪村句集 二一七一）

庵室の木魚につるる水鶏(くひな)哉　楽水（8俳諧新選一一八ペ）
温突(おんどる)に木版の軽き書を読めり　誓子（0黄旗一四六三）
冬草や黙々たりし父の愛　風生（9米寿前一五八四）
裸にて黙礼をかし門すずみ　孤桐（8俳諧新選一二一ペ）
阿蘭陀(おらんだ)の文字か横たふ旅の雁　宗因（5時勢粧一〇七）
工事残務百舌鳥(もず)晴れに住みつくがごと　碧梧桐（4新傾向句集二二八八）
おろ覚えもしや植ゑしと花の春　芳室（7俳諧古選一五〇ペ）
柊(ひひらぎ)さもしや築地の崩れより　逸志（7俳諧古選二三三ペ）
たばしるや鵙(もず)叫喚(けうくわん)す胸形(きやうぎやう)変(へん)　波郷（9惜命二六四七）
かなしめば鵙金色の日を負ひ来　楸邨（9寒雷二五七六）
水仙や鵙の草ぐき花咲きぬ　蕪村（2蕪村句集二三二三）
名月やもそつと足らぬ長縄手　五竹坊（4三福対一七八三）
新米のもたるる腹や穀(ごく)潰(つぶ)し　太祇（8俳諧新選二三三ペ）
湖にもたれかかりし稲の花　几圭（4右紫一一八九）
影どちのもたれかかるや夏木立　未人（8俳諧新選一一四ペ）
青柳にもたれて通す車哉　素秋（6あら野五六〇）
名月にもたれて回る柱哉　野童（7俳諧古選一七九ペ）
梅柳餅あり春が今来ても　存義（8俳諧新選一四六ペ）
牡蠣船にもちこむわかればなしかな　万太郎（9流寓抄一一一四）
餅屋から餅搗き初めて夜ごと夜ごと　貝錦（8俳諧新選一四四ペ）
遮莫(さもあらばあれ)餅搗けて来りけり　万太郎（9流寓抄一一二一）
搗き立ての餅つつじ哉粘り哉　十髪（8俳諧新選一四九ペ）

しかれ共餅では寒き亥子哉　鼓舌（8俳諧新選二三八ペ）
いかい事餅についたるつつじ哉　麦翅（8俳諧新選一一〇ペ）
肩衣(かたぎぬ)は戻子(もぢ)にてゆるせ老の夏　杉風（6あら野九六四）
鶯や餅に糞(ふん)する縁のさき　芭蕉（1葛の松原七四二）
搗栗(かちぐり)や餅にやはらぐそのしめり　沾圃（6続猿蓑三一一〇）
やはらかき餅の如くに冬日かな　虚子（13六百五十句二〇一ペ）
一枚の餅のごとくに雪残る　茅舎（4川端茅舎句集二六二一）
煤掃や餅の序でに撫でしおく　加生（7俳諧古選一九四ペ）
柴にまた餅花咲くや二度の春　令徳（4崑山集〇一〇〇）
くろこげの餅見失ふどんどかな　犀星（9魚眠洞発句集一一四三）
麦ぬかに餅屋の見世の別れかな　荷兮（6続猿蓑三四六三）
くれくれて餅を木魂のわびね哉　芭蕉（1天和二歳旦一一四二）
鬼の子に餅を居うるもひひな哉　如行（6炭俵二四五六）
神の灯(ひ)や餅を定木に餅をきる　一茶（3文政版発句集三六一ペ）
煩へば餅をも食はず桃の花　芭蕉（1夜話ぐるひ二六一）
風あるをもつて尊し雲の峰　一茶（3おらが春四五三ペ）
馬追の最も近く聞こゆなり　浜人（9定本浜人句集〇八一二）
藪いりに持つや袋の唐錦　馬光（4百番句合一五一）
雨だれにもつるる蝶やさみだるる　村家（9同人句集〇七九二）
堅炭をもて堅炭を割りにけり　別天楼（9野老一一七八）
行く秋やもて来た風は置きながら　素園（8俳諧新選一三五ペ）
此の秋風のもて来る雪を思ひけり　虚子（11五百句三九ペ）

時雨をや　もどかしがりて　松の雪　芭蕉（1続山井 一九）
山ざくら　もと来し路を　迷ひけり　鈍鳥（8俳諧新選 二四七ぺ）
木をきりて　本口みるや　けふの月　芭蕉（1江戸通町 八一）
何人(なにびと)の　戻す座頭ぞ　小夜時雨　珪琳（4続江戸筏 二一四二）
何の木の　もとともあらず　栗拾ふ　虚子（11五百句 四七ぺ）
ちり牡丹　元の容(かたち)に　並べ見ん　尺布（8俳諧新選 二一三ぺ）
見歩行(ありき)て　本の座敷や　花の宴　随古（8俳諧新選 二一〇ぺ）
初雁や　もとの閾(しきゐ)に　入る障子　梅四（8俳諧新選 二三一ぺ）
夢さめて　本の独りや　かんこ鳥　鼓舌（8俳諧新選 二一四ぺ）
旅に炬燵　求めてあたれ　住み所　信海（7俳諧古選 一八六ぺ）
三夕も　もとやひとつの　けさの秋　元隣（5新続犬筑波集 八七）
山茶花は　元より開く　帰り花　車庸（6続猿蓑 三三五一）
人はいざ　戻りともなし　秋の暮　祖扇（8俳諧新選 二三二ぺ）
藪見しれ　もどりに折らん　梅の花　落梧（6あら野 五一二）
茸狩りの　もどりは遠き　山路かな　雲魚（8俳諧新選 二三四ぺ）
飛びのりの　戻り飛脚や　雲の峰　蕪村（2蕪村遺稿 六五）
雉子うちて　もどる家路の　日は高し　蕪村（2蕪村遺稿 二三一九）
子を置きて　戻る郭(くるわ)や　さよ砧　胡丈（8俳諧新選 二三二ぺ）
行き過ぎて　もどる人あり　藤の花　李流（8俳諧新選 一一二ぺ）
又水に　もどるも早し　初氷　超雪（7俳諧古選 二二三ぺ）
連歌して　もどる夜鳥羽の　蛙かな　蕪村（2蕪村句集 三三六二）
金もつて　もどる夜舟や　ほととぎす　嘯山（8俳諧新選 一一三ぺ）

紅葉見て　戻れば柴の　哀れ也　貞春（7俳諧古選 一八三ぺ）
巡礼を　戻れば丁と　麦の秋　淀社中（8俳諧新選 一一六ぺ）
むつとして　もどれば庭に　柳かな　蓼太（5蓼太句集 五三二）
柿のなる　本を子どもの　寄りどころ　利牛（6炭俵 二五七三）
目高浮く　最中へ落つる　椿哉　素丸（5素丸発句集 五二七）
三月や　モナリザを売る　石畳　不死男（9万座 二二六七）
夕立や　物云ひたげに　草も木も　雋羽（8俳諧新選 二二三ぺ）
しらぬ人と　物いひて見る　紅葉哉　東順（6あら野 七四六）
葉より葉に　ものいふやうや　露の音　鼠弾（6あら野 七二一）
相宿の　ものうき蚊帳の　鼾かな　廬元坊（4藤の首途 一一九六）
夕ぐれの　ものうき雲や　いかのぼり　才麿（5其袋 二一三）
打たんとて　もの憂き蠅を　只見たり　虚子（14七百五十句 一〇二ぺ）
梨の香や　物うき留主の　窓の月　瓜流（8俳諧新選 一五一ぺ）
夏草や　物失へる　水(みづ)鼬(いたち)　嘯山（8俳諧新選 一一九ぺ）
垣越しに　ものうちかたる　接木哉　蕪村（2蕪村句集 二一九四）
市人の　物うちかたる　露の中　蕪村（2蕪村句集 一七六七）
沢瀉(おもだか)や　藻の上越える　水の影　太祇（8俳諧新選 一二四ぺ）
遠火事に　物売り通る　静かかな　木歩（9決定木歩全集 一〇五六）
星のとぶ　もの音もなし　芋の上　青畝（9万両 一五一八）
女孀達の　物驚きや　今朝の秋　雁宕（4俳諧新選 一七〇〇）
山畑に　もの思はばや　蕪引き　松芳（6あら野 九九二）
歩き歩き　物おもふ春の　ゆくへかな　蕪村（2蕪村遺稿 四七〇）

春雨や　もの書かぬ身の　あはれなる　蕪村（2 蕪村句集 一五〇四）
一夜経て　物書きにくし　雪の面　孤桐（8 俳諧新選 一四二ぺ）
くらき夜に　物陰見たり　雪の隈(くま)　二水（6 あら野 四四六）
大いなる　ものが過ぎ行く　野分かな　虚子（11 五百句 一〇〇ぺ）
七夕よ　物かすことも　なきむかし　越人（6 あら野 八八二）
春雨や　ものがたりゆく　蓑と傘　蕪村（2 蕪村句集 二二三）
二日酔　ものかは花の　あるあひだ　芭蕉（1 真蹟短冊 一四六）
終(つひ)に見ぬ　物からやまし　夏の雪　聴雨（8 俳諧新選 一四八ぺ）
うめの花　もの気にいらぬ　けしき哉　越人（6 あら野 五一一）
花は都　物くるる友は　なかりけり　其角（7 俳諧古選 一四六ぺ）
壁隣　ものごとつかす　夜寒哉　蕪村（2 蕪村句集 六〇六）
鞄あけ　物探す人　冬木中　虚子（12 六百句 一八六ぺ）
あるが中に　物静か也　白牡丹　菜根（8 俳諧新選 一二三ぺ）
埋み火や　物そこなはぬ　比丘比丘尼　蕪村（2 蕪村遺稿 六七七）
大いなる　もの空翔ける　春吹雪　碧雲居（9 碧雲居句集 一〇六四）
初午や　ものだね売りに　日の当たる　蕪村（2 蕪村句集 四二二）
月見ても　物たらはずや　須磨の夏　芭蕉（1 笈の小文 三八七）
松島や　物調ひし　けふの月　呂丸（7 俳諧古選 一八一ぺ）
嫌はるる　物とはしらじ　茨の花　呂誰（8 俳諧新選 一二三ぺ）
海にある　物とは見えぬ　海鼠(なまこ)かな　谷水（8 俳諧新選 一四〇ぺ）
黄昏(たそがれ)の　物とや団(うちは)　一重帯　なか（7 俳諧古選 一七三ぺ）
接木して　物なつかしき　あした哉　可幸（8 俳諧新選 一〇四ぺ）

おもひ出でて　物なつかしき　柳かな　才麿（5 続の原 二一四）
地につもる　物ならいかに　五月雨　簾風（8 俳諧新選 一四八ぺ）
枯れはてし　ものにある日の　やすらかに　素逝（9 暦日 一八二〇）
火傷して　物に狂ふや　冬ごもり　超波（8 俳諧新選 一四〇ぺ）
瓢箪は　物にせぬ気や　鉢叩　子葉（7 俳諧古選 一八八ぺ）
手も出さず　物荷(にな)ひ行く　冬野哉　来山（7 俳諧古選 一八六ぺ）
拾はるる　物に成れかし　草の露　岸松（7 俳諧古選 一八五ぺ）
さし出した　物にはづるる　霰哉　之房（8 俳諧新選 一四二ぺ）
あら海や　ものに離れて　秋の風　樗堂（5 萍窓集 九二一）
臥して見る　ものに冬夜の　屏風かな　青峰（9 青峰集 二三五六）
初夜迄は　物に紛るる　夜寒かな　鷺喬（8 俳諧新選 一三二ぺ）
原中や　物にもつかず　鳴く雲雀(ひばり)　芭蕉（1 続虚栗 二九一）
種蒔ける　者の足あと　洽しや　草田男（9 来し方行方 二五三七）
わだつみに　物の命の　くらげかな　虚子（11 五百句 六八ぺ）
やがてあく　物のうつくし　木草の芽　鷺喬（8 俳諧新選 一〇三ぺ）
秋晴れて　ものの煙の　空に入る　子規（10 獺祭句帖抄 六五二ぺ）
行く月に　物の障らぬ　海辺哉　都水（7 俳諧古選 一八三ぺ）
ほろび行く　ものの姿や　松の内　虚子（14 七百五十句 二二ぺ）
地をはへる　ものの巣になる　落葉かな　秋瓜（4 つくば紀行 一七四九）
茶の花は　もののついでに　見たる哉　李晨（6 あら野 七八一）
魂祭り　物の問ひたさ　火かげかな　梅史（8 俳諧新選 一二五ぺ）
年玉の　物の名よめり　家の集　米仲（8 俳諧新選 一〇一ぺ）

新しい　物の似合はぬ　かがしかな　貫古（8俳諧新選　二一八ぺ）
市中（まちなか）は　物のにほひや　夏の月　凡兆（6猿蓑　二〇三四）
うぐひすや　もののまぎれに　夕鳴きす　暁台（5暁台句集　七六五）
有りつべき　物は砧の　小うた哉　氷花（7俳諧古選　一八一ぺ）
はつ雪や　物は足らぬが　花なれば　文江（8俳諧新選　一三九ぺ）
塩引きて　藻の花しぼむ　暑さかな　児竹（6あら野　六五七）
渡り懸けて　藻の花のぞく　流れ哉　凡兆（6猿蓑　一七八四）
寝入りなば　もの引きさせよ　花の下　野水（6あら野　八四六）
難船の　物干す秋の　浜日和　鳴雪（4鳴雪俳句鈔　二二二五）
夕立や　物見車の　崩れより　心祇（4続一花摘　一六五）
解けて行く　物みな青し　はるの雪　菊舎（5手折菊　九四八）
我が宿に　物わすれ来て　照射（ともし）哉　蕪村（2蕪村遺稿　一六四〇）
背たらおふ　物を見せばや　花の春　野童（6続猿蓑　三一〇一）
都出でて　もはやかなしき　碪哉　和及（5前後園　一九四）
行くほどに　もはや山なし　時鳥　和及（7俳諧古選　一六三ぺ）
世がよくば　も一つ止まれ　飯の蠅　一茶（3おらが春　四四二ぺ）
摺り溜る　籾播くことや　子供の手　不器男（9定本不器男句集　一七一一）
折り得たる　紅葉扠（さて）しも　横ひらた　蕪村（2蕪村遺稿　六三六）
さくらさへ　紅葉しにけり　鹿の声　蕪村（2蕪村遺稿　九四六）
すりこ木も　もみぢしにけり　唐辛子　宗因（5難波草　一〇六）
寒菊や　紅葉せぬ物を　竹の筒　宗古（7俳諧古選　二一九ぺ）
ひつぢ田に　もみぢちりかかる　ゆふ日哉　蕪村（2蕪村句集　二四〇七）

大水や　紅葉流るる　塗足駄　二葉子（4江戸広小路　〇一四八）
一枝の　紅葉投げある　壁炉かな　より江（9同人句集　〇九三一）
鉄輪（かなわ）の灯（ひ）　紅葉にうつり　皃（かほ）に又　之房（8俳諧新選　一五四ぺ）
もののふの　紅葉に懲りず　女とは　秋色（4たまも集　一一三二）
藪の中に　紅葉みじかき　立枝哉　林斧（6あら野　七四七）
橋高し　もみぢを埋む　雨のくも　樗良（5樗良発句集　七八五）
寒菊錦着て　百菊の跡　おさへけり　嘯山（8俳諧新選　一三七ぺ）
梅ちれば桃　桃ちれば　桜かな　京馬（8俳諧新選　一〇九ぺ）
両の手に　桃とさくらや　草の餅　芭蕉（1桃の実　七四七）
さくらより　桃にしたしき　小家哉　蕪村（2蕪村句集　二六二八）
桃さけば　桃に成りけり　人ごころ　赤羽（8俳諧新選　一〇七ぺ）
あさましき　桃の落葉よ　菊畠　蕪村（2蕪村句集　二〇八五）
咲き乱す　桃の中より　初桜　芭蕉（1芳里袋　九五〇）
ほたほたと　桃の花さく　垣根かな　紀逸（4茶話稿　一一六一）
葛飾や　桃の籬（まがき）も　水田べり　秋桜子（9葛飾　一四二〇）
花さそふ　桃や歌舞妓の　脇躍り　其角（6続猿蓑　三〇五七）
其のにほひ　桃より白し　水仙花　芭蕉（1笈日記　七二七）
柳から　ももんぐああと　出る子哉　一茶（3おらが春　四五九ぺ）
雪の旦（あした）　母屋（もや）のけぶりの　めでたさよ　蕪村（2蕪村遺稿　一〇八七）
魂祭り　母屋の妻戸の　音は何　嵐雪（7俳諧古選　一七八ぺ）
冬ごもり　母屋へ十歩の　縁伝ひ　蕪村（2蕪村遺稿　一一九三）
下萌を　催す頃の　地震かな　子規（10獺祭句帖抄　六四六ぺ）

間引菜を　貰うて今日も　先過(まつ)ぎつ　紅緑（9紅緑句集 二〇四五）
笠寺や　もらぬ崖(いはや)も　春の雨　芭蕉（1千鳥掛 二九二）
咲いた程　囉(もら)ひ人(て)もなし　ももの花　麻兄（8俳諧新選 一〇七ぺ）
折つて後　貰ふ声あり　垣の梅　沾徳（5五子稿 四二九）
あたためて　囉へば酒を　へづりけり　召波（8俳諧新選 一三三ぺ）
雪解けの　盛り上がり来る　流れかな　赤羽（8俳諧新選 一〇一ぺ）
花と実を　守りつかれてや　雨落葉　子一（8俳諧新選 一三六ぺ）
子を独り　守りて田を打つ　孀(やもめ)かな　快宣（6あら野 九五六）
常香を　盛りて出代はる　親仁かな　紫水（8俳諧新選 一〇八ぺ）
稲妻や　森のすきまに　水を見たり　子規（10獺祭句帖抄 六五三ぺ）
夕立や　森を出て来る　馬車一つ　虚子（11五百句 七六ぺ）
露時雨　森を出る日に　濺(そそ)ぎけり　季遊（8俳諧新選 一三三ぺ）
寺領顔に　守るは山田の　僧都(そうづ)かな　末得（4毛吹草追加 〇一三七）
猿蓑に　もれたる霜の　松露哉　沾圃（6続猿蓑 二八九二）
薫る風や　諸越(もろこし)かけて　七の緒に　菊舎（5手折菊 九五〇）
みよしのや　もろこしかけて　冬木立　蕪村（2蕪村遺稿 三五九）
蝶よ蝶よ　唐土の　はいかい問はむ　芭蕉（1真蹟画賛 二二三）
真帆に吹く　唐土船の　薫りかな　牛行（8俳諧新選 一二二ぺ）
春更けて　諸鳥啼くや　雲の上　普羅（9普羅句集 〇七二五）
三井寺の　門たたかばや　けふの月　芭蕉（1雑談集 七〇三）
寝よとすれば　門叩くなり　春の宵　子規（10獺祭句帖抄 六四二ぺ）
君が来し　門椿咲き　つづきをり　虚子（14七百五十句 九六ぺ）
買ふ人を　門徒とさすや　梅もどき　存義（8俳諧新選 一三三ぺ）
猶いきれ　門徒坊主の　水祝ひ　沾圃（6炭俵 二三九三）
寒月や　門なき寺の　天高し　蕪村（2蕪村句集 三二八）
苔の花　門に車の　跡もなし　子規（10獺祭句帖抄 六五〇ぺ）
名月や　門に指しくる　潮頭(しほがしら)　芭蕉（1三日月日記 七五六）
母方の　紋めづらしや　きそ始　山蜂（6続猿蓑 三〇九一）
水仙や　門を出づれば　江の月夜　支考（6続猿蓑 三三八四）
須磨寺の　門を過ぎ行く　夜寒かな　子規（10獺祭句帖抄 六三三ぺ）
寒月や　門をたたけば　沓の音　蕪村（2蕪村遺稿 三三二六）

や

筆の鞘　焼いてまつ夜の　蚊遣哉　芳樹（7俳諧古選 二〇一ぺ）
さくら狩り　灸(やいと)千にも　むかふべし　水翁（8俳諧新選 一〇九ぺ）
蚊の口や　灸はしらぬ　背中にも　野有（8俳諧新選 一五〇ぺ）
十二月　八日の霜の　屋根幾万　楸邨（9雪後の天 二五八四）
風に落つ　楊貴妃桜　房のまま　久女（9杉田久女句集 〇九三九）
霜のふる　様子を見たる　人もがな　一言（7俳諧古選 一九一ぺ）
鬼灯(ほほづき)の　様な小僧が　生まれけり　句仏（9句仏句集 〇五三九）
灰猫の　やうな柳も　お花かな　一茶（3おらが春 四三五ぺ）
稲妻の　やうに雉なく　闇路哉　麦翅（8俳諧新選 一〇四ぺ）
妖(ば)かされた　やうに暮れたる　かれ野哉　呑鳥（8俳諧新選 一三七ぺ）

生けらるる　やうに咲きたり　水仙花　守大（8俳諧新選一四一ぺ）
咲き代へた　やうにも見えぬ　木槿（むくげ）かな　龍眠（8俳諧新選一三五ぺ）
藤の雨　漸（やうや）く上がり　薄暑かな　虚子（13六百五十句一四二ぺ）
口明けて　やうやく啼きぬ　寒鴉　虚子（13六百五十句一六九ぺ）
幾春も　養老の滝　茶に汲まん　嘯山（8俳諧新選一五四ぺ）
埋み火や　夜学にあぶる　掌（たなごころ）　白雄（5白雄句集八四二）
蚊屋釣るや　夜学を好（この）む　真裸　太祇（8俳諧新選一一七ぺ）
たのもしき　矢数のぬしの　袷哉　蕪村（2蕪村句集五二一）
淋しさに　やがて出で来る　枯野かな　百万（8俳諧新選二三七ぺ）
おもしろうて　やがて悲しき　鵜舟哉　芭蕉（1真蹟懐紙四一四）
からたちは　やがてそのまま　きこくかな　幽斎（4鷹筑波集〇〇二九）
行水も　やがてと示す　仏かな　青魚（8俳諧新選一一四ぺ）
早かろが　やかましかろが　薺（なづな）かな　立島（7俳諧古選一五三ぺ）
柿の葉に　焼きみそ盛らん　薄箸　宗波（6続猿蓑三三二二）
子を起こす　約束もあり　若蛭子（えびす）　茶雷（8俳諧新選一〇〇ぺ）
花守の　役にさされて　かり烏帽子　松阿（7俳諧古選二一九ぺ）
くはれもす　八雲旧居の　秋の蚊に　虚子（9五百句〇〇六五）
西行の　夜具も出て有る　紅葉哉　蕪村（2蕪村句集二四〇八）
野とともに　焼くる地蔵の　樒（しきみ）哉　蕪村（2蕪村句集四四三）
ころころと　焼野に雉の　卵哉　龍眠（8俳諧新選一〇四ぺ）
鳥の行く　やけのの隈や　風の末　猿雖（6炭俵二四六五）
鉢植も　家越（やこ）し車や　唐がらし　太祇（8俳諧新選二二八ぺ）

仏名や　やごとなき身の　罪は何　鷺喬（8俳諧新選一四五ぺ）
捨ててある　八坂の塔や　けふの月　田福（8俳諧新選一三〇ぺ）
須磨のあまの　矢先に鳴くか　郭公（ほととぎす）　芭蕉（1笈の小文三八八）
雉子の尾の　やさしくさはる　菫かな　秋色（5花摘四五九）
町医師や　屋敷がたより　駒迎へ　芭蕉（1五十番句合五二二）
名月に　屋敷どなりの　囃子かな　浪化（5浪化発句集三九二）
かぞへ来ぬ　屋敷屋敷の　梅やなぎ　芭蕉（1一字幽蘭集七四五）
ねぶらせて　養ひたてよ　花のあめ　貞徳（4犬子集〇〇四五）
踊子の　夜食に母の　給仕哉　沙月（8俳諧新選一二五ぺ）
わか草や　社（やしろ）へ遠き　大鳥居　雅因（8俳諧新選一〇三ぺ）
捨つる共　易き家居を　かたつぶり　雁宕（8俳諧新選一一五ぺ）
雀より　やすき姿や　衣がへ　雪芝（6炭俵二四七三）
すらすらと　安くも立てり　門の竹　嵐蘭（7俳諧古選一五八ぺ）
角落ちて　やすくも見ゆる　小鹿哉　蕉笠（6あら野六〇九）
案山子（かがし）せぬ　安さよ君が　若菜畑　巴雀（4文月往来二二一）
芝でした　休み所や　夏木立　一茶（3おらが春四四三ぺ）
鳥の気も　休む朝寝や　葉の茂り　廬元坊（8俳諧新選一五八ぺ）
寒垢離（ごり）を　休む其の日の　寒さかな　楮林（8俳諧新選一四四ぺ）
船足も　休む時あり　浜の桃　芭蕉（1船庫集二四〇）
雪舟（そり）引くや　休むも直に　立ちてゐる　亀洞（6あら野八一一）
細脛（はぎ）の　やすめ処や　夏のやま　珍碩（6猿蓑二一四八）
声も羽も　やすめにおりる　雲雀（ひばり）哉　長禾（8俳諧新選一〇四ぺ）

竹の子の　やするをこやせ　藪くすし　光貞妻（5 伊勢大発句抜 八二）
穭田（ひつぢだ）や　痩せて慈姑（くわゐ）の　花一つ　子規（10 獺祭句帖抄 六一五ペ）
どう居ても　痩せ脛（はぎ）寒し　きりぎりす　乙人（7 俳諧古選 二〇五ペ）
短日や　八瀬へ使ひの　片便り　句仏（9 句仏句集 〇五三五）
餓ゑてだに　痩せんとすらん　女郎花（をみなへし）　太祇（8 俳諧新選 一五五ペ）
もののふの　八十宇治川の　秋の水　虚子（13 六百五十句 一八六ペ）
飛びかはす　やたけごころや　親雀　蕪村（2 蕪村句集 二一二〇）
一人して　やたけ心や　麦の秋　乗槎（8 俳諧新選 一一六ペ）
土筆（つくづくし）　矢立の墨や　こぼれけん　龍眠（8 俳諧新選 一〇四ペ）
一しきり　矢だねの尽くる　あられ哉　蕪村（2 蕪村句集 七〇八）
茶鳴子の　やたらに鳴るや　春がすみ　一茶（3 句稿消息 三二九ペ）
そのかみは　谷地（やち）なりけらし　小夜碪　公羽（6 続猿蓑 三四七一）
くり返し　ヤツオン花の　御能哉　赤羽（8 俳諧新選 一五六ペ）
山風の　奴ぶらする　かがしかな　雁宕（8 俳諧新選 二一八ペ）
里人よ　八橋つくれ　春の水　蕪村（2 蕪村遺稿 二一八七）
芝栗を　八つ焼きぬ八つ　はじけけり　碧雲居（9 碧雲居句集 一〇六五）
麦めしに　やつるる恋か　猫の妻　芭蕉（1 猿蓑 六七九）
鰒汁の　宿赤々と　灯（とも）しけり　蕪村（2 蕪村句集 一二八五）
草臥（くたび）れて　宿かる比や　藤の花　芭蕉（1 猿蓑 三八三）
宿ならぬ　宿かる旅や　鹿の声　沙月（8 俳諧新選 二三二ペ）
よき人を　宿す小家や　おぼろ月　蕪村（2 蕪村句集 一〇九八）
かり侘びた　宿に寝兼ぬる　野分哉　雅因（8 俳諧新選 二三〇ペ）

我等式が　宿にも来るや　今朝の春　貞室（6 あら野 五〇二）
河内女の　宿に居ぬ日や　きじの声　蕪村（2 蕪村遺稿 二二二五）
やぶ入の　宿は狂女の　隣哉　蕪村（2 蕪村遺稿 二〇三六）
親も子も　宿はさだめず　猫の恋　鳥酔（4 鳥酔懐玉抄 一七二一）
たび寝よし　宿は師走の　夕月夜　芭蕉（1 熱田三歌仙 三三五）
鼠共　宿はと問はば　煤払　幽山（7 俳諧古選 一八六ペ）
かくさぬぞ　宿は菜汁に　唐がらし　芭蕉（1 猫の耳 四二三）
戸の口に　宿札なのれ　ほととぎす　芭蕉（1 五十四郡 二三〇）
向きの能き　宿も月見る　契かな　曾良（6 猿蓑 一八五〇）
角力（すまふ）老いて　やどもつ京の　月夜かな　大江丸（5 はいかい袋 八七三）
冬しらぬ　宿やもみする　音あられ　芭蕉（1 夏炉一路 一八八）
春惜しむ　宿やあふみの　置火燵　蕪村（2 蕪村句集 二五九三）
柳にも　やどり木は有り　柳下恵　蕪村（2 蕪村遺稿 一〇一一）
先（まつ）木曾の　舎（やど）り心ぞ　葉の茂り　以哉坊（8 俳諧新選 一五八ペ）
住み馴れし　宿を疑ふ　あつさかな　玉芝（8 俳諧新選 二二〇ペ）
関守の　宿を水鶏（くひな）に　とはふもの　芭蕉（1 伊達衣 四九七）
大三十日　宿を立ち出て　見付けたり　雅因（8 俳諧新選 一五七ペ）
万歳の　やどを隣に　明けにけり　荷兮（6 あら野 四九九）
宿引の　宿を指さす　桜かな　宋阿（8 俳諧新選 一一〇ペ）
木枯や　谷中の道を　塔の下　碧梧桐（4 ホ明33・12 二二八・九）
大門や　柳かぶつて　灯（ひ）をともす　子規（10 獺祭句帖抄 六二六ペ）
古池や　柳枯れて鴨　石に在り　子規（10 獺祭句帖抄 六二一ペ）

五月雨に　柳きはまる汀かな　一龍（6あら野 六六二）
柳桜　柳桜と栽ゑにけり　子規（10獺祭句帖抄 六二七ぺ）
捨てやらで　柳さしけり雨のひま　蕪村（2蕪村句集 二二六）
小鯛さす　柳涼しや海士がつま　芭蕉（1曾良書留 五三〇）
風旨く　柳散りなす夕べ哉　土髪（8俳諧新選 二二四ぺ）
月ひとり　柳ちり残る木の間より　素堂（7俳諧古選 一七六ぺ）
恋々(れんれん)として　柳遠のく舟路かな　几董（4井華集 一八四五）
四五本の　柳とりまく小家かな　子規（10獺祭句帖抄 六二六ぺ）
ねはん会や　柳に暮れて梅の朝　大施（8俳諧新選 一四七ぺ）
白鷺も　柳に従ひて吹かれけり　尺布（8俳諧新選 一〇五ぺ）
見るうちの　柳に溜まる嵐哉　去留（7俳諧古選 一五八ぺ）
餅花を　柳につけて春待たん　赤羽（8俳諧新選 一四四ぺ）
落とし水　柳に遠く成りにけり　蕪村（2蕪村遺稿 一四五〇）
散り初むる　柳にふるふ暑さかな　太祇（8俳諧新選 一二四ぺ）
簾越す　柳の雨や袂まで　作者不明（8俳諧新選 一五五ぺ）
朝日一分　柳の動く匂ひかな　荷兮（6波留濃日 三一二）
鶯や　柳のうしろ藪のまへ　芭蕉（1続猿蓑 九一七）
かまけるな　柳の枝にもちがなる　一茶（3おらが春 四七四ぺ）
名月や　柳の枝を空へふく　嵐雪（7俳諧古選 二一〇ぺ）
かもじ売り　柳の門や職敵　調和（4富士石 〇二三）
飛ぶほたる　柳の底にもつれけり　嘯山（8俳諧新選 一一六ぺ）
積る雪　柳の形(なり)を定めけり　鳥酔（5乙酉甲乙記 四九八）
すがれすがれ　柳は風にとりつかむ　一笑（6あら野 五五一）
雛の跡　柳ばかりが残りけり　白堂（8俳諧新選 一〇五ぺ）
やぶの雪　柳ばかりはすがた哉　探丸（6猿蓑 一九一）
星合や　柳も眉をとらぬうち　麦浪（4七化集 一七六九）
散り初むる　柳や斯くて冬迄も　嘯山（8俳諧新選 二二四ぺ）
昭君の　柳を山谷堤かな　才麿（4虚栗 〇二六一）
はや秋の　柳をすかす朝日かな　成美（4成美家集 二〇七二）
川烟　柳をつたふ冬至かな　周禾（8俳諧新選 一四四ぺ）
つまなしと　家主やくれし女郎花(をみなへし)　荷兮（6あら野 九八六）
昼中に　やねからおつるふくべ哉　呂国（5有磯海 四六六）
湖を　屋ねから見せん村しぐれ　尚白（6あら野 九一一）
初嵐　屋根草も取らず住(すま)ひけり　癖三酔（9癖三酔句集 〇三七九）
牛の背に　屋根出かしつる暑さ哉　可幸（8俳諧新選 二一〇ぺ）
源氏絵は　屋根なき家の月見哉　必化（8俳諧新選 二三〇ぺ）
雞(にはとり)の　屋根に声あり五月晴　李夫（8俳諧新選 一一七ぺ）
うかうかと　屋根に左官や後の月　貝錦（8俳諧新選 二三四ぺ）
楼の　屋根に人あり雲の峰　嘯山（5律亭句集 七二三）
あかつきの　やねに矢のたつ野分哉　蕪村（2蕪村遺稿 二五二五）
大阪や　屋根の上吹く秋の風　古白（9古白遺稿 〇一八七）
新わらの　屋根の雫や初しぐれ　許六（5五老井発句集 三八五）
春雨や　屋ねの小草に花咲きぬ　嵐虎（6猿蓑 一九四一）
雁の声　屋根へ下りたと思ひけり　土髪（8俳諧新選 二三二ぺ）

何某の　屋根へ出られつ　聖廟忌　瓜流（8 俳諧新選 二一一ぺ）
山里や　屋根より上に　落とし水　麻兄（8 俳諧新選 二三五ぺ）
暮れ遅き　屋根を下りたる　屋根屋哉　麦人（9 俳諧新潮 〇三四一）
葉月也　矢橋（やばせ）に渡る　人とめん　千子（6 猿蓑 一八三九）
罪のなき　藪うぐひすの　高音哉　可幸（8 俳諧新選 一〇一ぺ）
すずしさや　藪蚊の多い　庵ながら　市仙（8 俳諧新選 二二一ぺ）
子を捨つる　藪さへなくて　かれ野哉　蕪村（2 蕪村句集 八一九）
鶯や　藪蕎麦までは　二三町　知十（9 鶯日 〇三五〇）
凩の　藪にとどまる　小家かな　残香（6 炭俵 二五九三）
箏の　藪の案内や　おとしざし　蕪村（2 蕪村句集 九八四）
曲がりこむ　藪の綾瀬や　行く蛍　巣兆（5 曾波可理 九八五）
鵙（もず）鳴くや　藪のうしろの　蕎麦畑　子規（10 獺祭句帖抄 六一五ぺ）
そよそよや　藪の内より　初あらし　旦藁（6 猿蓑 一八二四）
嵐山　藪の茂りや　風の筋　芭蕉（1 嵯峨日記 六八五）
水仙や　藪の付いたる　売り屋敷　浪化（5 草刈笛 三九四）
忘るなよ　藪の中なる　うめの花　芭蕉（1 初蟬 二八三）
ぼた餅や　藪の仏も　春の風　一茶（3 おらが春 四五七ぺ）
子をかくす　藪の廻りや　鳴く雲雀（ひばり）　一茶（3 おらが春 四六二ぺ）
鳥啼くや　藪は菜種の　こぼれ咲き　麦水（5 葛箒 七三六）
じねんごの　藪ふく風ぞ　あつかりし　野童（6 猿蓑 一七九三）
星空に　藪また撓（たわ）む　野分かな　村家（9 同人句集 〇七九六）
秋風や　藪も畠も　不破の関　芭蕉（1 野ざらし紀行 一九一）

風寒し　破れ障子の　神無月　宗鑑（5 真蹟自画讃 五）
年のくれ　破れ袴の　幾くだり　杉風（6 猿蓑 一七〇九）
飲酒戒　破れば月は　曇るべし　虚子（14 七百五十句 三三〇ぺ）
紫陽草（あぢさゐ）や　藪を小庭の　別座敷　芭蕉（1 別座鋪 八四二）
ひめ始　八重垣つくる　深雪かな　龍雨（9 龍雨句集 一一五六）
犇々と　八重大輪の　つばき咲く　蛇笏（9 椿花集 〇六六七）
かさねとは　八重撫子の　名なるべし　曾良（4 奥の細道 〇八六四）
帰り咲く　八重の桜や　法隆寺　子規（10 獺祭句帖抄 六四一ぺ）
初ざくら　八重の一重の　好（この）みなし　和及（7 俳諧古選 二〇七ぺ）
芽も春の　八百屋物也　萱草（わすれぐさ）　太祇（8 俳諧新選 一〇三ぺ）
茸狩り　山浅くいくち　ばかりなり　子規（10 獺祭句帖抄 六一七ぺ）
これよりは　山陰道の　月暗し　虚子（12 六百句 二三〇ぺ）
うしろから　山風来るや　菜種蒔く　癖三酔（9 癖三酔句集 〇三七二）
しなの路の　山が荷になる　暑さ哉　一茶（3 文政版発句集 三三五ぺ）
力つくして　山越えし夢　露か霜か　波郷（9 惜命 二六四八）
稲妻や　山恋ふ猿の　目のうつり　毛仏（8 俳諧新選 二二五ぺ）
四五軒の　山里こぞる　月見かな　李院（8 俳諧新選 二三〇ぺ）
蚊屋つらぬ　山里をかし　旅の空　菜根（8 俳諧新選 一一七ぺ）
一夏入る　山さばかりや　旅ねずき　魯町（6 猿蓑 二一六四）
潔戒の　山静か也　ふゆがまへ　它谷（8 俳諧新選 一四〇ぺ）
蛇逃げて　山静かなり　百合の花　子規（10 獺祭句帖抄 六一五ぺ）
いなづまや　山城の川　河内の川　几董（8 俳諧新選 一二五ぺ）

三方は　山城の国や　くものみね　丑二（8俳諧新選 一二〇ぺ）
蛍とぶや　山翠黛と　いふも暮れ　迷堂（9ぬなは昭44・9 〇四二九）
五月雨や　山少しづつ　崩れゐる　喜舟（9小石川 〇四六三）
闇中に　山ぞ峙つ　鵜川かな　碧梧桐（9碧梧桐句集 〇一四四）
今越えた　山路埋もるる　わかばかな　右流（8俳諧新選 一一四ぺ）
梅が香や　山路猟り入る　犬のまね　去来（6猿蓑 一八八一）
宮木引く　山路暗しや　露時雨　雅因（8俳諧新選 一三三ぺ）
盃や　山路の菊と　是を干す　芭蕉（1坂東太郎 一〇六）
守るとなき　山路の関や　冬木立　習先（8俳諧新選 一三七ぺ）
宿取りて　山路の雪吹(ふぶき)　覗きけり　太祇（8俳諧新選 一四三ぺ）
水晶の　山路ふけ行く　清水哉　蕪村（2蕪村遺稿 九一）
鐘遠く　山路をはしる　霜夜哉　青蒲（8俳諧新選 一三九ぺ）
有合の　山ですますや　けふの月　一茶（3八番日記 三四五ぺ）
奈良の月　山出て寺の　上に来る　誓子（9青銅 一四八四）
蓬莱の　やまと島根や　江戸の春　風虎（4六百番発句合 〇一五三）
夏の夜は　山鳥の首　明けにけり　言水（4江戸広小路 〇二五二）
籾かゆし　大和をとめは　帯を解く　青畝（9国原 一五二二）
いかに仁者　山なしとても　武蔵の月　言水（4初心もと柏 〇二四六）
妹と背の　山につくねる　ふとん哉　多少（8俳諧新選 一四〇ぺ）
来た時の　山に迷ふな　かへる雁　麦翅（8俳諧新選 一〇五ぺ）
暁の　山に門ある　さくらかな　松井（8俳諧新選 一〇九ぺ）
平安の　山眠るごと　大遷化　三幹竹（9三幹竹句集 〇五四七）

すずしさや　山のうなづく　帆懸船　梅史（8俳諧新選 一二二ぺ）
透き通る　山の限りや　秋の色　吾友（8俳諧新選 一三五ぺ）
暮れかかる　山の名残や　鹿の声　文山（7俳諧古選 一二九ぺ）
山城の　山の真沙や　門の松　雲扇（7俳諧古選 一二三ぺ）
きじ鳴くや　山の藁屋は　うす霞　麦水（5葛箒 七三八）
おく山は　山鳩鳴きて　花もしづけき　涼袋（5綾太理家の集 七三三）
花ざかり　山は日ごろの　あさぼらけ　芭蕉（1芭蕉庵小文庫 三七五）
行くとしの　山は見えけり　武蔵野も　野有（8俳諧新選 一四六ぺ）
セルを着て　病ありとも　見えぬかな　虚子（11五百句 六六ぺ）
山眠るや　山彦凍(い)てし　巌一つ　東洋城（9東洋城全句中 〇四一一）
葉柳や　病の窓の　夕ながめ　子規（10獺祭句帖抄 六三一ぺ）
又一つ　病身に添ふ　春寒し　たかし（9野守 一六六九）
痩せ脛(はぎ)や　病より起つ　鶴寒し　蕪村（2蕪村句集 二〇二一）
明日よりは　病忘れて　菊枕　虚子（13六百五十句 一六六〇ぺ）
松明(たいまつ)に　やま吹うすし　夜のいろ　野水（6あら野 五九九）
春もはや　山吹しろく　苣(ちさ)苦し　素堂（4続虚栗 〇七七一）
ほろほろと　山吹ちるか　滝の音　芭蕉（1笈の小文 三六九）
とりつきて　やまぶきのぞく　いはね哉　蓬雨（6あら野 六〇二）
一重かと　山吹のぞく　ゆふべ哉　襟雪（6あら野 六〇一）
寒声や　山伏村の　長つつみ　仙杖（6続猿蓑 三四三三）
鞍馬参り　山二つ越す　夜寒かな　三幹竹（9三幹竹句集 〇五四四）
葛城の　山懐に　寝釈迦かな　青畝（9万両 一五〇三）

夜をこめて　山への使者や　衣(きぬ)配(くばり)　嘯山（8俳諧新選一四五ぺ）
目には青葉　山ほととぎす　初がつを　素堂（6あら野三九〇）
谺(こだま)して　山ほととぎす　ほしいまま　久女（9杉田久女句集〇九四六）
掛稲に　山又山の　飛騨路かな　虚子（12五百五十句二三ぺ）
ほらいの　山まつりせむ　老の春　蕪村（2蕪村句集二二〇）
大国の　山皆低き　かすみかな　子規（10獺祭句帖抄六二四ぺ）
蛬(きりぎりす)　やまめの枕　はづれたり　子曳（8俳諧新選二二七ぺ）
三尺の　山も嵐の　木の葉哉　芭蕉（1をのが光六六〇）
金(こがね)掘る　山本遠し　閑居鳥　蕪村（2蕪村遺稿五三二）
なんにもはや　楊梅の実　むかし口　宗因（4阿蘭陀丸〇一七二）
諸声に　山や動かす　樹々の蟬　楚江（8俳諧新選一一九ぺ）
すごすごと　山やくれけむ　遅ざくら　一髪（6あら野五七四）
笠とりの　山や田植も　暮れの月　素外（4玉池雑藻二二三二）
春雨や　山より出づる　雲の門　猿雖（6猿蓑一九四二）
遅月の　山を出でたる　暗さかな　虚子（11五百句六八ぺ）
めづらしや　山をいで羽の　初茄子　芭蕉（1曽良書留五二三）
夕晴や　山をかぞへて　門すずみ　春歩（8俳諧新選一二一ぺ）
秋風や　山を食らうて　継ぐ命　東洋城（9東洋城全句中〇三八二）
桃さくや　山を背負ひし　村つづき　潭蛟（8俳諧新選一〇七ぺ）
嬉しさの　山をつかむや　菌(きのこ)がり　雷車（8俳諧新選一三四ぺ）
稲妻の　山を出(で)兼(か)ぬる　夜明け哉　嵐青（7俳諧古選一八〇ぺ）
月入りぬ　闇に成りたる　我がこころ　鼓舌（8俳諧新選一五七ぺ）
姨捨を　闇にのぼるや　けふの月　沾圃（6続猿蓑三三〇）
いなづまや　闇の方行く　五位の声　芭蕉（1続猿蓑八八〇）
ひえびえと　闇のさだまる　初秋かな　蛇笏（9白岳〇六六六）
足にしる　闇のほこりの　暑さかな　大夢（8俳諧新選一二〇ぺ）
いざよひは　闇の間もなし　そばの花　猿雖（6続猿蓑三二三六）
舟つけて　闇へまたげば　蟋蟀(きりぎりす)　沾山（4かなあぶら一二六〇）
みじか夜の　闇より出でて　人ゐ河　蕪村（2蕪村遺稿一一〇九）
己が身の　闇より吼えて　夜半の秋　蕪村（2蕪村句集二七〇五）
旧景が　闇を脱ぎゆく　大旦(あした)　草田男（9万緑昭35・1二五二八）
いなづまや　闇を引きさく　まのあたり　旭扇（8俳諧新選一二五ぺ）
漁火や　闇をへだてて　なく鵆(ちどり)　龍眠（8俳諧新選一四〇ぺ）
星崎の　闇を見よとや　啼く千鳥　芭蕉（1笈の小文三二八）
猫の恋　やむとき閨の　朧月　芭蕉（1をのが光七四四）
軽ければ　病む身もよしや　日向ぼこ　寸七翁（9現代俳句集〇八七九）
木(き)啄(つつき)の　やめて聞くかよ　夕木魚　一茶（3おらが春四六八ぺ）
瓦ふく　家も面白や　秋の月　野水（6波留濃日三四七）
人間の　やもめを思へ　鴛(をし)二つ　子規（10獺祭句帖抄六六六ぺ）
枯芝や　ややかげろふの　一二寸　芭蕉（1笈の小文三四四）
滝を見る　良久し手に　夏蕨　露月（9露月句集〇二七）
木の芽して　やや奔流を　なしにけり　余子（9余子句選〇四三九）
鶯は　やよ宗(むね)任(たふ)が　初音かな　蕪村（2蕪村遺稿二四三七）
水の月　やよ望にふる　雪歟(か)とぞ　蕪村（2蕪村遺稿二〇七七）

隙故に　やらいそがしや　桜狩り　雲鼓（7俳諧古選 一五一ペ）
行列の　槍五六本　麦の秋　子規（10獺祭句帖抄 六三二ペ）
秋風の　鑓戸（やりど）の口や　とがりごゑ　芭蕉（1続山井 一一二）
踊場に　遺水ほしく　思ひけり　季遊（8俳諧新選 一二五ペ）
緑陰や　矢を獲ては鳴る　白き的　しづの女（9颱 ○九六六）

ゆ

青草は　湯入りながめん　あつさかな　巴山（6猿蓑 一七九五）
秋の灯（ひ）や　ゆかしき奈良の　道具市　蕪村（2蕪村句集 二七七六）
俤（おもかげ）の　ゆかしき富士や　土用干　似船（7俳諧古選 一五九ペ）
なき人の　ゆかしき文や　すす払　ちか（8俳諧新選 一四四ペ）
鍋釜も　ゆかしき宿や　けさの露　蕪村（2蕪村遺稿 二五一四）
観音へ　行かず寄居虫（がうな）に　遊ぶかな　喜舟（9小石川 ○四五六）
出でたちて　行かずに果たす　雪見哉　雅因（8俳諧新選 一四三ペ）
石山や　行かで果たせし　秋の風　羽紅（6猿蓑 二一七一）
秋に添うて　行かばや末は　小松川　芭蕉（1陸奥鵆 七六○）
徹（てつ）書記の　ゆかりの宿や　玉祭り　蕪村（2蕪村遺稿 一五○）
熊坂が　ゆかりやいつの　玉まつり　芭蕉（1笈日記 五三八）
菜の花や　行き当たりたる　桂川　蝶夢（5草根発句集 八五六）
桜見て　行きあたりたる　乞食哉　梅舌（6あら野 九五九）
繋ぎ馬　雪一双の　鐙（あぶみ）かな　蕪村（2蕪村遺稿 八二二）

馬合羽　雪打ちはらふ　袖もなし　令徳（5誹諧家譜 四二）
夜をこめて　雪落つる音や　雪の上　野冬（8俳諧新選 一四三ペ）
杉のはの　雪朧なり　夜の鶴　支考（6炭俵 二六一六）
うまさうな　雪がふうはり　ふはり哉　一茶（3句稿消息 三五五ペ）
夏と秋と　行き交ふ空や　流星　東皐（5奥美人 九四六）
梅の花　雪が降りても　咲きにけり　茶雷（8俳諧新選 一○二ペ）
軒落ちし　雪窮巷を　塞ぎけり　碧梧桐（4続春夏秋冬 二三○一）
虫干に　雪沓かかる　垣根かな　太祇（8俳諧新選 一二三ペ）
谷川に　雪げの水や　丸木橋　蘭風（8俳諧新選 一四八ペ）
武蔵野の　雪ころばしか　富士の山　徳元（5犬子集 六八）
比良みかみ　雪指しわたせ　鷺の橋　芭蕉（1翁草 六六二）
古宮や　雪じるかかる　獅子頭　釣雪（6あら野 一○六一）
帆に連れて　行きたさうなる　柳哉　篤羽（8俳諧新選 一○五ペ）
下京や　雪つむ上の　夜の雨　凡兆（6猿蓑 一六八七）
五六日　雪つむ上や　朝日かげ　梧人（8俳諧新選 一四三ペ）
小傾城　行きてなぶらん　年の暮　其角（4雑談集 ○七九七）
鶯や　雪解けしたる　古御殿（ふるごたち）　太祇（7俳諧古選 二二四ペ）
我が友を　雪とや見らん　すくみ鷺　光貞妻（5犬子集 八四）
車道　雪なき冬の　あした哉　小春（6あら野 四四二）
降りしきる　雪にあやしや　御忌の鐘　雅因（8俳諧新選 一○二ペ）
花に俵太（へうた）　雪に君有り　鉢たたき　蕪村（2蕪村句集 一四八○）
ほちやほちやと　雪にくるまる　在所哉　一茶（3句稿消息 三五五ペ）

はつ市や　雪に漕ぎ来る　若菜船　嵐蘭（6猿蓑　一八九七）
太刀持は　雪にころんで　見えぬ也　旨原（7俳諧古選　二二三ペ）
うつぶして　雪に沈める　梢かな　泊月（9同人句集　〇八四九）
鶏頭の　雪になる迄　紅きかな　市山（6あら野　八八四）
住吉の　雪にぬかづく　遊女哉　蕪村（2蕪村遺稿　一九六五）
いつ迄か　雪にまぶれて　鳴く千鳥　千那（6猿蓑　一六六四）
初雪や　雪にもならで　星月夜　宋阿（7俳諧古選　一九四ペ）
面白し　雪にやならん　冬の雨　芭蕉（1千鳥掛　三二九）
人恋し　雪の朝けを　ただひとり　星布（5星布尼句集　八九一）
ふりくらす　雪の相手や　水車　蓼太（8俳諧新選　一四二ペ）
かさなるや　雪のある山　只の山　加生（6あら野　四四一）
月白し　雪のうへ飛ぶ　もののかげ　長翠（5光丘本長翠　九四二）
若竹や　雪の重みは　末（また）知らず　乙由（7俳諧古選　一七一ペ）
いそがしき　雪のたまりや　水車　竹幽（7俳諧古選　一九三ペ）
富士にある　雪の隣や　雲の峰　可幸（8俳諧新選　二二〇ペ）
青天に　雪の遠山　見えにけり　士朗（5枇杷園句集　九〇四）
雪舟（せっしゅう）の不二　雪信（ゆきのぶ）が佐野　いづれ歟（か）寒き　蕪村（2蕪村遺稿　九六八）
いくたびも　雪の深さを　尋ねけり　子規（9寒山落木巻五　〇〇〇四）
米買ひに　雪の袋や　投頭巾　芭蕉（1路通真蹟　四五〇）
雪山に　雪の降り居る　夕べかな　普羅（9新訂普羅句集　〇七三六）
はかられじ　雪の見所　有り所　野水（6あら野　四五六）
袖払ふ　雪の往き来や　別座敷　太祇（8俳諧新選　一五四ペ）

合羽つづく　雪の夕べの　石部駅　子規（10獺祭句帖抄　六六四ペ）
玉箒　雪はく朝の　名なるべし　隆志（7俳諧古選　二二三ペ）
雀色時　雪は光輪　持ちて降る　林火（9白幡南町　二七五四）
二人見し　雪は今年も　降りけるか　芭蕉（1笈日記　四四九）
川筋を　行きはなれたる　あつさかな　南鳥（8俳諧新選　一二〇ペ）
御岳の　雪バラ色に　鳥屋夜明け　青邨（9露団々　一五九六）
馬の尻　雪吹きつけて　あはれなり　子規（10獺祭句帖抄　六一一ペ）
南天に　雪吹きつけて　雀鳴く　子規（10獺祭句帖抄　六六四ペ）
鶯の　雪踏み落とす　垣穂かな　一桐（6猿蓑　一九〇六）
宵々に　雪踏む旅も　半ばなり　亜浪（4亜浪句鈔　二六一六）
貴さや　雪降らぬ日も　蓑と笠　芭蕉（1をのが光　六六六）
片壁や　雪降りかかる　すさ俵　圃吟（6続猿蓑　三三九四）
夜の町に　雪ふり積もり　川の音　知十（9鶯日　〇三五六）
しんしんと　雪降る空に　鳶の笛　茅舎（9川端茅舎句集　一六八四）
ちらちらといふ　雪程寒い　物はなし　凡阿（8俳諧新選　四二ペ）
きよろりとし　雪松が枝の　緑哉　丈石（8俳諧新選　三七ペ）
たわみては　雪まつ竹の　けしきかな　芭蕉（1真蹟自画賛　八五一）
古池の　雪間の水と　なりにけり　村家（9同人句集　〇七九五）
いざさらば　雪見にころぶ　所迄　芭蕉（1花摘　三三三）
ためつけて　雪見にまかる　かみこ哉　芭蕉（1笈の小文　三三二）
里人に　雪見の人と　云はれけり　召波（8俳諧新選　一四三ペ）
思はずの　雪見や日枝（ひえ）の　前後ろ　丈草（6続猿蓑　三三九五）

一田(ひとた)づつ　行きめぐりてや　水の音　北枝（6続猿蓑 三二四四）
御祝儀に　雪も降るなり　どんどやき　一茶（3七番日記 三三四ペ）
波の花と　雪もや水に　かへり花　芭蕉（1如意宝珠 三三）
卯の花の　雪や朝気の　古布子　瓜流（8俳諧新選 一一三ペ）
夜学寺　遊行の杖を　床に置く　別天楼（9野老 一一八五）
月清し　遊行のもてる　砂の上　芭蕉（1猿蓑 五六〇）
木曾の情　雪や生えぬく　春の草　芭蕉（1芭蕉庵小文庫 六七〇）
有り難や　雪をかをらす　南谷　芭蕉（1奥の細道 五一七）
遠からぬ　雪を一重や　月の色　存義（8俳諧新選 四一ペ）
大雪や　雪を見に行く　所なし　李雨（7俳諧古選 二二六ペ）
雪折や　雪を湯に焚く　釜の下　蕪村（2蕪村句集 九六七）
庭はきて　雪を忘るる　箒哉　芭蕉（1真蹟自画賛 七六八）
波たてず　ゆく大鯉の　寒さかな　水巴（9定本水巴句集 〇五八八）
鳴突の　行く影長き　日あし哉　児竹（6あら野 八七六）
雪(せっ)隠(ちん)へ　行くかと見れば　蛍かな　在色（5誹諧解脱抄 一四三）
仰向きて　行く雁見るや　小田の雁　它谷（8俳諧新選 一〇五ペ）
夏草や　行く先暑き　蛇の声　光甫（8俳諧新選 一一九ペ）
あそぶとも　ゆくともしらぬ　燕かな　去来（6あら野 六〇三）
日は西へ　行くとも見えぬ　暑さかな　古行（8俳諧新選 一四七ペ）
休みもて　ゆく蜻蛉や　飛びながら　李流（8俳諧新選 一二六ペ）
出稽古に　ゆく夏足袋を　はきにけり　白水郎（9散木集 一〇八四）
古道へ　行く人淋し　もみぢがり　石爛（8俳諧新選 一三四ペ）

此の道や　行く人なしに　秋の暮　芭蕉（1其便 九〇二）
雪見には　行く人もなし　吉野山　道澄（7俳諧古選 一八八ペ）
虹かかる　行衛(ゆくへ)かくれぬ　枯野かな　司鱸（8俳諧新選 一三七ペ）
棹の雁　行衛は雲と　成りにけり　柳浪（8俳諧新選 一三二ペ）
川にそひ　行くまま草の　枯るるまま　虚子（12六百句 二一〇ペ）
声濡れて　ゆくや雨夜の　杜鵑(ほととぎす)　二夕房（8俳諧新選 一一三ペ）
鉦も打たで　行くや枯野の　小順礼　子規（10獺祭句帖抄 六六五ペ）
春雨や　行く約束は　幾所　武然（8俳諧新選 一〇三ペ）
釣台と　行くや八月の　空の下　白水郎（9白水郎句集 一〇八三）
振りおとし　行くや広野の　鹿の角　沢雉（6続猿蓑 三〇四九）
ひつかけて　行くや雪吹(ふぶき)の　てしまござ　去来（6猿蓑 一六九三）
はつ霜に　行くや北斗の　星の前　百歳（6猿蓑 一六二九）
下駄はいて　行くや焼野の　薄月夜　子規（10獺祭句帖抄 六二五ペ）
流木の　行くを天日　寒く瞰る　たかし（4たかし全集 二六六三）
赤飯の　湯気あたたかに　野の小店　子規（10獺祭句帖抄 六四二ペ）
大釜の　湯気立ち上る　栗の花　子規（10獺祭句帖抄 六四九ペ）
寒菊や　湯気たつ水の　朝ぼらけ　李流（8俳諧選 一三七ペ）
さし汐に　湯気の伝ふや　月の沢　楓里（8俳諧新選 一二九ペ）
芋掘りに　行けば雄鹿に　出あひけり　子規（10獺祭句帖抄 六五九ペ）
うつぶくは　百合草なれば也　案じ癖　存義（8俳諧新選 一五三ペ）
舟橋の　ゆさつく音や　五月闇　嘯山（8俳諧新選 一一七ペ）
荒壁や　柚子に階子(はしご)す　武家屋敷　子規（10獺祭句帖抄 六五六ペ）

子規庵の　ユスラの実お前達も　貰うて来た　碧梧桐（9 碧梧桐句集 〇一一九）
柿の袈裟　ゆすり直すや　花の中　北枝（6 炭俵 二四四〇）
稲妻の　ゆたかなる夜も　寝べきころ　汀女（9 汀女句集 一九一八）
土不踏　ゆたかに涅槃　し給へり　茅舎（4 華厳 二六三六）
雪はしづかに　ゆたかにはやし　屍室　波郷（9 惜命 二六六一）
初秋や　夕立長びく　夜の雨　太祇（8 俳諧新選 一二四ペ）
海苔粗朶に　ゆたのたゆたの　小舟かな　虚子（13 六百五十句 一九八ペ）
たぎりてや　湯玉たばしる　霰釜　徳元（4 山の井 〇〇六六）
早梅や　油断の人に　教へ顔　嶺兎（8 俳諧新選 一四四ペ）
語られぬ　湯殿にぬらす　袂哉　芭蕉（1 奥の細道 五二〇）
梅さきて　湯殿の崩れ　なほしけり　利牛（6 炭俵 二四〇一）
鶯の　湯殿のぞくや　春の雨　子規（10 獺祭句帖抄 六二五ペ）
肌寒や　湯ぬるうして　人こぞる　子規（10 獺祭句帖抄 六五一ペ）
夜見が浜も　由比が浜も同じ　蜻蛉かな　石鼎（9 花影 〇七七〇）
虫の屁を　指さして笑ひ　仏哉　一茶（3 おらが春 四六八ペ）
一水を　指さし指さし　水論人　泊雲（9 泊雲句集 〇七七三）
湖に　指漬けて見る　暑さかな　篤羽（8 俳諧新選 一二〇ペ）
灯（ひ）をともす　指の間の　春の闇　虚子（14 七百五十句 一三四ペ）
かがなべて　指のこごしき　余寒かな　東洋城（9 東洋城全句中 〇三九一）
石工の　指傷りたる　つつじかな　蕪村（2 蕪村遺稿 二四四九）
梅雨晴の　夕茜して　すぐ消えし　虚子（13 六百五十句 一四五ペ）
細脛（はぎ）に　夕かぜさはる　たかむしろ　蕪村（2 蕪村句集 九二四）

鉾処々に　ゆふ風そよぐ　囃子かな　太祇（4 太祇句選後篇 一八二〇）
名はへちま　ゆふがほに似て　哀れ也　長虹（6 あら野 六八三）
実の入つて　夕皃の宿　ひづみけり　埋角（7 俳諧古選 一八二ペ）
山路来て　夕がほみたる　のなか哉　市柳（6 あら野 六八二）
コスモスや　結城大事に　しんし張　喜舟（9 紫川 〇四六〇）
七浦の　夕雲赤し　鰯引　子規（10 獺祭句帖抄 六五五ペ）
我が身にも　夕暮れ有りて　すずみ哉　座神（7 俳諧古選 一七〇ペ）
砧きく　夕暮れもあり　揚屋町　泉旭（8 俳諧新選 一三二ペ）
秋雨や　夕餉（ゆふげ）の箸の　手くらがり　荷風（9 荷風句集 一一六二）
鰐の居る　夕汐みちぬ　椰子の浜　虚子（12 五百五十句 一六ペ）
つみかけし　夕立あとの　ささげ摘む　花蓑（9 花蓑句集 〇八七四）
乾坤に　夕立癖の　つきにけり　虚子（13 六百五十句 一五〇ペ）
ふたたびす　夕立（ゆふだち）月の　うしろより　大魯（4 蘆陰句選 一八三三）
涼しさよ　白雨（ゆふだち）ながら　入日影　去来（6 あら野 六八八）
せみのこゑも　ゆふだつあとや　晴の歌　元隣（5 新続犬筑波集 八六）
鴛（をし）なくや　夕月かかる　寺の門　嘯山（8 俳諧新選 四〇ペ）
鷺落ちて　夕月細し　蘆の花　子規（10 獺祭句帖抄 六五八ペ）
雨雲の　夕栄（ばえ）すなり　稲の筵　子規（10 獺祭句帖抄 六五九ペ）
蚊柱や　夕栄広き　須磨の浦　子規（10 獺祭句帖抄 六四八ペ）
水鳥や　夕日江に入る　垣のひま　蕪村（2 蕪村遺稿 一九〇四）
燃えたつや　夕日おどしの　鎧草（よろひぐさ）　雅因（8 俳諧新選 一四九ペ）
ちらちらと　夕日こぼるる　一葉かな　菊巵（8 俳諧新選 一二四ペ）

帰るさの　夕日桜や　胸に杖　宋阿（7 俳諧古選 一五七ペ）
紅葉折りて　夕日寒がる　女かな　子規（10 獺祭句帖抄 六〇九ペ）
手にさはる　夕日つめたし　散る紅葉　文江（8 俳諧新選 一四五ペ）
かげろふの　夕日にいたき　つぶり哉　舟泉（6 あら野 八五九）
峰の霧　夕日にしめり　かかる也　卜友（8 俳諧新選 一二八ペ）
風車　夕日に燃えて　まはりをり　虚子（13 六百五十句 二三一ペ）
窓の影　夕日の落葉　頻なり　子規（10 獺祭句帖抄 六四一ペ）
若竹や　夕日の嵯峨と　成りにけり　蕪村（2 蕪村句集 一〇五六）
蟬鳴いて　夕日の瀑(たき)の　五色かな　洒竹（9 俳味大2・12 〇二九〇）
鵙(もず)啼くや　夕日の残る　杉の末(うら)　也有（5 蘿葉集 五一〇）
銀屏の　夕べ明りに　ひそと居し　久女（9 杉田久女句集 〇九四三）
卯の花の　夕べにも似よ　しかの声　蕪村（2 蕪村遺稿 一四七二）
来て見れば　夕べのさくら　実と成りぬ　蕪村（2 蕪村句集 一二五二）
草市や　夕べまで聞く　風の音　乾什（4 親うぐひす 一二五三）
ただならぬ　夕べや須磨の　蚊遣迄　梅史（8 俳諧新選 一一七ペ）
野分する　夕べや萩の　真つさかり　適斎（8 俳諧新選 一二七ペ）
さとかすむ　夕べをまつの　盛りかな　野水（6 あら野 五二四）
里はいま　夕めしどきの　あつさ哉　何処（6 猿蓑 二一七三）
大根を煮た　夕飯の子供達の　中にをる　碧梧桐（4 碧・第一九号 二二九六）
金魚大鱗　夕焼の空の　如きあり　たかし（4 たかし全集 二六四八）
横雲の　夕焼をして　一二片　虚子（14 七百五十句 九一ペ）
かすむ日や　夕山かげの　飴の笛　一茶（3 文化句帖 三二八ペ）

紫の　夕山つつじ　家もなし　子規（10 獺祭句帖抄 六一三ペ）
朝日さす　弓師が見せや　福寿草　蕪村（2 蕪村遺稿 二一七八）
一食一菜　柚(ゆ)味噌を主とす　我が庵　飄亭（9 ホ明35・12 〇一九三）
鶯や　弓にとまりて　法の声　嵐雪（7 俳諧古選 二〇〇ペ）
頰に笑ひて　弓引つたくる　角力(すまふ)哉　水翁（8 俳諧新選 二二七ペ）
玄関に　弓矢飾りて　牡丹かな　東季（8 俳諧新選 一四七ペ）
那須七騎　弓矢に遊ぶ　袷哉　蕪村（2 蕪村遺稿 五一三）
百姓の　弓矢ふりたる　照射(ともし)哉　召波（8 俳諧新選 一一六ペ）
鴨啼くや　弓矢を捨てて　十余年　去来（4 いつを昔 〇九三二）
病みしとき　夢かよひしは　この冬田　秋桜子（9 残鐘 一四五二）
秋の夜や　夢と鼾と　きりぎりす　水鷗（6 続猿蓑 三二六六）
蚊柱に　夢の浮はし　かかる也　其角（5 葛の松原 二六二）
七夕の　夢の浮はしは　烏鵲(うじやく)かな　宗鑑（5 源氏鬢鏡 四）
初蝶を　夢の如くに　見失ふ　虚子（12 五百五十句 六五ペ）
手まくらの　夢はかざしの　さくら哉　蕪村（2 蕪村句集 一〇二八）
旅に病んで　夢は枯野を　かけ廻る　芭蕉（1 笈日記 九〇八）
切られたる　夢は誠か　蚤の跡　其角（5 五元集 二六五）
花ほつほつ　夢見のさくら　しだれけり　林火（9 雪華 二七六一）
涼しさや　夢もぬけ行く　籠枕　乙由（4 麦林集 一一九二）
藪入の　夢や小豆の　にえる中　蕪村（2 蕪村句集 四〇八）
昼の蚊の　夢や一筋　薯蕷(いも)の蔓　涼袋（4 三疋猿 一七七三）
花にうづもれて　夢より直に　死なんかな　越人（6 波留濃日 一三一九）

抱籠や　夢を吹かるる　仮まくら　禽秀（8俳諧新選　一四八ぺ）
雁がねに　ゆらつく浦の　苫屋(とまや)哉　馬莧（6続猿蓑　三二七二）
しら浪や　ゆらつく橋の　下紅葉　塵生（6猿蓑　一八七三）
大　蛍　ゆらりゆらりと　通りけり　一茶（3おらが春　四四六ぺ）
咲き出でて　ゆらるる雪や　糸　桜　嘯山（8俳諧新選　一一二ぺ）
草むらや　百合は中々　はなの皃(かほ)　半残（6猿蓑　一七七三）
酒十駄　ゆりもて行くや　夏木立　蕪村（2蕪村句集　八六六）
白藤や　揺りやみしかば　うすみどり　不器男（9定本不器男集　一七一〇）
裸身を　ゆるし色也　角力(すまふ)とり　雪峰（8俳諧新選　一二七ぺ）
一夜さも　免して寝せぬ　かがし哉　卯七（7俳諧古選　二〇三ぺ）
涼めよとの　ゆるしの出たり　門の月　一茶（3父の終焉日記　四〇九ぺ）
念力の　ゆるみし小春　日和かな　虚子（13六百五十句　一八六ぺ）
念力の　ゆるめば死ぬる　大暑かな　鬼城（4鬼城句集　二二六四）
羅(うすもの)を　ゆるやかに着て　崩れざる　たかし（9たかし句集　一六五六）
濡れながら　ゆるゆるともす　蛍かな　水柳（8俳諧新選　一一七ぺ）
牡蠣船の　揺るると知らず　酔ひにけり　冬葉（9故郷　一〇一八）
淋しさの　故に清水に　名をもつけ　虚子（12五百五十句　七四ぺ）
朝めしの　湯を片膝や　庭の花　孤屋（6炭俵　二四三七）
雪満目　温泉(ゆ)を出し女　燃えかがやき　たかし（9石魂　一六七二）
次の間へ　湯を飲みに立つ　夜長かな　癖三酔（9癖三酔句集　〇三七七）
さうぶ入る　湯をもらひけり　一盥　荷兮（6あら野　九六二）

よ

名月は　夜明くるきはも　なかりけり　越人（6あら野　四一八）
裏門の　夜明けの風や　けしの花　千苓（8俳諧新選　一一三ぺ）
尻すぼに　夜明けの鹿や　風の音　風睡（6続猿蓑　三二九五）
鈴鹿川　夜明けの旅の　神楽(かぐら)哉　昌碧（6あら野　一〇八四）
蕣(あさがほ)に　夜遊びせじと　誓ひけり　梅輝（8俳諧新選　一二六ぺ）
揉みに揉んで　夜嵐わたる　鳴子かな　太祇（8俳諧新選　一二八ぺ）
山持の　よい住みなしや　柿　林　漁焉（8俳諧新選　一三一ぺ）
浦々に　よい年とらす　鯨かな　周蛇（8俳諧新選　一四三ぺ）
初瀬の鐘　よい物近し　冬籠り　希因（7俳諧古選　一九四ぺ）
ひとり旅の　よいもよけれど　秋淋し　李雪（8俳諧新選　一三五ぺ）
紅葉見や　用意かしこき　傘弐本　蕪村（2蕪村遺稿　二七五一）
散銭も　用意顔なり　森の花　去来（4去来発句集　〇九三六）
首途(たびだち)の　用意して寝る　夜寒かな　子規（10獺祭句帖抄　六三三ぺ）
髪はえて　容顔(ようがん)蒼し　五月雨　芭蕉（1続虚栗　二九六）
寝たる萩や　容顔無礼　花の顔　芭蕉（1続山井　一七）
観音を　用事にぬける　年の市　梨葉（9梨葉句集第一　一〇七二）
夕顔や　酔うてかほ出す　窓の穴　芭蕉（1猿蓑　七八九）
さし当たる　用に任せて　書初めん　左釣（8俳諧新選　一〇〇ぺ）
聞き馴れて　よう寝入る子や　小夜砧　珍志（8俳諧新選　一三二ぺ）

身にしむや　横川のきぬを　すます時　蕪村（2 蕪村句集 一八二七）
椎拾ふ　横河の児（ちご）の　いとまかな　蕪村（2 蕪村句集 二五七五）
ゆく春や　横河へのぼる　いもの神　蕪村（2 蕪村句集 一五二一）
鶯も　余寒につれて　無音（ぶいん）かな　梅盛（4 口真似草 〇一二七）
若草や　余寒を恨む　よぢれもぢれ　素丸（4 素丸発句集 一七六一）
麦はえて　よき隠家や　畠村　芭蕉（1 笈日記 三二六）
冬やことし　よき裘（かはごろも）　得たりけり　蕪村（2 蕪村遺稿 一一九五）
尼寺や　よき蚊屋たるる　宵月夜　蕪村（2 蕪村句集 二五七五）
ゆく秋や　よききぬ着たる　かかり人　蕪村（2 蕪村句集 二三三九）
よき炭の　よき灰になる　あはれさよ　虚子（14 七百五十句 一二八ぺ）
礎ひとり　よき染物の　匂ひかな　洒堂（6 炭俵 二五八〇）
二つ三つ　よき名たまはる　角力（すまひ）取　蕪村（2 蕪村遺稿 一七四六）
書初に　よき名の文字や　三の朝　野有（8 俳諧新選 一五六ぺ）
回国の　夜着に出会ひし　仏事哉　文湖（8 俳諧新選 二三九ぺ）
春の夜に　よき女孺見たり　さし油　五鳳（8 俳諧新選 二一一ぺ）
いでや我　よきぬのきたり　せみごろも　芭蕉（1 あつめ句 二二九九）
しばられる共　よき花を　盗まなん　竹房（8 俳諧新選 一〇九ぺ）
辻駕（かご）に　よき人のせつ　ころもがへ　蕪村（2 蕪村句集 五一四）
手燭して　能きふとん出す　夜寒哉　蕪村（2 蕪村遺稿 六〇五）
商人（あきうど）の　よき文書くや　雪の朝　方絮（8 俳諧新選 一四二ぺ）
きみ火をたけ　よき物見せん　雪まろげ　芭蕉（1 雪満呂気 二二七九）
ひとり寝も　能き宿とらん　初子の日（はつねのひ）　去来（6 猿蓑 一八九五）

侘しさは　夜着を懸けたる　火燵かな　桃先（6 続猿蓑 三三八六）
皃見世（かほみせ）や　夜着を離るる　いもがもと　蕪村（2 蕪村句集 三三三七）
迚（とて）もなら　よきを参らせん　花の枝　玄昌（7 俳諧古選 一五六ぺ）
凩に　よく聞けば千々の　響きかな　子規（4 寒山落木巻三 二一八九）
はつ春や　よく仕て過ぐる　無調法　風睡（6 続猿蓑 三〇九八）
雪の日の　浴身一指　一趾愛し　多佳子（9 命終 二九七八）
鬼灯（ほほづき）や　よく育ちたる　男の子　有我（8 俳諧新選 二一八ぺ）
夕すずみ　よくぞ男に　生まれける　其角（7 俳諧古選 二六九ぺ）
嵐木がらし　よく堂守の　寝る事よ　子英（7 俳諧古選 一八六ぺ）
初寅や　欲つら赤き　山おろし　太祇（8 俳諧新選 一〇一ぺ）
日ごろ仲　よくて恥ある　すまひ哉　蕪村（2 蕪村句集 七七五）
灯（ひ）もおかで　よく寝る客や　神無月　道彦（5 蔦本集 九七七）
起き起きの　欲目引つ張る　青田哉　一茶（3 おらが春 四四五ぺ）
夜々は　欲も氷りて　師走かな　春来（4 東風流 一二七〇）
追ふ蝿の　よくも我が座を　覚えけり　雁觜（7 俳諧古選 二一九ぺ）
この蝿に　よくよく盧生　寝坊なり　大江丸（4 はいかい袋 二〇五四）
冬枯れて　よく分かりたる　柳かな　水翁（8 俳諧新選 二三七ぺ）
はねつくや　世ごころしらぬ　大またげ　太祇（5 太祇句選 五四一）
炭売りの　横町さかる　雪吹（ふぶき）哉　湖夕（6 炭俵 二六一九）
玉川や　夜毎の月に　砧打つ　子規（10 獺祭句帖抄 六三五ぺ）
火桶炭団（たどん）を食らふ事　夜ごと夜ごとに　ひとつづつ　蕪村（2 蕪村遺稿 一七）
鹿の子や　横にくはへし　萩の花　一茶（3 おらが春 四六七ぺ）

飴ん棒　横に咥へて　初袷　一茶（3享和句帖 三三八ペ）
土橋や　よこにはえたる　つくづくし　塩車（6あら野 五四三）
夕鵙(もず)に　よごれし電球(たま)の　裡ともる　誓子（9七曜 一四九三）
つむ雪も　よごれ初めけん　梅の花　沖三（8俳諧新選 一〇二ペ）
白萩や　よごれた花は　捨てて咲く　射牛（8俳諧新選 二二七ペ）
袖の色　よごれて寒し　こいねずみ　芭蕉（1蕉翁句集 九三五）
朝露に　よごれて涼し　瓜の土　芭蕉（1続猿蓑 八六三）
兵(つはもの)の　よごれてをかし　傀儡師(くわいらいし)　卯雲（8俳諧新選 二一一ペ）
年の箭(や)の　よごれ布子に　留まりけり　嘯山（8俳諧新選 一四六ペ）
早乙女や　よごれぬ物は　歌計(ばか)り　来山（7俳諧古選 一六〇ペ）
時　鳥　夜さとき母の　念仏かな　珪琳（8俳諧新選 一四七ペ）
寝勝手の　よさに又見る　柳かな　梅室（5梅室家集 二一六七）
猿どのの　夜寒訪ひゆく　兎かな　蕪村（2蕪村句集 二四）
病む雁の　夜さむに落ちて　旅ね哉　芭蕉（1猿蓑 六四三）
仮御所の　夜寒に遠し　漁りの火　螽流（8俳諧新選 一三二ペ）
月　近　し　夜寒に馴れぬ　舟の中　嘯山（8俳諧新選 一三二ペ）
蕎麦はあれど　夜寒の温飩　きこしめせ　子規（10獺祭句帖抄 六三三ペ）
停車場に　夜寒の子守　旅の我　虚了（12六百句 二三〇ペ）
あなたなる　夜雨の葛の　あなたかな　不器男（9定本不器男句集 一七〇四）
萩咲きて　よしある筆を　拾ひけり　山竺（8俳諧新選 一四八ペ）
汐先や　よしきり騒ぐ　いなさ東風(こち)　道彦（5蔦本集 九七一）
柚(ゆ)味噌買ふて　吉田の里に　帰りけり　子規（10獺祭句帖抄 六五六ペ）

雪にあふて　吉野得見ぬぞ　花盛り　貞室（7俳諧古選 一九七ペ）
菜の花や　吉野下り来る　向かふ山　太祇（8俳諧新選 一一〇ペ）
大峰や　よしのの奥の　花の果て　曾良（6猿蓑 一九八四）
今宵誰　よし野の月も　十六里　芭蕉（1笈日記 八八五）
雪折や　よしののゆめの　さめる時　蕪村（2蕪村句集 二〇二四）
約束の　吉野又出づ　とし忘れ　梅史（8俳諧新選 一四五ペ）
口癖の　吉野も春の　行衛(ゆくへ)かな　淡々（5淡々発句集 四六五）
時は秋　吉野をこめし　旅のつと　露沾（5伊賀餞別 二四一）
めに残る　よしのをせたの　蛍　哉　芭蕉（1真蹟懐紙写 三九九）
はや悲し　よし原出でて　麦ばたけ　氷花（7俳諧古選 二〇三ペ）
世は地獄　よしはらすずめ　ほととぎす　石鼎（9花影 〇七七一）
朝顔に　吉原の夢は　さめにけり　子規（10獺祭句帖抄 六五七ペ）
闇の夜は　吉原ばかり　月夜かな　其角（4武蔵曲 〇八一六）
下の関　夜芝居過ぎぬ　さよちどり　召波（8俳諧新選 一四〇ペ）
風雲の　よすがら月の　ちどり哉　蕪村（2蕪村句集 二六八）
高灯炉　夜すがら露の　油かな　渭北（8俳諧新選 二二六ペ）
雪の日や　四角よごれし　はり枕　諸九（8俳諧新選 一四三ペ）
私　に　夜関を越ゆる　時雨かな　楼川（8俳諧新選 一五八ペ）
浪うって　よせ来る勢子や　花　薄　不白（5不白翁句集 八六四）
賊舟を　よせぬ御船や　夏の月　蕪村（2蕪村遺稿 五八二）
藁店や　寄席の帰りの　冬の月　五城（9五城句集 〇二三一）
御墓の　四十とせ古し　時雨さび　東洋城（9東洋城全句中 〇三九〇）

しらで猶　よそに聞きなす　くひな哉　太祇（8俳諧新選 一一八ぺ）
我が門を　よそに見て行くや　猫の恋　貝錦（8俳諧新選 一〇二ぺ）
七草や　よその聞こえも　余り下手　太祇（8俳諧新選 一〇〇ぺ）
みよし野や　よその春ほど　返り花　素園（7俳諧古選 二二七ぺ）
初秋や　余所(よそ)の灯(ひ)見ゆる　宵のほど　蕪村（2蕪村句集 二〇〇五）
子も乳も　余所へやりたき　田植かな　秋瓜（4多少庵句集 一七四八）
藪いりや　余所目ながらの　愛宕山　蕪村（2蕪村句集 二〇三一）
夜着の肌　余所も合はぬか　春の雨　雅因（7俳諧古選 二一八ぺ）
玉霰　夜たかは月に　帰るめり　一茶（3七番日記 三五三ぺ）
下手笛に　よつくきけとや　しかの声　一茶（3おらが春 四六九ぺ）
初真桑　四つにや断たん　輪に切らん　芭蕉（1真蹟懐紙 一五二九）
涼しさに　四橋を四つ　渡りけり　来山（7俳諧古選 一六〇ぺ）
梅さくや　淀川筋の　ささ濁り　尺布（8俳諧新選 一〇一ぺ）
花火せよ　淀の御茶屋の　夕月夜　蕪村（2蕪村句集 二七五五）
鍋さげて　淀の小橋を　雪の人　蕪村（2蕪村句集 二一九二）
舟慕ふ　淀野の犬や　かれ尾花　几董（4井華集 一八四三）
短夜や　淀のわたりに　雀鳴く　周鮑（7俳諧古選 二二九ぺ）
菜の花や　淀も桂も　忘れ水　言水（5珠洲之海 一七三）
父母の　夜長くおはし　給ふらん　虚子（11五百句 六〇ぺ）
あいつらも　夜永なるべし　そそり唄　一茶（3七番日記 三四三ぺ）
人声の　夜半を過ぐる　寒さ哉　野坡（6炭俵 二六〇六）
きつちりと　夜なべのものを　片し終へ　汀女（9昭39俳句年鑑 一九二〇）

二つ三つ　夜に入りさうな　雲雀(ひばり)かな　素園（8俳諧新選 一〇四ぺ）
ぐづぐづと　夜に入りにけり　五月雨　三笑（8俳諧新選 一一七ぺ）
しとしとと　夜に入りにけり　春の雨　支鳩（8俳諧新選 一〇三ぺ）
水仙の　世におくれたる　姿かな　文山（8俳諧新選 一四一ぺ）
口切や　世にかくれたる　器(うつはもの)　和流（8俳諧新選 一三八ぺ）
青簾　世に隠れんと　には非ず　虚子（14七百五十句 八四ぺ）
遁れても　世にかしましき　紙子哉　立吟（7俳諧古選 一九四ぺ）
蕣(あさがほ)や　世につながれて　花の咲く　超波（7俳諧古選 二二一ぺ）
つぎ侘びぬ　世になき一穂　得てしより　太祇（8俳諧新選 一〇四ぺ）
書き出しや　世にはさまるる　竹の簀戸(すど)　行雲（8俳諧新選 一四六ぺ）
いつ迄歟(か)　世にふらここの　うつけ者　盛住（8俳諧新選 一五二ぺ）
似合ふ迄　世にもまれたる　紙子哉　大夢（8俳諧新選 一四一ぺ）
着せ合うて　余念なく寝し　なまこ哉　大夢（8俳諧新選 一四〇ぺ）
惜しさうに　夜の明くる也　朧月　孤桐（8俳諧新選 一〇八ぺ）
木をつみて　夜の明けやすき　小窓かな　子規（9寒山落木巻一 〇〇一四）
木揺れなき　夜の一つ時や　霜の声　乙字（9乙字句集 〇九九〇）
明けいそぐ　夜のうつくしや　竹の月　几董（5井華集 七九八）
きぬぎぬや　余のことよりも　時鳥　除風（6あら野 九七九）
鳴きさうな　夜の静かさや　ほととぎす　雪蕉（8俳諧新選 一一四ぺ）
一と引きに　余の田を越して　鳴子かな　龍眠（8俳諧新選 一二八ぺ）
みじか夜の　夜の間に咲ける　ぼたん哉　蕪村（2蕪村遺稿 一五四八）
草庵や　夜の間に降りし　秋の雨　鼠骨（9春夏秋冬 〇二五九）

蕣（あさがほ）や　夜の間の雨の　薄しめり　丑二（8俳諧新選　一二六ぺ）
干足袋の　夜のまま　日のままとなり　碧梧桐（9碧梧桐句集　〇一三七）
花ちらば　夜の別るべし　吉野山　茶雷（8俳諧新選　一五〇ぺ）
蕣や　夜は明けきりし　空の色　史邦（5藤の実　三三二）
雲のひまに　夜は明けて有る　しぐれ哉　蕪村（2蕪村遺稿　二二五〇）
島原の　夜は明けにけり　雉の声　買友（8俳諧新選　一〇四ぺ）
抱籠の　世は変はり行く　火桶哉　樊川（7俳諧古選　二二五ぺ）
しほれふすや　世はさかさまの　雪の竹　芭蕉（1続山井　二〇）
百姓の　夜は静か也　門の月　富水（8俳諧新選　二二九ぺ）
寝て居ても　世は形々（なりなり）や　長瓢（ふくべ）　桃妖（7俳諧古選　一八四ぺ）
咳き込めば　夜半の松籟　また乱れ　茅舎（4定本茅舎句集　二六三二）
名月や　夜は人住まぬ　峰の茶屋　蕪村（2蕪村句集　一四三六）
植ゑつけし　夜は三日月の　門田かな　青蘿（5青蘿発句集　八五〇）
おもしろい　夜は昔也　更衣（ころもがへ）　一茶（3句稿消息　三三七ぺ）
風吹かぬ　夜はもの凄き　柳かな　蕪村（2蕪村遺稿　四一五）
日は日くれよ　夜は夜明けよと　啼く蛙　蕪村（2蕪村句集　三三六一）
ひたぶりや　夜はよもすがら　五月雨　万橋（8俳諧新選　一一七ぺ）
馬と馬　よばりあひけり　郭公（ほととぎす）　鈍可（6あら野　四〇四）
花嫁と　呼ばれしはいつ　姥桜　季重（7俳諧古選　一五三ぺ）
我が内へ　呼ばれて来たり　三の朝　風状（7俳諧古選　二一四ぺ）
夕がほに　よばれてつらき　暑さ哉　羽紅（6猿蓑　一七九四）
猫抱きて　呼ばれて行かん　納豆汁　文誰（8俳諧新選　一五七ぺ）

東より　世はをさまるき　春日かな　梅盛（4口真似草　〇一三〇）
春の夜や　宵あかつきの　その中に　蕪村（2蕪村句集　一〇二七）
身に入むや　宵暁の　舟じめり　其角（7俳諧古選　一七八ぺ）
冴える夜や　宵から深し　片山家　金刀（8俳諧新選　一四二ぺ）
凩や　宵からふけし　松の音　玉指（7俳諧古選　二一九ぺ）
飼ひ猿も　呼び出す庭の　月見哉　残香（7俳諧古選　一七九ぺ）
離れじと　呼びつぐ声歟（か）　闇の雁　闌更（8俳諧新選　二三一ぺ）
離れがたし　宵と旦（あした）の　鮓の圧　貞佐（7俳諧古選　二〇三ぺ）
厄払　呼びに歩いて　云は乜けり　雅因（8俳諧新選　一六〇ぺ）
相阿弥の　宵寝おこすや　大もんじ　蕪村（2蕪村句集　一八二五）
正月や　宵寝の町を　風のこゑ　荷風（9荷風句集　一一六五）
鹿啼くや　宵の雨　暁の月　蕪村（2蕪村遺稿　一四七〇）
帰るさに　宵の雨知る　十夜哉　竹冷（9竹冷句鈔　〇二七八）
散るは散るは　酔ひのさめたる　夕桜　自悦（5空林風葉　一三〇）
屋わたりの　宵はさびしや　月の影　市柳（6あら野　四一三）
名月や　宵は女の　声ばかり　木節（7俳諧古選　一七九ぺ）
胸に子の名　呼びをり落葉　急なるとき　楸邨（9穂高　二五九六）
元日や　夜ぶかき衣の　うら表　千川（6続猿蓑　三〇九二）
朝顔や　夜舟の着きし　人の背戸　寛留（8俳諧新選　二二六ぺ）
治聾酒の　酔ふほどもなく　さめにけり　鬼城（9鬼城句集　〇六二五）
振り向けと　呼ぶや枯野の　鳥の声　武然（7俳諧古選　二一五ぺ）
市人の　よべ問ひかはす　野分かな　蕪村（2蕪村句集　二一九六）

迷ひ子を　呼べばうちやむ　きぬた哉　蕪村（2 蕪村遺稿 一八九）
万歳を　呼べばこそ来れ　三の朝　安静（7 俳諧古選 一四三ぺ）
天も花に　よへるか雲の　乱れ足　立圃（5 犬子集 二一）
茶摘子や　夜干し朝干し　暇なみ　青々（9 鳥の巣 〇四八八）
重荷もち　丁身(よぼろ)をなく　夏野哉　蕪村（2 蕪村遺稿 一二〇）
死にし虻(あぶ)　蘇らんと　しつつあり　虚子（13 六百五十句 二二三ぺ）
引いて来し　夜店車を　まだ解かず　虚子（12 五百五十句 三三ぺ）
植木屋の　夜店の跡や　道の露　子規（10 獺祭句帖抄 六五三ぺ）
耕すにつけ　読むにつけ　唯独り　虚子（13 六百五十句 一三七ぺ）
かくれ家や　よめ菜の中に　残る菊　嵐雪（6 あら野 九六六）
雛の主や　嫁に行くのと　来て居ると　孤桐（8 俳諧新選 一〇九ぺ）
吾書きて　よめぬもの有り　年の暮　尚白（6 あら野 八二四）
矢橋(やばせ)乗る　嫁よ娘よ　春の風　太祇（8 俳諧新選 一〇七ぺ）
かりそめの　娶入(よめり)月夜や　啼く蛙　一茶（3 享和句帖 三三一ぺ）
一日は　嫁を忘るる　田植かな　心祇（4 蕉下庵発句抄 一一六三）
春雨や　蓬をのばす　草の道　芭蕉（1 草の道 八三四）
年徳へ　四方の霞や　引出物　令徳（5 犬子集 三九）
目を閉ぢて　四方の花見る　歌人哉　芳重（7 俳諧古選 一四四ぺ）
乙(おと)訓(くに)の　四方の藪なり　畑打　夜半（9 翠黛 一六三四）
プラタナス　夜もみどりなる　夏は来ぬ　波郷（9 石田波郷句集 二六五六）
しはぶけば　四方より幹の　かこみ立つ　素逝（9 暦日 一八二六）
明けやすき　夜や稲妻の　鞘走り　蕪村（2 蕪村遺稿 八六四）

名月の　夜やおもおもと　茶臼山　芭蕉（1 射水川 九六二）
浪高き　夜や衣うつ　蜑が軒　闌更（5 半化坊発句集 七五六）
琵琶行の　夜や三味線の　音霰　芭蕉（1 後の旅 一九四）
桜さく　夜や寝はぐれて　なく烏　廬元坊（8 俳諧新選 一五〇ぺ）
閑(しつ)かなる　世や柊(ひらぎ)さす　門がまへ　季吟（4 新続犬筑波集 〇二二一）
入道の　よよとまゐりぬ　納豆汁　蕪村（2 蕪村句集 三八一）
僕等の　よよと盛りけり　ねぶか汁　召波（5 春泥句集 八一六）
草原や　夜々に濃くなる　天の川　亜浪（9 定本亜浪句集 一〇三三）
山里に　世々の家居や　牡丹畑　呑獅（8 俳諧新選 一一三ぺ）
見て回す　代々の道具や　けふの月　青魚（8 俳諧新選 二三〇ぺ）
稲かけし　夜より小藪は　月よ哉　一茶（3 文化句帖 三五〇ぺ）
高麗舟の　よらで過ぎ行く　霞かな　蕪村（2 蕪村句集 四〇一）
接待へ　よらで過ぎ行く　狂女哉　蕪村（2 蕪村遺稿 二五三八）
鮎くれて　よらで過ぎ行く　夜半の門　蕪村（2 蕪村句集 一一四）
上下の　寄り添ひわろき　炬燵哉　喜円（7 俳諧古選 二二一ぺ）
田螺(たにし)拾ふ　より拙きは　なかりけり　迷堂（9 孤輪 〇四二三）
神事田を　寄りて植ゑるや　曾我贔負　百万（8 俳諧新選 一五八ぺ）
水口へ　よりてものうき　田螺哉　移竹（8 俳諧新選 一〇六ぺ）
腹筋を　よりてや笑ふ　糸桜　季吟（4 綾錦 〇一二五）
酒のあらたならん　よりは蕎麦の　あらたなれ　子規（9 寒山落木巻三 〇〇二一）
板塀に　よりもつかれぬ　霰かな　子規（10 獺祭句帖抄 六一九ぺ）
ラバ深み　よる瀬の汐の　ド黒(ぐ)ロに釣れて　碧梧桐（4 三昧 昭4・1 二三一二）

欄干に　夜ちる花の　立ちすがた　羽紅（6猿蓑 一九八六）
売文や　夜出て髭の　あぶらむし　不死男（0万座 二二七三）
露涼し　夜と別るる　花のさま　露月（4露月句集 二二七六）
小僧きけ　夜寝ぬ鳥ぞ　郭公（ほととぎす）　存義（4東風流 一七三九）
夕皃の白く　夜の後架（こうか）に　紙燭（しそく）とりて　芭蕉（1武蔵曲 一三七）
瓶破るる　よるの氷の　寝覚め哉　芭蕉（1真蹟詠草 一二七三）
踊り見の　夜の簾も　うき世哉　原水（7俳諧古選 一八四ペ）
豊国や　夜の椿の　落つる音　良詮（7俳諧古選 二〇七ペ）
墨染の　夜のにしきや　鉢たたき　蕪村（2蕪村遺稿 一四八一）
着て起てば　夜の衾も　なかりけり　丈草（4幻の庵 〇九八二）
昼の昼　夜の夜しる　冬至哉　乙州（7俳諧古選 一九一ペ）
稲づまや　夜は崩るる　筑波山　吏登（5吏登句集 四七六）
もの書くに　夜はこのもし　金魚玉　青峰（9海光 二二六二）
海士の子や　夜は揃ふる　海苔の幅　路通（4柏原集 一〇〇九）
此の道を　夜は通らぬ　やなぎ哉　雨谷（8俳諧新選 一〇五ペ）
綿入に　夜は寝取らるる　袷かな　孤桐（8俳諧新選 一一二ペ）
陣中の　夜は毛布を　被て足りぬ　圭岳（9大江 一一九一）
正月や　夜はよる迚（とて）　うめの月　一茶（3おらが春 四四〇ペ）
航海や　よるひるとなき　雲の峰　虚子（12五百五十句 一八ペ）
瀟湘の　夜昼なしや　五月雨　卯雲（8俳諧新選 一一七ペ）
燕啼きて　夜蛇をうつ　小家哉　蕪村（2蕪村句集 一〇三二）
足もとへ　よるや枯野の　鶴の影　且水（8俳諧新選 二三七ペ）

灯（ひ）ともして　夜行く人や　梅の中　鳴雪（9鳴雪俳句集 〇一五九）
明け易き　夜を抜け出る　名画かな　鳥栖（8俳諧新選 一一八ペ）
魚舟の　寄れる鰍（か）蠅の　沖へ飛ぶ　習先（8俳諧新選 一二二ペ）
豊の秋　よろこばしげな　かがしかな　柳糸（8俳諧新選 一四八ペ）
渋柿や　よろこび烏　門ちがへ　赤羽（8俳諧新選 一三一ペ）
蚊の痩せて　鎧のうへに　とまりけり　一笑（6あら野 六五五）
打ち水を　よろめきよけて　病犬　虚子（12五百五十句 七一ペ）
冬の野は　世わたる人の　外もなし　如竹（7俳諧古選 一九四ペ）
独り寝や　夜わたる男蚊の　声侘し　智月（5孤松 四二〇）
雨に香の　よわらで哀れ　花茨　五竹坊（4十二夜話 一七八〇）
親の杖　よわりし果てや　棚麻木　常矩（7俳諧古選 一八三ペ）
節季候（せきぞろ）や　弱りて帰る　藪の中　尚白（6続猿蓑 三四二六）
初午や　与右衛門家内　寝言きく　宗専（7俳諧古選 二二五ペ）
穴蟻の　世を明らめぬ　冬構へ　秋水（7俳諧古選 二一七ペ）
蕣（あさがほ）の　夜を押し分けて　咲きにけり　乙花（8俳諧新選 二二六ペ）
明けやすき　夜をかくしてや　東山　蕪村（2蕪村句集 二〇七一）
園くらき　夜を静かなる　牡丹かな　白雄（4白雄句集 一七五三）
稲妻や　世をすねてすね　竹の奥　荷風（9荷風句集 一一六四）
乾鮭（からさけ）や　世を憚らぬ　市の中　鳥酔（4鳥酔懐玉抄 一七二二）
乳のみ子に　世を渡したる　師走哉　尚白（6猿蓑 一六九四）
蜻蛉の　四羽うち行く　自在かな　嘯山（8俳諧新選 二二六ペ）
十六夜や　よんべあれ程　見えらせし　一鵜（7俳諧古選 二三〇ペ）

仏名の　礼に腰懐く　白髪哉　野水（6 あら野 八五八）
来年は　来年はとて　暮れにけり　露川（7 俳諧古選 一九四ペ）
雲の峰　雷を封じて　聳えけり　漱石（4 漱石全集 二二四一）
梶の葉を　朗詠集の　しをり哉　蕪村（2 蕪村句集 七七〇）
禅林の　廊下うれしき　しぐれ哉　蕪村（2 蕪村遺稿 二四六）
団扇取つて　廊下舞ひ出る　酒興かな　子規（10 獺祭句帖抄 六四六ペ）
枯芝に　老後のごとく　さす日かな　風生（9 喜寿以後 一五七〇）
美しき　老刀自なりし　被布艶に　虚子（13 六百五十句 二二三ペ）
痩馬の　老尼載せ行く　野菊かな　子規（10 獺祭句帖抄 六五八ペ）
苔の上　落花しづまる　一つ一つ　虚子（14 七百五十句 六四ペ）
此の上に　落花つもれと　思ふかな　子規（10 獺祭句帖抄 六四五ペ）
口あいて　落花眺むる　子は仏　句仏（9 句仏句集 〇五二九）
我が僕（やつこ）　落花に朝寝　ゆるしけり　其角（4 虚栗 〇八二一）
しきりなる　落花の中に　幹はあり　素逝（9 ふるさと 一八二五）
吉野川の　落花ふくみし　鮎なる歟（か）　月斗（9 昭和俳句集 〇五二一）
紅梅の　落花燃ゆらむ　馬の糞　蕪村（2 蕪村句集 二三五六）
曼珠沙華（まんじゅしゃげ）　落暉（らっき）も蘂（しべ）を　ひろげたり　草田男（9 長子 二五四七）
木犀の　落花微塵の　金十字　青邨（9 冬青空 一六二一）
うめちるや　螺鈿こぼるる　卓の上　蕪村（2 蕪村句集 二〇二七）

ら・り・る・れ・ろ

蚊を焼いて　蠟燭臭き　夜明けかな　竹冷（4 俳諧遊記 二二三四）
竹立てて　蠟燭さしぬ　菊の中　子規（10 獺祭句帖抄 六五八ペ）
雪月夜　裸婦の屍　伏し伏して　水巴（9 定本水巴句集 〇六〇五）
春暁や　欄前過ぐる　帆一片　月斗（9 昭和俳句集 〇五〇九）
香をのこす　蘭帳蘭の　やどり哉　芭蕉（1 鹿子の渡 九六九）
まんじゆさげ　蘭に類ひて　狐啼く　蕪村（2 蕪村遺稿 一八六五）
翠簾（みす）越しの　蘭を尋ぬる　小蝶哉　冬鯉（7 俳諧古選 一八二ペ）
旧城市　柳絮とぶこと　しきりなり　虚子（11 五百句 七六ペ）
飴なめて　流離悴む　こともなし　楸邨（9 野哭 二五七一）
茶の花や　利休が目には　よしの山　素堂（4 六百番発句合 〇七六九）
飛び入りの　力者あやしき　角力（すまひ）哉　蕪村（2 蕪村句集 七七六）
おもしろや　理屈はなしに　花の雲　越人（6 あら野 三八二）
聟殿の　律義な皃（かほ）や　榾（ほだ）明かり　貝錦（8 俳諧新選 二三八ペ）
老衲炬燵に在り　立春の禽獣　裏山に　虚子（11 五百句 四七ペ）
雪嶺より　稜駆けりきて　春の岬　林火（9 澪 二七五五）
露深けぬ　両国橋の　かたつぶり　嘯山（8 俳諧新選 一一五ペ）
あらぬ方に　両国を見し　花火かな　麦人（9 草笛 〇三三七）
冬山に　両三歩かけ　引き返し　虚子（13 六百五十句 二〇四ペ）
長月や　寮の灯（ひ）更けて　うつりあふ　文湖（8 俳諧新選 二三五ペ）
両国の　両方ともに　夜寒哉　一茶（3 文政版発句集 三四三ペ）
莫児比涅（モルヒネ）の　量増せ月の　今宵也　紅葉（9 紅葉句帳 〇二七五）
門とぢて　良夜の石と　我は居り　秋桜子（9 重陽 一四五一）

寝遅れし　良夜の鹿の　歩みかな　梨葉（9梨葉句集第一 一〇七四）
我が庭の　良夜の薄　湧く如し　たかし（4たかし全集 二六六四）
待春の　留学画信　ふくれ着く　爽雨（9寒柝 一八九六）
十六夜や　竜眼肉の　から衣　其角（4岨のふる畑 〇七七九）
五月雨や　竜灯揚ぐる　番太郎　芭蕉（1江戸新道 七四）
昇天の　竜の如くに　咳く時に　茅舎（4定本茅舎句集 二六二九）
氷る夜や　旅行の粥の　雫より　雁觜（8俳諧新選 一四三ぺ）
蜻蛉うまれ　緑眼煌と　すぎゆけり　秋桜子（9緑雲 一四三六）
ひたぶるに　旅僧とめけり　納豆汁　月居（5続あけがらす 九六五）
鰒釣らん　李陵七里の　浪の雪　芭蕉（1桜下文集 二〇〇）
我を厭ふ　隣家寒夜に　鍋を鳴らす　蕪村（2蕪村句集 二〇四）
牡丹雪　林泉鉄の　ごときかな　茅舎（4川端茅舎句集 二六四一）
古家や　累々として　柚子黄なり　子規（10獺祭句帖抄 六五六ぺ）
夜桜に　留主する妻の　心もて　蓮之（7俳諧古選 一五七ぺ）
花売りに　留主たのまるる　隣哉　野水（6あら野 八四五）
寒月や　留主頼まれし　奥の院　太祇（8俳諧新選 一四一ぺ）
蘭の香の　留主と答ふる　庵哉　二柳（8俳諧新選 一五六ぺ）
聖霊（しやうれい）に　留主と答へて　盆の旅　存義（8俳諧新選 一五八ぺ）
月はあれど　留主のやう也　須磨の夏　芭蕉（1笈の小文 三八六）
一村は　留守のやうなり　冬籠り　子規（10獺祭句帖抄 六一九ぺ）
雪ふりや　留主の様なる　家計（ばかり）り　羽律（8俳諧新選 一四二ぺ）
独りゐて　留守ものすごし　稲の殿　一東（6続猿蓑 三二八三）
醍醐寺へ　留守居に行くや　昼砧　三幹竹（9三幹竹句集 〇五四五）
古郷の　留守居も一人　月見哉　一茶（3おらが春 四七〇ぺ）
現（うつつ）にて　留主を遣ひし　火燵哉　庭台（7俳諧古選 二二三ぺ）
瑠璃光の　瑠璃よりあをき　つららかな　茅舎（9俳究昭14・2 一〇七二）
ばりばりと　霊柩車ゆく　氷かな　水巴（9定本水巴句集 〇五九三）
腰のあふぎ　礼義ばかりの　御山哉　一雪（6あら野 一〇二九）
投げられて　礼して這入る　角力（すまひ）哉　立吟（7俳諧古選 二〇九ぺ）
幕吹いて　伶人見ゆる　紅葉かな　子規（10獺祭句帖抄 六五六ぺ）
摂待の　礼の念仏や　二三遍　鶴英（8俳諧新選 二二五ぺ）
いささかな　料理出来たり　土用干　蕪村（2蕪村遺稿 一三一）
象潟（きさかた）や　料理何食ふ　神祭り　曾良（4奥の細道 〇八六五）
行く年や　歴史の中に　今我あり　虚子（12五百五十句 四一ぺ）
駅間の　レール霧より　現れいづる　誓子（9七曜 一四六一）
うたか否　連歌にあらず　にし肴　文鱗（6あら野 四六二）
地にあらば　連木すり鉢　猫の恋　大江丸（5俳懺悔 八六七）
子雀や　連翹（れんげう）にとまり　竹にとまり　霽月（9明28俳句界 〇二四九）
もとのいく　連翹の花　散りにけり　菫帑（8俳諧新選 一二ぺ）
芋の露　連山影を　正しうす　蛇笏（9山廬集 〇六四三）
泊まられよ　連衆百人　ひとつ蚊屋　雁宕（8俳諧新選 一五一ぺ）
川狩りや　楼上の人の　見しり皃（がほ）　蕪村（2蕪村句集 一七〇三）
煤掃いて　楼に上れば　川広し　子規（10獺祭句帖抄 六六二ぺ）
涼しさや　楼の下ゆく　水の音　俊似（6あら野 六九三）

夏萩や　六十一の涼しくて　水巴（9定本水巴句集〇五八七）
寒念仏　六条は来る夜来ぬ夜あり　三幹竹（9三幹竹句集〇五四三）
花盛り　六波羅禿（かむろ）見ぬ日なき　蕪村（2蕪村遺稿一二〇四）
みじか夜や　六里の松に更けたらず　蕪村（2蕪村句集三八）
雪の日や　六里は近き淡路島　呉郷（8俳諧新選一四二ぺ）
桃源の　路次の細さよ冬ごもり　蕪村（2蕪村遺稿六七一）
富士の雪　盧生が夢をつかせたり　芭蕉（1六百番発句合八六）
出雲への　路銭はいかにびんぼ神　立圃（5犬子集二六）
道問へば　露路に裸子充満す　楸邨（9寒雷二五九四）
来ぬ人よ　爐中に烟る椎のから　言水（7俳諧古選二〇七ぺ）
湖の　蘆荻漸（やうや）く枯れんとす　虚子（13六百五十句一八五ぺ）
まつしぐら　炉にとび込みし如くなり　虚子（13六百五十句一六一ぺ）
麦畑や　驢馬の耳より揚雲雀（ひばり）　子規（10獺祭句帖抄六二五ぺ）
永き日や　驢馬を追ひ行く鞭の影　子規（10獺祭句帖抄六二三ぺ）
船頭も　艫を横たへて月見哉　珪琳（8俳諧新選一三〇ぺ）

わ

年の一夜　王子の狐見にゆかん　素堂（5続虚栗二五一）
魂祭り　王孫（わうそん）いまだ帰り来ず　蕪村（2蕪村遺稿一八二三）
風下の　黄檗（わうばく）寺や麦ほこり　大魯（5蘆陰句選八二二）
わらふべし泣くべし　我が朝顔の凋む時　芭蕉（1真蹟懐紙一二五）

温泉（ゆ）の底に　我が足見ゆる今朝の秋　蕪村（2蕪村遺稿一一三二）
花にくれて　我が家遠き野道哉　蕪村（2蕪村句集一〇四五）
門へ出て　我が家をそしる涼みかな　玄武坊（4玄武庵発句集一八一二）
砧きけば　我が内ながら旅寝哉　珪琳（8俳諧新選一四七ぺ）
故郷に　わが植ゑ置きし柳かな　子規（10獺祭句帖抄六二六ぺ）
青柳や　我が大君の草か木か　蕪村（2蕪村句集一〇一二）
尾の下に　我が想ふ人や鳳巾（いかのぼり）　吏登（4吏登発句集一一八一）
吉野とも　我が隠家ぞ置火燵　笛十（8俳諧新選一三八ぺ）
埋み火や　我がかくれ家も雪の中　蕪村（2蕪村句集八二八）
我を連れて　我が影帰る月夜哉　素堂（7俳諧古選二〇四ぺ）
施餓鬼棚　我が影ぼしも哀れ也　一映（7俳諧古選一八一ぺ）
あら野行く　我が影もなき暑さ哉　不白（5不白翁句集八六二）
てふてふの　我がかげろふにそばへけり　大夢（8俳諧新選一〇八ぺ）
かげろふの　我が肩に立つかみこかな　芭蕉（1真蹟懐紙四六七）
有り難や　我が門松も二本当　[虫+㐬]轟（7俳諧古選一五三ぺ）
弱法師（よろぼふし）　我が門ゆるせ餅の札　其角（6猿蓑一七〇二）
大年の　我が顔惜しむ鏡かな　句仏（9句仏句集〇五二四）
年とるも　若きはをかし妹が下　太祇（8俳諧新選一四四ぺ）
月影に　若きも籠る十夜哉　百万（8俳諧新選一三九ぺ）
眼つむれば　若き我あり春の宵　虚子（11五百句七五ぺ）
立臼（たてうす）に　若草見たる明屋哉　亀助（6あら野五三九）
凍（い）てながら　若草見ゆる川辺哉　湖柳（8俳諧新選一〇三ぺ）

年が十　若くて憎き　紙子かな　龍眠（8俳諧新選 一四一ぺ）
たびねして　我が句をしれや　秋の風　芭蕉（1野ざらし画巻 四五七）
ほむらとも　我が心とも　牡丹の芽　虚子（14七百五十句 四九ぺ）
いつまでも　我が子と葛湯　してたびぬ　麦人（9草笛 〇三三八）
花にうき世　我が酒白く　食(めし)黒し　芭蕉（1虚栗 一六二）
いつとなく　我が座定まる　炬燵哉　孚先（7俳諧古選 一九二ぺ）
月の今宵　我が里人の　蕈うたん　去来（4続虚栗 〇九四〇）
初蝶や　吾が三十の　袖袂　波郷（9風切 二六五三）
おもひ見るや　我が屍に　ふるみぞれ　石鼎（9花影 〇七四一）
今日の月　若衆捨てたる　山もがな　不角（4蘆分船 〇八九七）
剃りこかす　若衆のもめや　年の暮　太祇（8俳諧新選 四五ぺ）
秋雨や　我が菅蓑は　まだ濡らさじ　蕪村（2蕪村遺稿 二八八）
花に暮れぬ　我がすむ京に　帰去来(かへりなん)　蕪村（2蕪村遺稿 〇四四）
麓なる　我が蕎麦存す　野分哉　蕪村（2蕪村句集 二九五）
流るるや　我が抱籠は　嵐山　瓢水（7俳諧古選 二九ぺ）
白日は　我が霊なりし　落葉かな　水巴（9定本水巴句集 〇五九一）
藤垂れて　わが誕生日　むらさきに　青邨（9雪国 一六一八）
こひ死なば　我が塚でなけ　ほととぎす　奥州（6猿蓑 一七二〇）
黴の中　わがつく息も　かびて行く　虚子（12六百句 一七四ぺ）
君見よや　我が手入るるぞ　茎の桶　嵐雪（4其袋 〇八三〇）
畳めは　我が手のあとぞ　紙衾(ぶすま)　曾良（6猿蓑 一六七五）
閑(しづ)かさは　吾が遠耳の　いとどかな　東洋城（9東洋城全句中 〇四〇〇）

おきよおきよ　わが友にせむ　ぬるこてふ　芭蕉（1あつめ句 二二二）
塚もうごけ　我が泣く声は　秋の風　芭蕉（1奥の細道 五四〇）
奈良法師　若菜摘みにや　白小袖　春澄（7俳諧古選 五二ぺ）
うちむれて　わかな摘む野に　脛(すね)かゆし　仙杖（6炭俵 二四〇七）
いざ摘まん　若菜もらすな　籠の内　すて（7俳諧古選 五〇ぺ）
旅人と　我が名よばれん　初しぐれ　芭蕉（1笈の小文 三一五）
恥ぢもせず　我がなり秋と　おごりけり　北枝（6あら野 七五〇）
埋み火も　我が名をかくす　よすが哉　蕪村（2蕪村遺稿 八二七）
宮守よ　わが名をちらせ　木の葉川　芭蕉（1桜下文集 一九五）
行く春に　わかの浦にて　追ひ付いたり　芭蕉（1笈の小文 三七七）
おろす帆の　わかばがくれや　塔の先　超波（4ゆめ物語 二二九）
かれ芝や　若葉たづねて　行く胡蝶　百歳（6あら野 五八九）
さんさりと　若葉に曇る　書院哉　麦翅（8俳諧新選 一四ぺ）
ひらひらと　わか葉にとまる　胡蝶哉　竹洞（6あら野 六二九）
きらきらと　若葉に光る　午時の風　子規（10獺祭句帖抄 六三一ぺ）
一よさの　若葉の伸びの　母の許　汀女（9昭40俳句年鑑 一九三〇）
むぐらさへ　若葉はやさし　破れ家　芭蕉（1後の旅 四六九）
天窓の　若葉日のさす　うがひかな　子規（10獺祭句帖抄 六一四ぺ）
ゆあびして　若葉見に行く　夕べかな　鈍可（6あら野 六三〇）
短夜や　若葉分けゆく　眠り馬　布門（7俳諧古選 二五ぺ）
切かぶの　わか葉を見れば　桜哉　不交（6あら野 六二六）
端居(はしゐ)とは　我が膝抱いて　蝶が飛び　虚子（13六百五十句 一四五ぺ）

人の振りに　我がふり見るは　踊りかな　普求（7俳諧古選 二一四ペ）
青高原　わが変身の　裸馬逃げよ　三鬼（9変身 二三四二）
夏痩の　わがほねさぐる　寝覚めかな　蓼太（4蓼太句集 一七四四）
名代に　わか水浴びる　烏かな　一茶（3おらが春 四三四ペ）
萩に露　我が身に杖の　撓（たわ）み哉　楼川（8俳諧新選 二二七ペ）
鮟鱇も　わが身の業（ごふ）も　煮ゆるかな　万太郎（9流寓抄以後 一一一〇）
飛びたつも　我が身ばかりや　片鶉　半魯（8俳諧新選 一五〇ペ）
月やあらぬ　我が身一つの　影法師　貞徳（7俳諧古選 一七四ペ）
蝶とんで　我が身も塵の　たぐひ哉　一茶（3七番日記 三三二ペ）
汝に謝す　我が眼明らか　いぬふぐり　虚子（14七百五十句 一〇ペ）
短夜に　我が目たらして　起きにけり　李流（8俳諧新選 一一八ペ）
行くとしや　我が目に僅　鼻の先　青蛾（4たつのうら 一二六六）
睡たさを　我が守る引板（ひた）に　さましけん　赤羽（8俳諧新選 二三三ペ）
五月雨や　我が宿ながら　かかり船　竿秋（7俳諧古選 二一三ペ）
涼しさを　我が宿にして　ねまる也　芭蕉（1奥の細道 五二〇）
ちとの間は　我が宿めかず　おこり炭　一茶（3文化句帖 三六〇ペ）
飼犬の　我が家吹ゆるや　すす払　子一（8俳諧新選 一四四ペ）
蟬なくや　我が家も石に　なるやうに　一茶（3七番日記 三四二ペ）
畑打や　我が家も見えて　暮れ遅し　蕪村（2蕪村遺稿 二四三二）
冬籠る　我が家を出でて　眺めけり　温亭（9温亭句集 〇八三七）
やぶ入の　我が家を荻に　惑ひけり　一兎（8俳諧新選 二三二ペ）
鳴らし来て　我が夜あはれめ　鉢たたき　蕪村（2蕪村句集 五〇）

よその夜に　我が夜おくるる　砧かな　大魯（5蘆陰句選 八二四）
やぶ入の　我が夜たのしく　更けにけり　咫尺（8俳諧新選 一四七ペ）
もの一つ　我がよはかろき　ひさご哉　芭蕉（1あつめ句 二七〇）
背戸門の　分からぬ家や　ももの花　闌更（8俳諧新選 一〇七ペ）
何の木と　分からぬ嶺の　茂りかな　麻兄（8俳諧新選 一四ペ）
毬（いが）を出て　別るる栗の　行衛（ゆくへ）哉　几荻（8俳諧新選 二三三ペ）
滝殿を　別るる鳥の　雫かな　尺布（8俳諧新選 二二一ペ）
鳴く鹿の　別れかねてや　一所　龍眠（8俳諧新選 二三三一ペ）
裏枯れに　分かれ初むるや　小松原　嘯山（8俳諧新選 二三五ペ）
灯籠の　わかれては寄る　消えつつも　亜浪（9旅人 一〇四二）
笠とけふ　別れて見るや　山ざくら　希因（8俳諧新選 二五一ペ）
鵲（かささぎ）や　わかれの橋は　懸けねども　素園（8俳諧新選 二二四ペ）
干鮭に　脇指かへん　としの暮　楼川（8俳諧新選 一四五ペ）
月に行く　脇差つめよ　馬のうへ　野水（6あら野 九三七）
木履（ぼくり）ぬぐ　傍に生えけり　蓼の花　木節（6猿蓑 二一六八）
おはれてや　脇にはづるる　鬼の面　荷兮（6あら野 八四二）
宝引や　和君裸に　して見せん　嘯山（8俳諧新選 一〇一ペ）
夏雲は　湧き諸滝は　鳴りに鳴る　浜人（9定本浜人句集 〇八一五）
牡丹蘂（しべ）ふかく　分け出づる蜂の　名残哉　芭蕉（1野ざらし紀行 二二四九）
うめが香や　分け入る里は　牛の角　句空（6猿蓑 一八八二）
わせの香や　分け入る右は　有（あ）りそ海（うみ）　芭蕉（1奥の細道 五三六）
五文づつに　分けて淋しや　草の花　子規（10獺祭句帖抄 六一〇ペ）

息合の　分けても残る　角力(すまふ)哉　嘯山（8 俳諧新選 一二七ぺ）
髪結に　わけてやりたる　目刺かな　白水郎（9 白水郎句集 一〇七九）
春潮や　和寇の子孫　汝と我　虚子（13 六百五十句 二一九ぺ）
ししししし　若子の寝覚めの　時雨かな　西鶴（5 両吟一日千句 一一一）
破垣や　わざと鹿子の　かよひ道　曾良（6 猿蓑 一七三三）
尻重き　業(わざ)の秤や　冬ごもり　太祇（8 俳諧新選 一四〇ぺ）
大根を　鷲づかみにし　五六本　虚子（12 六百句 二四三ぺ）
けうときは　鷺の栖や　雲の峰　祐甫（6 炭俵 二五三六）
見らるるも　忘るる計(ばか)り　をどりかな　太祇（8 俳諧新選 二二五ぺ）
降るをさへ　わするる雪の　しづかさよ　素檗（5 素檗句集 九八〇）
一言の　忘れ扇に　及ぶなき　元（9 島村元句集 〇九〇五）
かけ香や　わすれ皃(がほ)なる　袖だたみ　蕪村（2 蕪村句集 二六七三）
忍び音に　忘れし琴や　春の雨　雁宕（8 俳諧新選 一〇三ぺ）
菊の名は　忘れたれども　植ゑにけり　生林（6 あら野 五六二）
煤はきや　わすれて出づる　鉢ひらき　闇如（6 続猿蓑 三四〇六）
実桜や　忘れて通る　人ばかり　是水（7 俳諧古選 一六〇ぺ）
草いきれ　忘れて水の　流るるや　青々（9 松苗 〇四八二）
すずしさを　わすれてもどる　川辺哉　未学（6 あら野 六九五）
肩な子を　忘れてをどる　競馬哉　岸指（8 俳諧新選 一一六ぺ）
残る蚊や　忘れ時出る　秋の雨　四友（6 続猿蓑 三三一九）
夜は夜とて　忘れぬ凧(たこ)の　置き所　乙二（4 松窓乙二集 二一二四）
きりぎりす　わすれ音になく　こたつ哉　芭蕉（1 伝土芳筆全伝 六五〇）

蒲公(たんぽぽ)の　わすれ花あり　路の霜　蕪村（2 蕪村句集 一八九三）
白梅や　わすれ花にも　似たる哉　蕪村（2 蕪村遺稿 二四四二）
秋のあはれ　わすれんとすれば　初時雨　樗良（4 樗良発句集 一八三六）
刈りあとや　早稲(わせ)かたがたの　鴫の声　芭蕉（1 笈日記 四二一）
あやしさの　私雨や　はつもみぢ　嘯山（8 俳諧新選 二三五ぺ）
石女(うまずめ)も　綿子にかかれ　冬ごもり　楼川（8 俳諧新選 一四〇ぺ）
木つつきに　わたして明くる　水鶏(くひな)哉　泥土（6 猿蓑 二一五五）
花咲くや　渉しのつまる　重ね笠　乙澄（7 俳諧古選 二一六ぺ）
をどり子や　渡しの船の　夕あらし　祇空（4 住吉物語 一一三五）
紅葉の賀　わたしら火鉢　あつても無くても　青畝（9 紅葉の賀 一五二三）
世渡りに　わたらぬ橋や　燕子花(かきつばた)　孤山（8 俳諧新選 一一四ぺ）
諸鳥の　渡り了せし　夜となりぬ　石鼎（9 定本石鼎句集 〇七六五）
虹の橋　渡り交して　相見舞　虚子（13 六百五十句 一七三ぺ）
定斎屋の　渡り来る橋や　行々子　茅舎（9 川端茅舎 一六八二）
里人の　わたり候ふか　はしの霜　宗因（6 あら野 九五二）
山鼻や　渡りつきたる　鳥の声　丈草（4 渡鳥集 一〇〇五）
源八を　わたりてうめの　あるじかな　蕪村（2 蕪村句集 二〇九三）
足よわの　わたりて濁る　春の水　蕪村（2 蕪村句集 二一八二）
ひとわたり　わたり終はりし　ちまき盆に　立子（9 続立子句集一 一九四六）
蛇を截(き)つて　わたる谷路の　若葉哉　蕪村（2 蕪村句集 二六八八）
唐人も　渡るや霜の　日本橋　徳元（4 塵塚誹諧集 〇〇六一）
島ゆ島へ　渡る夜涼の　恋もあらむ　亜浪（9 定本亜浪句集 一〇三六）

うすらひや　わづかに咲ける　芹の花　其角（6猿蓑 一九〇三）
冬ごもり　わづかに石蕗（つは）の　花を見る　大江丸（4俳懺悔 二〇六一）
十六夜は　わづかに闇の　初め哉　芭蕉（1続猿蓑 七九九）
命なり　わづかの笠の　下涼み　芭蕉（1江戸広小路 六一）
初しもや　煩ふ鶴を　遠く見る　蕪村（2蕪村遺稿 九九八）
初午や　和銅の銭の　稀に今　存義（8俳諧新選 一〇四ペ）
行きかかり　輪縄（わな）解きてやる　雉子（きぎす）哉　塩車（6あら野 五七八）
三日月も　罠にかかりて　枯野哉　蕪村（2蕪村遺稿 六四九）
業（ごふ）の鳥　罠を巡るや　むら時雨　一茶（3おらが春 四六六ペ）
馬士の　輪に騎りもどす　霞哉　百庵（7俳諧古選 二二四ペ）
山雀（やまがら）の　輪抜けしながら　わたりけり　一茶（3おらが春 四七一ペ）
沓作り　藁うつ宵の　蚊遣哉　其角（7俳諧古選 二〇一ペ）
相槌の　笑うて明くる　砧かな　山川（7俳諧古選 二〇六ペ）
ほつごんと　笑うて栗の　落ちにけり　沙龍（8俳諧新選 二三三ペ）
にこにこと　笑うて叩く　西瓜哉　玉壺（8俳諧新選 二二六ペ）
さくさくと　藁食ふ馬や　夜の雪　大江丸（5俳懺悔 八七六）
西行の　草鞋（わらぢ）もかかれ　松の露　芭蕉（1笈日記 五七六）
ふたつ子も　草鞋を出すや　けふの雪　支考（6続猿蓑 三三九三）
座に名して　童（わらは）争ふ　こたつかな　嘯山（8俳諧新選 二三八ペ）
今朝国士　笑はせ初めぬ　俳諧師　高政（5おくれ双六 一一八六）
薄刈る　童に逢ひぬ　箱根山　子規（10獺祭句帖抄 六五八ペ）
口明けて　笑はぬ花や　をみなへし　超波（8俳諧新選 一二九ペ）
すす掃や　童の時の　筆すさみ　嘯雨（8俳諧新選 一四四ペ）
鳴くにさへ　笑はばいかに　ほととぎす　みつ（7俳諧古選 一六一ペ）
葩煎（はぜ）蒔きて　童這はする　遊びかな　銀獅（8俳諧新選 一一一ペ）
野の道や　童蛇打つ　麦の秋　子規（10獺祭句帖抄 六五一ペ）
春立つと　わらはも知るや　かざり縄　芭蕉（1藪香物 三七）
又来よと　蕨うる子を　撫でにけり　支鳩（8俳諧新選 一一一ペ）
折りもてる　わらび凋（しを）れて　暮れ遅し　蕪村（2蕪村遺稿 二二一八）
水鳥や　藁火焼きさす　片明かり　李有（8俳諧新選 一四〇ペ）
能きものを　笑ひ出したり　山桜　乙由（7俳諧古選 一五五ペ）
毬栗の　笑ひて曰く　吾老（お）い矣ぬ　嘯山（8俳諧新選 一四九ペ）
たんぽぽは　蕨手のうつ　鼓かな　為春（4野犴集 〇〇七一）
手から手へ　蕨に山路　送られん　野有（8俳諧新選 一五八ペ）
山はへの字　蕨はのの字　のの字哉　小波（9ささら波 〇三〇五）
蜉蝣（かげろふ）の　笑ひやすらん　薬食　楚雀（7俳諧古選 二一九ペ）
泣く母も　笑ふ其の子も　秋の風　子規（10獺祭句帖抄 六三七ペ）
盗まれて　笑ふも花の　あるじかな　近江朽木社中（8俳諧新選 一〇九ペ）
こがらしや　藁まきちらす　牛の角　塵生（6続猿蓑 三三六七）
ひとり尼　わら家すげなし　白つつじ　芭蕉（1句選拾遺 六一七）
雪の富士　藁屋一つに　かくれけり　湍水（6あら野 九一六）
なぐさみに　わらを打つ也　夏の月　一茶（3おらが春 四四〇ペ）
ことごとく　藁を掛けたる　冬木かな　子規（10獺祭句帖抄 六四一ペ）
白き足の　草鞋（わらんぢ）いとし　年の暮　春朝（7俳諧古選 一九二ペ）

此の海に　草鞋（わらんぢ）すてん　笠しぐれ　芭蕉（1皺筥物語 一二〇一）
金輪際　わりこむ婆や　迎鐘　茅舎（4川端茅舎句集 二六二六）
痩せながら　わりなき菊の　つぼみ哉　芭蕉（1続虚栗 三一四）
いなづまや　わりなき態の　さし向かひ　三力（8俳諧新選 一二五ぺ）
よい踊り　わるい踊りに　おされけり　大夢（8俳諧新選 一二五ぺ）
桜迄　悪く云はする　藪蚊哉　一茶（3おらが春 四五三ぺ）
ふく汁の　我活きて居る　寝覚め哉　蕪村（2蕪村句集 二九三）
彼一語　我一語　秋深みかも　虚子（9六百五十句 〇〇六一）
異草に　我がちがほや　園の紫蘇　蔦雫（6続猿蓑 三一九三）
いましめた　我から見たき　接木哉　麦翅（8俳諧新選 一〇四ぺ）
夏川や　吾君を負ふて　渡るべし　子規（10獺祭句帖抄 六四七ぺ）
初日影　我茎立（くくたち）と　つまればや　利牛（6炭俵 二三九五）
秋冴えたり　我鯉切らん　水の色　子規（10獺祭句帖抄 六三四ぺ）
夏草や　我先達ちて　蛇からむ　芭蕉（1洒堂宛書簡 六一九）
稲妻の　われて落つるや　山の上　丈草（4初蟬 〇九七六）
怜（あは）れめや　我で三代　ほととぎす　魚洞（7俳諧古選 二二七ぺ）
石臼の　破れてをかしや　つはの花　胡及（6あら野 七八七）
車降り　我と夏木と　佇みぬ　虚子（14七百五十句 一〇二ぺ）
染めかねて　我と引きさく　芭蕉かな　蓼太（8俳諧新選 一二六ぺ）
蛍籠　われに安心　あらしめよ　波郷（9酒中花以後 二六五七）
眠たさを　我に移す歟（か）　茶挽草　巴東（8俳諧新選 一二三ぺ）
馬蠅の　吾にうつるや　山の道　子規（10獺祭句帖抄 六四九ぺ）

生き残る　我にかかるや　草の露　一茶（3父の終焉日記 四二八ぺ）
居眠りて　我にかくれん　冬ごもり　蕪村（2蕪村句集 二三〇）
世に出ろと　われに蛙の　鳴きたつる　余子（9余子句抄 〇四五一）
二里来ても　我にかぶさる　雲の峰　成美（4はらはら傘 二〇六八）
砧打ちて　我にきかせよや　坊が妻　芭蕉（1野ざらし紀行 一八五）
一月は　我に米かせ　はちたたき　丈草（6猿蓑 一六九七）
夕燕　我には翌（あす）の　あてはなき　一茶（3文化句帖 三三〇ぺ）
杜若（かきつばた）　われに発句の　おもひあり　芭蕉（1千鳥掛 二四二）
鶯や　われに教ゆる　法のこゑ　玉芝（8俳諧新選 一五一ぺ）
日輪と　われの間の　春田かな　みどり女（9雪嶺 〇九七三）
恋知りと　我のみおもふ　紙子かな　存義（4東風流 一七三七）
香の火や　我は炬燵に　寝る事よ　大夢（8俳諧新選 一五八ぺ）
草の戸に　我は蓼くふ　蛍かな　其角（4虚栗 〇七九四）
水仙に　我は茶をせぬ　あるじ哉　嘯山（8俳諧新選 一五七ぺ）
あさがほに　我は食（めし）くふ　をとこ哉　芭蕉（1虚栗 一五五）
君は君　我は我なり　年の暮　虚子（14七百五十句 一三一ぺ）
火遊びの　我一人ゐしは　枯野かな　乙字（9乙字句集 〇九九四）
鮓を圧す　われ亦石を　愛す也　百万（8俳諧新選 一二三ぺ）
花盛り　われもうき世の　独りかな　趙平（8俳諧新選 一一〇ぺ）
日を吸へる　吾亦紅（われもかう）あり　山静か　杪童（9枯蘆 〇八〇八）
時鳥　我も気相の　よき日也　一茶（3父の終焉日記 四〇九ぺ）
時雨るや　我も古人の　夜に似たる　蕪村（2蕪村句集 一〇八一）

脇差も　我も錆けり　冬籠り　正秀（7俳諧古選 一九二ぺ）
諫鼓鳥（かんこどり）　我もさびしいか　飛んで行く　乙由（5麦林集 四四九）
こちらむけ　我もさびしき　秋の暮　芭蕉（1笈日記 六二二）
凩の　我も寒気に　吹きにけり　杜支（8俳諧新選 一三八ぺ）
ぬかづけば　われも善女や　仏生会　久女（9杉田久女句集 〇九五六）
木曾路ゆく　我も旅人　散る木の葉　亜浪（9定本亜浪句集 一〇三〇）
月一つ　我もつつぽりと　独りかな　井々（8俳諧新選 一二九ぺ）
門跡に　我も端居（はしゐ）や　大文字　碧梧桐（9ホ明38・10 〇一四三）
八巾（たこ）見るや　我もむかしは　男の子　太祇（8俳諧新選 一一〇ぺ）
門を出づれば　我も行く人　秋のくれ　蕪村（2蕪村句集 一一六五）
夏（げ）断せん　我も浪化の　世ぞ恋し　句仏（9句仏句集 〇五三二）
君やてふ　我や荘子が　夢心　芭蕉（1怒誰宛書簡 六一四①）
太鼓鉦　我や尋ねん　山ざくら　如泉（7俳諧古選 一五一ぺ）
すず風や　我より先に　百合の花　乙州（6猿蓑 一七七五）
岩に腰　我頼光の　躑躅（つつじ）かな　蕪村（2蕪村句集 九八〇）
永き日の　われ等が為の　観世音　虚子（14七百五十句 二三ぺ）
温亭忌　われ等のホ句も　古りにけり　青峰（9海光 二二四六）
冬籠り　われを動かす　ものあらば　虚子（13六百五十句 一六八ぺ）
老犬の　我を嗅ぎ去る　枯木中　虚子（12六百句 二三六ぺ）
怒濤岩を嚙（か）む　我を神かと　朧の夜　虚子（11五百句 一〇ぺ）
かさもなき　我をしぐるるか　こは何と　芭蕉（1あつめ句 二〇四）
現れし　我を点じて　山眠る　たかし（9石魂 一六五四）
我がでに　我をまねくや　秋の暮　蕪村（2蕪村句集 二〇）
蛇逃げて　我を見し眼の　草に残る　虚子（11五百句 四四ぺ）
行人に　われを見出しぬ　秋の暮　泊雲（9泊雲句集 〇七七九）
墓生きて　我を迎へぬ　久しぶり　虚子（11五百句 五九ぺ）
馬ぼくぼく　我をゑに見る　夏野哉　芭蕉（1水の友 一六七）
目利して　わろい宿とる　月見哉　如行（7俳諧古選 一七九ぺ）
ふぐ汁や　椀から覗く　皃（かほ）と皃　赤羽（8俳諧新選 一四〇ぺ）

ゐ・ゑ

春の日の　威光を見する　雪間哉　重頼（5犬子集 二七）
一つ家の　居心問はん　花野原　天露（8俳諧新選 二二九ぺ）
大原女の　居すくまりたる　野分哉　小波（9ささら波 〇二九九）
鉢叩　惟然丈草　恋しさよ　迷堂（9孤輪 〇四二六）
今そこに　居たかと思ふ　火燵哉　寅彦（9寅彦全集六 一一七二）
山城へ　井出の駕籠かる　しぐれ哉　芭蕉（1焦尾琴 五九二）
山吹や　井手を流るる　鉋（かんな）屑　蕪村（2蕪村句集 二三四五）
客ぶりや　居処かゆる　蟬の声　探志（6猿蓑 一七八一）
我が家に　居所捜す　あつさかな　宋屋（4瓢簞集 一六九八）
わたり鳥　田舎酌婦の　眼の光　青々（9松苗 〇五〇一）
京に田舎　ゐなかに有るや　都鳥　重頼（5犬子集 三三）
松原や　田舎祭りの　昼休み　其角（7俳諧古選 二〇〇ぺ）

燕(つばくら)の　居なじむそらや　ほととぎす　蘆本（6続猿蓑　三一一七）
家子もとく　ゐねつめる夜の　静か也　嘯山（8俳諧新選　一〇〇ぺ）
六部おき　猪おきぬ　村すすき　之房（8俳諧新選　一三二ぺ）
さかる猫　猪(ゐの)早太(はやた)つと　参りけり　子曳（8俳諧新選　一〇二ぺ）
はつ露や　猪(ゐ)の臥す芝の　起きあがり　去来（6猿蓑　一八一一）
秋霜の　威や今更に　はつかなる　麦水（4樗庵麦水集　一八〇一）
若草や　居よげに見ゆる　鶴の脚　龍眠（8俳諧新選　一〇三ぺ）
かくれても　居られぬ秋歟(か)　三日の月　希因（8俳諧新選　一二九ぺ）
春の雨　居るかといへば　居るといふ　小波（9さゝら波　〇三〇二）
何食うて　居るかもしらじ　かんこ鳥　蕪村（2蕪村遺稿　五三一）
長時間　ゐる山中に　かなかなかな　誓子（9構橋　一四七八）
斯う活きて　居るも不思議ぞ　花の陰　一茶（3七番日記　三三三ぺ）
そば刈りて　居るや我が行く　道のはた　蕪村（2蕪村遺稿　二五六八）
心得て　居れ共淋し　秋の暮　魯雲（8俳諧新選　一五二ぺ）
城頭の　井を晒しけり　空は秋　月斗（9昭和俳句集　〇五一二）
ぶらここの　会釈こぼるるや　高みより　太祇（5太祇句選　五四四）
栗供ふ　恵心の作の　みだ仏　蕪村（2蕪村句集　一八七一）
杖先で　画解きする也　きくの花　一茶（3おらが春　四七二ぺ）
すずしさを　絵にうつしけり　嵯峨の竹　芭蕉（1住吉物語　八六一）
朝霧や　絵にかく夢の　人通り　蕪村（2蕪村遺稿　六三二）
時鳥　絵に啼け東　四郎次郎　蕪村（2蕪村句集　三三）
つばくらの　餌にぬすまぬや　人の物　鶴英（8俳諧新選　一〇七ぺ）
名月に　ゐのころ捨つる　下部哉　蕪村（2蕪村句集　一七二）
五位鷺(ごゐさぎ)が　餌(ゑば)みを得たり　馬手葉椎(まてばしひ)　不角（5米の守後集　四六三）
椿子に　絵日傘もたせ　やるべきか　虚子（13六百五十句　二一二ぺ）
さをしかや　ゑひしてなめる　けさの霜　一茶（3おらが春　四七二ぺ）
年の市　絵本ならべて　一むしろ　松浜（9白菊　〇五五六）
春雨や　絵馬の柳も　したふ程　孤山（8俳諧新選　一〇三ぺ）
永き日や　絵馬をみてゐる　旅の人　不白（5不白翁句集　八六一）
岡の家に　絵むしろ織るや　萩の花　蕪村（2蕪村遺稿　二五六〇）
風の出て　絵を判じたる　団(うちは)かな　水翁（8俳諧新選　一二〇ぺ）
つくづくと　絵を見る秋の　扇哉　小春（6あら野　七三八）
君来ねば　円座さみしく　しまひけり　鬼城（9鬼城句集　〇六一八）
氷苦く　偃鼠が咽を　うるほせり　芭蕉（1虚栗　一四一）

を

鶯の　をかしき皃(かほ)や　かれ柳　李流（8俳諧新選　二三七ぺ）
明くるにも　をかしき霧の　扉(とぼそ)かな　麦翅（8俳諧新選　二一八ぺ）
よるとしの　をかしく似合ふ　紙子哉　篤羽（8俳諧新選　一四一ぺ）
河豚の味　をかしな頬を　忘れけり　買明（7俳諧古選　二三二ぺ）
凩の　侵す疆(かぎ)りや　九月尽　嘯山（8俳諧新選　二三六ぺ）
水鳥の　岡に住む日の　寒さかな　州山（7俳諧古選　二一九ぺ）
貴人(あてびと)の　岡に立ち聞く　きぬた哉　蕪村（2蕪村遺稿　一一五四）

愁ひつつ　岡にのぼれば　花いばら　蕪村（2蕪村句集 一一二九）
なだらなる　岡の片側　蕎麦の花　子規（10獺祭句帖抄 六五九ぺ）
首出して　岡の花見よ　蚫（あはび）とり　荷兮（6あら野 三八六）
大川に　小川落ち合ふ　雪濁り　挿雲（9春夏秋冬 〇三五八）
山桜　小川飛びこす　をなご哉　普全（6炭俵 二四四七）
草花や　小川にそふて　王子まで　子規（10獺祭句帖抄 六一七ぺ）
柚（ゆ）も柿も　をがまれにけり　御（お）影（めい）講（かう）　沾圃（6続猿蓑 三四五四）
初雪や　拝む旭（あさひ）を　忘れたり　宗専（8俳諧新選 一三九ぺ）
何とやら　をがめば寒し　梅の花　越人（6あら野 一〇六七）
かなしさや　麻（を）木（がら）の箸も　おとなみ　惟然（6続猿蓑 三四五〇）
稲かれば　小草に秋の　日の当たる　蕪村（2蕪村遺稿 二一四九）
名もしらぬ　小草花咲く　野菊哉　素堂（6あら野 七三五）
筍や　桶と柄杓（ひしやく）の　まさな事　龍眠（8俳諧新選 一一五ぺ）
魚どもや　桶ともしらで　門涼み　一茶（3おらが春 四五二ぺ）
五月雨や　桶の輪きるる　夜の声　芭蕉（1真蹟懐紙 二一九五）
茶をすする　桶屋の弟子の　寒さかな　惟然（4藤の実 一〇二四）
元日や　稚（をさな）き時の　ものおぼえ　湖十（8俳諧新選 一〇〇ぺ）
たけのこや　稚き時の　絵のすさび　芭蕉（1猿蓑 六八八）
出替や　幼ごころに　物あはれ　嵐雪（6猿蓑 一九二四）
木の葉はらはら　幼子に逢ふ　小阪かな　子規（10獺祭句帖抄 六二〇ぺ）
けふも亦　長の見めぐる　早苗哉　麦翅（8俳諧新選 一一六ぺ）
月代や　をさめし松を　土の上　春草（9春草句集 一〇八八）

俵して　蔵めたくはへぬ　たうがらし　蕪村（2蕪村句集 一四五二）
月出でて　牡鹿の角の　影長し　楽天（9新俳句 〇三二九）
逃ぐる時　男鹿の角も　隠れけり　左釣（8俳諧新選 一三三ぺ）
夕暮れの　男鹿や角の　有るものか　風水（7俳諧古選 一八二ぺ）
煤掃や　折敷一枚　踏みくだく　惟然（6続猿蓑 三四〇七）
薄絹に　鴛鴦縫ふや　春の風　子規（10獺祭句帖抄 六一二ぺ）
古池の　鴛（を）鴦（し）に雪降る　夕べかな　子規（10獺祭句帖抄 六二〇ぺ）
かけ香や　唖の娘の　成長（ひととなり）　蕪村（2蕪村句集 九三一）
ちか道を　教へぢからや　古柳　李由（6続猿蓑 三〇〇六）
天も春を　惜しむと見ゆる　日脚哉　孤桐（7俳諧古選 二一九ぺ）
臘（らふ）八（はち）や　和尚漸（やうや）く　ねびまさり　雁宕（4五車反古 一七〇二）
提灯の　小田原過ぎて　蛙かな　竹冷（9竹冷句鈔 〇二八一）
遠（をち）近（こち）　をちこちと打つ　きぬた哉　蕪村（2蕪村句集 二〇八）
サイレンの　遠ち近ちよりす　タンポポに　裸馬（9裸馬翁五千句 一一〇二）
葭切の　遠の鋭声や　朝ぐもり　秋桜子（9葛飾 一四五四）
佐保姫の　男いそぎや　年のうち　淡々（4淡々発句集 一二七六）
春駒や　男顔なる　女の子　太祇（8俳諧新選 一〇一ぺ）
いちはつは　をとこなるらん　かきつばた　一井（6あら野 六二四）
月と日は　男の手なる　夏書（げがき）かな　太祇（8俳諧新選 一一七ぺ）
物凄く　男計（ばか）りの　田植哉　不卜（7俳諧古選 一七〇ぺ）
是からは　男ばかりや　山ざくら　富水（8俳諧新選 一〇六ぺ）
秋の暮　男は泣かぬ　物なれば　旧徳（7俳諧古選 一七五ぺ）

こけさらな　男は見えぬ　すまふ哉　杜支（8俳諧新選　一二七ぺ）
女郎花(をみなへし)　男郎花恋の　はじめなり　子規（10獺祭句帖抄　六六〇ぺ）
西瓜太郎　躍り出でよと　割つてけり　瓊音（9瓊音句集　一〇一六）
山茶花に　囮(をとり)鳴く日の　夕べかな　言水（4京日記　〇二五一）
有りて過ぎて　踊り召されぬ　上つ方　呉雪（8俳諧新選　二二五ぺ）
明けかかる　踊りも秋の　あはれかな　蕪村（2蕪村遺稿　一一五七）
糊箱に　躍る鼠の　夜寒かな　零余子（9雑草　〇六八三）
耳嚙(か)んで　踊るや暑き　死の太鼓(ボンゴ)　三鬼（9西東三鬼句集　二三六四）
六十年　踊る夜もなく　過ごしけり　一茶（3文政句帖　三四七ぺ）
夕顔や　女子の肌の　見ゆる時　千代女（5千代尼句集　五一五）
蝶々や　をなごの道の　跡や先　素園（8俳諧新選　一〇八ぺ）
雞(にはとり)の　尾の上伝ふ　霰かな　耕雲（7俳諧古選　一九三ぺ）
おとなるを　をのこ起きたり　ほととぎす　蕪村（2蕪村遺稿　二〇〇〇）
だかれても　をのこごいきる　花見哉　斜嶺（6炭俵　二四三九）
人声に　尾のなき秋の　夕べ哉　和及（7俳諧古選　一七五ぺ）
つるされて　尾のなき鴨の　尻淋し　子規（10獺祭句帖抄　六一一ぺ）
からざけや　小野の薄も　かれてのち　蕪村（2蕪村遺稿　一九六七）
京は雨　小野は雪ふる　此の日かな　反古（8俳諧新選　四二ぺ）
観音の　尾上のさくら　咲きにけり　俊似（6あら野　一〇二二）
秋の空　尾上の杉に　離れたり　其角（6炭俵　二六四四）
染めあへぬ　尾のゆかしさよ　赤蜻蛉　蕪村（2蕪村遺稿　一四一）
冬枯れや　姨捨に月も　捨てて有り　自笑（8俳諧新選　一四一ぺ）

伊勢近し　尾花がうへの　鰯雲　巴人（4夜半亭発句帖　一一七三）
せきれいの　尾は見付けざる　柳哉　一風（6炭俵　二四二三）
闇の夜に　終はる暦の　表紙かな　蕪村（2蕪村遺稿　三九二）
柿を食ひ　をはるまでわれ　幸福に　草城（9人生の午後　二四五五）
虫干や　甥の僧訪ふ　東大寺　蕪村（2蕪村句集　七〇）
笋や　甥の法師が　寺訪はん　蕪村（2蕪村句集　一〇五五）
女星とて　男星にまさる　光かな　梓月（9冬鶯　〇三七一）
風吹けば　尾ぼそうなるや　犬桜　芭蕉（1続山井　三二）
手を懸けて　をらで過ぎ行く　木槿(むくげ)哉　杉風（6猿蓑　一八二一）
蓮池や　折らで其のまま　玉まつり　芭蕉（1千鳥掛　四二〇）
一枝は　をらぬもわろし　山ざくら　尚白（6猿蓑　一九七二）
稲妻を　折り返したる　暗さかな　石爛（8俳諧新選　二二五ぺ）
初桜　折しもけふは　能き日なり　芭蕉（1伝土芳筆全伝　三五七）
木がらしや　折介帰る　寒さ橋　一茶（3おらが春　四七三ぺ）
つばきまで　折りそへらるる　さくらかな　越人（6あら野　五六九）
草履(ざうり)の尻　折りてかへらん　山桜　芭蕉（1江戸蛇之鮓　一〇三）
梢から　折りては落とす　柳かな　太祇（8俳諧新選　一〇五ぺ）
宿の梅　折り取るほどに　なりにけり　蕪村（2蕪村句集　二〇四三）
窓の灯(ひ)や　折に芭蕉の　茂みより　富水（7俳諧古選　二一〇ぺ）
扠(さて)は雁　折節渡りに　船もなし　似春（4六百番発句合　〇二〇七）
餅を夢に　折りむすぶ歯朶(しだ)の　草枕　芭蕉（1真蹟短冊　一二七）
紙ぶすま　折目正しく　あはれ也　蕪村（2蕪村句集　二一〇〇）

手を延べて　折り行く春の　草木哉　園女（5其袋 四二四）
恋ひとり　折々だまる　田うゑかな　麦水（4葛箒 一七九九）
蚊遣火や　折々燃えて　君が顔　杉侯（7俳諧古選 一六八ぺ）
鷹居ゑて　折るにもどかし　梅の花　鷗歩（6あら野 五一〇）
女郎花（をみなへし）　折るや観世が　駕（かご）のうち　宋阿（7俳諧古選 一八四ぺ）
梅もどき　折るや念珠（ねんじゅ）を　かけながら　蕪村（2蕪村句集 二二八三）
雪の松　をれ口みれば　尚寒し　杉風（6炭俵 二七四八）
秋風に　折れて悲しき　桑の杖　芭蕉（1笈日記 八〇〇）
すつかりと　折れて呉れけり　山ざくら　孤桐（8俳諧新選 一〇六ぺ）
梅雨見つめ　をればうしろに　妻も立つ　林火（9早桃 二七五六）
峡大観に　をればしぐるる　紅葉かな　桐明（9高原 一〇〇五）
見るに我も　をれる計（ばか）りぞ　女郎花　芭蕉（1続連珠 四五）
塗畦に　尾をつけてゐる　烏かな　虚子（13六百五十句 一四四ぺ）
山鳥の　尾をふむ春の　入日哉　蕪村（2蕪村句集 四五〇）
舟からは　遠寺の鐘や　夏木立　柳居（5夏山伏 四八五）
厄払　女あるじに　呼ばれけり　松浜（9白菊 〇五六〇）
待つ宵や　女主に　女客　蕪村（2蕪村遺稿 一八七〇）
股引の　女稲刈る　水深み　子規（10獺祭句帖抄 六五九ぺ）
ゆく年の　女歌舞妓や　夜の梅　蕪村（2蕪村遺稿 一〇二一）
御門主の　女倶したる　蓮見かな　子規（10獺祭句帖抄 六五〇ぺ）
なにとなう　女さびしき　袷かな　大江丸（5はいかい袋 八七一）
山吹や　女師匠の　片折戸　梅史（8俳諧新選 一一一ぺ）

和を入れて　女使ひの　兜かな　存義（8俳諧新選 一一六ぺ）
萩散るや　女机の　愚案抄　子規（10獺祭句帖抄 六一〇ぺ）
朧夜や　女盗まん　はかりごと　子規（10獺祭句帖抄 六四二ぺ）
狐よぶ　女猫にくしや　のら心　かしく（7俳諧古選 二〇四ぺ）
わたし呼ぶ　女の声や　小夜ちどり　蕪村（2蕪村遺稿 一二七四）
はるの雪　女の裾に　ふりきゆる　長翠（5光丘本長翠 九三八）
逢ひ見しは　女の賊（すり）や　おぼろ月　太祇（8俳諧新選 一〇八ぺ）
夕皃や　女の手にて　借屋札　文鳴（7俳諧古選 二一五ぺ）
すさまじや　女のめがね　としのくれ　信徳（5元禄四歳旦 一七〇）
かたむいて　女の愛づる　西瓜哉　春来（8俳諧新選 二二六ぺ）
蚊屋くぐる　女は髪に　罪深し　太祇（5太祇句選 五四七）
此の頃は　女畑うつ　いくさかな　鳴雪（9鳴雪俳句集 〇一五四）
春の灯（ひ）や　女は持たぬ　のどぼとけ　草城（4花氷 二七〇六）
鬼灯（ほほづき）も　女三人に　姦しき　百万（8俳諧新選 二二八ぺ）
西鶴の　女みな死ぬ　夜の秋　かな女（9胡笛 〇七八四）
罪深き　女めでたし　土用干　布門（7俳諧古選 二二五ぺ）
薬盗む　女やは有る　おぼろ月　蕪村（2蕪村句集 八五八）
夕顔に　女湯あみす　あからさま　子規（10獺祭句帖抄 六五〇ぺ）
本意（ほい）なしや　女を入れぬ　山ざくら　原松（8俳諧新選 一〇六ぺ）

第三句索引

あ

蚊屋の内に　ほたるはなして　アア楽や　蕪村（2蕪村句集五五〇）
雪の夜の　紅茶の色を　愛しけり　草城（4花氷二七一〇）
すずしさや　寝て居て楫の　あいしらひ　渓梁（8俳諧新選二二一ぺ）
茶の花に　梅の枯木を　愛すかな　子規（10獺祭句帖抄六六六ぺ）
二もとの　うめに遅速を　愛すかな　蕪村（2蕪村句集一〇九一）
鮓を圧す　われ赤石を　愛す也　百万（8俳諧新選二二三ぺ）
難航の　梅雨の舟見て　アイヌ立つ　虚子（13六百五十句一九三ぺ）
秋風や　むしりたがりし　赤い花　一茶（3おらが春四六九ぺ）
うめの花　赤いは赤いは　あかいはな　惟然（5惟然坊句集三九六）
夏　館　異人住むかや　赤い花　子規（10獺祭句帖抄六二九ぺ）
花鳥の　果てや柊（ひらぎ）に　赤鰯　珪琳（8俳諧新選一四四ぺ）
膳まはり　外に物なし　赤柏　良品（6猿蓑一六四六）
青海や　羽白黒鴨　赤がしら　忠知（6あら野八一三）
水鳥の　下に泳げる　赤き足　温亭（9温亭句集〇八四一）
鶏頭の　雪になる迄　紅きかな　市山（6あら野八八四）
卯の花に　仏は黒き　赤子かな　子規（9寒山落木巻一〇〇〇五）
秋風の　あまさずに吹く　藜（あかざ）かな　青々（9松苗〇四七三）
師の杖に　二本生ひたつ　藜哉　丈石（8俳諧新選一五七ぺ）
夏の月　ごゆより出でて　赤坂や　芭蕉（1向之岡六二）

幕営の　暗き灯（ひ）　あかつきに及ぶ　誓子（9青女一四八五）
鹿啼くや　宵の雨　暁の月　蕪村（2蕪村遺稿一四七〇）
一点の　黄色は目白　赤椿　虚子（13六百五十句二二四ぺ）
鳥のねも　絶えず家陰の　赤椿　支考（6炭俵二四三〇）
山里や　丈（たけ）に見上ぐる　赤椿　嘯山（8俳諧新選一〇六ぺ）
秋の色や　見ざりし雲の　赤とんばう　風虎（5桜川一二四）
からまつは　淋しき木なり　赤蜻蛉　碧梧桐（9碧梧桐句集〇一一〇）
小春日や　石を嚙（か）み居る　赤蜻蛉　鬼城（4鬼城句集三二五七）
染めあへぬ　尾のゆかしさよ　赤蜻蛉　蕪村（2蕪村遺稿一四一）
五月雨や　思へば内は　あかぬ物　有佐（7俳諧古選一七一ぺ）
孑孑（ぼうふら）や　汲んで幾日の　閼伽（あか）の水　子規（10獺祭句帖抄六三〇ぺ）
寒月や　鋸岩の　あからさま　蕪村（2蕪村句集二七八六）
名月や　兎の糞（ふん）の　あからさま　超波（4五車反古一二二四）
夕顔に　女湯あみす　あからさま　子規（10獺祭句帖抄六五〇ぺ）
椎樫も　祝福す桃　紅らむを　波郷（9春嵐二六四三）
寝所見る　程は卯の花　明かりかな　一茶（3おらが春四四三ぺ）
寝筵に　さつと時雨の　明かり哉　一茶（3七番日記三五二ぺ）
短夜を　二階へたしに　上がりけり　来山（7俳諧古選二一一ぺ）
やよ雲雀（ひばり）　暮らされぬ日を　上がりけり　常牧（7俳諧古選一五二ぺ）
乾鮭（からざけ）や　判官（はうぐわん）どのの　上がり太刀　蕪村（2蕪村遺稿一三三六）
花の雨　強くなりつつ　明るさよ　虚子（14七百五十句九八ぺ）
夢なりと　すれば寒灯　明るすぎ　立子（9昭46俳句年鑑一九五〇）

朝顔や毎日咲いて　あかれざる　富葉（8俳諧新選 二一六ペ）
夕涼み明かずの門を　開かれたり　毛仏（8俳諧新選 二二二ペ）
枯木びつしり囲む明治の　赤煉瓦　裸馬（9裸馬翁五千句 一一〇一）
板の如き帯にさされぬ　秋扇　久女（9杉田久女句集 〇九三五）
ことごとを心に刻み　秋扇　汀女（9半生 一九二二）
野幌の原始林より　秋来たり　みどり女（9微風 〇九七四）
兀山（はげやま）や生まれのままに　秋くれぬ　枝芳（8俳諧新選 二三五ペ）
松風や軒をめぐつて　秋暮れぬ　芭蕉（1笈日記 九〇三）
ひとり旅のよいもよけれど　秋淋し　李雪（8俳諧新選 二三五ペ）
竹売りて酒代にわびむ　秋時雨　北枝（4東西夜話 一〇七六）
文台の扇ひらけば　秋涼し　呂丸（6続猿蓑 三四七八）
帯結ぶ肱にさはりて　秋　簾　虚子（12六百句 一六二ペ）
黎明を思ひ軒端の　秋簾見る　虚子（12六百句 二四一ペ）
あれにける償ひもなく　秋ぞ行く　斗吟（8俳諧新選 二三五ペ）
驚きし風をかたみに　秋ぞ行く　巾糸（8俳諧新選 二三五ペ）
曳かれる牛が辻でずつと見廻した　秋空だ　碧梧桐（4八年間 二三〇四）
痩馬のあはれ機嫌や　秋高し　鬼城（9鬼城句集 〇六三九）
もの知りの長き面輪に　秋立ちぬ　虚子（11五百句 二二二ペ）
夜雨しばしば照り極つて　秋近し　乙字（9乙字句集 〇九九六）
はてもなく瀬のなる音や　秋黴雨（あきついり）　史邦（6猿蓑 一八二三）
稲づまや浪もてゆへる　秋津しま　蕪村（2蕪村遺稿 一六四）
干竿の落ちて流るる　秋出水　温亭（9温亭句集 〇八三九）

眉に白きを交へて夜を　秋といふ　林火（9潺潺集 二七六四）
摘みけんや茶を凩の　秋ともしらで　芭蕉（1東日記 一三一）
紫陽花（あぢさゐ）や青にきまりし　秋の雨　子規（4寒山落木巻三 二一七四）
こつこつと臼の目きるや　秋の雨　梨一（8俳諧新選 二三五ペ）
草庵や夜の間に降りし　秋の雨　鼠骨（9春夏秋冬 〇二五九）
山家集顔へ当てけり　秋の雨　珪琳（8俳諧新選 一四七ペ）
扉の隙や土三尺の　秋の雨　久女（9杉田久女句集 〇九五四）
茄子売る揚屋が門や　あきの雨　太祇（5太祇句選 五四九）
残る蚊や忘れ時出る　秋の雨　四友（6続猿蓑 三三一九）
身に冷えて早き泊りや　秋の雨　太祇（8俳諧新選 二三五ペ）
山路行く人幽か也　あきの雨　蝶我（8俳諧新選 二三五ペ）
蜘の巣の是も散り行く　秋のいほ　路通（6あら野 九三九）
透き通る山の限りや　秋の色　吾友（8俳諧新選 二三五ペ）
冬瓜（とうぐわん）や青きをおのが　秋の色　雅因（8俳諧新選 二三五ペ）
夕陽（せきやう）に馬洗ひけり　秋の海　子規（10獺祭句帖抄 六〇九ペ）
もの置けばそこに生まれぬ　秋の陰　虚子（12五百五十句 五五四ペ）
あかあかと日は難面（つれなく）も　秋の風　芭蕉（1奥の細道 五三七）
暁　烏文庫内灘　秋の風　虚子（14七百五十句 九九〇ペ）
あさ露や鬱金（うこん）畠の　秋の風　凡兆（6猿蓑 一八一〇）
蘆原や鷺の寝ぬ夜を　秋の風　山川（6猿蓑 一八〇九）
あら海やものに離れて　秋の風　樗堂（5萍窓集 九二一）
いざよひの雲吹き去りぬ　秋の風　蕪村（2蕪村遺稿 二五二二）

石山の石より白し　秋の風　芭蕉（1奥の細道 五四九）
石山や行かで果たせし　秋の風　羽紅（6猿蓑 二二七一）
色々の穂を吹き出すや　秋の風　几董（8俳諧新選 二一九ぺ）
馬下りて川の名問へば　秋の風　子規（10獺祭句帖抄 六三六ぺ）
枝もろし緋唐紙やぶる　秋の風　芭蕉（1六百番発句合 七九）
大阪や屋根の上吹く　秋の風　古白（9古白遺稿 〇一八七）
おもひ出て酢つくる僧よ　秋のかぜ　蕪村（2蕪村遺稿 二一四八）
がつくりとぬけ初むる歯や　秋の風　杉風（6猿蓑 一八〇五）
かなしさや釣の糸ふく　秋の風　蕪村（2蕪村句集 二一四六）
彼是と八朔過ぎて　秋の風　杉古（7俳諧古選 二一八ぺ）
木から物のこぼるる音や　秋の風　素園（8俳諧新選 二二九ぺ）
木の股の抱ける暗さや　秋の風　虚子（12六百句 一七八ぺ）
梧の葉やひとつかぶらん　秋の風　円解（6あら野 七一一）
金屏の羅（うすもの）は誰が　秋のかぜ　蕪村（2蕪村句集 二四一七）
蜘何と音をなにと鳴く　秋の風　芭蕉（1向之岡 一一四）
雲に明けて月夜あとなし　秋の風　水巴（9定本水巴句集 〇五八〇）
淋しさに飯をくふ也　秋の風　一茶（3文政句帖 三四六ぺ）
雀子の髭も黒むや　秋の風　式之（6続猿蓑 三二七七）
その親をしりぬその子は　秋の風　支考（6続猿蓑 三四五一）
唐きびのおどろき易し　秋の風　蕪村（2蕪村遺稿 九四〇）
たびにあきてけふ幾日（いくか）やら　秋の風　芭蕉（1真蹟集覧 四一五）
たびねして我が句をしれや　秋の風　芭蕉（1野ざらし画巻 四五七）

魂の一と揺るぎして　秋の風　虚子（13六百五十句 一九七ぺ）
ちからなや麻刈るあとの　秋の風　越人（6あら野 七一〇）
塚もうごけ我が泣く声は　秋の風　芭蕉（1奥の細道 五四〇）
つくり木の糸をゆるすや　秋の風　嵐雪（4句兄弟 〇八三八）
蔦の葉や残らず動く　秋の風　荷兮（6続猿蓑 三二五六）
褄ふみてころびやすさに　秋の風　成美（5成美家集 九三一）
十団子（とをだご）も小つぶになりぬ　秋の風　許六（6続猿蓑 三四七二）
泣く母も笑ふ其の子も　秋の風　子規（10獺祭句帖抄 六三七ぺ）
何なりとからめかし行く　秋の風　支考（6続猿蓑 三二七八）
生魚の切目の塩や　秋の風　重頼（4藤枝集 〇〇九二）
芭蕉葉は何になれとや　秋の風　路通（6猿蓑 一八〇六）
東にしあはれさひとつ　秋の風　芭蕉（1去来伊勢真蹟 一二六八）
日たけ起きて畠歩めば　秋の風　守愚庵（7俳諧古選 二二一ぺ）
一さかり萩くれなゐの　秋の風　青蘿（5青蘿発句集 八五三）
人に似て猿も手を組む　秋のかぜ　珍碩（6猿蓑 一八〇七）
日の落ちて樹になく鳶や　秋の風　其雷（8俳諧新選 二二九ぺ）
朗（ほがら）かに吹くや夜明けの　秋のかぜ　柊花（8俳諧新選 二二九ぺ）
見送りのうしろや寂し　秋の風　芭蕉（1みつのかほ 四二四）
水草の花まだ白し　秋の風　子規（10獺祭句帖抄 六三七ぺ）
身にしみて大根からし　秋の風　芭蕉（1更科紀行 四三五）
武蔵野をけさ一ぺんや　秋の風　呑那（8俳諧新選 二二四ぺ）
村雨の跡につづくや　秋の風　龍眠（8俳諧新選 二一九ぺ）

妙高の雲動かねど　秋の風　乙字（9乙字句集〇九九五）
物いへば唇寒し　秋の風　芭蕉（1芭蕉庵小文庫九六六）
桃の木の其の葉ちらすな　秋の風　芭蕉（1泊船集五四五）
山の日は暑しといへど　秋の風　虚子（12五百五十句七二ぺ）
義朝の心に似たり　秋の風　芭蕉（1野ざらし紀行一九〇）
荻吹くやそよや土用も　秋の風　季吟（4独琴〇一一八）
くはれもす八雲旧居の　秋の蚊に　虚子（9五百句〇〇六五）
耳しひし人と寝ねけり　秋の蚊帳　蚋魚（9ホ大3・11〇八四五）
地震（なゐ）ふるに慣れて飲み食ふ　秋の草　裸馬（9裸馬翁五千句一一〇四）
空に知るや雨の望みの　秋の雲　肖柏（7俳諧古選一九五ぺ）
日枝（ひえ）も早貝作りけり　秋の雲　賦山（7俳諧古選一八二ぺ）
山々や一こぶしづつ　秋の雲　涼菟（5山中集四一四）
吉野気を離れて白し　秋の雲　鬼貫（7俳諧古選一七六ぺ）
恰もや秋篠寺の　秋の暮　東洋城（9東洋城全句中〇三八五）
あちらむきに鴫も立ちたり　秋のくれ　蕪村（2蕪村句集六二〇）
有り侘びて酒の稽古や　秋のくれ　太祇（8俳諧新選一三二ぺ）
行灯をかけていとまや　秋のくれ　春草（9春草句集一〇八七）
石切の音も聞きけり　秋の暮　傘下（6あら野七四〇）
うなぎやの二階に居るや　秋の暮　白水郎（9白水郎句集一〇七八）
えいやつと活きた所が　秋の暮　一茶（3七番日記三四四ぺ）
行人にわれを見出しぬ　秋の暮　泊雲（9泊雲句集〇七七九）
限りある命のひまや　秋の暮　蕪村（2蕪村遺稿二一六八）

かれ枝に烏のとまりけり　秋の暮　芭蕉（1あら野一一八）
看経（かんぎん）や鉦はやめたる　秋の暮　子規（10獺祭句帖抄六五二ぺ）
去年より又さびしいぞ　秋の暮　蕪村（2蕪村句集四四四）
愚案ずるに冥途もかくや　秋の暮　芭蕉（1向之岡一二九）
元日やおもへばさびし　秋の暮　芭蕉（1真蹟短冊二二一）
訓読の経をよすがや　秋のくれ　蕪村（2蕪村遺稿一四四二）
鶏頭を抜き棄てしより　秋の暮　敦（9歴日抄三一二九）
苔寺を出てその辺の　秋の暮　虚子（14七百五十句三五〇ぺ）
心得て居れ共淋し　秋の暮　魯雲（8俳諧新選一五二ぺ）
こちらむけ我もさびしき　秋の暮　芭蕉（1笈日記六二二）
琴の音に猫睡らせよ　秋の暮　野有（8俳諧新選二五六ぺ）
此の道や行く人なしに　秋の暮　芭蕉（1其便九〇二）
酒のみは淋しうもないか　秋の暮　飄二（8俳諧新選二三二ぺ）
さびしさのうれしくも有り　秋のくれ　蕪村（2蕪村遺稿一四四三）
さびしさの何処（どこ）まで広く　秋のくれ　士芳（4花の市一〇六六）
淋し身に杖わすれたり　秋の暮　蕪村（2蕪村句集二二六六）
さみしさに早飯食ふや　秋の暮　鬼城（4鬼城句集二二五八）
三人に枕二つや　秋の暮　泉石（7俳諧古選二一一ぺ）
山門をぎいと鎖すや　秋の暮　子規（10獺祭句帖抄六五二ぺ）
しにもせぬ旅寝の果てよ　秋の暮　芭蕉（1野ざらし紀行一九三）
十一人一人になりて　秋の暮　子規（10獺祭句帖抄六三四ぺ）
塩魚の歯にはさかふや　秋の暮　荷兮（6猿蓑一八七九）

その人の鼾さへなし　秋のくれ　其角（6あら野一〇〇七）
沢庵の墓をわかれの　秋の暮　文鱗（6あら野九四四）
立ち出でて後ろあゆみや　秋の暮　嵐雪（7俳諧古選ぺ一七八）
谷川や茶袋そそぐ　秋のくれ　益音（6あら野七三九）
父母のことのみおもふ　秋のくれ　蕪村（2蕪村句集二四二）
定家にも剃れとすすむる　秋の暮　古道（8俳諧新選一四七ぺ）
手を組んだ梢の猿や　秋のくれ　希因（8俳諧新選一三五ぺ）
戸口より人影さしぬ　秋の暮　青蘿（4青蘿発句集一八五三）
鳥さしの西へ過ぎけり　秋のくれ　蕪村（2蕪村遺稿二二六五）
中わろき人なつかしや　秋のくれ　和及（5雀の森一九三）
人はいざ戻りともなし　秋の暮　祖扇（8俳諧新選二三二ぺ）
人は何に化くるかもしらじ　秋のくれ　蕪村（2蕪村遺稿一七九七）
灯（ひ）ともせと云ひつつ出るや　秋の暮　蕪村（2蕪村遺稿二七〇三）
ひとり来て一人を訪ふや　秋のくれ　蕪村（2蕪村遺稿二二七一）
一人通ると壁に書く　秋の暮　一茶（3おらが春四六八ぺ）
広沢や背負うて帰る　秋の暮　野水（6続猿蓑三三一三）
又人にかけ抜かれけり　秋の暮　一茶（3文化句帖補遺三三四四ぺ）
門を出づれば我も行く人　秋のくれ　蕪村（2蕪村句集一一六五）
門を出でて故人に逢ひぬ　秋の暮　蕪村（2蕪村遺稿一一六六）
山寺の碓（からうす）ぬるし　秋のくれ　晩山（7俳諧古選一八四ぺ）
行くな雁住めばどつちも　秋の暮　一茶（3おらが春四七二ぺ）
弓取に歌とはれけり　秋のくれ　蕪村（2蕪村句集二一八二）

我が庵は隣もちけり　秋のくれ　竹冷（9竹冷句鈔〇二八六）
我が肩に蜘蛛の糸張る　秋の暮　木歩（9決定木歩全集一〇六一）
我がたつるけむりは人の　秋の暮　蒼虬（5訂正蒼虬集一一五六）
渡し場は一人も渡し　秋のくれ　常仙（4金台録一二四四）
我がでに我をまねくや　秋の暮　蕪村（2蕪村句集二〇）
われが身に故郷ふたつ　秋の暮　大魯（5蘆陰句選八二五）
をさな子やひとり食（めし）くふ　秋の暮　尚白（6あら野一〇〇八）
斧のねや蝙蝠（かはほり）出づる　あきのくれ　卜枝（6あら野七四一）
価あらば何か雄島の　秋の景　宗因（4佐夜中山集〇一五六）
松の葉や細きにも似ず　秋の声　風国（6続猿蓑三二七九）
かへるさや酒のみによる　秋の里　舟泉（6あら野八六一）
白菊や素顔で見むを　秋の霜　野水（6あら野八五五）
手にとらば消えんなみだぞあつき　秋の霜　芭蕉（1野ざらし紀行一八二）
板橋や顧みすれば　秋の情　寸七翁（9現代俳句集〇八七七）
仰のけに落ちて鳴きけり　秋の蟬　一茶（4八番日記一八六九）
なきなきて袂にすがる　秋の蟬　一井（6あら野九三二）
ぬけがらにならびて死ぬる　秋のせみ　丈草（6続猿蓑三二七一）
上行くと下くる雲や　秋の天（そら）　凡兆（6猿蓑一八六五）
大水の引いて雨なし　秋の空　子規（10獺祭句帖抄六五四ぺ）
椎の木を伐り倒しけり　秋の空　子規（10獺祭句帖抄六五四ぺ）
雪の旅それらではなし　秋の空　野水（6あら野八五一）
行く程に都の塔や　秋の空　太祇（5太祇句選五五〇）

追剝を弟子に剃りけり　秋の旅　蕪村（2 蕪村句集 一八七九）
瓦ふく家も面白や　秋の月　野水（6 波留濃日 三四七）
塩やかぬ須磨よ此のうみ　秋の月　一晶（5 自画賛 一五二）
てん長くち人誉むるや　秋の月　貞徳（4 玉海集 〇〇四四）
なのりてやそもそもこよひ　秋の月　守武（5 守武千句 九）
萩に移り松にてり行くや　秋の月　越蕪（8 俳諧新選 一二九ぺ）
深川や蠣(かき)殻(がら)山の　秋の月　一茶（3 文政句帖 三四四ぺ）
ふるき名の角(つぬ)鹿(が)や恋し　秋の月　芭蕉（1 荊口句帳 五六四）
皆人の昼寝の種や　秋の月　貞徳（4 犬子集 〇〇五〇）
名月や人定まつて　秋の月　矩州（7 俳諧古選 二二六ぺ）
初茸やまだ日数へぬ　秋の露　芭蕉（1 芭蕉庵小文庫 七九四）
遊ばるるだけは遊ぶや　秋の蝶　雨麦（7 俳諧古選 二二八ぺ）
海原をいづち行くらん　秋の蝶　尾谷（4 園圃録 一二四五）
しらじらと羽に日のさすや　秋の蝶　青蘿（5 青蘿発句集 八五四）
松の木に吹きあてられな　秋の蝶　舟泉（6 あら野 七五三）
わが袖にふと現れし　秋の蝶　虚子（14 七百五十句 一一〇ぺ）
静かさや梅の苔吸ふ　あきの蜂　野坡（5 野坡吟草 三六四）
宮城野の萩や夏より　秋の花　桃隣（6 炭俵 二五六五）
己が身を心細いか　秋の蠅　隆平（7 俳諧古選 一八三ぺ）
高過ぎて哀れにもなし　秋の不二　不角（5 続の原 四六四）
青瓢(ひさご)ふくるる果てや　秋の水　素丸（5 青ひさご 五二九）
翡翠(かはせみ)の来らずなりぬ　秋の水　子規（10 獺祭句帖抄 六五五ぺ）

田に落ちて田を落ちゆくや　秋の水　蕪村（2 蕪村遺稿 六二五）
もののふの八十宇治川の　秋の水　虚子（13 六百五十句 一八六ぺ）
家ふたつ戸の口見えて　秋の山　道彦（5 蔦本集 九七六）
狩(か)野(の)桶(をけ)に鹿をなつけよ　秋の山　荷兮（6 あら野 九四〇）
山門を出て下りけり　秋の山　子規（10 獺祭句帖抄 六三七ぺ）
莫(モ)児(ル)比(ヒ)涅(ネ)も利かで悲しき　秋の夜や　紅葉（9 紅葉句帳 〇二七六）
能因にくさめさせたる　秋はここ　大江丸（4 はいかい袋 二〇五九）
京城の七つの丘の　秋日かな　普羅（9 辛夷 〇七一七）
声を呑む群集に常の　秋日照る　月草（9 わが住む里 〇九九八）
木曾路行きていざ年寄らん　秋独り　蕪村（2 蕪村句集 一八八〇）
出でて待つ妹の出支度　秋日和　花蓑（9 花蓑句集 〇八六七）
浪白う干潟に消ゆる　秋日和　乙字（9 乙字句集 〇九九二）
みじろぎにきしむ木椅子や　秋日和　不器男（9 定本不器男句集 一七一八）
彼一語我一語　秋深みかも　虚子（9 六百五十句 〇〇六一）
行く我にとどまる汝に　秋二つ　子規（10 獺祭句帖抄 六三五ぺ）
椎洩りて鼠の移る　あき家哉　孤桐（8 俳諧新選 一三三ぺ）
節(せき)季(ぞろ)候の拍子をぬかす　明屋哉　桃後（6 続猿蓑 三四二七）
立(たて)臼(うす)に若草見たる　明屋哉　亀助（6 あら野 五三九）
白壁の日は上(うは)面(つら)に　秋よさて　路通（4 土大根 一〇一三）
鴨渡る明らかにまた　明らかに　素十（9 初鴉 一五三三）
冬川に鴨の毛かかる　芥(あくた)かな　子規（10 獺祭句帖抄 六四〇ぺ）
たけの子や畠隣に　悪(あく)太(た)良(らう)　去来（6 猿蓑 一七三七）

葱切つて潑剌たる香悪の中　楸邨（9まぼろしの鹿 二五八九）
藪百合草ののびて已にあぐみけり　赤羽（8俳諧新選 一一八ぺ）
物申すいざよふ門を明くるべう　洒竹（9洒竹句集 〇二九四）
瓦見るのみの障子ぞ開けずあれ　圭岳（9太白星 一一八八）
卯の花や月の白さは明けて行く　梅宇（8俳諧新選 一四八ぺ）
日頃気の付かぬ松有り揚灯籠　湖春（7俳諧古選 一七四ぺ）
浦の春ちどりも飛ばず明けにけり　涼袋（5古今明題集 七二七）
凩の機嫌直して明けにけり　雁觜（8俳諧新選 一三九ぺ）
月時雨かはるがはる漏れて明けにけり　習先（8俳諧新選 一三六ぺ）
夏の夜は山鳥の首明けにけり　言水（4江戸広小路 〇二五二）
何事もなくて冬の夜明けにけり　梓月（9冬扇 〇三六八）
一とせの花の手鏡明けにけり　雋雨（7俳諧古選 二一九ぺ）
郭公鳥と成りて明けにけり　常之（7俳諧古選 一六八ぺ）
万歳のやどを隣に明けにけり　荷兮（6あら野 四九九）
三日月に草の蛍は明けにけり　野荻（6続猿蓑 三一四七）
餅花に子供が年は明けにけり　一松（8俳諧新選 四四ぺ）
ゆく蛍烟も立てず明けにけり　河星（8俳諧新選 一一六ぺ）
ころもがへ塵打ち払ふ朱の沓　蕪村（2蕪村遺稿 一〇五〇）
猪の寝に行く方や明けの月　去来（4旅寝論 〇九二四）
狗の子の目をぽつちりと明けの春　仙鶴（7俳諧古選 二一三ぺ）
君が代や畳の上の明けの春　京馬（8俳諧新選 一〇ぺ）
松風や氷に穴をあけの春　宋阿（8俳諧新選 一〇ぺ）
あさむつや月見の旅の明けばなれ　芭蕉（1其袋 五五四）
つゆじもに冷えてはぬるむ通草かな　不器男（9定本不器男句集 一七一三）
麦畑や驢馬の耳より揚雲雀　子規（10獺祭句帖抄 六二五ぺ）
西洋の草花赤し明屋敷　子規（10獺祭句帖抄 六一七ぺ）
獺に灯をぬすまれて明け易き　万太郎（9流寓抄 一一一六）
糠漬けの茄子紫に明け易き　子規（10獺祭句帖抄 六五一ぺ）
寝いらぬに食焼く宿ぞ明けやすき　冬松（6あら野 九二七）
われ老いぬ人も老いぬと明け易き　虚子（14七百五十句 六八ぺ）
砧きく夕暮れもあり揚屋町　泉旭（8俳諧新選 三一ぺ）
京町のねこ通ひけり揚屋町　其角（5焦尾琴 二五八）
待つ花や寝苦しき夜の明ける程　雅因（8俳諧新選 一〇ぺ）
な泣きそと拭へば胼や吾子の頬　久女（9杉田久女句集 〇九五五）
榎の実ちるむくの羽音や朝あらし　芭蕉（1笈日記 九三二）
氷伐る人かしがまし朝嵐　子規（10獺祭句帖抄 六六五ぺ）
夙く起きて花の露降る朝歩き　たかし（9火明 一六六五）
すすけ障子日影も遅し朝霞　調和（5富士石 一四六）
行く末に牧のある野や朝霞　嘯山（8俳諧新選 〇六ぺ）
七種や跡にうかるる朝がらす　其角（6猿蓑 一九〇一）
星合を見置きて語れ朝がらす　涼葉（6続猿蓑 三二三八）
うぐひすや嬉しき和子の朝機嫌　多少（8俳諧新選 一〇〇ぺ）
すずしさや髪結ひ直す朝機嫌　りん（7俳諧古選 一七三ぺ）
元日や上々吉の浅黄空　一茶（3浅黄空 三二二ぺ）

名月や船を上がれば　朝清め　羅月（8俳諧新選 一三〇ぺ）
梅が香や客の鼻には　浅黄椀　許六（4俳諧問答 一〇四二）
苔汁の手ぎは見せけり　浅黄椀　芭蕉（1茶のさうし 九四七）
花の雲鐘は上野か　浅草歟（か）　芭蕉（1続虚栗 二八九）
葭切の遠の鋭声や　朝ぐもり　秋桜子（9葛飾 一四五四）
眠たがる人にな見えそ　朝桜　その（7俳諧古選 一五四ぺ）
未（まだ）飛ばぬ草の小蝶や　朝しめり　鼓舌（8俳諧新選 一〇八ぺ）
ほととぎす猪牙（ちょき）の布団の　朝じめり　抱一（5屠竜之技 九九一）
ばせを葉や風なきうちの　朝涼み　史邦（6続猿蓑 三一五〇）
揺れもどる牡丹桜に　朝雀　汀女（9昭44俳句年鑑 一九三二）
きらきらとしてなくなりぬ　朝鵆（ちどり）　月居（5発句題葉集 九六六）
冬は猶奈良の習ひで　朝茶哉　宗祇（7俳諧古選 一九六ぺ）
鶯や茶の木畑の　朝月夜　丈草（5浮世の北 三〇六）
影ぼふしたぶさ見送る　朝月夜　卓袋（6猿蓑 一八四五）
むくつけき生海鼠（なまこ）ぞ動く　朝渚　露沾（7俳諧古選 一八七ぺ）
天地にあやまり初の　朝寝哉　雅因（8俳諧新選 一〇〇ぺ）
花を踏みし草履（ざうり）も見えて　朝寝かな　蕪村（2蕪村句集 一三六五）
短夜を旅の終はりの　朝寝かな　虚子（14七百五十句 一二七ぺ）
虫売りのかごとがましき　朝寝哉　蕪村（2蕪村句集 五九二）
名月や奈良にも翌（あす）は　朝寝せん　雲魚（8俳諧新選 一三〇ぺ）
砂の如き雲流れ行く　朝の秋　子規（10獺祭句帖抄 六五二ぺ）
初雪や人の機嫌は　朝の内　桃隣（7俳諧古選 一九〇ぺ）

春雨や遅きに馴るる　朝の供御（くご）　随古（8俳諧新選 一〇三ぺ）
旅宿の雨戸の透きや　朝の霜　周砥（8俳諧新選 一三九ぺ）
かはほりのふし木かくれや　朝の月　[illegible]（8俳諧新選 一一五ぺ）
片側は家なき町や　朝の露　毛仏（8俳諧新選 一二六ぺ）
蓬生や三度選んで　麻の中　吐月（8俳諧新選 一五六ぺ）
白れむの的皪と我が　朝は来ぬ　亜浪（9臼田亜浪先生 一〇四四）
しののめや露の近江の　麻畠　蕪村（2蕪村句集 一五八八）
五六日雪つむ上や　朝日かげ　梧人（8俳諧新選 一四三ぺ）
翠帳にさしこむ春の　朝日かな　子規（10獺祭句帖抄 六四二ぺ）
はや秋の柳をすかす　朝日かな　成美（4成美家集 二〇七二）
蓑虫の蓑の雨ほす　朝日かな　梓月（9冬鶯 〇三七〇）
短夜や駅（うまや）の飯に　朝日さす　嘯山（8俳諧新選 一一八ぺ）
雉子啼くやここいなのめの　朝日山　蕪村（2蕪村遺稿 二〇五〇）
はつしもや飯の湯あまき　朝日和　樗良（5樗良発句集 七八七）
卯の花や里の見えすく　朝朗（あさぼらけ）　露沾（5続の原 二四〇）
落葉して見せようとうふの　朝朗　一瓢（5玉山人家集 一一四八）
顔見せや燕脂（べに）ほのぼのと　朝朗　荘丹（5能静草 八九五）
寒菊や湯気たつ水の　朝ぼらけ　李流（8俳諧新選 一三七ぺ）
元日や昨日に遠き　朝ぼらけ　移竹（7俳諧古選 二一五ぺ）
元日や何に譬へん　朝ぼらけ　忠知（7俳諧古選 一四八ぺ）
月雪の外に霞の　朝ぼらけ　道彦（4蔦本集 二〇八八）
妻起こすきぎすの声歟（か）　朝ぼらけ　羽律（8俳諧新選 一〇四ぺ）

菜の花の　雨後の労れや　朝朗　賀瑞（8 俳諧新選 一二〇ぺ）
初雪に　鷹部屋のぞく　朝朗　史邦（6 猿蓑 一六八四）
花ざかり　山は日ごろの　あさぼらけ　芭蕉（1 芭蕉庵小文庫 三七五）
日の色や　野分しづまる　朝ぼらけ　大江丸（4 俳懺悔 二〇六〇）
わか草や　音せぬ雨の　朝朗（あさぼらけ）　直井（8 俳諧新選 一〇三ぺ）
蜀魄（ほととぎす）　啼かぬ夜しろし　朝熊山（あさまやま）　支考（6 続猿蓑 三一一五）
ゆふだちや　烟逆（さか）だつ　浅間山　嘯山（5 葎亭句集 七二二）
道くさの　手はよせ付けぬ　薊（あざみ）哉　周禾（7 俳諧古選 二二六ぺ）
行く蝶の　とまり残さぬ　あざみ哉　燭遊（6 あら野 五九五）
冬の水　一枝の影も　欺かず　草田男（9 長子 二五四四）
遠浅や　浪にしめさす　蜊（あさり）とり　亀洞（6 あら野員外 一一三〇）
うぐひすに　ほうと息する　朝（あした）哉　嵐雪（6 炭俵 二四一五）
うぐひすに　水汲みこぼす　あした哉　梅舌（6 あら野 五二三）
馬屋より　雪舟（そり）引き出だす　朝かな　一井（6 あら野 八一〇）
馬をさへ　ながむる雪の　朝哉　芭蕉（1 野ざらし紀行 二〇二）
車道　雪なき冬の　あした哉　小春（6 あら野 四四二）
西瓜ひとり　野分をしらぬ　あした哉　素堂（5 素堂家集 一二四七）
接木して　物なつかしき　あした哉　可幸（8 俳諧新選 一〇四ぺ）
西須磨を　通る野分の　あした哉　蕪村（2 蕪村遺稿 二七二五）
ひごろにくき　烏も雪の　朝哉　芭蕉（1 鷹獅子集 六六三）
待つ宵の　晴れ過ぎて扠（さて）　あしたかな　子規（10 獺祭句帖抄 六〇〇ぺ）
苗代や　二王のやうな　あしの跡　野坡（5 野坡吟草 三六一）

新涼や　白きてのひら　あしのうら　茅舎（9 川端茅舎句集 一六八五）
寝むしろや　野分に吹かす　足のうら　一茶（3 句稿消息 三四六ぺ）
幼子や　青きを踏みし　足の裏　子規（9 俳句稿巻二 〇〇八）
沖を出る　月さし来るや　蘆の下　作者不明（8 俳諧新選 一五三ぺ）
川淀や　淡をやすむる　あしの角　猿雖（6 続猿蓑 三〇三〇）
首のべて　日を見る雁や　蘆の中　石鼎（9 花影 〇七四八）
胡笳（こか）ふけば　空へ飛びけり　蘆の花　嘯山（8 俳諧新選 一五三ぺ）
鷺落ちて　夕月細し　蘆の花　子規（10 獺祭句帖抄 六五八ぺ）
秋風の　だんだん荒し　蘆の原　虚子（11 五百句 八四ぺ）
枯柴に　昼皃あつし　足のまめ　斜嶺（6 炭俵 二五〇四）
月上る　大仏殿の　足場かな　子規（10 獺祭句帖抄 六三六ぺ）
万歳や　十三文の　足拍子　存義（8 俳諧新選 一〇一ぺ）
野路の月　寝ながらいぬる　足もがな　它谷（8 俳諧新選 一二九ぺ）
糸桜　こやかへるさの　足もつれ　芭蕉（1 続山井 三一）
元日の　木の間の競馬　足ゆるし　重五（6 波留濃日 三〇二）
暁や　凍えも死なで　網代守（あじろもり）　子規（10 獺祭句帖抄 六三九ぺ）
しづかさを　数珠（ずず）もおもはず　網代守　丈草（6 猿蓑 一六七七）
灯（ともしび）や　ひとり居眠る　あじろ守　文狸（8 俳諧新選 一四五ぺ）
馴れぬれば　みごとねむるか　網代守　和及（5 ひこばえ 一九五）
火の影や　人にてすごき　網代守　言水（5 都曲 一七八）
更けけりな　燧（ひうち）の冴ゆる　網代守　常仙（4 鳥山彦 一二四三）
わたる世を　捨てたる如し　網代守　巾糸（8 俳諧新選 一四五ぺ）

恵心寺に奉公はせで	網代守(あじろもり)	支考(7俳諧古選一八九ペ)
やれ打つな蠅が手を摺り	足をする	一茶(3八番日記三四一ペ)
春雨や炬燵の外へ	足を出し	来山(7俳諧古選二一一ペ)
万歳や黒き手を出し	足を出し	子規(9寒山落木巻二〇〇四七)
霜解けや草履(ざうり)と下駄の	飛鳥川	在色(5江戸新道一四五)
日は花に暮れてさびしや	あすならふ	芭蕉(1笈の小文三七一)
いざや寝ん元日は又	翌(あす)の事	蕪村(2蕪村遺稿一〇二二)
待つ宵や翌の命は	翌の事	原松(7俳諧古選一八四ペ)
借銭の淵や瀬となる	あすの春	蝶々子(4知足書留歳旦帖〇一四六)
降るとても薺(なつな)つむ日に	翌はなし	九可(8俳諧新選〇〇ペ)
身の秋やこよひをしのぶ	翌も有り	蕪村(2蕪村句集一〇七二)
けふの日も棒ふり虫よ	翌も又	一茶(3おらが春四四五ペ)
泥亀(どうがめ)や苗代水の	畦づたひ	史邦(6猿蓑一九四六)
腰押すや片手におのが	汗拭ひ	鳥酔(5夏山伏四九七)
さまたげる道もにくまじ	畦の稲	如雪(6続猿蓑三二九九)
大行進の中の一人の	汗の顔	碧雲居(9碧雲居句集一〇六八)
苗代に落ち一塊の	畦の土	素十(9初鴉一五四七)
春の日や松葉掻いても	遊ばるる	道彦(4蔦本集二〇九二)
大南瓜これを敲いて	遊ばんか	鬼城(9鬼城句集〇六一一)
根木打と云へる子供の	遊びありし	虚子(14七百五十句六一ペ)
葩煎(はぜ)蒔きて童這はする	遊びかな	銀獅(8俳諧新選二一一ペ)
磯ちどり足をぬらして	遊びけり	蕪村(2蕪村句集一二六四)
時雨来と栴檀林に	あそびけり	茅舎(9ホ昭5・5一六八一)
夕顔に干瓢(かんぺう)むいて	遊びけり	芭蕉(1有磯海八六二)
観音へ行かず寄居虫(がうな)に	遊ぶかな	喜舟(9小石川〇四五六)
逆上の人蕣(あさがほ)に	遊ぶべし	子規(10獺祭句帖抄六三八ペ)
藪いりや余所目(よそめ)ながらの	愛宕山	蕪村(2蕪村句集二〇三一)
目さむるや湯婆(たんぽ)わづかに	暖かき	子規(10獺祭句帖抄六六一ペ)
雪満ちて華厳の煙り	あたたかき	茅舎(9定本茅舎句集一七〇〇)
梅一輪一輪ほどの	暖かさ	嵐雪(5遠のく二八五)
髯のびて襟巻の如く	あたたかし	左衛門(9現代俳句集〇八二〇)
風もなく冬の満月	化に白し	和荃(8俳諧新選一四一ペ)
はつうまに狐のそりし	頭哉	芭蕉(1末若葉七七八)
梅が香や酒のかよひの	あたらしき	蟬鼠(6猿蓑一八八五)
世帯持って蚊帳の香の	新しき	臨風(9帝国明33・8〇三二九)
春の日や雪隠(せっちん)草履(ざうり)の	新しき	一茶(3文化句帖三二九ペ)
筍の香も土の香も	新しく	別天楼(9野一一八〇)
町空のつばくらめのみ	新しや	草田男(9長子二五四六)
花ざかり神もほとけも	あちらむけ	一瓢(5玉山人家集一一四三)
じねんごの藪ふく風ぞ	あつかりし	野童(6猿蓑一七九三)
森の中に池あり氷	厚きかな	子規(10獺祭句帖抄六六五ペ)
縁に寝る情や梅に	小豆粥	支考(6続猿蓑三四八〇)
森の蟬涼しき声や	あつき声	乙州(6続猿蓑三一八六)
冬されや狐もくはぬ	小豆飯	子規(10獺祭句帖抄六六〇ペ)

秋立てば　淋し立たねば　あつくるし　子規（10獺祭句帖抄　六三三ぺ）
馬下踏や　ひけどもあがらず　厚氷　常矩（5蛇之助五百韻　一二九）
足にしる　闇のほこりの　暑さかな　大夢（8俳諧新選　一二〇ぺ）
改めて　酒に名のつく　あつさ哉　利牛（6炭俵　二五三九）
あら野行く　我が影もなき　暑さ哉　不白（5不白翁句集　八六二）
青草は　湯入りながめん　あつさかな　巴山（6猿蓑　一七九五）
茨ゆふ　垣もしまらぬ　暑さかな　素覧（6続猿蓑　三一六九）
牛の背に　屋根出かしつる　暑さ哉　可幸（8俳諧新選　一二〇ぺ）
うせ物の　見えぬ納戸の　暑さかな　也有（4蟻づか　一七九一）
団（うちは）売る　侍町の　あつさかな　怒風（6炭俵　二五三五）
上へまき　下へまく葉の　暑さ哉　懐居（8俳諧新選　一四七ぺ）
おうた子に　髪なぶらるる　暑さ哉　園女（5陸奥鵆　四二六）
大蟻の　たたみをありく　あつさ哉　士朗（5枇杷園句集　八九九）
大空の　見事に暮るる　暑さ哉　一茶（3七番日記　三三四ぺ）
影しばし　杖に水飼ふ　あつさかな　春来（8俳諧新選　一二〇ぺ）
川筋を　行きはなれたる　あつさかな　南鳥（8俳諧新選　一二〇ぺ）
土器（かはらけ）も　沈む愛宕の　暑さ哉　五始（7俳諧古選　二一六ぺ）
かも川に　魂残る　あつさかな　素白（7俳諧古選　二一八ぺ）
蚊屋越しに　障子を明ける　あつさ哉　子一（8俳諧新選　一二〇ぺ）
傘（からかさ）の　にほうてもどる　あつさかな　涼袋（4古今明題集　一七七二）
樹々の葉も　艶を失ふ　暑さ哉　管子（8俳諧新選　一二〇ぺ）
木を落ちて　蛇の地を這ふ　暑さかな　古鳩（8俳諧新選　一二〇ぺ）

雲見えて　雨ふらぬ間の　暑さかな　江橋（8俳諧新選　一二〇ぺ）
実（げ）にもとは　請けて寝冷の　暑さかな　正秀（6続猿蓑　三一六六）
肥えたとて　自慢はさせぬ　暑さ哉　長流（7俳諧古選　二一六ぺ）
穀直段　くつくとさがる　あつさかな　一茶（3真蹟　三三四ぺ）
梢まで　来てゐる秋の　あつさかな　支考（4梟日記　一一〇〇）
乞食の　其の日を背負ふ　暑さかな　麦翅（8俳諧新選　一二〇ぺ）
酒好の　頬猶たれる　あつさかな　太祇（8俳諧新選　一二〇ぺ）
里はいま　夕めしどきの　あつさ哉　何処（6猿蓑　二一七三）
障ったる　跡はづかしき　暑さかな　雅睡（8俳諧新選　一二〇ぺ）
しなの路の　山が荷になる　暑さ哉　一茶（3文政版発句集　三三五ぺ）
潮引いて　泥に日の照る　暑さかな　子規（4寒山落木巻五　二二九五）
塩引きて　藻の花しぼむ　暑さかな　児竹（6あら野　六五七）
順礼の　着く旅籠屋の　あつさ哉　麗白（8俳諧新選　一二〇ぺ）
白鷺の　干川に光る　あつさかな　尺布（8俳諧新選　一二〇ぺ）
白浜に　烏も鳴かぬ　暑さかな　沾山（4庭の巻　一二五八）
白浜に　交り物なき　暑さかな　篤羽（8俳諧新選　一二〇ぺ）
菅笠の　影もひづまぬ　暑さかな　不白（4不白翁句集　二一二九）
住み馴れし　宿を疑ふ　あつさかな　玉芝（8俳諧新選　一二〇ぺ）
李（すもも）盛る　見世のほこりの　暑さ哉　万乎（6続猿蓑　三一六五）
居（すわ）りたる　舟に寝て居る　暑さ哉　蕪村（2蕪村句集　五七五）
鉄条（ぜんまい）に　似て蝶の舌　暑さかな　龍之介（9澄江堂句集　一四〇）
膳持ちて　座敷を逃ぐる　暑さ哉　万翁（8俳諧新選　一二〇ぺ）

それ程に月日のたたぬ　暑さ哉　貝錦（8俳諧新選 二一〇ペ）
抱籠を踏み出して寝る　暑さ哉　都夕（7俳諧古選 二一七ペ）
立ち合うて牛売る軒の　暑さ哉　探芝（7俳諧古選 一六六ペ）
立ち寄ればむつとかぢやの　暑さかな　沾圃（6続猿蓑 三一七四）
乳垂れて水汲む賤の　暑さかな　尚白（7俳諧古選 一六八ペ）
着は雨其の着迄の　あつさ哉　泉石（7俳諧古選 二一一ペ）
散り初むる柳にふるふ　暑さかな　太祇（8俳諧新選 二一四ペ）
妻も有り子も有る家の　暑さ哉　氷花（7俳諧古選 一六七ペ）
蔓物の垣を離るる　あつさかな　巾糸（8俳諧新選 二一〇ペ）
蝸牛（ででむし）の葉裏へ回る　あつさ哉　珍志（8俳諧新選 二一〇ペ）
戸障子の外を明けたき　暑さ哉　乙貫（7俳諧古選 二一九ペ）
並松をみかけて町の　あつさかな　臥高（6炭俵 二五〇三）
二三番鶏（とり）は鳴けども　あつさ哉　魯町（6炭俵 二五〇五）
眠れども扇は動く　暑さ哉　富国（7俳諧古選 一六三ペ）
粘になる鮑（あはび）も夜の　あつさかな　里東（6続猿蓑 三一七三）
葉がくれをこけ出て瓜の　暑さかな　去来（4となみ山 〇九四五）
はげ山の力及ばぬ　あつさかな　猿雖（6炭俵 二五〇六）
橋は見て草履（ざうり）で渡る　暑さ哉　法策（7俳諧古選 二二五ペ）
端居（はしゐ）して妻子を避くる　暑さかな　蕪村（2蕪村句集 一七三一）
裸身の壁にひつつく　あつさ哉　子規（9寒山落木巻二 〇〇四〇）
葉ばかりの薊（あざみ）ものうき　暑さかな　嘯山（8俳諧新選 二一〇ペ）
日帰りの兀山（はげやま）越ゆる　あつさ哉　蕪村（2蕪村句集 五七四）

日ざかりに水やる畑の　暑さかな　瓜流（8俳諧新選 二一〇ペ）
日の午（ひる）は水の負けたる　暑さかな　信徳（7俳諧古選 一六一ペ）
日は西へ行くとも見えぬ　暑さかな　古行（8俳諧新選 一四七ペ）
日もささず雨もこぼれぬ　暑さ哉　龍眠（8俳諧新選 二一〇ペ）
日をさます月なき宵の　暑さ哉　楼川（8俳諧新選 二一〇ペ）
蕗の葉にぽんと穴明く　暑さ哉　一茶（3七番日記 三三四ペ）
文月に尚（なほ）々（なほ）書（がき）の　暑さ哉　買友（7俳諧古選 二一五ペ）
踏み脱いで居（すわ）つて見たる　あつさ哉　凡阿（8俳諧新選 二一〇ペ）
振り向けば後ろのこはい　暑さかな　鶴女（8俳諧新選 二一〇ペ）
ほいほいとからだを捨てる　暑さ哉　雲鼓（7俳諧古選 一六三ペ）
身うちから泪をこぼす　暑さ哉　羅人（7俳諧古選 二一四ペ）
道ばたにまゆ干すかざの　あつさ哉　許六（5五老井発句集 三八〇）
水垢の白けてへげる　暑さかな　青畉（8俳諧新選 二一〇ペ）
湖に指漬けて見る　暑さかな　篤羽（8俳諧新選 二一〇ペ）
みな月はふくべうやみの　暑さかな　芭蕉（1葛の松原 六九五）
身一つの置所なき　あつさかな　卜我（8俳諧新選 二一〇ペ）
柳さへ取り静めたる　あつさかな　其柳（8俳諧新選 二一〇ペ）
夕がほによばれてつらき　暑さ哉　羽紅（6猿蓑 一七九四）
夕飯はいやと寝転ぶ　あつさ哉　珪琳（8俳諧新選 二一〇ペ）
夜明けからけふはと思ふ　あつさ哉　菜陽（8俳諧新選 二一〇ペ）
宵月夜門に添乳（そへぢ）の　暑さかな　宋阿（7俳諧古選 一七二ペ）
我が家に居所捜す　あつさかな　宋屋（4瓢簞集 一六九八）

我が宿に　腰かけて居る　暑さかな　宗専（8 俳諧新選 一二〇ぺ）
尾を捨てて　狐の寝たる　あつさかな　沾洲（4 続花摘 一二三六）
紅葉の賀　わたしら火鉢　あつても無くても　青畝（9 紅葉の賀 一五二三）
鳳凰か　今朝鳥が啼く　吾妻の春　風虎（5 江戸弁慶 一二二）
皃（かほ）見（み）せや　舌のだみざる　吾妻人　士蝶（8 俳諧新選 一四七ぺ）
晒井や　酒買ひに行く　集め銭　松宇（9 松宇家集 〇三一）
来る雁や　何処（いづく）の秋を　当てにぞも　丹波西条社中（8 俳諧新選 一四八ぺ）
夕　燕　我には翌（あす）の　あてはなき　一茶（3 文化句帖 三三〇ぺ）
手毬子よ　三つと数へて　あとつがず　亜浪（9 定本亜浪句集 一〇四一）
上海の　霙（みぞ）るる波止場　後にせり　虚了（12 五百五十句 一〇ぺ）
朝皃や　日傭出て行く　跡の垣　利合（6 炭俵 二五五六）
昃（ひかげ）れば　春水の心　あともどり　立子（9 立子句集 一九四五）
苔の花　門に車の　跡もなし　子規（10 獺祭句帖抄 六五〇ぺ）
菫　草　小鍋洗ひし　あとやこれ　曲水（6 猿蓑 一九六三）
蝶　々　や　をなごの道の　跡や先　素園（8 俳諧新選 一〇八ぺ）
恙（つつが）なく　咲くやうつ木の　穴かしこ　重頼（7 俳諧古選 一五九ぺ）
冬籠り　虫けら迄も　あなかしこ　貞徳（5 犬子集 二〇）
あなたなる　夜雨の葛の　あなたかな　不器男（9 定本不器男句集 一七〇四）
小野の炭　匂ふ火桶の　穴めかな　蕪村（2 蕪村句集 一九三七）
涼しさや　石灯籠の　穴も海　子規（9 寒山落木巻四 〇〇二九）
雁啼くや　ひとつ机に　兄いもと　敦（9 古暦 三一二八）
花木槿（むくげ）　一輪さして　兄はゐる　青邨（9 庭にて 一六一三）

麦打や　歌も連れなる　姉妹　太祇（8 俳諧新選 一一六ぺ）
藪入や　思ひは同じ　姉妹　子規（10 獺祭句帖抄 六〇四ぺ）
灯籠を　灯（とも）すもやさし　姉二人　虚子（13 六百五十句 一九六六ぺ）
萍（うきくさ）の　花からのらん　あの雲へ　一茶（3 おらが春 四五三ぺ）
獅子舞や　海の彼方の　安房上総　平之助（9 五所亭句集 一〇九四）
氾濫の　黄河（くわうが）の民の　粟しづむ　素逝（9 砲車 一八三〇）
隠者或る日　つかみ出だして　袷哉　大夢（8 俳諧新選 一四九ぺ）
帷子（かたびら）の　したぬぎ懸かる　袷かな　素龍（6 炭俵 二五〇二）
から尻に　尻軽き身の　袷かな　之房（8 俳諧新選 一五三ぺ）
四五間の　木太刀をかつぐ　袷かな　一茶（3 おらが春 四六五ぺ）
下　々　の　働き見ゆる　袷かな　龍眠（8 俳諧新選 一二二ぺ）
居（す）わつたる　心も軽き　袷かな　玉壺（8 俳諧新選 一二二ぺ）
橘　の　かごとがましき　あはせ哉　蕪村（2 蕪村句集 二〇六七）
たのもしき　矢数のぬしの　袷哉　蕪村（2 蕪村句集 五一一）
旅へ出て　刀にずれる　袷かな　尺布（8 俳諧新選 一二二ぺ）
入梅曇（つゆぐもり）　思ひ古さぬ　袷かな　富天（8 俳諧新選 一七ぺ）
強　弓　を　引きしぼりたる　袷かな　子規（10 獺祭句帖抄 六二七ぺ）
那須七騎　弓矢に遊ぶ　袷哉　蕪村（2 蕪村遺稿 五一三）
なにとなう　女さびしき　袷かな　大江丸（5 はいかい袋 八七一）
脱ぎ更（か）へて　旅を忘るる　袷かな　貝錦（8 俳諧新選 一二二ぺ）
遁れても　袷着る日は　袷　哉　珪琳（8 俳諧新選 一二二ぺ）
はや風に　吹かれ心の　袷かな　呉雪（8 俳諧新選 一二二ぺ）

古郷を二つ荷(にな)ふて　袷かな　宋阿（8俳諧新選一二一ぺ）
痩肉の寝ごころかはる　袷かな　志昔（8俳諧新選一二一ぺ）
行く秋の着るほどもなき　袷哉　牡年（7俳諧古選一七九ぺ）
綿入に夜は寝取らるる　袷かな　孤桐（8俳諧新選一二一ぺ）
我がつまや肌にそへとて　あはせ物　山人（4阿波手集〇一四七）
春雨や金箔はげし　粟田御所　子規（10獺祭句帖抄六四三ぺ）
沖　膾箸の雫や　淡路島　言水（4江戸蛇之酢〇二四九）
ながれ行く落葉の末や　淡路島　露洲（8俳諧新選一三六ぺ）
雪の日や六里は近き　淡路島　呉郷（8俳諧新選一四二ぺ）
藁一把かりて花見る　阿波手哉　湍水（6あら野八九四）
炎天やさし来る汐の　淡の音　渡牛（8俳諧新選一二〇ぺ）
餅花の木陰にてうち　あはは哉　一茶（3おらが春四六〇ぺ）
今年竹日々に身幅の　あはばこそ　周禾（8俳諧新選一一八ぺ）
首出して岡の花見よ　鮑(あはび)とり　荷兮（6あら野三八六）
風すずし五重の塔の　間ひより　卜友（8俳諧新選一二一ぺ）
明けかかる踊りも秋の　あはれかな　蕪村（2蕪村遺稿一一五七）
三か月の隠にてすずむ　哀れかな　素堂（6炭俵二五二一）
鹿笛の上手を尽くす　あはれさよ　樹水（6あら野八七五）
よき炭のよき灰になる　あはれさよ　虚子（14七百五十句一二五八ぺ）
蕣(あさがほ)は下手のかくさへ　哀れ也　芭蕉（1いつを昔三〇四）
青麦に聟もたぬ身の　哀れ也　令水（7俳諧古選一六二ぺ）
いつの月もあとを忘れて　哀れ也　荷兮（6あら野四二五）

鵜飼名を勘作と申し　哀れ也　漱石（9正岡子規へ〇一七三）
鵜のつらに篝(かがり)こぼれて　憐れ也　荷兮（6あら野六六七）
馬の尻雪吹きつけて　あはれなり　子規（10獺祭句帖抄六一一ぺ）
梅が香に昔の一字　あはれ也　芭蕉（1笈日記八三一）
同じ灯(ひ)を切籠(きりこ)に見るは　哀れ也　木因（7俳諧古選一八一ぺ）
支離(かたは)馬(うま)捨てし枯野の　哀れ也　風洗（7俳諧古選一九一ぺ）
紙ぶすま折目正しく　あはれ也　蕪村（2蕪村句集一二〇〇）
くらべ馬おくれし一騎の　あはれなり　子規（10獺祭句帖抄六二七ぺ）
椎ひろふあとに団栗　哀れなり　子規（10獺祭句帖抄六〇一ぺ）
施餓鬼(せがき)棚我が影ぼしも　哀れ也　一映（7俳諧古選一八一ぺ）
鷹のつらきびしく老いて　哀れなり　鬼城（4続鬼城句集二二六一）
どことなく地にはふ蔦の　哀れ也　越水（6あら野七四八）
名はへちまゆふがほに似て　哀れ也　長虹（6あら野六八三）
猫の恋初手から鳴きて　哀れ也　野坡（6炭俵二四一三）
猫の恋鼠もとらず　あはれなり　琴風（4其袋一一二〇）
蚤に似て押さへし虫の　哀れなり　百里（4或時集一一二七）
肌寒を苦にせぬ皃(かほ)の　哀れなり　雨谷（8俳諧新選一五一ぺ）
鉢たたき女夫(めをと)出でぬも　哀れ也　其角（7俳諧古選二〇一ぺ）
昼顔に米つき涼む　あはれ也　芭蕉（1続の原二一七）
明月にかくれし星の　哀れなり　泥芹（6続猿蓑三二一八）
紅葉見て戻れば柴の　哀れ也　貞春（7俳諧古選一八三ぺ）
うまず女の雛かしづくぞ　哀れなる　嵐雪（5玄峰集二七六）

春雨や　もの書かぬ身の　あはれなる　蕪村（2 蕪村句集 一五〇四）
菜の花や　杉菜の土手の　あひあひに　長虹（6 あら野 五五六四）
籐椅子に　背中合はせに　相識らず　虚子（12 六百句 一五三ぺ）
紫陽花（あぢさゐ）を　盗めば水を　浴びせけり　移竹（7 俳諧古選 二一五ぺ）
なでしこに　二文が水を　浴びせけり　一茶（3 おらが春 四五三ぺ）
合紙は　古き暦や　会津椀　泰里（8 俳諧新選 一四六ぺ）
悴みて　うつむきて行き　あひにけり　虚子（13 六百五十句 一三一ぺ）
蚊のこゑの　深けておそろし　間の宿　子一（8 俳諧新選 一一八ぺ）
さざ波や　風の薫りの　相拍子　芭蕉（1 笈日記 八六九）
虹の橋　渡り交して　相見舞　虚子（13 六百五十句 一七三ぺ）
首入れて　落葉をかぶる　家鴨（あひる）かな　子規（10 獺祭句帖抄 六二〇ぺ）
冬川の　菜屑啄む　家鴨かな　子規（10 獺祭句帖抄 六一九ぺ）
白雨（ゆふだち）や　家を回りて　家鴨啼く　其角（7 俳諧古選 一六八ぺ）
秋風や　鶏（とり）がかへせし　家鴨の子　敦（9 古暦 三一二五）
秋風や　顧みずして　相別る　虚子（12 六百句 二〇〇ぺ）
暑さ払へ　手風神風　扇風　玖也（5 ゆめみ草 九九）
暑き日の　刀にかゆる　扇哉　蕪村（2 蕪村句集 八九九）
あふぐ手も　ほねを折りぬる　扇かな　光貞妻（5 犬子集 八三）
講釈の　眠りにつかふ　扇哉　釣雪（6 あら野 八七一）
かかる日は　中々ぬるき　扇かな　鷺水（8 俳諧新選 一一九ぺ）
狩衣の　袖より捨つる　あふぎかな　蕪村（2 蕪村遺稿 一八四六）
小座頭の　天窓（あたま）にかぶる　扇かな　一茶（3 おらが春 四四二ぺ）

恋ひわたる　鎌倉武士の　あふぎ哉　蕪村（2 蕪村遺稿 一一二四）
これみつが　蜘捨てにたつ　扇かな　大江丸（5 俳懺悔 八七〇）
詩も書かで　主ゆかしき　扇かな　砧舟（8 俳諧新選 一一九ぺ）
太郎冠者（くわじや）　まがひに通る　扇かな　一茶（3 おらが春 四六五ぺ）
つくづくと　絵を見る秋の　扇哉　小春（6 あら野 七三八）
手にとれば　歩行（あるき）たく成る　扇哉　一茶（3 七番日記 三三八ぺ）
とかくして　笠になしつる　扇かな　蕪村（2 蕪村句集 九二七）
水上の　涼みながるる　扇かな　百万（8 俳諧新選 一一九ぺ）
貰ふより　はやくらしなふ　扇かな　一茶（3 おらが春 四六四ぺ）
酔ひたんぼ　先（まつ）流したる　あふぎかな　之房（8 俳諧新選 一一九ぺ）
渡し呼ぶ　草のあなたの　扇かな　蕪村（2 蕪村句集 九二六）
我画きて　人の名を書く　扇かな　五鳳（8 俳諧新選 一一九ぺ）
驥（き）の歩み　二万句の蠅　あふぎけり　其角（5 五元集 二六四）
蟻二疋　時宜する花の　樗（あふち）かな　冨天（4 俳諧古選 一七一三）
年木にも　樵られず肥る　樗かな　文貫（8 俳諧新選 一四五ぺ）
虹の根を　かくす野中の　樗哉　鈍可（6 あら野 六七三）
永き日や　太鼓のうらの　虻（あぶ）の音　浪化（5 浪化発句集 三八九）
怠らず　咲いて上りし　葵哉　旧徳（7 俳諧古選 一六〇ぺ）
追ひ戻す　坊主が手にも　葵哉　太祇（8 俳諧新選 一五五ぺ）
むぎからに　しかるる里の　葵かな　鈍可（6 あら野 六三五）
倶会一処　墓地に茨咲き　葵咲く　句仏（9 句仏句集 〇五二七）
繋ぎ馬　雪一双の　鐙（あぶみ）かな　蕪村（2 蕪村遺稿 八二二）

鯨とれて　茶にも酒にも　油哉　之房（8俳諧新選一四三ペ）
高灯炉　夜すがら露の　油かな　渭北（8俳諧新選二二六ペ）
秋の暮　辻の地蔵に　油さす　蕪村（2蕪村句集二七〇四）
秋風や　眼を張つて啼く　油蟬　水巴（9定本水巴句集〇五七三）
冬ざれや　禰宜（ねぎ）のさげたる　油筒　落梧（6あら野一〇八一）
いちじくの　地につく茂り　油照り　宋斤（9定本宋斤句集一一九七）
堤行く　歩行荷（かちに）の息や　油照り　沾涼（4綾錦一二五五）
直立の　壁をのぼれる　油虫　誓子（9和服一四七九）
売文や　夜出て髭の　あぶらむし　不死男（9万座二二七三）
夜寒さや　吹けば居すくむ　油虫　木歩（9決定木歩全集一〇六〇）
渋柿や　どうなりとして　甘う成る　李流（8俳諧新選一五六ペ）
貝殻に　秋の灯（ひ）細し　蜑が家　繞石（9落椿〇二六三）
小鯛さす　柳涼しや　海士がつま　芭蕉（1曾良書留五三〇）
浪高き　夜や衣うつ　蜑が軒　闌更（5半化坊発句集七五六）
麦藁の　家してやらん　雨蛙　智月（6猿蓑一七六二）
雉の声　つかへる空や　雨ぐもり　孤桐（8俳諧新選一〇四ペ）
時鳥　雨の箱根の　甘酒屋　露月（9新俳句〇二五二）
捨団扇　ありて遊船　雨ざらし　花蓑（9花蓑句集〇八七〇）
静けさや　蓮の実の飛ぶ　あまたたび　麦水（4樗庵麦水集一八〇〇）
高どうろ　滅えなんとする　あまたたび　蕪村（2蕪村句集一五四）
落ち着きに　荷兮（かけい）の文や　天津雁　其角（6あら野員外一三一〇）
種蒔ける　者の足あと　洽しや　草田男（9来し方行方二五三七）

山陰に　夏はけなりや　海人の家　流水（7俳諧古選一七二ペ）
雪の日や　酒樽拾ふ　あまの家　胡及（6あら野一〇五五）
朝立ちや　馬のかしらの　天の川　鳴雪（4鳴雪俳句鈔二二二〇）
荒海や　佐渡によこたふ　天の河　芭蕉（1奥の細道五三四）
牛島を　猪牙（ちよき）で行く夜や　銀（あま）の河（がは）　不白（5不白翁句集八六三）
うつくしや　障子の穴の　天の川　一茶（3七番日記三四四ペ）
卯の花も　白し夜半の　天の河　言水（5都曲一七五）
おつ晴た　夫婦（めをと）なれども　天の河　瓢水（8俳諧新選二二四ペ）
菊川に　公家衆泊まりけり　天の川　蕪村（2蕪村遺稿二〇七六）
木曾山に　流れ入りけり　天の川　一茶（3七番日記三四四ペ）
草原や　夜々に濃くなる　天の川　亜浪（9定本亜浪句集一〇三三）
さむしろや　飯食ふ上の　天の川　樗堂（5萍窓集九二〇）
しら藤や　風に吹かるる　天の川　巴人（4夜半亭発句帖一一七五）
水学も　乗物かさん　あまの川　芭蕉（1江戸広小路九五）
墨の袖　洗ひてほしの　天の河　宗養（7俳諧古選一九六ペ）
七夕や　ふりかはりたる　あまの川　嵐雪（6炭俵二五五一）
月魄に　けぶりそむなり　天の川　夜半（9翠黛一六四五）
七つ子に　問ひつめられつ　天の河　珪琳（8俳諧新選二二四ペ）
寝よかろと　見上ぐる空や　天の河　篤羽（8俳諧新選二二四ペ）
初秋や　蚊帳に透き来る　銀の河　嘯山（5葎亭句集七二四）
独り寝や　更けて出て見る　天の河　宋屋（8俳諧新選二二四ペ）
更け行くや　水田の上の　あまの河　惟然（6続猿蓑三二三七）

冬の夜や　おとろへうごく　天の川　水巴（9定本水巴句集〇五九九）
山の温泉(ゆ)や　裸の上の　天の川　子規（10獺祭句帖抄六〇九ペ）
我がやねを　はづれて嬉し　天の河　超波（7俳諧古選二二一ペ）
我や来ぬ　ひと夜よし原　天の川　嵐雪（4虚栗〇八四八）
五月雨は　傘に音なきを　雨間哉　亀洞（6あら野六六四）
浦ちどり　草も木もなき　雨夜哉　蕪村（2蕪村遺稿一二六九）
綱立つて　綱が噂の　雨夜哉　其角（7俳諧古選二〇一ペ）
七草や　よその聞こえも　余り下手　太祇（8俳諧新選一〇〇ペ）
秋晴に　今も一人の　海士小舟　誓子（9天狼一四五七）
しばのとの　月やそのまま　あみだ坊　芭蕉（1真蹟懐紙九二五）
花と実を　守りつかれてや　雨落葉　子一（8俳諧新選二三六ペ）
はらはらと　音して淋し　雨落葉　可鉛（8俳諧新選二三六ペ）
養ひつ　殺す敷(か)花の　雨おろし　宋屋（8俳諧新選一五八ペ）
行く年や　空地の草に　雨が降る　月斗（9昭和俳句集〇五二〇）
起き出でて　いざ蓮の葉の　雨聞かん　芋秀（8俳諧新選二二二ペ）
ゆで栗の　烟や今宵　雨と成り　在色（5誹諧当世男一四四）
時鳥　啼く啼く風が　雨になる　利牛（6炭俵二四八九）
蜂出でて　巣を回りけり　雨の朝　偖萌（8俳諧新選一〇七ペ）
沢瀉(おもだか)や　道付けかゆる　雨のあと　野童（6続猿蓑三一九七）
瀬田降りて　志賀の夕日や　江鮭(あめのうを)　蕪村（2蕪村句集一七五九）
橋高し　もみぢを埋む　雨のくも　樗良（5樗良発句集七八五）
あこがるる　女猫の様や　雨の暮　木雛（8俳諧新選一〇二ペ）
かつら男　すまずなりけり　雨の月　芭蕉（1如意宝珠三四）
旅人よ　笠島かたれ　雨の月　蕪村（2蕪村句集二二八一）
河(かう)ほねの　二もと咲くや　雨の中　蕪村（2蕪村句集七六七）
傾きて　葉の間のダリヤ　雨の中　温亭（9温亭句集〇八二五）
鳴きわたる　鷺も枝も　雨の中　石鼎（9定本石鼎句集〇七五五）
山蜂や　木丸殿(きのまるどの)の　雨の軒　蕪村（2蕪村遺稿二三三六）
枝に葉に　花のつきけり　雨の萩　闌更（8俳諧新選二二七ペ）
ぬれて行くや　人もをかしき　あめの萩　芭蕉（1真蹟懐紙五四二）
紙ぎぬの　ぬるともをらん　雨の花　芭蕉（1笈日記三四七）
木履(ぼくり)はく　僧も有りけり　雨の花　杜国（6あら野一〇一七）
捨てやらで　柳さしけり　雨のひま　蕪村（2蕪村句集二三二六）
かすむ日や　夕山かげの　飴の笛　一茶（3文化句帖三二八ペ）
青田干る　民の嘆きや　雨やすめ　心号（7俳諧古選一六四ペ）
腹這ひに　のみて舌うつ　飴湯かな　蛇笏（9山廬集〇六六五）
おち葉おち　かさなりて雨　雨をうつ　暁台（4暁台句集一八〇五）
うき旅や　萩の枝末(しずゑ)の　雨を踏む　蕪村（2蕪村遺稿一四二五）
藪の蜂　来ん世も我に　あやかるな　一茶（3文化句帖三三〇ペ）
裂々(きれぎれ)の　しぐれや錦　綾小路　五楼（7俳諧古選二二六ペ）
立ちよりて　仰ぐや鉾の　綾錦　王城（9同人句集〇九一六）
海棠や　白粉(おしろい)に紅を　あやまてる　蕪村（2蕪村遺稿二二四五）
内裏へも　蓑着て入りぬ　あやめ売り　桜叟（7俳諧古選一七〇ペ）
五日迄　水すみかぬる　あやめかな　桃隣（6炭俵二四九九）

六日には　塵の部に入る　菖蒲(あやめ)哉　悟夕（7俳諧古選　一六三ペ）
ほととぎす　啼くや五尺の　菖(あやめ)草(ぐさ)　芭蕉（1葛の松原　七五〇）
行きつつも　笠にや葺かん　菖蒲草　瀾湖（8俳諧新選　一一五ペ）
あをやぎの　ながらふ影に　あゆ子さばしる　涼袋（5綾太理家の集　七三四）
又やたぐひ　長良の川の　鮎なます　芭蕉（1笈日記　四一三）
吉野川の　落花ふくみし　鮎なる歟(か)　月斗（9昭和俳句集　〇五二一）
水に輪を　残して早し　鮎の様　宇鹿（8俳諧新選　一五八ペ）
吹きおこる　秋風鶴を　あゆましむ　波郷（9鶴の眼　二六五五）
寝遅れし　良夜の鹿の　歩みかな　梨葉（9梨葉句集第一　一〇七四）
日の春を　さすがに鶴の　歩み哉　其角（5続虚栗　二五二）
年を以て　巨人としたり　歩み去る　虚子（9五百句　〇〇八〇）
藤灯(とも)りぬ　暮色月下を　歩み去る　零余子（9零余子句集二　〇六八五）
蝸牛(かたつぶり)　何を当てなる　歩みぞも　一兎（8俳諧新選　一一五ペ）
落穂拾ひ　日あたるかたへ　歩みゆく　蕪村（2蕪村句集　一〇八〇）
山の月　ぐんぐん昇り　荒々し　虚子（13六百五十句　一八三ペ）
宝引や　どれか結んで　有らうやら　李流（8俳諧新選　一五三ペ）
かげろふや　土もこなさぬ　あらおこし　百歳（6猿蓑　一九三〇）
秋雨や　石の仁王の　あら木どり　吏登（4吏登発句集　一一七九）
行くとしや　根が我が物に　あらざれば　李雨（8俳諧新選　一四六ペ）
いさみ立つ　鷹引きすゆる　嵐かな　里圃（6続猿蓑　二八五六）
うぐひすの　鳴きそこなへる　嵐かな　若風（6あら野　五一七）
馬呵(しか)る　声も枯野の　嵐哉　曲翠（7俳諧古選　一九〇ペ）
寒菊の　装束急ぐ　嵐かな　淡々（8俳諧新選　一三七ペ）
寒声の　空へかれ行く　嵐かな　麦翅（8俳諧新選　一四五ペ）
気相よき　青葉の麦の　嵐かな　仙華（6炭俵　二四六六）
しばの戸に　ちやをこの葉かく　あらし哉　芭蕉（1続深川集　一二三）
棕櫚(しゅろ)の葉の　霰に狂ふ　あらし哉　野童（6猿蓑　一六七九）
白馬の　青野をかくる　あらし哉　五明（5五明句藻　八八一）
煤掃は　杉の木の間の　嵐哉　芭蕉（1をのが光　六五六）
道灌や　花はその代を　嵐哉　嵐蘭（6猿蓑　一九八五）
鷹の目の　枯野にすわる　あらしかな　丈草（5菊の香　三一七）
ちる花を　追ひかけて行く　嵐哉　定家（7俳諧古選　一九五ペ）
蔦植ゑて　竹四五本の　あらし哉　芭蕉（1野ざらし紀行　一八一）
はし鷹の　拳(こぶし)はなれぬ　嵐かな　子規（10獺祭句帖抄　六二〇ペ）
はだかには　まだ衣更着の　あらし哉　芭蕉（1其袋　三五六）
見るうちの　柳に溜まる　嵐哉　去留（7俳諧古選　一五八ペ）
麦の葉に　菜のはなかかる　嵐哉　不悔（6あら野　五六三）
山吹と　てふのまぎれぬ　あらし哉　卜枝（6あら野　六〇〇）
遠近(をちこち)へ　香をやり梅の　嵐かな　望一（4犬子集　〇〇五五）
蛍籠　われに安心　あらしめよ　波郷（9酒中花以後　二六五七）
柿ぬしや　梢はちかき　あらし山　去来（6猿蓑　一八七二）
流るるや　我が抱籠は　嵐山　瓢水（7俳諧古選　二二九ペ）
花過ぎの　心安さよ　嵐山　月斗（9昭和俳句集　〇五一七）
春雨や　待つも惜しむも　あらし山　宋屋（8俳諧新選　一〇三ペ）

真つすぐに　あがる燕や　嵐山　王城（9同人句集 〇九二〇）
六月や　峰に雲置く　あらし山　芭蕉（1杉風宛書簡③ 八五八）
酷暑にも　堪へつつ功を　争はず　花蓑（9花蓑句集 〇八六九）
扇おく　こころに百事　新たなり　蛇笏（9雪峡 〇六四五）
昼寝して　覚めて乾坤　新たなり　虚子（14七百五十句 四〇ぺ）
酒のあらたならんよりは　蕎麦の　あらたなれ　子規（9寒山落木巻三 〇〇二一）
雪嶺の　悠久年の　あらたまる　みどり女（9光陰 〇九七一）
花薄　刈りのこすとは　あらなくに　蕪村（2蕪村遺稿 一七六九）
靴凍(い)てて　墨ぬるべくも　あらぬかな　子規（10獺祭句帖抄 六六〇ぺ）
けしの花　籬(まがき)すべくも　あらぬ哉　蕪村（2蕪村句集 一一二五）
野路の梅　白くも赤くも　あらぬ哉　蕪村（2蕪村遺稿 四〇五）
芭蕉破れて　繕ふべくも　あらぬかな　子規（10獺祭句帖抄 六三八ぺ）
連翹(れんげう)や　かくれ住むとに　あらねども　万太郎（9流寓抄 一一三六）
荻にふく　風とて外に　あらばこそ　雅因（8俳諧新選 一三三ぺ）
渋糟や　からすも食はず　荒畠　正秀（6猿蓑 一八五九）
秋風や　茄子の数の　あらはるる　木白（6炭俵 二五七五）
梅が香や　暮るれば星の　あらはるる　葛三（4葛三句集 二一四二）
樵夫二人　だまつて霧を　現るる　子規（10獺祭句帖抄 六〇〇ぺ）
鬼灯(ほほづき)や　袋に色の　あらはるる　嘯山（8俳諧新選 一二八ぺ）
山道や　人去つて雉　あらはるる　子規（10獺祭句帖抄 六一三ぺ）
鵯(ひよどり)の　木の間伝ひて　現れず　虚子（14七百五十句 一〇ぺ）
茯苓(ぶくりやう)は　伏しかくれ松露は　あらはれぬ　蕪村（2蕪村句集 一〇七八）

雪踏みて　乾ける落葉　現れぬ　虚子（12六百句 二三五ぺ）
蚊遣火や　軒にまじまじ　洗ひ馬　富葉（8俳諧新選 一一七ぺ）
嘶(いなな)くや　時雨のうらの　あらび馬　淡々（4淡々発句集 一二七三）
門砂や　まきてしはすの　洗ひ髪　里東（6続猿蓑 三四一二）
雁来紅(かまつか)に　たちよりときぬ　洗ひ髪　淡路女（9梶の葉 〇九七九）
短夜や　未(まだ)濡色の　洗ひ髪　嘯山（5律亭句集 七二一）
はつ雪を　見てから顔を　洗ひけり　越人（6あら野 四四三）
人こころ　幾度鰒を　洗ひけん　太祇（8俳諧新選 一四〇ぺ）
十五夜の　豪雨しぶくや　洗ひ鯉　水巴（9定本水巴句集 〇五八三）
日中の　盃把りぬ　洗ひ鯉　紅葉（9紅葉句帳 〇二七三）
夕立は　貧しき町を　洗ひ去る　青々（9妻木 〇四九八）
髪の先　蛇の如くに　洗ひをり　虚子（13六百五十句 一七六ぺ）
夏の夜の　これは奢りぞ　荒筵　惟然（4鳶獅子集 一〇二六）
石山の　石にたばしる　あられ哉　芭蕉（1麻生 六六一）
いただける　柴をおろせば　霰かな　宗之（6あら野 八〇一）
板塀に　よりもつかれぬ　霰かな　子規（10獺祭句帖抄 六一九ぺ）
大船の　階子(はしご)をあげる　霙かな　子規（10獺祭句帖抄 六一九ぺ）
おろしおく　鐘しづかなる　霰哉　勝吉（6あら野 七九七）
搔きよする　馬糞(ばふん)にまじる　あられ哉　林斧（6あら野 七九九）
鵲(かささぎ)の　橋よりこぼす　霰かな　示蜂（6猿蓑 一六八〇）
さし出した　物にはづるる　霰哉　之房（8俳諧新選 一四二ぺ）
雑水(ざふすい)に　琵琶きく軒の　霰哉　芭蕉（1有磯海 九四二）

柴の戸をほどく間にやむ　霰哉　杏雨（6あら野 八〇〇）
しら浪とつれてたばしる　霰哉　重治（6あら野 七九八）
堂の鳩追々下りる　霰かな　可幸（8俳諧新選 一四二ぺ）
鍋焼の行灯を打つ　霰かな　子規（10獺祭句帖抄 六六三ぺ）
雛（にはとり）の尾の上伝ふ　霰かな　耕雲（7俳諧古選 一九三ぺ）
膝つきにかしこまり居る　霰かな　史邦（6猿蓑 一六七八）
一しきり矢だねの尽くる　あられ哉　蕪村（2蕪村句集 七〇八）
摩耶（まや）晴れて帆棚を招く　霰哉　雅因（8俳諧新選 一四二ぺ）
行く牛の脚はやめたる　霰かな　孤桐（8俳諧新選 一四二ぺ）
呼びかへす鮒売り見えぬ　あられ哉　凡兆（6猿蓑 一六八一）
藁灰にまぶれてしまふ　霰かな　子規（10獺祭句帖抄 六六三ぺ）
たぎりてや湯玉たばしる　霰釜　徳元（4山の井 〇〇六六）
底なしや玉にもぬける　あられ酒　惟中（5俳諧三部抄 一三三七）
炉開や雪中庵の　あられ酒　蕪村（2蕪村句集 一九四二）
藪入や母の箒の　ありがたき　巴静（4六々庵発句集 一二〇九）
梅が香に隣りて老うる　ありがたし　紅緑（9紅緑句集 〇二三七）
葉雛頭これにも裏の　有りける歟（か）　富水（8俳諧新選 一三三ぺ）
いちまいの朴の落葉の　ありしあと　素逝（9暦日 一八一五）
鮎の背に一抹の朱の　ありしごとし　石鼎（9花影 〇七三七）
住みけりな五器洗ふ水も　ありす川　太祇（8俳諧新選 一六〇ぺ）
わせの香や分け入る右は　有りそ海（ありそうみ）　芭蕉（1奥の細道 五三六）
松の雨ついついと吸ひ　蟻地獄　虚子（12五百五十句 九二ぺ）

凧（いかのぼり）きのふの空の　有り所　蕪村（2蕪村句集 四〇三）
凧やいづれが月の　あり所　射道（8俳諧新選 一三八ぺ）
橘や定家机の　ありどころ　杉風（6炭俵 二五二二）
夏冬と元日やよき　有り所　定武（7俳諧古選 一五六ぺ）
はかられじ雪の見所　有り所　野水（6あら野 四五六）
初雪やいかさま草の　有り所　宋屋（8俳諧新選 一三九ぺ）
みちのくに田螺（たにし）取り食ひ　在りと知れ　たかし（9石魂 一六七〇）
名月やとしに十二は　有りながら　文鱗（6あら野 四一九）
雪続く都や川も　有りながら　堇絡（8俳諧新選 一四三ぺ）
川底に蝌蚪の大国　ありにけり　鬼城（9鬼城句集 〇六二六）
鳥飛んでそこに通草（あけび）の　ありにけり　虚子（11五百句 四一ぺ）
新涼の身にそふ灯影　ありにけり　万太郎（9草の丈 一一二四）
炭を挽く静かな音に　ありにけり　虚子（12六百句 二一四ぺ）
鶏頭の十四五本も　ありぬべし　子規（9俳句稿巻二 〇〇一八）
行く雁や預かつた子も　ありぬべし　赤羽（8俳諧新選 一〇五ぺ）
若草や松につけたき　蟻の道　此筋（6続猿蓑 三〇二八）
掘りおこすつつじの株や　蟻のより　雪芝（6続猿蓑 三〇六四）
青麦や雲雀（ひばり）があがる　ありやさがる　鬼貫（5金毘羅会 一二二一）
若竹やはしもとの遊女　ありやなし　蕪村（2蕪村句集 二二六五）
二日酔ものかは花の　あるあひだ　芭蕉（1真蹟短冊 一四六）
稲妻や障子に声の　有るがごと　蘆舟（8俳諧新選 一四七ぺ）
雨の蠅畳の上を　歩きけり　超波（8俳諧新選 一四六ぺ）

蚊帳の中　人々立ちて　歩きけり　鬼城（9鬼城句集〇六二五）
露の中　毛虫よろぼひ　歩きけり　虚子（12六百句一五六ぺ）
冬蜂の　死にどころなく　歩きけり　鬼城（9鬼城句集〇六三六）
秋風に　人ゐて火口　歩き居り　汀女（9汀女句集一九一四）
月を待つ　人皆ゆるく　歩きをり　虚子（12六百句二〇二ぺ）
露の幹　静かに蟬の　歩きをり　虚子（9五百句〇〇七五）
虹立ちて　忽ち君の　在る如し　虚子（12六百句二三〇ぺ）
老眼に　炎天濁り　あるごとし　虚子（13六百五十句二一一ぺ）
庚申や　ことに火燵の　ある座敷　残香（6炭俵二六二八）
かり寝する　いとまを花の　あるじ哉　蕪村（2蕪村遺稿二一一三）
木のもとに　鮓の口切る　あるじかな　蕪村（2蕪村遺稿八九八）
源八を　わたりてうめの　あるじかな　蕪村（2蕪村句集二〇九三）
嵯峨近う　柿四五本の　主かな　万古（8俳諧新選一五四ぺ）
水仙に　我は茶をせぬ　あるじ哉　嘯山（8俳諧新選一五七ぺ）
塊（つちくれ）に　答うつうめの　あるじかな　蕪村（2蕪村遺稿二二一三）
戸を明けて　蚊帳に蓮の　あるじ哉　蕪村（2蕪村遺稿一四〇九）
夏の月　十囲の樹下の　主　哉　烏栖（8俳諧新選一一八ぺ）
盗まれて　笑ふも花の　あるじかな　近江朽木社中（8俳諧新選一〇九ぺ）
我がままを　いはする花の　あるじ哉　路通（6あら野三六〇）
耕すや　五石の粟の　あるじ皃（がほ）　蕪村（2蕪村句集二三七七）
月華の　是やまことの　あるじ達　芭蕉（1鱵笘物語一二四六）
けさ程や　こそりとおちて　ある一葉　一茶（3七番日記三五〇ぺ）

ゆふがほや　黄に咲きたるも　有るべかり　蕪村（2蕪村句集一六七九）
夕暮れの　男鹿や角の　有るものか　風水（7俳諧古選一八二ぺ）
糸桜　少しは風の　有るもよし　旭扇（8俳諧新選一二二ぺ）
聖霊（しゃうりゃう）も　杓子果報の　有る世哉　不角（7俳諧古選二〇三ぺ）
駅間の　レール霧より　現れいづる　誓子（9七曜一四六一）
ささげめし　妹が垣ねは　荒れにけり　心棘（6あら野九八三）
鹿啼きて　ははその木末　あれにけり　蕪村（2蕪村句集二五五一）
綿くりや　嵯峨にも浮世　有ればこそ　雲鼓（7俳諧古選一八八ぺ）
歩くのみの　冬蠅ナイフ　あれば舐め　三鬼（9今日二三四五）
鰒生きて　腹の中にて　あれるかな　子規（10獺祭句帖抄六六六ぺ）
白梅や　藍しぼる手は　藍に入る　樊川（8俳諧新選一〇一ぺ）
朝がほや　手拭のはしの　藍をかこつ　蕪村（2蕪村句集一八五四）
甃（いしだたみ）に　くわつと日影や　青嵐　喜舟（9紫川〇四五二）
起きてをれば　身にしむ朝の　青嵐　桐明（9東炎昭15・9一〇〇四）
大手より　源氏寄せたり　青嵐　漱石（4漱石全集二二三九）
岡の上に　馬ひかえたり　青嵐　子規（10獺祭句帖抄六二九ぺ）
楪（ゆづりは）の　世阿弥（ぜあみ）まつりや　青かづら　嵐雪（6続猿蓑三〇九五）
葛城の　神饌（みそな）はせ　青き踏む　虚子（9五百句〇〇五九）
麦刈つて　近江の湖（うみ）の　碧さかな　露月（9露月句集〇二二三）
すくからに　むせるもうれし　青山椒　風虎（5夜錦一二三）
身のほどを　見るや冬菜の　青（あを）鵐（しとど）　祇空（4六物集一一三七）
白き猫　今あらはれぬ　青芒　虚子（13六百五十句二三一ぺ）

五位六位　色こきまぜよ　青簾　嵐雪（4 其袋 ○八三一）
起き起きの　欲目引つ張る　青田哉　一茶（3 おらが春 四四五ぺ）
日々に見て　日々に興ある　青田かな　近江朽木社中（8 俳諧新選 一二三ぺ）
湖は　里へ広がる　青田かな　麦水（5 葛箒 七四〇）
夕風の　鷺吹き飛ばす　青田かな　子規（10 獺祭句帖抄 六三〇ぺ）
父ありて　明ぼの見たし　青田原　一茶（3 父の終焉日記 四三〇ぺ）
口切に　時雨を知らぬ　青茶かな　徳元（4 犬子集 ○○六二）
名月や　里のにほひの　青手柴　木枝（6 続猿蓑 三二二三）
青梅を　うてばかつちる　青葉哉　蕪村（2 蕪村句集 一六一七）
清滝や　波に散り込む　青松葉　芭蕉（1 追善之日記 八五九）
九年母（くねんぼ）の　秋を急がぬ　青みかな　孤桐（8 俳諧新選 一三三ぺ）
寝ても寝ても　目さむる夏の　青み哉　団水（5 俳諧京羽二重 二三三六）
根府川や　石切る山の　青蜜柑　子規（10 獺祭句帖抄 六一六ぺ）
行く秋の　なほたのもしや　青蜜柑　芭蕉（1 浮世の北 七六一）
けいこ笛　田はことごとく　青みけり　一茶（3 七番日記 三三七ぺ）
苗代は　庵のかざりに　青みけり　一茶（3 おらが春 四三五ぺ）
鳥も稀の　冬の泉の　青水輪　林火（9 青水輪 二七五九）
下京を　廻りて火燵　行脚かな　丈草（4 記念題 ○九八九）
うつぶくは　百合草なれば也　案じ癖　存義（8 俳諧新選 一五三ぺ）
隠してや　児（ちご）の食はんと　杏かな　嘯山（8 俳諧新選 一二三ぺ）
枯柳　八卦を画く　行灯あり　子規（10 獺祭句帖抄 六六七ぺ）
実ざくらや　死にのこりたる　庵の主　蕪村（2 蕪村句集 一二五三）
衰老は　簾もあげず　庵の雪　其角（6 猿蓑 一六九〇）
木がらしや　から呼びされし　按摩坊　一茶（3 おらが春 四七三ぺ）

い

梅咲いて　帯買ふ室（むろ）の　遊女かな　蕪村（2 蕪村句集 二三四七）
住吉の　雪にぬかづく　遊女哉　蕪村（2 蕪村遺稿 一九六五）
木がらしや　廿四文の　遊女小屋　一茶（3 おらが春 四七四ぺ）
夫婦（めをと）雛　娘の問はば　いかがせん　達暑（7 俳諧古選 二〇四ぺ）
星あひや　今朝床崩す　筏乗　青峨（4 続福寿 一二六五）
さほ姫や　ふかゐの面　いかならむ　鼠弾（6 あら野 四八二）
のの宮や　としの旦（あした）は　いかならん　朴什（6 あら野 四八五）
初ゆきや　都の今朝は　いかならん　雲魚（8 俳諧新選 一三九ぺ）
物おもひ　火燵を明けて　いかならむ　舟泉（6 あら野 九九〇）
やぶ入の　またいで過ぎぬ　几巾（いか）の糸　蕪村（2 蕪村句集 二四二六）
からくりの　首尾のわるさよ　鳳巾（いかのぼり）　太祇（8 俳諧新選 一〇ぺ）
雲に乗る　翼や出来て　いかのぼり　盧元坊（5 藤の首途 四七〇）
夕ぐれの　ものうき雲や　いかのぼり　才麿（5 其袋 二一三）
我のせて　郭（くるわ）を出でよ　鳳巾　たま（7 俳諧古選 一五六ぺ）
尾の下に　我が想ふ人や　鳳巾　吏登（4 吏登発句集 一一八一）
炎天や　額の筋の　怒りつつ　虚子（12 六百句 一七六ぺ）
満月を　生みし湖山の　息づかひ　風生（9 喜寿以後 一五八八）

茶の花をかかへて虻(あぶ)の　生きにけり　樗堂（4 萍窓集 二二四四）
せめて魚の骨選るのみぞ　生身魂(いきみたま)　方山（7 俳諧古選 一七六ペ）
去来去り移竹うつりぬ　幾秋ぞ　蕪村（2 蕪村句集 二三二）
年のくれ破れ袴の　幾くだり　杉風（6 猿蓑 一七〇九）
此の頃は女畑うつ　いくさかな　鳴雪（9 鳴雪俳句集 〇一五四）
秋風や心の中の　幾山河　虚子（12 五百五十句 五四ペ）
黒みけり沖の時雨の　行くところ　丈草（6 炭俵 二五九九）
春雨や行く約束は　幾所　武然（8 俳諧新選 一〇三ペ）
浦の松帆に撫でられて　幾春歟(か)　来山（7 俳諧古選 一四九ペ）
送火や母が心に　幾仏　虚子（11 五百句 二六ペ）
柴売りやいでてしぐれの　幾廻り　闇指（6 続猿蓑 三三三〇）
秋蟬のこゑ澄み透り　幾山河　楸邨（9 寒雷 二五六八）
つばくろや人が笛吹く　生くるため　不死男（9 万座 二二七一）
寒菊の隣もありや　いけ大根　許六（4 笈日記 一〇四五）
目さむれば貴船の芒　生けてありぬ　虚子（12 五百五十句 二一ペ）
白雨(ゆふだち)や蓮の葉たたく　池の蘆　苔蘇（6 続猿蓑 三一八一）
秋風に蝶やあぶなき　池の上　依々（6 炭俵 二五八五）
名月や雨を溜めたる　池のうへ　蕪村（2 蕪村句集 九四一）
永の日を食ふやくはずや　池の亀　一茶（3 七番日記 三三九ペ）
蓮の実や飛んでも同じ　池の中　尺草（7 俳諧古選 二〇八ペ）
美しき月の光や　異国まで　芋秀（8 俳諧新選 一五二ペ）
葛城やあられ鳴り行く　伊駒山　百万（8 俳諧新選 一四二ペ）
時雨きや並びかねたる　魦(いさざ)ぶね　千那（6 猿蓑 一六一八）
我が心春潮にあり　いざ行かむ　虚子（12 五百五十句 一〇ペ）
仮御所の夜寒に遠し　漁りの火　盞流（8 俳諧新選 一三三ペ）
昼皃やぽつぽと燃える　石ころへ　一茶（3 おらが春 四五二ペ）
三月やモナリザを売る　石畳　不死男（9 万座 二二六七）
巌(いはほ)にはとくなれさざれ　石太郎　一茶（3 八番日記 三六二ペ）
灯(ひ)ともすや露のしたたる　石灯籠　子規（10 獺祭句帖抄 六三六ペ）
柳散り清水涸れ　石処々(ところどころ)　蕪村（2 蕪村句集 一二）
古池や柳枯れて鴨　石に在り　子規（10 獺祭句帖抄 六二一ペ）
菊の花咲くや石屋の　石の間　芭蕉（1 翁草 八〇五）
秋の霜うちひらめなる　石のうへ　蕪村（2 蕪村遺稿 二一九七）
蟷螂(かまきり)の腹をひやすか　石の上　蔦雫（6 続猿蓑 三二六九）
金剛の露ひとつぶや　石の上　茅舎（9 川端茅舎句集 一六七九）
丈六にかげろふ高し　石の上　芭蕉（1 笈の小文 三五八）
冬の梅きのふやちりぬ　石の上　蕪村（2 蕪村句集 二五八）
黙礼にこまる涼みや　石の上　正秀（6 続猿蓑 三一六〇）
酔うて寝むなでしこ咲ける　石の上　芭蕉（1 あつめ句 三〇〇）
我が影もかみな月なり　石の上　祇空（4 見かへり松 一一三八）
掃きとるや落葉にまじる　石の音　淡路女（9 梶の葉 〇九八五）
硯かと拾ふやくぼき　石の露　芭蕉（1 杉風宛書簡① 五八一）
若鮎やうつつ心に　石の肌　祇空（5 住吉物語 四五三）
行きつくや蛙の居(すわ)る　石の直(ろく)　風睡（6 続猿蓑 三〇七三）

湯婆や忘じてとほき　医師の業(わざ)　秋桜子（9帰心 一四五三）
絶えず人いこふ夏野の　石一つ　子規（10獺祭句帖抄 六一四ぺ）
合羽つづく雪の夕べの　石部駅　子規（10獺祭句帖抄 六六四ぺ）
見やるさへ旅人さむし　石部山　智月（6猿蓑 一六七三）
団栗の落ちて飛びけり　石ぼとけ　為有（6続猿蓑 三二八七）
くれて行く年のまうけや　伊勢くまの　去来（6猿蓑 一七〇五）
いな妻の一網うつや　いせのうみ　蕪村（2蕪村句集 一六五）
焼米や其の家々の　伊勢の神　召波（8俳諧新選 二三五ぺ）
立ちさわぐ今や紀の雁　いせの雁　沢雉（6猿蓑 一九四〇）
春めくや人さまざまの　伊勢まゐり　荷兮（6波留濃日 一八七）
歌いづれ小町をどりや　伊勢をどり　貞徳（5犬子集 一八）
これよりや時雨落葉と　忙がしき　虚子（12五百五十句 五六ぺ）
月見れば人の砧に　いそがはし　羽紅（6猿蓑 一八五四）
ほととぎすなくなくとぶぞ　いそがはし　芭蕉（1あつめ句 二九三）
白雨(ゆふだち)の隈(くま)しる蟻の　いそぎかな　秋風（5元禄百人一句 一六二）
ろふさいで立ち出づる旅の　いそぎ哉　蕪村（2蕪村遺稿 二八一）
雛まつる小家に著きぬ　磯路来て　松浜（9白菊 〇五五八）
五月雨や踵(かかと)よごれぬ　礒づたひ　沾圃（6続猿蓑 三一七九）
側濡れて袂のおもき　礒菜かな　藤羅（6あら野 五〇七）
行く鴨や東風(こち)につれての　磯惜しみ　釣箒（6続猿蓑 三〇二一）
三弦(しやみせん)で鴨を立たする　潮来(いたこ)哉　一茶（3八番日記 三四八ぺ）
すす払鼠の先へ　鼬(いたち)かな　移竹（8俳諧新選 一四四ぺ）

破れ葉の石蕗(つは)に頬(つら)出す　鼬哉　調柳（7俳諧古選 二〇二ぺ）
暁のうめがかふくむ　板戸哉　暁台（5暁台句集 七六四）
小鳥来る音うれしさよ　板庇　蕪村（2蕪村句集 一八六）
一と所いつも涼しき　板間あり　紅緑（9紅緑句集 〇二四三）
水仙や美人かうべを　いたむらし　蕪村（2蕪村句集 九九九）
畔一つ越えぬ田螺(たにし)の　一期哉　無人（7俳諧古選 二三一ぺ）
月桜目にしばらるる　一期哉　孤岫（7俳諧古選 二〇三ぺ）
昨日有りてけふなき道の　覆盆子(いちご)哉　亀石（8俳諧新選 一四八ぺ）
山吹や竹を年貢の　一在所　蒼虬（4訂正蒼虬集 二一五三）
糸瓜(へちま)忌や付添つれて　一作者　寸七翁（9現代俳句集 〇八八四）
吹き流し一旒幟も　一樹立つ　秋桜子（9緑雲 一四四八）
さくもさくもうつぶく藤の　一図哉　它谷（8俳諧新選 一一一ぺ）
枯芝ややかげろふの　一二寸　芭蕉（1笈の小文 三四四）
横雲の夕焼をして　一二片　虚子（14七百五十句 九一ぺ）
代馬(しろうま)の泥の鞭あと　一二本　素十（9初鴉 一五四一）
五月雨や柱目を出す　市の家　松芳（6あら野 九二九）
朝霧や村千軒の　市の音　蕪村（2蕪村句集 六二九）
朝々の蚊にさも似たり　市の声　友五（7俳諧古選 一六七ぺ）
すずしさや川を飛び越す　市の声　錦水（8俳諧新選 二一〇ぺ）
鳥わたる梢の底や　市の声　麦水（5葛箒 七四四）
悉(ことごと)く師走に成りぬ　市のさま　卯雲（8俳諧新選 一四五ぺ）
こねかへす道も師走の　市のさま　曾良（6続猿蓑 三四一一）

切り売りの　西瓜くふなり　市の月　子規（10 獺祭句帖抄 六三八ペ）
乾鮭（からさけ）や　世を憚らぬ　市の中　鳥酔（4 鳥酔懐玉抄 一七二二）
声毎に　独活（うど）や野老（ところ）や　市の中　苔蘇（6 続猿蓑 三〇八一）
六（むつ）かしき　葉も添へけるよ　市の枇杷　瓜流（8 俳諧新選 二三三ペ）
濡れし手に　水仙売つた　壱歩かな　一乕（8 俳諧新選 一四一ペ）
明眸や　藍襟巻の　一抹に　元（9 島村元句集 〇九〇六）
花にあふぞ　浮（ぶ）木（ぼく）の亀の　一万句　令徳（4 崑山集 〇一〇一）
大榾（ほだ）を　かへせば裏は　一面火　素十（9 初鴉 一五三〇）
小男鹿（さをしか）も　寝に来よ萩に　一夜庵　蘆元坊（8 俳諧新選 一五八ペ）
落葉して　塔より低き　銀杏かな　子規（10 獺祭句帖抄 六六六ペ）
寺子屋の　庭も後架（こうか）も　鴨脚（いちやう）かな　嘯山（4 葎亭句集 一七一一）
稚子（をさなご）の　寺なつかしむ　銀杏哉　蕪村（2 蕪村句集 二二四）
夢さめて　あはやとひらく　一夜ずし　蕪村（2 蕪村遺稿 一七一三）
天津香も　残るや雪の　一夜松　巴人（4 夜半亭発句帖 一一七二）
恵み雨深し　独活（うど）の大木　一夜松　松意（5 軒端の独活 一三八）
かつこ鳥　板屋の背戸の　一里塚　越人（6 波留濃日 三三八）
蟬なくや　古郷に近き　一里塚　愚水（8 俳諧新選 一一九ペ）
僧死して　のこりたるもの　一炉かな　素十（9 野花集 一五四五）
薫風や　ともし立てかねつ　いつくしま　蕪村（2 蕪村句集 一六七二）
夜の蠅　人を忘れて　何処（いづこ）へ歟（か）　之房（8 俳諧新選 二三二ペ）
雪の日の　浴身一指　一趾愛し　多佳子（9 命終 二九七八）
夏痩の　身の雲に入る　一詩かな　余子（9 余子句選 〇四四七）

此の花や　誰に答ふる　一枝禅　淡々（4 淡々発句集 一二七五）
白雨（ゆふだち）や　筆もかわかず　一千言　蕪村（2 蕪村句集 一〇六四）
広庭の　ぼたんや天の　一方に　蕪村（2 蕪村句集 二六九二）
春たつや　静かに鶴の　一歩より　召波（5 春泥句集 八〇六）
五月の雨　岩ひばの緑　いつ迄ぞ　芭蕉（1 向之岡 一一三）
駒の鼻　ふくれて動く　泉かな　虚子（11 五百句 二九ペ）
結ぶより　早歯にひびく　泉かな　芭蕉（1 新撰都曲 四六二）
鯉はねて　水弾く灯（ひ）や　泉殿　孤桐（8 俳諧新選 二二ペ）
深くる夜に　母の使ひや　泉殿　赤羽（8 俳諧新選 二二ペ）
秋はものの　月夜烏は　いつも鳴く　鬼貫（4 仏兄七久留万 〇二六七）
今宵の月　磨ぎ出せ人見　出雲守　芭蕉（1 六百番発句合 八〇）
雪舟（せつしう）の不二　雪信（ゆきのぶ）が佐野　いづれ歟（か）寒き　蕪村（2 蕪村遺稿 九六八）
我が行く　天地万象　凍（い）てし中　虚子（14 七百五十句 九五五ペ）
緑陰に　ありて一歩も　出でずをり　虚子（14 七百五十句 六五七ペ）
青ざしや　草餅の穂に　出でつらん　芭蕉（1 虚栗 一六六）
寝やの蚊や　御仏供焼（おぶくた）く火に　出でて行く　釣雪（6 あら野 八六九）
月大きく　枯木の山を　出でにけり　鼠骨（9 新俳句 〇二六〇）
流す菊　流るるに降り　いでにけり　秋桜子（9 残鐘 一四三七）
菜の花に　まぶれて犬の　出でにけり　尺布（8 俳諧新選 一一〇ペ）
花野過ぎて　紺屋の前に　出でに梟（けり）　百閒（9 百鬼園俳句 一一六九）
楼船（やかたぶね）　花見ぬ女中　出でにけり　其角（7 俳諧古選 二〇一ペ）
水仙の　花の日なたも　凍ての中　素逝（9 暦日 一八二七）

年の市線香買ひに出でばやな　芭蕉（1続虚栗 二八〇）
やや寒みちりけ打たする温泉かな　子規（10獺祭句帖抄 六五一ぺ）
門前の嫗がやなぎの糸かけぬ　蕪村（2蕪村遺稿 一二二七）
舞ひ猿の人を見る眼ぞいとけなき　亜浪（9定本亜浪句集 一〇四七）
灌仏や釈迦と提婆は従弟どし　之道（6続猿蓑 三四四五）
枝に庭掃かせてすずし糸桜　麦浪（8俳諧新選 一二一ぺ）
風袋口ぬひとめよいとざくら　光貞妻（5犬子集 八一）
近衛殿の大物入りやいとざくら　尺布（8俳諧新選 一二二ぺ）
咲き出でてゆらるる雪や糸桜　嘯山（8俳諧新選 一二二ぺ）
腹筋をよりてや笑ふ糸桜　季吟（4綾錦 〇一二五）
光ある檜皮の破風や糸桜　蘭丈（8俳諧新選 一二一ぺ）
ほころぶや尻もむすばぬ糸桜　立圃（5犬子集 二二）
目の星や花をねがひの糸桜　芭蕉（1千宜理記 五一）
ゆきくれて雨もる宿や糸ざくら　蕪村（2蕪村句集 一〇四七）
夕月の白髪交りや糸すすき　里泉（8俳諧新選 二三二ぺ）
海士の屋は小海老にまじるいとど哉　芭蕉（1猿蓑 六四四）
ぎぼうしの傍に経よむいとどかな　可南（6続猿蓑 三二六三）
閑かさは吾が遠耳のいとどかな　東洋城（9東洋城全句中 〇四〇〇）
細き音に人を動かす竈馬かな　五百郷（7俳諧古選 二二〇ぺ）
我妹子の膝にとりつく竈馬かな　青々（4鳥の巣 二二五二）
背の順に座り並びぬ糸取女　虚子（12五百五十句 九一ぺ）
みどり子の頭巾眉深きいとほしみ　蕪村（2蕪村句集 六六〇）
椎拾ふ横河の児のいとまかな　蕪村（2蕪村句集 二五七五）
花に来て花にゐねぶるいとまかな　蕪村（2蕪村句集 二〇九八）
柳陰何所への旅かいとま乞　樗堂（5萍窓集 九一八）
茶摘子や夜干し朝干し暇なみ　青々（9鳥の巣 〇四八八）
稲刈りてにぶくなりたる螽かな　子規（10獺祭句帖抄 六五五ぺ）
稲刈りて水に飛びこむ螽かな　子規（10獺祭句帖抄 六一六ぺ）
食ひながら尻居ゑて居ぬ螽かな　玉壺（8俳諧新選 二五一ぺ）
田刈る頃かれも色づく螽かな　習先（8俳諧新選 二二七ぺ）
汐先やよしきり騒ぐいなさ東風　道彦（5蔦本集 九七一）
啼き出して米こぼしけり稲雀　智月（7俳諧古選 二〇四ぺ）
初雪や竹に戻りし稲雀　芳菊（7俳諧古選 二二八ぺ）
一先は蓑を投りけり稲雀　沾洲（5橋南 四三五）
畦道に乗物すゆるいなばかな　鷺汀（6あら野 七二四）
たらたらと縁に滴るいなびかり　誓子（9激浪 一四七六）
蓋とれば魚は雲間のいな光　湖十（4続一花摘 一二三一）
雪をまつ上戸の皃やいなびかり　芭蕉（1茶のさうし 七二九）
雨含む上野の森や稲日和　子規（10獺祭句帖抄 六一八ぺ）
雨雲の夕栄すなり稲筵　子規（10獺祭句帖抄 六五九ぺ）
今筑波や鎌倉宗鑑が犬桜　宗因（5阿蘭陀丸 一〇四）
風吹けば尾ぼそうなるや犬桜　芭蕉（1続山井 三三二）
花さかぬ身はなくばかり犬ざくら　元隣（5身楽千句 八五）
名月や鼓の声と犬のこゑ　二水（6あら野 四二二）

かきつばた何ものおもふ　犬の舌　巴人（4 夜半亭発句帖 一一七四）
遅き日や土に腹つく　犬の伸び　嘯山（5 律亭句集 七二〇）
梅が香や山路猟り入る　犬のまね　去来（6 猿蓑 一八八一）
汝に謝す我が眼明らか　いぬふぐり　虚子（14 七百五十句 一〇ぺ）
この比(ごろ)のおもはるる哉　稲の秋　土芳（6 猿蓑 一八七〇）
思ひかけぬ方に月出つ　稲の上　巨口（9 まそほ貝 一二〇二）
加賀殿の実も御下りよ　稲の雲　嘯山（8 俳諧新選 一三三ぺ）
独りゐて留守ものすごし　稲の殿　一東（6 続猿蓑 三二八三）
稲つけて馬が行くなり　稲の中　子規（10 獺祭句帖抄 六五九ぺ）
片岡の萩や刈りほす　稲の端(はた)　猿雖（6 炭俵 二五六七）
うぶすなに幟立てたり　稲の花　子規（10 獺祭句帖抄 六三八ぺ）
湖にもたれかかりし　稲の花　几圭（4 石紫 一一八九）
湖のみづのひくさよ　稲のはな　士朗（5 枇杷園句集 九〇二）
きくの露受けて硯の　いのち哉　蕪村（2 蕪村句集 六二三）
鶴食ひて朝顔見たる　命かな　心祇（8 俳諧新選 一四六ぺ）
笛聞きて合はする鹿の　命かな　龍眠（8 俳諧新選 一三二ぺ）
鰒売りの請け合ひて行く　命かな　永吟（7 俳諧古選 一九四ぺ）
蓑虫の鳥啄まぬ　いのちかな　不器男（9 定本不器男集 一七二〇）
百合は過ぎ芙蓉を語る　命かな　風麦（6 続猿蓑 三二五〇）
我が恋は鰒も食はれぬ　命かな　嵐夕（7 俳諧古選 二〇三ぺ）
霧降れば霧に炉を焚き　いのち護る　多佳子（9 信濃 二九六六）
更衣(ころもがへ)狂女の眉毛　いはけなき　蕪村（2 蕪村遺稿 一〇五一）

湯をむすぶ誓ひも同じ　石清水　芭蕉（1 曾良旅日記 四九二）
厄払呼びに歩いて　云はせけり　雅因（8 俳諧新選 一六〇ぺ）
鳩の声身に入みわたる　岩戸哉　芭蕉（1 漆島 五六九）
くしの山倒れ死すべき　岩根哉　長明（7 俳諧古選 一九五ぺ）
とりつきてやまぶきのぞく　いはね哉　蓬雨（6 あら野 六〇二）
冬川や木の葉は黒き　岩の間　惟然（6 続猿蓑 三三五六）
鶺鴒(せきれい)や堅い貞(かほ)して　岩の上　超波（8 俳諧新選 一二九ぺ）
高水に星も旅寝や　岩の上　芭蕉（1 真蹟懐紙 七九二）
はつ雪や波のとどかぬ　岩のうへ　淡々（5 淡々発句集 四六八）
おくやまは霰に減るか　岩の角　湍水（6 あら野 八八九）
山眠るや山彦凍(い)てし　巌一つ　東洋城（9 東洋城全句中 〇四一一）
たなばたをいかなる神に　いはふべき　沾圃（6 続猿蓑 三二四〇）
張りつめし氷の中の　巌(いはほ)かな　露月（9 露月句集 〇二二九）
茸も得で君が手いとし　茨掻き　鷺喬（8 俳諧新選 一三四ぺ）
うつくしく人にみらるる　荊哉　長虹（6 あら野 八八六）
花と実の心問ひたき　茨かな　素園（8 俳諧新選 一三三ぺ）
路絶えて香にせまり咲く　茨かな　蕪村（2 蕪村句集 一二五四）
里人に雪見の人と　云はれけり　召波（8 俳諧新選 一四三ぺ）
秋の夜を徒(いたづら)者(もの)の　鼾かな　駒門（8 俳諧新選 一三二ぺ）
明方の蚊帳はづせども　鼾かな　子規（10 獺祭句帖抄 六二八ぺ）
相宿のものうき蚊帳の　鼾かな　廬元坊（4 藤の首途 一一九六）
月か花かとへど四睡の　鼾哉　芭蕉（1 真蹟画賛 五二二）

時は弥生ひさご枕に　鼾かな　竹冷（9竹冷句鈔○二八四）
外套の手深く迷へるを　言ひつつまず　碧梧桐（9碧梧桐句集○一○七）
我が里はどうかすんでも　いびつなり　一茶（3七番日記三二八ぺ）
生きて帰れ露の命と　言ひながら　子規（9寒山落木巻三○○○三）
冬は又夏がましぢやと　言ひにけり　鬼貫（4大悟物狂○二八四）
其のままよ月もたのまじ　伊吹山　芭蕉（1真蹟懐紙五七二）
蓬莱になんむなんむと　いふ子哉　一茶（3おらが春四五九ぺ）
餅搗が隣へ来たと　いふ子哉　一茶（3おらが春四七四ぺ）
春嶺を重ねて四万と　いふ名あり　風生（9朴若葉一五七四）
蛍とぶや山翠黛と　いふも暮れ　迷堂（9ぬなは昭44・9○四二九）
こがらしや何に世わたる　家五軒　蕪村（2蕪村句集二九八）
花はよも毛虫にならじ　家桜　嵐雪（6炭俵二四四三）
宿かさぬ灯影や雪の　家つづき　蕪村（2蕪村句集三二四）
七夕の子女と遊んで　家にあり　花蓑（9花蓑句集○八七二）
落ち着くや先（まつ）夜の長い　家に来て　竹冷（9遊記○二七七）
さみだれや大河を前に　家二軒　蕪村（2蕪村句集二六六四）
蚊屋つりて翠微つくらむ　家の内　蕪村（2蕪村句集二二六○）
煤掃いて何やらたらず　家の内　月下（7俳諧古選一九○ぺ）
子（ね）祭りや黒う光れる　家の風　赤羽（8俳諧新選一四五ぺ）
年玉の物の名よめり　家の集　米仲（8俳諧新選一○一ぺ）
雪ふりや留主の様なる　家計（ばか）り　羽律（8俳諧新選一四二ぺ）
すす掃や調度少なき　家は誰　蕪村（2蕪村遺稿二一○七）

鴫啼くや蘆より低い　家一つ　可風（7俳諧古選二一八ぺ）
時雨るや松をかざしの　家一つ　駒門（8俳諧新選二三六ぺ）
花火見えて湊がましき　家百戸　蕪村（2蕪村遺稿一七五六）
里ふりて柿の木もたぬ　家もなし　芭蕉（1蕉翁句集八八二）
紫の夕山つつじ　家もなし　子規（10獺祭句帖抄六一三ぺ）
雁にきけいなおほせ鳥と　いへるあり　春澄（5七百五十韻一九○）
すずしさや藪蚊の多い　庵ながら　市仙（8俳諧新選一二一ぺ）
後の月つくねんとして　庵にあり　子規（10獺祭句帖抄六五四ぺ）
蕣（あさがほ）や上げさしてある　庵の蚊屋　蘆角（8俳諧新選一二六ぺ）
寒菊や畠めきたる　庵の簀戸（すど）　赤羽（8俳諧新選一三七ぺ）
芭蕉葉を柱にかけん　庵の月　芭蕉（1蕉翁文集七五五）
約束のごと椿咲き　庵の春　風生（9晩涼一五九○）
鹿小屋の火にさし向くや　庵の窓　丈草（4猿舞師○九八八）
足跡に桜を曲がる　庵二つ　杜国（6波留濃日三二○）
あやめ売り葺きて迄行く　庵かな　素園（8俳諧新選一一六ぺ）
うの花の中に崩れし　庵かな　樗良（5樗良発句集七八一）
襟につく花守憎き　庵かな　伴松（7俳諧古選一五四ぺ）
木つつきが目利して居る　庵哉　一茶（3おらが春四六八ぺ）
さつぱりと水さへ氷る　庵哉　木因（7俳諧古選二○五ぺ）
月も洩り稲妻もちる　庵かな　舞閣（8俳諧新選二二五ぺ）
野はかれて何ぞ食ひたき　庵哉　一茶（3文化句帖三五八ぺ）
蓮の実の供に飛び入る　庵かな　等哉（6猿蓑二一七五）

はつ雪に　戸明けぬ留守の　庵かな　是幸（6あら野　四四）
麦まきて　奇麗に成りし　庵哉　昌碧（6あら野　七八四）
蘭の香の　留主と答ふる　庵哉　二柳（8俳諧新選　一五六ぺ）
はつ花に　誰が傘（からかさ）ぞ　いまいまし　長虹（6あら野　三七四）
梅柳　餅あり春が　今来ても　存義（8俳諧新選　一四六ぺ）
此の月の　恵比須はこちに　います哉　松芳（6あら野　一〇八〇）
秋風の　伊丹古町（いたみふるまち）　今通る　虚子（14七百五十句　一八ぺ）
時鳥　聞きに出でしか　今に留主　宋阿（7俳諧古選　二〇九ぺ）
初夢や　浜名の橋の　今のさま　越人（6あら野　四九七）
鳴く雀　其の大根も　今引くぞ　一茶（3題叢　三五九ぺ）
山ほととぎず　いはいかに　今一声　惟中（5俳諧風体抄　一三五）
秋の雲　奥の大湖を　今見たり　桐明（9高原　一〇〇二）
片栗を　かたかごといふ　今もいふ　素十（9芹　一五三二）
春雨の　音滋き中　今我あり　虚子（13六百五十句　二二六ぺ）
行く年や　歴史の中に　今我あり　虚子（12五百五十句　四一ぺ）
案山子（かかし）翁　あち見こち見や　芋嵐　青畝（9万両　一五〇二）
枯菊の　終（つひ）に刈られぬ　妹が手に　松浜（9白菊　〇五五四）
貌見世（かほみせ）や　夜着を離るる　いもがもと　蕪村（2蕪村句集　三三七）
年とるも　若きはをかし　妹が下　太祇（8俳諧新選　一四四ぺ）
小国町　南小国村　芋水車　虚子（14七百五十句　三一ぺ）
星のとぶ　もの音もなし　芋の上　青畝（9万両　一五一八）
去年（こぞ）の春　ちひさかりしが　芋の頭　元広（6あら野　四七二）
月に名を　包みかねてや　いもの神　芭蕉（1ひるねの種　五五六）
ゆく春や　横河へのぼる　いもの神　蕪村（2蕪村句集　一五一）
昼の蚊の　夢や一筋　薯蕷（いも）の蔓　涼袋（4三疋猿　一七七三）
庵の月　主を問へば　芋掘りに　蕪村（2蕪村句集　二五二九）
枯萩や　日和定まる　伊良古崎　子規（10獺祭句帖抄　六二一ぺ）
鷹一つ　見付けてうれし　いらご崎　芭蕉（1笈の小文　三二三）
あたたかに　白壁ならぶ　入江かな　子規（4寒山落木巻二　二一七六）
藻の花を　ちぢみ寄せたる　入江哉　残香（6続猿蓑　三一三三）
大雪や　上客歩行（かち）で　入りおはす　蕪村（2蕪村遺稿　六九六）
囀りの　中の小家に　入りにけり　裸馬（9裸馬翁五千句　一一〇三）
夢に見し　羽織は綿の　入りにけり　野水（6あら野　九四八）
涼しさよ　白雨（ゆふだち）ながら　入日影　去来（6あら野　六八八）
鴫立つて　あとにものなき　入日かな　子規（10獺祭句帖抄　六三七ぺ）
菜の花に　帆も染めて行く　入日かな　雪蕉（8俳諧新選　一一〇ぺ）
菜の花の　世界にけふも　入日かな　淡々（8俳諧新選　一一〇ぺ）
山鳥の　尾をふむ春の　入日哉　蕪村（2蕪村句集　四五〇）
山吹や　池をへだてて　入日さす　青蘿（5青蘿発句集　八四八）
初雁や　もとの閾（しきゐ）に　入る障子　梅四（8俳諧新選　二三一ぺ）
郭公や　韃靼の日の　没るなべに　誓子（9凍港　一四六四）
鹿ながら　山影門に　入る日哉　蕪村（2蕪村句集　一一七五）
菜の花に　くるりくるりと　入る日哉　蒼虬（5訂正蒼虬句集　一一五二）
炉ふさいで　南阮（なんげん）の風呂に　入る身哉　蕪村（2蕪村句集　二一八〇）

刻々と増水　いつぴきいそいで　いるヲケラ　禅寺洞（9 禅寺洞句集 二二八九）
鶯の一声も念を入れにけり　利牛（6 炭俵 二四一九）
あら暑や味噌摺坊の入れ黶(ぼくろ)　孤洲（8 俳諧新選 一五六ぺ）
初日影五尺の庵に入れ申す　古白（9 古白遺稿 〇一九一）
さく花の兄は兄ほどの色香哉　望一（7 俳諧古選 一四三ぺ）
月に遠くおぼゆる藤の色香哉　蕪村（2 蕪村遺稿 二一一九）
猿引や猿に劣らぬ色上戸　左釣（8 俳諧新選 一〇〇ぺ）
不破の雪さながら昼の色ならず　暁台（4 暁台句集 一八〇九）
衣着て小貝拾はんいろの月　芭蕉（1 荆口句帳 五六八）
このはたく跡は淋しき囲炉裏哉　一髪（6 あら野 七七九）
供部屋に尻の突きあふいろりかな　歌口（8 俳諧新選 一三八ぺ）
絶壁のつららは淵の色をなす　茅舎（9 華厳 一六八八）
麦秋や子を負ひながらいわし売り　一茶（3 おらが春 四四三ぺ）
伊勢近し尾花がうへの鰯雲　巴人（4 夜半亭発句帖 一一七三）
七浦の夕雲赤し鰯引　子規（10 獺祭句帖抄 六五五ぺ）
花咲くや見て置くべきは因果経　武然（7 俳諧古選 二一五ぺ）
瓜小家の月にやおはす隠(いん)君(くん)子(し)　蕪村（2 蕪村句集 五七八）

う

水鳥や帆のない方へ浮いて行く　李夕（7 俳諧古選 二二八ぺ）
炭団(たどん)法師火桶の窓より覗ひけり　蕪村（2 蕪村句集 一三二二）
凩の風干葉は窓をうがつて去る　杉風（4 常盤屋の句合 〇八五四）
誰住みて樒(しきみ)流るる鵜川哉　蕪村（2 蕪村句集 五六五）
殿原の名古屋皃(がほ)なる鵜川哉　蕪村（2 蕪村句集 一五五〇）
闇中に山ぞ峙つ鵜川かな　碧梧桐（9 碧梧桐句集 〇一四四）
翌朝は雨降つてゐる鵜川かな　虚子（14 七百五十句 五三ぺ）
夕立に火を奪はれし鵜飼かな　素行（8 俳諧新選 一一八ぺ）
天窓の若葉日のさすうがひかな　子規（10 獺祭句帖抄 六一四ぺ）
墓参して直ちに海に浮かびけり　虚子（13 六百五十句 二一九ぺ）
声あらば鮎も鳴くらん鵜飼舟　越人（6 あら野 六六八）
我のみ歟(か)子にも教へて鵜飼舟　直生（8 俳諧新選 一一八ぺ）
ひいき鵜は又もから身で浮かみけり　一茶（3 おらが春 四四六ぺ）
夕皃にみとるるや身もうかりひよん　芭蕉（1 続山井 九）
震災忌萩のうねりのうき思ひ　青嵐（9 永田青嵐句集 〇八九一）
形(かた)代(しろ)やたもとかはして浮き沈み　蛇笏（9 山廬集 〇六四八）
羽搏きて覚めもやらざる浮寝鳥　虚子（12 五百五十句 一〇一ぺ）
爛々と暁の明星浮寝鳥　虚子（12 五百五十句 四三ぺ）
飛石も三つ四つ蓮のうき葉哉　蕪村（2 蕪村句集 九二〇）
蓮池のふかさわするる浮葉かな　荷兮（6 波留濃日 三三八）
羽痛めたる蝶々の憂き眉毛　虚子（13 六百五十句 一九一ぺ）
闇の夜に頭巾を落とすうき身哉　蕪村（2 蕪村遺稿 六六一）
氷解く朝日の上やうきみ堂　鳥酔（5 鳥酔懐玉抄 四九三）
さみだれのあまだればかり浮御堂　青畝（9 万両 一五一〇）

鎖あけて月さし入れよ浮み堂　芭蕉（1 笈日記 七〇八）
蕣（あさがほ）の折角咲いてうき世かな　常牧（7 俳諧古選 一七六ぺ）
海棠の彩色違ふうき世哉　楮林（8 俳諧新選 一五五ぺ）
山桝のからく皮はぐ浮世哉　路通（7 俳諧古選 一九一ぺ）
蓮の花少し曲がるもうき世哉　一茶（3 おらが春 四五二ぺ）
余所（よそ）の田の蛙入れぬも浮世かな　落梧（6 あら野 九五七）
踊り見の夜の簾もうき世哉　原水（7 俳諧古選 一八四ぺ）
花をやる桜や夢のうき世もの　すて（7 俳諧古選 二〇八ぺ）
贈るべき扇も持たずうき別れ　子規（10 獺祭句帖抄 六二八ぺ）
雪の上にぽつたり来たり鶯が　茅舎（4 華厳 二六四五）
朝市にうるやはつ声うぐひす菜　捨女（5 自筆句集 九三）
陽炎やひそみあへずも土竜（うぐらもち）　蕪村（2 蕪村遺稿 二二五）
わが墓に散華供養を受くるところ　虚子（14 七百五十句 四三ぺ）
山吹や水のこころを受け流し　五竹坊（4 十二夜話 一七八四）
五月雨の力や雲をうごかさず　心祇（8 俳諧新選 四六ぺ）
麦車馬におくれて動き出づ　不器男（9 定本不器男句集 一七二一）
なまめける内らの声や五加木（うこぎ）垣　巴東（8 俳諧新選 一一ぺ）
天目に小春の雲の動きかな　菊舎（5 手折菊 九五二）
秋来ぬと柱の払子動きけり　子規（10 獺祭句帖抄 六三二ぺ）
古庭のででむしの皆動きをり　虚子（13 六百五十句 一九二ぺ）
山の色釣り上げし鮎に動くかな　石鼎（9 花影 〇七六八）
秋風やとても薄はうごくはず　子尹（6 猿蓑 一八二五）

巣の中に蜂のかぶとの動く見ゆ　虚子（11 五百句 六五ぺ）
霜ばしらおのがあげしや土竜（うごろもち）　圃仙（6 続猿蓑 三四三四）
さく花の見ゑぬ眼（まなこ）や有財餓鬼（うざいがき）　子一（8 俳諧新選 一五七ぺ）
猿どのの夜寒訪ひゆく兎かな　蕪村（2 蕪村句集 二四）
ゆく春や歌も聞こえず宇佐の宮　蕪村（2 蕪村遺稿 四六〇）
頭悪き日やげんげ田に牛暴れ　三鬼（9 今日 二三四四）
菜殻焼く火杜負ひぬ牛車　茅舎（9 俳究 昭14・10 一六九四）
鞭うつや又もしぐれの牛車　蘭所（8 俳諧新選 一三六ぺ）
若草や翌（あす）も野飼の牛連れん　自友（8 俳諧新選 一〇三ぺ）
行く春や眼に合はぬめがね失ひぬ　蕪村（2 蕪村遺稿 四六一）
凩や背中吹かるる牛の声　風斤（6 続猿蓑 三三六五）
夏草に延びてからまる牛の舌　虚子（12 六百句 二三九ぺ）
日の岡やこがれて暑き牛の舌　正秀（6 猿蓑 一七九一）
うめが香や分け入る里は牛の角　句空（6 猿蓑 一八八二）
こがらしや蒿まきちらす牛の角　塵生（6 続猿蓑 三三六七）
誰が聟ぞ歯朶（しだ）に餅おふうしの年　芭蕉（1 野ざらし紀行 二二五）
鎌倉の山茶花日和大人（うし）の門も　爽雨（9 雁 一八九〇）
夕立や下りても行かず牛の主　吏登（4 吏登発句集 一一八四）
大原や木の芽すり行く牛の頬　召波（5 春泥句集 八〇九）
さとのこよ梅をりのこせうしのむち　芭蕉（1 あつめ句 一二八四）
春雨や降るとも知らず牛の目に　来山（4 夢の名残 〇二三七）
けふとても小松負ふらん牛の夢　聴雪（6 波留濃日 三二一）

角文字の　いざ月もよし　牛祭り　蕪村（2蕪村句集 六二二）
あはれ鶉を　使ひて見せよ　鶉匠達　零余子（9零余子句集二 〇六七七）
七夕の　夢の浮はしは　烏鵲(うじゃく)かな　宗鑑（5源氏鬢鏡 四）
夏旅や　母のなき子が　うしろかげ　白雄（4白雄句集 一七五四）
冬木立　するどき庵の　後ろかな　蜘柳（8俳諧新選 二三七ぺ）
落葉して　幾日(いくか)に成りぬ　後堂　存義（4反古衾 一七三六）
静かさや　水鳥眠る　うしろ付き　之房（8俳諧新選 一四二ぺ）
団扇もて　あふがん人の　うしろむき　芭蕉（1真蹟懐紙 一二四五）
いなづまや　野の人もどる　後ろより　之房（8俳諧新選 二二四ぺ）
花ちるや　重たき笈の　うしろより　蕪村（2蕪村句集 二一二二）
ふたたびす　夕立月の　うしろより　大魯（4蘆陰句選 一八三三）
雨の月　どこともなしの　薄あかり　越人（6あら野 四一一）
湯豆腐や　いのちのはての　うすあかり　万太郎（9流寓抄以後 一一三五）
紫陽草(あぢさゐ)や　帷巾(かたびら)時の　薄浅黄　芭蕉（1陸奥鵆 九二三）
笠でする　さらばさらばや　薄がすみ　一茶（3七番日記 三二八ぺ）
きじ鳴くや　山の藁屋は　うす霞　麦水（5葛箒 七三八）
春なれや　名もなき山の　薄霞　芭蕉（1野ざらし紀行 一二二八）
棟々に　見越の日枝(ひえ)や　薄霞　丑二（8俳諧新選 一〇六ぺ）
かげろふや　柴胡(さいこ)の糸の　薄曇り　芭蕉（1猿蓑 六〇四）
ほととぎす　麦の月夜は　薄曇り　麦水（5葛箒 七四一）
月鉾や　児(ちご)の額の　薄粧　曾良（6猿蓑 一八〇一）
炭竈の　穴ふさぐやら　薄けぶり　亀洞（6あら野 八一八）

夕皃や　竹焼く寺の　薄煙　蕪村（2蕪村遺稿 二二六八）
わか草や　牛の寝た跡の　薄烟　瓜流（8俳諧新選 一〇三ぺ）
つきわりて　まつ葉かきけり　薄氷　除風（6あら野 八〇五）
ひつぢ田や　青葉折り込む　薄氷　五明（5五明句藻 八八五）
見え透くや　子持ひらめの　うす氷　岱水（6続猿蓑 三三七八）
若水や　手にうつくしき　薄氷　武仙（6続猿蓑 三〇八七）
蕣(あさがほ)や　夜の間の雨の　薄しめり　丑二（8俳諧新選 二二六ぺ）
朝顔の　苔かぞへむ　薄月夜　田上尼（6続猿蓑 三二五九）
おもしろう　松笠もえよ　薄月夜　土芳（6猿蓑 一八四三）
垣越しの　しら菊侘し　薄月夜　其輪（8俳諧新選 一三四ぺ）
下駄はいて　行くや焼野の　薄月夜　子規（10獺祭句帖抄 六二五ぺ）
落葉して　遠く成りけり　臼の音　蕪村（2蕪村遺稿 六三九）
寒菊や　粉糠のかかる　臼の端(はた)　芭蕉（1炭俵 八一三）
囀りや　ピアノの上の　薄埃　元（9島村元句集 〇九〇一）
こときれて　なほ邯鄲(かんたん)の　うすみどり　風生（9米寿前 一五七二）
白藤や　揺りやみしかば　うすみどり　不器男（9定本不器男集 一七一〇）
色付くや　豆腐に落ちて　薄紅葉　芭蕉（1芭蕉杉風百韻 八二）
肌さむし　竹切る山の　うす紅葉　凡兆（6猿蓑 一八七四）
人の世の　虹　物語　うすれつつ　虚子（14七百五十句 四三ぺ）
光りつつ　冬雲消えて　失せんとす　虚子（14七百五十句 一二六ぺ）
魂棚や　飾り立てても　うそ暗き　季人（8俳諧新選 一四八ぺ）
舟あり　川の隈に夕涼む少年　歌うたふ　素堂（5武蔵曲 二四四）

バスを待ち　大路の春を　うたがはず　波郷（9鶴の眼　二六五二）
凩　や　彩らぬ先の　歌がるた　寛留（7俳諧古選　二一六ぺ）
茸狩りや　鼻のさきなる　歌がるた　其角（6炭俵　二五七〇）
行く春や　選者をうらむ　歌の主　蕪村（2蕪村句集　四五八）
早乙女や　よごれぬ物は　歌計(ばか)り　来山（7俳諧古選　二六〇ぺ）
かくれ住みて　花に真田(さなだ)が　謡かな　蕪村（2蕪村句集　二一〇九）
子のほしと　晒布(さらし)搗き搗き　唄ひけり　樗堂（5萍窓集　九一九）
おもはずも　浪花に暮れて　謡初　句仏（9句仏句集　〇五二五）
田植歌　まてなる顔の　諷(うた)ひ出し　重行（6続猿蓑　三一四三）
春雨や　枕くづるる　うたひ本　支考（6続猿蓑　三〇七〇）
節季候(せきぞろ)や　句切りみじかき　諷もの　移竹（8俳諧新選　一四六ぺ）
花にあかぬ　嘆きやこちの　うたぶくろ　芭蕉（1如意宝珠　二七）
芋洗ふ女　西行ならば　歌よまむ　芭蕉（1野ざらし紀行　一七九）
はなのやま　どことらまへて　歌よまむ　晨風（6あら野　三六二）
蝶の舞　おつる椿に　うたるるな　闇指（6続猿蓑　三〇四六）
かくれ家の　柱で麦を　打たれけり　一茶（3おらが春　四四二ぺ）
稲妻に　ぴしりぴしりと　打たれしと　虚子（13六百五十句　一四四ぺ）
露人ワシコフ　叫びて石榴　打ち落とす　三鬼（9夜の桃　二三六五）
独り焼く　目刺や切に　打ち返し　温亭（9温亭句集　〇八三五）
御炭様　あら六(むつ)かしや　うちくべん　嘯山（8俳諧新選　一四四ぺ）
朝寒や　たのもと響く　内玄関　子規（10獺祭句帖抄　六三三ぺ）
我がいはふは　大ぶく辰巳　宇治茶哉　玄札（5懐子　七三）

老の身は　今宵の月も　内でみむ　重友（6続猿蓑　三三一七）
夕鵙(もず)に　よごれし電球(たま)の　裡ともる　誓子（9七曜　一四九三）
水車　氷の釘や　打ちにけん　千侭（8俳諧新選　一四三ぺ）
鮎落ちて　たき火ゆかしき　宇治の里　蕪村（2蕪村遺稿　三一七三）
茶摘歌も　巽(たつみ)上がりや　宇治の里　尺布（8俳諧新選　一一一ぺ）
我が庵や　都の茶つみ　宇治の里　安静（5鄙諺集　五七）
初午や　飯綱(いづな)使(つか)ひの　内の体　嘯山（8俳諧新選　一〇四ぺ）
風一(いっ)荷(か)　担ふ暑さや　団(うちは)うり　可幸（8俳諧新選　二一〇ぺ）
扇とる　手へもてなしの　うちは哉　太祇（8俳諧新選　一一九ぺ）
風の出て　絵を判じたる　団かな　水翁（8俳諧新選　二一〇ぺ）
仮の家の　塵を掃き取る　うちは哉　蕪村（2蕪村遺稿　一一三四）
看(かん)経(きん)の　片手は娑婆(しゃば)の　団哉　只川（7俳諧古選　二一九ぺ）
後家の君　たそかれがほの　うちは哉　蕪村（2蕪村遺稿　一一三三）
常住と　見えて関屋の　団かな　白芽（8俳諧新選　一一九ぺ）
菅菰の　皆寝て嘶す　団扇哉　宋阿（8俳諧新選　一一九ぺ）
透かしたる　鹿と添寝の　団かな　依貞（8俳諧新選　一一九ぺ）
叩きては　塵を吹きやる　団扇かな　文誰（8俳諧新選　一一九ぺ）
旅馴れて　見ゆる馬上の　団かな　万翁（8俳諧新選　二一〇ぺ）
つがもない　狂歌やられし　団かな　土髪（8俳諧新選　一一九ぺ）
月に柄を　さしたらばよき　団哉　宗鑑（6あら野員外　一二三八）
出女の　客あふちとる　団かな　嘯山（8俳諧新選　一一九ぺ）
昼寝して　手の動きやむ　団かな　杉風（6続猿蓑　三一八九）

丸からぬ　丸さに仕なす　団　哉　鶴英（7俳諧古選 二二八ペ）
むつかしき　要はもたぬ　団かな　卯雲（8俳諧新選 一一九ペ）
横になれ　他人はまぜぬ　うちはかな　紹簾（4俳諧新選 二二八七）
降り遂げぬ　雨をかこつや　内花見　瓜流（8俳諧新選 一〇九ペ）
朝風や　薫(たきもの)姫の　団もち　乙州（6続猿蓑 三二四一）
秋風に　草の一葉の　うちふるふ　虚子（11五百句 七四ペ）
七夕の　あはぬこころや　雨中天　芭蕉（1続山井 一三）
いかに見よと　難面(つれなく)うしを　うつ霰　羽笠（6冬の日 一八一）
雪月花　一度に見する　卯木(うつぎ)かな　貞徳（4崑山集 〇〇四一）
鉄炮の　遠音(とほと)に曇る　卯月哉　野径（6ひさご 一五〇八）
天の川　人の世も灯に　美しき　瓊音（9瓊音句集 一〇一三）
元日や　人の妻子の　美しき　梅室（5梅室家集 一一六六）
こがらしや　日に日に鴛鴦(をし)の　美しき　士朗（4枇杷園句集 二〇八三）
竹の子や　児(ちご)の歯ぐきの　うつくしき　嵐雪（6炭俵 二五三八）
虹を見て　思ひ思ひに　美しき　虚子（13六百五十句 一四八ペ）
蚤の迹(あと)　それもわかきは　うつくしき　一茶（3七番日記 三四一ペ）
はまなすの　棘が悲しや　美しき　虚子（13六百五十句 一九三ペ）
福わらや　塵さへ今朝の　うつくしき　千代女（5千代尼句集 五一二）
手毬唄　かなしきことを　うつくしく　虚子（12五百五十句 七六ペ）
蕣(あさがほ)は　少しの間にて　美しや　旧徳（7俳諧古選 一七五ペ）
元日や　煤の中なる　蹲り　東洋城（9東洋城全句中 〇三九三）
葉ちりぢり　友なし小鳥　うづくまる　乙字（9乙字句集 〇九九三）

永き日や　山王の猿の　うつけ皃(がほ)　嘯山（8俳諧新選 一一〇ペ）
いつ迄敷(か)　世にふらここの　うつけ者　盛住（8俳諧新選 一五二ペ）
月を見る　又二三歩を　移しけり　泊月（9同人句集 〇八五一）
隣なる　あさがほ竹に　うつしけり　鷗歩（6あら野 七一九）
蚊をたたく　いそがはしさよ　写し物　子規（10獺祭句帖抄 六〇八ペ）
是非もなや　足を蚊のさす　写し物　子規（10獺祭句帖抄 六三〇ペ）
雪の日や　うすやうくもる　うつし物　猿雖（6炭俵 二六一五）
ででむしの　住みはてし宿や　うつせ貝　蕪村（2蕪村句集 二二五一）
生きかはり　死にかはりして　打つ田かな　鬼城（9鬼城句集 〇六〇八）
夢のやうに　きけば砧を　うつつ哉　良保（5毛吹草追加 六三）
ぬけがらの　君うつせみの　うつつなや　子規（10獺祭句帖抄 六四八ペ）
枯蔦や　石につまづく　宇都の山　子規（10獺祭句帖抄 六二一ペ）
口切や　世にかくれたる　器(うつはもの)　和流（8俳諧新選 二三八ペ）
狩りくらの　露におもたき　うつぼかな　蕪村（2蕪村句集 一七六六）
身ぶるひに　露のこぼるる　靫(うつぼ)　哉　荻子（6続猿蓑 三三二〇）
冬の水　木の葉四五枚　渦巻ける　別天楼（9野老 一一八三）
登山口　鳥居の額の　俯向くも　誓子（9天狼 一四八三）
有りし野の　花や粧ふ　うづら籠　太祇（8俳諧新選 二二九ペ）
鳴く声の　つくろひもなき　うづら哉　鼠弾（6あら野 八八八）
長月や　寮の灯(ひ)更けて　うつりあふ　文湖（8俳諧新選 二三五ペ）
静かさに　堪へで田螺(たにし)の　移りけり　鬼城（9鬼城句集 〇六二三）
大仏の　冬日は山に　移りけり　立子（9立子句集 一九四一）

年玉に傾城の香の　うつりけり　青々（9鳥の巣〇四九〇）
金魚玉天神祭　映りそむ　夜半（9翠黛一六三八）
ふくふくと乗らばぼたんの　台（うてな）哉　一茶（3八番日記三四二ぺ）
綻びてありたる梅の　うてなかな　夜半（9翠黛一六五〇）
六月の汗ぬぐひ居る　台かな　越人（6波留濃日三四一）
日の影に猫の抓き出す　独活芽（うど）哉　一桐（6続猿蓑三〇三九）
おもしろうさうしさばくる　鵜縄哉　貞室（6あら野六六五）
稲かつぐ母に出迎ふ　うなゐ哉　凡兆（6猿蓑一八七一）
鴫遠く鍬そそぐ水の　うねり哉　蕪村（2蕪村遺稿八三二）
しら露もこぼさぬ萩の　うねり哉　芭蕉（1真蹟自画賛七九三）
折る人をこそぐる萩の　うねりかな　柳居（4柳居発句集一一四七）
暁や鵜籠に眠る　鵜の労れ　子規（10獺祭句帖抄六三〇ぺ）
銭湯で上野の花の　噂かな　子規（10獺祭句帖抄六二六ぺ）
花嫁と呼ばれしはいつ　姥桜　季重（7俳諧古選一五三ぺ）
頬凍（い）てし児を子守より　奪ひけり　雉子郎（9現代俳句集〇六八八）
霜除をとりし牡丹の　うひうひし　虚子（13六百五十句二〇五ぺ）
おもしろうてやがて悲しき　鵜舟哉　芭蕉（1真蹟懐紙四一四）
篝火（かがりび）に藤のすすけぬ　鵜舟かな　亀洞（6あら野六一五）
川上の空まづ焦げて　鵜舟かな　梓月（9冬鶯〇三六三）
曲江に篝の見えぬ　うぶねかな　梅餌（6あら野六七〇）
先ぶねの親もかまはぬ　鵜舟哉　淳児（6あら野六六九）
初ゆきや縁から落ちし　上草履（ざうり）　一茶（3嘉永版発句集三五四ぺ）

有りて過ぎて踊り召されぬ　上つ方　呉雪（8俳諧新選一二五ぺ）
奈良の月山出て寺の　上に来る　誓子（9青銅一四八四）
菊畠南の山は　上野なり　子規（10獺祭句帖抄六五八ぺ）
春の夜や狐の誘ふ　上童（うへわらは）　蕪村（2蕪村遺稿二三五九）
梅天と長汀とあり　うまし国　青畝（9国原一五一三）
雪白し加茂の氏人　馬でうて　蕪村（2蕪村句集二〇一一）
阿蘭陀（おらんだ）も花に来にけり　馬に鞍　芭蕉（1江戸蛇之鮓一〇二）
燕（つばくら）や田ををりかへす　馬のあと　野童（6続猿蓑三〇一七）
朝寒や逆毛吹かるる　馬の上　習先（8俳諧新選一三三ぺ）
谷川や鮎に手を出す　馬の上　雄山（8俳諧新選一四七ぺ）
月に行く脇差つめよ　馬のうへ　野水（6あら野九三七）
青柳のしだれくぐれや　馬の曲　九節（6続猿蓑三〇〇七）
紅梅の落花燃ゆらむ　馬の糞　蕪村（2蕪村句集二三五六）
せみ啼くや行者の過ぐる　午の刻　蕪村（2蕪村句集二二六二）
嬉しい歟（か）永き夜明くる　馬の声　孤桐（8俳諧新選二三三ぺ）
涼しさや荷を下ろしたる　馬の声　石夫（7俳諧古選一七〇ぺ）
出代や聟が迎ひの　馬の声　大夢（8俳諧新選一〇八ぺ）
鞍とれば寒き姿や　馬の尻　碧梧桐（9碧梧桐句集〇一一四）
神迎へ水口だちか　馬の鈴　珍碩（6猿蓑一六四五）
榾（ほだ）の火にけなるき様や　馬のつら　龍眠（8俳諧新選二三八ぺ）
福の神を今日乗せ来るや　午の年　令徳（4犬子集〇一〇二）
行き暮れてうめに動くや　馬の鼻　宋屋（4瓢簞集一六九六）

麻の露　皆こぼれけり　馬の路　李晨（6あら野　七〇七）
山風や　霰ふき込む　馬の耳　大魯（5蘆陰句選　八二七）
雪解けや　碓井を越ゆる　馬の痩せ　鼓舌（7俳諧古選　二二〇ぺ）
うら白も　はみちる神の　馬屋哉　胡及（6あら野　四七九）
元日も　旅人を見る　駅(うまや)かな　沾徳（7俳諧古選　一五四ぺ）
衣うつ　人も裸で　生まれけり　鋤立（7俳諧古選　一八一ぺ）
鬼灯(ほほづき)の　様な小僧が　生まれけり　句仏（9句仏句集　〇五三九）
葎(むぐら)から　あんな胡蝶の　生まれけり　一茶（3おらが春　四三五ぺ）
夕すずみ　よくぞ男に　生まれける　其角（7俳諧古選　一六九ぺ）
かんこ鳥　木の股よりや　生まれけん　蕪村（2蕪村遺稿　五三六）
能登の畑　打つ運命にや　生まれけん　虚子（13六百五十句　二〇七ぺ）
菫程な　小さき人に　生まれたし　漱石（9正岡子規へ　〇一七八）
水　枕　ガバリと寒い　海がある　三鬼（9旗　二三六三）
秋の暮　大魚の骨を　海が引く　三鬼（9変身　二三四三）
向日葵の　蘂(しべ)を見るとき　海消えし　不器男（9定本不器男集　一七一七）
菜の花や　鯨もよらず　海くれぬ　蕪村（2蕪村句集　一九九七）
汐越や　鶴はぎぬれて　海涼し　芭蕉（1奥の細道　五二七）
目の下や　手洗ふ程に　海涼し　市隠（6猿蓑　二一六一）
機雷がもうない　花屑魚(かなぎ)の　海である　禅寺洞（9禅寺洞句集　二二八五）
春　雨や　いざよふ月の　海半ば　蕪村（2蕪村句集　一〇九三）
此の梅や　摩耶(まや)ふく夕べ　海にほふ　大魯（5蘆陰句選　八二〇）
草枯や　海士が墓皆　海に向く　露月（9露月句集　〇二〇九）

鐘鳴りて　春行くかたや　海のいろ　素丸（5素丸発句集　五二八）
凩や　目刺に残る　海のいろ　龍之介（9澄江堂句集　一一三九）
いなづまの　風にはしるや　海の上　作者不明（8俳諧新選　二一五ぺ）
稲　妻や　雲にへりとる　海の上　宗比（6続猿蓑　三二八四）
江戸へやる　鶯なくや　海のうへ　太祇（8俳諧新選　一〇一ぺ）
霞む日や　船を忘るる　海の上　習先（8俳諧新選　一〇六ぺ）
信濃なる　歳暮車や　湖(うみ)の上　沾涼（7俳諧古選　一九三ぺ）
永き日や　舳先(へさき)へ出ても　海の上　孤桐（8俳諧新選　一一〇ぺ）
凩　の　果てはありけり　海の音　言水（5都曲　一七九）
なの花や　昼一しきり　海の音　蕪村（2蕪村遺稿　一一〇三）
おく霜の　しれぬ寒さや　海の面　稲音（8俳諧新選　二三九ぺ）
日ぐらしや　急に明るき　湖の方　一茶（3日記断篇　三四九ぺ）
しぐれ来て　水しわだちぬ　湖の暮　完来（5空華集　九一六）
月いづく　鐘は沈める　海のそこ　芭蕉（1真蹟短冊　五六三）
すずしさや　袖にさし入る　海の月　樗良（5樗良発句集　七八〇）
暮れいかに　月の気もなし　海の果て　荷兮（6あら野　四三一）
春　雨や　木の間に見ゆる　海の道　乙二（4松窓乙二集　二一二一）
舟かけて　いくかふれども　海の雪　芳川（6あら野　四五七）
行く月に　物の障らぬ　海辺哉　都水（7俳諧古選　一八三ぺ）
ひやひやと　積木が上に　海見ゆる　碧梧桐（9ホ明38・10　〇一三五）
舞々の　場(には)まうけたり　梅がもと　蕪村（2蕪村句集　二三四二）
灯(ひ)を置かで　人あるさまや　梅が宿　蕪村（2蕪村句集　二三四〇）

雹（へう）のあと蘂（しべ）真青に　梅こぼれ　秋桜子（9霜林一四四七）
住吉に天満神（あまみつかみ）の　うめ咲きぬ　蕪村（2蕪村遺稿二四四三）
鳥さしを尻目に藪（ぐら）の　梅咲きぬ　蕪村（2蕪村遺稿二二二四）
鯉の音水ほの闇く　梅白し　羽笠（6波留濃日三〇六）
水鳥のはしに付きたる　梅白し　野水（6あら野八四四）
つい聞けばきたなし庭は　梅だらけ　泉石（7俳諧古選二一一ぺ）
梅咲きぬどれがむめやら　うめぢややら　蕪村（2蕪村句集二三四六）
一輪を五つにわけて　梅ちりぬ　蕪村（2蕪村遺稿七二四）
打ちよりて花入探れ　うめつばき　芭蕉（1句兄弟七七一）
探れども暗さはくらし　梅椿　士芳（4蓑虫庵集一〇六五）
みの虫の古巣に添うて　梅二輪　蕪村（2蕪村遺稿二三四一）
ねはん会や柳に暮れて　梅の朝　大施（8俳諧新選一四七ぺ）
降る音や耳もすう成る　梅の雨　芭蕉（1続山井七）
闇ばかり春に似たりや　梅の雨　沙残（8俳諧新選一一七ぺ）
何といふ鳥かしらねど　梅の枝　子規（10獺祭句帖抄六〇六ぺ）
夕月や納屋も厩も　梅の影　鳴雪（9鳴雪俳句集〇一六一）
風鳥のくらひこぼしや　梅の風　蕪村（2蕪村遺稿八四二）
此の槌のむかし椿歟（か）　梅の木歟（か）　芭蕉（1粟津文庫抄九四六）
道ばたに富士を拝むや　梅の客　白水郎（9続白水郎句集一〇八六）
一羽来て寝る鳥は何　梅の月　蕪村（2蕪村遺稿一〇一〇）
かはほりのふためき飛ぶや　梅の月　蕪村（2蕪村遺稿二〇二六）
正月や夜はよる迚（とて）　うめの月　一茶（3おらが春四四〇ぺ）

月代（さかやき）もしみるほど也　梅の露　雨桐（6あら野一〇六九）
「音入」と東司（とうす）をもどき　梅の寺　風生（9傘寿以後一五六六）
灯（ともしび）のかすかなりけり　梅の中　釣雪（6あら野一〇六六）
灯（ひ）ともして夜行く人や　梅の中　鳴雪（9鳴雪俳句集〇一五九）
赤みその口を明けけり　うめの花　游刀（6炭俵二四〇二）
明けさして笛に生きたり　梅のはな　龍眠（8俳諧新選一〇二ぺ）
あこくその心もしらず　梅の花　芭蕉（1蕉翁句集草稿三四三）
あたらしき翠簾（みす）まだ寒し　梅の花　万乎（6続猿蓑二九九）
味をやる心は持たじ　梅の花　夕湖（7俳諧古選一五五ぺ）
淡雪や下から見れば　梅の花　乾什（7俳諧古選二三三ぺ）
有りし世の畑の字（あざ）や　梅の花　和流（8俳諧新選一〇二ぺ）
雑鳥（うぐひす）の声は分かれて　梅の花　宋屋（8俳諧新選一〇一ぺ）
梅の木に猶やどり木や　梅の花　芭蕉（1笈の小文三四六）
御子良子（おこらご）の一もと床し　梅の花　芭蕉（1猿蓑三五四）
面白や障子明くれば　うめの花　八穂（8俳諧新選一〇二ぺ）
片枝に脈や通ひて　梅の花　支考（7俳諧古選一四七ぺ）
香ににほへうにほる岡の　梅のはな　芭蕉（1有磯海三五九）
きさらぎや大黒棚も　うめの花　野水（6続猿蓑二九九四）
草にかう薫れと散るや　梅の花　射牛（8俳諧新選一〇一ぺ）
元日やまだ片なりの　梅の花　猿雖（6続猿蓑三〇九）
是のみに売る酒もなし　うめの花　武然（8俳諧新選一〇二ぺ）
蒟蒻（こんにゃく）のさしみもすこし　梅の花　芭蕉（1芭蕉庵小文庫七八〇）

咲いたりな　人のさがさぬ　梅の花　李雨（8俳諧新選 一〇一ぺ）
里坊に　碓（からうす）きくや　うめの花　昌房（6続猿蓑 二九九六）
さればここに　談林の木あり　梅の花　宗因（5談林十百韻 一〇一）
柴上で　寝て流るるや　梅の花　淡々（8俳諧新選 一〇一ぺ）
三み線も　小歌ものらず　梅の花　来山（7俳諧古選 一四九ぺ）
煤掃に　内儀はしろし　梅の花　五竹坊（4三千化 一七八一）
すみずみに　のこる寒さや　梅の花　蕪村（2蕪村句集 二一七六）
関守の　灸点はやる　梅の花　一茶（3おらが春 四五二ぺ）
そこに居て　爰叩かれな　梅の花　几圭（7俳諧古選 二一五ぺ）
鷹居ゑて　折るにもどかし　梅の花　鷗歩（6あら野 五一〇）
炊くほどの　流れもたりぬ　梅の花　枝栖（8俳諧新選 四七ぺ）
太刀持を　犬や嗅ぐらん　うめの花　几圭（4新雑談集 二一八八）
散るだけは　寒さも減るや　うめの花　万裏（8俳諧新選 一〇二ぺ）
月と日の　中に出来てや　梅の花　半魯（8俳諧新選 一〇二ぺ）
つむ雪も　よごれ初めけん　梅の花　沖三（8俳諧新選 一〇二ぺ）
なつかしき　枝のさけ目や　梅の花　其角（7俳諧古選 一四六ぺ）
何とやら　をがめば寒し　梅の花　越人（6あら野 一〇六七）
野鳥は　牛にとまるや　梅のはな　淡々（8俳諧新選 一五二ぺ）
はつ蝶や　骨なき身にも　梅の花　半残（6猿蓑 一八八四）
春もやや　遠眼に白し　梅の花　太祇（8俳諧新選 一〇二ぺ）
一枝や　くさり抜けても　梅の花　竿秋（7俳諧古選 二一三ぺ）
百姓の　烟草は臭し　梅の花　嵐山（8俳諧新選 一〇一ぺ）
みなみなに　咲きそろはねど　梅の花　野坡（6炭俵 二四〇三）
物舗きて　見るには寒し　梅の花　卯雲（8俳諧新選 一〇二ぺ）
藪陰に　背中兀たり　うめのはな　嘯山（8俳諧新選 一〇二ぺ）
藪見しれ　もどりに折らん　梅の花　落梧（6あら野 五一二）
藪村や　まぐれあたりも　梅の花　一茶（3おらが春 四四〇ぺ）
やまざとは　まんざい遅し　梅の花　芭蕉（1真蹟懐紙 六七二）
闇の香を　手折れば白し　梅の花　也有（5蘿葉集 五〇五）
湯あがりの　身に陽炎や　梅の花　野有（8俳諧新選 一〇二ぺ）
忘るなよ　藪の中なる　うめの花　芭蕉（1初蟬 二八三）
我も神の　ひさうやあふぐ　梅の花　芭蕉（1続連珠 五八）
岡あれば　宮宮あれば　梅の花　子規（10獺祭句帖抄 六〇六ぺ）
出づべくと　して出ずなりぬ　うめの宿　蕪村（2蕪村句集 二〇四四）
君行かば　山海関の　梅開く　鳴雪（9日本明28・4・28 〇一五三）
勇気こそ　地の塩なれや　梅真白　草田男（9来し方行方 二五五〇）
御秘蔵に　墨をすらせて　梅見かな　其角（4焦尾琴 〇七九九）
さむしろを　畠に敷いて　梅見かな　蕪村（2蕪村遺稿 二三五五）
柿崎の　小寺尊し　うめもどき　蕪村（2蕪村遺稿 二一八二）
買ふ人を　門徒とさすや　梅もどき　存義（8俳諧新選 二三三ぺ）
これは実に　あらはれにけり　梅嫌（うめもどき）　五好（8俳諧新選 二三三ぺ）
残る葉も　のこらずちれや　梅もどき　加生（6あら野 七六八）
鵯（ひえどり）の　うたた来啼くや　うめもどき　蕪村（2蕪村遺稿 一七七九）
折りくるる　心こぼさじ　梅もどき　蕪村（2蕪村句集 二一八一）

かぞへ来ぬ　屋敷屋敷の　梅やなぎ　芭蕉（1一字幽蘭集 七四五）
それぞれの　朧のなりや　うめ柳　千那（6続猿蓑 三〇四）
四五人の　月夜となりぬ　梅若忌　龍雨（9龍雨句集 一一五四）
雪女　旅人雪に　埋もれけり　子規（10獺祭句帖抄 六六四ぺ）
元日や　夜ぶかき衣の　うら表　千川（6続猿蓑 三〇九二）
ほととぎす　うらみの滝の　うらおもて　芭蕉（1誹諧曾我 四八二）
もちの葉の　落ちたる土に　うらがへる　素十（9初鴉 一五五五）
初夢も　無く穿く足袋の　裏白し　水巴（9定本水巴句集 〇五九二）
塵浜に　たたぬ日もなし　浦鵆（ちどり）　句空（6続猿蓑 三三七〇）
夕がほや　武士一腰の　裏つづき　蕪村（2蕪村遺稿 五七一）
人も見ぬ　春や鏡の　うらの梅　芭蕉（1をのが光 七四〇）
うたがふな　潮の花も　浦の春　芭蕉（1いつを昔 四七〇）
終夜（よもすがら）　秋風きくや　裏の山　曾良（6猿蓑 一八〇八）
葛を得て　清水に遠き　うらみ哉　蕪村（2蕪村句集 一六八一）
牡丹有る　寺ゆき過ぎし　うらみ哉　蕪村（2蕪村遺稿 一五五八）
行く秋を　鼓弓（こきゅう）の糸の　恨みかな　乙州（6続猿蓑 三三一四）
よき角力（すまふ）　いでこぬ老の　うらみ哉　蕪村（2蕪村遺稿 七七八）
けふの月　勢至（せいし）と聞くぞ　恨みなれ　竹亭（7俳諧古選 一七六ぺ）
春の野に　蛇の出るこそ　恨なれ　李夫（8俳諧新選 一一一ぺ）
撫子や　蒔絵書く人を　うらむらん　越人（6あら野 六七五）
春の夢　気の違はぬが　恨めしい　来山（4俳諧古選 〇二三八）
鼾すなり　涅槃の寺の　裏門に　子規（10獺祭句帖抄 六二三ぺ）

老衲炬燵に在り　立春の禽獣　裏山に　虚子（11五百句 四七ぺ）
梅林へ　梅林へ私は　裏山へ　みどり女（9定本みどり女 〇九七五）
明らかに　花粉とびつく　うららかや　みどり女（9笹鳴 〇九六七）
雉子の眸の　かうかうとして　売られけり　楸邨（9野哭 二五七九）
この牡丹　咲く頃家を　売らんとは　紅緑（9紅緑句集 〇二四一）
種芋や　花のさかりに　売りありく　芭蕉（1をのが光 六〇九）
いかほどの　虫の命を　瓜作り　かしく（7俳諧古選 二〇四ぺ）
帯もせで　畑見歩行（あるき）や　瓜作り　龍眠（8俳諧新選 二三ぺ）
蠅追ふに　妹忘れめや　瓜作り　其角（7俳諧古選 一六八ぺ）
永き日や　人なき家の　売りつつじ　大夢（8俳諧新選 一〇ぺ）
秋すずし　手毎にむけや　瓜茄子　芭蕉（1奥の細道 五三九）
水桶に　うなづきあふや　瓜茄　蕪村（2蕪村句集 一六）
くらがりに　供養の菊を　売りにけり　素十（9初鴉 一五三七）
口上を　虫に云はせて　売りにけり　秋士（8俳諧新選 二二七ぺ）
舌端に　追ひ廻さるる　瓜の種　普羅（9辛夷 〇七二〇）
朝露に　よごれて涼し　瓜の土　芭蕉（1続猿蓑 八六三）
雷に　小家はやかれて　瓜の花　蕪村（2蕪村句集 六八）
夕鰺を　妻が値ぎりて　瓜の花　虚子（11五百句 五〇ぺ）
夕べにも　朝にもつかず　瓜の花　芭蕉（1佐郎山 六二三）
あだ花は　雨にうたれて　瓜ばたけ　蕪村（2蕪村句集 二三八）
葉がくれの　枕さがせよ　瓜ばたけ　蕪村（2蕪村句集 一〇六一）
日盛りや　樽の茶運ぶ　瓜畑　理右（7俳諧古選 一六三ぺ）

山陰や　身を養はん　瓜畑　芭蕉(1いつを昔 四一〇)
子ども等よ　昼皃咲きぬ　瓜むかん　芭蕉(1藤の実 七九〇)
蠣(かき)よりは　海苔をば老の　売りもせで　芭蕉(1続虚栗 二八五)
早梅や　御室の里の　売りやしき　蕪村(2蕪村句集 二三二六)
水仙や　藪の付いたる　売り屋敷　浪化(5草刈笛 三九四)
からながら　師走の市に　うるさざい　越人(6あら野 八八一)
谷深う　まこと一人や　漆掻　碧梧桐(9ホ明38・9 〇一二二)
うら枯れや　からきめみつる　うるしの木　蕪村(2蕪村句集 一〇七九)
氷苦く　偃鼠が咽を　うるほせり　芭蕉(1虚栗 一四一)
白魚に　有明月の　うるみかな　大江丸(4俳懺悔 二〇五五)
雀子や　羽ありたけの　うれし皃(がほ)　赤羽(8俳諧新選 一〇五ぺ)
茸狩りや　黄蕈(いくち)も児(ちご)は　嬉し皃　利合(6炭俵 二五八二)
帰らずば　都の人や　うれしかり　令徳(4崑山集 〇〇九九)
摂待や　田も世の中の　嬉し声　嘯山(8俳諧新選 二二五ぺ)
能きふとん　宗祇とめたる　うれしさに　蕪村(2蕪村遺稿 一七九)
つつじ咲いて　石移したる　うれしさよ　蕪村(2蕪村句集 二三五三)
我が顔に　薺(なつな)とばしる　うれしさよ　青々(9鳥の巣 〇五〇〇)
夕しぐれ　蟇ひそみ音に　愁ふかな　蕪村(2蕪村句集 二一九八)
又往かん　さくらに皃(かほ)は　売れる共　嘯山(8俳諧新選 一〇九ぺ)
をしや花　そだたぬ土へ　栽ゑかへる　孤桐(8俳諧新選 一五五ぺ)
早乙女や　泣く子の方へ　植ゑて行く　乗捨(7俳諧古選 一七〇ぺ)
神の田や　三絃(さみせん)の手で　植ゑに来る　青牛(8俳諧新選 一一六ぺ)
蟻地獄　寂寞として　飢ゑにけり　風生(9朴若葉 一五六二)
菊の名は　忘れたれども　植ゑにけり　生林(6あら野 五六二)
柳　桜　柳　桜と　栽ゑにけり　子規(10獺祭句帖抄 六二七ぺ)
ひるがほに　足投げかけし　植女かな　巣兆(5曾波可理 九八七)
しののめや　鵜をのがれたる　魚浅し　蕪村(2蕪村句集 五六八)
川せみや　おのれみめよくて　魚沈む　子規(10獺祭句帖抄 六四八ぺ)
木枯や　脂がかりし　魚の味　露月(9露月句集 〇二二三)
獺(かはをそ)の　祭りに恥ぢよ　魚の店　蝶夢(7俳諧古選 二一七ぺ)
塩鯛の　歯ぐきも寒し　魚の店　芭蕉(1薦獅子集 七六六)
翡翠(かはせみ)や　水澄んで池の　魚深し　子規(10獺祭句帖抄 六ぺ一四)
名月や　神泉苑の　魚躍る　蕪村(2蕪村句集 二七一四)
日の暑さ　盥の底の　蠛(うんか)かな　凡兆(6猿蓑 一七八九)
於(アア)春々　大いなる哉(カナ)春と　云(うん)々(ぬん)　芭蕉(1向之岡 一一〇)

え

天懸かる　雪崩の跡や　永平寺　爽雨(9雪解 一八八七)
今朝の雪　虚子市に蓑を　得しや如何に　左衛門(9現代俳句集 〇八一八)
押し合ひて　紅梅さきぬ　枝限り　賀瑞(8俳諧新選 一〇二ぺ)
春泥や　嘴を浄めて　枝に鳥　露月(9露月句集 〇二二六)
涼しさや　直に野松の　枝の形(なり)　芭蕉(1笈日記 八五五)
山吹や　笠に指すべき　枝の形　芭蕉(1蕉翁句集 六七五)

風の手の届かぬ花の　枝もがな　安政（7俳諧古選一四四ぺ）
しぐれしてねぢけぬ菊の　枝もなし　子規（10獺祭句帖抄六六三ぺ）
はなの山常折りくぶる　枝もなし　一井（6あら野三六九）
薬掘りけふは蛇骨を　得たり𪜈（けり）　蕪村（2蕪村遺稿一七五八）
水仙の見る間を春に　得たりけり　路通（6あら野五二九）
楽しみの蕗のとうとう　得たりけり　麦翅（8俳諧新選一〇三ぺ）
冬やことしよき裘（かはごろも）　得たりけり　蕪村（2蕪村遺稿一一九五）
渋柿や街道中へ　枝をたれ　蝶夢（4草根発句集一七〇四）
夜の雪おとさぬやうに　枝折らん　除風（6あら野四四八）
つぎ侘びぬ世になき一穂　得てしより　太祇（8俳諧新選一〇四ぺ）
それ鯵は目の前日和　江戸生まれ　貞佐（4桑々畔発句集一二一七）
顔見世や積樽の上の　江戸の月　癖三酔（9癖三酔句集〇三七四）
桜なら喧吽なら雲　江戸の月　青峨（4東風流一二六三）
出る山はなくて海より　江戸の月　沾涼（4鳥山彦一二五七）
武蔵野を見ぬ人多し　江戸の月　超波（8俳諧新選一四六ぺ）
はづかしやまかり出てとる　江戸のとし　一茶（3おらが春四七四ぺ）
あらたふと大あぐらして　江戸の春　蝶々子（4俳諧三ツ物揃〇一四四）
有りがたや富士を見て来て　江戸の春　湖春（5蓮実八九）
鐘ひとつ売れぬ日はなし　江戸の春　其角（5宝晋斎引付二五六）
出来合の宮鳥井あり　江戸の春　沾涼（4鳥山彦一二五六）
蓬莱のやまと島根や　江戸の春　風虎（4六百番発句合〇一五三）
白魚や憚りながら　江戸の水　竹冷（9竹冷句鈔〇二八〇）
富士の風や扇にのせて　江戸土産　芭蕉（1伝土芳筆全伝六三）
松陰や生（いけ）船（ぶね）揚げに　江の月見　里東（6炭俵二五四五）
水仙や門を出づれば　江の月夜　支考（6続猿蓑三三八四）
つぶつぶと箒をもるる　榎（えの）み哉　望翠（6続猿蓑三二九〇）
梅さくや馬の糞道　江の南　無腸（4五車反古一八六二）
傘（からかさ）に歯朶（しだ）かかりけり　え方だな　夕道（6あら野四九二）
誰もなし釣る隅もなし　恵方棚　由平（7俳諧古選一八六ぺ）
御亭主の大黒耳や　蛭（えび）子（す）講（かう）　嘯山（8俳諧新選一四五ぺ）
子は衣裳親は常なり　蛭子講　其角（7俳諧古選二〇一ぺ）
侍の家をはさむや　蛭子講　瓜流（8俳諧新選一四五ぺ）
精進の布袋は淋し　恵比須講　巴雀（4高軒一二二二）
杉箸で火をはさみけり　夷（えびす）講（かう）　一茶（3七番日記三五九ぺ）
振り売りの雁（がん）あはれ也　えびす講　芭蕉（1炭俵八一八）
清輔は花に袋を　烏帽子哉　蕪村（2蕪村遺稿一三六九）
古きさま寛（ゆたけ）し。門松に丁（よぼろ）の　烏帽子着たる　信徳（4歳旦三物集〇二一四）
小男を雛の奏者に　選びけり　鑑水（7俳諧古選一五五ぺ）
夕ざくら旅重ねきて　衿に手を　平之助（9五所亭句集一〇九六）
冬ごもり母屋（もや）へ十歩の　縁伝ひ　蕪村（2蕪村遺稿一一九三）
若者はどこにでもゐる　炎天にも　立子（9昭46俳句年鑑一九五三）
鶯や餅に糞（ふん）する　縁のさき　芭蕉（1葛の松原七四二）
荷鞍ふむ春のすずめや　縁の先　土芳（6猿蓑一九五七）
菜の花や野中の寺の　縁の下　子規（10獺祭句帖抄六〇六ぺ）

若竹や四五寸茂る　縁の下　子規（10 獺祭句帖抄 六三一ぺ）
三日月やなく子をすかす　縁の端（はし）　湖暁（8 俳諧新選 一三〇ぺ）

お

炬燵熱や老に冊（かしづ）く　老あはれ　東洋城（9 東洋城全句中 〇三九七）
寒梅を手折るひびきや　老が肘　蕪村（2 蕪村句集 二一五五）
さみだれのうつほばしらや　老が耳　蕪村（2 蕪村句集 五五八）
蚊がちらりほらり是から　老が世ぞ　一茶（3 おらが春 四四一ぺ）
片腕にひるまぬ梅の　老木かな　富天（4 俳諧家譜 一七一四）
咲く花をむつかしげなる　老木哉　木節（6 続猿蓑 二九七六）
さくらさくらと唄はれし　老木哉　一茶（3 おらが春 四三五ぺ）
青柳や二筋三すぢ　老木より　柳居（4 柳居発句集 一一四六）
葛水に高足師より　老いにけり　蝶衣（9 蝶衣句稿 〇五六四）
節分も仏と誓ひ　老いにけり　宋屋（8 俳諧新選 一四四ぺ）
橇馬の臀毛少なに　老いにけり　蛇笏（9 家郷の霧 〇六五五）
それなりに蚊屋もはづさで　老いにけり　一瓢（5 玉山人家集 一一四六）
寝起きから団扇とりけり　老いにけり　道彦（5 蔦本集 九七三）
めでたき人のかずにも入らむ　老のくれ　芭蕉（1 あつめ句 二五六）
肩衣（かたぎぬ）は戻子（もぢ）にてゆるせ　老の夏　杉風（6 あら野 九六四）
白炭やかの浦島が　老の箱　芭蕉（1 江戸通町 八七）
勝負せずして七十九年　老の春　風生（9 喜寿以後 一五七五）
それも応是もおうなり　老の春　涼菟（5 一幅半 四一二）
ほうらいの山まつりせむ　老の春　蕪村（2 蕪村句集 二二〇）
むく犬の年と共にや　老の春　玄札（4 知足書留歳旦帖 〇一三五）
稲かけて風も引かさじ　老の松　蕪村（2 蕪村句集 一〇六九）
橘や蚊屋に碁をうつ　老二人　田福（8 俳諧新選 一一八ぺ）
鶯や竹の子藪に　老を鳴く　芭蕉（1 別座鋪 八四六）
団子坂上り下りや　鷗外忌　虚子（14 七百五十句 一二二ぺ）
花に来て鱠（なます）をつくる　おうなかな　蕪村（2 蕪村遺稿 二一一〇）
雀の子そこのけそこのけ　御馬が通る　一茶（3 おらが春 四四〇ぺ）
手折らせて手を花瓶や　御駕（かご）脇　百万（8 俳諧新選 一〇九ぺ）
雁はまだ落ちついてゐるに　御かへりか　大江丸（5 はいかい袋 八六九）
コーヒーのんでねむらない夜の　おかめこほろぎ　禅寺洞（9 禅寺洞句集 二二八八）
はつ露や猪（ゐ）の臥す芝の　起きあがり　去来（6 猿蓑 一八一）
初かまど燃え立ち家人　起き起くる　躑躅（9 同人第二句集 〇八六二）
花の夢このみを留主に　置きけるか　嵐雪（7 俳諧古選 二〇〇ぺ）
自由さや月を追ひ行く　置火燵　洞木（6 続猿蓑 三三八七）
住みつかぬ旅のこころや　置火燵　芭蕉（1 勧進牒 六五五）
春寒や机の下の　おきこたつ　梓月（9 藤村机の裏書き 〇三六九）
春雨や手品に当たる　置炬燵　巴静（7 俳諧古選 一五五ぺ）
春惜しむ宿やあふみの　置火燵　蕪村（2 蕪村句集 二五九三）
吉野とも我が隠家ぞ　置火燵　笛十（8 俳諧新選 一三八ぺ）
前髪の旧地あれけり　置頭巾　万立（7 俳諧古選 二三三ぺ）

暑き夜やいづくを足の置き所　尚白（7俳諧古選 二〇二ぺ）
菊刈るや冬たく薪の置き所　杉風（6続猿蓑 三四三八）
白露の無分別なる置き所　宗因（4俳諧温故集 〇一六七）
煤掃や第一嫁のおき所　超波（4貞佐歳旦帳 一二二一）
夜は夜とて忘れぬ凧の置き所　乙二（4松窓乙二集 二一二四）
炉塞ぎしあとや机の置き所　白尼（4庵たから 一七九八）
追ひ風に薄刈りとる翁かな　蕪村（2蕪村遺稿 一七六八）
杜父魚（かくぶつ）のえものすくなき翁哉　蕪村（2蕪村句集 一〇八二）
からざけに腰する市の翁哉　蕪村（2蕪村句集 一四八三）
霜あれて韮（にら）を刈り取る翁かな　蕪村（2蕪村句集 一八八六）
立つ年の頭もかたい翁かな　宗因（4宗因千句 〇一六九）
麦刈に利き鎌もてる翁哉　蕪村（2蕪村遺稿 一一一四）
初雪や峰に旭（あさひ）も置きながら　嘯雨（8俳諧新選 二三九ぺ）
行く秋やもて来た風は置きながら　素園（8俳諧新選 二三五ぺ）
切干もあらば供へよ翁の忌　虚子（12六百句 二〇九ぺ）
湖の寒さを知りぬ翁の忌　虚子（12六百句 二二一ぺ）
みじか夜を眠らでもるや翁丸　蕪村（2蕪村句集 八八三）
弟子尼の鬼灯（ほほづき）植ゑておきにけり　一茶（3八番日記 三五一ぺ）
短夜に我が目たらして起きにけり　李流（8俳諧新選 一八ぺ）
青苔は何ほどもとれ沖の石　傘下（6あら野 一〇九〇）
魚舟の寄れる蚊（か）蠅の沖へ飛ぶ　習先（8俳諧新選 二三ぺ）
百日紅（さるすべり）うつる障子や御経迄　李流（8俳諧新選 二二ぺ）

病む人の蚊帳にすがる起居かな　子規（10獺祭句帖抄 六二七ぺ）
黄砂（くわうさ）降り台湾メール沖をゆく　禅寺洞（9禅寺洞句集 二二八七）
寒月や留主頼まれし奥の院　太祇（8俳諧新選 一四一ぺ）
散る花にたぶさ恥ぢけり奥の院　杜国（6あら野 九五八）
手から手へ蕨に山路送られん　野有（8俳諧新選 一五八ぺ）
おもふ事紙帳にかけと送りけり　野径（6猿蓑 二一四九）
しぶ柿のしづかに秋を送りけり　吏登（4吏登発句集 一一八二）
霜をふんでちんば引くまで送りけり　芭蕉（1茶のさうし 一〇八）
藤の花長うて連れにおくれけり　素園（8俳諧新選 一一一ぺ）
秋のよやおびゆるときに起こさるる　胡及（6あら野 一〇六〇）
筍や三度思ひて起こしけり　来几（7俳諧古選 一七二ぺ）
堅炭も其の木の葉よりおこりけり　其角（7俳諧古選 一八九ぺ）
恥ぢもせず我がなり秋とおごりけり　北枝（6あら野 七五〇）
凍る断層黄河（くわうが）文明起こりし地　素逝（9砲車 一八二三）
ちとの間は我が宿めかずおこり炭　一茶（3文化句帖 三六〇ぺ）
寒菊錦着て百菊の跡おさへけり　嘯山（8俳諧新選 二三七ぺ）
我が留主に竹の子簀戸（すのこ）を押さへけり　右丸（7俳諧古選 二〇九ぺ）
よい踊りわるい踊りにおされけり　大夢（8俳諧新選 一二五ぺ）
明けていふ御慶や船をおしながら　李流（8俳諧新選 一〇〇ぺ）
上り来て念仏泣きけり御霜月　左釣（8俳諧新選 一四五ぺ）
行く年の空に日の照る御城かな　露月（9ホ明30・12 〇二五五）
芍薬（しやくやく）を如意にもち行く御僧哉　龍眠（8俳諧新選 一一五ぺ）

海鼠(なまこ)食ふは　きたない物か　御僧達　嵐雪（7俳諧古選一八九ぺ）
暁の　夏陰茶屋の　遅きかな　昌圭（6波留濃日三三九）
有明の　はつはつに咲く　遅ざくら　史邦（6猿蓑一九七五）
去にしなの　愛想成りけり　遅桜　閑々（7俳諧古選二一九ぺ）
柏木の　ひろ葉見するを　遅ざくら　蕪村（2蕪村遺稿二一二二）
元朝や　何となければ　遅ざくら　路通（6あら野四六五）
すごすごと　山やくれけむ　遅ざくら　一髪（6あら野五七四）
誰が母ぞ　花に珠数(じゅず)くる　遅ざくら　祐甫（6炭俵二四四六）
旅人や　鐘に石打つ　遅ざくら　紫暁（5松のそなた九〇六）
ゆく春や　逡巡として　遅ざくら　蕪村（2蕪村句集二二五二）
落鮎や　日に日に水の　おそろしき　千代女（5俳諧百一集五一七）
さみだれや　名もなき川の　おそろしき　蕪村（2蕪村遺稿九〇二）
姑や　あかがりの手の　恐ろしき　子規（9寒山落木巻四〇〇二五）
庭に寝て　月孕む雲　怖ろしき　青嵐（9永田青嵐句集〇八九四）
ふゆの夜や　針うしなうて　おそろしき　梅室（5梅室家集一一七三）
鳶ヒヨロ　ヒヒヨロ神の　御立ちげな　一茶（3七番日記三五九ぺ）
赤い椿　白い椿と　落ちにけり　碧梧桐（9碧梧桐句集〇一〇一）
かたつぶり　枯葉に乗りて　落ちにけり　雁觜（8俳諧新選一一五ぺ）
菊畠に　干竿躍り　おちにけり　久女（9杉田久女句集〇九四〇）
桐一葉　日当たりながら　落ちにけり　虚子（9五百句〇〇六四）
きれ凧(だこ)の　広野の中に　落ちにけり　子規（10獺祭句帖抄六二三ぺ）
しら露の　明かりへ出ると　落ちにけり　几圭（4新雑談集一一八七）
滝の上に　水現れて　落ちにけり　夜半（9翠黛一六四二）
竹の皮　日陰日向と　落ちにけり　虚子（13六百五十句二二九ぺ）
ほつごんと　笑うて栗の　落ちにけり　沙龍（8俳諧新選一三三ぺ）
妹が垣根　古下駄朽ちて　落葉かな　子規（10獺祭句帖抄六六六ぺ）
内海の　櫂にちらりと　落葉かな　几圭（4続あけがらす一一八五）
縁に干す　蒲団の上の　落葉かな　子規（10獺祭句帖抄六一一ぺ）
かがみ磨ぎ　寺町のぞく　おちばかな　巣兆（5曾波可理九八九）
川の名は　有りて流れぬ　おちばかな　五始（8俳諧新選二三六ぺ）
貝むきが　手もとまぎるる　落葉かな　成美（5成美家集九三五）
菊は黄に　雨疎かに　落ばかな　蕪村（2蕪村句集一九一四）
木の葉たく　烟のうへの　おちば哉　暁台（5暁台句集七七四）
定家の　手を出す闇の　落葉かな　不角（7俳諧古選一八七ぺ）
様見えて　土になりゐる　落葉かな　東洋城（9東洋城全句上〇三九九）
寒くとも　三日月見よと　落葉哉　素堂（7俳諧古選一八七ぺ）
静かさに　耐へずして降る　落葉かな　虚子（12五百五十句三七ぺ）
岨(そば)行けば　音空を行く　落葉哉　太祇（8俳諧新選二三六ぺ）
大木の　見上ぐるたびに　落葉かな　虚子（12六百句一六四ぺ）
焚くほどは　風がくれたる　おち葉哉　一茶（3七番日記三五八ぺ）
茶袋を　捨つるところも　落ば哉　蕪村（2蕪村遺稿二六三）
地をはへる　ものの巣になる　落葉かな　秋瓜（4つくば紀行一七四九）
舂臼(つきうす)の　心落ちつく　落葉哉　蕪村（2蕪村遺稿六四〇）
九折(つづらをり)　海へ鳴り行く　おちばかな　瓜流（8俳諧新選二三六ぺ）

隣る木も　なくて銀杏の　落葉かな　道彦（4蔦本集 二〇九）
鳥めらが　来ては屋根ふむ　落葉かな　成美（4成美家集 二〇六六）
団栗も　かきよせらるる　落葉かな　子規（10獺祭句帖抄 六〇一ペ）
西吹けば　東にたまる　落ば哉　蕪村（2蕪村句集 六四一）
乗物を　しづかに居ゑる　落葉かな　蕪村（2蕪村遺稿 二六〇）
白日は　我が霊なりし　落葉かな　水巴（9定本水巴句集 〇五九一）
果ては皆　仏の道へ　落葉かな　蓮之（7俳諧古選 一九三ペ）
はひるより　先(まつ)取りてみる　落葉哉　一道（6続猿蓑 三三五八）
ひらひらと　深きが上の　落葉かな　虚子（11五百句 五六ペ）
昼間から　錠さす門の　落葉かな　荷風（9荷風句集 一一六六）
吹きよせた　形(なり)に片づく　落葉かな　篤羽（8俳諧新選 二三七ペ）
古寺の　藤あさましき　落ばかな　蕪村（2蕪村句集 一九〇八）
星さえて　江の鮒ひらむ　落葉哉　露沾（6続猿蓑 三三五五）
細道の　窪みを均(なら)す　落葉かな　由至（8俳諧新選 二三六ペ）
堀割の　道じくじくと　落葉かな　子規（10獺祭句帖抄 六四一ペ）
ほれぼれと　日を抱く庭の　落葉哉　吏登（5吏登句集 四七九）
又春の　来る共見えぬ　おちば哉　蓼太（8俳諧新選 二三六ペ）
待人の　足音遠き　落葉かな　蕪村（2蕪村句集 一九一三）
水底に　風のかくるる　落葉かな　浮石（8俳諧新選 二三六ペ）
水無月の　木陰によれば　落葉かな　水巴（9定本水巴句集 〇六〇二）
耳立てて　馬のきよろつく　落葉哉　蘭丈（8俳諧新選 二三六ペ）
見る中に　月の影減る　落葉哉　素園（8俳諧新選 二三六ペ）

目の先へ　月のこぼるる　落葉哉　李流（8俳諧新選 二三六ペ）
百歳の　気色を庭の　落葉哉　芭蕉（1真蹟画賛 七二一）
山々の　肌あらはなる　落葉かな　粗岡（8俳諧新選 二三六ペ）
往き来待ちて　吹田(すいた)をわたる　落ば哉　蕪村（2蕪村句集 一九〇七）
留主のまに　荒れたる神の　落葉哉　芭蕉（1芭蕉庵小文庫 七三六）
胸出して　鳩のぼり来る　落葉坂　虚子（12六百句 一六一ペ）
もしほぐさ　柿のもと成る　落葉さへ　蕪村（2蕪村句集 二〇二二）
萩黄葉しぬ　朽葉しぬ　落葉しぬ　夜半（9彩色 一六四六）
歯塚とは　あらはづかしの　落葉塚　虚子（14七百五十句 一一八ペ）
塩買ひて　かへる径(こみち)や　落葉時　乙二（5斧の柄草稿 九五九）
旅人の　垣根にはさむ　おち穂哉　一茶（3文政版発句集 三五〇ペ）
日本の　外が浜まで　おち穂哉　一茶（3七番日記 三五〇ペ）
キャンプ寝て　太白西に　落ちゆけり　誓子（9凍港 一四七〇）
酒の瀑布(たき)　冷麦の九天より　落ちるならん　其角（5虚栗 二五九）
滝水の　遅るるごとく　落つるあり　夜半（9翠黛 一六四三）
豊国や　夜の椿の　落つる音　良詮（7俳諧古選 二〇七ペ）
日盛りや　枝の蛙の　落つる音　秋房（7俳諧古選 二一九ペ）
人住まぬ　島山畑や　落つる雁　太祇（8俳諧新選 二三一ペ）
五所柿や　おのれが葉さへ　落つるのに　存義（4かなあぶら 一七三八）
琵琶行の　夜や三味線の　音霰　芭蕉（1後の旅 一九四）
冬しらぬ　宿やもみする　音あられ　芭蕉（1夏炉一路 一八八）
蝸牛(かたつぶり)　石に落ちたる　音悲し　氷花（7俳諧古選 一六七ペ）

粽解きて蘆ふく風の　音聞かん　蕪村（2蕪村句集 二一五九）
丸盆の椎にむかしの　音聞かん　蕪村（2蕪村句集 二〇七八）
古井戸や蚊に飛ぶ魚の　音くらし　蕪村（2蕪村句集 一〇九）
真がねはむ鼠の牙の　音寒し　蕪村（2蕪村遺稿 一一八二）
雁鳴いて大粒な雨　落しけり　乙字（9乙字句集 〇九八八）
苦労した水礼いふて　落しけり　土髪（8俳諧新選 一五四ぺ）
春の雨寒さを淀へ　落しけり　青畉（8俳諧新選 一〇三ぺ）
未開紅見とれて念仏　落しけり　弁石（7俳諧古選 一五二ぺ）
侘びつつも椿をながめ　落しけり　瓜流（8俳諧新選 一五五ぺ）
くれかぬる日や山鳥の　おとしざし　蕪村（2蕪村遺稿 四五一）
笋の藪の案内や　おとしざし　蕪村（2蕪村句集 九八四）
撫子や夏野の原の　落し種　守武（4誹諧初学抄 〇〇二二）
足あとのなき田わびしや　落し水　蕪村（2蕪村遺稿 六二八）
雨乞ひの小町が果てや　おとし水　蕪村（2蕪村句集 六二二）
君が代や調子のそろふ　落し水　子規（9寒山落木巻一 〇〇一六）
二三尺秋の響きや　落し水　月渓（5続あけがらす 八三一）
日焼田や二反はからき　落し水　子規（10獺祭句帖抄 六三五ぺ）
村々の寝ごころ更けぬ　落し水　蕪村（2蕪村句集 六二六）
山里や屋根より上に　落し水　麻兄（8俳諧新選 一三五ぺ）
はなちるや伽藍（がらん）の枢（くるる）　おとし行く　凡兆（6猿蓑 一九八八）
松風の落葉か水の　音涼し　芭蕉（1蕉翁句集 九五八）
葛水に松風塵を　落すなり　虚子（11五百句 一八ぺ）

団栗の広葉つきぬく　音すなり　子規（10獺祭句帖抄 六一六ぺ）
日盛りに蝶のふれ合ふ　音すなり　青々（9松苗 〇四九二）
やぶ入や隣を先へ　音信（おとづ）る　支鳩（8俳諧新選 一〇三ぺ）
梅折れば鼻をさし出す　弟哉　沾徳（7俳諧古選 二〇三ぺ）
宗鑑に葛水給ふ　大臣（おとど）かな　蕪村（2蕪村句集 二一四〇）
猿引や家を分けたる　弟へも　赤羽（8俳諧新選 一〇〇ぺ）
一しぐれさつと海鳴る　音遠し　南露（8俳諧新選 一三六ぺ）
花散るや耳ふつて馬の　おとなしき　鬼城（4鬼城句集 二一六五）
かなしさや麻木（をがら）の箸も　おとなみ　惟然（6続猿蓑 三四五〇）
山中や笠に落葉の　音ばかり　菊舎（5手折菊 九五一）
魂祭り母屋（もや）の妻戸の　音は何　嵐雪（7俳諧古選 一七八ぺ）
雲の中滝かがやきて　音もなし　青邨（9雪国 一六〇二）
冬山に枯木を折りて　音を聞く　蛇笏（9椿花集 〇六七一）
蕣（あさがほ）やさくもしぼむも　同じ朝　赤羽（8俳諧新選 一二六ぺ）
雲霞どこまで行くも　おなじ事　野坡（6炭俵 二四六八）
このくれも又くり返し　同じ事　杉風（6炭俵 二六三六）
絵団扇のそれも清十郎に　お夏哉　蕪村（2蕪村句集 九一九）
茨はら咲き添ふものも　鬼あざみ　荒雀（6続猿蓑 三〇三三）
花は賤のめにもみえけり　鬼（おに）薊（あざみ）　芭蕉（1続山井 五）
暮れ淋し花の後ろの　鬼瓦　友五（6あら野 三六三）
雀子や走りなれたる　鬼瓦　鳴雪（4鳴雪俳句鈔 二二二三）
峰入や笈に用意の　鬼殺し　嘯山（8俳諧新選 一五二ぺ）

おはれてや脇にはづるる鬼の面　荷兮（6あら野 八四二）
其の迹（あと）は子どもの声や鬼やらひ　一茶（3おらが春 四七四ぺ）
くり返しヤツオン花の御能哉　赤羽（8俳諧新選 一五六ぺ）
薪火の足元暗き御能かな　挿雲（9春夏秋冬 ○三五九）
駕（かご）を出て寒月高し己が門　太祇（8俳諧新選 一四一ぺ）
むかし男なまこの様におはしけむ　大江丸（5はいかい袋 八七八）
西行も虎もしぐれておはしけり　子規（10獺祭句帖抄 六六二ぺ）
仏名会腰のぬけたるおはしけり　之房（8俳諧新選 一四五ぺ）
芍薬（しゃくやく）や殿下ほほ笑みておはしける　嘯山（8俳諧新選 一一五ぺ）
おももちやしぐるるをききおはします　青々（9松苗 ○四七七）
夕顔は白光仏におはすかや　梨葉（9梨葉第二句集 一○七六）
灰猫のやうな柳もお花かな　一茶（3おらが春 四三五ぺ）
大空に長き能登ありお花畑　青畝（9国原 一五○一）
夕皃の花で涕（はな）かむおばば哉　一茶（3おらが春 四四五ぺ）
花に寄る蜂追ひにけり追はれけり　無関（7俳諧古選 一五六ぺ）
枯蓮の水を犬飲むおびえつつ　虚子（12六百句 二○七ぺ）
行く春にわかの浦にて追ひ付（おひつ）いたり　芭蕉（1笈の小文 三七七）
鹿の音も遠く隔てる追風（おひて）哉　勝波（8俳諧新選 一四九ぺ）
梅の木や御払箱を負ひながら　一茶（3おらが春 四七五ぺ）
はつ雪や聖小僧の笈の色　芭蕉（1勧進牒 六五一）
桃尻や暑さにたへぬ御百姓　之房（8俳諧新選 一二○ぺ）
籾かゆし大和をとめは帯を解く　青畝（9国原 一五二二）
いつたきて蕗の葉にもるおぶくぞも　里東（6猿蓑 二一五○）
猪（ちょき）牙舟や春のゆくへを追ふごとし　蝶夢（5草根発句集 八五七）
旧景が闇を脱ぎゆく大旦（あした）　草田男（9万緑昭35・1 二五二八）
わが足にからまる一葉大いなり　虚子（13六百五十句 一六四ぺ）
鶴の影舞ひ下りる時大いなる　久女（9杉田久女句集 ○九五三）
杖捨てて菊も参るや大内山　茶雷（8俳諧新選 一三三ぺ）
米春きの師走やさしや覚え書　米仲（8俳諧新選 一四六ぺ）
桃のはな一条殿の覚えかな　嘯山（8俳諧新選 一○七ぺ）
おどけざる祭りと誰も覚えけり　赤羽（8俳諧新選 一一五ぺ）
追ふ蝿のよくも我が座を覚えけり　雁觜（7俳諧古選 二一九ぺ）
同じ火の花よ涼しく覚えける　都城（8俳諧新選 一二八ぺ）
もの言ひて露けき夜と覚えたり　虚子（11五百句 七九ぺ）
しら魚の骨や式部が大江山　荷兮（6あら野 八九二）
わか菜より七夕草ぞ覚えよき　荷兮（6あら野 八三七）
たてて見む霞やうつる大かがみ　野水（6あら野 四九四）
秋ぞしる家に鼠の多き事　亀成（8俳諧新選 一三五ぺ）
かすむ日やしんかんとして大座敷　一茶（3おらが春 四四○ぺ）
心太（ところてん）手自（てづから）にせんとおぼしめす　蕪村（2蕪村遺稿 一七一七）
夕立や膳最中の大書院　太祇（8俳諧新選 一二二ぺ）
御仏は淋しき盆とおぼすらん　一茶（3希杖本句集 三四七ぺ）
有りと見えて扇の裏絵おぼつかな　蕪村（2蕪村句集 一○六八）
茨老いすすき痩せ萩おぼつかな　蕪村（2蕪村句集 一二八三）

此の藤や 見る程絵とは 覚束な　卯雲（8 俳諧新選 一五五ペ）
茶の花や 黄にも白にも おぼつかな　蕪村（2 蕪村句集 三六九）
屠蘇の酔ひ 金短冊に 覚束な　月斗（9 昭和俳句集 〇五一五）
ほたる見や 船頭酔うて おぼつかな　芭蕉（1 猿蓑 六二七）
巳のとしや むかしの春の おぼつかな　荷兮（6 あら野 五〇〇）
西日今 沈み終はりぬ 大対馬　虚子（12 六百句 一五二ペ）
遅き日や 草をくさぎる 大手前（さ）き　蕪村（2 蕪村遺稿 二三五一）
冬山の 殺（そ）き立てば雪 大照る日　温亭（9 温亭句集 〇八三八）
我を見て 舌を出したる 大蜥蜴　虚子（14 七百五十句 七一ペ）
わか草や 社（やしろ）へ遠き 大鳥居　雅因（8 俳諧新選 一〇三ペ）
惨として 日をとどめたる 大夏木　虚子（13 六百五十句 一七七ペ）
酢瓶いくつ 最昔（そのかみ）八岐（やまた）の 大生海鼠（なまこ）　松意（5 軒端の独活 一四一）
西日負ふ 雉の光や 大原野　瓜流（8 俳諧新選 一〇四ペ）
山のすがた 蚤が茶臼の 覆ひかな　芭蕉（1 伝土芳筆全伝 五九）
正月や 梅のかはりの 大吹雪　一茶（3 七番日記 三三三ペ）
我ここに かくれ終はりし 大冬木　虚子（13 六百五十句 一八八ペ）
夏蝶の 高く上りぬ 大仏　虚子（14 七百五十句 一一五ペ）
万緑の 万物の中 大仏　虚子（13 六百五十句 二一二ペ）
日盛りや ふと金色の 大真鯉　王城（9 同人句集 〇九一九）
はねつくや 世ごころしらぬ 大またげ　太祇（5 太祇句選 五四一）
初空や 静かにわたる 大まつり　呑江（8 俳諧新選 一〇〇ペ）
重ねおく 袖の匂ひや 大三十日　菜根（8 俳諧新選 一四六ペ）

今朝からの しまつをかしや 大三十日　瓜流（8 俳諧新選 一四六ペ）
なつかしき 月の栖や 大三十日　移竹（7 俳諧古選 二一六ペ）
盆ほどに 子を洗はぬや 大三十日　青魚（7 俳諧古選 二二九ペ）
世をすてし 身の自慢日や 大晦日　三千風（5 三千風笛探 一五九）
灯籠二つ 掛けて淋しき 大家かな　子規（10 獺祭句帖抄 六五三ペ）
泣いて行く ウェルテルに逢ふ 朧哉　紅葉（9 紅葉句帳 〇二七二）
藻がくれの 海月に昼の おぼろ哉　二柳（5 几董草稿 七六一）
暁も 埋めたままや 朧月　鳥酔（5 若松原 四九四）
逢ひ見しは 女の賊（すり）や おぼろ月　太祇（8 俳諧新選 一〇八ペ）
板橋の 音静かなり おぼろ月　吏登（8 俳諧新選 一〇八ペ）
馬さぐり かかる齌（もすそ）や おぼろ月　菜根（8 俳諧新選 一〇八ペ）
海に入りて 生まれかはらう 朧月　虚子（11 五百句 一〇ペ）
御忍びの きぬの薫りや 朧月　魯雲（8 俳諧新選 一〇八ペ）
大はらや 蝶の出てまふ 朧月　丈草（6 炭俵 二四〇九）
上京に しらぬ路あり おぼろ月　管鳥（8 俳諧新選 一〇八ペ）
薬盗む 女やは有る おぼろ月　蕪村（2 蕪村句集 八五八）
暮るる共なく 暮るる夜や 朧月　渡牛（8 俳諧新選 一〇八ペ）
五位鷺（ごゐ）の居る 田中の松や 朧月　旧国（8 俳諧新選 一〇八ペ）
さしぬきを 足でぬぐ夜や 朧月　蕪村（2 蕪村句集 二〇三九）
猿沢は 古への水歟（か） 朧月　宜中（8 俳諧新選 一五二ペ）
瀟湘の 雁のなみだや おぼろ月　蕪村（2 蕪村句集 二二三八）
立ち出でて 蕎麦屋の門の 朧月　子規（10 獺祭句帖抄 六二四ペ）

だんだらの　かつきに逢ひぬ　朧月　子規（10獺祭句帖抄　六二四ぺ）
つぶつぶと　江に寝る鳥や　朧月　文素（8俳諧新選　一〇八ぺ）
手をはなつ　中（うち）に落ちけり　おぼろ月　去来（1泊船集　一〇九四）
出女の　厚き化粧や　朧月　之祐（8俳諧新選　一〇八ぺ）
どちへゆく　水ともさらに　朧月　希因（4暮柳発句集　一二〇三）
梨の園に　人イ（たたず）めり　おぼろ月　蕪村（2蕪村遺稿　五〇三）
二三里に　足らぬ旅寝や　おぼろ月　牛行（8俳諧新選　一〇八ぺ）
猫逃げて　梅匂ひけり　朧月　言水（5かり座敷　一七二）
猫の恋　やむとき閨の　朧月　芭蕉（1をのが光　七四四）
花の顔に　晴れうてしてや　朧月　芭蕉（1続山井　二三）
ほたほたと　椿の落つる　朧月　団水（7俳諧古選　一五一ぺ）
山の井に　蓋する音や　朧月　蒼虬（4訂正蒼虬集　二一五二）
夜あそびの　目蓋（まぶた）におもし　朧月　白尼（4春興朗詠集　一七九七）
よき人を　宿す小家や　おぼろ月　蕪村（2蕪村句集　一〇九八）
よく見れば　雨には遠し　朧月　嘯山（8俳諧新選　一〇八ぺ）
惜しさうに　夜の明くる也　朧月　孤桐（8俳諧新選　一〇八ぺ）
女倶して　内裏拝まん　おぼろ月　蕪村（2蕪村句集　一〇〇九）
銭臭き　人にあふ夜は　おぼろなり　成美（5成美家集　九二五）
鉢たたき　こぬよとなれば　朧なり　去来（6猿蓑　一九〇五）
ふく汁や　おのれ等が夜は　朧なる　蕪村（2蕪村遺稿　二三〇六）
辛崎の　松は花より　朧にて　芭蕉（1野ざらし紀行　二二三六）
怒濤岩を噛（か）む　我を神かと　朧の夜　虚子（11五百句　一〇ぺ）

鳳巾（たこ）揚げて　引かるる様や　おぼろ舟　杜支（8俳諧新選　一一〇ぺ）
馬かたは　しらじしぐれの　大井川　芭蕉（1泊船集　七三三）
さみだれの　空吹きおとせ　大井川　芭蕉（1真蹟懐紙　八五〇）
みじか夜の　闇より出でて　大ゐ河　蕪村（2蕪村遺稿　二一〇九）
みじか夜や　二尺落ちゆく　大井川　蕪村（2蕪村句集　五五三）
出がはりや　四月〳〵またぐ　大男　蓼太（4蓼太句集　一七四三）
むつきてふ　いづれ始めの　御ん時　貞徳（7俳諧古選　一四二ぺ）
一つ二つ　三しままつりの　おみきかな　知十（9鶯日　〇三五四）
菊鶏頭　きり尽くしけり　御命（おめい）講（かう）　芭蕉（1忘梅　四四四）
柚も柿も　をがまれにけり　御影（おめい）講（かう）　沾圃（6続猿蓑　三四五四）
白萩や　人まつ夜の　俤（おもかげ）に　舎来（8俳諧新選　一五二ぺ）
姫ふりや　袖に入れても　重からず　至暁（6続猿蓑　三一三八）
かたびらも　身はならはしの　重さかな　由来（8俳諧新選　一二二ぺ）
更衣（ころもがへ）　布子の恩の　おもさ哉　蕪村（2蕪村遺稿　五二〇）
水鳥の　水をはなれし　重さ哉　麦翅（8俳諧新選　一四一ぺ）
秋晴や　電車に乗つて　面白き　瓊音（9瓊音句集　一〇一二）
霧しぐれ　富士をみぬ日ぞ　面白き　芭蕉（1野ざらし紀行　一七三）
死なば秋　露のひぬ間ぞ　面白き　紅葉（4紅葉句帳　二二三一）
炉を出でて　度々月ぞ　面白き　野水（6あら野　七九五）
さし柳　ただ直なるも　おもしろし　一笑（6あら野　五四九）
蜀魄（ほととぎす）　たちまち野山　面白し　野有（8俳諧新選　一一三ぺ）
あひあひに　松なき門も　おもしろや　柳風（6あら野　四八九）

蔦の葉や見回す中の　重道具(おもだうぐ)　木因（7 俳諧古選 二〇五ぺ）
あれにけり蚤の都の　おもてがへ　松意（5 誹諧三ヶ津 一三九）
山国の蝶を荒しと　思はずや　虚子（9 六百句 〇〇九七）
草萌えぬ地もなし吾子　懐はぬ日も　露月（9 露月句集 〇二一〇）
雁行きて門田も遠く　おもはるる　蕪村（2 蕪村句集 二三五二）
葛水や旅にある子の　思はるる　守一（8 俳諧新選 一二三ぺ）
元日や神代の事も　思はるる　守武（4 柿衛文庫真蹟 〇〇一六）
燕(つばくら)やなき二親の　思はるる　嘯山（8 俳諧新選 一〇六ぺ）
枇杷さくや涼しい事の　思はるる　古津（8 俳諧新選 一三八ぺ）
白露や染めん物とは　思はれず　嘯山（8 俳諧新選 一二六ぺ）
杜若(かきつばた)われに発句の　おもひあり　芭蕉（1 千鳥掛 二四二）
長き夜を白髪の生える　思ひあり　子規（10 獺祭句帖抄 六五二ぺ）
姥桜さくや老後の　思ひ出(いで)　芭蕉（1 佐夜中山集 二）
一酔に正月暮れし　思ひ哉　月斗（9 昭和俳句集 〇五〇二）
蚊屋の裾硯によごす　思ひかな　百万（8 俳諧新選 一五七ぺ）
ずんずんと日に秋深む　おもひかな　石鼎（9 石鼎句集 〇七五一）
日暮れ日暮れ春やむかしの　おもひ哉　蕪村（2 蕪村遺稿 一〇四六）
五器の飯ほとびる猫の　思ひかや　子規（10 獺祭句帖抄 五九八ぺ）
雁の声屋根へ下りたと　思ひけり　土髪（8 俳諧新選 一三一ぺ）
草花やアイヌ在らばと　思ひけり　句仏（9 句仏句集 〇五二八）
けふになりて菊作らうと　おもひけり　二水（6 あら野 七六五）
此の秋風のもて来る雪を　思ひけり　虚子（11 五百句 三九ぺ）
此のふゆや紙衣着ようと　おもひけり　蕪村（2 蕪村句集 二三五五）
すずしさに外に蚊屋ほしと　思ひけり　雁觜（8 俳諧新選 一二一ぺ）
夏の海あるかれさうに　思ひけり　沙月（8 俳諧新選 一二三ぺ）
匂ふ梅翌(あす)来て見んと　思ひけり　既白（8 俳諧新選 一〇二ぺ）
脱いだ時大きな足袋と　思ひけり　富水（8 俳諧新選 一四三ぺ）
野に似よと萩の主は　思ひけり　嘯山（8 俳諧新選 一一八ぺ）
踊場に遣水ほしく　思ひけり　季遊（8 俳諧新選 一二五ぺ）
髪置や三つ子に云はす　思ひ夫(づま)　太祇（8 俳諧新選 一四五ぺ）
此の上に落花つもれと　思ふかな　子規（10 獺祭句帖抄 六四五ぺ）
ものの香のきのこあるべく　思ふかな　子規（10 獺祭句帖抄 六一七ぺ）
冬晴の虚子我ありと　思ふのみ　虚子（14 七百五十句 七四ぺ）
水無月の桐の一葉と　思ふべし　野水（6 あら野 一〇〇一）
雁聞きに京(みやこ)の秋に　おもむかむ　芭蕉（1 怒誰宛書簡② 六四五）
くさぐさの色目や夏の　おもむきに　梨葉（9 梨葉句集第一 一〇七三）
子を食はれ何とか竹の　親心　槐枝（7 俳諧古選 二三一ぺ）
よい聟を願ひの糸や　親ごころ　雁觜（8 俳諧新選 二二四ぺ）
ともに裸身ともに浪聴き　父子なる　林火（9 早桃 二七五八）
常香を盛りて出代はる　親仁かな　紫水（8 俳諧新選 一〇八ぺ）
跡や先と子を守り行くや　親すずめ　它谷（8 俳諧新選 一〇六ぺ）
いそがしや昼飯頃の　親雀　子規（10 獺祭句帖抄 六〇五ぺ）
飛びあへぬ子をよぶ声や　親すずめ　召波（8 俳諧新選 一〇五ぺ）
飛びかはすやたけごころや　親雀　蕪村（2 蕪村句集 二一二〇）

玻璃内の　眼を感じつつ　親雀　虚子（13 六百五十句 一四三ペ）
日の影や　ごもくの上の　親すずめ　珍碩（6 猿蓑 一九五六）
翌(あす)の夜の　月を請け合ふ　爺(おやぢ)哉　一茶（3 だん袋 三四五ペ）
巣の中や　身を細うして　おや燕　峰嵐（6 続猿蓑 三〇一八）
やぶ入や　筵の上も　親の内　休影（8 俳諧新選 一四八ペ）
今朝秋や　見入る鏡に　親の顔　鬼城（4 鬼城句集 二二五六）
魂棚の　奥なつかしや　親の顔　去来（5 韻塞 二九八）
やぶ入の　寝るやひとりの　親の側　太祇（4 太祇句選 一八二一）
花さけと　打ちぬる雨や　親の杖　休安（7 俳諧古選 一四四ペ）
やぶいりや　琴かきならす　親の前　太祇（8 俳諧新選 一〇三ペ）
五六尺　飛んで見するや　親雲雀(ひばり)　龍眠（8 俳諧新選 一〇四ペ）
腰のあふぎ　礼義ばかりの　御山哉　一雪（6 あら野 一〇二九）
手を執つて　白き娼婦を　泳がしむ　誓子（9 青女 一四八一）
満潮に　身を横たへて　泳ぎけり　温亭（9 温亭句集 〇八四〇）
水鳥の　月も濁さず　游ぐ也　習先（8 俳諧新選 一四一ペ）
卯の花や　くらき柳の　及びごし　芭蕉（1 炭俵 八四一）
一言の　忘れ扇に　及ぶなき　元（9 島村元句集 〇九〇五）
目出度さも　ちゆう位也　おらが春　一茶（3 おらが春 四三三四ペ）
烏瓜　蔓に曳かれて　下り来る　温亭（9 温亭句集 〇八二七）
坂道や　桜を見つつ　下りて橋　楽天（9 新俳句 〇三二七）
かく縁の　高きに上り　下りにけん　虚子（13 六百五十句 一八五五ペ）
白馬を　少女瀆れて　下りにけむ　三鬼（9 旗 二三五七）

渋柿の　滅法生りし　愚さよ　たかし（9 野守 一六六一）
甘酒屋　打出の浜に　おろしけり　青々（9 妻木 〇四七四）
穭(ひつぢ)細く　鳥海の裏　おろす風　露月（9 露月句集 〇二二〇）
名月や　けふはあなたも　御急ぎ　一茶（3 七番日記 三四五ペ）
梅が香に　更け行く笛や　御曹子(おんざうし)　旧徳（7 俳諧古選 一五〇ペ）
蚊遣して　盗人待つや　御曹司　子規（10 獺祭句帖抄 六二八ペ）
菜殻火の　襲へる観世　音寺かな　茅舎（9 俳究昭14・10 一六九三）
爾等が　灌ぐ甘茶に　御像(すがた)　温亭（9 温亭句集 〇八三三）
梅さくや　平(へい)親(しん)王(わう)の　御月夜　一茶（3 七番日記 三三二ペ）
秋たつや　何におどろく　陰陽師　蕪村（2 蕪村句集 九三五）
かはし行く　水鳥どちの　温和也　赤羽（8 俳諧新選 一四二ペ）

か

かくれけり　師走の海の　かいつぶり　芭蕉（1 色杉原 六六四）
春の浜　大いなる輪が　画いてある　虚子（11 五百句 八八ペ）
卯の花や　玄能寮の　かい曲がり　嘯山（8 俳諧新選 一三ペ）
夏山や　木陰木陰の　江湖(がうこ)部屋　蕪葉（6 あら野 一〇二六）
子規(ほととぎす)　顔の出されぬ　格子哉　野坡（6 炭俵 二四九〇）
日の暮れや　大根掛けたる　格子窓　子規（10 獺祭句帖抄 六一九ペ）
黄昏(たそかれ)や　萩に鼬(いたち)の　高台寺　蕪村（2 蕪村遺稿 一六二）
行く年や　鷺は田地を　買うた皃(かほ)　卯雲（8 俳諧新選 一四五ペ）

夏帽や吹き飛ばされて濠に落つ　子規（10獺祭句帖抄六四七ぺ）
柿を食ひをはるまでわれ幸福に　草城（9人生の午後二四五五）
炎天の空美しや高野山　虚子（11五百句七九ぺ）
所化（しよけ）も減らで残暑の雨に講了す　句仏（9句仏句集〇五三三）
春の夕たえなむとする香をつぐ　蕪村（2蕪村句集二二五三）
秋かぜのうごかしてゆく案山子（かがし）哉　蕪村（2蕪村句集四五）
新しい物の似合はぬかがしかな　貫古（8俳諧新選二二八ぺ）
稲刈りて化けをあらはすかがしかな　蕪村（2蕪村遺稿七八八）
稲の葉の青かりしよりかかし哉　月渓（5五車反古八三〇）
疑ひの明けはなれたるかがしかな　三耳（8俳諧新選二二八ぺ）
大水を踏みこたえたるかかしかな　子規（10獺祭句帖抄六五三ぺ）
笠とれて面目もなきかがしかな　蕪村（2蕪村遺稿一八四〇）
着せる世話うちにをかしきかがし哉　孤桐（8俳諧新選二二八ぺ）
ケツデキが逃げたもしらぬかがし哉　蕪村（2蕪村遺稿一九二）
乞食にも斯は成られぬかがし哉　笠翁（7俳諧古選一八三ぺ）
御所柿にたのまれ貝（がほ）のかがしかな　蕪村（2蕪村句集七九〇）
拵（こしら）へし時から古きかがし哉　如風（7俳諧古選ぺ一八二）
此の秋の骨あらはるるかがし哉　春山（8俳諧新選二二八ぺ）
姓名は何子か号は案山子哉　蕪村（2蕪村句集一一六八）
銭銀（かね）に縁なき顔のかがし哉　乙由（7俳諧古選一八三ぺ）
たてて居る親仁の形（なり）もかがし哉　雅因（8俳諧新選二二八ぺ）
田と畑を独りにたのむ案山子哉　一泉（6あら野七四三）
近付に成りて別るる案山子かな　惟然（4其便一〇二三）
近よって身を顕せしかがし哉　玉芝（8俳諧新選二二八ぺ）
乳呑子の風よけに立つかかし哉　一茶（3おらが春四六八ぺ）
豊の秋よろこばしげなかがしかな　柳糸（8俳諧新選二四八ぺ）
錦する野にことことかがし哉　蕪村（2蕪村遺稿一九一）
雞（にはとり）は馴るる門田のかがしかな　水狐（7俳諧古選一八三ぺ）
花鳥の彩色のこすかがしかな　蕪村（2蕪村遺稿七八九）
一夜さも免して寝せぬかがし哉　卯七（7俳諧古選二〇三ぺ）
道くだり拾ひあつめて案山子かな　桃隣（6炭俵二六七六）
水落ちてほそ脛（はぎ）高きかがしかな　蕪村（2蕪村句集一一六九）
御幸にも編笠脱がぬかがし哉　団水（7俳諧古選一八二ぺ）
見渡せば出来不出来あるかがし哉　呂洞（7俳諧古選一八三ぺ）
三輪の田に頭巾着てゐるかがし哉　蕪村（2蕪村句集二五四三）
物の音ひとりたふるる案山子哉　凡兆（6猿蓑一八六一）
山風の奴ぶらするかがしかな　雁宕（8俳諧新選二二八ぺ）
よつ引いてひよろついて居るかがし哉　大夢（8俳諧新選二二八ぺ）
我が足にかうべぬかるる案山子哉　蕪村（2蕪村句集四八）
姨捨はあれに候ふとかがし哉　一茶（3七番日記三四八ぺ）
折れつくす秋に彳（たたず）むかがしかな　蕪村（2蕪村遺稿一一七〇）
もしや来て食ひなば呵（しか）れかがし共　它谷（8俳諧新選二二八ぺ）
白雲と冬木と終（つひ）にかかはらず　虚子（11五百句九八ぺ）
二冬木立ちて互ひにかかはらず　虚子（13六百五十句一六六ぺ）

二日月ちるべき桐の　かかへたり　千仭（8 俳諧新選 二四ペ）
大年の我が顔惜しむ　鏡かな　句仏（9 句仏句集 〇五二四）
なき影はうつらで寒き　鏡哉　木因（7 俳諧古選 二〇五ペ）
旅芝居穂麦がもとの　鏡たて　蕪村（2 蕪村句集 八七二）
いなづまや誰動かして　鏡山　龍眠（8 俳諧新選 二二五ペ）
奥白根かの世の雪を　かがやかす　普羅（9 日々昭12・1・17 〇七一〇）
ゆく秋やよききぬ着たる　かかり人　蕪村（2 蕪村句集 一三九）
遠く見えて鵜飼の陣の　篝（かがり）かな　鬼城（9 鬼城句集 〇六三〇）
森の鵜のうきをうらやむ　篝（かがり）哉　淡々（7 俳諧古選 二二四ペ）
蟷螂（かまきり）も烏の觜に　かかりけり　其化（8 俳諧新選 一二七ペ）
神無月鶉に痰の　かかりけり　雁宕（8 俳諧新選 四五ペ）
枯菊に筵のはしの　かかりけり　虚子（12 六百句 二四七ペ）
草の実の色をつくして　懸りけり　普羅（9 辛夷 〇七一六）
月暮れて朧に絹の　かかりけり　楚雀（8 俳諧新選 一〇八ペ）
蓼の花豊の落穂の　かかりたる　素十（9 初鴉 一五四六）
いな妻や秋津しまねの　かかり舟　蕪村（2 蕪村遺稿 一六六）
五月雨や我が宿ながら　かかり船　竿秋（7 俳諧古選 二一三ペ）
すずみ寝や秋を夢見る　懸かり舟　楮林（8 俳諧新選 二二ペ）
北海の梅雨の港に　かかり船　虚子（13 六百五十句 一九二ペ）
物焚いて花火に遠き　かかり舟　蕪村（2 蕪村句集 五九四）
行く春のいづち去りけむ　かかり舟　蕪村（2 蕪村遺稿 四六三）
コレラ船いつまで沖に　繋り居る　虚子（11 五百句 三九ペ）

わか竹や筑波に雲の　かかる時　宋阿（8 俳諧新選 一八ペ）
鏡山梅雨の曇りの　かかるなり　嘯山（8 俳諧新選 一五六ペ）
蚊柱に夢の浮はし　かかる也　其角（5 葛の松原 一二六二）
雛の灯（ひ）にいぬきが袂　かかるなり　蕪村（2 蕪村遺稿 二三六四）
峰の霧夕日にしめり　かかる也　卜友（8 俳諧新選 二二八ペ）
自南来と奈良の団（うちは）に　書かれたり　習先（8 俳諧新選 一一九ペ）
白団扇隣の羲之（ぎし）に　書かれたり　大江丸（4 はいかい袋 二〇五六）
竹の腹に何某の年と　書かれたり　習先（8 俳諧新選 一一八ペ）
冬ごもり灯下に書すと　書かれたり　蕪村（2 蕪村句集 六七〇）
松籟に単衣の衿を　かき合はす　みどり女（9 微風 〇九七〇）
里犬や枯野の迹（あと）を　齅（か）ぎありき　才麿（5 渡し船 二一九）
大夕立来るらし由布の　かきくもり　虚子（11 五百句 六七ペ）
明屋敷凡そ百本の　柿熟す　子規（10 獺祭句帖抄 六五七ペ）
日輪は筏にそそぐ　牡蠣育つ　青峰（9 海光 二二五四）
さし当たる用に任せて　書初めん　左釣（8 俳諧新選 一〇〇ペ）
冬籠り日記に夢を　書きつける　子規（10 獺祭句帖抄 六〇二ペ）
朝々の葉の働きや　燕子花（かきつばた）　去来（7 俳諧古選 一六七ペ）
あざやかに鷺を後ろや　燕子花　龍眠（8 俳諧新選 一一四ペ）
雨の日や門提げて行く　かきつばた　信徳（5 一橋 一六八）
有り難きすがた拝まん　かきつばた　芭蕉（1 惣七宛書簡 三九四）
いちはつはをとこなるらん　かきつばた　一井（6 あら野 六二四）
起き起きの心うごかす　かきつばた　仙化（6 猿蓑 一七三一）

此の雨に腐らぬ花よ　かきつばた　漁焉（8俳諧新選　一一四ぺ）
さざ波の縫ひ目縫ひ目や　かきつばた　阿誰（8俳諧新選　一一四ぺ）
棹添へて置かぬ舟あり　杜若（かきつばた）　助叟（7俳諧古選　一六二ぺ）
信田への栞と成るや　かきつばた　瓢水（8俳諧新選　一一四ぺ）
するすると花の花産む　杜若　林鴻（7俳諧古選　一六二ぺ）
田にならぬはづれはづれや　かきつばた　超波（8俳諧新選　一四六ぺ）
頰（つら）悪（にく）し蛙が物か　燕子花（かきつばた）　反木（7俳諧古選　一六二ぺ）
手のとどく水際うれし　杜若　宇多都（6続猿蓑　三一二八）
童子追ふ家鴨（あひる）の嘴や　杜若　喜舟（9紫川　○四六七）
似たりとは古人の麁相　杜若　嘯山（8俳諧新選　一一四ぺ）
独り乗る舟作らせん　杜若　周也（7俳諧古選　一七○ぺ）
冷汁はひえすましたり　杜若　沾圃（6続猿蓑　三一二七）
山もえにのがれて咲くや　かきつばた　尾頭（6続猿蓑　三一二六）
宵々の雨に音なし　杜若　蕪村（2蕪村句集　八七三）
世渡りにわたらぬ橋や　燕子花　孤山（8俳諧新選　一一四ぺ）
井のするゐに浅々清し　杜若　半残（6猿蓑　一七三○）
時鳥鳴く時　杜若白し　子規（10獺祭句帖抄　六四八ぺ）
朝顔や盗人よける　垣ならず　可風（8俳諧新選　一二六ぺ）
鶯の馳走に掃きし　かきね哉　一茶（3おらが春　四四○ぺ）
うす霧の引つからまりし　垣根哉　一茶（3七番日記　三四六ぺ）
灰捨てて白梅うるむ　垣ねかな　凡兆（6猿蓑　一八八九）
ほたほたと桃の花さく　垣根かな　紀逸（4茶話稿　一一六一）

虫干に雪沓かかる　垣根かな　太祇（8俳諧新選　一二三ぺ）
ももの花境しまらぬ　かきね哉　烏巣（6猿蓑　一九五一）
夜桑摘む提灯高き　垣根かな　蚋魚（9山鳩大7・7　○八四六）
よくみれば薺（なづな）花さく　垣ねかな　芭蕉（1続虚栗　二五九）
あさがほや蚊の声残る　垣ねより　湖十（4続花摘　一二三九）
秋空や日和くるはす　柿のいろ　洒堂（6続猿蓑　三二八九）
折って後貰ふ声あり　垣の梅　沾徳（5五子稿　四二九）
凩に鰓（あぎと）ふかるるや　鈎の魚　蕪村（2蕪村句集　二一九九）
ふけ行くや餅こぼしの　柿の霜　呑江（8俳諧新選　一四六ぺ）
しら梅や誰がむかしより　垣の外　蕪村（2蕪村句集　二三三八）
筝や柑子ををしむ　垣の外　蕪村（2蕪村遺稿　二一六一）
落つる気で多く出来けん　柿の薹　李流（8俳諧新選　一二三ぺ）
此の中の古木はいづれ　柿の花　此筋（6続猿蓑　三一二二）
洗濯やきぬにもみ込む　柿の花　薄芝（6猿蓑　一七三五）
虫のために害（そこな）はれ落つ　柿の花　蕪村（2蕪村句集　二六九三）
水鳥や夕日江に入る　垣のひま　蕪村（2蕪村遺稿　一九○四）
ゆく春や白き花見ゆ　垣のひま　蕪村（2蕪村句集　一九九四）
独りかもねんがける子や　柿の下　嘯山（8俳諧新選　一四九ぺ）
いそがしき春を雀の　かきばかま　洒堂（6炭俵　二三九一）
よろよろと棹がのぼりて　柿挟む　虚子（9五百五十句　○○九九）
山持のよい住みなしや　柿林　漁焉（8俳諧新選　一三一ぺ）
三千の俳句を閲し　柿二つ　子規（9俳句稿巻一　○○二四）

ちぎりきな　かたみに渋き　柿二つ　大江丸（5はいかい袋八七四）
秋来ぬと　目にさや豆の　垣ほ哉　田福（8俳諧新選一二四ぺ）
鶯の　雪踏み落とす　垣穂かな　一桐（6猿蓑一九〇六）
かり家を　貪るきくの　垣穂かな　暁鼯（6あら野九六七）
夕立に　干し傘ぬるる　垣穂かな　傘下（6あら野六八六）
るすにきて　梅さへよその　かきほかな　芭蕉（1あつめ句四五三）
祖父(おほぢ)親　まごの栄えや　柿みかむ　芭蕉（1堅田集七〇九）
寝すがたの　蠅追ふもけふが　かぎり哉　一茶（3父の終焉日記四二四ぺ）
まだ長う　成る日に春の　かぎりかな　蕪村（2蕪村句集二三七九）
帷子(かたびら)の　栄(はえ)は一度に　限りなん　沙月（8俳諧新選一二二ぺ）
淡雪の　傘がかいづか　垣を擦る　圭岳（9圭岳秀句私抄一一八七）
選句淋し　病妻我に　柿を剝く　浜人（9定本浜人句集〇八一四）
三か月に　鱶(ふか)のあたまを　かくしけり　之道（6猿蓑一八四〇）
行く年や　親にしらがを　かくしけり　越人（6あら野九七七）
火桶抱いて　おとがひ臍(ほぞ)を　かくしける　路通（5いつを昔三四八）
かいま見ん　茨咲く宿の　隠し妻　子規（10獺祭句帖抄六五〇ぺ）
短夜や　四十にして　学に志す　子規（10獺祭句帖抄六四六ぺ）
荻分けて　木曾の道ぐさ　かくばかり　大夢（8俳諧新選一五〇ぺ）
黛(まゆずみ)を　濃うせよ草は　芳しき　東洋城（9東洋城全句上〇四〇八）
晩涼や　火焔樹並木　斯くは行く　虚子（12五百五十句一一一ぺ）
世の中よ　蝶々とまれ　かくもあれ　宗因（4小町躍〇一七六）
菜の花や　小窓の内に　かぐや姫　巣兆（4曾波可理二〇九七）

跡の方と　寝なほす夜の　神楽(かぐら)哉　野水（6あら野一〇八三）
鈴鹿川　夜明けの旅の　神楽哉　昌碧（6あら野一〇八四）
菜の花や　門々覗く　神楽獅子　柳几（4布袋庵発句集一七二七）
秋風や　黄旗かかげし　隔離船　白水郎（9散木集一〇七七）
春潮や　根といふ長き　かくれ礁　余子（9余子句抄〇四四二）
秋の夜は　今宵の月に　隠れ梟(けり)　鶴英（8俳諧新選一三〇ぺ）
杜若(かきつばた)　あやめ売る子の　隠れけり　一笑（7俳諧古選一六四ぺ）
逃ぐる時　男鹿の角も　隠れけり　左釣（8俳諧新選一三三ぺ）
春の月　一重の雲に　かくれけり　子規（9寒山落木巻一〇〇四一）
春の山　又候(またぞろ)老の　隠れけり　嘯山（8俳諧新選一一一ぺ）
春をしむ　人や榎に　かくれけり　蕪村（2蕪村遺稿四六八）
鰒さげて　心と人に　かくれけり　百庵（8俳諧新選一四〇ぺ）
雪の富士　藁屋一つに　かくれけり　湍水（6あら野九一六）
行く秋の　けしにせまりて　かくれけり　芭蕉（1芭蕉宛去来八〇七）
火の玉の　如くに咳きて　隠れ棲む　茅舎（9定本茅舎句集一六九五）
鴨の巣の　見えたりあるは　かくれたり　路通（6あら野六七一）
月光に　深雪の創の　かくれなし　茅舎（4華厳二六二四）
七夕竹　惜命の文字　隠れなし　波郷（9惜命二六四六）
道のべに　牡丹散りて　かくれなし　夜半（9翠黛一六五一）
墓一塊　土筆長(た)けなば　かくれなむ　青邨（9露団々一六一一）
白焔に　冬日の玉の　隠れ燃ゆ　たかし（4たかし全集二六五六）
春雨や　畳の上の　かくれんぼ　久女（9杉田久女句集〇九五九）

冬ごもり妻にも子にも　かくれん坊　蕪村（2 蕪村遺稿 六七四）
沙(すな)熱し沈黙世界　影あるき　楸邨（9 死の塔 二五八六）
春の夜や奈良の町家の　懸行灯　子規（10 獺祭句帖抄 六二三ぺ）
炉ふさぎや床は維摩(ゆいま)に　掛け替はる　蕪村（2 蕪村句集 七四六）
あら壁や蜱(こほろぎ)老いて　懸け烟草　子規（10 獺祭句帖抄 六五九ぺ）
事しげく臼ふむ軒や　懸け烟草　太祇（8 俳諧新選 一五九ぺ）
かげろふや巌(いはほ)に腰の　掛けちから　配力（6 続猿蓑 三〇七九）
どかと解く夏帯に句を　書けとこそ　虚子（9 五百句 〇〇七九）
月出でて牡鹿の角の　影長し　楽天（9 新俳句 〇三二九）
梅もどき折るや念珠(ねんじゅ)を　かけながら　蕪村（2 蕪村句集 二二八三）
人数は月より先へ　欠けにけり　一茶（3 おらが春 四七〇ぺ）
穂麦原日は光輪を　懸けにけり　亜浪（9 定本亜浪句集 一〇四六）
鵲(かささぎ)やわかれの橋は　懸けねども　素園（8 俳諧新選 二二四ぺ）
暖かや大きく下げし　崖の潮　余子（9 余子句抄 〇四三四）
篠掛や露に声ある　かけはづし　蕪村（2 蕪村遺稿 二五一七）
秋の夜の灯(ひ)を呼ぶ越しの　筧(かけひ)哉　蕪村（2 蕪村遺稿 二二三三）
紅梅に青く横たふ　筧かな　柳居（5 柳居発句集 四八四）
花葛の谿より走る　筧かな　久女（9 杉田久女句集 〇九五七）
朝寒や垣の茶筅の　影法師　一茶（3 題叢 三四三ぺ）
埋み火や壁には客の　影ぼふし　芭蕉（1 続猿蓑 七六九）
霧黄なる市に動くや　影法師　漱石（4 漱石全集 二二四〇）
筍や日脚に連るる　影ぼふし　武然（8 俳諧新選 一二五ぺ）

月やあらぬ我が身一つの　影法師　貞徳（7 俳諧古選 一七四ぺ）
露けしや庵低き灯(ひ)の　壁人(かげぼふし)　雋不覊（8 俳諧新選 二二六ぺ）
冬の日や馬上に氷る　影法師　芭蕉（1 笈の小文 三三一）
名月やつもれば屈む　影ぼふし　野有（8 俳諧新選 二三〇ぺ）
弓張や狩りに出る子の　壁人　嘯山（8 俳諧新選 一四五ぺ）
欄干にのぼるや菊の　影法師　許六（4 本朝文選 一〇五九）
寒林を咳へうへうと　かけめぐる　茅舎（9 白痴 一六七八）
旅に病んで夢は枯野を　かけ廻る　芭蕉（1 笈日記 九〇八）
明月や灰吹き捨つる　陰もなし　不玉（6 続猿蓑 三二一〇）
羽抜鳥卒然として　駆けりけり　虚子（12 五百五十句 九二ぺ）
羽抜鳥身を細うして　かけりけり　虚子（11 五百句 八六ぺ）
夏の蝶眼(まなこ)鋭く　駆けり来し　虚子（13 六百五十句 一九四ぺ）
千鳥鳴けばいつもの夜着を　掛けるなり　碧梧桐（9 三千里 〇一二三）
汐去って干潟の広さ　陽炎へる　温亭（9 温亭句集 〇八二八）
人肌に合はす湯婆(たんぽ)や　加減物　玄流（8 俳諧新選 一四五ぺ）
梅が香や障子の破も　加減よし　乙由（5 麦林集 四四五）
雨ふりを星に代はりて　かこちけり　習先（8 俳諧新選 二二四ぺ）
水鳥や枯木の中に　駕(かご)二挺　蕪村（2 蕪村句集 七一一）
いざ摘まん若菜もらすな　籠の内　すて（7 俳諧古選 一五〇ぺ）
寒梅や出羽(いでは)の人の　駕の内　蕪村（2 蕪村遺稿 二二五九）
女郎花(をみなへし)折るや観世が　駕のうち　宋阿（7 俳諧古選 一八四ぺ）
春風にこかすな雛の　駕籠の衆　荻子（6 猿蓑 一九四九）

涼しさや夢もぬけ行く籠枕　乙由（4麦林集 一一九二）
しはぶけば四方より幹のかこみ立つ　素逝（9暦日 一八二六）
立春の米こぼれをり葛西橋　波郷（9雨覆 二六六二）
廻らぬは魂ぬけし風車　虚子（12五百五十句 八九ぺ）
花むくげはだか童のかざし哉　芭蕉（1東日記 一一六）
此の海に草鞋（わらんぢ）すてん笠しぐれ　芭蕉（1皺筥物語 一二〇一）
天ゆ落つ華厳日輪かざしけり　亜浪（9定本亜浪句集 一〇二三）
五月雨雨とて空をかざす哉　一茶（3父の終焉日記 四〇五ぺ）
花の数倍にも見えて風椿　虚子（14七百五十句 四九ぺ）
よしや花の雨此の杯を笠にせん　一笑（7俳諧古選 二〇七ぺ）
紅葉見や用意かしこき傘弐本　蕪村（2蕪村遺稿 二七五一）
花咲くや渉しのつまる重ね笠　乙澄（7俳諧古選 二二六ぺ）
夜目遠目扠（さて）やかがしの笠の内　麦翅（8俳諧新選 二二八ぺ）
我が雪とおもへばかろし笠の上　其角（5雑談集 二七二）
秋雨や身をちぢめたる傘の下　虚子（11五百句 三八ぺ）
五月雨やせめてあかるき傘の下　超波（8俳諧新選 二一七ぺ）
白菊や呉山の雪を笠の下　蕪村（2蕪村句集 九五三）
やぶいりや鉄漿（かね）もらひ来る傘の下　蕪村（2蕪村句集 二四二五）
雪ふらば雀もたのめ傘の下　野有（8俳諧新選 一五〇ぺ）
けふよりや書付消さん笠の露　芭蕉（1奥の細道 五四八）
早乙女に結んでやらん笠の紐　闇指（6続猿蓑 三一四一）
雪折や昔に帰る笠の骨　松意（4談林十百韻 〇一九三）

一条と二条は遠し傘の雪　嵐山（8俳諧新選 一四二ぺ）
溝板の上につらいと風花が　虚子（13六百五十句 一三五ぺ）
立ち出づる秋の夕べや風ぼろし　凡兆（6猿蓑 一八七七）
古鍬を研ぎすましたる飾かな　鬼城（9鬼城句集 〇六三七）
どちからも田中の神やかざり焚く　道彦（5蔦本集 九六八）
あら壁に蔦の始めやかざり縄　乙由（7俳諧古選 一五五ぺ）
春立つとわらはも知るやかざり縄　芭蕉（1藪香物 三七）
東雲（しののめ）やまいら戸はづすかざり松　濁子（6炭俵 二三八七）
あやまりてぎぎらおさゆる鯆（かじか）哉　嵐蘭（6猿蓑 一八六〇）
蚊帳の釣手一つはづして炊（かし）ぎけり　喜舟（9小石川 〇四五四）
さみだれの大井越したるかしこさよ　蕪村（2蕪村句集 二六五三）
星合や樟脳匂ふかし小袖　如江（8俳諧新選 二二四ぺ）
かざり木にならで年ふる柏哉　一晶（6あら野 四六四）
折りし皮ひとりで開く柏餅　誓子（9天狼 一四六二）
さよちどり加茂川越ゆる貸し蒲団　無腸（4五車反古 一八六四）
茨さくや根岸の里の貸本屋　子規（10獺祭句帖抄 六〇八ぺ）
鬼灯（ほほづき）も女三人に姦しき　百万（8俳諧新選 二二八ぺ）
夕皃や女の手にて借屋札　文鳴（7俳諧古選 二二五ぺ）
かすみより見えくる雲のかしら哉　石口（6猿蓑 一九六〇）
夕立にうたるる鯉のかしらかな　子規（10獺祭句帖抄 六〇八ぺ）
日の光今朝や鰯のかしらより　蕪村（2蕪村句集 一〇〇六）
目を閉ぢて四方の花見る歌人哉　芳重（7俳諧古選 一四四ぺ）

梅の奥に　誰やら住んで　幽かな灯（ひ）　漱石（4 漱石全集 二二三八）
枯荻に　添ひ立てば我　幽なり　虚子（12 五百五十句 九ぺ）
雪の日や　大名ひとり　春日山　稲起（7 俳諧古選 二二六ぺ）
余儀なしや　みどり子に扇　かすみ風情　移竹（8 俳諧新選 一一九ぺ）
馬士の　輪に騎りもどす　霞哉　百庵（7 俳諧古選 二二四ぺ）
売る牛の　村をはなるる　霞かな　百池（8 俳諧新選 一〇六ぺ）
元日は　明けすましたる　かすみ哉　一笑（6 あら野 四六六）
高麗（こま）舟の　よらで過ぎ行く　霞かな　蕪村（2 蕪村句集 四〇一）
指南車を　胡地に引き去る　霞哉　蕪村（2 蕪村句集 一二八）
十分の　底に雨ある　霞かな　雅因（8 俳諧新選 一〇六ぺ）
城頭に　大阪を観る　霞かな　月斗（9 昭和俳句集 〇五一一）
煤掃は　年の内なる　霞哉　一松（7 俳諧古選 二一七ぺ）
大国の　山皆低き　かすみかな　子規（10 獺祭句帖抄 六二四ぺ）
八丈は　伊豆の内なる　かすみかな　宗瑞（4 百番句合 一一四五）
春たつは　衣の棚の　霞かな　貞徳（4 玉海集 〇〇四七）
先（まつ）明けて　野の末ひくき　霞哉　荷兮（6 波留濃日 三一三）
松の事は　松にと枝の　霞かな　東洋城（9 東洋城全句中 〇四〇七）
武蔵野に　今朝一ぱいの　霞かな　作者不明（7 俳諧古選 一九五ぺ）
望汐の　遠くも響く　かすみ哉　召波（5 春泥句集 八〇八）
行き行きて　程のかはらぬ　霞哉　塵交（6 あら野 五二五）
行く人の　蓑をはなれぬ　霞かな　冬文（6 あら野 五二六）
梅ばちの　大挑灯や　かすみから　一茶（3 七番日記 三二八ぺ）

馬借りて　かはるがはるに　かすみけり　蓼太（5 蓼太句集 五三四）
御忌の鐘　傍で聞いても　霞みけり　移竹（8 俳諧新選 一〇二ぺ）
白壁の　誹（そし）られながら　かすみけり　一茶（3 おらが春 四三五ぺ）
畑打の　霞むもしらで　霞みけり　素檗（4 素檗句集 二二四一）
春の日や　日永の宿の　霞酒　秀吉（4 鷹筑波集 〇〇二八）
全身を　現じて土の　霞むかな　青々（9 松苗 〇四八六）
鬚剃るや　上野の鐘の　霞む日に　子規（4 仰臥漫録二 二二〇九）
猿を聞く人　捨子に秋の　風いかに　芭蕉（1 野ざらし紀行 一七五）
三月や　人に薬な　風がふく　買友（8 俳諧新選 一〇七ぺ）
祇園会や　真葛が原の　風かをる　蕪村（2 蕪村句集 一〇六〇）
先生は　ふるさとの山　風薫る　草城（9 銀 二四六二）
鴉我に　皺嗄れ鳴きしよりの　風邪心地　一転（9 杉山一転句集 〇九二三）
化粧の間　秋海棠の　風寒し　子規（10 獺祭句帖抄 六五八ぺ）
涼しさや　一重羽織の　風だまり　我眉（6 続猿蓑 三一六二）
鶏頭を　抜けばくるもの　風と雪　林火（9 青水輪 二七五一）
あさがほの　裏を見せけり　風の秋　許六（5 五老井発句集 三八二）
笠あふつ　柱すずしや　風の色　史邦（6 猿蓑 二一五六）
さうぶ懸けて　みばやさつきの　風の色　洒堂（6 炭俵 二四九八）
根付きしと　見ゆる早苗や　風のうけ　龍眠（8 俳諧新選 一一六ぺ）
一葉散る　咄（とつ）ひとはちる　風の上　嵐雪（5 風の上 二八三）
草市や　夕べまで聞く　風の音　乾什（4 親うぐひす 一二五三）
尻すぼに　夜明けの鹿や　風の音　風睡（6 続猿蓑 三二九五）

西か東か　先(まづ)早苗にも　風の音　芭蕉（1蕉摺 四九五）
生姜湯に　顔しかめけり　風邪の神　虚子（13八百五十句 一八七ペ）
諸人の　あふぐ扇や　風の神　令徳（5大子集 四一）
はやぶさの　地にさす影か　風のきく　巴人（5夜半亭発句帖 五〇一）
花にいやよ　世間口より　風のくち　芭蕉（1真蹟短冊 四二）
名月や　松をこぼるる　風の隈(くま)　練石（8俳諧新選 二三〇ペ）
正月や　宵寝の町を　風のこゑ　荷風（9荷風句集 二一六五）
嵐山　藪の茂りや　風の筋　芭蕉（1嵯峨日記 六八五）
鳥の行く　やけのの隈や　風の末　猿雖（6炭俵 二四六五）
わか竹を　辷(すべ)る光や　風の月　孤桐（8俳諧新選 一一八ペ）
軽き身に　あぐみし様や　風の蝶　習先（8俳諧新選 一五五ペ）
蟬涼し　朴の広葉に　風の吹く　碧梧桐（9碧梧桐句集 〇一二一）
みそ萩や　水につければ　風の吹く　一茶（3文化句帖 三五〇ペ）
草の戸や　こたつの中も　風の行く　太祇（8俳諧新選 一三八ペ）
盛りなる　梅にす手引く　風もがな　芭蕉（1続山井 二四）
葉桜に　意地のわろさは　風もなし　丈石（7俳諧古選 二一四ペ）
名月や　ます穂の芒　風もなし　子規（10獺祭句帖抄 六五四ペ）
菜殻火よ　風袋より　風貫ひ　静塔（9栃木集 二三七七）
夏帽や　鍔広ければ　風を負ひ　余子（9余子句抄 〇四四六）
梅雨寒や　尼の肋骨　数ふべう　普羅（9新訂普羅句集 〇七二二）
とんばうや　河原の石を　かぞへ行く　柳居（4鏡の裏 一一四八）
衣うつや　夫(つま)の仕事の　片明かり　之房（8俳諧新選 一三二ペ）
水鳥や　藁火焼(た)きさす　片明かり　李有（8俳諧新選 一四〇ペ）
飛びたつも　我が身ばかりや　片鶉　半魯（8俳諧新選 一五〇ペ）
雪折や　かかる二王の　片腕(かひな)　俊似（6あら野 一〇五〇）
梅古木　石の如くに　かたかりき　虚子（14七百五十句 一三五ペ）
あさよさを　誰がまつしまぞ　片ごころ　芭蕉（1桃舐集 四七一）
夕日さす　波の鯨や　片しぐれ　巴人（5夜半亭発句帖 五〇二）
ががんぼを　吹けば飛ぶなり　形代(かたしろ)も　松浜（9白菊 〇五五三）
きつちりと　夜なべのものを　片し終へ　汀女（9昭39俳句年鑑 一九二〇）
秋天や　海原などは　片隅へ　余子（9余子句選 〇四四〇）
短日や　八瀬へ使ひの　片便り　句仏（9句仏句集 〇五三五）
うの花や　門田垣根の　片月夜　百万（8俳諧新選 一五二ペ）
稗蒔や　百姓鶴に　語つて曰く　子規（10獺祭句帖抄 六二八ペ）
足元へ　いつ来たりしよ　蝸牛(かたつぶり)　一茶（3父の終焉日記 四一〇ペ）
有つてなき　角面白や　蝸牛　露川（7俳諧古選 一六八ペ）
有り侘びて　這ひて出でけん　かたつぶり　太祇（8俳諧新選 一五ペ）
ある時は　すすどかりけり　蝸牛　周木（7俳諧古選 一六二ペ）
家負ひて　葉に隠れけり　蝸牛　紫水（8俳諧新選 一五ペ）
家ともに　大きう成る歟(か)　かたつぶり　青蒲（8俳諧新選 一五ペ）
今や牽く　富士の裾野の　蝸牛　仙鶴（7俳諧古選 二三ペ）
おのが家を　足手まとひや　蝸牛　麦翅（8俳諧新選 一五六ペ）
おのれひとり　はいる家あり　蝸牛　青蒲（8俳諧新選 一五七ペ）
重々と　引き行く家や　かたつぶり　志昔（8俳諧新選 一五ペ）

釜破ろの声や通して蝸牛（かたつぶり）　百里（8俳諧新選一一五ぺ）
こもり居て雨うたがふや蝸牛　蕪村（2蕪村句集一五三六）
五月雨や道はるばるのかたつぶり　貝明（8俳諧新選一五四ぺ）
下闇に組んで落ちけり蝸牛　喜円（8俳諧新選一五〇ぺ）
邪魔な時は取りおく角やかたつぶり　白芽（8俳諧新選一一五ぺ）
捨つる共易き家居をかたつぶり　雁宕（8俳諧新選一一五ぺ）
其の形（なり）で添寝はいかにかたつぶり　赤羽（8俳諧新選一一五ぺ）
竹ゆらり堀の向かうへかたつぶり　瓜流（8俳諧新選一五五ぺ）
角文字のいぶり見せけり蝸牛　召波（8俳諧新選一一五ぺ）
露深けぬ両国橋のかたつぶり　嘯山（8俳諧新選一一五ぺ）
猫の子に嗅がれて居るや蝸牛　才麿（5陸奥衢二一五）
寝覚めた歟（か）角有りたけの蝸牛　田福（8俳諧新選一一五ぺ）
這ひ出ても付きまとふ家や蝸牛　才之（8俳諧新選一一五ぺ）
這入りても残るからだや蝸牛　半魯（8俳諧新選一一五ぺ）
見すまして角を出しけり蝸牛　土髪（8俳諧新選一一五ぺ）
みのむしはちちとも啼くをかたつぶり　蕪村（2蕪村遺稿一五三七）
八重葎（むぐら）君が木履（ぼくり）にかたつぶり　月渓（4丙午月並句集一八六八）
夜を寝ぬと見ゆる歩みや蝸牛　太祇（8俳諧新選一一五ぺ）
夕月や大肌ぬいでかたつむり　一茶（3七番日記三四一ぺ）
土手につく花見疲れの片手かな　より江（9同人句集〇九三〇）
鶯の鳴くや餌ひろふ片手にも　去来（6あら野五一八）
枕上秋の夜を守るかたな哉　蕪村（2蕪村句集一二二五）

鶯や地蔵かぞへて肩の上　雁宕（8俳諧新選一五三ぺ）
年忘れかくさず語れ加田の恋　丑二（8俳諧新選一四五ぺ）
接待や菩提樹陰の片庇　蕪村（2蕪村遺稿一八五〇）
白げしにはねもぐ蝶の形見哉　芭蕉（1野ざらし紀行一二四七）
我に杖くれ行く年のかたみかな　風状（8俳諧新選一四六ぺ）
七くさやはかまの紐の片結び　蕪村（2蕪村句集一三三九）
冴える夜や宵から深し片山家　金刀（8俳諧新選一四二ぺ）
二年や獄出て湯豆腐肩ゆする　不死男（9瘤二二七六）
参りたる墓は黙して語らざる　虚子（14七百五十句六〇ぺ）
負くまじき角力（すまひ）を寝ものがたり哉　蕪村（2蕪村句集一六〇）
老妻若やぐと見るゆふべの金婚（こと）に話頭（かた）りつぐ　碧梧桐（9昭和日記〇一五〇）
山吹や女師匠の片折戸　梅史（8俳諧新選一一一ぺ）
小（こ）米花（ごめばな）奈良のはづれや鍛冶が家　万乎（6続猿蓑三〇八〇）
はる雨や光うつろふ鍛冶が鎚　桃首（6続猿蓑三〇七一）
ぎをん会や僧の訪ひよる梶が許　蕪村（2蕪村句集一六七五）
やはらかに人分け行くや勝角力（ずまふ）　几董（5井華集八〇一）
下書も緑の紙や梶の歌　存義（8俳諧新選一二四ぺ）
秋の夜や四五丁遠き鍛冶の音　亜三（8俳諧新選一三二ぺ）
瘧（おこり）落ちて足ふみのばす蚊帳かな　子規（10獺祭句帖抄六〇七ぺ）
病む人の顔にかけたる蚊帳かな　子規（10獺祭句帖抄六二八ぺ）
男なき寝覚めはこはい蚊帳哉　花崎（7俳諧古選一七三ぺ）
暑き日や袋を笠の歩（かち）わたり　文誰（8俳諧新選一五六ぺ）

垂れた腹を蚋(ぶと)に食はれそ　歩渡り　之房（8俳諧新選一五六ぺ）
けふ子日(ねのひ)小松摺せよ　被(かつき)にも　龍眠（8俳諧新選一〇〇ぺ）
狂居士の首にかけた敷(か)　鞨(かっ)鼓(こ)鳥(どり)　蕪村（2蕪村句集一三八五）
さびしさの色はおぼえず　かつこ鳥　野水（6あら野六四二）
喜捨人も寒念仏も　合掌す　王城（9同人句集〇九一四）
我が宿のこたつもあたり　勝手哉　瓜流（8俳諧新選一三八ぺ）
夜やいつの長良の鵜舟　曾(かつ)て見し　蕪村（2蕪村遺稿一四〇一）
人問はば露と答へよ　合点か　一茶（3文政版発句集三四六ぺ）
卯の花に叩きありくや　かづらかけ　支考（6炭俵二四七九）
藻の花をかづける蟹の　鬘(かつら)かな　胡及（6あら野六五六）
菜の花や行き当たりたる　桂川　蝶夢（5草根発句集八五六）
水一筋月よりうつす　桂河　蕪村（2蕪村句集一四七五）
出くすみやいの字の付いた　桂の名　紹廉（8俳諧新選一三〇ぺ）
はつ春のめでたき名なり　堅魚(かつを)魚(いを)　越人（6あら野四九六）
天渺々(べうべう)海漫々中にひよつくり　鰹船　紅葉（9紅葉句帳〇二七一）
露草や飯噴くまでの　門歩き　久女（9杉田久女句集〇九五二）
春雨や家鴨(あひる)よちよち　門歩き　一茶（3文化句帖三二五ぺ）
冬の空少し濁りし　かと思ふ　虚子（12六百句一六五ぺ）
ぬす人や市に隠れて　門飾り　風国（6続猿蓑三二一五）
明月や寝ぬ処には　門しめず　孤洲（8俳諧新選一五六ぺ）
馬の尾を盥にしぼる　門すずし　百万（8俳諧新選一二二ぺ）
青草も銭だけそよぐ　門涼み　一茶（3おらが春四五三ぺ）
魚どもや桶ともしらで　門涼み　一茶（3おらが春四五一ぺ）
小筵へ按摩も来たり　門涼み　雲岫（8俳諧新選一四八ぺ）
人形に茶をはこばせて　門涼み　一茶（3おらが春四四一ぺ）
裸にて黙礼をかし　門すずみ　孤桐（8俳諧新選一二一ぺ）
ひとむしろ内儀ばかりや　門涼み　月居（5発句題葉集九六二）
夕晴や山をかぞへて　門すずみ　春歩（8俳諧新選一二一ぺ）
我が手足ひきつれ出たり　門すずみ　完来（5空華集九一四）
歌もなく親子植ゑ行く　門田かな　貝錦（8俳諧新選一一六ぺ）
植ゑつけし夜は三日月の　門田かな　青蘿（5青蘿発句集八五〇）
かけいねに鼠のすだく　門田哉　蕪村（2蕪村遺稿一二七六）
渋柿やよろこび鳥の　門ちがへ　赤羽（8俳諧新選一三二ぺ）
夏山に足駄ををがむ　首(かど)途(で)哉　芭蕉（1奥の細道四八八）
いなづまやむねうちあはす　門のくれ　星布（5星布尼句集八八九）
賑はしや今朝大雪の　門の声　呑獅（8俳諧新選一四二ぺ）
すらすらと安くも立てり　門の竹　嵐蘭（7俳諧古選一五八ぺ）
涼めよとのゆるしの出たり　門の月　一茶（3父の終焉日記四〇九ぺ）
百姓の夜は静か也　門の月　富水（8俳諧新選一二九ぺ）
大坂の坂こそ見ゆれ　門の松　同来（8俳諧新選一〇〇ぺ）
月雪のためにもしたし　門の松　去来（6あら野四六三）
とかくして今朝と成りけり　門の松　宋屋（8俳諧新選一〇〇ぺ）
春立つやにほんめでたき　門の松　徳元（5犬子集六四）
聟らしき人の這入りぬ　門の松　呦軒（7俳諧古選一五六ぺ）

山城の山の真沙や　門の松　雲扇（7 俳諧古選 二一三ペ）
真直な小便穴や　門の雪　一茶（3 八番日記 三五五ペ）
炉開や裏町かけて　角屋しき　蕪村（2 蕪村遺稿 一二四九）
我しれり富隠しける　門　柳　嘯山（8 俳諧新選 一〇五ペ）
長時間ゐる山中に　かなかなかな　誓子（9 構橋 一四七八）
木枯や刈田の畔(くろ)の　鉄気(かなけ)水　惟然（6 続猿蓑 三三六）
物いはじたださへ秋の　かなしさよ　舟泉（6 あら野 九三四）
もののふの河豚にくはるる　悲しさよ　子規（10 獺祭句帖抄 六〇三ペ）
折りかけの火をとるむしの　かなしさよ　探丸（6 あら野 一〇三五）
鎌倉や牡丹の根に　蟹遊ぶ　虚子（13 六百五十句 二三三ペ）
みじか夜や蘆間流るる　蟹の泡　蕪村（2 蕪村句集 八六二）
落栗や谷にながるる　蟹の甲　祐甫（6 炭俵 二五七四）
知れぬ世や釈迦の死に跡に　かねがある　西鶴（4 白根草 〇一八二）
念仏すれば報恩講の　鐘が鳴る　句仏（9 句仏句集 〇五三六）
畑打よこちの在所の　鐘が鳴る　蕪村（2 蕪村句集 二四三〇）
畑打や木の間の寺の　鐘供養　蕪村（2 蕪村句集 二四三一）
霜がれやおれを見かけて　鉦たたく　一茶（3 八番日記 三五八ペ）
やあしばらく花に対して　鐘つくこと　重頼（5 貞徳誹諧記 二九）
あれ聞けと時雨来る夜の　鐘の声　其角（6 猿蓑 一六一七）
炎天の海をさますや　鐘の声　東巴（7 俳諧古選 一六〇ペ）
しぐるるや湖(うみ)にすみたる　鐘の声　貞至（8 俳諧新選 一三六ペ）
諸行無常聞くや林の　鐘の声　徳元（4 徳元等百韻 〇〇六五）

涼しさや鐘を離るる　鐘の声　蕪村（2 蕪村句集 一六七〇）
たらちめの暖甫(たんぽ)や冷えん　鐘の声　鼠弾（6 あら野 九七二）
出代はりて聞くや遠寺の　鐘の声　嵐山（8 俳諧新選 一〇八ペ）
春雨や静かに暮るる　鐘の声　三好（8 俳諧新選 一四八ペ）
春雨やぬれてゆたけき　鐘の声　稲太（7 俳諧古選 二一六ペ）
名月や残らず聞きし　鐘の声　尹周（8 俳諧新選 二三〇ペ）
あたふたに蝶の出る日や　金の番　一茶（3 文化句帖 三三一ペ）
ゆく年の瀬田を廻るや　金飛脚　蕪村（2 蕪村句集 二七八一）
凩やひびきの添はぬ　鐘一つ　雨谷（8 俳諧新選 二三八ペ）
子やなかん其の子の母も　蚊の食はん　嵐蘭（6 猿蓑 一七七六）
灌仏の日に生まれあふ　鹿の子哉　芭蕉（1 笈の小文 三八〇）
箭(や)の下に母の乳をのむ　鹿(か)の子(こ)哉　立志（7 俳諧古選 一七〇ペ）
砂村の能登恋しさよ　蚊の日暮　青々（9 松苗 〇四八五）
飛ぶほたる蠅につけても　可愛けれ　移竹（8 俳諧新選 一一六ペ）
ほととぎす暁　傘を　買はせけり　其角（4 類柑子 〇八一〇）
月や霰其の夜の更けて　川千鳥　無腸（5 去年の枝折 七九三）
羽織着て綱もきく夜や　河ちどり　蕪村（2 蕪村句集 二七〇）
路ばたに饂飩くふ人や　川千鳥　子規（10 獺祭句帖抄 六六五ペ）
いなづまや山城の　河内の川　几董（8 俳諧新選 二二五ペ）
兄弟の子供に見せそ　河津がけ　湖柳（8 俳諧新選 一五四ペ）
いうぜんとして山を見る　蛙　哉　一茶（3 おらが春 四四九ペ）
いくすべり骨をる岸の　かはづ哉　去来（6 あら野 五八二）

萍(うきくさ)に　手をうちかける　蛙かな　一和（8俳諧新選 一〇五ペ）
萍に　乗りて流るる　蛙かな　圭左（8俳諧新選 一一八ペ）
歌いくさ　文武二道の　蛙哉　貞室（5毛吹草 三五）
縁へ来て　箒にかかる　蛙かな　嘯山（8俳諧新選 一五一ペ）
おれとして　にらみくらする　蛙哉　一茶（3おらが春 四三七ペ）
草に置いて　提灯ともす　蛙かな　虚子（11五百句 二四ペ）
船頭の　喧嘩は済んで　蛙かな　遊也（7俳諧古選 一五六ペ）
彳(たたず)めば　遠きも聞こゆ　蛙かな　蕪村（2蕪村遺稿 二二四四）
田を売りて　いとど寝られぬ　蛙哉　北枝（5喪の名残 四〇五）
提灯の　小田原過ぎて　蛙かな　竹冷（9竹冷句鈔 〇二八一）
ちる花を　思案して見る　蛙哉　東鵬（7俳諧古選 二二八ペ）
月花に　悲しき下手の　蛙哉　許六（7俳諧古選 二〇五ペ）
手をついて　歌申しあぐる　蛙かな　宗鑑（6あら野 五七九）
独鈷(とつこ)かま首　水かけ論の　蛙かな　蕪村（2蕪村句集 八四九）
飛石を　腹ほどぬらす　蛙哉　秋航（7俳諧古選 一五三ペ）
飛び入りて　しばし水ゆく　蛙かな　落梧（6あら野 五八三）
飛びこんで　脚ふみ伸ばす　蛙かな　為文（8俳諧新選 一〇五ペ）
とりつかぬ　力で浮かむ　かはづかな　丈草（5鳥の道 三〇八）
鳴き立てて　いりあひ聞かぬ　かはづかな　落梧（6あら野 五八〇）
なくうちは　水の動かぬ　蛙かな　凡阿（8俳諧新選 一〇五ペ）
苗代の　色紙に遊ぶ　蛙哉　蕪村（2蕪村句集 八五一）
濁り江の　それを楽しむ　蛙かな　桃有（8俳諧新選 一〇五ペ）

蓮池に　生まれて本の　蛙哉　言水（7俳諧古選 一五一ペ）
一畦は　しばし鳴きやむ　蛙かな　去来（4蛙合 〇九四八）
灯(ひ)をとぼす　村を過ぎれば　蛙かな　孤桐（8俳諧新選 一〇五ペ）
不図(ふと)とびて　後に居なほる　蛙哉　松下（6あら野 五八四）
御手洗(みたらし)の　木の葉の中の　蛙哉　好葉（6あら野 一〇七四）
水の中に　捨子の育つ　蛙かな　不斐（8俳諧新選 一〇五ペ）
物やれど　うたがひ貌(がほ)の　蛙かな　嘯山（8俳諧新選 一〇五ペ）
門しめに　出て聞いて居る　蛙かな　子規（10獺祭句帖抄 五九八ペ）
夜越えして　麓に近き　蛙かな　子規（10獺祭句帖抄 六二五ペ）
ゆふやみの　唐網にいる　蛙かな　一井（6あら野 五八五）
よみもせず　人も寝させず　蛙哉　雨律（7俳諧古選 二三〇ペ）
連歌して　もどる夜鳥羽の　蛙かな　蕪村（2蕪村句集 二三六二）
みじか夜や　同心衆の　河手水　蕪村（2蕪村句集 七五七）
雪はしづかに　ゆたかにはやし　屍室　波郷（9惜命 二六六一）
夜の町に　雪ふり積もり　川の音　知十（9鶯日 〇三五六）
涼しさよ　牛の尾振りて　川の中　万乎（6続猿蓑 三一五三）
出代や　此の半年は　川の水　蘆蒿（8俳諧新選 一〇八ペ）
煤掃いて　楼に上れば　川広し　子規（10獺祭句帖抄 六六二ペ）
凍(い)てながら　若草見ゆる　川辺哉　湖柳（8俳諧新選 一〇三ペ）
風になびく　富士のり思ふ　河べ哉　徳元（5懐子 六五）
すずしさを　わすれてもどる　川辺哉　未学（6あら野 六九五）
松笠も　流れて寒き　川辺哉　蓬洲（8俳諧新選 一四二ペ）

白雨(ゆふだち)や傘と日傘の川向かひ　其峰（8 俳諧新選 一四八ぺ）
五月雨更に名の有る川もなし　玄貞（7 俳諧古選 一六三ぺ）
時々は水にかちけり川やなぎ　意元（6 続猿蓑 三〇五）
春雨や蓑吹きかへす川柳　芭蕉（1 裸麦 九一三）
つやつやと梅ちる夜の瓦かな　樗堂（5 萍窓集 九一七）
撫子に馬けつまづく河原かな　子規（10 獺祭句帖抄 六五〇ぺ）
蛍呼ぶ子の首丈(たけ)の磧(かはら)草(ぐさ)　亜浪（4 亜浪句鈔 二六一三）
名月や水のしたたる瓦葺　嘯山（8 俳諧新選 一三〇ぺ）
秋あつし鼠のかける瓦屋根　完来（5 空華集 九一五）
四五歩して夏山の景変はりけり　虚子（12 六百句 二二七ぺ）
旅の空蒲団も夜々にかはりけり　ちね（6 あら野 九四一）
とまりとまり稲すり歌も替はりけり　赤羽（8 俳諧新選 一五六ぺ）
引板(ひた)打つに寝られぬ祖父の代はりけり　之房（8 俳諧新選 一三三ぺ）
やや有りて月の居所かはりたり　嘯雨（8 俳諧新選 一二九ぺ）
むらしぐれ猫の瞳子(ひとみ)のかはり行く　旨原（4 反古衾 一七三四）
榾火(ほたび)焚き県(まなこ)る女はかはりをり　虚子（12 五百五十句 八八ぺ）
闘鶏の眼つぶれて飼はれけり　鬼城（9 鬼城句集 〇六二八）
白魚や海苔は下部のかひ合はせ　其角（6 猿蓑 一九二六）
子は背中前も大事の蚕かな　文下（8 俳諧新選 一一一ぺ）
逡巡として繭ごもらざる蚕かな　虚子（11 五百句 一一三ぺ）
葉がくれの機嫌うかがふ蚕哉　太祇（8 俳諧新選 一一一ぺ）
黴の中わがつく息もかびて行く　虚子（12 六百句 一七四ぺ）

うき人に蚊の口見せる腕(かひな)かな　召波（5 春泥句集 八一二）
事よせて蚊屋へさし出す腕かな　太祇（8 俳諧新選 一五七ぺ）
はなのなか下戸引きて来るかひな哉　亀洞（6 あら野 三六七）
山寺に仏も我も黴びにけり　虚子（14 七百五十句 五四ぺ）
みよしのはいかに秋立つ貝の音　破笠（6 あら野 九〇四）
咲く梅に光あはすや貝の殻　成美（4 成美家集 二〇六四）
花野行く耳にきのふの峡の声　露月（9 露月句集 〇二一八）
年守るや松山五里の峡の里　東洋城（9 東洋城全句中 〇四〇六）
顔みせや暁いさむ下邳(かひ)の橋　其角（4 白馬 〇七八五）
ほだはらや拵(こしら)へて売る買ひもする　法策（8 俳諧新選 一四五ぺ）
ひらひらと月光降りぬ貝割菜　茅舎（9 華厳 一六九六）
荒東風(あらごち)の濤(なみ)は没日(いりひ)にかぶさり落つ　楸邨（9 雪後の天 二五七二）
霜の鶴土にふとんも被されず　其角（4 五元集 〇八〇〇）
和を入れて女使ひの兜かな　存義（8 俳諧新選 一一六ぺ）
みをのやは首の骨こそ甲なれ　仙花（6 炭俵 二五〇一）
鷹狩りの跡にひきたる蕪哉　蕉笠（6 あら野 七九四）
灯(ひ)一つを厨にも向けて蕪汁　蚋魚（9 ホ大4・3 〇八四三）
来山やおにつらわせてかぶら汁　大江丸（5 はいかい袋 八七七）
山畑にもの思はばや蕪引き　松芳（6 あら野 九九二）
夕立や知恵さまざまのかぶり物　乙由（7 俳諧古選 二〇九ぺ）
春の野やいづれの草にかぶれけん　羽紅（6 続猿蓑 三〇二九）
雪の山詩の子を抱きかへさざる　虚子（13 六百五十句 二〇二ぺ）

啄木忌　いくたび職を　替へてもや　敦（9古暦 三一三四）
ちぐはぐに　つるる砧や　壁隣　移竹（8俳諧新選 二三一ぺ）
五月雨や　色紙へぎたる　壁の跡　芭蕉（1嵯峨日記 六九三）
うしろから　寒が入る也　壁の穴　一茶（3八番日記 三五六ぺ）
初雪や　古郷見ゆる　壁の穴　一茶（3文化句帖 三五四ぺ）
冬こもり　煙のもるる　壁の穴　子規（10獺祭句帖抄 六三九ぺ）
燕（つばくら）も　御寺の鼓　かへりうて　其角（6あら野 一〇四四）
ある僧の　月も待たずに　帰りけり　子規（9俳句稿巻一 〇〇〇二）
葱（ねぶか）買うて　枯木の中を　帰りけり　蕪村（2蕪村句集 一九三一）
柚（ゆ）味噌買ふて　吉田の里に　帰りけり　子規（10獺祭句帖抄 六五六ぺ）
魂祭り　王孫いまだ　帰り来ず　蕪村（2蕪村遺稿 一八二三）
花も其の　皃（かほ）はせぬ也　返り咲き　赤羽（8俳諧新選 二三八ぺ）
花に暮れぬ　我がすむ京に　帰去来（かへりなん）　蕪村（2蕪村遺稿 一〇四四）
秋風の　吹き余してや　かへりばな　芝龍（8俳諧新選 二三八ぺ）
あれ程の　思ひ忘れ歟（か）　返り花　嘯山（8俳諧新選 二三八ぺ）
うかうかと　咲きしすがたや　返り花　杜支（8俳諧新選 二三八ぺ）
凩に　匂ひやつけし　帰り花　芭蕉（1後の旅 七二五）
山茶花は　元より開く　帰り花　車庸（6続猿蓑 三三五一）
唯一つ　殊更白し　帰り花　明水（7俳諧古選 一八七ぺ）
玉しきの　衣かへよと　かへり花　荷兮（6あら野 八四〇）
梨壺の　むかしや今に　帰り花　廬元坊（4歌まくら 二一九九）
波の花と　雪もや水に　かへり花　芭蕉（1如意宝珠 三三）
何の木と　問ふ迄もなし　帰り花　来山（7俳諧古選 一八六ぺ）
蓑虫の　いつから見るや　帰り花　昌碧（6あら野 七八三）
みよし野や　よその春ほど　返り花　素園（7俳諧古選 二二七ぺ）
物凄や　あら面白の　返り花　鬼貫（7俳諧古選 一八七ぺ）
夏川や　中流にして　かへり見る　子規（10獺祭句帖抄 六四八ぺ）
かしましや　江戸見た雁の　帰り様　一茶（3七番日記 三三〇ぺ）
つけて行け　草花売りが　帰る方　如泉（7俳諧古選 一七五ぺ）
来た時の　山に迷ふな　かへる雁　麦翅（8俳諧新選 一〇五ぺ）
草山や　潮じめりに　かへる雁　成美（5成美家集 九二六）
耕せと　あけてわたすや　帰る雁　兆亮（8俳諧新選 一〇五ぺ）
連れて来た　寒さと共や　帰る雁　稲音（8俳諧新選 一〇五ぺ）
花よりも　団子やありて　帰る雁　貞徳（5犬子集 一四）
大和岡寺　菩薩の子なり　蛙子も　青々（9松苗 〇四九七）
いづく霽（しぐれ）　傘を手にさげて　帰る僧　芭蕉（1東日記 一二二）
春や祝ふ　丹波の鹿も　帰るとて　去来（6炭俵 二三八九）
京入や　鳥羽の田植の　帰る中　卯七（6続猿蓑 三一四〇）
秋風の　吹きくる方に　帰るなり　普羅（9辛夷 〇七〇四）
玉霰　夜たかは月に　帰るめり　一茶（3七番日記 三五三ぺ）
綿虫とぶ　大徳寺にて　飼へるもの　誓子（9天狼 一四九七）
春雨や　人住みてけぶり　壁を洩る　蕪村（2蕪村句集 四三七）
襟巻に　深く埋もれ　帰去来（かへりなん）　虚子（12五百五十句 五八ぺ）
ふぐ汁や　椀から覗く　皃（かほ）と皃　赤羽（8俳諧新選 一四〇ぺ）

山吹の露　菜の花のかこち　顔なるや　芭蕉（1東日記 一三〇）
鉄輪(かなわ)の灯(ひ)　紅葉にうつり　皃(かほ)に又　之房（8俳諧新選 一五四ぺ）
雪の日や　船頭どのの　顔の色　其角（6あら野 四三八）
冬瓜(とうぐわん)や　たがひにかはる　顔の形(なり)　芭蕉（1西華集 八九一）
麦蒔や　百まで生きる　皃ばかり　蕪村（2蕪村句集 一〇〇一）
夏至の日や　町ゆく馬の　皃迄も　買友（8俳諧新選 一一九ぺ）
明月や　座にうつくしき　皃もなし　芭蕉（1初蟬 六三八）
朝寒や　汽缶車ぬくく　顔を過ぐ　風生（9草の花 一五六〇）
こほろぎの　この一徹の　貌(かほ)を見よ　青邨（9庭にて 一六〇四）
蜂の巣や　十四五軒の　竈数　魯孔（8俳諧新選 一〇七ぺ）
山柴に　うら白まじる　竈かな　重五（6あら野 四七五）
何もかも　知つてをるなり　竈猫　風生（9十三夜 一五八一）
雪折や　雪を湯に焚く　釜の下　蕪村（2蕪村句集 九六七）
おも痩せて　葵付けたる　髪薄し　荷兮（6あら野 八三五）
雪の朝　独り干鮭を　噛(か)み得たり　芭蕉（1東日記 一二五）
妻の名の　あらばけし給へ　神送り　越人（6あら野 九八八）
ききしらぬ　歌も妙也　神神楽(かぐら)　利重（6あら野 一〇八二）
ゆく年や　今結うて来し　髪容(かたち)　麦人（9草笛 〇三四五）
立て具みな　鳴る夜嵐や　神帰り　燕石（8俳諧新選 一四五ぺ）
有る程の　だて仕尽くして　紙子哉　その（7俳諧古選 一九一ぺ）
今は其の　人とも見えぬ　紙子哉　烏栖（8俳諧新選 一四一ぺ）
産着から　思へば遠き　紙子かな　卯雲（8俳諧新選 一四一ぺ）

老を山へ　すてし世も有るに　紙子哉　蕪村（2蕪村句集 八二四）
奢られて　又わびらるる　紙子哉　泉石（7俳諧古選 二一一ぺ）
かげろふの　我が肩に立つ　かみこかな　芭蕉（1真蹟懐紙 四六七）
北風の　吹き出だしたる　紙子かな　嘯雨（8俳諧新選 一四一ぺ）
着ては見て　今年も着ざる　紙子哉　貝錦（8俳諧新選 一四一ぺ）
木がらしの　音を着て来る　紙子哉　素丸（5藪うぐひす 五三〇）
恋知りと　我のみおもふ　紙子かな　存義（4東風流 一七三七）
ためつけて　雪見にまかる　かみこ哉　芭蕉（1笈の小文 三三二）
月雪に　淋しがられし　紙子哉　許六（7俳諧古選 二〇五ぺ）
蝶の羽の　さはれば切るる　紙衣哉　吏登（5吏登句集 四七四）
年が十　若くて憎き　紙子かな　龍眠（8俳諧新選 一四一ぺ）
似合ふ迄　世にもまれたる　紙子哉　大夢（8俳諧新選 一四一ぺ）
寝ぬくもる　間にごそつく　紙子哉　敬雨（7俳諧古選 一九一ぺ）
遁れても　世にかしましき　紙子哉　立吟（7俳諧古選 一九四ぺ）
よるとしの　をかしく似合ふ　紙子哉　篤羽（8俳諧新選 一四一ぺ）
万才の　佇み見るは　紙芝居　虚子（12五百五十句 八二ぺ）
山川に　ひとり髪洗ふ　神ぞ知る　虚子（9六百句 〇〇九六）
おのづから　頭が下がるなり　神路山　一茶（3文政版発句集 三六二ぺ）
初空や　実(げに)神路山　神路山　麻斎（8俳諧新選 一〇〇ぺ）
紅梅の　ちるや童の　紙づつみ　太祇（8俳諧新選 一〇二ぺ）
年玉や　何ともしれぬ　紙包み　子規（10獺祭句帖抄 六〇四ぺ）
行き暮れし　身は雲水の　寄居虫(かみな)哉　因石（7俳諧古選 二一四ぺ）

明けくれて　大根ぅまし　神無月　信徳（7俳諧古選一八八ぺ）
お座敷を　見れば大略（おほよそ）　神無月　元理（4寒川入道筆記〇〇二五）
風寒し　破れ障子の　神無月　宗鑑（5真蹟自画讃五）
国替に　売らぬ石あり　神無月　越闌（7俳諧古選一九二ぺ）
大根と　いふ味方あり　神無月　珪琳（8俳諧新選一四一ぺ）
日本紀や　銀杏に埋む　神無月　調和（5俳林不改楽一五〇）
めりめりと　落葉は何を　神無月　貞徳（7俳諧古選一九六ぺ）
童べの　明くる小祠や　神無月　嘯山（8俳諧新選一四五ぺ）
夕立や　田を見めぐりの　神ならば　其角（4五元集〇八一七）
此の松の　みばへせし代や　神の秋　芭蕉（1鹿島詣三〇七）
鶯も　水あびてこよ　神の梅　亀洞（6あら野一〇六四）
覚えなく　あたまぞさがる　神の梅　舟泉（6あら野一〇六八）
上下の　さはらぬやうに　神の梅　昌碧（6あら野一〇六五）
朝露や　まだ霜しらぬ　髪の落ち　蕪村（2蕪村句集二五一八）
ただ暑し　籬（まがき）によれば　髪の落ち　木節（6猿蓑一七九二）
猶見たし　花に明け行く　神の顔　芭蕉（1泊船集三七八）
飛梅や　かろがろしくも　神の春　守武（5守武千句六）
笈も太刀も　五月にかざれ　紙幟　芭蕉（1奥の細道五〇一）
紅葉には　未（まだ）人声や　神の留主　湖夕（7俳諧古選二二八ぺ）
衣手は　露の光や　紙雛　蕪村（2蕪村遺稿七三六）
畳めは　我が手のあとぞ　紙衾（ぶすま）　曾良（6猿蓑一六七五）
何事も　寝入るまでなり　紙ぶすま　小春（6続猿蓑三三八三）
独り寝も　肌やあはする　紙ぶすま　梅盛（5誹諧三ケ津五五）
象潟（きさかた）や　料理何食ふ　神祭り　曾良（4奥の細道〇八六五）
歯豁（あらは）に　筆の氷を　噛（か）む夜哉　蕪村（2蕪村句集一二〇五）
紫陽花（あぢさゐ）に　寵衰へて　歌名あり　青嵐（9永田青嵐句集〇八八七）
水餅や　渾沌として　甕の中　石鼎（9定本石鼎句集〇七六四）
涅槃西風（にし）　吹くわたましの　甕を負ふ　枵童（9枯蘆〇八〇七）
子なければ　蚊屋に蛍も　蚊も入れず　百万（8俳諧新選一二六ぺ）
春雨や　食はれ残りの　鴨が鳴く　一茶（3七番日記三二六ぺ）
送り出て　帰れば何も　彼も寒し　紅緑（9紅緑句集〇二三八）
冬枯れや　遠く成り行く　加茂と鴨　水翁（8俳諧新選一三七ぺ）
甃（けごろも）に　つつみてぬくし　鴨の足　芭蕉（1続猿蓑八一五）
白波も　消えて翳りぬ　鴨の湖（うみ）　浜人（9定本浜人句集〇八一三）
坂下りて　月夜も闇し　鴨の声　諸九（5諸九尼句集五二五）
夜の雪の　田をしろくしぬ　鴨のこゑ　秋桜子（9古鏡一四五五）
茂り葉や　青女房の　加茂詣　尺布（8俳諧新選一二四ぺ）
楽人の　情断つ馬や　加茂祭　嘯山（8俳諧新選一二五ぺ）
大船や　波あたたかに　鷗浮く　子規（10獺祭句帖抄六二二ぺ）
あながちに　鵜とせりあはぬ　かもめ哉　尚白（6猿蓑一七七二）
水寒く　寝入りかねたる　かもめかな　芭蕉（1あつめ句二七二）
汐のよい　船脚を瀬戸の　鷗は鷗づれ　碧梧桐（4三昧昭3・3二二九一）
団栗や　それも音なき　萱が軒　嘯山（8俳諧新選一三三ぺ）
蜂の巣や　焼（た）きよごれたる　萱が軒　不染（8俳諧新選一四七ぺ）

初秋や　そろりと顔へ　蚊屋の脚　廬元坊（4文月往来 二一〇）
朝皃や　乳ぶさをはづす　蚊屋の内　麻兄（8俳諧新選 二二六ぺ）
相撲取　投げて置きけり　蚊屋の内　希因（8俳諧新選 二二七ぺ）
ね入りばなの　園や萌黄の　蚊やの内　令徳（5鷹筑波集 四〇）
蚊(ぶ)ッといふ　声も焦げたり　蚊屋の内　白芽（8俳諧新選 二一八ぺ）
世の中を　暫(しば)し忘れつ　蚊屋の内　柳居（7俳諧古選 二七二ぺ）
白露や　家こぼちたる　萱のうへ　蕪村（2蕪村遺稿 二一七七）
暁や　白帆過ぎ行く　蚊帳の外　子規（10獺祭句帖抄 六二八ぺ）
名月や　西にかかれば　蚊屋のつき　如行（6続猿蓑 三二〇五）
蚊の入りし　声一筋や　蚊帳の中　虚子（11五百五句 五五ぺ）
病む人の　蚊遣見てゐる　蚊帳の中　虚子（11五百句 一一ぺ）
星合に　もえ立つ紅や　かやの縁(へり)　孤屋（6炭俵 二五五〇）
鶯や　礁(いくり)へ落とす　萱の径　風生（9愛日抄 一五六四）
初秋や　畳みながらの　蚊屋の夜着　芭蕉（1真蹟懐紙 六九七）
雨にもゆる　鵜飼が宿の　蚊やり哉　蕪村（2蕪村遺稿 二一六七）
後にも　同じ浮世の　蚊やり哉　嘉栄（8俳諧新選 一八ぺ）
一番に　猫の逃げたる　蚊遣かな　巴雀（4花月の会 二二〇）
いとまなき　身にくれかかる　かやり哉　蕪村（2蕪村遺稿 二一二一）
馬売つて　今宵淋しき　蚊遣哉　捨石（7俳諧古選 一七一ぺ）
垣越えて　蟇の避け行く　かやりかな　蕪村（2蕪村句集 二一二二）
沓作り　藁うつ宵の　蚊遣哉　其角（7俳諧古選 二〇一ぺ）
三軒家　大坂人の　かやりかな　蕪村（2蕪村句集 五四〇）
腹あしき　隣同士の　かやりかな　蕪村（2蕪村遺稿 八七九）
筆の鞘　焼いてまつ夜の　蚊遣哉　芳樹（7俳諧古選 二〇一ぺ）
ほろほろと　雨添ふ須磨の　蚊やりかな　瓢水（4瓢水句選 二二九三）
学びする　机の上の　かやり哉　蕪村（2蕪村遺稿 八八二）
御垣守　出て行く跡も　蚊やりかな　翠如（8俳諧新選 一八ぺ）
夢殿へ　なびく草戸の　蚊遣かな　別天楼（9野老 二一八六）
ただならぬ　夕べや須磨の　蚊遣迄　梅史（8俳諧新選 一七ぺ）
腸(はらわた)に　春滴るや　粥の味　漱石（9漱石全集 〇一八一）
あぢきなや　冬へ病み越す　粥の舌　東洋城（9東洋城全句中 〇三八四）
蚊の觜の　糸筋に血の　通ひけり　嘯山（4葎亭句集 一七〇八）
猫の妻　へついの崩れより　通ひけり　芭蕉（1江戸広小路 六九）
蔵並ぶ　裏は燕の　かよひ道　凡兆（6猿蓑 一九三九）
破垣や　わざと鹿子(かのこ)の　かよひ道　曾良（6猿蓑 一七三三）
三山の　香具は霞に　辛うじて　爽雨（9緑蔭 一八九四）
いとゆふの　いとあそぶ也　虚木立(からきだて)　氷固（6猿蓑 一九三二）
十六夜や　竜眼肉の　から衣　其角（4岨のふる畑 〇七七九）
紅梅や　かの銀公の　からごろも　貞徳（5紅梅千句 一三）
針立てや　肩に槌うつ　から衣　芭蕉（1江戸新道 五三）
日ねもすの　風花淋し　からざるや　虚子（12五百五十句 二五ぺ）
通はする　文に呼びなん　からす瓜　馳舟（8俳諧新選 三三ぺ）
紅も　かくては淋し　からす瓜　蓼太（8俳諧新選 三三ぺ）
つる引けば　遥かに遠し　からす瓜　抱一（5屠竜之技 九九三）

穴を出る　蛇を見て居る　鴉かな　虚子（11 五百句 一三ペ）
梅へ来て　干鰯(はしか)をねらふ　烏哉　存義（8 俳諧新選 一〇二ペ）
神の梅　烏帽子に似たる　烏かな　月渓（5 続一夜松後 一八二九）
渋柿に　けふも暮れ行く　烏かな　二柳（4 あけ烏 一八五九）
白露に　ざぶとふみ込む　烏哉　一茶（3 七番日記 三四六ペ）
苗代を　見てゐる森の　烏かな　支考（4 続五論 一一〇七）
塗畦に　尾をつけてゐる　烏かな　虚子（13 六百五十句 一四四ペ）
寝所の　松に雪ふる　烏哉　吏明（7 俳諧古選 一九四ペ）
冬来ては　かがしにとまる　烏哉　其角（7 俳諧古選 一八九ペ）
ほととぎす　はばかりもなき　烏かな　鼠弾（6 あら野 三九六）
短夜の　かあと明けたる　烏かな　子規（10 獺祭句帖抄 六二七ペ）
名代に　わか水浴びる　烏かな　一茶（3 おらが春 四三四ペ）
虫聞きの　果ては嵯峨野の　烏かな　其諺（7 俳諧古選 一八四ペ）
行く春や　海を見て居る　鴉の子　諸九（5 諸九尼句集 五二一）
衣がへ　人も五尺の　からだ哉　蕪村（2 蕪村遺稿 五〇七）
寒月に　立つや仁王の　からつ脛(すね)　一茶（3 八番日記 三五六ペ）
相撲取　ならぶや秋の　からにしき　嵐雪（6 炭俵 二五七八）
長崎の　土産や秋の　唐錦　童平（8 俳諧新選 一五〇ペ）
藪いりに　持つや袋の　唐錦　馬光（4 百番句合 一一五一）
月見せよ　玉江の蘆を　刈らぬ先　芭蕉（1 ひるねの種 五五三）
雁がねも　しづかに聞けば　からびずや　越人（6 あら野員外 一二七四）
雁(かりがね)の　束の間に蕎麦　刈られけり　波郷（9 雨覆 二六三九）

花守の　役にさされて　かり烏帽子　松阿（7 俳諧古選 二一九ペ）
雨乞ひの　雨気こはがる　かり着哉　丈草（6 炭俵 二五三〇）
春寒と　いひたげな淋し　かりし顔　癖三酔（9 藻の花 〇三八〇）
麦をわすれ　華におぼれぬ　雁ならし　素堂（6 あら野員外 一〇九四）
手をすりて　蚊屋の小すみを　借りにけり　一茶（3 八番日記 三三九ペ）
雪ちるや　穂屋の薄の　刈り残し　芭蕉（1 猿蓑 六五三）
市浜や　烏にまじる　雁の声　御風（8 俳諧新選 一三一ペ）
朧夜の　底を行くなり　雁の声　諸九（5 諸九尼句集 五二〇）
しぐるるや　腰湯ぬるみて　雁の声　子規（10 獺祭句帖抄 六四〇ペ）
春の日を　竿にうち行くや　雁の声　季遊（8 俳諧新選 一〇五ペ）
秋の灯(ひ)の　どれやチエホフの　仮の宿　東洋城（9 東洋城全句中 〇三八三）
傾城の　夏書(げがき)やさしや　仮の宿　其角（7 俳諧古選 二〇一ペ）
煤掃の　けふや思へば　仮の宿　望友（7 俳諧古選 一八七ペ）
角力(すまひ)取(とり)　つげの小櫛を　かりの宿　蕪村（2 蕪村遺稿 二五四一）
また一人　遠くの蘆を　刈りはじむ　素十（9 初鴉 一五五三）
紀の路にも　おりず夜を行く　雁ひとつ　蕪村（2 蕪村句集 一四五六）
いなづまや　どの傾城と　かり枕　去来（4 梟日記 〇九二三）
抱籠や　夢を吹かるる　仮まくら　禽秀（8 俳諧新選 一四八ペ）
出替や　明くる借屋に　かる借屋　友元（7 俳諧古選 二〇五ペ）
脛(はぎ)に立つ　水田の晩稲(おくて)　刈る日かな　子規（10 獺祭句帖抄 六一八ペ）
きしきしと　帯を纏きをり　枯るる中　多佳子（9 海彦 二九六五）
御仏を　見し眼に竹の　枯るるなり　普羅（9 辛夷 〇七三一）

川にそひ行くまま草の　枯るるまま　虚子（12六百句 二一〇ペ）
小幟や狸を祭る　枯榎　子規（10獺祭句帖抄 六六七ペ）
鹿寒し角も身に添ふ　枯木哉　蕪村（2蕪村句集 七九三）
鶲(ひたき)来て色つくりたる　枯木かな　石鼎（9花影 〇七五九）
老犬の我を嗅ぎ去る　枯木中　虚子（12六百句 二三六ペ）
つの国の何を申すも　枯木立　一茶（3おらが春 四六七ペ）
田の人は生きて戻るか　涸れ清水　大圭（7俳諧古選 二一三ペ）
七湯の烟淋しや　枯芒　子規（10獺祭句帖抄 六六七ペ）
わらび野やいざもの焚かむ　枯れつつじ　蕪村（2蕪村句集 四四一）
妻子を担ふ片眼片肺　枯手足　草城（4銀 二七〇三）
からざけや小野の薄も　かれてのち　蕪村（2蕪村遺稿 一九六七）
鴛(をしどり)や花の君子は　殺(かれ)てのち　蕪村（2蕪村遺稿 六八八）
雲のみね四沢(したく)の水の　涸れてより　蕪村（2蕪村句集 一四二）
青天(あをぞら)にただよふ蔓の　枯れにけり　たかし（9たかし句集 一六五三）
色々の菊一色(ひといろ)に　枯れにけり　柳水（7俳諧古選 一九三ペ）
鬼茨(おにいばら)踏んばたがつて　枯れにけり　一茶（3七番日記 三五八ペ）
鵆(ちどり)啼く川洲の芒　枯れにけり　樗堂（5萍窓集 九二二）
萩その他糸の如くに　枯れにけり　虚子（14七百五十句 九五二ペ）
ぼろぼろと雨も柳も　枯れにけり　駒門（8俳諧新選 一三七ペ）
足高に橋は残りて　枯野かな　乙由（5麦林集 四五〇）
足もとに青草見ゆる　枯野かな　子規（10獺祭句帖抄 六六四ペ）
あれあれと狐指さす　枯野かな　小波（9ささら波 〇二九七）

息杖に石の火を見る　枯野哉　蕪村（2蕪村句集 二〇〇八）
石に詩を題して過ぐる　枯野哉　蕪村（2蕪村遺稿 六五一）
色々の石に行きあふ　枯野哉　作者不明（7俳諧古選 二二七ペ）
馬の尾にいばらのかかる　枯野哉　蕪村（2蕪村句集 二三二〇）
馬見えて雉子(きぎす)の逃げる　枯野かな　子規（10獺祭句帖抄 六四〇ペ）
片道は日の暮れになる　枯野哉　木導（7俳諧古選 一九一ペ）
かなしさの胸に折れ込む　枯野かな　呂丸（6炭俵 二六二二）
雉はしる小坊主はしる　枯野哉　康工（8俳諧新選 一四八ペ）
汽車道に鳩の下り居る　枯野かな　子規（10獺祭句帖抄 六六四ペ）
草の名の皆かくれたる　枯野かな　可鉛（8俳諧新選 二三七ペ）
是なりで正月もする　かれ野哉　鶴英（8俳諧新選 二三七ペ）
五六疋馬干しておく　枯野哉　一茶（3八番日記 三五八ペ）
子を捨つる藪さへなくて　かれ野哉　蕪村（2蕪村句集 八一九）
先な人も足早に行く　かれ野かな　雲魚（8俳諧新選 二三七ペ）
淋しさにやがて出で来る　枯野かな　百万（8俳諧新選 二三七ペ）
棹鹿のかさなり臥せる　枯野かな　土芳（6猿蓑 一六三七）
すまふ取古郷へ帰る　枯野かな　白羽（8俳諧新選 二三七ペ）
蕭条(せうでう)として石に日の入る　枯野かな　蕪村（2蕪村句集 二八〇八）
大とこの屎ひりおはす　枯野哉　蕪村（2蕪村句集 二三一九）
鷹居ゑて石けつまづく　かれ野哉　松芳（6あら野 七九二）
旅人の蜜柑くひ行く　枯野かな　子規（10獺祭句帖抄 六一一ペ）
提灯の一つ家に入る　枯野かな　子規（10獺祭句帖抄 六六五ペ）

つつぽりと　地蔵の顔も　枯野哉　翳風（8俳諧新選　一四七ペ）
手にのせて　富士を憐れむ　かれ野哉　春来（8俳諧新選　一三七ペ）
遠山に　日の当たりたる　枯野かな　虚子（9五百句　一〇〇七八）
啼くものの　影顕るる　枯野かな　麦茂（7俳諧古選　二二七ペ）
なんぼ往ても　おんなじ事の　枯野哉　孤山（8俳諧新選　一三七ペ）
虹かかる　行衛（ゆくへ）かくれぬ　枯野かな　司鱸（8俳諧新選　一三七ペ）
練塀（ねりべい）の　内迄も来る　かれ野哉　移竹（8俳諧新選　一三七ペ）
信長の　榎残りて　枯野かな　子規（10獺祭句帖抄　六一一ペ）
妖（ば）かされた　やうに暮れたる　かれ野哉　呑鳥（8俳諧新選　一三七ペ）
畠にも　ならでかなしき　枯野哉　蕪村（2蕪村遺稿　八一八）
花も実も　うたひ尽くして　かれ野哉　信徳（5こがらし　一七一）
火遊びの　我一人ゐしは　枯野かな　乙字（9乙字句集　一〇九九四）
一筋の　川引きのばす　枯野かな　潭蛟（8俳諧新選　一三七ペ）
一つ家に　鉦打ち鳴らす　枯野かな　子規（10獺祭句帖抄　六六五ペ）
吹く風の　手をはなしたる　枯野哉　鼓舌（8俳諧新選　一三七ペ）
渺々（べうべう）と　月陰もなき　かれ野かな　雷車（8俳諧新選　一三七ペ）
三日月も　罠にかかりて　枯野哉　蕪村（2蕪村遺稿　六四九）
道を切る　鼬（いたち）ふりむく　枯野かな　紫影（9かきね草　一〇三三六）
麦ばかり　色にのび行く　枯野哉　沙月（8俳諧新選　一三七ペ）
むささびの　小鳥はみ居る　枯野哉　蕪村（2蕪村句集　一三二一）
めいめいに　松明（たいまつ）を持つ　枯野かな　子規（10獺祭句帖抄　六六四ペ）
行く馬の　人を身にする　枯野かな　太祇（8俳諧新選　一三七ペ）
行く先も　目に欲のなき　枯野哉　其口（7俳諧古選　二二七ペ）
夕　烏　啼き啼き帰る　枯野哉　汀雨（7俳諧古選　二二八ペ）
よわよわと　日の行きとどく　枯野かな　麦水（4樗庵麦水集　一八〇三）
我が形（なり）も　哀れに見ゆる　枯野哉　智月（7俳諧古選　一九〇ペ）
わらんべの　犬抱いて行く　枯野かな　子規（10獺祭句帖抄　六六五ペ）
物種よ　菊もこちらも　枯れ残り　鬼貫（7俳諧古選　一八七ペ）
一句二句　三句四句五句　枯野の句　万太郎（9草の丈　一一一一）
涙ぐみて　馬もゆくなり　かれのはら　諸九（4諸九尼続集　一七八六）
吹き出した　浅間の石や　枯野原　嘯山（8俳諧新選　一三七ペ）
物しばし　匂うて止みぬ　枯野原　鳳朗（5鳳朗発句集　一六六四）
この杖の　末枯野行く　虚子（13六百五十句　一六一ペ）
蓮池の　かたちは見ゆる　枯葉哉　一髪（6あら野　七九一）
出で入りの　息も消ゆかや　枯林　躑躅（9現代俳句集　一〇八五七）
あたたかな　雨がふるなり　枯葎（むぐら）　子規（4寒山落木巻一　二二七五）
鶯の　をかしき皃（かほ）や　かれ柳　李流（8俳諧新選　一三七ペ）
残る葉に　せはしき風や　かれ柳　麦翅（8俳諧新選　一三七ペ）
秋去りて　いく日（か）になりぬ　枯尾花　蕪村（2蕪村遺稿　一二五二）
狐火の　燃えつくばかり　枯尾花　蕪村（2蕪村句集　一二七一）
千葉どのの　仮家引けたり　枯尾花　蕪村（2蕪村句集　一九〇〇）
ともかくも　ならでや雪の　かれを花　芭蕉（1雪の尾花　七三五）
なきがらを　笠に隠すや　枯尾花　其角（4枯尾花　〇八〇五）
舟慕ふ　淀野の犬や　かれ尾花　几董（4井華集　一八四三）

我も死して　碑に辺りせむ　枯尾花　蕪村（2蕪村句集一八八五）
湖の　蘆荻漸く　枯れんとす　虚子（13六百五十句一八五ぺ）
せめて袖の　長いを孝に　蚊を追はん　剡山（8俳諧新選一五七ぺ）
梅折りて　皺手にかこつ　薫りかな　蕪村（2蕪村句集二二〇）
長櫃に　鬱々たる菊の　かをりかな　蕪村（2蕪村遺稿一四六三）
真帆に吹く　唐土船の　薫りかな　牛行（8俳諧新選二二一ぺ）
松すぎを　ほめてや風の　かをる音　芭蕉（1笈日記八六五）
夕月の　細殿に梅　薫る也　作者不明（8俳諧新選一〇二ぺ）
思ひつつ　草にかがめば　寒苺　久女（9杉田久女句集〇九三八）
宵過ぎや　柱みりみり　寒が入る　一茶（3文政句帖三五六ぺ）
長き夜や　千年の後を　考へる　子規（10獺祭句帖抄六五二ぺ）
かわかわと　大きくゆるく　寒鴉　虚子（11五百句一〇六ぺ）
口明けて　やうやく啼きぬ　寒鴉　虚子（13六百五十句一六九ぺ）
羽ひらき　たるまま流れ　寒鴉　虚子（12五百五十句二六ぺ）
我行けば　枝一つ下り　寒鴉　虚子（13六百五十句一三四ぺ）
吾に返り　見直す隅に　寒菊赤し　汀女（9汀女句集一九三）
伽羅（きやら）焚いて　暮れ行く年を　看経（かんきん）す　句仏（9句仏句集〇五二六）
かんこ鳥は　賢にして賤し　寒苦鳥　蕪村（2蕪村句集一九八）
のみ止まう　とぞ鳴きにける　寒苦鳥　千澄（8俳諧新選一四五ぺ）
足跡を　字にもよまれず　閑居鳥　蕪村（2蕪村句集五三〇）
いつ里へ　取りつく事ぞ　かんこ鳥　竹友（8俳諧新選二一四ぺ）
うき我を　さびしがらせよ　かんこどり　芭蕉（1嵯峨日記六八九）

上見えぬ　笠置の森や　かんこ鳥　蕪村（2蕪村句集五二九）
榎から　榎へ飛ぶや　閑古鳥　蕪村（2蕪村遺稿八三）
親もなく　子もなき声や　かんこどり　蕪村（2蕪村遺稿五三四）
柿崎や　しぶしぶ鳴きの　閑古鳥　一茶（3おらが春四五三ぺ）
金（こがね）掘る　山本遠し　閑居鳥　蕪村（2蕪村遺稿五三二）
この路は　馬糞に習へ　閑子鳥　希因（5俳諧新選四九〇）
五羽六羽　庵とりまはす　かんこ鳥　元志（6猿蓑二一五四）
淋しさが　好きならばあれ　かんこ鳥　百童（8俳諧新選一五八ぺ）
常灯の　眠る計（ばか）りや　かんこ鳥　志流（7俳諧古選二一七ぺ）
酸い風の　梅のあなたや　閑居鳥　梅風（8俳諧新選一四七ぺ）
須磨の山の　後ろに何を　かんこ鳥　其角（7俳諧古選一六九ぺ）
大名の　通る木曾路や　かんこ鳥　可猩（8俳諧新選二一四ぺ）
遠騎（とほのり）の　重地に入るや　閑居鳥　子曳（8俳諧新選二一五ぺ）
何食うて　居るかもしらじ　かんこ鳥　蕪村（2蕪村遺稿五三一）
恐（なまじひ）に　繁華は近し　鳲鳩（かんこどり）　和流（8俳諧新選二一五ぺ）
花なくて　かくれよき木や　かんこ鳥　蕪村（2蕪村遺稿五三九）
羽色も　鼠に染めつ　かんこどり　蕪村（2蕪村遺稿五三八）
松吹くや　茶釜のたぎり　諫鼓鳥（かんこどり）　調和（4富士石〇二三六）
むつかしき　鳩の礼儀や　かんこどり　蕪村（2蕪村句集五三三）
めしつぎの　底たたく音や　かんこ鳥　蕪村（2蕪村句集七五五）
山風の　出ぬけた跡や　かんこ鳥　友山（8俳諧新選二一四ぺ）
山猿の　眠り落ちけり　かんこどり　花眠（8俳諧新選二一四ぺ）

夢さめて　本の独りや　かんこ鳥　鼓舌（8俳諧新選 一一四ぺ）
我が捨てし　ふくべが啼く歟(か)　かんこ鳥　蕪村（2蕪村遺稿 五三五）
山の日は　鏡の如し　寒桜　虚子（13八百五十句 一六五ぺ）
新涼に　己が肌(はだへ)を　感じけり　虚子（14七百五十句 五五七ぺ）
姫瓜や　三千の林檎　顔色なし　自悦（5洛陽集 一三一）
降つてゐる　その春雨を　感じをり　虚子（14七百五十句 三五六ぺ）
選句しつつ　火種なくしぬ　寒雀　水巴（4続水巴句帖 二四二八）
とび下りて　弾みやまずよ　寒雀　茅舎（4華厳 二六三七）
秋風に　ちるや卒都婆(そとば)の　鉋(かんな)屑　蕪村（2蕪村遺稿 二五二一）
春風や　仏を刻む　かんな屑　句仏（9句仏句集 ○五三八）
蓬莱や　舟の匠(たくみ)の　かんなくづ　湍水（6あら野 四八三）
山吹や　井手を流るる　鉋屑　蕪村（2蕪村句集 二三四五）
安蘇一見　急ぎ候ふやがて　神無月　一茶（3寛政句帖 三五一ぺ）
禅寺の　松の落葉や　神無月　凡兆（6猿蓑 一六三三）
灯(ひ)もおかで　よく寝る客や　神無月　道彦（5蔦本集 九七七）
宗(むね)任(たふ)に　水仙見せよ　神無月　蕪村（2蕪村句集 二五八）
百舌鳥(もず)のゐる　野中の杭(くひ)よ　十月　嵐蘭（6猿蓑 一六三四）
ありがたや　犬にかまはぬ　寒念仏　珪琳（4百番句合 一一三九）
門松は　たてて出でけり　寒念仏　柳居（8俳諧新選 一四七ぺ）
雲母(きら)坂(ざか)　下りて来つるよ　寒念仏　碧梧桐（9碧梧桐句集 ○一一一）
極楽の　ちか道いくつ　寒念仏　蕪村（2蕪村句集 三五○）
何と見ん　夫(つま)諸共の　寒念仏　蝸夫（8俳諧新選 一四四ぺ）
後の世の　薬食也　寒念仏　九水（7俳諧古選 二一八ぺ）
細道に　なりゆく声や　寒念仏　蕪村（2蕪村句集 三四九）
耶蘇と言へば　辞儀してさりぬ　寒念仏　雉子郎（9現代俳句集 ○六九○）
若い時の　のら友達や　寒念仏　紫水（8俳諧新選 一四四ぺ）
忘るなと　又行く音や　寒念仏　赤羽（8俳諧新選 一五四ぺ）
雁さわぐ　鳥羽の田づらや　寒の雨　芭蕉（1西華集 七三八）
月花の　愚に針たてん　寒の入　芭蕉（1鷹獅子集 七七○）
干鮭も　空也の痩せも　寒の中　芭蕉（1元禄四年三物 六五七）
時　鳥　声遣へかし　寒の中　貞徳（7俳諧古選 一八五ぺ）
科学自体は　残酷ならず　寒の月　草田男（9万緑昭40・1 二五二七）
大原柴　帰るさ軽し　寒の紅　晩山（7俳諧古選 一九四ぺ）
覆とり　互ひに見ゆ　寒牡丹　虚子（13六百五十句 一三○ぺ）
背山より　今かも飛雪　寒牡丹　爽雨（9泉声 一八九五）

き

寒菊の　咲きも違(たが)へぬ　黄色哉　斗吟（8俳諧新選 一三七ぺ）
旧友を　見れば襟巻　旧の如し　巨口（9つは蕗 一二○三）
花あやめ　一夜にかれし　求(きう)馬(ま)哉　芭蕉（1蕉翁句集 三九五）
天が下　しるは三日の　胡(き)瓜(うり)哉　来汲（7俳諧古選 二二六ぺ）
取りあへず　臂かいて見る　胡瓜かな　素丸（4素丸発句集 一七五八）
はつ雪や　先(まづ)馬やから　消えそむる　許六（6炭俵 二六一八）

灯籠の　わかれては寄る　消えつつも　亜浪（9旅人一〇四二）
あは雪の　とどかぬうちに　消えにけり　鼠弾（6あら野一〇一〇）
寒雁（かんがん）の　声岬風に　消えにけり　乙字（9乙字句集〇九八九）
露けさの　一つの灯（ひ）さへ　消えにけり　松浜（9白菊〇五五）
春の雪　人事ならず　消えにけり　三汀（9文壇句会今昔一一五〇）
藻にすだく　白魚やとらば　消えぬべき　芭蕉（1東日記一二八）
菊の露　手折らば花も　消えぬべし　樗良（8俳諧新選一三四ぺ）
白魚や　石にさはらば　消えぬべし　枳風（7俳諧古選一五六ぺ）
露の菊　さはらば花も　きえぬべし　樗良（4樗良発句集八四〇）
山は未（まだ）　大日枝（ひえ）なれや　消えぬ雪　李流（8俳諧新選一〇一ぺ）
工女等に　遅日めぐれる　機械かな　青峰（9青峰集二二四九）
たれかが　鶴の墓を建てゐるやうな　気がする　禅寺洞（9禅寺洞句集二三九一）
何となく　冬夜隣を　聞かれけり　其角（7俳諧古選一八九ぺ）
衣更　外面の噂　きき合はせ　羅人（4俳諧古選二七九）
暁は　おのれにもどる　黄菊かな　不角（8俳諧新選二三四ぺ）
手燭して　色失へる　黄菊かな　蕪村（2蕪村句集一八三七）
ぽきぽきと　ふたもと手折る　黄ぎく哉　蕪村（2蕪村遺稿一一六四）
追へば逃げて　そして飛びたつ　きぎす哉　嘯山（8俳諧新選一〇四ぺ）
高声に　つらをあかむる　雉子（きぎす）かな　一雪（6あら野五七七）
野をわたる　雲を蹴て立つ　きぎす哉　嘯山（5律亭句集七一九）
木瓜（ぼけ）の陰に　皃（かほ）類ひ住む　きぎす哉　蕪村（2蕪村句集二三〇）
行きかかり　輪縄（わな）解きてやる　雉子哉　塩車（6あら野五七八）
尾を引けば　草に取らるる　雉子哉　言水（7俳諧古選一五一ぺ）
郭公も　唯の鳥ぞと　聞き馴れし　虚子（14七百五十句二九ぺ）
春暁や　ひとこそ知らね　木々の雨　草城（9花氷二四六〇）
諸声に　山や動かす　樹々の蟬　楚江（8俳諧新選一九ぺ）
絵にかかば　朝のうち也　樹々の雪　巴東（8俳諧新選四二ぺ）
滝殿や　葉のしたたらぬ　樹々もなし　嘯山（8俳諧新選二二ぺ）
朝露の　花透き通す　桔梗かな　柳梅（6続猿蓑三二四四）
きりきりしやん　としてさく　桔梗哉　一茶（3七番日記三五〇ぺ）
修行者（すぎやうざ）の　径（こみち）にめづる　桔梗かな　蕪村（2蕪村遺稿一八一七）
牛祭り　能なし女　聞きや居ん　嘯山（8俳諧新選二三四ぺ）
談笑の　中（うち）鉦叩　ききゐたり　立子（9実生一九四二）
曇り来ぬ　誰も手つだへ　菊植ゑん　嘯山（8俳諧新選一〇八ぺ）
菊咲けり　陶淵明の　菊咲けり　青邨（9雪国一六〇〇）
やがてあく　物のうつくし　木草の芽　鷺喬（8俳諧新選一〇三ぺ）
日本は　海なり机上　菊白し　水巴（9定本水巴句集〇五八九）
いな妻や　八丈かけて　きくた摺り　蕪村（2蕪村句集七八五）
腰のして　けふは山見ん　菊作り　布門（8俳諧新選一三四ぺ）
鬢（びん）に霜　おくやかかへの　菊作り　而章（8俳諧新選一三三ぺ）
見るうちに　多くなりけり　菊の虻（あぶ）　虚子（14七百五十句一九ぺ）
しら雲は　遠いものなり　菊の上　乙二（4をのゝえ草稿二一一七）
何魚の　かざしに置かん　菊の枝　曾良（6続猿蓑三三四四）
草の戸や　日暮れてくれし　菊の酒　芭蕉（1笈日記七一三）

酔ふ人やあらぬ口をも　きくの酒　西武（5犬子集　四六）
手遊(てすさ)びの中に匂ふや　菊の塵　土髪（8俳諧新選　一三四ぺ）
秋をへて蝶もなめるや　菊の露　芭蕉（1笈日記　九七二）
八専の雨やあつまる　菊の露　沾圃（6続猿蓑　三四三）
見てのみや御城の素足　菊の露　祇空（4金竜山　一一三六）
むかばきやかかる山路の　菊の露　兀峰（6続猿蓑　三三一一）
山城の谷や久しき　菊の露　宋屋（8俳諧新選　一三四ぺ）
柚(ゆ)の色や起きあがりたる　菊の露　其角（6続猿蓑　三三四一）
うるしせぬ琴や作らぬ　菊の友　素堂（6続猿蓑　三三四六）
竹立てて蠟燭さしぬ　菊の中　子規（10獺祭句帖抄　六五八ぺ）
残れるも人にはくれず　菊の苗　瓜流（8俳諧新選　一〇八ぺ）
花の頃はみな杖突かん　菊の苗　孤洲（8俳諧新選　一〇八ぺ）
見る度に手の行きにけり　菊の主　眠柳（8俳諧新選　一三四ぺ）
朝茶のむ僧静か也　菊の花　芭蕉（1芭蕉盥　六四六）
いでさらば投壺まゐらん　菊の花　蕪村（2蕪村句集　六一六）
稲こきの姥もめでたし　菊の花　芭蕉（1笈日記　七一九）
かはらけの手ぎは見せばや　菊の花　其角（6あら野　七六三）
鍬さげて神農皃(がほ)や　菊の花　一茶（3おらが春　四七二ぺ）
下戸庵が疵也こんな　菊の花　一茶（3おらが春　四七二ぺ）
五七日九月日和や　きくの花　五松（8俳諧新選　一三四ぺ）
酒瓶を洗うてさすや　菊の花　龍眠（8俳諧新選　一三四ぺ）
杖先で画解(ゑと)きする也　きくの花　一茶（3おらが春　四七二ぺ）

入道の大鉢巻で　きくの花　一茶（3おらが春　四七二ぺ）
煮木綿の雫に寒し　菊の花　支考（6続猿蓑　三三一〇）
野分過ぎて気楽にさくや　菊の花　篤羽（8俳諧新選　一三四ぺ）
初霜や束ねよせたる　菊の花　子規（10獺祭句帖抄　六一九ぺ）
はやくさけ九日も近し　菊の花　芭蕉（1蕉翁句集　五七四）
灯(ひ)ともして御影祭るや　菊の花　子規（10獺祭句帖抄　六五九ぺ）
物堅き庭のしまりや　菊のはな　隣水（8俳諧新選　一三四ぺ）
病気(やまひげ)のない匂ひ也　きくのはな　千梅（8俳諧新選　一三四ぺ）
我がやうにどつさり寝たよ　菊の花　一茶（3おらが春　四六九ぺ）
童気に赤いも嬉し　菊の花　五筑（8俳諧新選　一三三ぺ）
藁葺の御家人町や　菊の花　魯貢（8俳諧新選　一四八ぺ）
ゐなか間のうすべり寒し　菊の宿　尚白（6猿蓑　一八六七）
あさましき桃の落葉よ　菊畠　蕪村（2蕪村句集　二〇八五）
雨一斗露一升や　菊ばたけ　卯雲（8俳諧新選　一三三ぺ）
留主もりて鶯遠く　聞く日かな　蕪村（2蕪村遺稿　二一二二）
南縁の焦げんばかりの　菊日和　たかし（9たかし句集　一六六八）
御空より発止と鵙(もず)や　菊日和　茅舎（4川端茅舎句集　二六四三）
明日よりは病忘れて　菊枕　虚子（13六百五十句　一六〇ぺ）
推せば明くとがめぬ庭の　菊見哉　春来（8俳諧新選　一三四ぺ）
嘸(さぞ)涙まんぢゆう見ても　菊見ても　方山（7俳諧古選　二〇二ぺ）
閣に座して遠き蛙を　きく夜哉　蕪村（2蕪村句集　二四三）
芭蕉野分して盥に雨を　聞く夜哉　芭蕉（1武蔵曲　一三九）

稲の穂の　寝て噺あふ　機嫌哉　竿秋（7 俳諧古選 二二三ぺ）
蝸牛（かたつぶり）　角のゆらめく　機嫌哉　尺布（8 俳諧新選 一二五ぺ）
せつかれて　年忘れする　きげんかな　芭蕉（1 芭蕉庵小文庫 九七六）
花守の　翌（あす）をしらざる　機嫌哉　可幸（8 俳諧新選 一五六ぺ）
春の野や　人行く方へ　機嫌かひ　孤山（8 俳諧新選 一一一ぺ）
隠家も　蠅うつ音は　聞こえけり　吐月（8 俳諧新選 一二三ぺ）
寺大破　炭割る音の　聞こえけり　碧梧桐（9 三千里 ○一二五）
昼寄席（ひるせき）に　晒井の声　きこえけり　水巴（9 定本水巴句集 ○五九六）
からたちの　其の身はやがて　きこく哉　玄旨（7 俳諧古選 一九五ぺ）
からたちは　やがてそのまま　きこくかな　幽斎（4 鷹筑波集 ○○二九）
蕎麦はあれど　夜寒の温飩　きこしめせ　子規（10 獺祭句帖抄 六三三ぺ）
馬追の　最も近く　聞こゆなり　浜人（9 定本浜人句集 ○八一二）
宵の月　西になづなの　きこゆ也　如行（6 猿蓑 一八九八）
雪の日や　近江の鐘も　聞こゆなる　羅人（4 俳諧古選 一二八一）
けふ汐干　淡路の鐘も　聞こゆべし　渭白（8 俳諧新選 一○九ぺ）
うつくしき　其のひめ瓜や　后ざね　芭蕉（1 山下水 四一）
いつまでの　水取冷えぞ　刻む老　東洋城（9 東洋城全句中 ○三八七）
この空を　蛇ひつさげて　雉子とぶと　素十（9 桐の葉 一五三八）
白魚や　香車も猛き　岸通り　貞佐（4 桑々畔発句集 一二一六）
うき草や　今朝はあちらの　岸に咲く　乙由（5 麦林集 四四八）
うぐひすや　土のこぼるる　岸に啼く　涼袋（5 古今明題集 七二九）
水にちりて　花なくなりぬ　岸の梅　蕪村（2 蕪村遺稿 一四九五）

朧夜や　氷離るる　岸の音　五明（4 五明句藻 二一○八）
筏士の　陸（くが）をのぼるや　きじの声　麦水（5 葛箒 七三九）
夫には　呵（しか）られがちぞ　雉の声　文素（7 俳諧古選 二二八ぺ）
河内女の　宿に居ぬ日や　きじの声　蕪村（2 蕪村遺稿 二三二五）
亀山へ　通ふ大工や　きじの声　蕪村（2 蕪村句集 二三二四）
刈りあとの　するどき篠や　きじのこゑ　蒼虬（5 訂正蒼虬句集 一一五一）
猟人の　家をつらぬくや　雉の声　大夢（8 俳諧新選 一○四ぺ）
柴刈に　砦を出るや　雉子の声　蕪村（2 蕪村句集 二三二三）
島原の　夜は明けにけり　雉の声　買友（8 俳諧新選 一○四ぺ）
ちちははの　しきりにこひし　雉の声　芭蕉（1 笈の小文 三七六）
寝忘れた　野寺の門や　雉のこゑ　嘯山（8 俳諧新選 一○四ぺ）
羽色とは　心おとりや　きじの声　晩平（8 俳諧新選 一○四ぺ）
兀山（はげやま）や　何にかくれて　きじの声　蕪村（2 蕪村句集 四三○）
春雨や　蓑につつまん　雉子の声　洒堂（6 続猿蓑 三○一四）
人ならば　添はれう物か　雉の声　利角（7 俳諧古選 一五○ぺ）
ひばりなく　中の拍子や　雉子の声　芭蕉（1 猿蓑 六一二）
蛇くふと　聞けばおそろし　雉の声　芭蕉（1 花摘 六一一）
まぼろしの　反魂香（はんごんかう）や　雉のこゑ　露川（4 北国曲 ○九一九）
かげろふや　ほろほろ落ちる　岸の砂　土芳（6 猿蓑 一九三一）
舟の火の　草にうつるや　岸の露　雨谷（8 俳諧新選 一二六ぺ）
桑の葉の　照るに堪へゆく　帰省かな　秋桜子（9 葛飾 一四二四）
さきだてる　鵞鳥踏まじと　帰省かな　不器男（9 定本不器男句集 一七○九）

われを慕ふ少女あはれや　黄鶺鴒(せきれい)　虚子（13 六百五十句 二〇一ぺ）
一点が懐炉で熱し　季節風　草城（9 銀 二四五二）
えびす講酢売りに袴　着せにけり　芭蕉（1 続猿蓑 八一九）
霜寒き旅寝に蚊屋を　着せ申し　如行（6 波留濃日 三五三）
つばくらは土で家する　木曽路哉　猿雖（6 続猿蓑 三四七五）
夏川の音に宿かる　木曽路哉　重五（6 波留濃日 三四〇）
おくられつおくりつはては　木曽の秋　芭蕉（1 あら野 四二五）
其の春の石ともならず　木曽の馬　乙州（6 猿蓑 一九九五）
うき人の旅にも習へ　木曽の蠅　芭蕉（1 韻塞 七八八）
子に恥ぢて伽羅(きやら)こそとめね　きそはじめ　如泉（5 元禄四歳旦 一四八四）
母方の紋めづらしや　きそ始　山蜂（6 続猿蓑 三〇九一）
くもる日や野中の花の　北面　猿雖（6 続猿蓑 二九七三）
ねられずやかたへひえゆく　北おろし　去来（6 あら野 一〇〇六）
梅遠近(をちこち)南(みんなみ)すべく　北すべく　蕪村（2 蕪村句集 一四九二）
咲き満ちてこれより椿　汚なけれ　虚子（14 七百五十句 一一五四ぺ）
激雷のその後青し　北の海　汀女（9 風花 昭41・6 一九二一）
のうれんの奥物ぶかし　北の梅　芭蕉（1 菊の塵 三五二）
涼めとて切りぬきにけり　北のまど　野水（6 あら野 八五〇）
夜を寒み小冠者(こくわじや)臥したり　北枕　蕪村（2 蕪村句集 一四六六）
石に腰即ち時雨　来りけり　虚子（13 六百五十句 二三三九ぺ）
風邪引きに又夕方の　来りけり　虚子（12 六百句 二一一四ぺ）
寒垢(ごり)離や上の町迄　来りけり　蕪村（2 蕪村句集 三七二）
遮莫(さもあらばあれ)餅搗けて　来りけり　万太郎（9 流寓抄 一一二一）
新学士白足袋はいて　来りけり　瓊音（9 瓊音句集 一〇一五）
新涼の驚き貌(がほ)に　来りけり　虚子（11 五百句 三一ぺ）
涼風の曲がりくねつて　来りけり　一茶（3 七番日記 三三六ぺ）
人は皆衣など更(か)へて　来りけり　子規（9 寒山落木巻五 〇〇四二）
蓋あけし如く極暑の　来りけり　立子（9 笹目 一九四八）
待つとなき二日灸(やいと)の　来りけり　大夢（8 俳諧新選 一一一ぺ）
水祝に知らぬ男も　来りけり　四方太（9 承露盤 〇二〇三）
ことしより堅気のセルを　著たりけり　万太郎（9 草の丈 一一一九）
春雨や身に古頭巾　着たりけり　蕪村（2 蕪村句集 四三二）
春の夕かのきぬ羽織　着たりけり　蕪村（2 蕪村遺稿 一三七四）
逝く人に留まる人に　来る雁　漱石（9 日記の中より 〇一八六）
いなびかり北よりすれば　北を見る　多佳子（9 紅糸 二九六一）
夕皃や風呂におくれし　木賃宿　沢翁（7 俳諧古選 二一八ぺ）
書賃のみかんみいみい　吉書哉　一茶（3 八番日記 三二四ぺ）
筆ひぢてむすびし文字の　吉書かな　宗鑑（4 小町躍 〇〇一二）
小夜時雨上野を虚子の　来つつあらん　子規（10 獺祭句帖抄 六六三ぺ）
野馬(かげろふ)に子供あそばす　狐哉　凡兆（6 猿蓑 一九三三）
みじか夜や金も落とさぬ　狐つき　蕪村（2 蕪村遺稿 五五五）
まんじゆさげ蘭に類ひて　狐啼く　蕪村（2 蕪村遺稿 一八六五）
はつ雪のことしも袴　きてかへる　野水（6 冬の日 三七）
繭買ひの逸早く黄帷子(きびら)　著て来たり　左衛門（9 現代俳句集 〇八二一）

陣中の夜は毛布を　被て足りぬ　圭岳（9大江一一九一）
風の日の螳螂（かまきり）肩に　来てとまる　温亭（9温亭句集〇八二四）
箸で食ふ花の弁当　来て見よや　虚子（12五百五十句一三ペ）
あれ春が笠着て行くは　着て行くは　蓼太（8俳諧新選一二二ペ）
雛の主や嫁に行くのと　来て居ると　孤桐（8俳諧新選一〇九ペ）
小鳥このごろ音もさせずに　来て居りぬ　鬼城（9鬼城句集〇六二九）
大粒な雨は祈りの　奇特哉　蕪村（2蕪村句集一二四）
初蝶来何色と問ふ　黄と答ふ　虚子（9六百五十句〇〇八七）
木枯すぎ日暮れの赤き　木となれり　三鬼（9今日二三五四）
月花の初めは琵琶の　木どり哉　釣雪（6あら野四七七）
閑居鳥きのふもここに　来啼きぬる　蕪村（2蕪村遺稿五三七）
鎌倉右大臣実朝の　忌なりけり　迷堂（9孤輪〇四一五）
山奇にして雲又更に　奇なり夏　小波（9ささら波〇三〇四）
栗飯や糸瓜（へちま）の花の　黄なるあり　子規（9俳句稿巻二〇〇一七）
春の月枯木がくれに　黄にけぶり　水巴（9定本水巴句集〇五九四）
如月やまだ夕暮れの　気に成らず　古柳（7俳諧古選一五四ペ）
若人の眼鏡かけたり　絹袷　子規（10獺祭句帖抄六一四ペ）
色なんど兼ねて申すや　衣（きぬ）配（くばり）　五鳳（8俳諧新選一四五ペ）
裁（たち）屑（くづ）は末の子がもつ　きぬ配り　山蜂（6続猿蓑三四二八）
夜をこめて山への使者や　衣配　嘯山（8俳諧新選一四五ペ）
玉川や夜毎の月に　砧打つ　子規（10獺祭句帖抄六三五ペ）
蘆の屋の灯（ともし）ゆりこむ　砧哉　立志（7俳諧古選一八一ペ）

貴人（あてびと）の岡に立ち聞く　きぬた哉　蕪村（2蕪村遺稿一一五四）
相槌の笑うて明くる　砧かな　山川（7俳諧古選二〇六ペ）
石を打つ狐守る夜の　きぬた哉　蕪村（2蕪村句集二五四五）
磯辺おすから櫓に響く　砧かな　嘯山（8俳諧新選二三二ペ）
うき人に手をうたれたる　きぬた哉　蕪村（2蕪村句集一八八）
音添うて雨にしづまる　碪かな　千代女（5千代尼句集五一八）
川音に更けて分かるる　砧かな　千仭（8俳諧新選二三一ペ）
岸打てば又泊船の　砧かな　東洋城（9東洋城全句上〇三九四）
霧深き広野に千々の　砧かな　蕪村（2蕪村遺稿一八〇四）
小路行けばちかく聞こゆる　きぬた哉　蕪村（2蕪村句集二七四〇）
心にもかからぬ市の　きぬたかな　暁鼯（6あら野七五五）
子は蚊屋に寝せて夫（つま）まつ　砧哉　沙月（8俳諧新選二三一ペ）
小博奕にまけて戻れば　砧かな　子規（10獺祭句帖抄六五三ペ）
声すみて北斗にひびく　砧哉　芭蕉（1新撰都曲四六四）
小夜ふけて拍子の沈む　砧かな　支鳩（8俳諧新選二三一ペ）
猿引は猿の小袖を　きぬた哉　芭蕉（1続有磯海九二七）
死ぬ迄の命は捨てぬ　砧かな　沙月（7俳諧古選二二九ペ）
精出せばあたたかになる　砧かな　嘯山（8俳諧新選一五五ペ）
僧正のいもとの小屋の　きぬたかな　尚白（6猿蓑一八五五）
乳（ち）囉（もら）ひの其の手に代はる　砧かな　雅因（8俳諧新選二三一ペ）
なつかしきしのぶの里の　きぬた哉　蕪村（2蕪村遺稿二七三九）
女房は未（まだ）袷をも　きぬたかな　龍眠（8俳諧新選二三一ペ）

婆々ぞとは　更に思はれぬ　砧かな　水翁（8俳諧新選一二二ぺ）
迷ひ子を　呼べばうちやむ　きぬた哉　蕪村（2蕪村遺稿一八九）
都出でて　もはやかなしき　碪哉　和及（5前後園一九四）
宿借りて　置いて出て聞く　砧かな　孤桐（8俳諧新選一三二ぺ）
夜歩行（よありき）の　恥づかしうなる　砧かな　土髪（8俳諧新選一三二ぺ）
能くきけば　親舟に打つ　碪かな　一井（6あら野九四三）
よし一夜　木賃も留めず　砧哉　千虎（7俳諧古選二六ぺ）
よその音　聞いてこちにも　砧哉　召波（7俳諧古選二八ぺ）
よその夜に　我が夜おくるる　砧かな　大魯（5蘆陰句選八二四）
世に住まば　聞けと師走の　碪かな　西鶴（4蓮実〇一八八）
我が馬に　拍子知らする　砧哉　巴風（7俳諧古選八一ぺ）
居眠りて　うつらうつらん　砧かな　調和（5夜錦一四九）
遠（をち）近（こち）　をちこちと打つ　きぬた哉　蕪村（2蕪村句集一〇八）
折々は　睡る声きく　砧哉　尚白（7俳諧古選八〇ぺ）
あなかまと　青梅ぬすむ　きぬの音　無腸（4続あけがらす一八六一）
虫干や　花見月見の　衣の数　子規（9寒山落木巻一〇〇四九）
並べるも　植ゑる心の　木の子哉　麦翅（8俳諧新選一三四ぺ）
嬉しさの　山をつかむや　菌（きのこ）がり　雷車（8俳諧新選一三四ぺ）
爛々と　昼の星見え　菌生え　虚子（9六百五十句〇一〇〇）
鵙（もず）啼くや　一番高い　木のさきに　子規（10獺祭句帖抄六〇一ぺ）
秋の暮　人見過りて　きのふけふ　月居（4月並発句帖二〇九九）
若竹や　子と云はれたも　きのふけふ　玉里（8俳諧新選一四七ぺ）
山門に　花ものものし　木のふとり　一桐（6続猿蓑二九八二）
此の蘭や　五助が庭に　きのふまで　蕪村（2蕪村遺稿二二六九）
目覚えの　幹より知れる　木の芽哉　赤羽（8俳諧新選一〇三ぺ）
地階の灯（ひ）　春の雪降る　樹のもとに　汀女（9汀女句集一九二六）
君が春　蚊屋は萌黄に　極まりぬ　越人（4去来抄〇九一〇）
春雨の　くらくなりゆき　極まりぬ　虚子（12六百句二二二ぺ）
若葉して　水白く麦　黄みたり　蕪村（2蕪村句集二六八七）
夜半過ぎて　暑さを月に　極めけり　菜根（8俳諧新選一二〇ぺ）
名月や　縁取りまはす　黍（きび）の虚（から）　去来（6炭俵二五四二）
三冊の　句集よすがに　黍の窓　迷堂（9ぬなは昭44・11〇四一八）
秋の暮　業火となりて　秬（きび）は燃ゆ　波郷（9鶴の眼二六三四）
踊子の　夜食に母の　給仕哉　沙月（8俳諧新選二二五ぺ）
扇風機　重役椅子に　給仕ゐて　圭岳（9太白星一一九二）
胸に子の名　呼びをり落葉　急なるとき　楸邨（9穂高二五九六）
まなかひに　雲ぞ春めく　吸入器　禅寺洞（9禅寺洞句集二二九八）
むさし野や　さはるものなき　君が笠　芭蕉（1続寒菊九七一）
朝霧に　まぎれて出でむ　君が門　月居（5たちえ九六四）
蚊遣火や　折々燃えて　君が顔　杉侯（7俳諧古選一六八ぺ）
かびたんも　つくばはせけり　君が春　芭蕉（1江戸通町九〇）
十四日　月明らかに　君は逝く　虚子（14七百五十句一〇九ぺ）
定斎屋の　渡り来る橋や　行々子（ぎやうぎやうし）　茅舎（9川端茅舎二六八二）
能なしの　寝（ねむ）たし我を　ぎやうぎやうし　芭蕉（1嵯峨日記六九二）

やり羽子や　油のやうな　京言葉　虚子（11五百句　六九ペ）
打ち網に　鯎(こち)一疋や　京細工　几掌（7俳諧古選　二二六ペ）
足袋つぐや　ノラともならず　教師妻　久女（9杉田久女句集　〇九五〇）
汗の香に　衣ふるはん　行者堂　芭蕉（1雪満呂気　四八七）
梅が香や　しらゝおちくぼ　京太郎　芭蕉（1忘梅　六八三）
接待へ　よらで過ぎ行く　狂女哉　蕪村（2蕪村遺稿　二五三八）
鴛鴦(をし)の画の　襖にこもる　狂女哉　子規（9俳句稿巻一　〇〇〇九）
蛍見も　しりの間ぞ　京と宇治　梅盛（4玉海集　〇一三一）
降らざりし　菜の花曇り　京に入る　露月（9露月句集　〇二二二）
行く春や　うしろ向けても　京人形　水巴（9定本水巴句集　〇六〇六）
盆栽の　小桜早し　京の市　子規（10獺祭句帖抄　六二六ペ）
鶯や　花の跡とふ　経の声　光弘（7俳諧古選　一四四ペ）
遅き日や　谺(こだま)聞こゆる　京の隅　蕪村（2蕪村遺稿　二三五〇）
祇園会や　錦の上に　京の月　子規（10獺祭句帖抄　六〇七ペ）
うぐひすや　庭樹の続く　京の町　太祇（8俳諧新選　一〇一ペ）
御火(おほ)たきや　霜うつくしき　京の町　蕪村（2蕪村句集　七〇四）
大雪や　鹿の出て来る　京の町　其流（7俳諧古選　二二〇ペ）
白魚の　いかで遊ばぬ　京の水　宋屋（8俳諧新選　一〇二ペ）
初冬や　日和になりし　京はづれ　蕪村（2蕪村句集　一五二）
薑のほに　箸うつかたや　客の膳　去来（6炭俵　二五六九）
いなづまや　青貝の間に　客ふたり　大江丸（5はいかい袋　八七五）
風かをる　瀬戸の枯木や　伽羅(きやら)の肌　鳥酔（5夏山伏　四九六）

蘭夕べ　狐のくれし　奇楠を炷(た)かむ　蕪村（2蕪村句集　二二七〇）
膝に来て　稲妻うすく　消ゆるかな　虚子（13六百五十句　一五四ペ）
花の香や　嵯峨の灯火　消ゆる時　蕪村（2蕪村句集　一五〇九）
梅がかや　見ぬ世の人に　御意を得る　芭蕉（1続寒菊　九一〇）
たばしるや　鵙(もず)叫喚(けうくわん)す　胸(きやう)形(ぎやう)変(へん)　波郷（9惜命　二六四七）
大(だい)裏(り)雛　人形天皇の　御宇(ぎよう)とかや　芭蕉（1江戸広小路　九一）
念仏に　睡らぬ月や　御忌ながら　鶴英（8俳諧新選　一〇二ペ）
降りしきる　雪にあやしや　御忌の鐘　雅因（8俳諧新選　一〇二ペ）
愚痴(ぐち)無知(むち)に　逆(さか)とんぼりや　御忌詣　嘯山（8俳諧新選　一〇二ペ）
難波女や　京を寒がる　御忌詣　蕪村（2蕪村句集　四一八）
えぼし子や　など白菊の　玉(ぎよく)牡丹　濁子（6続猿蓑　三三〇九）
上野より　根岸に下りて　御慶哉　四方太（9承露盤　〇一九七）
長松が　親の名で来る　御慶哉　野坡（6炭俵　二三九六）
午時(ひる)過ぎに　竈将軍の　御慶哉　貝錦（8俳諧新選　一〇〇ペ）
おぼろ月　大河をのぼる　御舟(ぎよしう)かな　蕪村（2蕪村遺稿　一〇〇八）
秋風や　酒肆(しゆし)に詩うたふ　漁者樵者　蕪村（2蕪村句集　二一四九）
初霜や　茎の歯ぎれも　去年迄　一茶（3文化句帖　三五三ペ）
春雨や　傘さしつれて　清水へ　松宇（9松宇家集　〇三一六）
椿ころり　邪魔に成る樹を　伐ふとて　李流（8俳諧新選　一五六ペ）
若竹に　窓の灯(ひ)きらり　きらり哉　洒竹（9小日明27・4・19　〇二九六）
時鳥　さくらは杣(そま)に　伐られけり　言水（7俳諧古選　一六一ペ）
七草や　粧ひしかけて　切り刻み　野坡（6炭俵　二四〇六）

暁や灰の中より　きりぎりす　淡々（4 一二七一 淡々発句集）
秋の夜や夢と鼾と　きりぎりす　水鷗（6 三二六六 続猿蓑）
灰汁（あく）桶の雫やみけり　きりぎりす　凡兆（6 二〇七〇 猿蓑）
朝な朝な手習すすむ　きりぎりす　芭蕉（1 九六五 入日記）
雨冷えをさな驚きそ　きりぎりす　習先（8 二一七ぺ 俳諧新選）
うかうかと生きてしも夜や　蟋蟀（きりぎりす）　二柳（4 一八五七 続あけがらす）
己さへ餓鬼に似たるよ　蛬（きりぎりす）　嵐雪（7 二〇〇ぺ 俳諧古選）
壁に耳ありとやなかぬ　蛬　望一（5 八〇 毛吹草）
消え残る御廟の香や　きりぎりす　孤桐（8 二一七ぺ 俳諧新選）
草の葉や足のをれたる　きりぎりす　荷兮（6 八三九 あら野）
悔いふ人のとぎれや　きりぎりす　丈草（6 二五五九 炭俵）
淋しさや釘にかけたる　きりぎりす　芭蕉（1 七〇二 草庵集）
白髪ぬく枕の下や　きりぎりす　芭蕉（1 六三七 泊船集）
涼風や力一ぱい　きりぎりす　一茶（3 三三五ぺ 七番日記）
墨付けし行灯を泣く　きりぎりす　越人（4 〇九一二 鵲尾冠）
背戸の畑なすび黄ばみて　きりぎりす　旦藁（6 三四二 波留濃日）
達磨忌を壁の名残や　きりぎりす　嵐山（8 二三七ぺ 俳諧新選）
連れのある所へ掃くぞ　きりぎりす　丈草（4 〇九九四 そこの花）
寺に寝て縁の高さよ　きりぎりす　二柳（8 二一七ぺ 俳諧新選）
どう居ても痩せ脛（はぎ）寒し　きりぎりす　乙人（7 二〇五ぺ 俳諧古選）
年よれば声はかかるぞ　きりぎりす　智月（6 二五五八 炭俵）
灯（ともしび）のとどかぬ庫裏（くり）や　きりぎりす　太祇（8 二一七ぺ 俳諧新選）

寝がへりの方になじむや　きりぎりす　丈草（4 〇九九六 青筵）
ふさぐかと目をいらひけり　蛬　移竹（8 二一七ぺ 俳諧新選）
二夜啼くひと夜は寒し　きりぎりす　紀逸（4 一一六〇 江戸返事）
舟つけて闇へまたげば　蟋蟀　沾山（4 一二六〇 かなあぶら）
むざんやな甲の下の　きりぎりす　芭蕉（1 五四三 猿蓑）
夕月や流れ残りの　きりぎりす　一茶（3 三四九ぺ 文化句帖）
わか草に育てらるるか　きりぎりす　松堅（7 一四三ぺ 俳諧古選）
我が痩せを驚さ声や　きりぎりす　支鳩（8 二二七ぺ 俳諧新選）
移徙（わたまし）や先へ来てゐる　きりぎりす　露川（7 一七九ぺ 俳諧古選）
猪の床にも入るや　きりぎりす　芭蕉（1 八九七 三冊子）
桶の輪やきれて鳴きやむ　きりぎりす　昌房（6 二一七二 猿蓑）
投げ棄てしマッチの火らし　霧濃ゆし　虚子（12 一五九ぺ 六百句）
うしろ寒き落葉の音や　切通し　大夢（8 一三七ぺ 俳諧新選）
月の比隣の榎木　きりにけり　胡及（6 一〇五八 あら野）
らんぷ売るひとつらんぷを　霧にともし　敦（9 三一四一 古暦）
初雪やことしのびたる　桐の木に　野水（6 一三六四 あら野員外）
短夜や一寸のびる　桐の苗　子規（10 六二七ぺ 獺祭句帖抄）
三葉ちりて跡はかれ木や　桐の苗　凡兆（6 一八一三 猿蓑）
若草やまたぎ越えたる　桐の苗　風睡（6 三〇七七 続猿蓑）
酒桶の背中ほす日や　桐の花　蓼太（5 五三七 蓼太句集）
数へ日の欠かしもならぬ　義理ひとつ　風生（9 一五六八 米寿前）
けふの日や心にかかる　霧もなし　守紀（8 一五四ぺ 俳諧新選）

短日のつくばひ乾き　切りゐたり　白水郎（9散木集一〇八一）
囀りの二日がかりに　伐る木かな　癖三酔（9癖三酔句集〇三七六）
白雨（ゆふだち）や水晶のずずの　きるる音　几董（5井華集八〇〇）
蜆（こほろぎ）や相如（しやうじよ）が絃の　きるる時　蕪村（2蕪村遺稿一八四二）
秋風にいつまで浴衣　著る女　虚子（14七百五十句七七二ぺ）
初雪やおしにぎる手の　寄麗也　傘下（6あら野四五〇）
鵙（もず）の声かんにんん袋　きれたりな　一茶（3おらが春四七一ぺ）
本阿弥の椿生けて扠（さて）こそ水の　切れる如　赤羽（8俳諧新選一四四ぺ）
客暑し亭主勿論（もちろん）　祇園の会　嘯山（8俳諧新選一二三ぺ）
凧に落葉将棋倒しぞ　きんかくじ　梅盛（4玉海集〇一二九）
からたちの花のほそみち　金魚売り　夜半（9翠黛一六三六）
もの書くに夜はこのもし　金魚玉　青峰（9海光二二六二）
朝顔の上から取るや　金山寺　一茶（3八番日記三四九ぺ）
木犀の落花微塵の　金十字　青邨（9冬青空一六二一）
みじか夜や枕にちかき　銀屏風　蕪村（2蕪村句集七五六）
光堂かの森にあり　銀夕立　青邨（9乾燥花一六一五）
わび禅師乾鮭（からざけ）に白頭の　吟を彫（ゑ）る　蕪村（2蕪村句集二三三四）

く

萩散るや女　机の　愚案抄　子規（10獺祭句帖抄六一〇ぺ）
秋風や船の炊（かし）ぎも　陸（くが）の火も　汀女（9都鳥一九一五）

蓮の香や水を離るる　茎一寸　蕪村（2蕪村句集九二一）
小さうもならでありけり　茎の石　鬼城（9鬼城句集〇六二七）
あたたかくたんぽぽの花　茎の上　素逝（9暦日一八一四）
君見よや我が手入るるぞ　茎の桶　嵐雪（4其袋〇八三〇）
凩や軒へ雀の　くぐむ音　柳水（8俳諧新選一三八ぺ）
青すだれ御免蒙つて　くぐりけり　洒竹（9洒竹句集〇二八七）
霜除のその勢ひの　くくり縄　虚子（13六百五十句二〇二ぺ）
凩の侵す疆（かぎ）りや　九月尽　嘯山（8俳諧新選一三六ぺ）
春愁や草を歩めば　草青く　月斗（9昭和俳句集〇五一〇）
青柳や我が大君の　草か木か　蕪村（2蕪村句集一〇一二）
かなかなや母と汲みし井　草がくれ　躑躅（9現代俳句集〇八五八）
其の人花に酒のみしが位牌　臭からず　一笑（7俳諧古選二〇七ぺ）
手を延べて折り行く春の　草木哉　園女（5其袋四二四）
枝ながら虫うりに行く　蜀漆（くさぎ）かな　含咕（6あら野八七七）
秋の野の其の紫の　草木染　虚子（14七百五十句一二四ぺ）
旧道や人も通らず　草茂る　子規（10獺祭句帖抄六五〇ぺ）
墓原や墓低くして　草茂る　子規（10獺祭句帖抄六五〇ぺ）
蛇逃げて我を見し眼の　草に残る　虚子（11五百句四四ぺ）
蛙蛙を咥（くは）へて入りぬ　草の秋　杉童（9枯蘆〇八〇三）
みじか夜をしらで明けけり　草の雨　召波（5春泥句集八一一）
又ことし娑婆（しやば）塞げぞよ　草の家　一茶（3文化句帖三二三ぺ）
粟稗にとぼしくもあらず　草の庵　芭蕉（1秋の日四二二）

つまみ菜に　まうけ事せん　草の庵　召波（0俳諧新選 二三五ぺ）
水のこの　きのふに尽きぬ　草の庵　蕪村（2蕪村句集 一〇二）
蓑笠を　蓬萊にして　草の庵　子規（10獺祭句帖抄 五九七ぺ）
蓑虫の　音を聞きに来よ　草の庵　芭蕉（1続虚栗 三一二）
もらぬほど　今日は時雨よ　草の庵　斜嶺（6炭俵 二六〇〇）
よの中は　稲かる頃か　草の庵　芭蕉（1続深川集 四五八）
蜻蜓や　とりつきかねし　草の上　芭蕉（1笈日記 六三六）
脱ぎすてて　角力（すまふ）になりぬ　草の上　太祇（4太祇句選 一八一七）
寝すがたを　ここに残すや　草の鹿　雁宕（8俳諧新選 一五八ぺ）
寝忘れて　飛びゆく鹿や　草の霜　嘯山（8俳諧新選 一三二ぺ）
手すさびの　団画（うちは）かん　草の汁　蕪村（2蕪村句集 九〇）
白露の　力の程や　草のたけ　万翁（8俳諧新選 一二六ぺ）
花皆枯れて　哀れをこぼす　草の種　芭蕉（1孤松 一一七六）
生き残る　我にかかるや　草の露　一茶（3父の終焉日記 四二八ぺ）
かけ稲の　そらどけしたり　草の露　蕪村（2蕪村遺稿 二五一五）
川径（こみち）　むかふは畠　草の露　雅因（8俳諧新選 一二六ぺ）
猟人も　犬もぬれたり　草の露　子規（10獺祭句帖抄 六五三ぺ）
しかれども　海道一の　草の露　富天（7俳諧古選 二二五ぺ）
舎利となる　身の朝起きや　草の露　蕪村（2蕪村遺稿 二五二六）
息災で　御目にかかるぞ　草の露　一茶（3七番日記 三四六ぺ）
初雪や　消ゆればぞ又　草の露　蕪村（2蕪村句集 八一五）
拾はるる　物に成れかし　草の露　岸松（7俳諧古選 一八五ぺ）

三日月や　はや手にさはる　草の露　桃隣（4三日月日記 〇八八八）
曙や　まだ飛び出さぬ　草の蝶　常牧（5大湊 二〇〇）
短夜や　纜（ともづな）濡れて　草の中　青峰（9青峰集 二二六〇）
めいげつや　はだしでありく　草の中　傘下（6あら野 四二一）
今一里　往て宿からん　草の花　如水（8俳諧新選 一二九ぺ）
牛の子の　大きな顔や　草の花　虚子（12六百句 二二九ぺ）
五文づつに　分けて淋しや　草の花　子規（10獺祭句帖抄 六一〇ぺ）
鳶のなく　日のさびしさよ　草の花　士朗（5枇杷園句集 九〇一）
門ありて　国分寺はなし　草の花　梅室（5梅室家集 一一七一）
撫子や　海の夜明けの　草の原　碧梧桐（4春夏秋冬 二三〇〇）
日盛りや　人の呵（しか）りし　草の原　富葉（8俳諧新選 一二〇ぺ）
やがて手に　回る雉子（きぎす）や　草の原　赤羽（8俳諧新選 一〇四ぺ）
春雨や　蓬をのばす　草の道　芭蕉（1草の道 八三四）
おしなべて　祝へあふひと　草の餅　丈石（8俳諧新選 一四九ぺ）
両の手に　桃とさくらや　草の餅　芭蕉（1桃の実 七四七）
わが宿は　どこやら秋の　草葉哉　宗和（6あら野 七四九）
いざともに　穂麦食らはん　草枕　芭蕉（1野ざらし紀行 二二四三）
裾折りて　菜をつみしらん　草枕　嵐雪（6猿蓑 一八九九）
餅を夢に　折りむすぶ歯朶（しだ）の　草枕　芭蕉（1真蹟短冊 一二二七）
薬欄に　いづれの花を　くさ枕　芭蕉（1曾良書留 五三五）
祇や鑑や　花に香焚（た）かん　草むしろ　蕪村（2蕪村遺稿 二〇六一）
秋来ぬと　合点させたる　嚔（くさめ）かな　蕪村（2蕪村句集 一三三）

夕立や物云ひたげに　草も木も　篤羽（8俳諧新選一二二ぺ）
日にそふて蝶のさはらぬ　草もなし　赤羽（8俳諧新選一〇八ぺ）
蚊柱や草に蒸せたる　くさり水　土髪（8俳諧新選一一八ぺ）
月森を出づるや上野の　九時の鐘　子規（10獺祭句帖抄六五五ぺ）
勿体なや祖師は紙衣の　九十年　句仏（9句仏句集〇五四〇）
なでし子にかかるなみだや　楠の露　芭蕉（1芭蕉庵小文庫九六〇）
抱一の観たるがごとく　葛の花　風生（9母子草一五八五）
打ちかけの妻もこもれり　薬食　蕪村（2蕪村遺稿三七七）
美しき人いかならん　薬食　如水（7俳諧古選一八七ぺ）
蜉蝣（かげろふ）の笑ひやすらん　薬食　楚雀（7俳諧古選二二九ぺ）
客僧の狸寝入りや　くすり食　蕪村（2蕪村句集一〇一七）
隠口（こもりく）のはつかなりけり　薬食　高政（5誹諧中庸姿一一二一）
酒あらば其の社に入らん　くすり食　嘯山（8俳諧新選一四四ぺ）
しづしづと五徳居ゑけり　くすりぐひ　蕪村（2蕪村句集三七八）
妻や子の寝皃（がほ）も見えつ　薬食　蕪村（2蕪村句集三八〇）
戸を叩く音は狸か　薬食　子規（10獺祭句帖抄六三九ぺ）
一人立ち障子をあけぬ　薬食　虚子（12六百句二一七ぺ）
鰒汁を忌める夫婦（めをと）や　薬食　水翁（8俳諧新選一四四ぺ）
むざんやな幾世活きんと　薬ぐひ　素丸（4素丸発句集一七五九）
行く人を皿でまねくや　薬食　一茶（3文政句帖三三六〇ぺ）
徳本の門も過ぎたり　薬掘り　蕪村（2蕪村遺稿一七五七）
年くれぬ又我が癖の　癖ながら　秋水（8俳諧新選一四五ぺ）

更くる夜や炭もて炭を　くだく音　蓼太（5蓼太句集五三九）
涼しさや熱き茶を飲み　下したる　虚子（13六百五十句一四六ぺ）
瓜好きの僧正山を　下りけり　子規（10獺祭句帖抄六三二ぺ）
暮れ遅き加茂の川添　下りけり　鳳朗（5鳳朗発句集一一五九）
身に更にちりかかる花や　下り坂　蕪村（2蕪村遺稿二一〇二）
待つ中の正月もはや　くだり月　揚水（6猿蓑一九一七）
鶯の啼くや小さき　口明いて　蕪村（2蕪村句集一四八九）
原爆図中口あくわれも　口あく寒　楸邨（9まぼろしの鹿二五八〇）
荻の声こや秋風の　口うつし　芭蕉（1続山井一六）
青柳や思ひ捨てたる　朽木より　之房（8俳諧新選一〇五ぺ）
秋風や火中の鶴の　嘴裂けて　水巴（9定本水巴句集〇五七二）
春寒や日闌（た）けて美女の　嗽ぐ　紅葉（9紅葉句集〇二六九）
梅が香や片枝は伽羅（きやら）に　朽ちながら　柳居（8俳諧新選一〇二ぺ）
而（しか）して蕃茄（あかなす）の酸味　口にあり　青峰（9青峰集二二五〇）
ばせを葉は柴にも成らず　朽ちにけり　朴音（7俳諧古選一八二ぺ）
聖霊（しやうりやう）に挨拶するや　口の中　青魚（8俳諧新選一二五ぺ）
浦々によい年とらす　鯨かな　周蛇（8俳諧新選一四三ぺ）
此の海に大きう見える　くぢらかな　篤羽（8俳諧新選一四三ぺ）
逃ぐる時おのれ恨みん　くぢらかな　支鳩（8俳諧新選一四三ぺ）
百艘の舟にとりまく　鯨かな　子規（10獺祭句帖抄六四〇ぺ）
ふく汐の入日にかかる　鯨かな　赤羽（8俳諧新選一四三ぺ）
手取りにやせんとのり出す　くぢら舟　蕪村（2蕪村遺稿三四五）

獣屍の蛆如何に如何にと口を挙ぐ　草田男（9母郷行　二五三）
しら菊のちらぬぞ少し口をしき　昌碧（6あら野　七六〇）
盃の下ゆく菊や朽木(くつき)盆　芭蕉（1誹諧当世男　五五）
日当たりの梅咲くころや屑牛房　支幽（6猿蓑　一八九〇）
雲の嶺心のたけをくづしけり　路通（4鷹獅子集　一〇一二）
梅が香に回廊ながし履(くつ)のおと　涼袋（4杖のさき　一七七一）
寒月や門をたたけば沓の音　蕪村（2蕪村遺稿　三二六）
みぞるるや拝賀の供の沓の音　如松（8俳諧新選　一四七）
水とりや氷の僧の沓の音　芭蕉（1野ざらし紀行　二三一）
菊の香や庭に切れたる履の底　芭蕉（1続猿蓑　八一）
かたかたは氷柱をたのむ屑家哉　一茶（3文政句帖　三五六）
元日も立ちのままなる屑家哉　一茶（3八番日記　三二二）
梨咲くやいくさのあとの崩れ家　子規（10獺祭句帖抄　六二六）
石籠に施餓鬼(せがき)の棚のくづれ哉　文里（6あら野　一〇三六）
筍にぬはるる岸の崩れかな　可誠（6続猿蓑　三一七五）
山吹のあぶなき岨(そま)のくづれ哉　越人（6波留濃日　二九五）
児(ちご)消えぬ奥はさざん花崩れ壁　言水（5初心もと柏　一七六）
竹のこに小坂の土の崩れけり　園女（5住吉物語　四二五）
つづけさまに嚔(くさめ)して威儀くづれけり　虚子（11五百句　九二）
羅(うすもの)をゆるやかに着て崩れざる　たかし（9たかし句集　一六五六）
獺(かはうそ)の月になく音や崩れ簗　蕪村（2蕪村遺稿　一七九四）
柊(ひひらぎ)させもしや築地の崩れより　逸志（7俳諧古選　二三三）

夕立や物見車の崩れより　心祇（4続一花摘　一六五）
五月雨や山少しづつ崩れゐる　喜舟（9小石川　〇四六三）
菜の花や何を印の国界　沙月（8俳諧新選　一一〇）
雪残る頂一つ国境　子規（4俳句稿巻一　二二一六）
紺菊も色に呼び出す九日かな　桃隣（6炭俵　二五七二）
髪置に牽き馬ゆゆし国の守　孤洲（8俳諧新選　一四五）
風かをるこしの白根を国の花　芭蕉（1杵原集　五三一）
寒灯の一つ一つよ国敗れ　三鬼（9夜の桃　二三五二）
祐成(すけなり)が鰒を食ふ時も時致(ときむね)は食はざりけり　曲翠（7俳諧古選　二〇七）
飛ぶ蛍其の手はくはぬとや　一茶（3おらが春　四六七）
麦蒔やたばねあげたる桑の枝　子規（10獺祭句帖抄　六〇三）
涅槃会や蚯蚓(みみず)ちぎれし鍬の先　子規（9寒山落木巻一　〇〇三七）
秋風に折れて悲しき桑の杖　芭蕉（1笈日記　八〇〇）
さみだれや蚕煩ふ桑の畑　芭蕉（1続猿蓑　四八）
お彼岸の入日を刺して桑古木　三汀（9返り花　一一四七）
妹が子の背負うた形(なり)や配餅　一茶（3おらが春　四六〇）
我が門へ来さうにしたり配餅　一茶（3おらが春　四七五）
御衣櫃(ぎょいびつ)や蓋合はぬ程配り物　龍眠（8俳諧新選　一四五）
車座に直りて牛を食はれけり　蘭丈（8俳諧新選　一四四）
道のべの木槿(むくげ)は馬にくはれけり　芭蕉（1野ざらし紀行　一一七六）
目出度さはことしの蚊にも食はれけり　一茶（3七番日記　三四〇）
軒口やあられ食ひこぼし食ひこぼし　嘯山（8俳諧新選　一四二）

庵室の木魚につるる　水鶏(くひな)哉　楽水（8俳諧新選一一八ぺ）
鶯菜汁になりては　くひな哉　徳元（5毛吹草六六）
馬洗ふ川すそ闇き　水鶏哉　北枝（5鷹獅子集四〇九）
隠家も灯(ともしび)有りて　水雞哉　楚山（7俳諧古選二三〇ぺ）
聞きをればたたくでもなき　水鶏哉　野水（6あら野六六一）
木つつきにわたして明くる　水鶏哉　泥土（6猿蓑二二五五）
しらで猶よそに聞きなす　くひな哉　太祇（8俳諧新選一一八ぺ）
欺された事歌によむ　水雞かな　宗雨（8俳諧新選一一八ぺ）
藪主にあやしめられて　水雞哉　十磨（7俳諧古選二三〇ぺ）
夜あるきを母寝ざりける　水雞哉　其角（7俳諧古選一六九ぺ）
残る花人にいはばや　水鶏塚　鳥酔（5風字吟行四九五）
鶏もばらばら時か　水鶏なく　去来（6猿蓑二二四五）
そぼぬれて鴫鳴き居れり　杭(くひ)の上　習先（8俳諧新選二一九ぺ）
昼がほや町に成り行く　杭の数　蕪村（2蕪村遺稿六二）
水飯や弁慶殿の　食ひ残し　子規（10獺祭句帖抄六〇七ぺ）
笋や石原を出る　首の骨　嘯山（8俳諧新選一一五ぺ）
ながむとて花にもいたし　くびの骨　宗因（5誹諧独吟集一〇二）
梅咲きて人の怒りの　悔ひもあり　露沾（6猿蓑一八〇）
木々の芽や地を動かして　杭を打つ　月舟（9進むべき道〇六九五）
秋風や田上山(たなかみやま)の　くぼみより　尚白（6猿蓑二一六六）
春水をたたけばいたく　窪むなり　虚子（12五百五十句六三ぺ）
十六夜やくぢら来そめし　熊野浦　蕪村（2蕪村遺稿一七六一）
下り簗だだ漏れ　熊野川通る　誓子（9方位一四七一）
蟷螂(かまきり)のいはで仕てやる　工面かな　嘯山（8俳諧新選二二七ぺ）
鮒ずしや彦根の城に　雲かかる　蕪村（2蕪村句集五九六）
稲妻や月も出て居て　雲奇なり　鼠骨（9新俳句〇二五七）
高土手に鶸(ひは)の鳴く日や　雲ちぎれ　珍碩（6猿蓑一八六九）
此の秋は何で年よる　雲に鳥　芭蕉（1笈日記九〇四）
五月雨や庭迄来る　雲の脚　河星（8俳諧新選一一七ぺ）
姫百合や上よりさがる　蛛の糸　素龍（6続猿蓑三一二四）
枝踏むなここぞ花の　雲の上　竿秋（8俳諧新選一五八ぺ）
春更けて諸鳥啼くや　雲の上　普羅（9普羅句集〇七二五）
山の腰にはく夕だちや　雲の帯　貞徳（5犬子集一七）
涼風や青田の上の　雲のかげ　許六（5五老井発句集三七九）
峰入りて護摩たく上や　雲の露　作者不明（8俳諧新選二一九ぺ）
山寺や落葉掃くなる　雲の中　歌口（8俳諧新選一三六ぺ）
明ぼのや稲づま戻る　雲の端(はし)　土芳（6続猿蓑三二八五）
秋たつや中に吹かるる　雲の峰　左次（6続猿蓑三二四三）
雨と成る恋はしらじな　雲の峰　蕪村（2蕪村句集七六六）
曠野(あらの)行く身に近づくや　雲の峰　蕪村（2蕪村遺稿一四一）
いとし子を荷(にな)ふも旅や　雲の峰　麻兄（8俳諧新選二一〇ぺ）
蟒(うはばみ)の住む沼涸れて　雲の峰　子規（10獺祭句帖抄六四七ぺ）
航海やよるひるとなき　雲の峰　虚子（12五百五十句一八ぺ）
香薷散(かうじゆさん)犬がねぶつて　雲のみね　其角（5焦尾琴二六一）

風あるをもつて尊し　雲の峰　一茶（3おらが春 四五三ペ）
空をはさむ蟹死にをるや　雲の峰　碧梧桐（9小明39・8 〇一一二）
蛇（くちなは）の水のみ居けり　雲の峰　沙龍（8俳諧新選 二一〇ペ）
けうときは鷺の栖や　雲の峰　祐甫（6炭俵 二五三六）
三方は山城の国や　くものみね　丑二（8俳諧新選 二一〇ペ）
しづかさや湖水の底の　雲のみね　一茶（3寛政句帖 三三六ペ）
楼（たかどの）の屋根に人あり　雲の峰　嘯山（5律亭句集 七二三）
てり年やおとろしげなる　雲の峰　移竹（8俳諧新選 二一〇ペ）
飛びのりの戻り飛脚や　雲の峰　蕪村（2蕪村遺稿 六五）
二里来ても我にかぶさる　雲の峰　成美（4はらはら傘 二〇六八）
廿日路の背中に立つや　雲の峰　蕪村（2蕪村句集 六四）
箒木は五尺になりぬ　雲の峰　洒竹（9洒竹句集 〇二九三）
匹夫にして神と祭られ　雲の峰　子規（10獺祭句帖抄 六四七ペ）
閃々（ひらひら）と挙ぐるあふぎや　くものみね　芭蕉（1真蹟短冊 八七二）
富士にある雪の隣や　雲の峰　可幸（8俳諧新選 二一〇ペ）
渺々（べうべう）と人のなき野や　雲の峰　李文（8俳諧新選 二一〇ペ）
湖やあつさをしむ　雲のみね　芭蕉（1笈日記 八七〇）
水を借る船も互ひや　雲の峰　沙月（8俳諧新選 二一〇ペ）
胸苦し箱根にかかる　雲の峰　嘯山（8俳諧新選 二一〇ペ）
揚州の津も見えそめて　雲の峰　蕪村（2蕪村句集 二六六〇）
浴衣着た道者恐ろし　雲の峰　宋屋（7俳諧古選 二一四ペ）
行けば又逃ぐる山あり　雲の峰　麻兄（8俳諧新選 一五四ペ）

温泉（ゆ）の道の一筋凄し　雲の峰　茶裡（8俳諧新選 二一〇ペ）
夕風に跡なく成りぬ　雲の峰　鶴英（7俳諧古選 二一八ペ）
夕ぐれや兀並びたる　雲のみね　去来（6猿蓑 一八〇二）
横町や按摩昼行く　雲の峰　四方太（9ホ明31・7 〇二〇六）
籠城の水の手きれぬ　雲の峰　子規（10獺祭句帖抄 六四七ペ）
六月の花鮲（か）吉野の　雲の峰　孟遠（8俳諧新選 二二〇ペ）
春雨や山より出づる　雲の門　猿雖（6猿蓑 一九四二）
時鳥柩をつかむ　雲間より　蕪村（2蕪村句集 七四七）
いぬふぐり空を仰げば　雲も無し　虚子（14七百五十句 一一ペ）
更科や三夜さの月見　雲もなし　越人（4更科紀行 〇九一一）
芙蓉さく今朝一天に　雲もなし　紫暁（5雁風呂 九一〇）
囀つて囀つて野を　曇らしぬ　月斗（9昭和俳句集 〇五〇七）
鶯も葉裏に声の　曇りかな　卜我（8俳諧新選 一一四ペ）
菊畑おくある霧の　くもり哉　杉風（6炭俵 二五七一）
のちの月葡萄（ぶだう）に核の　くもりかな　成美（5成美家集 九三三）
はき庭の砂あつからぬ　曇り哉　荷兮（6あら野 六九〇）
若竹に重うかかりし　曇り哉　近江朽木社中（8俳諧新選 一一八ペ）
蚊のむれて栂（とが）の一木の　曇りけり　小春（6あら野 六五二）
うれしさの狐手を出せ　曇り花　石鼎（9花影 〇七四〇）
うぐひすのこゑをつつみて　くもるなり　素逝（9暦日 一八一六）
秋晴や心ゆるめば　曇るべし　虚子（12五百五十句 九八八ペ）
飲酒戒破れば月は　曇るべし　虚子（14七百五十句 三五〇ペ）

帰る雁田ごとの月の　曇る夜に　蕪村（2蕪村句集二六一九）
萩の戸の月や雲井へ　雲井より　卯雲（8俳諧新選二二七ぺ）
紙燭(しそく)して垣の卯の花　暗うすな　鳳朗（4鳳朗発句集二一六〇）
朝皃のはじくを見ばや　暗きより　竹房（8俳諧新選二二六ぺ）
霧の海の底なる月は　くらげ哉　立圃（5誹諧発句帳二五）
わだつみに物の命の　くらげかな　虚子（11五百句六八ぺ）
あすと云ふ花見の宵の　くらさ哉　荆口（6炭俵二四三八）
稲妻を折り返したる　暗さかな　石斓（8俳諧新選二二五ぺ）
遅月の山を出でたる　暗さかな　虚子（11五百句六八ぺ）
甲板に霰の音の　暗さかな　子規（10獺祭句帖抄六一九ぺ）
土庇に梓の月の　くらさかな　梓月（9冬鶯〇三六七）
夕皃は蚊の鳴くほどの　くらさ哉　偕雪（6あら野六八一）
かくれ家は蠅も小勢で　くらしけり　一茶（3おらが春四四六ぺ）
大原やつつじが中に　蔵建てて　蕪村（2蕪村遺稿二六四五）
桃の花春やむかしの　蔵の跡　蹄文（7俳諧古選二一八ぺ）
真白に真四角也　蔵の月　泉石（7俳諧古選二一一ぺ）
達磨忌や油揚の棒　くらはせん　春来（8俳諧新選二三七ぺ）
腐儒(くされじゅ)者(しゃ)韮(にら)の羹(あつもの)　くらひけり　蕪村（2蕪村遺稿一八九〇）
雪降りけり明け放しけり　食らひけり　雅因（8俳諧新選一四三ぺ）
十月や秋をさむる　蔵一つ　巴静（4六々庵発句集一二〇八）
子供にはまづ惣領や　蔵びらき　蔦雫（6続猿蓑三一〇〇）
虫ぼしのその日に似たり　蔵びらき　圃角（6続猿蓑三一一一）

朝顔をその子にやるな　くらふもの　荷兮（6あら野七一八）
地につかぬ蹄の風や　くらべ馬　孤桐（8俳諧新選一一六ぺ）
人の世もかう暮らしけり　くらべ馬　山川（7俳諧古選一六七ぺ）
此のほたる田ごとの月に　くらべみん　芭蕉（1みつのかほ三九六）
梅が香や宗祇の建てし　蔵もなし　乾什（4庭の巻一二五二）
かはほりや鵆(ちどり)も通ふ　蔵やしき　荘丹（5能静草八九四）
八人の子供むつまし　クリスマス　子規（10獺祭句帖抄六六二ぺ）
礼状は書きぬ虫食ひの　栗ながら　紅緑（9紅緑句集〇二四六）
秋風のふけども青し　栗のいが　芭蕉（1こがらし七一七）
行くあきや手をひろげたる　栗のいが　芭蕉（1続猿蓑八八九）
名月や琴柱(ことぢ)にさはる　栗の皮　園女（4菊の塵一〇九六）
雨溝に流れて淋し　栗の花　珍志（8俳諧新選一二三ぺ）
馬売りて久しき厩　栗の花　繞石（9落椿〇二六二）
大釜の湯気立ち上る　栗の花　子規（10獺祭句帖抄六四九ぺ）
実の時の姿に似ずよ　栗の花　晩平（8俳諧新選一二三ぺ）
若竹や畑のいづる　庫裏(くり)の窓　曲翠（6続猿蓑三一七六）
ふたたびは来ることもなき　栗の路　夜半（9翠黛一六四九）
昆布だしや花に気のつく　庫裏坊主　利牛（6炭俵二四四八）
何の木のもとともあらず　栗拾ふ　虚子（11五百句四七ぺ）
ひたひたと寒九の水や　厨甕　蛇笏（9山廬集〇六六八）
夜窃かに虫は月下の　栗を穿つ　芭蕉（1東日記一一七）
杜若(かきつばた)生けん絵書の　来る日哉　釣雪（6あら野八七〇）

青柳に　もたれて通す　車哉　素秋（6あら野　五六〇）
凍(い)てとけて　回ればもとの　車かな　瓢水（8俳諧新選　一五三ぺ）
縁日へ　押し出す菊の　車かな　子規（10獺祭句帖抄　六一〇ぺ）
月もあり　黄菊白菊　暮るる秋　子規（10獺祭句帖抄　六三四ぺ）
其の業(わざ)の　宇治の汲み鮎や　暮るる迄　嘯山（8俳諧新選　一〇六ぺ）
花苔む　ずは枝の鞭や　郭(くるわ)迄　孤桐（8俳諧新選　一五三ぺ）
牡蠣舟へ　下りる客追ひ　郭者　夜半（9翠黛　一六三五）
昨日ぬくし　今日寒き日の　暮れ急ぐ　徂春（9定本徂春句集　〇七九九）
畑打や　我が家も見えて　暮れ遅し　蕪村（2蕪村遺稿　二四三二）
折りもてる　わらび凋(しを)れて　暮れ遅し　蕪村（2蕪村遺稿　二一一八）
南瓜(たうなす)や　ずつしりと落ちて　暮れ淋し　素堂（4とくくの句合　〇七七〇）
蟬啼くや　ぬの織る窓の　暮れ時分　暁鳥（6続猿蓑　三一八七）
笠ぬげば　都は年の　暮れてあり　轍士（5草刈笛　一九九）
鶯の　声遠き日も　暮れにけり　蕪村（2蕪村句集　四一一）
笠を着て　みなみな蓮に　暮れにけり　古梵（6あら野　六九八）
銀杏に　ちりぢりの空　暮れにけり　不器男（9定本不器男句集　一七〇八）
五十年　振舞食うて　くれにけり　雲裡坊（7俳諧古選　二一七ぺ）
五月雨は　明けた儘にて　暮れにけり　淡々（7俳諧古選　二一四ぺ）
ははき木は　ながむる中に　昏れにけり　塵交（6波留濃日　三三六）
来年は　来年はとて　暮れにけり　露川（7俳諧古選　一九四ぺ）
永き日や　鐘突く跡も　くれぬ也　卜枝（6あら野　六一六）
跡かくす　師の行き方や　暮の秋　蕪村（2蕪村句集　二一七〇）
いささかな　価(おひめ)乞はれぬ　暮の秋　蕪村（2蕪村句集　二二六七）
手向くべき　線香もなくて　暮の秋　漱石（9漱石全集　〇一八〇）
孕(はら)ませし　馬の弱りや　くれの秋　太祇（8俳諧新選　一三五ぺ）
一人一人に　焚く据風呂(すゑぶろ)や　暮の秋　蚋魚（9ホ大8・1　〇八四二）
元日へ　種やこぼるる　くれの鐘　羅人（8俳諧新選　一二二ぺ）
たんぽぽの　白くしぼむや　暮れの鐘　祇明（4四時観　一一六七）
瓜投げる　野中の市や　暮の月　羽律（8俳諧新選　二三三ぺ）
笠とりの　山や田植も　暮れの月　素外（4玉池雑藻　二二三二）
いとはるる　身を恨み寝や　くれの春　蕪村（2蕪村遺稿　四六六）
落潮に　鳴門やつれて　暮の春　重頼（4藤枝集　〇〇八五）
たんぽぽも　けふ白頭に　暮の春　召波（4春泥句集　一八二七）
日限り来る　嘘の湯治や　暮の春　孤桐（8俳諧新選　一一二ぺ）
返歌なき　青女房よ　くれの春　蕪村（2蕪村句集　二五八九）
話のせて　車まつしぐら　暮れの町　虚子（12五百五十句　四〇ぺ）
氷上や　雲茜して　暮れまどふ　石鼎（9花影　〇七六一）
炭売りの　おのがつまこそ　黒からめ　重五（6冬の日　一〇九）
一(ひと)とろに　袷に成るや　黒木売り　其角（7俳諧古選　一六九ぺ）
しぐるるや　田の新株の　黒むほど　芭蕉（1記念題　六四九）
こほらねど　水ひきとづる　懐紙哉　守武（5守武千句　一〇）
兵(つはもの)の　よごれてをかし　傀儡(くわいらい)師　卯雲（8俳諧新選　一一一ぺ）
人形まだ　生きて動かず　傀儡師　虚子（9五百句　〇〇八三）
山猫の　下に昼餉(ひるげ)や　傀儡師　雁宕（8俳諧新選　一一二ぺ）

初蝶のこぼるるばかり黄厚く　青邨（9露団々 一六一二）
蒼空の松の雪解や光悦寺　泊月（9現代俳句集 一〇八四七）
境内に汝も伽藍（がらん）持つ蝸牛かな　迷堂（9孤輪 一〇四一七）
遠山のくつがへるさま郭公鳴く　青邨（9粗餐 一六一〇）
天日のうつりて暗し蝌蚪の水　虚子（11五百句 五四ぺ）
両の掌にすくひてこぼす蝌蚪の水　虚子（11五百句 七〇ぺ）
秋天の下に野菊の花弁欠く　虚子（11五百句 四九ぺ）
鳥わたるこきこきこきと缶切れば　不死男（9瘤 二二七二）
無月なり芒惜しまず患者たち　波郷（9酒中花以後 二六五九）
永き日のわれ等が為の観世音　虚子（14七百五十句 二三ぺ）
行く春や灯（ひ）は常明の観世音　茅舎（9川端茅舎 一七〇一）
有る程の菊抛げ入れよ棺の中　漱石（9日記の中より 〇一七〇）

け

茶の湯とてつめたき日にも稽古哉　亀翁（6猿蓑 一六五二）
春の水にうたた鵜縄のけいこ哉　蕪村（2蕪村句集 二一九一）
白壁に消えも入らずに毛糸編み　静塔（9月下の俘虜 二三七三）
行く秋にかぶりふり居る雞頭哉　井潦（8俳諧新選 一三三ぺ）
枯れのぼる葉は物うしや鶏頭花　万乎（6続猿蓑 三一五二）
三伏の骨折り赤し雞頭花　乙語（8俳諧新選 二三三ぺ）
なびかぬは吹き折られたり鶏頭花　一漁（4新句兄弟 二一三一七）
錦木は吹き倒されてけいとう花　蕪村（2蕪村句集 二五六五）
干物に影のあそぶや鶏頭花　柳几（4布袋庵発句集 一七二八）
藁葺きの法華の寺や鶏頭花　子規（10獺祭句帖抄 六三八ぺ）
肩な子を忘れてをどる競馬哉　岸指（8俳諧新選 一六ぺ）
目の先へ来てから早き競馬哉　李流（8俳諧新選 一六ぺ）
たつ腹をおさへて居（すわ）る夏（げ）書（がき）哉　嘯山（8俳諧新選 一七ぺ）
月と日は男の手なる夏書かな　太祇（8俳諧新選 一七ぺ）
日を以て数ふる筆の夏書哉　蕪村（2蕪村句集 七五四）
夜学人何かは心激しゐる　雉子郎（9現代俳句集 〇六八九）
崩れ簗水徒（いたづ）らに激しをり　虚子（12六百句 二〇八ぺ）
何と世に桜も咲かず下戸ならば　西鶴（5真蹟懐紙 一〇九）
這へ笑へ二つになるぞけさからは　一茶（3おらが春 四三四ぺ）
浅間山の煙出て見よ今朝の秋　鬼城（9鬼城句集 〇六〇七）
粟ぬかや庭に片よる今朝の秋　露川（6続猿蓑 三二四二）
団扇して灯（ともし）けしたりけさの秋　蕪村（2蕪村遺稿 二六九六）
江のひかり柱に来たりけさのあき　蒼虬（5訂正蒼虬集 一一五五）
親よりも白き羊や今朝の秋　鬼城（9鬼城句集 〇六一二）
皃（かほ）撫でて仰向く猿や今朝の秋　羽律（8俳諧新選 二二四ぺ）
三夕ももとやひとつのけさの秋　元隣（5新続犬筑波集 八七）
鳴る物は人の手でなしけさの秋　麦浪（4俳諧古選 一七六八）
女嬬達の物驚きや今朝の秋　雁宕（4俳諧新選 一七〇〇）
白馬寺に如来うつしてけさの秋　召波（4春泥句集 一八二八）

はりぬきの猫もしる也今朝の秋　芭蕉（知足伝来書留 1一〇四）
硝子(びいどろ)の魚おどろきぬ今朝の秋　蕪村（蕪村遺稿 2二六九五）
貧乏に追ひつかれけりけさの秋　蕪村（蕪村句集 2九三四）
踏脱いだ足にて着るや今朝の秋　瓢水（瓢水句選 4二一九二）
病み起きて鬼をむちうつ今朝の秋　蕪村（蕪村遺稿 2二六九七）
温泉(ゆ)の底に我が足見ゆる今朝の秋　蕪村（蕪村遺稿 2一三二）
女郎花(をみなへし)二もと折りぬけさの秋　蕪村（蕪村遺稿 2二〇〇四）
折鶴の羽も動くやけさの秋　茶雷（俳諧新選 8二二四ペ）
葛の葉の面見せけり今朝の霜　芭蕉（きさらぎ 1七三七）
さをしかやゑひしてなめるけさの霜　一茶（おらが春 3四七二ペ）
ひとつばや一葉一葉の今朝の霜　支考（続猿蓑 6三三三九）
夜すがらや竹こほらするけさのしも　芭蕉（真蹟短冊 1九三九）
鍋釜もゆかしき宿やけさの露　蕪村（蕪村遺稿 2二五一四）
蒸し立てて秋へ甑(こしき)やけさの露　青魚（俳諧新選 8二二四ペ）
伊勢浦や御木(みき)引き休む今朝の春　亀洞（あら野 6四七〇）
刀さす供もつれたし今朝の春　正秀（炭俵 6二三九〇）
袖口に日の色うれし今朝の春　樗良（樗良発句集 5七七六）
袖すりて松の葉契る今朝の春　梅舌（あら野 6四九三）
誰やらが形に似たりけさの春　芭蕉（続虚栗 1二八二）
庭訓(ていきん)の往来誰が文庫より今朝の春　芭蕉（江戸広小路 1八九）
仏より神ぞたふとき今朝の春　とめ（あら野 6四八四）
りんとした寒さなりけり今朝の春　祇徳（ちくば集 4一一五四）
我等式が宿にも来るや今朝の春　貞室（あら野 6五〇二）
出羽人も知らぬ山見ゆ今朝の冬　碧梧桐（三千里 9〇一二六）
鼻息の嵐も白し今朝の冬　松意（江戸新道 4〇一九一）
うすうすと南天赤し今朝の雪　二柳（津守船初編 5七六三）
黒森をなにといふともけさの雪　芭蕉（五十四郡 1二二二）
箱根こす人も有るらし今朝の雪　芭蕉（笈の小文 1三三四）
銀杏踏みて静かに児(ちご)の下山哉　蕪村（蕪村遺稿 2二一五）
うめの花もの気にいらぬけしき哉　越人（あら野 6五一一）
鎌とげば藜(あかざ)悲しむけしきかな　虚子（五百句 11二一ペ）
しら菊は露もきはつくけしき哉　存義（俳諧新選 8一三四ペ）
たわみては雪まつ竹のけしきかな　芭蕉（真蹟自画賛 1八五一）
蓮の香も行水したる気色哉　野水（あら野 6八四九）
稗の穂の馬逃がしたる気色哉　越人（猿蓑 6一八五八）
海士の顔先(まつ)見らるるやけしの花　芭蕉（笈の小文 1三九二）
有ると無きと二本さしけりけしの花　智月（続猿蓑 6三四五八）
青くさき匂ひもゆかしけしの花　嵐蘭（猿蓑 6一七二九）
裏門の夜明けの風やけしの花　千苔（俳諧新選 8一一三ペ）
大粒な雨にこたへし芥子の花　東巡（あら野 6六三九）
断りて野へ出る道やけしのはな　大夢（俳諧新選 8一五六ペ）
散るたびに児ぞ拾ひぬ芥子の花　吉次（あら野 6六四〇）
ちるときの心やすさよ米囊花(けしのはな)　越人（猿蓑 6一七二六）
知恵の有る人には見せじけしの花　珍碩（猿蓑 6一七二七）

人はなど　散るを見て居ぬ　けしの花　萍水（7 俳諧古選 一七〇ペ）
一(ひと)もとは　ちらで夜明けぬ　けしの花　大魯（5 蘆陰句選 八二一）
開いても　開いても散る　けしの花　子規（10 獺祭句帖抄 六〇〇ペ）
舟乗りの　一浜留守ぞ　けしの花　去来（4 けし合 〇九四九）
弥陀経も　しらぬ庵主や　けしの花　雨谷（8 俳諧新選 一一三ペ）
見ればはや　葉にこぼれけり　けしの花　鶴英（8 俳諧新選 一一三ペ）
門番の　持仏も浅し　けしの花　珍碩（7 俳諧古選 一六六ペ）
世の中や　年貢畠の　けしの花　里東（6 炭俵 二五二四）
緑陰を　出れば明るし　芥子の実に　虚子（11 五百五句 一〇五ペ）
よしや身は　申し合はする　罌粟(けし)坊主　宗且（7 俳諧古選 一六〇ペ）
ひたひたと　風も光るや　けし畠　修古（8 俳諧新選 一一三ペ）
病む六人　一寒灯を　消すとき来　波郷（9 惜命 二六六〇）
薄雪や　梅の際まで　下駄の跡　魚日（6 続猿蓑 三〇〇〇）
雪の朝　二の字二の字の　下駄のあと　捨女（5 続近世畸人伝 九六）
夕立の　又やいづくに　下駄はかん　鬼貫（7 俳諧古選 一六〇ペ）
涼しさを　見よと長柄に　桁もなし　我黒（7 俳諧古選 二〇七ペ）
花桐の　琴屋を待てば　下駄屋かな　子規（10 獺祭句帖抄 六四九ペ）
うつくしき　顔かく雉の　距(けづめ)かな　其角（5 五元集 二五五）
後の月　薄の白髪　けづりあへず　子規（10 獺祭句帖抄 六五五ペ）
寒の月　川風岩を　けづるかな　樗良（5 樗良発句集 七八八）
秋の夜や　これより岩を　削る波　余子（9 余子句抄 〇四三三）
犬蠅の　したるく入るや　毛の間ひ　嘯山（8 俳諧新選 一二二ペ）

暫時(しばらく)は　滝にこもるや　夏(げ)の初め　芭蕉（1 奥の細道 四八一）
紅梅の　つぼみいよいよ　けはしけれ　素逝（9 暦日 一八二一）
或る時は　谷深く折る　夏花(げばな)かな　虚子（9 五百句 〇〇五二）
風が吹く　仏来給ふ　けはひあり　虚子（9 五百句 〇〇五八）
さくら一木　春に背ける　けはひ哉　蕪村（2 蕪村遺稿 二三三四）
降り替へて　日枝(ひえ)を廿ちの　化粧かな　蕪村（2 蕪村句集 七六九）
国々の　八景更に　気比(けひ)の月　芭蕉（1 荊口句帳 五五九）
薔薇のくえ　ひろひて秘書の　今日終はる　圭岳（9 太白星 一一九三）
茸狩りし　今日暮れにけり　今日遠し　迷堂（9 孤輪 〇四二二）
初ざくら　花のこころも　けふ成る歟(か)　仏仙（8 俳諧新選 一一二ペ）
蛤や　三日の月吐く　けふの海　由平（7 俳諧古選 一四四ペ）
朝顔や　きのふの花は　けふの親　祇徳（4 続花摘 一五二）
借りかけし　庵の噂や　けふの菊　丈草（6 続猿蓑 三三一二）
杖をつく　友は誰々　けふの菊　宋屋（8 俳諧新選 一三三ペ）
紫蘭咲き　満つ毎年の　今日のこと　虚子（13 六百五十句 二一五一ペ）
雩(あまご)の　神おそろしや　けふの月　丈石（7 俳諧古選 二一四ペ）
嵐ふく　草の中より　けふの月　樗良（5 樗良発句集 七八二）
有合の　山ですますや　けふの月　一茶（3 八番日記 三四五ペ）
いつからの　七十五日　けふの月　和流（8 俳諧新選 一三〇ペ）
命こそ　芋種よ又　今日の月　芭蕉（1 千宜理記 四八）
朧から　磨き上げたり　けふの月　可兆（8 俳諧新選 二三〇ペ）
かつまたの　池は闇也　けふの月　蕪村（2 蕪村句集 二五三二）

烏にも　老の寝覚めや　けふの月　楼川（8俳諧新選一三〇ぺ）
烏丸　一条下る　今日の月　霽月（9新俳句〇二四八）
木をきりて　本口みるや　けふの月　芭蕉（1江戸通町八一）
暮るる日の　偽りがまし　けふの月　羊素（4友あぐら二二五〇）
小言いふ　相手もあらば　けふの月　一茶（3文政句帖三四五ぺ）
此の舟に　一歩が酒や　けふの月　移竹（7俳諧古選二一六ぺ）
こぼさじと　動かぬ湖（うみ）や　けふの月　文素（8俳諧新選二三〇ぺ）
蒼海の　浪酒臭し　けふの月　芭蕉（1坂東太郎一〇五）
十五から　酒をのみ出でて　けふの月　其角（4浮世の北〇八〇一）
捨ててある　八坂の塔や　けふの月　田福（8俳諧新選二三〇ぺ）
鯛は花は　江戸に生まれて　けふの月　其角（4句兄弟〇八〇三）
鯛は花は　見ぬ里も有り　けふの月　西鶴（5阿蘭陀丸一一五）
たんだすめ　住めば都ぞ　けふの月　芭蕉（1続山井一四）
月幾世　照らせし鴟尾に　今日の月　秋桜子（9緑雲一四三五）
永の暑さを　凌ぎし甲斐や　けふの月　呉雪（7俳諧古選二二〇ぺ）
仲丸の　魂祭りせむ　けふの月　蕪村（2蕪村句集一四二三）
盗人の　首領歌よむ　けふの月　蕪村（2蕪村遺稿一四二六）
寝やと言ふ　禿（かむろ）まだ寝ず　今日の月　抱一（4屠竜之技二一二三四）
花守は　野守に劣る　けふの月　蕪村（2蕪村句集一八七三）
番屋有る　村は更けたり　けふの月　蕪村（2蕪村遺稿一七六）
一つとは　思はぬ夜也　けふの月　蓼太（8俳諧新選二三〇ぺ）
一つ屋や　いかいこと見る　けふのつき　亀洞（6あら野四一七）

ふたつあらば　いさかひやせむ　けふの月　智月（6続猿蓑三二〇七）
松島や　物調ひし　けふの月　呂丸（7俳諧古選一八一ぺ）
見て回す　代々の道具や　けふの月　青魚（8俳諧新選二三〇ぺ）
三井寺の　門たたかばや　けふの月　芭蕉（1雑談集七〇三）
木母寺（もくぼじ）は　反吐（へど）だらけ也　けふの月　一茶（3七番日記三四五ぺ）
もち汐の　橋のひくさよ　けふの月　利牛（6炭俵二五四六）
夜ばかりの　国も有るかに　けふの月　多少（8俳諧新選二三〇ぺ）
をがむ気も　なくてたふとや　けふの月　山蜂（6続猿蓑三二一四）
姨捨を　闇にのぼるや　けふの月　沾圃（6続猿蓑三二三〇）
朝夕の　人もめづらし　けふの春　宗因（7俳諧古選一九七ぺ）
在り次第　うす雪きやせ　今日の春　貞徳（4崑山集〇〇三）
黛（まゆずみ）に　月を定めん　けふの雛　龍眠（8俳諧新選一五七ぺ）
ちるからに　梅はわすれず　けふの雪　盧元坊（5文星観四七二）
ふたつ子も　草鞋（わらぢ）を出すや　けふの雪　支考（6続猿蓑三三九三）
アドバルーン　冬木はずれに　今日はなき　禅寺洞（9禅寺洞句集二二八二）
いなづまや　きのふは東　けふは西　其角（6あら野七二八）
春雨や　暮れなんとして　けふも有り　蕪村（2蕪村句集二二〇九）
月の梅の　酢のこんにやくの　けふも過ぎぬ　一茶（3浅黄空三三二ぺ）
田の雁や　里の人数は　けふもへる　一茶（3七番日記三四八ぺ）
一日の　けふもかやりの　けぶりかな　蕪村（2蕪村遺稿二二五七）
口切の　隣も飯の　けぶりかな　蕪村（2蕪村遺稿一二五〇）
玉祭り　けふも焼場の　けぶり哉　芭蕉（1蕉翁句集六三五）

桑畑に食らひつぶしの　毛虫かな　五律（8俳諧新選　二二四ペ）
食ひたてて葉を移り行く　毛虫哉　嘯山（8俳諧新選　二五九ペ）
女をと鹿や毛に毛がそろうて　毛むつかし　芭蕉（1貝おほひ　三九）
糸遊に結びつきたる　煙哉　芭蕉（1曾良書留　四七六）
蘆の花魚翁が宿の　煙飛ぶ　蕪村（2蕪村遺稿　一八六一）
時鳥鰹を染めに　けりけらし　芭蕉（1真蹟短冊　二二四）
秋の灯(ひ)や藍摺にせし　原稿紙　知十（9鶯日　〇三四八）
さくら狩り美人の腹や　減却す　蕪村（2蕪村句集　二五〇六）
おもしろくて傘をさすなら　げんげん野　かな女（9牟良佐伎　〇七八三）
春水や蛇籠の目より　源五郎　素十（9初鴉　一五四〇）
篝火(かがりび)も蛍もひかる　源氏かな　立圃（5犬子集　二二三）

こ

蕣(あさがほ)や十日戻らぬ　小商人(あきうど)　子規（10獺祭句帖抄　六三八ペ）
白河を越ゆるや夏の　小商人(あきんど)　子規（10獺祭句帖抄　六一四ペ）
土に這ふいづれ露草　小朝皃　より江（9同人句集　〇九二九）
かげろふと共にちらつく　小鮎哉　圃水（6続猿蓑　三〇二三）
鴨引きて高野へ移る　小鮎哉　李流（8俳諧新選　一〇六ペ）
滝つぼに命打ちこむ　小あゆ哉　為有（6炭俵　二四六一）
水な上の神召し給ふ　小鮎かな　迷堂（9孤輪　〇四三〇）
涼しさや糊のかわかぬ　小行灯　一茶（3八番日記　三三六ペ）
長閑(のどか)さや煤はいた夜の　小行灯　一茶（3八番日記　三六〇ペ）
野に嬉し虫待つ宵の　小行灯　重頼（5藤枝集　三二）
初雪や俵の上の　小行灯　一茶（3文政版発句集　三五四ペ）
夏柳家鴨(あひる)養ふ　小池かな　子規（10獺祭句帖抄　六一五ペ）
一(ひと)時雨礫(つぶて)や降つて　小石川　芭蕉（1江戸広小路　八四）
袖の色よごれて寒し　こいねずみ　芭蕉（1蕉翁句集　九三五）
うぐひすのあちこちとするや　小家がち　蕪村（2蕪村句集　四一三）
五月雨や美豆(みづ)の寝覚めの　小家がち　蕪村（2蕪村遺稿　五五七）
菜の花や油乏しき　小家がち　蕪村（2蕪村遺稿　一〇三五）
雪国や粮(かて)たのもしき　小家がち　蕪村（2蕪村遺稿　三二五）
沓脱へ蚊屋のこぼるる　小家かな　雨谷（8俳諧新選　二一八ペ）
けふもけふもかすんで暮らす　小家哉　一茶（3句稿消息　三二八ペ）
凩の藪にとどまる　小家かな　残香（6炭俵　二五九三）
さくらより桃にしたしき　小家哉　蕪村（2蕪村句集　二六二八）
四五本の柳とりまく　小家かな　子規（10獺祭句帖抄　六二六ペ）
燕啼きて夜蛇をうつ　小家哉　蕪村（2蕪村句集　一〇三二）
灯籠をともして留守の　小家かな　子規（10獺祭句帖抄　六三五ペ）
隣々雛見舞はるる　小家哉　嵐雪（7俳諧古選　一四五ペ）
蓬莱の橙(だいだい)あかき　小家かな　蒼虬（4訂正蒼虬集　二一五〇）
まんべんに御降(おさがり)受ける　小家哉　一茶（3八番日記　三三三ペ）
羽蟻とぶや富士の裾野の　小家より　蕪村（2蕪村句集　二二五九）
三日月の頃より肥ゆる　子芋かな　子規（10獺祭句帖抄　六五九ペ）

卯の花の吉日もちし後架（こうか）哉　一茶（3 八番日記 三四一ペ）
茶の花の香や冬枯れの興聖寺　許六（4 草苅笛 一〇五二）
有りつべき物は砧の小うた哉　氷花（7 俳諧古選 一八一ペ）
夏衣たつや錦の小路より　風状（8 俳諧新選 一四九ペ）
白牡丹といふといへども紅ほのか　虚子（9 五百句 〇〇八五）
白梅や墨芳しき鴻臚館（こうろくわん）　蕪村（2 蕪村句集 二二二五）
初汐に追はれてのぼる小魚かな　蕪村（2 蕪村句集 二五三七）
古沼の芥（あくた）に春の小魚かな　子規（10 獺祭句帖抄 六一三ペ）
夏の月皿の林檎の紅を失す　虚子（11 五百句 四八ペ）
夕風や野川を蝶の越えしより　白雄（5 白雄句集 八三四）
永き日のにはとり柵を越えにけり　不器男（9 定本不器男集 一七一五）
氷解けて古藻に動く小海老かな　子規（10 獺祭句帖抄 六二五ペ）
花ちるやとある木陰も小開帳　一茶（3 おらが春 四三八ペ）
翌（あす）も花僕に酒もる木陰哉　一笑（7 俳諧古選 一四八ペ）
すずしさに榎もやらぬ木陰哉　玄旨（6 あら野 六八七）
すずみ取る筵をまはす木陰哉　梅有（8 俳諧新選 一二二ペ）
枇杷の花人のわすする木陰かな　一髪（6 あら野 七八〇）
あやまたず虫売り移す小籠かな　汀女（9 昭43俳句年鑑 一九一七）
鼠ども出立ちの芋をこかしけり　丈草（6 続猿蓑 三四六六）
蠅うちになるる雀の子飼ひ哉　河瓢（6 続猿蓑 三〇二〇）
水底を見て来た皃（かほ）の小鴨哉　丈草（6 猿蓑 一六六七）
夕影は流るる藻にも濃かりけり　虚子（11 五百句 八三ペ）
此のこころ推せよ花に五器一具　芭蕉（1 葛の松原 七四三）
置く露や杖つく菊も小菊にも　嘯山（8 俳諧新選 一五八ペ）
はればれとたとへば野菊濃き如く　風生（9 松籟 一五八三）
年々に桜すくなき故郷かな　素檗（5 素檗句集 九七八）
秋風や磁石にあてる故郷山　一茶（3 おらが春 四七一ペ）
コスモスの花あそびをる虚空かな　虚子（14 七百五十句 五五九ペ）
とんばうの薄羽ならしし虚空かな　石鼎（9 花影 〇七五四）
新米のもたるる腹や穀潰（ごくつぶ）し　太祇（8 俳諧新選 一三三ペ）
深山木の底に水澄む五月かな　鳳朗（5 鳳朗発句集 一一六一）
霜がれや鍋の墨かく小傾城　一茶（3 八番日記 三五八ペ）
花曇り小雀の嘴の苔一片　元（9 島村元句集 〇九〇四）
いざさらば蚊遣のがれん虎渓まで　蕪村（2 蕪村遺稿 八八〇）
此の入はどなたの庵ぞ苔清水　一茶（3 おらが春 四四二ペ）
春雨や檜は霜に焦げながら　龍之介（9 澄江堂句集 一一四一）
かたつぶり折角這ひてこけにけり　移竹（8 俳諧新選 一一五ペ）
明けにけり小山団（うちは）のこけぬ間に　枝栖（8 俳諧新選 一四七ペ）
水の粉やあるじかしこき後家の君　蕪村（2 蕪村句集 一一〇三）
蛍飛ぶ畳の上もこけの露　乙州（6 猿蓑 二二五一）
しろ水の流るる末や苔の花　可幸（8 俳諧新選 一三三ペ）
苔の無き石や焼野の爰かしこ　武然（8 俳諧新選 一一一ペ）
水仙や寒き都のここかしこ　蕪村（2 蕪村句集 一九四六）
ほととぎすかならず来鳴く午後三時　虚子（14 七百五十句 三五九ペ）

むつかしや花の上にも小ごとあり　嘯山（8俳諧新選 一六〇ぺ）
鍬濯(そそ)ぐ水や田螺(たにし)の戸々に倚る　蕪村（2蕪村遺稿 二三六〇）
冬ちかし時雨の雲もここよりぞ　蕪村（2蕪村句集 一八七八）
香水の香にも争ふ心あり　虚子（14七百五十句 一二一ぺ）
花見にと馬に鞍置く心あり　虚子（14七百五十句 一一五ぺ）
美服して牡丹に媚びる心あり　子規（10獺祭句帖抄 六四九ぺ）
緑陰に入るより励む心得し　立子（9昭46俳句年鑑 一九五二）
梅白し白きは神のこころかな　廬元坊（4二夜歌仙 一一九七）
元日は一日朝のこころかな　卯雲（8俳諧新選 一〇〇ぺ）
夏(げ)百日墨もゆがまぬ心かな　蕪村（2蕪村句集 七五二）
けふさくはうれしき菊のこころかな　雅因（8俳諧新選 二三三ぺ）
けふ計(ばか)り外の月出し心かな　羅人（8俳諧新選 一五二ぺ）
渋柿の赤きに迷ふこころかな　旭峰（8俳諧新選 二三二ぺ）
菫つめばちひさき春のこころかな　暁台（5暁台句集 七六六）
魂棚に淋しさ見せぬ心かな　春来（8俳諧新選 二二五ぺ）
花にきてうつくしく成る心哉　たつ（6あら野 三八〇）
蠅打ちてつくさんとおもふこころかな　成美（5成美家集 九二九）
髭宗祇池に蓮ある心かな　素堂（6炭俵 二四八一）
冬ごもり仏にうときこころかな　蕪村（2蕪村句集 二一九四）
六尺の人追ふ蜂のこころかな　闌更（8俳諧新選 二〇七ぺ）
四つごきのそろはぬ花見心哉　芭蕉（1炭俵 八三五）
秋風や祖師在すよと心急く　句仏（9句仏句集 〇五二二）

早苗見て命の長き心せり　木因（7俳諧古選 一六六ぺ）
春睡やこくりこくりと心づき　余子（9余子句抄 〇四四一）
蛤や昨日雀のこころなし　瓢水（8俳諧新選 二三五ぺ）
月も無く沙漠暮れ行く心細そ　虚子（12五百五十句 一二ぺ）
強霜(こはじも)に今日来る人を心待ち　虚子（12六百句 二三三ぺ）
竹植ゑてけふかあらぬ歟(か)試みん　嘯山（8俳諧新選 二二三ぺ）
夜桜に留主する妻の心もて　蓮之（7俳諧古選 一五七ぺ）
木の葉はらはら幼子に逢ふ小阪かな　子規（10獺祭句帖抄 六二〇ぺ）
菊園や歩きながらの小盃　一茶（3おらが春 四七一ぺ）
蚕づかれの身をいたはりの小盃　杪童（9枯蘆 〇八〇五）
小萩ちれますほの小貝小盃　芭蕉（1鷹獅子集 五六七）
睦じや火燵の上の小盃　召波（8俳諧新選 二三八ぺ）
雪解くるささやき滋し小笹原　虚子（11五百句 九二ぺ）
竜胆や入船見入る小笹原　久女（9杉田久女句集 〇九六一）
出がはりや櫃にあまれるござのたけ　亀翁（6猿蓑 一九二三）
萍(うきくさ)に蛍しみあふ小雨かな　紫水（8俳諧新選 二一六ぺ）
葛の葉のうらみ皃(がほ)なる細雨哉　蕪村（2蕪村句集 二七六六）
夕皃に狸の出づる小雨かな　賀瑞（8俳諧新選 二三二ぺ）
春雨のふれど手紙は来ざりけり　篤羽（8俳諧新選 一五八ぺ）
炎天に向いて寝返る乞食哉　李流（8俳諧新選 二二〇ぺ）
桜見て行きあたりたる乞食哉　梅舌（6あら野 九五九）
つまみ食ひ一日花の乞食かな　春来（4東風流 一二六九）

蟬鳴いて夕日の瀑の　五色かな　酒竹（9 俳味大2・12 ○二九○）
白笠を少しさますや　木下陰　一茶（3 おらが春 四六七ぺ）
界隈のなまけ所や　木下闇　一茶（3 おらが春 四五三ぺ）
檻（しきみ）売る婆々の茶店や　木下闇　子規（10 獺祭句帖抄 六四九ぺ）
須磨寺やふかぬ笛きく　木下やみ　芭蕉（1 笈の小文 三九一）
猫の塚お伝の塚や　木下闇　子規（10 獺祭句帖抄 六一五ぺ）
物凄き平家の墓や　木下闇　子規（10 獺祭句帖抄 六三一ぺ）
初雪をおそろしういふ　越路かな　亀卜（8 俳諧新選 一三九ぺ）
咲きかかる花や飯米　五十石　桃首（6 続猿蓑 二九八一）
きらきらと若葉に光る　午時の風　子規（10 獺祭句帖抄 六三一ぺ）
初霜や菊冷え初むる　腰の綿　芭蕉（1 荒小田 七六二）
秋の蟬死は恐くなしと　居士はいふ　かな女（9 遺稿 ○七八二）
淋しさやけさ立ちし神の　小柴垣　田社（7 俳諧古選 二二四ぺ）
明月の出づるや　五十一か条　芭蕉（1 庭竈集 四四二）
なつ木立はくやみ山の　こしふさげ　芭蕉（1 伊勢踊音頭集 四○）
大坂や見ぬよの夏の　五十年　蟬吟（6 猿蓑 一七四六）
逃げしなや水祝はるる　五十聟　一茶（3 七番日記 三二四ぺ）
初汐に松四五本の　小島かな　子規（10 獺祭句帖抄 六三七ぺ）
小春凪真帆も七合　五勺かな　蕪村（2 蕪村句集 一三○二）
鉦も打たで行くや枯野の　小順礼　子規（10 獺祭句帖抄 六六五ぺ）
踊り見に引くためしなし　御所車　烏玉（7 俳諧古選 一八五ぺ）
御降（おさがり）の流れいでけり　御所の溝　子規（9 寒山落木巻二 ○○○七）
田植見に西蒲原に　来し我等　虚子（12 六百句 二四○ぺ）
秋寂びの姿よろしき　古人の句　余子（9 余子句抄 ○四三二）
袷着てほのかに恋し　古人の句　石鼎（9 花影 ○七三八）
うつぶして雪に沈める　梢かな　泊月（9 同人句集 ○八四九）
蟬の声共に吹かるる　梢かな　子規（10 獺祭句帖抄 六四八ぺ）
ちりつみて筏も花の　梢哉　蕪村（2 蕪村遺稿 一五○八）
蔦かづら月またたらぬ　梢哉　里東（6 続猿蓑 三二三二）
花にほふ梅は無双の　梢かな　宗祇（4 畳字百韻連歌 ○○○二）
物荒れて時めく柿の　梢哉　蓼太（7 俳諧古選 二二一ぺ）
散るたびに老いゆく梅の　木末かな　蕪村（2 蕪村遺稿 二四四六）
郭公（ほととぎす）呪咀の釘うつ　梢より　几董（8 俳諧新選 一一三ぺ）
尊さに皆おしあひぬ　御遷宮　芭蕉（1 真蹟懐紙 五七九）
大根引く拍子にころり　小僧かな　一茶（3 おらが春 四七三ぺ）
石蕗（つは）の葉の霜に尿する　小僧かな　子規（10 獺祭句帖抄 六六三ぺ）
大寺や扇でしれし　小僧の名　一茶（3 おらが春 四六五ぺ）
燕（つばくら）や人変はりたる　去年（こぞ）の家　百万（8 俳諧新選 一○七ぺ）
振舞や下座になほる　去年の雛　去来（6 猿蓑 一九四八）
かすむ日やさぞ天人の　御退屈　一茶（3 株番 三三七ぺ）
殿原に此の野知らせそ　小鷹狩り　嘯山（8 俳諧新選 一五六ぺ）
一ところに御代の大凧（たこ）　小凧哉　一茶（3 七番日記 三二四ぺ）
鑓梅（やりうめ）の散らしかかれる　こだちかな　徳元（4 犬子集 ○○七○）
荒海の船乗達が　炬燵かな　余子（9 余子句抄 ○四三五）

いくさから　便とどきし　炬燵かな　子規（10獺祭句帖抄 六一九ペ）
いつとなく　我が座定まる　炬燵哉　孚先（7俳諧古選 一九二ペ）
今そこに　居たかと思ふ　火燵哉　寅彦（9寅彦全集六 一一七二）
現(うつつ)にて　留主を遣ひし　火燵哉　庭台（7俳諧古選 二二三ペ）
隠し子の　年かぞへ居る　こたつ哉　柳（8俳諧新選 二三八ペ）
上下の　寄り添ひわろき　炬燵哉　喜円（7俳諧古選 二二一ペ）
きりぎりす　わすれ音になく　こたつ哉　芭蕉（1伝土芳筆全伝 六五〇）
化粧へたる　顔の落ちつく　こたつかな　青蒲（8俳諧新選 二三八ペ）
腰ぬけの　妻うつくしき　火燵哉　蕪村（2蕪村句集 六六七）
座に名して　童争ふ　こたつかな　嘯山（8俳諧新選 二三八ペ）
使者の声　遠く聞き居る　火燵哉　孤桐（8俳諧新選 二三八ペ）
しばらくは　あたり隣の　炬燵哉　漆桶（7俳諧古選 二一六ペ）
ずぶ濡れの　大名を見る　炬燵哉　一茶（3八番日記 三六〇ペ）
父来れば　母たち出づる　火燵かな　家足（8俳諧新選 一四八ペ）
長文を　唇に操る　こたつかな　嘯山（8俳諧新選 二三八ペ）
狆(ちん)の毛の　流石うるさき　こたつ哉　雅因（8俳諧新選 二三八ペ）
勤よと　親もあたらぬ　火燵哉　嵐雪（7俳諧古選 二〇〇ペ）
なす事の　怠り易き　こたつかな　習先（8俳諧新選 二三八ペ）
縫物の　背中にしたる　炬燵かな　子規（10獺祭句帖抄 六三九ペ）
縫ものを　たたみてあたる　火燵哉　落梧（6あら野 七八六）
猫にさへ　飽かれた春の　こたつ哉　知二（8俳諧新選 二五一ペ）
早う寝て　次へ譲りし　こたつ哉　季遊（8俳諧新選 二三八ペ）

日の脚を　さされて寒き　こたつ哉　梅史（8俳諧新選 二三八ペ）
ほこほこと　朝日さしこむ　火燵かな　丈草（4そこの花 一〇〇〇）
夫婦(めをと)にも　二つ有りたき　こたつ哉　沙月（8俳諧新選 二三八ペ）
山もとの　里と申して　こたつかな　風律（4五車反古 一七二〇）
行くべしの　けふも闌(たけ)たる　こたつかな　斗吟（8俳諧新選 二三八ペ）
吉野見た　足可愛がる　炬燵かな　希因（5俳諧新選 四九二）
我が手さへ　只は遊ばぬ　火燵哉　立志（7俳諧古選 一九一ペ）
侘しさは　夜着を懸けたる　火燵かな　桃先（6続猿蓑 三三八六）
男の童　女の童と遊ぶ　炬燵かな　子規（10獺祭句帖抄 六六一ペ）
雪山を　匐ひまはりゐる　谺(こだま)かな　蛇笏（9霊芝 〇六五四）
夏山の　大木倒す　谺かな　鳴雪（4鳴雪俳句鈔 二二二四）
冬滝の　きけば相つぐ　こだまかな　蛇笏（9心像 〇六六九）
梅の花　後家が軒端の　東風(こち)吹かば　常矩（4俳諧雑巾 〇二二六）
露けさや　ちぎれて落ちし　小挑灯　孤桐（8俳諧新選 二二六ペ）
春雨や　綱が袂に　小挑灯　蕪村（2蕪村句集 四三四）
鶯の　啼くやあちらむき　こちら向き　蕪村（2蕪村遺稿 二四三八）
かはほりや　むかひの女房　こちを見る　蕪村（2蕪村句集 七五八）
日々立てて　露の戸となる　国旗かな　爽雨（9雪解 一九〇一）
春やこし　年や行きけん　小晦日(こつごもり)　芭蕉（1千宜理記 一四九）
岩に篠　あられたばしる　小手さし原　蕪村（2蕪村遺稿 二三一七）
うかれ来て　とまるより寝る　小蝶哉　麦翅（8俳諧新選 二五七ペ）
うつつなき　つまみごころの　胡蝶哉　蕪村（2蕪村句集 二〇二九）

おのが袖　たたんで睡る　小てふ哉　写北（8俳諧新選　一〇八ぺ）
大猫の　尻尾でなぶる　小蝶かな　一茶（3おらが春　四三七ぺ）
風吹くに　舞の出来たる　小蝶かな　重行（6続猿蓑　三〇四七）
かやはらの　中を出かぬる　こてふかな　炊玉（6あら野　五八八）
棕櫚（しゅろ）の葉に　とまらで過ぐる　胡蝶哉　梅餌（6あら野　五八七）
水干も　扇も兼ねて　小てふかな　雁宕（8俳諧新選　一五三ぺ）
田に畠に　てんてん舞ひの　小てふ哉　一茶（3句稿消息　三三一ぺ）
釣鐘に　とまりてねむる　こてふ哉　蕪村（2蕪村遺稿　二六二三）
とまりても　翅は動く　胡蝶かな　柳梅（6続猿蓑　三〇四四）
ねこの子の　くんづほぐれつ　胡蝶哉　其角（6炭俵　二四一四）
寝た程は　羽のせはしき　小蝶哉　ちか（8俳諧新選　一〇八ぺ）
寝ながらに　吹き落とさるる　小てふかな　雅因（8俳諧新選　一〇八ぺ）
ひらひらと　わか葉にとまる　胡蝶哉　竹洞（6あら野　六二九）
昼ねして　花にせはしき　胡蝶哉　雪窓（6続猿蓑　三〇四八）
舞ふは舞ひ　眠るは眠る　小蝶かな　社柳（8俳諧新選　一〇八ぺ）
翠簾（みす）越しの　蘭を尋ぬる　小蝶哉　冬鯉（7俳諧古選　一八二ぺ）
夕日影　町中に飛ぶ　胡蝶かな　其角（4続虚栗　〇八一八）
落花枝に　かへると見れば　胡蝶哉　守武（5菊の塵　七）
我が影に　追ひ付きかぬる　こてふかな　不角（5続の原　四六二）
折り枝の　ひびきよりちる　小蝶哉　一兎（7俳諧古選　二一九ぺ）
歳の夜や　曾祖父（ひぢぢ）を聞けば　小手枕　長和（6猿蓑　一七〇三）
明ぼのや　しら魚しろき　こと一寸　芭蕉（1野ざらし紀行　一九八）

そよりとも　せいで秋立つ　ことかいの　鬼貫（4とてしも　〇二七六）
金魚大鱗　夕焼の空の　如きあり　たかし（4たかし全集　二六四八）
牡丹雪　林泉鉄の　ごときかな　茅舎（4川端茅舎句集　二六四一）
去年（こぞ）今年　貫く棒の　如きもの　虚子（9六百五十句　〇〇六七）
冬雁に　水を打つたる　ごとき夜空　林火（9冬雁　二七六三）
蝸牛（でで むし）の　遠く到りしが　如くかな　東洋城（9東洋城全句上　〇四〇五）
稲穂波　鳴子進むが　如くなり　元（9島村元句集　〇八九九）
犬ふぐり　星のまたたく　如くなり　虚子（12六百句　二二一ぺ）
たとふれば　独楽のはぢける　如くなり　虚子（9五百五十句　〇〇七三）
散り牡丹　どどと崩れし　ごとくなり　淡路女（9梶の葉　〇九八二）
まつしぐら　炉にとび込みし　如くなり　虚子（13六百五十句　一六一ぺ）
豆の蔓　月にさ迷ふ　如くなり　虚子（13六百五十句　一七七ぺ）
我が額　冬日兜の　如くなり　虚子（14七百五十句　一二八ぺ）
寒夜読むや　灯（ともしび）潮の　如く鳴る　月舟（9進むべき道　〇六九四）
噂過ぐ　時雨のすぐる　如くにも　虚子（12六百句　一六四ぺ）
月の下　生なきものの　如く行く　虚子（13六百五十句　一八二ぺ）
石花（かき）汁や　平家の一門　ことごとく　貝錦（8俳諧新選　一四五ぺ）
ありたつた　ひとりたつたる　今年かな　貞徳（4犬子集　〇〇三四）
ねぢけたる　木に花もなき　今年かな　零余子（9雑草　〇六八二）
簗をうつ　漁翁が嘘や　今年（ことし）限（ぎり）　太祇（8俳諧新選　一三五ぺ）
千代の秋　にほひにしるし　ことし米　亀洞（6あら野　一〇九二）
鉢坊が　手にもわたるや　今年米　飛良（8俳諧新選　一三三ぺ）

風戦(そよ)ぐ光陰の矢や　今年竹　五好（8俳諧新選一一八ぺ）
紙くべし煙はなれず　今年竹　普羅（9辛夷〇七一四）
今朝見れば風に靡きつ　今年竹　斗吟（8俳諧新選一一八ぺ）
先々へ出てまつ杖や　今年竹　正以（8俳諧新選一五二ぺ）
捨てて久しき庵とこそ見ゆれ　今年竹　露月（9日本明27・7・21〇二五〇）
其の中にそよりと長し　ことし竹　季遊（8俳諧新選一一八ぺ）
渓越して樋水走りぬ　今年竹　青峰（9海光二三五三）
月にさへ撓(たわ)む風情や　今年竹　廬鳳（8俳諧新選一一八ぺ）
一袋これや鳥羽田の　ことし麦　之道（6猿蓑二一六三）
明るしや黒部の奥の　今年雪　普羅（9新訂普羅句集〇七〇三）
いつの旅も時雨さそはぬ　事ぞなき　乙二（4松窓乙二集二一一四）
今はある虹の彼方に　娘(こ)と共に　虚子（14七百五十句一五九ぺ）
鶺鴒(せきれい)よこの笠叩く　ことなかれ　子規（10獺祭句帖抄六〇一ぺ）
旧皇居梅の山家と　異ならず　青畝（9紅葉の賀一五〇七）
秋淋しひとり切れたる　琴の糸　杜陵（7俳諧古選二二七ぺ）
しぐるるや鼠のわたる　琴の上　蕪村（2蕪村句集九五七）
ちるはなや鳥も驚く　琴の塵　芭蕉（1真蹟画賛九五六）
二つぬる蝶を弾くや　琴の爪　習先（8俳諧新選一五五ぺ）
下萌の乞食にかはす　ことばかな　一瓢（5玉山人家集一一四二）
鵜の真似は鵜より上手な　子ども哉　一茶（3おらが春四四九ぺ）
さみだれに小鮒をにぎる　子供哉　野坡（6炭俵二五一〇）
雪とけて村一ぱいの　子ども哉　一茶（3七番日記三二五ぺ）

飴なめて流離悴む　こともなし　楸邨（9野哭二五七一）
節季候(せきぞろ)に又のぞむべき　事もなし　順琢（6猿蓑一六九九）
綿の実を摘みゐてうたふ　こともなし　楸邨（9寒雷二五九七）
摺り溜る籾掻くことや　子供の手　不器男（9定本不器男集一七一一）
孕み鹿肘にて起ちし　ことも見る　誓子（9構橋一四八七）
大空に又わき出でし　小鳥かな　虚子（11五百句四三ぺ）
我が形(なり)もかがしに似たり　小鳥狩り　ゝ水（8俳諧新選一四七ぺ）
木枯や市に業(たつき)の　琴をきく　白雄（5白雄句集八四三）
蟾(ひき)どのの妻や待つらん　子鳴くらん　一茶（3八番日記三四〇ぺ）
居りよさに河原(かはら)鶸(ひは)来る　小菜畠　支考（6続猿蓑三三〇三）
白雲に鮓の石迄　小荷駄哉　百万（8俳諧新選一四九ぺ）
一升の露をたたふる　小庭かな　子規（10獺祭句帖抄六五四ぺ）
五月雨や傘に付けたる　小人形　其角（6炭俵二四九七）
並べけり火燵の上の　小人形　子規（10獺祭句帖抄六六一ぺ）
寒念仏六条は来る夜　来ぬ夜あり　三幹竹（9三幹竹句集〇五四三）
天蓼(たでのみ)に花見顔なる　小猫哉　存義（8俳諧新選二二三ぺ）
初花に命七十　五年ほど　芭蕉（1江戸通町九二）
竹の雪勧学院も　このあたり　麦水（5葛箒七四六）
心当てに早く遅しや　此の菌(きのこ)　它谷（8俳諧新選二三四ぺ）
力なや鳥は子を呼ぶ　此の暮れを　飛良（7俳諧古選二二八ぺ）
酔ひたんぼ提げてなくする　木の子哉　尺布（8俳諧新選二三四ぺ）
朝寒や東へやりし　子の事も　迁童（8俳諧新選二三二ぺ）

露の中　万相ぅごく　子の寝息　楸邨（9 穂高 二五八八）
とやせまし　蚊のとまりゐる　子の寝皃（がほ）　嘯山（8 俳諧新選 一一七ぺ）
菜を負ひて　帰りをりしが　子罵る　虚子（12 六百句 二一二ぺ）
三尺の　山も嵐の　木の葉哉　芭蕉（1 をのが光 六六〇）
猫の子の　ちよつと押さへる　木の葉哉　一茶（3 八番日記 三五七ぺ）
懐に　落ちてつめたき　木の葉哉　孤屾（7 俳諧古選 二〇三ぺ）
麓より　足ざはりよき　木の葉哉　枳風（6 続猿蓑 三三五七）
待つ宵の　戸にはさまる　木の葉哉　祇空（5 玄湖集 四五六）
水底の　岩に落ちつく　木の葉かな　丈草（4 青筵 一〇〇三）
世にちれど　地獄へ落ちぬ　木の葉哉　宗鑑（7 俳諧古選 一九六ぺ）
宮守よ　わが名をちらせ　木の葉川　芭蕉（1 桜下文集 一九五）
冬籠り　またよりそはん　此のはしら　芭蕉（1 あら野 四四五）
虫に迄　尺とられけり　此のはしら　一茶（3 おらが春 四四二ぺ）
里町や　乾（から）鮭（さけ）の上に　木の葉散る　子規（10 獺祭句帖抄 六六六ぺ）
京は雨　小野は雪ふる　此の日かな　反古（8 俳諧新選 一四二ぺ）
首出して　はつ雪見ばや　此の衾（ふすま）　竹戸（6 猿蓑 一六七四）
病みしとき　夢かよひしは　この冬田　秋桜子（9 残鐘 一四五二）
薄見つ　萩やなからむ　このほとり　蕪村（2 蕪村句集 一〇七五）
花は吉野　伽（が）藍（らん）一つを　木の間かな　重頼（4 藤枝集 〇〇九五）
春月や　印金堂の　木の間より　蕪村（2 蕪村句集 一二三九）
月ひとり　柳ちり残る　木の間より　素堂（7 俳諧古選 一七六ぺ）
つくづくと　蚊に吸はせ見る　此の身哉　雁宕（8 俳諧新選 一一七ぺ）

夕しぐれ　古江に沈む　木の実哉　召波（5 春泥句集 八一七）
初ざくら　八重の一重の　好みなし　和及（7 俳諧古選 二〇七ぺ）
大寺を　包みてわめく　木の芽かな　虚子（11 五百句 三五ぺ）
檞原　ささやく如く　木の芽かな　虚子（11 五百句 六六ぺ）
一雫　こぼして延びる　木の芽かな　諸九（5 諸九尼句集 五一九）
骨柴の　かられながらも　木の芽かな　凡兆（6 猿蓑 一九二五）
ゆくゆくは　鳥と添寝の　木の芽哉　宋阿（7 俳諧古選 一五七ぺ）
暮るる春　戸や明けて置かん　此の夕べ　子一（8 俳諧新選 一二二ぺ）
年玉や　隠家しるる　此の夕べ　太祇（8 俳諧新選 一〇一ぺ）
はつしぐれ　何おもひ出す　この夕べ　湍水（6 あら野 七七二）
炉塞いで　君をしぞ思ふ　此の夕べ　洒竹（9 洒竹句集 〇二九五）
簗（オ）落（チ）の　奥降らば鮎（コ）は　この尾鰭（オド）る　碧梧桐（4 三昧 昭6・11 二二八三）
凩の　吹きあるる中の　午砲かな　鳴雪（4 鳴雪俳句鈔 二二二二）
小狐の　何にむせけむ　小萩はら　蕪村（2 蕪村句集 一六一）
かさもなき　我をしぐるるか　こは何と　芭蕉（1 あつめ句 二〇四）
口あいて　落花眺むる　子は仏　句仏（9 句仏句集 〇五二九）
赤い小鳥　青い小鳥の　小春かな　知十（9 鶯日 〇三四七）
大寺の　縁広ぅして　小春かな　子規（10 獺祭句帖抄 六六〇ぺ）
こがらしも　しばし息つく　小春哉　野水（6 あら野 八五六）
ささ栗の　柴に刈らるる　小春かな　鬼貫（4 仏兄七久留万 〇二七五）
山門に　のぼれば京の　小春かな　瓊音（9 瓊音句集 一〇一四）
竹の風　ひねもす騒ぐ　小春かな　犀星（9 魚眠洞発句集 一一四四）

野の茶屋に　蜜柑並べし　小春かな　子規（10獺祭句帖抄 六六〇ぺ）
村々は　茶色に霞む　小春かな　涼袋（5六行会 七三一）
一翳の　雲ゆゐいよよ　小春空　風生（9母子草 一五六三）
涼風も　出来（でか）した壁の　こはれ哉　游刀（6続猿蓑 三一五七）
鹿聞くや　一樹の陰の　木挽小屋　蘭亭（8俳諧新選 一三二ぺ）
春雨の　衣桁に重し　恋衣　虚子（11五百句 九ぺ）
元日は　田毎の日こそ　こひしけれ　芭蕉（1真蹟懐紙 四六六）
鉢叩　惟然丈草　恋しさよ　迷堂（9孤輪 〇四二六）
白魚や　譬ひ鯲（どぢやう）の　恋す共　赤羽（8俳諧新選 一〇二ぺ）
春の夜や　心の隅に　恋つくる　五明（5五明句集 八八〇）
島ゆ島へ　渡る夜涼の　恋もあらむ　亜浪（9定本亜浪句集 一〇三六）
ことしより　蚕はじめぬ　小百姓　蕪村（2蕪村遺稿 四九八）
早稲（わせ）刈りて　落ちつきがほや　小百姓　乃龍（6続猿蓑 三三〇一）
名月や　釈迦の牽頭（たいこ）は　五百人　渭北（7俳諧古選 二二二ぺ）
夏の月　蚊を疵にして　五百両　其角（4五元集拾遺 〇八〇七）
陽炎の　麦ひき延ばす　小昼かな　路通（5車路 三四六）
のら猫や　思ふがままに　恋ひわたる　子規（9寒山落木巻二 〇〇三八）
愛あまる　猫は傾婦の　媚を仮（かる）　才麿（4虚栗 〇二五六）
秋風に　向けて飯焚く　小舟かな　樗堂（4萍窓集 二一四三）
声かけて　鯨に向かふ　小舟かな　子規（10獺祭句帖抄 六六六ぺ）
五月雨に　出駕（かご）も釣の　小舟哉　由平（7俳諧古選 一五九ぺ）
海苔粗朶に　ゆたのたゆたの　小舟かな　虚子（13六百五十句 一九八ぺ）

牡丹載せて　今戸へ帰る　小舟かな　子規（10獺祭句帖抄 六三一ぺ）
雪の江の　大舟よりは　小舟かな　芳川（6あら野 四五一）
箏や　妙義の神巫（みこ）が　小風呂敷　道彦（5蔦本集 九七二）
なの花や　箏見ゆる　小風呂しき　蕪村（2蕪村句集 二一九九）
町はづれ　いでや頭巾は　小風呂敷　蕪村（2蕪村句集 六五九）
杜若（かきつばた）　かれ飯に酒　こぼしけり　嘯山（8俳諧新選 一五一ぺ）
白萩の　しきりに露を　こぼしけり　子規（4寒山落木巻二 二一九八）
椿落ちて　昨日の雨を　こぼしけり　蕪村（2蕪村遺稿 七一九）
蝶飛んで　皃（かほ）に白粉（おしろい）　こぼしけり　嘯山（8俳諧新選 一五五ぺ）
鳥啼いて　赤き木の実を　こぼしけり　子規（10獺祭句帖抄 六一七ぺ）
物の本　西瓜の汁を　こぼしたる　虚子（13六百五十句 一五二ぺ）
思ひやる　涙はなぜに　氷らぬぞ　嵐笠（7俳諧古選 二一九ぺ）
いざよひも　まださらしなの　郡哉　芭蕉（1更科紀行 四三四）
入江とる　庭も音なき　氷かな　龍眠（8俳諧新選 一四三ぺ）
鶯の　声かけて割る　氷かな　紀逸（4吾妻舞 一一五九）
魚のかげ　鵜のやるせなき　氷哉　探丸（6猿蓑 一六七六）
おし割りて　舟漕ぎ入るる　氷かな　李流（8俳諧新選 一四三ぺ）
片よりに　野川のへげる　氷かな　瓜流（8俳諧新選 一四三ぺ）
漕川に　竹垂れかかる　氷かな　子規（10獺祭句帖抄 六四〇ぺ）
鶺鴒（せきれい）の　刈株つたふ　氷かな　子規（10獺祭句帖抄 六四〇ぺ）
流るるを　流さぬ夜の　氷かな　霞洲（8俳諧新選 一四三ぺ）
流れうと　すれば風ふく　氷かな　二柳（8俳諧新選 一四三ぺ）

ながれ来て氷を砕く氷かな　五明（5 五明句藻 八七九）
寝た間にも月日の移る氷哉　沙月（8 俳諧新選 一四三ペ）
野ぶせりの枕に烈(い)てる氷かな　嘯山（8 俳諧新選 一四三ペ）
拝領の手からこぼるる氷かな　杉下（8 俳諧新選 一二三ペ）
ばりばりと霊柩車ゆく氷かな　水巴（9 定本水巴句集 〇五九三）
一露もこぼさぬ菊の氷かな　芭蕉（1 続猿蓑 八一四）
吹き付くる風の筋たつ氷かな　沙龍（8 俳諧新選 一四三ペ）
本馬のしやんしやん渡る氷哉　一茶（3 文政句帖 三五六ペ）
水棚の菜の葉に見たる氷かな　勝吉（6 あら野 八〇三）
山水のへるほど減りて氷かな　蕪村（2 蕪村句集 三二四）
よる波の心落ちつく氷かな　二柳（8 俳諧新選 一五八ペ）
童べの噛(か)みて音なす氷かな　楚古（8 俳諧新選 一四七ペ）
流れたる花屋の水の氷りけり　碧梧桐（4 春夏秋冬 二二九九）
御忌の鐘ひびくや谷の氷まで　蕪村（2 蕪村句集 二三一）
なの花の中に城あり郡山　許六（5 五老井発句集 三七五）
次句せん此の夜硯の氷るまで　太祇（8 俳諧新選 一六〇ペ）
たふとさの涙や直に氷るらん　越人（6 あら野 一〇四八）
鶯の細脛(はぎ)よりやこぼれ梅　才麿（4 よるひる 〇二五七）
土筆(つくづくし)矢立の墨やこぼれけん　龍眠（8 俳諧新選 一〇四ペ）
霜の朝せんだんの実のこぼれけり　杜国（6 あら野 八〇二）
花(はな)覆(おほひ)まくれば蝶のこぼれ鳧(けり)　社支（8 俳諧新選 一〇八ペ）
花見れば匂ふ涙のこぼれけり　習先（8 俳諧新選 一五五ペ）

揉みあうて旭(あさひ)に霧のこぼれけり　嘯山（8 俳諧新選 一二八ペ）
鳥啼くや藪は菜種のこぼれ咲き　麦水（5 葛箒 七三六）
長き夜や通夜の連歌のこぼれ月　蕪村（2 蕪村句集 二五一）
杜若(かきつばた)畳へ水はこぼれても　其角（7 俳諧古選 一六九ペ）
囀りや絶えず二三羽こぼれ飛び　虚子（11 五百句 九四ペ）
うしや紙魚払はば文字もこぼれなん　孤桐（8 俳諧新選 一三三ペ）
一夜とめしけさや板間のこぼれ萩　太祇（8 俳諧新選 一二七ペ）
冬帝先(まづ)日を投げかけて駒が岳　虚子（9 五百句 〇〇七七）
としひとつ積もるや雪の小町寺　蕪村（2 蕪村句集 一〇八八）
秋に添うて行かばや末は小松川　芭蕉（1 陸奥鵆 七六〇）
裏枯れに分かれ初むるや小松原　嘯山（8 俳諧新選 一三五ペ）
蜘の巣のきれ行く冬や小松原　斜嶺（6 炭俵 二五九一）
早乙女やけふは向かふに小松原　存義（8 俳諧新選 一一六ペ）
しげもりに成るや子(ね)の日の小松原　末得（5 毛吹草追加 六九）
下草に菫咲くなり小松原　子規（10 獺祭句帖抄 六二七ペ）
えぼし着て尻餅つくや小松引　存義（8 俳諧新選 一〇〇ペ）
木をつみて夜の明けやすき小窓かな　子規（9 寒山落木巻一 〇〇一四）
一戸(いちのへ)や衣もやぶるるこまむかへ　去来（6 猿蓑 一八五七）
桟(かけはし)や先おもひいづ馬むかへ　芭蕉（1 更科紀行 四三一）
爪髪も旅のすがたやこまむかへ　荷兮（6 あら野 八三八）
町医師や屋敷がたより駒迎へ　芭蕉（1 五十番句合 五二）
皆在らぬ歯を弔ふやごまめの香　東洋城（9 東洋城全句中 〇四一〇）

大声や廿日過ぎての　御万歳　一茶(3 七番日記 三二五ペ)
北国のしぐるる汽車の　混み合ひて　虚子(12 六百句 二一〇ペ)
染汁の紫氷る　小溝かな　子規(10 獺祭句帖抄 六二〇ペ)
稲刈りて野菊おとろふ　小道かな　子規(10 獺祭句帖抄 六一七ペ)
ひらひらと蛾の飛ぶ藪の　小道かな　子規(10 獺祭句帖抄 六四八ペ)
木槿(むくげ)垣人も通らぬ　小道かな　子規(10 獺祭句帖抄 六一六ペ)
口切やたしか内儀は　小紫　春来(8 俳諧新選 一三八ペ)
芳草や黒き烏も　濃紫　虚子(11 五百句 二四ペ)
春の日や茶の木の中の　小室節　正秀(6 続猿蓑 三〇八三)
はる立つや新年ふるき　米五升　芭蕉(1 真蹟短冊 一六九)
名月や今宵生まるる　子も有らん　信徳(7 俳諧古選 一七五ペ)
燕(つばくろ)の普請(ふしん)仕舞へば　子持哉　乙由(7 俳諧古選 一五五ペ)
妾(せふ)が家は江の西にあり　菰(こも)粽　太祇(8 俳諧新選 一五五ペ)
草の花駕(かご)におくるる　小者哉　山肆(8 俳諧新選 一四八ペ)
蝙蝠(かうもり)にかなしき母の　子守歌　虚子(12 六百句 二四〇ペ)
祖母立子声麗かに　子守唄　虚子(14 七百五十句 四八ペ)
田水沸くや小家もれ来る　子守唄　句仏(9 句仏句集 〇五三四)
雪解風といふ風吹きし　小諸はも　虚子(14 七百五十句 二三ペ)
霰まじる帷子(かたびら)雪は　こもんかな　芭蕉(1 続山井 一二)
涼風に月をも添へて　五文哉　一茶(3 七番日記 三三五ペ)
名月や竹に雀の　小宿迄　鸞窗(8 俳諧新選 一三〇ペ)
白炭の骨にひびくや　後夜の鐘　蕪村(2 蕪村遺稿 一九七〇)

月待ちや梅かたげ行く　小山伏　芭蕉(1 伝土芳筆全伝 六七三)
麦の葉に慰み行くや　小山伏　才麿(4 陸奥鵆 〇二六四)
もち搗の手伝ひするや　小山伏　馬仏(6 続猿蓑 三四一〇)
こがらしの落葉にやぶる　小ゆび哉　杜国(6 あら野 九六九)
盃にミつの名をのむ　こよひかな　芭蕉(1 真蹟懐紙 二五五)
月ひとつばひとりがちの　今宵哉　一雪(6 あら野 四一〇)
年暮れて人物くれぬ　今宵かな　宗鑑(4 寒川入道筆記 〇〇一〇)
莫児比涅(モルヒネ)の量増せ月の　今宵也　紅葉(9 紅葉句帳 〇二七五)
松の影昨日の月を　今宵又　流斜(8 俳諧新選 一三〇ペ)
以上とかしく共なき　暦かな　呑江(8 俳諧新選 一四六ペ)
はる雨はいせの望一(もいち)が　こより哉　湍水(6 あら野 五三五)
起し絵や炎を競ふ　小蠟燭　裸馬(9 裸馬翁五千句 一〇九九)
花種を蒔く古妻や　子等左右　泊雲(9 泊雲句集 〇七八一)
年の内に春来る此処は　子等紙鳶に　繞石(9 落椿 〇二六六)
水のめば葱のにほひや　小料亭　不器男(9 定本不器男集 一七一九)
桜がりきどくや日々に　五里六里　芭蕉(1 笈の小文 三七〇)
痩蛙まけるな一茶　是に有り　一茶(3 七番日記 三三一ペ)
はつ音皆心に対ふ　是春か　麦水(5 新みなし栗 七三五)
蟷螂や五分の魂　是見よと　一茶(3 おらが春 四七一ペ)
秀でたる詞の花は　これや蘭　宗因(4 懐子 〇一七三)
盃や山路の菊と　是を干す　芭蕉(1 坂東太郎 一〇六)
羽をこぼす梢の鳶や　小六月　蒼虬(4 訂正蒼虬句集 二一四九)

励精に風呂の賞与や　小六月　寸七翁（9現代俳句集○八六）
榾(ほだ)の火やあかつき方の　五六尺　丈草（6炭俵二六二七）
舂(うすづ)くや老木の柿を　五六升　蕪村（2蕪村遺稿一八四五）
棕櫚の花こぼれて掃くも　五六日　虚子（11五百句五四ペ）
大雪や関所にかかる　五六人　子規（10獺祭句帖抄六六四ペ）
芋の子や籠の目あらみ　ころげ落つ　子規（10獺祭句帖抄六五九ペ）
としのくれ杼(とち)の実一つ　ころころと　荷兮（6あら野八二八）
いなづまや杉のたち樹の　五六本　嘯山（8俳諧新選二二五ペ）
大根を鶯づかみにし　五六本　虚子（12六百句二四三ペ）
笹鳴きが初音となりし　頃のこと　虚子（13六百五十句二一六ペ）
かたつぶり逃げん所を　ころびけり　孤桐（8俳諧新選一一五ペ）
七夕やあまりいそがば　ころぶべし　杜若（6猿蓑一八一六）
かげろふの抱きつけばわが　ころも哉　越人（6あら野八六四）
鉢叩きたはあかつき　ころも哉　波光（8俳諧新選一四九ペ）
すずかけやしでゆく空の　衣川　商露（6波留濃日三三二）
朝の茶ににがきすすりつ　ころもがへ　月草（9わが住む里○九九七）
扇屋の暖簾(のうれん)白し　衣がへ　利牛（6炭俵二四七五）
鶯の葉に隠るるや　更衣(ころもがへ)　沙月（8俳諧新選一一二ペ）
御手討の夫婦(めをと)なりしを　更衣　蕪村（2蕪村句集七四八）
帯古し未だ旅なる　衣更　一有（7俳諧古選一六四ペ）
おもしろい夜は昔也　更衣　一茶（3句稿消息三三七ペ）
駕籠(かご)舁(かき)の肩に覚えや　更衣　乙由（7俳諧古選一七一ペ）

樹作りの作り作りや　衣更　巴江（7俳諧古選二二八ペ）
きぬきせぬ家中ゆゆしき　更衣　蕪村（2蕪村句集四七）
ぐどぐどと二日に成りぬ　更衣　和及（7俳諧古選一六三ペ）
灌仏の裸も近し　更衣　童平（7俳諧古選二二八ペ）
子の僧を見送る母や　衣更　雲扇（8俳諧新選一一三ペ）
この旅のいづこの宿に　更衣　虚子（14七百五十句三七ペ）
是は是は這ふ了立つたり　衣更　宗瑞（7俳諧古選一六○ペ）
扨(さて)と先(まづ)天窓(あたま)は剃りつ　衣更　良道（7俳諧古選二三一ペ）
三条の人通り見ん　更衣　只丸（7俳諧古選一六二ペ）
塩うをの裏ほす日也　衣がへ　嵐雪（6炭俵二四七○）
すがたみにうつる月日や　更衣　也有（5蘿葉集五○七）
雀よりやすき姿や　衣がへ　雪芝（6炭俵二四七三）
其の門に天窓用心　ころもがへ　一茶（3おらが春四四二ペ）
剃り捨てて黒髪山に　衣更　曾良（4奥の細道○八六七）
大兵の廿ちあまりや　更衣　蕪村（2蕪村句集五一五）
たたみながら見やつた計(ばか)りや　更衣　来山（7俳諧古選一九八ペ）
辻駕によき人のせつ　ころもがへ　蕪村（2蕪村句集五一四）
年問へば片手出す子や　更衣　一茶（3おらが春四五九ペ）
長持に春ぞくれ行く　更衣　西鶴（5歌仙大坂俳諧一一○）
何をけふへんてつもなき　衣更　西武（7俳諧古選一五九ペ）
廿五の暁起きや　ころもがへ　蕪村（2蕪村遺稿五○八）
女房に見られて出るや　更衣　干皐（7俳諧古選一七○ペ）

脱ぎ捨つる朧や月の衣更　寄蘭（7俳諧古選 二二七ぺ）
のどけしや麦まく比の衣がへ　一井（6あら野 七八五）
のらくらも御代のけしきぞ更衣　一茶（3七番日記 三三七ぺ）
髭に焼く香もあるべしころもがへ　荷兮（6あら野 六二二）
一つぬひで後ろに負ひぬ衣がへ　芭蕉（1笈の小文 三七九）
先(まづ)以つて尻の軽さや更衣　麁線（7俳諧古選 一七二ぺ）
名聞を離れずもあり更衣　露沾（7俳諧古選 一六六ぺ）
物堅き老の化粧や衣更　太祇（8俳諧新選 一二二ぺ）
物嗅き合羽や今日の更衣　桃隣（4陸奥鵆 〇八八九）
物くるる人来ましけり更衣　蕪村（2蕪村遺稿 五〇九）
痩せ臑(ずね)の毛に微風有り更衣　蕪村（2蕪村句集 五二〇）
山寺や蜂にさされて更衣　巣兆（4曾波可理 二〇九八）
芳野出で布子売りをし更衣　杜国（6あら野 八九八）
我がまへに雲行く影やころもがへ　成美（5成美家集 九二七）
綿をぬく旅ねはせはし衣更　九節（6炭俵 二四七二）
越後屋に衣さく音や衣更　其角（5浮世の北 二六〇）
焼山の大石ころりころりかな　子規（10獺祭句帖抄 六四四ぺ）
この雪に昨日はありし声音かな　普羅（9辛夷 〇七一八）
いなづまや闇の方行く五位の声　芭蕉（1続猿蓑 八〇）
崎風はすぐれて涼し五位の声　智月（6炭俵 二五一七）
貧山の釜霜に啼く声寒し　芭蕉（1虚栗 一四〇）
川狩りや帰去来(きこらい)といふ声す也　蕪村（2蕪村句集 八九）
凩も松もあぐみし声す也　孤桐（8俳諧新選 一三八ぺ）
小夜時雨電信と呼ばる声すなり　臨風（9帝国明33・10 〇三二八）
垣に来て雀親呼ぶ声せはし　子規（10獺祭句帖抄 六四四ぺ）
雪の朝から鮭わくる声高し　冬文（6あら野 四五二）
さかる猫有るにあられぬ声と声　鶴英（7俳諧古選 二一八ぺ）
大旱の赤牛となり声となる　三鬼（9夜の桃 二三五九）
おんぼりと曇りて雉の声遠し　子一（8俳諧新選 一〇四ぺ）
飛ぶ蛍鳴けば悲しき声ならめ　只義（8俳諧新選 一一六ぺ）
鶯に薬をしへん声の文　其角（6炭俵 二四一六）
名月や宵は女の声ばかり　木節（7俳諧古選 一七九ぺ）
なく蟬の中に老いたる声も有り　雲魚（8俳諧新選 一一九ぺ）
花の夢聞きたき蝶に声もなし　鈴竿（7俳諧古選 一五三ぺ）
独り寝や夜わたる男蚊の声侘し　智月（5孤松 四二〇）
雨の親やそだつる花の子を大じ　安静（5崑山集 五六）
嫂や炬燵に遠く子を膝に　風生（9草の花 一五六一）
五月雨も中休みかよ今日は　一茶（3おらが春 四四一ぺ）
我が染めた幟見に来る紺屋哉　沙月（8俳諧新選 一一六ぺ）

さ

蚊やりしてまゐらす僧の座右哉　蕪村（2蕪村句集 八八一）
出でたちも花見と見ゆる妻子哉　呑獅（8俳諧新選 一五四ぺ）

ほちやほちやと　雪にくるまる　在所哉　一茶（3句稿消息 三五五ペ）
山吹や　何処(どこ)でも水に　咲いたふり　五筑坊（8俳諧新選 一一一ペ）
やはらかな　蘆にあやめは　咲いてをり　青畝（9国原 一五二六）
梅を見て　野を見て行きぬ　草加迄　子規（10獺祭句帖抄 六一三ペ）
雪を渡りて　また薫風の　草花踏む　碧梧桐（4新傾向句集 二三一一）
柿食ふて　洪水の詩を　草しけり　子規（10獺祭句帖抄 六五七ペ）
雪明り　一切経を　蔵したる　素十（9野花集 一五五六）
律僧の　紺足袋穿つ　掃除かな　子規（10獺祭句帖抄 六一〇ペ）
菫咲き　千手の誓　左右なく咲き　迷堂（9芙蕖 〇四一九）
棚経や　小僧面白　さうに読む　子規（10獺祭句帖抄 六三五ペ）
母の忌の　後も雨ふる　薔薇かな　躑躅（9同人第二句集 〇八六四）
採(さい)蓴(じゅん)を　うたふ彦根の　傖(さう)夫(ぶ)哉　蕪村（2蕪村句集 二〇七四）
餅つきや　元服さする　草履(ざうり)取り　野坡（6炭俵 二六三三）
血を吐けば　現(うつつ)も夢も　冴え返る　寸七翁（9現代俳句集 〇八八二）
三か月は　そるぞ寒さは　冴えかへる　一茶（3七番日記 三二五ペ）
ちらちらや　淡雪かかる　酒(さか)強(こは)飯(ひ)　荷兮（6あら野 四五四）
見る菊の　外に折り菊　さかせけり　石爛（8俳諧新選 一三四ペ）
黒虻(あぶ)の　尻の黄色が　逆立ちぬ　虚子（12五百五十句 六六ペ）
閻(えん)王(わう)の　眉は発止と　逆立てり　虚子（12六百句 一四九ペ）
木(む)槿(くげ)咲く　土手の人馬や　酒田道　子規（10獺祭句帖抄 六〇九ペ）
みじか夜や　吾妻の人の　嵯峨泊　蕪村（2蕪村遺稿 一一〇）
折々は　酢になるきくの　さかなかな　芭蕉（1真蹟自画賛 六四七）

別るるや　柿食ひながら　坂の上　惟然（6続猿蓑 三四六四）
すずしさを　絵にうつしけり　嵯峨の竹　芭蕉（1住吉物語 八六一）
翡(かは)翠(せみ)の　影こんこんと　溯り　茅舎（9川端茅舎句集 一六七七）
芭蕉忌や　遠く宗祇に　溯る　虚子（12五百五十句 二二ペ）
流灯や　一つにはかに　さかのぼる　蛇笏（9山廬集 〇六七六）
しら芥子に　焚火移ふや　嵯峨の町　暁台（5暁台句集 七六八）
山や花　墻(かき)根(ね)墻根の　酒ばやし　亀洞（6波留濃日 三一八）
夕闇は　ほたるもしるや　酒ばやし　水鷗（6続猿蓑 三一九四）
雨の日や　世間の秋を　堺町　芭蕉（1江戸広小路 九八）
朝皃は　酒盛りしらぬ　さかりかな　芭蕉（1あら野 四二七）
朝がほは　鶴眠る間の　さかりかな　風麦（6猿蓑 一八一八）
青竹に　かがやく菊の　盛りかな　樗良（5樗良発句集 七八三）
糸　桜　見上げ見下ろす　さかり哉　衝冠（8俳諧新選 一一二ペ）
犬蓼の　とくと淋しき　盛り哉　春堂（7俳諧古選 二一五ペ）
看(かん)経(きん)の　間を蕣(あさがほ)の　盛りかな　去来（7俳諧古選 一八〇ペ）
御所跡に　其の名の柿の　盛りかな　富葉（8俳諧新選 二三一ペ）
さとかすむ　夕べをまつの　盛りかな　野水（6あら野 五二四）
百(さ)日(る)紅(すべり)　さかり共なき　盛りかな　貝錦（8俳諧新選 一二三ペ）
しんしんと　野は昼皃の　盛り哉　瓜流（7俳諧古選 二一七ペ）
そこらうち　こぼれて萩の　盛り哉　之房（8俳諧新選 二一七ペ）
手鼻かむ　音さへ梅の　さかり哉　芭蕉（1蕉翁句集草稿 三四五）
萩の花　追々こけて　盛り哉　孤舟（7俳諧古選 二一七ペ）

萩の花取り乱したる　盛りかな　貝錦（8俳諧新選 一二七ペ）
白牡丹只一輪の　盛りかな　闌更（5半化坊発句集 七五一）
花と実と一度に瓜の　さかりかな　芭蕉（1こがらし 九二四）
病僧の庭はく梅の　さかり哉　曾良（6続猿蓑 二九八）
みのむしとしれつる梅の　さかり哉　蕉笠（6あら野 五一五）
酔ふた天けふみよしのの　盛りかな　万翁（8俳諧新選 一五二ペ）
蕣（あさがほ）に妹が糸瓜（へちま）も　下がりけり　柳居（8俳諧新選 一四七ペ）
庭塀に今日も雀が　さかりしか　百閒（9百鬼園俳句 一一六七）
猿（さる）辷（すべり）毎日散りて　さかりなり　習先（8俳諧新選 一二二ペ）
さみだるる一灯ながき　坂を守り　林火（9冬青集 二七五三）
大空にすがりたし木の芽　さかんなる　水巴（9定本水巴句集 〇五七七）
三日月やこの頃萩の　咲きこぼれ　碧梧桐（9碧梧桐句集 〇一三九）
白芥子や時雨の花の　咲きつらん　芭蕉（1鵲尾冠 九五九）
蕣の夜を押し分けて　咲きにけり　乙花（8俳諧新選 一二六ペ）
蕣も日影を向きて　咲きにけり　五雲（8俳諧新選 一四七ペ）
紫陽花（あぢさゐ）の申し合はせて　咲きにけり　仙鶴（7俳諧古選 二一三ペ）
岩なだれとまり高萩　咲きにけり　冬葉（9冬葉第一句集 一〇一七）
うそのやうな十六日桜　咲きにけり　子規（10獺祭句帖抄 六四五ペ）
うたてやな桜を見れば　咲きにけり　鬼貫（7俳諧古選 一九八ペ）
梅の花雪が降りても　咲きにけり　茶雷（8俳諧新選 一〇二ペ）
遅桜人に待たれて　咲きにけり　嘯山（8俳諧新選 一五七ペ）
かるた程門のなの花　咲きにけり　一茶（3七番日記 三三二ペ）
かんこ鳥しなのの桜　咲きにけり　一茶（3文化句帖 三四〇ペ）
観音の尾上のさくら　咲きにけり　俊似（6あら野 一〇二二）
こちの梅も隣のうめも　咲きにけり　蕪村（2蕪村遺稿 一四八五）
秋海棠西瓜の色に　咲きにけり　芭蕉（1東西夜話 六九八）
ときどきは蓑干すさくら　咲きにけり　除風（6あら野 五七一）
夏痩もせずて昼白　咲きにけり　嘯雨（8俳諧新選 二三二ペ）
鳴滝の植木屋が梅　咲きにけり　蕪村（2蕪村遺稿 三四〇）
我が朝は草もさくらを　咲きにけり　一茶（3真蹟 三三二ペ）
比良みかみ雪指しわたせ　鷺の橋　芭蕉（1翁草 六六二）
夏菊や茄子の花は　先へさく　拙侯（6続猿蓑 三一二九）
畑打つ音やあらしの　さくら麻　芭蕉（1花摘 六〇三）
妙福のこころあて有り　さくら麻　木節（6続猿蓑 三〇五〇）
俎にすべりとどまる　桜烏賊（いか）　虚子（13六百五十句 一四〇ペ）
取り分けて雲介黒し　桜陰　叙夕（7俳諧古選 二二六ペ）
鞭提げて禿（かぶろ）追ひ来ぬ　さくら陰　習先（8俳諧新選 一五三ペ）
暁の山に門ある　さくらかな　松井（8俳諧新選 一〇九ペ）
朝には雲と成り夕べには　さくらかな　五律（8俳諧新選 一〇九ペ）
あだなりと花に五戒の　桜かな　其角（6炭俵 二四四二）
いつ見ても年のよらざる　さくら哉　心祇（8俳諧新選 一四六ペ）
命二つの中に生きたる　桜哉　芭蕉（1野ざらし紀行 二三九）
うしろより見られぬ岨（そば）の　桜哉　冬松（6あら野 五七三）
梅ちれば桃桃ちれば　桜かな　京馬（8俳諧新選 一〇九ペ）

負うた子の　雲と見てとる　桜哉　呑江（8俳諧新選一〇九ペ）
追々に　来る人ごとの　さくら哉　その（7俳諧古選一五四ペ）
大門を　押されて這入る　桜かな　四方太（9春夏秋冬〇二〇〇）
重くれず　さすがの一重　さくら哉　晩山（7俳諧古選一五一ペ）
思ひ来て　思ぅて帰る　さくらかな　湖流（8俳諧新選一四八ペ）
親なくば　梢に寝たき　桜かな　万翁（8俳諧新選一〇九ペ）
かかる身を　散つて見せたる　桜かな　白芽（8俳諧新選一〇九ペ）
稜（かど）のない　日と中よしの　桜哉　沙月（8俳諧新選一〇九ペ）
川音は　天に乾きて　さくらかな　瓢水（4瓢水句選二二八九）
君が代は　御馬の先で　さくらかな　木虎（8俳諧新選一四八ペ）
行列の　すいと捻ぢ向く　桜かな　雄川（8俳諧新選一四七ペ）
切かぶの　わか葉を見れば　桜哉　不交（6あら野六二六）
沓音も　しづかにかざす　さくら哉　荷兮（6あら野八三三）
群青に　川の流るる　桜かな　喜舟（9紫川〇四五九）
木のもとに　汁も鱠（なます）も　桜かな　芭蕉（1ひさご六〇二）
鸛（こふ）の巣に　嵐の外の　さくら哉　芭蕉（1焦尾琴二八八）
嵯峨一と日　閑院様の　さくら哉　蕪村（2蕪村句集一九八五）
咲くをほめ　散るを誉めたる　桜かな　竹友（8俳諧新選一四八ペ）
里の名も　尋ねて通る　桜かな　子巾（8俳諧新選一〇九ペ）
さまざまの　事おもひ出す　桜かな　芭蕉（1真蹟懐紙三三六〇）
柴人の　道々こぼす　桜かな　動楽（7俳諧古選一五六ペ）
下々に　生まれて夜も　さくら哉　一茶（3七番日記三三三三ペ）

少しばかり　誉めて置かれぬ　桜かな　卯雲（8俳諧新選一〇九ペ）
泉水に　篝（かがり）くづるる　桜かな　繞石（9落椿〇二六五）
禅寺に　思ひの外の　桜哉　蝶車（7俳諧古選二一七ペ）
大慈咲き　大悲咲きたる　桜かな　迷堂（9孤輪〇四二一）
茶屋むらの　一夜にわきし　桜かな　一茶（3おらが春四四〇ペ）
ちる事を　しつて墨染　桜哉　雁立（8俳諧新選一〇九ペ）
月影の　ひた栽ゑ替ふる　桜かな　不卜（7俳諧古選二〇五ペ）
つばきまで　折りそへらるる　さくらかな　越人（6あら野五六九）
手のとどく　ほどはをらるる　桜哉　一橋（6あら野五七二）
手まくらの　夢はかざしの　さくら哉　蕪村（2蕪村句集一〇二八）
苗代の　水にちりうく　さくらかな　許六（5五老井発句集三七四）
なま中の　実は腹のたつ　桜哉　梨節（7俳諧古選二三三ペ）
のむ程に　三日月かかる　桜かな　万子（7俳諧古選二一〇ペ）
はつきりと　有明残る　桜かな　荷兮（6あら野一〇一四）
人の物を　是ほどをしき　桜哉　専跡（7俳諧古選一五三ペ）
日の本の　土に合ひたる　さくらかな　古鳳（8俳諧新選一四八ペ）
広庭に　一本（ひともと）植ゑし　さくら哉　笑草（6あら野五七〇）
麓寺　かくれぬものは　さくらかな　李風（6波留濃日三二一）
見かへれば　うしろを覆ふ　桜かな　樗良（5樗良発句集七七七）
水鳥の　胸に分けゆく　桜かな　浪化（5卯辰集三八八）
蓑虫の　出力にひらく　桜かな　卓袋（6続猿蓑二九七九）
宮の後　川渡り見る　さくら哉　李桃（6あら野一〇七三）

深山とは　思はずに居る　さくらかな　守一（8俳諧新選一〇九ぺ）
見る度に　薬ともおもふ　さくらかな　宋屋（8俳諧新選一〇九ぺ）
三輪を出て　初瀬に暮れたる　桜　哉　歌求（8俳諧新選一四八ぺ）
宿引の　宿を指さす　桜かな　宋阿（8俳諧新選一一〇ぺ）
山賤（やまがつ）に　殿付けて請ふ　桜かな　龍眠（8俳諧新選一〇九ぺ）
山守の　ひやめし寒き　さくら哉　蕪村（2蕪村遺稿二三五八）
ゆさゆさと　大枝ゆるる　桜かな　鬼城（9鬼城句集〇六四一）
世の中は　三日見ぬ間に　桜かな　蓼太（5蓼太句集五三三）
酔ひざめの　顔洗ひたる　さくらかな　弾月（8俳諧新選一〇九ぺ）
夜の間に　一尺たまる　桜かな　座神（7俳諧古選一五七ぺ）
絵馬見る　人の後ろの　さくら哉　玄察（6あら野一〇七一）
遠近（をちこち）の　鐘に夕山　桜かな　月斗（9昭和俳句集〇五〇四）
一里行き　二里行き深山　ざくらかな　二柳（4其雪影一八五六）
平地行きて　ことに遠山　ざくら哉　蕪村（2蕪村遺稿二一九七）
まさをなる　空よりしだれ　ざくらかな　風生（9松籟一五八七）
美しき　連（つれ）ほしう思ふ　さくら狩り　孤桐（8俳諧新選一〇九ぺ）
おちつきは　魚やまかせや　桜がり　利牛（6炭俵二四四九）
おもひ立つ　木曾や四月の　さくら狩り　芭蕉（1幽蘭集二四八）
賭にして　降り出されけり　さくら狩り　支考（6続猿蓑二九七一）
翠黛と　ひもすがらある　桜狩り　夜半（9翠黛一六四〇）
妻にもと　幾人（いくたり）思ふ　桜狩り　破笠（7俳諧古選一五三ぺ）
杖わつて　暮れなば焼（た）かん　桜狩り　如泉（7俳諧古選二〇六ぺ）

似あはしや　豆の粉めしに　さくら狩り　芭蕉（1伝土芳筆全伝六〇六）
日の本や　鯛を食らうて　さくら狩り　沙月（8俳諧新選一〇九ぺ）
隙故に　やらいそがしや　桜狩り　雲鼓（7俳諧古選一五一ぺ）
夜嵐や　太閤様の　さくら狩り　その（7俳諧古選一五四ぺ）
からし酢に　ふるは泪か　桜だひ　宗因（5懐子一〇三）
花よりも　実こそほしけれ　桜　鯛　兼載（4犬子集〇〇〇三）
声よくば　うたはうものを　さくら散る　芭蕉（1砂燕三七三）
人恋し　灯（ひ）ともしごろを　さくらちる　白雄（5白雄句集八三六）
故郷の　目に見えてただ　桜散る　子規（9寒山落木巻四〇〇四六）
一粒も　思ひは掛けず　さくらの実　何声（7俳諧古選二二七ぺ）
人の手に　とられて後や　桜海苔　杉峰（6猿蓑一九二七）
翌（あす）見んと　いふ人いかに　さくら花　菜根（8俳諧新選一〇九ぺ）
虫ぼしや　幕をふるへば　さくら花　卜枝（6あら野七〇六）
夜桃林を出でて　暁嵯峨の　桜　人　蕪村（2蕪村句集二三六四）
さざ波や　都にちれば　さくら鮒　盧元坊（4三千化一一九八）
君還る　なかれ灯下の　桜　餅　躑躅（9現代俳句集〇八五九）
蓑に炷（た）く　香をな咎めそ　桜　守　山川（7俳諧古選二〇六ぺ）
花曇り　扠（さて）は時雨の　さくらよな　臘扇（8俳諧新選一五三ぺ）
茎右往　左往菓子器の　さくらんぼ　虚子（13六百五十句一七六ぺ）
浅瀬をや　うき世の月に　さぐり足　立圃（7俳諧古選一九六ぺ）
つつじいけて　其の陰に干鱈　さく女　芭蕉（1泊船集二三七）
宿の菊　水のやうなる　酒買はむ　風律（4紙魚日記一七一九）

餅つきや内にもをらず酒くらひ　李下（6あら野 八二三）
御命講(おめいこ)や油のやうな酒五升　芭蕉（1芭蕉庵小文庫 七六七）
朝ごみや月雪うすき酒の味　其角（6続猿蓑 三三八九）
大寒やあぶりて食らふ酒の粕　鬼城（9鬼城句集 〇六二六）
紅葉にはたがをしへける酒の間　其角（6あら野 七四五）
紅葉焼く法師は知らず酒の燗　子規（10獺祭句帖抄 六三八ぺ）
ゆく春や小袖にのこる酒のしみ　知十（9鶯日 〇三五五）
蝶を見る身の傾きや酒の酔ひ　太祇（8俳諧新選 一〇八ぺ）
ゆきや砂うまより落ちよ酒の酔ひ　芭蕉（1真蹟詠草 三三二）
若草やこけ所よき酒の酔ひ　沙月（8俳諧新選 一〇三ぺ）
井戸ばたの桜あぶなし酒の酔ひ　秋色（5江戸砂子 四五八）
はつざくらまだ追々にさけばこそ　利雪（6猿蓑 一九七〇）
草屋二軒赤白の桃咲けるかな　子規（10獺祭句帖抄 六一三ぺ）
稲妻のするスマトラを左舷に見　虚子（12五百五十句 一一ぺ）
すずしさや浮洲のうへのざこくらべ　去来（6炭俵 二五一九）
錦木の立ち聞きもなき雑魚寝(ざこね)哉　蕪村（2蕪村句集 一〇一八）
竹たてておけば取りつくささげかな　胡及（6あら野 一〇五七）
つみかけし夕立あとのささげ摘む　花蓑（9花蓑句集 〇八七四）
枯れ光り見ゆ野となれば笹鳴いて　折柴（9海紅大4・3 一一六〇）
梅さくや淀川筋のささ濁り　尺布（8俳諧新選 一〇一ぺ）
ほととぎす啼くや湖水のささ濁　丈草（6続猿蓑 三一一三）
雀子やあかり障子の笹の影　其角（4続虚栗 〇八〇二）

鳥の巣やそこらあたりの小竹の風　不器男（9定本不器男集 一七一四）
たかうなや雫もよよの篠の露　芭蕉（1続連珠 四四）
蚊をやくや褒姒(はうじ)が閨の私語(ささめごと)　其角（5虚栗 二六三）
ゆくはるや同車の君のささめごと　蕪村（2蕪村遺稿 二一二七）
づかづかと来て踊子にささやける　素十（9初鴉 一五四三）
鶯や湖水も岸へささら波　渠柳（8俳諧新選 一〇一ぺ）
枯蘆や難波入江のささら波　鬼貫（4大悟物狂 〇二七一）
蓼売りや片荷に見ゆるさざれ石　移竹（8俳諧新選 二二三ぺ）
みみづくは眠る処をさされけり　半残（6猿蓑 一六五八）
寒山か拾得か蜂に螫(さ)されしは　漱石（9正岡子規へ 〇一七五）
ひとへもの径(こみち)の麦に刺されたり　亜浪（4旅人 二六一一）
春の夜によき女孺見たりさし油　五鳳（8俳諧新選 一一一ぺ）
つきたかと児(ちご)のぬき見るさし木哉　舟泉（6あら野 五三一）
一番に風をほめたる座敷かな　水翁（8俳諧新選 二二一ぺ）
魂棚をほどけばもとの座敷哉　蕪村（2蕪村句集 一五五）
日高には能登の国迄や刺鯖(さしさば)売り　西鶴（4糸屑 〇一八七）
涼しさを飛騨の工(たくみ)が指図かな　芭蕉（1杉風宛書簡② 八五三）
囀りや野は薄月のさしながら　嘯山（4五車反古 一七一〇）
白露に阿吽の旭(あさひ)さしにけり　茅舎（9川端茅舎句集 一六八三）
古郷は蠅迄人をさしにけり　一茶（3おらが春 四四五ぺ）
大年や親子たはらの指し荷ひ　万乎（6続猿蓑 三四一五）
いなづまやわりなき態のさし向かひ　三力（8俳諧新選 一二五ぺ）

あながちに　上手はいらぬ　さし芽哉　李収（8俳諧新選 一〇四ぺ）
或る時は　江口の月の　さしわたり　虚子（13六百五十句 二二九ぺ）
秋十とせ　却つて江戸を　指す故郷　芭蕉（1野ざらし紀行 一七二）
梅の花　爰を盗めと　さす月か　一茶（3おらが春 四三七ぺ）
枯芝に　老後のごとく　さす日かな　風生（9喜寿以後 一五七〇）
花に酔へり　羽織着てかたな　指す女　芭蕉（1真蹟集覧 一四五）
涼しさを　裸にしたり　座禅堂　子規（9寒山落木巻二 〇〇二八）
家も木も　皆萍(うきくさ)と　さそはるる　子規（10獺祭句帖抄 六三一ぺ）
野分の夜　書(ふみ)読む心　定まらず　子規（10獺祭句帖抄 六五四ぺ）
この頃の　朝顔藍に　定まりぬ　子規（4俳句稿巻一 二一九〇）
大晦日　定めなき世の　定め哉　西鶴（5誹諧三ケ津 一一二）
積る雪　柳の形(なり)を　定めけり　鳥酔（5乙酉甲乙記 四九八）
ほととぎす　一声夏を　定めけり　蓼太（7俳諧古選 二二一ぺ）
名月や　北国日和　定めなき　芭蕉（1奥の細道 五六一）
玉の如き　小春日和を　授かりし　たかし（4たかし全集 二六五三）
あか汲みて　小舟あはれむ　五月雨　蕪村（2蕪村遺稿 一六四七）
牛もなし　鳥羽のあたりの　五月雨　一髪（6あら野 九〇二）
鰻とも　ならである身や　五月雨　木歩（9決定木歩全集 一〇五二）
馬士の　謂ひ次第なり　さつき雨　史邦（6猿蓑 一七五二）
海に入る　川の濁りや　五月雨　富水（8俳諧新選 一一七ぺ）
縁側に　棒ふる人や　五月雨　子規（10獺祭句帖抄 六二九ぺ）
かち渡る　人流れんとす　五月雨　子規（10獺祭句帖抄 六四七ぺ）

川々は　水底にあり　五月雨　紀伊日高社中（8俳諧新選 一一七ぺ）
川越えて　落ちつく旅や　五月雨　一和（8俳諧新選 一一七ぺ）
噛(か)み噛(か)める　飯のほとびぞ　五月雨　東洋城（9東洋城全句中 〇三九二）
髪剃や　一夜に金精(さび)て　五月雨　凡兆（6猿蓑 一七五五）
髪はえて　容(よう)顔(がん)蒼し　五月雨　芭蕉（1続虚栗 二九六）
加茂人の　都泊りや　五月雨　習先（8俳諧新選 一一七ぺ）
ぐづぐづと　夜に入りにけり　さつき雨　三笑（8俳諧新選 一一七ぺ）
この比は　小粒になりぬ　五月雨　尚白（6あら野 六六三）
山門や　木の枝垂れて　五月雨　子規（10獺祭句帖抄 六一四ぺ）
塩貝の　水の濁りや　五月雨　嘯山（8俳諧新選 一一七ぺ）
瀟湘の　夜昼なしや　五月雨　卯雲（8俳諧新選 一一七ぺ）
瀬を聞いて　橋へかかるや　五月雨　未人（8俳諧新選 一一七ぺ）
橘の　香もや朽ちなん　五月雨　一歩（8俳諧新選 一一七ぺ）
地につもる　物ならいかに　五月雨　簾風（8俳諧新選 一四八ぺ）
つけ芝の　いつか腐れて　五月雨　二世湖十（4続花摘 一二三四）
つづくりも　はてなし坂や　五月雨　去来（6猿蓑 一七五四）
燕(つばくら)も　乾く色なし　五月雨　其角（7俳諧古選 二〇一ぺ）
蝸牛(でゞむし)の　喧嘩見に出ん　五月雨　子規（10獺祭句帖抄 六〇八ぺ）
どちらへも　動かぬ雲や　五月雨　富水（8俳諧新選 一一七ぺ）
縫物や　着もせでよごす　五月雨　羽紅（6猿蓑 一七五七）
蓮池の　浮葉水こす　五月雨　子規（10獺祭句帖抄 六四七ぺ）
弾き捨ての　琴のゆるみや　五月雨　比松（8俳諧新選 一一七ぺ）

ひたぶりや　夜はよもすがら　五月雨　万橋（0俳諧新選 一一七ぺ）
ひね麦の　味なき空や　五月雨　木節（0猿蓑 一七五一）
日の道や　葵傾く　さ月あめ　芭蕉（1猿蓑 六二四）
日の本や　さりとては又　五月雨　社笛（7俳諧古選 二二六ぺ）
湖の　水まさりけり　五月雨　去来（6あら野 九〇一）
湖へ　富士をもどすや　五月雨　蕪村（2蕪村句集 一〇六三）
目に遠き　背戸の草木や　五月雨　麦翅（8俳諧新選 一一七ぺ）
湯のたきも　同じ音也　五月雨　一茶（3八番日記 三三五ぺ）
六尺も　力おとしや　五月あめ　其角（6猿蓑 一七五八）
小田原で　合羽買うたり　五月雨　蕪村（2蕪村句集 一六三四）
海はれて　ひえふりのこす　五月哉　芭蕉（1真蹟懐紙写 四〇一）
仮橋や　人に抱きつく　五月川　宋屋（8俳諧新選 一一七ぺ）
浅間嶺の　麓まで下り　五月雲　虚子（13六百五十句 一四三ぺ）
紅塵を　吸うて肉とす　五月鯉　しづの女（9颱 〇九六二）
雞（にはとり）の　屋根に声あり　五月晴　李夫（8俳諧新選 一一七ぺ）
目にかかる　時やことさら　五月富士　芭蕉（1芭蕉翁行状記 八四四）
たどたどし　峰に下駄はく　五月闇　探志（6猿蓑 二一五三）
二三日　蚊屋のにほひや　五月闇　浪化（5住吉物語 三九〇）
ひとり行く　橋の長さよ　五月闇　嘯浦（7俳諧古選 二一七ぺ）
舟橋の　ゆさつく音や　五月闇　嘯山（8俳諧新選 一一七ぺ）
両の手の　握り拳（こぶし）や　五月闇　之房（8俳諧新選 一一七ぺ）
稲妻と　聞きてすがめる　座頭哉　三遊（8俳諧新選 二二五ぺ）

結んでは　清水聞き居る　座頭哉　大夢（7俳諧古選 二一九ぺ）
誰と誰が　縁組すんで　さと神楽（かぐら）　其角（6炭俵 二六二九）
むつかしき　拍子も見えず　里神楽　曾良（6猿蓑 一八六二）
秋風や　再び渡る　佐渡が島　山梔子（9山梔子句集 一二〇七）
鶯や　雑煮過ぎての　里つづき　尚白（6続猿蓑 三〇八九）
凩や　里をはなれて　里遠し　許適（8俳諧新選 一三八ぺ）
かりかけし　たづらのつるや　さとの秋　芭蕉（1鹿島詣 三〇八）
冬枯れや　巡査に吠ゆる　里の犬　子規（10獺祭句帖抄 六一一ぺ）
うぐひすや　笠ぬひの里の　里はづれ　蕪村（2蕪村遺稿 二四三六）
雨折々　思ふ事なき　早苗哉　芭蕉（1木曾の谿 七八六）
けふも亦　長の見めぐる　早苗哉　麦翅（8俳諧新選 一一六ぺ）
里の子が　燕（つばくら）握る　早苗かな　支考（6続猿蓑 三一四五）
ふとる身の　植ゑおくれたる　早苗哉　魚日（6続猿蓑 三一四二）
帆にたらぬ　風にすずしき　早苗哉　沙月（8俳諧新選 一一六ぺ）
麦秋の　はしかさもなき　早苗哉　卜友（8俳諧新選 一一六ぺ）
汁鍋に　笠の雫や　早苗取り　其角（7俳諧古選 一六九ぺ）
道に立ち　見てゐる人に　早苗とる　虚子（12六百句 二二四ぺ）
子は裸　父（てて）はててれで　早苗舟　利牛（6炭俵 二二八六）
春火鉢　宇治の瀬音を　座にたたへ　裸馬（9裸馬翁五千句 一一〇五）
寿福寺は　おくつきどころ　実朝忌　虚子（12五百五十句 八五ぺ）
引く波に　貝殻鳴りて　実朝忌　不死男（9万座 二二七四）
はげ山や　下行く水の　沢卯木（うつぎ）　夢々（6あら野 六三一）

水仙を切る音の歯に　障つたり　士髪（8 俳諧新選 一四一ペ）
海中（わだなか）に都ありとぞ　鯖火もゆ　たかし（4 たかし全集 二六六五）
影法師の伸びて鳴たつ　沢辺哉　嵩平（8 俳諧新選 一二九ペ）
行灯の蝿の寝耳に　障りけり　沙月（8 俳諧新選 一二二ペ）
枯尾花野守が鬢（びん）に　さはりけり　蕪村（2 蕪村遺稿 一一七二）
つつしめや炬燵にて手の　障る事　春澄（7 俳諧古選 二〇二ペ）
秋草の思ひ思ひに　淋しいぞ　元（9 島村元句集 〇八九七）
窓外に椿ある故　淋しからず　虚子（14 七百五十句 四九ペ）
鳥帰るいづこの空も　さびしからむに　敦（9 歴日抄 三一三六）
茸狩りや鳥啼いて女　淋しがる　子規（10 獺祭句帖抄 六一〇ペ）
罌粟（けし）ひらく髪の先まで　寂しきとき　多佳子（9 紅糸 二九六八）
門松を立てていよいよ　淋しき町　虚子（13 六百五十句 二四二ペ）
花の昼夫婦はものの　淋しけれ　春草（9 春草句集 一〇八九）
山吹の七重八重さへ　淋しさよ　虚子（14 七百五十句 五〇ペ）
秋風や相誘うて　錆びる針　月舟（9 進むべき道 〇六九二）
母なくて面々に食ふ　雑煮かな　温亭（9 温亭句集 〇八三四）
おのれらも花見虱（しらみ）に　候ふよ　一茶（3 七番日記 三三二ペ）
渋柿の如きものにては　候へど　東洋城（9 東洋城全句上 〇四〇一）
蝶とまり獅子の睡りを　醒ましけり　虚子（12 六百句 一六六ペ）
睡たさを我が守る引板（ひた）に　さましけん　赤羽（8 俳諧新選 一三三ペ）
火の奥に牡丹崩るる　さまを見つ　楸邨（9 火の記憶 二五九二）
雨だれにもつるる蝶や　さみだるる　村家（9 同人句集 〇七九二）

又ただの一人になりぬ　さみだれん　碧梧桐（9 三千里 〇一三八）
頬白の丸いぞけさは　寒いやら　一瓢（5 西歌仙 一一四九）
灯（ひとも）せば忽ち仏　寒からず　虚子（12 六百句 一八六ペ）
湯の名残今宵は肌の　寒からむ　芭蕉（1 柞原集 五四七）
このぬくさ下総人の　寒がるや　余子（9 余子句抄 〇四三八）
人々をしぐれよやどは　寒くとも　芭蕉（1 伝土芳筆全伝 五八七）
流木の行くを天日　寒く瞰る　たかし（4 たかし全集 二六六三）
足軽のかたまつて行く　さむさ哉　士朗（5 縦のならび 九〇五）
有明にふりむきがたき　寒さかな　去来（4 篇突 〇九二一）
ある夜月に富士大形の　寒さかな　蛇笏（9 山廬集 〇六四二）
池田より炭くれし春の　寒さ哉　蕪村（2 蕪村遺稿 二〇五一）
一人と帳面につく　寒さかな　一茶（3 寂砂子 三五七ペ）
うぐひすに心の行かぬ　さむさ哉　蘭丈（8 俳諧新選 一〇三ペ）
鶯の気を引いて見る　寒さかな　宗雨（8 俳諧新選 一〇一ペ）
うづくまる薬の下の　寒さかな　丈草（4 枯尾花 〇九七九）
うめが香に追ひもどさるる　寒さかな　芭蕉（1 荒小田 九四四）
易水に葱（ねぶか）流るる　寒さ哉　蕪村（2 蕪村句集 六五三）
大いなる池に日あたる　寒さかな　癖三酔（9 癖三酔句集 〇三七三）
狼は糞ばかりでも　寒さかな　一茶（3 おらが春 四七二ペ）
大髭に剃刀の飛ぶ　寒さ哉　許六（5 韻塞 三八七）
親鳥の巣をたち兼ねる　寒さかな　可幸（8 俳諧新選 一〇五ペ）
雁行（がんかう）のととのひし天の　寒さかな　水巴（9 定本水巴句集 〇五七九）

寒垢離（ごり）を休む其の日の寒さかな　楮林（8俳諧新選 一四四ペ）
木仏の箔の兀たる寒さかな　白鴉（8俳諧新選 一四二ペ）
詞さへなくて月見る寒さかな　子曳（8俳諧新選 一四二ペ）
この比（ごろ）は先（まつ）挨拶もさむさ哉　示蜂（6炭俵 二六〇七）
小屏風に茶を挽きかかる寒さ哉　斜嶺（6続猿蓑 三四三〇）
こぼさずに鷺も着添ふる寒さかな　竿秋（8俳諧新選 一五一ペ）
ごを焼いて手拭あぶる寒さ哉　芭蕉（1笈日記 三二〇）
桜にも一重着せ度寒さかな　麦翅（8俳諧新選 一〇二ペ）
皿を踏む鼠の音の寒さ哉　蕪村（2蕪村句集 六五二）
呵（しか）られて次の間へ出る寒さ哉　支考（5蓮二吟集 三七二）
旃檀の実ばかりになる寒さかな　子規（10獺祭句帖抄 六一〇ペ）
外に寝る身を忘れたる寒さかな　既白（8俳諧新選 一四二ペ）
蕎麦切に吸物もなき寒さ哉　利牛（6炭俵 二六〇八）
大根に実の入る旅の寒さかな　園女（5小弓俳諧集 四二八）
鷹匠は鼻のかまれぬ寒さ哉　乙由（7俳諧古選 一九三ペ）
只頼む湯婆（たうば）一つの寒さかな　鳴雪（9子規時代の人々 〇一五五）
田作に鼠追ふよの寒さ哉　亀洞（6あら野 八三〇）
茶をすする桶屋の弟子の寒さかな　惟然（4藤の実 一〇二四）
年寄は合点の外の寒さ哉　寿仙（7俳諧古選 一九三ペ）
どち風歟（か）しらず戸の鳴る寒さ哉　篤羽（8俳諧新選 一四二ペ）
隣なき天文台の寒さかな　貝錦（8俳諧新選 一四二ペ）
中々に火燵が明いて寒さ哉　来山（7俳諧古選 二一一ペ）

難波江の水すむ程の寒さかな　雁宕（8俳諧新選 一四二ペ）
波たてずゆく大鯉の寒さかな　水巴（9定本水巴句集 〇五八八）
葱（ねぶか）白く洗ひたてたるさむさ哉　芭蕉（1韻塞 七二三）
野の広さ見えて月夜の寒さ哉　天露（8俳諧新選 一四二ペ）
野は人に踏み捨てられて寒さ哉　買明（7俳諧古選 二二二ペ）
糊の干ぬ行灯ともす寒さかな　梅室（5梅室家集 一一七二）
箒目に霜の蘇鉄（そてつ）のさむさ哉　游刀（6炭俵 二五九七）
走る程風の追はゆる寒さかな　退笑（8俳諧新選 一四八ペ）
春も未（まだ）馬に寝られぬ寒さ哉　温故（7俳諧古選 二二七ペ）
半焼の家に人住む寒さかな　子規（10獺祭句帖抄 六六〇ペ）
膝抱きて昔をおもふ寒さかな　練石（8俳諧新選 一四二ペ）
膝節をつつめど出づるさむさ哉　塩車（6あら野 八一九）
人声の夜半を過ぐる寒さ哉　野坡（6炭俵 二六〇六）
百姓の鍬かたげ行くさむさかな　乙由（4俳諧世説 一一九五）
日を追ひて風を刃の寒さ哉　練石（7俳諧古選 二一三ペ）
吹き落ちて一葉もちらぬ寒さ哉　里丸（7俳諧古選 二一九ペ）
麓から日のくれて行く寒さ哉　雁觜（8俳諧新選 一四二ペ）
冬川の涸れて蛇籠の寒さかな　子規（10獺祭句帖抄 六〇二ペ）
干足袋の日南（ひなた）に氷る寒さかな　乙字（4乙字句集 二三二九）
俎板に人参の根の寒さ哉　沾圃（6続猿蓑 三四三七）
まのあたり鳥もふくるる寒さかな　麦翅（8俳諧新選 一四二ペ）
まま子とてへだてぬ中の寒さかな　為邦（4かなあぶら 一一七〇）

御格子に切髪かくる寒さかな　子規（10獺祭句帖抄 六〇二ペ）
みちばたに多賀の鳥井の寒さ哉　尚白（6猿蓑 一六五一）
水鳥の岡に住む日の寒さかな　州山（7俳諧古選 二一九ペ）
水鳥も見えぬ江渡る寒さ哉　蕪村（2蕪村遺稿 一九〇六）
椋鳥と人に呼ばるる寒さかな　一茶（3おらが春 四七四ペ）
物捨てに出でて干潟の寒さかな　碧梧桐（9ホ明38・12 〇一四一）
桃咲きて水仙もさく寒さかな　瓢水（8俳諧新選 一〇三ペ）
雪あられ心のかはる寒さ哉　夕菊（6続猿蓑 三三九〇）
夜神楽（かぐら）に歯も食ひしめぬ寒さ哉　史邦（6続猿蓑 三三九八）
夜着の内広う覚ゆる寒さかな　大涌（8俳諧新選 一四七ペ）
より添ふも石たく宿の寒さかな　盧元坊（8俳諧新選 一五八ペ）
我が門に富士のなき日の寒さ哉　沾洲（5玄々前集 四三六）
我が蒲団いただく旅の寒さかな　沾圃（6続猿蓑 三四七九）
我寝たを首あげて見る寒さ哉　来山（5海陸後集 二二〇）
井戸にさへ錠のかかりし寒さ哉　一茶（3享和句帖 三五七ペ）
井の水のあたたかになる寒さ哉　李下（6続猿蓑 三四三二）
木がらしや折介帰る寒さ橋　一茶（3おらが春 四七三ペ）
朝顔に吉原の夢はさめにけり　子規（10獺祭句帖抄 六五七ペ）
狐啼いて新酒の酔ひのさめにけり　子規（10獺祭句帖抄 六三五ペ）
治聾酒の酔ふほどもなくさめにけり　鬼城（9鬼城句集 〇六二五）
虫の声野路の暑さのさめにけり　湖月（8俳諧新選 二二七ペ）
寝ごころや火燵蒲団のさめぬ内　其角（6猿蓑 一六五五）

我もらじ新酒は人の醒めやすき　嵐雪（6あら野員外 一三四六）
雪折やよしののゆめのさめる時　蕪村（2蕪村句集 二〇二四）
大いなる一つは葉付早桃かな　普羅（9辛夷 〇七〇九）
水鶏（くひな）啼くと人のいへばや佐屋泊　芭蕉（1笈日記 八五四）
いなづまや秋きぬと目にさやの紋　立圃（5そらつぶて 二四）
明けやすき夜や稲妻の鞘走り　蕪村（2蕪村遺稿 八六四）
風邪熱やにがきが中の白湯の味　より江（9同人句集 〇九二七）
行灯を松に釣るして小夜砧　一茶（3おらが春 四七二ペ）
聞き馴れてよう寝入る子や小夜砧　珍志（8俳諧新選 二三二ペ）
子を置きて戻る郭（くるわ）やさよ砧　胡丈（8俳諧新選 二三二ペ）
そのかみは谷地なりけらし小夜碪　公羽（6続猿蓑 三四七一）
犬の声はあちらの村歟（か）さよ時雨　季遊（8俳諧新選 二三六ペ）
おも楫と取楫の尻や小夜時雨　米仲（7俳諧古選 二三二ペ）
だまされし星の光や小夜時雨　羽紅（6猿蓑 一六二六）
何人の戻す座頭ぞ小夜時雨　珪琳（4続江戸筏 二一四二）
女房を酒の相手やさよ時雨　蜷古（8俳諧新選 二三六ペ）
始めのは落葉成りけり小夜時雨　望友（7俳諧古選 一八七ペ）
ふる中へ降りこむ音や小夜しぐれ　五明（5五明句藻 八八四）
屋根へ打ちて天狗礫（つぶて）やさよしぐれ　嘯山（8俳諧新選 二三六ペ）
揖とりの寝る小便か小夜千鳥　旨原（4反古衾 一七三一）
加茂人の火を燧（き）る音や小夜鵆（ちどり）　蕪村（2蕪村句集 一九三八）
声細う吹き切る風や小夜千鳥　不白（4不白翁句集 二一二七）

下の関　夜芝居過ぎぬ　さよちどり　召波（8俳諧新選 一四〇ぺ）
吹き切られ　又なく声や　さよ千鳥　孤桐（8俳諧新選 一四〇ぺ）
わたし呼ぶ　女の声や　小夜ちどり　蕪村（2蕪村遺稿 一二七四）
花を拾へば　はなびらとなり　沙羅双樹　楸邨（9まぼろしの鹿 二三五九〇）
一葉散つて　声おどろしや　さらし売り　団水（4秋津島 〇二〇四）
みぞるるや　続く暗礁（いくり）の　さらし波　青峰（9海光 二三六一）
玉川や　小鮎たばしる　晒し布　子規（10獺祭句帖抄 六〇五ぺ）
菊の後　大根の外　更になし　芭蕉（1陸奥鵆 九二九）
雪国へ　もう御いきやる歟（か）　さらばさらば　嘯山（8俳諧新選 一四九ぺ）
春耕の　ひとりは鳶に　掠はれん　碧雲居（9碧雲居句集 一〇六六）
石川は　くはらり稲妻　さらり哉　一茶（3おらが春 四六八ぺ）
ももの花　ちるや任口　去りて後　蕪村（2蕪村遺稿 一〇三八）
露の世は　露の世ながら　さりながら　一茶（3おらが春 四六二ぺ）
金魚売り　水を零（こぼ）して　去りにけり　麦人（9俳諧新潮 〇三四〇）
大切に　秋を守れと　去りにけり　漱石（9日記の中より 〇一七九）
雨乞ひの　しるしも見えず　百日紅（さるすべり）　子規（10獺祭句帖抄 六四九ぺ）
颱風の　空飛ぶ花や　百日紅　秋桜子（9霜林 一四二九）
違（たが）はざる　始め終はりや　百日紅　玉芝（8俳諧新選 一二三ぺ）
長の夏の　尻持ちけりな　猿すべり　嘯山（8俳諧新選 一二三ぺ）
軒ちかき　岩梨をるな　猿のあし　千那（6猿蓑 二一四七）
年々や　猿に着せたる　猿の面　芭蕉（1鷹獅子集 七七五）
風呂敷に　猿の着せ更（か）へ　猿まはし　它谷（8俳諧新選 一〇〇ぺ）

凩や　何をたよりの　猿をがせ　蕪村（2蕪村遺稿 二一六八）
あやめ生ひけり　軒の鰯の　されかうべ　芭蕉（1江戸広小路 九四）
一時に　ちる身で梅の　座論かな　来山（7俳諧古選 一四九ぺ）
鵜の森の　あはれにも亦　騒がしく　虚子（12五百五十句 五〇ぺ）
とんばうや　声なきものの　さわがしく　大魯（4蘆陰句選 一八三二）
茸狩りの　から手でもどる　騒ぎかな　一茶（3おらが春 四六九ぺ）
世話聞かぬ　耳に薄の　騒ぎけり　五好（8俳諧新選 一三一ぺ）
蜻蛉や　何の味ある　竿の先　探丸（6続猿蓑 三二六八）
我が庵は　冬を構へず　山河あり　露月（9露月句集 〇二二六）
長閑（のどか）さや　寒の残りも　三が一　利牛（6炭俵 二四一一）
雹（へう）晴れて　豁然とある　山河かな　鬼城（4鬼城句集 二二六八）
あはれさや　しぐるる比の　山家集　素堂（4陸奥鵆 〇七六四）
初物に　食はれてをかし　三月蚊　布門（7俳諧古選 二二五ぺ）
門松や　おもへば一夜　三十年　芭蕉（1六百番発句合 六七）
昼がほや　此の道唐の　三十里　蕪村（2蕪村句集 六三）
朝夕が　どかとよろしき　残暑かな　青畝（9春の鳶 一四九八）
牛部やに　蚊の声闇（くら）き　残暑哉　芭蕉（1三冊子 七〇一）
二村は　刈田二枚に　三世帯　虚子（14七百五十句 一〇八ぺ）
心太（ところてん）　さかしまに銀河　三千尺　蕪村（2蕪村句集 一七一八）
永き日の　脚や障子の　三段目　子規（9寒山落木巻四 〇〇三四）
翡翠（かはせみ）や　ひねもす一つ　三の淵　東洋城（4東洋城全句集 二二四六）
初空や　その薄色の　三枚着　紅葉（4紅葉句帳 二二三三）

月見して　如来の月光　三昧や　青々（9松苗〇四八九）

し

長き夜を　月取る猿の　思案かな　子規（10獺祭句帖抄 六三四ぺ）
乗（のり）懸（かけ）や　炬燵しまふて　敷いて行く　希因（8俳諧新選 一一二ぺ）
埋み火や　寒山誦じ　ジード読み　東洋城（9東洋城全句中 〇三八八）
春眠の　この家つつみし　驟雨かな　立子（9笹目 一九四〇）
照るは花か　雨かやぬるる　秋海棠　水巴（4新月 二四二九）
小夜しぐれ　なくは子のない　鹿にがな　一茶（3おらが春 四六二ぺ）
俄か川　とんで見せけり　鹿の親　一茶（3おらが春 四六五ぺ）
秋きぬと　妻こふ星や　鹿の革　芭蕉（1江戸通町 九六）
嘸（さぞ）な星　ひじき物には　鹿の革　芭蕉（1句稿断簡 一四七）
猪の　狸ね入りや　しかの恋　蕪村（2蕪村遺稿 九五一）
明けんとや　糸をかけたる　鹿の声　潭北（8俳諧新選 一三二ぺ）
卯の花の　夕べにも似よ　しかの声　蕪村（2蕪村遺稿 一四七二）
御供のは　睡たがられつ　鹿の声　沙山（8俳諧新選 一四八ぺ）
神に灯（ひ）を　あげて戻れば　鹿の声　子規（10獺祭句帖抄 六〇一ぺ）
刈り置きの　柴もしめらん　鹿の声　沙月（8俳諧新選 一三二ぺ）
借着して　深（ふか）す一夜の　鹿のこゑ　篤羽（8俳諧新選 一三二ぺ）
聞く馬鹿に　聞かぬ馬鹿あり　鹿の声　卯雲（8俳諧新選 一三二ぺ）
くふよりも　気の薬哉　鹿の声　貞徳（5犬子集 一九）
暮れかかる　山の名残や　鹿の声　文山（7俳諧古選 二一九ぺ）
けふも又　一里暮れけり　鹿の声　雲魚（8俳諧新選 一三二ぺ）
さくらさへ　紅葉しにけり　鹿の声　蕪村（2蕪村遺稿 九四六）
たち聞きの　ここちこそすれ　しかの声　蕪村（2蕪村遺稿 一四六八）
菜畠の　霜夜はやし　鹿の声　蕪村（2蕪村句集 二五五二）
波風の　上をわたるや　鹿の声　宋阿（8俳諧新選 一四九ぺ）
寝て聞くは　是も奢りか　鹿の声　風竹（7俳諧古選 二一〇ぺ）
笛ありて　捨つる命や　鹿の声　為邦（4新句兄弟 一一六九）
下手笛に　よつくきけとや　しかの声　一茶（3おらが春 四六九ぺ）
三たび啼きて　聞こえずなりぬ　鹿の声　蕪村（2蕪村句集 一四六七）
武蔵野や　一寸ほどな　鹿の声　芭蕉（1誹諧当世男 五四）
朦（もや）こめて　明け惑ふ夏や　鹿の声　習先（8俳諧新選 一三二ぺ）
宿ならぬ　宿かる旅や　鹿の声　沙月（8俳諧新選 一三二ぺ）
山寺や　縁の上なる　鹿の声　一茶（3おらが春 四六九ぺ）
山姫に　恋や教ふる　鹿の声　泰里（8俳諧新選 一三二ぺ）
山守の月夜　野守の霜夜　しかの声　蕪村（2蕪村遺稿 一二九四）
夢にきけ　明けなば問はん　鹿の声　蘆洲（8俳諧新選 一五七ぺ）
折あしく　門こそたたけ　鹿の声　蕪村（2蕪村句集 一四七一）
秋たまたま　つつじ花咲く　志賀の里　蕪村（2蕪村遺稿 一四五八）
ぼうふらや　斯くも荒れにし　志賀の里　二柳（8俳諧新選 一三五ぺ）
麦うつや　内外もなき　志賀のさと　重五（6あら野 八九九）
近江路や　すがひに立てる　鹿の長（たけ）　土芳（6炭俵 二五六四）

恋風はどこを吹いたぞ　鹿の角　蕪村（2蕪村遺稿 九四七）
野ばくちや灯（ともし）によるの　鹿の角　習先（8俳諧新選 一五九ペ）
振りおとし行くや広野の　鹿の角　沢雉（6続猿蓑 三〇四九）
飛び越えて岩に乾くや　鹿の爪　沾徳（5把菅 四三二）
水飲んで淋しくも有るか　鹿の頬（つら）　芳室（7俳諧古選 一八五ペ）
神殿や鏡に向かふ　鹿のふり　子規（9寒山落木巻一 〇〇二七）
みじか夜や一つあまりて　志賀の松　蕪村（2蕪村句集 九八七）
少将のあまの咄や　志賀の雪　芭蕉（1智月真蹟写 五九四）
常寂光浄土に落葉　敷きつめて　虚子（13六百五十句 一八六ペ）
刈りあとや早稲（わせ）かたがたの　鴫の声　芭蕉（1笈日記 四二一）
ふく汁の君よ我等よ　子期伯牙（しきはくが）　蕪村（2蕪村遺稿 一二九二）
朝霜や蔦の細炉地　敷松葉　似春（4江戸弁慶 〇二〇六）
御忌よりも多し涅槃の　樒（しきみ）売り　春澄（5前後園 一八八）
野とともに焼くる地蔵の　樒哉　蕪村（2蕪村句集 四四三）
春の日のつるつる辷（すべ）る　樒かな　一茶（3七番日記 三二九ペ）
草枯に手うつてたたぬ　鴫もあり　利牛（6続猿蓑 三三六二）
旧城市柳絮とぶこと　しきりなり　虚子（11五百句 七六ペ）
窓の影夕日の落葉　頻なり　子規（10獺祭句帖抄 六四一ペ）
一つ蚊のだまつてしくり　しくりかな　一茶（3おらが春 四四二ペ）
穴熊の出ては引つ込む　時雨かな　為有（6続猿蓑 三三三二）
網さらす松原ばかり　しぐれかな　素堂（4とくくの句合 〇七六三）
あめつちのはなしとだゆる　時雨哉　湖春（6あら野 七七〇）

在明となれば度々　しぐれかな　許六（6炭俵 二六〇一）
池の星またはらはらと　時雨かな　北枝（5北枝発句集 四一一）
石に置きて香炉をぬらす　時雨哉　野荻（6続猿蓑 三三三四）
犬の子のかさなり転ぶ　しぐれかな　百里（4或時集 一一二四）
牛馬の臭みもなくて　時雨哉　浪化（7俳諧古選 一九〇ペ）
沖西の朝日くり出す　時雨かな　沾圃（6続猿蓑 三三三七）
思ひ出し思ひ出し降る　しぐれ哉　烏水（7俳諧古選 一八七ペ）
親の名に傘貸してやる　時雨かな　也有（4蟻づか 一七九二）
草枯れて牛も仰向く　時雨哉　麦水（7俳諧古選 二二七ペ）
楠の根を静かにぬらす　しぐれ哉　蕪村（2蕪村句集 二四四）
雲のひまに夜は明けて有る　しぐれ哉　蕪村（2蕪村遺稿 二一五〇）
雲程に川の濁らぬ　しぐれかな　八好（8俳諧新選 一三六ペ）
鶏頭の黒きにそそぐ　時雨かな　子規（4俳句稿巻二 二一八六）
今朝は猶そらばかり見る　しぐれ哉　落梧（6あら野 七七四）
凩の地迄落とさぬ　しぐれかな　去来（5いつを昔 三〇二）
此の庵此の日和にも　しぐれかな　春楼（8俳諧新選 一五九ペ）
木の葉さへ嘘を月夜の　時雨哉　日能（7俳諧古選 一八六ペ）
鷺ぬれて鶴に日の照る　時雨哉　蕪村（2蕪村遺稿 八〇五）
山骨に日のさしてきし　時雨かな　月斗（9昭和俳句集 〇五〇八）
しししし若子の寝覚めの　時雨かな　西鶴（5両吟一日千句 一一一一）
障子には鳥影見えて　時雨かな　楮林（8俳諧新選 一三六ペ）
新田に稗殼煙る　しぐれ哉　昌房（6猿蓑 一六二七）

新藁の出初てはやき　時雨哉　芭蕉（1伝土芳筆全伝　八八八）
絶景の骨あらはるる　しぐれかな　富水（8俳諧新選　一二三六ぺ）
禅林の廊下うれしき　しぐれ哉　蕪村（2蕪村遺稿　一二四六）
旅の旅つひに宗祇の　時雨哉　素堂（5枯尾花　二四九）
作りなす庭をいさむる　時雨哉　芭蕉（1真蹟懐紙　七二二）
つつみかねて月とり落とす　霽（しぐれ）かな　杜国（6冬の日　七三）
釣がねの下降りのこす　しぐれかな　炊玉（6あら野　七七五）
常盤樹は時宜して返す　時雨哉　信徳（7俳諧古選　一八八ぺ）
似てゐても似てゐなくても　時雨かな　虚子（13六百五十句　二一八ぺ）
濡れ色の風吹いて行く　しぐれかな　白芽（8俳諧新選　一二三六ぺ）
化けさうな傘かす寺の　時雨哉　蕪村（2蕪村遺稿　九六〇）
初時雨初の字を我が　時雨哉　芭蕉（1粟津原　九三四）
日当たりは地に落ち付かぬ　しぐれ哉　風子（7俳諧古選　一八八ぺ）
一つ家の灯（ひ）を中にして　しぐれかな　鳥酔（4百一集　一七二五）
一夜づつ淋しさ変はる　時雨哉　宋阿（7俳諧古選　一九三ぺ）
平押しに五反田くもる　時雨かな　野明（6続猿蓑　三三二九）
梟の身をまかせたる　時雨かな　成美（4成美家集　二〇七四）
舟人にぬかれて乗りし　時雨かな　尚白（6猿蓑　一六二二）
古傘の婆娑（ばさ）と月夜の　しぐれ哉　蕪村（2蕪村句集　九六一）
干物に母はとしよる　しぐれかな　可興（8俳諧新選　一二三六ぺ）
ますらをのねらひをかくす　時雨哉　竿秋（8俳諧新選　一二三六ぺ）
松の外友のとぼしき　しぐれかな　湖十（4鳥山彦　一二三二）

見しり逢ふ人のやどりの　時雨哉　荷兮（6あら野　七七三）
水ぎはもなくて古江の　しぐれ哉　蕪村（2蕪村遺稿　一二四五）
蓑笠の衣鉢（いはつ）つたへて　時雨哉　蕪村（2蕪村句集　二三〇三）
みのむしのぶらと世にふる　時雨哉　蕪村（2蕪村遺稿　九五四）
子（み）を結ぶ竹に日くるる　しぐれ哉　蕪村（2蕪村遺稿　一九一七）
目の前をむかしに見する　時雨哉　蕪村（2蕪村遺稿　一二九六）
宿かりて名を名乗らする　しぐれ哉　芭蕉（1真蹟懐紙　七三二）
山あひに日のあたりゐる　しぐれかな　犀星（9魚眠洞発句集　一一四六）
山城へ井出の駕籠かる　しぐれ哉　芭蕉（1焦尾琴　五九二）
児（やや）の親手笠いとはぬ　しぐれかな　夕霧（7俳諧古選　一九四ぺ）
鑓持の猶振りたつる　しぐれ哉　正秀（6猿蓑　一六二〇）
行き先の分別替はる　しぐれ哉　祇函（7俳諧古選　一二二ぺ）
私に夜関を越ゆる　時雨かな　楼川（8俳諧新選　一五八ぺ）
渡し守ばかり蓑着る　しぐれ哉　傘下（6あら野　七七六）
稚子（をさなご）の太鼓ではやす　時雨かな　ちか（8俳諧新選　一二三六ぺ）
三度くふ旅もつたいな　時雨雲　一茶（3享和句帖　三五二ぺ）
三介が敲く木魚も　しぐれけり　一茶（3おらが春　四七三ぺ）
昼中のあからあからと　しぐれけり　子規（9寒山落木巻二　〇〇四四）
夕鳥一羽おくれて　しぐれけり　子規（10獺祭句帖抄　六六二ぺ）
御墓の四十とせ古し　時雨さび　東洋城（9東洋城全句中　〇三九〇）
鳥鳶をかへり見て曰く　しぐれんか　子規（10獺祭句帖抄　六六二ぺ）
地獄痣なく老いにけり　四月馬鹿　みどり女（9雪嶺　〇九六九）

相撲乗せし便船のなど 時化となり 碧梧桐（4新傾向句集 二二九五）
窓の灯(ひ)や折に芭蕉の 茂みより 富水（7俳諧古選 二二〇ぺ）
雲を根に富士は杉なりの 茂りかな 芭蕉（1続連珠 六〇）
篠の露袴にかけし しげり哉 芭蕉（1後の旅 七八三）
たうたうと滝の落ちこむ 茂り哉 士朗（5枇杷園句集 八九七）
高鼾小妻き庵の 茂り哉 如帆（7俳諧古選 一六一ぺ）
何の木と分からぬ嶺の 茂りかな 麻兄（8俳諧新選 一一四ぺ）
花の跡けさはよほどの 茂りかな 子珊（6炭俵 二四七四）
花水にうつしかへたる 茂り哉 其角（6猿蓑 一七二四）
水の音を底に聞きなす 茂りかな 思情（8俳諧新選 一一四ぺ）
寒(かん)食(じき)や長者の夜の 仕拵(こしら)へ 赤羽（8俳諧新選 一〇七ぺ）
蜻蛉の四羽うち行く 自在かな 嘯山（8俳諧新選 二二六ぺ）
春は曙濤声籬を しさりつつ 風生（9傘寿以後 一五八二）
菜の花の中や手にもつ 獅子頭 乙二（4松窓乙二集 二一一九）
古宮や雪じるかかる 獅子頭 釣雪（6あら野 一〇六一）
くすり食人にかたるな 鹿が谷 蕪村（2蕪村句集 三七五）
老の名の有り共しらで 四十から 芭蕉（1許六宛書簡 八〇三）
柊(ひひらぎ)の花のこぼれや 四十雀(しじふから) 浪化（5浪化発句集 三九三）
ゆきの日や浅黄にあふる 四十雀 貞佐（4桑々畔発句集 一二一八）
風呂吹の一きれづつや 四十人 子規（4俳句稿巻一 二二一一）
うつし身をさらしさらすや 蜆掻く 迷堂（9孤輪 〇四一四）
暁湖水を汲みて そちこちとして 蜆汁 嘯山（8俳諧新選 一四九ぺ）

榛の木の花見に来ませ しじみ汁 道彦（5蔦本集 九六九）
天下矢数二度の大願 四千句なり 西鶴（4西鶴大矢数 〇一八四）
初冬の竹緑なり 詩仙堂 鳴雪（9鳴雪俳句集 〇一五八）
いなづまを手にとる闇の 紙燭(しそく)哉 芭蕉（1続虚栗 三〇三）
夕皃の白く夜の後架(こうか)に 紙燭(しそく)とりて 芭蕉（1武蔵曲 一三七）
一里はみな花守の 子孫かや 芭蕉（1猿蓑 六一〇）
誰彼もあらず一天 自尊の秋 蛇笏（9椿花集 〇六六〇）
月やその鉢木の日の した面 芭蕉（1翁草 八一〇）
裏門や小さ輪飾 歯朶(だ)勝に 子規（10獺祭句帖抄 六二二ぺ）
下萌えぬ人間それに 従ひぬ 立子（9笹目 一九三九）
大根を洗ふ手に水 従へり 虚子（12六百句 一六六ぺ）
稲妻やうつかりひよんと した貌(かほ)へ 一茶（3七番日記 三四七ぺ）
草の露馬も夜討の 支度かな 子規（10獺祭句帖抄 六五三ぺ）
あつい迚(とて)つらで手習 した子哉 一茶（3おらが春 四四六ぺ）
寒港を見るや軍港 ト敷に 多佳子（9七曜昭35・2 二九六四）
いとし子を愛やの道や ト涼み 之孝（8俳諧新選 一二一ぺ）
命なりわづかの笠の 下涼み 芭蕉（1江戸広小路 六一）
そら言の空の海道 下すずみ 沾徳（4沾徳随筆 〇八九四）
飛石の石竜(とかげ)や草の 下涼み 俊似（6あら野 六九二）
百里来たりほどは雲井の 下涼み 芭蕉（1伝土芳筆全伝 六四）
稲妻や扨(さて)この橋の 下遥か 孤桐（8俳諧新選 二二四ぺ）
やる鷹に犬の眼(まなこ)の したひけり 文湖（8俳諧新選 一四一ぺ）

春雨や絵馬の柳も　したふ程　孤山（8俳諧新選一〇三ペ）
葛城の鳴神落ちも　し給へり　誓子（9天狼一四六七）
土不踏ゆたかに涅槃　し給へり　茅舎（4華厳二六三六）
いさり火にかじかや波の　下むせび　芭蕉（1卯辰集五四六）
しら浪やゆらつく橋の　下紅葉　塵生（6猿蓑一八七三）
鮨鮒や終（つひ）は五輪の　下紅葉　高政（4誹諧師手鑑〇一九六）
人毎の口に有る也　した栬（もみぢ）　芭蕉（1千宜理記五〇）
蕣（あさがほ）や垣ほのままの　じだらくさ　文鱗（6あら野七一六）
鶯やはや一声の　したりがほ　渓石（6猿蓑一九〇七）
元日や何やら人の　したり皃（がほ）　春来（8俳諧新選一〇〇ペ）
家なしも江戸の元日　したりけり　一茶（3七番日記三三二ペ）
からうた杖に余りて萩の　しだれけり　孤山（8俳諧新選二二七ペ）
花ほつほつ夢見のさくら　しだれけり　林火（9雪華二七六一）
凄かりし月の団蔵　七代目　虚子（12六百句二〇二ペ）
景清は地主（ぢしゅ）祭りにも　七兵衛（しちびやうゑ）　太祇（8俳諧新選二二三ペ）
かげきよも花見のざには　七兵衛　芭蕉（1真蹟扇面九五三）
ちりの身とともにふはふは　紙帳哉　一茶（3おらが春四四一ペ）
留守中も釣り放しなる　紙帳かな　一茶（3おらが春四五〇ペ）
あそび来ぬ鯀釣りかねて　七里迄　芭蕉（1皺筥物語一九九）
けさの春寂しからざる　閑（しつ）かかな　冬松（6あら野四八八）
遠火事に物売り通る　静かかな　木歩（9決定木歩全集一〇五六）
日蔽が出来て暗さと　静かさと　虚子（13六百五十句二一四ペ）
降るをさへわするる雪の　しづかさよ　素檗（5素檗句集九八〇）
鴛鴦（をし）の羽に薄雪つもる　静かさよ　子規（10獺祭句帖抄六六四ペ）
桃さくや湖水のへりの　十箇村　碧梧桐（9碧梧桐句集〇一四二）
鶯に清滝の水　しづかなり　士朗（4枇杷園句集二〇七九）
家子（けご）もとくゐねつめる夜の　静か也　嘯山（8俳諧新選一〇〇ペ）
これ程の花に築地の　静か也　斗吟（8俳諧新選一一〇ペ）
大幹の裏の寒さの　しづかなり　素逝（9暦日一八二八）
人中も馴れつつ蘭の　静か也　鶴英（8俳諧新選一三五ペ）
冷やされて牛の貫禄　しづかなり　不死男（9万座二三一七五）
水鳥も寝あたたまるか　静か也　李由（7俳諧古選一九〇ペ）
打ち水に暫く藤の　雫かな　虚子（11五百句一七ペ）
蛛の井に春雨かかる　雫かな　奇生（6あら野五三八）
すずしさをしれと杓（ひさく）の　雫かな　兀峰（6炭俵二五一八）
滝殿を別るる鳥の　雫かな　尺布（8俳諧新選二二ペ）
初しぐれ眉にえぼしの　雫哉　蕪村（2蕪村句集一九一六）
花の露ぼたぼたぼたんの　雫かな　卜養（4毛吹草〇一四〇）
我がきぬにふしみの桃の　雫せよ　芭蕉（1野ざらし紀行一二三四）
茸狩りや取り得し傘も　雫たる　可幸（8俳諧新選一五二ペ）
氷る夜や旅行の粥の　雫より　雁觜（8俳諧新選一四三ペ）
死にし虻（あぶ）蘇らんと　しつつあり　虚子（13六百五十句二二三ペ）
しぐるるや僧も嗜む　実母散　茅舎（4川端茅舎句集二六二七）
蜘蛛打つて暫く心　静まらず　虚子（11五百句七九ペ）

木枯やたけにかくれて　しづまりぬ　芭蕉（1鳥の道 九七五）
雛の皆動くと見えて　静まれり　温亭（9温亭句集 〇八三六）
濁り鮒腹をかへして　沈みけり　虚子（12五百五十句 一七七ぺ）
ところてん煙のごとく　沈みをり　草城（9花氷 二四六六）
さぞ砧孫六やしき　志津屋敷　其角（6あら野 七五六）
いつまでも我が子と葛湯　してたびぬ　麦人（9草笛 〇三三八）
梅でのむ茶屋も有るべし　死出の山　子葉（5類柑子 四三七）
宝引や和君裸に　して見せん　嘯山（8俳諧新選 一〇一ぺ）
くさまくらまことの華見　しても来よ　芭蕉（1茶のさうし 五九九）
曲水の宴下戸はつくねんと　して居たり　雅因（8俳諧新選 一四九ぺ）
秋晴の運動会を　してゐるよ　風生（9晩涼 一五五九）
かゆ杖や馬の内侍を　しとどうつ　大江丸（5俳懺悔 八六六）
行く旅を寝ずて案じる　衾（しとね）哉　赤羽（8俳諧新選 一五五ぺ）
閑居鳥寺見ゆ麦林　寺とやいふ　蕪村（2蕪村句集 一三八七）
掌にのせて子猫の　品定め　風生（9母子草 一五七九）
遺羽子や下宿の窓の　品定め　子規（10獺祭句帖抄 六一二ぺ）
てんと虫一兵われの　死なざりし　敦（9古暦 三一三五）
紫陽花（あぢさゐ）に秋冷いたる　信濃かな　久女（9杉田久女句集 〇九三三）
雪ちるやおどけもいへぬ　しなの空　一茶（3おらが春 四七三ぺ）
蓮の実を飛ばせて殻は　しなびける　子規（10獺祭句帖抄 六五九ぺ）
はれ物にさはる柳の　しなへ哉　芭蕉（1宇陀法師 八三〇）
枯蓮や鯉を丸煮の　支那料理　喜舟（9小石川 〇四五五）
お袋がお福手ちぎる　指南哉　一茶（3おらが春 四七四ぺ）
花にうづもれて夢より直に　死なんかな　越人（6波留濃日 三一九）
夏雲むるるこの峡中に　死ぬるかな　蛇笏（9山響集 〇六六三）
紙魚（しみ）のあと久しのひの字　しの字かな　虚子（12六百句 二三九ぺ）
海苔砧人の寒苦に　しののめす　碧雲居（9碧雲居句集 一〇七〇）
あばれ蚊のついと古井に　忍びけり　一茶（3おらが春 四六五ぺ）
永き夜や起きた子をもる　忍び声　嘯山（8俳諧新選 一三二ぺ）
あたらしき釣瓶（つるべ）にかかる　忍かな　卜枝（6あら野 七八九）
御廟年経て忍ぶは何を　しのぶ草　芭蕉（1野ざらし紀行 一八七）
早苗とる手もとやむかし　しのぶ摺　芭蕉（1奥の細道 五〇〇）
耳嚙（か）んで踊るや暑き　死の太鼓（ボンゴ）　三鬼（9西東三鬼句集 二三六四）
須磨の浦の年取りものや　柴一把　芭蕉（1茶のさうし 九四一）
夕月夜あんどんけして　しばしみむ　卜枝（6あら野 四三四）
市に入りてしばしこころを　師走かな　素堂（5素堂家集 二五〇）
打ちこぼす小豆も市の　師走哉　正秀（6続猿蓑 三四一八）
追ひ懸けて咄して行く　師走かな　枳義（8俳諧新選 一四五ぺ）
唐松のひとり遁るる　師走哉　淡々（7俳諧古選 二二四ぺ）
下駄の歯を蹴欠いて戻る　師走かな　鳳朗（5鳳朗発句集 一一六五）
猿曳の唄を投げこむ　師走哉　栖鶴（7俳諧古選 二二四ぺ）
炭売りに日のくれかかる　師走哉　蕪村（2蕪村遺稿 九七一）
節季候（せきぞろ）の来れば風雅も　師走哉　芭蕉（1勧進牒 六五四）
銭銀（かね）の中で酒飲む　師走哉　郷今（8俳諧新選 一四五ぺ）

其の中で 遊ばうとする 師走哉 土髪(8俳諧新選一四六ぺ)
乳のみ子に 世を渡したる 師走哉 尚白(6猿蓑一六九四)
月と日の 度重なれば 師走哉 蓮谷(7俳諧古選二三三ぺ)
唱へても 仏にうとき 師走哉 旬児(7俳諧古選一九二ぺ)
中々に 心をかしき 臘月(しはす)哉 芭蕉(1馬指堂宛七七二)
にこにこと 呉服屋呵(しか)る 師走哉 羅人(8俳諧新選一四六ぺ)
妖(ば)けながら 狐貧しき 師走哉 其角(7俳諧古選一八九ぺ)
松杉の 上野を出れば 師走かな 馬光(5古衾四八三)
舞ひながら 鳶の目早き 師走哉 超波(8俳諧新選一四六ぺ)
見せ物の 態も棚がへ 師走かな 寥和(4寝言一一五六)
聟になる 人美しき 師走かな 紀逸(4吾妻舞一一六二)
山臥の 見事に出立つ 師走哉 嵐雪(6炭俵二六三四)
夕霧より 伊左さま参る 師走かな 子規(10獺祭句帖抄六三九ぺ)
夜々は 欲も氷りて 師走かな 春来(4東風流一二七〇)
蘭の香の 袋を出でぬ 師走かな 田鶴樹(8俳諧新選一四六ぺ)
涼しさや ともに米かむ 椎が本 如行(6猿蓑二一五九)
初学徳に 入のもんじを 試筆哉 信徳(5知足書留歳旦帖一六四)
海を見に 上れば寒し 椎の雨 帰厚(8俳諧新選一三三ぺ)
来ぬ人よ 爐中に烟る 椎のから 言水(7俳諧古選二〇七ぺ)
旅人の こころにも似よ 椎の花 芭蕉(1続猿蓑七八七)
魚あぶる 幸ひもあれ 渋うちは 馬莧(6続猿蓑三一九五)
つり鐘の 蔕のところが 渋かりき 子規(4俳句稿巻一二二〇二)

旨(うま)過(す)ぎぬ こころや月の 十三夜 素堂(7俳諧古選一七六ぺ)
刈跡の 田毎を見ばや 十三夜 惟善(8俳諧新選一三四ぺ)
静かなる 自在の揺れや 十三夜 たかし(9たかし句集一六六〇)
十五夜に 出でし月かも 十三夜 百庵(8俳諧新選一三四ぺ)
月高き 頃を酔ひけり 十三夜 温亭(9温亭句集〇八三二)
泊まる気で ひとり来ませり 十三夜 蕪村(2蕪村句集二一七九)
望月の 影手馴れけり 十三夜 龍眠(8俳諧新選一三四ぺ)
物事の 満つるはいやし 十三夜 巴人(4夜半亭発句帖一一七八)
よい風も 移り変はるや 十三夜 几圭(8俳諧新選一三四ぺ)
我が宿に 泊り定めん 十三夜 春来(8俳諧新選一三四ぺ)
松が枝に 末望みあり 十七夜 休粋(8俳諧新選一三〇ぺ)
あの木から 人の工(たくみ)の 渋何斗 嘯山(8俳諧新選一三一ぺ)
手弱女の 高臀にして 十二月 蛇笏(9家郷の霧〇六五九)
薬食 生きても松の 十分一 滴水(7俳諧古選一八八ぺ)
郭公(ほととぎす) なくや雲雀(ひばり)と 十文字 去来(5をのが光一二九一)
四橋の 下や燕の 十文字 南雅(8俳諧新選一〇六ぺ)
おやぢのいひけむ 月のあはれなるは 十夜 自悦(5空林風葉一一三三)
あなたふと 茶もだぶだぶと 十夜哉 蕪村(2蕪村句集一一九四)
御小僧の 皃(かほ)あたたかな 十夜かな 兎流(8俳諧新選一三九ぺ)
帰るさに 宵の雨知る 十夜哉 竹冷(9竹冷句鈔〇二七八)
祇王祇女 仏も籠る 十夜哉 嘯山(8俳諧新選一三九ぺ)
渋柿を ながめて通る 十夜哉 裾道(6猿蓑一一六三八)

禅門の　革足袋おろす　十夜哉　許六（6炭俵 二六二四）
祖父祖母の　京にも多き　十夜哉　乙由（7俳諧古選 一九三ぺ）
月影に　若きも籠る　十夜哉　百万（8俳諧新選 二三九ぺ）
菜畠を　通してくれる　十夜哉　一茶（3おらが春 四七三ぺ）
八兵衛が　ぬかと剃りたる　十夜かな　鼓舌（8俳諧新選 二三九ぺ）
柚（ゆ）も柿も　御法にもれぬ　十夜哉　漁焉（8俳諧新選 二三九ぺ）
夜歩行（あるき）の　子に門であふ　十夜哉　太祇（8俳諧新選 二三九ぺ）
鴨啼くや　弓矢を捨てて　十余年　去来（4いつを昔 〇九三二）
今宵誰　よし野の月も　十六里　芭蕉（1笈日記 八八五）
赤富士に　露滂沱たる　四辺かな　風生（9古稀春風 一五五八）
待宵や　満ちん満ちんと　潮（しほ）かしら　嘯山（8俳諧新選 二三〇ぺ）
名月や　門に指しくる　潮（しほ）頭（がしら）　芭蕉（1三日月日記 七五六）
かなぐりて　蔦さへ霜の　塩木哉　千閣（6あら野 七六六）
峠より　雪舟（そり）乗りおろす　塩木哉　鼠弾（6あら野 八〇七）
水無月や　鯛はあれども　塩くじら　芭蕉（1葛の松原 七五一）
甲斐がねや　ほたでの上を　塩車　蕪村（2蕪村句集 二二六三）
花に酒　僧とも侘びん　塩ざかな　其角（6あら野 一〇一九）
木枯や　小橋危き　汐そこり　野逸（4野逸句集 一七六三）
しら魚の　一かたまりや　汐たるみ　子珊（6続猿蓑 三〇二四）
ふとん着て　今宵寝初むる　汐路哉　太祇（8俳諧新選 二三九ぺ）
入りかねて　日もただよふや　汐干潟　麦水（5葛箒 七三七）
駕（かご）かりて　淡路へ乗らん　汐干潟　如泉（7俳諧古選 一五一ぺ）

青天の　とつぱづれ也　汐干潟　一茶（3八番日記 三二九ぺ）
拾ふ物　みなうごく也　汐干潟　素園（8俳諧新選 一〇九ぺ）
足跡の　覚束なくも　汐干かな　宋阿（7俳諧古選 一五七ぺ）
脚跡を　蟹のあやしむ　汐干哉　廬鳳（8俳諧新選 一〇九ぺ）
あら馬を　先（まづ）試むる　汐干かな　瓢水（8俳諧新選 一〇九ぺ）
青柳の　泥にしだるる　塩干かな　芭蕉（1炭俵 八三七）
一日は　花を背中に　汐干哉　嘯子（7俳諧古選 二三一ぺ）
帯ほどに　川のながるる　塩干哉　沾徳（6炭俵 二四五三）
品川に　富士の影なき　しほひ哉　闇指（6続猿蓑 三〇七五）
白鷺の　羽袖よごるる　しほひ哉　士髪（8俳諧新選 一〇九ぺ）
七夕の　疑ひ晴るる　汐干哉　矩州（7俳諧古選 二二五ぺ）
なら漬けに　親よぶ浦の　塩干哉　越人（6あら野 六一〇）
のぼり帆の　淡路はなれぬ　汐干哉　去来（6続猿蓑 三〇七四）
浜の家の　寝心かはる　汐干かな　赤羽（8俳諧新選 一〇九ぺ）
人霞む　舟と陸（くが）との　塩干かな　友重（6あら野 六一二）
吾妹子に　仇波よする　汐干かな　鼠骨（9新俳句 〇二六一）
鯛買ひて　土産のうそや　汐干狩り　太祇（8俳諧新選 一〇九ぺ）
蕣（あさがほ）は　露干（かわ）く頃　しぼみけり　祇長（7俳諧古選 二三二ぺ）
朝顔は　咲きならべてぞ　しぼみける　北枝（4卯辰集 一〇六七）
わらふべし泣くべし　我が朝顔の　凋む時　芭蕉（1真蹟懐紙 二二一五）
一夜漏る　時雨に骨を　絞る哉　一晶（5一楼賦 一五三）
草も木も　音なき霧の　しほれ哉　作者不明（8俳諧新選 二一八ぺ）

笹の葉の露に音ある　しほれかな　郷今（8俳諧新選 二二六ペ）
女郎花(をみなへし)誰と寝てやら　しほれけり　嘯山（8俳諧新選 二二九ペ）
熨斗(のし)むくや磯菜すずしき　島がまへ　正秀（6炭俵 二五二三）
あはれなる落葉に焼(た)くや　島さより　荷兮（6あら野 九七一）
襟裏はほのぼのと赤し　島ざらし　重頼（4懐子 〇〇八四）
茶の花に暖かき日の　しまひかな　虚子（9五百句 〇〇七四）
君来ねば円座さみしく　しまひけり　鬼城（9鬼城句集 〇六二八）
九輪草四五りん草で　しまひけり　一茶（3おらが春 四六六ペ）
鶏頭のとうとう枯れて　しまひけり　子規（9俳句稿巻一 〇〇一九一）
けふのみの春を歩いて　仕舞ひけり　蕪村（2蕪村句集 四六九）
橋もなし鵲(かささぎ)飛んで　しまひけり　子規（10獺祭句帖抄 六三五ペ）
春の夜は桜に明けて　しまひけり　芭蕉（1翁草 九一一）
短夜は大門に明けて　しまひけり　子規（9寒山落木巻二 〇〇四八）
山風は氷柱を曲げて　しまひけり　余子（9余子句抄 〇四五〇）
行く秋の鳥も飛んで　しまひけり　子規（10獺祭句帖抄 六三四ペ）
ほととぎす消え行く方や　島一つ　芭蕉（1笈の小文 三八九）
投げつべき身ををし鳥の　島輪哉　雁宕（8俳諧新選 二五三ペ）
山姥(やまんば)の二人出あふや　清水影　宋阿（7俳諧古選 二七二ペ）
悪僧の天窓(あたま)冷やせし　清水哉　大魯（5蘆陰句選 八二三）
石工の飛火流るる　清水哉　蕪村（2蕪村遺稿 九三）
石工の鑿(のみ)冷やしたる　清水かな　蕪村（2蕪村句集 九二）
一二里は口に持ちゆく　清水哉　秋慰（7俳諧古選 二六四ペ）
うく魚の影は底行く　清水かな　几董（8俳諧新選 二二ペ）
馬の耳動き出したる　しみづかな　直生（8俳諧新選 二二ペ）
落ち合うて音なくなれる　清水哉　蕪村（2蕪村句集 一二二六）
おもふ事ながれて通る　しみづ哉　荷兮（6あら野 一〇三一）
かたびらは浅黄着て行く　清水哉　尚白（6あら野 七〇四）
金時も熊も来てのむ　清水かな　子規（10獺祭句帖抄 五九九ペ）
さざれ蟹足はひのぼる　清水哉　芭蕉（1続虚栗 三〇二）
しづかさは栗の葉沈む　清水哉　柳陰（6猿蓑 二一五八）
順礼の手数にぬるむ　清水かな　百万（8俳諧新選 一〇七ペ）
水晶の山路ふけ行く　清水哉　蕪村（2蕪村遺稿 九一）
すみきりて塩干の沖の　清水哉　俊似（6あら野 七〇一）
棲(す)む魚の砂走りせる　清水かな　汀女（9汀女句集 一九二四）
居風呂(すゑふろ)へ流し込んだる　清水かな　一茶（3おらが春 四四二ペ）
絶壁に眉つけて飲む　清水かな　東洋城（9東洋城全句上 〇四〇三）
絶壁の巌(いはほ)をしぼる　清水かな　子規（10獺祭句帖抄 六三〇ペ）
底の石ほと動き湧く　清水かな　虚子（11五百句 六二ペ）
高念仏申す峠の　清水哉　翁扇（7俳諧古選 一六一ペ）
茶に湧けば熱いもほめる　しみづ哉　野有（8俳諧新選 一二一ペ）
露凍(い)てて筆に汲み干す　清水哉　芭蕉（1みつのかほ 三三七）
連れあまた待たせて結ぶ　し水哉　文瀾（6あら野 七〇二）
斎(とき)に来て庵一日の　清水哉　一笑（6あら野 一〇三〇）
母馬が番して呑ます　清水哉　一茶（3おらが春 四五三ペ）

春雨のこしたにつたふ清水哉　芭蕉（1笈の小文　三七四）
春雨の中におぼろの清水哉　蕪村（2蕪村句集　二二九）
引き立てて馬にのまするし水かな　潦月（6あら野　七〇三）
日盛りの岩よりしぼる清水哉　常牧（5物見車　二〇一）
直垂（ひたたれ）をぬがずに結ぶしみづかな　一髪（6あら野　七〇五）
二人してむすべば濁る清水哉　蕪村（2蕪村句集　一六九）
紅さいた口もわするるしみづかな　千代（4千代尼句集　一七七八）
身の内の道を覚ゆる清水かな　麦翅（8俳諧新選　一二一ぺ）
山鳥の影うつしたる清水かな　子規（10獺祭句帖抄　六三〇ぺ）
山番の爺が祈りし清水かな　一茶（3おらが春　四五〇ぺ）
玲瓏と玉を噴き居る清水かな　麦人（9ホ明32・8　〇三四六）
早稲晩稲（わせおくて）皆こちからの仕向け也　来山（7俳諧古選　一九七ぺ）
野ざらしを心に風のしむ身哉　芭蕉（1野ざらし紀行　一七一）
初雪や少し眉毛のしめる程　季遊（8俳諧新選　一三九ぺ）
乙女草やしばしとどめん霜覆ひ　梅盛（4口真似草　〇一二八）
鰒洗ふ水の溜りや下河原　其角（7俳諧古選　一八九ぺ）
火を焚いて今宵は屋根の霜消さん　芭蕉（1ばせを略伝　二二四）
みな出でて橋をいただく霜路哉　芭蕉（1泊船集書入　八二三）
野の馬の韮（にら）をはみ折る霜の朝　蕪村（2蕪村遺稿　一八九一）
ほつかりと梢に日あり霜の朝　虚子（11五百句　七八ぺ）
山雀（やまがら）のどこやらに啼く霜の稲　斗従（6続猿蓑　三三〇二）
暁や鯨の吼ゆるしもの海　暁台（5暁台句集　七七五）

木揺れなき夜の一つ時や霜の声　乙字（9乙字句集　〇九九〇）
雪垣やしらぬ人には霜のたて　蔦雫（6続猿蓑　三三九二）
ぽつかりと日のあたりけり霜の塔　子規（10獺祭句帖抄　六一九ぺ）
或る時の言葉は枯れず霜の墓　馬光（5嵐雪二十七回　四八二）
さればこそあれたきままの霜の宿　芭蕉（1あら野　三二五）
から風や埃に成りし霜ばしら　龍眠（8俳諧新選　一三九ぺ）
昨日置いた土にもめづら霜ばしら　茶雷（8俳諧新選　一三九ぺ）
土ともに崩るる崖の霜柱　子規（10獺祭句帖抄　六四〇ぺ）
温泉（ゆ）の通る間々や霜ばしら　庭台（8俳諧新選　一三九ぺ）
寝れば寝るあの薦一重霜一重　泉石（7俳諧古選　二一一ぺ）
名月にゐのころ捨つる下部哉　蕪村（2蕪村句集　一七二）
うの花や殿上人の下屋敷　土髪（8俳諧新選　一三三ぺ）
狼の犬誘ひよる霜夜かな　嘯山（8俳諧新選　一三九ぺ）
鐘遠く山路をはしる霜夜哉　青蒲（8俳諧新選　一三九ぺ）
熊坂が長刀あぶる霜夜かな　湖十（4たつのうら　一二三〇）
朱の椀にすこし飯盛る霜夜哉　露月（9露月句集　〇二一五）
炭竈の烟ゆがまぬ霜夜かな　水翁（8俳諧新選　一四四ぺ）
先生の銭かぞへゐる霜夜かな　寅彦（9寅彦全集六　一一七四）
泣く声の獄屋に高き霜夜かな　孤桐（8俳諧新選　一三九ぺ）
ひだるさに馴れてよく寝る霜夜哉　惟然（5惟然坊句集　四〇二）
一いろも動く物なき霜夜かな　野水（6猿蓑　一六三〇）
舟引の手もちぎるべき霜夜哉　糸遊（8俳諧新選　一三九ぺ）

ぼのくぼに　雁落ちかかる　霜夜かな　路通（4一〇一九 鳥の道）
我が咳の　谺にむかふ　霜夜哉　祇峰（8二三九ぺ 俳諧新選）
我が骨の　ふとんにさはる　霜夜哉　蕪村（2一八九五 蕪村遺稿）
木曾谷の　日裏日表　霜を解かず　たかし（9一六五八 火明）
落々と　賀正の二字や　状至る　山梔子（9一二一一 山梔子句集）
鬼灯や　清原の女が　生写し　蕪村（2一八四七 蕪村句集）
鮓桶を　これへと樹下に　床几哉　蕪村（2八九七 蕪村句集）
芋を掘る　手をそのままに　上京す　虚子（11三二ぺ 五百句）
島に住めば　柑子たくさんな　正月日和　碧梧桐（4二二九三 三昧昭3・2）
行く水や　竹に蟬鳴く　相国寺　鬼貫（4〇二八六 仏兄七久留万）
ふく汁の　亭主と見えて　上座哉　蕪村（2一一八八 蕪村遺稿）
露凝りて　流るる菊の　障子哉　月斗（9〇五一三 昭和俳句集）
たんぽぽの　黄が眼に残り　障子に黄　虚子（12一七一ぺ 六百句）
それ虻に　世話をやかすな　障子窓　一茶（3三三二ぺ 七番日記）
七草も　昼に成りけり　上手下手　太祇（7二二四ぺ 俳諧古選）
中々に　落穂拾はずや　尉と姥　蕪村（2一八五五 蕪村遺稿）
水鳥の　浮くも潜るも　浄土かな　露月（4二二七七 露月句集）
冬に向きて　開くを菊の　性根かな　赤羽（8二三四ぺ 俳諧新選）
行く年よ　京へとならば　状ひとつ　湖春（6二六四三 炭俵）
しだり尾の　長屋長屋に　菖蒲かな　嵐雪（4〇八三四 玄峰集）
出る時の　傘に落ちたる　菖蒲かな　子規（10六二七ぺ 獺祭句帖抄）
屋ね葺きと　並んでふける　菖蒲哉　其角（6一七四二 猿蓑）
湯上がりの　尻にぺつたり　菖蒲哉　一茶（3三三八ぺ 七番日記）
春水や　矗々として　菖蒲の芽　虚子（11四四ぺ 五百句）
上海の　梅雨懐しく　上陸す　虚子（12一六ぺ 五百五十句）
寝て休む　日ぞ暫くの　釈迦如来　片路（7二一六ぺ 俳諧古選）
誕生の　時こそ見たれ　釈迦の指似　不角（4〇八九九 篗纑輪前集）
炭こふや　通夜申す婆々の　しや切り声　瓜流（8一四四ぺ 俳諧新選）
ぜんまいの　のの字ばかりの　寂光土　茅舎（9一六八九 華厳）
雪ちるや　きのふは見えぬ　借家札　一茶（3三五四ぺ 七番日記）
夏帽も　取りあへぬ辞誼の　車上かな　子規（10六四七ぺ 獺祭句帖抄）
樽柿を　握るところを　写生かな　子規（4二二〇〇 俳句稿巻一）
ことしから　丸儲けぞよ　娑婆遊び　一茶（3三二三ぺ 八番日記）
花野やはらか　移動文庫の　車輪過ぎ　静塔（9二三七九 月下の俘虜）
東風吹くと　語りもぞ行く　主と従者　太祇（4一八一六 太祇句選）
道問へば　露路に裸子　充満す　楸邨（9二五九四 寒雷）
主しれぬ　扇手に取る　酒宴哉　蕪村（2一一一三 蕪村遺稿）
はぜつるや　水村山郭　酒旗の風　嵐雪（5二八一 虚栗）
団扇取つて　廊下舞ひ出る　酒興かな　子規（10六四六ぺ 獺祭句帖抄）
刈りこみし　麦の匂ひや　宿の内　利牛（6二四九四 炭俵）
灌仏や　皺手合はする　珠数の音　芭蕉（1九一八 三冊子）
宿老の　紙子の肩や　朱陳村　蕪村（2三五八 蕪村遺稿）
化学とは　花火を造る　術ならん　漱石（9〇一七四 正岡子規へ）
腰架の　角ならびたり　受難節　青畝（9一五〇九 甲子園）

村中に　ひよつと寺あり　椶櫚(しゆろ)の花　也有（5 蘿葉集 五〇九）
春風の　つまかへしたり　春曙抄　蕪村（2 蕪村遺稿 二四一七）
むし啼くや　河内通ひの　小ぢやうちん　蕪村（2 蕪村句集 一八六六）
猿蓑に　もれたる霜の　松露哉　沾圃（6 続猿蓑 二八九二）
建ちてすぐ　薪割る水辺　初夏の家　月舟（9 進むべき道 〇六九六）
重ねては　ほどく足なり　暑気あたり　泊雲（9 泊雲句集 〇七七四）
かもじ売り　柳の門や　職敵　調和（4 富士石 〇二二三）
煮凝(にこごり)を　探し当てたる　燭暗し　虚子（13 六百五十句 一三二ぺ）
うめちるや　螺鈿こぼるる　卓の上　蕪村（2 蕪村句集 二〇二七）
更衣(ころもがへ)　印籠買ひに　所化(しよけ)二人　蕪村（2 蕪村句集 五一九）
花にそむき　水に臨みて　書斎あり　泊月（9 同人第二句集 〇八五三）
ひえびえと　闇のさだまる　初秋かな　蛇笏（9 白岳 〇六六六）
生海鼠(なまこ)にも　鍼こころむる　書生哉　蕪村（2 蕪村遺稿 三一三）
冬こもり　顔も洗はず　書に対す　子規（10 獺祭句帖抄 六三九ぺ）
虫の音や　月ははつかに　書の小口　白雄（5 白雄句集 八三九）
胴炭も　置き心よし　除夜の鐘　不白（5 不白翁句集 八六五）
さんさりと　若葉に曇る　書院哉　麦翅（8 俳諧新選 一一四ぺ）
温突(おんどる)に　木版の軽き　書を読めり　誓子（9 黄旗 一四六三）
太郎月に　つぐ紅梅や　次郎君　季吟（4 独琴 〇一二三）
卯の花に　兼房見ゆる　白毛かな　曾良（4 奥の細道 〇八六三）
仏名の　礼(らい)に腰懐(だ)く　白髪哉　野水（6 あら野 八五八）
灌仏の　其の比清し　しらがさね　尚白（6 あら野 一〇二八）

枯野ゆく　うちに一本　白髪伸び　静塔（9 旅鶴 二三七二）
鶺鴒(せきれい)や　走り失せたる　白川原　氷固（6 続猿蓑 三二七三）
行く秋や　河原よもぎの　白枯れし　五明（4 五明句藻 二一一三）
花守や　児(ちご)に折らせて　知らず顔　重頼（4 藤枝集 〇〇九四）
鶯の　人来と妹に　知らせけり　嘯山（8 俳諧新選 一〇〇ぺ）
ゆふがほの　しぼむは人の　しらぬ也　野水（6 あら野 六八〇）
色かへぬ　松や主は　知らぬ人　子規（10 獺祭句帖抄 六〇一ぺ）
狼の　糞見て寒し　白根越　子規（10 獺祭句帖抄 六六〇ぺ）
花に舞はで　帰るさにくし　白拍子　蕪村（2 蕪村句集 二一〇五）
みじか夜や　いとま給はる　白拍子　蕪村（2 蕪村句集 二二五〇）
高黍(きび)の　上に短き　白帆かな　子規（10 獺祭句帖抄 六一七ぺ）
交はりの　加減も鮓に　しられけり　提山（7 俳諧古選 二一七ぺ）
はやぶさの　尻つまげたる　白尾哉　野水（6 あら野 五三七）
薬食　盗んだ豕(ぶた)の　尻が来たり　尺布（8 俳諧新選 一四四ぺ）
つるされて　尾のなき鴨の　尻淋し　子規（10 獺祭句帖抄 六一一ぺ）
見し日先(まづ)　返り花とは　知りながら　阿中（7 俳諧古選 二三〇ぺ）
ほととぎす　鳴きやむ時を　しりにけり　一井（6 あら野 八八五）
春の日や　達磨大師も　尻もだえ　調和（4 富士石 〇二二四）
夏霧に　ぬれてつめたし　白い花　乙二（5 松窓乙二集 九五七）
こま鳥の　音ぞ似合はしき　白銀屋　長虹（6 続猿蓑 三〇一六）
なにとなく　植ゑしが菊の　白き哉　巴丈（6 あら野 七五九）
花柘榴　大雨に明けし　白き空　百閒（9 百鬼園俳句 一一六八）

陽炎や名もしらぬ虫の白き飛ぶ　蕪村（2蕪村句集　二三一）
名月や草のくらみに白き花　左柳（6続猿蓑　三二一二）
白芙蓉の白きより白きは無し　虚子（13六百五十句　二三五ぺ）
緑陰や矢を獲ては鳴る白き的　しづの女（9颱　○九六六）
一機還らずと言ふ水仙の白き夜なり　碧雲居（9碧雲居句集　一○六三）
恋さまざま願ひの糸も白きより　蕪村（2蕪村句集　一七三八）
奈良法師若菜摘みにや白小袖　春澄（7俳諧古選　二五二ぺ）
時鳥絵に啼け東四郎次郎　蕪村（2蕪村句集　三三）
垣なくて妹が住居（すまひ）や白つつじ　雁宕（8俳諧新選　二一○ぺ）
ひとり尼わら家すげなし白つつじ　芭蕉（1句選拾遺　六二七）
ゆく水に口すすぎけり白椿　山夕（7俳諧古選　二五八ぺ）
高く灯（ひ）のうつる若葉や城のうへ　孤桐（8俳諧新選　二一四ぺ）
春立つや今日着て登るしろはかま　卜養（4誹諧洗濯物　○一四一）
はつ春や年は若狭の白比丘尼　前川（6続猿蓑　三一○四）
あるが中に物静か也白牡丹　菜根（8俳諧新選　二一三ぺ）
水鳥やちやうちんひとつ城を出る　蕪村（2蕪村遺稿　七一二）
激情を日焼の顔の皺に見し　立子（9春雷　一九三七）
顔見せや鏡に見ゆる皺の数　子規（9俳句稿巻二　○○一○）
岬宮の芽芝青きを汐干きし　碧梧桐（9碧梧桐句集　○一一七）
梶の葉を朗詠集のしをり哉　蕪村（2蕪村句集　七七○）
今朝の雪根深を薗の枝折哉　芭蕉（1坂東太郎　一○九）
よみさしの本に団（うちは）の栞かな　季遊（8俳諧新選　二一九ぺ）
連翹（れんげう）や其の望月としをれけり　胡及（6あら野　一○一五）
淑やかや磨きしごとき新小豆　草田男（9美田　二五三二）
朱を研ぐや蓬莱の黄精（おところ）人間（じんかん）に落つ　太祇（8俳諧新選　一四九ぺ）
コスモスや結城大事にしんし張　喜舟（9紫川　○四六○）
旅人となりにけるより新酒哉　才麿（5椎の葉　二一七）
二三人くらがりに飲む新酒かな　鬼城（9鬼城句集　○六三二）
升（ます）呑の価はとらぬ新酒かな　蕪村（2蕪村遺稿　一七八九）
しら雲を吹き尽くしたる新樹かな　才麿（5難波の枝折　二一六）
滝鼕々知らぬ鳥なく新樹かな　松宇（9小日本明27・5・15　○三一三）
畑打つや太閤様も死んだげな　紫影（9かきね草　○二三五）
真白なる紙に包みて新茶かな　蚋魚（9ホ大7・7　○八四四）
其のはてが萩と薄の心中かな　子規（10獺祭句帖抄　六六○ぺ）
日かがやく諏訪の氷の人馬かな　子規（10獺祭句帖抄　六六五ぺ）
御命講（おめいかう）や顱（あたま）のあをき新比丘尼　許六（5韻塞　三八六）
むさし野の鳥来る松の芯無限　かな女（9川の灯　○七九○）
鶯になじみもなきや新屋敷　夢々（6あら野　五二二）

す

ふく風のぎぎと鳴き行く芋梗（ずいき）哉　孤桐（8俳諧新選　二三五ぺ）
かたむいて女の愛づる西瓜哉　春来（8俳諧新選　二二六ぺ）
皮一重下はしられぬ西瓜哉　婆東（7俳諧古選　二二六ぺ）

出女の口紅惜しむ　西瓜かな　支考（4東華集　一一〇五）
にこにこと笑うて叩く　西瓜哉　玉壺（8俳諧新選　一二六ペ）
風呂敷を忍びかねたる　西瓜かな　春来（8俳諧新選　一二六ペ）
玉虫の羽のみどりは　推古より　青邨（9露団々　一六〇五）
生けらるるやうに咲きたり　水仙花　守大（8俳諧新選　一四一ペ）
其のにほひ桃より白し　水仙花　芭蕉（1笈日記　七二七）
なほ清く咲くや葉がちの　水仙花　氷固（6続猿蓑　三三四八）
水無月の水を種にや　水仙花　不玉（6猿蓑　一六四七）
金魚玉に聚まる山の　翠微かな　月斗（9昭和俳句集　〇五〇五）
一水を指さし指さし　水論人　泊雲（9泊雲句集　〇七七三）
馬盥（ばだらひ）にさみだれ傘や　数十本　必化（8俳諧新選　一一七ペ）
あぢさゐや余り厚さに　饐（すえ）る色　素丸（4素丸発句集　一七五七）
梅一（ひと）木つれづれ草の　姿かな　露沾（6炭俵　二三九七）
落葉掻くは亡き母の後ろ　姿かな　乙字（9乙字句集　〇九八七）
樫の木の花にかまはぬ　姿かな　芭蕉（1野ざらし紀行　二三三三）
蚕飼（こがひ）する人は古代の　姿かな　曾良（4卯辰集　〇八六六）
木がらしの吹き行くうしろ　すがたかな　嵐雪（4続虚栗　〇八三二）
此の僧も出代いそぐ　すがたかな　京馬（8俳諧新選　一五六ペ）
水仙の世におくれたる　姿かな　文山（8俳諧新選　一四一ペ）
抱籠の明け方凄き　すがた哉　伴松（7俳諧古選　一六三ペ）
石蕗（つは）の花咲いてほいなき　姿かな　雲外（8俳諧新選　一四五ペ）
葉がくれぬ花を牡丹の　姿哉　全峰（6猿蓑　一七二五）
時鳥ひとへに声を　姿かな　之園（8俳諧新選　一四八ペ）
餅花は根も葉ももたぬ　姿かな　吾雪（8俳諧新選　一四四ペ）
やぶの雪柳ばかりは　すがた哉　探丸（6猿蓑　一九一）
山田守る僧都（そうづ）はわらは　姿かな　卜養（4犬子集　〇一四二）
女郎花（をみなへし）ねびぬ馬骨の　姿哉　濁子（6続猿蓑　三二四六）
傘持は月におくるる　姿也　其角（7俳諧古選　二〇一ペ）
はつ雪の落ち付かぬこそ　姿なれ　吟角（8俳諧新選　一三九ペ）
春の野に心ある人の　素皃（がほ）哉　一有妻（6あら野　九七八）
浮葉巻葉此の蓮（れん）風情　過ぎたらん　素堂（5虚栗　二四六）
寒月や衆徒の群議の　過ぎて後　蕪村（2蕪村句集　二七八七）
草の雨祭りの車　過ぎてのち　蕪村（2蕪村句集　九八五）
日の影や眠れる蝶に　透き通り　闌更（5半化坊発句集　七四九）
菊の花天長節は　過ぎにけり　子規（10獺祭句帖抄　六三八ペ）
春雪三日祭りの如く　過ぎにけり　波郷（9酒中花　二六四五）
蟬の音に武家の夕食（めし）　過ぎにけり　釣雪（6あら野　八七三）
鵙（もず）啼くや夕日の残る　杉の末（うら）　也有（5蘿葉集　五一〇）
寒月や石塔の影　杉の影　子規（10獺祭句帖抄　六四〇ペ）
白うをのしろき匂ひや　杉の箸　之道（6炭俵　二六二六）
灯（ひ）のともる東照宮や　杉の雪　子規（10獺祭句帖抄　六六三ペ）
咳き込めば谺（こだま）返しや　杉襖　茅舎（9ホ昭15・5　一六八七）
木枯に岩吹きとがる　杉間かな　芭蕉（1笈日記　七三〇）
氷挽く音こきこきと　杉間かな　亜浪（4亜浪句鈔　二六〇九）

時雨るや　小鳥影抜き　透き葎（むぐら）　東洋城（4東洋城全句集二二四七）
水無月も　鼻つきあはす　数寄屋（すきや）哉　凡兆（6猿蓑一七九〇）
椿落ちて　一僧笑ひ　過ぎ行きぬ　麦水（4落葉拾一八〇二）
蜻蛉うまれ　緑眼煌と　すぎゆけり　秋桜子（9緑雲一四三六）
梅雨晴の　夕茜して　すぐ消えし　虚子（13六百五十句一四五五ぺ）
すまひ取　皆酒のみの　宿禰（すくね）哉　嘯山（8俳諧新選一四九ぺ）
我が友を　雪とや見らん　すくみ鷺　光貞妻（5犬子集八四）
菜のはなを　出るや塗笠　菅の笠　団水（5くやみ草二三五）
蟻地獄　見て光陰を　過ごしけり　茅舎（9ホ昭4・8一六七三）
六十年　踊る夜もなく　過ごしけり　一茶（3文政句帖三四七ぺ）
庵の夜も　みじかくなりぬ　すこしづつ　嵐雪（6あら野六四一）
背（せな）の子も　田歌覚えつ　少しづつ　之房（8俳諧新選一一六ぺ）
菜の花や　かすみの裾に　少しづつ　一茶（3句稿消息三三二ぺ）
片壁や　雪降りかかる　すさ俵　圃吟（6続猿蓑三三九四）
袷着て　身は世にありの　すさび哉　蕪村（2蕪村遺稿二六六六）
卯の花も　母なき宿ぞ　冷じき　芭蕉（1続虚栗二九四）
吹きかへて　程よく野火の　すさり梟（けり）　遅笑（8俳諧新選一一一ぺ）
離れがたし　宵と旦（あした）の　鮓の圧　貞佐（7俳諧古選二〇三ぺ）
露とくとく　心みに浮夜　すすがばや　芭蕉（1野ざらし紀行一八六）
稲づまや　浮世をめぐる　鈴鹿山　越人（6続猿蓑三四六九）
秋ふたつ　うきをますほの　薄哉　蕪村（2蕪村句集二二九六）
有る限り　風の分け行く　すすきかな　柳（8俳諧新選二三二ぺ）
刈る人の　手を切り返す　薄かな　正利（7俳諧古選一七四ぺ）
霧脚の　すばやき裾野　芒かな　乙字（9乙字句集〇九九一）
くくりあげて　片そよぎする　芒かな　子規（10獺祭句帖抄六五八ぺ）
この道の　富士になり行く　芒かな　碧梧桐（4春夏秋冬二一九〇）
嵯峨中の　淋しさくくる　薄かな　嵐雪（7俳諧古選一七八ぺ）
淋しさの　急には見えぬ　薄哉　鬼貫（7俳諧古選一七六ぺ）
十丈の　杉六尺の　薄かな　子規（10獺祭句帖抄六五七ぺ）
高々と　枯れ了せたる　芒かな　虚子（12五百五十句七八ぺ）
地下りに　暮れ行く野辺の　薄哉　蕪村（2蕪村遺稿一四三七）
としどしの　ふる根に高き　薄哉　俊似（6あら野七三六）
遠里の　灯（ひ）を振りほどく　薄かな　文江（8俳諧新選二三二ぺ）
何ごとも　まねき果てたる　すすき哉　芭蕉（1続深川集四六五）
一（ひと）念仏　申すだけしく　芒哉　一茶（3おらが春四六八ぺ）
ひらひらと　朝霧乾く　すすきかな　道彦（5蔦本集九七五）
吹く風も　共に押し合ふ　すすきかな　止角（8俳諧新選二三一ぺ）
古庭に　月みむとての　薄かな　祇明（4かなあぶら一一六八）
まねきまねき　椖（あふご）の先の　薄かな　凡兆（6猿蓑一八二七）
もえきれて　紙燭（しそく）をなぐる　薄哉　荷兮（6あら野七三三）
山犬の　がばと起きゆく　すすき哉　召波（5春泥句集八一三）
山は暮れて　野は黄昏（たそかれ）の　薄哉　蕪村（2蕪村句集一〇七三）
雪のはら　蕣（あさがほ）の子の　薄かな　昌碧（6波留濃日三五四）
行く秋の　四五日弱る　すすき哉　丈草（6猿蓑一八七六）

折りとりて　はらりとおもき　芒かな　蛇笏（9山廬集　〇六四七）
尾をかくす　にはよき庵の　薄かな　射道（8俳諧新選　一五一ぺ）
涼しさは　座敷より釣る　鱸かな　昌長（0あら野　七二三）
百日の　鯉切り尽きて　鱸かな　蕪村（2蕪村句集　二七四七）
武蔵野や　雲吹き出して　薄ちる　枝芳（8俳諧新選　二三二ぺ）
鮬(せいご)釣る　比も有るらし　鱸(すずき)つり　半残（6猿蓑　一八六六）
いなづまや　かほのところが　薄の穂　芭蕉（1続猿蓑　八七四）
此の痩せを　招かずとおけ　薄の穂　木節（7俳諧古選　一七九ぺ）
柿の葉に　焼きみそ盛らん　薄箸　宗波（6続猿蓑　三三二二）
暁の　雨やすぐろの　薄原　蕪村（2蕪村句集　二三五四）
先ぐりに　風ぞ見え行く　薄原　赤羽（8俳諧新選　二三二ぺ）
迷ひ子の　親のこころや　すすき原　羽紅（6猿蓑　一八二六）
何でやは　独り笑ひは　涼しいか　惟然（4三河小町　一〇二七）
南もほとけ　草のうてなも　涼しかれ　芭蕉（1続深川集　四五四）
夏萩や　六十一の　涼しくて　水巴（9定本水巴句集　〇五八七）
下々も下々　下々の下国の　涼しさよ　一茶（3七番日記　三三三六ぺ）
風生(ふうせい)と　死の話して　涼しさよ　虚子（14七百五十句　一〇五ぺ）
目の前の　岩に雲立つ　涼しさよ　三幹竹（9三幹竹句集　〇五四九）
水も有り　あさがほたもて　錫の舟　風麦（6続猿蓑　三二六一）
石山の　石も磨く歟(か)　すす払　必化（8俳諧新選　一四四ぺ）
家々や　かたちいやしき　すす払　祐甫（6猿蓑　一七〇〇）
うせものの　うたがひはれぬ　煤払　諸九（4諸九尼続句集　一七八五）

飼犬の　我が家吠ゆるや　すす払　子一（8俳諧新選　一四四ぺ）
白梅に　うすもの著せん　煤払　子規（9寒山落木巻一　〇〇二六）
旅寝して　みしやうき世の　煤はらひ　芭蕉（1笈の小文　三三八）
入梅晴や　二軒並んで　煤払　一茶（3おらが春　四四一ぺ）
長持に　鶏啼きぬ　煤払　古白（9古白遺稿　〇一九〇）
なき人の　ゆかしき文や　すす払　ちか（8俳諧新選　一四四ぺ）
鼠共　宿はと問はば　煤払　幽山（7俳諧古選　一八六ぺ）
橋杭(ぐひ)や　御祓ひかかる　煤はらひ　卜枝（6あら野　一〇八六）
夢殿の　戸へな障りそ　煤払　太祇（8俳諧新選　一四四ぺ）
夜の日や　不破の小家の　煤はらひ　如行（6あら野　九一九）
夕風や　是もひとりは　涼まれず　移竹（7俳諧古選　二二五ぺ）
網打の　見えずなりゆく　涼みかな　蕪村（2蕪村句集　九七）
行灯を　しいてとらする　すずみかな　探芝（6炭俵　二五一六）
いそがしき　中をぬけたる　涼みかな　游刀（6続猿蓑　三一五八）
犬も舌を　口にをさめし　涼み哉　秀山（8俳諧新選　二一二ぺ）
帷子(かたびら)の　背中ふくるる　涼み哉　衛門（7俳諧古選　一六七ぺ）
門へ出て　我が家をそしる　涼みかな　玄武坊（4玄武庵発句集　一八一二）
仮橋の　まゝ一つほしき　涼みかな　親継（7俳諧古選　一六四ぺ）
唇に　墨つく児(ちご)の　すずみかな　千那（6猿蓑　一八〇〇）
闇(くら)がりに　座頭忘れて　涼みかな　也有（4五車反古　一七九三）
立ちありく　人にまぎれて　すずみかな　去来（6続猿蓑　三一五九）
次の夜は　唯ひとり行く　涼みかな　江水（7俳諧古選　一六四ぺ）

とろとろと扇も眠るすずみ哉　宋屋（8俳諧新選 一二二ぺ）
夏かけて名月あつきすずみ哉　芭蕉（1萩の露 七九八）
生酔ひをねぢすくめたる涼みかな　雪芝（6続猿蓑 三一五六）
二文投げて寺の縁借る涼みかな　子規（10獺祭句帖抄 六二八ぺ）
橋の上とまられはせぬ涼み哉　貞秋（7俳諧古選 一六二ぺ）
水も皆人に馴れ行くすずみかな　古橋（8俳諧新選 一二二ぺ）
夕風に撫でられて居る涼みかな　琴和（8俳諧新選 一二二ぺ）
我が身にも夕暮れ有りてすずみ哉　座神（7俳諧古選 一七〇ぺ）
スコールの波窪まして進み来る　虚子（12五百五十句 一六ぺ）
滝壺に瓢簞うけて涼みけり　尺布（8俳諧新選 一二二ぺ）
本船の陰に小舟のすずみけり　它谷（8俳諧新選 一二二ぺ）
ゆふがほに足さはりけりすずみ床　蝶夢（5草根発句集 八五八）
挑灯のどこやらゆかし涼み舟　卜枝（6あら野 六九四）
橋裏を皆打ち仰ぐ涼み舟　虚子（11五百句 六一ぺ）
簾(みす)下げて誰が妻ならん涼み舟　秋色（4陸奥鵆 一一三一）
我を招く玉むし出でよ涼みぶね　几董（4井華集 一八四六）
才覚な隣のかかや煤見舞　馬莧（6続猿蓑 三四〇五）
忘れずば佐夜の中山にて涼め　芭蕉（1丙寅紀行 一七〇）
一反は刈り残す田の雀かな　子規（10獺祭句帖抄 六一八ぺ）
うぐひすの声に起き行く雀かな　桃隣（6炭俵 二四一七）
刈り蕎麦の跡の霜ふむすずめ哉　桐奚（6炭俵 二五九二）
樵りすつる年木の枝に雀哉　蕪村（2蕪村遺稿 三八四）

竹の雪落ちて夜なく雀かな　塵交（6あら野 四四〇）
燕(つばくら)の巣を覗き行くすずめかな　長虹（6あら野 六〇六）
苗代の鳥をおどす雀かな　釣壺（7俳諧古選 一五二ぺ）
菜畠に花見白(がほ)なる雀哉　芭蕉（1泊船集 二三八）
雪降りて馬屋にはひる雀かな　鳧仙（6あら野 四四七）
若竹のうらふみたるる雀かな　亀洞（6波留濃日 三三〇）
わやくやと霰を侘びる雀哉　一茶（3七番日記 三五三ぺ）
鉢たたき干鮭売りをすすめけり　馬莧（6続猿蓑 三四〇〇）
蓼の葉を此の君と申せ雀ずし　蕪村（2蕪村句集 一七二）
はこべらや焦土の色の雀ども　波郷（9雨覆 二六五一）
南天に雪吹きつけて雀鳴く　子規（10獺祭句帖抄 六六四ぺ）
短夜や淀のわたりに雀鳴く　周鮑（7俳諧古選 二二九ぺ）
慈悲すれば糞(はこ)をする也雀の子　一茶（3文政句帖 三三〇ぺ）
巣だちして寝る夜の床や雀の子　鼠孫（8俳諧新選 一〇五ぺ）
竹の子と品よく遊べ雀の子　一茶（3おらが春 四四一ぺ）
腹中に吹矢立ちけり雀の子　子規（10獺祭句帖抄 六二五ぺ）
藁(ゆき)さがるけふは二筋雀の巣　虚子（12六百句 一九四ぺ）
雪信(のぶ)が蠅打ち払ふ硯かな　蕪村（2蕪村句集 五八三）
新そばを碓氷の雷に啜りけり　徂春（9定本徂春句集 〇八〇〇）
杜鵑(ほととぎす)鳴く音や古き硯ばこ　芭蕉（1陸奥鵆 七四八）
しばしまもまつやほととぎす千年　芭蕉（1続山井 一一一）
きりぎりすな侘びそ夜の裾貸さん　調和（7俳諧古選 一八三ぺ）

夕　桜　城の石崖　裾濃なる　草田男（9 長子 二五五一）
亡き妻や灯籠の陰に　裾をつかむ　子規（10 獺祭句帖抄 六五二ぺ）
花見戻り丹波の鬼の　すだく夜に　蕪村（2 蕪村遺稿 二二〇一）
行く春や一声青き　すだれうり　蓼太（5 蓼太句集 五三五）
月や空にいよげに見ゆる　すだれごし　捨女（5 俳集良材 九四）
ほととぎす平安城を　筋違（すぢかひ）に　蕪村（2 蕪村句集 八六七）
早苗饗の御あかし上ぐる　素つ裸　素十（9 初鴉 一五三九）
白雨（ゆふだち）や蓮一枚の　捨てあたま　嵐蘭（6 猿蓑 一七八七）
白頭の吟を書きけり　捨団扇　子規（10 獺祭句帖抄 六三五ぺ）
みじか夜や浪うちぎはの　捨（すて）篝（かがり）　蕪村（2 蕪村句集 二一二）
月見せん伏見の城の　捨（すて）郭（ぐるわ）　去来（6 猿蓑 一八四二）
霜を着て風を敷寝の　捨子哉　芭蕉（1 六百番発句合 八五）
松陰におち葉を着よと　捨子かな　素堂（4 とくくの句合 〇七七三）
夏草に這ひ上がりたる　捨蚕かな　鬼城（9 鬼城句集 〇六三一）
小夜の月慰めかねつ　捨子泣く　才麿（4 坂東太郎 〇二六〇）
法の山や蛇もうき世を　捨　衣　一茶（3 おらが春 四四三ぺ）
夕立や数の子供の　捨て育ち　可幸（8 俳諧新選 一二二ぺ）
短夜や乳ぜり泣く児を　須可捨焉乎（すてっちまおか）　しづの女（9 颱 〇九六四）
冬枯れや姨捨に月も　捨てて有り　白笑（8 俳諧新選 一四一ぺ）
白萩やよごれた花は　捨てて咲く　射牛（8 俳諧新選 一二七ぺ）
さみだれや仏の花を　捨てに出る　蕪村（2 蕪村句集 一六三六）
世をうしと花なる身をや　捨て坊主　立圃（7 俳諧古選 一九六ぺ）

月の下ごんずいは釣り　捨てらるる　白水郎（9 散木集 一〇八二）
鶯　にちひさき藪も　捨てられじ　一笑（6 あら野 五二〇）
蝙蝠（かうもり）や垢に魚わく　捨小舟　周禾（8 俳諧新選 一五ぺ）
しら露や月のこぼるる　砂の上　富水（8 俳諧新選 二六ぺ）
月清し遊行のもてる　砂の上　芭蕉（1 猿蓑 五六〇）
巡礼の島のぐるりの　砂の浜　誓子（9 天狼 一四七四）
蟬鳴くや大河をあゆむ　砂ほこり　紫暁（5 己酉句録 九〇八）
うちむれてわかな摘む野に　脛（すね）かゆし　仙杖（6 炭俵 二四〇七）
雨後の月誰そや夜ぶりの　脛白き　蕪村（2 蕪村句集 一六九九）
寒食（かんじき）やいはけなき子に　すねらるる　琴風（7 俳諧古選 一五三ぺ）
朝顔の花に澄みけり　諏訪の湖　巣兆（4 曾波可里 二〇九三）
ほつりんと年はくれけり　諏訪の湖　素檗（5 素檗句集 九八二）
名月やうさぎのわたる　諏訪の海　蕪村（2 蕪村句集 九四二）
大旱の月も湖水を　吸ふと見ゆ　蝶衣（9 蝶衣句稿 〇五六六）
春寒の旅や絹夜具　滑りがち　温亭（9 温亭句集 〇八二九）
枯　柳　いかめしき風の　辷（すべ）りけり　浦玉（8 俳諧新選 一三七ぺ）
かたつぶり角ふりわけよ　須磨明石　芭蕉（1 猿蓑 三九〇）
御座舟や霧間もれたる　須磨明石　重頼（4 藤枝集 〇〇八六）
身にしむや横川のきぬを　すます時　蕪村（2 蕪村句集 一八二七）
月を思ひ人を思ひて　須磨にあり　虚子（14 七百五十句 一一七ぺ）
力なうくれかかる日や　須磨の秋　涼菟（7 俳諧古選 ぺ一七九）
はるばると来てわかるるや　すまの秋　几董（5 井華集 八〇三）

笛の音に　波もより来る　須磨の秋　蕪村（2蕪村句集 八〇三）
見に来る　人かしましや　須磨の秋　言水（7俳諧古選 二〇七ペ）
見渡せば　詠むれば見れば　須磨の秋　芭蕉（1芝肴 一〇七）
夜桜に　あやしやひとり　須磨の蟹　言水（7俳諧古選 二〇七ペ）
蚊柱や　夕栄(ばえ)広き　須磨の浦　子規（10獺祭句帖抄 六四八ペ）
月代や　むかしに近き　須磨の浦　鬼貫（7俳諧古選 一七六ペ）
いばりせし　ふとんほしたり　須磨の里　蕪村（2蕪村句集 一八九七）
似合はしき　けしの一重や　須磨の里　杜国（6猿蓑 一七二八）
藍色の　海の上なり　須磨の月　子規（10獺祭句帖抄 六三六ペ）
月はあれど　留主のやう也　須磨の夏　芭蕉（1笈の小文 三八六）
月見ても　物たらはずや　須磨の夏　芭蕉（1笈の小文 三八七）
蛸壺に　なすびもあまる　須磨の宿　桃葉（8俳諧新選 一四八ペ）
一本の　つつじ入りけり　住(すま)ひかな　杏雨（6あら野 九六三）
釣しのぶ　蝸(かや)にさはらぬ　住居(すまひ)かな　蕪村（2蕪村句集 二二五八）
花守の　花も漏るべき　住居哉　湖月（8俳諧新選 二一〇ペ）
日ごろ仲　よくて恥ある　すまひ哉　蕪村（2蕪村句集 七七五）
無刀にて　菊に隠るる　住居哉　雪蕉（8俳諧新選 二三四ペ）
飛び入りの　力者あやしき　角力(すまひ)哉　蕪村（2蕪村句集 七七六）
投げられて　礼して這入る　角力哉　立吟（7俳諧古選 二〇九ペ）
初嵐　屋根草も取らず　住まひけり　癖三酔（9癖三酔句集 〇三七九）
死ねと思ふ　親もあるかな　相撲取　馬光（4新句兄弟 一一四九）
しら梅や　北野の茶店に　すまひ取　蕪村（2蕪村句集 二〇二八）

力でも　いけぬ師走や　すまひ取　乙由（4麦林集 一一九三）
二つ三つ　よき名たまはる　角力(すまふ)取　蕪村（2蕪村遺稿 一七四六）
息合の　分けても残る　角力哉　嘯山（8俳諧新選 二二七ペ）
思はずも　親のほめたる　角力哉　紀伊日高社中（8俳諧新選 二二七ペ）
勝つた手を　組んで見せたる　角力哉　旭扇（8俳諧新選 二二七ペ）
勝つた共　知らで起きたつ　角力かな　雅因（8俳諧新選 二二七ペ）
こけさうな　男は見えぬ　すまふ哉　杜支（8俳諧新選 二二七ペ）
神力の　半分ほしき　角力哉　瓢水（8俳諧新選 二五三ペ）
褌(ふんどし)の　切れて分かるる　すまふかな　孤桐（8俳諧新選 二二七ペ）
頬に笑ひて　弓引つたくる　角力哉　水翁（8俳諧新選 二二七ペ）
四つに組んで　贔屓の多き　角力かな　子規（10獺祭句帖抄 六五三ペ）
おのが名の　川留をかし　角力取　稲音（8俳諧新選 二二七ペ）
三十を　老いのはじめや　すまふ取　五律（8俳諧新選 二二七ペ）
長病の　耳がなくなる　すまふ取　超波（4ひとりずまふ 一一二三）
裸身を　ゆるし色也　角力とり　雪峰（8俳諧新選 二二七ペ）
故さとの　座頭に逢ふや　角力取　蕪村（2蕪村遺稿 七七四）
みやこにも　住みまじりけり　相撲取　去来（6猿蓑 一八一七）
むかしきけ　ちちぶ殿さへ　すまふとり　芭蕉（1芭蕉庵小文庫 九二六）
青梅の　花は昨日や　墨ごろも　梅史（8俳諧新選 一五七ペ）
涼しさや　此の庵をさへ　住み捨てし　曾良（6猿蓑 二二七）
独活(うど)よけん　尼が手業(わざ)の　酢味噌物　雅因（8俳諧新選 一〇四ペ）
しら魚や　子にまよひゆく　隅田川　吏登（4吏登発句集 一一八三）

羽子板や　子はまぼろしの　すみだ川　秋桜子（9 俳句昭48・1 一四四〇）
春風や　鼠のなめる　角田川　一茶（3 七番日記 三二六ペ）
夕月や　杖に水なぶる　角田川　越人（6 あら野 九〇六）
からざけの　片荷や小野の　炭俵　蕪村（2 蕪村遺稿 一九六六）
正月の　魚のかしらや　炭だはら　傘下（6 あら野 四八七）
すびつさへ　すごきに夏の　炭俵　其角（6 あら野 六七八）
底たたく　音や余寒の　炭俵　召波（5 春泥句集 八〇七）
花薄　誰にあかれて　炭俵　任口（7 俳諧古選 一九七ペ）
宵々に　見へりもするか　炭俵　一茶（3 文化句帖 三六〇ペ）
工事残務　百舌鳥（もず）晴れに　住みつくがごと　碧梧桐（4 新傾向句集 二二八八）
青柳の　しだれや鯉の　住み所　一咲（6 猿蓑 一九一五）
旅に炬燵　求めてあたれ　住み所　信海（7 俳諧古選 一八六ペ）
はげ山や　朧の月の　すみ所　式之（6 あら野 五九七）
家中を　浄む西日の　隅にゐる　三鬼（9 変身 二三四六）
蜀魂（ほととぎす）　なくや木の間の　角櫓（すみやぐら）　史邦（6 猿蓑 一七一六）
かたまつて　薄き光の　菫かな　水巴（4 白日 二四二三）
雉子の尾の　やさしくさはる　菫かな　秋色（5 花摘 四五九）
傾城の　畠見たがる　すみれかな　涼菟（5 皮籠摺 四一三）
骨拾ふ　人にしたしき　菫かな　蕪村（2 蕪村句集 二四五〇）
居（すわ）りたる　舟を上がれば　すみれ哉　蕪村（2 蕪村句集 九八一）
地車に　おつぴしがれし　菫哉　一茶（3 文化句帖 三三二ペ）
堤より　ころび落つれば　すみれ哉　馬莧（6 続猿蓑 三〇三四）
何の気も　つかぬに土手の　菫哉　忠知（6 あら野 五九〇）
法度場の　垣より内は　すみれ哉　野坡（6 炭俵 二四六七）
鼻紙の　間にしをるる　すみれかな　園女（4 住吉物語 一〇九四）
昼ばかり　日のさす洞の　菫哉　舟泉（6 あら野 五九三）
ほうろくの　土とる跡は　菫かな　野水（6 あら野 五九二）
馬の頬　押しのけ摘むや　菫草　杉風（4 続別座敷 〇八五〇）
当帰（たうき）より　あはれは塚の　菫草　芭蕉（1 泊船集 七八一）
ねぶたしと　馬には乗らぬ　菫草　荷兮（6 あら野 五九一）
古寺や　つるさぬかねの　菫草　一井（6 あら野 一〇二三）
山路来て　何やらゆかし　すみれ草　芭蕉（1 野ざらし紀行 一二三五）
石蕗（つは）に虻（あぶ）　来る日よ四辺　澄みわたり　立子（9 昭48俳句年鑑 一九四三）
学問の　さびしさに堪へ　炭をつぐ　誓子（9 凍港 一四六五）
青空は　どこへも逃げぬ　炭を焼く　静塔（9 栃木集 二三六七）
人を恐れ　野分を恐れ　住めりけり　虚子（14 七百五十句 五八ペ）
なりかかる　蟬がら落とす　李（すもも）かな　残香（6 炭俵 二五三三）
師に侍して　吉書の墨を　すりにけり　久女（9 杉田久女句集 〇九四八）
枕辺や　星別れんと　する晨（あした）　漱石（9 正岡子規へ 〇一八五）
明月や　不二みゆるかと　するが町　素龍（6 炭俵 二五四八）
是程と　牡丹の仕方　する子哉　一茶（3 七番日記 三四二ペ）
秋深き　隣は何を　する人ぞ　芭蕉（1 笈日記 九〇七）
雁ききて　また一寝入り　する夜かな　雨桐（6 波留濃日 三四四）
日盛りや　汽車と汽車とが　すれちがふ　洒竹（9 俳味大2・12 〇二九一）

暑き日や　実(げに)も草木の　居(すわ)り様　桃咲（7 俳諧古選 二一六ペ）
鶯や　窓に灸(やいと)を　するゐながら　魚日（6 猿蓑 一九一〇）
我が宿は　かづらに鏡　するゐにけり　是楽（6 続猿蓑 三一〇九）
浮世の月　見過ごしにけり　末二年　西鶴（5 西鶴置土産 一一一六）
一霜の　寒さや芋の　ずんど刈　支考（6 続猿蓑 三三〇四）

せ

紅葉散りて　竹の中なる　清閑寺　闌更（5 半化坊発句集 七五七）
明け易き　欅にしるす　生死かな　楸邨（9 火の記憶 二五六九）
麦秋の　中なるが悲し　聖廃墟　秋桜子（9 残鐘 一四三九）
何某の　屋根へ出られつ　聖廟忌　瓜流（8 俳諧新選 一一一ペ）
虫螻蛄と　侮られつつ　生を享く　虚子（12 五百五十句 六五九ペ）
ふたり寝の　蚊屋もる月の　せうと達　蕪村（2 蕪村遺稿 二〇〇三）
夏痩も　せず重き荷を　背負ひけり　虚子（14 七百五十句 一一五八ペ）
つげて明けぬ　玉子乃親ぢ　世界の春　似船（5 三ッ物揃 一八〇）
おどろくや　門もてありく　施餓鬼(せがき)棚　荷兮（6 あら野 一〇三四）
寒月や　旅人こつこつ　関が原　嘯山（8 俳諧新選 一四一ペ）
子のまねを　親もする也　節(せ)き候(ざふらふ)　一茶（3 おらが春 四七四ペ）
弓張の　月も落ちたり　関角力(せきずまふ)　蘭交（8 俳諧新選 一四八ペ）
あばら家に　人の居は居て　咳きにけり　楊童（9 枯蘆 〇八〇二）
蠅をうつ　音もきびしや　関の人　太祇（8 俳諧新選 一二三ペ）

炭の火や　朝の祝儀の　咳ばらひ　一茶（3 おらが春 四七三ペ）
昇天の　竜の如くに　咳く時に　茅舎（4 定本茅舎句集 二六二九）
はつ春や　けぶり立つるも　世間むき　一茶（3 文化句帖 三二三ペ）
獺(かはうそ)の　祭り見て来よ　瀬田のおく　芭蕉（1 花摘 六〇〇）
名月は　ふたつ過ぎても　瀬田の月　芭蕉（1 西の雲 七一〇）
幾人(いくたり)か　しぐれかけぬく　勢田の橋　丈草（6 猿蓑 一六一九）
稲妻や　少し見えたる　瀬田の橋　琴台（8 俳諧新選 二二五ペ）
五月雨に　かくれぬものや　瀬田の橋　芭蕉（1 あら野 三九八）
名月や　馬より下りる　勢田の橋　如元（7 俳諧古選 一七九ペ）
一家皆　昔模様や　節小袖　富水（8 俳諧新選 一一一ペ）
菊の香に　くらがり登る　節句かな　芭蕉（1 菊の香 八九五）
湖の　魚は世にある　節句哉　岡成（7 俳諧古選 二二九ペ）
よき家や　雀よろこぶ　背戸の粟　芭蕉（1 千鳥掛 四一八）
琴箱や　古物店の　背戸の菊　芭蕉（1 蕉翁句集 八〇六）
春雨に　ぬるる麏(くじか)の　背中かな　蕪村（2 蕪村遺稿 二二五）
蚊の口や　灸(やいと)はしらぬ　背中にも　野有（8 俳諧新選 二五〇ペ）
鬼灯(ほほづき)を　取つてつぶすや　せなかの子　一茶（3 八番日記 三五一ペ）
御仏や　生まるるまねに　銭が降る　一茶（3 文政句帖 三三八ペ）
帷子(かたびら)の　ねがひはやすし　銭五百　支考（6 続猿蓑 三二〇一）
年のくれ　互ひにこすき　銭つかひ　野坡（6 炭俵 二六四一）
荻の風　寝余る夜さへ　せはしけれ　麻兄（8 俳諧新選 二三三ペ）
腹あしき　僧こぼし行く　施米哉　蕪村（2 蕪村句集 二一五）

いでや我　よきぬのきたり　せみごろも　芭蕉（1あつめ句 一二九九）
掛香や　何にとどまる　せみ衣　蕪村（2蕪村句集 二六七二）
秋風や　梢はなれぬ　蟬の空　百里（4花摘 一一二三）
凩の　笛かもしらず　蟬のから　旨原（4反古衾 一七三二）
梢より　あだに落ちけり　蟬のから　芭蕉（1江戸広小路 七六）
蓮の実に　軽さくらべん　蟬の空　示峰（6続猿蓑 三二七〇）
有りたけの　樹に響きけり　蟬の声　稲起（8俳諧新選 一一九ぺ）
狗（いぬころ）に　爰へ来よとや　蟬の声　一茶（3おらが春 四五〇ぺ）
上野から　庭の木へ来て　蟬の声　子規（10獺祭句帖抄 六四八ぺ）
烏稀に　水又遠し　せみの声　蕪村（2蕪村遺稿 一二九）
きつと来て　啼きて去りけり　蟬のこゑ　胡故（6続猿蓑 三一八五）
客ぶりや　居処かゆる　蟬の声　探志（6猿蓑 一七八一）
楠も　動くやう也　蟬の声　昌碧（6あら野 六八四）
下闇や　地虫ながらの　蟬の声　嵐雪（6猿蓑 一七八〇）
閑（しづ）かさや　岩にしみ入る　蟬の声　芭蕉（1奥の細道 五一三）
椎の木を　たがへて啼くや　蟬の声　朴水（6猿蓑 二一六〇）
炭竈の　烟の中や　せみのこゑ　鶴女（8俳諧新選 一一九ぺ）
大仏の　あなた宮様　せみの声　蕪村（2蕪村句集 五八）
誰追ひて　誰に告げ行く　蟬の声　瓜流（8俳諧新選 一一九ぺ）
撞き鐘も　ひびくやうなり　蟬の声　芭蕉（1笈日記 四〇九）
名を呼びて　けふも暮れけり　蟬の声　孤山（8俳諧新選 一一九ぺ）
葉柳に　ふり出されけり　蟬の声　春来（8俳諧新選 一一九ぺ）

半日の　閑を榎や　せみの声　蕪村（2蕪村句集 五七）
昼中や　雲いらいらと　蟬の声　子規（10獺祭句帖抄 六四八ぺ）
松風の　鉢を聞きしる歟（か）　蟬の声　宋屋（8俳諧新選 一四九ぺ）
頓（やが）て死ぬ　けしきは見えず　蟬の声　芭蕉（1猿蓑 六三〇）
白雨（ゆふだち）や　中戻りして　蟬の声　正秀（6続猿蓑 三一八四）
桐の木や　雨のながるる　蟬の腹　梅室（5梅室家集 一一六九）
松風に　誘はれて鳴く　蟬一つ　草城（9花氷 二四七一）
秋立つや　素湯（さゆ）香ばしき　施薬院　蕪村（2蕪村句集 一七三七）
青柳や　芹生（せりふ）の里の　芹の中　蕪村（2蕪村句集 一四九七）
これきりに　小道つきたり　芹の中　蕪村（2蕪村句集 四二一）
古寺や　はうろく捨つる　芹の中　蕪村（2蕪村句集 一九九六）
うすらひや　わづかに咲ける　芹の花　其角（6猿蓑 一九〇三）
我がためか　鶴はみのこす　芹の飯　芭蕉（1続深川集 二三三）
短日や　国へみやげの　泉岳寺　万太郎（9草の丈 一一二六）
雪に道理　付けて寝にけり　疝気持　孤舟（8俳諧新選 一四三ぺ）
陽炎や　手に下駄はいて　善光寺　一茶（3八番日記 三二七ぺ）
春風や　牛に引かれて　善光寺　一茶（3七番日記 三二六ぺ）
こほろぎや　箸で追ひやる　膳の上　孤屋（6炭俵 二五六一）
紙雛や　つんとすねたる　膳の先　野逸（4野逸句集 一七六二）
有明や　浅間の霧が　膳をはふ　一茶（3七番日記 三四七ぺ）

そ

枯木中仏に礼し　僧帰る　虚子（13六百五十句 二〇〇ぺ）
寺領顔に守るは山田の　僧都(そうづ)かな　未得（4毛吹草追加 〇一三七）
新酒酌むは中山寺の　僧どもか　子規（10獺祭句帖抄 六五三ぺ）
京筑紫去年(こぞ)の月とふ　僧中間　丈草（6猿蓑 一八四七）
早苗籠負うて歩きぬ　僧のあと　虚子（11五百句 五三ぺ）
白蓮を切らんとぞおもふ　僧のさま　蕪村（2蕪村句集 八八）
赤も淋し緑又くらし　走馬灯　青々（9鳥の巣 〇四七二）
人の世の影ばかりなり　走馬灯　青邨（9粗餐 一六一七）
梅が香や隣は荻生　惣右衛門　珪琳（8俳諧新選 一四六ぺ）
神事田を寄りて植ゑるや　曾我贔負　百万（8俳諧新選 一五八ぺ）
冷水を湛ふ水甕の　底にまで　誓子（9遠星 一四九六）
万菊や十分咲きて　譏らるる　可幸（8俳諧新選 一三四ぺ）
身に沁みて死にき遺るは　謗らるる　楸邨（9野哭 二五九五）
露時雨森を出る日に　濺(そそ)ぎけり　季遊（8俳諧新選 一三三ぺ）
蛍の死弔ふ水を　そそぎけり　敦（9午前午後 三一三九）
あいつらも夜永なるべし　そそり唄　一茶（3七番日記 三四三ぺ）
御(お)ほ火たきや犬も中々　そぞろ皃(がほ)　蕪村（2蕪村句集 七〇三）
恋猫やつながれて居る　そぞろ声　之房（8俳諧新選 一〇二ぺ）
初雁や湊の空の　そぞろ声　春来（8俳諧新選 一三二ぺ）

竹の子は産の儘なる　育ち哉　久住（7俳諧古選 一六三ぺ）
里親とも知らで紙鳶の子　育ちけり　雉子郎（9現代俳句集 〇六八七）
焚火かなし消えんとすれば　育てられ　虚子（12五百五十句 四二二ぺ）
みの虫や笠置の寺の　麁朶(そだ)の中　蕪村（2蕪村遺稿 一八五二）
朝皃や人の皃(かほ)には　そつがある　一茶（3文政句帖 三四九ぺ）
校塔に鳩多き日や　卒業す　草田男（9長子 二五二九）
しなのぢやそばの白さも　ぞつとする　一茶（3七番日記 三五〇ぺ）
古びなやむかしの人の　袖几帳　蕪村（2蕪村句集 二三六七）
かけ香やわすれ皃なる　袖だたみ　蕪村（2蕪村句集 二六七三）
薫や花に小蝶の　袖だたみ　二夕坊（8俳諧新選 一五一ぺ）
初午やその家々の　袖だたみ　蕪村（2蕪村句集 四二四）
初蝶や吾が三十の　袖袂　波郷（9風切 二六五三）
洲の松の見ごろも涼し　袖の浦　柳居（5夏山伏 四八七）
雄島のを出して見せばや　袖の月　黒露（8俳諧新選 一五三ぺ）
聖霊(しやうりやう)や送り先立つ　袖の露　似春（4続連珠 〇二〇八）
つめたかれ着る帷子(かたびら)の　袖の雪　正直（7俳諧古選 一六三ぺ）
鬼灯(ほほづき)やつかみ出したる　袖土産　太祇（8俳諧新選 一二八ぺ）
馬合羽雪打ちはらふ　袖もなし　令徳（5誹諧家譜 四二）
風呂敷に乾鮭(からざけ)と見しは　卒都婆(そとば)哉　蕪村（2蕪村遺稿 一九六八）
あきくさをごつたにつかね　供へけり　万太郎（9草の丈 一一〇八）
搗栗(かちぐり)や餅にやはらぐ　そのしめり　沾圃（6続猿蓑 三一一〇）
首の座は稲妻のする　その時か　木節（6続猿蓑 三四五二）

春の夜や宵あかつきの　その中に　蕪村（2蕪村句集 一〇二七）
異草に我がちがほや　園の紫蘇　蔦雫（6続猿蓑 三一九三）
おのづから鶯籠や　薗の竹　望一（5伊勢山田集 七八）
やる筈の今更悔し　園の花　習先（8俳諧新選 一五五ぺ）
大石悼む低き鴨居の　その低きも　多佳子（9命終 二九六三）
水かれがれ蓼歟（か）あらぬ歟（か）　蕎麦歟否歟（か）　蕪村（2蕪村句集 二七六八）
灯台は低く霧笛は　峙てり　虚子（11五百句 九六ぺ）
宮城野の萩更科の　そばにいづれ　蕪村（2蕪村句集 一四一六）
落つる日のくぐりて染むる　蕎麦の茎　蕪村（2蕪村句集 二五六七）
肌寒き始めにあかし　蕎麦のくき　惟然（6続猿蓑 三三〇五）
いざよひは闇の間もなし　そばの花　猿雖（6続猿蓑 三二三六）
起しせし人は逃げけり　蕎麦の花　車庸（6続猿蓑 三二九七）
黒谷の隣はしろし　そばの花　蕪村（2蕪村句集 一四七四）
此の山に家が有るかや　蕎麦の花　八川（8俳諧新選 一三五ぺ）
なだらなる岡の片側　蕎麦の花　子規（10獺祭句帖抄 六五九ぺ）
故郷や酒はあしくと　そばの花　蕪村（2蕪村句集 一一六一）
三日月に地はおぼろ也　蕎麦の花　芭蕉（1浮世の北 七五四）
道のべや手よりこぼれて　そばの花　蕪村（2蕪村句集 一七八二）
柿の葉の遠くちり来ぬ　そば畠　蕪村（2蕪村遺稿 二五六九）
根に帰る花やよしのの　そば畠　蕪村（2蕪村遺稿 二五七〇）
墓原のつづきや寺の　蕎麦畠　子規（10獺祭句帖抄 六一七ぺ）
鳩ふくや渋柿原の　蕎麦畠　珍碩（6猿蓑 一八六四）

鵙（もず）鳴くや藪のうしろの　蕎麦畑　子規（10獺祭句帖抄 六一五ぺ）
てふてふの我がかげろふに　そばへけり　大夢（8俳諧新選 一〇八ぺ）
我のみの柴折りくべる　そば湯哉　蕪村（2蕪村句集 一一九九）
雲の峰雷を封じて　聳えけり　漱石（4漱石全集 二二四一）
さらし布霞の足しに　聳えけり　一茶（3おらが春 四三六ぺ）
不男の鹿に代はりて　添寝かな　竿秋（8俳諧新選 一五一ぺ）
ひいき目に見てさへ寒い　そぶりかな　一茶（3真蹟 三五七ぺ）
蚤の迹かぞへながらに　添乳（そへぢ）哉　一茶（3おらが春 四五九ぺ）
藍がめにひそみたる蚊の　染まりつつ　虚子（13六百五十句 一四六ぺ）
我着しと音にな立ちそ　染紙子　多少（8俳諧新選 一四一ぺ）
連翹（れんげう）に糸いろいろや　染めて干す　巨口（9つは蕗 一二〇六）
蛍火の青きにおびえ　そめむとす　草城（9人生の午後 二四六九）
蝸牛（かたつぶり）つの引く藤の　そよぎかな　水鷗（6続猿蓑 三一九八）
わか竹の日毎にかはる　戦（そよ）ぎかな　尺布（8俳諧新選 一一八ぺ）
雨蛙芭蕉にのりて　そよぎけり　其角（4句兄弟 〇七七）
堉（こえ）舟（ぶね）を隠して荻の　戦ぎけり　水翁（8俳諧新選 一三三ぺ）
老の夜の余るや萩の　戦ぎより　沙月（8俳諧新選 一三三ぺ）
ほととぎす待つや都の　そらだのめ　蕪村（2蕪村句集 二三六七）
思ふ人に当たれ印地の　空（そら）礫（つぶて）　嵐雪（7俳諧古選 一六五ぺ）
うき友にかまれてねこの　空ながめ　去来（6猿蓑 一九二〇）
秋晴れてものの煙の　空に入る　子規（10獺祭句帖抄 六五二ぺ）
雁（かりがね）の声のしばらく　空に満ち　素十（9初鴉 一五三四）

のら猫も人目の関にそら寝哉　里鳥（8俳諧新選 一〇二ぺ）
秋なれや木の間木の間の空の色　也有（4蘿葉集 一七九〇）
蕣（あさがほ）や夜は明けきりし空の色　史邦（5藤の実 三三二）
釣台と行くや八月の空の下　白水郎（9白水郎句集 一〇八三）
初秋や心に高し空の鳶　抱一（4屠竜之技 二一三五）
月見るや庭四五間の空の主　杉風（4西国曲 〇八六〇）
城頭の井を晒しけり空は秋　月斗（9昭和俳句集 〇五一二）
名月や柳の枝を空へふく　嵐雪（7俳諧古選 二一〇ぺ）
初鏡五十の面剃りにけり　月斗（9昭和俳句集 〇五一六）
かりかりと残雪を食み橇をひく　蛇笏（9田園の霧 〇六四九）
浴衣著てあぐらかくそれぎりなのだ　碧梧桐（9碧梧桐句集 〇一四五）
をみなへししでの里人それたのむ　自悦（6あら野 一〇〇五）
埋み火の去年（こぞ）となりけりそれながら　月居（4河鵆 二一〇一）
をしや春一杯のめば其程減る　留鷺亭（7俳諧古選 二〇七ぺ）
鶯を雀歟（か）と見しそれも春　蕪村（2蕪村句集 八四一）
朝よりの大暑の箸をそろへおく　素逝（9暦日 一八一三）
寂寞と湯婆（たんぽ）に足をそろへけり　水巴（9定本水巴句集 〇五八二）
初夢の唯空白を存したり　虚子（12六百句 一八九ぺ）
芋掘と芋の話や村夫子　俳小星（9径草 〇九〇七）
月明に沖の火一箇村をなす　誓子（9和服 一四七二）

た

不精にて年賀を略す他意あらず　虚子（14七百五十句 九二ぺ）
鮎落つを剰へなる大雨かな　迷堂（9孤輪 〇四一三）
うら枯れの中に水なき大河かな　月居（5発句題葉集 九六三）
春雨の中を流るる大河哉　蕪村（2蕪村遺稿 二二一二）
あたたかな冬至の門や大経師　月居（5発句題葉集 九六七）
煤はきは己が棚つる大工かな　芭蕉（1炭俵 八二四）
阿修羅迦楼羅緊那羅摩呉羅伽大火かな　迷堂（9孤輪 〇四一二）
鶴わたる大群のいま大環に　爽雨（9泉声 一八九八）
老い朽ちて子供の友や大根馬　虚子（12五百五十句 九八ぺ）
落つる日や吹きさらされし大根馬　吏登（5吏登句集 四七八）
吾も老いぬ汝も老いけり大根馬　虚子（12五百五十句 九八ぺ）
思はざる梢にすまふ太鼓かな　斗吟（8俳諧新選 二七ぺ）
六門徒今に栄えて大根焚　三幹竹（9三幹竹句集 〇五五〇）
貧なる八百屋半焼の屋根繕はずして大根なんど売る　楽天（9承露盤 〇三三一）
門並に流るる川や大根引　嘯山（8俳諧新選 一四一ぺ）
京に此の日南（ひなた）は足らじ大根引　孤舟（8俳諧新選 一四一ぺ）
鞍壺に小坊主乗るや大根引　芭蕉（1炭俵 八一七）
たらたらと日が真赤ぞよ大根引　茅舎（4川端茅舎句集 二六三五）
鉢まきをとれば若衆ぞ大根引　野坡（6炭俵 二六〇四）

物問へば 手を払ひけり 大根引 瓜流(8俳諧新選 一四一ぺ)
楊貴妃や 踏皮(たび)迄脱がす たいこ持ち 来山(4卍の水 ○二四三)
蒟蒻(こんにやく)に つつじの名あれ 太山寺 子規(10獺祭句帖抄 五九九ぺ)
何のあれ かのあれけふは 大師講 如行(6続猿蓑 三四五六)
童べも 菊も育ちが 大事かな 珪琳(8俳諧新選 一四七ぺ)
鵙(もず)鳴くや 晩稲(おくて)掛けたる 大師道 子規(10獺祭句帖抄 六一五ぺ)
念力の ゆるめば死ぬる 大暑かな 鬼城(4鬼城句集 二二六四)
麦飯の いつまでも熱き 大暑かな 鬼城(9鬼城句集 ○六三八)
平安の 山眠るごと 大遷化 三幹竹(9三幹竹句集 ○五四七)
梅さくや 鰤(ぶり)のかしらの 台所 巴人(5夜半亭発句帖 四九九)
からざけや 帯刀殿の 台所 蕪村(2蕪村句集 一三三五)
煤さがる 日盛りあつし 台所 怒風(6続猿蓑 三一六八)
七草や 日本国の 台所 其村(8俳諧新選 一○○ぺ)
何笑ふ 声ぞ夜長の 台所 子規(10獺祭句帖抄 六一五ぺ)
初霜や 猫の毛も立つ 台所 楚舟(6炭俵 二五九四)
春雨や 唐丸あがる 台どころ 游刀(6続猿蓑 三○六九)
牡丹見の 又我を折るや 台所 紀逸(8俳諧新選 一一三ぺ)
折りかへる 桜でふくや 台所 孤屋(6炭俵 二四五○)
今日も暮るる 吹雪の底の 大日輪 亜浪(9定本亜浪句集 一○三一)
手をとめて 春を惜しめり タイピスト 草城(9青芝 二四六五)
在庫米 蝕づきゐたり 台風裡 圭岳(9太白星 一一八九)
夜をこめて 新米春くや 大法事 雅因(8俳諧新選 一三三ぺ)
銀閣に 浪花の人や 大文字 蕪村(2蕪村遺稿 一八二四)
相阿弥の 宵寝おこすや 大もんじ 蕪村(2蕪村句集 一八二五)
月しろに かかる烟や 大文字 南浦(8俳諧新選 一二五ぺ)
文月の 十六夜もよし 大文字 存義(8俳諧新選 一二五ぺ)
文月や 一字目にたつ 大文字 嵐山(8俳諧新選 一二五ぺ)
門跡に 我も端居(はしゐ)や 大文字 碧梧桐(9ホ明38・10 ○一四三)
山の端に 残る暑さや 大文字 宋屋(8俳諧新選 一二五ぺ)
春いかん 鶯鳴かで 内裏がた 西武(4貞徳誹諧記 ○一○六)
赤からん 花の白さや 蕃椒(たうがらし) 晩山(7俳諧古選 一六三ぺ)
青くても 有るべき物を 唐辛子 芭蕉(1深川 七五九)
石台を 終(つひ)にねこぎや 唐がらし 野坡(6炭俵 二五七七)
うつくしや 野分の後の たうがらし 蕪村(2蕪村遺稿 一四五四)
おそろしや 人が食ふとは 唐辛 巴静(4六々庵発句集 一二○七)
かくさぬぞ 宿は菜汁に 唐がらし 芭蕉(1猫の耳 四二三)
肩脱いで 飯くふ嚊(かか)や 番椒(たうがらし) 嘯山(8俳諧新選 一二八ぺ)
餉(かれいひ)に からきなみだや たうがらし 蕪村(2蕪村句集 一四五一)
草の戸を しれや穂蓼に 唐がらし 芭蕉(1笈日記 六四二)
此のたねと おもひこなさじ たうがらし 芭蕉(1嵋の古畑 六○八)
寒いぞよ 軒の蜩(ひぐらし) 唐がらし 一茶(3句稿消息 三五○ぺ)
すりこ木も もみぢしにけり 唐辛子 宗因(5難波草 一○六)
俵して 蔵めたくはへぬ たうがらし 蕪村(2蕪村句集 一四五二)
にしき木を 立てぬ垣根や たうがらし 蕪村(2蕪村句集 九三八)

鉢植も家越し車や　唐がらし　太祇（8俳諧新選 二一八ペ）
百なりていくらが物ぞ　唐がらし　木節（6続猿蓑 三三〇六）
御園守る翁が庭や　たうがらし　蕪村（2蕪村遺稿 一四五三）
稲雀稲を追はれて　唐秬(きび)へ　子規（10獺祭句帖抄 六一六ペ）
秋の灯(ひ)やゆかしき奈良の　道具市　蕪村（2蕪村句集 二七七六）
梅散るやなにはの夜の　道具市　巣兆（5曾波可理 九八三）
汗入れて馬も嘶(いなな)く　峠かな　雅蝶（7俳諧古選 一七三ペ）
霧に日は暮れなりけりの　峠哉　存義（8俳諧新選 二一八ペ）
春蟬の鳴いて明るき　峠かな　素琴（9山萩 一〇〇九）
雲雀より空にやすらふ　峠哉　芭蕉（1笈の小文 三六五）
春風や船伊予によりて　道後の湯　極堂（9春夏秋冬 〇一六六）
春の夜はたれか初瀬の　堂籠り　曾良（6猿蓑 一九九六）
眼中の人老いにけり　桃青忌　青々（4妻木 二二五〇）
朝霧や杭(くひぜ)打つ音　丁々(たうたう)たり　蕪村（2蕪村句集 六三〇）
植ゑに来て覚えて去(かへ)る　田歌かな　紙隔（7俳諧古選 二二五ペ）
春の夜や籠り人ゆかし　堂の隅　芭蕉（1笈の小文 三六四）
蔦さがる岩の凹みや　堂一つ　子規（10獺祭句帖抄 六一七ペ）
鶯や縁で物縫ふ　道明寺　文江（8俳諧新選 一〇一ペ）
水むけて跡とひたまへ　道明寺　芭蕉（1江戸広小路 九三）
うぐひすを魂にねむるか　嬌柳(たをやなぎ)　芭蕉（1虚栗 一六一）
ゆさゆさと風に身を漕ぐ　蟷螂かな　喜舟（9紫川 〇四七一）
錦木の主に聞かすな　田植歌　二柳（8俳諧新選 一一六ペ）

風流の初めやおくの　田植うた　芭蕉（1奥の細道 四九六）
おのが里仕廻うてどこへ　田植笠　一茶（3おらが春 四四二ペ）
和尚とはしらで誉めけり　田植笠　貞佐（4桑々畔発句集 一二二五）
秋風をつかみ分けたる　田植かな　明五（8俳諧新選 一一六ペ）
雨ながら畦に食(めし)食ふ　田植哉　遥里（7俳諧古選 一六八ペ）
雨の日は歌もしめりし　田植哉　雲魚（8俳諧新選 一一六ペ）
一日は嫁を忘るる　田植かな　心祇（4蕉下庵発句抄 一一六三）
下りたつと形定まる　田植かな　太祇（8俳諧新選 一一六ペ）
皃(かほ)の汗子が拭いて遣る　田植哉　冬木（7俳諧古選 一六四ペ）
児は畦に松明(たいまつ)振れる　田植かな　泊雲（9泊雲句集 〇七八〇）
恋ひとり折々だまる　田うゑかな　麦水（4葛箒 一七九九）
子も乳も余所(よそ)へやりたき　田植かな　秋瓜（4多少庵句集 一七四八）
鷺も今巣に閙(さわ)がしき　田植哉　盧鳳（8俳諧新選 一一六ペ）
去られたる身を踏ん込んで　田植哉　蕪村（2蕪村句集 四一）
しわしわと鴉飛びゆく　田植かな　虚子（14七百五十句 一〇一ペ）
乳を隠す泥手わりなき　田植かな　梅室（4梅室家集 二一六四）
濡れたままけふも亦出る　田植かな　支鳩（8俳諧新選 一一六ペ）
蕗の葉にいわしを配る　田植哉　一茶（3七番日記 三三七ペ）
降るも佗び照るも佗びたる　田植かな　都友（8俳諧新選 一四八ペ）
松影に膳組したる　田植かな　干皐（7俳諧古選 一七一ペ）
湖の水かたぶけて　田植かな　几董（5井華集 七九九）
物凄く男計(ばか)りの　田植哉　不卜（7俳諧古選 一七〇ペ）

やまぶきも　巴も出づる　田うゑかな　許六(6炭俵 二五二六)
山やうやく　左右に迫りて　田植かな　虚子(14七百五十句 八一ペ)
我他の　身に余所(よそ)ならぬ　田植哉　嘯山(8俳諧新選 一一六ペ)
みちのくの　如くしなのも　田植寒　青邨(9花宰相 一六一九)
柴付けし　馬のもどりや　田植樽　芭蕉(1伝土芳筆全伝 八五六)
見わたせば　蒼生(あをひとぐさ)よ　田植時　蕪村(2蕪村遺稿 九〇五)
泥水や　ばさりとかへる　田植縄　鬼城(4定本鬼城句集 二二六二)
頬冠が　淋しかりし人　田植にも　青峰(9青峰集 二二五七)
笹折りて　白魚の　たえだえ青し　才麿(5東日記 二一二)
子や待たん　余り雲雀(ひばり)の　高あがり　杉風(6猿蓑 一九六一)
さむしろや　すずしさしらぬ　高鼾　几圭(7俳諧古選 二一五ペ)
鶯や　茨くぐりて　高う飛ぶ　蕪村(2蕪村句集 二〇九二)
月の宴　秋津が声の　高き哉　蕪村(2蕪村遺稿 一八七五)
薔薇食ふ虫　聖母見たまふ　高きより　秋桜子(9残鐘 一四四三)
髭風を吹いて　暮秋嘆ずるは　誰が子ぞ　芭蕉(1虚栗 一五八)
寒声や　名乗をしつつ　誰が子供　風虎(4六百番発句合 〇一五〇)
柳短く　梅一輪竹門　誰がために青き　秋風(4俳諧吐綬鶏 〇二三一)
日の入りや　星のあたりの　高灯籠　子規(10獺祭句帖抄 六三五ペ)
青蛙　土下座ならずと　高鳴ける　草田男(9美田 二五二三)
鶯の　日枝(ひえ)をうしろに　高音哉　蕪村(2蕪村句集 二一二二)
草茎を　失ふ鵙(もず)の　高音哉　蕪村(2蕪村遺稿 二三二二)
駒鳥の　目のさやはづす　高ね哉　傘下(6続猿蓑 三〇一五)
罪のなき　藪うぐひすの　高音哉　可幸(8俳諧新選 一〇一ペ)
露深く　育てし虫の　高音かな　虚子(14七百五十句 一二三ペ)
車座に　箸の揃はぬ　鷹野かな　竹牙(8俳諧新選 一四一ペ)
飛ぶ鳥の　空につまづく　鷹野哉　它谷(8俳諧新選 一四一ペ)
死ぬるまで　操(みさを)成るらん　鷹のかほ　旦藁(6猿蓑 一六六九)
こがらしに　吹きとられけり　鷹の巾　杏雨(6あら野 七九三)
雪の暮　猶さやけしや　鷹の声　桂夕(6あら野 四五三)
稲妻の　心拍子に　違(たが)ひけり　鯨童(8俳諧新選 一二五ペ)
又けふも　涼しき道へ　誰が柩　子規(10獺祭句帖抄 六四六ペ)
歩み高まり　万灯の　高まりゆく　多佳子(9命終 二九六〇)
ぶらここの　会釈こぼるるや　高みより　太祇(5太祇句選 五四四)
細脛(はぎ)に　夕かぜさはる　たかむしろ　蕪村(2蕪村句集 九二四)
窓形(なり)に　昼寝の台や　簟(たかむしろ)　芭蕉(1続猿蓑 七九一)
弓取の　帯の細さよ　たかむしろ　蕪村(2蕪村句集 六一一)
むくと起きて　雉追ふ犬や　宝でら　蕪村(2蕪村句集 二六一七)
花鳥や　誰送られて　誰がわかれ　千梅(8俳諧新選 一五三ペ)
声なくて　花や梢の　高笑ひ　立圃(4そらつぶて 〇〇七七)
天の裂目　巌の裂目の　滝落つる　青邨(9乾燥花 一六〇九)
水仙や　馬から横に　抱きおろす　暮四(8俳諧新選 一四一ペ)
笛方の　かくれ貌(がほ)なり　薪能　碧梧桐(4春夏秋冬 二三〇七)
ゆく春や　おもたき琵琶の　抱き心　蕪村(2蕪村遺稿 一一〇六)
鮎の子の　心すさまじ　滝の音　土芳(6続猿蓑 三〇二二)

ほろほろと　山吹ちるか　滝の音　芭蕉（1 笈の小文 三六九）
顚落す　水のかたまり　滝の中　虚子（13 六百五十句 一六一ぺ）
酒のみに　語らんかかる　滝の花　芭蕉（1 笈の小文 三六七）
山鴐(かご)に　運ばれ来り　瀑の前　月斗（9 昭和俳句集 ○五一九）
とつぷりと　後ろ暮れゐし　焚火かな　たかし（9 たかし句集 一六六七）
火になりて　松毬(まつかさ)見ゆる　焚火かな　禅寺洞（9 禅寺洞句集 二二九七）
隆々と　一流木の　焚火かな　不死男（9 万座 二二八○）
蘭の香や　てふの翅に　たき物す　芭蕉（1 野ざらし紀行 一八○）
みそか月なし　千とせの杉を　抱くあらし　芭蕉（1 野ざらし紀行 一七八）
山ひとつ　背中に重し　田草取　蓼太（5 蓼太句集 五三八）
酔うて泣く　ことのよろしき　濁酒かな　山梔子（9 山梔子句集 一二一○）
蝶とんで　我が身も塵の　たぐひ哉　一茶（3 七番日記 三三二ぺ）
雲の峰　腰かけ所　たくむなり　野水（6 あら野 六八五）
ふくと汁　鼎(かなへ)に伽羅(きやら)を　たく夜哉　蕪村（2 蕪村遺稿 一九二二）
藪入に　母の戯れや　長(たけ)くらべ　李丈（8 俳諧新選 一○三ぺ）
寒月や　枯木の中の　竹三竿　蕪村（2 蕪村句集 一三二）
子雀や　連翹(れんげう)にとまり　竹にとまり　露月（9 明28俳句界 ○二四九）
葉から葉へ　伝うて涼し　竹の雨　羽幸（8 俳諧新選 二二一ぺ）
夕立に　走り下るや　竹の蟻　丈草（4 篇突 一○○六）
涼しさよ　塀にまたがる　竹の枝　卯七（6 炭俵 二五一五）
稲妻や　世をすねてすむ　竹の奥　荷風（9 荷風句集 一一六四）
鶯の　あかるき声や　竹の奥　希因（5 暮柳発句集 四八九）

うぐひすや　都嫌ひの　竹の奥　素園（8 俳諧新選 一○一ぺ）
わた弓や　琵琶になぐさむ　竹のおく　芭蕉（1 野ざらし紀行 一八三）
五月雨や　請けつ流しつ　竹の音　原水（7 俳諧古選 一七三ぺ）
山川の　凍れる上の　竹の影　普羅（9 辛夷 ○七三二）
夕だちや　ちらしかけたる　竹の皮　暁鳥（6 続猿蓑 三一八二）
書き出しや　世にはさまるる　竹の簀戸(すど)　行雲（8 俳諧新選 一四六ぺ）
明けいそぐ　夜のうつくしや　竹の月　几董（5 井華集 七九八）
すずしさや　雨を露なる　竹の月　太祇（8 俳諧新選 二一九ぺ）
初雪の　底をたたけば　竹の月　蕪村（2 蕪村句集 八二四）
寒菊や　紅葉せぬ物を　竹の筒　宗古（7 俳諧古選 二二九ぺ）
草花や　御廟まうでの　竹の筒　李流（8 俳諧新選 二二九ぺ）
稲妻に　こぼるる音や　竹の露　蕪村（2 蕪村句集 二七二八）
鶯の　脛(すね)の寒さよ　竹の中　紅葉（4 紅葉句帳 二三三○）
うぐひすや　堤をくだる　竹の中　蕪村（2 蕪村遺稿 二二三三）
竹伐るや　うち倒れゆく　竹の中　王城（9 同人句集 ○九一五）
京といへば　嵯峨とおもほゆ　竹の春　竹冷（9 竹冷句鈔 ○二七九）
深草の　梅の月夜や　竹の闇　月渓（5 夜半楽 八二八）
辷(すべ)る跡へ　又取りつきぬ　竹のゆき　孤洲（8 俳諧新選 一四二ぺ）
万歳や　かぞへ立てても　竹柱　黒露（7 俳諧古選 二三三ぺ）
うぐひすに　踏まれてうくや　竹柄杓(びしやく)　鳳朗（5 鳳朗発句集 一一六○）
うぐひすや　野中の墓の　竹百竿　蕪村（2 蕪村遺稿 二四三四）
今朝ちりし　甲斐の木の葉や　田子の浦　布仙（7 俳諧古選 一九三ぺ）

初雪や今朝は手水も　田子の浦　馬州（7 俳諧古選 二二七ペ）
山路きてむかふ城下や　凧（たこ）の数　太祇（4 太祇句選 一八二二）
かくれ家や月と菊とに　田三反　芭蕉（1 笈日記 五七〇）
郭公（ほととぎす）いかに鬼人も　慥にきけ　宗因（5 誹諧当世男 一〇五）
さみだれや樹々さへ闇を　助くれば　龍眠（8 俳諧新選 一七ペ）
天に星地に夕顔の　黄昏（たそがれ）や　紫影（9 かきね草 〇二三四）
雪深く心はずみて　唯歩く　虚子（12 六百句 二三六ペ）
啓蟄の河鹿に水を　湛えけり　寸七翁（9 現代俳句集 〇八八〇）
しぐれねば又松風の　只おかず　北枝（6 続猿蓑 三三二五）
寒雀身を細うして　闘へり　普羅（9 普羅句集 〇七一五）
ラグビーのジヤケツちぎれて　闘へる　誓子（9 黄旗 一四九五）
をみなへし鵜坂の杖に　たたかれな　馬莧（6 続猿蓑 三二四七）
盆の月ねたかと門を　たたきけり　野坡（6 炭俵 二五五四）
馬追や障子へ秋を　たたきつけ　余子（9 余子句抄 〇四三六）
更衣（ころもがへ）襟もをらずや　だだくさに　傘下（6 あら野 六二〇）
待つ恋や蠅の障子を　叩くにも　鷺水（7 俳諧古選 二〇二ペ）
芋の露連山影を　正しうす　蛇笏（9 山廬集 〇六四三）
名月や地にも水にも　唯白し　太乙（8 俳諧新選 二三〇ペ）
老いてここに斯く在る不思議　唯涼し　虚子（14 七百五十句 二二八ペ）
黄に染みし梢を山の　たたずまひ　蕪村（2 蕪村遺稿 一七六）
冬木立いかめしや山の　たたずまひ　旧徳（7 俳諧古選 一八六ペ）
車降り我と夏木と　佇みぬ　虚子（14 七百五十句 一〇二ペ）

口切や小城下ながら　ただならね　蕪村（2 蕪村句集 六四二）
大文字やあふみの空も　ただならね　蕪村（2 蕪村句集 一五八）
かさなるや雪のある山　只の山　加生（6 あら野 四四一）
月影や四門四宗も　只一つ　芭蕉（1 更科紀行 四三七）
耕すにつけ読むにつけ　唯独り　虚子（13 六百五十句 二三七ペ）
畑打つや耳うとき身の　只一人　蕪村（2 蕪村遺稿 二三七〇）
人恋し雪の朝けを　ただひとり　星布（5 星布尼句集 八九一）
麦踏のこちら向いても　ただひとり　夜半（9 翠黛 一六五二）
湖（うみ）を断つ夏木の幹の　ただ太し　虚子（14 七百五十句 二五ペ）
四絃一斉霰たばしる　畳かな　子規（10 獺祭句帖抄 六六三ペ）
積みあげて暑さいやます　畳かな　卓袋（6 続猿蓑 三一七二）
きさらぎや亀の子寺の　畳替　万太郎（9 流寓抄 一一一八）
八橋や雲井の庭の　畳さし　宗専（7 俳諧古選 二一五ペ）
行く秋や数奇屋（すきや）の咳は　畳さし　秋瓜（4 多少庵句集 一七五〇）
打たんとてもの憂き蠅を　只見たり　虚子（14 七百五十句 一〇二ペ）
遠く高き木夏近き立てり　畳む屋根に　碧梧桐（9 碧梧桐句集 〇一二七）
高熱の鶴青空に　ただよへり　草城（4 人生の午後 二七〇二）
杉垣を摘みぬ隣の　立葵　子規（10 獺祭句帖抄 六五〇ペ）
藪の中に紅葉みじかき　立枝哉　林斧（6 あら野 七四七）
雪散るや千曲の川音　立ち来り　亜浪（9 旅人 一〇五〇）
欄干に夜ちる花の　立すがた　羽紅（6 猿蓑 一九八六）
雪舟（そり）引くや休むも直に　立ちてゐる　亀洞（6 あら野 八一一）

筵道（えんだう）は年のかすみの　立ち所哉　百歳（6続猿蓑 三〇八）
雀子の立たせて囉（もら）ひ　立ちにけり　圭山（8俳諧新選 一四八ぺ）
ねこのうき名飼ひおく人に　立ちにけり　大石（8俳諧新選 一〇二ぺ）
焼け屋敷茄子も植ゑず　建ちにけり　行雲（8俳諧新選 一五九ぺ）
元日や家にゆづりの　太刀帯かん　去来（5去来発句集 二八六）
御手の上に落葉たまりぬ　立ち仏　子規（10獺祭句帖抄 六二〇ぺ）
鶯や障子明けなば　たちもせん　白芽（7俳諧古選 二二一ぺ）
順風也頭巾御免と　立ちわかる　宋屋（8俳諧新選 一四九ぺ）
川床に憎き法師の　立ち居かな　蕪村（2蕪村句集 一〇六五）
沙汰なしに食はれて腹の　たつ蚊哉　李流（8俳諧新選 一一八ぺ）
炭竈や深雪の中に　たつ烟　玉里（8俳諧新選 一四四ぺ）
知恵粥や都の富士に　たつ烟　青蒲（8俳諧新選 一四五ぺ）
八重がすみ奥迄見たる　竜田哉　杜国（6あら野 八九一）
山姥（やまんば）と終（つひ）には名にや　たつ田姫　立圃（7俳諧古選 一七四ぺ）
いくたびも雪の深さを　尋ねけり　子規（9寒山落木巻五 〇〇〇四）
傘さして花の休みを　尋ねけり　買明（8俳諧新選 一〇九ぺ）
書生来て鳥屋に鷓鴣（しやこ）を　尋ねけり　嘯山（8俳諧新選 一二九ぺ）
名月や蔵なき寺を　尋ね見ん　淡々（8俳諧新選 一三〇ぺ）
夏草や馬に嗅がれて　たつ雲雀（ひばり）　素雪（8俳諧新選 一一九ぺ）
雑沓の中に草市　立つらしき　虚子（12五百五十句 五二ぺ）
姫松のかたびら雪や　だてうすぎ　捨女（5続山井 九五）
行く春や商人船の　立烏帽子　子規（10獺祭句帖抄 六〇五ぺ）

寝所や梅のにほひを　たて籠めん　大舟（6続猿蓑 三〇二）
鮎膾藍より青き　蓼酢かな　徳元（4毛吹草 〇〇五九）
秋の雨家政婦音も　立てず居り　汀女（9昭47俳句年鑑 一九一六）
朝嵐隣の幟　立てにけり　子規（10獺祭句帖抄 六二七ぺ）
しののめや雲見えなくに　蓼の雨　蕪村（2蕪村句集 一六六八）
笹舟や野菊の渚　蓼の岸　子規（9寒山落木巻三 〇〇二二）
のぼせ目の兎を放せ　蓼の園　百万（8俳諧新選 一五八ぺ）
黄に咲くは何の花ぞも　蓼の中　蕪村（2蕪村遺稿 二三六四）
浅水に浅黄の茎や　蓼の花　太祇（8俳諧新選 一二八ぺ）
三径の十歩に尽きて　蓼の花　蕪村（2蕪村句集 一八〇九）
下露の小はぎがもとや　蓼の花　蕪村（2蕪村遺稿 二一七四）
瀬違ひの堰や其のまま　蓼の花　孤舟（8俳諧新選 一二八ぺ）
木履（ぼくり）ぬぐ傍（わき）に生えけり　蓼の花　木節（6猿蓑 二一六八）
水赤く泡流れけり　蓼の花　子規（10獺祭句帖抄 六一七ぺ）
門前に舟繋ぎけり　蓼の花　子規（10獺祭句帖抄 六五八ぺ）
新涼や仏にともし　奉る　虚子（11五百句 七二ぺ）
ふるさとの茅の輪魯かに　立てりける　青畝（9甲子園 一五一七）
竹の子の力を誰に　たとふべき　凡兆（6猿蓑 一七三六）
大小の木の実を人に　たとへたり　虚子（11五百句 九一ぺ）
親の杖よわりし果てや　棚麻木　常矩（7俳諧古選 一八三ぺ）
打ち明くる心の底や　店おろし　嘯山（8俳諧新選 一五六ぺ）
埋み火や夜学にあぶる　掌（たなごころ）　白雄（5白雄句集 八四二）

出代の櫛忘れたる棚の上　挿雲（9春夏秋冬 〇三六〇）
なつかしき津守の里や田にしあへ　蕪村（2蕪村句集 二三六一）
そこそこに京見過ごしぬ田にし売り　蕪村（2蕪村句集 五一）
歩いたる程は跡あるたにしかな　止角（8俳諧新選 一〇六ペ）
動く共なしに跡ある田螺（たにし）かな　士川（8俳諧新選 四八ペ）
こぞりては又流れのく田螺哉　歌卜（8俳諧新選 四七ペ）
里人の臍落としたる田螺かな　嵐推（6猿蓑 一九五二）
静けさに堪へて水澄む田にしかな　蕪村（2蕪村句集 三六三）
永の日に尻もくさらぬ田螺かな　麻兄（8俳諧新選 一〇六ペ）
ぬり立ての畔をゆり出る田螺哉　十丈（7俳諧古選 四九ペ）
這ひても行きころんでも行く田螺哉　雁宕（8俳諧新選 一〇六ペ）
湖の水にも忍ぶ田螺かな　鶴英（8俳諧新選 一〇六ペ）
水口へよりてものうき田螺哉　移竹（8俳諧新選 一〇六ペ）
侘び声に蛙の中のたにしかな　存義（8俳諧新選 一〇六ペ）
引鳥の中に交じるや田螺とり　支浪（6続猿蓑 三〇八五）
梅が香や砂利しき流す谷の奥　土芳（6猿蓑 一八八三）
田やかへすべたらべたらと谷の底　巣兆（5曾波可理 九八四）
かりそめに早百合生けたり谷の坊　蕪村（2蕪村句集 七二四）
一葉ちりて細う日のさすや渓の水　素竹（8俳諧新選 二四ペ）
提灯を蛍が襲ふ谷を来り　石鼎（9花影 〇七五三）
五月闇真に寝たる狸かな　比松（8俳諧新選 一七ペ）
古河の流れを引きつ種おろし　蕪村（2蕪村句集 二〇九六）
よもすがら音なき雨や種俵　蕪村（2蕪村句集 二〇九七）
秋の野や入り日の果ての種茄子　座蓬（7俳諧古選 八四ペ）
あだ花にかかる恥なし種ふくべ　蕪村（2蕪村句集 二七八）
障り人のなくて老いけり種ふくべ　習先（8俳諧新選 五四ペ）
葉に蔓にいとはれ皃（がほ）や種（たね）瓢（ふくべ）　蕪村（2蕪村遺稿 二七七）
腹の中へ歯はぬけけらし種ふくべ　蕪村（2蕪村句集 一四四）
夢殿を出て町角や種蒔きぬ　青々（9松苗 〇四九九）
二季に咲く彼岸桜の種もがな　貞徳（7俳諧古選 一九六ペ）
女房の江戸絵顔なり種物屋　禅寺洞（9禅寺洞句集 二二九三）
撫子や腹をいためて胤をつぎ　静塔（9栃木 二三七八）
名月に麓の霧や田のくもり　芭蕉（1続猿蓑 八八三）
ひびわれる音や旭のさす田の氷　子規（10獺祭句帖抄 六四〇ペ）
旅二た夜一と夜時雨てたのしくて　淡路女（9雲母 〇九八〇）
白雨（ゆふだち）や人も助かる田の戦（そよ）ぎ　風鶴（8俳諧新選 二二ペ）
ころがりて住む世の中や田の田螺（たにし）　子規（9寒山落木巻五 〇〇二〇）
初雪や蕣（あさがほ）は翌（あす）の頼み有り　佃坊（7俳諧古選 二八ペ）
笠に子を置いて草取る田面哉　竹戸（7俳諧古選 一六八ペ）
しよんしよんと植ゑて二日の田面哉　安元（7俳諧古選 一七二ペ）
月に聞きて蛙ながむる田面哉　蕪村（2蕪村句集 二一四二）
よみ終はる文にうなづくたのもかな　布門（8俳諧新選 一三五ペ）
寒けれど二人寝る夜ぞ頼もしき　芭蕉（1笈の小文 三二九）
華もなきうめのずはいぞ頼もしき　冬松（6あら野 五一四）

夢よりも　現(うつつ)の鷹ぞ　頼母(たのも)しき　芭蕉（1鵲尾冠 三二四）
三よし野も　草の軒端の　烟草哉　嗅洞（8俳諧新選 一三五）
蠹(むしば)みて　下葉ゆかしき　たばこ哉　蕪村（2蕪村句集 二七二）
牽牛の　勢田を渡るか　烟草の火　宋阿（7俳諧古選 一八四）
今春が　来たやうす也　たばこ盆　一茶（3八番日記 三三二）
先生の　前に夜学の　煙草盆　温亭（9温亭句集 〇八三〇）
つと入や　既に浮雲き　たばこ盆　野逸（4野逸句集 一七六四）
早春や　枯木常盤木　たばこ店　水巴（9定本水巴句集 〇五八五）
初冬の　萩も芒も　たばねけり　子規（10獺祭句帖抄 六三九）
をのこなる　かがしや藁で　たばねても　貝錦（8俳諧新選 二二八）
初雪や　水仙のはの　たはむまで　芭蕉（1あつめ句 二七五）
としの夜は　豆はしらかす　俵かな　猿雖（6炭俵 二六四〇）
かざりにと　たが思ひだす　たはら物　冬文（6あら野 四八六）
枕にと　きぬた寄せたる　たはれかな　蕪村（2蕪村遺稿 五四七）
雪解けや　妹が炬燵に　足袋片し　蕪村（2蕪村遺稿 二六〇一）
稲塚に　しばしもたれて　旅悲し　虚子（11五百句 一六）
春雷や　布団の上の　旅衣　元（9島村元句集 〇九〇二）
野分して　其の夜止めけり　旅芝居　鼓舌（8俳諧新選 三二一）
明ぼのは　たちばなくらし　旅姿　我峰（6続猿蓑 三四七六）
時雨たり　干(から)びたり我が　旅すがた　涼菟（7俳諧古選 一九〇）
端居(はしゐ)して　げに長かりし　旅路かな　虚子（14七百五十句 三九）
見初むると　日々に蝶見る　旅路哉　太祇（8俳諧新選 一〇八）

起き出でて　事繁き身や　足袋頭巾　其角（7俳諧古選 一八九）
汽車におどろく　鴨におどろく　旅人われ　亜浪（9定本亜浪句集 一〇二九）
秋雨や　乳放れ馬の　旅に立つ　一茶（3七番日記 三四五）
はるさめや　褌(ふんどし)かへん　足袋脱がん　車庸（8俳諧新選 一〇三）
蚊屋ごしに　蕣(あさがほ)見ゆる　旅ね哉　士朗（5枇杷園句集 九〇〇）
蚊屋越しに　従者(ずさ)起こすなる　旅寝哉　召波（8俳諧新選 一一七）
蚊をころす　うちに夜明くる　旅ね哉　昌碧（6あら野 九二八）
砧きけば　我が内ながら　旅寝哉　珪琳（8俳諧新選 一四七）
聖霊(しやうりやう)も　出て仮の世の　旅寝哉　丈草（7俳諧古選 一八〇）
はなのかげ　うたひに似たる　たび寝哉　芭蕉（1真蹟懐紙 三六八）
病む雁の　夜さむに落ちて　旅ね哉　芭蕉（1猿蓑 六四三）
行き暮れて　霧に巻かるる　旅寝哉　里鳥（8俳諧新選 二二八）
夜着ひとつ　祈り出だして　旅寝かな　芭蕉（1真蹟 七三一）
よるべをいつ　一葉に虫の　旅ねして　芭蕉（1東日記 一一五）
一夏(いちげ)入る　山さばかりや　旅ねずき　魯町（6猿蓑 二一六四）
名月の　見所問はん　旅寝せむ　芭蕉（1荊口句帳 五五二）
阿蘭陀(おらんだ)の　文字か横たふ　旅の雁　宗因（5時勢粧 一〇七）
凩の　聞き草臥(くたび)れや　旅の暮　太祇（8俳諧新選 二三八）
蚊屋つらぬ　山里をかし　旅の空　菜根（8俳諧新選 一一七）
歯朶(しだ)の葉に　見よ包尾の　鯛のそり　耕雪（6続猿蓑 三一〇二）
時は秋　吉野をこめし　旅のつと　露沾（5伊賀餞別 二二四一）
二の膳や　さくら吹き込む　鯛の鼻　子珊（6続猿蓑 二九七八）

永き日や絵馬をみてゐる旅の人　不白（5不白翁句集 八六一）
二三軒つと入りし行く旅の人　蕪村（2蕪村遺稿 一七五〇）
立ちざまや蚊屋もはづさぬ旅の宿　里東（6猿蓑 一七七）
月ぞしるべこなたへ入らせ旅の宿　芭蕉（1佐夜中山集 一）
にべもなくついたつ蟬や旅の宿　野径（6続猿蓑 三四七〇）
停車場に夜寒の子守旅の我　虚子（12六百句 二三〇ぺ）
昼顔や畠に人も旅人も　孤山（8俳諧新選 二二三ぺ）
初雪や疾くに雪見し旅もどり　太祇（8俳諧新選 二三九ぺ）
料理あり銭に冬なし旅もなし　重頼（7俳諧古選 一八五ぺ）
雉子啼くや坂を下りの駅舎（たびやどり）　蕪村（2蕪村句集 二二一六）
伊勢の海見えて菜の花平かな　鬼城（9山鳩 〇六〇九）
秋晴れて敷浪雲の平なり　子規（10獺祭句帖抄 六五二ぺ）
稲妻にさとらぬ人の貴さよ　芭蕉（1をのが光 六四一）
おろす帆のわかばがくれや塔の先　超波（4ゆめ物語 二二二九）
木枯や谷中の道を塔の下　碧梧桐（4ホ明33・12 二二八九）
菜の花やてかつきわたる多武峰（たふのみね）　休酔（8俳諧新選 一一〇ぺ）
菜の花に半ばや埋む塔ひとつ　和及（5雀の森 一九二）
水仙や寒天に人堪ふる時　五明（4五明句藻 二一〇九）
喘ぎ喘ぎ撫し子の上に倒れけり　子規（10獺祭句帖抄 六〇八ぺ）
炭竈に手負ひの猪の倒れけり　凡兆（6猿蓑 一六五三）
鉄線（てつせん）の花は豪雨に堪へゐしか　虚子（14七百五十句 一五四ぺ）
春麻布永坂布屋太兵衛かな　万太郎（9草の丈 一一三〇）

いざ子ども走りありかむ玉霰　芭蕉（1智周発句集 五九〇）
陣笠のそりや狂はん玉霰　子規（10獺祭句帖抄 六一一ぺ）
一休のしの字も灯（とぼ）せ玉送り　沖三（8俳諧新選 二二五ぺ）
ころころと焼野に雉の卵哉　龍眠（8俳諧新選 一〇四ぺ）
ふるまはん深草殿に玉子酒　子規（10獺祭句帖抄 六〇二ぺ）
紅梅や見ぬ恋作る玉すだれ　芭蕉（1桐葉宛書簡 四六八）
美しき人や蚕飼（こがひ）の玉襷　虚子（11五百句 一七ぺ）
大空にうかめる如き玉椿　虚子（13六百五十句 二二五ぺ）
君が代やみがくことなき玉つばき　越人（6あら野 一〇八九）
小服綿（こぶくめ）に光をやどせ玉つばき　角上（6続猿蓑 三〇五八）
人の世は月もなやませ給ひけり　一茶（3おらが春 四七〇ぺ）
父母の夜長くおはし給ふらん　虚子（11五百句 六〇ぺ）
どの馬で神は帰らせたまふらん　子規（10獺祭句帖抄 六〇二ぺ）
闇夜（ヤミノヨトスゴク）きつね下ばふ玉真桑　芭蕉（1東日記 一三六）
無為（あぢきな）や蟵（かや）の裾ふむ玉祭り　蕪村（2蕪村句集 一五七）
数ならぬ身となおもひそ玉祭り　芭蕉（1有磯海 八七九）
鉦はるは其の子の子也魂祭り　嵐方（8俳諧新選 二二五ぺ）
買ふ時に捨てる皃（かほ）なし魂祭り　琴風（7俳諧古選 一八三ぺ）
食物もみな水くさし魂まつり　嵐雪（6続猿蓑 三四四六）
熊坂がゆかりやいつの玉まつり　芭蕉（1笈日記 五三八）
此の魚を親に上げたや魂祭り　氷花（7俳諧古選 二〇四ぺ）
世間かなせちりもすだも玉祭り　西武（5五条之百句 四四）

たらきびに　かげろふ軒や　玉まつり　洒堂（6炭俵 二五五二）
堂立てて　幾世の鴫の　魂まつり　三千風（5小弓俳諧集 一五八）
高砂の　夫婦(めをと)誰がせん　魂祭り　十人（7俳諧古選 一八二ぺ）
ぢぢ生きて　廿ちの親の　魂祭り　百万（8俳諧新選 二二五ぺ）
徹(てつ)書記の　ゆかりの宿や　玉祭り　蕪村（2蕪村遺稿 一五〇）
寝道具の　かたかたやうき　魂祭り　去来（6続猿蓑 三四四七）
蓮池や　折らで其のまま　玉まつり　芭蕉（1千鳥掛 四二〇）
一枝の　槙の青さよ　魂まつり　武然（8俳諧新選 一二五ぺ）
まざまざと　いますが如し　魂祭り　季吟（4独琴 〇一二六）
やま伏や　坊主をやとふ　玉祭り　沾圃（6続猿蓑 三四四八）
釣り上げし　鱸(すずき)の巨口　玉や吐く　蕪村（2蕪村句集 二四四六）
春の雨　穴一の穴に　たまりけり　蕪村（2蕪村遺稿 四三九）
行く春を　翠帳の鸚鵡(あうむ)　黙りけり　子規（10獺祭句帖抄 六二三ぺ）
三日月に　見付けられけり　溜り水　丈石（8俳諧新選 一二九ぺ）
雪に来て　見事な鳥の　だまり居る　石鼎（9花影 〇七六九）
冬枯れて　那須野は雲の　溜るところ　水巴（9定本水巴句集 〇五九八）
啼くやいとど　塩にほこりの　たまる迄　越人（6猿蓑 二一七四）
狐火や　髑髏(どくろ)に雨の　たまる夜に　蕪村（2蕪村句集 一三三三）
名月の　海より冷ゆる　田蓑かな　洒堂（6続猿蓑 三二〇四）
頃日(このごろ)の　いろはも星の　手向けかな　李収（8俳諧新選 一二四ぺ）
男くさき　羽織を星の　手向け哉　杏雨（6あら野 七一四）
魂祭り　舟より酒を　手向けけり　亀洞（6あら野 一〇三七）

手形書く　硯洗うて　手向けなん　雁宕（8俳諧新選 一五六ぺ）
更衣(ころもがへ)　いわけなき身の　田むし哉　蕪村（2蕪村遺稿 五一六）
青嵐　お夏狂乱の　たもと哉　醒雪（9帝国明29・6 〇三二二）
語られぬ　湯殿にぬらす　袂哉　芭蕉（1奥の細道 五二〇）
関越えて　又柿かぶる　袂かな　太祇（8俳諧新選 一三一ぺ）
吉野出て　虻(あぶ)の離れぬ　袂かな　宋屋（4瓢簞集 一六九七）
簾越す　柳の雨や　袂まで　作者不明（8俳諧新選 一五五ぺ）
てふてふや　逃げる時にも　たよたよと　季遊（8俳諧新選 一〇八ぺ）
あの雲は　稲妻を待つ　たより哉　芭蕉（1あら野 四一六）
薫り来るは　浄土の風の　便りかな　重頼（7俳諧古選 一九七ぺ）
炭焼に　渋柿たのむ　便りかな　玄虎（6続猿蓑 三二八八）
文月の　来たるも風の　便りかな　才之（8俳諧新選 一四九ぺ）
河床や　蓮からまたぐ　便りにも　蕪村（2蕪村句集 五七七）
よし切の　声も坂東　太郎かな　諸九（4諸九尼句集 一七八九）
此のやうな　末世を桜　だらけ哉　一茶（3七番日記 三三三ぺ）
仰向けの　口中へ屠蘇　たらさるる　草城（9銀 二四四八）
冬川や　家鴨(あひる)四五羽に　足らぬ水　子規（10獺祭句帖抄 六六五ぺ）
年守るや　乾鮭(からざけ)の太刀　鱈(たら)の棒　蕪村（2蕪村句集 八三八）
山茶花や　いくさに敗れ　たる国の　草城（9旦暮 二四五九）
寒声や　古うたうたふ　誰が子ぞ　蕪村（2蕪村句集 一三三二）
棚端に　押し重なりて　垂れし藤　花蓑（9花蓑句集 〇八七一）
風呂吹に　集まる法師　誰々ぞ　子規（10獺祭句帖抄 六六二ぺ）

杜若（かきつばた）べたりと鳶の　たれてける　蕪村（2 蕪村句集 八七六）
撫子に蝶々白し　誰の魂　子規（10 獺祭句帖抄 六三二ぺ）
時鳥けふにかぎりて　誰もなし　尚白（6 猿蓑 一七一三）
夜業人に調帯（ベルト）たわたわ　たわたわす　青畝（9 国原 一五二四）
萩に露我が身に杖の　撓（たわ）み哉　楼川（8 俳諧新選 一二七ぺ）
虫時雨銀河いよいよ　撓んだり　たかし（4 たかし全集 二六六〇）
八朔は歌の博士の　誕生日　素十（9 野花集 一五四八）
長の日をかわく間もなし　誕生仏　一茶（3 おらが春 四四一ぺ）
初花やむかし横浜に　断腸花　迷堂（9 芙藻 〇四二七）
一日は花見のあてや　旦那寺　沾圃（6 続猿蓑 二九八七）
夏帽をかぶつて来たり　探訪者　子規（10 獺祭句帖抄 六四六ぺ）
胃痛やんで足のばしたる　湯婆（たんぽ）かな　子規（10 獺祭句帖抄 六六一ぺ）
サイレンの遠（を）ち近（こ）ちよりす　タンポポに　裸馬（9 裸馬翁五千句 一一〇二）
一片のパセリ掃かるる　暖炉かな　不器男（4 不器男句集 二六九八）
すこやかに人とわれある　暖炉かな　より江（9 同人句集 〇九二八）

ち

雨蛙黒き仏の　宙に鳴く　誓子（9 炎昼 一四五八）
耳袋とりて物音　近きかも　虚子（13 六百五十句 一三五三ぺ）
薬園の風露に秋の　近づきぬ　月斗（9 昭和俳句集 〇五一八）
木犀の香は秋の蚊を　近づけず　虚子（12 六百句 二〇五ぺ）
蕣（あさがほ）に夜遊びせじと　誓ひけり　梅輝（8 俳諧新選 一二六ぺ）
山路のきく野菊とも又　ちがひけり　越人（6 あら野 七六一）
豆飯食ふ舌にのせ舌に　力入れ　波郷（9 酒中花以後 二六五八）
かいつまむほたるにあまる　力かな　春来（4 東風流 一二六七）
寒鯉の一擲したる　力かな　虚子（12 六百句 一八九ぺ）
鶴の羽の抜けて残りぬ　力草　子規（10 獺祭句帖抄 六六二ぺ）
山中の蛍を呼びて　知己となす　蛇笏（9 椿花集 〇六五二）
あだ花の小瓜とみゆる　ちぎりかな　荷兮（6 あら野 一〇〇〇）
白萩を春わかちとる　ちぎり哉　蕪村（2 蕪村句集 二四一四）
向きの能き宿も月見る　契かな　曾良（6 猿蓑 一八五〇）
さみだれやあぶなう見える　竹生島　喜水（8 俳諧新選 一一七ぺ）
天にあらば比翼の籠や　竹婦人　蕪村（2 蕪村遺稿 九一四）
龐（はう）居（こ）士（じ）はかたい親父よ　竹婦人　蕪村（2 蕪村句集 九一五）
折ふしはひぞるもをかし　竹婦人　希因（4 暮柳発句集 一二〇一）
植うる事子のごとくせよ　児（ちご）桜　芭蕉（1 続連珠 四三）
月澄むや狐こはがる　児の供　芭蕉（1 其便 九〇六）
やぶ入を守る子安の　地蔵尊　蕪村（2 蕪村遺稿 二四二七）
虫鳴くや灯（ひ）のまはり飛ぶ　小さき鬼　月舟（9 進むべき道 〇七〇一）
春もはや山吹しろく　苣（ちさ）苦し　素堂（4 続虚栗 〇七七一）
青きほど白魚白し　苣の汁　重頼（5 藤枝集 二八）
きじ啼くや御（お）里（さと）御（ご）坊（ばう）の　苣畠　蕪村（2 蕪村遺稿 二〇四九）
時鳥今一足の　遅参かな　芋秀（7 俳諧古選 二二〇ぺ）

国境の駅の両替　遅日かな　虚子（12五百五十句 一四ぺ）
押しあうて車やどりや　地主祭(ぢしゅまつ)り　瓜流（8俳諧新選 一二三ぺ）
宗盛の車も見ゆれ　地主祭り　紫暁（5ももちどり 九〇九）
下萌を催す頃の　地震かな　子規（10獺祭句帖抄 六四六ぺ）
土塊に蜂歩み居る　地震かな　月舟（9進むべき道 〇六九七）
蕗の薹庵有りたけの　馳走哉　左釣（8俳諧新選 一〇三ぺ）
わが宿は蚊のちひさきを　馳走也　芭蕉（1芭蕉庵小文庫 六二九）
皮とらぬ内や茄子の　馳走ぶり　吟水（7俳諧古選 一七二ぺ）
冬草や黙々たりし　父の愛　風生（9米寿前 一五八四）
冬の浅間は胸を張れよと　父のごと　楸邨（9山脈 二五九三）
月見ればなみだに砕く　千々の玉　蕪村（2蕪村句集 一八七七）
おれに云はしや先(まつ)御代をこそ　千々の春　季吟（7俳諧古選 一四三ぺ）
冷え尽くす湯婆(たんぽ)に足を　ちぢめけり　子規（10獺祭句帖抄 六六一ぺ）
あら波の目口へはいる　千鳥かな　春来（8俳諧新選 一五三ぺ）
あれあれて風も鳴くなる　千鳥かな　麦翅（8俳諧新選 一四〇ぺ）
一羽啼き二羽なき後は　千鳥かな　巴静（4六々庵発句集 一二〇六）
追ひかけて雹(あられ)にころぶ　千鳥かな　蔦雫（6続猿蓑 三三七一）
風雲のよすがら月の　ちどり哉　蕪村（2蕪村句集 一二六八）
川上の三味線更けて　千鳥哉　如泉（5北之筥 一八七）
から尻の馬にみてゆく　千鳥哉　傘下（6あら野 九五一）
碁は妾(せふ)に崩されてきく　ちどりかな　言水（5初心もと柏 一七七）
さす汐に跡しざりする　鵆(ちどり)かな　紙隔（8俳諧新選 一四〇ぺ）

酒狂乱醒めて我ある　千鳥かな　泊月（9現代俳句集 〇八五〇）
背門口の入江にのぼる　千鳥かな　丈草（6猿蓑 一六六三）
松明(たいまつ)の火かげをはしる　ちどり哉　三笑（8俳諧新選 一四〇ぺ）
大名の舟には鳴かぬ　千鳥哉　能移（7俳諧古選 一三〇ぺ）
舟にたく火に声たつる　鵆哉　亀洞（6あら野 八一四）
水の輪を振り向いて行く　千鳥哉　田社（7俳諧古選 一二四ぺ）
嫁入の鈴の音過ぎて　ちどりかな　東皐（5奥美人 九四七）
青き湖畔捕虜凸凹と　地に眠る　三鬼（9旗 一三四一）
炎熱や勝利の如き　地の明るさ　草田男（9来し方行方 一五二五）
さうぶ湯やさうぶ寄りくる　乳のあたり　白雄（5白雄句集 八三七）
音こぼしこぼし寒柝　地の涯へ　三鬼（9西東三鬼句集 一二三四九）
一番に乙鳥(つばめ)のくぐる　ちのわ哉　一茶（3七番日記 三四〇ぺ）
一円に一引く注連の　茅の輪かな　たかし（9石魂 一六五五）
欲どしう二度くぐりたる　茅輪哉　嘯山（8俳諧新選 一二三ぺ）
茹栗や胡座(あぐら)巧者な　ちひさい子　一茶（3七番日記 三五一ぺ）
客を待つ夏座蒲団の　小さきが　虚子（13六百五十句 一二一三ぺ）
母ともに泣く夜は寒き　乳房哉　琴蔵（7俳諧古選 一九三ぺ）
蝶々や野山の花の　乳房より　嘯雨（8俳諧新選 一〇八ぺ）
きちかうも見ゆる花屋が　持仏堂　蕪村（2蕪村句集 一八一八）
江に添うて家々に結ふ　粽かな　巣兆（5曽波可理 九八八）
口上をうけうけ結ぶ　粽かな　蘆舟（7俳諧古選 一七三ぺ）
手のあれを潜かに侘ぶる　粽かな　丑二（8俳諧新選 一一六ぺ）

文もなく口上もなし　粽五把　嵐雪（6炭俵 二五〇）
ひとわたりわたり終はりし　ちまき盆に　立子（9続立子句集一 一九四六）
外聞に蕣(あさがほ)咲かす　町家哉　一茶（3文化句帖 三四九ペ）
鴫啼いてともし火消すや　長蛇亭　子規（10獺祭句帖抄 六六六ペ）
三椀の雑煮かゆるや　長者ぶり　蕪村（2蕪村句集 一〇〇五）
大服や城を粉になす　茶磨山　貞徳（4歳旦三ツ物 〇〇三六）
名月の夜やおもおもと　茶臼山　芭蕉（1射水川 九六二）
毒虫を必死になりて　打擲す　虚子（14七百五十句 五五六ペ）
袴着て鰒食うて居る　町人よ　蕪村（2蕪村句集 一九二五）
待つ宵の月に床しや　定(ちやう)飛(び)脚(きやく)　景桃（6続猿蓑 三二二九）
蝶々のふはりとんだ　茶釜哉　一茶（3おらが春 四五三ペ）
炉閉げば狸にかへる　茶釜哉　小波（9さゝら波 〇三〇六）
空蟬の背の裂目はも　チヤツクなし　敦（9午前午後 三一二七）
山門を出れば日本ぞ　茶摘うた　菊舎（5手折菊 九四九）
背戸畑やいかに尼前(あまぜ)の　茶摘歌　さかふ（8俳諧新選 一一一ペ）
百姓も麦に取りつく　茶摘歌　去来（6猿蓑 一七五九）
一日の尻うち払ふ　茶つみかな　必化（8俳諧新選 一一一ペ）
幾春も養老の滝　茶に汲まん　嘯山（8俳諧新選 一五四ペ）
明月や処は寺の　茶の木はら　昌房（6猿蓑 一八五三）
馬に寝て残夢月遠し　茶のけぶり　芭蕉（1野ざらし紀行 一七七）
犬蓼の花くふ馬や　茶の煙　子規（10獺祭句帖抄 六〇二ペ）
壺の底たたくや古き　茶の名残　子規（9寒山落木巻二 〇〇三三）
するが地や花橘も　茶の匂ひ　芭蕉（1炭俵 八四七）
朝顔に島原ものの　茶の湯哉　無腸（5続あけがらす 七九〇）
眠たさを我に移す歟(か)　茶挽草　巴東（8俳諧新選 一二三ペ）
花も今口切つてさく　茶園かな　半魯（8俳諧新選 一三七ペ）
末枯や身に百千の　注射痕　草城（9人生の午後 二四五三）
松にすめ月も三五夜　中納言　貞室（5玉海集 三七）
初雪や獄屛見舞の　重の内　銭芷（7俳諧古選 一九〇ペ）
蓮の香や旭(あさひ)のかかる　勅使門　大夢（8俳諧新選 一二二ペ）
明月や声かしましき　女中方　丹楓（6続猿蓑 三二二五）
七つより花見におこる　女中哉　陽和（6続猿蓑 二九七四）
里方の田をなつかしみ　ちよと植ゑし　左衛門（9現代俳句集 〇八一九）
君ならで誰にとふても　千代の春　梅盛（5俳諧三部抄 五二）
天秤や京江戸かけて　千代の春　芭蕉（1誹諧当世男 五六）
一(ひと)しきり啼きて静けし　除夜の鶏(とり)　利合（6続猿蓑 三四二九）
朝霧や舟に飯たく　ちよろちよろ火　練石（8俳諧新選 一二八ペ）
稲妻の残る暑さを　ちらしけり　可寿（8俳諧新選 一二五ペ）
郭公(ほととぎす)太閤様を　ぢらしけり　子規（10獺祭句帖抄 六〇〇ペ）
鳥の巣や手してやりたき　塵芥(あくた)　麦翅（7俳諧古選 二二〇ペ）
待つ春や氷にまじる　ちりあくた　智月（6炭俵 二六三五）
焼けにけりされども花は　ちりすまし　北枝（6猿蓑 一九八七）
飛蟻(はあり)みな柱叩けば　散りぞ行く　季遊（8俳諧新選 一五二ペ）
竹馬やいろはにほへと　ちりぢりに　万太郎（9草の丈 一一二五）

夕露や伏見の角力（すまひ）　ちりぢりに　蕪村（2蕪村句集 一五九）
笄（かうがい）もくしも昔や　ちり椿　羽紅（6猿蓑 一九六七）
山茶花も落ちてや雪の　散り椿　露笠（6続猿蓑 三三五三）
見るうちに薔薇たわたわと　散り積もる　虚子（12五百五十句 三三二ペ）
桐の葉の思ひ有りげに　散りにけり　鯨童（8俳諧新選 一二四ペ）
芥子咲いて其の日の風に　散りにけり　子規（10獺祭句帖抄 六三一ペ）
梨の花大工の酒に　散りにけり　御風（8俳諧新選 一一一ペ）
苗代や鞍馬のさくら　散りにけり　蕪村（2蕪村句集 四八六）
はき掃除してから椿　散りにけり　野坡（6炭俵 二四三一）
むき蜆石山のさくら　散りにけり　蕪村（2蕪村遺稿 四八七）
もとのいく連翹（れんげう）の花　散りにけり　蓳絡（8俳諧新選 一一二ペ）
もち花の後はすすけて　ちりぬべし　野水（6あら野 八二五）
菊売るや十二街道の　塵の中　子規（10獺祭句帖抄 六一〇ペ）
人もなし木陰の椅子の　散り松葉　子規（10獺祭句帖抄 六三一ペ）
山青しかへるでの花　ちりみだり　不器男（9定本不器男集 一七二二）
木がらしや色にも見えず　散りもせず　智月（6続猿蓑 三三六四）
しら菊の目に立てて見る　塵もなし　芭蕉（1追善之日記 九〇五）
堀ばかり残る砦や　ちり柳　雅因（8俳諧新選 一二四ペ）
なんとけふの暑さはと石の　塵を吹く　鬼貫（5仏兄七久留万 二二五）
蚊ばしらや棗の花の　散るあたり　暁台（5暁台句集 七七〇）
蘆の穂やまねく哀れより　ちるあはれ　路通（6あら野 七六九）
鐘楼あり扠（さて）は桜も　ちる合点　蓮之（7俳諧古選 一五七ペ）
木曾路ゆく我も旅人　散る木の葉　亜浪（9定本亜浪句集 一〇三〇）
夕暮れや土とかたれば　ちる木の葉　一茶（3七番日記 三五七ペ）
吉原のうしろ見よとや　ちる木の葉　一茶（3七番日記 三五七ペ）
尼寺よ唯菜の花の　ちる径（こみち）　言水（7俳諧古選 一五一ペ）
扇にて酒くむかげや　ちる桜　芭蕉（1笈の小文 三七二）
埋むとも木陰はさらじ　散るさくら　闌更（8俳諧新選 一五八ペ）
木の下が蹄のかぜや　散るさくら　蕪村（2蕪村句集 七三二）
真つ先に見し枝ならん　ちる桜　丈草（6猿蓑 一九七四）
よしや君弟御達も　ちる桜　此筋（7俳諧古選 二〇五ペ）
蚊の声すにんどうの花の　散るたびに　蕪村（2蕪村句集 一六六五）
市売りの鮒に柳の　ちる日哉　長翠（5光丘本長翠 九四〇）
風板引け鉢植の花　散る程に　子規（9俳句稿巻二 〇〇一二）
たふとがる涙やそめて　ちる紅葉　芭蕉（1笈日記 七二〇）
手にさはる夕日つめたし　散る紅葉　文江（8俳諧新選 一四五ペ）
庭掃きて出でばや寺に　ちる柳　芭蕉（1奥の細道 五五〇）
人の妻の琴の指南や　沈丁花　楽天（9ホ明32・5 〇三三〇）
行く春の酒をたまはる　陣屋かな　子規（10獺祭句帖抄 六二三ペ）

つ

紅梅や二三度迷ふ　築地裏　風之（8俳諧新選 一〇二ペ）
あやめさす軒さへよその　ついで哉　荷兮（6あら野 九六一）

七夕や対の娘に　対の竹　太祇（8 俳諧新選 一二四ペ）
双六のあひてよびこむ　ついり哉　胡及（6 あら野 一〇五六）
水鳥やむかふの岸へ　つぅいつぅい　惟然（5 惟然坊句集 四〇三）
寝た下を凩づぅん　づぅん哉　一茶（3 文政句帖 三五三ペ）
富士の雪盧生が夢を　つかせたり　芭蕉（1 六百番発句合 八六）
羽子板の重きが嬉し　突かで立つ　かな女（9 雨月 〇七八九）
蚊屋釣りて草も守るや　塚の上　佳由（8 俳諧新選 一五八ペ）
武士や鶯　に迄　つかはるる　一茶（3 志多良 三三〇ペ）
文は跡に桜さし出す　使ひかな　其角（7 俳諧古選 一四六ペ）
川狩りの流れを尽くす　つかみつら　嘯山（8 俳諧新選 一二三ペ）
蕣（あさがほ）に恥ぢよ浮世の　つかみ頬（づら）　滴水（7 俳諧古選 一八二ペ）
菊の日も暮れ方になり　疲れけり　虚子（14 七百五十句 六五〇ペ）
戸の隙に月蝕すみし　月明かり　虚子（14 七百五十句 四五一ペ）
花守や白きかしらを　突きあはせ　去来（6 炭俵 二四三六）
秋旻（しうびん）や金竜昼の　月争ふ　亜浪（9 定本亜浪句集 一〇三七）
長梅雨の明けて大きな　月ありぬ　虚子（14 七百五十句 四五〇ペ）
みじか夜や浅瀬にのこる　月一片　蕪村（2 蕪村遺稿 二二四九）
夜涼みやむかひの見世は　月がさす　里圃（6 続猿蓑 三一六三）
義仲の寝覚めの山か　月悲し　芭蕉（1 荊口句帳 五五七）
いましめた我から見たき　接木哉　麦翅（8 俳諧新選 一〇四ペ）
垣越しにものうちかたる　接木哉　蕪村（2 蕪村句集 二一九四）
菜畠にきせるわするる　接木哉　蕪村（2 蕪村遺稿 二一九五）

一方は梅さく桃の　継ぎ木かな　越人（6 あら野 八八〇）
ぬるい火に足を並べて　継句（つぎく）哉　嘯山（8 俳諧新選 一五四ペ）
七夕や妹が唱へに　次句せん　浮白（8 俳諧新選 一二四ペ）
これよりは山陰道の　月暗し　虚子（12 六百句 二三〇ペ）
水梨の水も満つらん　月今宵　渭北（8 俳諧新選 一三〇ペ）
糸のなき糸巻に似て　月寒し　普羅（9 辛夷 〇七〇六）
高取の城高々と　月寒し　雅因（8 俳諧新選 一四一ペ）
雨の声葎（むぐら）に尽きて　月白し　思覧（8 俳諧新選 一三〇ペ）
海にすむ魚の如身を　月涼し　星布（5 星布尼句集 八八八）
すらすらと昇りて望の　月ぞ照る　草城（9 人生の午後 二四六一）
菊市の町筋城に　尽きてあり　たかし（9 火明 一六五七）
ちり椿あまりもろさに　続ぎて見る　野坡（6 続猿蓑 三〇六一）
春もややけしきととのふ　月と梅　芭蕉（1 鷹獅子集 七七七）
物ほしや袋のうちの　月と花　芭蕉（1 続別座敷 九四三）
秋の旅画壁の工夫　付きにけり　自笑（8 俳諧新選 二三五ペ）
乾坤に夕立癖の　つきにけり　虚子（13 六百五十句 五五〇ペ）
としの尾に春の木魂の　付きにけり　嘯山（8 俳諧新選 一四六ペ）
夏衣旅日記も京に　着きにけり　重頼（4 誹諧時勢粧 〇〇九一）
白魚のしろき噂も　つきぬべし　山蜂（6 続猿蓑 三〇二五）
バラックに一幅かけぬ　月の秋　青嵐（9 永田青嵐句集 〇八九五）
大輪の白菊生けん　月の雨　龍眠（8 俳諧新選 一五四ペ）
ふりかねてこよひになりぬ　月の雨　尚白（6 猿蓑 一八四九）

遠からぬ雪を一重や　月の色　存義（8 俳諧新選 一四一ぺ）
きさらぎや廿四日の　月の梅　荷兮（6 あら野 一〇六二）
ばせを葉や打ちかへし行く　月の影　乙州（6 猿蓑 一八四六）
みの虫や形(なり)に似合ひし　月の影　杜若（6 続猿蓑 三二六七）
屋わたりの宵はさびしや　月の影　市柳（6 あら野 四一三）
宵に見し橋はさびしや　月の影　一髪（6 あら野 四二九）
うめのかの立ちのぼりてや　月の暈(かさ)　蕪村（2 蕪村遺稿 二四四）
影は天の下てる姫か　月のかほ　芭蕉（1 続山井 一五）
五月雨に御物遠や　月の皃(かほ)　芭蕉（1 続山井 六）
人の顔に似た顔もなし　月の顔　梅盛（5 鸎鵆集 五四）
宵闇の稲妻消すや　月の顔　長虹（6 あら野 九八四）
伏見田に友や待つらん　月の雁　無腸（5 発句題葉集 七九二）
岩はなやここにもひとり　月の客　去来（5 笈日記 二九九）
米くるる友を今宵の　月の客　芭蕉（1 笈日記 七〇五）
いろいろのかたちをかしや　月の雲　湍水（6 あら野 八八七）
庖丁の片袖くらし　月の雲　其角（6 炭俵 二五八六）
やすやすと出でていざよふ　月の雲　芭蕉（1 笈日記 七〇六）
さし汐に湯気の伝ふや　月の沢　楓里（8 俳諧新選 一二九ぺ）
濡れ色に落葉の雨や　月の下　自友（8 俳諧新選 一三六ぺ）
人並にかがしの影や　月の下　龍眠（8 俳諧新選 一二八ぺ）
銀(あま)の川見習ふ比や　月のそら　鶴声（6 あら野 四三六）
俤(おもかげ)や姨ひとりなく　月の友　芭蕉（1 更科紀行 四三三）

川上とこの川しもや　月の友　芭蕉（6 続猿蓑 三二三四）
鳴る音は添水(そふづ)なるべし　月の中　乙二（4 松窓乙二集 二一二〇）
秋もはやばらつく雨に　月の形(なり)　芭蕉（1 笈日記 八九九）
進み出でて坊主をかしや　月の舟　一井（6 あら野 一〇四五）
鉄漿(おはぐろ)の海の匂ひや　月の町　青嵐（9 永田青嵐句集 〇八八九）
雲の峰幾つ崩れて　月の山　芭蕉（1 奥の細道 五一九）
朝顔の紺の彼方の　月日かな　波郷（9 風切 二六三七）
叢や野分の朝の　月一つ　都夕（8 俳諧新選 一二九ぺ）
吹く風の相手や空に　月一つ　凡兆（6 猿蓑 一八四八）
既に得し鯨や逃げて　月ひとり　蕪村（2 蕪村遺稿 三四六）
海棠や雨をはらめる　月二夜　紫暁（4 松のそなた 二一〇六）
橐駝(たくだ)師の口にふくめる　接穂かな　俳小星（9 径草 〇九〇九）
つまの下かくしかねたる　継ぎ穂かな　傘下（6 あら野 五三二）
見たいもの花もみぢより　継穂かな　嵐雪（4 其袋 〇八四四）
餅腹をこなしがてらの　つぎ穂哉　一茶（3 おらが春 四三八ぺ）
子といくは亡き夫(つま)といく　月真澄　しづの女（9 颱 〇九六三）
雨に来てとまり取りたる　月見哉　太祇（8 俳諧新選 一三〇ぺ）
柿の名の五助と共に　月みかな　如真（6 続猿蓑 三二二一）
川沿ひの畠を歩く　月見かな　杉風（4 泊船集 〇八五三）
飼ひ猿も呼び出す庭の　月見哉　残香（7 俳諧古選 一七九ぺ）
口に手を当てて心の　月見哉　言水（7 俳諧古選 一七四ぺ）
雲折々人をやすむる　月見哉　芭蕉（1 春の日 二五四）

芥子蒔くと　畑まで行かむ　月見哉　空牙（6続猿蓑　三二〇）
けふの今宵　寝る時もなき　月見哉　芭蕉（1続連珠　四七）
源氏絵は　屋根なき家の　月見哉　必化（8俳諧新選　二三〇ぺ）
腰に笛　高麗橋の　月見哉　呉郷（8俳諧新選　二五〇ぺ）
乞食の　有りし世語る　月見かな　胡餅（8俳諧新選　二三〇ぺ）
この秋は　膝に子のない　月見かな　鬼貫（4仏兄七久留万　〇二七四）
五六升　芋煮る坊の　月見哉　蕪村（2蕪村遺稿　二五三〇）
子を寝させ　妻を寝させて　月見哉　麗白（8俳諧新選　二三〇ぺ）
酒尽きて　しんの座につく　月見哉　一茶（3おらが春　四七〇ぺ）
座頭かと　人に見られて　月見哉　芭蕉（1こがらし　九六三）
四五軒の　山里こぞる　月見かな　李院（8俳諧新選　二三〇ぺ）
二千里の　外事やめて　月見哉　調和（5夜錦　一四八）
船頭も　艫を横たへて　月見哉　珪琳（8俳諧新選　二三〇ぺ）
煎餅を　鹿に食はせて　月見かな　故角（8俳諧新選　二四八ぺ）
蕎麦国の　たんを切りつつ　月見哉　一茶（3おらが春　四七二ぺ）
峠迄　硯抱へて　月見かな　任他（6あら野　四一六）
旅一夜　草履（ざうり）もとめる　月見哉　宋屋（8俳諧新選　二三〇ぺ）
寺にねて　誠がほなる　月見哉　芭蕉（1続虚栗　三〇六）
飛び入りの　客に手をうつ　月見哉　正秀（6続猿蓑　三二二七）
中切の　梨に気のつく　月見哉　配力（6続猿蓑　三二一一）
何着ても　うつくしうなる　月見かな　千代（4千代尼句集　一七七七）
賑やかな　内を出て来る　月見哉　利牛（7俳諧古選　一七九ぺ）
二見まで　庵地（いほち）たづぬる　月見哉　支考（6続猿蓑　三二一九）
舟引の　道かたよけて　月見哉　丈草（6続猿蓑　三二二八）
古郷の　留守居も一人　月見哉　一茶（3おらが春　四七〇ぺ）
升（ます）買うて　分別かはる　月見かな　芭蕉（1笈日記　八九八）
身の闇の　頭巾も通る　月見かな　蕪村（2蕪村句集　一七一）
見るものと　覚えて人の　月見哉　野水（6あら野　四二三）
目利して　わろい宿とる　月見哉　如行（7俳諧古選　一七九ぺ）
物音の　せぬ舟も行く　月見かな　瓜流（8俳諧新選　二三〇ぺ）
もものもの　心根とはん　月見哉　露沾（6続猿蓑　三二〇六）
酔ひて寝る　人を呵（しか）つて　月見哉　晩鈴（7俳諧古選　二二六ぺ）
暁けきらぬ　田に人見ゆれ　月見草　徂春（9定本徂春句集　〇七九七）
思ふ事　なげぶしは誰　月見舟　其角（7俳諧古選　一七八ぺ）
具足着て　顔のみ多し　月見舟　野水（6波留濃日　三四八）
さして行く　牛島黒し　月見舟　不白（4不白翁句集　二一二八）
抱き下ろす　君が軽みや　月見船　嘯山（5葎亭句集　七二五）
出づる日や　こちらむきやこそ　月もあれ　雅因（8俳諧新選　一五六ぺ）
山の端や　海を離るる　月も今　蕪村（2蕪村句集　一四二七）
藻の花や　かたわれからの　月もすむ　蕪村（2蕪村句集　二五〇五）
大雨の　ふりさけ見れば　月もなし　玄札（5ゆめみ草　七五）
平家也　太平記には　月も見ず　其角（7俳諧古選　一七八ぺ）
唐土に　富士あらばけふの　月もみよ　素堂（6あら野　九〇七）
あさ漬けの　大根あらふ　月夜哉　俊似（6あら野　七九六）

網打の　肱なげちらす　月夜かな　朱拙（5 星会集 四四三）
稲かけし　夜より小藪は　月よ哉　一茶（3 文化句帖 三五〇ペ）
家買うて　ことし見初むる　月夜哉　荷兮（6 炭俵 二五四三）
今までは　いきたはごとを　月夜かな　徳元（4 滑稽太平記 〇〇六〇）
芋も子を　うめば三五の　月夜哉　西武（5 犬子集 四五）
梅折れば　おのれも動く　月夜かな　二世湖十（4 延享廿歌仙 一二三三）
朧とは　松のくろさに　月夜かな　其角（6 猿蓑 一九〇四）
影ふた夜　たらぬ程見る　月夜哉　杉風（6 あら野 四三〇）
枯葉鳴る　くぬ木林の　月夜かな　子規（10 獺祭句帖抄 六六七ペ）
汽車道に　低く雁飛ぶ　月夜かな　子規（10 獺祭句帖抄 六五五ペ）
紀の海の　阿波へ流るる　月夜かな　它谷（8 俳諧新選 二二九ペ）
けうとさに　少し肱むく　月夜哉　昌碧（6 あら野 四一二）
暫くは　花の上なる　月夜かな　芭蕉（1 真蹟短冊 六七八）
しら梅の　かれ木に戻る　月夜哉　蕪村（2 蕪村句集 七二三）
白罌粟（げし）に　照りあかしたる　月夜哉　青蘿（5 青蘿発句集 八四九）
角力（すまふ）老いて　やどもつ京の　月夜かな　大江丸（5 はいかい袋 八七三）
野仕事の　仕舞ひ嬉しき　月夜哉　羽律（8 俳諧新選 二二九ペ）
蜩（ひぐらし）の　日を鳴きつめて　月夜かな　瓜流（8 俳諧新選 二二七ペ）
吹き越して　松風白き　月夜かな　古行（8 俳諧新選 一四七ペ）
干網に　鳥の見ゆる　月夜かな　蘆角（8 俳諧新選 二二九ペ）
山寺に　米つくほどの　月夜哉　越人（6 波留濃日 三四六）
闇の夜は　吉原ばかり　月夜かな　其角（4 武蔵曲 〇八一六）

雪ちらり　ちらり見事な　月夜哉　一茶（3 文政句帖 三五四ペ）
雪とけて　くりくりしたる　月夜哉　一茶（3 七番日記 三二五ペ）
ゆさゆさと　桜もてくる　月夜哉　道彦（5 蔦本集 九七〇）
能きほどに　はなして帰る　月夜哉　一髪（6 あら野 四三七）
両国の　花火聞こゆる　月夜かな　子規（10 獺祭句帖抄 六五三ペ）
我を連れて　我が影帰る　月夜哉　素堂（7 俳諧古選 二〇四ペ）
をかしげに　ほめて詠むる　月夜哉　一髪（6 あら野 四一四）
一行の　雁（がん）や端山に　月を印す　蕪村（2 蕪村句集 二九一）
晦日（つごもり）や　林の鐘の　つき納め　惟中（4 伊勢踊 〇二二）
中々に　ひとりあればぞ　月を友　蕪村（2 蕪村句集 四三五）
さや豆や　在二釜中一（ふちゆうにありて）　月を鳴る　似船（5 安楽音 一八一）
賎のこや　いね摺りかけて　月をみる　芭蕉（1 鹿島詣 三〇九）
霜百里　舟中に我　月を領す　蕪村（2 蕪村句集 三〇四）
頭から　風邪ひくといふ　頭巾かな　青嵐（9 永田青嵐句集 〇八八八）
うぐひすの　声に脱ぎたる　頭巾哉　市柳（6 あら野 五二一）
うち置かず　着て見せらるる　頭巾哉　牛行（8 俳諧新選 一五二ペ）
零落（おちぶ）れて　関寺謡ふ　頭巾かな　几董（8 俳諧新選 一四三ペ）
おぼろ月　まだはなされぬ　頭巾かな　仙花（6 炭俵 二四一〇）
眇（すがめ）なる　医師（くすし）わびしき　頭巾哉　蕪村（2 蕪村遺稿 一一八六）
引きこうで　耳をあはれむ　頭巾哉　蕪村（2 蕪村句集 六五八）
夜の旅　互ひにこはき　頭巾かな　古津（8 俳諧新選 一四三ペ）
路次の闇　親子除け合ふ　頭巾かな　蕪村（2 蕪村遺稿 九七〇）

秋風や山を食らうて　継ぐ命　東洋城（9 東洋城全句中 〇三八二）
秋晴の富士まともなる　机かな　飄亭（9 飄亭句日記 〇一九二）
連翹(れんげう)に一閑張の　机かな　子規（10 獺祭句帖抄 六四五ぺ）
まま事の飯もおさいも　土筆かな　立子（9 立子句集 一九四九）
雲霧の暫時百景を　つくしけり　芭蕉（1 句選拾遺 一七四）
病牀を三里離れて　土筆取　子規（9 俳句稿巻二 〇〇四三）
畠打や子が這ひ歩く　つくし原　一茶（3 八番日記 三三一九ぺ）
天窓(あたま)出す鮑(あはび)の穴や　つくづくし　移竹（8 俳諧新選 一〇四ぺ）
川舟や手をのべてつむ　土筆(つくづくし)　冬文（6 あら野 五四四）
稽古矢の先に女や　つくづくし　沾洲（8 俳諧新選 一〇四ぺ）
誘はれた文につつむや　土筆　蘆洲（8 俳諧新選 一〇四ぺ）
すごすごと親子摘みけり　つくづくし　舟泉（6 あら野 五四〇）
すごすごと案山子(かがし)のけけり　土筆　蕉笠（6 あら野 五四二）
すごすごと摘むやつまずや　土筆　其角（6 あら野 五四一）
吸物を客から足すや　土筆　丁梅（8 俳諧新選 一〇四ぺ）
軸の好き天窓の好きや　つくづくし　太祇（8 俳諧新選 一〇四ぺ）
土橋やよこにはえたる　つくづくし　塩車（6 あら野 五四三）
春雨にたたき出したり　つくづくし　元志（6 猿蓑 一九二八）
筆ににてくふにもかむや　土筆　良保（5 崑山集 六一）
まふくだがはかまよそふか　つくづくし　芭蕉（1 化声集 二六〇）
五月雨や野中の杉の　つくねんたり　醒雪（9 帝国明29・6 〇三二五）
雪は申さず先(まつ)むらさきの　筑波かな　嵐雪（4 鹿島紀行 〇八四六）

稲づまや夜は崩るる　筑波山　吏登（5 吏登句集 四七六）
麦の穂と共にそよぐや　筑波山　千川（6 炭俵 二四九二）
ゆく春やむらさきさむる　筑波山　蕪村（2 蕪村句集 二一〇四）
否ぞ共螽(いなご)は口を　つぐみけり　嘯山（8 俳諧新選 二二七ぺ）
あさ露のぎぼう折りけむ　つくもがみ　舟泉（6 あら野 八六二）
虫干や地黒も主も　九十九髪(つくもがみ)　孤舟（8 俳諧新選 二二二ぺ）
かるがると笹のうへゆく　月夜哉　梅舌（6 あら野 四〇八）
いとゆふに皃(かほ)引きのばせ　作り独活(うど)　配力（6 猿蓑 一九三五）
せはしなき身は痩せにけり　作り独活　嵐雪（7 俳諧古選 一四五ぺ）
春惜しむ句をめいめいに　作りけり　漱石（9 漱石全集 〇八二）
まさな事てり葉を舟に　作りけり　五鳳（8 俳諧新選 二三四ぺ）
しぐるるや門田の鶴の　つくり付け　羅雲（8 俳諧新選 二三六ぺ）
柿寺に麦穂いやしや　作りどり　荊口（6 炭俵 二四九一）
楽しみは鯊釣る閑を　つくること　青嵐（9 永田青嵐句集 〇八九二）
風かをる羽織は襟も　つくろはず　芭蕉（1 芭蕉庵小文庫 六九六）
煤はきや鼠追ひ込む　黄楊(つげ)の中　残香（6 続猿蓑 三四〇三）
木がらしや地びたに暮るる　辻諷(うた)ひ　一茶（3 文化句帖 三五三ぺ）
夕月や京のはづれの　辻角力(すまふ)　子規（9 寒山落木巻二 〇〇五〇）
投げられて坊主なりけり　辻相撲　其角（4 花摘 〇八〇六）
船涼し左右に迎ふる　対馬壱岐　虚子（12 五百五十句 一五七ぺ）
桟(かけはし)やいのちをからむ　つたかづら　芭蕉（1 更科紀行 四三〇）
風毎に長(たけ)くらべけり　蔦かづら　杉下（6 続猿蓑 三二五八）

山人の昼寝をしばれ蔦かづら　桃妖（6 続猿蓑 三二五七）
はつ雪や塀の崩れの蔦の上　買山（6 炭俵 二六一三）
秋風や桐に動いてつたの霜　芭蕉（1 三冊子 七一八）
年よりて牛に乗りけり蔦の路　木節（6 続猿蓑 三四六八）
畔に寝て塗り込められな頭陀袋　乙由（7 俳諧古選 二〇九ペ）
犬吠えて家に人なし蔦紅葉　言水（7 俳諧古選 一七四ペ）
神送り荒れたる宵の土大根（つちおほね）　洒堂（6 炭俵 二六〇五）
ふみたふす形（なり）に花さく土大根　乃龍（6 続猿蓑 三〇三六）
濡縁や薺（なつな）こぼるる土ながら　嵐雪（6 続猿蓑 二九八九）
竹垣や雨の山吹土に臥す　子規（10 獺祭句帖抄 六四六ペ）
秋立つや店にころびし土人形　闌更（5 半化坊発句集 七五四）
月代やをさめし松を土の上　春草（9 春草句集 一〇八八）
耕すやむかし右京の土の艶　太祇（5 太祇句選 五四三）
秋の日や柑子いろづく土の塀　犀星（9 魚眠洞発句集 一一四二）
凩の浄林の釜恙（つつが）なきや　子規（10 獺祭句帖抄 六六三ペ）
翁草二百十日も恙なし　蔦雫（6 続猿蓑 三三〇八）
秋の空青菜車のつづきけり　子規（10 獺祭句帖抄 六五四ペ）
蟻の道雲の峰よりつづきけん　一茶（3 おらが春 四五三ペ）
枯野はも縁の下までつづきをり　万太郎（9 草の丈 一一一五）
君が来し門椿咲きつづきをり　虚子（14 七百五十句 九五六ペ）
いかい事餅についたるつつじ哉　麦翅（8 俳諧新選 一一〇ペ）
石工の指傷りたるつつじかな　蕪村（2 蕪村遺稿 二四四九）
石地蔵筒一ぱいのつつじかな　嘯山（8 俳諧新選 一一〇ペ）
岩に腰我頼光の躑躅（つつじ）かな　蕪村（2 蕪村句集 九八〇）
関屋にも仏壇有りてつつじ哉　雁宕（7 俳諧古選 二三〇ペ）
ちか道へ出てうれし野のつつじ哉　蕪村（2 蕪村句集 二三七五）
手にもつを捨てて又折るつつじ哉　母斛（7 俳諧古選 一五五ペ）
眺めつつ選りつつ手折るつつじ哉　孤桐（8 俳諧新選 一一〇ペ）
捻ぢもこぢもならぬ岩間のつつじ哉　南浦（8 俳諧新選 一一〇ペ）
花の文猶（なほ）々（なほ）書（がき）もつつじかな　休酔（8 俳諧新選 一一〇ペ）
毛氈（もうせん）にちりまどはせるつつじ哉　多少（8 俳諧新選 一一〇ペ）
山まゆに花咲きかぬる躑躅かな　荷兮（6 あら野 六一三）
夏蓬瓦礫をふみて虔みぬ　風生（9 晩涼 一五八〇）
猫の子や杵にかかりつつじやれる　一茶（3 おらが春 四三五ペ）
牡丹を風雨に任せつつ嘆く　虚子（13 六百五十句 一九一ペ）
翡翠（かはせみ）の紅一点につづまりぬ　虚子（12 五百五十句 二二ペ）
船涼し己が煙に包まれて　虚子（11 五百句 九五ペ）
蝙蝠（かうもり）のはやとぶ花の堤かな　一転（9 杉山一転句集 〇九二四）
昭君の柳を山谷堤かな　才麿（4 虚栗 〇二六一）
たつ鴨を犬追ひかくる堤かな　乍木（6 続猿蓑 三三七五）
麦畑の人見るはるの塘（つつみ）かな　杜国（6 あら野 五九六）
柳枯れてとほんと長き堤かな　習先（8 俳諧新選 一三七ペ）
たんぽぽは蕨手のうつ鼓かな　為春（4 野犴集 〇〇七一）
たかうなの皮に臍（ほぞ）の緒包みけり　其角（7 俳諧古選 一六九ペ）

わか草や　帆のゆらめける　堤越し　嘯山（8俳諧新選 一〇三ぺ）
春雨や　鼠の落とす　つつみ熨斗(のし)　富葉（8俳諧新選 一〇三ぺ）
竜門の　花や上戸の　土産(つと)にせん　芭蕉（1笈の小文 三六六）
遺羽子に　束髪ばかり　集ひけり　四方太（9承露盤 二〇五）
青胡桃　みちのくは樹で　つながるよ　静塔（9枌木集 二三六六）
すずしさや　根笹に牛も　つながれて　蒼虬（5訂正蒼虬集 一一五四）
寒ごりに　尻背けたる　つなぎ馬　蕪村（2蕪村遺稿 三七四）
名月や　かいつきたてて　つなぐ舟　昌碧（6あら野 四二〇）
大服や　一碗は我が　常ながら　玄武坊（4玄武庵発句集 一八一一）
白糸の　滝の陰晴　常ならず　虚子（14七百五十句 一一五ぺ）
山の湖(うみ)の　風雨雷霆　常ならず　虚子（13六百五十句 一九三ぺ）
畦道や　苗代時の　角大師　正秀（6ひさご 一五八〇）
さをしかに　手拭かさん　角の迹(あと)　一茶（3七番日記 三三〇ぺ）
雨の鹿　恋に朽ちぬは　角ばかり　蕪村（2蕪村句集 七九七）
鵯(ひよどり)の　言葉わかりて　椿落つ　青畝（9国原 一五一五）
暁の　釣瓶(つるべ)にあがる　つばきかな　荷兮（6あら野 五三三）
一旦の　雨にはさかぬ　椿かな　天露（8俳諧新選 一〇六ぺ）
うぐひすの　笠おとしたる　椿哉　芭蕉（1猿蓑 六〇一）
枝長く　伐らぬ習ひを　椿かな　湖春（6炭俵 二四二七）
落とさじと　葉にかかへたる　椿哉　鶴英（8俳諧新選 一〇六ぺ）
音なして　畳に落つる　椿かな　呂誰（8俳諧新選 一〇六ぺ）
蝸牛(かたつぶり)　打ちかぶせたる　つばき哉　坂上氏（6猿蓑 一九六八）

ここに咲けば　ここの仏の　椿かな　別天楼（9野老 一一七九）
白玉の　露にきはつく　椿かな　車来（6猿蓑 一九六六）
玉人(たますり)の　座右にひらく　椿かな　蕪村（2蕪村句集 二〇四五）
ちる迄も　ちらぬけしきを　椿かな　且栖（7俳諧古選 一五五ぺ）
土はこぶ　篭(ふご)にちり込む　椿かな　孤屋（6炭俵 二四二六）
庭前に　白く咲いたる　椿かな　鬼貫（4大悟物狂 〇一七七）
念入れて　冬からつぼむ　椿かな　曲翠（6炭俵 二四二八）
野の宮の　後ろに灯(とぼ)す　椿かな　雁觜（8俳諧新選 一五〇ぺ）
ばらばらと　あられ降り過ぐる　椿哉　蕪村（2蕪村遺稿 二〇四七）
古庭に　茶筌花咲く　椿哉　蕪村（2蕪村句集 四二八）
ぼたぼたと　地に咲き揃ふ　椿かな　呉郷（8俳諧新選 一〇六ぺ）
穂は枯れて　台に花咲く　椿かな　残香（6続猿蓑 三〇五九）
目高浮く　最中へ落つる　椿哉　素丸（5素丸発句集 五二七）
藪深く　蝶気のつかぬ　つばき哉　卜枝（6あら野 五三四）
夕日影　のせて落ちたる　椿かな　卯雲（8俳諧新選 一〇六ぺ）
犇々と　八重大輪の　つばき咲く　蛇笏（9椿花集 〇六六七）
額にはり　頬にはりて　子の椿姫　禅寺洞（9禅寺洞句集 二二九四）
月ひらひら　落ち来る雁の　翅かな　闌更（5半化坊発句集 七五五）
洗ふ手の　下にわりなし　石蕗(つは)の花　長禾（8俳諧新選 一四五ぺ）
石臼の　破れてをかしや　つはの花　胡及（6あら野 七八七）
咲くべくも　おもはで有るを　石蕗の花　蕪村（2蕪村句集 一九七七）
ちまちまと　した海もちぬ　石蕗の花　一茶（3七番日記 三五八ぺ）

あそぶとも　ゆくともしらぬ　燕かな　去来（6あら野 六〇三）
あつちから　近付き白(がほ)の　燕かな　雅因（8俳諧新選 一〇七ぺ）
いまきたと　いはぬばかりの　燕かな　長之（6あら野 六〇五）
うむ日迄　身もち白なき　燕哉　イロハ（8俳諧新選 一四八ぺ）
大津絵に　糞落としゆく　燕かな　蕪村（2蕪村句集 二〇二九）
去年(こぞ)の巣の　土ぬり直す　燕かな　俊似（6あら野 六〇四）
巣だちした　其の日は戻る　燕かな　半魯（8俳諧新選 一〇六ぺ）
高浪に　かくるる秋の　つばめかな　蛇笏（9白岳 〇六五六）
黄昏(たそかれ)に　たてだされたる　燕哉　鼠弾（6あら野 六〇七）
戦ひの　あとに少なき　燕かな　子規（10獺祭句帖抄 六二五ぺ）
出女の　声の中飛ぶ　燕かな　子規（10獺祭句帖抄 六四四ぺ）
飛魚と　なる子育つる　つばめ哉　蕪村（2蕪村遺稿 一〇三四）
日光の　向かふ上りに　燕かな　子規（10獺祭句帖抄 六四四ぺ）
花に啼く　声としもなき　乙鳥(つばめ)哉　蕪村（2蕪村遺稿 一五〇一）
ふためいて　金の間を出る　燕かな　蕪村（2蕪村遺稿 一〇三三）
細き身を　子に寄り添ふる　燕哉　蕪村（2蕪村遺稿 一〇九七）
ほそぼそと　ごみ焼(た)く門の　つばめ哉　怒誰（6炭俵 二四六四）
大和路の　宮もわら屋も　つばめ哉　蕪村（2蕪村句集 二〇五六）
行き行きて　ひらりと返す　燕かな　子規（10獺祭句帖抄 五九八ぺ）
一人花に　さまよひ居しが　遂に去る　虚子（14七百五十句 三七ぺ）
かげろふの　夕日にいたき　つぶり哉　舟泉（6あら野 八五九）
水鳥や　かぞへるうちに　つぶりつぶり　之房（7俳諧古選 二二〇ぺ）

小豆売る　小家の梅の　つぼみがち　蕪村（2蕪村句集 二四四五）
白梅の　花と莟と　莟がち　素逝（9暦日 一八二九）
朝顔の　引き捨てられし　莟かな　子規（10獺祭句帖抄 六一七ぺ）
河骨(かうほね)の　水を出兼ねる　莟かな　子規（10獺祭句帖抄 六〇八ぺ）
細工にも　ならぬ桔梗の　つぼみ哉　随友（6続猿蓑 三二四五）
竜の玉　つかむ牡丹の　莟かな　五明（4五明集 二一一〇）
としごとに　鳥居の藤の　つぼみ哉　荷兮（6あら野 八三二）
盆ほどに　成るてふ菊の　莟かな　移竹（8俳諧新選 一三四ぺ）
痩せながら　わりなき菊の　つぼみ哉　芭蕉（1続虚栗 三一四）
愛らしう　撫子の花　莟みけり　平十（8俳諧新選 二三三ぺ）
寒梅に　濺(そそ)ぎし水の　莟みけり　尺布（8俳諧新選 一四四ぺ）
ひかひかと　ずは枝の梅の　莟けり　移竹（7俳諧古選 二一五ぺ）
三か月や　朝白の夕べ　つぼむらん　芭蕉（1虚栗 一五六）
むらしぐれ　幾たび馬の　躓きぬ　露月（9露月句集 〇二二四）
紅梅は　娘すまする　妻戸哉　杉風（6炭俵 二四〇四）
しりながら　薄に明くる　つまどかな　小春（6あら野 九八七）
掛香や　再び人の　妻となり　五城（9五城句集 〇二二八）
古袷　傾城人の　妻となり　醒雪（9春夏秋冬 〇三二六）
赤毛糸　玉病褥の　夫(つま)にのせ　静塔（9旅鶴 二三六八）
さよ姫の　なまりも床し　つまね花　史邦（6続猿蓑 三二五一）
切干や　いのちの限り　妻の恩　草城（9人生の午後 二四五八）
鳥ぐもり　子が嫁してあと　妻残る　敦（9午前午後 三二三七）

鴫とぶや　少しおくれて　妻の鳥　春来（7俳諧古選　二二一ぺ）
しら魚や　水もつまめば　つままるる　一漁（4絵具皿　一二二六）
梅雨見つめ　をればうしろに　妻も立つ　林火（9早桃　二七五六）
雪はげし　抱かれて息の　つまりしこと　多佳子（9紅糸　二九七九）
仕丁達　烏帽子に若菜　摘まれけり　蘆風（8俳諧新選　一〇〇ぺ）
土筆（つくづくし）　座頭の手にも　摘まれけり　一兎（8俳諧新選　一〇三ぺ）
初日影　我茎立（くくたち）と　つまればや　利牛（6炭俵　二三九五）
獺にもとられず　小鮎釣り来し　夫（つま）をかし　久女（9杉田久女句集　〇九三七）
落花生　食ひつつ読むや　罪と罰　虚子（12五百五十句　三三六ぺ）
仏名や　やごとなき身の　罪は何　鷺喬（8俳諧新選　一四五ぺ）
蚊屋くぐる　女は髪に　罪深し　太祇（5太祇句選　五四七）
衣更　みづから織らぬ　罪深し　その（7俳諧古選　二〇八ぺ）
野畠や　雁追ひのけて　摘む若菜　史邦（6猿蓑　一八九六）
手で顔を　撫づれば鼻の　冷たさよ　虚子（9六百五十句　〇〇七六）
日のあたる　石にさはれば　つめたさよ　子規（10獺祭句帖抄　六一八ぺ）
折りくれし　霧の蕨の　つめたさよ　素十（9野花集　一五三一）
いたどりの　花月光に　つめたしや　青邨（9雪国　一五九三）
はつ霜や　犬の土かく　爪の跡　北鯤（6続猿蓑　三三三八）
此の花に　酒千斛と　つもりけり　子規（10獺祭句帖抄　六四五ぺ）
夜半過ぎて　すがすが雪の　積りけり　赤羽（8俳諧新選　一四二ぺ）
さびしさは　木をつむあそび　つもる雪　万太郎（9草の丈　一一二〇）
石の香や　夏草赤く　露あつし　芭蕉（1曽良旅日記　四九三）

力つくして　山越えし夢　露か霜か　波郷（9惜命　二六四八）
梶の葉売る声に　天下の鰥（やもめ）　露けき秋也　常矩（5俳諧雑巾　一二八）
宮木引く　山路暗しや　露時雨　雅因（8俳諧新選　一三三ぺ）
大比叡や　はこぶ野菜の　露しげし　野童（6猿蓑　一八一二）
新藁を　葺いて野壺の　露じめり　青峰（9海光　二三五一）
とうろうを　三たびかかげぬ　露ながら　蕪村（2蕪村句集　一〇七〇）
あちこちの　祠まつりや　露の秋　不器男（9定本不器男句集　一七〇三）
しら鷺や　青くもならず　黴雨（つゆ）の中（うち）　不玉（6続猿蓑　三一七七）
折れ釘の　笠に雫や　梅雨のうち　可幸（7俳諧古選　二一七ぺ）
葉より葉に　ものいふやうや　露の音　鼠弾（6あら野　七二一）
明らみて　一方暗し　梅雨の空　虚子（13六百五十句　二一二ぺ）
哀れさや　盲麻刈る　露のたま　槐市（6猿蓑　一七八三）
みじか夜や　毛むしの上に　露の玉　蕪村（2蕪村句集　五五六）
虫狩りや　下緒にぬける　露の玉　移竹（8俳諧新選　二二七ぺ）
春の月　ありしところに　梅雨の月　素十（9雪片　一五五〇）
頰を掻いて　白き瞼（まぶた）の　露の鳥　宋斤（9定本宋斤句集　一二〇〇）
市人の　物うちかたる　露の中　蕪村（2蕪村句集　一七六七）
此の松の　下に佇めば　露の我　虚子（11五百句　四五ぺ）
名月や　露にぬれぬは　露の斗（ばかり）　蕪村（2蕪村遺稿　一四二九）
水仙の　莟に星の　露を孕む　子規（10獺祭句帖抄　六六七ぺ）
烈日の　下に不思議の　露を見し　虚子（13六百五十句　一五二ぺ）
霧如何に　濃ゆくとも嵐　強くとも　虚子（13六百五十句　一九八ぺ）

雪晴れて　湖北へ　貫けり　嘯山（5葎亭句集七二六）
花人を　泊めて衣桁を　つらねけり　蝶衣（9蝶衣句稿○五六八）
藪入や　早いにろくな　頬(つら)はなし　其角（7俳諧古選二〇一ペ）
打ちをりて　何ぞにしたき　氷柱哉　夜舟（6あら野八〇六）
みちのくの　町はいぶせき　氷柱かな　青邨（9雑草園一六二〇）
瑠璃光の　瑠璃よりあをき　つららかな　茅舎（9俳究昭14・2一〇七二）
いなづまの　柴の庵や　釣り上げん　蜷古（8俳諧新選二二五ペ）
起重機の　見えて暮らしぬ　釣忍　汀女（9汀女句集一九一九）
すずしさや　又舞ひもどる　釣葱　篤羽（8俳諧新選二二一ペ）
夕闇の　迷ひ来にけり　吊葱　虚子（12六百句一五七ペ）
行く秋を　ぶらりと蚊帳の　釣手哉　史邦（7俳諧古選一七九ペ）
一夜一夜　さむき姿や　釣り干菜　探丸（6猿蓑一六五〇）
死際に　無益の蜂の　剣(つるぎ)かな　心咲（7俳諧古選一五〇ペ）
いなづまや　二折三折　剣沢　蕪村（2蕪村遺稿七八四）
痩せ脛(はぎ)や　病より起つ　鶴寒し　蕪村（2蕪村句集二〇二一）
としの暮　亀はいつ迄　釣るさるる　一茶（3文化句帖三六一ペ）
若草や　居よげに見ゆる　鶴の脚　龍眠（8俳諧新選一〇三ペ）
足もとへ　よるや枯野の　鶴の影　且水（8俳諧新選一三七ペ）
野は枯れて　のばす物なし　鶴の首　支考（6続猿蓑三三六三）
春日野や　子(ね)の日も過ぎて　鶴の声　子規（10獺祭句帖抄六〇四ペ）
秋風や　しらきの弓に　弦はらん　去来（6あら野七二二）
百生りの　瓢箪を見よ　蔓一つ　作者不明（7俳諧古選二〇八ペ）

て

夜々月の　雫や凝って　蔓ぶだう　素丸（4素丸発句集一七六〇）
朝霜や　剣を握る　つるべ縄　蕪村（2蕪村句集三三一）
わか水や　凡そ千年の　つるべ縄　風鈴軒（6あら野四六〇）
こがらしの　松の葉かきと　つれ立ちて　舟泉（6あら野八六三）
いきみたま　畳の上に　杖つかん　亀洞（6あら野一〇九一）
秋風や　鼠のこかす　杖の音　祇空（5玄湖集四五五）
其のかたち　見ばや枯木の　杖の長(たけ)　芭蕉（1芭蕉庵小文庫四四三）
霰ふる　音にも世にも　聾傘　馬光（5かさねがさ四八一）
今宮は　虫所也　聾也　来山（7俳諧古選一九七ペ）
芋掘りに　行けば雄鹿に　出あひけり　子規（10獺祭句帖抄六五九ペ）
福寿草の　少し開いて　亭午なり　洒竹（9秋の声明30・1〇二九二）
蕣(あさがほ)に　今朝は朝寝の　亭主あり　子規（10獺祭句帖抄六一〇ペ）
おもしろき　秋の朝寝や　亭主ぶり　芭蕉（1まつのなみ九〇一）
浅ましや　熟柿をしやぶる　体たらく　一茶（3七番日記三五一ペ）
月影を　くみこぼしけり　手水鉢　立圃（4そらつぶて〇〇七八）
孑孑(ぼうふら)や　松葉の沈む　手水鉢　子規（10獺祭句帖抄六四九ペ）
未来記に　有つたか花の　出開帳　八百彦（7俳諧古選二一四ペ）
時鳥　厠半ばに　出かねたり　漱石（9漱石全集〇一八四）
五月雨や　墨のにじみし　手紙共　土髪（7俳諧古選二一六ペ）

草いろいろおのおの花の手柄かな　芭蕉（1笈日記 四二六）
柿食ふや俳諧我に敵多し　石鼎（9花影 ○七四二）
衣更雑巾一つ出来にけり　之道（7俳諧古選 一六六ぺ）
蜂の巣のいつの間にやら出来にけり　晩平（8俳諧新選 一○七ぺ）
みぞれ降る音や朝飯《あさげ》の出来る迄　画好（6猿蓑 一六八二）
秋雨や夕餉《ゆふげ》の箸の手くらがり　荷風（9荷風句集 一一六二）
朝霧や起きて飯たく弟子大工　子規（10獺祭句帖抄 六五四ぺ）
ひつかけて行くや雪吹《ふぶき》のてしまござ　去来（6猿蓑 一六九三）
煤払しやうじをはくは手代かな　万乎（6炭俵 二六三二）
節季候《せきぞろ》を雀のわらふ出立ちかな　芭蕉（1深川 七七四）
夏帽子人帰省すべきでたちかな　子規（10獺祭句帖抄 六四七ぺ）
曲水や鳰《にほ》もうかれて出つ入りつ　龍眠（8俳諧新選 一○九ぺ）
大文字や慈照寺の僧も出て遊ぶ　三幹竹（9三幹竹句集 ○五四六）
春曙潮汲ら松間出て来るよ　蝶衣（9蝶衣句稿 ○五六九）
春風や赤前垂が出て招く　飄亭（9小日本明27・2・12 ○一九六）
笋のうんぷてんぷの出所哉　一茶（3七番日記 三四一ぺ）
藻の花や水ゆるやかに手長鰕　子規（10獺祭句帖抄 六五○ぺ）
土筆《つくづくし》長《た》けたは誰も手に合はず　来山（7俳諧古選 一五○ぺ）
闇の夜や桜ゆすりて手に受けん　何堂（8俳諧新選 一○九ぺ）
妻が持つ薊《あざみ》の棘を手に感ず　草城（9人生の午後 二四六四）
夏河を越すうれしさよ手に草履《ざうり》　蕪村（2蕪村句集 三六）
ころもがへや白きは物に手のつかず　路通（6あら野 六一九）

あつき日や扇をかざす手のほそり　印苔（6続猿蓑 三一七一）
夜の雷雨砲車に光りては消ゆる　素逝（4砲車 二六六八）
繋がれし犬が退屈蝶が飛び　虚子（13六百五十句 二○五ぺ）
端居《はしゐ》とは我が膝抱いて蝶が飛び　虚子（13六百五十句 一四五ぺ）
菜の花や日の色さへも蝶さへも　可祥（8俳諧新選 一一○ぺ）
そそのかして跡へ居代はる蝶々かな　之房（8俳諧新選 一○八ぺ）
とまる間も羽に遣はるる蝶々哉　鶴甫（8俳諧新選 一○八ぺ）
捻ぢ直る日にそそり出る蝶々かな　孤桐（8俳諧新選 一○八ぺ）
夏草に埃の如き蝶の飛ぶ　虚子（14七百五十句 一○一ぺ）
衣更着のかさねや寒き蝶の羽　惟然（6続猿蓑 三○四五）
白塗の浅き夢みし蝶の昼　不死男（9万座 二二六八）
茶の花や幾日《いくか》たつても蝶は来ず　寿松（8俳諧新選 一三八ぺ）
横にくみ竪にほぐれて蝶二つ　子規（10獺祭句帖抄 六○五ぺ）
類なく唯白かれや蝶よ蝶　雅因（8俳諧新選 一○八ぺ）
あをあをと空を残して蝶別れ　林火（9早桃 二七四八）
母慕ふこと綴りけん手毬唄　山梔子（9山梔子句集 一二○九）
鳴く猫に赤ん目をして手まり哉　一茶（3八番日記 三二四ぺ）
春雨にぬれつつ屋根の手毬哉　蕪村（2蕪村遺稿 四○四）
まろびたる娘《こ》より転がる手毬かな　虚子（12五百五十句 八三ぺ）
焼跡に遺る三和土《たたき》や手毬つく　草田男（9来し方行方 一五四八）
のうれんに東風《こち》吹く伊勢の出店哉　蕪村（2蕪村句集 二○四一）
夕立のとりおとしたる出村哉　一茶（3文政句帖 三三七ぺ）

やぶ入や花なき里へ　でも扨(さて)も　珪琳（8俳諧新選 一〇三ぺ）
元日や未(まだ)分別に　手もつけず　大施（8俳諧新選 一四七ぺ）
十六夜のきのふともなく　照らしけり　青畝（9万両 一五〇〇）
山の月花盗人を　てらし給ふ　一茶（3おらが春 四三四ぺ）
筝　や甥の法師が　寺訪はん　蕪村（2蕪村句集 一〇五五）
打ちよりて後住ほしがる　寺の秋　蕪村（2蕪村遺稿 一八六七）
夏月や終(つひ)に焼けざる　寺の縁　嘯山（8俳諧新選 一一九ぺ）
擂盆(すりばち)のみそみめぐりや　寺の霜　蕪村（2蕪村句集 七）
虫の食ふ夏菜とぼしや　寺の畑　荊口（6続猿蓑 三一九〇）
茶の花や乞食も覗く　寺の門　露沾（5露沾俳諧集 二四二）
鴛(をし)なくや夕月かかる　寺の門　嘯山（8俳諧新選 一四〇ぺ）
渡り鳥ここをせにせよ　寺の林　蕪村（2蕪村句集 一七七二）
灌仏や目出度事に　寺参り　支考（7俳諧古選 一六九ぺ）
年木樵ると云ふこと知りぬ　寺持ちて　迷堂（9孤輪 〇四二五）
眼先切る鳥も無う海　照り霞む　亜浪（4亜浪句鈔 二六一四）
葭切や饑饉の村を　照りつけて　挿雲（9添削大9・7 〇三六一）
つつぽりと勝負の楓　照りにけり　枝芳（8俳諧新選 一三四ぺ）
べたべたに田も菜の花も　照りみだる　秋桜子（9霜林 一四五〇）
おかん氷あたたかい火燵　出る子かな　赤羽（8俳諧新選 一四九ぺ）
柳からもゝんぐあああと　出る子哉　一茶（3おらが春 四五九ぺ）
きりさめの空をふようの　天気かな　芭蕉（1真蹟画賛 七五八）
寒月や門なき寺の　天高し　蕪村（2蕪村句集 三二八）
生涯の影ある秋の　天地かな　かな女（9胡笛 〇七八五）
花吹雪すさまじかりし　天地かな　素十（9芹 一五四九）
黒(くろ)栄(はえ)や浪に打たれて　天の在り　喜舟（9小石川 〇四五八）
蝸牛(かたつむり)渦の終はりに　点をうつ　誓子（9遠星 一四六六）

と

古家のキキキキと鳴るにや　籐椅子鳴るにや　虚子（13六百五十句 二二八ぺ）
鶯も羽食ひ初る　冬至かな　雲扇（7俳諧古選 二一三ぺ）
川烟柳をつたふ　冬至かな　周禾（8俳諧新選 一四四ぺ）
書記典主(でんす)故園に遊ぶ　冬至哉　蕪村（2蕪村句集 三四〇）
新右衛門蛇足を誘ふ　冬至哉　蕪村（2蕪村句集 三四一）
昼の昼夜の夜しる　冬至哉　乙州（7俳諧古選 一九一ぺ）
貧乏な儒者訪ひ来ぬる　冬至哉　蕪村（2蕪村遺稿 三四二）
物干の影に測りし　冬至かな　子規（10獺祭句帖抄 六六〇ぺ）
門前の小家もあそぶ　冬至哉　凡兆（6猿蓑 一六五六）
夜半来て鼠の啼きし　冬至哉　嘯山（8俳諧新選 一四四ぺ）
山国の虚空日わたる　冬至かな　蛇笏（9山廬集 〇六七五）
夜昼の跡戻りする　冬至哉　孤桐（8俳諧新選 一四四ぺ）
雲の峰に肘する酒呑(しゅてん)　童子かな　蕪村（2蕪村遺稿 一七一九）
さくや此のいまをはるべと　冬至梅　季吟（5新続犬筑波集 五一）
虫干や甥の僧訪ふ　東大寺　蕪村（2蕪村句集 七〇）

うぐひすや　門はたまたま　豆麩売り　野坡（6炭俵　二四一八）
影待や　菊の香のする　豆腐串　芭蕉（1杉丸太　八〇四）
曙は　春の初めや　どうぶくら　野水（6あら野　四九五）
投げ出すや　已に引き得し　胴ふぐり　太祇（8俳諧新選　一〇一ぺ）
楢(なら)の葉の　朝からちるや　とうふ槽(ぶね)　一茶（3文化句帖　三五七ぺ）
朝顔の　彩色薄き　灯籠かな　子規（10獺祭句帖抄　六五七ぺ）
この海の　供養にともす　灯籠かな　碧梧桐（9ホ明38・9　〇一一六）
折節は　急いで回り　灯籠哉　雁宕（7俳諧古選　二三〇ぺ）
末刈りぬ　木賊(とくさ)に月の　とがま哉　龍眠（8俳諧新選　一四九ぺ）
小冠者出て　花見る人を　とがめけり　蕪村（2蕪村句集　二三五一）
蘆の錐　春の寒さの　利がりけり　雪蕉（8俳諧新選　二一一ぺ）
月見する　水より音の　尖りけり　吏登（5吏登句集　四七七）
秋風の　鑓戸(やりど)の口や　とがりごゑ　芭蕉（1続山井　一二）
粽ほどく　ことにも心　ときめきぬ　別天楼（9野老　二一八一）
夏川や　草で足ふく　時も有り　来山（7俳諧古選　一六〇ぺ）
凍鶴(いてづる)を　風或るときは　疾く過ぐる　裸馬（9裸馬翁五千句　一〇九七）
五月雨に　蛙のおよぐ　戸口哉　杉風（5別座鋪　三三五）
五月雨の　隅田見に出る　戸口かな　子規（10獺祭句帖抄　六〇八ぺ）
昼を蚊の　こがれてとまる　徳利かな　蕪村（2蕪村遺稿　一〇八）
ラバ深み　よる瀬の汐の　ド黒(ぐ)口に釣れて　碧梧桐（4三昧昭4・1　二三二二）
みじか夜に　憎い程合ふ　時計哉　麦翅（8俳諧新選　二一八ぺ）
たんぽぽや　長江(ちやうかう)濁る　とこしなへ　青邨（9雪国　一六〇六）

春惜しむ　おんすがたこそ　とこしなへ　秋桜子（9葛飾　一四四四）
焼火にも　黒木小野炭　とこそきけ　千川（7俳諧古選　二〇五ぺ）
夜学寺　遊行の杖を　床に置く　別天楼（9野老　二一八五）
踊子や　父の好みも　何処(どこ)にやら　里由（8俳諧新選　一四八ぺ）
ひるがほに　昼寝せうもの　床の山　芭蕉（1韻塞　四〇四）
初雪や　海を隔てて　何処の山　子規（10獺祭句帖抄　六一九ぺ）
冬山路　俄かにぬくき　ところあり　虚子（9六百句　〇〇九一）
守る梅の　あそび業(わざ)なり　野老(ところ)売り　其角（6続猿蓑　二九九五）
串柿の　甘いに苦い　野老かな　珪琳（8俳諧新選　一四六ぺ）
花見酒　凡夫の旨ひ　所かな　嘯山（8俳諧新選　一〇ぺ）
あさら井や　小魚と遊ぶ　心太(ところてん)　一茶（3題叢　三三九ぺ）
生物を　捕へごころや　ところてん　柳緑（8俳諧新選　二二三ぺ）
清滝の　水くませてや　ところてん　芭蕉（1泊船集　八六〇）
此の草を　海人はしらずや　ところてん　烏暁（8俳諧新選　二二三ぺ）
簀(す)の外の　路照り白む　心太　木歩（9決定木歩全集　一〇五五）
松にかけし　笠とんでなし　心太　冬葉（9冬葉第一句集　一〇二一）
水の中へ　銭やりけらし　ところてん　太祇（8俳諧新選　二二三ぺ）
山寺や　したたかさます　心太　鬼城（9鬼城句集　〇六四〇）
野分して　はせ出でし水や　所々　尺布（8俳諧新選　二三〇ぺ）
海に出て　木枯帰る　ところなし　誓子（9遠星　一四六〇）
大雪や　雪を見に行く　所なし　李雨（7俳諧古選　二二六ぺ）
此の山の　かなしさ告げよ　野老掘り　芭蕉（1笈の小文　三四八）

いざさらば　雪見にころぶ　所迄　芭蕉（1花摘 三三三）
うめがかや　風の落ちつく　所迄　宗雨（8俳諧新選 一〇二ぺ）
藪入に　うれし母や　常乙女　青々（9鳥の巣 〇四九六）
片折戸　萩をだかへて　鎖しけり　尺布（8俳諧新選 一二七ぺ）
氷室の戸　白雲深く　閉しけり　碧梧桐（9三千里 〇一三四）
炭斗の　蓋を静かに　戸ざし比（ごろ）　蕪村（2蕪村遺稿 六九五）
大雪と　成りけり関の　とざす音　夜半（9彩色 一六四一）
麦秋に　先（まつ）豊かなる　年嬉し　大夢（8俳諧新選 一一六ぺ）
おとろひや　小枝も捨てぬ　年木樵　蕪村（2蕪村句集 三八三）
芭蕉去りて　そののちいまだ　年くれず　蕪村（2蕪村句集 四八七）
牛馬は　首も切られず　年暮れぬ　嘯山（8俳諧新選 一五九ぺ）
お奉行の　名さへおぼえず　とし暮れぬ　来山（5いまみや草 二一一）
爪取りて　心やさしや　年ごもり　素龍（6炭俵 二六四二）
踏みつ蹴つ　跡も見ずして　年ぞ行く　仙鶴（7俳諧古選 二一三ぺ）
算用を　しらでも見事　歳取りぬ　団水（5四国猿 二三八）
観音を　用事にぬける　年の市　梨葉（9梨葉句集第一 一〇七二）
佐保姫の　男いそぎや　年のうち　淡々（4淡々発句集 一二七六）
漸くに　寝所出来ぬ　年の中　土芳（6続猿蓑 三四二五）
見おぼえむ　こや新玉の　年の海　長虹（6あら野 四八〇）
いねいねと　人にいはれつ　年の暮　路通（6猿蓑 一七〇八）
家の子に　元服させつ　年のくれ　魚翁（8俳諧新選 一四六ぺ）
うかとして　何か見てをり　年の暮　虚子（12六百句 二一五ぺ）

鶯も　日を算（かぞ）へけん　としのくれ　楚瀾（8俳諧新選 一四六ぺ）
売り石や　とつてもいなず　年の暮　草士（6続猿蓑 三四一三）
押しもどす　力もない歟（か）　年のくれ　頤仙（8俳諧新選 一四六ぺ）
君は君　我は我なり　年の暮　虚子（14七百五十句 一三一ぺ）
下戸の立つたる　蔵もなし　年の暮　一茶（3八番日記 三六一ぺ）
小傾城　行きてなぶらん　年の暮　其角（4雑談集 〇七九七）
古法眼　出どころあはれ　年の暮　芭蕉（1みつのかほ 九三七）
さまざまの　過ぎしをおもふ　年のくれ　除風（6あら野 九七六）
猿も木に　のぼりすますや　としの暮　車来（6続猿蓑 三四一四）
白き足の　草鞋（わらんぢ）いとし　年の暮　春朝（7俳諧古選 一九二ぺ）
すさまじや　女のめがね　としのくれ　信徳（5元禄四歳旦 一七〇）
石公（せきこう）へ　五百目もどす　としのくれ　蕪村（2蕪村句集 八三六）
千観が　馬もかせはし　年のくれ　其角（6あら野 一〇五三）
剃りこかす　若衆のもめや　年の暮　太祇（8俳諧新選 一四五ぺ）
月雪と　のさばりけらし　としの昏　芭蕉（1続虚栗 二八一）
ともかくも　あなた任せの　としの暮　一茶（3おらが春 四七六ぺ）
なしよせて　鶯一羽　としのくれ　智月（6炭俵 二六三八）
なつかしや　いやや都の　としの暮　雅因（8俳諧新選 一四六ぺ）
何事も　しまひをさめて　としのくれ　似船（5元禄十六歳旦 一八三）
鍋ぶたの　けばけばしさよ　年のくれ　孤屋（6炭俵 二六三九）
成りにけり　なりにけり迄　年の暮　芭蕉（1江戸広小路 六六）
盗人に　逢ふたよも有り　年のくれ　芭蕉（1有磯海 八二六）

はかまきぬ　聟入もあり　年のくれ　李由（6炭俵二六三七）
白昼に　雉拾ひけり　年の暮　言水（7俳諧古選一八七ぺ）
はまぐりの　いけるかひあれ　としのくれ　芭蕉（1真蹟自画賛七七三）
浜荻に　筆を結はせて　としの暮　惟然（6続猿蓑三四二二）
春にする　迄の大義や　年の暮　半魯（8俳諧新選一四六ぺ）
引き結ぶ　一つぶ銀や　としの暮　荻子（6続猿蓑三四一九）
日のたらぬ　人様々や　としの暮　鶴英（8俳諧新選一四六ぺ）
天鵝毛（びろうど）の　さいふさがして　年の暮　惟然（6続猿蓑三四二一）
古君の　昆布結びけり　年の暮　柳志（7俳諧古選二二一ぺ）
旧里や　臍の緒に泣く　としの暮　芭蕉（1笈の小文三四〇）
分別の　底たたきけり　年の昏　芭蕉（1翁草九三六）
干鮭に　胁指かへん　としの暮　楼川（8俳諧新選一四五ぺ）
皆拝め　二見の七五三（しめ）を　としの暮　芭蕉（1幽蘭集四五二）
目や遠う　耳やちかよる　としのくれ　西武（6あら野九七四）
やりくれて　又やさむしろ　歳の暮　其角（6猿蓑一七〇七）
夕暮れを　集めて早し　年の暮　珪琳（8俳諧新選一四六ぺ）
わすれ草　菜飯につまん　年の暮　芭蕉（1江戸蛇之鮓一〇〇）
吾書きて　よめぬもの有り　年の暮　尚白（6あら野八二四）
桶の輪の　ひとつあたらし　年のくれ　猿雖（6続猿蓑三四二〇）
目下にも　中の詞や　年の時宜　孤屋（6炭俵二三九四）
稲妻の　かくれすまずや　年の底　宋屋（8俳諧新選一四六ぺ）
ふたつ社（こそ）　老にはたらね　としの春　落梧（6あら野四六八）

うす壁の　一重は何か　としの宿　去来（6猿蓑一七〇四）
魚鳥の　心はしらず　年わすれ　芭蕉（1流川集七三九）
五人でも　百に足らぬや　とし忘れ　李流（8俳諧新選一四五ぺ）
誰が杖の　取り替はりけん　年わすれ　秋水（8俳諧新選一四五ぺ）
半日は　神を友にや　年忘れ　芭蕉（1八重桜集六五九）
人に家を　かはせて我は　年忘れ　芭蕉（1猿蓑六六八）
約束の　吉野又出づ　とし忘れ　梅史（8俳諧新選一四五ぺ）
余所（よそ）に寝て　どんすの夜着の　とし忘れ　支考（6続猿蓑三四二四）
霊運も　今宵はゆるせ　としわすれ　蕪村（2蕪村句集一〇八）
わざくれや　三百出して　年忘れ　涼菟（7俳諧古選一九〇ぺ）
鶯の　声聞きまゐれ　年をとこ　昌勝（6あら野四九一）
松高し　引馬つるる　年をとこ　釣雪（6あら野四七六）
春の水　背戸に田つくらん　とぞ思ふ　蕪村（2蕪村句集一八五）
馬鹿に付ける　薬とならば　屠蘇酌まん　存義（8俳諧新選一四九ぺ）
隠岐やいま　木の芽をかこむ　怒濤かな　楸邨（9雪後の天二五七四）
さえざえと　雪後の天の　怒濤かな　楸邨（9雪後の天二五八一）
夏至今日と　思ひつつ書を　閉ぢにけり　虚子（14七百五十句一〇二ぺ）
春雨や　田蓑のしまの　鯲（どぢやう）売り　史邦（6猿蓑一九四四）
山吹の　下へはいるや　鯲（どぢやう）取り　子規（10獺祭句帖抄六〇六ぺ）
いつしかに　蝶追ひ勝ちぬ　土手の牛　龍眠（8俳諧新選一〇八ぺ）
梅の花　木場の書出し　届きけり　龍雨（9龍雨句集一一五二）
雪菰や　投げ込んで行く　とどけ状　一茶（3文政句帖三六一ぺ）

ゆく雁の眼に見えずして　とどまらず　誓子（9七曜 一四九四）
大空に羽子の白妙　とどまれり　虚子（9五百句 〇〇五四）
摂待にただ行く人を　とどめけり　俊似（6あら野 一〇四〇）
滝落ちて群青世界　とどろけり　秋桜子（9帰心 一四三一）
ほくほくとかすんで来るは　どなた哉　一茶（3句稿消息 三二八ぺ）
相槌の揃ふて暑き　隣かな　明五（8俳諧新選 二二〇ぺ）
此のふた日きぬた聞こえぬ　隣かな　蕪村（2蕪村遺稿 二五四六）
潮干より今帰りたる　隣かな　子規（4俳句稿巻一 二一九六）
萩の露米つく宿の　隣かな　芭蕉（1泊船集書入 九六七）
花売りに留主たのまるる　隣哉　野水（6あら野 八四五）
古巣只あはれなるべき　隣かな　芭蕉（1続深川集 二一六四）
やぶ入の宿は狂女の　隣哉　蕪村（2蕪村遺稿 二〇三六）
夕皃や寝るにも誘ふ　隣どし　沙月（8俳諧新選 二二三ぺ）
別荘(しもやしき)僧都(そうづ)の花も　隣なり　蕪村（2蕪村遺稿 二三五〇）
榎の実散る此の頃うとし　隣の子　子規（10獺祭句帖抄 六五六ぺ）
筝や親し避けずば　隣まで　多少（8俳諧新選 二一五ぺ）
はつ雪や先草履(まつざうり)にて　隣まで　路通（6あら野 四五五）
焚火のみして朽ち果つる　徒に非ず　虚子（11五百句 一〇二ぺ）
山の蝶コツクが堰きし　扉に挑む　しづの女（9颱 〇九六五）
梨咲くと葛飾の野は　との曇り　秋桜子（9葛飾 一四三八）
土手の松花や木深き　殿造り　芭蕉（1伝土芳筆全伝 六〇五）
立春の鳶しばし在り　殿づくり　青畝（9万両 一五二七）

春雨やあらしも果てず　戸のひづみ　嵐蘭（6猿蓑 二二七六）
蛬(きりぎりす)鳴くや湯殿の　戸のゆるみ　麦翅（8俳諧新選 二二七ぺ）
牡丹すく人もや花見　とはさくら　湖春（6炭俵 二四四一）
車胤(しゃいん)が窓今この席に　飛ばされたり　宗因（4阿蘭陀丸 〇一六六）
鴫突の馬やり過ごす　鳥羽田哉　胡及（6あら野 九〇八）
菜の花や法師が宿を　訪はで過ぎし　蕪村（2蕪村遺稿 二三四八）
関守の宿を水鶏(くひな)に　とはふもの　芭蕉（1伊達衣 四九七）
見通しに菊作りけりな　問はれ皃(がほ)　太祇（8俳諧新選 二三四ぺ）
うす霞京はどちぞと　問はれける　習先（8俳諧新選 二五三ぺ）
蝙蝠(かはほり)や鳥にも恥ぢず　飛びあがり　如礫（7俳諧古選 二一八ぺ）
草餅や雛に子供の　問ひ答ふ　古舟（8俳諧新選 一四八ぺ）
撞木町(しゅもくまち)うぐひす西に　飛び去りぬ　蕪村（2蕪村遺稿 二一六四）
夏嵐机上の白紙　飛び尽くす　子規（10獺祭句帖抄 六四七ぺ）
休みもてゆく蜻蛉や　飛びながら　李流（8俳諧新選 二二六ぺ）
玉虫の光残して　飛びにけり　虚子（11五百句 一〇〇ぺ）
玉虫の光を引きて　飛びにけり　虚子（12五百五十句 三二ぺ）
とつくりと起こして水雞　飛びにけり　露秀（8俳諧新選 一一八ぺ）
機織虫の鳴り響きつつ　飛びにけり　虚子（12六百句 一六四ぺ）
冬枯れや雀のありく　戸樋の中　太祇（5太祇句選 五五三）
浜木綿や落ちて飼はるる　鳶の雛　秋桜子（9残鐘 一四四二）
しんしんと雪降る空に　鳶の笛　茅舎（9川端茅舎句集 一六八四）
はつ蛍其の手はくはぬ　とびぶりや　一茶（3おらが春 四五二ぺ）

蕣(あさがほ)の 咲き揃ひけり 問ひ屋馬　五柳（8俳諧新選 一二六ぺ）
から花に 月雪こぼす 扉哉　嵐雪（7俳諧古選 二〇〇ぺ）
出女の 化粧の中や とぶ燕　木導（7俳諧古選 一五四ぺ）
鳥の巣や 唯ならぬ身の 飛ぶに倦く　嘯山（8俳諧新選 一〇五ぺ）
投げぶしや 秋の蛍の 飛ぶに似たり　乙澄（8俳諧新選 一四九ぺ）
夏川の あなたに友を 訪ふ日かな　子規（10獺祭句帖抄 六四八ぺ）
馬独り 忽と戻りぬ 飛ぶ蛍　碧梧桐（9ホ明39・8 〇一〇二）
追はるるか 追つて行くのか 飛ぶほたる　羊素（4続花摘 一二四八）
人魂か 魂祭る野に 飛ぶ蛍　徳元（4犬子集 〇〇六八）
火を挙げて 関のゆるみや 飛ぶ蛍　太祇（8俳諧新選 一一六ぺ）
目にあやし 麦藁一把 飛ぶ蛍　高政（5誹諧中庸姿 一一九）
後の月 かしこき人を 訪ふ夜哉　蕪村（2蕪村遺稿 二二七五）
現(うつつ)なの 迷ひや蝶の 遠(とほ)歩(あり)行(き)　昨非（7俳諧古選 一五八ぺ）
川風や 団扇持ちて人 遠ありきす　子規（10獺祭句帖抄 六四六ぺ）
名月や 目に置きながら 遠(とほ)歩(ある)行(き)　素園（8俳諧新選 一三〇ぺ）
膝頭 抱いて 遠稲妻に居り　三汀（9文人歳事記 一一五一）
何積みて 来る大船ぞ 遠霞　孤桐（8俳諧新選 一〇六ぺ）
ちどり啼くや 内裡は鴫にも 遠からず　嘯山（8俳諧新選 一四〇ぺ）
種蒔いて 明日さへ知らず 遠きをや　秋桜子（9霜林 一四三二）
初しもや 煩ふ鶴を 遠く見る　蕪村（2蕪村遺稿 九九八）
稲妻は 蚊屋を通すか 通さぬ歟(か)　和流（8俳諧新選 二二五ぺ）
蝙蝠(かうもり)や 河原院の とぼし影　嘯山（8俳諧新選 一一五ぺ）

夜を春に 伏見の芝居 灯(とげ)しけり　田福（8俳諧新選 一二一ぺ）
明くるにも をかしき霧の 扉(とぼそ)かな　麦翅（8俳諧新選 二二八ぺ）
此の宿は 水鶏(くひな)もしらぬ 扉かな　芭蕉（1笈日記 九二二）
夢かれて 初秋犬の 遠音哉　西吟（5庵桜 二三二）
草のめや 去年(こぞ)に変はりし 遠干潟　嘯山（5律亭句集 七一五）
三文が 霞見にけり 遠眼鏡　一茶（3霞の碑 三二七ぺ）
秋の雨 小さき角力(すまふ) 通りけり　一茶（3七番日記 三四五ぺ）
大蛍 ゆらりゆらりと 通りけり　一茶（3おらが春 四四六ぺ）
草枯れて 狐の飛脚 通りけり　蕪村（2蕪村句集 六四八）
桜咲く 里を眠りて 通りけり　夕楓（6あら野 九二二）
しるしらず 花にもの云ひて 通りけり　習先（8俳諧新選 一〇九ぺ）
月天心 貧しき町を 通りけり　蕪村（2蕪村句集 一七七）
手燭袖に 芭蕉の廊を 通りけり　子規（10獺祭句帖抄 六五九ぺ）
初しぐれ 風も濡れずに 通りけり　素園（8俳諧新選 一三六ぺ）
ほととぎす 神楽(かぐら)の中を 通りけり　玄察（6あら野 一〇七五）
焼野原 江戸へやる子の 通りけり　雁宕（8俳諧新選 一一一ぺ）
山桃の 日陰と知らで 通りけり　普羅（9辛夷 〇七三四）
荻の風 獺の夫婦の 通りけり　洒竹（9洒竹句集 〇二八九）
実(げに)や月 間口千金の 通り町　芭蕉（1江戸通町 九七）
五月雨や 是にも外を 通る人　其角（7俳諧古選 一六九ぺ）
黍(きび)からや 鶏遊ぶ 土間の隅　子規（10獺祭句帖抄 六一七ぺ）
雁がねに ゆらつく浦の 苫(とま)屋哉　馬莧（6続猿蓑 三二七二）

入る月に　今しばし行く　とまり哉　玄寮（6あら野　九四二）
せこの者　来べき宵なり　泊り狩り　守武（4懐子　○○一八）
朝寒を　縁に見居けり　泊り客　太祇（8俳諧新選　一三三ぺ）
明月や　更科よりの　とまり客　涼葉（6続猿蓑　三二○九）
翌（あす）は京　蠅も大津に　泊りけり　卜友（8俳諧新選　一五○ぺ）
磯鷲は　かならず巌に　とまりけり　石鼎（9花影　○七三九）
蚊の痩せて　鎧のうへに　とまりけり　一笑（6あら野　六五五）
薫る風　思はず足の　留まりけり　岸指（8俳諧新選　二二一ぺ）
来る蟬の　身を打ち付けて　とまりけり　嘯山（8俳諧新選　一一九ぺ）
郭公の　啼き啼き来り　止りけり　普羅（9辛夷　○七一三）
年の箭（や）の　よごれ布子に　留まりけり　嘯山（8俳諧新選　四六ぺ）
枇杷の葉に　霰落ちけり　とまりけり　巴水（7俳諧古選　一九一ぺ）
物好きや　匂はぬ草に　とまる蝶　芭蕉（1新撰都曲　四六○）
野火遂に　風のまにまに　とめどなく　俳小星（9径草　○九一○）
氷りけり　下行く水の　友うつり　古津（8俳諧新選　一四三ぺ）
水仙や　白き障子の　とも移り　芭蕉（1笈日記　七二六）
魂棚や　飾りたてたり　とも思ふ　迷堂（9孤輪　○四二四）
墓碑雪を　被てぬくからめ　とも思ふ　圭岳（9太白星　一一九五）
朝霧の　中に九段の　ともしかな　子規（4寒山落木巻一　二二七一）
うつくしく　油の氷る　灯（とも）しかな　一茶（3文政句帖　三五六ぺ）
鵜舟漕ぐ　水窮まれば　照（とも）し射哉　蕪村（2蕪村句集　八九三）
怠りし　夏書（げがき）はじめる　灯かな　瓜流（8俳諧新選　一一七ぺ）

暗き夜に　地の利を捜る　照射哉　它谷（8俳諧新選　一六ぺ）
小屏風に　囲ひし雛の　灯かな　極堂（9新俳句　○一六四）
百姓の　弓矢ふりたる　照射哉　召波（8俳諧新選　一六ぺ）
武士の子の　眠さも堪へる　ともしかな　太祇（8俳諧新選　一六ぺ）
我が宿に　物わすれ来て　照射哉　蕪村（2蕪村遺稿　一六四○）
猪に　吹きかへさるる　ともしかな　正秀（6猿蓑　一七三九）
同じ道に　尋ねて出たり　照射狩り　雁宕（8俳諧新選　一五三ぺ）
鰒汁の　宿赤々と　灯しけり　蕪村（2蕪村句集　二八五）
花にあそぶ　虻（あぶ）なくらひそ　友雀　芭蕉（1続の原　二八六）
あら礒や　はしり馴れたる　友衛（ちどり）　去来（6猿蓑　一六六一）
九百九十　九羽もやおのが　友千鳥　未得（5夜錦　七二）
朝鮮を　見たもあるらん　友千鳥　村俊（6あら野　八一五）
蕣（あさがほ）や　是も又我が　友ならず　芭蕉（1今日の昔　七九六）
子（ね）の日しに　都へ行かん　友もがな　芭蕉（1蕉翁句集　二二六）
冬枯れに　去年（こぞ）きて見たる　友もなし　乃龍（6続猿蓑　三六一）
芙蓉見て　立つうしろ　灯るや　碧梧桐（9碧梧桐句集　○一三六）
筒音に　白雪卍　巴かな　飄亭（9日本人明29・10・5　○一九五）
河黒し　暑き群集に　友を見ず　三鬼（9三鬼百句　二三五一）
御岳の　雪バラ色に　鳥屋夜明け　青邨（9露団々　一五九六）
淋しさは　船一つ居る　土用浪　石鼎（9花影　○七五○）
いささかな　料理出来たり　土用干　蕪村（2蕪村遺稿　一三一）
俤（おもかげ）の　ゆかしき富士や　土用干　似船（7俳諧古選　一五九ぺ）

親の世に替はる奢りや　土用干　鷺喬（8俳諧新選 二二三ペ）
着もやらず人にも呉れず　土用干　嘯山（8俳諧新選 二二三ペ）
さらさらと又落衣や　土用干　爽雨（9雪解 一八九三）
辛抱を婆々の咄や　土用干　我即（8俳諧新選 二二三ペ）
捨て人や木草に掛けて　土用干　其角（7俳諧古選 一六九ペ）
罪深き女めでたし　土用干　布門（7俳諧古選 二二五ペ）
無き人の小袖も今や　土用干　芭蕉（1猿蓑 四〇五）
一竿は死装束や　土用干　許六（7俳諧古選 一六六ペ）
政宗の眼（まなこ）もあらん　土用干　子規（10獺祭句帖抄 六〇七ペ）
真赤に内の暑さよ　土用干　胡餅（8俳諧新選 二三二ペ）
鎧着て疲れためさん　土用干　去来（4続虚栗 〇九五四）
竜宮もけふの塩路や　土用干　芭蕉（1六百番発句合 七〇）
粥杖や後は御末に　どよむ声　龍眠（8俳諧新選 二一一ペ）
沢瀉（おもだか）に降るを涙歟（か）　虎が雨　阿誰（8俳諧新選 二二三ペ）
をととひのへちまの水も　取らざりき　子規（4絶筆 二一八三）
星合や柳も眉を　とらぬうち　麦浪（4七化集 一七六九）
霞さへまだらにたつや　とらの年　貞徳（5犬子集 一二）
陽炎に寝ても動くや　虎の耳　其角（7俳諧古選 二〇一ペ）
秋立つ日鳥に魚を　取られけり　子規（10獺祭句帖抄 六五一ペ）
杜若（かきつばた）足駄は泥に　とられけり　潭北（8俳諧新選 二一四ペ）
力なや雌は伸びて居る　雞（とり）合はせ　文十（7俳諧古選 一五八ペ）
あの笠で早苗取りしか　鳥驚し　初知（7俳諧古選 一八四ペ）

隠し田にかかれる朦（もや）や　鳥おどし　毛仏（8俳諧新選 二一八ペ）
傘（からかさ）や是をかうして　鳥おどし　買友（8俳諧新選 一二八ペ）
草の戸や暑さを月に　取りかへす　我峰（6続猿蓑 三一七〇）
江の北に雲なさ日なり　鳥帰る　青々（9妻木 〇四七五）
少年の見遣るは少女　鳥雲に　草田男（9万緑 二五三五）
しぐるるや誠の昏れは　鳥騒ぐ　几圭（4新雑談集 一一八六）
樫の実の落ちて駆け寄る　鶏（とり）三羽　鬼城（9鬼城句集 〇六一四）
唐秬（きび）や軒端の荻の　取りちがへ　芭蕉（1江戸広小路 七八）
すがれすがれ柳は風に　とりつかむ　一笑（6あら野 五五一）
夏衣いまだ虱（しらみ）を　とりつくさず　芭蕉（1野ざらし紀行 二五三）
若葉して烟のたたぬ　砦かな　子規（10獺祭句帖抄 六三一ペ）
山人は人也かんこ鳥は　鳥なりけり　蕪村（2蕪村句集 一三八六）
行く秋の鐘つき料を　取りに来る　子規（10獺祭句帖抄 六五二ペ）
鶯の歌や書ぞめ　鳥のあと　西武（5鷹筑波集 四三）
書初や鶯といふ　とりの跡　永機（8俳諧新選 一〇〇ペ）
雀（から）の字や揃ふて渡る　鳥の声　馬莧（6続猿蓑 二八二〇）
畠打つや峰の御坊の　鶏のこゑ　蕪村（2蕪村遺稿 二三七二）
初午や鳥羽四塚の　鶏の声　蕪村（2蕪村句集 一九八〇）
冬梅のひとつふたつや　鳥の声　士芳（6続猿蓑 三三五二）
振り向けと呼ぶや枯野の　鳥の声　武然（7俳諧古選 二一五ペ）
短夜や幽霊消えて　鶏の声　子規（10獺祭句帖抄 六四六ペ）
名月や人に寝兼ねて　鳥の声　涼袋（8俳諧新選 一三〇ペ）

山鼻や渡りつきたる　鳥の声　丈草（4渡鳥集一〇〇五）
寒き日や春失へる　鳥のさま　習先（8俳諧新選一〇二ペ）
鳳凰も出でよのどけき　とりの年　貞徳（5犬子集一一）
餅つきやあがりかねたる　鶏（とり）のとや　嵐蘭（6続猿蓑三四〇九）
冬ざれや韮（にら）にかくるる　鳥ひとつ　蕪村（2蕪村遺稿一八八九）
まひまひや雨後の円光　とりもどし　茅舎（4華厳二六四二）
鳥屋それて鳥屋それて　鳥渡りけり　爽雨（9雪解一八九九）
ひたひたと春の潮打つ　鳥居かな　碧梧桐（4新俳句二三〇五）
菌（くさびら）の匂ひや朱の　鳥居前　陶花（8俳諧新選一五七ペ）
猫の妻かの生ぶしを　取早（とりをはんぬ）　太祇（8俳諧新選一四九ペ）
かげろふや馬の眼（まなこ）の　とろとろと　傘下（6あら野五二八）
梅若菜まりこの宿の　とろろ汁　芭蕉（1猿蓑六七一）
鹿の声鹿や見ゆると　戸を明ける　子規（10獺祭句帖抄六五五ペ）
炉塞や裸櫓（やぐら）の　十日ほど　嘯山（8俳諧新選一一二ペ）
来て見れば牡丹半ばや　十日町　柳几（4布袋庵発句集一七二六）
雁立ちて驚破（そよや）田にしの　戸を閉づる　蕪村（2蕪村句集一三六二）
雑炊をこのみしゆゑに　遁世し　虚子（14七百五十句四五五ペ）
諫鼓（かんこ）鳥（どり）我もさびしいか　飛んで行く　乙由（5麦林集四四九）
瀬の音に負けてや蟬の　飛んで行く　翠行（8俳諧新選一一九ペ）
土地を売つたうつろの中に　とんでゐる雀　禅寺洞（9禅寺洞句集二二九二）
谷水を撒きてしづむる　とんどかな　不器男（9定本不器男句集一七一二）
くろこげの餅見失ふ　どんどかな　犀星（9魚眠洞発句集一一四三）
御祝儀に雪も降るなり　どんどやき　一茶（3七番日記三二四ペ）
御祭りの赤い出立の　蜻蛉哉　一茶（3七番日記三四八ペ）
蜘の巣に棒縛りなる　とんぼ哉　太祇（8俳諧新選一二六ペ）
ずぶ濡れにぬれてまじまじ　蜻蛉哉　一茶（3七番日記三四九ペ）
とまらんと水にも望む　とんぼ哉　鼓舌（8俳諧新選一二六ペ）
日は斜関屋の鎗に　とんぼかな　蕪村（2蕪村句集一八一九）
夜見が浜も由比が浜も同じ　蜻蛉かな　石鼎（9花影〇七七〇）

な

人訪へば梅干してゐる　内儀かな　紅葉（9紅葉句帳〇二七四）
蚊屋の内に朧月夜の　内侍哉　蕪村（2蕪村遺稿一六六六）
女郎花（をみなへし）たとへばあはの　内侍かな　季吟（5師走の月夜五〇）
我と来て遊べや親の　ない雀　一茶（3おらが春四五六ペ）
曲水や何れの君の　長柄傘　随古（8俳諧新選一〇九ペ）
何事ぞ花みる人の　長刀　去来（6あら野三六五）
白菊よ白菊よ恥長髪よ　長髪よ　芭蕉（1真蹟短冊一二八）
初雁よ日本は竪の　長からず　嘯山（8俳諧新選一三二ペ）
雉の尾のつつじにさはる　長さ哉　子規（9俳句稿巻一〇〇一五）
此の扇禿（かぶろ）をのせて　流さなん　嘯山（8俳諧新選一一九ペ）
頬骨涅しく灯（つ）けては灯籠　流しけり　月舟（9進むべき道〇六九九）
疫病神蚤も負はせて　流しけり　一茶（3おらが春四五三ペ）

鶯に手もと休めむながしもと　智月（6続猿蓑三〇一）
蔦枯れて恋のかけ橋中絶えぬ　子規（9寒山落木巻五〇〇三二）
寒声や山伏村の長つつみ　仙杖（6続猿蓑三四三）
今朝きつる鶯と見しに啼かで去る　蕪村（2蕪村遺稿二二二八）
鶯や低い茶の木の中で鳴く　子規（10獺祭句帖抄六四四ぺ）
名月やもそつと足らぬ長縄手　五竹坊（4三福対一七八三）
抱籠や一年ぶりの中直り　希因（7俳諧古選一七二ぺ）
銀の河も妹背の中に落つる　万翁（8俳諧新選二二四ぺ）
あすの月きのふの月の中にけふ　子規（9寒山落木巻二〇〇〇一）
大根を煮た夕飯の子供達の中にをる　碧梧桐（4碧・第一九号二三二九六）
来る年や末たのみある中の秋　梅盛（5花見車五三）
寒菊や暮れに彳む（たたず）中の君　白羽（4右紫一二八四）
宵々に雪踏む旅も半ばなり　亜浪（4亜浪句鈔二六一六）
寝て居ても世は形々（なりなり）や長瓢（ふくべ）　桃妖（7俳諧古選一八四ぺ）
蝸牛（かたつぶり）何おもふ角の長みじか　蕪村（2蕪村遺稿一〇〇）
宵の雨しるや土筆の長みじか　闇指（6続猿蓑三〇三一）
榎木まで桜の遅きながめかな　荷兮（6波留濃日三三二）
鳴たちて秋天ひくきながめかな　蕪村（2蕪村句集一八三一）
菜の花の畦うち残すながめ哉　清洞（6あら野五六六）
川狩りの主は岸にながめけり　龍眠（8俳諧新選一五四ぺ）
出代をけふもあやなくながめけり　諸号（8俳諧新選一〇八ぺ）
冬籠る我が家を出でて眺めけり　温亭（9温亭句集〇八三七）

須磨明石師走の果てにながめ行く　一鉄（7俳諧古選一八六ぺ）
井戸替の綱曳さに出る長屋哉　麦人（9俳諧新潮〇三三九）
郭公（ほととぎす）かさいの森や中やどり　沾圃（6続猿蓑三一一九）
稲妻やこぼれもの持つ長廊下　乾什（4庭の巻一二五一）
水仙や素足で通ふ長廊下　以楽（8俳諧新選一四二ぺ）
月影や海の音聞く長廊下　牧童（6続猿蓑三二三三）
夏月や葉の影動く長廊下　守一（8俳諧新選一一八ぺ）
赤蜻蛉筑波に雲もなかりけり　子規（10獺祭句帖抄六一六ぺ）
秋のいろぬかみそつぼもなかりけり　芭蕉（1杵原集七〇四）
敦盛の塚に桜もなかりけり　子規（10獺祭句帖抄六二六ぺ）
稲妻に露の散る間もなかりけり　子規（10獺祭句帖抄六〇〇ぺ）
うぐひすや老がひが耳なかりけり　蕪村（2蕪村遺稿二三二六）
乳母が目に外の踊りはなかりけり　秋水（8俳諧新選一二五ぺ）
大凧（だこ）に近よる鳶もなかりけり　子規（10獺祭句帖抄六四三ぺ）
かがしかがし皃（かほ）を覗けばなかりけり　雨遠（8俳諧新選一二八ぺ）
構はねば蜂も螫（さ）すもので無かりけり　嘯山（8俳諧新選一〇七ぺ）
紙子着て引かるる袖も無かりけり　常世（8俳諧新選一四一ぺ）
枯野原団子の茶屋もなかりけり　子規（10獺祭句帖抄六六四ぺ）
菊を切る跡まばらにもなかりけり　其角（6猿蓑一八六八）
着て起てば夜の衾（ふすま）もなかりけり　丈草（4幻の庵〇九八二）
くる秋は風ばかりでもなかりけり　北枝（6炭俵二五八四）
この野分さらにやむべくもなかりけり　子規（10獺祭句帖抄六五四ぺ）

五月雨大井の橋は　なかりけり　子規（10獺祭句帖抄　六二九ぺ）
囀りのしばらく前後　なかりけり　汀女（9都鳥　一九二三）
鹿の声心に角は　なかりけり　乙由（7俳諧古選　一八三ぺ）
鹿の声小坊主に角　なかりけり　蕪村（2蕪村句集　一四五九）
硯　墨　蝿の食物　なかりけり　百里（7俳諧古選　二〇八ぺ）
関の戸に水鶏（くひな）のそら音　なかりけり　蕪村（2蕪村句集　九五）
其の事よ稗に不作は　なかりけり　友元（7俳諧古選　一八二ぺ）
田螺（たにし）拾ふより拙きは　なかりけり　迷堂（9孤輪　〇四二三）
月のみか雨に相撲も　なかりけり　芭蕉（1ひるねの種　五六二）
月も亦とどむるすべも　無かりけり　虚子（12五百五十句　七二ぺ）
手にうけて開け見て落花　なかりけり　虚子（12六百句　一九五ぺ）
団栗や見上ぐる欲も　なかりけり　瓜流（8俳諧新選　一三三ぺ）
夏菊に薬の露も　なかりけり　子規（10獺祭句帖抄　六五〇ぺ）
夏木立幻住庵は　無かりけり　子規（10獺祭句帖抄　六四九ぺ）
苔とりし跡には土も　なかりけり　湍水（6あら野　八九〇）
芭蕉忌に芭蕉の像も　なかりけり　子規（10獺祭句帖抄　六六一ぺ）
初雁に国の訛は　なかりけり　如石（8俳諧新選　一三一ぺ）
花散って世上に風は　なかりけり　重軏（7俳諧古選　一四八ぺ）
花の陰あかの他人は　なかりけり　一茶（3おらが春　四三五ぺ）
花は都物くるる友は　なかりけり　其角（7俳諧古選　一四六ぺ）
冬雲の明るき処　なかりけり　露月（9露月句集　〇二二一）
松朽葉かからぬ五百木　無かりけり　石鼎（9定本石鼎句集　〇七六三）

みよし野に花盗人は　なかりけり　蕪村（2蕪村遺稿　二二四五）
武蔵野の月見に当は　なかりけり　覚邦（8俳諧新選　一三〇ぺ）
名月は夜明くるきはも　なかりけり　越人（6あら野　四一八）
やや寒み灯（ひ）による虫も　なかりけり　子規（10獺祭句帖抄　六五一ぺ）
夕皃の花に不形（ぶなり）は　なかりけり　乙由（7俳諧古選　一七一ぺ）
小菊なら縄目の恥は　なかるべし　一茶（3おらが春　四七二ぺ）
わか草やここにも酒の　流るめり　嘯山（8俳諧新選　一五七ぺ）
草いきれ忘れて水の　流るるや　青々（9松苗　〇四八二）
暑き日を返さぬ鴨の　流れかな　赤羽（8俳諧新選　一二一ぺ）
河（かう）骨（ほね）に水のわれ行く　ながれ哉　芙水（6あら野　六九九）
河骨の蕾乏しき　流れかな　子規（10獺祭句帖抄　六三二ぺ）
鮓桶に小魚より来る　流れかな　鼠骨（9新俳句　〇二五八）
漬けながら藤商へる　流れかな　瓜流（8俳諧新選　一一一ぺ）
雪解けの盛り上がり来る　流れかな　赤羽（8俳諧新選　一〇一ぺ）
行く秋の草にかくるる　流れかな　白雄（5白雄句集　八四一）
渡り懸けて藻の花のぞく　流れ哉　凡兆（6猿蓑　一七八四）
涼しさや都を竪（たつ）に　流れ川　蕪村（2蕪村句集　九九）
蓮池や願はくならば　流れ川　友元（7俳諧古選　一六三ぺ）
枯蘆の日に日に折れて　流れけり　闌更（5半化坊発句集　七五八）
神田川祭りの中を　流れけり　万太郎（9草の丈　一一一七）
野分して樹々の葉も戸も　流れけり　太祇（8俳諧新選　一三〇ぺ）
初蝶の流れ光陰　流れけり　みどり女（9光陰　〇九七六）

春の水出茶屋の前を　流れけり　子規（10獺祭句帖抄 六二五ぺ）
一田(ひとた)づつ落ち来て秋の　流れけり　桂舟（8俳諧新選 一三五ぺ）
雛の盃投ぐれば畳に　ながれけり　嘯山（8俳諧新選 一五四ぺ）
吹き出しの水葛餅を　流れけり　子規（10獺祭句帖抄 六四七ぺ）
門洗ふ扉に年も　ながれけり　百万（8俳諧新選 一四四ぺ）
わく泉石に道して　流れけり　麦翅（8俳諧新選 一五七ぺ）
砂川や或るいは蓼を　流れ越す　蕪村（2蕪村句集 七六四）
玉川に高野の花や　流れ去る　蕪村（2蕪村句集 二一一）
冬川やほとけの花の　流れ去る　蕪村（2蕪村遺稿 二五三）
花の雨床几の前を　流れそむ　泊月（9同人句集 〇八五四）
銀河西へ人は東へ　流れ星　虚子（13六百五十句 二一三ぺ）
夏と秋と行き交ふ空や　流れ星　東皐（5奥美人 九四六）
初秋や合歓(ねむ)の葉ごしの　流れ星　子規（10獺祭句帖抄 六五一ぺ）
金屏に畳の縁は　流れゐる　虚子（12六百句 一八七ぺ）
飛騨涼し北さして川　流れをり　林火（9白幡南町 二七六二）
舟漕いで海の寒さの　中を行く　誓子（9和服 一四八九）
しら梅やたしかな家も　なきあたり　千川（6続猿蓑 三〇〇一）
大蜘蛛の現れ小蜘蛛　なきが如　虚子（13六百五十句 一七五ぺ）
秋灯や夫婦互ひに　無き如く　虚子（13六百五十句 一五四ぺ）
虹消えて忽ち君の　無き如し　虚子（12六百句 二三〇ぺ）
汐落ちて氷の高き　渚かな　子規（10獺祭句帖抄 六六五ぺ）
石枕してわれ蟬か　泣き時雨　茅舎（9定本茅舎句集 一六七四）

時鳥樹を選みてや　鳴き過ぎる　阿誰（8俳諧新選 一一四ぺ）
首途(かどいで)や鬼のしこ草　薙ぎ捨てん　雅因（8俳諧新選 一五二ぺ）
世に出ろとわれに蛙の　鳴きたつる　余子（9余子句抄 〇四五一）
此の梅に牛も初音と　鳴きつべし　芭蕉（1江戸両吟集 五七）
反橋や越えて蚊一つ　なき所　方山（7俳諧古選 一六四ぺ）
飛びおくれ追はゆる雁や　鳴きながら　青蒲（8俳諧新選 二三一ぺ）
雨の鹿人をうち見て　鳴きにけり　嵩平（8俳諧新選 一三二ぺ）
飯たかぬ朝も鶯　鳴きにけり　子規（10獺祭句帖抄 六四四ぺ）
今の世も鳥はほけ経　鳴きにけり　一茶（3おらが春 四四〇ぺ）
きりぎりす灯台消えて　鳴きにけり　素秋（6あら野 七二六）
蛬(きりぎりす)髭をかつぎて　鳴きにけり　一茶（3七番日記 三四九ぺ）
恋猫の身も世もあらず　啼きにけり　敦（9古暦 三一三〇）
巣の燕朝寝の内に　鳴きにけり　嘯山（8俳諧新選 一〇六ぺ）
採る茄子の手籠にきゆァと　なきにけり　蛇笏（9霊芝 〇六六二）
初ざくら泣くまい所で　泣きにけり　其来（8俳諧新選 一五〇ぺ）
花の世を無官の狐　鳴きにけり　一茶（3おらが春 四三五ぺ）
まつむしは通る跡より　鳴きにけり　一髪（6あら野 七二五）
我が家に恰好鳥の　鳴きにけり　一茶（3おらが春 四六七ぺ）
長き夜や思ひあまりの　泣寝入り　星布（5星布尼句集 八九〇）
冬枯れに風の休みも　なき野哉　洞雪（6あら野 七九〇）
初春の遠里牛の　なき日哉　昌圭（6波留濃日 三〇三）
鮓漬けて誰待つとしも　なき身哉　蕪村（2蕪村句集 八九四）

七夕よ物かすことも　なきむかし　越人(6あら野 八二)
鶯や珠簾(みす)に寄り来て　鳴きもせず　石泉(8俳諧新選 一〇一ぺ)
亀の甲烹(に)らるる時は　鳴きもせず　乙州(6ひさご 一五四四)
竹の落葉誰まつとしも　なきゆふべ　松宇(9松宇家集 〇三二四)
きのふ去にけふいに雁の　なき夜哉　蕪村(2蕪村句集 七四一)
ほととぎす今は俳諧師　なき世哉　芭蕉(1かしま紀行付録 九五七)
蜆貝とられてじゆじゆと　鳴き居れり　作者不明(8俳諧新選 一一二ぺ)
あどなさや草かくれつつ　なく鶉　文水(8俳諧新選 一二九ぺ)
粟の穂を見あぐる時や　啼く鶉　支考(6続猿蓑 三二七四)
面白や嚔(くさめ)うつつて　鳴くうづら　西湾(8俳諧新選 一二九ぺ)
鷹の目も今や暮れぬと　鳴くうづら　芭蕉(1真蹟懐紙 七一二)
耕せば祟りある野や　啼く鶉　雅因(8俳諧新選 一二九ぺ)
雨のくれ傘のぐるりに　鳴く蚊かな　二水(6あら野 六五四)
なむあみだ仏の方より　鳴く蚊哉　一茶(3おらが春 四四六ぺ)
篝木の微雨(こさめ)こぼれて　鳴く蚊哉　柳雨(6波留濃日 三三五)
宵越しの豆麩明かりに　なく蚊哉　一茶(3題叢 三四一ぺ)
あかつきをむつかしさうに　鳴く蛙　越人(6あら野 五八一)
かりそめの娶入(よめり)月夜や　啼く蛙　一茶(3享和句帖 三三二ぺ)
沢水や傘召す月に　なく蛙　百里(8俳諧新選 一〇五ぺ)
築山に通ふ野川や　啼く蛙　士髪(8俳諧新選 一〇五ぺ)
日は日くれよ夜は夜明けよと　啼く蛙　蕪村(2蕪村句集 三三六一)
日焼田や時々つらく　鳴く蛙　乙州(6猿蓑 一七八八)
湖や少しの草に　なく蛙　士巧(8俳諧新選 一四八ぺ)
見やる雨見返る野路や　なく蛙　雅因(8俳諧新選 一〇五ぺ)
よべ寝たる都は遠し　なく蛙　牛行(8俳諧新選 一〇五ぺ)
桜さく夜や寝はぐれて　なく鳥　盧元坊(8俳諧新選 一五〇ぺ)
七夕の橋やくづれて　なく鴉　子規(10獺祭句帖抄 六〇〇ぺ)
ゆきどけや深山曇りを　啼く鳥　暁台(4暁台句集 一八一〇)
七草をたたきたがりて　泣く子かな　俊似(6あら野 五〇五)
名月を取つてくれろと　なく子哉　一茶(3おらが春 四五九ぺ)
力なく降る雪なれば　なぐさまず　波郷(9惜命 二六四九)
巣の声に親もやるせや　なく雀　習先(8俳諧新選 一〇五ぺ)
はるさめのあがるや軒に　なく雀　羽紅(6猿蓑 一九四五)
いさり火に影やあたためて　鳴く鵆(ちどり)　李夫(8俳諧新選 一四〇ぺ)
漁火や闇をへだてて　なく鵆　龍眠(8俳諧新選 一四〇ぺ)
いつ迄か雪にまぶれて　鳴く千鳥　千那(6猿蓑 一六六四)
入海や碇(いかり)の筌(うけ)に　啼く千鳥　闇指(6続猿蓑 三三七三)
象潟(きさかた)の欠けを摑んで　鳴く千鳥　一茶(3七番日記 三五九ぺ)
ぬす人も妹とぬる夜や　なく乳鳥　成美(5成美家集 九三六)
星崎の闇を見よとや　啼く千鳥　芭蕉(1笈の小文 三二八)
矢田の野や浦のなぐれに　鳴く千鳥　凡兆(6猿蓑 一六六五)
闇の夜や巣をまどはして　なく鵆　芭蕉(1猿蓑 六八〇)
鶏(とり)の嘴に氷こぼるる　菜屑かな　白雄(5白雄句集 八四四)
灯(ひ)あかあかと会すれば千鳥　鳴くといふ　碧梧桐(9三千里 〇一三一)

黒蝶の何の誇りも　無く飛びぬ　虚子（13六百五十句 一七六ぺ）
慈悲心鳥母亡き吾に　鳴くなめり　冬葉（9望郷 一〇一九）
みのむしや秋ひだるしと　鳴くなめり　蕪村（2蕪村句集 二五五七）
畑うつやうごかぬ雲も　なくなりぬ　蕪村（2蕪村句集 二四二九）
かんこどり可もなく不可も　なく音哉　蕪村（2蕪村句集 二三八九）
裸虫大晦日（おほつごもり）の　なく音かな　超波（8俳諧新選 一四六ぺ）
蓑虫の身の上かけて　鳴く音哉　春来（8俳諧新選 一五八ぺ）
子を置きし其の空ならめ　鳴く雲雀（ひばり）　眠柳（8俳諧新選 一〇四ぺ）
子をかくす藪の廻りや　鳴く雲雀　一茶（3おらが春 四六二ぺ）
野ばくちが打つちらかりて　鳴く雲雀　一茶（3七番日記 三三〇ぺ）
原中や物にもつかず　鳴く雲雀　芭蕉（1続虚栗 二九一）
一日一日麦あからみて　啼く雲雀　芭蕉（1嵯峨日記 六九一）
風呂敷に落ちよつつまむ　鳴く雲雀　惟然（5鳥の道 三九八）
松島の小隅は暮れて　鳴く雲雀　一茶（3おらが春 四三七ぺ）
黄菊白菊其の外の名は　なくも哉　嵐雪（5其袋 二八二）
鶯に長刀かかる　承塵（なげし）かな　其角（6続猿蓑 三〇〇九）
米買ひに雪の袋や　投頭巾　芭蕉（1路通真蹟 四五〇）
葵車さながら銭も　投げられず　孤桐（8俳諧新選 一一五ぺ）
算術の少年しのび　泣けり夏　三鬼（9旗 二三五六）
寒月や厭で見ぬでは　なけれ共　沙月（8俳諧新選 一四一ぺ）
朧夜を白酒売りの　名残かな　支考（6続猿蓑 三〇八六）
紙あます日記も春の　なごりかな　子規（10獺祭句帖抄 六四二ぺ）

北国の照り降り雪も　名残かな　漱石（9落椿 〇二六四）
この比（ごろ）の氷ふみわる　名残かな　杜国（6波留濃日 三五七）
橋桁のしのぶは月の　名残哉　芭蕉（1をのが光 七一五）
牡丹蘂（しべ）ふかく分け出づる蜂の　名残哉　芭蕉（1野ざらし紀行 二四九）
みじか夜を吉次が冠者（くわじや）に　名残哉　其角（6猿蓑 一七七八）
物書きて扇引きさく　名残哉　芭蕉（1奥の細道 五五一）
山吹の三ひら二ひら　名残かな　青畝（9甲子園 一五二五）
枯菊と言ひ捨てんには　情あり　たかし（4たかし全集 二六四七）
木の芽してやや奔流を　なしにけり　余子（9余子句選 〇四三九）
鳰（にほ）二三浮かびて湖（うみ）を　なしにけり　喜舟（9紫川 〇四六九）
馬の耳すぼめて寒し　梨の花　支考（5蓮二吟集 三六九）
甲斐がねに雲こそかかれ　梨の花　蕪村（2蕪村句集 二三六六）
際墨の空の曇りや　なしの花　毛仏（8俳諧新選 一一一ぺ）
咲きやらで雨や面目　なしの花　重頼（4犬子集 〇〇八八）
長き日にましろに咲きぬ　なしの花　蕪村（2蕪村遺稿 四五二）
柿を置き日々静物に　作す思念　茅舎（4白痴 二六二二）
夕暮れの薄暗がりに　茄子のぞき　虚子（13六百五十句 一五〇ぺ）
魂棚や皆こまごまと　茄子あへ　嵐雪（7俳諧古選 一七八ぺ）
花も実も共に盛りの　茄子かな　丈石（8俳諧新選 一二三ぺ）
物の葉に初手はつつみし　茄子哉　芳室（8俳諧新選 一五五ぺ）
我が畑に翌（あす）あさつての　茄子哉　五鳳（8俳諧新選 一四七ぺ）
猪の牙にもげたる　茄子かな　為有（6炭俵 二五三四）

ちさはまだ　青ばながらに　なすび汁　芭蕉（1真蹟懐紙 八四九）
物に飽く　こころはづかし　茄子汁　太祇（8俳諧新選 二二三ぺ）
春雨や　ふた葉にもゆる　茄子種　芭蕉（1岨の古畑 六〇七）
春雨や　目鼻の付きし　茄子苗　楼川（8俳諧新選 一〇三ぺ）
島原は　中に汚れて　菜種哉　麗白（7俳諧古選 二一八ぺ）
うしろから　山風来るや　菜種蒔く　三酔（9三酔句集 〇三七二）
草の露　野飼の角に　ながれけり　赤羽（8俳諧新選 二二六ぺ）
はだか身に　神うつりませ　夏神楽(かぐら)　蕪村（2蕪村句集 一七〇七）
秋はものの　そばの不作も　なつかしき　蕪村（2蕪村句集 一七八一）
いつの手ずれの　道中双六　なつかしき　青峰（9青峰集 二三四四）
口切に　境の庭ぞ　なつかしき　芭蕉（1深川 七六四）
これよりは　二上時雨　なつかしき　虚子（12六百句 一八六ぺ）
橙(だいだい)や　裏白がくれ　なつかしき　子規（10獺祭句帖抄 六〇四ぺ）
華をふんで　十八の春　なつかしき　東皐（5奥美人 九四三）
牡丹折りし　父の怒りぞ　なつかしき　大魯（4蘆陰句選 一八三四）
村紅葉　会津商人(あきんど)　なつかしき　蕪村（2蕪村句集 二一九二）
紫陽草(あぢさゐ)や　香山居士を　名づけ親　嘯山（8俳諧新選 一一八ぺ）
赤い葉の　栄燿にちるや　夏木立　一茶（3おらが春 四六八ぺ）
いづこより　礫(つぶて)打ちけむ　夏木立　蕪村（2蕪村句集 五六二）
色々に　温泉(いでゆ)の烟や　夏木立　李有（8俳諧新選 一一四ぺ）
動く葉も　なくておそろし　夏木立　蕪村（2蕪村遺稿 五六一）
隠家や　町から見えぬ　夏木立　太祇（8俳諧新選 一一四ぺ）

影どちの　もたれかかるや　夏木立　未人（8俳諧新選 一一四ぺ）
かしこくも　茶店出しけり　夏木立　蕪村（2蕪村遺稿 五六四）
木啄(きつつき)も　庵はやぶらず　夏木立　芭蕉（1奥の細道 四八五）
蛛の巣は　暑き物也　夏木立　鬼貫（7俳諧古選 二六〇ぺ）
恋聟の　引出の山や　夏木立　多少（8俳諧新選 一一四ぺ）
酒十駄　ゆりもて行くや　夏木立　蕪村（2蕪村句集 八六六）
里々の　姿かはりぬ　なつ木だち　野荻（6続猿蓑 三一二一）
芝でした　休み所や　夏木立　一茶（3おらが春 四四三ぺ）
橙や　日にこがれたる　夏木立　闇指（6続猿蓑 三一二〇）
利根の帆の　のさばり出たり　夏木立　一瓢（5玉山人家集 一一四五）
とろろ汲む　音なしの滝や　夏木立　蕪村（2蕪村遺稿 一一二〇）
鳩の声　肩にとどくや　夏木立　麦水（5葛箒 七四二）
花皷(か)実皷(か)　水にちりうかむ　夏木立　蕪村（2蕪村遺稿 八九一）
舟からは　遠寺の鐘や　夏木立　柳居（5夏山伏 四八五）
先(まつ)たのむ　椎の木も有り　夏木立　芭蕉（1猿蓑 六二〇）
物ひとつ　鳥の落とすや　夏木立　馬光（4其筏 一一五〇）
井堰うつ　槌のひびきや　夏木立　雅因（8俳諧新選 一一四ぺ）
ほころびや　僧の縫ひをる　夏衣　鼠弾（6あら野 一〇三三）
此の風に　不足いふ也　夏座敷　一茶（3おらが春 四四五ぺ）
松陰や　寝莚(ねござ)一つの　夏座敷　一茶（3おらが春 四四五ぺ）
山も庭に　うごきいるるや　夏ざしき　芭蕉（1曾良書留 四八四）
行く雲を　ねてゐてみるや　夏座敷　野坡（6炭俵 二五四〇）

お前の正直な日が暮れて　夏座布団　折柴（9 海紅句集 二一五八）
磐石をぬく灯台や　夏近し　石鼎（9 花影 ○七五八）
朝霜や室（むろ）の揚屋の　納豆汁　蕪村（2 蕪村句集 二三二九）
草の戸に小さき蔵や　納豆汁　百万（8 俳諧新選 一四五ぺ）
入道のよよとまゐりぬ　納豆汁　蕪村（2 蕪村句集 三八一）
猫抱きて呼ばれて行かん　納豆汁　文誰（8 俳諧新選 一五七ぺ）
腸（はらわた）をさぐりて見れば　納豆汁　許六（6 続猿蓑 三四五五）
ひたぶるに旅僧とめけり　納豆汁　月居（5 続あけがらす 九六五）
我老いぬ好きに成りぬる　納豆汁　雪峰（8 俳諧新選 一四五ぺ）
歌によまば廻文にせん　なづな哉　湖春（5 続山井 九○）
とばしるも顔に匂へる　薺（なづな）哉　其角（6 炭俵 二四○五）
ななくさの惣代として　薺かな　瓢水（8 俳諧新選 一○○ぺ）
早かろがやかましかろが　薺かな　立島（7 俳諧古選 一五三ぺ）
一とせに一度つまるる　菜づなかな　芭蕉（1 泊船集 八二八）
一とせの心拍子は　薺かな　無倫（7 俳諧古選 一五五ぺ）
夕波の船にきこゆる　なづな哉　孤屋（6 続猿蓑 二九九一）
手まはしに朝の間涼し　夏念仏　野坡（6 続猿蓑 三四六一）
軽井沢で汽車を捨てけり　夏の朝　松宇（9 松宇家集 ○三○九）
冷（すさま）じや灯（ともしび）のこる　夏のあさ　藤羅（6 あら野 六七六）
島々や千々にくだきて　夏の海　芭蕉（1 蕉翁全伝付録 五○五）
馬ぼくぼく我をゑに見る　夏野哉　芭蕉（1 水の友 一六七）
重荷もち丁身（よぼろ）をなく　夏野哉　蕪村（2 蕪村遺稿 一二○）

おろし置く笈に地震（なゐふる）　夏野哉　蕪村（2 蕪村句集 一一九）
枯色は麦ばかり見る　夏の哉　生林（6 あら野 六三三）
聞くほどの小うた睡たき　夏野哉　其諺（7 俳諧古選 二六一ぺ）
順礼の棒ばかり行く　夏野かな　重頼（5 藤枝集 三○）
旅人の兎追ひ出す　夏野かな　子規（10 獺祭句帖抄 六二九ぺ）
ちらちらと伏勢見ゆる　夏野かな　子規（10 獺祭句帖抄 六○八ぺ）
付きかけた道のなくなる　夏野哉　竹冷（9 読売明27・5・25 ○二八二）
角あげて牛人を見る　夏野かな　青蘿（4 青蘿発句集 一八五二）
低き木に馬繋ぎたる　夏野かな　子規（10 獺祭句帖抄 六四七ぺ）
鮒鮓の便りも遠き　夏野哉　蕪村（2 蕪村遺稿 一一八）
秣（まぐさ）負ふ人を枝折の　夏野哉　芭蕉（1 陸奥鵆 四八三）
松笠の緑を見たる　夏野哉　卜枝（6 あら野 六七二）
もろき人にたとへむ花も　夏野哉　芭蕉（1 笈日記 四一一）
行き行きてここに行き行く　夏野哉　蕪村（2 蕪村句集 一二二）
物やらば手も出だすべし　夏の雲　蘆洲（7 俳諧古選 二一九ぺ）
あらはなる駕（かご）の寝ざまや　夏の月　太祇（8 俳諧新選 一一九ぺ）
家は皆海に向かひて　夏の月　極堂（9 新俳句 ○一六二）
太秦（うづまさ）は竹ばかりなり　夏の月　士朗（5 枇杷園句集 八九八）
馬かへておくれたりけり　夏の月　聴雪（6 波留濃日 三三三）
鱗散る雑魚場（ざこば）のあとや　夏の月　子規（10 獺祭句帖抄 五九九ぺ）
風の神袋を明けよ　夏の月　奇仙（7 俳諧古選 二一九ぺ）
河童（かはたろ）の恋する宿や　夏の月　蕪村（2 蕪村句集 二六五八）

蚊屋を出て　又障子あり　夏の月　丈草（5志津屋敷 三一三）
甲板に　寝る人多し　夏の月　子規（10獺祭句帖抄 六二九ぺ）
少年の　犬走らすよ　夏の月　召波（4春泥句集 一八二六）
石陣の　ほとり過ぎけり　夏の月　蕪村（2蕪村遺稿 一一三五）
賊舟を　よせぬ御船や　夏の月　蕪村（2蕪村遺稿 五八二）
堂守の　小草ながめつ　夏の月　蕪村（2蕪村句集 八四）
蛸壺や　はかなき夢を　夏の月　芭蕉（1猿蓑 三八五）
手をうてば　木魂に明くる　夏の月　芭蕉（1嵯峨日記 六九〇）
殿守の　そこらを行くや　夏の月　蕪村（2蕪村遺稿 五八〇）
なぐさみに　わらを打つ也　夏の月　一茶（3おらが春 四四〇ぺ）
ぬけがけの　浅瀬わたるや　夏の月　蕪村（2蕪村句集 五七九）
寝るとなく　寝る水主（かこ）もあり　夏の月　沙月（8俳諧新選 一一九ぺ）
野山より　市のものなり　夏の月　蓼太（4蓼太句集 一七四五）
裸にて　時打ちゆくや　夏の月　維駒（8俳諧新選 一一九ぺ）
人込みを　歌舞妓役者や　夏の月　荘丹（5能静草 八九三）
独り遊ぶ　狗や松もる　夏の月　大夢（8俳諧新選 一一八ぺ）
独り出て　傾く迄や　夏の月　舞閤（8俳諧新選 一一八ぺ）
吹きさます　海の匂ひや　夏の月　富水（8俳諧新選 一一九ぺ）
市中（まちなか）は　物のにほひや　夏の月　凡兆（6猿蓑 二〇三四）
真中へ　床几並べつ　なつの月　亀卜（8俳諧新選 一一九ぺ）
夜水とる　里人の声や　夏の月　蕪村（2蕪村句集 一一三六）
業平も　此の川筋や　夏の舟　轍士（5伊達衣 一九八）

くつさめの　跡しづか也　なつの山　野水（6猿蓑 二一四四）
大木を　見てもどりけり　夏の山　闌更（5半化坊発句集 七五二）
細脛（はぎ）の　やすめ処や　夏のやま　珍碩（6猿蓑 二一四八）
終（つひ）に見ぬ　物からやまし　夏の雪　聴雨（8俳諧新選 一四八ぺ）
別ればや　笠手に提げて　夏羽織　芭蕉（1白馬 九二〇）
プラタナス　夜もみどりなる　夏は来ぬ　波郷（9石田波郷句集 二六五六）
出水の　加茂に橋なし　夏祓へ　蕪村（2蕪村句集 二六六四）
灸のない　背中流すや　夏はらへ　蕪村（2蕪村句集 五八四）
胡へ行く歟（か）　思ひみだれの　夏柳　富天（8俳諧新選 一五二ぺ）
滝を見る　良久し手に　夏蕨　露月（9露月句集 〇二一七）
鳥鳴いて　谷静かなり　夏蕨　子規（10獺祭句帖抄 六五一ぺ）
前うしろ　ありや火桶の　撫心　存義（4東風流 一七四〇）
煤掃や　餅の序でに　撫でておく　加生（7俳諧古選 一九四ぺ）
きそ始　祇園の華表（とりゐ）　撫でて見む　如泉（7俳諧古選 一五一ぺ）
激流を　鮎の竿にて　撫でてをり　青畝（9春の鳶 一五〇八）
又来よと　蕨うる子を　撫でにけり　支鳩（8俳諧新選 一一一ぺ）
九のたび　起きても月の　七つ哉　芭蕉（1雑談集 七一六）
薫る風や　諸越（もろこし）かけて　七の緒に　菊舎（5手折菊 九五〇）
月雪や　春来夏来て　七めぐり　龍眠（8俳諧新選 一五四ぺ）
崖急に　梅ことごとく　斜なり　子規（10獺祭句帖抄 六四五ぺ）
凩も　人の付けたる　名成りけり　几圭（8俳諧新選 一五二ぺ）
かさねとは　八重撫子の　名なるべし　曾良（4奥の細道 〇八六四）

木賃とは花の下臥の　名なるべし　信安（7 俳諧古選 二〇二ぺ）
古白とは秋につけたる　名なるべし　漱石（9 正岡子規へ 〇一七七）
玉箒雪はく朝の　名なるべし　隆志（7 俳諧古選 二一三ぺ）
釣鐘草後に付けたる　名なるべし　越人（6 あら野 七〇八）
時鳥声きく空の　名成るべし　只人（8 俳諧新選 一一三ぺ）
木豇豆(きささげ)の実は豇豆に似　何かに似　虚子（13 六百五十句 一五八ぺ）
青葡萄(ぶだう)熊に非ずば　何通ふ　露月（9 露月句集 〇二〇七）
寒食(かんじき)や飯の左太郎　名に立つる　嘯山（8 俳諧新選 一〇七ぺ）
行くとしや連れだつ物は　何と何　素園（8 俳諧新選 一四五ぺ）
秋の夜の憤ろしき　何々ぞ　波郷（9 病鴈 二六三五）
時雨初め黒木になるは　何々ぞ　才麿（5 仮橋 二一八）
千刈の田をかへすなり　難波人　一鷺（6 続猿蓑 三〇五二）
花の御能過ぎて夜を泣く　浪花人　蕪村（2 蕪村句集 二一〇八）
大津絵の筆のはじめは　何仏　芭蕉（1 勧進牒 六六九）
春の空人仰ぎゐる　何も無し　虚子（14 七百五十句 六二ぺ）
初雪に此の小便は　何奴ぞ　其角（7 俳諧古選 二〇一ぺ）
雲に月やふせ屋に生ふる　名のうさぎ　季吟（5 桜川 四九）
白梅に過ぎゆく七日　七日かな　白水郎（9 散木集 一〇八〇）
秋風の心動きぬ　縄すだれ　嵐雪（4 続の原 〇八二四）
とも色に枯野かくすや　縄簾　平沙（7 俳諧古選 二三三ぺ）
はる近く榾(ほた)つみかゆる　菜畑哉　亀洞（6 あら野 八二六）
元朝も茶漬けくふとて　名はたてそ　団水（5 元禄四歳旦 二三四）

涼しさや駕籠を出でての　縄手みち　望翠（6 続猿蓑 三一五一）
やぶ入や何処(どこ)のお山と　なぶられる　嘯山（8 俳諧新選 一〇三ぺ）
よくしれる菊のあるじや　苗ながら　嘯山（8 俳諧新選 一〇八ぺ）
寒空や筏にのせし　鍋の跡　乙二（4 松窓乙二集 二一一六）
さみだれや蚯蚓(みみず)の徹す　鍋のそこ　嵐雪（5 玄峰集 二八〇）
埋み火やつひには煮ゆる　鍋の物　蕪村（2 蕪村句集 六七六）
君が代や筑摩(つくま)祭も　鍋一つ　越人（6 猿蓑 一七四一）
我を厭ふ隣家寒夜に　鍋を鳴らす　蕪村（2 蕪村句集 二一〇四）
鶏頭や雁の来る時　なほあかし　芭蕉（1 続猿蓑 九三〇）
梨の花しぐれにぬれて　猶淋し　野水（6 あら野 七八二）
雪の松をれ口みれば　尚寒し　杉風（6 炭俵 二七四八）
梅さきて湯殿の崩れ　なほしけり　利牛（6 炭俵 二四〇一）
秋の風伊勢の墓原　猶すごし　芭蕉（1 花摘 五八〇）
くだら野を見てゐる葉巻　なほすてず　禅寺洞（9 禅寺洞句集 二二八六）
出づる日も入日も見えて　猶永し　涼袋（8 俳諧新選 一一〇ぺ）
反(そり)鷹(たか)や根性骨の　直らずも　嘯山（8 俳諧新選 一五二ぺ）
短夜に竹の風癖　直りけり　一茶（3 文化句帖 三三四ぺ）
鶯や遠く重たき　生木負ひ　静塔（9 月下の俘虜 二三七一）
はへ山や人もすさめぬ　生くるみ　北鯤（6 炭俵 二五二八）
天窓(あたま)から蒲団被りし　生海鼠(なまこ)哉　清泉（7 俳諧古選 二二三ぺ）
いきながら一つに氷る　海鼠(なまこ)哉　芭蕉（1 続別座敷 八二二）
うかうかと海月に交じる　なまこ哉　車庸（6 続猿蓑 三三七七）

海にある物とは見えぬ　海鼠（なまこ）かな　谷水（8俳諧新選 一四〇ぺ）
うれうれて一つ凍えるなまこかな　来雨（8俳諧新選 一四〇ぺ）
かるる世にぬらりとしたる生海鼠（なまこ）哉　雋而（7俳諧古選 二一〇ぺ）
着せ合うて余念なく寝しなまこ哉　大夢（8俳諧新選 一四〇ぺ）
杓む汐にころび入るべき生海鼠かな　利雪（6続猿蓑 三三七六）
古往今来切つて血の出ぬ海鼠かな　漱石（9正岡子規へ 〇一七六）
出しておけば自堕落に成る海鼠哉　尺布（8俳諧新選 一四〇ぺ）
はさむ時心つくしの生海鼠哉　五鳳（7俳諧古選 二二〇ぺ）
骨のなき身をちぢめたるなまこ哉　富水（8俳諧新選 一四〇ぺ）
我が形（なり）に蓋をして居るなまこ哉　可幸（8俳諧新選 一四〇ぺ）
をかしさのそら寝こそぐるなまこかな　貞佐（4桑々畔発句集 一二一一四）
尾頭のこころもとなき海鼠哉　去来（6猿蓑 一六四九）
のどけしや湊の昼の生ざかな　荷兮（6あら野 九二四）
てふも来て酢をすふ菊の鱠（なます）哉　芭蕉（1蕉翁句集 六四八）
ラヂヲの除夜正光寺さんの生の鐘　草城（9銀 二四七二）
白萩や細（ほそ）渓（たに）川（がは）の波頭　羅人（8俳諧新選 二二八ぺ）
魚城移るにや寒月の波さざら　三汀（9返り花 二一四九）
雨乞ひに曇る国司のなみだ哉　蕪村（2蕪村句集 一二六）
梅こひて卯の花拝むなみだ哉　芭蕉（1野ざらし紀行 一二四四）
弟月はつる廿日の涙かな　孤桐（8俳諧新選 一五二ぺ）
行く雁の足からこぼす涙かな　移竹（8俳諧新選 一〇五ぺ）
湯殿山銭踏む道の泪かな　曾良（4奥の細道 〇八七三）

伊豆の海や紅梅の上に波ながれ　秋桜子（9霜林 一四一八）
三日月や暮れぬに暮るる波の上　太祇（8俳諧新選 一三〇ぺ）
世の夏や湖水にうかぶ波の上　芭蕉（1真蹟懐紙写 三九七）
海へ降る霰や雲に波の音　其角（6炭俵 二六三〇）
鱸（すずき）釣りて後ろめたさよ浪の月　蕪村（2蕪村遺稿 一八二一）
ゆふばれや桜に涼む波の花　芭蕉（1継尾集 五二六）
汽車たてばそこに極暑の浪の群れ　禅寺洞（9禅寺洞句集 二二八四）
向日葵の空かがやけり波の群　秋桜子（9岩礁 一四四六）
鰒釣らん李陵七里の浪の雪　芭蕉（1桜下文集 二〇〇）
薫風や鳥居の下を波走る　句仏（9句仏句集 〇五三〇）
胡蝶にもならで秋ふる菜虫哉　芭蕉（1をのが光 五七一）
芒創見えねど痛し舐め歩く　零余子（9零余子句集 二〇六八〇）
五月雨に家ふり捨ててなめくぢり　凡兆（6猿蓑 一七五〇）
我が道を付けしよ壁の蛞蝓（なめくじり）　半魯（8俳諧新選 一五〇ぺ）
早乙女にかへてとりたる菜飯哉　嵐雪（6炭俵 二五二五）
独活（うど）よさは背長（たけ）な伸びそ名や立たん　嘯山（8俳諧新選 一〇四ぺ）
鯨売り市に刀を鼓（なら）しけり　蕪村（2蕪村句集 二八二七）
朝がほや昼は美人の鳴らし物　青峨（4東風流 一二六二）
侘びてすめ月侘斎がなら茶歌　芭蕉（1武蔵曲 一三八）
八重桜京にも移る奈良茶哉　沾圃（6続猿蓑 二九八八）
蜘蛛に生まれ網をかけねばならぬかな　虚子（14七百五十句 八五五ぺ）
葉ざくらや碁気（ごけ）に成り行く奈良の京　蕪村（2蕪村遺稿 四九一）

雁くはぬ心仏に　ならはぬぞ　荷兮（6 あら野 一〇四三）
落ばかく身はつぶね共　ならばやな　越人（6 あら野 九七〇）
ふく中をつき行く鷹の　習風(ならひ)かな　篤羽（8 俳諧新選 一四一ぺ）
としし男千秋楽を　ならひけり　舟泉（6 あら野 四七四）
冬籠り悪く物食ひを　習ひけり　一茶（3 おらが春 四七五ぺ）
土用干うその鎧も　ならびけり　子規（10 獺祭句帖抄 五九九ぺ）
筍や親の質気(かたぎ)を　習ひけん　香杏（8 俳諧新選 一四七ぺ）
霜月や鸛(こふ)のイ々(つくづく)　ならびゐて　荷兮（6 冬の日 一四五）
炭取のひさご火桶に　並び居る　蕪村（2 蕪村句集 一二〇三）
赤行灯西瓜を切りて　並べけり　子規（10 獺祭句帖抄 六五九ぺ）
あこが餅あこが餅とて　並べけり　一茶（3 おらが春 四六〇ぺ）
旅日記に雨と紅葉と　並べたり　百万（8 俳諧新選 一五九ぺ）
ちり牡丹元の容(かたち)に　並べ見ん　尺布（8 俳諧新選 一一三ぺ）
秋の夜や古き書(ふみ)読む　奈良法師　蕪村（2 蕪村遺稿 一一五一）
介子推(かいしすい)お七がやうに　なられけん　太祇（8 俳諧新選 一〇七ぺ）
鴛鴦の向かひあふたり　並んだり　子規（10 獺祭句帖抄 六六六ぺ）
ないらひそ花の王様　なりけるぞ　嘯山（8 俳諧新選 一一三ぺ）
白菊に幾つ姉君　なりしかと　虚子（14 七百五十句 四六ぺ）
ほこほこと落葉が土に　なりしかな　虚子（14 七百五十句 一一二ぺ）
寒波急日本は細く　なりしまま　青畝（9 甲子園 一五〇五）
初雪のはや酒に　成り済したり　赤羽（8 俳諧新選 一三九ぺ）
比叡の雲近江に神の　鳴り給ふ　霽月（9 承露盤 〇二五一）

木がらしや大河の水の　鳴りてたつ　嘯山（4 律亭句集 一七〇九）
紫蘇の実を鋏の鈴の　鳴りて摘む　虚子（12 五百五十句 五三ぺ）
白扇を捨てて手だけに　なりて舞ふ　誓子（9 天狼 一四八六）
秋の風書(ふみ)虫ばまず　成りにけり　蕪村（2 蕪村句集 二一四七）
蕣(あさがほ)の昼さく秋と　成りにけり　貫古（8 俳諧新選 二二六ぺ）
朝皃はするゝ一りんに　成りにけり　舟泉（6 波留濃日 一三五一）
紫陽草(あぢさゐ)の一大輪と　成りにけり　嘯山（8 俳諧新選 二一八ぺ）
梅咲いて朝寝の家と　成りにけり　沾洲（5 友あぐら 四三四）
恵比須講鶩(あひる)も鴨に　成りにけり　利合（6 続猿蓑 三三六九）
落とし水柳に遠く　成りにけり　蕪村（2 蕪村遺稿 一四五〇）
柿紅葉梢の秋と　成りにけり　晩平（8 俳諧新選 二三一ぺ）
神の旅酒匂(さかわ)は橋と　成りにけり　其角（7 俳諧古選 一八九ぺ）
かやり火に寝所せまく　なりにけり　杏雨（6 あら野 六五三）
元日の人通りとは　なりにけり　子規（4 寒山落木巻五 二一八五）
小でまりの愁ふる雨と　なりにけり　敦（9 歴日抄 三一三一）
此の春は子にかざる雛と　成りにけり　一兎（8 俳諧新選 一〇八ぺ）
小百姓鶉を取る老と　なりにけり　蕪村（2 蕪村句集 一八三〇）
さつき雨田毎の闇と　なりにけり　蕪村（2 蕪村句集 一四〇六）
五月雨に隣も遠く　成りにけり　如行（7 俳諧古選 一六八ぺ）
猿引の杖は櫂とも　成りにけり　山城田原社中（8 俳諧新選 一〇〇ぺ）
棹の雁行衛(ゆくへ)は雲と　成りにけり　柳浪（8 俳諧新選 二三一ぺ）
初夜と四つ争ふ秋に　成りにけり　来山（7 俳諧古選 一七五ぺ）

滝鳴らず　なりたり鳴らず　なりにけり　不死男（9 氷海昭43・6 二二七〇）
旅がらす　古巣はうめに　成りにけり　芭蕉（1 鳥の道 二二七）
月見えぬ　暦の末と　成りにけり　赤羽（8 俳諧新選 一四五ペ）
土筆煮て　これつぱかりと　なりにけり　青嵐（9 永田青嵐句集 〇八九三）
蓮咲いて　百か日とは　なりにけり　子規（10 獺祭句帖抄 六三二ペ）
花ちりて　この間の寺と　成りにけり　蕪村（2 蕪村句集 四五五）
一葉づつ　柿の葉みなに　成りにけり　一髪（6 あら野 七七八）
二日月　神州狭く　なりにけり　水巴（9 定本水巴句集 〇五九七）
冬日和　誓子が近く　なりにけり　草城（9 銀 二四六八）
ふる雨の　霙（みぞれ）から雪と　成りにけり　其来（8 俳諧新選 一四五ペ）
古池の　雪間の水と　なりにけり　村家（9 同人句集 〇七九五）
降る雪や　明治は遠く　なりにけり　草田男（9 長子 二五四五）
星冴えて　寒菊白う　成りにけり　唄子（8 俳諧新選 一三七ペ）
松とりて　常の旭（あさひ）と　なりにけり　不角（5 続の原 四六一）
めくり暦　今一枚と　なりにけり　露月（9 露月句集 〇二五三一）
木食（もくじき）や　こずゑの秋に　なりにけり　高政（5 洛陽集 一二〇）
宿の梅　折り取るほどに　なりにけり　蕪村（2 蕪村句集 二〇四三）
行く春や　竹のふし見と　成りにけり　烏西（8 俳諧新選 一二一ペ）
若竹や　夕日の嵯峨と　成りにけり　蕪村（2 蕪村句集 一〇五六）
我書いて　紙魚（しみ）くふ程に　なりにけり　子規（10 獺祭句帖抄 六〇八ペ）
くろがねの　秋の風鈴　鳴りにけり　蛇笏（9 霊芝 〇六五〇）
うき沈み　つい蛙とぞ　成りにける　睢音（8 俳諧新選 一〇五ペ）
桜花　桜の実にぞ　成りにける　雪蕉（8 俳諧新選 一二三ペ）
いもが子は　這ふ程にこそ　成りにけれ　忠盛（7 俳諧古選 一九五ペ）
夏雲は　湧き諸滝は　鳴りに鳴る　浜人（9 定本浜人句集 〇八一五）
春の風　おまんが布の　なりに吹く　一茶（3 句稿消息 三二六ペ）
裏返り　うら返りつつ　鳴子かな　嘯山（8 俳諧新選 一二八ペ）
飼犬の　綱にまつはる　なるこかな　維駒（8 俳諧新選 一二八ペ）
京を出し　日は面白き　鳴子かな　蘆角（8 俳諧新選 一二八ペ）
きらきらと　音に日のさす　鳴子哉　鳳朗（5 鳳朗発句集 一一六三）
手を代はり　行脚引き見る　鳴子哉　阿誰（7 俳諧古選 二三〇ペ）
寝がへりに　鹿おどろかす　鳴子哉　一酌（6 続猿蓑 三三九六）
寝咄の　足でをりをり　鳴子哉　一茶（3 文政句帖 三四八ペ）
一と引きに　余の田を越して　鳴子かな　龍眠（8 俳諧新選 一二八ペ）
吹かぬ日は　ぶらりと暮るる　鳴子かな　宗雨（8 俳諧新選 一二八ペ）
揉みに揉んで　夜嵐わたる　鳴子かな　太祇（8 俳諧新選 一二八ペ）
出す手より　引く手や罪に　鳴子綱　弾月（8 俳諧新選 一二八ペ）
七十の　腰もそらすか　鳴子引　其角（7 俳諧古選 一七八ペ）
嫁入の　行列囃せ　鳴子引け　青峰（9 青峰集 二二六三）
稲妻を　渦に巻きつつ　鳴戸哉　春爾（8 俳諧新選 一二五ペ）
やどりせむ　あかざの杖に　なる日まで　芭蕉（1 笈日記 四〇六）
秋のくれ　いよいよかるく　なる身かな　荷兮（6 炭俵 二五八一）
飛ぶ蛍　露も力に　成るもの歟（か）　愚水（8 俳諧新選 一一六ペ）
春雨の　かくまで暗く　なるものか　虚子（13 六百五十句 一七三ペ）

蟬なくや　我が家も石に　なるやうに　一茶（3 七番日記 三三四一ペ）
天墨の　如し大雷に　なるやらん　月斗（9 昭和俳句集 〇五一四）
秋風や　生きてあひ見る　汝と我　子規（10 獺祭句帖抄 六三七ペ）
春潮や　和寇の子孫　汝と我　虚子（13 六百五十句 二一九ペ）
淋しさの　故に清水に　名をもつけ　虚子（12 五百五十句 七四ペ）
からからに　身は成り果てて　何と蟬　西武（7 俳諧古選 一五九ペ）
枯蘆や　はたはたと立つ　何の鳥　寅彦（9 寅彦全集 一一七三六）

に

冬枯れや　蛸ぶら下げる　煮売り茶店　子規（10 獺祭句帖抄 六〇三ペ）
初しぐれ　小鍋の芋の　煮え加減　馬莧（6 続猿蓑 三三二八）
藪入の　夢や小豆の　にえる中　蕪村（2 蕪村句集 四〇八）
蕗の薹　舌を逃げゆく　にがさかな　虚子（11 五百句 八一ペ）
春の寒さ　たとへば蕗の　苦みかな　成美（4 成美家集 二〇七三）
砂日傘　一つ大きく　賑かに　青峰（9 海光 二二五二）
霜に嘆ず　蚈（こほろぎ）髭を　握りけり　大魯（4 蘆陰句選 一八三一）
野の春を　さらばけふこそ　握り飯　同来（8 俳諧新選 一一二ペ）
行く女　袷着なすや　憎きまで　太祇（5 太祇句選 五四五）
ぬつくりと　雪舟（そり）に乗りたる　にくさ哉　荷兮（6 あら野 八〇八）
我等蝸牛（ででむし）　角がすつべり　肉で候ふ　嘯山（8 俳諧新選 一五六ペ）
しぶ柿や　渋に成る迄　憎まるる　尺布（8 俳諧新選 一三二ペ）
春泥は　足袋の白きを　にくみけり　東洋城（9 東洋城全句上 〇四〇二）
鳥さしの　来ては柳を　憎みけり　漁焉（8 俳諧新選 一〇五ペ）
我を指す　人の扇を　にくみけり　虚子（11 五百句 五〇ペ）
うき雲も　月のえにしぞ　憎むまじ　為允（8 俳諧新選 一三〇ペ）
神事の　跡は仏の　二月かな　蓼太（8 俳諧新選 一〇四ペ）
正月を　馬鹿にくらして　二月哉　秋風（5 俳諧吐綬雞 一六〇）
野の梅の　ちりしほ寒き　二月哉　尚白（6 猿蓑 一九二二）
花の咲く　木はいそがしき　二月哉　支考（7 俳諧古選 二〇二ペ）
よべの雨に　家々ぬれて　二月尽　百閒（9 百鬼園俳句 一一七一）
稲すずめ　茶の木畠や　逃げ処　芭蕉（1 真蹟懐紙 七一一）
一声に　此の世の鬼は　逃げるよな　一茶（3 おらが春 四七五ペ）
木犀や　母が教ふる　二絃琴　子規（10 獺祭句帖抄 六五六ペ）
水鳥や　菜屑につれて　二間程　子規（10 獺祭句帖抄 六六五ペ）
藺（ゐ）の花に　ひたひた水の　濁り哉　此筋（6 続猿蓑 三一三四）
味噌可なり　菜漬け妙なり　濁り酒　四方太（9 春夏秋冬 〇二〇四）
月ひとり　澄めりうき世の　濁り水　吐月（8 俳諧新選 一五〇ペ）
麨（はったい）や　縁辺よりの　二三升　躑躅（9 現代俳句集 〇八六三）
大きさも　知らず鯨の　二三寸　子規（10 獺祭句帖抄 六六六ペ）
鶯や　藪蕎麦までは　二三町　知十（9 鶯日 〇三五〇）
散る花や　仏うまれて　二三日　不玉（6 続猿蓑 三四四四）
やぶ入や　手にもたまらず　二三日　百吾（7 俳諧古選 二一九ペ）
しみじみと　秋を惜しみぬ　二三人　嘯山（8 俳諧新選 一三六ペ）

柳あり　舟待つ牛の　二三匹　子規（10 獺祭句帖抄 六四五ぺ）
摂待の　礼の念仏や　二三遍　鶴英（8 俳諧新選 二二五ぺ）
牡丹散りて　打ちかさなりぬ　二三片　蕪村（2 蕪村句集 五四六）
散り残る　つつじの蘂（しべ）や　二三本　子珊（6 炭俵 二四六三）
渡り鳥　雲の機手（はたて）の　にしきかな　蕪村（2 蕪村句集 一七七一）
鴛（をしどり）や　国師の沓も　にしき革　蕪村（2 蕪村遺稿 六八九）
結構な　雨や野山も　錦着ん　嘯山（8 俳諧新選 二六〇ぺ）
うたか否　連歌にあらず　にし肴　文鱗（6 あら野 四六二）
蓬萊の　具につかひたし　螺（にし）の貝　圃萏（6 続猿蓑 三〇九〇）
虹渡り　来と言ひし人　虹は消え　虚子（13 六百五十句 一八〇ぺ）
菜の花や　雨のかさいの　にしひがし　祇徳（4 江戸名物かのこ 一一五三）
昼寝ざめ　大事去りたる　西日かな　青峰（9 青峰集 二二五五）
何もかも　あつけらかんと　西日中　万太郎（9 草の丈 一一二八）
虚子一人　銀河と共に　西へ行く　虚子（9 六百五十句 〇〇六三）
摂待に　きせるわすれて　西へ行く　蕪村（2 蕪村句集 一五三）
のみあけて　花生にせん　二升樽　芭蕉（1 伝土芳筆全伝 六七六）
ででむしや　其の角文字の　にじり書　蕪村（2 蕪村句集 一〇一）
蝸牛（かたつぶり）　いなれぬ方へ　にじりけり　李流（8 俳諧新選 二一五ぺ）
菊畠　客も円座を　にじりけり　馬莧（6 続猿蓑 三三四五）
我が頭巾　うき世のさまに　似ずもがな　蕪村（2 蕪村句集 二一八八）
雲のみね　今のは比叡に　似た物か　之道（6 猿蓑 一八〇三）
枯尾花　犬も狐に　似たりけり　文素（8 俳諧新選 二三七ぺ）

蘭の香も　閑を破るに　似たりけり　青蘿（4 青蘿発句集 一八五五）
稲田あり　筵あり日本に　似たるかな　虚子（12 五百五十句 一五二ぺ）
狂句こがらしの　身は竹斎に　似たる哉　芭蕉（1 冬の日 二〇五）
白梅や　わすれ花にも　似たる哉　蕪村（2 蕪村遺稿 二四四二）
花茨　故郷の路に　似たるかな　蕪村（2 蕪村句集 一一二八）
綿の花　たまたま蘭に　似たるかな　素堂（6 あら野 七〇九）
手向けけり　芋ははちすに　似たるとて　芭蕉（1 続深川集 四六三）
塚へ引く　松や子（ね）の日に　似たれ共　巴江（7 俳諧古選 二二八ぺ）
我が生は　淋しからずや　日記買ふ　虚子（12 五百五十句 一〇一ぺ）
涼しい歟（か）　川越す顔の　につたにた　子一（8 俳諧新選 一五六ぺ）
約束の　寒の土筆を　煮て下さい　茅舎（4 白痴 二六四四）
面影の　囚はれ人に　似て寒し　木歩（9 決定木歩全集 一〇五三）
雪　搔　立てかけし二人　にて育ち　碧梧桐（9 碧梧桐句集 〇一四六）
あられせば　網代の氷魚を　煮て出さん　芭蕉（1 花摘 五九六）
月に寝ぬや　一度にこりず　二度にこりず　季吟（7 俳諧古選 二〇七ぺ）
柴にまた　餅花咲くや　二度の春　令徳（4 崑山集 〇一〇〇）
すずしさや　朝草門（も）んに　荷（にな）ひ込む　凡兆（6 猿蓑 一七九九）
ゆく春や　花によごれし　荷ひ茶や　也有（5 蘿葉集 五〇六）
涼風や　何食はせても　二人前　一茶（3 文政句帖 三三六ぺ）
鉢たたき　憐れは顔に　似ぬものか　乙州（6 猿蓑 一六九六）
暮れ惜しむや　泥へ日のさす　二の替　呑獅（8 俳諧新選 二一一ぺ）
婆々連れた　爺も来にけり　二の替　太祇（8 俳諧新選 二一一ぺ）

青　簾　世に隠れんと　には非ず　虚子（14 七百五十句 八四ペ）
新茶よし　碧瑠璃と云はん　には薄し　虚子（14 七百五十句 八一ペ）
叡慮にて　賑ふ民の　庭竈　芭蕉（1 庭竈集 四四一）
歩み去る　年を追ふかに　庭散歩　虚子（14 七百五十句 四七ペ）
無為(あぢきな)や　椿落ちうづむ　にはたづみ　蕪村（2 蕪村句集 一〇九二）
いかのぼり　ここにもすむや　潦(にはたづみ)　園風（6 猿蓑 一九五五）
野分して　鼠のわたる　にはたづみ　蕪村（2 蕪村遺稿 一二〇〇）
春雨や　珠数(じゅず)落としたる　にはたづみ　蕪村（2 蕪村遺稿 一五〇三）
我が影に　ぬれかかる蝶や　潦　孤桐（8 俳諧新選 一〇八ペ）
野分して　上野の鳶の　庭に来る　子規（10 獺祭句帖抄 六五四ペ）
冬枯れや　平等院の　庭の面　鬼貫（4 大悟物狂 〇二八三）
くきの葉に　霜置きおもし　庭の菊　未得（4 寛永古誹諧 〇一三六）
有明の　水仙剪るや　庭の霜　子規（10 獺祭句帖抄 六六七ペ）
かたばみや　照りかたまりし　庭の隅　野萩（6 続猿蓑 三一六四）
雪汁や　蛤いかす　場のすみ　木白（6 猿蓑 一九一六）
連翹(れんげう)や　たばねられたる　庭の隅　子規（10 獺祭句帖抄 六四五ペ）
早乙女や　先(まつ)ひいやりと　庭の土　超波（4 たつのうら 一二二〇）
風色や　しどろに植ゑし　庭の萩　芭蕉（1 猿雖本三冊子 八八一）
朝めしの　湯を片膝や　庭の花　孤屋（6 炭俵 二四三七）
つみ綿か　ぬり桶なりの　庭の雪　貞徳（4 貞徳永代記 〇〇四三）
かづらきの　神にはふとき　庭火哉　村俊（6 あら野 一〇八五）
しんしんと　梅散りかかる　庭火哉　荷兮（6 あら野 一〇六三）

長き夜や　人灯(ひ)を取つて　庭を行く　子規（10 獺祭句帖抄 六三三ペ）
わが孫の　村嬢と群れて　入学す　秋桜子（9 霜林 一四五六）
秋風や　壁のヘマムショ　入道　一茶（3 七番日記 三四六ペ）
蜻蛉や　日は入りながら　鳰(にほ)のうみ　惟然（5 北の山 四〇〇）
夕立や　雲の流るる　鳰のうみ　魯玉（8 俳諧新選 一四八ペ）
四方より　花吹き入れて　にほの波　芭蕉（1 白馬 六一五）
蛍火や　吹きとばされて　鳰のやみ　去来（6 猿蓑 一七六八）
富士行者　白衣に雲の　匂ひあり　子規（9 俳句稿巻一 〇〇四五）
朝川の　薑を洗ふ　匂ひかな　子規（10 獺祭句帖抄 六一八ペ）
朝日二分　柳の動く　匂ひかな　荷兮（6 波留濃日 三一二）
遊ぶ日に　菊いそがしき　匂ひかな　似船（5 元禄百人一句 一八二）
羅(うすもの)に　遮る蓮(れん)の　にほひかな　蕪村（2 蕪村句集 一四一〇）
大服は　去年(こぞ)の青葉の　匂ひ哉　防川（6 あら野 四九〇）
碪ひとり　よき染物の　匂ひかな　洒堂（6 炭俵 二五八〇）
小雨にも　流さで梅の　匂ひかな　祇川（8 俳諧新選 一〇一ペ）
椎の花　人もすさめぬ　匂ひかな　蕪村（2 蕪村句集 一三九二）
初春先(まつ)　酒に梅売る　にほひかな　芭蕉（1 真蹟懐紙 一二九）
灯籠に　しばらくのこる　匂ひかな　林火（9 海門 二七五七）
何の木の　花とはしらず　匂ひ哉　芭蕉（1 笈の小文 三五五）
歯固めに　梅の花かむ　にほひかな　如行（6 あら野 四六七）
初幮(かや)に　昔の人の　匂ひかな　東皐（5 奥美人 九四五）
春風に　阿闍梨(あじゃり)の笠の　匂ひかな　蕪村（2 蕪村遺稿 二四二〇）

ふけ過ぎて　炭にも酒の　匂ひ哉　之孝（8俳諧新選 一四四ペ）
冬の日の　この土太古の　匂ひかな　蛇笏（9山廬集 〇六七〇）
前髪も　まだ若草の　匂ひかな　芭蕉（1翁草 九四五）
短夜の　明けゆく水の　匂ひかな　万太郎（9流寓抄 一一三四）
門に入れば　そてつに蘭の　にほひ哉　芭蕉（1笈日記 五八二）
夜しぐれに　小鮠（こばえ）焼くなる　匂ひかな　士朗（5枇杷園句集 九〇三）
煮ゆる時　蕪汁とぞ　匂ひける　虚子（11五百句 二八ペ）
山吹や　宇治の焙炉（ほいろ）の　匂ふ時　芭蕉（1猿蓑 六八一）
炭竈や　花のさく木は　匂ふべし　桃葉（8俳諧新選 一四四ペ）
海の中に　桜さいたる　日本かな　東洋城（9東洋城全句上 〇三八九）
有り難や　我が門松も　二本当　毓轟（7俳諧古選 一五三ペ）
唐人も　渡るや霜の　日本橋　徳元（4塵塚誹諧集 〇〇六一）
猿引や　猿のきよろつく　日本橋　子規（9寒山落木巻三 〇〇二三）
便りなげに　出代はる老の　荷物哉　之房（8俳諧新選 一〇八ペ）
茸狩らん　似（じ）雲（うん）が鍋の　煮ゆるうち　蕪村（2蕪村遺稿 一七七〇）
埋み火も　きゆやなみだの　烹（に）ゆる音　芭蕉（1あら野 四四八）
鮟鱇も　わが身の業（ごふ）も　煮ゆるかな　万太郎（9流寓抄以後 一一一〇）
四人して　御蚊屋つるらん　女房達　好春（7俳諧古選 一六二ペ）
梅紅白　睦み連れ立つ　二老嫗　風生（9傘寿以後 一五六五）
梨老いて　花まばらなり　韮（にら）畠　子規（10獺祭句帖抄 六二六ペ）
冬ざれや　小鳥のあさる　韮畠　蕪村（2蕪村句集 一八八八）
鰒の面　世上の人を　にらむ哉　蕪村（2蕪村句集 九六三）
冬木立　北の家かげの　韮を刈る　蕪村（2蕪村遺稿 一八八七）
うで首に　蜂の巣かくる　二王哉　松芳（6あら野 一〇一六）
杉の雪　一町奥に　仁王門　子規（10獺祭句帖抄 六一一ペ）
雪渓は　立ちて汚れて　人間味　静塔（9栃木集 二三七四）
探梅の　こころもとなき　人数かな　夜半（9翠黛 一六四四）
凩に　追はるる如く　任地去る　青嵐（9永田青嵐句集 〇八九〇）

ぬ

蟷螂（かまきり）に　くんで落ちたる　ぬかごかな　為有（6炭俵 二五六〇）
きくの露　落ちて拾へば　ぬかごかな　芭蕉（1芭蕉庵小文庫 五八三）
葛の葉や　直（ただ）に云はねば　糠に釘　卯雲（8俳諧新選 一五一ペ）
笠島は　いづこさ月の　ぬかり道　芭蕉（1奥の細道 五〇三）
我先に　穂に出て田草　ぬかれけり　子規（10獺祭句帖抄 五九九ペ）
淡雪や　筧（かけひ）といへる　ぬくきもの　東洋城（9東洋城全句中 〇三八六）
若葉して　御めの雫　ぬぐはばや　芭蕉（1笈の小文 三八一）
凩や　渋柿の渋も　ぬけぬべし　乙総（8俳諧新選 一三九ペ）
木の芽だつ　雀がくれや　ぬけ参り　均水（6続猿蓑 三〇八二）
あはれ也　灯籠一つに　主コ斎　野水（6あら野 一〇〇二）
摘むとても　暮らすな此の野　盗人あり　嘯山（8俳諧新選 一五〇ペ）
ちるはなは　酒ぬす人よ　ぬす人よ　舟泉（6あら野 三七二）
しばられる共　よき花を　盗まなん　竹房（8俳諧新選 一〇九ペ）

梅白し昨日や鶴を　盗まれし　芭蕉（1野ざらし紀行 二三二）
うき恋にたへでや猫の　盗み食ひ　支考（6続猿蓑 三〇四二）
瀬に変はる舟のばくちの　布子かな　習先（8俳諧新選 一五九ぺ）
鉾鬮(くじ)やいづれかちんの　布袴　習先（8俳諧新選 一二三ぺ）
ちか付の角力(すまひ)に逢ひぬ　繡(ぬひもの)師(し)　蕪村（2蕪村遺稿 二五四二）
茫然と覚め蚊屋あさがほの　繡せり　秋風（4俳諧吐綬鶏 〇二三〇）
広沢やひとり時雨る　沼太良　史邦（6猿蓑 一六二一）
盛りぢや花に座(そぞろ)浮法師　ぬめり妻　芭蕉（1東日記 一二九）
初時雨真昼の道を　ぬらしけり　大魯（5蘆陰句選 八二六）
春の水すみれつばなを　ぬらし行く　蕪村（2蕪村遺稿 二一八八）
大水や紅葉流るる　塗足駄　二葉子（4江戸広小路 〇一四八）
青蛙おのれもペンキ　塗りたてか　龍之介（4龍之介全集 二三六二九）
囀りや天地金泥に　塗りつぶし　喜舟（9小石川 〇四六二）
おきよおきよわが友にせむ　ぬるこてふ　芭蕉（1あつめ句 一二二）
この池の愛蔵の水　温みけり　不死男（9氷海昭47・4 二三六五）
ふく風を抱きて水の　ぬるみけり　羽律（8俳諧新選 一〇七ぺ）
郭公(ほととぎす)さゆのみ焼(た)きて　ぬる夜哉　李風（6波留濃日 三三七）
しらつゆやさつ男の胸毛　ぬるるほど　蕪村（2蕪村句集 二一七二）
春雨や小磯の小貝　ぬるるほど　蕪村（2蕪村句集 四三一）
水うてや蟬も雀も　ぬるる程　其角（4花摘 〇八一三）
主や誰明け行く橋の　ぬれ団扇　孤桐（8俳諧新選 一一九ぺ）
急げ使ひ此の若鮎の　ぬれしまま　一兎（8俳諧新選 一〇六ぺ）
傘(からかさ)に塒かさうよ　ぬれ燕　其角（5五元集 二五四）
水上機夏の日輪を　濡れて過ぐ　誓子（9炎昼 一四七五）
とらが雨など軽んじて　ぬれにけり　一茶（3おらが春 四五〇ぺ）
萩ゆつて拳(こぶし)の珠数(じゅず)の　濡れにけり　大夢（8俳諧新選 一二七ぺ）
子をもてばあらぬ寝覚めや　濡れ蒲団　鶴英（8俳諧新選 一三九ぺ）
朝顔の双葉のどこか　濡れゐたる　素十（9初鴉 一五二八）

ね

榾(ほだ)の火や咄も見えて　寝入られず　桃葉（8俳諧新選 一三八ぺ）
子規(ほととぎす)子規とて　寝入りけり　調和（5蓮実 一四七）
虫ほろほろ草にこぼるる　音色かな　樗良（5樗良発句集 七八四）
鶯と皃(かほ)を見合はす　寝起き哉　浮風（8俳諧新選 一〇一ぺ）
卯の花にばつとまばゆき　寝起きかな　杉風（4別座鋪 〇八四九）
師の床に葱参らせん　願ひかな　嘯山（8俳諧新選 一四五ぺ）
起きて見る鰒食ふた人の　寝顔かな　孤桐（8俳諧新選 一四〇ぺ）
はる風に帯ゆるみたる　寝皃(かほ)哉　越人（6あら野 八六五）
榾の火に髪赤き子の　寝皃哉　守愚庵（7俳諧古選 二二一ぺ）
馬の歯もふかれて市の　葱青し　祇空（4太郎河 一一三三）
ともし行く灯(ひ)や凍らんと　禰(ね)宜(ぎ)が袖　子規（10獺祭句帖抄 六一八ぺ）
蝶の来て一夜寝にけり　葱のぎぼ　半残（6猿蓑 一九五三）
雉子鳴くや宇佐の盤境(いはさか)　禰宜ひとり　久女（9杉田久女句集 〇九四一）

草枯るる猫の墓辺に　猫遊び　たかし（9火明　一六五九）
初午や与右衛門家内　寝言きく　宗専（7俳諧古選　二一五ペ）
寒声の遣ひ余りや　寝言にも　文水（8俳諧新選　一四五ペ）
雪よりも真白き春の　猫二匹　虚子（12六百句　二一八ペ）
元日や置きどころなき　猫の五器　竹戸（6続猿蓑　三一〇八）
うらやまし　おもひ切る時　猫の恋　越人（6猿蓑　一九一九）
親も子も宿（とも）はさだめず　猫の恋　鳥酔（4鳥酔懐玉抄　一七二一）
金屏に灯さぬ間あり　猫の恋　石鼎（9花影　〇七四六）
声合はす妻戸の関や　猫の恋　嘯山（8俳諧新選　一〇二ペ）
声まねる丁稚（でっち）をかしや　猫のこひ　太祇（8俳諧新選　一〇二ペ）
忍ぶれど　声に出でにけり　猫の恋　五仙（8俳諧新選　一〇二ペ）
地にあらば連木すり鉢　猫の恋　大江丸（5俳懺悔　八六七）
出て三日人ならいかに　猫の恋　貞佐（7俳諧古選　一五二ペ）
鼠とる思案の外や　猫の恋　楼川（8俳諧新選　一〇二ペ）
まとふどな犬ふみつけて　猫の恋　芭蕉（1茶のさうし　九四八）
やぶ入を誘ふ闇あり　猫の恋　加十（8俳諧新選　一〇二ペ）
余の事は思ひ捨てた歟（か）　猫の恋　可幸（8俳諧新選　一〇二ペ）
我が影や月になほ啼く　猫の恋　探丸（6続猿蓑　三〇四一）
我が門をよそに見て行くや　猫の恋　貝錦（8俳諧新選　一〇二ペ）
短さに蒲団をひけば　猫の声　子規（10獺祭句帖抄　六三九ペ）
麦めしにやつるる恋か　猫の妻　芭蕉（1猿蓑　六七九）
両方に髭があるなり　猫の妻　来山（4今宮草　〇二四四）

こがれてや琴を鳴らせる　猫の爪　龍眼（8俳諧新選　一〇二ペ）
凩や瞬（まだたき）しげき　猫の面　八桑（6炭俵　二五九五）
石蕗（つはぶき）の日陰は寒し　猫の鼻　抱一（4屠竜之技　二一三三）
あたたかや皮ぬぎ捨てし　猫柳　久女（9杉田久女句集　〇九三四）
子を抱いて老いたる蟹や　猫柳　虚子（12五百五十句　八六ペ）
病人に寒き旦暮や　猫柳　寸七翁（9現代俳句集　〇八八三）
暮の月蟬をすかして　寝させけん　梅四（8俳諧新選　一一九ペ）
秋かぜや二番たばこの　ねさせ時　游刀（6続猿蓑　三二七六）
秋ひとりさべられもせぬ　寝覚め哉　智月（7俳諧古選　一八一ペ）
蛙のみききてゆゆしき　寝覚めかな　野水（6波留濃日　二二五九）
瓶破るるよるの氷の　寝覚め哉　芭蕉（1真蹟詠草　二七三）
淋しさは橿（かし）の実落つる　ね覚め哉　蘆夕（6あら野　七六七）
月白き師走は子路が　寝覚め哉　芭蕉（1孤松　二七七）
夏の夜も酒気の果てを　寝覚め哉　来山（5蓮実　二〇八）
夏痩のわがほねさぐる　寝覚めかな　蓼太（4蓼太句集　一七四四）
花瓶の氷る音きく　寝覚めかな　練石（8俳諧新選　一四三ペ）
ふく汁の我活きて居る　寝覚め哉　蕪村（2蕪村句集　二九三）
虫の音の中に咳き出す　寝覚めかな　丈草（4渡鳥集　一〇〇四）
雪とのみ思へば月の　寝覚め哉　仏仙（8俳諧新選　二二九ペ）
鶯に二度起こされて　寝覚めけり　金龍（8俳諧新選　一〇一ペ）
高嶺星蚕飼（こがひ）の村は　寝しづまり　秋桜子（9葛飾　一四三〇）
葛城の山懐に　寝釈迦かな　青畝（9万両　一五〇三）

小うるさい　花が咲く迚(とて)　寝釈迦かな　一茶（3おらが春 四三五ぺ）
日照るとき　金を横たふ　寝釈迦かな　青畝（9国原 一五一四）
夏の月　かかりて色も　ねずが関　虚子（12五百五十句 六八ぺ）
しら芥子に　はかなや蝶の　鼠いろ　嵐蘭（6あら野 六三六）
閼伽(あか)棚の　菊かざし行く　鼠かな　高政（4京羽二重 〇一九四）
牙寒き　梁(うつばり)の月の　鼠かな　蕪村（2蕪村句集 二〇一八）
氷る灯(ひ)の　油うかがふ　鼠かな　蕪村（2蕪村句集 二二〇二）
さかる猫　跡しら波の　鼠かな　青楓（8俳諧新選 一〇二ぺ）
寺寒く　樒(しきみ)はみこぼす　鼠哉　蕪村（2蕪村句集 一一八〇）
仏壇の　柑子を落とす　鼠かな　子規（10獺祭句帖抄 六三八ぺ）
水落ちて　田の面をはしる　鼠かな　蝶夢（5草根発句集 八六〇）
雀子と　声鳴きかはす　鼠の巣　芭蕉（1韻塞 九一四）
花にねぬ　此もたぐひか　鼠の巣　芭蕉（1有磯海 七四六）
時雨るや　軒にもさがる　鼠の尾　巴人（5夜半亭発句帖 五〇三）
雪沓を　はかんとすれば　鼠ゆく　蕪村（2蕪村遺稿 六九一）
我が事と　鰌(どぢやう)のにげし　根芹哉　丈草（6猿蓑 一九〇二）
はつ瓜を　引つとらまへて　寝た子哉　一茶（3おらが春 四四一ぺ）
暑き夜の　荷と荷の間に　寝たりけり　一茶（3嘉永版発句集 三三五ぺ）
夕貌に　尻を揃へて　寝たりけり　一茶（3七番日記 三四二ぺ）
折り懸けし　藤やふらりと　捻ぢながら　嘯山（8俳諧新選 一一一ぺ）
黒き縞は　無頼のジャケツ　熱帯魚　青邨（9粗餐 一六〇三）
なほ暑し　今来た山を　寝て見れば　一茶（3おらが春 四四六ぺ）

春雨や　菊も植ゑたし　寝てもよし　桐之（7俳諧古選 一五四ぺ）
麦秋や　はしかき中に　寝所も　嘯山（8俳諧新選 一一六ぺ）
稲妻に　枝ふみかゆる　寝鳥哉　竹友（8俳諧新選 一二五ぺ）
あら涼し　裾吹く蚊屋も　根なし草　蕪村（2蕪村句集 九一一）
五月雨や　起き上がりたる　根無草　鬼城（9鬼城句集 〇六二一）
春寒し　水田の上の　根なし雲　碧梧桐（9碧梧桐句集 〇一三〇）
山がらや　椎の老木に　寝にもどる　蕪村（2蕪村句集 二二九三）
萩咲かば　鹿の替はりに　寝に行かん　来山（7俳諧古選 一七五ぺ）
秋ひとり　琴柱(ことぢ)はづれて　寝ぬ夜かな　荷兮（6波留濃日 三五〇）
油さし　油さしつつ　寝ぬ夜哉　鬼貫（7俳諧古選 一九八ぺ）
橘の　香にせせられて　寝ぬ夜哉　宗長（7俳諧古選 一九六ぺ）
水鳥に　狐が付いて　寝ぬ夜哉　紀逸（7俳諧古選 二三三ぺ）
松やには　ただからやくの　子(ね)の日かな　守武（4伊勢正直集 〇〇二三）
この蠅に　よくよく盧生　寝坊なり　大江丸（4はいかい袋 二〇五四）
搗き立ての　餅つつじ哉　粘り哉　土髪（8俳諧新選 一四九ぺ）
極楽を　覚えてもどる　涅槃かな　超波（8俳諧新選 一四六ぺ）
様々と　説き草臥(くたび)れて　ねはんかな　孤桐（8俳諧新選 一〇四ぺ）
大幅は　いとどかなしき　ねはんかな　素丸（8俳諧新選 一四七ぺ）
灯(ひ)照らせば　灯に微妙音　涅槃かな　碧梧桐（9碧梧桐句集 〇一三三）
独り寝の　姿教へて　涅槃かな　涼袋（7俳諧古選 二二九ぺ）
負うて来る　母おろしけり　ねはんざう　鼠弾（6あら野 一〇一三）
神垣や　おもひもかけず　涅槃像　芭蕉（1あら野 三五三）

天人も泣き顔わろし　涅槃像　己百（7俳諧古選　一四八ぺ）
泣きやうを画き尽くしたり　涅槃像　稲音（8俳諧新選　一〇四ぺ）
貧福のまことをしるや　涅槃像　山蜂（6続猿蓑　三四四二）
みのむしや常のなりにて　涅槃像　野水（6猿蓑　一九三八）
山寺や誰も参らぬ　ねはん像　樗良（5樗良発句集　七七八）
山寺や猫守り居る　ねはん像　不撤（6続猿蓑　三四四一）
雪の果てあられ備へん　ねはん像　宇治田原社中（8俳諧新選　一〇四ぺ）
老僧に死に嫌ひあり　ねはん像　乙由（7俳諧古選　一五五ぺ）
塔の中の寝釈迦は淋し　涅槃寺　巨口（9つは路　一二〇四）
臘（らふ）八（はち）や和尚漸（やうや）く　ねびまさり　雁宕（4五車反古　一七〇二）
僕（しもべ）等のよよと盛りけり　ねぶか汁　召波（5春泥句集　八一六）
蚊ふすべの中に声あり　念仏講　来山（7俳諧古選　二一一ぺ）
苔埋む蔦のうつつの　念仏哉　芭蕉（1花の市　一九二）
涼しくも野山にみつる　念仏哉　去来（6続猿蓑　三四五七）
鰒食ひし人の寝言の　念仏かな　太祇（8俳諧新選　一四〇ぺ）
時鳥夜さとき母の　念仏かな　珪琳（8俳諧新選　一四七ぺ）
梨の花うるはし尼が　念仏迄　言水（7俳諧古選　二〇七ぺ）
象潟（きさがた）や雨に西施が　ねぶの花　芭蕉（1奥の細道　五二五）
腰てらす元日里の　睡りかな　犀夕（6波留濃日　三〇九）
稲妻のゆたかなる夜も　寝べきころ　汀女（9汀女句集　一九一八）
腹懸は母の教への　寝まき哉　湖十（7俳諧古選　一七一ぺ）
涼しさを我が宿にして　ねまる也　芭蕉（1奥の細道　五二〇）
避暑の宿寂寞として　寝まるなり　虚子（14七百五十句　四〇ぺ）
子は母と麦の月夜の　ねむい径　素逝（9ふるさと　一八二四）
麦うたや誰と明かして　睡た声　移竹（8俳諧新選　一一六ぺ）
硯の中にちちはは見ゆる　合歓（ねむ）の花　楸邨（9まぼろしの鹿　二五八五）
繋がれし馬の眼細し　合歓の花　松宇（9松宇家集　〇三二五）
舟引の妻の唱歌か　合歓の花　棹里（8俳諧新選　一二三ぺ）
折りに来る人なしとてや　合歓の花　千那（6猿蓑　一七八五）
短夜や若葉分けゆく　眠り馬　布門（7俳諧古選　二二五ぺ）
高灯炉露にしほれて　眠りけり　都夕（8俳諧新選　一二六ぺ）
天の川鷹は飼はれて　眠りをり　楸邨（9沙漠の鶴　二五七〇）
棚かげにこぼれてひとり　ねむる蚕も　爽雨（9雲板　一八九七）
泉鳴る修道院は　眠るによし　静塔（9月下の俘虜　二三六九）
身にしむやなき妻のくしを　閨に踏む　蕪村（2蕪村句集　一八〇八）
屋根ふきの落葉を踏むや　閨のうへ　蕪村（2蕪村遺稿　二二五九）
誰がのぞくならの都の　閨の桐　千那（6猿蓑　一七三四）
海棠や今宵ちる身が　寝られう歟（か）　習先（8俳諧新選　一五六ぺ）
釈迦如来云ひた皃（かほ）せず　寝られたり　習先（8俳諧新選　一〇四ぺ）
嵐木がらしよく堂守の　寝る事よ　子英（7俳諧古選　一八六ぺ）
香の火や我は炬燵に　寝る事よ　大夢（8俳諧新選　一五八ぺ）
高みよりしぐれて里は　寝る時分　里圃（6続猿蓑　三三三六）
われとわが驚く嚔（くさめ）　寝るとせん　圭岳（9太白星　一一九六）
菩提樹の実は身の秋の　念珠（ねんじゅ）哉　寿松（8俳諧新選　一三五ぺ）

初雪や　歩行(あるい)て遊ぶ　念はなし　武然（8俳諧新選 二三九ぺ）

の

街に出て　蠅わしづかむ　農歌人　不死男（9万座 二二七八）
子をつれて　花に寝ころぶ　野馬哉　喜招（8俳諧新選 二二九ぺ）
露ながら　草食ひあらす　野馬哉　素竹（8俳諧新選 二二六ぺ）
月更けて　朧の底の　野風かな　太祇（8俳諧新選 一〇八ぺ）
花にくれて　首筋さむき　野風かな　月渓（4十二月俳画巻 一八六七）
寒施行　北へ流るる　野川あり　波郷（9酒中花 二六四〇）
うは風に　蚊の流れゆく　野河哉　蕪村（2蕪村句集 一二〇）
炬燵出て　はや足もとの　野河哉　蕪村（2蕪村句集 七五）
種漬けて　濁し始める　野川かな　弁石（7俳諧古選 一五二ぺ）
一束の　薬生姜ひたす　野川かな　子規（10獺祭句帖抄 六五九ぺ）
水さしも　こぼしも春の　野川哉　五始（7俳諧古選 二二六ぺ）
白露や　きたない中を　遁れ出で　雅因（7俳諧古選 二一八ぺ）
草刈りの　道々こぼす　野菊かな　露川（4本朝文選 〇九一七）
たままつり　道ふみあくる　野菊哉　卜枝（6あら野 一〇三八）
なつかしき　しをにがもとの　野菊哉　蕪村（2蕪村句集 二七六四）
なでしこの　暑さわするる　野菊かな　芭蕉（1旅館日記 七五七）
名もしらぬ　小草花咲く　野菊哉　素堂（6あら野 七三五）
はなびらの　欠けて久しき　野菊かな　夜半（9翠黛 一六四七）
身だしなみ　むつかしやとて　野菊かな　巴雀（4父の道 一二一三）
痩馬の　老尼載せ行く　野菊かな　子規（10獺祭句帖抄 六五八ぺ）
かかる日の　またぬぐり来て　野菊晴　風生（9村住 一五六七）
蚊の声の　しらむに寂し　軒の雨　沾徳（5其袋 四三〇）
新壁や　裏もかへさぬ　軒の梅　惟然（5惟然坊句集 三九七）
鶯や　賢過ぎたる　軒のうめ　蕪村（2蕪村句集 一〇〇七）
痩藪や　作りたふれの　軒の梅　千那（6猿蓑 一八八八）
紫陽草(あぢさゐ)や　目につかへたる　軒の雲　梅従（8俳諧新選 一一八ぺ）
世の人の　見付けぬ花や　軒の栗　芭蕉（1奥の細道 四九八）
旅枕　鹿のつき合ふ　軒の下　千里（6猿蓑 一八六三）
蚊遣火や　道より低き　軒の妻　百里（4或時集 一一二五）
ぬり直す　壁のしめりや　軒の花　卓袋（6続猿蓑 二九八六）
法然の　珠数(じゅず)もかかるや　軒のふぢ　蕪村（2蕪村遺稿 七三七）
灯(ともしび)の　影にかざさん　軒の松　富天（8俳諧新選 四五ぺ）
鶯の　日南(ひなた)設けし　軒端かな　其丸（8俳諧新選 一〇一ぺ）
香を探る　梅に蔵見る　軒端哉　芭蕉（1笈の小文 三三六）
苔濡れて　いなづま伝ふ　軒端哉　習先（8俳諧新選 二二五ぺ）
ここらかと　のぞくあやめの　軒端哉　秋芳（6あら野 六五一）
てふてふの　雨を佗び行く　軒端かな　貝錦（8俳諧新選 一〇八ぺ）
あやめ売り　己が軒ほど　のこしけり　希因（8俳諧新選 二二三ぺ）
てのひらに　柴栗妻が　のこしけり　波郷（9酒中花 二六五〇）
行く春の　あみ塩からを　残しけり　野水（6あら野 六一八）

秋や今朝一足に知る　のごひえん　重頼（5名取川 一三一）
雛の跡柳ばかりが　残りけり　白堂（8俳諧新選 一〇五ぺ）
舟々の小松に雪の　残りけり　旦藁（6波留濃日 三〇七）
麦かりて桑の木ばかり　残りけり　作者不明（6あら野 六三四）
春かけて旅すれば白ら紙の　残りなくまう　碧梧桐（4三昧昭2・2 二三〇二）
いざよひのいづれか今朝に　残る菊　芭蕉（1笈日記 四三九）
かくれ家やよめ菜の中に　残る菊　嵐雪（6あら野 九六六）
あさがほやひくみの水に　残る月　胡及（6あら野 七二〇）
初日さす松はむさし野に　のこる松　秋桜子（9蘆刈 一四四一）
北山やしざりしざりて　残る雪　太祇（8俳諧新選 一〇一ぺ）
木枕のあかや伊吹に　のこる雪　丈草（5鳥の道 三一一）
田一枚一枚づつに　残る雪　虚子（13六百五十句 一三六ぺ）
お閑(しづ)かに御座れ夕陽(せきやう)いまだ　残(のこ)んの雪　宗因（4破邪顕正返答 〇一六〇）
着衣始(きそはじめ)老のしわをも　のしめかな　幽斎（4俳諧古選 〇〇三〇）
枯れ果てて空遥かなる　野末かな　李院（8俳諧新選 一三七ぺ）
枝川の氷来にけり　野末より　赤羽（8俳諧新選 一四三ぺ）
梅が香や乞食の家も　のぞかるる　其角（4続虚栗 〇七八三）
餅搗や月の兎に　覗かるる　柳居（8俳諧新選 一四四ぺ）
深き池氷のときに　覗きけり　俊似（6あら野 八〇四）
蛍籠大きな月が　覗きけり　茅舎（9川端茅舎 一六九九）
宿取りて山路の雪吹(ふぶき)　覗きけり　太祇（8俳諧新選 一四三ぺ）
人に倦み青鬼灯(ほほづき)を　覗くところ　躑躅（9同人第二句集 〇八六五）

鰒呵(しか)る女房に物な　のたまひそ　之房（8俳諧新選 一四〇ぺ）
春の海終日(ひねもす)のたり　のたりかな　蕪村（2蕪村句集 四六）
蕣(あさがほ)の香さへ恥づかし　後の朝　春梶（8俳諧新選 一五二ぺ）
み所のあれや野分の　後の菊　芭蕉（1真蹟自画賛 九二八）
春雨や火の燃え出づる　野路の塚　班霞（8俳諧新選 一〇三ぺ）
家こぼつ木立も寒し　後の月　其角（6炭俵 二五四七）
うかうかと屋根に左官や　後の月　貝錦（8俳諧新選 一三四ぺ）
かたびらに越の日数や　後の月　涼菟（5山中集 四一五）
唐人よ此の花過ぎて　のちの月　蕪村（2蕪村句集 二三九）
木曾の痩せもまだなほらぬに　後の月　芭蕉（1笈日記 四四〇）
山茶花の木の間見せけり　後の月　蕪村（2蕪村句集 二七七）
十月の今宵はしぐれ　後の月　蕪村（2蕪村句集 二七八）
踏出した豆もをかしや　後の月　麦翅（8俳諧新選 一五二ぺ）
水かれて池のひづみや　後の月　蕪村（2蕪村句集 二七六）
三井寺に緞子(どんす)の夜着や　後の月　蕪村（2蕪村遺稿 二八〇）
山の端に見とどけて寝ん　後の月　三枝（8俳諧新選 一三四ぺ）
女郎花(をみなへし)婆々に成りてや　後の月　帯雨（8俳諧新選 一三四ぺ）
折敷て御室に見ばや　後の月　嘯山（8俳諧新選 一三四ぺ）
行く春にかたる風情や　野路の蝶　蛾眉（8俳諧新選 一一二ぺ）
一銭の氷少なき　野茶屋かな　子規（10獺祭句帖抄 六二八ぺ）
枯れ果てて一段低き　野面かな　月居（4月並発句帳 二一〇三）
凩に吹き出だされたる　野寺かな　止角（8俳諧新選 一三八ぺ）

行く春もこころえがほの野寺かな　野水（6あら野 八四七）
肩付はいくよになりぬ長閑（のどか）也　冬文（6あら野 一〇八七）
虚無僧（こむそう）に忍びの供の長閑也　赤羽（8俳諧新選 一五三ぺ）
銭なくてたもとふたつも長閑なり　一瓢（5玉山人家集 一一四四）
秋風や唐紅の咽喉仏　漱石（9日記の中より 〇一六七）
春の灯（ひ）や女は持たぬのどぼとけ　草城（4花氷 二七〇六）
稲妻に大仏をがむ野中哉　荷兮（6あら野 一〇四一）
梅折りてあたり見廻す野中かな　一髪（6あら野 五一三）
どこまでも見とほす月の野中哉　長虹（6あら野 四一五）
山路来て夕がほみたるのなか哉　市柳（6あら野 六八二）
春雨や土の笑ひも野に余り　千代女（5千代尼句集 五一三）
我が宿のうぐひす聞かむ野に出でて　蕪村（2蕪村遺稿 一〇八九）
茶の花や庭にもあらず野にもあらず　子規（10獺祭句帖抄 六二一ぺ）
おもひかねその里たける野猫哉　己百（6続猿蓑 三〇四三）
菜の花や遊女わけ行く野の稲荷　闌更（5半化坊発句集 七五〇）
赤飯の湯気あたたかに野の小店　子規（10獺祭句帖抄 六四二ぺ）
山はへの字蕨はのの字のの字哉　小波（9さゞら波 〇三〇五）
ほととぎすどれからきかむ野の広き　柳風（6あら野 三九五）
神妙に梅見る人や野の往き来　光江（8俳諧新選 一〇二ぺ）
寒い程梅の白さや野の夕べ　鼓舌（8俳諧新選 一〇二ぺ）
夜長く灯下に手足伸ばすなり　碧梧桐（9ホ明38・9 〇一四七）
木瓜（ぼけ）薊（あざみ）旅して見たく野はなりぬ　山店（6猿蓑 一九六四）

蛙啼く方は杭（くひ）ある野原哉　泉明（8俳諧新選 一〇五ぺ）
広き程霞も広き野原哉　梅雪（7俳諧古選 一五六ぺ）
伴天連（バテレン）の墓をめぐりて野茨かな　寅彦（9寅彦全集 一一七六六）
若竹や影も障子にのびて行く　乙二（8俳諧新選 一四七ぺ）
筍のへんてつもなく伸びにけり　子規（10獺祭句帖抄 六三一ぺ）
昼顔にまかれて旅の野伏かな　道子（8俳諧新選 一二二ぺ）
かかる夜の月も見にけり野辺送り　去来（6猿蓑 一八五二）
火燵なき蒲団や足ののべ心　子規（10獺祭句帖抄 六〇五ぺ）
炎天に水無き山の登りかな　子規（9俳句稿巻二 〇〇〇六）
雨雲をさそふ嵐の幟かな　子規（10獺祭句帖抄 六〇七ぺ）
大風の俄かに起る幟かな　子規（10獺祭句帖抄 六一四ぺ）
二軒茶屋二軒立ちたる幟かな　麻兄（8俳諧新選 一一六ぺ）
矢車に朝風強き幟かな　鳴雪（9鳴雪俳句集 〇一六〇）
山おろし一二の銛（もり）の幟かな　蕪村（2蕪村遺稿 三四八）
山風を取り分けて聞く幟かな　鳥門（7俳諧古選 二一八ぺ）
ゆくゆくは出家さす子も幟かな　嘯山（8俳諧新選 一一六ぺ）
付いて来て犬も高きに登りけり　嘯山（8俳諧新選 一三三ぺ）
夕すずみあぶなき石にのぼりけり　野坡（6炭俵 二五二〇）
夕露の葉を見すまして上りけり　大夢（8俳諧新選 一二六ぺ）
若鮎の二手になりて上りけり　子規（10獺祭句帖抄 五九八ぺ）
鰤（ぶり）売りの娘も見たく上りけん　一扇（8俳諧新選 一四五ぺ）
魚肥たり七十二灘上り簗　子規（10獺祭句帖抄 六〇五ぺ）

日を負ひて　田螺（たにし）滑りに　上る也　大夢（8俳諧新選　一〇六ペ）
夜々に　かまけられたる　蚤蚊哉　一茶（3父の終焉日記　四二九ペ）
霜枯れの　佐倉見あぐる　野道かな　子規（10獺祭句帖抄　六二一ペ）
花にくれて　我が家遠き　野道哉　蕪村（2蕪村句集　一〇四五）
柳から　日のくれかかる　野路哉　蕪村（2蕪村遺稿　一四九六）
草の戸の　寝物語りに　蚤ちくと　青邨（9花宰相　一六〇一）
切られたる　夢は誠か　蚤の跡　其角（5五元集　二六五）
霧吹けり　朝のミルクを　飲みむせぶ　波郷（9鶴の眼　二六四一）
除夜の灯（ひ）の　どこも人住む　野山かな　水巴（4続水巴句帖　二四二六）
春たちて　まだ九日の　野山かな　芭蕉（1初蟬　三四二）
狐よぶ　女猫にくしや　のら心　かしく（7俳諧古選　二〇四ペ）
蕎麦もみて　けなりがらせよ　野良の萩　芭蕉（1続寒菊　七一四）
うぐひすや　梅踏みこぼす　糊盥　蕪村（2蕪村遺稿　二三五三）
ゆく水や　何にとどまる　海苔の味　其角（4花摘　〇八一九）
白魚や　黒き目を明く　法の網　芭蕉（1韻塞　七七九）
長閑（のどか）さや　簀（す）にはじかるる　海苔の音　大江丸（5俳懺悔　八六八）
鶯や　弓にとまりて　法の声　嵐雪（7俳諧古選　二〇〇ペ）
鶯や　われに教ゆる　法のこゑ　玉芝（8俳諧新選　二五一ペ）
霜降れば　霜を楯とす　法の城　虚子（11五百句　三四ペ）
衰ひや　歯に食ひあてし　海苔の砂　芭蕉（1をのが光　六八二）
其の玉や　羽黒にかへす　法の月　芭蕉（1真蹟懐紙　五二一）
麦刈りぬ　近道来ませ　法の杖　蕪村（2蕪村句集　二二五六）

海士の子や　夜は揃ふる　海苔の幅　路通（4柏原集　一〇〇九）
僧朝顔　幾死にかへる　法の松　芭蕉（1野ざらし紀行　一八四）
松風や　時ぅつりして　海苔の寄る　乙二（5斧の柄草稿　九五四）
風邪の神　或るいは風に　乗りわめく　青峰（9海光　二二四七）
あかつきの　やねに矢のたつ　野分哉　蕪村（2蕪村遺稿　二五二五）
浅川の　水も吹き散る　野分かな　太祇（5太祇句選　五五一）
あれあれて　末は海行く　野分かな　猿雖（6続猿蓑　三二八二）
一番に　鹿驚（かがし）をこかす　野分哉　許六（7俳諧古選　一七九ペ）
市人の　よべ問ひかはす　野分かな　蕪村（2蕪村句集　二二九六）
犬蓼の　うきにはもれぬ　野分哉　楼川（8俳諧新選　二三〇ペ）
狗の子の　内からおどす　野分かな　山外（8俳諧新選　二三一ペ）
おのづから　草のしなへを　野分哉　圃燕（6続猿蓑　三二八〇）
大原女の　馬飛ばせ行く　野分かな　花廬（8俳諧新選　二三〇ペ）
大原女の　居すくまりたる　野分哉　小波（9さざら波　〇二九九）
大いなる　ものが過ぎ行く　野分かな　虚子（11五百句　一〇〇ペ）
大岩が　沖へ押しゐる　野分かな　余子（9余子句抄　〇四三七）
重なつて　水の流るる　野分哉　麦翅（8俳諧新選　二三〇ペ）
川滝の　頻に落つる　野分哉　之房（8俳諧新選　二三〇ペ）
烏啼く　日も暮れかかる　野分かな　篔山（8俳諧新選　一四七ペ）
かり佗びた　宿に寝兼ぬる　野分哉　雅因（8俳諧新選　二三〇ペ）
客僧の　二階下り来る　野分哉　蕪村（2蕪村句集　二七二七）
草も木も　人の声ある　野分かな　羅人（4俳諧古選　二一七八）

鶏頭のまだいとけなき野分かな　子規（4 仰臥漫録 二一八一）
鴻(こう)の巣の網代にかかる野分哉　蕪村（2 蕪村遺稿 一九九）
主持ちのとく参りぬる野分哉　蘆鶴（8 俳諧新選 二三〇ペ）
杉の木のたわみ見て居る野分かな　子規（10 獺祭句帖抄 六〇〇ペ）
関の灯(ひ)をともせば消ゆる野分哉　蕪村（2 蕪村遺稿 二七二四）
船頭の棹とられたる野分哉　蕪村（2 蕪村遺稿 一九七）
唐黍(きび)のさわぎ立てたる野分かな　光甫（8 俳諧新選 二三〇ペ）
恙(つつが)なき帆柱寝せる野分かな　蕪村（2 蕪村遺稿 二五二七）
妻も子も寺で物くふ野分かな　蕪村（2 蕪村遺稿 二七二六）
鳥羽殿へ五六騎いそぐ野分哉　蕪村（2 蕪村句集 一九六）
鳶の羽の力見せ行く野分哉　玉志（8 俳諧新選 二三〇ペ）
中空を芭蕉葉飛べる野分かな　茅舎（9 華厳 一六九一）
鶏の空時つくる野分かな　虚子（11 五百句 一二ペ）
茫々と明けはなれたる野分かな　白芽（8 俳諧新選 二三二ペ）
灯も消えて煤のふる家の野分哉　大夢（8 俳諧新選 二三二ペ）
灯も消えて柱の多き野分哉　菜根（8 俳諧新選 二三〇ペ）
吹きとばす石はあさまの野分哉　芭蕉（1 更科紀行真蹟 四三八）
麓なる我が蕎麦存す野分哉　蕪村（2 蕪村句集 二一九五）
降り遂げぬ雨を誘へる野分哉　瓜流（8 俳諧新選 二三〇ペ）
塀こけて家あらはなる野分かな　子規（10 獺祭句帖抄 六五四ペ）
星空に藪また撓(たわ)む野分かな　村家（9 同人句集 〇七九六）
又しては滝を吹き切る野分かな　習先（8 俳諧新選 二三〇ペ）
先(まづ)ふたつ瓦ふくもの野分かな　蕪村（2 蕪村遺稿 二五二六）
三日月の光を散らす野分かな　成美（4 成美家集 二〇七六）
門前の老婆子(らうばす)薪貪る野分哉　蕪村（2 蕪村句集 一九八）
藪吹きて鳥ただよふのわきかな　紫水（8 俳諧新選 二三〇ペ）
山川に高浪も見し野分かな　石鼎（9 花影 〇七六七）
鑓持の振りまはさるる野分かな　琴風（4 陸奥鵆 一一二二）
行衛(ゆくへ)なき雲に組して野分哉　来山（7 俳諧古選 一七五ペ）
我が息を吹きとどめたる野分かな　虚子（12 五百五十句 二二一ペ）
猪もともに吹かるる野分かな　芭蕉（1 江鮭子 六二一）

は

古家にみな主つかん飛蟻(はあり)かな　宋屋（8 俳諧新選 一四九ペ）
今朝国土笑はせ初めぬ俳諧師　高政（5 おくれ双六 一一八）
通天やしぐれやどりの俳諧師　茅舎（9 ホ昭3・3 一六九〇）
蝶よ蝶よ唐土のはいかい(ばい)問はむ　芭蕉（1 真蹟画賛 二二三）
青梅に打ち鳴らす歯や貝のごと　蕪村（2 蕪村遺稿 一四〇二）
うぐひすのすり餌もおのが羽色哉　泰里（8 俳諧新選 一〇一ペ）
碪打ちて我にきかせよや坊が妻　芭蕉（1 野ざらし紀行 一八五）
芭蕉忌の燭の芯剪る坊が妻　虚子（14 七百五十句 一〇八ペ）
雞(にはとり)はしらず顔也放生会　十章（8 俳諧新選 二三五ペ）
朴散華而(しか)して逝きし茅舎(ばうしゃ)はも　虚子（14 七百五十句 一一四ペ）

取り葺きの内のあつさや　棒つかひ　乙州（6続猿蓑 三一六七）
天狗風のこらず蔦の　葉裏哉　蕪村（2蕪村遺稿 一七九一）
蓮池の田風にしらむ　葉裏哉　蕪村（2蕪村遺稿 一一三七）
万緑の中や吾子の歯　生え（はえ）初むる　草田男（9火の島 二五四二）
なまぐさし小なぎが上の　鮠（はえ）の腸（わた）　芭蕉（1笈日記 七九七）
すず風の通りて竹の　葉音哉　嘯雨（8俳諧新選 二二一ぺ）
雞（にはとり）の蚊にせせらるる　羽音かな　尺布（8俳諧新選 一一八ぺ）
花杏受胎告知の　翅音びび　茅舎（4定本茅舎句集 二六三八）
私語（ささめごと）頭巾にかづく　羽織哉　蕪村（2蕪村句集 一一八七）
春風にぬぎもさだめぬ　羽織哉　亀翁（6猿蓑 一九二一）
年の市誰を呼ぶらん　羽織どの　其角（6続猿蓑 三四一七）
道のべに阿波の遍路の　墓あはれ　虚子（9五百句 〇〇九四）
紙屑もぼたん皃（がは）ぞよ　葉がくれに　一茶（3おらが春 四四八ぺ）
蝮の鼾も合歓（ねぶ）の　葉陰哉　蕪村（2蕪村句集 一四一三）
よそからの谺（こだま）に煤を　掃かせけり　乙由（7俳諧古選 一九三ぺ）
人と蝶美しく又　はかなけれ　虚子（13六百五十句 一三九ぺ）
蛇（くちなは）の見返りもせぬ　袴かな　杜口（7俳諧古選 二一七ぺ）
家はみな杖にしら髪の　墓参り　芭蕉（1続猿蓑 八七八）
家族従者（ずさ）十人許り　墓参り　子規（10獺祭句帖抄 六三五ぺ）
嘗て手を握りし別れ　墓参り　虚子（14七百五十句 九八ぺ）
泉岳寺他人ぞ多き　墓参り　瓢水（8俳諧新選 一三五ぺ）
柴（ふし）漬けの悲しき小魚　ばかりかな　虚子（12五百五十句 三八ぺ）

道を切る船虫人を　はかりけり　余子（9余子句抄 〇四四九）
朧夜や女盗まん　はかりごと　子規（10獺祭句帖抄 六四二ぺ）
秋灯や談は天下の　はかりごと　瓢亭（9瓢亭句日記 〇一九四）
蟻地獄松風を聞く　ばかりなり　素十（9初鴉 一五二九）
茸狩り山浅くいくち　ばかりなり　子規（10獺祭句帖抄 六一七ぺ）
鐘楼のまはりは桜　ばかりなり　楽天（9承露盤 〇三二八）
橘のかをり顔見ぬ　ばかり也　荷兮（6あら野 九九八）
初松魚（かつを）聞きをよんだる　ばかりなり　知十（9鶯日 〇三五三）
一葉散る音かしましき　ばかり也　仙化（6あら野 七一二）
雛無しただ掃除せし　ばかりなり　虚子（13六百五十句 一七二ぺ）
ふるひ寄せて白魚崩れん　ばかりなり　漱石（9正岡子規へ 〇一八三）
蟷螂の怒りまろびて　掃かれけり　王城（9同人句集 〇九一七）
閻（えん）王（わう）の口や牡丹を　吐かんとす　蕪村（2蕪村句集 五四七）
柚子の玉味噌の火焔を　吐かんとす　子規（10獺祭句帖抄 六五七ぺ）
育てられ来りしものを　萩桔梗　虚子（13六百五十句 二一四ぺ）
秋風や静かに動く　萩芒　虚子（13六百五十句 一五八ぺ）
しをらしき名や小松吹く　萩薄　芭蕉（1真蹟懐紙 五四一）
蓑虫や足袋穿けば子も　はきたがり　水巴（9定本水巴句集 〇六〇三）
一つ家に遊女も寝たり　萩と月　芭蕉（1奥の細道 五三二）
年暮れぬ笠きて草鞋（わらぢ）　はきながら　芭蕉（1野ざらし紀行 二一〇）
出稽古にゆく夏足袋を　はきにけり　白水郎（9散木集 一〇八四）
禰宜（ねぎ）達の足袋だぶだぶと　はきにけり　鬼城（9鬼城句集 〇六三三）

掃初の　臼をめぐりて　掃きにけり　村家（9同人句集〇七九三）
竜骨車の　煤は回して　掃きにけり　春雄（7俳諧古選二一四ぺ）
波の間や　小貝にまじる　萩の塵　芭蕉（1奥の細道五六六）
此の頃は　ほぼ其の頃の　萩の月　虚子（12六百句二二八ぺ）
草刈よ　それが思ひか　萩の露　李由（6猿蓑一八二九）
淋しさを　こぼれて見せつ　萩の露　不角（7俳諧古選一八三ぺ）
旅人の　火を打ちこぼす　萩の露　蕪村（2蕪村遺稿二五六三）
縫ひにこす　薬袋や　萩の露　扇（6猿蓑二一六九）
師直(もろなほ)が　見とれし時や　萩の露　沾山（4園圃録一二六一）
鳴けや鹿　鳴かずば皮を　はぎの坊　宗祇（4犬筑波集〇〇〇一）
さをしかの　食ひこぼしけり　萩の花　一茶（3おらが春四六九ぺ）
鹿の子や　横にくはへし　萩の花　一茶（3おらが春四六七ぺ）
僧房を　借りて人住む　萩の花　子規（10獺祭句帖抄六五七ぺ）
それを売れ　茄子の蓋の　萩の花　左次（7俳諧古選一七〇ぺ）
ふまれても　なほうつくしや　萩の花　舟泉（6あら野七二九）
ぼたもちも　御好きなりしが　萩の花　金龍（8俳諧新選一五四ぺ）
見る人に　少しそよぎて　萩の花　虚子（13六百五十句二三四ぺ）
岡の家に　絵むしろ織るや　萩の花　蕪村（2蕪村遺稿二五六〇）
いづくにか　たふれ臥すとも　萩の原　曾良（6猿蓑一八三〇）
行き行きて　倒れ伏すとも　萩の原　曾良（4奥の細道〇八七二）
いちまいの　葉もいたまずに　萩もみぢ　夜半（9彩色一六三三）
夕風や　水青鷺の　脛(はぎ)をうつ　蕪村（2蕪村句集一一一八）

遣ふとも　なしや美人の　箔(はく)団(うちは)　嘯山（8俳諧新選一一九ぺ）
玉虫の　厨子により見る　薄暑かな　青々（9鳥の巣〇四八七）
藤の雨　漸(やうや)く上がり　薄暑かな　虚子（13六百五十句一四二ぺ）
窓の雪　つんでこそこそ　ばくち哉　一茶（3八番日記三五五ぺ）
才色の　才の明るき　白牡丹　不死男（9天狼昭47・1二二六六）
山蟻の　あからさま也　白牡丹　蕪村（2蕪村句集一五七〇）
霧しづしづ　とほりて山上　白夜なる　蝶衣（9蝶衣句稿〇五六三）
旅かなし　馬酔木(あしび)の雨に　はぐれ鹿　久女（9杉田久女句集〇九四九）
涼しさや　ほの三か月の　羽黒山　芭蕉（1奥の細道五一八）
其の種も　染めてこぼす歟(か)　葉雞頭　嘯山（8俳諧新選一三三ぺ）
釣鐘の　寄進につくや　葉鶏頭　子規（10獺祭句帖抄六五八ぺ）
雞(とり)の居る　足軽町や　葉雞頭　武然（8俳諧新選一三三ぺ）
栗はねて　大入道と　化けても見よ　露月（9露月句集〇二一一）
月暈(かさ)あり　雞頭の影　化けぬべく　露月（4新俳句二二七五）
世の中を　紙子羽織や　妖(は)けの皮　存義（8俳諧新選一四一ぺ）
鸛(こふ)の巣も　みらるる花の　葉越し哉　芭蕉（1続虚栗二八七）
あま酒の　地獄もちかし　箱根山　蕪村（2蕪村句集一〇六）
薄刈る　童に逢ひぬ　箱根山　子規（10獺祭句帖抄六五八ぺ）
涼しさや　裸でこゆる　箱根山　子規（10獺祭句帖抄六〇七ぺ）
みちのくの　けふ関越えん　箱の海老　杉風（6炭俵二三八八）
面白し　雨のごとくに　羽子の音　花蓑（9花蓑句集〇八六八）
月に日に　かざすも蟹は　鋏かな　野有（8俳諧新選二一九ぺ）

木枯や胡麻煎れば鍋　はじく音　東洋城（9東洋城全句中〇三九六）
さや豆の斯くも割なく　はじけけり　和旦（8俳諧新選一四八ペ）
芝栗を八つ焼きぬ八つ　はじけけり　碧雲居（9碧雲居句集一〇六五）
腰かけて中に涼しき　階子(はしご)哉　洒堂（6続猿蓑三一五四）
燕(つばくら)の門ちがへする　階子かな　露香（8俳諧新選一〇七ペ）
人の妻の菖蒲葺くとて　階子かな　子規（10獺祭句帖抄六二七ペ）
寒き夜や子の寝に上がる　階子段　龍雨（9龍雨句集一一五三）
釣船や帆ながら通る　橋涼み　常仙（4友あぐら二二四二）
胯(またぐら)を舟の往き来や　橋すずみ　春来（8俳諧新選一二ペ）
更衣(ころもがへ)いやしからざる　はした銭　蕪村（2蕪村句集五一八）
夜興引(よこひき)の袂わびしき　はした銭　蕪村（2蕪村遺稿二三三〇）
薬食隣の亭主　箸持参　蕪村（2蕪村句集三七九）
永き日や羽惜しむ鷹の　嘴使ひ　碧梧桐（4日本俳句鈔二二九八）
萩折りて名所の人の　箸にせん　烏暁（8俳諧新選一五一ペ）
夕霧や馬の覚えし　橋の穴　一茶（3おらが春四六八ペ）
遅き日や雉子の下り居る　橋の上　蕪村（2蕪村句集二三二二）
初雪やかけかかりたる　橋の上　芭蕉（1其便八二一）
蝙蝠(かうもり)や水へ遥かな　橋のうら　之房（8俳諧新選一五ペ）
春水や四条五条の　橋の下　蕪村（2蕪村句集二一九三）
昼皃や反椀(そりわん)洗ふ　橋の下　梅従（8俳諧新選二二ペ）
里人のわたり候ふか　はしの霜　宗因（6あら野九五二）
我が駒の沓あらためん　橋の霜　湖春（7俳諧古選一九七ペ）

よみ初や金ひらへりと　橋の札　百万（8俳諧新選一〇〇ペ）
陽炎やそば屋が前の　箸の山　一茶（3文政句帖三二七ペ）
時鳥裸で起きて　橋二つ　来山（7俳諧古選一六〇ペ）
蜜柑山晴れたり君よ　初島見ゆ　青峰（9土上昭12・1二二五九）
朝顔の二葉より又　はじまりし　虚子（14七百五十句三八ペ）
樹も草もしづかにて梅雨　はじまりぬ　草城（9旦暮二四五七）
囀りの斑雪の上に　はじまれり　林火（9潺潺集二七五二）
十六夜はわづかに闇の　初め哉　芭蕉（1続猿蓑七九九）
牛の行く道は枯野の　はじめかな　桃酔（6続猿蓑三三六〇）
元日は大晦日(おほつごもり)の　はじめかな　吟笑（7俳諧古選一五二ペ）
今朝の秋朝精進の　はじめ哉　蕪村（2蕪村遺稿一四四）
安く寝て枕いただく　はじめ哉　瓢水（8俳諧新選一〇〇ペ）
霧の中舟の掃除を　はじめけり　虚子（12六百句一七八ペ）
蟬の経衣を脱ぐと　はじめけり　古津（8俳諧新選一九ペ）
書初や五六枚目を　初めとし　白羽（4右紫一二八二）
女郎花(をみなへし)男郎花恋の　はじめなり　子規（10獺祭句帖抄六六〇ペ）
莟まずもさくや雛頭の　はじめより　赤羽（8俳諧新選一三三ペ）
松茸やかたちもなさぬ　始めより　駒門（8俳諧新選一三四ペ）
夕立や森を出て来る　馬車一つ　虚子（11五百句七六ペ）
桜へと見えてじんじん　端折(はしより)哉　一茶（3おらが春四三五ペ）
早蕨や笠とり山の　柱うり　正秀（6続猿蓑三〇三七）
ふんばるや野分にむかふ　はしら売り　九節（6続猿蓑三二八一）

高灯籠　ひるは物うき　柱かな　千那（6猿蓑一八二）
蛍火の　昼は消えつつ　柱かな　芭蕉（1奥の細道五〇八）
名月に　もたれて回る　柱　哉　野童（7俳諧古選一七九ぺ）
ほととぎす　新墾に火を　走らする　多佳子（9信濃二九七五）
初雪や　いつ大仏の　柱立て　芭蕉（1真蹟懐紙五九一）
時雨時雨　時雨と惟然　走りけり　小波（9ささら波〇三〇〇）
ちる尾花　動かぬ水を　走りけり　大夢（8俳諧新選二三二ぺ）
棚経や　これとても師は　走り月　寛留（8俳諧新選二二五ぺ）
今捨てた　水に氷の　はしるなり　大夢（8俳諧新選一四三ぺ）
きゆる時は　氷もきえて　はしる也　路通（6あら野九五五）
飛ぶいづみ　ここにも石に　走るなり　嘯山（8俳諧新選二二一ぺ）
梅もどき　鳥ゐさせじと　はし居かな　蕪村（2蕪村遺稿二一八四）
訪ひよりし　すまひうれしき　端居哉　蕪村（2蕪村遺稿二五四〇）
とべよ蚤　同じ事なら　蓮の上　一茶（3おらが春四四六ぺ）
乗り移る　人玉ならし　蓮の露　望一（4犬子集〇〇五七）
暁の　めをさまさせよ　はすの花　乙州（6炭俵二五二九）
直き世や　小銭程でも　蓮の花　一茶（3おらが春四四五ぺ）
人柄も　しるき家居や　蓮の花　它谷（8俳諧新選二二二ぺ）
仏印の　古きもたへや　蓮の花　蕪村（2蕪村遺稿一一三八）
はすの実の　ぬけつくしたる　蓮のみか　越人（6あら野七五一）
御門主の　女倶したる　蓮見かな　子規（10獺祭句帖抄六五〇ぺ）
吸殻の　うき葉にけぶる　蓮見哉　蕪村（2蕪村句集一二一八）
舳にしづむ　花をあなやと　蓮見舟　爽雨（9緑蔭一九〇三）
春雨の　とまれと降るや　初瀬の町　達三（7俳諧古選二一六ぺ）
五六十　海老つひやして　鯊一つ　之道（6続猿蓑三三一六）
頭巾着て　声こもりくの　泊瀬法師　蕪村（2蕪村句集二〇〇九）
耳目肺腸　ここに玉まく　芭蕉庵　蕪村（2蕪村句集二三九七）
暑き日に　棒突いて居る　芭蕉哉　嘯山（8俳諧新選一五八ぺ）
今更に　思ひ過ごしの　ばせを哉　雞賀（7俳諧古選一八四ぺ）
今に成りて　しぼまれもせぬ　ばせをかな　習先（8俳諧新選二二六ぺ）
うつり来る　影も紛れぬ　ばせを哉　杜支（8俳諧新選二二六ぺ）
垣越しに　引導覗く　ばせを哉　卜枝（6あら野一〇四二）
笠塚の　笠を根にして　芭蕉かな　子規（10獺祭句帖抄六〇一ぺ）
此の寺は　庭一盃の　ばせを哉　芭蕉（1誹諧曾我九七〇）
隅にあれど　先目のわたる　ばせを哉　竹房（8俳諧新選二二六ぺ）
染めかねて　我と引きさく　芭蕉かな　蓼太（8俳諧新選二二六ぺ）
そよと吹き　ばばざりと請くる　芭蕉哉　習先（8俳諧新選二二六ぺ）
隣から　ともしのうつる　ばせをかな　子規（10獺祭句帖抄六一〇ぺ）
はびこりて　風の苦になる　芭蕉哉　洞水（7俳諧古選一八二ぺ）
一葉出て　一葉ふり行く　ばせをかな　嘯山（8俳諧新選二二六ぺ）
ひろびろと　露曼陀羅の　芭蕉かな　茅舎（9川端茅舎句集一六九七）
船になり　帆になる風の　芭蕉かな　一晶（5我が庵一五一）
めきめきと　年をよせたる　芭蕉哉　枝芳（8俳諧新選二二六ぺ）
物書くに　葉うらにめづる　芭蕉哉　蕪村（2蕪村句集一七九九）

破れ尽くす貧乏寺の芭蕉かな　子規（10獺祭句帖抄 六三八ぺ）
海底に珊瑚花咲く鯊を釣る　虚子（13六百五十句 二一八ぺ）
須磨の浦や松に涼しき裸蜑　子規（10獺祭句帖抄 六一三ぺ）
秋の部に入りてなかばや裸むし　琴風（4其袋 二一一八）
かたびらや大方これで裸虫　季遊（8俳諧新選 二二二ぺ）
夜角力（ずまふ）の草にすだくや裸虫　蕪村（2蕪村遺稿 七八〇）
六月の人の事かや裸虫　来川（7俳諧古選 一七一ぺ）
乙訓（おとくに）の四方の藪なり畑打　夜半（9翠黛 一六三四）
日一日同じ処に畠打つ　子規（10獺祭句帖抄 六二四ぺ）
雉追ひて叱（しか）られて出る畠かな　太祇（8俳諧新選 一〇四ぺ）
咲きつ散りつひまなきけしの畠哉　傘下（6あら野 九九六）
若菜つむ跡は木を割る畑哉　越人（6あら野 五〇三）
しら菊や庭に余りて畠まで　蕪村（2蕪村遺稿 六一七）
一筋は花野にちかし畑道　烏栗（6続猿蓑 三二四八）
麦はえてよき隠家や畠村　芭蕉（1笈日記 三三二六）
鶯に終日（ひねもす）遠し畑の人　蕪村（2蕪村遺稿 二三四三）
灰蒔けば遊人（あそびて）ちりぬ畑の桃　李夫（8俳諧新選 一〇七ぺ）
しづかなる力満ちゆき螇蚸（はたはた）とぶ　楸邨（9山脈 二五八二）
有る中に師走の海士の膚（はだへ）かな　一漁（4享保二立志歳 一二二二五）
榾（ほた）の火の大旆のごとはためきぬ　虚子（12六百句 二三五ぺ）
鷦鷯（みそさざい）家はとぎるるはだれ雪　祐甫（6続猿蓑 三三九一）
蜂の巣や蜜にうるほふ八庄司　楼川（7俳諧古選 二一四ぺ）

白う咲きてきのふけふなき蓮かな　水巴（9定本水巴句集 一〇五八四）
手の中に水を切りとる蓮かな　凡阿（8俳諧新選 一二二ぺ）
吹きちりて水のうへゆく蓮かな　秀正（6あら野 六九六）
水底に昼のとどかぬ蓮かな　文江（7俳諧古選 二三〇ぺ）
朝寝する人のさはりや鉢鼓　文潤（6あら野 一〇五二）
一瓢のいんで寝よやれ鉢たたき　蕪村（2蕪村句集 三六四）
今少し年寄見たし鉢たたき　嵐雪（4となみ山 〇八二五）
馬程な子も一人あり鉢叩　卯雲（8俳諧新選 一五一ぺ）
おそろしやきぬぎぬの比鉢鼓　昌碧（6あら野 九九四）
狼を送りかへすか鉢たたき　沾圃（6続猿蓑 三四〇二）
片付かぬ姿なりけり鉢たたき　冬山（7俳諧古選 一九二ぺ）
傘（からかさ）を袈裟に背負ふや鉢叩　安里（8俳諧新選 一四四ぺ）
木のはしの坊主のはしや鉢たたき　蕪村（2蕪村句集 三六二）
声せぬは誰粥食はす鉢叩　法三（7俳諧古選 一九一ぺ）
子を寝せて出て行く闇やはちたたき　蕪村（2蕪村遺稿 三六三）
西念はもう寝た里を鉢たたき　蕪村（2蕪村句集 四七九）
島原のうらへも回れ鉢たたき　宋阿（7俳諧古選 二〇九ぺ）
墨染の夜のにしきや鉢たたき　蕪村（2蕪村遺稿 二四八一）
長嘯の墓もめぐるかはち敲　芭蕉（1いつを昔 五九三）
終（つひ）に夜を家路に帰る鉢たたき　蕪村（2蕪村遺稿 三六六）
納豆きる音しばしまて鉢叩　芭蕉（1韻塞 六六七）
鳴らし来て我が夜あはれめ鉢たたき　蕪村（2蕪村句集 五〇）

習はうと　思ふ夜もあり　はち叩　蓼太（8俳諧新選　一四四ぺ）
花に俵太　雪に君有り　鉢たたき　蕪村（2蕪村句集　一四八〇）
帚来せ　真似ても見せん　鉢叩　去来（7俳諧古選　二〇六ぺ）
一月は　我に米かせ　はちたたき　丈草（6猿蓑　一六九七）
ふくる夜に　幽玄体や　鉢たたき　嘯山（8俳諧新選　一四四ぺ）
瓢箪は　物にせぬ気や　鉢叩　子葉（7俳諧古選　一八八ぺ）
身を捨てよ　下駄はく雨の　鉢叩　氷花（7俳諧古選　一九一ぺ）
食時や　かならず下手の　鉢叩　路草（6続猿蓑　三三九九）
弥兵衛とは　聞けど哀れや　鉢たたき　素堂（7俳諧古選　一八七ぺ）
ゆふがほの　それは髑髏歟　鉢たたき　蕪村（2蕪村句集　八一六）
娵入の　門も過ぎけり　鉢たたき　許六（6続猿蓑　三四〇一）
夜寒の　千本通り　鉢敲　子規（10獺祭句帖抄　六一九ぺ）
洛中を　ひとりの声歟　鉢叩　泰里（8俳諧新選　一四四ぺ）
誰が事に　水に浸すぞ　蜂の剣　瓜流（8俳諧新選　一〇七ぺ）
鉢植の　椿落ちけり　鉢の中　子規（10獺祭句帖抄　六四五ぺ）
あたたかや　しきりにひかる　蜂の翅　万太郎（9流寓抄　一一〇九）
煤はきや　わすれて出づる　鉢ひらき　誾如（6続猿蓑　三四〇六）
雉子啼くや　草の武蔵の　八平氏　蕪村（2蕪村句集　一〇三〇）
泳ぎ女の　葛隠るまで　羞ぢらひぬ　不器男（4不器男句集　二六九九）
飴ん棒　横に咥へて　初袷　一茶（3享和句帖　三三八ぺ）
御家老の　短き袖や　初袷　之房（8俳諧新選　一一三ぺ）
たのもしや　てんつるてんの　初袷　一茶（3おらが春　四五九ぺ）
弥陀頼む　肩衣古し　初袷　五始（8俳諧新選　一一二ぺ）
あやに取る　木の間の月や　初嵐　太祇（8俳諧新選　一五七ぺ）
蚊柱の　吹きこかされつ　初嵐　一之（8俳諧新選　一二六ぺ）
そよそよや　藪の内より　初あらし　旦藁（6猿蓑　一八二四）
繕はぬ　垣の穴より　初嵐　寅彦（9寅彦全集六　一一七五）
てりながら　日のちる空や　初嵐　嘯山（8俳諧新選　一五九ぺ）
低きかたへ　水のあはづや　初あらし　沾徳（5五子稿　四三一）
定家に　手向けむ花や　はつか草　良保（5崑山集　六二）
卯の花の　満ちたり月は　廿日頃　月居（5続あけがらす　九六一）
垢爪や　薺の前も　はづかしき　一茶（3七番日記　三二四ぺ）
さし足も　月に目あらば　恥づかしや　山川（7俳諧古選　二〇六ぺ）
芝浦や　車の上に　はつ霞　超波（7俳諧古選　二二一ぺ）
銭銀の　寝かかる頃や　はつ霞　春来（7俳諧古選　二二一ぺ）
枇杷の葉の　なほ慥か也　初霞　斜嶺（6続猿蓑　三一〇五）
見返れば　跡隠れけり　初がすみ　嘯山（8俳諧新選　一六〇ぺ）
我が恋の　松島も嘸　はつ霞　西鶴（7俳諧古選　一四四ぺ）
江戸つ児は　江戸で生まれて　初鰹　子規（10獺祭句帖抄　六三〇ぺ）
籠の目や　潮こぼるる　はつ鰹　葉拾（6続猿蓑　三一八八）
鎌倉を　生きて出でけむ　初鰹　芭蕉（1葛の松原　七四九）
機嫌よき　父の顔見ん　初鰹　珪琳（8俳諧新選　一四六ぺ）
二の富は　郭へおちて　初がつを　沾洲（4職人尽前集　一二三七）
日本には　先つくり候ふ　初鰹　菜陽（8俳諧新選　一一五ぺ）

袴着ぬこころの友や　初鰹　宗瑞（8俳諧新選一四七ぺ）
春過ぎてかかる物あり　初鰹　宋阿（8俳諧新選一一五ぺ）
目には青葉山ほととぎす　初がつを　素堂（6あら野三九〇）
秋霜の威や今更に　はつかなる　麦水（4樗庵麦水集一八〇一）
更衣（ころもがへ）野路の人　はつかに白し　蕪村（2蕪村句集五一二）
月は十日花はつぼみや　初蛙　梓月（9冬鶯〇三六六）
ねばりひきでもあろかと田向こふの　初蛙　かな女（9胡笛〇七八六）
花をやどにはじめをはりや　はつかほど　芭蕉（1真蹟懐紙三六一）
いつはともあれ初鳥　初鳥　大江丸（4俳懺悔二〇五一）
雪山に猶ふる雪や　初鴉　露月（9芭蕉大14・2〇二五四）
波間より見えし小島や　はつくぢら　玖也（5桜川一〇〇）
君来ませ笹の蛍の　羽繕ひ　言水（7俳諧古選一六一ぺ）
蜂の巣やそと出る親の　羽繕ひ　志師（7俳諧古選二二〇ぺ）
芹焼きやすそわの田井の　初氷　芭蕉（1其便八二〇）
又水にもどるも早し　初氷　超雪（7俳諧古選二三二ぺ）
生きばやと又思ひけり　はつ暦　野有（8俳諧新選一〇〇ぺ）
天窓（あたま）から隙を明けけり　初ざくら　雲鼓（7俳諧古選二〇二ぺ）
逢坂のかたまる頃や　初ざくら　千那（7俳諧古選一四八ぺ）
顔に似ぬほつ句も出でよ　はつ桜　芭蕉（1続猿蓑八九〇）
くれ行くやあしたの人の　初ざくら　羅人（7俳諧古選二一四ぺ）
小僧来たり上野は谷中の　初桜　素堂（4江戸新道〇七六六）
咲き乱す桃の中より　初桜　芭蕉（1芳里袋九五〇）
旅人の鼻まだ寒し　初ざくら　蕪村（2蕪村句集二二四四）
寝時分に又みむ月か　初ざくら　其角（6続猿蓑二九六五）
人の気もかく窺はじ　はつ桜　沾徳（6続猿蓑二九七二）
見る所おもふところや　はつ桜　乙州（6続猿蓑二九七五）
行き行きて又山里や　はつざくら　菜根（8俳諧新選一〇六ぺ）
我が庭や木ぶり見直す　はつ桜　沾荷（6続猿蓑二九七七）
温石（をんじやく）のあかるる夜半や　はつ桜　露沾（6続猿蓑二九六四）
秋のあはれわすれんとすれば　初時雨　樗良（4樗良発句集一八三六）
一順の四句目ぶりなり　初時雨　宗因（4夢見草〇一五八）
一夜きて三井寺うたへ　初しぐれ　尚白（6あら野七七一）
芋食ひの腹へらしけり　初時雨　荊口（6炭俵二五九八）
かき鳴らす枇杷の葉寒し　初時雨　鍾山（8俳諧新選一三六ぺ）
片隅に二日の月や　初しぐれ　呑鳥（8俳諧新選一三六ぺ）
から崎やとまりあはせて　初しぐれ　随友（6あら野九一二）
桐の実のふかれふかれて　初しぐれ　希因（4暮柳発句集一二〇二）
鶏頭を伐るにものうし　初時雨　子規（10獺祭句帖抄六六二ぺ）
けふばかり人も年よれ　初時雨　芭蕉（1韻塞七六三）
この比（ごろ）の垣の結目や　はつ時雨　野坡（6続猿蓑三三二四）
新わらの屋根の雫や　初しぐれ　許六（5五老井発句集三八五）
石経（せききやう）の墨を添へけり　初しぐれ　丈草（5喪の名残三二五）
絶え絶えの雲しのびずよ　初しぐれ　蕪村（2蕪村遺稿二〇〇七）
旅人と我が名よばれん　初しぐれ　芭蕉（1笈の小文三二五）

鳶の羽も刷(かいつくろ)ひぬ　はつしぐれ　去来（6猿蓑 一九八）
ぼた餅の来べき空也　初時雨　一茶（3七番日記 三五二ぺ）
馬士(まご)うたへ海より盈(こぼ)す　初しぐれ　冨天（4熱田日記 一七一六）
みのむしの得たりかしこし　初しぐれ　蕪村（2蕪村句集 九五八）
やあしばらく蛼(こほろぎ)だまれ　初時雨　一茶（3七番日記 三五二ぺ）
路次口に油こぼすや　初しぐれ　子規（10獺祭句帖抄 六一一ぺ）
椀売りも出でよ芳野の　初時雨　空牙（6続猿蓑 三三三一）
苔清水馬の口籠を　はづしけり　子規（10獺祭句帖抄 六四八ぺ）
松の月枝に懸けたり　はづしたり　来山（7俳諧古選 一七五ぺ）
柝の入りてひきしまる灯(ひ)や　初芝居　秋桜子（9殉教 一四二三）
ぬき菜売り覗くや四百　八十寺(はっしんじ)　鳥酔（4鳥酔懐玉抄 一七二四）
街道をきちきちととぶ　螇蚸(ばった)かな　鬼城（9鬼城句集 〇六一三）
蓬萊に聞かばや伊勢の　初便　芭蕉（1炭俵 八二七）
粟稗と目出度くなりぬ　はつ月よ　半残（6猿蓑 一八四一）
黒雲から黒鮮やかに　初燕　草田男（9美田 二五三〇）
鈴虫松虫こんやも状袋を　張っておこう　禅寺洞（9禅寺洞句集 二二九〇）
むら千鳥そつと申せば　はつと立つ　一茶（3おらが春 四七三ぺ）
塗師の手を今はなれてや　初茄子　右丸（7俳諧古選 二一〇ぺ）
葉隠れに人まち顔や　初茄子　梅史（7俳諧古選 二二九ぺ）
めづらしや山をいで羽の　初茄子　芭蕉（1曾良書留 五二三）
鶯の案じすまして　初音哉　里英（7俳諧古選 二三〇ぺ）
鶯のいくつも捨てて　初音かな　廬元坊（5俳諧百一集 四六九）
鶯の枝ふみはづす　はつねかな　蕪村（2蕪村遺稿 四〇九）
鶯の麁相がましき　初音哉　蕪村（2蕪村句集 八四五）
うぐひすの氷柱落として　初音哉　龍眠（8俳諧新選 一〇一ぺ）
鶯の身をさかさまに　初音かな　其角（5初蟬 二五三）
鶯はやよ宗任(むねたふ)が　初音かな　蕪村（2蕪村遺稿 二四三七）
黄鸝(うぐひす)も三皇の御代を　初音かな　貞室（4正章千句 〇一〇八）
うぐひすを下手で請けとる　初音哉　野有（8俳諧新選 一〇一ぺ）
狐火のおどろき消ゆる　初音かな　冨天（4熱田日記 一七二五）
ほとばかりとぎすは聞かぬ　初音かな　光広（4甲子夜話 〇〇五三）
長月や父に語らぬ　初寝覚め　春澄（7俳諧古選 二〇九ぺ）
ひとり寝も能き宿とらん　初子(ねのび)日　去来（6猿蓑 一八九五）
江戸住みや二階の窓の　初のぼり　一茶（3八番日記 三三八ぺ）
うつかりと田植見て居る　筈はなし　青魚（8俳諧新選 一五三ぺ）
白粥の茶碗くまなし　初日影　丈草（4柿表紙 〇九九〇）
濡いろや大かはらけの　初日影　任行（6続猿蓑 三一〇七）
うめが香の筋に立ちよる　はつ日哉　支考（6炭俵 二三九九）
鮭の簀(す)の寒気をほどく　初日哉　左柳（6続猿蓑 三一〇三）
竹も起きて音吹きさかはす　初日かな　素園（8俳諧新選 一〇〇ぺ）
土蔵から筋違(すぢかひ)にさす　はつ日哉　一茶（3八番日記 三三三ぺ）
萍(うきくさ)の花や洞庭　八百里　嘯山（8俳諧新選 一一八ぺ）
機関車は裾も湯げむり　初詣　誓子（9激浪 一四六九）
神慮今鳩をたたしむ　初詣　虚子（9五百句 〇〇七一）

柳小折　片荷は涼し　初真瓜　芭蕉（1市の庵 八五七）
手始めも　昨日になりぬ　初　昔　蘭丈（8俳諧新選 一一一ぺ）
めづらしや　内で花見の　はつめじか　杉風（6炭俵 二四三三）
あやしさの　私　雨　や　はつもみぢ　嘯山（8俳諧新選 一三五ぺ）
蝌蚪（おたまじやくし）を　見る事親も　はづれたり　嘯山（8俳諧新選 一〇五ぺ）
蛬（きりぎりす）　やまめの枕　はづれたり　子曳（8俳諧新選 二二七ぺ）
ちらちらと　つもらで雪の　果てにけり　赤羽（8俳諧新選 一〇四ぺ）
飯　蛸　の　哀れやあれで　果てるげな　来山（7俳諧古選 一五〇ぺ）
むきむきに　蛙のいとこ　はとこ哉　一茶（3七番日記 三三二ぺ）
濃き色や　雨にも朽ちず　樗（あふち）　子雨（8俳諧新選 一二三ぺ）
日の前の　雲すわりけり　樗　鳳朗（5鳳朗発句集 一一六二）
雨に香の　よわらで哀れ　花　茨　五竹坊（4十二夜話 一七八〇）
愁ひつつ　岡にのぼれば　花いばら　蕪村（2蕪村句集 一一二九）
寂として　残る土階や　花　茨　虚子（11五百五句 二一五ぺ）
むつかしき　中に香もあり　花　茨　嵐雪（7俳諧古選 二〇〇ぺ）
山吹の　うの花の後や　花いばら　蕪村（2蕪村遺稿 二二五五）
野へ見せる　額は誰が宿　花五加木（うこぎ）　竿秋（8俳諧新選 一三五ぺ）
顔　や　葎（むぐら）の中の　花うつぎ　怒誰（6猿蓑 二一五二）
鼠　共　春の夜あれそ　花　靫（うつぼ）　半残（6猿蓑 一九八二）
地に近く　咲きて椿の　花おちず　蛇笏（9椿花集 〇六六一）
老梅の　穢（きたな）き迄に　花　多　し　虚子（14七百五十句 一三四ぺ）
花　花花花花花　花かな　秋風（5俳諧吐綬雞 一六一）

鎌倉が　遠くなりけり　花ぐもり　青邨（9粗餐 一五九九）
烏子の　だみたる声や　花曇り　成意（8俳諧新選 一一〇ぺ）
どむみりと　あふちや雨の　花曇り　芭蕉（1芭蕉翁行状記 八四五）
日和見る　習ひにもなし　花曇り　原水（7俳諧古選 一五八ぺ）
目にたつや　卯月八日の　花くらべ　一休（7俳諧古選 一九五ぺ）
めぐり来る　笠や踊りの　花　車　楮林（8俳諧新選 一二五ぺ）
筏　士　の　みのやあらしの　花　衣　蕪村（2蕪村句集 二三七七）
顔見せや　老　椀　久　が　花　衣　青々（9松苗 〇四七九）
きてもみよ　甚べが羽織　花ごろも　芭蕉（1貝おほひ 三八）
みのむしの　此奴は萩の　花　衣　青畝（9甲子園 一五二一）
己　刺　あること知りて　花さうび　虚子（13六百五十句 一四六ぺ）
うち山や　外様（とざま）しらずの　花盛り　芭蕉（1大和順礼 三五）
京へ出て　旅の休みや　花ざかり　太祇（8俳諧新選 一〇九ぺ）
観　音　で　雨に逢ひけり　花盛り　子規（10獺祭句帖抄 六二六ぺ）
兼　好　も　筵織りけり　花ざかり　嵐雪（6炭俵 二二一四）
小ざかしき　さまやつぎ木の　花盛り　羽幸（8俳諧新選 一一〇ぺ）
衣　が　へ　十日はやくば　花ざかり　野坡（6炭俵 二四七一）
嵯峨までは　見事あゆみぬ　花盛り　荷兮（6あら野 八九五）
さればこそ　暑さを綿の　花盛り　黒人（8俳諧新選 一四八ぺ）
四五日は　松も痩せたり　花ざかり　写北（8俳諧新選 一〇九ぺ）
太郎冠者（くわじや）　あるか酒もて　花ざかり　月草（9草上昭4・6 一〇〇一）
蒲公英（たんぽぽ）や　葉にはそぐはぬ　花ざかり　圃萡（6続猿蓑 三〇四〇）

一色(ひといろ)や　作らぬ菊の　はなざかり　暁鼯（6あら野七六二）
昼がほや　日はくもれども　花盛り　沾圃（6続猿三一三〇）
又平に　逢ふや御室の　花盛り　蕪村（2蕪村遺稿二六三三）
山吹や　あぶなき岸の　花盛り　為邦（4四時観一一七一）
山藤や　短き房の　花ざかり　子規（10獺祭句帖抄六四六ぺ）
雪にあふて　吉野得見ぬぞ　花盛り　貞室（7俳諧古選一九七ぺ）
吉野よく　見よとはくどし　花盛り　玖也（5夜錦九八）
一昨日は　あの山越えつ　花盛り　去来（5花摘二九〇）
箏よ　人の子なくば　花咲かん　一茶（3おらが春四四三ぺ）
妹が垣根　三味線草の　花咲きぬ　蕪村（2蕪村句集二〇九四）
水仙や　鵙(もず)の草ぐき　花咲きぬ　蕪村（2蕪村句集三三三）
春雨や　屋ねの小草に　花咲きぬ　嵐虎（6猿蓑一九四一）
ほととぎす　正月は梅の　花咲けり　芭蕉（1虚栗一六三）
秋の夜を　打ち崩したる　咄かな　芭蕉（1笈日記九〇〇）
月のさす　門と蚊屋との　噺かな　麻兄（8俳諧新選一一九ぺ）
牡蠣船に　もちこむわかれ　ばなしかな　万太郎（9流寓抄一一一四）
散る花の　間はむかし　ばなし哉　越人（6あら野一〇二〇）
もののふの　大根苦き　はなし哉　芭蕉（1真蹟懐紙八一六）
昼皃や　野川小牛を　放し飼　亀卜（8俳諧新選二二二ぺ）
小夜千鳥　末(ま)だ寝ぬ船の　咄声　抱一（5屠竜之技九九四）
月さびよ　明智が妻の　咄せん　芭蕉（1勧進牒五七八）
捕りて売る　人あればこそ　放し鳥　止角（8俳諧新選一三五ぺ）

いかに泣きし　産湯の我や　花菖蒲　水巴（9定本水巴句集〇五七六）
梅雨暗し　床の花瓶の　花白し　虚子（14七百五十句八五ぺ）
夜の蘭　香にかくれてや　花白し　蕪村（2蕪村句集一七八四）
江戸を出て　武蔵野広し　花薄　一之（8俳諧新選一三二ぺ）
君がても　まじる成るべし　はな薄　去来（6猿蓑一八二八）
少年に　愛す沼あり　花すすき　平之助（9五所亭句集一〇九五）
浪うって　よせ来る勢子や　花薄　不白（5不白翁句集八六四）
名月や　風さへ見えて　花薄　希因（7俳諧古選一八四ぺ）
槍立てて　通る人なし　花薄　子規（10獺祭句帖抄六〇二ぺ）
寝て起きて　幾日(いくか)に成りぬ　花千本　菜根（8俳諧新選一五二ぺ）
秋の空　きのふや鶴を　放ちたる　蕪村（2蕪村遺稿一八二二）
とくかすめ　とくとくかすめ　放ち鳥　一茶（3おらが春四五一ぺ）
チチポポと　鼓打たうよ　花月夜　たかし（9鷹一六六三）
鋸に　からきめみせて　花つばき　嵐雪（6炭俵二四二九）
み仏や　寝ておはしても　花と銭　一茶（3おらが春四三五ぺ）
白魚や　古人灯(ともし)を　花と見し　碧雲居（9碧雲居句集一〇六七）
桃折れば　皮むくれけり　花ながら　士髪（8俳諧新選一〇七ぺ）
女良花(をみなへし)　そも茎ながら　花ながら　蕪村（2蕪村句集一五二）
短夜や　かくも咲きゐし　花(はな)薺(なづな)　水巴（9定本水巴句集〇六〇一）
はつ雪や　物は足らぬが　花なれば　文江（8俳諧新選一三九ぺ）
酒の徳　何と云ふても　花にあり　任口（7俳諧古選一四九ぺ）
嵯峨へ帰る　人はいづこの　花に暮れし　蕪村（2蕪村句集二一一五）

あたら身を仏になすな　花に酒　一茶（3花見の記 三三三ぺ）
蝙蝠（かうもり）も出でよ浮世の　華に鳥　芭蕉（1西華集 九一二）
山吹や葉に花に葉に　花に葉に　太祇（4太祇句選 一八二三）
藤の実は俳諧にせん　花の跡　芭蕉（1藤の実 五七五）
鶯も笠着て出でよ　花の雨　利休（7俳諧古選 一九六ぺ）
友憎や翌（あす）と云ふたが　花の雨　みね（7俳諧古選 一五二ぺ）
ねぶらせて養ひたてよ　花のあめ　貞徳（4犬子集 〇〇四五）
八専の降りをな似せそ　花の雨　立圃（7俳諧古選 一四二ぺ）
風呂汲みも昼寝も一人　花の雨　久女（9杉田久女句集 〇九六〇）
雨の灯（ひ）や咽（むせ）んで幾夜　花の肬（いぼ）　竿秋（8俳諧新選 一五五ぺ）
萱草（くわんざう）は随分暑き　花の色　荷兮（6波留濃日 三三七）
しをるるは何かあんずの　花の色　貞徳（5犬子集 一五）
香の逐ひて寝つかぬ蝶や　花の上　太祇（8俳諧新選 〇八ぺ）
漕ぎ出せや円山寺を　花のうへ　淡々（8俳諧新選 一〇ぺ）
迚（とて）もならよきを参らせん　花の枝　玄昌（7俳諧古選 五六ぺ）
をるときになりて逃げけり　花の枝　鷗歩（6あら野 三七六）
見歩行（ありき）て本の座敷や　花の宴　随古（8俳諧新選 一〇ぺ）
斯う活きて居るも不思議ぞ　花の陰　一茶（3七番日記 三三三ぺ）
下々に産まれて嬉し　花の陰　珪琳（4絵具皿 一一四〇）
朝々暮々雲の夢見るや　花の陰　惟中（4俳諧三部抄 〇二二一）
冷汁に散りてもよしや　花の陰　胡及（6あら野 三七三）
なつちかし其の口たばへ　花の風　芭蕉（1続山井 二九）

木の下に杓子取る也　花の糧　春来（7俳諧古選 二二ぺ）
牛の子のはぐれてもどる　花野哉　捨石（8俳諧新選 二九ぺ）
草ばうばうからぬも荷（にな）ふ　花野哉　任口（6あら野 七三二）
黒い牛赤い牛居る　花野かな　露月（9露月句集 〇二二）
稽古矢を又失ひし　花野哉　雪蕉（8俳諧新選 二九ぺ）
霜枯れに咲くは辛気の　花野哉　芭蕉（1続山井 二一）
そこもよし又爰もよき　花野哉　志昔（8俳諧新選 二九ぺ）
人足らぬ畠の末の　花野かな　赤羽（8俳諧新選 二九ぺ）
振袖を又折り返す　花野かな　止角（8俳諧新選 二九ぺ）
蓬髪の人過ぎゆきし　花野かな　石鼎（9花影 〇七六二）
又雉の鳴きもしさうな　花野哉　車児（8俳諧新選 二九ぺ）
松明（まつ）消えて海少し見ゆる　花野かな　蕪村（2蕪村遺稿 一七四三）
松葉掻く人かすかなる　花野かな　信徳（5花見弁慶 一六九）
乱れあうて咲きもおくれぬ　花野哉　午炊（8俳諧新選 二九ぺ）
山伏の火をきりこぼす　花野かな　野坡（5野坡吟草 三六三）
鑓持のかたげて走る　花野哉　団水（5京の水 二三七）
横乗りは牛の事なる　花野哉　貫友（8俳諧新選 二九ぺ）
草むらや百合は中々　はなの白（かほ）　半残（6猿蓑 一七七三）
寝たる萩や容顔無礼（ようがんぶれい）　花の顔　芭蕉（1続山井 一七）
ひるがほや雨降りたらぬ　花の白　智月（6炭俵 二五二七）
天地の外より行くや　はなの雲　大施（8俳諧新選 一四七ぺ）
おもしろや理屈はなしに　花の雲　越人（6あら野 三八二）

必ずよ跡（あと）見そはか　花の雲　一茶（3浅黄空　三三三ぺ）
草の戸の草もゆかしや　花の雲　了超（7俳諧古選　一九七ぺ）
観音のいらかみやりつ　花の雲　芭蕉（1木若葉　二六二）
鶴の毛の黒き衣や　花の雲　芭蕉（1句選拾遺　七八二）
蝶鳥のうはつきたつや　花の雲　芭蕉（1やどりの松　九五四）
蛇之すけがうらみの鐘や　花の暮　常矩（5蛇之助五百韻　一二六）
孑孑（ぼうふら）の振るや金魚の　鼻の先　湖十（7俳諧古選　二二二ぺ）
行くとしや我が目に僅　鼻の先　青蛾（4たつのうら　一二六六）
蕣（あさがほ）や世につながれて　花の咲く　超波（7俳諧古選　二二一ぺ）
露涼し夜と別るる　花のさま　露月（4露月句集　二二七六）
さる人の忍び姿や　花の下　左釣（8俳諧新選　一五九ぺ）
不自由なる手で候ふよ　花の下　太祇（8俳諧新選　一五七ぺ）
ながれ木の根やあらはるる　花の滝　如雪（6続猿蓑　二九八三）
見あげしがふもとに成りぬ　花の滝　俊似（6あら野　三七〇）
李白いかに樽次（たるつぐ）はなにと　花の滝　素堂（5江戸広小路　二四三）
そのつるや西瓜上戸の　花の種　沾圃（6続猿蓑　三三〇七）
撫子や照るも曇るも　花の為　希因（8俳諧新選　一五一ぺ）
としどしや桜をこやす　花のちり　芭蕉（1蕉翁句集　六七七）
かづく玉か房ざきに置く　花の露　玄札（4伊勢踊　〇一三二）
道ほそし相撲とり草の　花の露　芭蕉（1笈日記　八七六）
蕣や其の日其の日の　花の出来　杉風（7俳諧古選　一八三ぺ）
空襲の灯（ひ）を消しおくれ　花の寺　久女（9杉田久女句集　〇九四四）
つりがねを扇で鼓く　花の寺　冬松（6あら野　一〇一八）
あらけなや風車売る　花のとき　薄芝（6あら野　三七九）
兄弟のいろはあげけり　花のとき　鼠弾（6あら野　三七一）
連れだつや従弟はをかし　花の時　荷兮（6あら野　三七七）
ほつ立てろ今や枳殻（きこく）の　花の時　春来（8俳諧新選　一五三ぺ）
夕皃や蔓の自由も　花の時　杜陵（7俳諧古選　二二七ぺ）
角いれし人をかしらや　花の友　丈草（6続猿蓑　二九六八）
常斎（とき）にはづれてけふは　花の鳥　千那（6猿蓑　一九七六）
柿の袈裟ゆすり直すや　花の中　北枝（6炭俵　二四四〇）
啄木（きつつき）や枯木をさがす　花の中　丈草（7俳諧古選　一四七ぺ）
ひい様の花見車や　花の中　臨風（9帝国明29・8　〇三二一）
下野や奥底もなき　花の形（なり）　宋阿（8俳諧新選　一四九ぺ）
夕皃や名を落としたる　花の形　去来（7俳諧古選　二〇六ぺ）
西行の庵もあらん　花の庭　芭蕉（1泊船集　九五二）
大峰やよしのの奥の　花の果て　曾良（6猿蓑　一九八四）
一つ家の居心問はん　花野原　天露（8俳諧新選　一二九ぺ）
おろ覚えもしや植ゑしと　花の春　芳室（7俳諧古選　一五〇ぺ）
懐紙なら身や二の折の　花の春　玖也（5桜川　九七）
傾城の名には未（まだ）なし　花の春　布門（8俳諧新選　一〇〇ぺ）
褻（け）形（なり）では逢はじ云ふても　花の春　去来（7俳諧古選　一四六ぺ）
薦を着て誰人ゐます　花のはる　芭蕉（1其袋　五九八）
背たらおふ物を見せばや　花の春　野童（6続猿蓑　三一〇一）

たれ人の　手がらもからじ　花の春　古梵（6あら野　四五九）
寝て居よか　起きて居ようか　花の春　西吟（5柏崎　二三〇）
はれやかに　置床なほす　花の春　一鷺（6続猿蓑　二九八五）
二日にも　ぬかりはせじな　花の春　芭蕉（1笈の小文　三四一）
古頭巾　烏帽子に捻ぢん　花の春　春来（8俳諧新選　一〇〇ぺ）
酒の燗　あたため返し　花の冷　知十（9鶯日　〇三五一）
梅若の　縁起をとくや　花の紐　蝶々子（4幕紫集　〇一四五）
魔事なくて　納経すみし　花の昼　三幹竹（9三幹竹句集　〇五四八）
世を渡る　人はそちらへ　花の道　隆志（7俳諧古選　二一三ぺ）
寒からぬ　露や牡丹の　花の蜜　芭蕉（1別座鋪　八三九）
寝入りなば　もの引きさせよ　花の下　野水（6あら野　八四六）
行くとなき　足の運びや　花の下　太祇（8俳諧新選　一〇九ぺ）
連歌師か　ふすは何人　花の本　卜養（4犬子集　〇一四三）
己が火を　木々の蛍や　花の宿　芭蕉（1をのが光　六二八）
下々の下の　客といはれん　花の宿　越人（6あら野　三六八）
出代はるな　可愛がらるる　花の宿　嘯山（8俳諧新選　一五六ぺ）
うぐひすの　たまたま鳴くや　花の山　蕪村（2蕪村句集　二一〇三）
死にさうな　人ひとりなし　花の山　祇徳（7俳諧古選　二二二ぺ）
ちか道や　木の股くぐる　花の山　洞木（6続猿蓑　二九六七）
慰みに　うき世捨てばや　花の山　風律（4続あけがらす　一七一八）
肌のよき　石にねむらん　花の山　路通（4いつを昔　一〇一七）
独り来て　友選びけり　花のやま　冬松（6あら野　三八四）

風に手を　当てた甲斐なし　花の雪　水翁（8俳諧新選　一五七ぺ）
先（まづ）しるや　宜竹（ぎちく）が竹に　花の雪　芭蕉（1江戸広小路　七一）
交番や　ここにも一人　花の酔ひ　子規（10獺祭句帖抄　六四五ぺ）
初雪の　見事や馬の　鼻ばしら　利牛（6炭俵　二六一二）
紫陽花（あぢさゐ）の　色に咲きたる　花火かな　淡路女（9梶の葉　〇九七七）
雨来らむとして　頻に揚がる　花火哉　紅葉（9紅葉句帳　〇二六七）
あらぬ方に　両国を見し　花火かな　麦人（9草笛　〇三三七）
散りはてて　跡なきものは　花火哉　桂夕（6あら野　八八三）
ばつたりと　跡の淋しき　花火かな　可幸（8俳諧新選　一五一ぺ）
古狸　工夫して見ん　花火かな　其丸（8俳諧新選　一二八ぺ）
星一つ　残して落つる　花火かな　抱一（5屠竜之技　九九二）
奈良道や　当帰（たうき）畠の　花一木　蕪村（2蕪村句集　二一四六）
秋風や　蓮をちからに　花一つ　作者不明（6猿蓑　一八〇四）
枯れ尽くす　葵の末や　花一つ　子規（10獺祭句帖抄　六五〇ぺ）
穭田（ひつぢだ）や　痩せて慈姑（くわゐ）の　花一つ　子規（10獺祭句帖抄　六一五ぺ）
夕顔や　たしかに白き　花一つ　蒼虬（4訂正蒼虬句集　二一五四）
罔人（めしうど）も　髪月代（さかやき）や　花一日　嘯山（8俳諧新選　一五六ぺ）
暗く暑く　大群集と　花火待つ　三鬼（9変身　二三五三）
酒浴びて　帰る山路や　花吹雪（ふぶき）　士髪（8俳諧新選　一〇九ぺ）
鵯（ひよどり）や　昼の朝顔　花細し　子規（10獺祭句帖抄　六一六ぺ）
黙笑先生　あらず枕上　花舞へり　亜浪（9定本亜浪句集　一〇四八）
遊びやう　互ひにかはる　花見かな　雅因（8俳諧新選　一〇九ぺ）

虻(あぶ)も来て何やらうたふ　花見哉　杏村(7 俳諧古選 二三〇ぺ)
一僕とぼくぼくありく　花見哉　季吟(5 山の井 四八)
牛誉めて吸ひ付いて行く　花見哉　百丸(8 俳諧新選 一四八ぺ)
老ぼれの捨てられもせで　花見哉　沙月(8 俳諧新選 一五九ぺ)
同じ事とは思はれぬ　花見かな　季遊(8 俳諧新選 一一〇ぺ)
骸骨の上を粧ひて　花見かな　鬼貫(5 仏兄七久留万 二二三)
昨日逢ふた人に又あふ　花見かな　稲音(8 俳諧新選 一〇九ぺ)
京は九万九千くんじゆの　花見哉　芭蕉(1 詞林金玉集 四)
切飯に他人交ぜずの　花見かな　嘯山(8 俳諧新選 一一〇ぺ)
傾城はのちの世かけて　花見かな　蕪村(2 蕪村句集 二一〇六)
こんな形(なり)にあんな形(なり)ある　花見哉　沙龍(8 俳諧新選 一〇九ぺ)
酒のみは幾人前も　花見かな　赤羽(7 俳諧古選 二二〇ぺ)
春慶の膳据ゑ渡す　花見かな　許六(4 韻塞 一〇四八)
知る人にあはじあはじと　花見かな　去来(6 猿蓑 一九八〇)
だかれてもをのこごいきる　花見哉　斜嶺(6 炭俵 二四三九)
たましひを盗まれにゆく　花見哉　常矩(5 真蹟短冊 一二七)
出かけには一樹にきそふ　花見哉　太祇(8 俳諧新選 一〇九ぺ)
中下もそれ相応の　花見かな　素龍(6 炭俵 二四三五)
なじみある榎も撫でて　花見かな　千仭(8 俳諧新選 一一〇ぺ)
名をしらで知つた皃(かほ)ある　花見かな　沙月(8 俳諧新選 一一〇ぺ)
疱瘡の跡まだ見ゆる　はな見哉　傘下(6 あら野 三七八)
春の夜の長きは翌(あす)の　花見哉　立外(7 俳諧古選 一四四ぺ)
人の妻小者で見しる　花見かな　琴風(4 陸奥鵆 一一二一)
不器量な娘わりなき　花見哉　凹玉(8 俳諧新選 一四七ぺ)
祭りまであそぶ日なくて　花見哉　野坡(6 炭俵 二四五一)
山里に食ものしふる　花見かな　尚白(6 あら野 三六四)
酔ひ狂ひなきを牡丹の　花見かな　赤羽(8 俳諧新選 一一三ぺ)
老僧も袈裟かづきたる　花見哉　之道(6 炭俵 二四四五)
留守勝の妻をもてなす　花見哉　春来(8 俳諧新選 一一〇ぺ)
非蔵人(くらうど)や御階(みはし)に出でて　花見顔　鼓舌(8 俳諧新選 一一〇ぺ)
二三文銭もけしきや　花御堂　一茶(3 文政句帖 三三八ぺ)
雪山はうしろに聳ゆ　花御堂　露月(9 露月句集 〇二二五)
寝る外に分別はなし　花木槿(むくげ)　一茶(3 文化句帖 三四九ぺ)
一握の砂を蒼海に　はなむけす　禅寺洞(9 禅寺洞句集 二二八三)
うき草を吹きあつめてや　花むしろ　蕪村(2 蕪村句集 一〇六二)
よしの山又ちる方に　花めぐり　去来(7 俳諧古選 一四六ぺ)
盗み得て来る間匂はぬ　花もがな　慶我(7 俳諧古選 一四四ぺ)
春風に吹き出し笑ふ　花もがな　芭蕉(1 続山井 二八)
彼岸とて慈悲に折らする　花もがな　重頼(4 犬子集 〇〇九六)
おく山は山鳩鳴きて　花もしづけき　涼袋(5 綾太理家の集 七三三)
子に飽くと申す人には　花もなし　芭蕉(1 類柑子 九一六)
翠黛の時雨いよいよ　はなやかに　素十(9 雪片 一五四二)
だまり雀又来しか　花八ツ手降る　素琴(9 山萩 一〇〇八)
眠たさの春は御室の　花よりぞ　蕪村(2 蕪村句集 二〇六三)

楓林に落とせし鬼の歯なるべし　虚子（14七百五十句一一九ぺ）
鶯や柏峠をはなれかね　蕪村（2蕪村遺稿二三二九）
浦風やむらがる蠅のはなれぎは　岱水（6炭俵二四九六）
霜や置きしけさのふとんの離れ際　亀石（8俳諧新選一三九ぺ）
出代やけさの枕のはなれ際　梅松（8俳諧新選一四八ぺ）
元日の枕安らかにはなれけり　青峰（9青峰集二二四八）
昼皃は恋も無常も離れけり　我吉（7俳諧古選一六三ぺ）
秋の空尾上の杉に離れたり　其角（6炭俵二六四四）
枯柳ひたりし水をはなれたり　鷺喬（8俳諧新選一三七ぺ）
水仙や古鏡の如く花をかかぐ　たかし（4たかし全集二六五一）
みじか夜や浅井に柿の花を汲む　蕪村（2蕪村遺稿一三八〇）
冬ごもりわづかに石蕗（つは）の花を見る　大江丸（4俳懺悔二〇六一）
己が羽の抜けしを啣へ羽抜鳥　虚子（12五百五十句五一ぺ）
五月雨や鶏とまるはね作り　釣雪（6あら野八七四）
あけぼのや鶯とまるはね釣瓶（つるべ）　一桐（6あら野五一九）
合歓（ねむ）咲くや河水を汲む桔槹（はねつるべ）　碧梧桐（9三千里〇一二八）
かんばせに蘆辺をどりのはねの雨　夜半（9翠黛一六三七）
米かせば寒し雀の羽の音　せん（7俳諧古選一九二ぺ）
鳥の気も休む朝寝や葉の茂り　廬元坊（8俳諧新選一五八ぺ）
先（まづ）木曾の舎（やど）り心ぞ葉の茂り　以哉坊（8俳諧新選一五八ぺ）
月影にうごく夏木や葉の光　可南（6炭俵二五一四）
柿くふや道灌山の婆が茶屋　子規（10獺祭句帖抄六五七ぺ）

庭はきて雪を忘るる箒哉　芭蕉（1真蹟自画賛七六八）
かたつぶり酒の肴に這はせけり　其角（4いつを昔〇七八七）
朝顔の花より小さき母なりし　碧雲居（9碧雲居句集一〇六二）
酒あたためて兄やと呼ぶや母の声　嘯山（8俳諧新選一三三ぺ）
一よさの若葉の伸びの母の許　汀女（9昭40俳句年鑑一九三〇）
高灯籠惣検校の母の宿　蕪村（2蕪村遺稿一八二九）
幾秋か慰めかねつ母ひとり　来山（4生駒堂〇二三二）
蓑虫の父よと鳴きて母もなし　虚子（11五百句一五ぺ）
野を焼いて帰れば灯下母やさし　虚子（9五百句〇〇八四）
小野炭や手習ふ人の灰ぜせり　芭蕉（1向之岡一二〇）
炭斗や一夏のままの蠅たたき　梓月（9冬扇〇三六四）
而（しか）して又でてむしの這ひにけり　雋朙（8俳諧新選一一五ぺ）
舞仕まふ猿時宜しけり這ひにけり　孤桐（8俳諧新選一〇〇ぺ）
簾して涼しや宿のはひりくち　荷兮（6あら野六八九）
眠らんとす汝静かに蠅を打て　子規（4俳句稿巻一二二〇六）
鶯に橘見する羽ぶきかな　土芳（6続猿蓑三〇九七）
銀杏散るまつただ中に法科あり　青邨（9露団々一五九四）
稲刈るは父こぐは母這ふは子よ　子規（10獺祭句帖抄六五九ぺ）
客あるじ共に蓮の蠅おはん　良品（6続猿蓑三一三六）
白梅やされば其の事蠅嫌ひ　波光（7俳諧古選二一五ぺ）
去年（こぞ）残し置きたるここの蠅叩　虚子（14七百五十句六九ぺ）
さみだれや叩かれもせぬ蠅の様　大夢（8俳諧新選一一七ぺ）

すきあげて鬢（びん）紙のごとし蠅ひびく　茅舎（9川端茅舎 二六八六）
音もなくここは蚊もなく蠅もなし　春来（8俳諧新選 二五三ぺ）
麦藁のあと踏み消すや浜嵐　歳人（7俳諧古選 二六一ぺ）
狼の笛の音悲し浜千鳥　史邦（6猿蓑 一六六二）
さびしさやすまにかちたる浜の秋　芭蕉（1奥の細道 五六五）
船足も休む時あり浜の桃　芭蕉（1船庫集 二四〇）
秋風や干（ひ）魚（うを）かけたる浜庇　蕪村（2蕪村句集 四一八）
柊（ひらぎ）さす果てしや外の浜びさし　蕪村（2蕪村遺稿 一九七三）
難船の物干す秋の浜日和　鳴雪（4鳴雪俳句鈔 二二二五）
網あけて鰯ちらばる浜辺かな　子規（10獺祭句帖抄 六三六ぺ）
谷雲にそれてながるる破魔矢かな　蛇笏（9山廬集 〇六五七）
春風にこぼれて赤し歯磨粉　子規（10獺祭句帖抄 六四三ぺ）
多喜二忌や糸きりきりとハムの腕　不死男（9万座 二二六九）
耕しの彼を見たりし早あらず　虚子（13八百五十句 一三八ぺ）
はつ袷にくまれ盛りにはやくなれ　一茶（3七番日記 三三七ぺ）
流れ行く大根の葉の早さかな　虚子（9五百句 〇〇八一）
暖かな園を蜜柑の林　嘯山（8俳諧新選 二三三ぺ）
薄曇りけだかくはなの林かな　信徳（6あら野 三六一）
海はれて春雨けぶる林かな　白雄（5白雄句集 八三五）
蟬の音に薄雲かかる林かな　巣兆（5曽波可理 九八六）
めいげつはありきもたらぬ林かな　釣雪（6あら野 四二八）
諸ともに蚊の啼く鶴の林哉　分川（7俳諧古選 二一七ぺ）

鉾処々にゆふ風そよぐ囃子かな　太祇（4太祇句選後篇 一八二〇）
名月に屋敷どなりの囃子かな　浪化（5浪化発句集 三九二）
はづかしき朝寝の薺（なづな）はやしけり　淡路女（9梶の葉 〇九八三）
七草や傾城買ひのはやし様　巻中（8俳諧新選 一四八ぺ）
冬に生まればつた遅すぎる早すぎる　三鬼（9変身 二三六一）
首立てて鵜のむれのぼる早瀬哉　浪化（5浪化発句集 三九一）
声かけて鵜縄をさばく早瀬かな　涼菟（4皮籠摺 一一一四）
逆（さか）のぼる鮭に月飛ぶはやせかな　五明（5五明句藻 八八三）
すずしさや鷺も流るる早瀬川　春魚（8俳諧新選 二二一ぺ）
滝とどろとどろと桂はや散るか　亜浪（9定本亜浪句集 一〇四〇）
淋しさに扇かりけり早泊り　素檗（5素檗句集 九七九）
鶴の子の千代も一日はやへりぬ　一茶（3株番 三六二ぺ）
水鶏（くひな）啼いて星うく草のはやまかな　長翠（5戸谷本長翠 九三九）
つけかへておくるる雪舟（そり）のはや緒哉　含咕（6あら野 八一二）
賤が家も軒に切籠（きりこ）やはら鼓　東舟（8俳諧新選 一二六ぺ）
煎りつけて砂路あつし原の馬　史邦（6続猿蓑 三四七七）
おく露もさはらぬ刺や茨の花　龍眠（8俳諧新選 二三三ぺ）
嫌はるる物とはしらじ茨の花　呂誰（8俳諧新選 二三三ぺ）
道のべの低きにほひや茨の花　召波（5春泥句集 八一〇）
人ゆくは道筋なる歟（か）原の雪　蘿菱（8俳諧新選 一四三ぺ）
天井の天女の煤を払ひけり　鳴雪（9鳴雪俳句集 〇一五六）
五月雨も仕廻のはらりはらりかな　一茶（3おらが春 四四一ぺ）

草鞋(わらぢ)薄し枯野の小道　茨を踏む　子規(10獺祭句帖抄 六六四ペ)
秋の夜や旅の男の　針仕事　一茶(3寛政句帖 三四四ペ)
春の夜や側で見て居る　針仕事　三允(9中野三允句集 〇三三四)
苗代や水を離るる　針の尖　子規(9俳句稿巻二 〇〇三六)
雪の日や四角よごれし　はり枕　諸九(8俳諧新選 一四三ペ)
木より木に通へる風の　春浅き　亜浪(9定本亜浪句集 一〇三二)
見限るな桜も人も　春嵐　雅因(7俳諧古選 二二八ペ)
野狐ほどもなし我が身がさ　春逢はん　かな女(9川の灯 〇七八七)
蟇鳴いて唐招提寺　春いづこ　秋桜子(9葛飾 一四四五)
茶鳴子のやたらに鳴るや　春がすみ　一茶(3句稿消息 三二九ペ)
誰が妻とならむとすらむ　春着の子　草城(9銀 二四六三)
一日も捨つる日はなく　春くれぬ　貝錦(8俳諧新選 一二二ペ)
鶯の蒟蒻(こんにゃく)のとて　春くれぬ　卯雲(8俳諧新選 四九ペ)
飼鳥の子も持たずして　春暮れぬ　赤羽(8俳諧新選 一二二ペ)
蝶の羽の厚うもならで　春暮れぬ　沾津(7俳諧古選 五三ペ)
寝仏を刻み仕舞へば　春くれぬ　蕪村(2蕪村遺稿 四六七)
物見車引くの山のと　春くれぬ　嘯山(8俳諧新選 一二二ペ)
又一つ病身に添ふ　春寒し　たかし(9野守 一六六九)
柴の戸を明けて春なら　春じやまで　萊入(7俳諧古選 五八ペ)
山かげや菜の花咲きぬ　春過ぎぬ　大魯(4蘆陰句選 八三五)
蝶鳥も雨にへだてて　春ぞ行く　大夢(8俳諧新選 一二二ペ)
日輪とわれの間の　春田かな　みどり女(9雪嶺 〇九七三)
万歳を仕舞うてうてる　春田哉　昌碧(6あら野 五六八)
みちのくの伊達の郡(こほり)の　春田かな　風生(9草の花 一五八九)
門々の下駄の泥より　春立ちぬ　一茶(3七番日記 三三三ペ)
雷木(すりこぎ)の減りつつも亦　春ちかし　宋屋(4瓢簞集 一六九五)
惜しめども寝たら起きたら　春であろ　鬼貫(4仏兄七久留万 〇二六九)
我のみ歟(か)来るとて元の　春ならず　心祇(8俳諧新選 一四六ペ)
白粥に梅干おとす　春のあさ　月草(9わが住む里 〇九九九)
穴蔵の中で物いふ　春の雨　一茶(3七番日記 三二六ペ)
淡島へはだし参りや　春の雨　蕪村(2蕪村遺稿 二三三〇)
池と川とひとつになりぬ　春の雨　蕪村(2蕪村遺稿 二二一〇)
鶯の湯殿のぞくや　春の雨　子規(10獺祭句帖抄 六二五ペ)
宇治川やほつりほつりと　春の雨　子規(10獺祭句帖抄 六二四ペ)
馬迄もはたご泊りや　春の雨　一茶(3おらが春 四四〇ペ)
起き起きや舌もつれして　はるの雨　成美(5成美家集 九二三)
落ちつみし椿がうへを　春の雨　青蘿(5青蘿発句集 八四六)
垣低し番傘通る　春の雨　子規(10獺祭句帖抄 六四三ペ)
傘さして傾城なぶる　春の雨　子規(10獺祭句帖抄 六四三ペ)
傘さして棹さし行くや　春の雨　嘯山(8俳諧新選 一〇三ペ)
笠寺やもらぬ崖(いはや)も　春の雨　芭蕉(1千鳥掛 二九二)
かはら焼く松のにほひや　春の雨　抱一(5屠竜之技 九九〇)
雉ばかり濡れぬ声也　春の雨　麦浪(8俳諧新選 一〇三ペ)
下駄の歯に沙(すな)の金(こがね)や　はるの雨　丑二(8俳諧新選 一五〇ペ)

こころすむ老のながめや　春の雨　千仞（8俳諧新選　一〇三ぺ）
小町より蛙の歌や　春の雨　麦浪（4裸噺　一七六六）
しとしとと夜に入りにけり　春の雨　支鳩（8俳諧新選　一〇三ぺ）
忍び音に忘れし琴や　春の雨　雁觜（8俳諧新選　一〇三ぺ）
滝口に灯（ひ）を呼ぶ声や　はるの雨　蕪村（2蕪村句集　一〇九四）
竹藪の奥もの深く　春の雨　虚子（14七百五十句　三六ぺ）
苫船（とまぶね）を刷（かいつくろ）ひぬ　はるの雨　蕪村（2蕪村遺稿　一〇九五）
戸を明けて蝶を宿さん　春の雨　陸史（8俳諧新選　一〇三ぺ）
蓴（ぬなは）生ふ池のみかさや　春の雨　蕪村（2蕪村句集　二〇四〇）
掃溜の赤元結や　春の雨　一茶（3八番日記　三二六ぺ）
畑見ゆる杉垣低し　春の雨　子規（10獺祭句帖抄　六四三ぺ）
咄さへ調子合ひけり　春のあめ　乃龍（6続猿蓑　三〇六八）
蟇の背に通ふ雫や　はるの雨　移竹（8俳諧新選　一〇三ぺ）
雛見世の灯を引くころや　春の雨　蕪村（2蕪村句集　四三六）
柴（ふし）づけの沈みもやらで　春の雨　蕪村（2蕪村句集　二二八）
不性さやかき起こされし　春の雨　芭蕉（1猿蓑　六七四）
風呂の蓋取るやほつほつ　春の雨　子規（10獺祭句帖抄　六四三ぺ）
松島の紀行直すや　春の雨　子規（10獺祭句帖抄　六二四ぺ）
見るうちに咲く花もあり　春の雨　さかふ（8俳諧新選　一〇九ぺ）
物書かぬ銀屏淋し　春の雨　許適（8俳諧新選　一〇三ぺ）
物かげに雉の光や　春の雨　涼袋（5俳諧新選　七三〇）
物種の袋ぬらしつ　春の雨　蕪村（2蕪村句集　四三八）

物よわき草の座とりや　春の雨　荊口（6続猿蓑　三〇六七）
股立のささ田雄（だを）ちぬ雄　春の雨　蕪村（2蕪村遺稿　二二一）
屋根に寝る主なし猫や　春の雨　太祇（8俳諧新選　一〇三ぺ）
夜着の肌余所（よそ）も合はぬか　春の雨　雅因（7俳諧古選　二一八ぺ）
鴛鴦の濡れて居るなり　春の雨　子規（10獺祭句帖抄　六二四ぺ）
三尺の鯉はぬる見ゆ　春の池　仙化（6続猿蓑　三〇八四）
うつくしき海月浮きたり　春の海　子規（10獺祭句帖抄　六二四ぺ）
住吉や河堀添へて　春の海　凡兆（4百曲　〇九六三）
塔に上れば南　住吉　春の海　子規（10獺祭句帖抄　六四三ぺ）
峒（ほら）熊（くま）の先（まつ）覗くらん　春の艶　丈竹（7俳諧古選　一五二ぺ）
淡雪や雨に追はるる　はるの笠　風麦（6続猿蓑　三〇七二）
曙のむらさきの幕や　春の風　蕪村（2蕪村句集　二四一六）
薄絹に鴛鴦縫ふや　春の風　子規（10獺祭句帖抄　六一二ぺ）
片町にさらさ染むるや　春の風　蕪村（2蕪村句集　二四二二）
氷りゐし添水（そふづ）またなる　春の風　野水（6あら野　八四三）
芝居出て吹かるる人や　春の風　季遊（8俳諧新選　一〇七ぺ）
そら豆の戦（そよ）ぐは白し　春の風　青魚（8俳諧新選　一〇七ぺ）
大仏の柱くぐるや　春の風　二柳（5津守船初編　七五九）
だまされな寝覚めを招く　春の風　轍士（7俳諧古選　二〇二ぺ）
蝶鳥の遊び敵や　春の風　嘯山（8俳諧新選　一〇七ぺ）
二番座の斎（とき）すむ幕や　春の風　随古（8俳諧新選　一〇七ぺ）
野袴の法師が旅や　春の風　蕪村（2蕪村句集　二四一八）

鳩鳴くや 大提灯に 春の風 子規（10 獺祭句帖抄 六一二ペ）
人の出る 方へ吹きけり 春のかぜ 孤舟（8 俳諧新選 一〇七ペ）
ぼた餅や 藪の仏も 春の風 一茶（3 おらが春 四五七ペ）
矢(や)橋(ばせ)乗る 嫁よ娘よ 春の風 太祇（8 俳諧新選 一〇七ペ）
欄間には 二十五菩薩 春の風 子規（10 獺祭句帖抄 六四三ペ）
絵草紙に 鎮(しづ)おく店や 春の風 几董（5 井華集 七九五）
病にも 色あらば黄や 春の風邪 虚子（12 五百五十句 四五五ペ）
一桶の 藍流しけり 春の川 子規（10 獺祭句帖抄 六二五ペ）
いろいろの 名もまぎらはし 春の草 珍碩（6 ひさご 一四七二）
うきうきと 古葉隠すや 春の草 有河（8 俳諧新選 一〇三ペ）
馬は豆 多くな刈りそ 春の草 梅史（8 俳諧新選 一〇三ペ）
木曾の情 雪や生えぬく 春の草 芭蕉（1 芭蕉庵小文庫 六七〇）
首共は 二度はえず 春の草 許六（7 俳諧古選 二〇五ペ）
なぐりても 萌たつ世話や 春の草 正秀（6 続猿蓑 三〇二七）
嘗めて見て 御振まひあれ 春の草 存義（8 俳諧新選 一五三ペ）
又越ゆる せせらぎ川や 春の草 季遊（8 俳諧新選 一〇三ペ）
むしつては むしつては捨て 春の草 来山（5 われ貝 二〇六）
夕山や けぶりの末の 春の雲 長翠（4 水薦苅 二一二五）
あちら向きに 寝た人ゆかし 春の暮 蕪村（2 蕪村遺稿 四六五）
入あひの かねもきこえず はるのくれ 芭蕉（1 真蹟色紙 四七九）
入りかかる 日も程々に 春のくれ 芭蕉（1 曾良書留 四七七）
うかぶ瀬に 沓並べけり 春のくれ 蕪村（2 蕪村遺稿 二二〇二）

大門の おもき扉や 春の暮 蕪村（2 蕪村遺稿 二一〇三）
鐘つかぬ 里は何をか 春の暮 芭蕉（1 曾良書留 四七八）
蚊ひとつに 寝られぬ夜半ぞ 春のくれ 重五（6 波留濃日 三三五）
居風呂(すゑふろ)に 棒の師匠や 春の暮 蕪村（2 蕪村遺稿 二二〇五）
誰がための 低きまくらぞ 春の暮 蕪村（2 蕪村句集 二二六）
匂ひ有る きぬもたたまず 春の暮 蕪村（2 蕪村句集 二二四）
閉帳の 錦たれたり 春のくれ 蕪村（2 蕪村句集 二二〇）
山彦の 南はいづち 春のくれ 蕪村（2 蕪村遺稿 二二二五）
雪嶺より 稜駆けりきて 春の岬 林火（9 潺潺 二七五）
ぎくぎくと 乳のむあかごや 春の潮 石鼎（9 花影 〇七四五）
曙や 麦の葉末の 春の霜 鬼貫（4 大悟物狂 〇二六八）
いつ暮れて 水田のうへの 春の月 蒼虬（5 訂正蒼虬集 一一五〇）
清水の 上から出たり 春の月 許六（5 正風彦根躰 三七六）
ささやかば 曇りもぞする 春の月 成美（4 成美家集 二〇六五）
すつぽんも 時や作らん 春の月 一茶（3 おらが春 四三四ペ）
須磨を出て 明石は見えず 春の月 子規（10 獺祭句帖抄 五九八ペ）
外にも出よ 触るるばかりに 春の月 汀女（9 半生 一九二七）
山の端を ちから皃(がほ)なり 春の月 魯町（6 続猿蓑 三〇六六）
方丈の 大庇より 春の蝶 素十（9 初鴉 一五五二）
振りあぐる 鍬の光や 春の野ら 杉風（5 小柑子 三三四）
日くれたり 三井寺下りる 春のひと 暁台（4 暁台句集 一八〇八）
足よわの わたりて濁る 春の水 蕪村（2 蕪村句集 二一八二）

牛飼や寝ながら渡る　春の水　嘯山（8俳諧新選 一〇七ぺ）
美しき鰌(どぢやう)うきけり　春の水　舟泉（6あら野員外 一一六六）
朽ちもせぬ落葉に澄むや　春の水　太祇（8俳諧新選 一〇七ぺ）
小舟にて僧都(そうづ)送るや　春の水　蕪村（2蕪村遺稿 二一八四）
里人よ八橋つくれ　春の水　蕪村（2蕪村遺稿 二一八七）
背戸口や芥(あくた)を潜る　春の水　蝶夢（5草根発句集 八五五）
立つ雁のあしもとよりぞ　春の水　蕪村（2蕪村遺稿 四四四）
流れ来て池をもどるや　春の水　蕪村（2蕪村遺稿 二一九二）
野鳥の腹に蹴て行く　春の水　祇空（5玄湖集 四五二）
橋なくて日くれんとする　春の水　蕪村（2蕪村句集 二三八）
橋踏めば魚沈みけり　春の水　子規（10獺祭句帖抄 六二四ぺ）
人声にうなづきにけり　春の水　雁宕（8俳諧新選 一〇七ぺ）
一つ根に離れ浮く葉や　春の水　虚子（9五百句 〇〇八九）
昼舟に狂女のせたり　春の水　蕪村（2蕪村遺稿 二一九〇）
蛇穴を出でて石垣の　春の水　碧梧桐（4春夏秋冬 二三〇八）
蛇を追ふ鱒(ます)のおもひや　春の水　蕪村（2蕪村句集 二一八九）
枕にもならぬ物なり　春の水　漁焉（8俳諧新選 一〇七ぺ）
湖や堅田わたりを　春の水　蕪村（2蕪村遺稿 二一八六）
折り釘に烏帽子かけたり　春の宿　蕪村（2蕪村句集 二三七〇）
片兀に日の色淡し　春の山　太祇（8俳諧新選 一一一ぺ）
直線の堂曲線の　春の山　虚子（14七百五十句 一一五四ぺ）
麦畑や刻みあげたる　春の山　子規（10獺祭句帖抄 六二五ぺ）
嵯峨へゆく道問はれけり　春の暗　松宇（9松宇家集 〇三一〇）
灯(ひ)をともす掌にある　春の闇　虚子（14七百五十句 一三五四ぺ）
灯をともす指の間の　春の闇　虚子（14七百五十句 一三五四ぺ）
追々に塔の雫や　春の雪　二柳（4俳諧新選 一八五八）
我をはらぬ姿なりけり　春の雪　汀松（7俳諧古選 一四八ぺ）
しばらくは鳥なき里や　春の雪　涼袋（5俳諧百一集 七二一八）
解けて行く物みな青し　はるの雪　菊舎（5手折菊 九四八）
弥陀が原漾ふばかり　春の雪　普羅（9俳究昭13・4 〇七三〇）
横に降る心直るや　春の雪　林紅（7俳諧古選 一五二ぺ）
雪つけし飛驒の国見ゆ　春の夕　普羅（9普羅句集 〇七三五）
寝よとすれば門叩くなり　春の宵　子規（10獺祭句帖抄 六四二ぺ）
紫の灯をともしけり　春の宵　子規（10獺祭句帖抄 六二三ぺ）
眼つむれば若き我あり　春の宵　虚子（11五百五句 七五ぺ）
あえかなる薔薇選りをれば　春の雷　波郷（9鶴の眼 二六三三）
賢にしてみごもる妻や　春の雷　青々（9妻木 〇四八三）
山の背をころげ廻りぬ　春の雷　虚子（14七百五十句 八五〇ぺ）
大工先(まつ)遊んで見せつ　春日影　太祇（8俳諧新選 一六〇ぺ）
蟹の子の足に波うつ　春日かな　子規（10獺祭句帖抄 六一二ぺ）
鵲(かささぎ)の人に糞(ふん)する　春日かな　子規（10獺祭句帖抄 六二二ぺ）
砂浜に足跡長き　春日かな　子規（10獺祭句帖抄 六二二ぺ）
苣(ちさ)の木に雀囀る　春日かな　子規（10獺祭句帖抄 六〇五ぺ）
猫の目のまだ昼過ぎぬ　春日かな　鬼貫（5鬼貫句選 二二二）

東より世はをさまるき　春日かな　梅盛（4 口真似草 〇一三〇）
低き木に鳶の下り居る　春日かな　子規（10 獺祭句帖抄 六四二ぺ）
満丸に出でてもながき　春日哉　宗鑑（5 誹諧初学抄 二）
弓始千年のつるを　はる日哉　良保（5 崑山集 六〇）
旦（あした）よりしづかに眠り　春深し　草城（9 旦暮 二四五〇）
大いなるもの空翔ける　春吹雪　碧雲居（9 碧雲居句集 一〇六四）
野を撫でて盲のほめる　春べかな　梅史（8 俳諧新選 一一ぺ）
餅花を柳につけて　春待たん　赤羽（8 俳諧新選 一四四ぺ）
虚子留守の鎌倉に来て　春惜しむ　久女（9 杉田久女句集 〇九四二）
窓あけて見ゆる限りの　春惜しむ　蝶衣（9 蝶衣句稿 〇五七一）
卯の花をかざしに関の　晴れ着かな　曾良（4 奥の細道 〇八六二）
鵙（もず）鳴くや十日の雨の　晴れ際を　子規（10 獺祭句帖抄 六一五ぺ）
榠樝（くわりん）咲くと見て眠りたり　霽（は）れてをり　亜浪（4 白道 二六〇六）
せみのこゑもゆふだつあとや　晴の歌　元隣（5 新続犬筑波集 八六）
梨むくや甘き雫の　刃を垂るる　子規（9 寒山落木巻五 〇〇三五）
五月雨や竜灯揚ぐる　番太郎　芭蕉（1 江戸新道 七四）

ひ

鳴突の行く影長き　日あし哉　児竹（6 あら野 八七六）
天も春を惜しむと見ゆる　日脚哉　孤桐（7 俳諧古選 二一九ぺ）
年の内へ踏み込む春の　日脚かな　季吟（4 山の井 〇一二四）
湖もぬるむと見ゆる　日脚哉　左釣（8 俳諧新選 一〇七ぺ）
むさしのとおもへど冬の　日あし哉　洗悪（6 あら野 九一三）
山吹に犬の欠（あくび）の　日脚かな　沾涼（8 俳諧新選 一一一ぺ）
存分や内のこたつの　火あんばい　沙月（8 俳諧新選 一三八ぺ）
そんじよそこ爰と青田の　ひいき哉　一茶（3 おらが春 四四九ぺ）
きつたり此のつつけりかな蘭　秀づる花　宗因（4 俳諧太平記 〇一六三）
かじか啼きて袖なつかしき　火打ち石　蕪村（2 蕪村遺稿 二五五八）
冬ごもる庵の調度や　燧（ひうち）箱（ばこ）　多少（8 俳諧新選 一四〇ぺ）
金獅子の歯がみや花に　比叡おろし　三千風（5 仙台大矢数 一五五）
千鳥立ち更け行く初夜の　日枝（ひえ）おろし　芭蕉（1 伊賀産湯 六五八）
翻る蝉の諸羽や　比枝おろし　蕪村（2 蕪村遺稿 二一六四）
門涼み西瓜のごとく　冷えにけり　喜舟（9 小石川 〇四五三）
荒海やしまきの晴間　陽落つる　句仏（9 句仏句集 〇五二三）
艶なるやつつじの炭に　火がうつる　青々（9 鳥の巣 〇四七六）
蝶の飛ぶばかり野中の　日かげ哉　芭蕉（1 笈日記 二四一）
鳴きながら川飛ぶ蝉の　日影かな　巴人（5 夜半亭発句帖 五〇〇）
なの花の座敷にうつる　日影哉　傘下（6 あら野 五六五）
一時雨またくづをるる　日陰哉　露沾（6 続猿蓑 三三二七）
雪の中は昼顔かれぬ　日影哉　芭蕉（1 真蹟懐紙 二一六）
夕立の跡柚（ゆ）の薫る　日陰哉　北枝（5 猿丸宮集 四〇八）
なでしこやままは木々の　日陰花　一茶（3 おらが春 四五五ぺ）
挨拶の傾け合へる　日傘かな　温亭（9 温亭句集 〇八二二）

清水の阪のぼり行く日傘かな　子規（10獺祭句帖抄 六二八ペ）
僧正が野糞遊ばす日傘哉　一茶（3文化句帖 三三八ペ）
木母寺（もくぼじ）が見ゆる見ゆると日傘哉　一茶（3享和句帖 三三八ペ）
しぐるるや駅に西口東口　敦（9古暦 三一三二）
明けやすき夜をかくしてや東山　蕪村（2蕪村句集 二〇七一）
遅き日やあしたに遠き東山　晩平（8俳諧新選 一二〇ペ）
皃見せ（かほみせ）や蒲団をまくる東山　蕪村（2蕪村句集 三三六）
元日や松静かなる東山　闌更（5半化坊発句集 七四七）
菜の花や嵯峨を限りの東山　竿秋（8俳諧新選 一一〇ペ）
庭にさへ嘸（さぞ）な落葉は東山　立圃（7俳諧古選 一八五ペ）
蒲団着て寝たる姿や東山　嵐雪（5枕屏風 二八四）
遣水もぬるみ来にけり東より　多少（8俳諧新選 一〇七ペ）
嵐より雨より花の日数かな　麦翅（8俳諧新選 一五五ペ）
刈株に螽（いなご）老い行く日数かな　子規（10獺祭句帖抄 六一六ペ）
鶏頭の散る事しらぬ日数哉　至暁（6続猿蓑 三二五四）
こころほど牡丹の撓（たわ）む日数かな　太祇（5太祇句選 五四六）
妻の手に撫子咲ける日数かな　白芽（8俳諧新選 一二三ペ）
とし波の中に桜の日数かな　嘯山（8俳諧新選 一四六ペ）
都いでて神も旅寝の日数哉　芭蕉（1雨の日数 七三四）
夕立にさし合はせけり日（ひ）傘（からかさ）　拙侯（6続猿蓑 三一八〇）
月一輪凍（いて）湖一輪光りあふ　多佳子（9海彦 二九七二）
一両が花火間もなき光かな　其角（7俳諧古選 一七八ペ）

雉子啼いて跡は鍬うつ光かな　青蘿（5青蘿発句集 八四七）
紅梅に時めく家の光かな　毛仏（8俳諧新選 一〇二ペ）
霜夜ぞと見上ぐる星の光かな　沽々（8俳諧新選 一三九ペ）
魂棚に灯（とぼ）すも親の光かな　吐月（8俳諧新選 一二五ペ）
手の内に蛍つめたき光かな　子規（10獺祭句帖抄 六〇〇ペ）
ふはとぬぐ羽織も月のひかりかな　成美（5成美家集 九三二）
女星とて男星にまさる光かな　梓月（9冬鶯 〇三七一）
ゆきつくす江南の春の光哉　貞徳（5山の井 一六）
夜の雪晴れて藪木のひかりかな　浪化（4続別座敷 一〇八）
若鮎の浅瀬を越ゆる光かな　李収（8俳諧新選 一〇六ペ）
親一人子一人蛍光りけり　万太郎（9草の丈 一一一三）
春たつや梢の雪にひかりさす　青蘿（5青蘿発句集 八四五）
五月雨の降り残してや光堂　芭蕉（1奥の細道 五〇七）
冬菊のまとふはおのがひかりのみ　秋桜子（9霜林 一四四九）
春泥の鏡の如く光りをり　虚子（14七百五十句 一三五ペ）
重の物酒にはならぬ彼岸哉　赤羽（8俳諧新選 一一一ペ）
牡丹餅の昼夜を分かつ彼岸かな　子規（10獺祭句帖抄 六四三ペ）
命婦（みやうぶ）よりぼた餅たばす彼岸哉　蕪村（2蕪村句集 二六〇七）
冬山に両三歩かけ引き返し　虚子（13六百五十句 二〇四ペ）
雲を吐く口つきしたり引（ひき）蟇（がへる）　一茶（3おらが春 四六八ペ）
一雫天窓（あたま）なでけり引がへる　一茶（3おらが春 四四九ペ）
古庭を魔になかへしそ蟇（ひきがへる）　虚子（11五百句 三六ペ）

若水を幾たび頬（つら）へ　ひきがへる　紹簾（4 俳諧家譜 一二八八）
年徳へ四方の霞や　引出物　令徳（5 犬子集 三九）
他の花に手をさへにけり　引きにけり　花雪（8 俳諧新選 一一〇ペ）
まかり出でたるは此の藪の　蟇にて候ふ　一茶（3 おらが春 四六七ペ）
朽臼にあはれ寝にもどる　蟇の子よ　泊雲（9 泊雲句集 〇七七七）
這ひ出でよかひやが下の　ひきの声　芭蕉（1 奥の細道 五二一）
卯の花もほろりほろりや　蟇の塚　一茶（3 おらが春 四四八ペ）
初潮や鳴門の浪の　飛脚舟　凡兆（6 猿蓑 一八五六）
小夜霙（しぐれ）となりの臼は　挽きやみぬ　野坡（6 炭俵 二六〇二）
名月や背は高うても　低うても　紀伊日高社中（8 俳諧新選 一三〇ペ）
誰も居らぬと思ふとき炭を　挽く音す　蝶衣（9 蝶衣句稿 〇五六七）
蝶低し葵の花の　低ければ　風生（9 草の花 一五七八）
稲の穂や南に凌雲閣　低し　子規（10 獺祭句帖抄 六一八ペ）
ぬるみ来る筧（かけひ）の水や　比丘尼御所　一標（8 俳諧新選 一〇七ペ）
紅梅や比丘より劣る　比丘尼寺　蕪村（2 蕪村句集 二二一）
早春や多摩の横山　曳くばかり　迷堂（9 芙蕖 〇四二〇）
埋み火や物そこなはぬ　比丘比丘尼　蕪村（2 蕪村遺稿 六七七）
松なれや霧ゑいさらゑいと　引くほどに　芭蕉（1 翁草 一五〇）
人の世の悲し悲しと　蜩（ひぐらし）が　虚子（14 七百五十句 七一ペ）
草霞み水に声なき　日ぐれ哉　蕪村（2 蕪村句集 二五九六）
心細く野分のつのる　日暮れかな　子規（10 獺祭句帖抄 六五四ペ）
石手寺へまはれば春の　日暮れたり　子規（10 獺祭句帖抄 六二三ペ）
うたた寝のさむれば春の　日くれたり　蕪村（2 蕪村句集 二二〇四）
枇杷の花鳥もすさめず　日くれたり　蕪村（2 蕪村句集 二三二五）
水くらく菜の花白く　日暮れたり　紫暁（5 この時雨 九〇七）
アドバルーンのない空がちらす　日暮れの粉雪　禅寺洞（9 禅寺洞句集 二二八一）
雪の中に兎の皮の　髭作れ　芭蕉（1 いつを昔 五八九）
蟷螂のすぐに鎌振る　卑怯（ご）かな　子規（10 獺祭句帖抄 六五五ペ）
秋の水湛然として　日午なり　鳴雪（9 鳴雪俳句集 〇一五二）
うづみ火や包めど出づる　膝がしら　蝶夢（4 草根発句集 一七〇三）
蚊こそしれ机の下の　膝がしら　一兎（8 俳諧新選 一一八ペ）
口切や羽柴明智の　膝頭　嘯山（8 俳諧新選 一三八ペ）
寒き日や関の衆中の　膝頭　它谷（8 俳諧新選 一四二ペ）
夏痩や二つ並べて　膝がしら　紅緑（9 紅緑句集 〇二四二）
行く秋や抱けば身に添ふ　膝頭　太祇（5 太祇句選 五五二）
老い果てて己が身の鳴る　瓢（ひさご）哉　天海（7 俳諧古選 二〇六ペ）
日の影の石にこぼるる　瓢かな　巴人（4 夜半亭発句帖 一一七六）
日々にさく花に追はるる　瓢かな　瓢水（8 俳諧新選 一二三ペ）
もの一つ我がよはかろき　ひさご哉　芭蕉（1 あつめ句 二七〇）
花冷や机の下の　膝小僧　三允（9 中野三允句集 〇三三三）
雁（がん）風呂にカンテラ灯（とも）す　廂かな　左衛門（9 現代俳句集 〇八一七）
墓生きて我を迎へぬ　久しぶり　虚子（11 五百句 五九ペ）
煖炉もえ末子は父の　ひざにある　多佳子（9 海燕 二九七一）
酒をつぎこぼるる火燵蒲団の　膝に重くも　碧梧桐（9 碧梧桐句集 〇一一八）

元日や鬼ひしぐ手も　膝の上　梅室（4梅室家集　二一六一）
月影や柏手もるる　膝の上　史邦（6猿蓑　一八四）
日あたつて来ぬ綿入の　膝の上　亜浪（4旅人　二六一〇）
夢の如くががんぼ来り　膝の上　松浜（9白菊　〇五六一）
長閑（のどか）さにおさへ歩行（ありく）や　膝の皿　鳳朗（5鳳朗発句集　一一五八）
花の陰うき世に何か　膝枕　宗甫（7俳諧古選　一九六ぺ）
帷子（かたびら）と名のみやによこと　膝も肩も　嘯山（8俳諧新選　一二二ぺ）
ゆく水の跡や片寄る　菱の花　桃隣（4別座鋪　〇八九〇）
とめた日の鶯さそへ　菱の水　楮林（8俳諧新選　一五五ぺ）
兎（と）に角（かく）に揃はぬものや　菱の餅　天露（8俳諧新選　一〇八ぺ）
遠慮する人なく淋し　避暑に来て　立子（9春雷　一九三五）
青梅に眉あつめたる　美人哉　蕪村（2蕪村句集　九六）
花ちりて青きつぶりや　美人草　嘯山（8俳諧新選　一五七ぺ）
銀屏の夕べ明りに　ひそと居し　久女（9杉田久女句集　〇九四三）
掛稲に山又山の　飛驒路かな　虚子（12五百五十句　二三ぺ）
山陰や誰よぶこどり　引板（ひた）の音　蕪村（2蕪村句集　二一八八）
青柳の眉かく岸の　額かな　守武（4守武千句　〇〇一四）
小木曾女やはつ雪たわむ　額髪　素檗（5素檗句集　九八一）
粽結ふかた手にはさむ　額髪　芭蕉（1猿蓑　六九四）
駒迎へ殊にゆゆしや　額白　蕪村（2蕪村句集　一八三六）
時鳥啼くや夜汐の　ひたひたと　蒼虬（5訂正蒼虬集　一一五三）
冬河に新聞全紙　浸り浮く　誓子（9方位　一四九〇）

七草や何に懸けても　左利　必化（8俳諧新選　一〇〇ぺ）
梅が香や雨吹く夜の　肘枕　沾洲（5絵具皿　四三三）
春の夜や机の上の　肱まくら　虚子（11五百句　一六ぺ）
秋の葉や太山（みやま）もさやに　緋縮緬　宗因（4続境海草　〇一五四）
三日月は梅にをかしき　ひづみかな　不角（4続の原　〇九〇一）
実の入つて夕皃の宿　ひづみけり　埋角（7俳諧古選　一八二ぺ）
更くる夜に氷を刻む　蹄かな　是計（8俳諧新選　一四三ぺ）
負腹（まけばら）の守敏（しゅびん）も降らす　旱かな　蕪村（2蕪村句集　一二五）
来し春よ人にあかれず　人あかず　丈石（8俳諧新選　一〇〇ぺ）
三日月や蘆の葉先の　一（ひし）あらし　多代女（4晴霞句集　二一六九）
七草や花ではしらぬ　人あらん　桐雨（8俳諧新選　一〇〇ぺ）
時鳥上野でぬれし　人あらん　子規（10獺祭句帖抄　六〇八ぺ）
大比叡やしの字を引いて　一霞　芭蕉（1江戸広小路　六八）
狐火やまこと顔にも　一とくさり　青畝（9万両　一五〇六）
海山に五月雨そふや　一くらみ　凡兆（6猿蓑　二一四六）
大どしや手のおかれたる　人ごころ　羽紅（6猿蓑　一七〇六）
元旦や大樹のもとの　人ごころ　白雄（5白雄句集　八三三）
桃さけば桃に成りけり　人ごころ　赤羽（8俳諧新選　一〇七ぺ）
行く春や牡丹に移る　人ごころ　貫友（8俳諧新選　一一二ぺ）
肌寒や湯ぬるうして　人こぞる　子規（10獺祭句帖抄　六五一ぺ）
はつ茸や塩にも漬けず　一盛り　沾圃（6続猿蓑　三二九一）
若楓茶いろに成るも　一さかり　曲水（6猿蓑　一七二三）

金魚玉かがやき昼寝人さめず　杉童（9枯蘆〇八〇四）
夕立や檜木の臭（かざ）の一（ひと）しきり　及肩（6猿蓑二一六五）
甲斐なしや富士の高根の一時雨　合浦（8俳諧新選一三六ペ）
衣着て又はなしけり一時雨　鼠弾（6あら野一〇四七）
なつかしや奈良の隣の一時雨　曾良（6猿蓑一六二三）
更くる夜や鏡にうつる一しぐれ　鶏口（6続猿蓑三三三）
松山や見えわたりゆく一と時雨　王城（9同人句集〇九二一）
宿れとは御身いかなるひと時雨　宗因（4蛙井集〇一七五）
いはけなやとそあめ初むる人次第　荷兮（6あら野八三一）
ほつちりと落ちぬ牡丹の一雫　蒼虬（4訂正蒼虬集二一五一）
大寒の埃の如く人死ぬる　虚子（9五百五十句〇〇七二）
飯蛸や薄紫の一しぼり　宋阿（7俳諧古選二〇九ペ）
夕立にどの大名か一しぼり　傘下（6あら野九三〇）
鬼茨も添うて見よ見よ一涼み　一茶（3おらが春四五二ペ）
春惜しむ深大寺蕎麦一とすすり　爽雨（9遅日一九〇〇）
夕焼や鰯の網に人だかり　子規（10獺祭句帖抄六三六ペ）
ゆふだちや門脇どのの人だまり　蕪村（2蕪村句集一四一二）
さうぶ入る湯をもらひけり一盥　荷兮（6あら野九六二）
ある朝の冬の花火が一つあがり　敦（9歴日抄三一二六）
石ころも露けきものの一つかな　虚子（11五百句七七ペ）
うれしさは葉がくれ梅の一つ哉　杜国（6波留濃日三二九）
杜若（かきつばた）語るも旅のひとつ哉　芭蕉（1笈の小文三八四）

蝶軽し頃はきる物一つかな　湖春（7俳諧古選一四三ペ）
一箸に程よき石花（かき）の一つかな　鶴英（8俳諧新選一四五ペ）
ものかげのふらぬも雪の一つ哉　松芳（6あら野四四五）
我ねぶり彼なめる柚（ゆ）味噌一つかな　子規（10獺祭句帖抄六五七ペ）
泊まられよ連衆百人ひとつ蚊屋　雁宕（8俳諧新選一五一ペ）
孝行な子ども等にふとん一つづつ　蕪村（2蕪村遺稿一二七八）
白露や茨の刺にひとつづつ　蕪村（2蕪村句集五九六）
八朔や町に行灯の一つづつ　団水（7俳諧古選一八二ペ）
春雨や窓も一人に一つづつ　一茶（3文化句帖三二六ペ）
火桶炭団（たどん）を食らふ事夜ごと夜ごとにひとつづつ　蕪村（2蕪村遺稿一七）
夏痩もねがひの中のひとつなり　如真（6続猿蓑三一九一）
時鳥ぬれて帷子（かたびら）一つ也　来山（7俳諧古選一六〇ペ）
苔の上落花しづまる一つ一つ　虚子（14七百五十句六四ペ）
つくづくし頭巾にたまるひとつより　青江（6あら野五四五）
蜘蛛の糸顔にかからぬ日とてなし　虚子（14七百五十句五三ペ）
寒ごりやいざまゐりさう一手桶　蕪村（2蕪村句集三七三）
鳴く鹿の別れかねてや一所　龍眠（8俳諧新選二三二ペ）
かけ香や唖の娘の成長（ひととなり）　蕪村（2蕪村句集九三一）
月光にいのち死にゆくひとと寝る　多佳子（9海燕二九六九）
ホトギ打つて鰒になき世の人訪はん　蕪村（2蕪村句集九六二）
朝霧や絵にかく夢の人通り　蕪村（2蕪村遺稿六三二）
葉月也矢橋（やばせ）に渡る人とめん　千子（6猿蓑一八三九）

斯うはもらじ　そもやかがしの　人ならば　習先（8俳諧新選 一二八ぺ）
甘草の　芽のとびとびの　ひとならび　素十（9初鴉 一五三五）
炎天に　巌（いはほ）の如き　人なりしが　虚子（13六百五十句 二一四ぺ）
カーテンの　裾に入日や　人に逢はず　虚子（14七百五十句 一一一ぺ）
郭公や　何処（どこ）までゆかば　人に逢はむ　亜浪（9定本亜浪句集 一〇二六）
花がいふ　芝居見て来る　人憎し　如泉（7俳諧古選 一五一ぺ）
花重し　鳥はつれ飛び　人に屑　祇空（5雨の集 四五四）
門松を　うりて蛤　一荷（ひとにな）ひ　内習（6あら野 八二九）
初雪や　袖笠などは　人による　超波（8俳諧新選 四六ぺ）
年の市　何しに出たと　人のいふ　一茶（3文化句帖 三六一ぺ）
五月闇　水鶏（くひな）ではなし　人の家　舟泉（6あら野 八六〇）
三吉野や　花の何処（いづこ）に　人の家　麻父（8俳諧新選 一一〇ぺ）
耳立てて　虫も聞くらん　人の音　赤羽（8俳諧新選 二一七ぺ）
名月や　草木に劣る　人のかげ　梅室（5梅室家集 一一七〇）
神垣や　幸茸は　人の笠　子葉（5類柑子 四三九）
秋風の　吹きわたりけり　人の顔　鬼貫（4江鮭子 〇二六六）
こがらしや　頬腫れ痛む　人の顔　芭蕉（1猿蓑 六六五）
ちる花や　紛れてしれぬ　人の顔　樗良（8俳諧新選 一〇九ぺ）
菜の花や　川へ出でたる　人の声　大夢（8俳諧新選 一一〇ぺ）
寒声や　凡そしらるる　人の品　幸佐（7俳諧古選 一九三ぺ）
朝顔や　夜舟の着きし　人の背戸　寛留（8俳諧新選 二二六ぺ）
梨むくや　ひとの夫と　ひとの妻　喜舟（9小石川 〇四六八）
元日に　問はば隠しそ　人のとし　二夕（7俳諧古選 一五六ぺ）
あきかぜの　ふきぬけゆくや　人の中　万太郎（9草の丈 一一〇七）
竹の子や　あまりてなどか　人の庭　大江丸（4はいかい袋 二〇五七）
うきふしや　竹の子となる　人の果て　芭蕉（1嵯峨日記 六八四）
つばくらの　餌にぬすまぬや　人の物　鶴英（8俳諧新選 一〇七ぺ）
名月や　長屋の陰を　人の行く　闇指（6続猿蓑 三二〇八）
来る秋の　きりぎりは見する　一葉かな　捨女（4続山井 〇二二七）
今朝見れば　淋しかりし夜の　一葉かな　古白（9古白遺稿 〇一八九）
ちらちらと　夕日こぼるる　一葉かな　菊后（8俳諧新選 二二四ぺ）
夏来ても　ただひとつ葉の　一葉哉　芭蕉（1笈日記 四〇七）
濡縁に　雨の後なる　一葉かな　虚子（11五百句 四〇ぺ）
花に来よと　笠叩かるる　一葉哉　三千風（7俳諧古選 一七四ぺ）
見上げたる　枝をはなれし　一葉かな　泊月（9現代俳句集 〇八五五）
初雪や　みな暖かな　人ばかり　自東（8俳諧新選 二三九ぺ）
実桜や　忘れて通る　人ばかり　是水（7俳諧古選 二六〇ぺ）
はつ雪や　内に居さうな　人は誰　其角（6猿蓑 一六八三）
花笠を　きせて似合はむ　人は誰　其角（6続猿蓑 二九八四）
松かざり　伊勢が家買ふ　人は誰　其角（6あら野 四六一）
家にあらで　鶯きかぬ　ひと日哉　蕪村（2蕪村遺稿 二二六五）
正月や　三日過ぐれば　人古し　闌更（5半化坊発句集 七四八）
黄昏（たそがれ）の　物とや団（うちは）　一重帯　なか（7俳諧古選 一七三ぺ）
是程の　莟にけしの　一重かな　斗吟（8俳諧新選 一一三ぺ）

鳥飛びて　あぶなきけしの　一重哉　落梧（6あら野　六三七）
草の花　大きく咲いて　単かな　一転（9杉山一転句集　○九二三）
ひぐらしに　灯火（ともしび）はやき　一と間かな　万太郎（9草の丈　一一三一）
はつ秋や　海も青田の　一みどり　芭蕉（1千鳥掛　四一九）
年の市　絵本ならべて　一むしろ　松浜（9白菊　○五五六）
山吹や　人形かはく　一むしろ　子規（10獺祭句帖抄　六○六ペ）
霜のふる　様子を見たる　人もがな　一言（7俳諧古選　一九一ペ）
臘八（らふはち）に　只座し明かす　人もがな　不有（8俳諧新選　一四五ペ）
鮎活けて　朝見んをまた　灯（ひ）ともしぬ　碧梧桐（4日本俳句鈔　二二七九）
秋の雨　はれて瓜よぶ　人もなし　野水（6あら野　八五二）
鶯や　朝寝を起こす　人もなし　子規（10獺祭句帖抄　六○五ペ）
明月や　遠見の松に　人もなし　圃水（6続猿蓑　三二一三）
山里や　頭巾取るべき　人もなし　観水（7俳諧古選　一八七ペ）
短夜も　蒸されて長き　一夜かな　楮林（8俳諧新選　一一八ペ）
御仏に　昼そなへけり　ひと夜酒　蕪村（2蕪村句集　一七二二）
うそ寒や　蚯蚓（みみず）の歌も　一夜づつ　一茶（3八番日記　三四三ペ）
朝顔や　小づめ役者の　ひとり起き　太祇（8俳諧新選　二二六ペ）
炎天の　峠こえくる　一人かな　露月（9日本明27・1・19　○二○八）
蚊いぶしも　なぐさみになる　ひとり哉　一茶（3七番日記　三三九ペ）
桜ぬれて　うろうろとなる　独り哉　秋風（7俳諧古選　二○八ペ）
それがしも　月見る中の　独りかな　湍水（6あら野　四○九）
月花も　なくて酒のむ　ひとり哉　芭蕉（1あら野　四七二）

月一つ　我もつつぽりと　独りかな　井々（8俳諧新選　二一九ペ）
花盛り　われもうき世の　独りかな　趙平（8俳諧新選　一一○ペ）
焼栗の　はねて驚く　一人かな　子規（10獺祭句帖抄　六三八ペ）
寒月や　此の堂守の　ひとり言　之祐（8俳諧新選　一四一ペ）
世は照るや　満花の中の　ひとり酒　沾洲（4よめり東風　一二四○）
紙漉きの　この婆死ねば　一人減る　林火（9潺潺集　二七五○）
花鳥や　ちらば鳴子の　独りぼし　菊峰（7俳諧古選　一五三ペ）
木天蓼（またたび）の　花は誰見る　独り見る　水巴（9定本水巴句集　○六○○）
蓑笠の　果てやかがしの　ひとり役　乙総（8俳諧新選　一二八ペ）
焚火そだて　ながら心は　人を追ふ　虚子（12五百五十句　五五七ペ）
蟷螂（かまきり）の　己もみぢて　人を恋ふ　青々（9鳥の巣　○四八○）
露台人　胸に薔薇さし　人を恋ふ　零余子（9零余子句集二　○六八六）
似た顔の　あらば出てみん　一躍り　落梧（6あら野　一○○三）
羽子板を　口にあてつつ　人を呼ぶ　虚子（12五百五十句　七九ペ）
うら門の　ひとりでに明く　日永哉　一茶（3文化句帖　三二一九ペ）
あすの月　雨占はん　ひなが岳　芭蕉（1荊口句帳　五五五）
浮寝鳥　桜田門の　日向かな　折柴（9浮寝鳥　一一五七）
鶯の　息見透かせる　日南（ひなた）かな　雁觜（8俳諧新選　一○○ペ）
山茶花に　犬の子眠る　日向かな　子規（10獺祭句帖抄　六二一ペ）
芍薬（しゃくやく）の　蘂（しん）の湧きたつ　日南哉　太祇（8俳諧新選　一一五ペ）
通夜堂の　前に粟干す　日向かな　子規（10獺祭句帖抄　六三九ペ）
軽ければ　病む身もよしや　日向ぼこ　寸七翁（9現代俳句集　○八七九）

倫敦(ロンドン)の濃霧の話　日向ぼこ　虚子（12 五百五十句 二六ぺ）
箱を出る皃(かほ)わすれめや　雛二対　蕪村（2 蕪村句集 二三六八）
草の戸も住み替はる代ぞ　ひなの家　芭蕉（1 奥の細道 四七三）
尽くさずも作りなしたり　雛の皃　之房（8 俳諧新選 一〇九ぺ）
綿とりてねびまさりけり　雛の顔　其角（5 其袋 二五七）
たらちねの抓まずありや　雛の鼻　蕪村（2 蕪村句集 二三六五）
雀子や姉にもらひし　雛の櫃　槐市（6 続猿蓑 三〇一九）
幟たてて嵐のほしき　日なりけり　子規（10 獺祭句帖抄 六〇七ぺ）
秋の道日かげに入りて　日に出でて　草城（9 人生の午後 二四四九）
父を恋ふ心小春の　日に似たる　虚子（13 六百五十句 一六三ぺ）
あまご群れ卯月八日の　日に浴す　林火（9 飛花集 二七四九）
稲かれば小草に秋の　日の当たる　蕪村（2 蕪村遺稿 二一四九）
霧晴るる田の面や鷺に　旭(ひ)のあたる　子規（10 獺祭句帖抄 六五四ぺ）
初午やものだね売りに　日の当たる　蕪村（2 蕪村句集 四二二）
玉に成る石や露けき　日の移り　赤羽（8 俳諧新選 一五九ぺ）
梅むきや笊(いかき)かたぶく　日の面　望翠（6 続猿蓑 三一九六）
炉開いて灰つめたく　火の消えんとす　碧梧桐（9 碧梧桐句集 〇一五一）
いかめしき音や霰の　檜木笠　芭蕉（1 孤松 一九六）
木の葉散る桜は軽し　檜木笠　芭蕉（1 真蹟懐紙 一八九）
よし野にて桜見せうぞ　檜木笠　芭蕉（1 笈の小文 三六三）
食ひつみや木曾のにほひの　檜物　岱水（6 炭俵 二三九二）
秋の波たたみたたみて　火の国へ　虚子（13 六百五十句 二一五九ぺ）

雨戸越す秋のすがたや　灯(ひ)の狂ひ　来山（7 俳諧古選 一七五ぺ）
なのはなや摩耶(まや)を下れば　日のくるる　蕪村（2 蕪村遺稿 一〇三六）
みそさざいちつといふても　日の暮れる　一茶（3 文化句帖 三五九ぺ）
熱帯の海に落ち込む　日のごとく　虚子（13 六百五十句 一四八ぺ）
聯隊に祭る遺骨や　日の盛り　碧梧桐（9 碧梧桐句集 〇一四九）
水仙や練塀(ねりべい)われし　日の透き間　曲翠（6 続猿蓑 三三四七）
地蔵会や芒の中に　灯のともる　零余子（9 雑草 〇六七九）
絎(かせ)糸の一筋づつや　日のながさ　朱拙（5 後ばせ集 四四一）
朝皃に恥ぢて起きけり　日の匂ひ　雲魚（8 俳諧新選 二二六ぺ）
うぐひすや野へ出て見たき　日の匂ひ　光江（8 俳諧新選 一〇一ぺ）
うめちるや糸の光の　日の匂ひ　土芳（6 炭俵 二四〇〇）
野遊びや肱つく草の　日の匂ひ　乙字（4 乙字句集 二三三二七）
元日や非を改むる　非のはじめ　紹簾（4 俳諧古選 二二八六）
あらたふと青葉若葉の　日の光　芭蕉（1 奥の細道 四八〇）
来し方や馬酔木(あしび)咲く野の　日のひかり　秋桜子（9 葛飾 一四二五）
砂川や小鮎ちろつく　日の光　子規（10 獺祭句帖抄 六四四ぺ）
しぐるるや松に手燭の　灯の光　南雅（8 俳諧新選 二三六ぺ）
鰒汁や小家に似ざる　灯の光　支鳩（8 俳諧新選 一四〇ぺ）
干足袋の夜のまま　日のままとなり　碧梧桐（9 碧梧桐句集 〇一三七）
夏草や暮れても暑き　日のゆかり　栄滝（8 俳諧新選 一一九ぺ）
水飯や簾捲いたる　日の夕べ　紅葉（9 紅葉句帳 〇二七〇）
白雨(ゆふだち)や鐘ききはづす　日の夕べ　史那（6 猿蓑 一七八六）

寒梅や苔で待てる	日の寛み	赤羽（8俳諧新選 一四四ペ）
年越や常も苫屋（とまや）の	灯（ひ）は有れど	軽舟（7俳諧古選 一九三ペ）
鷲の巣の樟の枯枝に	日は入りぬ	凡兆（6猿蓑 一九五九）
女連れて春の野ありき	日は暮れぬ	子規（10獺祭句帖抄 六一三ペ）
雉子うちてもどる家路の	日は高し	蕪村（2蕪村遺稿 二二九）
木枯の根にすがり付く	檜皮かな	桃隣（6炭俵 二五九六）
うき時は灰かきちらす	火鉢かな	青蘿（4青蘿発句集 一八五一）
死病得て爪美しき	火鉢かな	蛇笏（9山廬集 〇六五三）
なの花や月は東に	日は西に	蕪村（2蕪村句集 一一〇二）
秋雨や刻々暮るる	琵琶の湖（うみ）	虚子（12五百五十句 七三ペ）
いつ咲いていつ散るやらん	枇杷の花	尚白（7俳諧古選 一九一ペ）
食ふた時の暑さはどこへ	枇杷の花	乙鼠（7俳諧古選 一九〇ペ）
ひそやかに来て居る鳥や	枇杷の花	東残（8俳諧新選 一三八ペ）
鵯（ひよどり）の鳴きてつい行きぬ	枇杷の花	巳白（8俳諧新選 一三八ペ）
見る時は咲けりと思ふ	枇杷の花	守愚庵（7俳諧古選 一二一ペ）
夜嵐の雨に日たけぬ	雲雀（ひばり）哉	巴人（5夜半亭発句帖 五〇四）
あふのきに寝てみむ野辺の	雲雀かな	除風（6あら野 五七六）
鶯の及ばぬ空を	雲雀かな	栄滝（8俳諧新選 一〇四ペ）
下りてさへ尻の居（すわ）らぬ	雲雀哉	雁宕（8俳諧新選 一〇四ペ）
隈もなき空にかくるる	ひばり哉	六渡（8俳諧新選 一〇四ペ）
声も羽もやすめにおりる	雲雀哉	長禾（8俳諧新選 一〇四ペ）
飛び倦きて又麦に寝る	雲雀かな	剡山（8俳諧新選 一〇四ペ）

永き日も囀りたらぬ	ひばり哉	芭蕉（1続虚栗 二九〇）
寝る時はどうでも下りる	雲雀哉	明水（7俳諧古選 一五六ペ）
はる風にちからくらぶる	雲雀哉	野水（6あら野 五七五）
二つ三つ夜に入りさうな	雲雀かな	素園（8俳諧新選 一〇四ペ）
降る雨をつたふて下りる	雲雀かな	之房（8俳諧新選 一〇四ペ）
舞ひつめて三十日に成りし	雲雀哉	存義（8俳諧新選 一二二ペ）
三日月の上から下りる	ひばり哉	嘯山（8俳諧新選 一〇四ペ）
横に行く双びなきこそ	雲雀なれ	正興（7俳諧古選 一五〇ペ）
乾鮭（からざけ）や琴に斧うつ	ひびき有り	蕪村（2蕪村句集 一九六）
秋風に倒れしものの	ひびきかな	泊月（9現代俳句集 〇八四八）
秋の江に打ち込む杭（くひ）の	響きかな	漱石（9日記の中より 〇一六八）
入相の梅になり込む	ひびきかな	風麦（6猿蓑 一八九一）
凩によく聞けば千々の	響きかな	子規（4寒山落木巻三 二一八九）
抱き〆（しめ）る子に稲妻の	ひびきかな	貝錦（8俳諧新選 一二四ペ）
霜柱俳句は切字	響きけり	波郷（9風切 二六四四）
秋寒し藤太（とうだ）が鏑（かぶら）	ひびく時	蕪村（2蕪村句集 二〇八二）
鬼の子に餅を居うるも	ひひな哉	如行（6炭俵 二四五六）
美しき老刀自なりし	被布艶に	虚子（13六百五十句 二二三ペ）
五月雨や肩など叩く	火吹竹	一茶（3八番日記 三三五ペ）
しぐるるや目鼻もわかず	火吹竹	茅舎（4川端茅舎句集 二六二八）
秋の昏鵜川鵜川の	火ぶり哉	含咕（6あら野 八七九）
世の中は鶺鴒（せきれい）の尾の	ひまもなし	凡兆（6猿蓑 一八七八）

袖よごすらん田螺(たにし)の蜑の隙をなみ　芭蕉（1木因宛書簡 一五二）
物指で背(せな)かくことも日短　虚子（11五百句 九七ぺ）
汗出して谷に突きこむ氷室哉　冬松（6あら野 八一六）
海鼠腸(このわた)の壺埋めたき氷室哉　利重（6あら野 八一七）
蓴菜(じゅんさい)に氷柱も見せて氷室哉　三四坊（7俳諧古選 二二八ぺ）
ほこ長し天が下照る姫はじめ　望一（5望一千句 一七七）
草餅やマリア観音秘めらるる　喜舟（9紫川 〇四五七）
蒲公英(たんぽぽ)のかたさや海の日も一輪　草田男（9火の島 二五三八）
花衣ぬぐや纏る紐いろいろ　久女（9杉田久女句集 〇九五八）
うぐひすや未(まだ)台所火もうたず　知石（8俳諧新選 一〇一ぺ）
をさまりし蟻地獄変日もかげり　爽雨（9遅日 一八八）
むつかしと月を見る日は火も焼(た)かじ　荷兮（6あら野 四二四）
寝並んで遠夕立の評議哉　一茶（3おらが春 四五〇ぺ）
はらばうた足に砧の拍子かな　桃鏡（8俳諧新選 一三二ぺ）
闇の夜に終はる暦の表紙かな　蕪村（2蕪村遺稿 三九二）
此の冬は嘸(さぞ)ふところの拍子ぬけ　移竹（8俳諧新選 一五〇ぺ）
つと入やしる人に逢ふ拍子ぬけ　蕪村（2蕪村句集 一七四九）
臥して見るものに冬夜の屛風かな　青峰（9青峰集 二二五六）
沙魚(はぜ)釣るや鼻おごめきて百とよむ　太祇（8俳諧新選 一三五ぺ）
風呂吹を食ひに浮世へ百年目　子規（10獺祭句帖抄 六六二ぺ）
蚊に蚤に身は習はしつ百余日　其白（8俳諧新選 一四八ぺ）
青柳の東海道は百里かな　士朗（4枇杷園句集 二〇七七）

うき草や動かずに居る冷し馬　紀逸（4硯の筏 一一五八）
人来たら蛙となれよ冷し瓜　一茶（3七番日記 三三九ぺ）
松陰やここにおく共冷し瓜　嘯山（8俳諧新選 一五〇ぺ）
夏の夜や崩れて明けし冷し物　芭蕉（1続猿蓑 八六七）
園丁や胸に抱き来しヒヤシンス　元（9島村元句集 〇九〇〇）
まき鮓に僧の手へ来る鶵(ひよこ)かな　橙雨（8俳諧新選 一二三ぺ）
稲の花道灌山の日和かな　子規（10獺祭句帖抄 六一八ぺ）
鶯の淡路へわたる日和かな　子規（10獺祭句帖抄 六〇五ぺ）
酒造る隣に菊の日和かな　白雄（5白雄句集 八四〇）
山茶花を雀のこぼす日和かな　子規（10獺祭句帖抄 六四一ぺ）
五月雨の晴れて犬なく日和かな　徳元（4毛吹草追加 〇〇六四）
鈴鴨の虚空に消ゆる日和哉　蒼虬（5訂正蒼虬句集 一一五七）
捨舟の落葉掃き出す日和かな　子規（10獺祭句帖抄 六二〇ぺ）
蝶の羽にばかり風ある日和哉　卯雲（8俳諧新選 一〇八ぺ）
蝶むれて登る吉野の日和かな　楼川（8俳諧新選 一〇七ぺ）
念力のゆるみし小春日和かな　虚子（13六百五十句 一八六ぺ）
野の蝶の大坂へ出る日和哉　来草（7俳諧古選 二二七ぺ）
畠みな蝶に成りたる日和かな　多少（8俳諧新選 一〇八ぺ）
鵙(もず)鳴いて妙義赤城の日和かな　子規（10獺祭句帖抄 六一六ぺ）
余所(よそ)の田へ蝗(いなご)のうつる日和かな　子規（10獺祭句帖抄 六一六ぺ）
菜の花の香に起こりしか日和地震(なゐ)　月居（4河衙 二一〇四）
一枝は鼠の道の柊(ひらぎ)かな　宗雨（8俳諧新選 一四四ぺ）

朝顔や机座の夜更けて　開きくる　桐明（9 高原 一〇〇三）
曙の人顔牡丹霞に　ひらきけり　杜国（6 波留濃日 三〇八）
有りて過ぎて背戸の水仙　開きけり　之房（8 俳諧新選 一四二ペ）
杜若(かきつばた)しぼむ下から　開きけり　自友（8 俳諧新選 一一四ペ）
水仙の落葉被(かつ)いて　開きけり　秀山（8 俳諧新選 一四二ペ）
日和見てつぎ木の花の　開きけん　之房（8 俳諧新選 一〇四ペ）
杜若卍ほろりと　ひらけたり　嘯山（8 俳諧新選 一一四ペ）
うぐひすや子に青年期　ひらけつつ　三鬼（9 夜の桃 二三四七）
名月や四五人乗りし　鯿(ひらだ)ぶね　需笑（6 続猿蓑 三二一六）
髪剃は降り来る雪か　比良のたけ　陽和（6 続猿蓑 三三九六）
一銭の釣鐘撞くや　昼霞　子規（10 獺祭句帖抄 六二四ペ）
鶯や洞然として　昼霞　虚子（11 五百句 六〇ペ）
梟をなぶるや寺の　昼狐　子規（10 獺祭句帖抄 六二〇ペ）
醍醐寺へ留守居に行くや　昼砧　三幹竹（9 三幹竹句集 〇五四五）
菜の花や小学校の　昼餉(ひるげ)時　子規（4 俳句稿巻二 二二〇五）
惜しまれてとくちれ花の　昼時分　晩山（7 俳諧古選 一五一ペ）
藻の花に鷺イ(たたず)んで　昼永し　子規（10 獺祭句帖抄 六五〇ペ）
松の蟬どこ迄鳴いて　昼になる　一茶（3 おらが春 四四六ペ）
足伸べて姫百合草をらす　昼ね哉　此橘（6 あら野 六五八）
うつぶせにねるくせつきし　昼寝かな　万太郎（9 流寓抄 一一一二）
帷子(かたびら)の肌に食ひ入る　昼寝かな　尺布（8 俳諧新選 二二二ペ）
こつちから蠅に手をする　昼寝哉　文右衛門（7 俳諧古選 二二一八ペ）

粘ごはな帷子(かたびら)かぶる　ひるねかな　惟然（6 続猿蓑 三二〇〇）
芭蕉葉の陰に小鹿の　昼寝哉　羅嵐（8 俳諧新選 二三三ペ）
蠅いとふ身を古郷に　昼寝哉　蕪村（2 蕪村句集 二六九六）
ひやひやと壁をふまへて　昼寝哉　芭蕉（1 笈日記 八七五）
屋根瓦ずれ落ちんとして　昼寝かな　水巴（9 定本水巴句集 〇六〇四）
山風に吹きさらされて　昼寝かな　虚子（14 七百五十句 一五ペ）
今迄は罰もあたらず　昼寝蚊屋　一茶（3 おらが春 四四一ペ）
冬晴や朝かと思ふ　昼寝ざめ　草城（4 銀 二七〇八）
あぢさゐや仕舞のつかぬ　昼の酒　乙二（5 松窓乙二集 九五六）
若竹や雞(にはとり)鳴きて　午時(ひる)の月　移竹（8 俳諧新選 一一八ペ）
木兎(みみづく)やおもひ切つたる　昼の面　芥境（6 猿蓑 一六五七）
陽炎や新吉原の　昼の体　一茶（3 七番日記 三二七ペ）
魚くうて口なまぐさし　昼のゆき　成美（5 成美家集 九三七）
鼓子花(ひるがほ)の短夜ねぶる　昼間哉　芭蕉（1 尚白筆懐紙 四〇二）
松原や田舎祭りの　昼休み　其角（7 俳諧古選 二〇〇ペ）
寒鯉はしづかなるかな　鰭を垂れ　秋桜子（9 秋苑 一四二一）
寒垢離(ごり)にせなかの竜の　披露哉　一茶（3 おらが春 四七四ペ）
曼珠沙華(まんじゅしゃげ)落暉(らっき)も蘂(しべ)を　ひろげたり　草田男（9 長子 二五四七）
大夕焼一天をおし　ひろげたる　素逝（9 暦日 一八一八）
売り出しの旗や小春の　広小路　子規（10 獺祭句帖抄 六六〇ペ）
卯の花のこぼるる蕗の　広葉哉　蕪村（2 蕪村句集 八八四）
塵取に押し込む桐の　広葉かな　子規（9 俳句稿巻二 〇〇三一）

こもり居て木の実草のみ　ひろはばや　芭蕉（1後の旅五七三）
萩咲きてよしある筆を　拾ひけり　山竺（8俳諧新選一四八ぺ）
磯の月数々の貝　拾ふべく　酒竹（9酒竹句集○二八八）
引鶴や笏をかざして　日を仰ぐ　蝶衣（9蝶衣句稿○五七○）
かなしめば鵙(もず)金色の　日を負ひ来　楸邨（9寒雷二五七六）
押しやりて又引きよする　火桶かな　武然（8俳諧新選一三八ぺ）
清盛の文張つてある　火桶かな　大江丸（4俳懺悔二○五三）
霜の後撫子さける　火桶哉　芭蕉（1勧進牒六五二）
裾に置いて心に遠き　火桶哉　蕪村（2蕪村句集三二一）
炭の香をすぐにすすむる　火桶かな　梓月（9冬鶯○三六五）
抱いて寝ても肌はゆるさぬ　火桶哉　貞室（7俳諧古選一八六ぺ）
抱籠の世は変はり行く　火桶哉　樊川（7俳諧古選二二五ぺ）
独り住む人も一つの　火桶かな　石爛（8俳諧新選一三八ぺ）
絵屏風の倒れかかりし　火桶かな　子規（10獺祭句帖抄六一九ぺ）
涼しさの淋し走馬灯　灯(ひ)をつがん　水巴（4水巴句帖二四二七）
大門や柳かぶつて　灯をともす　子規（10獺祭句帖抄六二六ぺ）
鬼(おに)貫(つら)や新酒の中の　貧に処す　蕪村（2蕪村句集二七三八）
炉開や左官老い行く　鬢(びん)の霜　芭蕉（1韻塞七六五）
朝皃にしをれし人や　鬢(びん)帽(ぼう)子(し)　其角（6続猿蓑三二六二）
菊のつゆ凋(しを)る人や　鬢帽子　其角（6あら野七六四）
出雲への路銭はいかに　びんぼ神　立圃（5犬子集二六）
うら壁やしがみ付いたる　貧乏雪　一茶（3七番日記三五五ぺ）

ふ

鶯も余寒につれて　無(ぶ)音(いん)かな　梅盛（4口真似草○一二七）
こがね虫葉かげを歩む　風雨かな　久女（9杉田久女句集○九四五）
水羊羹行儀正しき　夫婦かな　白水郎（9散木集一○八五）
夕顔の一つの花に　夫婦かな　風生（9村住一五九一）
まゆ玉や一度こじれし　夫婦仲　万太郎（9流寓抄一一三三）
剃るからに蚊の食ひ所　倍えにけり　正与（7俳諧古選二二三ぺ）
村中に椿の塵の　殖えにけり　たかし（9鷹一六七一）
秋の夜や障子の穴の　笛をふく　一茶（3文政版発句集三四四ぺ）
雪どけの子等笛を吹き　笛を持ち　素十（9まはぎ一五五七）
若たけや一字の灯(ともし)　深からず　暁台（5暁台句集七六九）
水餅をあげそこねたり　深き水　喜舟（9紫川○四七○）
手袋の十本の指を　深く組めり　誓子（9炎昼一四八二）
金亀子擲つ闇の　深さかな　虚子（9五百句○○六六）
しらぬ間につもりし雪の　ふかさかな　万太郎（9流寓抄一一二三）
高々と蝶こゆる谷の　深さかな　石鼎（9花影○七五二）
干足袋を飛ばせし湖(うみ)の　深さかな　普羅（9普羅句集○七二九）
蓬生や譬ひ菖蒲(あやめ)は　葺かず共　富水（8俳諧新選一一六ぺ）
山吹も散るか祭りの　鱠(ふか)なます　洒堂（6続猿蓑三○六三）
ヨツト来ぬさをのまなごの　鱶(ふか)の海を　禅寺洞（9禅寺洞句集二三○○）

風月の財も離れよ　深見草　芭蕉（1雪の棟　七八五）
浅漬けの色や胡瓜（きうり）の　深みどり　素外（4玉池雑藻　二一三一）
若くさや人の来ぬ野の　深みどり　嘯山（5葎亭句集　七二七）
乙鳥（つばくら）や水田の風に　ふかれ皃（がほ）　蕪村（2蕪村句集　一〇九六）
白鷺も柳に従ひて　吹かれけり　尺布（8俳諧新選　一〇五ペ）
ちる尾花風も白けて　吹かれけり　習先（8俳諧新選　二三二ペ）
蝶々やつかみ合ひつつ　吹かれ行く　嘯山（8俳諧新選　一〇八ペ）
こがらしや鐘に小石を　吹き当てる　蕪村（2蕪村句集　一九四一）
凩や広野にどうと　吹き起こる　蕪村（2蕪村遺稿　二一九九）
波荒く港といへど　蕗繁り　多佳子（9海燕　二九七三）
木枯に浅間の煙　吹き散るか　虚子（12六百句　二三三ペ）
こがらしに二日の月の　ふきちるか　荷兮（6あら野　七七七）
凩の我も寒気に　吹きにけり　杜支（8俳諧新選　一三八ペ）
我が軒に長柄の菖蒲（あやめ）　ふきにけり　西吟（5元禄百人一句　二三一）
埋み火や野辺なつかしき　蕗の薹　宋阿（7俳諧古選　一九四ペ）
うめの木や此の一筋を　蕗のたう　其角（6猿蓑　一八八六）
鹿も来る寺のぐるりや　蕗の薹　孤桐（8俳諧新選　一〇三ペ）
莟とはなれもしらずよ　蕗の薹　蕪村（2蕪村句集　二〇四八）
投入や梅の相手は　蕗のたう　良品（6続猿蓑　二九九七）
にがにがしいつまで嵐　ふきのたう　宗鑑（5真蹟短冊　一）
踏みまたぐ土堤の切れ目や　蕗の塔　拙侯（6続猿蓑　三〇三五）
秋の風衣と膚（はだへ）　吹き分かつ　虚子（12五百五十句　二〇ペ）

朝日さす弓師が見せや　福寿草　蕪村（2蕪村遺稿　二一七八）
勝の方へ花参らせん　福寿草　野有（8俳諧新選　一五〇ペ）
野にも寝ず今年も明けぬ　福寿草　二柳（8俳諧新選　一〇〇ペ）
日の障子太鼓の如し　福寿草　たかし（4たかし全集　二六五八）
盆山の奇石峨々たり　福寿草　素琴（9山萩　一〇一）
逢はぬ恋おもひ切る夜や　ふくと汁　蕪村（2蕪村遺稿　二〇一三）
あら何ともなやきのふは過ぎて　ふくと汁　芭蕉（1江戸三吟　八八）
海のなき京おそろしや　ふくと汁　蕪村（2蕪村遺稿　二九一）
音なせそたたくは僧よ　ふくと汁　蕪村（2蕪村句集　九六四）
秋風の呉人はしらじ　ふくと汁　蕪村（2蕪村句集　二九〇）
玉の緒よ絶えなばたえね　ふくと汁　春澄（5六百番発句合　一九一）
玉河のうた口ずさむ　鰒の友　蕪村（2蕪村遺稿　二八七）
もち月の其のきさらぎに　鰒はなし　蕪村（2蕪村遺稿　一九二三）
うかうかと末花のある　ふくべかな　蓼太（8俳諧新選　二三五ペ）
かしましと捨てらるる迄　瓢（ふくべ）かな　修古（7俳諧古選　二五ペ）
順礼の目鼻書きゆく　ふくべ哉　蕪村（2蕪村句集　四九）
煤はらひ梅にさげたる　瓢かな　一髪（6あら野　八二七）
芹摘むとてこけて酒なき　瓢哉　旦藁（6波留濃日　三二四）
十ながら同じ形（なり）なき　ふくべかな　半魯（8俳諧新選　二三五ペ）
針立の撫で撫で這入る　ふくべ哉　許六（7俳諧古選　一七九ペ）
人の世に尻を居ゑたる　ふくべ哉　蕪村（2蕪村句集　一四三）
昼中にやねからおつる　ふくべ哉　呂国（5有磯海　四六六）

夕がほや秋はいろいろの瓢かな　芭蕉（1あら野　四〇三）
麦の穂のしよりりと秋を含みけり　白芽（8俳諧新選　一一六ペ）
其のむかし鎌倉の海に鰒やなき　蕪村（2蕪村遺稿　一九二六）
宿直（とのゐ）すと離もる子や深くる迄　嘯山（8俳諧新選　一〇九ペ）
まめやかに母の砧や更くるまで　志昔（8俳諧新選　二三二ペ）
杜宇（ほととぎす）烟草に腹のふくれけり　希因（8俳諧新選　二一四ペ）
待春の留学画信ふくれ着く　爽雨（9寒柝　一八九六）
をかし蜜柑中に筋あり袋あり　珪山（8俳諧新選　一四八ペ）
大きな眼二つ画けば梟かな　月斗（9昭和俳句集　〇五〇三）
萩の昼月の句も一つ袋かな　子規（10獺祭句帖抄　六五七ペ）
竈馬（こほろぎ）や顔に飛びつくふくろ棚　北枝（6続猿蓑　三二六四）
雨ごとにあれものびる歟（か）袋角　孤桐（8俳諧新選　二二三ペ）
みじか夜や六里の松に更けたらず　蕪村（2蕪村句集　三八）
やぶ入の我が夜たのしく更けにけり　咫尺（8俳諧新選　一四七ペ）
雪払ふ傘（からかさ）の音更けにけり　子一（8俳諧新選　一四二ペ）
春老いてたんぽぽの花吹けば散る　子規（10獺祭句帖抄　六〇六ペ）
荒壁や柚子に階子（はしご）す武家屋敷　子規（10獺祭句帖抄　六五六ペ）
春めくと覚えつつ読み耽るかな　立子（9笹目　一九四四）
朝顔の苗なだれ出し畚（ふご）のふち　虚子（12五百五十句　一八ペ）
軒落ちし雪窮巷を塞ぎけり　碧梧桐（4続春夏秋冬　二三〇一）
風に落つ楊貴妃桜房のまま　久女（9杉田久女句集　〇九三九）
闇汁や何の会にも不参せず　花蓑（9花蓑句集　〇八七六）

市中（まちなか）や木の葉も落ちずふじ颪　桃隣（6炭俵　二五八八）
大北風（きた）にあらがふ鷹の富士指せり　亜浪（9定本亜浪句集　一〇二五）
枯草のそよげどそよげど富士端（ただ）しき　亜浪（9定本亜浪句集　一〇二七）
代馬（しろうま）は大きく津軽富士小さし　虚子（12五百五十句　六七ペ）
この程の忌日子規庵無事なりき　露月（9露月句集　〇二二四）
晴れにけり又曇りけり富士日記　其角（7俳諧古選　一六九ペ）
秋風のふく程白し富士の山　李丈（8俳諧新選　一三五ペ）
泳ぎ来て日本遠し不二の山　三汀（9返り花　一一四八）
元日や一系の天子不二の山　鳴雪（4鳴雪俳句鈔　二二三一）
元朝の見る物にせん富士の山　宗鑑（4俳諧古選　〇〇〇七）
露霜の沙汰なかりけり富士の山　常牧（5蓮実　二二〇三）
によつぽりと秋の空なる不尽の山　鬼貫（5大悟物狂　二二二七）
武蔵野の雪ころばしか富士の山　徳元（5犬子集　六八）
翌（あす）しらで三日先見つ富士の雪　重頼（7俳諧古選　一九七ペ）
煙にもすすけず白し富士の雪　徳元（4犬子集　〇〇六三）
すそ野暑く頭寒足熱富士の雪　貞徳（4崑山集　〇〇四〇）
一尾根はしぐるる雲かふじのゆき　芭蕉（1泊船集　三一六）
雪で富士か不尽にて雪か不二の雪　鬼貫（5庵桜　二二二八）
雪月夜裸婦の屍伏し伏して　水巴（9定本水巴句集　〇六〇五）
かぐや姫の素顔を見ばや不二詣　千重（8俳諧新選　二二三ペ）
珍しき一夜の冬や富士詣　翠如（8俳諧新選　一二三ペ）
もののふに川越し問ふや富士まうで　望翠（6続猿蓑　三四六〇）

鶴子最も亡兄の墓を　ふし拝む　虚子（13六百五十句 二一九ペ）
うららかや駕（かご）の中より　富士を見る　四方太（9春夏秋冬 〇一九九）
木槿（むくげ）咲いて里の社（やしろ）の　普請（ふしん）かな　子規（10獺祭句帖抄 六一六ペ）
木の葉やく寺のうしろや　普請小屋　子規（10獺祭句帖抄 六〇三ペ）
鬼王が妻におくれし　ふすま哉　蕪村（2蕪村遺稿 二三二四）
沙弥（しゃみ）律師ころりころりと　衾（ふすま）哉　蕪村（2蕪村句集 二八三）
糞（ふん）ひとつ鼠のこぼす　ふすま哉　蕪村（2蕪村遺稿 二八二）
名にしおはばさむさをよきよ　衾　雪　元隣（5新続犬筑波集 八八）
蕣（あさがほ）の昨日にこりぬ　風情かな　百万（8俳諧新選 二一六ペ）
金銀瑠璃（こんごんるり）硨磲瑪瑙琥珀（しゃこめなうこはく）　葡萄（ぶだう）かな　東洋城（9東洋城全句上 〇三九八）
食罰の紫にがき　葡萄かな　紅葉（4紅葉句帳 二三二）
棚作るはじめさびしき　葡萄哉　作者不明（6あら野 七三一）
めしつぶで紙子の破れ　ふたぎけり　蕪村（2蕪村句集 三五三）
むし干の目に立つ枕　ふたつかな　文瀾（6あら野 九八一）
秋の蟻みちもつくらず　二つ三つ　王城（9同人句集 〇九一二）
落栗や昨日のもあり　二つ三つ　雲魚（8俳諧新選 二三三ペ）
残る葉と染めかはす柿や　二つ三つ　太祇（8俳諧新選 二三二ペ）
雪解水林へだてて　二流れ　虚子（12六百句 二三八ペ）
寒き夜や肉そがれたる　豕（ぶた）の声　嘯山（8俳諧新選 一四二ペ）
草いきれ人死に居ると　札の立つ　蕪村（2蕪村句集 一七二五）
畑うちや法三章の　札のもと　蕪村（2蕪村句集 二三六九）
ばせを植ゑてまづにくむ荻の　二ば哉　芭蕉（1続深川集 一三二）

立つ鴫に眠る鴫あり　ふた法師　蕪村（2蕪村句集 九九二）
彼岸まへさむさも一夜　二夜哉　路通（6猿蓑 一九三七）
衾（しとね）敷きて又壁（かげぼし）人と　二人寝む　嘯山（8俳諧新選 一五一ペ）
寄せ鍋の大きな瀬戸の　蓋を開く　立子（9続立子句集一 一九五一）
春さむや買うてすぐさす　ふだん櫛　淡路女（9梶の葉 〇九八四）
鮟鱇の骨まで凍（い）てて　ぶちきらる　楸邨（9起伏 二五七三）
白藤や猶さかのぼる　淵の鮎　几董（5井華集 七九七）
朝がほや一輪深き　淵の色　蕪村（2蕪村句集 一三四）
こがらしや覗いて逃ぐる　淵のいろ　蕪村（2蕪村遺稿 二九七）
うつむけに春うちあけて　藤の花　蕪村（2蕪村句集 八六〇）
大岳や笹に寝てさく　藤の花　孤桐（8俳諧新選 一一ペ）
朧夜やながくてしろき　藤の花　兼正（6あら野 六一四）
草臥（くたび）れて宿かる比や　藤の花　芭蕉（1猿蓑 三八三）
藪畦や穂麦にとどく　藤の花　荊口（6続猿蓑 三〇六五）
山もとに米踏む音や　藤のはな　蕪村（2蕪村句集 二六四七）
行き過ぎてもどる人あり　藤の花　李流（8俳諧新選 一一ペ）
ゆく春にすがりて咲くや　藤の花　青蒲（7俳諧古選 二二〇ペ）
弓固めとる比なれや　藤ばかま　支浪（6続猿蓑 三二四九）
かくれ家や猫にもすゑる　二日灸　一茶（3おらが春 四三五ペ）
死はいやぞ其のきさらぎの　二日灸　子規（10獺祭句帖抄 五九八ペ）
梅嗅ぎに出たばかりなり　二日月　乙二（8俳諧新選 一〇二ペ）
八朔や扨（さて）明日よりは　二日月　蕪村（2蕪村句集 七八三）

白ぼたん　崩れんとして　二日見る　成美（5 成美家集 九二八）
けし畑や　散りしづまりて　仏(ぶつ)在(ざい)世(せ)　乙州（6 続猿蓑 三四五九）
回国の　夜着に出会ひし　仏事哉　文湖（8 俳諧新選 一三九ぺ）
ぬかづけば　われも善女や　仏生会　久女（9 杉田久女句集 〇九五六）
蝌蚪(かへるこ)に　うつすな己が　ふつつかさ　竹亭（7 俳諧古選 一五二ぺ）
としの行くに　つれ立つや我が　不調法　丈石（7 俳諧古選 二一四ぺ）
はつ春や　よく仕て過ぐる　無調法　風睡（6 続猿蓑 三〇九八）
すす掃や　童の時の　筆すさみ　嘯雨（8 俳諧新選 一四四ぺ）
梅の花　香ながらうつす　筆もがな　紹巴（7 俳諧古選 一九六ぺ）
松杉や　枯野の中の　不動堂　子規（10 獺祭句帖抄 六〇三ぺ）
旗のごとく　なびく冬日を　ふと見たり　虚子（9 五百五十句 〇八六）
秋来ぬと　目にさや豆の　ふとりかな　大江丸（5 はいかい袋 八七二）
蓮の露　ころがる度に　ふとりけり　子規（9 寒山落木巻一 〇〇三九）
朝々の　心はなれぬ　ふとんかな　羽律（8 俳諧新選 一三九ぺ）
ある時は　重ねてたたむ　ふとん哉　李流（8 俳諧新選 一四〇ぺ）
妹と背の　山につくねる　ふとん哉　多少（8 俳諧新選 一四〇ぺ）
子をのせて　舟に引きなす　ふとん哉　嘯山（8 俳諧新選 一三九ぺ）
里下りの　しくを見て居る　ふとん哉　赤羽（8 俳諧新選 一四〇ぺ）
詩腸枯れて　病骨を護す　蒲団かな　子規（10 獺祭句帖抄 六六一ぺ）
その日その日　死ぬる此の身と　蒲団かな　虚了（11 五百句 三四ぺ）
大兵の　かり寝あはれむ　ふとん哉　蕪村（2 蕪村句集 二七七）
虎の尾を　ふみつつ裙に　ふとん哉　蕪村（2 蕪村句集 二八〇）

寝かさなき　母になられし　蒲団かな　松浜（9 白菊 〇五五七）
古郷に　一夜は更くる　ふとんかな　蕪村（2 蕪村句集 一八九六）
まき捨てて　朝たつ宿の　ふとん哉　召波（8 俳諧新選 一三九ぺ）
またたきの　音静かなる　蒲団かな　月舟（9 進むべき道 〇七〇〇）
光(みつ)氏(うぢ)と　紫と寝る　布団かな　東洋城（9 東洋城全句上 〇四〇九）
四布五布　身の隠れ家の　ふとん哉　存義（7 俳諧古選 二三二ぺ）
朝寒や　烟目につく　舟上がり　孤桐（8 俳諧新選 一三二ぺ）
植半に　ふけて客あり　船遊び　知十（9 鶯日 〇三四九）
手から手へ　さす杯や　舟遊び　迂童（8 俳諧新選 一二四ぺ）
身に入むや　宵暁の　舟じめり　其角（7 俳諧古選 一七八ぺ）
茹蛸の　碇(いかり)たのもし　舟すずみ　百万（8 俳諧新選 一二二ぺ）
よし雀の　拍子揃ふや　船大工　荘丹（5 能静草 八九二）
いな妻や　佐渡なつかしき　舟便　蕪村（2 蕪村遺稿 一一六〇）
恋々(れんれん)として　柳遠のく　舟路かな　几董（4 井華集 一八四五）
小夜ちどり　庚申まちの　舟屋形　丈草（6 続猿蓑 三三七二）
波絶えず　打つや秋風の　船料理　三允（9 三允句集拾遺 〇三三二）
煤を掃く　音は我が家歟(か)　舟上がり　伊流（8 俳諧新選 一四四ぺ）
若草や　人の裾ふむ　舟上がり　樊川（8 俳諧新選 一〇三ぺ）
初霜や　寝ながらあぶる　舟の底　雁宕（4 反古衾 一七〇一）
五月雨や　此の世の外の　船の中　水翁（8 俳諧新選 一一七ぺ）
しら魚や　あさまに明くる　舟の中　吏登（5 吏登句集 四七三）
月近し　夜寒に馴れぬ　舟の中　嘯山（8 俳諧新選 一三二ぺ）

はつしもに　何とおよるぞ　船の中　其角（6猿蓑 一六三一）
蛍見や　羅(うすもの)寒き　舟の中　珊雫（8俳諧新選 一一六ペ）
どこ迄も　追ひつめて見ん　舟の蚤　子規（10獺祭句帖抄 六三〇ペ）
糸遊や　つれ立つとなく　舟の陸(をか)　孤舟（8俳諧新選 一一二ペ）
扨(さて)は雁　折節渡りに　船もなし　似春（4六百番発句合 〇二〇七）
クリスマス　地に来ちちはは　舟を漕ぐ　不死男（9街 二二六四）
秋風や　藪も畠も　不破の関　芭蕉（1野ざらし紀行 一九一）
うまさうな　雪がふうはり　ふはり哉　一茶（3句稿消息 三五五ペ）
海山の　鳥啼き立つる　雪吹(ふぶき)かな　乙州（6炭俵 二六二〇）
炭売りの　横町さかる　雪吹哉　湖夕（6炭俵 二六一九）
鶏(とり)合　蒔絵の桜　吹雪かな　余子（9余子句選 〇四四五）
峰に添うて　鳥も羽をする　雪吹哉　簟袿（8俳諧新選 一四三ペ）
宿かせと　刀投げ出す　雪吹哉　蕪村（2蕪村句集 三九三）
我が形(なり)を　見失うたる　雪吹かな　比松（8俳諧新選 一四三ペ）
水あびよ　藍干す上を　踏まずとも　釣雪（6あら野 八七二）
うまや路や　麦の黒穂の　踏まれたる　不器男（9定本不器男句集 一七〇六）
故友また　故友青きも　踏みあへず　爽雨（9三露 一八九二）
元朝の　日がさす縁を　ふみあるく　亜浪（9定本亜浪句集 一〇二八）
三井寺や　月の詩つくる　踏み落とし　蕪村（2蕪村遺稿 二〇八一）
やれめより　人に見られん　文紙子　百万（8俳諧新選 一四九ペ）
煤掃や　折敷一枚　踏みくだく　惟然（6続猿蓑 三四〇七）
麦踏の　こち見て畝を　ふみはづし　俳小星（9径草 〇九一一）

秋雨や　水底の草を　踏みわたる　蕪村（2蕪村句集 一三二七）
こがらしや　野河の石を　踏みわたる　蕪村（2蕪村遺稿 二三〇〇）
鮎落ちて　宮木とどまる　ふもと哉　蕪村（2蕪村遺稿 二三七二）
うごくとも　見えで畑うつ　麓かな　去来（6あら野 五六七）
駕(かご)舁(かき)の　さくらに睡る　麓かな　几鹿（8俳諧新選 一〇九ペ）
菜の花に　大名うねる　麓かな　士朗（5枇杷園句集 八九六）
花咲きて　七日鶴見る　麓哉　芭蕉（1ひとつ橋 二六六）
冬木立　家居ゆゆしき　麓哉　蕪村（2蕪村遺稿 一八五）
時鳥　背中見てやる　麓かな　曲水（6猿蓑 二一四三）
思はずも　ヒヨコ生まれぬ　冬薔薇　碧梧桐（4新傾向句集 二二八四）
穴蟻の　世を明らめぬ　冬構へ　秋水（7俳諧古選 二一七ペ）
潔戒の　山静か也　ふゆがまへ　它谷（8俳諧新選 一四〇ペ）
桜木や　菰(こも)張りまはす　冬がまへ　支梁（6炭俵 二五九〇）
古寺の　簀子(すのこ)も青し　冬がまへ　凡兆（6猿蓑 一六四一）
北欧の　船腹垂るる　冬鷗　不死男（9万座 二二七七）
夢に見れば　死もなつかしや　冬木風　木歩（9決定木歩全集 一〇五九）
大空に　伸び傾ける　冬木かな　虚子（9五百句 〇〇五三）
ことごとく　藁を掛けたる　冬木かな　子規（10獺祭句帖抄 六四一ペ）
渋柿の　取り残されし　冬木哉　鷺助（7俳諧古選 一八八ペ）
若葉から　すぐにながめの　冬木哉　藤羅（6あら野 六二七）
鞄あけ　物探す人　冬木中　虚子（12六百句 一八六ペ）
枯れゆけば　おのれ光りぬ　冬木みな　楸邨（9寒雷 二五七七）

乾鮭（からさけ）も　のぼるけしきや　冬木立　蕪村（2蕪村遺稿八三三）
からびたる　三井の二王や　冬木立　其角（5いつを昔二七〇）
汽車道の　一筋長し　冬木立　子規（10獺祭句帖抄六〇三ぺ）
狐啼く　内裏の跡や　冬木立　沙月（8俳諧新選二三七ぺ）
このむらの　人は猿也　冬木だち　蕪村（2蕪村句集九九六）
里ふりて　江の鳥白し　冬木立　蕪村（2蕪村遺稿一〇八四）
静けさも　家老の城や　冬木立　旨原（4靭随筆一七三三）
砂よけや　蜑のかたへの　冬木立　凡兆（6猿蓑一六三六）
たたらふむ　火の宵々や　冬木立　温亭（9温亭句集〇八三一）
菜畑や　小村をめぐる　冬木立　子規（10獺祭句帖抄六二〇ぺ）
南宗の　貧しき寺や　冬木だち　月渓（5五車反古八三二）
盗人に　鐘つく寺や　冬木立　太祇（5太祇句選五五四）
花のいろは　からびはてたる　冬木立　鬼貫（5七車二三九）
吹かれ居る　鳥の痩せや　冬木立　孤桐（8俳諧新選二三七ぺ）
両村（ふたむら）に　質屋一軒　冬木立　蕪村（2蕪村句集九九五）
みよしのや　もろこしかけて　冬木立　蕪村（2蕪村遺稿三五九）
守るとなき　山路の関や　冬木立　習先（8俳諧新選二三七ぺ）
夜も半ば　真上の月や　冬木立　嘯山（8俳諧新選二三七ぺ）
鴛（をしどり）に　美をつくしてや　冬木立　蕪村（2蕪村句集一二八）
斧入れて　香におどろくや　冬木立　蕪村（2蕪村句集一〇八五）
折口は　さすがに生きし　冬木立　支鳩（8俳諧新選二三七ぺ）
欠（あくび）せぬ　気のをさまりや　冬籠り　篤羽（8俳諧新選一四〇ぺ）

あたらしき　茶袋ひとつ　冬籠り　荷兮（6波留濃日三五八）
一村は　留守のやうなり　冬籠り　子規（10獺祭句帖抄六一九ぺ）
石女（うまずめ）も　綿子にかかれ　冬ごもり　楼川（8俳諧新選一四〇ぺ）
売り食ひの　調度のこりて　冬ごもり　蕪村（2蕪村遺稿三〇五）
縁側へ　出て汽車見るや　冬籠り　子規（10獺祭句帖抄六六一ぺ）
重き書は　手近に置いて　冬籠り　紅緑（9紅緑句集〇二三九）
勝手迄　誰が妻子ぞ　ふゆごもり　蕪村（2蕪村句集三〇三）
気に入りの　調度有りけり　冬籠り　存義（7俳諧古選二二二ぺ）
京の水　遣うて嬉し　冬ごもり　太祇（8俳諧新選一四〇ぺ）
金屏の　松の古さよ　冬籠り　芭蕉（1許六宛書簡八〇八）
唇で　冊子かへすや　ふゆごもり　涼袋（5古今明題集七三二）
食ふ事も　浜の真砂や　冬籠り　乙由（7俳諧古選一九三ぺ）
雑水（ざふすい）の　などころならば　冬ごもり　其角（6猿蓑一六四二）
閑（しつ）かさや　獃子（あほう）つかうて　冬籠り　寛留（8俳諧新選一四〇ぺ）
信濃なる　僕（しもべ）置きけり　冬ごもり　蕪村（2蕪村遺稿一九五二）
十年の　耳ご搔きけり　冬籠り　子規（10獺祭句帖抄六六一ぺ）
書に水に　望みは足れり　冬籠り　龍眠（8俳諧新選一四〇ぺ）
尻重き　業（わざ）の枰や　冬ごもり　太祇（8俳諧新選一四〇ぺ）
桃源の　路次の細さよ　冬ごもり　蕪村（2蕪村遺稿六七一）
妻もちて　鈍にこそあれ　冬籠り　鼓舌（8俳諧新選一四〇ぺ）
手をちぢめ　足をちぢめて　冬籠り　子規（10獺祭句帖抄六〇二ぺ）
時となく　快よき屁や　冬ごもり　嘯山（8俳諧新選一四〇ぺ）

とや角(かく)と　烟草選みや　冬ごもり　富葉(8俳諧新選 一四〇ぺ)
難波津や　田螺(たにし)の蓋も　冬ごもり　芭蕉(1市の庵 八〇九)
鍋敷に　山家集有り　冬ごもり　蕪村(2蕪村遺稿 六七二)
能なしは　罪も又なし　冬籠り　一茶(3おらが春 四七三ぺ)
初瀬の鐘　よい物近し　冬籠り　希因(7俳諧古選 一九四ぺ)
抽出しの　数のあるじよ　冬ごもり　梨葉(9梨葉句集第一 一〇七五)
一里の　炭売りはいつ　冬籠り　一井(6あら野員外 一四〇〇)
人誹(そし)る　会が立つなり　冬籠り　一茶(3文政句帖 三六〇ぺ)
人を前　人を後ろや　冬ごもり　大施(8俳諧新選 一四七ぺ)
褌(ふんどし)は　竿にかかせつ　冬籠り　木節(7俳諧古選 二〇六ぺ)
薪をわる　いもうと一人　冬籠り　子規(10獺祭句帖抄 六一〇ぺ)
まこと人に　負き得てんや　冬籠り　青峰(9青峰集 二二五八)
先(まつ)祝へ　梅を心の　冬籠り　芭蕉(1あら野 三二八)
火傷して　物に狂ふや　冬ごもり　超波(8俳諧新選 一四〇ぺ)
柚(ゆ)味噌にも　伽羅(きやら)の匂ひや　冬籠り　貝錦(8俳諧新選 一四〇ぺ)
夢に舞ふ　能美しや　冬籠り　たかし(4たかし全集 二六六二)
余儀なしや　傾城買ひの　冬籠り　瓜流(8俳諧新選 一四〇ぺ)
老僧の　爪の長さよ　冬籠り　子規(10獺祭句帖抄 六六一ぺ)
我が臑(はぎ)も　火箸に似たり　冬籠り　有佐(7俳諧古選 二二三ぺ)
脇差も　我も錆けり　冬籠り　正秀(7俳諧古選 一九二ぺ)
居眠りて　我にかくれん　冬ごもり　蕪村(2蕪村句集 二三〇)
折々に　伊吹をみては　冬ごもり　芭蕉(1後の旅 七二四)

大石や　二つに割れて　冬ざるる　鬼城(9鬼城句集 〇六一〇)
京にあきて　此の木がらしや　冬住(ずま)ひ　芭蕉(1笈日記 七二八)
汽車道の　一段高き　冬田かな　子規(10獺祭句帖抄 六四〇ぺ)
蜜柑剝いで　皮を投げ込む　冬田かな　子規(10獺祭句帖抄 六二〇ぺ)
身を投げて　螽(いなご)死なんとす　冬田かな　子規(10獺祭句帖抄 六二〇ぺ)
赤き実と　見てよる鳥や　冬椿　太祇(8俳諧新選 一四四ぺ)
いつこけし　庇起こせば　冬つばき　亀洞(6あら野 八二一)
落ちかかる　日脚もろし　冬椿　五柳(8俳諧新選 一四四ぺ)
葉隠れに　賢き花や　冬椿　方山(7俳諧古選 二〇二ぺ)
火とぼして　幾日(いくか)になりぬ　冬椿　一笑(6あら野 八二〇)
さしこもる　葎(むぐら)の友か　ふゆなうり　芭蕉(1雪満呂気 四五一)
犬の子の　厨に寝たり　冬の雨　小波(9秋の声明29・12 〇二九八)
面白し　雪にやならん　冬の雨　芭蕉(1千鳥掛 三一九)
われが住む　下より棺　冬の雨　青邨(9雪国 一六二二)
見初めけり　冬木せぬ木に　冬の色　丈石(8俳諧新選 一三七ぺ)
うぐひすの　逢うて帰るや　冬の梅　蕪村(2蕪村遺稿 七一四)
ゆつくりと　寝たる在所や　冬の梅　惟然(4梅桜 一〇三一)
手も出さず　物荷(にな)ひ行く　冬野哉　来山(7俳諧古選 一八六ぺ)
野仏の　によろりと高き　冬野かな　紫水(8俳諧新選 一三七ぺ)
伯楽が　鍼(はり)に血を見る　冬野かな　召波(4春泥句集 一八二九)
鮎死んで　瀬の細りけり　冬の川　子規(10獺祭句帖抄 六〇三ぺ)
虫の卵を　育ててゐたる　冬の芝　かな女(9雨月 〇七九一)

曇り来ぬ　何が降るやら　冬の空　水翁（8 俳諧新選 一四五ぺ）
からじりの　蒲団ばかりや　冬の旅　暮年（6 猿蓑 一六七二）
炬燵して　語れ真田（さなだ）が　冬の陣　子規（10 獺祭句帖抄 六一八ぺ）
足もとも　しらけて寒し　冬の月　我眉（6 炭俵 二六〇九）
あら猫の　かけ出す軒や　冬の月　丈草（6 続猿蓑 三三八二）
魚店や　筵うち上げて　冬の月　里東（6 炭俵 二六一〇）
襟巻に　首引き入れて　冬の月　杉風（6 猿蓑 一六七〇）
大空に　取り放したり　冬の月　喜水（8 俳諧新選 一四一ぺ）
枯るるほど　草にしみこむか　冬の月　諸九（5 諸九尼句集 五二六）
食ものや　門売りありく　冬の月　里圃（6 続猿蓑 三三八一）
この木戸や　鎖のさされて　冬の月　其角（6 猿蓑 一六七一）
冴えながら　〆（しめ）出されけり　冬の月　龍池（8 俳諧新選 一四一ぺ）
静かなる　かしの木原や　冬の月　蕪村（2 蕪村句集 三二九）
角（すみ）町（ちやう）や　おでんかん酒　冬の月　臨風（9 帝国明31・12 〇三二〇）
背高き　法師にあひぬ　冬の月　梅室（4 梅室家集 二一六三）
連（つれ）もなく　野に捨てられし　冬の月　露尺（7 俳諧古選 一九一ぺ）
鳥辺野の　かたや念仏の　冬の月　小春（6 あら野 一〇一一）
寝た家の　外から白し　冬の月　母斛（7 俳諧古選 一九二ぺ）
独り寝の　あら壁寒し　冬の月　芙玉（8 俳諧新選 一四一ぺ）
ひとり行く　長柄堤や　冬の月　篤羽（8 俳諧新選 一四一ぺ）
屋根の上に　火事見る人や　冬の月　子規（10 獺祭句帖抄 六六二ぺ）
宵ながら　人なき里や　冬の月　文水（8 俳諧新選 一四一ぺ）
藁店や　寄席の帰りの　冬の月　五城（9 五城句集 〇二三一）
北上の　空へ必死の　冬の蝶　みどり女（9 微風 〇九六八）
今は世を　たのむけしきや　冬の蜂　旦藁（6 猿蓑 一六四八）
すがりゐて　草と枯れゆく　冬の蠅　亜浪（9 定本亜浪句集 一〇三八）
住み果てぬ　すがた成りけり　冬の蠅　文水（8 俳諧新選 一四五ぺ）
煎餅干す　日影短し　冬の町　子規（10 獺祭句帖抄 六六一ぺ）
鉄板を　踏めば叫ぶや　冬の溝　虚子（12 五百五十句 三九ぺ）
ああたつた　ひとりたつたる　冬の宿　荷兮（6 あら野 九四九）
狼　に　逢はで越えけり　冬の山　子規（10 獺祭句帖抄 六六五ぺ）
翔けるものも　なく天城嶺の　冬日かな　平之助（9 五所亭句集 一〇九三）
やはらかき　餅の如くに　冬日かな　虚子（13 六百五十句 二〇一ぺ）
金輪際　牛の笑はぬ　冬日かな　蛇笏（9 家郷の霧 〇六五一）
山陰や　猿が尻抓く　冬日向　コ谷（6 続猿蓑 三四三六）
いもあらば　いも焼かうもの　古火桶　子規（10 獺祭句帖抄 六六一ぺ）
影薄き　日の届きてや　冬牡丹　習先（8 俳諧新選 一四一ぺ）
ちる時は　家の内也　冬牡丹　万翁（8 俳諧新選 一四一ぺ）
散り初むる　柳や斯くて　冬迄も　嘯山（8 俳諧新選 一二四ぺ）
口に袖　あててゆく人　冬めける　虚子（12 六百句 一八三ぺ）
石枯れて　水しぼめるや　冬もなし　芭蕉（1 東日記 一二六）
持仏より　人の煤けて　冬山家　蝶衣（9 蝶衣句稿 〇五六五）
夫（つま）へ戻す　子等の衣縫ふ　冬夜かな　久女（9 杉田久女句集 〇九五一）
枝ぶりの　日ごとに替はる　芙蓉かな　芭蕉（1 おくれ馳 五八四）

囉（もら）うたる昨日恋しき芙蓉かな　孤桐（8俳諧新選 一五五ぺ）
涼しさや縁より足をぶらさげる　支考（6続猿蓑 三一五五）
心からしなのの雪に降られけり　一茶（3文化句帖 三五四ぺ）
はるの雪女の裾にふりきゆる　長翠（5光丘本長翠 九三八）
春雨や鶴の七日を降りくらす　蕪村（2蕪村遺稿 二二一四）
二人見し雪は今年も降りけるか　芭蕉（1笈日記 四四九）
初雪や恥づかしさうに降り仕舞ふ　梅布（7俳諧古選 二三〇ぺ）
温亭忌われ等のホ句も古りにけり　青峰（9海光 二二四六）
吾亦紅（われもかう）さして夫（つま）の忌古りにけり　淡路女（9淡路女百句 〇九八六）
初芝居三吉賽を振りにけり　龍雨（9龍雨句集 一一五五）
はつ雪の覚束なくも降りにけり　舎人（8俳諧新選 二三九ぺ）
初雪の雲をしぼつて降りにけり　嘯山（8俳諧新選 二三九ぺ）
雪と波岩に打ちけり降りにけり　赤羽（8俳諧新選 一四二ぺ）
艶歌師のうしろ真青に鰤（ぶり）の海　秋桜子（9霜林 一四一九）
涼しさや小さき舟の振り回し　風叩（7俳諧古選 一七二ぺ）
穀象の一匹だにもふりむかず　三鬼（9夜の桃 二三五五）
初雪や余り囃さばふり止まん　鼓舌（8俳諧新選 一三九ぺ）
とある家にむかひ火見えて降る雨か　道彦（5蔦本集 九七四）
かくぶつや腹をならべて降る霰　拙侯（6続猿蓑 三三八〇）
我善坊に車引き入れふる霰　碧梧桐（9碧梧桐句集 〇一〇九）
若鮎や川瀬に雨の降るがごと　貝錦（8俳諧新選 一〇六ぺ）
あられきくやこの身はもとのふる柏　芭蕉（1続深川集 一六八）

これや世の煤にそまらぬ古合子（ふるがふし）　芭蕉（1勧進牒 五九五）
元日や梅にうぐひす古からず　篤羽（8俳諧新選 一〇〇ぺ）
鶯や雪解けしたる古御殿（ふるごたち）　太祇（7俳諧古選 二二四ぺ）
紅梅や町家につづく古御殿　貝錦（8俳諧新選 一〇二ぺ）
御経に似てゆかしさよ古暦　蕪村（2蕪村句集 二一〇九）
さくら木の板も焼かれて古暦　蕪村（2蕪村遺稿 一九七五）
酔うて寝た日のかずかずや古暦　几董（5あけ烏 八〇五）
よしあしも思へばをかし古暦　五筑（8俳諧新選 一四六ぺ）
一枝の椿を見むと故郷に　石鼎（9定本石鼎句集 〇七六〇）
いたづらに菊咲きつらん故郷は　漱石（9正岡子規へ 〇一七二）
出替や春さめざめと古葛籠（つづら）　蕪村（2蕪村句集 九七六）
十五日立つや睦月の古手売り　之道（6炭俵 二四一二）
ゆく年や顔のさびしき古手鍋　寥和（4職人尽後集 一一五七）
卯の花の雪や朝気の古布子　瓜流（8俳諧新選 一一三ぺ）
入口に麦干す家や古簾　子規（10獺祭句帖抄 六三二ぺ）
はらはらとしみづに松の古葉哉　長虹（6あら野 七〇〇）
ひともじの北へ枯れ臥す古葉哉　蕪村（2蕪村句集 一九二八）
魨（ふく）の賛先生文をふるはれたり　蕪村（2蕪村遺稿 二一八九）
ゆふだちの空ざやぬけてふる日かな　為春（4犬俤 〇〇七二）
仕る手に笛もなし古雛　たかし（9たかし句集 一六六四）
破れぬべき年も有りしを古火桶　蕪村（2蕪村句集 一九三五）
かしらへやかけん裾へや古ぶすま　蕪村（2蕪村句集 一一八）

悴める　手は憎しみに　震へをり　虚子（12五百五十句 六一ぺ）
おもひ見るや　我が屍に　ふるみぞれ　石鼎（9花影 〇七四一）
たちばなの　かはたれ時や　古館（ふるやかた）　蕪村（2蕪村句集 一一三九）
鵙（もず）なくや　雑木の中の　古社（やしろ）　子規（10獺祭句帖抄 六〇九ぺ）
ちか道を　教へぢからや　古柳　李由（6続猿蓑 三〇〇六）
何事も　古りにけるかな　古浴衣　虚子（14七百五十句 二二七ぺ）
椅子を置くや　薔薇に膝の　触るる処　子規（4俳句稿巻一 二一七九）
火の山の　裾に夏帽　振る別れ　虚子（9五百句 〇〇九〇）
隙人や　蚊が出た出たと　触れ歩く　一茶（3文政句帖 三四〇ぺ）
うぐひすや　野は塀越しの　風呂あがり　史邦（6続猿蓑 三〇一〇）
浅間嶺の　一つ雷　訃を報ず　虚子（12八百句 二四一ぺ）
諫子鳥（かんこどり）　桜の枝も　踏んでゐる　蕪村（2蕪村句集 八七七）

へ

生海鼠（なまこ）とも　ならで流石（さすが）に　平家也　涼菟（7俳諧古選 二〇八ぺ）
口切や　梢ゆかしき　塀どなり　蕪村（2蕪村遺稿 一二五一）
春雨や　椿崩るる　塀の雨　周蛇（8俳諧新選 一〇三ぺ）
桐の木に　うづら鳴くなる　塀の内　芭蕉（1猿蓑 六四〇）
夜興引（よこひき）や　犬のとがむる　塀の内　蕪村（2蕪村句集 一三三一）
露おきて　月入るあとや　塀のやね　馬莧（6続猿蓑 三二三一）
てふの羽の　幾度越ゆる　塀のやね　芭蕉（1句選拾遺 六二三）

秋風や　侍町は　塀ばかり　子規（10獺祭句帖抄 六三六ぺ）
春風や　障子の桟の　人形屑埃（ち）　木歩（9決定木歩全集 一〇五八）
一枝の　紅葉投げある　壁炉かな　より江（9同人句集 〇九三一）
風引くな　肌寒頃の　臍の穴　子規（10獺祭句帖抄 六三三ぺ）
しぐるるや　蒟蒻（こんにやく）冷えて　臍の上　子規（10獺祭句帖抄 六六三ぺ）
雪だるま　星のおしやべり　ぺちやくちやと　たかし（4たかし全集 二六六一）
紫陽草（あぢさゐ）や　藪を小庭の　別座敷　芭蕉（1別座鋪 八四二）
袖払ふ　雪の往き来や　別座敷　太祇（8俳諧新選 一五四ぺ）
ミモーザを活けて　一日留守にした　ベットの白く　碧梧桐（9碧梧桐句集 〇一四〇）
襟巻の　狐の顔は　別に在り　虚子（11五百句 九一ぺ）
あたためて　囉（もら）へば酒を　へづりけり　召波（8俳諧新選 一三三ぺ）
たらたらと　地に落ちにじむ　紅さうび　虚子（13六百五十句 二一一ぺ）
折りとれば　見しより薄し　紅つつじ　井々（8俳諧新選 一一〇ぺ）
御袴の　はづれなつかし　紅粉（べに）の花　千那（6猿蓑 一七六）
まゆはきを　俤（おもかげ）にして　紅粉の花　芭蕉（1奥の細道 五一二）
手すさみの　御城女中の　紅脂（べに）畠　湖暁（8俳諧新選 二二四ぺ）
呪ふ人は　好きな人なり　紅芙蓉　かな女（9雨月 〇七八八）
咲きにけり　ふべんな寺の　紅牡丹　一井（6あら野 一〇二五）
まつ茸や　しらぬ木の葉の　へばりつく　芭蕉（1続猿蓑 八八六）
夏草や　我先達ちて　蛇からむ　芭蕉（1洒堂宛書簡 六一九）
世の中を　這入り兼ねてや　蛇の穴　惟然（7俳諧古選 二〇三ぺ）
夏草に　富貴を飾れ　蛇の衣　芭蕉（1洒堂宛書簡 六一八）

水ゆれて　鳳凰堂へ　蛇の首　青畝（9一五二〇　春の鳶）
夏草や　行く先暑き　蛇の声　光甫（8一一九ぺ　俳諧新選）
ほろほろと　落つるなみだや　へびの玉　越人（6一〇二一　あら野）
下闇や　蛇を彫りたる　蛇の塚　子規（10六四九ぺ　獺祭句帖抄）
鴛鴦(をし)あそぶ　水玉水の　上をまろび　素逝（9一八一九　暦日）
手鏡も　笠のうちなる　遍路かな　泊月（9〇八五二　同人第二句集）
尾根わたる　杖もさだかに　遍路かな　爽雨（9一八八九　雪解）

ほ

春暁や　欄前過ぐる　帆一片　月斗（9〇五〇九　昭和俳句集）
出がはりや　あはれ勧むる　奉加帳　許六（6三〇七六　続猿蓑）
踊りけり　腰にぶらつく　奉加帳　子規（10六〇九ぺ　獺祭句帖抄）
児(ちご)連れて　花見にまかり　帽子哉　太祇（8一四九ぺ　俳諧新選）
峰造る　雲に突き当たる　帽子哉　竹冷（9〇二八五　俳遊記）
かそけくも　咽喉鳴る妹よ　鳳仙花　木歩（9一〇五四　決定木歩全集）
かく生きて　イヌノフグリに　逢着(ほうちゃく)す　普羅（9〇七一二　辛夷）
むづかれば　梅に抱きゆき　ほうらほうら　枴童（9〇八〇九　枯蘆）
鵜の面に　川波かかる　火影哉　闌更（5七五三　半化坊発句集）
住むかたの　秋の夜遠き　灯(ほ)影哉　蕪村（2二〇八三　蕪村遺稿）
魂祭り　物の問ひたき　火かげかな　梅史（8一二五ぺ　俳諧新選）
木の下に　狸出むかふ　穂懸けかな　買山（6三二九八　続猿蓑）

雨を引きて　涼しく入るや　帆掛舟　風虎（4〇一四九　桜川）
今日限りの　春の行方や　帆かけ船　許六（4一〇四六　本朝文選）
すずしさや　山のうなづく　帆懸船　梅史（8二二一ぺ　俳諧新選）
名月に　何を急ぐぞ　帆かけ船　貝錦（8二三〇ぺ　俳諧新選）
凍りたる　土の日なたの　ほかになし　素逝（9一八二二　暦日）
冬の野は　世わたる人の　外もなし　如竹（7一九四ぺ　俳諧古選）
虎杖(いたどり)や　隧道(トンネル)透きて　朗(ほが)らかに　温亭（9〇八二三　温亭句集）
里過ぎて　又見えわたる　火(ほ)串(ぐし)哉　御風（8一一六ぺ　俳諧新選）
宮守の　灯(ともし)をわくる　火串かな　亀洞（6一〇七六　あら野）
雪の戸に　格を当てゆく　木履(ぼくり)哉　蕪村（2八二三　蕪村遺稿）
秋風に　桜咲くなり　法華経寺　子規（10六五四ぺ　獺祭句帖抄）
出女の　出がはり時や　木瓜(ぼけ)の花　露川（4〇九一八　誹諧曽我）
肌脱いで　髪すく庭や　木瓜の花　虚子（11一七ぺ　五百句）
物いはで　此の日しをらし　鉾の児(ちご)　鼓舌（8二二三ぺ　俳諧新選）
蓬莱の　麓に年の　埃かな　其流（8一四六ぺ　俳諧新選）
道ばたの　木槿(むくげ)にたまる　ほこりかな　子規（10六三八ぺ　獺祭句帖抄）
蛼(こほろぎ)の　とぶや唐箕(たうみ)の　ほこり先　一茶（3四七二ぺ　おらが春）
いく落葉　それほど袖も　ほころびず　荷兮（6九四七　あら野）
糸桜　花の縫ふより　綻びぬ　為世（7一九五ぺ　俳諧古選）
一夜さに　桜はささら　ほさら哉　一茶（3三三四ぺ　文政版発句集）
竹の子や　身の毛ぞよだつ　星明かり　吏登（5四七五　吏登句集）
谺(こだま)して　山ほととぎす　ほしいまま　久女（9〇九四六　杉田久女句集）

小春日や　あかざを杖に　干しかため　喜舟（9紫川〇四六一）
かく迄も　変はるすがたや　干し蕪　鷺水（7俳諧古選一八七ぺ）
雪の昏　馬もひとつは　ほしきもの　蝶夢（4草根発句集一七〇七）
初しぐれ　猿も小蓑を　ほしげ也　芭蕉（1猿蓑五八六）
古寺に　きび殻(がら)をたく　暮日哉　蕪村（2蕪村遺稿二七七一）
うかれ出て　扇しめれり　星月夜　言水（7俳諧古選一六一ぺ）
木に倚れば　枝葉まばらに　星月夜　子規（10獺祭句帖抄六五五ぺ）
さくら散る　苗代水や　星月夜　蕪村（2蕪村遺稿一〇一三）
初雪や　雪にもならで　星月夜　宋阿（7俳諧古選一九四ぺ）
灯(ひ)ともして　鰤(ぶり)洗ふ人や　星月夜　子規（10獺祭句帖抄六六六ぺ）
蜂一つ　ついてゐたりし　干菜かな　禅寺洞（9禅寺洞句集二二九六）
小百姓の　梅したたかに　干しにけり　鬼城（9鬼城句集〇六二〇）
七株の　萩の千本や　星の秋　芭蕉（1真蹟横物七五三）
合歓(ねむ)の木の　葉ごしもいとへ　星のかげ　芭蕉（1猿蓑六三四）
船形(ふねなり)の　雲しばらくや　ほしの影　東潮（6続猿蓑三二三九）
おもひなし　木の葉ちる夜や　星の数　沾徳（6続猿蓑三三五四）
行く秋や　二十日の水に　星の照り　園女（5菊の塵四二七）
はつ霜に　行くや北斗の　星の前　百歳（6猿蓑一六二九）
笹のはに　枕付けてや　ほしむかへ　其角（6炭俵二五四九）
ふんどしに　笛つつさして　星迎へ　一茶（3七番日記三四七ぺ）
我が庭に　床几二つや　ほし迎へ　召波（8俳諧新選一二四ぺ）
取りあげて　見るや椿の　ほぞの穴　洞木（6続猿蓑三〇六〇）

小男鹿(さをしか)や　僧都(そうづ)が軒も　細柱　蕪村（2蕪村遺稿一八二六）
ゆきの日や　川筋ばかり　ほそぼそと　鷺汀（6あら野四四九）
小男鹿や　鳴くごとに身の　細るべき　御風（8俳諧新選二三二ぺ）
打つて来た　猪を見するや　榾(ほだ)明かり　瓜流（8俳諧新選二三八ぺ）
聟殿の　律義な皃(かほ)や　榾明かり　貝錦（8俳諧新選二三八ぺ）
売り家の　天戸(あまど)明ければ　穂蓼哉　休斗（7俳諧古選一八四ぺ）
鮓うりを　垣からまねく　穂蓼哉　也有（5蘿葉集五一一）
梅ひとり　後ろに寒き　榾火かな　三千風（4蕊摺〇一九九）
子宝が　きやらきやら笑ふ　榾火哉　一茶（3おらが春四五九ぺ）
仏共　下駄ともならで　榾火哉　休粋（8俳諧新選二三八ぺ）
秋風に　歩いて逃げる　蛍かな　一茶（3おらが春四六八ぺ）
あめの夜は　下げかり行く　蛍かな　含咕（6あら野六四八）
いなづまの　一粒残る　蛍哉　常牧（5万歳楽二〇二）
牛部屋に　昼みる草の　蛍哉　言水（5稲莚一七四）
大勢の　手に余りたる　蛍かな　涼菟（7俳諧古選一七〇ぺ）
学問は　尻からぬける　ほたる哉　蕪村（2蕪村句集九〇六）
片息に　成つて逃げ入る　蛍かな　一茶（3おらが春四四五ぺ）
蚊遣火の　烟にそるる　ほたるかな　許六（6続猿蓑三一四六）
狩ぎぬの　袖の裏這ふ　ほたる哉　蕪村（2蕪村句集八五）
刈り草の　馬屋に光る　ほたるかな　一髪（6あら野六四四）
梧の葉に　光広げる　蛍かな　土芳（5小柑子三五六）
くさかりの　袖より出づる　ほたる哉　卜枝（6あら野六四九）

草の戸に　我は蓼くふ　蛍かな　其角（4虚栗 〇七九四）
草の葉を　落つるより飛ぶ　蛍哉　芭蕉（1いつを昔 四〇〇）
愚にくらく　棘をつかむ　蛍哉　芭蕉（1東日記 一三五）
蜘の巣に　うつりて戻る　蛍かな　孤桐（8俳諧新選 一一七ぺ）
闇きより　くらき人呼ぶ　蛍かな　風笛（6あら野 六四六）
観念の　皃（かほ）を照らせし　蛍かな　松樹（8俳諧新選 一一六ぺ）
傾城の　蚊屋にきのふの　蛍かな　瓢水（4瓢水句選 二一九〇）
さし汐に　雨のほそ江の　ほたる哉　蕪村（2蕪村遺稿 二三九四）
柴舟に　おくれてもどる　蛍かな　里楓（8俳諧新選 一一六ぺ）
ずつと来て　袖に入りたる　蛍哉　杉風（5別座鋪 三三六）
雪隠（せっちん）へ　行くかと見れば　蛍かな　在色（5誹諧解脱抄 一四三）
そぼふりて　木下にくくむ　蛍哉　魯堂（8俳諧新選 一一七ぺ）
田の畝の　豆つたひ行く　蛍かな　万乎（6猿蓑 一七六七）
たましひの　たとへば秋の　ほたるかな　蛇笏（9山廬集 〇六五八）
手から手へ　銭突いて買ふ　ほたる哉　瓜流（8俳諧新選 一一七ぺ）
手のうへに　かなしく消ゆる　蛍かな　去来（6あら野 九九九）
何処（どこ）で夜を　明かす共なき　蛍哉　支鳩（8俳諧新選 一一七ぺ）
長尻の　秋に驚く　蛍かな　乙由（7俳諧古選 二〇九ぺ）
逃ぐる時　火をつつみたる　蛍かな　李流（8俳諧新選 一一七ぺ）
濡れながら　ゆるゆるともす　蛍かな　水柳（8俳諧新選 一一七ぺ）
晴間まで　葉裏にゆふる　蛍哉　都雪（7俳諧古選 一六二ぺ）
一つ籠に　なきがら照らす　蛍かな　水巴（9定本水巴句集 〇五九五）

窓くらき　障子をのぼる　蛍哉　不交（6あら野 六四五）
迷ひ子の　泣く泣く抓む　蛍かな　流水（7俳諧古選 一六二ぺ）
乱れては　鬼に降る矢の　蛍かな　沾洲（4綾錦 一二三九）
道細く　追はれぬ沢の　蛍かな　青江（6あら野 六四七）
水草に　生えた花とぶ　蛍かな　貞恕（7俳諧古選 一六一ぺ）
水汲みて　濡れたる袖の　ほたるかな　鴎歩（6あら野 六五〇）
蓑干して　朝々振るふ　蛍哉　嵐雪（7俳諧古選 一六五ぺ）
めに残る　よしのをせたの　蛍哉　芭蕉（1真蹟懐紙写 三九九）
行き過ぎて　低う見えたる　蛍かな　左釣（8俳諧新選 一一七ぺ）
宵の間は　笹にみだるる　蛍かな　元輔（6あら野 六四三）
綿弓の　音収まつて　蛍哉　蘆文（7俳諧古選 二二六ぺ）
尾房にも　馬冷し場の　蛍かな　楼川（8俳諧新選 一一七ぺ）
麦跡の　田植や遅き　蛍とき　許六（6炭俵 二四九三）
闇の夜や　子供泣き出す　蛍ぶね　凡兆（6猿蓑 一七六九）
扇にて　尺を取りたる　牡丹哉　一茶（3八番日記 三四二ぺ）
雨そそぐ　光の音の　牡丹かな　水巴（9定本水巴句集 〇五七五）
天地の　手際をふさと　ぼたん哉　晩平（7俳諧古選 二二〇ぺ）
一輪に　一句は足らぬ　ぼたんかな　龍眠（8俳諧新選 一一三ぺ）
一輪に　御門を開く　牡丹かな　其風（8俳諧新選 一一三ぺ）
入相は　上を鳴り行く　ぼたんかな　琴風（4焦尾琴 一一一九）
うちとけて　畏まり居る　ぼたんかな　大夢（8俳諧新選 一一三ぺ）
売り花に　全く切れぬ　牡丹哉　士喬（8俳諧新選 一四八ぺ）

御小姓の皃(かほ)に輝く　ぼたんかな　之房(8俳諧新選 一二三ペ)
押し出して花一輪の　牡丹かな　春来(8俳諧新選 一二三ペ)
大やうに風をかかへる　ぼたん哉　子江(8俳諧新選 一二三ペ)
思ひ切つて一輪おくる　牡丹かな　龍眠(8俳諧新選 一五七ペ)
門へ来し花屋に見せる　牡丹哉　太祇(8俳諧新選 一二三ペ)
ぐはたぐはたと崩れて仕廻ふ　牡丹哉　恭以(7俳諧古選 一七三ペ)
玄関に弓矢飾りて　牡丹かな　東季(8俳諧新選 一四七ペ)
異草も刈り捨てぬ家の　ぼたん哉　蕪村(2蕪村遺稿 二一四八)
此の家に是はと思ふ　牡丹哉　専吟(7俳諧古選 一六七ペ)
鯉生けて人まつ庭の　ぼたん哉　多少(8俳諧新選 一二三ペ)
宰(さい)相(しやう)の詩会催す　牡丹かな　子規(10獺祭句帖抄 六四九ペ)
座に着かぬうちに目の行く　牡丹哉　花雪(8俳諧新選 一二三ペ)
山中の相(しやう)雪中の　ぼたんかな　蕪村(2蕪村句集 二〇二三)
白雲の空ゆりすゑて　ぼたん哉　蓼太(5蓼太句集 五三六)
寂として客の絶え間の　ぼたん哉　蕪村(2蕪村句集 一三一)
麁相なる膳は出されぬ　牡丹哉　風弦(6続猿蓑 三一三九)
園くらき夜を静かなる　牡丹かな　白雄(4白雄句集 一七五三)
唐音も少し云ひたき　牡丹哉　管鳥(8俳諧新選 一二三ペ)
近よつて扇をたたむ　牡丹かな　其流(8俳諧新選 一二三ペ)
地車のとどろとひびく　ぼたんかな　蕪村(2蕪村句集 一三〇)
ちりて後おもかげにたつ　ぼたん哉　蕪村(2蕪村句集 二三八三)
蝶々の夫婦(めをと)寝余る　牡丹かな　素園(8俳諧新選 一二三ペ)
虹を吐いてひらかんとする　牡丹哉　蕪村(2蕪村遺稿 二〇七三)
袴着ぬ膝恥づかしき　牡丹かな　嘯浦(8俳諧新選 一二三ペ)
花ながら植ゑかへらるる　牡丹かな　越人(6あら野 八六七)
封(ふう)〆(しめ)を蝶の尋ぬる　ぼたんかな　潭蛟(8俳諧新選 一二三ペ)
冬枯れの庭に又照る　ぼたんかな　卜我(8俳諧新選 一四一ペ)
古庭に有り来りたる　牡丹哉　嵐雪(7俳諧古選 一六六ペ)
みじか夜の夜の間に咲ける　ばたん哉　蕪村(2蕪村遺稿 五四八)
木綿着て豪華はすてぬ　牡丹かな　青々(9妻木 〇四九四)
夕露を旦(あした)にこぼす　牡丹哉　尺布(7俳諧古選 二一九ペ)
陳さんの処方の験や　牡丹の芽　秋桜子(9殉教 一四三四)
ほむらとも我が心とも　牡丹の芽　虚子(14七百五十句 四九ペ)
山里に世々の家居や　牡丹畑　呑獅(8俳諧新選 一二三ペ)
轟くや門の車の　牡丹まで　由林(7俳諧古選 二三三ペ)
人の世の今日は高野の　牡丹見る　虚子(14七百五十句 二六ペ)
人々の中の主や　牡丹園　花蓑(9花蓑句集 〇八七五)
大雪や風もそよがず　ほつたほた　嘯山(8俳諧新選 一四二ペ)
熱燗に泣きをる上戸　ほつておけ　虚子(13六百五十句 二四二ペ)
蕣(あさがほ)やぬかごの蔓の　ほどかれず　及肩(6猿蓑 一八一九)
上(うへ)童(わらは)実(げ)にや粽の　ほどきやう　西吟(7俳諧古選 一六四ペ)
すずしさや寝たい所は　仏あり　曲庵(7俳諧古選 二二一ペ)
秋篠はげんげの畦に　仏かな　虚子(11五百句 一〇四ペ)
産屋から独り歩きの　仏かな　嘯山(8俳諧新選 一一四ペ)

行水もやがてと示す　仏かな　青魚（8俳諧新選 一一四ペ）
涼しさは下品下生の　仏かな　虚子（12五百五十句 九〇ペ）
誕生をはや頼み行く　仏かな　山水（8俳諧新選 一四八ペ）
夏陰の昼寝はほんの　仏哉　愚益（6あら野 一〇三二）
人のためしぐれておはす　仏哉　一茶（3七番日記 三五二ペ）
糸瓜（へちま）咲いて痰のつまりし　仏かな　子規（4絶筆 二二一二）
明星に人の皮脱ぐ　仏かな　万翁（8俳諧新選 一五九ペ）
虫の屁を指さして笑ひ　仏哉　一茶（3おらが春 四六八ペ）
菊の香やならには古き　仏達　芭蕉（1杉風宛書簡④ 八九三）
けふの日やついでに洗ふ　仏達　荷兮（6あら野 八三四）
菜殻火に皆立ちたまふ　仏達　茅舎（9俳究昭14・10 一六九二）
二本づつ菊まゐらする　仏達　蕪村（2蕪村遺稿 一二〇）
葉は花の台（うてな）にのぼれ　仏の座　貞室（4俳諧百韻之抄 〇一一三）
どこ見ても涼し神の灯（ひ）　仏の灯（ひ）　子規（10獺祭句帖抄 五九九ペ）
岩躑躅（つつじ）染むる涙や　ほととぎ朱（しゅ）　芭蕉（1続山井 一〇）
暁の雹（へう）をさそふや　ほととぎす　其角（6続猿蓑 三一二）
あきなひか空（そら）ねも高き　杜宇（ほととぎす）　徳元（5犬子集 六七）
曙はまだむらさきに　ほととぎす　芭蕉（1伝真蹟画賛 六二五）
跡や先気のつく野辺の　郭公（ほととぎす）　重五（6あら野 三九四）
哀れなる事聞かせばや　ほととぎす　貞徳（7俳諧古選 一五九ペ）
怜（あは）れめや我で三代　ほととぎす　魚洞（7俳諧古選 二二七ペ）
あぶなしや今起きて聞く　郭公　傘下（6あら野 四〇二）

雨に声鬼一口か　郭公　望一（4望一千句 〇〇五四）
雨もって明け行く空や　杜宇　富葉（8俳諧新選 一一三ペ）
有明の油ぞ残る　時鳥　宗因（4俳諧古選 〇一五七）
有明の面おこすや　ほととぎす　其角（6猿蓑 一七一〇）
歩きながらに傘（からかさ）ほせば　ほととぎす　一茶（3八番日記 三四〇ペ）
青雲や舟ながしやる　子規（ほととぎす）　素龍（6炭俵 二四八八）
行灯を月の夜にせん　ほととぎす　嵐雪（6炭俵 二四八五）
烏賊（いか）売りの声まぎらはし　杜宇　芭蕉（1韻塞 九一九）
いそがしきなかに聞きけり　蜀魄（ほととぎす）　釣雪（6あら野 三九一）
頂鰍（か）懐鰍（か）山　ほととぎす　而章（8俳諧新選 一一三ペ）
いつぞはの心とどくや　ほととぎす　五筑（8俳諧新選 一五四ペ）
稲葉殿の御茶たぶ夜や　時鳥　蕪村（2蕪村句集 二三六八）
岩倉の狂女恋せよ　ほととぎす　蕪村（2蕪村句集 一〇五二）
岩を飛ぶ美人（ちき）は愛宕　杜宇　沾徳（4沾徳随筆 〇八九一）
今聞きて直に恋しや　時鳥　風状（7俳諧古選 二一五ペ）
入相のひびきの中や　ほととぎす　羽紅（6猿蓑 一七一七）
うぐひすの遍昭素性　ほととぎす　沾涼（4綾錦 一二五四）
鶯の娘か鳴かぬ　時鳥　守武（4守武千句 〇〇一五）
歌がるたにくき人かな　ほととぎす　智月（6あら野 四〇五）
歌なくてきぬぎぬつらし　ほととぎす　蕪村（2蕪村句集 二〇〇一）
うつかりとうつぶきゐたり　時鳥　李桃（6あら野 四〇六）
うつかりと春の心ぞ　ほととぎす　市山（6あら野 四〇七）

うづききて　ねぶとに鳴くや　郭公　宗鑑(5真蹟短冊 三)
馬と馬　よばりあひけり　郭公　鈍可(6あら野 四〇四)
裏へ出て　聞けば表に　郭公　祇貞(7俳諧古選 一七一ぺ)
嬉しさや　寝入らぬ先の　ほととぎす　杏雨(6あら野 四〇一)
落ちくるや　たかくの宿の　郭公　芭蕉(1真蹟懐紙 四九一)
おとなるを　をのこ起きたり　ほととぎす　蕪村(2蕪村遺稿 二〇〇)
おひし子の　口まねするや　時鳥　松下(6あら野 三九三)
金もつて　もどる夜舟や　ほととぎす　嘯山(8俳諧新選 一三ぺ)
川留の　向かふへ越えぬ　ほととぎす　移竹(8俳諧新選 一三ぺ)
壁隣　聞き合はせばや　ほととぎす　野夫(7俳諧古選 一六三ぺ)
蚊屋臭き　寝覚めうつつや　時鳥　一髪(6あら野 三九八)
軽口に　任せて鳴けよ　時鳥　西鶴(4大坂独吟集 〇一七九)
聞き得しは　下戸の命ぞ　時鳥　九穂(7俳諧古選 二一六ぺ)
聞くまでは　二階にねたり　ほととぎす　桃隣(6炭俵 二四八三)
きけば又　見たき望みや　郭公　孤桐(8俳諧新選 一一四ぺ)
きぬぎぬや　余のことよりも　時鳥　除風(6あら野 九七九)
京にても　京なつかしや　ほととぎす　芭蕉(1をのが光 六三一)
清く聞かん　耳に香焼(た)いて　郭公　芭蕉(1虚栗 一六四)
くらがりや　力がましき　ほととぎす　傘下(6あら野 四〇三)
木がくれて　茶摘も聞くや　ほととぎす　芭蕉(1炭俵 八四〇)
心爰に　なきか鳴かぬか　郭公　西鶴(5遠近集 一一四)
心なき　代官殿や　ほととぎす　去来(6猿蓑 一七一九)

ここをせに　中立売りや　ほととぎす　嵐山(8俳諧新選 一五四ぺ)
小僧きけ　夜寝ぬ鳥ぞ　郭公　存義(4東風流 一七三九)
此の雨に　のつ引きならじ　時鳥　一茶(3七番日記 三四〇ぺ)
此の庵　京へしらすな　時鳥　三千風(7俳諧古選 一六〇ぺ)
こひ死なば　我が塚でなけ　ほととぎす　奥州(6猿蓑 一七二〇)
声濡れて　ゆくや雨夜の　杜鵑(ほととぎす)　二夕房(8俳諧新選 一三ぺ)
扨(さて)はあの　月が啼いたか　ほととぎす　藻風(7俳諧古選 一七一ぺ)
鞘走る　友切丸や　ほととぎす　蕪村(2蕪村句集 五四四)
しら浜や　何を木陰に　ほととぎす　曾良(6続猿蓑 三一四)
素咄に　魂入るや　ほととぎす　等舟(7俳諧古選 一六八ぺ)
須磨のあまの　矢先に鳴くか　郭公　芭蕉(1笈の小文 三八八)
空見るや　一時先の　ほととぎす　定宗(7俳諧古選 一六三ぺ)
それと聞く　そら耳もがな　郭公　望一(5犬子集 七九)
滝落つる　天の破れや　時鳥　東洋城(9東洋城全句中 〇四〇四)
橘や　いつの野中の　郭公　芭蕉(1卯辰集 六二六)
忽(たちま)ちに　通夜の利生や　時鳥　沙月(8俳諧新選 一三ぺ)
田や麦や　中にも夏の　ほととぎす　芭蕉(1雪満呂気 四八六)
地に下りて　啄(つつ)かぬ至りや　杜宇　龍眠(8俳諧新選 一四ぺ)
提灯で　大仏見るや　時鳥　子規(10獺祭句帖抄 六四八ぺ)
提灯で　飯食ふ舟や　ほととぎす　它谷(8俳諧新選 一三ぺ)
挑灯の　空に詮なし　ほととぎす　杉風(6炭俵 二四八六)
燕(つばくら)の　居なじむそらや　ほととぎす　蘆本(6続猿蓑 三一一七)

妻恋ふて　啼くかもしらず　時鳥　嵐山（8俳諧新選 一一四ぺ）
亭主の夜　すこし残りて　ほととぎす　百里（4綾錦 一一二六）
鉄砲に　怖ぢぬ鳥也　時鳥　呂雄（7俳諧古選 二二六ぺ）
戸の口に　宿札なのれ　ほととぎす　芭蕉（1五十四郡 一二三〇）
友なきは　おのが仕合せ　ほととぎす　瓢水（8俳諧新選 一一三ぺ）
鳥籠の　憂目見つらん　郭公　季吟（6あら野 三八九）
鳥さしも　竿や捨てけん　ほととぎす　芭蕉（1千鳥掛 二五〇）
雛(とり)の声　つもりし耳や　時鳥　素園（8俳諧新選 一一四ぺ）
鳴きさうな　夜の静かさや　ほととぎす　雪蕉（8俳諧新選 一一四ぺ）
鳴くにさへ　笑はばいかに　ほととぎす　みつ（7俳諧古選 一六一ぺ）
啼けば啼く　妹鳥もがもな　時鳥　知徳（7俳諧古選 一六三ぺ）
夏がすみ　曇り行くへや　時鳥　木節（6猿蓑 一七一）
名のれ名のれ　雨篠はらの　ほととぎす　蕪村（2蕪村句集 九〇九）
南無や空　ただ有明の　ほととぎす　元順（6あら野 九九七）
鳴滝の　名にやせりあふ　ほととぎす　如雪（6続猿蓑 三一一六）
寝させぬは　御身いかなる　杜宇　松意（5江戸談林三百韻 一四〇）
野のうへに　短き富士や　ほととぎす　沾洲（4ふる琴集 二二三八）
野をよこに　馬牽きむけよ　郭公　芭蕉（1奥の細道 四九〇）
はしたなき　女嬬のくさめや　時鳥　蕪村（2蕪村遺稿 一九九八）
花ならば　一声折らん　ほととぎす　古道（8俳諧新選 一四七ぺ）
這ひわたる　橋の下より　ほととぎす　一茶（3おらが春 四四二ぺ）
春過ぎて　なつかぬ鳥や　杜鵑　蕪村（2蕪村句集 五六）

晴れちぎる　空鳴き行くや　ほととぎす　落梧（6あら野 三九七）
飛騨の生まれ　名はとうといふ　ほととぎす　虚子（11五百句 八二ぺ）
一口鉢　犬西行に　時鳥　三千風（4日本行脚文集 〇二〇〇）
ひる迄は　さのみいそがず　時鳥　智月（6猿蓑 一七一五）
伏勢の　袖引きあふや　ほととぎす　嘯山（8俳諧新選 一一三ぺ）
冬牡丹　千鳥よ雪の　ほととぎす　芭蕉（1野ざらし紀行 一九七）
振りかへる　谷の戸もなし　郭公　馬光（5松の答 四八〇）
またぬのに　菜売りに来たか　時鳥　芭蕉（1六百番発句合 七二）
松島や　鶴に身をかれ　ほととぎす　曾良（6猿蓑 一七二一）
間をかへて　御寝成りけり　郭公　雅因（8俳諧新選 一一三ぺ）
三声ほど　跡のをかしや　郭公　一髪（6あら野 三九九）
見て聞くと　江戸者は云ふ歟(か)　時鳥　之房（8俳諧新選 一一三ぺ）
見とどけぬ　姿なつかし　ほととぎす　賀瑞（8俳諧新選 一一三ぺ）
耳塚に　月ぞかかれる　ほととぎす　露吹（8俳諧新選 一一四ぺ）
木兎(みみづく)の　目にはさやかに　ほととぎす　青蛾（8俳諧新選 一一三ぺ）
明星は　松より低し　ほととぎす　尾谷（4親うぐひす 一二四七）
武蔵野の　月の山端や　時鳥　三千風（5日本行脚文集 一五七）
村人に　微笑仏あり　ほととぎす　不死男（9天狼昭49・1 二二七九）
雌もなれず　雛をも連れず　時鳥　雁宕（8俳諧新選 一一三ぺ）
持ち掛けて　膳ひかへけり　蜀魂　朱拙（5初蟬 四四二）
門からも　遠い家也　ほととぎす　猪草（8俳諧新選 一一四ぺ）
夜盗にも　天の与へや　ほととぎす　宋屋（8俳諧新選 一一四ぺ）

宿がへに　寝られぬ夜や　杜宇　虎友（8俳諧新選一二三ぺ）
屋ね葺きや　小歌もならず　ほととぎす　轍士（5花見車一九七）
行くほどに　もはや山なし　時鳥　和及（7俳諧古選一六三ぺ）
淀川の　大三日月や　時鳥　子規（10獺祭句帖抄六一四ぺ）
淀舟に　聞きしや得手に　帆ととぎす　似春（4続山井〇二〇九）
淀舟や　喧嘩にまじる　子規　立志（7俳諧古選一七〇ぺ）
淀よりも　勢田になけかし　子規　蘆本（6続猿蓑三一一八）
世は地獄　よしはらすずめ　ほととぎす　石鼎（9花影〇七七一）
蠟燭の　ひかりにくしや　ほととぎす　越人（6あら野三九二）
わするなよ　ほどは雲助　ほととぎす　蕪村（2蕪村句集二一四一）
我汝を　待つこと久し　ほととぎす　一茶（3おらが春四六七ぺ）
惜しみ居し　春を捨てよとや　ほととぎす　龍眠（8俳諧新選一五四ぺ）
障子今　しまり春の灯（ひ）　ほとともり　虚了（13六百五十句二二七ぺ）
蕣（あさがほ）に　乳牛の乳　迸（ほとばし）る　松宇（9松宇家集〇三〇七）
蘭の香や　菊よりくらき　辺りより　蕪村（2蕪村遺稿二二七一）
文ならぬ　いろはもかきて　火中哉　芭蕉（1千宜理記四九）
によこと出す　鼻や扇の　骨の間　雅因（8俳諧新選一一九ぺ）
初笑ひ　深く蔵して　ほのかなる　虚子（13六百五十句一二九ぺ）
海くれて　鴨のこゑ　ほのかに白し　芭蕉（1野ざらし紀行二一〇九）
砂浜や　残る暑さを　ほのめかす　子規（10獺祭句帖抄六三三ぺ）
口切や　五山衆なんど　ほのめきて　蕪村（2蕪村句集六四三）
梅つばき　早咲きほめむ　保美（ほび）の里　芭蕉（1真蹟懐紙二三二七）

したたかに　稲荷（にな）ひゆく　法師哉　蕪村（2蕪村遺稿二一九八）
蓼の穂を　真壺に蔵す　法師哉　蕪村（2蕪村遺稿二三六一）
鉢の子に　木綿をうくる　法師哉　卜枝（6あら野一〇四六）
春雨に　下駄買ふ泊瀬の　法師かな　蕪村（2蕪村遺稿二二二六）
人なき日　藤に培ふ　法師かな　蕪村（2蕪村句集二六四六）
やぶ入の　三寸（みき）をてるてる　法師哉　龍眠（8俳諧新選一〇三ぺ）
秋風に　ふえてはへるや　法師蟬　虚子（11五百句二一ぺ）
うちまもる　母のまろ寝や　法師蟬　不器男（9定本不器男句集一七〇五）
柿くへば　鐘が鳴るなり　法隆寺　子規（9獺祭句帖抄〇〇一一）
帰り咲く　八重の桜や　法隆寺　子規（10獺祭句帖抄六四一ぺ）
行く秋を　しぐれかけたり　法隆寺　子規（10獺祭句帖抄六三四ぺ）
麦蒔や　妹が湯をまつ　頬かぶり　鬼貫（7俳諧古選一八七ぺ）
苗床や　風に解けたる　頬かむり　みどり女（9笹鳴〇九七二）
そばあしき　京をかくして　穂麦哉　蕪村（2蕪村句集二三九六）
麦蒔や　住持は日和　誉めに出る　夏友（8俳諧新選一四五ぺ）
山霧や　宮を守護なす　螺（ほら）の音　太祇（8俳諧新選一二九ぺ）
五月雨や　猿も居眠る　洞の中　羅月（8俳諧新選一一七ぺ）
大つぶの　寒卵おく　襤褸の上　蛇笏（9霊芝〇六四六）
夏潮の　今退く平家　亡ぶ時も　虚子（9六百句〇〇八二）
草の実や　笠がさはれば　ほろほろと　子規（10獺祭句帖抄六一七ぺ）
滝壺も　ひしげと雉の　ほろろ哉　去来（6続猿蓑三〇一三）
夏虫の　死んで落ちけり　本の上　子規（10獺祭句帖抄六三〇ぺ）

花つむや　扇をちよいと　ぼんのくぼ　一茶（3おらが春　四四二ペ）
闇の夜の　はつ雪らしや　ぼんの凹　一茶（3七番日記　三五四ペ）
くるしさも　茶にはかつゑぬ　盆の旅　曾良（6続猿蓑　三四七四）
聖霊（しやうれい）に　留主と答へて　盆の旅　存義（8俳諧新選　一五八ペ）
何方（いづかた）も　団子侘しや　盆の月　翠如（8俳諧新選　一二五ペ）
裏町の　夫婦喧嘩や　盆の月　紫影（9かきね草　〇二三三）
おもしろと　鰯引きけり　盆の月　含呫（6あら野　八七八）
土器（かはらけ）を　咬へ来し犬　盆の月　泊雲（9泊雲句集　〇七七五）
草の戸に　なじめて置くや　盆の月　毛仏（8俳諧新選　一二九ペ）
踊るべき　ほどには酔うて　盆の月　李由（6炭俵　二五五三）

ま

わか草や　背をする馬の　真仰向け　太祇（8俳諧新選　一〇三ペ）
いざや霞　諸国一衣（いちえ）の　売僧坊（まいすぼん）　三千風（5日本行脚文集　一五六）
夏蝶翔ぶや　杉に流れ来て　真一文字　元（9島村元句集　〇九〇三）
ゆふ立に　傘かる家や　ま一町　圃水（6続猿蓑　三一八三）
如月や　手の付かぬ炭　ま一俵　好春（7俳諧古選　一五三ペ）
あら波や　二日の月を　捲いて去る　子規（10獺祭句帖抄　六三六ペ）
慮外ながら　紅梅殿と　申さうか　吾心（7俳諧古選　二〇四ペ）
世にさかる　花にも念仏　申しけり　芭蕉（1蕉翁句集　九五五）
見足らぬを　初雪とこそ　申すなれ　雅因（8俳諧新選　二三九ペ）
葛水や　入江の御所に　まうづれば　蕪村（2蕪村遺稿　一六八〇）
稲の雨　斑鳩寺に　まうでけり　子規（10獺祭句帖抄　六三九ペ）
頬ぺたに　あてなどしたる　真瓜哉　一茶（3おらが春　四七一ペ）
身につけと　祈るや梅の　籬（まがき）ぎは　遊糸（6続猿蓑　三〇〇三）
衣更　其の日の空に　任すべし　祇徳（7俳諧古選　二三一ペ）
庵も浮く　ばかり清水を　まかせけり　大夢（8俳諧新選　二二一ペ）
鵜死して　翅拡ぐるに　任せたり　誓子（9晩刻　一四八〇）
菜の花や　小蝶の種は　蒔かねども　未史（8俳諧新選　一一〇ペ）
寒梅や　火の迸（ほとばし）る　鉄より　蕪村（2蕪村句集　三二八）
はつゆきや　幸庵に　まかりある　芭蕉（1あつめ句　二七四）
北風に　人細り行き　曲がり消え　虚子（12五百五十句　一〇三ペ）
蓮の葉に　此の世の露は　曲がりけり　一茶（3おらが春　四五〇ペ）
人間吏となるも　風流胡瓜（きうり）の　曲がるも亦　虚子（11五百句　四四ペ）
凌霄（のうぜん）の　花や鐘楼を　巻かんとす　野逸（4野逸句集　一七六五）
啄木鳥（きつつき）や　落葉をいそぐ　牧の木々　秋桜子（9葛飾　一四二二）
新涼の　月こそかかれ　槙柱　虚子（11五百句　五二ペ）
飛びかうて　初手の蝶々の　紛れけり　嘯山（8俳諧新選　一〇八ペ）
我に似るな　ふたつにわれし　真桑瓜　芭蕉（1真蹟懐紙　六三三）
薬のむ　さらでも霜の　枕かな　芭蕉（1如行子　三三〇）
鮓になる　間を配る　枕哉　一茶（3文政句帖　三三九ペ）
どぶりこと　瓜は流れに　枕かな　嘯山（8俳諧新選　一二三ペ）
春の夜の　三味線箱を　枕かな　子規（10獺祭句帖抄　六二三ペ）

元旦や　ふどしたたんで　枕上み　鬼城（9鬼城句集〇六一七）
秋来にけり　耳をたづねて　枕の風　芭蕉（1江戸広小路七七）
うは風に　音なき麦を　まくらもと　蕪村（2蕪村句集一一一三）
衽形（おくみなり）に　吹き込む雪や　枕元　一茶（3八番日記三五五ペ）
けしの散る　光ひまなし　枕元　梅室（5梅室家集一一六八）
蚤虱（しらみ）　馬の尿する　枕もと　芭蕉（1奥の細道五〇九）
はつ瓜や　道にわづらふ　枕もと　支考（6続猿蓑三四八一）
初雁に　行灯とるな　まくらもと　落梧（6猿蓑一八三三）
いがながら　栗くれる人の　誠かな　子規（10獺祭句帖抄六五六ペ）
時雨るや　蓑買ふ人の　まことより　蕪村（2蕪村句集八〇八）
水深く　利鎌（とかま）鳴らす　真菰刈　蕪村（2蕪村句集二六八〇）
夕雲雀（ひばり）　いざふしどへと　真さかさま　蘭丸（8俳諧新選一〇四ペ）
筍や　桶と柄杓（ひしゃく）の　まさな事　龍眠（8俳諧新選一一五ペ）
雪の日は　竹の子笠ぞ　まさりける　羽笠（6猿蓑一六九一）
眠れねば　足の先冷え　まさりつつ　虚子（14七百五十句六五二ペ）
瓦斯（ガス）ストーヴ　真正面　真四角な火　裸馬（9裸馬翁五千句一一〇〇）
雀の巣　かの紅糸を　まじへをらむ　多佳子（9紅糸二九七〇）
母の世の　雛片隅に　ましましけり　赤羽（8俳諧新選一〇九ペ）
雛の様　宮腹々に　ましましける　其角（7俳諧古選二〇一ペ）
河豚汁（ふくとじる）　鯛は凡にて　ましましける　召波（4春泥句集一八三〇）
みねの雲　すこしは花も　まじるべし　野水（6あら野三六六）
木蓮は　普賢（ふげん）の象の　真白かな　迷堂（9孤輪〇四三一）

目にうれし　恋君の扇　真白なる　蕪村（2蕪村遺稿一一三）
巳矣（やんぬるかな）　市に五匁の　升（ます）あらば　龍眠（8俳諧新選一四九ペ）
垣根潜る　薄ひともと　真すほなる　蕪村（2蕪村句集一四三八）
白樺に　月照りつつも　馬柵の霧　秋桜子（9葛飾一四二七）
九月来　箸をつかんで　また生きる　多佳子（9命終二九六七）
山茶花や　暫く絶えて　また一つ時　一転（9杉山一転句集〇九二五）
中山や　越路も月は　また命　芭蕉（1荊口句帳五五八）
川音や　木槿（むくげ）さく戸は　まだ起きず　北枝（5北枝発句集四一〇）
椿落ち　鶏（とり）鳴き椿　また落つる　梅室（4梅室家集二一六五）
春雨や　障子明くれば　未（まだ）暮れず　練石（7俳諧古選二三〇ペ）
鰒止めて　小夜の中山　又越えん　雪蕉（8俳諧新選一四〇ペ）
霧たつや　大橋越えて　又小橋　雅因（8俳諧新選一二八ペ）
嬉しさに　袷着たれば　又寒し　林紅（7俳諧古選一七一ペ）
山　桜　丹波の風は　未寒し　雅因（8俳諧新選一〇六ペ）
若竹や　雪の重みは　未知らず　乙由（7俳諧古選一七一ペ）
苗代や　影さす山は　未白し　驢井（8俳諧新選一四八ペ）
たつ鳥の　水動かして　又すずし　桃山（8俳諧新選一二一ペ）
虻（あぶ）澄みて　つつと移りて　又澄みぬ　虚子（12六百句一六五ペ）
炎天に　立ち出でて人　またたきす　虚子（12六百句二二六ペ）
散りしくや　谷々さかり　又　苔　淡々（8俳諧新選一五一ペ）
百足虫の頭　くだきし鋏　まだ手にす　多佳子（9海彦二九七六）
引いて来し　夜店車を　まだ解かず　虚子（12五百五十句三五三ペ）

秋雨や我が菅蓑は　まだ濡らさじ　蕪村（2 蕪村遺稿 二一八八）
春雨や蛙の腹は　まだぬれず　蕪村（2 蕪村遺稿 二二一七）
跫(あしおと)もきえて時雨の　又寝かな　朱拙（5 土大根 四四四）
けふも暑う生き飽きたりな　又の飯　東洋城（9 東洋城全句中 〇三九五）
茶の花や川岸高く　又低し　嘯山（8 俳諧新選 一三八ペ）
切籠(きりこ)左に廻りつくせば　又右に　泊雲（9 泊雲句集 〇七七六）
咳き込めば夜半の松籟　また乱れ　茅舎（4 定本茅舎句集 二六三二）
うき我にきぬたうて今は　又止みね　蕪村（2 蕪村句集 一二八五）
秋風や相逢はざるも　亦よろし　虚子（12 五百五十句 九六ペ）
里の子も覚えて所　まだら神　太祇（8 俳諧新選 一三四ペ）
春さめや狸の伽の　待たれぬる　一漁（4 鳥山彦 一二二八）
細　雪妻に言葉を　待たれをり　波郷（9 雨覆 二六四二）
日の出前五月のポスト　町に町に　波郷（9 鶴の眼 二六五四）
粧へる浅間連山　町の上　虚子（13 六百五十句 二三六ペ）
朝顔や濁り初めたる　市(まち)の空　久女（9 杉田久女句集 〇九三二）
月前に高き煙や　市の空　碧梧桐（9 ホ明38・10 〇一一五）
みじか夜や小見世明けたる　町はづれ　蕪村（2 蕪村句集 一三八一）
送り火のあとの月夜や　松落葉　水巴（9 定本水巴句集 〇五七八）
幾霜に心ばせをの　松かざり　芭蕉（1 其角歳旦帳 一二五七）
紅梅や入日の襲ふ　松かしは　蕪村（2 蕪村遺稿 二三五八）
愚痴無知(ぐちむち)のあまざけ造る　松が岡　蕪村（2 蕪村句集 一〇五）
我は春目かどに立つる　まつ毛哉　般斎（6 あら野 五〇一）

野分する夕べや萩の　真つさかり　適斎（8 俳諧新選 一二七ペ）
武蔵野の月の若ばへや　松島種　芭蕉（1 松島眺望集 一四八）
間引菜を貰うて今日も　先(まつ)過ぎつ　紅緑（9 紅緑句集 〇二四五）
やまかはをながるる鴛鴦(をし)に　松過ぎぬ　蛇笏（9 山響集 〇六七四）
城あとや古井の清水　先問はむ　芭蕉（1 笈日記 四〇八）
めでたさのまことはさびし　松の色　玄武坊（4 玄武庵発句集 一八一四）
口紅や四十の顔も　松の内　子規（10 獺祭句帖抄 六〇四ペ）
出て月を見ることのあり　松の内　別天楼（9 野老 一一八二）
ほろび行くものの姿や　松の内　虚子（14 七百五十句 二三ペ）
三日程富士も見えけり　松の内　小波（9 さら波 〇三〇三）
翳鷹(かけたか)や人を見下ろす　松の上　寛留（8 俳諧新選 一四二ペ）
鳶の顔柿にむきけり　松の上　風律（4 紙魚日記 一七二七）
凩や宵からふけし　松の音　玉指（7 俳諧古選 二一九ペ）
摂待のはしら見たてん　松の陰　釣雪（6 あら野 一〇三九）
万歳や左右にひらいて　松の陰　去来（6 続猿蓑 三〇九六）
薫風や裸の上に　松の影　子規（10 獺祭句帖抄 六二九ペ）
名月や畳の上に　松の影　其角（5 雑談集 二六七）
残雪やごうごうと吹く　松の風　鬼城（9 鬼城句集 〇六二二）
花に来て飯くふひまや　松の風　月居（5 花鳥篇 九六〇）
小柑子栗やひろはむ　まつのかど　舟泉（6 あら野 四七三）
五月雨やある夜ひそかに　松の月　蓼太（4 蓼太句集 一七四二）
打ち水や蘇鉄(そてつ)の雫　松の露　子規（10 獺祭句帖抄 六二八ペ）

西行の　草鞋（わらぢ）もかかれ　松の露　芭蕉（1笈日記 五七六）
粟がらの　小家作らむ　松の中　団友（6続猿蓑 三三一七）
子供等は　すぐに外に出て　松の形（なり）　芭蕉（1誹諧曾我 九三三）
松茸や　かぶれた程は　松の花　立子（9続立子句集二 一九三八）
辛崎や　一つ年よる　松の春　珪琳（8俳諧新選 一〇〇ぺ）
又もとの　大路へ出たり　松の春　白尼（4氷餅集 一七九六）
時雨をや　もどかしがりて　松の雪　芭蕉（1続山井 一九）
踏まじ猶　師の影うむる　松の雪　貞室（4玉海集 〇一一四）
山をぬく　力も折れて　松の雪　子葉（5沾徳随筆 四四〇）
花の山　まことの下戸は　松ばかり　沾山（4江戸名物かのこ 一二五九）
蚊屋釣るや　夜学を好（この）む　真裸　太祇（8俳諧新選 一一七ぺ）
この寒さ　牡丹のはなの　まつ裸　車来（6猿蓑 一六四三）
ざんなやな　蚊をやく婆々の　真裸　迂童（8俳諧新選 一一七ぺ）
夕凪や　仏づとめも　真裸　寸七翁（9現代俳句集 〇八八五）
すずしさや　島かたふきて　松一つ　子規（10獺祭句帖抄 六〇七ぺ）
やまざくら　瓦ふくもの　先（まづ）ふたつ　芭蕉（1笈日記 二六三）
内のチヨマが　隣のタマを　待つ夜かな　子規（10獺祭句帖抄 六四四ぺ）
春といふ　下女にうかれて　待つ夜哉　珪琳（8俳諧新選 一四七ぺ）
さびしさに　客人（まらうと）やとふ　まつり哉　尚白（6猿蓑 一七四五）
花すすき　大名衆を　まつり哉　嵐雪（6猿蓑 一八七五）
昼の月　あはれいろなき　祭りかな　敦（9古暦 三一三八）
道端に　栗売り並ぶ　祭りかな　子規（10獺祭句帖抄 六五六ぺ）

地蔵会や　ちか道を行く　祭り客　蕪村（2蕪村遺稿 一七五一）
買ひ食ひを　して来よと子に　祭り銭　虚子（12五百五十句 九一ぺ）
泥炭舟と　沼田処の　祭りの灯（ひ）　碧梧桐（9碧梧桐句集 〇一〇八）
狼の　跡を食はんと　祭るめり　之房（8俳諧新選 一三五ぺ）
五位鷺が　餌（あば）みを得たり　馬手葉椎（まてばしひ）　不角（5米の守後集 四六三）
榾（ほだ）さかん　灯（ともし）をともす　までもなし　紅緑（9紅緑句集 〇二四四）
時雨るや　黒木つむ屋の　窓あかり　凡兆（6猿蓑 一六二四）
煖房や　八階にして　窓に不二　花蓑（9花蓑句集 〇八七三）
夕顔や　酔うてかほ出す　窓の穴　芭蕉（1続猿蓑 七八九）
鰯焼く　隣憎しや　窓の梅　秀和（7俳諧古選 一五二ぺ）
古更紗の　炬燵蒲団や　窓の梅　嘯山（8俳諧新選 〇一二ぺ）
室（むろ）咲きの　非義は習ひそ　窓の梅　鷺水（7俳諧古選 一五一ぺ）
羅（うすもの）を　裁つや乱るる　窓の黍（きび）　久女（9杉田久女句集 〇九三六）
寒菊や　醴（あまざけ）造る　窓の前（さき）　芭蕉（1荊口宛書簡 八一二）
出代や　櫛笥をさがす　窓の月　移竹（8俳諧新選 一〇八ぺ）
梨の香や　物うき留主の　窓の月　瓜流（8俳諧新選 一五一ぺ）
独り寝や　泣きたる皃（かほ）に　まどの月　野水（6あら野 八五四）
わが宿は　四角な影を　窓の月　芭蕉（1芭蕉庵小文庫 九六一）
酒部屋に　琴の音せよ　窓の花　惟然（6続猿蓑 二九七〇）
ほのぼのと　鴉黒むや　窓の春　野坡（5野坡吟草 三六〇）
沙魚（はぜ）釣りの　小舟漕ぐなる　窓の前　蕪村（2蕪村句集 二二九〇）
麦刈りて　遠山見せよ　窓の前　蕪村（2蕪村遺稿 一〇五八）

やぶ入の我が家を荻に惑ひけり　一兎（8俳諧新選 二三二ぺ）
冬ごもり灯光虱（しらみ）の眼（まなこ）を射る　蕪村（2蕪村遺稿 一九五一）
痰一斗糸瓜（へちま）の水も間に合はず　子規（9絶筆 〇〇三〇）
昼がほやどちらの露も間に合はず　也有（5蘿葉集 五〇八）
いなづまや闇を引きさくまのあたり　旭扇（8俳諧新選 二二五ぺ）
霧晴れて高砂のまちまのあたり　蕪村（2蕪村遺稿 一八〇三）
籐椅子にはや秋草をまのあたり　躑躅（9同人第二句集 〇八六一）
担ぐ艪を芒の上に廻しけり　温亭（9温亭句集 〇八二六）
春昼や魔法の利かぬ魔法壜　敦（9歴日抄 三一三三）
同じ事を廻り灯籠のまはりけり　子規（10獺祭句帖抄 六三五ぺ）
竹の子に行灯さげてまはりけり　長虹（6あら野 六五九）
べい独楽のおどけがましう廻りけり　麦人（9草笛 〇三四三）
見る人も回り灯籠に回りけり　其角（7俳諧古選 一七八ぺ）
物うげに回り灯炉の回りけり　作者不明（8俳諧新選 一二六ぺ）
風車夕日に燃えてまはりをり　虚子（13六百五十句 二三一ぺ）
涼みけり後ろへ月の回るまで　栄五（8俳諧新選 一四八ぺ）
陽炎や酒にぬれたる舞扇　几董（5井華集 七九六）
月今宵あるじの翁舞ひ出でよ　蕪村（2蕪村句集 一四二四）
月花に｢（まはし）〃（まち）ζ（のみ）舞ひうたふ　宋屋（8俳諧新選 一五六ぺ）
東山静かに羽子の舞ひ落ちぬ　虚子（11五百句 七〇ぺ）
榛名山大霞して真昼かな　鬼城（9鬼城句集 〇六三五）
活僧のふとんをたたむ魔風哉　太祇（8俳諧新選 一四〇ぺ）

雲の峰これにも鳶の舞ふ事よ　之房（8俳諧新選 一二〇ぺ）
夏の夜は明くれどあかぬまぶた哉　守武（5誹諧初学抄 八）
我しらず笠を脱ぎけり舞ふ雲雀（ひばり）　酈决（8俳諧新選 一〇四ぺ）
春雪の繽紛として舞ふを見よ　虚子（12五百五十句 八六ぺ）
思はずの雪見や日枝（ひえ）の前後ろ　丈草（6続猿蓑 三三九五）
ますぐなる音の木の実の前に落つ　素逝（9暦日 一八三一）
匂ひ立つ蒲焼よわが前にのみ　草城（9旦暮 二四六七）
花げしのふはつくやうな前歯哉　一茶（3七番日記 三四二ぺ）
短冊の旗管城の固め前は花　惟中（5破邪顕正返答 一三四）
いそがしや沖の時雨の真帆片帆　去来（6猿蓑 一六二八）
もの数寄（すき）やむかしの春の儘ならん　越人（6あら野 八六六）
一軒屋も過ぎ落葉する風のままに行く　碧梧桐（4碧・第一九号 二三二八〇）
屠蘇うけて九十の祖母にまみえけり　王城（9同人句集 〇九一八）
芒塚程遠からじ守るべし　虚子（14七百五十句 六六六ぺ）
畠打の目にはなれずよ摩耶（まや）が岳　蕪村（2蕪村遺稿 二三七四）
春の蚊のひとたび過ぎしまゆの上　草城（4昨日の花 二七〇五）
さゆる夜のともし火すごし眉の剣（けん）　園女（4菊の塵 一〇九〇）
寒雷やびりりびりりと真夜の玻璃　楸邨（9寒雷 二五七八）
山ざくらもと来し路を迷ひけり　鈍鳥（8俳諧新選 一四七ぺ）
てふてふや今神様の鞠ついて　余子（9余子句選 〇四四四）
飾縄（しめなは）や御代の直なと丸いのと　移竹（8俳諧新選 九九ぺ）
谷川に雪げの水や丸木橋　蘭風（8俳諧新選 一四八ぺ）

色々の頭巾の果てや丸頭巾　柳居（7 俳諧古選 一九三ぺ）
似合はぬと言ふさへうれし丸頭巾　瓢水（4 瓢水句選 一二九一）
をさな名やしらぬ翁の丸頭巾　芭蕉（1 菊の塵 九四〇）
蚊を焼くや人もなげなる丸裸　月渓（4 松のそなた 一八六五）
初午や和銅の銭の稀に今　存義（8 俳諧新選 一〇四ぺ）
海苔掻きの眼はをみならし円き岩　水巴（9 定本水巴句集 〇五九〇）
さみだれやとなりへ懸ける丸木橋　素龍（6 炭俵 二五〇八）
足洗うてつひ明け安き丸寝かな　芭蕉（1 真蹟拾遺 三九三）
任口に白き団（うちは）をまゐらせむ　蕪村（2 蕪村遺稿 一七一五）
子（ね）祭りにしわき祝詞（のりと）を参らせん　雅因（8 俳諧新選 一五五ぺ）
宝引や今度は阿子（わご）に参らせん　之房（8 俳諧新選 一〇一ぺ）
蟷螂や蟹のいくさにも参りあはず　子規（10 獺祭句帖抄 六五五ぺ）
凡そ天下に去来程の小さき墓に参りけり　虚子（9 五百句 〇〇五七）
さかる猫猪早太（ゐのはやた）つと参りけり　子曳（8 俳諧新選 一〇二ぺ）
連れてきて子にまはせけり万歳楽　一井（6 あら野 四七八）
かたまりてあはれ盛りや曼珠沙華（まんじゆさげ）　王城（9 同人句集 〇九一三）
そのあたり似た草もなし曼珠沙華　子規（10 獺祭句帖抄 六〇二ぺ）
ふいふいと目のちる野路やまんじゆ沙花（しやげ）　瓜流（8 俳諧新選 一三五ぺ）
世に合はぬ濃き紅や蔓珠沙華　祇川（8 俳諧新選 一三五ぺ）

み

五月雨や上野の山も見あきたり　子規（4 俳句稿巻二 二一九一）
炭斗のふくべの形見飽きたり　虚子（14 七百五十句 三三ぺ）
日は過ぐる梢の柿と見あひつつ　成美（5 成美家集 九三四）
山あひのはなを夕日に見出だしたり　心苗（6 あら野 三八一）
大根のこんと鳴りたる実入りかな　它谷（8 俳諧新選 一四一ぺ）
初蝶を夢の如くに見失ふ　虚子（12 五百五十句 六五ぺ）
背戸に鳴く鶯の子や御影講　習先（8 俳諧新選 一三九ぺ）
雑（まじ）りなき一門衆や御影講　嘯山（8 俳諧新選 一三九ぺ）
四五寸の葎（むぐら）に雉の見えずなりぬ　子規（10 獺祭句帖抄 六四四ぺ）
畑うつや道問ふ人の見えずなりぬ　蕪村（2 蕪村遺稿 二六一三）
寂しくも鳩吹きながら見えずなんぬ　紅葉（9 紅葉句帳 〇二六八）
青天に雪の遠山見えにけり　士朗（5 枇杷園句集 九〇四）
鰤（ぶり）網を越す大浪の見えにけり　普羅（9 新訂普羅句集 〇七二八）
老なりし鵜飼ことしは見えぬ哉　蕪村（2 蕪村句集 一一一九）
蚊遣鉢応量器とは見えぬかな　迷堂（9 孤輪 〇四一六）
セルを着て病ありとも見えぬかな　虚子（11 五百句 六六ぺ）
村百戸菊なき門も見えぬ哉　蕪村（2 蕪村句集 二〇八四）
あさがほの白きは露も見えぬ也　荷兮（6 あら野 七一七）
太刀持は雪にころんで見えぬ也　旨原（7 俳諧古選 二三三ぺ）
ねはんの夜耆婆（きば）はは づして見えぬ也　百万（8 俳諧新選 一〇四ぺ）
霧はれよすがたを松に見えぬ迄　鼠弾（6 あら野 九三五）
十六夜やよんべあれ程見えらせし　一鵰（7 俳諧古選 二三〇ぺ）

こぬ殿を唐黎(きび)高し見おろさん　荷兮（6波留濃日三四九）
見ても見ぬ心通ふや未開紅　呉郷（8俳諧新選一五五ぺ）
五月雨は滝降りうづむみかさ哉　芭蕉（1芯摺四九九）
このあたりに珍しい三味線の音の三日月　癖三酔（9新緑大6・1○三七五）
桃さきぬ三年三月三日の今　沙龍（8俳諧新選一○七ぺ）
あけゆくや二十七夜も三かの月　芭蕉（1あつめ句一二七一）
かくれても居られぬ秋歟(か)三日の月　希因（8俳諧新選二一九ぺ）
門松の梢めづらし三日の月　龍眠（8俳諧新選一六○ぺ）
今宵城に灯(ひ)がとぼりゐつ三日の月　月斗（9昭和俳句集○五○六）
たのもしやまだうす暑き三日の月　一茶（3嘉永版発句集三四三ぺ）
何事の見たてにも似ず三かの月　芭蕉（1あら野四一七）
孑孑(ぼうふら)の天上したり三かの月　一茶（3おらが春四四三ぺ）
みしやその七日は墓の三日の月　芭蕉（1笈日記八一○）
急度(きっと)使者ついて紀国みかん哉　孤桐（8俳諧新選二三三ぺ）
しきりなる落花の中に幹はあり　素逝（9ふるさと一八二五）
五月雨に柳きはまる汀かな　一龍（6あら野六六二）
水音や野咲きのうめの右左　宋屋（8俳諧新選一○一ぺ）
こがらしや里の子覗く神輿(みこし)部屋　尚白（6あら野一○七九）
月の山大国主命かな　青畝（9紅葉の賀一五一二）
おく露や小町がほねの見事さよ　釣雪（6あら野一○○四）
河内路や東風(こち)吹き送る巫女の袖　蕪村（2蕪村句集一○四二）
関こえて爰も藤しろみさか哉　宗祇（6あら野八九七）

暁の蟬の聞こゆる岬かな　普羅（9新訂普羅句集○七○二）
九月尽遥かに能登の岬かな　暁台（5暁台句集七七三）
波越えぬ契りありてやみさごの巣　曾良（4奥の細道○八六九）
ざぶざぶと枕に寒き水棹哉　之房（8俳諧新選一四二ぺ）
五月雨に鶴の足みじかくなれり　芭蕉（1東日記一三四）
端(はし)居(ゐ)して鶯に顔見しらせん　蓼太（8俳諧新選一○一ぺ）
川狩りや楼上の人の見しり皃(がほ)　蕪村（2蕪村句集一七○三）
花の幹を打つて盃微塵かな　一転（9杉山一転句集○九二六）
蜘の子はみなちりぢりの身すぎ哉　一茶（3文政句帖三四二ぺ）
鶯や師走に来たは見ずしらず　柳女（8俳諧新選一○一ぺ）
雪の日や寝に行く鳥身すぼらし　珍志（8俳諧新選一五○ぺ）
大きな長い阪を下り店一杯なセル地　碧梧桐（9碧梧桐句集○一○五）
親雀人を恐れて見せにけり　虚子（13六百五十句一九二ぺ）
雨雲の烏帽子に動く御祓(みそぎ)かな　子規（10獺祭句帖抄六二九ぺ）
川風の幣(ぬさ)を奪(ば)ひ行く御祓かな　雁宕（8俳諧新選二三三ぺ）
川原迄瘧(おこり)まぎれに御祓哉　荷兮（6あら野一○七八）
つくばうた禰宜(ねぎ)で事済む御祓哉　蕪村（2蕪村句集九三三）
ふくかぜの中をうを飛ぶ御祓かな　芭蕉（1真蹟画賛四五六）
破扇一度にながす御祓かな　未学（6あら野一○七七）
ある中に下卑ぬ三十日や御祓川　心祇（8俳諧新選一四六ぺ）
木薬の袋流るる御祓川　蕪村（2蕪村遺稿五八八）
年もはや半ば流れつ御祓川　素堂（7俳諧古選一六五ぺ）

ゆふがほに秋風そよぐ　御祓(みそぎ)川　蕪村（2蕪村句集 一〇六七）
菜屑など散らかしておけば　鷦鷯(みそさざい)　子規（10獺祭句帖抄 六六六ぺ）
雪の日に庵借さふぞ　鷦鷯　依々（6炭俵 二六一四）
世にゝほへ梅花一枝の　みそさざい　芭蕉（1住吉物語 二三〇）
七福神詣路或るは　溝に沿ひ　秋桜子（9晩華 一四二六）
雪片のつれ立ちてくる　深空かな　素十（9初鴉 一五四四）
けしからぬ月夜となりし　みぞれ哉　一茶（3享和句帖 三五三ぺ）
淋しさの底ぬけてふる　みぞれかな　丈草（5篇突 三二六）
しみじみと子は肌へつく　みぞれ哉　秋色（5三上吟 四六〇）
連れてふる雨に打たるる　みぞれかな　万翁（8俳諧新選 一四三ぺ）
舟引の肩に湯気たつ　霙(みぞれ)哉　武然（8俳諧新選 一四三ぺ）
降り変はり寒さも変はる　雨雪(みぞれ)かな　沙月（8俳諧新選 一四三ぺ）
古池に草履(ざうり)沈みて　みぞれかな　蕪村（2蕪村句集 六九八）
もろもろの木に降る春の　霙かな　石鼎（9花影 〇七六六）
棕櫚の葉のばさりばさりと　みぞれけり　子規（10獺祭句帖抄 六六四ぺ）
能登人の高称名に　霙(みぞ)れゆく　句仏（9句仏句集 〇五三七）
老僧や手(て)底に柚味噌の　味噌を点す　子規（10獺祭句帖抄 六五七ぺ）
衣更着やちよつちよつと門が　見たうなる　轍士（5真蹟短冊 一九六）
ころもがへ刀もさして　見たき哉　鼠弾（6あら野 六二一）
人卑しく扇の疵を　見出しけり　月舟（9進むべき道 〇六九八）
百合咲くや汗もこぼさぬ　身だしなひ　諸九（5諸九尼句集 五二二）
折る事も高根の花や　見た計(ばか)り　来山（7俳諧古選 一九八ぺ）

栗供ふ恵心の作の　みだ仏　蕪村（2蕪村句集 一八七一）
秋のくれ反橋越えて　見たりけり　嘯山（8俳諧新選 二三二ぺ）
疲れたれば眠りぬ氷河　見たるあと　青邨（9雪国 一六〇八）
茶の花はもののついでに　見たる哉　李晨（6あら野 七八一）
天も花によへるか雲の　乱れ足　立圃（5犬子集 二一）
玉霰漂母(へうぼ)が鍋を　みだれうつ　蕪村（2蕪村句集 一〇八三）
蛇のきぬかけしすすきの　みだれ哉　暁台（5暁台句集 七七一）
青芒三尺にして　乱れけり　子規（10獺祭句帖抄 六五〇ぺ）
鶯や傘ほしてもどる　道すがら　雁宕（8俳諧新選 一〇一ぺ）
邯鄲(かんたん)の音は湖上にも　満ちにけり　風生（9傘寿以後 一五七一）
蒲公(たんぽぽ)のわすれ花あり　路の霜　蕪村（2蕪村句集 一八九三）
植木屋の夜店の跡や　道の露　子規（10獺祭句帖抄 六五三ぺ）
植ゑ竹に河風さむし　道の端(はた)　土芳（6続猿蓑 三四三一）
掛稲や野菊花咲く　道の端　子規（10獺祭句帖抄 六一八ぺ）
凩や鐘引きすてし　道の端　子規（10獺祭句帖抄 六四〇ぺ）
凩や海から見ゆる　道の末　麻兄（8俳諧新選 二三八ぺ）
そば刈りて居るや我が行く　道のはた　蕪村（2蕪村遺稿 二五六八）
ふるさとや添水(そふづ)かけたる　道の端　冬葉（9望郷 一〇二〇）
石垣にはこべの花や　道普請(ぶしん)　荷風（9荷風句集 二一六三）
露しぐれ宇治を離れて　路細し　嘯山（8俳諧新選 二三三ぺ）
茶の花や石をめぐりて　路を取る　蕪村（2蕪村句集 二〇一九）
へこみたる腹に臍あり　水中り　虚子（12五百五十句 三五三ぺ）

蛍みし雨の夕べや　水(みつ)葵(あふひ)　仙花（6炭俵　二五三一）
蒲の穂や葉末にのぼる　水(みつ)鼬(いたち)　白羽（4右紫　二二八三）
夏草や物失へる　水鼬　嘯山（8俳諧新選　一一九ペ）
猶いきれ門徒坊主の　水祝ひ　沾圃（6炭俵　二三九三）
比良村をいでて澄む水　みづうみへ　爽雨（9雲板　一九〇二）
人に成る鹿皺閼伽井(かあかゐ)を　水鏡　鯉洲（8俳諧新選　一五〇ペ）
花にやどり瓢簞斎と　自らいへり　芭蕉（1向之岡　一一一）
桜より松は二木を　三月越し　芭蕉（1奥の細道　五〇二）
いそがしき雪のたまりや　水車　竹幽（7俳諧古選　一九三ペ）
春(うすづ)くや穂麦が中の　水車　蕪村（2蕪村句集　一六六）
精出せば氷る間もなし　水車　珪琳（4水ぐるま　一二四一）
ふりくらす雪の相手や　水車　蓼太（8俳諧新選　一四二ペ）
やまざくらちるや小川の　水車　智月（6炭俵　二四四四）
夜を秋の何踏ませけん　水車　烏栖（8俳諧新選　一三二ペ）
馬下りて高根のさくら　見付けたり　蕪村（2蕪村遺稿　一九八四）
大三十日宿を立ち出て　見付けたり　雅因（8俳諧新選　一五七ペ）
里過ぎて古江に鴛(をし)を　見つけたり　蕪村（2蕪村句集　一七九）
川淀や霧の下這ふ　水けぶり　太祇（8俳諧新選　一二八ペ）
月に対す君に投網の　水煙り　蕪村（2蕪村句集　一七〇〇）
潮(しほ)浴びの声ただ瑠璃の　水こだま　草田男（9来し方行方　二五三一）
春の水滄浪秋の　水滄浪　虚子（13六百五十句　二〇六ペ）
しづまれば流るる脚や　水(みづすまし)馬　太祇（8俳諧新選　一二三ペ）

夕暮れの小雨に似たり　水すまし　子規（10獺祭句帖抄　六三〇ペ）
葛飾や桃の籬(まがき)も　水田べり　秋桜子（9葛飾　一四二〇）
冬川や魚の群れ居る　水たまり　子規（10獺祭句帖抄　六六五ペ）
涼しさは錫の色なり　水茶碗　信徳（4信徳十百韻　〇二一二）
牡丹の日々の衰へ　見つつあり　虚子（14七百五十句　一五二ペ）
髪ゆふたところへ雪の　水菜売り　青々（9松苗　〇四八一）
流れ来て清水も春の　水に入る　蕪村（2蕪村遺稿　二一八三）
犬の舌赤く伸びたり　水温む　虚子（14七百五十句　五五〇ペ）
老鶴の天を忘れて　水温む　蛇笏（9家郷の霧　〇六四四）
鳩来れば日差しももどり　水温む　汀女（9昭49俳句年鑑　一九二九）
鹿のふむ跡や硯の　躬(み)恒(つね)形(がた)　素龍（6炭俵　二五六三）
十棹とはあらぬ渡しや　水の秋　たかし（4たかし全集　二六五五）
書初によき名の文字や　三の朝　野有（8俳諧新選　一五六ペ）
万歳を呼べばこそ来れ　三の朝　安静（7俳諧古選　一四三ペ）
我が内へ呼ばれて来たり　三の朝　風状（7俳諧古選　二一四ペ）
起きあがる菊ほのか也　水のあと　芭蕉（1続虚栗　三一三）
胸涼しきえをまつ期の　水の淡　未得（5一本草　七一）
秋冴えたり我鯉切らん　水の色　子規（10獺祭句帖抄　六三四ペ）
羅(うすもの)に動きて見ゆれ　水の色　紫影（9かきね草　〇二三二）
容(かたち)して氷らぬ迄ぞ　水の色　太祇（8俳諧新選　一四三ペ）
白魚やさながらうごく　水の色　来山（5続いま宮草　二〇五）
白桃やしづくも落ちず　水の色　桃隣（6続猿蓑　三〇五三）

手拭に桔梗をしぼれ　水の色　子葉（5丁丑紀行　四三八）
鶯や岩を縫ひ行く　水の上　淡々（8俳諧新選　一〇一ペ）
梅さくや水の流るる　水の上　古行（8俳諧新選　四七ペ）
枯蘆や低う鳥たつ　水の上　麦水（5葛箒　七四五）
さみだれや頻りに暮るる　水の上　太祇（8俳諧新選　一七ペ）
たんぽぽや荒田に入るる　水の上　祇空（5住吉物語　四五一）
投げわたす更（かへ）帷子（かたびら）や　水の上　嘯山（8俳諧新選　二二ペ）
ひらひらと蝶々黄なり　水の上　子規（10獺祭句帖抄　六二五ペ）
瓢簞の流れわたりや　水の上　芋秀（8俳諧新選　五二ペ）
郭公（ほととぎす）声横たふや　水の上　芭蕉（1藤の実　七八四）
名月や煙這ひ行く　水の上　嵐雪（4萩の露　〇八四五）
夕立や四山とどろく　水の上　竹冷（4聴雨窓俳話　二二三五）
雨曇り雁聞く夜や　水の音　梨（8俳諧新選　一五八ペ）
元日やされば野川の　水の音　来山（5続いま宮草　二〇四）
こけ落ちて田螺（たにし）つぶやくや　水の音　嘯山（8俳諧新選　一〇六ペ）
白ぎくや籬（まがき）をめぐる　水の音　二柳（5津守船初編　七六二）
すずしさや惣身わするる　水の音　青蘿（5青蘿発句集　八五一）
涼しさや楼の下ゆく　水の音　俊似（6あら野　六九三）
煤掃や辛螺（にし）の奥に　水の音　宋屋（7俳諧古選　二一四ペ）
流れてもいなず涼しき　水の音　一簣（8俳諧新選　一二一ペ）
一田（ひとた）づつ行きめぐりてや　水の音　北枝（6続猿蓑　三一四四）
古池や蛙飛びこむ　水のおと　芭蕉（1蛙合　二六七）
蛍火や草の底なる　水の音　赤羽（8俳諧新選　一一六ペ）
筊は沈む静かな月の　水の面　普羅（9能登蒼し　〇七二三）
我が影に叫べる雉や　水の面　梨冠（8俳諧新選　五二ペ）
沢瀉（おもだか）や藻の上越える　水の影　太祇（8俳諧新選　二四ペ）
杜若（かきつばた）にたりやにたり　水の影　芭蕉（1続山井　八）
こがらしや岩に裂け行く　水の声　蕪村（2蕪村句集　三〇一）
孑孑（ぼうふら）や又取り直す　水の尺　雲外（8俳諧新選　二三ペ）
長き藻も秋行く筋や　水の底　召波（5春泥句集　八一五）
船ばたや履（くつ）ぬぎ捨つる　水の月　青蘿（4青蘿発句集　一八五四）
河骨（かうほね）や今一輪は　水の中　遷卜（8俳諧新選　四七ペ）
すずしさに月も睡る歟（か）　水の中　柳水（8俳諧新選　一九ペ）
後の月鴫たつあとの　水の中　蕪村（2蕪村遺稿　二一七四）
花見せに来る萍（うきくさ）や　水のまし　鶴英（8俳諧新選　一八ペ）
みそ部屋のにほひに肥ゆる　三葉哉　夕可（6続猿蓑　三〇三八）
川骨（かうほね）の蕾りりしや　水はなれ　剡山（8俳諧新選　二四ペ）
蓮の葉や心もとなき　水離れ　白雪（6続猿蓑　三一三五）
藻の花や藤太（とうだ）が鐘の　水離れ　蕪村（2蕪村遺稿　九〇三）
鶯や馬の糧など　水張りす　三幹竹（9三幹竹句集　〇五四二）
さかりとてしづかに照るや　水引草　水巴（9定本水巴句集　〇五八一）
鉢の梅待つも二粒　三粒かな　移竹（8俳諧新選　一〇二ペ）
股引の女稲刈る　水深み　子規（10獺祭句帖抄　六五九ペ）
苗代の雨緑なり　三坪程　子規（10獺祭句帖抄　六二七ペ）

朧月蛙に濁る　水や空　蕪村（2蕪村遺稿一〇九九）
秋茄子の日に籠にあふれ　みつるかな　虚子（13六百五十句一五三ぺ）
寒梅や梅の花とは　見つれども　蕪村（2蕪村遺稿八三四）
夏川や小橋たわわに　水を打つ　子規（10獺祭句帖抄六二九ぺ）
武士町や四角四面に　水を蒔く　一茶（3文政句帖三三九ぺ）
撒く手見せずに街道へ　水を撒く　誓子（9天狼一四九二）
稲妻や森のすきまに　水を見たり　子規（10獺祭句帖抄六五三ぺ）
夏川や橋はあれど馬　水を行く　子規（10獺祭句帖抄六四八ぺ）
雪ふるよ障子の穴を　見てあれば　子規（10獺祭句帖抄六六四ぺ）
玄海の冬浪を大と　見て寝ねき　誓子（9黄旗一四七三）
たれやらに似し雪だるま　見て過ぎる　月草（9わが住む里一〇〇〇）
映画出て火事のポスター　見て立てり　虚子（12六百句一四四ぺ）
かなしまむや墨子芹焼きを　見ても猶　芭蕉（1向之岡一一二）
綿つみやたばこの花を　見て休む　蕪村（2蕪村句集一四三一）
山の端のかしこの花も　見てゆかん　泊月（9同人句集〇八五六）
鴨の中の一つの鴨を　見てゐたり　虚子（12五百五十句九ぺ）
庭のもの急ぎ枯るるを　見てゐたり　虚子（13六百五十句二二一ぺ）
来て見れば夕べのさくら　実と成りぬ　蕪村（2蕪村句集二二五二）
きよろりとし雪松が枝の　緑哉　丈石（8俳諧新選二三七ぺ）
蛍獲て少年の指　みどりなり　誓子（9青女一四九一）
突き上げて仔鹿乳呑む　緑の森　三鬼（9変身二三六〇）
枯蓮のうごく時きて　みなうごく　三鬼（9夜の桃二三五〇）

晩涼に池の萍（うきくさ）　皆動く　虚子（11五百句五四ぺ）
日の出でて葉末の露の　皆動く　虚子（12六百句二〇〇ぺ）
夕風や白薔薇の花　皆動く　子規（10獺祭句帖抄六四九ぺ）
我が生の美しき虹　皆消えぬ　虚子（14七百五十句一〇四ぺ）
蟬の空松籟塵を　漲らし　茅舎（4華厳二六三三）
花火尽きて美人は酒に　身投げけむ　几董（5井華集八〇二）
月に遊ぶおのが世はあり　みなし蟹　無腸（5也哉抄七九一）
朝顔やいろいろに咲いて　皆萎む　子規（10獺祭句帖抄六五七ぺ）
此のあたり目に見ゆるものは　皆涼し　芭蕉（1笈日記四一二）
仲秋や花園のもの　みな高し　青邨（9雑草園一六〇七）
雪の鮒（ふな）左　勝　水無月の鯉　芭蕉（1虚栗一五四）
船の名の月に読まるる　港かな　草城（4花氷二七〇七）
煤掃やあたまにかぶる　みなと紙　黄逸（6続猿蓑三四〇四）
高きに登る日月星晨　皆西へ　虚子（14七百五十句七二ぺ）
秋風や眼中のもの　皆俳句　虚子（11五百句一九ぺ）
野分跡倒れし木々も　皆仏　虚子（14七百五十句四四ぺ）
夕がすみ都の山は　みな丸し　蝶夢（4草根発句集一七〇六）
鶯や枕はづれし　南らけ　潭北（8俳諧新選一〇一ぺ）
まつ白にうめの咲きたつ　みなみ哉　胡及（6あら野一〇五四）
有り難や雪をかをらす　南谷　芭蕉（1奥の細道五二七）
晩秋の園燃ゆるもの　みな余燼　青邨（9粗餐一六二四）
五月雨も瀬ぶみ尋ねぬ　見馴河　芭蕉（1大和順礼三六）

出舟(いでふね)や蜂うち払ふ　みなれ棹　蕪村（2 蕪村遺稿 二三七）
拡ごれる春　曙の　水輪かな　虚子（14 七百五十句 六五五ペ）
師の浅間梅雨晴間得て　見に出づる　風生（9 母子草 一五七三）
鷺の巣の鷺の王国　見に来よと　虚子（14 七百五十句 五五三ペ）
厳といふ字寒といふ字を　身にひたと　虚子（13 六百五十句 一三二ペ）
五月雨に鳰(にほ)の浮巣を　見に行かむ　芭蕉（1 笈日記 二九七）
年の一夜王子の狐　見にゆかん　素堂（5 続虚栗 二五一）
あつぱれの大わか竹ぞ　見ぬうちに　一茶（3 おらが春 四四二ペ）
初蝶を見たといふまだ　見ぬといふ　虚子（13 六百五十句 二二四ペ）
花盛り六波羅禿(かむろ)　見ぬ日なき　蕪村（2 蕪村遺稿 二一〇四）
立ち去る事一里眉毛に秋の　峰寒し　蕪村（2 蕪村句集 二五）
すずしさや腰を掛尾の　峰の風　井々（8 俳諧新選 二五四ペ）
名月や夜は人住まぬ　峰の茶屋　蕪村（2 蕪村句集 一四三六）
声かれて猿の歯白し　峰の月　其角（5 五元集 二六八）
茸狩りや頭を挙ぐれば　峰の月　蕪村（2 蕪村句集 一〇七六）
山鳥のちつとも寝ぬや　峰の月　宗比（6 続猿蓑 三二二）
五月雨や水を曜(もら)ひに　峰の寺　雅因（8 俳諧新選 一一七ペ）
蟬なくや見かけて遠き　峰の寺　二柳（8 俳諧新選 一一九ペ）
避暑人に花咲き満ちぬ　峰の原　零余子（9 零余子句集二 〇六八四）
春迄の塩買ふ里や　峰の雪　古行（8 俳諧新選 一四七ペ）
鵯(ひえどり)のこぼし去りぬる　実の赤き　蕪村（2 蕪村遺稿 二一九二）
いざ雪見容(かたちづく)りす　蓑と笠　蕪村（2 蕪村句集 一〇八六）

貴さや雪降らぬ日も　蓑と笠　芭蕉（1 をのが光 六六六）
降らずとも竹植うる日は　蓑と笠　芭蕉（1 笈日記 九二一）
春雨やものがたりゆく　蓑と傘　蕪村（2 蕪村句集 二二三）
山吹や垣に干したる　蓑一重　闇指（6 続猿蓑 三〇六二）
行く秋や身に引きまとふ　三巾(みの)蒲団(ふとん)　芭蕉（1 韻塞 九七三）
炎天にあがりて消えぬ　箕(み)のほこり　龍之介（9 澄江堂句集 一一三七）
うすものや日髪日風呂に　身のほそり　松浜（9 白菊 〇五五二）
飯蛸の飯と語らん　身のむかし　泉石（7 俳諧古選 二一一ペ）
水風呂の下や案山子(かがし)の　身の終はり　丈草（6 炭俵 二五七九）
よく上げて鳳巾(たこ)参らする　御階(みはし)哉　瓜流（8 俳諧新選 一一〇ペ）
初日の出海一杯の　御旗哉　小波（9 ささら波 〇三〇一）
福聖霊(しやうりやう)子の家多し　身は一つ　我笑（7 俳諧古選 二一六ペ）
しぐるるや閻浮檀金の　実一つ　茅舎（9 ホ昭5・4 一六八〇）
うららかに妻のあくびや　壬生念仏　草城（9 花氷 二四五四）
誰が布施の昔小袖や　壬生念仏　召波（8 俳諧新選 一一一ペ）
永き日を云はでくるるや　壬生念仏　蕪村（2 蕪村遺稿 四四八）
群れつつも皆言はざるや　壬生念仏　嘯山（8 俳諧新選 一一一ペ）
をかしさに腸(はらわた)たちぬ　壬生の猿　尺布（8 俳諧新選 一一一ペ）
打ちつづく菜の花曇り　壬生祭　四方太（9 春夏秋冬 〇一九八）
冷やかにその行く末を　見守りぬ　虚子（14 七百五十句 四四一ペ）
童子呼べば答へなし只　蚯蚓(みみず)鳴く　子規（10 獺祭句帖抄 六三七ペ）
時鳥いかな太子の　耳とても　羅人（8 俳諧新選 一一三ペ）

煤掃や　青砥左衛門（あをとざゑもん）　耳に銭　烏暁（7 俳諧古選 二一六ぺ）
冬籠り　家人の警句　耳に立つ　素琴（9 山萩 一〇一〇）
別る時の　雪舟（そり）鈴もしばし　耳に立つ　三幹竹（9 三幹竹句集 〇五五一）
隙明くや　蚤の出て行く　耳の穴　丈草（6 猿蓑 一七七九）
としよりと　見るや鳴く蚊の　耳のそば　一茶（3 おらが春 四四二ぺ）
太幹に　露やおりると　耳よする　躑躅（9 同人第二句集 〇八六六）
芽ぐむなる　大樹の幹に　耳を寄せ　虚子（9 五百句 〇〇九五）
青くとも　とくさは冬の　見物哉　文鱗（6 あら野 七八八）
尼ひろひ　ためたる栗を　土産かな　虚子（13 六百五十句 二一五七ぺ）
稲の花　これを仏の　土産哉　智月（6 猿蓑 二一七〇）
木曾のとち　浮世の人の　みやげ哉　芭蕉（1 更科紀行 四三六）
何本と　見た目を花の　みやげかな　楮林（8 俳諧新選 一一〇ぺ）
熟柿こそ　子供の中の　みやげなれ　紹巴（4 鷹筑波集 〇〇三二）
ある僧の　嫌ひし花の　都かな　凡兆（6 猿蓑 一九八一）
鳳巾（いかのぼり）　裸子は見ぬ　都哉　言水（7 俳諧古選 一五一ぺ）
地主（ぢしゆ）からは　木の間の花の　都哉　季吟（5 花千句 四七）
海苔買ふや　追はるる如く　都去る　禅寺洞（9 禅寺洞句集 二二九五）
いざのぼれ　嵯峨の鮎食ひに　都鳥　貞室（6 あら野 九〇三）
京に田舎　ゐなかに有るや　都鳥　重頼（5 犬子集 三三）
曲水や　足迄酔ひし　都鳥　楼川（8 俳諧新選 一五二ぺ）
嵯峨寒し　いざ先（まつ）下れ　都鳥　蕪村（2 蕪村句集 八二一）
塩にしても　いざことづてん　都鳥　芭蕉（1 江戸十歌仙 九九）

加茂河の　かじかしらずや　都人　蕪村（2 蕪村遺稿 一八六九）
蔕（ほぞ）おちの　柿のおときく　深山かな　素堂（4 素堂家集 〇七七二）
懇ろな　飛脚過ぎゆく　深雪哉　蕪村（2 蕪村遺稿 六九二）
一人づつ　子に白湯のます　深雪かな　春草（9 春草句集 一〇九〇）
ひめ始　八重垣つくる　深雪かな　龍雨（9 龍雨句集 一一五六）
麻の中　雨すいすいと　見ゆるかな　虚子（12 五百五十句 一九ぺ）
天の川　敵陣下に　見ゆるかな　子規（10 獺祭句帖抄 六一五ぺ）
幾春も　竹其の儘に　見ゆる哉　重五（6 あら野 一〇八）
さくら散りて　刺ある草の　見ゆるかな　蕪村（2 蕪村遺稿 一〇四九）
菜の花の　小村ゆたかに　見ゆるかな　子規（10 獺祭句帖抄 六一三ぺ）
春の水　所々に　見ゆるかな　鬼貫（5 大悟物狂 二三〇）
ふみはづす　蝗の顔の　見ゆるかな　虚子（11 五百句 七四ぺ）
夏の夜や　たき火に簾　見ゆる里　旦藁（6 あら野 六七七）
夕顔や　女子の肌の　見ゆる時　千代女（5 千代尼句集 五一五）
鳴きやめて　飛ぶ時蟬の　見ゆるなり　子規（10 獺祭句帖抄 六三〇ぺ）
旅だちや　顔見せの灯（ひ）も　見ゆるなる　蕪村（2 蕪村遺稿 三三九）
門々の　松葉や君が　御代の春　貞徳（7 俳諧古選 四二ぺ）
亀座して　痺（しびれ）いとはじ　御代の春　不卜（7 俳諧古選 四八ぺ）
三韓王者日本狗也　これを石摺りにせん　御代の春　嘯山（8 俳諧新選 五五ぺ）
昌陸（しやうりく）の　松とは尽きぬ　御代の春　利重（6 波留濃日 三〇一）
名の高き　遊女聞こえず　御代の春　宋阿（7 俳諧古選 五七ぺ）
玫瑰（はまなす）や　今も沖には　未来あり　草田男（9 長子 二五四一）

更級の月は二人に　見られけり　荷兮（6 あら野 九三六）
麦刈りて鶉の朝寝　見られけり　乙由（7 俳諧古選 二〇九ぺ）
とし守る夜老はたふとく　見られたり　蕪村（2 蕪村句集 二三七）
夜着は重し呉天に雪を　見るあらん　芭蕉（1 虚栗 一六〇）
武蔵野やいく所にも　見る時雨　舟泉（6 あら野 九一〇）
渓水に添ふ菊白し　見るも見るも　太祇（8 俳諧新選 二三四ぺ）
傘（からかさ）をたたまで蛍　みる夜哉　舟泉（6 波留濃日 三三一）
門口へ来て氷る也　三井の鐘　一茶（3 七番日記 三五六ぺ）
心ある海人の灯籠や　みをつくし　藤躬（7 俳諧古選 一八二ぺ）
うつつに蝶となりて此の盃に　身を投げむ　大魯（5 蘆陰句選 八一八）
東風（こち）の空雲一筋に　南（みんなみ）へ　虚子（14 七百五十句 一二三六ぺ）

む

うれしさの箕（み）にあまりたる　むかご哉　蕪村（2 蕪村句集 一七八八）
遅き日のつもりて遠き　むかし哉　蕪村（2 蕪村句集 二二四六）
なんにもはや楊梅の実　むかし口　宗因（4 阿蘭陀丸 〇一七二）
春もややあなうぐひすよ　むかし声　蕪村（2 蕪村遺稿 二四九〇）
連（つれ）立ちて入らばや花の　むかし道　宗瑞（4 柿むしろ 二一四四）
見つつゆけば茄子腐れて　往昔（むかし）道　暁台（5 暁台句集 七七二）
橋に立てば春水我に　向かつて来　虚子（12 五百五十句 四六六ぺ）
鷹の目の佇む人に　向かはざる　虚子（11 五百句 八六ぺ）
ぬる鴛（をし）や流れては又　向かひ合ふ　龍眠（8 俳諧新選 一四一ぺ）
大寒と敵のごとく　対ひけり　風生（9 松籟 一五七六）
虎が雨暗き鏡に　むかひけり　巨口（9 つは蕗 一二〇五）
踊子の跡しら波や　迎ひ舟　沾徳（7 俳諧古選 一八二ぺ）
さくら狩り灸（やいと）千にも　むかふべし　水翁（8 俳諧新選 一〇九ぺ）
菜の花や吉野下り来る　向かふ山　太祇（8 俳諧新選 一一〇ぺ）
金輪際わりこむ婆や　迎鐘　茅舎（4 川端茅舎句集 二六二六）
しづやしづ御階（みはし）にけふの　麦厚し　荷兮（6 あら野 四九八）
百姓の血筋の吾に　麦青む　素十（9 初鴉 一五五一）
耕して天に到りぬ　麦二寸　余子（9 余子句抄 〇四四三）
ガタ馬車のベラベラ幌や　麦の秋　茅舎（9 俳誌大7・8 一六七六）
行列の槍五六本　麦の秋　子規（10 獺祭句帖抄 六三二ぺ）
巡礼を戻れば丁と　麦の秋　淀社中（8 俳諧新選 一一六ぺ）
野の道や童蛇打つ　麦の秋　子規（10 獺祭句帖抄 六五一ぺ）
兀山（はげやま）のてかてかとして　麦の秋　子規（10 獺祭句帖抄 六三二ぺ）
一人してやたけ心や　麦の秋　乗槎（8 俳諧新選 一一六ぺ）
病人の駕（かご）も過ぎけり　麦の秋　蕪村（2 蕪村句集 八六九）
飯盗む狐追ひうつ　麦の秋　蕪村（2 蕪村遺稿 二一一六）
きつね火や五助新田の　麦の雨　蕪村（2 蕪村遺稿 二四〇五）
けふからは正月分んぞ　麦の色　一茶（3 おらが春 四七五ぺ）
するが野や大きな富士が　麦の上　亜浪（9 定本亜浪句集 一〇三九）
春風や日影流るる　麦のうへ　孤桐（8 俳諧新選 一〇七ぺ）

雪の上に　流しかけをり　麦の肥　虚子（13六百五十句 一三五ぺ）
菜の花の　四角に咲きぬ　麦の中　子規（10獺祭句帖抄 六二七ぺ）
麦畑や　出ぬけても猶　麦の中　野坡（6炭俵 二四九五）
けさの春　海はほどあり　麦の原　雨桐（6波留濃日 三〇四）
空豆の　花さきにけり　麦の縁（へり）　孤屋（6炭俵 二二五〇）
狐火や　いづこ河内の　麦畠　蕪村（2蕪村句集 一四〇四）
下総や　冬あたたかに　麦畠　子規（10獺祭句帖抄 六一八ぺ）
つかみ合ふ　子供のたけや　麦畠　游刀（6猿蓑 一七六一）
つつじ野や　あらぬ所に　麦畠　蕪村（2蕪村句集 一一〇〇）
はや悲し　よし原出でて　麦ばたけ　氷花（7俳諧古選 二〇三ぺ）
昼顔の　咲くや砂地の　麦畑　子規（10獺祭句帖抄 六三二ぺ）
上げ土に　いつの種とて　麦一穂　玄寮（6あら野 六三二）
風下の　黄檗（わうばく）寺や　麦ほこり　大魯（5蘆陰句選 八二二）
かはほりの　たつやしづまる　麦埃　麦里（8俳諧新選 一一五ぺ）
長旅や　駕（かご）なき村の　麦ぼこり　蕪村（2蕪村句集 八七一）
村の名も　法隆寺なり　麦を蒔く　虚子（11五百句 二三ぺ）
やぶ入や　皆見覚えの　木槿（むくげ）垣　子規（10獺祭句帖抄 六〇〇ぺ）
朝皃に　うすきゆかりの　木槿哉　蕪村（2蕪村句集 二七六三）
蜘の網　かけて夜に入る　木槿かな　希因（5ながら川 四九一）
咲き代へた　やうにも見えぬ　木槿かな　龍眠（8俳諧新選 一三五ぺ）
十軒の　長屋とりまく　木槿かな　子規（10獺祭句帖抄 六五六ぺ）
修理寮（しゅりれう）の　雨にくれゆく　木槿哉　蕪村（2蕪村遺稿 一四一九）
手を懸けて　をらで過ぎ行く　木槿哉　杉風（6猿蓑 一八二一）
三日月の　かどにそこねる　木槿かな　希因（4暮柳発句集 一二〇四）
めくら子の　端居（はしゐ）さびしき　木槿哉　白雄（5白雄句集 八三八）
笑ふにも　泣くにもにざる　木槿かな　嵐蘭（6猿蓑 一八二〇）
書に倦みて　灯下に柿を　むく半夜　子規（10獺祭句帖抄 六五七ぺ）
山賤の　おとがひ閉づる　むぐらかな　芭蕉（1続虚栗 二五二）
口切や　心ひそかに　聟えらび　太祇（8俳諧新選 一三八ぺ）
祇園会や　これ程の人　むさからず　鶴英（8俳諧新選 一二二ぺ）
いかに仁者　山なしとても　武蔵の月　言水（4初心もと柏 〇二四六）
行くとしの　山は見えけり　武蔵野も　野有（8俳諧新選 一四六ぺ）
花すすき　ひと夜はなびけ　武蔵坊　蕪村（2蕪村句集 九五二）
目も鼻も　つけて清水を　むさぼりぬ　別天楼（9野老 一一八四）
淡雪や　妻がゐぬ日の　蒸し鰈　亜浪（9定本亜浪句集 一〇二四）
嵯峨野嵯峨野　どこらに座して　虫聞かん　尺布（8俳諧新選 一五七ぺ）
うち明けて　ほどこす米ぞ　虫臭き　荷兮（6あら野 八三六）
鈴虫は　鳴きやすむなり　虫時雨　たかし（9たかし句集 一六六二）
聞きて行く　舟路や本の　虫ならず　野有（8俳諧新選 一二七ぺ）
冬庭や　月もいとなる　むしの吟　芭蕉（1伝土芳筆全伝 五八八）
色変へぬ　松にもなじめ　虫の声　都城（8俳諧新選 一二七ぺ）
刈り込めし　穂屋に哀ふや　虫の声　冷五（8俳諧新選 一二七ぺ）
聞くやうに　唱歌付けけり　虫の声　左釣（8俳諧新選 一二七ぺ）
行水の　捨てどころなき　むしのこゑ　鬼貫（5鬼貫句選 一三二六）

行水も　日まぜになりぬ　むしのこゑ　来山（5 続いま宮草 二〇九）
草ゆれて　風にかまはぬ　虫の声　羊素（4 園圃録 一二四九）
光琳の　襖ひとへや　虫の声　南雅（8 俳諧新選 一二七ぺ）
漕ぎ出でて　遠き心や　虫の声　亜浪（9 定本亜浪句集 一〇三四）
さびしさの　昼へまはるや　虫のこゑ　玄武坊（4 玄武庵発句集 一八一三）
三みせんを　杖に突きけり　虫の声　伴松（7 俳諧古選 一八二ぺ）
父恋し　とはおれが身の　虫の声　季吟（7 俳諧古選 一九七ぺ）
問ふ人や　答ふる人や　むしの声　卜我（8 俳諧新選 一二七ぺ）
戸を明けて　寝た夜積りぬ　虫の声　太祇（8 俳諧新選 一二七ぺ）
菜畠や　二葉の中の　虫の声　尚白（6 猿蓑 一八三七）
火の消えて　胴にまよふか　虫の声　正秀（6 続猿蓑 三二六五）
本読めば　本の中より　虫の声　風生（9 冬霞 一五八六）
秣(まぐさ)煮る　窓の灯(ともし)や　虫のこゑ　土髪（8 俳諧新選 一二七ぺ）
無掃除の　せめて取り得や　虫の声　光甫（8 俳諧新選 一二七ぺ）
むづかしや　嵯峨にもおかず　虫の声　尚白（7 俳諧古選 一八〇ぺ）
名月や　暗き所は　虫の声　汶水（7 俳諧古選 一八五ぺ）
寄りきけば　又向かふ也　むしの声　嘯山（8 俳諧新選 一二七ぺ）
蜂とまる　木舞の竹や　虫の糞(ふん)　昌房（6 猿蓑 一九四七）
盗人と　ならで過ぎけり　虫の門　普羅（9 普羅句集 〇七二四）
雨音の　かむさりにけり　虫の宿　たかし（4 たかし全集 二六四六）
頬を掌に　おきてしんじつ　虫の夜　蛇笏（9 家郷の霧 〇六七三）
脈のあがる　手を合はしてよ　無常鳥　西鶴（5 独吟一日千句 一一一三）

静けさや　清水ふみわたる　武者草鞋(わらぢ)　蕪村（2 蕪村遺稿 一二二七）
朝皃や　毎日咲いて　むしらるる　富水（8 俳諧新選 一二六ぺ）
墓起こす　一念草を　むしるなり　亜浪（9 定本亜浪句集 一〇四三）
帰り花　それにもしかん　筵切れ　其角（6 猿蓑 一六三二）
場(には)に居て　月見ながらや　筵(むしろ)機(ばた)　利合（6 続猿蓑 三二二四）
梅もどき　いまだ楊家(やうけ)の　娘かな　淡々（4 淡々発句集 一二七四）
泣きじやくり　して髪洗ふ　娘かな　虚子（12 五百五十句 五三ぺ）
宝引や　めまぜをねだる　娘どち　嘯山（4 律亭句集 一七一二）
やぶ入や　二三日もとの　娘共　文誰（8 俳諧新選 一〇三ぺ）
文月や　一人はほしき　娘の子　其角（7 俳諧古選 一七八ぺ）
影法師に　恥ぢよ夜寒の　むだ歩き　一茶（3 おらが春 四七二ぺ）
月花や　四十九年の　むだ歩き　一茶（3 七番日記 三六一ぺ）
永き日や　驢馬を追ひ行く　鞭の影　子規（10 獺祭句帖抄 六二三ぺ）
夕顔や　雞(にはとり)も一二羽　襁褓(むつき)ちる　周禾（8 俳諧新選 一二二ぺ）
此の凍(い)てに　空や砕けし　むつの花　井々（7 俳諧古選 二一七ぺ）
めいげつや　下戸と下戸との　むつまじき　胡及（6 あら野 四二七）
春の山　屍をうめて　空しかり　虚子（14 七百五十句 一三六ぺ）
身の秋や　あつ燗好(この)む　胸赤し　太祇（5 太祇句選 五四八）
帰るさの　夕日桜や　胸に杖　宋阿（7 俳諧古選 一五七ぺ）
ねむりても　旅の花火の　胸にひらく　林火（9 冬雁 二七六〇）
秋の夜の　オリヲン低し　胸の上　波郷（9 病鴈 二六三六）
新月や　内侍所の　棟の草　嵐雪（7 俳諧古選 二〇〇ぺ）

酔ひさめぬ腹も立ちやむ　胸の月　百里（7俳諧古選　二〇六ペ）
蓬莱に寝て短夜は　無念也　千梅（7俳諧古選　二三一ペ）
夕皃の内裏しらぬぞ　無念なる　素狂（8俳諧新選　二二三ペ）
永き夜や得手へもどりし　無分別　太祇（8俳諧新選　二三三ペ）
鳴突は萱津のあまの　むまご哉　淵支（6あら野　九〇九）
御火焼（おほたき）の盆物となる　村がらす　智月（6炭俵　二六二五）
羽虱（じらみ）を花に落とすな　むら烏　正秀（7俳諧古選　一四八ペ）
雲の峰白帆南に　むらがれり　子規（10獺祭句帖抄　六二九ペ）
藤垂れてわが誕生日　むらさきに　青邨（9雪国　一六一八）
行く秋や雨に際つく　紫野　帰風（8俳諧新選　一四八ペ）
馬はぬれ牛は夕日の　村しぐれ　杜国（6波留濃日　三五二）
柿包む日和もなしや　むら時雨　露川（6続猿蓑　三三三五）
業（ごふ）の鳥罠を巡るや　むら時雨　一茶（3おらが春　四六六ペ）
旅なれぬ刀うたてや　村しぐれ　常秀（6あら野　九四六）
寝て食ふは盗人共歟（か）　村しぐれ　几圭（8俳諧新選　二三六ペ）
湖を屋ねから見せん　村しぐれ　尚白（6あら野　九一一）
行く雲や犬の欠尿（かけばり）　むらしぐれ　芭蕉（1六百番発句合　八三）
綿殻（わたがら）の干かねる軒や　むら時雨　寒鳥（8俳諧新選　二三六ペ）
入る月のさはるか動く　むら薄　不角（4蘆分船　〇八九六）
行く人や堀にはまらん　むら薄　胡及（6あら野　七三四）
六部おき猪おきぬ　村すすき　之房（8俳諧新選　二三一ペ）
秋暑し草の実につく　むら雀　鬼城（4定本鬼城句集　二二五三）
花すすきとらへぢからや　村すずめ　野童（6炭俵　二五六六）
夕立や草葉をつかむ　群雀　蕪村（2蕪村句集　一四一）
浦風や巴をくづす　むら鵆（ちどり）　曾良（6猿蓑　一六六〇）
山川の果てなき音や　村ちどり　它谷（8俳諧新選　一四〇ペ）
桃さくや山を背負ひし　村つづき　潭蛟（8俳諧新選　一〇七ペ）
盃に泥な落としそ　むら燕　芭蕉（1笈日記　三四九）
志賀は今軒の足らぬや　むら燕　希因（7俳諧古選　一五七ペ）
道中に百万遍や　村の月　鼓舌（8俳諧新選　一二九ペ）
桑の実や父を従へ　村娘　虚子（12五百五十句　三五二ペ）
後屋（うしろや）の塀にすれたり　村紅葉　北鯤（6続猿蓑　三二九四）
南岸の茶屋北岸の寺や　むら紅葉　子規（10獺祭句帖抄　六五六ペ）
鶏頭や汽車を見てゐる　村童　句仏（9句仏句集　〇五三一）
郭公（ほととぎす）まねくか麦の　むら尾花　芭蕉（1おくれ双六　一三三）

め

明け易き夜を抜け出る　名画かな　烏栖（8俳諧新選　一一八ペ）
雪と雪今宵師走の　名月歟（か）　芭蕉（1笈日記　二〇八）
山里は汁の中迄　名月ぞ　一茶（3七番日記　三四四ペ）
豆植うる畑も木べ屋も　名処哉　凡兆（6猿蓑　一七三二）
慟哭せしは昔となりぬ　明治節　虚子（11五百句　八五ペ）
外套の裏は緋なりき　明治の雪　青邨（9露団々　一五九七）

香を持って掘り起こさるる芽独活(うど)哉　来山（7 俳諧古選 一四九ペ）
雪間より薄紫の芽独活哉　芭蕉（1 翁草 九〇九）
厨すぐる主人目刺に目落として　泊雲（9 泊雲句集 〇七七八）
枕辺の春の灯(ともし)は妻が消しぬ　草城（9 昨日の花 二四七〇）
僣上に月の欠けるを目利かな　一茶（3 おらが春 四七〇ペ）
雪解けや坂になれたるめくら馬　完来（5 空華集 九一三）
暑き日や桑に抱き付くめくら鶏(どり)　淡々（4 淡々発句集 一二七二）
夏山や又大川にめぐりあふ　蛇笏（9 山廬集 〇六六四）
髪結にわけてやりたる目刺かな　白水郎（9 白水郎句集 一〇七九）
天の蒼さ見つつ飯盛る目刺かな　水巴（9 定本水巴句集 〇五八六）
春をしむ座主の聯句に召されけり　蕪村（2 蕪村句集 二一二八）
初雁や何がなうても飯旨し　杜口（8 俳諧新選 一三二ペ）
陋巷に生きて目刺に飯うまし　枴童（9 枯蘆 〇八一一）
人声に子を引きかくす女鹿かな　一茶（3 おらが春 四五二ペ）
棹の歌はやうら涼しめじか舟　湖春（6 炭俵 二四八〇）
花にうき世我が酒白く食(めし)黒し　芭蕉（1 虚栗 一六二）
うぐひすや家内揃うて飯時分　蕪村（2 蕪村句集 二三四四）
皃見世(かほみせ)や既にうき世の飯時分　蕪村（2 蕪村句集 二三三八）
つつじ咲いて片山里の飯白し　蕪村（2 蕪村句集 二三七六）
世がよくばも一つ止まれ飯の蝿　一茶（3 おらが春 四四二ペ）
月の鏡小春にみるや目正月　芭蕉（1 続山井 一八）
南天の実をこぼしたる目白かな　子規（10 獺祭句帖抄 六五九ペ）

陽炎や簀(あじか)に土をめづる人　蕪村（2 蕪村句集 二二四）
雪の旦(あした)母屋(もや)のけぶりのめでたさよ　蕪村（2 蕪村遺稿 一〇八七）
枯蔓の尖は左の目にありて　虚子（12 六百句 二四六ペ）
涅槃像あかき表具も目にたたず　沾圃（6 続猿蓑 三四三九）
凩や身籠る犬の眼になみだ　蛾眉（8 俳諧新選 一三九ペ）
凩や畠の小石目に見ゆる　蕪村（2 蕪村句集 七〇二）
ちる芒寒くなるのが目にみゆる　一茶（3 寂砂子 三五一ペ）
稲妻や山恋ふ猿の目のうつり　毛仏（8 俳諧新選 一二五ペ）
わたり鳥田舎酌婦の眼の光　青々（9 松苗 〇五〇一）
鶯や手を突いて聞く女の童　秋瓜（4 多少庵句集 一七四七）
行く春や鳥啼き魚の目は泪　芭蕉（1 奥の細道 四七五）
手を頬に話ききをり目は百合に　虚子（14 七百五十句 一五三ペ）
百舌鳥(もず)なくや入日さし込む女松原　凡兆（6 猿蓑 一八三二）
実生に奇しき花を得て 菊のあるじの目も合ひぬ　嘯山（8 俳諧新選 一四九ペ）
足の立つ嬉しさに萩の芽を検す　子規（4 俳句稿巻一 二一七三）
円光を着て鴛鴦の目をつむり　素逝（9 暦日 一八一七）
花盛り子であるかるる夫婦(めをと)哉　其角（7 俳諧古選 一四六ペ）
しがらきや茶山しに行く夫婦づれ　正秀（6 猿蓑 一七六〇）
秋天一碧潜水者(ダイバー)のごと目をみひらく　草田男（9 母郷行 二五三四）
夜神楽(かぐら)や鼻息白し面の内　其角（6 猿蓑 一六九八）
蓮のかを目にかよはすや面の鼻　芭蕉（1 真蹟短冊 八七三）

も

雪満目温泉(ゆ)を出し女　燃えかがやき　たかし（9石魂一六七二）
死ぬものは死にゆく躑躅(つつじ)　燃えてをり　亜浪（9定本亜浪句集一〇三五）
音のして水ふく榾(ほだ)や　燃えながら　李流（8俳諧新選一三八ぺ）
干鱈(ひだら)やくつつじの柴や　燃えんとす　几董（4井華集一八四二）
暑き日を海に入れたり　最上川　芭蕉（1奥の細道五二四）
風の香も南に近し　最上川　芭蕉（1曾良書留五一六）
毛見の衆の舟さし下だせ　最上川　蕪村（2蕪村句集一八八三）
さみだれをあつめて早し　最上川　芭蕉（1奥の細道五一四）
新米の酒田ははやし　最上川　蕪村（2蕪村句集一八八四）
一つ行く橇に浪うつ　最上川　普羅（9辛夷〇七二六）
風の子の一群れ過ぎぬ　虎落笛(もがりぶえ)　茅舎（9川端茅舎一六七五）
叩かれて昼の蚊を吐く　木魚かな　漱石（4漱石全集二二四三）
桐の葉は落ちつくすなるを　木芙蓉　蕪村（2蕪村遺稿一八六〇）
鳰(にほ)の頭伸びしと見しが　潜りけり　虚子（12六百句一八七ぺ）
訃を聞いて暫くありて　百舌鳥(もず)高音　たかし（4たかし全集二六五九）
春潮といへば必ず　門司を思ふ　虚子（9五百句〇〇七〇）
此の森もとかく過ぎけり　百舌(もず)おとし　蕪村（2蕪村句集一八七）
上﨟の落葉侘びゆく　齋(もすそ)かな　貝錦（8俳諧新選一三六ぺ）
演習の野中の杉や　鵙(もず)の声　子規（10獺祭句帖抄六五五ぺ）

ゆく春やおもきかしらを　もたげぬる　蕪村（2蕪村遺稿四六二）
寒声や皆女房を　もたぬ人　遊也（7俳諧古選一八八ぺ）
古扇白きがままに　持たれけり　三允（9中野三允句集〇三三六）
かまけるな柳の枝に　もちがなる　一茶（3おらが春四七四ぺ）
山吹やおのが花とて　持ちこたへ　諸九（4諸九尼句集一七八七）
隈篠(くまざさ)の広葉うるはし　餅粽　岩翁（6猿蓑一七四四）
相撲取小さき妻を　持ちてけり　子規（10獺祭句帖抄六五三ぺ）
雀色時雪は光輪　持ちて降る　林火（9白幡南町二七五四）
酔顔や西瓜の雫　もちながら　太祇（8俳諧新選一二六ぺ）
月はやしこずゑはあめを　持ちながら　芭蕉（1かしま真蹟三〇五）
山苔も花さく世話は　もちにけり　一茶（3おらが春四四三ぺ）
おらが世やそこらの草も　餅になる　一茶（3七番日記三三三二ぺ）
ありあけも三十日にちかし　餅の音　芭蕉（1真蹟自画賛八二五）
よい夢のさめても嬉し　もちの音　五筑（8俳諧新選一四四ぺ）
弱法師(よろぼふし)我が門ゆるせ　餅の札　其角（6猿蓑一七〇二）
今朝向かふ東(あづま)鑑(かがみ)の　餅かな　光広（4鷹筑波集〇〇五二）
神の灯(ひ)や餅を定木に　餅をきる　一茶（3文政版発句集三三六一ぺ）
海鼠腸(このわた)に秋風ぞふく　海雲(もづく)売り　仙鶴（7俳諧古選二二三ぺ）
春がすみ鍬とらぬ身の　もつたいな　一茶（3文化句帖三二七ぺ）
早瀬ゆく鵜綱のもつれ　もつるるまま　多佳子（9命終二九七四）
飛ぶほたる柳の底に　もつれけり　嘯山（8俳諧新選一一六ぺ）
てふてふや埃の中を　もつれゆく　之房（8俳諧新選一〇七ぺ）

花の如く　月の如くに　もてなさん　虚子（12五百五十句 二九ぺ）
羽子つこか　手毬つこかと　もてなしぬ　虚子（14七百五十句 九ぺ）
岩清水　人間の唇を　もて触るる　裸馬（9裸馬翁五千句 一〇九八）
蜻蛉や　飛び直しても　元の枝　超波（4紙蚕 一二三二）
ふく汁や　五侯の家の　もどり足　蕪村（2蕪村遺稿 二三〇七）
凩や　ひたとつまづく　もどり馬　蕪村（2蕪村句集 七〇）
濡れ雪の　瞼（まぶた）に重し　もどり馬　五明（5五明句藻 八八六）
居風呂（すゑふろ）に　後夜きく花の　もどり哉　蕪村（2蕪村句集 二一〇）
床涼み　笠着（かさぎ）連歌の　もどり哉　蕪村（2蕪村遺稿 二六七五）
姉甲斐に　摘草分けて　戻りけり　嘯山（8俳諧新選 一一一ぺ）
稲舟に　案山子（かがし）をのせて　戻りけり　極堂（9新俳句 〇一六三）
かがし立て　親子笑うて　もどりけり　文湖（8俳諧新選 一二八ぺ）
きぬぎぬを　霰見よとて　戻りけり　冬松（6あら野 九九三）
小鮎汲み　月黄昏（たそがれ）に　もどりけり　臨風（9帝国明33・3 〇三二七）
さかる猫　うたてよごれて　戻りけり　土髪（8俳諧新選 一〇二ぺ）
鹿の親　笹吹く風に　もどりけり　一茶（3おらが春 四六二ぺ）
涼しさや　田に水かけて　もどりけり　元来（7俳諧古選 一六二ぺ）
夏羽織　懐にして　戻りけり　四方太（9春夏秋冬 〇二〇一）
放生会　かがし崩して　戻りけり　白芽（8俳諧新選 二三五ぺ）
畠（はたけ）主（うし）　かがしに逢うて　もどりけり　蕪村（2蕪村遺稿 一九四）
はなれ鵜が　子のなく舟に　もどりけり　一茶（3おらが春 四四六ぺ）
春の月　およその時を　戻りけり　碧雲居（9碧雲居句集 一〇七一）

鰒の腹に　食ふなと書きて　戻りけり　銀獅（8俳諧新選 一四〇ぺ）
夕立ちて　野飼の牛の　戻りけり　雲魚（8俳諧新選 一二二ぺ）
よもに打つ　薺（なづな）もしどろ　もどろ哉　芭蕉（1続深川集 四五九）
ピストルが　プールの硬き　面にひびき　誓子（9炎昼 一四八八）
わくら葉に　取り付いて蟬の　もぬけ哉　蕪村（2蕪村遺稿 二二六三）
出替や　幼ごころに　物あはれ　嵐雪（6猿蓑 一九二四）
冬籠り　われを動かす　ものあらば　虚子（13六百五十句 一六八ぺ）
元日や　稚（をさな）き時の　ものおぼえ　湖十（8俳諧新選 一〇〇ぺ）
落椿　美し平家　物語　虚子（14七百五十句 七九ぺ）
元日や　はれてすずめの　ものがたり　嵐雪（5其袋 二七四）
雪見るや　必ず富士の　物がたり　正甫（7俳諧古選 一八六ぺ）
女郎花（をみなへし）　宮守ならば　物語れ　子規（10獺祭句帖抄 六五八ぺ）
粽迄　都女の　物着かな　鶴英（8俳諧新選 一一六ぺ）
紫陽花（あぢさゐ）や　雨にも日にも　物ぐるひ　諸九（5諸九尼句集 九五二三）
おく霜に　声からしけり　物狂ひ　呑舟（7俳諧古選 一九〇ぺ）
虫の音や　京のぐるりも　物淋し　喜水（8俳諧新選 一二七ぺ）
鶯や　薬を秤る　ものしづか　静塔（9月下の俘虜 二三七〇）
夏川の　水美しく　物措つる　虚子（13六百五十句 二〇九ぺ）
枯菊に　尚色といふ　もの存す　虚子（12六百句 二三五ぺ）
秋の暮　男は泣かぬ　物なれば　旧徳（7俳諧古選 一七五ぺ）
蝶鳥を　待てるけしきや　ものの枝　荷兮（6あら野 五三〇）
月白し　雪のうへ飛ぶ　もののかげ　長翠（5光丘本長翠 九四二）

五月雨や　顔も枕も　ものの本　岱水（6炭俵　二五二）
すず風や　構へは戦(そよ)ぐ　物ばかり　以哉坊（8俳諧新選　一五八ぺ）
はるさめや　うつくしうなる　物ばかり　素園（8俳諧新選　一〇三ぺ）
ちらちらといふ　雪程寒い　物はなし　凡阿（8俳諧新選　一四二ぺ）
夏木立　初瀬らんもりと　物深し　嘯山（8俳諧新選　一一四ぺ）
魂祭り　常好(この)まれし　物や何　子一（8俳諧新選　一二五ぺ）
なりあひや　はつ花よりの　物わすれ　野水（6あら野　三八三）
学問の　黄昏(たそがれ)さむく　物を言はず　楸邨（9寒雷　二五七五）
牡丹散つて　四辺華やぐ　ものを断つ　敦（9午前午後　三一四〇）
霜夜子は泣く　父母よりはるかな　ものを呼び　楸邨（9起伏　二五八三）
漆色に　似せてぬるでの　紅葉かな　由己（4犬子集　〇〇二七）
お手に一(ひと)は　する㒵て高尾の　紅葉かな　元理（4犬子集　〇〇二六）
川波も　泣く泣く過ぐる　もみぢ哉　移竹（8俳諧新選　一二三五ぺ）
峡大観に　をればしぐるる　紅葉かな　桐明（9高原　一〇〇五）
このもより　かのも色こき　紅葉哉　蕪村（2蕪村遺稿　二三二九三）
西行の　夜具も出て有る　紅葉哉　蕪村（2蕪村句集　二四〇八）
猿の尻　木枯知らぬ　紅葉かな　宗長（4犬筑波集　〇〇〇四）
下庵の　暮るるをしらぬ　もみぢ哉　宗専（8俳諧新選　一二三四ぺ）
しらぬ人と　物いひて見る　紅葉哉　東順（6あら野　七四六）
城一つ　暮れ残したる　もみぢかな　寥和（4茶話稿　一一五五）
渓に下りし　人戻り来る　紅葉かな　零余子（9零余子句集　〇六八一二）
谷水の　尽きてこがるる　もみぢ哉　蕪村（2蕪村句集　二七五三）

谷水を　包んでこぼす　紅葉哉　麦水（5葛箒　七四三）
蔦の葉は　むかしめきたる　紅葉哉　芭蕉（1蕊摺　四二九）
花売りの　手にはかからぬ　紅葉かな　鶴英（8俳諧新選　一三四ぺ）
一つかみ　塗(ぬり)樽(だる)拭ふ　紅葉哉　一茶（3おらが春　四七三ぺ）
鬼灯(ほほづき)は　実も葉もからも　紅葉哉　芭蕉（1芭蕉庵小文庫　九三一）
幕吹いて　伶人見ゆる　紅葉かな　子規（10獺祭句帖抄　六五六ぺ）
見返れば　暮れの淋しき　もみぢ哉　菜根（8俳諧新選　一三四ぺ）
行く秋を　道々こぼす　紅葉哉　乙由（7俳諧古選　一八三ぺ）
よらで過ぐる　藤沢寺の　もみぢ哉　蕪村（2蕪村句集　二一九一）
炉に焼(た)きて　けぶりを握る　紅葉哉　蕪村（2蕪村句集　二一八四）
折つて帰り　色も返らぬ　紅葉哉　梅盛（7俳諧古選　一七四ぺ）
騎馬一人　従(ず)者(さ)五六人　紅葉狩り　子規（10獺祭句帖抄　六五六ぺ）
二三尺　残る日脚や　紅葉狩り　水蛙（8俳諧新選　一三四ぺ）
古道へ　行く人淋し　もみぢがり　石斕（8俳諧新選　一三四ぺ）
日々是好日　就中(なかんづく)此の日　紅葉濃し　三允（9中野三允句集　〇三三五）
この度は　ぬたにとりあへよ　紅葉鮒　重頼（4毛吹草　〇〇八七）
老いし母　怒濤を前に　籾平す　三鬼（9変身　二三四八）
京にさへ　茶をもむ人は　もみにけり　松春（7俳諧古選　一六二ぺ）
水鳥や　巨椋(おぐら)の舟に　木綿売り　蕪村（2蕪村遺稿　一九〇三）
此の上は　足とも易し　百千鳥　紀逸（7俳諧古選　二二三ぺ）
おやも子も　同じ飲み手や　桃の酒　傘下（6あら野　六一一）
雛祭る　都はづれや　桃の月　蕪村（2蕪村句集　二六一〇）

商人（あきんど）を　吼ゆる犬あり　ももの花　蕪村（2蕪村句集　一〇三七）
灰汁（あく）たれる　日和成りけり　桃の花　紫水（8俳諧新選　一〇七ぺ）
明けぬれば　屏風に浴衣　ももの花　淡々（8俳諧新選　一〇七ぺ）
麻の種　毎年踏まる　桃の華　利牛（6炭俵　二四五八）
海女とても　陸（くが）こそよけれ　桃の花　虚子（9六百五十句　一〇〇五一）
生けるには　真直過ぎたり　桃のはな　雅因（8俳諧新選　一〇七ぺ）
梅さくら　中をたるます　桃の花　水鷗（6続猿蓑　三〇五六）
枝ためて　草紙干す子や　桃の花　醒雪（9帝国明30・3　〇三二三）
京の衆よ　好きな折らしやれ　桃の花　孤洲（8俳諧新選　一〇七ぺ）
金柑は　まだ盛りなり　桃の花　介我（6続猿蓑　三〇五四）
食うて寝て　牛にならばや　桃の花　蕪村（2蕪村句集　八五九）
鍬さげて　しかりに出るや　桃の花　涼菟（4東華集　一一一二）
咲いた程　囉（もら）ひ人もなし　ももの花　麻兄（8俳諧新選　一〇七ぺ）
さう云ひて　大木もなし　桃の花　作者不明（7俳諧古選　二〇七ぺ）
里の子の　肌まだ白し　ももの花　千代女（5千代尼句集　五一四）
侍を　見馴れぬ犬や　ももの花　羅雲（8俳諧新選　一〇七ぺ）
然れども　節句をもてり　もものはな　嘯山（8俳諧新選　一〇七ぺ）
四五軒の　ごもく捨てけり　桃の花　几圭（8俳諧新選　一〇七ぺ）
新田に　人も出来てや　桃の花　雲裡坊（7俳諧古選　二二七ぺ）
背戸門の　分からぬ家や　ももの花　闌更（8俳諧新選　一〇七ぺ）
船頭の　耳の遠さよ　桃のはな　支考（5蓮二吟集　三六八）
工（たくみ）なき　枝の左右や　ももの花　太祇（8俳諧新選　一〇七ぺ）
戸を明けて　あれど留主也　桃の花　素園（8俳諧新選　一〇七ぺ）
軒裏に　去年（こぞ）の蚊動く　桃の花　鬼貫（4仏の兄　〇二八〇）
日半路（ひなかぢ）を　てられて来るや　桃の花　野坡（6炭俵　二四五七）
日の入りや　舟に見て行く　桃の花　一髪（6あら野　九二三）
百姓の　茶の濃いうちや　桃の花　沾徳（7俳諧古選　一五四ぺ）
昼舟に　乗るやふしみの　桃の花　桃隣（6炭俵　二四五四）
伏見かと　菜種の上の　桃の花　雪芝（6続猿蓑　三〇五五）
武蔵野や　薄の丈（たけ）の　桃のはな　潭北（7俳諧古選　一五七ぺ）
藪垣や　馬の皃（かほ）かく　ももの花　孤屋（6炭俵　二四五九）
煩へば　餅をも食はず　桃の花　芭蕉（1夜話ぐるひ　二六一）
牛が子を　生みし祝ひや　桃の宿　山梔子（9山梔子句集　一二〇八）
家中衆に　さむしろ振るふ　ももの宿　蕪村（2蕪村句集　二四四八）
おもてから　見ゆや夜寒の　最合風呂（もやひぶろ）　子規（10獺祭句帖抄　六三三ぺ）
昼顔や　安達太郎雨を　催さず　子規（10獺祭句帖抄　六五〇ぺ）
子規庵の　ユスラの実お前達も　貰うて来た　碧梧桐（9碧梧桐句集　〇一一九）
日照年　伏水の小菊　もらひけり　蕪村（2蕪村句集　二一九）
仏へと　梨十ばかり　もらひけり　子規（10獺祭句帖抄　六五六ぺ）
朝顔に　釣瓶（つるべ）とられて　もらひ水　千代女（5千代尼句集　五一六）
居り替はる　羽音涼しや　森の蟬　北枝（5北枝発句集　四〇七）
ややありて　午砲気付きぬ　森のどか　雉子郎（9現代俳句集　〇六九一）
名月や　誰が吹き起こす　森の鳩　洒堂（6炭俵　二五四四）
散銭も　用意顔なり　森の花　去来（4去来発句集　〇九三六）

蝶そくさと　飛ぶ田あり　森は祭りにや　碧梧桐（9碧梧桐句集〇一二四）
煮凍(にこご)りや　格子のひまを　洩る月夜　雁宕（4続あけがらす一六九九）
ほととぎす　大竹藪を　もる月夜　芭蕉（1嵯峨日記六八七）
春の夜に　尊き御所を　守る身かな　蕪村（2蕪村句集四七二）
蛍火と　なり鉄門を　洩れ出でし　静塔（9月下の俘虜二三八一）
緋連雀　一斉に立って　もれもなし　青畝（9万両一五一六）
雞頭や　片山里の　門厠　嘯山（8俳諧新選一三三ぺ）
閑(しづ)かなる　世や柊(ひらぎ)さす　門がまへ　季吟（4新続犬筑波集〇一二一）
ほととぎす　何もなき野の　門(も)ん構　凡兆（6猿蓑一七一四）
蕣(あさがほ)や　昼は錠おろす　門の垣　芭蕉（1藤の実七九五）
明ぼのや　荷炭をおろす　門の前　西吟（5蓮実二三三）
牡丹百　二百三百　門一つ　青畝（9紅葉の賀一五一九）

や

富士に傍うて　三月七日　八日かな　信徳（5一楼賦一六六）
夫婦(めをと)別れ　あるは七月　八日哉　田鶴樹（7俳諧古選二二六ぺ）
けさ秋や　瘧(おこり)の落ちた　やうな空　一茶（3八番日記三四二ぺ）
人眠(なつ)き　鶴よどちらに　箭(や)があたる　一茶（3おらが春四六六ぺ）
射たといふ　名も世に通る　矢数哉　才之（8俳諧新選一五ぺ）
篝(かがり)火も　更けて白ける　矢数哉　沙残（8俳諧新選一五ぺ）
清水へ　ちかき御堂の　矢数かな　呉郷（8俳諧新選一五ぺ）

鵜も飼ふや　白槙の這ふ　屋形城　雪蕉（8俳諧新選一八ぺ）
寒鴉　嘴あけて　やがて鳴く　立子（9続立子句集二一九三六）
閏の蚊　ぶんとばかりに　焼かれけり　一茶（3おらが春四四九ぺ）
夜の雨の　篠つく降りや　焼芋屋　癖三酔（9癖三酔句集〇三八一）
椿子も　萩も芒も　焼き捨てよ　虚子（14七百五十句五五九ぺ）
蛍火や　ここおそろしき　八鬼尾谷(やきをだに)　田上尼（6猿蓑一七七一）
角力(すまふ)取の　裸壱歩や　厄落とし　孤桐（8俳諧新選一四四ぺ）
時雨るや　町屋の中の　薬師堂　野坡（5続別座敷三六六）
藤咲いて　眼やみ籠るや　薬師堂　子規（10獺祭句帖抄六四六ぺ）
うとまるる　身は梶原か　厄払　芭蕉（1射水川九七四）
追従の　此の上はなし　厄払　羅人（8俳諧新選一四四ぺ）
生皮の　城に火燵の　やぐらかな　五竹坊（4桃の首途一七八二）
蝦夷に渡る　蝦夷山もまた　焼くる夜に　碧梧桐（9三千里〇一〇三）
しののめに　小雨ふり出す　やけ野哉　蕪村（2蕪村句集四四〇）
山鳥と　小松の残る　焼野哉　洞木（7俳諧古選一五二ぺ）
いものはや　月待つさとの　焼けばたけ　芭蕉（1鹿島詣三一〇）
兼平の　塚を案山子(かかし)の　矢先かな　子規（10獺祭句帖抄六三五ぺ）
粥柱　しづかに老を　養はむ　風生（9古稀春風一五六九）
鰐の居る　夕汐みちぬ　椰子の浜　虚子（12五百五十句一六ぺ）
月おぼろ　高野の坊の　夜食時　蕪村（2蕪村遺稿二〇四〇）
はつ雪の　降り捨ててある　家尻(やじり)哉　一茶（3おらが春四七三ぺ）
卯の花に　一人きりの　社(やしろ)かな　一茶（3おらが春四四二ぺ）

花に来て歯朶(しだ)かざり見る　社哉　鈍可（6あら野 一〇七二）
泉への道後れゆく　安けさよ　波郷（9春嵐 二六三八）
花散りて竹見る軒の　やすさかな　洒堂（6続猿蓑 二九六九）
身を遣ふ燕の産の　安さかな　麦翅（8俳諧新選 一五九ぺ）
水馬(みづすまし)足を伸ばして　休みけり　麦翅（8俳諧新選 一二三ぺ）
荒草の今は枯れつつ　安らかに　草城（9人生の午後 二四五一）
枯れはてしものにある日の　やすらかに　素逝（9暦日 一八二〇）
後シテの面や月の　痩　男　几董（8俳諧新選 一三四ぺ）
菊つくり汝はきくの　やつこなる　蕪村（2蕪村句集 一一六三）
暮の秋有職の人は　宿に在す　蕪村（2蕪村句集 二二六九）
ことぶきの名をつけて見む　宿の梅　昌碧（6あら野 四七一）
あの中に蒔絵書きたし　宿の月　芭蕉（1更科紀行 四三二）
いちじくの葉影となりぬ　宿の月　泊雲（9泊雲句集 〇七七二）
つかはれぬ牛に食もの　宿の春　青蛾（8俳諧新選 一〇〇ぺ）
発句也松尾桃青　宿の春　芭蕉（1江戸衆歳旦 一〇一）
年徳の御社(やしろ)ならぬ　宿もなし　重供（7俳諧古選 一四四ぺ）
温泉(ゆ)の町に紅梅早き　宿屋かな　子規（10獺祭句帖抄 六二六ぺ）
傘張の睡り胡蝶の　やどり哉　重五（6波留濃日 三一七）
香をのこす蘭帳蘭の　やどり哉　芭蕉（1鹿子の渡 九六九）
しのぶさへ枯れて餅かふ　やどり哉　芭蕉（1野ざらし紀行 一二〇三）
月今宵松にかへたる　やどりかな　蕪村（2蕪村句集 七一）
行く駒の麦に慰む　やどり哉　芭蕉（1野ざらし紀行 一二五一）

行く水に塵も氷の　やどり哉　大圭（7俳諧古選 二一三ぺ）
世にふるもさらに宗祇の　やどり哉　芭蕉（1虚栗 一五九）
池に鵝なし仮名書き習ふ　柳陰　素堂（6あら野 五四六）
なに食うて小家は秋の　柳陰　芭蕉（1茶のさうし 九六八）
秋風のしごいて行きし　柳かな　雁觜（8俳諧新選 一二九ぺ）
あさがほの這うてしだるる　柳かな　闇指（6続猿蓑 三二六〇）
天窓(あたま)から煮湯かけたる　柳哉　春来（8俳諧新選 一〇五ぺ）
尼の守る神にめで度き　柳かな　存義（8俳諧新選 一〇五ぺ）
いかづちのはるかにうごく　柳かな　蓼太（5蓼太句集 五三一）
いそがしき野鍛治をしらぬ　柳哉　荷兮（6あら野 五五八）
入口のあいそになびく　柳かな　一茶（3おらが春 四四〇ぺ）
鶯の声に点引く　やなぎかな　柳居（8俳諧新選 一〇一ぺ）
打ち交ぜて稲妻もちる　柳かな　喜朝（8俳諧新選 一二四ぺ）
うつつなく水をみて居る　柳哉　如泉（5三番船 一八五）
馬買ひて繋いで見たる　柳かな　菜根（8俳諧新選 一〇五ぺ）
梅ちりてさびしく成りし　やなぎ哉　蕪村（2蕪村句集 二三三六）
おもひ出でて物なつかしき　柳かな　才麿（5続の原 二一四）
垣ごしにとらへてはなす　柳哉　遠水（6猿蓑 一九一三）
風の日は人にもつるる　柳かな　一松（8俳諧新選 一〇五ぺ）
風の吹く方を後ろの　やなぎ哉　野水（6あら野 五四七）
かぜふかぬ日はわがなりの　柳哉　校遊（6あら野 五五七）
風吹かぬ夜はもの凄き　柳かな　蕪村（2蕪村遺稿 四一五）

風止んで　隣へもどす　柳かな　不角（7俳諧古選　一五〇ぺ）
門口に　十日の雨の　柳かな　子規（10獺祭句帖抄　六四五ぺ）
川ありと　見えてつらなる　柳かな　子規（10獺祭句帖抄　六〇六ぺ）
川端に　けしき落ちつく　柳かな　移竹（8俳諧新選　一〇五ぺ）
蝙蝠（かはほり）に　みだるる月の　柳哉　荷兮（6あら野　五五九）
傘（からかさ）に　押しわけみたる　柳かな　芭蕉（1炭俵　八三二）
枯れ枯れて　日影も寒き　柳かな　大簑（8俳諧新選　一三七ぺ）
噛（か）んで見て　馬の嘶（いなな）く　やなぎ哉　嘯山（5葎亭句集　七一八）
気にすむ　日はひとりちる　柳哉　篤羽（8俳諧新選　一二四ぺ）
京人の　いつはり多き　柳かな　子規（10獺祭句帖抄　六二六ぺ）
金州の　城門高き　柳かな　子規（10獺祭句帖抄　六二六ぺ）
来る人の　気を預かりし　柳哉　一海（7俳諧古選　一五六ぺ）
今朝と起きて　縄ぶしほどく　柳哉　鼠弾（6あら野　四八一）
けろりくわんと　して烏と　柳哉　一茶（3文政版発句集　三三四ぺ）
梢から　折りては落とす　柳かな　太祇（8俳諧新選　一〇五ぺ）
五人ぶち　とりてしだるる　柳かな　野坡（6炭俵　二四二二）
こねりをも　へらして植ゑし　柳かな　湖春（6炭俵　二四二〇）
此の瘤は　さるの持つべき　柳かな　卜宅（6猿蓑　一九一二）
此の道を　夜は通らぬ　やなぎ哉　雨谷（8俳諧新選　一〇五ぺ）
さし木ぞと　聞けばおそろしき　柳哉　自笑（8俳諧新選　一〇五ぺ）
さはれども　髪のゆがまぬ　柳哉　杏雨（6あら野　五五三）
棹の手に　かいつかみ行く　柳かな　一兎（8俳諧新選　一〇五ぺ）
ざんぶりと　水に漬けたる　柳かな　文素（8俳諧新選　一〇五ぺ）
史家村の　入口見ゆる　柳かな　子規（10獺祭句帖抄　六一三ぺ）
静かさに　庭を覗けば　柳かな　希因（7俳諧古選　一五七ぺ）
障子ごし　月のなびかす　柳かな　素龍（6炭俵　二四二一）
尺ばかり　はやたわみぬる　柳哉　小春（6あら野　五五〇）
すかし見て　星にさびしき　柳哉　樗良（5樗良発句集　七七九）
せきれいの　尾は見付けざる　柳哉　一風（6炭俵　二四二三）
田一枚　植ゑて立ち去る　柳かな　芭蕉（1奥の細道　四九四）
ちらぬ葉も　大分もつた　柳かな　麦翅（8俳諧新選　一二四ぺ）
散り透きて　筋骨見ゆる　柳かな　它谷（8俳諧新選　一三五ぺ）
散りながら　姿ありける　柳かな　吾友（8俳諧新選　一五一ぺ）
ちる程は　流れていぬる　柳かな　水翁（8俳諧新選　一二四ぺ）
月入りて　朧をかぶる　柳かな　是計（8俳諧新選　一〇五ぺ）
月しろの　上れど暗き　柳かな　南雅（8俳諧新選　一〇五ぺ）
てしがなと　朝良ははす　柳哉　湖春（6炭俵　二五五七）
出る杭（くひ）を　うたうとしたりや　柳哉　蕪村（2蕪村句集　八四六）
とことはに　下見てくらす　柳哉　去音（7俳諧古選　一二四ぺ）
土手一里　依々恋々（れんれん）と　柳かな　子規（10獺祭句帖抄　六一三ぺ）
遠のけば　畑に続く　柳かな　麦翅（8俳諧新選　一〇五ぺ）
通りぬけ　せよと垣から　柳かな　一茶（3おらが春　四三八ぺ）
とりつきて　筏をとむる　柳哉　昌碧（6あら野　五五二）
何事も　なしと過ぎ行く　柳哉　越人（6あら野　五四八）

成り合ひに　鳥遊ばせる　柳哉　髪二（8俳諧新選 一〇五ぺ）
鳰(にほ)の子に　家分けて遣る　柳哉　作者不明（7俳諧古選 二一〇ぺ）
寝勝手の　よさに又見る　柳かな　梅室（5梅室家集 一一六七）
葉から葉へ　露分けてやる　柳かな　文素（8俳諧新選 一二六ぺ）
橋落ちて　うしろ淋しき　柳かな　子規（10獺祭句帖抄 六〇六ぺ）
畑中に　ひとり吉野の　柳哉　左菊（7俳諧古選 二二七ぺ）
八九間　空で雨ふる　柳哉　芭蕉（1こがらし 八三三）
花さかぬ　身をすぼめたる　柳かな　乙由（5麦林集 四四六）
花は無いと　ふるうて見せる　柳かな　嵐山（8俳諧新選 一〇五ぺ）
春もやや　重りのかかる　柳哉　雲裡坊（7俳諧古選 二二七ぺ）
引くいきに　後ろへころぶ　柳かな　鷗歩（6あら野 五六一）
ふくかぜに　牛のわきむく　柳哉　杏雨（6あら野 五五五）
吹く風に　鷹かたよする　やなぎ哉　松芳（6あら野 五五六）
不二颪　十三州の　やなぎかな　蕪村（2蕪村遺稿 四一六）
冬枯れて　よく分かりたる　柳かな　水翁（8俳諧新選 一三七ぺ）
古川に　こびて目を張る　柳かな　芭蕉（1矢矧堤 九一五）
故郷に　わが植ゑ置きし　柳かな　子規（10獺祭句帖抄 六二六ぺ）
ふる春の　雫も長き　柳哉　如全（8俳諧新選 一〇五ぺ）
降る雪を　裾から払ふ　柳かな　鶴（8俳諧新選 一四二ぺ）
ぼつたりと　反箭(そりや)の落ちし　柳哉　魚道（8俳諧新選 一〇五ぺ）
帆に連れて　行きたさうなる　柳哉　雋羽（8俳諧新選 一〇五ぺ）
町なかへ　しだるる宿の　柳かな　利牛（6炭俵 二四二四）

三日月も　うごく様なる　柳かな　水翁（8俳諧新選 一〇五ぺ）
みじかくて　垣にのがるる　柳哉　此橋（6あら野 五五四）
水の奥　氷室尋ぬる　柳哉　芭蕉（1曾良書留 五一五）
むつとして　もどれば庭に　柳かな　蓼太（5蓼太句集 五三二）
餅雪を　しら糸となす　柳哉　芭蕉（1続山井 二六）
ややしばし　けぶりをふくむ　やなぎかな　暁台（5暁台句集 七六七）
行く春を　大わらはなる　柳かな　嘯山（8俳諧新選 一二二ぺ）
よこた川　植ゑ処なき　柳かな　尚白（6猿蓑 一九一四）
よの木にも　まぎれぬ冬の　柳哉　越人（6あら野 八六八）
恋々(れんれん)として　古都に住みたき　柳かな　句仏（9句仏句集 〇五四一）
若草に　根をわすれたる　柳かな　蕪村（2蕪村句集 二三三二）
輪をかけて　馬乗り通る　柳かな　巴丈（6続猿蓑 三〇〇八）
あち東風(こち)や　面々さばき　柳髪　芭蕉（1続山井 二五）
風ならで　誰かあぐべき　柳髪　未得（5毛吹草追加 七〇）
閑居鳥　招けども来ず　柳には　蕪村（2蕪村遺稿 二三八八）
退屈な　ガソリンガール　柳の芽　風生（9十三夜 一五七七）
ちか焼きや　麦からくべて　柳(やなぎ)鮠(ばえ)　文鳥（6続猿蓑 三一九二）
花見にと　さす船遅し　柳原　芭蕉（1伝土芳筆全伝 八三六）
十二月　八日の霜の　屋根幾万　楸邨（9雪後の天 二五八四）
一八に　雨の降るなり　屋根の上　露月（9承露盤 〇二四七）
葉は枯れて　冬瓜(とうぐわん)寒し　屋根の上　五鳳（8俳諧新選 一四七ぺ）
麦秋や　何におどろく　屋ねの鶏(とり)　蕪村（2蕪村遺稿 八七〇）

春雨や 蜂の巣つたふ 屋ねの漏り 芭蕉（1炭俵 八三八）
暮れ遅き 屋根を下りたる 屋根屋哉 麦人（9俳諧新潮 ○三四一）
春風に 尻を吹かるる 屋根屋哉 一茶（3七番日記 三三七ペ）
雉の羽を 透けて光は 矢の如し 西武（4水車 ○一○四）
菜の花や みな出はらひし 矢走船（やばせぶね） 蕪村（2蕪村遺稿 二一九八）
鉢叩 都の夜の やはらかさ 仙鶴（8俳諧新選 一四四ペ）
火燵より 寝に行く時は 夜半哉 雪芝（6続猿蓑 三四三五）
灯（ひ）の冴ゆる 机の上の 夜半かな 四方太（9春夏秋冬 ○二○二）
夕がほや 裸でおきて 夜半過ぎ 嵐蘭（6続猿蓑 三一三二）
桜迄 悪く云はする 藪蚊哉 一茶（3おらが春 四五三ペ）
竹の子の やするをこやせ 藪くすし 光貞妻（5伊勢大発句抜 八二）
涼しさや 竹握り行く 藪づたひ 半残（6続猿蓑 三一四八）
寒梅や 薄き日のさす 藪の末 玉指（8俳諧新選 一四四ペ）
菊の気味 ふかき境や 藪の中 桃隣（6続猿蓑 三三四二）
節季候（せきぞろ）や 弱りて帰る 藪の中 尚白（6続猿蓑 三四二六）
鶯や 柳のうしろ 藪のまへ 芭蕉（1続猿蓑 九一七）
水仙の 花のみだれや 藪屋しき 惟然（6続猿蓑 三三四九）
鰒汁に 幾度誓ひ 破りけん 漁焉（8俳諧新選 一四○ペ）
むぐらさへ 若葉はやさし 破れ家 芭蕉（1後の旅 四六九）
けふここの 江戸にや匂ふ 八重桜 玄札（5夜錦 七四）
木の下に 古き瓦や 八重ざくら 泰里（8俳諧新選 一五○ペ）
なら坂や 畑うつ山の 八重ざくら 旦藁（6波留濃日 一二三三）

奈良七重 七堂伽藍（がらん） 八重ざくら 芭蕉（1泊船集 九五一）
鳰（にほ）の巣の 数定めばや 八百八崎（やほやさき） 鳥酔（8俳諧新選 一五四ペ）
能舞台 地裏に夏の 山入り来 虚子（13六百五十句 二二九ペ）
石坂を 菓（このみ）飛ぶなり 山おろし 太祇（8俳諧新選 一三五ペ）
啼きあへで うぐひす飛ぶや 山おろし 蕪村（2蕪村遺稿 二四三三）
梨の花 散りけり原の 山おろし 羅嵐（8俳諧新選 一五二ペ）
初寅や 欲つら赤き 山おろし 太祇（8俳諧新選 一○一ペ）
柿うれて 鳥も問はぬ 山家かな 周蛇（8俳諧新選 一三一ペ）
凩に 吹きちりさうな 山家かな 石爛（8俳諧新選 一三八ペ）
麦出来て 鰹迄食ふ 山家哉 花紅（6猿蓑 一七六三）
畠うつや 鳥さへ啼かぬ 山陰に 蕪村（2蕪村句集 一三七八）
初鶏（どり）や 動きそめたる 山かづら 虚子（11五百句 八五ペ）
明星や 桜定めぬ 山かづら 其角（4続の原 ○八一四）
五月雨や 露の葉にもる 蔏薩（やまごばう） 嵐蘭（6炭俵 二五一）
曙や 露とくとくと 山桜 亜浪（9定本亜浪句集 一○二二）
いざ折つて 人中見せん 山桜 作者不明（7俳諧古選 一五八ペ）
うかれける 人や初瀬の 山桜 芭蕉（1続山井 三○）
歌屑の 松に吹かれて 山ざくら 蕪村（2蕪村句集 一二一）
海手より 日は照りつけて 山ざくら 蕪村（2蕪村句集 一三三）
うらやまし うき世の北の 山桜 芭蕉（1北の山 七四一）
飢ゑ鳥の 花踏みこぼす 山ざくら 蕪村（2蕪村遺稿 一○一）
剛力は 徒（ただ）に見過ぎぬ 山ざくら 蕪村（2蕪村句集 一三二）

笠とけふ別れて見るや山ざくら　山ざくら　希因（8俳諧新選一五一ぺ）
風はみな松やつつみて山桜　山桜　龍眠（8俳諧新選一〇六ぺ）
合点して此の道迷へ山ざくら　山ざくら　二柳（8俳諧新選一五五ぺ）
川音や心覚えの山ざくら　山ざくら　祇峰（7俳諧古選二一八ぺ）
暮れんとす春をしほの山ざくら　山ざくら　蕪村（2蕪村句集一三五九）
黒門に丸の跡あり山ざくら　山ざくら　子規（10獺祭句帖抄五九八ぺ）
小坊主や松にかくれて山ざくら　山ざくら　其角（6猿蓑一九七一）
是からは男ばかりや山ざくら　山ざくら　富水（8俳諧新選一〇六ぺ）
蒟蒻（こんにゃく）の名物とはんやま桜　やま桜　李里（6続猿蓑二九八〇）
草履（ざうり）の尻折りてかへらん山桜　山桜　芭蕉（1江戸蛇之鮓一〇三）
さかさまに枯木倒れて山桜　山桜　超波（7俳諧古選二二一ぺ）
さびしさに花さきぬめり山ざくら　山ざくら　蕪村（2蕪村遺稿一九八二）
上臈のむかふ川辺や山ざくら　山ざくら　嘯山（8俳諧新選一六〇ぺ）
浄瑠璃は遠くにてきけ山桜　山桜　羅雲（8俳諧新選一〇六ぺ）
すつかりと折れて呉れけり山ざくら　山ざくら　孤桐（8俳諧新選一〇六ぺ）
銭買うて入るやよしのの山ざくら　山ざくら　蕪村（2蕪村句集一三五七）
銭蒔きて通る駕（かご）あり山ざくら　山ざくら　随古（8俳諧新選一〇六ぺ）
そぼ降るや猶傘さして山桜　山桜　不卜（7俳諧古選一四八ぺ）
太鼓鉦我や尋ねん山ざくら　山ざくら　如泉（7俳諧古選一五一ぺ）
建付の合はぬ障子や山ざくら　山ざくら　賀瑞（8俳諧新選一〇六ぺ）
旅人に笠脱がせけり山ざくら　山ざくら　岩海（7俳諧古選一五三ぺ）
散るあとは風吹かば吹け山ざくら　山ざくら　麦浪（4一字題一七六七）
手を挙げて走る女や山桜　山桜　虚子（12六百句二二二ぺ）
とく散つて見る人帰せ山桜　山桜　惟中（7俳諧古選一五三ぺ）
何にすれて端々青し山ざくら　山ざくら　素園（8俳諧新選一〇六ぺ）
名の付かぬ所かはゆし山ざくら　山ざくら　湖春（7俳諧古選一四三ぺ）
鶏の声もきこゆるやま桜　やま桜　凡兆（6猿蓑一九七三）
鼻紙で鹿を叩くや山桜　山桜　鳥窓（7俳諧古選二一六ぺ）
人（ひと）間（あひ）に鶯啼くや山ざくら　山ざくら　蕪村（2蕪村遺稿一三五六）
一枝はをらぬもわろし山ざくら　山ざくら　尚白（6猿蓑一九七二）
日半（はし）たは翌（あす）の為也山ざくら　山ざくら　我黒（7俳諧古選一五一ぺ）
振袖の一つ着物や山ざくら　山ざくら　武然（8俳諧新選一〇六ぺ）
本意（ほい）なしや女を入れぬ山ざくら　山ざくら　原松（8俳諧新選一〇六ぺ）
外の樹におされし痩せや山桜　山桜　雨谷（8俳諧新選一〇六ぺ）
まだきとも散りしとも見ゆれ山ざくら　山ざくら　蕪村（2蕪村句集一九八三）
饅頭で人をたづねよ山桜　山桜　其角（4末若葉〇八一二）
見返れば寒し日暮れの山桜　山桜　来山（4平包〇二四一）
みよしののちか道寒し山ざくら　山ざくら　蕪村（2蕪村句集一二四三）
食（めし）の時みなあつまるや山ざくら　山ざくら　野坡（6炭俵二四五二）
八百屋物の通りの中や山ざくら　山ざくら　猪草（8俳諧新選一〇六ぺ）
行くに先（まつ）反橋嬉し山桜　山桜　可休（7俳諧古選一五六ぺ）
行く路の細らばほそれ山ざくら　山ざくら　嬉水（7俳諧古選二二〇ぺ）
ゆび嚙（か）みてまつ人やなき山桜　山桜　二柳（8俳諧新選一五二ぺ）
よき人の脚の堅めや山桜　山桜　岸指（7俳諧古選二一〇ぺ）

能きものを　笑ひ出したり　山桜　乙由（7俳諧古選　一五五ぺ）
わけ入れば　人の背戸なり　山ざくら　希因（4暮柳発句集　一二〇五）
をしみ人（て）を　慕ふて散るや　山桜　羽幸（8俳諧新選　一〇六ぺ）
日を吸へる　吾亦紅（われもかう）あり　山静か　枴童（9枯蘆　〇八〇八）
銭亀や　青砥もしらぬ　山清水　蕪村（2蕪村句集　二〇七五）
遁れても　苦きや汲まぬ　山清水　孤岫（7俳諧古選　二〇三ぺ）
我が宿に　いかに引くべき　山清水　蕪村（2蕪村句集　二六九三）
家ごとに　祖父ある菊の　山路哉　蓼太（8俳諧新選　一五三ぺ）
うぐひすに　松明（たいまつ）しらむ　山路哉　几董（5井華集　七九四）
鷽（うそ）の声　ききそめてより　山路かな　式之（6猿蓑　一九九四）
うたうても　舞うても冬の　山路哉　原水（7俳諧古選　一九一ぺ）
うめがかに　のつと日の出る　山路かな　芭蕉（1炭俵　八二九）
けふも蟬　聞きて暮れ行く　山路哉　一敬（8俳諧新選　一四八ぺ）
凩に　一僧帰る　山路かな　心祇（4たつのうら　一一六四）
蕎麦はまだ　花でもてなす　山路かな　芭蕉（1続猿蓑　八七）
茸狩りの　もどりは遠き　山路かな　雲魚（8俳諧新選　一三四ぺ）
旅人の　つつじ引き抜く　山路かな　子規（10獺祭句帖抄　六四五ぺ）
松風に　新酒を澄ます　山路かな　支考（4笈日記　一一〇九）
行き抜けの　園のもみぢや　山つづき　嘯山（8俳諧新選　一三四ぺ）
竹外の　一枝は霜の　山椿　秋桜子（9緑雲　一四三三）
紅梅の　光野でなし　山でなし　其芳（7俳諧古選　一四八ぺ）
五月雨の　色やよど川　大和川　桃隣（6炭俵　二五〇九）

霞みけり　日枝（ひえ）は近江の　山ならず　言水（7俳諧古選　一五一ぺ）
菊の香や　庭行水の　山に似たり　嘯山（8俳諧新選　二三四ぺ）
冬ごもり　壁をこころの　山に倚る　蕪村（2蕪村句集　二三〇八）
現れし　我を点じて　山眠る　たかし（9石魂　一六五四）
炭竈に　塗り込めし火や　山眠る　たかし（4たかし全集　二六五二）
冬籠り　其の夜に聞くや　山の雨　一茶（3文化句帖　三五九ぺ）
団栗の　落ちて沈むや　山の池　子規（4寒山落木巻四　二二〇三）
萩原や　一よはやどせ　山のいぬ　芭蕉（1鹿島詣　三一一）
摺ばちや　うごき出でたる　山のいも　惟中（5難波色紙　一三六）
思ふ事　なしや四月の　山の色　雅因（8俳諧新選　一二三ぺ）
秋の雲　滝をはなれて　山の上　子規（10獺祭句帖抄　六〇〇ぺ）
稲妻の　われて落つるや　山の上　丈草（4初蟬　〇九七六）
初空や　地に水あれば　山の影　完来（5空華集　九一二）
菜の花や　海少し見ゆ　山の肩　五明（4五明句藻　二一一）
凩や　沖よりさむき　山のきれ　其角（6炭俵　二五八七）
詠むるや　江戸にはまれな　山の月　芭蕉（1伝土芳筆全伝　六五）
松茸や　都にちかき　山の形（なり）　惟然（6続猿蓑　三二九二）
赤土の　崩れて暑し　山のはら　竹翁（7俳諧古選　一六二ぺ）
馬蠅の　吾にうつるや　山の道　子規（10獺祭句帖抄　六四九ぺ）
頭巾着て　人行きかふや　山の道　子規（10獺祭句帖抄　六六一ぺ）
夜興引（よこひき）や　犬心得て　山の道　子規（10獺祭句帖抄　六六二ぺ）
唐秬（きび）の　殻（から）でたく湯や　山の宿　子規（10獺祭句帖抄　六〇一ぺ）

夏葱に　鶏裂くや　山の宿　子規(10獺祭句帖抄 六五一ぺ)
夕わかれ　する子供らに　山の雪　枴童(9枯蘆 〇八一〇)
打ち水を　よろめきよけて　病犬　虚子(12五百五十句 七一ぺ)
花咲いて　死にともないが　病かな　来山(7俳諧古選 一四九ぺ)
紅葉する　木立もなしに　山深し　子規(10獺祭句帖抄 六〇一ぺ)
かわくとき　清水見付くる　山辺哉　胡及(6あら野 一〇五九)
日くるるに　雉子うつ春の　山辺哉　蕪村(2蕪村句集 二二〇一)
今日の月　若衆捨てたる　山もがな　不角(4蘆分船 〇八九七)
涼しさや　どれ置き直す　山もなし　乙由(7俳諧古選 一七一ぺ)
花有りて　犬のそだたぬ　山もなし　常矩(7俳諧古選 一五二ぺ)
三吉野は　花をつくねて　山もなし　友静(7俳諧古選 一四四ぺ)
名月や　海もおもはず　山も見ず　去来(6あら野 四二六)
柿もぐや　殊にもろ手の　山落暉(らっき)　不器男(9定本不器男句集 一七〇七)
山こぞる　なかにも坊主　山笑ふ　裸馬(9裸馬翁五千句 一一〇六)
秋風の　ただ中にして　山を看る　別天楼(9野老 一一七七)
ともすれば　菊の香寒し　病み上がり　乙二(5松窓乙二集 九五八)
稲妻の　やうに雉なく　闇路哉　麦翅(8俳諧新選 一〇四ぺ)
虫の庭　何時しか雨の　止みてあり　青嵐(9永田青嵐句集 〇八九六)
きさらぎの　溲瓶つめたく　病みにけり　草城(9旦暮 二四五六)
芥子咲けば　まぬがれがたく　病みにけり　たかし(4たかし全集 二六四九)
強かりし　昼の北風(ならひ)も　やみの梅　龍眠(8俳諧新選 一〇一ぺ)
寝ぐるしき　窓の細目や　闇の梅　乙州(6猿蓑 一八九二)

百八の　かねて迷ひや　闇のうめ　其角(6猿蓑 一八九四)
鎗先を　明かりにしてや　闇の梅　雁宕(8俳諧新選 一五三ぺ)
うのはなの　絶え間たたかん　闇の門　去来(6炭俵 二四七七)
離れじと　呼びつぐ声歟(か)　闇の雁　闌更(8俳諧新選 一三一ぺ)
どうどうと　滝の鳴りこむ　闇夜かな　鬼城(9続鬼城句集 〇六二九)
菊植ゑて　雷盆(すりばち)鳴るを　やめにけり　百万(8俳諧新選 一五九ぺ)
子を独り　守りて田を打つ　孀(やもめ)かな　快宣(6あら野 九五六)
母の日や　大きな星が　やや下位に　草田男(9母郷行 二五四〇)
雪嶺に　汽車現れて　やや久し　汀女(9汀女句集 一九二五)
海士の家　聖よびこむ　やよひ哉　千閣(6あら野 一〇二四)
兎角(とかく)して　卯の花つぼむ　弥生哉　山川(6猿蓑 一九九三)
雪残る　鬼岳(おにだけ)さむき　弥生かな　含呫(6あら野 八九六)
彩足らぬ　蝶々出でて　弥生尽　普羅(9辛夷 〇七〇七)
節分に　大豆(まめ)二合食ふ　やり手哉　金瓦(7俳諧古選 一八八ぺ)
四方の春　ぬらりくらりで　やゐじやまで　雲鼓(7俳諧古選 一五一ぺ)
椿子に　絵日傘もたせ　やゐべきか　虚子(13六百五十句 二一二ぺ)
夏の月　水盗人を　やゐまいぞ　它谷(8俳諧新選 一一九ぺ)
鶴鳴くや　其の声に芭蕉　やれぬべし　芭蕉(1曾良書留 四八九)
絣着て　いつまで老いん　破(やれ)芭蕉　石鼎(9花影 〇七四三)
されば社　賢者は富まず　敗荷(やれはちす)　蕪村(2蕪村遺稿 一七八五)

ゆ

蟬啼くや僧正坊の　浴（ゆあ）み時　蕪村（2 蕪村句集 一七二一）
つと入るや納戸の暖簾　ゆかしさよ　蕪村（2 蕪村遺稿 一七四八）
かけこみし雨に酒よぶ　浴衣かな　醒雪（9 俳味明44・5 〇三二四）
冴える夜や代はる宿直（とのゐ）の　ゆがみづら　孤桐（8 俳諧新選 一四二ぺ）
杜若（かきつばた）けふは昨日の　ゆかりかな　嵩平（8 俳諧新選 一一四ぺ）
白足袋にいとうすき紺の　ゆかりかな　碧梧桐（9 碧梧桐句集 〇一二〇）
春来ること疑はず　逝かれけん　虚子（14 七百五十句 三六ぺ）
名をえしやさながら富士を　雪うつし　玄札（4 俳家奇人談 〇一三四）
雲早し峰吹き尖る　雪おろし　瓢二（8 俳諧新選 一四三ぺ）
水の月やよ望にふる　雪歟（か）とぞ　蕪村（2 蕪村遺稿 二〇七）
まがはしや花吸ふ蜂の　往き還り　園風（6 猿蓑 一九七九）
夕凪や垂乳あらはに　ゆきかへる　禅寺洞（9 禅寺洞句集 二二九九）
似我似我（じがじが）と世話やく蜂の　往き来哉　嘯山（8 俳諧新選 一五一ぺ）
風呂吹や小窓を圧す　雪曇り　子規（10 獺祭句帖抄 六六二ぺ）
竹を伐る人にやむなし　雪解雨　普羅（9 新訂普羅句集 〇七二一）
四方の戸のがたがた鳴りて　雪解風　虚子（12 六百句 二三七ぺ）
色々に谷のこたへる　雪解かな　太祇（5 太祇句選 五四二）
鍋の尻ほしならべたる　雪解かな　一茶（3 嘉永版発句集 三三五ぺ）
日の光沖中川の　雪解かな　太祇（8 俳諧新選 一〇一ぺ）
初時雨二夜の月の　雪解かも　嵐山（8 俳諧新選 二三六ぺ）
たつた今来た子が強し　雪転（こか）し　亀文（8 俳諧新選 一四八ぺ）
是がまあつひの栖か　雪五尺　一茶（3 句稿消息 三五五ぺ）
門は松芍薬（しゃくやく）園の　雪さむし　舟泉（6 波留濃日 三〇五）
山彦もぬれん木の間ぞ　雪雫　乙二（5 松窓乙二集 九五三）
上京や霞の奥に　雪白し　嘯山（5 葎亭句集 七一六）
身の皮の干エプロンに　雪ちらつく　静塔（9 旅鶴 二三八二）
竹の葉の何を囁く　雪月夜　兎流（7 俳諧古選 二二〇ぺ）
啼くものは烏斗りか　雪月夜　申輔（7 俳諧古選 二一六ぺ）
行々子（ぎやうぎやうし）どこが葛西の　行き留り　一茶（3 文化句帖 三四〇ぺ）
吹きたまる落葉や町の　行き止まり　子規（10 獺祭句帖抄 六二〇ぺ）
迷ひゐる雲や浅間は　雪ならん　虚子（12 六百句 二三一ぺ）
菖蒲見に寂しき夫婦　行きにけり　喜舟（9 小石川 〇四六四）
町内の花見の連中　行きにけり　喜舟（9 小石川 〇四六六）
大川に小川落ち合ふ　雪濁り　挿雲（9 春夏秋冬 〇三五八）
凍蝶（いててふ）の落ちたる如く　雪に立つ　普羅（9 辛夷 〇七〇五）
雨の時貧しき蓑の　雪に富めり　蕪村（2 蕪村遺稿 一一九〇）
ランチの煙吹き煽る　雪になつた　碧梧桐（9 碧梧桐句集 〇一四八）
商人（あきうど）のよき文書くや　雪の朝　方絮（8 俳諧新選 一四二ぺ）
往た脚の跡ぞしられん　雪の朝　大涌（8 俳諧新選 一四七ぺ）
邯鄲（かんたん）の市に鰒見る　雪の朝　蕪村（2 蕪村遺稿 一九二一）
木屋町の旅人訪はん　雪の朝　蕪村（2 蕪村遺稿 一九六四）

鳩呼べば鳥来るなり　雪の朝　瓜流（8俳諧新選一五七ぺ）
跡つけば人や恨みん　ゆきのうへ　野有（8俳諧新選一五九ぺ）
うつくしき日和になりぬ　雪のうへ　太祇（5太祇句選五五五）
陽炎や取りつきかぬる　雪の上　荷兮（6猿蓑一九二九）
しらじらと今年になりぬ　雪の上　松宇（9松宇家集○三二二）
夜をこめて雪落つる音や　雪の上　野冬（8俳諧新選一四三ぺ）
見る中に降り失ふや　雪の梅　蘭更（8俳諧新選一四二ぺ）
若水をうちかけて見よ　雪の梅　亀洞（6あら野四六九）
降りためて大地へ落つる　雪の音　巴人（4夜半亭発句帖一一七七）
一夜経て物書きにくし　雪の面　孤桐（8俳諧新選一四二ぺ）
市人よ此の笠うらふ　雪の傘　芭蕉（1野ざらし紀行二○七）
応々といへど敲くや　雪の門　去来（5句兄弟三○三）
鉢たたき出もこぬむらや　雪のかり　野水（6あら野八五七）
山の名を覚えし頃は　雪の来し　虚子（12六百句二三二ぺ）
くらき夜に物陰見たり　雪の隈（くま）　二水（6あら野四四六）
京まではまだ半空（なかぞら）や　雪の雲　芭蕉（1笈の小文三二七）
行灯の煤けぞ寒き　雪のくれ　越人（6波留濃日三五六）
白鷺や友におくるる　雪の暮　文山（8俳諧新選一四三ぺ）
天竜でたたかれたまへ　雪の暮　越人（6あら野九五○）
鵯（ひよどり）のそれきり啼かず　雪の暮　亜浪（9旅人一○四五）
松原は飛脚小さし　雪の暮　一晶（5虚栗一五四）
となん一つ手紙のはしに　雪のこと　宗因（4宗因発句集○一七○）
朱の鞍や佐野へわたりの　雪の駒　北枝（6炭俵二六一七）
一枚の餅のごとくに　雪残る　茅舎（4川端茅舎句集二六二一）
江の舟や曲突（へつい）にとまる　雪の鷺　素龍（6炭俵二六二一）
長き根に秋風を待つ　鴨下草（ゆきのした）　虚子（11五百句一八ぺ）
愚に耐へよと窓を暗うす　雪の竹　蕪村（2蕪村句集一一九七）
しほれふすや世はさかさまの　雪の竹　芭蕉（1続山井二一○）
鱠と聞きて窓を開けば　雪の竹　井々（8俳諧新選一四三ぺ）
誰とても健やかならば　雪のたび　卯七（6猿蓑一六九二）
鮮（あざ）らけき魚拾ひけり　雪の中　几董（5続あけがらす八○四）
埋み火や我がかくれ家も　雪の中　蕪村（2蕪村句集八二八）
白鶴の声も白しや　雪の中　麻斎（8俳諧新選一四二ぺ）
傍で聞く声も遠しや　雪の中　土髪（8俳諧新選一四二ぺ）
伊賀大和かさなる山や　雪の花　配力（6続猿蓑三三九七）
香のあらば水くさからん　雪の花　玄札（7俳諧古選一八六ぺ）
磨ぎなほす鏡も清し　雪の花　芭蕉（1笈の小文三三一）
花の雪やふりをかへたる　雪の花　安静（5狭細布五九）
雁啼くや明星しづむ　雪の原　長翠（5光丘本長翠九四一）
ながながと川一筋や　雪の原　凡兆（6猿蓑一六八八）
藪ふしてどほんと広し　雪の原　孤桐（8俳諧新選一四二ぺ）
鍋さげて淀の小橋を　雪の人　蕪村（2蕪村句集一一九二）
下手にさへ道はつくなり　雪の人　青峨（4たつのうら一二六四）
山は猫ねぶりていくや　雪のひま　芭蕉（1五十四郡二二九）

白馬の眼繞る癇脈　雪の富士　草田男（9 万緑昭36・1 二五三九）
大仏の優な御皃（かほ）や　雪の窓　百万（8 俳諧新選 一四二ペ）
一塩にはつ白魚や　雪の前　杉風（6 続猿蓑 三三七九）
五六人熊担ひ来る　雪の森　子規（10 獺祭句帖抄 六六三ペ）
オリヲンの真下春立つ　雪の宿　普羅（9 普羅句集 〇七一一）
ヘヤピンを前歯でひらく　雪降り出す　三鬼（9 変身 二三六二）
いづれを歟（か）先（まづ）うつすべき　雪仏　九可（8 俳諧新選 一五四ペ）
彼是といふも当座ぞ　雪仏　一茶（3 おらが春 四七三ペ）
西方の浄土へ今日や　雪仏　卜養（4 誹諧独吟集 〇一三九）
つくり置きてこはされもせじ　雪仏　一井（6 あら野 一〇五一）
光ささぬうちにをがむや　雪仏　玄札（5 犬子集 七六）
春の日の威光を見する　雪間哉　重頼（5 犬子集 二七）
湖につづくと思ふ　雪間かな　素十（9 野花集 一五五四）
山鳥の樵夫を化かす　雪間かな　支考（4 其便 一一〇一）
きみ火をたけよき物見せん　雪まろげ　芭蕉（1 雪満呂気 二七九）
霜やけの手を吹いてやる　雪まろげ　羽紅（6 猿蓑 一六八五）
わぎも子が爪紅（べに）粉のこす　雪まろげ　探丸（6 猿蓑 一六八六）
出でたちて行かずに果たす　雪見哉　雅因（8 俳諧新選 一四三ペ）
袖の下に小坊主つれて　雪見哉　風律（8 俳諧新選 一四二ペ）
曙や伽（が）藍（らん）伽藍の　雪見廻ひ　荷兮（6 あら野 一〇四九）
すずしさや恥づかしい程　行きもどり　素園（8 俳諧新選 一二一ペ）
世を旅に代（しろ）かく小田の　行きもどり　芭蕉（1 杉風宛書簡② 八五二）

ちとたらぬ僕や隣の　雪もはく　一茶（3 文政句帖 三五六ペ）
かなしさはひともしごろの　雪山家　石鼎（9 花影 〇七四四）
鯉はねて画室ぬらせし　雪夜かな　石鼎（9 定本石鼎句集 〇七四九）
歌よまず詩作らず自然と夜着に　雪を聴く　秋風（5 うちぐもり砥 一六三）
漁家寒し酒に頭の　雪を焼（た）く　蕪村（2 蕪村句集 二三二五）
知慧きざし牛乳飲みつつも　雪を見る　誓子（9 七曜 一四七七）
あらはれて見えよ芭蕉の　雪女　立圃（4 そらつぶて 〇〇七三）
月あらば乳房にほはめ　雪をんな　徂春（9 定本徂春句集 〇八〇一）
梢から来て梢から　行く秋ぞ　乙由（7 俳諧古選 一八三ペ）
蛤のふたみに別れ　行く秋ぞ　芭蕉（1 奥の細道 五七七）
蚊の声や掛金かけて　ゆく庵　友墨（7 俳諧古選 一六一ペ）
春泥を人罵りて　ゆく門辺　虚子（14 七百五十句 四九ペ）
何に此の師走の市に　ゆくからす　芭蕉（1 花摘 五九七）
かれ芝や若葉たづねて　行く胡蝶　百歳（6 あら野 五八九）
立ちならぶ辛（こ）夷（ぶし）の莟　行く如し　虚子（11 五百句 九二ペ）
綿（わた）脱（ぬ）きは松かぜ聞きに　行くころか　野水（6 あら野 八四八）
馬かりて竹田の里や　行くしぐれ　乙州（6 猿蓑 一六二五）
声暗し松のそなたを　行く千どり　紫暁（5 松のそなた 九一一）
日々過ぎて秋深くなり　ゆくばかり　立子（9 続立子句集二 一九四七）
洗足の盥ももりて　ゆく春や　蕪村（2 蕪村句集 四五九）
歩き歩き物おもふ春の　ゆくへかな　蕪村（2 蕪村遺稿 四七〇）
紙鳶（いか）切れて白根が岳を　行衛（ゆくへ）哉　桃妖（6 猿蓑 一九五四）

毬(いが)を出て　別るる栗の　行衛哉　几荻（8俳諧新選　一三三ぺ）
口癖の　吉野も春の　行衛かな　淡々（5淡々発句集　四六五）
罌粟(けし)ちりて　二つの蝶の　行衛哉　子一（8俳諧新選　一五六ぺ）
しら露も　まだあらみのの　行衛哉　北枝（6猿蓑　二一六七）
ほととぎす　駕(かご)から覗く　行衛哉　太祇（8俳諧新選　一一四ぺ）
朴散華　即ちしれぬ　行方かな　茅舎（9定本茅舎句集　一六九八）
山颪　早苗を撫でて　ゆくへかな　蕪村（2蕪村遺稿　八六）
親もなし　子もなし闇を　行く蛍　春澄（5誹諧小松原　一八九）
さびしさや　一尺消えて　ゆくほたる　北枝（5北枝発句集　四〇六）
二三遍　人をきよくつて　行く蛍　一茶（3おらが春　四六七ぺ）
曲がりこむ　藪の綾瀬や　行く蛍　巣兆（5曾波可理　九八五）
滝冷ややか　生きて濁りて　ゆく眼には　静塔（9月下の俘虜　二三七五）
この落葉　どこ迄まろび　行くやらん　虚子（13六百五十句　二三三六ぺ）
つひに戦死　一匹の蟻　ゆけどゆけど　楸邨（9颱風眼　二五八七）
老が門は　のり打ちしても　ゆけや年　丈石（8俳諧新選　一四六ぺ）
古家や　累々として　柚子黄なり　子規（10獺祭句帖抄　六五六ぺ）
いたつきも　久しくなりぬ　柚は黄に　漱石（9日記の中より　〇一七一）
筑波から　土用見舞の　夕立かな　梁直（8俳諧新選　一二二ぺ）
まじはりは　紙子の切を　譲りけり　丈草（6猿蓑　一六五九）
打ち上げた　花火ゆゆしき　ゆとり哉　嘯山（8俳諧新選　一二八ぺ）
日輪の　北を極めし　ゆとりかな　瓜流（8俳諧新選　一一九ぺ）
草花や　露あたたかに　温泉(ゆ)の流れ　子規（10獺祭句帖抄　六五三ぺ）

山中や　菊はたをらぬ　湯の匂ひ　芭蕉（1奥の細道　五四四）
裸子を　ひつさげ歩く　温泉の廊下　虚子（13六百五十句　一五六ぺ）
もののふの　露はらひ行く　弭(ゆはず)かな　蕪村（2蕪村句集　二七三）
紅葉見の　岩に水取る　弭かな　蕪村（2蕪村遺稿　二七五二）
待つ春は　髪もゆたかに　結ひ上げて　桐明（9草上大15・1　一〇〇六）
泥の上に　田草かきけん　指のあと　東皐（5奥美人　九四四）
蛍ぐさき　人の手をかぐ　夕明り　犀星（9魚眠洞発句集　一一四五）
をどり子や　渡しの船の　夕あらし　祇空（4住吉物語　一一三五）
鐘の声　扠(さて)は寺あり　夕霞　雲魚（8俳諧新選　一〇六ぺ）
上市は　灯(ひ)をともしけり　夕霞　子規（10獺祭句帖抄　六四三ぺ）
橋桁や　日はさしながら　夕霞　北枝（4卯辰集　一〇七七）
ふりむけば　灯とぼす関や　夕霞　太祇（4太祇句選　一八一九）
又留主歟(か)　されど孤山の　夕霞　淡々（8俳諧新選　一五一ぺ）
みかへれば　白壁いやし　夕かすみ　越人（6波留濃日　三一五）
麦蒔きて　通ふ島あり　夕霞　太祇（8俳諧新選　一〇六ぺ）
やがて着く　都の空や　夕かすみ　孤桐（8俳諧新選　一〇六ぺ）
かたびらの　ちぢむや秋の　夕げしき　方生（6あら野　七一三）
炭竃や　鹿の見て居る　夕煙　宋阿（7俳諧古選　一九四ぺ）
雲の峰　低き瞰るなり　夕心　碧梧桐（9三千里　〇一一三）
元日や　手を洗ひをる　夕ごころ　龍之介（9澄江堂句集　一一三八）
反古焼いて　鶯待たん　夕心　乙二（5松窓乙二集　九五五）
したたかに　水をうちたる　夕さくら　万太郎（9草の丈　一一二二）

散るは散るは　酔ひのさめたる　夕桜　自悦（5空林風葉 一三〇）
人影や　月になりゆく　夕桜　抱一（4屠竜之技 二三六）
人声に　ほつとしたやら　夕桜　一茶（3七番日記 三三三ぺ）
鶯の　忍びありきや　夕しぐれ　太祇（8俳諧新選 一三六ぺ）
音のした　戸に人もなし　夕時雨　諸九（5諸九尼句集 五二四）
海棠の　花は咲かずや　夕しぐれ　蕪村（2蕪村遺稿 二一五一）
食堂に　雀啼くなり　夕時雨　支考（6続猿蓑 三四六二）
茸狩りや　あぶなきことに　ゆふしぐれ　芭蕉（1真蹟画賛 五八五）
立臼の　ぐるりは暗し　夕しぐれ　樗良（5樗良発句集 七八六）
重箱の　銭四五文や　夕時雨　一茶（3おらが春 四七三ぺ）
釣り人の　情のこはさよ　夕しぐれ　蕪村（2蕪村遺稿 八〇六）
蛤の　つひのけぶりや　冬時雨　一茶（3七番日記 三五二ぺ）
寒行僧　早め来つるよ　夕しまき　蝶衣（9蝶衣句稿 〇五六二）
あつみ山や　吹浦かけて　夕すずみ　芭蕉（1継尾集 五二八）
生きらるる　命成りけり　夕涼み　茶雷（7俳諧古選 二二六ぺ）
石ぶしや　裏門明けて　夕涼み　牡年（6続猿蓑 三一五二）
無花果(いちじく)や　広葉にむかふ　夕涼み　惟然（6続猿蓑 三一四九）
今植ゑた　竹に客あり　夕すずみ　柳居（5俳諧新選 四八六）
瓜作る　君があれなと　夕すずみ　芭蕉（1あつめ句 三〇一）
おこし絵に　灯(ひ)をともしけり　夕涼み　子規（10獺祭句帖抄 六四六ぺ）
おもはずの　人に逢ひけり　夕涼み　如風（6あら野 六九一）
川かぜや　薄がきたる　夕すずみ　芭蕉（1をのが光 六三二）

川島や　舟で給仕の　夕すずみ　杜支（8俳諧新選 二二一ぺ）
唐破風(はふ)の　入り日や薄き　夕涼み　芭蕉（1流川集 七五二）
鷺に乗る　工夫もできず　夕涼み　鳥酔（4鳥酔懐玉抄 一七二三）
職人の　帷子(かたびら)きたる　夕すずみ　土芳（6続猿蓑 三一六一）
膳所(ぜぜ)米や　早苗のたけに　夕涼み　半残（6猿蓑 二一六二）
其の人の　心の形(なり)や　夕涼み　鶴女（7俳諧古選 二二〇ぺ）
台共に　妾囉(もら)はん　夕すずみ　百万（8俳諧新選 一五三ぺ）
丈山の　口が過ぎたり　夕すずみ　蕪村（2蕪村句集 一〇六六）
月浮けて　吹きよる水の　夕すずみ　作者不明（8俳諧新選 二二〇ぺ）
月待つや　海を尻目に　夕すずみ　正秀（6猿蓑 二一五七）
庭程の　空を持ちけり　夕すずみ　龍眠（8俳諧新選 二二二ぺ）
芭蕉様の　脛(すね)をかじつて　夕涼み　一茶（3句稿消息 三三五ぺ）
水無月や　朝めしくはぬ　夕すずみ　嵐蘭（6猿蓑 一七九七）
飯あふぐ　かかが馳走や　夕涼み　芭蕉（1笈日記 八六六）
訪ひ寄れば　病者癒えたり　夕立ちて　竹冷（9聴雨窓俳話 〇二八三）
蚊屋つりて　食ひに出る也　夕茶漬け　一茶（3八番日記 三三九ぺ）
春雨や　寝る気では寝ぬ　夕つ方　季遊（7俳諧古選 二二〇ぺ）
鴛鴦(をし)の水　古鏡のごとく　夕づきぬ　淡路女（9淡路女百句 〇九七八）
つつじ分ける　あたり隣や　夕月夜　嘯山（8俳諧新選 一一〇ぺ）
たび寝よし　宿は師走の　夕月夜　芭蕉（1熱田三歌仙 三三五）
花樗(あふち)　見えず散りゐる　夕月夜　たかし（4たかし全集 二六五七）
花火せよ　淀の御茶屋の　夕月夜　蕪村（2蕪村句集 一七五五）

出代や傘(からかさ)提げて　夕ながめ　許六（5韻塞三七七）
葉柳や病の窓の　夕ながめ　子規（10獺祭句帖抄六三一ぺ）
うぐひすやもののまぎれに　夕鳴きす　暁台（5暁台句集七六五）
行く水や汗も埃も　夕祓へ　立圃（7俳諧古選一五九ぺ）
吊り柿や障子にくるふ　夕日影　丈草（4国の華○九九三）
苗代や背戸へぬけたる　夕日影　尾谷（4園圃録一二四六）
やまつつじ海に見よとや　夕日影　智月（6猿蓑一九九二）
我が声を蹴て飛ぶ鵙(もず)や　夕日かげ　嵐方（8俳諧新選一二九ぺ）
紫陽花(あぢさゐ)におもたき朝日　夕日哉　乙由（5麦林集四四七）
雨乞ひの太鼓よわりし　夕日哉　蝶夢（5草根発句集八五九）
植ゑた田に青々とさす　夕日かな　吐月（8俳諧新選一二二ぺ）
面白う聞けば蜩(ひぐらし)　夕日かな　碧梧桐（9碧梧桐句集○一○六）
掛稲に螽(いなご)飛びつく　夕日かな　子規（10獺祭句帖抄六一八ぺ）
撫子のふしぶしにさす　ゆふ日かな　成美（5成美家集九三○）
ひつぢ田にもみぢちりかかる　ゆふ日哉　蕪村（2蕪村句集二四○七）
水鳥の雫に曇る　夕日かな　圭山（8俳諧新選一四二ぺ）
麦蒔の図両(かげぼし)長き　夕日哉　蕪村（2蕪村遺稿二○二五）
山畑の茶つみぞかざす　夕日かな　重五（6波留濃日三二四）
横乗りの馬のつづくや　夕雲雀(ひばり)　一茶（3おらが春四四○ぺ）
秋はこの法師姿の　夕べかな　宗因（4虚栗○一五五）
牛呵(しか)る声に鴫立つ　夕べかな　支考（4枇杷園随筆一○九七）
海は帆に埋もれて春の　夕べかな　大魯（5蘆陰句選八一九）

隠家を蚊にしられたる　夕べかな　杜支（8俳諧新選一一七ぺ）
風旨く柳散りなす　夕べ哉　土髪（8俳諧新選二二四ぺ）
鐘消えて花の香は撞く　夕べ哉　芭蕉（1新撰都曲四六一）
蚊柱に大鋸屑(おがくづ)誘ふ　夕へかな　宗因（4宗因蚊柱百句○一六二）
雉子羽うつて琴の緒きれし　夕べ哉　星布（5星布尼句集八八七）
薬掘る人恨しき　夕へかな　京馬（8俳諧新選一五七ぺ）
けし散りて直に実を見る　夕べ哉　李桃（6あら野六三八）
西行のすがたは秋の　夕へかな　宗因（7俳諧古選一九七ぺ）
山茶花に囮(をとり)鳴く日の　夕へかな　言水（4京日記○二五一）
鹿の音に人の皃(かほ)みる　夕べ哉　一髪（6あら野七四二）
じだらくにねれば涼しき　夕へかな　宗次（6猿蓑一七九八）
柴の戸に鞠きく花の　夕べ哉　幸佐（7俳諧古選一五二ぺ）
島原も暫(しばし)は秋の　夕へかな　丹巵（7俳諧古選二三○ぺ）
相撲場は三室の岸の　夕へかな　惟中（4次郎五百韻○二一八）
蟬に活きて翌(あす)におそるる　夕へかな　羅人（4熱田日記二二八○）
魂棚の飯に露おく　夕へかな　子規（10獺祭句帖抄六○一ぺ）
玉まつり柱にむかふ　夕へかな　越人（6波留濃日三四三）
ちるはさくら落つるは花の　ゆふべ哉　蕪村（2蕪村遺稿二一○七）
散る花を南無阿弥陀(た)仏と　夕べ哉　守武（6あら野九九五）
等閑に香炷く春の　ゆふべ哉　蕪村（2蕪村遺稿二二一九）
団栗や松子やひよんな　夕べ哉　雨遠（7俳諧古選二一八ぺ）
なく声は蚊の臑(はぎ)に似ぬ　夕べ哉　望一（7俳諧古選一五九ぺ）

腥（なまぐさ）き　はな最中の　ゆふべ哉　長眉（6猿蓑 一九八三）
花芥子の　無常すすむる　夕べ哉　親当（7俳諧古選 一九五ぺ）
花を踏んで　洗足をしき　夕べかな　在色（5一字幽蘭集 一四二）
婆々が来て　灯（ひ）ともす秋の　夕べかな　子規（10獺祭句帖抄 六五二ぺ）
人声に　尾のなき秋の　夕べ哉　和及（7俳諧古選 一七五ぺ）
一つ家に　鴨の毛むしる　夕べかな　子規（10獺祭句帖抄 六一一ぺ）
一重かと　山吹のぞく　ゆふべ哉　襟雪（6あら野 六〇一）
古池の　鴛鴦（をし）に雪降る　夕べかな　子規（10獺祭句帖抄 六二〇ぺ）
ぼたん切つて　気のおとろひし　ゆふべ哉　蕪村（2蕪村句集 二三八四）
満る時　扨（さて）は海ぞと　夕べかな　瓢水（7俳諧古選 二二九ぺ）
見る人も　たしなき月の　夕べかな　荷兮（6あら野 四三二）
ゆあびして　若葉見に行く　夕べかな　鈍可（6あら野 六三〇）
雪山に　雪の降り居る　夕べかな　普羅（9新訂普羅句集 〇七三六）
行く春の　くれぐれをしき　夕べ哉　弘永（7俳諧古選 一四四ぺ）
よし野山も　唯大雪の　夕べ哉　野水（6あら野 九一七）
一弁を　仕舞ひ忘れて　夕牡丹　虚子（13六百五十句 二〇八ぺ）
足もとに　小鮎飛ぶなり　夕まぐれ　子規（10獺祭句帖抄 六〇五ぺ）
蜱（こほろぎ）の　髭ほのかなり　夕まぐれ　春来（4東風流 一二六八）
初雪や　門に橋あり　夕間暮　其角（6続猿蓑 三三八八）
竈火の　俄かにはげし　夕みぞれ　徂春（9定本徂春句集 〇七九八）
一人前　田も青ませて　夕木魚　一茶（3文政句帖 三三七ぺ）
木啄（きつつき）の　やめて聞くかよ　夕木魚　一茶（3おらが春 四六八ぺ）

落葉踏むや　しばし雀と　夕焼けて　水巴（4続水巴句帖 二四二二）
ゆりの花　雨をたたへて　ゆふりけり　尺布（8俳諧新選 一一八ぺ）
代はる代はる　寝鳥を水の　ゆぶりけり　李流（8俳諧新選 一四〇ぺ）
天窓（あたま）数　揃ふ江湖（がうこ）の　柚（ゆ）味噌かな　桃葉（8俳諧新選 一三三ぺ）
筝の　時よりしるし　弓の竹　去来（6あら野 六六〇）
水鳥や　百姓ながら　弓矢取り　蕪村（2蕪村句集 七一〇）
蘆の穂や　皃（かほ）撫で揚ぐる　夢ごころ　丈草（6炭俵 二五六八）
君やてふ　我や荘子が　夢心　芭蕉（1怒誰宛書簡① 六一四）
鉾に出た　児（ちご）によんべの　夢問はん　比松（8俳諧新選 一二二ぺ）
あすは粽　難波の枯葉　夢なれや　芭蕉（1六百番発句合 七三）
秋風や　白き卒都婆（そとば）の　夢に入る　星布尼（4星布尼句集 二一三八）
桜々　散つて佳人の　夢に入る　無腸（5続あけがらす 七八九）
冬の雨　なほ母たのむ　夢に覚め　汀女（9昭48俳句年鑑 一九三一）
夏草や　兵（つはもの）共が　ゆめの跡　芭蕉（1猿蓑 五〇六）
みじか夜や　おもひがけなき　夢の告　蕪村（2蕪村遺稿 八六三）
足袋はいて　寝る夜物うき　夢見哉　蕪村（2蕪村句集 三八七）
草花の　一筋道や　湯元迄　子規（10獺祭句帖抄 六五八ぺ）
夕立に　傘（からかさ）の亭（ちん）　ゆられけり　嘯山（8俳諧新選 一二二ぺ）
舟鉾や　都の町を　ゆられ行く　李流（8俳諧新選 一二二ぺ）
しら雲や　かきねを渡る　百合の花　支考（6続猿蓑 三一二五）
すず風や　我より先に　百合の花　乙州（6猿蓑 一七七五）
空つりや　かしらふらつく　百合の花　何処（6猿蓑 一七七四）

蛇逃げて　山静かなり　百合の花　子規（10獺祭句帖抄 六一五ぺ）
くもの糸　一すぢよぎる　百合の前　素十（9初鴉 一五三六）
我が僕(やつこ)　落花に朝寝　ゆるしけり　其角（4虚栗 〇八二一）
入る月に　蓮の巻葉の　ゆるみけり　祇明（4たつのうら 一一六六）
人のこと　心にとめぬ　故涼し　夜半（9彩色 一六四八）

よ

秋の蚊の　螫(さ)さんとすなり　夜明け方　漱石（9日記の中より 〇一六九）
春雨や　嵐落ち来る　夜明け方　移竹（8俳諧新選 一〇三ぺ）
上げ汐の　氷にのぼる　夜明けかな　子規（10獺祭句帖抄 六六五ぺ）
稲妻の　山を出兼(でか)ぬる　夜明け哉　嵐青（7俳諧古選 一八〇ぺ）
うの花に　蘆毛の馬の　夜明け哉　許六（6炭俵 二四七八）
蚊を焼いて　蠟燭臭き　夜明けかな　竹冷（4俳遊記 二二三四）
ほととぎす　一二の橋の　夜明けかな　其角（6炭俵 二四八四）
山兀(こつ)として　凩の　夜明けかな　柳几（4布袋庵発句集 一七二九）
呑みあかす　年を忘れて　よいもの歟(か)　良能（8俳諧新選 一四五ぺ）
蚊が入つて　蚊屋ふるうたりや　夜が明けた　来山（4梅の嵯峨 〇二三三）
山　蛙　けけらけけらと　夜が移る　亜浪（9定本亜浪句集 一〇四九）
稲妻や　一切づつに　世が直る　一茶（3おらが春 四六八ぺ）
あれながら　十夜は月の　よかりけり　諸号（8俳諧新選 一三九ぺ）
花の山　どちら向きても　よかりけり　是計（8俳諧新選 一〇九ぺ）

鎌倉を　驚かしたる　余寒あり　虚子（9五百句 〇〇六〇）
かがなべて　指のこごしき　余寒かな　東洋城（9東洋城全句中 〇三九一）
俳諧の　隣むなしき　余寒かな　鳴雪（4鳴雪俳句鈔 二二二六）
世を恋うて　人を恐るる　余寒かな　鬼城（4鬼城句集 二二七二）
春雨や　ぬけ出たままの　夜着の穴　丈草（5笈日記 三一〇）
三つ輪ぐみ　寝て足袋はくや　[衤+黄](よぎ)の内　百万（8俳諧新選 一四三ぺ）
初　桜　折しもけふは　能き日なり　芭蕉（1伝土芳筆全伝 三五七）
時　鳥　我も気相の　よき日也　一茶（3父の終焉日記 四〇九ぺ）
うめ咲くや　臼の挽木(ひきぎ)の　よきまがり　曲翠（6炭俵 二三九八）
ふるさとの　月の港を　よぎるのみ　虚子（9五百句 〇〇九二）
万歳や　舞ふもうたふも　欲の事　梅盛（7俳諧古選 一四三ぺ）
打ちよする　浪や千鳥の　横歩き　蕪村（2蕪村句集 二六五）
晴れ行くや　波にはなるる　よこしぐれ　風虎（5桜川 一二五）
目ざす敵は　鶏　頭　よ　横時雨　一茶（3七番日記 三五二ぺ）
かぶりつく　熟柿や髯を　汚しけり　子規（9俳句稿巻二 〇〇一三）
水草生ふ　田舟は橋と　横たはり　宋斤（9定本宋斤句集 一二〇一）
餅屋から　餅搗き初めて　夜ごと夜ごと　貝錦（8俳諧新選 一四四ぺ）
鳥　共　も　寝入つてゐるか　余吾の海　路通（6猿蓑 一六六八）
折り得たる　紅葉扠(さて)しも　横ひらた　蕪村（2蕪村遺稿 六三六）
乳　母　車　夏の怒濤に　よこむきに　多佳子（9紅糸 二九六二）
白ゆりの　己が匂ひに　よごれけり　孤桐（8俳諧新選 一一八ぺ）
残　る　雪　あつたら顔が　よごれけり　嘯山（8俳諧新選 一五五ぺ）

籠枕頭あぐれば　与謝の海　五城(9五城句集〇二二九)
あばら骨なでじとすれど　夜寒哉　一茶(3七番日記三四三ぺ)
雨ふりの度に入りこむ　夜寒かな　一計(8俳諧新選一三三二ぺ)
あら鷹の壁にちかづく　夜寒かな　畦止(6続猿蓑三三一八)
板の間をかせぎなれたる　夜寒かな　梓月(9冬〇三六二鶯)
犬が来て水飲む音の　夜寒かな　子規(4俳句稿巻一二一八〇)
鶯の梅に下痢する　余寒かな　子規(10獺祭句帖抄六〇五ぺ)
起きて居てもう寝たと云ふ　夜寒哉　蕪村(2蕪村句集一四六四)
起き佗びて雨の漏れきく　夜寒哉　宗夢(8俳諧新選一三三二ぺ)
大寺のともし少なき　夜寒かな　子規(10獺祭句帖抄六五一ぺ)
親の貌(かほ)真向きに見たる　夜寒かな　一瓢(5玉山人家集一一四七)
欠々(かけかけ)て月もなくなる　夜寒哉　蕪村(2蕪村句集六〇四)
川音に心のしまる　夜寒哉　管子(7俳諧古選二一七ぺ)
飼鳥の寝心覗く　夜寒哉　涼袋(7俳諧古選二一九ぺ)
壁隣ものごとつかす　夜寒哉　蕪村(2蕪村句集六〇六)
巫女(かんなぎ)に狐恋する　夜寒哉　蕪村(2蕪村遺稿一四六五)
蜘殺すあとの淋しき　夜寒かな　子規(10獺祭句帖抄六三三ぺ)
鞍馬参り山二つ越す　夜寒かな　三幹竹(9三幹竹句集〇五四四)
怪談の後ろ更け行く　夜寒哉　召波(5春泥句集八一四)
子どもらを心でをがむ　夜寒哉　一茶(3おらが春四七二ぺ)
勤行のすんで灯(ひ)を消す　夜寒かな　子規(10獺祭句帖抄六五一ぺ)
三厘の風呂で風引く　夜寒かな　子規(10獺祭句帖抄六五一ぺ)
蜆川うもれて今の　夜寒かな　青々(9松苗〇四八四)
書に向かふうしろに妻に　夜寒かな　極堂(9春夏秋冬〇一六五)
初夜迄は物に紛るる　夜寒かな　鷺喬(8俳諧新選一三三二ぺ)
須磨寺の門を過ぎ行く　夜寒かな　子規(10獺祭句帖抄六三三ぺ)
小便所爰と馬よぶ　夜寒哉　一茶(3おらが春四七二ぺ)
大仏の足もとに寝る　夜寒かな　子規(10獺祭句帖抄六三三ぺ)
松明(たいまつ)に落武者探す　夜寒かな　子規(10獺祭句帖抄六五二ぺ)
大名の寝間にもねたる　夜寒哉　許六(6続猿蓑三四七三)
首途(たびだち)の用意して寝る　夜寒かな　子規(10獺祭句帖抄六三三ぺ)
手燭して能きふとん出す　夜寒哉　蕪村(2蕪村遺稿六〇五)
出女が風引き声の　夜寒かな　子規(10獺祭句帖抄六五一ぺ)
戸棚にも瓢簞枯れて　夜寒哉　山魂(7俳諧古選二三〇ぺ)
苫(とま)あれてしたたる星の　夜寒哉　孤桐(8俳諧新選一三三二ぺ)
乳麺(にゅうめん)の下たきたつる　夜寒哉　芭蕉(1葛の松原六九九)
のらくらが遊びかげんの　夜寒哉　一茶(3おらが春四六九ぺ)
糊箱に躍る鼠の　夜寒かな　零余子(9雑草〇六八三)
洟(はな)たれて独り碁をうつ　夜寒かな　蕪村(2蕪村遺稿二〇八六)
母と二人いもうとを待つ　夜寒かな　子規(4仰臥漫録二二〇七一)
刃物置いて盗人防ぐ　夜寒かな　子規(10獺祭句帖抄六五二ぺ)
琵琶琴のあうてあはざる　夜寒哉　嘯山(8俳諧新選一五五ぺ)
病人と撞木に寝たる　夜寒かな　丈草(4韻塞〇九九八)
貧僧の仏をきざむ　夜寒かな　蕪村(2蕪村遺稿二〇八七)

書(ふみ)つづる　師の鼻赤き　夜寒哉　蕪村（2蕪村遺稿 二五一〇）
身を抱けば　又いきどしき　夜寒かな　来山（4彼これ集 〇二四〇）
やや老いて　初子育つる　夜寒かな　太祇（8俳諧新選 一三二ぺ）
夕皃の　汁は秋しる　夜寒かな　支考（6炭俵 二五八三）
落雁(がん)の　声のかさなる　夜寒かな　許六（5韻塞 三八三）
両国の　両方ともに　夜寒哉　一茶（3文政版発句集 三四三ぺ）
稚子(をさなご)の　二人親しき　夜寒かな　旨原（4五車反古 一七三〇）
松陰に　寝てくふ六十　余州哉　一茶（3株番 三六二ぺ）
花に遠く　桜に近し　よしの川　蕪村（2蕪村句集 二二四八）
歌書よりも　軍書にかなし　芳野山　支考（5俳諧古今抄 三七三）
これはこれはと　ばかり花の　芳野山　貞室（6あら野 三五九）
白雲の　たつや四月の　よしの山　灯外（7俳諧古選 一七〇ぺ）
茶の花や　利休が目には　よしの山　素堂（4六百番発句合 〇七六九）
と見ればぞ　伏見は桃の　よしの山　作者不明（7俳諧古選 二三一ぺ）
花ちらば　夜の別るべし　吉野山　茶雷（8俳諧新選 一五〇ぺ）
冬ごもり　心の奥の　よしの山　蕪村（2蕪村遺稿 二三〇九）
待つ花や　藤三郎が　よしの山　芭蕉（1誹諧玉手箱 一四四）
実桜に　重き曇りや　よしの山　如猿（8俳諧新選 二三三ぺ）
餅花や　鼠が目には　よしの山　其角（7俳諧古選 二〇一ぺ）
雪見には　行く人もなし　吉野山　道澄（7俳諧古選 一八八ぺ）
蟾蜍(ひきがへる)　長子(ちやうし)家去る　由もなし　草田男（9長子 二五四三）
埋み火も　我が名をかくす　よすが哉　蕪村（2蕪村遺稿 八二七）

椹(くはのみ)や　花なき蝶の　世すて酒　芭蕉（1虚栗 一六五）
入る月の　跡は机の　四隅哉　芭蕉（1句兄弟 八〇二）
貝寄せや　愚な貝も　寄せて来る　青々（9鳥の巣 〇四七八）
葉にそむく　椿や花の　よそ心　芭蕉（1放鳥集 九四九）
夕皃の　花嚙(か)む猫や　余所(よそ)ごころ　蕪村（2蕪村句集 五七〇）
夏断(げ)せん　我も浪化の　世ぞ恋し　句仏（9句仏句集 〇五三二）
淋しさや　寝て又覚めて　夜ぞ永き　衝冠（8俳諧新選 二三二ぺ）
ひとしきり　ひだるうなりて　夜ぞ長き　野水（6あら野 八五三）
榎時雨して　浅間の煙　余所に立つ　蕪村（2蕪村遺稿 二四七）
雷(いかづち)の　音は身の毛も　よだちかな　安静（5崑山集 五八）
若草や　余寒を恨む　よだれもぢれ　素丸（4素丸発句集 一七六一）
時鳥　蠅虫めらも　よっく聞け　一茶（3おらが春 四六七ぺ）
しら魚を　ふるひ寄せたる　四手(よつで)哉　其角（6続猿蓑 三〇二六）
初潮に　沈みて深き　四つ手かな　虚子（11五百句 八四ぺ）
秋ちかき　心の寄(より)や　四畳半　芭蕉（1鳥の道 八六八）
口切や　喜多(きた)も召されて　四畳半　蕪村（2蕪村遺稿 八一七）
蠅打って　しばらく安し　四畳半　子規（10獺祭句帖抄 六三〇ぺ）
冬待つや　寂然として　四畳半　子規（10獺祭句帖抄 六三四ぺ）
貧しきは　得見ぬ桜の　世でもなし　知石（7俳諧古選 二一三ぺ）
諸鳥の　渡り了せし　夜となりぬ　石鼎（9定本石鼎句集 〇七六五）
いなづまの　青ううつるや　淀の城　子一（8俳諧新選 二二五ぺ）
五月雨　何を茶に汲む　淀の人　弁石（7俳諧古選 一六〇ぺ）

みじか夜や伏見の戸ぼそ　淀の窓　蕪村（2蕪村句集二〇七二）
白露のしらけ仕舞ひや　淀の水　言水（7俳諧古選一七四ぺ）
繰り返し教へて飽かぬ　夜長かな　五城（9五城句集〇二三〇）
常灯の油尊き　夜長かな　蕪村（2蕪村遺稿二七〇七）
すりこ木もけしきにならぶ　夜永哉　一茶（3文化句帖三四三ぺ）
次の間へ湯を飲みに立つ　夜長かな　癖三酔（9癖三酔句集〇三七七）
山鳥の枝踏みかゆる　夜長哉　蕪村（2蕪村句集六一九）
一諾を得て帰り行く　夜長人　素琴（9山萩一〇〇七）
作男はらたてて居る　夜なべかな　俳小星（9径草〇九〇八）
何桜かざくら銭の　世也けり　一茶（3文化句帖三三三ぺ）
雪折も聞こえてくらき　夜なる哉　蕪村（2蕪村遺稿二〇二五）
冬ごもり澗水の音　夜に入りぬ　白雄（4白雄句集一七五六）
時雨るや我も古人の　夜に似たる　蕪村（2蕪村句集一〇八一）
文月や六日も常の　夜には似ず　芭蕉（1奥の細道五三三）
遺教経は子故の闇よ　世のかたみ　巴東（7俳諧古選二一七ぺ）
仮橋や蛛手に渡す　世の師走　闌月（7俳諧古選一九一ぺ）
星屑や欝然として　夜の新樹　草城（4花氷二七〇九）
たなばたや秋をさだむる　夜のはじめ　芭蕉（1笈日記八七七）
ふりむけば障子の桟に　夜の深さ　素逝（4砲車二六六七）
蚊屋を出て内に居ぬ身の　夜は明けぬ　蕪村（2蕪村句集五四九）
鰹売りいかなる人を　酔はすらん　芭蕉（1いつを昔二九八）
花に暮れて火とぼし法師　酔はせけり　大夢（8俳諧新選一〇九ぺ）

はたおりや壁に来て鳴く　夜は月よ　風麦（6猿蓑一八三八）
己が身の闇より吼えて　夜半の秋　蕪村（2蕪村句集二七〇五）
甲賀衆のしのびの賭や　夜半の秋　蕪村（2蕪村句集二二三四）
子鼠のちちよと啼くや　夜半の秋　蕪村（2蕪村句集二一五〇）
鮎くれてよらで過ぎ行く　夜半の門　蕪村（2蕪村句集一一四）
かりて寝む案山子（かがし）の袖や　夜半の霜　芭蕉（1其木がらし九三八）
傘を着ば雨にも出でよ　夜半の月　宗鑑（7俳諧古選一七四ぺ）
涼しさのかたまりなれや　よはの月　貞室（5鷹筑波三六）
山吹や昼をあざむく　夜半の月　普羅（9春寒浅間山〇七三三）
絵に似たる顔やヘマムシ　夜半の月　立圃（4そらつぶて〇〇七四）
遠き家の叩かるる音や　夜半の冬　癖三酔（9癖三酔句集〇三七八）
鋸の音貧しさよ　夜半の冬　蕪村（2蕪村句集二六〇）
飛騨山の質屋戸ざしぬ　夜半の冬　蕪村（2蕪村句集二一六二）
火桶には灰の山河や　夜半の冬　迷堂（9孤輪〇四二八）
わが生きる心音トトと　夜半の冬　風生（9愛日抄一五九二）
いそがしや野分の空の　夜這星　一笑（6あら野七五八）
厄払女あるじに　呼ばれけり　松浜（9白菊〇五六〇）
二三子と出て菜の花に　宵ごころ　宋斤（9定本宋斤句集一一九八）
皿鉢もほのかに闇の　宵涼み　芭蕉（1其便八七一）
尼寺やよき蚊屋たるる　宵月夜　蕪村（2蕪村句集一五七五）
菊に出て奈良と難波は　宵月夜　芭蕉（1意専土芳宛八九六）
水仙に狐あそぶや　宵月夜　蕪村（2蕪村遺稿二三二四）

見る影や　まだ片なりも　宵月夜　芭蕉（1鳥の道　四六）
苗札や　笠縫ひおきの　宵月夜　此筋（6続猿蓑　三〇五一）
春の雨　弟どもを　呼びてこよ　鼠弾（6あら野　五三六）
明月や　見つめても居ぬ　夜一よさ　湖春（6炭俵　二五四一）
牡蠣船の　揺るると知らず　酔ひにけり　冬葉（9故郷　一〇一八）
牡丹見て　大寺の日に　酔ひにけり　浜人（9定本浜人句集　〇八一六）
瓜の香に　美濃おもへとや　宵の雨　廬元坊（5藤の首途　四七一）
柴舟の　花咲きにけり　宵の雨　卜枝（6あら野　三七五）
路の辺の　刈藻花さく　宵の雨　蕪村（2蕪村句集　二六四四）
蘭(ゐ)の花や　泥によごるる　宵の雨　鈍可（6あら野　六七四）
夢さつて　又一匂ひ　宵の梅　嵐蘭（6猿蓑　一八九三）
いなづまや　堅田泊の　宵の空　蕪村（2蕪村句集　二一五八）
何日(いくか)とも　見さだめがたや　宵の月　一泉（6あら野　四三五）
七夕の　仲人なれや　宵の月　貞徳（4犬子集　〇〇四二）
公達(きんだち)に　狐化けたり　宵の春　蕪村（2蕪村句集　二三六〇）
筋違(すぢかひ)に　ふとん敷きたり　宵の春　蕪村（2蕪村句集　一九九一）
肘白き　僧の仮寝や　宵の春　蕪村（2蕪村句集　四七三）
初秋や　余所(よそ)の灯(ひ)見ゆる　宵のほど　蕪村（2蕪村句集　二〇〇五）
月しろや　膝に手を置く　宵の宿　芭蕉（1笈日記　六三九）
十六夜や　海老煎る程の　宵の闇　芭蕉（1笈日記　七〇七）
掛香や　すれ違ひたる　宵の闇　子規（10獺祭句帖抄　六二九ぺ）
すずしさや　扇流れぬ　宵もなし　存義（8俳諧新選　一一九ぺ）

梅盛り　手を引くほどの　酔ひもなし　祇空（4四時観　一一三四）
奥に鳴る　扇の音も　夜深けたり　赤羽（8俳諧新選　一一九ぺ）
宝引や　麻上下の　酔ふたんぼ　一兎（8俳諧新選　一〇一ぺ）
稲妻に　追はるる瀬戸の　夜舟かな　鳳朗（4鳳朗発句集　二一五六）
苫(とま)吹きて　皃(かほ)に霜ちる　夜舟かな　赤羽（8俳諧新選　一三九ぺ）
ほととぎす　十日もはやき　夜舟哉　風泉（6あら野　四〇〇）
わんぱくや　縛られながら　よぶ蛍　一茶（3おらが春　四六〇ぺ）
国栖人の　面を焦がす　夜振かな　夜半（9翠黛　一六三九）
静かにも　近づく火ある　夜振かな　枴童（9枯蘆　〇八〇六）
売られゆく　うさぎ匂へる　夜店かな　平之助（9五所亭句集　一〇九二）
稲妻を　傘ではね行く　夜道哉　隣水（8俳諧新選　二二四ぺ）
梅が香に　馬の嚔(はなひ)る　夜道哉　井々（8俳諧新選　一〇二ぺ）
取揚婆(とりあげばば)々の　手を引きてゆきの　夜道哉　百里（8俳諧新選　一四二ぺ）
裸身に　いなづま請くる　夜水哉　土髪（8俳諧新選　二二五ぺ）
この榾(ほだ)の　燃え尽きるまで　読むとせん　紅緑（9紅緑句集　〇二四〇）
猿蓑の　秋の部あけて　読む夜かな　子規（10獺祭句帖抄　六三四ぺ）
明くる夜の　ほのかに嬉し　よめが君　其角（6続猿蓑　三〇九四）
行灯の　油なめけり　嫁が君　子規（10獺祭句帖抄　六〇四ぺ）
餅花や　かざしにさせる　娌が君　芭蕉（1堺絹　一四三）
花に去ぬ　雁の足跡　よめかぬる　蕪村（2蕪村遺稿　二二四七）
味はひや　桜の花に　よめがはぎ　車来（6続猿蓑　三〇三二）
中よかれ　蕗の姑　嫁がはぎ　道職（7俳諧古選　一四四ぺ）

松の中時雨る旅の　よめり哉　俊似（6あら野 九八九）
夜をこめて雪舟（そり）に乗りたる　よめり哉　長虹（6あら野 八〇九）
春星や女性浅間は　夜も寝ねず　普羅（9春寒浅間山 〇七一九）
裏門の寺に逢着す　蓬かな　蕪村（2蕪村句集 二三七五）
すり針や涼しくもちる　蓬髪　敬雨（7俳諧古選 二〇六ぺ）
野霞のこぼす小雨や　蓬摘み　不器男（9定本不器男句集 一七一六）
曳舟の綱にゆきあひ　蓬摘む　村家（9同人句集 〇七九四）
行く春やほうほうとして　蓬原　子規（10獺祭句帖抄 六四二ぺ）
梅がかや鳥は寝させて　夜もすがら　素園（8俳諧新選 一〇二ぺ）
宮遷し樹に寝ぬ鳥や　終夜（よもすがら）　乙河（8俳諧新選 一三五ぺ）
名月や池をめぐりて　夜もすがら　芭蕉（1孤松 二六九）
星はらはらかすまぬ先の　四方の色　呑霞（6波留濃日 三二〇）
涼しさやこの手柏に　四方の縁　三四坊（7俳諧古選 二二八ぺ）
目を明けて聞いて居る也　四方の春　太祇（8俳諧新選 一〇〇ぺ）
雪渓をかなしと見たり　夜もひかる　秋桜子（9秋苑 一四二八）
埋み火や春に減りゆく　夜やいくつ　蕪村（2蕪村遺稿 六七九）
被（かつ）き伏す蒲団や寒き　夜やすごき　芭蕉（1寛政版鹿島 四四七）
櫓の声波をうつて腸（はらわた）氷る　夜やなみだ　芭蕉（1武蔵曲 一二四）
完全に接岸遊船　より上がる　誓子（9青銅 一四六八）
春駒や胡弓の糸の　より心　嘯山（8俳諧新選 一〇一ぺ）
蝿憎し打つ気になれば　よりつかず　子規（10獺祭句帖抄 六〇〇ぺ）
柿のなる本を子どもの　寄りどころ　利牛（6炭俵 二五七三）

牡蠣舟に流るる塵も　夜なれや　寸七翁（9現代俳句集 〇八七八）
蘭の香や焼香消えし　夜にもし　太祇（8俳諧新選 一五七ぺ）
西鶴の女みな死ぬ　夜の秋　かな女（9胡笛 〇七八四）
ぬけて行く茅の輪の先や　夜の秋　青蘿（5青蘿発句集 八五二）
埋み火や白湯もちんちん　夜の雨　一茶（3文政句帖 三六〇ぺ）
元日の心わすれぬ　よるの雨　雅因（8俳諧新選 一〇〇ぺ）
下京や雪つむ上の　夜の雨　凡兆（6猿蓑 一六八七）
初秋や夕立長びく　夜の雨　太祇（8俳諧新選 二二四ぺ）
松明（たいまつ）にやま吹うすし　夜のいろ　野水（6あら野 五九九）
ゆく年の女歌舞妓や　夜の梅　蕪村（2蕪村遺稿 一〇二一）
青梅や長橋殿の　夜の音　南雅（8俳諧新選 二三三ぺ）
凩や雨もあるかの　夜の音　鼓舌（8俳諧新選 二三八ぺ）
手答へは落つる椿歟（か）の　夜の傘　龍眠（8俳諧新選 一〇六ぺ）
迎へ火を焚くや吹き添ふ　夜の風　麦人（9草 〇三四四）
来た程は帰らぬ声や　夜の雁　太祇（8俳諧新選 一〇五ぺ）
友減りて鳴く音かひなや　夜の雁　旦藁（6あら野 六〇八）
しをり戸の手ざはり重し　夜の霧　支鳩（8俳諧新選 二二八ぺ）
草枕犬も時雨るか　よるのこゑ　芭蕉（1野ざらし紀行 二一〇六）
五月雨や桶の輪きるる　夜の声　芭蕉（1真蹟懐紙 一一九五）
しよんぼりと嵐や侘ぶる　夜の鹿　都水（7俳諧古選 一八二ぺ）
びいと啼く尻声悲し　夜の鹿　芭蕉（1杉風宛書簡④ 八九二）
無分別に投げ出す声や　夜の鹿　嘯山（8俳諧新選 一三二ぺ）

断食の腹あんばいや　よるの霜　李流（8俳諧新選 一二三九ぺ）
張番に庵とられけり　夜の霜　一茶（3おらが春 四七三ぺ）
パン種の生きてふくらむ　夜の霜　楸邨（9野哭 二五九一）
松明(まつ)ふりて舟橋わたる　夜の霜　蕪村（2蕪村遺稿 一八九四）
海棠のはなは満ちたり　夜の月　普船（6猿蓑 一九八九）
蛬(きりぎりす)溺るる声歟(か)　夜の露　陸史（8俳諧新選 一二一七ぺ）
杉のはの雪朧なり　夜の鶴　支考（6炭俵 二六一六）
らふそくの泪氷るや　夜の鶴　蕪村（2蕪村句集 八三五）
縁ばなや二文花火も　夜の体　一茶（3文政版発句集 三三四八ぺ）
近江蚊屋汗やさざ波　夜の床　芭蕉（1六百番発句合 七五）
川狩りや人におどろく　夜の鳥　子規（10獺祭句帖抄 六二八ぺ）
舟虫やすこし荒れての　夜の波　春草（9春草句集 一〇九一）
かづらきの神はいづれぞ　夜の雛　其角（6炭俵 二四五五）
落葉来つ扠(さて)は島にや　よるの船　習先（8俳諧新選 一三六ぺ）
うしろより初雪降れり　夜の町　普羅（9普羅句集 〇七〇八）
卯の花や草紙よまるる　夜の窓　如泉（5続古今手鑑 一八六）
明月や何もひろはず　夜の道　野荻（6続猿蓑 三二二六）
待つ程や花に返さん　夜のもの　凨虎（7俳諧古選 一四四ぺ）
鍛冶の火のほのかに寒し　夜の雪　八衢（8俳諧新選 一四三ぺ）
勘当の子を思ひ出す　夜の雪　子規（10獺祭句帖抄 六六三ぺ）
金殿のともし火細し　夜の雪　子規（10獺祭句帖抄 六四〇ぺ）
梢より崩す音あり　よるの雪　支鳩（8俳諧新選 一四三ぺ）

ら・り・る・れ

さくさくと藁食ふ馬や　夜の雪　大江丸（5俳懺悔 八七六）
酒のめばいとど寝られね　夜の雪　芭蕉（1勧進牒 二七八）
小便の数もつもるや　夜の雪　貞室（4玉海集 〇一一一）
それとなき中に音あり　夜の雪　貝錦（8俳諧新選 一四二ぺ）
尋ね来る人音寒し　夜の雪　亀卜（8俳諧新選 一四二ぺ）
たゆみなくふればおそろし　夜の雪　嘯山（8俳諧新選 一四二ぺ）
樽さげて酒屋おこさん　夜の雪　二柳（8俳諧新選 一四三ぺ）
杖借りて其のあかるさや　夜の雪　烏暁（8俳諧新選 一四二ぺ）
隣にも柴折る音や　夜の雪　冬扇（8俳諧新選 一四三ぺ）
ともしびを見れば風あり　夜の雪　蓼太（5蓼太句集 五四〇）
鶏(とり)の音の隣も遠し　夜の雪　支考（4文星観 一一〇六）
永尻の道のあかりや　夜のゆき　左釣（8俳諧新選 一四二ぺ）
寝所へ傘の谺(こだま)や　よるの雪　可幸（8俳諧新選 一四二ぺ）
寝ならぶやしなのの山も　夜の雪　一茶（3文化句帖 三五四ぺ）
我が子なら供にはやらじ　夜の雪　とめ（7俳諧古選 二〇七ぺ）
独り寝や梅がかは来ぬ　夜もなし　信応（8俳諧新選 一〇二ぺ）
蟻地獄ゝ(ちゆ)とゐる蠅に　よろこばず　青畝（9国原 一四九九）
燃えたつや夕日おどしの　鎧草(よろひぐさ)　雅因（8俳諧新選 一四九ぺ）
永き日や油しめ木の　よわる音　野水（6あら野 六一七）

海の中へ　日覆とられし　雷雨かな　零余子（9 雑草 〇六七八）
艶（えんなる）奴（やつこ）　今やう花に　らうさいす　芭蕉（1 木因宛書簡 一五三）
行水や　二人に還る　老夫婦　躑躅（9 現代俳句集 〇八六〇）
自嘲して　暦の果ての　落首かな　知十（9 鶯日 〇三五二）
けふからは　日本の雁ぞ　楽に寝よ　一茶（3 迹祭 三四八ぺ）
歩行（かち）ならば　杖つき坂を　落馬哉　芭蕉（1 笈の小文 三三九）
うぐひすの　啼くや師走の　羅生門　蕪村（2 蕪村句集 二〇三三）
傀儡（くわいらい）師（し）　日暮れて帰る　羅生門　古白（9 古白遺稿 〇一八八）
ほのかなる　黄鳥（うぐひす）ききつ　羅生門　来山（5 海陸前集 一〇七）
荻の穂や　頭をつかむ　羅生門　芭蕉（1 蕉翁句集草稿 七〇〇）
阿古久曽（あこくそ）の　さしぬきふるふ　落花哉　蕪村（2 蕪村句集 二二四七）
一片の　なほ空わたす　落花かな　元（9 島村元句集 〇八九八）
烏帽子脱いで　升（ます）よとはかる　落花哉　蕪村（2 蕪村遺稿 一〇四八）
古御所の　軒掃き下ろす　落花哉　赤羽（8 俳諧新選 二五二ぺ）
本意なげに　木も吹かれ居る　落花哉　赤羽（8 俳諧新選 一一〇ぺ）
青高原　わが変身の　裸馬逃げよ　三鬼（9 変身 二三四二）
秋の蚊の　人見て出るよ　乱塔場　子規（10 獺祭句帖抄 六三七ぺ）
夕立や　ぬれて戻りて　欄に倚る　虚子（11 五百句 九ぺ）
文持つて　禿（かぶろ）付けけり　蘭の舟　言水（7 俳諧古選 一七四ぺ）
降る雪や　玉のごとくに　ランプ拭く　蛇笏（9 雪峡 〇六七二）
世田谷の　市どろどろの　襤褸かな　麦人（9 草笛 〇三四二）
柳にも　やどり木は有り　柳下恵　蕪村（2 蕪村遺稿 一〇一一）

鞦韆（ふらここ）の　影静かなり　梨花の月　子規（10 獺祭句帖抄 六二六ぺ）
この人や　時雨のみにて　律する非　虚子（12 六百句 一八四ぺ）
かはほりや　さらば汝と　両国へ　一茶（3 七番日記 三三九ぺ）
君と共に　再び須磨の　涼にあらん　虚子（14 七百五十句 三五七ぺ）
榅桲（まるめろ）や　二つ囉（もら）うて　両の袖　文誰（8 俳諧新選 一三三ぺ）
九十九谷（つくもだに）　一谷ともる　良夜かな　碧雲居（9 碧雲居句集 一〇六九）
人それぞれ　書を読んでゐる　良夜かな　青邨（9 雑草園 一六一六）
白露や　蚊帳釣草の　稜々と　喜舟（9 紫川 〇四六五）
神の梅　鼻であしらふは　慮外也　且水（8 俳諧新選 一五一ぺ）
空は太初の　青さ妻より　林檎受く　草田男（9 来し方行方 二五三六）
わくらばの　梢あやまつ　林檎かな　蕪村（2 蕪村遺稿 一〇四）
夏ぶしに　孤（みなしご）青し　るうだ草　二世湖十（4 続花摘 一二三五）
うかうかと　来ては花見の　留守居哉　丈草（6 炭俵 二四三四）
うぐひすや　遠路ながら　礼がへし　其角（6 猿蓑 一九〇八）
鶯や　裏からはいる　礼者あり　万翁（8 俳諧新選 一〇一ぺ）
ちやのはなや　ほるる人なき　霊（れい）聖（しやう）女（ぢよ）　越人（6 猿蓑 一六三九）
正月の　皃（かほ）で二月の　礼者かな　它谷（8 俳諧新選 一二一ぺ）
一湾を　たあんと開く　猟銃音　誓子（9 晩刻 一四五九）
辛い物　なくて雛の　料理哉　固有（8 俳諧新選 一〇八ぺ）
柚（ゆ）の花や　昔しのばん　料理の間　芭蕉（1 嵯峨日記 六八六）
涼み舟　舳（へ）にたちつくす　列子哉　蕪村（2 蕪村遺稿 九二三）
向日葵の　月に遊ぶや　漁師達　普羅（9 普羅句集 〇七二七）

瓜の皮　むいたところや　蓮台野　芭蕉（1笈日記 八六四）
一もとの　榎枯れたり　六地蔵　子規（10獺祭句帖抄 六二一ぺ）
夏山や　うちかたぶいて　ろくろ引く　蕪村（2蕪村遺稿 一六六七）
北風や　石を敷きたる　ロシア町　虚子（11五百句 五六ぺ）
春日野の　子(ね)の日に出たり　六歌仙　子規（10獺祭句帖抄 六一二ぺ）
折柴の　なほ細かれや　炉の煙　乙二（4松窓乙二集 二一一五）
春潮や　窓一杯の　ローリング　虚子（12五百五十句 一〇ぺ）

わ

草花や　小川にそふて　王子まで　子規（10獺祭句帖抄 六一七ぺ）
聖燭祭　工人ヨセフ　我が愛す　三鬼（9旗 二三五八）
狂ふ也　竹も雀も　若いどし　存義（8俳諧新選 一一八ぺ）
一食一菜　柚(ゆ)味噌を主とす　我が庵　飄亭（9ホ明35・12 〇一九三）
起し人も　けさは神也　若恵比須　万翁（8俳諧新選 一〇〇ぺ）
子を起こす　約束もあり　若蛭子(えびす)　茶雷（8俳諧新選 一〇〇ぺ）
年は人に　とらせていつも　若夷(えびす)　芭蕉（1千宜理記 三）
人の代や　懐に在す　若恵比須　信徳（5元禄四歳旦 一六七）
世の業(わざ)や　髭はあれども　若夷　山蜂（6続猿蓑 三一〇六）
牛滝の　くらがり深し　若楓　銀獅（8俳諧新選 一一四ぺ）
箒目に　あやまつ足や　若楓　蕪村（2蕪村遺稿 八八八）
花を見し　目を休めけり　若楓　其丸（8俳諧新選 一一四ぺ）
盤台に　鰹生きたり　若楓　子規（10獺祭句帖抄 六四九ぺ）
三井寺や　日は午にせまる　若楓　蕪村（2蕪村句集 一五九二）
涼風の　吹く木へ縛る　我が子哉　一茶（3おらが春 四六〇ぺ）
雪の中　声あげゆくは　我が子かな　亜浪（9定本亜浪句集 一〇五一）
月入りぬ　闇に成りたる　我がこころ　鼓舌（8俳諧新選 一五七ぺ）
鳥銜へ　去りぬ花野の　わが言葉　静塔（9栃木集 二三七六）
夏山や　通ひなれにし　若狭人　蕪村（2蕪村句集 二三九五）
年忘れ　むかし念者と　若衆哉　春来（7俳諧古選 二二一ぺ）
和らかなるやうにて弱からず　水仙は花の　若衆たらん　信徳（5五百韻 一六五）
杜若(かきつばた)　殊に使ひは　若衆なり　底元（7俳諧古選 一六二ぺ）
さびしさは　秋むかうから来る　我がすがた　自悦（5空林風葉 一三二）
雲の峰　いとど小さき　我が栖　素郷（4柴の戸発句集 二一二六）
兵どもに　大将瓜を　わかたれし　蕪村（2蕪村遺稿 六〇）
朝霜や　雞(にはとり)のつゝく　若菜売り　舞雪（7俳諧古選 二二六ぺ）
妹がりの　河辺出直す　若菜哉　希因（5暮柳発句集 四八八）
買うたほど　こぼして行きし　若菜かな　梅室（4梅室家集 二一六二）
籠ながら　御簾に近き　若菜哉　竿秋（8俳諧新選 一〇〇ぺ）
源氏ならで　上下に祝ふ　若菜かな　立圃（4犬子集 〇〇七六）
蒟蒻(こんにやく)に　けふは売りかつ　若菜哉　芭蕉（1芭蕉一周忌 七七六）
柴売りの　声和らげて　若菜哉　可風（8俳諧新選 一〇〇ぺ）
裾　袂　濡らして雪の　わか菜哉　之祐（8俳諧新選 一〇〇ぺ）
精出して　摘むとも見えぬ　若菜哉　野水（6あら野 五〇四）

つみすてて踏み付けがたき　若な哉　路通（6猿蓑 一九〇〇）
一かぶの牡丹は寒き　若菜かな　尾頭（6続猿蓑 二九九二）
梟の啼きやむ岨（そば）の　若菜かな　曲翠（6続猿蓑 二九九〇）
吾がうらも残しておかぬ　若菜哉　素秋（6あら野 五〇八）
女出て鶴たつあとの　若菜哉　小春（6あら野 五〇六）
うなゐ子が地に引く髪や　若菜摘み　松宇（9松宇家集 〇三〇八）
案山子（かがし）せぬ安さよ君が　若菜畑　巴雀（4文月往来 二二二一）
はつ市や雪に漕ぎ来る　若菜船　嵐蘭（6猿蓑 一八九七）
昼寝して見せばや庵の　若葉風　丈草（4住吉物語 〇九九九）
浅間山けぶりの中の　若葉哉　蕪村（2蕪村遺稿 八六一）
あたらしい風こしらへる　若葉かな　白尼（4春興朗詠集 一七九五）
雨晴れて月のぬれ行く　わかばかな　孤桐（8俳諧新選 二一四ぺ）
今越えた山路埋もる　わかばかな　右流（8俳諧新選 二一四ぺ）
いも植ゑて門は葎（むぐら）の　わか葉哉　芭蕉（1笈の小文 三五一）
転寝（うたたね）の瞼（まぶた）を徹す　若葉かな　五明（5五明句藻 八八二）
笈摺（おひづり）の背（せな）さましたる　若葉哉　三甫（8俳諧新選 二四八ぺ）
柿の木のいたり過ぎたる　若葉哉　越人（6あら野 六二五）
傘たたむ玄関深き　若葉かな　子規（10獺祭句帖抄 六〇八ぺ）
片枝の堪へてしはる　若葉かな　竹宇（8俳諧新選 二四七ぺ）
蚊屋を出て奈良を立ちゆく　若葉哉　蕪村（2蕪村句集 五六三）
岸根行く帆はおそろしき　若葉哉　蕪村（2蕪村遺稿 二一一七）
汽車過ぎて烟うづまく　若葉かな　子規（10獺祭句帖抄 六三一ぺ）

金の間の人物云はぬ　若葉哉　蕪村（2蕪村遺稿 七六二）
三千の兵たてこもる　若葉かな　子規（10獺祭句帖抄 六四九ぺ）
山門に雲を吹きこむ　若葉かな　子規（4寒山落木巻五 二一九四）
出家して親子ます里の　若葉かな　蕪村（2蕪村遺稿 二四〇六）
絶頂の城たのもしき　若葉哉　蕪村（2蕪村句集 一〇五四）
せんどまで目の舞うた谷も　若葉哉　専吟（7俳諧古選 一六八ぺ）
年切の老木も柿の　若葉哉　千川（6続猿蓑 三一二三）
遠目鏡何処（どこ）へ当てても　わかば哉　卯雲（8俳諧新選 二一四ぺ）
兀（はげ）山（やま）に隣りて暗き　若葉哉　志昔（8俳諧新選 二一四ぺ）
花の木の花をしまへば　若葉哉　田福（8俳諧新選 二一四ぺ）
花やつた跡もやつぱり　若葉哉　吾雪（8俳諧新選 二一四ぺ）
一いきれ蝶もうろつく　わか葉哉　楚舟（6炭俵 二五三二）
一枝はすげなき竹の　わかば哉　仙花（6炭俵 二五三七）
日の脚の顔にこぼるる　わかばかな　渠柳（8俳諧新選 二一四ぺ）
不二ひとつうづみのこして　若葉哉　蕪村（2蕪村句集 五二五）
蛇を截つてわたる谷路の　若葉哉　蕪村（2蕪村句集 二六八八）
外の樹と同じ桜の　若葉哉　可鉛（7俳諧古選 二一七ぺ）
窓の灯（ひ）の梢にのぼる　若葉哉　蕪村（2蕪村句集 七六〇）
峰の茶屋に壮士飼（かれひ）す　若葉哉　蕪村（2蕪村遺稿 二五二七）
向かふ日の昨日にかはる　若葉哉　柳女（8俳諧新選 二一四ぺ）
物の名を先（まつ）とふ蘆の　わか葉哉　芭蕉（1笈の小文 三五〇）
やどり木の目を覚ましたる　若葉哉　蕪村（2蕪村遺稿 五二一四）

山寺の隠れて烟る　若葉哉　嘯山（8俳諧新選一二四ぺ）
山に添うて小舟漕ぎ行く　若ばかな　蕪村（2蕪村句集二〇六六）
油断なく花の跡追ふ　若葉哉　雁觜（8俳諧新選一一四ぺ）
わけもなくその木その木の　若葉哉　亀洞（6あら野六二八）
馬酔木(あしび)咲く金堂の扉に　わが触れぬ　秋桜子（9葛飾一四一七）
幾何(いくばく)の寒さに耐ゆる　我が身かも　虚子（13六百五十句一三一ぺ）
黒ぼこの松のそだちや　わか緑　土芳（6続猿蓑三〇七八）
浜道や砂から松の　若みどり　蝶夢（4草根発句集一七〇五）
八十八(やそはち)は子供の名也　若みどり　宋阿（7俳諧古選二〇九ぺ）
古桶にほとびて青き　和布かな　鬼城（4定本鬼城句集二二七〇）
本箱に成るべき桐の　若芽かな　許六（7俳諧古選一四六ぺ）
紀伊殿の御評の内や　和布苅(わかめかり)　它谷（8俳諧新選一五八ぺ）
思ふまじ見まじとすれど　我が家哉　一茶（3おらが春四四四ぺ）
涼風も今は身になる　我が家哉　一茶（3七番日記三三六ぺ）
蕣(あさがほ)にけふは見ゆらん　我が世哉　守武（7俳諧古選一九六ぺ）
あき風に申しかねたる　わかれ哉　野水（6あら野九三三）
蕣も共にしほるる　わかれかな　花雪（8俳諧新選一五三ぺ）
相蚊屋の乳をはなれ鳴く　別れかな　似春（4宗因七百韻〇二〇五）
鮎の子のしら魚送る　別れ哉　芭蕉（1続猿蓑四七四）
稲妻にはしりつきたる　別れかな　釣雪（6あら野九三一）
うたたねに火燵消えたる　別れ哉　嵐蓑（6あら野九九一）
馬かりて燕追ひ行く　わかれかな　北枝（4卯辰集一〇七〇）
朧月一足づつも　わかれかな　去来（6炭俵二四〇八）
海楼の涼しさつひの　別れかな　碧梧桐（4新傾向句集二二八五）
蚊屋出でて寝がほまたみる　別れかな　長虹（6あら野九八〇）
このほどを花に礼いふ　わかれ哉　芭蕉（1真蹟懐紙三六二）
さや豆のはじけてけふの　別れ哉　冠那（8俳諧新選一三五ぺ）
鹿の角先(まつ)一節の　わかれかな　芭蕉（1笈の小文三八二）
炭消えて膝と膝との　別れ哉　木節（7俳諧古選一九一ぺ）
地にたふれ根により花の　わかれかな　芭蕉（1花声集二六五）
蔦の手の垣にからみて　別れかな　芋秀（8俳諧新選一五二ぺ）
燕(つばくら)のうしろも向かぬ　別れかな　子規（10獺祭句帖抄六四四ぺ）
鍋釜の煤まで掃いて　別れかな　乙由（7俳諧古選二〇九ぺ）
ばつとして寝られぬ蚊屋の　わかれ哉　胡及（6あら野七五四）
花に行き踵(きびす)見てやる　別れかな　千梅（8俳諧新選一五三ぺ）
藤の花ただうつぶいて　別れ哉　越人（6波留濃日三二三）
麦食ひし雁と思へど　別れ哉　野水（7俳諧古選一四八ぺ）
麦ぬかに餅屋の見世の　別れかな　荷兮（6続猿蓑三四六三）
麦の穂を便りにつかむ　別れかな　芭蕉（1蕉翁句集草稿八四三）
もうもうと牛鳴く星の　別れかな　子規（10獺祭句帖抄六五二ぺ）
六月の氷菓一盞の　別れかな　草田男（9長子二五五二）
梅さくらふた月ばかり　別れけり　利牛（6炭俵二四六九）
置く露の水にうつりて　別れけり　李流（8俳諧新選一二六ぺ）
紀の雁の岸うつ波に　わかれけり　嘯山（8俳諧新選一〇五ぺ）

けふも又暮れて桜に　分かれけり　栄滝（8俳諧新選 一〇九ぺ）
海嬴（ばい）の子の郭（くるわ）ともりて　わかれけり　万太郎（9草の丈 一一二九）
春のくれつくしの人と　別れけり　蕪村（2蕪村遺稿 一一〇五）
牡丹散つて心も置かず　別れけり　北枝（4卯辰集 一〇七八）
聟舅さくらかたげて　別れけり　大夢（8俳諧新選 一〇九ぺ）
鵙（もず）の昼こほろぎの夜と　分かれけり　子規（10獺祭句帖抄 六五六ぺ）
手を握り富士の花野に　別れけるが　虚子（14七百五十句 八六ぺ）
親も子も同じふとんや　別れ霜　秋色（5類柑子 四五七）
冬木立一木一木と　分かれたり　青蒲（8俳諧新選 一三七ぺ）
草の花水水車場へ　分かれ行く　子規（10獺祭句帖抄 六五八ぺ）
萩にくれて玉田横野へ　わかれ行く　蕪村（2蕪村遺稿 二五六一）
肌寒きはじめや星の　別れより　乙由（4麦林集 一一九四）
君今来ん新酒の燗の　わき上がる　子規（10獺祭句帖抄 六三五ぺ）
花さそふ桃や歌舞妓の　脇躍り　其角（6続猿蓑 三〇五七）
我が庭の良夜の薄　湧く如し　たかし（4たかし全集 二六六四）
ほろほろと泣き合ふ尼や　山葵漬け　虚子（9五百句 〇〇九三）
山うどに木賃の飯ぞ　忘られね　太祇（8俳諧新選 一〇四ぺ）
色変へぬ松と云ふ事を　忘るるな　鼓舌（8俳諧新選 一五〇ぺ）
更衣（ころもがへ）うしと見し世を　わすれ貝（がひ）　蕪村（2蕪村遺稿 七四九）
瓜の花雫いかなる　忘れ草　芭蕉（1類柑子 四五五）
芽も春の八百屋物也　萱草　太祇（8俳諧新選 一〇三ぺ）
藪入や守り袋を　わすれ草　蕪村（2蕪村句集 二四二三）

菊さいてけふ迄の世話　忘れけり　素園（8俳諧新選 二三四ぺ）
此の人に暑さ一日　忘れけり　亀文（7俳諧古選 二三二ぺ）
さかる猫人の居るのも　忘れけり　嘯山（8俳諧新選 一五五ぺ）
ぬくもりてきたなき蒲団　忘れけり　孤桐（8俳諧新選 一四〇ぺ）
河豚の味をかしな頬（つら）を　忘れけり　買明（7俳諧古選 二三二ぺ）
夕涼み炬燵の恩は　忘れけり　珍志（7俳諧古選 二一七ぺ）
蕣（あさがほ）に今朝も手水を　忘れたり　酔滴（7俳諧古選 一八一ぺ）
初嵐昨日の肌を　忘れたり　水翁（8俳諧新選 二二六ぺ）
初雪や拝む旭（あさひ）を　忘れたり　宗専（8俳諧新選 二三九ぺ）
冬こだち月にあはれを　わすれたり　蕪村（2蕪村句集 九九七）
見ほれてや花の下なる　忘れ杖　龍眠（8俳諧新選 一〇九ぺ）
篁（たかむら）にうぐひす啼くや　わすれ時　蕪村（2蕪村遺稿 一四八四）
小海老飛ぶ汐干の跡の　忘れ水　二柳（5津守船初編 七六〇）
すずしさや冬のいたさを　忘れ水　冬扇（7俳諧古選 二三〇ぺ）
菜の花や淀も桂も　忘れ水　言水（5珠洲之海 一七三）
ふゆしほの音の昨日を　わすれよと　万太郎（9流寓抄 一一三二）
刈り入れてうらやまれけり　早稲（わせ）作り　嵐青（7俳諧古選 一八〇ぺ）
ほつてやる鬼灯（ほほづき）吹きて　渡しけり　麦翅（8俳諧新選 一二八ぺ）
来ると往くと逢うて月見や　渡し舟　淡々（5淡々発句集 四六七）
凩や飛脚ひとりの　渡し舟　田兼（7俳諧古選 二二九ぺ）
春雨や傘高低に　渡し舟　子規（10獺祭句帖抄 六四三ぺ）
すずしさを四文にまけて　渡し守　子規（10獺祭句帖抄 六〇六ぺ）

永き日や同じ流れをわたし守　可風（8俳諧新選 一一〇ぺ）
女見る春も余波や渡し守　太祇（8俳諧新選 一一二ぺ）
箕（み）に干して窓にとちふく綿の桃　孤屋（6炭俵 二五七六）
名月の花かと見えて綿畠　芭蕉（1続猿蓑 八八四）
綿摘みてあとは枯木や綿畠　鬼城（4続鬼城句集 二二七三）
声もせで暗き夜舟や綿ぼうし　太祇（8俳諧新選 一四三ぺ）
里下りや野一つ越える綿ぼうし　召波（8俳諧新選 一四三ぺ）
ほととぎす滝よりかみのわたりかな　丈草（6猿蓑 一七一八）
或る日小鳥空を掩つて渡りけり　五城（9五城句集 〇二二七）
出でて耕す囚人に鳥渡りけり　青峰（9青峰集 二二四五）
稲妻にへなへな橋を渡りけり　一茶（3八番日記 三四七ぺ）
霧の中小鳥頻りに渡りけり　虚子（12五百五十句 九四ぺ）
子規忌へと無月の海をわたりけり　虚子（14七百五十句 一七ぺ）
涼しさに四橋を四つ渡りけり　来山（7俳諧古選 一六〇ぺ）
涼しさを極めて雁の渡りけり　菜根（8俳諧新選 一三一ぺ）
もみぢ折りにつめたい水を渡りけり　嘯山（8俳諧新選 一三四ぺ）
山雀（やまがら）の輪抜けしながらわたりけり　一茶（3おらが春 四七一ぺ）
大風に傷みし樹々や渡り鳥　碧梧桐（9ホ明38・9 〇一〇四）
木曽川の今こそ光れ渡り鳥　虚子（9五百句 〇〇六二）
喧嘩すなあひみたがひの渡り鳥　一茶（3おらが春 四七二ぺ）
燕（つばくら）に道で逢ふた歟（か）わたり鳥　栄滝（8俳諧新選 二一九ぺ）
どう追はれても人里を渡り鳥　一茶（3おらが春 四七二ぺ）
日にかかる雲やしばしのわたりどり　芭蕉（1渡鳥集 九六四）
故郷も今はかり寝や渡り鳥　去来（4けふの昔 〇九五〇）
馭者あふぐ見れば寒雁（かんがん）わたるなり　爽雨（9雪解 一八九一）
夏川や吾君を負ふて渡るべし　子規（10獺祭句帖抄 六四七ぺ）
西瓜太郎躍り出でよと割つてけり　瓊音（9瓊音句集 一〇一六）
初真桑四つにや断たん輪に切らん　芭蕉（1真蹟懐紙 五二九）
正月や塵も落とさぬ侘籠り　寸七翁（9現代俳句集 〇八八一）
くれくれて餅を木魂のわひね哉　芭蕉（1天和二歳旦 一四二二）
榾（ほた）の火に親子足さす侘ひね哉　去来（6あら野 九七三）
嵐雪とふとん引き合ふ侘寝哉　蕪村（2蕪村句集 一三一八）
月の今宵我が里人の藁うたん　去来（4続虚栗 〇九四〇）
あやめ草足に結ばん草鞋（わらぢ）の緒　芭蕉（1奥の細道 五〇四）
鳴海にてしぐれそめけり草鞋の緒　士朗（4枇杷園句集 二〇八五）
草刈りて菫選り出す童かな　鷗歩（6あら野 五九四）
寒き日の風にのり行く童かな　太祇（8俳諧新選 一四二ぺ）
露の玉つまんで見たるわらは哉　一茶（3おらが春 四六九ぺ）
はつ蝶を児（ちご）の見出だす笑ひ哉　柳風（6あら野 五八六）
尼寺の髪に揃へる蕨かな　希因（7俳諧古選 二〇九ぺ）
狗背（ぜんまい）の塵にえらるるわらびかな　嵐雪（6猿蓑 一九三六）
撫でられた恩思ひ出す蕨かな　尺布（8俳諧新選 一五四ぺ）
安良（やすらひ）や嘸（さぞ）一休のわらひ顔　羅人（8俳諧新選 一一二ぺ）
淋しさも二つの鳴に笑ひけり　言水（7俳諧古選 一七四ぺ）

ほととぎす　なみだおさへて　笑ひけり　除風（6あら野 九二六）
山賤が　鹿驚（かがし）作りて　笑ひけり　重五（6あら野 七四四）
夜興（よこ）の狸　銭にしてこれに妖（ば）けたと　笑ひけり　作者不明（8俳諧新選 一四九ペ）
昼㒵や　肩ぬぐ女　笑ひけん　此山（8俳諧新選 二二三ペ）
更くる夜や　稲こく家の　笑ひ声　万平（6続猿蓑 三三二一）
蜻蛉の　逆立ち杭（くひ）の　笑ひをり　虚子（13六百五十句 一五四ペ）
明け初めて　昨日の事を　笑ふ也　尺布（8俳諧新選 一〇〇ペ）
月十四日　今宵三十九の　童部　芭蕉（1真蹟短冊 一五七）
花ひとつ　たもとにすがる　童かな　立圃（4句兄弟 〇〇八〇）
松島や　何処（いづこ）の山も　笑へども　泉明（8俳諧新選 一五四ペ）
夕がほに　雑水（ざふすい）あつき　藁屋哉　越人（6波留濃日 二三三四）
帷子（かたびら）に　産月来ぬる　わりなさよ　赤羽（8俳諧新選 二二二ペ）
堅炭を　もて堅炭を　割りにけり　別天楼（9野老 一一七八）
子規（ほととぎす）　声はよかろか　わるかろか　貝錦（8俳諧新選 一一三ペ）
蓮みむ　日にさかやきは　わるるとも　晨風（6あら野 六九七）
毬栗の　笑ひて曰く　吾老矣　嘯山（8俳諧新選 一四九ペ）
冬ざれや　石に腰かけ　我孤独　虚子（13六百五十句 二三九ペ）
女の鹿は　驚きやすし　吾のみかは　多佳子（9紅糸 二九七七）
大いなる　蟻這ふといふ　われは見えず　虚子（14七百五十句 八五ペ）
門とぢて　良夜の石と　我は居り　秋桜子（9重陽 一四五一）
古郷の　子をかけて見よ　われもから　潭北母（7俳諧古選 二〇八ペ）
みそさざいが　生きてゐるので　我もよし　青々（9松苗 〇四九三）
学士会　聖樹をともす　吾等粗餐　青邨（9粗餐 一五九八）
寝冷せし　人不機嫌に　我を見し　虚子（11五百句 五〇ペ）
朧夜や　吉次を泊めし　椀のおと　成美（5成美家集 九二四）

ゐ・ゐ

永き日や　人集めたる　居合抜　子規（10獺祭句帖抄 六四二ペ）
なれ過ぎた　鮓をあるじの　遺恨哉　蕪村（2蕪村句集 八九五）
一本の　蘆の穂痩せし　ゐせき哉　防川（6あら野 七五二）
蟹の舎利　水澄みきつて　ゐたりけり　青畝（9春の鳶 一五〇四）
目覚むれば　元日暮れて　ゐたりけり　松浜（9白菊 〇五五九）
日盛りを　書庫のにほひに　ゐて静か　圭岳（9太白星 一一九四）
葱（ねぶか）洗ふ　流れもちかし　井手の里　蕪村（2蕪村遺稿 一九三〇）
灌仏や　つつじならぶる　井戸のやね　曲翠（6続猿蓑 三四四三）
銀（かね）もちの　あたたかさうに　亥子哉　西武（7俳諧古選 一八五ペ）
しかれ共　餅では寒き　亥子哉　鼓舌（8俳諧新選 一三八ペ）
晦日（つごもり）も　過ぎ行くうばが　ゐのこかな　尚白（6猿蓑 一六四四）
山茶花の　紅つきまぜよ　ゐのこ餅　久女（9杉田久女句集 〇九四七）
恥づかしや　蓮に見られて　居る心　湖春（7俳諧古選 一六六ペ）
春の雨　居るかといへば　居るといふ　小波（9ささら波 〇三〇二）
唖蟬も　鳴く蟬ほどは　ゐるならむ　青邨（9冬青空 一五九五）
雪の暮　鴫はもどつて　居るやうな　蕪村（2蕪村句集 二八〇〇）

五つむつ茶の子にならぶ　囲炉裏哉　芭蕉（1茶のさうし四四六）
春空に虚子説法図　描きけり　青畝（9甲子園一五一一）
祖母の世の裏打ちしたる　絵双六　虚子（14七百五十句一一二ぺ）
こがらしや隣といふも　ゐちご山　一茶（3八番日記三五三ぺ）
海は扇松島は其の　絵なりけり　子規（10獺祭句帖抄六〇七ぺ）
たけのこや稚（をさな）き時の　絵のすさび　芭蕉（1猿蓑六八八）
美しの児（ちご）を抱きて　絵踏かな　挿雲（9ホ明34・3〇三五七）
貴船出て立ち寄る柿の　円通寺　虚子（14七百五十句七三ぺ）
秋の航一大紺　円盤の中　草田男（9長子二五二四）

を

柴（ふし）漬けに見るもかなしき　小魚かな　虚子（11五百句一四ぺ）
春風や闘志いだきて　丘に立つ　虚子（11五百句三五ぺ）
星月夜星を見に行く　岡の茶屋　子規（10獺祭句帖抄六五五ぺ）
脱ぎかゆる梢もせみの　小河かな　蕪村（2蕪村句集一〇五七）
柳散り菜屑流るる　小川かな　子規（10獺祭句帖抄六一六ぺ）
門あかで梅の瑞籬　をがみけり　重五（6あら野一〇七〇）
似あはしや白髪にかつぐ　麻木（をがら）売り　亀洞（6あら野九六五）
醬油もて目ざしぬらすや　煻の上　重頼（4藤枝集〇〇九〇）
凩やはじめはわづか　荻の音　其汀（7俳諧古選二二七ぺ）
凩やこの頃までは　荻の風　蕪村（2蕪村句集三〇一）

折々や雨戸にさはる　荻のこゑ　雪芝（6続猿蓑三二五五）
暮れかかる日をたたみけり　荻の裾　周砥（8俳諧新選一三二ぺ）
空山へ板一枚を　荻の橋　石鼎（9花影〇七四七）
舟出せしと思ひし夢や　荻の宿　大夢（8俳諧新選一三二ぺ）
海鼠（なまこ）今松葉しぐれて　桶の中　青々（9松苗〇四九一）
はか原や稲妻やどる　桶の水　支梁（6続猿蓑三四五三）
寒梅や熊野の温泉（でゆ）の　長（をさ）がもと　蕪村（2蕪村遺稿二三二七）
行く秋や淋しさも亦　惜しいもの　赤羽（8俳諧新選一三五ぺ）
角落ちてあちら向いたる　男鹿かな　子規（10獺祭句帖抄六二五ぺ）
角落ちてやすくも見ゆる　小鹿哉　蕉笠（6あら野六〇九）
友鹿の啼くを見かへる　小鹿かな　車来（6炭俵二五六二）
宮島の神殿はしる　小鹿かな　子規（10獺祭句帖抄六〇一ぺ）
ひれふりてめじかもよるや　男鹿島　芭蕉（1五十四郡二三二一）
春雨や寝て捨つる日も　惜しからず　写北（8俳諧新選一〇三ぺ）
筏士の見かへる跡や　鴛（をし）の中　木節（6猿蓑一六六六）
釣殿の下へはいりぬ　鴛二つ　子規（10獺祭句帖抄六六六ぺ）
人間のやもめを思へ　鴛二つ　子規（10獺祭句帖抄六六六ぺ）
早梅や油断の人に　教へ顔　嶺兎（8俳諧新選一四四ぺ）
大根引大根で道を　教へけり　一茶（3七番日記三五九ぺ）
はつ雪にとなりを顔で　教へけり　野坡（6炭俵二六一一）
葡萄（ぶだう）垂れさがる如くに　教へたし　静塔（9月下の俘虜二三八〇）
鉄瓶の蓋きりて年　惜しみけり　万太郎（9流寓抄一一二七）

戸をたたく狸と秋を　をしみけり　蕪村（2蕪村遺稿 二四〇）
行く春を近江の人と　をしみける　芭蕉（1猿蓑 六二六）
風狂の夏まけの夏　惜しむかな　余子（9余子句抄 〇四四八）
仰向きて行く雁見るや　小田の雁　它谷（8俳諧新選 一〇五ぺ）
得てものの片足立ちや　小田の雁　一茶（3おらが春 四六九ぺ）
日のさしてとろりとなりぬ　小田の雁　乙二（4松窓乙二集 二一二二）
鶯や下駄の歯につく　小田の土　凡兆（6猿蓑 一九〇九）
水清めばかはづうきあがる　小田の泥（ひぢりこ）　涼袋（4古今明題集 一七七四）
みじか夜や今朝未（まだ）すまぬ　小田の水　移竹（8俳諧新選 一一八ぺ）
をみな等も涼しきときは　遠（をち）を見る　草田男（9銀河依然 二五二六）
あさがほに我は食（めし）くふ　をとこ哉　芭蕉（1虚栗 一五五）
暈（かさ）召した月に夜田刈る　男かな　習先（8俳諧新選 二三三ぺ）
寒月に木を割る寺の　男哉　蕪村（2蕪村遺稿 三三〇）
今朝秋としらで門掃く　男哉　存義（7俳諧古選 二二三ぺ）
死に死にてここに涼しき　男かな　鬼城（9鬼城句集 〇六二四）
鯰得て帰る田植の　男かな　蕪村（2蕪村句集 一六五七）
初山の頂に立つ　男かな　石鼎（9花影 〇七五六）
養父（やぶ）入（いり）は中山寺の　男かな　蕪村（2蕪村句集 一〇三二）
荻の風いとさうざうしき　男かな　蕪村（2蕪村遺稿 一七七四）
古畑や薺（なづな）摘み行く　男ども　芭蕉（1杜暦 二五八）
八巾（たこ）見るや我もむかしは　男の子　太祇（8俳諧新選 二一〇ぺ）
鬼灯（ほほづき）やよく育ちたる　男の子　有我（8俳諧新選 二一八ぺ）
菊の香やならは幾代の　男ぶり　芭蕉（1杉風宛書簡④ 八九四）
餅つきや火をかいて行く　男部屋　岱水（6続猿蓑 三四〇八）
やぶ入や鳩にめでつつ　男山　蕪村（2蕪村遺稿 二四二八）
明けて我が顔の物うき　踊りかな　赤羽（8俳諧新選 二二五ぺ）
朝夕に見る子見たがる　踊り哉　りん（7俳諧古選 一八四ぺ）
化人と手拍子のあふ　踊りかな　百池（8俳諧新選 二二五ぺ）
萍（うきくさ）のさそひ合はせて　をどり哉　蕪村（2蕪村句集 九三六）
牛引の崩して通る　踊りかな　梅仙（8俳諧新選 二二五ぺ）
老いぬれば西瓜に辷（すべ）る　踊りかな　巣兆（4曾波可理 二〇九六）
親々の中も直せし　をどり哉　雋羽（8俳諧新選 二二五ぺ）
看病の耳に更けゆく　をどり哉　蕪村（2蕪村遺稿 九三七）
子を誉めて親に及べる　踊りかな　胡餅（8俳諧新選 二二五ぺ）
四五人に月落ちかかる　をどり哉　蕪村（2蕪村句集 一三七）
しらぬどし夫婦と妖（ば）けて　踊りかな　宋屋（4瓢簞集 一六九四）
月折々雲に休みて　躍りかな　宗瑞（4鏡の裏 一一四三）
なまくさき漁村の月の　踊りかな　子規（10獺祭句帖抄 六三五ぺ）
にしきぎの門をめぐりて　をどりかな　蕪村（2蕪村遺稿 一八二〇）
ひたと犬の啼く町越えて　をどり哉　蕪村（2蕪村句集 一三六）
一長屋錠をおろして　踊り哉　其角（7俳諧古選 一七八ぺ）
人の振りに我がふり見るは　踊りかな　普求（7俳諧古選 二一四ぺ）
一回りまつ人遅き　踊り哉　尚白（7俳諧古選 一八〇ぺ）
一めぐり人待ちかぬる　をどりかな　尚白（6あら野 九八五）

細腰の　法師すずろに　をどり哉　蕪村（2蕪村遺稿　一一五六）
まがまがと　皃(かほ)のしらけし　踊り哉　百丈（8俳諧新選　二二五ぺ）
皆嫁に　なる顔揃ふ　踊りかな　八百彦（7俳諧古選　二一四ぺ）
身に骨の　なくばとおもふ　躍りかな　存義（4東風流　一七四一）
見らるるも　忘るる計(ばか)り　をどりかな　太祇（8俳諧新選　二二五ぺ）
めぐる間に　一人欠けたる　踊りかな　青魚（8俳諧新選　一五三ぺ）
薄月や　門に稚(をさな)き　踊り声　銀獅（8俳諧新選　二二五ぺ）
見しられぬ　衣装を借りて　踊りなん　自東（8俳諧新選　二二五ぺ）
題目や　かんに堪へたる　踊り節　嘯山（8俳諧新選　一五〇ぺ）
能い声に　驚かされて　踊る也　千之（7俳諧古選　一八一ぺ）
山桜　小川飛びこす　をなご哉　普全（6炭俵　二四四七）
真つ白く　冬木はぢきし　斧入るる　汀女（9花影　一九二八）
けし炭に　薪わる音か　をののおく　芭蕉（1続深川集　一二一）
冬ざれの　独り轆轤(ろくろ)や　をののおく　一笑（6あら野　九一五）
めづらしと　生海鼠(なまこ)を焼くや　小のの奥　俊似（6あら野　九一四）
山鳥や　躑躅(つつじ)よけ行く　尾のひねり　探丸（6猿蓑　一九九一）
花鳥と　こけら葺きゐる　尾上かな　冬文（6あら野　三八五）
菜の花や　遠山鳥の　尾上まで　蕪村（2蕪村遺稿　四九六）
後手に　落葉かく也　男の童　嘯山（8俳諧新選　二三六ぺ）
ほととぎす　その山鳥の　尾は長し　九白（6波留濃日　三二六）
舟引の　尻こそばがる　尾花かな　烏石（8俳諧新選　二三二ぺ）
野の風や　小松が上も　尾花吹く　太祇（8俳諧新選　二三二ぺ）

熱帯の　海は日を呑み　終はりたる　虚子（12五百五十句　一五ぺ）
麦秋や　一夜は泊まる　甥法師　蕪村（2蕪村遺稿　一一一五）
春の風　二つ帆のある　小舟かな　子規（10獺祭句帖抄　六二四ぺ）
餓ゑてだに　痩せんとすらん　女郎花(をみなへし)　太祇（8俳諧新選　一五五ぺ）
駕(かご)かきは　裸で寝たり　女郎花　子規（10獺祭句帖抄　六五八ぺ）
枯れはてて　霜にはぢずや　をみなへし　杉風（6続猿蓑　三三五九）
草枕　汝床とれ　女郎花　雁宕（8俳諧新選　二一九ぺ）
口明けて　笑はぬ花や　をみなへし　超波（8俳諧新選　二一九ぺ）
国々の　露けさ語れ　女郎花　廬鳳（8俳諧新選　一五〇ぺ）
小法師に　心ゆるすな　女郎花　子規（10獺祭句帖抄　六一七ぺ）
里人は　さともおもはじ　女郎花　蕪村（2蕪村句集　一一五三）
新月の　中の曇りや　女郎花　春来（7俳諧古選　二二一ぺ）
つまなしと　家主やくれし　女郎花　荷兮（6あら野　九八六）
とかくして　一把に折りぬ　女郎花　蕪村（2蕪村遺稿　四三）
灯(ひ)うつりや　白く見て伐る　女郎花　赤羽（8俳諧新選　一五六ぺ）
ひよろひよろと　猶露けしや　女郎花　芭蕉（1あら野　四二八）
身の上を　只しをれけり　女郎花　涼菟（7俳諧古選　一七九ぺ）
見るに我も　をれる計りぞ　女郎花　芭蕉（1続連珠　四五）
身を恥ぢよ　くねるとあれば　女郎花　秋色（4たまも集　一一三〇）
猪の　露折りかけて　をみなへし　蕪村（2蕪村句集　一一七五）
分限者に成りたくば。　秋の夕昏　をも捨てよ　其角（5田舎の句合　二六六）
風の日の　麦踏遂に　をらずなりぬ　虚子（11五百句　八七ぺ）

秋の灯(ひ)や　癒えしにあらず　居らぬなり　水巴（9定本水巴句集〇五七四）
な折りそと　ほる薯(やま)の蕷(いも)　折られけり　赤羽（8俳諧新選一三五ぺ）
みのむしの　茶の花ゆゑに　折られける　猿雖（6猿蓑一六四〇）
石釣りて　つぼみたる梅　折りしけり　玄察（6あら野五〇九）
凩の　一日吹いて　居りにけり　涼菟（5伊勢新百韻四一六）
小さき目を　据ゑて目高は　居りにけり　淡路女（9梶の葉〇九八一）
舞姫に　幾たび指を　折りにけり　荷兮（6あら野八四一）
春霰　鶴は飛ばむと　檻の中　宋斤（9定本宋斤句集一一九九）
来るのみか　裾より蠅の　折節は　嵐雪（7俳諧古選一六六ぺ）
花に来てや　科(とが)はいちやが　折りまする　西鶴（4西鶴大句数〇一八六）
ほととぎす　待たぬ心の　折もあり　荷兮（6あら野員外一二〇二）
冬木切り　倒しぬ犬は　尾を垂れて　虚子（12六百句一八七ぺ）
十薬に　失せんと蛇の　尾を残す　圭岳（9太白星一一九〇）
花散りて　又閑(しづ)かなり　園城寺　鬼貫（5高砂子二二四）
梨の花　月に書(ふみ)よむ　女あり　蕪村（2蕪村句集五〇四）
花の幕　兼好を覗く　女あり　蕪村（2蕪村句集四五三）
水鳥や　舟に菜を洗ふ　女有り　蕪村（2蕪村句集一九〇二）
御影講の　花のあるじや　女形　太祇（8俳諧新選一三九ぺ）
あまり明かき　月に寝惜しむ　女かな　虚子（13六百五十句一八一ぺ）
稲妻に　突きこかさるる　女かな　麻兄（8俳諧新選一二五ぺ）
稲妻や　門で髪梳く　女かな　存義（4東風流一七三五）
命かけて　芋虫憎む　女かな　虚子（12五百五十句二〇ぺ）

梅柳　さぞ若衆哉　女かな　芭蕉（1武蔵曲一五一）
化粧して　麦うつ宿の　女かな　坡仄（8俳諧新選一一六ぺ）
こと葉多く　早瓜くるる　女かな　蕪村（2蕪村句集二〇六八）
葱釣る　軒に寄り添ふ　女かな　闌更（4半化坊発句集一八四九）
炭うりに　鏡見せたる　女かな　蕪村（2蕪村句集三〇七）
春の夜を　肱に判ある　女かな　百万（8俳諧新選一五五ぺ）
虫干に　小袖着て見る　女かな　冬文（6あら野九八二）
物毎の　見る程暑き　女かな　談中（7俳諧古選一七一ぺ）
紅葉折りて　夕日寒がる　女かな　子規（10獺祭句帖抄六〇九ぺ）
桃の花　満面に見る　女かな　青々（9松苗〇四九五）
恥づかしと　送り火捨てぬ　女顔　言水（4大湊〇二五五）
待つ宵や　女主に　女客　蕪村（2蕪村遺稿一八七〇）
炉開や　雨しめやかに　女客　露月（9露月句集二〇二五六）
枯野哉　つばなの時の　女櫛　西鶴（5渡し船一一七）
月の雲　船はあやなし　女声　白羽（4右紫一二八五）
もののふの　紅葉に懲りず　女とは　秋色（4たまも集一一三二）
漆搔く　肉一塊や　女なし　月舟（9進むべき道〇六九三）
山桜　あさくせはしく　女の鍬　草田男（9銀河依然二五四九）
春駒や　男顔なる　女の子　太祇（8俳諧新選一〇一ぺ）
桃柳　くばりありくや　をんなの子　羽紅（6猿蓑一九五〇）
花烏賊(いか)の　腹ぬくためや　女の手　石鼎（9花影〇七五七）
夕顔や　客載せて来る　女馬士(まご)　子規（10獺祭句帖抄六五〇ぺ）

三句索引 新俳句大観

平成18年 9 月25日 印刷
平成18年10月10日 発行

編　者　明治書院編集部
発行者　株式会社 明治書院　代表　三樹　敏
印刷者　大日本法令印刷　代表　田中國睦

発行所　株式会社　明　治　書　院
〒169-0072　東京都新宿区大久保1-1-7
TEL　03-5292-0117　振替口座　00130-7-4991

ISBN 4-625-40301-4